104	业	110
[77]	(氺)	88
105	目	110
106	田	112
107	罒	112
108	皿	113
[176]	(钅)	158
109	生	113
110	矢	113
111	禾	113
112	白	115
113	瓜	115
114	鸟	115
115	疒	118
116	立	120
117	穴	120
[142]	(衤)	132
[145]	(聿)	135
[118]	(疋)	121
118	疋	121
119	皮	121
120	癶	121
121	矛	121
[99]	(母)	107

6 画

122	耒	121
123	老	121
124	耳	122
125	臣	122
126	覀(西)	122
127	而	122
128	页	122
129	至	124
130	虍	124
131	虫	124
132	肉	128
133	缶	128
134	舌	128

135	竹(⺮)	128
136	臼	130
137	自	131
138	血	131
139	舟	131
140	色	131
141	齐	132
142	衣	132
143	羊	133
[143]	(⺶)	133
[143]	(⺷)	134
144	米	134
145	聿	135
[145]	(⺻)	135
146	艮	135
[30]	(艸)	41
147	羽	135
148	糸	136
[148]	(糹)	137

7 画

149	麦	139
[83]	(镸)	95
150	走	139
151	赤	140
[68]	(車)	76
152	豆	140
153	酉	140
154	辰	142
155	豕	142
156	卤	142
[76]	(貝)	81
[78]	(見)	88
157	里	142
[158]	(釒)	142
158	足	142
159	邑	144
[136]	(臼)	131
160	身	146

[49]	(辵)	59
161	采	146
162	谷	146
163	豸	146
164	龟	147
165	角	147
166	言	147
167	辛	151

8 画

168	青	151
[83]	(長)	95
169	卓	151
170	雨(⻗)	151
171	非	152
172	齿	152
[130]	(虎)	124
[47]	(門)	55
173	黾	153
174	隹	153
175	阜	153
176	金	154
[185]	(飠)	165
177	鱼	159
178	隶	162

9 画

179	革	162
[128]	(頁)	123
180	面	163
181	韭	163
182	骨	163
183	香	164
184	鬼	164
185	食	165
[91]	(風)	99
186	音	166
187	首	67
[63]	(韋)	67

[57]	(飛)	63

10 画

188	髟	166
[58]	(馬)	63
189	鬲	167
190	鬥	167
191	高	167

11 画

192	黄	168
[149]	(麥)	139
[156]	(鹵)	142
[114]	(鳥)	116
[177]	(魚)	160
193	麻	168
194	鹿	168

12 画

195	鼎	168
196	黑	168
197	黍	169

13 画

198	鼓	169
[173]	(黽)	153
199	鼠	169

14 画

200	鼻	169
[141]	(齊)	132

15 画

[172]	(齒)	152

16 画

[103]	(龍)	110

17 画

[164]	(龜)	147
201	龠	169

XINHUA

XINHUA DA ZIDIAN

新华大字典

商务印书馆辞书研究中心 编

商务印书馆
The Commercial Press

策　　划	于殿利　周洪波
主　　编	苏培成　张联荣
编　　者	（按音序排列）
	李青梅　苏培成　宿　娟
	王汉长　魏　励　袁建民
	张联荣　张书岩　赵丕杰
责任编辑	段濛濛
索引编制	马益新　段濛濛
资料核查	王健慈　郭　威　李品超
版式设计	毛尧泉
封面设计	李杨桦

目　录

前　言

学习汉字和使用汉字都离不开汉字字典。字典从收字量(即字头的数量)说,有大、中、小不同的类型。小型的如《新华字典》,它的社会影响很大。包括繁体字、异体字在内,共收 13000 多字。中型的如《新华多功能字典》(商务印书馆 2005 年出版),不包括繁体字和异体字,它收字头14245 字。在通用字之外它还收了一些常用的文言字和生僻的专业用字。大型的如《康熙字典》,收字 47035 字;《汉语大字典》(第二版)收字 60370字。中小型字典是面向中小学生和社会一般公众的,有些用字量大的读者遇到一些生僻字在中小型字典里查不到,就要去求教大型字典。我有位朋友看报时,看到明末清初著名的书画家叫朱耷,别号八大山人,谱名统錖。这个"錖"怎么读?《新华字典》《新华多功能字典》查不到,连《康熙字典》都未收录,最后在《汉语大字典》里才查到:"錖,juàn,人名用字。"看来收字多的大型字典,除了文史哲等专业工作者需要外,一般民众有时也要用到。

《汉语大字典》这样的大型字典虽然很有用,不过它是多卷本,存放要占用较多的空间,而且定价高,一般民众难于购置。《康熙字典》目前市场通行的是洋装一卷本,可是它注音用反切,释义用文言,并不适合目前读者使用。例如:

劝 ［集韵］居伪切 ［韵会］基位切 ［正韵］居位切并音媿 ［集韵］疲极也 ［正韵］弊也 力乏也 ［魏志蒋济传］彫劝之民

宨 ［唐韵］［集韵］［类篇］并居又切音救 ［说文］贫病也 引诗茕茕在宨 诗本作疚 疚宨通 ［玉篇］疾宨也 正字通一曰宨 久居也 又［广韵］与久切 ［集韵］［类篇］以九切并音羑义同

以上例子说明现在需要一部收字量大的、适合现代读者使用的新型字典。现在我们奉献给读者的这部《新华大字典》就是这样一部字典。

《新华大字典》有几个特点：

一、收字量大，它收字多达 3 万余字(含繁体字和异体字)。读者从它里面不但可以查到常用字、通用字，而且还可以查到大量的文言生僻字，满足用字量大的读者阅读和书写的需要。

二、用汉语拼音注音。古代字书韵书的注音用直音和反切。在古代，直音和反切是一项重大发明，可是不适合现代人的使用。我们按照古今语音演变规律，把古代典籍里的直音和反切折合为今音，用汉语拼音注在字头的后面。释义和举例中遇到生僻字，我们也用汉语拼音注出读音，以方便读者。一个字在字书韵书里有异读的，我们一般只取通用的读音，不罗列各种异读。

三、释义用现代白话。古代字书韵书的释义用文言，现代读者多数不能准确阅读。我们把文言改为现代白话，使读者便于阅读和理解。我们的释义注重实用，不去做烦琐考证。

四、举例注意通俗易懂。古代字书韵书里举的例都举古籍，有的生僻难懂，读者看了例证仍旧不能理解这个字的意义和用法。我们努力纠正这种做法，尽量给读者以方便。

五、正文用汉语拼音音序编排，便于检索。现代读者查阅古代字书韵书时时常感到检索不便，费时费力。像《广韵》《集韵》自不必说，就是《康熙字典》的 214 部与现代人习惯的 201 部也有很多的不同。我们字典的正文采用汉语拼音音序编排。只要知道要查字的读音，查字非常方便。遇到不知道读音的字，可以查阅字典所附的部首检字表或笔画检字表，就能够很快地查到要查的字。

六、一卷本，300 多万字，便于翻检和存放。定价适中，便于购置。

有了上述六个特点，《新华大字典》就成为与《康熙字典》面貌不同的新型字典。请看上面我们举出的两个字在我们字典里的处理情况，不但简明易懂，而且增加了信息量：

　　劮［瘝］guì〈文〉极度疲弱：劳～｜弊～之民。

　　　　次 jiù ❶〈文〉同"疚"。病。❷〈文〉同"疚"。贫穷。

《新华大字典》编写组的成员都是专业语文工作者，热爱语文工作，热爱辞书事业。我们愿意尽心尽力，恪尽职守，努力编好这部大字典，希望

它能在文化教育事业中发挥积极的作用。

关于类推简化字的类推范围，学界有不同的认识。本字典的出版方商务印书馆根据 2013 年 10 月 9 日教育部等十二部门《关于贯彻实施〈通用规范汉字表〉的通知》里指出的"收入《通用规范汉字表》以外的字一般应采用历史通行的字形，不应自造未曾使用过的新的简化字"，决定本字典《通用规范汉字表》以外的字不再类推简化。本字典两主编之一的苏培成和有的编写人员对此持保留意见，认为应该贯彻《简化字总表》规定的"未收入第三表的字，凡用第二表的简化字或简化偏旁作为偏旁的，一般应该同样简化"。

我们在编写过程中参考古今多部典籍，有时还要检索语料库搜索语料，《汉语大词典》和《汉语大字典》更是放在手边经常请教的好老师。最后定稿时又根据国务院 2013 年 6 月正式颁布的《通用规范汉字表》做了调整。对于给过我们各种帮助的朋友表示感谢。限于能力和时间，书中定有欠妥之处，敬希指正。

苏培成

2017 年 4 月

凡　例

一、单字数。这里说的单字数指的是全书收录的不同字头的总字数。《新华大字典》共收单字字头 3 万多字(含繁体字和异体字)。其中大约有三分之二是文言专用字,有将近三分之一是古今通用字和现代白话文专用字,另有少量是古代白话文专用字。属《通用规范汉字表》的字头,右上角加注"□"。

二、字形。全书单字一律用新字形,一般不用旧字形。书内收入极少量旧字形单字,如"奥""研",仅供查阅参考。

三、简化字。繁体字附在简化字字头的后面,外加圆括号( )。有少量繁体字需要单独出字头的,在该字的左上角加注△号,并在条目下注明:"某"另见(读音)(页)。如:

苎□(△苧) zhù【苎麻】多年生草本植物。……

"苧"另见 níng (490 页)。

四、异体字。异体字包括两种情况。一种是《第一批异体字整理表》里的异体字。这批异体字在字的左上角标注 * 号。另一种是本书编者确定的异体字,这批异体字的前面不用符号。本书编者确定的异体字是音义全同的狭义异体字,只有部分音义相同的字,不作为异体字。不论是哪类,这两种异体字都附在字头的后面,外加方括号[ ]。少量异体字需要单独出字头的,在该字的左上角加注"△",并在条目下注明:"某"另见(读音)(页)。如:

砧□[△*碪] zhēn 捶、砸或切东西时垫在底下的器具:～石(捣衣石)|～板|铁～。

"碪"另见 ǎn (6 页)。

五、注音。以北京语音为标准音,用汉语拼音为单字注音。古代用字根据古代字书韵书训诂书等提供的直音或反切折合为今音。少数字注明"又读"。

六、语体标注。本书只用两种语体符号,就是〈文〉和〈方〉。〈文〉标明该字或该义项用于文言,〈方〉标明该字或该义项用于现代方言。标〈方〉的含有部分清代方言用字。少量古白话文专用字注明“用于古白话”。不加标注的表示该字或该义项用于现代白话。

七、释义。释义力求简明实用。文言专用字的释义只收常用义或有特别影响的非常用义。

八、举例。力求易懂实用。举例中有难读的字加注读音,有难懂的字词加注释义。

九、排列。字头按汉语拼音音序排列。同音字按笔画数由少到多排列。笔画数相同的同音字按照起笔笔形的顺序排列。笔形的排列顺序是横、竖、撇、点、折。

多音字的几个音项集中在第一音项下注音释义。第一音项外的其他音项用互见的方式指明该音项隶属的第一音项所在的页数,以便读者检索。如:

脏 ㊀ lā【脏臜(sà)】〈文〉肉杂,小肉块。

㊁ qì〈文〉肉羹。

脏 qì 见 lā“脏”(376 页)。

十、检索。本字典提供三种检索方式。正文前有汉语拼音音节索引和部首检字表,正文后有笔画检字表。

汉语拼音音节索引

（音节右边的号码指字典正文的页码）

A		bǎng	18	bó	47	chāi	64	chǒu	89
		bàng	19	bǒ	50	chái	65	chòu	90
ā	1	bāo	20	bò	51	chǎi	65	chū	90
á	1	báo	21	bo	51	chài	65	chú	91
ǎ	1	bǎo	21	bū	51	chān	65	chǔ	92
à	1	bào	22	bú	51	chán	66	chù	92
a	1	bēi	23	bǔ	51	chǎn	68	chuā	93
āi	2	běi	24	bù	52	chàn	69	chuǎ	93
ái	2	bèi	24			chāng	69	chuāi	94
ǎi	3	bei	26	**C**		cháng	70	chuái	94
ài	3	bēn	26			chǎng	71	chuǎi	94
ān	4	běn	26	cā	54	chàng	71	chuài	94
án	6	bèn	27	cǎ	54	chāo	71	chuān	94
ǎn	6	bēng	27	cà	54	cháo	72	chuán	94
àn	6	béng	28	cāi	54	chǎo	73	chuǎn	95
āng	7	běng	28	cái	54	chào	73	chuàn	95
áng	7	bèng	28	cǎi	55	chē	73	chuāng	96
àng	7	bī	29	cài	55	chě	74	chuáng	96
āo	8	bí	29	cān	56	chè	74	chuǎng	96
áo	8	bǐ	29	cán	56	chēn	75	chuàng	97
ǎo	9	bì	31	cǎn	57	chén	75	chuī	97
ào	9	biān	36	càn	57	chěn	76	chuí	97
		biǎn	37	cāng	57	chèn	77	chuǐ	98
B		biàn	38	cáng	58	chen	77	chuì	98
bā	11	bian	39	cāo	58	chēng	77	chūn	98
bá	12	biāo	39	cáo	58	chéng	78	chún	98
bǎ	13	biǎo	40	cǎo	59	chěng	80	chǔn	99
bà	13	biào	41	cào	59	chèng	80	chuō	99
ba	14	biē	41	cè	59	chī	80	chuò	99
bāi	14	bié	42	cèi	60	chí	82	cī	100
bái	14	biě	43	cēn	60	chǐ	83	cí	101
bǎi	15	biè	43	cén	61	chì	84	cǐ	102
bài	15	bīn	43	cēng	61	chōng	86	cì	102
bai	16	bìn	44	céng	61	chóng	87	cōng	103
bān	16	bīng	44	cèng	61	chǒng	87	cóng	103
bǎn	17	bǐng	44	chā	61	chòng	87	còng	104
bàn	17	bìng	46	chá	62	chōu	87	cǒu	105
bāng	18	bō	46	chǎ	63	chóu	88	còu	105
				chà	63				

cū	105	děng	127	é	159	fǒu	182	guǎ	219
cú	105	dèng	127	ě	160	fū	182	guà	219
cù	105	dī	127	è	160	fú	184	guāi	220
cuān	106	dí	128	e	163	fǔ	188	guǎi	220
cuán	107	dǐ	130	ê̌	163	fù	189	guài	220
cuàn	107	dì	131	ế	163			guān	220
cuī	107	diǎ	133	ě̌	163	**G**		guǎn	222
cuǐ	108	diān	133	ề	163			guàn	222
cuì	108	diǎn	134	ēn	163	gā	193	guāng	224
cūn	109	diàn	135	ěn	163	gá	193	guǎng	224
cún	109	diāo	136	èn	163	gǎ	193	guàng	224
cǔn	110	diǎo	137	ēng	163	gà	193	guī	225
cùn	110	diào	137	ér	163	gāi	193	guǐ	227
cuō	110	diē	138	ěr	164	gǎi	194	guì	228
cuó	110	dié	139	èr	165	gài	194	gǔn	229
cuǒ	111	dīng	141			gān	195	gùn	230
cuò	111	dǐng	141	**F**		gǎn	197	guō	230
		dìng	142			gàn	198	guó	231
D		diū	143	fā	166	gāng	198	guǒ	231
		dōng	143	fá	166	gǎng	200	guò	232
dā	112	dǒng	143	fǎ	167	gàng	200	guo	232
dá	112	dòng	144	fà	167	gāo	200		
dǎ	114	dōu	145	fa	167	gǎo	201	**H**	
dà	114	dǒu	145	fān	167	gào	202		
da	115	dòu	146	fán	168	gē	202	hā	233
dāi	115	dū	147	fǎn	169	gé	203	há	233
dǎi	115	dú	148	fàn	170	gě	205	hǎ	233
dài	115	dǔ	149	fāng	171	gè	206	hà	233
dān	117	dù	149	fáng	171	gěi	206	hāi	233
dǎn	118	duān	150	fǎng	172	gēn	206	hái	233
dàn	119	duǎn	150	fàng	172	gén	207	hǎi	234
dāng	121	duàn	151	fēi	173	gěn	207	hài	234
dǎng	122	duī	151	féi	173	gèn	207	hān	234
dàng	122	duì	152	fěi	174	gēng	207	hán	235
dāo	123	dūn	153	fèi	175	gěng	208	hǎn	236
dáo	123	dǔn	154	fēn	176	gèng	208	hàn	237
dǎo	124	dùn	154	fén	177	gōng	208	hāng	239
dào	124	duō	155	fěn	178	gǒng	210	háng	239
dē	125	duó	155	fèn	178	gòng	210	hàng	240
dé	125	duǒ	156	fēng	179	gōu	211	hāo	240
dè	126	duò	157	féng	180	gǒu	212	háo	240
de	126	duo	158	fěng	181	gòu	213	hǎo	241
dēi	126			fèng	181	gū	214	hào	241
děi	126			fiào	181	gǔ	215	hē	243
dèn	126	**E**		fó	181	gù	217	hé	243
dēng	126	ē	159	fóu	182	guā	218	hè	246

yǔn	843	zēn	853	zhē	866	zhǔ	893	zi	909
yùn	843	zěn	853	zhé	866	zhù	894	zōng	909
		zèn	853	zhě	868	zhuā	896	zǒng	910
Z		zēng	853	zhè	868	zhuǎ	896	zòng	911
zā	845	zěng	854	zhe	869	zhuāi	896	zōu	911
zá	845	zèng	854	zhèi	869	zhuǎi	896	zǒu	912
zǎ	846	zhā	854	zhēn	869	zhuài	896	zòu	912
zāi	846	zhá	855	zhěn	870	zhuān	896	zū	912
zǎi	846	zhǎ	856	zhèn	871	zhuǎn	897	zú	913
zài	846	zhà	856	zhēng	872	zhuàn	897	zǔ	913
zān	847	zha	857	zhěng	874	zhuāng	898	zù	914
zán	847	zhāi	857	zhèng	874	zhuǎng	899	zuān	914
zǎn	847	zhái	858	zhī	875	zhuàng	899	zuǎn	914
zàn	848	zhǎi	858	zhí	877	zhuī	899	zuàn	915
zan	848	zhài	858	zhǐ	879	zhuǐ	900	zuī	915
zāng	848	zhān	859	zhì	880	zhuì	900	zuǐ	915
zǎng	849	zhǎn	860	zhōng	885	zhūn	901	zuì	915
zàng	849	zhàn	861	zhǒng	886	zhǔn	901	zūn	916
zāo	849	zhāng	862	zhòng	887	zhùn	901	zǔn	916
záo	849	zhǎng	863	zhōu	887	zhuō	901	zùn	916
zǎo	850	zhàng	863	zhóu	889	zhuó	902	zuō	917
zào	850	zhāo	864	zhǒu	889	zī	905	zuó	917
zé	851	zháo	864	zhòu	889	zǐ	907	zuǒ	917
zè	852	zhǎo	865	zhū	891	zì	908	zuò	917
zéi	853	zhào	865	zhú	892				

部首检字表

【说明】 1.本表采用的部首依据《GB13000.1 字符集汉字部首归部规范》,共201部。2.编排次序依据《GB13000.1 字符集汉字笔顺规范》和《GB13000.1 字符集汉字字序(笔画序)规范》,按笔画数由少到多依次排列,同笔画数的,按起笔笔形横、竖、撇、点、折顺序排列,第一笔相同的,按第二笔,依次类推。3.在《部首目录》中,主部首左边标有部首序号,附形部首加有圆括号单立,其左边部首序号加有方括号。4.在《检字表》中,与字典正文相应,繁体字用"( )"标出,异体字用"[ ]"标出;同部首的字按除去部首笔画以外的笔画数排列。5.检字时,需先在《部首目录》里查出待查部首的页码,然后再查《检字表》。6.为了方便读者查检,有些字分收在几个部首内。如"蠲"字在"八(丷)"部、"皿"部、"罒"部和"虫"部都能查到。

(一) 部首目录

(部首左边的号码是部首序号;右边的号码指检字表的页码)

（二）检字表

（字右边的号码指字典正文页码）

1
一部

一	793

【1画】

二	165
丁	141
	872
亅	917
七	529
丂	356

【2画】

三	588
干	195
	198
亍	92
于	825
亏	370
亐	825
[廿]	486
才	54
下	726
丌	284
	531
丈	863
九	692
兀	711
与	825
	828
	830
平	366
万	466
	691
云	675
矢	852
歹	115
上	600
	600

【3画】

丰	179

王	692
	693
亓	531
开	351
井	328
天	663
夫	182
	184
元	836
无	465
	708
韦	695
云	842
专	896
乜	243
丏	194
不	154
五	709
[币]	845
市	184
丏	458
卅	587
木	58
不	52
	182
卮	512
冇	446
[区]	709
友	822
立	365
乇	362
牙	770
乓	259
	299
屯	681
	901
[先]	847
互	259

丑	89

【4画】

未	699
末	466
击	284
[丼]	328
戈	300
玉	166
正	872
	874
甘	196
世	616
[卋]	616
[丗]	616
卌	722
本	26
[耂]	846
[冉]	846
可	359
	359
丙	44
丙	663
左	917
丕	512
右	823
布	52
平	522
夯	800
灭	461
东	143
且	334
	551
丘	559
丛	104
册	59
丝	630

【5画】

[击]	616
共	210

	210
亚	771
亘	207
	759
吏	396
再	846
束	102
[両]	405
酉	665
[亙]	207
在	846
不	512
百	15
	466
有	822
	823
而	163
死	632
夹	193
	296
	298
夷	795
尧	786
至	880
[北]	559
丞	79
	874

【6画】

华	16
耴	866
严	774
巫	708
求	560
甫	188
更	207
	208
束	624
两	405
	405

丽	392
	396
[咠]	413
乑	822
百	620
尨	443
	451
	505
来	378
	379
册	722

【7画】

奉	181
武	710
表	40
捌	97
忝	664
扶	17
	246
迅	692
(亞)	771
其	284
	531
枂	502
(東)	143
画	263
事	616
(兩)	405
枣	850
[夵]	155
面	459
豕	92
建	318
炡	323
亞	288
	536

【8画】

奏	912
毒	148

凇	885		914		184		673	倻	495
伧	57	[伸]	724	倣	493	侃	353	恨	248
	77	伸	606	佋	864	[傤]	353		249
华	261	佃	135	伽	193	個	264	伽	582
	261		664		296		273	保	21
	263	伷	889		551	侧	60	侔	469
仰	783	[俣]	340	彼	30		853	**【7画】**	
伭	128	只	801	佁	84		857	俦	88
役	800	侠	783		632	侏	891	浙	84
伉	355	[侣]	632		798	优	606	俨	776
仿	172	住	589	侮	710	倢	670	俅	561
伙	280	佚	801	**【6画】**		估	280	俸	48
伪	697	作	917	倥	368	侨	548	俥	73
仁	894		917		692	侹	774		335
优	119	伯	13	侙	84	血	757	俌	188
伈	748		15	侧	750	倁	102	便	38
伊	793		47	佳	296	侤	888		517
似	616		466	侍	616	侄	568	倸	637
	632	佤	366	佶	288	侩	367	俉	712
伃	825	[你]	483	佬	385	恰	203		826
【5画】		伶	413	俚	165	侻	665	[使]	615
侎	440	佣	816		476	俏	801	恒	145
佞	491		819	供	209	佩	508		625
征	872	低	128		211	侁	225	俩	400
佉	562	你	483	使	615		227		405
估	214	侚	211	佰	15	徇	767	俪	397
	217	佟	671	侑	823	佫	247	侲	606
休	752	佁	887	侟	109	侈	83		869
体	660		889		325	你	801		871
	662	住	894	侉	366	侘	682	(侠)	724
何	244	位	700	例	397	侪	65	俍	444
	246	伭	728	侠	724	佼	310	俫	378
俩	172		761	倳	795		313	俓	330
佐	917	伴	17	侥	313	依	793	修	752
伾	512	[佇]	894		786	依	102	[候]	254
佑	823	佗	682	侄	877		632	俏	550
[佈]	52		683	[侠]	254	侅	193	俣	829
伻	27		685	此	102	伴	782	(倪)	543
佧	351	佖	31	侦	869	[倂]	46	俚	395
佔	65	伺	102	优	224	[侁]	816	保	21
	133		632	俋	606	[俅]	455	[俾]	30
[佔]	859	伲	482	曲	559	佗	64	傅	521
攸	819		484	侣	430	侒	5	促	105
但	119	佛	31	侗	144		6	俋	802
但	562		181		671	依	492	俈	365

（賣）	440
賣	833
［譺］	397
［囂］	516
熹	717
憙	721
［𤮰］	841
［賣］	833
壹	794
燾	554
嘉	867
（鼛）	124
囍	516
譺	590
［懿］	807
馨	748
鼙	515
懿	807
［蠱］	150
𤫩	590
𪎭	149
［囏］	300
囍	721
鼚	659

30 ⺾部

【1—2画】

艺	800
艿	141
	669
艾	3
	800
芁	310
节	316
	317
芀	666
芀	386
芀	475
	578
	578
艾	3

【3画】

芉	196
	197

芋	830
芝	149
芐	259
	726
共	210
	210
芒	800
芾	457
芊	539
芍	602
芄	510
芃	689
芨	284
芒	443
芝	876
	879
芑	534
芎	751
芌	907
	908
艻	734

【4画】

芽	539
芙	184
芜	774
	836
芫	708
苇	697
芸	842
芾	175
	184
芰	292
芣	184
苈	396
苊	160
苉	515
苣	339
	566
芽	770
芘	98
	681
芘	30
	31
芷	513
芷	879

［莽］	573
苫	885
芮	584
苋	731
茵	692
苪	536
苇	446
芙	9
苌	70
花	261
苅	578
芹	553
苅	801
芥	194
	321
苁	103
［茫］	261
芩	553
芬	176
芝	170
苍	57
芪	531
芴	255
	711
芡	544
苄	7
芟	595
苟	212
苹	38
芰	703
芫	239
芳	171
芳	261
	370
	697
苎	894
芦	425
	426
芜	75
芯	747
	748
劳	384
芛	697
英	344
芭	11

苊	363
苏	637
苡	798
苧	757
	894

【5画】

茉	466
苷	196
苦	365
苯	27
茉	892
苛	243
	357
苤	62
苤	246
苤	520
若	576
	585
茂	446
茏	420
茇	12
	508
苹	522
苊	24
	24
苫	595
	597
苤	220
［茶］	471
苜	20
苴	334
	856
苗	459
苗	128
苴	876
英	812
苋	271
苜	799
苒	573
［茻］	479
茼	557
茵	561
芙	615
茭	139

茌	856
苞	799
茬	82
苻	184
苮	727
苜	48
苊	645
苤	214
	218
茶	488
苓	414
茚	811
茋	130
［茶］	488
苟	212
茚	445
	446
苳	143
茑	487
苑	838
苞	20
苙	288
	397
	170
范	490
苧	894
（荢）	894
芡	763
茎	814
蕊	31
茕	558
［荨］	127
苊	483
苠	461
苐	131
	660
弗	184
茐	251
苗	903
苦	602
	666
	296
茄	551
	327
苔	648
	648

哎	2	咘	682	和	244	唎	409		847
咕	214	呱	214		247		409		848
呋	509		218		256		411	咿	793
呵	1		219		280	咦	795	响	735
	243	坐	918		281	哓	737	哣	254
	357	呼	247		283	哔	32		254
唖	845		255	命	464	咥	139	哌	502
呐	45		754	周	888		722	唫	325
咗	917	呤	417	咎	200	[咔]	422	哈	367
㕎	507	[呧]	130	咮	333	呲	100	哈	233
咺	614	呴	211	[杏]	675		905		233
呬	52		213	巫	288	咣	224		233
咙	420		254		536	[罕]	236	咷	657
呶	166		756	【6画】		咢	161	喋	573
呼	522	咻	688	哉	846	里	918	哚	156
咔	351	咚	143	耇	212	虽	640	胸	752
	351	鸣	463	咸	729	咄	563	咯	202
呫	65	咆	506	咠	100	品	521		351
	74	咳	342		908	哃	672		420
	668	咛	490	哐	368	咽	772		436
咀	113	呹	161	哪	18		779	哆	83
	119	咇	32	哇	225		791		155
咀	338	咏	818		686	骂	439	哮	873
	915	咟	612		687	甼	596	咑	96
呷	193	呢	480	咭	285	哕	275	咏	793
	724		482	咾	385		839	咬	310
呻	606	呡	704	咃	132	呵	273		787
咢	240	咈	175	咠	537	味	582	哝	793
	737		184	哩	164		890	咳	233
呗	876	呟	251		165		891		233
咉	781	咄	155	[哔]	460		895		358
	783	呶	478	哄	250	哐	143	咩	460
[呪]	889		493		252	咶	218	[咲]	740
咒	889	咖	193		252		230	咪	453
唎	573		351	哑	769		265		455
咽	722	呶	46		771		617	咤	857
咽	779	哈	233	哐	759	咻	752	唵	6
呋	801		648		762	哦	167	哝	492
咋	846	唒	438	哂	608	哐	119	哪	473
	851		438	哨	824		729		475
	854	呦	819	哳	164		775		480
[呋]	244	咝	630	咵	366	咁	577		480
唵	682	(咼)	230	晷	145	哗	261	哏	207
咐	190	知	876	咴	272		262	[喿]	156
咱	500		881	哒	112	咱	845	哞	469

啤	24	嘸	791	[嗷]	119	噴	440	噫	197
噜	743	[槑]	448	嘔	547	嘿	248		236
嗵	671	(嘍)	423	嗌	421		468	嘷	256
嗓	590	畾	775	嗜	717	(嘸)	188	(噸)	153
噎	817	晜	775	嘐	311	嗒	112	(喊)	839
善	365	囑	230		738		645	嘴	915
嘦	509	鼺	315	嗲	596	噢	290	噱	347
【11画】		嗤	3		608	噍	915		764
[壽]	620	唯	312	嗌	1	噍	316	噗	830
嘉	297		640	[㗗]	349	[嗥]	240	噧	426
嘏	217		915	**【12画】**		噢	497	(噹)	121
	299	喘	433	嗜	57	喻	717	嗣	246
瞽	741	嘣	28	(嘵)	737	嘘	51		724
啓	106	嘤	813	嘰	840	噙	554	器	537
嘈	276	喝	230	(嗊)	509	嗚	273	略	424
(嘖)	852	哆	797	喵	867	噜	425		428
嗎	727	咧	145	嘻	717	噞	573	(嚷)	492
喞	385	噪	124	嘭	510	噉	106	噪	851
(嘆)	652		311	(噠)	112	噸	681	嚣	490
嘞	386		315	嗄	789	噇	96	嗥	241
	390	(鳴)	463	(噁)	161	嘈	528	喂	839
嘍	380	[嘷]	240		162	噂	916	噎	647
(喽)	441	嘚	125	嘶	631	噌	61	喝	148
嘶	848		126	嗒	576		78		890
嘈	58		126	嘩	745	噈	759		904
[嗷]	636	噔	104	噶	193	(嘮)	384	嚄	640
嗽	636	嘲	730	嘲	73	嘹	304	噬	619
(呕)	498	曇	316		864	噚	766	嘲	884
喠	302	嗡	433	嘽	120	嘒	282	喚	828
嘌	518	嗫	717		651	囑	894	噭	316
	519	嘖	652	啊	145	噗	768		550
喊	530	嘲	258	[嗄]	193	噔	126	嗬	730
嘎	193	嘹	552	嗷	344	噺	833	噞	778
	193	嘛	866	嘹	406	(嗦)	630	(嚐)	367
	193		868	嚕	57	(嘰)	284	(噯)	2
嗜	603	嘛	438		845	[嚞]	357	噙	859
喫	590		440	噗	526	**【13画】**		噝	613
嘌	256	嘀	128	嘁	94	噩	162	噭	249
噓	613		129		917	嘆	280		747
	755	嘀	599	鼎	837		282	噫	4
嗹	260	嗾	636	[噐]	537		497		794
[嗹]	255	啐	628	嘖	372	噠	511	[噛]	817
嘬	346		637	嘼	93	噣	240	嚍	302
喤	653	嘧	457	(嘽)	68	噤	326	噄	588
賑	842	噉	237	嗽	353	噥	391	嘀	706

膺 813
(應) 812
廮 369
[塵] 67
鷹 813
廫 407
廣 295
(廬) 425
麻 637
(龐) 505
龐 900
[廳] 347
慶 816
廥 816
廯 728
雁 817
麗 394
[麼] 455
廉 449
[廧] 813
[廬] 515
(鷹) 813
(廳) 669
[塵] 817
龘 105

47
门部
门 450
【1—3画】
闩 627
闪 597
闫 774
闭 31
问 704
闯 96
【4画】
闰 585
闱 695
闲 728
闳 251
间 300
　 305
闵 462
闶 355

　 356
闷 450
　 451
【5—6画】
闸 855
闹 479
闺 225
闻 703
闼 646
闽 462
闾 429
阁 352
阀 166
阁 204
阂 194
　 245
【7画】
阃 373
阄 332
阆 809
阅 840
阆 383
　 384
【8画】
阖 147
　 604
阘 832
阉 773
阊 69
阌 723
阍 703
阌 277
阁 775
阏 161
　 773
阐 68
【9画以上】
闉 808
阑 380
阗 566
阔 374
阕 571
阖 246
阗 664
阚 646

阚 488
阙 346
　 570
　 571
阚 237
　 354

[47]
門部
(門) 450
【1—3画】
(門) 627
(閃) 597
闪 281
　 597
(閆) 774
閈 237
(閉) 31
閅 32
(問) 704
問 670
閇 840
【4画】
(閏) 585
(開) 351
[閎] 222
(閑) 728
(閔) 251
閉 726
(間) 300
閩 589
[閒] 585
閍 745
開 301
　 306
[閗] 728
閊 33
　 38
(閔) 462
(閦) 355
閟 28
閌 413
閆 146
(悶) 451
【5画】

[閭] 585
閬 160
　 726
閛 510
閜 66
閖 119
(閘) 855
閞 221
閝 856
[閜] 479
閤 33
開 38
　 221
【6画】
閭 368
閮 571
(閨) 225
(閏) 703
閧 736
[閱] 250
閡 140
(閩) 462
閨 429
(閥) 166
閣 205
(閤) 243
[閣] 204
閔 93
(閣) 204
閩 875
(閬) 245
[閡] 220
閻 733
【7画】
閿 280
[閾] 737
閺 615
[閻] 566
閻 567
閩 67
(闈) 373
閽 278
閼 278
　 451
閣 914

閣 94
　 704
閡 189
　 840
閤 537
(閻) 809
(閱) 840
閱 222
(闊) 384
閡 160
【8画】
鬮 571
(闌) 147
(闃) 832
(闋) 773
閩 567
(闍) 69
[闍] 703
[闔] 332
闇 647
閘 173
[閱] 723
闒 413
(闐) 703
闖 277
(闞) 775
(闖) 773
闕 253
　 342
　 737
闞 94
【9画】
闔 253
闓 645
闓 516
(闃) 808
闚 788
(闌) 380
闖 246
(闞) 566
[闐] 703
闞 772
　 17
闊 375
闚 517

逅	254	[逼]	132	逮	115	(遠)	838	[遶]	575
迨	244	途	676		116	遴	110	遛	418
逃	657	逌	374	逼	226		111	(邁)	440
迥	767	[逸]	803	遂	892	[遴]	539	遷	699
逢	505	逛	225	**【9画】**		退	610	(遷)	539
[逖]	796	逖	662	(達)	112	遏	645	[還]	539
迤	799	逢	180	迦	297	遣	543	(遠)	406
迹	293		505	逼	29		544	避	752
[迋]	669	(這)	868	[遶]	539	[遲]	161	遷	884
这	311	[逰]	669	遗	125	遱	646	遑	728
迖	905	逬	628	[遖]	869	遄	36	(遺)	797
迸	484	递	132	逌	819	(遞)	132	[遷]	161
进	28	逤	644	遏	123	遥	786	遘	711
	45	[逼]	762		654	遛	418	[遳]	276
送	635	逼	132	遇	832		420	過	695
迷	454	通	671	遏	161	遂	289	適	619
逆	484		674	遗	700	道	93	避	412
迍	826	逄	799		797	[遡]	638		413
迮	831	逡	572	[逞]	161	遅	83	遵	916
退	680	**【8画】**		遷	161		717	遶	413
逊	767	遊	821	遄	95	(逊)	767	(遲)	82
逗	417	逵	370	逾	772	道	125	(選)	762
【7画】		逯	772	遍	835	**【11画】**		邅	659
逝	618	逮	106	運	145	遠	406	遢	834
逑	561	逨	625	遑	270	遭	849	邋	286
(连)	401	道	111	邊	36	遨	85	**【13画】**	
逋	51	[逰]	26	遁	155	遨	638	[遝]	539
逕	207	逹	99	逾	674	避	709	遽	341
速	638	[逳]	821		827	遨	833	邃	850
逜	712	逮	132	遆	661	遭	133	(還)	265
逗	146	[遏]	662	[遊]	821		619	邀	619
逎	561	逻	434	逍	561	遨	334	邀	785
逦	395	[逴]	693	道	125	達	850	邀	543
逐	892	(過)	232	遂	640	遭	423	遹	276
(逞)	330	透	694		641	遭	771	邌	115
[逕]	329	逥	540	(運)	843	[遨]	785	[邋]	460
逈	821	(進)	325	遍	38	[遬]	155	避	746
逍	737	[逇]	657	逮	301	[逾]	786	遵	859
逞	80	[週]	888	逯	155	遮	866	遂	781
逷	15	逸	803	遐	725	遭	862	避	35
逦	395	逾	335	[遲]	82	(適)	617	**【14画】**	
[逯]	680	[逊]	832	(違)	695	達	627	遵	133
[迴]	273	道	832	**【10画】**		遗	223	[邁]	129
造	850	道	268	遨	8	**【12画】**		[邅]	849
透	675	逯	427	遘	213	逮	117	(邇)	164

椅 794	棚 510	棻 174	楫 289	楬 429	
799	桐 88	174	楬 447	槎 63	
掩 777	楷 278	棠 654	榲 702	[樑] 423	
椓 904	榕 256	暴 337	841	楼 423	
捷 319	椀 337	[棃] 392	楬 319	[榆] 301	
[棲] 529	[楁] 334	集 289	539	椙 821	
(棧) 861	椋 404	椠 503	根 694	椽 641	
棑 501	淳 231	棠 535	椴 631	椢 207	
椒 311	梾 311		楅 521	[椳] 207	
棹 865	梓 108	**【9画】**	椰 578	椿 338	
902	楀 19	楔 741	楙 95	楦 762	
椁 126	梧 19	榛 105	157	梭 636	
867	25	912	楞 391	椵 677	
棋 338	526	椿 98	391	楎 273	
棵 358	椄 317	[樇] 846	楈 217	278	
棍 230	319	[楳] 448	[橋] 507	楄 517	
279	嵅 832	椹 609	橢 507	椻 92	
棉 7	棬 567	870	楸 560	概 195	
8	椏 511	樺 298	椱 191	椴 297	
楓 218	椴 777	楪 140	椴 151	299	
椤 435	棕 909	792	椩 517	椶 707	
椿 646	[椗] 142	椿 113	[槮] 636	楣 745	
(橺) 199	植 796	477	楻 270	槔 273	
椆 281	棺 221	椿 476	槐 264	698	
366	椌 362	楠 323	椢 830	楣 448	
椥 877	545	椂 326	槌 97	椙 755	
椹 97	梡 355	禁 63	楯 155	楹 814	
[棟] 45	椀 690	855	629	楔 371	
椥 826	[椀] 690	椬 651	榆 827	椵 590	
棿 483	榔 383	92	[槍] 718	椵 447	
488	椠 398	377	椰 245	揉 581	
椎 97	410	椿 29	椴 837	楸 445	
899	419	楚 785	[椴] 762	椽 95	
棉 457	[栌] 66	梽 403	[椴] 909	[榴] 906	
椑 24	椲 306	椿 685	梽 253	[架] 338	
514	棣 132	椆 236	椒 212	[楽] 387	
槌 501	椐 335	械 301	梅 656	窯 319	
槭 883	椭 685	301	(楓) 179	[槊] 195	
楸 727	(極) 287	[械]	椮 103	桼 471	
榆 433	椶 900	椷 694	635		
椿 740	902	椻 351	椁 670	**【10画】**	
棶 168	榴 906	椪 584	[椫] 685	榖 217	
[桴] 489	[楖] 409	楷 317	[椿] 319	榦 198	
椓 55	棘 289	352	椺 77	236	
棇 577	椠 544	(楨) 869	櫐 797	櫸 319	
		槛 381		榛 870	
		椙 610			
		(楊) 782			

横	229	橙	80	欞	761	楷	896	橾	457
	372	橃	167	[㯖]	646		904	(櫟)	397
[蠡]	150	燨	675	(檷)	881	橇	302	(欖)	883
欅	598	橘	337	橇	274	樟	501	(櫧)	426
檣	95	榛	388	樿	371	榛	778	(櫧)	891
橅	465	橡	837	橄	720	樸	527	[櫥]	91
橇	548	(機)	284	(檢)	303	[檣]	457	檴	176
(橋)	549	棘	59	(檜)	228	欐	810	檹	744
樀	98	橐	684	棚	258	檼	811	檔	608
[椾]	845	糜	93	檐	121		812	檖	834
[橰]	916	橆	709		775	[檨]	67	(檾)	837
樵	549		711	檘	321	檗	4	櫔	410
[橚]	745	濼	805	橨	211	横	225	櫜	201
[樺]	201	欒	584		341		271	[櫟]	891
橢	629	[欒]	584	標	413	樀	868		
檜	647	[㮚]	811	檀	651		884	**【16画】**	
麬	507	橪	663	[檫]	413	檕	287	蘖	489
橎	169	**【13画】**		檍	806	(檳)	43	樣	399
檎	554	[龥]	201	[樣]	799	檫	63	檴	50
[橯]	629	蕖	202	櫶	304	(欐)	490	欄	560
橹	426	[綮]	397	樴	596	檻	685		739
橪	574	(桿)	77	檏	560	權	130	欟	379
	774	橝	337		639	[權]	865	[檫]	685
檳	419	樓	264		739	[檝]	127	(檫)	397
樣	495		282	檘	523	橳	457	櫂	571
橦	673	檬	452	檗	295	欐	295	頹	521
機	878	檴	198	橐	506	橐	230	(櫨)	425
[橗]	806	襟	327	橾	51	檗	733	橺	776
[橺]	129	(檣)	546	**【14画】**		檾	557	櫃	762
楹	718	欏	530	(檉)	648	**【15画】**		[橋]	201
樨	860	[橉]	628	[檬]	685	檫	711	(欅)	338
様	603	檔	309	(檮)	657	[檼]	276	櫡	815
橉	413	檞	41	樹	605	横	107	欀	226
樽	916	(檀)	299	檻	498	(檳)	148		264
橩	641	檳	290	檬	461	[橝]	546	(槻)	77
楷	61	檣	388	(檻)	228	櫃	541	(櫨)	420
	853	樞	235	(檻)	307	欂	820	櫺	814
橈	559	[橉]	340	櫃	399	[檣]	337	檫	719
檎	491	[橗]	426	[檆]	778	檫	50	櫸	731
樺	766	檫	528	欄	483	橄	636	櫜	420
槿	263	(檔)	122	檫	493	櫚	388	[櫜]	489
楎	718	楷	428		584		389	櫪	811
[橴]	870	操	548	檫	630			**【17画】**	
橢	658		622	(檻)	429	[檫]	761	(櫂)	567
槓	176	檫	677	[檫]	98	檫	14	檫	416
			858	橾	394			[檫]	414

獴 265
獶 813
玃 67
玃 574
（玃） 454
［玃］ 730
獅 534
玃 479
　 479
玃 731
（玃） 435
玃 348
玃 382

67 歹部

歹 115
【2—4画】
歺 219
　 753
列 409
死 632
夙 637
歼 300
殀 820
［殀］ 785
殉 752
歾 56
歾 466
　 703
殁 466
　 704
【5画】
残 56
殆 364
殊 764
殂 105
殃 781
殇 599
殄 664
［殄］ 885
殒 277
殆 116
【6画】
［残］ 56

［残］ 764
殉 56
殊 621
殑 758
殑 372
殉 767
殍 735
殔 633
毙 32
【7画】
殑 327
　 330
　 556
辣 638
殒 843
殓 403
坐 110
殍 519
殖 216
【8画】
㱡 391
　 415
殖 619
　 878
㱮 716
殖 530
㱭 780
　 792
　 56
矮 694
殙 278
　 451
崒 913
殕 49
　 182
殚 118
［殓］ 403
殓 803
殗 289
【9画】
殜 140
殔 382
殖 745

殦 702
［殹］ 151
殡 56
［殓］ 642
磋 111
［殙］ 278
殠 276
【10画】
殧 360
（殥） 843
殨 3
殪 90
殰 356
殡 44
【11画】
殨 909
殨 487
殨 326
殨 830
殨 663
（殇） 599
殨 217
殡 557
殡 810
【12画】
殨 557
殨 805
殨 633
殨 372
（殚） 118
殨 127
【13画以上】
［殨］ 308
［殨］ 909
殨 150
（殓） 403
殨 35
［殨］ 326
（殡） 44
殨 148
（殨） 300
殨 575
殨 107
殨 437

［67］ 歺部

［夃］ 632
夃 56
［妃］ 632
［聿］ 633
粲 57
餐 56

68 车（車）部

车 73
　 334
【1—3画】
轧 193
　 771
　 855
库 604
轨 227
军 348
轩 759
轪 115
轫 839
轫 577
【4画】
轰 250
转 896
　 897
　 897
轭 161
斩 860
轮 433
轵 531
软 584
【5画】
轴 214
轲 357
　 359
铲 425
轴 889
　 890
织 879
轶 802
轷 255
轸 870

轹 397
轺 786
轻 555
【6画】
载 846
　 847
轼 618
轾 882
轺 224
轿 315
辂 888
辁 568
辂 427
较 315
　 345
晕 841
　 843
【7—8画】
辄 867
辅 189
辆 405
辇 486
辊 229
辋 693
辍 482
　 803
辌 404
辍 100
辐 906
辈 25
辉 272
辇 273
【9画】
毂 215
　 217
辏 105
辐 187
辑 289
辋 702
　 841
输 622
辖 821
辇 581
辔 509
【10画以上】

泅	751		543	渗	397	**【6画】**		洗	720
汾	177	沛	275	泠	414	洭	368		730
[凇]	774	法	167	派	876	沫	389	活	230
泛	170	泔	196	泺	436	[浅]	543		280
沧	57	泄	744		523	洼	225	洑	185
泜	879	沽	214	沿	774		686		190
沛	291	沐	624	沟	335	洔	880	涎	135
沕	255	河	244	泖	446	洁	318		729
	456	沰	156	沱	170	洘	356	洣	306
	711		682	泡	506	洱	164	洎	293
[次]	729	[泫]	167		507	洪	251	浉	793
沨	179	泷	420	注	894	洹	266	洫	757
洰	117		627	泣	536	涑	537	洳	722
沟	348	泙	509	泫	762		591	派	500
没	448		522	泮	504	洒	587		502
	466	浅	587	泞	484		720		503
[沒]	448		764		491	洦	525	洧	568
沟	211	沾	859	沴	345	洧	698	洤	275
汴	38	泸	425		764	洊	306	洽	367
汶	450	泪	390	沱	683	洒	164		538
	704	沮	335	泻	744	湾	260	洽	657
沆	240		338	泌	32		708	洮	637
汸	171		339		456	洓	757	洫	696
	504	泖	769	泳	818	洌	409	沧	766
沩	696	泇	664	浚	345	浃	296	[洵]	751
汖	675	油	820	泥	482	洟	662	洚	310
沪	259	泂	879		484	浇	9	洛	463
沈	75	泱	781	泯	462		311	洛	436
	608	[况]	369	沸	175	泾	882	[浠]	310
沉	75	泂	331		185	[流]	418	[净]	329
沁	555		814	泓	251	泚	102	浏	417
[决]	344		815	油	604	浈	869	济	291
沮	491	泗	561		892	狮	612		293
	494	泗	633	沼	865	洸	224	洨	739
泐	387	泆	801	泇	296		271	沪	68
沇	697	泎	851	波	23	[洩]	744	流	86
	776	泡	157		46	浊	903	洋	783
【5画】			683	泼	523	[泪]	881	洴	522
沫	275	泔	185	泽	617	洞	144	洣	455
	449	泊	48		851		672	洲	888
沫	467		523	泾	327	洇	808	洝	7
泳	82	[泝]	638	治	881	洄	273		161
	617	泒	214	渤	8	测	60	浑	278
	795	[涂]	397		819	洦	303	浒	259
浅	300	[沿]	774		823	洙	891		756
								浓	492

字	页	字	页	字	页	字	页	字	页
津	323	涓	342	浤	251	涷	143		610
浔	766	涢	842	浵	385		145	沖	650
浪	809	涡	230	浪	383	减	758	洼	693
泺	325		705		384		832	渣	646
沏	583	洎	803	[深]	607	凌	148	湄	256
[浒]	342	洼	692	淠	680	涯	770	(涡)	705
渺	845	涔	61		841	涤	476	[测]	868
【7画】		涑	653	浸	326	济	26	湮	683
涛	656	涧	331	泖	288		27		685
[浯]	682	浩	242	混	698	淹	773	湘	245
浃	78	浼	159	涨	863	渝	507	逶	705
浙	868	浰	398		863	涿	902	況	482
浐	741		403	涟	157	凄	529	淮	264
郷	198	淀	761		684		544	淖	516
	236	海	234	沱	157	[凄]	529	洼	693
洪	706	浜	18		684	渠	340	洽	605
浛	171	浟	129	涩	591		564	淦	198
涝	385		821	涊	486	渐	301	(渝)	433
	386	[浥]	397	涌	86		306	湑	740
浤	633	涂	676		818	(浅)	543	渊	835
浮	48	浠	715	浼	633	淝	173	淫	809
浦	528	浴	831	浚	109	淑	622	涄	493
浭	207	浮	410		349	淖	100		583
涑	638	浮	186		767		479	淦	486
浯	709	浽	640	**【8画】**		婆	66		608
浢	146	洽	236	清	556	滤	39	溯	510
酒	333	浯	230	渍	909		255	淝	174
[派]	99		280	添	663	淌	655	涧	137
(浃)	296	[浯]	280	涨	863	浔	126		888
泷	444	洵	136	浇	311	溟	242	湆	277
涞	378	涣	268	渚	893	渫	223	渔	826
涟	401	浼	449	凌	415		231	淘	657
(泾)	327	泾	692	鸿	252	混	278	洦	238
涉	605	浄	181	淬	751		279	溜	256
消	737		251	淇	532		373		462
涆	237	涤	129	淆	245	涠	231	潕	256
涅	79	济	212	淖	586	涓	69	[凉]	404
	814	流	418	渲	85	湖	464	淳	99
涅	488	润	585		878	[渴]	359		901
(浈)	24	涧	306	漳	72	浸	462	液	792
涽	732	浼	628	淋	411	淠	516	[济]	293
浬	395	涕	662		413	渍	665	淬	108
涠	696	冲	86	淅	716	涠	245	涪	186
湾	521	浣	222	(涞)	378	滤	886	湊	552
浞	903		268	淞	634	滩	458	激	8

淤	825		745	湎	252	溍	537	溱	554
溙	745	滞	883	湍	678	湝	537		870
	803	湇	113	淡	653	渧	128	激	8
淯	832		645	溅	301		132	(溝)	211
港	343	溁	814		306		661	[浅]	422
湼	18	湖	257	溢	223	游	418	渚	83
淡	120	湳	477	滑	216		821	溫	360
淙	104	漆	476		262		612	[渺]	460
淀	136	湘	734	湃	502	漉	857	溓	605
涫	223	渣	854	湉	855	溠	449	满	442
涳	362	渤	49	湫	313	渼	423		451
涴	690	湅	227		332	湭	301	湃	445
	706	湢	33		560	湇	561	漠	468
	835	湮	773	渾	145	渞	561	潊	269
淏	398		808		672	滋	906	潜	326
[淚]	390	湅	403	[湦]	488	淋	313	滢	814
[浑]	260	[减]	303	溲	636		332	滇	134
深	607	湎	458	(淵)	835		664		664
湕	303	澳	494	滲	753	湆	762	溙	644
淥	427		494	湟	270	湏	636	(連)	401
[滞]	326	湝	317	湶	568	[浚]	278	溥	183
涺	335	溇	31	塊	694	(渾)	38		528
淛	627	(滇)	869	[浸]	326	漏	323	滑	203
湢	216	渹	265	淑	758	津	195	滆	204
	346	湁	610	渝	827	溉	499	溧	399
涵	236	泗	459	湋	773	渥	707	溽	583
渗	608	漠	337		777		710	[溍]	99
淕	293	湜	614	湲	837		455	(减)	461
涊	100	渺	460	[滔]	656	洱	278	[滙]	274
淄	906	(测)	60	[滄]	56	滑	459	源	837
【9画】		(汤)	653	溢	509		463	滏	658
湆	281	湀	289		509	(漳)	696	[溎]	612
[湊]	105	湿	612	(飌)	179	湄	448	滤	431
湗	278	湄	447	淘	250	渭	757	滥	307
澍	181	潤	827		558		758		382
湏	177	温	702	滄	289	滁	91	滇	644
	179		844		804	湧	818	潭	33
	509	湟	610	湾	688	[湧]	818	[湿]	612
溅	846	[湣]	359	[湢]	99	溪	227	滉	272
湆	85	渴	319	渟	670	溢	590	润	597
湛	76		359	淙	405		850	漏	645
	118	溰	694	渡	150	溹	581	漫	853
	861	湄	700	済	804	[溚]	293	淆	550
港	200	溃	276	浣	777	漆	494	(滇)	842
渫	139		372	[游]	638	【10画】		涸	279
						溡	780		

潐	316		282	澟	412	潬	502	濟	884
	549	(濛)	451	澶	67	濮	527	溫	741
[潿]	241	澥	238	[澟]	412	潕	35	(濼)	436
濠	295	[澣]	268	濂	402	[淪]	841	潵	80
[濇]	242	澁	92	濱	907	[澥]	826	瀖	231
潨	104	澢	592	潃	805	濱	811		282
	910	[澢]	591	澺	806	濠	241	潟	312
澳	10	瀬	379	灘	817	瀆	693	(潏)	426
澓	187	澌	518	澑	365	[適]	128	(瀏)	417
潲	766	潄	403	[滲]	326	(濟)	293	瀍	67
澢	717	潷	388	浦	636	濚	784	瀌	40
潘	502	澤	416		639		785	[灌]	223
	503	滅	276	(澱)	136	(濼)	814	(濎)	814
(潙)	696		282	澼	516	潫	815	濠	407
澍	426		701	潜	485	潎	815	(瀉)	744
潼	673	潹	43	(潩)	833	(濱)	43	(瀋)	608
澈	74	濾	341	**【14画】**		(潭)	491	瀰	410
澜	380	濮	828	潲	907	[濱]	43	**【16画】**	
潒	688	澔	241	[澝]	329	潒	407	潩	258
潗	526	潍	640	瀎	320	(濾)	325	濺	282
潾	412	(澠)	458	(鴻)	252	濉	640	澆	250
潭	110	潵	359	(濤)	656	潰	153	瀇	307
遂	641	潞	428	濛	534	(澀)	591		917
潧	870	澧	395	濭	238	濯	904	瀚	239
(澇)	386	(濃)	492	濊	461	澤	109	(瀟)	738
潂	236	澡	850		468	(濰)	696	[瀬]	379
[淰]	591	濆	267	(濫)	382	**【15画】**		(瀰)	379
(潯)	766	澤	625	潭	651	潩	558	瀜	580
澅	263	(澤)	851	澬	399	[澝]	329	(瀝)	397
潐	217	濅	267	[瀝]	397	瀘	499	濚	277
潺	67	(濁)	903	瀰	456	[瀟]	738	濯	283
潰	34	澪	89		483	(濱)	148	(瀕)	43
	502	澨	619	濡	582	潎	217	潗	746
潠	768	澖	884		584	[灑]	587	(瀘)	425
澄	80	[澥]	171	潴	350	橫	249	澗	776
	127	澤	108	[濬]	349	瀀	820	濕	647
(潑)	523	潫	187	澍	153	[瀦]	891	[潛]	542
滴	347	激	286	[潤]	374	(濾)	431	瀕	153
	833	潋	403	潟	764	瀑	23	[濫]	223
【13画】		(澮)	367	濕	647		528	潯	741
澾	3	澹	120		720	(濺)	306	[潧]	99
潅	486		651		746	潩	634	濠	264
港	200	[澷]	826	(濕)	612	瀆	153		687
潚	457	瀞	746	濰	711		699	潩	555
潩	261	湍	805	澍	643	瀰	389		

扪	707	拖	126	护	259	抽	87	招	602
	824	找	865	扰	118	扺	879		864
扚	364	批	512		607	挟	783	披	512
扛	198	拰	130		820	拐	220	拨	46
	355	抵	687	抉	344	扶	84	择	851
抓	711	扯	74	扭	491	拃	856		858
扣	363	抄	71	[抈]	308	拖	682	拚	38
扦	539	扣	215	把	13	拊	188		167
托	682		256		13	拍	501		178
挖	202	拼	476	报	22	拆	64		504
	215	抐	480	拟	483	抓	218		520
	318		484	抗	776	抮	870	抬	648
	536	扮	874	抒	621	拎	411	拇	470
扚	128	抚	785	抝	634	拥	817	拗	9
	137	扮	714	[抝]	9	抵	130		9
执	877		866	【5画】		拘	334		492
扱	62	折	603	抹	438	抛	339	【6画】	
	536		866		466	抱	22	拭	617
	714		866		466	拄	893	拔	580
扩	374		896	拔	563	拉	376	挂	219
扪	450	抓	16	拑	541		376	持	82
扫	591	扳	502	扯	603		377	拮	318
	591	㧑	298		791		377	拷	356
抌	605	抢	433		801	拡	568	挎	385
扡	83		433	抲	243		597	捭	604
	682	抌	825		357	拦	380	拱	210
扬	782	拎	541	柄	45	拌	18	挝	705
扠	62		553	拓	646		504		896
【4画】		扮	17		17	扛	366	拒	871
挂	692	抢	545		545	拧	490	㧟	540
扶	184		547	怖	547		491	[拓]	501
抗	689	拐	711		12		491	挎	366
抚	188		839		51	抗	831	挞	646
扗	843	抵	879		52	抗	787	挟	296
抟	678	扙	642	拢	422	[抅]	682		742
㧑	811		880	拔	12	[挖]	160	[挪]	790
㧒	12	抑	801	抨	509	拟	31	挠	478
	523	抛	506	拣	303		42	挳	881
技	292	投	674	拌	538	扼	482	挤	493
抔	525	扙	38	拈	485		483	批	908
抠	363	拉	703	抌	318	抿	462	挑	224
	497	抗	356	担	117	拂	31		374
扰	575	扨	272		119		184	挡	122
扼	160		695	担	854	拙	901		122
拒	339	抖	146	押	769	拔	493	拽	791

字	页码	字	页码	字	页码	字	页码	字	页码
掇	155	揪	555	搅	313	搏	49		912
掼	223	[搔]	97	揎	759	搗	162	搞	201
【9画】		插	62	控	883	搿	494	摘	81
揳	741	[插]	62	揼	677		495	搪	654
揍	912	揪	90	[接]	635	搣	461	搒	19
揕	872		332	搭	358	搞	314		510
揲	579	[揑]	488		538	揿	883	搚	93
撢	204	捍	826	(揮)	272	搕	542	撵	568
揲	139	搜	635	揙	36	搌	622	[搕]	160
	604	探	52		37	[搅]	271	搛	301
	792	揘	270	概	195	揶	597	搠	630
搽	63	搥	152		723	搠	660	搢	262
搭	112	[搥]	97	揻	299	揭	113		725
	646	揆	2	握	707		646	摈	44
捕	477	揹	766	搮	46	[揭]	685	[搾]	857
揸	854	揄	431	揩	462	(損)	642	搋	687
揠	772	揄	826	揹	755	搤	163	搭	579
捌	377	揞	777	揲	299	搰	278	[搂]	627
揊	516	援	837	揳	371	搋	233	搰	596
(揀)	303	揿	66	搔	590	摽	39	[摸]	456
搣	694	搊	911		591	捏	199	推	571
捱	687	掏	250	揉	581	摆	15	[推]	571
揂	583	搨	847	搽	838	携	743		860
搓	370		915	【10画】		(搗)	124	振	496
揩	352	[撩]	432	搸	870	搞	710	搦	642
[揹]	23	捸	79	搬	16	搃	513	搂	81
搨	873	揙	319		502	摭	94	撂	376
[揲]	319	揞	6	搆	212	[搣]	16	[捅]	673
揽	381	掭	132	[搆]	213	搬	16	摊	650
[揟]	750		663	操	792	搬	587	操	590
提	128	摛	618	[搽]	15		593	【11画】	
	660	搁	203	[搳]	355	摇	786	搔	86
(揚)	782		204	搐	877	招	538	摫	226
揖	289	搓	110	搕	358		656	撝	812
	794	搽	127	摄	605	[搯]	656	撞	302
揾	704	搂	423	搏	262	搎	723		326
揭	317		423	[揰]	111	(搶)	547	撕	69
	537		424	摸	464	[搇]	555	(搏)	678
揌	588	揻	301	揩	326	搤	817	槽	851
揣	94		303	搽	60	撻	181	搊	516
	94	揌	332	搧	664	操	319	(摳)	363
	94		821	搽	644		856	摼	361
	899	揔	911	撕	731	摺	88	搤	540
揞	257	搧	272	捷	403		420	摽	39
	364	搢	207		403	搁	88		

爵	347	肥	173	肮	7	胎	525	脃	563
	571	[脃]	83	肪	171	胍	214	胆	430
爨	787	肠	70	肮	652		219	胴	145
	822	刖	577	胅	345	胲	869	胭	773
	890	**【4画】**		朋	810		871	胸	494
[韜]	657	胖	506		871	胯	414	脡	670
[爨]	347	胼	329	胆	492	胝	876	胋	219
87		肤	182	肥	174	[胎]	95	脡	596
父部		朊	584	服	185	胸	564	脁	441
父	188	胯	897		190	胞	20	脀	249
	189	肺	175	胁	742		506	[脈]	441
爷	790		508	**【5画】**		胜	895	脍	367
爻	469	肢	876	胡	257	胫	376	脎	587
斧	188	[胚]	507	[胑]	484		537	朓	667
爸	13	肰	573	胅	467	胘	729		667
釜	188	肽	649	际	617	胖	503	脆	108
釜	188	肱	209	胚	873		506	胸	99
翁	672	[胧]	821	胅	563	胣	684	脂	876
爹	138	肫	98	胋	216	胮	42	胸	752
奢	866		681	胚	507	脉	441	脖	504
(爺)	790		901	胧	421		467	胳	193
88			32	胘	12	脘	356		203
月部		肚	514	胆	509	胒	484		204
月	839		876	胨	144	肺	175	[脆]	108
【1—3画】		[胐]	460	胇	351	胐	174	脏	849
[肊]	806	肹	886	胪	425		364		849
刖	839	朒	474		430		903	脐	532
肌	84	胀	863	[胆]	563	胫	330	胶	311
肌	284	肵	532	胆	118	胎	648	脑	479
肌	560	胀	504	胛	298	[胯]	470	胲	194
肋	386	胖	32	胂	606	胡	174		234
	390		714		608	**【6画】**		胼	517
肝	754	胎	714	[胝]	876	背	909	朕	872
肝	196	胗	235	胦	781	骨	216	脒	455
肪	706		553	脱	369	脬	18	胺	7
肛	199	[脑]	752	胐	588	拱	252	脓	492
肚	149	胗	16	胜	610	脯	164	脛	873
	149		177		611	胯	366	[脇]	742
肘	889	朋	510		749	朕	448	[脑]	479
肔	147	朊	83	胅	139	脏	611	朔	630
[肐]	203	肺	175	胙	918	胰	796	朗	383
肜	579		908	胞	83	胫	81	**【7画】**	
肑	47	肠	704	胕	183	腿	596	[朙]	463
肌	267	胅	543		185	胱	224	脚	313
		股	216		188	[胰]	827		

欧	497	欨 415	[歡] 265	飔 636
	563	歌 770	歆 811	飚 418
软	584	欺 530	[歙] 810	飘 518
欯	81	歇 832	歆 355	飙 40
	292	歆 530	歅 509	

[91] 风部

	536	欯 633	歆 721	(風) 179
欣	747		909	**【3—4画】**
欲	540	歆 354	[歡] 265	颸 39
	727	欱 120	歛 605	143
炊	97		354	颭 187
欼	714		544	颱 488

【5—6画】

欨	566	欯 498		[颱] 187
歌	243		823	颳 724
	551	欯 93		颴 833
欧	741		755	**【5画】**
欶	755	**【9画】**	718	颭 764
欻	93	欽 716	歗 756	颮 13
	722	欺 354	**【13画】**	颯 764
欬	722	欻 368	歠 327	(颱) 860
欯	105	[歌] 203	歠 723	颰 49
欭	905	歁 808	歠 723	颴 419
欧	802	歅 727	歗 756	(颭) 39
欲	243	歇 741	歠 806	[颯] 587
欶	367	歃 95	歐 93	颭 29
欸	352		95	848	(颱) 648
[欬]	358	[歆] 594	(歗) 825	颺 823
欨	345	歃 594	歛 235	**【6—7画】**

【7画】

		歆 315	[歛] 402	颸 759
欷	630	欿 827	歜 286	颭 410
	636	歆 747	[歟] 741	(颮) 218
欻	247	**【10画】**	**【14画以上】**	颴 399
	726	歌 203	歡 85	颺 739
[欵]	367	歐 823	歟 302	[颭] 340
歉	715	歇 708	歟 594	颭 399
欲	832		782	歟 100	颸 822
[欸]	368	歐 790	[歟] 286	颯 839
欸	2	歂 787	(歡) 265	**【8画】**
	3	歉 544	歟 913	颸 902
	163	[歎] 81	歟 432	(颱) 340
	163	歆 743	[歟] 373	颸 584
	163	**【11—12画】**	**91 风部**	颺 256
	163	[歎] 652	风 179	颸 874
		(歐) 497		181	[颱] 404

【8画】

款	368	歟 755	飐 782	颮 40
		歍 256	飑 860	颷 399
			飒 39	颸 404
			飓 397	[颶] 40
			587	**【9画】**
			飕 340	飆 317
			飗 631	(飅) 782

【9画】

飅 782 [飅]／飁 701／(飃) 631／(飅) 636／[飅] 249／飀 828／飃 7／飅 699／飅 591

【10画】

飄 352／飆 787／飅 644／[飅] 518／(飅) 418／飅 739

【11画】

(飄) 518／飅 249／[飅] 518／飅 763／飅 407／420／飆 720／[飄] 420

【12画】

(飆) 40／[飅] 40／[飄] 408／飅 408／飅 80／飅 680／[飅] 40／飅 834

【13画以上】

飅 592／飅 591／[飅] 701

[熙] 717	**97**	**【1—3画】**	[耒] 715	[您] 918	
熏 765	**户部**	必 31	总 910	您 490	
767	户 259	忿 800	[总] 288	[恩] 103	
熊 752	[㦱] 160	忍 801	患 32	念 622	
(熱) 576	戾 662	志 880	185	831	
熟 619	启 535	忑 658	怒 494	悉 715	
623	帋 259	忒 658	怼 152	慈 225	
薰 304	693	忒 659	急 116	[愁] 662	
733	庋 288	679	**【6画】**	恩 434	
熹 717	甀 616	忐 652	恝 298	惪 719	
燕 774	所 643	[忣] 288	恚 275	[慈] 103	
780	床 543	[忖] 630	[思] 362	惠 818	
[燋] 33	戾 397	忘 693	恐 362	**【8画】**	
爇 853	肩 300	忕 555	[恭] 209	(恶) 161	
鱻 312	[攺] 535	忌 292	恶 160	惎 294	
爨 573	房 172	忍 576	161	惹 576	
96	戽 260	**【4画】**	708	[惠] 126	
斗部	扆 566	忝 664	712	惠 275	
斗 145	启 135	态 649	恋 494	惑 281	
146	扁 37	[忥] 659	[志] 484	勉 88	
戽 260	516	忑 538	虑 431	悲 24	
料 18	扃 331	忑 3	恩 163	怒 484	
斟 257	扇 406	忠 885	恁 481	崽 846	
料 408	[廞] 824	忿 744	490	製 113	
[斝] 299	[扇] 300	忩 634	息 715	[恕] 883	
斟 146	廖 796	念 486	[恩] 630	惚 911	
斜 742	扆 799	忿 178	念 715	想 245	
斛 257	扆 865	忽 255	恋 403	[愚] 818	
[斠] 666	扇 596	忿 462	恃 150	悠 794	
斝 299	598	704	恣 909	惩 80	
斟 830	扆 263	**【5画】**	恙 784	[愍] 463	
斠 870	屋 260	恋 624	恭 510	惫 25	
魁 371	扆 772	忿 32	恳 361	愁 561	
斞 548	扆 173	思 588	[恐] 729	惦 859	
666	雇 218	630	恻 643	惢 584	
斟 315	260	727	恕 625	644	
斡 222	扆 31	思 163	**【7画】**	慈 729	
707	扆 777	[恩] 853	悲 867	**【9画】**	
斜 505	扆 260	怎 853	恋 570	[春] 99	
斞 667	扆 627	怘 183	[恐] 362	[愿] 552	
斟 336	扆 541	忕 658	悫 552	憙 721	
斟 147	**98**	愢 650	[爱] 3	想 735	
[斟] 336	**心部**	忽 103	悬 761	感 197	
斟 344	心 747	[忽] 103	患 268	238	
		怨 838	悠 819	[慝] 819	
		急 288			

佬	385	恽	843	惺	368	悴	108	惧	654
供	210	恨	248	悀	818	[悴]	108	惀	537
忹	444	协	742	悛	567	愀	832	愠	827
恒	249	悴	469		766	[悚]	140	愠	843
栖	529	[恼]	479			惓	343		844
	715	**【7画】**		**【8画】**			568	惺	749
[恆]	249	悈	322	情	556	惮	120	愒	247
恢	773	怵	334	悭	552	惙	120		353
[恇]	220	悖	25	(恨)	71		651		537
恢	272		48	悛	415	惊	104	愄	700
恔	757	[悑]	52	悴	751	悄	223	愒	700
悈	796	悚	635	惜	716	悾	362	愦	372
怪	139	悟	712	惏	411	惋	690	愢	631
恍	518	怿	220	[惏]	380	悞	398	愕	162
恍	224	怏	512	惐	832	悷	680	愣	900
	271	悭	751	惉	27	惬	289	愣	391
恓	802	悭	540	惂	773		360	愦	216
恫	144	悄	547	[惏]	529	惨	57	愀	550
	671		549	惭	56	[惨]	57		562
恫	274	悍	237	悱	174	憀	98	懂	674
恺	352	悮	712	悼	125		100		887
恻	60	[悃]	248	悁	71	惯	223	愎	33
恬	664	悝	370		655	**【9画】**		惶	270
恤	757		395	惧	340	(惬)	552	愧	372
恮	567		374	惈	231	愤	179	慅	152
恰	538	悃	374	惃	373	愭	85	愔	155
[恔]	413	悄	343	惕	662	煤	710	愉	674
恌	666		835	惔	665	惵	76		827
	786		803	[惆]	260		118	愇	780
愧	227	悒	331	惘	693	惮	204	[恻]	345
	696	悟	242	悸	293	喋	140	媛	760
恂	766		345	惟	696	憭	59		837
悄	880	悧	398	惀	433	愘	646	愰	909
恟	752	悔	274	惊	55	慌	269	悍	558
恪	359	悇	677	慢	620		272	[憎]	256
	570	悕	715	惆	88	愊	33	[惚]	104
侈	618	悗	441	惛	277	惰	158	[愊]	153
恔	313		451		451	惒	540	[怀]	2
	740	悙	248		463	惼	458	慢	156
恼	479	[恪]	413		704	[愫]	496	憎	808
恔	234	悯	462	悋	353	愫	494	愫	641
恍	86	悦	840	惚	256	愯	661	愃	760
恲	510	悌	662	悰	332	(恻)	60	恪	360
侘	64	恨	383	惊	328	愓	123	愆	591
	156		405	惇	153		599	(惮)	843

惼	37	惵	93	憯	511	懡	452	懦	496
慨	352		758	嘶	717		453	憛	35
悧	455	慊	544	[懂]	265		453	懝	4
惛	278		552	懂	144	慺	282	懭	369
	463	愔	234	憶	634	(懞)	451	憶	466
	704	慯	484	憚	276	懍	324	憺	295
惮	698	憎	743	憚	651	憸	93		534
惛	755	**【11画】**		憭	407	憻	592	懁	784
[惇]	558	愤	852		408	懒	379	懪	496
愫	371	懂	326	憛	57		381	**【15画】**	
慲	59		554	憼	71	憾	238	懻	453
	590	憪	441	憪	733	懅	341	[懜]	884
惷	743	(慚)	56	憪	730	[愡]	60	懮	820
(悩)	479	傅	679		733	愧	610		823
【10画】		憎	58	(憫)	462	懠	479	㸑	21
傲	10		104	[愢]	451	懆	57	憒	884
愫	638	(慪)	499	憬	329		59	㑛	419
惺	484	(慳)	540	(愤)	372		590		419
慎	210	慓	520	(憚)	120	(懌)	801	憛	896
	211	[慽]	529	[愣]	162	懁	760	**【16画以上】**	
惛	533	惶	78	憤	440	懋	890	(懒)	381
[愡]	362	慺	423	憒	393	[懐]	264	懞	295
慢	605	[惕]	442	(憮)	710	[懊]	830	(懐)	264
憐	470	慢	442	憍	312	㣿	286	㦜	422
摸	471	惟	107	懔	60		314	憍	660
[悔]	25	惕	600	憔	549	憸	728	懽	223
慎	609	(働)	674	懊	10	愉	367	[懽]	265
[博]	48	憁	104	憣	168		701	懰	382
[㦻]	398		634	憨	106	慢	4	(懺)	69
慌	271	憯	85	憖	153	[㦳]	361	[憿]	86
	272	慷	355		155	憻	120	懷	575
愪	842	傄	817	憧	86	解	746	(懾)	605
(愷)	352	惇	862	(憐)	401	懍	381	(懼)	340
(恓)	352	憿	41	憔	730		412	[慴]	86
愭	851	憝	701	憎	853	憧	652	懤	743
傻	635	[憍]	158	憧	263	[憟]	412	懼	436
慌	797	[愺]	605		282	憤	907	懾	104
傲	808	憀	406	憖	67	(憶)	800	儻	656
愮	787	(惨)	57	憐	642	**【14画】**		㦂	348
	789	(慣)	223	憕	80	懂	115	懧	501
愊	657	**【12画】**			127	憍	89	**[98]**	
愖	743	憢	739	憍	347	懐	461	**小部**	
(愴)	97	(愤)	179	愫	57	憶	884	尕	664
(悩)	889	憘	717	**【13画】**		憻	91	恭	209
傍	505		721	勷	554	(憸)	773		

〔瓶〕	196	砄	183	〔砷〕	824	硇	557	碹	803
〔甛〕	664	砖	897	砟	856	硶	2	碜	76
〔甝〕	235	〔砝〕	250		918		700	碚	360
衉	235	砗	73	砼	672	(硃)	891		570
〔甞〕	70	砑	724	砂	869	硫	727	硪	159
訾	198		771	砥	131	砰	775		707
訾	198	砘	154	砾	398	硎	549	硷	303
〔甦〕	868	砒	512	硇	478	硭	69	碰	111
磨	197	砌	537	砲	507	硝	151	〔硲〕	831
〔罈〕	652		551	〔砲〕	507	硐	478	硲	236
甚	238	砑	879	硅	895	硃	138	确	346
102		砂	593	砬	376	〔砵〕	869		570
石部		砅	397	砍	521	碚	275	硫	418
石	119	泵	28	砟	353		698	硤	547
	613	砚	779	砣	684	硐	766	磁	250
【2—3 画】		砌	478	砣	161	硇	478	硍	383
〔矿〕	142	斫	903	砩	186	砗	252	砦	593
矾	500	砍	321	础	92	硌	206	**【8 画】**	
矶	284	砮	786	破	525		436	〔碁〕	533
砑	151	砏	43	硁	361	〔硃〕	521	碧	361
〔砲〕	36		520	碍	470	硗	547	碱	710
矸	196	砝	36	砦	421	硋	3	碃	558
矼	199	砍	353	岩	257	硫	87	碃	537
	362	砜	180		570	砰	510	碜	391
	545	砨	419	砮	493		523	碰	376
矿	711	〔砍〕	462	**【6 画】**		碎	159	碚	770
岙	354	硫	355	碧	432	硨	427	碏	571
砓	866	砮	345	碧	210	硍	229	琳	411
矻	364	**【5 画】**		硎	750		361	碕	533
矽	714	砫	831	硅	226		809		535
矾	168	砝	167	硣	538	砦	858	硺	904
砐	161	〔砷〕	664	硪	210	〔砦〕	858	碨	319
矿	369	砹	3		252	〔碧〕	36	碌	109
矿	443	砵	46	碰	444	**【7 画】**		碌	56
砀	122	砢	357	硒	715	碧	74		301
码	439		435	硕	614	碎	738		860
岩	774	砸	845		630	〔硐〕	319	硝	208
【4 画】		砺	398	碰	113	(砷)	73	碍	4
耇	261	硃	52		645	硬	816	碟	358
	755	砰	510	硖	725	(硖)	725	碮	229
砗	19	砧	869	硗	547	硪	19	碘	135
	27	砠	597	硁	882	(硜)	361	硇	349
研	775	砠	335	硗	368	硝	738	碴	646
	779	砣	912	碉	145	(砚)	779	碢	200
		砷	606		672	硱	374		479

碣	684	(碭)	122	磽	704	磁	910	[磳]	900
硾	900	碭	320	磔	867	磋	537	磳	853
硬	698		772	碴	418	[磙]	229	磴	127
碓	153	碨	698	碻	548	磏	355	(磯)	284
硺	457		701		571	碙	420	**【13画】**	
碑	24	碦	162	碏	290		428	磬	360
硷	810	碳	653	磌	393	磍	129	礎	358
碖	434	碻	215	磋	229	[磙]	913	礅	387
硼	511	碬	151	磠	654	[碰]	763	礦	452
碉	137	碫	740	磅	20	磔	565	(礎)	92
碚	278	碗	371		505	碫	197	礓	309
硶	644		698	磏	401	碯	376	礆	197
碎	641	碖	152		541		377		238
硈	25		900	碏	725	磳	420	礌	388
碰	512	碖	827	(碻)	570	[磣]	427	磟	792
碈	128	(碙)	180	刷	47	(磣)	77	磣	851
碇	142	碢	250	碾	486	磼	73	磲	852
硿	362	碲	133	磙	590	磨	465	礉	246
	362	磋	110	磐	503		468		287
碗	690	磄	308	磬	385	礜	421		548
碌	420	[碤]	900		437	**【12画】**			652
	427	[碰]	159	**【11画】**		[礜]	168	礏	799
碜	77	磁	101	磬	558	(磽)	547	礒	102
碜	47	碹	763	暫	67	磣	512	礍	639
【9画】		碽	252	磬	794	(磴)	113	礔	513
碧	34	碅	37	(磧)	537	磾	136	(礜)	570
碤	537	[碴]	462	磞	354		651	礜	834
碡	889	[磟]	479	磖	385	碯	398	[礜]	513
碟	6	**【10画】**		磺	270	磌	324	**【14画】**	
[碪]	869	碰	9	(磚)	897	礂	863	[磬]	360
碟	140		548	磳	59	[碉]	306	礤	507
碚	360	(碼)	439	磴	361	(磾)	128	礦	439
[硫]	269	碩	210	磻	40	魂	389	磽	54
碏	62	磕	358	碱	537		699	礛	302
	63	磌	664		892	(磽)	549	(礦)	398
	856	碣	246	碤	96	碼	723	[礌]	584
硨	808	磊	389	磠	426	礁	845	礫	904
碱	304	[碵]	843	[磏]	726	礁	312	礤	811
(碩)	630	(碸)	700	碿	424	磯	553	(礙)	4
碤	584	[碹]	512	磲	389	碯	47	(礦)	369
磋	856	碾	631	碢	375		503	礤	54
	857	磅	808	碓	107	碼	274	**【15画】**	
[磕]	358	磃	787	磒	510	碾	154	(礬)	168
[碯]	316	磄	717		512	磢	733	[礓]	486
磯	380			磌	614	磷	412		

糇	253	播	169	**[145]**		扇	596	[菁]	327
[粗]	152	糯	310	**肀部**			598	翟	856
[糉]	911	糩	516	聿	488	羿	803	翐	860
糌	847	**【13画】**		肃	637	[䎃]	84	翿	647
糍	101	[糧]	180	[肅]	637	翂	251	翟	129
糈	757	糴	619	(肅)	637	[翀]	806		858
糧	753	糧	267	**[145]**		翀	86	翠	109
糅	581	[糩]	367	**肀部**		翆	471	翠	594
【10画】		糧	860	[費]	326	翂	177	**【9画】**	
粲	587	糵	51	(盡)	325	翠	108	翦	304
糒	26	**【14画】**		[費]	326	翂	84	翱	760
糢	465	糓	469	**[145]**		**【5画】**		翂	517
[楣]	26	(糯)	398	**肀部**		翂	725	翂	830
糒	102	糯	496	(書)	621	翊	573	翟	85
糙	58	(糯)	678	盡	326	翎	414	翂	689
[糲]	201	糡	369	畫	263	翎	564	[翂]	689
糢	562	糴	130	(畫)	890	翊	803	翂	253
糗	393	**【15画以上】**		畫	263	翌	186	翂	910
糖	655	糵	400	(畫)	263	翣	764	翂	254
糕	201	糱	390	[畫]	263	翖	883	(翚)	273
糊	746		400	**146**		(習)	719	**【10画】**	
【11画】		蘗	489	**艮部**		翏	419	翰	238
糜	449	[糩]	316	艮	207		427	翂	246
	454	糲	834		207	翂	758	翂	647
[精]	285		889	良	404	翂	22	翘	9
糟	849	糵	489	艰	300	翌	803	翁	250
(粪)	179	糲	487	垦	361	翂	376	翂	22
糁	746	糱	455	恳	361	翂	513		647
糠	355	(糯)	667	(艱)	300	**【6—7画】**		[翂]	647
麋	454	糵	918	**147**		[翥]	895	翂	247
[糨]	310	糵	918	**羽部**		翘	549	[翂]	476
[糇]	404	糱	382	羽	829		550	**【11—12画】**	
[糍]	310	糵	461	**【2—4画】**		翔	276	翂	518
(糁)	607	**145**		邪	829	翛	622	翳	806
【12画】		**聿部**		翆	251		738	[翰]	9
[糖]	86	聿	830	䍃	211	翁	716	[翂]	806
糧	793	肂	323	羿	802	翔	735	翼	806
[糒]	398	[肂]	326	[䎃]	806	翂	758	(翘)	549
糧	652	肆	633	翅	84	翋	670	[翂]	9
(糧)	404	肄	804	翂	251	翚	273	翻	168
糊	730	肇	866	翌	646	翚	594	翂	673
糯	201	肈	866	[翁]	177	**【8画】**		翻	412
糕	902	盡	724	翁	704	翥	895	翂	853
				翎	239	翡	174	[翂]	277
						翩	125	翻	834
							888	**【13画以上】**	

（翻）	276
［翱］	9
翺	760
翶	728
翻	639
翽	125
耀	789
翾	44
瓔	277

148

糸部

糸	456
系	292
	722
素	637
［紮］	854
索	644
紧	324
紊	704
絜	552
紫	814
［絜］	854
累	387
	389
	390
袋	116
絮	582
絜	319
	742
［絜］	318
絷	878
紫	908
紊	343
	567
	569
絮	758
豹	840
絷	41
縣	168
綦	533
（紧）	324
暴	337
緜	168
［縣］	169

紫	535
	558
絷	28
［繁］	324
縈	469
縠	258
［縈］	324
縻	503
縢	659
（縈）	814
（縶）	878
縈	794
［縈］	106
縈	433
縣	230
繁	169
	524
繹	787
	822
	890
縻	454
繁	43
藜	100
纂	584
［縠］	267
（縈）	722
縈	337
繁	904
纂	36
纂	915
纖	431
纇	390
	400
纛	171
纛	125
［縠］	267

［148］

纟部

【2—3画】

纠	312
	332
纤	824
红	209
	251

纣	889
纤	544
纥	727
纨	202
	244
纩	765
	767
约	785
	839
纨	689
级	287
纩	369
纪	291
	292
	577

【4画】

纬	697
纭	842
纮	251
纯	98
	681
	901
纰	512
纱	593
纲	199
纳	474
纴	578
纵	911
纶	221
	433
纷	176
纸	879
纹	703
	704
纺	172
纼	894
纰	118
纠	871
组	492
纾	621

【5画】

线	732
绀	198
绁	744
	802
绂	185

练	403
组	914
绅	606
细	722
织	876
	881
绒	331
终	885
绉	890
绊	18
绋	185
绌	92
绍	602
绎	802
经	327
	330
给	116

【6画】

绑	18
绒	579
结	316
	318
	365
绔	575
绕	139
绖	808
绗	669
绘	732
	775
绘	239
绗	275
给	206
	291
绚	762
绛	310
络	386
	436
绝	345
绞	313
统	673

【7画】

绠	208
绡	737
绢	343
绣	754

绨	81
	880
绤	723
绥	640
绦	656
继	293
绨	660
	662
绾	266
	268

【8画】

绩	544
	873
绩	294
绪	758
绫	415
琳	75
	607
续	758
绮	535
绯	173
绰	72
	100
绲	601
绳	229
绳	463
	610
维	696
绵	457
绶	620
绷	27
	28
	28
	88
绸	658
绹	419
综	404
绽	901
绻	569
综	854
	909
绽	861
绾	690
绿	427
	431

綄	269	綷	751	綝	140	緼	766	緝	843
絯	194	綨	533		745	[縱]	911	[經]	199
	234	緅	912	綃	833	緰	675	(繖)	656
(統)	673	綌	437	(綣)	569		756	纊	393
絣	28	綂	446	綫	652	(緩)	267	[縱]	911
	44		459		664	緩	910	[綯]	656
絿	455	(綝)	75	(綜)	909		911	(縫)	181
絴	833	絾	833	(綻)	861	[緤]	212	縲	419
[絅]	806	綱	405	(綰)	690	[綺]	535	(縐)	890
(絲)	630	(綺)	535	綩	690	(締)	133	(纕)	107
【7画】		緁	552	緂	399	縒	101	(縞)	201
綠	561	縷	530	(綠)	431	[縳]	560	(縭)	393
紵	187	(綫)	732	(綴)	900	縗	485	繑	18
(緶)	208	(緋)	173	(緇)	906	[總]	910	(鎰)	804
練	622	(緯)	100	【9画】		緬	208	(縑)	302
綗	753	(綯)	601	尌	28		208	縱	652
綊	743	[線]	231	(緈)	360	[緬]	208	縡	847
綞	29	(緄)	229	緤	745	緷	229	縵	728
(經)	327	緆	717	緒	112		844	縹	641
(綃)	737	絣	533	(緦)	734	(編)	36	【11画】	
緄	304	[緋]	533	經	809	緅	499	縳	642
[細]	373	絹	286	(練)	403	(緗)	462	(績)	294
(絹)	343	(綱)	199	(緘)	301	(緯)	697	縮	894
[經]	669	(網)	692	頎	743	緒	756		896
(綉)	754	縞	219		757	縕	669	縫	324
(緗)	81		706	(緬)	458	線	749	縛	344
(紿)	723	[繼]	293	緛	584	[縫]	590		898
(綏)	640	綾	584	緖	352	[綵]	581	經	302
[綫]	871	(維)	696	(緹)	661	(緣)	837	(縹)	519
綋	458	(綿)	457	(緲)	460	【10画】		緘	106
	691	綧	34	(緝)	285	縸	468	練	628
	704	綸	323	(緼)	844	(縉)	326	(縷)	430
縫	181	(綸)	433	緫	695	(縝)	871	(縵)	443
綩	153	縱	910	絹	701	綵	644	(縲)	387
(綈)	660	[綵]	55	(總)	631	縺	402	縺	642
(綄)	266	(綏)	620	緗	217	(縛)	191	[綢]	27
綬	553	(綳)	27	縄	87	縡	399	(總)	910
	727	(綢)	88	(緞)	151	維	175	縫	721
綩	294	(絢)	658	纏	39	(縟)	583	(縱)	911
絅	159	(綹)	419		517	縓	569	繆	55
【8画】		(綜)	404	[線]	22	(緻)	882	纎	763
(綪)	544	(綧)	901	(線)	732	[緝]	326	縡	431
[練]	758	綷	109	(線)	732	繂	35	(繂)	544
(緒)	758	綌	189	(緱)	212	繩	610	(縜)	778
(綾)	415	綾	317	(縋)	900	絹	647	(縮)	643

祁	531	邱	76	郝	241	郭	230	鄁	245
郔	607	郁	831	郟	561	鄉	791	鄭	447
那	473	郁	109	郛	48	部	52	鄑	906
	473	郓	364	郙	188	旒	708	鄜	583
	474	郕	79	郲	208	鄲	118	鄖	837
	480	郑	298	部	709	郷	651	鄘	542
	495	到	881	郫	397	鄆	796	(鄳)	842
[邱]	559	[邺]	559	屌	76	[鄀]	911	鄎	716
耶	491	郫	850	(郕)	298	郑	404	(鄔)	708
【5画】		郿	671	郃	367	鄉	734	(鄒)	911
邦	700	郜	430	郐	603	鄐	906	鄗	242
邯	235	[郎]	573	郢	815	【9画】			311
邴	45	邾	485	郋	842	鄚	293		547
邳	512	邾	891	郳	842	鄔	777	鄘	654
砒	151	郅	820	郜	202	鄄	343	鄁	505
耶	24	娜	774	郗	676	[鄧]	208	都	93
邺	791	郎	719	郗	81	郾	210	鄤	804
耶	119	[邮]	757		714	[鄺]	67	鄟	464
耶	334	屌	254	郐	722	[鄐]	245	鄶	644
鄂	240	郍	473	郛	185	[鄑]	24	【11画】	
郴	473		474	郲	444	郎	873	鄱	773
	474		495	郡	349	[鄆]	547	鄿	810
邮	820	郐	367	【8画】		鄋	337	鄴	270
邱	559	郐	244	都	145	鄑	547	鞀	196
邻	411	郯	551		147	鄏	720	鄶	530
邸	130		570	耶	911	鄂	161		716
郇	339		722	郚	719	[鄄]	820	鄇	897
邹	911	郇	227	都	585	郵	87	鄠	260
郈	20	郇	266	郑	812	鄧	635	鄜	111
邲	31		765	郴	75	郖	269	鄜	259
	38	郝	241	郯	378	郯	568	鄧	654
郏	31	郊	310	郿	260	鄏	829	鄲	31
	175	郯	193	郄	476	鄃	622	鄭	442
邮	90	邢	522	郭	776	[鄉]	253	鄙	508
邵	602	郑	875	鄄	529	鄀	308		511
郐	38	[郊]	651	郿	822	[鄒]	635	鄰	548
部	648	娜	5	[郎]	259	(鄆)	843	鄒	858
【6画】		郎	382	郴	122	鄘	448	鄜	817
郎	368		384	郫	451	鄑	814	鄜	183
邽	388	郓	843	(郵)	820	鄎	842	鄭	862
邦	225	郭	766	郫	482	鄝	370	鄜	677
郝	612	郚	889	郼	514	鄉	734	鄝	408
耶	789		911	部	621	(鄉)	734	鄜	72
	790	那	829	鄑	739	【10画】		【12画】	
郑	209	【7画】		郿	888	鄢	439	[鄷]	18

鏊	10	(鑑)	805		103	(鏌)	527	(鐳)	388
鑒	503	[鎌]	402	鐩	718	鐷	78	鐬	277
[鐸]	552	鍺	725	[鑷]	445	鏻	142	鏾	341
[鏉]	10	(鎵)	297	鎌	355	(鋼)	352		565
鏽	212	(鎆)	580	(鏞)	817	(鋼)	306	鏅	426
鐫	439	[鏒]	636	鑢	429	鋼	308	(鐺)	121
鏾	838	鎵	453	(鏡)	331	鎮	229	[鍚]	443
(鏵)	262	鍢	599	(鏈)	68	(鏢)	248	鐪	429
鏟	470	鎇	860	鏑	128	鏑	549	鏾	591
(鎖)	468	[鎇]	236	(鏃)	913	鏷	290	(鐸)	156
(鎮)	872	鏗	147	(鑝)	761	鐫	342	(鐶)	267
鏱	644	[鎖]	644	(鏉)	520	鏷	312	(鐲)	904
(鏈)	403	(鍫)	814	鎐	754	鄉	830	鑱	342
(鏄)	49	鋈	419	鎘	424	(鏐)	169	鐵	697
鏥	203	**【11画】**		鏪	153	(鐩)	152	鑅	308
(鎘)	205	鏊	885		158	鐘	885	鐀	231
鏴	240	(鑒)	848	(鏩)	546	鐠	599	鏾	4
	493	(鐯)	701	錫	783	(鐯)	528	[鏻]	910
(鎖)	644	鍖	287	[鏺]	641	(鏻)	412	鏾	194
鍜	781	鏉	902	(鏐)	419	(鏄)	916	鐩	861
鍚	647	(鑕)	270	鏒	589	鎮	136	(鏮)	402
(鎧)	352	鏞	442	鏗	223	(鏺)	641	鑢	8
鏗	200	(鍐)	441	[鑠]	644	(鏥)	385	(鐿)	806
鑈	353	鋤	307	鏖	9	(鍚)	653	[鎌]	402
鏥	753		848	鑒	520	(鎦)	546	鏽	639
(鑄)	342	鏄	679	**【12画】**		(鐨)	176	[鏽]	754
(鎳)	489	[鏉]	636	鏒	320	鐉	567	鏾	26
鎴	720	鏉	621	錯	663		914		36
(鎢)	708		636	鏉	368	(鐙)	127	鑒	26
鎲	29	鎄	498	(鐃)	478	(鏺)	523	**【14画】**	
	513	(鏗)	361	鎮	26	(鏪)	347	鑒	556
鏸	662	(鏢)	40		178	鑯	287	[鑿]	704
(鍛)	593	鍼	531	(鏏)	721		534	(鑒)	307
(鋒)	473	鎰	370	(鏈)	113	鏊	152	鑒	814
錧	78	[鍔]	162	鏽	632	鎣	17	[鑯]	668
	546	(鏜)	653	鏾	589	**【13画】**		(鑄)	895
	547	(鏤)	424		733	[鑒]	849	鐵	461
[錧]	545	(鏝)	443	[鑥]	418	(鐵)	668	[鐸]	556
(鐍)	705	錐	108	鎬	206	鏽	246	[鑑]	307
[鍏]	180	(鏰)	28	鏸	277	鐼	453	鏾	632
(鎦)	418	鑘	230	(鐔)	748	(鑊)	282	[鐵]	668
(鎬)	201		232	(鏽)	347	鐸	215	鑯	484
鏃	290	鏫	394	(鏾)	409	鑯	324		489
鏙	655	鎴	103	鐕	554	鏾	40	鑮	581
(鏹)	20	鑕	96		847	[鑲]	409		582

蚨	252	鳗	778	(鲱)	173	(鲭)	98	鳜	907
(銅)	672	鲴	793	鲦	622	(鲽)	140	[鲴]	208
鮰	274	鲥	554	鲺	866	鲯	114	[鲘]	160
鉄	892	鮨	357		904		646	[鳢]	268
鋌	671	鮰	469	鲲	264	鲥	258	(鳊)	37
鋌	596	鳅	667	(鲲)	373	鳟	477	[鳀]	295
(鮨)	255	鮸	828	(鲳)	69	鳏	778	鳗	724
鮯	205	鲜	184	鳎	806	(鲗)	377	鲭	756
(鮡)	866	鲅	480	(鲷)	218	鲴	29	鲦	173
(鮑)	696	(鲍)	458	鲷	200	(鲡)	403	[鲦]	607
鮨	534	[鲜]	310	鲦	295	鲭	685	鳘	591
	806	(鲦)	229	[鲮]	480	鲯	302	鳛	581
鲝	310	[鲵]	856	(鲵)	483	[鲕]	695	鳈	838
鮥	437	鲵	156	鲱	900	(鲵)	662	[鳌]	856
鲹	798	鲴	662	鲵	50	(鲗)	853	(鳖)	295
鲄	874	[鲉]	593	鲤	501	鳎	783	鳌	470
(鮫)	311	(鲩)	268	鲦	434	鲲	828	**【10画】**	
鮢	452	鲩	383	鲤	464	(鲲)	702	(鳌)	9
(鮮)	728	(鲘)	349	鲅	621	鲴	162	鳎	439
鮩	46	鳗	553	[鲶]	485		234	鳢	198
鉄	456	(鲫)	295	鲼	512	(鳃)	695	(鳍)	534
鮀	857	鲲	295	(鲷)	137	鲥	701	[鳈]	295
(鮟)	5	(鲔)	819	鲵	678	(鳃)	588	鲒	205
鮦	768	鲛	643	鲉	733	(鳄)	162	(鳞)	402
(鲞)	736	[鲞]	736	鲭	334	鳉	262	(鳟)	526
鮺	582	(鲨)	593	鲷	337	(鳅)	560	鳎	205
【7画】		鲨	707	(鲸)	328	鲜	887	鲣	893
鲦	56	**【8画】**		鲟	99	鳗	192	鲅	885
鮬	85	鳌	634	鲆	913	[鳊]	37	鲅	543
鮴	764	鲗	885	鲮	552	鳔	560	(鲥)	614
鮝	806	鳌	394	鳅	856		636	(鲳)	645
鮳	884	(鲭)	556	鲲	483	(鳇)	271	[鳍]	906
鮼	868	鲭	892	鲸	910	(鲸)	569	鳖	234
鮰	798	鲑	429	鲇	143	鲍	699	(鳞)	221
鮸	562	(鲮)	415	[鲍]	268	鳜	254	(鳞)	667
鲟	50	鲣	162	鲣	304	[鳗]	268	[鳏]	254
鮪	51		770	鲦	429	鳗	910	[鳇]	261
	526	(鲯)	534	鳉	889	鳟	670	鳝	708
(鲠)	208	鲫	790	鲴	336	鳕	7	(鲥)	613
鮰	675	(鲥)	912		341	鲥	662	(鳎)	787
鲛	20	鲭	111	(鲴)	613	鲂	822	鲳	69
鮭	557	鲒	586	(鲡)	906	鲑	856	鳛	705
鮹	602	鉄	379	**【9画】**		鳍	562	鲷	419
(鲤)	395	鲰	282	[鳌]	560	[鳍]	560	鳠	243
鮽	709	鲮	861	鲵	160	鳞	485	[鳕]	295

字	页	字	页	字	页	字	页	字	页
	580		667	鬃	441	鬢	574	鬻	835
[髟]	210	鬆	280	[鬢]	629	鬢	915	鬻	841
髯	164	髻	526	[鬖]	753	**189**		鬷	739
髬	906	鬆	569	鬘	442	**鬲部**		鬷	461
[蝥]	896	髻	511	鬒	910	鬲	204	**190**	
髷	900		512		911		397	**鬥部**	
髻	375	鬃	910	鬙	685	[鬵]	230	(鬥)	145
	840	髮	210	鬖	589	鬷	799	鬧	704
糅	753	[髯]	541		589	瓹	399	[鬨]	145
髹	125	[髻]	346	**【12画】**		[鬶]	230	(鬪)	479
髻	874	**【9画】**		鬚	480	鬹	805	鬩	253
髮	103	鬚	539	[鬢]	541	融	580		737
[髯]	806	髻	629	鬜	541	鬺	246	[鬫]	250
【7画】		鬢	756	鬓	372	[鬵]	600	(鬭)	723
鬄	328	(鬚)	257	[鼠]	411	[鬶]	399	[鬮]	253
髻	602	鬘	855	黑	794	鬴	189	[鬬]	332
髳	160	鬎	378	(鬚)	755	鬵	331	[鬩]	145
鬁	399	鬊	192	鬠	592	[鬶]	554	鬮	44
[鬃]	44	鬋	98	鬢	36	鬶	226		520
髽	896		157	**【13画】**		鬷	554	鬧	314
髮	706	[鬃]	753	鬤	453	鬸	176		419
髻	375	鬒	588	鬟	478	鬲	205	鬪	147
髳	130	[髻]	442	鬢	267	[鬷]	483	鬫	484
髻	511	[鬃]	411	鬐	375	鬷	910	鬬	44
[鬃]	662	鬆	333	[鬖]	910		911	鬭	147
髹	643	[鬘]	910	**【14画】**		鬺	420	[鬮]	145
【8画】		鬖	634	鬣	296	鬸	73	(鬮)	332
髻	534		910	鬬	381	(鬶)	226	鬩	177
鬆	770	鬘	111	鬣	484	鬷	600	**191**	
髻	534	髻	304	(鬢)	44	(鬹)	805	**高部**	
(鬆)	634	[鬆]	445	鬣	491	鬷	258	高	200
髻	863	**【10画】**		[鬢]	44	鬸	854	部	242
髹	133	鬙	534	鬠	691	[鬻]	554		311
	660	鬟	439	**【15画】**		鬷	165		547
	663	鬢	871	鬣	848	鬸	834	槁	201
髯	706	[鬃]	662		915		889	[槀]	201
髻	98	鬅	17	[鬣]	296	鬷	910	献	548
髮	706		503	鬕	453	鬷	360	敲	548
[髯]	24	鬈	705	鬣	296	鬷	50	敲	738
[髻]	130	[鬛]	511		320	[鬷]	893	歊	738
[髹]	181	鬏	20	鬠	458	鬷	860	毃	548
髽	55	鬚	402	鬣	411	[鬷]	638	髚	550
鬆	911	鬐	772	**【16画以上】**		鬷	73	膏	201
鬅	511	鬟	44	顥	378	鬷	208		202
鬌	137	**【11画】**		鬳	426				
				龍	87				

ā（丫）

吖 ā【吖啶】有机化合物。分子式 $C_{13}H_9N$，存在于煤焦油中。可用于制药及染料。[英 acridine]

阿 ㊀ ā ❶前缀。附着在姓、名、排行前，构成称谓(含亲昵意)：～王｜～毛｜～三。❷前缀。附着在某些亲属称谓前，构成称谓：～爸｜～妹｜～婆。

㊁ ē ❶〈文〉迎合；曲从：～谀｜～其所好｜刚正不～。❷〈文〉大山：访风景于崇～。❸〈文〉山或水弯曲的地方：汾之～｜若有人兮山之～。❹〈文〉通"诃(hē)"。斥责：唯之与～，相去几何?(应诺与呵斥，相差有多少?)❺指山东东阿：～胶。❻姓。

㊂ a 助词。有提醒等意味：儿～，不是我有心要耽误你。后作"啊"。

呵 ā 见 hē "呵"(243 页)。

啊 ㊀ ā 叹词。表示惊异或赞叹：～，你怎么也来了?｜～，这儿的景色多美呀!

㊁ á 叹词。表示追问或反问：～? 他怎么说的?｜你到底是去不去? ～?

㊂ ǎ 叹词。表示惊疑：～? 真有这种事?｜～? 这怎么可能呢?

㊃ à 叹词。❶表示答应或领悟：～，就照你说的办!｜～，我知道了，你不必再说了。❷表示恍然醒悟：～，原来是你呀! ❸表示赞叹或惊异：～，伟大的祖国!｜～，这里简直就是鲜花的海洋!

㊄ a 助词。❶用在陈述句后，加强解释、提醒、申明等语气：你可别介意～｜到时候你要通知我～｜他可没存心跟你过不去～。❷用在疑问句后，强化疑问、舒缓等语气：你明天去哪儿～?｜我们究竟参加不参加～? ❸用在祈使句后，加强请求、劝告、命令等语气：你等等我～!｜你别生气啦～!｜快跑～! ❹用在感叹句后，加强感慨、惊叹等语气：天山的风景多美～!｜外面的风好大～! ❺用在列举项后，强调列举：笔～，墨～，纸～，都准备好了。❻用在重复的动词后，表示过程长：等～等～，终于等到了这一天。

锕（錒） ā 金属元素。符号 Ac。

腌 ā 见 yān "腌"(773 页)。

䶒 ā 化合物"氨(ān)"的旧称。

醃 ā【醃䐶(zā)】比喻所受的窝囊气。用于古白话。

另见 yān "腌"(773 页)。

䐶 ā 肮脏；恶劣。用于古白话：妆就个～浮浪(做出个浮浪子弟的恶劣模样)。

á（丫）

啊 á 见 ā "啊"(1 页)。

嘎 á 见 shà "嘎"(594 页)。

ǎ（丫）

啊 ǎ 见 ā "啊"(1 页)。

à（丫）

啊 à 见 ā "啊"(1 页)。

a（·丫）

阿 a 见 ā "阿"(1 页)。

啊 a 见 ā "啊"(1 页)。

A

āi（ㄞ）

哎 āi 叹词。❶表示惊讶：～！怎么会是你们俩？❷表示不满：～，怎么能这么说呢！❸表示提醒：～，别走了，比赛马上就开始！

哀 [悽] āi ❶悲伤；悲痛：～悼｜喜怒～乐｜～众芳之芜秽。❷怜悯：～怜｜～其不幸。❸〈文〉父母之丧：子｜居～。

埃 āi 〈文〉灰尘；尘土：尘～｜黄～蔽日｜上食～土,下饮黄泉。

挨 ⊖ āi ❶靠；紧靠：～近｜～边儿｜他家～着超市。❷顺着（次序）：～次（顺次）｜一个儿｜～家～户｜～着号叫人。❸〈文〉挤：～身而入。
　⊜ ái ❶遭受：～骂｜～冻受饿｜白～了一顿拳脚。❷困难地度过；熬：苦日子总算～过来了｜好不容易才～到天明。❸拖延：～时间｜当天能办的事就别～到第二天。

唉 āi 〈方〉叹词。表示打招呼：招呼人喂呀,～呀的,人有姓名嘛。

唉 ⊖ āi 叹词。表示应答：～,我马上就来｜～,我已经看到了。
　⊜ ài 叹词。表示伤感或惋惜：～,这可叫我怎么办呢！｜～,这下可没指望了。

娭 ⊖ āi 【娭毑(jiě)】〈方〉祖母,也用来尊称年老的妇女。
　⊜ xī 〈文〉"嬉"的古字。游戏；玩耍：儿女灯前～哭。

捱 āi 见 ái "捱"（2 页）。

炗 āi 〈文〉非常热：禁犯炗～热食（禁食烧炙过热的食物。炗:cuì,烧,灼）。

欻 ⊖ āi ❶〈文〉叹息：～秋冬之绪风。❷旧同"唉"。表示应答。
　⊜ ě 叹词。表示招呼：～,快走吧。
　⊜ é 叹词。表示诧异：～,刚写好的稿子怎么见不见了！
　四 ě 叹词。表示不以为然：～,这步棋走得有问题。
　五 è 叹词。表示答应或同意,没问题｜～,我听您的。
　六 ǎi 【欸乃】1.〈文〉模拟摇橹的声音：～一声山水绿。2.〈文〉模拟划船时唱歌的声音。

挨 āi 〈文〉推理；推论：以篇目相～。

嗳 āi 见 ài "嗳"（3 页）。

嫟 āi 〈方〉母亲；穷～。

嗳（嗳）⊖ āi 叹词。表示惊讶、不满或提醒。旧同"哎"。
　⊜ ǎi 叹词。表示不同意或否定：～,这可不行｜～,话怎能那么说？
　⊜ ài 叹词。表示悔恨或懊恼：～,早知如此,何必要去呢！｜我真是糊涂到家了,～！

鎄（鎄） āi 金属元素。符号 Es。

ái（ㄞ）

陔 ái 见 gài "陔"（195 页）。

挨 ái 见 āi "挨"（2 页）。

偍 ái 〈方〉代词。我：打了胜仗阿郎返,～迎阿郎在河边。

捱 ⊖ ái ❶遭受：只怕你～不起这一棒。通作"挨"。❷困难地支撑：～过了炎蒸天气。通作"挨"。❸慢行；拖延：一步步～下冈子来。通作"挨"。❹研磨(mó)。用于古白话：～墨。
　⊜ āi ❶同"挨"。靠近：摇纨扇玉体相～。❷同"挨"。依次：～年纂辑。

磑 ái 见 wèi "磑"（700 页）。

噫 ái ❶吸饮。❷艰难地度过：强～夜永把灯挑(永;长)。用同"挨(ái)"。‖用于古白话。

皑（皑） ái 【皑皑】洁白（多用于雪）：白雪～｜～坚冰白。

崺 ái 见 yán "崺"（775 页）。

澄 ái 〈文〉同"皑"。霜雪洁白的样子。

A

澄 ái 见yí"澄"(797页).

殨 ái 〈文〉杀羊取胎.

噮 ái 【噮噮】〈文〉狗露出牙齿要咬的样子:东郭有狗～.

敱 ái ❶〈文〉有所治理.❷姓.

駥 ㊀ái 〈文〉愚,傻:～痴不晓事.
㊁sì ❶【駬(bǐ)駥】野兽快跑的样子:群兽～.❷〈文〉马行勇壮的样子.

癌 ái 由上皮细胞形成的恶性肿瘤,多发生在胃肠道、肺、肝、子宫颈、乳腺、鼻咽、皮肤等处.

齸 ái 〈文〉牙齿相磨.

ǎi (ㄞˇ)

毐 ǎi 用于人名.嫪(lào)毐,战国末秦国人.

欸 ǎi 见āi"欸"(2页).

嗳 ǎi 见āi"嗳"(2页).

矮 ǎi [躷] ❶(身材)短:～小|～个儿|他比我～一头.❷(高度)小:～墙|桌子～,椅子高,不配套.❸(级别、地位)低:我们比他～两班.

嶪 ǎi 【嶪霭(ǎi)】〈文〉同"欸乃"(乃,旧又读ǎi).船工号子声:～一声山水绿.

藹(蔼) ǎi ❶和气;和善:和～|～然可亲.❷〈文〉繁茂:离芳～之方壮.❸姓.

覬 ǎi 〈文〉看.

濭 ǎi 【晻(ǎn)濭】〈文〉云气阴暗的样子:露夜零,昼～.

霭(靄)[霭] ǎi 〈文〉云气;雾气:烟～|暮～|雾～.

ài (ㄞˋ)

艾 ㊀ài ❶多年生草本植物.叶厚,有绒毛,开黄色小花.叶子晒干后制成艾绒,用于灸法.也叫"艾蒿、蕲(qí)艾".❷〈文〉五十岁的人,泛指老年人:耆～.❸〈文〉停止:方兴未～.❹〈文〉美丽;漂亮:娇～|少～(年轻漂亮的人).❺【艾艾】〈文〉口吃的样子.❻姓.
㊁yì ❶〈文〉同"乂".治理.❷〈文〉惩治:自怨自～(原指悔恨自己的过失并自己改正,现偏指自己悔恨).❸〈文〉同"刈".割;收割:耘～.

艾 ài 姓.艾陵,春秋时人.

阸 ài 〈文〉同"隘".险要的地方:闭关据～.
另见è"厄"(160页).

陒 ài 见è"陒"(160页).

恶 ài 〈文〉"爱"的本字:天下人～之.

寻 ài 〈文〉同"碍".妨害;阻挡:化流无～(化流:德化传布).

砹 ài 非金属元素.符号At.

唉 ài 见āi"唉"(2页).

爱(愛)[爱] ài ❶对人或事物有深厚的感情(跟"恨、憎"相对):～国|敬～|～我|～家乡的一草一木.❷喜欢(做某事);喜好(某种状态、环境):～下象棋|年轻人～热闹|停车坐～枫林晚.❸珍惜并保护:～公物|～面子.❹男女相恋:～情|恩～|～恋.❺常常产生(某种行为);容易出现(某种情况):他性子急,～发火|这破车老～出毛病|不锈钢不是不会生锈,而是不～生锈.❻〈文〉吝惜;舍不得:甚～必大费(过分的吝惜必定有过分的破费).

砎 ài 〈文〉同"碍".阻挡;妨碍:触实不～(触实:碰到实物).

堨 ㊀ài 〈文〉尘埃:扬尘起～.
㊁è ❶〈文〉堤堰:筑八～.❷〈文〉筑堤堰拦水:修守战之具,～汝水.
㊂yè 〈文〉墙壁的缝隙.

噫 ㊀ài 叹词.表示哀叹:～!我的一生就是这样的吗?
㊁āi 叹词.旧同"哎".

A

隘 (一)ài ❶狭窄;狭小:～巷|～口(狭窄的关口)|林深路～|心胸狭～。❷险要的地方:关～|险～|要～|一人守～,万夫莫向。
(二)è 〈文〉通"厄(阨)"。阻挡;阻止:太子辞于齐王而归,齐王～之。

碍(礙) ài 使事情不能顺利进行;对正常的活动有影响:～事|妨～|有～观瞻。

嗳 ài 见āi"嗳"(2页)。

嗌 (一)ài 〈文〉咽喉被阻塞住:～不能言。
(二)yì 〈文〉咽喉:～不容粒。

嫒(嬡) ài【令嫒】敬辞。称对方的女儿。旧也作"令爱"。

瑷(瓊) ài ❶〈文〉美玉。❷【瑷珲(huī)】旧县名。在黑龙江省,后作"爱辉"。现在已经并入黑河市。

瞹(靉) (一)ài ❶〈文〉云气浓盛:云～。❷〈文〉烟云缭绕:香～雕盘。❸【瞹靆(dài)】〈文〉云气浓重的样子:云～。
(二)yǐ【瞹靉(xì)】1.〈文〉云的样子。2.〈文〉依稀;模糊不明的样子:～其形。

暧(曖) ài ❶〈文〉昏暗;隐约不明:昏～|日光～～。❷【暧昧】1.态度不明朗;用意含糊:回答～,叫人难以捉摸。2.行为不光明正大;不正常:关系～。

餲 ài 见gāi"餲"(194页)。

蔼 ài 〈文〉覆盖。

僾 ài ❶〈文〉隐约;仿佛:～然。❷〈文〉呼吸不畅:唈(yì)～。

壒[塕、壒、壒] ài 〈文〉同"塕"。尘埃:锦帐无纤～。

鹝 ài 鸟名。雌性的鶡鹝。也叫"巧妇"。

薆 ài ❶〈文〉隐蔽:～然而蔽之。❷〈文〉草木茂盛的样子:观众树之薆(wěng)～。❸〈文〉通"餲(ài)"。香:(菊)过时而尚～。

噎 ài 见yī"噎"(794页)。

儗 ài 见nǐ"儗"(483页)。

癌 ài 〈文〉病重呻吟声。

僾 ài 〈文〉同"僾"。隐约;仿佛:～然而见。

曚 ài 〈文〉日不明。

餲 (一)ài 〈文〉食物经久而变味:(饭)逾二三日香美不～。
(二)hé 〈文〉即馓(sǎn)子。一种油炸的面食。

慉 ài ❶〈文〉惶恐:悚～。❷〈文〉痴呆。

檷 ài 〈文〉树木名。

暧 ài【暧暧】〈文〉同"暧暧"。迷蒙隐约的样子:～江村。

餲 ài 〈文〉香;香气:晚～。

暧 ài【暧暧】〈文〉洁白光亮的样子:冰轮～(冰轮:明月)。

簑 ài 〈文〉隐蔽;遮掩。

醷 ài 见yì"醷"(806页)。

锿 ài 化学元素"锿(āi)"的旧称。

谖 (一)ài ❶〈文〉语言迟钝:～～自言明。❷〈文〉嘲弄;欺哄;调(tiáo)～。
(二)yí 〈文〉严肃恭敬的样子:～然。

馤 ài【馤馤(dài)】〈文〉香烟缭绕;香气浓郁。

鼶 ài【鼶(lí)鼶】〈文〉一种小鼠。传说行必成群,衔尾鱼贯而进。

鼷 ài【鼷鼴(dài)】〈文〉昏暗不明:赤光杂烟而～。

ān(ㄢ)

厂 ān 见chǎng"厂"(71页)。

广 ān 见guǎng"广"(224页)。

安 ān ❶平静；稳定：～静｜坐立不～｜风雨不动～如山。❷使平静；使稳定：～慰｜～民告示｜治国～邦｜～下心来读书。❸舒适；闲适：～逸｜～闲｜～居乐业。❹感到满足：～于现状｜随遇而～｜～之若素（对不顺利或反常的情况不在意，像平常一样对待）。❺没有事故；没有危险（跟"危"相对）：～全｜平～｜居～思危。❻使有适当的位置：～排｜～置｜我在科技园区～了家。❼装设，按要求把东西装在一定的地方：～装｜～玻璃。❽加上：乱～罪名｜这篇文章中应再～两个小标题。❾存有；怀着（某种念头，多指不好的）：～心不善｜你～的什么心？❿〈文〉询问处所，相当于"哪里"：计将～出？｜皮之不存，毛将～傅（傅：通"附"）？⓫〈文〉哪里；怎么。用于反问：燕雀～知鸿鹄之志哉！⓬量词。电流强度单位安培的简称。导体横截面每秒通过的电量是1库时，电流强度就是1安。⓭姓。

侒 ān 见àn"侒"（6页）。

郊 ān 古地名。在今湖北当阳。

垵 ⊖ ān 用于地名：新～（在福建同安）。
⊜ ǎn 同"埯"。挖小坑点种瓜、豆等。

桉 ān 桉树，常绿乔木。树干高而直，木材坚韧，耐腐蚀，枝叶可提取桉油，供药用。原产澳大利亚，我国热带、亚热带地区也有种植。也叫"玉树、黄金树、有加利"。

氨 ān 无机化合物。分子式 NH_3，无色气体，有强烈的刺激气味，易溶于水。

菴 ⊖ ān 【菴䕡(lú)】〈文〉菊科蒿类植物。叶略似菊，种子可入药。
⊜ ǎn 【菴蔼(ǎi)】〈文〉树木茂盛的样子。
另见 ān"庵"（5页）。

愝 ān 见yé"愝"（790页）。

庵 [△*菴] ⊖ ān ❶圆形的小草屋：茅～｜结草为～。❷寺庙（多指尼姑居住的）：～堂｜尼姑～｜月～。
⊜ yǎn 〈文〉通"奄(yǎn)"。忽然：～离

寝疾(离：遭受)。
"菴"另见 ān（5页）。

盦 ān 【盦盝(cán)】〈文〉大盂。

諳(諳) ān ❶〈文〉熟悉：～熟｜～练（熟习；有经验）｜不～水性｜江南好，风景旧曾～。❷〈文〉熟记：过目能～。

荌 ān 〈文〉同"庵"。寺庙。

唵 ān 见ǎn"唵"（6页）。

猹 ān 〈文〉洞中狗叫的声音。

婩 ān 【婩婀(ē)】〈文〉依附他人，无主见的样子：平生不～随人是非。也作"婩阿(ē)、婩婀(ē)"。

媕 ān 【媕娜】〈文〉不干净。

鹌(鹌) [鳹、鶕] ān 【鹌鹑(chún)】鸟名。体形像小鸡，头小，尾巴短而秃。背部羽毛褐色，杂有棕白色条纹，腹部羽毛白色。雄性好斗。

腤 ān ❶〈文〉用盐、豆豉、葱、姜等烹煮鱼肉。❷【腤臜(zā)】〈文〉肮脏；引人厌恶：形骸伛偻(yǔlǚ)，涕唾～。也作"腤臜"。

瘖 ān ❶【瘖婪(lán)】〈文〉浮泛；浮浅：者以博纳为通济。❷泡茶术语：～茶。

裺 ⊖ ān 【裺笯(dōu)】〈文〉饮马用的器具。也叫"裺囊"。
⊜ yǎn ❶〈文〉衣领。❷〈文〉小孩用的围嘴儿。❸〈文〉衣服的边饰。

蓭 ān 〈文〉同"庵"。圆形的小草屋。

鮟(鮟) ān 【鮟鱇(kāng)】鱼名。身体前半部扁平，圆盘形，尾部细小，体柔软无鳞。常潜伏在近海底层捕食，能发出像老人咳嗽一样的声音。俗称"老头儿鱼"。

鞍 [△*鞌、䩞] ān 鞍子，放在骡、马、骆驼等牲畜背上驮运东西或供人骑坐的器具：马～｜～鞯(jiān)｜解～少驻初程。
"鞌"另见 ān（6页）。

A

窜 ān ❶古地名。春秋时齐地。❷古地名。春秋时宋地。
另见 ǎn "鞍"(5页)。

盦 [盦] ān ❶古代盛食物的器具。❷〈文〉通"庵(ān)"。圆形的小草屋(旧时多用于书斋名)。

闇 ān 见 àn"闇"(7页)。

醃 ān 〈文〉香;香气:花无千日长~。

醅 ān 〈文〉声音微弱:鸟兽声尽~。

án (ㄢˊ)

玵 án 〈文〉黄色的美玉。

噳 ⊖ án 【噳呓(yì)】〈文〉说梦话的声音:眠中～呻呼。
⊜ ān【噳默】〈文〉沉默不语:公卿～唯唯。

儑 ⊖ án ❶〈文〉意志低下消沉:(小人)穷则弃而～(穷:走投无路)。❷〈文〉垂下:～耳(垂耳)。
⊜ àn【儑偝(dá)】〈文〉闲散的样子:散性多～。

ǎn (ㄢˇ)

匼 ǎn 见 kē "匼"(357页)。

埯 ǎn 见 ān "埯"(5页)。

唵 ǎn 叹词。表示疑问:～,东西拿来了吗?

俺 ǎn 〈方〉代词。我;我们:～们|～娘|～村|～那里人爱吃煎饼。

埯 ǎn ❶挖小坑点种瓜、豆等。❷点种瓜、豆等时挖的小坑。❸量词。用于点种的瓜、豆等:一～儿花生|五～儿南瓜。

唵 ǎn ❶把食物放在手上塞进嘴里:～了两口炒面。❷佛教译音用字。

铵 (铵) ǎn 无机化合物。是由氨衍生而成的正一价复根(NH_4^+),不以游离态存在,化学性质与碱金属离子相似。

揞 ǎn 用手指把粉末状东西压紧:在伤口上～点消炎粉。

晻 ⊖ ǎn【晻溚(ǎi)】〈文〉云气阴暗的样子:露夜零,昼～。
⊜ yǎn【晻晻】〈文〉形容日无光。
另见 àn "暗"(7页)。

碪 ǎn【碪碣(è)】〈文〉山高峻的样子:(山)～于青霄。
另见 zhēn "砧"(869页)。

罯 [窨] ǎn ❶〈文〉覆盖:郁金垂嫩柳,～画委高笼。❷〈文〉渔网:持～。

嫣 ǎn 见 yǎn "嫣"(778页)。

澜 ǎn 〈文〉水汹涌而来。

àn (ㄢˋ)

斥 ⊖ àn 〈文〉同"岸"。水边高起的地方:～上沮(jù)湿(沮湿:低洼潮湿)。
⊜ chì "斥"的讹字。❶〈文〉指;直接指明:～杀(直接指明是杀害)。❷〈文〉开拓:天生斯人,以～王国。

犴 àn 见 hān "犴"(234页)。

岸 [*岍] àn ❶江、河、湖、海等水边的陆地:～边|靠～|两～猿声啼不住。❷〈文〉高大:伟～|魁～。❸〈文〉高傲;严肃:～然(严肃的样子)|傲～(高傲)。

侒 ⊖ àn 同"按"。查验;考核:～语|此小说中所载。
⊜ ān 〈文〉同"安"。安逸;安适。

犴 àn 〈文〉同"犴"。监狱:～狱。

按 àn ❶用手或手指头压:～脉|～图钉|～下葫芦起来瓢(比喻矛盾此伏彼起)。❷压住;抑制:～捺|～兵不动|～不住满腔怒火。❸依照;依据:～功而赏|～期完工|～理说,他应该来的。❹〈文〉查考;核对:引文要一一复～。❺(编者、著者)对文章的内容、词句等做说明、提示或考证:编者～|本报～。

妟 àn 〈文〉草名。

A

浍
㊀ àn 〈文〉温水。
㊁ è【窏（wū）浍】〈文〉低下潮湿的样子。

埯
□ àn 见 hàn "埯"（237 页）。

豻
豻 àn ❶〈文〉北方的一种野狗。❷〈文〉猿一类的兽。

胺
□ àn 有机化合物的一类。由氨分子中部分或全部氢原子被烃基取代而成的化合物。胺类大都具有弱碱性。苯胺是胺类的最重要代表，是合成染料、药物等的原料。

案
案 àn ❶长条形的桌子：几～｜伏～｜拍～而起。❷架起来代替桌子用的长木板：～板｜肉～。❸事件，特指涉及法律或政治的事件：～例｜破～｜五卅惨～。❹提出计划或建议等的文件：草～｜提～｜教～。❺处理公事或记录事件的材料：～卷｜档～｜有～可查。❻古代端食物用的矮足木托盘：举～齐眉。

案
案 àn 〈文〉碾轧谷穗脱粒：～场（打场脱粒）。

陪
陪 àn 〈文〉同"暗"。光线不足；黑暗：～然。

婩
婩 ㊀ àn 〈文〉女子容貌端正美好。
㊁ nüè【婩斫（zhuó）】〈文〉懵懂不悟的样子。

暗
暗 □ [△*晻、❶❸△*闇、𣊟]　àn ❶光线不足；不亮（跟"明"相对，❷同）：～室｜阴～｜天色渐～下来了。❷秘密的；隐藏不露的：～号｜心中～喜｜龙门水尤湍急，多～石。❸〈文〉糊涂；不明白：兼听则明，偏信则～。
"晻"另见 ǎn（6 页）；"闇"另见 àn（7 页）。

頞
頞 àn 见 è "頞"（162 页）。

僤
闇
僤 àn 见 án "僤"（6 页）。

闇 ㊀ àn 〈文〉闭门：～阁读书。
㊁ yǎn 〈文〉通"奄（yǎn）"。忽然：～然如雷击之。
㊂ ān 【谅闇】1.〈文〉居丧时住的屋子：天子寝于～。2.〈文〉借指居丧。多用于帝王：高宗～，三年不言。

另见 àn "暗"（7 页）。

騴
騴 àn 〈文〉马的额头至唇部为白色。

飈
飈 àn 【飈飈（yú）】〈文〉飓风。

鮟
鮟 àn 鱼名。今为鮟属鱼的统称。生活在热带浅海中。

黯
黯 □ àn 阴暗；昏黑：光线～淡｜～然无光｜～然失色。

黤
黤 àn 见 yǎn "黤"（779 页）。

āng（尢）

肮
肮 □（△骯）āng 【肮脏（zāng）】1. 脏；不干净：过去那儿很～。2. 比喻卑鄙、丑恶：灵魂～｜～的交易。
"骯"另见 kǎng（355 页）。

喭
喭 āng 〈方〉叫喊：气得敌人大喊大叫像鬼～。

áng（尢）

卬
卬 □ áng 见 yǎng "卬"（783 页）。

邙
邙 áng 〈文〉"卬"的讹字。用于人名。刘邙，即刘卬，汉代人。

茚
茚 áng 〈文〉植物名。菖蒲的别称。

昂
昂 □ áng ❶仰（头）：～首｜～起头。❷精神振奋；情绪高涨：～扬｜激～｜雄赳赳，气～～。❸（价钱）高：～贵。

棛
棛 ㊀ áng 【飞棛】〈文〉斜置的方形椽子。
㊁ àng 〈文〉通"柳（àng）"。拴牛马的桩子：每牛加梏（gù），系之一～。

鞕
鞕 ㊀ áng 【鞕角】古时一种有齿的木屐。
㊁ yìng 同"硬"。坚硬。用于古白话：坚～。

駠
駠 áng（又读 àng）【駠駠】〈文〉马受惊发怒的样子：～若千里之驹。

àng（尢）

岇
岇 àng 岇山，古山名。在今浙江嵊州。

柳 àng ❶〈文〉拴牛马的桩子：马～。❷〈文〉斗拱：飞～之形。❸〈文〉坚。

瓮 àng 同"盎"。古代一种腹大口小的瓦器。

盎 àng ❶洋溢；充溢：春意～然。❷古代一种腹大口小的瓦器：首戴瓦～。❸[盎司]量词。英制质量单位，16盎司为1磅。1盎司约合28.35克。旧称"英两"。[英ounce]

柳 àng 见áng"柳"(7页)。

醠[醠] àng 〈文〉浊酒；酒。

āo（ㄠ）

凹 ⊖āo 周围高而中间低（跟"凸"相对）：～透镜|～凸不平|这面墙不平，那边～进去一块。
⊜wā 〈方〉低洼的地方。多用于地名：礓子～（在陕西商州）|万家～（在云南宜良）。

吙 ⊖āo〈文〉淫邪的乐声（指俚俗的音乐）：～声清于耳（清：清丽动听）。
⊜ào〈方〉叹词。表示提醒、领悟：～，原来是一班童子戏耍哩！

泑 āo 见yōu"泑"(819页)。

窔 āo【窔突(dié)】〈文〉凹凸。

熬 āo 见áo"熬"(8页)。

熝 āo 类似卤制的一种烹调方法。加入调料烹煮食物。用于古白话：加料麻辣～豆腐。

爊 āo〈文〉同"爊"。把食物放在微火上煨熟。

顤 āo ❶〈文〉头凹陷，泛指凹陷。❷〈文〉眼睛深陷：高颡深～。

爊 āo ❶〈文〉把食物放在微火上煨熟：糖灰中～之。❷〈文〉炼：～为黄金。❸旧同"熬(āo)"。慢火煮：～豆腐。

鷍 āo【鷍鸇(náo)】頬(liáo)头大鼻高，眼眶深陷的样子。"鷍"又作"顤"。

鑀 āo ❶〈文〉给酒和食物加温的器皿。❷〈文〉金器。❸慢火煮烂：～白菜。

áo（ㄠ）

敖 ⊖áo ❶〈文〉同"遨"。游玩；游逛。❷姓。❸【敖包】蒙古族人用作路标和界标的堆子，用石、土、草等堆成。旧时把敖包作为神灵住地来祭祀。也译作"鄂博"。[蒙]
⊜ào〈文〉通"傲(ào)"。傲慢：～慢不逊。

溦 áo〈文〉通"敖(áo)"。用于人名。管黔溦，战国时人。

隞 áo 古地名。在今河南荥阳。

嶅 áo ❶〈文〉多小石的山：岩～。❷【嶅阴】地名。在山东新泰。

遨 áo〈文〉漫游；游玩：～游。

藃[藃] áo〈文〉草名。也叫"鸡肠草"。

嗷[嗸] áo【嗷嗷】模拟哀痛或急促的喊叫声：疼得～叫|～待哺。

嶅 áo ❶〈文〉同"嶅"。多小石的山。❷用于地名：嵺(kāo)～。

嵺 áo〈文〉同"嶅"。多小石的山：岑～之峰(岑cén，小而高的山)。

獓 áo【獓猏(yē)】古代传说中的兽名。似牛，身体白色，有四只角。

厫[厫] áo〈文〉粮仓：仓～。

滶 áo 滶水，古水名。即今石河，在河南。

璈 áo 古代乐器。形状像云锣。

獒 áo 猛犬。体形高大，尾巴长，四肢较短，可驯养做猎狗。藏(zàng)～。

擎 áo〈文〉击打：出刀～而杀之。

熬 ⊖áo ❶把东西放在容器里长时间地煮：～粥|～药|～盐|肉骨头可以～汤吃。❷忍受（艰难苦痛）；勉强支持：夜(深夜不睡或通宵不睡)|～苦日子|两天没合眼，眼都～红了。

㊀ āo　烹饪方法。把蔬菜、豆腐等加上作料煮：～白菜｜～豆腐。

熬　同"磝"。古山名。在今山东。

磝　㊀ áo　〈文〉山多小石：山～～其相轧。㊁ qiāo　〈文〉通"磽(qiāo)"。土石坚硬：～～秃白，不生黍稷。

聱　áo　❶〈文〉听不进别人的意见：～焉无所入也。❷【佶(jí)屈聱牙】〈文〉文辞艰涩，念着不顺口：周诰殷盘，～。

螯　[蝥]　áo　螃蟹等节肢动物的第一对足，变形成钳状，能开合，用来取食或自卫。

謷　áo　〈文〉船接头木：锐～(锐｜尖)。

翱　[翺、*翶、翷]　áo　〈文〉展翅飞：～翔(在空中回旋地飞)。

謷　㊀ áo　❶〈文〉诋毁：訾(zǐ)～。❷〈文〉不省人言。❸〈文〉哭不止。㊁ ào　❶〈文〉形容高大：～乎大哉。❷〈文〉通"傲(ào)"。傲慢：～然不顾。

譺　áo　〈文〉戏谑；调笑：歌谣～笑，哭泣啼号。

鳌　(鼇)　[*鰲、鼇]　áo　传说中海里的大龟或大鳖：～鱼｜巨～｜～里夺尊(比喻出类拔萃)｜独占～头(比喻占首位)。

嚻　áo　见 xiāo"嚻"(739页)。

鏖　áo　〈文〉激烈地战斗：～战｜赤壁～兵。

鷔　㊀ áo　传说中的不祥鸟：黄～。㊁ ào　〈文〉通"傲(ào)"。强横：～横之吏。

ǎo （ㄠˇ）

夭　ǎo　见 yāo"夭"(785页)。

芺　ǎo　〈文〉草名，味苦。也叫"苦芺"。

抝　ǎo　见 ào"抝"(9页)。

袄　(襖)　ǎo　有里子的中式上衣：夹～｜皮～｜棉～。

镺　[镺]　ǎo　〈文〉草木长(cháng)的样子：卉木～蔓(蔓：蔓延)。

媪　ǎo　❶〈文〉对老年妇女的敬称：老～｜白发谁家翁～? ❷〈文〉已婚妇女：乳～(奶妈)。

頜　ǎo　【頜(kǎo)頜】〈文〉大头。

蝹　㊀ ǎo　传说中的一种怪兽。㊁ yūn　〈文〉形容龙的姿态：～若神龙之登降。

鴼　ǎo　〈文〉鸟名。

鶒　ǎo　【鶒(lái)鶒】即美洲鸵。形似鸵鸟而较小。尾羽已退化，足三趾，善奔跑。

ào （ㄠˋ）

呦　ào　见 āo"呦"(8页)。

呇　[罨]　ào　〈方〉浙江、福建等地沿海一带称山间平地。多用于地名(也作"罨")：松～(在浙江奉化)｜薜～(在浙江宁海)。

坳　ào　〈方〉同"坳"。山间的平地。多用于地名：黄～(在江西井冈山市)。

坳　[*坳]　ào　❶山间的平地：山～。❷〈文〉低洼的地方：塘～。

抝　[*抝]　㊀ ào　❶不顺：～口。❷不顺从：违～。㊁ niù　固执；不随和：执～｜脾气很～。㊂ ǎo　〈方〉弄弯；折断：～折｜把竹竿～断了。

岰　[嶴]　ào　〈文〉山的曲折处。

嶴　ào　【嶴(jú)嶴】〈文〉宫室的深处。

浇　ào　见 jiāo"浇"(311页)。

敖　ào　见 áo"敖"(8页)。

敖　㊀ ào　❶〈文〉同"傲"。傲慢：桀～。❷〈文〉矫健有力：(诗文)质力苍～。㊁ xiāo　〈文〉通"嚻(xiāo)"。喧哗：叫

A

~。

傲 ào ❶自高自大:~慢|骄~|居功自~。❷坚强不屈:~骨|~然屹立。❸轻视;藐视:恃才~物。

奥 ㊀ào ❶古代指室内的西南角,泛指房屋的深处:堂|当~而坐。❷含义深,不好懂;深:~义|~妙|深~|结根~且坚。❸量词。磁场强度的非法定计量单位奥斯特的简称。1奥等于(1 000/4π)安/米。
㊁yù ❶〈文〉通"隩(yù)"。水边深曲的地方:瞻彼淇~(淇:水名)。❷〈文〉通"燠(yù)"。暖;热:昔我往矣,日月方~。

嶅 ào 〈文〉傲慢。后写作"傲"。

骜(驁) ào ❶〈文〉骏马:骥~。❷〈文〉傲慢:桀~不驯。

奥 ào "奥"的旧字形。

傲 ào 【傲狠(yē)】古代传说中的兽名。也作"猰狠(áoyē)"。

憿 ào 〈文〉同"傲"。骄傲;傲慢:生而贵者~。

隩 ㊀ào ❶〈文〉通"奥(ào)"。室内的西南角;转指内室:~隅有灶。❷〈文〉通"奥(ào)"。深;幽~。❸〈文〉可居住的地方:九~(九州边疆之内)。
㊁yù ❶〈文〉水边深曲的地方:西湖之~。❷〈文〉通"燠(yù)"。暖;热:~室(暖室)。

堥 ào ❶〈文〉可以居住的地方:四~。❷〈文〉山间平地:深山野~。

萸 ㊀ào 有机化合物。分子式$C_{10}H_8$,是萘的同分异构体。暗蓝色片状晶体,天然产物在自然界中尚未发现,它的同系物和衍生物存在于某些香精油中。[英 azulene]
㊁yù 【蓃(yīng)萸】落叶藤本植物,浆果黑紫色,可以酿酒。也叫"山葡萄、野葡萄"。

墺 ào 见yù"墺"(833页)。

嶴[嶴] ào ❶山中深曲的地方;也指山间平地。❷水湾可泊船的地方:无~可泊。❸小岛:海中有暗~。

澳 ào ❶海边深而弯曲、可以停船的地方。多用于海湾名:三都~(靠近福建东北部海岸)。❷澳门的简称:港~。

懊 ào 烦恼;悔恨:~恼|~悔|~丧。

膆 ào ❶〈文〉鸟的胃。❷〈文〉贮藏肉:~肉。

謷 ào 见áo"謷"(9页)。

鏊[鏊] ào 鏊子,铁制的烙饼器具。平面圆形,中间稍凸起。

謷 ào 【謷顡(yáo)】〈文〉头部大而长的样子。

謷 ào 〈文〉告诉。

骜 ào 〈文〉骏马。通作"骜"。

鷔 ào 见áo"鷔"(9页)。

鰲 ㊀ào 〈文〉小的泥鳅。
㊁yǒu 〈文〉鱼名。像鲈鱼,鳞金黄色。

B
b

了｜~,~,~,远处传来一阵枪声。

朳□ [耙] bā　无齿的耙子。

叐□ bā　挖;剜。用于古白话:~出心。

芭□ bā　❶古书上指一种香草:传~今代舞。❷芭蕉,多年生草本植物:~叶。

苍□ bā　【奋(hǎ)苍屯】地名。在北京昌平。

吧□ ㊀ bā　❶同"叭"。模拟物体折断或撞击时发出的清脆响亮的声音。❷酒吧:~台。❸泛指具备特定功能或设施的时尚休闲场所:网~|氧~。

㊁ ba　助词。❶用在陈述句的末尾,表示对叙述不很肯定:恐怕他已经到了~。❷用在疑问句的末尾,希望对方给予证实:你妈妈还没有回来~? ❸用在祈使句的末尾,使请求、命令、劝告、催促语气变得舒缓一些: 你快去~! |你还是稳当一点~! ❹用在句中,表示举例、选择(多含左右为难的意思):这几个小伙子都不错,就说小张~,他干活从来是又快又好|去~,没有时间;不去~,又不甘心。

岜□ bā　用于地名:~幕(在广西天峨)|~饶(在贵州望谟)。

犯 bā　❶〈文〉同"豝"。母猪。❷腊肉。用于古白话。❸兽名:獐、~、狐、狸。

虳 bā　【虳蜡(zhà)】蝗虫。用于古白话。

毣□ bā　【毣毣(jība)】男性外生殖器;也指雄性兽畜的外生殖器。

枇□ ㊀ bā　〈文〉木杖。

㊁ pèi　〈文〉树木生出枝叶:~蘖(蘖:niè,树木砍去后又长出的枝条)。

bā（ㄅㄚ）

八□ bā　❶最小的大于七的整数:~卦(我国古代占卜用的一套符号,由代表阳的"—"和代表阴的"--"组成,共有乾、坤、坎、离、震、巽、艮、兑八种,叫作"八卦")。❷泛指多数:~面玲珑|一方有难,~方支援。❸姓。

仈□ bā　姓。

巴□ ㊀ bā　❶盼望:~望|~不得(急切盼望)早一天到家。❷紧贴着:爬山虎~在墙上。❸黏附:粥~锅了|膏药~得很紧。❹黏结着的东西:锅~。❺巴士(公共汽车)的简称:大~|中~。❻周代国名。故地在今四川东部和重庆一带,故重庆和四川东部一带也称巴:~山蜀水|~蜀文化。❼量词。压强的非法定计量单位。1巴合100千帕。❽姓。

㊁ ba　后缀。附着在某些单音节成分的后面,构成双音节词:尾~|哑~|试~试~。

扒□ ㊀ bā　❶用手指扣着抓住(可依附的东西):~车|~墙头。❷刨;挖;拆:~土|给水渠~个口子。❸拨,使分开:~开草堆|他左右一~,从人群中冲出去。❹剥(bāo);脱:~树皮|袜子湿了~不下来。

㊁ pá　❶用手或耙子等使东西聚拢或分散:~拉|~草|~柴火。❷从人身上偷窃(财物):~窃|~手|反~。❸炖烂;煨烂:~鸡|~羊肉。

叭□ bā　模拟物体折断或撞击时发出的清脆响亮的声音:~的一声,扁担断

苔□ bā　译音用字:~厘(岛名,在印度尼西亚。现作"巴厘")。

疤□ bā　❶疮口或伤口愈合后留下的痕迹:~痕|刀~|前额上有个~。❷器物上像疤的痕迹:搪瓷缸上摔了个~。

鈀 bā　❶〈文〉同"疤"。疤痕。❷〈文〉盼望:人在眼中~。用同"巴"。

捌□ bā　数字"八"的大写。

哱□ bā　见 pò"哱"(525 页)。

B

蚆□[貶、肥] bā ❶〈文〉贝类。❷〈文〉旧时云南将贝壳作为货币,亦指货币。

笆□ bā 用竹片、柳条等编成的片状物:～斗|～篓|篱～。

粑 bā ❶〈文〉经加工的干肉:羊～。❷〈文〉一种比较珍贵的羊:番～。

䎗 bā 〈方〉饼类食物:糙～|玉米～|绿豆～。

靶 bā 〈文〉兵车。

㸶 bā ❶〈文〉母猪。❷〈文〉一岁的猪;一岁(一说两岁)的兽。❸〈文〉通"靶(bā)"。干肉:帝～(皇帝的干尸)。

喸 bā 【喸挞(tà)】叭哒(bādā)。模拟物体撞击声。用于古白话:(弹子)～的一声打了一寸来深。

䝙 bā 〈文〉同"㸶"。母猪。

馱 bā 〈文〉八岁的马。

䰾 bā 饼类食物。用于古白话:肉～。

鲃□(鲃) bā 鱼名。身体较小,侧扁或近圆筒形,口部多有须。种类很多,生活在淡水中。

bá (ㄅㄚˊ)

犮 bá ❶〈文〉狗奔跑的样子。❷〈文〉通"拔(bá)"。除去。

抷 bá 见pō "抷"(523页)。

拊 bá 见bū "拊"(51页)。

坺 ⊖bá ❶〈文〉耕地翻土。❷〈文〉耕地翻起的土块。❸〈文〉尘土。
⊜pèi 〈文〉通"旆(pèi)"。旗:武王载～(武王成汤树起大旗征伐夏桀)。

拔□ bá ❶把固定或隐藏在里面的东西向外拉:～草|～牙|项庄～剑起舞。❷吸出:～毒|～脓|～罐子(中医治疗方法)。❸挑选(人才):～擢(zhuó)|提～|选～。❹向高提:～高|脚就～走|～起嗓子唱。❺超出;高出:～尖|出类～萃。❻夺取;攻下:攻城～寨|～了敌人的据点。❼移动;移易:开～|坚忍不～。❽〈方〉把东西浸在凉水中使变凉:把啤酒放在冰水里～一～再喝吧。❾姓。

茇 ⊖bá ❶〈文〉草木的根:禾～。❷〈文〉在草舍中住宿:～舍。❸〈文〉拔除:区中草生,～之。❹〈文〉用同"跋":～涉(爬山涉水)。
⊜pèi ❶〈文〉白色的凌霄花。❷【茇茇】〈文〉形容飞翔:左朱雀之～。

废 bá 〈文〉同"茇"。在草舍中住宿:召(shào)伯所～(召伯的住宿处)。

妭□ bá ❶〈文〉美貌的妇人:～媚于宫(媚:取悦)。❷通"魃(bá)"。传说中能引起旱灾的鬼怪:去～邪(去:去除)。

筏 bá 见fá "筏"(166页)。

胈 bá ❶〈文〉人身上的细毛,特指大腿上的细毛:股无～(股:大腿)。❷脖子:用于古白话:～项上血污着(胈项:脖子)。

炦 bá 〈文〉火气。

㷃 bá ❶〈文〉用脚踏除草。❷〈文〉铲除。

炦 bá 形容矮人行走的样子。用于古白话:～呀～的,两边乱走。

窢 bá 见tū "窢"(676页)。

菝 bá 【菝葜(qiā)】落叶攀缘灌木。俗称"金刚刺、金刚藤"。

軷 bá ❶〈文〉出行前祭祀路神:～祭。❷〈文〉用同"跋":～涉(爬山涉水)。

跋□ bá ❶在山上行走:～涉|～山涉水。❷写在文章、书籍等后面的短文,内容多为评介、考释,说明写作经过等:～文|题～|前序后～。❸【跋扈(hù)】专横(hèng)霸道:飞扬～～。

跋 bá ❶〈文〉踩,踏:震(zhì)尾～胡(狼后退会被尾巴绊倒,前进会踩着颈下的垂肉)。❷〈文〉(草、烛等)的根部:烛未及～。

䟦 ⊖bá 用于人名。听䟦,传说为神农的妃子。
⊜bó 【评䟦】评论。用于古白话:枉惹得百姓每～(每:们)。

魃
颰
鼥

魃 □ bá 传说中能引起旱灾的鬼怪。

颰 bá 〈文〉疾风;风疾速的样子:朔风～。

鼥 bá 【鼧(tuó)鼥】古书上称"旱獭",俗名"土拨鼠"。

bǎ （ㄅㄚˇ）

把 □ ㊀ bǎ ❶拿着;握住:～握|～舵|手～着手教。❷控制;掌握:～持|事事他都～着。❸看守;守护:～守|～门|～好质量关。❹自行车、三轮车、摩托车上供手握住控制方向的部分:车～|撒～|骑车很危险。❺扎成小捆的东西:火～|草～|秫秸～儿。❻结拜成的兄弟关系:～兄|～兄弟。❼介词。表示处置或对待,后边的宾语是处置的对象等:～行李收拾一下|～消息告诉他。❽介词。表示致使或结果:～眼睛都哭红了|～个招聘台围得水泄不通。❾量词。1.用于有把手或类似把手的器具:一～刀|一～扇子|一～斧头。2.用于可以一手抓起来的东西:一～土|一～米|一～粉丝|一～鲜花|一～秧苗。3.用于年纪、力气等抽象事物:一～年纪|一～好手|再加一～劲儿。4.用于职务等级(名词用"手"):一～手|第二～手。5.用于同手的动作有关的事物:一～屎一～尿|一～鼻涕一～眼泪。❿ 量词。1.用在动词后(数词"一"可省略):擦(一)～汗|洗(一)～脸|帮他一～。2.用在动词前(数词限用"一"):一～揪住|一～抢过去|一～夺过来。⓫表示概数。1.用在位数词后(只限于"百、千、万"):百～里路|千～号人|万～块钱。2.用在量词后(多为量度单位词):斤～重的甲鱼|尺～深的积雪|少了个十～人没关系。㊁ bà ❶器具上便于用手拿的部分:刀～儿|伞～儿。❷花、叶子、果实的柄:花～儿|梨～儿。

屁 □ bǎ 【屁屁(ba)】〈方〉屎;粪便。

钯 □（鈀）㊀ bǎ 金属元素。符号 Pd。㊁ pá 同"耙"。用来平整土地或聚散谷物、柴草等的农具。

𦡳 bǎ 〈文〉反手击物。

靶 □ ㊀ bǎ 射击或射箭用的目标:打～|移动～。㊁ bà 〈文〉缰绳:王良执～(王良:人名)。

攦 □ ㊀ bǎ 同"把"。把持。用于古白话:把良人妻室～拦在此。㊁ bà 同"把"。柄。用于古白话:锥～儿。

bà （ㄅㄚˋ）

坝 □（壩、❸❹坝） bà ❶拦截水流的建筑物:堤～|筑～|拦河～。❷水流险要处用来保护堤岸、巩固堤防的建筑物:顺～|丁～(一端与堤岸成丁字形的坝)。❸〈方〉沙滩;沙洲。多用于地名:沙～|葛洲～(在湖北宜昌西北部)。❹〈方〉平地;平原。多用于地名:滇～子|沙坪～(在重庆市区)|雁门～场(在四川江油)。

把 □ bà 见 bǎ"把"(13 页)。

伯 □ bà 见 bó"伯"(47 页)。

弨 bà ❶〈文〉弓背中央手把持的部位:背～。❷〈文〉器物的柄:剑～。

爸 □ bà ❶父亲。❷〈方〉叔父。

耙 □ bà 【耙桖(yà)】同"礰桖"。稻名。

耙 □ ㊀ bà ❶用来弄碎土块、平整土地的农具:钉齿～|圆盘～。❷用耙弄碎土块:地～一过就播种了。㊁ pá ❶耙子,用来平整土地或聚散谷物、柴草等的农具:钉～|竹～|粪～。❷用耙子平整土地或聚散谷物、柴草等:～地|～草。

筬 □ bà 〈文〉即筘(kòu)。织布机上的主要机件。

罢 □（罷）㊀ bà ❶停止:～工|～手|～课。❷免去;解除:～免|～官|～黜(chù)。❸〈方〉完毕:吃～饭|做～功课。

B

㈠ ba　旧同"吧"。语气助词。

㈡ pí　〈文〉通"疲(pí)"。疲劳;疲乏:~
敝|～于奔命|老弱～于内。

跁

bà　见 pá "跁"(500页)。

朝

bà　同"霸"。古代诸侯联盟的首领:～
王。

靶

□ bà　见 bǎ "靶"(13页)。

魮

bà　❶〈文〉刀柄,泛指器物的柄:青花
茶～杯。❷〈文〉小腿骨。

鲅 (鲅)

□ bà　鱼名。即马鲛。身体侧
扁而长,性凶猛,生活在海洋
中。

鲌

□ bà　见 bó "鲌"(49页)。

箄

bà　〈文〉矮人站立的样子。

櫜

bà　旧同"耙"。用来弄碎土块、平整
地的农具。又指用耙弄碎土块,使土
地平整。

鼥

bà　〈方〉牙齿不齐而且外露的样子:眼
眍齿～(眍:kōu,眼珠深陷)。

孈

bà　〈文〉个子矮,泛指不高:短～。

耰

bà　【耰稏(yà)】1.〈文〉稻名:十里溪
风～香。2.〈文〉稻子摆动的样子。

穲

bà　旧同"耙"。用来弄碎土块、平整
地的农具;用耙弄碎土块。

霸 [*覇]

㈠ bà　❶古代诸侯联盟的
首领:～业|～主(现指在某
一领域或地区居支配地位的人或集团)|春
秋五～。❷依仗权势欺压群众的人:恶～|
渔～|车匪路～。❸用强力占为己有:
占|欺行(háng)～市|军阀混战,各占一方。

㈡ pò　夏历每月初始见的月亮。

钯

㈠ bà　〈方〉耕;耙(bà)地:～泥使平。

㈡ bēi　〈文〉耒耜一类的农具。

搇

bà　见 bǎ "搇"(13页)。

灞

□ bà　灞河,水名。在陕西中部,发源
于蓝田县东,流入渭河。旧称"灞
水"。

欛

bà　❶〈文〉同"把"。器物的柄:刀～子。
❷〈文〉同"耙"。农具名:拽～扶犁。

鱇

bà　【鱇(hóu)鱇】〈文〉鱼名。

ba （·ㄅㄚ）

巴

□ ba　见 bā "巴"(11页)。

吧

□ ba　见 bā "吧"(11页)。

罷

□ ba　见 bā "罷"(13页)。

bāi（ㄅㄞ）

刮

bāi　【刮划(huai)】1.〈方〉筹划;安排。
2.〈方〉整治;摆布。

掰

□ bāi　❶手用力,把东西分开或折断:
～玉米|饼子干硬,～都～不开。❷
扳:～腕子|～着指头算|别针弯了,一～就
正过来。❸〈方〉比喻情谊破裂:多年的朋
友,哪能为这点小事就～了。❹〈方〉说:胡
|～晴～。

踍

bāi　〈方〉跛;瘸:～足。

擘

□ bāi　见 bò "擘"(51页)。

bái　（ㄅㄞˊ）

白

bái　❶颜色像霜雪的(跟"黑"相对):
～纸|～璧无瑕|头发～了。❷指某
些近似白色的东西:蛋～|葱～。❸明亮:
～昼|东方发～。❹清楚;明白:不～之冤|
真相大～。❺空空的;没有加上任何东西
的:～卷|空(kòng)～|～手起家。❻副词。
1. 付出代价而没有取得相应的效益:徒劳
地:～说|～费力气。2. 获得效益而没有付
出代价:无偿地:～吃|～拿|～得了一辆自
行车。❼有关丧事的(跟"红"相对):～事|
红～喜事。❽用白眼珠看人,表示轻蔑、厌
恶或不满:～了他一眼。❾把字读错或写
错:把字念～了|～字连篇。❿陈述;说明:
表～|剖～|无以自～。⓫戏曲、歌剧中只
说不唱的部分:道～|对～|独～。⓬〈文〉
禀告;报告:不能～事。⓭白话,接近口语

的书面形式:文～对照|半文半～。⑭〈文〉酒杯:举～|浮一大～(饮一大杯)。⑮姓。

鹎 bái 见 bài"拜"(15页)。

鹎 bái【鹎鶹(yǒu)】〈文〉鸟名。

bǎi （ㄅㄞˇ）

百 ㊀ bǎi ❶数词。十个十。❷表示众多:～货|～战～胜|惩一儆～。❸〈文〉百倍:利不～者不变俗。❹【百里】复姓。
㊁ mò〈文〉一说指(跳跃的)长度和高度:距跃三～,曲踊三～(距跃:向上跳。曲踊:向前跳)。

伯 bǎi 见 bó"伯"(47页)。

佰 bǎi 数字"百"的大写。

柏 [㊀*栢] ㊀ bǎi ❶柏树,常绿乔木或灌木:苍松翠～。❷姓。
㊁ bó 译音用字:～林(德国首都)|都～林(爱尔兰首都)|～拉图(古希腊哲学家)。
㊂ bò【黄柏】同"黄檗"。一种落叶乔木。

捭 [捭] bǎi〈文〉分开:～析|～阖(或分或合,指运用计谋、手段,进行分化或联合)。

摆 (擺、⑥襬) bǎi ❶放置;陈列:～放|～酒席|桌上～着几本书。❷列举;说:评功～好|有什么问题都～出来。❸显示;炫耀:～阔|～架子|～老资格。❹摇动:～动|摇～。❺钟表、精密仪器中用来控制摆动频率的机械装置:～轮|钟～|～停。❻上衣、裙子、长袍等最下端的部分:下～|前～|裙～。

bài （ㄅㄞˋ）

呗 (唄) ㊀ bài【梵(fàn)呗】佛经中赞颂佛法的短偈(jì)。
㊁ bei 助词。表示语气。❶表示情况显而易见,不言自明:谁说的? 还会有谁,小王～。❷表示无可奈何,勉强同意:你不想要就不要～,我还说什么呢?

败 (敗) bài ❶输;失利(跟"胜"相对):敌军一了|立于不～之地|主队一比五～于客队。❷使失利:打～大～侵略者。❸(事情)不成功(跟"成"相对):不计成～|功～垂成。❹损坏;毁坏:身～名裂|伤风～俗。❺解除;消除:～火|～毒散。❻破旧;腐烂;凋残:～絮|腐～|开不～的花朵。❼〈文〉食物变质变味:鱼馁(něi)而肉～,不食。

拜 [㊀拜] ㊀ bài ❶行礼表示敬意。古时的拜为拱手弯腰,后来的拜为屈膝顿首,两手着地或叩头及地:～佛|跪～|三～九叩。❷见面行礼表示祝贺:～年|～寿|团～。❸以礼会见:～访|回～|～街坊。❹〈文〉授予某种名位或官职:～相|～将|官～水军大都督。❺结成某种关系:～师|结～|～把子。❻敬辞。用在自己的动作前表示对对方的恭敬:～读|～访|～托。
㊁ bái【拜拜】1. 再见。2. 指结束某种关系。[英 bye-bye]

退 bài〈文〉同"败"。败坏;毁坏。

狽 ㊀ bài〈文〉短腿的狗。
㊁ pí 用于人名。

稗 [❶△*粺] bài ❶稗子,一年生草本植物。幼苗形状像稻,但叶鞘无毛,是稻田常见的杂草。❷〈文〉比喻微小的、琐碎的:～官(古代给帝王讲述街谈巷议、风俗故事的小官)|～史(记载民间逸闻琐事的书籍)。❸〈文〉指小说、逸闻等:《清～类钞》。
"稗"另见 bài(15页)。

艕 bài〈文〉安在木船后边用来停船的木头:艕不容～(艕:船尾)。

粺 bài〈文〉精米;纯净无杂质的米:彼疏斯～(疏:粗米。斯:此)。
另见 bài"稗"(15页)。

糒 bài 见 bèi"糒"(26页)。

鞁 bài〈文〉同"鞴"。皮制的鼓风囊;风箱:鼓～|吹内垢。

鞴 ㊀bài 〈文〉皮制的鼓风囊；风箱：～囊。

㊁fú 〈文〉通"箙(fú)"。盛箭的器具。

bai（·ㄅㄞ）

唄 bai 语气助词。用同"呗(bei)"。

bān（ㄅㄢ）

扳 bān ❶〈文〉同"攽"。分。❷搬动。用于古白话：～板凳。用同"搬"。

扳 ㊀bān ❶用力使一端固定的东西转变方向：～闸｜～道岔。❷挽回；扭转：～本｜～平｜～回一分。
㊁pān 〈文〉同"攀"。攀援；攀扯：认镫～鞍｜～扯。

韠 bān 〈文〉有柄的畚箕一类的器具。

攽 bān ❶〈文〉分。❷〈文〉颁布：～立学官。❸〈文〉采盛明的样子。

肦 ㊀bān ❶〈文〉同"颁"。颁赐：名山大泽不以～。❷〈文〉同"颁"。颁布：合诸侯而～大命。
㊁fén 〈文〉头大的样子。

觚 bān 古书上说的一种瓜。

班[班] bān ❶按工作、学习需要编成的组织：作业～｜进修～｜五年级二～。❷按规定一天之内工作的一段时间：上～｜夜～｜加～。❸军队编制最基层的单位，在排之下：尖刀～｜三排一～。❹戏班，旧时的戏曲演出团体：科～｜搭～｜徽～进京。❺定时开行的班次：～车｜机｜航～。❻〈文〉调回或调动(军队)：～师｜～兵。❼量词。用于人群(不定量)：一～人马。❽量词。用于定时开行的运输工具：飞机每周有三～｜搭下一～火车｜增开六～汽车。❾〈文〉颁布：制礼乐，～度量。❿〈文〉规定等级：～爵禄。⓫姓。

般 ㊀bān ❶种；类：万～无奈｜如此这～｜十八～武艺。❷助词。似的：暴风雨～的掌声｜人们潮水～地涌向广场。❸〈文〉同"搬"。搬运：～沙运石。❹姓。

㊁bō 【般若(rě)】智慧(佛经用语)。也译作"波若"。[梵 prajñā]
㊂pán ❶〈文〉欢乐：～乐｜～游。❷〈文〉盘旋。

颁(頒) ㊀bān 发布；发下：～发｜～布｜～奖。
㊁fén 〈文〉脑袋很大的样子：有～其首(有：词头)。

斑 bān ❶杂色；一种颜色的物体上夹杂的别种颜色的点子或条纹：～点｜～纹｜～竹。❷〈文〉头发花白：天涯故人少，更益鬓毛～。

掰 ㊀bān 同"扳"。拉。用于古白话：我～过那年纪小的来。
㊁pān 同"攀"。抓住别的东西往上爬。用于古白话：～的一枝苦墙柳树。

搬[搬] bān ❶把物体(多指较大的、较重的)移到另外的位置：～运｜～砖｜从别的房间～来几把椅子。❷迁移：～迁｜～家｜图书馆将～到新楼里。❸移用；套用：～用｜照～｜生～硬套。

唪 bān 宋代杂剧的散段。也作"班、扮"。

蝙 bān 【蝙斓(lán)】〈文〉同"斑斓"。色彩驳杂灿烂：五色之石空～，道旁委弃无人取(委弃：弃置)。

羰 bān 〈文〉分派工作。

鳻 ㊀bān 【鳻鸠】〈文〉鸟名。即斑鸠。形似鸽。
㊁fén 【鳻鶞(chūn)】古书上说的一种鸟。

瘢 bān 皮肤上的创伤或疮疖痊愈后留下的疤痕：～痕｜刀～。俗称"疤瘌"。

籓 bān 〈文〉竹名。

螌 ㊀bān 【螌蝥(máo)】〈文〉甲虫名。也作"斑蝥"。
㊁pán 【负螌】〈文〉蟑螂。

黱 ㊀bān 〈文〉同类；朋党：度黎庶脱～党(度：佛教道教指使人出尘俗、超生死)。
㊁fān 〈方〉量词。次；回：一～金，一～银，三～鼓手来娶亲。

癍 [瘢] bān 皮肤上生斑点的病:祛湿除~。

辫 ⊖ bān ❶〈文〉花纹色彩驳杂:~华。❷〈文〉头发花白:~白。
⊜ biàn 〈文〉通"遍(biàn)"。周遍:乃列祀典,~于群神。

鬓 ⊖ bān 〈文〉头发半白。
⊜ pán 〈文〉盘起的发髻。

鏊 bān 〈文〉文武全才。

鹴 bān【鹴鸠】鸟名。即斑鸠。用于古白话:早忘和俺掏~争攀古树。

bǎn (ㄅㄢˇ)

阫 bǎn【铑(lǎo)阫】五代时闽王王审知铸造的大铁钱。也作"老板"。

阪 bǎn【大阪】地名。在日本。另见 bǎn"坂"(17页)。

坂 [阪、岅] bǎn ❶〈文〉山坡;斜坡:岭~|如丸走~(比喻迅速)。❷〈文〉山腰小道:朝辞羊肠~。"阪"另见 bǎn(17页)。

板 (⑨闆) bǎn ❶片状的木头,泛指较硬的片状物:~屋|铺~|玻璃~。❷店铺的门板:上~儿。❸黑板:~书|~报|~擦儿。❹打击乐器。木制,用来打节拍:鼓~|檀~。❺音乐和戏曲中的节拍:快~|慢~|一~一眼(比喻言行合乎规矩,有条理)。❻不灵活;少变化:~滞|呆~|死~|表情有点~。❼(土壤)变硬,像板子似的:~结|地发~。❽表情严肃;绷(běng):~着脸。❾[老板]1.工商业的财产所有者。2.旧时对著名戏曲演员的尊称。❿〈文〉笏(官吏上朝时所持的手板):书~言事。

砊 bǎn ❶〈文〉破瓦片。❷〈文〉仰盖的瓦:安~加甋(甋:tóng,圆筒形的覆瓦)。

皈 bǎn 〈文〉大:土字~章(土字:疆域。章:彰明)。

版 bǎn ❶印刷用的底板,上面有文字或图形:制~|铜~。❷书籍印制一次为一版,一版可包括多次印刷:初~|再~|修订~。❸报纸的一面叫一版:多半~头|~头条。❹出版物的版本:宋~|法文~|电子~。❺古代筑土墙用的夹板:筑(版):墙版。筑:木杵,筑墙时用来夯实土层)。❻户籍:~籍|~图(户籍和地图,今指国家的领土、疆域)。

钣 (鈑) bǎn 金属板材:钢~|~金|铝合金~。

霅 bǎn 见 fěng"霅"(181页)。

舨 bǎn【舢(shān)舨】同"舢板"。一种用桨划水前进的小船。

粄 [粓] bǎn 〈方〉碎米饼:甜~|用油煎~。

跂 bǎn 〈方〉用力挣扎:该不再同我们横~顺跳了。

䬱 bǎn 古代用米粉或麦粉做的饼:麦~。

蝂 bǎn【蝜(fù)蝂】古代寓言中指一种黑色小虫。喻指贪得无厌的人。

鲅 bǎn ❶比目鱼。❷某些鲷(diāo)类鱼。

bàn (ㄅㄢˋ)

办 (辦) bàn ❶处理(事务);做:~理|督~|三件~了两件。❷采买;置备:置~|~嫁妆|~了一桌酒席。❸创建;经营:~学|兴~|这家超市越~越好。❹惩处:~罪|惩~|首恶必~。

半 bàn ❶二分之一:~斤|两年~|~壁江山。❷处在中间状态的:~夜|~山腰|大~辈子。❸表示很少:不值~钱|没有~点特殊。❹不完全的:~成品|~公开|~导体。

扮 bàn ❶化装成(某种人物):装~|女~男装|他~谁像谁。❷面部表情做出(某种样子):~鬼脸。

呹 bàn【呹嗲(yàn)】1.〈文〉莽撞:失于~。也作"畔嗲"。2.〈文〉刚强的样子。

伴 bàn ❶同在一起工作、生活或从事某项活动的人:~侣|伙~|结~同行。❷陪同;随同:~随|~读|~唱。

扶 ⊖ bàn 〈文〉伴侣。后作"伴"。
⊜ hè 〈文〉同"赫"。显明;盛大:~~

弥章(章:彰显)。

坢 ㊀ bàn 〈方〉粪肥;猪栏:猪~。

㊁ pǎn 〈方〉山坡;山头:阳~(向阳的山坡)。

拌 ㊀ bàn ❶搅和,使混合均匀:~匀|搅~。❷争吵:~嘴。

㊁ pàn ❶〈文〉分开;剖开:今以木击木则~,以水投水则散。❷〈文〉通"拚(pàn)"。舍弃;不顾惜:~命前进。

姅 bàn ❶〈文〉月经。❷〈文〉妇女因分娩或小产出血。

绊(絆) bàn ❶缠住或挡住:羁~。❷使行走不便或跌倒:~马索|~脚石(比喻阻碍前进的人或事物)|~了一跤|磕磕~~。❸〈文〉牵制;约束:何用浮荣~此身?

柈 bàn 〈方〉柈子,大块的木柴。

料 bàn 〈文〉量东西时取单位容量的一半。

涾 bàn 〈方〉烂泥;深泥:浑身泥~。

埿 ㊀ bàn 〈文〉同"涾"。烂泥;深泥。

㊁ ní ❶〈文〉湿泥:山雨不作~。❷水名。

㊂ nì 〈文〉涂抹:~以石灰。

跘 bàn 〈方〉跌倒;摔倒:~倒。

靽 bàn 古代驾车时套在牲口后部的皮带。

鉡 bàn 〈文〉通"绊"。使行走不便或跌倒。

瓣 bàn ❶组成花朵的花片:花~|梅花有五个~儿。❷植物的种子、果实或球茎等可以分开的小块儿、小片儿:豆~|橘子~|蒜~。❸物体自然分成或碎成的部分:~腮|茶杯摔成好几~儿。❹用于植物的种子、果实或球茎等被分开的小块儿、小片儿:两~橘子|那朵花有五六~儿。

―――――――――
bāng (ㄅㄤ)
―――――――――

邦[邦、邽] bāng ❶国:~交|友~|安~定国|~之兴,由得人也。❷古代诸侯的封国:协和万~。

帮(幫)[*帮、*幚] bāng ❶替人出力或给予支援;相助:~助|~忙|他有困难,大家都~一把。❷指从事雇佣劳动:农闲的时候,他外出~短工。❸中空物体两边或周围的直立部分:鞋~|船~|桶~。❹群;团伙;集团(多含贬义):搭~|马~|拉~结伙。❺量词。用于人群(不定量,数词限用"一"):一大~人|一~匪徒|一~子小流氓。

埲 bāng 〈文〉一种形状像手掌的人参。

哖 bāng 同"梆"。模拟敲打木头发出的声音。

梆 bāng ❶【梆子(zi)】1.旧时打更用的器具,竹木制成,中空。2.打击乐器。用两根长短不同的硬木制成,多用于梆子腔的伴奏。3.梆子腔,戏曲声腔之一,也是用梆子腔演唱的剧种的统称:山西~|河北~。❷〈方〉用棍子等敲打:拿烟袋锅~了他一下。❸模拟敲打木头发出的声音:~,~,~,一阵急促的敲门声。

浜 bāng 〈方〉小河沟。多用于地名:河~|沙家~(在江苏常熟)。

彭 bāng 见 péng "彭"(510页)。

鞤 bāng 〈文〉同"帮"。帮助:~辅。

髜 bāng 见 běng "髜"(28页)。

縍 bāng 〈文〉鞋帮。今作"帮(幫)"。

擈 bāng 帮助:~闲著作。今作"帮(幫)"。

鞻[鞥] bāng 〈文〉鞋帮。今作"帮(幫)"。

―――――――――
bǎng (ㄅㄤˇ)
―――――――――

绑(綁) bǎng 用绳子、带子等捆起来:~缚|捆~|把行李~在自行车上。

髈 bǎng 〈文〉同"膀"。胳膊上部与肩相连的部分:胸高~阔。

牓 bǎng 〈文〉同"榜"。匾额:银~。

甐 bǎng 〈文〉方纹或斜纹的毡类毛织品。

榜 [㊀*牓] ㊀ bǎng ❶张贴出来的名单:发～|光荣～|～上有名。❷古代指官府的文告:～文|张～招贤。❸匾额:～额|～书(原指官阙门额上的文字,后泛指招牌一类的大字)|题～。

㊁ bàng 〈文〉摇橹行船;划船:～舟东走。

㊂ bēng ❶〈文〉矫正弓弩的器具:～檠|～直(檠:qíng,矫正弓弩的器具)。❷古代刑罚之一,杖击或鞭打:日见～挞,楚痛难胜。

㊃ péng 〈文〉通"搒(péng)"。拷打:～答。

膀 [㊀△*髈] ㊀ bǎng ❶胳膊上部与肩相连的部分:～子|臂～|～大腰圆。❷鸟类等的翅膀。

㊁ pāng 浮肿:～肿|脸有点发～。

㊂ páng 【膀胱(guāng)】人或高等动物体内储存尿液的囊状器官,位于盆腔内。

㊃ bàng 【吊膀子(zi)】〈方〉调情。

"髈"另见 pǎng(506 页)。

bàng (ㄅㄤˋ)

玤 [珄] bàng ❶〈文〉次于玉的美石。❷古地名。在今河南。

砰 ㊀ bàng 〈文〉同"玤"。次于玉的美石。

㊁ bēng 通"崩(bēng)"。破裂。用于古白话:豆粒咬破～牙干。

蚌 ㊀ bàng 软体动物。有两扇椭圆形介壳,可以开闭,生活在淡水中。有些种类可产珍珠:河～|珠～。

㊁ bèng 【蚌埠(bù)】地名。在安徽北部。相传古代这里盛产河蚌,叫蚌埠集。

庳 bàng 〈文〉通"玤(bàng)"。次于玉的美石:(山)无草木,多～石。

旁 bàng 见 páng "旁"(505 页)。

埲 bàng ❶旧时称贵州土司为埲目。❷用于地名:蒙石～(今改称玉屏镇,在贵州荔波)。

棒 ㊀ bàng ❶棍子:棍～|木～|接力～。❷(体力)强;(成绩)好;(水平)高:身体～|功课～|他的外语～极了。

榜 bàng 〈文〉摇桨划船:夜～响溪石(划船触到溪边的石头发出响声)。通作"榜(bàng)"。

棓 ㊀ bàng ❶〈文〉棍棒;用棒击:～而杀之。后作"棒"。❷〈文〉连枷。

㊁ pǒu 〈文〉铺设在悬绝不平处的跳板:踊于～而窥客(踊:跳上)。

㊂ bèi 【五棓】即五倍子蚜,一种寄生在盐肤木上形成虫瘿(即五倍子)的蚜虫。

硸 bàng 〈文〉通"蚌(bàng)"。软体动物:～鱼。

傍 ㊀ bàng ❶靠近;靠:依山～水|船轻轻地～了岸。❷临近(多指时间):～晚|～午。❸比喻依靠;依附:～大款|～人门户。

㊁ páng 〈文〉通"旁(páng)"。旁边;侧边:俄而水～有一小鸟。

谤 (謗) [誇] bàng ❶恶意中伤;说人坏话:～议|诽～|毁～。❷〈文〉公开指责别人的过失:～书|(周厉王暴虐无道)国人～王。

塝 bàng 〈方〉田边土坡;沟渠或土埂的边。

捧 ㊀ bàng 〈文〉同"榜"。摇橹行船;划船:～船|～舟送人。

㊁ péng 〈文〉拷打:～掠|～讯数百。

莠 ㊀ bàng 【牛莠】二年生草本植物。根肉质,叶子卵形,花紫红色。嫩叶和根可以吃,全草可供药用。

㊁ páng 古代指一种草。

虻 bàng 见 máng "虻"(444 页)。

稏 bàng 【稏头】〈方〉玉米。也作"棒头"。

徬 bàng 见 páng "徬"(505 页)。

耪 [耜] bàng 〈文〉耝(sì)一类的农具。

牓 bàng 见 bǎng "榜"(19 页)。

蟒 bàng 同"蚌"。软体动物。有两扇椭圆形介壳,可以开闭,生活在淡水中:巨

～函珠。

膀□ bàng　见 bǎng "膀"(19 页)。

磅□ ⊖ bàng　❶量词。英制质量单位。16 盎司为 1 磅,1 磅合0.453 6千克。❷磅秤,即台秤,秤的一种。底座有承重的金属板,因最初以磅为计量单位得名:过～。❸用磅秤称重量:～体重。[英 pound]
　⊜ páng【磅礴(bó)】1. (气势)盛大:大气～。2. (气势)充满:～于全世界。

镑□ (鎊)　bàng　英国、埃及、黎巴嫩、苏丹、叙利亚、以色列等国的本位货币。[英 pound]

鲜□ bàng　❶〈文〉鱼名。状如鳖。❷〈文〉同"蚌"。软体动物。

撖□ bàng　〈方〉农具。连枷的别名。

艕□ bàng　〈文〉两船并连。

鮑□ bàng　〈文〉同"鲜"。鱼名。

鬔□ bàng　〈文〉忽然相遇。

驃□ bàng　姓。

---

bāo (ㄅㄠ)

勹□ bāo　〈文〉裹。后作"包"。

包□ bāo　❶把东西裹起来:～装|～馄饨|把伤口～上。❷裹起来的东西:药～|邮～|棉花打好～运走了。❸装东西的袋子:书～|提～|文件放在～儿里。❹量词。用于成包的东西:一～芝麻|两大～衣服|一小～药片。❺鼓起来呈半球形的东西:沙～|脓～|蒙古～|树干上有个～。❻四面围住;围绕:～围|两翼一～。❼容纳;总括:～容|～括|无所不～。❽总揽任务,负责完成:～工|～办|～承|买家具的事我～了。❾担保;做出承诺:～票|～你满意|质量如有问题～退一～换。❿约定专用:～厢|～机|～场|两家人～了辆车去旅游。⓫〈文〉通"苞(bāo)"。茂盛;丛生:草木渐～。⓬〈文〉通"苞(bāo)"。花苞:荷香开新

～。⓭姓。

郒□ bāo　❶古地名。❷姓。

苴□ bāo　见 jū "苴"(334 页)。

苞□ bāo　❶花苞,花未开放时包着花骨朵的小叶片:含～欲放。❷〈文〉(草木)丛生;繁茂:竹～松茂。

岄□ bāo　用于古山名、古地名:～峪关。

孢□ bāo　❶〈文〉孕育。❷【孢子(zǐ)】某些生物所产生的具有繁殖或休眠作用的细胞。脱离母体后能发育成新个体。

枹□ ⊖ bāo　枹树,落叶乔木。花单性,雌雄同株。木材可制器具,种子可提取淀粉,树皮可制栲胶。
　⊜ fú　〈文〉同"桴"。鼓槌:援～而鼓。

胞□ ⊖ bāo　❶胎衣,供胎儿生长发育的胎盘和胎膜:双～胎|善藏我儿~。❷同父母所生的:～兄|～妹。❸同一个国家或同一个民族的人:侨～|台～|藏～|难～。
　⊜ pāo　〈文〉通"脬(pāo)"。膀胱。

炮□ bāo　见 pào "炮"(507 页)。

剝□ ⊖ bāo　去掉(皮或壳),多用于口语:～皮|～花生|～橘子。
　⊜ bō　义同"剥"⊖,多用于合成词或成语:～离|～落|生吞活～。
　⊜ pū　〈文〉通"扑(pū)"。击;打:八月～枣。

笣□ bāo　〈文〉竹名。

寇□[寇]　bāo　三国时吴主孙休第四子名。

裒□ bāo　见 póu "裒"(526 页)。

齙□ (齙)　bāo　【齙牙】突出在嘴唇外的牙齿。

煲□ bāo　❶〈方〉壁较陡直,呈圆筒状的锅:瓦～|沙～|电饭～。❷〈方〉烹饪方法。把食物和水放入煲内,用小火煮或熬:～汤|～粥。

鞄□ bāo　见 páo "鞄"(506 页)。

褒 [*襃、褒] bāo ❶赞美；夸奖（跟"贬"相对）：～扬｜～奖｜～贬是非。❷〈文〉(衣襟)宽大：～衣博带。❸古国名，故地在今陕西：～姒(周幽王的宠妃。褒国人，姓姒)。

窇 bāo "寇"的讹字。三国时吴主孙休第四子名。

báo （ㄅㄠ）

窇 báo ❶〈文〉刨；挖：连夜～挖。❷〈文〉土室；地窖。

庨 báo 见 bó "庨"(48页)。

韵 báo 佛经译音用字。

夑 báo 〈方〉不要：女穷～望娘家人。

雹 báo 冰雹，空气中的水蒸气遇冷凝结成的冰粒或冰块，大的雹块落下时有破坏性。通称"雹子"。

筊 báo 〈文〉车篷带，用来固定车篷四角的绳索。

簹 báo 〈文〉竹名，可做建筑材料。

薄 ㊀ báo ❶扁平物体上下两面之间的距离小（跟"厚"相对，❷❸同）：～饼｜～被子｜信纸挺～。❷(情谊)不深；情分不～。❸(味道)不浓：酒味很～。❹不肥沃：地～。
㊁ bó ❶同"薄(báo)"。扁平物体上下两面之间的距离小：如履～冰｜当时年少春衫～。❷轻微；少：～礼｜广种～收。❸不强健：～弱｜单～｜势单力～。❹不厚道；不庄重：～待｜刻～｜轻～。❺(味道)不浓：～酒一杯。❻不肥沃：～地｜～田。❼轻视；慢待：鄙～｜菲～｜厚此～彼。❽〈文〉迫近；靠近：外～四海｜日～西山。❾〈文〉减轻；减损：～税敛。❿姓。
㊂ bò 【薄荷(he)】多年生草本植物。茎叶有清凉的香味，花淡紫色，果实卵形。全草可供药用，也可提取芳香化合物。

爆 báo 【爆爆】〈文〉烦闷。

朣 ㊀ báo 〈文〉肉肿起。㊁ bó 〈文〉皮破。

bǎo （ㄅㄠ）

乊 bǎo 〈文〉通"保(bǎo)"。担保。

保 bǎo 〈文〉同"保"。卫护，使不受损害：～身遗名。

饱 (飽) [餤、餤、餔、餤、餤] bǎo ❶吃足（跟"饥、饿"相对）：七成～｜酒足饭～｜乐享终身～，凶年免于死亡。❷充足；充分：～满｜～和｜～含深情｜～经沧桑｜～览大好河山。❸满足；装满：一～眼福｜中～私囊。

宝 (寶) [*寶、珤] bǎo ❶珍贵的东西：国～｜献～｜如获至～。❷珍贵的；珍爱的：～物｜～石｜发掘诸陵，取其～货。❸赌具。正方形，多用牛角或硬木做成，上面刻有指示方向的记号，赌博的人猜测所指的方向下赌注：押～｜开～｜摇～。❹敬辞。称对方的家眷、店铺等：～眷｜～号｜～地。❺封建皇帝的印玺。❻姓。

宋 bǎo ❶〈文〉宝藏。后作"宝"。❷〈文〉看重；珍爱：～身莫如定(珍爱自己莫如淡定)。

保 bǎo ❶抚育；养育：～育｜～姆｜若～赤子。❷卫护，使不受损害：～护｜～全｜～家卫国。❸维护，使不消失：～持｜～洁｜～暖｜～值｜～住冠军称号。❹切实负责做到：～证｜～质｜～量｜旱涝～收。❺担保：～送｜～我｜你办事｜吾为诸君破家～之。❻担保人；保证人：作～｜交～｜铺～。❼旧时户籍的编制单位。若干户编为一甲，若干甲编为一保：～甲｜～长。❽旧时称佣工；仆役：酒～。❾〈文〉安抚；安定：～民而王，莫之能御也。❿〈文〉小城：转攻诸营～。后作"堡"。⓫姓。

鸨 (鴇) bǎo ❶鸟名。体形略像雁，长可达1米，背部有褐色和黑色斑纹，腹部近白色，善走不善飞，多生在草原地区。是我国国家重点保护动物。常见的有大鸨。❷指鸨母(旧时称开设妓

院的女人):老～。

珤　bǎo 〈文〉同"宝"。珍贵的东西:珍～万倍。

宲　bǎo 〈文〉同"宗"。宝藏;珍宝。

珼　bǎo 〈文〉同"宝"。宝物:我恒有三～。

琺　bǎo 〈文〉同"宝"。宝物:斯文之美如～金虹璧(虹璧:彩色的玉璧)。

匏　bǎo 〈文〉彩色的羽毛:乘羽～车。

堨　bǎo 〈文〉土堆;堤:堙溪以为～(堙yīn,堵塞)。

葆　bǎo ❶〈文〉(草木)茂盛:头如蓬～。❷〈文〉保持:永～青春。❸姓。

堡　□ ⊖ bǎo ❶土石筑的小城:城～|据险筑～。❷用于防御的坚固建筑物:～垒|碉～|地～|桥头～。
⊜ bǔ 寨子,有围墙的村镇。多用于地名:吴～(在陕西榆林)|柴沟～(在河北怀安)。
⊜ pù 古时指驿站。多用于地名:十里～|七里～。

媬　bǎo 〈文〉保母,负责保育,教导贵族子女的妇女:～傅(傅:负责保育教导贵族子女的男子)。

璙　bǎo 〈文〉同"宝"。宝物:(道者)善人之～也。

碼　bǎo 〈文〉毛色黑白相杂的马。

褓　[*緥] bǎo 〈文〉包婴儿的被子:～被|襁(qiǎng)～。

鴇　bǎo 〈文〉同"鸨"。鸟名。

餑　⊖ bǎo ❶〈文〉同"饱"。吃足。❷〈文〉发酵。
⊜ piǎo 〈文〉同"殍"。饿死的人:饿～有谁怜。

獗　bǎo 见 tà "獗"(647页)。

鷝　bǎo 〈文〉同"鸨"。鸟名。

bào　(ㄅㄠ)

勹　bào 〈文〉同"抱"。用手臂围住。

报　(報)[報] bào ❶告诉:～告|～捷|给家里～个信儿。❷答复;回应:～复|以德～怨|全场～之以热烈的掌声。❸酬答;以实际行动表示感谢:～答|～恩|酬～|无以为～。❹指因果报应:现世～|一～还一～|善有善～,恶有恶～。❺报纸,也指某些刊物:晚～|画～|学～|买一张～。❻消息;信息;捷～|情～。❼传送消息或发表言论的文字材料:喜～|海～|黑板～。❽〈文〉断狱;判决犯人:～而罪之(判决而治罪)。

刨　□ bào 见 páo "刨"(506页)。

抱　□ bào ❶用手臂围住:拥～|合～|一手打着伞,一手～着孩子。❷围拢或结合在一起:大家～成团,力量就大了。❸领养(孩子):～养|她是养父母从福利院～回来的。❹环绕:环～|拱～|清江一曲村流。❺人的胸腹部位:胸怀|怀～|襟～。❻心中怀有(某种想法、意见、情感等):～歉|～屈|～不平|常～边疆之忧。❼孵:～窝|～小鸡。❽量词。用于双臂合围的量:一～豆秸|三～粗的古树。

抭　bào 报告。用于古白话:～捷。用同"报"。

趵　□ ⊖ bào 跳跃;水往上涌:平地～突,流为长沟|～突泉(泉名,在山东济南)。
⊜ bō ❶〈文〉踢。❷【趵趵】〈文〉模拟脚踏地的声音:牛蹄～。

豹　□ bào ❶哺乳动物。体形像虎而略小,一般有黑色斑点或花纹,性凶猛,捕食其他兽类。常见的有金钱豹、云豹、雪豹、猎豹等,是我国国家重点保护动物。❷姓。

菢　bào 孵:生卵不～。后作"抱"。

鮑　bào 〈文〉鲍鱼(一种海生软体动物)。

裒　⊖ bào ❶〈文〉怀抱:怀～。后作"抱"。❷〈文〉衣前襟。

B

鲍（鮑）㊀ páo 〈文〉同"袍"。长衣。

bào ❶软体动物。贝壳椭圆形，多为褐绿色，生活在海中。壳可供药用，入药叫"石决明"。❷〈文〉盐渍鱼，有腥臭味：如入～之肆，久而不闻其臭（肆：店铺）。❸姓。

鞠 bào ❶〈文〉硬节；痛而结～不散。❷〈文〉硬；发硬：小腹肿大～如石。

骲 bào 〈文〉骨制的箭头。箭头有孔，射出后发出响声，又叫"响箭"：～箭。也叫"骲头"。

暴 ㊀ bào ❶急骤；猛烈：疾风～雨｜～病｜～饮｜～食。❷凶狠；残酷：～虐｜～徒｜～行｜残～｜以～易～。❸急躁；容易冲动：～躁｜～粗｜脾气很～。❹鼓起来；突出：青筋都～出来了。❺露出来；显现：～露｜～光。❻〈文〉糟蹋：自～自弃｜逆天～物。❼〈文〉欺凌；损害：强凌弱，众～寡。❽姓。

㊁ pù 〈文〉同"曝"。晒：～谷于庭。

虣［鋪、戱］ bào ❶〈文〉持戈击虎（成语有"暴虎冯河"，"虣"是"暴"的本字）。❷〈文〉同"暴"。暴虐：秦之～君。❸〈文〉猛兽：伏～藏虎。

曓 bào ❶〈文〉同"暴"。疾趋；急疾。❷〈文〉同"暴"。急骤，猛烈：飘风～雨。❸〈文〉同"暴"。凶残：～虐。

儤［儤、㒻］ bào 古代官吏连日值班：～直｜～值（直、值：值勤）。

瀑 bào 见 pù "瀑"（528 页）。

曝 bào 见 pù "曝"（528 页）。

爆［爆］ bào ❶突然破裂；迸出：～裂｜～炸｜火山～发。❷出人意料地出现或发生：～冷门｜～出特大新闻。❸烹饪方法。在滚油中炸一下或放进开水中煮一下：～羊肉｜～肚（dǔ）儿。

醶 bào 〈文〉酒名：～酒。

躆 bào 〈文〉走路很急的样子。

bēi（ㄅㄟ）

叧 bēi 见 guǎ "叧"（219 页）。

陂 ㊀ bēi ❶〈文〉池塘：～塘｜～池。❷〈文〉水边；岸：东海之～。❸〈文〉山坡：悠悠隔山～。

㊁ pí 用于地名：黄～（在湖北武汉）。

㊂ pō【陂陀（tuó）】〈文〉倾斜不平的样子。

杯［*盉、△*桮］ bēi ❶杯子，盛液体的器具，多为圆柱状：干～｜酒～｜～水车薪。❷杯状的锦标：奖～｜捧～｜世界～。

"桮"另见 bēi（24 页）。

卑 ㊀ bēi ❶〈文〉（位置）低：地势～湿。❷（地位）低下：～贱｜自～｜尊～｜长幼位～未敢忘忧国。❸（品质）低劣：～鄙｜～劣。❹〈文〉谦恭：～辞｜谦～。

㊁ bǐ 〈文〉通"俾（bǐ）"。使：～民不迷。

波 bēi 见 bō "波"（46 页）。

柸 ㊀ bēi 〈文〉同"杯"。盛饮料的器皿：玉～。

㊁ pēi【柸治】〈文〉郁郁不乐。

背［㊀*揹］ ㊀ bēi ❶（人）用脊背驮；用肩挎：～包｜～柴火｜～孩子｜肩上～着枪。❷负担；承受：～债｜～处分｜没问题？出了事你～着？

㊁ bèi ❶躯干的后部，自脊到后腰：脊～｜后～｜虎～熊腰。❷某些物体的后部或反面：～景｜手～｜力透纸～。❸背部对着（跟"向"相对）：～光｜～山面海｜～水一战。❹朝向相反的方向：～道而驰｜～过脸偷偷笑｜把手～过去坐好。❺离开：～井离乡。❻避开；瞒着：找个～人的地方｜你～着我干吗去了？❼违反；不遵守：违～｜～叛｜～信弃义。❽凭记忆读出：～书｜～诵｜刚三岁就能～唐诗了。❾偏僻：～静｜那条小胡同很～。❿不顺；倒霉：手气～｜走～字儿｜这两天够～的，干什么什么不成。⓫听觉差：耳～。

埤　□ bēi　见 pí "埤"(514 页)。

萆　□ bēi　见 bì "萆"(32 页)。

栖　bēi　❶〈文〉盘盏一类用具：一～饭。❷姓。

另见 bēi "杯"(23 页)。

椑　㊀ bēi　【椑柿】古书上说的一种柿子。果实小，青黑色，捣碎浸汁，可做染料。

㊁ pí　古代一种椭圆形的盛酒器：美酒一～。

悲　□ bēi　❶哀伤：～剧|～痛|～喜交集。❷〈文〉怜悯：慈～|～天悯人。❸〈文〉思念；怀念：游子～故乡。

碑　□ bēi　❶竖立起来的石制纪念物或标志物，上面刻有文字或图画：～文|～界｜～列其世谱，具刻于。❷古时在宫、庙门前用来观测日影、拴牲畜的竖石。

牌　bēi　〈文〉分裂；裂开。

鵯　（鵯）bēi　鸟名。羽毛多为黑色，腿短而细，常成群活动，吃果实和昆虫。种类很多，常见的有白头鵯，即白头翁。

痹　bēi　见 pí "痹"(514 页)。

篦　㊀ bēi　〈文〉竹制的捕鱼器具：张～捕鱼。

㊁ bì　〈文〉同"箅"。蒸锅中的竹屉，泛指有孔洞能起间隔作用的器具：编竹以为～。

㊂ pái　〈文〉大的筏，编排竹木制成的渡水用具：斩竹为～。

㈣ bǐ　〈文〉笼筻一类的竹器。

錍　㊀ bēi　〈文〉短斧。

㊁ pī　〈文〉箭镞的一种；一种箭：为铁～。也作"鈚(pī)"。

鞴　bēi　见 bǐng "鞴"(45 页)。

龓　bēi　❶〈文〉草名。❷古代舞者手持的牛尾。

頯　[髯] bēi　〈文〉须发半白。

钂　bēi　见 bà "钂"(14 页)。

běi　（ㄅㄟ）

北　□ běi　❶四个主要方向之一，早晨面向太阳时左手的一边(跟"南"相对)：～方|～风|出了门往～拐。❷〈文〉打败仗；败退：败～|连战皆～|勇则战，怯则～。❸姓。

苝　㊀ běi　有机化合物。分子式 $C_{10}H_{12}$，存在于煤焦油中，是多环烃的母体结构。

㊁ bèi　〈文〉一种野生的草本植物，鳞茎可作蔬菜。

鈹　běi　化学元素"锫(péi)"的旧称。

bèi　（ㄅㄟ）

贝　（貝）bèi　❶螺、蚌、蛤蜊等有介壳的软体动物的统称：～壳|～雕|海～|珠～。❷古代用贝壳做的或贝壳状的货币：～币|镶金～。❸量词。电学和声学中计算功率、声强、电压、电流的增益或衰减的单位贝尔的简称。1 贝等于 10 分贝。❹姓。

邶　bèi　同"邺"。古国名。

怀　bèi　见 pī "怀"(512 页)。

孛　□ ㊀ bèi　❶〈文〉光芒四射的样子。❷古书上指彗星。

㊁ bó　〈文〉同"勃"。旺盛；突然发生或兴起。

邺　[鄁] bèi　周代诸侯国名。故地在今河南淇县以北、汤阴东南一带。

狈　（狽）bèi　传说中的一种野兽。前腿特别短，走路时必须趴在狼身上随狼一起行动，所以用"狼狈"来形容困苦或窘迫的样子。

浿　（浿）㊀ bèi　用于地名：虎～(在福建)。

㊁ pèi　浿水，古水名。在今朝鲜。

苝　bèi　见 běi "苝"(24 页)。

牪　[牬] bèi　〈文〉两岁的牛。

犕 bèi 〈文〉体长的牛。

备（備）[*俻、備、俻] bèi ❶有;具有:配～|德才兼～。❷事先筹划:～课|预～|准～|有～无患。❸为应付突发事变或灾害而做出的安排:防～|戒～|攻其不～。❹配置:军～|装～。❺齐全:齐～|完～|求全责～|与人不求～。❻副词。完全:～受欢迎|尝艰辛|关怀～至。

背 bèi 见 bēi "背"(23 页)。

钡（鋇） bèi 金属元素。符号 Ba。

葡 ㊀ bèi 〈文〉齐备;具备。通作"备"。
㊁ fú 〈文〉同"箙"。盛箭的器具。

倍 bèi ❶跟原数相等的数,某数的几倍就是用几乘某数:六的五～是三十。❷增加跟原数相等的数:～道兼程|事半功～。❸副词。更加;格外:～感欣慰|每逢佳节～思亲。❹〈文〉通"背(bèi)":背叛;反叛:～齐而合秦。

悖[㊀*誖] ㊀ bèi ❶〈文〉相反;违反:～逆(违反正道)|道并行而不相～|故新相～,前后相～。❷〈文〉不合道理;错误:～谬|～妄|～误。❸〈文〉昏乱;糊涂:～晦(糊涂)|昏～|先生老～乎?
㊁ bó 〈文〉通"勃(bó)"。兴起的样子:禹汤罪己,其兴也～焉。

被 ㊀ bèi ❶被子,睡觉时盖在身上用来保暖的东西:棉～|夹～|盖上～|一床～。❷〈文〉遮盖:～覆|蓼花～堤岸。❸〈文〉遭受:～祸|～难(nàn)|其明年,山东～水灾。❹介词。用于被动句。1. 引入动作、行为的施事:～人看不起|～警察抓走了。2. 引入动作、行为的工具、材料、起因等:～小刀划的|～雨淋了|～喊声吵醒了。❺助词。用在动词前表示被动(后面不出现施事):敌人～打败了。
㊁ pī ❶〈文〉覆盖或搭在肩背上:军士吏～甲。后作"披"。❷〈文〉散开:～发行吟泽畔。后作"披"。

棋 bèi【棋多】常绿乔木。产于印度。现在一般写作"贝多"。叶子简称贝叶,用水沤后可当纸用,印度佛教徒多用来写佛经。

教 ㊀ bèi 〈文〉通"悖(bèi)"。违逆;不合道理:～慢。
㊁ bó ❶〈文〉通"勃(bó)"。排除;拔除:疾风～木。❷〈文〉通"勃(bó)"。兴盛:～尔复兴。❸〈文〉猝然:～然～怒。

軰 bèi 〈文〉"辈"的讹字。类;等:令其人～,生厌舍(shě)心。

暜 bèi 〈文〉昏暗:旭日暗(àn)～|(暜暜)昏暗的样子。

偝 ㊀ bèi ❶〈文〉背对着:～立。❷〈文〉违背:～约。

勛 bèi 用于人名。

琲 bèi 〈文〉成串的珠子:明珠炫百～。

蒉 ㊀ bèi ❶〈文〉草名。❷【蒉阳】宫殿名。
㊁ fù【王蒉】植物名。
㊂ pī 〈文〉通"秠(pī)"。黑黍的一种。

棓 bèi 见 bàng "棓"(19 页)。

辈（輩）[軰] bèi ❶家族世系相承的顺序;长幼的行(háng)次:～分|晚～|长～。❷类;等(指人):我～|小字～|非等闲之～。❸毕生;人的一生:一～子|下～子|后半～儿。

偝 bèi 〈文〉同"倍"。【偝谲(jué)】太阳周围的光气。也作"倍谲"。

惫（憊）[憊] bèi 〈文〉疲乏;困顿:～倦|困～|疲～不堪。

焙 bèi 用微火烘烤(食品、药材、茶叶等):～茶|～干|～烧|病起空闻～药香。

蓓 bèi【蓓蕾(lěi)】尚未开放的花朵;花骨朵儿:～满枝头。

碚 bèi 用于地名:北～(在重庆市区)。

鞴[鞴] bèi ❶〈文〉鞍和鞴等的统称。❷〈文〉同"鞲"。把鞍鞴等套在马身上:黄骝～绣鞍。

櫙 bèi 〈文〉树木名。

踄 ㊀ bèi【猎踄】〈文〉走路时两脚向外张开,走不快。
㊁ pèi【踄(diān)踄】〈文〉同"颠沛"。困

顿;受挫折:比因大水,～不免。

骳 bèi【骪(wǎn)骳】1.〈文〉腿骨弯曲;骨弯曲:骨衰则～无坚直。2.〈文〉文笔迂曲:其文～。3.〈文〉曲意依从:不能～事权要。

犕 ⊖ bèi 〈文〉八岁的牛。
⊜ fú ❶〈文〉驾牛马。❷〈文〉服从:义真～未乎(义真:人名)。

膞 bèi 〈文〉床上的横板。

褙 bèi 把布或纸一层一层地粘起来:裱～。

鲏 bèi 〈文〉河豚。

藣 bèi 〈文〉混乱:天刑不～,逆顺有类(类:法则)。

糒 [糫、餥] bèi 〈文〉干粮;干饭:以蜀兵万五千赍～粮(赍jī,携带)。

韝 [韛] ⊖ bèi 〈文〉把鞍辔等套在马身上:～马宿严霜。
⊜ bài 〈文〉同"鞴"。风箱;皮制的鼓风囊:鼓～以熏之。

鐴 bèi 见 bì "鐴"(36页)。

瀪 bèi 〈文〉水流激涌的样子。

鐾 bèi 把刀在布、皮子、石头等上面反复摩擦,使锋利:～刀布|把菜刀在缸沿上～了几下。

bei (·ㄅㄟ)

呗 bei 见 bài "呗"(15页)。

臂 bei 见 bì "臂"(35页)。

bēn (ㄅㄣ)

弃 bēn 〈文〉同"奔"。奔跑:虎兕群～。

奔 [*奔、⊖❶-❹*犇、⊜*逩、奔]
⊖ bēn ❶跑;急走:～驰|飞～|他加快速度,～向终点。❷逃亡:～逃|出～|东～西窜。❸赶忙做(某事):～丧(sāng)|～命(为执行使命而奔忙)。❹〈文〉旧时指女子私自投奔所爱的男子:文君夜亡～相如(文君:卓文君。相如:司马相如)。❺姓。
"犇"另见 bēn(26页)。
⊜ bèn ❶朝一定的目标急走;径直向所要去的地方去:投～|下了车就～办公室。❷为某事忙碌:～生活|～来两张球票|想吃点什么,我给您～去。❸接近(年龄的某个较大的整数):一晃我都～七十了。❹介词。朝;向:孩子～着妈妈跑来了。

贲 bēn 见 bì "贲"(32页)。

栟 ⊖ bēn 用于地名:～茶(在江苏如东)。
⊜ bīng【栟榈(lú)】〈文〉棕榈。

喯 bēn 见 pèn "喷"(509页)。

济 bēn 见 bèn "济"(27页)。

犇 bēn 用于人名。
另见 bēn "奔"(26页)。

锛 (錛) bēn ❶锛子,削平木料的工具。刃宽而扁,使用时向下向内用力。❷用锛子砍削木料:把木头～平了再刨光。❸刃刃出现缺口:刀～了。

骔 bēn 〈文〉马奔跑:～骤(奔跑)。

鑟 bēn 见 fén "鐼"(178页)。

趡 bēn 〈文〉同"奔"。跑;急走。

鶝 bēn 传说中的鸟名。形状像喜鹊。

běn (ㄅㄣ)

本 běn ❶草木的根或茎:草～|木～|～固枝荣。❷事物的根源(跟"末"相对):根～|忘～|立国之～|～不摇则枝叶茂荣。❸原来;固有:～意|～色|～能。❹主要的;中心的:～科|～体|校～部。❺自己方面的:～校|～身|～地。❻以制作者或主管人的身份措词时用:～书共八章|～

次列车由北京开往广州。❼现今的：～年度｜～世纪｜～届大会。❽用来从事生产、商业、金融等活动的原有的资金：资～｜亏～儿｜还～付息。❾把成沓的纸钉订成的册子：书～｜账～｜笔记～。❿版本：刻～｜善～｜精装～。⓫演出的底本：剧～｜唱～｜话～。⓬介词。按照；根据：～着实事求是的精神处理。⓭量词。用于书籍、簿册：三～影集｜两厚～纪念册｜一大～讲义。⓮量词。用于电影、戏曲：这部电影共十～｜《桃花扇》第二～。⓯封建时代臣下奏事的文书：奏～｜修～(拟奏章)。⓰姓。

苯 běn　有机化合物。分子式 C_6H_6。无色液体，易燃，易挥发，有芳香气味，有毒。是制染料、塑料、合成橡胶、合成树脂、合成纤维、合成药物和农药等的重要原料，也可用作动力燃料和涂料、胶水等的溶剂。

畚[畚] běn　古代用草绳编成的器具。用来盛粮食、盛土等。后也有用竹篾、铁皮等材料制成的：～箕。

bèn （ㄅㄣˋ）

夯 bèn　见 hāng“夯”(239 页)。

坌 bèn　❶〈文〉尘埃：尘～｜霏霏散浮烟，霭霭集微～。❷〈文〉尘埃飞扬：尘且～，飞矢射贼。❸〈文〉并；一起：四垂无蔽，万景～入。❹粗劣。用于古白话：您穿的是轻纱异锦，俺穿的是～绢的这粗绸。

奔 bèn　见 bēn“奔”(26 页)。

体 bèn　〈文〉愚笨；不聪明。

倴 bèn　用于地名：～城(在河北滦南)。

堨 bèn　同“笨”。费力气的。用于古白话：下五七年～功。

笨 bèn　❶理解能力和记忆能力差；不聪明：愚～｜～头～脑｜这孩子太～。❷不灵巧；不灵活：嘴～｜～嘴拙舌｜～手～脚。❸费力气的；粗重：～重｜～活儿｜这家具做得太～。

渀 ㊀ bèn　〈文〉入水的样子。
㊁ bēn　❶〈文〉同“奔”。奔腾：～荡(奔腾激荡)。❷渀水，古水名。

憉 bèn　同“笨”。不聪明。用于古白话：徒弟也不～。

橎 ㊀ bèn　〈文〉船篷。
㊁ fàn　〈文〉同“軬”。车篷。

獖 ㊀ bèn　〈文〉一种狗。
㊁ fén　〈文〉阉割猪；转指对人的阉割：竖刁自～(竖刁：人名)。
㊂ fèn　【獖羊】传说中的一种怪兽。

bēng （ㄅㄥ）

伻 bēng　❶〈文〉使；令：乃～我有夏式商受命(使我周人代替商人承受天命)。❷〈文〉使者：遣～告其亲族。

祊 ㊀ bēng　❶〈文〉宗庙门内设祭的地方：祝祭于～。❷〈文〉祭祀名。正祭的次日续祭：为～乎外(外：庙门外)。❸古地名。在今山东。
㊁ fāng　〈文〉祭祀名。祭祀四方之神：致禽以祀～(致禽：把猎物献上来)。

砯 bēng　见 bàng“砯”(19 页)。

弸 bēng　〈文〉弹；敲击：～黄钟(黄钟：一种打击乐器)。

棚 bēng　见 bīng“棚”(44 页)。

崩 bēng　〈文〉“崩”的讹字。破裂：血～胁满(胁：腋下至腰的部分)。

崩[嵭] bēng　❶倒塌：～塌｜雪～｜山～地裂｜从恶如～。❷破裂；破开：车胎～了｜乱石～云，惊涛裂岸。❸炸；被击中：爆竹～了眼睛｜别用弹弓～人。❹古代称帝王死：驾～｜高祖～长乐官。

绷(綳)[＊繃] ㊀ bēng　❶拉紧；张紧：～带｜～簧｜把弦～直了｜孩子贪长，春天买的衣服，秋天穿就～得紧紧的。❷(物体)猛然弹起：弹簧～飞了。❸缝纫方法。稀疏地缝上或用针别上：～被头｜把写好的字～在红布上。❹〈方〉骗(财物)：坑～拐骗。❺用藤皮、棕绳等编织成的床屉：棕～｜床～。❻绷子，刺绣时用来绷紧布帛的木框或竹圈：～架｜竹～。

B

㊀ běng　❶板着:～脸。❷勉强支撑:～住劲。

㊁ běng　❶绽开;裂开:石榴～开了嘴儿。❷副词。强调程度深:～直|～脆|～硬。

閍 bēng　〈文〉宗庙的门。

絣 ㊀ bēng　❶〈文〉用杂色线织成的布。❷〈文〉编穿铠甲的绳:妻自组甲～(组:编织)。❸〈文〉编织:朝～暮织。❹〈文〉继续:～嗣(万嗣:万代)。❺〈文〉捆绑:(罪人)～在廊上。

㊁ bīng　〈文〉错杂:错～。

偋 ㊀ bēng　❶〈文〉朋党;辈:～则义不立(有朋党则道义不立)。❷〈文〉通"崩(bēng)"。坍塌:高而倚者～(倚:yǐ,偏斜)。❸同"绷"。板着;用于古白话:把冷鼻凹～者。

㊁ péng　姓。

痭 bēng　〈文〉妇女血崩病。

裮 bēng　〈文〉包裹婴儿的小被:绣褓锦为～。也作"绷"。

榜 bēng　见 bǎng "榜"(19 页)。

嗙 bēng　模拟物体爆裂或跳动的声音:气球～的一声破了|心～～地跳个不停。

霠 bēng　❶〈文〉大雨。❷〈文〉浑然不明:一气分万～。

縩[褖] bēng　〈文〉宗庙门内设祭的地方。通作"祊"。

béng (ㄅㄥˊ)

甭 béng　〈方〉副词。不用,表示不需要、不必要:你～管|您就～说了|您老～操心,有我呢。

běng (ㄅㄥˇ)

菶 běng　【菶菶】1.〈文〉草木茂盛的样子:～菶菶。2.〈文〉散乱的样子:掠鬓不～。

绷 běng　见 bēng "绷"(27 页)。

琫 běng　古代刀把和刀鞘上端的装饰物。

蓱 ㊀ běng　〈文〉同"綮"。麻鞋。

㊁ bāng　〈文〉皮制的鞋:牛皮～。

靹 běng　【得靹子】古曲名。唐明皇为杨贵妃制作此曲。也作"得韝(běng)子"。

綮 běng　❶〈文〉麻鞋。❷〈文〉轻佻的样子。

綳 běng　❶〈文〉麻鞋:～履。❷〈文〉小儿穿的皮鞋。

韝 běng　同"琫"。古代刀鞘上的装饰物。

鞛 běng　【鞞(bǐng)鞛】古代刀鞘上的装饰物。也指刀鞘。

bèng (ㄅㄥˋ)

泵 bèng　❶把气体或液体抽出或压入容器的机械:气～|水～|油～。旧称"唧筒、帮浦"。[英 pump] ❷用泵压入或抽出:～油。

迸 ㊀ bèng　❶喷射而出;向外溅出:～发|～溅|银瓶乍破水浆～。❷突然碎裂:～裂|～碎。❸〈文〉走散;奔散:禽兽～。

㊁ bǐng　〈文〉通"屏(bǐng)"。斥逐;排除:～诸四夷。

蚌 bèng　见 bàng "蚌"(19 页)。

堋 bèng　见 péng "堋"(510 页)。

绷 bèng　见 bēng "绷"(27 页)。

埲 bèng　❶奔走。用于古白话:奔波～红尘。❷〈文〉同"迸"。四散奔逃。

跰 bèng　见 pián "跰"(517 页)。

塴[窉] bèng　〈文〉同"堋"。落葬,下棺入土:日中而～。

甏 bèng　〈方〉坛子;瓮:酒～。

锛(錋) bèng　原指清末发行的无孔小铜币,现称小的硬币为"锛子"或"锛儿"。

绷 bèng 同"鏰"。旧时无孔的小铜币;小的硬币:～子。

薜 bèng 〈文〉香气盛。

蹦 bèng 跳;跳跃:～高|～跶(蹦跳)|欢～乱跳|从高台上～下来。

嵭 bèng 【嵏(tóu)嵭】〈文〉山高峻的样子。

---

bī (ㄅㄧ)

皀 bī 见 xiāng "皀"(734 页)。

屄 [屗、毴] bī 女性外生殖器的俗称(多用于骂人的话)。

狉 bī ❶【狉狔(yàn)】〈文〉兽名。❷旧时对亿佬族的蔑称。

偪 ⊖ bī 〈文〉绑腿:～束其胫。
⊜ fù【偪阳】古国名。故地在今山东。
另见 bī "逼"(29 页)。

逼 [△*偪] bī ❶施加压力使服从;威胁:～迫|威～|自誓不嫁,其家～之,乃投水而死。❷强行索取:～租|～债|～供。❸接近;迫近:～真|步步进～|大军直～城下。❹〈文〉狭窄:～仄|～窄。
"偪"另见 bī (29 页)。

鈚 bī 见 pī "鈚"(513 页)。

福 bī ❶〈文〉加在牛角上用来防止触人的横木:～衡。❷古时插箭的器具。

幍 bī 〈文〉帘;车帏。

牌 bī【牌妵(jǐ)】〈文〉短小的样子。

陛 bī 〈文〉牢狱。

縌 bī 〈文〉合并。

颮 bī 〈文〉小风。

䃾 ⊖ bī【䃾豆】豌豆。
⊜ biǎn 〈文〉同"萹"。扁豆。

蝙 bī 小昆虫,寄生在牲畜身上吸食血液。

螕 bī【螕豆】〈文〉豌豆。也作"䃾豆"。

鼊 [鰏] bī 鱼名。体长约 10 厘米,侧扁,呈卵圆形,青褐色。口小,鳞细而圆。种类很多,多生活在热带近海中。

鶝 bī【鶝鶆(fú)】即戴胜。古书上说的一种鸟。也叫"鶏鶝"。

鎞 ⊖ bī ❶古时妇女的首饰:罗袖盛子,金～挑笋芽。❷古时治眼病的器械:以金～刮其眼膜。
⊜ pī 〈文〉箭头。

驢 bī【驼驢】古书上说的一种兽。也作"驢驼"。

---

bí (ㄅㄧˊ)

荸 bí【荸荠(qi)】1. 多年生草本植物。生在池沼或水田里,地下茎扁球形,皮赤褐色,肉白色,可以吃,也可制淀粉。2. 这种植物的地下茎。

蔛 bí 见 bó "蔛"(49 页)。

鼻 [鼻] bí ❶鼻子,人或高等动物的嗅觉器官,也是呼吸器官的一部分。位于头部,有两个孔:～孔|～梁|嗤之以～。❷器物上带孔的部分:印～|针～儿。❸创始的;最初的:～祖。

---

bǐ (ㄅㄧˇ)

匕 bǐ ❶〈文〉汤匙;饭勺。❷〈文〉匕首;短剑:图穷～见(xiàn)。

比 bǐ ❶相较;较量:～较|～大小|～高下|不怕不识货,就怕货～货。❷能够相比;比得上:今非昔～|寿～南山|毕竟上了年纪,身体不～当年啦。❸依照:～照|～着葫芦画瓢。❹比方,用跟甲事物有相似点的乙事物来说明甲事物:～拟|以诸葛亮自～|欲把西湖～西子,淡妆浓抹总相宜(西子:西施)。❺用手做出姿势来帮助说话或代替说话:～画|连说带～。❻引入比较的对象,比较性状和程度:说～做容

易|生意一天～一天火|小李～我大两岁。❼〈文〉挨着;并列:～肩|～翼齐飞|鳞次栉～。❽〈文〉勾结:朋～为奸(相互勾结做坏事)。❾〈文〉(时间上)挨着;相连接:～来(近来)|～及(等到)。❿数学上表示同类数量之间的倍数关系:～例|～率|～值|男女生人数为五与四之～。⓫表示竞赛双方得分的对比:四～二,客队反败为胜。⓬姓。

帉 bǐ 〈文〉残帛绽裂:～敝囊橐(tuó)不直钱(裂开的旧口袋不值钱)。

朼 bǐ 〈文〉大木匙。祭祀时用来挑起鼎中的牲肉放在俎上;也用来盛出甑瓯中的饭食:司马～羊(司马把羊牲从鼎中取出来)。

芘□ bǐ 见 bǐ "芘"(31页)。

吡□ ㊀ bǐ ❶【吡啶(dìng)】有机化合物。分子式 C_5H_5N,无色液体,有臭味。用作溶剂和化学试剂。[英 pyridine] ❷【吡咯(luò)】有机化合物。分子式 C_4H_5N,无色液体,在空气中颜色多变,有刺激性气味。用来制药品。[英 pyrrole]
㊁ pǐ 〈文〉诋毁。

佊 bǐ 〈文〉邪,不正。

疕 bǐ ❶〈文〉头疮:～疡(yáng)。❷〈文〉疮上结的痂:痂～。❸〈文〉分离:口合神～。

沘□ bǐ 沘水,水名。即淠河,在安徽西部。

刡 bǐ 【刡剥(bō)】模拟雨声。用于古白话:(这雨)碎声儿～。

妣□[妣] bǐ ❶〈文〉母亲;已故的母亲:～亲:先～|如丧考～。❷〈文〉祖母或比祖母辈分大的女性祖先:祖～。

卑□ bǐ 见 bēi "卑"(23页)。

彼□ bǐ ❶代词。表示远指(跟"此"相对)。1. 指代较远的人或事物:此起～伏|厚此薄～。2. 指代较远的时间或处所:此一时,～一时|到达～岸。❷代词。对方;他:知～知己|～退我进。

祉 bǐ 〈文〉用小猪祭祀司命神。

妚 bǐ 姓。

柀 bǐ ❶〈文〉榧(fěi)树。常绿乔木。❷〈文〉破裂;离析:击～其后(从后击破敌军)。❸〈文〉一部分:～盗(盗盗一部分)。

秕□[△*粊] bǐ ❶空的或不饱满的籽粒:～糠|～粒|～谷子。❷〈文〉坏;不好:帝道不纲,～政日乱。"粊"另见 pī(512 页)。

吡 bǐ 〈文〉明白:～是非日智。

笔□(筆) bǐ ❶写字、绘画、制图的一种文具:～墨|毛～|援～成文。❷书写:～者|代～|亲～。❸写下的文字、书画:～迹|绝～。❹(书法、绘画、写作等的技法、特点):～法|工～|曲～。❺笔画:～顺|起～。❻量词。用于款项及有关的事物:一～钱|一～债务|一大～生意。❼量词。用于汉字的笔画:"毕"字共有六～|"大"字下面添一～就是"太"。❽量词。用于书画艺术(数词限用"一、几、两"):一～好字|这两～最显功力。❾〈文〉散文(与"韵文"相对):无韵者～也,有韵者文也。❿姓。

俾□[俾] bǐ 〈文〉使(达到某种目的):～有所获|～众周知|无～民忧。

舭□ bǐ ❶船底和船侧间弯曲的部分:～龙骨。[英 bilge] ❷【舭𦨙(dá)】古代的一种船。

啚 ㊀ bǐ 〈文〉都邑的郊外;边境地区:东～。后作"鄙"。
㊁ tú 同"图(圖)"。谋划。用于古白话:详其优劣,然后～行。

岯 ㊀ bǐ 【峡岯】〈文〉山脚:崔嵬不崩,赖彼～(崔嵬:指高山)。
㊁ pí 【岯𡼋(tí)】〈文〉形容山势渐渐趋平缓:金岸～。

毞 bǐ 〈文〉捣毁。

鈚 bǐ 见 pī "鈚"(513 页)。

滗　bǐ　滗水,古水名。

屁　bǐ　〈文〉诋毁。

埤　bǐ　❶〈文〉客居外地的人。❷〈方〉牵扯:做文章,牵三～四。

鄙　bǐ　❶〈文〉边远的地方:边～|～四|齐孝公伐我北～。❷〈文〉粗俗;低下:～俗|卑～|肉食者～。❸〈文〉质朴:朴～|～朴少文。❹〈文〉轻视;看不起:薄～|～视|～夷。❺〈文〉谦辞。称自己:～人|～见|～文。

薜　bǐ　古书上说的一种草,可以制席。

箄　bǐ　见 bēi"箄"(24 页)。

貏　[貏]　bǐ　【貏豸(zhì)】〈文〉山势渐平的样子。

魮　bǐ　见 pí"魮"(515 页)。

瑭　bǐ　〈文〉青绿色的玉。

騩　bǐ　【騩騀(sì)】〈文〉野兽快跑的样子:群兽～。

韠　bǐ　〈文〉黍类谷物。

bì　（ㄅㄧˋ）

币　(幣)　bì　❶钱;货币:～值|硬～|外～|人民～。❷古代赠送宾客或用于祭祀的丝织品:～帛。

必　bì　❶表示事理上或主观上确定无疑:～定|骄兵～败|三人行,～有我师焉。❷表示事实上或情理上一定要:须|事～躬亲|区区小事,不～过于认真。❸〈文〉倘若;假如:～能行大道,何用在深山? ❹姓。

毕　(畢)　bì　❶完结;完成:～业|完～|～其功于一役。❷〈文〉副词。全都;完全:原形～露|群贤～至,少长(zhǎng)咸集。❸星宿名。二十八宿之一,属西方白虎。❹姓。

卽　bì　〈文〉同"弼"。辅佐。

闭　(閉)　bì　❶合拢;关:～眼|～封|～口不谈。❷堵塞:～塞|～绝私路。❸结束;停止:～会|～市|～经。❹姓。

弜　bì　见 jiàng"弜"(309 页)。

芘　㊀bì　〈文〉同"庇"。遮蔽;保护。㊁pí【芘芣(fú)】即锦葵。二年生或多年生草本植物。㊂bì　有机化合物。分子式 $C_{16}H_{10}$,浅黄色棱形晶体。可用来制合成树脂、还原染料和分散染料等。

垼　[批]　bì　〈文〉连接:商贾(gǔ)骈～。

佖　bì　❶〈文〉布满:路～营巡(营巡:巡查的军士)。❷【佖佖】〈文〉形容轻佻,不庄重。

佛　bì　见 fó"佛"(181 页)。

庇　bì　遮蔽;保护:～护|～荫(yìn)|包～|安得广厦千万间,大～天下寒士俱欢颜。

屵　bì　〈文〉破败的衣服。

翢　bì　〈文〉主宰。

邲　㊀bì　❶古地名。在今河南荥阳。❷姓。㊁biàn　古水名。即汴水。在今河南。

诐　(詖)　bì　❶〈文〉辩论。❷〈文〉偏颇;邪僻:～邪|～辞(邪僻的言论)|息邪说,距～行。

郱　㊀bì　同"费"。古地名。在今山东。㊁fèi　古地名。在今河南。也作"费"。

拽　㊀bì　【抵拽】〈文〉刺;讥刺。㊁bié　❶〈文〉扭转。❷〈方〉撬开:(门)开不开,拿棍～。

拂　bì　见 fú"拂"(184 页)。

苾　bì　〈文〉芳香:～～|芬芬。

弉　bì　〈文〉同"弼"。辅佐。

畀　[畁、畁、掤]　bì　〈文〉给;给予:～以重任|投～豺

B

虎(把坏人扔给豺狼,老虎吃掉,表示对坏人十分愤恨)|分曹卫之田,以~宋人。

呹 bì ❶〈文〉香气浓。❷【呹剥剥】模拟焚烧时发出爆裂声。用于古白话:~石烈灰飞。也说"呹呹剥剥"。❸用于地名:哈~嘎(在河北)。

肶 ㊀bì〈文〉同"髀"。大腿。㊁pí〈文〉牛羊等反刍类动物的重瓣胃,即百叶:羊~。

胏 bì 见xǐ"胏"(714页)。

泌 bì 见mì"泌"(456页)。

怭 bì【怭怭】〈文〉轻佻,不庄重:威仪~。

妼 bì〈文〉女子有仪容。

祕[琿] bì 古代刀鞘末端的装饰。

贲(賁) ㊀bì〈文〉装饰得很美:~临(贵宾盛装光临)。㊁bēn【虎贲】古代指勇士;武士。

荜(蓽) bì ❶〈文〉同"筚"。用荆条、竹子、树枝等编成的篱笆或其他遮拦物:坐止高荫下,步止~门里。❷【荜拨(bō)】多年生草本植物。叶子卵状心形,花小,雌雄异株,浆果卵形,果穗可供药用。

秘 bì ❶〈文〉矛戟等兵器的柄,泛指器物的柄:戈~。❷〈文〉弓檠(qíng)。护弓的器具,多用竹制:(弓)有~。也作"柲(bì)"。

畐 bì 见fú"畐"(185页)。

毖 bì ❶〈文〉谨慎小心。❷〈文〉使谨慎小心:惩前~后。❸〈文〉通"泌(bì)"。泉水涌出的样子:温泉~涌而自浪。

哔(嗶) bì ❶【哔哔剥剥(bō)】模拟连续不断的爆裂声、鼓掌声等。❷【哔叽】一种密度较小的斜纹毛织品。[法 beige]

疪 bì〈文〉同"痹"。湿病:昔之嘘吸也,谓为~为疠。

费 bì 见fèi"费"(175页)。

愗 ㊀bì〈文〉通"弼(bì)"。辅佐。㊁fú【放愗】1.〈文〉类似。2.〈文〉仿效。

陛 bì〈文〉台阶,特指宫殿的台阶:~下(官殿的台阶之下,用作臣下对帝王的尊称)|石~|阶~|升楼台之~。

眲 ㊀bì ❶〈文〉直视。❷〈文〉惭愧。㊁mà 恶狠狠地看:犷眼困逾~(犷:凶悍)。

饀 bì 见pí"饀"(514页)。

弻 bì ❶〈文〉同"弼"。辅佐:~谐辅理(弻谐:辅佐协调)。❷〈文〉击打。

毙(斃)[*獘] bì ❶死(用于人时多含贬义):~命|击~|坐以待~。❷开枪打死:枪~|这样狠毒的杀人凶手,~了都不解恨。❸〈文〉倒下;败亡:~于车中|多行不义必自~。

铋(鉍) bì 金属元素。符号Bi。

秘 bì 见mì"秘"(456页)。

狴[狴] bì ❶〈文〉牢狱:~牢|~狱。❷【狴犴(àn)】传说中的猛兽。古代常把它的形象画在牢狱的大门上,后用作牢狱的代称。

坒 bì 见pí"坒"(514页)。

眲 bì "眲(bì)"的讹字。❶〈文〉直视。❷〈文〉惭愧。

萆 ㊀bì ❶【萆荔】〈文〉即薜(bì)荔。常绿藤本植物。❷〈文〉通"蔽(bì)"。隐蔽:~山而望赵军(萆山:隐蔽在山后)。㊁bēi【萆薢(xiè)】多年生藤本植物,可供药用。㊂pì〈文〉蓑衣。

椑 bì【椑枑(hù)】古时官署前阻拦人马通行的栅栏,用木条交叉制成:设~。也叫"行马"。

粺 bì ❶〈文〉没有长成的稻米。❷古地名。在今山东。

閟 bì〈文〉同"闭"。合拢;关:~狱门。

膍 bì ❶〈文〉胃。❷〈文〉同"髀"。大腿:~肉。

庳 bì ❶〈文〉低下；低洼：陂塘污～。❷〈文〉房屋低矮：宫室卑～。

敝 bì ❶〈文〉破旧；破烂：～衣｜～履｜～帚自珍(比喻自己的东西虽然不好，也非常珍惜)。❷〈文〉衰败：凋～｜疲～。❸〈文〉谦辞：称自己或跟自己有关的事物：～人｜～校｜～处。❹〈文〉通"弊(bì)"。弊病；害处：救～莫若省用。

婢 bì 旧时有钱人家役使的女孩子；使女：～女｜奴～｜豪家多～仆。

紨 bì 〈文〉把散乱的纤维绞合成纱或线绳：～紧作绳。

綼 bì 见bō"綼"(47页)。

蔽 bì 见pí"蔽"(514页)。

韠 bì 〈文〉通"拂(bì)"。辅佐；帮助：宜参鼎～(应鼎力相助)。

皕 bì 〈文〉二百：～宋楼(清代藏书楼，在今浙江湖州。藏有二百种宋版书)。

赑 bì ❶〈文〉转送；给：赠～(赠垫；赠补)。❷〈文〉增加。

閉 ⊖ bì ❶〈文〉同"闭"。关门：荆扉昼常～。❷〈文〉堵塞：距之则～塞。
⊜ biàn 〈文〉搏击。

赑(贔) bì 【赑屃(xì)】1.〈文〉壮猛有力的样子。2.传说中一种像龟的动物。龙生九子，赑屃是其中之一，力气大，能负重。旧时石碑的底座多雕成赑屃的形状。

笓(篦) bì 〈文〉用荆条、竹子、树枝等编成的篱笆或其他遮拦物：蓬门～户(形容房屋简陋)｜～路蓝缕(驾着柴车，穿着破衣去开辟山林，形容创业艰辛)。

偪 bì 〈文〉盛大的样子：～池豪渠。

澤 bì 【澤泼(fú)】〈文〉寒风撼物的声音。

湢 bì ❶〈文〉浴室：不共～浴。❷〈文〉整肃的样子：军旅～然。

愊 bì ❶〈文〉非常诚恳：言多恳～。❷【愊忆】〈文〉心情郁结，愤懑：心～而纷纭。也作"愊臆、愊抑"。

愎 bì 〈文〉任性；固执：刚～自用(倔强固执，只凭自己的主观意志行事)｜贪～而多欲。

裨 bì 〈文〉同"裨"。益处；补益：言有一得，以～吾国。

弼[弻、彌、㢌、㢭] bì ❶〈文〉辅助：～佐｜辅～。❷〈文〉从旁辅助的人：良～。❸〈文〉纠正：正色～违(正色：严肃的态度。违：过失)。

蓖 bì 【蓖麻】一年生或多年生草本植物。叶子大，掌状分裂，种子光滑有斑纹。原产非洲。种子可榨油，是重要的工业原料，叶子可用来饲养蓖麻蚕。

蔽 bì 〈文〉同"蔽"。遮盖；挡住：～匿。

閟 bì ❶〈文〉闭门，泛指关闭：七宅六宫门户～。❷〈文〉隐蔽；掩埋：～匿。❸〈文〉停止；终尽：我思不～(思：念想)。❹〈文〉幽深：瑶殿清～。

畢 bì 〈文〉"毕(畢)"的讹字：～勒国人长三寸。

蹕(蹕) bì ❶〈文〉帝王出行时，开路清道，禁止行人通行：～止｜警～。❷〈文〉帝王出行的车驾：扈～(随从帝王车驾)｜驻～(帝王出行时沿途停留暂住)｜县人来，闻～，匿桥下。

蜌 bì 古书上说的一种蚌。

饆 bì 〈文〉食物的香气：有～其香。

膈 bì ❶【膈臆(yì)】〈文〉心情郁结不畅：～纷纭。也作"愊臆"。❷【膈膈膊膊】〈文〉模拟连续起伏的声音：～扣户声。

痹[△*痺] bì ❶痹证，中医指因风、寒、湿等引起的肢体疼痛或麻木的病。❷麻木：痒不得搔，～不得摇(摇：活动)。
"痺"另见pí(514页)。

熚[糧、爔、熐] bì 〈文〉用火烘干：火～取干。

潷 bì 【潷浡(bó)】〈文〉形容泉水涌出。也作"潷沸(fèi)"。

B

滗（潷）bì 挡住其中的渣滓或泡着的东西，把液体倒出来：～米汤｜把茶水～干了。

裨 ㊀ bì ❶〈文〉增加：～补。❷〈文〉益处；补益：～益｜无～于事。
㊁ pí 〈文〉副的；辅佐的：～将｜偏～。

辟（❶-❸闢）㊀ bì ❶〈文〉君主：复～（君主复位，泛指被打倒的旧制度、旧势力复活）。❷〈文〉征召：官府征聘并授予官职：～召｜征～。❸〈文〉治理；清理：正法罪，～狱刑（狱刑：讼案）。❹〈文〉排除：～恶｜～邪。❺〈文〉躲开：退三舍～之（舍：古代行军三十里为一舍）。后作"避（bì）"。
㊁ pì ❶开发；开拓：～地垦荒｜另～蹊径｜周宣王～地千里。❷透彻：精～｜透～。❸驳斥；摈除：～谣｜～谬｜～邪说。❹〈文〉法律；刑法：大～（古代指死刑）｜国有常～。

弹 bì 〈文〉射：羿焉～日？（羿：后羿，人名）

嫔 bì ❶〈文〉母亲。❷通"毕（bì）"。完结；完成。用于古白话：奉王命～姻（嫔姻：完婚）。

碧 bì ❶〈文〉青绿色的玉石：金～辉煌。❷青绿；淡蓝：～绿｜～空｜上下天光，一～万顷。❸姓。

揎 bì 批打；用刀反复刮蹭。用于古白话：（武松）提起刀来，望那妇人脸上便～两～。

鞁 ㊀ bì 〈文〉车上用皮革绑扎的地方。
㊁ pèi 〈文〉同"辔"。驾驭牲口的缰绳：以～勒（马）。

蔽 bì ❶遮盖；挡住：掩～｜遮～｜浮云～日。❷掩饰；隐藏：～林间窥（kuī）之。❸〈文〉概括：一言以～之。

欁 bì 〈文〉树木名。

敤 bì 〈文〉完结；终了。通作"毕"。

毰 bì【毰毱（jī）】哔叽，一种密度较小的斜纹毛织品。用于古白话。

秘 bì 〈文〉浓香。

算 bì 算子，有空隙能起间隔作用的片状器具：竹～｜铁～｜甑～。

箅 bì 见 bēi"箅"（24 页）。

獙 bì【獙獙】传说中的一种怪兽。

弊［*獘］bì ❶害处；毛病（跟"利"相对）：～端｜流～｜兴利除～。❷弄虚作假、欺诈蒙骗的行为：作～｜营私舞～。❸〈文〉困乏；疲惫：曹操之众，远来疲～。

㶿 bì ❶【㶿㶿】模拟火烧柴木等发出的声音。用于古白话：那火轰轰烈烈～烞（pò）烞。❷【㶿㶿（fú）】〈文〉火旺盛的样子：积薪而～。

鄪 bì 古地名。在今山东费县一带。也作"费"。

韔 bì 〈文〉弓檠（qíng）。护弓的器具，多用竹制。也作"柲"。

綼 bì 〈文〉衣裳边缘的装饰。

髲［髲］bì 〈文〉假发（fà）。

駓 bì 〈文〉马肥壮的样子：～彼乘（shèng）黄（乘黄：四匹黄色的马）。

勒 bì ❶〈文〉同"筚"。篱笆。❷〈文〉同"筚"。聚居的地方：夷～（夷）（外国人）。

踔 bì 〈文〉钟的形体下部较大。

罼 bì ❶古时捕取鸟兔的长柄小网。❷〈文〉捕取鸟兽：～网。❸古代帝王的一种仪仗。

痹 bì 〈文〉脚麻；脚抽筋：久坐则足～。

濞 bì 见 pài"濞"（502 页）。

薜 bì ❶【薜荔（lì）】常绿藤本植物。茎蔓生，叶子卵形，果实球形，可以做凉粉。也叫"木莲"。❷姓。

薜 bì ❶【薜沸】〈文〉形容泉水涌出的样子。也作"潷沸"。❷【薜发（bō）】〈文〉风寒；大风触物的声音。❸【薜篥（lì）】古代竹制管乐器，有九个孔。

踊 ㊀ bì【踊扐】〈文〉模拟踏地的声音：～下尘梁。

㊀ fú 【踂踚(cù)】〈文〉形容声音急促。

篦 [篦] bì ❶篦子,梳头用具。中间有梁儿,两侧有齿,齿比梳子的密。❷用篦子梳:~头发。

觱 bì 〈文〉鱼名。即赤眼鳟。

廦 bì 〈文〉同"壁"。墙壁:其室东内中北~(其家东侧卧室的北墙)。

壁 bì ❶墙:~报|~画|家徒四~(家里只有四周的墙壁,形容贫穷到极点)。❷某些中空的物体或生物器官上作用像围墙的部分:井~|炉~|肠~|胃~。❸陡峭的山崖:绝~|悬崖峭~。❹营垒:~垒|坚~清野。❺星宿名。二十八宿之一,属北方玄武。

避 bì ❶不面对,不接触;躲开:~雨|~暑|~难(nàn)|不~艰险(即面对艰险)。❷防止:~孕|~嫌|雷器。

嬖 bì ❶〈文〉宠爱;宠幸:~爱|~幸|宠~。❷〈文〉受宠爱;得宠:~臣|~妾|~人。❸〈文〉受宠爱的人:外~(受宠爱的臣子)|后宫多~。

繴 bì ❶〈文〉缝接:外~(从外面缝在帽檐上)。❷〈文〉用组带约束。❸〈文〉通"韠(bì)"。皮制的蔽膝,古代朝觐或祭祀时遮蔽在衣裳前。

趩 bì ❶〈文〉同"跸"。帝王出行时清道戒严:老稚欢迎,不闻警~。❷〈文〉灶上祭祀的名称。

鞸 bì 见 bǐng "鞞"(45 页)。

蓽 bì 〈文〉同"蔽"。遮盖;挡住:夜幽幽而致~。

醳 bì 〈文〉捣碎榆子仁而做成的酱。

瓬 bì 【瓬㾨(xǐ)】1.〈文〉极。2.〈文〉快要死的样子。

嫩 bì 【嫩蛦(yí)】〈文〉鸟名。山鸡。

嶏 bì 用于古地名:赤~(在湖北黄冈,即黄州赤壁)|阎王~(在北京)。

髀 [骱、髀、骳、髀] bì 〈文〉大腿;大腿骨:~骨|~肉复生(形容久处安逸,无所作为)|抚~长叹。

髀 bì 女性阴门。用于古白话:腌臜臭~。

襞 bì 见 bié "襒"(42 页)。

瓟 bì 【瓟㶸(pò)】模拟物体燃烧时发出的爆裂声。用于古白话:~声轰耳不绝。

澋 bì 【漾(yàng)澋】地名,又水名。都在云南大理。

憉 bì 【憉(péng)憉】〈文〉涕泪横流的样子。

甓 bì 〈文〉同"躄"。治理。

躄 bì 〈文〉同"躄"。两腿瘸,不能行走。

臂 [臑] ㊀ bì ❶胳膊:~力|振~高呼|三头六~。❷某些动物的前肢:长~猿|螳~当车(比喻不自量力)。
㊁ bei 【胳臂】胳膊。

鷩 bì 佛经译音用字。

奰 [奰] bì ❶〈文〉壮大。❷〈文〉怒:人神怨~。❸〈文〉逼迫;压迫:(贼臣)内~中国。

饆 bì 【饆饠(luó)】1. 古代一种饼类品。2. 张罗安排:快去~。

鼈 bì 古地名。在今贵州遵义一带。

璧 bì ❶古代玉器。圆形,扁平,中间有孔,用作礼器和饰物:白~微瑕|完~归赵。❷泛指美玉:和氏~。❸退还别人赠送的礼物;完好地归还借用的东西:~还|~谢。

鸊 bì 见 pì "鸊"(516 页)。

駜 bì 【駜駽(xuān)】〈文〉神马名:骖~(骖:cān,驾驭)。

韠 ㊀ bì 〈文〉同"韠"。皮制的蔽膝,古代朝觐或祭祀时遮蔽在衣裳前:端委~带(端委:古代礼服)。
㊁ bǐng 〈文〉同"鞞"。刀剑的鞘:~琫(běng)(佩刀鞘上的饰物)。

蟛 bì 【蚼(gōu)蟛】〈文〉龟一类的动物,外形像鳖。也作"蝈蟛"。

魓 bì 〈文〉北斗七星之一:胆~(道教以北斗七星跟人体五脏相配,魓星对应

的是胆)。

瘭 bì 〈文〉手发冷的病。

裨 bì 〈文〉贴身内裤。

襞 bì ❶〈文〉衣裙上的褶皱;皱～。❷〈文〉折叠衣裙:锦衾不复～,罗衣谁再缝。❸肠、胃等内部器官上的褶皱:胃～。

繴 bì 〈文〉捕鸟兽的网,装有机关,可以自动覆盖。

韠 bì 〈文〉皮制的蔽膝,古代朝觐或祭祀时遮蔽在衣裳前:素～(素:白色)。

驆 bì 〈文〉同"跸"。帝王出行的车驾:驻～(同"驻跸",帝王出行时沿途停留暂住)。

躄 bì ❶〈文〉同"躃"。瘸腿:跛(bǒ)～。❷〈文〉仆倒:迷闷～地。

躃 bì 〈文〉瘸腿,足不能行:～步。

鏼 ㊀ bì 〈文〉装在犁头上的铁板,可以使被耕开的土壤破碎翻转:无～而耕日耩(jiǎng)。
㊁ bèi 〈文〉同"鐾"。把刀在布、皮、石头等上反复摩擦,使锋利。

䯅 bì 〈文〉增加;补益:～益。后作"裨(bì)"。

鬃 bì 【鬃鬙(shì)】〈文〉胡须多的样子:～老人。

䯄 bì 〈文〉弓末端弯曲的地方。

籭 bì 【籭箎(lì)】古代竹制管乐器,有九个孔:夜闻～沧江上。也作"簜箎"。

鷩 bì ❶〈文〉鸟名。雉的一种,即锦鸡:山～。❷〈文〉一种绣有鷩的图案的礼服。

䰇 bì 【屠䰇】古代羌族人吹的兽角号。也作"屠觱(bì)"。

鼊 bì 【蠵邪】古代传说中的一种神兽,兽身鸟喙。

鼊 bì 〈文〉龟类动物:～龟。

biān（ㄅㄧㄢ）

边(邊)[邉] ㊀ biān ❶物体的外沿部分:～缘|海～|一望无～。❷国家或地区之间的界线:～界|戍～。❸几何学上指夹成角的射线或围成多边形的线段:四～形|等～三角形。❹近旁:旁～|身～|长亭外,古道～。❺方面:一～倒|双～会谈|多～贸易。❻姓。
㊁ bian 后缀。附着在方位义成分的后面,构成复合方位词:上～|左～|东～。

砭[砭、碥] biān ❶古代用来治病的石针或石片:～石。❷用石针或金属针刺激穴位治病:针～|割。❸刺;讥刺:寒风～骨|痛～时弊。

笾(籩)[匽、邉] biān 〈文〉祭祀或宴会时用来盛干肉、果脯等的竹器:～豆。

揙 ㊀ biān 〈文〉搏击。
㊁ biǎn 〈文〉通"扁(biǎn)"。扁形的:持～刀以进。

萹 biān 见biǎn"萹"(37页)。

邉 biān 〈文〉"边(邊)"的俗字。边境:地接～鄙。

鍽 biān 〈文〉同"砭"。用针刺穴位治病:高医导以药石,救以～剂。

猵 ㊀ biān 〈文〉獭的一种:～獭。
㊁ piàn 【猵狙(jū)】〈文〉兽名。似猿。

编(編) biān ❶把条状的东西交叉组织起来:～织|～辫子|一天就～了六个筐|夏则～草为裳。❷把分散的人或事物按一定的次序组织、排列:～码|～号|三个人～成一个小组。❸对资料或稿件等进行整理、加工:～辑|～纂|～报纸|～一本字典|～了好几年。❹创作:～剧本|～节目|新～了个现代舞。❺捏造:～造|瞎～|～谎话|胡～乱造。❻成本的书(多用于书名):正～|续～|《西汉故事新～》。❼书籍中按内容划分的部分,大于"篇、章":上～|中～|下～。❽〈文〉用来穿联竹简、木简的皮条或绳子:韦～三绝。❾组织机构的设置及其人员定额和职务分配:～制|在～|超～|～外人员。❿姓。

牖 biān 〈文〉床板。

邉 biān 〈文〉同"边(邊)"。边境:沿～都阃辖西东(都阃:dūkǔn,统兵在外的将帅)。

煸　biān　烹饪方法。把菜、肉等放到热油锅中炒：～锅｜干～牛肉丝。

甂　biān　〈文〉小瓦盆：瓦～。

蝙　biān　【蝙蝠(fú)】哺乳动物。头和躯干像老鼠，前后肢和尾部之间有翼膜。清晨和黄昏在空中飞翔，靠本身发出的超声波引导飞行，吃蚊、蛾等昆虫。

篿　biān　【篿舆(yú)】〈文〉竹制的便轿。

鞭　biān　见 yìng "鞭"(816 页)。

鏈　biān　古代的一种短兵器。

鯿（鳊）［鰟、鯾］　biān　鱼名。体侧扁，略呈菱形，腹缘有棱，背鳍有硬刺，银灰色。生活在淡水中。

鞭［鞭］　biān　❶鞭子，驱赶牲畜的用具：马～｜皮～｜虽～之长，不及马腹。❷古代兵器。长条形，铁制，有节无刃：钢～｜九节～｜单枪对双～。❸形状细长像鞭子的东西：教～｜竹～（竹子的地下茎）。❹编连成串的爆竹：～炮｜放～｜挂小～。❺〈文〉用鞭子抽打：～马｜～尸｜挞（用鞭子打，比喻抨击）。

邉　biān　〈文〉同"边(邊)"。边境：甲辰至于积山之～。

趲［趲］　biān　〈文〉行走的意思。

biǎn （ㄅㄧㄢˇ）

贬（貶）　biǎn　❶降低(官职、价值等)：～职｜～黜｜～值。❷指出缺点，给予不好的评价(跟"褒"相对)：～损｜一字之～｜别把人～得一文不值。❸〈文〉减少：～食省用。

窆　biǎn　❶〈文〉下葬，把棺木放入墓穴：泛指埋葬：～不临其穴(下葬时不能亲临)。❷〈文〉墓穴：～圹(kuàng)。

扁　㊀biǎn　❶物体的厚度比长度和宽度小；图形或字体上下的距离比左右的距离小：～圆｜～桃｜挤～了。❷扁额(题了字的长方形牌子)：梦至一亭，～曰侍康。

后写作"匾"。❸【扁豆】一年生草本植物。爬蔓，开白色或紫色的花，种子和嫩荚可以吃。❹姓。
　㊁piān　【扁舟】〈文〉小船：一叶～。

尋［导］　biǎn　❶〈文〉倾覆。❷〈文〉同"贬"。给予不好的评价：适足以～君自损也。

匾　biǎn　❶挂在门上端或墙上的题字：横牌：～额｜～文｜金～｜横～。❷用竹篾编成的器具。底平而浅，多为圆形，用来养蚕或盛粮食等。

揙　biǎn　见 biān "搧"(36 页)。

萹　㊀biǎn　【萹豆】即扁豆。一年生草本植物。爬蔓，开白色或紫色的花，种子和嫩荚可以吃。
　㊁biǎn　【萹蓄(xù)】一年生草本植物。花绿色，全草可供药用。也叫"扁竹"。

惼　biǎn　〈文〉心胸狭隘，急躁：～心之人。

搧　biǎn　【搧扎】捆绑。用于古白话：就大牢里把宋江戴宗两个～起。也作"匾扎"。

碥　biǎn　❶古代登车用的踏脚石。❷〈文〉水流湍急、崖岸险峻的地方。

褊　㊀biǎn　〈文〉狭小：狭隘：～小｜～陋｜～急。
　㊁pián　【褊襹(xiān)】〈文〉衣服飘动的样子。

睥　biǎn　见 bī "睥"(29 页)。

鶣　biǎn　❶〈文〉鹰两岁时的羽毛的颜色。❷〈文〉苍鹰。

藕［稨］　biǎn　【藕豆】即扁豆。一年生草本植物。爬蔓，开白色或紫色的花，种子和嫩荚可以吃。

奦　biǎn　〈方〉不圆；扁：油炒～眼豆。

篇　biǎn　【晒篇】〈方〉一种用来把东西摊开晾晒的竹器：(蚕茧)须于凉室中以～薄摊之。也作"晒匾"。

睮　㊀biǎn　〈文〉小儿初生时眼睑(jiǎn)遮蔽眼睛。
　㊁xuān　〈文〉"儇(xuān)"的讹字。轻疾；疾速。

辩
鶣

biǎn　❶〈文〉忧愁。❷〈文〉急迫。

biǎn　见 piān "鶣"（517 页）。

biàn （ㄅㄧㄢˋ）

卞

biàn　❶〈文〉急躁：～急。❷姓。

弁

biàn　❶古代成年男子戴的一种帽子：皮～。❷称低级武官（古代武官戴皮弁），也指一般士兵或差役：武～｜马～｜差～。❸〈文〉惊恐的样子：有列风雷雨，屋折木之变，予甚～焉。❹〈文〉放在前面：～言(前言)。❺姓。

抃

biàn　〈文〉鼓掌，表示欢欣：～舞（边鼓掌边跳舞)｜～踊（鼓掌跳跃)｜万夫欢～。

苄

biàn　【苄基】甲苯分子中去掉甲基上的一个氢原子而成的一价原子团（$C_6H_5CH_2$—），可以和各种官能团相结合，如和羟基生成苄醇等。也叫"苯甲基"。[英 benzyl]

釆

biàn　〈文〉分别；辨别。

汳

biàn　古水名。在今河南。后作"汴"。

汴

biàn　❶汴水，古水名。在今河南荥阳西南。❷河南开封的别称：～京。❸姓。

忭

biàn　〈文〉欢喜；高兴：～跃（欢欣跳跃)｜欢～。

邟

biàn　见 bì "邲"（31 页）。

郱

biàn　姓。

玣

biàn　〈文〉玉制的弁饰。

抍

biàn　见 pàn "拚"（504 页）。

变

(變)[变]　biàn　❶(性质、状态等)与原来不同；改换：～化｜改～｜沧海～桑田｜穷则～，～则通。❷〈文〉灾异；某种反常的自然现象：天～不足畏，祖宗不足法。❸灵活应对：～

通｜机～｜通权达～。❹出卖财产什物，以换得现款：～产｜～卖｜～了家产，出外谋生。❺可改换的；已改换的：～数｜～态｜～种。❻突然发生的非常事件：～乱｜政～｜事～。

昪

biàn　❶〈文〉同"忭"。喜乐。❷〈文〉光明。

便

biàn　㈠❶使用或行动起来不感到困难，顺利：轻～｜方～｜行走不～｜国不必法古。❷适宜的时候；借做某事的机会：～中｜得～｜因利乘～。❸适宜：不～分开｜不～发表意见。❹非正式的；简单的：～服｜～饭｜～条。❺屎或尿：粪～｜排～。❻连词。就；即。1.表示前后两件事紧接着发生：我一下车～看见了他｜善属文，举笔～成。2.承接前句，表示得出结论：没有大家的帮助，～不会有我的成功｜为了筹资，父亲～将祖上的薄田卖了。

㈡ pián　❶〈文〉安适：煖衣饱食，～宁无忧。❷〈文〉能说会道：～言令色才。❸【便便】形容肥胖：大腹～～。❹【便宜(yi)】1.价钱低：这儿的东西～。2.不应得的利益：占小～。3.使得到便宜：这回就算～了他。

揙

biàn　见 pàn "拚"（504 页）。

覍

biàn　❶同"弁"。古代贵族戴的一种帽子，有皮弁(鹿皮制)和爵弁(布做)。❷姓。

緶

biàn　见 fán "緐"（168 页）。

罃
[辯]

biàn　〈文〉同"辩"。善于言辞。又用于人名。

閞

biàn　见 bì "閟"（33 页）。

漏

biàn　〈文〉同"徧(遍)"。到处：公神日著，声洞～兮(张公的声誉遍及各处)。

遍
[△*徧]

biàn　❶到处；全面：～身｜走～天下｜于是武王～告天下。❷量词。用于动作从开始到结束的整个过程，相当于"次"：看一～｜鸡叫头～｜一～～地说。

"徧"另见 piān (517 页)。

閞

㈠ biàn　〈文〉门柱上的斗拱。

㈡ guān　❶〈文〉同"关"。关口：山北有～。❷〈文〉同"关"。关闭：～门。

彭 **biàn**〈文〉同"变"。变化；改换：万敌纷奔，战之一也。

辡 **biàn** ❶〈文〉争辩；辩解。通作"辩(biàn)"。❷〈文〉判别：小～(在小事上辨别是非)。通作"辨(biàn)"。

顊 **biàn** ❶古代冠名：～帻(帻：zé，头巾)。❷〈文〉脸：粉其题～(粉饰脸面。题：额头)。

艑 **biàn**〈文〉大船：大～。

猵 **biàn** 见 fán "猵"(169页)。

諚 **biàn** 佛经译音用字。

纏 ⊖ **biàn** 用麦秸等编成的扁平的辫状带子，可用来编草帽、提篮等：草帽～。
⊜ **pián**〈文〉缝合：～得红罗手帕子，中心细画一双蝉。

辨[辨] **biàn** ❶区别；分析：～别|明～是非|不～真假。❷〈文〉通"遍(biàn)"。普遍：火满天下，水～四方。

辩(辯) **biàn** ❶论述理由，说明是非或真伪：～解|～护|予岂好～哉？予不得已也。❷〈文〉巧言；言辞漂亮：善者不～，～者不善。

辫(辮) **biàn** ❶把头发分股交叉编成的条状物：发～|小～儿|大～子。❷形状像辫子的东西：蒜～子。❸量词。用于形状像辫子的东西：一～蒜。

辮 **biàn** 见 bān "辮"(17页)。

艑 **biàn** ❶〈文〉纳鞋底。❷〈文〉鞋底。

艑 **biàn**〈文〉盐。

bian（·ㄅㄧㄢ）

边 **bian** 见 biān "边"(36页)。

biāo（ㄅㄧㄠ）

杓 ⊖ **biāo** 古代指北斗七星柄部的三颗星。也叫"斗柄"：时看北斗～。

⊜ **sháo** 旧同"勺"。用来舀东西的器具：渴操壶～就江海而饮之。

标(標) **biāo** ❶事物的枝节或表面；次要的方面：～本兼治|治～不如治本。❷记号：～志|路～|凡坑陷穴皆有～。❸用文字、记号等方式表明：～题|明码～价|在地图上～出行军路线。❹衡量事物的准则；所要达到的要求：～准|～的(dì)|达～。❺发给竞赛优胜者的奖品：锦～|夺～。❻发承包工程或买卖大宗货物时，公布的标准或条件：招～|投～。❼〈文〉树梢：绵绵女萝，施于松～(施：yì，蔓延)。❽〈文〉格调；风度：耿介拔俗之～，潇洒出尘之想。

飚(颮) **biāo** 风向突变、风速剧增的天气现象。飚出现时，气温下降，常伴有阵雨、冰雹等。

骉(驫) ⊖ **biāo**〈文〉众马奔驰的样子：万马～驰。
⊜ **piāo**【骉骉水】古水名。也作"骉水"。

髟 ⊖ **biāo**〈文〉长发下垂的样子：眉～而竞长。
⊜ **piāo**〈文〉动物的长毛。

彪 **biāo** ❶〈文〉虎皮上的斑纹，借指文采：～焕|～蔚|～炳(文采焕发)。❷〈文〉小老虎，比喻人身材魁梧：～躯|～形大汉。

㵤 ⊖ **biāo** ❶〈文〉水流动的样子。❷【㵤池】古水名。
⊜ **hū**〈文〉水名。即滹沱河。从山西流入河北。

焱 **biāo** ❶〈文〉犬奔跑；引申为疾速：～发(发：军队进发)。❷〈文〉旋风：～风暴雨。也作"飙"。❸〈文〉芦花。

䐑 **biāo** 见 biào "䐑"(41页)。

飑 **biāo** 见 diū "飑"(143页)。

摽 **biāo**〈文〉同"标"。标出；标记：(于碑上)～镌姓氏。

傈 **biāo** 见 piào "傈"(519页)。

摽 **biāo**〈文〉同"标"。特指堆土而立的标志：江～|有佛寺名兜率。

摽 **biāo** 见 biào "摽"(41页)。

藨 □ ㊀ biāo ❶〈文〉浮萍:容华生～(容华:芙蓉)。❷〈文〉末尾:月～。❸〈文〉开黄花的凌霄花。❹〈文〉芦苇的花穗。 ㊁ piào 用于地名:～草乡(在重庆)。

嘌 □ biāo ❶〈文〉标志:明立－帜。后作"标"。❷〈文〉(用文字、物件)表明:❸〈文〉量词。用于书卷:有书数千～。

瀌 biāo ❶〈文〉水流动的样子:洞水～。❷〈文〉蓄水:我家地势高,四顾如湖～。❸【瀌池水】古水名。在今陕西。

骠 biāo 见 piào "骠"(520 页)。

膘 □[㊀*臕] ㊀ biāo 肥肉(多用于牲畜。有时也用于人,带戏谑意或贬义):～情|肥～|几年不见,老兄长～了。 ㊁ piǎo 〈文〉牲畜小腹两旁的肉。

臕 biāo 〈文〉同"膘"。肥肉:～壮。

朧 □ ㊀ biāo ❶【麃麃】1.〈文〉勇武的样子:驷介～(驷介:披甲的马)。2.〈文〉盛大的样子:雨(yù)雪～(雨雪:下雪)。❷〈文〉通"穮(biāo)"。耘田除草:绵绵其～(绵绵:细致的样子)。❸〈文〉草莓。❹秦邑名。 ㊁ páo 〈文〉同"麈"。兽名:野～。 ㊂ piǎo 〈文〉鸟毛变色失去光泽,泛指变色:～色。

熛 □ biāo ❶〈文〉火迸飞;转指火焰:～始起～|～延城中。❷〈文〉疾速:～起。❸〈文〉闪光:雷动电～。

蘥 biāo 〈文〉末端:万物之本～。

碡 biāo ❶〈文〉山峰突出的样子。❷〈文〉朱碡,一种红色颜料。

飙 □(飚)[颮、飚、飈] biāo 〈文〉暴风;疾风:狂～。

镖 □(鏢) biāo ❶一种投掷暗器,形状像长矛的头:袖～|飞～。❷为人押运财物,保护安全的行当,也指为人押运的财物:～局|保～。❸〈文〉刀剑鞘末端的铜饰物。

穮 □ ㊀ biāo 〈方〉稻子抽穗:放～(抽穗)。 ㊁ miǎo ❶〈文〉通"秒(miǎo)"。禾穗的芒尖:～定而禾熟。❷通"秒(miǎo)"。古代重量单位,一粟的十二分之一。

膔 biāo 【膔膔(xiāo)】〈文〉红肿将要溃烂。

瘭 □ biāo 【瘭疽(jū)】中医指手指节或脚趾软组织化脓的病。也叫"蛇头疔"。

撅 biāo 〈文〉标志;显出:早～劲草质(劲草质:坚贞的品格)。

儦 □ biāo 【儦儦】1.〈文〉形容野兽奔跑:～俟(sì)俟(形容野兽奔走)。2.〈文〉众多的样子:行人～。

颮 biāo 〈文〉同"飙"。狂风;暴风:狂～震鳌。

蘪 □ biāo 蘪草,多年生草本植物。茎三棱形,叶子条形,花褐色。茎可用来织席、编鞋、造纸等。

鐰 biāo 〈文〉刀锋:～口。

旚 biāo 〈文〉旌旗飞扬的样子。

瀌 biāo 【瀌瀌】〈文〉雨雪大的样子:雨(yù)雪～。

臕 biāo 〈文〉贝的一种。

爑 biāo 〈文〉脆;轻～(指土质轻而易碎)。

镳 □(鑣)[轡、驫] biāo ❶〈文〉马嚼子两端露出马嘴的部分:分道扬～|铁～不饰。❷〈文〉骑的马:飞～出荆路。

穮 □[穮] biāo 〈文〉耘田除草:是～是蓘(蓘:gǔn,给苗培土)。

虋 □ biāo ❶〈文〉开黄花的凌霄花。通作"藨(biāo)"。❷〈文〉末端。通作"藨(biāo)"。

幖 biāo 〈文〉标志。

鱹 biāo 〈文〉鱼秧。

biǎo (ㄅㄧㄠˇ)

表 □(錶) biǎo ❶外部;外面:～面|外～|～里如一。❷把思想

感情等显示出来：～示｜～态｜略～心意。
❸表格，也指用表格形式按年次或类别记载事项的文字：填～｜调查～｜《汉书·百官公卿～》。❹标准；榜样：～率｜为人师～。❺古代奏章，多用于陈述衷情或表达对重大事件的见解：《陈情～》《出师～》。❻跟父亲的姐妹的子女之间的亲属关系；跟母亲的兄弟姐妹的子女之间的亲属关系：～叔｜～哥｜～姨｜～姐妹。❼古代测日影计时的标杆：圭～。❽计时的器具，一般比钟小，可以随身携带：手～｜怀～｜电子～。❾计量的器具：电～｜水～｜煤气～｜体温～。❿石碑：华～｜墓～。

裒 biǎo〈文〉穿在外面的衣服：中绀(gàn)而～素(里衣绀色，外衣白色)。通作"表"。

婊 biǎo【婊子(zi)】妓女(多用作骂人的话)。

脿 ⊖ biǎo ❶通"婊(biǎo)"。【脿子(zi)】即婊子。妓女的俗称。❷用于地名：法～(在云南)。
⊜ biāo〈文〉同"膘"。兽畜躯体肥壮的地方：～壮。
⊝ biǎo〈文〉通"俵(biào)"。分给：旧种马～养于民。

裱 biǎo ❶用纸或丝织品做衬托，把字画、书籍等装潢起来，或加以修补：～褙｜装～｜～一幅画。❷用纸或其他材料糊顶棚或墙壁：～糊。

嶵 biǎo〈文〉山顶：采药灵山～。

褾 biǎo ❶〈文〉"褾"的讹字。书轴、画轴两端裱褙的丝织物：检校换～。❷〈文〉"褾"的讹字。用纸、丝织物裱褙书画：腊水作面糊～背，不蛀。

摃 biǎo 见 biào"摽"(41页)。

褾 biǎo ❶〈文〉袖端。❷〈文〉衣帽的绲(gǔn)边：冠黑帽，缀紫～。❸〈文〉书轴、画轴两端裱褙的丝织物：宝轴锦～。❹〈文〉用纸、丝织物裱褙书画。❺〈文〉书套：青缣为～(缣；jiān，细绢)。

欟 biǎo ❶〈文〉表记：列～建旌(建：树立)。❷【欟林(mò)】〈文〉用作表记的木柱。

biào （ㄅㄧㄠˋ）

受 biào ❶〈文〉交给，给予。❷〈文〉物落下。用作"摽"。

俵 biào〈文〉分给；散发：分～｜～散｜巡门～米。

脿 biào 见 biǎo"脿"(41页)。

摽 ⊖ biào ❶捆住：竹竿劈了，用铁丝～一～还能用｜把煤气罐～在自行车的货架上。❷用胳膊紧紧钩住：三个女同学～着边走边说。❸比着(干)；暗中较量：～劲儿他俩～上了，看谁得第一。❹亲近；依偎在一起(多含贬义)：别总～在一起嘀嘀咕咕的。❺〈文〉落；落下：～落之梅花。
⊜ biāo〈文〉挥手使去：～使者出诸大门之外。

摃 ⊖ biào〈文〉同"摽"。落下。用于人名。单摃，北魏人。
⊜ biào〈文〉同"褾"。衣帽的绲(gǔn)边：冠黑帽，缀紫～。

鰾 (鰾) biào ❶鱼泡，鱼体内可以胀缩的气囊。收缩时鱼下沉，膨胀时鱼上浮。❷鳔胶，用鱼鳔或猪皮等熬制的胶。黏性大，多用来粘木器。

---

biē （ㄅㄧㄝ）

勛[勛] biē〈文〉大；力量大：乃作巨枷，号～尾榆，囚人多死(尾榆：大枷的名字)。

瘪 biē〈方〉肿胀：胀～～。

縍 biē ❶〈文〉编绳。❷〈文〉系在弓弦内侧的细绳，可缓解弩弓的反张冲力，对弩弓起保护作用。

蜱 biē【蜱蛦(yí)】1.〈文〉蛙类。2.〈文〉鸟名。即山鸡。

憋 biē ❶同"憋"。闹别扭；赌气：母亲，你只管与孩儿～性怎的？❷同"憋"。执拗：这～豫让，更别无甚别话(豫让：人名)。‖用于古白话。

瘪 □ biē 见bié"瘪"(43页)。

憋 □ biē ❶抑制住：～住气|有尿别～着|～了一肚子话。❷气闷；心情不舒畅：～气|～闷|心里～得慌。❸闹别扭；赌气：他对张春更～上劲了。

癟 biē 气不通。用于古白话：～一口气。用同"憋"。

鳖 ㊀ biē ❶【珠鳖】〈文〉鱼名：(余泽)其中多～鱼。❷【鳖蚨(fú)】〈文〉蝶类的总称。今生物学指蝴蝶的一类。㊁ bié 【鳖蜉】〈文〉蚍蜉(大蚂蚁)。

鵩 biē 【鵩鴀(fū)】传说中的怪鸟。

鳖 (鱉)[*鼈] biē 爬行动物。形状像龟，背甲上覆盖软皮，外沿有肉质软边。生活在河湖池沼中。甲可供药用。也叫"甲鱼"或"团鱼"，俗称"王八"：～裙|瓮中捉～。

蕨[蘪] biē 〈文〉蕨菜。

bié （ㄅㄧㄝˊ）

乜 □ biē 见qié"乜"(551页)。

别 □ (㊁彆) ㊀ bié ❶分离：告～|久～重逢|天明登前途，独与老翁～。❷另；另外：～处|～具一格|～有洞天|使沛公、项羽～攻城阳。❸区分；分开：区～|辨～|分门～类。❹差异；不同：差～|天渊之～。❺按不同性质分出来的类：类～|～性|～派|～级。❻用别针等把分开的东西固定在一起：把收据～在一起|胸前～着一朵小花。❼插住；用东西卡住：皮带上～着一支手枪|把门～上。❽用腿使绊，使对方活动受阻：～他一下|绊他左腿。❾一车斜插另一车前方，使另一车前进受阻：～车。❿副词。表示禁止和劝阻：～说了|～冒冒失失的。⓫副词。表示揣测(跟"是、不是"连用，多用于不如意的情况)：哪儿有啊，～是你记错了吧？|到现在还不见人影，～不是他又改变主意了。

㊁ biè 【别扭(niu)】1. 不顺心；难对付：这个天气真～，不是刮风，就是下雨|这个人脾气挺～，和他一起干什么都不顺当。2. 意见不相投：闹～|俩人总是那么～，心情能舒畅吗？

刚 bié 〈文〉分别。通作"别"。

拋 bié 见bì"拋"(31页)。

胈 bié 〈文〉肥肉。

荞 bié ❶〈文〉同"筋"。契约，合同：契～|买冢地～。❷〈文〉佛典文体名：诗曰偈(jì)，文曰～。

嶙 bié 【大嶙】山名。即今大别山。也作"大别"。

蚄 bié 【蚄蟥(huáng)】〈文〉昆虫名。即金龟子。

跛 bié ❶【跛跋(bá)】〈文〉模拟马蹄踏地的声音：(快马)～黄尘下，然后别雄雌。❷【跛跂】〈文〉缓慢爬行。❸〈文〉通"拋(bié)"。扭转。

筋 bié 〈文〉将竹制的契约凭证剖开，双方各执其一。

徽 bié 【徽徊(xiè)】〈文〉衣服飘舞的样子。

婢 ㊀ bié 【婢屑(xiè)】〈文〉衣服飘动的样子：便(pián)姗～，与俗殊服。㊁ piè 〈文〉性急易怒。

酬[醩] bié ❶【酬酬】〈文〉微香。❷【酬齐】〈文〉树木名。树汁有香气，可入药：～香，出波斯国。

徹 bié 〈文〉拂；擦拭：以衣～席。

鳖 bié 见biē"鳖"(42页)。

襒 ㊀ bié 〈文〉同"徹"。拂；擦拭。㊁ bì 〈文〉缯帛。

蹩 □[蹹] bié ❶扭转；扭伤：～着腰|～断了一条腿。❷瘸：马足～，车轴折|～着右脚。❸躲闪着走：～进檐下|～到爹娘房前。❹【蹩躠(xiè)】1.〈文〉用尽力的样子：～事(鄙事：鄙俗的事情)。2.〈文〉盘旋起舞的样子。3.〈文〉跛行的样子。4. 奔走；奔波：～于风尘。

biě （ㄅㄧㄝ）

瘪（癟）[㊀※*癟*] ㊁ biě　物体表面凹下去；不饱满：车带～了|谷粒太～。

㊀ biē　❶【瘪三】〈方〉乞丐或其他无业游民。❷转动；转过去：把两只手往后一～。❸闷：～在肚里。用同"憋"。

biè （ㄅㄧㄝ）

别 biè　见 bié "别"（42 页）。

鳖 biè　〈文〉剑带：剑～。

---

bīn（ㄅㄧㄣ）

汃 ㊀ bīn　❶古水名。❷同"豳"。古国名。

㊁ pà　【澎（péng）汃】〈文〉模拟波涛冲击声：潦江息～（潦江：江名）。

㊂ pā　〈方〉烂熟：～烂。

邠 bīn　❶邠县，地名。现作"彬县"。在陕西咸阳。❷姓。

弙 ㊀ bīn　〈文〉同"宾"。宾客。

㊁ miàn　〈文〉吻合。

玢 ㊀ bīn　〈文〉一种玉。

㊁ fēn　【赛璐玢】玻璃纸的一种。无色，透明，有光泽，能染成多种颜色，用于包装方面。[英 cellophane]

砏 bīn　见 pīn "砏"（520 页）。

嗽 bīn　【嗽嗽（sòu）】说唱时的吞吐运气（用于古白话）：解刷扮，能～（懂得打扮，唱功又好）。

宾（賓）㊀ bīn　❶客人（跟"主"相对）：来～|佳～|～朋满座|喧～夺主。❷〈文〉服从；归顺：远方之寇未～。

㊁ bìn　〈文〉通"摈（bìn）"。排斥；摒弃：～于乡里，逐于州部。

彬 bīn　❶【彬彬】1.〈文〉（文采和质地）配合适宜：文质～，然后君子。2.〈文〉形容文雅：～有礼。❷〈文〉富有文采：文帝～雅。

傧（儐）bīn　❶〈文〉出外迎接宾客：王命诸侯则～。❷【傧相（xiàng）】1.古代指接引宾客或赞礼的人。2.〈文〉婚礼中陪伴新郎的男子或陪伴新娘的女子。

斌 bīn　〈文〉同"彬"。文质兼备：～～多文学之士。多用于人名。

瑸 bīn　【璘（lín）瑸】1.〈文〉花纹驳杂。2.〈文〉光彩缤纷的样子。

滨（濱）[濵] bīn　❶水边；靠近水边的地方：海～|湖～|黄河之～。❷靠近：～海城市|～江大道|～河而居。❸〈文〉边；边境：率土之～，莫非王臣。

缤（繽）bīn　❶〈文〉繁；众多：九疑～其并迎（九疑：指九嶷山山神）。❷【缤纷】〈文〉繁盛的样子：五彩～|落英～。

槟（檳）[梹] ㊀ bīn　【槟子（zi）】1.落叶乔木。是苹果和沙果的杂交种，果实比苹果小，成熟后紫红色，略带涩味。2.这种植物的果实。

㊁ bīng　【槟榔（lang）】1.热带常绿乔木。羽状复叶，果实可以吃，种子叫槟榔子，可供药用。2.这种植物的果实。

豩 ㊀ bīn　〈文〉两头猪。

㊁ huān　〈文〉顽劣；强悍：～豪。

賓 bīn　❶〈文〉同"宾（賓）"。客人。❷〈文〉同"宾（賓）"。服从；归顺：远人～服。

镔（鑌）bīn　〈文〉镔铁，精炼的铁：三尺～刀耀雪光。

賔 bīn　❶〈文〉同"宾（賓）"。客人。❷〈文〉同"宾（賓）"。服从；归顺。

瀕（瀕）bīn　❶靠近（水边）：～湖|香港两面环山，一面～海。❷临近；接近：～死|～危|～南山，近夏阳。

豳 [邠] bīn　古国名。故地在今陕西彬县、旬邑一带。

彪 [斒] bīn　〈文〉虎皮上的花纹。

獱 bīn　〈文〉獭一类的兽：～獭。

璸 ㈠ bīn 【璸蝙(bān)】〈文〉玉的纹理:～文鳞。

㈡ pián 〈文〉珠名:～晖(珠玉的光辉)。

氍 bīn 【氍氌(fēn)】〈文〉纷繁交错的样子:翔鶮(yuān)鶼鷗(yǎn)之～(鶼:lín,飞。鶼、鷗:鸟名)。

霦 bīn 【璘(lín)霦】〈文〉形容玉的光彩。也作"璘彬"。

翩 bīn 〈文〉飞的样子:翔～(翔:lín,飞的样子)。

闟 ㈠ bīn 【闟闗(fēn)】〈文〉同"缤纷"。繁多杂乱的样子:几(jī)间～无置茗盌(碗)处。

㈡ pīn 〈文〉遇合;构结。

覸 bīn 【覸覸(fán)】1.〈文〉醉眼迷糊睁不开的样子:～两目,醉不能语。2.〈文〉突然遇见。

額 bīn 〈文〉愤懑:～其心之怊(chāo)怊(怊怊:悲伤)。

巋 bīn 〈文〉鬼的样子(迷信的说法)。

闉 bīn 【闉闗(fēn)】〈文〉同"缤纷"。繁多杂乱的样子。

bìn （ㄅㄧㄣˋ）

宾 bìn 见 bīn "宾"(43页)。

摈 (擯) bìn ❶〈文〉排除;抛弃:～除|～弃|～斥|～而不用。❷〈文〉通"傧(bīn)"。出迎;接引宾客:凡四方之使者,大客则～(大客:贵客)。

斒 bìn 佛经译音字。

殡 (殯) bìn 停放灵柩;把灵柩送到埋葬或火化的地点:～葬|出～|～仪馆。

膑 (臏) bìn ❶同"髌"。1.髌骨,组成膝关节的骨头:举鼎绝～(绝:折断)。2.古代酷刑,剔掉膝盖骨:孙子～脚于魏。❷用于人名。孙膑,战国时的军事家。

髌 (髕) bìn ❶髌骨,组成膝关节的骨头。❷古代酷刑,削去髌骨。

鬂 (鬢)[髩、鬂、鬂] bìn 耳朵前边长头发的部位,也指长在这个部位的头发:～发|两～苍苍|乡音无改～毛衰。

bīng （ㄅㄧㄥ）

仌 bīng "冰"的古字。"仌"做偏旁写作"冫"。

冰 [*氷] bīng ❶水在0℃或0℃以下凝结成的固体:～窖|～冻|～凿|～|～天雪地。❷使人感到寒冷:刚入冬,水就有点儿～手了。❸使变凉:～镇|～啤酒|把西瓜～一下。❹样子像冰那样的东西:～片|～糖|～轮(指月亮)。❺〈文〉洁白;晶莹:～心(比喻心地洁白如冰)。

并 bīng 见 bìng "并"(46页)。

兵 bīng ❶〈文〉武器:～工厂|短～相接|弃甲曳～。❷军人;军队:～种|～强马壮|强～足食。❸军队中的最基层成员;战士:上等～。❹军事或战争:～法|～连祸结|纸上谈～。

幷 bīng 见 bìng "并"(46页)。

屏 bīng 见 píng "屏"(522页)。

栟 bīng 见 bēn "栟"(26页)。

搕 ㈠ bīng 〈文〉箭筒的盖子:释～(打开箭筒盖)。

㈡ bēng ❶努力支撑:苦～苦拽来相战。❷捆绑:被原告人监定在这里要～。‖用于古白话。

絣 bīng 见 bēng "絣"(28页)。

槟 bīng 见 bīn "槟"(43页)。

bǐng （ㄅㄧㄥˇ）

丙 bǐng ❶天干的第三位,常用作顺序的第三:～等|～级。❷古代用天干配五行,丙丁属火,所以用"丙"作为火的代称:付～(用火焚毁)。❸姓。

刞 bǐng 古地名。

邴 bǐng 姓。

抦 bǐng ❶〈文〉同"秉"。拿着:操～。❷〈文〉同"柄"。把柄:玉～。

唝 bǐng 同"丙"。19世纪末，一些人用干支字做顺序符号，原有的字不够用，就另造了一套加"口"旁的干支字。

秉 bǐng ❶〈文〉拿住；握:～烛夜游|～笔直书。❷〈文〉掌握；主持:～国|～政。❸古代容量单位。一秉合十六斛。❹〈文〉通"柄（bǐng）"。权力:治国不失～。❺姓。

怲 bǐng 〈文〉非常忧愁:忧心～～。

柄[棅] bǐng ❶器物的把儿:斧～|刀～|伞～。❷植物的花、叶或果实跟枝茎连着的部分:花～|叶～。❸比喻在言行上被人抓住的短处、漏洞:话～|传为笑～|授人以～。❹〈文〉权力:国～|兵～|生杀之～在大臣。❺〈文〉执掌；掌握:～国。❻〈方〉量词。用于某些带柄的东西:一～斧头。

昺[昞] bǐng 〈文〉同"炳"。明亮。

饼(餅) bǐng ❶用面粉为主要原料制成的食品，多为扁圆形，烤熟、蒸熟或炸熟吃:烧～|烙了几张～。❷形状像饼的东西:豆～|柿～|铁～。

迸 bǐng 见 bèng "迸"(28页)。

炳 bǐng 〈文〉明亮；显著:彪～|～蔚。

屏 bǐng 见 píng "屏"(522页)。

窬 bǐng 【窬(tài)窬】古人名。即泰丙，周穆王的车右。

窲 bǐng 【窲(tài)窲】古人名。即泰丙，周穆王的车右。

窗 bǐng 【窗(tài)窗】古人名。即泰丙，周穆王的车右。

窬 bǐng 〈文〉农历三月的别称:嘉定二年～月。

蛃 bǐng 【蛃鱼】〈文〉一种蛀蚀书籍衣物等的小虫。也叫"蠹鱼"，又称"衣鱼"。

偋 ⊖ bǐng 〈文〉通"屏（bǐng）"。排除:恭俭者，～五兵也(偋五兵:不用兵器而能胜人)。
⊜ bǐng 〈文〉隐蔽:踪迹深自～。

琕 bǐng 见 pín "琕"(521页)。

嵭 bǐng 用于人名。郑嵭，宋代人。

窉 ⊖ bǐng 〈文〉农历三月的别称:～月。
⊜ bǐng 〈文〉疾病名。睡觉中常有惊恐，睡不安稳。

稈 bǐng 〈文〉同"柄"。器物的把儿:朝持一～，夕采一薪。

鈵 bǐng 〈文〉坚固。

禀[*稟] bǐng ❶向上级或长辈报告:～告|～报|回～。❷旧时下级向上级报告的文件:～帖|具～详告。❸承受；领受:～受|～承|民～天地之灵。❹〈文〉授与；赐与:天～元气，人受元精。

鉼 ⊖ bǐng 〈文〉饼状的金、银、铜块:～金。
⊜ píng 壶类容器:小儿持琉璃～。后作"瓶"。

鮩 bǐng ❶〈文〉"蚌"的别称。❷〈文〉鳊(biān)鱼。

鞞 ⊖ bǐng 〈文〉刀剑的鞘:鱼皮之～。
⊜ bì 〈文〉同"韠"。皮制的蔽膝，古代朝觐或祭祀时遮蔽在衣裳前:去其～(去:除去)。
⊜ pí 〈文〉通"鼙（pí）"。鞞鼓，古代军中的乐鼓:闻～鼓之声。
⊜ bēi 牛鞞，古县名。在今四川。

餅 bǐng 〈文〉同"饼"。一种面食:(晋惠帝)因食～中毒而崩。

鞞 bǐng 〈文〉同"鞞"。刀剑的鞘:～琫(běng)有珌(bì)(琫、珌:刀剑鞘上的装饰物。这句是说刀鞘上有玉琫又有玉珌)。

鞞 bǐng 见 bì "韠"(35页)。

bìng （ㄅㄧㄥˋ）

并□[㊀❶*併、㊁❷-❻*並、㊀❷-❻*竝]

㊀ bìng ❶合在一起:合～|兼～|三步～作两步走。❷并立;平列:～排|～蒂莲|～肩作战。❸副词。用在否定词前,加强否定:我们之间～没有什么隔阂|其实她当时～不知道实情。❹〈文〉表示两件以上的事情一起进行:齐头～进|相提～论|渔者得而～擒之。❺〈文〉统括整个范围,相当于"都":举国～受其害。❻连词。表示递进关系:命令已传达,～做了相应的解释|大家分析了问题的症结,～提出了解决方案。

㊁ bīng 山西太原的别称。

幷 ㊀ bìng "并"的旧字形。
㊁ bīng "并"的旧字形。

庰 bìng 〈文〉隐蔽的地方:坐太阴之～室(太阴:北方)。

並 bìng "並"的旧字形。

病□ bìng ❶生理上或心理上不正常,失去健康的状态:疾～|治～|血脉流通,～不得生。❷不好的或有害的东西;错误:语～|通～|弊～。❸生病;得病:～了几天|大～一场。❹〈文〉疲惫:士民疲～于内。❺〈文〉责备;怨恨:诉～|为世所～。❻〈文〉担心;忧虑:君子～无能焉,不～人之不己知也。

偋 bìng 见 bǐng "偋"(45页)。

骈 bìng 〈文〉同"并"。并列。

摒□ bìng ❶排除;除去:～除|～弃|～之门外。❷【摒挡(dàng)】〈文〉料理:收拾:卒之日,～箱箧(qiè),敝衣数袭而已(袭:套)。

窉 bìng 见 bǐng "窉"(45页)。

蛃 bìng 【蜻(tíng)蛃】〈文〉一种狭而长的蚌,外形似刀,故也叫"马刀"。

鮩 bìng 〈文〉鱼名。白鱼。

发□ bō 见 fā "发"(166页)。

癹[*址] bō 【剌(là)癹】〈文〉两脚相背分开,行走不正。

拨(撥) bō ❶用手指或棍棒等使移动:～门|把闹钟～到早晨六点。❷弹(乐器):～弦|弹～。❸分给;调配:～款|调～|活儿忙,～几个人来支援一下。❹〈文〉治:治理:～乱反正。❺〈文〉除去;废除:秦～去古文,焚灭《诗》《书》。❻量词。用于成批或分组的人群:分两～干活|又一～学生来了。

啵 bō ❶语气词。用于古白话:冷淡交唯三个,除此外更谁插～(插:参与)。❷模拟汽车喇叭响声:(大卡车)～～地叫着过去了。

帗 bō 见 fú "帗"(185页)。

波□ ㊀ bō ❶起伏不平的水面:～浪|碧～|随～逐流。❷比喻事情的意外变化:～折|风～|一～未平,一～又起。❸比喻流转的目光:眼～|暗送秋～。❹物理学上指振动在物质中的传播过程,是能量传递的一种形式。最常见的是机械波和电磁波:声～|电～|横～|纵～。

㊁ bēi 〈文〉通"陂(bēi)"。池塘:～池田园。

玻□ bō 【玻璃(li)】1.质地脆而硬的透明物体,多用作建筑、装饰材料。2.指某些透明像玻璃的塑料:～丝|有机～。

砵 bō 用于地名:麻地～(在内蒙古卓资)。

坺[釆] bō 〈文〉同"播"。分布开:～芳椒兮成堂(椒:花椒。成:满)。

哱□ bō 见 pò "哱"(525页)。

趵□ bō 见 bào "趵"(22页)。

钵□(鉢)[*盋、鉢] bō ❶盛东西的器具,像盆而略小,多为陶制:饭～|瓷～|乳～(研药

末的器具)。❷僧人用的饭碗,底稍平,口较小:～盂|衣～。[梵语钵多罗之省。梵pātra]

般 bō 见bān "般"(16页)。

饽 **(饽)** bō 【饽饽(bo)】1.〈方〉糕点。2.〈方〉馒头一类的面食,也指用杂粮面制成的块状食品:硬面～|贴～。

袯 ㊀ bō ❶〈文〉蔽膝,系在衣服前的大巾。❷古时少数民族的服装。
㊁ fú ❶〈文〉同"帗"。五色帛制成的舞具。❷〈文〉同"袚"。除灾求福的祭祀,泛指去除:～妖邪。❸〈文〉包裹小儿的衣被。

剥 bō 见bāo "剥"(20页)。

菠 bō ❶【菠菜】一年生或二年生草本植物。根带红色,叶子略呈三角形。原产伊朗,是常见蔬菜。❷【菠萝】即凤梨,多年生常绿草本植物。叶剑状,密生,边缘有锯齿。果实椭球形,表面呈鳞片状,味甜酸。产于热带。

綍 ㊀ bō 〈文〉绦子一类的丝织品。
㊁ bì 〈文〉同"绂"。把散乱的纤维绞合成纱或线绳:～具。

嘍 bō 【哗(bì)嘍】模拟火烧爆裂声:火星子被风一吹,发出～的响声。

铍 **(铍)** bō 金属元素。符号Bh。

砮 **[芧]** bō 〈文〉同"碆"。一种石制的箭头,箭上系有生丝绳,用来射鸟:矰～飞流(矰:zēng,箭)。

僠 bō 【僠僠】〈文〉勇敢无畏的样子:论难(nàn)～祁圣元(祁圣元辩论词锋勇健)。

播 ㊀ bō ❶把种子撒到田地里:～种|春～|条～。❷传布;传扬:～音|传～|～新闻|名～天下。❸〈文〉迁移;流亡:～迁|～徙。
㊁ bǒ 〈文〉通"簸(bǒ)"。摇;扬:鼓筴～精,足以食十人(鼓:抖动。筴:小簸箕。精:精米)。

蕃 bō 见fán "蕃"(169页)。

唰 bō 〈文〉石砌的堤岸:沿河～岸码头悉巨石修砌。

嶓 bō 【嶓冢(zhǒng)】古山名。在今甘肃,一说在今陕西。

碆 ㊀ bō 〈文〉系在丝绳上用来射鸟的石制箭镞。
㊁ pán 【碆溪】水名。在陕西宝鸡。相传姜太公(吕尚)曾在此垂钓,遇到了周文王。

饆 **[饆]** bō 【饆饠】饼类,即饽饽。用于古白话:与孩儿每讨一(每:们)。

蹳 bō 〈文〉踢;用脚拨开:(高祖)～鲁元公主、惠帝。

驋 bō 〈文〉❶〈文〉马奔跑。❷〈文〉马怒。

鲅 bō 【鲅鲅】〈文〉鱼摆尾游动的样子:池鱼～。

bó (ㄅㄛˊ)

彴 bó 【彴约】〈文〉流星。也作"杓(bó)约"。
bó 见zhuó "彴"(902页)。

礿 bó 见bèi "孛"(24页)。

孛 bó 〈文〉行走的样子。

迖 ㊀ bó ❶父亲的哥哥;父辈中年长的男子:～父|大～|老～。❷弟兄排行中的老大:～兄|～仲(兄弟的排列次第,比喻事物不相上下)。❸古代贵族五等爵位(公、侯、伯、子、男)的第三等:～爵。❹姓。
㊁ bǎi 【大伯子(zi)】丈夫的哥哥。
㊂ bà 〈文〉通"霸(bà)"。诸侯的盟主。
㊃ mò 〈文〉通"陌(mò)"。田间东西走向的小路:开仟～。

肑 bó 〈文〉肥腴。

狛 bó 〈文〉(狗)违逆不顺。

驳 **(驳)[❶❷*駮]** bó ❶说出自己的理由,否定别人的意见:～斥|反～|弹～|公卿,无所回避。❷〈文〉马毛色不纯;不同颜色夹杂,不纯一:～杂|斑～。❸在岸与船、船与船之

间用小船转运旅客或货物：～运｜～载(zài)｜起～。❹用来驳运的船：铁～｜拖～。❺传说中的猛兽名：～食虎豹。

苬帛 bó 姓。

帛 bó ❶丝织品的通称：～画｜布～｜化干戈为玉～。❷帛书，古代写在丝织品上的文字或书籍：简～。

胊 bó ❶〈文〉小瓜。❷〈文〉草名。

泊 ㊀ bó ❶停船靠岸；停车：停～｜～车｜船～在港湾｜门～东吴万里船。❷停留；暂住：漂～。❸恬淡无为：淡～｜心境～然｜我独～兮其未兆(未兆：没有产生欲望)。
㊁ pō 湖。多用于湖名：湖～｜水～｜罗布～(在新疆)｜梁山～(在山东)。

怕 bó 见pà "怕"(501页)。

柏 bó 见bǎi "柏"(15页)。

郭 bó ❶【郭海】汉代郡名。也作"渤海"。❷〈文〉隆起的土地。

勃 bó ❶旺盛；突然发生或兴起：蓬～｜发｜生机～～。❷【勃然】1.旺盛的样子：～而兴。2.变脸色的样子：～大怒。❸姓。

侼 bó ❶〈文〉强戾；强横：～逆乖为。❷〈文〉怨恨。

埒 bó ❶〈文〉尘土：～土。❷形容尘土飞扬。用于古白话：灰尘乱～～。

捄 bó 〈文〉拔：～拔其根。

钹(鈸) bó 打击乐器。铜制，圆片状，中间隆起成半球形，两片相击发声。

铂(鉑) bó 金属元素。符号Pt。

脃 ㊀ bó 〈文〉同"胊"。小瓜：～酱调秋菜。
㊁ páo 〈文〉同"匏"。葫芦的一种。

亳 bó ❶亳州，地名。在安徽西北部。❷商汤时的都城，共有三处。南亳，在今河南商丘东南，相传汤原驻在这里；北亳，在今河南商丘北，相传诸侯在这里拥戴汤为盟主；西亳，在今河南偃师西，相传汤灭夏时曾在这里。

浡 bó ❶〈文〉形容兴起：～尔｜～然。❷〈文〉涌出：原流泉～。

悖 bó 见bèi "悖"(25页)。

袯(襏) bó 【袯襫(shì)】古代指蓑衣之类。

趈[踄] bó 〈文〉行走的样子：～趈(bó)往来。

桲 ㊀ bó ❶〈文〉连枷，打谷脱粒的器具。❷用于地名：～罗台(在河北)。
㊁ po 【榅(wēn)桲】落叶灌木或小乔木。果实也叫"榅桲"，味酸，可制蜜饯，也可入药。

教 bó 见bèi "教"(25页)。

牸 bó 〈文〉母牛：青～牛二头。

舶 bó 航海的大船：船～｜海～｜～来品(旧时指海外输入的货物)。

胈 ㊀ bó 〈文〉小瓜。
㊁ báo 【马胈儿】一年生蔓草。茎细，叶三角形或扁心脏形，花小，白色，果实近球形，种子灰白色，扁平。全草入药。

脖 [❶❷*頸] bó ❶脖子，头和躯干相连接的部分：颈～｜～领(围～儿)。❷器物上像脖子的部分：长～儿烧瓶｜烟筒拐～儿。❸【脖胦(yāng)】1.〈文〉肚脐。2.穴位名，即气海穴。在脐下一寸五分：育之原出于～。

焞[燞] bó 〈文〉烟腾起的样子：～～焉若生云雾。

袹 ㊀ bó 【袹腹】〈文〉裹肚，束在胸腹间的贴身小衣。也作"袙(pà)腹"。
㊁ mò 〈文〉男子包头发的头巾：以布作～。

艴 bó 又读fú 〈文〉生气的样子：曾西～然不悦(曾西：东周人)。

越 bó 〈文〉行走的样子：趈(bó)～往来。

博 [❶❷*愽] bó ❶(量)多；丰富：～览｜渊～｜～大精深。❷通晓：～古通今。❸换取；取得：～得｜聊一笑｜以～欢心。❹古代棋戏，后来指赌博：～弈｜～局。

荫 ㊀ bó【蒡(páng)荫】〈文〉白蒿。
　　㊁ bí【荫脐】即荸荠(qi)。

鹁（鵓）□ bó ❶【鹁鸪】家鸽。身体上部灰黑色，颈部和胸部暗红色。❷【鹁鸠(gū)】勃鸠，羽毛黑褐色。天要下雨或刚放晴时常在树上咕咕地叫。

殕 bó 见 fǒu "殕"（182 页）。

嘚 bó ❶【咆嘚】〈文〉旺盛的样子；勇愤气～。❷【嘚喽喽】模拟连续不断的声响。用于古白话：～的臭涎唾(涎唾：涎水唾沫)。

詙 bó 见 bá "詙"（12 页）。

渤 bó 渤海，我国的内海，在山东半岛和辽东半岛之间。古代称"渤澥(xiè)"。

搏 bó ❶对打；激烈地争斗：～斗|拼～|肉～战|两虎相～。❷〈文〉抓；扑上去捕捉：狮子～兔。❸跳动：脉～|心脏起～器。❹〈文〉拍；击打：手～豺狼|微风鼓浪，水石相～，声如洪钟。

嚩［囄］ bó 〈文〉咀嚼的样子。

跦 bó 〈方〉攀登；爬：～楼梯。

跋 bó 〈文〉伏地；踢：踢(táng)～(倒下)。

笚 bó 〈文〉手指、脚趾关节响。

鲌（鮊）□ ㊀ bó 鱼名。体侧扁，吻上翘，种类很多，生活在淡水中。
　　㊁ bà 同"鲅"。鱼名。即马鲛。身体侧扁而长，性凶猛，生活在海洋中。

猼 ㊀ bó 传说中的怪兽。
　　㊁ pò【猼且(jū)】〈文〉襄(ráng)荷。一种草本植物。

羆 bó 古代南楚辱骂农夫的话，意为卑贱的人。

棘 bó 我国古代的少数民族，居住在西南地区。

踄 bó 蹦。用于古白话：东跳西～。

骹 bó 〈文〉肩；肩胛骨：肩～。

敠 bó【敠敠】〈文〉香气浓烈的样子。

箔 □ bó ❶用苇子、秫秸等编成的帘子：苇～|席～|珠～。❷蚕箔。养蚕的器具，多用竹篾编成。❸金属打压成的薄片：金～|镍～。❹涂上金属粉末或裱上金属薄片的纸：锡～。

牌 bó【牌风板】封闭檐口的板：石秀直爬去蓟州衙门庭屋上～里点起火来。又作"搏风板、博风板"。

鈸 bó "钹"的讹字。一种铜制的打击乐器：吹笛击～。

脯 □ ㊀ bó 胳脯(bo)：臂～|赤～上阵(比喻不讲究方法或毫无掩饰地做某事)。
　　㊁ pò 〈文〉曝肉；陈尸：杀而～诸城上。

颮 bó【颮颮(zhuō)】〈文〉夏季强劲的东南风：～兮夏徂(夏徂：夏季)。

煿［煿］ bó 〈文〉煎炒或烘烤食物：～饼以进。

駮 bó【駮騚(hán)】汉代西域产的一种良马，称"汗血马"。

魖 bó 清代三合会旗号专用字。

踣 □ ㊀ bó ❶〈文〉倒下：顿～|屡～屡起。❷〈文〉倒毙；死亡：纣～于京。

镈（鎛）□ bó ❶古代打击乐器。青铜制，形状像大钟。❷古代锄一类的农具：庤乃钱～(庤：准备。乃：你们的。钱：古代的一种农具)。

錍 bó ❶〈文〉同"鬻"。锅中沸水溢出。❷古乐器名：钟磬铙～。❸化学元素"铍(pí)"的旧称。

袯 bó ❶〈文〉短袖衫：裸袒无衣～。❷〈文〉单衣。

薄 □ bó 见 báo "薄"（21 页）。

暴 bó 〈文〉把衣领连在衣服上。

蟖 bó【蟖蟭(jiāo)】〈文〉螵蛸(螳螂的卵块)。

馞 □ bó 〈文〉香气浓：满坐芳香，～～袭人。

壆 bó 〈方〉田垄。

鮍　bó 〈文〉水鸟名。形状似野鸭。

䴇羊　bó ❶【䴇䍽(tuó)】传说中一种像羊的兽，有四耳九尾。❷〈文〉阉割过的白羊。

騞　bó 【騞马】〈文〉一种形体像马的兽。

縠　⊖ bó 〈文〉小猪。 ⊜ hù 〈文〉兽名。

蔔　bó 〈文〉壁柱。

蔉　bó 〈文〉腐臭气：恶(è)如～食馊衣。

擮　bó ❶〈文〉投落；掷击。❷【擿(pò)擮】〈文〉模拟击中物体的声音。

嫇　bó 〈文〉粉末：(灰菜)叶有灰～。

暴　bó 见 pù "暴"(528 页)。

曝　bó ❶〈文〉模拟东西落地的声音：～然放杖而笑。❷〈文〉模拟迸裂声：(胡桃)～然分为两扇。

簿　bó 古代的一种棋类游戏：六～。

餺[飥、䬪]　bó 【餺飥(tuō)】古代一种面食：捐赀煮粥糜，又为～数万赈之。

鰿　bó 〈文〉鱼名。即鲌(bèi)鱼,河豚。

轐　bó 〈文〉绑住车厢底部的皮带。

攇　bó 〈文〉"擮(bó)"的讹字。击；掷击：僧沐浴设坛,急印契,缚～考其魅(考：拷问)。

髆　⊖ bó ❶〈文〉肩胛：肩～。❷〈文〉肩膀：赤～。 ⊜ pò 〈文〉腰骨；腰部：舞者击～。

爆[犦]　bó 〈文〉犎(fēng)牛,一种脖肉隆起的野牛：～牛一峰独。

簸　bó ❶〈文〉养蚕的用具：婕好煮蚕,洒一～止(婕好：宫中女官名。食：sì,喂)。❷同"簿"。古代的一种棋戏。

朣　bó 见 báo "朣"(21 页)。

鯩　bó 〈文〉同"鲌"。鱼名。也叫"鳒(jiǎo)"。

辮　⊖ bó 〈文〉纺绩：～绩(纺织)。 ⊜ pì 〈文〉通"淠(pì)"。漂洗：～絖小技(絖：kuàng,绵絮)。

構　bó 【構栌(lú)】〈文〉斗拱。立柱和横梁交接处的一种构件。

礴　bó 〈文〉通"曝(bó)"。模拟东西落地或迸裂的声音。

膊　bó 〈文〉剖开胸腹,掏去内脏：～开,去骨。

襮　bó ❶〈文〉绣有花纹的衣领：素衣朱～(素：白色)。❷〈文〉外表：～柔而中毅(毅：坚劲)。❸〈文〉暴露：～著于外。

礴　bó 【礴稍(shuò)】古代做仪仗用的一种兵器：二人持～。也作"礴(bó)稍、礴槊(shuò)"。

礴　bó 【磅(páng)礴】1.(气势)盛大：大气～。2.(气势)充满：～于全世界。

蘛　bó 〈文〉清除黍、禾、豆等作物下部腐烂的叶子。

䮔　bó ❶【䮔䮪(táng)】鼠名。❷袋鼠科中的一类。

鱕　bó 〈文〉锅中的水煮沸溢出。

鑮　bó ❶古乐器。一种单独悬挂的大钟：笙磬西面…其南～。后多作"镈"。❷〈文〉用金做装饰：足下金～履。❸〈文〉通"镈(bó)"。锄类农具。

轐　bó ❶【鞣(dù)轐】〈文〉车中的坐垫。❷【轐轑(tú)】〈文〉鞋垫。

bǒ （ㄅㄛˇ）

蚾　bǒ 【蚵(hé)蚾】1.〈文〉蟾蜍类生物。2.〈文〉地鳖虫的别名。

跛[尪、𤿭]　bǒ 瘸；腿或脚有毛病,走起路来身体不平衡：～脚|～行|～子。

播　bǒ 见 bō "播"(47 页)。

簸　⊖ bǒ ❶把粮食等放在簸(bò)箕里上下颠动,扬去糠秕、尘土等杂物：

~扬|~谷。❷上下颠动,震荡:~动|~荡|颠~。

㊂bò【簸箕(ji)】1. 簸(bǒ)粮食或撮垃圾等的器具,用竹篾、柳条、金属等制成:铁~。2. 簸箕形的指纹。

bò (ㄅㄛˋ)

振　bò〈文〉裂开;破开:人莫~玉石而瓜瓠(hù)。

柏　bò 见bǎi"柏"(15页)。

薄　bò 见báo"薄"(21页)。

檗 [蘗]　bò【黄檗】落叶乔木。树皮深纵裂,花黄绿色,果实黑色。枝茎可提取黄色染料,树皮可供药用,木质致密坚韧,是优质木材。也作"黄柏"。

擘　㊀bò ❶〈文〉分开;剖开:~画(安排;筹划)|~肌分理(比喻分析事理精密细致)。❷〈文〉大拇指:巨~(比喻在某一领域居于首位的人)。

㊁bāi 旧同"掰"。分开。

簸　bò 见bǒ"簸"(50页)。

譒　bò〈文〉同"播"。布告;传布:~告。

檗　bò〈文〉夹生饭。

䴔　bò【䴔鸪(gū)】模拟鸠鸟鸣叫的声音。用于古白话:林中鸠鸣云:~~。

bo (·ㄅㄛ)

卜　bo 见bǔ"卜"(51页)。

啵　bo 助词。用法跟"吧"相近,略带方言色彩。

嚤　bo〈方〉语气词。表示提醒:大家要表演一次~,你去吗?

bū (ㄅㄨ)

拨　㊀bū〈文〉散布;铺展:尘埃~覆。

㊁bá【拨擖(hù)】〈文〉跋扈;专横霸道:夷粤~。也作"拂(bá)擖"。

㊂bù〈文〉抚按并握住。

陠　bū〈文〉平顶屋。

逋　bū ❶〈文〉逃亡:~逃|~窜。❷〈文〉拖欠;拖延:~欠|~债|~延。

峬　bū【峬峭(qiào)】1.〈文〉仪表俊俏有风致。2.〈文〉文笔曲折优美:诗章易作,~难为。

庸　bū ❶〈文〉平顶屋。❷〈文〉石门。❸【庸峭】同"峬峭"。1.〈文〉仪表俊俏有风致。2.〈文〉文笔曲折优美。

晡　bū ❶〈文〉申时,相当于现在的下午三时到五时。❷〈文〉傍晚。

晡　bū〈文〉同"晡"。傍晚;夜:~至,道路辽远。

趝　bū ❶【趝趚(tū)】〈文〉匍匐,伏地而行。也作"趚趝"。❷〈方〉小儿爬行。

誧　bū ❶〈文〉说大话。❷〈文〉帮助。❸〈文〉规劝。

餔　㊀bū ❶〈文〉晚饭:汲水作~。❷〈文〉吃;给食:作糜~之。❸〈文〉同"晡"。傍晚:日过~。

㊁bù〈文〉糖渍的干果:甘果~。

鯆　bū 见pū"鯆"(526页)。

bú (ㄅㄨˊ)

轐　bú 古代车厢下面钩住车轴的装置。形状像伏兔,也叫"车伏兔"。

醭　bú(旧读pú) 醋、酱油等表面长出的白霉:酱油长~了。

bǔ (ㄅㄨˇ)

卜 [㊀蔔]　㊀bǔ ❶占卜,预测吉凶:~筮|求签问~|~了一卦。❷推测;预料:预~|生死未~|成败可~。❸〈文〉选择(处所):~居|~邻|~宅。❹姓。

㊁bo【萝(luó)卜】二年生草本植物。主根也叫萝卜,是常见蔬菜。种子可入药。也叫"莱菔"。

卟 □ bǔ 【卟吩】有机化合物。是叶绿素、血红蛋白等的重要组成部分。[英 porphine]

补（補）bǔ ❶加上材料,把损坏的地方修理完整:～牙|缝～|亡羊～牢。❷把缺少的东西加上;把不足的部分添上:～课|弥～|以有余～不足。❸滋养身体:～养|～药|滋～。❹〈文〉用处;益处:～益|～不无小～|于事无～。❺姓。

捕 bǔ ❶捉;逮:～鱼|逮～|曾子欲羔杀之。❷姓。

哺 bǔ ❶喂(不会取食的幼儿、幼鸟):～乳|～育|～养|嗷嗷待～。❷〈文〉嘴里含着的食物:一饭三吐|周公吐～,天下归心。

探 bǔ ❶〈文〉轻拍衣被,去除灰尘。❷〈文〉敲击:～大吕(大吕:钟名)。

鹐（鵏）bǔ 【地鹐】鸟名。羽毛灰白色,背部有黄褐色和黑色斑纹,腹部近白色,不善飞而善走,以谷类和昆虫为食。也叫"大鸨(bǎo)"。

堡 bǔ 见 bǎo "堡"(22 页)。

缲 bǔ 古代深衣(上衣下裳相连的一种服装)的下裳。

鞴 bǔ ❶〈文〉牛络头。❷【阻鞴】古代少数民族国名。

鷝 [鸑] bǔ 〈文〉水鸟名。乌鷝。

bù（ㄅㄨ）

不 □ ㊀ bù 副词。❶对意愿、属性等加以否定:我～去|他～要|鞋子～大。❷单用,回答问话,表示与问话意思相反:你去吗?～,我不去。❸构成正反问(用于句末):你想去～?|你知道～?❹用在动词与补语之间,表示不可能(多读轻声):拿～动|吃～下|看～见。

㊁ fǒu 〈文〉同"否"。用在表示肯定的动词后构成选择问:秦王以十五城请易寡人之璧,可予～?

㊂ pī 〈文〉通"丕(pī)"。大:君臣各能其分,则国宁矣,故名之曰～德。

布 [❸-❺*佈] bù ❶用棉、麻、化学纤维等织成的可以做衣服或其他物件的材料:棉～|苦～|尼龙～|塑料～。❷古代的一种钱币:～币|龟贝金钱刀～之币。❸宣告;当众陈述:～告|公～|开诚～公。❹安排;设置:～局|～置|～下天罗地网。❺散开;分散:分～|流～|～天下|阴云密～。❻姓。

怀 bù 见 pī "怀"(512 页)。

步 □ bù ❶走路:～行|漫～|～入会场|安～以当车。❷脚步,行走时两脚之间的距离:跑～|寸～难行|跨出一～。❸踏;踩:～人后尘(比喻在别人后面追随模仿)。❹旧制长度单位。周代以八尺为步,秦代以六尺为步,旧时一步为五尺。❺事情进行的程序或阶段:～骤|初～|～深入。❻境地;处境:地～|竟然落到这一～。❼同"埠"。码头。多用于地名:盐～(在广东佛山)|社～(在广西桂平)。❽姓。

吥 bù 【唝(gòng)吥】地名。在柬埔寨。现在译作"贡布"。

歨 bù 同"步"。脚步。用于古白话:趋～上阶。

㘯 bù 用于地名:茶～(在福建建阳)。

拰 bù 见 bū "拰"(51 页)。

唏 bù 用于地名:～泉(在广西隆安,今作"布泉")。

怖 □ [怖] bù ❶害怕;惊恐:恐～|可～|～福至则喜,祸至则～。❷〈文〉恐吓:巫祝有依托鬼神诈～愚民,皆案论之(案论:审问定罪)。

钚（鈈）bù 金属元素。符号 Pu。

埠 □ bù 见 pǔ "埠"(527 页)。

蚿 □ bù 同"埠"。码头。多用于地名:深水～(在香港)。

莆 bù 〈文〉喂牛马的乱草。

硴 bù 化学元素"硼(péng)"的旧称。

部 □ bù ❶位置;整体中的一份:～分|～位|局～|内～|胸～。❷某些行政机

构的名称;机关企业中按业务划分的单位:吏～|门市～|工程～。❸门类,多指文字、书籍等的分类:～类|～首|《四～丛刊》。❹〈文〉统辖;统率:～属|所～|汉王～五诸侯兵,凡五十六万人。❺军队;军队中连以上的领导机构或其所在地:～伍(队伍)|师～|司令～|率～起义。❻量词。用于书籍:两～字典|一～诗集|一～小说。❼量词。用于影片:一～影片|两～片子。❽量词。用于车辆、机器:一～汽车|一～机器|一～打印机。

玶 bù 【玶瑶】古代妇女头上的首饰,上有垂珠,迈步时会摇动。也作"步摇"。

埠□ bù ❶码头,江河沿岸及港湾内供停靠船舶、上下旅客和装卸货物的建筑:～头。❷有码头的城镇,泛指城镇:本～|外～。❸商埠,旧时与外国通商的城镇:开～。

艀[艀] bù 〈文〉短而深的小艇:短～。

脐 bù 〈文〉猪肉酱。

瘔 bù 〈方〉伤寒病复发。

瓿□**[瓿]** bù 〈文〉小瓮:酱～。

蔀□ bù ❶〈文〉盖在棚架上遮蔽阳光的草席:丰其～(大棚席)。❷〈文〉覆盖;遮蔽:～其家。❸古代历法名称。十九年置七个闰月叫"章",四章(七十六年)叫"蔀"。

艄 bù 【艄舠(liǎo)】〈文〉小船。

餔 bù 用财物酬谢。用于古白话。

踄 bù 步行。用于古白话:足能～陆。

舗 bù 见 bū "舗"(51 页)。

篰 bù ❶〈文〉简册,简牍。❷〈文〉竹篓:以大竹～贮西瓜。

餢 bù 【餢飳(tǒu)】〈文〉发面饼。也作"餢鍮(tǒu)"。

霺 bù 〈文〉同"蔀"。遮蔽:一炁之～名混沌(炁:qì,同"气")。

麭 bù 【麭麰(tǒu)】〈文〉油炸的饼类食物。

簿□ bù ❶记事记账的本子:账～|～册|练习～。❷〈文〉文书:儒生所短,不徒以不晓～书(徒:只;仅)。

鰏 bù 【魠(dù)鰏】〈文〉鱼名。也作"杜部"。

B

C

C

cā（ㄘㄚ）

搽 cā 【滑搽】即滑擦,路滑难行。用于古白话。

陜 cā 【陜(yà)陜】〈文〉山崖峻狭。

攃 cā 〈文〉摩擦:磨～损折。后作"擦"。

擦 cā ❶摩擦,物体与物体接触并做相对运动:～火柴|摩拳～掌|摔了个跟头,胳膊、腿全～破了。❷用布、纸等抹干净:～拭|～汗|衣服上的油渍～不掉。❸涂抹:～油|～胭脂|在伤口上～点药水。❹挨近;贴着:～黑儿(傍晚)|～肩而过|蜻蜓～着水面飞来飞去。❺把瓜果等放在礤(cǎ)床上刨擦,使成细丝:～丝|～西葫芦。

嚓 ⊖ cā 模拟摩擦发出的声音:～的一声划着(zháo)了一根火柴。

⊜ chā 【喀(kā)嚓】模拟树枝等折断的声音:～一声,树枝被大风吹折(shé)了。也作"咔嚓"。

礳 cā 【礓(jiāng)礳】〈文〉台阶。

躜 cā 【躞(jiāng)躜】用砖石砌成的慢坡。用于古白话。

cǎ（ㄘㄚˇ）

礤 cǎ ❶〈文〉粗石。❷【礤床】把瓜、马铃薯、萝卜等擦成丝的用具。

cà（ㄘㄚˋ）

囃 ⊖ cà 讲;说。用于古白话:他怎敢向夫人行乱～?

cāi（ㄘㄞ）

趲 cāi 〈文〉因猜疑某事,所以迟滞而离去。

啋 ⊖ cāi ❶句末语气词。相当于"啊、呀":老王林～…。❷叹词。相当于"哎、喂":～! 咱两人好生的说话。‖用于古白话。

⊜ cǎi ❶幸运,幸喜:便是大吉里～(特别幸运)。❷理睬:不要～他。❸【喝啋】即喝彩。大声叫好:宋江看了,～不已。‖用于古白话。

偲 ⊖ cāi 〈文〉有能力,多才艺:其人美且～。

⊜ sī 【偲偲】〈文〉相互切磋,相互督促:朋友切切～。

猜 cāi ❶推测;推想:～测|～度(duó)|他上哪儿了,你可～不着。❷心存戒备而怀疑:～忌|两小无～。

蹎 cāi 踩,踏。用于古白话:把人的鞋也～泥了。

cái（ㄘㄞˊ）

才 cái（❸-❻纔) ❶能力:～能|～干|文～|德～兼备。❷有能力的人;从才能方面指称某种人:奇～|通～|唯～是举。❸副词。表示时间。1. 表示事情在不久前发生,相当于"刚刚":杨柳～吐新芽|他～来,情况还不熟悉。2. 表示事情发生或结束得晚:你怎么现在～来?|催了几次他～走。❹副词。表示量度。表示数量少、程度低、范围窄、差距小等:总共～三个人|他～比我大一岁。❺副词。表示关联。承接前一分句,强调前提的必要性:非得亲自去一趟,心里～踏实|她也是为了大家,～这样做的。❻副词。表示语气。加强肯定或辩驳的语气:这～有意思呢!|我～不管呢!

材 cái ❶木料:木～|用～林|广厦构众～。❷原料:钢～|药～|就地取～。❸资料:教～|素～|题～。❹资质;能力:因～施教。❺指称某种人(从资质的角度说):蠢～|栋梁之～。❻棺木:棺～|寿～|用一口薄皮～草草收殓。❼姓。

财（財） cái ❶金钱和物资的统称,多指金钱:～产|理～|劳民伤～。❷〈文〉通"材(cái)"。木料;材料:殖种树(殖:植)。❸姓。

財 cái 〈文〉刚刚;仅:两山壁立……容车骑,进而不能济,息不得驻。

裁 cái ❶用刀、剪等切或铰:～纸|剪～|十三能织素,十四学～衣(素:白色丝织品)。❷削减;去掉:～军|～减|经济不景气,公司又～了不少人。❸考虑决定;判断:～判|～决|仲～|唯大王～其罪。❹强力处罚;控制:制～|独～。❺安排取舍:独出心～|《唐诗别～》。❻〈文〉杀:自～。❼样式;格式:体～。❽量词。用于纸张,整张纸分成多少等份,每一份就叫多少裁:对～(整张纸的二分之一)。也叫"开"。❾〈文〉副词。通"才(cái)"。仅仅;刚刚:兵不满千,户～及万|抵透光处,炬～尽(炬:火把)。

財 cái 〈文〉饼状的酒母。

采 cǎi（ㄘㄞ）

采[❶❶-❹*採、❷❼❽*寀] ⊖ cǎi ❶摘取(花、叶、果实):～莲|～药|参差荇(xìng)菜,左右～之。❷选取;取:～购|～光|博～众长(cháng)。❸搜集;收集:～集|～种(zhǒng)|～风(采集民歌)。❹挖掘(矿藏):～煤|～油|开～。❺精神;神色:神～|风～|兴高～烈。❻文章的辞藻:情～|繁～寡情,味之必厌(堆砌词藻、缺乏感情的文章,读起来必然令人厌烦)。❼〈文〉官;官职。❽姓。
⊜ cài 古代卿大夫受封的土地(连同土地上劳动的奴隶):大夫有～,以处其子孙。也叫"采地,采邑"。

寀 ⊖ cǎi 〈文〉坟墓。
⊜ cài 同"采"。古代卿大夫的食邑。

踩 cǎi 见cāi"踩"(54页)。

彩[❷*綵] cǎi ❶各种颜色:～旗|色～|～五|～缤纷。❷各种颜色的丝织品:剪～|张灯结～。❸赞赏、夸奖的欢呼声:喝(hè)～|满堂～|一出场就博得碰头～。❹精彩的成分:出～|异～纷呈|丰富多～。❺赌博,某些游戏或抽奖中给获胜者的钱物:～票|摸～|中(zhòng)头～。

傸 cǎi 〈文〉奸邪。

棌 cǎi 〈文〉树木名。柞木:～橡。

睬 cǎi 〈文〉肚子鼓胀。

睬[*倸] cǎi 答理;理会:理～|不理不～|这种人,～他干吗?

踩[*跴] cǎi ❶脚底接触地面;脚蹬在物体上:～水|～在泥里～油门|～高跷。❷比喻贬低、糟蹋:他是有毛病,可也别把他一～得一钱不值。❸(盗贼作案前)察看(地形):～道|～点。

cài（ㄘㄞˋ）

采 cài 见cǎi"采"(55页)。

踩 cài 见cǎi"寀"(55页)。

菜 cài ❶蔬菜,通常指可以做副食品的植物:～园|青～|种～。❷特指油菜,开黄色花,种子可榨油:～油|～籽。❸菜肴,经过烹调的蔬菜、鱼、肉、蛋等:荤～|淮扬～。

蔡 cài ❶周代诸侯国名。故地在今河南上蔡、新蔡一带。❷〈文〉占卜用的大龟:卜晴问～。❸姓。

縩 cài ❶〈文〉衣缝。❷【縩縩(cuì)】〈文〉模拟衣服的摩擦声。

髦 cài ❶〈文〉头发:落～(剃发出家)。❷〈文〉发髻:～带(束发髻的带子)。

縩 cài 【縗(cuì)縩】〈文〉模拟衣服的摩擦声:花裙~步秋尘。也作"綷縩"。

cān (ㄘㄢ)

杂 cān 〈文〉同"参"。参加:赴封禅之礼,~玉帛之会。

参(參)[*叅、㊁㊃葠、㊁㊃蔘]
㊀ cān ❶加入:~加|~与|~赛|与之~国政,正是非。❷对照或查考:~考|~阅|~看|~照。❸进见;谒见:~谒|~见|~拜。❹封建时代指弹劾:~劾|~他一本(本)(奏章)。❺〈文〉探究并领会(道理、意义等):~禅|~透。
㊁ cēn 【参差(cī)】长短、高低、大小不一致:~不齐|~错落。
㊂ shēn ❶星宿名。二十八宿之一,属西方白虎。❷人参、党参等的统称,通常指人参:~汤|西洋~。
㊃ sān ❶〈文〉同"三"。配合成三的:此臣所谓~教也(参教:指赏、刑、教三事)。❷〈文〉三分:大都不过~国之一(国:指国都的城墙)。

叅 cān 〈文〉同"参"。间杂其中:晋魏书法之高…不以私意~之耳。

浅
㊀ cān 〈文〉同"餐"。吃(饭):渴饮饥~。
㊁ sūn 〈文〉通"飧(sūn)"。晚饭;作为晚饭的熟食。

骖(驂) cān ❶古代指套着三匹马的车:载~载驷。❷古代指驾在车前两侧的马:左~|右~。

喰
㊀ cān 同"餐"。吃(饭)。用于古白话:甘甜美味,妻子长~。
㊁ sūn 〈文〉同"飧"。饭食:虽则盘~无异味,一盂麦饭佐家禽。

杂 cān 同"参"。加入。用于古白话。

殍 cān 〈文〉同"餐"。吃(饭):~元气。另见 sūn "殍"(642页)。

傪
㊀ cān 〈文〉美好:~~|女手。
㊁ cǎn 〈文〉惨淡:~悴。
㊂ càn 〈文〉鼓曲名:《渔阳》~。

嫸[嫸] cān 〈文〉贪婪。

餐 cān 〈文〉同"餐"。吃:苦菜萌已晚,采之不能~。

餐[湌] cān ❶吃(饭):~厅|会~|彼君子兮,不素~兮。❷饭食:晚~|西~|谁知盘中~,粒粒皆辛苦。❸量词。用于吃饭的次数,相当于"顿":一日三~。

趁 cān ❶【趁趯(tán)】〈文〉形容相随奔逐:五马去~。❷〈文〉疾速:~视。

鲦 cān 【鲦鲦(tiáo)】鱼名。体小而侧扁,呈条状,银白色。我国淡水均产。也叫"鲦鱼、鲦鱼"。

cán (ㄘㄢ)

叅[叅] cán 〈文〉残裂穿通。

玡 cán 〈文〉同"残"。不完整;有缺损:~夺不完(夺:脱落)。

残(殘)[残] cán ❶伤害;毁坏:杀~害|摧~|兄弟相~。❷剩余的;将尽的:~余|风烛~年|~杯与冷炙,到处潜悲辛。❸不完整;有缺损:~品|身~志坚|这套邮票~了。❹凶恶:~酷|~忍|凶~。

蚕(蠶)[蚕] cán 某些能吐丝结茧的昆虫,如家蚕、柞蚕、蓖麻蚕等。通常指家蚕:遍身罗绮者,不是养~人。

殨 cán 〈文〉同"残"。剩余的:~余。

惭(慚)[*慙、憯] cán 羞愧:~愧|羞~|面有~色|大言不~。

腴 cán 〈文〉禽兽吃剩的东西。

磛 cán 见 jiān "磛"(301页)。

撍
㊀ cán 〈文〉斩取。
㊁ zàn 〈文〉击打:~鼓。

盏[盏] cán 【盏(ān)盏】〈文〉大盂。

蹔 cán 往;去。用于古白话:一日最少也～过十来遍。

另见 zàn "蹔"(848 页)。

驂 cán 〈文〉鸟名。雕。

惨(慘)[憯] cǎn ❶使人悲伤难受:悲～|凄～|～不忍睹|～绝人寰。❷程度严重;厉害:～败|输～了。❸凶恶;狠毒:～无人道。❹〈文〉通"黪(cǎn)"。暗淡无光:烟昏日～。

晉 cǎn 〈文〉表示出乎意料,相当于"曾、竟"。

穇(穇)[稯] ㊀ cǎn 穇子,一年生草本植物。秆粗壮,穗生在顶端,像鸡爪,无芒。籽实椭圆形,可以吃,也可做饲料。籽实也叫"穇子"。

㊁ shān 【穇(liàn)穇】〈文〉禾穗空而不实。

傪 cǎn 见 cān "傪"(56 页)。

嘁 cǎn 【㘖(ǎn)嘁】肮脏;龌龊。用于古白话:有点污～强打送。

嘈 ㊀ cǎn 〈文〉叮;衔:一味含甘。

㊁ zā 〈文〉咬;叮:蚊虻～肤。

憯 cǎn ❶〈文〉惨痛:咎莫～于欲得(咎:jiù,祸殃)。❷〈文〉忧伤:寡人～然。❸〈文〉狠毒;残酷:～毒。

偬 cǎn 〈文〉同"惨"。狠毒:刑罚～尅(尅:kè,苛严)。

憛 cǎn 见 cǎo "憛"(59 页)。

篸 ㊀ cǎn 〈方〉竹制的盛物器具:一个小～。

㊁ cēn ❶【篸篸】〈文〉洞箫。❷【篸篸】〈文〉形容长短不齐:远望(立石)～。❸【篸岭】〈文〉武当山的别称。

㊂ zān ❶〈文〉通"簪(zān)"。簪子:碧玉～。❷〈文〉插戴:白发～花不解愁。

癇 cǎn 〈文〉惨痛;痛苦:～烈悲恸。

黪(黪) cǎn ❶〈文〉灰黑色:其色灰～。❷〈文〉暗色;昏暗:～黩

(形容混浊不清)。

càn (ㄘㄢˋ)

灿(燦) càn ❶光彩耀眼:～若云锦|星光～～。❷【灿烂】光彩鲜明耀眼:阳光～。

奼 càn 〈文〉三个女子称为"奼"。"奼"表示美的意思。

掺 càn 见 chān "掺"(65 页)。

孱 càn 见 chán "孱"(66 页)。

粲 càn ❶〈文〉上等白米;精米。❷〈文〉鲜明的样子:云轻星～。

傪 càn 见 cān "傪"(56 页)。

璨[璨] càn ❶〈文〉美玉;也指玉的光泽。❷〈文〉明亮;灿烂:～若珠贝。

谮 ㊀ càn 〈文〉相怒。

㊁ zào 〈文〉喧哗:静夜闻鼓声而～。

瀺 càn 〈文〉停息,绝灭:天地之道不～。

仓(倉) cāng ❶储存粮食或其他物资的建筑物:～库|货～|～府两实,国强。❷指仓位,投资者所持证券金额占其资金总量的比例:补～|持～。❸姓。

伧(傖) ㊀ cāng 〈文〉粗野:～俗|～人|～音俚态。

㊁ chen 【寒伧】旧同"寒碜"。1.丑;难看。2.丢脸;不体面。3.讥笑;使失去体面。

苍(蒼) cāng ❶深蓝:～穹|悠悠～天,此何人哉?❷深绿:～翠|～郁|～松翠柏。❸灰白:～髯|～白|少壮能几时,鬓发各已～。❹〈文〉借指天:上～。❺姓。

沧(滄) cāng ❶〈水〉青绿:～海|一卧～江惊岁晚。❷〈文〉同"凔"。寒冷:天地之间有～热(沧热:寒冷与

炎热）。

鸧（鶬）cāng　【鸧鹒（gēng）】鸟名。即黄鹂。

舱（艙）cāng　船、飞机的内部主要用来载人或装东西的部位：船～|机～|太空～。

匟 cāng　古器物名。

沧 cāng　〈文〉寒冷;凉;疾养、～热、滑铍（pī）、轻重,以形体异(养:通"痒")。

猐 cāng　【猐囊（náng）】〈文〉纷乱的样子:裔卷～而乱天下（纠结纷扰而迷乱天下。裔卷:纠结）。也作"仓囊、戗囊"。

蒼 cāng　〈文〉同"苍"。深绿。

篬 cāng　见 qiāng "篬"（546 页）。

cáng（ㄘㄤˊ）

厞 cáng　〈文〉同"藏"。积存:货～。

蔵 cáng　〈文〉同"藏"。隐匿:载此灵凤羽,～我华龙鳞(载:jí,藏)。

臧 cáng　见 zāng "臧"（849 页）。

藏 ㊀ cáng　❶隐蔽起来,不使人发现:～匿|隐～|你～哪儿去了? 让我好找。❷收存;积存:收～|储～|多～必厚亡(厚亡:亡失很多)|春耕,夏耘,秋收,冬～。
㊁ zàng　❶储存大量东西的地方:库～|宝～。❷佛教或道教经典的总称:释～|道～|大～经(佛教经典的总汇)。❸西藏的简称:～羚羊|～红花。❹藏族的简称:～历|～药。❺〈文〉同"脏"。内脏:人死五～腐朽。

巖[巉] cáng　【巖崔】〈文〉山石高耸的样子:岇石～(岇:gān,山)。

醷 ㊀ cáng　〈文〉同"藏"。积存:糟～猪肉。
㊁ zǎ　【醶(ā)醷】〈文〉脏,不干净:～臭气。

CĀO（ㄘㄠ）

木 cāo　〈方〉不大不小的人或动物:～人|～狗。

皲 cāo　〈文〉同"糙"。粗米未舂。

糙 cāo　〈文〉一种平整土地的农具;用糙平整土地。

操[*捒、*摻、*撡] cāo　❶拿在手里;握着:～刀|同室～戈。❷掌握;控制:～舟(驾船)|～纵|～生杀之柄。❸做;从事:～作|～持家务|～之过急|重～旧业。❹用(心思):～心|～神。❺说话时用(某种语言、方言):～法语|～客家话。❻以列队方式学习、演练军事或体育技能:～练|出～|会～。❼体操,由一系列动作编排起来的体育项目:做～|韵律～。❽品行;气节:～行|节～|～情。❾古代琴曲或鼓曲名:《箕子～》《龟山～》。

糙 cāo　❶碾得不精的(米):～米。❷不光滑;不细致:～纸|粗～|家具做得太～。

cáo（ㄘㄠˊ）

曺 cáo　同"曹"。古代分科办事的官署:～掾(掾:yuàn,古代官署属员的通称)。

瘏 ㊀ cáo　〈文〉饥饿病。
㊁ zhǒu　〈文〉"疛(zhǒu)"的讹字。腹病。

曹 cáo　❶〈文〉等;辈:尔～|吾～。❷古代分科办事的官署:部～|功～|坐～治事。❸周代诸侯国名。故地在今山东菏泽、定陶、曹县一带。❹姓。

傮 cáo　见 zāo "傮"（849 页）。

蓸[蘴] cáo　〈文〉草名。

嘈[嶆] cáo　(声音)杂乱:～杂。

嶆 cáo　【嶂(láo)嶆】〈文〉形容山谷幽深而险峻。

漕[漅] cáo　❶古代指从水道运送大批粮食:～粮|～运|～河(运漕粮的河道)。❷古邑名。在今河南滑县曹村。

懆 ㊀ cáo　〈文〉乱:心愦昏～(愦:kuì,昏乱)。

〓 cóng 〈文〉谋虑。

槽[槽] cáo ❶装饲料喂牲畜的器具。四周高，中间凹下，多为长方形：马～｜猪食～。❷四周高、中间凹下的器具：酒～｜灰～。❸两边高、中间凹下的水道或沟渠：河～｜水～｜春水满～。❹物体上两边高、中间凹的部分：在原木上挖个大～，就成了独木舟。

艚 cáo 〈文〉粗劣：～旧。

膗 cáo 〈文〉脆。

棘 cáo 〈文〉分科办事的官署。后作"曹"。

磝 cáo 【斫(zhuó)磝】地名。在湖南邵东。

褿[褿] cáo ❶〈文〉披肩。❷〈文〉包裹婴儿的衣、被；也指小儿的垫布。❸〈文〉服饰漂亮。

蝤[蠹、蠤] cáo 【蛴(qí)蝤】金龟子的幼虫。身体圆柱状，白色，常弯曲呈马蹄形。生活在土壤中，吃残下的种子、苗和植物的地下部分，是农业害虫。

艚 cáo 漕运所用的船；泛指船：木～。

䭍 cáo 〈方〉饥饿：肚子～来借米吃。

艚 cáo 〈文〉指诉讼的原告和被告。即两曹。通作"曹"。

cǎo （ㄘㄠˇ）

中 cǎo 见 chè "中"（74 页）。

草[❸*艸] 〓 cǎo ❶栽培植物（如谷物、蔬菜等）以外的草本植物的统称：～坪｜牧～｜野有蔓～。❷做饲料、燃料等用的谷物的茎叶：～绳｜稻～｜粮～。❸山野；民间：～野｜～莽｜落～为寇。❹卑贱；粗劣：～民｜～鄙之人。❺马虎；不细致：～率｜潦～｜～～收兵｜字写得太～。❻初步的；非正式的：～案｜～创｜～签。❼初步拟成的稿子；底稿：起～｜～算。❽文字形体的名称。1. 草书，汉字字体的一种，

字形比隶、楷简化，笔画牵连曲折：狂～｜章～｜真～隶篆。2. 拼音字母的手写体：大～小～。❾雌性的（家畜或家禽）：～驴｜～鸡。

〓 zào 〈文〉栎树的果实。后作"皂"。

嘈 cǎo 【嘈嘬(lǎo)】〈文〉寂静。

憭 cǎo 【憭憦(lǎo)】1.〈文〉寂静：君之情绪何～。2.〈文〉零乱：笑言仿佛，魂梦～。

憦 〓 cǎo ❶〈文〉忧愁：劳心～兮（劳心忧心）。❷〈文〉通"草(cǎo)"。草：婴（系上草编的帽带以示羞辱）。

〓 sāo 〈文〉骚动不安：城中～扰。

懆 〓 cǎo ❶【懆懆】〈文〉忧愁不安：三年不见心～。❷急躁。用于古白话：焦～。

〓 sāo 〈文〉骚扰：～劳天父下凡，小子知罪。

〓 cǎn 〈文〉通"惨(cǎn)"。严重；厉害：刑法～剡。

騲[騲] cǎo ❶母马。❷雌性的（指某些家畜、家禽）：～驴。也作"草"。

cào （ㄘㄠˋ）

肏 cào 男子性交动作的粗俗说法。常用作骂人的下流话。

郹 cào 古地名。在今河南。

螯 cào 见 qì "螯"（538 页）。

cè （ㄘㄜˋ）

册[*冊、冊] cè ❶古代指编串在一起用来书写的竹简，现在指装订好的本子：画～｜典～｜惟殷先人有～有典。❷古代帝王封爵授官的诏书：～封｜～立。❸量词。用于计算书、画的本数：几万～书｜初中课本第一～。❹〈文〉通"策(cè)"。计谋；谋略：此全师保胜安边之～。

厕[厕][*厠] cè ❶厕所，供人大小便的地方：女～｜

公～|沛公起如～(上厕所)。❷〈文〉夹杂在里面;参加进去:杂～|～身其间。❸通"侧(cè)"。旁边:从行至霸陵,上居外临～。

侧(側)㊀cè ❶旁边:～面|两～|沉舟～畔千帆过。❷斜向一边:～目|倾～|～耳细听|一～身就过去了。❸偏重:～重。❹〈文〉置;处于:～身千里道,寄食一家村。
㊁zè〈文〉通"仄(zè)"。指仄声,古汉语四声中上、去、入三声的合称。
㊂zhāi〈方〉倾斜;不正:～歪。

晋 cè〈文〉用简册祝告神明或告诫臣民。通作"册"。

筴 cè〈文〉同"策"。计算工具:善数者不用筴～。

测(測)cè ❶用器物度量,确定空间、时间、温度、功能等的数值:～量|观～|深不可～。❷推想:推～|居心叵(pǒ)～|天有不～风云。

恻(惻)[憿]cè ❶〈文〉悲痛;忧伤:～然|凄～|朕焉不忍闻。❷〈文〉诚恳;恳切:恳～。

敇 cè〈文〉用鞭赶马。通作"策"。

旲 cè ❶【旲旲】〈文〉形容粗刃锋利:～良耜(耜,sì,一种农具)。❷【旲然】〈文〉清晰的样子:犹见城郭楼橹～(楼橹:瞭望的高台)。❸【齐旲】〈文〉整齐:栋宇～。

栅 ㊀cè〈文〉粽子。
㊁sè〈文〉以米麦等掺入别的东西:煮小麦时时～之(煮些小麦常常撒上)。

垳 cè〈文〉土筑的障碍物。

萴 cè 萴子,一种有毒的药草。

删 cè〈文〉覆盖:置板其上,～板以听(用木板盖在坛口上,听取地下传来的声响)。

策[*筞,△*箣]cè ❶计谋;办法:～略|上～|束手无～。❷谋划;计划:～动|～划|～应(按计划配合友军作战)。❸〈文〉竹制的马鞭,头上有尖刺:执～|举～而先,士卒随之。❹用鞭打:驱～|鞭～|挥戈～马驱前敌。❺〈文〉拐杖:扶～而行。❻古代写字用的竹片或木片:简～。❼古代帝王封爵授官的诏书:～命|受～以出。❽古代考试的一种文体,多以政治、经济等问题为主要内容:～论|～问|对～。❾古代的计算用具,形状像算筹而细小:筹～。❿古代占卜用的蓍草。
"筴"另见 jiā（297 页）。

箣 cè〈文〉同"策"。谋划:棋多无～兮,如聚群羊。

搩 cè〈文〉同"搩"。扶持:扶～。

犳 ㊀cè〈文〉矛一类的兵器。
㊁zé〈文〉用矛刺取物:～鱼鳖。

城 cè ❶〈文〉台阶:殿～。❷〈文〉垒砌台阶:～以崇阶(崇:高起)。

薂 cè〈文〉把谷掺在切碎的草料中喂马。

筞 cè ❶〈文〉同"策"。筹策,计算用具。❷〈文〉同"策"。占卜用的蓍草。

箣 cè ❶〈文〉箣竹,竹子的一种。❷〈文〉通"策(cè)"。占卜用的蓍草。

搩 cè ❶〈文〉取:可～谷物。❷〈文〉扶持。

薮 cè〈文〉草名。

憿 cè〈文〉疼痛。

籍 cè ❶〈文〉用叉刺取水中的鱼鳖:～鱼、鳖、龟、鼍。❷〈文〉捕鱼的竹箔。

撼 cè 见 suò "撼"（644 页）。

cèi（ㄘㄟ）

瓶 cèi〈方〉(瓷器、玻璃等)打碎;摔碎:～了一个碗|酒杯～了。

cēn（ㄘㄣ）

参 ㊀cēn 见 cān "参"（56 页）。

叄 cēn ❶【叄嵳(cī)】〈文〉山势高低不平的样子。❷【叄峨】〈文〉高峻的样子。

篸 cēn 见 cǎn "篸"（57 页）。

cén （ㄘㄣˊ）

尖 cén 〈文〉进入山谷的深处。

岑 □ cén ❶〈文〉小而高的山，也泛指山：明月生～，凉风度水。❷〈文〉崖岸：河岸。❸姓。

涔 cén ❶〈文〉雨水多；涝：宫池～则溢。❷【涔涔】1.〈文〉形容汗、泪、水等不断地流出：汗～。2.〈文〉形容天色阴沉：雪意～满面风。3.〈文〉形容胀痛：头～。

跥 cén 〈文〉牛马蹄迹中的积水：蹄～。

醝 ㊀ cén ❶〈文〉熟的酒曲。❷〈文〉酿酒久藏。

㊁ dān 〈文〉通"酖（dān）"。沉溺；迷恋：蓟辽总督吴阿衡～酒不设备。

頻 cén 【頷（lín）頻】〈文〉低头。

霝 cén 【霝霠】〈文〉模拟雨声：春雨～。

霠 cén ❶【霝霠】〈文〉模拟雨声。❷〈文〉久雨，多积水。

鳌 cén 鱼名。

---

cēng （ㄘㄥ）

噌 □ ㊀ cēng ❶模拟摩擦发出的声音：～的一声，火柴擦着（zháo）了。❷模拟蹿跳发出的声音：花猫～的一声蹿上了房。

㊁ chēng 【噌吰（hóng）】〈文〉模拟钟鼓的声音：～如钟鼓之声，不绝于耳。

嘬 cēng 模拟金属撞击的声音。用于古白话：听得～的一声，把那火剪齐齐的从中腰里砍作两段。

騬 cēng 〈文〉小腿白色的马。

---

céng （ㄘㄥˊ）

层（層）céng ❶重叠；重复：～峦叠嶂｜～出不穷。❷重叠状事

物的某一面：～面｜表～｜云～。❸量词。用于重叠的人群：围着好几～人｜叠起三～罗汉｜突破敌人～～的包围。❹量词。用于累积的或起阻隔作用的物体：双～玻璃｜三～铁丝网｜欲穷千里目，更上一～楼。❺量词。用于分步、分项的事物：这～意思｜～～传达｜一～一～地分析。❻量词。用于附着或浮在物体上面的东西：一～灰｜一～绒毛｜一～烟雾。

曾 □ céng 见 zēng "曾"（853 页）。

增 □ céng 见 zēng "增"（853 页）。

嶒 ㊀ céng 【嶒崚（léng）】1.〈文〉山势高峻的样子：西岳～。2.〈文〉比喻节操崇高坚贞。3.〈文〉比喻很有气势。

㊁ zhēng 【嶒嵘】〈文〉同"峥嵘"。高峻；不平凡：五岳之～。

嶒 céng 同"嶒"。【嶒嶷（yí）】〈文〉高峻的样子：峥嵘～。

槢 céng 见 zēng "槢"（853 页）。

瞪 céng 【蒙瞪】〈文〉目不明；两眼昏花：老师父只管～着两眼。

嶒 céng 〈文〉北方没有顶盖的楼台。

嶒 céng 【崚（léng）嶒】1.〈文〉高峻层叠。2.比喻皮肤粗糙不平。用于古白话：手掌～。

---

cèng （ㄘㄥˋ）

蹭 □ cèng ❶摩；擦：～破一点儿皮，不碍事｜老牛在大树上～痒痒。❷因擦过去而沾上：～了一身油｜油漆没干，当心～脏了衣服。❸〈方〉借机白白得到好处：～车｜看～戏｜～吃～喝｜～了一顿饭。❹脚擦着地慢慢走：腿抬不起来，只好一步一步～过去。❺拖延；慢吞吞地做：磨～｜别～时间了，赶快交卷。❻【蹭蹬（dèng）】遭遇挫折；不得意：功名～。

---

chā（ㄔㄚ）

叉 □ ㊀ chā ❶叉子，用来扎取东西的器具。一端有两个或两个以上长齿，另

一端有长柄:钢～|鱼～|吃西餐用刀～。❷用叉子扎取或挑起:～鱼|～稻草。❸交错:～手|交～。

㊂ chá 〈方〉堵住;卡住:路口被汽车～死了|冰凌～住了河道。

㊂ chǎ 分开;张开:～着腿|拇指和食指～成"八"字。

㊃ chà ❶条形物末端的分支:头发干燥容易分～。❷[劈(pǐ)叉]两腿向相反方向分开,臀部着地,是一种体操、武术的动作。

扱 chā 见 xī "扱"(714 页)。

扠 chā 〈文〉同"叉"。用叉子扎取或挑起。

屼 chā 【屼峖(yá)】〈文〉山峰参差耸立的样子:乱峰如戟,～屼崪(崪:zú,山峰高而险)。

犾 chā 【犾獠(liáo)】古代对南方某一少数民族的蔑称。

权 ㊀ chā 用来挑(tiǎo)起或叉取秸秆、柴草等的农具,一端有两个或两个以上的弯齿,另一端有长柄:三股～|四股～。

㊁ chà 杈子,植物的分枝:树～|枝～|丫～|打～。

荖 chā 古地名。

莗 chā 见 lǎo "莗"(385 页)。

舀 chā ❶〈文〉舂去麦皮,泛指舂谷米:～米。❷〈文〉锹一类掘土的工具:持～负畚(畚:盛土石的器具)。后作"锸"。❸〈文〉通"插(chā)"。插入;夹杂:杂～其间。

函 chā 〈文〉插:根～地中。

差 chā 见 chà "差"(64 页)。

剳 chā 用叉子扎取。用于古白话:～鱼。

訍 chā 〈文〉混乱。

插 [*挿、揷] chā ❶穿入;放入;见缝～针|手在兜里～着。❷加进;参与:～手|安～|两个节目之间～了一段广告。❸栽:～秧|无心～柳柳成阴。

靫 [靫] chā 〈文〉盛箭的器具:箭～。

嗻 chā ❶叹词。表示追问、提醒、答应等:～,因甚不来家? ❷语气词:先生～,你今日不合死(不合:不该)。‖用于古白话。

喳 chā 见 zhā "喳"(854 页)。

馇 (餷) ㊀ chā ❶〈方〉熬(粥):～一锅粥。❷〈方〉边搅拌边煮(猪、狗等的饲料):～猪食。

㊁ zha 【饹(gē)馇】食品。用绿豆面做成饼状,切成块炸或炒着吃。

磼 chā 见 chá "磼"(63 页)。

婼 chā ❶〈文〉不顾说话的顺序急于插话。❷〈文〉畏怯。

跥 chā 〈文〉踩踏:～踏。

鍤 (鍤) chā 古代的挖土工具,像铁锹:荷(hè)～|耒～。

艖 [艖] chā 〈文〉小船:小～。

鑔 chā 〈文〉锹一类的农具。

嚓 chā 见 cā "嚓"(54 页)。

chá （彳Ｙ）

叉 chá 见 chā "叉"(61 页)。

秅 chá 古时禾谷的计量单位。四百束为一秅:车三～(每车载三秅)。

庴 chá 见 zhǎ "庴"(856 页)。

垞 chá ❶〈文〉土丘:北～南冈总是家。❷用于地名:～子里(在辽宁大洼)。

茬 ㊀ chá ❶庄稼收割后留在地里的茎和根:麦～儿|稻～儿|豆～儿|玉米～儿。❷量词。用于作物种植或生长的次数(一次叫一茬):头～|韭菜。❸短而硬的须发:胡子～儿|头发～儿。❹指刚提到的事情或刚说完的话:接着～儿议论起来。用同"碴"。

茶 ⊖ chí 〈文〉草茂盛的样子。

茶 chá ❶茶树，常绿灌木或小乔木。叶子椭圆形，花白色。嫩叶加工后成茶叶，是重要的经济作物。❷茶叶或茶叶冲成的饮料：～道|绿～|喝～。❸某些饮料或食物的名称：～汤|果～|杏仁～。❹颜色像茶的;黄褐：～晶|～镜|～青。❺山茶树：～花。❻姓。

查 [*查] ⊖ chá ❶为发现问题而仔细验看：～账|检～|搜～|机器坏了，毛病还没～出来。❷仔细了解情况(多指到现场)：～处(chǔ)|侦～|调～|事出有因，～无实据。❸翻检着看(书籍、文件、资料等)：～地图|～档案|有不认识的字就～字典。❹〈文〉同"楂"。木筏：有巨～浮于西海。
⊖ zhā ❶同"楂"。山楂。❷姓。

奈 chá 【妿(yā)奈】〈文〉故作娇媚的样子。

庎 chá ❶〈文〉敞开的屋子。❷古县名。在今山东郓城附近。

搽 chá 涂抹(在脸上、手上或身上)：～粉|～碘酒|～护肤霜。

嵖 chá 【嵖岈(yá)】山名。在河南遂平。

猹 chá 一种像獾(huān)的野兽。

瘥 chá 〈文〉疮痕。

楂 chá 见 zhā"楂"(855页)。

槎 chá ❶〈文〉木筏：乘～|浮～。❷〈文〉树杈;树枝：横～|老树旧～。❸〈文〉同"茬"。庄稼收割后留在地里的茎和根。

鉏 chá 见 jǔ"鉏"(338页)。

槮 ⊖ chá 〈文〉同"茶"。茶树，常绿灌木或小乔木。嫩叶加工后成茶叶。
⊖ tú 〈文〉树木名。即楸(qiū)。

碴 [*碴] ⊖ chá ❶器物上的裂痕、破口：～口|断～儿|碗边有个新～儿。❷引起争执的由头;嫌隙：找～儿闹事|他们之间一直有～儿。❸物体破裂成的小碎块：冰～|玻璃～子。❹指刚提到的事情或刚说完的话：答～儿|话～儿|他说完后没人接～儿。
⊖ chā 【胡子拉碴】形容胡子多而乱。
⊜ zhǎ 【道碴】铺在铁路路基上的石子儿。也作"道砟"。

眵 chá 【偶眵】〈文〉邪曲不正。

鉈 chá 【鉈尾】〈文〉腰带末端的装饰物。

察 [*詧] chá ❶仔细看：～看|视～|～言观色(观察言谈、脸色来揣摩对方的心思)。❷详审;调查：～访|考～|小大之狱，虽不能～，必以情。❸〈文〉仔细调查后予以推荐：郡～孝廉，州举茂才。

餷 chá 〈方〉餷子，玉米等磨成的碎粒：棒～粥。

蹅 chá 踏。用于古白话：一只脚～在雪里。

蔡 chá 〈文〉草芥：草～。

檫 chá 檫树，落叶乔木。树皮有纵裂，叶端常三裂，果实球形。木材坚韧，是优良的建筑、造船用材，根可以入药。

躠 chá ❶跪。用于古白话：马后蹄～将下去。❷〈方〉堵塞：路口过往的人太多了，～住了。

chǎ (彳丫)

叉 chǎ 见 chà"叉"(61页)。

衩 chǎ 见 chà"衩"(64页)。

蹅 chǎ (在雨雪、泥泞中)踩;踏：～雪|鞋～湿了|～了两脚泥。

鑔 chǎ ❶明代人创制的一种兵器。❷〈文〉戳;刺：～人。

鑔 (鑔) chǎ 打击乐器。即小钹(bó)。

chà (彳丫)

叉 chà 见 chā"叉"(61页)。

侘 chà 见 tuō "侘"(682 页)。

汊 chà 〈文〉同"汊"。港汊。

汉 chà 水流的分支；水流分岔的地方：
～港|河～|湖～。

奼 chà ❶〈文〉同"姹"。少女：～女。❷
〈文〉通"诧(chà)"。夸耀。

权 chà 见 chā "权"(62 页)。

岔 chà ❶山脉、河流、道路等出现分支
的地方；由主干分出来的(山脉、河
流、道路等)：～道|河～|三～路口。❷离开
原来的方向而偏向一边儿：车行不久便从公
路～上了小道。❸转移话题：打～|有意
开他的话。❹错开时间，避免冲突：把两部
电影的档期～开。❺事故；差错：出～儿|有
什么～子我担着。

衩 chà "衩(chà)"的讹字。奇异。用于
古白话：九龙洒水早是～(是衩：是奇异
之事)。

佗 chà ❶【佗傺(chì)】〈文〉失意的样
子：心郁邑余～兮(余：我)。❷〈文〉夸
耀：欲以～鄙县(想以此夸耀于地方)。

刹 ㊀ chà ❶佛寺：古～|宝～。[刹多
罗之省，梵 kṣetra]❷【刹那】极短的
时间：～间|一～。[梵 kṣaṇa]

　　㊁ shā ❶止住(车或机器等)：急～车
|～不住了。❷制止：～住不正之风。

刹 chà 〈文〉同"刹"。佛寺：古～。

衩 ㊀ chà 衣裙两侧下端的开口：～
口|开～。

　　㊁ chǎ 【裤衩】短裤。

诧 chà ❶惊讶；感到奇怪：～
异|惊～|～为怪事。❷〈文〉
夸耀：浙人每遝(yà)朝使，必列步骑以自夸
～。

莽 chà 【莽蒪(méi)】〈文〉黄芩(qín)：
草本植物，可入药。

差 ㊀ chà ❶不相同；不符合(用于口
语)：～不多|～得远。❷错误；有错：
走～了。❸缺少；欠缺：～五分钟八点|就
～几票，还是落选了。❹不好；不够标准：
～劲|质量|成绩还不太～。

㊁ chā ❶不相同；不相合(现代不单
用)：～别|～异|时～|～之毫厘，谬以千里。
❷错误：～错|偏～|一念之～。❸稍微；略：
～可告慰|～强人意(大体上还能让人满
意)。❹减法运算中，一个数减去另一个数
所得的数，如 8-2=6 中，6 是差。也叫"差
数"。

㊂ chāi ❶派遣(去做事)：～遣|鬼使神
～|赶快～个人请大夫。❷受派遣去做的
事；公务：～事|出～|公～|抓个～。❸旧时
指受派遣做事的人：听～|解(jiè)～|信～。
❹〈文〉选择：～时择日。

㊃ cī 【参(cēn)差】长短、高低、大小不
一致。

㊄ chài 〈文〉病愈：因病危甚，服医朱严
药，遂～(朱严：人名)。后作"瘥"。

侘 ㊀ chà ❶〈文〉惊讶。❷【侘傺(chì)】
〈文〉同"侘傺"。失意的样子：自伤不
遇，～无聊。

　　㊁ duó 〈文〉思量：～我穷栖蓬藋(diào)
里(蓬藋：草舍)。

姹 chà ❶〈文〉少女。❷〈文〉美丽：～
丽|～紫嫣红。

跥 chà ❶〈文〉踏：赤脚～泥。❷〈文〉跨：
恨不得一步～过此山。

齹 chà 【罗齹】梵语音译词。佛经中恶鬼
的通称。也作"罗刹"。

齻 chà ❶〈文〉牙齿锋利。❷〈文〉锋利：
铁刃我枪。

chāi (彳历)

拆 chāi ❶把合在一起的东西打开或
分开：～信|～毛衣|把原来的班组～
了重新组合。❷把原有的东西破坏，特指
拆掉建筑物：～房|～毁|过河～桥。❸〈文〉
裂开；绽开：池柳晴初～，林莺暖欲飞。❹
〈方〉排泄(大小便)：～烂污(比喻不负责任，
把事情搞坏。烂污：稀屎)。

钗 chāi 妇女别在发髻(jì)上固
(釵) 定发型的首饰，由两股簪子合
成：金～|银～|荆～|布裙(旧时形容妇女穿
戴朴素)。

差 chāi 见 chà "差"(64 页)。

叙 chāi 〈文〉同"钗"。妇女别在发髻(jì)上的首饰。

甄 chāi 【甄甀(chuǎng)】〈文〉用碎瓦石磨去器皿内壁的污垢。

chái （彳万）

偫 (儕)[偫] chái ❶〈文〉同辈;同类的人:～辈(同辈)|～类(同类的人)|同～|吾～(我们)。❷〈文〉共同:长幼～居。

柴 ⊖ chái ❶柴火,日常用作燃料的草木、秸秆等:～草|木～|～米油盐|众人拾～火焰高。❷〈方〉干瘦;纤维粗而多,难嚼烂:油菜老了,显得～|酱牛肉太～不好吃。❸〈文〉烧柴祭天:东巡守至于岱宗,～(岱宗:泰山)。❹姓。
⊜ zhài ❶〈文〉通"寨(zhài)"。树枝编成的篱栅:羽闻之,住不渡,而结～营(羽:关羽)。❷〈文〉堵塞:分遣三百人～断险路。

犲 [犲] chái 哺乳动物。外形像狼而略小,口大耳小。性凶残,喜群居。

紫 chái 〈文〉焚柴祭天:东～岱宗(岱宗:泰山)。

喍 chái 【喍(ái)喍】狗咧嘴龇牙相斗的样子。用于古白话:投之一块骨,相与～争。也作"喍喍"。

辇 [辇] chái ❶〈文〉群车牵连行进时有等次差别。❷〈文〉把车退到堂下:皇舆凤驾,～于东阶(皇舆:帝王乘的车子)。

娔 chái 【娃娔】〈文〉可爱的样子:行步绝～。

瘵 chái 〈文〉身体枯瘦的病。

chǎi （彳万）

茝 ⊖ chǎi 〈文〉香草名。即蘼芜。
⊜ zhǐ 〈文〉香草名。即白芷:沅有～兮澧有兰(沅、澧:都是水名)。

踷 chǎi 碾碎了的豆子或玉米等,用来熬粥或制糕点:豆～儿|把玉米磨成～儿。

chài （彳万）

蚩 (蠆)[蠤、蠤] chài 〈文〉蝎子一类的毒虫:虫～|蜂～有毒|蚩～之谮(比喻恶人的谗言)。

差 chài 见 chà "差"(64 页)。

裂 chài 【裂蒯(kuǎi)】〈文〉相互间小的嫌隙或心中小的不快:细故～,奚足以疑?

瘥 ⊖ chài 〈文〉病愈:久病初～。
⊜ cuó 〈文〉疫病:～疠|～疫。

厏 chài 见 lì "厏"(399 页)。

chān（彳马）

延 chān 【延延】〈文〉缓步行走的样子。

迣 chān ❶〈文〉缓步:～步。❷用于地名:龙王～(在山西吉县)。

佔 ⊖ chān 【佔佔】〈文〉低声耳语。
⊜ diān 【佔侹(dōu)】〈文〉轻薄。另见 zhān "占"(859 页)。

chān 见 tiè "呫"(668 页)。

覘 (覘) chān 〈文〉窥视;观测:～望|其将知人善任,善～敌情。

痆 chān 〈文〉皮裂脱屑。

梴 ⊖ chān 〈文〉形容木头长:松桷有～(桷:jué,椽子)。
⊜ yán 〈文〉通"筵(yán)"。席子:几～(几:jī,矮小的桌子)。

钻 chān 见 zuān "钻"(914 页)。

掺 (掺) ⊖ chān 把一种东西加入到另一种东西里;混合:～和(huo)|～杂|～兑|和(huó)好泥再～点沙子。
⊜ càn ❶〈文〉鼓曲名:《渔阳～》。❷〈文〉指击鼓三次:～鼓。
⊜ shǎn 〈文〉握;持:～袂|～手。

婂 chān 【婂妠(xiān)】〈文〉喜笑的样子：笑～。

搀 (攙) chān ❶从旁用手架住(别人)的手或胳膊：～扶｜～着病人｜把老人～起来。❷旧同"掺"。把一种东西加到另一种东西里；混合。

闟 chān 〈文〉同"觇"。窥视：窥(kuī)～。

祑 chān ❶〈文〉车帷：(妇车)有～(夫家迎娶的车子有车帷)。❷〈文〉装饰柩车的裙状物。

鞑 ㊀ chān 〈文〉皮制的鞋：冠袍～鞡(鞡：sǎ，鞋)。
㊁ dàn ❶【鞑马】〈文〉不加鞍辔的散马，备选用。也作"但马、诞马"。❷〈文〉马带。

幨 ㊀ chān ❶〈文〉帷幔，特指车帷：乃用素车，白布～帷。❷〈文〉皱起：筋之所由～(弓上的筋皱起的原因)。
㊁ chàn 〈文〉衣襟：列大夫豹～(列大夫：秦汉时爵位名)。

毚 ㊀ chān 【毚毚】〈文〉形容衣衫飘动：～自有薰(薰：香)。
㊁ tǎn 〈文〉青黑色的丝织品：见行人戴禙～席帽(禙：破败。席帽：一种帽子)。

襜 ㊀ chān ❶〈文〉系在衣服前面的围裙：终朝采蓝，不盈一～(蓝：草名。盈：满)。❷【襜如】〈文〉整齐的样子：衣前后，～也(前后：前后摆动)。❸〈文〉通"幨(chān)"。车帷：去～帷，使百姓见其容服。
㊁ dān 【襜褴(lán)】古匈奴部族名。

韂 ㊀ chān 〈文〉单层短衣：尘埃就汤沐，垢腻脱巾～(汤沐：洗浴)。
㊁ chàn 〈文〉同"鞯"。障泥，垫在马鞍下，两边下垂用来遮挡泥土的物件。

chán (彳ㄢ)

天 chán 〈文〉焚烧。

単 chán 见 dān "单"(117页)。

谗 (讒) chán ❶说别人的坏话：～毁｜～言｜～害忠臣。❷毁谤离间的话：进～｜安帝信～，无辜死者多。

婵 (嬋)[嬋] chán ❶【婵娟】1.〈文〉姿态美好的样子：罗袖～似无力，行拾落花比颜色。2.〈文〉指美女：一带妆楼临水盖，家家分影照～。3.〈文〉指月亮：但愿人长久，千里共～。❷【婵媛(yuán)】1.〈文〉(姿态)美好。2.〈文〉牵连；相连：垂条～。3.〈文〉眷恋不舍：心～而伤怀。

梒 chán 古书上指一种果树及其实。

馋 (饞) chán ❶贪吃：解～嘴｜～涎(xián)欲滴。❷极想得到或参与：眼～｜看到别人放风筝就～得慌。❸诱发人产生想吃、想得到或想做的念头：使馋：这么好的点心摆在那儿不让吃，～我呀?

禅 (禪) ㊀ chán ❶佛教用语。指修行时排除杂念，静坐沉思：～定｜～理｜参～｜～坐。❷指有关佛教的事物：～师｜～房｜～林。[梵 dhyāna]
㊁ shàn ❶帝王将帝位让给别人：～让｜～位｜受～。❷泛指继承：～代｜万物相～。❸古代帝王祭地：封～。

屖 ㊀ chán 〈文〉瘦弱；软弱：～弱。
㊁ càn 【屖头(tou)】〈方〉软弱无能的人。

缠 (纏) chán ❶回旋地绕；围绕：～绕｜～上绷带｜把毛线～成团儿。❷搅扰；纠～｜家务～身｜胡搅蛮～。❸〈方〉招惹；应付：这种人真难～。❹〈文〉通"躔(chán)"。日月星辰运行。

蝉 (蟬) chán 昆虫。雄性腹部有发音器，能鸣。成虫吸食植物的汁液，幼虫生活于根际土中。

僝 ㊀ chán ❶〈文〉弱小；虚弱：～弱之人。❷摧残；折磨。用于古白话：好花教风雨～。❸【僝僽(zhòu)】1.烦恼；忧愁：怎奈许多～。2.折磨：莫谩被春光～。3.埋怨；责骂：两个一向～刘知远，要赶将他出去。‖用于古白话。
㊁ zhuàn ❶〈文〉显现：～功(显示功业)。❷〈文〉具备：～刻学之工。

鋋 chán ❶〈文〉铁柄小矛：短兵则刀～。❷〈文〉刺杀：～猛氏(猛氏：兽名)。

獑 [獑] chán 【獑猢(hú)】〈文〉像猿的兽。也作"獑胡、蟪狪"。

诹 chán 〈文〉话说得漂亮。

訚 chán 〈文〉市门:市～|闹所。

嶃 chán 【嶃颜(yá)】〈文〉险峻的山岩:勒铭～(颜:山崖)。

偱 ㊀ chán 【偱偭(huái)】1.〈文〉徘徊不进:吾且～以娱忧(娱忧:消愁)。2.〈文〉运转。也作"偱回":偱回而不息。
㊁ tǎn 【偱偱】〈文〉舒闲的样子:～然。
㊂ dàn 【偱偱】〈文〉放纵:我～而弗省(xǐng)耳(弗省:不觉悟)。
㊃ shàn 〈文〉通"禅(shàn)"。禅让:尧～舜。

廛 [廛、壥、㕓、㕓、鄽、廛、壥、厘] chán ❶古代指一户人家所占的房地;引申指城中居民的住宅:～里。❷〈文〉街市中存放货物的房舍;店铺:～肆|市～|设肆开～。

潺 chán 〈文〉同"潺"。模拟水流声。

潺 chán ❶【潺潺】模拟水流声;雨水声:水声～|帘外雨～。❷【潺湲(yuán)】〈文〉水缓慢流动的样子:溪水～。

惵 chán 【惵憷(zhòu)】同"偱憷"。1.愁苦;烦恼:～莺莺并燕燕。2.折磨:书生分(fèn)薄多～。‖用于古白话。

嶃 chán 【嶃礴(yǎn)】〈文〉山石险峻的样子:巨石～。

澶 chán 【澶渊】古地名。在今河南濮阳西南。宋真宗景德元年十二月(1005年1月),北宋与辽国在这里订立和约,史称澶渊之盟。

蛳 chán 见 jiàn "蛳"(307页)。

镡 chán 见 xín "镡"(748页)。

巑 chán ❶〈文〉狡兔;大兔:跃跃～兔。❷〈文〉狡诈:～愚。❸〈文〉轻微:(治病)无方～微不愈。

瀍 [瀍] chán 瀍河,水名。在河南西部,发源于洛阳西北,流入洛河。

黇 [黇] chán 〈文〉黄色。

輮 chán 【輮輮(jué)】〈文〉车轮的外框。

蟾 chán ❶【蟾蜍】两栖动物。皮上的疙瘩内有毒腺,分泌物可入药。吃昆虫等。通称"癞蛤蟆"。❷神话传说指月亮上的有三条腿的蟾蜍,古代诗文中常用来代指月亮:～宫|～光|玉～。

儳 ㊀ chán ❶〈文〉不整齐;错杂:鼓～(趁敌方列阵不整齐击鼓进攻)。❷〈文〉相貌丑恶:～妇厌贫夫。
㊁ chàn ❶〈文〉随便乱插嘴:毋～言。❷〈文〉搀杂;插入:乃取以～入《汉书》中。❸〈文〉轻贱,不庄重:君子不以一日使其躬～焉(躬:自身)。❹〈文〉捷近:从～道奏事京师。

剗 [剗] chán ❶〈文〉断;凿:～石得泉。❷〈文〉刺:客有醉酒寝者,辄以(针)～之。❸砍;割。用于古白话:(把唐僧碎～碎剁)。❹破除。用于古白话:将他寝皮食肉也恨难～。❺嘲讽。用于古白话:怎禁他恶狠狠话儿～。

鄽 chán 春秋时宋国地名。

繵 chán 见 dàn "繵"(121页)。

蠾 chán 【蠦(lú)蠾】〈文〉壁虎。

嚵 chán ❶〈文〉吸饮;尝食。❷〈文〉贪吃;贪:吏～民膏。❸〈文〉啄。

巉 chán 〈文〉山势高险:～岩|～峻。

獢 chán ❶〈文〉狗叫声。❷〈文〉同"巑"。狡兔。

瀺 chán ❶〈文〉汗液:出及～水(病邪随汗液出去)。❷〈文〉灌注:～穴(水灌注孔穴)。❸【瀺灂(zhuó)】1.〈文〉水声:～隁坠。2.〈文〉沉浮的样子:池鱼～。

欃 [欃] chán ❶〈文〉檀木。❷【欃枪】〈文〉彗星的别名:仰视～大如月。

躔 [躔、躔] chán ❶〈文〉野兽的足迹;行迹:行迹～。❷〈文〉日月星辰运行:～次(日月星辰运行的轨道)。

镵□（鑱）chán ❶〈文〉刺；扎：～云（直刺云端，形容高）|以刃～腹。❷古代一种犁头，厚重锐利。装有弯曲长柄的叫"长镵"。

艬 chán 〈文〉船：～船。

讒 chán 【讒䴖（hú）】〈文〉猿类动物。

chǎn （ㄔㄢˇ）

产□（產）chǎn ❶生育；人或动物的幼体从母体中生出来；繁殖：～妇|～卵|熊猫～下幼崽。❷出产：～钢|～煤|～棉花。❸制造出来的东西；种植或畜养出来的东西：物～|水～|土特～。❹创造物质财富或精神财富：～值|亩～|超～。❺指所拥有的土地、房屋、企业等：～业|家～|破～|不动～。❻姓。

刬□ chǎn 见 chàn "刬"（69 页）。

旵□ chǎn ❶〈文〉日光照耀。多用于人名。❷用于地名：～冲（在安徽）。

㫮 chǎn 〈文〉旗杆。

弗 ㊀ chǎn 〈文〉烤肉用的钎子；用钎子穿起来：如肉贯～。

㊁ chuàn 〈文〉通"串（chuàn）"。制钱一千文：崇文门钱一千六百～。

浐□（滻）chǎn 浐河，水名。在陕西中部，发源于蓝田西南，流入灞河。

蒇 chǎn 〈文〉虫子一屈一伸地爬行。

傔□ chǎn 见 dàn "傔"（119 页）。

谄□（諂）chǎn 〈文〉奉承；献媚：～媚|～谀（yú）|～上欺下|胁肩～笑（耸起肩膀，装出笑脸。形容奉承讨好的丑态）。

啴□（嘽）㊀ chǎn 〈文〉宽舒、和缓的样子：～缓。

㊁ tān 【啴啴】〈文〉牲畜喘息的样子：～骆马。

铲□（鏟）[△*剗] chǎn ❶铲子，撮取或清除东西的器具，形状像簸箕，有长把（bà）：铁～|煤～|花～。❷用锹或铲子等撮取或清除：～除|～走垃圾|把场地～得平平的。

"剗"另见 chǎn（68 页）。

狦 chǎn 〈文〉犬咬。

阐□（闡）chǎn ❶讲明；表明：～明|～述|～发。❷〈文〉开；开辟：～并天下（并：兼并）。

蒇□（蕆）chǎn 〈文〉完成；解决：未克～事|设官分职，以～王事。

焯□（燀）㊀ chǎn ❶〈文〉炊；煮：～之以薪。❷〈文〉燃烧：火之～也固走上。❸〈文〉炽盛：～耀威灵。

㊁ dǎn 〈文〉过度的热：冬不凄寒，夏无炎～。

剗 chǎn ❶【一剗】一概，全部：（路）～平|～新。❷【剗地（de）】1. 反而：自家夫主无恩情，～恋着别人亲。2. 怎的：～教我去对顽童憔悴倒。‖用于古白话。

另见 chǎn "铲"（68 页）。

摌 chǎn 【摌马】没有鞍辔光背的马。用于古白话：骑着～飞走。

嵼 chǎn 【嵃（jiǎn）嵼】1.〈文〉山势盘曲的样子：民言宁夏河为塞，此山～悬河外。2.〈文〉形容文思郁结或处境不顺：府君～偏州，未尝以尺牍自鸣不平。

樼 chǎn 树木名。

幝 chǎn 【幝幝】〈文〉破旧的样子：檀车～（檀车：车轮用檀木制成的车）。

犍 chǎn 〈文〉畜牲。

實 chǎn 见 tián "實"（664 页）。

騂□（驏）chǎn 骑马不加鞍辔：～骑。

鏟 chǎn 〈文〉拉物使长。

蹍 chǎn 【踡（quán）蹍】〈文〉屈曲高大的样子。

䡪□（囅）chǎn 〈文〉笑的样子：～然而笑。

繟 chǎn ❶〈文〉宽松;舒缓:～然而善谋(宽缓而善于谋划)。❷〈文〉宽松的丝带。

繜 chǎn 〈文〉一部分松缓。

臘 chǎn ❶〈文〉肉羹。❷【脍臘】〈文〉用猪肠熬的羹汤。

嬋 chǎn 〈文〉黄黑色。

譂 chǎn ❶〈文〉同"谄"。谄媚:颂而无～(颂扬而不谄媚)。❷〈文〉说梦话:于眠中～语刀刀。

灛 chǎn 古书上指汶水支流。在今山东宁阳东北。

釅 chǎn 〈文〉醋。

chàn（彳ㄢ）

忏（懺） chàn ❶悔过;悔恨:～悔|愕然愧～。❷僧尼、道士代人祈祷悔过:拜～。❸拜忏时所诵的经文:《梁皇～》|《玉皇～》。[梵 kṣama]

划（剗） ㊀ chàn 【一划】1.〈方〉一概;全部:～都是两层楼房。2.总是;一味:～的残害忠良。用于古白话。
㊁ chǎn 旧同"铲"。撮取;清除。

貼 ㊀ chàn ❶〈文〉义同"觇"。窥视。❷【貼眼疏眉】张目展眉。形容羡慕的样子。用于古白话。
㊁ diān 【貼賺（lián）】〈文〉淫邪的目光。

磣 chàn 〈文〉用石制器具碾压丝织品,使之平展有光泽。

撕 chàn ❶〈文〉芟除;灭除:芟夷～灭。❷〈文〉攻取:麾城～邑。❸〈文〉削:～篆(tú)(削尖的竹竿)。

幨 chàn 见 chān "幨"(66 页)。

璭 chàn 【珑(lóng)璭】〈文〉粉糖果名。

儳 chàn 见 chán "儳"(67 页)。

顫（顫） ㊀ chàn 频繁而短促地振动:～动|～抖|震～|声音发～。
㊁ zhàn 同"战"。发抖;哆嗦。

屟 chàn 〈文〉混杂:～名|典籍错乱…皆由后人所～。

鑱 chàn 垫在马鞍子下面的东西,垂到马腹两侧,用来遮挡泥土:鞍～。

鰞 chàn 见 chān "鰞"(66 页)。

---

chāng（彳ㄤ）

伥（倀） chāng ❶传说中被老虎咬死的人变成的鬼,专门帮老虎伤人:～鬼|为虎作～(比喻做坏人的帮凶)。❷〈文〉无所适从的样子:～无所适。

昌 chāng ❶兴旺;兴盛:～盛|～隆|～明|五世其～(子孙昌盛)。❷【昌言】〈文〉善言;正当的言论:禹拜～(大禹接受善言)。❸姓。

倡 chāng 见 chàng "倡"(71 页)。

菖 chāng 【菖蒲(pú)】多年生草本植物。生在水边,地下有淡红色根茎。根状茎可做香料,也可入药。

猖 chāng 肆意妄为:～狂|～獗。

閶（閶） chāng 【閶阖(hé)】1.神话传说中的天门:游～,观玉台。2.〈文〉皇宫的正门:半开～晓沉沉。

淐 chāng 古水名。

娼 chāng 妓女:～妓|暗～|私～|逼良为～。

褚 chāng 〈文〉披衣不束带。

鍣 chāng 古器物名。

鯧（鯧） chāng 鱼名。身体卵圆形,侧扁,银灰色,没有腹鳍。生活在海洋中。也叫"镜鱼、平鱼"。

閶 chāng 见 táng "閶"(655 页)。

饕 chāng ❶〈文〉击鼓声:～乎鼓之。❷【饕鼓轩舞】〈文〉击鼓跳舞。

鰞 chāng 〈文〉同"鯧"。鱼名。

cháng （ㄔㄤ）

长（長）⊖ cháng ❶（空间或时间）两点之间的距离大（跟"短"相对，❸同）：狭～｜夜～梦多｜带～剑兮挟秦弓。❷长度，两端之间的距离：周～｜身～｜桌子有两米～。❸长处；优点：学有专～｜取～补短｜一技之～。❹在某方面有特长，能做得很好：擅～｜～于书法。❺〈旧读 zhàng〉〈文〉多；多余：别无～物。❻姓。

⊜ zhǎng ❶年纪大；辈分高：～辈｜年～｜～幼有序｜姐姐～我五岁。❷排行最大：～子｜～孙｜～兄。❸首领；领导者：校～｜处～｜一村之～。❹生；生出：～锈｜～疮｜米里～了虫子。❺生长；发育：庄稼得绿油油的｜儿女都已～大成人。❻增加；增多（多用于抽象事物）：增～｜此风不可～｜吃一堑，～一智。

场（場）[*塲] ⊖ cháng ❶用于翻晒粮食和脱粒的平坦的空地：～院｜扬～｜九月筑～圃。❷〈方〉集；集市；赶～。❸量词。用于风、霜、雨、雪等自然现象：一～大风｜一～冰雹｜一～瑞雪。❹量词。用于疾病、灾荒：一～大病｜一～瘟疫｜一～洪水。❺量词。用于某些言语、行为：一～误会｜一～辩论｜空等了一～。

⊜ chǎng ❶供许多人聚集或从事活动的地方：会～｜市～｜广～。❷某种活动领域或范围：官～｜情～｜名利～｜逢～作戏。❸事情发生的地点、环境：～合｜现～｜在～。❹演出的舞台或场所；比赛的场地：出～｜登～｜下～。❺表演或比赛的全过程：开～｜终～｜中～休息。❻占用一定土地，有一定规模的生产单位：林～｜农～｜渔～｜养蜂～｜养鸡～。❼物质存在的一种基本形态，具有能量、动量和质量。实物之间的相互作用依靠有关的场来实现：电～｜磁～｜引力～。❽量词。用于文娱、体育等活动：一～话剧｜一～电影｜一～球赛。❾量词。用于一出戏中比幕小的片段：这出戏共四幕九～｜这个剧本分九～。❿量词。用于文娱、体育、考试等活动的次数：演出三～｜考了好几～。

⊜ shāng 〈文〉蚂蚁、田鼠等拱起的松散泥土或堆在洞口的小土堆。

苌（萇）cháng ❶【苌楚】古书上指阳桃：隰有～（隰：xí，低湿地）。❷姓。

肠（腸）[*膓] cháng ❶人和脊椎动物消化器官的一部分。管状，首端接胃的幽门，末端通肛门。一般分为小肠和大肠。❷在肠衣里放进肉、淀粉等制成的食品：香～｜泥～｜蛋清～｜火腿～。❸心思；情感：愁～｜衷～｜书信难传万里～。

尝（嘗）[❶*嚐、❶-❸*甞] cháng ❶辨别滋味：～鲜｜品～｜～咸淡｜卧薪～胆｜这桃儿不错，快来～～。❷试一试；试探：～试｜浅～辄止。❸经历；感受：艰苦备～｜你不听劝告，～到苦头了吧！❹〈文〉曾经：未～｜何～｜陈涉少时，～与人佣耕｜予～求古仁人之心。

倘 cháng 见 tǎng"倘"（655页）。

瓺 cháng 〈文〉瓶、缶一类的瓦器。

常 cháng ❶普通；一般：～识｜～情｜扁鹊，非～人也。❷不变的：～数｜～青树｜舞无～态，鼓无定节。❸时常；～来～往｜千里马～有而伯乐不～有。❹〈文〉指伦常：三纲五～｜汉季失权柄，董卓乱天～。❺姓。

偿（償）cháng ❶归还；抵补：～还｜赔～｜得不～失｜有卖田宅鬻子孙以～～责（zhài）者矣（鬻：yù，卖）。❷得到满足；实现：如愿以～。❸代价；报酬：无～援助｜有～服务｜一饭之德必～。

徜 cháng 【徜徉（yáng）】悠闲自在地漫步：～～山水之间。

裳 ⊖ cháng ❶古人穿的下衣，像现在的裙子，男女都穿：绿衣黄～。❷〈文〉泛指衣服：着我旧时～。

⊜ shang 【衣裳】衣服。

蟏 cháng 【蟏蛸（lí）】〈文〉蚰蜒。

嫦 cháng 【嫦娥】神话传说中月宫里的仙女：～～奔月｜～～应悔偷灵药，碧海青

天夜夜心。

瑺 cháng 〈文〉玉名。

嵢 cháng 〈文〉同"常"。又用于人名。

蹡 cháng 【蹡跜(wù)】〈文〉长跪：甘～而自卑。

鱨（鱨） cháng 鱼名。种类很多，生活在淡水中。

chǎng（彳尢）

厂（─廠）
㊀ chǎng ❶工厂，进行工业生产或加工活动的单位：～房|纱～|钢铁～。❷有空地，可以存放货物并进行加工的场所：煤～|木材～。❸〈文〉有屋顶没有墙壁的房屋；棚屋：作小～，令鸡避雨日。
㊁ ān ❶同"庵"。圆形的小草屋。❷同"庵"。寺庙（多指尼姑住的）。

场 chǎng 见 cháng "场"（70 页）。

铴（鋹） chǎng 〈文〉锐利；气势锐不可挡。

昶 ㊀ chǎng 〈文〉白天时间长。
㊁ chàng 〈文〉通"畅(chàng)"。舒畅；畅通：固以和～而足耽矣(耽：dān，乐)。

腸 chǎng 棚舍：牛～(牛棚)。通作"厂(廠)"。

惝 chǎng 又读 tǎng 【惝恍(huǎng)】1.〈文〉失意；不高兴。2.〈文〉模糊；不清楚。

敞 chǎng ❶宽阔；没有遮拦：～亮|宽～|皆高门华屋，斋馆～丽(斋馆：斋戒时所住的馆舍)。❷打开；露出：～着大门|～胸露怀|奇踪隐五百，一朝～神界。

厰 chǎng ❶同"厂(廠)"。工厂。❷同"厂(廠)"。明代特务机构"东厂、西厂"的简称。

憃 chǎng 〈文〉同"惝"。失意：～然自失。

氅 chǎng ❶外套；大衣：大～|道～。❷古代仪仗中用鸟羽装饰的旌旗。

碙 chǎng 用于地名：碙～。

chàng（彳尢）

场（場）
㊀ chàng 场圭，古代祭祀用的一种圭。
㊁ yáng 古代指一种玉。

怅（悵） chàng 不如意；不痛快：～惘|惆～|～然若有所失。

畅（暢） chàng ❶通达；不停滞；通～|～行无阻|文笔流～。❷痛快；尽情：～谈|欢～|叙幽情|～饮东篱醉重九。❸〈文〉旺盛：草木～茂，禽兽繁殖。❹姓。

昶 chàng 见 chǎng "昶"（71 页）。

倡 ㊀ chàng ❶〈文〉领唱：一～百和(hè)。❷带头；发起：～导|～议|首～|为天下～。
㊁ chāng ❶古代指以演奏、歌舞为业的艺人：～俳|～乐|～优。❷〈文〉同"娼"。妓女。

鬯 chàng ❶古代祭祀、宴饮用的香酒。❷〈文〉同"畅"。畅通：然后阴阳万物靡不条～该成(条：通达。该：齐备)。

唱 chàng ❶依照乐律由口中发出声音：～歌|～戏|渔舟～晚。❷大声念或叫：～名|～票|～收～付|鸡～三遍。❸〈文〉倡导：子思～之，孟轲和之。❹〈文〉奏乐：琴筑并奏，笙竽俱～。

焻 chàng 〈文〉盛行：王道熄而霸术～。

畼 chàng ❶〈文〉土地不生谷物：田～毋稼者(没有耕种的田)。❷〈文〉除草；始用～(开始用未翻地除草)。❸〈文〉通"畅(chàng)"。通畅：圣朝之恩宣～于上。❹通"鬯(chàng)"。古代祭祀用的香酒：天子用～。

蕩 chàng 〈文〉草木茂盛。

韔[韔] chàng ❶〈文〉放弓的袋子：抽弓于～(从弓袋里把弓抽出来)。❷〈文〉把弓放入弓袋：～弓。

chāo（彳幺）

抄 chāo ❶誊写；照着原文或底稿写：～写|传～|～照。❷把别人的作品、

作业等照样写下来当成自己的:～袭|网上～来的文章能算你的学术成果? ❸〈文〉掠夺;强取:～掠|～取|攻～郡县。❹搜查并没收:～家|查～|～没(mò)入官。❺走路;从侧面绕过去:～道(走近路)|包～|～敌人的后路。❻两手交叉:别～着手,跟大家一块儿干吧。❼抓取;拿:刚放下书包,就～起笤帚扫地。

吵 □ chāo 见 chǎo "吵"(73页)。

怊 □ chāo 〈文〉悲伤;失意:～～然若有所失。

弨 □ chāo ❶〈文〉放松弓弦:彤弓～兮(彤:朱红色)。❷〈文〉弓:瓶落井,箭离～。

钞 (鈔) chāo ❶纸币:～票|现～|验～|～机。❷旧同"抄"。誊写;抄袭。❸〈文〉同"抄"。掠夺;强取。❹姓。

訬 ⊖ chāo ❶吵闹;烦扰。用于古白话:满路闹～～。❷〈文〉矫健敏捷:轻～|～侠之徒。❸〈文〉狡猾;轻佻:～轻之士。
⊜ miǎo 〈文〉高,通天:～以竦峙(通天:高台名)。

绰 □ chāo 见 chuò "绰"(100页)。

超 □ chāo ❶赶到前面:～车。❷达到规定的限度以上:～额|～龄|～标。❸胜过一般;异乎寻常:～级|～群|～凡脱俗。❹表示超过、超出,或在一定范围以外:～声速|～短波|～现实。❺〈文〉跳跃;跨过:挟泰山以～北海。❻〈文〉遥远:平原忽兮路～远。❼姓。

焯 □ chāo 见 zhuō "焯"(902页)。

劋 □ chāo 见 jiǎo "劋"(314页)。

勦 chāo 〈文〉轻捷:～捷。
另见 jiǎo "勦"(314页)。

撡 ⊖ chāo 〈文〉从水中捞取;取:～昆鲕(鲕:ér,小鱼)。
⊜ jiǎo 〈文〉通"劋(jiǎo)"。灭绝:～血肉(撡:jiǎn,剪灭)。

樔 chāo 见 cháo "樔"(72页)。

cháo (ㄔㄠˊ)

晁 □ cháo 姓。

桃 cháo 见 táo "桃"(657页)。

潮 cháo 〈文〉江河流向大海。

巢 □ cháo [巢] ❶鸟窝,也指蜂、蚁等的窝:鸟～|蜂～|蚁～|鹊～|鸠占(喜鹊筑的窝被斑鸠霸占去,喻指住处或成就等被别人强占)。❷比喻敌人或盗匪等盘踞的地方:敌～|匪～|贼～。❸作用像巢的:卵～。❹古国名。故地在今安徽巢湖。❺姓。

朝 □ [朝] ⊖ cháo ❶朝廷,帝王接受朝见和处理政务的地方(跟"野"相对):～政|临～|上～。❷朝代,建立国号的帝王及其世系统治的整个时期;也指某一个帝王的统治时期:秦～|改～换代|三～元老。❸臣子上朝进见帝王;宗教徒到圣地、庙宇礼拜神佛:～见|～觐(jìn)|～圣|割地而～者三十有六国。❹正对着:坐北～南|仰面～天。❺介词。引入动作的方向,相当于"向":～前看|～新的目标前进。❻介词。引入动作的对象,相当于"向、对"。动作多与人体动作有关:～他摆摆手。❼姓。
⊜ zhāo ❶早晨:～霞|～令夕改|～辞白帝彩云间。❷日;天:今～|有～一日。

鄛 [鄛] cháo ❶汉代乡名:封为～乡侯。❷古地名。在今安徽巢湖。也作"巢"。

塦 cháo 【塦阳】古地名。在今山东聊城。

巢 cháo 【巢(liáo)巢】〈文〉高耸的样子:奇石～。

潮 cháo 湖名。在安徽。后作"巢"。

樔 ⊖ cháo ❶〈文〉鸟巢;又指远古时人在树上搭建的住处:～处(处:居住)。❷〈文〉湖泽、田野中瞭望用的草楼。
⊜ chāo 〈文〉捕鱼用的小网。
⊜ jiǎo 〈文〉通"劋(jiǎo)"。断绝:命～

嘲 (一) cháo 讥笑;讽刺:～笑|～弄|冷～热讽。
(二) zhāo 【嘲哳(zhā)】〈文〉同"啁哳"。声音杂乱细碎:呕哑～难为听。

潮 □ cháo ❶海水因受太阳、月亮的引力而定时涨落的现象:～汐|海～|观～|夜阑雷破梦,欹(yǐ)枕听～音。❷比喻像潮水一样涨落起伏的事物或情况:风～|热～|思～。❸微湿:～湿|返～|麦子受了。❹〈方〉成色低劣;技术不高:手艺～。❺广东潮州的简称:～菜|～剧|～绣。

窲 cháo 【寥(liáo)窲】〈文〉幽深的样子。

礑 cháo 〈文〉石室:垒石为～。

罺 cháo ❶〈文〉捕鱼的网。❷〈文〉用网捕鱼。

轈[轈] cháo 古代军队中用来观察敌情的瞭望车:登～车远眺。

鼌 (一) cháo ❶〈文〉虫名。❷姓。
(二) zhāo 〈文〉通"朝(zhāo)"。早晨:～不及夕。

謿 cháo 〈文〉同"嘲"。嘲讽。

魑 cháo 〈文〉强健敏捷。

chǎo（彳ㄠ）

伙 (一) chǎo 固执。用于古白话:性儿～。
(二) miǎo 通"眇(miǎo)"。瞎了一只眼。用于古白话:又不～,又不傻,又不聋,又不哑。

吵 □ (一) chǎo ❶声音大而嘈杂(使人受干扰):外面太～,还是关上窗子吧。❷打嘴架:～架|～嘴|～争。
(二) chāo 【吵吵(chao)】〈方〉许多人同时乱说话,声音大而无秩序:别瞎～,你们一个一个说,好不好?

炒 □ chǎo ❶烹饪方法。把肉、菜等放在锅里加热并不断翻动使熟:～菜|爆～|～肉丝。❷为了扩大影响或制造轰动效应而大力宣传:～作|～新闻。❸利用价格的升降买进卖出,从中牟利:～汇|～股|～房产。❹解除雇佣关系:他被公司～了。

昭 chǎo 〈文〉用目光挑逗人。

聚 chǎo 〈文〉同"炒"。在锅里加热翻动使干。

燢 chǎo ❶〈文〉同"炒"。烹饪方法:～肉片。❷熏。用于古白话:把一双眼～红了。❸〈文〉同"吵"。吵闹:更杜宇、枝头～(杜宇:鸟名)。

麨 [麨、䴰、䊆] chǎo 〈文〉把米、麦等炒熟后磨粉制成的干粮;米、麦炒熟的干粮:㕮～及羊牛肉(㕮:dàn,吃)。

黐 chǎo 〈文〉"䴰"的省写。一种烹饪方法:～豆。

齫 chǎo ❶〈文〉同"炒"。烹饪方法。把东西放在锅里加热并不断翻动使熟或使干。❷〈方〉一种炒干的饼饵。

chào（彳ㄠ）

眇 chào 〈方〉耕田:～田。

耖 chào ❶农具。像耙(bà)而齿比耙密长,用来把土块弄碎。❷用耖碎土整地:～地。

尵 chào 〈文〉跋。

车(車) □ (一) chē ❶装有轮子,在陆地上行驶的交通运输工具:火～|汽～|自行～|今天下～同轨,书同文。❷利用轮轴转动进行工作的机械、器械:床～|纺～|水～。❸泛指机器:～间|开～|试～。❹用车床切削:～削|～零件。❺用水车取水:～水。❻〈文〉牙床:辅～相依,唇亡齿寒(辅:颊骨)。❼姓。
(二) jū 中国象棋棋子的一种。

砗(硨) chē 【砗磲(qú)】软体动物。两扇贝壳很厚,略呈三角形,体长可达1米。生活在热带海底。

俥 (一) chē 船上的动力机械:停～|试～。
(二) jū 同"车"。中国象棋棋子的一种。

唓 chē 【唓嗻(zhē)】1. 显赫:～大官府第出身。2. 厉害;程度深:瘦得来～(瘦得厉害)。3. 有本事;出众:行者你大～。4. 突然:不提防他来的。‖用于古白话。

珜 chē 【珜璖(qú)】〈文〉同"砗磲"。软体动物。生活在热带海底。

蛼 chē 【蛼螯(áo)】蛤类动物。壳紫色,有斑点。也作"车螯"。

chě (彳ㄜ)

尺 chě 见 chǐ "尺"(83 页)。

扯 [*撦] chě ❶拉:拉～|牵～|孩子～着妈妈的衣襟。❷撕:别抢,看把报纸都～了|上街～几尺布。❸漫谈;闲聊:闲～|～远了,还是回到正题。

偖 chě 〈文〉裂。

捇 chě 〈文〉击。

趡 chě 〈文〉抵拒。通作"趄"。

趄 ⊖ chě ❶〈文〉抵拒。❷【趄张】〈文〉能用脚踏开硬弩。
　　⊜ chě 〈文〉乖离;分裂:上下不～,民无它志,然后可以守战矣。

魗 chě ❶【魗魗(chǒu)】〈文〉相貌丑陋。❷【丑魗】〈文〉吓人。

齨 chě 见 duǒ "齨"(157 页)。

chè (彳ㄜ)

中 ⊖ chè 〈文〉草木初生。
　　⊜ cǎo 同"艸":～木摇落。通作"草"。

彻(徹) chè ❶通;透:～底|贯～|目～为明,耳～为聪。❷周代的田税制度:周人百亩而～(周代每家有地百亩而行彻法)。❸〈文〉剥;剥取:～彼桑土(桑土:桑根。这里指桑根的皮)。

坼 [墌] chè ❶〈文〉裂开;绽开:～裂|天崩地～|闻道梅花～晓风。❷〈文〉裂缝;裂纹:补缺塞～。

咕 chè 见 tiè "咕"(668 页)。

硩 chè 〈文〉皮肤皴裂。

烢 chè 〈文〉裂开:烧之则～散亦不烂。

聅 chè 古代军中用箭穿耳的刑罚。

綷 chè 〈文〉用绳子捆绑:～之以练(练:白绢)。

趀 chè 见 chě "趀"(74 页)。

偖 chè ❶〈文〉摘取;开采:～采。❷〈文〉毁坏;撤除:～蔟(cù)氏(蔟氏:职官名,负责捣毁恶鸟的巢)。

掣 [捔] chè ❶拉;拽:～肘|牵～|风～红旗冻不翻。❷抽;拔:～签|～剑|～回手来。❸飞快地闪过:风驰电～。

詀 ⊖ chè 【詀讘(niè)】〈文〉形容低声细语:～以取容(取容:讨好别人以求自己安身)。
　　⊜ diān 巧言。用于古白话:～言～语(花言巧语)。
　　⊜ zhān 【詀詀】〈文〉说话絮叨。

摯 chè 见 niè "摯"(489 页)。

撤 chè ❶除去;取消:～消|～职|损肉～酒。❷后退:～退|～后|从阵地上～下来。❸〈文〉拆除:发梁～屋。

澈 chè ❶水清;澄:～明|～清|～见底。❷〈文〉通"彻(chè)"。透:日光下～,影布石上。

暼 chè 〈文〉明亮。

觬 chè ❶〈文〉带钩的钩眼:玉钩～。❷〈文〉扳指。❸叉状的簪子,古时妇女的头饰。

篳 ⊖ chè ❶〈文〉同"彻"。通;可以穿过:人已穴房内,～内中(盗贼挖洞直通内室)。❷〈文〉发射。
　　⊜ zhé 〈文〉通"辙(zhé)"。车辙:善行者无～迹。

偫 ㊀ chè 〈文〉心服。
㊁ shè 〈文〉通"慑(shè)"。畏惧。

---

chēn（彳ㄣ）

抻 chēn 拉；拉长：～面|～了～袖子|腿搭在高台上压腿～筋。

彤 chēn 〈文〉船行。

郴 chēn 郴州，地名。在湖南东南部。

捵 ㊀ chēn 同"抻"。拉；拉长：～着脖子。
㊁ tiǎn ❶挺起：～着个肚子。也作"腆"。❷拨弄(门、锁)：把锁～开。❸撑；推：将水火棍～开了船。❹遮掩，趁人不备(行动)：夜间～入卧室。‖用于古白话。

㮇 chēn 〈文〉同"棽"。(枝条)茂密纷披的样子：云溶溶兮木～～。

綝（綝） ㊀ chēn ❶〈文〉截止。❷〈文〉好；善。
㊁ shēn 【綝纚(lí)】〈文〉衣裳的佩带等下垂的样子。

琛 chēn 〈文〉珍宝：～宝。

棽 chēn "棽(shēn)"的又读。

眹 ㊀ chēn 〈文〉同"瞋"。睁大眼睛：目～张。
㊁ rèn 【眹眩(xuàn)】〈文〉烦闷。
㊂ zhèn 〈文〉通"赈(zhèn)"。赈灾：输粟～荒。

嗔 chēn ❶〈文〉发怒；生气：～怒|似～非～|慎莫近前丞相～。❷责怪；埋怨：～怪|～责|男儿屈穷心不穷，枯荣不等～天公。

膜 chēn 〈文〉肿起；胀大：浊气在上，则生～胀。

瞋 chēn 〈文〉发怒时瞪大眼睛：～目叱之。

獑（獑） chēn 【獑猭(chuān)】〈文〉连绵不断的样子。

諃 chēn 〈文〉有益的话。

瑱 chēn 见 diān "瑱"(134 页)。

舰 chēn 〈文〉悄悄探出头看。

謓 ㊀ chēn 〈文〉同"嗔"。怒；生气。
㊁ zhèn 〈文〉冷笑。

---

chén（彳ㄣ）

臣 chén ❶君主时代的官吏：君～|忠～|一朝天子一朝～。❷官吏对君主的自称：先帝知～谨慎。❸某些君主制国家的内阁官员：英国外交大～。❹姓。

尘（塵）[麠] chén ❶细的灰土：～土|一～不染(指环境非常清洁，也形容人品高洁)|甚嚣，且～上矣。❷佛教、道教指现实世界：～世|凡～。❸〈文〉行迹；踪迹：前～(指从前的或从前经历的事)|步人后～(跟在别人后面，比喻追随或模仿)。

芃 chén 〈文〉草名。

辰 chén ❶地支的第五位：～时(相当于七点到九点)。❷古代把一昼夜分为十二辰：时～。❸时光；日子：诞～|寿～|吉日良～。❹日、月、星的统称：三～(指日、月、星)|北～(北极星)|昨夜星～昨夜风。❺二十八宿中的心宿。❻指辰州(旧府名，府治在今湖南沅陵)：～砂(朱砂，旧时以辰州所产的最有名)。❼姓。

沈 chén 见 shěn "沈"(608 页)。

沉 chén ❶(在水里)向下落(跟"浮"相对)：～没|船～了|石～大海|～舟侧畔千帆过。❷往下陷；坠落：～降|地基下～|红日西～。❸使下落；向下放：自～|破釜～舟|～下脸来。❹陷入；迷恋：～沦|～湎|～于所好(hào)。❺(分量)重：～甸甸的担子|保险柜很～。❻感觉沉重，不舒服：头～|两腿发～，跟灌了铅似的。❼(程度)深：～思|～疴(一kē，积久难治的病)|睡得～。

忱 chén 情意：热～|贺～|谨致谢～。

陈（陳）㊀ chén ❶安放；排列：～放｜～列｜设规矩，～绳墨。❷述说：～述｜慷慨～词｜韩非欲自～，不得见。❸时间久的；过时的：～醋｜～旧｜新～代谢。❹周代诸侯国名。故地在今河南淮阳及安徽亳州一带。❺朝代名。公元557—589年，南朝之一，陈霸先所建，建都建康（今江苏南京）。❻姓。

㊁ zhèn 〈文〉同"阵"。军阵。

邱 chén 古地名。

莥 chén 〈文〉草名。

郲 chén 古国名。故地在今河南淮阳西。

莐 chén 【莐藩(fán)】〈文〉药草名。知母。

宸 chén ❶〈文〉大而深的屋宇：～宇。❷〈文〉帝王的住所：～居｜～扉（宫门）｜紫～。❸〈文〉借指帝王或王位：～位｜～章（帝王写的文章）｜登～。

梣 chén 又读 qín　白蜡树，落叶乔木。可放养白蜡虫以取用白蜡。树皮可作清热药，叫"秦皮"。

晨［昚、晨］chén ❶清早：～曦（清晨的阳光）｜早～｜凌～｜～兴理荒秽，带月荷锄归。❷〈文〉鸡啼报晓：牝鸡无～（母鸡不报晓）。

訦 chén 〈文〉诚信。

谌（諶）chén ❶〈文〉相信：天难～，命靡常。❷〈文〉的确；诚然：～荏弱而难持（荏弱：懦弱）。❸（也有读 shèn 的）姓。

陲 chén 人名用字。

敕 chén 〈文〉同"敶"。排列；摆开。

鈂 chén 〈文〉锹一类的工具；铁签。

湛 chén 见 zhàn　"湛"（861 页）。

惔 ㊀ chén ❶〈文〉同"忱"。诚信。❷【斟惔】〈文〉迟疑：意～。

㊁ dān 〈文〉同"媅"。逸乐：优以继～

（悠闲自得且逸乐无度）。

蔯 chén 【茵(yīn)蔯蒿】多年生草本植物。分根繁殖，花黄色，嫩茎和叶都可入药。

煁 chén 〈文〉可以移动的火炉。

橾 chén 【橾橇(chuán)】〈文〉往复驰逐：扶嵚崟以～（嵚崟：qīnyín，山峰高峻）。

瘎 chén 〈文〉腹病。

敶 ㊀ chén ❶〈文〉摆开；排列：～钟按鼓（按：敲击）。❷〈文〉陈述：其～道也，精研而无误。‖通作"陈"。

㊁ zhèn 〈文〉军阵：行(háng)～。后作"阵"。

塦 chén 〈文〉同"敶"。陈述。

塵 chén 〈文〉同"尘"。尘土。

霃[霃] chén ❶〈文〉雨露充足：汉魏文章盛，尧汤雨露～。❷〈文〉久阴不晴：日色阴～。

瞋 chén 【眠(mín)瞋】〈文〉淫邪的目光。

蜳 chén 【蜳蜳(dūn)】〈文〉惊惧不安的样子。

蘑 chén 【蓳(yīn)蘑】〈文〉药草名。也作"茵陈"。

鹐 chén 小鸟。用于古白话。

麎 chén 〈文〉雌性麋鹿。

晨 chén ❶古代指二十八宿之一的房星。❷古代指二十八宿之一的心宿。或指北极星。这个意义后作"辰"。

曡 chén 〈文〉日月合宿。

鸇 chén 〈文〉猛禽名。即鹯(zhān)。也叫"晨风"。

chěn （彳）

磣 chěn 同"碜"。丑；难为情。用于古白话：～死了。

硶（硶）chěn ❶食物里夹杂有沙土：牙～(chen)｜咀嚼沙砾～。❷丑;难为情:寒～(chen)｜这等～东西。

堔chěn ❶〈文〉沙土。❷〈文〉食物中混入沙土。❸〈文〉混浊:～黩(黩:dú,污浊)。

蹨[踸、跈] chěn 【蹨踔(chuō)】1.〈文〉腿脚有毛病,走路一颠一跳:～而行。2.〈文〉超出常态,不同一般:(我)虽～亦不能不随俗为言。3.〈文〉迅速滋长:～而兴(兴:起)。

鍖 ⊖ chěn ❶【鍖鉦(rěn)】〈文〉声音舒缓的样子。❷【鍖然】〈文〉不自满的样子:～不满。
⊜ zhēn ❶〈文〉砧板;斩人的垫板:古者斩人必加～上面斫(zhuó)之。❷斩,斫,用于古白话。

醦chěn 〈文〉醋。

chèn（彳ㄣˋ）

衬（襯）chèn ❶在里面或下面托上:～上一层纱布｜玻璃板下～着厚纸｜芳草初长～马蹄。❷垫在衣服、鞋、帽等某些部分里面的东西:领～｜鞋～｜帽～儿。❸衬在里面的:～布｜～裙｜～衣｜～衫。❹烘托:搭配上别的东西做对照:～托｜映～｜白雪～红梅。

疢[疹、疢、癜] chèn 中医指热病,泛指疾病:～毒。

齓（齓）[齔、齓] chèn ❶〈文〉小孩儿换牙;乳牙脱落,长出恒牙:未～不入军门。❷〈文〉幼:～年(童年)｜童～。

称chèn 见 chēng "称"(77 页)。

趁[*趂] chèn ❶利用(时间、机会、条件等):～早｜～火打劫｜～热打铁｜月乘残夜出人,～早凉行。❷〈文〉逐;追逐:稚儿行～蝶,髯客坐驱蝇。❸〈方〉富有:～钱。

槕（櫬）chèn 〈文〉棺材:灵～｜扶～。

趘chèn 〈文〉同"趁"。利用:～风势。

儭chèn ❶〈文〉同"嚫"。布施;也指布施给僧人的钱:像佐～者多至一万。❷〈文〉通"衬(襯)"。衬托:(花)布影而锦～池中(锦儭:像织锦一样映衬在池水中)。

嚫chèn 〈文〉梵语"达嚫"的省称。指施舍财物给僧人:弟子一日恭～。

讖（讖）[谶] chèn 古人认为将来会应验的预言、预兆:～语｜图～｜是时帝方信～,多以决定嫌疑。

贐chèn ❶〈文〉施舍财物给僧人:行～。❷〈文〉施舍给僧人的财物:所得～施。❸〈文〉赐;赠送:～物百车。

chen（·彳ㄣ）

伧chen 见 cāng "伧"(57 页)。

---

chēng（彳ㄥ）

朾chēng 见 chéng "朾"(78 页)。

枪chēng 见 qiāng "枪"(545 页)。

柽（檉）chēng 【柽柳】灌木或小乔木。枝细长,紫红色,叶子鳞片状,花淡红色,一年开花三次,果实是蒴果。抗碱耐旱,是固沙造林的优良植物,枝叶可入药。也叫"三春柳"。

再chēng 〈文〉以手举物。

玚chēng 【玚玚】〈文〉模拟玉器相击声、琴声、流水声:琴声～｜泉水～。

秤chēng 见 chèng "秤"(80 页)。

称（稱）⊖ chēng ❶量轻重:～体重｜度而取长,～而取重。❷叫;叫作:～兄道弟｜玉蜀黍通～玉米。❸名号:～号｜简～｜尊～。❹〈文〉说:～病｜宣～｜点头～是。❺〈文〉赞扬:～叹｜～颂｜人之美。❻凭借权势自称或自居:～王｜～雄｜～霸一方｜聚众数千人,自～天子。❼〈文〉举:～彼兕觥(兕觥:sìgōng,一种酒

器)|～兵(采取军事行动)。

　㈡ chèn ❶符合;相当:～职|相～|～心如意。❷合适:匀～|对～。

　㈢ chèng 〈文〉同"秤"。测量物体轻重的器具。

浾
chēng 〈文〉棠枣汁。

蟶
（蟶）chēng 蟶子,软体动物。有两扇介壳,形状狭长,生活在海边软泥滩中。

铛
chēng 见 dāng "铛"(121 页)。

牚
chēng 见 chù "牚"(93 页)。

偁
chēng ❶〈文〉举起。❷〈文〉称赞。❸〈文〉称呼;妇人～姓。

牚
chēng 见 chèng "牚"(80 页)。

堂
chēng ❶〈文〉抵住;支撑:维角～之(用角撑距增加弓的力量)。后作"撑"。❷〈文〉踢。

𡟰
chēng ❶〈文〉支撑;撑住使正。也作"撑"。❷〈文〉脚;脚掌。

赪
（赬）[赬、䞓、赬]　chēng 〈文〉红:～面|～霞|枫林晓渐～。

頥
chēng 见 yí "頥"(797 页)。

僜
chēng 见 dèng "僜"(127 页)。

憆
chēng 〈文〉同"瞠"。张目直视。形容茫然的样子:县官～不解(不解:不理解)。

撑
[*撐、撐]　chēng ❶抵住;支住:俯卧～|两手～着腰|用手～着下巴沉思。❷用篙抵住河岸或河底用力,使船行进:～篙|～船|小舟出柳阴来。❸支持:～门面|累得有点儿～不住了。❹用力支起,使张开:～着伞|把口袋～开。❺装得过满,将要容不下,特指吃得过饱:书包～得鼓鼓的|多吃了几口就～得慌。

樘
chēng 见 táng "樘"(654 页)。

噌
chēng 见 cēng "噌"(61 页)。

樘
chēng ❶〈文〉同"撑"。支柱。❷〈文〉同"撑"。支撑:天地赖以～拄(zhǔ)不坏。

瞠
[瞠、瞠]　chēng 〈文〉瞠着眼看:～视|～目结舌(瞪着眼说不出话来,形容受窘、惊恐的样子)|～乎其后(落在后面干瞠眼,赶不上)。

嵤
chēng 〈文〉山势奇特的样子。

瞠
chēng ❶〈方〉瞪:～大只眼。❷〈方〉睁:眼～唔开(眼睁不开)。

竀
chēng ❶〈文〉正视。❷〈文〉通"赪(chēng)"。红:如鱼～尾(鱼尾变红)。

鎗
chēng 见 qiāng "鎗"(546 页)。

瞠
chēng 见 níng "瞠"(490 页)。

䜩
chēng 【䜩纮(hóng)】〈文〉同"噌吰"。模拟钟鼓的声音:金声～清扬。

鐣
chēng 〈文〉同"铛"。烙饼或煎食物用的平底浅锅:饼～。

饓
[饓]　chēng 吃得过饱,肚子发胀:她～得慌。现多作"撑"。

chéng　（彳）

杠
　㈠ chéng 〈文〉撞击:便～喜鼓,便与成亲(喜鼓:婚庆用的鼓)。

　㈡ chēng 春秋时宋国地名。故地在今河南。

成
chéng ❶(事情按要求)做完;预期的目的实现(跟"败"相对):完～|功～名就|大厦落～典礼。❷帮助人达到目的:～全|玉～其事|君子～人之美。❸变为;形～|弄假～真|玉不琢,不～器。❹工作或学习上的收获:事业上取得的结果:～绩|坐享其～|少蕴才略,壮而有～。❺达到完备的阶段的:～熟|～品。❻已有的;已定的:～规|现～|收回～命。❼用在量词或时间词前,表示达到一定的单位(强调数量多或时间长):～批|～年|～百上千。

❽表示同意;许可:~,就这么办|你随便什么时候来都~。❾〈文〉大:~海取乎细流。❿整体的十分之一:八~新的棉袄|今年比去年增产了一~多。⓫姓。

丞□ ㊀ chéng ❶〈文〉帮助;辅佐:~辅|~相(古代辅佐帝王的最高官吏)。❷古代辅助主要官员处理公务的官吏:府~|县~。

㊁ zhěng 〈文〉通"拯(zhěng)"。救:~民乎农桑。

呈□ chéng ❶显现;显露:~现|异彩纷~|龙凤~祥。❷恭敬地送上:~报|~献|面~。❸下级对上级的一种公文:签~|辞~。❹〈文〉准则;法则:名有三科,法有四~。❺姓。

枨(根)□ chéng ❶古代竖在大门两侧的木柱。❷〈文〉触动:~拨(拨动)|~触。

郕□ chéng ❶周代国名。故地在今山东。❷春秋时邑名。故地在今山东。❸姓。

诚(誠)□ chéng ❶真心实意:~恳|~信|开~布公。❷〈文〉副词。的确:此~危急存亡之秋也。❸〈文〉表示假设关系:~听我说,则一举而获全胜。

承□ chéng ❶在下面托着;接着:~受|~载|~重。❷担当;接受:~办|担~|~命。❸敬辞。受到:~蒙|~恩|~情。❹继续;持续:~接|继~|汉~秦制。❺姓。

氶□ chéng 〈文〉帮助;辅佐(一说音 zhěng,上举,救助)。通作"丞"。

城□ chéng ❶古代为防御而修建的高大围墙,多在城市四周:~墙|~楼|门~|筑~以自守。❷城市(跟"乡"相对):~镇|~邑|~乡交流。❸经营某一类商品或提供某一类服务的专业市场或大型服务实体:图书~|美食~|电影~|健康~。

宬□ chéng 〈文〉同"盛"。把东西放进容器;容纳:~物。

成[宬、窚]□ chéng 古代藏书的屋子,明清时专指皇家收藏文书档案的地方:皇史~。

珹□ chéng ❶〈文〉玉名。❷〈文〉美丽的珠名。❸用于人名。

埕□ chéng ❶〈方〉福建、广东一带养蛏(chēng)的田:蛏~|蛤~。❷〈方〉酒瓮:酒~。

晟□ chéng 见 shèng "晟"(611 页)。

乘[㊀*乘、㊀*椉]□ ㊀ chéng ❶坐(车、船等);骑:~车|~马|~飞机|李白~舟将欲行。❷凭借;利用(条件、机会等):~胜追击|~隙逃脱|虽有智慧,不如~势。❸佛教的教义和教派(旧读 shèng):大~|小~。❹数学基本运算方法之一。最简单的是把一个数扩大若干倍的运算,如3×2=6,读为三乘以二等于六。❺〈文〉驾驭:良马难~,然可任重致远。

㊁ shèng ❶春秋时晋国的史书叫作乘,后用来泛称史书:史~|野~。❷〈文〉一辆四匹马拉的车为一乘:车百~|千~之国。

涅□ chéng 见 yíng "涅"(814 页)。

脀□ ㊀ chéng 〈文〉愚笨;痴呆。㊁ zhēng ❶〈文〉把熟的牲体放进俎或鼎里。❷盛在鼎俎里的牲体。❸〈文〉熟。

珵□ ㊀ chéng 〈文〉美玉名。㊁ tǐng 〈文〉通"珽(tǐng)"。玉笏。

振□ chéng 〈文〉触动;碰触:(琉璃瓶)岂复容坚物~触(坚物:硬的东西)。

盛□ chéng 见 shèng "盛"(611 页)。

铖(鋮)□ chéng 用于人名。阮大铖,明代人。

腥□ chéng 〈文〉精美的肉:(饮食)~脥肥厚(脥:肥)。

揨□ chéng ❶〈文〉撞击:~触。❷〈文〉鼓槌:若鼓之有~。

程□ chéng ❶规矩;法式:~式|规~|中~者赏,弗中~者诛(中:zhòng,合乎)。❷事物发展的经过;事情进行的次序:~序|过~|议~。❸(行进的)距离:行~|航~|射~。❹道路;一段路:~途|征~|送一~。❺〈文〉计量;衡量:计日~功|~能而授事,察端而观失。❻姓。

筬□ chéng 〈文〉一种纺织器具。

惩（懲）chéng ❶处罚;责罚:～处（chǔ）|～恶扬善|奖～分明。❷〈文〉警戒;改正(以前的过失):～示|～戒|～前毖后（bì;谨慎;小心）。❸〈文〉苦于:～山北之塞,出入之迂也(迂:绕远路)。

裎 ⊖ chéng 〈文〉裸露身体:裸～。
⊜ chěng 古代的一种对襟单衣。

髟 chéng 〈文〉束发的头巾:白～。

衡 chéng 〈文〉兽角长。

塍 [*塝、塝、塍] chéng 田间的土埂:～界|田～望如线。

醒 chéng 〈文〉形容酒醉后神志不清:解～(醒酒)|忧心如～。

睈 chéng 〈方〉整体的十分之一:你我二八～分账。用同"成"。

撜 ⊖ chéng 〈文〉碰触:不为手所～(不被手碰触)。
⊜ zhěng 〈文〉同"拯"。救助:～溺(救助溺水者)。

顁 chéng 〈文〉颈项。

澂 chéng 水清。用于人名。吕澂,当代佛学家;吴大澂,清代金石学家。
另见 chéng "澄"(80 页)。

澄 [⊖△澂] ⊖ chéng ❶水清:～净|江～如练。❷使清明;使清楚:～清。❸清澈;明净:玄鹤下空,翩翩舞松林。
⊜ dèng ❶使液体里的杂质沉淀:水太浑了,得～一～。❷挡着其中的渣滓或别的东西,倒出液体:把药汤～出来。
"澂"另见 chéng(80 页)。

憕 ⊖ chéng 〈文〉平,不倾斜。
⊜ dèng 【懵（měng）憕】〈文〉神志不清醒的样子:睡眼～。

橙 chéng ❶常绿小乔木。叶子椭圆形,花白色,果实圆形,果肉淡黄色,味甜或稍酸。❷这种植物的果实。❸颜色红中带黄的:～黄|～红|赤～黄绿青蓝紫。

澂 chéng 〈文〉同"澄"。水清。

騁 chéng 〈文〉马停步:～驻。

騂 chéng ❶〈文〉马被阉割;被阉割的马:～马。❷〈文〉泛指牲畜被阉割:～猪。

驔 chéng 【驔（héng）驔】〈文〉模拟风声。

chěng （ㄔㄥˇ）

逞 chěng ❶显示;炫耀:～能|～强|～威风|欲～其才。❷快意;满足:得～|以求一～。❸放纵;不加约束:～性妄为|今民馁而君～欲。

徎 chěng 〈文〉疾行。

騁（騁）chěng ❶〈文〉纵马奔驰:驰～。❷〈文〉尽情展开;放任:～目|～望|～怀(放开胸怀)。

廎 chěng ❶古地名。又亭名。在今江苏。❷姓。

褆 chěng 见 chéng "裎"(80 页)。

鞓 chěng 〈文〉骖（cān）马马具的统称。

chèng （ㄔㄥˋ）

秤 ⊖ chèng 测量物体轻重的器具:过～|台～|电子～。
⊜ chēng ❶〈文〉量轻重:～薪而爨。❷〈文〉权衡:天将～其德而世其家。

称 chèng 见 chēng "称"(77 页)。

掌 ⊖ chèng ❶斜撑着的支柱:山墙要倒,得赶快加～。❷桌椅、凳子等腿与腿之间的横木:椅子～儿。
⊜ chēng 〈文〉同"撑"。支撑;抵拒。

---

chī （ㄔ）

吃 [⊖❶-❾△*喫] ⊖ chī ❶把食物咀嚼后咽下去(有时也指吸、喝):～饭|～药|～奶|～素。❷凭借某种事物或条件生活:～老本|靠山～山,靠水～水。❸吸收(液体):熟宣纸～墨|

沙土～水｜～得厉害。❹指某一物体进入另一物体:空船比重船～水浅｜车零件时～刀要掌握好分寸。❺消灭,多用于打仗、下棋等:～掉敌人的增援部队｜我的车、马、炮让他～光了。❻领会:～透上级的精神｜这话模棱两可,让人～不准。❼经受;接受:～苦｜～软不～硬。❽遭受:挨:～亏｜～惊了一拳。❾费(力):～劲｜～力。❿(旧读jí)结巴:口～｜昌为人～(昌:人名)。

　㊁qī【吃吃】模拟笑声:但闻室中～。"喫"另见kài(352页)。

吃 chī (旧读jí)〈文〉口吃。通作"吃"。

欧 chī〈文〉同"嗤"。讥笑:受～于拙目(拙目:指目光短浅的人)。

钦 chī 见jī"钦"(292页)。

郗 chī 见xī"郗"(714页)。

哆 chī ❶模拟较轻的笑声(多指女性的笑声):里面传出了～～的笑声。❷模拟物品撕裂的声音:～的一声撕开一块布。

脝 chī ❶〈文〉鸟胃。❷〈文〉鸟兽的五脏。

鸱(鴟)[鴟、鴟、鵄] chī ❶古书上指鹞鹰。❷【鸱鸮(xiāo)】鸟类的一科。喙和爪呈钩状,很锐利。眼大而圆,位于头的正前方,四周羽毛呈放射状,形成"面盘",头部像猫。种类很多,是我国国家重点保护动物。常见的有猫头鹰、角鸮、雕鸮、耳鸮等。也作"鸱枭"。❸【鸱鸺(xiū)】古书上指猫头鹰一类的鸟。

蚩 chī ❶〈文〉无知;痴呆:～者｜～人。❷〈文〉通"嗤(chī)"。讥笑;嘲笑:闻者皆～其不能。

嵫 chī〈文〉羽毛盛多的样子。

绨(絺) ㊀chī ❶〈文〉细葛布:浴用～巾。❷古邑名。在今河南。㊁zhǐ〈文〉通"黹(zhǐ)"。刺绣;比喻修饰文辞:～绣。

眵 [瞝] chī 眼里分泌的黄色黏稠液体。俗称"眼屎"。

蚳 chī 见chí"蚳"(82页)。

笞 chī〈文〉用鞭、杖或竹板抽打:～挞｜～鞭～。

瓻 chī 古代一种陶制的盛酒器具。

摛 chī ❶〈文〉舒展:～锦布绣。❷〈文〉铺陈:～藻｜～辞。❸〈文〉传播:英名远～。

摴 chī 模拟摩擦发出的声音。用于古白话:杀人剑～～带血磨。

嗤 [嘆、嗤、欺] chī〈文〉讥笑:～笑｜～之以鼻｜今为众所～。

雎 chī 古书上指鹞鹰。通作"鸱"。

痴 [*癡] chī ❶傻;愚笨:～呆｜～人说梦。❷极度迷恋,近乎呆傻:～情｜～迷｜～心妄想｜～愚之人。❸极度迷恋某种事物的人:情～｜书～。

媸 [媸] chī〈文〉相貌丑(跟"妍"相对):妍～(美好和丑恶)。

襹 chī【襹袜(mèi)】同"魑魅"。传说中能害人的山林精怪。

瞝 chī〈文〉历观;逐一地看:～九州而相君(相君:辅佐君主)。

諈 ㊀chī ❶〈文〉不知。❷〈文〉诋毁。㊁lài〈文〉谬误。

螭 chī ❶传说中的一种没有角的龙。古代的建筑、器物或工艺品上常用它的形状作装饰。❷同"魑"。传说中的山神,也泛指鬼怪。

貾 chī 见nǐ"貾"(483页)。

諸 chī〈文〉怒。

魑 chī 传说中的山神,也泛指鬼怪:～魅魍魉(比喻各式各样的坏人)。

齝 [齸] chī〈文〉牛反刍。

攡 chī (又读lí)〈文〉同"摛"。舒展:幽万类(万类:万物)。

彲 chī 同"螭"。传说中的无角龙:天上龙～。

黐 chī 〈文〉木胶。把细叶冬青的树皮捣碎取胶液制成,可粘捕鸟虫:譬彼鸟粘～(譬:如同)。

chí（彳）

池 chí ❶水塘;蓄水的坑:～塘|水～|～沼足以渔钓。❷某些四周高、中间凹的地方:花～|舞～|乐(yuè)～。❸〈文〉护城河:城～|金城汤～|城门失火,殃及鱼。❹姓。

弛 [弢] chí ❶松懈;放松:～缓|松～|～然而卧。❷解除;废除:～懈|废～|缓刑～禁(弛禁:解除禁令)。

驰 (馳)[駤] chí ❶(车马等)快跑:奔～|风～电掣。❷〈文〉使(车马等)快跑,也特指驱马进击:～马疆场|齐师败绩,公将～之。❸向往:～想|神～|心～神往。❹传播;传扬:～誉|辞章灿丽,～名当世。

坻 chí 〈文〉同"坻"。水中小洲或高地:～岛渚洲(渚:zhǔ,水中小块陆地)。

迟 (遲)[遟] ㊀ chí ❶慢:～缓|事不宜～。❷晚;比规定的或合适的时间靠后:～到|推～|来～了|亡羊而补牢,未为～也。❸〈文〉迟钝:袁绍虽有大志,而见事～,必不动也。❹姓。
　㊁ zhì 〈文〉等待:登楼为谁思? 临江～来客。

坁 ㊀ chí 〈文〉水中的小洲或高地。
　㊁ dǐ ❶〈文〉山坡:～坂|～坡。❷用于地名:宝～(在天津北部)。

茬 chí 【茬平】地名。在山东聊城。

岻 chí 【槐岻】〈文〉仙家境界。

狋 chí 见yí"狋"(795页)。

泜 chí 见yí"泜"(795页)。

迡 chí 〈文〉行走缓慢。通作"迟"。

迣 chí 〈文〉同"迟"。慢;晚:应速不～。

持 ㊀ chí ❶拿着;握住:～枪|庄子～竿不顾。❷支撑;扶助:支～|扶～|十围之木,～千钧之屋。❸掌管;料理:主～|操～|勤俭～家。❹控制;挟制:劫～|胁～。❺守住不变:～久|坚～|～之以恒。❻互不相让;对抗:僵～|争～|相～不下。❼抱有;提出主张:～不同政见|～之有故。
　㊁ chí 见chá"茬"(62页)。

茬
荎 chí ❶刺榆。落叶乔木。❷【荎蕏(chú)】〈文〉五味子。藤本植物,果实可入药。

峙 ㊀ chí 【峙𫏋(chú)】〈文〉同"踟蹰"。徘徊不前的样子:五马立～。
　㊁ zhì ❶〈文〉止息:麒麟不～其郊。❷〈文〉储备:练兵～粮。

跮 chí 【跮跅(tuò)跮】〈文〉放荡不羁:以～使酒,至霩重法。

俿 chí 见hǔ"俿"(259页)。

樨 chí 见xī"樨"(715页)。

匙 ㊀ chí 小勺:羹～|汤～。
　㊁ shi 【钥(yào)匙】开锁的用具(有的锁用它才能锁上)。

蚳 ㊀ chí ❶〈文〉蚁卵。可制酱供食用。❷传说中的一种水中动物:～者,其状若蛇。❸姓。
　㊁ chī 【蚳(lóng)蚳】神话中的兽名。

萯 chí 〈文〉知母草。可入药。

賝 ㊀ dī 〈文〉瓶类器皿的底座:甀瓯有～(甀:biān,一种陶器)。

賝 chí 【余賝】〈文〉黄质有白点的贝。

趍 ㊀ chí ❶〈文〉奔跑:～千里以存楚宋(存:保卫。楚宋:楚国和宋国)。❷【趍趙】〈文〉行走迟缓的样子。
　㊁ qū 〈文〉同"趋"。疾行;奔跑:车驰人～。

跢 ㊀ chí 【跢跌(chú)】〈文〉同"踟蹰"。徘徊不前:～步趾。
　㊁ duò 同"跥"。用脚猛力踏。用于古白话:～了～脚。

詄 ㊀ chí 〈文〉分离:～离。
　㊁ yí 古台名。周景王曾在洛阳建詄

台。

渚　chí 〈文〉同"坻"。水中的小洲或高地。

遟　⊖ chí ❶〈文〉同"迟(遲)"。慢:风～山尚响。❷〈文〉晚:～暮。
⊜ xī【遟遟(chí)】〈文〉游息。

篪　chí 见 hǔ"篪"(259 页)。

剓　chí 〈文〉划开;剖开:～一小槽。

嫠　⊖ chí ❶〈文〉鱼或龙的涎沫:鲸～|龙～。❷〈文〉渗流。
⊜ tái 同"邰"。古地名。在今陕西。

墀[墀]　chí ❶古代殿堂上涂饰过的地面:丹～。❷〈文〉台阶上面的空地,也指台阶:阶～|此树荫前～。

踟　chí【踟蹰(chú)】心里迟疑,要走不走的样子:～不前|爱而不见,搔首～。也作"踟躇"。

蜐　chí 见 tí"蜐"(661 页)。

徲　chí 见 tí"徲"(661 页)。

踶　chí 见 dì"踶"(133 页)。

篪[箎、篪、籰]　chí 古代竹管乐器。像笛子,有八孔,横吹。

趂　chí【趂鸷(zhì)】1.〈文〉鄙薄;不尊重:～诸师。2.〈文〉轻薄。

錙　chí【錙(jūn)錙】梵语音译词。意为净瓶。也作"军持"。

鍉　chí 见 dī"鍉"(128 页)。

謘[謘]　chí ❶〈文〉言语迟钝。❷【謘謘】〈文〉舒徐迟缓的样子。

謥　chí 见 yí"謥"(798 页)。

chǐ (彳)

尺　⊖ chǐ ❶市制长度单位,10 寸为 1 尺,10 尺为 1 丈。1 市尺约合 33.33 厘米。❷量长度的器具:皮～|卡～|钢～。❸制图或画线的用具:角～|丁字～。❹形状像尺的东西:戒～|镇～|计算～。❺中医切脉部位名称:三部者,寸、关、～也。
⊜ chě 我国民族音乐音阶的一级,相当于简谱的"2"。

拸　chǐ 见 tuō"拸"(682 页)。

呎　chǐ (又读 yīngchǐ) 这是复音字,现写作"英尺"。英美制长度单位。

齿(齒)[齒]　chǐ ❶牙;门牙:唇～相依|明眸(móu)皓～|唇亡则～寒。❷物体上排列像牙齿形状的部分:～轮|锯～|屐～。❸〈文〉年龄:年～|序～|～德俱尊。❹〈文〉并列;引为同类:～列|不～于人类。❺〈文〉说到;提起:～及|不足～数(shǔ)(不值一提)。❻〈文〉录用:循名责实,虚伪不～。

侈　chǐ ❶〈文〉浪费:～靡|奢～|多费之谓～。❷〈文〉夸大;过分:～谈|～论|～言无验。❸〈文〉放纵:苟无恒心,放辟邪～,无不为己。

胇　chǐ【腗(pí)胇】〈文〉鸟胃。

邲　chǐ 〈文〉度量大。

垑　chǐ 〈文〉依赖土地多。

拸　⊖ chǐ ❶〈文〉离弃:～画(弃用装饰)。❷拍打。用于古白话:脱下那小鞋底照着嘴儿只管～。
⊜ yí 〈文〉施加。

夅　chǐ 见 zhā"夅"(854 页)。

哆　chǐ 见 duō"哆"(155 页)。

脪[脪]　chǐ 〈文〉剖腹掏空肠子:苌(cháng)弘～(苌弘:春秋时人)。

耻[*恥、聀]　chǐ ❶羞愧:可～|羞～|恬不知～。❷声誉上受到的损害;耻辱的事:国～|雪～|奇～大辱。❸羞辱:～笑。

蚇　chǐ【蚇蠖(huò)】〈文〉即尺蠖。尺蠖蛾的幼虫,体柔软,屈伸爬行。

烊　chǐ 〈文〉盛大的火。

豪　chǐ 〈文〉猪。

紤　chǐ 〈文〉量词。绩苎一纰叫"紤"。

豉 [菽、饻]　chǐ 【豆豉】黄豆或黑豆蒸煮发酵后制成的食品,多用于调味。

豉　chǐ 〈文〉同"豉"。豆豉。

移　chǐ 见yí "移"(796页)。

廖　chǐ ❶〈文〉四面攻击:将夹沟而～我。❷〈文〉广大。

袲　chǐ ❶〈文〉衣服宽大。❷春秋时宋地。在今安徽。

袳　chǐ 同"袲"。春秋时宋地。在今安徽。

鉹　chǐ 甗(zèng)。古时蒸饭的瓦器。

褫 [褫]　chǐ 〈文〉原指剥去衣服,引申指革除:～夺|～革|～职。

chì (彳)

彳　chì 【彳亍(chù)】〈文〉小步慢走,时走时停:～而无所趋。

斥　chì 见àn "斥"(6页)。

叱　chì ❶大声责骂:～骂|～责|呵(hē)～。❷【叱咤(zhà)】怒喝(hè):～风云(形容声势、威力很大)|项王喑噁(yìnwù)～,千人皆废。

斥　chì ❶〈文〉开拓、扩展:～土|～地千里。❷使离开:～逐|贬～|是孔丘逐于鲁君,曾不用于世也。❸指责;责备:～责|申～|训～。❹〈文〉侦察:～兵|～候(侦察敌情,也指进行侦察的士兵)|～骑(担任侦察的骑兵)。❺拿;拿出:～资。❻〈文〉盐碱地:海滨广～(沿海是大片的盐碱地)。

胒　chì 〈文〉肥滑的肉:獐～。

赤 [烾]　chì ❶红:～红|～狐|面红耳～。❷空;一无所有:～贫|～手空拳|晋国大旱,～地三年。❸光着;裸露:～脚|～身裸体|～膊上阵。❹纯真;忠诚:～忱|～诚|～胆忠心。❺象征革命:～卫队。❻纯金:金无足～。

佁　chì 见yǐ "佁"(798页)。

饬 (飭)[餝]　chì ❶〈文〉整顿;整治:整～|戎车既～(战车已经修整好)。❷〈文〉谨慎:谨～。❸〈文〉上级命令下级;告诫(旧时多用于公文):～令|～派|又～众官,各慎其职。

屎　chì ❶〈文〉络丝车上的摇把。❷〈文〉泛指器物的柄:～长三尺。

拸　chì 〈文〉用鞭、棍杖或竹板打:～其仆(仆:仆人)。

逇　㊀ chì 〈文〉超越:～万里。㊁ zhì 〈文〉遮拦:男女遮～。

屃　chì 〈文〉同"斥"。排斥;使离开:～令别居。

佽　chì 〈文〉惊恐不安。

饰　chì 见shì "饰"(617页)。

斦　chì 〈文〉刻。

厔　chì 〈文〉把房屋推拓开来,使之宽广。

炽 (熾)　chì ❶〈文〉(火)旺:火既～矣,更负薪以足之(负薪:背柴)。❷旺盛;热烈:～烈|～热|～盛。

忕　chì 〈文〉惊恐不安:卜得恶卦,反令～～。

翅 [*翄]　chì ❶翅膀,鸟类和昆虫等的飞行器官:双～|展～高飞。❷鱼翅,鲨鱼的鳍:～席(菜肴中有鱼翅的宴席)。❸形状像翅膀的部分:果～(一种果皮向外伸出像翅膀的果实)|帽～。❹〈文〉伸展翅膀:有鸟止南方之阜,三年不～不飞不鸣。

眱　chì 〈文〉目光不正。

眙　chì 见yí "眙"(796页)。

狐　chì 〈文〉同"翅"。鸟翼。

敕 [*勅、△*勑] chì ❶〈文〉告诫；吩咐：不从母～，以至今日。❷〈文〉皇帝的命令；诏书：～封｜～令｜奉～。❸〈文〉整顿；整饬：可遣大将军行边兵，～武备。
"勑"另见 lài（379 页）。

痓 chì ❶〈文〉中医病名。筋脉痉挛一类的病。❷〈文〉恶。

滍 ㊀ chì ❶古水名。❷泉名。
㊁ zhì【滍灟】〈文〉菌类。

崒 chì〈文〉止；停留：异物来～（异物：怪异之物）。

啻 chì ❶〈文〉只；仅：奚～｜人情相去之远，何～于十百千万也！❷【不啻】1.〈文〉不只；不仅：挥霍无度，一掷～万金。2.〈文〉无异于；如同：今昔对比，～霄壤。

浺 chì【浺瀜(jí)】〈文〉水涌起的样子：～鼎沸。也作"浺湒(jí)"。

悜 chì〈文〉小怒。

趉 chì 见 xuè "趉"（764 页）。

剌 chì〈文〉伤；割。

霫 chì【霫霉(xí)】〈文〉大雨。

踅 ㊀ chì【踅蹿(duó)】〈文〉走路时忽进忽退；往复～。
㊁ dié【踅踅】〈文〉形容走路不稳后退：～而却（却：后退）。

偬 chì【佗(chà)偬】〈文〉失意的样子。

瘌 chì〈文〉痴病。

羲 chì〈文〉同"炽"。旺盛：滔滔是～。

遨 chì〈文〉张开。

鋬 [鍘] chì〈文〉除草器具。

趹 chì〈文〉跳。

魆 [魃] chì ❶〈文〉厉鬼。❷〈文〉泛指鬼魅。

瘛 ㊀ chì【瘛疭(zòng)】〈文〉中医指脚痉挛的病症，即瘛疭：手足～如角弓。
㊁ zhì〈文〉疯狂：国狗之～，无不噬也（国狗：一国中最好的狗。噬：shì，咬）。

憽 chì【忴(chà)憽】〈文〉失意的样子：自伤不遇，～无聊。

鉥 chì 金属元素"锶(sī)"的旧称。

瘳 chì〈文〉牵引；牵动：目～（眼部筋脉抽搐）。

瘲 chì【瘛疭(zòng)】中医指手脚痉挛的病症，即瘛疭。

翅 chì ❶〈文〉鸟翼后缘和尾部长大的羽毛。❷〈文〉同"翅"。鸟翅：～氏（古职官名，执掌捕取猛鸟）。

趬 chì〈文〉超远；特异。

鵗 chì【鵗鶪(yàn)】〈文〉小雀。

熺 chì 见 xī "熺"（718 页）。

鞏 chì〈文〉蛮横无理，动辄发怒。

趡 chì【趡趡】1.〈文〉模拟行走的声音：其来～。2.〈文〉踟蹰不前。

薱 ㊀ chì〈文〉去：（河精）～入渊（河精：黄河之神）。
㊁ dài 姓。薱恽，汉代人。

鮇 chì〈文〉赤鱼。一种海鱼。

瀄 chì【濎(zhān)瀄】1.〈文〉乐音不和谐：～之音。2.〈文〉破败的样子。3.〈文〉烦乱：～之情。

歠 chì 痛。用于古白话：～瞎顶门三只眼。

鶒 chì 见 lái "鶒"（379 页）。

戁 chì【戁忿(xiè)】〈文〉不和的样子。

鶒 [鶒、鶒、鷘、鶒、鶒、鶒] chì【鶒(xī)鶒】〈文〉水鸟名。形似鸳鸯而稍大。无数蜻蜓齐上下，一双～对沉浮。也叫"紫鸳鸯"。

饎[糦、饘] chì ❶〈文〉酒食(黍稷:吉蠲(juān)为~(酒食清洁)。❷〈文〉烧火做饭:~爨在东壁(爨:cuàn,灶)。

騬 chì【騬騬】〈文〉马快跑:右骖~(骖:cān,驾在车前右侧的马)。

chōng（彳ㄨㄥ）

冲(⊖❶-❹❻⊖衝) ⊖ chōng ❶要道:要~|首当其~。❷向某一方向高速地奔过去:~刺|俯~|横~直撞|气~霄汉。❸猛烈地撞击:~撞|~突|~犯(言行干犯对方)。❹太阳系中,地球轨道外的行星(如火星、木星、土星等)运行到跟地球、太阳成一直线,而地球正处在中间位置时,叫作冲。在这个位置上,太阳从东方升起,这个行星从西方落下;太阳从西方落下,这个行星从东方升起。❺使抵消:~账|~销。❻水流撞击:~刷|大水~坏了堤坝。❼用开水浇:~茶|~鸡蛋|感冒~剂。❽〈文〉(年纪)幼小:~龄|幼~。❾〈文〉空虚;虚心:~逊|谦~|~而不盈。❿〈方〉山间的平地:~田|韶山~(地名,在湖南韶山)。

⊜ chòng ❶力量大;劲头足:~劲儿|干活儿挺~|水流得一点儿都不~。❷气味浓:白酒味儿~。❸向着:门~南。❹介词。朝;向:~北走|有什么话~我说。❺介词。根据;凭:就~他不服气,还得再和他聊聊。❻用冲(chòng)床(一种机床)在金属板上打孔或使金属板成型:~压|~模(mú)|钢板上~了个孔。

充 chōng ❶满;足:~分(fèn)|~沛|君之仓廪实,府库~。❷使满,填满;装满:~塞|~屯|~耳不闻。❸担任:~当|~任。❹假冒;当作:假~|~行家|以次好~|系向牛头~炭直(直:价值)。❺姓。

克 chōng 〈文〉同"充"。满;足:精~天地而不竭。

沖 chōng ❶〈文〉涌摇;动摇。❷〈文〉同"冲"。1. 空虚。2. 幼小。3. 水动的样子。4. 冲刷。❸姓。

忡[懺、𢜫] chōng【忡忡】忧虑不安:忧心~~。

神 chōng【神襌(dàn)】〈文〉同"冲淡"。淡薄:~其辞(言辞淡薄无味)。

芜 chōng【芜蔚(wèi)】即益母草,一年或二年生草本植物。茎方柱形,花红色或白色,果实叫芜蔚子。果实和茎、叶都可入药。

流 chōng ❶〈文〉山泉流下。❷〈文〉模拟水声。

怃 chōng【怃怃】〈文〉心动不安的样子。

琉 chōng【琉耳】古代悬挂在冠冕两旁当耳处的玉饰。也作"充耳"。

沖 chōng【沖瀜(róng)】〈文〉水深广的样子。

涌 chōng 见 yǒng "涌"(818页)。

翀 chōng 〈文〉向上直飞:鹄(hú)飞举万里,一飞~昊苍(昊苍:苍天)。

舂 chōng ❶把东西放在石臼里或乳钵里,用杵捣去皮壳或捣碎:~米|~药。❷〈文〉掘;凿:~穴下种,或灰或鸡粪盖之。

祌 chōng【祌褯(jué)】〈文〉没有贴边的短单衣。

盅 chōng〈文〉虚;空虚:大盈若~(最充盈的好像空虚)。后作"冲/沖"。

揰 chōng 〈文〉撞击:以熟铁锥~其口杀之。

劗[劗] chōng 〈文〉刺:~其胸杀之。

惷 chōng ❶〈文〉愚蠢:愚夫~妇。❷〈文〉失意的样子:~怅立兮涕滂沱。

膧 chōng〈文〉均等;齐整。

憧 chōng ❶【憧憧】往来不绝或摇曳不定的样子:~往来|灯影~。❷【憧憬(jǐng)】向往:~美好的未来。

戆 chōng 〈文〉黄:~矿(矿:kuàng,丝绵)。

襜 chōng【襜裕(róng)】古代一种宽大的直襟单衣。也叫"敞衣"。

踳 chōng 〈文〉踏。

衝 chōng 〈文〉通途;大路:天下之~。后作"冲"。

C

艟 chōng 【艨(méng)艟】古代的战船。

轊 chōng 〈文〉攻城陷阵的战车：～车二乘。

龗 chōng 【龗龗】〈文〉往来不定的样子：阴阳～(阴阳:阴阳之气运行不息)。

鵻 chōng 【鵻鸏(chú)】〈文〉白鹭。

鼇 chōng 【鼇松】〈文〉头发蓬乱的样子：～未整,凤钗斜坠。

chóng （ㄔㄨㄥˊ）

虫(⊖蟲) ⊖ chóng ❶虫子,昆虫和类似昆虫的小动物：～害｜～灾｜肉腐出～,鱼枯生蠹。❷用于对某类人的称呼(含轻蔑、诙谐意)：懒～｜网～｜糊涂～｜害人～。
　　⊖ huǐ 〈文〉毒蛇。后作"虺"。

种 chóng 见 zhǒng "种"(886 页)。

重 chóng 见 zhòng "重"(887 页)。

崇 chóng ❶高：～山峻岭｜～楼高阁｜～论闳议｜功～惟志。❷尊重;重视：～敬｜～拜｜尊～。❸〈文〉助长;增长：今将～诸侯之奸(现在却助长诸侯的乱臣)。❹姓。

郵 chóng 姓。

宻 chóng 〈文〉同"崇"。尊崇;推重：～鬼神淫祀(淫祀:过分的、不合礼制的祭祀)。

濛 chóng 见 zhuàng "濛"(899 页)。

蟲 ⊖ chóng 〈文〉晚蚕。
　　⊖ zhōng 〈文〉蚱蜢。

緟 chóng 〈文〉增加;重叠。

饞 chóng 【儳(chán)饞】〈文〉贪食。

爥 chóng 【爥爥】〈文〉热气熏蒸的样子：不雨旱～。

chǒng （ㄔㄨㄥˇ）

宠(寵)[宠] chǒng ❶(上对下)偏爱;过分地爱：～爱｜～物｜得～｜受～｜若惊｜少姜有～于晋侯(少姜:晋侯的妃子)。❷〈文〉尊荣;荣耀：位不足以尊我。

埫 ⊖ chǒng 【埫塎(yǒng)】〈文〉不安定的样子。
　　⊖ shǎng 土地面积单位。十亩为一埫。也作"垧"。
　　⊜ tǎng 山间平地;平坦的地。多用于地名:贾～(在宁夏)。

趗 chǒng 【趗(lù)趗】〈文〉小儿行走的样子：～往来。

chòng （ㄔㄨㄥˋ）

冲 chòng 见 chōng "冲"(86 页)。

揰 chòng ❶跳;窜:大不高兴的～了出去。❷撞击:打不开,石头～。‖用于古白话。

硫 chòng 同"铳"。旧式火器,可以发射弹丸:连放三个大～。

眮 chòng 〈方〉困倦时小睡:一个眮儿。

铳(銃) chòng ❶旧式火器,可以发射弹丸:火～｜鸟～｜土～。❷【铳子(zi)】金属制的打眼工具。❸用铳子打眼:～眼儿。

趪 chòng 走路跌跌撞撞的样子。用于古白话。

踵 chòng 见 zhōng "踵"(886 页)。

龗 chòng 见 zhōng "龗"(886 页)。

抽 chōu ❶把夹在中间或缠在里面的东西取出:～签｜～纸｜～刀断水水更流。❷从整体中取出一部分:～血｜～样。❸(植物体)长出;出现:～芽｜～穗。❹吸:

~烟|~水灌田|倒~一口凉气。❺减缩:
~水(缩水)|大枣一晒就~了。❻打(多指
用条状物):~陀螺|~他一棍子|鞭子一~,
马跑得更快了。❼用球拍像抽鞭子似的猛
击(球):~杀|长~短吊。❽〈文〉抒发:~思
(抒发情思)。

姁 □ chōu 见 zhóu "姁"(889页)。

偖 chōu 〈文〉眼神不正:目~。

紬 chōu 见 chóu "紬"(88页)。

偺 chōu 〈文〉目光不正。

摺 ⊖ chōu 〈文〉同"抽"。演绎;理出头
绪。
⊜ liù 〈文〉筑;捣土。

橻 ⊖ chōu ❶弹拨(弦乐器)。用于古白
话:江上何人~玉筝。❷束紧。用于
古白话:常见角带~。❸编造。用于古白
话:~一个笑话。❹〈方〉把东西掀起或翻
倒:把柜子~过来。❺〈方〉搀扶:我~你去。
⊜ zǒu 抓;揪。用于古白话:勿~我发
(fà)。

橻 chōu ❶〈文〉穿在牛鼻上系绳用的小
棍或小铁环。❷揽;抱。用于古白话:
将我腰胯~。

擂 chōu 〈文〉拉引。通作"抽"。

蟄 chōu 见 zhōu "蟄"(888页)。

篘 chōu ❶〈文〉用竹编成的滤酒器具:提
着这斑竹~。❷〈文〉滤酒:新~的美
酒。❸〈文〉酒:倾几盏新~。

瘳 chōu ❶〈文〉病愈:~愈|病数月乃
~。❷〈文〉损害;减损:闭门风雨百
感~。

犨 chōu ❶〈文〉模拟牛喘息的声音。
❷古水名。在今河南。❸古地名。
在今河南。

犨 chōu 同"犨"。古地名。在今河南。

chóu (彳)

仇 □ [⊖*讐、⊜*雠] ⊖ chóu ❶敌
人;极端憎恨的
人:~敌|亲痛~快|疾恶如~。❷强烈
的敌意和怨恨:~恨|冤~|他们两家有~。
⊜ qiú ❶〈文〉伴侣;同伴:携我好~,载
我轻车。❷〈文〉配偶:结发辞严亲,来为君
子~。❸姓。
"雠"另见 chóu "雠"(89页)。

怞 ⊖ chóu 〈文〉伤悼;不平静。
⊜ yóu 【怞怞】〈文〉忧愁的样子:永余
思兮~(永:悠长)。

俦 (儔) chóu ❶〈文〉同伴;伴侣:
侣|同~|燕侣莺~。❷〈文〉同
类;辈:~类|~辈。❸〈文〉匹敌;相比:比
~|众莫能~。

帱 (幬) ⊖ chóu ❶〈文〉帐子:~帐|
绛~|纱~。❷〈文〉车帷:~
幔|素~。
⊜ dào 〈文〉覆盖;覆:~。

㚓 [㚓] chóu 〈文〉南方的野鸡名。

菗 chóu 【菗蒢(chú)】〈文〉草名。地榆。

畤 □ chóu 见 zhì "畤"(882页)。

惆 □ chóu 〈文〉悲伤;失意:~怅|心~
而自伤。

绸 □ (綢) [❶△*紬] chóu ❶绸子,
一种薄而柔软的
丝织物:~带|丝~|绫罗~缎。❷【绸缪
(móu)】1.〈文〉缠绕;缠缚:未雨~(趁着天
没下雨,先修理房屋、门窗,比喻事先做好
准备)。2.〈文〉缠绵:情意~。
"紬"另见 chóu (88页)。

紬 ⊖ chóu 〈文〉用粗丝织成的绸:~
布。
⊜ chōu ❶〈文〉抽引,理出丝缕的头绪:
~绎(引出端绪)。❷〈文〉缀缉:~次(编
次)。
另见 chóu "绸"(88页)。

椆 □ chóu ❶〈文〉树木名。❷古水名。
在今河南。

愁 chóu ❶〈文〉"愁"的讹字。❷用于人
名。彭士愁,五代人。

畴 □ (疇) chóu ❶〈文〉田地:田~|平
~|黍稷盈~。❷〈文〉种类;
类别:范~|物各有~|草木~生,禽兽群焉,

物各从其类也。

犓 chóu 〈文〉谁。

酬 [*酧、△*詶、*酧] chóu ❶〈文〉劝酒；敬酒：～酢(宾主相互敬酒，也泛指交际往来)。❷回报；报答：～报|～谢。❸给付出劳动的人作为报偿的钱或物：稿～|按日计～|同工同～。❹〈文〉相互以诗文赠答：～唱|～对|～和(hè)。❺交际往来：～答|应～。❻(愿望)实现：壮志未～。

"酧"另见 shòu(621 页)；"詶"另见 zhòu(890 页)。

稠 chóu ❶多而密：苗太～|人烟～密|人～地窄。❷浓(跟"稀"相对)：粥熬得～一些。

愁 [揫] chóu ❶忧虑；担忧：～闷|忧～|发～|白发三千丈，缘～似个长。❷使担忧：把他～坏了|～死我了。❸苦闷；忧伤：～容|～绪|眉苦脸。❹苦闷忧伤的心情：乡～|离～|别绪。

筹 (籌) chóu ❶竹木等制成的小棍儿或小片儿，主要用来计数或用作领取物品的凭证：～码|算～|持～而算之。❷谋划：～备|～款|统～兼顾。❸谋略；计策：一～莫展|运～帷幄。

詶 chóu 见 zhòu "詶"(890 页)。

裯 ㊀ chóu 〈文〉单被，泛指衾被：拥～起坐。
㊁ dāo [裯(dī)裯]〈文〉贴身的短衣。

踌 (躊) chóu [踌躇(chú)]1. 犹豫不定：～良久。2. 形容得意：～满志。‖旧也作"踌蹰"。

鄐 chóu 〈文〉谁。

鄡 ㊀ chóu 古地名。在今四川都江堰境内。
㊁ shòu 古水名。

雔 chóu ❶〈文〉成对的鸟。❷〈文〉相当：难～之价。

潗 chóu ❶〈文〉腹中有水气。❷[潗然]〈文〉郁积不散的样子。

擣 chóu 〈文〉通"稠(chóu)"。丛集；稠密：上有～著(shī)，下有神龟。
另见 dǎo "搗"(124 页)。

薵 ㊀ chóu 〈文〉草名。
㊁ dào 〈文〉覆盖。

簹 chóu [簹箸]〈文〉同"踌躇"。犹豫；徘徊。

翛 chóu 见 tiáo "翛"(667 页)。

懤 chóu [懤懤]〈文〉忧愁深重的样子：惧吾心兮～。

敿 [敿] chóu 〈文〉抛弃。

觳 [觳] chóu 〈文〉把衣物挂起来敲打以除去灰尘。

讎 (讐) [*讐] chóu ❶校对文字：～定|～勘(校对文字)|校～。❷〈文〉对手：仇～。❸〈文〉应答：无言不～，无德不报。❹〈文〉相应；符合：诏监察御史杨宁覆验，事皆不～。
"讐"另见 chóu "仇"(88 页)。

讗 chóu 见 zhōu "讗"(889 页)。

鯈 chóu 〈文〉大鱼。

chǒu (ㄔㄡˇ)

丑 (❶❷醜) chǒu ❶相貌难看(跟"俊、美"相对)：～陋|呼河伯妇来，视其好～。❷令人厌恶的；可耻的：～态|～事|现～了。❸传统戏曲里扮演滑稽人物的角色：～角(jué)|文～|武～。❹地支的第二位：～时(相当于一点到三点)。

杽 chǒu 〈文〉手铐一类的刑具。

杻 ㊀ chǒu 古代刑具。类似现在的手铐。
㊁ niǔ 古书上说的一种树。

杽 chǒu 〈文〉同"杽"。手铐一类的刑具：～械枷锁不著其身。

釦 [釗] chǒu 姓。

僽 ㊀ chǒu 理睬；看。用于古白话：端的
个有谁问，有谁～？后多作"瞅"。
㊁ qiào 〈方〉傻：～货(傻子)。

揪 □ chǒu 见 jiū "揪"(332页)。

媿 chǒu 姓。
另见 kuì "愧"(372页)。

瞅 □ [*瞗、*瞝] chǒu 〈方〉看：～不
见｜～一眼｜让我～
～｜准了再买。

蘸 chǒu 〈文〉草名。即薄荷。

巤 chǒu 〈文〉同"丑(醜)"。丑恶；可恶：
不以为～。

chòu （彳ㄡˋ）

臭 □ ㊀ chòu ❶气味难闻(跟"香"相对)：
～气｜腥～｜～不可闻。❷令人厌恶
的：～名｜～毛病。❸技艺低劣：～棋｜～球。
❹狠狠地：～骂｜～揍一顿。❺〈方〉(枪弹、
炮弹)打不响；失效：～子儿。
㊁ xiù ❶〈文〉气味：乳～(奶腥气)｜无声
无～(比喻人没有名声)｜同心之言，其～如
兰。❷〈文〉同"嗅"。闻。

臯 chòu 同"臭"。气味难闻。用于古白
话。

臮 chòu 同"臭"。气味难闻。用于古白
话。

蒩 chòu 〈文〉同"臭"。腐臭的气味：久而
不闻其～。

蒩 chòu 〈文〉草丛生杂聚的样子。

殠 chòu 〈文〉腐臭的气味：～恶。后作
"臭"。

chū （彳ㄨ）

出 □ (⑯齣) chū ❶从里面到外面(跟
"进、入"相对)：～门｜～国｜
～不入兮往不反(反：返)。❷使到外面，往
外拿：～通知｜～考题｜～谋划策｜～大力，流
大汗。❸支付(钱物)：～纳｜入不敷～。❹
来到：～场｜～席｜～庭作证。❺超过；越过：
～众｜～格｜球～了边线。❻离开；脱离：～

家｜～局｜火车～轨了。❼显露；显现：～名｜
～丑｜错误百～｜山高月小，水落石～。❽
发出；发泄：～芽｜～声｜～汗｜于是遂～垦草
令。❾天然生长或人工生产：长白山～人
参｜～了废品要追究责任。❿产生；发生：
推陈～新｜～成果，～人才｜问题就～在他
身上。⓫〈文〉生(孩子)：嫡～｜庶～｜视为己
～。⓬出版，编印书刊或制作音像制品：～
书｜～唱片｜这部电视剧～了光盘。⓭显得
量多：～数儿｜米好不～饭。⓮用在动词后，
表示人或事物随动作从里向外或动作结
果：走～教室｜看不～哪儿好｜想～很多办
法。⓯用在形容词后，表示超过：弟弟比姐
姐高～一头｜帽子再大～一点儿，我戴上也
许合适。⓰传奇中的一回；戏曲中的一个
独立剧目：跟着老师学了几～戏。⓱〈文〉
遗弃(妻子)：薛公入魏而～齐女。

初 □ chū ❶起头的；开始的：～春｜～步｜
民国～年。❷第一个：～伏｜～稿。
❸刚刚；第一次：～犯｜～诊｜天下～定。❹
开始的一段时间：人之～｜开学之～｜岁末
年～。❺原来的：～愿｜～衷。❻原来的情
况：和好如～。❼最低的：～等｜～级。❽
前缀。附着在数字"一"至"十"前，表示农历
每个月第一天至第十天的顺序：～一(就是
每个月的第一个"一"，以别于"十一""二十
一")｜～八｜～十。❾姓。

郲 □ chū 【郲江】地名。在四川大邑。

㔠 chū "初"的讹字。开始的。用于古白
话：当～。

貙 □ (貙)[貙] chū 〈文〉猛兽名。
也叫"貙虎"。

摴 □ chū ❶〈文〉散发：画月不能～望舒
之景(望舒之景：月光)。❷【摴蒱
(pú)】古代博戏名。像后代的掷色子
(shǎizi)。也作"摴蒱"。

摢 □ ㊀ chū 摴蒱。古代博戏名。像后代
的掷色子。
㊁ jù 〈文〉依据：特～旧史。
㊂ hū 〈文〉摢沱河，即滹沱河。

骵 □ chū 【骨骵】〈文〉树的节疤：道边树有
～。

樗 □ chū 臭椿，落叶乔木。羽状复叶，有
臭味，花白色带绿，木质优良，根和皮

可入药。

chú（ㄔㄨˊ）

刍（芻）[蒭] chú ❶〈文〉喂牲口的草；牲口吃的草：～秣(草料)|饥食一束～。❷〈文〉割草：～荛有禁(荛：ráo，割草)。❸谦辞。称自己的(言论、见解等)：～言|～议|～见。

除 chú ❶去掉：～尘|～害|病总算～了根儿。❷不计算在内：～此而外|给他留一张，已经没票了。❸数学基本运算方法之一。最简单的是把一个数分成若干等份的运算，如 $6÷2＝3$，读为六除以二等于三。❹〈文〉台阶：阶～|黎明即起，洒扫庭～。❺〈文〉任命；授予(官职)：～授|～吏|～臣洗(xiǎn)马(洗马：官名)。❻姓。

垛 chú 〈文〉通"除(chú)"。清除。

粗 chú 见qù"粗"(566页)。

蒢 chú ❶【蒩(chóu)蒢】〈文〉草名。地榆。❷【蘧(qú)蒢】用竹篾编成的粗席。也作"蘧篨(chú)"。

厨 [*厨、*廚、厨] chú ❶厨房，做饭做菜的房间：下～|造～(做饭)|是以君子远庖～也。❷厨师，专职从事烹饪工作的人：名～。❸〈文〉肴馔：夫人设～，～亦精珍，与王母所设者相似。

狙 chú 〈文〉猪一类。

锄（鋤）[△*鉏、△*耡] chú ❶松土、除草用的农具：～头|方～|三齿耘～。❷用锄松土、除草：～地|～草|禾日当午。❸铲除；消灭：～奸(除掉奸细)|诛～|～强扶弱。"鉏"另见jǔ(338页)；"耡"另见chú(91页)。

滁 chú ❶滁州，地名。在安徽东部。❷滁河，水名。发源于安徽肥东，流到江苏六合入长江。旧称"滁水"。

耡 chú ❶古代税法名：～粟(传说井田制中一井所纳的税粟)。❷〈文〉佐助：兴～(动员民众相互帮助)。❸古代里宰办事的地方。另见chú"锄"(91页)。

趄 chú 用于人名。南荣趄，古代寓言里的人名。

跦 chú 见zhū"跦"(891页)。

蜍 chú 【蟾(chán)蜍】两栖动物。皮上的疙瘩内有毒腺，分泌物可入药。吃昆虫等。通称"癞蛤蟆"。

雏（雛） chú ❶幼禽：鸡～|鸟～|育～。❷幼小的：～凤|～笋|～鹰。

嫭 ㊀ chú 〈文〉妇女怀孕。㊁ zhòu 〈文〉美好。

蒢 [蒢] chú 【茎(chí)蒢】〈文〉五味子。藤本植物，果实可入药。

犓 chú ❶〈文〉用草料喂牛羊；饲养牲畜：～牛羊。❷〈文〉牛羊等牲畜：～豢煎炙之味。

窠 chú 【窊(wā)窠】凹下的样子。用于古白话。

幮 [幮] chú ❶〈文〉帐子：老翁高枕葛～里。❷〈文〉放置东西的家具：书库大～。用同"橱"。

穚 ㊀ chú 〈文〉稷(一种谷物)的茎秆，泛指谷物的茎秆：有水不滋～(滋：滋养)。㊁ zōu 〈文〉禾秆。

篨 chú 【蘧(qú)篨】1.〈文〉用竹篾编成的粗席。也作"蘧蒢"。2.〈文〉指患疾病而不能弯腰俯身的人。3.〈文〉用花言巧语谄媚人。

橱 [*櫥] chú 放置衣服、物件的家具，前面有门：～柜|壁～|书～。

懤 chú 【懤(chóu)懤】同"踌躇"。犹豫不定。用于古白话：空教我意下～。

踌（躊） chú 【踌(chóu)躇】1.犹豫不定：～良久。2.形容得意：～满志。

躇 [躇] chú ❶【跱(chí)躇】〈文〉同"踟躇"。徘徊不前。❷〈文〉停止不前。

蹰 chú 【踟(chí)蹰】〈文〉同"踟蹰"。心里迟疑，要走不走的样子：～山隅，絷策未

往。

蹰 ［*躕］　chú【踟（chí）蹰】心里迟疑，要走不走的样子：～不前。也作"踟蹰"。

蟵　chú　见 zhū"蟵"（892 页）。

鶵　chú　❶〈文〉同"雏"。幼禽。❷【鶵（yuān）鶵】传说中鸾凤一类的鸟。

鸘　chú【鸘（chōng）鸘】〈文〉白鹭。

chǔ（ㄔㄨˇ）

处 □　chǔ　见 chù"处"（92 页）。

杵 □　chǔ　❶舂米、捣衣等用的圆木棒，一头粗，一头细：～白｜砧（zhēn）～｜捣衣～｜断木为～。❷用杵捣：～药。❸捅或戳：窗户纸～破了｜用棍子～了他一下。

础（礎）［礎］　chǔ　垫在柱子底下的石礅：～石｜基～｜～润而雨（柱子下的石礅发潮，说明空气湿度大，预示将要下雨）。

楮 □　chǔ　❶构树，树皮可以造纸。❷〈文〉纸的代称：～墨（纸和墨，代指书画、诗文等）｜笔～｜临～草草（草草回信）。

储（儲）　chǔ　❶积蓄；存放：～藏｜～蓄｜存～｜粮food荒。❷王位、皇位的继承人：～君｜立～｜王～。❸姓。

楚 ［楚、楚］　chǔ　❶〈文〉痛苦；凄～｜苦～。❷清晰；整齐：清～｜～齐。❸古书上指牡荆。落叶灌木，开青色或紫色的穗状小花，鲜叶可以入药。枝干坚硬，可以做拐杖。❹周代诸侯国名。战国七雄之一，故地在今湖北和湖南一带。❺指湖北和湖南，特指湖北：～地｜～剧。❻姓。

梻　chú　周代诸侯国名，故地在今湖南、湖北及周边一带。通作"楚"。

褚 □　㊀ chǔ　姓。
㊁ zhǔ　❶〈文〉丝绵：～衣（用丝绵絮的衣服）。❷〈文〉用丝绵絮衣服。❸〈文〉口袋；囊：～囊｜～橐（tuó）。

檚　chǔ　周代诸侯国名，故地在今湖南、湖北及周边一带。通作"楚"。

霋　chǔ　❶〈文〉同"处"。置身；处在：～幽昏而照明。❷〈文〉同"处"。安排：安～基业。

澛 □　chǔ　古水名。在今山东。

齼（齼）［齭］　chǔ　❶〈文〉牙齿发酸：食梅齿～。❷〈文〉害怕：～～（胆怯害羞的样子）。

齭 □　chǔ【齭齭】〈文〉鲜明整洁的样子：锦绣～。通作"楚楚"。

齚 □　chǔ　见 zhā"齚"（855 页）。

chù（ㄔㄨˋ）

亍 □　chù【彳（chì）亍】〈文〉小步慢走，时走时停。

处（處）［处、處］　㊀ chù　❶地方：～所｜远～｜所到之～。❷事物的方面或部分：长（cháng）～｜害～｜难～。❸某些机构的名称，也指机关中按业务划分的单位（通常在局之下，科之上）：办事～｜财务～。❹〈文〉时刻：怒发冲冠，凭栏～，潇潇雨歇。
㊁ chǔ　❶惩办；惩罚：～分（fèn）｜惩～｜～以重刑。❷安排；办理：～理｜～裁。❸交往；跟别人在一起：～世｜共～｜跟他～得来。❹置身；存在：～境｜地～荒郊｜～江湖之远，则忧其君。❺〈文〉居住：独～一室｜五方杂～｜穴居野～。

诎 □　chù　见 qū"诎"（562 页）。

豕 □　chù【豕豕】〈文〉猪被绳子绊着脚而行走艰难的样子。

怵 □　㊀ chù　恐惧；害怕：～惕（惊骇；戒惧）｜～心（惊心）｜心里犯～。
㊁ xù　〈文〉诱导；诱惑：激以忠义，～以利害。

怵　chù　〈文〉忧心：忧～千般。

绌（絀）　chù　❶〈文〉不足；不够：相形见～｜左支右～。❷〈文〉通"黜（chù）"。贬退：宜～奸臣，修人事。

柷 □　chù　见 zhù"柷"（895 页）。

歜 ㊀ chù ❶【咄(duō)歜】〈文〉没有愧心。❷〈文〉无知。

㊁ xì 〈文〉同"咥"。笑:屡～拙目(拙目:目光短浅的人)。

俶□ ㊀ chù ❶〈文〉开始:～始|～载。❷〈文〉整理:～装而行。

㊁ tì 【俶傥(tǎng)】〈文〉同"倜傥"。卓越;不拘于俗:非～之才不能任也。

畜□ chù 见 xù "畜"(758 页)。

珿 chù 〈文〉整齐:整～。

埱 ㊀ chù ❶〈文〉地气从土中升出。❷〈文〉开始。

㊁ tòu 〈方〉同"透"。穿通。

菆 chù 见 zōu "菆"(912 页)。

犓 ㊀ chù 【犓犓】〈文〉凶猛的样子:山物～。

㊁ chēng 〈文〉角长(cháng)的样子。另见 cū "粗"(105 页)。

琡□ chù 〈文〉玉器。八寸的璋。

埱 chù 〈文〉至;到。

跦 chù 【跦踢】传说中的兽名。

傗 chù 〈文〉同"畜"。牲畜:圣人以教养六～。

鄐 chù ❶古地名。在今河南。❷姓。

搐□ chù 牵动;(肌肉)不自主地抽缩:～动|～缩|抽～。

蓫 ㊀ chù 〈文〉羊蹄菜:言采其～。

㊁ zhú 【蓫薚(tāng)】〈文〉马尾草。多年生草本植物,根可入药。

触□ (觸)[牴] chù ❶撞;碰上:～礁|接～|一～即发|兔走～株,折颈而死(走:跑。株:树桩)。❷因某种刺激而引起(感情变化、回忆等):～发|～怒|感～|～景生情。

遚 chù ❶〈文〉行走的样子。❷〈文〉奔驰。

滀 ㊀ chù 〈文〉(水)聚积:镜湖～众水,自汉无旱蝗。

㊁ xù 【滀仕】地名。在越南。

慉 chù 见 xù "慉"(758 页)。

閦 chù 【閦然】〈文〉众多的样子。

犕 chù 〈文〉同"畜"。牲畜。

嘼 chù 〈文〉牲畜。后作"畜"。

諔 ㊀ chù 【諔诡】〈文〉奇异:～幻怪之名(名:名声)。

㊁ jì 〈文〉寂静:～诡(安静)。

憷□ chù 害怕;畏缩:～场|犯～|他最～数学。

歜 ㊀ chù 〈文〉怒气盛:虚舟飘瓦何烦～(虚舟飘瓦:比喻灾难)。

㊁ zàn 【昌歜】〈文〉即菖蒲菹(zū)。菖蒲根做的腌菜。

黜□ [絀] chù 〈文〉贬退;罢免:～退|～免|废～|有罪得以～,有能得以赏。

臅□ chù 用于人名。颜臅,战国时人。

臅 chù 〈文〉胸腔内的脂肪:狼～膏。

矗□ chù ❶〈文〉直立;高耸:～立。❷〈文〉直通:直陌～其东西(笔直的小路直通东西两方)。

鸀 chù 传说中的怪鸟名。

chuā(ㄔㄨㄚ)

欻□ ㊀ chuā 模拟急促摩擦等的声音:～的一声,篮球应声入网|仪仗队迈着整齐的步伐,～～地从检阅台前走过。

㊁ xū 〈文〉忽然:灾祸～降。

纂 ㊀ chuā 〈文〉黄黑而发白。

㊁ zhuó 〈文〉短而黑。

chuǎ(ㄔㄨㄚˇ)

䊬 chuǎ 〈方〉树分杈。

chuāi（ㄔㄨㄞ）

揣 chuāi　见 chuǎi "揣"（94 页）。

㩜 chuāi　用手使劲压、揉，使掺入的东西和（huó）匀：～面。

chuái（ㄔㄨㄞ）

膗 chuái　❶〈方〉肥胖而肌肉松弛：瞧他那～样儿，脸上的肉都嘟噜着。❷【膘（léi）膗】〈文〉形貌丑陋。

chuǎi（ㄔㄨㄞ）

揣 ㊀ chuǎi　❶估计；推测：～测｜～度（duó）｜～知其指，不敢发言。❷〈文〉测量：计丈数，～高卑，度厚薄。

　㊁ chuāi　怀；藏：～着手｜把信～在怀里。

　㊂ chuài　❶【囊（nāng）揣】同"囊膪"。猪的胸腹部肥而松软的肉。❷【挣（zhèng）揣】挣扎。

　㊃ zhuī　〈文〉击；捶击：汝翁复骂者，吾必～之。

chuài（ㄔㄨㄞ）

啜 chuài　见 chuò "啜"（100 页）。

揣 chuài　见 chuǎi "揣"（94 页）。

闖 ㊀ chuài　❶挣扎：怎～思量的无聊赖。❷谋取；赚取：～几贯盘缠。‖用于古白话。

　㊁ wěn　〈文〉同"稳"。稳定。

嘬 chuài　见 zuō "嘬"（917 页）。

闞 chuài　【石抑闞】〈文〉谷种名。

踹 chuài　❶用脚底向外蹬：～他一脚｜用脚～门。❷踩；踏：一脚～进烂泥里。

膪 chuài　【囊（nāng）膪】猪的胸腹部肥而松软的肉。

醻 chuài　〈文〉酱。

chuān（ㄔㄨㄢ）

川 chuān　❶河流；水道：河～｜名山大～｜两山之间，必有～焉。❷平地；平原：米粮～｜一马平～｜八百里秦～。❸四川的简称：～剧｜～菜｜～藏公路。

巛 chuān　"川"的古字。河流。

氚 chuān　氢的一种同位素。符号³H 或 T。

穿 chuān　❶用凿、钻、刺等方法使成孔洞：～孔｜～刺｜强弩之末，势不能～鲁缟（鲁缟：鲁地生产的薄绸子）。❷用在动词后表示通透或揭开：射～｜揭～｜戳～。❸通过（孔隙、空地等）：～针｜～越｜阳光从树叶的缝隙～过来。❹用绳线等通过物体，把物体串联起来：贯～｜把散落的珠子～成一串。❺把衣服、鞋袜等套在身上：衣～｜～戴｜～裙子｜～靴戴帽。

剟 chuān　〈文〉修剪枝条：～去横枝。

猭 ㊀ chuān　【獑（chēn）猭】〈文〉连绵不断的样子。

　㊁ chuàn　〈文〉野兽疾速奔跑的样子：兽不得～。

　㊂ shān　〈文〉兽名。

窀 chuān　〈文〉同"穿"。凿通：乃于城～地为道。

chuán（ㄔㄨㄢ）

传（傳） ㊀ chuán　❶一方交给另一方：～递｜～阅｜口耳相～。❷特指上代交给下代：家～｜遗～｜祖～秘方｜代代相～。❸把学问、技艺等教给别人：～授｜言～身教｜把一身绝技～给徒弟。❹〈文〉所传授的东西：～不习乎？❺散布；推广：～扬｜～流｜喜讯很快就～开了。❻命令人来：～讯｜～唤｜～证人到庭。❼热或电从导体的一部分流通到另一部分：～导｜～热｜听了这番话，一股暖流～遍全身。❽表达：～神之笔｜眉目～情。❾姓。

㊀ zhuàn ❶古代对经典的解说:经～|《诗集～》|《春秋》三～。❷传记,记载人物生平事迹的文字:～略|自～|《五柳先生～》。❸叙述历史故事的作品(多用于小说名称):《水浒～》|《新儿女英雄～》。❹〈文〉信符;凭证:复置津关,用～出入。❺〈文〉驿站:发人修道,缮理亭～。

舡 chuán ❶〈文〉同"船":问个渡口寻～。❷姓。

船 [*舩、舡] chuán ❶水上的主要交通运输工具:～只|乘～出海|陆行乘车,水行乘～。❷姓。

遄 chuán 〈文〉疾速:～流|～行|河流～疾|遥襟俯畅,逸兴～飞。

圌 chuán 见 chuí "圌"(97 页)。

椽 chuán 见 duǒ "椽"(157 页)。

橼 chuán 橼子,放在檩上承托屋面板和瓦片等的木条。

歂 chuán 见 chuǎn "歂"(95 页)。

槌 chuán 【槌(chén)槌】〈文〉往复驰逐。

篅 [筁] chuán ❶〈文〉用竹篾围成的圆形粮囤。❷〈文〉草制的盛谷物的圆形容器:草～。

椯 chuán 〈文〉树木名。

輲 chuán ❶〈文〉用圆木做的低小没有车辐的车轮:两轮为～。❷【輲车】〈文〉用来运载棺柩的车:载以～。❸〈文〉通"遄(chuán)":疾速。

chuǎn （ㄔㄨㄢˇ）

舛 chuǎn ❶〈文〉违背:～驰(相背而驰)|本末～逆。❷〈文〉差错;错乱:～讹|～误|乖～。❸〈文〉不幸;不顺利:命途多～。

荈 chuǎn 〈文〉晚采的老茶:赐茶～以当酒。

喘 chuǎn ❶急促地呼吸(多指不由自主地):～息|苟延残～|一气爬上十楼,累得直～。❷特指哮喘:这几天～得厉

害。

歂 ㊀ chuǎn 〈文〉同"喘"。喘息。
㊁ chuǎn 姓。歂孙,春秋时人。

僢 ㊀ chuǎn 〈文〉同"舛"。相背:分流～驰(水的流向不同)。
㊁ chuǎn 〈文〉两足相向:卧则～。

蝡 chuǎn 【蜷(quán)蝡】〈文〉蚯蚓。

踳 chuǎn ❶〈文〉同"舛"。违背:上下～逆。❷〈文〉同"舛"。错乱:政治～乱。

chuàn （ㄔㄨㄢˋ）

玔 chuàn 〈文〉玉镯,套在手腕、脚腕上的玉环。

串 chuàn ❶把相关的事物连贯起来,成为整体:～讲|～联|把身边的琐事～成小品的情节。❷连贯起来的东西:羊肉～儿|糖葫芦～儿。❸量词。用于连贯成串的东西:一～项链|一～珍珠|一～脚印|一～曳光弹。❹量词。用于连续性的声音、动作:一～铃声|一～笑声|一连～动作。❺量词。用于具有连续性的抽象事物:碰了一～钉子|一～疑问。❻暗中勾结,相互配合:～供|～骗|～通一气。❼错误地连接:电话～线|收音机～台了|抄书抄～了行。❽两种东西混杂后改变原来的特质:～种|～秧儿|茶叶跟樟脑放在一起～了味儿。❾往来;走动:～门|～亲戚|走街～巷。❿演出戏剧、杂耍等:～演(扮演本行当以外的角色)|反～(演员临时扮演行当以外的角色)。

弗 chuàn 见 chǎn "弗"(68 页)。

钏 (釧) chuàn ❶〈文〉镯子,套在手腕、脚腕上的环形装饰品:手～|金～|玉～。❷姓。

猭 chuàn 见 chuān "猭"(94 页)。

瘯 chuàn 【瘯(lì)瘯】〈文〉痰核,中医病症名。

僝 chuàn 见 chuǎn "僝"(95 页)。

踳 chuàn 〈文〉行走:南村北疃沿门～(疃:tuǎn,村庄)。

簸[簸]　chuàn　〈文〉稍稍舂捣(麦皮);舂。

鷯　chuàn　〈文〉鸟名。也叫"痴鸟、勾喙鸟、欺老"。

chuāng（ㄔㄨㄤ）

卪　chuāng　〈文〉创伤。通作"创"。

创□　chuāng　见 chuàng "创"(97页)。

疮(瘡)□　chuāng　❶皮肤上或黏膜上发生溃烂的病:口～|褥～|冻～|脖子后头长了个～。❷外伤:刀～|痍(创伤)|金～迸裂(金疮:刀枪箭矢造成的伤口)。

窗[*窓、*窻、牕、牎、*牕、牕、窻]　chuāng　房屋、车、船上通气透光的装置,一般有可开关的窗扇:～户|门～|纱～|～明几净。

摐　chuāng　❶〈文〉撞击:～金鼓。❷〈文〉纷乱错杂:万象～然。❸〈文〉高耸:万松谁种已～～。

嵹　㊀ chuāng　用于地名:千尺～(在陕西华山)。
㊁ tóng　❶〈文〉没有草木的山。❷〈文〉山谷。

曫[覩]　chuāng　❶〈文〉看东西模糊不清。❷〈文〉直视。

鏦　chuāng　见 cōng "鏦"(103页)。

chuáng（ㄔㄨㄤ）

床□[*牀]　chuáng　❶供人睡卧用的家具:～铺|双人～|用铺板现搭了一张～。❷像床那样起承托作用的东西:车～|琴～|笔～。❸某些有承托作用的地面、地形:苗～|河～。❹用于某些床上用品:两～被|三～毯子|几～褥子。❺〈文〉井上围栏:后园凿井银作～,金瓶素绠汲寒浆。

唴　chuáng　〈文〉同"噇"。吃:荻笋芦蓊带叶～。

唴　chuáng　❶无节制地吃喝:～的又醉又饱。❷模拟射箭声、雨声等:～的一声射去。‖用于古白话。

帗　chuáng　〈文〉同"床"。卧具。

噇　chuáng　见 zhǒng "噇"(886页)。

潒□　chuáng　见 zhuàng "潒"(899页)。

噇□　chuáng　〈方〉无节制地吃喝:～鱼～肉|这家伙一顿～了半斤酒!

幢□　㊀ chuáng　❶古代用作仪仗的旗幡之类:～幡|旗～。❷刻着佛号或经文的石柱;写着佛号或经文的绢帛:石～|经～。❸【幢幢】〈文〉形容影子摇晃不定:灯影～|人影～。
㊁ zhuàng　❶量词。用于房屋:一～旧式楼房|三～塔形建筑|五～泥墙农舍。❷〈文〉舟、车上形如车盖的帷幔。

幢　chuáng　〈文〉同"幢"。旗幡:旌～。

饛　chuáng　〈方〉贪吃;贪饱。

chuǎng（ㄔㄨㄤ）

闯(闖)□　chuǎng　❶猛冲;突然进入:～阵|～进门去。❷(离开家乡到外边)奔走;游荡:～荡|～关东|走南～北。❸招惹;惹起:～祸|～乱子。

剌　chuǎng　〈文〉皮伤:人伏行,不自顾其膺之瓶(lìn)而～也(膺:胸。瓶而剌:摩擦受伤)。

嵘　chuǎng　〈文〉山相连的样子:群山为之相～。

潒　㊀ chuǎng　〈文〉摩擦;碰撞:飞涝相～(涝,láo,大波)。
㊁ shuǎng　〈文〉净;冷。

瓺　㊀ chuǎng　〈文〉用碎瓦石磨去器皿内壁的污垢。
㊁ shuǎng　〈文〉没有烧透的瓦器。

碌　chuǎng　❶〈文〉用瓦石擦去污垢,泛指清除:涤～|百年腥膻之风～之。❷〈文〉摩擦;磨炼:奔溜(liù)之所～错(水流急而摩擦岸石)。

chuàng （ㄔㄨㄤ）

创（創）[㊀*剏、㊀*刱] ㊀ chuàng ❶开始做;第一次实现:～业|首～|～了新的纪录。❷前所未有的;独到有新意的:～举|～见|～意。❸通过经营等而取得:～收|～利|～汇。

㊁ chuāng ❶伤口;外伤:～伤|刀～|巨痛深。❷杀伤;打击:重～来犯之敌。❸〈文〉通"疮(chuāng)"。疮疥:吾君背有疽(jū)～。

怆（愴）chuàng 〈文〉悲伤;凄～|悲～|～然泪下。

剏 chuàng 〈文〉同"创"。开始;开始做。

────────────

chuī （ㄔㄨㄟ）

吹 chuī ❶合拢嘴唇用力出气:～灯|～灭|～了一口气。❷用力出气使管乐器发声:～笙|高楼夜～笛。❸空气流动:～拂|风～浪打|电扇～得挺舒服。❹说大话;夸口:～牛|自～自擂。❺夸赞别人以捧场:能～善拍|你有那么好吗? 别让人给～晕了。❻(事情)不成功;(感情)破裂。用于口语:告～|他俩的婚事一波三折,到底还是～了。❼〈文〉管乐之声:花落黄昏悄悄时,不闻歌～闻钟磬。

炊 chuī 烧火做饭:～具|～烟|野～|巧妇难为无米之～(比喻不具备必要的条件,无法完成某件事)。

欻 chuī 〈文〉同"吹"。吹奏乐器:舞羽～龠(龠:yuè,乐器名)。

籥[龥] chuī 〈文〉同"吹"。吹响管乐器。

────────────

chuí （ㄔㄨㄟ）

垂[乖、埀] chuí ❶低下来;物体的一端向下:～钓|低～|～头丧气。❷(液体)向下流或滴:～泪|～涎(xián)欲滴。❸〈文〉敬辞。用于别人(多为长辈或上级)对自己的行为:～询|～问|

～念。❹〈文〉流传下去:名～千古|永～不朽。❺将近;将要:～暮|～危|功败～成。❻〈文〉边疆。后作"陲"。

菙 chuí 〈文〉同"垂"。垂下:～白叟(白:白的须发)。

乖 chuí 〈文〉同"垂"。流传:～歌吴域。

倕 chuí 传说中的巧匠名。

巫 chuí 〈文〉"垂"的古字。下垂:鲜不～涕(鲜:xiǎn,很少)。

陲[陲] chuí 〈文〉边疆;边地;边～。

捶[㊀△*搥、搥] chuí ❶击打:～打|～背|～胸顿足。❷〈文〉通"棰(chuí)"。鞭子:马～。
"搥"另见 duī（152 页）。

菙 chuí 荆一类的植物。古代占卜时用来灼烤龟甲。

棰[㊂*箠] chuí ❶〈文〉短木棍:～杖|一尺之～,日取其半,万世不竭。❷〈文〉用棍子打:～杀。❸〈文〉鞭子;马鞭:执～马。❹旧同"槌"。敲打东西的用具,大多一头较粗或为球形。

椎 chuí 见 zhuī "椎"(899 页)。

圌 ㊀ chuí 圌山,山名。在江苏中南部。
㊁ chuán 〈文〉同"篅"。用竹篾围成的圆形粮囤。

腄 ㊀ chuí 〈文〉趼子,手脚上磨起的硬皮。
㊁ zhuì 古县名。在今山东。

槌 chuí 敲打东西的用具,大多一头较粗或为球形:木～|棒～|鼓～儿。

锤（錘）[*鎚] chuí ❶古代兵器。有柄,柄的一端有金属球:铜～|流星～。❷像锤的东西:秤(秤砣)|纺～。❸敲打或锻造的工具:铁～|汽～|羊角～。❹用锤敲击:～打|～炼|千～百炼。❺古代重量单位。八铢(一说六铢)为一锤。

頭 chuí ❶〈文〉额头突出。❷〈文〉脊椎骨。

魋

□ chuí 见 tuí "魋"(680 页)。

鬌

chuí 〈文〉毛发脱落:发～齿落。

鬐

〇 chuí ❶〈文〉毛发脱落。❷〈文〉完全失去;尽,光。

〇 duǒ ❶〈文〉儿童剪发后留下的一部分头发:择日剪发为～。❷〈文〉头发美。

chuǐ (ㄔㄨㄟˇ)

袋

chuǐ 〈文〉火长时间地燃烧。

chuì (ㄔㄨㄟˋ)

惙

□ chuì 见 chuò "惙"(100 页)。

chūn (ㄔㄨㄣ)

芚

chūn 见 tún "芚"(681 页)。

春

[*旾、萅] chūn ❶春季,一年四季的第一季。我国指立春到立夏之间为春,也指农历的正月至三月:～风|暮～|昆明四季如～。❷指一年的时间:一卧东山三十～。❸比喻生机,活力:妙手回～|病树前头万木～。❹指男女情欲:～情|～心|怀～。❺春色;喜色:笑谈面生～。

軘

〇 chūn ❶古代车厢上用来缠束木围栏的带子。❷同"輴"。古代运载棺柩的车子。❸〈文〉用于泥路上的交通工具:泽行乘～。

〇 xún 〈文〉通"巡(xún)"。巡视:亲～远方。

堾

□ chūn 〈方〉地边用石块垒砌的用来挡土的墙。

瑃

□ chūn ❶〈文〉玉名。❷用于人名。

椿

[杶、橁] chūn ❶落叶乔木。树皮褐色,片状剥落,叶子有特殊气味,花白色,有香味。嫩叶可以吃,根皮和果实可入药。也叫"香椿"。❷

古代传说中一种寿命很长的树,比喻长寿:～龄|～寿。

輴

chūn 同"軘"。古代车厢上用来缠束木围栏的带子。

蝽

□ chūn 椿象,昆虫。种类很多,身体扁平,头部有单眼,有的遇敌能放出恶臭。吸食植物茎和果实的汁。

橁

chūn 〈文〉树木名。即香椿。

輴

chūn ❶〈文〉运载棺柩的车:世俗之行丧,载之以大～。❷〈文〉用在泥路上的交通工具:泥乘～。

麤

chūn 清代三合会旗号专用字。

鰆

(鰆) chūn 鱼名。即马鲛。身体侧扁,长可达1米,银灰色,有暗色横纹或斑点,鳞细小或退化。性凶猛,生活在海洋中。种类很多。也叫"䲠"。

鶞

chūn 【鶞(fén)鶞】古书上说的一种鸟。

chún (ㄔㄨㄣ)

奄

chún 〈文〉大。

纯

(純) 〇 chún ❶单一;不含杂质:～白|～金|～毛。❷不掺杂别的目的的:～洁|～粹|动机不～。❸特别熟练:～熟|功夫不～,还得练。❹完完全全地;一点不假地:～系谎言|～属捏造。❺〈文〉善;美:故君子之容,～乎其若钟山之玉。

〇 tún 〈文〉捆;包:野有死麕,白茅～束。

〇 zhǔn 古代衣服鞋帽的镶边:緂(zhě)衣而不～(緂衣:古代犯人穿的赤褐色的衣服)。

肫

□ chún 见 zhūn "肫"(901 页)。

陙

chún 〈文〉水边。

純

chún 〈文〉同"纯"。纯一;善,美。

莼

(蒓)[△*蓴] chún 莼菜,水生草本植物。根状茎

横卧水底,叶子椭圆形,浮在水面上,花紫红色。

"蓴"另见 tuán（678 页）。

唇[*脣、臄] chún 人和某些动物口周围的肌肉组织：～吻｜～红齿白｜～亡齿寒(比喻利害相关)。

酏 chún ❶〈文〉美。也作"纯"。❷〈文〉同"醇"。酒质浓厚。

淳[*湻、漮] ⊖ chún ❶〈文〉朴实;厚道：～厚｜～朴。❷〈文〉通"醇(chún)"。酒味厚：～酒味甘。❸【淳于】复姓。
⊜ zhūn 〈文〉浇灌：～而渍之。

錞 chún 见 duì "錞"(153 页)。

鹑(鶉)[雅、鷻、鷷] chún ❶鹌鹑：～衣(形容破烂的衣服)。❷星宿名。

潯[泝、潯] chún ❶〈文〉水边：河之～。❷〈文〉临水的山崖：葬之北山之～。

醇[*醕] chún ❶〈文〉含酒精多的酒。❷〈文〉酒味浓厚：～酒｜～香。❸〈文〉纯粹;纯一不杂：自天子不能具～驷,而将相或乘牛车(醇驷:毛色一样的四匹马)。❹有机化合物的一类。烃分子(不包括芳香烃)上的氢原子被羟基(－OH)取代后形成的化合物。低级醇大都是重要的溶剂,也是有机合成的基本原料。

臺 ⊖ chún ❶〈文〉纯熟。❷〈文〉烹煮(食物)。
⊜ dūn 〈文〉同"敦"。督促：王～我其至。
⊜ dùn 〈方〉同"燉"。用微火久煮食物。
㈣ zhǔn 〈文〉通"埻(zhǔn)"。箭靶子;目标：方制之以为～。

鯙 chún 〈文〉鱼名。形似鳗,体扁长。

chǔn（ㄔㄨㄣˇ）

胸 chǔn【胸胮(rùn)】〈文〉蚯蚓。

倭 chǔn ❶〈文〉富。❷【倭倭】〈文〉喜乐的样子：春之为言犹～也。❸〈文〉通"蠢(chǔn)"。动：殊路～驰。

膳 chǔn 〈文〉肥。

瞋 chǔn 〈文〉大眼睛。

騲 chǔn 〈文〉杂乱：～驳(驳杂)。

蠢[❶❸*惷] chǔn ❶愚笨;笨拙：～材｜愚～｜他这个人太～。❷〈文〉虫子爬行的样子：～动。❸〈文〉动乱;骚动。

chuō（ㄔㄨㄛ）

逴 chuō ❶〈文〉远;远行。❷〈文〉超越：～俗绝物(超越世俗)。❸〈文〉惊动：惊～。

趠 ⊖ chuō 〈文〉同"逴"。远;远行：～不希骦駬之踪(不希:不求。骦駬:lù'ěr,良马名)。
⊜ zhuō ❶〈文〉超绝;特出：～绝之能。❷〈文〉疾行：～于庭中。
⊜ tiào 〈文〉腾跃：腾～飞超。

踔 chuō ❶〈文〉跳;跳跃：～跃｜～腾。❷〈文〉超越：～绝｜～宇宙而遗俗兮。❸【踔厉】〈文〉精神振奋或言辞雄健：～风发。

戳 chuō ❶刺;捅：～穿｜窗户纸～破了｜用手指头～他的脸。❷因猛力触击硬物而受伤或受到损害：打球～了手｜钢笔尖～弯了。❸〈方〉竖立;站：把梯子一起来｜别～在那儿发呆。❹印章;图章：手～｜邮～｜盖～。

斀 ⊖ chuō 〈文〉刺：～瞎｜～地。
⊜ zhuó 〈文〉舂：舂～。

chuò（ㄔㄨㄛˋ）

汋 chuò 见 zhuó "汋"(902 页)。

辵 chuò ❶〈文〉行走：步～～。❷【辵阶】〈文〉不按台阶的顺序跨越急行：～而走。也作"踔阶"。

毚[毚、毚]　chuò 〈文〉兽名。似兔。

婇　chuò ❶〈文〉谨慎。❷〈文〉善。

娕　㊀ chuò ❶【娕娕】〈文〉拘谨的样子：～廉谨。❷〈文〉整理：～队（整顿队伍）。❸〈文〉整齐的样子：橱架整～。
　㊁ zhuō 〈文〉通"捉(zhuō)"。捉拿；手持汉节～秋月。

啜　㊀ chuò ❶〈文〉吃；饮：～茗（喝茶）｜～粥｜～菽饮水尽其欢（菽:shū,豆）。❷〈文〉哭泣时抽噎的样子：～泣。
　㊁ chuài 姓。

淖　chuò 见 nào "淖"(479 页)。

溠　chuò 〈文〉同"啜"。哭泣时抽噎的样子：～泣。

惙　㊀ chuò ❶〈文〉忧愁：忧心～～。❷〈文〉疲乏：气力恒～。❸〈文〉通"辍(chuò)"。中止：弦歌不～。
　㊁ chuì 〈文〉呼吸急促：气息～～。

婼　㊀ chuò 〈文〉不顺从。
　㊁ ruò 【婼羌(qiāng)】汉代西域国名。今作"若羌"，在新疆巴音郭楞。

婳　chuò ❶【婳约】〈文〉姿态柔美的样子：冰雪而～。❷〈文〉女病。

绰(綽)　㊀ chuò ❶宽裕：～有余裕｜～～有余。❷(体态)柔美：～约｜柔情～态。
　㊁ chāo 抓取：顺手～起菜刀｜～起铁锹就挖。

辍(輟)　chuò 中止；停止：～学｜～演｜日夜不～。

腏　㊀ chuò 〈文〉剟取骨间的肉。
　㊁ zhuì 〈文〉通"餟(zhuì)"。祭祀名。连续祭祀诸神。

皴　chuò 〈文〉表皮破损，剥落：皮～而喜碎(指蒜瓣容易散脱)。

龊(齪)　chuò ❶【龊龊】〈文〉拘谨；谨小慎微的样子：刚直有奇节，不为～小谨。❷〈文〉整治；整齐：～在塞军马。

撠　chuò 〈文〉刺：～鳖于江。

鎍　chuò 见 zhuì "鎍"(900 页)。

餟　chuò 见 zhuì "餟"(900 页)。

藖　chuò 〈文〉同"绰"。宽缓；宽裕。

歡[歠]　chuò ❶〈文〉喝，饮：～两杯而止。❷〈文〉可以喝的，如羹汤、粥等：进热～(送上热的羹汤)。

嚵　chuò 〈文〉同"啜"。吃；尝：～菽饮水(菽:shū,豆)。

踀　chuò 【踀踀】〈文〉拘谨；谨小慎微的样子：～廉谨。也作"龊龊"。

齱　chuò 见 zōu "齱"(912 页)。

鑓　chuò 用于人名。恩鑓,明代人。

饎　chuò 〈文〉同"啜"。喝；饮：非图铺～。

刺　cī 见 cì "刺"(102 页)。

呰　cī 见 zǐ "呰"(908 页)。

呲　㊀ cī 〈方〉斥责；申斥：挨～儿｜把他狠狠地～了一顿。
　㊁ zī 同"龇"。张嘴露出(牙齿)：～牙咧嘴。

差　cī 见 chà "差"(64 页)。

玼　cī 见 cǐ "玼"(102 页)。

趀　cī 〈文〉仓促。

疵　cī ❶缺点；毛病：～点｜瑕～｜吹毛求～｜大醇小～(比喻优点是主要的，缺点是次要的)。❷〈文〉忧虑：五十而无闻,古人深所～。

覰　cī 【覰覰(qù)】〈文〉偷看。

啙　cī 见 zǐ "啙"(908 页)。

辈 cī 〈文〉羊名：～羊。

嵯 cī 【嵾(cēn)嵯】〈文〉山势高低不平的样子。

傂 cī 【傂傂(zhì)】〈文〉参差不齐的样子：～参差。也作"傂池"。

粂 cī 见 zī "粂"(906页)。

跐 cī 见 cǐ "跐"(102页)。

骴 [骴] cī ❶〈文〉鸟兽的残骨。❷〈文〉肉未烂尽的尸骨：焚弃遗～。

篒 cī 见 cuō "篒"(110页)。

縒 cī 【参(cēn)縒】〈文〉同"参差"。纷乱不齐的样子。

髊 ⊖ cī ❶〈文〉鸟兽的残骨。❷〈文〉肉未烂尽的尸骨：拼骼霾～(拼：yǎn,掩藏)。
⊜ cuō 〈文〉把牙、骨、角一类的材料磨制成器物。

螬 ⊖ cī ❶【螬蟝(cáo)】〈文〉即蛴(qí)螬。金龟子的幼虫。❷【螬蛦(yí)】〈文〉一种大龟。
⊜ jí 【螬蠋(zú)】〈文〉虫名。即尺蠖(huò)。

齹 cī 〈文〉牙齿参差不齐。

cí (ㄘ)

词 (詞) [*䛐] cí ❶语言里可以自由运用的最小单位：～汇|～义|～组。❷话语；语句：台～|～不达意|义正～严|说得他没了～儿。❸古代诗歌的一种体裁。句式、字数、韵律等都有相应规定，需按谱填写：～牌|填～|唐诗宋～。❹〈文〉通"辞(cí)"。告别：堂前立，拜～娘，不觉眼中泪千行。

苂 ⊖ cí 【凫(fú)苂】〈文〉荸荠。
⊜ zǐ 【苂湖口】地名。在湖南益阳。

茨 cí ❶〈文〉用茅草或芦苇盖屋子：～以生茨。❷〈文〉用茅草或芦苇盖的屋顶：屋～|茅～。❸〈文〉蒺藜：～棘。

柯 cí 〈文〉镰柄：镰～。

坐 cí ❶〈文〉用土铺路。❷用于人名：林坐，明代人。

兹 cí 见 zī "兹"(905页)。

祠 cí ❶祠堂，祭祀祖先、鬼神或有功德者的建筑：神～|宗～|武侯～。❷〈文〉祭祀：伊尹～于先王(伊尹：人名)。

瓷 [瓷、甆、甒] cí 用高岭土等烧制成的器物，质硬而脆，多为白色：～器|～窑|青～。

絘 cí 〈文〉补。

辝 cí 〈文〉同"辞"。不接受；推托：长～赤县，永别神州。

辞 (辭) [❶-❹*辝] cí ❶告别：～行|告～|～旧迎新。❷不接受；推托：～让|推～|义不容～。❸主动要求解除自己职务：～呈(向上级提出辞职的书面请求)|～去董事长职务。❹解聘；解雇：～退|公司把他～了。❺优美的语言；言辞：～令|～藻(诗文中华丽工巧的词句)|修～|文～。❻古代的一种文学体裁：～赋|楚～。❼〈文〉讼词；口供：听其狱讼，察其～。

慈 cí ❶〈文〉(长辈对晚辈)怜爱：父子孝|敬老～幼。❷仁爱；和善：善|仁～|～心|手软。❸母亲：～训|家～|先～。❹姓。

磁 cí ❶磁性，物质能吸引铁、镍、钴等金属的性质：～铁|～场|～疗。❷旧同"瓷"。用高岭土等烧制成的器物，质硬而脆，多为白色。

雌 [䧶] cí ❶生物中能产生卵细胞的(跟"雄"相对)：～性|～兔|～蕊。❷〈文〉柔弱；柔细：知其雄，守其～(知道什么是刚强，却安于柔弱)。

鹚 (鷀) [*鶿] cí 【鸬(lú)鹚】水鸟。身体比鸭子狭长，羽毛黑色，喙长，上喙的尖端有钩，善于潜水捕鱼，捕得鱼就放在颔下喉囊里。我国南方多用来捕鱼。通称"鱼鹰"。

饎 cí ❶〈文〉厌食：人～食则不肥。❷〈文〉憎恶：～恶(è)如蒯(蒯：cè,一种有毒的药草)。

糍 [*餈、餈、糍、饎] cí 用蒸熟的糯米做成的食品：～粑|～饭|～团。

薋 ㊀cí ❶〈文〉草多的样子。❷〈文〉把草积聚起来：～菉蒀以盈室兮（菉蒀：lùshī，两种植物）。❸古县名。
㊁zī 白及，草本植物。块茎入药。

糍 cí 〈文〉同"餈"。一种用蒸熟的糯米做成的食品。

鶿 cí ❶〈文〉水鸟名：飞～。❷〈文〉同"雌"。母的。

磁 cí 〈文〉同"磁"。磁石，有磁性的矿石。

cǐ （ㄘ）

此 ㊀cǐ ❶代词。表示近指（跟"彼"相对）。1.指代较近的人或事物：～人|～事|～时|～地。2.指代较近的时间、地点：从～以后|就～打住|到～一游。❷代词。这样。指代当前的某种状态、程度等：长～以往|如果作准备，何至于～?

佌 cǐ【佌佌】〈文〉渺小；卑微：祖宗非～，也非是庶民白屋。

佹 cǐ 〈文〉同"佌"。渺小；卑微。

泚 cǐ ❶〈文〉清澈；明净：寒流自清～。❷〈文〉出汗：～颡|六月田夫汗流～。❸〈文〉用笔蘸墨：～笔为文。

玼 ㊀cǐ 〈文〉光洁鲜明：～兮～兮（形容衣服鲜艳）。
㊁cī ❶〈文〉玉的斑点：玙璠之～（玙璠：yúfán，两种美玉）。❷〈文〉缺点，过失。

越 cǐ 〈文〉从浅水中渡过。

趾 ㊀cǐ ❶踏；踩：～着门槛儿|脚～两只船。❷抬起脚后跟，脚尖着地：～着脚朝台上看。
㊁cī 脚下没踏稳而滑动：脚一～|摔了|冰面太滑，登～了。

鮆 ㊀cǐ 鱼名。身体侧扁，上颌骨向后延长，有的可达臀鳍。生活在近海。
㊁jì 古书上指刀鱼，后作"鲚"。

cì （ㄘ）

束 cì 〈文〉木芒，芒刺。后作"刺"。

次 ㊀cì ❶顺序；等第：～序|名～|依～入场。❷排在第二的：～要|～子|其～。❸品质较差的：～品|以～充好|这个人太～。❹量词。用于可以重复出现的动作。1.用在动词后：说了一～|看过几～|做一～深呼吸。2.用在动词前：一～付清|连续两～来这里|好几～受到表扬。❺〈文〉止；停留：鸟～兮屋上。❻〈文〉出外远行中暂时停留的处所：旅～|途～|舟～。❼〈文〉临时驻扎或住宿：引～江北|～于巴陵。❽〈文〉中间：胸～|言～。❾前缀。表示次一等的，构成名词：～大陆|～生林|～火山岩。❿姓。

伺 cì 见 sì "伺"（632页）。

刺 ㊀cì ❶（用针或其他尖锐的东西）扎或穿：～绣|穿～|引锥自～其骨。❷刺激：～鼻|～耳|～目。❸暗杀：～杀|～客|遇～。❹侦察：暗中打探：～探。❺指责；讥讽：讽～|讥～。❻像针那样尖锐的东西：鱼～|芒～|在背（比喻心中恐惧，坐立不安）|手上扎了一根～。❼〈文〉名帖：名～|投～。❽〈文〉担任州刺史或郡守：其冬，以天子进大号，加恩区内，移～袁州。❾姓。
㊁cī 模拟东西撕裂的声音：～的一声，衣服被钉子剌了个口子。

佽 ㊀cì ❶〈文〉帮助：人无兄弟，胡不～焉（胡：为什么）。❷〈文〉通"次"。排列有序：比～以进（比：排列）。
㊁sì "似"的讹字。类似。用于白话：巍巍相好～金山（相：相貌）。

剌 cì 〈文〉同"刺"。扎；穿：～绣。

康 cì 〈文〉偏屋。

庇 cì 〈文〉耒（一种耕地的农具）的下端装接耜（类似犁头）的部分：～长尺有一寸。

柌 cì ❶〈文〉门框、窗框的上下横木。❷〈文〉脚上生的疔疮之类：脚生肉～。

蚝 cì 见 háo "蚝"（240页）。

莿 cì ❶〈文〉草木的芒刺。❷用[莿]于地名：～桐乡（在台湾）。

蝅 cì 〈文〉毛虫。体有刺，能蜇人。

赐（賜） cì ❶赏给；给(jǐ)予：～予｜天～良机｜汉王～良金百溢（汉王：刘邦。良：张良。溢：通"镒"。古时二十四两为一镒）。❷敬辞。称别人施于自己的行为：～复｜～顾｜不吝～教。❸赏给的东西或给予的恩惠：厚～｜受人之～。

鲨 cì【鲨蝥(qiū)】〈文〉蜘蛛。

缞 cì ❶〈文〉把麻缕合股捻成线。❷【缞布】古代市场征收的房屋税。

諫 cì ❶〈文〉列举过失加以规劝。❷〈文〉

蝐 cì【蝐蝒(mì)】〈文〉蟑螂。

蟅 cì【蟅蜴(yí)】〈文〉一种龟。

髲 cì 〈文〉用梳篦把假发编扎起来。

鹚 cì 传说中的鸟名。

蠢 cì 〈文〉蝎子。

---

cōng（ㄘㄨㄥ）

匆 [△*怱、*悤、忩] cōng 急；急忙：～促｜～忙｜更能消几番风雨，～～春又归去。
"怱"另见 cōng（103 页）。

苁（蓯） cōng【苁蓉(róng)】肉苁蓉和草苁蓉的统称。肉苁蓉，多年生寄生草本植物，茎肉质，圆柱形，叶鳞片状，花紫褐色，全草入药。草苁蓉，一年生寄生草本植物，根状茎瘤状膨大，花紫色，全草入药。

囱 cōng 烟囱，炉灶、锅炉出烟的通道。

枞（樅） ⊖ cōng 即冷杉，常绿乔木。树干高大，叶子条形，果实椭圆形，暗紫色，木质优良。
⊜ zōng【枞阳】地名。在安徽安庆。

忽 cōng 〈文〉同"聪"。聪明：陛下圣德，～明上通。
另见 cōng"匆"（103 页）。

葱 cōng ❶【青葱】〈文〉青葱，青翠有光。❷匆忙。用于古白话：行步～～。用同"匆"。

葱 [*蔥、蓯] cōng ❶多年生草本植物。鳞茎圆柱形，叶子圆筒形，中空。花白色，种子黑色。茎叶有辣味，是常见的蔬菜和调味品，鳞茎和种子可入药。❷青绿：～翠｜～茏｜郁郁～～。

樬 cōng 见 sǒng"樬"（635 页）。

廊 cōng 〈文〉屋阶的中央交会处。

骢（驄）[骢、驄] cōng 〈文〉毛色青白相间(jiàn)的马：金车玉作轮，踯躅(zhízhú)青～马。

瑽 [琮、瑽] cōng 〈文〉像玉的石头：～珩(héng，玉佩)。

瑽 cōng【瑽瑢(róng)】〈文〉模拟佩玉相碰击的声音。

聪（聰）[聪、聰、聰] cōng ❶〈文〉听觉：失～。❷听觉灵敏：耳～目明。❸智力发达，才思敏捷：～慧｜～明｜～敏｜～悟过人。

螅 [螅] cōng 〈文〉蜻蜓。

腮 cōng【腮胧(lóng)】〈文〉明亮：珠缀引～(腮胧：这里指太阳初升时的日光)。

熜 cōng 见 zǒng"熜"（911 页）。

瞛 cōng 〈文〉眼睛放光：(巨蛇)昂首向客，怒目电～。

鏦 cōng ❶【鏦硐(dòng)】〈文〉用凿子凿通。❷【枪鏦】〈文〉模拟钟声。

鏦 ⊖ cōng ❶〈文〉小矛：短～。❷〈文〉用矛、戟击刺：使人～杀吴王。❸〈文〉方形柄孔的斧子。
⊜ chuāng 〈文〉通"摐(chuāng)"。撞击（钟鼓）：～金鼓。

繸 [繸] cōng ❶〈文〉青色的帛。❷〈文〉细绢。

---

cóng（ㄘㄨㄥ）

从（從） ⊖ cóng ❶跟随；追随：～师学习｜择善而～｜子路～而后。

❷跟随的人:仆～|随～|轻装简～(行装简单,随从不多)。❸〈文〉使跟随:沛公旦日～百余骑来见项王。❹依顺:顺～|听～|言听计～|力不～心。❺附属的;次要的:～犯|区分主～。❻参与;参加:～事|～政|投笔～戎。❼同宗的;堂房的(亲戚):～伯|～弟|～姐。❽文章语句通畅:文～字顺。❾介词。引入与动作、行为有关的时间、处所、范围的起点:～八点钟开始|～上海港出发|～小丘西行百二十步。❿介词。引入动作、行为的凭借、依据等:～所收集的证据来看|～有利于工作的角度考虑。⓫介词。引入动作、行为经由的路线、处所等:～桥底下通过|～头顶上掠过去。⓬表示从过去以来(只用于否定词前):～不认输|～未见过|～没听说过。⓭姓。

㊁ zòng 〈文〉同"纵"。纵向的(跟"横"相对)。

丛(叢) cóng ❶聚集:～集|～生|～书。❷密集生长在一起的草木:草～|花～|兽走～薄之中(薄:丛生的草)。❸泛指聚集在一起的人或事物:论～|人～|刀～。❹〈文〉众多;繁杂:张汤死后,闶密事～(闶:网)。❺姓。

巡 cóng 〈文〉同"从"。随行:阿咸～我十日游。

从 cóng 〈文〉同"从"。跟随。

菆 cóng 见 zōu "菆"(912页)。

巰 cóng 〈文〉同"从"。随行。

淙 cóng 【淙淙】模拟流水声:泉水潺潺,洞水～。

悰 cóng ❶〈文〉快乐,欢乐:戚戚苦无～(戚戚:忧愁)。❷〈文〉心情;情绪:画阁无人昼漏稀,离～病思两依依。

琮 cóng 古代玉质礼器,方柱形或长筒形,中间有圆孔。

嗭 cóng 译音用字。嗭剧,越南的一种传统戏剧。

猔 cóng 见 zōng "猔"(910页)。

潀 ㊀ cóng 【潀潀】〈文〉模拟水声:～～雨下的疾。

㊁ sǒng 【潀潀】〈文〉形容疾速:风～。

憁 cóng 见 cáo "憁"(58页)。

瓮 cóng 〈文〉瓮一类的瓦器。

潀 ㊀ cóng ❶〈文〉小水流入大水。也指水流汇合的地方:小水大水～。❷〈文〉急流:奔湍飞～。❸〈文〉同"淙"。模拟水声:鸣溪～～。

㊁ zōng 〈文〉崖岸;水边高处:～头荔枝熟。

賨[賩] cóng ❶秦汉时期西南地区一些少数民族交纳的赋税。❷称这些少数民族为"賨":东有巴、～。❸古地名。在今四川。

菆 cóng ❶〈文〉同"丛"。草木丛生。❷〈文〉同"丛"。聚集:饰文采,～珍怪。

藂 cóng ❶〈文〉同"丛"。聚集:民～生而群处。❷〈文〉同"丛"。丛生的草木:泊船于丛苇～中。

螽 cóng 【螽蝑(xū)】〈文〉虫名。螽斯的别名。也作"蚣蝑"。

鬷 cóng 〈文〉鸡。

潨 cóng ❶〈文〉模拟水声:嵯～满山响。❷〈文〉水集聚。

藜 cóng 〈文〉草木丛生。

嘈 cóng 嘈口出声。用于古白话:(有男女)能～相唤。

潨 cóng ❶〈文〉水流汇合:乱流～大壑。❷〈文〉模拟水声:～～秋水积。

樅 cóng 〈文〉草木丛生。

懳 cóng 〈文〉同"悰"。谋虑。

còng (ㄘㄨㄥˋ)

憁[憁] ㊀ còng 【憁恫(dòng)】1.〈文〉形容鲁莽无知:孔璋～以粗疏(孔璋:人名)。2.〈文〉形容奔走钻营:～官府之间。3.〈文〉形容不得志:～酒悲生半酣。

㊁ sōng ❶【憁惺】清醒:你睡觉欠～。

也作"惺憁"。❷通"松(sōng)"。不紧：玉腕消香金钏～(钏：镯子)。‖用于古白话。

謥[謥]　còng【謥詷(dòng)】〈文〉说话匆促不谨慎：以谨慎为粗疏，以～为贤能。

cǒu（ㄘㄡˇ）

趚　cǒu【趚趚】〈文〉驾驭马娴熟有节的样子：～六马。

còu（ㄘㄡˋ）

湊[*湊]　còu ❶聚集；汇聚：～点儿钱｜生拼硬～｜川流之所归～。❷碰上；赶上：～巧｜～热闹｜总～不上合适的机会。❸接近；靠拢：往前～｜～过去看仔细｜春云～深水，秋雨悬空山。❹〈文〉趋；奔向：贼至，～公寝而弑之。

楱　㊀ còu　古书上指一种橘类果树及其果实。
　㊁ zòu【鎒(lòu)楱】1.〈文〉农具名。即铁耙。2.〈文〉用这种铁耙耙地。

輳(輳)　còu　〈文〉车轮的辐条聚集到车毂上，也比喻聚集：辐～｜～集。

腠　còu　肌肤的纹理：肤～｜～理(中医指皮肤的纹理和皮下肌肉之间的空隙)。

鎒　㊀ còu　〈文〉纺织用的梭子。
　㊁ zhòu【鎒(lòu)鎒】1.〈文〉农具名。即铁耙。2.〈文〉用这种铁耙耙地。

麤　còu　古代一些少数民族对盐的称呼。

cū（ㄘㄨ）

惼　cū　见 jù "俎"(339 页)。

皵　cū　〈文〉皮肤粗糙皴裂。

粗[△*觕、△*麤、麁、麄]　cū ❶条状物的横剖面大(跟"细"相对，❷—❻同)：～纱｜棍子很～。❷长条形两边的距离远：～线

条｜～眉大眼。❸颗粒大：～盐｜～沙。❹声音大而低：～声～气｜嗓门很～｜声音很～。❺毛糙；不精密：这活儿做得太～了｜～瓷碗。❻不周密：～心｜～疏。❼鲁莽；粗野：～话｜～鲁｜甘宁～暴好杀(甘宁：人名)。❽表示程度浅或范围窄：～知一二｜～通文墨｜～具规模。❾〈文〉糙米；粗粮：粱则无矣，～则有之。
　　"觕"另见 chù (93 页)；"麤"另见 cū (105 页)。

麓　cū　见 lù "麓"(428 页)。

皵　cū　见 zhā "皵"(855 页)。

麠　cū　见 zhù "麠"(896 页)。

麤　cū　〈文〉行进时跳跃很远。
　　另见 cū "粗"(105 页)。

cú（ㄘㄨˊ）

徂[迌]　cú ❶〈文〉往；到：我～东山｜自西～东｜自夏～秋。❷〈文〉过去；消逝：～逝｜～年｜岁月其～。❸〈文〉开始：六月～暑。❹〈文〉同"殂"。死亡。

殂　cú　〈文〉死亡：～殒｜先帝创业未半，而中道崩～。

酤　cú【酤醿(mú)】〈文〉味美的饮料。

cù（ㄘㄨˋ）

卒　cù　见 zú "卒"(913 页)。

促　cù ❶时间短；紧迫：短～｜匆～｜急～。❷推动；催：～进｜～销｜～成｜日色～归人。❸〈文〉紧挨着；靠近：～膝谈心。

欯　cù　〈文〉不安的样子：曾西～然(曾西：人名。曾西显出不安的样子)。也作"蹴"。

倅　cù　见 cuì "倅"(108 页)。

紃　cù　〈文〉绳索。

逯 cù 〈文〉催促:督～军粮。

倅 cù 形容风、火等急骤猛烈。用于古白话:～走万道金蛇(形容火焰)。

猝 [猈] cù 突然;忽然:～发|～死|～不及防。

趋 cù 见 qū "趋"(563 页)。

酢 cù 见 zuò "酢"(918 页)。

斂 [婼] cù ❶〈文〉丑。❷〈文〉老妇人。

瘄 cù 【瘄子(zi)】麻疹。

数 cù 见 shù "数"(625 页)。

起 cù ❶【起织】〈文〉蟋蟀的别称。也作"促织"。❷【趚(lù)起】1.〈文〉局促的样子:狭三王之～(狭:小看)。2.〈文〉小步:～胡马蹄。

蔟 cù 蚕蔟,供蚕吐丝做茧用的器具,通常用麦秸、稻草等做成。

嘈 cù 【嘈咨(zī)】〈文〉惭愧;局促不安的样子。

跧 cù 〈文〉绊足:凌波半弯～衬足。

星 cù 〈文〉同"促"。急;紧迫。

諫 cù 〈文〉督促。

趣 cù 见 qù "趣"(566 页)。

醋 ㊀ cù ❶液体调味品。味酸,多用粮食发酵酿制而成:陈～|米～|添油加～。❷比喻嫉妒的情绪(多用在男女关系上):～意|吃～。
㊁ zuò 〈文〉客人向主人回敬酒:祝酌授尸,尸以～主人(尸:古代祭祀时代表受祭者的活人)。后作"酢"。

跠 cù 见 dí "跠"(129 页)。

嗺 cù 〈文〉通"蹙(cù)"。皱;收缩:嚬(pín)～(皱眉蹙额)。

憱 cù 〈文〉变色改容:公～然不悦。

蹐 cù 见 qiū "蹐"(560 页)。

瘯 cù ❶〈文〉皮肤病;生皮肤病:肌肤亦将～。❷【瘯蠡(luó)】〈文〉癣疥一类的皮肤病。也作"瘯瘰(luó)"。❸〈文〉通"簇(cù)"。丛集:蚁之垤(dié)～如也(蚂蚁洞口的小土堆聚集在一起)。

簇 cù ❶聚集:～聚|～集|～拥|蜂～野花吟细韵。❷聚集成团或成堆的东西:花团锦～。❸量词。用于聚集在一起的东西:一～鲜花|几～灌木。

纐 [纋] cù 〈文〉收缩;困窘:困～不支(不支:难以坚持)。

黿 cù 〈文〉蟾蜍。

蹙 cù ❶〈文〉紧迫;急促:政事愈～。❷〈文〉困窘:官食民膏民日～。❸〈文〉逼近;迫近:督促诸军四面～之,土崩瓦解。❹〈文〉减缩:方今边境日～。❺〈文〉同"蹴"。踏;踩:扬鞭一～破霜蹄,万骑如风不能及。❻〈文〉同"蹴"。踢:新进士集于月灯阁,为～鞠之会(蹴鞠:踢球)。

蹴 cù 〈文〉同"蹙"。减缩:兵亡地～。

蹴 [蹵] ㊀ cù ❶〈文〉踏:～踏|一～而就(踏一步就成功,表示轻而易举)。❷〈文〉踢:～鞠(踢球)。
㊁ jiù 〈方〉蹲:～在大树下抽烟。

顲 cù 〈文〉同"蹙"。皱起;收缩:～頞(頞è,鼻梁)。

cuān (ㄘㄨㄢ)

氽 cuān ❶烹饪方法。把食物放到开水里稍微煮一下:～汤|～丸子。❷【氽子(zi)】烧开水的用具。细长筒形,多用薄铁片制成,可以从炉口直接插进火里,使水很快烧开。❸用氽子烧开水:～了一氽子水。

撺 (攛) cuān ❶〈方〉匆忙地做:临时现～。❷〈方〉发怒:话没讲完他就～了。

镩 (鑹) cuān ❶镩子,铁制的凿冰工具,头尖,有倒钩:冰～。❷用镩子凿冰:～冰。

蹿□(蹿) cuān ❶向上或向前跳：猫～到房上去了｜从门里～出一条狗。❷迅速地向上长：～个儿｜春雨过后，竹子全～起来了。❸〈方〉喷射：～稀(腹泻)｜鼻子～血。

cuán (ㄘㄨㄢˊ)

菆 cuán 见 zōu "菆"(912 页)。

攒 cuán 〈文〉同"攒"。聚集：辛苦百忧～。

酂□ cuán "酂(cuó)"的又读。

攒□ cuán 见 zǎn "攒"(847 页)。

欑 cuán 〈文〉同"欑"。聚集：～至于上(在灵车四周围聚木头，至上部合拢)。

穳 cuán 〈文〉禾捆：秫(shú)秸～。

巑[巑] cuán ❶〈文〉山峰高耸：黔山之～。❷【巑岏(wán)】1.〈文〉山高而尖：～陡绝。2.〈文〉山峰耸列：群峰～。

欑 ㊀ cuán ❶〈文〉聚集：多士如星～。❷〈文〉停放棺木暂时不下葬：逾月不～。❸〈文〉聚竹而成的兵器。即殳(shū)。
㊁ zuàn 〈文〉钻孔。

殨 cuán ❶〈文〉待葬的灵柩。❷〈文〉暂时安置灵柩待葬：权～于会稽县之上皇村。

cuàn (ㄘㄨㄢˋ)

窜□(竄) cuàn ❶慌乱奔跑；乱逃：逃～｜抱头鼠～｜东奔西～。❷改动(文字)：～改｜不加点～。❸〈文〉放逐；贬谪：～逐｜遂～南夷。❹〈文〉躲藏：鸾凤伏～兮，鸱枭(chīxiāo)翱翔。

撺 cuàn 同"窜"。逃窜。用于古白话。

篡□[*簒] cuàn ❶用不正当的手段夺取，封建时代特指夺取君位：～夺｜～权｜～位。❷以私意改动或曲解：～改｜～易。

爨 cuàn 〈文〉同"爨"。烧火做饭：执～。

爨 cuàn 〈文〉同"爨"。烧火做饭：解衣易米以～(易：换)。

爨□ cuàn ❶〈文〉烧火做饭：～具｜炊～｜分居析～(分家过日子)。❷炉灶：厨～｜执～｜～下多薪。❸姓。

cuī (ㄘㄨㄟ)

隹□ cuī 见 zhuī "隹"(899 页)。

衰□ cuī 见 shuāi "衰"(626 页)。

嵟 cuī 〈文〉同"崔"。(山)高大。

崔□ cuī ❶〈文〉(山)高大：～巍(高大雄伟)｜南山～～。❷姓。

催□ cuī ❶叫人赶快行动；敦促：～促｜～人还书｜日月不肯迟，四时相～迫。❷使事物变化加快：～生｜～肥｜～化剂。

漼 cuī 【漼溰(ái)】〈文〉霜雪积聚的样子。也作"漼溰"。

缞□(縗)[�衰] cuī 〈文〉用粗麻布做的丧服。服三年之丧(臣为君、子为父、妻为夫)用这种丧服：上～服见百寮(上：皇帝。百寮：百官)。也作"衰(cuī)"。

摧□ cuī ❶毁坏；折断：～折｜～毁｜～枯拉朽｜黑云压城城欲～。❷〈文〉悲伤：临书～怆，心悲泪下。

榱□ cuī 〈文〉椽子：栋折～崩(栋：房屋的正梁)。

嶉 ㊀ cuī ❶〈文〉高大。❷【摧(zuǐ)嶉】〈文〉山高险峻的样子。
㊁ zuǐ 〈文〉山盘曲的样子。

猥 cuī 【猥(wěi)猥】相貌或举止鄙俗猥琐。用于古白话：武大身材短矮，人物～。

漼□ cuī 见 cuǐ "漼"(108 页)。

慛 cuī 〈文〉忧愁；悲伤：喆(zhé)人其徂，万夫惨～(万夫：千万人)。

磪 cuī ❶【磪嵬】〈文〉同"崔嵬"。山势高峻的样子。❷〈文〉通"摧(cuī)"。伤痛：肝～意悲。

鑃 cuī ❶【鑃错】〈文〉错杂的样子:鳞甲～。❷【鑃然】〈文〉金属制品散裂的样子:(锁)～自解。❸〈文〉烧茶或温酒的器具:茶～|酒～。

cuǐ （ㄘㄨㄟˇ）

灌 ⊖ cuǐ ❶〈文〉水深的样子:有～者渊。❷〈文〉流泪的样子;眼泪:～然下泣。❸古水名。即桂水,在今湖南。
⊜ cuī 〈文〉通"摧(cuī)"。毁坏:名节～兮隳(huī)落(隳落:毁坏失落)。❷【灌澄(ái)】〈文〉霜雪积聚的样子:霜雪今～。

璀 cuǐ 【璀璨(càn)】玉石有光泽。常用来形容珠玉、灯光等光彩鲜明耀眼:～夺目。

趡 cuǐ ❶〈文〉奔腾:腾而狂～。❷古地名。在今山东。

爞 cuǐ 【爞灿】〈文〉同"璀璨"。形容色彩鲜明、光泽耀眼:日光耀～。

雐 cuǐ 〈文〉洁白:素帆～～。

濢 cuǐ 〈文〉水色新。

cuì （ㄘㄨㄟˋ）

倅 ⊖ cuì ❶〈文〉副:乘王之～车(倅车:副车)。❷〈文〉副职;担任副职:授昌州～|外祖陶兰凤先生～寿州。❸〈文〉辅佐:可以～戎事(戎事:军务)。❹〈文〉通"粹(cuì)"。纯粹:～毛(牲畜纯色的毛)。
⊜ zú 〈文〉通"卒(zú)"。军队编制单位,百人为卒;又指士兵:各有～长、帅长。
⊜ cù 〈文〉通"猝(cù)"。突然:(以刀)～然断之。

脆 [*脃] cuì ❶容易弄断,容易破损(与"韧"相对):～骨|万物草木之生也柔,其死也枯槁。❷(意志)不坚强:～弱。❸(声音)清亮:她的嗓音挺～。❹(说话做事)爽快;利落:干～。❺食品酥松可口:～麻花儿|可旦夕得甘～以养亲。

淬 cuì 〈文〉寒。

翠 cuì ❶〈文〉同"翠"。青绿:～袖日暮迎风凉。❷〈文〉同"翠"。翡翠(有光泽的玉):珠～。

萃 ⊖ cuì ❶〈文〉汇集;聚集:～聚|荟～。❷〈文〉聚集在一起的人或物:文～|出类拔～。

嘪 ⊖ cuì 〈方〉叹词。表示轻蔑、嘲笑:～,你干打雷,不下雨。
⊜ qī 〈文〉模拟杂乱的说话声:～～喳喳说话。

啐 cuì ❶用力吐出来:～唾沫|～了一口痰。❷向人吐唾沫或发出吐唾沫的声音,表示鄙视或愤慨:～!休得胡言乱语。

崒 cuì 见 zú "崒"(913页)。

淬 cuì 淬火,把金属锻件等加热到一定温度后放进水或油中急速冷却,以提高其硬度和强度。

悴 [*顇、忰、悴] cuì ❶〈文〉忧伤:愁～。❷〈文〉疲劳;衰弱:疲～。❸〈文〉凋零;枯萎:枯～|草木～死。

琗 ⊖ cuì ❶〈文〉珠玉的光泽。❷〈文〉五彩杂合:瑶珠怪石～其表。
⊜ suì 【琐琗】〈文〉同"琐碎"。细小繁多:衣食之～。

榱 cuì 〈文〉通"脆(cuì)"。弱;易断易碎:万物草木之生也柔。

眫 cuì "脆"的讹字。容易弄断破损:～如葱。

毳 ⊖ cuì ❶〈文〉鸟兽的细毛:鸟兽～毛,其性能寒。❷〈文〉用鸟兽毛加工制成的毛织品:～裘|～衣。
⊜ qiāo 通"橇(qiāo)"。古代在泥路上滑行的交通工具:水行乘舟,泥行乘～。

膵 cuì 【膵脏】同"膵脏"。胰脏的旧称。

焠 cuì ❶〈文〉把金属器件加热后随即浸在水或油里急速冷却,增强硬度和强度:清水～其锋。后作"淬"。❷〈文〉浸染:使工以药～之(之:指匕首)。❸〈文〉点燃;烧灼:～灯照之。

磪 cuì ❶〈文〉石磨。❷磨;磨砺。用于古白话:～磨慧剑(慧剑:佛教指像剑一样能斩断一切烦恼的智慧)。

崒 cuì 见 zuì "崒"(916页)。

瘁 [瘁] cuì ❶〈文〉过度劳累:鞠躬尽～|心力交～。❷〈文〉忧伤;悲伤:登高远望,使人心～。

粹 [粹] cuì ❶纯净,不掺杂别的成分:～白|纯～|～而不杂。❷精华:国～|精～|文～。❸〈文〉通"萃(cuì)"。聚集:凡人之取也,所欲未尝～而来也;其去也,所恶未尝～而往也。

翠 cuì ❶青绿:～绿|～竹|苍～。❷翠鸟:～羽|点～(用翠鸟的羽毛来做装饰的手工工艺)。❸翡翠(有光泽的玉):～钿|～花|珠～。

綷 cuì ❶〈文〉五彩杂合;混合:綪(zhù)凤～云霞(綪凤:飞起的凤凰)。❷【綷縩(cài)】模拟衣服摩擦声:纷～兮纨素声。

踤 cuì 见 zú "踤"(913页)。

膵 cuì【膵脏(zàng)】胰脏的旧称。

蔽 cuì〈文〉边塞:兵甲之盛,鼓行～外。

餩 cuì〈文〉同"瘁"。过度劳累:六畜～背(背:zì,死亡)。

膬 cuì ❶〈文〉同"脆"。脆弱:释坚而攻～(释:放弃)。❷〈文〉食物松脆:美～甘旨。❸〈文〉通"毳(cuì)"。鸟兽身上的细毛。

愻 cuì〈文〉恭谨。

毳 cuì ❶〈文〉重祭;屡祭。❷〈文〉谢。

澤 cuì〈文〉微湿。

竁 cuì ❶〈文〉掘地造墓穴:卜葬兆,甫～(占卜墓地是吉,开始挖墓穴)。❷〈文〉墓穴:葬父母,亲自穿～。❸〈文〉孔;洞:敲环入～中。

膵 cuì ❶〈文〉鸟尾部的肉:雉～豺唇。❷〈文〉尾骶(dǐ)骨:尾～骨。❸〈文〉肥实。

騕 cuì〈文〉虫名。

邨 cūn ❶古地名。❷用于人名。钱杏邨,现代作家。
另见 cūn "村"(109页)。

村 [❶△＊邨] cūn ❶乡间农民聚居的地方,也泛指聚居的地方:～庄|乡～|柳暗花明又一～。❷粗俗:～话|撒～|性情～野。
"邨"另见 cūn (109页)。

屯 cūn 见 tún "屯"(681页)。

皴 cūn ❶皮肤皱裂:～裂|手～了。❷〈方〉皮肤上积存的泥垢或老皮:一脖子～。❸中国画的技法。画山石、树木时,先勾出轮廓,再用淡墨、干墨侧笔涂染,以显示山石、树木的纹理和阴晴向背。

存 cún ❶在;没有消失(与"亡"相对):～在|～活|名～实亡|救亡图～。❷保管起来使不减少或不受损失;寄放:～放|储～|封～。❸积聚;蓄积:积～|洼地～了不少水。❹特指储蓄:～款|零～整取|把钱～到银行里。❺保留下来:～疑|～档|去伪～真|硕果仅～。❻结余;余留:结～|库～|收支相抵,本月净～五万元。❼心里怀着(某种想法):～心不良|心～侥幸|面对现实,不～幻想。❽〈文〉思念:出其东门,有女如云。虽则如云,匪我思～。❾姓。

郁 cún【郁鄢(mǎ)】古县名。在今四川宜宾。

侟 ㊀ cún〈文〉同"存"。保藏:～志。
㊁ jìn〈文〉通"搢(jìn)"。插:～绅(插笏垂绅)。

浚 cún 见 jùn "浚"(349页)。

踆 cún 蹲;踞。用于古白话:水畔～身,即坐吃饭。

踆 cún 见 qūn "踆"(572页)。

墫　cún　【墫壿】〈文〉形容跳舞的姿态。

壿　cún　〈文〉水涌起的样子。

蹲□　cún　见 dūn "蹲"(154页)。

cǔn　(ㄘㄨㄣˇ)

刌　cǔn　❶〈文〉切断：～肺三(切成小块的肺三块)。❷断送。用于古白话：把锦片似前程～。

忖□　cǔn　揣度；思量：～度(duó)|思～|自～不如。

cùn　(ㄘㄨㄣˋ)

寸□　cùn　❶市制长度单位，10分为1寸，10寸为1尺。1市寸约合3.33厘米。❷形容极短或极小：～阴(极短的时间)|～步不离|鼠目～光。❸〈方〉凑巧：～劲儿|刚进门电话就响了，真～。❹中医切脉部位名称：三部者，～、关、尺也。❺姓。

cùn　又读 yīngcùn　这是复音字，现写作"英寸"。英美制长度单位。

鑐　cùn　〈文〉纺锤。

cuō（ㄘㄨㄛ）

殂□　cuō　〈文〉日西斜：过冷滟园林日午～(冷滟：幽静)。

搓□　cuō　两个手掌或两手持物相对摩擦；用手在别的东西上揉擦：揉～|玉米|衣领洗的时候要多～一～。

瑳□　cuō　❶〈文〉玉色鲜明洁白，泛指洁白：～兮～兮(指衣服)。❷〈文〉笑得好看的样子：巧笑之～。❸〈文〉通"磋(cuō)"。切磋；磨制：金铃玉佩相～切。

蓤□　㊀ cuō　【蓤脆】〈文〉脆弱的样子(一说急躁轻躁的样子)：禀质～(禀质：素质)。

㊁ cuó　〈方〉身材矮小：貌～陋(陋：鄙俗)。也作"矬"。

撮　cuō　〈文〉同"撮"。抓取；捏取。用于古白话：是身如聚沫，不可～摩(聚沫：聚起的水沫)。

磋　cuō　❶〈文〉把骨、角磨制成器物：如切如～，如琢如磨。❷〈文〉研讨：～商|切～。

撮　㊀ cuō　❶聚合；聚拢：～合。❷用工具把散开的东西聚成一堆并铲起：～了两锹土|一簸箕煤球。❸用指爪抓取(细碎的东西)：～药|～点胡椒粉。❹摘取；选取：～要|～举。❺〈方〉吃；大吃；到饭馆～一顿。❻量词。市制容量单位，10撮为1勺。1市撮合1毫升。❼量词。用于可用手或工具撮取的东西：一～盐。❽量词。用于人(含蔑视义)：一小～残匪。

㊁ zuǒ　量词。用于成丛的毛发：一～毛|一～儿胡子。

篗　㊀ cuō　〈文〉盛物的竹器：竹～|～篮。

㊁ cī　【篸(cēn)篗】古乐器。洞箫。

蹉□　cuō　❶〈文〉跌倒，比喻失误，差误：～跌|～误|～失。❷【蹉跎(tuó)】1.失足：中坂～(坂：坡)。2.虚度(光阴)：岁月～。

襐　cuō　〈文〉衣服上的褶子。

髊　cuō　见 cī "髊"(101页)。

駝　cuō　【駝馳(tuó)】〈文〉同"蹉跎"。虚度(光阴)：修行从此又～。

cuó　(ㄘㄨㄛˊ)

槎　cuó　〈文〉果木名。李的一种。

虘　cuó　〈文〉刚暴矫诈；狡诈：～诈。

蒫　cuó　〈文〉芥菜籽。

眛　cuó　〈文〉眼睛小：～眼。

嵯□　cuó　【嵯峨(é)】〈文〉山势高峻的样子：瞰太行之～兮，观壶口之峥嵘。

矬□　cuó　❶〈方〉(身材)短小：～个儿|小～子。❷〈方〉把身体往下缩，也泛指下降：猫腰一～，钻过去了。

痤□　cuó　【痤疮】皮肤病。多见于青年男女面部，也生在胸部和肩背部。通常为圆锥形的小红疙瘩，有的有黑头，感染后

容易出现脓包或脓肿。多由皮脂腺分泌过多、消化不良引起。通称"粉刺"。

蓌 cuó 见 cuō "蓌"(110 页)。

殂 cuó 〈文〉同"瘥"。病:林宿鸟为～。

鄐 cuó 古地名。在今河南。

蒩 cuó 〈文〉草名。

瑳 cuó ❶〈文〉清除:～秽。❷〈文〉零碎而荒芜的田地。

瘥 cuó 见 chài "瘥"(65 页)。

醀 cuó ❶〈文〉白酒:白～解冬寒。❷〈文〉通"酂(cuó)"。盐:～院(古代主管盐务的机构)。

嵯(嵳)[巁] cuó ❶〈文〉盐:满船都载相公～。❷〈文〉味咸:煎盐盆中能煮饭,不摆动则不～。

酂 cuó 见 zàn "酂"(848 页)。

鬖 cuó 〈文〉头发美好:～髻。

虀[虀] cuó ❶〈文〉磨麦。❷〈文〉舂捣谷物。

喍 cuó 〈文〉零碎而荒芜的田。通作"瑳"。

籫[齹] cuó 〈文〉牙齿参差不齐的样子。

躜 cuó 见 zuān "躜"(914 页)。

cuǒ　(ㄘㄨㄛˇ)

脞 ❏ ㊀ cuǒ 〈文〉细碎;烦琐:～记|～语|丛～(琐碎,杂乱)。
㊁ qiē 〈文〉脆弱:～脆。

cuò　(ㄘㄨㄛˋ)

剉 cuò ❶〈文〉折伤;摧折(后来写作"挫"):～吾锐气。❷〈文〉砍;斩切:～杀|～蒋干为万段(蒋干:人名)。
另见 cuò "锉"(111 页)。

挫 ❏[搓] cuò ❶失败;不顺利:～折|兵～地削。❷压下去;使受挫:～敌锐气|抑扬顿～|力～世界劲旅。

剒 cuò ❶〈文〉雕刻;琢磨:～犀剧(duó)玉(雕刻犀角和玉石)。❷〈文〉斩断:剒肝～趾(剒:kū,挖)。

莝 cuò ❶草料;军厩辍～(军中草料中断供给)。❷切草(喂马):斫～。

厝 ❏[厝] cuò ❶〈文〉放置;安置:～身|～火积薪(把火放在柴堆下面,比喻存在很大隐患)。❷〈文〉灵柩停放待葬,或浅埋以待改葬:安～|浮～|暂～。❸〈方〉房屋:瓦～。

措 ❏ cuò ❶安放;处置:～置|～手不及|刑罚不中,则民无所～手足。❷筹划;安排:筹～|～举～。

造 cuò 〈文〉错杂,交错:造～(错杂。后作"错"。

廥 cuò 见 jí "廥"(288 页)。

槯 ❏ cuò ❶〈文〉树皮粗裂。❷用于地名:～树园(在湖南)。

磋 cuò 〈文〉通"剉(cuò)"。折伤。

锉(鉎)[❷△*剉] cuò ❶钢制手工工具。主要用来磨平金属、竹木、皮革等的表面:～刀|三角～。❷用锉磨削;把木刺～掉。
"剉"另见 cuò (111 页)。

蓌 cuò 〈文〉蹲;跪而不至地:其拜而～拜(拜就像蹲踞的样子)。

错(錯) cuò ❶不正确;误:～字|～误|走～了|知～就改|将～～～。❷过失:过～|出了个小～儿|没～儿。❸坏;差(用于否定式):收成不～|成绩不～了。❹参差;错杂:～落有致|～综复杂|犬牙交～。❺相对摩擦:～牙。❻相互避让,使不冲突:～车|～开时间。❼在凹下去的文字、花纹中镶上或涂上金、银等:～金。❽〈文〉打磨玉石用的石头:它山之石,可以为～。❾〈文〉打磨玉石:攻～。

踃 cuò 闪失;疏忽。用于古白话:他因年老脚～,自家跌死。

鹾 cuò 〈文〉鲨鱼。

D

d

dā（ㄉㄚ）

圢 dā 〈方〉行列:莳秧看前一～(莳:shì,移栽)。

哒 dā 叹词。吆喝牲口前进的声音。

跶 (墶) ㊀ dā 〈方〉地方;处所:几眼新窑在这～。
㊁ da 【圪垯】小土丘。多用于地名:刘家～。也作"圪塔、屹嶝"。

夆 dā ❶〈文〉大耳朵。多用于人名:朱耷,别号八大山人,清代画家。❷【耷拉(la)】下垂:～着脑袋。也作"搭拉"。

哒 (噠) dā ❶模拟马蹄声、机枪声等。❷【哒嗪(qín)】有机化合物。分子式 $C_4H_4N_2$,是嘧啶的同分异构体。[英 pyridazine]

搭 ㊀ dā ❶(把质地柔软的物品)挂或披在支撑物上:绳子上～着新洗的床单。❷支起;架起:～桥|～窝|～脚手架|村口～了个戏台子。❸连接;接触:两根电线别～在一起|说话前言不～后语|他把手搭在舞伴的腰上。❹凑在一起;加入:～伴|～帮|～伙。❺另外加上:这些钱不够,再～上点儿|～上他,四个人正好。❻配合:～配|～档。❼共同抬;一起搬:书桌不太沉,俩人一～就走。❽借乘;乘坐(车、船、飞机等):我～你的车走吧|～明日航班飞上海。❾〈文〉击;打:使左右牵搭,～面数十。❿姓。
㊁ tà ❶〈文〉描摹;仿制:～写|～模。❷〈文〉往下按压:两边～了手印。

嗒 dā 见 tà "嗒"(646 页)。

答 dā 见 dá "答"(113 页)。

觙 dā 见 hé "觙"(245 页)。

腏 ㊀ dā 【腏腪】系在衣服外面的长而宽的腰带。用于古白话:腰系皮～。也作"搭膊"。也叫"褡包"。
㊁ da 【肐(gē)腏】形容动作迅速。用于古白话:被张顺～地揪住。

腪 dā 【腪腪】〈文〉又肥又蠢的样子:肥～。

軜 dā 见 nà "軜"(475 页)。

鎝 (鎝) dā 〈方〉铁鎝,翻土的农具。

褡 dā 【褡裢(lian)】1. 中间开口、两头装东西的长方形口袋。2. 摔跤运动员训练、比赛时穿的上衣,用多层布制成。

塔 ㊀ dā 〈方〉地方;处所:朝哪～走?
㊁ da 【圪塔】1. 同"圪垯"。小土丘。2. 同"疙瘩"。小球状或块状的东西;比喻想不通或一时解决不了的问题:心上一颗～解开了。

搭 dā ❶〈文〉同"搭"。击;打:～奴肋折。❷同"搭"。连接;交接。用于古白话:两环相～,有两交处。❸同"搭"。把柔软的物品垂放在支撑物上:～衣竿。

嗒 dā 见 tǎ "嗒"(645 页)。

縚 dā 【縚縰】同"褡裢"。一种长口袋,中间开口,两端装东西,可搭在肩上。

鎝 dā 【鎝钩】〈方〉用来挂东西的钩子。通作"搭钩"。

dá（ㄉㄚˊ）

打 dá 见 dǎ "打"(114 页)。

达 (達) dá ❶到;通:抵～|四通八～|公道～而私门塞。❷到了(某种目标或程度):不～目的决不罢休|目前我国网民已～几亿人。❸彻底弄懂;通晓:练～|知书～理|俗儒不时宜。❹表示(思想、感情等);告知:传～|词不～意|下～指示。❺心胸开阔,不为世俗观念所束

缚:~观(对不如意的事情看得开)|豁~|旷~。❻有名望地位:显~|~官贵人|穷则独善其身,~则兼善天下。❼姓。

呾 ⊖ dá 〈文〉呵责:不肖者之~。
⊜ dàn 唱曲子。用于古白话:甚么人这般唱歌~曲。

沓 dá 见 tà "沓"(646 页)。

怛 dá ❶〈文〉悲苦;忧伤:~伤|哀~|中心~兮(中心:心中)。❷〈文〉畏惧;恐吓:持正魑魅(chīmèi)~|美之使怡愉,~之使骇畏。

妲 dá 用于人名。妲己,商纣王的妃子。

莙(蓬) dá 【莙(jūn)莙菜】二年生草本植物。叶肥厚,深绿色,可做蔬菜。也叫"厚皮菜"。

苔 ⊖ dá ❶〈文〉小豆:菽(shū)、~、麻、麦。❷〈文〉对应;应和:奉~天命(奉:尊奉)。后作"答"。❸〈文〉厚重的样子:~布(粗厚的布)。❹〈文〉量词。表示容量:盐豉千~(盐豉:一种食品)。
⊜ tà 【苔焉】〈文〉解体的样子:~似丧其耦(耦:指与精神匹配的躯体)。

羍[羍] dá 〈文〉小羊羔。

炟 dá 用于人名。刘炟,东汉章帝。

偣 dá 【偣(àn)偣】闲散的样子:散性多~。

碴(碴) ⊖ dá ❶古代的一种蓄水泄水的水利设施,用石筑成:造闸~以储湖水。❷〈方〉溪中石。多用于地名:~石(在广东云浮)。
⊜ tǎ 用于地名:~石(在浙江龙泉)。

铋(鐽) dá 金属元素。符号 Ds。

笪 dá ❶〈方〉粗竹席。❷〈方〉竹篾编成的拉船用的竹索。❸姓。

畣[畣] dá 〈文〉同"答"。应答;酬答:嚜不能~(嚜:闭口不作声)。

侤 dá 〈方〉表皮松弛:宽~~。

窞 dá 【窞窞(gé)】〈文〉重叠的样子。

慁 dá 〈文〉同"怛"。哀伤:中心~兮(中心:内心)。

答 ⊖ dá ❶回复:~复|回~|~非所问|公都子不能~,以告孟子(公都子:孟子的弟子)。❷回报:~谢|报~|酬~。
⊜ dā 义同"答(dá)"。回应:~理|~腔|~应|~茬儿。

溚 ⊖ dá 〈文〉湿;湿润。
⊜ tǎ 焦油的旧称。[英 tar]

嫷 dá 【嫷姶(è)】〈文〉女子容貌美好。

瑢 dá 译音用字:腾乞里~(古书上记载的昆仑山译名)。

揸 ⊖ dá ❶〈文〉用手打:前后八~(八揸:打八次)。❷落;压。用于古白话:枷锁项上~。❸贴;黏附:那衣裳湿的,老让它这么湿湿地~着。
⊜ tà 收缩;牵拉:垂头~耳。
另见 tuò "拓"(685 页)。

楂 dá 【楂樆(tà)】〈文〉果树名,果实似李子。也指这种植物的果实。

鞑 dá 【鞑(dá)靼】1. 古代汉族对北方游牧民族的统称。明代指东蒙古人,住在今我国内蒙古和蒙古国的东部。2. 俄罗斯联邦的民族。

靼 dá 〈文〉"鞑"的讹字。柔软的皮革:~屝(柔软的皮革鞋)。

瘩[*瘩] ⊖ dá 【瘩背(bèi)】中医指长在背部的痈。
⊜ da 【疙(gē)瘩】1. 皮肤或肌肉上突起的小硬块。2. 小球状或块状的东西。3. 比喻想不通或一时解决不了的问题。

揞 ⊖ dá 〈文〉覆盖:以布冷水淹~之(淹揞:即湿敷)。
⊜ lā 〈文〉同"拉"。摧折:~灭(灭亡)。

鞑(韃) dá 【鞑靼(dá)】1. 古代汉族对北方游牧民族的统称。明代指东蒙古人,住在今我国内蒙古和蒙古国的东部。2. 俄罗斯联邦的民族。

魝 dá 〈文〉白面有黑。

骎 dá 【骎(sà)骎】1.〈文〉马快跑,泛指快速行进:兵马正~。2.〈文〉迅速传播:仁声~乎无疆。3.〈文〉奔波:平生空

~。

蟽 dá【蜊(là)蟽】1.〈文〉虫名。2.〈文〉不干净。

鞑 dá【舭(bǐ)鞑】古代一种船。

鲝 dá　见tǎ"鳎"(646页)。

dǎ （ㄉㄚˇ）

打 □ ㊀ dǎ ❶击;击坏。1. 用手或用器物击打:~门|~铁|敲~。2. 被击坏:碗~了|鸡飞蛋~。3. 进攻;斗殴:~仗|~架|一场电子战。4. 风、雨等(自然现象)拍打:雨~芭蕉|洪湖水浪~浪|破船偏遇~头风。❷同宾语结合,表示处置这些宾语的相应动作或行为。1. 表示捕猎、收获、割取、提取等:~猎|~鱼|~柴|~水|~粮食。2. 表示制造、建造、开凿、编织、缩结、涂抹、加印等:~井|~隔断|~毛衣|~个活结儿|~肥皂|~戳子。3. 表示拿着、捆扎、揭开等(用来改变事物存在的状态):~伞|~背包|~瓶盖儿。4. 表示从事某种活动或工作:~坐|~工|~前站。5. 表示买东西、雇车等:~半斤醋|~票|~车。6. 进行文娱体育活动或表演(多用手进行):~扑克|~球|~太极拳。7. 书写或从事与书写有关的活动:~草稿|~格子|~报告。8. 去掉某种东西(用来获取希望的效果):~蛔虫|~棉花~尖。9. 通过一定的装置发射或使发出:~枪|~照明弹|~电报|~电话。10. 通过一定的装置使进入:~气|~针。11. 说出(指嘴的活动,后面的成分多表示某种方式或情况):~官腔|~比方|听人讲话别~岔。12. 计算;谋划(指脑的活动):~主意|~小算盘。13. 处置或处理(人际关系上出现的问题):~官司|~离婚|~交道。14. (不自主地)出现(某些生理等方面的现象):~喷嚏|~呼噜|~哆嗦。❸与某些动词性或形容词性语素结合,构成复合词。1. 与及物动词性语素结合,构成并列结构,打的实义虚化,作用是使那个动词表示的意义泛化:~扫|~扮|~听。2. 与不及物动词性语素结合,表示使动:A队~败了B队|~断他的发言。如果不带宾语,作

用是使那个动词表示的情况发生:A队~败了|大门~开了|我的发言就此~住。❹引入动作行为起始的地点、时间或范围,相当于"自、从":我~天津来|~上星期他就病了|~班长起到每个战士都练了一遍。

㊁ dá　量词。某些东西十二个叫一打:一~铅笔|两~毛巾。

dà （ㄉㄚˋ）

大 □ ㊀ dà ❶在体积、面积、容量、力量、声音等方面超过通常的情况或超过所比较的对象(跟"小"相对):~树|雪很~|见日出入时~,日中时小也。❷大小的程度:你的孩子多~了?|那个公园有这个公园三个~。❸排行第一的;最高的:~姑|~老~|~小姐|~元帅。❹重要的:国庆~典|婚姻~事|千秋~业。❺时间更远:~前天|~后年。❻敬辞。称跟对方有关的事物:~作|~驾|尊姓~名。❼用在某些时间、时令、节假日、天气情况前,表示强调:~清早|~热天|~三九天|~年三十。❽表示程度深:~红|~喜|~发雷霆|天已~亮。❾与"不"组合为"不大",表示程度浅或次数少:不~高兴|不~出门|不~爱说话。❿用在"不"前,加强否定语气:~不相同|~不如前。⓫〈方〉父亲:俺~进城去了。⓬〈方〉伯父或叔父:二~。⓭【大夫(fū)】古代职官名:御史~。⓮【大王(wáng)】1. 古代对君主或诸侯王的敬称。2. 垄断巨头:钢铁~|石油~。3. 擅长做某种事情的人:足球~。⓯姓。

㊁ dài　义同"大(dà)"。【大夫(fu)】医生。【大王】传统戏曲、小说中对国王、山寨头领的称呼。

㊂ tài ❶〈文〉义同"太":~子(太子)|~山(泰山)。❷〈文〉通"泰(tài)"。平安;安宁;天下~而富。

汏 dà 〈方〉洗;涮。

妑 dà 〈文〉姐姐。

罭 dà ❶〈文〉眼光触及某事物。❷〈文〉连词。与;士上~史寅(士上、史寅:人名)。

蓬
dà 〈方〉父亲。

da （·ㄉㄚ）

垯
da 见 dā "垯"（112 页）。

疸
da 见 dǎn "疸"（118 页）。

瘩
da【疙瘩】旧同"疙瘩"。皮肤或肌肉上突起的小硬块；小球状或块状的东西。

嶆
da【屹(gē)嶆】1. 同"疙瘩"。皮肤或肌肉上突起的小硬块；小球状或块状的东西。2. 小土丘。

跶（躂）
da ❶【蹦跶】蹦跳；别～了，小心摔着｜秋后的蚂蚱，～不了几天了(比喻即将灭亡)。❷【蹓(liū)跶】旧同"溜达"。闲走。

膌
da 见 dā "膌"（112 页）。

瘩
da 见 dá "瘩"（113 页）。

塔
da 见 dā "塔"（112 页）。

縫
da【纥(gē)縫】小的球形或块状的东西,多用于纱、线、织物等；线～。

饉
da【飿(gē)饉】一种食品。把面粉或米粉加水和成团,用手挤捏成疙瘩放入沸水中煮熟。现在多作"疙瘩"。

---

dāi（ㄉㄞ）

呆
[❶❷*獃] dāi ❶（头脑）迟钝；傻：～滞｜痴～｜～头～脑。❷表情或动作死板；发愣：～板｜吓～了｜～若木鸡。❸同"待"。停留；延迟：～不住｜～一会儿再走。

呔
㊀ dāi 叹词。为提醒对方注意而突然发出的吼声：～,往哪里走? 用于古白话。
㊁ tǎi 〈方〉说话带方言口音：老～儿(说话带方言口音的人)。

呀
dāi 同"呔"。喝叱声(提醒对方注意)：～! 俺乃天朝名将。

待
dāi 见 dài "待"（116 页）。

捯
dāi 〈方〉扭；揪：～他一把。

懘
dāi 〈方〉痴呆；笨：～子。

---

dǎi（ㄉㄞˇ）

歹
dǎi 坏；或好或～。通作"歹"。

歺
dǎi 坏；恶：～毒｜～人｜～徒｜为非作～｜不知好～。

逮
dǎi 见 dài "逮"（116 页）。

傣
dǎi【傣族】我国少数民族。主要分布在云南西双版纳、德宏、耿马、孟连、景谷等地的河谷平坝地区。语言属汉藏语系壮侗语族壮傣语支,有文字。

觡
dǎi 同"歹"。不好；恶劣。用于古白话。

---

dài（ㄉㄞˋ）

大
dài 见 dà "大"（114 页）。

代
dài ❶替；替换：～课｜取～｜新陈～谢｜春与秋其～序。❷代理：～厂长｜～主任。❸历史的分期：古～｜当～｜时～。❹朝代,建立国号的君主统治的整个时期：汉～｜历～｜改朝换～。❺世系相传的辈分：下一～｜第二～｜传宗接～。❻地质年代分期的第二级,在宙之下,纪之上,跟年代地层单位的"界"对应。如显生宙有古生代、中生代和新生代。❼古国名。1. 战国时国名。故地在今河北蔚县一带。2. 十六国时国名(公元 315—376)。鲜卑族拓跋猗卢所建。公元 386 年复国后改国号为魏,史称北魏。❽姓。

軑（軑）
dài ❶〈文〉车毂上包的铁帽。❷〈文〉车轮。❸西汉诸侯国名。故地在今河南息县。

诒
dài 见 yí "诒"（795 页）。

甙 dài 昔的旧称。

垈 dài 用于地名：封家～（在江苏泰兴）。

岱 dài 泰山的别称。古称"岱山"，也叫"岱宗、岱岳"。

迨 dài ❶〈文〉趁着：～其未毕济而击之（济：渡河）。❷〈文〉等到：始从青衿岁，～此白发新。

骀 dài 见 tái "骀"（648 页）。

绐（給） dài ❶〈文〉通"诒（dài）"。欺骗：～人财物。❷〈文〉丝劳损破旧。❸〈文〉倦怠。❹〈文〉纠缠。

玳 [*瑇] dài 【玳瑁（mào）】爬行动物。外形象龟。甲壳为角质板，黄褐色，很光滑，有黑斑。生活在热带、亚热带沿海。也作"蝳蝐"。

带（帶） [帶] dài ❶带子，用皮、布等做的条状物。也指像带子的东西：皮～｜鞋～儿｜～鱼｜峨冠博～。❷轮胎：车～｜里～｜给扎了，得补一补。❸地区；区域：热～｜寒～｜沿海一～。❹〈文〉围绕：日月经天，江河～地。❺随身拿着；携带：腰里～着枪｜服文采，～利剑。❻捎带着做某事：上邮局给我～几个信封。❼显露：面～微笑。❽含有；附有：酸中甜｜花白色～点儿绿｜话里话外～着讥讽。❾连着；附带：沾亲～故｜拖泥～水｜荔枝买来时还～着叶子。❿引导；率领：～路｜队～｜兵打仗。⓫引导着前进：～动｜以点～面｜先进～后进｜她一加速，～得其他队员跑得更快了。

殆 dài ❶〈文〉危险：危～｜知己知彼，百战不～。❷〈文〉几乎；差不多：损失～尽｜游历一遍。❸〈文〉恐怕；大概：郦元之所见闻，～与余同，而言之不详。❹〈文〉通"怠（dài）"。懒惰：农者～则土地荒。

贷（貸） ㊀ dài ❶借出或借入：～方｜银行～给他一笔款｜家贫，假～无所得（假：借）。❷借出或借入的钱：农～｜信～｜高利～。❸推卸（责任）：责无旁～。❹原谅；饶恕：宽～｜严惩不～。

㊁ tè 〈文〉通"忒（tè）"。失误：毋有差～。

待 ㊀ dài ❶等；等候：～命｜守株～兔｜多行不义必自毙，子姑～之。❷〈文〉需要：尚～说明｜自不～言。❸要；打算：说不说｜正～出门｜～要问他，他却走了。❹对人给以礼遇：～客｜～款｜～招。❺用某种方式或态度来处理：～遇｜亏～｜～人接物｜以礼相～。❻〈文〉防备：今城郭不完，兵甲不备，不可以～不虞。

㊁ dāi 停留；延续：～不住｜～一会儿再走｜近几年一直～在基层。

怠 dài ❶懒散；松懈：～惰｜～懈｜消极～工。❷轻慢；不恭敬：～慢。❸疲倦；疲乏：～倦｜～疲｜昔者，先王尝游高唐，～而昼寝。

埭 dài ❶〈文〉堵水的土坝：湖～｜筑～。❷用于地名：～头镇（在福建莆田）｜钟～（在浙江平湖）。

蚮 [蚮] dài 〈文〉蚱蜢。

袋 [帒] dài ❶袋子，装东西的用具。用布、纸、塑料、皮革等制成：衣～｜麻～｜米～｜～装食品。❷量词。用于袋装的东西：一～文件｜一大～米｜一小～儿盐。❸量词。用于吸水烟或旱烟的次数：抽了一～烟｜一～烟的工夫。

紷 dài 纤度单位"旦（尼尔的简称）"的旧称。现作"旦"。

鈦 dài 见 dì "鈦"（132 页）。

逮 ㊀ dài ❶〈文〉达到；及：～至｜力有未～。❷捉；捕：～捕。❸〈文〉趁着：～吴之未定，君其取分焉。❹姓。

㊁ dǎi 义同"逮（dài）"。捕捉。用于口语：～老鼠｜～蛐蛐｜警察把小偷儿～住了。

噅 dài 【嚏（tǎi）噅】〈文〉言语不正；语无伦次。

儓 dài 〈文〉同"贷"。借钱物给别人：优孟曾许千金｜～吾。

鈠 dài 旧时有人把镧土中含有的一种新元素命名为鈠，但这项发现未得到公认。

筶 dài 见 guǎi "筶"（220 页）。

䴡 dài 传说中的一种鸟。

廗
㊀ dài 〈文〉绕;环绕。
㊁ xí ❶〈文〉同"席"。座位。❷〈文〉席子:其妻布～水上。

赥 (𩇕)[𩇈] dài【𩇕(ài)赥】〈文〉云气浓重的样子:暮云～。

栅 dài 〈文〉架蚕箔的木柱。

睗 dài【𩐋(ài)睗】〈文〉形容昏暗不明:烟色秋～。

嘯
㊀ dài【嘯蝐(mào)】〈文〉同"玳瑁"。爬行动物。生活在热带、亚热带沿海。
㊁ dú【嘯蜍(chú)】〈文〉蜘蛛。

蟷 dài 见 dì "蟷"(133 页)。

戴 dài ❶头顶着,泛指把东西加在头上或身体的上面部位:～帽子|～项链|～校徽|～手套|披星～月。❷尊崇;拥护:爱～|拥～|感恩～德|庶民不忍,欣～武王。❸姓。

黛[𪒮] dài ❶青黑色的颜料,古代妇女用来画眉:眉～|粉～(也借指妇女)。❷〈文〉比喻女子的眉毛:怨～舒还敛,啼红拭复垂。❸颜色青黑的:～绿|～色。

綐 dài 〈文〉及;到。后作"迨"。

薱 dài 见 chì "薱"(85 页)。

蹛
㊀ dài 〈文〉环绕:大会～林(蹛林:匈奴秋季祭祀土神的地方。匈奴的风俗是环绕林木会祭,故称蹛林)。
㊁ zhì ❶〈文〉通"滞(zhì)"。停滞;留～无所食(拖欠无所赏赐)。❷〈文〉通"滞(zhì)"。积聚:～财役贫(役贫:奴役穷人)。

醚 dài【𨠌(ài)醚】〈文〉香烟缭绕;香气浓郁。

襶 dài【襶(nài)襶】1.〈文〉一种遮太阳的笠帽。用竹片做胎,蒙上布帛。2.〈文〉不懂事;无能:～子。3.〈文〉衣服厚重臃肿或宽大不合身:春衣～。

𪎮 dài 见 duì "𪎮"(153 页)。

丹 dān ❶〈文〉丹砂,即朱砂:～可磨也,而不可夺赤。❷道家炼药多用丹砂,所以炼成的药也称丹:金～|仙～|炼～。❸颜色像朱砂的:～桂|～枫|积尸草木腥,流血川原～。❹赤诚的:～忱|～心。❺依成方配制成的中药,多为颗粒状或粉末状:～方|灵～妙药|丸散膏～。❻姓。

汦 dān 〈文〉红色:鬒(xiū)～(漆成红色)。

担(擔)
㊀ dān ❶用肩挑:～水|～柴|～着货郎担(dàn)。❷承当;承受:～负|～责任|～风险。
㊁ dàn ❶担子,扁担和挂在扁担两端的东西,也比喻所担负的责任:货郎～|勇挑重～。❷市制质量单位,100 市斤为 1 市担。1 市担合 50 千克。❸量词。用于成担(挑)的东西:一～水|两～柴|三～稻谷。

单(單)
㊀ dān ❶一个的(跟"双"相对,❷同):～个|～间儿|～人床。❷奇(jī)数的:～数|～号|～日。❸单独:～干|孤～|～枪匹马。❹头绪少;不复杂:～调|～纯|简～。❺薄弱:～薄|势孤力～。❻(衣服等)只有一层的:～衣|～裤。❼用来铺盖的单层大幅布:床～儿|褥～子。❽分项记载事物的纸片:账～|清～|菜～。❾只;仅(可重叠):～凭这一点,就可以说明问题|干工作～～有热情肯定是不够的。❿〈文〉通"殚(dān)"。竭尽;旷日持久,粮食～竭。
㊁ chán【单于】匈奴君主的称号。
㊂ shàn ❶单县,地名。在山东菏泽。❷姓。

眈 dān【眈眈】1. 眼睛注视的样子:～相向|虎视～～。2. 深邃的样子:翼翼帝室,～帝宇(翼翼:庄严的样子)。

聃 dān ❶〈文〉同"耼"。用于人名。相传为老子的字。❷同"耼"。姓。

耽[△*躭] dān ❶拖延;延误:～搁|～误。❷〈文〉迷恋;沉溺:～乐(lè)|～于酒色|～好经史。❸〈文〉耳大下垂:夸父～耳。

"躭"另见 dān（118 页）。

偠 □ dān 见 dàn "偠"（119 页）。

郸（鄲）[靯] dān 用于地名:～城（在河南周口）|邯～（在河北南部）。

聃 □ dān ❶〈文〉耳朵长而大:～耳属肩。❷用于人名。相传为春秋时期的哲学家老子的字。❸姓。

酖 dān ❶〈文〉嗜好饮酒;以饮酒为乐:昼夜～酖（酖酖:畅饮）。❷〈文〉沉迷:～溺酒色。
另见 zhèn "鸩"（871 页）。

躭 dān 〈方〉怀孕:怀～|母亲～我十个月。
另见 dān "耽"（117 页）。

殚（殫）dān ❶〈文〉用尽;竭尽:～力|～心|～精竭虑（耗尽精力,费尽心思）。❷〈文〉全;都:是故王莽知汉中外之～微,本末俱弱。

軸 dān 〈文〉同"聃"。用于人名。相传为老子的字。

湛 □ dān 见 zhàn "湛"（861 页）。

惂 dān 见 chén "惂"（76 页）。

媅[妉] dān 〈文〉乐,贪乐:考古意所～（乐于考古）。

軸 dān 〈文〉同"聃"。相传为老子的字。

瘅 □ dān 见 dàn "瘅"（120 页）。

匰 dān ❶古代宗庙安放神主的器具:祭祀则共（gōng）～主（祭祀时供给匰和神主）。❷〈文〉小筐。

箪（簞）dān 古代盛饭食的竹器。圆形,有盖:～食（shí）瓢饮（形容生活清贫）|～食（shí）壶浆以迎王师（用箪盛饭,用壶盛汤水,欢迎他们爱戴的军队）。

儋 □ dān ❶〈文〉同"担"。肩挑:负任何（hè）。❷【儋州】地名。在海南西北部。

勯 dān 〈文〉力量用尽:力～。

覘 dān 【覘覘】〈文〉同"眈眈"。眼睛注视的样子:～虎视。

醦 dān 见 cén "醦"（61 页）。

甋[罈] dān 〈文〉坛子一类的瓦器:家储不满～。

襌 dān ❶〈文〉单衣:脱～衣（yì）夹（衣夹:穿上夹衣）。❷〈文〉单层的。

襜 dān 【襜襤（lán）】我国古代北方少数民族名:（李牧）灭～,破东胡。

襜 □ dān 见 chān "襜"（66 页）。

瞻 ㊀ dān ❶〈文〉耳朵下垂。❷【瞻耳】传说中的古国名。
㊁ zhān 〈文〉通"瞻（zhān）"。看;望:远近～望。

醈 dān 〈文〉浊酒:酖～之味（浊酒变酸的味道）。

霣 dān 见 wān "霣"（688 页）。

dǎn　（ㄉㄢˇ）

扰 ㊀ dǎn 〈文〉深击;刺:挟～（挟:击）。
㊁ yóu 〈文〉舀取:女舂～二人（舂扰:指舂米和从臼中舀米的工作）。
㊂ shěn 〈文〉系物桩。

统 □ （統）dǎn ❶〈文〉冠冕两旁用来系瑱（塞耳的玉坠）的丝绳:王后亲织玄～。❷〈文〉缝在被头上的丝带（用来识别首尾）:（缁衾）无～（缁衾:黑布的被）。❸〈文〉模拟击鼓声或类似击鼓的声音:～如打五鼓。

胆 □ （膽）dǎn ❶胆囊,储存胆汁的囊状器官,位于肝脏右叶下前方,与胆管（胆汁通过它流入十二指肠）相连:卧薪尝～。俗称"苦胆"。❷不怕危险的精神;勇气:～怯|～量|～大心细。❸装在某些器物内部,供充气或盛水用的东西:球～|保温瓶～。❹姓。

疸 ㊀ dǎn 【黄疸】人的皮肤、黏膜和眼球巩膜呈现黄色的症状。由血液中胆红素增高引起,常见于某些肝病、胆囊病和血液病。
㊁ da 【疙（gē）疸】旧同"疙瘩"。皮肤或

肌肉上突起的小硬块;小球状或块状的东西。

掸（撢）

(一) dǎn 轻轻地抽或扫,以除去灰尘等:~子(用鸡毛、布条等绑成的除尘用具)|~桌子|把帽子上的灰~一~。

(二) shàn ❶古代对傣族的称呼。❷掸族,缅甸民族之一,大多居住在缅甸掸邦。

赕

dǎn 见 tǎn "赕"(653 页)。

闼

dǎn 〈文〉门闩。

燀

dǎn 见 chǎn "燀"(68 页)。

亶

(一) dǎn ❶〈文〉实在;诚信:~厚|~信。❷〈文〉确实;诚然:~其然乎?

(二) dàn 〈文〉通"但(dàn)"。只;仅仅:非~倒县(xuán)而已。

癉

dǎn 见 dàn "癉"(120 页)。

撢

dǎn 见 tǎn "撢"(653 页)。

黮

dǎn ❶〈文〉污垢:~点而污之(点:污点)。❷〈文〉黑;暗:~如重云。

瘅

dǎn 〈文〉偏房;偏舍。

癉

dǎn ❶〈文〉憎恨:章善~恶(章:同"彰"。彰显)。❷〈文〉劳累致病。

黬

(一) dǎn 〈文〉桑葚熟透后呈现的黑紫色;也指黑色:~袍。

(二) tàn 【黬暗】〈文〉昏暗不明:~夜将明。

(三) shèn 〈文〉通"葚(shèn)"。桑树的果实:桑~。

鶕

dǎn 传说中猫头鹰一类的鸟。

黵

(一) dǎn 〈文〉苍黑的样子:翠岭中横,~然黛色。

(二) zhǎn 〈方〉弄脏;染上污点:别让墨水把衣服~了。

dàn (ㄉㄢˋ)

石

dàn 见 shí "石"(613 页)。

旦

dàn ❶天亮的时候;早晨:~暮|通宵达~|~辞爷娘去,暮宿黄河边。❷某日;天:元~|三~立于市,人莫知之。❸传统戏曲中指扮演女性的角色:~角|花~|老~|刀马~。❹姓。

优

dàn 〈文〉同"髧"。头发下垂的样子。

耶

dàn 古地名。

但

dàn ❶〈文〉副词。仅;只:~愿如此|不求有功,~求无过|不闻爷娘唤女声,~闻黄河流水鸣溅溅。❷连词。表示转折:他很胖,~手脚灵活|虽然落后~并不气馁。❸姓。

担

dàn 见 dān "担"(117 页)。

呾

dàn 见 dá "呾"(113 页)。

狙

dàn ❶【猳(gé)狙】传说中的一种兽,像狼。❷〈文〉戏曲行当之一,扮演女性人物。后作"旦"。❸旧时少数民族名。

诞（誕）

dàn ❶〈人〉出生:~辰|~生。❷生日:华~|圣~|寿~。❸荒唐;不合情理:荒~|怪~|虚~。❹〈文〉放荡;放肆:放~|~宕不羁。❺〈文〉欺骗;许绐~魏王。

哑

dàn 见 xián "哑"(729 页)。

僤（僤）

(一) dàn ❶〈文〉盛;大:逢天~怒。❷〈文〉疾速。

(二) dān 〈文〉通"殚(dān)"。竭尽:~财送死(送死:办丧事)。

(三) chǎn ❶〈文〉阐明。❷春秋时鲁国地名。故地在今山东。

(四) shàn 【婉僤】〈文〉行进曲折的样子。

詑

dàn 见 yí "詑"(796 页)。

疍

[疍]

dàn 【疍民】旧时广东、广西和福建沿海、沿江一带的水上居民,多以船为家,从事渔业或航运业。也叫"疍户"。

菡

[蓞、萏]

dàn 【菡(hàn)萏】〈文〉莲;荷花。

啖

[*啿、△*噉、啗、嚪]

dàn ❶〈文〉吃:

~饭|~啜日~荔枝三百颗。❷〈文〉给人吃;喂:~养|~之以肉。❸〈文〉用利益引诱:以重金|以利~之。

"噉"另见hǎn(237页)。

淡 □ dàn ❶含的盐分少(跟"咸"相对):~水|菜太~|~乎其无味。❷液体或气体中所含的某种成分少;稀薄(跟"浓"相对):~酒|~墨|天高云~。❸颜色浅:~绿|~雅|~妆。❹饮食简陋,不讲究:粗茶~饭。❺不热心:~泊|冷~|~然处之|对名利看得很~。❻宁静;闲适:~寂|~恬。❼微弱;程度不深:~~的乡思|夕阳西下,阳光越来越~。❽销售不兴旺:~月|~季|~市。❾没有意味的;无关紧要的:~话|~事|平~无味。❿姓。

惮 (憚) dàn ❶〈文〉怕;畏惧:~烦|不~劳苦|肆无忌~。❷〈文〉通"瘅(dàn)"。因劳苦而得病:哀我~人。

惔 dàn 见tán"惔"(651页)。

弹 (彈) ㊀ dàn ❶〈文〉用弹(tán)力发射弹(dàn)丸的弓:左挟~,右摄丸(左手夹着弹弓,右手拿着弹丸)。❷可以用弹(tán)力发射出去的小丸:弹~|泥~。❸具有杀伤力的爆炸物:子~|炸~|~尽粮绝|枪林~雨。

㊁ tán ❶利用弹(tán)性作用发射:~射|(晋灵公)从台上~人。❷一个指头被另一个指头压住,然后用力伸开,借此触击物体:~球儿|~冠相庆。❸用手指或器具拨弄或敲击乐器,使琴弦振动发声:~琵琶|~吉他。❹物体受力后变形,失去外力后又恢复原状:~力|~簧|~反。❺利用有弹(tán)力的器械使纤维变得松软:~棉花。❻〈文〉批评;抨击;检举(官员违法失职的行为):~劾|~讥~|~押。

蛋 □ dàn ❶鸟类、龟、蛇、鳄等产的卵,特指鸡蛋:~黄|鸽子~|鸡飞~打(比喻一无所得)。❷球形像蛋的东西:山药~|驴粪~儿。❸对某类人的蔑称:笨~|坏~|浑~|糊涂~。❹后缀。用在某些动词义成分的后面,组成词语,含贬义:捣~|滚~|扯~。

啖 dàn ❶〈文〉同"啖"。吃:举饼~之。❷【啖啖】〈文〉丰厚的样子。

氮 □ dàn 气体元素。符号N。

蜑 dàn ❶古代南方少数民族之一:胡夷~蛮。❷〈文〉南方一些生活在船上、以捕鱼为生的水上居民:舟居谓之~人。❸〈文〉蜑民的船:乘~(乘蜑民的船)。

歠 dàn 见kǎn"歠"(354页)。

舺 dàn 〈文〉圆形的小酒器:酒二~。

亶 □ dàn 见dǎn"亶"(119页)。

瘅 □ (癉) ㊀ dàn ❶〈文〉因劳苦而得病:大妇体~。❷〈文〉憎恨:彰善~恶。

㊁ dān 【瘅疟(nüè)】中医指一种疟疾,症状为高热,烦躁,口渴,呕吐,但不打寒战。

㊂ dǎn 〈文〉通"疸(dǎn)"。黄疸病:发~,腹中热,烦心出黄。

窞 dàn ❶〈文〉小而深的坑;深坑:有~深陷。❷〈文〉孔洞:墙上密排水~。

髧 dàn 〈文〉头发下垂的样子:~彼两髦(髦:máo,小儿的一种发式)。

輤 dàn 见chān"輤"(66页)。

酖 dàn 〈文〉酒、醋味薄。

嘾 ㊀ dàn 〈文〉含得很深。

㊁ tán 〈文〉贪爱:谈经~道,致身圣门。

儃 dàn 见chán"儃"(67页)。

鴠 dàn ❶【鶡(hàn)鴠】〈文〉即寒号鸟:~鸟。也叫"鶡(hé)鴠"。❷用同"蛋"。用于古白话:鸳鸯~儿。

懚 dàn 同"惮"。用于古地名:~狐(在今河南汝州西北)。

氡 dàn 化学元素"氮(dàn)"的旧称。

餤 dàn 见tán"餤"(651页)。

澹 □ dàn 见tán"澹"(651页)。

憺 □ dàn ❶〈文〉安定;心情泰然:蜂虿(chài)螫指而神不能~(蜂虿:毒...

虫)。②〈文〉恬静;淡泊:~然无欲。③〈文〉震动;使人畏惧:威~南羌。④〈文〉不安;忧愁:心下~~。

禫 dàn 〈文〉丧家除去丧服时举行的祭礼:魏主~于太和庙。

襜 dàn 见 yán "襜"(775 页)。

霮 dàn 【霮霮】〈文〉云黑的样子:白日兮的的,浮云兮~~。

膻 dàn 见 shān "膻"(596 页)。

窞 dàn 〈文〉草木幼芽弯曲未出的样子。

襌 dàn 【神(zhòng)襌】〈文〉淡薄无味:~其辞(言辞淡薄无味)。

賧 dàn ①〈文〉买卖东西预先付钱或预先收钱。②〈文〉书册或书画条幅卷首贴绫的地方:高丽纸~,白玉轴。

譚 dàn 〈文〉同"惮"。畏惧:~其众(使众人畏惧)。

繵 ㊀ dàn 〈文〉单衣。 ㊁ tán 〈文〉绳索;牵~。 ㊂ chán 〈文〉同"缠"。缠绕:~缘(缠绕)。

霮 dàn 【霮霼(duì)】1.〈文〉云浓密的样子:云覆~。2.〈文〉露水多的样子:宵露~。

饕 dàn 〈文〉食物无味:咬来~淡。

氃 dàn ①云密聚的样子。也作"霮"。②【氃霼(duì)】〈文〉浓云。也作"霮霼"。

---

dāng (ㄉㄤ)

当(當、㊙㊚噹) ㊀ dāng ①对等;相称:相~|门~户对|罚不~罪。②应该;该~|理~如此|苍天已死,黄天~立。③面对;对着:~机立断|首~其冲|蹈死亡之地,~剑戟之锋。④担任:~班长|~老师|在公司~经理。⑤承受:不敢~|~之无愧|一人做事一人~。⑥主持;掌管:~家|~政|独~一面。⑦〈文〉阻挡;抵抗:螳臂~车|势不可~|一夫~关,万夫莫开。⑧〈文〉顶端:瓦~(筒形或半圆形滴水瓦的瓦头)。⑨〈文〉判罪:~高罪死(判赵高死罪)。⑩正在(那时候、那地方):~今|~初|~地|~场|~鸡叫头遍的时候,他已经出发了。⑪面对着;向着:~面点清|~众出丑|~着大家说清楚。⑫撞击金属器物的声音:~的一声,刀掉到地上|挂钟~~地响了起来|~~~传来一阵敲锣声。

㊁ dàng ①合适;适宜:恰~|适~|用词不~。②抵得上;等于:老将出马,一个~俩。③作为;当作:长歌~哭|安步~车|没把你~外人。④认为;以为:~真|我~你不愿意呢!⑤抵押:典~|一辆汽车~了五万元。⑥为借钱抵押在当铺的实物:赎~|当~。⑦引入事情发生的时间:~时(就在那个时刻;立刻)|~天(就在本天;同一天)|~年(就在这一年;同一年)。

艺 dāng 同"当"。面对;承受。用于古白话:前路自家~苦难。

珰(璫) dāng ①古代妇女戴在耳垂上的装饰物,也用来指玉佩等:耳著明月~(明月:明月珠)。②汉代武职宦官的帽子上用黄金珰作帽饰,后因以借指宦官:逆~|~魏忠贤。③〈文〉玉质的瓦当:翠~|楹~。

铛(鐺) ㊀ dāng 模拟撞击金属器物的声音:钟声~~。 ㊁ chēng ①烙饼或煎食物用的平底浅锅:饼~|铁~。②〈文〉温酒器:乃自出酒,以铁~温之。

裆(襠) dāng ①两条裤腿相连的部分:裤~|立~|开~裤。②两条腿相连的地方:胯~|腿~|骑马蹲~式。

笡(簹) dāng 【赟(yún)笡】〈文〉生长在水边的大竹子。

傮(儅) ㊀ dāng 【伴傮】即伴当。随从的仆人:那三个是舍人的~。 ㊁ dàng 【家傮】即家当。家产;产业:我们连~还他。 ㊂ tǎng 【倜(tì)傮】即倜傥。洒脱;不拘束。用于古白话:万千万千皆~。

螳[蟷] dāng 【螳蠰(náng)】〈文〉"螳螂"的别称。

艚 dāng 【舭(dǐ)艚】〈文〉战船。

dǎng （ㄉㄤˇ）

挡（攩）[⊖△*攩] ⊖ dǎng ❶拦阻;抵住:～道|抵～|兵来将～。❷遮蔽:～风|遮～|云彩把月亮～住了。❸用来遮挡的东西:风～|炉～。❹排挡(汽车等用以改变牵引力的装置)的简称:换～|倒～。

⊜ dàng 【摒(bìng)挡】〈文〉料理;收拾。"攩"另见 dǎng（122页）。

郎 dǎng ❶古代的地方基层组织,五百家为郎:乡～|州邻。通作"党"。❷古地名。

党（❶-❻黨）dǎng ❶政党,在我国特指中国共产党:～派|入～|社会民主～。❷因利害关系而结合在一起的集团:～羽|朋～|结～营私。❸〈文〉亲族:父～|妻～|宗～。❹〈文〉偏袒:～同伐异(偏袒同党,排斥异己)|无偏无～。❺古代户籍编制单位,五百家为一党。❻姓。

崴 dǎng 见 hán "崴"(236页)。

谠（讜）[詥] dǎng 〈文〉正直;公正:～论|忠～|今日复闻～言。

榶（橖）⊖ dǎng 果木名。即食茱黄。落叶乔木,果实可入药。

⊜ tǎng 木桶(盛物的器具):以榆～盛经,白马负图(负:背)。

鬃 dǎng 佛经译音用字。

攩 ⊖ dǎng 〈文〉朋党。通作"党"。

⊜ tǎng 捶打。用于古白话:把大虫打作一堆,却似～着一个锦衣袋(大虫:老虎)。

另见 dǎng "挡"(122页)。

灙 ⊖ dǎng ❶古水名。❷【灙瀁(mǎng)】〈文〉水面广阔的样子:～潒浭(chányuán)。

⊜ tǎng 通"淌(tǎng)"。流淌。用于古白话:～下泪来。

⊜ dàng 通"荡(dàng)"。游荡。用于古白话:流来～去。

鱑 dǎng 〈文〉鱼名。

dàng （ㄉㄤˋ）

氹 dàng 同"凼"。多用于地名:～仔岛(在澳门)。

当 dàng 见 dāng "当"(121页)。

凼 dàng 〈方〉蓄水的池子;沤肥的小坑:～肥|水～|粪～。

砀（碭） dàng ❶〈文〉有花纹的石头:塘垣～基,其光昭昭(塘垣:高墙)。❷〈文〉振荡;冲荡溢出:吞舟之鱼～而失水。❸【砀山】地名。在安徽宿州。

宕 dàng ❶〈文〉通"荡(dàng)"。放纵;不受拘束:骄～|性豪～,不拘细行。❷拖延;搁置:推～|延～。

垱（壋） dàng ❶〈方〉为便于灌溉而横筑在河中或低洼田地中的小堤:筑～挖塘。❷用于与筑堤有关的地名:舒家～(在江西)。❸〈方〉同"凼"。小坑;小池子:小～。

挡 dàng 见 dǎng "挡"(122页)。

荡（蕩）[❶❷❸❺❻*盪] dàng ❶摇动;来回摆动:～桨|～动|～秋千。❷冲洗:～涤|冲～。❸清除;全部弄光:扫～|～然无存|倾家～产。❹行为放纵,不检点:浪～|淫～|古之狂也肆,今之狂也～(肆:肆意直言)。❺广阔;平坦:浩～|坦～|鲁道有～,齐子由归(齐子:齐国的女子。归:出嫁)。❻闲逛:闲～|游～。❼浅水湖:水～|芦花～|黄天～。

档（檔） dàng ❶存放案卷、文件等的橱柜:存～|归～。❷分类保存的案卷、文件等:～案|查～|调～。❸器物上起固定、支撑等作用的条状物:床～|这桌子的横～还结实。❹等级:～次|高～|低～|货。❺〈方〉货摊:鱼～|大排～。❻量词。用于事件:那一～事|两～子事|好几～儿麻烦事。

菪 dàng 【莨(làng)菪】多年生草本植物。根茎块状,花黄褐色。全株有黏

性腺毛,有特殊臭味,有毒。根、茎、叶和种子可以入药。

婸 dàng 〈文〉同"荡"。放纵;任性:劃(zhì)而不~(自我约束而不放纵)。

瀐(瀩) ⊖ dàng 〈文〉黄金。　⊜ tāng "瀩(dàng)"的又读,多用于人名。

薚 dàng 见 tāng "薚"(653 页)。

嘗 dàng ❶〈文〉大瓮。❷〈文〉砖砌的井壁。❸姓。

趤 ⊖ dàng 〈文〉跌倒;(王式)阳醉~地(阳:假装)。　⊜ táng 〈文〉摇荡;冲击。

嶱 dàng 见 yáng "嶱"(783 页)。

惕 ⊖ dàng 〈文〉放纵:~悍而不顺(惕悍:放荡凶狠)。通作"荡"。　⊜ shāng 【惕惕】〈文〉行走时身体正直步伐很快:行容~(行容:走路的姿态)。　⊜ táng 【佚惕】〈文〉舒缓。

婸 ⊖ dàng 〈文〉淫逸;逸~。　⊜ yáng 【阿婸】〈方〉第一人称代词。

蓎 dàng 见 táng "蓎"(654 页)。

塘 dàng 【塘嵣(mǎng)】〈文〉山石广大的样子:岩岈~(岈:山谷)。

潒 dàng ❶〈文〉水荡漾的样子:弥望广~(弥望:远望)。后作"荡"。❷〈文〉涤荡。

簜 dàng 〈文〉一种笙箫类的管乐器。

儅 dàng 见 dāng "儅"(121 页)。

瀇 dàng 〈文〉同"荡"。消除;清除:~夫忧心。

礷 dàng 【蔺(làng)礷】〈文〉同"莨(làng)菪"。多年生草本植物。有毒。根、茎、叶和种子可以入药。

簜 dàng ❶〈文〉大竹:篠~(篠:xiǎo,小竹)。❷〈文〉笙箫之类的乐器:~在建鼓之间(建鼓:鼓名)。

盪 dàng 〈文〉同"荡"。摇动。

瀩 dàng 见 dǎng "瀩"(122 页)。

---

dāo（ㄉㄠ）

刀 dāo ❶古代兵器,泛指用来切、割、削、砍、铡等的工具:~锋|~剑|菜~|镰~|~枪剑戟。❷形状像刀的东西:冰~|瓦~。❸用于纸张,1 刀为 100 张:三~草纸。❹刀币,古代的刀形钱币。❺〈文〉小船:谁谓河广? 曾不容~(谁说黄河宽呢? 连条小船也容不下)。❻姓。

扠 dāo 【扠蹬(deng)】〈方〉挪动;翻动;折腾。

叨 dāo 见 tāo "叨"(656 页)。

汈 dāo 【溜汈汈】转动灵活。用于古白话:~一双渌(lù)老(渌老:眼睛)。

忉 dāo ❶【忉忉】〈文〉忧愁;焦虑:劳心~。❷【忉怛(dá)】〈文〉哀伤:异方之乐,只令人悲,增~耳。

氘 dāo 氢的一种同位素。符号²H 或 D。

虭 dāo 见 diāo "虭"(136 页)。

舠 dāo ❶〈文〉船形如刀的小船;船:轻~|小~。❷〈文〉一种大的酒杯:金~。

釖 dāo ❶同"刀"。泛指用来切、割、削、砍等的器具。❷化学元素"钍(tǔ)"的旧称。

鮉(魛) dāo 形状像刀的鱼,如带鱼、鲚(jì)鱼等。

裯 dāo 见 chóu "裯"(89 页)。

舽 ⊖ dāo 〈文〉同"舠"。小船。　⊜ diāo 〈文〉同"艒"。吴船。

---

dáo（ㄉㄠ）

叨 dáo 见 tāo "叨"(656 页)。

捯 dáo ❶〈方〉两手替换着把线或绳子拉回或绕好:~线|把风筝~下来。❷〈方〉两脚交替着迈出:他个子矮,跑起来

两腿紧~。❸〈方〉顺着线索追究:~根儿|~老账。

dǎo （ㄉㄠˇ）

导（導）dǎo ❶指引;带领:~游|引~|因势利~。❷（热、电等）在物体中从一处传送到另一处:~热|传~|半~体。❸启发;指教:开~|教~|劝~。❹疏通:疏~沟渠|~黑水至于三危(三危:山名)。❺姓。

岛（島）[*㠀、陪、隝] dǎo 海洋中或江河湖泊中四面环水的陆地:海~|列~|鹤汀(tīng)凫渚,穷~屿之萦回。

捣（搗）[*搗、△擣、搗] dǎo ❶用棍棒等的前端垂直撞击:~蒜|~米|长安一片月,万户~衣声。❷冲击;攻打:~毁|直~敌巢。❸搅扰:~乱|~鬼|~蛋。

"擣"另见 chóu（89 页）。

倒 ㊀ dǎo ❶竖立的东西横躺下来:跌~|卧~|树刮~了|弓不虚发,应声而~。❷失败;垮台:~闭|~台|打~|买卖~了。❸使失败;使垮台:~阁|~袁(世凯)运动。❹(人的器官)受到刺激或损伤而功能变差:~胃口|嗓子~了。❺转换;掉转:~换|~车|~戈|担子从右肩~到左肩。❻买进卖出,从中牟利:~外汇|~钢材|买~卖。

㊁ dào ❶上下或前后位置弄反:~影|次序~了|~数第一。❷相反的;反面的:~找钱|喝~彩|~打一耙。❸向相反的方向移动;使向后退:~退|~行逆施|水源深广,而末更浅狭,有似~流,故谓之滇池。❹倾斜或翻转容器,使装在里面的东西出来:~水|~垃圾|竹筒~豆子。❺表示跟事理或预想相反,相当于"反而":他一说我~糊涂了|饿过了劲儿~不觉得饿了。❻表示转折或让步:个头儿不高,力气~不小|式样~不错,就是贵了一点。❼表示情况不符合实际,带有责怪、不满的语气:说得~容易,你来试试!❽加强深究、追问的语气:大家都等着,你~表个态呀!

梼□ dǎo 见 táo "梼"(657 页)。

祷（禱）dǎo ❶向神灵祈求保佑:~告|默~|祈~|天大旱,汤乃以身~于桑林,五年不收。❷盼望;企求(多用于书信):盼~|是所至~|敬请届时光临为~。

裯□ dǎo 〈文〉为祈求马匹等牲畜肥壮举行祭祷:~牲|~马。

噭□ dǎo 见 jiào "噭"(315 页)。

墙□ dǎo 〈文〉土堡。

蹈□ [蹈、蹈] dǎo ❶〈文〉踩;踏:重~覆辙|赴汤~火|心之忧危,若~虎尾。❷顿足踏地;按节拍跳动:舞~|手舞足~。❸遵循;照着做:~袭(因袭;沿用)|循规~矩。

dào （ㄉㄠˋ）

到□ dào ❶达于某一地点或某一时间:~场|~期|迟~|民~于今受其赐。❷往;去:~基层调研|你~上海,还是~南京?❸周全;不疏忽:周~|老~|不~之处,还望海涵。❹用在动词后面做补语。1.表示动作到达某地(空间上):回~母校|信寄~家里了。2.表示动作持续(到一定的时间):这事不急,等~明天再说。3.表示动作达到目的或有了结果:找~了|这我做不~。❺姓。

帱□ dào 见 chóu "帱"(88 页)。

倒□ dào 见 dǎo "倒"(124 页)。

焘（燾）㊀ dào 〈文〉覆盖:覆~|如天之无不~也。

㊁ tāo "焘(dào)"的又读,用于人名。李焘,宋代史学家;郭嵩焘,清末外交官。

蒾□ dào ❶〈文〉草长大。❷〈文〉大。

唎□ dào 【唎喇(lǎ)】古代剧种名。

盗□ [盜] dào ❶偷窃;抢劫:~窃|防~|夫谓非其有而取之者,~

也。❷偷窃或抢劫财物的人:～贼|强～|
江洋大～。

悼 dào ❶〈文〉悲伤;哀痛:～惜(悲伤惋
惜)|～怆|谊自伤～,以为寿不得长,乃
为赋以自广(谊:人名)。❷追念死去的人:～
念|～亡(特指悼念死去的妻子)|哀～。

逿 dào 〈文〉同"道"。道理;道义:无～。

道 dào ❶路:街～|铁～|～听途说|会
天大雨,～不通(会:正值)。❷水流
的通路:渠～|下水～|黄河故～。❸方向;
途径:门～|同～|志同～合。❹方法;技艺:
茶～|医～|治世不一～,便国不必法古(便:
有利。法古:以古为法)。❺道理;规律:公
～|天～|坐而论～。❻道德;正义:～义|大
逆不～|得～多助,失～寡助。❼说;讲:
白~说长～短|此可为智者～。❽用言语表
示(情意):～别|～歉|～喜。❾以为;认为:
我～是谁,原来就是他。❿学术或宗教的
思想体系:传～|卫～士|孔孟之～。⓫道
家,先秦时期的思想流派,以老子和庄子的
学说为代表。⓬道教,也指道教徒:～观
(guàn)|老～。⓭指某些封建迷信组织:
一贯～|反动会～门。⓮旧时行政区划单
位。唐代的道相当于现在的省,清代和民
国初年的道在省之下。⓯〈文〉从;由:太尉
周勃～太原入,定长地。⓰线条:横～儿|铅
笔～子。⓱量词。用于江河、水流等:一～
河|一～瀑布。⓲量词。用于长条或细条
形的东西:一～堤坝|一～闪电|一～风景
线。⓳量词。用于门、墙或类似的物体:两
～大门|一～屏风|一～幕布。⓴量词。用
于题目或类似的东西:一～数学题|一～命
令|一～退兵诏书。㉑量词。次;遍:漆了
三～。㉒姓。

逎 dào 同"道"。路:松杉夹～楼台静。

翿
㊀ dào 同"翿"。古代乐舞者手持的
舞具,柄头以羽毛为饰。
㊁ zhōu 【翿翿】〈文〉鸟名。

稻[稻、稻] dào ❶一年生草本植
物。叶子披针形,花白
色或绿色,籽实叫稻谷,去壳后叫大米或稻
米,是重要的粮食作物:～田|双季～。❷
这种植物的籽实。

髳 dào 〈文〉长头发。

騞 dào 见 chóu "騞"(89 页)。

壔
㊀ dào ❶〈文〉禾名。❷〈文〉优选米麦:
～择米麦。

翿 dào 古代乐舞者手持的舞具,柄头以
羽毛为饰,如盖。送葬时用来导引灵
柩:君子陶陶,左执～(陶陶:和乐的样子)。

纛[䵷、䵷] dào 古代军队或仪仗
队中的大旗:高牙大～
(牙:牙旗,将军的旗子)。

---

dē（ㄉㄜ）

嘚
㊀ dē 模拟马蹄声:远处传来～～
的马蹄声。
㊁ dēi (～儿)叹词。赶驴、马、骡等
前进的吆喝声。
㊂ dè 【嘚瑟】1.〈方〉炫耀:买了辆新车,
到处～。2.〈方〉胡乱花费钱财:有钱也不
能这么～。

---

dé（ㄉㄜ）

得[䙿、得]
㊀ dé ❶获取(跟"失"
相对):～到|取～|不入
虎穴,焉～虎子?|虑而后能～。❷演算产
生结果:二三～六(乘法口诀)|四减二～二。
❸适合:～用|～当|相～益彰。❹〈文〉称心
如意:～意|志满意～|怡然自～。❺完成:
稿子写～了吗?|医～眼前疮,剜却心头
肉。❻用于对话中,表示同意或禁止,无须
再说:～,就这么办|～了,别哭个没完。❼
用于不如意时,表示没有办法,只好如此:
～,这钱算是白花了。❽用在别的动词前
面,表示许可(多用于否定式):教育专款不
～挪用|保持安静,不～喧哗。❾〈文〉通"德
(dé)"。德行:尚～推贤不失序。
㊁ děi ❶需要;必须:买台电视机～多
少钱?|山区要想富,就～修公路。❷估计
必然如此;会:回家晚了,她妈准～生气|考
试不及格,非～挨说不可。
㊂ de ❶用在动词、形容词和表示状态、
程度的补语之间:好～很|听～津津有味。

❷用在单音节动词的后面,表示可能:修～好|拿～动|爬～上去吗? ❸用在动词后面,表示可能、可以:这种野蘑菇吃～吃不～? |这件事马虎不～。

淂 dé 获得。用于古白话。用同"得"。

棏 dé 见 zhé "棏"(867 页)。

锝(鍀) dé 金属元素。符号 Tc。

德[*惪、德] dé ❶品行;作风:～行|道～|公～|才兼备|君子之～风,小人之～草。❷信念;心意:同心同～|一心一～。❸恩惠;情义:～政|功～|以怨报～。

dè (ㄉㄜˋ)

嘚 dè 见 dē "嘚"(125 页)。

de (·ㄉㄜ)

地 de 见 dì "地"(131 页)。

的 de 见 dì "的"(131 页)。

底 de 见 dǐ "底"(130 页)。

嘚 de【吡(cǐ)嘚】〈方〉斥责:不要～孩子。

得 de 见 dé "得"(125 页)。

赋 de "赋(te)"的又读。

dēi (ㄉㄟ)

嘚 dēi 见 dē "嘚"(125 页)。

děi (ㄉㄟˇ)

得 děi 见 dé "得"(125 页)。

dèn (ㄉㄣˋ)

扽[揼] dèn ❶握住绳线、布匹、衣服等的两头同时用力,或一头固定而在另一头用力:塑料绳一下子就～断了。❷抻;拉紧:～住缰绳|把皮筋～直了。

dēng (ㄉㄥ)

灯(燈) dēng ❶能够发光,主要用来照明的器具:～光|台～|红绿～|张～结彩。❷像灯那样能够发光、发热,主要用来加热的器具:喷～|酒精～。

登 dēng ❶由低处到高处(多指步行):～山|～陆|～堂入室|故不～高山,不知天之高也。❷古代指科举考试中选:～第|～科。❸记载;刊载:～记|刊|来函照～|这笔钱还没～在账上。❹(谷物)成熟:五谷丰～。❺〈文〉立即:～时|甘雨～降。❻姓。

豋[簜、甄、鐙] dēng 古代盛放肉食的器皿,祭祀时用作礼器。

蓥 dēng ❶〈文〉金蓥,草名。❷〈文〉苦蓥,树木名。

噔 dēng 模拟物体落地或敲击的声音:～～几步就上了楼|心里紧张得就像小鼓敲得～～响。

璒 dēng 〈文〉似玉的石头。

氇 dēng ❶【氀(tà)氇】〈文〉有彩文的细毛毯。❷〈文〉兽名:～皮。

镫 dēng 见 dèng "镫"(127 页)。

蹬 dēng【蹬蹬】1.〈文〉站立的样子。2.〈文〉幼儿学走路的样子。

禥 dēng 〈文〉香囊:香～双珠环。

簦 dēng 古代有长柄的竹笠,类似后来的伞。

蹬 ㊀ dēng ❶腿和脚用力踏,使机具转动:～水车|～三轮儿|～缝纫机。❷踏;踩:～着梯子上房|～在椅子上贴窗花|脚别～在门槛上。❸〈方〉穿(鞋袜、裤子

等):脚~长筒靴。

㊁ dèng 【蹭(cèng)蹬】〈文〉遭遇挫折;不得意。

闧 dēng 〈文〉增加:分兵~备(备:戒备)。

鶍 dēng 〈文〉鶍鸡,鸟名。大如鸡,长脚红冠。

děng (ㄉㄥˇ)

等 [荨、㝫] děng ❶(程度或数量)相同:~同|~量齐观|有法者而不用,与无法~。❷级别,按性质、程度等的差异而分出的高低差别:~级|同~|头~大事|请自贬三~。❸种;类:天下还有这一~事情?|此~人实不多见。❹戥子;用戥子称。旧同"戥"。❺等待;等候:~车|请稍~|州桥南北是天街,父老年年~驾回。❻等到:~下了课再玩|种上草,环境就更美了。❼表示列举未尽,用在两个或两个以上列词语的后面,也可以用"等等":本次列车自北京开往成都,沿途经过郑州、西安~地。❽表示列举后的煞尾,后面往往带有前列各项的总计数字:中国有长江、黄河、黑龙江、珠江~四大河流。

戥 děng ❶戥子,旧时用来称中药或金银首饰等的小秤。计量单位最大是两,小到分或厘。❷用戥子称:~一~这味药的分量。

dèng (ㄉㄥˋ)

邓 (鄧) dèng ❶春秋时诸侯国名。故地在今河南邓州。❷姓。

捹 dèng 〈文〉背负:~至坐间(把人背到座位上)。

僜 ㊀ dèng ❶【倰(lèng)僜】〈文〉模拟弦乐声。❷我国少数民族,居住在西藏察隅一带。
㊁ chēng 【憆(méng)憕】〈文〉不清醒的样子:尽日醉~。

辥 dèng 佛经译音用字。

隥 dèng ❶〈文〉同"磴"。山路的石级,泛指石阶:升于长松之~(升:登)。❷〈文〉险峻的山坡。

凳 [*櫈] dèng 凳子,有腿没有靠背的坐具:长~|方~|小~儿。

嶝 dèng 〈文〉登山的小路:东池后有挥雪亭,复由一道上至介亭。

縢 ㊀ dèng ❶〈方〉扁担两头挂有东西。❷〈方〉扁担两头挂东西的重量大致相称。
㊁ téng ❶〈文〉囊。❷〈文〉佩囊;香囊。

澄 dèng 见 chéng "澄"(80页)。

憕 dèng 见 chéng "憕"(80页)。

蹬 dèng 【瘆(lèng)蹬】〈文〉病困的样子:~瘦骨。

磴 dèng ❶〈文〉山路的石级,泛指石头台阶:~道|叠石为~十余级乃得度。❷量词。用于台阶、楼梯的层级:五~石阶|一~一~儿往上爬。

瞪 dèng ❶睁大眼睛直视(表示生气或不满):妈妈~我一眼。❷睁大眼睛:目~口呆|~着眼睛看个仔细。

镫 ㊀ dèng 挂在马鞍两旁供骑马人脚蹬的东西,多为铁制:脚~|马~|扳鞍认~。
㊁ dèng ❶古代陶制食器,形似高足盘。❷〈文〉同"灯":兰膏明烛,华~错些(些:句末语气词)。

蹬 dèng 见 dēng "蹬"(126页)。

饏 dèng ❶〈文〉祭祀用的供品。❷〈方〉饱;胀:~食(饱食而不消化)。

鞥 dèng 同"镫"。挂在马鞍两旁供骑马人脚蹬的东西:傍~深藏白玉鞭。

蘉 ㊀ dèng 【蘉(mèng)蘉】〈文〉刚睡醒还发困的样子。
㊁ téng 【蘉瞢(méng)】〈文〉睡眠不足双目无神的样子。

鐙 dèng 同"镫"。挂在马鞍两旁供骑马人脚蹬的东西。用于古白话:愿随鞭~。

dī (ㄉㄧ)

氐 dī 见 dī "氐"(130页)。

佤

伬

低　dī　同"低"。俯下；垂下。用于古白话：～头却行。

伬　dī　〈文〉同"低"。俯下；垂下：～眉惨然不答。

低　dī　❶由下向上的距离小；离地面近（跟"高"相对，❷❸同）：～空｜飞机飞得很～｜天时有早晚，地方无高～。❷在一般标准或平均程度之下的：～洼｜电压～｜水平不～。❸等级在下的：～贱｜年级～｜～等植物。❹俯下；垂下：～着头｜垂杨～复举，新苹合且离。

衾　dī　〈文〉大抵，大概。

的　dī　见 dì"的"(131 页)。

衹　dī【衹裯(dāo)】〈文〉贴身的短衣。

陡　dī　❶〈文〉同"隄"（"堤"的异体字）。堤岸。❷姓。

羝　[羝、羱、羱]　dī　〈文〉公羊：～羊触藩(公羊的角钩在篱笆上，伸不进也抽不出，比喻进退两难)。

紙　dī　❶〈文〉丝的渣滓。❷〈文〉积垢。

趆　dī　〈文〉快走。

堤　[㊀❶*隄]　㊀ dī　❶江、河、湖、海边的挡水建筑物，多用土石等筑成：～岸｜～防｜千里之～，溃于蚁穴。❷〈文〉陶器的底座：瓶瓯有～。
　㊁ dī　〈文〉阻滞。

提　dī　见 tí"提"(660 页)。

葚　dī　见 chí"葚"(82 页)。

渧　dī　见 dì"渧"(132 页)。

鞮　dī　〈文〉同"鞮"。皮制的鞋：男子衣羯羊皮鞳～(鞳：luò，生皮革)。

磾　(磾)　dī　❶〈文〉染缯(zēng)用的黑石。❷多用于人名。金日(mì)磾，汉代人。

靴　dī　〈文〉同"鞮"。皮制的鞋。

嘀　dī　见 dí"嘀"(129 页)。

滴　[滴]　dī　❶液体一点一点地落下：～水成冰｜水～石穿｜垂涎欲～｜汗～禾下土。❷使液体一点一点地落下：～眼药｜往轴承上～点儿油。❸水点：水～｜汗～｜泪～。❹量词。用于滴下的液体：一～水｜一～油｜一～血｜一～眼泪。

尵　dī【尵尵(xié)】〈文〉提携；因脚跛被人牵引而行。

镝　(鏑)　㊀ dī　金属元素。符号 Dy。
　㊁ dí　〈文〉箭头，也指箭：箭～｜～锋～(刀和箭，代指兵器)｜闻鸣～而股战。

鍉　㊀ dī　❶古代歃(shà)血用的器具：奉盘错～，遂割牲而盟(错：放置)。❷中医九针之一。
　㊁ chí　〈文〉钥匙：～以启钥。
　㊂ dí　〈文〉通"镝"。箭头；锋～。
　㊃ shì　化学元素"铥(diū)"的旧称。

鞮　dī　❶〈文〉皮制的鞋：革～。❷〈文〉翻译：著书旁通～译。❸【鞮鍪(móu)】即兜鍪(móu)。古代打仗时戴的头盔。

鞮　dī　【鞮鞮(lóu)氏】周代乐官名。也作"鞮鞮氏"。

dí（ㄉˊ）

扚　㊀ dí　❶〈文〉引，拉：～国门之关(关：门闩)。❷〈文〉用手掐。
　㊁ diǎo　〈文〉快速击打。

奊　dí　见 ēn"奊"(163 页)。

迪　dí　〈文〉同"迪"。进用；任用。

狄　㊀ dí　❶我国上古时期称北方的少数民族：北～。❷姓。
　㊁ tì　〈文〉通"逖(tì)"。远：修洁之为亲而杂污之为～者邪！(亲近品行清廉的人，疏远品行肮脏的人呀！)

苖　dí　〈文〉羊蹄草，根可入药。又称"蓚(tiáo)"。

迪　dí　❶〈文〉道路：易初本～(改变最初的道路)。❷〈文〉行；行动：诏王子出

~。❸〈文〉开导;引导:启~后人。❹〈文〉进用;任用。❺姓。

的 □ dí 见 dì "的"(131 页)。

袖 □ dí 〈文〉行走从容平易。

籴(糴)[糴] dí 买进(粮食)(跟"粜 tiào"相对):~米|~谷子。

适 □ dí 见 shì "适"(617 页)。

获 [薖、蕍] dí 多年生草本植物。地下茎蔓延,叶子条形。秋天开花,花紫色。生长在水边。工业上用作造纸原料:芦~|浔阳江头夜送客,枫叶~花秋瑟瑟。

敌(敵)[勮、戯] dí ❶有利害冲突不能相容的对立方面:~人|天下无~|与民为~者,民必胜之。❷抵挡;对抗:寡不~众|所向无~。❸力量不相上下;相当:匹~|势均力~。

浟 □ dí 见 yóu "浟"(821 页)。

涤(滌) dí ❶洗;清洗:洗~|荡~|~器于市中。❷清除;除净:~除|净心~虑|十月~场(场:打谷场)。

楸 □ dí 〈文〉木名。

顿(頓) dí 〈文〉美好。多用于人名:于顿,唐代人。

笛 □ dí ❶管乐器。有一个吹孔,一个蒙笛膜的孔,还有六个气孔,用来变换音调。多用竹子制成,横着吹:短~|牧~。❷响声尖厉的发音器:警~|汽~。

炮 □ dí 〈文〉望见火的样子。

靮 dí ❶〈文〉马缰绳:马则执~(如果是马就牵靮)。❷〈文〉牵制;束缚:野牛初就~(初就靮:刚就范)。

觌(覿) dí ❶〈文〉面见;相见:~面|~寺中人或旬月不相~。❷〈文〉显示:昼隐夜~(白天隐现,夜晚显现)。

髢 dí ❶〈文〉假发(fà):秃而施~,病而求医。❷〈文〉戴假发:鬒(zhěn)发如云,不屑~也(鬒发:发黑而密。如云:蓬松柔和如云一样)。

馰 dí ❶[馰颡(sǎng)]〈文〉白色额头的马。也作"的颡"。也说"的卢"。❷〈文〉骏马。

葤 dí [葤葤]〈文〉因干旱而草木全无:~山川。也作"涤涤"。

蓧 dí 见 diào "蓧"(138 页)。

菬 dí 〈文〉同"获"。多年生草本植物,像芦苇。

嘀 □ ⊖ dí [嘀咕(gu)]1. 小声说话;背地里说:你们老~什么? 2. 犹疑不定;略感不安:他心里直犯~,始终下不了决心。
⊜ dī 模拟哨声、喇叭声等。

嫡 □ [嬭] dí ❶宗法制度下称正妻,也指正妻所生的儿子、家族的正支(跟"庶"相对):~母|~出(正妻所生)|~子(正妻所生的儿子)。❷家族中血统最近的:~亲|~堂兄弟。❸正宗的;正统的:~传|~派|~系。

翟 □ ⊖ dí ❶古书上指有长尾羽的野鸡:有鸟焉,其状如~。❷古代乐舞时作舞具的野鸡羽毛:右手秉~。❸通"狄(dí)"。我国上古时期称北方的少数民族。❹姓。
⊜ zhái 姓。

樀 [橍] dí ❶〈文〉屋檐。❷[樀樀]〈文〉模拟敲门声:叩门声~。

踧 ⊖ dí 〈文〉平坦:~~周道(周道:大路)。
⊜ cù ❶[踧踖(jí)]1.〈文〉恭敬而局促不安的样子:~无所措置。2.〈文〉徘徊不进:~而不敢进。❷〈文〉通"蹙(cù)"。踏:马能一~致千里。❸〈文〉通"蹙(cù)"。窘迫;困顿:日~月迫,力尽计穷。❹〈文〉通"蹙(cù)"。逼迫;促使:以我强兵~之。

黕 dí 〈文〉妇女在脸上点朱砂作为一种面饰。

牺 dí 〈文〉公牛。

瓺 dí [瓴(líng)瓺]〈文〉砖:珍~而贱璠玙(璠玙:fányú,两种玉名)。

碘 dí ❶〈文〉即碓,舂米的器具。❷〈文〉坠落。❸〈文〉伐;投。

D

镝 dí 见 dī"镝"(128页)。

篴 dí〈文〉同"笛"。一种管乐器:吹～|玉～。

鬏[鬏] dí【鬏髻(jì)】假发(fà)髻。用于古白话:戴着银丝～。

藋 dí 见 diào"藋"(138页)。

噭 dí【激噭】〈文〉形容声音疾速:声～而清厉。

僓 dí 见 yù"僓"(834页)。

鍉 dí 见 dī"鍉"(128页)。

糶 dí〈文〉盂。
另见 zhào"桌"(865页)。

猭[蹢] dí〈文〉蹄子:豕四～皆白。

蹢 ㊀ dí〈文〉蹄子:有豕白～。
㊁ zhí【蹢躅(zhú)】〈文〉同"踯躅"。徘徊不进。

篷 ㊀ dí〈文〉同"笛"。一种管乐器。
㊁ suì〈文〉粗席。

耀 dí〈文〉谷物名。

鏑 dí〈文〉同"镝"。箭头。

鷈[鷈] dí〈文〉野鸡一类的鸟。

鸐 dí〈文〉鸟名。长尾野鸡。

dǐ（分）

氐 ㊀ dǐ〈文〉根本:尹氏大(tài)师,维周之～(大师:即太师)。
㊁ dī ❶我国古代民族,主要分布在今我国西北一带。东晋时曾建立前秦和后凉。❷星宿名。二十八宿之一,属东方苍龙。

坁 dǐ【坁滞】〈文〉即抵滞。迟钝,不灵活。

扺 dǐ ❶〈文〉同"抵"。排挤:宠枉～直(枉:指邪曲的人)。❷〈文〉同"抵"。到达:～山东境。

厎 dǐ ❶〈文〉同"砥"。质地细腻的磨刀石:其published若～(易:平)。❷〈文〉磨砺:圣王～节修德。❸〈文〉平,定:～绥四方(绥:安)。❹〈文〉终止:到达:不知所～。

邸 dǐ ❶古代王侯或朝见皇帝的官员在京城的住所,泛指高级官员的住宅:府～|官～|私～。❷〈文〉旅舍:客～|旅～。❸〈文〉停留:～余车兮方林(方林:地名)。❹姓。

诋(詆)[呧] dǐ ❶〈文〉辱骂;责骂:丑～|痛～流俗。❷〈文〉毁谤;诬蔑:～毁|～晋(lì)|臣非敢历～新政,苟为异论(苟:苟且;随便)。

陒 dǐ ❶〈文〉山坡:临大～之稽水(稽:xù,积蓄)。❷〈文〉向旁边突出要塌落的山崖:响若～(声响之大如同山崖塌落)。

坁 dǐ 见 chí"坁"(82页)。

抵 [❽*牴、❽*觝] dǐ ❶阻挡;抗拒:～抗|～御|～制。❷用价值相当的事物作赔偿或补偿:～账|～债|败军者～罪,失利者免官爵。❸债务人把自己的财产押给债权人,作为清偿债务的保证:～押|以厂房作～|店铺已～给债主。❹消除:收支两～|盈亏相～。❺相当;顶得上:他干活儿一个～俩|烽火连三月,家书～万金。❻〈文〉推;排挤:惠非毁俗儒,由是多见排～(惠:xǐ,喜悦。后作"喜")。❼〈文〉到达:～达|安～|代表团近日～京。❽用角顶;互相排斥:～触|～牾。

芪 dǐ 有机化合物。分子式 $C_{14}H_{12}$,无色晶体,它的衍生物是染料和荧光增白剂的中间体。

诋 dǐ ❶〈文〉怒。❷〈文〉不进。

底 ㊀ dǐ ❶物体最下面的部分:海～|锅～|～层|清澈见～。❷花纹图案或文字的衬托面:～色|白～绿格|红漆～儿上写着黑字。❸事情的基础、根源或内情:～细|刨根问～|对情况不摸～。❹留下用作根据的文字等:～本|～账|留个～儿备查。❺(一年或一月的)末尾:年～|月～。❻〈文〉到;达到:终～于成。❼何;什么:～事|渠将～物为香饵,一度抬竿一个鱼(渠:

他)。❽姓。

㊀ de 助词。"五四"时期至 20 世纪 30 年代用在定语的后面,表示领属关系:吾国～民众|大众～权利。现在用"的(de)"。

柢 dǐ 〈文〉漆成朱红色的画弓。

柢 dǐ 树的主根,泛指树根:根深～固|伐木先去枝叶,后取根～。

砥 dǐ ❶〈文〉质地细的磨刀石:～石|其平如～。❷〈文〉磨炼:～砺(磨练;勉励)|～节励行。

蓝 dǐ 【蓝苨(nǐ)】中药上指杏叶沙参。也叫"甜桔梗"。

舣 dǐ 〈文〉同"抵"。用角顶;触碰:～突(突;冲撞)。

堤 dǐ 见 dī"堤"(128 页)。

詆 dǐ 见 hù"詬"(260 页)。

軧 dǐ 〈文〉大车的后部。

骶 dǐ 腰部以下尾骨以上的部分。

瞪 dǐ 〈文〉耳病。

dì（分ㄧˋ）

弔 dì 〈文〉至;来:女子～场数语。后作"逇"。
另见 diào"吊"(137 页)。

地 ㊀ dì ❶地球;地壳:～层|～震。❷地球表面的陆地部分:～势|山～|顶天立～。❸土地;田地:耕～|种～|～生养万物。❹地域;领土:封～|殖民～|～大物博。❺地面;建筑物内铺筑的一层东西:扫～|～东西扔了一～。❻地区;范围较大的地方:本～|内～|祖国各～。❼场所;地点:场～|目的～|居住～。❽所处的位置或环境:～位|～步|设身处～。❾思想、心理活动的领域:见～|心～。❿指地方(dìfāng),即相对中央或相对军队而言的各级行政区划的统称:～税|军～两用人才。⓫指地区,行政区划的一级,在省之下、县之上:省～县三级领导班子。⓬路

程:50 里～|不远,就三站～。⓭花纹图案或文字的衬托面:红～白花|白～黑字。

㊁ de 助词。用在状语的后面。1. 用在动词、形容词及相关短语后面:吃惊～望着|疲倦～闭上了眼睛|头也不回～走了。2. 用在名词、副词、拟声词后面:本能～缩了回来|非常～高兴|旗子哗啦啦～飘着。

吊 dì 见 diào"吊"(137 页)。

玓 dì 【玓瓅(lì)】1.〈文〉明珠光泽闪耀:佩珠玓而。2.〈文〉照耀。

枤 ㊀ dì 〈文〉树木孤高挺立的样子:有～之杜(杜;树名)。
㊁ duò 〈文〉通"柁(duò)"。船舵:毁舟为～。

旳 dì ❶〈文〉明显:～～者获(暴露的猎物容易被捕获)。通作"的"。❷〈文〉妇人的面饰。

弟 ㊀ dì ❶同父母(或只同父、只同母)而年纪比自己小的男子:～兄|胞～|二～。❷同辈亲戚中年纪比自己小的男子:表～|堂～|叔伯兄～。❸谦辞。用于男性朋友之间的自称(常用于书信中):～已于日前安抵家中。❹〈文〉只;尽管:～举兵,吾从此助公。❺姓。
㊁ tì 〈文〉弟弟顺从兄长:孝～也者,其为仁之本与? 后作"悌"。

逇 dì 〈文〉至。

苐 ㊀ dì 〈文〉同"第"。次第。
㊁ tí 〈文〉同"荑"。茅的嫩芽,泛指草木萌生的叶芽。

弔 dì 〈文〉系(jì):～以铁锁。

的 ㊀ dì ❶箭靶的中心:一发破～|有～放矢。❷〈文〉鲜明;明亮:朱唇～其若丹(丹;丹砂,一种鲜红色的矿物)。
㊁ dí ❶确实;实在:～确|～当(dàng,恰当)|～证(确凿的证据)。
㊂ dī 的士(小型出租汽车,英 taxi)的简称:打～。
㊃ de 助词。❶用在定语的后面。1. 领属性定语:兔子～尾巴|学校～礼堂。2. 限制性定语:纯金～项链|郊区～房子。3. 描述性定语:蔚蓝～天空|绿油油～庄稼。

❷用在名词、动词、形容词或短语的后面，构成"的"字短语:我们～|国家～|买～卖～|最优秀～|唱～唱,跳～跳。❸用在句末,表示确定的语气:这是不可能～|是小张告诉我～。❹用在动宾短语或离合词中间,表示该行为发生在过去:回来时乘～飞机|在哪儿理～发? |在火车上吃～饭。❺用在列举项的后面:也就是这家店,针头线脑～还能买到|工具箱里,钳子、锤子～,什么都有。

怟 dì 〈文〉烦闷。

呭 dì 〈方〉用在人称代词后表示复数,相当于"们":我～真快活。

偍 ㊀ dì ❶同"弟"。用于人名。❷〈文〉面影;身影:～影(相似的面貌)。
㊁ tì ❶〈文〉通"涕(tì)"。眼泪:道路过者莫不为之挥～。❷〈文〉通"悌(tì)"。遵从兄长:孝～。

徏 dì 中国近代数学名词,微积分符号之一。

帝 dì ❶宗教或神话中称创造和主宰宇宙万物的天神:上～|天～|天苍苍而高也,上果有～邪? ❷君主;皇帝:～王|称～|尧禅舜,立为～。

墬 dì 见 fáng "墬"(172 页)。

埊 dì 〈文〉同"地"。地球表面的陆地部分。

递 (遞)[逓] dì ❶一方把东西传送给另一方:～送|传～。❷挨着次序逐一地:～补|～加|产量逐年～增。❸〈文〉交替;更迭:列星旋转,日月～照。

遰 dì 〈文〉同"递"。交替;依次:五胡～居中夏。

娣 dì ❶古时姐姐称妹妹为娣:姊～。❷古时兄妻称弟妻为娣,弟妻称兄妻为姒(sì):～姒(妯娌)。

瑅 dì 〈文〉佩玉:琼～。

菂 dì 〈文〉莲子:～薏|绿房紫～。

遰 dì 〈文〉同"递(遞)"。交替;交互:海内汹汹,～相残噬。

第 dì ❶次序:次～|等～。❷科举考试及格的等次:科～|及～|落～。❸旧时官僚、贵族的住宅:府～|宅～|帝自幸其～省疾(幸:皇帝莅临。省疾:探病)。❹前缀。附着在基数的前面,组成序数词:～一|～三次|～一千零一夜|～一百二十一名。❺〈文〉副词。只;只管:～从其言|君重射,臣能令君胜(射:赌博)。❻〈文〉连词。表示转折:生心虽爱好,～虑父嗔,因直以情告。❼姓。

艆 dì【艆艋(dāng)】〈文〉战船:兵士急伏～。

鈒 ㊀ dì ❶〈文〉脚镣一类的刑具:在足曰～。❷〈文〉施鈒刑:敢私铸铁器煮盐者～左趾。
㊁ dài ❶〈文〉通"钛(dài)"。车辖:玉～|铜～。❷化学元素"钇(yǐ)"的旧称。

商 ㊀ dì ❶〈文〉生物的根基部分。
㊁ zhāi 〈文〉弦乐的指法之一。

烪 dì 古代灼龟甲占卜吉凶用的荆枝。

谛 (諦) dì ❶〈文〉仔细:～视|～听。❷〈文〉细察;详审:～毫末者,不见天地之大。❸佛教指真实正确的道理,泛指意义,道理:妙～|真～。

掃 dì 见 tì "掃"(663 页)。

蒂 [△*蔕] dì 花或瓜果跟枝、茎相连的部分:花～|并～莲|根深～固|瓜熟～落。
"蔕"另见 dì (133 页)。

棣 dì 树木名。即山樱桃。也叫"唐棣、常棣":山有苞～(苞:丛生)。

睇 dì 〈文〉斜着眼睛看,泛指看:～视|～盼|既含～兮又宜笑。

跠 dì 见 zhī "跠"(877 页)。

嵉 dì 见 dié "嵉"(139 页)。

渧 ㊀ dì 〈文〉水慢慢渗下。
㊁ tí 啼哭。用于古白话:三三五五暗中～,各各思家总拟归。
㊂ dī 水滴。用于古白话:咽如针孔,～水不通。

娣 □ ⊖ dì〈文〉主管茅厕的女神。
⊜ tí 用于女子名。

缔(締) dì ❶结合;订立:～结|～交|
～约。❷建立;构筑:～造|～
构。

瑅 dì【玛瑅脂】沥青胶。用沥青加填充
料制成的黏体材料。

题 dì〈文〉小盆一类的瓦器。

褅 dì ❶古代天子诸侯举行各种大祭
的总名(祀天、宗庙大祭和宗庙时祭
均可称"褅"):王者～其祖先之所自出。❷
〈文〉特指天子诸侯宗庙中夏季举行的祭
祀。❸〈文〉通"谛(dì)"。详察:观者～心。

墆 dì 见 dié "墆"(140 页)。

撍 dì〈文〉撮取;掠取:～飞鼫(鼫:wú,鼠
名)。

墑 dì〈文〉台阶。

蒂 dì【蒂嬮(zhì)】娇;刁。用于古白话:
逞轻狂揪～。
另见 dì "蒂"(132 页)。

寁 dì 见 zhì "寁"(884 页)。

遰 ⊖ dì ❶〈文〉往;离开:九月～鸿雁(鸿
雁南去)。❷〈文〉远:连山～参差。❸
〈文〉通"递(遞)"。依次更迭:中外～迁。
⊜ shì ❶〈文〉通"逝(shì)"。往:凤漂漂
其高～。❷〈文〉刀鞘。

碲 dì 非金属元素。符号 Te。

蝃 ⊖ dì【蝃蝀(dōng)】〈文〉同"蜯(dì)
蝀"。虹的别称:～在东。
⊜ zhuō【蝃蝥(máo)】〈文〉蜘蛛的别
名。

墬 dì〈文〉同"地"。地球表面的陆地部
分。

懘 dì【懘蒯(jiè)】〈文〉细小的梗塞物:比
喻嫌隙:细故～,何足以疑! 也作"懘
芥、懘介"。

蜯(蝀) □ ⊖ dì【蜯蝀(dōng)】〈文〉虹
的别称:～之气见(xiàn)。
也作"蝃(dì)蝀"。
⊜ dài〈文〉小蜂。

踶 □ ⊖ dì〈文〉踢:喜则交颈相靡,怒则
分背相～。
⊜ chí ❶【踶跦(chú)】〈文〉同"踟蹰"。
徘徊不前。❷〈文〉通"驰(chí)"。快跑:马
或奔～而致千里。
⊜ zhì【踶跂(zhī)】〈文〉用心力的样子。

遰 ⊖ dì ❶【遰(tiáo)遰】〈文〉高远的样子。
❷〈文〉同"递"。顺次:文与气运～升
降。

篴 dì【篴钟】古乐器:操～(操:弹奏)。

鬄 ⊖ dì〈文〉假发:～匠(制作假发的工
匠)。
⊜ tì〈文〉剃发:～毛发。
⊜ tī ❶〈文〉通"剔(tī)"。割裂牲体:四
～去蹄(四鬄:肢解牲体为四块)。❷〈文〉通
"剔(tī)"。治理;去除。

黀 dì 同"地"。黀(tiān)黀会(清代会党
名)。

diǎ (ㄉㄧㄚˇ)

嗲 □ diǎ〈方〉形容撒娇的声音或姿态:发
～|～声～气。

佔 diān 见 chān "佔"(65 页)。

战 diān【战敠(duo)】1. 用手掂量轻重。
2. 忖度:心中也暗暗的～。也作"战
掇",现作"掂掇"。‖用于古白话。

贴 diān 见 chàn "贴"(69 页)。

掂 □ diān 用手托着东西上下轻微抖动,
估量轻重:～量(liang)|你～一～这
棵白菜,少说也有十来斤。

玷 diān〈文〉小的耳垂。

唸 diān ❶说;念叨:谁人不道,何人不
～。❷打趣:红娘莫恁把人干厮～(恁:
nèn,这么)。❸吹奏:顶香炉～着细乐。‖
用于古白话。

傎 diān ❶〈文〉同"颠"。颠倒;错乱:周
之政刑可谓～矣。❷〈文〉荒谬:迂儒疑

封禅非古礼，岂不～哉！

詁 diān 见chè"詁"(74页)。

滇□ ㊀ diān ❶云南的别称：～剧｜～红(云南产的红茶)。❷姓。

㊁ tián ❶【滇滇】〈文〉盛大的样子：泛泛～从高斿，殷勤此路胪所求(泛泛：广大无边的样子。斿：yóu，同"游"。遨游。胪：lú，陈述)。❷【滇沔(miàn)】〈文〉水大的样子。

槙 ㊀ diān ❶〈文〉树梢。❷〈文〉树木倒下。

㊁ zhěn 〈文〉木名。即土杉。常绿乔木。又叫"罗汉松"。

謓 diān 同"詁"。巧言。用于古白话：你教俺没事的～人反，将何动惮？

瘨 ㊀ diān ❶同"癫"。1.〈文〉癫痫病；晕倒：～而殚闷(殚闷：昏厥)。2.〈文〉癫狂：石药发～(金石药物使人发癫)。❷〈文〉灾病；使痛苦：～我饥馑。

㊁ chēn 〈文〉腹胀病。

窴 diān 见tián"窴"(664页)。

颠□(顛) diān ❶〈文〉头顶：～毛｜华～(头顶上黑发白发相杂)｜有马白～。❷泛指高而直立的物体的顶部：树～｜塔～。❸上下震荡：～簸｜路不平，车很～。❹倒；跌落：～覆｜～于马下。❺位置倒置；错乱：～倒｜～三倒四｜今反表以为里兮，～裳以为衣。❻〈方〉一跳一跳地跑：连跑带～｜跑跑～～。❼〈文〉通"癫(diān)"。精神错乱：持花歌咏似狂～。

趙 diān ❶〈文〉奔跑时向前跌倒。❷蹦跳着轻快地行进。用于古白话：(宝玉)顺着街就～下去了。

蹎 diān ❶〈文〉跌倒：～仆气竭。❷〈方〉奔走：往返～。

巅□(巔)［嵮］ diān 山顶：～峰｜高山之～｜首阳之～(首阳：山名)。

驠 diān 〈文〉额上有白星的马。

顛 diān 〈文〉同"颠"。倒下；衰败。

傎 diān 〈文〉同"颠"。仆倒。

癫□(癲) diān ❶精神错乱：～狂｜疯疯～～。❷【癫痫(xián)】病名。指突然发作的暂时性大脑功能紊乱。由脑部疾病或脑外伤而引起，发病时突然晕倒、意识丧失，手足或全身痉挛，有的口吐泡沫。俗称"羊角风"或"羊痫风"。

攧 diān ❶跌；摔：～在河里水里。❷顿脚：三转身，两～脚。❸同"掂"。手拿东西上下晃动着估量：接了银钱，手中～～看，约有两把重。‖用于古白话。

驒 diān 见tuó"驒"(684页)。

齻 diān 〈文〉牙床末端最后长出的两对臼齿。旧称"智牙、真牙"。

蹎 diān ❶顿足。用于古白话：～着双足。❷颠动；跌落。用于古白话：～落水中。❸〈方〉跑：往外～。

diǎn (ㄉㄧㄢˇ)

敁 diǎn 见diàn"敁"(135页)。

典□ diǎn ❶可以作为标准、规范的书籍：～籍｜字～｜引经据～。❷标准；法则；制度：～范｜～章｜治乱世用重～。❸典故，诗文里引自古书的故事或词句：出～｜用～｜数～忘祖。❹隆重的仪式：～礼｜庆～｜开国大～。❺〈文〉主持；主管：～试｜～狱｜专～机密。❻抵押：～当(dàng)｜～押｜～借。❼〈文〉文雅；不俗：～雅｜辞～文艳。❽姓。

耇 diǎn ❶〈文〉老人面部黑斑。❷〈文〉老。

点□(點) diǎn ❶小的痕迹：斑～｜墨～｜泥～儿。❷液体的小滴：雨～儿｜实厌空阶～滴声。❸汉字的笔形，形状是"丶"。❹几何学上指没有长、宽、厚而只有位置，不可分割的图形，如两条直线的相交处、线段的两端等。❺指小数点，如5.48读作五点四八。❻量词。用于意见、希望、内容等：几～意见｜三～要求｜演讲共分四～。❼一定的位置或程度的标志：起～｜熔～｜居民～｜立脚～。❽事物的部分或方面：重～｜特～｜疑～｜优～。❾点心，某些不作为主食的糕饼等：茶～｜西～｜糕～。

❿用笔加上点儿;标点句读(dòu):评～|校(jiào)～|画龙～睛。⓫刚一触到物体就立刻离开:～击|穿花蛱蝶深深见,～水蜻蜓款款飞。⓬头或手向下略微一动就恢复原状:～头致意|指指～。⓭使液体一滴一滴地滴下;使种子一粒一粒地落下:～卤|～眼药|种瓜～豆。⓮逐个检查、核对:～名|盘～|沙场秋～兵。⓯对人或事物按要求进行挑选、指定:～菜|～歌|～将。⓰启发;提示:～拨|指～|这种事一～就破。⓱引着(zháo)火:～火|～燃|～起灯笼。⓲装饰;衬饰:～染|～缀|装～。⓳量词。小时,一昼夜的二十四分之一:八～三十分|现在几～了? ⓴规定的时间:误～|正～到达|他踩着～儿上班。㉑节奏;节拍:鼓～|步～。㉒姓。

黇 diǎn 〈文〉同"典"。典籍;经典:言不失～术(黇术:经典之学)。

鈰 diǎn 〈文〉瓦器缺损。

跕 diǎn 见 tiē"跕"(668页)。

敟 diǎn 〈文〉主持;主管。

蔵 diǎn 用于人名(也作"点")。曾蔵,孔子弟子。

碘 diǎn 非金属元素。符号I。

瘨 diǎn 见 tiǎn"瘨"(665页)。

箲 diǎn ❶〈文〉同"典"。典籍;经典:深明～陳(ào)(箲陳:深奥的经典)。❷〈文〉竹名。也叫"钓丝竹"。

蕈 diǎn 〈文〉草本植物,种子可入药。也叫"葶苈"。

踮 diǎn 脚跟抬起,用脚尖着地:～起脚来刚够得着|～着脚从积水中走过。

diàn (ㄉㄧㄢ)

有 diàn 〈方〉坚硬;坚实:石头真～。

电 (電) diàn ❶物质的一种属性。物体因摩擦、受热、化学变化

等失去电子时,就带正电;获得电子时,就带负电。电是重要的能源,广泛应用于生产、生活各方面:发～|节约用～。❷闪电:～闪雷鸣|雷～交加。❸触电;电流打击:不小心被～了一下。❹电报:致～|函～往来。❺发电报:～贺|请速归|急～上级机关。

刮 ⊖ diàn 〈文〉玉上的缺损点。
⊜ diàn 用刀、斧等砍、剁:拿刀～不动。

佃 ⊖ diàn 租种土地:～户|～农|租～|～了几亩地。
⊜ tián ❶〈文〉耕种土地:其人山居,～于石壁间。❷〈文〉同"畋"。打猎:以～以渔。

甸 diàn ❶古代指郊外的地方:杂英满芳～(英:花)。❷甸子,放牧的草地。多用于地名:桦～(在吉林省吉林市)|宽～(在辽宁丹东)。❸〈文〉治理:俊民～四方(俊民:贤人)。

阽 diàn 又读 yán 〈文〉临近(危险):～危|～于死亡。

坫 diàn ❶古代室内放置礼器、酒具的土台。❷〈文〉屏障。

店 diàn ❶商店,在室内出卖商品的场所:～铺|连锁～。❷规模较小、设备较简陋的旅馆:客～|住～|车马～。

玷 diàn ❶白玉上的斑点:瑕～|白圭之～,尚可磨也。❷污损;使有污点:～污|～染|～辱流辈,莫斯为甚(流辈:同一流的人)。

垫 (墊) diàn ❶用东西衬或铺,使加高、加厚或变得平整:床脚下～块砖|铺的薄,又～了床褥子|～猪圈。❷填补(空缺):先～场小戏|开饭早呢,先吃块点心～～。❸暂时替人付(钱):～付～支|你买吧,差多少钱我先～上。❹垫子,用来衬或铺的东西:椅～|气～。❺〈文〉下陷;沉没:武功中水乡民三舍～为池(武功:地名)。

涎 diàn 见 xián"涎"(729页)。

㞡 diàn 〈文〉门闩。

钿（鈿）㊀ diàn　用金银珠贝等镶嵌成的花朵形装饰:～镜|宝～|翠～|花～委地无人收(委地:掉在地上)。

㊁ tián　〈方〉硬币;钱:铜～|～车。

淘 diàn　❶〈文〉同"淀"。浅水湖泊:～泊。❷用于地名:鲫鱼～(在北京)。

唸 ㊀ diàn　【唸呻(xī)】〈文〉呻吟:民之方～。也作"殿屎(xī)"。

㊁ niàn　〈方〉嘴里发出(声音):～声(作声)。

另见 niàn "念"(486页)。

淀（❷❸澱）　diàn　❶较浅的湖泊。多用于地名:白洋～(在河北安新)|海～(在北京市市区西北部)。❷沉积,液体中没有溶解的物质沉到底层:～粉|沉～。❸〈文〉淤泥:而其所沉水石,留碍江心,潮沙依之,易为～淤。

惦 diàn　心里想着;思念:～记|～念|他～着买套大房子。

琔 diàn　〈文〉玉的颜色。

甸 diàn　〈文〉把东西衬在器物下面使平稳:足跟之下更高～。后作"垫"。

蜓 diàn　见 tíng "蜓"(669页)。

奠 diàn　❶〈文〉陈设祭品祭祀:～酒|～仪|祭～。❷〈文〉建立,勘定:～都|～基|禹敷土,随山刊木,～高山大川(刊:削去)。

蜔 diàn　【螺蜔】即螺钿。一种手工艺品。器物表面用螺蛳壳或贝壳镶嵌的装饰图案。

殿 diàn　❶高大的建筑物,特指供奉神佛或帝王处理政务的地方:宫～|佛～|大雄宝～|庄子入～门不趋,见王不拜。❷列在最后:～后|～军|～最(古代考核军功、政绩划分的等级,上等为最,下等为殿)。❸姓。

甋 diàn　❶〈文〉房屋倾斜下陷。❷〈文〉梦魇。

屦 ㊀ diàn　❶〈文〉储备。❷〈方〉用同"垫"。1. 衬垫。2. 预先支付款项。

㊁ dǐng　〈文〉重。

靛 □ diàn　❶靛蓝,深蓝色的有机染料,用蓼(liǎo)蓝的叶子发酵制成,也可

人工合成。通称"蓝靛"。❷深蓝(由蓝和紫混合而成):～青。

蔽 diàn　【蔽薚(táng)】植物名。即大果榆。落叶乔木或灌木。幼果可食,种子可驱蛔虫。

檀 ㊀ diàn　〈文〉屋檐。

㊁ tán　❶〈文〉树木名。即楝(liàn)树。❷〈文〉架蚕箔的木柱。

墅 diàn　❶〈文〉地基:其基～犹在。❷〈文〉砌,铺:庭中皆～以文石。❸〈文〉泥滓:积日久,～日浅(沉积的泥沙使河水变得越来越浅)。❹〈文〉同"殿"。大殿;殿堂:存仙～。

磹 □ diàn　见 tán "磹"(651页)。

穆 diàn　【穆穄(cǎn)】古代谷物名。

簟 □ diàn　〈文〉竹席:～席|衾～|枕～微凉。

癜 □ diàn　皮肤病。皮肤上出现白斑或紫斑:紫～|白～风。

霰 diàn　❶〈文〉寒冷。❷〈文〉早霜。

籭 diàn　见 tún "籭"(682页)。

鑘 diàn　〈文〉同"钿"。用金银珠贝等镶嵌成的花朵形装饰:九嫔及公主、夫人五～,世妇三～。

霏 diàn　❶〈文〉沉渣。❷〈文〉蓝色染料;染蓝。

驔 diàn　〈文〉脊毛黄色的黑马:有～有鱼(鱼:马名)。

diāo（ㄉㄧㄠ）

刁 □ diāo　❶奸诈;狡猾:～滑|～钻|放～。❷姓。

刂 diāo　〈文〉断;断取。

叼 □ diāo　用嘴衔住(物体的一部分):嘴里～着烟|猫～走了一条鱼。

汈 diāo　【汈汊(chà)】湖名。在湖北汉川。

蚵 ㊀ diāo　【蚵蟥(láo)】〈文〉即蟪蛄。蝉的一种。

㊀ diāo 【蚵螃(lao)】即叨唠。翻来覆去地说。用于古白话：听他唧嚕(jīliū)～。

蚵[蚵] diāo 〈文〉"蚵"的讹字。

袥 diāo ❶古代丧礼中将缣帛缀在棺材里壁做里子。❷(方)衣服加毛皮里子。

䄚 diāo 〈文〉短。

剻 diāo 同"雕"。雕刻。用于古白话：骏马～鞍。

凋 diāo ❶(草木花叶)枯萎脱落：～零|～谢|岁寒，然后知松柏之后～。❷衰败；疲敝困苦：～残|～敝。

奝 diāo ❶〈文〉大；多。❷用于人名。奝然，日本僧人。

蛁 diāo ❶〈文〉一种小虫。❷【蛁蟟(liáo)】〈文〉一种小蝉：～鸣喟(yóng)。

舠 diāo 〈文〉吴船：吴帆举过～。

肜 diāo ❶〈文〉通"凋(diāo)"。草木零落：～零|～谢。❷〈文〉通"凋(diāo)"。衰败：～残。
另见 diāo "雕"(137页)。

凋 diāo 见 zhōu "凋"(888页)。

嶟[彄] diāo ❶〈文〉刻绘有花纹的弓。❷〈文〉天子之弓。

貂[貂] diāo 哺乳动物。身体细长四肢短，毛黄色或紫黑色。有紫貂、石貂、黄喉貂等。是我国国家重点保护动物。

碉 diāo 【碉堡(bǎo)】军事上防守用的坚固建筑物，用砖石、钢筋混凝土等建成。

鳭 ㊀ diāo 【鳭鹩(liáo)】〈文〉鸟名。 ㊁ zhāo 【鳭鷯(náo)】〈文〉黄鸟。

箌 diāo 【袟(zhì)箌】古书上记载的山名。

綢 diāo 见 dāo "綢"(123页)。

瞗 diāo 〈文〉仔细看。

鋽 diāo 见 táo "鋽"(658页)。

雕 [❶△*鵰、❷-❹*琱、❷-❹△*彫]
diāo ❶鸟名。体长 0.6—1 米，喙、爪成钩状，善飞，性凶猛，视力发达，捕食鼠、兔等。通称"老雕"。❷在竹木、玉石、金属等上面刻出形象或文字：～刻|～版|～花|朽木不可～也。❸指雕刻艺术或雕刻作品：石～|浮～|冰～|牙～(象牙)。❹用彩画装饰：～弓|～饰|～梁画栋。
"鵰"另见 diāo(137页)；"彫"另见 diāo(137页)。

鲷 (鯛)[䲝] diāo 鱼名。身体侧扁，背部隆起，头大口小，侧线发达。生活在海洋中。种类很多，如真鲷、黑鲷、白鲷等。

褕 diāo 〈文〉短衣。

髫 diāo 见 tiáo "髫"(667页)。

鵰 diāo 〈文〉消除：发兵～剿。另见 diāo "雕"(137页)。

diǎo （分幺）

乚 diǎo ❶〈文〉悬吊：～瓜悬而瓠垂。❷同"屌"。男性外生殖器的俗称。

鸟 diǎo 见 niǎo "鸟"(487页)。

扚 diǎo 见 dí "扚"(128页)。

屌 diǎo 见 shǐ "屌"(615页)。

秱 diǎo 〈文〉禾穗下垂的样子。

屌 diǎo 男性外生殖器的俗称。

鸢 diǎo 见 diào "鸢"(138页)。

diào （分幺）

吊 [㊀△*弔] ㊀ diào ❶悬挂：～环|～桥|门前～着大红灯笼。❷用绳索往上提或向下放：～车|直升机把探险者～到天坑底部。❸收回：

D

～销|～扣。❹从高处轻轻击球,打到对方难以接到的地方:～射|～底线|打～结合。❺给皮筒子加上面子或里子:～里子|～皮袄。❻祭奠死者或慰问死者亲属:～丧(sāng)|～孝|～唁。❼〈文〉慰问;怜悯:～民伐罪(抚慰百姓,讨伐有罪的统治者)|形影相～。❽追怀(古人);伤怀(往事):凭～|伤今～古。❾量词。旧时钱币单位,一般一千个制钱为一吊:一～铜钱。❿〈文〉悲伤:顾瞻周道,中心～兮(周道:大道。中心:心中)。

㊁ dì 〈文〉善;好(hǎo):不～昊天,不宜空我师(昊天:上天。空:困乏。师:民众)。

"弔"另见 dì (131 页)。

钓（釣）**diào** ❶在特制的钩上装上食饵,放在水中诱捕(鱼虾等):～鱼|～饵|～钩。❷比喻用不正当的手段谋取(名利):沽名～誉。

瓯 diào 〈文〉种田用的器具。

瓶 diào 同"铫"。铫子,一种烧水、煎药用的器具,形状像壶:水～子。

訋 diào 姓。

窎（窎）㊀ diào ❶〈文〉远;深远:归～来山路～。❷【窎窅(yǎo)】〈文〉深邃。❸用于地名:～沟(在青海)。

㊁ diào 用同"屌"。男性外生殖器的俗称。常用来骂人。用于古白话。

调 diào 见 tiáo "调"(666 页)。

掉 diào ❶(物体)落下:～泪|～雨点儿|扣子～了。❷落(là)在后面:快跟上,别～队。❸丢失;遗漏:钥匙～哪儿去了?|神情恍惚像～了魂|计算时千万不能～了小数点。❹降低;减损:～价儿|～色|～膘|长途运输,蔬菜～了不少分量。❺〈文〉摇动;摆动:～舌(摇舌,指游说)|尾大必折,尾大不～。❻卖弄:～文|书袋(讥讽人爱引用诗文典故,显示才学)。❼回转:～转|～过脸去|把车头～过来。❽互换;对换:～换|～包(暗中以假换真或以次充好)。❾用在动词后表示动作的完成:丢～|改～。

硴 diào 通"铫(diào)"。煮东西的陶器:砂～|煮～水。

锎（錭）**diào** 【钌(liào)锎儿】钉在门、窗、箱柜上面的,可以把门、窗、箱柜扣住的金属钩。

铫（銚）㊀ diào 铫子,一种烧水、煎药用的器具。形状像壶,口大,有把儿,用金属或沙土制成:沙～|药～。

㊁ yáo 〈文〉大锄:耕者必有一耒一耜一～。

㊂ tiáo 〈文〉长矛:长～利兵。

蓧 ㊀ diào 〈文〉除草用的竹制农具:丈人以杖荷～。

㊁ tiáo 〈文〉草名。即羊蹄菜。

㊂ dí 〈文〉盛放谷物种子的器具。

誂 diào 见 tiǎo "誂"(667 页)。

霛 diào 【霄霛】〈文〉清寂幽冥的样子:上游于～之野。

魡 diào 〈文〉同"钓"。钓鱼:～者。

篠 diào 见 xiǎo "篠"(740 页)。

瘹 diào 【瘹星】〈文〉狂病。

藋 ㊀ diào 〈文〉藜一类的植物。也叫"灰藋"。

㊁ dí 【藋粱】〈文〉植物名。

嬥 diào 见 tiǎo "嬥"(667 页)。

蓧 diào 〈文〉同"藋"。藜一类的植物:蓬蒿蔾～并兴。

鑃 diào ❶古代祭祀和宴飨时用的乐器。像铎,口朝上。❷〈文〉同"铫"。烧水和烹煮用的器具。大口,有柄。

蕅 diào 〈文〉同"藋"。藜一类的植物。

diē（ㄉㄧㄝ）

爹 diē ❶父亲:～娘|～妈。❷对老年男子的尊称:老～。

跌 diē ❶(身体)失去平衡而倒下:摔～跤|～倒|～个跟头爬起来。❷(物体)落下:～落|一失手,茶杯～得粉碎。❸

(价格等)下降:～价|暴～|行情下～|股市看～。❹〈文〉差错:此夫过举跬(kuǐ)步而觉～千里之夫!(这是走错半步就可以觉察到将会差千里啊!)

鞑 diē 见 tiē "鞑"(668页)。

dié (ㄉㄧㄝ)

芺 dié〈文〉一种像稗子的草。

迭 ㊀ dié ❶更换;交替:更(gēng)～|～为宾主。❷〈文〉行为、情况多次或重复发生,相当于"屡次":～克强敌|～有新见|高潮～起。❸及、赶上(用于否定式):忙不～|叫苦不～。
㊁ yì〈文〉通"轶(yì)"。袭击:～我殽(xiáo)地。

怢 dié 见 tū "怢"(675页)。

垤 dié〈文〉蚂蚁做窝时堆在洞穴口的小土堆,泛指小山丘:蚁～|丘～|鹳鸣于～。

柣 dié 见 zhì "柣"(881页)。

昳 ㊀ dié〈文〉太阳偏西:自晡至～(晡:bū,下午三点到五点)。
㊁ yì【昳丽】〈文〉体貌明艳美丽:身体～。

哇 dié 见 xì "哇"(722页)。

峌 dié【峌嵲(niè)】〈文〉即嵽嵲(dié-niè)。高耸的样子:～孤亭。

胅 dié〈文〉骨肉突出;肿起:臆前～出(臆:胸)|肉一曰瘤。

怪 dié〈文〉凶狠。

绖 dié 古代丧服用的麻布带,扎在头上(称首绖)或系在腰间(称腰绖):孔子之丧,二三子皆～以出。

㡠 dié〈文〉小瓜:绵绵瓜～(比喻子孙昌盛)。

䏮 dié〈文〉触。

突 dié【容(āo)突】〈文〉凹凸。

戜 [戜] dié ❶〈文〉锋利。❷〈文〉剟。

谍(諜) dié ❶秘密刺探敌方或别国情报:～报|罗人欲伐之,使伯嘉～之(罗:国名。伯嘉:人名)。❷秘密刺探敌方或别国情报的人:间(jiàn)～|晋人获秦～。❸〈文〉通"牒(dié)"。谱谍:簿册。

蚗 dié〈文〉毒蛇名。蝮蛇的一种。

堞 [堞] dié 城墙上呈ⅢⅢ状的矮墙;女墙:雾隐城～。

㩼 dié 见 shé "㩼"(604页)。

㦌 ㊀ dié〈文〉通"耋(dié)"。老:时迈齿～(时迈:时光流逝)。
㊁ tiě〈文〉通"驖(tiě)"。赤黑色的马。
㊂ zhí 㦌国,神话传说中的国名。

耋 [耊] dié ❶〈文〉年老,指七八十岁的年龄:今者不乐,逝者其～(现在不及时行乐,光阴易逝人生易老)。❷〈文〉泛指老年人:老～。

喋 [㊀❷△*啑] ㊀ dié ❶【喋喋】话多;啰唆:～不休。❷【喋血(xuè)】〈文〉血流满地,常用来形容杀人很多。
㊁ zhá【嚃(shà)喋】1.〈文〉鱼或水鸟吃食。2.〈文〉模拟成群的鱼或水禽吃食的声音。
"啑"另见 shà(594页)。

跕 dié 见 tiē "跕"(668页)。

嵽 dié【嵽嵲(niè)】〈文〉同"嵽嵲"。山势高峻的样子:浮山嵽～。

崼(嵽) ㊀ dié【嵽嵲】〈文〉山势高峻的样子:折入山径,～难行。
㊁ dì【岧(tiáo)嵽】〈文〉形容高远:望十二峰之～兮。

㳸 dié【㳸嵲(niè)】〈文〉参差不齐的样子。

渫 dié ❶〈文〉遗忘。❷【渫荡】〈文〉横逸豪放:诗才～。也作"渫菪"。

渫 dié 见 xiè "渫"(745页)。

D

慄[憟] dié ❶〈文〉恐惧：～惧。❷〈文〉盈余。

陜 dié 佛经译音用字。

瑹 dié 见 xuē "瑹"（763 页）。

楪 ⊖ dié ❶盛食物的小盘子：碗～|小～。后多作"碟"。❷用于地名：～村（在广东）。
⊜ yè 【楪榆】汉代地名。故地在今云南。

碟 dié 【碟碟】〈文〉气息微弱的样子：气息～，经一日而绝。

踕 dié 见 chì "踕"（85 页）。

牒[牃] dié ❶古代写字用的竹片、木片：截竹为筒，破以为～。❷史籍；簿册：史～|图～|其高第者上名～（高第：名次在前的）。❸公文或凭证：～文|通～|戒～。❹家谱：家～|～谱。

叠[*疊、*疉、*疊] dié ❶一层加上一层；累积：重～|～石为山|重岩～嶂。❷重复：双声～韵|层见～出。❸把物体的一部分翻转过来跟另一部分紧挨在一起：折～|～衣服|～纸鹤|被子～得方方正正。❹量词。用于重叠起来的片状物，相当于"沓(dá)"：一～信纸|一～钞票。

墆 ⊖ dié 〈文〉滞留；贮积：财无砥～（砥墆：指财货积压）。
⊜ dì 【墆翳(yì)】〈文〉遮蔽：霓旌之～（霓旌：一种旗帜）。

碟 dié ❶碟子，盛食物和调味品等的小盘子，底平而浅：菜～|醋～。❷唱片；光盘：～机|光～。

闟 dié 〈文〉关闭：静把柴门～。

蜨 dié 〈文〉一种海蟹。另见 dié "蝶"（140 页）。

褶 dié 〈文〉同"褶"。夹衣。

褋[褋] dié ❶〈文〉单衣：袂～（袂：衣袖）。❷〈文〉通"牒(dié)"。木片；竹片：以～为械(械：指城的器械)。

鞢 dié 【鞢䩨(shè)】古代胡服带具上用来佩带物件的金属装饰。

緤 dié 见 xiè "緤"（745 页）。

蝶 [△*蜨] dié 蝴蝶：粉～|彩～|采茶扑～|蜂～飞来过墙去，却疑春色在邻家。
"蜨"另见 dié（140 页）。

蝀 dié 【蝀蟷(dāng)】〈文〉同"蝳蟷"。一种生活在地下的蜘蛛。

艓 dié 〈文〉小船：率领数百轻～径登江岸。

諜 dié 〈文〉同"谍"。秘密刺探对方情报；秘密刺探情报的人。

蹀 [踂] dié ❶〈文〉踏；顿足：～足而叹。❷【蹀躞(xiè)】〈文〉小步快走：紫骝～金衔嘶（紫骝：紫色的马）。

鴶 ⊖ dié 〈文〉同"鴃"。鸟名。
⊜ hú 〈文〉隼，猛禽。

鴃 dié 〈文〉鸟名。

褶 dié 见 zhě "褶"（868 页）。

襲 dié 〈文〉重(chóng)衣，衣上加衣。

蝳 ⊖ dié 【蝳蟷(dāng)】〈文〉即土蜘蛛。一种生活在地下的小蜘蛛。也叫"颠当，蛈蜴(tiětāng)"。
⊜ zhì 【蝳蝎】〈文〉蟏蛸。

鰈 (鰈)[鰨] ⊖ dié 鱼名。身体侧扁，不对称，成鱼两眼都在右侧。生活在海中，左侧向下卧在沙底。
⊜ zhá 【鲽(xiā)鲽】〈文〉像鱼鳞重叠的样子：～参差。

躠 dié 〈文〉绊住脚。

鞢 dié 见 xiè "鞢"（746 页）。

蹗 dié 见 xiè "蹗"（746 页）。

噎 dié 【噎喑(yīn)】唉声叹气，隐忍不语。用于古白话：终朝(zhāo)～。也作"噎窨(yìn)"。

氈[氊] dié ❶〈文〉细毛布；细棉布：丝履～巾。❷〈文〉用细毛布或细棉布制成的披衣：一人披一领～。

鷉 dié 传说中的一种怪鸟。

---

dīng（ㄉㄧㄥ）

丁 ⊖ dīng ❶天干的第四位，常用作顺序的第四：～组｜～级。❷成年男子：成～｜壮～。❸人口：～口｜人～兴旺｜添～之喜。❹从事某种职业的人：家～｜园～。❺(肉类、蔬菜等切成的)小块：鸡～｜黄瓜～｜炒三～。❻〈文〉遭遇，碰到：～忧(遭到父母的丧事)｜～兹盛事。❼〈文〉健壮：老年复～壮｜齿落复生，身气～强。❽姓。
⊜ zhēng 【丁丁】〈文〉模拟伐木、弹琴等的声音：伐木～。

仃 dīng 【伶(líng)仃】孤独；没有依靠：孤苦～｜～无依。

叮 dīng ❶(蚊子等)用针形口器刺入人或动物的体表吸食血液：～咬｜被蚊子～个包。❷追问：～问｜"真是这样吗？"我又～了他一句。❸【叮咛】反复地嘱咐。

帄 dīng 【补帄】补在衣物破损处的布块。用于古白话：烧破绫罗没～。后作"补丁"。

行 dīng 【伶(líng)行】〈文〉独自行走的样子。现作"伶仃"。

玎 dīng ❶【玎珰】模拟金属、玉石等相碰撞的声音：环佩～。现在通常写作"叮当"。❷【玎玲】模拟玉石等撞击的声音。

盯 dīng ❶集中视线看；注视：瞄准时～着靶心｜～住陌生人上下打量。❷紧跟着不放松：～梢｜防守采取人～人战术。

町 dīng 见 tǐng "町"(670页)。

钉 (釘) ⊖ dīng ❶钉子，用金属等制成的细杆，一端尖锐，可以插进或拧进别的东西中，用来固定或连接：铆～｜图～｜板上钉(dìng)～。❷旧同"盯"。集中视线看：下死眼把贾芸～了两眼。
⊜ dìng 用钉子、楔子把物体固定或连

接起来：～钉(dīng)子｜～马掌｜～木箱。

疔 dīng 中医指一种毒疮。小而根深，形状像钉，长在面部或手足部位。也叫"疔疮"。

耵 dīng 【耵聍(níng)】外耳道耵聍腺正常分泌的油脂性物质。通称"耳垢"，俗称"耳屎"。

虹 ⊖ dīng 【虹蛵(xīng)】〈文〉蜻蜓。也说"蜻虹、虹蜻"。
⊜ dìng 同"订"。约定。用于古白话：同谁～作夫妻分。

酊 ⊖ dīng 酊剂的简称，用酒精和药物配制成的药液：碘～｜颠茄～。
⊜ dǐng 【酩(mǐng)酊】大醉的样子：～大醉。

靪 dīng 补鞋底：～前掌。

鷉 dīng 【鸊(líng)鷉】〈文〉即鹏鷉(pìtī)。水鸟名。俗名"油鸭"。

---

dǐng（ㄉㄧㄥ）

芓 dǐng 见 tīng "芓"(669页)。

顶 (頂) dǐng ❶人体或物体的最上部：头～｜山～｜屋～。❷用头支承：～碗(杂技项目)｜～天立地｜头～烈日。❸用头、角等撞击：躲开点儿，小心牛～你。❹自下向上拱：嫩芽～破了地皮儿｜用千斤顶把汽车～起来。❺(用东西)支撑；抵住：～梁柱(比喻中坚力量)｜用杠子～上大门。❻对面迎着；冒着：～风骑车很累｜～着干扰继续工作。❼用强硬的话反驳：～撞｜～嘴｜受不了唠叨，才～了他几句。❽担当；承当：快来帮一把，我～不住了｜别怕，出了事有我～着。❾抵：老将出马，一个～俩｜论技术，我～不上他。❿代替：替｜～班｜拿次品～正品可不行。⓫转让；取得企业经营权或房屋、土地租赁权：盘～出｜把铺子～出去｜～进来一套四合院。⓬量词。用于有顶的东西：一～蚊帐｜一～帽子｜几～轿子。⓭副词。表示程度最高：～好｜～重要｜～有出息｜三人当中他～大。⓮副词。表示最大限度(含有让步语气)：～多再过两天｜～快也要半个月。

酊 dǐng　见 dīng "酊"(141页)。

鼎 dǐng　同"鼎"。古代煮食物的器具,多用青铜制成,圆形三足两耳,也有方形四足的:～镬。

葶 dǐng　见 tíng "葶"(669页)。

鼎 dǐng　❶古代煮食物的器具,多用青铜制成,圆形三足两耳,也有方形四足的:铜～|钟鸣～食|力能扛(gāng)～。❷相传禹铸九鼎,夏、商、周三代都以鼎为传国的重器,国灭鼎迁。后用鼎比喻王位、政权:定～|问～。❸〈文〉大;重:～言(有分量的话)|～力相助|大名～～。❹〈文〉正在;正当:～盛。❺姓。

鼎 dǐng　同"鼎"。古代煮食物的器具,多用青铜制成,圆形三足两耳,也有方形四足的:尝～一脔(脔:luán,切成小块的肉)。

嵿 dǐng　〈文〉山顶:有一泉自山～流下。通作"顶"。

濎 dǐng　【濎泞(nìng)】〈文〉水翻腾的样子。

藄 dǐng　【藄蕫(dǒng)】〈文〉多年生草本植物。

濎 ㊀ dǐng　❶〈文〉水名。❷【濎泞】〈文〉水清澈的样子。
㊁ tǐng　【濎濴(yíng)】〈文〉涓涓细流。也作"濎滢"。

屟 dǐng　见 diàn "屟"(136页)。

燩 dǐng　用于人名。王宇燩,明代人。

钃 dǐng　同"鼎"。古代煮食物的器具,多用青铜制成,圆形三足两耳,也有方形四足的:(鱼)游～中。

dìng（ㄉㄧㄥˋ）

订（訂） dìng　❶改正(文字错误);修改:～正|修～|增～本。❷经过研究或协商而立下(条约、章程等):～婚|签～|～计划。❸约定:～阅|预～|网上也能～火车票。❹把单页装订成册:装～|～书机|～个练习本。

钉 dìng　见 dīng "钉"(141页)。

虹 dìng　见 dīng "虹"(141页)。

定 dìng　❶平静;安稳:安～|稳～|正家而天下～矣。❷使稳固;不变动:～型|安邦～国|～了～神。❸决定;确定;规定:～案|测～|举棋不～|君亟(jí)～变法之虑(虑:计划)。❹确定不变的:～义|～论|～局。❺规定的:～额|～期出版。❻肯定;必定:～能成功|～有收获|叫他样样满意。❼平定:闻沛公已～关中。❽姓。

飣 dìng　❶〈文〉把菜蔬果品堆放在盘中,一般供陈设不食用:盘中不～栗与梨。❷【飣饾(dòu)】1.〈文〉把菜蔬食品堆放在盘中摆出来:满眼～梨枣多。2.〈文〉罗列;堆砌:(作诗)犹以韵胜,不以～为工。❸准备食品。用于古白话:先～下菜儿才好。

莛 dìng　用于地名:茄(jiā)～乡(在台湾)。

啶 dìng　❶〔吖(ā)啶〕有机化合物。分子式 $C_{13}H_9N$,存在于煤焦油中。可用于制药及染料。[英 acridine] ❷【吡(bǐ)啶】有机化合物。分子式 C_5H_5N,无色液体,有臭味。用作溶剂和化学试剂。[英 pyridine]

铤 dìng　见 tǐng "铤"(670页)。

腚 dìng　〈方〉屁股:光～。

烶 dìng　用于人名。戴烶,清代人。

碇 [＊矴、＊椗] dìng　船停泊时用来固定船身的石礅:启～(指开船)|下～(指停船)。

腚 dìng　〈方〉看:东～西望。

锭（錠） dìng　❶锭子,纺纱机上的机件,用来把纤维纺成纱,然后绕在筒管上:纺～|纱～。❷旧时用作货币的块状的金银,一般重五两、十两或五十两:金～|银～。❸做成块状的金属或药物:钢～|铝～|薄荷～。❹量词。用于锭

状的东西:半～墨|一～银子。

綻 dìng 〈文〉船:海人～作家。

錠 dìng【錠胜】即定胜糕。糕点名。

顁 dìng 〈文〉额头。

鮏 dìng 〈文〉海鱼名。

---

diū（ㄉㄧㄡ）

丢 □ diū ❶遗落;失去:钱～了|～面子|～三落(là)四。❷扔;抛弃:～弃|瓜果皮核不要随手乱～|不顺心的事早就～到脑后去了。❸放;搁置:外语～久了就会生疏|心里一时还～不下那件事。

咊 diū【咊儿】〈方〉一点儿。

铥 □ diū 金属元素。符号 Tm。

彫 ⊖ diū ❶抛掷:～了僧伽帽。❷抽打;挥击:卖卦的先生把你脊背一～。❸抽搐;耸动:俺那娘～着一个冷鼻凹。‖用于古白话。
⊖ biāo ❶击断:差(chāi)人去～了白士中首级(白士中:人名)。❷量词。用于军队:见一一人马到庄门。也作"彪"。‖用于古白话。

---

dōng（ㄉㄨㄥ）

东（**東**） dōng ❶四个主要方向之一,太阳升起的一边(跟"西"相对):～方|一江春水向～流。❷主人(古时主位在东,宾位在西):～家|房|～股。❸东道,请客的主人:做～。❹姓。❺【东方】【东郭】复姓。

冬（②鼕） dōng ❶冬季,一年四季的第四季。我国指立冬到立春之间为冬,也指农历十月至十二月:寒～|隆～|越～|～作物。❷模拟敲鼓的声音:鼓声～～。

苳 dōng 〈文〉草名。

咚 □ dōng 模拟物体落下、敲击等的声音:～～的敲门声。

峒（峗） dōng 用于地名:～坑(在江西安远)|～王(在广西武鸣)。

玎 dōng ❶【玎珑(lóng)】模拟山间的回声:～山响。❷【玎玲】模拟玉石,金属等碰撞的声音。用于古白话:环佩～。今作"叮咚"。

氡 □ dōng 气体元素。符号 Rn。

鸫（鶇） dōng 鸟名。羽毛多淡褐色或黑色,喙较短,翅长而平。善飞,善走,鸣叫的声音好听。吃昆虫、果实等。种类很多,常见的有黑鸫、斑鸫等。八色鸫是我国国家重点保护动物。

蛛（蝀） dōng【蝃(dì)蝀】〈文〉虹的别称:～之气见(xiàn)。

崠 ⊖ dōng 用于地名、山名:寨～(地名,在今江西)|鹅公～(山名,在今江西)。
⊖ dòng 〈文〉山脊:高山～上。

笗 dōng 〈文〉竹名。

涷 ⊖ dōng ❶古水名。即浊漳水。发源于今山西,流至今河北。❷〈文〉暴雨:～雨。
⊖ dòng 〈文〉通"冻(dòng)"。感觉十分寒冷:～馁。

琭 dōng【玎琭】模拟玉石碰撞发出的声音。用于古白话:珠帘上玉～。

氭 dōng 化学元素"氡(dōng)"的旧称。

麧 dōng 清代三合会旗号专用字。

辣 dōng 古代传说中的独角兽。

鮗 dōng 〈文〉鱼名。体中长而侧扁,尾鳍圆形。分布于海岸近处。

鵗 dōng 〈文〉水鸟名。

---

dǒng（ㄉㄨㄥ）

崬 dǒng ❶〈文〉多言。又用于人名、地名。❷【叮崬】模拟捣衣声。用于古白话:怪～何处捣衣砧乱。

董 dǒng ❶〈文〉监督;督察:～理|～事|～我三军。❷董事会成员的简称:校～。❸〈文〉深藏:年六十已上,气当大～(已:同"以")。❹姓。

薡 dǒng ❶【蕭(dǐng)薡】〈文〉多年生草本植物。❷〈文〉藕根。❸〈文〉督察;督促:～督京華(京華:京城)。❹姓。

箽 dǒng ❶竹器。❷姓。

懂 dǒng ❶知道;了解:～事|～行(háng)|一看就～。❷通晓:老人早年留学欧美,～好几门外语呢。

槵 dǒng 【槵棕】常绿乔木。棕榈的一种,树干高,树皮厚,花序长可达 2—3 米。产于我国云南、印度至中南半岛也有分布。是我国国家重点保护植物。

簻 dǒng ❶竹名。❷姓。

dòng (ㄉㄨㄥˋ)

动(動)[❼*働] dòng ❶改变原来的位置或状态(跟"静"相对):运～|颤～|风吹草～。❷使改变原来的位置或状态:～身|惊天～地|兴师～众。❸行动,为一定的目的而活动:举～|暴～|闻风而～|事备而后～。❹使用;运用:～笔|～手|～脑筋|大～干戈。❺(情感)发生反应:～心|触～|无～于衷|～之以仁义。❻表示极容易发生某种情况,略相当于"常常":～辄(zhé)得咎|演出盛况空前,观众～以千计。❼【劳动】1. 人类创造物质或精神财富的活动,多指体力方面的:生产～|脑力～|热爱～。2. 进行体力劳动:～锻炼|同吃,同住,同～。

冻(凍) dòng ❶(液体或含水分的东西)遇冷凝结:～冰|～霜|天寒地～|水始冰,地始～。❷汤汁等凝结成的胶状体:鱼～儿|果～儿|肉皮～儿。❸受冷;感到冷:～得耳朵生疼|逢大雪,坑谷皆满,士多～死。❹姓。

侗 ㊀ dòng 【侗族】我国少数民族。主要分布在贵州、湖南、广西交界地区。
㊁ tóng 〈文〉幼稚;无知:～而不愿(愿:老实)。

㊂ tǒng 【儱(lǒng)侗】1.〈文〉缺乏具体分析,不明确。今作"笼统"。2.〈文〉直的样子:瓠子曲弯弯,冬瓜直～。

调 dòng 见 tóng"调"(672 页)。

垌 ㊀ dòng 〈方〉田地。多用于地名:田～|麻～(在广西桂平)。
㊁ tóng 用于地名:～冢(在湖北汉川)。

挏 dòng ❶〈文〉激荡;摇荡撞击:以马乳为酒,撞 ～ 乃成。❷〈文〉通"恫(dòng)"。恐惧;吓唬:百官～扰(挏扰:恐惧骚乱)。

栋(棟) dòng ❶房屋的正梁:～梁|雕梁画～|～折榱崩(榱:cuī,椽子)。❷房屋:汗牛充～。❸量词。用于独立的房屋:一～房子|两～宿舍楼。❹姓。

迵 ㊀ dòng 〈文〉洞彻;通达:(屋室)内外～达。
㊁ tóng 〈文〉通"同(tóng)"。相同;男女毕～。

峒 ㊀ dòng ❶〈文〉山洞;石洞:夜深寒～响。❷用于地名:～中(在广西防城港市)。
㊁ tóng 【崆(kōng)峒】1. 山名。在甘肃平凉。2. 岛名。在山东烟台以东。

徚 dòng 见 tòng"徚"(674 页)。

胨(腖) dòng 蛋白质不完全水解的产物。可用作微生物培养基,如医学上的细菌培养基。[英 peptone]

狪 dòng 见 tóng"狪"(672 页)。

洞 ㊀ dòng ❶窟隆;孔穴:～穴|山～|水由～出。❷〈文〉穿透:～穿|弹～其腹。❸深入;透彻:～察|～晓|～若观火。
㊁ tóng 用于地名:洪～(在山西临汾)。

恫 ㊀ dòng 恐惧;吓唬:～恐|～吓(hè)。
㊁ tōng ❶〈文〉哀痛。❷〈文〉病痛。

戙 dòng ❶〈文〉系船缆的桩:～维大舟(戙维:立桩系船)。❷〈文〉篙一类的行船用具。

胴□ dòng ❶躯干；体腔（除去头、四肢和内脏部分）：～体。❷〈文〉大肠。

硐□ dòng 见 tóng“硐”（672 页）。

崠 dòng 见 dōng“崠”（143 页）。

涷 dòng 见 dōng“涷”（143 页）。

迵 dòng 〈文〉同“动（動）”。改变原来的位置或状态；行动；活动。

筒□ dòng 见 tǒng“筒”（673 页）。

湩 ㊀ dòng ❶〈文〉乳汁：两乳～流。❷〈文〉流：坐待脓血～。❸〈文〉模拟鼓声：～然击鼓。

㊁ tóng 【湩容】〈文〉车帷。也作“童容、潼容”。

絧 dòng 【鸿絧】〈文〉相连接的样子：～缇（qiè）猎（形容轻车锐卒前后相连）。

㗢 dòng 〈文〉大声歌唱。

勭 dòng 〈文〉同“动”。行动：～如雷电。

駧 dòng ❶〈文〉马奔驰：～驰。❷〈文〉动；急速：驱～元化（元化：造化天地）。

𥟍 dòng 〈文〉同“湩”。乳汁。

霘 dòng 【㶹（hóng）霘】〈文〉水浪急。

踵 dòng 见 zhōng“踵”（886 页）。

dōu（ㄉㄡ）

哣 dōu ❶【哣哆（duō）】多话；说话啰唆。用于古白话：莫怪小男女～语。❷【鴅（huān）哣】尧舜时的部族首领，四凶之一。通作“驩兜”。

㖔 dōu 〈方〉逗弄；诱惑。

侸 dōu 见 shù“侸”（625 页）。

都□ dōu 见 dū“都”（147 页）。

哣 dōu 叹词。表示呵斥或唾弃。用于古白话：～！岂有此理。

斢 dōu 见 dòu“斢”（146 页）。

兜□［*兠］ dōu ❶口袋一类的东西：裤～｜网～｜手里拎着个～儿。❷用手巾、衣襟等做成兜形拢住（东西）：衣襟里～了几个鸭梨。❸绕；环绕：～抄｜～圈子。❹招揽：～揽｜～售｜～生意。❺全部承担；包下来：钱花超了不要紧，我～着。❻彻底揭露（底细）：～老底｜那点丑事全～出来了。❼冲着；正对着：～头盖脸。❽〈文〉便轿：国人皆乘象或软布～。也作“篼”。

挽 dōu 兜揽；拢住。用于古白话：（薛霸）腰间解麻索下来～住卢俊义肚皮。

蔸□ dōu ❶〈方〉某些植物的根和靠近根的茎：～距｜禾～｜树～。❷〈方〉量词。用于带根的植物，相当于“棵、丛”：一～禾苗｜一～～杂草。

㲛 dōu 见 lǘ“㲛”（429 页）。

㖑 dōu 佛经译音用字。

篼□ dōu ❶用竹篾、藤条、柳条等编成的器具，用来盛东西：背～。❷〈方〉走山路乘坐的简便竹轿。

鍪 dōu 【鍪鍪（móu）】即兜鍪。古代战士戴的头盔。

䁢 dōu 〈文〉眼睛里分泌出来的黄色黏稠液体。俗称“眼屎”。

dǒu（ㄉㄡˇ）

斗□（㊁鬥）［㊁*鬦、㊁*鬪、㊁△*鬭］

㊀ dǒu ❶古代盛酒器：玉～一双｜饮不过二～。❷旧时量粮食的器具，容量是 1 斗：方～｜车载～量。❸市制容积单位，10 升为 1 斗，10 斗为 1 石（dàn）。❹形状略像斗的东西：漏～｜熨～。❺像斗那样大小的，极言小东西的大或大东西的小：～胆｜～室。❻环形的指纹：～箕。❼星宿名。二十八宿之一，属北方玄武。斗宿六颗亮星，像舀酒的斗。❽北斗星，泛指星：满天星～。

D

（一）dòu ❶对打;搏~|~殴|困兽犹|民勇于公战,怯于私~。❷竞赛;争胜:~心眼儿|~智~勇|吾宁~智,不能~力。❸揭露;批判:~恶霸。❹使动物争斗:~牛|~鸡|~蛐蛐。❺往一起凑;凑在一起:~眼(双眼内斜视)|~榫儿|把各方面的情况~一~。

"鬪"另见 dòu（147 页）。

阧 dǒu 〈文〉水闸之类的设施:下滴水,于此置~(置阧:在滴水上设置阧)。

抖 dǒu ❶颤动;哆嗦:~动|颤~|发~|浑身一个不停。❷甩动;使振动:~空竹|~掉身上的雪|小鸟翅膀一~,飞了。❸鼓起;振作:~起精神。❹抖动着向外全部倒出,比喻彻底揭穿:把面口袋~干净|老底儿被~出来后,他不再那么神气了。❺称人突然得势或发家而得意(多含讽刺意):去年他赚了大钱,~起来了。

浧 dǒu 人名用字。

枓 dǒu 见 zhǔ "枓"（893 页）。

铞 dǒu "钭(tǒu)"的又读。

陡 [陡] dǒu ❶坡度很大,近于垂直:~壁|~峭|山坡很~。❷表示情势发生了突然而急遽的变化;骤然:形势~变|夜来~觉霜风急。

蚪 dǒu 【蝌(kē)蚪】蛙或蟾蜍等两栖动物的幼体。身体椭圆形,黑色,有鳃和尾。生活在水中:~文(形状似蝌蚪的书体。古代用漆写字,下笔时漆多,收尾时漆少,笔画变细,似蝌蚪)。

斢 dǒu 见 dòu "斣"（146 页）。

斟 dǒu 量器,容量 10 升:升~之微。后作"斗"。

鬪 dǒu 见 dòu "鬪"（147 页）。

dòu （ㄉㄡ）

斗 dòu 见 dǒu "斗"（145 页）。

豆 [❶❷*荳] dòu ❶豆类作物的统称,也指这类作物的籽实:大~|种瓜得瓜,种~得~。❷形状像豆子的东西:土~|花生~|咖啡~。❸古代盛物的器具,形状像高脚盘:俎~|一箪食,一~羹。❹古代容量单位。4 升为 1 豆。

郖 dòu 黄河古渡口名。在今河南:从~津度。

捔 dòu 见 duǎn "捔"（150 页）。

逗 dòu ❶(用言语、行动)招引;惹人或引人发笑:~趣儿|~哏|爷爷~着孙子玩。❷有趣;可乐:喜剧不~还叫喜剧吗?|他这个人真~,动不动就说"我好感动"。❸停留:~留|疑是辰阳宿,于此~孤舟。❹指逗号,标点符号的一种,表示句内的一般性停顿。

浢 dòu 古水名。一名"仪家沟"。在今山西。

读 dòu 见 dú "读"（148 页）。

梪 dòu ❶〈文〉同"豆"。盛食物的器皿:仆以常~,无用于世(常梪:普通食器,比喻庸才)。❷〈文〉容量单位,4 升为 1 梪。

黺 dòu 【黺(fēn)黺】〈文〉氍毹一类的毛织品。

斣 （一）dòu 〈文〉同"斗"。争斗:喜而合,怒而~。
（二）dǒu "斠(斗)"的俗字。量粮食的器具。
（三）dōu 佛经译音用字。

酘 dòu ❶〈文〉再酿而成的酒:一~之酒。❷饮酒过多感觉不适,过一段时间再饮(古人以为这样可以醒酒)。用于古白话:咱今日往谢家楼上再置酒席,与我一~去来。

脰 dòu 〈文〉颈项:自奋绝~而死(奋:上吊时用力挣扎)。

鬪 dòu 同"斗"。对打。用于古白话:~不数合,程普刺中胡轸咽喉(刺:同"刺")。

痘 dòu ❶天花,传染病。病原体是天花病毒,症状是高热,皮肤或黏膜出现丘疹、水疱和脓疱,结痂脱落后留下疤

痕。❷指牛痘疫苗：种～。

窦（竇）dòu ❶孔;洞:狗～。❷人体某些器官或组织内部凹入的部分:鼻～|额～。❸〈文〉沟渠:有大雨自其～入。❹姓。

貀 dòu 〈文〉星宿名。即龙尾星,二十八宿的箕宿。

詎 dòu【詎譳(nòu)】〈文〉说话迟钝的样子。

饾 dòu ❶【飣(dìng)饾】1.〈文〉把菜蔬食品堆放在盘中摆出来:～杂果。2.〈文〉罗列;堆砌:(所用典故)不露～堆砌之痕。❷〈文〉簇聚;杂列:大小亭～池渠间。

鞍 dòu 〈文〉驾车的器具。指马腹带系辔环中的舌。

斢 dòu ❶〈文〉交换物品全都相等。❷急步走。用于古白话:生忙～上(斢上:急步上场)。

鬭 dòu 同"斗"。使动物争斗。用于古白话:～鸡东郊道。

鎃 dòu 古代一种盛酒的器具。

鬬 ㊀ dòu 〈文〉同"斗"。争斗;争胜:青女素娥俱耐冷,月中霜里斗婵娟。
㊁ dǒu 姓。

鬪 dòu 同"斗"。搏斗。用于古白话:～战场。

瀆 dòu 〈文〉同"窦"。孔洞;水沟口。

鬦 dòu 〈文〉会合;拼合:谷、洛～,将毁王宫(指谷、洛二水交会)。
另见 dǒu"斗"(145页)。

鬩 dòu 〈文〉同"斗"。争斗;争胜:半腮迎日～先红。

---

dū（ㄉㄨ）

厾 dū 用指头、毛笔、棍棒等轻击轻点:点～(中国画指用笔随意点染)|～一个点儿。

启 dū ❶〈方〉肛门。❷〈方〉臀部。

肶 dū【胍(gū)肶】〈文〉大腹。

都 ㊀ dū ❶大城市:～市|通～大邑。❷首都,中央政府所在地:国～|建～。❸以盛产某种物品著称的城市:钢～|瓷～|煤～。❹〈文〉总括:～为一集(总共合编为一本集子)。❺〈文〉优美;漂亮:身长八尺,仪貌～雅。❻姓。
㊁ dōu ❶总括前面的对象或情况:所有问题～解决了|个个～是神枪手。❷〈文〉全:粪子栖闲地,～无人世喧(粪子:姓龚的处士)。❸表示强调语气。1.强调极端情况,带有夸张的语气(多与"连"合用):连口水～咽不下去|肺～气炸了。2.强调已经出现的情况:～老太婆了,还扭扭捏捏的|～九点了,快起吧。❹说明原因(有责备的意思):～怪我,做事太性急了|～是你,害得我白跑一趟。

匔 dū 〈文〉躲在暗处窥探。

㞜 dū ❶同"启"。肛门;臀部。❷【㞜磨】坐立不安的样子。‖用于古白话。

阇 （闍）㊀ dū 〈文〉城门上的台:～台|城～。
㊁ shé【阇梨】高僧,泛指僧人:上堂已了各西东,惭愧～饭后钟。

㞜 dū【㞜子(zi)】1.〈方〉屁股。2.〈方〉蜂、蝎子等的尾部。

毂 dū 〈文〉用棍棒击物。

督 dū ❶察看;监管:～察|监～|法者所以～奸也。❷〈文〉纠正:能～民过者,德也。❸〈文〉中;中间:缘～以为经,可以保身(经:常)。❹姓。

嘟 dū ❶嘴向前突出:噘着。用于口语:嘴～得老高。❷模拟发动机声、喇叭声等:摩托车～～～地开过来了。

裻 dū ❶〈文〉衣背的中缝:王梦衣(yì)偏～之衣(偏裻之衣:衣服的两半颜色不同)。❷〈文〉泛指事物之中。❸〈文〉穿新衣时发出的声音。

褣 dū 〈文〉衣背的中缝。也作"裻"。

酄 dū 〈文〉同"都"。京城:邦国～鄙(鄙:边邑)。

醏 dū 〈文〉菜名:～菜似慎火(慎火:草名)。

dú (ㄉㄨˊ)

毒 dú ❶对生物体有危害的物质:病～|中～|水银有～。❷特指鸦片、吗啡、海洛因等毒品:～瘾|吸～|戒～|～所。❸有害的东西:遗～|流～|孰知赋敛之～,有甚是蛇者乎? ❹含有有毒物质的:～气|～蛇|～药。❺用毒物杀害:～杀|～死|～老鼠。❻凶狠:～辣|歹～。❼猛烈。用于口语:中午的太阳真～。❽〈文〉痛恨;憎恨:每念灵帝,令人愤～。

独(獨) dú ❶单一;只有一个:～唱|～慎(人独处时谨慎不苟)|无～有偶。❷年老没有儿女的人:鳏(guān)寡孤～。❸自私;不能容人:有东西大伙吃,别那么～。❹〈文〉难道:相如虽驽,～畏廉将军哉(相如:人名)? ❺限定动作、情况的唯一性,相当于"只":唯～|别人都没意见,～他反对。❻表示动作行为单独进行,相当于"独自":～断|～当一面|而吾以捕蛇～存。❼姓。

顿 dú 见 dùn "顿"(155页)。

读(讀) ㊀ dú ❶看着文字念:～报|朗～。❷看着文字并理解意义:～者|阅～|精～|桓公～书于堂上。❸上学;学习:走～|攻～|～自动化专业。❹字的念法:轻～|异～|这个字有两～。❺〈文〉说出;宣扬:中冓(gòu)之言,不可～也(中冓之言:室内淫辟的话)。

㊁ dòu 语句中的停顿。文言文中,短的停顿叫"读",长的停顿叫"句",合称"句读"。

渎(瀆) dú ❶〈文〉沟渠;水沟:沟～|污～(死水沟)。❷〈文〉通"嬻(dú)"。轻慢;不恭敬:～职|亵～|女有家,男有室,无相～也,谓之有礼。❸〈文〉通"黩(dú)"。贪求;贪财:晋有羊舌鲋者,～货无厌(羊舌鲋:人名)。

椟(櫝)[匵] dú ❶〈文〉木匣;木柜:买～还珠(比喻没

有眼光,取舍不当)。❷〈文〉棺木:给衣衾棺～葬之。

犊(犢) dú 小牛:老牛舐(shì)～|初生牛～不怕虎。

牍(牘) dú ❶古代写字用的狭长木片:简～|连篇累～。❷公文;书信:案～|尺～|所见篇～,一览多能诵记。

狣 dú 传说中的鼠名:(有兽)其状如～鼠。

薢 dú 〈文〉草名。叶狭长似竹。全草可入药。又叫"萹蓄(biānxù)、萹竹"。

蠹 dú 见 dài "蠹"(117页)。

嘱 dú 见 zhòu "嘱"(890页)。

獇 dú 〈文〉同"独(獨)"。单一:有～木桥十余所。

渎 dú 〈文〉通"嬻(dú)"。轻慢;不恭敬:亵～。

隫[韇] dú 〈文〉沟渠:旱则为耕者凿～。

遤 dú 〈文〉亵渎。

褤 dú 见 shǔ "褤"(624页)。

嬻 dú 〈文〉轻慢不敬;亵渎:伦纪～乱,其不永也(伦纪:伦常纲纪。永:长久)。又作"渎"。

璷 dú 〈文〉玉名:佩采～玉。

殰[牘] dú 〈文〉胎儿死腹中:胎生者不～。

騟 dú 〈文〉两马并驰发出的声音。

韇 dú ❶〈文〉同"韣"。藏弓箭用的器具:～丸(弓箭套子)。❷〈文〉滑:新丰路兮峻仍～(峻:险峻)。

黩(黷) dú ❶〈文〉玷污;污辱:不～于庸人。❷〈文〉滥用;没有节制:～刑|～武(滥用武力;好战)。❸〈文〉污秽:先贞而后～(先前坚贞后来变成污秽)。

韣 dú 〈文〉同"韣"。藏弓箭用的器具。

韣　dú　〈文〉蚀:雏鸟为风雨所坠,蝼蚁~之。

趱　dú　〈文〉行走的样子:其来~~。

髑　dú　【髑髅(lóu)】〈文〉死人的头骨;骷髅:庄子之楚,见空~。

觕　dú　〈文〉小兽未出生而死在胎中:兽胎不~。

韣[韣]　dú　❶〈文〉弓的袋子:雕弓绣~。❷〈文〉盛放弧(张旗用的竹弓)、席、刀等物件的套子:席~|刀~。❸〈文〉通"椟(dú)"。柜子,匣子。❹〈文〉束缚。

騳　dú　❶〈文〉马行走的样子。❷【騳騄(lù)騳】1.〈文〉野马。2.古代仪仗、侍卫中有騳騄图形的军旗。

韣　dú　❶〈文〉藏弓箭用的器具:~丸(箭筒)。❷古代卜筮时盛放蓍草的器具:卜正启~出策(卜正:卜官之长。策:蓍草)。

韣　dú　〈文〉同"韣"。弓的袋子。

讟　dú　❶〈文〉怨恨;怨言:主昏于上,人~于下。❷〈文〉诽谤:民无谤~。❸〈文〉憎恶。

dǔ (ㄉㄨˇ)

肚　dǔ　见dù"肚"(149页)。

笃(篤)　dǔ　❶〈文〉忠实;一心一意:~实|~信|~学|君子~于亲,则民兴于仁。❷〈文〉深切;深厚:情爱甚~。❸〈文〉(病)重:危~|病势日~。❹姓。

陼　dǔ　见zhǔ"渚"(893页)。

堵　dǔ　❶〈文〉墙:观者如~。❷量词。用于墙或类似墙的东西:一~墙|一~板壁|几~峭壁。❸阻挡;阻塞(sè):~车|~截|~塞|~着门口不让走。❹憋闷;烦闷:~心|受了冤枉~得慌|别给人家添~。❺姓。

帾　dǔ　❶〈文〉覆盖棺木的赤色帐幔。❷〈文〉徽帜。

赌(賭)　dǔ　❶赌博,用财物做注比输赢:~钱|~球|~聚。❷泛指争输赢:打~|~东道(用请客来打赌)。

睹　dù　见zhū"睹"(891页)。

睹[*覩]　dǔ　❶看见:~物思人|耳闻目~|熟视无~。❷〈文〉察看,观察:赵简子将袭卫,使史默往~之。

管　dǔ　〈文〉深厚;坚实。通作"笃"。

dù (ㄉㄨˋ)

芏　dù　【茳(jiāng)芏】多年生草本植物。茎三棱形,花绿褐色,茎可用来编席。通称"席草"。

坥　dù　〈文〉大盆。

杜　dù　❶【杜梨】落叶乔木。叶子近卵形,花白色,果实味涩,可以吃。常用作嫁接梨树的砧木,树皮可入药。也叫"杜树、棠梨"。❷通"斁(dù)"。堵塞;断绝:~绝|~门谢客|防微~渐|强公室,~私门。❸姓。

肚　㊀dù　❶肚子,人或某些动物的腹部:开膛破~。❷物体圆而凸起像肚子的部分:腿~子|手指头~儿。❸指内心:心知~明|牵肠挂~。
㊁dǔ　用作食物的某些动物的胃:~丝|羊~儿|爆~儿。

妒[*妬]　dù　因别人比自己强而忌恨:~忌|嫉~|~嫉贤~能。

度　㊀dù　❶计量长短的标准或器具:~量衡。❷依照计算标准划分的单位:弧~|温~|湿~。❸事物的某种性质所达到的程度:浓~|硬~|灵敏~|能见~|知名~。❹幅度:角~|坡~|经~|纬~|倾斜~。❺限度:适~|过~|挥霍无~。❻法则;准则:法~|尺~|制~。❼气量;宽容的程度:~量|气~|常有大~,不事家人生产作业。❽人的姿态或气质:态~|风~。❾时间段落:年~|季~|月~。❿所考虑、所关注的范围:生死置之~外。⓫〈文〉(空间上)跨;越:春风不~玉门关|万里赴戎机,关山~若飞。⓬(时间上)过;经历:~假|欢~春节|虚~年华。⓭佛教、道教指使人超脱尘俗,生死,脱离苦难:剃~|超~亡灵。

⓮量词。用于动作的次数:再～声明|几～风雨|一年一～。⓯姓。

㊁ duó ❶量长短:测～|～,然后知长短。❷推测;估计:揣～|以己～人|审～时宜,忖度而动|会天大雨,道不通,～已失期。

妬　□dù 见 gòu "妬"(213页)。

㡯　dù 人名用字。

秺　[秅] dù 古地名。在今山东。

劇　dù 见 duó "劇"(156页)。

㙵　dù 〈文〉同"杜"。堵塞;关闭:～门不出。

靯　dù 〈文〉坐垫。

𨧀　□ dù　(鉰) 金属元素。符号Db。

渡　□dù ❶通过(水面);从这一岸到那一岸:～河|横～长江|远～重洋。❷用船载运过河:～船|摆～。❸渡口,过河的地方。多用于地名:津～|深～(在安徽歙县)|野～无人舟自横。

𧪧　dù 〈文〉典礼中放置酒爵的仪式。

菠　[䩞] dù 〈文〉桑皮。

斁　dù 〈文〉堵塞;关闭:公～门绝交游。后作"杜"。

鍍　□dù　(镀) 用电解或其他化学方法,把一种金属均匀地附着在别的金属或者其他物体的表面,形成薄层:～铬|电～|假金方用真金～,若是真金不～金。

魷　dù【魷鮄(bù)】〈文〉鱼名。即杜父鱼。也作"杜部"。

殬　dù 〈文〉败坏;祸害:彝伦攸～(治国的常理败坏)。

斀　dù 见 yì "斀"(806页)。

蠹　□dù　[蛀、蝥、蠧、蠐] dù ❶蛀蚀器物的虫子:～鱼|木～|众而木折,隙大而墙坏。❷蛀蚀;损害:流水不腐,户枢不～(比喻经常运动的东西不易被腐蚀)|败国～政。

duān（ㄉㄨㄢ）

耑　□ duān ❶〈文〉"端"的古字。❷姓。
另见 zhuān "专"(896页)。

剬　㊀ duān 〈文〉断齐;切断。
㊁ tuán 〈文〉同"剸"。截断;刺杀。
㊂ zhì 〈文〉同"制"。制作;制定。

褍　duān 用于人名。李褍,唐代人。

稐　duān ❶〈文〉禾穗下垂的样子。❷〈文〉禾穗的末端。

端　□duān ❶(人的姿势或物体的位置)正;直:～坐|五官～正|水至平,～不倾。❷(品行)正直;正派:品行不～|选天下～士。❸(东西的)尽头部分:顶～|上～|笔～。❹(事情的)开头:开～|发～|恻隐之心,仁之～也。❺(事情的)起因;根源:无～|祸～|借～生事。❻项目;方面:～绪|弊～|变化多～|举其一～。❼用手平举(东西):～碗|～盘子|～起枪瞄准。❽古代布帛的长度单位,二丈(一说六丈)为一端。❾姓。❿【端木】复姓。

褍　duān 〈文〉衣的正面又直的幅面。

䚲　duān【角䚲】传说中的一种兽。角在鼻上。也作"角端"。

鍴　duān ❶〈文〉钻,小矛。❷觯(zhì),古代酒器。青铜制。

篅　duān ❶〈文〉竹名。❷【篶(gōu)篅】〈文〉桃枝竹的一种。

duǎn（ㄉㄨㄢ）

𢭃　㊀ duǎn 〈文〉同"短"。长度小:命有悠～(悠:长)。
㊁ dòu ❶〈文〉句中停顿:五字必二～,七字必四～。用同"逗"。❷〈方〉接起:～拢|～榫头。

短　□duǎn ❶(空间或时间)两点之间的距离小(跟"长"相对,❸同):～距离|～时间|夫尺有所～,寸有所长。❷缺少;欠:理～|缺斤～两|～了一个人|你还～我钱呢。❸短处;缺点;不足:护～|揭～|取长

D

补～。❹〈文〉指出别人的短处,说别人的坏话:上官大夫～屈原于顷襄王。

duàn (ㄉㄨㄢˋ)

段 □ duàn ❶事物划分成的部分:～落|路～|片～。❷工矿企业中的一级行政单位:工～|机务～。❸段位,围棋棋手根据技能划分出来的等级:升～|入～。❹〈文〉锤打:以铁椎～其头数十下乃死。❺量词。用于条状物截断的部分:一～绳子|一～圆木。❻量词。用于空间或时间的距离:一～路程|一～时间。❼量词。用于语言、文辞等:一～话|一～文章|一～故事。❽姓。❾【段干】复姓。

断(斷)[断] duàn ❶(长条形的东西)分开成为两段或几段:～裂|折～|～木为杵|一刀两～。❷隔绝;不再连贯:～交|中～|天长音信～。❸戒除(烟酒等):烟是～了,酒一时还～不了|～荤腥。❹拦截;阻截:～下对方的传球,起脚射门|撤退时由一营～后掩护。❺判定;做出决定:～案|～定|独～独行|当～不～,反受其乱。❻〈文〉绝对;无论如何:～不可信|～无此理|～不可掉以轻心。

塅 □ duàn 〈方〉面积较大的平坦的地区。多用于地名:中～(在福建)。

缎(緞) duàn 丝织物,用蚕丝、人造丝织成。质地比绸子厚,正面平滑而富有光泽。是我国特产:绸～|锦～|素～(没有花纹的缎)。

瑖 □ duàn 〈文〉一种像玉的石头。

椴 □ duàn 椴树,落叶乔木。木质细致,是优良用材,树皮纤维可用来制绳索。

腶 duàn 〈文〉捶捣并加姜、桂制成的干肉:入于房,取腶与～脩(脩:qiǔ,一种食品。脩:干肉)。

煅 □ duàn 中药制法。把药石(如石膏)等放在火里烧,以减少烈性:～石膏|～龙骨。

碬 duàn ❶〈文〉锻造器具用的砧石。❷〈文〉泛指石头:以～投卵。❸〈文〉修凿:耕者～乃锄。

锻(鍛) □ duàn 将金属材料加热到一定温度后锤打成形,并改变其部分物理性质:～造|～压|～接。

跺 □ duàn 用于人的名号。

瑖[殶] duàn 〈文〉卵破散,孵不成雏鸟。

籪(籪) □ duàn 插在水里捕捉鱼、蟹的器具。形状像栅栏,多用竹子或苇子编制而成:蟹～|鱼～。

鞧 duàn 〈文〉鞋后跟的帮贴。

蹾[蹾] □ duàn ❶〈文〉禽兽践踏的地方。❷【蹾蹾】〈文〉足迹前后相接:鹿蹊(xī)兮～(鹿蹊:鹿的足迹)。

duī (ㄉㄨㄟ)

自 □ duī ❶〈文〉"堆"的古字。小土山。❷量词。用于成堆的事物:平湖已卷千～雪。

邽 duī 古地名用字:昌邑国～良里。

追 □ duī 见 zhuī "追"(899 页)。

垖 □ duī 〈文〉同"堆"。用于地名。

堆 □ duī ❶土墩或沙墩,也指水中的礁石。多用于地名:双～集(在安徽濉溪)|滟滪～(长江瞿塘峡口的巨石,已于1958年炸平)。❷累叠聚积起来的东西:粪～|柴火～。❸东西累叠聚积起来;把东西累叠聚积起来:～积|～肥|～雪人|人间万事,～案盈机(机:同"几",指几案)。❹量词。用于成堆的人或东西:一～人|一～书|一～石头|惊涛拍岸,卷起千～雪。❺量词。用于抽象事物,形容数量多(数词限用"一","堆"前可加"大"):一～问题|说了一大～空话。

碓 □ duī 行走。用于古白话:步～还家。

庯 duī 〈文〉捶击;击打:以石～之,便即命绝。

塠 duī 〈文〉小丘:依沙～为屯(屯:驻扎)。

搥 duī 〈文〉投掷：～提(dǐ)仁义(搥提：抛弃)。
另见 chuí "捶"(97页)。

愢 duī 【愢惐】旧时指一种鬼。

瑰 duī 〈文〉治玉；雕刻玉石：～琢。

崔 duī 〈文〉高。

崒 duī 〈文〉同"堆"。用于礁石名。

𡾋 duī 〈文〉久坐。

磓 ⊖ duī ❶〈文〉撞击；冲击：五岳鼓舞而相～(形容海浪激荡)。❷〈文〉堆聚：垒珍珠，～白玉。❸〈文〉坠落；下垂：火焚昆山，玉石相～。
⊜ zhuì 〈文〉捣；敲击：～碎千年日长白(碎千年：指千百年来夜间击鼓报时)。

頧 duī ❶【毋(móu)頧】夏代冠名：沐猴戴～。也作"毋追"。❷〈文〉通"堆(duī)"，隆起的地方：至虾蟆～。

镦 (鐓) ⊖ duī 〈文〉打夯用的重锤：秦始皇造桥，铁～重不能胜(胜：承受)。
⊜ duì 〈文〉矛戟柄末端的平底金属套。
⊜ dūn ❶〈文〉阉割。❷冲压金属板使其变形：热～｜冷～。

馉 [糎] duī 〈文〉饼类食物：粱人入魏，果见～饼焉。

鐜 duī 〈文〉同"镦"。下垂。一说是打夯用的重锤。

duì （ㄉㄨㄟˋ）

队 (隊) ⊖ duì ❶行列：～形｜排～｜车按行，骑就～。❷具有某种性质的集体编制单位：舰～｜球～｜梯～。❸特指中国少年先锋队：～礼｜～旗｜入～。❹量词。用于成行列的人或物：一～人马。
⊜ zhuì 〈文〉落；掉下来：星之～木之鸣，是天地之变(木之鸣：树木发出声响)。后作"坠"。

对 (對) [對] duì ❶回答；应答：应～｜～答如流｜无言以～。❷对待；应付：～策｜～事不～人｜夫一人奋死可以～十，十可以～百。❸朝着；向着：面～面｜～酒当歌｜门～寒流雪满山。❹彼此相向：～流｜～仗｜～调(diào)。❺对面的；敌对的：～岸｜～手。❻使两种东西配合或接触合为：～对子｜把两扇大门一～｜摔碎的镜子～不到一起了。❼投合；适合：～劲儿｜～脾气｜～心思。❽比照着核查，看是否相符：～质｜校～｜～一～账目。❾调整使符合一定的标准：～表｜～一～琴弦｜照相时要～准焦距。❿正确；正常：做得～｜神色不～｜这话～了一半，错了一半。⓫平分为两份：～半儿｜～折｜～开纸。⓬对联：喜～儿｜七言～。⓭量词。双：一～夫妻｜两～镯子｜一～矛盾。⓮介词。引入动作的对象：她～我嫣然一笑｜他～你说了什么？｜～患者要有耐心。⓯介词。引入相关的情况：～节目做了改动｜～决议有不同的意见。

兑 ⊖ duì ❶凭票据支付或领取现金：～付｜汇～｜把支票～成现金。❷旧时用旧的金银器皿、首饰向银楼换取新的。❸掺和(多指液体)：勾～｜水太热，～点凉的。❹八卦之一，卦形是☱，代表沼泽。❺〈文〉通畅：柞棫拔矣，行道～矣(柞棫：zuòyù，灌木。拔：拔除)。
⊜ ruì 〈文〉通"锐(ruì)"。尖：～则若莫邪之利锋(莫邪：剑名)。

祋 duì ❶即殳(shū)。古兵器名：何戈与～(何：扛)。❷〈文〉悬挂羊皮的竿(竿上悬挂羊皮用来惊吓牛马)：羊皮之～。❸姓。祋讽，汉代人。

㲥 duì 姓。

怼 (懟) duì 〈文〉怨恨：～怒｜怨～｜愤～。

埻 duì 〈文〉孔窍：塞其～。通作"兑(duì)"。

峴 duì 【嶮(kuài)峴】〈文〉沟壑宽而相连的样子。也作"浍(kuài)峴"。

陮 duì 【陮隗(wěi)】〈文〉高峻。

敓 duì 见 duó "敚"(156页)。

敦□ duì　见 dūn "敦"（153 页）。

碓□ duì　舂米用具。杠杆的一端装有圆形石头，用脚连续踩踏另一端使石头不断起落，以捣掉下面石臼中稻子的壳：柴扉临野～，半湿捣香粳。

镦（鐓）⊖ duì　❶〈文〉矛、戟柄下端的平底金属套：～之与刃，孰先弊也（弊：坏损）。❷古祭器。

⊜ chún　❶古乐器，用于指挥军队进退：两军相当，鼓～相望。也叫"镦于"。❷〈文〉依附：（苍玉）～于玄石。

⊜ zhǔn　〈文〉通"准（zhǔn）"。依据：～此（依据这个）。

⊜ duò　〈文〉通"帱（dào）"。覆盖（棺柩）：大夫殡以～（大夫的殡法用棺来覆盖）。

惇［镦］　duì【磊惇】〈文〉重叠堆聚。引申指繁杂无条理。

陮□ duì　〈文〉不平正的样子。

綐□ duì　〈文〉一种细绸。

鋭□ duì　见 shuì "鋭"（628 页）。

憞□ ⊖ duì　〈文〉同"憝"。怨恨；憎恶：楚～群策（项羽厌恶大家的智谋）。

⊜ dùn　【憞溷（hùn）】〈文〉心绪烦乱：郁邑（郁邑：忧闷）。

靯□ duì　❶〈文〉纳；钉：（踵底之木）连～铁钉，踏地铮然作响。❷〈文〉蒙上；粘上：～鼓鼙（pí）以象雷霆（靯鼓鼙：蒙皮制鼓）。❸〈文〉纳在鞋帮上的饰物。

倴□ duì　〈文〉兑换。后作"兑"。

憝□ duì　❶〈文〉怨恨；憎恶：怨～。❷〈文〉坏；恶：元恶大～。

薱□ duì　【薱（ài）薱】〈文〉草木茂盛的样子。也说"薱薱"。

嶀□ duì　〈文〉高峻：～若崇山崛起。

镦□ duì　见 duī "镦"（152 页）。

濻□ duì　〈文〉浸渍；沾濡：泉流之淡～。

濻□ duì【濻沱（duò）】〈文〉沙石随水流动的样子：流注～。

嵂□ duì　〈文〉茂盛的样子：（云气）～兮若松樗（樗：shí，树木直立）。

骸□ duì　【骴（guì）骸】〈方〉愚蠢的样子。

遗□ duì　见 wěi "遗"（699 页）。

霴□ duì　【霴（dàn）霴】〈文〉浓云。

鏑□ duì　见 duò "鏑"（158 页）。

譈□ duì　〈文〉同"憝"。怨恨；憎恶。

瀪□ duì　❶【澹（dàn）瀪】〈文〉荡漾；影子在水中晃动：倒影垂～（倒影：山在水中的倒影）。❷〈文〉下垂的样子：冰溜～于井干（井干：井上的围栏）。

墢□ duì　〈文〉切碎的腌菜或捣碎的姜蒜等。

霳□ duì　❶〈文〉云飞渡的样子：～如晨霞孤征。❷〈文〉云密聚的样子：曾阴云～（曾：层）。

黗□ ⊖ duì　【黗（tǎn）黗】〈文〉黑：白日匿黗（xiù），～不明（匿黗：被山遮挡）。

⊜ dài　【黲（ài）黗】〈文〉昏暗不明：赤光杂烟而～。

dūn（ㄉㄨㄣ）

吨□（噸）dūn　❶质量单位。1 000 千克为 1 吨。❷登记吨（计算船只容积的单位）的简称。1 吨等于 2.83 立方米（合 100 立方英尺）。［英 ton］

惇□［＊憞］dūn　〈文〉敦厚；诚实：～朴｜～笃｜～谨。

敦□［＊㪟］⊖ dūn　❶宽厚；诚恳：～厚｜～聘｜～请。❷督促：～促｜累下郡县～逼，不得已赴召（累：屡次。敦逼：敦促逼迫）。

⊜ duì　古代盛黍稷的器具，用青铜制成，盖和器身合拢后成球形，有三足。

踆□ dūn　见 qūn "踆"（572 页）。

蟪 dūn 【𪓐(chén)蟪】〈文〉惊惧不安的样子。

墩 [*壿] dūn ❶沙堆；土堆：土～｜茫茫水中渚,上有一孤～。❷木头座儿；石头座儿：菜～｜门～。❸用钢筋、水泥等建成的桥基：桥～。❹形状像墩子的坐具：锦～｜坐～。❺用墩布(即拖把)擦(地)：把地～干净。❻量词。用于丛生的或合生在一起的植物：几～稻秧｜一～～灌木。

撤 dūn 〈方〉揪住：～住不撒手。

亹 dūn 见 chún "亹"(99 页)。

擎 dūn 〈文〉击；以拳打人。

燉 dūn 见 tún "燉"(681 页)。

磓 dūn 厚而粗大的石头：石～。

镦 dūn 见 duī "镦"(152 页)。

盩 dūn 古代盛食物的器具。盟会举行歃(shà)血仪式时用来盛牲畜的血。

鞼 dūn 〈文〉圆转的样子：～乎其圜也(圜:同"圆")。

蹾 dūn 〈方〉重重地往下放：把玻璃杯～碎了｜篮子里是鸡蛋,千万别～。

蹲 ㊀ dūn ❶两腿弯曲,臀部接近地面,但不着地：下～｜半～｜～下身去。❷比喻待在某处或闲居：～守｜退休了也不能总～在家里。
㊁ cún 〈方〉脚猛然着地,因震动而使腿或脚受伤：～了腿。

斀 dūn ❶〈文〉恼怒。通作"敦"。❷〈文〉责问；盘查。通作"敦"。

驐 dūn 〈方〉去掉雄性家畜或家禽的睾丸：～鸡｜～猪。

dǔn (ㄉㄨㄣˇ)

不 dǔn 【不子(zi)】1.〈方〉墩子。2.〈方〉特指做成砖状的瓷土块,是制造瓷器的原料。

盹 dǔn 瞌睡；很短时间的睡眠：打～儿｜醒醒～儿。

趸 (薑) dǔn ❶整；整批：～售｜～买｜～卖。❷整批地买进(准备出卖)：～货｜现～现卖。

dùn (ㄉㄨㄣˋ)

伅 dùn 【伲(hùn)伅】1.〈文〉蒙昧无知的样子。现作"混沌"。2.传说远古时期帝鸿氏之子。

囤 ㊀ dùn 传统的储存粮食的设施,用竹篾、荆条等编成或用席箔等围成：米～｜粮食～｜诏诸仓～谷麦充积者出赐平民。
㊁ tún 储存；积贮：～粮｜～货。

庉 ㊀ dùn ❶〈文〉楼上的矮墙。❷〈文〉房舍。❸【庉庉】〈文〉模拟波浪激荡的声音：混混～,声如雷鼓。
㊁ tún 〈文〉火势盛：焱～(焱:yàn,火焰)。

沌 ㊀ dùn 【混(hùn)沌】1.传说中指宇宙形成前模糊一团的状态：～初开。2.昏暗；模糊：大雾笼罩的原野一片～。3.糊涂无知的样子：～之辈。
㊁ zhuàn ❶用于水名：～河(在湖北)。❷用于地名：～口(在湖北)。

忳 ㊀ dùn 见 tún "忳"(681 页)。

炖 ㊀ dùn 烹饪方法。把食物(多指肉类)和调料放进锅里,加水烧开后用文火煮得烂熟：～鱼｜清～｜～豆腐。
㊁ tún 〈文〉火旺盛。

砘 dùn ❶砘子,播种后用来压实松土的石磙子：石～。❷播种后用砘子压实松土。

钝 (鈍) dùn ❶不锋利(跟"快、利、锐"相对)：菜刀～了,切肉挺费劲。❷笨拙；不灵敏：迟～｜鲁～｜学浅才～。

盾 dùn ❶古代作战时用来防护身体,抵挡敌方刀箭的牌状武器：～牌｜矛～｜哈即带剑拥～入军门(哈:人名。拥持)。❷形状像盾的东西：金～｜银～。❸货币名。荷兰的旧本位货币,越南、苏里

南、印度尼西亚等国的本位货币。

顿（顿）〇 dùn ❶用头叩地;用脚踩地:～首(叩头)｜捶胸～足。❷暂停;稍停:停～｜抑扬～挫。❸书法上指用力使笔着(zhuó)纸而暂不移动:～笔｜一横的两头都要～一～。❹〈文〉停下来住宿:～舍｜～师｜遇寒冰车毁,～滞道路。❺处理;安置:安～｜整～。❻劳累;疲乏:困～｜～劳｜～疲。❼表示时间短促,情况突然:～生疑虑｜～感不适。❽量词。用于饮食的次数:一～饭｜两～粥｜饱餐一～。❾量词。用于斥责、打骂、劝说等行为的次数:骂一～｜打了几～｜被说了一～｜挨了～～打｜受了一～批评。❿姓。
〇 dú【冒(mò)顿】汉代初年匈奴族一个君主的名字。

笔 dùn 〈文〉储存谷物的器具,多以竹篾荆条等编成或用席箔等围成:贮谷圌～(圌)圆形。后作"囤"。

遁[*遯] dùn ❶逃;逃走:～走｜～远｜月黑雁飞高,单于(chányú)夜～逃。❷隐蔽;消失:～迹｜～形｜隐～。❸〈文〉迁移:～于荒野。

惼 dùn 〈文〉同"遁"。逃走;退缩:与人遇,人众,～。

逻 dùn 〈文〉同"遁"。逃:～逃｜～逃窜伏。

楯 dùn 见 shǔn"楯"(629 页)。

憝 dùn 见 duì"憝"(153 页)。

辜 dùn 见 chún"辜"(99 页)。

燉 dùn 见 tún"燉"(681 页)。

---

duō（ㄉㄨㄛ）

多[夛] duō ❶数量大(跟"少"相对,❷❸同):～数｜～种树积少成～｜～行不义必自毙。❷比原来的数目有所增加;数量上超出:～给了一个酒又喝～了｜今天比昨天暖和得～。❸超出原有的或应有的数量、限度:～了一个字｜怪我～嘴,你可别～心。❹用在数词或数量

词的后面,表示有零头:牛肉二斤～｜三个～小时｜五十～个人。❺强调程度高,带有夸张、惊异的口气:这～不好意思啊!｜这儿的景色～美啊!❻副词。表示程度高(用于否定句):没过～久｜没走～远｜绳子也没～长。❼副词。表示不定程度:有～大劲,使～大劲｜不管～难办的事也得办。❽询问程度、数量(用于疑问句):这间房子有～大?｜这座大楼有～高?❾〈文〉称赞:反古者不可非,而循礼者不足～(非:责怪)。❿〈文〉只;仅仅:人虽欲自绝,其何伤于日月乎?～见其不知量也。

咄 duō ❶〈文〉呵斥;呵斥声;厉声～之｜～!你这厮敢如此犯上。❷【咄咄】〈文〉表示惊诧或感慨:～怪事｜～称奇。

荸 duō【鹿荸】汉代少数民族名。

哆 〇 duō【哆嗦(suo)】身体不由自主地颤动:打～｜手老～。
〇 chǐ 〈文〉张开(嘴):～口｜逆风口～～。

剟 duō ❶刺;击:尖刀～在桌子上｜用针在窗户纸上～了个眼儿。❷〈文〉削;删除:～除｜～定法令。

塚 duō 用于地名:塘～(在广东吴川)。

掇 duō ❶〈文〉拾取:～拾。❷〈方〉用双手拿、端:～条板凳坐｜觉来一阵寒无耐,自～胡床负太阳(负:承受)。

鋬 duō 用于人名。王鋬,战国时人。

敠 duō【戗(diān)敠(duo)】1.用手掂量轻重。2.忖度。‖用于古白话。

裰 duō 〈文〉缝补(破衣):补～。

---

duó（ㄉㄨㄛˊ）

夺（夺）duó ❶强取;抢:～取｜掠～｜巧取豪～｜劈手～过他手中的刀。❷力求得到:奋力争～:～冠｜～标｜争～丰收｜～高产。❸胜过;压倒:巧～天工｜先声～人｜喧宾～主。❹〈文〉失去;使去:剥～｜褫(chǐ)～｜生杀予～｜百亩之田,勿～其时,数口之家可以无饥矣。❺〈文〉

D

（文字）脱漏：讹～。❻用力冲开；冲出：～门而去｜热泪～眶而出。❼做决定；裁定：定～｜裁～｜酌～。❽〈文〉改变；更改：三军可～帅也，匹夫不可～志也。

庀 duó 见 zhái "庀"（858页）。

洰 duó 见 tuō "洰"（682页）。

㲋 duó 〈文〉同"敠"。强取。

度 duó 见 dù "度"（149页）。

侘 duó 见 chà "侘"（64页）。

铎（鐸）duó 古代响器。形状像大铃，振舌发声，宣布政令或有战事时使用：金～｜木～｜振～。

劅 ㊀ duó ❶〈文〉裁割；加工木材：山有木，工则～之。❷〈文〉雕刻：剐犀～玉（剐：cuò，雕刻打磨）。
㊁ dù 〈方〉涂饰。

敠 敓 ㊀ duó ❶〈文〉强取：征税横～。后通作"夺"。❷〈文〉更替；改变：四时之相推～（四时：四季）。
㊁ duì 〈文〉通"对（duì）"。对答：（晏子）～曰。

嗳 duó 〈文〉言语无度。

頢 duó ❶【頢颅】〈文〉头骨。❷〈方〉额头。

疯 duó 〈文〉马小腿上的疮。

㦜 duó 〈文〉治理。

氀 duó 古代西南少数民族的一种毛毡。

奪 duó ❶〈文〉丧失：精气～则虚。通作"夺（奪）"。❷〈文〉遗漏；脱离：燮（xiè）燮凉叶～（燮燮：叶落声）。通作"夺（奪）"。

澤 duó ❶【洛(luò)澤】〈文〉冰冻的样子：冰冻兮～。❷〈文〉冰；檐冰。

轐 duó 【轐辂(lì)】〈文〉转动。

踱 duó 慢慢地走：独自～步｜～来～去。

鮵 duó 〈文〉小的鳢(lǐ)。

鸐 duó 【鸌(hù)鸐】〈文〉水鸟名。

鞺 duó 【鞺(suǒ)鞺】我国古代少数民族的一种靴子。

duǒ （ㄉㄨㄛˇ）

朵 [*朵] duǒ ❶花朵，植物的花或苞：粉片妆梅～。❷量词。用于花朵：一～红花｜黄四娘家花满蹊，千～万～压枝低。❸量词。用于类似花朵的东西：一～蘑菇｜一～白云｜～～彩霞。

垛 [*垜] ㊀ duǒ 垛子，墙头向上或墙面向外突出的部分：～堞｜城墙～口。
㊁ duò ❶整齐地堆成的堆：砖～｜柴火～｜麦秸～。❷把分散的东西整齐地堆起来：～麦子｜快把秋秸～起来。❸量词。用于成堆的东西：一～柴火｜两～砖。

挆 ㊀ duǒ ❶〈文〉度量；考察：伏望圣慈更赐～察。❷量词。用于古白话：玉貌细看花一～。用同"朵"。
㊁ duò 向下砍。用于古白话：碎～尸骸。用同"剁"。

哚 [哚] duǒ 【吲(yǐn)哚】有机化合物。分子式 C_8H_7N，无色或淡黄色片状结晶。可用来制香料、染料和药物。[英 indole]

椮 duǒ 见 duò "椮"（157页）。

埵 duǒ ❶〈文〉土堆：太山之高，参天入云；去之百里，不见～块。❷〈文〉堤防：窟穴者托～防（穴居的兽寄托于堤防）。❸古时鼓风装置出风的管子：鼓橐吹～（橐：tuó，鼓风装置）。❹〈文〉坚土。

塂 duǒ 〈文〉室内放置食物的土台。也作"垛"。

蛤 duǒ 【蛤(gé)蛤】古地名。在今山东。

綷 duǒ 〈文〉帽子前面的垂饰：铃～。

趱[趲] duǒ ❶同"躲"。隐藏；避开。用于古白话：～在绿阴深处。❷用同"垛"。趱楼，门楼小楼。用于古白话。

楦 ⊖ duǒ ❶〈文〉度量：～其物力。❷〈文〉马鞭。❸〈文〉刊削；删除。 ⊜ chuán ❶〈文〉木名。❷古代一种较小的盛酒器皿。

憯 duǒ 〈文〉秃；牛无尾。

躲[躱] duǒ 避开；隐蔽：～避|～雨|明枪易～，暗箭难防。

睡 duǒ 〈文〉耳轮下垂的样子。

憜 duǒ 〈文〉同"憯"。秃；牛无尾。

錴 duǒ 【鐹(gǔ)錴】古代兵器，后用为仪仗。俗称"金瓜"。

犉 duǒ 〈文〉秃；光秃秃。

頮 duǒ 【頮嚿(huī)】〈文〉丑陋。

弹 duǒ 〈文〉垂；下垂：～袖垂髻|杨柳～地。

髽 duǒ 见 chuí "髽"(98 页)。

韡 ⊖ duǒ ❶〈文〉同"弹"。下垂：柳～拂窗条。❷向；朝。用于古白话：～着你脸上直拳。❸同"躲"。隐藏；避开。用于古白话：～避。 ⊜ tuǒ 〈方〉垂下：(袖管)长得快要～过膝头。

韢 ⊖ duǒ ❶〈文〉富厚。❷用于年号。韢都，西夏毅宗年号(公元1057—1062)。 ⊜ chě 〈文〉宽；大。

duò （ㄉㄨㄛˋ）

驮 duò 见 tuó "驮"(683 页)。

杕 duò 见 dì "杕"(131 页)。

杝 duò 见 lí "杝"(392 页)。

陀 duò 见 tuó "陀"(683 页)。

剁[剁] duò 用刀、斧等向下砍：～肉馅儿|刀劈斧～|一斧子将树枝～成两截。

饳(饳) duò 【馉(gǔ)饳】宋元时的一种面食。

洝 duò 见 tuó "洝"(683 页)。

隋 ⊖ duò 〈文〉瓜类植物的果实。 ⊜ suí 春秋时国名，故地在今湖北。

陊 duò ❶〈文〉通"堕(duò)"。坠落：～死井中。❷〈文〉崩塌：山以高～。❸〈文〉败坏：众心日～，危机将发。

垛 duò 见 duǒ "垛"(156 页)。

挆 duò 见 duǒ "挆"(156 页)。

杝 duò 见 yí "杝"(795 页)。

柂 duò 见 tuó "柂"(683 页)。

柮 duò 【榾(gǔ)柮】〈方〉成块儿的柴；树墩子。

娖 duò 〈文〉估量；揣测：～量直柱(枉曲)。

桗 ⊖ duò 〈文〉树根。 ⊜ duò 用同"朵"。量词。用于古白话：池内有两～莲花。

漧 ⊖ duò 【漘(duì)漧】〈文〉沙石随水流动的样子。 ⊜ tuó 〈方〉水潭。

洺 ⊖ duò 〈文〉同"沱"。水流动的样子：沓～欲流(沓～，tà，水翻腾的样子)。 ⊜ tuó 〈方〉水潭。

穛 duò 〈文〉同"垛"。堆积禾谷。

稞 duò 同"垛"。特指谷物茎秆堆成的堆。

舵 duò 船、飞机等控制方向的装置：～手|掌～|见风使～。

隋 duò 见 suí "隋"(640 页)。

墮(墮) ⊖ duò 落；掉下来：～地|～落|～入深渊。 ⊜ huī 〈文〉同"隳"。毁坏：～名城，杀豪俊。

惰 [憜] duò ❶懒;懈怠:～性|懒～|佟而～者贫。❷〈文〉轻慢;不敬:诸客肃然起敬,无敢有～容。

婧 ⊖ duò 〈文〉同"惰"。轻慢;懈怠:(张敞)被轻～之名(被:蒙受)。
⊖ tuǒ 美好:～～其容。

跢 [*踩] duò 脚用力踏地:～脚。

跥 duò 见 chí "踸"(82页)。

镎 duò 见 duì "镈"(153页)。

稞 [稞] duò 〈文〉谷物聚积。

褙 duò ❶〈文〉无袖衣。❷古代军服的外套。

隋 duò 〈文〉同"堕"。掉;落。

隨 duò 〈文〉山狭而长:山之～～。

墮 duò ❶〈文〉同"堕"。坠落:～泗水中死者数千。❷〈文〉通"惰(duò)"。懈怠;懒:有司弛～不力(有司:专职官员)。

鏎 duò 〈文〉秤锤。

钄 ⊖ duò 【铃(qián)钄】古代农具。大犁。
⊖ duì 【鍊(jiàn)钄】〈文〉包裹在车毂上的铁套子。

鵽 duò ❶〈文〉鵽鸠,像鸽的一种鸟:鸣～群飞入塞。也叫"鵽雀"。❷青鵽,传说中的忘母之鸟:青～爱子忘亲。

蹿 duò 闽人。用于古白话:诸天留不住,要往里边～。

篢 duò 【箌(hán)篢】〈文〉一种实心的竹子。

鰖 duò 〈文〉已经孵化出来的鱼苗。

duo （˙ㄉㄨㄛ）

聯 duo 【耳聯】即耳朵:揪～。

E

e

阿□ ē 见 ā "阿"（1 页）。

婀 ē ❶女子人名用字。❷【婀娜（nuó）】〈文〉同"婩娜"。随风摇曳的样子：桃叶映花红，无风自～。❸姓。

娿 ē 古代以妇道教人的女教师。

匎 ē【匎匼（ǎn）】〈文〉阿谀迎合：谄谀～。

屙□ ē 〈方〉排泄（大小便）：～尿｜～屎｜～痢。

婩□ ［*嫛］ ē【婩娜（nuó）】1.〈文〉体态柔美的样子：～多姿｜华容～。2.〈文〉摇曳的样子：嘉穗～。

碍 ［碍］ ē【礋（zé）碍】古代传说中的西方兽名：西域之～亦能人言。

猗□ ē 见 yī "猗"（794 页）。

屙 ē 同"屙"。排泄大便。用于古白话：～屎。

綗 ē ❶〈文〉细密的丝织品。❷〈文〉白色的熟绢。

讹□ ［訛］［❶❸*譌］ é ❶错误；不真实：～误｜～传｜以～传～。❷敲诈：～人｜～诈｜我知道这东西早就降价了，别想～我。❸〈文〉谣传；谣言：止～之术，在乎识断。

吪 é ❶〈文〉动；行动：倘闻人喧，但寐无～。❷〈文〉感化；教化：周公东征，四国是～（四国受到教化）。❸〈文〉鸾鸟死：凤靡鸾～（靡：凤鸟死）。❹〈文〉通"讹（é）"。讹误。❺〈文〉通"哦（é）"。吟唱：娇～道字歌声软。

囮□ é ❶〈文〉捕鸟时用来诱捕同类鸟的活鸟：择其黠者以为～（黠：xiá，灵巧）后称"囮子"。❷〈文〉诱惑物；媒介：（赌博）实长（zhǎng）奸之～也。❸诱骗；诳诈。用于古白话：被几个喇子～着，把衣服都剥掉了（喇子：无赖）。❹【囮育】〈文〉化育生长。

俄□ é ❶〈文〉表示时间很短，相当于"不久、一会儿"：～顷｜～而｜～见小虫跃起，张尾伸须。❷俄罗斯或俄罗斯联邦的简称。

莪□ é ❶【莪蒿（hāo）】多年生草本植物。叶子像针，花黄绿色，生在水边，嫩茎、叶可以吃。❷【莪术（zhú）】多年生草本植物。叶子长椭圆形，花黄色，根状茎肉质，可入药。

哦□ é 见 ó "哦"（497 页）。

峨 ［*峩］ é ❶〈文〉高：巍～｜华岳～～。❷【峨眉】山名。在四川峨眉山市西南部，是我国佛教名山，著名的旅游胜地。旧作"峨嵋"。

涐□ é 古水名。即今大渡河。

娥□ é ❶〈娥娥〉美好，多形容女子貌美：～红粉妆，纤纤出素手。❷〈文〉美女：宫～｜娇～｜秦～。❸姓。

硪□ é 见 wò "硪"（707 页）。

睋 é ❶〈文〉看；望：睋秦岭，～北阜（睋：xī，望）。❷【睋而】〈文〉即俄而。短时间：～日："彼哉彼哉！"

锇□ é 金属元素。符号 Os。

鹅□ ［鵝］［*鵞、䴘］ é 家禽。略像鸭子而大，喙扁而阔，颈长，尾短，脚有蹼。前额有橙黄色或黑褐色的肉瘤，羽毛白色或灰色。吃谷物、青草、蔬菜等。

鈋 é ❶〈文〉磨削棱角，由不圆变为圆。❷〈文〉圆：不得圆团长近君，珪（guī）月

～时泣秋扇(珏月铌时:月亮圆时)。❸〈文〉损坏:碑～废祠榛莽中。

蛾 □ ⊖ é ❶昆虫。略像蝴蝶,身体短而粗,静止时翅膀覆盖在身上,常在夜间活动。❷【蛾眉】1.蚕蛾的须细长而弯曲,因此用"蛾眉"形容女子细长而略弯的眉毛。2.指美女。‖也作"娥眉"。

　　⊜ yǐ 〈文〉同"蚁"。蚂蚁:鸟兽虫～。

峨 é 〈文〉大船:高～。

誐 é 〈文〉嘉;美。

額 é 【額額】1.〈文〉不休息的样子:罔昼夜～(罔:无)。2.〈文〉勇悍的样子:～触猛兽之会。

　　另见é"额"(160页)。

额（额）[❶❹*頟、頬] é ❶人的眉毛以上、头发以下的部位,也指某些动物头部类似的部位:～角|前～|焦头烂～(比喻极为狼狈窘迫)。通称"额头"。❷指某些物体上部近顶端的部分:门～|碑～。❸牌匾:匾～|横～|榜～。❹规定的数目:～外|定～|蠲(juān)减租～。

"頟"另见é(160页)。

羛 é ❶〈文〉同"莪"。莪蒿。❷【蓼(lù)羛】〈文〉同"蓼莪"。指父母的养育之恩。

騀 é 见ě"騳"(160页)。

鞥 ⊖ é 〈文〉补鞋。

　　⊜ kuò 〈文〉同"鞹"。去了毛的兽皮。

鸮 é 【鸮(xuān)鸮】〈文〉马名。

鳎[鮯] é 【鮯(gé)鳎】〈文〉鱼名。

嗌 é 叹词。表示惊异:～! 这怎么会是假的?

ě（ㄜ）

恶 □ ě 见è"恶"(161页)。

闻 □ ě 见xiǎ "闻"(726页)。

榵 ě 【榵樧(nuǒ)】〈文〉树木茂盛的样子:叶纠结而～。

闿 ě 〈文〉倾斜:～墙|～屋。

頲 ě 〈文〉倾斜:颜～。

髲 ě 【髲(bì)髲】〈文〉高大的样子:栏药日高红～。

騳 ⊖ ě 【騳(pǒ)騳】1.〈文〉马摇头的样子。2.〈文〉比喻起伏不平。3.〈文〉马奔腾。4.〈文〉高大的样子。

　　⊜ é 騳鹿,像鹿的马。

è（ㄜ）

厄 □ [❶-❹*戹、❸△*阨] è ❶〈文〉困苦:～境|～运|困～。❷〈文〉灾难:受～|遭～。❸〈文〉险要的地方:～塞(sài)|险～。❹〈文〉受困;阻隔:阻～|孔子～于陈蔡。❺【科厄】〈文〉木节。

"阨"另见ài(3页)。

屵 è ❶〈文〉崖岸高峻的样子。❷〈文〉山。

岋 è 〈文〉动摇的样子:天动地～。

扼 □ [*搹、搤] è ❶用力掐住;抓住:～杀|～死|力～虎。❷把守;控制:～守|～制|～两川之要。❸〈文〉通"轭(è)"。驾车时套在牲口脖子上的曲木:加之以衡。

䓝 □ è 有机化合物。分子式 $C_{12}H_{10}$,无色针状晶体。可以用作染料中间体,也可用来制造塑料、杀虫剂和杀菌剂等。

呃 □ ⊖ è ❶叹词。表示感叹、提醒等:～,你还没走啊!❷【呃逆】打嗝儿。

　　⊜ e 语气词。用在句末,表示赞叹或惊异的语气:漓江风光好美～|这小伙子还真不简单～!

阸 è 〈文〉同"阨"。危险。

阨 □ ⊖ è ❶〈文〉阻塞;阻隔:沟渎～而不遂(遂:通)。❷〈文〉困厄;灾难:君子不困人于～。❸〈文〉困迫;逼迫:(湘军)～攻九里。

㊀ài ❶〈文〉险要之地:据～高望。❷〈文〉同"隘"。狭隘:行黡谷中,～狭且百里(且:将近)。

硪 【硪硪(wò)】〈文〉高大的样子:阳侯～以岸起(巨浪由岸起。阳侯:波涛之神)。

轭(軛)[枙、軶、軥]è 牛马等驾车拉套时架在脖子上的曲木;车～|牛～。

呝 è〈文〉鸡叫声。

阸 è〈文〉同"阨"。阻隔;困厄:遭～。

垩(堊)è ❶白色的土,也泛指泥土:白～(大白)|砖红～白|山多黄～。❷〈文〉用白色的土涂饰,也泛指用泥土涂饰:～壁|～以黄土。

咢[咢]è ❶〈文〉无伴奏歌唱;歌唱:途～而巷讴。❷〈文〉通"愕(è)"。惊讶:顾望～然。❸〈文〉刀剑的刃:砥敛其～(砥:磨刀石)。后作"锷"。

客 【客客】〈文〉形容山势高大:山阜兮～。

浂 è 见àn"浂"(7页)。

娿 è ❶〈文〉女子容貌美好:婀(dá)～。❷〈文〉无声。

恶(惡、⊖△噁)㊀è ❶极坏的行为;犯罪的事(跟"善"相对):作～多端|疾～如仇|无～不惩|无善不显(显:表彰)。❷凶狠;凶猛:～霸|凶～|一场～战。❸坏的:～意|～习难改|穷山～水。

㊁wù 讨厌;憎恨(跟"好hào"相对):厌～|好逸～劳|天不为人之～寒也辍(chuò)冬。

㊂ě【恶心(xin)】1. 有要呕吐的感觉:我觉得有点儿～。2. 讨厌:那种丑事,真让人～。3.故意使人难堪:你这不是～人吗?

㊃wū ❶〈文〉哪里;怎么:路～在?(路在哪里?)|彼～能令吾前往? ❷〈文〉叹词。表示惊讶:～! 是何言也!

"噁"另见è"噁"(162页)。

磀 è【砥磀】〈文〉美玉名。

蚭 è〈文〉蛾蝶类的幼虫,像蚕。

饿(餓)è ❶严重的饥饿;泛指饥饿:～莩(piǎo)|挨(ái)冻受～|家有常业,虽饥不～(常业:固有的生产作业。饥:指一般的饥饿)。❷使受饿:～饭|～他两天就不挑食了|先尽着孩子吃,不能～着孩子。

豟[狤、貖]è〈文〉大猪。

鄂 è ❶湖北的别称(省会武昌是古鄂州的治所,故称)。❷〈文〉通"愕(è)"。惊讶:群臣皆惊～失色,莫敢发言。❸姓。

阏 è 见yān"阏"(773页)。

谔(諤)è ❶〈文〉正直的话。❷【谔谔】〈文〉说话直率的样子:千人之诺诺,不如一士之～(许多人说顺从奉承的话,不如有一个人直言不讳)。

珴[瑬]è〈文〉白色的玉:～玉。

匼 è【匼匝】〈文〉围绕:～金钿满(钿diàn,一种首饰)。也作"唫(kè)匝"。

堨 è 见ài"堨"(3页)。

垠 è〈文〉边际:霄～(天边)。

萼[*蕚]è 花萼,花的组成部分。由萼片组成,包在花瓣外面,通常为绿色。

遏 è〈文〉阻止;抑制:～止|～制|阻～|怒不可～。

遌[逜、逜、遻]è ❶〈文〉意外相遇;遇见:兵不满万,～与贼～。❷〈文〉抵触:逆～。

崿[嵒、崿、嶅]è ❶〈文〉山崖:石～悬峭。❷〈文〉高峻:河收其湍,山敛其～(湍:水波腾涌)。❸〈文〉山峰:青～百仞。

嵯 è【岝(zuò)嵯】〈文〉山峰不齐的样子:云门两峰最峻绝,～横起通天关。也作"岝客"。

蔮 è〈文〉妇女发(fà)髻上的花饰:翠～。

煣 ❶〈文〉覆盖在炭灰中的火种：兽炭隐残～(兽炭：做成兽形的炭)。❷〈文〉农产品等因堆积、不通风而发热：(椒)若～则黑不香。

愕[愣] è ❶惊讶：～然|惊～|诧～不已。❷〈文〉通"谔(è)"。正直的话。

隘 è 见 ài "隘"(4页)。

搕 è 〈文〉通"扼(è)"。手握；把握。

噁(噁) è【二噁英】一类含氯有机化合物。有很强的致畸(jī)致癌作用。[英 dioxin]
"噁"另见 è "恶"(161页)。

餩[餩] è ❶〈文〉饥饿：食～囚(给受饥饿惩罚的囚犯口粮)。❷【餩逆】〈文〉同"呃逆"。打嗝儿：利肠胃，止～。

腭[△齶] è ❶牙床：上～|下～。❷口腔的上膛分为前后两部分：前部由骨组织覆以黏膜构成，称为"硬腭"；后部由结缔组织和肌肉构成，称为"软腭"。
"齶"另见 è (163页)。

詻 è【詻詻】1.〈文〉直言论争：上必有～之下(主上必有敢于直言的臣下)。2.〈文〉严肃的样子：理公～，既平以直(理公：人名)。

盧 è ❶〈文〉山旁的洞穴：小石～。❷〈文〉隐藏：～其缺(隐藏过失)。

蛡 è 〈文〉蝮蛇一类的毒蛇。

碬 è 用于地名：～嘉(在云南双柏)。

睋 è 〈文〉同"愕"。惊讶：～然|～视(吃惊地看)。

鹗(鹗)[鸢] è 鸟名。头顶、后颈和腹部白色，背部褐色。上喙呈钩状，爪锐利，性凶猛，常在水面上飞翔，捕食鱼类等。通称"鱼鹰"。

锷(锷)[鍔] è 〈文〉刀剑的刃：锋～|剑～。

藒 è 见 qì "藒"(537页)。

颚(颚) è ❶某些节肢动物获取食物的器官：上～|下～。❷〈文〉同"腭"。牙床；硬腭与软腭的统称。

頞 ⊖ è ❶〈文〉鼻梁。❷〈文〉额头：(蛇)～上革肉已破裂(革肉：皮肉)。
⊜ àn 用于人名。

噩 è 令人惊恐的：～梦|～耗|～运|～兆。

輵 ⊖ è【輵辖(hé)】〈文〉摇目吐舌的样子。也作"輵螛(hé)"。
⊜ yà 〈文〉模拟车辆行进的声音：轊～车万两(两：辆)。
⊜ gé【轇(jiāo)輵】〈文〉广阔深远的样子：张乐乎～之宇。也作"轇輵"。

踶 è【踶蹬(dèng)】〈文〉屈起一条腿起舞的样子。

餕 è 〈文〉模拟打嗝声：～～。

鞥 è 〈文〉车具。

鳄(鳄)[*鼍、鰐] è 爬行动物。头和躯干扁平，尾巴长，体表有硬皮和角质鳞，灰褐色，四肢短，善于爬行和游水。性凶猛，捕食鱼、蛙和鸟类等。多生活在热带和亚热带河湖池沼中。种类较多，扬子鳄是我国特有的珍稀动物和我国国家重点保护动物：有鳄鱼。俗称"鳄鱼"。

鷃 è 见 yàn "鷃"(781页)。

瞃 è 〈文〉睡觉的样子：～睡呓语。

嶺 è 〈文〉同"客"。形容山势高峻：岑(yín)～|岸(zuò)～。

蘁 ⊖ è 〈文〉同"噩"。惊恐：～梦。
⊜ wù 〈文〉违逆：使人乃以心服而不敢～。

鮭 è 见 yā "鮭"(770页)。

鰝 è 见 hài "鰝"(234页)。

顊 è 〈文〉鼻梁：频(蹙)眉顊。

齃 è 〈文〉同"頞"。鼻梁：～岳(高鼻梁)。

齶 è〈文〉齿龈:抵～之韵。
另见 è"腭"(162 页)。

e（·さ）

呃 e 见 è"呃"(160 页)。

ě（乁）

欸 ě 见 āi"欸"(2 页)。

é（乁）

欸 é 见 āi"欸"(2 页)。

ě（乁）

欸 ě 见 āi"欸"(2 页)。

è（乁）

欸 è 见 āi"欸"(2 页)。

ēn（ㄣ）

夭 ⊖ ēn〈方〉瘦小(多用于人名)。
⊜ dí〈方〉小。

恩 [*恩] ēn ❶给予或得到的好处:～德|～惠|忘～负义。❷情义;情爱:～爱|一日夫妻百日～。

衮 ēn 用微火烤肉。用于古白话:～猪头。

蒽 ēn 有机化合物。分子式 $C_{14}H_{10}$,无色片状晶体,有淡蓝色荧光。是蒽醌(kūn)染料的主要原料。

ěn（ㄣ）

峎 [峎崿]〈文〉山的棱角或边缘:穷日凌～[整日在山崖上行走)。

èn（ㄣ）

摁 èn 用手按:～门铃|～上几个图钉。

饐 èn【饐(wèn)饐】1.〈文〉相见后用麦饭招待来客。2.〈文〉吃饱。

ēng（ㄥ）

鞥 ēng〈文〉马缰绳。

ér（儿）

儿 (△兒)[兒] ér ❶小孩子:～童|～歌|幼～|少～。❷儿子;男孩子:～女|～孙|阿爷无大～,木兰无长兄。❸青年人(多指青年男子):男～|健～|好～郎|中华～女。❹雄性的:～马。❺后缀。(注音作 r)1.附着在某些名物义成分或其他成分后,构成名词:兔～|块～|刀～|盖～|破烂～。2.有极少数用"儿"构成的词是动词:玩～|他火～了。
"兒"另见 ní(482 页)。

而 ér ❶连接谓词、谓词性短语或分句(不连接名词)。1.表示并列关系:价廉～物美。2.表示承接或递进关系:取～代之。3.表示转折关系:华～不实。❷连接主语和谓语,隐含假设或转折关系:子产～死,谁其嗣之(子产:人名)? ❸连接状语和中心词,表示前项是后项的方式、状态、目的等:不战～胜|顺流～下|提刀～立。❹连接系列性词语,表示由一个阶段过渡或发展到另一个阶段:一～再,再～三|林木茂～斧斤至焉。❺〈文〉你;你的:余知～无罪也。

児 ér "儿(兒)"的俗体字。用于古白话。

陑 ér 古山名。在今山西永济一带。

茸　ér　❶〈文〉草叶繁多的样子。❷【芝茸】〈文〉灵芝与木耳，皆为菌类。

毦　ér　见 nài "毦"（476 页）。

咡　ér　❶〈文〉嘴唇。❷叹词。表示肯定：老子等了一会儿，就加上一句道："～，完了。"

洏　ér　❶〈文〉温水。❷〈文〉通"胹(ér)"。煮烂。❸〈文〉助词。表示…样子：涕泪涟～(泪流不断的样子)。用同"而"。

栭　ér　❶〈文〉即枓(dǒu)。柱上支承大梁的方木：屋宇皆以珊瑚为栭～(栭：zhuō，梁上短柱)。❷〈文〉树木名。即茅栗(栗的一种)。❸〈文〉枯木上生出的一种菌类植物。即木耳。

胹　ér　❶〈文〉煮烂；煮；(熊掌)～之难熟。❷〈文〉调和：山海异珍，调～之妙，出乎一手。

鸸　(鴯)　ér　【鸸鹋(miáo)】鸟名。外形像鸵鸟而较小，羽毛灰色或褐色，翅膀退化，不能飞，腿长，有三趾，善走。生活在大洋洲森林中。[英 emu]

眲　ér　〈文〉"胹"的讹字。调和。

呝　⊖ér　【嚅(rú)呝】1.〈文〉强颜欢笑的样子：(将)喔咿～以事妇人乎(喔咿：wōyī，强笑的样子)？2.〈文〉窃笑：遭指摘被～。‖也作"儒儿"。
　　⊜wā　【呝呕】1.〈文〉小儿说话声。2.〈文〉对人如对小儿般的慈爱。

聏　⊖ér　〈文〉调和：人类共栖于一地域中，缘血统的～合。
　　⊜nǜ　同"恧"。羞愧：～于中(中·心)。

輀　[輀]　ér　〈文〉运灵柩的丧车：灵～。

臑　⊖ér　〈文〉同"胹"。煮；煮烂。
　　⊜nèn　〈文〉肉柔软脆嫩。
　　⊜ní　〈文〉带骨的肉酱。

鲕　(鮞)　ér　❶〈文〉鱼苗；小鱼：鲲～蝼蚁尚惜其生(鲲：kūn，鱼苗的总称)。❷〈文〉鱼名：东海之～。

髵　ér　❶〈文〉多毛：头大尾长，头尾各有～耳。❷〈文〉颊毛：～鬛。❸【髬(pī)髵】〈文〉野兽鬛毛或人的头发竖起的样子。

輀　ér　〈文〉同"輀"。丧车：～车。另见 ruǎn "软"(584 页)。

駬　ér　雄性的马，骡：～马｜～骡。

臑　⊜ér　见 nào "臑"(480 页)。

鼶　ér　鼠名。有袋囊，尾细长，毛皮可制衣物：～鼠皮。

ěr　（儿）

尔　ěr　〈文〉同"尔(爾)"。你：秋江劝～弄渔竿。

尔　(爾)[*尓]　ěr　❶〈文〉代词。你；你们：～等｜～虞我诈｜出～反～。❷〈文〉代词。表示近指。1. 这；那：～时｜～日。2. 这样；如此：吾意亦～｜不过～～。❸〈文〉助词。表示限止语气：无他，但手熟～。❹〈文〉助词。表示疑问语气：何疾～？恶疾也。❺〈文〉后缀。附着在某些语素后，构成副词或形容词：遽～｜率～｜莞～一笑。

耳　ěr　❶耳朵。人或哺乳动物听觉和位觉(平衡感觉)的器官，长在头的两侧，分为外耳、中耳、内耳三部分。❷形状像耳朵的东西：木～｜银～。❸位置在两旁相对应的：～房(正房两旁的小房间)｜～门(大门两侧的小门)。❹〈文〉助词。表示限止语气，相当于"而已、罢了"：技止此～｜前言戏之～。❺姓。

尒　ěr　〈文〉同"尔"。你：谁能将我语，问～骨肉间。

迩　(邇)　ěr　〈文〉近：～来(近来)｜闻名退～｜行远自～。

咡　ěr　见 èr "咡"(165 页)。

饵　(餌)　ěr　❶〈文〉糕饼，泛指食物：果～｜饼～。❷诱鱼上钩的食物；用来引诱人的东西：～料｜鱼～｜钓～｜诱～。❸〈文〉用东西引诱；利诱：～敌深入｜以重利。

洱　ěr　【洱海】湖名。在云南大理，因湖的形状像耳朵而得名。

珥　ěr　❶〈文〉用珠玉做的耳饰：金钗玉～。❷日、月两旁的光晕：月晕有两～。

栮 ěr 〈文〉木耳。

袻 ěr 古代祭祀前杀牲取血用以涂抹器物:祈~(以牲血涂器物的一种礼仪)。

铒(鉺) ěr ❶〈文〉通"饵(ěr)"。钓鱼用的食物:钩~。❷金属元素。符号 Er。

蚭 ěr 〈文〉同"饵"。用东西引诱:~鼠以虫。

瑰 ěr 见 kuì "瑰"(372 页)。

駬 ěr 〈文〉骏马名:乘骥~而分驰(骥:jì,好马)。

蘭 ⊖ ěr ❶〈文〉花繁盛的样子:彼~惟何?(那盛开的是什么花?)❷〈文〉盛大:茂盛:(三代暴君)~为声乐,不顾其民。
⊜ nié ❶〈文〉同"苶"。疲倦的样子:久病疲~。❷〈文〉同"苶"。羸弱:观其外则彪然,而究其中则~然。

鸒 ěr 〈文〉同"饵"。糕饼。

èr (ㄦ)

二[弍] èr ❶最小的大于一的整数:一男附书至,~男新战死。❷两样;不同:言不~价|心无~用。❸不专一;不忠诚:~心|忠贞不~。

刵[刵] èr 〈文〉割去耳朵的酷刑:以~治军律(用刵刑整顿军纪)。

佴 ⊖ èr 〈文〉停留;安置。
⊜ nài 姓。

贰(貳) èr ❶数字"二"的大写。❷〈文〉不专一;有二心:~则疑惑|士~其行。❸〈文〉变节;背叛:~臣(古代指前朝官吏投降新朝后继续做官的人)。❹〈文〉不一致;两样:市价不~。❺〈文〉副手;副职:建其正,立其~。❻〈文〉再;重复:不迁怒,不~过。

咡 ⊖ èr ❶〈文〉口旁;口耳之间:循~覆手(用手拭净嘴边)。❷〈文〉蚕吐丝:蚕~丝。❸〈文〉以丝做琴弦:黄丝~素琴。
⊜ ěr 通"饵(ěr)"。饵食:鱼鳖之不食~。

姎 èr 女子人名用字。

毦 èr ❶〈文〉用鸟羽或兽毛制作的装饰物:献十二队纯银兜鍪(móu)及孔雀~(兜鍪:头盔)。❷〈文〉草花:皓~(白色的草花)。

聏 èr 〈文〉用牲血涂抹器物祭神:~用鱼。

衈 èr ❶古代祭祀前杀牲取血用以涂抹器物:叩其鼻以~社(用鼻血祭祀社神)。❷中医指耳或眼中出血。

贒 èr ❶【贒生】〈文〉重生;再生。指逃过灾难、侥幸所得的第二次生命:摄~于逆旅。❷【贒牲】〈文〉二牲。指祭物羔与雁。

髶 èr 见 róng "髶"(580 页)。

樲 èr 〈文〉酸枣树。

F

f

劳～而乘之,可以胜也。❸〈文〉荒废;耽误:无～吾事|不敢以～国事也。❹〈文〉官位空缺:敢告不敏,摄官承～(承乏:承继空缺的职位。多用作任官的谦辞)。

fā (ㄈㄚ)

发□(㊀㊁發、㊁髮)㊀ fā ❶送出;交给另一方(跟"收"相对):～货|分～|信已～出去了|奖学金～给优秀生。❷射出(箭、枪弹、炮弹等):～射|～炮|百～百中|万箭齐～。❸发生;产生:～芽|～电|萌～|旧病复～|猛将必～于卒伍。❹因变化而显现出(多带形容词宾语):～潮|～臭|～黄的老照片。❺显露(某种感情):～怒|～愣|～懑|～脾气|～出会心的微笑。❻感觉到(多指不愉快的感觉):～烧|～困|腿脚～麻。❼表达;说出:～誓|抒～|议论|一言不～。❽揭示出;打开:～现|～明|揭～|开～。❾扩展;展～|扬～|育。❿放散;散开:～散|～蒸|喝碗姜汤～～汗。⓫食物因发酵或浸水而膨胀:～面|～海参|豆子一泡就～。⓬得到财势而兴起:～家|～迹|暴～～户|这两年投资房地产他～了。⓭开始行动;兴起:～起|～奋|~舜～于畎(quán)亩之中(畎亩:田间)。⓮开始离开;启程:出～|朝～枉陼(zhǔ)兮,夕宿辰阳。⓯引起:启～|～人深省。⓰量词。用于枪弹、炮弹:一～子弹|三～炮弹|～～命中。

㊁ fà 头发:～型|千钧一～。

㊂ bō【发发】〈文〉模拟风急吹的声音:飘风～(飘风:暴风)。

酸□fā 见pō"酸"(524页)。

fá (ㄈㄚˊ)

乏□fá ❶缺少;短少:～味|贫～|不～其人。❷疲倦;劳累:解～|疲～|困其

玍□fá〈文〉不正。

伐□fá ❶砍(树):～木|采～|坎坎～檀兮,真之河之干兮。❷征讨;攻打:讨～|征～|大张挞～|口诛笔～。❸〈文〉夸耀:～善(夸耀自己的好处)|～功矜能(夸耀自己的功劳和才能)|不矜不～|多力而不～功。❹姓。

妏□fá ❶〈文〉妇人的样子。❷〈文〉美好的样子。

咇□fá〈文〉通"瞂(fá)"。盾。

莐□㊀ fá〈文〉草叶茂盛:焚茅～(烧去茂草。

㊁ pèi ❶〈文〉通"斾(pèi)"。旌旗边缘的垂饰:绛(qiàn)～(红旗)。❷【莐莐】〈文〉严正的样子。

㊂ bá【莐軷(wěi)】〈文〉枝叶盘曲的样子:林木～。

罚□(罰)[*罸、罰] fá ❶处分;惩戒(犯错误或犯罪的人):～球|惩～|无功不赏,无罪不～。❷〈文〉出钱赎罪:墨辟疑赦,其～百锾(墨辟:黥罪。锾:huán,六两)。

垡□[垈] fá ❶〈方〉耕地翻土:～地|耕～。❷〈方〉耕地翻起的土块:打～|晒～。❸用于地名:～头(一在北京通州,一在北京朝阳)|落(lào)～(在河北廊坊)|榆～(在北京大兴)。

疺□fá ❶〈文〉瘦。❷〈文〉疲倦:人皆～矣。今作"乏"。

阀□(閥) fá ❶封建时代有功勋的世家或有权位的名门望族:～阅(门第;世家)|门～|名～。❷在某一方面具有垄断、支配势力的人物或集团:财～|军～|学～。❸阀门,机器或管道上起调节、控制作用的装置:气～|水～|油～|安全～。[英 valve]

筏□[*栰] fá 筏子,用竹、木编扎成的水上交通工具,也可用牛羊皮、橡胶等制成:木～|竹～|皮～。

傿 fá 〈文〉同"伐"。讨伐：勇伂之～(果决无道的讨伐)。

劂 fá【劂多】古水名。

歔[鞍]

墢 fá ❶〈文〉耕地时翻起的土块。❷〈文〉与植物的根部结聚在一起的土块：根～耐久。

橃 fá ❶〈文〉海中大船。❷〈文〉同"筏"。用竹、木编扎的水上运输工具。

艬 fá ❶〈文〉海中大船。❷〈文〉同"筏"。用竹、木编扎的水上运输工具。

fǎ（ㄈㄚˇ）

法□[❶-❾*泆、❶-❾*灋] fǎ ❶法律、法令、条例、决定等的总称：～规|宪～|守典奉～。❷标准；模式：～式|～帖|取～乎上|不足为～。❸方式；方法：办～|手～|设～解决。❹见解：说～|想～|看～。❺仿效；模仿：效～|～先王|治世不一道，便国不必～古。❻合法的：不～行为|非～收入。❼与法律、司法有关的：～警|～袍|～槌|～盲。❽佛教的教义、道理：～宝|佛～|不二～门|现身说～。❾僧道等画符念咒的手段：斗～|作～。❿量词。电容单位法拉的简称。1个电容器充以 1 库电量时，电势升高 1 伏，电容就是 1 法。⓫姓。

砝 □ fǎ【砝码】用天平称物时用作质量标准的金属块或金属片。

fà（ㄈㄚˋ）

发□ fà 见 fā "发"(166 页)。

珐□[*琺] fà【珐琅(láng)】用石英、长石、硼砂、纯碱等烧制的不透明的玻璃质材料。涂在金属表面有防护和装饰作用。[波斯 fárang]

瞂 fà 〈文〉同"发(髮)"。头发：鬈～半生。

髪 fà 〈文〉同"发(髮)"。头发：萧条白～。

髮 fà 〈文〉同"发(髮)"。头发：乱毛～。

毿 fà 〈文〉同"发(髮)"。头发：顶上少～。

鬟 fà 〈文〉同"发(髮)"。头发。

fa（·ㄈㄚ）

哫 fa 〈方〉表示疑问语气，相当于"吗"：有啥人来过～?

fān（ㄈㄢ）

帆□[*帆、△*颿、颿] fān ❶挂在桅杆上、借助风力使船前进的布篷：～船|一～风顺|直挂云～济沧海。❷〈文〉代指船：征～千～竞发|孤～远影碧空尽。"颿"另见 fān (168 页)。

犿 fān【连犿】〈文〉文辞婉转的样子：文句之～。

拚 fān 见 pàn "拚"(504 页)。

挤 fān 见 pàn "挤"(504 页)。

畨 fān 见 pān "畨"(502 页)。

番□ ㊀ fān ❶旧指外国或外族：～邦|～茄|～菜(西餐的旧称)。❷量词。相当于"种、样"：一～教导|一～苦心|别有一～天地。❸量词。相当于"回、次、遍"。1. 用于费力、费时的行为：思考一～|考察一～|更能消几～风雨，匆匆春又归去。2. 用在"翻"的后面，表示数量累计乘以二：翻一～|翻两～|产量翻了好几～。❹〈文〉轮流更替：今后内城诸门，应分～宿直(宿直：夜间值班)。㊁ pān 用于地名：～禺(在广东广州)。

蕃□ fān 见 fán "蕃"(169 页)。

幡□ fān ❶垂直悬挂的长条形的旗子，也泛指旗子：～旗|长～。❷旧俗出殡时孝子举着的像幡的东西：打～儿|引魂～。

憣 fān ❶〈文〉心动:～然。❷〈文〉通"翻(fān)"。翻转;变动:～校四时(变乱四季)。

斒 fān 见 bān "斒"(16 页)。

藩 □ ㊀ fān ❶篱笆:～篱|羝羊触～(公羊角挂在篱笆上,比喻进退两难)。❷〈文〉屏障:屏～。❸封建王朝的属国或属地:～国|～镇|外～。❹〈文〉藩车,有帷帐的车子:以～载栾盈(栾盈:人名)。❺姓。
㊁ fān【茞(chén)藩】〈文〉药草名。知母。

翻 □ [⁶△*繙、*飜] fān ❶反转;上下或内外变换位置:～身|推～|天～地覆|两用衫能～过来穿|白帝城下雨～盆。❷为了某种目的而变动物体的上下位置:～地|～开书。❸推翻原来的决定;改变:～案|～供。❹爬过;越过:～越|～过一道山|从院墙～过去。❺(数量)成倍增长:～番(增一倍)|产量～了好几倍。❻把一种语言文字的意义用另一种语言文字表达出来:～译。❼翻脸,对人的态度突然变坏:两人吵～了|有话慢慢说,别闹～了|不知哪句话就惹～了他。❽〈文〉鸟飞:～飞|众鸟翻～。
"繙"另见 fán (169 页)。

旙 fān ❶〈文〉长幅下垂的旗。后作"幡"。❷〈文〉泛指旌旗:天风吹～旗。

飐 fān 〈文〉马奔跑。
另见 fān "帆"(167 页)。

轓 fān ❶〈文〉车厢两旁用来遮挡泥尘的部分:两～|左～。❷〈文〉车子:华～|朱～。❸〈文〉通"藩(fān)"。封建王朝的侯国或属国、属地:～邦。

簕 fān ❶〈文〉簸箕。❷〈文〉同"藩"。篱笆;屏障:破其～篱。❸〈文〉比喻某种境界:虽老师宿儒不敢望其～。

瀿 fān ❶〈文〉大波浪。❷【瀿瀿】〈文〉水势大的样子。

鱕 fān 〈文〉一种凶猛的大海鱼。

fán (ㄈㄢˊ)

凡 □ [*凢] fán ❶平常;普通:～庸|平～|～人小事|不同～响。❷尘世;人世间:～尘|思～|地灵连海岱,境胜隔仙～。❸要旨;要略:～例|大～|发～。❹凡是,表示所有对象无一例外:～事豫则立,不豫则废。❺〈文〉表示数量的全部;总共:全书～八十卷。❻我国民族音乐音阶的一级,相当于简谱的"4"。

氾 □ fán ❶古地名。在今河南襄城县南。❷姓。
另见 fàn "泛"(170 页)。

枫 fán 〈文〉树木名。俗称"水枬木"。

矾 □ (礬) [礜] fán 某些金属硫酸盐的含水结晶。有白、青、黄、黑、绛等颜色,如明矾、绿矾、胆矾等。明矾可用来制革、造纸或制造颜料、染料等。

钒 □ (釩) fán 金属元素。符号 V。

烦 □ (煩) fán ❶苦闷;心情不舒畅:～恼|～躁|心～意乱|胸中～懑,面赤不食。❷厌烦;不耐～(限用否定式)|就那么几句话,我都听～了。❸使厌烦:一天到晚缠着你,真～人。❹多而乱:絮～|要言不～。❺请求和托付:～劳|今有要事相|～大巫妪(yù)为入报河伯。

祥 □ fán 见 pàn "祥"(504 页)。

笲 fán 古代竹制的圆形盛器,常用来盛干果、干肉等:妇执～枣、栗自门入(妇:新娘)。

緐 □ ㊀ fán 〈文〉同"緐"。马鬣(liè)上丝绦之类的装饰。
㊁ biàn 同"弁"。古代的一种帽子。

橎 fán 见 fàn "橎"(170 页)。

棥 fán 〈文〉篱笆:营营青蝇,止于～。后作"樊"。

緐 fán ❶〈文〉马鬣上丝绦之类的装饰。后作"繁"。❷〈文〉同"繁"。多种多样;滋生。

緐 fán 〈文〉同"緐"。马鬣上丝绦之类的装饰。后作"繁"。
另见 fán "繁"(169 页)。

墦 □ fán 〈文〉坟墓:～冢|卒之东郭～间(走到东郊外的墓地)。

蕃 ㊀ fán ❶〈文〉草木茂盛：～昌｜～茂｜天地变化草木～。❷〈文〉滋生；繁殖：～息｜～滋｜五谷登,六畜～。
　㊁ fān 同"番"。旧指外国或外族。
　㊂ bō【吐(tǔ)蕃】我国古代藏族所建的政权。在今青藏高原。
　㊃ pí 姓。

樊 fán ❶〈文〉篱笆：～篱｜营营青蝇,止于～(营营：模拟飞来飞去发出的声音)。❷〈文〉关鸟兽的笼子：～笼。❸姓。

猵 ㊀ fán 〈文〉狗争斗的声音。
　㊁ biàn 〈文〉轻捷迅猛的样子：～疾。

璠 fán 美玉。

攇 fán【攇捼(ruó)】〈文〉两手搓摩。也作"攇撋(ruó)"。

蘩 fán 〈文〉草名。

播 fán 树木名。不开花而结果。也叫"刚木"。

膰[燔] fán ❶古代祭祀用的熟肉：～肉不至。❷〈文〉致送祭肉：县邑有祀必～。

燔 fán ❶〈文〉焚烧：～烧｜～诗书而明法令。❷〈文〉烤；炙：～烤｜～炙牛羊｜有兔斯首,～之炙之(有兔斯首：有一只兔子)。

藡 fán 〈文〉同"蘩"。白蒿。

镭(鐇) fán ❶〈文〉铲子；铲除：～镬(jué)株林(铲除林木砍伐后再生的枝条)。❷〈文〉铁锤。❸化学元素"钒(fán)"的旧称。

繁[△*緐] ㊀ fán ❶多种多样；复杂(跟"简"相对)：～盛｜～多｜删～就简｜上林～花眼界新。❷滋生；生殖：～殖｜～育｜荐草多衍,则六畜易～(荐草：茂盛的牧草)。
　㊁ pó 姓。
　"緐"另见 fán (168 页)。

鷭(鷭) fán 骨顶鸡,鸟名。身体黑灰色或黑褐色,头顶有白色或红色的角质裸出,善游水。

襎 fán【襎裷(yuān)】〈方〉揩拭或覆盖器物的巾帕。

藩 fán 见 fān "藩"(168 页)。

羳 fán 〈文〉黄色肚子的羊。

糏 fán 〈文〉淘米水：持破瓦器,盛臭～淀(臭糏淀：腐臭的淘米水)。

繙 fán【繙帋(yuān)】〈文〉纷乱的样子。另见 fān "翻"(168 页)。

蹯 fán 〈文〉兽的足掌：熊～(熊掌)。[颜]

蘩 fán 古书上指白蒿。草本植物,嫩苗可以吃：于以采～,于涧之中(于以：在哪里)。

濼 fán 〈文〉水暴涨：莫鉴于流～,而鉴于澄水(鉴：照影)。

蝜 fán 〈文〉虫名。阜螽：～鸣。俗称"蚱蜢"。

墦[䔇] fán 〈文〉小蒜。一说是百合蒜。

騗 fán 生养。

覾 fán【覾(bīn)覾】1.〈文〉醉眼迷糊睁不开的样子：～两日,醉不能语。2.〈文〉突然遇见。

礬 fán 古地名。在今陕西西安南。

頧 fán 〈文〉相貌十分丑陋。

鼲 fán 〈文〉鼠名。

fǎn (ㄈㄢˇ)

反 fǎn ❶颠倒的；方向相背的(跟"正"相对)：～话｜相～｜鞋穿～了。❷颠倒过来；掉转过来：～客为主｜易如～掌｜物极必～。❸转过来向相背的方向行动；回；还：～扑｜～问｜～戈一击。❹对抗；反对：～抗｜～封建｜～倾销。❺背叛：～叛｜谋～｜造～｜十年之间,～者九起。❻反革命、反动派的简称：镇～｜肃～。❼类推：举一～三。❽反切,我国古代的注音方法,用两个字来给一个字注音。取前一字的声母与后一字的韵母、声调相拼,称为"××反"或"××切",如：塑,桑故反；欢,呼官切。❾表示跟

常情或预计相反,相当于"反倒":吃了不少药,怎么身体～不如以前了?

仮 fǎn 〈文〉同"反"。相反;相背:背明～光(背反光明)。

返 fǎn 回;归:～城│于明日～京│一去不复～│及公子～晋,举兵伐郑。

疲 fǎn 见fàn"疢"(170页)。

軬 fǎn 古代车厢两旁像耳反出的部分,用来遮挡泥尘。

fàn (ㄈㄢˋ)

伣 fàn ❶〈文〉轻薄。❷【伣剽】〈文〉轻浮。

犯 fàn ❶违反;触动:～法│违～│～忌讳│～上作乱。❷侵害;进攻:侵～│进～│金人～东京。❸发生;发作(多指不好的事情):～愁│～嘀咕│老毛病又～了。❹做出(违法或不该做的事情):～罪│～错误│～了官僚主义。❺犯罪的人:罪～│战～│诈骗～。

氾 fàn 〈文〉浮游不定的样子:～若不系之舟。

另见fàn"泛"(170页)。

芝 fàn 〈文〉草在水中漂浮的样子。

饭(飯)[餰] fàn ❶做熟的谷类食物:～菜│小米干～│～做熟了。❷特指大米饭:炒～│他习惯吃～,不爱吃面。❸每天定时分次吃的食物:早～│晚～│开～│一顿～。❹吃饭:茶余～后│凭谁问,廉颇老矣,尚能～否?❺〈文〉给…吃:有一母见信饥,～信(信:人名)。

泛[❶⁻❹△*氾、❶❸❹△*氾] fàn ❶〈文〉漂浮:～舟湖上│沉渣～起│～彼柏舟,在彼中河(中河:河中)。❷透出;往上冒:～味儿│两腮～红│胃里直～酸水。❸普遍;范围广:～称│宽～│空～│～爱众而亲仁。❹江河湖泊的水溢出漫流:～滥│黄～区(黄河泛滥过的地方)。❺前缀。相当于"全、总"。附着在名物义成分前,组成名词:～神论│～政治化│～美主义。[英pan-]

"氾"另见fán(168页);"汎"另见fàn(170页)。

范(❶⁻❹範) fàn ❶〈文〉模型;模子:钱～│铁～│铜～。❷法则;榜样:～本│～典│示～。❸界限:～畴│～围│就～。❹使不越过界限;限制:防～。❺姓。

贩(販) fàn ❶买货出卖以获取利润:～卖│～私│～物求利。❷买货出卖的人:商～│小～。

窆 fàn 〈文〉落葬:既～而后哭(落葬后才哭丧)。

畈 fàn ❶〈方〉成片的田地。多用于地名:～田│马～(在河南光山)│白水～(在湖北蕲春)。❷〈方〉量词。用于成片的田地:一～田。

疢 ㊀ fàn 〈文〉恶心呕吐:心～(恶心欲吐)。
㊁ fǎn 〈文〉恶骂。

軝 fàn 〈文〉车前横木下掩蔽车厢的木板。

氳 fàn 〈文〉杯。

梵 fàn ❶有关古代印度的事物:～文│～历│～语。❷关于佛教的事物(因佛经原用梵语写成):～刹(chà)│～宫│～音。[梵brahma]

范 fàn 〈文〉模子;法则:～铜为门(范铜:用模子浇铸铜)。后作"范(範)"。

娩 ㊀ fàn 〈文〉兔崽。
㊁ fù 〈文〉迅疾。

梻 ㊀ fàn 〈文〉同"范"。模子:(书画)制中(zhòng)圆～(制:规则)。
㊁ fán 〈文〉船舷;舟~。

媥 ㊀ fàn 〈文〉远逝的样子。
㊁ miǎn 〈文〉通"勉(miǎn)"。努力。
㊂ zhuàn 〈文〉双,成对。

鑾 fàn ❶〈文〉车篷:胥吏、商贾之妻、老者乘苇～车。❷〈文〉棚屋。

畲 fàn ❶〈文〉一夜就酿成的酒。❷〈文〉疾急:～犯(因躁急冒失而触犯)。❸〈方〉指东西变坏,变坏。

餅 fàn 〈文〉同"饭"。饭食。

蝮 fàn 〈文〉蜂:形如蝮~(蠆;chài,一种毒虫)。

榩 fàn 见bèn"榩"(27页)。

媻[纞] fàn 〈方〉禽鸟下蛋。

纞[灚] fàn 〈文〉喷涌的泉水:流~|涌动的泉水)。

---

fāng（ㄈㄤ）

匚 fāng 古代一种盛放物品的方形器具。

方 fāng ❶四个角都是直角的四边形;六个面都是直角四边形的六面体:~框|~形|长~体|不以规矩,不能成~圆。❷〈文〉指大地,因古人认为天圆地方,故称:戴圆履~。❸方向;位置:东~|前~|四面八~。❹地方;区域:~言|~志|天各一~|使于四~,不辱使命。❺古代称面积的用语,方多少里即表示纵横多少里:太行、王屋二山,~七百里。❻相对或相关的一边或一面:对~|甲~|敌我双~|在水一~。❼正直:清廉~正|品格端~。❽〈文〉法度;准则:变化无~|万邦之~。❾办法:千~百计|领导有~。❿指药方:处~|偏~|祖传秘~。⓫古代指医卜星相等技术:~士|~术。⓬表示情况切合,相当于"正当、正好":来日~长|如日~升。⓭〈文〉用于承接前句,相当于"方才":一觉醒来,~知是梦。⓮量词。用于方形或类似方形的东西:一~手帕|几~石碑|两~石料。⓯量词。平方米或立方米的简称:铺地二百多~|十~原木|卵石两~。⓰乘方,数学上指一个数自乘若干次所得的积:五的二次~是二十五。⓱〈文〉两船并行;两车并行:~船而下|车骑不得~驾。⓲姓。

邡 fāng 用于地名:什(shí)~(在四川德阳)。

坊 ㊀ fāng ❶街巷(多用于街巷名):~间(街市上,多指书坊、书店)|街~|白纸~(在北京)|锦什~(在北京)。❷牌坊,形状像牌楼的建筑物,旧时为表彰功德、宣扬忠孝节义等修建:贞节~|百岁~。
㊁ fáng 手工业者的工作场所:作~|油

~|磨~|染~。

芳 fāng ❶香(多指花草的):~草|~香|含芬吐~。❷花卉:群~|孤~自赏|篱边野外多众~。❸美好的:~名|~年|~姿。❹比喻美德或美名:流~千古。❺〈文〉敬辞。用于对方或跟对方有关的事物:~邻|~札。❻姓。

汸 ㊀ fāng ❶古水名。❷〈文〉通"方(fāng)"。方正:吾宁~泉,方以终老(汸泉:泉名。泉名取方正之意)。
㊁ pāng 〈文〉通"滂(pāng)"。水势大的样子:~~如河海。

枋 ㊀ fāng ❶古书上说的一种树。❷〈文〉方柱形的木材。❸〈文〉房屋两柱之间起连接作用的方形横木:梁~。

牥 fāng 传说中的一种牛,能像骆驼一样在沙漠中远行。

祊 fāng 见bēng"祊"(27页)。

鐌(鈁) fāng ❶金属元素。符号Fr。❷古代壶类容器,用青铜制成,方口大腹。

墢 fāng 见fáng"墢"(172页)。

蚄 fāng 【蚄(zǐ)蚄】〈方〉黏虫。是粮食作物的害虫。

浝 fāng 古水名。也作"汸"。

趽 fāng 见fàng"趽"(172页)。

---

fáng　（ㄈㄤ）

防 fáng ❶戒备,做好准备以免受害:~汛|预~|~微杜渐|夫刑罚所以~奸也。❷警戒守卫,以对付进攻:~守|~卫|~御。❸有关防守的事务和措施:国~|边~|换~。❹堤坝:堤~。❺姓。

坊 fáng 见fāng"坊"(171页)。

妨 fáng ❶阻碍:~碍|~害|不~事。❷〈文〉伤害;损害:王若行此,将~于国家。

肪 fáng 〈文〉脂肪,特指动物腰部肥厚的油:美玉白如截~(截肪:切开的脂

肪)|(其肉)肥白如猪～。

房□ fáng ❶房子,供人居住或做其他用途的建筑物,有墙、顶、门、窗等:～屋|～展|东风渐暖满城春,独向深～养病身。❷房间,房子内间隔开的独立部分:书～|客～|厨～。❸形状或作用像房子的事物:心～|蜂～|子～。❹家族的分支:长(zhǎng)～|～堂|远～。❺旧时指妻、姜:正～|填～|偏～。❻量词。用于妻室等:两～儿媳妇。❼星宿名。二十八宿之一,属东方苍龙。❽同"坊"。手工业者的工作场所:豆腐～。❾姓。

塄 ㊀ fáng 〈文〉同"防"。堤防。
㊁ fāng 〈文〉同"坊"。街巷。
㊂ dì 〈文〉同"地"。土地:天告灾时,～生反物(反物:违背物的常性)。

鲂(鲂)□ fáng 鱼名。外形像鳊鱼,银灰色,背部中央隆起。生活在淡水中。

fǎng （ㄈㄤˇ）

仿□[❶-❸*倣、❹*髣] fǎng ❶效法;照着样子做:～效|模～|～造|～古家具。❷像;类似:兄弟俩模样相～。❸依照范本写的字:～纸|写了一张～。❹【仿佛(fú)】1.像;类似:他俩的年纪相～|眇眇忽忽,若神之～。2.好像;似乎:夜静悄悄的,大地～睡着了似的|山有小口,～若有光。

访□(訪) fǎng ❶看望;探望:拜～|探亲～友|有客来～。❷调查;探寻:～查|寻～|微服私～|～风景于崇阿(崇阿:高大的山岭)。❸〈文〉征询意见:咨～|每有疑义,辄以～纯(纯:人名)。

俩 fǎng ❶〈文〉"仿"的古字。❷【俩佛】〈文〉仿佛:云气何飘飘,～接蒿莱。

彷□ fǎng 见 páng "彷"(505 页)。

纺□(紡) fǎng ❶把丝、毛、棉、麻等纤维制成纱或线:～织|～纱|棉花。❷一种比绸子稀疏而轻薄的丝织品:～绸|杭～。

昉□ fǎng ❶〈文〉曙光初现;日初明。❷〈文〉起始;开始:～于今日|莫究所～。

瓬 fǎng ❶〈文〉用黏土制作陶器的工匠。❷〈文〉用黏土制作陶器:陶～之事。

眆 fǎng ❶〈文〉同"仿"。效法;仿效:余尝应聘纂修《浙江通志》,因检旧志,欲～《十郡制》例。❷【眆眛(fú)】〈文〉看不真切;类似:～庐山真面。

舫□ fǎng ❶船,特指游船:～舟|画～|游～。❷〈文〉两船并合:～船载卒,一舫载五十人。

鶭 fǎng 〈文〉水鸟名。俗称"护田鸟"。

fàng （ㄈㄤˋ）

放□ fàng ❶不加约束,纵情去做:～纵|～任|～声痛哭。❷解除约束,使得到自由:～行(xíng)|释～|怨女三千～出官。❸规定的工作、学习结束后得到休息:～学|～工|～两天假。❹放牧,把牛羊等赶到草地上吃草、活动:～马|～牛于桃林之野。❺把有罪的人驱逐到边远的地方:～逐|流～|～汤～桀,武王能纣(汤:商汤。桀:夏桀)。❻发出;排出:～枪|～光|～水|打开窗子～～味儿。❼播送:～映|播～|～音乐|～录像。❽引火烧;点燃:～火|～花|～爆竹。❾(花)开;绽:～百花齐～|江南红梅已～春。❿发钱物给人:～赈|～粮。⓫借钱给人,收取利息:～债|～高利贷|今富商大贾,多～钱货。⓬扩展;扩大:～～大镜|～宽条件|衣服下摆再～长半寸。⓭使处于一定的位置:～置|安～|摆～|杯子～在桌子上。⓮搁置;撂下:这事儿不急,～一～耽误不了。⓯弄倒;使倒下:上山～树|一个绊儿就把他～倒在地上。⓰使物体随气流飘动或随水漂浮:～风筝|～木排|～荷花灯。⓱控制,使达到某种状态或合于某种分寸:～慢速度|～轻脚步|～聪明点儿。⓲加进去(某些东西):汤里～一点儿胡椒粉|火锅里再～些汤。

跰□ ㊀ fàng 〈文〉小腿弯曲的马。
㊁ páng 〈文〉扭曲不正:反端为～(端:端正)。
㊂ fāng 〈文〉跌倒。

雓 fàng 〈文〉鸟名。

fēi（ㄈㄟ）

飞（飛）　fēi　❶(鸟、虫等)振动翅膀在空中活动：～翔|苍鸟群～(苍鸟：鹰)。❷(物体)在空中飘浮：～沙走石|大雪纷～|春城无处不～花。❸(飞机、导弹等)利用动力机械在空中行动：～行|～船|起～|火箭～向太空。❹形容在半空中：～檐|～阁|一桥～架南北。❺疾速地：～跑|～驰|～步凌绝顶。❻意外的；凭空而来的：～灾|流言～语。❼〈方〉极；很：灵(特别灵)|剪子磨得～快。

妃　㊀ fēi　❶妻子，后专指皇帝的姜或太子、王侯的妻：后～|嫔～|王～|贵～。❷古代对女神的尊称：湘～|灵～。
　㊁ pèi　〈文〉通"配(pèi)"。婚配；匹配：子叔姬～齐昭公，生舍(子叔姬：春秋时鲁国女子)。

非　㊀ fēi　❶错误(跟"是"相对)：为～作歹|是～不分|痛改前～。❷违背；不合于：～法|～分(fèn)|～礼。❸认为不对；反对；责备：～难(nàn)|～议|无可厚～。❹变样；与原先不同：节同时异，物是人～。❺不是：答～所问|～人力所能挽回|～亲～故|～此即彼。❻表示必须；一定：不让他去，他～要去|这件事还～得你来说。❼不：～同小可。❽〈文〉诋毁；埋怨：人不得，则～其上矣(人们得不到这种快乐，就会埋怨国王了)。❾前缀。表示不属于某种范围：～会员|～卖品|～再生资源|～对抗性矛盾。❿非洲的简称：北～|亚～会议。

菲　㊀ fēi　花草茂盛，香气浓郁：芳～|别来春物已再～。
　㊁ fěi　❶〈文〉微薄：～薄|～礼|～仪|不～(比较丰厚)。❷古书上指萝卜一类的蔬菜：采葑采～(葑：fēng，蔓菁)。

羮　fēi　同"斐"。姓。

斐　fěi　❶【斐斐】〈文〉往来不停的样子。❷〈文〉貌丑的样子。❸〈文〉通"妃(fēi)"。姬妾。

啡　㊀ fēi　❶【咖(kā)啡】1. 常绿小乔木或灌木。结浆果，内有两颗种子。2. 咖啡种子制成的饮料。[英 coffee]❷【吗(mǎ)啡】有机化合物。用鸦片加工制成。医药上用作镇痛剂，连续使用易上瘾。[英 morphine]

淝　fēi　❶古水名，为湘江支流。❷〈文〉同"非"。过错：检过防～。

婔　fēi　〈文〉通"妃(fēi)"。女神：鱼鳞作室待水～。

騑（騑）　fēi　❶〈文〉驾在车辕两旁的马：～～马|右～。也叫"骖"。❷〈文〉马：征～。❸〈文〉三岁的马；小马：～驹。

绯（緋）　fēi　红：～红。

扉　fēi　〈文〉门扇：柴～|清月出岭光入～。

裶　fēi　〈文〉大眼睛。

裴　fēi　【裴裶】1.〈文〉衣长的样子：裶(fēn)裶～(裶裶：衣长的样子)。2.〈文〉旗帜长而下垂的样子：建太常兮～(太常：旌旗名)。

蜚　㊀ fēi　〈文〉通"飞"：～声海内|流言～语。
　㊁ fěi　❶〈文〉一种有害的蝽类小飞虫，食稻花。❷【蜚蠊(lián)】〈文〉蟑螂。

霏[霺]　fēi　❶〈文〉雨、雪、云、雾等很盛的样子：～微|雨雪其～|云雾～～。❷〈文〉雾气：日出而林～开。❸飘荡；飘散：烟～云敛。

閳　fēi　〈文〉同"扉"。门扇：门～。

鲱（鯡）　fēi　鱼名。体侧扁而长，背部青黑色，腹部银白色。生活在海洋中。

裶　fēi　❶〈文〉香。❷【裶裶】〈文〉香气散逸的样子：众香晴昼散～。也作"菲菲"。

騛　fēi　【騛騠(tù)】〈文〉飞奔如兔的骏马。也作"騛兔"。

毳　fēi　【毳毳】〈文〉细毛很多的样子。

鳐（鰩）　fēi　〈文〉飞鱼。具有滑翔能力。产于热带和温带海洋。又名"鳐鱼、文鳐"。

féi（ㄈㄟˊ）

肥　féi　同"肥"。肥沃。用于古白话：园中～地草。

肥 □ féi ❶脂肪多(跟"瘦"相对,❼同):～肉｜～胖｜减～。❷土质含养分多:～沃｜地很～｜～田沃土。❸使肥沃:草木灰可以～田｜粪田畴,以～土疆。❹肥料,能增加土质养分的东西:底～｜施～｜夏至梅雨时浇～,根必腐烂。❺收入多的:～差｜～缺。❻利益;好处:分～。❼(衣服、鞋袜等)肥大;宽松:裤腿儿有点儿～。❽姓。

葩 □ féi 见 fèi "葩"(175 页)。

淝 □ féi 淝水,古水名。即今东淝河,在安徽。

棑 □ féi 见 fèi "棑"(174 页)。

琶 □ féi 传说中的鸟名。也叫"橐(tuó)琶"。

腓 □ féi ❶【腓肠肌】位于胫骨后的肌肉。俗称"腿肚子"。❷〈文〉枯萎:百卉俱～｜大漠穷秋塞草～。

痱 □ féi 见 fèi "痱"(176 页)。

箃 □ féi 〈文〉竹名。

蠦 □ ⊖ féi 【蠦(lú)蜚】〈文〉蟑螂。
⊜ fèi 【蜚蠦(wèi)】传说中的神蛇。

蟛 féi 〈文〉虫名。金龟子的幼虫。也叫"蛴螬(qícáo)"。

fěi （ㄈㄟ）

胐 □ ⊖ fěi ❶〈文〉新月发微光:～魄(新月)。❷代称农历每月初三:六月庚午～。❸〈文〉月星出现,升起:月～星欲堕。❹〈文〉天将明:～明。❺用于地名:～头(在福建福州)。
⊜ kū ❶【胐臀】〈文〉屁股。❷〈文〉脚弯曲。
⊜ zhuó 【胐壮】〈文〉即茁壮。强壮。

朏 □ fěi 〈文〉同"胐"。新月发微光。

匪 □ fěi ❶强盗;抢劫财物、行凶作案的歹徒:～徒｜盗～｜剿～｜车～｜路霸。❷〈文〉表示否定,相当于"非":获益～浅｜～夷所思(不是常人所能想到的)。

诽 □（誹）fěi 发议论指摘别人的过失,后指无根据地说别人的坏话:腹～(嘴上不说,心里认为不对)｜～谤｜不诱于誉,不恐于～(不为赞誉所引诱,不因诽谤而恐惧)。

陫 □ fěi 见 fèi "陫"(175 页)。

菲 □ fěi 见 fēi "菲"(173 页)。

奜 □ fěi 〈文〉分解。

悱 □ fěi ❶〈文〉想说又不知道怎么说的样子:不～不发(不到对方想说而又说不出来的时候就不去启发他)。❷【悱恻(cè)】〈文〉形容内心悲苦:缠绵～。

棐 □ ⊖ fěi ❶〈文〉辅正弓弩的器具。❷〈文〉辅助:～忱(辅助诚信的人)。❸〈文〉通"篚(fěi)"。盛物的竹器:贡～(盛贡品的竹筐)。❹〈文〉通"榧(fěi)"。树木名。转指几(jī)案:旧册陈几～。❺〈文〉通"菲(fěi)"。薄;微薄:～德。
⊜ féi 【即棐】古县名。在今河北。

斐 □ fěi ❶〈文〉有文采的样子:文辞～～｜姜兮～兮,成是贝锦(姜:花纹交错的样子。贝锦:有贝壳花纹的锦缎)。【斐然】1.〈文〉有文采的样子:～成章。2.〈文〉显著:成绩～。❸姓。

畞 □ fěi 古代人名用字。

榧 □ fěi 榧树,常绿乔木。木质优良。种子叫榧子,种仁可吃,也可入药。是我国国家重点保护植物。通称"香榧"。

蜚 □ fěi 见 fēi "蜚"(173 页)。

翡 □ ［翡］fěi ❶赤羽雀:请挟弹怀丸游水上,弹～燕小鸟。❷【翡翠】1. 天然矿石。化学成分是硅酸铝钠,质硬,色彩鲜艳。可用来制装饰品或工艺品。2. 鸟名。喙长而直,有蓝色和绿色的羽毛。生活在水边。

蜚 □ fěi 〈文〉同"蜚"。虫名。属蝽类。一种有害的小飞虫,食稻花。

筐 □ fěi 古代盛东西的圆形竹器:筐～(方的叫筐,圆的叫筐)。

僃 fěi 〈文〉代词。其；彼。

繡 fěi 〈文〉蜀锦名。

饛 fěi 古代陈楚一带的人相见后请吃麦饭:道中～何其厚(厚:丰盛)。

fèi （ㄈㄟ）

芾 ㊀ fèi 【蔽(bì)芾】〈文〉茂盛的样子(一说幼小的样子):～甘棠,勿翦勿伐(茂盛的甘棠树,不要剪不要砍)。
㊁ fú 同"黻"。古代礼服上绣的半青半黑的花纹。

吠 fèi 狗叫:狂～|蜀犬～日|鸡鸣狗～相闻。

郱 fèi 见 bì"郱"(31页)。

柿 fèi ❶〈文〉削木片;砍削木材:～桍楰之松(桍楰,lǔjué,指房的木料)。❷〈文〉削下的木片、木皮:濳造船于蜀,其木蔽江而下(濳:人名)。

咈 fèi 见 fú"咈"(184页)。

胇 ㊀ fèi 人和高等动物的呼吸器官之一:～病|～活量。㊁ pèi 【胇胇】〈文〉茂盛的样子:东门之杨,其叶～。

肺 fèi 见 zǐ"肺"(908页)。

狒 [犺、貄、羆] 【狒狒】哺乳动物。外形略像猴,口吻突出像狗,四肢粗,尾细长,毛多灰褐色。群居,杂食。产于非洲和亚洲的阿拉伯半岛。

废 (廢) [⁴*癈] fèi ❶停止;不再使用:～除|～弃|～寝忘食|～先王之道,熯(fán)百家之言。❷没有用的;失去原有效用的:～话|～物|～铜烂铁。❸失去原有效用的东西:变～为宝|修旧利～。❹残疾:～疾|残～|无手足则无以体～。❺衰败;荒芜:～墟|～园。❻〈文〉罢免:～黜|～免。❼〈文〉倒塌;崩坏:往古之时,四极～,九州裂。

沸 ㊀ fèi 液体受热到一定温度产生大量气泡并翻涌:～点|～腾|抽薪止～。
㊁ fú 〈文〉洒。飞珠散轻霞,流沫～穹石(穹石:大的岩石)。

怫 fèi 见 fú"怫"(185页)。

㫍 [曊] fèi 〈文〉曝晒;晒干:酒未清,肴未～(肴:菜肴)。

胇 fèi 〈文〉同"肺"。肺脏。

费 (費) ㊀ fèi ❶消耗;用掉:耗～|花～|甚爱必大～,多藏必厚亡。❷用在某方面的钱:～用|经～|足军旅之～(使军队的费用充足)。❸消耗得多;用得多(跟"省"相对):锅炉没改造前很～煤|他天天踢球,当然就～鞋。❹姓。
㊁ bì 古邑名。春秋时鲁地,在今山东费县西南:季氏使闵子骞为～宰(闵子骞:孔子的弟子)。

厞 fèi ❶〈文〉隐蔽:～隐。❷〈文〉隐蔽的处所:～用席(在隐蔽处用席围隔)。

荆 [跰] fèi 古代酷刑,把脚砍掉。

睸 fèi ❶〈文〉同"瞶"。眼睛不明亮。❷【眆(fǎng)睸】〈文〉看不真切;类似。

帥 fèi 〈文〉舂,用杵臼捣去谷物的皮壳,使精白:～米欲细而不碎。

俷 fèi 〈文〉背弃;败坏:毋～德。

曹 fèi 〈文〉眼睛不明亮。

陫 ㊀ fèi 〈文〉同"厞"。隐蔽。㊁ fěi 【陫恻】〈文〉即悱恻。隐痛的样子:隐思君兮～。

葩 ㊀ fèi 〈文〉麻子;麻:织～屦。㊁ féi 〈文〉避开:安恈(tāo)恈而不～(恈恈:纷乱不息)。㊂ fú [芦菔]〈文〉即芦菔。萝卜。

韭 fèi 〈文〉尘土;尘埃。

屝 fèi 〈文〉用草、麻、皮等做的鞋:共其资粮～屦(屦:jù,鞋)。

辈 fèi ❶〈文〉一块田中两牛相向而耕。❷〈文〉复耕之后再种植。

跸 fèi 见 fú "跸"(186 页)。

痱 [⊝*痹] ⊝ fèi 痱子,皮肤病。夏天常长在前额、颈、肘窝等多汗部位,为密集的红色或白色小疹,很刺痒。

⊜ féi 〈文〉中风:魏其良久乃闻,闻即恚,病~,不食欲死(恚:huì,发怒)。

镄(鐨) fèi 金属元素。符号 Fm。

蜚 fèi 见 féi "蜚"(174 页)。

蕡 fèi 见 fén "蕡"(178 页)。

橨 fèi 〈文〉树木名。

鼢 fèi 传说中的一种鼠:~鼠。

繪 fèi 〈方〉表示否定,相当于"不会、不要":~烦人了!

濆 fèi 〈文〉沸腾。通作"沸"。

橎 fèi 〈文〉果木名。

鐨 fèi 古代射鸟时收回箭上系绳的角制器具。

籓 fèi 〈文〉粗竹席。

橨 ⊝ fèi 〈文〉一种稻子。茎秆为紫色,不黏。

⊜ fèn 〈文〉同"粪"。施肥。

黱 fèi 【靉(ài)黱】〈文〉阴云密布而昏暗的样子:~云布。

---

fēn (ㄈㄣ)

分 ⊝ fēn ❶使整体变成几部分;使连在一起的事物离开(跟"合"相对):~割|~手|~流|三~天下有其二。❷分配;分派:~红|一人~一份|衣食所安,弗敢专也,必以~人。❸辨别;区别:区~|~清是非|四体不勤,五谷不~。❹从整体中分出来的:~队|~校|~机。❺成数,十分之一叫一分:七~成绩,三~错误。❻量词。1. 时间单位,60 秒为 1 分,60 分为 1 小时。2. 角或弧的单位,60 秒为 1 分,60 分为 1 度。3. 经度,纬度单位,60 秒为 1 分,60 分为 1 度。4. 市制长度单位,10 厘为 1 分,10 分为 1 寸。5. 市制地积单位,10 厘为 1 分,10 分为 1 亩。6. 市制质量单位,10 厘为 1 分,10 分为 1 钱。7. 我国辅币单位,10 分为 1 角。8. 利率单位,年利 1 分为本金的 1/10,月利 1 分为本金的1/100。9. 成绩单位:数学考试得了 100～|中国篮球队赢了 3～。❼节气名称,特指春分或秋分:日过~而未至(过了春分而没有到夏至)。❽姓。

⊜ fèn ❶成分,构成事物的不同物质或因素:水~|盐~。❷名位、职责、权利等的限度:名~|~内之事|恰如其~。❸人与人相处的情感;情义:缘~|恩爱苟不亏,在远~日亲。❹〈文〉料想;意料:自~不如。❺〈文〉甘心;甘愿:受国重任,~当效死。

芬 fēn ❶花草的香气:~芳|~菲|芳菲菲而难亏兮,~至今犹未沫(沫:mèi,终止;消失)。❷〈文〉比喻美德或美名:扬~千载之上。❸姓。

吩 fēn 【吩咐(fù)】口头指派或命令:听候~|妈妈~我们把房间打扫干净。

岎 fēn 〈文〉"岁"的讹字。草初生香气四布。

帉 [岎] fēn ❶〈文〉擦拭东西的大块纺织品:佩～。❷〈文〉揩拭:用布～。

忿 fēn 〈文〉纷乱:~然。

岎 fēn 〈文〉同"芬"。草初生香气四布。

纷(紛) fēn ❶多;杂乱:~繁|~乱|~至沓来。❷纠纷,争执的事情:~争|排难解~|谋执时~,功济宇内。❸〈文〉缀在旗上的飘带:青云为~。

玢 fēn 见 bīn "玢"(43 页)。

氛 [△*雰] fēn ❶古代指预示吉凶的云气。❷周围的情景;情势:~围(周围的气氛和情调)|气~|战~。❸〈文〉雾气;寒气:仲冬之月,~雾冥冥。

"雰"另见 fēn (177 页)。

毵[毰] fēn ❶〈文〉鸟兽脱毛。❷【毰(bīn)毵】〈文〉纷繁交错的样子。

衯 fēn 【衯衯】〈文〉衣服长的样子。

翂□[翁] fēn 【翂翂】〈文〉鸟飞的样子：～鸿羽。

棻□ fēn 〈文〉一种有香气的树。

酚□ fēn 有机化合物。由羟基与芳香环直接相连而成，最简单的是苯酚。大多为无色晶体，显酸性。可用作防腐剂、杀菌剂等。

蚡 fēn 〈文〉踏；蹬：据地～天。

訜 fēn ❶〈文〉言语不定。❷用于人名。赵汝訜，宋代人。

雰 fēn 【雰雰】〈文〉形容霜雪很盛的样子：雨(yù)雪～(雨雪：下雪)。

另见 fēn "氛"(176 页)。

氲 fēn 【氲氲(yūn)】〈文〉浓郁的样子：香气～异常。也作"氛氲"。

鳻 fēn 见 fén "鳻"(178 页)。

羵 fēn 【羵毭(dòu)】〈文〉氍毹一类的毛织品。也说"毭羵"。

鼖[魵] fēn 〈方〉不曾；未曾：～到过。

餴[饙] fēn ❶〈文〉蒸饭：～馏(liù)。❷〈文〉蒸熟的饭：早食～饭干脯。

闑 fēn 【闑(bīn)闑】〈文〉同"缤纷"。繁多杂乱的样子。

fén (ㄈㄣˊ)

坟□(墳) fén ❶墓穴上筑起的土堆；墓葬：～墓｜出郭门直视，但见丘与～。❷〈文〉堤岸；高地：登大～以远望兮，聊以舒我忧心。

岎 fén 【岎崟(yín)】〈文〉山势高峻的样子。

妢 fén 〈文〉通"颁(fén)"。大头：是故人之身，首～而员(员：圆)。

汾□ fén ❶汾河，水名。在山西。❷特指山西汾阳：～酒(酒名，产于汾阳杏花村)。

妢 fén 【妢胡】古国名。

枌 fén ❶〈文〉白榆树：东门之～。❷〈文〉通"棼(fén)"。阁楼的栋梁：～栱嵯峨(栱：斗拱)。

朌 fén 见 bān "朌"(16 页)。

炃 fén 同"焚"。烧。用于古白话：积恶入火～。

蒶 fén 【蒶川】古县名。故地在今湖北。

蚡 fén ❶同"鼢"。鼢鼠，哺乳动物。❷姓。

颁□ fén 见 bān "颁"(16 页)。

坌 ㊀ fén 〈文〉同"鼢"。鼢鼠，哺乳动物。

㊁ fèn 〈文〉土质肥沃：～壤。

羒 fén 〈文〉白色的公羊：～羊。

棥 fén 〈文〉香木。

葐 fén 见 pén "葐"(509 页)。

棼□ fén ❶〈文〉纷乱：治丝益～(整理蚕丝不找头绪，结果越理越乱。比喻解决问题的方法不对，越弄越糟)。❷〈文〉阁楼的栋梁。

焚□[燓、焚] fén 烧：～烧｜～林而田(田：通"畋"。打猎)｜～书坑儒｜忧心如～。

渍□(濆) ㊀ fén ❶〈文〉水边；涯岸：沧山突兀枕江～。❷〈文〉大水溢流形成的小水：～衍(漫衍之水)。❸古水名。即今河南境内的沙河。

㊁ pēn 〈文〉水波涌动：竹之内为池，珠泉～出。

㊂ fèn 〈文〉通"奋(fèn)"。震动；动乱：天下之～。

豶 fén 古地名用字。

蒶 fén 【蒶蕴】〈文〉蕴积。

馚 fén 【馚馧(yūn)】〈文〉香气弥漫的样子。

F

隤 fén ❶〈文〉水边高地:在～在衍(衍:yǎn,低而平的土地)。❷〈文〉坟墓。

蕡 ㊀ fén ❶〈文〉草木的果实硕大繁盛的样子:有～其实(实:果实)。❷〈文〉通"棼(fén)"。纷乱;扰乱:～黑白甘苦(混淆黑白甘苦)。

㊁ fèi ❶〈文〉大麻的籽实。也作"芾"。❷〈文〉麻:～烛(束麻蘸油制成的火炬)。

幩 fén 〈文〉缠在马嚼子上的绸条,做装饰,也可用来扇汗:朱～镳镳(朱～镳镳:美盛的样子)。

鴓 fén 见 bān "鴓"(16 页)。

鷟 ㊀ fén 〈文〉鸟聚集在一起的样子。

㊁ fēn 〈文〉同"翂"。鸟飞的样子。

魵 fén 〈文〉鱼名。即斑文鱼。也叫"斑鱼"。又名"鰕(xiā)"。

獖 fén 见 bèn "獖"(27 页)。

橨 fén ❶〈文〉树木名。❷【橨榅(fényūn)】即轒辒(fényūn)。古代攻城的战车。

獖〔獖〕 fén ❶〈文〉阉割的猪:～豕。❷〈文〉阉割:竖刁自～(竖刁:人名)。❸〈文〉公猪;雄性的牲畜。

勴 fén 勴鼠,哺乳动物。体粗而短,尾短,眼小,前爪发达。生活在田野里,善掘洞,吃植物的地下部分,危害农牧业。也叫"盲鼠、地羊"。

鼖〔鼖〕 fén 古代军中用的大鼓:～鼓。

羵 fén 羵羊,传说土中所生的精怪。

轒 fén ❶【轒辒(fényūn)】〈文〉攻城的战车:修治～器械,准备攻城。也叫"轒辒(yǔn)"。❷〈文〉车盖的骨架。

鐼 ㊀ fén ❶〈文〉铁类物质。❷一种小钵。佛教徒用品。用于古白话:钵里盛饭,～里盛羹。

㊁ bēn 同"锛"。削平木料的工具。

黂 fén 见 wén "黂"(703 页)。

黂〔黂〕 fén ❶〈文〉大麻的籽实。❷〈文〉结籽实的麻,即苴(jū)麻。❸〈文〉乱麻:～缊(以乱麻为絮的衣服)。

fěn （ㄈㄣˇ）

粉 fěn ❶细末儿:～末|面～|奶～|洗衣～。❷特制的供化妆用的细末儿:～黛|香～|涂脂抹～。❸使碎成细末:～碎|～身碎骨。❹用淀粉制成的食品:～皮|～肠|凉～。❺特指粉条或粉丝:米～|炒～。❻花粉:传～|人工授～。❼〈方〉用涂料涂饰:～刷|墙刚～过。❽白色的;带白粉的:～墙|～蝶|～翅两悠扬,翩翩过短墙。❾粉红:～色|～牡丹。

黺 fěn 〈文〉帝王礼服上的彩色花纹。

fèn （ㄈㄣˋ）

分 fèn 见 fēn "分"(176 页)。

份 fèn ❶整体中的一部分:～额|等～|股～。❷用在"省、县、年、月"等的后面,表示划分的单位:省～|年～|月～。❸用于整体分成的部分或组成整体的部分:分成三～|留下一～|一～家业。❹量词。用于搭配组合的东西:一～点心|一～快餐|一～礼品。❺量词。用于报刊、文件等:一～报纸|一～杂志|几～材料。

坋 fèn ❶〈文〉尘土:衣裳整洁,皎然不染～埃。❷〈文〉粉末扬起或附着在其他物体上:以丹朱～身(丹朱:朱砂)。❸用于地名:长～(在福建屏南)。

弅 fèn 〈文〉山丘高起的样子:地陷者必先～起而后陷也。

拚 fèn 见 pàn "拚"(504 页)。

奋〔奮〕 fèn ❶〈文〉鸟类振羽展翅:～飞|鼓翅～翼。❷振作;鼓劲:～发|振～|～不顾身。❸举起;扬起:～笔疾书|～臂高呼|～袂而起。❹姓。

牰 fèn 【駚(yǎng)牰】〈文〉兽跳跃自扑:(有兽)善～。

忿 fèn ❶生气;怨恨:～怨|～色|吾意久怀～。❷【不忿】不服气;不平。

坌 fèn 〈文〉同"粪"。扫除。

秎 fèn ❶〈文〉收割禾稻:～获。❷〈文〉禾把(连穗带秆的稻捆子)。

盆 fèn 见 fén "盆"(177 页)。

偾（僨）fèn ❶〈文〉仆倒；倒下：～仆｜一死一生，一～一起。❷〈文〉败坏；毁坏：～军之将｜一言～事。❸〈文〉突起；亢奋：血脉～张。

粪（糞）fèn ❶屎；大便：猪～｜化～池｜佛头着～。❷〈文〉扫除；清除：～除。❸〈文〉施肥：～地｜～溉｜～治园田。

渍 fèn 见 fén "渍"（177页）。

愤（憤）fèn ❶〈文〉心中郁闷，想不通：～懑｜～悱｜不～不启（不到对方冥思苦想而不得其解的时候，不去开导他）。❷因不满而感情激动；发怒：慨～｜～怒｜悲～｜盖国家之大耻而天下之公～也。

獖 fèn 见 bèn "獖"（27页）。

膹 fèn ❶〈文〉肉羹。❷〈文〉切成块的肉。❸〈文〉通"愤（fèn）"。心中郁闷，想不通：诸气～郁，皆属于肺。

鲼（鱝）fèn 鱼名。体扁平，呈菱形，胸鳍前部伸延至吻部，尾细长，常有尾刺。种类很多。生活在热带和亚热带海洋中。

幩 fèn ❶〈文〉装谷物的袋子因为装得太满而裂开。❷〈文〉衣缝开裂。

撍 fèn 〈文〉扫除：洒～。

潩 fèn ❶〈文〉水从地下喷出漫溢：～涌。❷潩水，古水名。在今陕西合阳。

穳 fèn 见 fèi "穳"（176页）。

---

fēng（ㄈㄥ）

丰（❶❷❹豐）fēng ❶充足；多：～盛｜～收｜家家～实。❷大：～碑｜～功伟绩｜夫～狐文豹，栖于山林，伏于岩穴。❸丰满；美好的容貌和姿态：～腴｜～姿｜～采｜～韵。❹姓。

风（風）㊀fēng ❶因气压分布不均匀而产生的跟地面大致平行的空气流动：刮～｜春～｜大～起兮云飞扬。❷借风力吹干、吹净：～干｜晒干～净。❸像风那样快：～发｜～行｜～靡。❹风气；习俗：～俗｜～民｜移～易俗｜流～善政。❺作风；品质：文～｜先生之～，山高水长。❻姿态；态度：～采｜～度｜～姿潇洒。❼景象；景色：～光｜～景｜～物。❽消息；传闻：口～｜通～报信｜闻～丧胆。❾传说的；无根据的：～传｜～闻｜～言～语。❿古代称民歌：采～｜土～。⓫中医指"六淫"（风、寒、暑、湿、燥、火）之一，是致病的重要因素：～瘫｜中（zhòng）～｜～鹅掌｜羊痫～。⓬姓。

㊁fěng 〈文〉通"讽（fěng）"。用委婉的言辞暗示或劝告：或出入～议，或靡事不为（或：有的人）。

凬 fēng 〈文〉"风"的俗字。

半 fēng 〈文〉同"丰"。草长得茂盛的样子。

坊 fēng 旧表示响度级单位的字。今改用"方"。

夆 fēng 见 féng "夆"（180页）。

沣（灃）fēng 沣河，水名。在陕西，流入渭河。

飌（渢）fēng【渢渢】〈文〉模拟水声。风声：大声～，震摇六合。

妦 fēng 〈文〉相貌姣好：～～婉婉。

枫（楓）fēng 枫树，落叶乔木。叶子掌状三裂，边缘有锯齿，秋季变成红色。木质较坚硬，根、叶和树脂可入药。也叫"枫香树"：～叶荻花秋瑟瑟。

封 fēng ❶〈文〉疆界；田界：～疆｜～界｜～内千里。❷古代帝王把土地或爵位等赐给臣子：～地｜～王｜分～诸侯。❸古代帝王筑坛祭祀天及四方山岳之神：～禅（shàn）。❹密闭；堵塞（通道或孔穴）：～锁｜～河｜～山育林｜用蜡把瓶口～得严严实实。❺限制；禁止：～杀（查封；禁止）｜查～｜故步自～。❻用来封装东西的纸包或纸袋：～套｜～赏｜～信。❼〈文〉大：～豕长蛇。❽量词。用于用封套盛放的东西：一～信｜两～文件｜一～厚礼。❾〈文〉聚土为坟：～比干之墓（比干：商纣王的叔父）。❿姓。

砜（碸）fēng　有机化合物。由两个烃基与硫酰基（＞SO₂）结合而成，可用来制塑料、药物等。［英 sulfone］

疯（瘋）fēng　❶神经错乱；精神失常：～癫｜发～｜～牛病｜装～卖傻。❷言行超出常规；轻狂：～狂｜这丫头可一了，谁她都看不上。❸农作物枝叶茎生长过旺，但不结果实：～长｜～枝｜棉花长～了。❹没有约束地玩耍：快回家吧，别老在外面～。

埄fēng　宋代做田界标志的土堆：～界｜立土为～。

峰峯［*峯］fēng　❶高而尖的山头：～峦｜山～｜～回路转｜登～造极。❷形状像山峰的事物：波～｜洪～｜驼～｜～眉～。❸量词。用于骆驼：一～骆驼。

徟fēng　〈文〉使。

桻 ⊖ fēng　〈文〉树梢。
⊜ fèng　【桻子】〈文〉肩背竹篓的商贩。

偑fēng　〈文〉姓。

烽［燧］fēng　烽火，古代边防用来报警的烟火：～燧（suì）｜～烟四起。

莑 ⊖ fēng　古书上指蔓（mán）菁（一种草本植物）。
⊜ fèng　古书上指菰（gū，即茭白）的根。

尃fēng　❶山名，一名龙门山。在广东。❷用于地名：三～寺（在湖南）。

锋（鋒）［鏠］fēng　❶刀、剑等的锐利部分；某些东西的尖端部分：～芒｜刀～｜针～相对｜当其～者无不应刃而倒。❷（队伍）居于前列的部分：前～｜先～。❸比喻说话、文章的气势：词～｜谈～｜其～不可当。

犎fēng　〈文〉犎牛，颈肉隆起的野牛。

蜂［*蠭、△*蠭、蠭、蜂］fēng　❶昆虫，种类很多，有的成群生活，有毒刺，如：蜜蜂、胡蜂；有的单独或成对生活，捕食小虫，如：螺蠃（luǒ）；有的营寄生生活，如：寄生蜂；有的危害植物，如：叶蜂。❷特指蜜蜂：～蜡｜～蜜｜～乳。❸像蜂那样成群地：～聚｜～起｜～拥而至。
"蠭"另见 páng（505 页）。

豐fēng　见lǐ"丰"（395 页）。

熢 ⊖ fēng　〈文〉同"烽"。烽火。
⊜ péng　【熢㶍（bó）】〈文〉即蓬勃。旺盛。

酆fēng　"鄷"的俗字。

鄷fēng　❶古地名，在今陕西西安沣河以西：文、武兴于～、镐。❷【鄷都】地名。在重庆。今作"丰都"。❸姓。

蘴fēng　❶〈文〉芜菁的别名。❷〈文〉茂盛的样子：～茸。

豐fēng　❶〈文〉大屋。❷〈文〉扩大：～其屋。❸〈文〉厚重：～然长者。

飌fēng　〈文〉同"风"：～师（传说中的风神）。

麷［糵］fēng　❶〈文〉炒熟的麦：～在东方（炒熟的麦放在东侧）。❷〈文〉蒲草：取其将（jiàng），若拨～（比喻容易）。

féng（ㄈㄥ）

冯（馮）⊖ féng　姓。
⊜ píng　❶〈文〉徒步涉水：暴虎～河（无凭借搏虎，徒步过河。比喻有勇无谋，冒险蛮干）。❷〈文〉侵犯；欺凌：小人伐其技以～君子（伐：夸耀）。❸〈文〉登临：百仞之山而竖子～而游焉（竖子：小孩子）。❹〈文〉倚靠；凭借：～轼而观之。后作"凭（憑）"。

夆 ⊖ féng　〈文〉相逢。
⊜ féng　❶〈文〉通"丰（豐）"。大；厚：修～之国，其德乃～。❷通"锋（fēng）"。锋刃；先锋。用于古白话：二人各执青～剑。

捀féng　〈文〉捧。两手托物。

逢 ⊖ féng　❶碰到；遇见：相～｜遭～｜棋～对手｜每～佳节倍思亲。❷迎合；讨好：～迎｜长君之恶其罪小，～君之恶其罪大。❸姓。
⊜ páng　姓。

浲□ ㊀ féng 用于地名:杨家～(在湖北京山县)。
㊁ hóng 〈文〉洪水:沟～。

撻 féng ❶〈文〉同"缝"。用针线连缀。❷〈文〉宽而大～衣浅带。❸〈文〉同"摔"。两手捧的:～策(两手拿着蓍草占卜)。

艂 féng 〈文〉船名。

漨 ㊀ féng 古水名。
㊁ péng 【漨浡(bó)】〈文〉浓盛的样子:歊(xiāo)雾～(歊雾:雾气上升)。

缝□ (縫) ㊀ féng 用针线连缀:～纫|～～补补|临行密～,意恐迟迟归。
㊁ fèng ❶缝(féng)起来的地方;接合的地方:这款时装背后有条中～|无～钢管|严丝合～。❷空隙:～隙|门～。

絳 féng ❶〈文〉宽大:～衣博袍。❷〈文〉同"缝"。用针线连缀:裁～。

鄷 féng 古国名。后作"冯"。

fěng (ㄈㄥˇ)

风□ fěng 见 fēng"风"(179 页)。

讽□ (諷) fěng ❶用含蓄的话规劝或指责:～刺|讥～|常以谈笑讽谏。❷〈文〉诵读;背诵:～诵。

覂 ㊀ fěng ❶〈文〉翻覆;翻倒:～驾之马。❷〈文〉缺乏:官用告～。
㊁ bǎn 〈文〉舍弃。

唪 fěng 大声诵读:～经|～诵。

靊 fěng 扬场;扬谷物:～车(风车)。

夆 fěng 〈文〉鬲(lì)的足架或支撑曰的架子。

fèng (ㄈㄥˋ)

凤□ (鳳) fèng ❶古代传说中的百鸟之王。雄的叫凤,雌的叫凰,通称"凤"或"凤凰",民间视为祥瑞之物:鸾～|百鸟朝～|故鸟有～而鱼有鲲。

❷姓。

奉 fèng ❶恭敬地送给;进献:～送|～献|～牲以告。❷恭敬地接受(多指上级或长辈的):～命|昨～来函。❸信仰;尊重:信～|崇～|～～为圭臬(niè)。❹遵守;遵照:～行|～公守法|～法者强则国强。❺供给;供养:～养|供～|损不足以～有余。❻敬辞。用于自己的行为涉及对方时:～陪|～劝|～告。❼〈文〉两手捧着:臣愿～璧往使。❽姓。

胹 fèng 〈方〉不用。

俸 fèng ❶俸禄,旧时官吏的薪水:～银|薪～|官厚～。❷姓。

桻 fèng 见 fēng"桻"(180 页)。

葑□ fèng 见 fēng"葑"(180 页)。

渍 fèng 〈文〉同"葑"。茭白的根。

赗□ (賵) fèng ❶〈文〉以车、马等财物帮助丧家送葬:诏～帛七百匹。❷〈文〉送给丧家助葬的车、马等物:州里～助,一无所受。

缝□ fèng 见 féng"缝"(181 页)。

瞴 fèng 【瞴(mī)瞴】眼皮微合:～着一对小眼睛。

fiào (ㄈㄧㄠˋ)

剽[嫑、嫑] fiào 〈方〉不要:～做。

fó (ㄈㄛˊ)

仏 fó 同"佛"。用于古白话。

伄 fó 同"佛"。用于古白话:～号|～国。

佛□[㊀*佛、㊁*髴、㊁*髯] ㊀ fó ❶佛陀,佛教徒对佛教创始人释迦牟尼的称呼:～牙|～骨。[梵 buddha] ❷佛教徒称修行圆满的人:立地成～。❸佛教:～经|～寺|信～|

～门弟子。❹佛像:卧～|千～洞|～头着(zhuó)粪(比喻好东西上添上不好的东西,把好东西给糟蹋了)。❺佛号或佛经:念～|诵～。

㈡[fǎng(仿)]佛类似;好像。

㈢bì〈文〉通"弼(bì)"。辅助:～时仔肩(时;此;这个。仔肩:担负)。

坲 fó〈文〉尘埃飞扬的样子:埃～～兮。

fóu（ㄈㄡ）

垺 ㈠fóu〈文〉大;盛。
㈡pēi〈文〉制陶器的模型。
㈢fú用于地名:南仁～(在天津宝坻)。

蚨 ㈠fóu[蚍(pí)蚨]〈文〉植物名,即锦葵。也作"蚍蚨(fǒu)"。
㈡fú[蚍蚨]〈文〉大蚂蚁。庳(bēi)湿生～(庳湿:低湿)。也作"蚍蜉(fú)"。

䊷 fóu〈文〉衣服洁白鲜明的样子:丝衣其～。

fǒu（ㄈㄡˇ）

不 fǒu见bù"不"(52页)。

缶[缻] fǒu ❶古代陶器。腹大口小,用来盛酒或水等。❷古代瓦质的打击乐器:击～。

否 ㈠fǒu ❶〈文〉用于应对,表示不同意、不承认,相当于"不、不是这样":～,非若是也。❷用在"可、当、能、是、知"等词语后,构成疑问结构:知～? 知～? 应是绿肥红瘦。❸〈文〉用在是非问句的末尾,相当于"吗":寄书家中～? 廉颇老矣,尚能饭～? ❹表示否定:～决|～认。
㈡pǐ ❶六十四卦之一。坤下乾上,指天气和地气不交接。表示闭塞不通(跟"泰"相对):～极泰来(情况坏到了极点,就会好转)。❷〈文〉贬斥(跟"臧"相对):臧～人物(评论人的好坏)。❸〈文〉邪恶:善者早登,～者早去。

炰 fǒu见páo"炰"(506页)。

瓿 fǒu〈文〉同"缶"。一种盛酒或水的陶器:军无悬～。

炰 fǒu〈文〉蒸煮;少汁温火焖煮:次第布讫,下水～之(布讫:摆放完毕)。

蚨 fǒu见pēi"蚨"(507页)。

殕 ㈠fǒu〈文〉东西腐败而生白膜。
㈡bó〈文〉同"踣"。倒地:枪一发(虎)立～。

碻 fǒu[鳺(fū)碻]〈文〉鸟名。即火斑鸠。也作"夫不(fǒu)"。

銝 fǒu 化学元素"钫(fāng)"的旧称。

---

fū（ㄈㄨ）

夫 ㈠fū ❶女子的配偶:～妻|姐～|～唱妇随(比喻夫妻互相配合,行动一致,也指夫妻和睦)。❷成年男子的通称:一～当关,万～莫开。❸旧称从事某种体力劳动的人:农～|船～|车～|樵～。❹旧时服劳役的人,特指被强迫做苦工的人:～役|拉～|民～。
㈡fú ❶〈文〉表示远指(跟"此"相对),相当于"那":独不见～螳螂乎? |则～二人者,鲁国社稷之臣也。❷〈文〉他;他们:～也不良,国人知之。❸〈文〉语气词。用在句末或句中停顿的地方,表示感叹语气:悲～! 逝者如斯~,不舍昼夜。❹〈文〉语气词。用在句首,表示要发议论或概述事物:～战,勇气也。

邞 fū ❶汉代县名。在今山东。❷古水名。在今山东。

伕 fū 同"夫"。旧时服劳役的人,特指被强迫做苦工的人。

呋 fū[呋喃(nán)]有机化合物。分子式C_4H_4O,无色液体。可供制药,也是重要的化工原料。[英furan]

孚 fū见fú"孚"(184页)。

玞 fū〈文〉似玉的美石:～石|珷(wǔ)～。

肤[膚] fū ❶身体的表皮:～色|皮～|体无完～。❷浅薄的;表面的:～浅。❸〈文〉大:薄伐猃狁,以奏～公

(猤犹:古代的少数民族。奏:完成。公:通"功",功绩)。

莩 fū ❶〈文〉草木的花:木有花,草有~。❷〈文〉茂盛:松枯不~。❸〈文〉茅菅、芦苇之类的花穗。❹〈文〉菊科植物芙(ǎo)、蓟的果实。

柎 ㊀ fū ❶〈文〉花萼;草木子房:(芍药)皆重~累萼,繁丽丰硕。❷〈文〉钟鼓架的足;器物的足部。❸〈文〉斗拱上的横木。

㊁ fú 〈文〉同"泭"。筏:方舟设~(方舟:并船)。

㊂ fǔ ❶〈文〉弓背两侧贴附的骨片,用来增强弓体的弹力:于挺臂中有~焉(挺臂:弓背握手处)。❷〈文〉通"拊(fǔ)"。击打:棰~。❸〈文〉通"拊(fǔ)"。倚扶:父老~枝而论(枝:树枝)。

㊃ fù ❶〈文〉木板;木片;书版:每书辄削而焚其~。❷〈文〉通"附(fù)"。涂附:以魁~之(用蜃的粉涂附鞋帮)。

厗 fū 〈文〉石头在空隙处突然出现。

砆 fū ❶〈文〉似玉的石头。❷用于地名:~石(在湖南浏阳)。

铁(鈇) ㊀ fū 〈文〉铡刀。切草的器具。古时也用作斩人的刑具:君不忍加之以~锧(锧:zhì,斩人的垫板)。

㊁ fǔ 〈文〉通"斧(fǔ)":铁~。

怤 fū ❶〈文〉思;想。❷〈文〉喜悦;快乐。

胕 fū 见 fǔ "腑"(188 页)。

袚 fū ❶〈文〉衣服的前襟。❷裤子。用于古白话:扯~撅腿(揿:qìn,用手按)。

猤 fū 〈文〉散布;敷陈。

尃 fū "敷"的古字。分布;散布:云~雾散。

麩(麸)[△*秄、*麳、*麱] fū 麸子,小麦磨成粉时筛下的麦皮和碎屑。也叫"麸皮"。

"秄"另见 fú (187 页)。

旉 fū ❶〈文〉散布:草木皆吐,~布而生。通作"敷"。❷〈文〉普遍:贴榜张旗,~绕巷陌。

趺 fū ❶〈文〉同"跗"。1. 脚背:足~。2. 花萼:花~。❷〈文〉碑下的石座:石~|螭首龟~。

毲 fū 〈文〉鸟类脱毛。

烰 fū 见 fú "烰"(186 页)。

紨 fū ❶〈文〉布名。❷〈文〉较粗的绸布。

跗 fū ❶〈文〉脚背:~骨。❷〈文〉花萼:朱~(红色的花萼)。

稃 fū 禾本科植物包在花外面的苞片。鳞片状,花下方的叫"外稃",花上方的叫"内稃"。

傅 fū 见 fù "傅"(191 页)。

箁 fū 〈文〉络丝纺纱的器具。

鄜 fū ❶鄜县,旧地名。在陕西延安。现在改作"富县"。❷姓。

溥 fū 见 pǔ "溥"(528 页)。

虪 fū 见 qiū "蓲"(560 页)。

豥 ㊀ fū 〈文〉猪喘息。

㊁ pū 〈方〉发怒时大声喘息。

孵 fū 使鸟类卵内的胚胎发育成雏鸟:~化|~育|~小鸡。

鳺 ㊀ fū【鳺䳕(fǒu)】〈文〉鸟名。即火斑鸠。也作"夫不(fǒu)"。

㊁ guī【子鳺】〈文〉即子规。俗称"杜鹃鸟"。

薄 fū 〈文〉花叶展布。

敷[敷] fū ❶搽;涂:~粉|洗创~药。❷铺开;摆开:~设|~席|~座。❸足;够:入不~出|不~应用|进料不多,只~一时之需。❹〈文〉陈述;铺叙:~陈|~之成章。❺〈文〉传布;施行:~命于四海。❻姓。

箁 fū 〈文〉竹子的青皮:~盖(用竹子青皮做成的竹笠)。

魼 fū【魼鯕(qí)】〈文〉鱼名。

鳺 fū 【鳺(biē)鳺】传说中的怪鸟。

蒩 fū 【地蒩】一年生草本植物。可入药。也叫"扫帚菜"。

鯆 fū 【鯆(pū)鯆】〈文〉江豚。

憋 fū 【憋(biē)憋】〈文〉急速的样子。

fú （ㄈㄨˊ）

乀 fú 〈文〉汉字笔画的一种。从左向右斜下，俗称"捺"。

夫 fú 见 fū"夫"（182页）。

巿 fú 古代大夫以上祭祀或朝觐时遮蔽在衣裳前面的一种服饰：赤～。通作"韨"。

叏 fú "服"的本字。治理；从事，承担工作。

弗 fú ❶〈文〉表示否定，相当于"不"：自叹～如｜自愧～如｜虽与之俱学，～若之矣。❷〈文〉通"袚(fú)"。去灾求福的祭祀。❸姓。

伏 fú ❶身体向前倾靠在物体上；趴：～案｜俯～｜老骥～枥。❷低下去；倒～｜起～｜此起彼～。❸隐藏；隐蔽：～兵｜潜～｜祸兮福之所倚，福兮祸之所～。❹屈服；低头承认过错，接受惩罚：～法｜～诛。❺使屈服；使服从：～魔｜制～｜降龙～虎。❻伏天，夏季最热的一段时期：～汛(伏季河水暴涨)｜入～｜冬练三九，夏练三～。❼电动势(电压)、电势差(电位差)的单位伏特的简称。1安的电流通过电阻为1欧的导线时，导线两端的电压是1伏。❽姓。

甶 fú 〈文〉鬼头。

凫（鳧） fú ❶野鸭，外形像鸭而略小，善于游水，能飞：是故～胫虽短，续之则忧(胫:小腿)。❷在水里游：～水。

扶 fú ❶用手支持，使人、东西不倒下或使已倒下的再起来：～苗｜搀～｜～老携幼｜把病人～起来。❷手按着；手靠着：～杖｜～着栏杆｜老人～着墙慢慢地走。❸

帮助：～助｜～贫｜帮～｜救死～伤。❹〈文〉沿着：既出，得其船，便～向路，处处志之(向路:旧路)。❺姓。

芙 fú 【芙蓉(róng)】1.木芙蓉，落叶灌木。叶裂片三角形，花白色后变淡红色，叶、花和根皮可入药。2.荷花：出水～。

茀 fú 见 fèi"茀"（175页）。

苵 fú 【苵苢(yǐ)】古书上指车前子。多年生草本植物。花淡绿色，叶和种子可入药：采采～(采采:茂盛)。

佛 fú 见 fó"佛"（181页）。

孚 ⊖ fú 〈文〉使人信服：深～众望(很让众人信服)｜小信未～，神弗福也(小信:小事情上的诚信)。

⊜ fū 〈文〉鸟孵卵：夫鸿鹄之未～于卵也。

泍 fú 【滭(bì)泍】〈文〉寒风撼物的声音。

犬 fú 见 quǎn"犬"（569页）。

刜 fú ❶〈文〉击；砍削：苑子～林雍，断其足(苑子、林雍:人名)。❷〈文〉铲除；谗(chán)贼。

坿 fú 〈文〉白坿，白石英。
另见 fù"附"（190页）。

拂 ⊖ fú ❶擦拭；掸去：～拭｜去尘｜～土。❷轻轻擦过；掠过：吹～｜春风～面｜梧桐杨柳～金井。❸抖动；甩动：～袖而去。❹〈文〉违背；违反：～乱｜～逆｜忠言～于耳。❺〈文〉接近：～晓。❻〈文〉排除；驱除：～恶从善｜排～｜～异端。

⊜ bì ❶〈文〉通"弼(bì)"。矫正；匡正：故谏、诤、辅、～之人，社稷之臣也。❷〈文〉通"弼(bì)"。辅助；帮助：～士(辅弼的臣子)。

苻 fú ❶〈文〉同"莩"。芦苇秆子里面的白色薄膜。❷姓。

莩 fú 〈文〉杂草多，妨碍通行：道～不可行。

柎 fú ❶【柎疏】〈文〉大树的树枝四面布散的样子：根～以分离。❷〈文〉树木名。

咈 ⊖ fú ❶〈文〉违逆：临事严方，数～帝意(数:shuò,屡次)。❷模拟呼吸时发

出的气息：放在嘴边"～～"地吹着。

㊀ fèi〈文〉通"怫(fèi)"。愤怒的样子：～然而退。

帔 ㊀ fú ❶〈文〉五色帛制成的舞具：(文舞)十六人执～。❷〈文〉通"韍(fú)"。一种遮蔽在衣裳前面的服饰：天子赤～。
㊁ bō〈文〉一幅宽的巾帛。

弟[岪] fú ❶【弟弟】〈文〉兴起的样子：美哉～(美好兴盛)。❷【弟郁】〈文〉曲折的样子：花坞～。❸〈文〉半山腰的路。

服[服] ㊀ fú ❶从事；承担(义务或刑罚)：～务｜～刑｜～兵役。❷顺从；承认：～从｜～输｜甲兵不劳而天下～。❸使听从；使顺从：说｜～征｜以理～人。❹适应；熟习：水土不～。❺吃(药)：～药｜内～｜～毒自尽。❻衣服；衣裳：～装｜便～｜校～｜～饰甚伟。❼〈文〉丧服：除～｜有～在身。❽古代一车驾四马，居中的两匹叫"服"。❾姓。
㊁ fù 量词。用于中药的汤剂：一～中药。

泭 fú〈文〉筏：用巨竹为～，浮湖中。后作"桴"。

沸 fú 见 fèi "沸"(175页)。

怫 ㊀ fú〈文〉形容忧愁：～郁(郁闷；不舒畅)。
㊁ fèi〈文〉愤怒的样子：～然而怒。

宓 fú 见 mì "宓"(456页)。

绂(紱) fú ❶古代系印章或佩玉饰的丝带：印～｜朱～｜怀玺藏～。❷通"韍(fú)"。古代祭服的蔽膝(护膝的围裙)，用熟皮制成：朱～方来。

绋(紼) fú ❶〈文〉大绳，特指牵引灵柩的大绳：助葬必执～(送葬时帮助牵引灵柩，也泛指送葬)。❷〈文〉通"绂(fú)"。系印章的丝带：吉疾病，上将使人加～而封之(吉：人名)。

韍(韍) fú ❶古代祭服的蔽膝(护膝的围裙)，用熟皮制成。❷同"绂"。古代系印章或佩玉饰的丝带：印～。

坺 fú〈文〉壅塞不通：川塞谿～。

茯 fú【茯苓(líng)】真菌的一种。寄生在松树根上，形状像甘薯，外表黑褐色，里面白色或淡粉红色。可以加工制成食品，也可入药。

柎 fú 见 fū "柎"(183页)。

枹 fú 见 bāo "枹"(20页)。

梻 fú〈文〉脱粒的农具，即连枷。

畐 ㊀ fú ❶〈文〉满。❷一种容器，无足的鬲(lì)。
㊁ bì〈文〉壅塞：～塞虚空。后作"偪、逼"。

罦 fú 古代捕兔的网，也泛指捕捉野兽的网：～网弥山。

氟 fú 气体元素。符号 F。

俘 fú ❶打仗时捉住敌人：～获｜被～｜生～。❷打仗时捉住的敌人：战～｜遣～。

凫 fú〈文〉同"凫"。野鸭。

郛 fú 外城，古代在城的外围加筑的城墙：～郭(外城)｜伐宋，入其～。

胕 fú 见 fū "胕"(188页)。

烰 fú ❶【烨(bì)烰】〈文〉火盛的样子：积薪而～。❷〈文〉火的样子。

洑 ㊀ fú ❶〈文〉旋涡：夏水急盛，川多湍～。❷〈文〉水在地下流动：～流。
㊁ fù 在水里游：～水。

祓 fú ❶古代为除灾去邪而举行的祭祀：三月中，吕后～。❷〈文〉清除；扫除：～除｜～濯(洗涤)。

袚 fú 见 bì "袚"(32页)。

垺 fú 见 fóu "垺"(182页)。

莩 ㊀ fú〈文〉芦苇秆子里面的白色薄膜。
㊁ piǎo〈文〉同"殍"。饿死的人：民有饥色，野有饿～。

蔔 fú 见 bèi "蔔"(25页)。

枎 fú ❶〈文〉房梁:陈其土地所产宝货诸奇物于～上。❷〈文〉压挤汁液的器具:油～。

砩 fú 砩石,即萤石。矿物,成分为氟化钙。现作"氟石"。

蚨 □ fú【青蚨】1.古代传说中的小虫,母子不相离。用母血涂钱八十一文,又用子血涂钱八十一文。购物时,或先用母钱,留下子钱;或先用子钱,留下母钱。用去的钱都能自己飞回来,母子相聚。2.〈文〉借指钱:囊里无～,箧中有黄绢。

虾 fú 见 fóu"虾"(182页)。

罘 fú〈文〉同"罦"。一种装有机关的网,能自动掩捕鸟兽。也叫"覆车网"。

浮 □ fú ❶漂在液体表面上(跟"沉"相对):～萍|漂～|泛泛杨舟,载沉载～(载:且,又)。❷飘在空中:～云蔽日|雨浪浪其不止,云浩浩其常～。❸在表面上的:～雕|～面|～土。❹可移动的;不固定的:～产|～财。❺暂时的:～记|～支。❻空泛;不切实际:～华|～夸|～名|生者梦。❼不踏实;不沉静:～躁|～轻|这人心太～。❽超出;多余:～额|～员|人～于事。❾〈文〉罚饮(酒);饮(酒):～以大白(饮一满杯酒。白:酒杯)。❿上下变动;不固定:上～|下～|工资随绩效～动。⓫姓。

袚 fú 见 bō"袚"(47页)。

珨 □ fú ❶〈文〉玉的色彩。❷【瑹(tū)珨】〈文〉玉名。

拂 fú【拂菻(lǐn)】古国名。隋唐时指东罗马帝国及其所属西亚、地中海沿岸一带。也作"拂林(lǐn)"。

菔 fú 见 fèi"菔"(175页)。

蕧 □ fú【莱蕧】萝卜。

桴 □ fú ❶〈文〉小的木筏或竹筏:乘～浮于海。❷〈文〉鼓槌:～鼓相应。❸〈文〉房屋的二梁:栋～。

虙 fú ❶〈文〉通"伏(fú)"。藏匿;埋伏:～痕(痕:jiǎ,腹中结块的病)。❷〈文〉通"伏(fú)"。【虙羲】即伏羲。传说中的三皇之一。也作"虙戏"。❸〈文〉虎的样子。

符 □ fú ❶符节,古代朝廷传达命令或征调兵将用的凭证。分成两半,朝廷与外任官员或出征将帅各执一半,用时将两半对合,以验真伪。泛指凭证、符券等信物:兵～|虎～|合～。❷记号;标记:～号|音～|休止～。❸相合:～合|相～|发矢中的,赏罚当～。❹道士、巫师等画的声称能驱鬼镇邪的图形或线条:护身～|念咒画～。❺姓。

第 fú ❶古代车厢后面的遮蔽物。❷〈文〉一种杆上带绳的箭。

匍 □ fú【匍(pú)匐】1.爬行。2.趴。3.〈文〉尽力。

烰 ㊀ fú【烰烰】〈文〉热气蒸腾的样子:烝之～(烝:蒸)。
㊁ fū【烰炭】〈方〉即木炭,木柴燃烧后剩下的块状物,在隔绝空气的条件下干馏得到。
㊂ páo〈文〉通"庖(páo)"。厨房;厨师。

涪 □ fú ❶【涪江】水名。发源于四川北部,在重庆合川流入嘉陵江。❷【涪陵】地名。在重庆中部。

袱 □ fú 用于包裹或覆盖的布单:包～。

艴 □ fú "艴(bó)"的又读。

翇 fú 古代舞名。舞者执完整的雉羽舞蹈,祭祀社稷神。

葍 fú〈文〉多年生蔓草,对农作物有害:言采其～。也叫"小旋花"。

薋 fú【薋菢(cí)】〈文〉孳茅。也作"凫茈"。

彴 fú〈文〉火盛的样子。

踾 ㊀ fú〈文〉跳。
㊁ fèi〈文〉急忙行走的样子。

幅 □ fú ❶布帛的宽度:～面|单～|这种布～宽是多少?❷泛指宽度:～度|～员(宽窄叫幅,周围叫员。指国家疆域)|篇～|振～。❸量词。用于布帛、图画等:一～白布|两～字画|一～动人的情景。

罦 fú ❶〈文〉同"罘"。捕兔的网。❷同"罬"。古代一种附设有机关的捕鸟兽的网。即覆车网。

罬 fú ❶〈文〉一种设有机关捕捉鸟兽的网:雉离于～(离:遭遇)。又叫"覆车网"。❷〈文〉覆盖:～于墙屋。

紱 fú 〈文〉覆盖在车轼上的供人凭靠的袋状物。

飖[飖] fú【飖飖(yáo)】〈文〉自下而上的旋风。也作"扶摇"。

輻(辐) fú 车轮上连接车毂和轮圈的直条:～条|三十～共一毂。

蜉 fú【蜉蝣(yóu)】昆虫。体细长纤弱,有长尾。幼虫生活在水里,成虫在水面飞行。生存期极短,交尾产卵后即死:寄～于天地,渺沧海之一粟。

艀 fú 〈文〉小船。

鉜 fú【鉜鏂(ōu)】1. 镜匣上的装饰。2. 大钉。

䇛 fú 〈文〉盛;多。通作"浮"。

录 fú 〈文〉遇见鬼魅惊惧的样子。

鿎 fú【鿎梳(liú)】〈文〉一种食品。即徽子。
　另见 fū "麸"(183 页)。

福 fú ❶感到心满意足的生活或境遇(跟"祸"相对):幸～|造～|祸兮～所倚,～兮祸所伏。❷享受幸福生活的命运:～分|托～|大饱眼～。❸〈文〉祭祀用的酒肉:～礼|胙(zuò)。❹〈文〉降福;保佑:小信未孚,神弗～也。❺姓。

綍 fú ❶〈文〉同"绋"。引棺的大绳:诸侯执～五百人。❷〈文〉帝王的诏书:忽诏军前捧～纶。

榑 fú【榑桑】即扶桑。1. 传说中的神树:东～才吐。2. 传说中日出的地方:朝发～。

醅 fú ❶〈文〉罚人饮酒:～觞(饮酒)。❷〈文〉在酒中浸泡:(当归)酒～浸七日。

鞄 fú 见 páo "鞄"(506 页)。

黻 fú 同"黻"。古代礼服上绣的半青半黑的花纹。

鞴 fú 见 bèi "鞴"(26 页)。

箙 fú ❶古代盛箭的器具,用竹、木或兽皮制成:利箭在～。❷〈文〉器具的外套。

珊[韝] fú 〈文〉车栏间的皮筐,用来装玉或盛放弓箭。

鞴 fú 古时车上供凭靠的袋状物。也作"紱"。

蝠 fú【蝙(biān)蝠】哺乳动物。头和躯干像老鼠,前后肢和尾部之间有翼膜。清晨和黄昏在空中飞翔,靠本身发出的超声波引导飞行,吃蚊、蛾等昆虫。

幞 fú ❶幞头,古代男子束发用的头巾:高～广带。❷〈文〉巾帕;包裹或覆盖的布单:命力士裹以油～。

鳺 fú【鳺鴀(bī)】即戴胜。古书上说的一种鸟。也叫"鵖鳺"。

洑 fú ❶〈文〉水回流:洪波迅～。❷姓。洑中翁,汉代人。

駯 fú 〈文〉马名。

趡 fú 逃走;出走。用于古白话:得手～了为上计。

輹 fú 见 fù "輹"(191 页)。

踾 fú 见 bì "踾"(34 页)。

鲂 fú【鲂(fáng)鲱】鱼名。身体近圆筒形,头部有骨质板,前胸有指状鳍,能在水底爬行。生活在海洋中。

澓 fú 古水名。在今湖南。

黻 fú ❶古代礼服上绣的半青半黑的花纹:～衣绣裳。❷同"韨"。古代祭服的蔽膝。❸同"绂"。古代系印章或佩玉饰的丝带。

襆[襆] ㊀ fú ❶〈文〉同"幞"。覆盖或包裹衣物的布单,巾帕:衣～裹而纳之(纳:献上)。❷〈文〉用襆包裹:以皂纱全幅向后～发(fà)。❸〈文〉包裹;行李:弃～于岸。
㊁ pú 古时深衣(在家闲居时穿的衣服)的下裳。

鼓
㊀ fú 〈文〉军鼓声响亮:连年震鼓～。
㊁ fú 〈文〉通"拊(fǔ)"。拍手。

鴂 fú 【鴂鸠】〈文〉鸟名。一种小鸠。即火斑鸠。

鵬[鵩] fú 〈文〉鸟名。似鸮。古人认为是不祥之鸟:有～鸟飞入(贾)谊舍。

韛 fú 见bài "韛"(16页)。

鶝 fú 【鶝鶔(róu)】〈文〉鸟名。

蠹 fú 【蚍(pí)蠹】〈文〉大蚂蚁。也作"蚍蜉"。

fǔ　(ㄈㄨˇ)

父 ▢ fǔ 见fù "父"(189页)。

俌 fǔ 〈文〉同"甫"。开始:众～(万物的开始)。

匬 fǔ 〈文〉同"簠"。盛食物的器皿,也用作礼器。

抚(撫) ▢ fǔ ❶用手轻轻摩挲:～摩|～弄。❷〈文〉按;握:～剑。❸安慰;慰问:～慰|～恤(xù)|汉王之出关至陕,～关外父老。❹爱护;养育:～爱|～养|～育。❺弹奏:～琴。❻〈文〉同"拊"。拍;击:～拍|～掌欢笑。

甫 ▢ fǔ ❶古代在男子的名或字的后面加的美称,如仲尼甫(称孔子,孔子名丘字仲尼)。❷〈文〉开始;刚刚:年～弱冠|天下～定。❸姓。

呒(嘸) ㊀ fǔ 【呒然】〈文〉惊诧的样子。
㊁ ḿ 〈方〉没有:～啥。

叹 ▢ fǔ 【叹咀(jǔ)】1.〈文〉咀嚼。2.中医指把药物弄碎,以便煎服。

孜 fǔ 〈文〉同"抚"。抚摩。

拊 fǔ 〈文〉拍:～掌|～膺长叹。

剆 fǔ 〈文〉同"弣"。刀、弓等用手把握的部分。

斧 ▢ fǔ ❶斧子,砍木头等用的工具。金属制的头呈楔形,装有木柄:～头|～斤|班门弄～|析薪如之何?匪～不克(匪:非)。❷古代一种兵器:～钺。

府 ▢ fǔ ❶古代官方收藏文书或财物的地方:～库|藏于盟～(盟府:收藏盟书的地方)。❷〈文〉某些人物、事物汇集的地方:学～|怨～(怨恨聚集的对象)。❸原指官署,后指政权机关:官～|政～|～不积货,藏于民也(货:财物)。❹旧时称高官、贵族的住宅,现也称某些国家元首办公或居住的地方:～第|王～|相～|总统～。❺敬辞。用于称对方的住宅:～上|贵～。❻古代行政区划单位,一般在县以上:开封～。❼姓。

弣 fǔ ❶〈文〉弓背中部手握的部位:左手承～。❷〈文〉弓把。见镞于～。

柎 fǔ 见fū "柎"(183页)。

郙 fǔ 古亭名。在今河南上蔡。

鈇 fǔ 见fū "鈇"(183页)。

俌 fǔ 〈文〉辅佐:左龙右虎～之。后作"辅"。

跗 ㊀ fǔ ❶〈文〉同"腑"。称胃、胆等脏器:肺～。❷〈文〉通"腐(fǔ)"。腐烂:～坏。
㊁ fū 〈文〉同"肤"。皮肤:～溃(皮肤流汗)。
㊂ fú 〈文〉浮肿:(有草)可以已～(已:治愈)。

莆 ▢ fǔ 见pú "莆"(527页)。

俯 ▢ [△俛、△頫] fǔ ❶头低下(跟"仰"相对):～拾即是|～首帖耳|～仰由人。❷向下:～冲|～视|～卧。❸敬辞。用于称对方对自己的动作行为:～察|～念|～允。
"俛"另见miǎn(458页);"頫"另见fǔ "頫"(189页)。

釜 ▢ fǔ 古代的炊具,类似现在的锅:～底抽薪|破～沉舟|其在～下燃,豆在～中泣。

蚐 fǔ 【蚐蚐】〈文〉一种危害瓜苗的害虫。也作"蚐父"。

拤 fǔ 〈文〉用斧砍。

捬 fǔ ❶〈文〉同"抚"。抚摸;拍击:～心|～膺(膺:胸)。❷〈文〉同"抚"。安抚;抚养:～育孩婴。❸〈文〉抵御:～迎中庭(在中庭抵御伤人者)。

較 fǔ 〈文〉同"辅"。面颊。

辅(輔) fǔ ❶帮助;从旁协助:～导|～佐|～弼|夫将者,国之～也。❷〈文〉护卫:城阙～三秦,风烟望五津。❸古代指京城附近的地方:畿～。❹〈文〉面颊;颊骨:车相依(颊骨和牙床彼此依靠在一起,比喻两种事物密不可分,相互依存)。❺姓。

脯 ㊀ fǔ ❶干肉:肉～|鹿～|兔～。❷用糖、蜜等腌制的瓜果干:果～|梨～|杏～。
㊁ pú 胸部:胸～。

颊(頰) ㊀ fǔ 头低下。用于人名。赵孟颊,元代书画家。
㊁ tiǎo 〈文〉通"眺(tiào)"。眺望:～览。
"颊"另见 fǔ"俯"(188页)。

腑 fǔ 中医将胆、胃、大肠、小肠、膀胱和三焦(胃上口、胃中脘、膀胱上口)称为六腑:脏～|五脏六～。

蛗 fǔ 〈文〉小蟹。

滏 fǔ【滏阳】水名。在河北,与滹沱河汇合后叫子牙河,流经天津入海。

蝜 fǔ 古书上指类似金花虫的昆虫。

腐 fǔ ❶霉烂;变质:～烂|～朽|流水不～|物必先～也,而后虫生之。❷(言行、思想)陈旧、不切合实际:～儒|陈～|迂～。❸豆制品:～乳|～竹|豆～。❹〈文〉宫刑:～刑。

绤 fǔ 〈文〉整治旧棉絮。

阋 ㊀ fǔ 〈文〉俯,低下:～首。
㊁ yuè 〈方〉用同"阅"。

赗 fǔ 同"府"。古代官方收藏财物的场所。

酺 fǔ 〈文〉面颊:颊～。

魁 fǔ 〈文〉指北斗七星之一:左肾～(道教以北斗七星跟人体五脏相配,魁星对应的是左肾)。

酺 fǔ ❶同"釜"。古代一种锅:清泉洗～。❷古量器名:量之以为～。

簠 [盙] fǔ 古代祭祀或宴饮时盛放黍、稷、稻、粱等饭食的器具,有盖、两耳和四个短足。

鏆 fǔ 见 fú"鏆"(188页)。

黼 [黼] fǔ 古代礼服上绣的黑白相间的斧形花纹,也指绣有这种花纹的礼服:～衣。

fù（ㄈㄨˋ）

阝 fù 〈文〉即"阜"。土山:山胜陵,陵胜～。后用作偏旁。

父 ㊀ fù ❶父亲:～子|家～|知子莫若～。❷家族或亲戚中的长辈男子:祖～|岳～|叔～。❸对伟大勋业缔造者的尊称:国～|导弹之～。
㊁ fǔ ❶古代对有才德的男子的美称。如孔丘字仲尼,也称"尼父"。也作"甫"。❷〈文〉称从事某种职业的男子:渔～|田～。❸姓。

讣(訃) fù 报丧:～电|～告|～闻。

付 fù ❶交给;给予:交～|托～|～之东流。❷给(钱):～款|支～。❸姓。

妔 fù 见 rú"妔"(581页)。

负(負) fù ❶〈文〉背(bēi);用背(bèi)驮东西:～薪|～荆请罪。❷承担;担任:～责|身～重任|水之积也不厚,则其～大舟也无力。❸靠;凭借:～墙而立|～险固守|临海～山。❹遭受;蒙受:～伤|～屈衔冤。❺享有:久～盛名。❻亏欠;拖欠:～债。❼背弃;违背:～心|辜～|忘恩～义。❽败;被对方打败(跟"胜"相对):～于对手|一胜一～。❾数学上指小于零的(跟"正"相对),⓾同):～数|～号|三点五(-3.5)。⓾物理学上指得到电子的:

～电|～极。

妇（婦）[＊媍] fù ❶成年女性的通称:～女|～孺皆知男～老幼。❷已婚的女子:～人|少～|家庭主～。❸妻子:夫～|新～|使君自有～,罗敷自有夫。❹〈文〉儿媳:～姑(儿媳和婆婆)。

汈 fù 用于地名:湖～(在江苏宜兴)。

附[⊖⊖△＊坿] ⊖ fù ❶依从;附着(zhuó):～和(hè)|～庸|依～|魂不～体。❷贴近;靠近:～近|～耳之言,闻于千里也。❸另外有所补充;额外加上:～设|～件|寄照片两张,还得一笔手续费。❹〈文〉增加:～益。

⊜ póu【附娄(lǒu)】〈文〉小土山:～无松柏。

"坿"另见 fù (184 页)。

咐 fù ❶【吩(fēn)咐】口头指派或命令。❷【嘱(zhǔ)咐】叮嘱;告诉对方记住应该怎样做:妈妈～孩子要讲卫生、懂礼貌。

阜 fù ❶〈文〉土山,泛指山:～陵|山～|有鸟止于南方之～。❷〈文〉(物资)多;富足:物～民丰|民殷财～。❸〈文〉肥大;高大:田车既好,四牡孔～(田车:畋猎用的车。牡:公马)。❹姓。

㠜 fù 〈文〉同"阜"。土山。

服 fù 见 fú "服"(185 页)。

驸（駙） fù ❶古代几匹马同拉一辆车时,在旁边的马叫驸。❷【驸马】驸马都尉的简称。魏晋以后,皇帝的女婿照例加此封号,因此"驸马"成了皇帝女婿的专称。

赴 fù ❶到;前往:～任|～汤蹈火|奔～前线。❷〈文〉投入;投身:宁～湘流,葬于江鱼之腹中。❸〈文〉同"讣"。报丧:哭而来～。

柎 fù 见 fū "柎"(183 页)。

趴 fù 〈文〉急速越过。

复（❶-❻復、❼-❾複） fù ❶返回;往～|昭王南征而不～。❷回答;回报:～命|～信|答～|批～|～函。❸还原:～刊|～学|恢～|～官|～原职。❹报复:～仇|以～私怨。❺重复;再来一次:～述|～习|～制|反～。❻再;又:周而～始|死灰～燃|冀～得兔,兔不可～得。❼非单一的;两重(chóng)或多重的:～合|～杂|～分数。❽〈文〉夹衣;冬无～襦(rú),夏无单衣。❾〈文〉重叠;多而杂:山重水～疑无路,柳暗花明又一村。

皀 fù 〈文〉同"阜"。土山:山～。

洑 fù 见 fú "洑"(185 页)。

祔 fù ❶祭祀名。古代帝王在宗庙内将后死者的神位附于先祖旁祭祀:宪宗神主～太庙。❷〈文〉合祭:～祭先灵。❸〈文〉合葬:(叶宗儒)～于父墓。

蚹 fù【王蚹】〈文〉蝉一类的虫。

府 fù ❶〈文〉脊柱弯曲,不能仰起。❷〈文〉水肿;浮肿。

陚 fù 〈文〉小土山。

副 ⊖ fù ❶居第二位的;担任辅助职务的(与"正"相对):～职|～教授|～部长。❷辅助的职务;担任辅助职务的人:队～|大～|团～。❸附带的次要的:～业|～产品|～作用。❹相称;符合:名～其实|盛名之下,其实难～。❺量词。用于成对或成套的物件:一～手套|一～眼镜|一～耳环|几～春联。❻姓。

⊜ pì 〈文〉剖开;破开:舜于是殛之于羽山,～之以吴刀(殛:杀)。

蚹 fù ❶〈文〉蛇腹下代足爬行的横鳞:蛇～。❷〈文〉蛇皮:巨蛇之蜕～。

畐 fù 见 bī "畐"(29 页)。

偩 fù ❶〈文〉依照;模拟:礼乐～天地之情。❷〈文〉依仗:自～而辞助(自恃而拒绝他人的帮助)。

㚒 fù 〈文〉从原路返回。通作"复(復)"。

冨 fù 同"富"。财物多。用于古白话:我父亲营运家业,～之有余。

敷 fù 〈文〉同"妇"。妇女:刑戮孕～。

媍 fù 见 fàn "媍"(170页)。

蕡 fù 见 bèi "蕡"(25页)。

軷 fù 见 rǒng "軷"(580页)。

跰 ⊖ fù 〈文〉快速跳越。
⊜ zuò 〈文〉同"阼"。阼阶;阶位:践～(走上阼阶主位)。

赋(賦) fù ❶旧时指田地税:地～|田～|省刑罚,薄～敛。❷〈文〉征收(赋税):～以重税。❸交给;授予:～予|天～人权|发廪粟以～众贫。❹天生的资质:禀～|天～。❺〈文〉吟诵或写作(诗、词):～古人诗句|屈原放逐,乃～离骚。❻文体的一种,盛行于汉魏六朝,是韵文和散文的综合体:汉～|诗词歌～。

傅 ⊖ fù ❶〈文〉辅助;教导:郑伯～王|～之以德义。❷负责教导和传授知识、技艺的人:师～。❸〈文〉依附;附着(zhuó):皮之不存,毛将安～?❹涂抹:～粉。❺姓。
⊜ fū 〈文〉通"敷(fū)"。陈述:古之选贤,～纳以言。

皇 fù 【皇螽(zhōng)】〈文〉蝗类昆虫的总称。也作"阜螽"。

富 fù ❶财物多(跟"贫、穷"相对):～豪|～强|不义而～且贵,于我如浮云。❷使变富:～国强兵|～民政策。❸资源;财产:～源|财～|～润屋,德润身。❹丰富;多:～饶|～矿|～庶|～有生命力。❺姓。

椱 fù 〈文〉织机上卷缯帛的轴。

傅 fù 【皮傅】〈文〉牵强附会。也作"皮傅"。

腹 fù ❶肚子,人的腹在胸的下面:～腔|～泻|空～|口蜜～剑。❷指内心:～稿|～诽|以小人之心度(duó)君子之～。❸比喻居中的部位;中心部分:～地|山～。

鮒(鮒) fù 〈文〉古代指鲫鱼:涸辙之～(在干车沟里的鲋鱼,比喻处境困难,急待救援的人)。

缚(縛) fù ❶捆绑;束～|作茧自～|手无～鸡之力。❷〈文〉捆绑东西的绳索:武王亲释其～。

駃 fù 〈文〉公马:乘～马。

賻(賻) fù 〈文〉送财物给办丧事的人家:～金|～仪|故旧在京师者数人,相与出钱～其家。

复 fù 〈文〉重复。通作"复(複)"。

福 fù ❶〈文〉充满:～乎天地之间者德也。❷〈文〉藏:邦～重宝(邦:指宋国)。❸〈文〉通"副(fù)"。相称:位不～德。

茯 fù 〈文〉假髻。

覆 fù ❶〈文〉旋覆花。多年生草本植物。又叫"金沸草"。❷〈文〉竹花。

蕾 fù 〈文〉蕾(fú)草。

蝮 fù 【蝮蛇】爬行动物。头三角形,背灰褐色,两侧各有一行黑褐色圆斑,有毒牙。生活在山野或平原,吃蛙、鸟、鼠等。

蝂 fù 【蝜蝂(bǎn)】古代寓言中指一种黑色小虫。喻指贪得无厌的人。

鮁 fù 【吐(tǔ)鮁】古书上指一种鱼。也叫"船钉鱼"。

駂 fù 〈文〉马肥壮:吾车既好,吾马既～。

輹 ⊖ fù 〈文〉捆绑车伏兔和车轴的绳索(伏兔:古代车上的部件,勾连车厢底板和车轴,形状像蹲伏的兔子):舆脱～(脱:脱落)。
⊜ fú 〈文〉通"辐(fú)"。车辐:大舆之～(舆:车)。

輔 fù 〈文〉内裤。

鍑 fù 〈文〉釜一类的器物,形制不一:以～煮(以:用)。

覆 fù 〈文〉从旁挖的土室;洞窟:就～穴中宿。

覆 fù ❶底朝上翻过来;反转:翻来～去|～巢之下无完卵|水可载舟,亦可～舟。❷盖;遮盖:～盖|天～地载。❸灭亡:～国亡家。❹〈文〉审察:～案小罪。

馥 fù ❶〈文〉香气浓郁:～郁。❷〈文〉香气:流香吐～。

箙 fù 〈文〉竹子的籽实。

蝵 fù 【蝵螽(zhōng)】〈文〉同"螽蝵"。蝗类昆虫的总称。也作"阜螽"。

鬴 fù 〈文〉假髻。

鳆 fù 古代指鲍鱼。

猋 fù 〈文〉迅疾。

G

g

吉 gā【吉吉儿(lár)】〈方〉呇晃儿。

夹 □ gā 见 jiā "夹"(296 页)。

呇 □ gā【呇晃儿(lár)】1.〈方〉角落:墙~|门~|犄角~。2.〈方〉偏僻的地方:背~|山~。

伽 gā 见 qié "伽"(551 页)。

呷 □ gā 见 xiā "呷"(724 页)。

咖 □ gā 见 kā "咖"(351 页)。

胳 □ gā 见 gē "胳"(203 页)。

戛 □ gā 见 jiá "戛"(298 页)。

嘎 [*嘎] ㊀ gā ❶模拟短促而响亮的声音:~的一声,汽车停了下来。❷【嘎嘎】模拟鸭子、大雁等的叫声。也作"呷呷"。

㊁ gá ❶【嘎调(diào)】京剧唱腔中用特别拔高的音唱某个字,这种拔高的音叫嘎调。❷【嘎嘎儿(gar)】旧同"尜尜儿"。儿童玩具。两头尖,中间大。

㊂ gǎ ❶〈方〉脾气不好;乖僻:~古|这家伙实在太~,跟谁也说不到一块儿。❷〈方〉调皮:~子|~小子。‖旧也作"生"。

轧 □ gá 见 yà "轧"(771 页)。

钆 (釓) gá 金属元素。符号 Gd。

尜 □ gá【尜尜儿(gar)】儿童玩具。两头尖,中间大:打~。旧也作"嘎嘎儿"。

嘎 □ gá 见 gā "嘎"(193 页)。

噶 □ gá 译音用字:~尔(县名,在西藏阿里)|~伦(原西藏地方政府主管行政事务的官员)|~伦堡(印度东北部边境城镇)。

嶱 gá【干(gān)嶱】〈文〉狂风摇撼发出的巨响:袤雷努风,撼鸽(hàn)~(撼鸽:雷霆轰动的样子)。

鎁 gá 化学元素"钆(gá)"的旧称。

生 gǎ 旧同"嘎"。脾气不好;调皮。

尕 □ gǎ 〈方〉小(含亲爱意):~娃|~刘。

嘎 □ gǎ 见 gā "嘎"(193 页)。

尬 □ [尲、尲、尲、魀、魀、魀] gà【尴(gān)尬】1. 左右为难,不好应对。2.〈方〉神态不自然。

毢 gà【尲(gān)毢】1. 处境困难,事情棘手。2. 神色不自然。‖用于古白话。

佮 gāi ❶〈奇(jī)佮〉〈文〉不同寻常;奇异:形貌~。❷〈文〉噎住。食物堵住食道。

郂 gāi 古乡名。在今河南。

该 (該) gāi ❶应当是:一斤十块钱,一百斤~一千块钱|论贡献,~老王最大。❷轮到:今天值班~我了|下面~你发言了。❸理应如此(限于单用):

他被骗了？～！谁让他爱贪小便宜！❹欠(可带双宾语)：～账｜～他一百块钱。❺应当(后跟动词性成分)：辛苦一年，～休息几天了。❻多跟"不是"连用，表示揣测，多用于不如意的事情：这棵树～不是要死了吧。❼表示意愿性情态，加强感叹语气(跟"多"配合)：要是父亲还活着～多好哇！｜下班能冲个凉水澡，～有多惬意呀！❽代词。指代上面提到的人或物(多用于公文函件)：～生｜～厂｜计划尚未通过。❾〈文〉同"赅"。具备；完全：幼老生死古今，罔不详～。

陔 gāi ❶〈文〉层次；阶次：具泰一祠坛…三～(具：修建。泰一：坛名。三陔：三层)。❷〈文〉田埂：循彼南～，言采其兰(言：动词词头)。

垓 gāi ❶古代数目，指一万万。❷〈文〉重(chóng)：九～(九重天)。❸【垓下】古地名。在今安徽灵璧东南。楚汉相争时，刘邦在垓下围困项羽，项羽失败。

荄 gāi ❶〈文〉草根；弱草之～。❷〈文〉根源；起始。

峐 gāi 〈文〉山不长草木。

阂 gāi 见hé"阂"(245页)。

姟 gāi 古数名，最大的数目：行～极。也作"垓"。

晐 gāi ❶〈文〉日光普照。❷〈文〉完备；兼容：～备。后作"赅"。

賅(赅) gāi ❶〈文〉兼有；包括；全：～括｜举一～百｜以偏～全。❷〈文〉完备：～备｜言简意～。❸〈文〉通"侅(gāi)"。奇；非常。

敠 gāi 【敠玫(yǐ)】古代用玉或金属制成的佩饰物，用以驱鬼避邪。

畡 gāi ❶〈文〉同"垓"。兼备八极(四方加四隅)之地：王者居九～之田(九畡：中央至八极的九州之地)。❷【畡数】〈文〉极大的数目。

祴 gāi ❶【祴夏】古乐章名(《九夏》之一)：～乐。也作"陔(gāi)夏"。❷〈文〉堂下阶前砖砌的路。❸古西域部落名。

絯 ⊖ gāi 〈文〉拘束；约束：不～于富贵声名。

⊜ hài 〈文〉通"骇(hài)"。惊骇：阴阳错行，则天地大～。

豥 gāi 〈文〉四蹄都是白色的猪。

賮 gāi 〈文〉同"赅"。奇；不寻常：奇～。

餩 ⊖ gāi 〈文〉饴糖。

⊜ ài 打嗝儿。用于古白话：酒声频～～(餩餩：打嗝儿声)。

gǎi (《ㄞˇ)

改 gǎi ❶变更；更换：～变｜乡音未～｜昨天刚说好的，今天就～了主意。❷修正；纠正：修～｜～正｜～稿子｜改邪归正。❸〈文〉更；再：地不～辟矣，民不～聚矣，行仁政而王，莫之能御也。❹姓。

胲 gǎi 见hǎi"胲"(234页)。

绐 gǎi 〈文〉开弓发箭后，弦与弓弩两端相击撞。

鐦 gǎi 〈方〉锯开(木料)：～匠(木匠)。

gài (《ㄞˋ)

丐 [*匄、△*勻] gài ❶靠乞讨为生的人：～帮｜乞～。❷〈文〉乞求：～贷｜～食｜有道士破巾絮衣，～于车前。❸〈文〉给予；施与：沾～后人(给后人以好处或好影响)｜又出库钱一千万，以～贫民遭旱不能供税者。
"勻"另见gài(194页)。

勻 gài 用于人名。周敬王名姬勻，春秋时晋国人有士勻。
另见gài"丐"(194页)。

芥 gài 见jiè"芥"(321页)。

坽 gài ❶〈文〉同"概(槩)"。量谷物时用来刮平斗斛的器具。❷〈文〉使均等；治理：～量其国民。

斺 gài 见jiè"斺"(321页)。

槩 gài 〈文〉同"槩"。量谷物时用来刮平斗斛的器具。

陔（隑）㊀ gài ❶〈文〉梯子。❷〈文〉
斜靠；靠着。

㊁ qí 〈文〉同"碕"。弯曲的岸：～州（岸
曲而长的洲）。

㊂ ái【陔陔】〈文〉耸立的样子：西山～。

钙（鈣）gài　金属元素，符号 Ca。

盖（蓋）㊀ gài ❶器物上部有遮蔽、
封闭作用的东西，可以拿起：
锅～｜瓶～儿｜井～儿。❷某些动物的甲壳，
也指人体中某些起类似作用的骨骼：螃蟹
～｜膝～｜天灵～。❸古代指伞：华～（古代
帝王、贵官车上的伞盖）｜拥大～，策驷马。
❹把盖子一类的东西放在器物的上部；从
上而下地蒙上：～盖儿｜覆～｜把毯子～在身
上。❺掩饰：欲～弥彰｜问题迟早要解决，
～是～不住的。❻打上(印)：～章｜～钢印
｜～邮戳。❼超过；压倒：气～山河｜功勋～
世｜威～海内。❽建筑；建造(房屋)：～楼
｜翻～。❾农具，即耙。❿用耙平整土地。
⓫〈文〉表示推测性判断：《马氏文通》首版
～于光绪二十四年｜与会者～有千人之众。
⓬〈文〉承接上文，说明推测的理由或原因：
有所不知，～未尝学也｜孔子罕称命，～难
言之也。⓭〈文〉用于句首，表示后面是发
表议论：～天下万物之萌生，靡不有死。⓮
姓。

㊁ hé ❶〈文〉通"盍(hé)"。何；怎么：技
～至此乎？❷〈文〉通"盍(hé)"。何不：我
行既集，～云归哉(我的行役已经完成，何
不回家呢)！

㊂ gě 姓。

摡㊀ gài 〈文〉洗濯：帅女官而濯～(女
官：女奴)。后作"溉"。

㊁ xì 〈文〉取：顷筐～之(顷筐：一种浅
筐)。

葢gài 〈文〉用茅草覆盖。通作"盖(蓋)"。

溉gài ❶浇灌：～园｜灌～｜西门豹引漳
水～邺。❷〈文〉洗；洗涤：或～鼎釜，
或澡腐臭。

概〔*槩〕gài ❶大略：～况｜～要｜故
事梗～。❷气度；神态：气
～｜凛然皆有气～，知去就之分。❸〈文〉景
象；状况：胜～(优美的景色)。❹总括：一～

而论｜以偏～全。❺一律：～莫能外｜～不
负责。❻古代量谷物时用来刮平斗斛(hú)
的器具：妻操斗，身操～，自量而食。

戤gài ❶〈文〉假冒别人商品的牌号以
图利：～牌｜～影。❷抵押：不若将前
面房子再去～典他几两银子来殡葬大郎。
用于古白话。❸〈方〉斜靠；倚靠：徒然守着
他，救不得饥饿，真是～米囤饿杀了。

戤gài ❶〈文〉深坚。❷〈文〉耦(两人并
肩耕作)。

瑊玕gài　用于人名。向瑊，晋代人。

gān（《ㄢ）

干〔㊀❼⓮△乾、幹〕〔㊀❼⓮*軋、
㊀❼⓮*乾、㊁❶△*幹〕㊀ gān ❶〈文〉
盾牌：～戈。❷
〈文〉冒犯；触犯：～犯｜有～禁例。❸关联；
涉及：～连｜相～｜非～病酒，不是悲秋。❹
〈文〉求取；谋求(职位、俸禄)：～求｜～进｜子
张学～禄(子张：孔子的弟子)。❺〈文〉河
岸；水边：江～｜置之河之～兮。❻指天干，
即甲、乙、丙、丁、戊、己、庚、辛、壬、癸的总
称：～支｜十～。❼没有水分或缺乏水分的
(跟"湿"相对)：～柴｜口～舌燥。❽不用水
的：～洗｜～馏。❾加工成的干制食品：饼
～｜笋～｜葡萄～。❿空无所有：净尽；外强
中～。⓫使净尽：～杯。⓬拜认的(亲属关
系)：～亲｜～儿子。⓭副词。1. 无效地；徒
劳地：～着急｜站在边上～看着｜～打雷，不
下雨。2. 只有形式而无内容地；虚假地：～
哭｜～笑了两声。⓮〈方〉怠慢；慢待：主人
走了，把我们～在客厅里。⓯姓。

㊁ gàn ❶树干，泛指事物的主体或重
要部分：枝～｜躯～｜爱亲明贤，政之～也。
❷指干部：提～｜审～｜～群关系。❸做；从
事：～活儿｜～工作｜切忌蛮～。❹办事能
力；才能：才～｜理民之～优于将略(理：治
理。将略：用兵的策略)。❺有能力的：～
才｜练～｜精明强～。❻担任(某种职务)：车
间主任、生产科长，他都～过。❼〈方〉坏；
糟：～了，要迟到了。

"乾"另见 qián（542 页）；"幹"另见 gàn

（198页）。

甘 gān ❶甜;甜美（跟"苦"相对）：～甜｜～泉｜同～共苦｜谁谓荼苦,其～如荠（荠:甜菜）。❷美好的;令人满意的：～旨（味美的食物）｜～霖（久旱之后下的雨）。❸情愿;乐意：～愿｜～拜下风｜虫飞薨薨,～与子同梦。❹甘肃的简称：陕～宁边区。❺姓。

迁 gān ❶〈文〉进;求取。❷用于人名。赵必迁,宋代人。

芉 ⊖ gān 【芉蔗】即甘蔗。
⊜ gǎn 〈文〉同"秆"。禾谷的茎:戎马食苦（枯）～。

忓 gān ❶〈文〉触犯;干扰:不～于朝（朝:朝政）。❷〈文〉疲惫。

奸 gān 见 jiān "奸"（300页）。

玕 gān 【琅（láng）玕】〈文〉像珠玉一样的美石。

杆 [⊖*桿] ⊖ gān 杆子,有一定用途的细长的东西,用木头、金属等制成:旗～｜桅～。
⊜ gǎn ❶器物上细长像棍子的部分:笔～｜枪～｜烟袋～儿。❷人体的腰部:腰～儿。❸量词。用于有杆的器物:一～枪｜～大旗｜几～毛笔。
⊜ gàn 〈文〉木名。柘木:～弓（柘木制的弓）。

肝 gān ❶人和脊椎动物的消化器官。分泌胆汁,有合成、储存养料,解毒等功能。❷比喻内心:～肠欲裂｜～胆相照｜披～沥胆。

坩 [甁] gān ❶〈文〉盛东西用的陶器;瓦锅:菊花酿美开新～。❷【坩埚（guō）】用来熔化金属或其他物质的器皿,多用黏土、石墨或白金等制成,耐高温。

玕 gān 【玕蔗（zhè）】即甘蔗。

苷 gān ❶古书上指甘草（草本植物,根有甜味,可入药）。❷有机化合物的一类。由糖类通过其还原性基团同某些有机化合物缩合而成,多为白色晶体,广泛存在于植物体中。也叫"糖苷",旧称"甙（dài）"。

矸 gān 夹杂在煤里的石块:～子｜煤～石。

岬 gān 〈文〉山:～嶬（cáng）崖（嶬崖:山石高耸的样子）。

泔 gān 泔水,淘米、刷锅洗碗等用过的水。

柑 gān ❶常绿灌木或小乔木。果实球形稍扁,果皮粗糙,易剥落,果肉味甜多汁,可以吃,果皮可入药。❷这种植物的果实。

乹 gān 同"干（乾）"。没有水分或缺乏水分的。用于古白话。

虷 gān 见 hán "虷"（235页）。

竿 gān ❶竹竿,截取竹子的主干,削去枝叶而成:钓～｜立～见影。❷指钓竿:垂～｜庄子持～不顾。❸量词。用于竹子:有竹子百十～｜恶竹应须斩万～。

酐 gān 酸酐的简称。一般指由酸缩水而成的氧化物。

疳 gān 疳积,中医指小儿面黄肌瘦、腹部膨大的胃肠病。多由断乳后饮食失调、脾胃损伤或寄生虫引起。

雊 gān 【雊鹊（hú）】〈文〉即鹊鹊。喜鹊。

戈 gān 〈文〉盾。通作"干（gān）"。

笴 gān 〈文〉竹名。因笋味甘美,也叫"甜竹"。

飦 gān 见 zhān "飦"（859页）。

郜 gān 春秋时晋国地名。在今河北成安东南。

尴 （尷）[㦸、㦸、㦸、魐、魐] gān 【尴尬（gà）】1. 左右为难,不好应对:他进也不是,退也不是,很～。2.〈方〉（神态）不自然:表情～｜一副～相。

笽 gān 用于地名:镇～（在湖南凤凰）｜～子溪（在湖南凤凰）。

飹 gān 〈文〉食,吃:～毒之蝇。

鴹 ⊖ gān 【鴹鹊】〈文〉喜鹊。
⊜ hàn 【鴹鴠（dàn）】〈文〉寒号鸟。
⊜ yàn 〈文〉同"雁"。大雁。

滰 gān 〈文〉同"干(乾)"。干燥:后土何时而得~。

骭 gān 〈文〉鼎:~䰜(䰜:huì,小鼎)。

磨 gān 〈文〉调和味道。

籱 gān 见 rán "籱"(573 页)。

gǎn (ㄍㄢ)

扞 gǎn 见 hàn "扞"(237 页)。

芉 gǎn 见 gān "芉"(196 页)。

杆 gǎn 见 gān "杆"(196 页)。

秆 [*稈] gǎn 稻、麦、玉米等植物的茎:麦~儿|麻~儿|高粱~儿。

衦 gǎn 〈文〉用手把衣服的皱褶摩压平展。

虷 gǎn 〈文〉脸色枯焦黝黑:(靤花)去面~黑色(去:去除)。

赶 (趕)[赶] gǎn ❶追:~超|追~潮流|他走得快,我~不上。❷加快进行,以争取时间:~路|~任务|紧~慢~,总算没误了火车。❸去;到(某个地方参加有定时的活动):~集|~考|~庙会。❹驾驭;驱使:~大车|着羊群上了山。❺驱逐:~苍蝇|把侵略者~出去。❻遇到;碰上:~巧|刚出门就~上雨|好事都~到一块儿了。❼介词。引入时间,表示等到将来某个时候。用于口语:别~人家吃饭的时候串门|~暑假我就回去看看|~明儿我有空了再来教你做。

笒 gǎn(又读 gě)❶〈文〉箭杆:河柳可为~。❷〈文〉箭:一~他年下百城。❸〈文〉用同"杆":持银~枪。

敢 [敢、𢼼] gǎn ❶有勇气;有胆量:勇~|果~。❷有勇气做(某事):~负责任|怒而不言|高祖乃谢曰:"诚如父言,不忘德"。❸有把握做某种判断:我~说她肯定不愿意|谁~保证没有一点差错。❹〈文〉谦辞。用于表示自己的行动冒昧:~请|~问何谓浩然之气?

感 [㦤] (一) gǎn ❶觉得:颇~意外|~到有点累。❷受外界事物的影响而触动:~动|~人至深|~时花溅泪。❸怀有谢意:~恩|~激|铭~于心|请协助办理为~。❹受外界事物的影响而引起的反应:好~|读后~|百~交集。❺中医指感受风寒,身体不适:外~内伤|内热外~。❻感觉;感受:美~|性~|自豪~|成熟~|优越~。❼〈文〉相互影响:天地~而万物化生。
(二) hàn ❶〈文〉动;摇:夏则雷霆霹雳之所~也。通作"撼(hàn)"。❷〈文〉恨;不满意:以其私~,败国殄民(殄:tiǎn,灭绝)。通作"憾(hàn)"。

澉 (一) gǎn ❶〈文〉味淡。❷【澉浦(pǔ)】地名。在浙江。
(二) hàn 【澹(dàn)澉】〈文〉洗涤:~手足。

橄 gǎn ❶【橄榄】1. 常绿乔木。花白色,果实绿色,长椭圆形,可以吃,也可入药。2. 这种植物的果实。有的地区叫"青果"。❷【橄榄枝】油橄榄(一种常绿小乔木,原产地中海一带)的枝叶,西方用作和平的象征。

黵 gǎn 〈文〉脸上的黑斑:黑痣面~。

擀 gǎn 用圆棍来回碾轧(使东西变平、变薄或变细碎):~毡子|~饺子皮|把粗盐往缸里~~。

䃽 gǎn 〈文〉同"秆"。稻、麦、玉米等植物的茎。

碶 gǎn 用于人名。

噉 gǎn 见 hán "噉"(236 页)。

舩 gǎn 【舩堂】〈文〉大船的两旁:~油漆彩。

碝 (一) gǎn 古代帝王封禅时贮藏玉匮(guì)玉册的石匣,泛指石匣:(天子)亲封玉册置石~。
(二) hàn 〈文〉通"撼(hàn)"。动摇。

簳 gǎn ❶〈文〉箭杆;箭:(有草)可为~。❷〈文〉小竹(可做箭杆):南越之修~(修:长)。❸旧用同"擀"。用棍棒碾轧:~面杖。

籡 gǎn 〈文〉"簳(gǎn)"的讹字。箭杆:朔逢(péng)之~(用北方出产的篷竹

作箭杆)。

鱤（鱤）găn 鱼名。身体近圆筒形，长可达 1 米左右，青黄色，吻尖，性凶猛，捕食其他鱼类。生活在淡水中。也叫"黄钻(zuàn)"。

鳡 găn 〈文〉鱼名。即鱤鱼。

讆 găn 〈文〉酒味深长。

虀 găn 见 gòng "虀"(211 页)。

籲 găn 〈文〉竹名。

gàn （ㄍㄢˋ）

干 gàn 见 gān "干"(195 页)。

个 gàn 见 gè "个"(206 页)。

杆 gàn 见 gān "杆"(196 页)。

旰 ㊀ gàn 〈文〉(天色)晚：日～｜宵衣～食(天不亮就穿衣起床，天黑了才吃饭。形容勤于政事)。
㊁ hàn 【旰旰】〈文〉盛大的样子：皓皓～，丹彩煌煌。

泠 gàn ❶〈文〉同"淦"。水渗入船中。❷〈文〉同"淦"。泥：～石(柔软如泥的石头)。

旰 gàn ❶〈文〉眼睛露出许多眼白。❷〈文〉张目；张开：怒目眦裂～(眦：zì，眼角)。

咁 gàn 〈方〉这么；这样：又吹号筒又拿枪，～多士兵来送丧。

绀（紺） gàn 深青透红：～青｜～紫。

虷 gàn 〈文〉日出时光辉闪耀。

涂 gàn 【醇淦】金属取代醇中羟基的氢的产物。

洡 gàn 见 hán "澥"(236 页)。

淦 gàn 淦水，水名。在湖北，流入长江。

骭[骭] gàn ❶〈文〉胫骨；小腿：泥水没～。❷〈文〉肋骨：骿(pián)～(肋骨连成一片)。

榦 ㊀ gàn 古代筑土墙时两旁竖立的木板：板～裁立，吐蕃猝至。
㊁ hán 〈文〉通"韩(hán)"。井上栏杆：据～而窥井底。
另见 gān "干"(195 页)。

督 gàn 用于地名：～井沟(在重庆忠县)。

髻 gàn 头发青绀(gàn)色。用于古白话：～发。

蘜 gàn 〈文〉草名。

韐 gàn ❶〈文〉赤色。❷〈文〉污浊。

槏 gàn 〈文〉树木名。柘树(一说檀木)。

酣 gàn 【酣虌(tàn)】〈文〉无味。

赣（贛）[㊀*贑、㊁*灨] gàn ❶赣江，水名。在江西，发源于武夷山和大庾岭，流入鄱阳湖。❷江西的别称(赣江是江西最大的河流，故称)。
㊁ gòng ❶〈文〉赐给：一朝用三千钟～(一个早晨赐给群臣的费用有三千钟)。❷姓。

虌 ㊀ gàn 〈文〉咸；苦：(煮豉)勿令过黑，黑则～苦。
㊁ tàn 【酣(gàn)虌】〈文〉无味。

虌 gàn 〈文〉植物名。即薏苡。

gāng （ㄍㄤ）

冈（岡） gāng 山梁；山脊：～峦｜山｜陟彼高～。

亢 gāng 见 kàng "亢"(355 页)。

江 gāng 姓。

扛 gāng 见 káng "扛"(355 页)。

刚□（剛）gāng ❶硬；坚强（跟“柔”相对）：～强｜～性｜～柔相济｜土乃益～。❷强盛；健旺：血气方～｜旅力方～，经营四方（旅：通“膂”。膂力：力气）。❸表示情况在不久前发生或两件事情紧相承接：孩子～学会叫妈妈｜～开了一个头，就说不下去了。❹表示某种情况正要发生而突然中止：～要上前打招呼，忽然发现认错了人。❺表示情况、数量等正好切合；恰好：鞋子不大不小，～好。❻表示勉强达到某种程度；仅仅：声音很小，～可以听到。❼姓。

阬 ㊀ gāng 〈文〉大山坡；大土山：陈众车于东～。

㊁ kēng 姓。

另见 kēng “坑”（361 页）。

杠□ gāng 见 gàng “杠”（200 页）。

岗□ gāng 见 gǎng “岗”（200 页）。

肛□［*疘］gāng 人和多数哺乳动物消化管的最末端，包括肛管和肛门两部分：～瘘｜脱～。

纲□（綱）［䌉］gāng ❶提网的粗绳：～举目张（比喻抓住事物的主要环节就可以带动其他）｜提～挈领｜若网在～，有条而不紊。❷比喻事物最主要的部分：～领｜～要｜抓～治国。❸唐宋时期成批运输货物的组织，运输什么货物就叫什么纲：盐～｜花石～｜生辰～。❹生物分类系统的第三级，在门之下，目之上：鸟～｜双子叶植物～。

㭎□（棡）gāng【青㭎】落叶乔木。茎高大，木质坚实，供建筑或烧炭用。也叫“槲栎（húlì）”。

矼□ ㊀ gāng ❶〈文〉石桥：六月飞雪洒石～。❷〈文〉石级：阶～。❸〈文〉石岗：由～而下。

㊁ kòng 〈文〉诚实：德厚信～。

㊂ qiāng 被坚硬的东西触痛或碰伤。用于古白话：～了他的牙。

瓨［甌］㊀ gāng ❶〈文〉大瓮。后作“缸”。❷〈文〉盎、缶一类的瓦器。

钢□（鋼）㊀ gāng 铁和碳的合金，并含有少量锰、硅、硫、磷等元素。比生铁有韧性，比熟铁坚硬，是重要的工业材料：炼～。

㊁ gàng ❶把刀放在布、皮、石头或缸沿上摩擦，使锋利：～刀布｜把刀～一～。❷把用钝了的刀口回火加钢后重新打造，使锋利。

缸□ gāng ❶盛东西的容器，用陶、瓷、搪瓷、玻璃等制成。一般口大底小，较深：水～｜鱼～｜浴～。❷缸瓦，用沙子、陶土等混合成的质料制成的器物，多涂釉：～盆｜～砖。❸〈文〉通“釭（gāng）”。灯盏；油灯：焰短寒～尽，声长晓漏迟。

罡□ gāng ❶天罡星，即北斗星的斗柄。❷【罡风】道家称高空的强风，现也指强烈的风。也作“刚风”。

堈 gāng ❶〈文〉同“缸”。一种容器：（小麦三斗）著～中。❷用于人名。弇（yǎn）堈吊（弔），古代寓言中人物。

掆 gāng ❶〈文〉举；抬：疾患困笃者，悉～移之。❷顶。用于古白话：下面都是石脚石根，～住钯齿。

䴚 gāng 传说中的草名。

㽘 gāng 〈方〉吵闹：～嗓（吵架）｜三天一吵，五天一～。

㟠 gāng ❶〈文〉同“冈”。山梁。❷用于地名：石子～。

釭 gāng（又读 gōng）❶〈文〉车毂口穿轴用的金属圈：车～。❷〈文〉宫室壁中横木上的环形金属饰物：金～衔璧。❸〈文〉灯：～烛（灯烛）。

舡［舩］gāng ❶〈文〉举角。❷〈文〉通“扛（gāng）”。双手举重物：～鼎。

罁 gāng 〈文〉同“刚”。强；劲健：～风（高天强劲的风）。

犅 gāng 〈文〉公牛：鲁公用骍～（骍：xīng，赤色）。

堽□ gāng ❶〈文〉同“冈”。山脊。❷用于地名：～城屯（在山东）。

摃 gāng 〈文〉同“掆”。举。

碙 gāng 见 náo "碙"(479 页)。

斝 gāng 〈文〉同"刚"。硬;坚强。

鋼 gāng ❶〈文〉同"瓶"。瓶、缶一类瓦器:瓦钵磁(瓷)～。❷〈文〉同"缸"。大瓮:奉造龙～。

鏜 gāng 〈文〉同"刚"。硬;坚强:～柔。

鰤 gāng 〈文〉鱼名。即鳝(yù)鱼。

gǎng （ㄍㄤˇ）

岗（岗） ⊖ gǎng ❶高起的土石坡;不高的山:山～|黄土～|乱坟～子。❷平面上凸起的条状物:鞭子抽得背上一道道血～子。❸守卫的位置,也指担任警卫的人:～哨|站～|门～。❹指职位:～位|下～|离～。
⊜ gāng ❶〈文〉同"冈"。山脊;山梁:振衣千仞～,濯足万里流。❷【花岗岩】火成岩的一种。质地坚硬,色泽美丽,多用于建筑。
⊜ gàng ❶【岗尖】〈方〉形容极满:～的一筐土。❷【岗口儿甜】〈方〉形容极甜:西瓜～。

阬 gǎng ❶〈文〉边界。❷〈文〉田间道路;田埂:～头。❸〈文〉积水;池泽。

港 gǎng ❶江河的支流:～汊|江山～(水名,在浙江)。❷可供船舶停靠的江海口岸:～口|～湾|小～阻风泊乌舫。❸航空港,指固定航线上的大型机场:飞机离～。❹香港的简称:～币|～商|～人。

舤 gǎng 〈文〉盐泽。

港 gǎng 〈文〉与江河湖泊相通的小河。通作"港"。

gàng （ㄍㄤˋ）

杠 [⊖*槓] ⊖ gàng ❶较粗的棍子:门～|撬～|铁～。❷体育器械的一类:～铃|单～|双～|高低～。❸

出殡时抬送灵柩的工具。❹阅读时作为标记所画的线条:文件的重点都画上了红～。❺在文字上画上线条,表示删除:他把文中多余的词句——～掉。
⊜ gāng ❶〈文〉桥;独木桥:石～|岁十一月,徒～成(徒杠:供人行走的桥)。❷〈文〉通"扛(gāng)"。抬:～棺摩拳,击鼓三挝。

岗 □ gàng 见 gǎng "岗"(200 页)。

垰 □ gàng ❶〈方〉山冈。❷用于地名:浮亭～(在浙江)。

钢 □ gàng 见 gāng "钢"(199 页)。

篢 □ gàng 【篢口】地名。在湖南岳阳。

戅 □ gàng 见 zhuàng "戅"(899 页)。

---

gāo （ㄍㄠ）

㿝 gāo 见 jiù "㿝"(333 页)。

厝 ⊖ gāo 古地名。
⊜ jiù 姓。

皋 [*皋、*皋] gāo ❶〈文〉水边的高地:汉～|江～。❷〈文〉沼泽:鹤鸣于九～(九皋:深广的沼泽)。

高 [高] gāo ❶由下向上的距离大;离地面远(跟"低"相对,❸❹同):地势～|故不登～山,不知天之～也。❷高度;上下的距离:身～|音～|太行、王屋二山,方七百里,～万仞。❸在一般标准或平均程度之上:～速度|水平～|不敢～声语,恐惊天上人。❹等级在上的:～等|～级|～档。❺敬辞。称跟对方有关的事物:～见|～论|～就。❻〈文〉尊重;重视:贵财贱义,～富下贫。❼姓。

羮 ⊖ gāo 〈文〉同"羔"。小羊:～皮。
⊜ měi 〈文〉同"美"。美丽:取(娶)妻于秦而～～。

羔 ⊖ gāo ❶小羊:～皮|～羊之皮,素丝五纪(官员们穿的羊皮袄,用白色丝带结成的五个纽)。❷泛指某些幼小的动

物:鹿～|骆驼～。

蓇 gāo【白蓇】〈文〉植物名。

蒡 gāo 〈文〉葛一类的藤本植物。

罯 gāo 见 yì "罯"(804 页)。

羍 gāo 见 xiǎng "羍"(736 页)。

槔 [槹、槔] gāo【桔(jié)槔】古代的汲水工具。

槁 gāo 见 gǎo "槀"(201 页)。

郹 gāo 古地名。在今河北定兴。

睪 gāo【睪丸】男性或某些雄性动物生殖器官的一部分,椭圆形,位于阴囊内,能产生精子。

膏 ⊖ gāo ❶油脂;肥肉:～火|～粱(肥肉和细粮,泛指美食)|焚～继晷(点上灯烛接替日光来照明,形容夜以继日地工作或学习)|羔裘如～(羊羔皮的皮袍润泽光滑像脂膏)。❷某些浓稠的糊状物:唇～|牙～|洗发～。❸中成药剂型。常温下为固体、半固体或半流体,可分为内服膏和外敷膏:～药|丸散～丹。❹我国古代医学称心尖的脂肪:病入～肓。❺〈文〉肥沃:～壤|～沃|～腴。

⊜ gào ❶把油加在车轴或机械的转动部位上,使润滑:～油|～吾车兮秣吾马。❷毛笔蘸墨后在砚台上搭匀:～笔|～墨。❸〈文〉滋润:芃(péng)芃黍苗,阴雨～之(芃芃:茂盛的样子)。

獋 gāo 用于人名。春秋时晋灵公名夷獋。
另见 háo "嗥"(240 页)。

篙 [槁] gāo 撑船用的粗而长的竹竿或木杆:竹～|船～|君看岸边青石上,古来～眼如蜂窠。

糕 [*餻、糕] gāo 用面粉或米粉等制成的食品:～点|蛋～|年～|前一二日各以粉面蒸、遗(wèi)送。

糟 gāo "糕"的讹字。用米粉、面粉等做成的食品。

纛 [䮍、韣] gāo ❶〈文〉车上盛物的大袋;袋子:囊～。❷〈文〉收藏弓箭、盔甲的袋子:雕弓已载～。❸〈文〉收藏:～弓卧鼓(指战事停息)。

鼛 gāo ❶〈文〉一种大鼓,用于劳役之事:以～鼓鼓役事。❷〈文〉鼓乐:～而食。

鶛 [鶛] gāo【鶛鵊(láng)】〈文〉鸠的别名。

鷱 gāo【鵯(bì)鷱】〈文〉鸟名。一种小鸠。

gǎo （ㄍㄠˇ）

杲 gāo ❶〈文〉明亮:～日|秋阳～～|其雨其雨,～～出日。❷姓。

臯 ⊖ gǎo 〈文〉极白的颜色。
⊜ zé 〈文〉光泽。

菒 gǎo 〈文〉禾秆;枯草:击～除田,以待时耕。

搞 gǎo 做;干;弄:～试验|～工作|把问题～清楚|～几张票。

缟 (縞) gǎo ❶〈文〉未经染色的白绢:～衣|～带|鲁人身善织屦(jù),妻善织～(身:自己)。❷〈文〉白:～羽|～素(白衣服,指丧服)。

槀 [△*槀] ⊖ gǎo 干枯:桔～|～木死灰|七八月之间旱,则苗～矣。
⊜ gāo ❶〈文〉树木名。❷〈文〉通"篙(gāo)"。船篙:～工(船工)。
"槀"另见 gǎo(201 页)。

曻 gǎo【曻曻】〈文〉明亮的样子:上～以临月。
另见 hào "皓"(242 页)。

槀 gǎo ❶〈文〉通"槀(gǎo)"。1.草:藉～请罪(坐在草垫子上,准备受刑戮)。2.草率;简略:～葬(草草埋葬)。❷〈文〉箭杆:箭～茎立。❸姓。
另见 gǎo "槀"(201 页)。

镐 (鎬) ⊖ gǎo 刨土等用的工具。用钢铁制成,头部尖或扁,有长柄:～头|十字～。
⊜ hào 镐京,周代初年的国都,在今陕西西安西南。

稿 [△*槀] gǎo ❶诗文、图画、公文等的草底:草~|初~|拟~。❷写成的诗文、公文等;画成的图画:~酬|投~|约~。❸〈文〉谷类作物的茎秆:~荐(稻草、麦秸等编成的垫子)|马无~草。
"槀"另见gǎo(202页)。

槀 ㊀ gǎo ❶〈文〉草垫子:席~请罪。❷〈文〉箭杆:箭~茎立。
㊁ gào 【槀车】古代畋猎或巡游边远地区时所乘的车子。
另见gǎo"稿"(202页)。

藃 gǎo 〈文〉同"稿"。干枯:(草木)其死也桦(枯)~。

藁 gǎo ❶〈文〉同"稿"。谷物的茎秆:马无~草。❷〈文〉稿子;草稿:屈平属草~未定。后作"稿"。

稿 gǎo ❶〈文〉屈曲不伸。❷〈文〉树木名。

gào　（ㄍㄠ）

告 gào ❶向别人陈述、解说:~诉|劝~|为我~之。❷向行政机关、司法机关检举或提起诉讼:~状|上~|赏施于~奸(赏给告发奸邪的人)。❸请求:~假|~饶|国有饥馑,卿出~籴(dí),古之制也。❹表明:~辞|~别|自~奋勇。❺宣布或表示(某种情况的出现):~急|~捷|工程~一段落。❻姓。

峼 gào 同"鄗"。古国名。故地在今河南登封。

垎 gào 【垎哩】〈方〉有通路的山坳山脊。

鄗 gào ❶古国名。故地在今山东成武。❷姓。

诰 (誥) gào ❶〈文〉告诫;劝勉。❷古代一种告诫劝勉性的文章:《酒~》。❸古代帝王对臣子的命令:~封|~命|潜草诏~,无人知者(潜草:秘密起草)。

锆 (鋯) gào 金属元素。符号Zr。

簩 gào ❶卜具,迷信者用来占卜吉凶。用于古白话:问一得个大吉之兆,心中暗喜。❷用于地名:~杯(在福建)。

膏 gào 见gāo"膏"(201页)。

槀 gào 见gǎo"槀"(202页)。

gē　（ㄍㄜ）

戈 gē ❶古代兵器。横刃,用青铜或铁制成,有长柄:反~一击|枕~待旦|古者之兵,~矛弓矢而已(兵:兵器)。❷战争;战乱:偃武息~。❸姓。

仡 ㊀ gē 【仡佬族】我国少数民族。分布在贵州西部、广西隆林和云南文山一带。语言属汉藏语系,无文字,兼通汉语文。
㊁ yì ❶〈文〉勇武强壮:~~勇夫。❷〈文〉昂首:~然不应。

圪 ㊀ gē 【圪垯(da)】小土丘。多用于地名:刘家~。
㊁ yì 〈文〉墙高的样子。

扢 gē 见gǔ"扢"(215页)。

鄏 gē 春秋时期诸侯国名。在宋、郑之间。

屹 gē 见yì"屹"(800页)。

狫 gē 【狫猪(lǎo)】旧时对仡佬族的蔑称。

纥 gē 见hé"纥"(244页)。

呹 gē 〈文〉木桩。

疙 gē 【疙瘩(da)】1. 皮肤或肌肉上突起的小硬块:鸡皮~|额头上起了个~。2. 小球状或块状的东西:冰~|面~|芥菜~。3. 比喻想不通或一时解决不了的问题:思想~|两人之间多年的~终于解开了。旧也作"疙疸、疙疸、圪垯、仡链、纥缝、屹嶝"。

硌 gē 见kǎ"硌"(351页)。

饹 gē 见le"饹"(387页)。

格 gē 见gé"格"(204页)。

哥 gē ❶同父母(或只同父、只同母)而年纪比自己大的男子：大～｜亲～。❷同辈亲戚中年纪比自己大的男子：表～｜堂～。❸称年纪跟自己差不多的男子(含亲热意)：老大～｜李二～。❹〈文〉歌唱：前汉有虞公善～。这个意义后写作"歌"。

胳 [⊖*肐] ⊖ gē【胳膊(bo)】肩膀以下手腕以上的部分。也叫"胳臂(bei)"。
⊜ gé【胳肢(zhi)】〈方〉用手在别人身上抓挠，使发痒、发笑。
⊜ gā【胳肢(zhi)窝】同"夹肢窝"。腋窝。

鸽 (鴿) gē 鸽子，鸟名。有岩鸽、家鸽等。常见的是家鸽，翅膀大，善于飞行，有的经训练可传递书信。常用作和平的象征：孤来有野～，皆眼肖春鸠。

饹 gē【饹馇(da)】一种食品。把面粉或米粉加水和成团，用手挤捏成疙瘩放入沸水中煮熟。现在多作"疙瘩"。

袼 gē【袼褙(bei)】用布加衬纸裱糊成的厚片，多用来做布鞋帮、书套等。

搁 (擱) ⊖ gē ❶使处于一定的位置；放：沙发～在客厅里｜鲜菜～两天就蔫了。❷加进去：凉菜里～点香油｜馅里～什么啦，这么鲜！❸放下不做；暂缓进行：～置｜这事得抓紧办，不能～。
⊜ gé 禁受；承受：～得住摔打｜钱多也～不住折腾。

乾 gē 见hū "乾"(256页)。

骱 gē【骱臂(bei)】即胳臂。胳膊(bo)。

割 [刉] gē ❶用刀切断：～草｜～裂｜雨霁郊原～麦忙。❷划分；分～｜～地｜汉王请和，～荥阳以西者为汉。❸舍弃：～舍｜～爱。❹宰杀：～鸡焉用牛刀。

嫼 gē【嫼姥(lǎo)】仡佬族的旧称。

葛 gē〈文〉称葛母树及其实：～叶广六七尺。

歌 gē〈文〉"戈"的讹字。木桩。

嗝 gē ❶模拟咬碎硬东西发出的声音：～嘣。❷〈方〉表示语气，相当于"呀、啦"：比葫芦画瓢好～。

淖 gē〈文〉多汁而黏稠：(夫道者)甚淖(nào)而～(道非常柔弱)。

歌 [*謌、歌] gē ❶唱：～咏｜～手｜载～载舞｜楚狂接舆～而过孔子(接舆：人名)。❷歌曲；能唱的文辞：～谣｜民～｜诗言志，～永言。❸颂扬：～颂｜～功颂德｜可～可泣。

鸽 [鴚、鴚、䳦、鴚] gē【鴚鹅】〈文〉鸿雁。

鎶 gē 化学元素"铌(ní)"的旧称。

gé　(ㄍㄜ)

帗 gé〈文〉用蒲席制成的盛米器具。

旮 ⊖ gé【旮旯(lá)】1.〈方〉角落：墙～。2.〈方〉极热：晴来好～。
⊜ kē【旮旯(lá)王】地名。在河南郑州。

佮 gé〈文〉相合；聚合；合作。

匌 gé〈文〉环绕一周：～匝。

挌 ⊖ gé〈文〉击；打斗：～斗。通作"格"。
⊜ hè〈文〉土壤板结坚硬：(土)干而～(干：干燥)。

革 ⊖ gé ❶去毛后经过加工的兽皮：皮～｜～制｜～羔羊之～。❷古代用革制成的甲胄、盾牌等：兵～｜金～。❸改变：～新｜变～｜殷～夏命。❹除掉；撤除：除～｜～职｜～故鼎新。❺古代八音之一，指皮革制的乐器，如鼓等。❻姓。
⊜ jí〈文〉病危：疾～｜夫子之病～矣。

荅 ⊖ gé〈文〉通"蒮(jí)"：急。【荅葱】野葱。茎、叶和种子可供药用。
⊜ luò〈文〉同"落"。居处。

络 gé ❶〈文〉至；来：神之～思(思：语气词)，不可度思。通作"格"。❷〈文〉纠正：有耻且～。❸〈文〉登；升。

G

阁(閣)[△＊閤] gé ❶楼房式的建筑物。四方形、六角形或八角形,周围开窗,可供游憩、远眺等:滕王～(在江西南昌)|佛香～(在北京颐和园)|亭台楼～。❷古代收藏图书、器物的建筑:天一～(在浙江宁波)|时雄校书天禄～上(雄:汉朝的学者扬雄)。❸旧时女子的卧室:闺～|出～|开我东～门。❹栈道:栈道木～|飞～通衢。❺古代中央官署:～臣|台～。❻指内阁,某些国家的最高行政机关:～员|倒～|组～。❼〈文〉存放东西的架子:束之高～。

"閣"另见 gé(205 页);hé "合"(243 页)。

袼 gé 〈文〉枝条。

袼 gé 〈文〉剑鞘。

格 ㊀ gé ❶在纸上或家具上划分出来的横栏或方框:横～|方～|窗～。❷标准;法式:～律|规～|言有物而行有～。❸品质;风度:～调|风～|人～|别具一～。❹打:～斗|～杀。❺〈文〉阻碍;限制:～于成例。❻〈文〉推究:～物(推究事物的道理)。❼〈文〉树木的长枝条:枝～相交。❽姓。

㊁ gē【格格】1. 模拟鸟叫的声音。2. 同"咯咯"。欢笑的声音或咬牙的声音等。

鬲 gé 见 lì "鬲"(397 页)。

胳 gé 见 gē "胳"(203 页)。

啝 gé【大啝喃国】古国名。故地在今印度西南沿岸一带。也作"大葛兰国"。

撎 gé 〈文〉更改。

搁 gé 见 gē "搁"(203 页)。

葛 ㊀ gé ❶多年生藤本植物。花紫色,荚果长椭圆形,块根肥大,可以用来制淀粉,也可入药。❷表面有花纹的纺织品,用丝作经,用棉、麻、毛作纬:～布|毛～。

㊁ gě ❶用于地名:～洲坝(在湖北宜昌)。❷姓。

嗝 gé〈方〉助词。相当于"的":有啥说～。

蛤 gé 见 há "蛤"(233 页)。

蛞 ㊀ gé ❶〈文〉蛴螬(qícáo),金龟子的幼虫。❷〈文〉一种毒蜂。

㊁ luò【蛞蝓(wèi)】〈文〉昆虫名。即纺织娘。

嘅 gé〈方〉助词。相当于"的":我～(我的)。

另见 kǎi "慨"(352 页)。

颌 gé 见 hé "颌"(245 页)。

盒 gé〈文〉蛤蜊、文蛤等双壳类软体动物的统称。通作"蛤"。

猲 gé 见 xiē "猲"(741 页)。

愅 gé〈文〉改变:～诡(变动的样子)。

褐 ㊀ gé ❶〈文〉衣的前襟:以衣～盛舍利。❷〈文〉僧道穿的法衣;衣服:(观世音像)身被绣～。

㊁ jiē〈文〉堂下阶前的砖路。

隔 gé ❶阻断;分开:～断|阻～|～河相望。❷时间或空间上有距离:～夜茶|恍如～世|相～好几十里。❸〈文〉通"膈(gé)"。膈膜:脾生～,肺生骨。

塥 gé〈方〉沙地。多用于地名:青草～(在安徽桐城)。

嗝 gé ❶胃里的气体从嘴里出来而发出的声音:饱～儿。❷膈痉挛使气体冲过关闭的声带而发出的声音:打～儿。

骼 gé ❶〈文〉骨角(内无鰓理的实心角):虬龙奋角～。❷〈文〉麋鹿有分叉的角:鹿～。

滆 gé 滆湖,湖名。在江苏武进。

輵 gé〈文〉同"鞈"。护胸的革甲;胁～(革制的胸甲)。

鄩 gé ❶古乡名。在今湖北老河口西。❷姓。

槅 gé ❶〈文〉大车的车轭。❷门窗上的木格子:朱红亮～。❸放置器物的多层架子的隔板:多宝～。

閤 gé ❶〈文〉旁门；小门：起客馆，开东～，以延贤人。❷〈文〉宫殿；宫中便殿。❸〈文〉内室。多指闺房：小～。❹姓。
另见 gé"阁"(204页)；hé"合"(243页)。

㧬 gé ❶〈方〉两手合抱；用力抱：拦腰～住。❷〈方〉结交：～朋友。

稠 gé 见 jié"稠"(320页)。

膈 gé ❶人和哺乳动物胸腔和腹腔之间的膜状肌肉。吸气时，膈下降，胸腔扩大；呼气时，膈上升，胸腔缩小。旧称"膈膜"或"横膈膜"。❷〈文〉钟类乐器(一说悬钟的格子)。

鞈 ㊀gé ❶〈文〉革制的胸甲。❷〈文〉坚固的样子：～如金石。
㊁tà〈文〉模拟鼓声：若声之与响，若镗之与～(镗：tāng，鼓钟之声)。

翺 gé〈文〉鸟翅。

骼 gé 骨头：骨～。

镉（鎘）gé 金属元素。符号Cd。

篕 gé【篕篸(sǎn)】〈文〉竹名，即桃枝竹。

獦 ㊀gé【獦狚(dàn)】传说中的兽名。像狼。
㊁liè〈文〉同"猎"。猎捕：～猛兽。
㊂xiē〈文〉短嘴狗：～狗。

潟 ㊀gé【潟潟】〈文〉水深广的样子。也说"滵(jiāo)潟"。
㊁yì〈文〉清。

鞈[韐] gé〈文〉古代士用的皮制蔽膝。

堨 gé〈文〉城墙上的土围墩。

轕 gé 见è"轕"(162页)。

蛞 gé【蛞蝑(tà)】〈文〉蝗(yáng)。米谷里的小黑甲虫。

諽 gé ❶〈文〉整饬。❷〈文〉同"革"。改变。

轇 gé 车轭：辕～。通作"槅"。

鮥 gé 传说中的鱼名。也叫"鮥鮥"。

鵒 ㊀gé〈文〉鸟名。猫头鹰的一种。
㊁luò〈文〉水鸟名。

譪 gé〈文〉聪慧；狡黠。

篰 gé〈文〉篰子，竹制的遮蔽物。

騔 gé〈文〉马跑的样子。

轇 gé【轇(jiāo)轕】1.〈文〉广阔深远的样子：洞～乎，其无垠也。2.〈文〉杂乱；交错：纷纭～。

羃 gé〈文〉钟类乐器。也作"膈"。

隔 gé〈文〉"隔"的讹字。隔开：～宅而居之。

齸 gé〈文〉虎声。

鮥 gé〈文〉海鱼名。

鬴 gé【鬴鰪(é)】〈文〉鱼名。即鯛(yú)鱼。

鱫 gé【紫鱫】〈文〉即紫葛。植物名。

gě （ㄍㄜˇ）

个 gě 见gè"个"(206页)。

合 gě 见hé"合"(243页)。

各 gě 见gè"各"(206页)。

哿 ㊀gě〈文〉欢乐；快意：～矣富人，哀此惸(qióng)独(惸独：孤独无依的人)。
㊁jiā〈文〉通"珈(jiā)"。妇女发笄上的玉饰：男子折笄，妇人易～。

舸[舠] gě〈文〉大船，泛指船：～舰|万～此中来。

盖 gě 见gài"盖"(195页)。

葛 gě 见gé"葛"(204页)。

駒[騔]　gě〈文〉马快跑。

箮[簹]　gě❶〈文〉竹笋:冻地抽笋～。❷【箮簹】〈文〉用盐腌制的笋干。

鮘　gě见hé"鮘"(246页)。

鎶　gě化学元素"钍(gá)"的旧称。

gè（ㄍㄜˋ）

个□(個)[⊖△*箇]　⊖gè❶用于没有专用量词的人或事物:一～橘子|三～人|一～星期。❷用于有专用量词的事物(泛化用法):一～(所)学校|一～(张)书桌|一～(件)行李。❸量词。用于抽象的事理、情状等:几～原因|一～问题|有两～来源。❹量词。用于快速、突然的动作(数词限用"一"):一～箭步蹿了上去|一～不留神滑倒了。❺量词。用在动词与约数词语间,使语气显得轻快、随便:有～三长两短|去～一年半载。❻量词。用在动宾短语之间(数词限用"一",通常省略):像～样子|讨他～喜欢|见了～面(见了一次面)。❼量词。用在动补短语之间(数词限用"一",通常省略),作用类似"得",也可以用"得个":看～仔细|问～明白|笑～不停。❽单独的:～案|～人|～体。❾人的身材或物体的大小:高～子|小～儿|买萝卜不能光挑～儿大的。❿后缀。附着在"些"的后面:这么些～书|那些～人。
⊖gě【自个儿】〈方〉指自己。
⊜gàn〈文〉箭靶左右伸出的部分。
"箇"另见gè(206页)。

各□　⊖gè❶指称一定范围中的所有个体(往往是不同的,相当于"每一"),后跟量词或名词:～位来宾|～人都有～人的事。❷表示分别做某事或分别具有,修饰双音动词或动词短语多用"各自"(各人自己):～执一词|～有特色|～得其所|～行其是|～打五十大板|散会后,～自回家。❸用在数量词前面,表示每个具有相同的数量:每组～三名组员|这次值班,全班每人～两天。
⊖gě〈方〉特别;与众不同(含贬义):他

的脾气有点～。

阶□　gè见jiè"阶"(321页)。

陉　gè用于人名。张陉,汉代人。

虼□　gè❶【虼蚤(zao)】跳蚤。❷【虼蜋(láng)】蜣螂。

硌□　gè见luò"硌"(436页)。

铬□(鉻)　gè金属元素。符号Cr。

箇　gè〈文〉竹枚(竹子的计量单位)。另见gè"个"(206页)。

gěi（ㄍㄟˇ）

给□(給)　⊖gěi❶使对方得到或遭到(可带双宾语):他～我一张名片|她～人的印象还不错|～敌人沉重的打击。❷容许;致使:把报纸拿过来,～我瞧瞧|别～他跑了。❸介词。引入动作的施事:相机～他弄坏了|衣服～雨淋湿了。❹介词。引入交付、传递等动作的接受者:交～他一串钥匙|把球传～守门员|有事他发电子邮件。❺介词。为(wèi);替:～他们提个醒|～我跑一趟。❻介词。朝;向;对:～老师行礼|他～我使了个眼色。
⊖jǐ❶供给:～养|～予|自～自足|孟尝君使人～其食用。❷富足;丰裕:家～人足|秋省敛而助不～(秋天考察收获情况,补助不富足的农户)。

gēn（ㄍㄣ）

根□　gēn❶植物茎下部长在地下的部分。它把植物固定在地上,吸收土壤里的水分和溶解在水中的养分,有的根还能贮藏养料:树～|草～|枝叶竞长,本～益茂。❷比喻子孙后代:～嗣|他们家三世单传,只剩下这一条。❸物体的基部:～基|～舌|满庭田地湿,荠叶生墙～。❹事物的本源:～源|病～|刨～问底。❺依据;存~|无～之谈。❻彻底地;从根本上:～除|～治|绝隐患。❼量词。用于细长的东西:一～竹竿|一～筷子|两～绳子|几～

头发。❽代数方程的解,即求出的未知数的值,有时专指一元方程的解:～号。也叫"方根"。❾化学上指带电的基:酸～。

跟 gēn ❶脚的后部;也指鞋袜的后部:脚～|头痒搔～,无益于疾。❷紧随在后面:～随|～着走|智深随即～到里面。❸旧时指嫁给(某人):必得我拣个素日可心如意的人才～他。❹介词。引入同动作有关的另一方:你还是～我一块儿去吧|～敌人做坚决的斗争。❺介词。引入比较或比况的对象:～前几年比,现在生活好多了|大妈待我就～亲儿子似的。❻连词。表示并列(多用于口语):小李～小王都爱看京戏|请准备好纸～笔。

gén (ㄍㄣˊ)

哏 gén ❶滑稽;有趣:这个笑话真～儿|那么大的人还戴围嘴儿,你说～不～儿?❷滑稽有趣的动作或语言:逗～|他说相声善于现场抓～。

gěn (ㄍㄣˇ)

艮 gěn 见gèn"艮"(207页)。

颠 gěn ❶〈文〉颊后,下颌骨的末端。❷〈文〉俯首:～头。❸【颠死嘴】〈方〉认死理不改口。

gèn (ㄍㄣˋ)

亘 [⊖*亙] ㊀gèn (空间或时间上)延续不断;贯穿首尾:横～|绵～|～古未有|旌旗～千里。㊁xuān ❶〈文〉回旋。❷〈文〉同"宣"。宣布;宣扬:王略所～,九服率众。

艮 [㐱] ㊀gèn 八卦之一,卦形是☶,代表山。㊁gèn ❶〈方〉(脾气)倔;(说话)生硬:他认真是认真,就是有点儿～。❷〈方〉(食物)又硬又韧而不松脆:发～|～萝卜。

恒 gèn 〈文〉同"亘"。延续不断:～十年而不居(居:安居)。

茛 gèn 【毛茛】多年生草本植物。茎叶有茸毛,叶子掌状分裂,花黄色,植株有毒,可以入药。

榾[榾] gèn 〈文〉终尽。通作"亘"。

gēng (ㄍㄥ)

更 ㊀gēng ❶改变;改换:～改|变～|万象～新。❷〈文〉经历;经过:少不～事|楚远～数国乃至晋。❸旧时夜间的计时单位。一夜分为五更,每更约两小时:打～|～深人静|半夜三～。㊁gèng ❶表示程度的加深,相当于"更加":乘地铁～快些|岁老根弥壮,阳骄叶～荫。❷表示递加,相当于"尤其":我爱北京,～爱秋天的北京|不但要敢于创新,～要善于创新。❸跟相反的一面比较:他这一闹,对我们反而～有利了。❹〈文〉再;又:欲穷千里目,～上一层楼|天地寒～雨,苍茫楚城阴。

庚 gēng ❶天干的第七位,常用作顺序的第七。❷年龄:年～|同～|贵～(敬辞,用于问人年龄)。❸〈文〉赔偿:季子皋葬其妻,犯人之禾,申祥以告,曰:"请之。"(季子皋、申祥:人名。犯:侵害)❹姓。

叜 gēng 〈文〉改变;改换。通作"更"。

耕[*畊、耕、槤] gēng ❶翻地松土(准备播种):～地|春～|深～而疾耰之,以待时雨(耰:yōu,覆盖种子)。❷比喻致力于某种劳动或事业:舌～(旧时指以教学谋生)|笔～不辍(指写作不停)。

崪 gēng 用于地名:格～(在广西)。

遯 gēng ❶〈文〉兔走的路。❷用于人名:赵希遯,宋代人。

浭 gēng 水名。蓟运河的上游,在河北。也叫"庚水、黎河、还乡河"。

掆 gēng 〈文〉拉紧。

賡(賡) gēng 〈文〉继续;连续:～续。

緪　gēng　见 huán "緪"（266页）。

鶊（鶊）　gēng　【鸧(cāng)鶊】黄鹂。

緪[緪]　㊀gēng　❶〈文〉粗大的绳索：～索。❷〈文〉绷紧：朱弦～枯桐。㊁gèng　〈文〉竟；终了：～以年岁。

羹[灻、羮]　㊀gēng　❶〈文〉带浓汁的肉食；也指带浓汁的蔬菜：采葵持作～。❷用蒸、煮等方法做成的糊状、浓汁状的食品：鸡蛋～｜莲子～。㊁láng　【不羹】春秋楚地。

臐　gēng　〈文〉带汁的肉食。通作"羹"。

臛　gēng　〈文〉配有不同调味品的用肉或菜做成的带汁的食物。通作"羹"。

gěng　（ㄍㄥˇ）

郠[鄄]　gěng　古邑名。在今山东。

埂　gěng　❶田地里稍稍高起的分界小路：田～｜地～子。❷地势高起的条形地方：小山～。❸泥土筑起的堤坝：～堰｜堤～。

耿　gěng　❶〈文〉光明；明亮：～光｜～晖｜山头孤月～犹在，石上寒波晓更喧。❷正直：～介｜～直｜参差相叠重，刚～凌宇宙。❸姓。

哽　gěng　❶食物堵塞喉咙不能下咽：慢点吃，当心～着｜故口不容而强吞之者必～。❷声气阻塞：～塞(sè)｜～咽(yè)｜南望怵咦，左右莫不哀～。

嵮　gěng　〈文〉山峰险阻的地方：削崖断～。

绠(綆)[綆]　gěng　〈文〉井绳：短～不可以汲深井之泉。

梗　gěng　❶某些植物的枝或茎：菜～｜花～｜有土偶人与桃～相与语。❷直着；挺直：～着脖子｜把头一～。❸直爽；正直：～直(现在写作"耿直")｜淑离不淫，～其有理兮(美丽无邪，正直而有法度)。❹〈文〉顽固：顽～不化。❺阻塞；阻碍：～塞(sè)｜～阻｜从中作～。

颈　gěng　见 jǐng "颈"（329页）。

蕻　gěng　〈文〉芋头的茎，泛指嫩茎。

硬　gěng　用于地名：石～（在广东）。

鲠(鯁)[㉓*骾]　gěng　❶〈文〉鱼刺；鱼骨头：如～在喉，不吐不快。❷鱼骨头等卡在喉咙里：喉咙被鱼刺～住了。❸〈文〉直率；正直：骨～｜～直(现在写作"耿直")｜～言直议，无所回隐(回隐：回避隐藏)。❹〈文〉祸患：始服终叛，至今为～。

鞭　gěng　见 yìng "鞭"（816页）。

gèng　（ㄍㄥˋ）

更　gèng　见 gēng "更"（207页）。

埂[埂]　gèng　〈文〉道路：止枢于～(把枢车停在路上)。

綆　gèng　〈文〉竟；贯穿首尾：媠(kuā)容修些，～洞房些(幽深的屋室内尽是美丽的女子)。

暅[暅]　gèng　〈文〉晒。

緪　gèng　见 gēng "緪"（208页）。

鮶[鮬、鮶、鮬]　gèng　【鮶鳙(méng)】〈文〉鱼名。鲟鳇类。

gōng　（ㄍㄨㄥ）

工　gōng　❶工人；工匠：矿～｜女～｜～欲善其事，必先利其器。❷劳动；工作：做～｜加～｜勤～俭学。❸工程：～地｜期～｜施～。❹工业：化～｜～矿企业｜轻～产品。❺工程师的简称：高～｜助～｜赵～(姓赵的工程师)。❻精巧；精致：～巧｜精～｜笔画｜鬼斧神～。❼擅长；善于：～诗善画｜～于心计｜人有所～，固有所拙。❽我国民族音乐音阶的一级，相当于简谱的"3"。❾姓。

弓 gōng ❶射箭或发射弹丸的器械:～箭|弹(dàn)～|盘马弯～|左右开～。❷形状或作用像弓的器具:琴～|弹棉花的绷～。❸弯曲;使弯曲:～背|～着腰。❹旧时丈量地亩的计算单位,1弓等于5尺。❺姓。

厷 ⊖ gōng 〈文〉同"肱"。胳膊从肩到肘的部分。
⊜ hóng 〈文〉同"宏"。大通。

公 gōng ❶属于国家或集体的(跟"私"相对):～事|～物|从吉勤于～务而疏于训子(从吉:人名)。❷共同的;公认的:～约|～理|社会～害。❸国际的:～海|～历。❹使公开,让大家知道:～布|～告|～示|～之于世。❺公平;没有偏私:～道|买～卖|～生明,偏生暗。❻公事;公务:办～|因～受伤。❼古代贵族五等爵位(公、侯、伯、子、男)的第一等:～爵|～王|～大臣。❽对男子(今用于上了年纪的)的尊称:诸～|刘～|此～学富五车。❾丈夫的父亲:～婆。❿雄性的(跟"母"相对):～驴|～鸡|～螃蟹。⓫姓。⓬【公孙】【公羊】【公冶】复姓。

弓 gōng 见 hù "弓"(259页)。

功 gōng ❶做出的贡献;较大的业绩(跟"过"相对):～劳|立～|丰～伟绩|～遂身退,天之道。❷成效;效果:～亏一篑(kuì)|驽马十驾,～在不舍。❸造诣;技术修养:～力|唱～|基本～。❹物理学上指能量转换的一种量度。功的单位是焦耳。

红 gōng 见 hóng "红"(251页)。

攻 gōng ❶进击(跟"守"相对):～打|反～|进可～,退可守。❷〈文〉指摘(过失):抨击:～讦(jié)|群起而～之|～其一点,不及其余。❸致力于学习与研究;钻研:～读|专～法律|闻道有先后,术业有专～。❹〈文〉坚固:我车既～,我马既同(同:整齐;齐备)。❺姓。

邝 gōng ❶古亭名。在今江西庐山。❷姓。

供 ⊖ gōng ❶供给(jǐ),把物资、钱财等供给需要的人用:～应(yìng)|取天下之财,以～天下之费。❷给人提供某种可以利用的条件:以上意见仅～参考|这是专～行人休息的路椅|夫妻两个省吃俭用,～孩子上大学。❸姓。
⊜ gòng ❶在神佛、先辈的像或牌位前陈放祭品,表示敬奉:～佛。❷陈放的祭品:上～|～蜜。❸担任;从事:～职|～事。❹受审人交代案情:～述|～认|吏辈责～,多不足凭。❺受审人交代的案情:口～|笔～。

肱 gōng 〈文〉胳膊从肩到肘的部分,泛指胳膊:～骨|股～(大腿和上臂,比喻得力的助手)|曲～而枕。

裿 gōng 〈文〉衣服的中间部分。

宫 gōng ❶古代泛指房屋,后专指帝、后、太子的住所:～殿|皇～|阿房～。❷神话中神仙的住所:龙～|天～|月～。❸某些庙宇的名称:雍和～(在北京)|布达拉～(在西藏拉萨)。❹某些文化娱乐场所的名称:少年～|青年～|民族～|文化～。❺指子宫:～颈|刮～|～外孕。❻我国古代五声音阶的第一音级,相当于简谱的"1"。❼宗庙;神庙:公侯之～|诏建道～,赐名龙翔。❽姓。

恭 [恭] gōng ❶严肃,谦逊,有礼貌:～敬|～谦|其行己也～,其事上也敬。❷敬辞。向人表示尊敬的用语:～候|～请|～贺。❸姓。

軝 gōng 〈文〉同"釭"。车毂孔中用来穿轴的金属圈。

蚣 gōng 【蜈(wú)蚣】节肢动物。第一对足呈钩状,有毒腺,能分泌毒液。吃昆虫等。可入药。

躬 [*躳] gōng ❶〈文〉身体,也指自身:反～自问。❷亲自;亲身:～耕|～逢其盛|事必～亲|纸上得来终觉浅,绝知此事要～行。❸弯下(身子):～身下拜。

龚 (龔) gōng ❶〈文〉通"供(gōng)"。供给:奉职输赋,进比华人,无敢不～(输赋:缴纳赋税)。❷姓。

尵 gōng 清代三合会旗号专用字。

坽 gōng　用于人名。李坽，清初思想家，号恕谷。

觥 [觵、韹] gōng　古代酒器。起初用兽角制成，后来也用木或青铜制作：～筹交错(形容许多人相聚饮酒的热闹情景)。

愩 ㊀ gōng〈文〉恐惧。㊁ gòng〈文〉自高自大：～高。

煩 gōng【煩船】〈文〉船名：大～十四只。

碵 gōng ❶〈文〉拱形石或拱形桥：石～。❷姓。明成祖朱棣生母碵氏。

鮬 gōng ❶【鮬鯑(xué)】〈文〉螃蟹的一种。❷〈文〉赤尾的白鲦(tiáo)鱼。

霟 gōng　用于人名。三国时吴国国君孙休的次子名。

鵼 gōng　鸟名。有许多种。小的像鹌鹑，大的像家鸡，背部有黑白相间的横斑纹，善走不善飞。生活在南美洲。

髼 [髸] gōng【髼松】〈文〉头发散乱：～不理金钗溜(溜:下滑)。

霟 gōng〈文〉"霟"的讹字。三国时吴国国君孙休的次子名。

韎 gōng〈文〉恭谨。

gǒng　(ㄍㄨㄥˇ)

廾 [収] gǒng〈文〉"拱"的古字。双手捧物。

巩 (鞏) gǒng ❶坚固；牢固：～固。❷〈文〉用皮革捆东西：～用黄牛之革。❸姓。

共 gǒng　见 gòng"共"(210页)。

汞 gǒng　金属元素。符号 Hg。

珙 gǒng ❶〈文〉抱持。❷〈方〉物体鼓胀。

拱 gǒng ❶两手在胸前合抱，略向上举或上下摇动，表示敬意：～手|子路～而立(子路:孔子的弟子)。❷两手合围：～抱|～围。❸围；环绕：～护|～卫|群目统为纲，众星～北辰。❹身体弯曲成弧形：～着腰。❺建筑物成弧形的：～门|～桥|连坝。❻用身体或身体的一部分向前挤或向上顶:猪用嘴在地上～来～去|他轻轻一门就开了。❼植物的幼苗破土而出:豆苗儿从土里～出来了。❽姓。

恐 gǒng〈文〉战栗;恐惧。

珙 gǒng〈文〉大的玉璧。

瓷 [瓾] gǒng〈文〉瓶、缶一类瓦器。

挈 gǒng ❶〈文〉抱持。❷〈文〉举:～茵(对举衬垫的四角)。❸中国画的一种技法。

拲 gǒng ❶古代的一种刑罚，把双手铐在一起:凡死罪枷而～。❷古代铐双手的木制刑具:书其姓名及其罪于～。

栱 gǒng【枓(dǒu)栱】我国传统建筑的承重结构。加在立柱顶端和横梁交接处的一层层探出成弓形的结构叫栱，垫在栱与栱之间的方形木块叫枓，合称"枓栱"。今作"斗拱"。

砻 gǒng ❶〈文〉水边大石。❷〈文〉用同"拱"。向上呈弧形:高～若桥。

廊 gǒng　姓。

硔 gǒng　见 hóng "硔"(252页)。

鞏 gǒng〈文〉车辋(车轮的外周)。

輁 gǒng【輁轴】〈文〉载运灵柩的车。

珙 gǒng　用于人名。伯珙("珙"的误写)，宋代人。

銾 gǒng　"汞"的俗字。

澒 gǒng　见 hòng "澒"(252页)。

鮎 ㊀ gǒng〈文〉鱼名。即鲩。㊁ hóng〈文〉同"魟"。鳐(yáo)鱼。

窜 [劋] gǒng ❶挖:～窟剜墙。❷钻:泾河龙潠泥里便～。‖用于古白话。

gòng　(ㄍㄨㄥˋ)

共 ㊀ gòng ❶都具有的;相同的:～通|～识|～性|公～。❷一起承担或从

事:同甘～苦|休戚与～。❸共产党的简称,也特指中国共产党:中～|国～合作。❹表示总计:总～|大楼～有十八层。❺表示一起;一同:～勉|～进午餐|和平～处。❻〈文〉介词。同;跟:秋水～长天一色。㈡gǒng ❶〈文〉拱手,两手在胸前合抱,表示敬意:圣人～手。后作"拱"。❷〈文〉环绕:为政以德,譬如北辰,居其所而众星～之(北辰:北极星)。

贡(貢) gòng ❶古代指臣民向君主,或属国向宗主国进献物品,后泛指进献:～奉|～品|郡国所～,皆减其过半。❷进献的物品:进～|纳～|～之不入,寡君之罪也。❸科举时代指选拔人才,推荐给朝廷:～举|～生|尝勤苦学文,迨(dài)今十年,始获一～。❹姓。

供 gòng 见gōng "供"(209页)。

玒 gòng 同"虹"。汉代县名。在今安徽。

㲀 gòng 见hóng "㲀"(251页)。

虹 gòng 见hóng "虹"(251页)。

玒 gòng ❶〈文〉到达:凄如～寒门(凄:寒凉)。❷〈文〉腾飞;腾冲:蜺旌～天起。

唝(嗊) ㈠gòng 【唝呍(bù)】地名。在柬埔寨。现在译作"贡布"。㈡hǒng 【啰唝曲】古歌曲名。也叫"望夫歌"。

筇 ㈠gòng ❶〈文〉盛杯盘等器皿的竹笼。❷〈文〉盛筷子的竹笼。㈡xiáng 【筇籆(shuāng)】〈文〉用篾席做的船帆。

愩 gòng 见gōng "愩"(210页)。

舜 gòng 〈文〉同"共"。一起;一同:万人操弓,～射一招(招:箭靶)。

寋 gòng 〈方〉有物从地下顶着土凸起。

橌 ㈠gòng 〈文〉同"鹽"。小杯。㈡jù 【橌盬(xǔ)】〈文〉顶在头上的一种盛物器具。

赣 gòng 见gàn "赣"(198页)。

贛 gòng 〈文〉赐给。通作"赣"。

鹽 ㈠gòng 〈文〉小杯子。㈡gǎn ❶〈文〉器物的盖子:用箬～盖之(箬:ruò,竹名)。❷〈文〉覆盖:天～四山青。❸〈文〉粮仓。

gōu（ㄍㄡ）

勾 ㈠gōu ❶画出钩形符号,表示删除或截取:～销|把文章中环境描写的词句～出来。❷画出形象的轮廓;描画:～画|～勒|～脸。❸招引;引出:～魂|～引|数枝黄菊～诗兴。❹结合在一起;串通:～搭|～结|～通。❺我国古代数学指不等腰直角三角形中较短的直角边。❻〈文〉拘捕;捉拿:～捕|你把杀人贼快与我～追。❼姓。㈡gòu ❶【勾当(dàng)】行为;事情(多指不好的):卑鄙～|损人利己的～。❷圈套:则怕反落他～中,夫人还是不去的是。

句 gōu 见jù "句"(339页)。

佝 gōu 【佝偻(lóu)】脊背向前弯曲:～着身子。

刣 gōu 〈文〉镰刀:～镰。

沟(溝) gōu ❶田间灌溉、排水的水道,也泛指水道:～渠|垄～|小河～。❷人工挖掘的沟状防御工事:壕～|封锁～|高垒深～。❸山谷:～壑|山～|七～八梁。❹类似沟的浅槽或注处:瓦～|脊梁～|大车过后,泥地上留下一道～。❺〈文〉护城河:楚方城以为城,江汉以为～。

呴 gōu 见xǔ "呴"(756页)。

枸 ㈠gōu 【枸橘】枳(zhǐ)的通称。㈡gǒu 【枸杞(qǐ)】落叶灌木。茎有刺,花淡紫色。浆果叫"枸杞子",红色,可入药。根皮也可入药,入药叫地骨皮。㈢jǔ 【枸橼(yuán)】1.常绿乔木。有短刺,花白色,果实长圆形,有香味,味酸,果实可入药。2.这种植物的果实。‖也叫"香橼"。

钩（鈎）[△*鉤] gōu ❶钩子,头部弯曲,前端尖锐,可以用来悬挂或探取东西:秤～|挂～|若游鱼衔～。❷用钩子或钩状物搭挂、探取等:把掉在河里的书包～上来|以戈～之。❸用带钩的针编织:～围脖|～一顶小帽。❹〈文〉木匠用来画圆的工具:曲者中～,直者应绳。❺〈文〉兵器名,似剑而曲:吴～越棘(棘)(通"戟(jǐ)")。❻汉字的笔形,附在横、竖等笔画末端的折笔,成钩形,如"亅"、"乛"、"乚"、"乁"等。

"鉤"另见 qú(564 页)。

苟 gōu 见 gòu "苟"(213 页)。

济 gōu 〈文〉同"沟(溝)"。田间灌溉或排水的水道:～垄。

袧 gōu 古代的一种丧服,裳幅两侧打皱褶而中央没有皱褶。

蚼 gōu 见 gǒu "蚼"(212 页)。

鞠 gōu 见 qú "鞠"(564 页)。

繜（繜）[繜] gōu ❶〈文〉缠在刀剑柄上的绳子:长铗剽为～(剽:kuǎi,草名,茎可制绳)。❷用于地名:～氏(在河南偃师)。❸姓。

撛 gōu 〈文〉牵;引:～惹的边庭上不得宁静。

另见 gòu "构"(213 页)。

橄 gōu ❶〈文〉树木的曲枝。❷〈文〉树木名。

幏 gōu 〈文〉同"褠"。袖窄而直的单衣;衣服:巾～鲜明。

鉤 gōu ❶〈文〉牛吃饱:～草(吃草的畜生)。❷〈文〉饱;充肠～饫(饫:yù,饱)。

膬 gōu 〈文〉脚的弯曲处:股间～间。

褠 gōu ❶〈文〉袖窄而直的单衣:绛～|始于秦汉。❷〈文〉臂套:苍头衣绿～(苍头:奴仆)。

篝 [篝、構] gōu ❶〈文〉竹笼:两岸栎林藏曲折,一～松火照微茫。❷【篝火】指在空旷的地方或野外架木柴、树枝燃烧的火堆。

韝[胸] gōu 【韝艛(lù)】古代的一种大型战船。也说"韝艛(lóu)"。

鏴 gōu 〈文〉同"钩"。钩子;挂钩。

鮖 gōu 见 qú "鮖"(565 页)。

韝 gōu ❶【韝韝(bèi)】活塞的旧称,蒸汽机、内燃机的汽缸或唧筒里往复运动的机件,一般为圆饼形或圆柱形。❷古代打猎时用的皮制臂套。

箹 gōu 【箹籏(duān)】〈文〉桃枝竹的一种。

韝 gōu ❶〈文〉皮制的臂套(射箭、架鹰时套在臂上束住衣袖便于动作):昔如～上鹰。❷〈文〉架鹰:～上蔡之鹰。❸〈文〉风箱:炉～。

gǒu（ㄍㄡˇ）

苟 gǒu 〈文〉菜名。也作"茍"。

茍 gǒu ❶随便;草率:～同|一丝不～|君子于其言,无所～而已矣。❷姑且;暂且:～安|～活|～全|～且偷安。❸〈文〉表示假设,相当于"如果":～富贵,无相忘|～君不欲,悉听尊便。❹姓。

岣 [岣] gǒu 【岣嵝(lǒu)】山名。衡山的主峰,也指衡山。在湖南。

狗 [狗] gǒu 哺乳动物。是一种家畜。种类很多,听觉、嗅觉都很灵敏,多用来看守门户,或帮助打猎、牧羊等,有的可训练成警犬,协助侦察、搜捕等:鸡豚～彘(zhì)。

珣 gǒu 〈文〉似玉的石头。

耇 [耇、耈] gǒu ❶〈文〉老年人面部的斑点。❷〈文〉年老;高寿:年其逮～(逮:到)。❸〈文〉年老体弱。

枸 gǒu 见 gōu "枸"(211 页)。

蚼 ⊖ gǒu 【蚼犬】神话中的兽名。
⊖ gōu ❶【蚼蟓(bèi)】〈文〉龟一类的

动物,外形像鳖。也作"蝍蝹"。

㈢ qú ❶[蝍蛆]〈文〉一种庄稼的害虫。❷[蝍蟓(yǎng)]〈文〉大蚂蚁。也叫"玄蝍"。

笱 gǒu 〈文〉捕鱼器具。竹制,口部有许多逆向的细竹条,鱼进去后出不来:毋逝我梁,毋发我～(毋:勿。逝:往。梁:为拦捕鱼而筑的石堰。发:拨弄)。

貃 gǒu 〈文〉熊虎的幼子。通作"狗"。

gòu（ㄍㄡˋ）

勾 gòu 见 gōu "勾"(211页)。

句 gòu 见 jù "句"(339页)。

构(構)[❶⁻³△*搆] gòu ❶把相关的各部分安排、组合起来:～词|～图|～筑|～木为巢以避群害。❷结成;组织(用于抽象事物):～思|～想|～怨于诸侯。❸构成的事物,多指文艺作品:佳～|杰～。❹〈文〉陷害:为程元振所～(程元振:人名)。❺构树,落叶乔木。叶子卵形,花淡绿色,果实球形。木材可做器具,茎皮可用来造纸,叶、果实等可入药。也叫"楮(chǔ)"或"榖(gǔ)"。

"搆"另见 gōu(212页)。

呴 gòu 见 xǔ "呴"(756页)。

购(購) gòu ❶买:～买|采～|～销两旺。❷〈文〉重金收买;悬赏征求:乃令军中毋杀广武君,有能生得者,～千金。❸〈文〉通"媾(gòu)"。讲和:将西～于秦。

诟(詬)[詢] gòu ❶〈文〉耻辱:厚颜而忍～。❷〈文〉骂,辱骂:～骂|～詈|～病(指责)|及巢见诏,大～执政(巢:黄巢)。

垢 gòu ❶〈文〉污秽;肮脏:蓬头～面。❷污秽、肮脏的东西:泥～|油～|藏污纳～|不洗~而察难知(察:看)。❸〈文〉耻辱:蒙～|含～忍辱。

苟 gòu【薢(xiè)苟】1.〈文〉菱的别名。2.〈文〉草决明。

妒 ㈠ gòu ❶〈文〉相遇。❷〈文〉邪恶:～婟之难并(婟:hù,美好)。

㈡ dù 〈文〉通"妒(dù)"。忌恨:～害。

㈢ hòu 〈文〉通"后(hòu)"。帝王之妻:妃～。

冓 ㈠ gòu 〈文〉材木架积。通作"構"。

遘 ㈠ gōu ❶古代数名。十秭(zǐ)称冓。也作"沟(溝)"。❷用于地名:邘～(汉邑名)。

够[*夠] gòu ❶数量上可以满足需要:钱～用|人数还不～。❷达到一定的标准或程度:～资格|孩子明年就～上学的年龄了。❸超过能承受的限度;因太多而厌烦:老是这几样菜,早吃～了|那些车轱辘话,让人听～了。❹(用手或工具)伸出去接触或取出(东西):中锋个儿高,一抬手就能～着篮筐|拿竹竿把池子里的皮球～上来。❺表示达到了某种程度(多修饰形容词):天气～热的|你这家伙也真～马虎的。

偡 ㈠ gòu【偡霧(mào)】〈文〉愚昧昏蒙。

㈡ jiǎng【偡偡(mǎng)】〈文〉粗而不美。也作"傸偡"。

遘 gòu ❶〈文〉遭遇;碰上:～疾|～会(相逢)|生不～时。❷〈文〉通"构(gòu)"。结成;造成:西京乱无象,豺虎方～患。

彀 gòu ❶〈文〉用力拉满弓:～弓|羿之教人射,必志于～。❷〈文〉指箭能射及的范围,比喻事物的范围,也比喻牢笼、圈套:入～|天下英雄入吾～中。

毂 gòu ❶〈文〉哺乳。❷〈文〉幼儿:臧与～二人相与牧羊(臧:奴仆)。❸〈文〉愚蒙。

嶋 gòu 〈文〉同"构(構)"。形成;构成:构成。

雊 gòu ❶〈文〉雄性野鸡鸣叫:雄之朝～,尚求其雌。❷〈文〉野鸡。

媾 gòu ❶〈文〉结为婚姻:今将婚～以从秦。❷交好:～和|割六县而～。❸两性交配:交～。

覯(覯) gòu ❶〈文〉遇见:罕～|我～之子,衮衣绣裳(衮衣:画着龙纹的上衣)。❷〈文〉看见:乃陟南冈,乃～于京(陟:zhì,登上。京:高的丘陵)。

縠[縠、縠、縠] gòu 〈文〉取牛羊乳:～牛。

燸 gòu 〈文〉举火:～灯而入。

霽 gòu ❶〈文〉大雨。❷用于人名。田喜霽,清代人。

---

gū (ㄍㄨ)

估 ⊖ gū ❶大致推算;揣测:～计|～算|一～有多重|命有司高～其价。❷〈文〉物价:恒平物～,贱敛贵出。
⊜ gù 【估衣】出售的旧衣服或质料较差、加工较粗的新衣服:卖～。

泒 gū 见pài“泒”(502页)。

苽 ⊖ gū 〈文〉植物名。即茭白。也作“菰”。
⊜ guā 〈文〉同“瓜”。瓜类菜蔬:兄弟共种～半亩。

夸 gū 〈文〉大。

咕 gū 模拟母鸡、斑鸠等的叫声:下了蛋的母鸡～～地叫着。

呱 gū 见guā“呱”(218页)。

沽 gū ❶〈文〉买:～酒|～名钓誉(用某种手段谋取名誉)|得钱即相见,～酒不复疑。❷〈文〉卖:待价而～|当垆自～酒(当:对着。垆:酒店里放置酒瓮的土台子)。❸天津的别称。

泒 gū 古水名。流经山西、河北。

孤 gū ❶〈文〉幼年丧父或父母双亡:先主少～,与母贩履织席为业。❷丧父的或父母双亡的幼儿:～寡|可以托六尺之～。❸单独:～立|～岛|～军奋战|是以主～于上而臣成党于下。❹古代王侯的自称:～家|称～道寡。

姑 gū ❶父亲的姐妹:～妈|大～|表～。❷丈夫的姐妹:～嫂。❸〈文〉丈夫的母亲:翁～(公公和婆婆)|妾身未分明,何以拜～嫜(嫜:丈夫的父亲)。❹出家修行或从事迷信职业的妇女:尼～|道～|三～六婆。❺妇女,特指少女:村～。❻〈文〉

表示暂且如此,有“将就”的意思:～且|～隐其名|多行不义,必自毙,子～待之。

柧 gū 〈文〉棱角;有棱的木条。

轱(軲) gū 【轱辘(lu)】1.车轮:胶皮～。2.滚动:把球～过来。‖旧也作“轱轳、毂辘”。

骨 gū 见gǔ“骨”(216页)。

胍 gū 见guā“胍”(219页)。

鸪(鴣) gū ❶【鹁(bó)鸪】即勃鸠,羽毛黑褐色。天要下雨或刚放晴时常在树上咕咕地叫。❷【鹧(zhè)鸪】鸟名。外形像母鸡,羽毛大多黑白相杂,有眼状白斑。头顶棕色,脚黄色。吃植物种子、昆虫等。

罛[罛] gū 〈文〉大渔网:施～围而取之(之:这里指鱼)。

辜 gū 〈文〉“辜”的讹字。

菰 gū ❶多年生草本植物。生长在池沼里,花紫红色。嫩茎经菰黑粉菌寄生后膨大,叫茭白,果实叫菰米,都可以吃。❷旧同“菇”。真菌的一类。

菇 gū 真菌的一类,如草菇、蘑菇、香菇等。

蛄 ⊖ gū ❶【蝼(lóu)蛄】昆虫。褐色,有翅,生活在泥土中。前足能掘土。吃植物的根、嫩茎和幼苗,是害虫。通称“蝲蝲蛄”。❷【蟪(huì)蛄】蝉的一种。身体较小。雄的腹部有发音器,能发出“吱—吱”的鸣声。是农林业害虫。
⊜ gǔ ❶【蝲(là)蛄】节肢动物。外形像龙虾而小,生活在淡水中,是肺吸虫的中间宿主。❷【蝲(là)蝲蛄】“蝼蛄”的通称。

結 gū 【結缕】〈文〉草名。

菩 gū 【菩葵(tū)】花蕾。

辠 gū ❶罪:无～|死有余～。❷违背;背弃:～负|～恩背义。❸姓

軱 gū 〈文〉大骨:大～。

酤 □ gū ❶〈文〉酒；薄酒：既载清～（载：陈设）。❷〈文〉买酒：少年来～者，皆赊与之。❸〈文〉卖酒：～酒。

嚅 ㊀ gū ❶【嚅碌碌】模拟很快地流动或滚动的声音。现在写作"骨碌碌"。❷【嚅嘟嘟】模拟液体沸腾、水流涌出或大口喝水等的声音。现在写作"咕嘟嘟"。
　㊁ wā 〈文〉模拟吞咽的声音：就器吸酒，～～有声。

觚 gū ❶古代的饮酒器，多用青铜制成。❷古代用于书写的木简：操～（写文章）。❸〈文〉棱角。

觚 gū【巫觚】古代越人的神祠名。

縠 gū 见 gǔ"縠"（217页）。

鈲 ㊀ gū 〈文〉系纤绳的用具：牵船皆令系二～于胸背。
　㊁ zhāo 〈文〉炼铜的初次生成物。

磆 gū【磆碌(lu)】1.同"咕噜"。小声抱怨：怕老爷～。2.同"骨碌"。滚动：一～从床上爬起来。

箍 □ gū ❶用竹篾或金属条束紧；用带子之类勒住：～木桶|她头上～着发带。❷紧套在器物外面的圈状物：金～儿|木桶外面打了三道～。

筶 gū ❶古乐器名(一说即筶)：鸣～。❷〈文〉竹名。

嫭 gū ❶〈文〉担保。❷〈文〉苟且。通作"姑"。❸〈文〉估计。后作"估"。

樎 gū 〈文〉树木名。即山榆。

魖 gū 〈文〉姑息。

醢 gū 〈文〉同"沽"。买酒。

籁 gū 〈文〉书写用的木牍。通作"觚"。

諐 gū 〈文〉罪恶。

鐮 gū【仆鐮】〈文〉箭名：金～。也作"镤(pú)鐮"。

gǔ（《ㄨˇ）

及[夃] gǔ 〈文〉同"贾"。买卖多得利。

古 □ ㊀ gǔ ❶很久以前的年代(跟"今"相对)：上～|远～|～往今来|故审知今则可知～。❷古代的人或事物：怀～|考～|述而不作，信而好～。❸年代久远的：～籍|～老|～城春色|～道西风瘦马。❹质朴而有古代风格：～朴|～雅|～简|人心不～。❺指古体诗：五～|七～。❻姓。
　㊁ gù 〈文〉通"故(gù)"。旧；原来：～老向予言，言是上留田(上留田：地名)。

扢 ㊀ gǔ 〈文〉揩拭；涂抹：～以玄锡(玄锡：含锡的合剂)。
　㊁ qì【扢然】〈文〉奋起的样子：～执干而舞。
　㊂ jié 〈文〉拉；拽：～其缨而绝之。
　㊃ gē【扢搭】1.同"疙瘩"。结子：挽着一个～。2.忽然；立刻：～地把双眉锁纳合。‖用于古白话。

扣 gǔ 见 hú"扣"（256页）。

劼 gǔ〈方〉发动；振奋：～劲。

谷 □ ㊀ gǔ（㊀❷-❹△縠）❶两山间或两块高地中间的狭长夹道或水道：河～|山～|虚怀若～。❷稻、麦、谷子、高粱、玉米等的统称：百～|五～丰登|不违农时，～不可胜食也。❸谷子，一年生草本植物。叶子条状披针形，穗状圆锥花序，籽实圆形，脱壳后叫小米，是重要的粮食作物。也叫"粟"。❹〈方〉稻；稻谷。❺〈文〉困境：进退维～。❻姓。
　㊁ yù【吐(tǔ)谷浑】我国古代少数民族。在今甘肃、青海一带。隋唐时曾建立政权。
　㊂ lù【谷蠡(lí)王】匈奴官名。冒顿(mòdú)单于设置，分左右，管理军事和行政。
　"縠"另见 gǔ（217页）。

汩 □ ㊀ gǔ【汩汩】模拟水流动的声音：溪流～|山泉～流淌。
　㊁ yù 〈文〉疾速：百仞之渊，～流之中悲风～起。

诂(詁) gǔ 〈文〉用当时通行的语言解释古代的语言文字或方言字义：解～|训～|诗无达～(达诂：肯定确切的解释)。

股 □ gǔ ❶大腿,从胯到膝盖的部分:～肱(比喻得力的助手)|头悬梁,锥刺～。❷某些机关、企业、团体中的组织单位:总务～|宣传～。❸绳、线等的组成部分:三～儿绳|粗～儿线。❹集合资金的一份或一笔财物平均分配的一份:～金|～份|入～|按～均分。❺股票:～市|～民|～评|～指(股票价格指数的简称)。❻用于条状物体或液体:一～绳子|两～道|一～泉水。❼用于气体、气味、力气等:一～热气|一～烟味|一～力量。❽用于成批的人:一～人流|两～敌军|一～一～地分散了。❾我国古代数学指不等腰直角三角形中较长的直角边。

骨 □ ㊀ gǔ ❶人和脊椎动物体内支持身体、保护内脏的坚硬组织:弱其志,强其～|饮马长城窟,水寒伤马～。❷比喻在物体内部起支撑作用的架子:伞～|扇～|钢～水泥(钢筋混凝土)。❸比喻人的品质、气概:～气|傲～|侠～|柔～肠。

㊁ gǔ ❶【骨朵儿(duor)】花蕾:花～。❷【骨碌(lu)】滚动;翻滚:不小心从山上～下来|球～远了。

牯 □ gǔ 牯牛,指公牛:老～|水～。

胲 gǔ ❶〈文〉大腿,大腿骨。❷用于地名:宋～(在山西)。

贾 gǔ 见jiǎ "贾"(298页)。

眼 gǔ 〈方〉瞪大眼睛。

骨 gǔ "骨"的旧字形。

唂 gǔ 【唂咕】模拟鸟鸣声:(布谷鸟)～～正叫得欢。

唃 ㊀ gǔ 〈文〉鸟鸣;鸟鸣声:柜内～有声。

㊁ zuǐ 〈文〉同"觜"。鸟嘴:玃鸟金刚～(玃:jué,搏击)。

罟 □ [罟] gǔ ❶〈文〉捕鱼或捕鸟兽的网:网～鱼|数(cù)～不入洿池,鱼鳖不可胜食也(数罟:很密的网)。❷〈文〉用网捕捉:～鱼|网～禽兽。

钴 □ (鈷) gǔ ❶金属元素,符号Co。❷【钴鏻(mǔ)】1.〈文〉熨斗。

2.〈文〉大口的釜。

羖 [羜] gǔ 〈文〉黑色公羊;公羊:以五～羊皮赎之。

稁 gǔ 〈文〉同"谷(穀)"。谷物。

蓇 gǔ 见qū "蓇"(563页)。

殈 gǔ 【殈殈(sù)】〈文〉死;死的样子。

蛄 □ gǔ 见gū "蝼蛄"(214页)。

蛊 □ (蠱) gǔ ❶古代传说,把许多毒虫放在同一个器皿中,使它们互相吞食,最后剩下不死的毒虫叫蛊,可以用来毒害人:畜～。❷〈文〉诱惑;欺骗:楚令尹子元欲～文夫人(令尹:官名。子元:人名)。

蛌 ㊀ gǔ 【喇(là)喇蛌】即喇喇蛄。蝼蛄。

㊁ tún 〈文〉"蜏"的讹字。鼅(wēn)蜏,即鼅蜏,瓜名。

蜮 ㊀ gǔ ❶〈文〉使混浊;扰乱:～其泥而扬其波。❷〈文〉水涌流的样子:(泉水)～～|～～争石鳟而出。

㊁ jué 〈文〉竭,尽:极赏则～(极赏:过度赏赐)。

愲 gǔ 〈文〉膝病。

愲 [瘑]

鹄 □ ㊀ (鵠) gǔ 〈文〉箭靶子;射箭的目标:～的(一dì,箭靶子的中心,也指练习射击的目标)|射者各射己之～。

㊁ hú 〈文〉天鹅,像鹅而大,羽毛白色,善于飞翔,生活在海滨及湖边,是我国国家重点保护动物:～不日浴而白。

馉 □ (餶) gǔ 【馉饳(duò)】宋元时的一种面食。

猾 □ gǔ 见huá "猾"(262页)。

搰 gǔ 〈文〉忧闷;烦乱:心结～兮伤肝。

鼓 □ [*皷] gǔ ❶打击乐器。圆筒形或扁圆形,中空,通常是一面或两面蒙有皮革,用槌敲击:大～|腰～|小子鸣～而攻之可也。❷形状、声音、作用等像鼓的东西:石～|蛙～|耳～。❸〈文〉击

鼓;击鼓进军:一~作气|援枹而~(枹:fú,鼓槌)。❹弹奏、敲击或拍,使乐器或东西发出声音:~琴|~掌|我有嘉宾,~瑟吹笙。❺煽动情绪,使振奋:~动|~励|~舞|~足干劲。❻凸起:~胀|~着腮帮子|这两年他生意做得好,钱包~起来了。❼〈文〉振动:摇唇~舌,擅生是非。❽古代夜间击鼓报更,所以几更也说几鼓:天交四~|五~天明。

鼓 gǔ 〈文〉击鼓。也作"鼓"。

毂（轂） ㊀gǔ 车轮中心的部件,中间有孔,可以插入车轴:三十辐共一~(三十条辐集中到一个毂)。
㊁gū【毂辘】同"轱辘"。1.车轮。2.滚动。

榾 gǔ【榾柮(duò)】〈方〉成块儿的柴;树墩子。

榾 gǔ【榾榾】〈文〉持续努力的样子:~三月,始得竣事(竣事:事情完毕)。

毂 gǔ 构树:有桑~生于廷。

椵 gǔ 又读jiǎ ❶〈文〉大:~命。❷〈文〉福;祝:~(祝寿)|承天之~。

鹘 gǔ 见hú"鹘"(258页)。

簉 gǔ 〈文〉同"苦(gǔ)"。刷子。

毂 gǔ ❶〈文〉善;好:~旦(吉利的日子)。❷〈文〉俸禄:~禄。❸姓。❹【毂梁】姓。
另见gǔ"谷"(215页)。

鴣 gǔ【鴣雕】〈文〉鸟名。即鸣鸠:~游兮华屋。也作"鹘(gǔ)雕"。

潘 gǔ ❶〈文〉同"淈"。使混浊。❷〈文〉同"淈"。水涌流的样子。

縎 gǔ 〈文〉结;打结:心结~兮折摧(折摧:忧伤)。

毂 gǔ 〈文〉稻、麦、谷子、高粱、玉米等的统称。通作"谷(谷)"。

槀 gǔ 见xīn"槀"(747页)。

盬 gǔ【盬子(zi)】周围陡直的深锅。用沙土烧制,或用铁制成:沙~子。

毂 gǔ 〈文〉同"谷(谷)"。稻、麦、谷子、高粱、玉米等的统称。

錎 gǔ ❶【錎铼(duǒ)】古代兵器,后用为仪仗。俗称"金瓜"。❷化学元素"钙(gài)"的旧称。

臌 gǔ 臌胀,中医指腹部胀起的病:~症|气~|水~。

瞽 gǔ ❶〈文〉眼瞎;盲:~瞍|~者仰视而不见星。❷〈文〉眼瞎的人;盲人:愚~。❸〈文〉乐官。古代乐官多由盲者担任:~史诵诗。

聲 gǔ 见kēng"聲"(362页)。

盬 gǔ ❶古代盐池名;盐池:戊子至于~。❷〈文〉未经炼制的粗盐。❸〈文〉不坚固;粗劣:器用~恶。❹〈文〉休止:王事靡~(靡:无)。❺〈文〉吸饮:伏己而~其脑(伏己:伏在自己身上)。

潓 gǔ【潓水】水名。在河南。

毂 gǔ 见kòu"毂"(364页)。

鼄 gǔ 〈文〉鼬(yòu)鼠的别名。黄鼠狼。

gù（《ㄨˋ）

古 gù 见gǔ"古"(215页)。

估 gù 见gū"估"(214页)。

固 gù ❶结实;牢靠:坚~|稳~|本~枝荣|兵劲城~(劲:强)。❷坚硬;又结实又硬:~体|~态|凝~。❸坚定;坚决:~守|~请欲行。❹使结实牢固:~本|防风~沙|~国不以山谿之险。❺〈文〉鄙陋:鄙人~陋,不知忌讳。❻〈文〉本来;原来:当如此|人~有一死。❼〈文〉表示转折关系,相当于"固然":人~不易知,知人亦未易也|客主~殊势,存亡终在人。❽姓。

故 gù ❶事情,特指意外的或不幸的事情:事~|细~|中原遂多~。❷原因;根由:无~缺席|借~推辞|持之有~。❸旧的;过去的事物:典~|吐~纳新|温~而知新。❹旧交;友情:~交|一见如~|昔年疾疫,亲~多离其灾(离:lí,遭受)。❺死亡:~世|病~|父母早~。❻原来的;过去

的:～地重游|～态复萌。❼有意;存心:～
弄玄虚|明知～犯|欲擒～纵。❽〈文〉表示
结果;因此:昨日偶感不适,～未能如期赴约|
臣闻兵以计为本,～多算胜少算。❾姓。

顾（顧）gù ❶回头看;看:回～|～盼
|～影自怜|王～左右而言他。
❷关心;照管:～及|～此失彼|奋不～身|三
岁贯女,莫我肯～(贯:侍奉;供养。女:rǔ,
同"汝"。你)。❸拜访;探望:三～茅庐|承
蒙枉～。❹商业或服务行业称其服务对
象:主～。❺商业或服务行业称服务对象
到来:光～|惠～。❻〈文〉表示转折,相当于
"不过,只是":卿非刺客,～说客耳。❼姓。

涸　gù　〈文〉因寒冷而凝固;凝结:～
冻。

痼　gù　❶〈文〉同"痼"。久病。❷〈文〉口
生疮:口谓眼曰:"他日我～,汝视物,吾
不禁也。"

堌　gù　❶〈文〉土堡;土城:筑～以居。
❷堤。多用于地名:龙～(在山东巨
野)。

菌　gù　〈文〉草名。

梏　gù　❶古代木制的手铐:桎～(桎:
zhì,脚镣)。❷〈文〉拘禁:帝乃～之疏
属之山(疏属:山名)。

崮　gù　❶〈文〉岛:出没岛～。❷同"崗"。
四周陡峭顶部较平的山。多用于地
名:晏～(在山东)|抱犊～(在山东)。

崗　gù　四周陡峭,顶上较平的山。多用
于地名:孟良～(在山东)|抱犊～(在
山东)。

牿　gù　❶〈文〉关牛马的栏圈:～牢之牛
马。❷〈文〉缚在牛角上防止触人的
横木:童牛之～(童牛:无角之牛)。❸〈文〉
桎梏;束缚:形骸若～(若:如)。用同"梏"。

楛　gù　【楛斗(dǒu)】〈文〉射杀老鼠的器
具。

雇　[㊀*僱]　㊀gù　❶出钱让人为自
己做事:～佣|～解|～保
姆|数郡一～。❷租赁:～车|～牲口|风雨
荆州二月天,问人初～峡江船。
㊁hù　〈文〉农桑候鸟的通称。也作"鳸"。

裪　㊀gù　〈文〉祭祀。
㊁huò　〈文〉灾祸:～水。用同"祸"。

顾　gù　〈文〉同"顾(顧)"。拜访;探望:多
承枉～。

锢（錮）gù　❶用熔化的金属来堵塞
(物体的空隙):～漏|死葬乎
骊山…下彻三泉,合采金石,冶铜～其内,
桼涂其外(桼:同"漆")。❷〈文〉禁止;封闭:
党～|禁～|锐气中～。

稒　gù　【稒阳】古县名。在今内蒙古。

痼　gù　经久难以治愈的;长期养成不易
克服的:～疾|～癖|～习。

鲴（鯝）gù　鱼名。种类较多,体侧
扁,银白而略带黄色,口小,无
须,下颌铲形。生活在淡水中,吃藻类等。

<hr>

guā　(ㄍㄨㄚ)

瓜　guā　❶葫芦一类植物的统称。茎蔓
生,果实可以吃,种类很多,如西瓜、
南瓜、冬瓜、黄瓜、丝瓜、苦瓜等:～田李下|
七月食～。❷姓。

昏　guā　〈文〉堵塞器物的口。

抓　guā　❶〈文〉引。❷〈文〉击打:～枣。

苽　guā　见 gū "苽"(214 页)。

呱　㊀guā　❶模拟鸭子、青蛙等的鸣叫
声:蛙声～～|鸭子～～地叫着。❷
【呱呱叫】形容非常好:他歌儿唱得～。旧也
作"刮刮叫"。
㊁guǎ　【拉呱儿】〈方〉聊天。
㊂gū　【呱呱】模拟小孩儿的哭声:～落地
(指婴儿出生)|～而泣(指婴儿哭)。

刮　（❹颳）guā　❶用刀子等贴着物体
表面移动,除去上面的东
西:～锅底|～胡子。❷想尽办法贪婪地索
取(财物):搜～|～地皮(比喻搜刮民财)。
❸(风)吹:～风下雨|寒～肌肤北风利。❹
〈文〉擦拭:士别三日,即更～目相待。

苦　[苦]　guā　【苦蒌(lóu)】同"栝楼"。
多年生攀缘草本植物。果实,块
根可入药。

咶　guā　见 huài "咶"(265 页)。

胍 ⊖ guā　有机化合物。分子式 HN＝C(NH₂)₂，无色晶体，呈强碱性，容易潮解。常见的是胍的盐类，如盐酸胍、硫酸胍等。可以用来制药等。
⊜ gū【胍肫(dū)】〈文〉大腹。

倒 guā　〈文〉同"刮"。用刀子等贴着物体表面移动，除去上面的东西。

栝 ⊖ guā　❶【栝楼】多年生攀缘草本植物。茎上有卷须，花白色，果实卵圆形，黄色，可入药，块根也可入药，入药叫天花粉。也作"苦蒌、瓜蒌"。❷(又读 kuò)〈文〉箭末扣弦的地方:箭～。❸(又读 kuò)古书上指桧(guì)树:松～交阴。
⊜ kuò【隱(yǐn)栝】1.〈文〉矫正弯曲竹木的器具。2.〈文〉剪裁改写文章或著作。‖也作"隐括"。

胋 guā　〈文〉脂肪。

喸【喸喇(lā)】拟声词:那鸡屁股里～的一声，痾出一抛稀屎来。

鸹 (鴰) guā【老鸹(gua)】〈方〉乌鸦。

跀 guā　爬。用于古白话:打得你满地～。

薏 guā【薏蒌(lóu)】〈文〉土瓜。多年生攀缘草本植物。也叫"王瓜"。

劀 guā　〈文〉刮;刮除:～杀(治毒疮时刮去脓血，用药清除腐肉)。

緺 ⊖ guā　〈文〉紫青色的绶带:佩青～出官门。
⊜ wō　〈文〉量词。用于女子盘结的发髻:一～鸾髻。

骊 guā　〈文〉同"騧"。黑嘴黄毛的马。

骺 guā　❶〈文〉骨端。❷中医指肩部内侧、锁骨外端的部分，也指胸骨上方锁骨内端的部分。

骗 ⊖ guā　〈文〉黑嘴黄毛的马:三千犀甲拥黄～。
⊜ wō　〈文〉通"蜗(wō)"。蜗牛:～徙(蜗牛爬行)。

guǎ 《ㄍㄨㄚˇ》

另 ⊖ guǎ　〈文〉同"呙(剐)"。削肉离骨;分割肢体。
⊜ bēi　〈文〉义同"牌(bēi)"。分解;分裂:～开。

丹 guǎ　〈文〉割肉离骨:～其肉，挫其骨。后作"剐"。

歺 guǎ　见 xiǔ "歺"(753页)。

呱 guǎ　见 guā "呱"(218页)。

剐 (剮) guǎ　❶古代酷刑，割肉离骨，即凌迟:千刀万～|遂擒赪，钉于车上，将～之(赪:chēng，石赪，人名)。❷被尖锐的东西划破:衣服～破了|腿上～得尽是血道子。

寡 guǎ　〈文〉同"寡"。数量少:众～不敌。

寡 guǎ　同"寡"。古代王侯的自称:～人。

寡 guǎ　❶少(跟"众、多"相对):～言|郁郁～欢|～不敌众。❷淡而无味:～淡|清汤～水。❸妇女丧夫:～妇|～居|守～|卓王孙有女文君新～。❹死了丈夫的妇女:鳏～孤独。❺古代王侯的自称:～人|～君|称孤道～。

guà 《ㄍㄨㄚˋ》

卦 guà　我国古代占卜用的一套符号，也指占卜活动:八～|算～|卜～|观变于阴阳而立～。

坬 ⊖ guà　❶〈文〉土堆。用于地名。❷〈方〉山坡:朝着～的方向扑去。
⊜ wā　用于地名:朱家～(在陕西)|王～子(在陕西)。

诖 (註)[詿] guà　❶〈文〉牵连;连累:～误(被牵连而受到处分或损害)。❷〈文〉欺骗:～乱天下，欲危社稷。

挂 [*掛、❹*罣] guà　❶借助钉子、钩子等使物体悬在某处，不落下来:悬～|红灯高～|车旁侧～一壶酒，凤笙龙管行相催。❷把听筒放回电话机上，切断通话信号，也指打电话:电话没～好，别人打不进来|给她～了一个电话。❸表面蒙上;带着:玻璃上～了一层土|嘴角～着冷笑。❹惦记:～念|念～|牵

～|～怀。❺登记：～失|～号。❻量词。用于可以悬挂的成套成串的东西：一～鞭炮|一～辣椒。

罣 guà ❶〈文〉绊住；悬挂：钗头～层玉。❷〈文〉牵挂：心头再不～。❸〈文〉牵连：～误(因过失或牵连而受到处分)。

絓 ⊖ guà ❶〈文〉绊住；挂碍：(竹篾)漂泊终夜，～木而止。❷〈文〉悬挂：翠笼高～。❸〈文〉构结；连及：～祸于越(絓祸：结祸)。
⊖ kuā ❶〈文〉缲茧时茧丝成结。❷〈文〉用袋子装着丝绵漂洗。❸〈文〉一种粗绸子：敝衣～履。

褂 guà 中式的单上衣：～子|短～|大～|长袍马～。

諣 guà 〈文〉同"诖"。贻误；搞坏。

---

guāi (《ㄨㄞ)

乖 [乖] guāi ❶(小孩儿)听话；不淘气：孩子～，不那么费心。❷机灵；伶俐：～巧|～嘴|吃过亏就学～了。❸〈文〉违反；背离：～背|～违|天人相违，赏罚～也。❹〈文〉(性情、行为)不正常：～戾|～僻|～张。❺〈文〉分离；离别：将～之际，不忍告别。

枴 guāi 〈文〉通"乖(guāi)"。乖戾：～刺。

掴 (摑) guāi 又读 guó 〈方〉用手掌打；打耳光：～他一巴掌。

䎛 guāi 〈文〉背脊。

瘑 guāi 〈文〉极痒：～癞(像痱子而使人极痒的疥疮)。

---

guǎi (《ㄨㄞ)

屮 guǎi ❶〈文〉羊角。❷〈方〉跛行的样子：～脚～手。用同"拐"。

拐 [*枴] guǎi ❶转变(方向)；转弯：～弯|～角|往前走再向左～。❷瘸；跛：摔了一跤，走起来～一～的。❸拄在腋下支持身体、帮助走路的棍子，上端多有短横木：～杖|架双～|

他腿有残疾，从小拄～。❹骗走(人或财物)：～卖|骗～|诱～。

枴 guǎi 〈文〉同"拐"。拐杖：～杖。

蜗 guǎi 〈方〉蛙类生物。种类很多。

罫 [罣] guǎi ❶〈文〉围棋盘上的方格：～中死棋。❷〈文〉罗网的方孔。

簤 ⊖ guǎi 〈文〉捕鱼竹具：～里尽是宿鲫。
⊖ dài 【筛谷(穀)簤】〈文〉一种竹制的农用器具。

---

guài (《ㄨㄞ)

夬 [叏、叏] guài ❶〈文〉坚决；果断：柔中有刚则～。❷六十四卦之一，乾下兑上。

怪 [*恠、怪] guài ❶奇异的；不常见的：～物|～圈|奇～。❷觉得奇怪：大惊小～|见怪不～。❸传说中的妖魔，也指奇异的事物或性情异样的人：妖～|扬州八～(称清代扬州郑板桥等八位画家)。❹责备；埋怨：～罪|责～|别～他，我没想周到。❺表示程度高，相当于"很"(多跟"的"配合)：～有意思的|可怜的|样子～～吓人的。

恠 guài "怪"的讹字。怪异。用于古白话：作～。

媿 guài 〈文〉大。

撪 guài 〈文〉收拾。

鮯 guài 鱼名。又叫"鮯子"。

---

guān (《ㄨㄢ)

关 (關)[関、關、關、闗] ⊖ guān ❶使合拢；闭(跟"开"相对)：～闭|～窗户|门虽设而常～。❷使机器、电气设备等停下来，不再运转或工作：～机|～灯|把空调～了。❸放在里面使不能出来：～押|～禁闭|金丝鸟～在笼子里。❹不再

继续(营业);倒闭:~张|亏损企业要~停并转。❺牵涉:~联|有~|事~全局|自是隐闭不~人事。❻中医切脉部位名称:三部者,寸、~、尺也。❼重视;注意:爱~|怀~心。❽古代设在交通要道或险要地方的守卫处所:边~|娘子~(在今山西)|一夫当~,万夫莫开。❾城门外附近的地区:~厢|城~|东~。❿监督货物进出口并收税的地方:~税|海~|报~。⓫比喻重要环节或不易克服的难点;难以度过的一段时间:攻~|紧~头|过去穷,一到年~就发愁。⓬起转折关联作用的环节或部分:~键|~节。⓭〈文〉门闩:藏(hé)斩鹿门之~以出(藏纪:人名。鹿门:春秋时鲁国都城的一座门门)。⓮姓。

㊁ wān 〈文〉通"弯(wān)"。拉满弓:越人~弓而射之。

观 (觀)[觀] ㊀ guān ❶仔细看:~察|~礼|袖手旁~|仰观~象于天,俯观~法于地。❷看到的景象;样子:景~|奇~|外~|洋洋大~。❸对事物的认识、看法:乐~|~价值。

㊁ guàn ❶古代宗庙或宫廷门外两侧的高大建筑物,泛指楼阁台榭之类:楼~|台~。❷道教的庙宇:道~|玄都~里桃千树,尽是刘郎去后栽。

纶 guān 见 lún "纶"(433 页)。

官 guān ❶在政府机构或军队中供职的、有一定级别的人员:~员|警~|外交~|夫张~置吏,以理万人(张:设)。❷属于国家或政府的:~方|~办|州部之吏操~兵。❸公共的;公用的:~道|~话。❹器官,生物体上具有特定功能的部分:~能|感~|五~。❺〈文〉房舍:宗庙之美,百~之富。❻姓。

冔 guān 〈文〉同"冠"。帽子:敝衣~。

冠 ㊀ guān ❶帽子;帽子类的东西:~冕|桂~|怒发冲~|新沐者必弹(tán)~(沐:洗头)。❷形状像帽子的东西:花~|鸡~|树~。❸姓。

㊁ guàn ❶〈文〉戴;戴帽子:~我玄冕。❷古代男子二十岁行加冠礼,结发戴冠,表示成人:~礼|弱~|年未及~(不到二十岁)。❸居第一位:~军|勇~三军|位~群臣。❹冠军;第一名:夺~|三连~|同行业之~。❺在前面加上(某种名号或文字):~名权。

矜 □ guān 见 jīn "矜"(323 页)。

莞 □ guān 见 guǎn "莞"(222 页)。

倌 □ guān ❶农村中专管饲养家畜的人:羊~儿|猪~儿。❷旧时指某些行业中的雇工:堂~儿(饭馆、茶馆中的招待人员)|磨~儿(在磨坊专管磨面的人)。

唴 guān 【唴唴】模拟禽鸟和鸣声:鸟语声~|花落鸟~。也作"关关"。

綄 [絈] guān 〈文〉织绢时把丝线穿过梭子:一~而累,以至于寸(一梭子一梭子累积起来才能织到一寸长)。

蔻 guān 蒄苯,指分子式为 $C_{24}H_{12}$ 的碳氢化合物或相应母体结构。

棺 □ guān 棺材,装殓死人的器具:~木|盖~论定(指一个人的是非功过到死后做出结论)。

関 guān 〈文〉同"关"。关口:镇南~。

開 guān 见 biàn "開"(38 页)。

蘏 guān 〈文〉蒲草类植物。

蓸 guān 〈文〉"蘏"的讹字。蒲草类植物。

瘝 [癏] guān ❶〈文〉病患;疾苦:民~不上闻。❷〈文〉旷废:~官(旷废职守)。

鳏 guān 〈文〉同"鳏"。男子无妻或丧妻:~寡。

観 guān 同"观"。仔细看。用于古白话:角哀起而~,乃伯桃也(角哀、伯桃:人名)。

鰥 (鰥)[鱞] guān ❶男子无妻或丧妻:~夫|~居。❷无妻或丧妻的男子:~寡孤独(泛指丧失劳动力,无依无靠的人)|恤~,问疾病(恤:救济)。❸〈文〉鱼名。鳏鱼:卫人钓于河,得~鱼。

關 guān 〈文〉同"关"。关闭：门庭冷静昼多～。

攔 guān ❶〈文〉关连。❷〈文〉鱼卵。

鰥 guān ❶〈文〉鱼名。❷〈文〉同"鳏"。男子无妻或丧妻。

guǎn （ㄍㄨㄢˇ）

莞 □ ⊖ guǎn 【东莞】地名。在广东珠江三角洲东部。
⊜ wǎn 【莞尔】〈文〉微笑的样子：～而笑|不觉～。
⊜ guǎn 古代指香蒲：种～织席。

浣 □ guǎn 见 huàn "浣"（268 页）。

馆（館）[*舘] guǎn ❶招待宾客的房舍：宾～|乃筑诸侯之～。❷华丽的房舍：公～|离官别～。❸某些服务性商店的名称：茶～|饭～。❹某些文化、体育场所：博物～|体育～。❺外交人员在驻在国的办公处所：大使～|领事～。❻旧时塾师授课的处所：蒙～|坐～|他曾祖父年轻时教过几年～。

琯 guǎn 古代管乐器。用玉制成，形状像笛，有六个孔。

笒 guǎn 姓。
另见 guǎn "管"（222 页）。

痯 guǎn ❶〈文〉疲劳：四牡～～（牡：指马）。❷〈文〉忧郁；忧愁：病～。

裸 guǎn 〈文〉裤管。

斡 □ guǎn 见 wò "斡"（707 页）。

管 □ [❶－❶❻△*笒] guǎn ❶吹奏的乐器，形状像笛子，后也泛指类似的吹奏乐器：～乐器|弦乐|单簧～。❷管子，圆筒形的东西：道|竹～|血～|～中窥豹。❸形状像管子的器件：彩～|电子～|晶体～。❹〈文〉特指毛笔：搦（nuò）～（握笔）|～翰（泛指文字笔墨）。❺管理；经管：～账|进入秦官，～事二十余年。❻统辖（人员、区域、事务等）：～界|本市～着五个城区三个县。❼约束教育，使合规矩：～束|～教|孩子调皮，不好～。❽负责（某项事务）；担任（工作）：分～科研工作|我～登记，他～收费。❾过问；干预：～闲事|路见不平，岂能不～？❿顾及；考虑：只顾自己，不～别人，那不好。⓫保证；负责供给：～保|吃～住|您先用着，不合适～换。⓬量词。用于细圆筒状的东西：一～毛笔|一～牙膏。⓭构成"管A叫B"的格式，用来称说人和事物，相当于"把"：大家～他叫雷锋|俺家乡～山芋叫地瓜。⓮引入关涉对象，相当于"向"：没钱～我要。⓯表示无条件，相当于连词"不管"多和副词"都、也、就"呼应：～你有事没事，你都得去|他是谁，该处分的就得处分。⓰〈文〉钥匙：郑人使我掌其北门之～。⓱姓。
"笒"另见 guǎn（222 页）。

輨 guǎn 〈文〉包在车毂上的金属套。

関[関] guǎn 〈文〉钥匙。通作"管"。

錧 guǎn ❶〈文〉同"輨"。包在车毂头上的金属套：车～。❷〈文〉农具名。犁刃：犁～。

鞧 guǎn 〈文〉鞍辔等的统称。

鳤（鳤）□ guǎn 鱼名。身体细长，圆筒形，银白色，头小而尖，鳞小，吃小鱼等，生活在淡水中。

guàn （ㄍㄨㄢˋ）

卝 ⊖ guàn 古时儿童束发成两角的样子。也作"卯"。
⊜ kuàng "矿"的古字。矿床；矿产：～人（古代掌管矿产的官吏）。

毌 □ ⊖ guàn ❶〈文〉贯穿。通作"贯"。❷古地名。在今山东。❸姓。❹【毌丘】复姓。
⊜ wān 〈文〉通"弯（wān）"。拉满弓：～弓。

卯 ⊖ guàn ❶古时儿童头发束成两角的样子：累累两角。❷〈文〉年幼：自～一读四书，甚辛苦。
⊜ kuàng 〈文〉同"卝（矿）"。矿物：开～冶铁。

观
guàn　见 guān"观"(221 页)。

毕
guàn【毕赖】〈文〉诬陷人:～之事。

电
guàn　〈方〉篮子、水桶等器物的提梁:菜篮～|茶壶～。

贯
(貫) ㊀ **guàn** ❶穿过;连通:～穿|～通|学～古今|如雷～耳。❷一个连着一个,衔接不断:鱼～而入。❸古代一千个铜钱穿成一串为一贯:两～钱|十五～|家有万～(形容家里钱财极多)。❹〈文〉事例;成例:一仍旧～。❺世代居住的地方;原籍:籍～|远离乡～。❻〈文〉侍奉;供养:三岁～女,莫我肯顾(女:同"汝"你)。❼姓。

㊁ **wān**　〈文〉通"弯(wān)"。拉满弓:～弓执矢。

冠
guàn　见 guān"冠"(221 页)。

衿
guàn　〈文〉同"冠"。位居第一:溪边奇茗～天下。

掼
(摜) **guàn** ❶披戴;穿着:顶盔～甲。❷扔;摔:～乌纱帽。❸〈方〉跌倒;使跌倒:～跤|使劲将他～倒在地。

倮
guàn　见 guǒ"倮"(231 页)。

涫
guàn ❶〈文〉沸;沸腾:～沸|～汤。❷〈文〉通"盥(guàn)"。洗手:～漱。

悺
guàn ❶〈文〉忧虑。❷用于人名。左悺,汉代人。

惯
(慣) **guàn** ❶长期养成而且不易改变:～例|习～|早起～了|～听梨园歌管声,不识旗枪与弓箭。❷纵容;放任:娇～|娇生～养|老太太因为喜欢他,才～成了这个样。

媋
guàn　见 wān"媋"(688 页)。

滥
guàn　〈文〉同"盥"。洗涤用的器具。

寰
guàn　〈文〉忧虑:天子下临,人民～之。

祼
guàn　古代的一种祭礼。祭祀时把奉献的酒浇在地上:王入太室～。

遦
guàn ❶〈文〉习惯。后作"惯"。❷用于人名。赵希遦,宋代人。

樌
guàn　〈文〉灌木,丛生的树木。通作"灌"。

盥
[澩] **guàn** ❶〈文〉洗手;洗涤:～漱|～洗|～,去手垢。❷〈文〉洗涤用的器具:奉～。

萑
㊀ **guàn** ❶〈文〉水鸟名:～仰鸣,晴。通作"鹳"。❷〈文〉草名。即芄(wán)兰。

㊁ **huán**　〈文〉同"萑"。芦苇一类的植物。

鏆
guàn　〈文〉臂环;手镯:金～。

灌
[漼] **guàn** ❶用水浇田地:～溉|浇～|引河水～民田。❷注入;装进去:～开水|窗缝没糊,直～风|沙子～了一脖子。❸强制喝下:给孩子～药。❹古代一种祭礼。祭祀时用酒浇地以迎神。❺〈文〉丛生的矮小树木:黄鸟于飞,集于～木。❻姓。

懽
guàn【懽懽】〈文〉忧惧而无处诉说。另见 huān"欢"(265 页)。

嚾
guàn　见 quán"嚾"(569 页)。

瓘
guàn　〈文〉一种玉。

礶
guàn　同"罐"。盛东西或汲水用的瓦器。用于古白话。

爟
guàn ❶〈文〉祭祀中举火以祛除不祥。❷祭祀时所举的火;祛除不祥的火:祓之以～火(祓:fú,除灾去邪)。❸〈文〉日常生活用火:司～(掌理用火的官吏)。❹〈文〉报警的烽火:～烽未息。

鹳
(鸛) ㊀ **guàn**　鸟名。外形像鹤,喙长而直,翅膀大,尾圆而短。生活在近水的地方,吃鱼虾、蛇和贝类等。种类较多,常见的有白鹳、黑鹳,是我国国家重点保护动物。

㊁ **huān**【鹳鶠(tuán)】传说中的一种鸟。形如鹊,短尾。一说即寒鸦。

㊂ **quán**【鹳鹆(yù)】〈文〉鸲鹆。俗名"八哥"。

罐
guàn　同"罐"。圆筒形容器。用于古白话。

G

矔 guàn ❶〈文〉眼睛放光。❷〈文〉转目环顾：～世。❸〈文〉张目怒视：～眦（张目怒视）。❹【矔习】〈文〉即惯习。熟悉。

鑵□［*鑵、甐、鐀］guàn ❶圆筒形容器，用来盛物、汲水：瓦～｜～装食品｜下有甘井一所，石槽铁～，供给行人。❷煤矿装煤用的斗车。

鱹 guàn 用于人名。鳞鱹，春秋时人。

guāng（ㄍㄨㄤ）

光□［炗］guāng ❶通常指可见光，科学上也包括看不见的红外线和紫外线等：～线｜阳～｜反～。❷明亮：～明｜～泽｜～灿灿｜功与日月齐～。❸荣耀；荣誉：增～添彩｜为国争～。❹显耀；使荣耀：～宗耀祖｜～前裕后｜以～先帝遗德。❺比喻好处；恩惠：借～｜叨～｜沾～。❻景色；景物：风～｜观～｜春～明媚｜湖～山色。❼平滑；滑溜：～溜｜～洁｜刮垢磨～。❽尽；一点不剩：用～｜一扫而～｜钱花得精～。❾光阴：仰瞻曜灵，爱此寸～。❿（身体）裸露：～膀子｜～头赤脚。⓫敬辞。表示对方的行为使自己感到光荣：～临｜～顾。⓬副词。限定范围，相当于"只"：～说不做｜～包装就节省了几十万元。

侊 guāng 〈文〉盛：～饭（丰盛的饭食）。

垙□ guāng ❶〈文〉田间的小路。❷用于地名：上～（在北京）。

挄 guāng 见 kuò "挄"（374 页）。

咣□ guāng 模拟物体撞击的声音：～的一声，脸盆掉到了地上｜～，大门被关上了。

洸□ ㊀ guāng ❶〈文〉水波动荡闪光的样子。❷〈文〉威武的样子：武夫～～。❸古水名。在今山东。

㊁ huàng 【洸洸】〈文〉水汹涌的样子。

恍□ guāng 见 huǎng "恍"（271 页）。

珖□ guāng 〈文〉玉名。

桄□ guāng 见 guàng "桄"（225 页）。

辌□（輄）guāng 〈文〉车下横木：横～｜纵～。

胱□ guāng ❶【胱氨酸】含有二硫键（两个硫原子连接在一起的键）的氨基酸，广泛存在于毛、发、骨、角中。❷【膀（páng）胱】人或高等动物体内储存尿液的囊状器官，位于盆腔内。

僙 guāng ❶〈文〉威武的样子。❷用于人名。李僙，唐朝人。

銧 guāng 化学元素"镭（léi）"的旧称。

觥 guāng 【觥觥】〈文〉武勇的样子：～将军。

䚾 guāng 〈文〉耳后骨：溃颈破～。

黆 guāng ❶【阕（què）黆】〈文〉背上有旋纹的马。也作"阙广"。❷【黆骑】唐代军队的名号。

guǎng（ㄍㄨㄤˇ）

广□（㊀廣）㊀ guǎng ❶（面积、范围）宽阔（跟"狭"相对）：宽～｜地～人稀｜谁谓河～，曾不容刀（曾：zēng，竟然。刀：通"舠"。小船）。❷多：大庭～众｜兵多将～｜～畜积，以实仓廪，备水旱。❸扩大：推～｜以～流传｜鲁恭王坏孔子宅，欲以～其宫。❹指广东、广州：～货｜～交会｜京～线。❺姓。

㊁ ān 〈文〉同"庵"。草屋：草～。

㊂ yǎn ❶〈文〉依山崖建造的房屋。❷〈文〉屋脊。

犷□（獷）guǎng 粗野：～悍｜～勇｜粗～。

臩 ㊀ guǎng ❶〈文〉惊跑。❷〈文〉往来。

㊁ jiǒng 用于人名。通作"冏"。周穆王时有伯冏，也作"伯臩"。

guàng（ㄍㄨㄤˋ）

迋 guàng 见 wàng "迋"（693 页）。

佫 ㊀ guàng ❶〈文〉远行。❷【佫佫】〈文〉心神不安的样子:魂～而南行。
㊁ kuāng 【佫儴(rǎng)】〈文〉纷乱不安的样子:逢此世之～。

桄 ㊀ guàng ❶桄子,用竹木制成的绕线的器具:线～。❷把线绕在桄子上:把线～上。❸在桄子或拐子上绕好后取下来的成圈的线:线～儿。❹量词。用于线:一～线。
㊁ guāng 【桄榔(láng)】常绿乔木。果实倒圆锥形,有辣味,花穗中的液汁可以制糖,茎中的髓可制淀粉,叶和果实可入药。

逛 guàng 外出散步;闲游:游～|～公园。

誑 guàng 〈文〉谬误。

啀 guàng 〈文〉乖违;违背。

橫 guàng 见 huǎng "橫"(271 页)。

---

guī (ㄍㄨㄟ)

归(歸) ㊀ guī ❶返回;回到原处:～途|回～|～心似箭|去官～家。❷还给:～还|物～原主|完璧～赵。❸聚拢;趋向一处:～并|～总|百川～海。❹属于;由某人或某集体负责:～属|天下～殷久矣。❺用在相同的动词之间,表示让步,相当于"尽管是":争论～争论,做出决议后还是要认真执行。❻归宿:天下同归而殊涂。❼〈文〉女子出嫁:之子于～,宜其室家(之子:这个女子。于:语气词)。❽姓。
㊁ kuì 〈文〉通"馈(kuì)"。赠送:～公乘马(乘马:四匹马)。

圭 guī ❶古代帝王、诸侯举行典礼时手执的瑞玉。长条形,上圆(或上尖)下方:亲执～璧,恭祀天地。❷古代测日影的仪器:～表|～臬(—niè,即圭表,比喻事物的准则、法度)|土～测景(景:yǐng,日影)。❸古代容量单位。一升的十万分之一。

龟(龜)[龜] ㊀ guī ❶爬行动物。身体扁平,椭圆形,背隆起,有甲壳,四肢短,趾有蹼,头、尾、四肢能缩进壳内。吃植物和小动物,多生活在水边。种类较多,常见的有乌龟:～缩。❷〈文〉占卜用的龟甲:～策诚不能知此事(策:占卜用的蓍草。诚:确实;的确)。
㊁ jūn 〈文〉同"皲"。皮肤因寒冷或干燥而开裂:～裂|不～手之药。
㊂ qiū 【龟兹(cí)】汉代西域国名。故地在今新疆库车一带。

妫(嬀)[媯] guī ❶妫水河,水名。在北京延庆。❷姓。

规(規)[㊀❶❷*槻] ㊀ guī ❶画圆形的工具:圆～|两脚～|不以～矩,不能成方圆。❷法则;章程;标准:～程|～范|～法|创业垂统,为万世～(垂统:把基业留传下去)。❸谋划;计划:～避|～划。❹劝告:～谏|～勉|～劝。❺姓。
㊁ guì 【规规】〈文〉因惊骇而不能自持的样子:～然若丧父母。

邽 guī ❶【下邽】古地名。在今陕西渭南。❷姓。

傀 guī 见 guǐ "傀"(227 页)。

茥 guī 〈文〉植物名。即覆盆子。

哇 guī 见 wā "哇"(686 页)。

皈 guī ❶〈文〉通"归(guī)"。返回:近西桥东复东,蓼花近路舞西风。❷【皈依】原指佛教的入教仪式,后泛指虔诚地信奉佛教或参加其他宗教组织。也作"归依"。

闺(閨) guī ❶〈文〉上圆下方的小门,也指宫中的小门:～闼|人荷畚自一～而出。❷〈文〉内室,特指女子的居室:～房|～阁|待字～中|杨家有女初长成,养在深～人未识。

洼 guī 见 wā "洼"(686 页)。

珪 guī ❶同"圭"。古代帝王、诸侯在举行典礼时手拿的一种玉器。❷用于人名。

珋 guī 〈文〉同"瑰(瓌)"。美石:帝以玫石为鞍。

G

瓯　guī　〈文〉同"窐"。甀下小孔。

帰　guī　〈文〉同"归(歸)"。返回。

飯　guī　归;返回。用于古白话:～还|～依。

硅　guī　非金属元素。符号 Si。旧称"矽(xī)"。

峗　guī　古山名。

傀　guī　见 kuǐ"傀"(371 页)。

窐　㊀ guī　❶〈文〉甀下小孔:甀～。❷〈文〉门旁圭形小孔:以刀环塞～孔。
　㊁ wā　〈文〉凹陷;低洼处:～中积雨。

袿　guī　❶〈文〉妇女的上等长袍:被轻～。❷〈文〉衣袖:理～襟,整服饰。

逯　guī　〈文〉一说同"归(歸)"。回归。一说同"逯"。

耒　guī　❶〈文〉农具名。即多齿耙。❷〈文〉耕地。

嶹　guī　〈文〉同"归(歸)"。返回:念子不能～。

规　guī　〈文〉同"规"。谋划:先生之计大而～高。

甀　guī　"瓯"的讹字。甀(蒸饭的一种瓦器)底部的孔眼。

魏　guī　见 wěi"魏"(698 页)。

瑰 [❶-❹*瓘]　guī　❶〈文〉像玉的石头:琼～玉佩。❷奇特;珍奇:～宝|～丽|圣人无屈奇之服,无异之行。❸〈文〉大;魁伟:魁岸～硕。❹〈文〉玫瑰,一种美玉。❺玫瑰,落叶灌木。花供观赏,制香料。

敃　guī　〈文〉铁锹,挖土的工具。

嬰　guī　❶〈文〉腰细而美。❷〈文〉审谛。

搅　guī　〈文〉剪裁。

鲑 (鮭)　㊀ guī　鱼名。种类很多,通常身体大,呈纺锤形,口大,鳞小。有的生活在淡水中,有的生活在海洋中而生殖季节溯河产卵,如大马哈鱼。
　㊁ xié　古书上对鱼类菜肴的统称:新果及异～,无不相待尝。

鴣　guī　见 fū"鴣"(183 页)。

槻　guī　常绿乔木。叶子椭圆形,花小,淡黄色,结小形核果。木材可用来制弓。

蝈　㊀ guī　〈文〉虫蛹。
　㊁ huǐ　〈文〉同"虺"。一种毒蛇:虫有～者,一身两口。

鳺　guī　见 jué"鳺"(347 页)。

瓆　guī　〈文〉同"瑰"。奇特;珍贵:竹木之～者,有桃支、灵寿。

瞡　guī　❶〈文〉视:博学无所弗～。❷【瞡瞡】〈文〉见识浅陋的样子。

歸　guī　〈文〉同"归(歸)"。返回:玄鸟～。

穎 [蘬、蘬]　guī　❶〈文〉头小的样子。❷通"规(guī)"。1.〈文〉画圆的工具:～矩未合。2.〈文〉圆形。3.〈文〉画圆。

蹞　guī　〈文〉同"归(歸)"。归附,归从。

麠　guī　〈文〉鹿类动物。

鬶 (鬹)　guī　古代陶制或铜制的炊具。形状略像鼎,有柄、有流(嘴)和三个空心足。

巂　㊀ guī　❶〈文〉燕的别名:～燕。❷〈文〉子规鸟。❸〈文〉通"规(guī)"。车轮转一周(的长度):立视五～(站在车上平视前面是五规的地面)。
　㊁ xī　❶【越巂】古郡名。❷古代西南少数民族名。
　㊂ juàn　古地名。在今山东。

騩　guī　❶〈文〉浅黑色的马:驾六～马。❷古山名。

龜　guī　〈文〉同"龟(龜)"。一种爬行动物。有甲壳。

懷　guī　见 huái"懷"(264 页)。

蘬　guī　见 kuǐ"蘬"(370 页)。

鲢 guī 〈文〉鱼名。即河豚。

guǐ (ㄍㄨㄟˇ)

沆 guǐ 见 jiǔ "沆"（333页）。

宄 guǐ 〈文〉坏人；犯法作乱的人：奸～|乱在内为～，在外为奸。

机 ⊖ guǐ 同"簋"。古代盛饭食的器具，用于祭祀和宴飨。
⊜ qiú 〈文〉树木名。即山楂。

轨（軌）guǐ ❶〈文〉车子两轮之间的距离：车同～，书同文字。❷车轮碾过的痕迹：～迹|兵车之～交于天下。❸轨道，用钢条铺设的供火车、电车等行驶的路线：钢～|出～|无～电车。❹比喻法度、规则、秩序等：常～|越～|步入正～。❺〈文〉遵循：境内之民，其言谈者必～于法。

庋 guǐ ❶〈文〉放东西的架子。❷〈文〉放置；保存：～藏|～置。

瓯（匭）guǐ ❶〈文〉匣子；小箱子：票～|初置～于朝堂，有进书言事者听投之。❷〈文〉同"簋"。盛黍稷的器具。

侻 ⊖ guǐ ❶〈文〉乖戾；背离。❷〈文〉诡异：～异|～辩。
⊜ guī ❶【侻侻】〈文〉几乎；将要：～成者（将要成功的）。❷〈文〉忽而；时而：～出～入。

郒 guǐ 【陆郒】传说中的山名。

底 guǐ 〈文〉同"鬼"。迷信的人指人死后的灵魂：～神。

诡（詭）guǐ ❶欺诈；奸猾：～计|诈～|～辩|汉求武胜，匈奴～言武死(武：苏武)。❷〈文〉怪异；奇特：～异|云谲(jué)波～。

陒 guǐ 〈文〉同"垝"。毁坏。

块 ⊖ guǐ ❶〈文〉毁坏；坍塌：～垣（塌坏的墙）。❷〈文〉最高之处：(鸟)集于廊门之～。
⊜ guī ❶〈文〉室内放置物品的土台。

❷古山名。在今陕西。

鬼 ⊖ guǐ ❶迷信的人指人死后的灵魂：～魂|生当作人杰，死亦为～雄。❷对某些人的蔑称：酒～|烟～|胆小～|冒失～。❸不可告人的打算或勾当：捣～|心里有～。❹隐秘；不光明正大：～头～脑|～祟祟|心怀～胎。❺恶劣的；令人不快的：～地方|～名堂|～天气。❻机灵：这小家伙～得很|他办事比谁都～。❼对小孩子的昵称：小～。❽星宿名。二十八宿之一，属南方朱雀。

攱 guǐ 同"庋"。放置；保存。

愧 ⊖ guǐ 〈文〉奇变；变异：恢～憰(jué)怪。
⊜ wéi 【愧然】〈文〉独立的样子。

婎 guǐ 【婎姽(huà)】〈文〉形容女子娴静美好。

癸 guǐ ❶天干的第十位，常用作顺序的第十。❷〈文〉指妇女月经：～水|～期。

鬼 guǐ "鬼"的旧字形。

餽 guǐ 见 qī "餽"（529页）。

庪 ⊖ guǐ ❶〈文〉屋檐口檩条。❷〈文〉同"庋"。收置；埋藏。
⊜ guì 〈文〉支起；托举：～举。

袚 guǐ 〈文〉前代宗庙撤除后不再奉祀，其神主迁到太庙。

窀 guǐ 〈文〉穴；穴居，居住：万年是～(永居于此)。

晷 guǐ ❶〈文〉日影，也比喻时间：余～|焚膏继～(点上灯烛接替日光来照明，形容夜以继日地工作或学习)|日无暇～。❷日晷，古代用来观测日影确定时刻的仪器：立～测影。

蛫 guǐ ❶〈文〉蟹类。❷传说中的异兽。

溬 guǐ ❶〈文〉同"湝"。侧面流出的泉水。❷〈文〉同"湝"。干涸。

溪 guǐ 【溪辟(pì)】〈文〉直通的水流；流水。

觿 guǐ ❶〈文〉羊角一短一长。❷〈文〉通"诡(guǐ)"：～辩(诡辩)。

殁 guǐ 古代的一种兵器。

屦 guǐ ❶〈文〉侧面流出的泉水:～泉。也作"沈"。❷〈文〉干涸。

鈂 guǐ ❶〈文〉锹一类的农具。❷〈文〉有光泽的铁。

簋 [𣪘、𣪕、蘆、盠] guǐ 古代盛食物的器具,也是礼器。多为圆口两耳。

鶌 guǐ 【鶍(mǎi)鶌】〈文〉鸟名。即杜鹃。

螖 guǐ 传说中的水中精怪:～者,一头而两身。

guì （ㄍㄨㄟˋ）

劥[皷] guì 〈文〉极度疲弱:劳～|弊～之民。

吞 guì 姓。

规 guì 见guī"规"(225页)。

柜 (㈠櫃) ㈠ guì ❶柜子,存放衣物、文件等的家具:衣～|文件～|保险～。❷柜房,商店的账房,也指商店:现款还没交～。
㈡ jǔ 【柜柳】落叶乔木。木质轻软,枝条柔韧,可用来制器具。也叫"元宝枫"。

炅 guì 见jiǒng"炅"(331页)。

刿 (劌) guì 〈文〉割;刺伤:廉而不～(有棱角而不会伤人)。

刽 (劊) guì ❶〈文〉割断;砍断。❷【刽子手】旧时执行斩刑的人。

塊 guì 见guī"塊"(227页)。

贵 (貴) [貴] guì ❶价格高;价值大(跟"贱"相对,❹同):昂～|洛阳纸～|春雨～如油|国之诸市,屦(jù)贱踊～。❷值得珍视或重视:宝～|难能可～|礼之用,和为～。❸以某种情况为可贵:～在坚持|兵～神速|人～有自知之明。❹地位显要的:～族|显～|达官～人|身为宰相,人臣之～已极。❺敬辞。称跟对方有关的事物:～姓|～校|高抬～手。❻贵州的简称:云～高原。

峡 guì 【嵚(qī)峡】〈文〉盛饭用的竹器,即筲箕。

桂 guì ❶桂花,木樨的通称,常绿小乔木或灌木。❷肉桂,常绿乔木。树皮叫"桂皮"或"肉桂",可入药或做调料。❸月桂,常绿乔木。叶子长椭圆形,花黄色,果实卵形,暗紫色。叶子和果实可提取芳香油。❹广西的别称。❺姓。

桧 (檜) ㈠ guì 常绿乔木。树冠塔形,叶有鳞形、刺形两种,果实球形,木材有香味。也叫"圆柏"。
㈡ huì 用于人名。秦桧,南宋奸臣。

筱 guì 见qī"筱"(529页)。

庪 guì 见guǐ"庪"(227页)。

挂 guì ❶〈文〉树木名:～徙幽林。用同"桂"。❷用于人名。李挂,唐代人。

匦 guì 见kuǐ"匦"(372页)。

趹 guì 见jué"趹"(346页)。

靮 guì 皮革。用于古白话:浑身一似黑～皮。

笙 guì 【笙竹】古书上说的一种竹子。

猤 guì 〈文〉壮勇:犷(guǎng)～(凶猛壮勇的样子)。

跪 guì ❶两膝弯曲,膝盖着地:～拜|下～|一只腿～在地上。❷〈文〉足;脚:蟹六～而二螯。

臂 guì 〈文〉腰部突然作痛:～腰。

撌 guì ❶〈文〉排除:烧不暇～(烧火的余烬来不及清除)。❷〈文〉折:坚强而不～,柔弱而不可化。

楒 ㈠ guì 〈文〉器物的内腔。
㈡ guó 〈文〉同"帼"。妇女盖头发的一种首饰。

嶡 ㈠ guì 〈文〉崛起的样子:浩然之气～乎与天地一。
㈡ jué 夏代祭神时陈列祭品的器具。

筊 guì 〈文〉车弓,用竹木做成的弓形骨架。

獝 guì【獴(měng)獝】〈文〉一种像猿而体形较小的动物,善捕鼠。

橬 guì 见kuì"橬"(372页)。

䳏 ⊖ guì【鵜(tí)䳏】〈文〉鸟名。杜鹃。
⊜ jué〈文〉同"鴃"。伯劳。

瞶 ⊖ guì ❶〈文〉失明:如聋如～。❷〈文〉眼睛昏花:～眩(眼花头晕)。
⊜ kuì ❶〈文〉同"愦"。昏愦:老耄昏～。❷〈文〉通"聩(kuì)"。耳聋:盲～之夫。

檜 guì ❶古代的祭名。聚福的祭礼。❷〈文〉消除灾病的祭祀:尝被疾,帝自祝～(被疾:生病)。❸〈文〉聚集财物救济盟国之礼:～礼。

䯞 guì【䯞骱(duì)】〈方〉愚蠢的样子。

襘 guì〈文〉衣领交叉的地方:衣有～。

瞶[脆] guì ❶〈文〉资财。❷〈文〉赌博:～金千两。

闠 guì 见huì"闠"(277页)。

僪 guì〈文〉使。

鐀 guì〈文〉同"柜(櫃)"。柜子:金～。

鳜(鱖) ⊖ guì 鱼名。体侧扁,背部隆起,青黄色,有黑色斑纹,口大,鳞细小。性凶猛,吃鱼虾,生活在淡水中。"鳜鱼"也作"桂鱼"。
⊜ jué【鳜鯞(zhǒu)】〈文〉鱼名。即鳑鲏(pángpí)。

簣[贇] guì ❶〈文〉有文采的皮革:～盾(簣制的盾)。❷〈文〉折断:坚强而不～。

蹪 guì【蹪泄】〈文〉苦枣的别名。也作"蹶泄"。

鱥 guì 鱼名。种类较多,体侧扁,体形小,吻尖,口大,生活在溪流中。

gǔn 《ㄨㄣˇ

丨 gǔn〈文〉上下相通。

衮[衮、䙝] gǔn ❶古代帝王、王公的礼服:～服(天子的礼服)|～冕(衮服和冕旒)。❷【衮衮】〈文〉众多;连续不断:诸公～登台省(台省:古代中央政府里设置的机构)。

硍 gǔn 见kèn"硍"(361页)。

綣 gǔn〈文〉同"衮"。帝王、王公穿的绣有卷龙的礼服。
⊖ juǎn〈文〉卷;收束:(冠)～持其发(fà)。

绲(緄) gǔn ❶〈文〉绳子:～縢(téng)|麻～。❷〈文〉织成的带子:～带。❸缝纫方法。沿着衣服等的边缘镶上带子、布条等:～边。

辊(輥) gǔn 机器上能滚动的圆筒形机件:～轴|轧(zhá)～。

舙 gǔn 同"鲧"。古人名。传说是夏禹的父亲。

蓘[蓘] gǔn〈文〉给苗培土:是蓘是～(穮:biāo,耘田除草)。

碅 gǔn ❶〈文〉钟声沉闷不响亮:凡声,～声～。❷〈文〉滚动;来往～于地上。❸〈文〉石磙。

滚[滚] gǔn ❶翻转着移动:翻～|皮球～到河里去了。❷水流翻涌,特指液体沸腾:波涛～～|水还没烧～|不尽长江～～来。❸走开;离开(用于斥骂):～开|～蛋|捣什么乱?～!❹使翻转着移动:～铁环|～元宵。

裷 gǔn 见yuān"裷"(835页)。

骹 gǔn 同"鲧"。传说是夏禹的父亲。

磙[磙] gǔn ❶磙子,圆柱形的碾轧器具:石～。❷用磙子碾轧:～地|～路面。

鲧(鯀) gǔn ❶古书上说的一种大鱼。❷古人名。传说是夏禹的父亲。

緷 ⊖ gǔn ❶〈文〉量词。用一百根羽毛捆成的一束。❷〈文〉通"衮(gǔn)"。帝王、王公穿的绘有卷龙图案的礼服。

G

㊁ yùn 〈文〉纬线。

鲧 gǔn 同“鲧”。传说是夏禹的父亲。

鮌 gǔn 同“鲧”。古人名。传说是夏禹的父亲。

橐 gǔn 〈文〉束；捆：～束。

gùn （ㄍㄨㄣˋ）

棍□ ㊀ gùn ❶棍子，圆条形的棒：～棒｜铁～｜火柴～。❷无赖；坏人：赌～｜恶～｜淫～。

㊁ hùn 〈文〉捆；束：～申椒与菌桂兮，赴江湖而沤之。

睔 ㊀ gùn 〈文〉眼睛圆而大：眼～～。

㊁ lǔn 〈方〉瞪眼：两眼～得很大。

睴 gùn 〈文〉眼珠大而突出。

謴 gùn 〈文〉戏弄人。

guō（ㄍㄨㄛ）

过□ guō 见 guò “过”（232 页）。

呙□（咼） guō 姓。

咶 guō 见 huài “咶”（265 页）。

活□ guō 见 huó “活”（280 页）。

埚□（堝） guō 【坩（gān）埚】用来熔化金属或其他物质的器皿。

郭□［鄗、郼］ guō ❶外城，古代在城的外围加筑的城墙：～门｜城～｜三里之城，七里之～。❷物体的外框或外壳：耳～｜元嘉中铸四铢钱，轮～与五铢同（元嘉：南朝宋文帝的年号）。❸姓。

涡□ guō 见 wō “涡”（705 页）。

涽 ㊀ guō 【涽涽】〈文〉模拟水流声：北流～。通作“活活”。

㊁ huó 〈文〉生；生活：卖字为～。通作“活”。

另见 huó “活”（280 页）。

崞□ guō ❶崞山，山名。在山西。有两个，一个在浑源西北，另一个在原平西北。❷崞县，旧县名。在山西忻州，现在已改作原平市。

墎 guō 〈文〉物的外框；周边：垒石外～（用石头垒成外墙）。

聒□［聐、懖］ guō 〈文〉声音嘈杂使人厌烦：～噪｜扬唇吻之音，～贤圣之耳。

锅□（鍋）［鬲、融］ guō ❶炊事用具。圆形中凹或浅筒形，多用金属或陶土制成：铁～｜砂～｜蒸～｜火～｜等米下～｜盈～玉泉沸（玉泉：泉水）。❷某些加热液体用的器具：～炉。❸某些物品上形状像锅的部分：烟袋～儿。

鈛 guō ❶〈文〉同“锅”：此釜今人谓之～。❷〈文〉戈。兵器名。❸化学元素“铌（ní）”的旧称。

瘑 guō 〈文〉疮：～疮。

蝈□（蟈） guō 【蝈蝈儿】昆虫。身体绿色或褐色，腹大，翅短，善跳跃。雄的前翅基部有发音器，能发出清脆的声音。吃植物的花和汁液等，对农业有害。

啯 guō ❶模拟食物下咽声。❷模拟蛙鸣声。

嘓 guō 〈文〉幼儿相互呼应的声音：童应孺～。

渦 ㊀ guō 水名。即涡（guō）河，淮河的支流。

㊁ wō 〈文〉同“涡”。水流回旋：江曲～山下，水望澄明。

漍 guō 【漍漍】〈文〉模拟流水声：百川倒流闹～。

亭［𩫏］ guō 〈文〉外城。通作“郭”。

彉［彍］ guō ❶〈文〉拉满弓：十贼～弩，百吏不敢前。❷〈文〉射：加强弩之上而～之千步之外（之：箭）。❸〈文〉乘；驾驭：驾尘～风。

鐹 guō 见 guǒ “鐹”（232 页）。

guó （ㄍㄨㄛˊ）

囻 guó 同"国"。用于年号(清代白莲教使用)：大中～庚子年。

国（國）[囯] guó ❶国家：祖～｜～外｜～情｜寡人之于～也,尽心焉耳矣。❷代表或象征国家的：～歌｜～徽｜～旗｜～花。❸本国的,特指中国的：～产｜～粹｜～画｜～学。❹地域：北～风光｜天府之～｜红豆生南～。❺周代的诸侯国(汉以后侯王的封地)：天下之本在～,～之本在家,家之本在身｜汉兴,天子之政行于郡,不行于～。❻古代指都城；城邑：旧～(旧都)｜去～怀乡。❼姓。

囶 guó 〈文〉同"国"。武则天称帝时改"國"为"囶"。

囲 guó 〈文〉同"国"。国家：万～咸欢(咸：全都)。

埻 guó 见 zhǔn "埻"(901 页)。

掴 guó "掴(guāi)"的又读。

帼（幗） guó 古代妇女用来覆盖头发的饰物：巾～(指妇女)。

涸（濄） guó 用于地名：北～(在江苏江阴)。

䁁 guó 〈文〉闭目的样子：～目开口。

膕（膕）[膕] guó 膝部的后面：～窝(腿弯曲时膕部形成的一个窝)。

蔮 guó 〈文〉通"帼(guó)"。古代妇女用来覆盖头发的饰物：一人加～。

楇 guó 见 guì "楇"(228 页)。

虢 guó ❶周代诸侯国名。1. 西虢,故地在今陕西宝鸡。2. 东虢,故地在今河南荥阳。3. 北虢,故地在今河南陕县、山西平陆。❷姓。

簂 guó ❶同"帼"。古代妇女用来覆盖头发的饰物：～步摇(一种头饰)。❷古代妇女的丧冠：(遭丧)妇人着～。

聝 [聝] guó ❶古代战争中割下敌人的左耳(用来计功)：俘二百五十人,～百人。❷古代战争中割下的敌人的左耳,借指俘房：献～｜俘～。

撆 guó 〈文〉撤去：瓦恶频蒙～(蒙：被)。

躴（躴蠾(lì)） guó ❶【躴蠾(lì)】〈文〉裸体。❷【躴躔(zhǎn)】〈文〉裸体：二童子忽～戏阶下。

瀸 guó 见 huò "瀸"(282 页)。

鐹 guó 〈文〉一种青铜食器。

guǒ （ㄍㄨㄛˇ）

果 [❶*菓] guǒ ❶植物的果实：～园｜水～｜民食～蓏(luǒ)蚌蛤。❷事情的结局；结果(跟"因"相对)：成～｜前因后～｜自食其～。❸〈文〉成为现实；实现：登山冲顶未～｜梁惠王不～所言。❹〈文〉饱足；充实：食不～腹。❺不犹豫；态度坚决：～断｜～敢｜～决｜言必信,行必～。❻副词。表示情况跟预计相符：～如所愿｜不其然｜～不出我所料。❼姓。

猓 ⊖ guǒ 【猓然】〈文〉兽名。即长尾猿。
⊜ luǒ 【猓猓】旧时对彝族的蔑称。

馃（餜） guǒ 【馃子(zi)】一种油炸的面食,油条：煎饼～子。也作"果子"。

淉 ⊖ guǒ 〈文〉水名。
⊜ guàn 同"祼"。古代酌酒灌地的祭礼。

惈 guǒ 〈文〉果敢；勇敢。通作"果"。

槨 [*椁] guǒ 古代套在棺材外面的大棺材,用来保护内棺：棺～。

蜾 [蠃、蠯] guǒ 【蜾蠃(luǒ)】即蜾蠃蜂,昆虫。头部大多黑色,翅黄褐色。蜾蠃把螟蛉、玉米螟、棉红铃虫等捕捉到自己的窝里,并在它们的身体内产卵,卵孵化成幼虫后,幼虫就以它们为食物。

裹 [裹、裹、緤] guǒ ❶缠绕；包扎：～腿｜伤口涂上药,再用纱布～上。❷夹杂在里面；卷进去：～挟｜狂风～着沙尘铺天盖地而来。❸

包成包的衣物:包～|大包小～。

粿 □ guǒ 〈文〉用米粉做的食品:取花研末,和米粉作～。

輠 ㊀ guǒ 〈文〉车上盛放油脂(涂车轴)的器具:～脂(车上润滑用的油脂)。

㊁ huà 〈文〉转动:转～。

粿 ㊀ guǒ 〈文〉饼类食品:饼～。

㊁ kē 〈文〉青稞:青～麦。用同"稞"。

㊁ hún 小麦制作的酒曲。

鐹 ㊀ guǒ 〈文〉镰刀。

㊁ guō 〈文〉车釭(gāng),车毂孔中用来穿轴的金属套。

䰾 guǒ 〈文〉鱼名。

guò (ㄍㄨㄛˋ)

过(過) □ guò ㊀ guò ❶经过(某个空间);度过(某段时间):～江|～冬|三～其门而不入。❷从一方转移到另一方:～户|～录|媳妇～了门。❸使经过(某种处理):～滤|～秤|～目|～筛子。❹超过(某种界限):～半数|～期作废|大都不～参国之一(参国之一:国都的三分之一)。❺过失,错误(跟"功"相对):～错|记～|改～自新。❻〈文〉拜访;探望:～访|尝～樊将军哙,哙趋拜送迎,言称臣(尝:曾经)。

㊁ guō 姓。

㊂ guo 用在动词后,表示曾经从事过或发生过某种行为或变化:这个地方我曾经去～|她多次提到～你。

蝈 guò 【不蝈】〈文〉螳螂的别称。

guo (·ㄍㄨㄛ)

过 □ guo 见 guò "过"(232 页)。

G

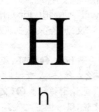

h

哈 □ ㊀ hā ❶张口呼气:~气|~欠。❷叹词。表示得意或惊喜(常叠用):~~,我赢啦!|~,你说有多巧!❸模拟笑声(多叠用):~~大笑。❹弯(腰):点头~腰|~着腰钻过去。

㊁ hǎ ❶【哈巴狗】狗的一种,体小,腿短,毛长,供玩赏。❷【哈达】藏族和部分蒙古族人表示敬意和祝贺时献给对方的长丝巾或纱巾,多为白色,也有黄、蓝等颜色的。❸姓。

㊂ hà 【哈什(shi)蚂(mǎ)】中国林蛙,蛙的一种。身体灰褐色,生活在阴湿的山坡树丛中,主要产于东北各省。

铪（鉿） hā 金属元素。符号 Hf。

躭 hā 腰身微弯。今作"哈"。用于古白话。

há（ㄏㄚˊ）

虾 □ há 见 xiā "虾"(724 页)。

蛤 □ ㊀ há 【蛤蟆(ma)】青蛙和蟾蜍的统称。旧也作"虾蟆"。

㊁ gé 蛤蜊、文蛤等双壳类软体动物的统称。

嚇 há 〈方〉叹词:~吓,你怒气冲冲,为甚么缘故呢吓?

hǎ（ㄏㄚˇ）

哈 □ hǎ 见 hā "哈"(233 页)。

奋 hǎ 【奋夼(bā)屯】地名。在北京昌平。

hà（ㄏㄚˋ）

哈 □ hà 见 hā "哈"(233 页)。

攺 ㊀ hāi 〈文〉微笑而不改变面容的常态。

㊁ xī 〈文〉戏笑;讥笑。

哈 □ ㊀ hāi ❶〈文〉嗤笑;讥笑:休为贫士叹,任受众人~。❷〈文〉欢乐;欢笑:笑言溢口何欢~。❸叹词。表示惊异、感慨等:~! 怎不肯回过脸儿来?

㊁ tāi 姓。

咳 □ hāi 见 ké "咳"(358 页)。

痃 hāi ❶〈文〉病。❷〈方〉久病不愈。

揹 hāi 【揹兜】〈方〉捞:皮~。

嗨 □ ㊀ hāi ❶叹词。表示惋惜或懊丧:~! 你怎么这等误事? ❷【嗨哟】集体从事重体力劳动时呼喊的声音,用来协同动作。

㊁ hēi 旧同"嘿"。1. 表示得意或赞叹。2. 表示招呼或引起对方注意。3. 模拟笑声。

hái（ㄏㄞˊ）

还 □ hái 见 huán "还"(265 页)。

咳 □ hái 见 ké "咳"(358 页)。

孩 □ hái ❶幼童:~童|小~儿|~提(幼儿时期;幼儿)|生~六月,慈父见背。❷儿子或女儿:他们有两个~儿。❸〈文〉同"咳"。婴儿笑:如婴儿之未~。

趄 hái 〈文〉将走时又不想离开。

骸 hái ❶(人的)骨头;尸骨:~骨|尸~。❷借指人体:形~|遗~|有七尺之~。

趌 hái〈文〉跑。

鳡 hái【鯬(láng)鳡】〈文〉雄蟹。

hǎi（ㄏㄞˇ）

胲 ㊀hǎi 即羟胺,有机化合物。分子式 NH_2OH,也作为羟胺的烃基衍生物的统称,可用作还原剂和显像剂。[英 hydroxylamine]

㊁ gǎi〈文〉脸颊上的肉。

海 hǎi ❶大洋靠近陆地的部分:~洋|~浪|沧~一粟|东临碣石,以观沧~。❷称某些大湖或人工湖:青~|洱~|中南~。❸某些数量多、范围广的事物:人~|火~|林~|百家之学~。❹从外国来的:~棠|~枣|~归(海外学成归国)。❺容量大的:~量|~碗|夸下~口。❻〈方〉极多:街上的人~了去了。❼漫无边际地;无节制地:~聊|~骂|胡吃~塞。❽姓。

盉 hǎi 古代的一种酒器。

槑 hǎi〈文〉同"海"。大洋靠近陆地的部分:航~。

酼 hǎi 见 yǒu"酼"(824页)。

醢 hǎi【醢鸡】〈文〉小虫名:瓮中~。

醢 hǎi〈文〉酒器:酒~。

醢 hǎi ❶古代用鱼、肉等制成的酱:鱣(zhān)鲔(wěi)之~(用鳣鱼鲔鱼做成的酱)。❷古代酷刑,把人剁成肉酱:昔者纣为无道,杀梅伯而~之。

hài（ㄏㄞˋ）

亥 [亥] hài 地支的第十二位:~时(旧式记时法,相当于二十一点到二十三点)。

妎 hài(又读 xì)〈文〉嫉妒:~物之心。

孩 ㊀ hài〈文〉撼动。

㊁ wèi〈方〉担(dān);用肩膀挑。

恞 hài〈文〉愁苦:心大悲而恐~。

骇（駭）hài ❶惊吓;震惊:~怕|~然|~人听闻(使人听了非常吃惊)|人见蛇则惊~。❷〈文〉惊扰;骚动:作惊目之论,以~世俗之人。

氦 hài 气体元素。符号 He。

害 ㊀ hài ❶祸患(跟"利、益"相对):灾~|公~|当尧之时,洪水为~。❷有坏处的(跟"益"相对):~虫|一处~|吸烟对身体有~。❸招致损害:妨~|迫~|~人不浅|伤天~理|~得全村鸡犬不宁。❹杀;杀死:杀~|遇~|为陶谦所~(陶谦:人名)。❺发生(疾病):~病|~眼(患眼病)|~喜(因怀孕而恶心、呕吐,饮食异常)。❻产生(不安的情绪):~怕|~羞|~臊。❼〈文〉忌妒:上官大夫与之同列,争宠而~其能。

㊁ hé〈文〉通"曷(hé)"。何(时):时日~丧,予与汝皆亡(时:通"是"。此。日:太阳。予:我。女:通"汝"。你。皆:一起)。

侅 hài【竖侅】古书上说的神名。

絯 hài 见 gāi"絯"(194页)。

嗐 hài 叹词。表示惋惜、感伤、悔恨等:~,大错铸成,后悔也来不及了!

餀 hài〈文〉食物腐败发臭。

愒 hài〈文〉惊吓:~的些野鹿山猿半痴憨。

騢 hài ❶〈文〉击鼓响亮急促:鼓皆~。❷〈文〉同"骇"。惊骇:动人~魄。

謞 hài 见 mài"謞"(441页)。

鰕 ㊀ hài〈文〉鱼名。

㊁ è〈文〉鳄鱼。

hān（ㄏㄢ）

犴 ㊀ hān 驼鹿,一种大型的鹿。角横生,掌状分叉。生活在亚寒带针叶林地区。也作"犴"。

㈠ àn 【狴(bì)犴】传说中的猛兽。古代常把它的形象画在牢狱的大门上，后用作牢狱的代称。

顸（預）hān ❶〈方〉粗：这根棍子太～|他身上胖，胳膊倒不～。❷【颟(mān)顸】〈文〉糊涂又马虎。

唅 hān 见hán "唅"（235页）。

猂 hān 同"犴"。驼鹿，一种大型的鹿。

蚶 hān 软体动物。两扇贝壳厚而坚硬，上面有瓦垄状的突起，生活在海底泥沙中。贝壳可以入药。

酣 hān ❶饮酒尽兴：～饮|～醉|荆轲饮燕市，酒～气盖震。❷泛指尽兴、畅快：～歌|～睡|～战（激烈地战斗）。

蚶 hān ❶〈方〉骗取。❷【蚶香】古代西域出产的一种香料。

甜 hān 【甜閒(xiǎ)】1.〈文〉山石险峻的样子：巨石～。2.〈文〉闪烁：耀碧霄以～。

赩 hān 〈方〉红色。

谽 [谺] hān ❶【谽谺(xiā)】1.〈文〉山谷空阔的样子：～之洞壑。2.〈文〉山石险峻的样子：天凿之门，二壁～（壁：山崖）。3.〈文〉闪烁：余光散～。❷【谽閒(xiǎ)】〈文〉闪烁：耀碧霄以～。

駻 hān 佛经译音用字。

寂 hān 〈文〉不脱衣帽而睡：荷戟忘寝～。

憨 hān ❶傻；痴呆：～痴|～笑|耳若聋，口似缄，有人来问伴装～。❷朴实；天真：～厚|态可掬。

豃 hān 〈文〉香。

魽 hān 【鰌(qiū)魽】〈文〉泥鳅和蚶子。

榬 hān 〈文〉节约：立冬晴过寒，弗要～柴积。

鼾 [齁] hān 熟睡时粗重的呼吸声：～睡|打～|～声如雷。

歛 hān ❶〈文〉欲念。❷〈文〉给予。 另见liǎn "敛"（402页）。

hán （ㄏㄢ）

邗 hán ❶古地名。在今江苏扬州东北。❷【邗江】古水名。在今江苏。也叫"邗沟"。

汗 hán 见hàn "汗"（237页）。

邯 [郉] hán 【邯郸(dān)】1.地名。在河北南部。2.复姓。

含 hán ❶嘴里放着东西，不吞也不吐：～着水|～饴弄孙|～哺而熙，鼓腹而游（哺：口里嚼的食物。熙：通"嬉"，嬉戏。鼓腹：吃饱肚子）。❷存或藏在里面；包括在内：包～|眼里～着泪|窗～西岭千秋雪。❸怀着某种思想、感情而不完全表露出来：～怒|～笑|群臣～悲，莫敢言。❹忍受：～辛茹苦|～冤负屈。

韽 hán 古代用于冶炼的鼓风器与炉子相接的通风管。

肣 ㈠ hán 〈文〉同"函"。舌头：奋～（鼓舌）。 ㈡ qín 〈文〉收敛，特指占卜时龟甲上的裂纹向内敛收：足～（足：裂纹的足端）。

函 [＊圅] hán ❶〈文〉匣；封套：石～|镜～|全书共四～。❷书信；信件：～件|～复|公～|每有疑事，辄(zhé)以～问晔(晔：人名)。❸〈文〉铠甲：矢人惟恐不伤人，～人惟恐伤人（函人：做铠甲的人）。❹〈文〉包含；容纳：人～天地阴阳之气，有喜怒哀乐之情。

蚵 ㈠ hán 〈文〉蚊子的幼虫。 ㈡ gān 〈文〉通"干(gān)"。干犯：白虹～日，连阴不雨。

舎 hán ❶〈文〉同"含"。包容：齐枣夜～霜（齐枣：植物名）。❷〈文〉通"琀(hán)"。死者口中所含的玉。

函 hán 〈文〉同"函"。匣：殿有石～。

唅 ㈠ hán ❶〈文〉同"含"。吃：～菽饮水（菽：豆）。❷〈文〉死者口中含的珠、玉等：家无珠玉可以为～。 ㈡ hān 【唅呀】〈文〉张口的样子：聚口笑～。

H

峆　hán　❶〈文〉大的山谷。❷【峆岈(xiā)】〈文〉山谷空阔的样子。

㳠　㊀hán　〈文〉或;～如此。㊁gàn　〈方〉这么;这样。

洤　hán　[洤洸(guāng)]地名。在广东英德。

琀　hán　古代丧礼,放在死者口中的珠、玉、贝等;赐～。

晗　hán　〈文〉天将亮。

啥　hán　【啥唬(hú)】1.〈文〉发怒的样子。2.〈文〉含糊,发音不清楚:(一异鸟)能作人语,绝不～。

嵑　hán　用于地名:嵑～(嵑山和函谷关,在今河南)。

焓　hán　热力学上表示物质系统能量状态的参数。数值等于系统的内能加上压强与体积的乘积。单位是焦耳。

涵　hán　❶包容;包含:～养|盖|海～。❷涵洞,修筑在道路、堤坝下面像桥洞的通道:桥～(桥和涵洞)。❸〈文〉浸润;润泽:露～松翠湿。

韩（韓）　hán　❶〈文〉水井的围栏。❷周代诸侯国名。战国七雄之一。故地在今河南中部、山西东南部。❸姓。

碦　hán　【碦砑(xiā)】〈文〉同"峆岈"。山谷空阔的样子:金山之东麓有岩焉,～洞豁。

嵅　㊀hán　【嵐嵅】古山名。㊁dǎng　用于地名:～村(在广西)。

脑　hán　〈文〉舌头。

涵　hán　〈文〉寒冷。

寒　[宀、寒]　hán　❶冷(跟"暑"相对。❷同):～冷|御～|天～地冻|心忧炭贱愿天～。❷冬天:～来暑往|～暑易节,始一反焉。❸比喻害怕;畏惧:胆～|心～。❹穷困:贫～|门～子弟。❺中医指一种来自体外的致病因素:风～。

馯　hán　见hàn"馯"(238页)。

械　hán　见jiān"械"(301页)。

魌　hán　❶〈文〉白虎:两眉如戟声如～。❷〈文〉凶暴:～凶。

涵　hán　〈文〉水泽多。通作"涵"。

榦　hán　见gàn"榦"(198页)。

蚶　hán　❶〈文〉小螺。❷〈文〉水贝。

箇　hán　【箇簹(duò)】〈文〉一种实心的竹子。

蕂　hán　【蕂蒋】〈文〉酸浆草。多年生或一年生草本植物。

溗　hán　〈文〉同"寒"。【溗凓】凝冻。

嚂　㊀hán　吼:(猫儿)面似虎威声要～,老鼠闻之自避藏。㊁gǎn　鸟鸣声:(鹤)哈～哈～的叫。

錏[錏]　hán　❶〈文〉铠甲。❷〈文〉同"函"。匣子。

蹇　hán　【蹇蚓】〈文〉蚯蚓。

黚　hán　〈文〉蜥蜴。

霟　hán　〈文〉久雨;多雨。

螹　hán　【螹蟪(xiǎn)】〈文〉蚯蚓。

韩　hán　〈文〉水井的围栏。后作"韩(韓)"。

鶾　hán　见hàn"鶾"(239页)。

hǎn（ㄏㄢ）

罕　hǎn　❶稀少:稀～|～见|人迹～至|子～言利与命与仁(子:孔子)。❷〈文〉捕鸟的网:弓弩不发,罕～不倾(罕:fú,捕兔的网)。❸〈文〉旌旗:百夫荷～旗以先驱。❹姓。

罜[罜、罤]　hǎn　〈文〉捕鸟的网。通作"罕"。

罤　hǎn　〈文〉捕鸟的网。通作"罕"。

哼　hǎn 〈方〉同"喊"。呼喊。

喊　hǎn ❶大声叫:呐～|～冤|贼～|捉贼|有话好好说,别～。❷叫(人);招呼:走的时候～我一声。❸〈文〉尝味:狄牙能～,狄牙不能齐不齐之口(狄牙:即易牙,春秋时人,长于烹调)。

蔊　hǎn "蔊(hàn)"的又读。

噉　hǎn 喊;呼叫:大～数声。用同"喊"。另见 dàn "啖"(119页)。

猣　hǎn 〈文〉小犬叫。

阚　hǎn 见 kàn "阚"(354页)。

嘽(谳)　hǎn 〈文〉虎怒吼:(虎)因跳踉(liáng)大～(跳踉:跳跃)。

谳　hǎn ❶〈文〉开裂变宽:～如地裂。❷〈文〉溪谷深的样子。

hàn (ㄏㄢˋ)

马　hàn 〈文〉花苞。

汉(漢)　hàn ❶汉水,水名。发源于陕西,在湖北武汉流入长江,是长江最长的支流:～之广矣,不可泳思(泳:游泳。思:句末语气词)。❷银河:银～|气冲霄～。❸朝代名。1. 公元前206—公元220年,分为西汉和东汉。刘邦所建,建都长安(今陕西西安),史称前汉或西汉。公元25年刘秀重建汉朝,建都洛阳,史称后汉或东汉。2. 公元221—263年,三国之一,刘备所建,建都成都,国号汉,史称"蜀汉"或"蜀"。3. 公元947—950年,五代之一,沙陀族刘知远所建,建都汴(今河南开封),史称"后汉"。❹汉族:～人|～语。❺汉语:～字|～译俄|英～词典。❻男子:～子|老～|醉～|彪形大～。❼姓。

扦　㊀hàn 触犯;～格(互相抵触)。
㊁gǎn 同"擀"。用圆棍来回碾轧:用白面～作薄饼。
另见 hàn "捍"(237页)。

岍　hàn 古山名。尨(lóng)岍图山,在今云南。

汗　㊀hàn ❶人或某些高等动物汗腺的分泌物:～水|～流浃背|锄禾日当午,～滴禾下土。❷出汗;使出汗:～颜(形容羞愧)|～马功劳。
㊁hán 可(kè)汗的简称:成吉思～。

旰　hàn 见 gàn "旰"(198页)。

旱　hàn ❶长时间缺少雨雪(跟"涝"相对):～情|抗～|七八月之间～,则苗槁矣。❷跟水无关的;陆地上的:～路|～田|～冰。❸陆路交通:起～(不走水路,走陆路)。

埠　㊀hàn ❶〈文〉小堤。❷〈文〉用堤拦水。
㊁àn 〈文〉同"岸"。水边的陆地。

捍[△*扞]　hàn ❶保卫;抵御:～卫|～御。❷〈文〉通"悍"(hàn)"。勇猛:无私剑之～,以斩首为勇。"扞"另见 hàn(237页)。

荅　hàn 〈文〉荷花:红房紫～处处有。

桿　hàn 〈文〉同"捍"。守护:(颛当)常仰～其盖(颛当:昆虫名)。

柬　hàn 〈文〉树木垂挂花和果实。

崋　hàn 崋山,在今陕西汉中西南。也作"旱山"。

汵　hàn【汵汵】1.〈文〉水流急速的样子:入海流～。2.〈文〉光明盛大的样子。

悍[*猂]　hàn ❶勇猛;勇敢:～勇|强～|勇～|果敢,聚众率兵。❷凶狠;蛮横:凶～|～妇|～吏。

菡[蓞]　hàn【菡萏(dàn)】〈文〉莲;荷花:～香清画舸浮。

闬　hàn ❶〈文〉里巷的门:始出里北～。❷〈文〉里巷;乡里:列511同～(列门:同族亲戚)。❸〈文〉墙垣:～庭。❹〈文〉防备:以～寇偷。

釬　hàn ❶〈文〉臂上的铠甲。❷古人射箭时所戴的一种革制袖套:弛弓脱～而迎之。❸〈文〉戈矛柄下端圆锥形的金属帽:倒～而授柄。
另见 hàn "焊"(237页)。

焊[△*釬、△*銲]　hàn 用熔化的金属连接或修补金

属器物和工件:～条|电～。
　　"釬"另见 hàn(237 页);"銲"另见 hàn(238 页)。

洤 hàn 〈文〉泥水混合的样子。

軒 hàn 见 jiān "軒"(301 页)。

睅 hàn 〈文〉眼睛瞪大;鼓着眼睛:～其目。

皔[皔] hàn 〈文〉白;白的样子。

駻 ⊖ hàn 〈文〉同"驔"。马凶悍:～马。
⊜ hán ❶古代东方少数民族的一支。❷姓。

感 hàn 见 gǎn "感"(197 页)。

僆 hàn 姓。

頷(頷) hàn ❶〈文〉下巴:满～白髭须。❷〈文〉点头:～首。

鵤 hàn 见 gān "鵤"(196 页)。

撖 hàn 姓。

薂 hàn 又读 hǎn 【薂菜】一年生或二年生草本植物。叶长椭圆形,花小,黄色。茎叶可以吃或做饲料,全草入药。

乹 hàn ❶〈文〉兽的鬃毛、长毛:～毛。❷【乹毛】人身上的汗毛:满身～森立。

蛿 hàn 〈文〉毛虫。

澉 hàn 见 gǎn "澉"(197 页)。

嘆 hàn ❶〈文〉枯萎;干涸:岁旱泽如～。❷〈文〉干旱:旱～则舞雩(雩:yú,求雨的祭祀)。❸〈文〉热:～热。❹〈文〉晒:～地(翻晒土壤)。

銲 hàn ❶〈文〉同"釬"。臂上的铠甲。❷同"釬"。古人射箭时戴的革制袖套。❸〈文〉同"釬"。戈矛柄下端的金属帽。
另见 hàn "焊"(237 页)。

鋣 hàn 化学元素"䥑(dù)"的旧称。

熯 ⊖ hàn ❶〈文〉干燥;热:燥万物者莫～乎火。❷〈文〉烧烤:取出四个饼子,厨房下～得焦黄。❸〈文〉焚烧:～薪燃釜。❹〈文〉曝晒:耕～种麦。
⊜ rǎn 〈文〉恭敬:我孔～矣(态度很恭敬)。

撼 hàn 摇动:～动|摇～|震～|～天动地|蚍蜉～树(比喻不自量力)。

轋 hàn 古书上指纺织娘一类的昆虫。

翰[翰] hàn ❶〈文〉长而坚硬的羽毛,古代用来写字。借指毛笔:挥～|～墨(笔墨,借指诗文书画等)。❷〈文〉文辞;书信:～藻|华～(对他人来信的美称)|十五讽诗书,篇～靡不通。❸〈文〉高飞:～飞戾(lì)天(戾天:至天)。

瀚 hàn 〈文〉同"瀚"。瀚海,即瀚海。另见 huàn "浣"(268 页)。

憾 hàn ❶不满意:～事|遗～|死而无～|与朋友共,敝之而无～(共:共同享用。敝之:把它用坏)。❷〈文〉怨恨:俊于是大～(岳)飞(俊:人名)。

驔 hàn ❶〈文〉马凶悍:以宽缓之政治急世之民,犹无辔策而御～马。❷〈文〉凶悍:人性忮～(忮:zhì,嫉妒)。❸〈文〉马鞍。

蚶 hàn 〈文〉瓜虫,一种农作物的害虫:有～伤麦。

漢 hàn 汉水,长江最大的支流。通作"汉(漢)"。

頷[頷] hàn 〈文〉下巴:(王)莽为人侈口蹶(jué)～(侈口:大嘴。蹶頷:短下巴)。

韓 hàn ❶〈文〉鸟名。即山鹊。❷〈文〉鸟名。也叫"白雉"。

礥 hàn 见 gǎn "礥"(197 页)。

鵙 hàn 【鵙鶝(dàn)】〈文〉寒号鸟。也作"鵙鶝"。也叫"鶷(hé)鶝"。

鶷 hàn 【撖鶷】〈文〉雷霆轰动的样子:袤雷努风,～干嶭(gá)。

譀 hàn 〈文〉说大话。通作"譀"。

讝 ⊖ hàn ❶〈文〉吼叫:虓(虓:xiāo,怒吼)。❷〈文〉说大话:夸～。
⊜ xiàn 【讝讝(hài)】〈文〉怒骂的样子:～而言。

爆　hàn　〈文〉干燥;热。通作"熯"。

瀚□　hàn　❶〈文〉广大:浩～。❷【瀚海】所指随时代而变。两汉六朝时为北方的大湖名(一说是杭爱山的音译)。后泛称北部和西北广大地区,也指沙漠:孤城当～,落日照祁连。

䮉　㊀hàn　〈文〉长毛马。
㊁hán　【駮(bó)䮉】汉代西域产的一种良马,称"汗血马"。

鶾　hàn　❶〈文〉祭礼用的肥鸡。也叫"鶾音"。❷〈文〉鸟名。天鸡。也叫"山鸡"。

䩉　hàn　〈文〉鱼名。

憾　hàn　〈文〉吃不饱:诗怀应为遨游～。

顑　hàn　【顑(kǎn)顑】〈文〉因吃不饱而面黄肌瘦的样子。也作"顑颔"。

藕　hàn　〈文〉草名。

瀻　hàn　〈文〉草被水浸渍而枯萎。

―――――――
hāng (ㄏㄤ)

夯□　㊀hāng　❶砸实地基用的工具:木～|石～|打～。❷用夯砸:～地|～实。❸膨胀;鼓起。用于古白话:气～胸脯。❹〈方〉用力打:～了一拳|拿棍子～他。
㊁bèn　同"笨"。笨拙;不聪明。多用于古白话:小儿蠢～,自幼失学。

夯[夯]　㊀hāng　同"夯"。膨胀;鼓起。用于古白话:不由我肚儿里气～。

牻　㊁hāng　【狼牻】我国古代一种少数民族的国名。
㊁huǎng　【牻(tǎng)牻】〈文〉月光不明的样子。

―――――――
háng (ㄏㄤ)

亢□　háng　见kàng "亢"(355页)。

行□　háng　见xíng "行"(749页)。

芫　háng　〈文〉草名。叶似蒲,丛生。

吭□　㊀háng　喉咙:引～高歌(放开喉咙高声歌唱)。
㊁kēng　出声;说话:不～声|他一声不～地听着。

远　háng　❶〈文〉兽的足迹:兽～鸟迹。❷〈文〉兽径;道路:～杜蹊塞(兽径堵塞)。

杭□　háng　❶浙江杭州的简称:苏～(苏州和杭州)|～纺(杭州出产的纺绸)。❷〈文〉通"航(háng)"。渡:谁谓河广,一苇～之(河:黄河。一苇杭之:只用一片苇叶便能渡过去)。❸姓。

衍　háng　〈文〉同"行"。行进:佳(wéi)舟以～(舟船行进)。

舫　háng　❶〈文〉同"航"。渡水:造舟于渭,北～泾流。❷〈文〉两船相并。

纴(絎)□　háng　缝纫方法。用针线把衣被的面儿、里子及其中的棉絮粗粗地缝起来,使固定:～棉袄|～被子。

桁□　háng　见héng "桁"(249页)。

蚢　háng　❶〈文〉一种野蚕。❷〈文〉同"航"。一种蚌蛤。

笐　㊀háng　〈文〉竹子的行列。
㊁hàng　❶〈文〉衣架:兰薰半歇,满～舞衣裳。❷〈文〉晾禾谷用的竹木架:～架。

衖　háng　【衖衖(yuàn)】1.金元时指妓院:～人家。2.妓女:这个贼～。3.各种行业;从事各种营生的人:做屠户的这些～。4.金元时指妓院,也指妓女。‖用于古白话。也作"行院"。

航□　háng　❶船行驶:～海|～运。❷飞行器行驶:～空|宇～|～天飞机。❸〈文〉船:譬临河而无～。

颃　háng　【颉(xié)颃】1.〈文〉鸟上下飞:归鸟～。2.〈文〉不相上下;相抗衡:～名辈。

翃　háng　〈文〉鸟从高处往下飞。

昈　háng　❶〈文〉视:燕～莺转。❷〈文〉通"翃(háng)"。鸟从高处往下飞:鸟～。

䇦　háng　【䇦簹(táng)】〈文〉竹编的粗席。

舥 háng ❶〈文〉两船并连:大～。❷〈文〉浮桥;渡桥:朱雀～。

舩 háng ❶〈文〉一种蚌蛤。❷〈文〉鱼膏。

鴋 háng 〈文〉鸟从高处往下飞:鸟～。

齃 háng 〈文〉咬:～草根。

蘑 háng 【蘑瘊(láng)】〈文〉病危时喉咙中痰涌发出的声音。

hàng （ㄏㄤ）

行 hàng 见 xíng "行"(749 页)。

沆 hàng ❶【沆漭(mǎng)】〈文〉水面广阔的样子。也作"漭沆"。❷【沆瀣(xiè)】〈文〉夜间的水汽。

巷 hàng 见 xiàng "巷"(736 页)。

桁 hàng 见 héng "桁"(249 页)。

笐 hàng 见 háng "笐"(239 页)。

跭 hàng 【蹄跭】〈文〉蹄爪的痕迹:～之迹。

筱 hàng 【莽筱】〈文〉倔强的样子。

筕 hàng 〈文〉竹竿:新～。

hāo （ㄏㄠ）

揪 hāo 〈文〉同"薅"。除去杂草。

茠 ⊖ hāo 〈文〉拔草:～锄。通作"薅"。
⊜ xiū 〈文〉休息:得一越下(越:多荫的树)。

蒿 hāo ❶多年生或二年生草本植物。种类很多,叶子羽状分裂,有特殊的气味,如茼蒿、青蒿、艾蒿等,都可以入药。有的嫩茎可以吃。❷【蒿莱】〈文〉野草;杂草:田园雨后长～。❸姓。

撬 hāo 〈文〉同"薅"。除去杂草:～草。

㺅 hāo(又读 háo)〈文〉貉类的兽。

薨 ⊖ hāo 【薨里】〈文〉墓地。
⊜ kǎo ❶〈文〉干的或腌制的食品:死生鲜～之物。❷〈文〉枯干。

薅 hāo ❶除去(草等):～草|～苗(间苗)|～锄(除草用的小锄)|以～荼蓼(liǎo)(用来除去杂草)。❷〈方〉揪:～头发|一把将他～起来。

嚆 hāo 【嚆矢】〈文〉带响声的箭,比喻发生在先的事物或事物的开端。

㟿[㟿] hāo 【㟿豁(láo)】1.〈文〉山谷空深的样子。2.〈文〉深谷名。

鎒 hāo 见 nòu "鎒"(493 页)。

háo （ㄏㄠ）

号 háo 见 hào "号"(241 页)。

鄂 háo 汉时乡名。在今河南南阳。

呺 háo 见 xiāo"呺"(737 页)。

蚝 [⊖*蠔] ⊖ háo 牡蛎,软体动物。有两个贝壳,壳表面凹凸不平,肉鲜美,壳可入药:～油(调味品)。
⊜ cì 〈文〉同"蛓"。毛虫:痒肌遭～刺。

毫 háo ❶细毛:～毛|狼～笔|发(fà)无损|明察秋～。❷毛笔:挥～泼墨。❸数量极少;一点儿(只用于否定式):～不利己|～不动摇|～无办法|～无诚意。❹秤杆或戥子上的提绳:头～|二～。❺量词。1.市制长度单位,10 丝为 1 毫,10 毫为 1 厘。2.市制质量单位,10 丝为 1 毫,10 毫为 1 厘。

勢 háo 〈文〉俊健;刚健。

嗥 [*嗃、△*獋、獆、嘷] háo 狼、狗等大声吼叫:～叫。
"獋"另见 gāo (201 页)。

貉 háo 见 hé "貉"(245 页)。

滹[滸] ㊀ háo 〈文〉通"嗥"。禽兽吼叫：秭鴂先～(秭鴂：zǐguī，杜鹃)。

㊁ zé 〈文〉同"泽"。光泽。

墫 ㊀ háo ❶同"壕"。挖的壕沟。❷用于地名：公山～(在内蒙古)。

㊁ hào 〈文〉瘠薄：～土。也作"垙"。

豪[豪] háo ❶才能出众的人：～杰｜文～｜英～。❷有钱有势的人：富～｜土～｜所居郡，必夷其～(夷：弄平，消灭)。❸直爽；气魄大：～放｜～情｜～言壮语｜扶风～士天下奇。❹有钱有势的：～富｜～门｜郡内～姓多不法。❺强横(hèng)：～强｜巧取～夺。❻堂皇；华丽：～华｜～宅。❼〈文〉豪猪等身上长而硬的刺：其上有兽焉，其状如牛，白身四角，其～如披蓑(披蓑：穿着蓑衣)。

虪 háo 〈文〉树木名。

詤 ㊀ háo 〈文〉同"号(號)"。呼喊；大叫。

㊁ xià ❶〈文〉欺骗：瞒神～鬼。❷同"唬"。恐吓。用于古白话：～得颤着一团。

嗥 háo 〈文〉同"嗥"。吼叫；哭喊：～哭。

滈 háo 〈文〉同"号(號)"。呼喊：令～，其音气败。

隞 háo 〈文〉壕沟；城墙下的路：～堑。

壕 háo ❶护城河：城～｜凡守围城之法，城厚以高，～池深以广。❷沟；人工挖掘的沟：～沟｜战～｜沟满～平。

撖 háo 〈方〉核对数量或容量。

嚎 háo ❶大声叫：长～｜鬼哭狼～｜鸡～天欲白。❷大声哭：干～｜哭会儿得了，别～个没完。

獂 háo 〈文〉生一子之犬。

濠 háo ❶护城河：城～｜江为四面～。❷濠水，水名。在安徽。

纛 háo 〈文〉豪猪等身上长而硬的刺。通作"豪"。

籇 háo 〈文〉撑船用的篙。

艣 háo 〈文〉船舱：大舱附商旅，低～屯货物。

譹 háo 〈文〉同"詤"。呼喊；号哭：～哭。

hǎo （ㄏㄠˇ）

好 ㊀ hǎo ❶优点多的；令人满意的(跟"坏"相对)：～人｜唱得～｜窈窕淑女，君子～逑(好逑：佳偶)。❷用在动词前，表示某方面的性质令人满意：～看｜～听｜～使｜这个地方～玩儿。❸亲爱；友爱：友～｜～朋友｜匪报也，永以为～也(匪：非；不是)。❹健康；病愈：身体很～｜他的病～了。❺用在动词后(做补语)，表示完成：文章写～了｜房间整理～了。❻容易(用在动词前)：那条小道～走｜这个问题～解决。❼便于：你留个电话，有事～联系｜多找几个人，有事～商量。❽表示程度深(带有感叹语气)：天气～冷｜～新鲜的蔬菜呀！｜搬家也不告诉一声，让我们～找。❾指问候的话：捎个～儿｜带个～儿。❿〈文〉容貌美：选齐国中女子～者八十人。

㊁ hào ❶喜爱(跟"恶 wù"相对)：～学｜～客｜～干净｜～读书，不求甚解｜知之者不如～之者。❷容易(发生)：铁～生锈｜这个季节人～感冒。❸古代圆形有孔的玉器或钱币，孔内叫"好"，孔外叫"肉"：肉～皆有周郭(周郭：四周的边)。

郝 hǎo 〈文〉同"郝"。古乡名。

郝 hǎo 姓。

hào （ㄏㄠˋ）

齐 hào ❶〈文〉同"昊"。天：云浮于～。❷〈文〉气：泰～。❸〈文〉分散；放纵轻佻的样子。

号(號) ㊀ hào ❶名称：国～｜年～｜牌～｜称～。❷别号，旧时在名和字之外另起的称号：青莲居士是李白的～。❸标志：记～｜符～｜暗～｜枪响为～。❹排定的次第：～码｜编～｜挂～｜十月一～。❺等级：型～｜中～｜五～电池｜四～宋体字。

❻称生病或受伤的人:病～|彩～|伤～。
❼标上记号或号码:～房子|把这些书柜都
～上。❽命令:发～|施令。❾喇叭(用于军
队或乐队):～角|吹～|军～|圆～。❿用
号吹出的声音,表示特定意义:集合～|冲
锋～|起床～。⓫称;宣称:～称|～为刚
直|项羽兵四十万,～百万。⓬姓。
　㊀háo　❶呼喊:～叫|呼～|因大～,一
虚皆惊(虚:集市)。❷大声哭:～哭|哀～|
老聃死,秦失吊之,三～而出(秦失:人名)。

好　□ hào　见hǎo"好"(241页)。

圬　hào　❶〈文〉瘠薄:～土。❷〈文〉通"耗
(hào)"。消减:积土之气～。

敌　hào　姓。

昊　□[昦]　hào　〈文〉广大;天宇:～天|
～空|～苍。

秏　㊀hào　❶〈文〉一种稻类作物。❷
〈文〉通"耗(hào)"。消减:士卒多～。
　㊁mào　〈文〉通"眊(mào)"。昏暗不
明;混乱:天下～乱。

耗　□㊀hào　❶减损;消费:～费|消～|
士卒多～,无尺寸之功。❷拖延:
时间|截止日期就要到了,别～着了,快去
办吧。❸音信;消息(多指不好的):音～|噩
～|凶～|赤岭久无～,鸿门犹合围(赤岭、鸿
门:地名)。
　㊁máo　〈文〉尽;完:年渐七十,志力衰
～。
　㊂mào　〈文〉通"眊(mào)"。昏昧;乱:
官职～乱,刑罚不中。

浩　□[澔]　hào　❶(气势、规模等)盛大;
巨大:～繁|～劫|爵禄获全,
有～大之福矣。❷多;众多:～博|～如烟
海|露～梧楸(qiāo)白,霜催橘柚黄(梧、
楸:树名)。

恔　hào　见jué"恔"(345页)。

皓　hào　〈文〉明亮;洁白:～齿。通作
"皓"。

訰　hào　〈文〉同"耗"。消息;音信:可喜之
～。

淏　□ hào　〈文〉水清。

傐　hào　古地名。

皓　□[❶❷*暠、❶❷△*暠]　hào　❶明
亮:～月当
空|月出～兮。❷白;洁白:～白|～首(满头
白发)|明眸～齿。❸〈文〉指白发老人:商山
四～(秦汉之际隐居商山的四个老人)。❹
〈文〉通"昊(hào)"。广大:～天舒白日(舒:
展)。❺姓。
　"暠"另见gǎo(201页)。

鄗　□㊀hào　❶同"镐"。西周的国都。
故地在今陕西西安西南。❷春秋晋
邑。故地在今河北。❸春秋齐地。故地在
今山东。
　㊁qiāo　古山名。在今河南。
　㊂jiāo　❶春秋晋地。❷〈文〉通"郊
(jiāo)"。城外:邯郸之～。

睪　hào　见yì"睪"(804页)。

滈　hào　❶[滈滈]〈文〉水泛白光的样子:
涌泉～。❷古水名。在今陕西西安
西。也作"镐(hào)"。❸通"镐(hào)"。
西周的都城。在今陕西西安西南。❹〈文〉
久雨。

墝　hào　见háo"墝"(241页)。

暤　hào　〈文〉洁白明亮的样子。通作
"暤"。

暤　hào　[暤曜(yào)]〈文〉洁白闪光的样
子:皓壁～以月照。

暤　hào　❶〈文〉同"暤"。明亮;洁白。❷
〈文〉同"暤"。舒畅的样子:～～平安
日。

镐　□ hào　见gǎo"镐"(201页)。

皞　□ hào　❶〈文〉洁白明亮:～入窗扉。
❷〈文〉舒畅的样子:万方熙～(熙:和
乐)。❸〈文〉通"昊(hào)"。广大:～天。

阛　hào　〈文〉同"昊"。广漠的天宇:～天。

貈　hào　[禺(yú)貈]古书上说的海神名。

嫼　hào　姓。

薃 hào 〈文〉广大:天～～。

蔰 hào【蔰侯(hóu)】〈文〉草名。即莎草。

壕 hào 〈文〉土釜。

瑧 hào 〈文〉像玉的石头。

蕲 ⊖ hào 〈文〉收缩变形:船～裂。
⊜ xiāo 〈文〉草菱缩损耗的样子。

皞 hào ❶〈文〉同"皓"。明亮;洁白。❷〈文〉同"皞"。舒畅的样子:王者之民,～～如也(如:…的样子)。

颢 (顥) hào 〈文〉白而亮的样子:天白～～。

虓 hào 〈文〉敞口陶锅。

罍[罍] hào 见 xiāo"罍"(741页)。

諕 hào 〈文〉相欺。

鰝 hào 〈文〉大海虾。

灏 (灝) hào 〈文〉广大;浩大:学问～博|海色～茫。

hē（ㄏㄜ）

叾 hē 〈文〉气行畅达。

诃 (訶) hē ❶【诃子(zǐ)】常绿乔木。果实像橄榄,可以入药。也叫"藏青果"。❷同"呵"。大声斥责:明日,王出而～之,曰:"谁溺于是?"(溺:撒尿)

抲 ⊖ hē 〈文〉指挥。
⊜ kē ❶〈文〉通"柯(kē)"。斧柄:斧～。❷〈文〉通"柯(kē)"。树枝:枝～。

苛 hē 见 kē"苛"(357页)。

呵 ⊖ hē ❶大声斥责:～斥|～责|主家皆怪而恶之,莫敢～。❷呼(气):～手|一气～成。❸同"嗬"。表示惊讶。
⊜ ā 叹词。同"啊"。表示惊异或赞叹。
⊜ kē 用于译音:～叻(－lè,地名,在泰国)。

欨 ⊖ hē【欨欨】〈文〉大笑。
⊜ qiè 〈文〉呼吸。

欱 hē ❶〈文〉吮吸;吸饮:～水再三噀壁上(噀:xùn,喷)。❷〈文〉吞食:(大鱼)口～西瓜。❸〈文〉合:上～下～(上下皆合)。

喋 hē【喋喋】〈文〉模拟笑声:～然而笑。

喝 ⊖ hē ❶把液体或流质食物咽下去:～水|～粥。❷特指喝酒:平时爱～两杯|他又～多了。
⊜ hè ❶大声喊叫:～问|～彩|大～一声。❷〈文〉恫吓:恐～诸侯,以求割地。
⊜ yè 〈文〉声音嘶哑:榜人歌,声流～(榜人:船夫)。

嗬 hē 叹词。表示惊讶:～,真不简单!|～,天下竟有这样巧的事!

貈 hē "貀(hē)"的讹字。模拟鼻息声。

蠚[蠚、螫、蛰] hē ❶〈文〉毒虫咬或刺:～鸟兽则死。❷〈文〉虫毒:夏瘅(dàn)热以生～(瘅热:盛热)。❸〈文〉螫痛。

貀 hē【貀貈(hōu)貀】〈文〉鼻息声。

鰕 hē【鰕(xī)鰕】〈文〉鼻息声。

貀 hē【鰕貈(hōu)】〈文〉即貈貀(hōuhē)。鼻息声。

hé （ㄏㄜ）

禾 hé ❶〈文〉粟,即谷子。也泛指谷类作物:～稼|～麻菽麦|不稼不穑,胡取～三百廛兮。❷谷类作物的苗,特指水稻的植株:～苗|～穗|锄～日当午,汗滴～下土。❸姓。

合 (⊖❸△閤) ⊖ hé ❶对拢;闭(跟"开"相对):～眼|～不上嘴|蚌～而钳(qián)其喙。❷聚在一起;结成一体(跟"分"相对):～股|～力|珠联璧～|桓公九～诸侯,不以兵车,管仲之力也。❸全;整个的:～村|～族|～朝交欢。❹符合:～格|～适|吻～|～辙押韵|衣服不太～身。❺相当于;折算:折～|一米～三市尺。

这车苹果每斤～五元钱。❻〈文〉应当;文章～为时而著,歌诗～为事而作。❼〈文〉和睦;融洽:妻子好～,如鼓瑟琴。❽〈文〉配合;匹配:文王初载,天作之～(初载:刚成年。天作:上天作成)。❾我国民族音乐音阶的一级,乐谱上用作记音符号,相当于简谱的"5"。

⊜ gě　市制容积单位,10 勺为 1 合,10 合为 1 升。1 市合(gě)合 100 毫升。

"閤"另见 gé(205 页);gé"閤"(204 页)。

纥（紇）

⊖ hé　【回纥】我国古代民族。主要分布在今鄂尔浑河流域,唐代曾建立回纥政权。也叫"回鹘(hú)"。

⊜ gē　【纥縫(da)】小的球形或块状的东西,多用于纱、线、织物等:鞋带系了个死～|毛衣磨出了许多小～。现在多作"疙瘩"。

何

⊖ hé　❶代词。表示疑问。指称人或物,相当于"什么":～人|～事|为～|意欲～为?|内省不疚,夫～忧～惧?❷代词。代替处所,相当于"哪里":～去～从|公理～在|阁中帝子今～在?槛外长江空自流。❸〈文〉代词。代替原因,相当于"为什么、怎么":项氏所以失天下者～(项氏:项羽)?|吾～畏彼哉?❹代词。表示反问:～济于事?|～足挂齿?❺〈文〉表示感叹,相当于"多么":原野～萧条|秦王扫六合,虎视～雄哉!❻姓。

⊜ hè　〈文〉扛;背:～戈与役(役:duì,古代兵器)。通作"荷(hè)"。

和 [⊖❶-❹△*龢、⊜❶-❹⊜*咊] ⊖ hé

❶谐调;融洽:～谐|兄弟失～|天时地利人～。❷平和;和缓:温～|～颜悦色|风～日丽。❸结束战事或平息争端:～谈|讲～|握手言～。❹比赛(多指下棋)结果不分胜负:～棋|～局|第一盘输了,第二盘赢了,第三盘～了。❺连带:～盘托出|～衣而卧(不脱衣服睡觉)。❻引入行动的对象或动作关涉的对象:有事多～大家商量|这件事～我没有任何关系。❼引入比较的对象:我的水平～你差不多,都是刚学。❽表示并列(连接词或短语):长城～故宫都值得去参观|八千里路云～月。❾加法运算中,

两个以上的数相加所得的数。如 2+6=8 中,8 是和。也叫"和数"。❿姓。

⊜ hè　❶和谐地跟着唱;以声相应:曲高～寡|一唱百～。❷依照别人诗词的题材或体裁作诗词:～诗|～韵|奉～一首。

⊜ huó　在粉状物中加入水或其他液体搅拌、揉弄,使黏在一起:～面|～泥。

㈣ huò　❶掺和;加水搅拌使变成稀的东西:～药|～点儿麻酱。❷量词。用于洗涤时换水的次数:才洗了一～|换了两～水。

㈤ hú　打麻将或斗纸牌时,某一家的牌达到规定的要求而取胜:开～|诈～|～了个清一色。

㈥ huo　❶后缀。附着在性状义成分的后面,组成形容词:暖～|热～|软～。❷后缀。附着在动词义成分的后面,组成动词:掺～|搅～。

"龢"另见 hé(246 页)。

秴 [秔]

hé　❶〈文〉同"麧"。麦糠里的粗屑。❷〈文〉坚硬难舂的米。

郃

hé　❶【郃阳】地名。在陕西渭南。今作"合阳"。❷姓。

劾

hé　揭发罪状:弹～|参～|在事者所～(在事者:当权的人)。

河

hé　❶水道的通称:～流|运～|护城～|江～湖海|一条大～。❷专指黄河:～套|～西走廊|秋水时至,百川灌～。❸银河:～汉|天～|～外星系。❹姓。

曷

hé　❶〈文〉代词。相当于"什么":～为久居此围城之中而不去也?❷〈文〉代词。问原因,相当于"为什么":天～不降威?❸〈文〉代词。问时间,相当于"何时":吾子其～归?

迨

hé　❶【迨遝(tà)】〈文〉声音嘈杂:～不闻市声死,群儿夸强弄潮水。❷【迨匝】〈文〉周匝环绕:四面～。

狢

⊖ hé(又读 háo)　〈文〉同"貉"。一种哺乳动物:白狐玄～。

⊜ mò　同"貊"。我国古代称居住在东北方的民族。

饸（餄）

hé　【饸饹(le)】用和(huó)好的荞麦面、高粱面或玉米面等轧(yà)成的长条形食品,煮着吃。

阂 (閡) ○㊀ hé 阻隔不通:隔～|伤心百道水,～目万重山。
○㊁ gāi 〈文〉通"陔(gāi)"。层次:九～。

粏 hé ❶〈文〉同"籺"。糠中的米麦粗屑;粗食:晨餐乃糠～。❷〈文〉谷物的籽粒。

盇 [*盍] hé 〈文〉表示反问,相当于"何不":～往视之?|～各言尔志?|狡兔三窟,～早图之?

荷 ○㊀ hé 莲:～塘|～叶接天莲叶无穷碧,映日～花别样红。
○㊁ hè ❶背(bēi);扛:～锄|～枪实弹|晨兴理荒秽,戴月～锄归。❷承受;承担:～重(建筑物能够承受的重量)|负～|～天下之重任。❸承受的压力或担当的责任:肩负重～。❹客套话。承受恩惠(多用于书信):是～|无任感～|请予协助为～。

核 [○㊀❹❺*覈] ○㊀ hé ❶果实中坚硬并包含果仁的部分:桃～|杏～|赐果于君前,其有～者怀其～。❷物体中心像核的部分:～心|地~|细胞～。❸原子核的简称:～能|～燃料|～武器|～反应堆。❹仔细地对照、检验:～实|审～|事必～其实,然后修之。❺〈文〉真实:其文直,其事～。
○㊁ hú 【核儿(húr)】义同"核"○㊀❶❷。用于某些口语词:梨～|枣～|冰～。

硉 hé 牙齿咬合。

盉 hé 古代酒器。腹大口小,铜制,上有盖,下有三足。用来调和酒的浓淡。

敆 hé 〈文〉同"合"。合拢;会合。

害 hé 见 hài "害"(234页)。

菏 hé ❶菏水,古水名。在今山东。❷【菏泽】地名。在山东西南部。

龁 (齕) hé 〈文〉咬:食其肉而～其骨。

蚵 ○㊀ hé 【蚵蠪(lóng)】〈文〉蜥蜴。
○㊁ kè 〈方〉牡蛎。软体动物,即蚝。

盒 hé ❶盛东西的器物。一般较小,有盖:饭～|墨～|礼品～。❷一种外形像盒子的烟火:花～。

盖 hé 见 gài "盖"(195页)。

菏 hé ❶古泽名。在今山东。❷古水名。在今山东。

涸 ○㊀ hé ❶(水)干枯:干～|～辙之鲋(比喻处在困境中急待救援的人)。❷〈文〉竭;尽:积于不～之仓,藏于不竭之府。

湘 hé 【湉(guàn)湘】〈文〉水波翻腾的样子。

瑚 hé 春秋时楚人和氏(卞和)的"和"又作"瑚":～氏璧。

郂 [郃] hé 古地名。在今山东沂水。

愒 hé 梵语译音用字。

颌 (頜) ○㊀ hé 构成口腔上部和下部的骨头和肌肉组织。上部叫上颌,下部叫下颌。
○㊁ gé 姓。

誮 hé 〈文〉和谐。用于人名。

椻 hé 〈文〉绑在牛角上的横木。

氋 ○㊀ hé ❶【氀(lú)氋】古代一种较粗的毛织品。❷【氋鸡】〈文〉即鹖(hé)鸡,鸟名。
○㊁ kě 〈文〉不加彩饰:～豆(豆:一种器皿)。
○㊂ dā 【氀(dōu)氋】蠢笨。用于古白话。

鉌 hé 〈文〉车铃。

谺 hé 【谺谺(xiā)】1.〈文〉山谷空旷的样子:大山广谷,～起伏。2.〈文〉山谷;洞穴。

貃 ○㊀ hé 〈文〉同"貉"。哺乳动物。毛棕灰色,外形像狐,但体较胖,尾较短。
○㊁ mò 〈文〉同"貊"。古族名。

貉 ○㊀ hé 哺乳动物。毛棕灰色,外形像狐,但体较胖,尾较短。昼伏夜出,穴居河谷、山林和田野间。通称"貉子(háozi)"。
○㊁ háo 义同"貉(hé)":～子|～绒(拔去硬毛的貉子皮)。
○㊂ mò ❶同"貊"。古族名。❷姓。

H

諙 hé 〈文〉和谐。

闔（闔） hé ❶〈文〉全:～家|～府|～堂肅然。❷〈文〉关闭:～户|～口而无言|段干木～门不出(段干木:人名)。❸〈文〉通"盍(hé)"。何;何不:夫子～行邪?(先生为什么不走呢?)

朅 hé 见 qiè"朅"(552 页)。

籺 hé 〈文〉麦糠里的粗屑;多指粗食:糠～。

辖 hé 见 xiá"辖"(725 页)。

尴 hé 清代三合会旗号用字。义同"合"。

鶡（鶡） ⊖ hé ❶鶡鸡。雉一类的鸟。❷鶡冠(用鶡羽做装饰的帽子):虎夫戴～。❸鶡的尾羽:冠插两～。
⊜ jiè 〈文〉"鶷"的讹字。鸟名:～雀。

碣 hé 〈文〉土地贫瘠多石。

蝎 hé 见 xiē"蝎"(741 页)。

嶉 hé 〈文〉鸟羽洁白有光泽:～～白鸟。

翮 ⊖ hé ❶〈文〉鸟翎的茎,中空透明:鸿鹄高飞远翔,其所恃者六～也。❷〈文〉鸟的翅膀:奋～高飞|愿为比翼鸟,施～起高翔。

麹 hé 清代三合会旗号用字。义同"和"。

蠚 hé 【鞨(è)蠚】〈文〉摇目吐舌的样子。

嗃 ⊖ hé 〈文〉大笑。
⊜ xiā 【谿(hān)嗃】〈文〉同"谿谺"。山谷空阔的样子:～之洞穴。

簄 hé 【簄槏(yǎn)】〈文〉粗竹席。

鉌 hé ❶古代一种饮酒器。椭圆形,平底,一侧有耳。❷战国时期一种铜制量器。半球形。

魺 ⊖ hé 〈文〉河豚。
⊜ gě 〈文〉经过加工的鱼类食品:丁香～。

闔 hé 〈文〉同"闔"。关闭:门未反～。

餄 hé 见 ài"餄"(4 页)。

鞨 ⊖ hé 【靺(mò)鞨】我国古代少数民族。分布在长白山和松花江、牡丹江、黑龙江流域一带。周时称肃慎,北魏时称勿吉,隋唐时称靺鞨,是女真族的祖先。
⊜ mò 【鞨巾】〈文〉束发的头巾:北国之人,～而装。

礉 ⊖ hé 〈文〉严酷;苛刻:惨～少恩。
⊜ qiāo ❶〈文〉坚硬的石头。❷〈文〉石砌的堤坝:石～。❸〈文〉强劲:～弩。
⊜ jī 〈文〉通"激(jī)"。激荡:荡洲～岸。

頢 ⊖ hé 【頢(mò)頢】〈文〉健康。
⊜ jié 【頖(hóu)頢】〈方〉急切发言。

髃 hé 【髃骭(yú)】〈文〉胸骨。

鞨 hé 【靺(mò)鞨】〈文〉同"靺鞨(mòhé)"。我国古代少数民族。又指靺鞨族地区所产的宝石:雨花台下沙土中常有五色石子,状如～。

闔 hé 〈文〉同"闔"。关闭:～棺。

貉 hé 〈文〉貉鼠,一种鼠类动物。

驔 hé ❶汉代园林名。❷〈文〉白额的马。

曤 hé ❶〈文〉白:～然白首。❷〈文〉白而不纯:～头(头发花白)。

鑈 hé ❶【鑈铈(lú)】〈文〉箭名。❷化学元素"铍(pí)"的旧称。

穌 hé 用于人名。翁同穌,清代人。另见 hé"和"(244 页)。

hè（ㄏㄜˋ）

吓 hè 见 xià"吓"(726 页)。

何 hè 见 hé"何"(244 页)。

扶 hè 见 bàn"扶"(17 页)。

苏[苏] hè ❶〈文〉同"赫"。火红色。❷〈文〉同"赫"。显赫。❸〈文〉

同"赫"。盛怒。

呼 hē 见 hū "呼"(255 页)。

和 hè 见 hé "和"(244 页)。

佫 hè 〈文〉姓。

洛 ㊀ hè 〈文〉结冰。
㊁ luò【洛泽(duó)】〈文〉冰冻的样子。

垎 hè ❶〈文〉土坚硬:坚~。❷〈文〉土干燥。

挌 hè 见 gé "挌"(203 页)。

贺(賀) hè ❶庆祝;祝颂:~礼|~词|祝~|受天之佑,四方来~。❷姓。

荷 hè 〈文〉炽盛。

荷 hè 见 hé "荷"(245 页)。

雀 ㊀ hè〈文〉同"鹤"。白鹤:~鸣一震。
㊁ hú 〈文〉高至极点。

欻 ㊀ hè【欻欷(xiē)】〈文〉气逆;喘息。
㊁ xià 〈文〉喘息。

烨 hè 〈文〉红而有光:天光赫~。

炶 hè 〈文〉同"赫"。显赫:~~困穷,声垂亿载(困穷:没有尽头)。

喝 hè 见 hē "喝"(243 页)。

猲 hè 见 xiē "猲"(741 页)。

愒 hè 见 qì "愒"(537 页)。

蒇 hè 〈文〉猪的叫声:封豨(xī)~(封豨:大猪)。

蒇 hè 〈文〉同"蒇"。猪的叫声。

嗃 ㊀ hè【嗃嗃】〈文〉严厉:浦太孺人持家~(孺人:妇人的尊称)。
㊁ xiāo ❶〈文〉吹管声:夫吹管也,犹有~也。❷〈文〉大声号呼。
㊂ xiào【嗃嗃】〈文〉大声嗥叫:野猪虽

赫 hè ❶红色鲜明的样子:~日当空。❷显耀:~然|显~|~~有名|故日月不高,则光晖不~(晖:辉)。❸〈文〉发怒的样子:王~斯怒,爰整其旅(赫斯怒:勃然大怒)。❹量词。频率单位赫兹的简称。❺姓。

觌 hè【觌岘(xiàn)】古高丽国的地名。

暍 hè 〈文〉白色:~然。

熇 ㊀ hè ❶〈文〉火热;炽盛:~赫炎烈。❷〈文〉烧:~焚。
㊁ xiāo 〈文〉热气:~暑。
㊂ kào 〈文〉烘烤:以直理之木,~燥好薪。

褐 hè ❶〈文〉粗布或粗布衣服:短~|无衣无~,其徒数十人,皆衣~。❷黑黄:~铁矿|~绫袍厚暖,卧盖行坐披。

鮎 hè【鮎(nà)鮎】〈文〉鱼名。

鹤(鶴) [鸖、鶮、鷏] hè ❶鸟名。体形大,头较小,喙、颈及足细长,翼大善飞,叫的声音高而清脆。生活在平原水边或沼泽地带。种类较多,常见的有丹顶鹤、白鹤、灰鹤等,是我国国家重点保护动物:~立鸡群|风声~唳。❷比喻白色:~发童颜。

蔄 hè【薄蔄】即薄荷。也说"菝(bá)蔄"。

鷝 hè【鷝鷝】〈文〉羽毛洁白润泽的样子:白鸟~。

壑 [壑、壑、叡] hè ❶山谷:谿~|千山万~。❷深沟;深坑:沟~|以邻为~(比喻把灾祸推给别人)。❸〈文〉山中溪流:千岩竞秀,万~争流。

譹 ㊀ hè【譹譹】〈文〉盛烈:~然炽盛也。
㊁ xiāo 〈文〉呼叫;大叫:~激(形容呼啸的风声)。

爀 hè 〈文〉火红的样子;红色:~如烽燧俱燎。也作"赫"。

鞨 hè【鞨帾(tí)】1.〈文〉红纸。2.〈文〉小张的薄纸。

H

謞 hè 〈文〉表示应诺。

鶮 ㊀ hè 〈文〉同"鹤"。鸟名。
㊁ hú 古地名。

---

hēi（ㄏㄟ）

黑 hēi ❶颜色像煤或墨的(跟"白"相对)：～板｜黝｜白纸～字｜近朱者赤，近墨者～。❷昏暗无光：～暗｜昏｜月～雁飞高，单于夜遁逃。❸秘密的；非法的；不公开的：～话｜～市｜～社会。❹歹毒；狠毒：～心｜心毒手～。❺黑龙江的简称。❻姓。

嗨 hēi 见 hāi "嗨"(233 页)。

嘿 ㊀ hēi ❶叹词。表示得意或赞叹：～，就凭咱们队的实力，这场比赛准赢｜～，真了不起！❷叹词。表示招呼或引起对方注意：～，快走！｜～，他们来了！❸叹词。表示惊异：～，想不到你真的来了。❹模拟笑声：～～地笑个不停。‖旧也作"嗨"。
㊁ mò 〈文〉同"默"。不说话；不出声。

潶 hēi 古水名。

鐼 (鐼) hēi 金属元素。符号 Hs。

---

hén（ㄏㄣ）

捍 hén ❶〈文〉排挤；排斥：为奸臣～隔。❷〈文〉惩办：犯者痛～以法。

痕 hén ❶伤口或疮口愈合后留下的印迹：伤～｜瘢～｜沙场白骨兮刀～箭瘢。❷事物留下的印迹：～迹｜泪～｜苔～上阶绿，草色入帘青。

鞎 hén 古代车厢前面革制的遮蔽物。

---

hěn（ㄏㄣˇ）

佷 ㊀ hěn ❶〈文〉不顺从；乖戾：女～戾不孝。❷〈文〉凶狠：傲～顽虐。
㊁ héng 【佷山】汉代县名。在今湖北。

很 (很)[詪] hěn 〈文〉不顺从；乖戾：～～(狠戾争吵的样子)。

很 hěn ❶用在形容词前，表示程度高：～好｜～愉快｜在～远～远的地方。❷用在一部分表示心理、情绪、评价的动词前，表示程度高：～喜欢｜～感激｜～负责。❸用在"得"后，表示程度高：好得～｜激动得～。❹〈文〉违逆；不听从：猛如虎，～如羊，贪如狼。❺〈文〉通"狠(hěn)"。残忍：太子痤美而～(痤：人名)。

狠 hěn ❶凶恶；残忍：～毒｜凶｜～心手辣｜～戾。❷极力控制情感，下定决心：戒烟，他是～了心了。❸严厉：～打歪风｜对敌人要～。❹坚决：干活有股～劲｜～抓质量问题。

---

hèn（ㄏㄣˋ）

恨 [恨] hèn ❶仇视；怨恨(跟"爱"相对)：仇～｜怀～｜～之入骨。❷遗憾；后悔：～事｜悔～｜一失足成千古～｜不知戒，后必有～。❸仇恨：报仇雪～。

---

hēng（ㄏㄥ）

亨 ㊀ hēng ❶通达；顺利：万事～通。❷量词。电感单位亨利的简称。电路中电流强度 1 秒内的变化为 1 安、产生的电动势为 1 伏时，电感就是 1 亨。
㊁ pēng 〈文〉同"烹"。烹饪：七月～葵及菽(shū)(葵、菽：蔬菜名)。
㊂ xiǎng ❶〈文〉同"享"。奉献祭品或供品：王用～于西山。❷〈文〉同"享"。受用：你在此受宴宴，比在家～用不同。

哼 ㊀ hēng ❶鼻子发出声音：疼得直～～｜一声也不～。❷低声唱或吟咏：～着小曲儿｜这几首词是在马背上～成的。
㊁ hng ❶表示不满、鄙视：～，有什么可炫耀的！｜～，这话你都信？❷表示威胁：～，咱们走着瞧！

悙 hēng 【悙(péng)悙】〈文〉自强。

哼
㊀ hēng 叹词。表示禁止:～,不许骑车带人。
㊁ hèng 发狠的声音。用于古白话。

脝 hēng 【膨(péng)脝】1.〈文〉腹部胀大的样子;胀大:～大腹。2.〈文〉饱食:酪酊～。

héng （ㄏㄥˊ）

行 héng 见 xíng "行"(749页)。

很 héng 见 hěn "很"(248页)。

峘 héng 见 huán "峘"(266页)。

恒[*恆] héng ❶长久;永久:～心|～温|(天)～高而不卑。❷长久不变的意志:持之以～|学贵有～|人而无～,不可以作巫医。❸经常;普通:～量|～言(常用语)|人之～情。

姮 héng 【姮娥】〈文〉即嫦娥。神话中的月中女神:月府～。

珩 héng 古代玉佩上端的横玉,形状像磬而较小:鸣～佩,观典章。

桁 ㊀ héng 檩(lǐn)。
㊁ háng ❶〈文〉加在犯人身上的刑具。❷〈文〉用桁这种刑具施刑:死罪者～之。❸〈文〉浮桥:新作朱雀浮～。
㊂ hàng 〈文〉衣架:盎中无斗储,还视～上无县(xuán)衣。

胻 héng 〈文〉胫骨上部;脚胫:壮士斩其～。

鸻(鴴) héng 鸟名。种类较多,体形较小,羽毛多为沙灰色,喙短而直,足细长,有前趾,没有后趾。多生活在水边。

横 ㊀ héng ❶跟地面平行的(跟"竖、直"相对):～梁|～额|～幅。❷地理上指东西方向的(跟"纵"相对):～渡太平洋|长安街～贯北京城。❸指左右方向的(跟"竖、直、纵"相对):～写|排本～三列队。❹跟物体的长的一边垂直的(跟"纵"相对):～剖面|人行～道。❺使长的物体变成横向:～眉立目|把桌子～过来|野渡无人舟自～。❻杂乱:蔓草～生|血肉～

飞。❼粗暴而不讲理:～行|加阻拦|征暴敛。❽〈文〉充溢;充满:子虽躯干小,老气～九州。❾〈文〉广阔:浩浩汤(shāng)汤,～无际涯。❿姓。
㊁ hèng ❶粗暴;不讲道理:强～|专～|武安日益～(武安:西汉的田蚡,封武安侯)。❷不吉利的;意外的:～事|发～财|飞灾～祸。

胻 héng 〈文〉同"胻"。胫骨上部;脚胫。

衡[衡] héng ❶〈文〉秤杆,泛指称重量的器具:为之权～以称之。❷称量(liáng):～器。❸考虑;比较:～量|权～利弊。❹平;不偏斜:均～|平～。❺〈文〉车辕前端套牲畜用的横木:加以～扼(扼:通"轭")。

潢 héng ❶〈文〉渡口。❷〈文〉用船渡河。❸〈文〉渡船:～悠悠兮何之(何之:去哪里)。

蘅 héng 【杜蘅】多年生草本植物。花暗紫色,根状茎节间短,根肉质。全草入药。也作"杜衡"。

飍[颲] héng 【飍颴(yù)】〈文〉暴风。

鐩 héng ❶〈文〉钟声。❷用于人名。许廷鐩,清代人。

hèng （ㄏㄥˋ）

哼 hèng 见 hēng "哼"(249页)。

塂 hèng 古地名。在今湖南。

横 hèng 见 héng "横"(249页)。

hm （·ㄏㄇ）

嗡 hm 见 xīn "嗡"(747页)。

hng （·ㄏㄫ）

哼 hng 见 hēng "哼"(248页)。

hōng（ㄏㄨㄥ）

叿 hōng 同"哄"。言语嘈杂：～～的说话声。

吽 hōng 见 óu "吽"（498页）。

轰（轟）[轰] hōng ❶模拟巨大的响声：雷声～～｜～的一声巨响。❷火药爆炸；雷电冲击：～炸｜～击｜五雷～顶。❸驱逐；驱赶：～苍蝇｜把他～出去。旧也作"揈"。

哄[㊀△*閧、㊁△*鬨] ㊀ hōng ❶许多人同时发出声音：～传｜～堂大笑。❷模拟许多人同时发出的笑声或喧哗声：全场观众～地笑了起来。

㊁ hǒng ❶说假话或用手段骗人：～骗｜欺～｜这是真的，不～你。❷用言语、行动引人高兴，特指照管小孩儿：～逗｜儿媳妇一～，老太太气全消了｜孩子又哭了，快去～～。

㊂ hòng 吵闹搅扰；开玩笑：起～｜～而散｜他是答错了，可你们也不该～他。

"閧"另见 xiàng（736页）；"鬨"另见 hòng（253页）。

訇 hōng ❶模拟巨大的声响：只听～的一声，爆破成功了｜洞天石扇，～然中开。现多用"轰"。❷【阿訇】我国伊斯兰教称主持清真寺教务和讲授经典的人。

匉 hōng 〈文〉同"訇"。巨大的声响。

烘 hōng ❶用火烤或烤火取暖，泛指加热烤干或取暖：～手｜～干箱｜把湿衣服脱下来～一～。❷衬托；渲染：～衬｜～托｜～云托月（比喻从侧面着意点染，使主要的人和物鲜明突出）。

鞥 hōng 〈文〉模拟群车行进声。通作"轰"。

揈 hōng 驱赶；驱逐。现多用"轰"。

硡[硡] hōng ❶〈文〉宏大的声音。❷【硡峒（dòng）】〈文〉形容声音宏大。

淘 ㊀ hōng 〈文〉模拟波浪激荡的声音：～～惊波涛。

㊁ qìng 〈文〉冷：冷～～。

䃔 hōng ❶〈文〉形容石头滚落声。❷〈文〉巨大的声响：～然。

謍 hōng 〈文〉石落声。

谾 ㊀ hōng 〈文〉山谷深邃空廓的样子：～壑。

㊁ lóng 〈文〉长而大的山谷：攀磴望空～。

薨 hōng 古代称诸侯死亡，有时也称高官死亡：～逝｜～殒｜武王～，文王即位。

蟥 hōng 【蟥蟥】〈文〉模拟虫子飞的声音：～～乱飞。

輷 hōng 【輷輷】1.〈文〉模拟群车行进声：日夜行，～～不绝。2.〈文〉巨大的声响：～然有声。

翁 hōng 〈文〉鸟飞。

嚝 hōng 〈文〉慨叹；慨叹声：～喟（kuì）。

鍧 hōng 〈文〉形容钟、鼓等发出的巨大声响：钟鼓铿～。

謍 hōng 见 yíng "謍"（815页）。

儚 hōng 〈文〉昏迷。

嗊 hōng 佛经译音用字。

嶸 hōng 见 róng "嶸"（580页）。

瀤 hōng 【瀤渍（huài）】〈文〉水势汹涌奔腾的样子。

鸏 hōng 【蒲（pú）鸏】〈文〉水名。

hóng（ㄏㄨㄥ）

厷 hóng 见 gōng "厷"（209页）。

仜 hóng 〈文〉大腹；身体肥大。

弘 hóng ❶大；广大：～多｜～舸连舳｜舜之道何～也？❷〈文〉扩大；光大：人能～道，非道～人｜恢～志士之气。❸姓。

红 (红) ㊀hóng ❶颜色像鲜血的：～枣｜～领巾｜灯～酒绿｜万紫千～。❷象征喜庆的红绸、红布等：挂～｜披～戴花。❸象征喜庆（跟"白"相对）：～白喜事。❹象征成功或受人重视：～运｜～人｜开门～｜最近他们的戏很～。❺象征革命或觉悟高的：～军｜～心。❻企业分给股东的利润或分给职工的额外报酬：～利｜分～。❼姓。
㊁gōng【红工】旧指妇女从事的纺织、缝纫、刺绣一类工作。

玒 hóng〈文〉玉名。

䂀 hóng【䂀（chēng）䂀】〈文〉模拟钟鼓的声音。

嵤 hóng【嶒（céng）嵤】〈文〉幽深空廓的样子。

闳 (閎) hóng ❶〈文〉巷门，泛指门：高～｜乘舆而入于～。❷〈文〉宏大：崇论～议｜～大广博｜～中肆外（形容文章内容丰富，文笔豪放）。❸姓。

浤 hóng【浤浤（gǔ）】〈文〉水势浩瀚的样子：～九河。

宏 hóng ❶大；广大：～大｜～伟｜～论｜宽～｜～图大略。❷〈文〉发扬；使宏大：汉时贤俊，皆以一经～圣人之道。❸姓。

纮 (紘) hóng ❶古代帽子上的带子：朱～。❷〈文〉维系；包举：～宇宙而章三光。❸〈文〉网绳；网：罘网连～（罘：fú，一种网）。❹〈文〉通"宏（hóng）"。宏大：天地之道，至～以大。

弸 hóng ❶〈文〉通"鞃（hóng）"。【藤弸】胡麻的别名。❷〈文〉车轼中间供人把扶的地方。

吰 hóng ❶〈文〉牛叫声。❷【嘤（yīng）吰】〈文〉形容清脆响亮的声音：静听流水响～。

泓 hóng ❶〈文〉水深而广。❷量词。用于清水，相当于"道、片"（数词限用"一"）：一～清泉｜一～春水。

宖 hóng〈文〉房屋幽深而有回响。

陾 hóng〈文〉坑。

陲 hóng【从陲】古山名。在今云南昆明北。也单用作"陲"。

重 hóng 同"虹"。雨后天空出现的弧形彩带：～霓（ní）。

翃 ㊀hóng〈文〉飞动的声音。㊁gòng〈文〉到：登椽栾而～天门。

荭 (葒) hóng 荭草，即红蓼，一年生草本植物。茎高1—3米，全株有毛，花粉红色或白色，供观赏。全草和果实可以入药。

虹 ㊀hóng 雨后天空出现的弧形彩带，由外圈至内圈呈红、橙、黄、绿、蓝、靛、紫七种颜色：气贯长～。也叫"彩虹"。
㊁jiàng 义同"虹"。雨后天空出现的弧形彩带，限于单用：出～了。
㊂gòng 汉代县名。在今安徽。

竑 hóng〈文〉广大：正言～议。

粠 hóng〈文〉变质发红的陈米。

洪 hóng ❶大水：～峰｜山～｜秋风萧瑟，～波涌起。❷大：～福（大福气）｜～钟万钧（钧：三十斤为一钧）。❸姓。

宖 hóng〈文〉深广：宫阙～。

耾 hóng【耾耾】〈文〉形容声音大：～雷声。

翃 [翃] hóng ❶〈文〉虫飞。❷用于人名。

嗃 hóng【嗃（chēng）嗃】〈文〉同"䂀䂀"。模拟钟鼓声、喧嚣声等：涛声～～。

谼 hóng〈文〉同"谼"。沟壑；深谷。

浲 hóng 见féng"浲"（181 页）。

澒 hóng【澒澒】〈文〉波涛汹涌的样子：～颉波，极目无际。

H

硡 □ 一 hóng 〈文〉沟壑:余流滑无声,快泻双石~。

　　二 gǒng 用于地名:~池(在山西)。

礢 hóng 〈文〉模拟山石崩坠的声音。

铓(鈜) hóng 〈文〉弩上钩弦射箭的装置。

浤 hóng ❶〈文〉精深:崇论~议。❷〈文〉桥下通水道。❸【鏳(chēng)浤】模拟钟鼓的声音。❹〈文〉山谷空阔有回响。

鸿(鴻) hóng ❶大雁:哀~遍野|轻如~毛|~雁于飞,肃肃其羽。❷〈文〉书信:海外来~。❸大:~儒(学识渊博的学者)|~篇巨制。❹姓。

紭 hóng 〈文〉同"纮"。网绳;网:置~(置:jū,一种网)。

葒 hóng 同"荭"。一年生草本植物。

鋐(鈜) hóng ❶〈文〉形容声音洪亮:其声~以远。❷【鏳(xíng)鋐】〈文〉可以用来暖物的器皿。

鈜 hóng 【鏗(kēng)鈜】〈文〉模拟金属撞击发出的声音:钟磬之~。

洚 hóng 【溃(kuì)洚】〈文〉水势广大的样子。

鍧 hóng ❶【鏗(kēng)鍧】〈文〉模拟车声。❷用于人名。

澋 hóng ❶〈文〉沟壑;深谷:~中万木秋。❷〈文〉桥拱;桥下通水道:桥~。❸【澋】通"洪(hóng)"。洪水:山~。

鴻 hóng 〈文〉同"鸿"。大雁。

璜[𪓐]

鞃 hóng 〈文〉车轼中间用皮革包裹供人凭倚的一段。

磤 hóng 【磤礑(lóng)】1.〈文〉形容石头坠落或巨大的声响:火光所到雷~。2.〈文〉奇石:巧匠到处搜~。

魟 hóng 鱼名。体扁平,尾细长,呈鞭状,有毒刺,我国沿海常见。

簈 hóng 〈文〉竹制的捕鱼器具:中流万尺~。

蕻 □ hóng 见 hòng "蕻"(252页)。

霟 hóng 〈文〉幽深的样子。

黉(黌) hóng 古代指学校:~门|~校。

嗙 hóng 【弸(pēng)嗙】〈文〉模拟风吹帷帐声。

霐 hóng 【霐霷(dòng)】〈文〉水浪急。

鰊 hóng 见 gǒng "鉄"(210页)。

魟 hóng 〈文〉赤尾的白鱼。

hǒng（ㄏㄨㄥˇ）

㐵 hǒng 〈文〉梦魇中的鼾声。

哄 □ hǒng 见 hōng "哄"(250页)。

喷 □ hǒng 见 gòng "喷"(211页)。

胅 hǒng ❶【胅胅】〈文〉形容月不明:月光~。❷清代三合会专用字。义同"月"。

顜 hǒng 〈文〉醉酒后东倒西歪的样子。

hòng（ㄏㄨㄥˋ）

讧(訌) hòng 争吵;溃败:~争|天降罪罟,蟊(máo)贼内~(罟:gǔ,网。蟊贼:指害民的昏君佞臣)。

葖 hòng 同"蕻"。菜薹,蔬菜中心长出的长茎。

哄 hòng 见 hōng "哄"(250页)。

咮 hòng 【咮咮】〈文〉模拟叫声或笑声:大声~。

潒 一 hòng 〈文〉水流转的样子:江流~涌。

　　二 gòng 〈文〉水银。后作"汞"。

濙 hòng 【潀(jiǒng)濙】〈文〉水流回旋的样子。

蕻 □ 一 hòng ❶〈文〉茂盛。❷〈方〉某些蔬菜中心长出的长茎:菜~。

　　二 hóng 【雪里蕻】一年生草本植物。芥

菜的变种。茎和叶是常见蔬菜，味略辛辣，多腌着吃。

鬨 ㊀ hòng 〈文〉争斗：邹~鲁~（邹、鲁：国名）。
㊁ xiàng 〈文〉同"巷"。胡同：一~之市。
另见 hōng "哄"（250 页）。

鬨 ㊀ hòng 〈文〉同"哄（鬨）"。争斗：崔杼之子相与私~。
㊁ xiàng 巷；胡同。用于古白话：~儿中。
㊂ juǎn 〈方〉辱骂。

鬨[鬨] hòng 〈文〉同"哄（鬨）"。争斗：相与私~。

hōu（ㄏㄡ）

齁 hōu 同"齁"。鼾声，熟睡时的鼻息声：一觉~~。

齁 hōu ❶鼾声，熟睡时的鼻息声：~声｜~喘｜刚枕移时，~如雷吼。❷吃下太咸或太甜的食物嗓子感到不舒服：这菜太咸了，~得慌｜这糖真~人。❸〈方〉表示程度高（多为不如意的），非常：~累｜~苦｜天气~热。

hóu（ㄏㄡˊ）

侯 ㊀ hóu ❶古代贵族五等爵位（公、侯、伯、子、男）的第二等：~爵。❷泛指君主或达官贵人：诸~｜王~将相｜~门深似海。❸〈文〉箭靶：终日射~，不出正兮（出：脱离。正：zhēng，靶心）。❹姓。
㊁ hòu【闽侯】地名。在福建福州。

疾 hóu 〈文〉箭靶。用兽皮和布制成。通作"侯"。

郈[郈] hóu 古地名。在今河南武陟西南。

喉[喉] hóu 喉头，颈的前部与气管相通的部分，内有声带，兼有通气和发音的功能。通常把咽和喉称为"喉咙"或"嗓子"：~结｜真人之息以踵（zhǒng），众人之息以喉（真人的呼吸是从脚跟运气，普通人的呼吸用喉咙吐纳）。

猴 [猴] hóu ❶哺乳动物。外形略像人，毛灰色或褐色，面部和耳朵无毛，有尾巴，行动灵活。群居山林中，吃果实、昆虫、鸟卵等。种类很多，如猕猴、黑叶猴等。金丝猴是我国特有的珍稀动物：人谓楚人沐~而冠（guàn）耳，果然（沐猴：猕猴）。❷像猴似的屈身或蹲着：~在马上一动不敢动。

槸 hóu【槸桃】〈文〉猕猴桃。

睺 hóu【罗睺】〈文〉音译词。印度天文学名词，指黄道和白道的降交点。印度占星术认为罗睺能支配人间的祸福吉凶。也作"罗睺（hóu）"。

䐈 hóu 〈文〉腻；油脂多难入口：肥而~。

睺[睺] hóu 〈文〉半盲。

鍭（鍭） hóu ❶〈文〉箭名（金属箭头，用于田猎或射礼）：四~既钧（钧：调和）。❷〈文〉箭；箭镞：利~（利：锐利）。❸〈文〉通"翭（hóu）"。羽根。也用作量词：鸡羽三十~。

鍭 hóu ❶【鍭镂】〈文〉釜类的铜器。❷【鍭（ōu）鍭】1.〈文〉门上做装饰用的大钉。2.〈文〉颈上的护甲。
㊁ xiàng 同"鍭"。古代接受告密文书的器具。

瘊 [瘊] hóu 瘊子，疣的一种。

裗 hóu【裗褕（tóu）】〈文〉短袖贴身小衫。

蝚 hóu【蝚（sī）蝚】〈文〉壁虎一类的爬行动物。

骺 [骺] hóu 人和高等脊椎动物长骨两端的膨大部分。

篌 [篌] hóu【箜（kōng）篌】古代拨弦乐器。

糇 [*餱、餱] hóu 〈文〉粮食炒成的干粮，供行军和旅行时吃：~粮｜或负其~（负：背）。

翭 hóu ❶〈文〉羽根（羽毛的根部）。❷〈文〉量词。用于鸟羽的计算：买羽二千一百~。❸〈文〉羽毛初生的样子。❹〈文〉同"鍭"。箭：~矢一乘（一乘：四支）。

猴 hóu〈文〉羽根。一说是羽初生的样子。通作"翭"。

鮭 hóu　清代三合会旗号专用字。

傾 hóu【傾顅(jié)】〈方〉急切发言。

鶘 hóu〈文〉雕类的鸟。

鯸[鯸] hóu【鯸鮧(yí)】〈文〉河豚。

hǒu（ㄏㄡˇ）

吽 hǒu　见 óu "吽"（498 页）。

吼 hǒu ❶兽类大声叫：牛～|狮子～。❷人因愤怒或情绪激动而大声叫喊：狂～|大～一声。❸某些事物发出巨大的声响：狂风怒～|波涛未足畏，三峡徒雷～。

犼 hǒu　传说中的兽名：～有神通，口吐烟火。

响 hǒu　见 xǔ "响"（756 页）。

唃 ⊖ hǒu〈文〉盛怒声。后作"吼"。
⊜ hòu〈文〉同"诟"。耻辱：口生～（言语招来羞辱）。

犚 hǒu ❶〈文〉牛犊：青州呼犊为～。❷〈文〉牛叫。

牯 ⊖ hǒu〈文〉犪牛（传说中一种高大的野牛）之子。
⊜ ǒu〈文〉公牛。

赵 hǒu【赵(lù)赵】〈文〉颗粒状的东西。

hòu（ㄏㄡˋ）

后 (❶-❺後) hòu ❶（空间上）在反面的（跟"前"相对，❷❸同）：～背|～门|瞻前顾～|太阳落到了山～。❷（时间上）较晚的；未来的（跟"先"相对）：～天|事～|空前绝～。❸（次序上）靠近末尾的：～排|～十名。❹后代；子孙：无～|名门之～|始作俑者，其无～乎？❺落后：不甘～人|争先恐～|子路从而～（子路跟随着孔子却落在后边）。❻古代称君王：～稷|～羿|三～（夏禹、商汤、周文王）。❼帝王的妻子：～妃|皇～|太～。❽姓。

郈 hòu ❶古地名。在今山东东平一带。❷姓。

厚 [垕、厚] hòu ❶扁平物体上下两面之间的距离大（跟"薄"相对，❸❻同）：～板子|～嘴唇|不临深谿，不知地之～也（谿：xī，山谷）。❷扁平物体上下两面之间的距离：雪有三寸～|半尺～的床垫。❸（情谊）深：～爱|深情～谊|相交甚～。❹待人诚恳；宽宏容忍：～道|忠～老实|慎终追远，民德归～矣。❺（利润、礼物价值、期望值等）大：～利|～礼|寄予～望。❻（味道）浓：醇～|酒味很～。❼（家产）富有；殷实：家底儿～。❽重视；优待：此薄彼～|得天独～。

唃 hòu　见 hǒu "唃"（254 页）。

侯 hòu　见 hóu "侯"（253 页）。

垕 hòu ❶【神垕】地名。在河南禹州。❷姓。

逅 hòu【邂(xiè)逅】偶然遇到。

婟 hòu　见 gòu "婟"（213 页）。

蚼 hòu〈方〉虹。

候 [俟、候、候] hòu ❶等待：～车|～补|等～|僮仆欢迎，稚子～门（稚子：小孩子）。❷看望；问安：问～|致～|每岁农时，辄载酒肴于田间，～勤者而劳之。❸时节：～鸟|时～|气～。❹情状：火～|征～|脉～。❺〈文〉守望；观察；侦察：～望|～伺|宋王使人～齐寇之所至。❻古代五天为一候，一年分为七十二候，现代气象学上仍沿用：～温。

睺 hòu ❶〈文〉怒目而视的样子。❷〈方〉偷看。

堠 hòu ❶古代瞭望敌情的土堡：～火|～楼|烽～|～鼓日夜鸣。❷古代记里程或分界的土堆：土～|岸旁古～应无数，次第看别路遥。

豞 hòu〈文〉猪的叫声。

鲎（鱟）
hòu ❶节肢动物。头胸甲呈马蹄形，腹甲略呈六角形，尾细长像剑。生活在海底。肉可吃，也可入药。俗称"鲎鱼"。❷〈方〉虹：东～晴，西～雨。

鲘（鮜）
hòu【鲘门】地名。在广东海丰。

睺
hòu【睺䁂(lóu)】〈文〉贪财的样子。

霨
hòu〈方〉虹。

---

hū（ㄏㄨ）

乎
hū ❶〈文〉表示疑问、反问等语气：管仲俭～？｜孰知赋敛之毒有甚是蛇者～？ ❷〈文〉表示推测语气：无乃太简～？｜日食饮得毋衰～？ ❸〈文〉表示祈使或感叹语气：长铗归来～！｜惜～！子不遇时。❹后缀。附着在某些语素后，构成副词或形容词：郁郁～｜迥～有异｜巍巍～若泰山。❺后缀。附着在某些语素后，构成动词：在～｜合～｜出～意料。❻〈文〉介词。于：德隆～三皇，功羡于五帝。

囫
hū【囫董】即古董。

虖
hū〈文〉虎皮上的斑纹。

戏
hū 见 xì"戏"(722页)。

芴
hū 见 wù"芴"(711页)。

刅
㊀ hū〈文〉同"智"。速；瞬息之间。
㊁ wěn〈文〉同"吻"。嘴唇：～合。

淴
hū 见 mì"淴"(456页)。

坲
hū〈文〉繁细；烦琐。

肳
hū ❶〈文〉天将明而未明的时候：～爽(黎明)。❷〈文〉昏暗：～黑。❸〈文〉昏昧；不明白：昔吾昭然，而今～然。

呼
[❷❸△*虖、❷❸△*嘑、❷❸△*謼]
㊀ hū ❶出气(与"吸"相对)：吐气｜～吸｜～出一口长气。❷喊：～喊｜欢～｜齐声

噪，强弩并发。❸唤；叫：招～｜～之即来｜一～百应｜～侘视脉(侘；人名)。❹〈文〉称；称呼：直～其名。❺模拟刮风、吹气等的声音：风～～地往屋里灌｜～的一声，蜡烛吹灭了。
㊁ xū〈文〉通"吁(xū)"。因疲惫而发出的嘘气声。
㊂ hè〈文〉叹词。表示愤怒。
"虖"另见 hū(255页)；"嘑"另见 hù(260页)；"謼"另见 hū(256页)。

智
㊀ hū ❶〈文〉疾速；转瞬之间：岁～～其若颓。❷〈文〉极小的数量单位：数出于杪～。❸古剑名：庄眉之～。
㊁ hù〈文〉臣子朝见君主时拿的手板。后作"笏"。

忽
hū ❶不经心；不重视：～略｜～视｜玩～职守｜愿陛下幸察愚臣之计，无～。❷〈文〉迅速；快：桀纣暴虐，其亡也～焉(亡：灭亡)。❸突然：～发奇想｜～遇大军，惊震不知所为。❹〈文〉辽阔：出不入兮往不反，平原～兮路超远。❺量词。1. 市制长度单位。10 忽为 1 丝。2. 市制质量单位。10 忽为 1 丝。❻姓。

轷（軤）
hū 姓。

烀
hū 烹饪方法。把食物放在锅里，加少量水，盖紧锅盖，加热使变熟：～白薯。

屮
hū 见 huì"屮"(275页)。

莑
hū〈文〉疾速：神光～闪。

匫
hū 古器物。

虍 [虖]
hū ❶〈文〉虎吼。❷〈文〉同"乎"。介词。相当于"于"：驰骛于杳冥之中兮，休息～崑岺之墟。❸【呜虖】〈文〉叹词。即呜呼。
另见 hū"呼"(255页)。

嗀
hū 模拟伴随着某个突然动作而发出的声音：他～的一声坐了起来。

惚
hū【惚律】鳄鱼。用于古白话。也作"忽律"。

滮
hū 见 biāo"滮"(39页)。

H

溜　hū 〈文〉同"溜"。青黑色。

溜
㊀ hū 〈文〉青黑色。
㊁ mǐn 〈文〉契合：三摩地中心绵爱

溾　hū ❶【溾泱(yāng)】〈文〉水流急速的样子。❷【溾浴】〈方〉洗澡。❸用于地名：~水村(在河北)。

惚[愡]　hū 【恍(huǎng)惚】神志不清；精神不集中。

乾
㊀ hū 〈文〉紧捆。
㊁ gē 【乾粗(da)】同"疙瘩"。皮肤或肌肉上突起的小硬块。

榾　hū 〈文〉高。

評　hū ❶〈文〉呼唤。后作"呼"。❷〈文〉鸣叫。

甇　hū 姓。

雫　hū 见 hù "雫"(260页)。

瞍　hū 〈方〉睡一觉为一瞍。

摅　hū 见 chū "摅"(90页)。

虡　hū 〈文〉鸟名。

嘷　hū 〈文〉同"呼(嘷)"。喊叫。

艍　hū 【鹹(wēi)艍】〈文〉独木船。

濖　hū 【濖沱(tuó)河】水名。发源于山西,流入河北,跟滏阳河汇合后叫子牙河。

寣　hū ❶〈文〉睡卧而惊醒。❷【寣寣】〈文〉小儿啼号声。❸睡一觉为一寣。用于古白话：长伸两腿眠一~。❹〈文〉招呼声。

歔　hū ❶〈文〉呵气；出气。❷【歔(wū)歔】〈文〉同"呜呼"。叹词。表示叹息。

暈　hū 〈文〉猪一类的动物。

幠　hū ❶〈文〉覆盖：死于適(dí)室,~用敛衾(適室：正屋；敛衾：大殓时盖尸体用的被子)。❷〈文〉大；宽大：无罪无辜,乱如此~(无罪无过,却遭到这样的大乱)。❸〈文〉怠慢；傲慢：毋~毋敖(不要怠慢,不要骄傲)。

糊　hū 见 hú "糊"(258页)。

嘑　hū 【歔(wū)嘑】〈文〉同"呜呼"。叹词。表示叹息。

毊
㊀ hū 〈文〉精明而憨厚。
㊁ xù 〈文〉睡醒。

膴
㊀ hū ❶〈文〉无骨的干肉。❷〈文〉祭祀用的大块鱼肉：祭~(用膴祭)。
㊁ wǔ ❶〈文〉美厚；盛：~仕(高官厚禄)。❷〈文〉肥沃；茂盛：周原~~(周原：周人居住地)。

魼　hū 〈文〉鱼名。

寣　hū 同"寣"。睡一觉。用于古白话。

魖　hū ❶〈文〉像鬼的样子。❷〈文〉伥鬼。

飍　hū 〈文〉疾风。

謼　hū ❶〈文〉惊吓：~得皇帝治背汗流。❷姓。
另见 hū "呼"(255页)。

hú　(ㄏㄨˊ)

扴
㊀ hú 〈文〉同"捂"。挖掘；发掘：浅葬则狐狸~之。
㊁ gǔ 〈文〉搅乱：夫水之性清,土者~之,故不得清。

囫　hú 【囫囵(lún)】整个的；完整的：~吞枣(比喻读书等不加分析和辨别,笼统地接受)|睡个~觉|这孩子不知道爱惜东西,用过的书没有一本是~的。

毇　hú 〈文〉胡须多。

汻　hú 见 hù "汻"(259页)。

和　hú 见 hé "和"(244页)。

狐[𤞤、𤞤]　hú 哺乳动物。外形略像狗,尾长,尾基部有分泌腺,遇敌能放出恶臭。性狡猾多疑,昼伏

夜出,吃鼠、鸟等。种类较多,常见的有草狐和赤狐,通称"狐狸":~骚|~臭|~假虎威|兔死~悲。

弧 hú ❶圆周上任意两点之间的一段:~形|~线|圆~。❷古代木制的弓:弦木为~(用弦绷在树枝上做成弓)。❸〈文〉歪曲:正法~而不公(正法被歪曲,人心就背公而向私)。

瓝 hú 【瓝(pān)瓝】〈文〉大砖。

胡 (❶鬍)[❻*衚] hú ❶胡子,嘴周围及连着面颊、鬓角一带的毛:~须|八字~|~络腮。❷古代泛称北方和西方的少数民族:~人。❸古代指来自北方和西方少数民族的,泛指来自外国的:~服|~琴|~萝卜。❹胡琴(弦乐器):二~|京~|板~。❺大:~蜂|~豆(蚕豆)。❻【胡同(tòng)】巷子;小街道。❼任意地;没有根据地:~扯|~闹|说八道|~作非为。❽〈文〉怎么;为什么:田园将芜~不归?|不稼不穑,~取禾三百亿兮?❾姓。

壶 (壺)[壼、壼、壺、壺] hú ❶盛(chéng)液体的容器。腹大,口小,有盖,有嘴,有把儿(bàr)或提梁:茶~|酒~|花间一~酒,独酌无相亲。❷古代宴客时,宾主进行投壶娱乐的器具。玩时以箭投壶中,箭投中多的为胜。❸〈文〉通"瓠(hú)"。葫芦:七月食瓜,八月断~(断:割下)。

核 hú 见 hé "核"(245 页)。

斛 hú ❶同"斛"。古代量器,容十斗。❷用于地名:万~堆(duī)。

唔 hú 见 wú "唔"(709 页)。

岩 hú 见 què "岩"(570 页)。

隺 hú 见 hè "隺"(247 页)。

絈 hú 〈文〉质量差的丝。

瓠 hú 见 hù "瓠"(260 页)。

斛 hú ❶古代量器。方形,口小,底大。❷古代容量单位。一斛原为十斗,后改为五斗。❸姓。❹【斛律】复姓。

揊 ㊀ hú ❶〈文〉发掘:棺薄土浅,竟为群犬~食。❷〈文〉扰乱:鬼妄~人。
㊁ kū 【揊揊】1.〈文〉用力的样子:~然用力甚多。2.〈文〉模拟水流动的声音:川流~升。

葫 hú 【葫芦(lu)】1. 一年生草本植物。茎蔓生,花白色。果实中间细,像大小两个球连在一起,可以吃,老熟后可做盛水等用的器具。2. 这种植物的果实。

嗢 hú 【嗢(hán)嗢】1.〈文〉发怒的样子。2.〈文〉含糊,发音不清楚。

呷 hú 【暇(xiá)呷】〈文〉喉咙;颈项。

鹄 hú 见 gǔ "鹄"(216 页)。

猢 hú 【猢狲(sūn)】猴的俗称:树倒~散。

湖 hú ❶陆地上聚积的大片水域:~泊|洞庭~|~光山色。❷指浙江湖州:~笔|~绉。❸指湖南、湖北:~广。❹姓。

綑 hú 〈文〉旋绕的线。

瑚 hú ❶古代祭祀时盛黍稷的礼器:~琏(liǎn)。❷【珊(shān)瑚】海洋中珊瑚虫分泌的石灰质的聚合体。可用来做装饰品。

瓠 hú 见 zhí "瓠"(878 页)。

煳 hú 食品经火烧烤而变得焦黑;衣物经火烘烤而变黄、变焦:饭~了|裤子烤~了。也作"糊"。

縠 hú 〈文〉模拟水声:腹中~~。

蔛 hú ❶【石蔛】〈文〉即石斛。茎可入药。❷【蔛草】〈文〉草名。可入药。也叫"蔛荣"。

頡 hú 〈文〉动物颔下面的垂肉:牛~。

鶘 (鶘) hú 【鹈(tí)鶘】鸟名。体型大,善游水和捕鱼。也叫"淘河鸟"。

嘝 hú 英美容量单位旧译用字。今作"蒲式耳"。

鹘（鶻） ㊀hú 古书上指隼(sǔn)一类的鸟。
㊁gǔ【鹘鸼(zhōu)】古书上说的一种鸟。

鸼 hú 〈文〉同"鹘"。鹰类猛禽。

觚 hú 〈文〉加工象牙。

烀 hú 〈文〉烧。

槲 hú 落叶乔木。花黄褐色，果实圆卵形，木质坚实，可以用于建筑。叶子可以饲养柞蚕，树皮可以做染料，叶子和果壳可以入药。

蝴 hú【蝴蝶(dié)】昆虫。成虫身体比蛾细而长，翅膀阔大，颜色美丽，静止时竖立在背上。吸食花蜜。种类很多，如粉蝶、凤蝶、蛱蝶等。幼虫多为农林害虫。

箶 hú 〈文〉盛箭的器物：箭~。

鯱 hú 古书上指鲥鱼。

糊 [㊀❶❷*粘、㊀❶❷△*餬] ㊀hú ❶〈文〉稠粥。❷用粥充饥：~口(指勉强维持生活)。❸用有黏性的东西把纸、布等粘贴起来：裱~|~风筝|~顶棚。❹同"煳"。烧得焦黑。
㊁hù 像粥那样的食物或类似的浓汁：面~|芝麻~|辣椒~。
㊂hū 用较浓的糊状物涂抹(缝隙、孔洞或平面)，使闭合或覆盖：用灰膏把墙缝~上|席棚上~了一层泥。
"餬"另见 hú (258页)。

螜 [縠] hú 〈文〉蝼蛄。

縠 [縠] hú 〈文〉绉纱一类的丝织品：纱~禅(dān)衣(禅衣：单衣)。

醐 hú【醍(tí)醐】〈文〉即醍醐。从牛奶中提取出来的精华。

蹶 hú【蹶跪(guì)】1. 古代少数民族一种屈膝的礼节。2.〈文〉屈膝：在羯磨师前~。

鴲 hú 见 dié "鴩"(140页)。

餬 hú 一种饼类食品。用于古白话：枣~。

觳 [觳] ㊀hú ❶古代贮酒器。❷【觳觫(sù)】〈文〉恐惧发抖的样子。
㊁què ❶〈文〉土地瘠薄。❷〈文〉简陋；微薄：虽监门之养，不~于此。

醦 hú ❶〈文〉浊酒。❷〈文〉头脑不清；糊涂：~浊。

楜 hú 〈文〉果核。

黏 [麧、䊆] hú 〈文〉用黏的东西连接。

餬 hú ❶〈文〉稠粥。❷蒙混；粉饰。用于古白话：磕了几个头，当时兑了一万两银子出来，才~的去了，不曾破相。❸【胝(tí)餬】〈文〉同"醍醐"。从牛奶中提取出来的精华。
另见 hú "糊"(258页)。

瀫 hú 古水名。在今浙江。又名衢江。

裰 hú【裰裰】〈文〉衣服发出的声音：冬月着单衫，~有声。

鶙 hú【鶝(tú)鶙】〈文〉鸟名。即白头翁。

鰗 hú【鰗鮧(yí)】〈文〉河豚。

鶴 hú 见 hè "鶴"(248页)。

鬻 hú 〈文〉同"糊"。粥类食物。

蠝 [蠝] hú【蠾(chán)蠝】〈文〉猿类动物。

hǔ (ㄏㄨˇ)

许 hǔ 见 xǔ "许"(756页)。

浒 ㊀hǔ 〈文〉同"浒"。水边。
㊁huǎng 姓。

虎 ⊖ hǔ ❶哺乳动物。体形像猫而硕大,毛黄褐色,有黑色条纹。性凶猛,一般夜出捕食动物,有时伤人。我国主要有东北虎和华南虎,是国家重点保护动物:～踞龙盘｜龙争～斗｜狐假～威。❷勇猛;威武:～将｜～劲｜～～有生气。❸〈方〉露出严厉或凶恶的表情:～着脸。❹姓。

⊜ hù【虎不拉(lǎ)】鸟名。即伯劳。

浒(滸) ⊖ hǔ ❶〈文〉水边:水～｜江之～有乌阳巨木。❷用于地名:～湾(在河南新县)。

⊜ xǔ 用于地名:～湾(在江西金溪)｜～浦(在江苏常熟)｜～墅关(在江苏苏州)。

傓 ⊖ hǔ 〈文〉同"虎"。老虎:名若画～(说出名称就像画出老虎的形象)。

⊜ chí 〈文〉车轮:车累(léi)其～(车轮被系束)。

唬 ⊖ hǔ 威吓(hè);蒙骗:～人｜吓～｜诈～｜你别～我了,我不信。

⊜ xià 旧同"吓"。害怕;使害怕。

琥 hǔ ❶〈文〉雕成虎形的玉器。❷【琥珀(pò)】古代松柏树脂在地下形成的化石,多产于煤层中。淡黄色、褐色或红褐色,透明或半透明,质脆。可以用来制装饰品,也可以入药。

鄠[郇] hǔ 古地名。在今山东。

蟷 hǔ ❶〈文〉蝇虎。蜘蛛的一种。❷【蟷蝘(wěi)】〈文〉蝾螈。

箎 ⊖ hǔ 竹名:～竹。

⊜ chí 〈文〉同"篪"。古代竹管乐器。像笛子,有八孔,横吹。

hù (ㄏㄨˋ)

乎 ⊖ hù 〈文〉同"互"。交互:心魂～相迷。

⊜ jià 〈方〉参差相间。

互 hù ❶表示双方从事对等的行为或具有相同的关系:～助｜～补｜～敬～爱｜～有得失。❷〈文〉交错:百官盘～,亲疏相错。❸〈文〉差错:天地乖～,众物夭伤。

户 hù ❶单扇的门,泛指门:门～｜夜不闭～｜～枢不蠹(门的转轴不会被虫蛀蚀。比喻经常活动着的东西不易被腐

蚀)。❷人家;住户:～口｜富～｜安家落～。❸指从事某种职业的人家或个人:农～｜个体～。❹门第,家族的社会地位:门当～对。❺户头,账册上有财务关系的个人或团体:开～｜订～｜过～。❻〈文〉洞穴:蛰虫咸动,启～始出。❼姓。

弖 ⊖ hù 〈文〉同"互"。

⊜ gōng 〈文〉同"弓"。射箭的弓:雕～。

芐 ⊖ hù 〈文〉草名。即地黄。

⊜ xià 〈文〉蒲萍草,可制席:～蕳不纳(蒲席剪齐不纳边)。

沍[冱] hù ❶〈文〉冻结:清泉～而不流。❷〈文〉凝闭:～寒(不得见日,极为寒冷)。

护(護) hù ❶尽力照顾,使不受损害或伤害;保卫:～航｜保～｜爱～｜高祖为布衣时,何数以吏事～高祖(高祖:汉高祖刘邦。何:萧何)。❷偏袒;包庇:庇～｜官官相～｜又多～短匿愚,耻于不知。❸〈文〉统辖;统率:乐毅于是并～赵、楚、韩、魏、燕之兵以伐齐。

岵 hù 〈文〉美石。

洈 hù 〈文〉同"沍"。冻结;凝聚:咳唾凝～于唇吻。

沍 ⊖ hù ❶〈文〉同"沍"。冻结;凝聚:河汉～而不能寒。❷〈文〉同"沍"。寒冷:新阳散余～。❸〈文〉同"沍"。闭塞:穷～惟沙漠。❹水漫:水～溪桥。

⊜ hú 〈文〉水势大的样子:云暗山腰,水～溪桥。

沪(滬) hù ❶〈文〉捕鱼的竹栅。❷上海的别称:～剧｜～杭铁路。

屌 ⊖ hù【屌裱(biǎo)】〈文〉妇女的披巾。

⊜ wàng 姓。

柜[梐] hù 行马,古时官署前阻拦人马通行的栅栏,用木条交叉制成:设～再重(设置行马两层)。也叫"梐(bì)枑"。

虎 hù 见 hǔ"虎"(259页)。

旴 hù ❶〈文〉明;分明:～分(明白分别)。❷〈文〉文采斑斓的样子:五采

杂～。

岵□ hù 〈文〉多草木的山：陟彼～兮，瞻望父兮（陟：登上。）。

曶 hù 见 hū "曶"（255 页）。

怙□［悟］ hù ❶〈文〉依靠；仗恃：失～（指死了父亲，家里没有了依靠）|无父何～！无母何恃！❷【怙恶不悛（quān）】坚持作恶，不肯悔改。

戽□［滹］ hù ❶戽斗，汲水灌田的旧式农具，形状略像斗。❷用戽斗等汲水灌田：～水。

罝 hù 〈文〉捕兔网。

嫭 hù 【嫭卤（lǔ）】〈文〉贪污。

沍□ hù 见 wū "沍"（708 页）。

祜□ hù 〈文〉福：受天之～|思皇多～（愿君王多多赐福）。

嗀 hù 见 què "嗀"（570 页）。

鄠 hù 古地名。

笠 hù ❶〈文〉收绳的器具。❷〈文〉竹名。即苦笋。❸〈文〉纺车。

笏□ hù 古代臣子朝见君主时君臣手中所拿的狭长板子，用玉、象牙或竹制成，上面可以记事。后世只有大臣使用。清代朝会废笏：凡有指画于君前，用～。

瓠□ ㊀ hù 瓠子，一年生草本植物。茎蔓生，花白色，果实长圆形，嫩时可以吃。

㊁ hú ❶【瓠瓟（lú）】〈文〉同"葫芦"。一年生草本植物，果实嫩时可以食用。也指用干葫芦制成的器具。❷〈文〉壶。

跍 hù 【跍跪】〈文〉单膝或双膝着地。

詁 ㊀ hù 〈文〉记住；认识。
㊁ dǐ 〈文〉同"诋"。诋毁：～诃万端。

扈□ hù ❶〈文〉随从：～从。❷〈文〉披；带：～江离与辟芷兮（江离：蘼芜。辟芷：白芷）。❸姓。

婟 hù ❶〈文〉恋惜：～权不欲归。❷〈文〉忌恨：犯人之所～（犯：触犯）。❸【婟泽】〈文〉鸟名。

楛 ㊀ hù 〈文〉荆类植物，茎可制箭杆和器物：～矢|～羽。

㊁ kǔ ❶〈文〉器物粗劣不坚固：物之有良～。❷〈文〉态度恶劣：问～者勿告也。

雇□ hù 见 gù "雇"（218 页）。

嗀 hù 〈文〉呕吐。

縠 hù 〈文〉佩挂印章的丝带。

鄠□ hù ❶鄠县，地名。今作"户县"。在陕西西安。❷姓。

雩 ㊀ hù 古人名用字。
㊁ hū 姓。

縠 hù 〈文〉兽名。

搉 hù ❶【抪（bá）搉】〈文〉跋扈，专横霸道。❷〈文〉分布；散布：布～。❸〈文〉通"槴（hù）"。书函，书套：书～。

蓲 hù 【萑（zhuī）蓲】〈文〉色彩缤纷的样子：～炫煌。

嚛 hù 【嚛尔】〈文〉呼喝；呵斥：～而与之，行道之人弗受。

另见 hū "呼"（255 页）。

嶘 hù 〈文〉大而不高的山。

嫮 hù 〈文〉同"嫭"。美好：～目宜笑。

嫭 hù ❶〈文〉美好：姿既～乎美人（花姿比人美）。❷〈文〉美女：知众～之嫉妒兮。❸〈文〉嫉妒：～忌。

槴 hù ❶〈文〉书匣；书函：画筒书～。❷〈文〉捕鱼器具。

糊□ hù 见 hú "糊"（258 页）。

鳸 hù 〈文〉农桑候鸟的通称。

擭 hù 见 wò "擭"（707 页）。

黏 hù 〈文〉同"糊"。有黏性的粥状饭食：薄～。

濩　hù　见 huò "濩"(282 页)。

觳　hù　〈文〉像日出那样的赤色。

觳　hù　见 bó "觳"(50 页)。

簄　hù　〈文〉捕鱼的竹器:鱼～。

鎝　hù　❶〈文〉银。❷用于人名。梁鎝,明代人。

嚛　㊀hù　〈文〉味道过分浓烈而有刺激性:辛而不～。
㊁yo　语气助词:儿～! 你害的是甚的病?

鱯(鱯)　hù　鸟名。体形大,喙前端呈钩状,趾间有蹼。善飞翔,能游泳。生活在海边,吃鱼类和软体动物。种类较多,常见的有白额鱯。

鱯[鱯]　hù　〈文〉石青类的颜料:青～。

鱯(鱯)[鱯]　hù　鱼名。体细而长,灰褐色,有黑色斑点,无鳞,口部有四对须。生活在淡水中。

鞻　hù　❶〈文〉缠在佩刀把儿上的皮绳。❷〈文〉束缚:外～(外物的束缚)。

醭　hù　见 xuè "醭"(765 页)。

鴩　hù　〈文〉同"雇"。农桑候鸟的通称。

鱯　hù　商汤时乐名:三殷称觞,九仪就列,韶～铿金奏(韶:虞舜时乐名)。

---

huā ㄏㄨㄚ

化　huā　见 huà "化"(262 页)。

华　huā　见 huá "华"(261 页)。

花　[❶-⓬*苍、❶-⓬*蕐]　huā　❶种子植物的有性繁殖器官,一般由花瓣、花萼、花托、花蕊组成:～朵|开～儿|好月圆。❷泛指可供观赏的植物:～木|菊～|种～儿。❸样子像花朵的东西:火～|雪～|浪～。❹棉

花～:轧～|纺～织布。❺某些成小滴、小块儿的东西:泪～儿|油～儿|葱～儿。❻像花的图形:蓝地白～儿|窗帘上的小碎～儿很好看。❼用花或花纹装饰的:～篮|～圈|～轿|～车。❽颜色或种类错杂的:～白|五～肉|～里胡哨|～～绿绿。❾(视力)模糊迷乱:眼～|～镜|看～了眼。❿用来迷惑人的;不真实、不实在的:～招|做～账|～言巧语|～拳绣腿。⓫比喻漂亮的女子:校～|交际～|姊妹～。⓬旧时指妓女:～魁(有名的妓女)|～街柳巷|寻～问柳。⓭用;消耗:～费|～工夫|钱～光了。⓮姓。

芛　huā　见 wěi "芛"(697 页)。

耔　huā　见 xū "耔"(755 页)。

剒　huā　〈方〉剖:～竹子。

哗　huā　见 huá "哗"(262 页)。

華　㊀huā　〈文〉同"华"。花。
㊁huá　〈文〉同"华"。美丽有光彩。

鈋　huā　化学元素"钬(huǒ)"的旧称。

皣[蕐]　huā　〈文〉同"花"。花朵。

---

huá　(ㄏㄨㄚˊ)

划　huá　见 huà "划"(263 页)。

华(華)　㊀huá　❶光彩;光辉:～丽|～美|光～|丹霞夹明月,～星出云间。❷繁荣;繁盛:繁～|荣～。❸事物最好的部分:精～|英～|才～|物～天宝。❹表面上的华丽;不切实际的虚荣:浮～|奢～|～而不实|是以朋党用私,背实趋～。❺时光(多指美好的):年～|韶～。❻〈文〉敬辞。用于称跟对方有关的事物:～诞(称人的生日)|～翰(称人的书信)|～章(称人的诗文)|～宗(称人同姓)。❼(头发)花白:～发(fà)。❽指中国(中国古称华夏,后称中华):～人|～语|～驻～大使。❾指汉语:英～大词典。
㊁huà　❶华山,山名。在陕西。❷用于

H

地名:～阴(在陕西渭南)|～县(在陕西渭南)。❸姓。

㊂ huā　❶〈文〉花朵:春～秋实|灼灼叶中～。后作"花"。❷〈文〉开花:桃李始～。

咻　㊀ huá　〈文〉填入口中。

㊁ yíng　【咻漱(shù)】古书名,介绍养鹰的方法。

茟　huá　〈文〉耕地起土的农具,有两刃。后作"铧"。

哗（嘩）[㊀*譁]　㊀ huá　人声嘈杂;喧闹:～笑|喧～|举座～然。

㊁ huā　模拟水流淌、下雨等的声音(常叠用):溪水从门前～～流过|大雨～～|地下了一天一夜。

骅（驊）　huá　【骅骝(liú)】〈文〉赤色的骏马:骐骥～一日而行千里。

婳　huá　〈文〉面丑。通作"姡"。

铧（鏵）　huá　犁铧,安装在犁的下端用来翻土的三角形铁器。

釪　huá　〈文〉同"铧"。耕田起土的农具。

猾　huá　❶奸诈:～吏|狡～|奸～|项羽为人傈(piào)悍～贼(傈悍猾贼:轻捷勇悍,狡猾凶狠)。❷〈文〉扰乱:蛮夷～夏,寇贼奸宄(guǐ)。

滑　㊀ huá　❶物体表面摩擦力小,不粗糙:～梯|光～|霜浓木石～,风急手足寒。❷一个物体的平面在另一物体的平面上移动:～冰|～行。❸不真诚;狡诈:头～|油腔～调|这个人很～,见什么人说什么话。❹〈文〉柔和;润泽:园蔬小摘嫩还抽,畦稻新春～欲流。❺姓。

㊁ gǔ　❶〈文〉搅浑:～泥扬波。❷〈文〉扰乱:美恶不～其心。❸【滑稽】〈文〉能言善辩,应对如流:～多辩。

撶　huá　〈文〉同"划"。拨水使船行进:～船。

揱　huá　见 xiá "揱"(725 页)。

崋　huá　【崋岰(lì)】古山名。在今江苏无锡。

鎝　huá　〈文〉同"铧"。耕田翻土的农具。

撶　huá　见 huò "撶"(282 页)。

蕐　huá　见 huā "蕐"(261 页)。

蝟　huá　【蝟蠌(zé)】〈文〉海边寄居的一种虫。形似蜘蛛,入空螺壳中,戴壳而游。

鎝　㊀ huá　〈文〉同"铧"。耕田翻土的农具。

㊁ wú　〈文〉抹墙的工具。

蟉[蟉]　huá　【蟉骝(liú)】骅骝。古代骏马名。

歘　huá　〈文〉酒曲;酒母。

謋　huá　〈文〉答应声。

豁　huá　见 huō "豁"(280 页)。

鱛　huá　❶鱼名。身体侧扁,银灰色,头部略尖,有一对须,尾鳍分叉。生活在淡水中。❷古代传说中一种能发光的飞鱼。

鶷　huá　〈文〉鸟名。像雉。

譁　huá　同"哗(譁)"。人声嘈杂;喧闹。

齝　huá　〈文〉咬骨头的声音。

huà　（ㄏㄨㄚˋ）

七　huà　〈文〉变化。后作"化"。

化　㊀ huà　❶事物的性质或形态改变:变～|～合|～为乌有|北冥有鱼,其名为鲲……而为鸟,其名为鹏。❷使事物的性质或形态改变:～名|～险为夷|～悲痛为力量。❸用言行影响、引导,使有所转变:感～|教～|潜移默～。❹风俗;风气:有伤风～|清简之～,闻于京师。❺熔化;融解:～铁炉|冰～了。❻消除:～食|～痰|消～。❼烧成灰烬:焚～|～火。❽(僧人、道士)求人施舍:～缘|～斋|～募。❾〈文〉死:坐～|羽～|惟君平昔,聪明绝人,今虽～去,夫岂无物? ❿指化学,研究物质的组成、性质和变化规律的学科:～工|～纤|数理～。⓫姓。

㊁ huā 用;消耗。旧同"花"。

划 ㊀㊁❸㊄ 劃

㊁ huà ❶把整体分成几部分;分开：～分｜～界｜九州未～,列国未分。❷把账目或款项从一个户头转到另一个户头;分出来拨给：～拨｜～账｜～款。❸预先拟定做事的方法、步骤等;安排：筹～｜策～｜出谋～策。

㊀ huá ❶拨水使行动：～水｜～桨｜小船～向湖心。❷合算;上算：～算｜～得来｜～不来。❸用刀或其他东西在物体上擦过去,割过去：～玻璃｜～火柴｜树枝把胳臂～破了。❹【划拳】饮酒时两人同时伸出手指并各说一个数,谁说的数目跟双方所伸手指的总数相符,谁就算赢,输的人喝酒。旧也作"搳拳、豁拳"。

㊂ huai 【刬(bāi)划】1.〈方〉筹划;安排。2.〈方〉整治;摆布。

呅 huà ❶〈文〉大声;喧哗：～言。❷〈文〉夸大：～词(夸大的话)。

华 huà 见 huá"华"(261页)。

俋 huà 〈文〉同"化"。变化:阴阳启～(阴阳由闭塞而开通,化生万物)。

桦 huà 〈文〉树木名。即木芙蓉。

画 畫 [㐃、畵]

huà ❶用笔等工具做出图形：～画儿｜～地图｜照猫～虎｜虎不成反类狗。❷画出的图形：～卷(juàn)｜山水～｜诗中有～,～中有诗。❸用图画装饰的：～屏｜～舫｜～廊｜～栋雕梁。❹用笔等做出线条、符号或作为标记的文字：～条曲线｜～地为牢｜签字～押。❺用语言来描写或用其他艺术手段来表现：描～｜刻～。❻汉字的一笔叫一画：笔～｜"人"字是两～。❼〈文〉谋划;筹划：谋臣献～。

话 话 [*譮]

huà ❶语言：说～｜土～｜普通～｜信上只写了几句～。❷说;谈论：～别｜对～｜会～｜开轩面场圃,把酒～桑麻。

桦 樺

huà 落叶乔木或灌木。树皮容易剥落,木材致密,可以用于建筑和制作家具。种类较多,常见的有白桦、黑桦等。

崋 huà 〈文〉同"华"。西岳华山,在陕西。

屫 huà 〈文〉麻鞋。一说用青丝制作鞋头的鞋。

晛 huà 〈文〉看。

畫 huà 〈文〉同"画(畫)"。用笔等工具做出图形;画出的图形：十日～一松。

婳 嬒

huà 【婳(guǐ)婳】〈文〉形容女子娴静美好。

腂 ㊀ huà 〈文〉药草名。

㊁ huái 〈文〉通"踝(huái)"。踝骨：膝～皆碎。

畵 huà 〈文〉同"画(畫)"。用笔等工具做出图形;画出的图形：栏～云气。

傀 huà 〈文〉鬼的变化。

魜 huà 〈文〉鱼名。

觟 ㊀ huà 〈文〉有角的母羊。

㊁ xiè ❶【觟觟(zhì)】即獬豸。传说中的独角异兽,能辨别是非曲直,见人争斗就用角顶理亏的一方。❷〈文〉有二心。

嫿 huà 〈文〉女子容貌美丽。

㧖 ㊀ huà 〈文〉宽;洪大：大者不～(大的乐器声音不洪大)。

㊁ huò 【㧖落】〈文〉形容空虚不实。

樆 huà 〈文〉宽;大。本作"㧖"。

㮼 huà 〈文〉同"桦"。桦树。

䡮 huà 见 guǒ"䡮"(232页)。

譮 huà 〈文〉快速的言语。

灗 huà 古水名。在今山东。

懂 huà 见 huò"懂"(282页)。

㯏 huà 〈文〉同"桦"。桦树。

㩟 huà 【㩟艇】〈文〉船名。

H

愚 huà 〈文〉同"化"。变化:万物将自～(自化:自我变化)。

觤 huà 〈文〉鲜黄色。

樺 huà 见 huò "樺"(282 页)。

爐 huà 见 jìn "爐"(327 页)。

繣 huà ❶〈文〉系东西的绳带:有～结项中(项:脖子)。❷〈文〉阻碍:(马)横被所～。❸〈文〉模拟破裂声:～瓦解而冰泮(泮:pàn,融解)。

鮭 huà 〈文〉鱼名。

鱸 huà 〈文〉鱼名。

huái （ㄏㄨㄞˊ）

怀(懷)[褱、懷] huái ❶胸部;胸前:～抱|袒胸露～|孩子在妈妈的～里睡着了。❷心胸:胸～|襟～|开～畅饮|虚～若谷。❸思念:～念|～旧|～佳人兮不能忘。❹心里存有:～恨|～疑。❺心意;心情:情～|抒～|壮～激烈。❻腹中有(胎):～孕|～胎|母之～子,犹土之育物也。❼〈文〉安抚:～柔(安抚使归顺)。

徊 huái 见 huí "徊"(273 页)。

徊 ㊀ huái 【徘(pái)徊】在一个地方来回走;比喻数量在一定范围内起伏,也比喻犹豫不决。
　　㊁ huí 〈文〉环绕;回转:～翔(盘旋飞翔)。

淮 huái ❶淮河,水名。发源于河南,流经安徽入江苏,注入洪泽湖。洪泽湖以下,主流在江都市入长江:～南。❷秦淮河,水名。在南京:～水东边旧时月,夜深还过女墙来。❸姓。

䐏 huái 见 huà "䐏"(263 页)。

裹 huái 【裴裹】〈文〉徘徊。

槐 huái ❶槐树,落叶乔木。羽状复叶,花黄白色,果实长荚形,木材可用于建筑和制作家具,花和果实可入药。❷姓。

踝 huái　小腿与脚的连接处,由胫骨和腓骨下端膨大部分在左右两侧形成的突起。

褱 huái ❶〈文〉衣袖。❷〈文〉怀抱:将相大臣～诚秉忠。通作"怀(懷)"。

裏 huái ❶〈文〉怀藏:圣人被(pī)褐而玉(被褐:穿粗布衣)。❷〈文〉包围:～山襄陵(襄陵:大水漫过山陵)。❸〈文〉怀胎:～子。‖后多作"怀(懷)"。

襄 huái 【崴(wēi)襄】1.〈文〉高低不平。2.〈文〉害怕;退缩:枪旗如在手,那复敢～。

攘 huái 【攘香】〈文〉同"怀(懷)香"。花草名。

瀤 ㊀ huái 【瀤泽】传说中的水名。
　　㊁ wāi 【漄(wā)瀤】〈文〉水波起伏不平的样子。

櫰 ㊀ huái 〈文〉槐一类树木。
　　㊁ guī ❶传说中的一种树:～木。❷【櫰香】〈文〉香木名。可入药。

磑 huái 【嵬(wéi)磑】〈文〉高峻不平的样子。

穬 huái ❶【穬耙(bà)】我国东北地区翻土、播种用的一种农具。❷用穬耙翻土:～地。

薈 huái 【薈香】〈文〉即茴香。

醶 huái 【醖(wēn)醶】古代某些少数民族对盐的称呼。

huài （ㄏㄨㄞˋ）

坏(㊀壞) ㊀ huài ❶缺点多的;让人讨厌的(跟"好"相对):～习惯|～天气|这脾气真够～的! ❷品质极差的;性质恶劣:～人|～事。❸受到破坏的;变了质的:～鸡蛋|隔夜的饭菜～了。❹使变坏;损害:糖吃多了容易～牙|别～了人家的名声。❺表示不好的结果(做补语):腿摔～了|小孩子给惯～了。❻表示程度深(做补语):饿～了|急～了|乐～了。❼〈文〉倒塌:宋有富人,天雨墙～。

㪟 ⊖ pī ❶〈文〉土丘:千车拥孤隧,万马盘一～。❷〈文〉通"坯(pī)"。未烧过的陶器。
⊜ péi 〈文〉屋子的后墙:故士或自盛以橐,或凿一以遁。

咶 ⊖ huài 〈文〉喘息:惄殟(wēn)绝兮～复苏(殟绝:忧郁愤怒以致死)。
⊜ shì 〈文〉舔;食:～盐。
⊜ guō 〈文〉声音嘈杂:吵闹:笙歌～耳。
㕮 guā 〈文〉模拟风声:林中～喇的一阵怪风。

㳶 huài 【灦(hōng)㳶】〈文〉水流相激汹涌奔腾的样子。

huai（·ㄏㄨㄞ）

划 huai 见 huà "划"(263页)。

huān（ㄏㄨㄢ）

欢 (歡)[△懽、△讙、△驩、歡、懽、歡] huān ❶欣喜;高兴:～喜|～乐|～声雷动|～然酌春酒。❷〈文〉交好:吾欲伐齐,齐楚方～。❸指所喜爱的人;恋人:另有新～。❹起劲;活跃:马跑得挺～|大秧歌扭得～|雨越下越～。
"懽"另见 guàn(223页);"讙"另见 huān(265页);"驩"另见 huān(265页)。

犿 huān 〈文〉同"獾"。顽劣。

貆 huān 见 huán "貆"(266页)。

膇 huān 【膇兜】传说中尧时恶名昭著的部族首领,四凶之一。通作"驩兜"。

豲 huān 见 bīn "豲"(43页)。

鵑 huān 【鵑然】〈文〉和顺的样子。

鶾 huān 【鶾呶(dōu)】〈文〉尧舜时的部族首领,四凶之一。通作"驩兜"。

酄 huān 春秋时鲁国城邑名。故地在今山东。

嚾 huān 见 huàn "嚾"(269页)。

獾 [*貛、*狟] huān 哺乳动物。头尖,吻长,毛灰色,有的略带黄色。穴居在山野,爪锐利,善于掘土。脂肪炼油可入药。种类较多,常见的有狗獾、猪獾等。

朣 huān 见 quán "朣"(569页)。

驩 huān 〈文〉同"欢"。喜乐:天下之至～。

鸛 huān 见 guàn "鸛"(223页)。

讙 huān ❶〈文〉喧哗:天下应之如～。❷传说中的兽名。❸古地名。在今山东肥城南。
另见 huān "欢"(265页)。

虇 huān 〈文〉北斗七星中的一颗星称"心虇"。

驪 huān ❶〈文〉马名。❷古州名。在今越南北部。
另见 huān "欢"(265页)。

鸛 huān 【鸛鶾(tuán)】〈文〉鸟名。

huán（ㄏㄨㄢˊ）

倪 huán 见 qiàn "倪"(543页)。

还 (還)[還] ⊖ huán ❶返回(原处);恢复(原状):～乡|～原|春风又绿江南岸,明月何时照我～。❷归还,把借来的钱物交给原主:～债|偿～|前以一匹锦相寄,今可见～。❸回报对方的行动:～击|～礼|以牙～牙|以其人之道,～治其人之身。
⊜ hái ❶表示程度。1.表示程度较深(多用于比较或比况):她比我～怕冷|那条蛇比碗口～粗。2.表示程度较浅(无比较),含评价的意味:味道～不错|这孩子～蛮懂事的。❷表示某种状况一直维持不变;仍旧:已经上学了,～这么不懂事|分别多年了,他～记得我。❸表示附加、递进或转折等关系:光听讲不行,～得动手做|不得人间寿,～留人后名。❹表示赞叹或责

H

怪的语气:你这家伙～真有两下子！|这样下去～了得！❺用在上半句话里,下半句进而推论,相当于"尚且":你～不会做,我怎么会做？

⊜xuán ❶〈文〉旋转:寻常之沟,巨鱼无所～其体(寻常:古代八尺为寻,十六尺为常)。❷〈文〉迅速;立刻:法立而～废之,令出而后反之。

戉 huán ❶〈文〉屋上仰盖的槽瓦。❷〈文〉纲绳。

环(環)[環、環] huán ❶圆圈形的东西:耳～|花～|铁～。❷围绕;围着:～绕|～视|三面～山,一面临海。❸相互关联的事物中的一个:～节|一～扣一～|了解情况是搞好工作的重要一～。❹用于记录射中(zhòng)环靶的环数,一般射中靶心计10环,离靶心远的,所得环数依次递减。❺〈文〉遍;周遍:昔者孟轲好辩,孔道以明,辙～天下,卒老于行。❻中间有孔的圆形玉璧:～佩|～玦(jué)。

郧 huán 见xún"郧"(765页)。

荁 huán 多年生草本植物。地下茎粗壮,叶子心形,花淡紫色,果实椭圆形。全草入药。

查 huán【奓(shē)查】〈文〉夸大。

峘 ⊖huán 〈文〉与大山相连而高过大山的小山。
⊜héng【峘岳】〈文〉北岳恒山。

狟 huán ❶〈文〉同"貆"。豪猪:～猪。❷【狟狟】〈文〉威武的样子:国士～。

洹 huán 洹河,水名。在河南北部,也叫安阳河。

桓[桓] huán ❶〈文〉指古代立在驿站、官署等建筑物旁做标志的木柱。也叫桓表、华表。❷姓。

窞[窞] huán ❶〈文〉围墙。❷〈文〉院落。

绕(繞) ⊖huán 古代的一种测风装置。用鸡毛五两系在杆头制成,也叫"五两"。
⊜huàn 〈文〉缠绕:以白布～之。

萑 ⊖huán ❶古书上指芦苇一类的植物:八月～苇(萑苇:指收芦苇)。❷【萑苻(fú)】春秋时郑国沼泽名。据记载,那里常有盗贼出没。后用来指盗贼出没的地方。❸〈文〉鸟名。猫头鹰的一种。
⊜zhuī【萑蔰(hù)】〈文〉色彩缤纷的样子:～炫煌。

梡 huán 见hún"梡"(278页)。

韗[埠] huán 〈文〉土;土块。

莧 huán 〈文〉细角山羊。

絙 ⊖huán 〈文〉用来拴玉饰和印章的丝带。
⊜gēng 〈文〉同"緪"。粗大的绳索:系以巨～。

狟 huán 〈文〉同"貆"。豪猪。

睘 huán 见qióng"睘"(559页)。

貋 ⊖huán ❶〈文〉貉一类的兽;幼貉:县(xuán)～(挂着的貆)。❷〈文〉豪猪。
⊜huān 〈文〉同"獾"。哺乳动物:咸潟(xì)用～(盐碱地用獾的骨灰)。

羢 huán 〈文〉同"莧"。细角山羊。

瑧 huán 见jīn"瑧"(323页)。

鍰(鍰) huán 古代重量单位。一锾等于旧制六两。

貆 huán 〈文〉貉一类的兽。通作"貈"。

鄷 ⊖huán 姓。
⊜xiàn 同"县"。行政区划单位。

壎 huán 〈文〉同"环"。环绕:～堵(堵:墙)。

圜 ⊖huán ❶〈文〉围绕:～流九十里。❷【圜转(zhuǎn)】1.挽回:倘能力争,必可～。2.从中调停;斡旋。
⊜yuán ❶〈文〉同"圆"。圆形:～者中规,方者中矩。❷〈文〉天体:～则九重(chóng)。

劙 huán 【扑劙】古地名。在今甘肃古浪县。

澴 huán 【澴渻(jí)】〈文〉水波涌起的样子。

澴 huán 澴河，水名。在湖北中部，流入长江。

寰 huán ❶广大的地域：～宇｜～球｜惨绝人～。❷〈文〉靠近国都周围的地方：～内诸侯，非有天子之命，不得出会诸侯。

嬛 huán 见 xuān "嬛"（760 页）。

繯（繯）[繯] huán ❶〈文〉绞索：投～（上吊）。❷〈文〉绞杀：～首。

瓛（瓛） huán 〈文〉桓圭，古代公爵手持的玉圭。

虇 huán 见 guàn "虇"（223 页）。

貆[貆] huán ❶〈文〉豪猪：～有蚤而不敢以撅（蚤：爪。撅：jué，掘）。❷西北少数民族邑名。

貆 huán 〈文〉同"貆"，西北少数民族邑名。

鹮（鹮） huán 鸟名。体形大，喙长而弯，腿长、脚粗而强健。生活在水边。我国常见的是白鹮。朱鹮是国家重点保护动物。

鐶（鐶） huán ❶〈文〉圆圈形的物件：玉～穿耳。也作"环"。❷〈文〉钱币，多用作量词（表示钱币数值小）：获钱二～。

噮 huán 模拟猪大口吃食声。

糫 huán 【膏糫】古代的一种油炸食品。类似今天的馓子。

轘 huán 见 huàn "轘"（269 页）。

闤[闤] huán ❶古代市场的围墙：廊开九市，通～带闤（闤：huì，市场的门）。❷〈文〉街市：～衢。

饋 huán 古代一种环形的油炸面食。

鐶 huán 〈文〉环状的东西。

鬟 huán ❶古代妇女梳的环形发髻：～髻｜云～｜双～。❷婢女：丫～｜小～。

騵[馬、騵] huán 〈文〉一岁的马。

饋 huán 〈文〉饋饼，一种油炸的面食。

鸛 huán 【鸛目】〈文〉水鸟名。

鐶 huán 〈文〉同"环"。圆圈形的东西：银～。

huǎn （ㄏㄨㄢˇ）

皖 huǎn（又读 huàn）❶明亮：～彼天上星。❷〈文〉美好：文梳～榻（榻：yí，衣架）。❸〈文〉浑圆：有～其实（实：果实）。❹〈文〉视：～焉不得度（度：渡过银河）。❺【皖目】〈文〉眼睛突出：摇头～。

缓（缓）[綏、緩] huǎn ❶迟；慢；不紧张（跟"急"相对）：～慢｜～步｜轻重～急｜民事不可～。❷坡度小：～坡。❸延迟；推迟：～办｜～期执行｜这事往后再～几天。❹恢复正常的生理状态：～口气再接着干｜连着下了几场雨，小苗又～过来了。❺〈文〉松弛；宽松：相去日已远，衣带日已～。

晼 huǎn 姓。

箮 ㊀ huǎn 【箮(mǎn)箮】〈文〉简牍。
㊁ yuàn 〈文〉折断：枝节一～，全车悉败焉。

觏 huǎn 〈文〉睁大眼睛看。

摜 huǎn 〈文〉拘系，束缚：～如囚拘。

huàn （ㄏㄨㄢˋ）

厶 huàn 〈文〉欺诈惑乱。后作"幻"。

幻[幻] huàn ❶虚无的；不真实的：～觉｜～想｜世如泡影，浮生抵眼花。❷奇异地变化；不可思议地变化：～化｜～术｜风云变～。❸〈文〉欺诈；惑乱：

不祥之言，～惑良民。

朒

灸　huàn　〈文〉因手搔皮肉而生成的疮。

奂[奐]　huàn　❶〈文〉盛大；众多：美哉～焉。❷〈文〉文采鲜明：重阁层台，～其藻饰。

疢　huàn　〈文〉毒疮：决～溃痈(脓疮溃烂)。

奂　huàn　"奂"的旧字形。

宦　huàn　❶官吏：官～｜乡～｜～海沉浮。❷〈文〉做官：～途｜仕～｜年二十八始～。❸指宦官，古代阉割后在宫廷内侍奉帝王及其家属的男人。也叫"太监(jiàn)"。❹姓。

换　huàn　❶以物易物；对调：～取｜交～五花马，千金裘，呼儿将出～美酒。❷改用(另外的)；替掉(原来的)：～人｜轮～｜～汤不～药。❸兑换(货币)：外币～人民币｜整钱～零钱。❹变易；变化：闲云潭影日悠悠，物～星移几度秋。

唤　huàn　呼叫；喊：传～｜呼～｜千呼万～始出来，犹抱琵琶半遮面。

圂　huàn　见hùn"圂"(279页)。

崕　huàn　古山名。

涣　huàn　❶散开：～散｜～然冰释。❷【涣涣】〈文〉水势盛大的样子：溱(zhēn)与洧(wěi)，方～兮(溱、洧：水名。方：正)。

浣[㊀△*澣]　㊀huàn　❶〈文〉洗：～衣｜～纱。❷唐代官吏每十天休息沐浴一次叫浣，每月分为上浣、中浣和下浣，后借作上旬、中旬和下旬的别称：质明视事，至夜分止，虽休～不废(质明：天刚亮的时候。夜分：夜半)。
　㊁guǎn　〈文〉通"管(guǎn)"。【浣准(準)】即管准。古代测量水平的器具。
　"澣"另见hàn(238页)。

绾　huàn　见huán"绾"(266页)。

梡　huàn　见hún"梡"(278页)。

晥　huàn　❶【睆(xǐ)晥】古国名。❷〈文〉鲜明；光亮。

患　huàn　❶灾祸：～难｜祸～｜水～｜有备无～。❷忧虑；担心：忧～｜～得～失｜不～位之不尊，而～德之不崇。❸生(病)：～病｜～者｜时有～疟疾者。❹疾病：病～｜疾～。

焕[煥]　huàn　鲜明；光亮：～然一新｜容光～发。

逭　huàn　〈文〉逃避；避免：罪实难～｜天作孽，犹可违；自作孽，不可～。

窨　huàn　❶〈文〉同"宦"。官吏：名～(名声)。❷〈文〉同"宦"。做官：不～。
　㊀huàn　〈文〉悲愤。
　㊀yuán　〈文〉悲哀：下笔辄自～。

痪　huàn　【瘫(tān)痪】由于神经功能发生障碍，身体的一部分不能随意运动。

裓　huàn　〈文〉小孩子的围嘴儿。

豢[㹖、豢]　huàn　❶喂养(牲畜)：～养。❷〈文〉贪图：惟其民安于太平之乐，～于游戏酒食之间。

漶　huàn　【漫漶】〈文〉文字、图像等因磨损或受潮而模糊不清。

樻　huàn　落叶乔木。木材可以制农具等，根、果可以入药，果核可以做念珠，俗称"菩提子"。

鲩(鯇)[鯶、鰀、鯶]　huàn　鱼名。即草鱼。身体略呈圆筒形，青黄色。生活在淡水中，吃水草等。是重要的淡水养殖鱼。

攌　㊀huàn　〈文〉穿：～甲执兵(穿着铠甲，拿着武器)。
　㊁xuān　〈文〉通"揎(xuān)"。捋起～衣出其臂胫(胫：小腿)。

骫　huàn　〈文〉用漆掺和骨灰涂抹器物。

羦　huàn　传说中一种像羊的兽。

䵎　huàn　见hún"䵎"(279页)。

蘮　huàn　❶〈文〉同"逭"。逃避。❷用于人名。赵孟蘮，宋代人。

轘 ㊀ huàn　古代一种酷刑。即车裂:~裂贼臣,以谢天下。
㊁ huán　【轘辕】古山名;古关名。在今河南。

嚾 ㊀ huàn　〈文〉同"唤"。呼唤:仰~天堕,俯呼地陷。
㊁ huān　〈文〉喧嚻,喧哗;鸟兽~噪。

瀽 huàn　〈文〉同"浣"。洗。

嚻 huàn　〈文〉呼唤。后作"唤"。

huāng（ㄏㄨㄤ）

宺 huāng　❶〈文〉水广大。❷〈文〉通"荒(huāng)"。荒废:废~。❸〈文〉居住。

肓 huāng　❶我国古代医学称心脏和膈之间为肓。❷【病入膏肓】病到了无法医治的地步,比喻事情严重到了不可挽救的程度。

荒 huāng　❶田地无人耕种管理而长满野草:~芜|地全~了|田~室露。❷没有开垦或耕种的土地:垦~|生~|父耕原上田,子斸山下~(斸:zhú,刨;挖)。❸没有人烟或人烟稀少:~岛|~漠|~郊野外。❹收成少或没有收成;歉收:~年|救~|时岁多~;灾,唯南阳丰穰。❺严重的缺乏:水~|煤~|粮~。❻(学业、技术)因平时缺乏练习而生疏:~疏|~废|业精于勤,~于嬉。❼不合情理:~谬|~诞。❽迷乱;放纵:~淫无耻。
huāng　〈文〉血:~池(血聚成池)。

眃 huāng　〈文〉目不明:目~~无所见。

萠 ㊀ huāng　〈文〉明日;次日。
㊁ máng　〈文〉同"忙"。急忙:狠~。

塃 huāng　在矿层表面开采的矿石。

幠 huāng　❶〈文〉煮丝染色的工匠。❷〈文〉覆盖棺木的帷幔。

滉 huāng　【滉瀁】水广大。比喻巨大的恩赐:~之惧。

慌 ㊀ huāng　❶急忙;忙乱:~乱|不~不忙|稳着点儿,别~。❷恐惧;不安:

惊~|恐~|心里发~。❸由慌张而造成某种状态:~神儿了|~了手脚(慌张而使手脚忙乱)。
㊁ huang　表示难以忍受:闹得~|渴得~|累得~。

統 huāng　〈文〉连绵不断的丝:茧~。

稶 huāng　〈文〉同"荒"。荒年;收成不好。

騜 huāng　〈文〉马奔跑。

huáng（ㄏㄨㄤ）

huáng　〈文〉草木胡乱地生长。

坒[坒] ㊀ huáng　❶君主:~帝|~宫|~位|女~。❷〈文〉天;天神:观天~于琼宫(观:dí,相见)。❸〈文〉盛大;大:~矣上帝|~~巨著。❹〈文〉对先代或亡亲的尊称:~考(对亡父的尊称)。❺姓。❻【皇甫(fǔ)】复姓。
㊁ kuàng　〈文〉通"况(kuàng)"。况且:君子之于人也,有其语也,无不听者,~于听狱乎(听狱:判决诉讼)?

翌 huáng　❶【翌舞】〈文〉祭神的一种乐舞,舞者以鸟羽覆盖头部。❷通"凰(huáng)"。古代传说中的百鸟之王。雄的叫凤,雌的叫凰:鸾~。

黃 huáng　❶颜色像向日葵花的:~色|橙~|面~肌瘦|绿兮衣兮,绿衣~裳。❷指某些黄颜色的东西:~货(旧指黄金)|蛋~|青~不接。❸指色情:~书|~|这盘录像的内容够~的。❹指黄河:治~|~泛区。❺指传说中的远古帝王黄帝(轩辕氏):~陵|~炎~子孙。❻事情失败或计划落空。用于口语:买卖~了|婚事~了。❼姓。

偟 huáng　❶〈文〉闲暇:~暇。❷〈文〉通"惶(huáng)"。恐惧不安:天下~~|迷惑。❸〈文〉通"遑(huáng)"。急迫:败走偟(zhāng)~。

郥 huáng　古地名。在今河南。

凰[鵀] huáng 【凤凰】古代传说中的百鸟之王。雄的叫凤，雌的叫凰，通称"凤"或"凤凰"，民间视为祥瑞之物。

隍 huáng ❶〈文〉没有水的城壕（有水的叫池）：藏诸∼中（诸：之于）。❷【城隍】1.城墙和护城河。2.泛指城池。3.守护城池的神。旧时各地都有城隍庙，供奉城隍。

埠 huáng ❶【堂埠】〈文〉殿堂。❷〈文〉通"隍（huáng）"。无水的护城壕。

揘 huáng 【揘毕】〈文〉击刺。也作"揘觱（bì）"。

黄 huáng "黄"的旧字形。

堭 huáng ❶〈文〉形容花美：(花)霁则∼然（霁：jì，天晴）。❷【堭堭】〈文〉草木茂盛。

喤 huáng 【喤喤】1.〈文〉同"鍠鍠"。模拟响亮的钟鼓声。2.〈文〉模拟小孩洪亮的啼哭声：其泣∼。

崲 huáng 〈文〉用于地名。

遑 huáng ❶〈文〉闲暇：不∼（没有闲暇）。❷【遑遑】〈文〉匆忙：是以孔子栖（xī）栖，墨子∼。❸【遑论】〈文〉谈不上：不必论及：求生尚且不得，∼享乐。

徨 huáng 【彷（páng）徨】走来走去，犹疑不决。

獚 huáng ❶〈文〉犬名。❷【獐（zhāng）獚】〈文〉慌张：∼伏佛座下。

湟 huáng 水名。发源于青海，流入甘肃，是黄河的支流。

惶 huáng 恐惧；惊慌：∼恐｜人心∼∼｜∼∼不可终日。

媓 huáng ❶〈文〉母亲。❷传说中舜妻名。

瑝 huáng 〈文〉玉发出的声音。

鄑 huáng 古国名。故地在今山东。

艎 huáng 〈文〉船；船舱：∼板（船板）。

煌 huáng 明亮：明星∼∼。

鍠(鍠) huáng ❶古代兵器。像钺，后世用作仪仗。❷【鍠鍠】〈文〉模拟响亮的钟鼓声：钟鼓∼。也作"喤喤"。

程 huáng 【榜（páng）程】1.〈文〉谷名。2.〈文〉穄（jì）子，似黍而不黏。

獚 huáng ❶〈文〉狗名。是出色的猎犬品种。❷【狪（yáng）獚】古代对我国西南地区部分少数民族的蔑称。

瘣 huáng ❶〈文〉同"癀"。牛马等家畜的炭疽病：牛∼。❷〈文〉瘟疫：瘟∼。

潢 huáng ❶〈文〉积水池：∼池。❷用黄檗（bò）汁染纸（以防蛀）：装∼（原指用黄檗汁染的纸来装裱书画，后泛指装饰物品、房屋等）。

璜 huáng 古代玉制的礼器。半璧形。

蝗 huáng 昆虫。身体绿色或黄褐色，前翅狭窄而坚硬，后翅宽大而柔软，后肢发达，善于跳跃。种类很多，如飞蝗、竹蝗、稻蝗等，是农牧业害虫。通称"蝗虫"，有的地区叫"蚂蚱"：∼灾｜灭∼。

篁 huáng ❶〈文〉竹林：余处幽∼兮终不见天。❷〈文〉竹子：新∼千万竿。

艎 huáng ❶【艅（yú）艎】古代的一种大木船。也作"馀艎"。❷〈文〉馀艎：渡船：长江天堑，飞∼难渡。

熿 ㊀ huáng 〈文〉辉映：(车马)炫（xuàn）∼于道。㊁ huǎng 〈文〉照耀：北∼幽都。

磺 huáng 【硫磺】硫的通称。旧同"硫黄"。

鐄(鐄) huáng ❶〈文〉模拟钟声。❷〈文〉大镰：长∼莹如雪。❸通"簧（huáng）"。锁簧。用于古白话：一把两∼铜锁。

諻 huáng 〈文〉说话的声音。

癀 huáng 【癀病】牛、马、猪、羊等家畜所患的炭疽病。

蟥 huáng 【蚂（mǎ）蟥】"蛭（zhì）"的通称。

簧 huáng ❶乐器中可以振动发声的薄片，多用金属制成，也有用苇、木、竹等制的：∼片｜笙∼｜巧舌如∼。❷器物上有弹力的机件：弹∼｜锁∼。

黆 huáng 【艅(yú)黆】同"艅艎"。古代的一种大木船。

黊 huáng 〈文〉花开得旺盛。

餭 huáng 【饀(zhāng)餭】1.〈文〉饴糖。2.〈文〉馓子之类的面食。

膭 huáng 〈文〉身体肿的病。

鰉(鳇)[鱑] huáng 鱼名。体形像鲟,长可达5米,背灰绿色。生活在海洋中,初夏溯江产卵。肉味鲜美,鱼卵制成的鱼子酱是名贵食品。

趪 huáng ❶【趪趪】1.〈文〉武猛的样子。2.〈文〉洪亮:～声彻天门重。❷〈文〉执持:雄载～而跃厉〔跃厉〕显其锐利。

韹 huáng 【韹韹】〈文〉模拟钟鼓声:金～,鼓镗镗。

騜[騜] huáng 〈文〉黄白两色相间的马。

韄 huáng 〈文〉同"煌"。明亮。

huǎng （ㄏㄨㄤˇ）

汻 huǎng 见 hǔ "汻"(258页)。

尣 huǎng 【敞尣】〈文〉即惝恍。失意的样子。

恍 huǎng ❶〈文〉发狂的样子:～～穟刘伍。❷〈文〉失意的样子:临风～兮浩歌。另见 huáng "恍"(271页)。

怳 huǎng 【爌(kuàng)怳】〈文〉宽敞明亮的样子。

恍[△*怳] ㊀ huǎng ❶〈文〉仿佛(跟"如、若"等连用):～如梦境|～若隔世。❷【恍惚(hū)】神志不清;精神不集中:精神～。❸【恍然】猛然醒悟的样子:～大悟。㊁ guāng 〈文〉勇武的样子:～～乎干城之具。"怳"另见 huǎng(271页)。

晄 huǎng 〈文〉明亮。通作"晃"。

晃[㊀*撗] ㊀ huǎng ❶(光芒)照耀;闪耀:～眼|明～～|朝光～眼,早风吹面。❷迅速地闪过:虚～一枪|时间一～就是十年|车窗外的景物一～而过。㊁ huàng ❶摇摆:～荡|～动|摇头～脑|柳枝被风吹得来回～。❷闲逛;游荡:整天在街上～|他迈着方步～到了江边。

谎(謊) huǎng ❶假话:撒～|说～|弥天大～。❷假;不真实:～话|～言|～价(高于实价的价钱)。❸说谎话;欺骗:～骗|～报军情|他～称是电视台记者。

幌 huǎng ❶〈文〉帐幔;帘帷:何时倚虚～,双照泪痕干(虚幌:悬挂起来的帐幔)。❷幌子,店铺门外悬挂的表明所卖商品的标志。也叫"望子"。比喻进行某种活动时所假借的名义:酒～|布～|以介绍工作为～子进行诈骗。

膧 huǎng 见 hāng "膧"(239页)。

詤 huǎng ❶〈文〉梦话。❷〈文〉同"谎"。谎话;说谎。

愰 huǎng 见 huàng "愰"(272页)。

烾 huǎng 〈文〉明亮:～耀(显耀)。

熿 huǎng 见 huáng "熿"(270页)。

櫎 ㊀ huǎng ❶〈文〉放置物品的器具。❷〈文〉帷幔;窗棂:犹悬北窗～,未卷南轩帷。㊁ guàng 〈文〉调控的价格:国谷之～(国内粮食价格)。

爌 huǎng 见 kuàng "爌"(369页)。

huàng （ㄏㄨㄤˋ）

洸 huàng 见 guāng "洸"(224页)。

晃 huàng 见 huǎng "晃"(271页)。

眈 huàng 因气血不足而面部发白的病症:面～白。

姽　huàng　同"晃"。摇晃。用于古白话：只觉(船)乱～。

滉　□ huàng　❶【滉瀁(yàng)】〈文〉水深广的样子：洪流～。❷〈文〉摇荡：云如水～。

愰　㊀ huàng　〈文〉摇动不定：～荡。
㊁ huǎng　【愰惚】〈文〉心神不定；精神～。

榥　huàng　❶〈文〉帷屏之类。❷〈文〉窗棂：玄梣镂～。❸〈文〉量词。指窗棂：几～儿疏棂。

曠　huàng　〈文〉光明。

皝　huàng　用于人名。慕容皝，晋代人。

huang　(·ㄏㄨㄤ)

慌　□ huang　见 huāng "慌"(269页)。

huī　(ㄏㄨㄟ)

灰　□ huī　❶物体燃烧后剩下的粉状物：～烬|烟～|焚木尽成～。❷尘土；某些粉状物：～尘|粉笔～|把鞋上的～掸一掸。❸指石灰：～顶|白～|抹～。❹颜色像木柴灰的：～白|～鼠|银～。❺消沉；失望：溜溜|～心丧气|心～意冷。

揮（撝）㊀ huī　❶〈文〉剖开；分裂：～介鲜(介鲜：贝类鱼类)。❷〈文〉(手)挥动示意：以手一～曰："行矣!"❸〈文〉指挥：左右～军，退舍七里。❹〈文〉谦逊；退让：～谦之美。
㊁ wéi　〈文〉辅佐。

詼（詼）□ huī　〈文〉戏谑；嘲笑：嘲笑|～谐|～谑。

揮（揮）□ huī　❶舞动；摇动：～舞|～手|～戈上阵|～毫泼墨。❷抹去或甩掉(泪水、汗珠儿等)：～泪|～汗如雨|酒醒客散凄然，枕上屡～忧国泪。❸散发；散出：～发|～金如土。❹指挥：～师南下。❺驱赶：～拂|一～之不去|思乡之绪～而不绝。

屷　□ huī　见 huǐ "屷"(274页)。

咴　□ huī　【咴儿咴儿】模拟马嘶叫的声音：骏马～嘶鸣。

恢　□ huī　❶广大；宽广：～弘|天网～～，疏而不漏|～然如天地之苞万物(苞：通"包")。❷〈文〉扩大：～我疆宇。

褘（褘）　huī　古代王后穿的祭服，上有翬(有五彩羽毛的野鸡)形图纹：夫人副～立于房中(国君夫人头戴首饰身穿褘衣站在房中。副：首饰)。

珲（琿）□ huī　见 hún "珲"(278页)。

豗　huī　❶〈文〉撞击；冲击：～击。❷〈文〉喧闹：飞湍瀑流争喧～。❸〈兽〉拱土：(象)以鼻～土。❹姓。

暉（暉）□ huī　❶阳光：春～|余～(傍晚的阳光)|朝(zhāo)～|谁言寸草心，报得三春～。❷〈文〉照耀；辉映：云润星～|文藻相～。❸〈文〉同"辉"。闪耀的光。

催　huī　【倠(pí)催】1. 古丑女名。2.〈文〉容貌丑。

睢　□ ㊀ huī　〈文〉目光深深注视的样子：～然能视。
㊁ suī　姓。

堕　□ huī　见 duò "堕"(157页)。

媠　huī　❶【姿(zì)媠】〈文〉放纵。❷〈文〉丑陋。

撝　huī　❶〈文〉同"挥"。剖裂。❷〈文〉同"挥"。挥动示意。

辉（輝）[△*煇]　huī　❶闪耀的光；光彩：光～|满室生～|靖康元年七月，彗星现(xiàn)，其～数丈。❷照耀：～映(照耀)|星月交～|昭昭之光，～烛四海。
"煇"另见 hún(278页)。

狺　huī　〈文〉兽名：山～。

厜[㕂]　huī　〈文〉同"恢"。大：君膺～懿。量(懿：深)。

陸　huī　❶〈文〉倒塌的城墙。❷〈文〉败坏；毁坏：李名既～(李名：李鸿章的名声)。通作"隳"。

翚（翬）huī ❶〈文〉有五彩羽毛的野鸡：如～斯飞。❷〈文〉快速地飞：～然云起。

楎 huī 见 hún "楎"(278 页)。

楎 huī 见 wěi "楎"(698 页)。

豗 huī ❶〈文〉同"㿎"。撞击；冲击。❷〈文〉同"㿎"。喧闹。

豗 huī ❶〈文〉猪用鼻子拱东西：猪相～触，摇动船艒。❷〈文〉刺猬一类的动物。

睢 huī 【眭(xuè)睢】〈文〉顾盼不定的样子。

鈨 huī 化学元素"钾(jiǎ)"的旧称。

痕 huī 【痕瘣(tuǐ)】1.〈文〉中风的病。2.呆坐不动的样子。

喝 huī 〈文〉口不正：吟诗口吻～。

獂 huī 【獏(mú)獂】传说中的一种怪兽。

麾 [麾] huī ❶〈文〉指挥军队用的旗帜：～下|旌～|望～而进，听鼓而动。❷〈文〉指挥：～军前进|～之不闻令，而擅前后左右者斩。

徽 [❶*微] huī ❶标志：～章|国～|～号|～帽。❷美好的：～号(美好的称号)|～音(令闻美誉)|至于～称，非所敢当。❸〈文〉绳索：～索。❹指徽州(旧府名，府治在今安徽歙县)：～墨|～商|～剧。

隳 [隓、隳] huī 〈文〉毁坏：身败名～|～人之城郭。

撝 huī 〈文〉同"挥"。挥动：～而散之。

䜗 huī 〈文〉毁谤。

蘳 huī ❶〈文〉草木的黄花。❷〈文〉形容花叶的样子。

鰴 huī 〈文〉体大而有力的鱼。

鰴 huī 〈文〉蒲鱼。

huí （ㄏㄨㄟˊ）

回 （❶❷迴）[❶❷*廻、❶❷*迴、同、田] huí ❶环绕；旋转：～旋|巡～|峰～路转|水深而～。❷绕开；避开：～避。❸从别处到原处；还(huán)：～家|有去无～|黄河之水天上来，奔流到海不复～。❹掉转：～头|～身|～马枪|～心转意。❺表示人或事物随动作从别处到原处(做补语)：汽车已经开～车站|从邮局取～了包裹。❻从不利状态到有利状态(做补语)：挽～损失|我们连输两局，接着又扳～两局。❼答复；回报：～信|～敬|～请。❽旧时指向上报告；禀告：～老爷，车备好了。❾谢绝；退掉：称病～了宴请|他家已经～了几个保姆。❿量词。用于行为动作，相当于"次"。1.用在动词后：来了一～|去过一～北京|捐了好几～钱。2.用在动词前：北京我一～也没去过|别让人一～一～地来请。⓫量词。用于章回小说、评书等，相当于"章"：我才看到第十一～|欲知后事如何，且听下～分解。⓬〈文〉邪曲：淑人君子，其德不～(不回：正直不阿)。⓭〈文〉转变；改变：道苟直，虽死不可～也。⓮姓。

徊 ㊀ huí ❶【徊徊】〈文〉昏乱的样子：～溃溃(溃溃：昏乱)。❷【徊旋】〈文〉盘旋。也说"徊翔"。
㊁ huái 【俳(pái)徊】即徘徊。1.来回地走。2.〈文〉犹疑不决：～观望。

坉 huí 地名用字：～瑶(在福建三明)。

茴 huí 【茴香】1.多年生草本植物。全株有香气，花黄色，茎、叶可以吃，果实长椭圆形，可以做调料，也可以入药。通称"小茴香"。2.常绿小乔木。叶子长椭圆形，花红色，果实八角形，可做调料(即大料)，也可入药。通称"大茴香、八角茴香"。

哅 huí 模拟佛教徒念咒语的声音。

徊 huí 见 huái "徊"(264 页)。

洄 huí ❶〈文〉水流回旋：～水。❷〈文〉逆流而上：遡～从之，道阻且长(遡：

H

逆流而上)。

恛 huí ❶【恛恛】〈文〉昏乱的样子。❷【恛惶】〈文〉形容心神不安:~无措。

焴 huí 〈文〉光,光辉。用于人名。

蛔[△*蚘、*痐、*蛕、*蜖] huí 虫,寄生虫。线形,像蚯蚓,白色或米黄色。成虫寄生在人或家畜的肠内,造成宿主营养不良,并能引起肠梗阻、阑尾炎等多种疾病。"蚘"另见 yóu(821 页)。

鮰 huí 〈文〉鱼名。即鮠(wéi)鱼。

huǐ (ㄏㄨㄟ)

虫 huǐ 见 chóng "虫"(87 页)。

虺[虺]㊀ huǐ 古书上说的一种毒蛇。㊀ huǐ 【虺尵(tuí)】〈文〉因疲劳而生病的样子:我马方~。也作〖虺隤〗。

烜 huǐ 见 xuǎn "烜"(762 页)。

悔 huǐ ❶对自己做过的事或说过的话(多指错误的、欠妥的)感到懊悔:后~|~不当初|言寡~,行寡~(言语的错误少,行动的懊悔少)。❷〈文〉灾祸:吉而无~。

煝㊀ huǐ ❶〈文〉火,烈火。❷〈文〉烧毁:馆不戒于火,红本~(红本:一种文献的版本)。㊁ méi 〈方〉引火的东西。

煤 huǐ 〈文〉同"煝"。火;烈火。

毁[❷△*燬、❸*譭] huǐ ❶破坏;损害:~坏|摧~|一场台风把他的房子给~了。❷烧掉:烧~|焚~|将趸船鸦片⋯全行~化。❸诽谤:~谤|~诋|好面誉人者,亦好背而~之。"燬"另见 huǐ(274 页)。

脄 huǐ 【膒(lěi)脄】〈文〉肿的样子。

魂 huǐ 见 guī "魂"(226 页)。

婜 huǐ ❶〈文〉诽谤。❷〈文〉相貌丑陋。

毇 huǐ ❶〈文〉把谷米舂精细:日可~米三十余斛。❷〈文〉稠粥。

椒 huǐ 〈文〉花椒树。

碏 huǐ 〈文〉同"毁"。毁坏:肌骨无~。

擊 huǐ 〈文〉击伤;毁坏。

燬 huǐ 〈文〉同"毁(燬)"。烧毁:寺为乱兵所~。

燬 huǐ 〈文〉火;烈火:王室如~,百姓倒悬。另见 huǐ "毁"(274 页)。

幍 huǐ 〈文〉满脸是血:~面。

虌 huǐ 见 kuī "虌"(370 页)。

黳 huǐ 〈文〉消磨;损耗:长丧以~其时(长丧:丧期长久)。

huì (ㄏㄨㄟ)

卉 huì 草(多指供观赏的)的总称:花~|山有嘉~|开岁发春兮,百~含英(英:花)。

汇(匯、❷❸彙)[*滙] huì ❶水流会合到一起:~合|细水~成巨流|东~泽为彭蠡(彭蠡:湖名,隋时改名为鄱阳湖)。❷聚集;聚合:~集|~编|~总。❸聚集而成的东西:词~|字~|总~。❹通过邮局、银行等把款项寄或划拨到别处:~款|电~|学费已经~出去了。❺指外汇(原指外国货币,现通常指以外国货币表示的、用于国际结算的支付凭证):创~|换~|套~。

会(會)㊀ huì ❶聚在一起;聚合:~合|聚精~神|迁客骚人,多~于此(迁客骚人:被贬谪流放的官吏、失意的诗人)。❷见面:~见|~晤|他慕名而来,要~一~您。❸有一定目的的集会:~场|开~|最近~比较少。❹为一定目的结成的团体、机构:工~|学~|理事~。❺民间组织的游艺活动:庙~|花~|迎神赛~。❻

大城市;重要的城市:都～|省～。❼时机:机～|适逢其～。❽〈文〉恰巧:～有客来|～天大雨,道不通。❾〈文〉应当:～当|长风破浪～有时。❿理解;领悟:领～|～心的微笑|每有～意,便欣然忘食。⓫通晓;熟习:擅长:～几门外语|能说～道。⓬对某事懂得怎样做或有能力做:他刚一游泳|不～开车就学嘛。⓭有可能实现:这点要求他～答应的|他知道了,不～不来的。

　㊀kuài ❶总计;合计:～计|岁终则其出入。❷【会稽】山名。在浙江。

讳（諱） huì ❶避忌;因有所顾忌而不敢说或不愿说:忌～|隐|～疾忌医|公平无私,罚不～强大。❷避忌的事情:你犯了他的～了。❸旧时称君主或尊长的名字:名～|家～|先主姓刘,～备,字玄德。

沫 ㊀huì 〈文〉洗脸:～血饮泣(沫血:以血洗脸。形容血流满面)。

㊁mèi ❶古地名。在今河南。❷〈文〉通"昧(mèi)"。微暗不明:日中见～。

浍 huì【灛(huò)浍】〈文〉模拟波浪相激声。

荟（薈） huì ❶〈文〉草木茂盛:木～草蔚。❷聚集;会聚:～萃(zuì)|～萃。

哕 huì 见 yuě"哕"(839页)。

卦 huì 外卦,《易经》六十四卦中的上三爻。

浍 huì 见 kuài"浍"(367页)。

海（誨） huì ❶教导;劝说:教～|训|～人不倦,～人不倦。❷引诱;诱使:～淫～盗(引诱人去做奸淫盗窃等坏事)。

芔 ㊀huì 〈文〉同"卉"。草的总称。

㊁hū 〈文〉同"奔"。疾速。

绘（繪） huì ❶画:～画|彩～|描～。❷描写:～声～色(形容叙述或描写生动逼真)。❸彩绣:视之则锦。

恚 huì 〈文〉怨恨;愤怒:～恨|～怒|归以告蒙母,母～,欲罚之(蒙:人名)。

桧 huì 见 guì"桧"(228页)。

贿（賄） huì ❶〈文〉财物:货～|南方珍～丛夥,不以入门(丛夥:盛多)。❷用财物买通别人:～选|～赂|行～。❸用来买通别人的财物:受～|索～|纳～。

烩（燴） huì ❶烹饪方法。把原料和调料放入锅中翻炒后,加少量的水和芡粉烧煮:～虾仁|～什锦。❷烹饪方法。把主食和菜放在一起或把几种菜混在一起煮:～饭|～饼|杂～。

彗 huì ❶〈文〉扫帚:如燕,昭王拥～先驱,请列弟子之座而受业(如:去到。拥:拿着)。❷【彗星】围绕太阳运行的一种天体。当接近太阳时,在背向太阳的方向形成长的光尾,形状像扫帚,故也叫"扫帚星"。古人认为彗星是不祥之物。

硊 ㊀huì 用于地名:石～(在安徽芜湖市)。

㊁wěi【磈(wěi)硊】〈文〉山石高峻的样子。

晦 huì ❶昏暗:～暗|～暝。❷不明显:～涩|隐～。❸〈文〉夜晚;日暮:自明及～|明而动,～而休,无日以怠。❹农历每月的最后一天:～朔(农历每月的最后一天和下月的第一天)。❺〈文〉隐藏:～迹|韬～(收敛锋芒,隐藏行迹才能)。

秽（穢） huì ❶肮脏;不干净:～物|污～|～气(难闻的气味;臭气)。❷下流的;淫乱的:～行|～乱|淫～。❸丑恶;丑陋:～德|邪～|自惭形～。❹〈文〉杂草多;荒芜:～草|荒～|民贫则田瘠以(瘠:不肥沃。以:而)。

惠 huì ❶恩情;好处:恩～|实～|施～于人。❷给人好处:互～|互利|口～而实不至。❸柔和;柔顺:贤～|风和畅。❹敬辞。用于对方对待自己的行动(表示对方的行动是加惠于自己):～存|～顾|～赠。❺〈文〉通"慧(huì)"。聪明:甚矣,汝之不～。❻〈文〉仁爱;宽厚:其养民也～。❼姓。

喙 huì ❶〈文〉鸟兽的嘴:鸟～|短～|鹬(yù)啄其肉,蚌合两钳其～。❷〈文〉

借指人的嘴:百~莫辩|毋庸置~(不要插嘴)。

翙(翽) huì 【翙翙】〈文〉模拟鸟飞的声音:凤皇于飞,~其羽。

溃 huì 见 kuì "溃"(372 页)。

殨 huì 〈文〉疲劳;劳累。

詯 huì 〈文〉充满胆气。

媱 huì 〈文〉不高兴。

蔧 huì 〈文〉即地肤草。草本植物。果实可入药。老株可制扫帚。

嘒 huì ❶〈文〉模拟小的或清亮的声音:~~管声。❷〈文〉形容光微小而明亮:~彼小星。❸〈文〉鸣叫:高蝉不复~。

鈚 huì 见 xū "鈚"(755 页)。

諀 huì ❶〈文〉言长。❷用于人名。赵与諀,宋代人。

瘣 ㊀huì ❶〈文〉内伤致病;伤病:~木(有内伤的树)。❷〈文〉结块;肿瘤:腹之~。❸〈文〉子宫下垂:~疾。❹〈文〉高峻。
㊁lěi 【魁瘣】〈文〉树木根或枝叶盘结。

瘣 huì 〈文〉疲劳;劳累。

譓 huì ❶〈文〉辨察:阳子之情~矣(阳子:阳处父,春秋晋国人)。❷〈文〉顺服:蛮荒勿~。

慧 huì 聪明;有才智:智~|~眼识英雄|言不及义,好行小~。

蕙 huì ❶〈文〉香草名。一指薰草(俗称"佩兰"),又指蕙兰:树~之百亩(指佩兰)。❷〈文〉芳香;美好:~风如薰,甘露如醴。

槥 [櫘] huì 〈文〉小棺材:棺~。

圚 huì ❶圈;套:锦~一头。❷【圈(quān)圚】圈套;框框:落~总不知。‖用于古白话

澐 huì ❶古水名。在今安徽。❷古泉名。在今湖南。

H

憓 huì 〈文〉同"譓"。顺服:义征不~(征:征伐)。

蔵 ㊀huì ❶〈文〉荒芜;杂草多:田~稼恶。❷〈文〉杂草:翦焚榛~(榛:zhēn,丛木)。❸〈文〉同"秽"。肮脏:情纯洁而周~(周:无)。
㊁wèi 古代少数民族名。也作"獩"。

橞 huì 〈文〉树木名。

顕 huì 〈文〉同"沫"。洗脸。

頮 huì 〈文〉同"沫"。洗脸。

错 huì "错(wèi)"的又读。

遗 [遗] huì ❶〈文〉行走的样子。❷用于人名。赵遗夫,宋代人。

濊 ㊀huì ❶〈文〉水多的样子:雨汪~。❷〈文〉深广:洞之~。❸〈文〉通"秽(huì)"。污浊:荡涤浊~。
㊁wèi 古族名:~貊。
㊂huò 【濊濊】〈文〉模拟渔网入水声或水流受阻声:施罛~(罛:gū,渔网)。

媱 huì 〈文〉黑色。

瑢 ㊀huì 【瑢弁(biàn)】古代官员的一种帽子,冠缝饰玉。代指百官。
㊁kuài 姓。

藢 huì 〈文〉草名。

篲 huì ❶〈文〉扫帚:拥~(拥:手执)。❷〈文〉扫;拂:旌旗翩翻而~雪。❸〈文〉同"彗"。彗星。❹〈文〉竹名。

餯 huì 〈文〉食物腐败发臭。

邌 huì 〈文〉无违碍。

轊 huì 见 wèi "轊"(701 页)。

顪 huì 〈文〉脸肥胖。

噦 huì ❶〈文〉同"嘒"。微小(一说明亮)的样子:~彼小星。❷【噦噦】〈文〉模拟蝉声、鸟声、乐声等:秋蝉~。

蟪 huì 【蟪蛄(gū)】蝉的一种。身体较小，紫灰色，有黑色斑纹，吻长。雄的腹部有发音器，能发出"吱—吱吱"的鸣声。是农林害虫。

簂 huì 〈文〉竹名。

癐 huì 〈文〉同"穢"。丑恶：邪～。

繢 huì ❶〈文〉成匹布帛的头尾。❷〈文〉丝带之类：罗纨绮～(形容女子盛装)。❸〈文〉绘画：～二大士之像。❹〈文〉彩色的花纹图案：饰羔雁者以～(用有图案的布覆盖羔雁)。❺〈文〉画工。

讃 ㊀ huì 【讃列】〈文〉队伍中止前进并排列成行。
㊁ kuì 〈文〉通"愧(kuì)"。惭愧：无～于先王。

瀢 huì 〈文〉同"濊"。水多的样子：汪～。

翬 huì 〈文〉刺猬。

闠 ㊀ huì ❶〈文〉市区的外门。❷〈文〉市区；街市：倏而枯寂林，倏而喧嚣～。
㊁ guì 〈文〉通"鞼(guì)"。有文采的皮革：革～。

鐬 huì ❶〈文〉尖锐。❷〈文〉兵器名。三棱矛。

譓 huì 〈文〉模拟声音。

磧 huì 〈文〉同"沬"。洗脸：盥～而出(盥：guàn，洗手)。

鐬 huì 【鐬鐬】〈文〉盛多。

嬒 ㊀ huì 〈文〉愚戆多态。
㊁ xié 〈文〉神名：神～。

瓗 huì 〈文〉鸟翅羽茎的末端；鸟翅：奋翼挥～。

顪 huì ❶〈文〉下巴上的胡须：压其～(按着他的胡须)。❷〈文〉两颊：顪之间(顪：kǎn，腮)。

譓 huì 〈文〉分辨很清楚。也作"谜"。

鼗 huì 〈文〉小鼎：水火相憎，～在其间。

昏[*昬] hūn ❶天色刚黑的时候；傍晚：黄～|晨～|～时，烧门入，战于宫中。❷光线暗，模糊不清：～暗|～天黑地|老眼～花。❸糊涂；神志不清：～睡|发～|利令智～。❹失去知觉：～迷|～厥|～不知人者数日矣。❺〈文〉同"婚"。结婚：男女有～，生死相恤。

葷(葷) ㊀ hūn ❶肉食(跟"素"相对)：～菜|～油|她从小就不爱吃～。❷〈文〉葱蒜等有特殊气味的菜：瓜瓠～菜百果备具。❸低俗的；淫秽的：～话|～段子。
㊁ xūn 【葷粥(yù)】同"獯鬻"。我国古代北方的民族，后称"猃狁"。

殙 hūn 〈文〉同"惛"。神志不清。

偣 hūn 〈文〉昏暗：幽～。

啽 hūn 【啽啽】〈文〉指眼睛看不到的事物：古昔之～。

闇(闇)[閽] hūn ❶〈文〉守门的人：吴人伐越，获俘焉，以为～。❷〈文〉守门：～人(守门人)|～犬迎吠。❸〈文〉门(多指宫门)：叩～。

湣 hūn ❶【湣湣】〈文〉昏乱。❷【滑(gǔ)湣】〈文〉纷乱不定。

惛 ㊀ hūn ❶〈文〉神志不清；糊涂：～不能知人，两日而死。❷〈文〉欺蒙；迷惑：饰言以～主(饰言：修饰言辞)。
㊁ mèn 〈文〉通"闷(mèn)"。忧闷：心～然。
㊂ mǐn 〈文〉通"悯(mǐn)"。哀伤：臣甚～焉。
㊃ wěn 〈文〉通"吻(wěn)"。嘴唇：口～。

睯 hūn 【睯方】古国名。

焄 ㊀ hūn 〈文〉同"荤"。葱、蒜等有特殊气味的菜。
㊁ xūn 〈文〉同"熏"。气味或烟气接触

物品。

婚 [㛰、婚] hūn ❶结婚,男女结为夫妻:～配|新～|暮～晨告别。❷婚姻,因结婚而形成的夫妻关系:～约|求～|结～。

棔 hūn 〈文〉树木名。即合欢树。

殙 [殙]
○ hūn 〈文〉昏乱;神志不清:以黄金注者～(注:做赌注)。
○ mèn 〈文〉气绝。

暋 hūn 〈文〉同"昏"。昏暗:～惑难晓。

嚚 hūn 见 wěn "嚚"(704页)。

湣 hūn 见 mǐn "湣"(463页)。

惛
○ hūn 〈文〉同"惽"。神志不清;糊涂:吾～,不能进于是矣。
○ mǐn 〈文〉通"悯(mǐn)"。哀伤:臣甚～焉。
○ wěn 〈文〉通"吻(wěn)"。嘴唇:口～。

碈 hūn ❶一种类似涵洞而较小的地下排水建筑。❷用于地名:赵家～(在湖南)。

臂 hūn 〈文〉同"昏"。不清醒。

闇 hūn 见 mèn "闇"(451页)。

轋
○ hūn 〈文〉驾车时套在牲畜颈上的曲木。
○ xuān 古代山行用的一种轻便小车。

鼲 [鼲] hūn 〈文〉同"昏"。昏庸。

hún (ㄏㄨㄣˊ)

夽 hún 太平天国造字。同"魂";灵～。

浑 (渾) hún ❶水不清;污浊:～浊|～水摸鱼(趁混乱的时机谋利益)|大雨过后,河水有点～。❷糊涂;不明事理:这人真～|塞而不开则民～。❸天然的:～厚|～朴|～金璞玉。❹全;完全:～似(完全像)|～身是劲|～然一体。❺〈文〉简直;几乎:白头搔更短,～欲不胜簪。❻姓。

珲 (琿)
○ hún 〈文〉美玉。
○ huī 【瑷(ài)珲】旧县名。在黑龙江省。后作"爱辉"。现在已经并入黑河市。

棞 hún 见 kǔn "棞"(374页)。

梡
○ hún 〈文〉未劈开的木柴。
○ kuǎn 〈文〉放全牲的俎案,四足。
○ huàn 〈文〉通"患(huàn)"。祸患:大～。
○ huán ❶【木梡】〈文〉树名。❷〈文〉刮摩:～革(刮摩皮革)。

俒 hún 姓。

馄 (餛) hún 【馄饨(tun)】面食。用薄面片儿包上馅,煮熟后连汤吃。

混 hún 见 hùn "混"(279页)。

涽 hún 〈文〉通"浑(hún)"。浑浊:～呵其若浊(呵:语气助词)。

魂 [*寏] hún ❶旧时指能离开肉体而存在的精神:灵～|鬼～|身既死兮神以灵,子～魄兮为鬼雄。❷指精神或情绪:迷～阵|神～颠倒|惊～未定。❸特指崇高的精神:国～|民族～。❹泛指事物的精灵:花～|诗～。

摑 hún ❶〈文〉用手推:～席而去。❷〈文〉胁持。

樺
○ hún 〈文〉三脚楼。一种三行的条播农具。
○ huī 〈文〉钉在墙上挂衣物用的木橛:～橌(yí)(挂衣服的竿架)。

煇
○ hún 〈文〉赤色:彤庭～～。
○ yùn 〈文〉同"晕"。日月周围的光圈:月有黄～氛。
○ xūn 〈文〉通"熏(xūn)"。熏灼:～火烧门。
○ xuàn 同"韗"。古代制皮鼓的人。另见 huī "辉"(272页)。

楎 hún ❶〈文〉没有破开的木头。❷〈文〉完整;笼统。

貋 hún ❶猿的一种。❷同"鼲"。一种鼠类动物：貂～。

餫 hún 见 yùn "餫"(844 页)。

麲 ㊀ hún 〈文〉用整粒小麦制作的酒曲。㊁ huàn 〈文〉用整粒小麦制作的酱曲。

驒 hún 传说中的兽名。

粿 hún 见 guǒ "粿"(232 页)。

輥 hún ❶〈文〉车轭。❷用于人名。赵与輥,宋代人。

鼲 hún ❶〈文〉灰鼠：～子。❷〈文〉灰鼠的毛皮。

hùn (ㄏㄨㄣˋ)

诨□(諢) hùn ❶开玩笑：～名｜～号(外号)。❷开玩笑的话：插科打～。

眃 hùn 见 yún "眃"(842 页)。

倱 hùn 〈文〉完全。

圂 hùn 〈文〉同"混"。混合：～而为一。

图 ㊀ hùn ❶〈文〉猪圈：豕出～。❷〈文〉厕所；堆放秽物的地方。❸〈文〉猥琐。

㊁ huàn 〈文〉指猪、狗：～腴(猪狗的内脏)。

倱 hùn 【倱伅(dùn)】1.〈文〉蒙昧无知的样子。现作"混沌"。2.传说远古时期帝鸿氏之子。

掍 hùn ❶〈文〉同；混合：南北～合。❷〈文〉振起。

混□ ㊀ hùn ❶掺杂在一起：～合｜～杂｜～为一谈。❷冒充：～充｜蒙～｜没票甭想～进去。❸相处往来：厮～｜刚来几天,他俩就～熟了。❹得过且过地生活；苟且地谋取：～日子｜～碗饭吃。❺胡乱：～乱｜～闹｜～出主意。❻〈文〉水势盛大：～涛历峡。

㊁ hún ❶水不清。❷糊涂；不明事理：～人｜～话。‖用同"浑"。

㊂ kūn 【混夷】西周时少数民族国名。

婫□ ㊀ hùn 〈文〉覆盖：人人裹饭,～以鸭肉(裹饭：携带饭食)。

㊁ kūn 用于女子的名字。

棍□ hùn 见 gùn "棍"(230 页)。

腥 hùn 〈文〉圆而长的样子。

蒕 hùn 草名。

溷□ hùn ❶〈文〉肮脏；混浊：世～浊而嫉贤兮,好蔽美而称恶。❷〈文〉厕所：～藩。❸〈文〉猪圈：猪～。

慁 hùn ❶〈文〉忧虑：主不～宾(主人不用担心客人)。❷〈文〉扰乱：不宜以私～上(上：君主)。❸〈文〉杂乱；混杂：泥沙涨者其泉～。❹〈文〉玷辱：不～君王。

諢 hùn ❶〈文〉谋划。❷用于人名。赵时諢,宋代人。

顐 hùn 〈文〉戏谑；开玩笑：凡～人好反语(顐人：打诨取乐的艺人)。

顚 hùn ❶〈文〉面色颓唐的样子。❷〈文〉头和脸都是圆形。

䡣 hùn 〈文〉大土山。

huō (ㄏㄨㄛ)

吙 huō ❶〈方〉家：到你～来。❷叹词。表示惊讶：～！真宽敞！

剨 huō 〈文〉模拟物体破裂声：～然震响,石壁中开。

秴□ huō ❶秴子,翻松土壤的农具。比犁轻便。❷用秴子翻土：～地。

騞□(騞)[騞] huō ❶〈文〉模拟刀割物的声音：奏刀～然,莫不中(zhòng)音。❷〈文〉模拟物体破裂声：中序擘(bò)～初入拍,秋竹竿裂春冰拆(中序：古乐《霓裳羽衣曲》的第七遍,自此始有拍而舞)。❸〈文〉快速；忽然：其触物也,～然而过。

騸□ huō 见 shàn "騸"(598 页)。

锪□(鍃) huō 金属加工方法。用专门刀具对工件上已有的孔进行加工,刮平端面或切出锥形、圆柱形凹坑。

H

劐 □ huō ❶用刀、剪等划(huá)开：把鱼肚子～开|把包装～开。❷耥子，翻土农具。也指用耥子翻土。旧同"耥"。

鬧 huō 〈文〉开门声：有声～然。

嚄 ㊀ huō 叹词。表示赞叹或惊讶：～，真了不起！|～，两年不见长成大姑娘了！

㊁ huò 叹词。表示惊讶：～，这么早就来了！|武帝下车泣曰："～，大姊，何藏之深也！"

㊂ ǒ 叹词。表示惊疑：～，五岁的孩子字写得这么好！

豁 ㊀ huō ❶缺损；裂开：～牙|～嘴|裤腿～了个口子。❷舍弃；下决心付出：～上一条老命|～出不睡觉也得干完。

㊁ huò ❶通达；开阔：～达|～亮|～然开朗。❷免除：～免。

㊂ huá【豁拳】喝酒时赌输赢的一种游戏。旧同"划拳"。

鬠 huō 〈方〉尾巴摇动：摇头～尾。

攉 ㊀ huō ❶〈文〉反手：手翻覆：感君三尺铁，挥～鬼神惊(三尺铁：指剑)。❷把堆积的东西铲起倒(dǎo)到另一处或容器中：～土|～煤。

㊁ què 〈文〉通"榷(què)"。专利；垄断：～酒漕运。

騞 huō 见 shàn "騞"(599 页)。

huó （ㄏㄨㄛˊ）

和 □ huó 见 hé "和"(244 页)。

佸 □ ㊀ huó ❶〈文〉相会：易其有～(何时相会)。❷【佸佸】〈文〉辛苦用力的样子。

活 □ [△浯] ㊀ huó ❶生存；有生命(跟"死"相对)：～人|～存|～到老，学到老。❷使生存；救活：养家～口|～命之恩。❸能变动的；不固定的：～水|～页|有布衣毕昇，又为～板。❹生动；不死板；灵活：～跃|～龙～虎|雨余山态～。❺行为对象处在活着的状态下(可重叠)：～捉|～～折磨死。❻工作(多指体力劳

动)：干～儿|针线～儿|庄稼～儿。❼产品；制成品：出～儿|这批～儿款式新，很受欢迎。❽副词。简直；真正：这孩子～像一个小大人儿。

㊁ guō【浯活】〈文〉水流声：河水洋洋，北流～。

"浯"另见 guō(230 页)。

姡 huó 〈文〉羞愧的样子：羞～～。

秮 huó 〈文〉"䯉"的讹字，粟米春捣不破碎。

浯 huó 见 guō "浯"(230 页)。

袥 [褐] huó 〈文〉除邪消灾的祭祀。

秮 [秮] huó ❶〈文〉粟米春捣不破碎。❷〈文〉庄稼生长。

䯉 huó 见 kuò "䯉"(374 页)。

huǒ （ㄏㄨㄛˇ）

火 □ huǒ ❶物体燃烧时发出的光和热：～光|烈～|若～之燎于原。❷指武器弹药：～器|军～|枪顶上了～。❸比喻战斗；战争：开～|交～|停～。❹怒气；暴躁或激动的情绪：发～|冒三丈|怎么这么大的～儿？❺五行之一：金木水～土。❻紧急：～速|十万～急。❼中医指引起发炎、红肿、烦躁等症状的原因：上～|虚～|急～攻心。❽红色的：～狐|～烈鸟。❾兴旺；受欢迎：他的买卖可～了|这张唱片销得特别～。❿指火把、火炬、灯烛等：灯～|渔～。⓫火灾：救～|趁～打劫|远水救不了近～。⓬古代军队的组织，十个人为一火。后作"伙"。⓭星宿名。指心宿：七月流～(七月的黄昏，心宿逐渐西降)。⓮〈文〉发生火灾：太庙～，则从天子救火。⓯姓。

伙 □ (❶-❹△夥) huǒ ❶同伴：～伴|～友|同～。❷由同伴组成的集体：合～|散～|拉帮结～。❸量词。用于人群：一～人|三个一群，五个一～。❹联合；合起来：～同|～办|这个饭店是两家～着开的。❺伙食，集体办的饭食：开～|包～|搭～。

"夥"另见 huǒ(281 页)。

炴　huǒ　古地名。

钬（鈥）　huǒ　金属元素。符号 Ho。

燠　huǒ　同"火"。太平天国造字:炮~。

漷　㊀ huǒ【漷县】地名。在北京通州。
㊁ huò【㳁(xuè)漷】〈文〉水势相激的样子。
㊂ kuò　古水名。今名南沙河。在山东。

夥　huǒ　〈文〉多:获益甚~|晋地狭而人~。
另见 huǒ"伙"(280页)。

猓　huǒ　〈文〉多。通作"夥"。

huò　（ㄏㄨㄛˋ）

囮　huò　❶叹词。相当于"吓(hè)":~,直下似个大虫(大虫:老虎)。❷【囮地】形容猛然开悟的感受:~一声,豁然开悟。

或　huò　❶表示选择。1. 单用:他今天~明天去|吃水饺~吃汤圆,都行。2. 对用:~大~小|~赞成,~反对,总得表个态。❷表示交替发生:她非常注意锻炼身体,~登山,~跑步,~游泳,从不间断。❸表示估计、推测,相当于"或许":明日~可启程|~能有所裨益|云霓明灭~可睹。❹〈文〉表示程度低、范围小,相当于"稍微"(用于否定式):不可~缺|此事当即刻办理,不可~缓。❺〈文〉有的人:人固有一死,~重于泰山,~轻于鸿毛。❻〈文〉通"惑(huò)"。迷惑:今大王与秦伐韩而益近秦,臣甚~之。

和　huò　见 hé"和"(244页)。

货（貨）　huò　❶商品的俗称:~款|进~|~真价实。❷钱:~币|通~(市场上流通的货币)。❸〈文〉财物:财有余|杀益越~(杀害人的性命,抢夺人的财物)。❹〈文〉卖:~卖|~而不售(不售:卖不出去)。❺〈文〉贿赂:曹伯之竖侯獳(nòu)~筮史(竖:小吏。侯獳:人名)。❻姓。

捇　huò　〈文〉裂开。

获（㊀❶❷❹獲、❸穫）　huò　❶捉住;擒住:捕~|俘~|~破|~田|~三狐(田:打猎)。❷得到;取得:~胜|~准|如~至宝|荣~冠军。❸收割:收~|十月~稻。❹〈文〉得以;能够:不~面辞|歌舞入邺城,所愿~无违。

閄　㊀ huò　〈方〉躲在暗地,突然发出吓人的声音。
㊁ shǎn　〈方〉躲在暗地,突然出现在别人面前。

捇　huò　〈文〉通"惑(huò)"。【捇捇】迷惑的样子。

臧　huò　〈文〉水流动的样子。

喊　huò　〈文〉躲在暗地,突然发出吓人的声音。

祸（禍）[＊旤、衯、禂、褔、禂、䄏]　huò　❶灾殃;危害很大的事或情况(跟"福"相对):车~|幸灾乐~|~兮福之所倚,福兮~之所伏。❷使受灾殃;损害:~害|~国殃民。

楇　㊀ huò　古代车上盛擦车轴油的容器。
㊁ kuǎ　〈文〉击;横击:~载而坠,应弦而倒者数千万人。

惑　huò　❶迷惑;不明白:~乱|疑~|大~不解|师者所以传道、受业、解~者也。❷使迷乱;欺骗:蛊~|诱~|谣言~众。

鰝　huò　❶〈文〉惊呼声。❷〈文〉同"祸"灾祸。

湝　huò　〈文〉模拟波涛激荡的声音:似潮涌而来,~~有声。

褔　huò　见 gù"褔"(218页)。

蒦　huò　❶〈文〉商量。❷〈文〉规度;量度。

漷　huò　见 huǒ"漷"(281页)。

掝　huò　见 huò"掝"(263页)。

嘝　huò　【嘝嘝】〈文〉水波荡漾的样子。

H

暌 huò　用于人名。顾暌,明代人。

撶 ⊖huò【撶啧(zé)】〈文〉呵斥。　⊜huá　同"划"。用尖锐的器物把东西割开。用于古白话:指甲～破了脸。

瞜 huò【瞜瞜】〈文〉分布陈列的样子。

瞲 huò〈文〉挖去眼珠:仇家～其目去。

嚄 huò【嚄啧(zé)】〈文〉呼叫:～怒语。

懂 ⊖huò　❶【懂懂】〈文〉乖戾的样子。❷〈文〉愚昧;暗昧无知:来缘～无识(来缘:来生的因缘)。❸〈文〉划分清楚:辨～二家。　⊜huà　〈文〉通"婳(huà)"。文静:(王平)～无武将之体(体:气质)。

攉 huò　见wǒ"攉"(707页)。

矗[矗] huò　❶〈文〉窟窿大,泛指大:(山周遭)皆～竹笋。❷〈文〉眼睛睁大:睛之～。

霍 □huò　❶迅速:～然病愈|焕然雾除,～然云消。❷【霍霍】模拟磨刀声:磨刀～向猪羊。❸姓。

嚄 □huò　见huō"嚄"(280页)。

燨 huò【荧燨】古代指火星。也作"荧惑"。

濩 ⊖huò　❶〈文〉屋檐雨水下流。❷〈文〉煮:～茶。❸〈文〉浸沤:取(芭蕉)～而煮之。❹【濩泽】古地名。在今山西。　⊜hù　❶〈文〉分布;散布:布～无穷。❷〈文〉通"頀(hù)"。商汤时乐名。

濊 huò　见huì"濊"(276页)。

懳 huò〈文〉惊:～动。

檴 ⊖huò〈文〉树木名。即椰榆。　⊜huà〈文〉同"桦"。桦木。

儤 huò〈文〉同"货"。财物:难得之～。

豁 huò〈文〉同"豁"。开阔的山谷。

譹 huò【譹然】1.〈文〉形容迅速裂开:(骨肉)～已解。2.〈文〉形容理解迅速:～理解。

熰 huò　❶【熰(huò)熰】〈文〉火苗闪烁的样子。❷〈文〉炎热。

豁 □huò　见huō"豁"(280页)。

鬐 huò〈文〉紧束;箍紧:(铁笼头)～其头。

酆 huò　古地名。

曤 huò　❶〈文〉惊视。❷【曤睒(shǎn)】〈文〉(电)光闪烁的样子:～无度。

镬 (鑊)[鑊] huò　❶〈方〉锅:～灶|～子。❷古代的大锅,也用作烹人的刑具:尝一脔肉,知一～之味|臣知欺大王之罪,臣请就鼎～。

瀖 ⊖huò【瀖瀖】〈文〉模拟水流声:(泉)～泄山石间。　⊜guó　❶〈文〉水受阻分道流去。❷模拟咽水声。用于古白话:我～的咽了。

褾 huò【褾(dā)褾】元明时期的一种外衣。

藿 □huò　❶〈文〉豆类作物的叶子:藜～之羹。❷【藿香】一年生或多年生草本植物。茎方形,茎、叶有香气,全草入药。

嚯 □huò　叹词。表示惊讶:～,这儿还真不错啊!

蠖 □huò【尺蠖】昆虫。尺蠖蛾的幼虫,身体细长,行动时一屈一伸地前进,上弯时成弧形,像用拇指和中指量距离一样,故称。是农林业害虫。种类很多,常见的有枣尺蠖、茶尺蠖、桑尺蠖等。

艧 ⊖huò　〈文〉船名:金～。　⊜wò　〈文〉同"腹"。上等的可做颜料的朱砂:粉～。

鱯 huò　鱼名。有许多种,身体侧扁,生活在温暖地区的海洋中。

玃 huò【玃㹠(jiā)㺂(pí)】哺乳动物。像长颈鹿而较小,毛赤褐色,臀部与四肢有黑白相间的横纹。吃树叶,生活在非洲原始森林中。[英okapi]

瀹 huò〈文〉同"濊"。【瀹瀹】模拟水流受阻声。

濩 huò ❶【濩渳(huì)】〈文〉模拟波浪相激声。❷【濩溥(huò)】〈文〉色彩闪烁的样子：～煌煌。❸水名。

膗[膈、膗、饉] huò ❶〈文〉肉羹；鳖为～。❷〈文〉做成肉羹：烹而～之(之：鳖)。

煯 huò 〈文〉明亮；闪烁：～～刀刃光。

矆 huò ❶〈文〉使眼睛失明：以石灰～其双目。❷〈文〉通"霍(huò)"。疾速：(浓云)～然四除(除：消散)。

瀖 huò 【瀖瀖】〈文〉同"濊濊"。模拟水流声：(泉)流入寺，～有声。

霍 ⊖ huò ❶〈文〉鸟疾飞声；迅疾声：～～。通作"霍"。❷〈文〉迅速：～然如醉忽醒。通作"霍"。❸〈文〉通"藿(huò)"。豆类作物的叶子。
⊜ suǐ ❶〈文〉草木柔弱：～靡(草柔弱随风披拂)。❷〈文〉比喻衰败：其政必萎～。

瞚[矆] huò 〈文〉吃惊地看：～然相顾。

huo （·ㄏㄨㄛ）

和 huo 见 hé "和"(244 页)。

J

—————
j

jī（丩）

几 □ jī 见 jǐ "几"（290 页）。

丌 □ jī 见 qí "丌"（531 页）。

讥（譏）□ jī ❶讽刺；挖苦：～讽｜～笑｜反唇相～｜办事认真，竟被～为刻板。❷〈文〉指责；非难：明主不讳～刺之言｜去国怀乡，忧谗畏～。

击（擊）□ jī ❶打；敲：～打｜～键｜～鼓｜鸣金｜旁敲侧～。❷攻打；进攻：～溃｜声东～西｜兵之形，避实而～虚。❸刺；杀：～剑｜反戈一～。❹碰撞；接触：冲～｜撞～｜摩肩～毂（肩膀挨着肩膀，车轮碰着车轮，形容行人、车马拥挤）。

叽（嘰）□ jī ❶【叽叽】模拟小鸡、小鸟、小虫的叫声：小鸡～地叫着。❷【叽咕】小声说话。❸【叽叽嘎嘎】模拟说笑声。也作"唧唧嘎嘎"。❹【叽叽喳喳】模拟杂乱碎的声音。也作"唧唧喳喳"。❺〈文〉稍微吃一点儿。嚌（jiào）咀芝英兮～琼华。

禾 □ jī 〈文〉树木梢头受到阻碍弯曲不能上长。

刏 □ jī ❶〈文〉切割；刺：～一牝羊献血。❷〈文〉切断。

饥（❶飢、❷饑）□ jī ❶饿（跟"饱"相对）：～渴｜～寒交迫｜～者易为食，渴者易为饮。❷庄稼收成不好或没有收成：～荒｜～馑｜岁～民贫。

玑（璣）□ jī ❶〈文〉不圆的珠子：珠～｜明～难秘彩。❷古代的一种天文测量仪器：璇～。

圾 □ jī 【垃（lā）圾】脏土或被扔掉的破烂东西；比喻肮脏、有害的事物或人。

芨 □ jī 【白芨】多年生草本植物。叶子长，花紫红色，地下块茎白色，可入药。

机（機）□ jī ❶机器，由零件装成、用来转变能量或产生有用的功：～床｜电～｜计算～。❷指飞机：～场｜班～｜预警～。❸事物变化的枢纽或关键环节：生～｜转～｜～契。❹恰好的时候：～会｜时～｜良～｜成败之～，在于今日。❺重要的事情：～密｜军～｜天～｜日理万～。❻心思；念头：动～｜心～｜～神～妙算。❼生活机能：有～体｜无～物。❽灵巧；灵活：～灵｜～巧｜～智。❾弓弩上发射箭的装置：弩～｜操弓关～（操：持。关：拉动）。

乩 □ jī 【扶乩】迷信活动。沙盘上放有吊着木棍的架子，两个人扶着架子，让木棍在沙盘上画出线条来，作为神的指示：善以～卜。也作"扶箕"。

刉 □ jī ❶〈文〉同"刏"。切割；刺。❷〈文〉在瓦石上把刀磨快。

肌（肐）□ jī ❶人和部分动物的基本组织，主要由纤维状肌细胞组成，具有收缩特性：～肉｜心～｜乃割皮解～（解：解剖）。❷〈文〉皮肤：～理（皮肤的纹理）｜眉如翠羽，～如白雪。

矶（磯）□ jī 水边突出的岩石或石滩，多用于地名：燕子～（在江苏南京）｜采石～（在安徽马鞍山市）。

鸡（鷄）[*雞] □ jī 家禽。喙短而尖，头部有肉冠和肉髯，翅膀不发达，不能高飞：～栖于埘（埘shí，在墙上凿洞做成的鸡窝）。

其 □ jī 见 qí "其"（531 页）。

枅 □ jī ❶〈文〉柱上方木：柱～。❷〈文〉悬挂秤的横木：从市过，见屠肉～。❸〈文〉门上木。

奇 □ jī 见 qí "奇"（531 页）。

旮 □ jī 【旮旯】男性与男性发生性行为。现在写作"鸡奸"。

阼（隮）[陦] □ jī ❶〈文〉登上：由宾阶～（宾阶：西阶）。❷〈文〉升迁：爵位已～。❸〈文〉虹：朝～于西（早上西方有虹）。❹〈文〉坠落：～颠（倾覆）。

唶 jī ①〈文〉模拟金属、玉器等的撞击声。②同"叽"。模拟小鸡、小鸟、小虫的叫声。

𪾢 jī 见 qì "𪾢"(537页)。

剞 jī【剞劂(jué)】1.〈文〉雕刻用的弯刀。2.〈文〉雕版;刻书:付之~。

唧 jī ①喷射(液体):~筒|那孩子拿水枪~他一身水。②【唧唧】1.模拟小鸡、小鸟、小虫的叫声:秋虫~地悲鸣。2.〈文〉模拟叹息声:~复~,木兰当户织。

积 (積)[積、積] jī ①聚集:~蓄|~淀|沉~|堆~|~土成山,风雨兴焉。②长时间聚集下来的;积久形成的:~习|~弊|~怨日深。③中医指积久形成的疾病,特指儿童消化不良的病:奶~|捏~。④乘法运算中,两个以上的数相乘所得的数,如 $2\times4＝8$ 中,8是积。也叫"乘积"。

笄 jī ①古代用来束发或别住帽子的簪子。②古代女子成年,行插笄之礼:十有五年而~,二十而嫁。

屐 jī ①木底鞋,有齿:木~。②泛指鞋:~履|草~。

姬 jī ①古代对妇女的美称:仙~|吴~。②古代称妾:~妾|侍~|宠~。③旧时称以歌舞为业的女子:歌~|名~。④姓。

基 [基、坖] jī ①建筑物的根脚:石|房|~|大武殿~高二丈八尺。②根本的;起始的:~层|~数|~业。

軝 jī 〈文〉车轴头。

跂 jī 见 qí "跂"(532页)。

鏏 (鏏) jī ①〈文〉金圭。②用于人名。

妭 jī【婢(bǐ)妭】〈文〉短小的样子。

饑 jī 〈文〉同"饥"。饿:~寒。

饏 jī 〈文〉同"饥"。饿:躭~受难(躭 dān,承受)。

厤 jī 见 jí "厤"(288页)。

聒 jī【聒聏(guō)】模拟杂乱刺耳的声音。用于古白话:每日~着算账。

稘 jī 〈文〉同"期"。一周年。

期 jī 见 qī "期"(529页)。

赍 (賷)[*賣、△*齎] jī ①〈文〉怀着;带着:~恨(抱恨)|~志而殁(志向未实现而死去)。②〈文〉把东西送给别人:~发(赠送钱物)|非其人而教之,~盗粮,借贼兵也(贼:强盗。兵:武器)。"齎"另见 zī(907页)。

觭 jī 见 qī "觭"(530页)。

觭 jī ①〈文〉牵制:击其左,~其右。②【觭角】1.棱角:桌子~。2.角落:屋子~。3.(jījiao)牛、羊等的角:牛~。

稽 [稽] jī 姓。

狤 jī【狤狚(lǐ)羊】传说中的羊名。

缉 (緝) ㈠ jī ①搜捕;捉拿:~拿|私~|通~。②(旧读 qì)〈文〉把麻搓捻成线:~麻|众妇女~。 ㈡ qī 缝纫方法。一针连一针密密地缝:~贴边|~鞋口。 ㈢ jí 〈文〉通"辑(jí)"。编辑;整理:咸能综~遗文,垂诸不朽。

毄 ㈠ jī ①〈文〉撞击;击打:~兵(用来击打的兵器)。②〈文〉拂拭:和弓~摩(调试弓号时要拂去灰尘)。 ㈡ jì ①〈文〉同"系(繫)"。拴束:祭祀之牛牲~焉。②〈文〉豢养牲畜:农桑~畜(指农牧生产)。③〈文〉依托:礼之~乎某物。

畸 ㈠ jī ①不规则的;不正常的:~形|~变。②偏:~轻~重|中则可从,~则不可为。③〈文〉数的零头;零数:~零|三百一十六里有~。 ㈡ qí 〈文〉通"奇(qí)"。神奇;奇异:~人(仙人)。

跻 (躋) jī 〈文〉登;上升:~身|~升|~彼公堂。

J

镃（鈭）jī 【镃(zī)镃】〈文〉大的锄头。也作"镃基"。

稘 jī 〈文〉同"期"。一个周期的时间:~月(一整月)|~岁(一周年)。

篯 jī 〈文〉梳头用的篦子。

襀（襀）jī 【襞(bì)襀】〈文〉衣服上的褶皱。

敧 ㊀ jī ❶〈文〉击;相击。
㊁ qī ❷〈文〉勤苦用力:(读书)攻苦~淡。
㊂ xì ❸〈文〉通"系(xì)"。联系:缀~。

箕 jī ❶簸箕;畚(běn)~|加帚于上。❷〈文〉一种席地而坐的方式,两腿分开,形如箕:~踞|坐毋~,寝毋伏。❸星宿名。二十八宿之一,属东方苍龙。❹姓。

絹 jī 〈文〉同"缉"。把麻搓捻成线:~麻。

蕲 jī 见qí "蕲"(533页)。

幾 jī 〈文〉通"几(jī)"。接近:数将~终(数:一年的天数)。

檋 jī 用筷子夹取。用于古白话:鸡肉~了不够几块儿。

跂 jī 【跂踞】〈文〉即箕踞。一种不礼貌的坐姿(两脚伸开如簸箕):颓然~,旁若无人。

踦 jī 见qí "踦"(530页)。

稽 ㊀ jī ❶考核;查考:~查|无~之谈|有案可~。❷计较:反唇相~(现多作"反唇相讥")。❸停留:~留|~滞|令出而不~。❹姓。
㊁ qǐ 【稽首】古代一种跪拜礼,叩头至地:再拜~而受。

觭 ㊀ jī ❶〈文〉角一俯一仰:其牛~。❷〈文〉偏向;侧重:~重(偏重)。❸〈文〉通"奇(jī)"。单一,单独:匹马~轮。
㊁ qí 〈文〉通"奇(qí)"。怪异:~梦幻想。

齍（齏）[韲、𪔂、齑、䪢、虀、𪐷、𪕌、𪕟、𪕠、𪗷]
jī ❶〈文〉切成细末的姜、蒜、韭菜等。❷〈文〉细;碎:顷刻化为~粉。

畿 jī ❶古代称京都周围的地方:~辅|京~|邦~|千里。❷〈文〉门内。

遴 jī 【庶遴】即庶几。1.〈文〉但愿,表示希望。2.〈文〉或许,表示推测。

墼 [墼、墼] jī ❶〈文〉砖坯:土~|廉洁无资,常筑~以自给。❷〈文〉用炭末或粪渣等压制而成的块状燃料:炭~|粪~。

蟣 jī 〈文〉虫名。蛾子。

氉 jī ❶【氉羓(bā)】男性(也指雄性牲畜)的外生殖器。❷【𦅕氉】即哔叽。一种密度较小的斜纹毛织品。

餞 jī 同"饥"。饥饿。用于古白话:渴饮羊酥酒,~殢鹿脯干(殢:同"餐")。

𦡳 jī ❶〈文〉面颊上的肉:诊在~上(诊:诊断症状)。❷〈文〉通"肌(jī)"。肌肉:伤损~肉。

激 jī ❶水受阻或震荡而涌起或溅起:~起浪花|~水之疾,至于漂石。❷身体突然受到冷水刺激:他被雨~着了,烧得厉害。❸感情冲动:~动|感~|~于义愤。❹使感情冲动:~怒|刺~|将法~代欲以~燕王(苏代:人名)。❺急剧的;强烈的:~变|~战|~湍之下,必有深潭。❻姓。

憿 ㊀ jī ❶〈文〉疾速:~绝(快到极点)。❷〈文〉同"激":感~(感激)。
㊁ jiǎo 〈文〉侥幸。通作"徼"。

𩰲 jī 〈文〉扬起:(雄鸡)窬腰~尾(窬:yǔ,凹下)。

禨 ㊀ jī ❶〈文〉祭祀鬼神求福:信鬼而好~。❷〈文〉福祥。
㊁ jì 〈文〉沐(洗头)后饮酒;沐后饮用的酒:进~进羞(羞:菜肴)。

藄 jī 〈文〉草名。

鞿 jī ❶〈文〉同"羁"。马笼头。❷〈文〉同"羁"。束缚;控制:~其头而饮之于酒池。

䢍 ㊀ jī 同"鄿"。古县名。在今安徽宿州。
㊁ qí 〈文〉草名。

羁（羈）[＊覊、鞿、羇] jī ❶束缚；拘束：～押｜～绊｜不～之才｜放荡不～。❷在外地停留；寄居他乡：～留｜久～异乡｜廓落兮～旅而无友生（友生：朋友）。❸〈文〉马笼头：～辔｜无～之马｜白马饰金～。

赍 ㊀ jī【峻赍山】古山名。在今蒙古国境内。也作"浚稽山"。
㊁ qǐ〈文〉同"稽"。叩头至地：～首。

椅 jī ❶〈文〉树木名。❷〈文〉果名。白枣。

礅 jī 见 hé "礅"（246页）。

犱 jī〈文〉切割：～胎肩（胎肩：幼畜）。

畿 jī 我国古代的一种祭祀仪式。用血在划破的地方涂抹。

趌 jī〈文〉跑。

罼 jī〈文〉同"羁"。马笼头。

鐕 jī【镃（zī）鐕】〈文〉同"镃基"。锄头：千里起足下，丰年系～。

鐖 ㊀ jī ❶〈文〉鱼钩上的倒刺：无～之钩。❷〈文〉机括（弓弩上的发动机关）。
㊁ qí〈文〉大镰刀。

犚 jī ❶〈文〉马嚼子：以～而御駻（hàn）突（駻突：凶悍的马）。❷〈文〉控制；束缚：～我使臣（使臣：使者）。

蕺 jī【蕺苁（cōng）】〈文〉蘑菇类植物。也作"鸡苁"。

鐟 jī ❶〈文〉坚。❷用于人名。

鷔 jī〈文〉鸟名。也叫"鹌鹑（tángtú）"。

jí （ㄐㄧˊ）

人 jí〈文〉同"集"。集合。

及 jí ❶达到：～格｜波～｜力所能～｜由表～里。❷赶上；追上：追～｜望尘莫～｜徐行则易为所～。❸趁着：～时｜～早。❹比得上；赶得上：论学问，我可不～你｜桃花潭水深千尺，不～汪伦送我情。❺推广到；牵涉到；照顾到：爱屋～乌｜言不～义｜攻其一点，不～其余。❻连词。1. 表示对等性并列：各民主党派～无党派人士｜钢铁、煤炭、石油～纺织、化工等行业。2. 表示主次性并列（主要成分在"及"前）：人员、经费～辅助设备都已准备就绪。❼姓。

尐 jí 见 jié "尐"（317页）。

伋 jí 用于人名。孔伋，孔子的孙子，字子思。

疒 jí 见 nè "疒"（480页）。

汥 jí〈文〉喷洒。

吉 jí ❶幸运；顺利（跟"凶"相对）：～日｜～兆｜～祥物｜凶多～少。❷吉林省或吉林市的简称：～剧｜沈～铁路。❸姓。

岋 jí ❶〈文〉山势高耸的样子：白浪若山～。❷〈文〉危险：～～可危｜危哉，君之国～乎！

伋 jí〈文〉急行。

汲 jí ❶从井里打水，也泛指从下往上打水：～水｜绠（gěng）短～深。❷吸收；吸取：～取｜～纳｜～引人才。❸姓。

级（級）jí ❶等次：～别｜晋～｜高～教师｜各～政府。❷台阶：石～拾（shè）而上。❸年级，学校的编制单位：班～留～｜跳～｜我和他同～。❹量词。用于台阶、楼梯、塔等的层次：三十九～台阶｜十一的梯子｜每层楼梯为十六～｜七～浮屠（七层的塔）。❺量词。用于人、事物的等级或类别：八～工｜顶～的茶叶｜十二～台风。❻〈文〉首级：斩房数百～。

极（極）jí ❶顶端；尽头：登峰造～｜无所不用其～。❷地球的南北两端：南～｜北～。❸磁体的正负两端；电源或电器上电流的流入端和流出端：正～｜负～。❹用尽；达到顶点：～力｜～目远眺｜物～必反｜穷凶～恶。❺最高的；最终的：～刑｜～品｜～限。❻表示最高程度（不用于比较）：影响～坏｜怀着～大的兴趣｜子

之罪大～重。❼表示程度达到顶点(充当补语,必须带"了"):好～了|漂亮～了|心里难过～了。❽姓。

戛 jí〈文〉门闩:门～。

即[卽] jí ❶到;登上:～任|高皇帝以明圣威武～天子位。❷靠近:若～若离|可望而不可～|匪来贸丝,来～我谋(匪:同"非"。不是)。❸就着:～景生情|～席讲话|～兴赋诗。❹就是(表示判断):非此～彼|非其父兄,～其子弟。❺当前;目前:～日|～刻成功在～。❻立刻;马上:一触～发|～遣兵三万以助备(备:刘备)。❼就(含推论意味):稍加修改,～可发表|再休息两天～可上班。❽表示假设的让步,相当于"哪怕":～使|～无外援,也能完成任务。

茍 jí 见 lì "苙"(397 页)。

佶 jí ❶〈文〉健壮的样子:四牡既～,既～且闲。❷【佶屈聱(áo)牙】曲折拗口,形容文章艰涩。也作"诘屈聱牙"。

痋 jí ❶〈文〉生病虚弱无力:枸杞疗虚～病。❷〈方〉低劣。

诘 jí 见 jié "诘"(318 页)。

亟 ㊀ jí〈文〉急迫;迫切:～待解决|君～定变法之虑。㊁ qì〈文〉表示动作行为多次重复,相当于"屡次":～来接洽|～请于武公,公弗许。

革 jí 见 gé "革"(203 页)。

笈 jí ❶〈文〉书箱:寒苦自居,负～游学。❷〈文〉书籍:秘～。

急[怘、伋、忣] jí ❶焦躁不安:着(zháo)～|心～如焚|孩子高烧了好几天,他正～着找大夫呢。❷使着急:该上场了,他还没来,真～人。❸容易激动,发怒;不冷静:性子～|说着说着他就～了。❹快而猛烈;迅速:湍～|～转弯|水流迅～。❺紧迫;迫切(跟"缓"相对):～事|～救|紧～|县官～索租,租税从何出?❻紧急严重的事情:救～|当务之～|君子周～不继富(周:救济)。❼迫切要帮助解决:～公好义|～群众之所急。

姞 jí 姓。

姷 jí〈文〉同"嫉"。嫉妒:妒～。

赺 jí【赺赺】〈文〉径直前行的样子。

揤 jí ❶〈文〉抓按。❷【揤裴】汉代诸侯国名,故地在今河北。

皲 jí 用于人名。

疾 jí ❶病:～病|残～|讳～忌医|积劳成～|去民之患,如除腹心之～。❷痛苦:～苦|凡牧民者,必知其～。❸快;迅速:～速|～驰|手～眼快|奋笔～书。❹猛烈:～风劲(jìng)草|大声～呼。❺痛恨:～恶如仇|诸儒生～秦焚《诗》《书》。❻〈文〉缺点;毛病:寡人有～,寡人好色。

淢 jí【淢溜】1.漂亮:把个～庞儿,为他瘦损(庞儿:脸庞)。2.灵活:小行者看见婆婆手脚,也自欢喜。‖用于古白话。

聖 jí ❶〈文〉烧土为砖:～周(烧土为砖附于棺木四周)。❷〈文〉烛芯的灰烬:左手执烛,右手折～。❸〈文〉憎恶:～逤(憎恶谗言)。

斟 jí【斟斟】〈文〉盛多的样子。

椥 jí 见 zhì "椥"(882 页)。

砬 jí〈文〉同"亟"。爱:吴人怜～。

斝 jí〈文〉集合;会聚。

嗜 jí 见 jiè "嗜"(322 页)。

秸 jí 见 jiē "秸"(317 页)。

愱 jí〈文〉同"急"。焦躁;气恼。

厝 ㊀ jí 古县名。在今河北。㊁ jī 古县名。在今四川。㊂ cuò〈文〉通"厝(cuò)"。放置;安置:安～。

瘷 ㊀ jí〈文〉同"瘠"。瘦。㊁ sè【瘷(shèn)瘷】〈文〉寒病。

恆　(一) jí ❶〈文〉急迫；急促。❷〈文〉恭谨慎重。
(二) kè 〈文〉爱。

揖　jí 见 yī"揖"(794页)。

慧　jí 〈文〉草名。即葃蓫(shuòzhuó)。药草陆英的别名。全草可入药。

棘[棗]　jí ❶酸枣树，落叶灌木。有刺，果实小，味酸，种子可入药。❷泛指带刺的草木：披荆斩～。❸刺；扎：～手(形容事情很难办)。❹〈文〉通"急(jí)"。急迫：岂不日戒，玁狁孔～(玁狁：古代北方民族。孔：甚)。

殛　jí 〈文〉杀死；诛杀：雷～｜～鲧于羽山(鲧：gǔn，夏禹的父亲)。

齘　jí 见 zǐ"齘"(909页)。

戢　jí ❶〈文〉收敛；收藏：～翼｜载～干戈(把兵器收藏起来)。❷〈文〉止息：～怒(控制怒气)｜丧乱以来，兵革未～。❸姓。

喦　jí 见 léi"喦"(387页)。

集[雧]　jí ❶聚合；会合：～聚｜～思广益｜天下云～而响应。❷集子，汇集单篇作品编成的书册：诗～｜文～｜顷撰其遗文，都为一～(都：总共)。❸某些篇幅较长的书籍或影视片分成的相对独立的部分：上～｜续～｜第十～。❹农村的定期交易市场：～市｜赶～。❺古代图书四部分类(经、史、子、集)的第四类，主要指诗、词、文、赋等文学作品。❻〈文〉禽鸟栖止树上：黄鸟于飞，～于灌木。

倢　jí ❶〈文〉嫉妒。❷〈文〉毒。

湒　jí 〈文〉模拟下雨的声音。

潗　jí 见 yì"潗"(804页)。

緝　jí 见 jī"缉"(285页)。

趍　(一) jí【趍趩(jié)】〈文〉愤怒离去。
(二) jié ❶【趍趢(jué)】〈文〉跳起的样子。❷【趍趍】〈文〉跳动的样子：心～然跳不止。

埐　jí 〈文〉土地瘠薄：肥～。

蒺　jí【蒺藜(li)】1. 一年生草本植物。茎平卧，羽状复叶，花黄色，果皮有刺，种子可入药：困于石，据于～(在乱石里受困，手抓住蒺藜)。2. 这种植物的果实。3. 像蒺藜的东西：铁～(一种军用障碍物)。

菰　jí 〈文〉冬瓜。

楫[*檝、䑽]　jí 〈文〉桨；舟～｜剡木为～(剡：yǎn，削)｜济大川而无舡～(济：渡。舡：同"船")。

辑(輯)　jí ❶聚集，特指汇集材料编(书刊)等：～录｜～佚｜编～｜甲而兵聚(甲：铠甲。兵：兵器)。❷整套书籍的各个部分：特～｜专～｜丛书第一～。❸〈文〉和睦：群臣～睦，甲兵益多。

蝍　jí ❶【蝍蛆(qū)】1.〈文〉蟋蟀。2.〈文〉蜈蚣。❷【蝍蠘(cù)】〈文〉虫名。即尺蠖(huò)。

嶓　jí 〈文〉山脊。

遬　jí 〈文〉同"疾"。快速：迅～。

嫉　jí ❶忌妒，因别人比自己好而怨恨：～妒｜～恨｜世人不能为，是以相与～其能。❷憎恶(wù)；痛恨：～恶如仇｜愤世～俗。

耤　(一) jí 〈文〉天子亲耕的田(取劝农的意思)：帝甲耕～田。
(二) jiè 〈文〉同"藉"。借助：～友报仇。

藉　jí ❶〈文〉草木生长的样子。❷〈文〉茅芽。

槉　jí 〈文〉即栱。立柱和横梁之间的承重构件。

鉗　jí 〈文〉钳夹：～子(用于钳夹的刑具)｜～钳(倾轧钳制)。

膌　jí 〈文〉瘦：肥～。通作"瘠"。

蒩　jí 〈文〉同"亟"。急迫。

蕺　jí【蘱蕺】〈文〉一种草本植物。即天门冬。

蕺　jí 蕺菜，多年生草本植物。茎上有节，花小而密，茎、叶有鱼腥味，全草入药。也叫"鱼腥草"。

J

蕀 jí 〈文〉草名。

碃 jí 〈文〉同"瘠"。(土地)不肥沃:山地～薄。

踖 ㊀jí ❶〈文〉践踏:毋～席。❷【踖踖】1.〈文〉敏捷恭敬的样子:～然敬慎于事。2.〈文〉惶惧不安:～不前。‖也说"踖然"。㊁què【踖陵】古地名。在今河南。

噄 jí ❶〈文〉咀嚼。❷〈文〉吞咽。

嶻 jí【嶻嶭(yè)】〈文〉山峰高峻的样子。

巢 jí【巢岌(jí)】〈文〉高峻的样子。

篃 jí 〈文〉竹名。

瘠 jí ❶〈文〉(身体)瘦弱:～瘦|～弱。❷(土地)不肥沃:～土|贫～|古之葬者,必居～薄之地。

鹡 (鶺)[鴜] jí【鹡鸰(líng)】鸟名。种类较多,我国常见的是白鹡鸰,喙细长,翅膀和尾巴都很长,头部黑色,额上有白斑。生活在水边,吃昆虫等。俗称"张飞鸟"。

渱 jí ❶【渱渱】〈文〉聚集:～群羊。❷〈文〉水外流;汗出:～然汗出。❸〈文〉形容迅速:～然兔没(兔:fú,野鸭)。

潗 jí ❶【潗(chì)潗】〈文〉水涌起的样子。❷【潗潗】〈文〉模拟虫声,雨声等:(山雨)～声颇急。❸沏,用沸水泡(茶)。用于古白话:早起～了一碗枫露茶。

郌 jí ❶古地名。在今四川。❷古水名。在今四川。

瓅 jí【垂瓅】1.地名。出产美玉。2.〈文〉玉名。

輯 jí 〈文〉安定:西羌放劲,余类未～。

鰶 jí【鰶蝑(jū)】〈文〉蜈蚣。也叫"蛆蝑(jíqū)"。

鰶 jí 〈文〉兽角多的样子。

藉 jí 见jiè"藉"(322页)。

轚 jí 〈文〉紧。

櫅 jí 〈文〉树木名。即柽(chēng)树。

瞁 jí 〈文〉眼睛顾盼不定。

踖 jí 〈文〉小步走:～步|～促|踧～(形容畏缩不安)。

雔 jí 〈文〉同"噄"。吞吸。

襋 jí 〈文〉衣领:衣～。

鏶 jí【鏶鏢(lí)】〈文〉交战时使用的铁制障碍物。像蒺藜子:魔众所住处,沟坑布～。

蟣 jí 见cī"蟣"(101页)。

儌 jí 〈文〉鱼名。即章鱼。

鰶 jí 〈文〉同"戢"。收藏:经未匦(guǐ)～(佛经没有收置)。

藉 jí 〈文〉通"籍(jí)"。登记册;书册:图～。

轚 jí ❶〈文〉车轴头相互撞击。❷〈文〉撞击;挂碍:舟车～互。

霴 jí ❶〈文〉暴雨的样子。❷【霅(xǐ)霴】〈文〉许多声音急骤地发出:万簌～鸣。

籍 jí ❶书册;书籍:典～|古～|汉兴,改秦之败,大收篇～,广开献书之路。❷个人对国家或组织的隶属关系:国～|学～|党～。❸籍贯,祖居或本人出生的地方:祖～|原～|寄～。❹〈文〉名册;登记册:召门吏为汗先生著客～。❺〈文〉登记:～吏民,封府库。❻姓。

鑦 jí 〈文〉金属薄片。

鶾 jí【鶾(pí)鶾】〈文〉鸟名。也叫"鶺鸠"。

囍 jí【霅(xǐ)囍】〈文〉许多声音急骤地发出:万簌～鸣,百川灌注入。

蹐 jí 〈文〉同"踖"。践踏:蹈～。

jǐ (ㄐㄧˇ)

几(㊀㊁❷❸❹幾) ㊀jǐ ❶询问数目:来了～个人?|

去了～天了？|子来～日矣？❷表示大概的数目（限于二至九）：买了～本书|他才十～岁|挣了～千元。

㊀jǐ ❶矮小的桌子：～案|茶～|窗明～净|隐～而卧。❷〈文〉事情的征兆：君子见～而作。❸〈文〉将近，接近：与会者～千人（几千人|近千人）。❹〈文〉差一点；几乎：遭遇台风，～葬鱼腹。

己 □ jǐ ❶自己，对别人称本身或本身所属的一方：克～奉公|知～知彼|～所不欲，勿施于人。❷天干的第六位，常用作顺序的第六。

邝 jǐ 古地名。

弖 jǐ 〈文〉握持。

昌 jǐ ❶〈文〉说。❷用于人名。

改 jǐ 用于人名、姓氏。妲改（通作"妲己"），商纣王妃。

纪 □ jǐ 见jǐ"纪"（292页）。

泲 jǐ ❶古水名。1. 同"济"。发源于河南济源。2. 同"济"。发源于河北赞皇。❷〈文〉过滤：～取汁（滤出液汁）。❸〈文〉挤出：～马奶。

虮 （蟣） jǐ 虮子，虱子的卵：～虱。

挤 （擠）[挤] jǐ ❶集中在一起，挨得很紧：拥～|～成一团|本期稿～，连载暂停。❷身体紧靠着用力，排开人或物：好不容易才从人群中～出来。❸用压力使从孔隙中排出：～牛奶|～牙膏。❹排斥，强力使离开：排～|入学的名额被人～掉了。❺〈文〉推挤：落陷井，不引一手救，仅～之。

济 □ jǐ 见jǐ"济"（293页）。

给 □ jǐ 见gěi"给"（206页）。

脊 □ jǐ ❶脊椎动物背部正中的骨骼：～柱|～髓。❷物体上像脊柱而高起的部分：山～|书～|蹿房越～。

掎 □ jǐ ❶〈文〉拖住；牵制：～角之势（比喻分兵牵制或合兵夹击敌人的态势）|

贼～吾三面。❷〈文〉发射：机不虚～，弦不再控。

魝 （魝） □ jǐ 鱼名。身体侧扁，略呈椭圆形，头小而钝，口小，绿褐色。生活在海底岩石间。

戟 [戟] □ jǐ ❶古代兵器。长柄的一端装有金属枪尖，旁边附有月牙形锋刃，可以直刺和横击：王于兴师，修我矛～。❷〈文〉刺激：泄火生风，～喉痒肺。

麂 [麂、麏] □ jǐ 哺乳动物。像鹿，比鹿小，腿细而有力，善于跳跃，雄的有长牙和短角。种类较多，黑麂是我国国家重点保护动物。通称"麂子"。

撠 □ jǐ ❶〈文〉击刺：搏～。❷〈文〉抓住；握持：～掖（拘持）。❸〈文〉接触：～胶葛（胶葛：上浮的云气）。

巇 jǐ 古山名。

據 □ jǐ 〈文〉抓；搏击：虎兕相～。另见jù"据"（340页）。

檝 □ jǐ 〈文〉拘持；抓住。

機 □ jǐ 〈文〉禾穗籽实如成串的珠玑。

霽 □ jǐ ❶〈文〉酿酒成熟后，用手挤压使酒液流出而去掉酒糟。❷〈文〉用手挤压使汁液排出：～乳|～出脓来。

jì　（丩）

彐 jǐ 〈文〉同"彑"。用作部首。

彑 jǐ 〈文〉猪头。

旡 jǐ 〈文〉饮食引起气逆梗塞。

计 （計） □ jì ❶计算，即根据已知数，用数学方法求得未知数：～价|统～|不～其数|可～日而待也。❷计较；考虑（多用于否定式）：不～名利|无暇～及。❸谋划；打算：～议|～划。❹用于统计或列举：今年入学的研究生，～本市的占38%，外地的占62%|提包内～有银行卡、

身份证、录取通知书等物。❺主意;策略:~谋|妙~|诸生无能出奇~。❻用于测量或计算数值的仪器:血压~|安培~(电流表)。❼姓。

记（記）jì
❶把印象保持在脑子里:~忆|惦~|铭~在心|凡所经履,莫不暗~。❷登载;把听到的话或发生的事写下来:~载|~账|属于作文以~之(属:嘱托)。❸记述事物的文字(多用作书名或篇名):日~|传(zhuàn)~|大事~|《桃花源~》。❹标志;记号:标~|钤(qián)~(旧时机关团体或低级官员使用的图章)|以红灯为~。❺皮肤上生下来就有的深色斑:胎~。❻〈方〉量词。用于动作的次数:扇~耳光|一~劲射,足球稍偏出球门。

迓 jì
❶迓人,古官名。到各地了解民情的使臣。❷〈文〉语气助词。相当于"哉"。

伎 jì
❶手段;花招:~俩|故~重演。❷古代称以歌舞为业的女子:歌~|舞~|名姝异~。❸〈文〉通"技(jì)"。才能;技艺:无他~能。

齐 jì
见 qí "齐"(531页)。

纪（紀）
㊀ jì ❶法度:~律|军~|纲~|违~|师行有~。❷同"记"。用于"纪念、纪元、纪年、纪要、纪行"等词中。❸计时的单位。古代以十二年为一纪,现代公历以一百年为一纪:世~。❹年龄:年~。❺地质年代分期的第三级,在代之下,世之上,跟年代地层单位的"系"对应。如古生代有寒武纪、奥陶纪等。❻料理;经营:经~|衣食当须,力耕不吾欺。❼〈文〉丝的头绪;譬若丝缕之有~,网罟(gǔ)之有纲。❽史书体裁之一,记述帝王历史事迹:《汉书·高帝~》。
㊁ jì 姓。

迹 jì
〈文〉同"迓"。语气助词。相当于"哉"。

技 jì
❶才能;某方面的本领:~艺|特~|雕虫小~|小人伐其~以冯君子(伐:夸耀。冯:píng,欺凌)。❷〈文〉有技能的人;工匠:百~(各行各业的工匠)。

芰 jì
古书上指菱。

系（系）jì
见 xì "系"(722页)。

忌 jì
❶嫉妒;憎恶:~恨|猜~|~贤妒能。❷畏惧;怕:~惮|顾~|讳疾~医|齐人欲伐鲁,~卞庄子,不敢过卞(卞庄子:人名)。❸认为不适宜而避免;禁戒:~讳|~避|~食生冷|切~滋长娇、骄二气。❹戒除:~烟|~酒|~赌。❺〈文〉句末语气词,表示感叹语气:叔善射~,又良御~,叔善射箭哪,又善于驾车啊。

际（際）jì
❶靠近边缘或交界的地方:边~|一望无~|孤帆远影碧空尽,唯见长江天~流。❷中间;里边:脑~|胸~|空~。❸彼此之间:国~|星~旅行|人~关系。❹时候:临别之~|唐虞之~,于斯为盛。❺〈文〉逢;正当:~此盛会。❻遭遇:~遇|~遭。❼交往;接触:交~|不应诸侯之~(不参加诸侯之间的交际)。

妓 jì
❶以卖淫为业的女子:~女|娼~|~狎。❷古代称以歌舞为业的女子:歌~|舞~。

欱
㊀ jì 〈文〉同"冀"。希望。
㊀ chī(旧读 jí) 同"吃"。口吃。
㊂ qì 〈文〉给予。

季 jì
❶一年分春夏秋冬四季,三个月为一季:四~|多花木,穷冬亦不凋。❷季节,一年中某个有特点的时期:雨~淡~|瓜~。❸兄弟中排行第四或最后的:~弟|伯仲叔~。❹农历每季的最后一个月:~春。❺某个朝代、时期的末了(liǎo):~世|汉~失权柄,董卓乱天常。❻姓。

剂（劑）jì
❶配合而成的药:针~|麻醉~|诏侍医敦进汤~。❷某些起化学作用或物理作用的物质:溶~|消毒~|润滑~|黏合~。❸调和;调节:调~|和如羹焉,酸苦以~其味。❹量词。用于由若干味药配成的中药:一~药|中药三~。❺〈文〉剪断;割破:豫让~面而变容(豫让:人名)。

垍 jì
〈文〉坚硬的土。

前 jì
【洪前】古地名。在今福建。

荠（薺）
㊀ jì 荠菜,一年生或二年生草本植物。叶子羽状分裂,花

白色，嫩茎叶可以吃，全草入药。

㊁ qí【荸荠(bíqi)】1.多年生草本植物。生在池沼或水田里，地下茎扁球形，可吃。2.这种植物的地下茎。

苟 jì 〈文〉自己警诫自己。

茊 jì 古算法名。也作"计"。

迹[*跡、*蹟、遬] jì ❶脚印：足～｜人～罕至｜蛛丝马～。❷留下的印痕：痕～｜笔～｜不若相与追而杀之，以灭其～。❸前人留下的事物：古～｜遗～｜陈～。❹事业；业绩：事～｜奇～｜夫六经，先王之陈～也。

洎 jì 〈文〉到；及：自古～今｜～乎近世。

济(濟)[済] ㊀ jì ❶渡(江河)：～河｜同舟共～。❷帮助；救助：～贫｜扶危～困｜为求援救，以～其患。❸有益；得益：无～于事｜假公～私｜断木为杵，掘地为白，白杵之利，万民以～。❹中用；顶事(用于否定式)：眼神不～｜精力不～。

㊁ jǐ ❶济水，古水名。发源于今河南，流经山东入渤海。今河南济源，山东济南、济宁、济阳，都因济水而得名。❷【济济】形容人很多：～一堂｜人才～～。

既[旡] jì ❶〈文〉表示动作、情况已经完成，相当于"已经"：～成事实｜～见君子，云胡不夷？(夷：平，内心平静)❷表示并列关系(跟"且、又、也"等配合，连接动词、形容词)：～深且广｜我观又大方｜～肯定成绩，也指出缺点。❸连词。表示因果关系，提出已成为现实或已得到肯定的前提，据以推出结论：～来之，则安之｜～要参与，就须认真对待。❹〈文〉完了；尽：食～｜语未～。

勣(勣) jì 用于人名。李勣，唐代人。"勣"另见 jì"绩"(294 页)。

揤 jì "棝"的讹字。控制弩机发射的机关。

觊(覬) jì 〈文〉希望；企图：～觎(非分地希望或企图)｜臣非敢有所贪～。

继(繼)[繼、繼、繼] jì ❶〈文〉连续；接续：承～｜相～｜夜以～日。❷〈文〉表示紧随某一情况或动作之后，相当于"继而"：初觉目眩，～又耳鸣。

紒 ㊀ jì 〈文〉束发为髻；发结：男女皆露～。

㊁ jié 〈文〉同"结"。编结；用线、绳打的结：解绳之～以计事。

郪 jì ❶古地名。在今北京西南。后作"蓟"。❷姓。

棝 jì 〈文〉控制弩机发射的机关：铁～。

唭 ㊀ jì【唭嘆】〈文〉同"寂寞"。安静无声。

㊁ zhù【唭唭】〈文〉赞叹声。

偈 ㊀ jì 偈陀，佛经中的唱词：～语｜诵～。[偈陀之省，梵 gāthā，颂]

㊁ jié ❶〈文〉勇武。❷〈文〉奔跑迅速。

徛 jì ❶〈文〉过河用的踏石。❷〈文〉石桥。

祭 ㊀ jì ❶置备供品向神灵或祖先行礼，表示崇敬并祈求保佑：～祀｜～神｜～祖。❷为逝去的人举行仪式，表示悼念：～奠｜～扫｜公～烈士。❸古典神话小说中指使用法宝：～宝。

㊁ zhài 姓。

漈[滭] jì 〈文〉同"济"。渡水。

悸 jì ❶因害怕而心跳加速：～动｜心～｜～惊。❷惊恐；害怕：心有余～。

寄 jì ❶托人递送，现专指邮寄：邮～｜～钱｜～书问三川，不知家在否。❷托付；委托：～存｜～养｜～情山水｜～厚望于后来者。❸依附；依靠(别人或别的地方)：～食｜～宿｜～人篱下。❹认的(亲属)：～父｜～母｜～子。

寂[家、宋、寂] jì ❶静；没有声音：～静｜沉～｜万籁俱～。❷冷清；冷落：孤～｜枯～｜儒者于空室，文吏哗于朝堂。

箕 ㊀ jì 〈文〉箕踞。一种轻慢的坐姿，坐时两腿前伸张开。

㊁ qǐ 同"杞"。古国名。故地在今河南。

绩 (績)[❶*勣] ❶功业;成果:业～|成～|丰功伟～|丰水东注,维禹之～。❷把麻搓捻成线或绳:～麻|纺～|妇人同巷,相从夜～。"勣"另见 jī"勣"(293 页)。

塈 jì 〈文〉同"墍"。涂抹屋顶。

惎 jì ❶〈文〉毒害:～害其子弟。❷〈文〉忌恨:赵襄子由是～知(zhì)伯(赵襄子、知伯:人名)。❸〈文〉教导:天人启～(启:开导)。

藙 ㊀ jì ❶〈文〉草多的样子。❷〈文〉到达:重爵不～(不能封给高官)。㊁ xì 古地名。在今山东。

劇 jì 〈文〉伤害。

筓 jì 〈文〉渔网一类的捕鱼器具:张～捕鱼。

鼻 jì 〈文〉同"曁"。连词。与;及:蠙(pín)珠～鱼(蠙珠:蚌珠)。

塈 jì ❶〈文〉涂抹屋顶:涂～。❷〈文〉休息:不解于位,民之攸～(解:xiè,懈怠。民之攸塈:天下百姓得到休养生息)。❸〈文〉取:摽有梅,顷筐～之。

裂 jì ❶〈文〉折断:～领而刎颈(折颈断头)。❷【裂割】〈文〉裁断。

薊 (薊) jì ❶多年生草本植物。茎叶多刺,花紫红色,嫩茎叶可以吃,全草入药。❷古地名,在今北京城西南,曾为周朝燕国国都。❸用于地名:～县(在天津北部)。❹姓。

𣇵 jì 见 jī"𣇵"(285 页)。

𩵋 ㊀ jì 〈文〉鬼的衣服。㊁ qí 〈文〉小儿鬼:～鬼。

瘥 jì 心悸,因害怕而心跳加速、气喘:使我至今病～。通作"悸"。

緫 jì 〈文〉秤毫。

櫻 jì 〈文〉树木名。即水松。

厤 jì 〈文〉同"罽"。毡类毛织品。

霁 (霽)[霁] jì ❶〈文〉雨、雪停止。天气转晴:雨～|大雪初～。❷〈文〉怒气消除:～颜|色～|气平怒～。❸〈文〉明朗:～朗|胸中洒落,如光风～月。

螫 jì 见 cǐ"螫"(102 页)。

跽 [膌] jì 〈文〉长跪,两膝着地,上身挺直:按剑而～。

𮑡 ㊀ jì 〈文〉蝉的别称。㊁ qī 〈文〉长脚蜘蛛。

𥞇 jì 〈文〉一种形体矮小的牛。

𥞇 jì 〈文〉稠密:深耕～种。

鮆 (鱭) jì 鱼名。身体侧扁,头小而尖,尾巴细长,银白色。生活在海洋中,春夏到江河中产卵。常见的有凤鮆(凤尾鱼)、刀鮆(刀鱼)等。

鰋 ㊀ jì 【白鰋】〈文〉即白鱀豚。㊁ qiè 〈文〉风干的鱼:～鱼。

誋 jì ❶〈文〉告诫:(目)不可以昭～(眼睛不能用来告诫)。❷〈文〉同"忌"。顾忌;忌惮:谏死之～(进谏怕死的顾虑)。

瘢 jì 皮肤上生下来就有的深色斑。现在通常作"记"。

蒢 jì 梵语译音用字。

漈 ㊀ jì ❶〈文〉水边:河边水～。❷〈文〉海底深陷的地方:(渔船)漂流落～,回者百一。

淑 jì 【淑瀏(liáo)】〈文〉形容水清净。

禝 jì ❶同"稷"。古代主管农事的官。❷传说中周的始祖。

曁 jì ❶〈文〉连词。表示并列(连接名词性词语):总统～夫人一行|竣工典礼～庆功大会。❷〈文〉到:跣而走,～乎门(跣:xiǎn,光着脚)|～乎今岁,天灾流行。

蕓 jì 〈文〉同"忌"。猜忌;嫉妒:～富贵之在己上。

薻 jì 〈文〉小草。

稷 [穄] jì ❶谷物名。粟(谷子)的别称。一说是不黏的黍:我艺黍～(艺:种植)。又一说是高粱。❷古代以稷为百谷之长,因此帝王奉祀为谷神:社～

（土神和谷神）。❸古代主管农事的官。

鲫（鯽）[鯽、鰿、鰶] jì 鱼名。身体侧扁，背脊隆起，头小，没有须，尾部较窄。生活在淡水中。金鱼是鲫鱼的变种，形态各异，可供观赏。

诎 jì 见 chù "诎"（93 页）。

潗 jì 〈文〉水名。

髻 [髻] jì 梳在头顶或脑后的发结：发(fà)～｜高～｜头上倭堕～，耳中明月珠。

冀 jì ❶〈文〉希望；期望：～盼｜～图｜～其成功｜～复得兔。❷河北的别称：～中平原｜晋察～边区。❸姓。

穄 jì 清三合会旗号专用字。

稘 jì ❶穄子，即穈(méi)子，一年生草本植物。❷这种植物的籽实。

襂 jì 见 jī "襂"（286 页）。

槩 jì ❶〈文〉桔槔的横木。❷【槩梅】〈文〉山楂树。

嚌 ⊖ jì ❶〈文〉浅尝；微尝：太保受同，祭～(太保接过酒杯，祭酒，浅尝)。❷〈文〉吃：～其甜汁。❸〈文〉祭祀时俎上盛放的食品。
⊜ jiē ❶【嚌嚌】〈文〉模拟鸟兽鸣叫声、管弦声等：鹍(kūn)鸡鸣以～(鹍鸡：鸟名)。❷【嚌嘈】〈文〉形容声音嘈杂：人语～。

厀 [剺] jì ❶〈文〉用毛做成的毡子一类的东西：～帐。❷〈文〉渔网。

憒 jì 见 qí "憒"（534 页）。

鮆 jì 同"鲚(jì)"。古书中指刀鱼，后作"鲚"。

鼊 (鱀)[鱀、鱀] jì【白鱀豚】即白鳍豚，哺乳动物。鲸的一种，是我国国家重点保护动物。

檵 jì 檵木。常绿灌木或小乔木。枝、叶可以提制栲胶，种子可以榨油，花、茎、叶可入药。

鰶 jì 〈文〉鱼名：乌～｜白～。

齎 jì ❶〈文〉炊火猛烈。❷〈文〉盛；暴烈：～怒(暴怒)。

鶀 jì【鶀鶀(qí)】〈文〉猫头鹰。也叫"鶀鶀"。

蘮 jì 〈文〉通"骥(jì)"。好马：赤～。

覢 jì 〈文〉眼睛红。

穧 jì ❶〈文〉收割谷物。❷〈文〉收割后未捆的谷物：此有不敛～(敛：收拢)。❸量词。古代容量单位。义同"撮(cuō)"。四圭为一穧。

鰶 (鰶) jì 鱼名。身体侧扁，背部灰绿色，两侧银白色，体长可达 20 厘米。分布在我国沿海。

鰺 jì 〈文〉鳍鱼，即鳜鱼。

廎 jì 用于人名。咸廎业，唐代人。

瘠 jì ❶〈文〉疾病；生病：亲～(父母生病)。❷〈文〉短小；瘦小。

懻 jì 〈文〉强狠；强直：～忮(zhì)而好(hào)气(懻忮：强直刚戾)。

骥 (驥)[驥] jì ❶〈文〉好马：骥～｜老～伏枥，志在千里｜见～一毛，不知其状。❷〈文〉比喻有才能的人：世不乏～，求则可致。

驥 jì 〈文〉企望；仰慕：～慕诸葛。

蘮 jì【蘮蒘(rú)】〈文〉草名。似芹，可食用。

蠳 jì【蠳蝾(yīng)】〈文〉虫名。

灂 jì ❶〈文〉泉水涌出的样子。❷【灂沟(zhuó)】〈文〉井时而有水时而无水。

醠 [醠] jì ❶〈文〉酱。❷〈文〉酒名：～酒在下(下：堂下)。

齎 jì 见 zī "齎"（907 页）。

燨 jì 用于人名。傅燨，明代人。

J

癠 jì 〈文〉熟睡。

蕠 jì 〈文〉草名。

鱭[鱭] jì ❶〈文〉同"鲚"。鱼名。即鲚鱼。❷〈文〉小贝。

璚 jì 〈文〉绿色的玉。

繼 jì 〈文〉同"罽"。毡类毛织品。

氎[氎] jì 〈文〉露发。

驕 jì 【驕驕】〈文〉草丰盛的样子：～马荐（荐）。

䶲 见 jié "䶲"（320 页）。

---

jiā（ㄐㄧㄚ）

加□ jiā ❶把一个东西放在另一个东西上；几种东西合起来（跟"减"相对，❷❸同）：～冕｜黄袍～身｜朝服虽敝，必～于上；弁冕虽旧，必～于首。❷数学基本运算方法。最简单的是把若干个数合并起来的运算，如 $3+6=9$，读为三加六等于九。❸使数量增多；提高：～大｜～速｜无以复～｜他嫌少，再给他～上点儿。❹把原来没有的添上；外加：～密｜～标点｜～注解。❺施以（某种行为）：～害于人｜有则改之，无则～勉。❻〈文〉担任：夫子～齐之卿相，得行道焉，虽由此霸王，不异矣。❼更加：变本～厉｜邻国之民不～少，寡人之民不～多。❽姓。

夹□（夾）[㊀△*袷、㊀*裌] ㊀jiā ❶从物体的两侧同时用力或采取行动：～菜｜～击｜胳膊底下～着皮包。❷处在两者之间；使物体限制在中间：～缝儿｜～层｜贺年卡～在书里｜两侧的高山～着大河。❸掺杂；混杂：～杂｜雨～雪｜在人群中挤不出来。❹夹子，用来夹东西的器具：皮～｜文件～。

㊁ jiá 双层的（衣物等）：～袄｜这条被子是～的｜漠漠新寒试～衣。

㊂ gā 【夹肢(zhi)窝】〈口〉腋窝。也作"胳肢窝"。

"袷"另见 qiā（538 页）。

伽□ jiā 见 qié "伽"（551 页）。

宊 jiā 见 tū "宊"（675 页）。

茄□ jiā 见 qié "茄"（551 页）。

岬 jiā 【嵼(yà)岬】〈文〉群山森列高峻的样子。

峏 jiā 峏护山，古山名。在今湖南。

佳□ jiā ❶美；好：～作｜～话｜美酒～肴｜秋菊有～色。❷姓。

㹕 jiā 【㹟(huò)㹕狓(pí)】哺乳动物。像长颈鹿而较小。生活在非洲原始森林中。

迦 jiā 迦河，水名。有东迦、西迦两支，发源于山东，流到江苏汇合。

迦 jiā 译音用字：释～牟尼（佛教创始人，梵 Śākyamuni）｜～太基（非洲北部的古国，英 Carthage）｜～梨陀娑（印度剧作家、诗人，梵 Kālidāsa）。

珈□ jiā 古代妇女戴的簪子两头的玉饰。

挟□ jiā 见 xié "挟"（742 页）。

枷□ jiā ❶旧时套在罪犯脖子上的木制刑具：披～戴锁｜狱无～锁，唯用绳缚。❷【连枷】脱粒用的旧式农具：耒耜～芟（芟：shān，大镰刀）。也作"连枷"。

浹（浹）[冲] jiā ❶〈文〉湿透：汗流～背。❷〈文〉通"彻"：不浸于肌肤，不～于骨髓。

笘 jiā 【笘䍦】〈文〉同"袈裟"。僧尼披在外面的法衣。

梜□（梜） jiā ❶〈文〉护书的夹板；匣子：黄金为之～。❷〈文〉筷子：羹之有菜者用～。

柫 jiā 〈文〉同"枷"。连枷，脱粒用的旧式农具：～耒。

痂□ jiā 由伤口或疮口的表面渗出物结成的硬壳，痊愈后自然脱落：疮～｜嗜～之癖（形容人的乖僻嗜好）。

家 (㊀⑫-⑭傢) ❶家庭,以婚姻和血缘关系为基础而形成的社会单位:~属|勤俭持~|少小离~老大回。❷家庭的住所:~居|回~|搬~|无~可归。❸借指工作单位:经理今天不在~,有事明天再来吧。❹经营某种行业的人或具有某种身份的人:农~|船~|店~|东~。❺有某种专门知识或从事某种专门活动的人:专~|画~|科学~|政治~。❻学术或艺术流派:儒~|百~争鸣|诸子十~,其可观者九~而已。❼相对各方中的一方(多用于下棋、打牌时):上~|对~|两~|下成和棋。❽谦辞。用于对别人称自己的长辈或年纪比自己大的同辈:~父|~严|~兄。❾饲养的(跟"野"相对):~畜|~禽|~兔|~鸭。❿中国古代卿大夫统治的地方:大夫皆富,政将在~(大夫都很富足,政权将要到他们手中去了)。⓫量词。1.用于计算家庭:一~人家|几~个体户。2.用来计算企业:一~饭店|一~书店。⓬【家伙(huo)】1.指工具或武器。2.指人或动物。⓭【家具】指床、柜、桌、椅等家庭用具。⓮【家什(shi)】用具;器物。

㊁ jie 同"价"。用作后缀:成年~不在家。

㊂ jia 后缀。附着在某些指人的名称的后面,表示属于那一类人:老人~|姑娘~|小孩子~。

哿 jiā 见 gě "哿"(205页)。

枷 jiā 【连枷】同"连耞"。脱粒用的旧式农具。

咖 jiā 梵语译音用字。

笳 [筿] jiā 胡笳,我国古代北方民族的乐器,形状像笛子。最早的笳是用芦苇的叶子做成的:胡~互动,牧马悲鸣。

蛱 jiā 〈文〉米中的小黑甲虫。

袈 jiā 〈文〉【袈裟(shā)】僧尼披在外面的法衣,用许多长方形小布块拼缀而成。[梵kasāya]

葭 jiā ❶〈文〉初生的芦苇:蒹~|~莩(莩:fú,苇子里的薄膜。葭莩很薄,比

喻关系疏远的亲戚)。❷姓。

迦 jiā 【迦互】〈文〉一说即"行马"。阻拦人马通行的木架。又叫"桓栴(bìhù)"。

跏 jiā 【跏趺(fū)】佛教徒修行的一种坐法,盘着腿,两脚脚面交叉放在左右大腿上:中宵入定~坐,女唤妻呼多不应。

猳 jiā ❶〈文〉同"豭"。公猪:猪:视如豚~。❷〈文〉猴类的动物。

傢 jiā 〈文〉同"家"。家庭;人家。

椵 jiā 见 jiǎ "椵"(299页)。

嗏 jiā 模拟鸟叫声。

豭 jiā 〈文〉力大的牛。

筴 ㊀ jiā 〈文〉夹东西的器具,特指筷子:火~。

㊁ qiè 〈文〉通"惬(qiè)"。(心里)满足;舒畅:不以万物为~。

另见 cè "策"(60页)。

鉫 jiā 化学元素"镓(jiā)"的旧称。

髻 jiā 【髻髾】〈文〉同"袈裟"。僧尼披在外面的法衣。

嘉 jiā ❶美好:~宾(尊贵的客人)|~言懿行|肇锡余以~名(肇:始;刚降生时。锡:通"赐"。送给)。❷赞美;称赞:~奖|~许|精神可~。❸姓。

撠 jiā 见 qiā "撠"(538页)。

镓 (鎵) jiā 金属元素。符号 Ga。

羘 jiā 〈文〉公羊。

豭 jiā ❶〈文〉公猪;猪。❷〈文〉雄性动物。

貑 jiā ❶【貑黑(pí)】〈文〉熊的一种。❷【貑玃(jué)】〈文〉兽名。像猕猴。

鮚 jiā 【鮚鮄(qí)】〈文〉鱼名。俗称"家鸡鱼、加吉鱼"。

麚 [麚、麚] jiā 〈文〉雄鹿:~皮|白~。

藯 jiā 【藯支】〈文〉谷物名。

jiá （ㄐㄧㄚˊ）

夹 □ jiá 见 jiā "夹"(296 页)。

圿 jiá 〈文〉污垢:去垢~。

扴 jiá ❶〈文〉揩摩;摩擦:揩~。❷〈文〉弹奏。

忦 jiá 〈文〉忧惧。

郏 □（郏）jiá ❶郏县,地名。在河南平顶山市。❷姓。

荚 □（荚）jiá 豆科植物的果实。长形,成熟时沿背腹两缝开裂:豆~|皂~|槐树~。

惚 □ jiá 〈文〉淡然;不在意:~然|~置(淡然置之,不加理会)。

契 jiá ❶[龁(xiè)契]〈文〉刮刷。❷〈文〉划坚硬的物体。❸〈文〉戏。

唊 ㊀ jiá ❶闭口。用于古白话:~了嘴!❷妄语。
㊁ qiǎn 〈文〉老蚕胸下两侧的腺体:喉下两~。

戛 □[㊀*憂] ㊁ jiá ❶〈文〉敲打:~击|敲金~石。❷[戛然]1. 模拟鸟、雀等的叫声:~长鸣。2. 声音突然中止:歌声~而止。
㊀ gā 用于译音:~纳(法国城市)。

铗（铗）jiá ❶〈文〉冶铸用的钳:铁~。❷〈文〉剑柄:居有顷,复弹(tán)其~。❸〈文〉剑:长~(长剑)。

挟 ㊀ jiá 〈文〉同"颊"。脸颊:左右腮~。
㊁ xī 〈文〉通"翕(xī)"。收敛:~肩(敛身)。

颊（颊）jiá 脸的两侧从眼到下颌的部分:面~|两~。

睐 jiá 见 jié "睐"(319 页)。

蛱（蛱）jiá [蛱蝶]蝴蝶的一类。翅膀的底色为棕色,颜色鲜明,危害农作物:穿花~深深见,点水蜻蜓款款飞。

秸 jiá 〈文〉收割谷物捆束。

樺 jiá 〈文〉搁放。

跲 jiá ❶〈文〉绊倒:(有兽)趋则~,走则颠。❷〈文〉阻碍(不能畅通):言前定则不~(说话前有准备就流畅无碍)。❸〈文〉退却:据守不~。❹〈文〉兽畜的蹄趾:(犀牛)蹄有三~。

詥 jiá [詥詛]〈方〉喋喋不休。

餄 jiá 〈文〉饼类食品。

鞨 jiá [鞨沙]古代的一种靴子名。

鵠 jiá [鵠鶪(jú)]〈文〉即布谷鸟。又名"鸤鸠"。

鴶 jiá 〈文〉杜鹃鸟。

鷸 jiá [鶪(jié)鷸]〈文〉鸟名。凫属。

jiǎ （ㄐㄧㄚˇ）

甲 □ jiǎ ❶天干的第一位,常用作顺序的第一:~编|~等|~级品。❷〈文〉居第一位:富~天下|桂林山水~天下。❸〈文〉种子萌芽时所带的外皮:雷雨作而百果草木皆~坼(坼;chè,裂开)。❹动物身上有保护功用的硬壳:~壳|~鱼|龟~。❺手指和脚趾上的角质硬壳:指~|美~。❻古代士兵打仗时穿的用皮革或金属片做的护身服:铠~|盔~|操吴戈兮被犀~(被:同"披"。覆盖在肩背上)。❼用金属制成的围在外面起保护作用的装备:装~车。❽旧时的户籍编制单位,若干户为一甲,若干甲为一保:~长|保~。❾姓。

岬 □ jiǎ ❶岬角,陆地伸向海中的尖形部分。多用于地名:成山~(在山东荣成)。❷〈文〉两山之间。

胛 □[胛] jiǎ 肩胛,脊背上部与胳膊接连的部分:~骨。

贾 □（贾）㊀ jiǎ 姓。
㊁ gǔ ❶〈文〉做买卖:多财善~。❷〈文〉商人,特指有固定营业地点的商人:富商大~|商~皆欲藏于王之市。❸〈文〉买:官吏私~民田。❹卖:余勇可~(还

有剩余的力量可以使出来)。❺招致:～害|直言～祸|以宠～怨,不可谓德。

㊂jià〈文〉同"价"。价格:以贱～得之。

钾(鉀) jiǎ 金属元素。符号K。

蚸 jiǎ【蚸虫】甲虫,昆虫。身体外部有硬壳。

假 [㊀❹△*叚] ㊀jiǎ ❶虚伪的;不真实的(跟"真"相对):～话|～象|虚～|人心恶(wù)～贵重真。❷据理推断而有待验证;暂且认定:～说|～定|言判断。❸如果:～如|～若|～使。❹借用:～手于人|～公济私|狐～虎威|久～不归。❺〈文〉给予;授:天～之年,而除之害(上天给予他年寿,同时除去了他的祸害)。

㊁jià 按规定或经批准休息,不工作,不学习的时间:～日|暑～|请～还家。

"叚"另见xiá(725页)。

跒 jiǎ〈文〉牛蹄。

斝 [斚] jiǎ 古代的盛酒器。青铜制成,圆口,三足,两柱,有把手。

徦 ㊀jiǎ〈文〉至;来:远近～求。㊁xiá〈文〉通"遐(xiá)"。远:～尔(远近。尔,通"迩")。

椵 ㊀jiǎ〈文〉果树名。㊁jiā〈文〉拘系狗的器具。

暇 jiǎ 见xiá"暇"(725页)。

碬 jiǎ"碬(gǔ)"的又读。

槚(檟) jiǎ ❶古书上指楸树。❷〈文〉茶树。

榎 jiǎ 楸树。又作"檟"。

瘕 ㊀jiǎ ❶〈文〉妇女腹中结块的病;腹中结块。❷〈文〉腹中寄生虫病;肠中有虫～。㊁xiá〈文〉通"瑕(xiá)"。缺点;过失:疵～。

jià (ㄐㄧㄚˋ)

乊 jià 见hù"乊"(259页)。

价 [㊀㊁價] ㊀jià ❶价格,商品价值的货币表现:物～|差～|货真～实|郑县人卖豚,人问其～。❷价值,体现在商品里的社会必要劳动:等～交换。❸指化合价,表示一个原子或原子团能和其他原子或原子团相结合的数目:氢是一～元素。

㊁jiè 旧时称被派遣传送东西或传达事情的人。

㊂jie 后缀。1.附着在某些否定成分后加强语气:不～|别～|甭～。2.附着在某些成分后强化语气,用作状语:整天～|成天～忙|震天～响。

驾(駕)[駕] jià ❶使马、牛等拉(车或农具):～辕|～车|戎车既～(戎车:兵车)。❷骑;乘:乘鸾～凤|腾云～雾。❸操纵;使开动:～驶|～驭|～船|～轻就熟。❹指车。借用为敬辞,称对方:～临|车～|挡～|劳～(用于请人为自己做事或让路)。❺特指帝王的车,借指帝王:～崩(称帝王死)|保～|御～|亲征。❻〈文〉马拉车一日走的路程为一驾:驽马十～,功在不舍。

架 jià ❶放置器物或支撑物体的东西:书～|衣～|葡萄～。❷搭;支起:～设|～桥|筑土为城,～木为屋。❸搀扶:他脚崴了,得～着他走。❹劫持:绑～|人被绑匪～走了。❺承受;抵挡:招～|屋子这么热,病人～得住吗?❻互相殴打或争吵的事:打～|吵～|劝～。❼量词。用于有支架或有机械的物体:一～葡萄|一～钢琴|几～飞机。

贾 jià 见jiǎ"贾"(298页)。

假 jià 见jiǎ"假"(299页)。

挌 jià【腰挌】腰肢。用于古白话。

搢 jià〈方〉同"架"。架设。

㩰 jià〈文〉西南少数民族纺织的一种布:～布。

豭 jià ❶〈文〉同"嫁":～女。❷用于人名。

嫁□ jià ❶女子结婚(跟"娶"相对):～娶
｜出～｜昔秦伯～其女于晋公子。❷转
移(祸害、损失、罪名等):转～｜～祸于人。
❸嫁接:～李法,正月一日或十五日以砖石
着李树歧中,令实繁。

稼□ jià ❶〈文〉种植(谷物):～穑(种植和
收割)｜樊迟请学～(樊迟:人名)。❷
谷物:十月纳禾～(纳:收进)。

jia （·ㄐㄚ）

家□ jia 见 jiā "家"(297 页)。

jiān（ㄐㄢ）

戋□(戔) jiān 【戋戋】〈文〉1.众多的样
子:束帛～(束:帛五匹为束)。
2.小;少:～微物｜所得～。

开□ jiān ❶古代羌族的一支。❷〈文〉平。
❸姓。

尖□ jiān ❶末端细小、锐利:～刀｜锥子
挺～｜海畔｜山似剑铓。❷物体锐利
的末端或细小的头儿:笔～儿｜针～儿｜塔
～儿。❸指超群的人或物:他样样都行,是个
人～儿。❹声音高而细:～叫｜促织声～～
似针。❺使嗓音高而细:～着嗓子喊。❻(视
觉、听觉、嗅觉)灵敏:眼～｜耳朵～｜狗的鼻子
～。❼说话带刺,使人难受的:～刻｜～酸。

奸□[㊀*姦] ㊀ jiān ❶虚伪诡诈;不
讲信义:～诈｜～笑｜法出
而～生,令下而诈起。❷不忠于国家或君
主的:～臣｜～佞(nìng)。❸出卖国家、民
族或集团利益的人:汉～｜内～｜锄～(铲除
通敌的人)。❹自私;取巧;藏～｜耍滑｜这个
人才～呢,总想少出力多拿钱。❺坏人;坏
事:姑息养～｜狼狈为～。❻男女间发生不
正当的性行为:～污｜通～｜强～。
㊁ gān 〈文〉通"干(gān)"。侵犯;扰
乱:各守其职,不得相～。

歼□(殲) jiān 消灭:～灭｜围～｜聚～
彼苍者天,～我良人(良人:好
人)。

坚□(堅) jiān ❶硬;牢固:～硬｜～挺
～冰｜～如磐石。❷坚固的事

物:无～不摧｜被(pī)～执锐,赴强敌而死
(坚:甲衣)。❸不动摇:～持｜～守｜穷当益
～,老当益壮。❹姓。

间□(間) ㊀ jiān ❶中间,两段时间或
两种事物相接的地方:课～｜
彼此之～｜七八月之～旱,则苗槁矣。❷一
定的空间或时间:田～｜人～｜瞬～｜说话～。
❸屋子;房间:车～里｜卫生～。❹量词。
用于房间:安得广厦千万～。
㊁ jiàn ❶空隙:～隙｜其御之妻从门～
而窥其夫。❷隔开;不连续:～断｜～歇｜黑
白相～。❸挑拨使不和:离～｜反～计。❹
除去(多余的):～苗｜～果｜～梨树花。❺
〈文〉参与:肉食者谋之,又何～焉?

玲□ ㊀ jiān 【玲璧(lè)】〈文〉同"瑊玏"。像
玉的美石。
㊁ qián 〈文〉玉名。
㊂ lín 〈文〉同"琳"。美玉。

甽□ jiān ❶〈文〉灭绝。后作"歼"。❷〈文〉
农具。

浅□ jiān 见 qiǎn "浅"(543 页)。

肩□[腑] jiān ❶上臂与身体相连的部
位:～膀｜并～｜祝聃(dān)射
王中～(祝聃射中周天子的肩膀)。❷担
负:～负｜身～重任｜书手剑出门去。

艰□(艱)[囏] jiān ❶困难:～苦｜
～险｜步履维～｜哀民
生之多～。❷〈文〉父母的丧事:丁～(遭遇
父母之丧)。

奸□ jiān 〈文〉同"奸"。奸邪:～民。

监□(監) ㊀ jiān ❶从旁察看;督察:
～视｜～督｜～诸将以西击荥
阳。❷囚禁;关押:～禁。❸牢狱:～狱｜坐
～｜押在～里。
㊁ jiàn ❶〈文〉镜子:明～所以照形也。
❷〈文〉照视自己的形象:人无于～,当于民
～。❸〈文〉借鉴:周～于二代(二代:夏商)。
❹古代某些官府的名称:钦天～(掌管观察
天象、推算节气历法的机构)｜国子～(最高
学府和教育管理机构)。❺姓。

兼□[蒹] jiān ❶加倍:～旬(二十天)｜
～程(用加倍的速度赶路)｜轻
兵～道而出(兼道:加倍赶路)。❷同时具

有;同时做几件事情:～职|～收并蓄|二者不可得～。❸〈文〉并吞;合并:～天下。

菅 jiān ❶多年生草本植物。叶子细长,花绿色,根很坚韧,可用来做炊帚、刷子等:东门之池,可以沤～(沤,òu,长时间浸泡)。❷姓。

菺 jiān 〈文〉蜀葵。一种二年生草本植物。

豣[豜] ㊀jiān 〈文〉三岁的野猪;大猪,大兽:献～于公。
㊁yàn 〈文〉力大的獢。

虦 jiān 见sàn "虦"(589页)。

箋(箋)[❷❸*牋、❷❸*椾] jiān ❶注释:～注|～疏|郑玄作《毛诗～》。❷写信或题词用的小幅纸:信～|便～|佳句染华～。❸书信:～札|短～|长～。❹〈文〉一种文体,写给尊贵者的书信:《答东阿王～》《答魏太子～》。

猏 jiān 〈文〉三岁的兽:刺～。

渐 jiān 见jiàn "渐"(306页)。

揃 jiān 见jiǎn "揃"(303页)。

軒 ㊀jiān ❶〈文〉干皮革。❷【黎軒】汉西域古国名。即大秦。
㊁qián 【骊(lí)軒】古县名。在今甘肃永昌。
㊂hàn 〈文〉鞍鞯等的统称。

薄 jiān(又读 jīng) 〈文〉草木茂盛的样子。

葏 jiān ❶〈文〉同"菅"。菅茅。❷【葏粝】〈文〉粗糙的食物:饭～者不可以言孝。

蒹 jiān ❶〈文〉同"菅"。菅茅,茅草的一种:～草。❷〈文〉同"蕳"。兰草。

劇 jiān 〈文〉阉割牲畜。

閒 jiān 见jiàn "閒"(306页)。

犍 ㊀jiān 犍牛,阉割过的公牛。
㊁qián 用于地名:～为(在四川乐山市)。

僆 jiān 见qiàn "僆"(544页)。

旆 jiān 〈文〉旗帜。

瀐 jiān 见jiàn "瀐"(306页)。

湔[瀺] jiān ❶〈文〉洗涤:～浣|若在肠胃,则断截～洗,除去疾秽。❷〈文〉洗雪;清除:～雪|以～国耻。

诚 jiān 见xián "诚"(729页)。

逮 jiān 〈文〉至。

軒 jiān 【黎軒】西域古国名。

缄(緘)[❸△*械] jiān ❶封;闭:～口(嘴上贴了三层封条,指言语谨慎,不说话)。❷指为书信封口(常用在信封上寄信人姓名后):张～|寄书道中叹,泪下不能～。❸〈文〉书信:～札|～牍|两月劳君寄两～。"械"另见jiān(301页)。

絸 jiān ❶〈文〉同"繭"。紧。❷用于人名。郑伯絸,春秋时人。

瑊 jiān 【瑊玏(lè)】〈文〉像玉的美石。也作"玲珑"。

搛 jiān 用筷子夹:～菜|～起一块红烧肉吃了。

蒹 jiān 〈文〉没有秀穗的芦苇:～葭苍苍,白露为霜(葭:初生的芦苇)。

械 ㊀jiān 〈文〉小箱子;匣子。
㊁hán 〈文〉同"函"。容纳:间(jiàn)可～剑(其间隔可容纳一把剑)。另见jiān "缄"(301页)。

磹 ㊀jiān ❶〈文〉棚;阁。❷【磹磹】〈文〉岩石杂乱的样子。
㊁cán 〈文〉通"残(cán)"。破:蜀地～破。
㊂zhǎn 通"盏(zhǎn)"。酒杯:酒～。

碣 jiān 〈文〉同"犍"。阉割过的公牛。

煎[煎、熯] jiān ❶烹饪方法。把食物放入少量的热油中,使受热而表面变成黄色:～鱼|～鸡蛋。❷用水煮;熬:～茶|～药|～米饮之,可以稍通肠胃(煎米:熬粥)。❸量词。用于中药

煎汁的次数:头～|二～|一服(fù)药吃三～。❹〈文〉折磨;忧虑:恐不任我意,逆以～我怀(逆:预料)。

缣(縑) jiān 〈文〉双丝织成的细绢:～帛|～素。

撋 jiān 见 jìn "撋"(326页)。

薪 jiān 见 jiàn "薪"(307页)。

喴 jiān【咪唎喴】美利坚(美国)的旧译。

鴶 jiān ❶〈文〉鸟名。"鸡鹐(jiāojīng)"的别称。即池鹭。❷鹐形目鹭科鸟的通称:黑～。

萮[蕳、萮] jiān ❶〈文〉兰草:秉～(手拿兰草)。❷〈文〉莲子:彼泽之陂,有蒲与～。❸姓。

樫 jiān ❶【樫鸟】〈文〉鸟名。❷〈文〉树木名。木质坚细,可用于建筑、车辆等。

槛 jiān【槛子】古代的一种博戏。

貒 jiān 〈文〉同"豜"。三岁的野猪;大猪。

稴 jiān 见 xián "稴"(730页)。

鲣(鰹) jiān 鱼名。身体纺锤形,头大,吻尖。生活在热带和亚热带海洋中。

麏[麚] jiān 〈文〉力气特别大的鹿。

鹣(鶼) jiān ❶【鹣鹣】古代传说中的比翼鸟。❷【鹣鲽(dié)】比翼鸟和比目鱼,比喻恩爱夫妻或好友:～情深|弟有～之好。

鋻 ⊖ jiān ❶〈文〉刚硬。❷〈文〉淬刀剑使其坚硬。
⊜ jiàn 〈文〉一种割禾谷农具的刃:粟～。

嘕 jiān 模拟鸟虫叫声。用于古白话:蛙鸣蝉噪,耳边～唧。

鋑(籛) jiān ❶姓。鋑铿,也叫"彭祖",传说中远古时期长寿的人。❷用于人名。

熸[熸] jiān ❶〈文〉火熄灭:火立～。❷〈文〉溃败;衰败:楚师～。❸

〈文〉消失;灭亡:天下之人～亡尽矣。

鞬 ⊖ jiān ❶〈文〉马上盛弓矢的器具:带～摄弓上马。❷〈文〉收藏:～櫜(gāo)干戈(指停止战争)。❸古代博戏用语。
⊜ jiàn 〈文〉缠束:～腰(束腰)。

黚 jiān 见 qián "黚"(542页)。

繄 jiān 〈文〉紧。

鞯(韉)[鞈、韀] jiān 〈文〉马鞍下面的垫子:东市买骏马,西市买鞍～。

橏[檆] jiān 〈文〉香木名。

豜 jiān 〈文〉"豜"的讹字。三岁的野猪;大猪。

鳒(鰜) jiān 鱼名。身体侧扁,不对称。成鱼两眼都在身体的左侧或右侧。主要产于我国南海。

羵 jiān 用于人名。

歁 jiān ❶〈文〉坚持己见。❷〈文〉闭口不言。

磏 jiān ❶【磏磏(zhū)】〈文〉治玉用的磨石:玉待～而成器。也作"磏诸"。❷〈文〉锋利:～磻(锋利的石制箭头)。

瞷 jiān 〈文〉视。

攕 jiān 见 xiān "攕"(728页)。

鹣 jiān【鹣鸟】古山名:天子三日舍于～之山。

幱 jiān 〈文〉揩拭。

鰔 jiān 〈文〉鱼名。像银鱼。

瀐 jiān ❶〈文〉浸渍;浸润:扬波不能～其羽。❷〈文〉和洽:～於民心。❸〈文〉泉水时有时无。❹〈文〉通"歼(jiān)"。消灭:～积(杀的人的尸体堆积)。

櫼 jiān ❶〈文〉木楔子;木签:食肉先寻剔齿～。❷【櫼柳(àng)】〈文〉即斗拱。也叫"櫼栌(lú)"。

霰 jiān 〈文〉小雨。

鼉 jiān 〈文〉龙背脊上的鬐。

藆 jiān 〈文〉草名。地蜈蚣草。

蠊 jiān 〈文〉虫名:江～|～蚕。

鹻 jiān 〈文〉咬。

霮 jiān 【霝(lián)霮】〈文〉小雨连绵的样子。

鐵 ⊖ jiān ❶〈文〉铁器。❷〈文〉镌刻。❸〈文〉尖锐:(山)～峻。后作"尖"。 ⊜ qiān 〈文〉镌刻。

韉 jiān 〈文〉同"鞬"。盛弓箭的袋。

鱜 jiān 〈文〉(人)面色白皙而有黑气。

jiǎn （ㄐㄧㄢˇ）

囝 ⊖ jiǎn ❶〈方〉儿子。❷〈方〉儿女。 ⊜ nān ❶〈方〉同"囡"。小孩儿:小～。❷〈方〉同"囡"。女儿:一个儿子一个～。

拣 (揀) jiǎn ❶挑选:挑肥～瘦|～重活干|～个好日子结婚。❷同"捡"。拾取:～麦穗。

梘 (梘) jiǎn 〈方〉肥皂:香～|番～。

茧 (繭)[*蠒] jiǎn ❶某些昆虫变蛹前吐丝结成的囊状保护物。蚕茧是缫丝的原料:蚕事既登,分～称丝效功。❷【茧子(zi)】1. 手掌、脚掌上因长时间摩擦而生成的硬皮。也作"趼子"。2. 蚕茧。

柬 jiǎn ❶信件、名片、帖子等的统称:～帖|请～|书～。❷〈文〉选择;挑选:用人必亲～。

俭 (儉) jiǎn ❶节省;不浪费:～省|～约|节～|礼与其奢也,宁～。❷〈文〉约束;不放纵:恭～而好礼者,宜歌小雅。

洤 jiǎn 〈文〉孔;洞:～窦。

捡 (撿) jiǎn ❶拾取:～粪|～拾|麦穗|～便宜。❷〈文〉察看:～阅库藏。

钱 jiǎn 见 qián "钱"(541 页)。

笕 (筧) jiǎn 田间或檐下引水用的长竹管:乃自上流用～引水,下注于槽。

棗 jiǎn ❶〈文〉小捆:～欲小(扎的捆子要小)。❷〈文〉束扎;捆缚:～束。

检 (檢) jiǎn ❶查:～查|体～|～阅。❷约束;限制:～点|行为不～|狗彘食人食而不知(富贵人家的猪狗吃掉了百姓的粮食却不加以制止)。❸旧通"捡(jiǎn)"。拾取。❹姓。

趼 [蠲、蹁] jiǎn 【趼子(zi)】同"茧子"。手掌、脚掌上因长时间摩擦而生成的硬皮:重～而不敢息(重趼子:厚趼。息:停止)。

幓 jiǎn 见 sàn "幓"(589 页)。

减 [*減] jiǎn ❶从总体或原数中去掉一部分(跟"加、增"相对,❷❸同):～少|～负|削～|增之一分则太长,～之一分则太短。❷数学基本运算方法。从一定的数量中去掉一部分,如8－2=6,读为八减二等于六。❸降低;衰退:～弱|～色|～速|锐气不～当年。

剪 [翦] jiǎn ❶剪刀,一种铰东西的器具,两刃交错,可以开合。❷形状像剪刀的器具:夹～|火～。❸用剪刀铰:～裁|～修|何当共～西窗烛,却话巴山夜雨时。❹除去;灭除:～灭|～草除根。

湕 jiǎn 古水名。

城 jiǎn 见 kǎn "城"(353 页)。

揃 ⊖ jiǎn ❶〈文〉剪断:断爪～须。❷〈文〉分割:西夷后～(西夷后被分割)。❸〈文〉灭除:拓定江表,～平荆衍。 ⊜ jiān 〈文〉记录:～其数量(记录数量)。

葥 jiǎn 见 jiàn "葥"(306 页)。

碱 jiǎn 旧同"碱"。

J

睑（瞼）jiǎn 〈文〉眼皮:帝至河阴遇疾,口不能言,～垂覆目不得视。

铜 jiǎn 见 jiàn "铜"(306 页)。

裥（裥）[裥] jiǎn ❶〈文〉衣裙或布帛上的褶子:百～裙。❷〈文〉杂;不纯:～色衣。

崠 ㊀ jiǎn ❶〈文〉明亮。❷〈文〉连续阴雨后忽放晴见日。
㊁ lán 〈文〉阴干。

简（簡）jiǎn ❶头绪少,不复杂(跟"繁"相对):～单|～便|繁～唯时,宽猛相济。❷使简单;由繁变简:缩～|精～|精兵～政。❸怠慢:～慢|～怠。❹古代用来写字的竹片:～牍|书缺～脱,礼坏乐崩。❺书信:书～|短～。❻〈文〉选择;挑选:～拔|～任|～选良吏。❼姓。

謇

谫（謭）[謭] jiǎn 〈文〉浅薄:～陋|器能～薄。

繝 jiǎn 同"茧"。蚕茧。

戬 [戩]〈文〉福:～福|人生大～。jiǎn ❶〈文〉剪除;消灭。❷

碱 [△*城、鹻、堿] jiǎn ❶通常指在水溶液中电离时生成的阴离子全部是氢氧根离子的化合物。如氢氧化钠(烧碱)、氢氧化钾等。这类物质能与酸中和形成盐。❷特指纯碱,含有十个分子结晶水的碳酸钠,可用来中和面团中的酸味,也可用作洗涤剂。❸被盐碱侵蚀:那堵墙全～了。
"城"另见 kǎn(353 页)。

楝 jiǎn 〈方〉生(孩子):～娃儿(生孩子)。

劗 jiǎn 〈文〉同"剪"。剪断:～其发(fà)。

揃 jiǎn 〈文〉同"揃"。剪断:～髭鬓毛。

撍 jiǎn 【撍揙(zhǎn)】〈文〉丑而长的样子。

蔛[蔛] jiǎn 〈文〉草名。即地肤。又叫"扫帚菜"。果实称"地肤子",可入药。老株可做扫帚。又作"葥"。

嗴 jiǎn 同"謇"。口吃。用于古白话:讷口～吃。

翦 jiǎn ❶〈文〉同"剪"。斩断:天生百尺树,～作长条木。❷〈文〉灭除:(蝗虫)恐非人力所能～灭。❸姓。

皵 ㊀ jiǎn 〈文〉皮肤黑而有皱纹。
㊁ xiàn 〈文〉黑的样子。

墱 jiǎn 〈方〉门前空地。多与"上、畔"等方位词连用:你穿红鞋～畔上站。

醶 jiǎn 见 xián "醶"(730 页)。

鋄 jiǎn 见 wǎn "鋄"(691 页)。

攓 jiǎn 〈文〉草名。

櫼 jiǎn 〈文〉同"翦"。砍伐:烧石～木,开漕船道。

醶 jiǎn 〈文〉卤水。

蹇 jiǎn ❶〈文〉跛:～驴。❷〈文〉迟钝不顺利:～滞|命途乖～|昼行虽～涩,夜步频安逸。❸〈文〉指跛驴,也指劣马:～策～赴前程(策:鞭打)。❹〈文〉通"謇(jiǎn)"。口吃:言辞～吃。❺姓。

謇 [謇] jiǎn ❶〈文〉口吃;言辞不顺畅:因跛而缓步,因～而徐言。❷〈文〉正直:～谔(正直敢言)|外似～正,内实谄谀。

擶 jiǎn 〈文〉同"揃"。剪断:吾年五十,拭镜～白,冒游少年间。

簎 jiǎn 〈文〉明察。

髯 jiǎn ❶〈文〉女子鬓发下垂的样子:西太后丰容盛～。❷〈文〉通"剪(jiǎn)"。剪断;切断:～茅作堂(茅:茅草)。

鲣 jiǎn ❶〈文〉用盐浸渍而成的干鱼。❷〈文〉鱼名。

饘 jiǎn 【澉(gǎn)饘】〈文〉无味。

醶 jiǎn 〈文〉含盐分的土壤:～田。

醶 jiǎn 见 yàn "醶"(781 页)。

睑 ㊀ jiǎn 古代云南少数民族地区的行政区划,相当于"州"。

㊁ liàn 〈文〉买东西预先付钱。

嚵 jiǎn 同“謇”。口吃。用于古白话：言语～吃。

巊 jiǎn 【巊嵼(chǎn)】1.〈文〉山势盘曲的样子：此山～。2.〈文〉形容文思郁结或处境不顺：府君～偏州，未尝以尺牍自鸣不平。

瀽 jiǎn 〈方〉泼；倾倒。

瀸［瀸］ jiǎn 〈文〉淘米。

囐 jiǎn 同“謇”。口吃。用于古白话：～吃。

襺 jiǎn ❶〈文〉新丝绵絮的袍。❷〈文〉丝绵。❸〈文〉抱持：(阁楼)中有幽人～玉琴。

謇 jiǎn 〈文〉同“謇”。口吃。

鐗 jiǎn 同“锏”。古代兵器。长条形，没有刃，有四棱。

驏 jiǎn ❶〈文〉同“蹇”。跛：～驴。❷〈文〉同“蹇”。跛驴；劣马：策～。

jiàn （ㄐㄧㄢˋ）

见□（見） ㊀ jiàn ❶看到：罕～｜视而不～｜一日不～，如三秋兮。❷〈文〉谒见；拜见：孟子～梁惠王。❸见面；与别人相见：接～｜一～如故｜来人你～不～？｜孩子有点儿内向，怕～生人。❹〈文〉知道；理解：读书百遍，其义自～。❺接触；遇到：汽油～火就着｜他的眼睛～风就流泪。❻看得出；显现出：～效｜～分晓｜路遥知马力，日久～人心。❼主张；看法：～解｜政～｜各抒己～｜真知灼～。❽指明出处或需要参看的地方：～上｜～附录｜“邯郸学步”～于《庄子·秋水》。❾〈文〉助词。用在动词前表示被动(跟“于”配合)：～笑于大方之家｜公不～信于人，私不～助于友。❿助词。用在动词前表示对自己怎么样：～教(谦辞，指教自己)｜～谅｜～示。⓫姓。

㊁ xiàn 〈文〉同“现”。出现：彗星～于东方。

件□ jiàn ❶量词。用于个体事物(多为类名)：一～货物｜一～礼品｜一～衬衫。❷量词。用于事情、案件、公文等：一～事情｜两～案子｜几～公文。❸文稿：来～｜急～｜附～。❹用于某些可以用件计算的事物：铸～｜信～｜邮～。

间□ jiàn 见 jiān “间”(300 页)。

𫍐□（諓） jiàn ❶【𫍐𫍐】1.〈文〉善于言辞；巧辩之言：秦穆公说～之言(说：yuè，喜欢)。2.〈文〉浅薄；浅薄之言：～者之不足以云。3.〈文〉喋喋不休：～罪过孝子。❷〈文〉戏谑。

饯□（餞）［餞］ jiàn ❶设酒食送行：～行｜～别｜郑六卿～宣子于郊(宣子：春秋时晋臣韩起)。❷用蜜或糖浸渍(果品)：蜜～。

建□ jiàn ❶修筑：～筑｜～造｜修～｜图书馆是新～的。❷创立；设立：～国｜～账｜～邦设都。❸提出(主张)；首倡：～议｜～言(提出建议或意见)｜近臣～策，左右扶翼(扶翼：辅佐)。❹〈文〉竖立：下可以～五丈旗。❺建江，水名。即闽江，在福建。❻指福建：～漆｜～兰｜～莲。❼姓。

荐□（薦） jiàn ❶推举；介绍：～举｜推～｜毛遂自～｜诸侯能～人于天子。❷〈文〉进献；祭献：～献｜～奠｜我以我血～轩辕。❸〈文〉(动物吃的)草：麋鹿食～。❹〈文〉草席；草垫子：草～｜既无余席，便坐～上。

贱□（賤） jiàn ❶(价格)低廉(跟“贵”相对，❷同)：～价｜～卖｜谷～伤农。❷地位低下：～民｜卑～｜贫～｜吾少也～，故多能鄙事(鄙事：指各种低下的技艺)。❸谦辞。称跟自己有关的事物：～恙(对人称自己所患的疾病)｜“您贵姓？”“～姓张。”

牮□ jiàn ❶斜着支撑；顶着：打～拨正(房屋倾斜，用柱子支起使正)。❷用土石挡水。

剑□（劍）［*劒、剣、劔］ jiàn ❶古代兵器。长条形，顶端尖，两边有刃，中间有脊，安有短柄，配有剑鞘，多随身佩带：宝～｜舞～。❷剑术：项籍少时学书不成，去，学～又不成。❸击剑运动用的器具，形状像剑，钢制，没有刃，顶端为一小圆球：～坛｜花～。

洊 jiàn ❶〈文〉再次；屡次：水~至。❷〈文〉举荐升迁：自外部司员~升大臣。

洴 jiàn【北洴】地名。在越南。

栫 jiàn 〈文〉用柴木壅塞：囚诸楼台，~之以棘。

监 □ jiàn 见 jiān"监"(300页)。

偅 jiàn ❶〈文〉浅；薄。❷〈文〉不穿铠甲，只穿单衣：甲不坚密，与~者同实。

健 jiàn ❶强壮；有活力：~康|~壮|矫~。❷使强壮；使有活力：~身|~胃。❸在某一方面表现得超乎寻常；善于：~谈|~忘|诸将非不~斗，然好房掠。❹姓。

舰 □（艦）jiàn 大型战船的通称，现在指排水量在500吨以上的军用船只：~艇|~队|军~。

涧 □（澗）[澗、磵、礀] jiàn 夹在两山间的水沟：山~|溪~|独怜幽草~边生。

陉 jiàn 〈文〉小土山。

捷 jiàn 见 qián"捷"(542页)。

徤 jiàn 〈文〉踩踏。通作"践"。

健 jiàn 〈文〉同"健"。健壮：~马。

釰 jiàn 同"剑"。古代兵器。长条形，两面有刃：刀山~树。

渐 □（漸）⊖ jiàn ❶逐步(用在单音词前)：~入佳境|夜色~浓|白露一过，天气~凉。❷事物发展的开端：防微杜~|吉凶之~,若天告之。
⊜ jiān ❶〈文〉浸润；浸染：~渍|淇水汤(shāng)汤，~车帷裳(汤汤：水势大的样子。帷裳：车围篷)。❷〈文〉流入；传入：东~于海|西学东~。❸〈文〉欺诈：上幽险则下~诈矣(幽险：阴险)。

谏 □（諫）jiàn ❶〈文〉规劝(帝王、尊长等),使改正错误：~诤|进~|从~如流|太后不肯,大臣强(qiǎng)~|竭力~。❷〈文〉纠正;挽回：往者不可~,来者犹可追。

裢 jiàn 〈文〉衣带。

瑊 jiàn 〈文〉义同"节"。物的分段：藕~(藕节)。

萹 [蒹] ⊖ jiàn 〈文〉悬钩子。又名"山莓、木莓",果实可酿酒或入药。
⊜ jiǎn 〈文〉同"蔺"。草名。即地肤。又名"扫帚菜"。

楗 □ jiàn ❶〈文〉竖着插在门闩上的木棍,使门闩不易拨开：善闭,无关~而不可开。❷〈文〉堵塞河堤决口时在堤岸打下的桩柱,用来把埽(sào)和土石固定住。

踺 jiàn 〈文〉再;重又：烦枯~加。

間 ⊖ jiàn 〈文〉同"间"。空隙;隔开;参与。
⊜ jiān 〈文〉同"间"。中间;空间。
另见 xián"闲"(728页)。

践 □（踐）⊖ jiàn ❶踩;踏：~踏|马,蹄可以~霜雪,毛可以御风寒。❷履行;实行：~约|实~|修身~言,谓之善行。

跈 ⊖ jiàn 〈文〉践踏。
⊜ zhěn 〈文〉通"抮(zhěn)"。乖戾：~则众害生(乖戾则产生种种弊害)。

锏 □（鐧）⊖ jiàn 〈文〉嵌在车轴上的铁条,可以保护车轴并减少摩擦。
⊜ jiǎn 古代兵器。金属制成,长条形,没有刃,有四棱,上端略细,下端有柄。

毽 □ jiàn 毽子,游戏用具。用布等包扎铜钱或金属片,然后绑上鸡毛等制成。玩时用脚连续向上踢,不使落地。

腱 □ [筋] jiàn 结缔组织所形成的纤维束或纤维膜,位于肌纤维末端的终止处,附着在骨骼上。白色,质地坚韧：肥牛之~,臑若芳些(臑:ér,烂熟。若:而。些:句末语气词)。也叫"肌腱"。

溅 □（濺）⊖ jiàn 液体受冲击向四外飞射：~落|飞~|喷~|王急召君。君不行,血~君襟矣!
⊜ jiān【溅溅】〈文〉同"浅浅"。模拟流水的声音：但闻黄河流水鸣~。

寋 jiàn ❶〈文〉单击磬,不以别的乐器伴奏。❷姓。

鉴（鑒）[＊鉴、鑑] jiàn ❶镜子,古代用铜制成:铜～|波平如～。❷照见;映照:水清可～人|莫～于流水而～于止水。❸观察;审查:～别|～定|明～|借古～今。❹可以作为警戒或引为教训的事:～戒|引以为～|殷～不远;在夏后之世(夏后:夏王,指夏桀)。❺请看(用于书信开头的称呼之后):惠～|台～|钧～。

睷 ⊖ jiàn 佛经译音用字。
⊜ jié 〈文〉通"睫(jié)"。睫毛:眼～毛|眉～。

键（鍵） jiàn ❶〈文〉安在车轴两端的铁棍,用来管住车轮,使它不脱离车轴。❷机械零件。通常是钢制的长方块,安装在槽里,使轴跟齿轮、皮带轮等连在一起并固定。❸钢琴、电脑或其他机器上可以按动的部分:～盘|琴～|按～。❹〈文〉插在门闩上起固定作用的金属棍:关～。❺〈文〉锁簧:司门掌授管～以启闭国门(管:钥匙)。

滥 jiàn 见 làn "滥"(382 页)。

蕲 ⊖ jiàn 【蕲苞】〈文〉草木丛生。也作"渐包"。
⊜ jiān 【蕲蕲】〈文〉谷物吐穗或吐絮:小麦～秀。
⊜ shān 〈文〉通"芟(shān)"。除掉:去不义诸侯。

槛（檻）⊖ jiàn ❶〈文〉栏杆:～外长江空自流。❷〈文〉关牲畜、野兽的栅栏或笼子:兽～。❸〈文〉囚笼;囚车:～车。
⊜ kǎn 门槛,门框下部挨着地面的横木(或石条)。

楮 jiàn ❶〈文〉树木名。❷用于人名。

僭 jiàn 〈文〉同"僣"。超越;冒用。

僣 jiàn ❶〈文〉超越本分,地位在下者冒用地位在上者的名义、器物或职权:～越|～号(冒用帝王的尊号)。❷〈文〉虚假;不真实:小人之言～而无征(征:证明)。

偭 jiàn 见 xiàn "偭"(733 页)。

衟 jiàn 〈文〉同"徎"。踩踏。

蹓 jiàn 【蹓子(zi)】体操或武术中的一种翻身动作。

箭 jiàn ❶古代兵器。在细杆的一端装上金属尖头,另一端附有羽毛,用弓弩发射。❷射箭运动用的器具,一般用钢、铝合金、塑料等制成。❸指箭能射到的距离:一～之遥。❹形状或某方面功能像箭的:令～|火～。❺〈文〉箭竹,可做箭杆的竹子:夫必恃自直之～,百世无矢。

竪 jiàn 见 jiān "竪"(302 页)。

鞬 jiàn 见 jiān "鞬"(302 页)。

瞷 jiàn 见 xián "瞷"(730 页)。

蛠 ⊖ jiàn 【蛠蠡】〈文〉一种水中生物。
⊜ chán 【蛠胡】〈文〉同"獑猢"。兽名。像猿。

箭 jiàn 〈文〉竹签,插在水里防止有人涉水来袭。

鍊 jiàn 【鍊鐍(duò)】〈文〉包裹在车毂上的铁套子。
另见 liàn "炼"(403 页)。

鐗 jiàn 【关鐗】〈文〉同"关键"。器物上用作关闭的部件。

毽 jiàn 一种脚踢的玩具:～子。后作"毽"。

骣 ⊖ jiàn 〈文〉低贱。
⊜ xiàn 〈方〉急行。

墅 ⊖ jiàn 〈文〉前进;上进。
⊜ zàn 〈文〉义同"暂"。时间短暂。

緔[繝] jiàn 〈文〉织锦的花纹。

藢 jiàn 〈文〉同"荐(薦)"。动物所吃的草。

篰 jiàn 〈文〉楚地人称竹筏上的居室为篰。

鐯 ⊖ jiàn 【鐯鐯】1.〈文〉形容锐进。2.〈文〉火焰上腾:火光～。
⊜ zàn 〈文〉同"鏨"。凿刻:～花。

濺 ⊖ jiàn 〈文〉水流到的样子。
⊜ zùn 〈文〉水渗流的样子:～浸。

鐧 jiàn 〈文〉同"鐗"。嵌在车轴上的铁条，可以保护车轴并减少摩擦。

醬 jiàn 见 nǐ"醬"（483页）。

轞[臘轞] jiàn ❶〈文〉囚车：～车。❷【轞轞】〈文〉车行声：戎车～。

闛 jiàn 〈文〉门前。

鐱 jiàn 同"剑"。古代兵器。长条形，两面有刃：握～。

醬 jiàn【醬馣(rǎn)】〈文〉味道不醇厚：恐滋味～。

虈 jiàn ❶〈文〉同"荐(薦)"。动物所吃的草。❷〈文〉同"荐(薦)"。进献。❸〈文〉同"荐(薦)"。席垫；衬垫：～玉以白缯。

齭[齭齭] jiàn【齭齭】〈文〉露齿的样子。

---

jiāng（ㄐㄧㄤ）

江 jiāng ❶大河的通称：～水｜松花～｜翻～倒海。❷指长江：～淮｜～南｜汉朝宗于海(汉：汉水)。❸姓。

牂[拼] jiāng 〈文〉扶持：扶～。通作"将"。

莊 jiāng【莊芏(dù)】多年生草本植物。茎三棱形，花绿褐色，茎可用来编席。通称"席草"。

将（將）㊀ jiāng ❶〈文〉带着；搀扶：挈妇～雏｜爷娘闻女来，出郭相扶～(郭：外城)。❷保养：～息｜～养。❸下象棋时攻击对方的主帅：～军。❹用言语刺激：拿话～他。❺又；且：～信～疑。❻快要(可用于推测)：再过一个小时，轮船～准时起航｜问题必～获得圆满解决。❼接近某个时间(用于书面语)：时～隆冬｜天～破晓。❽对未来情况的判断，含有"肯定、一定"的意思：随着生产的发展，收入～不断增加｜您的教导～永远铭记在我们的心中。❾勉强达到某个限度(可以重叠)：挣的钱～够维持生活｜这次没考好，～～及格。❿介词。把：～问题彻底查清。⓫介词。拿；用(见于成语、熟语)：～功折罪｜恩～仇报。⓬〈文〉送：之子于归，百两～之(于归：出嫁。百两：即百辆，指车辆很多)。

⓭〈文〉拿；持：五花马，千金裘，呼儿～出换美酒。⓮〈文〉连词。和；与：暂伴月～影，行乐须及春。⓯姓。

㊁ jiàng ❶高级军官；将领：～士｜猛～｜王侯～相宁有种乎(宁：难道)。❷军衔名。在元帅之下，校之上：～官｜上～。❸能手；能人：闯～｜干～｜健～。❹〈文〉统率；带领：～军击秦｜韩信～兵，多多益善。

㊂ qiāng 〈文〉请；愿：～进酒，君莫停｜子无怒，秋以为期。

姜 (⓵⓶薑) jiāng ❶多年生草本植物。根茎黄色，有辣味，是常用的调料，也可入药。❷这种植物的根茎。❸姓。

豇 jiāng【豇豆】1.一年生草本植物。茎蔓生，花淡紫色，果实为长荚，嫩荚是常见蔬菜。2.这种植物的荚果或种子。

畺 jiāng 〈文〉田界。通作"疆"。

浆 (漿) ㊀ jiāng ❶较浓的液体：豆～｜泥～｜糖～。❷用粉浆或米汤浸润纱、布、衣服等：～洗｜～床单｜衬衫领子～一下就挺了。❸古代一种带酸味的饮料，可用来代酒：箪食壶～，以迎王师。

㊁ jiàng【浆糊(hu)】同"糨糊"。用面粉等制成的具有黏性的糊状物。

鄨 jiāng 传说中的水名。

濪 jiāng ❶同"浆"。古代一种带酸味的饮料。❷〈文〉同"浆"。汁液。

畕 jiāng 〈文〉同"疆"。边界。

磋 jiāng【磋磋(cā)】〈文〉同"礑礑"。台阶。

壃 jiāng 〈文〉同"疆"。边界。

僵 (⓵－⓷*殭) jiāng ❶(肢体)直挺不能弯曲活动：～硬｜手都冻～了。❷〈文〉仆倒；倒下：百足之虫，死而不～。❸〈文〉毙；死：虎豹～穴中，蛟螭死幽潜。❹相持不下，不能调和，处于停滞状态：～持｜～局｜两个人闹～了。

疅 jiāng 〈文〉冻僵：～脚～手。

壃 jiāng 〈文〉同"疆"。边界。

蹡 jiāng 【蹡蹡(cā)】用砖石等砌成的缓坡。用于古白话。

彊 jiāng 见 qiáng "彊"(546 页)。

繮(繮)[*韁] jiāng ❶繮绳,拴牲口的绳子:脱～|信马由～。❷比喻束缚:名～利锁|身去～锁累,耳辞朝市喧。

橿 jiāng ❶〈文〉树木名。质地坚密,古时用来造车。❷〈文〉锄柄。

犟 jiāng 〈文〉长脊牛。

鱂(鱂) jiāng 鱼名。身体侧扁,银灰色,头扁平,腹部突出。生活在淡水中。

螿 jiāng 〈文〉寒蝉,似蝉而小:寒～翔水。

礓 jiāng ❶【砂礓】砂土中的钙质结核。块状或颗粒状,质地坚硬,可用作建筑材料。现在作"砂姜"。❷【礓磜(cā)】〈文〉台阶。又作"磋磜"。

薑 jiāng 草名。根茎有辛辣味,是常用的调味品,也可入药。后作"姜(薑)"。

蟗 jiāng 〈文〉蚕因白僵病而死,蚕体称"蟗",可入药:～蚕。

疆 jiāng ❶边界:边～|～域|入其～,土地辟,田野治。❷极限:止境:万寿无～。❸指新疆:南～(新疆天山以南的地区)。

彊 jiāng 〈文〉通"疆(jiāng)"。界限:纹理如～。

饑 jiāng 〈文〉同"浆"。一种微酸的饮料。

jiǎng （ㄐㄧㄤˇ）

讲(講) jiǎng ❶说;谈:～述|有话慢慢～。❷解释;论述:～解|听～|买了一本～新科技的书。❸商量;商谈:～价|没条件可～。❹〈文〉和解;讲和:今王背楚赵而～秦(讲秦:与秦和解)。❺讲求;讲究:～卫生|选贤与能,～信修睦。❻〈文〉练习:三时务农而一时～武(三时:春夏秋三季。一时:冬季)。

奖(獎)[*獎、奬、奖、奘] jiǎng ❶称赞;表扬:夸～|褒～|嘉～。❷〈文〉劝勉;鼓励:当～率三军,北定中原。❸为了表扬或鼓励而授予(荣誉或钱物等):～励|～惩|提～人物,皆行(xíng)业为先(行业:品德学业)。❹为了表扬或鼓励而授予的荣誉或钱物等:～杯|～状|颁～|金|得了～。❺〈文〉辅助:皆～王室,无相害也。

桨(槳)[橃] jiǎng 划船用具。多为木制,上半部分圆柱形,下半部分扁平而略宽:船～|划～|兰～(木兰做的桨)。

堽[塧] jiǎng 〈方〉丘陵。

蒋(蔣) jiǎng (旧读 jiāng) ❶〈文〉多年生草本植物。即茭白。❷姓。

傋 jiǎng 见 gòu "傋"(213 页)。

耩 jiǎng 用耧播种或施肥:～地|～豆子。

顜 jiǎng ❶〈文〉公正严明:萧何为法,～若画一。❷〈文〉和;同:文武～心。

膙[膙] jiǎng 【膙子(zi)】〈方〉茧子,手掌、脚掌上因长时间摩擦而生成的硬皮。

篢 jiǎng ❶〈文〉剖开而未去节的竹子。❷古代习字或记事用的木制用具。有六面或八面,有棱角。也叫"觚(gū)"。

艭 jiǎng 〈文〉用来稳定船桨的小木橛。

jiàng （ㄐㄧㄤˋ）

匠[匠] jiàng ❶原指木工,后泛指有专门手艺的人:～人|铁～|能工巧～|大～|诲人必以规矩。❷在某一方面有造诣的人:宗～(宗师;大师)|文坛巨～。❸灵巧;巧妙:～心。

弜 ⊖ jiàng 〈文〉倔强。 ⊜ bì 〈文〉"柲"的本字。弓弜(校正弓弩的器具)。

J

降[隆] ㊀ jiàng ❶落下(跟"升"相对,❷同):～落|～幅|下～|若时雨之～,莫不说喜(说:yuè,通"悦")。❷使落下:～压|～级|～格以求。❸出生;出世:～生|不拘一格～人才。㊁ xiáng ❶停止对抗,向对方屈服;归顺:～服|投～|不～者灭之。❷制伏;使驯服:～龙伏虎|一物一物|欲因此时～武(武:苏武)。

虹 jiàng 见 hóng "虹"(251页)。

将 jiàng 见 jiāng "将"(308页)。

洚[洚] jiàng 〈文〉大水泛滥:～水(洪水)。

绛(绛) jiàng 深红(紫中略带红色):～紫|施～纱帐,前授生徒。

浆 jiàng 见 jiāng "浆"(308页)。

袶 jiàng 【袶(jié)袶】〈文〉草名。

弴[摣] jiàng 〈文〉捕捉鸟兽的器具:(鹿)堕猎～中。

强 jiàng 见 qiáng "强"(546页)。

趔 jiàng 〈文〉行走的样子。

酱(酱)[醬、醬、醬] jiàng ❶豆、麦发酵后加盐制成的糊状调味品:黄～|甜面～。❷用酱或酱油腌(菜);用酱油煮(肉):把黄瓜～一～|肘子煮了～着吃。❸像酱的糊状食品:果～|虾～|肉～。

僵 jiàng 〈文〉同"犟"。固执;任性:胡～。

澟 jiàng 〈文〉淘米后把泔水滤净。

雾 ㊀ jiàng 同"犟"。执拗:是个～女子。㊁ qiǎng 〈文〉强迫;勉强:非其诚勿～。

𡿨[嶈] jiàng 【强台山】古山名。又称西倾山。在今青海、甘肃、四川交界处。

犟 jiàng 固执任性;不听人劝:劲|倔～|人家说的有理,你别～。

鸥 jiàng 【女鸥】〈文〉一名"鸥雀"。巧妇鸟。

鱂[鱂] jiàng 【鱼鱂山】古山名。在今湖南郴州东。

糨[糡、糨] jiàng ❶(糊状物)稠浓:粥太～了。❷【糨糊】(hu)用面粉等制成的具有黏性的糊状物。也作"浆糊"。

謽 jiàng 〈方〉言语强硬。

艽 jiāo 【秦艽】多年生草本植物。根圆柱形,很长,相互缠绕,叶子宽,茎叶相连,花紫色,根可入药。

交 jiāo ❶把事物转移给有关方面;付给:～工|递～|～国书|一手～钱,一手～货。❷到(某个季节或时辰):～九(进入数九节令)|天～子时。❸接触;相遇:～战|～好运|～头接耳|目不～睫。❹缴纳:～税|～费。❺(时间或地区)相连的地方:春夏之～|这个县位于三省之～。❻交叉,方向不同的线或条形物相互穿过:～点|矢～坠兮士争先。❼相互往来联系:～通|结～|远～近攻|与朋友～而不信乎? ❽朋友;友谊:旧～|断～|患难之～。❾(人)性交;交配:～媾|～尾|杂～。❿互相:～换|～易|～相辉映。⓫一齐;同时:风雪～加|风雨云雷,～发而并至。

佼 jiāo 见 jiǎo "佼"(313页)。

郊 jiāo ❶城市周围的地区:～外|～游|远～。❷古代帝王在郊外举行的祭祀天地的典礼:～祀。❸姓。

茮 jiāo 〈文〉同"椒"。花椒。

茭 jiāo ❶〈文〉用作牲口饲料的干草:多积刍～,供军牛马。❷【茭白】菰的肥大嫩茎,可以做蔬菜。

髐 jiāo 古代一种刑罚,倒悬首级:～首。

咬 jiāo 见 yǎo "咬"(787页)。

峧 jiāo 用于地名：～头(在浙江普陀)。

迉 jiāo 〈文〉交会；交错：～道(交错)。通作"交"。

浇 (澆) ㊀ jiāo ❶液体洒落；使液体洒落：～水|～花儿|大雨～头|面条上多～点卤。❷灌溉：～地|～园子|给树～水。❸把熔化的金属或混凝土等注入模子，使凝固成型：～铸|～筑。❹〈文〉轻浮；刻薄：～薄|～世|～风。
㊁ ào 人名。夏代有穷国国君寒浞之子。又写作"奡"。

娇 (嬌) jiāo ❶柔美可爱：～嫩|艳|花～迎春树，龙喜出平池。❷意志脆弱，害怕吃苦：～气十足|干一点儿活就说累，也太～了。❸过度爱护：～纵|～惯。

姣 jiāo 〈文〉容貌美好：～好|～丽|妍|至于子都，天下莫不知其～也(子都：人名)。

骄 (驕)[驕、驕] jiāo ❶自高自大，看不起别人：～傲|兵必败|贫而无谄，富而无～。❷〈文〉猛烈：～阳似火。❸〈文〉宠爱：少加孤露，母兄见～(孤露：年幼丧父，无人保护。见骄：骄宠我)。

枆 jiāo 〈文〉同"椒"。花椒。

桥 jiāo 见 qiáo "桥"(549 页)。

蚗 jiāo 见 jué "蚗"(345 页)。

胶 (膠) jiāo ❶黏性物质。有用动物的皮、角熬制成的，也有植物分泌的和人工合成的，通常用来黏合器物，有的可供食用或入药：～水|阿(ē)～|鹿角～。❷用胶粘；粘住：～合|～着|～柱鼓瑟。❸〈文〉拘泥；停滞：不～一法|日月不～时易失。

教 jiāo 见 jiào "教"(315 页)。

鸡 (鵁)[鵁、鮫] ㊀ jiāo 【鸡鹊(jīng)】〈文〉水鸟名。即池鹭。
㊁ xiāo 〈文〉水鸟名。也叫"鱼鸡"。

浇 jiāo 〈文〉同"浇"。灌溉；淋，洒。

椒 jiāo ❶果实或种子有辛辣味的某些植物：～盐|胡～|辣～。❷〈文〉山顶：菊散芳于山～。

梻 jiāo 〈文〉同"椒"。花椒。

蛟 jiāo 蛟龙，传说中能发洪水的龙。

焦 [爨] jiāo ❶因火候过大或火力过猛，东西失去水分，变黑变脆：～土|树烧～了。❷因缺少水分而干枯、干燥：～枯|唇～舌燥。❸焦炭：煤～|～炼。❹着急；烦躁：～躁|～急|心～。❺中医指身体口以下的某些部位：上～|中～|三～。❻光、电子束等聚集的点；视线、注意力等集中的地方：～点|～聚。❼姓。

鄗 jiāo 见 hào "鄗"(242 页)。

趥 jiāo 〈文〉同"迉"。交会；交错。

跤 jiāo 跟头；摔：～跌了一～。

嘐 jiāo 见 jiào "嘐"(315 页)。

嘐 jiāo 见 xiāo "嘐"(738 页)。

僬 jiāo 【僬侥(yáo)】传说中的矮人：从中州以东四十万里，得～国，人长一尺五寸。

鲛 (鮫) jiāo ❶〈文〉鲨鱼：一渊不两～。❷【马鲛】鱼名。身体侧扁，长可达 1 米，银灰色，有暗色横纹或斑点，鳞细小或退化。性凶猛，生活在海洋中。种类很多。也叫"鲅"或"鲬"。

濑 jiāo ❶〈文〉同"浇"。薄；不淳厚：～淳(使淳朴的社会风气变得浮薄)。❷【濑器】〈文〉溺器，便壶。

蕉 ㊀ jiāo ❶芭蕉、香蕉等植物的统称：～农。❷某些有像芭蕉那样的大叶子的植物：美人～。
㊁ qiáo 【蕉萃】同"憔悴"。形容人瘦弱，气色不好或花木枯萎凋零：～行吟客子愁。

礁 jiāo ❶〈文〉山高峻：其岭～而荒。❷〈文〉同"礁"。礁石：舟触～辄败。

J

僬 jiāo【僬僥(yáo)】〈文〉山势高峻的样子。也作"嶕峣"。

憍 jiāo ❶〈文〉同"骄"。骄傲：～而轻敌。❷〈文〉高起：毛发尽悚，舌～然不能下。

膲 jiāo ❶中医指三焦(上焦包括心肺，中焦包括脾、胃，下焦包括肝、肾、膀胱、小肠、大肠)。❷〈文〉肉不丰满。

燋 jiāo ㈠ jiāo ❶〈文〉用来引火的火炬：以明火爇～(爇：ruò，点燃)。❷〈文〉通"焦(jiāo)"。干枯：草木看欲～。❸〈文〉烦愁：苦其身，～其心。
㈡ qiáo 〈文〉通"憔(qiáo)"。憔悴：其色～然(色：脸色)。
㈢ zhuó 〈文〉同"灼"。烧灼；灼热：烈火发中夜，高烟～上苍。
㈣ jué 通"爝(jué)"。【燋火】〈文〉小火把。

礁 jiāo ❶礁石，海洋、江河中或隐或现，在水面下或略高出水面的岩石：暗～|触～。❷由珊瑚虫的遗骸堆积形成的岩石状物：珊瑚～。

鷦(鷦)[鷦] jiāo ❶【鷦鷯(liáo)】鸟名。身体小，羽毛红褐色，有黑斑，尾羽短，略向上翘。常活动在低矮阴湿的灌木丛中，吃昆虫等。筑巢十分精巧，故也叫"巧妇鸟"。❷【鷦鷯(miǎo)】〈文〉鸟名。即鷦鷯。

轇 jiāo ❶【轇轕(gé)】1.〈文〉广阔深远的样子：～之宇。2.〈文〉杂乱；交错：若水之流，纵横～。❷〈文〉纠合：文臣～结成势。

蟭 jiāo ❶【蟭螟(míng)】传说中一种很小的虫。也作"焦螟"。❷【蟭蟟(liáo)】〈文〉蝉的一种。

噭 ㈠ jiāo 古乐器。大管。
㈡ jiào 〈文〉轿子：乘～以出。用同"轿"。

簥 jiāo 【濿濿(gé)】〈文〉水深广的样子：～渺茫。

檿 jiāo 〈文〉乌木。

鐎 jiāo 〈文〉一种三足有柄用来煮食物的器具。军中用来打更，称"刁斗"。

鷦 jiāo 椎状的发髻。用于古白话。

鼩 jiāo 〈文〉龟甲烧灼而不成兆纹。

鷮 jiāo 〈文〉鸟名。雉的一种。

jiáo （ㄐㄧㄠˊ）

矯 jiáo 见 jiǎo "矫"(313 页)。

噍 jiáo 见 zuī "嘴"(915 页)。

嚼 ㈠ jiáo 用牙齿磨碎食物：细～慢咽|牛肉太老～不烂。
㈡ jué 义同"嚼"，用于某些合成词和成语：咀～|过屠门而大～。
㈢ jiào 【倒(dǎo)嚼】反刍，牛、羊、骆驼等把吃下的食物又反回嘴里重嚼。也作"倒噍"。

jiǎo （ㄐㄧㄠˇ）

纠 jiǎo 见 jiū "纠"(332 页)。

杍 jiǎo 〈文〉树梢高。

角 jiǎo "角"的旧字形。

角 ㈠ jiǎo ❶牛、羊、鹿等头部长出的坚硬的东西，细长而弯曲：牛～|羊～|凤毛麟～。❷形状像角的东西：触～|菱～|豆～。❸物体边沿相接的地方：墙～儿|西北～儿|桌子～儿。❹几何学上指从一点引出两条射线所构成的图形，也指从一条直线上展开的两个平面或从一点展开的多个平面所构成的图形：直～|锐～|多面～|对～线。❺古代军队中的乐器，口吹发声：号～|鼓～|～声满天秋色里。❻岬角(多用于地名)：澳～(在福建东山)|成山～(在山东荣成)。❼量词。用于从整块划分出的角形东西：一～饼。❽我国辅币单位，10分为1角，10角为1圆。❾星宿名。

二十八宿之一,属东方苍龙。

㈡ jué ❶戏剧或影视中,演员扮演的剧中人物:主～|配～|你在剧中扮演什么～儿?❷戏曲演员专业分工的类别;行当:丑～|旦～。❸演员:名～|坤～。❹竞赛;争胜:～斗|～逐|拥甲兵与我～才智。❺古代饮酒器,形状像爵。❻我国古代五声音阶的第三音级,相当于简谱的"3"。❼姓。

疛 ㈠ jiǎo 〈文〉同"疛"。腹中绞痛:～痛。
㈡ xiǔ 〈文〉病。

疛[疚] jiǎo 〈文〉腹中绞痛。

僥(僥)[㈠△*傲] ㈠ jiǎo 【僥幸】偶然得到成功或意外避免不幸:真～,最后一张票让我买到了|他很～,躲过了这场灾难。旧也作"傲倖、徼倖、傲幸、缴倖、傲倖"。
㈡ yáo 【僬(jiāo)僥】传说中的矮人。
"傲"另见 jiǎo(314 页)。

佼 ㈠ jiǎo ❶〈文〉美好:面目～好。❷【佼佼】〈文〉超出一般的:～者。
㈡ jiāo 〈文〉通"交(jiāo)"。交往:则群臣皆忘主而趋私～矣。

觓 jiǎo 〈文〉牛、羊、鹿等头上长出的坚硬的东西。通作"角"。

剗 jiǎo 剪。用于古白话:～断线儿。

狡 jiǎo ❶奸猾;诡诈:～猾|～诈|～辩|～兔三窟。❷〈文〉少壮;健壮:～狗之死。❸〈文〉凶暴:猛禽～兽。

饺(餃) jiǎo 饺子,包成半圆形的有馅的面食:水～儿|蒸～儿|烫面～儿。

恔 ㈠ jiǎo 〈文〉聪明;狡黠。
㈡ xiào 〈文〉畅快;满意。

绞(絞) jiǎo ❶拧;扭紧:～毛巾。❷把两股或两股以上的条状物扭在一起:～绳子。❸用绳索把人勒死;刑:～杀|若其有罪,～缢以戮。❹转动系有绳索的轮轴,使系在绳索另一端的物体移动:～车|～轳打水。❺纠缠;混杂:好多问题～在一起。❻用装有刀具的机械切割:～肉馅儿|心如刀～。❼〈文〉说话急切刺人:直而无礼则～。

捁 jiǎo 〈文〉同"搅"。搅扰;搅乱。

桥 jiǎo 见 qiáo "桥"(549 页)。

烄[敥] jiǎo 〈文〉燃木祭天:～木。

铰(鉸) jiǎo ❶用剪刀剪:～窗花|～头发。❷用铰刀切削:～孔。

矫(矯) ㈠ jiǎo ❶纠正;使弯曲的变直:～正|～形|～枉过正。❷假托:～托|～命|臣窃～君命,以责赐诸民(责:债)。❸强壮;勇武:～健|～捷|～若雄鹰。❹〈文〉举起;抬起来:时～首而遐观。❺姓。
㈡ jiáo 【矫情(qing)】〈方〉强词夺理;无理取闹:这人真～。

皎[皎] jiǎo ❶洁白;明亮:～洁|～～白驹。❷〈文〉清楚;明白:其词温而雅,其义～而朗。❸姓。

脚[*腳] ㈠ jiǎo ❶人或动物腿的最下端接触地面的部分:～步|～印。❷物体的最下部:～注|山～|墙～。❸跟体力搬运有关的:～夫|～行|拉～。❹细小密集的痕迹:线～|针～。❺〈文〉小腿:羊起而触之,折其～。
㈡ jué 旧同"角"。角色;戏曲演员的行当。

袳 jiǎo 【袳袥(liǎo)】1.〈文〉小套裤。2.〈文〉渔服:～渔人服。

湫 jiǎo ❶扰乱;使混乱或不安宁:～扰|胡～蛮缠|胡逝我梁,祇～我心(逝:走过。梁:桥。祇:zhǐ,恰恰)。❷拌和;使混合均匀:～拌|～动|咖啡里放点糖,再～一～。

搅(攪)[撹] jiǎo ❶扰乱;使混乱或不安宁。

筊 ㈠ jiǎo ❶〈文〉竹索。❷〈文〉小的排箫。
㈡ jiào 〈文〉同"珓"。占卜用具:香案前竹杯～。

湫 jiǎo 见 qiū "湫"(560 页)。

潐 ㈠ jiǎo 〈文〉地势低下。通作"湫"。
㈡ jiū 古水名。通作"湫"。

J

搞 jiǎo 【搞搞】〈文〉同"矫矫"。出众的样子。

眑 jiǎo 【拗(niù)眑】〈文〉执拗的目光。

敫 jiǎo 姓。

剿 jiǎo 〈文〉同"剿"。讨伐;消灭。

剿 ⊖ jiǎo ❶[△*勦、*剿、剿] 讨伐;消灭:～灭|～匪|～凶虐兮截海外(截:阻断)。❷〈文〉劳累;劳苦:～民。
⊜ chāo 〈文〉抄取:抄袭:～袭|～其成言,而莫知其所以然。
"勦"另见 chāo(72页)。

摎 jiǎo 见 jiū"摎"(333页)。

摷 jiǎo 见 chāo"摷"(72页)。

脚 jiǎo 〈文〉同"脚":蓝彩和～踏八扇玉板。

撟 ⊖ jiǎo ❶〈文〉举;伸:目瞪舌～|仰～首以高视。❷〈文〉假托;诈称:诈～单于令,与贵人饮盟。❸〈文〉通"矫(jiǎo)"。纠正:～邪防非。
⊜ kǎo 〈文〉用火烘烤,使物体变形。

樔 jiǎo 见 cháo"樔"(72页)。

剿 jiǎo ❶〈文〉灭绝:北～索虏。❷〈文〉砍;削:～竹箭。

矫 jiǎo 【矫矫】〈文〉同"矫矫"。勇武的样子。

傲 ⊖ jiǎo ❶〈文〉求取:～福。❷〈文〉(拦截)袭击;攻击:中途～之。
⊜ jiào 〈文〉通"徼(jiào)"。边界:～外。
另见 jiǎo"侥"(313页)。

蟜 jiǎo 〈文〉虫名。有剧毒,可入药。

敫 jiǎo 〈文〉系连;系结:～乃干(gān)(系好你们的盾牌)。

徼 ⊖ jiǎo ❶〈文〉求取:寡人愿～福于周公鲁公。❷〈文〉迎合:发士卒佐之以～其志。❸【徼幸】〈文〉同"侥幸"。偶然得到成功或意外避免不幸。

⊜ jiào ❶〈文〉边界:青葱林间巅,隐见淮海～。❷〈文〉巡察:巡～|行～。❸姓。
⊜ yāo 〈文〉同"邀"。求得:～福。

憿 jiǎo 见 jī"憿"(286页)。

缴 (繳) ⊖ jiǎo ❶交纳;交出:～税|～枪不杀。❷迫使交出;强力收取(多指武器):～获|～械|收～|追～全部非法所得|～了敌人大批的枪支弹药。❸〈文〉缠绕:薜荔累垂～古松。
⊜ zhuó 〈文〉系在箭上的生丝绳,也指系着生丝绳的箭:弓～|缯(zēng)～。

璬 jiǎo 〈文〉玉佩。

髟 jiǎo 发髻。用于古白话:头上挽着个穿心红的～儿。

暞 jiǎo 〈文〉同"皦"。洁白;明亮:赏罚之信,有如～日。

蟜 ⊖ jiǎo ❶〈文〉毒虫名。❷传说中的文身野人。❸姓。
⊜ qiáo 【蟉(lóng)蟜】〈文〉蚂蚁。

皦 jiǎo ❶〈文〉形容玉石洁白。❷〈文〉洁白光亮:月出～兮。❸〈文〉分明;清晰:清浊异流,～焉殊别。❹〈文〉清白:～素心。❺姓。

蹻 ⊖ jiǎo ❶【蹻蹻】1.〈文〉骄傲:小子～。2.〈文〉健壮威武的样子:四牡～。❷〈文〉同"趫"。勇健;矫健:行走～捷。
⊜ juē 〈文〉通"屩(juē)"。草鞋;履:～。
另见 qiāo"蹺"(547页)。

鱎 jiǎo 〈文〉角翘高的样子。

譑 jiǎo 〈文〉通"撟(jiǎo)"。收取:贪利纠～。

瀿 jiǎo 〈文〉温器。

灈 jiǎo ❶〈文〉滤酒。❷〈文〉昌取。

爧 jiǎo ❶〈文〉肃敬的样子。❷〈文〉有才力。

闄 jiǎo 见 liú"闄"(419页)。

鱎 jiǎo 鱼名。古称阳鱎,又名白鱼。

jiào （ㄐㄧㄠˋ）

叫 jiào 同"叫"。叫作；称为。用于古白话。

叫 [*吅] jiào ❶(人)呼喊：~嚷|喊~|戍卒~，函谷举。❷(动物等)发出声音：鸣叫|鸡鸣狗~|鼯(wú)鼠夜~。❸招呼；唤：~门|走时~我一下|妇开大瓶，盆中为吾取。❹(名称)叫作；称为：人们~他老村长|他的书法那~棒。❺告诉卖方送来自己需要的东西；招呼、雇用交通工具来为自己服务：~几个菜|~辆出租车送病人。❻〈方〉雄性的(家禽、家畜)：~鸡|~驴。❼使；令(后带兼语)：要~荒山变成花果山。❽容许；听任：不~我去，为什么？|他瞎折腾，看他还能怎么样！❾介词。引入动作行为的施事、工具、起因等，表示被动：别~人家看不起|汽车给撞了。❿助词。用在动词前表示被动：被：雨真大，衣服都~淋湿了。

孝 jiào 〈文〉仿效。

挍 jiào ❶〈文〉同"校"。比较：~计。❷〈文〉同"校"。考核：~其真伪。❸〈文〉同"校"。校对：不能~出疏中所脱八字，尤憾之大者。❹〈文〉搅扰：~乱。

峤 (嶠) ㊀ jiào 〈文〉山道：何时命巾车，共陟云外~(巾车：有帷幕的车子)。
㊁ qiáo 〈文〉尖而高的山：升~既小鲁，登峦且怅齐。

訆 jiào 〈文〉同"叫"。大声喊叫。

觉 jiào 见 jué"觉"(345 页)。

珓 jiào 〈文〉占卜用具。用玉、蚌壳或形似蚌壳的竹木制成：掷~数十，皆不吉。

校 jiào 见 xiào"校"(740 页)。

轿 (轿) jiào ❶轿子，旧式交通工具，方形，外面多罩帷子，由人抬着走，或由骡马驮着走：~夫|上~|坐花~。❷古代走山路时用的一种轻便工具，类似滑竿。

较 (較) ㊀ jiào ❶比；相比：~量|~劲儿|长短相~，高下相倾。❷表示比较起来具有一定的程度(比较对象一般不出现)：她说话~慢|地理环境~好|近来阴雨天~多。❸〈文〉计较：锱铢必~。❹〈文〉明显；彰明：彰明~著|二者~然不同。
㊁ jué 〈文〉车耳(车厢两旁的板上做扶手用的曲木或曲铜钩)。

窌 ㊀ jiào 〈文〉同"窖"。地窖；窖藏：垣~仓廪。
㊁ liáo 针灸穴位名：肩~|肘~。
㊂ liù 【石窌】地名。
㊃ pào 用于地名：封(公孙贺)为南~侯。

教 [教] ㊀ jiào ❶培育指导；训诫启发：~育|指~|爱其子，择师而~之。❷宗教：佛~|信~|传~士。❸使；让：~我如何不想她？
㊁ jiāo 向人传授知识或技能：~书|~学生|十三~汝织，十四能裁衣。

窙 jiào 〈文〉"窌"的讹字。地窖。

笅 jiào 见 jiǎo"笅"(313 页)。

窖 jiào ❶收藏东西的地洞或坑：地~|冰~|穿窦~(穿：挖掘)。❷把东西贮藏在窖里：~藏|~白薯|秦之败也，豪杰皆取金玉，而任氏独~食粟。

歗 jiào 〈文〉楚歌。

潐 jiào 〈方〉河道分支或汇合的地方。多用于地名：北~(在广东顺德)。

斠 jiào ❶〈文〉用斗斛量谷物时刮平斗斛的器具。❷〈文〉校正：~补|~改。❸〈文〉公平持正：萧何为法，~若画一。

酵 jiào 发酵，有机化合物在酶和某些真菌的作用下分解成结构比较简单的物质。发面、酿酒等都是发酵的应用。

噭 jiào ❶〈文〉同"叫"。高呼：循行~呼。❷古乐器名。大埙(xūn)。

噭 ㊀ jiào 〈文〉同"叫"。呼喊：惶遽~呼。
㊁ jiāo ❶【噭呱(gū)】〈文〉欢笑声。❷

J

【嚣阳】〈文〉兽名。

㊂dǎo　〈文〉通"祷(dǎo)"。祈神求福。

晏 jiào　〈方〉只要。

漖 jiào　同"滘"。多用于地名:东~(在广东广州)。

較 jiào　〈文〉鲛(jiāo)鱼皮。

噍 jiào　〈文〉嚼;吃东西:~食。

傲 jiào　见jiǎo"傲"(314页)。

潐 ㊀jiào　❶〈文〉水尽。❷【潐潐】〈文〉明察的样子。
㊁qiáo　古水名。

噭 ㊀jiào　❶〈文〉同"叫"。高喊;号叫:高歌~呼。❷〈文〉形容哭声:~然而哭。
㊁qiào　〈文〉牲畜的口;用作量词(匹、头):得马千~。

穄 jiào　〈文〉物体收缩变小。

徼 jiào　见jiǎo"徼"(314页)。

獥 jiào　〈文〉狼崽。

嫩 jiào　用于人名。

藠 jiào　【藠头(tou)】藠(xiè)。多年生草本植物,鳞茎可以吃。

簥 jiào　见jiāo"簥"(312页)。

鐈 jiào　【鐪(liáo)鐈】〈文〉长(cháng)的样子。

趫 jiào　见qiáo"趫"(549页)。

趭 jiào　❶〈文〉奔跑:狂~。❷〈文〉跳跃:居人腾~如飞猱(náo)。

轎 jiào　〈文〉车轴头。

醮 jiào　❶古代冠礼、婚礼时用酒祭神的礼仪。❷〈文〉祭祀,后特指道士设坛做法事:打~|~诸神,礼太一(太一:天神名)。❸〈文〉女子嫁人:再~(再嫁)。

嚼 jiào　见jiáo"嚼"(312页)。

警 jiào　❶〈文〉高叫:成眭目欲裂,~而前(成:人名)。❷〈文〉攻讦;揭发别人的阴私。

灂 jiào　见zhuó"灂"(905页)。

矒 jiào　〈文〉贝名。

矙 [矒] jiào　❶〈文〉清白;洁净:(陈君)廉介~然。❷〈文〉白色。

醨 [糦] jiào　〈文〉饮尽杯中酒;干杯;引觥三~,客皆失色(觥:gōng,饮酒器)。

---

jiē (ㄐㄧㄝ)

节 jiē　见jié"节"(317页)。

阶 (階)[*堦、磘] jiē　❶台阶,有一定坡度的、一级一级供人上下的建筑物:~梯|石~|舞干(gān)羽于两~(干羽:古代舞者所执的舞具)。❷等级:~层|官~|~官(表示官员品级的称号)。❸〈文〉所凭借的事物:进身之~。

疖 (癤) jiē　疖子,皮肤或皮下组织局部化脓性炎症。多发生在头面部、颈部和背部。

皆 [皆] ㊀jiē　〈文〉副词。统括全体范围,相当于"都(是)"。1. 修饰动词、形容词:妇孺~知|放之四海而~准。2. 修饰名词:草木~兵|四海之内~兄弟。
㊁xié　〈文〉通"偕(xié)"。一同;一起:吾欲与子~行。

结 jiē　见jié"结"(318页)。

接 jiē　❶靠近;碰触:~近|交头~耳。❷相连:~骨|移花~木|两国~壤。❸连续;继续:~续|青黄不~|惟汉继五帝末流,~三代绝业。❹托住;承受:~球|承~|用盆~点儿水。❺收取;接受:~管|电话~到请来束。❻相迎:~亲|到机场~

贵宾。❼顶替，替下别人继续做：～任|～班|他的工作你来～。❽〈文〉交往；接待：～遇宾客。❾姓。

莐 ⊖ jiē【莐余】〈文〉荇菜。
⊜ shà 古代棺饰，垂于棺的两旁。

甼 jiē 见xiē"甼"(741页)。

秸[⊖*稭、䕸] ⊖ jiē 农作物去穗或脱粒后剩下的茎秆：～秆|秫～|玉米～。
⊜ jí【秸鞠(jū)】〈文〉布谷鸟。

痎[痎] jiē 〈文〉隔日发作的疟疾；疟疾：去冬得～疟疾。

揭 ⊖ jiē ❶把粘贴的片状物取下来：～膏药|～下信封上的邮票。❷掀起；撩(liāo)开：～幕|～牌|～锅盖|～开门帘走了出去。❸使隐蔽的事物显露；公布：～露|～晓|～老底。❹〈文〉高举：～旗|～竿而起(指民众起义)。❺姓。
⊜ qì 〈文〉提起衣服(渡过)：济有深涉，深则厉，浅则～(厉：连衣下水过河)。

椄 ⊖ jiē ❶〈文〉嫁接花木。后作"接"。❷〈文〉连接；接续：夜以～日。
⊜ jié【椄槢(xí)】1.〈文〉桎梏两孔间结合的横木。2.枷锁；身不离～。

嗞 jiē 〈文〉同"嗟"。叹息；痛～。

喈 jiē ❶〈文〉风急的样子：北风其～。❷【喈喈】1.〈文〉模拟鸟鸣的声音：集于灌木，其鸣～。2.〈文〉模拟钟鼓和谐的声音：钟鼓～。

嗟 jiē ❶〈文〉叹息：～叹。❷〈文〉叹词，表示感叹：～，来食！|～乎！燕雀安知鸿鹄之志哉！

街 jiē ❶两旁有房屋的比较宽阔的道路：～景|～区|大～小巷。❷〈方〉集市：赶～。❸姓。

湝 jiē ❶【湝湝】〈文〉水流的样子：淮水～。

祮 jiē 见gé"祮"(204页)。

楷 jiē 见kǎi"楷"(352页)。

夓 jiē【夓实】〈方〉同"结实"。肥而坚。

甊 jiē 〈文〉俯盖的瓦。俗称"阳瓦"。

腊 jiē 〈文〉消瘦。

秄 jiē 〈文〉同"秸"。谷物的茎秆：稿～之设(稿秄：指一种粗席)。

綏 jiē 〈文〉连接：内外交～。

撷 jiē 〈文〉按住。

蜤 jiē 〈文〉虫名。

嵥 jiē 〈文〉同"嗟"。叹息：长～。

薺[薝] jiē ❶〈文〉表示感叹。❷〈文〉表示悲伤。

嗘 jiē 见jì"嗘"(295页)。

飆 jiē 〈文〉疾风：北风日夜闻其～。

譇 ⊖ jiē【譇婑(lù)】古语。义未详。
⊜ zhā【譇婑(lo)】〈方〉尖声：～着嗓子哭起来。
⊜ zǔ 〈文〉同"诅"。诅咒；祝～。

鶛 ⊖ jiē 〈文〉雄性的鹑。
⊜ jiè 〈文〉鸟名。

jié （ㄐㄧㄝ）

卩 jié 古代出使等活动用作凭证的信物。通作"节"。

孑 jié ❶〈文〉单独；孤单：～然一身|茕(qióng)茕～立，形影相吊。❷【孑遗】〈文〉指经历大灾难后遗留下来的少数人或物：周余黎民，靡有～。❸姓。

卪 jié 〈文〉同"卩"。符节；瑞信。

㞃 ⊖ jié 〈文〉少；小：～雏。
⊜ jí 〈文〉有花纹的雌蝉。

节(節) ⊖ jié ❶物体的分段或两段之间相连接的地方：竹～|关～|骨。❷段落：章～|音～。❸纪念日：～日|过～|教师～。❹节气：～令|四时八～。❺音调高低缓急的限度：～奏|～拍。❻事项：礼～|生活小～|繁文缛～。

J

❼操守:~操|气~|时穷~乃见,一一垂丹青。❽限制;省减:~制|~省|~俭。❾删略:~本|~选|删~。❿用于某些独立成段的东西:一~甘蔗|一~翠竹|一~电池。⓫用于教学的课时和文章的段落:每周六~课|第三章第二~。⓬古代出使外国或调兵所持的凭证:符~|臣奉王之~使楚。⓭古代乐器。用竹编成,拍击发声,用来控制乐曲的节奏:击~|乃抚~悲歌。⓮〈文〉高峻的样子:~彼南山。⓯姓。

㊀ jiē ❶【节骨(gu)眼儿】〈方〉紧要的、能起决定作用的环节或时机:工程到了~上,可不能松劲。❷【节子(zi)】木材上的疤痕,是树的分枝去掉后在干枝上留下的疤。

讦（訐）jié 〈文〉揭发别人的阴私;指摘别人的短处:~发|攻~|吏民相告~。

扢 jié 见gǔ"扢"(215页)。

劫[*刦、*刧、*刼] jié ❶强取;掠夺:抢~|打家~舍|~夺国柄,始于董卓。❷威逼;胁制:~持|~机。❸佛教称世界从形成到毁灭的一个周期为一劫,也指灾难:~数|浩~|万~不复。[劫波之省,梵kalpa]

岊 jié ❶〈文〉山的弯曲处:山岳之~。❷用于地名:白~(在陕西)。

扺 jié 〈方〉宴会的食物不吃包起来拿回家。

劫 jié ❶〈文〉谨慎:~愻(谨慎)。❷〈文〉稳固。❸〈文〉勤勉。

杰[*傑] jié ❶才能出众的人:豪~|生当作人~。❷特异的;超过一般的:~作|~人|地灵雄姿~出。

疌 jié 〈文〉迅速。后作"捷"。

诘（詰）㊀ jié ❶〈文〉追问;质问:~问|盘~|反~。❷〈文〉追究查办:~盗|~奸。
㊁ jí【诘屈聱牙】同"佶屈聱牙"。曲折拗口,形容文章艰涩。

衱 jié ❶〈文〉衣服的后襟:高谈曳长~。❷〈文〉交叠于胸前的衣领。❸〈文〉裙带:珠压腰~称身。

絜 jié 〈文〉清廉;廉洁。

拮 jié【拮据(jū)】经济困难;缺钱用:手头~。

猰 jié ❶【猰獠】旧时对西南一些少数民族的蔑称。❷【猰狚(jué)】〈文〉兽名。

洁（潔）[△*絜] jié ❶干净:~净|皎~|西子蒙不~,则人皆掩鼻而过之(西子:西施,古代的美女)。❷清白;没有污点:纯~|廉~|才行高~。❸〈语言〉简约:简~。
"絜"另见xié(742页)。

结（結）㊀ jié ❶系(jì);绾(wǎn):~网|张灯~彩|上古~绳而治。❷用条状物绾成的疙瘩:打~|活~|蝴蝶~。❸形状像疙瘩的东西:喉~。❹凝聚:冰~|~晶|凝~。❺彼此产生某种关系:~婚|~仇|缔~|~为联盟。❻结束;了结:~业|~账|归根~底。❼旧时一种保证承担责任的字据:具~|保~|出~。❽〈文〉构筑;建造:~构|~庐在人境,而无车马喧。❾姓。
㊁ jiē 植物长出(果实或种子):开花~果|华落实~。

喫 ㊀ jié 〈文〉头倾斜。
㊁ qiè【巤(liè)喫】1.〈文〉头斜的样子。2.〈文〉捧承不敬的样子。

桔 ㊀ jié ❶【桔梗(gěng)】多年生草本植物。叶子卵形或披针形,花紫色或白色,根可入药。❷【桔槔(gāo)】古代的汲水工具。在井边架起一根横杆,一端挂水桶,一端系石头,靠横杆两端一起一落来汲水。
㊁ jú "橘"的俗写。
㊂ xié【桔柣(dié)】春秋时郑国远郊城门名。

倢 jié ❶〈文〉敏捷:气劲~鹘(hú)横清秋。❷【倢伃(yú)】同"婕妤"。汉代宫中女官名。

桀 jié ❶〈文〉凶暴:~骜不驯。❷〈文〉同"杰"。杰出的人物:伯令揭兮,邦之~兮(揭:qiè,勇武的样子)。❸〈文〉小木桩:鸡栖于~。❹夏朝末代君主,相传是个暴君。

紒 jié 见jì"紒"(293页)。

捷 [*捿、捷] jié ❶战胜:~报|告~|出师未~身先死。❷快;迅速:~径(近路)|敏~|长幼有序,则事业~成而有所休。❸〈文〉战利品:献~。

婕 jié 见 shà "婕"(594 页)。

蚨 jié 同"蝍"。一种节足动物。

嵥 jié【嵥嶪(yè)】〈文〉高峻的样子:嵯峨~。

偈 jié 见 jì "偈"(293 页)。

偈 jié 用于人名。

祄 jié ❶〈文〉手提起衣襟(兜东西):采采芣苢(fúyǐ),薄言~之(采芣苢草时用衣襟兜住)。❷〈文〉衣袖。

祄 jié 见 qiā "祄"(538 页)。

寁 jié "寁(zǎn)"的又读。

婕 jié【婕妤(yú)】古代宫中女官名。也作"倢伃"。

絜 jié 见 xié "絜"(742 页)。

頡(頡) ⊖ jié 用于人名。仓颉,传说中汉字的创造者。
⊖ xié【頡颃(háng)】1.〈文〉鸟上下飞:归鸟~~。2.〈文〉不相上下;相抗衡:~名辈。

摲 jié 〈文〉"捷"的俗字。快;迅速:~疾。

榤 jié 〈文〉连接。

桜 jié 见 jiē "桜"(317 页)。

睞 ⊖ jié 〈文〉同"睫"。眼睫毛。
⊖ jiá 〈文〉闭眼:~其一目。
⊜ zhǎ 同"眨"。眨眼:~一~眼。

蛣 ⊖ jié ❶【蛣蜣(qū)】〈文〉木中蛀虫。❷【蛣蜣(qiāng)】〈文〉即蜣螂。
⊖ qiè 〈文〉蚌的一种。也叫"海镜"。

蝎 jié 见 kě "蝎"(359 页)。

渴 jié 见 kě "渴"(359 页)。

趄 jié 见 jí "趄"(289 页)。

擨 ⊖ jié ❶担;负。❷抱持:~住我的横腰。‖用于古白话。
⊖ zhǎ 同"拃"。张开大拇指和中指(或食指)量长度。用于古白话。

楬 ⊖ jié ❶〈文〉做标记用的小木桩:(死于道者)则令埋而置~(置:设置)。❷〈文〉标志物;标明:~著其姓名。
⊖ qià ❶〈文〉一种木制的打击乐器。即敔(yǔ)。❷【楬豆】一种古祭器。

碣 jié【礗(liè)碣】〈文〉山势连接的样子:滩岩~不可攀。

睫 [睫] jié 睫毛,眼睑边缘上生的细毛:彩~|目不交~(没有合眼)|迫在眉~。

瞼 jié 见 jiàn "瞼"(307 页)。

蝐 [磓] jié【石蝐】甲壳类动物。外形像龟的脚,有石灰质的壳,足能从壳口伸出捕食。生活在海边的岩石缝里,产于我国浙江以南沿海。也叫"龟足"。

嵼 jié 〈文〉高耸的样子:~然中峙,号曰天柱(峙:zhì,耸立)。

鉣 jié 〈文〉马肚带上有舌的环。

剳 jié 〈文〉剖鱼。

㮤 [榙] jié 〈文〉即枓。柱上承大梁的方木。

漈 jié 〈文〉波浪高涌的样子。

窫 jié 〈文〉覆。

截 [㦙、戳] jié ❶割断;切断:~断|斩钉~铁|~竹为筒,破以为牒。❷阻拦:~流|拦~|快~住那个人。❸量词。用于某些细长的东西被截断的部分,相当于"段":一~电线|几~烟筒|话说了半~。❹(到一定期限)停止:~止|~至。❺〈文〉整齐:~然整齐。

橰 [櫜] jié【橰橰(gāo)】〈文〉同"桔橰"。井上汲水的工具。

榤[榤] jié 〈文〉木桩,特指鸡栖息的木桩。

碣 ㈠ jié 〈文〉圆顶的石碑:碑～|墓～|残碑断～。
㈡ yà 【碣磍(xiá)】〈文〉猛兽震怒的样子。

稧 ㈠ jié 〈文〉禾穗刚从茎中长出。
㈡ gé 〈文〉穰:谷皮。

鮚(鮚) jié 〈文〉蚌:采～。

竭 jié ❶尽;用尽:～尽|精疲力～|取之不尽,用之不～。❷〈文〉干涸:枯～|涸～|山崩川～。❸〈文〉使干涸:～泽而渔。❹姓。

擮 jié 见 xié"擮"(743 页)。

踂 jié ❶〈文〉跌倒;绊倒:重腄而屡～(腄:zhuì,脚肿)。❷用于人名。

稭 jié 〈文〉同"稧"。禾穗刚从茎中长出。

羯 jié ❶羯羊,阉割了的公羊。❷我国古代北方的民族,曾附属于匈奴,居住在今山西潞城一带。

騔 jié 〈文〉马名:狮子～。

趌 jié 【趌(jí)趌】〈文〉愤怒离去。❷〈文〉越过。

鸄 jié 〈文〉凶暴;蛮横:骄～|～骜(骜:áo)。

巀 jié 【巀嶭(niè)】〈文〉山势高峻的样子。

巀[巀、巀] jié ❶山高峻的样子:(庐山)～然屹立乎长江。❷【巀嶭(niè)】1.古山名。在今陕西。2.〈文〉高峻的样子:～高城。

鸄 jié 【鸄鸄(ào)】〈文〉即桀骜。倔强不驯服。

燗 jié 〈文〉灯烛的灰烬。

瀄 jié 洒水。用于古白话:净水～散火上。

蕺 jié 〈文〉同"截"。整齐。

顠 jié 见 hé"顠"(246 页)。

稧 jié 〈文〉同"稧"。禾穗刚从茎中长出。

繨 jié ❶〈文〉聚合。❷古代南方少数民族贩卖的财货的总称。

螲[螲] jié 节肢动物。体长3厘米多,呈细杆状,生活在海洋里藻类或苔藓虫群体间。也叫"麦秆虫"或"海藻虫"。

鶛 jié 【鶛鴿(jiá)】〈文〉鸟名。野鸭一类的鸟。

蟦 jié 〈文〉梭子蟹。

鑈 jié ❶〈文〉农具名。镰刀的一种。❷化学元素"镍(niè)"的旧称。

趌 jié 〈文〉走意。

鰶 jié 〈文〉鱼名。即鳑鲏(pángpí)。

鬝 ㈠ jié 〈文〉束发少。
㈡ jì 〈文〉露髻(不用束发的帛,露发为髻)。

鸖 jié 〈文〉小鸟名。

蠞[蠞] jié 【蕄(máo)蠞】〈文〉一种青色的小蝉。

jiě （ㄐㄧㄝˇ）

姐 jiě ❶同父母(或只同父、只同母)而年纪比自己大的女子:～～|～妹|大～。❷同辈亲戚中年纪比自己大的女子:堂～|表～。❸称呼年轻女子或年纪跟自己差不多的女子:张～|刘三～|尤二～。

General jiě 【娭(āi)General】〈方〉祖母,也用来尊称年老的妇女。

解[解] ㈠ jiě ❶剖开;分开:～剖|～瓦～|庖丁～牛。❷把扣或结打开:～扣儿|慷慨～囊|桓公～管仲之束缚而相之(相之:拜他为相)。❸消除;排除:～聘|～暑|消～|排忧～难。❹分析;说明:～释|～说|注～。❺懂得;明白:理～|了～|大惑不～。❻排泄大小便:～手|大～|小～。❼数学上指代数方程中未知数的值。如 $x+18=0$, $x=-18$,−18就是这个方程的解。也叫"根"。❽通过演算求代数方程中未知数的值:～方程。❾〈文〉能;会:月既不

～饮,影徒随我身。

㊀ jiè ❶押送:～送|～差(chāi)|押～进京。❷〈方〉缴纳;交付:～利钱。❸【解元】明清两代称乡试考取第一名的人。

㊂ xiè ❶懂得;明白:他掰开揉碎地讲,我才～开这个理儿。❷武术的套路,特指马术表演的技艺:～数(武术的架式,泛指手段、本事)|跑马卖～。❸〈文〉懈怠;松弛:凤夜匪～,以事一人。❹姓。

儝 ㊀ jiě 【儝儨(zhǎi)】〈文〉强横的样子。

㊁ jìng 〈文〉通"径(jìng)"。小路;大道其夷,民甚好～(夷:平坦)。

儨 jiě 【儝(zhǎi)儨】〈文〉强横的样子。

獬□ jiě 见 xiè "獬"(746页)。

檞□ jiě 〈文〉树木名。也叫"松檞(mán)"。

jiè （ㄐㄧㄝ）

丰 jiè 〈文〉草芥。通作"芥"。

介□ jiè ❶在两者中间:～入|廊坊市～于京津两地之间。❷使两者发生联系:评～|简～|胜请为绍～而见之于将军(胜:人名)。❸使两者发生联系的人或事物:中～|媒～。❹放在心里;存留:～意|～怀。❺〈文〉耿直;不随俗:耿～|～然直而不挠|柳下惠不以三公易其～。❻铠甲:～胄。❼甲壳:～虫。❽〈文〉量词。用于人,相当于"个":～书生|一～武夫。❾古代戏曲剧本中指示情态动作、舞台效果等的用语:打～|笑～|饮酒。❿〈文〉同"芥"。小草,比喻微小的事物:非其道也,一～不以与人。⓫〈文〉边际:江～。⓬〈文〉大:～福。⓭独;独特:又有孤石,～立大湖中。⓮姓。

夵 jiè 〈文〉同"介"。独特;耿介:～然。

价□ jiè 见 jià "价"(299页)。

戒□ [夰、戒、戒] jiè ❶防备;提防:～备|警～|骄～躁。❷使警惕而不犯错误:惩～|言者

无罪,闻者足～。❸除去;改掉(不良嗜好):～毒|～赌|恩使客节酒|～肉慎火(恩:人名)。❹佛教徒必须遵循的生活准则,也指禁戒的事情:～律|受～|～杀|平日不喝酒,今天破～了。❺〈文〉谨慎:往之女家,必敬必～,无违夫子。

芥 ㊀ jiè ❶〈文〉小草,比喻微小的事物:草～|纤～|覆杯水于坳堂之上,则～为之舟。❷【芥菜】一年生或二年生草本植物。花黄色,种子黄色,有辣味,磨成粉末,叫芥末,用作调料。芥菜变种很多,分叶用(如雪里蕻)、茎用(如榨菜)和根用(如大头菜)三类,都可以吃。

㊁ gài 【芥蓝】一年生或二年生草本植物。叶宽而短,茎叶可以吃。也叫"盖菜"。

夼 jiè 〈文〉同"介"。大:～福。

吤 ㊀ jiè ❶〈文〉喉咙哽塞时发出的声音。❷【喉吤】中医指喉部像有东西阻塞的症状。

㊁ gè 〈方〉唱词中的衬字:为何郎去你～勿留留。

岕 [岭] jiè ❶〈文〉两山之间谷地。多用于地名。❷【岕茶】〈文〉茶名。产于浙江省长兴县罗岕山。

帤 jiè 〈文〉头巾:珠～。

庎 ㊀ jiè ❶〈文〉濯洗用的流水器。❷〈文〉同"疥"。疥疮:疮:年六十岁患～。

㊁ gài 〈文〉通"丐(匄)"。赐予。

夰 jiè 〈文〉同"介"。独;特。

玠 jiè 大圭,古代的礼器。

忦 jiè 〈文〉四五岁的牛。

届□ [*届] jiè ❶到:～时|～期|凡舟车可至者,无所不～。❷用于定期的会议或毕业的班级,相当于"次、期":首～|历～|应～毕业生。

砎 jiè 〈文〉坚硬:～如石焉。

界□ [岕] jiè ❶相交的地方;尽头:碑～|边～|发兵守其西～。❷范围:管～|自然～|野绿簇草树,眼～吞秦

原。❸按职业或性别等划分的社会成员的总体:学～|军～|知识～。❹年代地层单位的第二级,在宇之下,系之上,跟地质年代分期的"代"对应:古生～。❺生物分类系统中的最高一级,在门之上:动物～|植物～|真菌～。❻接界;毗连:四川北～甘肃、青海、陕西。

疥 jiè 传染性皮肤病。由寄生虫疥螨引起,症状是皮肤上出现针头大小的丘疹和水泡,刺痒难忍:～疮。

诚(諴) jiè ❶警告;劝告:告～|训～|作此以～成王。❷训条;格言:女～。

衸 jiè 〈文〉裙子正中开衩的地方。

蚧 jiè 【蛤(gé)蚧】爬行动物。即大壁虎。外形像壁虎而大,吃昆虫等。是我国国家重点保护动物。

借(❸❹△藉) jiè ❶借入;暂时使用别人的财物,一定时间后归还:～用|跟人～钱|公遂～道而伐虢。❷借出;把自己的财物暂时给别人使用,别人要在一定时间后归还:出～|～钱给人|有马者～人乘之。❸假托:～故|～口|古讽今。❹利用;依靠:～助|凭～|～出差的机会看望了老同学。"藉"另见 jiè(322 页)。

恓 jiè 〈文〉警戒;警惕:～而不信(警惕而不相信)。

喈 ⊖ jiē 〈文〉赞叹;叹息:遥望见春陵郭,～曰:"气佳哉!"
⊜ zé ❶〈文〉吮吸:～痈(吮吸脓疮)。❷〈文〉大声呼叫:一见僧即～曰…。
⊜ jí 【喈喈】〈文〉模拟鸟鸣声:鹤之～。

堺 jiè 〈文〉同"界"。相交的地方。

蒯 jiè 【懝(dì)蒯】1.〈文〉细小的梗塞物。2.〈文〉比喻嫌隙:细故～今,何足以疑!也作"懝芥、懝介"。

骱 jiè 〈方〉骨节间相衔接的地方:脱～(脱白)。

解 jiè 见 jiě"解"(320 页)。

糈 jiè 见 jí"糈"(289 页)。

髻 jiè 〈文〉发髻:男女皆露～。

馸 jiè 〈文〉缠束马尾。

鶛 jiè 见 hé"鶛"(246 页)。

㸑 jiè ❶〈文〉阉割过的牛:巨～数百头。❷〈文〉阉割:～刑。

艐 ⊖ jiè 〈文〉至;到。
⊜ kè 〈文〉船搁浅。

鵊 jiè 〈文〉鸟名。似鶛(hé)而青。

鲽 jiè 〈文〉比目鱼。

褯 jiè 【褯子(zi)】〈方〉婴儿的尿布。

藉 ⊖ jiè ❶〈文〉垫在下面的东西:草～|用白茅。❷〈文〉垫;衬:枕～|往往而死者相～也。❸安慰;慰:～。❹〈文〉假使:～令守毋斩,而戍死者固十六七。
⊜ jí ❶〈文〉践踏;凌辱:今我在也,而人皆～吾弟。❷〈文〉盛大:名声～甚。❸【狼藉】乱七八糟;杂乱不堪:杯盘～。❹姓。
另见 jiè"借"(322 页)。

襷 jiè 〈文〉披在衣上的轻软的丝织品;披在衣上。

繲 jiè 〈文〉洗衣:女工～,不习而精。

鶛 jiè 见 jiē"鶛"(317 页)。

齘 jiè 〈文〉睡中切齿声。

jie (·ㄐㄧㄝ)

价 jie 见 jià"价"(299 页)。

家 jie 见 jiā"家"(297 页)。

巾 jīn ❶用来擦东西或包裹、覆盖东西的纺织品:毛～|头～|浴～。❷系(jì)在脖子上的纺织品:领～|佩～。❸〈文〉

包裹;覆盖:～以文绣。

斤 [❶△*觔] jīn ❶市制质量单位。10 两为 1 斤,100 斤为 1 担。1 市斤合 500 克。旧秤一斤为十六两,八两等于半斤,所以有成语"半斤八两",比喻彼此一样(含贬义)。❷古代砍伐树木的工具:斧|运～成风。

"觔"另见 jīn(323 页)。

今 jīn ❶现代;当代(跟"古"相对):～人|博古通～|以古非～者族。❷现在;当前:～年|～春|～晚。❸〈文〉此;这:～次|～番|～生～世。❹〈文〉将;不久:吾属～为之虏矣!❺〈文〉假设;如果:～有构木钻燧于夏后氏之世者,必为鲧禹笑矣(夏后氏:禹建立的夏朝)。❻姓。

斺 jīn【斺斺】〈文〉锐利。

金 jīn ❶金属元素。符号 Au:点石成～|披沙拣～。通称金子。❷金属,通常指金、银、铜、铁、锡等:合～|冶～|锲而不舍,～石可镂。❸古代指金属制的兵器:～革(兵器和盔甲)。❹古代八音之一,指金属制的打击乐器,如锣等:～鼓齐鸣|闻～声而止。❺像金属一样坚固:～城千里|固若～汤。❻比喻贵重、尊贵:～贵|～曲(特别好听,广受欢迎的歌曲)。❼钱;货币:～钱|～融|现～|资～。❽颜色像金子那样的:～黄|～灿灿|皓月千里,浮光跃～。❾五行之一:～木水火土。❿朝代名。1.公元 1115—1234 年,女真族完颜部领袖阿骨打统一各部所建,建都会宁(今黑龙江阿城南),国号金。2.公元 1616—1636 年,女真族努尔哈赤统一女真各部后即汗位,国号金,史称后金。1636 年,其子皇太极改国号为清。⓫姓。

釿 (釿) ㊀ jīn ❶〈文〉本作"斤"。斧头:旧～二把。❷古代货币单位。
㊁ yín ❶〈文〉平木器。❷〈文〉器物的凹下处。
㊂ yǐn 〈文〉裁断。

觔 jīn 〈文〉同"筋"。肌肉;肌腱或骨头上的韧带:～骨|～脉。
另见 jīn(323 页)"斤"。

津 jīn ❶渡口:～渡|要～(水陆冲要的地方)|无人问～(比喻没有人来尝试

或探问有关情况)。❷唾液:～液|令人望梅生～。❸汗液:遍身生～。❹滋润:润|其民黑而～。❺天津的简称:～门|京～塘高速公路。

衿 jīn ❶〈文〉衣服的交领:青青子～,悠悠我心。❷〈文〉衣襟:捉～而肘见。❸〈文〉系(jì)衣裳的带子。

搇 jīn ❶〈文〉用笔涂饰。❷〈文〉赞叹。

矜 ㊀ jīn ❶〈文〉怜悯;怜惜:～恤|恤悯|天～于民。❷〈文〉自尊自大;自夸:～夸|自～|汝惟不～,天下莫与汝争能。❸庄重;拘谨:～持|君子～而不争。
㊁ guān 〈文〉同"鳏"。男子无妻或丧妻:～寡孤独废疾者皆有所养。
㊂ qín 古代指矛柄:伐棘枣而为～。

珒 jīn 〈文〉玉名。

堻 [墐] jīn 〈文〉土地。

袊 jīn 见 qín "袊"(553 页)。

紟 ㊀ jīn 〈文〉系(jì)衣襟的带子。
㊁ jìn 〈文〉单被。

葿 [萯] jīn 〈文〉通"筋(jīn)"。肌肉。

筋 jīn ❶肌腱或骨头上的韧带:蹄～儿|抽～剥皮|凡药,以酸养骨,以辛养～。❷肌肉:～骨|～肉|疲力尽。❸皮下可以看见的静脉血管:青～突露。❹像筋的东西:钢～|丝瓜～。

津 jīn 〈文〉渡口。后作"津"。

禁 jīn 见 jìn "禁"(326 页)。

璡 ㊀ jīn 〈文〉同"琎"("琎"又读 jīn)。似玉的美石。用于人名。
㊁ huán 〈文〉疑为"环(環)"的讹字。环绕。

縉 jīn 〈文〉同"紟"。系(jì)衣襟的带子。

黅 jīn 〈文〉黄色。

齡 jīn ❶〈文〉自尊自大:君子不～而庄。❷〈文〉怜悯;怜惜。

嵾[嵾] jīn ❶【嵾岑(cén)】〈文〉形容高峻幽深：幽谷～。❷【嵾崟(yín)】〈文〉形容高而尖。

筋 jīn ❶〈文〉同"筋"。肌肉：劳～苦骨。❷〈文〉竹名。

盡 jīn 〈文〉生物的体液。通作"津"。

憬 jīn 〈文〉寒噤：盥濯息檐下，斗酒散～颜。

磼 jīn 〈文〉小石块：石～千枚。

箷 jīn 〈文〉竹名。可用作船篙；根、叶可入药。

襟□[裣] jīn ❶衣服胸前的部分：衣～|对～|前～。❷胸怀；抱负：～怀|胸～|雅量涵高远,清～照夷(等夷:同辈)。❸连襟,姐妹的丈夫间的亲戚关系：～兄|～弟。

蹝 jīn 〈文〉禁闭;停留。

黚 jīn 〈文〉黄黑色。

鏫 jīn 〈文〉箭头：箭～。

jǐn（ㄐㄧㄣ）

仅□(僅) ㊀ jǐn 限定唯一性范围,相当于"光、只"(可重叠,常跟"就"呼应)：绝无～有|～～服装一项,就节约了好几十万|我们两个这几年～见过一面。
㊁ jìn 〈文〉表示接近于某个数量,相当于"差不多、将近"：士卒～万人|江国逾千里,山城～百层。

尽□ jǐn 见 jìn "尽"(325页)。

卺[卺、巹] jǐn 古代举行婚礼时用作酒器的瓢：合～(旧时成婚的仪式,后指结婚)。

巹 jǐn ❶〈文〉恭敬地承受。❷同"卺"。古代婚礼上用的一种酒器：合～。

紧□(緊)[*緊、*緊] jǐn ❶物体受到拉力后所呈现的状态(跟"松"相对,❷❹❺❽同)：弦上得太～|钢丝绳拉得很～。❷物体因受外力作用而固定：把螺丝拧～。❸比喻不放松：～记|～盯着。❹空隙小,非常靠近：～挨着|鞋穿着太～|茂叶风声瑟瑟,～枝月影重重。❺使紧：～鞋带|～螺丝|～腰带。❻急迫;急促：～急|不～不慢|霜露一何～。❼密切不可分：～密。❽经济不宽裕：手头儿～|日子过得～巴巴的。

堇□ jǐn 见 qín "堇"(553页)。

锦□(錦) jǐn ❶有彩色花纹的丝织品：织～|～上添花。❷比喻花样多而美好的东西：集～|什～。❸色彩鲜明美丽：～霞|～缎|文鱼水宿,～鸟云翔。❹姓。

谨□(謹)[谨] jǐn ❶慎重;小心：～慎|恭～|～记不忘|弟子入则孝,出则悌,～而信。❷郑重;恭敬：～启|～领|～致谢意。

菫 jǐn 〈文〉一种野菜。也叫"菫葵"。味苦,可蒸食。通作"堇(jǐn)"。

馑□(饉) jǐn 〈文〉蔬菜没有收成,泛指灾荒,荒年：虽有饥～,必有丰年。

厪□[厪] ㊀ jǐn ❶〈文〉小屋。❷〈文〉通"仅(jǐn)"。只：遗简～存。❸〈文〉覆盖。
㊁ qín ❶〈文〉通"勤(qín)"。做事尽力：～身从事。❷〈文〉怀念;挂念：犹～慈母情。

瑾 jǐn 〈文〉美玉：怀～握瑜。

槿 jǐn 【木槿】落叶灌木或小乔木。叶子掌状分裂,花钟形,茎的韧皮可做造纸原料,花和种子可入药。

篲 jǐn 【笅(niè)篲】〈文〉一种白皮竹。

廑 jǐn 〈文〉少;劣。

寣 jǐn 见 jìn "寣"(327页)。

縉 jǐn 〈文〉织品纹理细密。

醳 jǐn ❶〈文〉稍微吸饮一点酒。❷〈文〉味美。

jìn （ㄐㄧㄣˋ）

仅 jǐn 见 jǐn "仅"(324 页)。

卺 jìn 同"尽"。全;都。用于古白话:上～皆知。

伶 jìn（又读 qín）同"僸"。古代北方少数民族的乐曲名。

劤 jìn〈文〉同"劲"。力气;力量。

尽（㊀盡、儘）㊀ jìn ❶完;完毕:弹～粮绝|苦～甘来|取之不～,用之不竭。❷〈文〉死亡:自～|同归于～。❸达到极限:～头|～善美|山穷水～。❹全部用出:竭力做到:～心|～职～责|人～其才,物～其用。❺全;所有的:～人皆知|～如人意|～数收回。❻统括某个范围的全部,相当于"都":留下来的～是些老弱病残|身上～是灰|说的～是废话。❼限定某个范围,相当于"光、单"(多指不如意的):干活～偷懒|～说好听的|～做表面文章。
㊁ jǐn ❶以某个范围为界限:～着这块布裁。❷把某些人或事物的顺序放在最先:先～孩子吃|～要紧的事办。❸最大限度地:～快解决|～早拿出方案|～可能给以照顾。❹达到了顶点,相当于"最"(在方位词组前):～东头|～南面|那本书压到～底下了。❺〈文〉任凭:惟有落红不禁,～教飞舞出宫墙(落红:落花)。

进（進）jìn ❶向前移动(跟"退"相对):～军|推～|勇者不得独～,怯者不得独退。❷从外面到里面(跟"出"相对):～城|闲人免～|～大学读书。❸吃;喝:～食|～餐|一觞虽独～,杯尽壶自倾。❹收入;买入;接纳:～账|日～斗金|货～得多|单位～了几个人。❺奉上;呈上:～言|～香|～贡。❻用在某些动词后,表示从外到里:走～大门|新调～几个人|听得～不同意见。❼〈文〉推荐;举用:～贤用能。❽量词。用于宅院内房屋前后的层次,一排房屋为一进:三～的院子。❾姓。

吟 jìn 见 yín "吟"(809 页)。

近 jìn ❶空间或时间的距离短(跟"远"相对):～郊|～日|以～知远,以一知万。❷接近:年～花甲|平易～人|～朱者赤,～墨者黑。❸某种关系亲密:～亲|亲～。❹〈文〉容易懂;浅显:浅～|～文言|言～旨远。

妗 ㊀ jìn ❶〈方〉舅母:～母|～子。❷〈方〉妻兄、妻弟的妻子:大～子|小～子。
㊁ xiān 【娙(chān)妗】〈文〉喜笑的样子。

劲（勁）㊀ jìn ❶力气;力量:手～儿|使～|浑身有使不完的～儿。❷精神;情绪:心～儿|干～|～头十足。❸神情;样子;程度:香～儿|高兴～儿|傲慢～儿。❹趣味;兴致:真带～|这本书没～儿。❺效力;作用:药～|酒～|这个牌子的烟～儿大。
㊁ jìng ❶坚强有力;直立挺拔:～旅|松|刚～|强～|疾风～草。❷〈文〉猛烈:风|风～|角弓鸣,将军猎渭城。

构 jìn ❶〈文〉梳理丝线的用具。❷用于人名。

牞 jìn〈文〉牛舌病。

侪 jìn 见 cún "侪"(109 页)。

荩（藎）jìn ❶【荩草】一年生草本植物。花灰绿色或带紫色,茎叶可做黄色染料,纤维可以造纸。❷〈文〉忠诚:～臣|忠～。

唫 jìn〈文〉"噤"的讹字。闭口:吷(qū)而不～(嘴张开没有闭上)。

浕（濜）jìn 浕水,水名。1. 在湖北。也叫沙河。2. 在陕西。也叫白马河。

晋［*晉、晋、瑨］jìn ❶周代诸侯国名。公元前 11 世纪中叶—前 4 世纪,故地在今山西、河北南部一带。❷朝代名。1. 公元 265—317 年,司马炎所建,建都洛阳,史称西晋。公元 317—420 年,司马睿重建晋朝,建都建康(今江苏南京),史称东晋。2. 公元 936—947 年,石敬瑭所建,建都汴(今河南开封),国号晋,史称后晋。❸山西的别称:

~剧|~商。④〈文〉进;向前:~见|~谒。⑤升:~升|~级。⑥姓。

赆（贐）[赆、贐] jìn 〈文〉临别时赠送的财物:~仪|~礼|予将有远行,行者必以~。

詅 jìn 〈文〉同"噤"。闭口;不作声。

烬（燼）[烬] jìn 物体燃烧后剩下的东西:灰~|余~|烛~|一夜有数升。

浸[浸、浸、浸] jìn ①泡在液体里:~渍(zì)|把毛衣~在温水里先泡一泡。②液体渗入或渗出:汗水~湿了衣衫|离亭隐乔树,沟水~平沙。③〈文〉逐渐:~衰|其后奢用~广。④〈文〉大水;湖泽:大~。

紟 jìn 见 jīn "紟"(323页)。

珒（璡）jìn(又读 jīn)〈文〉像玉的石头(多用于人名)。

唫 ⊖ jìn 〈文〉因为急而说话不流畅。
⊜ yín 〈文〉通"崟(yín)"。山高峻,也代指高山:孤云衔日落~边。
另见 yín "吟"(809页)。

祲[祲] jìn ①古代迷信指天空出现的不祥的妖气。②〈文〉灾祸:去岁大兵后,大~今苦饥。

藎 jìn 〈文〉同"尽"。完;完毕。

搢 jìn ①〈文〉插:腰间一枝~枯竹。②〈文〉振动:~铎(响动金铎)。③〈文〉身佩的饰带。

靳 jìn ①〈文〉吝惜;舍不得给:~而不与。②姓。

禁 ⊖ jìn ①不准许;制止:~止|~令|查~|彼兵者,所以~暴除害也。②关押:~闭|监~|软~。③法令或习俗所不准许的事:犯~|违~|入竟而问~,入国而问俗。④旧时称皇宫:~中|宫~|紫~城。
⊜ jīn ①承受;承受得了;耐(用):~受|弱不~风|小树不~攀折苦。②忍住:情不自~|忍俊不~。

潜 jìn ①〈文〉水名。②用于人名。

寖 ⊖ jìn ①〈文〉同"浸"。渗入:众口之~润(指众人言论的影响)。②〈文〉同"浸"。逐渐:(白凤鸟)不数日~大。
⊜ qǐn ①〈文〉通"寝(qǐn)"。躺卧休息;睡:留中,~侍左右。②〈文〉通"寝(qǐn)"。止息:兵革~息。

缙（縉）[縉] jìn ①〈文〉浅红色的帛。②【缙绅(shēn)】古代称有官职或做过官的人。

璡[璡] jìn 〈文〉像玉的美石。多用于人名。

墐 ⊖ jìn ①〈文〉用泥涂塞:~塞墐漏|塞向~户。②沟上的路。③〈文〉通"殣(jìn)"。掩埋:行有死人,尚或~之(行:路上)。
⊜ qín 〈文〉黏土:~土。

搢 ⊖ jìn 〈文〉拂拭。
⊜ jiān 〈文〉通"艰(jiān)"。艰难:~厄。

暗 ⊖ jìn 同"晋"。春秋时国名。
⊜ zī 同"鄑"。古地名。在今山东。

懂 jìn 见 qín "懂"(554页)。

濅[浸、濅、濅、濡] jìn 〈文〉同"浸"。逐渐:~废。

觐（覲）[覲] jìn ①朝见帝王或朝拜圣地:~见|朝~。②〈文〉拜见;会见:私~。

殣[殣] jìn ①〈文〉饿死:道无~者。②〈文〉饿死的人:殍~枕路。③〈文〉掩埋;埋葬:路见坏冢露棺,驻辇~之。

僸 ⊖ jìn 古代北方少数民族的乐曲名。
⊜ yǐn 〈文〉仰头的样子。

濪 jìn 〈文〉极寒:寒~|层冰~凄(xìng寒)。

噤 jìn ①〈文〉闭口;不作声:~声|~若寒蝉|民众莫不~口。②身体因寒冷而引起的颤抖:冷~|寒~|会大雪苦寒,士坐庭中,~未能言。

<table>
<tr><td>瀲</td><td>㊀ jìn ❶〈文〉同"浸"。水泽。❷〈文〉同"浸"。逐渐；愈加：其后～盛。
㊁ jīn　汉代县名。在今河南。</td></tr>
<tr><td>嬻</td><td>jìn　〈方〉同"妗"。舅母。</td></tr>
<tr><td>墐</td><td>jìn　〈文〉同"墐"。用泥涂塞。</td></tr>
<tr><td>挚</td><td>jìn　❶〈文〉羊名。❷【挚亭】古亭名。在今河南汝南。</td></tr>
<tr><td>歆</td><td>jìn　用于人名。刘歆，汉代人。</td></tr>
<tr><td>櫅</td><td>jìn　〈文〉竹木格。</td></tr>
<tr><td>蜘</td><td>jìn　【蝛(xián)蜘】〈文〉海中蚌类动物。</td></tr>
<tr><td>嘘</td><td>jìn　【嘘嘘】〈文〉心中憋闷不通。</td></tr>
<tr><td>嬟</td><td>㊀ jìn　女子人名用字。
㊁ huà　〈文〉"嫿(嬟)"的讹字。美好：性惠婉～。</td></tr>
<tr><td>璑</td><td>jìn　〈文〉似玉的美石。</td></tr>
<tr><td>繺</td><td>jìn　〈文〉青色或青红色：～碧。</td></tr>
<tr><td>頮</td><td>jìn　【頮齘(xiè)】〈文〉切齿发怒的样子。</td></tr>
<tr><td>麟</td><td>jìn　〈方〉牙齿接触酸味酸软。</td></tr>
</table>

jīng（ㄐㄧㄥ）

<table>
<tr><td>坙</td><td>jīng　〈文〉纺织的纵线。通作"经"。</td></tr>
<tr><td>茎（莖）</td><td>jīng　❶植物体的主干部分，上部生有叶、花和果实，下部和根连接。茎能输送和贮存水分、养料，并有支持枝、叶、花、果实生长的作用。可分为直立茎、缠绕茎、攀援茎、匍匐茎等。❷像茎的东西：阴～。❸〈文〉量词。用于细长条形的东西，相当于"棵、根"：数～小草｜数～白发｜一～灯心草。</td></tr>
<tr><td>京〔亰、京〕</td><td>jīng　❶国都；首都：～都｜～城｜～师。❷北京的简称：～剧｜～腔｜～广线。❸古</td></tr>
</table>

代数目，指一千万。❹〈文〉人工筑起的高土堆：于堑(qiàn)里筑～，皆高五六丈。❺〈文〉高；大：与魏王处～台之下。❻姓。

<table>
<tr><td>泾（涇）</td><td>jīng　❶泾河，水名。发源于宁夏，流经甘肃入陕西，是渭河的支流。❷〈文〉直流的水波：～流之大，两涘(sì)渚崖之间，不辨牛马。</td></tr>
<tr><td>经（經）</td><td>㊀ jīng　❶织物上纵向的纱或线(跟"纬"相对)：～纱｜～线。❷地理学上假定的通过南北极与赤道成直角的线，在本初子午线以东的称东经，以西的称西经：～度。❸中医指人体内气血运行通路的主干：～脉｜～络。❹持久不变的；正常的：～常｜荒诞不～。❺传统的具有权威性的著作，也指宗教教义的根本性著作：～典｜佛～。❻古代图书四部分类(经、史、子、集)的第一类，主要指儒家经传和小学方面的著作。❼管理；治理：～营｜～管｜整军～武。❽经过；经历：～手｜久～考验｜先王之法，～乎上世而来者也。❾承受；禁(jīn)受：～受｜～不起推敲｜～得住考验。❿指妇女的月经：行～｜～血不调。⓫常道，通行的义理、法则：天～地义｜国无～，何以出令？⓬〈文〉上吊：自～。⓭姓。
㊁ jìng　织布之前把纺好的纱或线密密地绷起来，来回梳整，使成为经(jīng)纱或经(jīng)线：～纱。</td></tr>
<tr><td>荆</td><td>jīng　❶落叶灌木。枝丛生，花蓝紫色，枝条可用来编筐、篮等。❷古时用荆条做成的刑杖：负～请罪。❸谦辞，旧时称自己的妻子：拙～。❹春秋时楚国的别称：～楚。❺姓。</td></tr>
<tr><td>菁</td><td>jīng　❶【菁菁】〈文〉草木茂盛。❷【菁华】事物最好的部分。❸〈文〉韭菜的花：秋韭冬～。</td></tr>
<tr><td>殑</td><td>jīng　见 qíng "殑"(556 页)。</td></tr>
<tr><td>猄</td><td>jīng　【黄猄】即黄麂，一种体形较小的麂。</td></tr>
<tr><td>旌〔旍〕</td><td>jīng　❶古代一种旗子，旗杆顶上用牦牛尾和五彩羽毛做装饰，泛指旗子：～旗。❷〈文〉表彰：～表｜以～其德。</td></tr>
</table>

J

旌 jīng 〈文〉同"旌"。旌旗。

惊 (驚) jīng ❶受到突然刺激而精神紧张或惶恐不安:~慌|胆战心~|宠辱不~。❷骡马等受到突然刺激而狂奔不受控制:~车|裹子至桥而马~。❸惊动;使受惊:~扰|~醒|语不~人死不休。

劓 jīng 〈文〉同"荆"。楚国。

晶 jīng ❶形容光亮;明亮:~莹|亮~~|天高日~。❷〈文〉明净;晴朗:八月凉风天气~,万里天河汉明。❸水晶,是石英(矿物,成分是二氧化硅)的晶体。质地坚硬:茶~|墨~。

腈 jīng 有机化合物的一类。烃基与氰基(—CN)的碳原子相连接的化合物,含碳原子少的是液体,含碳原子多的是固体。有特殊臭味,有毒,遇酸或碱易水解。是制造合成纤维和合成橡胶的原料。

鹬 (鶄)[鶄] ㊀ jīng 【鸡(jiāo)鶄】〈文〉水鸟名。即池鹭。
㊁ qīng ❶【鶄鸫】〈文〉水鸟名。❷【鶄庄】〈文〉水鸟名。

睛 jīng 眼球;眼珠:定~|目不转~|士女观者,目乱~迷。

粳 [*秔、*粇、*稉、*秔、*稉] jīng 粳稻,一种矮秆的稻子。叶子较窄,深绿色,米粒短粗,涨性小。
"秔"另见 kāng"糠"(355 页)。

兢 jīng 【兢兢】小心;谨慎:~业业|战战~~,如临深渊,如履薄冰。

蜻 jīng 见 qīng"蜻"(556 页)。

箐 jīng 见 qìng"箐"(558 页)。

精 jīng ❶经过提炼或挑选的:~盐|~矿|~兵。❷提炼出来的纯粹的部分:精华;香~|酒~|金玉之~。❸完美;美好:~彩|少而~|益求~。❹细密:~细|~雕细刻|天下事,~思之,虽大无难。❺聪明;机灵心细:~明|~干|这孩子真~。❻有深入的研究和了解;掌握得熟练:~通~业|~于勤|闻申公为诗最~,以为博士。❼精神;精力:~疲力竭|聚~会神|养~蓄锐。❽精液;精子:遗~|受~。❾神怪;妖怪:妖~|狐狸~。❿用在某些形容词前表示程度深,相当于"很、非常":~光|~瘦|~湿。⓫〈文〉春得精的米:食不厌~,脍不厌细。

鲸 (鯨)[鱷] jīng 哺乳动物。外形像鱼,胎生,用肺呼吸,生活在海洋中。最长的可达 30 多米,是现在地球上最大的动物:长~吞航。

誙[讍] jīng 【六誙】古乐名。也作"六茎"。

鬠 jīng 〈文〉量词。用于头发:千~发。今作"茎"。

藊 jīng 〈文〉草名。即黄精。根茎可入药。

赽 jīng ❶〈文〉强劲的样子。通作"兢"。❷〈文〉戒慎的样子。通作"兢"。

鶄 ㊀ jīng 【鶄鹆(tú)】〈文〉鸟名。
㊁ jīng 〈文〉通"颈(jǐng)"。脖子:(鹤)延~而鸣(延鹤:伸脖子)。

鶄 jīng 【羌鶄】〈文〉鸟名。生活在南方。

麖 [麠] jīng 水鹿,鹿的一种。身体较大,性机警,善奔跑。全身深棕色带灰色。产于我国四川、云南、广东等地。也叫"马鹿"。

蠽 jīng 【蠽蟨(liè)】〈文〉蟋蟀。

鼱 jīng 【鼩(qú)鼱】哺乳动物。外形像老鼠,身体小,吻部尖细,毛栗褐色。多生活在山林中。

jǐng (ㄐㄧㄥˇ)

井 [丼] jǐng ❶从地面向下挖成的能取水的深洞:~水|吃水不忘挖~人。❷形状像井的东西:矿~|油~|天~。❸古代因井设市,有人居住,后借指人口聚居的地方;乡里:市~|乡~|背~离乡。❹整齐;有秩序:~然有序|~~有条。❺星宿名。二十八宿之一,属南方朱雀。❻〈文〉井田(一种土地制度):方里而~,其中为公田。❼姓。

邢 jīng　古地名。在今河北井陉。

阱 [*穽] jǐng　捕野兽用的陷坑：陷～。

洴 jǐng　【洴洲】地名。在广东饶平。

刭（剄） jǐng　〈文〉用刀割脖子：自～。

肼 jǐng　有机化合物。分子式 NH_2NH_2，无色油状液体，有类似于氨的刺鼻气味，有剧毒。是一种强还原剂，可将碱溶液中的金属离子还原成单质。也叫"联氨"。[英 hydrazine]

颈（頸）（一） jǐng　❶脖子，头与躯干相连接的部位：～项|长～鹿。❷器物上像颈的部位：瓶～|曲～甑。
（二） gěng　【脖颈儿】〈方〉脖子的后部。

霒 jǐng　〈文〉同"井"：～水。

景（一） jǐng　❶风光：～观|雪～|良辰美～。❷现象；情况：～象|～况|情～|前～。❸戏剧或影视表演的布景，也指摄影棚外的景物：内～|外～。❹剧本的一幕中因布景不同而划分的段落：第三幕第一～。❺敬慕；佩服：～慕|～仰。❻〈文〉日光：春和～明。❼姓。
（二） yǐng　〈文〉影子：日光射物，必有虚～。后作"影"。

鉳 jǐng　$RNHNH_3^+$（R 代表烃基）阳离子称作鉳。

陘 jǐng　〈文〉同"颈"。脖颈：腹。

儆 jǐng　使人警醒而不犯过错：～戒|以～效尤|杀一～百。

儆 jǐng　【儆颇族】同"景颇族"。我国少数民族之一。

顈 jǐng　〈文〉同"颈"。脖子。

撖 jǐng　见 qíng"擎"（557 页）。

頚 jǐng　〈文〉"颈"的俗字。脖子。

帴 jǐng　〈文〉贵族妇女出行时穿的罩衣：(皇后)带绶佩，加～。

憼 jīng　❶〈文〉觉悟；醒悟：～然|～悟。❷〈文〉远行的样子：～彼淮夷，来献其琛（琛：chēn，珍宝）。

璥 jīng　〈文〉玉名。

璟 jǐng　〈文〉玉的光彩。

憼 jǐng　❶〈文〉同"儆"。戒备；警示：斩首祭旗，以～贼人。❷〈文〉尊敬。

螫 jǐng　〈文〉蛤蟆的一种。

鶄 jīng　见 jīng"鶄"（328 页）。

警 jǐng　❶戒备：～戒|～备|且虽诸侯相见，军卫不彻，～也(彻：通"撤"。除)。❷告诫；使人注意：～告|～报|～世。❸感觉敏锐：～醒|～觉|太祖少机～，有权数。❹警察的简称：～区|民～|武～。❺危急的情况或消息：报～|示～|边防告～。

譀 jǐng　〈文〉同"警"。告诫：为父者以～其子。

鳈 jǐng　〈方〉鱼名。无须无鳞。

jìng （ㄐㄧㄥˋ）

妌 jìng　〈文〉女子贞洁。

劲 jìng　见 jìn"劲"（325 页）。

劲 jìng　〈文〉"劲"的俗字。强健；有力。

径（徑）[❶-❸逕、徑] jìng　❶小路：山～|曲～通幽|前有大蛇当～。❷比喻达到目的的方法：捷～|门～。❸〈文〉直接，相当于"径直"：取道深圳，～回广州|如遇突发事件，可以～行处理。❹直径：口～|半～。
"逕"另见 jìng"迳"（330 页）。

净 [*淨、瀞、潡] jìng　❶清洁：～水|干～|余霞散成绮，澄江～如练。❷没有剩余：吃～|钱花～了|愁累已除，障碍亦～。❸纯：～利|～重|～赚两千元。❹限定某个范围，相当于"光、只"：～顾说话，忘了招呼客人|新到

的杂志都借走了,～剩下一些过期的。❺统括某个范围的全部,相当于"全、都":他说的～是不着边际的话|来的～是一些上了年纪的人。❻表示频率高,相当于"老是、总是":说话不注意分寸,～得罪人|他一向粗心,～落(là)东西。❼传统戏曲的行当,扮演性格勇猛、刚烈或粗鲁、奸诈的男性。也叫"花脸"。

迳(逕) jìng 用于地名:～头(在广东佛冈)。
另见 jìng "径"(329 页)。

经(俓) jìng 见 jīng "经"(327 页)。

俓 jìng ❶〈文〉同"径"。小路:大道甚夷,而民好～(夷:平坦)。❷〈文〉经过:～赴险。❸〈文〉直;直接:～至吴。❹〈文〉水的直波。

胫(脛)[*踁、骱] jìng 小腿:～骨不～而走|以杖叩其～。

哽 jìng 胡言乱语。用于古白话:睡梦里语言胡～(胡说)。

倞 ⊖ jìng 〈文〉强劲。
⊜ liàng 〈文〉索求。

痉(痙) jìng【痉挛(luán)】骨骼肌或平滑肌不自主地收缩。通称"抽筋"。

竞(競)[竸、競] jìng ❶比赛;互相争胜:～赛|～争|上古～于道德,中世逐于智谋。❷〈文〉强劲;强盛:宋室不～|国势大～。

弳 jìng 弧度的旧称。

彭 jìng ❶〈文〉素净的装扮。❷〈文〉清净。

樫 jìng ❶〈文〉树木名。❷〈文〉床前几。

殑 jìng 见 qíng "殑"(556 页)。

赪 jìng 〈文〉陷阱。

竟 jìng ❶终结;完了:未～的事业|义穷理～,文辞备足。❷穷究;追究:穷原～委(深入探求事物的始末)。❸〈文〉整个;从头到尾:～日|～夜|汗流～体|④表示事实跟预期相反,出乎意料,相当于"居然":这么大的学校,～没有一个像样的操场。❺〈文〉表示事情发展有了最终的结果,相当于"终于":有志者事～成|陈胜虽已死,其所置遣侯王将相～亡秦。❻〈文〉边境:越～乃免。后作"境"。❼姓。

净 jìng ❶〈文〉安;静:～立安坐。通作"静"。❷〈文〉造作:～言(凭空造作的巧言)。

婧 jìng ❶〈文〉(女子)苗条美好:舒妙～之纤腰。❷〈文〉(女子)有才能。

靓(靚) ⊖ jìng ❶〈文〉妆饰;打扮:丰容～饰|浅妆匀～。❷〈文〉艳丽:暮霞霁雨,小莲出水红妆～。
⊜ liàng 〈方〉漂亮:～仔|～女。

勍 ⊖ jìng 〈文〉鼠尾草。
⊜ qíng 〈文〉山藠(xiè)。又称"野藠(jiào)头"。多年生草本植物。

敬 jìng ❶尊重;有礼貌地对待:～仰|～老爱幼|门人不～子路。❷谦恭有礼貌:～赠|～告读者|～谢不敏(恭敬地表示推辞不受)。❸有礼貌地送上:～酒|～茶|我们～您一杯。❹虔诚地供奉:～神。❺敬意,也指表示敬意所赠的礼物:致～|喜～|奠～。❻严肃认真;专心致志:～业|～事|居处恭,执事～,与人忠。❼姓。

竫 jìng 用于人名。刘竫,宋代人。

傹 jìng 〈文〉同"竟"。完结:可炊而～也(做一顿饭的工夫就完结)。

靖 jìng ❶〈文〉(社会秩序)安定;平安:安～|宁～|晋国不～。❷〈文〉使安定;平定:～边|～乱(平定叛乱)|～难(解救危难)|绥～。❸姓。

靘 jìng 见 qíng "靘"(558 页)。

静 jìng ❶没有声响;不出声:寂～|～悄悄|茅檐人～,蓬窗灯暗。❷安定不动(跟"动"相对):～止|～物写生|树欲～而风不止。❸使平静或安静:～下心来|请大家一～。❹安详;文静:～女其姝,俟我于城隅。❺〈文〉通"靖(jìng)"。平定;平息:昔圣帝明王,～乱济世,保大定功。❻姓。

境 jìng ❶疆界;边境:～外|国～|臣始至于～,问国之大禁,然后敢入。❷

地方；区域：环～｜仙～｜身临其～｜泰山在山东泰安～内。❸所处的环境或状况：处～｜家～｜栉风沐雨，反为美～。

獍□ jìng 古书上说的一种恶兽，外形像虎豹，生下来就吃生它的母兽。

誩 jìng 〈文〉争论。

睛 ㊀ jìng 〈文〉赐予：～赐｜～他上分之馔。

㊁ qíng ❶〈文〉接受赐予：坐～神物愧无功。❷〈方〉承受：～受｜～现成。

僻 jìng 见 jiě“僻”(321 页)。

頱 jìng 〈文〉美好。

镜□（鏡） jìng ❶镜子，能照见形象的器具。古代多用铜磨制，现在多用玻璃镀水银制成：铜～｜明～｜古之人目短于自见，故以～观面。❷根据光学原理制成的用以改善视力或做光学实验的器具：～片｜眼～｜放大～。❸〈文〉照；借鉴：君子不～于水而～于人｜以古为～，可以知兴替。

䪕 jìng 〈文〉隔绝。

jiōng（ㄐㄩㄥ）

冂 jiōng ❶〈文〉都邑的远郊。❷〈文〉“扃”的古字。从外关门的门闩。

冋 jiōng 〈文〉都邑的远郊。后作“坰”。

坰□［埛］ jiōng 〈文〉远郊：暮色绕郊～。

驹□（駉） jiōng ❶〈文〉牧马的苑囿：在～之野。❷〈文〉骏马：飞～。❸【驹驹】〈文〉马肥壮的样子：～牡马。

扃□ jiōng ❶〈文〉从外面关门的门闩、门环等：门～｜门户无～关。❷〈文〉门：金～｜掩～闭户。❸〈文〉关门；上闩：～户闭门。

鼏 jiōng 古人举鼎用的木杠。

鉶 jiōng 〈文〉同“扃”。门户：幽～永闭。

駫 jiōng 〈文〉同“驹”。马肥壮的样子：四牡～～。

鍽 jiōng 〈文〉同“扃”。门：玄～（墓门）。

鼩［鼱］ jiōng 【鼩鼱（líng）】〈文〉斑鼠。

鼩 jiōng 〈文〉“鼩”的讹字。

jiǒng（ㄐㄩㄥˇ）

冏□ jiǒng ❶〈文〉同“囧”。明亮：清月～将曙。❷【冏然】〈文〉鸟飞的样子：～鸟逝。

囧 jiǒng ❶〈文〉窗户透亮。❷〈文〉明亮：～～秋月明。

泂 jiǒng 〈文〉寒冷。

炅□ ㊀ jiǒng ❶〈文〉明亮：～乎琼华之室。❷〈文〉热：卒（cù）然而痛，得～则痛立止。

㊁ guì 姓。

迥□［*逈、迵］ jiǒng ❶〈文〉远：山高路～｜天高地～，觉宇宙之无穷。❷〈文〉差别极大；差得远：～异｜～别｜～然不同。

逈 jiǒng 〈文〉同“迥”。遥远：君子今欲何去？～在江傍浦侧。

泂□ ㊀ jiǒng ❶〈文〉远：～酌（从远处酌取）。后作“迥”。❷〈文〉寒冷。

㊁ yǐng 〈文〉同“颍”。水名。

㊂ yíng 【泂泽】古地名。

絅□（絅） jiǒng 〈文〉同“褧”。细麻布做的单罩衫：衣（yì）锦尚～（穿锦服外罩单衣）。

炯□［*烱］ jiǒng 〈文〉明亮：～然｜目光～～有神。

洞 jiǒng 【洞澋（hòng）】〈文〉水流回旋的样子。

憪 jiǒng 【憪憪】〈文〉形容有心事难以合眼入睡：～不寐。也作“炯炯”。

窘 jiǒng 见 qún“窘”(572 页)。

燛 jiǒng ❶〈文〉日光。❷用于人名。

颎（颎） jiǒng ❶〈文〉火光;光。❷〈文〉光明;明亮:神光兮~~。❸〈文〉警枕(一种圆木做的枕头,使睡觉时易醒)。

窘 jiǒng ❶穷困:~困|~迫|日子过得很~。❷难堪;为难:~相|~态|融见其有~色(融:人名)。❸使为难;使处于困境:别再~他了|项籍使将兵,数~汉王。

熲 jiǒng 用于人名。

焸 jiǒng ❶〈文〉大眼睛。❷用于人名。

僒 jiǒng 〈文〉困窘,困迫:~若囚拘。

褧 jiǒng 〈文〉用细麻纱做的单罩衫:衣(yì)锦~衣(穿锦服外罩用麻纱做的单衣)。

颎 jiǒng ❶〈文〉一种像苎麻的植物,可织布制成。❷〈文〉通"褧(jiǒng)"。麻布做的单罩衫:被(pī)~黼(身穿有斧形花纹的罩衫)。

霁 jiǒng 见 guǎng "霽"(224 页)。

霽 jiǒng 同"冏"。用于人名。

颣 jiǒng 〈文〉同"绢"。细麻布做的单罩衫。

jiū（ㄐㄧㄡ）

丩 jiū ❶〈文〉互相缠。通作"纠"。❷〈文〉瓜瓞等植物的藤蔓攀援而上。

勼 jiū 〈文〉聚集:~工选材(工:工匠)。也作"鸠"。

纠（纠）[⊖△*糺] ⊖ jiū ❶缠绕:~缠|~纷|~葛。❷矫正:~正|~偏|政宽则民慢,慢则~之以猛。❸集合(多含贬义):~合|~集|若绍收离~散,乘虚以出,则公之事去矣(绍:人名)。❹督察:~察|~责。
　⊝ jiǎo 【窈纠】〈文〉舒缓的样子。
　"糺"另见 jiū(333 页)。

杦 jiū ❶〈文〉高大的树木。❷〈文〉通"樛(jiū)"。树木向下弯曲。

鳩（鳩）[鳩] jiū ❶鸟名。外形像鸽子。种类很多,常见的有斑鸠,身体灰褐色,颈后有白色或黄褐色斑点。❷〈文〉聚集:~聚|~集兆民,于兹魏土。

究 jiū ❶推求:推~|探~|~天人之际,通古今之变。❷追查:深~|追根~底|违法必~。❸〈文〉穷尽:累世不能究其学,当年不能~其礼(其:六艺经传)。❹〈文〉到底;究竟:此举~属欠妥|九州生气恃风雷,万马齐喑~可哀。

宄 jiū 〈文〉"究"的讹字。终;尽。

宆 jiū 〈文〉同"究"。终;尽。

赳 jiū 【赳赳】健壮威武的样子:~武夫。

槔 jiū 见 kǎo "槔"(356 页)。

阄（阄）[闄、闉、阄] jiū 为赌胜负或对有争议的事情做出决定而抓取的纸团或纸片,上面做有记号:抓~儿|拈~儿。

愗 jiū 〈文〉同"勼"。聚集。

揪[⊖△*揫] ⊖ jiū 紧紧地抓;抓住并用力拉:~耳朵|~辫子。
　⊝ chǒu 同"瞅"。看:~睬(理睬)。
　"揫"另见 jiū(333 页)。

搝 ⊖ jiū 〈文〉聚集。
　⊝ yóu 〈文〉掩:~伏。

啾[啾] jiū ❶【啾啾】1.〈文〉模拟许多小鸟一起叫的声音:燕雀~。2.〈文〉模拟马的嘶叫声:不闻爷娘唤女声,但闻燕山胡骑鸣~。3.〈文〉模拟尖细凄切的声音:新鬼烦冤旧鬼哭,天阴雨湿声~。❷【啾唧】〈文〉模拟虫鸟等细碎嘈杂的叫声。

湫 jiū 见 qiū "湫"(560 页)。

渳 jiū 见 jiǎo "渳"(313 页)。

摎 jiū 〈文〉束：丫髻两～。
另见 jiū "揪"(332 页)。

摎 jiū 【摎流】〈文〉回转的样子：低徊～。
另见 liú "戮"(428 页)。

摦 ㊀ jiū ❶〈文〉缚杀；绞杀。❷〈文〉纠结，缠绕：死生相～。❸姓。
㊁ jiǎo 【摦蓼】〈文〉搜索。
㊂ qiú 〈文〉通"求(qiú)"。寻求：～天道其焉如。

樛 jiū 〈文〉草互相缠绕。

樛 ㊀ jiū ❶〈文〉树木向下弯曲：南有～木(樛木：向下弯曲的树)。❷〈文〉弯曲：(树枝)～曲倒悬。❸〈文〉通"摦(jiū)"。纠结，缠绕：老树自摆相～缠。❹姓。
㊁ qiú 〈文〉通"求(qiú)"。寻求：～天道其焉如。

樛 jiū 见 liú "戮"(428 页)。

鬏 jiū 头发盘成的结：头上盘着一个～儿。

鬏 jiū 〈文〉同"揪(摎)"。聚集；收束：～敛。

jiǔ （ㄐㄧㄡˇ）

九 jiū ❶最小的大于八的整数：铸～鼎；象～州。❷表示多数或多次：～霄｜～牛一毛｜虽～死其犹未悔。❸从冬至那天起，每九天为一个"九"，共八十一天，分九个"九"：数～｜进～｜冬练三～，夏练三伏。

久 jiǔ ❶时间长：～别｜天长地～｜～矣吾不复梦见周公。❷时间的长短：十年之～还有多～能干完？❸姓。

九 jiǔ ❶辽、金、元时期对被征服的北方各部族人的泛称：～人与北俗无异。❷【九军】辽金时以北方边地部族组成的军队。

汋 ㊀ jiǔ 用于湖名：西～(在江苏宜兴)。
㊁ guǐ 〈文〉从山侧洞穴中流出的泉水。

效 jiǔ 女子人名用字。

泅 jiǔ 同"汋"。湖名。在江苏宜兴。

玖 jiǔ ❶"九"的大写。❷〈文〉像玉的浅黑色石头：琼～。

灸 jiǔ 中医的治疗方法，用燃烧的艾绒熏烤特定的穴位：针～｜艾～。

九 jiǔ 辽、金时边地部落组成的军队：～军｜～户。
另见 jiū "纠"(332 页)。

韭 ［*韮］ jiǔ 韭菜，多年生草本植物。叶子细长而扁，花白色，是常见蔬菜，种子可入药：夜雨剪春～。

酒 jiǔ ❶用粮食、水果等发酵制成的含乙醇的饮料：米～｜灯红～绿｜葡萄美～夜光杯。❷姓。

絿 jiǔ 〈文〉镜。

雔 jiǔ 姓。

jiù （ㄐㄧㄡˋ）

旧 (舊)［舊］ jiù ❶过去的；过时的(跟"新"相对，❷❸❻同)：～俗｜～社会｜伯夷、叔齐不念～恶。❷经过长久使用而变色或变形的：～书｜陈～｜裤子穿了两年，还不～。❸曾经有过的；以前的：～址｜～居｜城南～事。❹过去的人或事物：叙～｜复～｜守～。❺老交情；老朋友：故～｜～念｜玄素与荆州牧刘表有～(玄：人名)。❻在前的：《～唐书》｜～石器时代。

臼 jiù ❶舂米或捣物用的器具。多用石头或木头制成，中间凹下，形状略像盆：～杵｜石～｜断木为杵，掘地为～。❷形状像臼的东西：～齿(槽牙)｜脱～。

宄 jiù ❶〈文〉同"疚"。病。❷〈文〉同"疚"。贫穷。

咎 ㊀ jiù ❶过失；罪过：归～｜～由取｜引～辞职。❷责备；处分：自～｜既往不～｜动辄得～。❸〈文〉灾祸：休～(吉凶)｜天降之～｜～莫大于欲得。
㊁ gāo 同"皋"。姓。

疚 jiù ❶对自己错误的言行感到惭愧或痛苦：愧～｜负～｜内省不～，夫何忧何惧。❷〈文〉久病：病患｜忧思成～。

枢 [匬、匱、櫃] jiù 装着尸体的棺材：～车|～灵| 出绛,～有声如牛(绛:地名)。

柏 [棓] jiù 【乌柏】落叶乔木。叶子互生,花黄色,种皮外有白色蜡层,可用于制肥皂、蜡烛,种子可榨油。

厬 jiù 见 gāo "厬"(200 页)。

俗 jiù 〈文〉诽谤:恶意中伤。另见 zán "咱"(847 页)。

悆 jiù 〈文〉同"救"。救助:圣人恒善～人。

逎 jiù 【出逎】〈文〉弄巧成拙。

救 [△*捄、詶] jiù ❶援助,使脱离危险或免于灾难:～命|围魏～赵|凡民有丧,匍匐～之。❷免于;使危险、灾难中止:～灾|～险|～亡图存。❸〈文〉停止;阻止:山泽～于火(山泽防止火灾)。
　　"捄"另见 jū(335 页)。

厩 [*廄、廐、廏] jiù 马棚,泛指牲口棚:马～|～肥。

奅 jiù 〈文〉春捣成粉的干粮。

就 jiù ❶凑近;靠近:迁～|避重～轻|君子居必择乡,游必～士。❷到;开始从事:～位|～业|～寝。❸完成;确定:造～|功成名～|河海不择细流,故能～其深。❹随同着吃下去:稀饭～咸菜|花生米～酒。❺〈文〉结束(生命):临当～命,顾视日影,索琴而弹之。❻表示动作情况很快将发生或早已发生:校长一会儿～到|我一回来,请稍等|十多年前我俩～见过面。❼表示两个事件紧相承接:下了课我～去办|刚到这儿没两天～想走。❽限定特例、数量或前提等:院子里漆黑一片,～西屋亮着灯|书架上～那么几本书。❾引入与动作行为靠近的处所(可带"着"):～地取材|～近入学|～着走廊的灯光复习功课。❿引入动作的对象或范围:～这一点来看,这次试验取得了成功|～艺术特色而言,还是有新意的。⓫表示假设的让步,相当于"即使":你～想去也去不成|他～拿来也看不懂。⓬

姓。

舅 [舅、𦥑] jiù ❶母亲的哥哥或弟弟("甥"的对称):～～|～母|大～。❷妻子的哥哥或弟弟:妻～|大～子|小～子。❸〈文〉丈夫的父亲:姑(公婆)|昔者吾～死于虎。

瘳 jiù 〈文〉病。

遒 jiù 〈文〉恭谨地行走。

傝 jiù 〈文〉租赁:～官屋以居。

餼 jiù 〈文〉吃饱。

嶕 jiù 古山名。

鵂 jiù 【乌鵂】〈文〉鸟名。黑色,长尾。俗称"铁连甲、铁翅膀"。

鷲 (鷲)[鶖] jiù 鸟名。体形大,是猛禽,主要吃腐肉。常见的有秃鹫、兀鹫等。

蹴 jiù 见 cù "蹴"(106 页)。

鰍 jiù 〈文〉鱼名,即鳅(shí)鱼。

麠 jiù 〈文〉雄性麋鹿。

齨 jiù ❶〈文〉老人的牙齿齿形如臼。❷〈文〉八岁马齿形如臼。

jū (ㄐㄩ)

车 jū 见 chē "车"(73 页)。

且 jū 见 qiě "且"(551 页)。

耶 jū 古乡名。在今陕西。

拘 jū ❶逮捕;扣押:～捕|～留|小盗者～,大盗者为诸侯。❷限制:不～一格|形式不～。❸约束;束缚:～束|～谨|无～无束。❹不知变通;不灵活:～泥(nì)|～执|不～小节。

苴 ⊖ jū ❶〈文〉苴麻,大麻的雌株。花都是雌花,开花后结实。也叫"种

麻"。❷〈文〉补;填塞:补~(弥补缺陷)|今民衣弊不补,屡决不~。❸姓。

㈡bāo 我国古代民族。巴人的一支。

㈢zhǎ【藞(lǒ)苴】1.〈文〉不整洁;不端庄。2.〈文〉衰减;将尽。

岨 ㈠jū〈文〉覆盖有薄土的石山:陟彼~矣。

㈡zǔ ❶〈文〉通"阻(zǔ)"。险要:山川~深。❷〈文〉倚;据:~山剽劫。

㈢jǔ【岨峿(yǔ)】1.〈文〉形容山势交错不平。2.〈文〉抵触;不合:~而不安(不安:用词不妥帖)。

狙 jū ❶古书上指猕猴:众~皆怒。❷〈文〉窥伺:~伺|秦始皇帝东游,良与客~击秦皇博浪沙中(良:人名)。

疽 jū〈文〉人相依存。

沮 jū 见jǔ"沮"(338页)。

泃 jū 泃河,水名。发源于天津蓟县,流经北京平谷和河北三河,到天津宝坻入蓟运河。

居 [凥、屋] jū ❶住:~住|面山而~。❷住处:民~|旧~|迁~。❸处于:~中|高临下|是故上位而不骄,在下位而不忧。❹当;任:~功自傲|以专家自~。❺存;安着:~心不良。❻藏;储存:囤积~奇|奇货可~。❼占;占据:~多|二者必~其一。❽用作某些饭馆、商店或寓所的名称:砂锅~|六必~|积微~。❾〈文〉停留;固定:岁月不~|变动不~。❿〈文〉坐:~,吾语女(rǔ)。⓫〈文〉平时:君子~则贵左。⓬姓。

驹 (駒) jū ❶年轻力壮的马:千里~|~之子于归,言秣其~(秣:用草料喂马)。❷初生的马、骡、驴等:~子|马~儿。

俥 jū 见chē"俥"(73页)。

捄 ㈠jū〈文〉把土装在土筐里。㈡qiú〈文〉长而弯曲的样子:有~棘匕(长而弯曲的枣木勺)。另见jiù"救"(334页)。

捐 jū ❶〈文〉执;持:以手爪~持草。❷〈文〉耳疾:处耳则为~为聋。❸〈文〉通"枸(jū)"。抬土的器具:陈奋~。

砠 ㈠jū〈文〉同"岨"。覆盖有薄土的石山:陟彼~矣。

㈡zū〈文〉秤锤。

昫 jū〈文〉左右惊视。

罝 jū〈文〉"罝"的讹字。捕鸟兽的网。

罝 [罝] jū ❶〈文〉捕兔子的网;捕鸟兽的网:张~以待兔。❷〈文〉捕捉:逸马难~(逸马:跑脱的马)。

俱 jū 见jù"俱"(340页)。

疽 jū 中医指局部皮肤肿胀、坚硬而皮色不变的毒疮:痈~|军人有病~者。

疴 jū(又读gōu)【疴偻】1.〈文〉驼背:素病~(素:平素)。2.〈文〉弯腰:~着腰。

趄 jū〈文〉同"跔"。手足因天寒屈曲难伸。

掬 [匊] jū ❶〈文〉两手捧起:~饮|~水洗面|受珠玉者以~。❷〈文〉形容表露得明显、鲜明,好像可以用手捧起:笑容可~|憨态可~。

据 jū 见jù"据"(340页)。

崌 jū ❶崌山,古山名。大约在今四川。❷【岖(lì)崌】山名。在江西景德镇东南。

逇 jū 姓。

湨 jū ❶水名。❷用于人名。

宩 jū〈文〉储存:此图稀典宜宝~。

娵 jū ❶【娵訾(zī)】〈文〉星次名,在二十八宿为室宿和壁宿。也作"娵觜(zī)"。❷〈文〉美女的代称。

琚 jū〈文〉佩玉:投我以木瓜,报之以琼~。

趄 jū 见qiè"趄"(552页)。

椐 jū 古书上说的一种小树,有肿节,可以做手杖。

J

鞠 jū 见 qú "鞠"(564页)。

跔 ㊀jū 〈文〉手足因天寒屈曲难伸:天寒足~。㊁qú 疾行。用于古白话:(掉转马头)向北一道烟~。

锔 jū 见 jú "锔"(337页)。

毱 jū 同"鞠"。古代一种填毛的实心球:拍~。

腒 jū 〈文〉腌后晾干的鸟肉,也泛指干肉。

奭 jū 〈文〉怒目斜视。

雎 [鴡] jū 【雎鸠(jiū)】古书上说的一种鸟,即鱼鹰:关关~,在河之洲(关关:鸟鸣声)。

锯 jū 见 jù "锯"(340页)。

柤 jū 同"苴"。用于人名。穰柤,即穰苴,春秋时齐国军事家。

鮈 (鮈) jū 鱼名。身体小,稍侧扁,有须一对,背鳍一般无硬刺。种类较多,生活在温带淡水中。

裾 jū 〈文〉衣服的大襟,也指衣服的前后部分:长~曳地。

鞠 jū 〈文〉用三个手指聚拢抓取。

蜛 jū 【蜛蠩(zhū)】〈文〉一种水生动物。也作"蜛蠩(zhū)"。

艍 jū 〈文〉船:海~|河~。

涺 jū 古水名。也作"沮水"。在今陕西。

賒 jū ❶〈文〉卖。❷〈文〉贮存:樽可~酒。

踘 jū ❶同"鞠"。古代一种填毛的实心皮球,供玩耍:踏~(踢球)。❷【踘踊】〈文〉跳跃。

鮈 jū 〈文〉同"鮈"。【鯲(wú)鮈】鱼名。

鋸 jū 〈文〉同"锔"。用锔子把破裂的陶瓷或铁器接合起来。

跼 jū 〈文〉弯腰。后作"鞠"。

鞠 jū ❶弯曲:~躬(弯腰行礼)。❷〈文〉养育;抚养:~育|~养|父兮生我,母兮~我。❸古代一种填毛的实心皮球,供玩耍:蹴(cù)~|击~。❹〈文〉通"鞫(jū)"。审讯:~狱不实。❺姓。

勪 jū 〈文〉舀:~露泾口(泾:yì,润湿)。

斪 [鄿、斪、鄿] jū ❶〈文〉舀取:~白水以为浆。❷〈文〉舀水器。

鞫 [籟、籟] jū ❶〈文〉审问:~审|~讯|~狱。❷〈文〉穷困:~哉庶正(穷困啊,百官之长)。

爨 jū 古代一种实心球。通作"鞠"。

鯻 jū 见 jù "鯻"(341页)。

寠 jū 〈文〉穷尽。

鵙 jū ❶【鵙(qū)鵙】传说中的鸟名。❷【鶢(yuán)鵙】〈文〉海鸟名。❸【鵯(bēi)鵙】〈文〉鸟名。即寒鸦。

鞠 jū 同"鞠"。古代一种实心皮球。

籟 jū 同"鞠"。古代一种实心皮球。

jú （ㄐㄩˊ）

匊 jú 〈文〉持。

臼 jú 〈文〉两手手指相向交叉。

局 [❷*侷、❷△*跼] jú ❶部分:~部|各司其~(司:掌管)。❷拘束:~限|~促。❸机关组织系统中按业务划分的单位:教育~|人事~。❹某些业务单位的名称:邮~|书~|电话~。❺〈文〉棋盘:棋~。❻下棋时双方对阵的形势:布~|对~|和~。❼事物的情况、形势:~面|~势|时~。❽量词。用于棋类或其他比赛:一~棋|三~两胜。❾称某些聚会:饭~|牌~。❿圈套:骗~。⓫〈文〉胸襟;气量:~量|通敏有智~。"跼"另见 jú(337页)。

阢[坭] jú 〈文〉曲岸外侧。

岊 jú 【岊嶭(ào)】〈文〉宫室的深处。

臭 jú ❶〈文〉犬视的样子。❷〈文〉鸟张开两翅的样子。

桔 jú 见jié "桔"(318页)。

菊 jú ❶菊花,多年生草本植物。叶子边缘有锯齿或深裂,栽培品种很多,是著名的观赏植物。有的花可入药,也可以做饮料:春兰兮秋～。❷这种植物的花。❸姓。

桐 jú ❶〈文〉抬举食物的用具,与案相似。❷〈文〉抬土的工具:畚～。❸〈文〉登山时穿的鞋,鞋下有铁钉,可以防滑。

郹 jú ❶古邑名。在今河南。❷古地名。在今山东。

焗 jú ❶〈方〉烹饪方法。把食物放在密闭的容器中加热,利用蒸汽使食物熟烂:盐～鸡。❷〈文〉因空气不流通或气温高、湿度大而感到憋闷。

椈 jú 〈文〉柏树。

曑 jú 〈文〉可抬起的放食物的用具,类似食案。

锔(鋦) ㊀ jú 金属元素。符号Cm。 ㊁ jū 用铜子(两脚钉)把破裂的陶瓷器或铁器接合起来:～锅|～碗。旧也作"锯"。

淢 jú 淢河,水名。在河南,是黄河的支流。

輂 jú ❶〈文〉马拉的大车:～车四十乘。❷〈文〉运土石的工具:陈畚～。

椇 jú 〈文〉牛名:～牛。

鶪(鶪)[鶪] jú 〈文〉鸟名,即伯劳:七月鸣～。

曑 jú 〈文〉拘束;约束。

蹻 jú ❶〈文〉马不向前走的样子:马鸣～,不肯前。❷〈文〉履行险阻;险阻:艰险路更～。
另见jú "局"(336页)。

蜊 ㊀ jú 【蜊鼀(cù)】〈文〉蟾蜍。 ㊁ qū 〈文〉虫名。即蚯蚓。

僪 ㊀ jú ❶【僪狂】〈文〉恶鬼名。❷【僪傀(guǐ)】〈文〉神奇怪异。 ㊂ yù 太阳周边的云气。

趜 jú 〈文〉穷尽;行步力竭。

蓲 jú 〈文〉菜名。种子可做香料。

曑 jú 〈文〉大车直辕上缠绕的皮革。

躹 jú 【躹躬】〈文〉鞠躬。

谺 jú 古山谷名。在今山西平定。

橘 jú ❶橘子树,常绿乔木。叶子长卵圆形,花白色,果实红黄色,果肉多汁,味甜酸,是常见的水果,果皮可入药:～生淮南则为～。❷这种植物的果实:柑～|～福～。

駶 jú 〈文〉马站立不定;腾跳:～跳而远去。

櫵[檋] jú ❶〈文〉走山路时穿的带有钉齿的鞋。❷〈文〉山轿:山行乘～。

鳥 jú 〈文〉鸟名。

鴂 jú 【鴂鴂】〈文〉狭窄的样子。

蘜 jú 〈文〉菊花。后作"菊"。

醶 jú 〈文〉酱。

繘 jú 〈文〉素(本色的生帛)一类的丝织品。

鮒 jú 〈文〉江豚。

鵙[鵙] jú 【鵙(jiá)鵙】布谷鸟。也叫"鳲鸠"。

蘜 jú 〈文〉草名。

趜 jú 〈文〉行走的样子。

攫 ㊀ jú ❶〈文〉抓取;索取:～财而出。❷〈文〉除去。

J

㊁ qú 〈文〉树的根枝四面延伸：木大者根～(木：树)。

鼳 ㊀ jú 〈文〉兽名。隐鼠的别名，似鼠而马蹄。
㊁ xí 〈文〉松鼠。

驧 jú 〈文〉马背脊弯曲。

jǔ （ㄐㄩˇ）

另 jǔ 〈文〉同"举"。推荐；选用。

邔 jǔ 古亭名。在今湖南长沙。

弆 jǔ 〈文〉收藏；保藏：～藏应禁器物。

柜 jǔ 见 guì "柜"(228页)。

咀 ㊀ jǔ 含在嘴里细嚼；玩味：～嚼|含英～华(比喻细细体会玩味诗文的精华)。
㊁ zuǐ 俗同"嘴"。用于地名：尖沙～(在香港)。

岨 jǔ 见 jū "岨"(335页)。

泪 ㊀ jǔ ❶消沉；颓丧：～丧|令人气～|神辱志～。❷〈文〉阻止：～遏|劝善～恶|左右或～之。❸〈文〉坏；败坏：～败。
㊁ jù 〈文〉水草丛生的沼泽地：～泽。
㊂ jū ❶泪水，水名。在湖北。❷姓。

莒 ㊀ jǔ ❶周代诸侯国名。故地在今山东莒县。❷莒县，地名。在山东日照。❸姓。

枸 ㊁ jǔ 见 gōu "枸"(211页)。

昍 jǔ 用于人名。

矩 [*榘] jǔ ❶画方形或直角的曲尺：～尺(曲尺)|～形(长方形)|圆者中规(圆规)，方者中～。❷法则；规则：规～|循规蹈～|七十而从心所欲，不逾～。

举 (舉)[*擧、亃] jǔ ❶(手)向上托；向上伸：～重|～手|～案齐眉|吾力足以～百钧。❷抬起；仰起：～步|～目四望|～头望明月，低头思故乡。❸动作；行为：～止|壮～|成败在此一～。❹兴起；发起：～义|办～|百废待～。❺推荐；选拔：～荐|选～|～贤任能。❻提出：～例|一反三|～出事实来。❼揭发：～报|检～|民不～，官不究。❽〈文〉生育：一～一男。❾〈文〉科举考试：应进士～。❿举人，明清两代称乡试考中的人：中～|武～。⓫〈文〉全；整个：～国欢腾|～世瞩目。⓬〈文〉攻下；占领：五年而后～虞。

萬 jǔ 见 yǔ "萬"(829页)。

椇 jǔ ❶〈文〉树木名，即枳(zhǐ)椇。也叫"拐枣"。也指它的果实。❷〈文〉放祭品的礼器，像俎。

秓 jǔ 【稆(zhǐ)秓】1.〈文〉草木屈曲不伸展的样子，泛指受到阻碍，屈曲不伸。2.〈文〉树木名。俗称"拐枣、金钩子"。

筥 jǔ ❶〈文〉圆形的盛物竹器：载筐及～。❷〈文〉量词。禾四把。

蒟 jǔ ❶【蒟酱】即蒌叶。常绿藤本植物，叶子椭圆形，花绿色。果实有辣味，可用来制调味品。叶子和果实可入药。❷【蒟蒻(ruò)】即魔芋。1.多年生草本植物。块茎扁球形，掌状复叶，花紫褐色，块茎有毒，经处理后可吃，或制成淀粉，也可入药。2.这种植物的块茎。

櫸 (欅) jǔ 榉树，落叶乔木。叶椭圆形，结坚果，木材坚硬耐水，可用来造船。

齟 (齟) jǔ 【齟齬(yǔ)】〈文〉上下牙齿对不上，比喻意见不合：发生～|二人时有～。

鉏 ㊀ jǔ 【鉏铻(yǔ)】〈文〉同"齟齬"。相互不合：方凿圆枘，～难从。
㊁ chá 【鉏牙】〈文〉器物上如锯齿般参差不齐的边缘：～之饰。
㊂ xú ❶古国名。故地在今河南滑县。❷姓。
另见 chú "锄"(91页)。

羷 jǔ 【羷羘(lǚ)】〈文〉一种身小角尖的山羊。

聏[腒] jǔ 〈文〉受惊而张开耳朵。

踽 jǔ【踽踽】〈文〉一个人走路很孤独的样子:～独行。

簴[簴] jǔ ❶〈文〉喂牛用的圆底竹筐。❷〈文〉盛桑叶的圆筐:～筐。

籧 jǔ 见 qú "籧"(565 页)。

繘 jǔ〈舌繘〉〈文〉"后缚"的讹误。反绑两手。

齭 jǔ 见 zhā "齭"(855 页)。

jù（ㄐㄩˋ）

巨[*鉅] jù ❶大;很大:～大|～变|事无～细,亮皆专之(亮:诸葛亮)。❷通"讵(jù)":岂;难道:沛公不先破关中兵,公～能入乎? ❸姓。
"鉅"另见 jù "钜"(339 页)。

句 ㊀ jù ❶句子,由词或短语构成的、带有一定语调的、能够表达一个相对完整的意思的语言单位:语～|寻章摘～|因字而生～,积～而成章。❷量词。用于言语或诗文:一～诗|归结为一～话。
㊁ gōu ❶〈文〉同"勾"。弯曲:(季春之月)～者毕出(句者:指草木初生拳曲的幼芽)。❷用于古国名:高～丽(lí)。❸用于人名。句践,春秋时越国国王。
㊂ gòu【句当】同"勾当"。行为;事情(多指不好的)。

刐 jù ❶姓。❷用于地名:～庄(在安徽)。

讵[詎] jù ❶〈文〉用于反问,相当于"岂、难道":～料情势骤变|堂堂圣朝,～可无法以准之? ❷〈文〉表示假设(跟"非"连用),相当于"假若":～非圣人,不有外患,必有内忧。

拒 jù ❶抵挡;抵抗:～捕|抗～|内以固城,外以～难(难:指战乱)|～敌于国门之外。❷不接受;拒绝:～收|～聘|可者与之,其不可者～之。

苣 ㊀ jù 〈文〉用苇秆扎成的火炬:寇在城下,闻鼓音,爇～。
㊁ qǔ【苣荬(mai)菜】多年生草本植物,野生,叶子互生,边缘有不整齐的锯齿。嫩苗可以吃。

岠 jù ❶〈文〉通"距(jù)"。离;到:～齐州以南。❷〈文〉通"据(jù)"。据守:～险任夷(夷:平地)。❸〈文〉通"拒(jù)"。抵抗:后郑～王师。

郹 jù 古地名。

狙 jù ❶〈文〉同"駏"。兽名。❷【狙神】上古帝王名。

洰 jù【洰理】〈文〉星名。即天权(北斗七星之一)。

姖 jù ❶传说中的山名用字。❷姓。

拪 jù 〈文〉同"据"。占;凭借。

岠 jù ❶〈文〉同"拒"。抵拒;抗拒:(贼)尽披靡无肯～战。❷〈文〉通"距(jù)"。跳跃;超越:超～(跳跃。一种习武的活动)。❸〈文〉通"距(jù)"。到;距离:自兹～汉(汉:汉代)。

具 jù ❶用具;器物:工～|炊～|雨～。❷有(多用于抽象事物):～备|别～一格|初～规模。❸量词。用于棺材、尸体等:一～棺材|两～寿木|几～尸体。❹〈文〉才能;才干:才～|干城之～(干城:捍卫者)。❺〈文〉准备;备办:～呈|～报|呼儿～纸笔。❻〈文〉陈述;写出:～名|开～清单|条～风俗之弊。❼〈文〉全;尽:百废～兴|良乃入,～告沛公(良:人名)。❽〈文〉饭食;酒肴:项王使者来,为太牢～。

昍 jù ❶〈文〉明。❷用于人名。

炬 jù ❶火把:火～|目光如～|亡者不敢夜揭～(亡者:逃亡的人。揭:举)。❷蜡烛:蜡～。❸点燃;焚烧:付之一～。

沮 jù 见 jǔ "沮"(338 页)。

怚 ㊀ jù 〈文〉骄傲:矜～。
㊁ cū 〈文〉同"粗"。粗心;粗暴:秦王～而不信人。
㊂ zǔ 〈文〉同"阻"。阻塞:女子如～(女子腹中阻塞)。

钜[鉅] jù ❶〈文〉坚硬的铁。❷用于地名:～桥镇(在河南鹤壁)。

J

❸姓。

"鉅"另见 jù "巨"(339 页)。

秬[秬]　jù　❶〈文〉黑黍子:南海之～。❷〈文〉黑。

秠　㊀jù　〈文〉同"秬"。黑黍子。㊁sì　"耜"的讹字。古代一种农具。

眍　jù　〈文〉警惕的样子。通作"瞿"。

蚷　jù　【商蚷】〈文〉虫名。即马蚿(xián)。也叫"马陆"。

俱[俱]　㊀jù　❶〈文〉偕同;在一起:微雨从东来,好风与之～|虽与之～学,弗若之矣。❷总括全体范围,相当于"都、全":面面～到|万事～备。㊁jū　姓。

倨　jù　〈文〉傲慢:～傲|前～后恭(先是傲慢,后来恭敬)|为人性～少礼。

粔　jù　【粔籹(nǚ)】古代一种食品。以蜜和(huó)米面,经油炸而成。

冣　jù　〈文〉同"聚"。积聚:(纣)大～乐戏于沙丘。

另见 zuì "最"(915 页)。

袓　㊀jù　〈文〉爱美;学美。㊁zǔ　"祖"的讹字。宗庙;祖宗:太～。

劇(劇)　jù　❶戏剧,利用舞台由演员化装表演故事的艺术形式:～本|歌～|悲～。❷〈文〉繁重;繁多:事～而功寡。❸厉害;猛烈:～烈|～痛。❹〈文〉迅速:二世而亡,何其～与?❺〈文〉嬉戏;游戏:折花门前～|挑灯作～,乐辄忘晓。❻姓。

埧　jù　〈文〉堤塘。

据(㊀△據)[㊁*擄]　㊀jù　❶占:占～|～为己有|～财不足以分人者,不足以友。❷依靠;凭借:～点|～险固守|亦有兄弟,不可以～。❸根据:引经～典。❹按照;依照:～理力争|～我所知|～法而治。❺凭证:证～|～论|真凭实～。㊁jū　【拮(jié)据】经济困难。

"據"另见 jí(291 页)。

堅　jù　〈文〉聚积的土;聚集。

蒩　jù　见 zū "蒩"(913 页)。

距　jù　❶相离;相隔:相～甚远|～今已有半个世纪。❷相隔的长度:差～|行～株～。❸鸡距,雄鸡、雉等的爪后突出像脚趾的部分。❹〈文〉通"拒(jù)"。抗拒:强足以～敌。

鮔　jù　❶〈文〉同"距"。雄鸡爪后突出像脚趾的部分。❷〈文〉兵器锋刃的倒刺。

渠　jù　见 qú "渠"(564 页)。

懼(懼)[惧]　jù　❶害怕:～怕|临危不～|仁者不忧,勇者不～。❷〈文〉使惧怕:民不畏死,奈何以死～之?

焣　jù　〈文〉取。通作"聚"。

跙　㊀jù　〈文〉行走困难:驷马～～。㊁zhù　〈文〉马蹄痛病:登山马～蹄。㊂qiè　【跙足】侧足而立:～隐身。

犋　jù　畜力单位。能拉动一张犁或耙的牲口(一头或几头)叫一犋。

颶(颶)[*颶]　jù　❶古代指海洋上极强烈的风暴:～起最可畏。❷【飓风】1.气象学上指发生在大西洋西部和西印度群岛一带热带海洋上的风暴,风力常达 12 级以上,同时有暴雨。2.气象学上 12 级风的旧称。

蒢　jù　见 zū "蒢"(913 页)。

豦　jù　❶〈文〉兽相持争斗。❷〈文〉大猪。❸〈文〉猕猴一类的动物。❹〈文〉虎举两足。

虡[簴、虞、簨]　jù　❶〈文〉悬挂钟、磬架子的两旁的立柱:雕～。❷〈文〉悬挂钟、磬的架子:钟～|磬～。

鋸(鋸)　㊀jù　❶用来截断木料、石料、钢材等的工具,主要部分是有许多尖齿的薄钢片:拉～|手～|电～。❷用锯截断:～树|～木头|绳～木断。❸〈文〉刑具:中刑用刀～。㊁jū　用两脚钉把破裂的陶瓷器或铁器接合起来。现在多写作"锔"。

積 jù 〈文〉"俱"的讹字。全,都。

駏 jù 〈文〉牲畜名。似骡而小,可供乘骑:腾蛇兮后从,飞~兮旁步。也叫"駏驉(xū)"。

攄 jù 〈文〉同"据"。占;凭借。

摭 jù 见chū "摭"(90页)。

郰 ⊖ jù 古亭名。在今陕西新丰。
⊖ zōu 同"郰"。即邹,古国名,故地在今山东邹城。

聚 [取] jù ❶会合;集合:~会|欢~|物以类~。❷积在一起;积蓄:~敛|积~|~沙成塔。❸〈文〉村落:~落|一年而所居成~,二年成邑,三年成都。

寠 ⊖ jù ❶〈文〉屋室简陋。❷〈文〉贫困:投胎为~人乞丐之子。
⊖ lóu 【瓯(ōu)寠】〈文〉狭小的坡地。

娶(寠) jù 〈文〉贫穷:贫~无资。

媤 jù 〈文〉骄傲自大;傲慢。

劇 jù 〈文〉"剧(劇)"的俗字。厉害;猛烈。

勮 jù 〈文〉繁重;繁多:方春向农,民多~务。通作"剧(劇)"。

畀 jù 〈文〉惊恐举目而视。

踞 jù ❶〈文〉蹲;坐:~伏(蹲伏)|龙盘虎~|沛公方~床,使两女子洗足。❷占据:盘~|全歼~城之敌。❸〈文〉凭;倚靠:~辕而歌|四面皆敌,进退失~。

鉅 jù 〈文〉鱼名。

屨(履) jù ❶古代用麻、葛等制成的单底鞋,泛指鞋:织~|纠纠葛~,可以履霜(纠纠:缠绕的样子)。❷〈文〉践踏。

遽 jù ❶急速;仓促:~然|匆~|~出见之。❷畏惧:惶~|风起浪涌,孙、王诸人色并~。❸姓。

餭 jù 【寒餭】同"寒具"。古代馓子一类的面食。

濂 jù 濂水,水名。在陕西。

懅 jù ❶〈文〉惊惧;惶急:惶~|流涕。❷〈文〉羞惭;惭~。

隧 jù 〈文〉同"聚"。村落。

攓 jù 〈文〉同"据"。占;凭借。

橻 jù 见gòng "橻"(211页)。

嘞 jù 〈文〉不停地笑。

貗 jù 〈文〉貒(tuān)的幼子。即小猪獾。

齟 jù 〈文〉牙龈肿大。

鮔 ⊖ jù 〈文〉鱼名。
⊖ jū 【鮔鯺(zhū)】〈文〉虫名。

醵 jù ❶〈文〉凑钱聚饮。❷〈文〉聚集;凑(钱):~金|~资|近年大臣多~白金送寺观,祈报行礼。

躆 jù ❶〈文〉踞;蹲。❷〈文〉两兽相持争斗:~战。❸【僑躆】〈文〉动作。

鐻 ⊖ jù ❶〈文〉同"虡"。悬挂钟、磬架子两头的柱子。❷古代乐器名,为猛兽形:削木为~。❸〈文〉通"锯(jù)"。锯子;锯开。
⊖ qú 〈文〉金银制成的耳环:穿耳以~。

曧 jù 姓。曧丘,汉代人。

曧 jù 见qú "曧"(565页)。

juān（ㄐㄩㄢ）

埍 juān 见juǎn "埍"(342页)。

捐 [捐] juān ❶舍弃:~弃|细大不~|侯自我得之,自我~之,无所恨。❷献出(钱款、物品):~献|募~|把奖金都~给了贫困学生。❸税收的一种:房~|苛~杂税。❹〈文〉废除:明法审令,~不急之官。

J

涓 [涓] juān ❶〈文〉细小的流水:～滴|～流虽寡,浸成江河。❷〈文〉选择:～吉日,陟中坛,即帝位。

娟 [娟] juān 〈文〉秀丽;美好:～秀|～丽|幼子～好静秀。

圈 juān 见 quān "圈"(567页)。

朘 juān 见 zuī "朘"(915页)。

焆 ㊀ juān 〈文〉明亮:(水)流映扬～。㊁ yè 【焆焆】〈文〉烟的样子。

鹃 (鵑)[鵑] juān ❶【杜鹃】鸟名。羽毛褐色或灰色,尾部多有白色斑点,初夏时常昼夜啼叫。多不筑巢,而把卵产在别的鸟巢中,由别的鸟代为孵卵育雏。也叫"布谷、杜宇、子规"。❷【杜鹃】1.常绿或落叶灌木。叶子椭圆形,花冠漏斗状,多为红色。可供观赏,叶、花、果可入药。2.这种植物的花。也叫"映山红"。

销 juān 见 xuān "销"(759页)。

稍 [䅓、穛] juān 〈文〉稻麦的茎。

酳 juān 〈文〉滤酒。

镌 (鎸) juān ❶〈文〉雕刻:～刻|～碑|～金石者难为功,摧枯朽者易为力。❷〈文〉削减;降低:～价。❸〈文〉削职;降级:～罚|～黜|文忠以失察,～三级。

鋑 juān 〈文〉同"镌"。凿;刻。

鑴 juān ❶〈文〉破木的器具。❷〈文〉凿琢石头:～山石。❸〈文〉雕刻:自书自～。‖也作"镌"。

鑴 juān 〈文〉同"镌"。削减;降级。

蠲 [蠲] juān 〈文〉免除:～免|～赋|～除肉刑。

juǎn （ㄐㄩㄢˇ）

吷 juǎn 【吷唤】〈文〉声音大。

卷 (㊀捲) ㊀ juǎn ❶把片状物弯转成圆筒形:～帘子|～铺盖|我心匪席,不可～也。❷某种强力把东西撮起来、裹起来:风～着雪花|～沙扬涛,溺马杀人。❸弯转成圆筒形的东西:胶～|铺盖～儿。❹量词。用于成卷儿的东西:一～纸|一～油毡。❺卷子(juǎnzi),一种面食。把和(huó)好的面擀成薄片,撒上油、盐等,卷起来蒸熟吃:花～儿|金银～儿。
㊁ juàn ❶书本:～帙(—zhì,书籍)|开～有益|手不释～。❷可以卷起来收藏的书画:画～|长～|手～。❸卷子(juànzi)试卷:考～|问～|答～。❹机关里分类保存的文件:～宗|案～|调(diào)～。❺量词。用于书的一部分:第一～|藏书达两百多万～。
㊂ quán 〈文〉弯曲:其小枝～曲而不中规矩。

帣 juǎn 见 juàn "帣"(343页)。

圂 ㊀ juǎn ❶古代服劳役者、罪犯住的土房。❷〈文〉女牢房。❸〈文〉乡亭的牢房。
㊁ juān ❶【圂埃】〈文〉细流微尘。比喻微小("圂"通"涓"):略无才力报～。❷〈文〉通"捐(juān)"。舍弃:弃～城寨。

陷 juǎn 古村落名。在今山西运城。

菤 juǎn 【菤耳】〈文〉即卷耳。菊科植物,可入药。

帣 juǎn 见 gǔn "帣"(229页)。

詃 juǎn 〈文〉诱骗:诱～|～惑。

锩 (錈) juǎn 刀剑的刃卷(juǎn)曲:刀刃～了。

踡 juǎn 见 quán "踡"(569页)。

閵 juǎn 见 hòng "閵"(253页)。

饏 juǎn 同"卷"。一种面食。

腃 [腃、胉] juǎn ❶〈文〉汁少的肉羹。❷〈文〉烹煮:～汉南之鸣鹑。

蠲 juǎn 〈文〉昆虫吮食。

juàn （ㄐㄩㄢˋ）

马 juàn 〈文〉同"卷"。卷次:撰《话林》数～。

马 juàn 〈文〉同"卷"。卷次。

屌 juàn 〈文〉同"卷"。卷次。

劵 juàn 〈文〉疲劳(后作"倦"):施舍弗～。另见 quàn "券"(569页)。

卷□ juàn 见 juǎn "卷"(342页)。

帣□ ㊀ juàn 〈文〉有底的囊:文锦之～。㊁ juàn 〈文〉卷束衣袖:～韝(卷束衣袖并加臂套)。

隽□[*雋] ㊀ juàn 〈文〉(言语、诗文)意味深长:～永|～妙|其诗婉丽多致,～味难穷。㊁ jùn 旧同"俊"。才智出众。

倦□[*勌、傛] juàn ❶疲乏:疲～|困～|一脸～容。❷对某种活动失去兴趣而不愿继续;懈怠:厌～|诲人不～|孜孜不～。

桊 juàn 〈文〉捏饭成团。

狷□[△*獧] juàn ❶〈文〉拘谨;有所不为:使狂者有所裁,～者知所进。❷〈文〉孤高;洁身自好:～介|有古～者风。❸〈文〉急躁;偏激:～急|～狭|多疑少决,胆劣心～。"獧"另见 xuān(760页)。

桊 juàn 〈文〉穿在牛鼻子上供套绳用的小铁环:牛鼻～儿。

悁□ juàn 见 yuān "悁"(835页)。

绢□(绢) juàn 薄而坚韧的丝织品,也指稍厚而稀疏的生丝织物。

鄄 juàn 【鄄城】地名。在山东菏泽。

圈□ juàn 见 quān "圈"(567页)。

眷[㊁㊂*睠] juàn ❶亲属:家～|携～出游|～属幸团圆。❷顾念;爱恋:～顾|～恋|～念。❸〈文〉回头看:乃～西顾。

盏 juàn 〈文〉盂。

港 juàn 〈文〉水流回旋的样子:浩浩～。

惓 ㊀ juàn ❶〈文〉同"倦"。疲倦:饥～则饮神潨(神潨:泉水)。❷〈文〉危急:病者已～而索良医。❸〈文〉顾念:～念同胞。㊁ quán 【惓惓】〈文〉恳切;忠谨:～深情。

嫪□ juàn 见 quán "嫪"(568页)。

睊[睊] juàn 〈文〉侧目而视的样子:～～胥谗(胥谗:相怨谤)。

胃 juàn ❶〈文〉捕取鸟兽的网;设置张～(置:jū,网)。❷〈文〉用绳索绊取:～腰裹(腰裹:yǎoniǎo,良马名)。❸〈文〉缠绕;高者挂～长林梢。

衙 juàn 〈文〉同"狷"。孤高;耿直:～节高义。

勬 juàn 〈文〉同"券"。疲倦。

卷 juàn 〈文〉同"卷"。书本。

蜷 juàn 【蜷蠾(zhú)】〈文〉金龟子的幼虫。

綣 ㊀ juàn 〈文〉束袖的绳;束缚:～其首尾。㊁ quān 〈文〉通"絭(quān)"。弩弦;弓弩。㊂ quǎn 〈文〉通"绻(quǎn)"。纠结;缠绵:(士大夫)酣～于湖山歌舞之娱。

圌 juàn 〈文〉眼圈。

衙 juàn 〈文〉车轮转动。

登 juàn 〈文〉一种像豆的食器。

蠲 juàn 〈文〉草名。即鹿藿。也叫"鹿豆"。

詯 juàn 〈文〉同"狷"。拘谨;有所不为。

juàn

婚　juàn　【姻婚】姻亲。"婚"同"眷"，亲属。用于古白话：五百年前～相会。

橼　juàn　同"圈"。养牲畜的围栏。用于古白话。

睠　juàn　〈文〉回头看；看：～西路而长怀。通作"眷"。

養　㊀ juàn　〈文〉祭祀。

㊁ yǎng　"养(養)"的讹字。养育。

鬈　juàn　用于人名。统鬈，明末清初著名书画家八大山人朱耷的谱名。

猭　juàn　见 xuān"猭"(760 页)。

瘑　juàn　〈文〉极痒。

縛　㊀ juàn　❶〈文〉白色细绢。❷〈文〉用同"卷"。卷册：凡二百四十～。

㊁ zhuàn　❶〈文〉指称羽毛数量。❷〈文〉卷；束；用白藤～柄。

羂　juàn　❶〈文〉同"罥"。捕取鸟兽的罗网。❷〈文〉用绳索绊取。

雟　juàn　见 guī"雟"(226 页)。

孌　juàn　❶〈文〉酒舀子。❷〈文〉舀取。

纞　juàn　〈文〉同"罥"。捕鸟兽的网：～罝(jū)。

撅　㊀ juē　❶翘起：～尾巴｜～着胡子｜小辫～得老高。❷折(zhé)：一～两截｜～下一根树枝。❸〈方〉顶撞，使人难堪：～人｜几句话就把他～回去了。

㊁ jué　〈文〉同"掘"。挖：～地。

捒　juē　❶折(zhé)断：(把脊梁骨)～做两三截。❷抓：～耳顿足｜～耳挠腮。‖用于古白话。

噘　juē　(嘴唇)翘起：～嘴。

屩[屫、蹻]　juē　❶〈文〉草鞋；鞋：履霜之～。❷〈文〉穿着草鞋：(孟元阳)～而立于涂(途)道路。

蹻　juē　见 jiǎo"蹻"(314 页)。

jué (ㄐㄩㄝ)

jué　汉字笔形的一种，竖钩。

亅乚孒　jué　❶〈文〉用作标记的钩状。❷汉字笔形的一种，竖提。

孒　jué　【孑(jié)孒】蚊子的幼虫。

毕[乓]　jué　〈文〉树的根部。一说同"橛"。木桩。

决[✱决]　jué　❶〈文〉疏通水道：凿石～流｜为川者～之使导。❷堤岸被水冲开缺口：～口｜～堤｜河水～濮阳，泛十六郡。❸破裂；断绝：～裂。❹确定；拿定主意：～定｜～断｜目不能～黑白之色则谓之盲。❺确定最后胜负：～赛｜～战｜～出前三名。❻执行死刑：处～｜枪～。❼果断；坚定：～然｜果～｜坚～。❽表示决然情态，相当于"一定、根本就"(用在否定词前)：～不罢休｜～非儿戏｜相如度秦王虽斋，～负约不偿城。❾〈文〉断开；弄断：～指而身死｜挥剑～浮云。

诀(訣)　jué　❶根据事物的主要内容编成的容易记忆的词句：口～｜～歌～。❷高明的或关键性的方法：～窍｜秘～｜～妙。❸告别：～别｜永～｜三年心丧毕，相～而去。

刔　jué　〈文〉同"抉"。剔。

陕[巑]　jué　❶〈文〉崩缺：～坏。❷〈文〉凿开山间通道：～山间通道。

抉　jué　❶〈文〉挖出；剔出：剔～比干剖心，子胥～眼。❷〈文〉揭发：～盗发奸。❸〈文〉断开：挥斤～木。

英[莢]　jué　【英明】〈文〉即决明。一年生草本植物。种子可入药。

映　jué　见 xuè"映"(764 页)。

谷　jué　❶〈文〉同"腭"。口腔上腭弯曲处。❷〈文〉同"噱"。大笑：谈笑大～。

角　jué　见 jiǎo"角"(312 页)。

驈(驈)　㊀ jué　【驈骣(tí)】1.〈文〉驴骡。即公马同母驴交配所生，

外貌似驴。2.古书上的一种骏马。
㊁kuài ❶〈文〉快马:～马。❷〈文〉同"快"。快速:黄河龙门一流如竹箭。

玦[珡] jué 古代环形有缺口的佩玉:举所佩玉～以示之者三。

胅 jué〈文〉尾椎骨。

沇 ㊀jué ❶〈文〉水从孔穴中奔涌而出。❷古水名。渭河支流。
㊁xuè【沇寥】1.〈文〉清朗空旷的样子:～兮天高而气清。2.〈文〉形容寂寞孤独:我思方～。

浂 jué 古水名。今名史河。源出大别山,向北流入淮河。通作"决"。

屈 jué 见qū"屈"(563页)。

珏[瑴] jué〈文〉合在一起的两块玉。

砄 jué ❶〈文〉石头。❷用于地名:石～(在吉林)。

眹 ㊀jué〈文〉眼病常流泪。
㊁xuè【眹睴(huī)】〈文〉顾盼不定的样子。

痎 jué〈文〉口角歪斜。

觉(覺) ㊀jué ❶器官对外界刺激的感受和辨别:知～|触～|幻～|直～。❷感到:不知不～|～出累来了|夫爱之则不～其过,恶之则不知其善。❸〈文〉睡醒:大梦初～。❹省悟;明白:～悟|～醒|今是而昨非。❺〈文〉使觉悟:天之生此民也,使先知～后知也。❻发现;发觉:～察|全然不～。
㊁jiào 睡眠:睡～|午～。

绝(绝)[絶] jué ❶断;中止:交～|断～|滔滔不～|钟子期死,伯牙破琴～丝,终身不复鼓琴。❷穷尽;净尽:灭～|弹尽粮～|法子都想～了。❸高超的;独一无二的:～技|～招|精美绝伦。❹走不通的;没有出路的:～境|～路|～处逢生。❺无法治好的:～症。❻死亡:～命|悲痛欲～。❼绝句,古代格律诗的一种体裁:五～|七～。❽〈文〉横渡;越过:假舟楫者,非能水也,而～江河。❾强调程度高或范围全,相当于"最":～妙的主意|～好的人选|大部分都是好的。❿表示坚决的情态,相当于"绝对、无论如何"(用在否定词前):～无仅有|～非小事。

趉 jué〈方〉翘着尾巴奔跑。

埆 jué 见què"埆"(570页)。

捔 ㊀jué ❶〈文〉角逐;较量:(太子)与兄弟～力。❷〈文〉暗昧;爝(fén)烛～(麻秸做成的火把不明亮)。
㊁zhuó〈文〉刺;刺穿:捔(chān)～(贯穿刺取)。

较 jué 见jiào"较"(315页)。

眤 jué 见xuè"眹"(764页)。

蚗 ㊀jué【蚚(yī)蚗】〈文〉蝉一类的昆虫。
㊁jiāo【蚗龙】即蛟龙。传说中能发洪水的龙。

倔 ㊀jué 固执:～强(－jiàng,刚强固执;不随和)。
㊁juè 性情耿直,言语粗率:～脾气|头～脑|怎么劝也不行,他可真～。

訣[訆、劂、趹、劄、佊、怮、飀]
jué(又读jí)〈文〉极度疲劳:倦～|黴～(拦截疲倦的野兽)。

狘 jué〈文〉争胜;角逐:～胜。通作"角"。

欨 jué ❶〈文〉通"撅(jué)"。挖掘。❷〈文〉通"蹶(jué)"。跌倒:侯王毋已贵以高,将恐～(侯王失去高贵,将要失国)。

怮 ㊀jué〈文〉同"觉"。省悟;明白:～悟。
㊁hào〈文〉同"浩"。广大。

刯 jué【剞(jī)刯】同"剞劂"。1.〈文〉雕刻用的弯刀。2.〈文〉雕版;刻书。

趉 jué ❶〈文〉牲畜踢人。❷〈文〉急速。

堀 jué 见kū"堀"(364页)。

掘[掘] jué 刨;挖:～土|～井|断木为杵,～地为臼。

桷 jué 〈文〉方形的椽子:大木为柔,细木为～(柔:máng,房屋的正梁)。

較 jué 〈文〉车耳(车厢两旁的板上做扶手用的曲木或曲铜钩)。通作"较"。

觼 jué 〈文〉同"觉"。觉醒;觉悟:幡然而～。

趹 ㊀ jué 〈文〉马疾速奔跑;疾行:～步(快跑)。
㊁ guì 〈文〉骡马用后蹄踢:有毒者螫,有蹄者～。

嗧 jué 见 quán "嗧"(568 页)。

崛[崛] jué 〈文〉高起;突出:～起|～出|文笔奇～|崇山峭壁,先后～立。

崫 jué 见 kū "崫"(364 页)。

頢 jué ❶〈文〉足倦相倚。❷(又读 jí)同"頢"。疲劳。

脚 jué 见 jiǎo "脚"(313 页)。

觖 jué 〈文〉不满足;不满意:～望(因不满而怨恨)|～怅。

猲 jué 【猲(jié)猲】〈文〉兽名。

竟 jué 〈文〉同"觉"。器官对外界的感受和辨别。

渳 jué 见 gǔ "渳"(216 页)。

瑴 jué 【瑴琦(qí)】〈文〉奇异。

趚 jué ❶〈文〉突然起行。❷〈方〉逃匿。❸【趚趚(fú)】刹那间。用于古白话:叹光阴戊迅速…～的又是五十余。

确 jué 见 què "确"(570 页)。

厥 jué ❶气闭;晕倒:晕～|气～|惊～。❷〈文〉其;他的:大放～词|一蛇吞象,～其何如? ❸〈文〉那;那些:率时农夫,播百谷(时:这些)。❹〈文〉表示事理上的顺承,相当于"乃":左丘明失,～有《国语》|成一家之言,～协六经异传。❺姓。

趹 jué 〈文〉同"趹"。马疾速奔跑。

蛙 jué 见 wā "蛙"(686 页)。

傕 jué 用于人名。李傕,汉代人。

鈌 ㊀ jué ❶〈文〉刺:～云剑(刺穿云层的利剑)。❷〈文〉马饰:马不带～。
㊁ quē 〈文〉通"缺(quē)"。缺损:月亮圆～。

喬 jué 见 yù "喬"(832 页)。

蜐 jué 【渠蜐】〈文〉蜻蛉。

矲 jué 【矲矲】〈文〉形容短。

夐 jué 〈文〉野兽名。像猩猩。

闋 jué 见 què "闋"(571 页)。

褁[䙓、襊] jué 〈文〉短衣:绣～。

瑴 jué ❶〈文〉同"珏"。玉一双称"瑴":赐玉五～。❷【瑴玉】〈文〉玉名。

劂 jué 【剞(jī)劂】1.〈文〉雕刻用的弯刀。2.〈文〉雕版;刻书。

劂 jué 〈文〉倔强。

噱 jué 〈文〉同"噱"。大笑。

僪 jué 〈文〉(庄稼)倒伏:(稼)见风则～。

譎(谲) jué ❶〈文〉欺诈;玩弄手段:～诈|狡～|晋文公～而不正,齐桓公正而不～。❷〈文〉怪异;变化多端:诡～|奇～|怪～。

劂 jué 〈文〉切断;裁断。通作"绝"。

撅 jué 见 juē "撅"(344 页)。

蕨 jué 多年生草本植物。根茎横生地下,用孢子繁殖,嫩叶可吃,根茎可以制淀粉,全株入药。

蒛 jué ❶〈文〉演习朝会等礼仪时标明位次的茅束:置茅～。❷〈文〉树立;标志:揭旗树～(揭:竖起)。❸〈文〉浮子;鱼漂:鱼～。❹〈文〉水草名。

巀 **jué** 见 guì "巀"(228 页)。

獗 **jué** 【猖(chāng)獗】1. 疯狂而放肆；任意横行：～一时。2.〈文〉失败：智术浅短，遂用～。

瘚 **jué** 〈文〉气逆。

滰 **jué** 滰水，水名。在湖北。

潏 **jué** 见 yù "潏"(833 页)。

憰 **jué** 〈文〉欺诈。

鳺 [鴂] ⊖ **jué** ❶【鹈(tí)鳺】〈文〉杜鹃鸟。❷〈文〉鸟名，即伯劳鸟：南蛮～舌之人。
⊜ **guī** 〈文〉杜鹃鸟：一声啼～画楼西。

燚 **jué** 〈文〉猪拱土。

璚 **jué** 见 qióng "璚"(559 页)。

橛 [*欮] **jué** ❶橛子，小木桩：木～儿。❷〈文〉马口中所衔横木。

噱 ⊖ **jué** 〈文〉大笑：谈笑大～。
⊜ **xué** 〈方〉笑：～头(逗笑的话或举动)|发～。

鄐 **jué** 见 zhuó "鄐"(904 页)。

燋 **jué** 见 jiāo "燋"(312 页)。

鷞 **jué** 见 guì "鷞"(229 页)。

輒 **jué** 〈文〉同"倔"。固执：～强。

锄(鐝) **jué** 锄头，一种刨地用的农具。

镢(鐍) **jué** ❶〈文〉有舌(即钮)的环：玉环～。❷〈文〉箱子上安锁的环状物：锁钥：易去旧～(易：更换)。❸〈文〉锁闭：～其户而去(户：门)。

爵 [爵、斝、斝、斝] ⊖ **jué** ❶古代酒器。青铜制成，有三足。❷爵位，君主国家贵族封号的等级，我国古代爵位分为公、侯、伯、子、男五等：公～|封～|卖官鬻～。
⊜ **què** 〈文〉通"雀(què)"。小鸟：为丛驱～者，鹯(zhān)也。

腏 **jué** ❶〈文〉口腔上腭弯曲处。❷〈文〉牛舌及其相连部分的肉。

褵 **jué** 【褵(táo)褵】〈文〉衣袖。

蟩 **jué** 〈文〉同"蠩"。孑孓，蚊子的幼虫。

蠩 **jué** ❶〈文〉鼠类动物。❷〈文〉兽名。❸〈文〉同"蟩"。孑孓，蚊子的幼虫。

催 **jué** 用于人名。李催，汉代人。也作"傕"。

趭 **jué** 〈文〉跳起。

魘 **jué** ❶〈文〉同"蹷"。颠仆；跌倒：邾师过之，乃推而～之。❷〈文〉同"蹷"。挫败；失败：前军之将，已为敌所～败。

蹷 ⊖ **jué** ❶〈文〉跌倒：横刺其马，马～。❷〈文〉颠覆；失败：贤能遁逃国乃～。
⊜ **juě** 【尥(liào)蹷子】〈口〉骡、马等牲畜跳起来用后腿向后蹬。

鱖 **jué** 〈文〉兽用角挑触别的东西。

鶎 ⊖ **jué** 【鶎鸠】〈文〉鸟名。似山鹊而小。
⊜ **qū** 【鶎鶎(jū)】传说中的鸟名。

撅 **jué** 〈文〉择取。

匷 **jué** 【蝉匷】〈文〉车辋(车轮的外框)。

矍 **jué** ❶〈文〉惊慌四顾的样子：～然失容|睡眼忽惊～，繁灯闹河塘。❷【矍铄(shuò)】〈文〉老年人精力旺盛的样子：帝笑曰："～哉，是翁也!"

嚼 **jué** 见 jiáo "嚼"(312 页)。

鱖 **jué** 见 guì "鱖"(229 页)。

鱊 [臄] **jué** 〈文〉尾骨。

艐 [艑、艐] **jué** 〈文〉有舌的环(舌用来固定穿过的皮带)。

爝 □ jué 〈文〉火把:～火(火把的火,也指小火)|～光|日月出矣,而～火不息。

酈 jué 古乡名。在今山西闻喜。

儌 jué 〈文〉同"戄"。惊慌四顾的样子。

攫 □ [攈、敺] jué 〈文〉抓取;夺取:～取|～夺|～为己有|鸟～其肉。

鷢 [鶍] jué 〈文〉鸟名,即白鹢子。

貜 jué ❶〈文〉一种大猴子,泛指猿猴:～似母猴。❷〈文〉通"攫(jué)"。用爪抓取;搏击:遇雕相～,遂一发双贯(发:射出箭)。

憰 jué 【憰然】〈文〉惊惧的样子:～大恐。

彏 jué 〈文〉急速开弓:敫神弩而持满,～矢弧而并张。

欔 jué 〈文〉草名。也叫"乌阶"。

鮶 jué 〈文〉五音之一。通作"角"。

趉 jué 〈文〉大步行走。

轒 jué 【轒(chán)轒】〈文〉车轮的外框。

躩 jué ❶〈文〉疾行的样子:～步(快速行走)。❷〈文〉跳跃:大虎前～。

玃 jué 〈文〉同"貜"。一种大猴子。

鑺 jué ❶〈文〉大锄:锄～。❷〈文〉挖掘:～地种药。

齺 jué 【齟齺】〈文〉咀嚼。

jué (ㄐㄩㄝˇ)

蹶 □ jué 见 jué"蹶"(347 页)。

jué (ㄐㄩㄝˋ)

倔 □ jué 见 jué "倔"(345 页)。

---

jūn (ㄐㄩㄣ)

军 □ (軍)[軍] jūn ❶武装部队:～力|参～|秦取楚汉中,再战于蓝田,大败楚～。❷有组织的群众集体:劳动大～|生产的后备～。❸军队的编制单位。在师或旅之上:～长|两个～的兵力。❹〈文〉驻扎:沛公～霸上。❺姓。

均 □ ㊀ jūn ❶均匀;相等:～等|势～力敌|不患寡而患不～。❷使数量相等;均分:～权|～贫富|把这些东西～一～。❸表示全无差别,相当于"全都(如此)":各项工作,～已完满完成|历次考评,～名列前茅。❹〈文〉权衡;衡量:～之二策,宁许以负秦曲。
㊁ yùn 〈文〉同"韵"。音韵。

龟 □ jūn 见 guī"龟"(225 页)。

沟 jūn 古水名。汉水支流之一。

君 □ jūn ❶古代国家的最高统治者;现代某些国家的元首:～主|国～|～使臣以礼,臣事～以忠。❷古代的一种封号:商～(商鞅)|孟尝～(田文)|信陵～(魏无忌)。❸敬辞。称对方:张～|诸～|今～有一窟,未得高枕而卧也。❹〈文〉统治;主宰:南面～国|今之～天下者,不亦劳乎!❺姓。

钧 □ (鈞) jūn ❶古代重量单位。三十斤为一钧:千～一发|雷霆万～之势。❷制陶器用的转轮:陶～。❸〈文〉敬辞。用于有关上级或尊长的事物或行为:～座|～安|～鉴。❹〈文〉同"均"。平均;相等:经界不正,井地不～。❺姓。

袀 jūn ❶【袀服】〈文〉将帅与士卒同一的军服。❷〈文〉纯一:阳气～粹。

姰 ㊀ jūn ❶〈文〉男女均等。❷女子人名用字。
㊁ xūn 〈文〉狂:癫～。

莙 jūn ❶水藻的一种,可食用。❷【莙荙(dá)菜】二年生草本植物。叶肥厚,深绿色。可做蔬菜。也叫"厚皮菜"。

蚐 jūn 〈文〉马陆,一种节肢动物。

菌 jūn 见 jùn "菌"(349页)。

桾 jūn 【桾櫏(qiān)】1.〈文〉果树名。2.〈文〉落叶乔木。即黑枣。

皲(皲)[皸] jūn 皮肤因寒冷或干燥而破裂:~裂。

虇 jūn 〈文〉同"君"。唐代武则天造的字。

硱 jūn 【硱磳(zēng)】〈文〉山石高耸危峭的样子:磳道高八九十尺…其势~。

雩 jūn 〈文〉同"君"。唐代武则天造的字。

筠 jūn 见 yún "筠"(842页)。

鲪(鮶) jūn 鱼名。身体长,侧扁,口大而斜,尾鳍呈圆形。生活在近海。

麇[麕] ⊖ jūn 古书上指獐子:野有死~。⊜ qún 〈文〉成群的:~集|~至|~居。

鈞 jūn 【鈞鍗(chí)】梵语音译词。意为净瓶。也作"军持"。

麕 ⊖ jūn 〈文〉同"麇"。獐子。⊜ qún 〈文〉通"群(qún)"。成群:众工~至。⊜ kǔn 〈文〉通"捆(kǔn)"。捆束:~裹。

jùn （ㄐㄩㄣˋ）

眗 jùn 同"畯"。古代掌管农事的官员。

俊[❷*儁、*儁] jùn ❶容貌清秀好看(跟"丑"相对):~俏|~美|小姑娘长得真~。❷才智出众:~杰|英~|国有~士,世有贤人。

郡[郡] jùn 我国古代行政区划单位,秦以前比县小,从秦开始比县大:~县|~守。

陖[埈] jùn ❶〈文〉同"峻"。山高而陡:修路~险。❷古亭名。故址在陕西。

捃[攈、攟] jùn ❶〈文〉拾取:拾~|~摭(zhí)。❷〈文〉选取:除其冗长,~其菁华。

峻 jùn ❶(山)高而陡:~峭|陡~|崇山~岭。❷严厉:严~|冷~|严刑~法,富国强兵。

隽 jùn 见 juàn "隽"(343页)。

浚[⊖❶⊜△*濬] ⊖ jùn ❶〈文〉疏通,挖深水道:~河|昔禹决江~河。❷〈文〉索取;榨取:~财|~民之膏泽。⊜ xùn 浚县,地名。在河南鹤壁。⊜ cún 通"踆(cún)"。【浚浚】〈文〉蹲伏的样子。"濬"另见 jùn(350页)。

骏(駿) jùn ❶好马:~马|昭陵六~。❷〈文〉急速:~奔走在庙。

珺 jùn 〈文〉美玉。

菌 ⊖ jùn 蕈(xùn)。真菌的一类。有的有毒,有的可食用,如香菇、蘑菇。⊜ jūn 生物的一大类。没有茎和叶,不含叶绿素,以寄生或腐生方式摄取营养,种类很多,如细菌、真菌。特指能使人生病的病源细菌。

晙 jùn 〈文〉早;明。

焌 jùn 见 qū "焌"(563页)。

珛 jùn ❶〈文〉赤玉。❷〈文〉平等;同等。

莍 ⊖ jùn 〈文〉大:~茂(茂盛)。⊜ suǒ ❶【莍人】汉代县名。在今山西。❷姓。⊜ suī 〈文〉姜类植物。

容 ⊖ jùn 〈文〉疏通水道。通作"浚(濬)"。⊜ ruì 〈文〉同"睿"。通达;明智。

畯 jùn ❶古代掌管农事的官。❷〈文〉通"俊(jùn)"。才智出众:登崇~良。

陖 jùn 〈文〉同"峻"。山高大。

䐖 jùn ❶〈文〉肌肉凸起的部分:大肉~坚(凸起的肌肉坚实)。❷〈文〉鸟兽脂肪聚集的样子。

竣 jùn 完毕:~工|~事|刻期告~。

焞[□] jùn 见 tūn "焞"(681 页)。

箐 jùn 〈文〉同"箘"。竹名。

蝈 jùn 〈文〉一种大贝。

筥 jùn 【筥簬(lù)】〈文〉竹名。

箘 ㊀ jùn ❶【箘簬(lù)】〈文〉竹名。可制箭杆。也作"箘露"。❷〈文〉竹笋:越骆之～(越骆:国名)。❸〈文〉一种棋戏。

㊁ qūn 【箘桂】〈文〉桂树的一种。

傛 jùn 〈文〉同"俊"。才智出众。

餕 ㊀jùn ❶〈文〉餐后剩下的食物:帝方食,赐以～余。❷〈文〉吃别人剩下的食物:～主人之余。❸〈文〉祭品:分～(分食祭品)。

㊁ sūn 〈文〉通"飧(sūn)"。熟食:～饔(煮熟的食物)。

寯 jùn 〈文〉积聚。

巏 jùn 〈文〉狡兔;兔:～兔。

蕒 jùn 〈文〉同"餕"。剩余的食物;分食用于祭祀后的食品。

濬 jùn 用于人名。拓跋濬,北朝北魏文成帝。
另见 jùn "濬"(349 页)。

駿[鵔] jùn ❶【鵔鸃(yí)】〈文〉锦鸡。❷【鵔鸟】传说中的鸟名。

擸 jùn 〈文〉同"捃"。拾取:相国萧何～摭(zhí)秦法(擸摭:采集)。

鵔 jùn 〈文〉鼫(shí)鼠。

J

k

kā（ㄎㄚ）

咔 kā 见 qù"呿"（566页）。

咔 kā 见 kǎ"咔"（351页）。

咖 ⊖ kā【咖啡】1.常绿小乔木或灌木。结浆果,内有两颗种子。2.咖啡种子制成的饮料。[英 coffee]
⊜ gā【咖喱】调味品。色黄,味香而辣。[英 curry]

喀 kā 模拟东西断裂或咳嗽的声音:～的一声,扁担断了|～～地一个劲咳嗽。

楸 kā【楸楸】〈方〉角落;偏僻的地方:～角角挂花灯。

揢 kā 见 qiā"揢"（538页）。

kǎ（ㄎㄚˇ）

卡 ⊖ kǎ ❶卡片:资料～|信用～|刷～消费。[英 card] ❷卡车:十轮～。[英 car] ❸热量的非法定计量单位卡路里的简称。1卡等于4.1868焦。[法 calorie] ❹录音机上放置盒式磁带的仓式装置:双～录音机。[英 cassette]
⊜ qiǎ ❶夹在中间,不能活动:～壳|弹壳～在枪膛里了。❷控制;阻拦:对计划外开支～得很紧。❸用手的虎口紧紧按住:～脖子。❹夹东西的器具:发(fà)～|皮带～。❺设在交通要道或地势险要处的检查站或岗哨:关～|哨～。

佧 kǎ【佧佤(wǎ)族】佤族的旧称。

咔 ⊖ kǎ【咔叽(jī)】一种质地厚实的斜纹布。也写作"卡其"。[英 khaki]
⊜ kā 模拟物体碰撞的声音:门～地锁上了|～的一声,给逃犯戴上了手铐。现在多写作"喀"。

咯 ⊖ kǎ 用力咳,使东西从咽头或气管里出来:～痰|～血|把鱼刺～出来。
⊜ lo 用法接近于"了",语气较重:你就别说～|我都急死～|好～,这下没问题了。
⊜ gē【咯噔】模拟物体撞击的声音;形容心跳的声音:穿着皮鞋走在地板上～～直响|她心里～一下,脸色也变了。
⊜ luò【吡(bǐ)咯】有机化合物。分子式C_4H_5N,无色液体,在空气中颜色变深,有刺激性气味。用来制药品。[英 pyrrole]

胩 kǎ 异腈的旧称。一种有机化合物。由烃基跟异氰基的氮原子连接而成,沸点低,毒性大,有恶臭。[英 carbylamine]

鉲 kǎ ❶化学元素"镉(gé)"的旧称。❷被误认的化学元素。符号 Cp。后证实即化学元素"镥(lǔ)"而被舍弃。

kāi（ㄎㄞ）

开（開） kāi ❶使关闭着的东西不再关闭(跟"关、合"相对):～门|～灯|秦人～关而延敌(延:引进)。❷(合拢的东西)舒张;(相连的东西)分离:花儿～了|桌面～了缝儿。❸(冻结的东西)融化:地～冻了|七九河～,八九雁来。❹打通;拓展:～路|～荒|～辟新局面。❺解除(禁令、限制等):～禁|～斋|～罪|～释。❻发动,操纵(机器、枪炮等):～车|～飞机|砰砰～了两枪。❼起始:～春|～局|我先发言,～个头儿吧。❽(军队)出发:～拔|队伍～往前线。❾设置;创办:～国|～工厂|电视台新～了教育频道。❿举行(会议等):召～|～座谈会|会没～完就走了。⓫写出(多指分列项目的);说出(价钱):～清单|～药方|～介绍信|多少钱合适,您～个价儿好吗? ⓬支付(钱款):～支|～销|～工钱。⓭按十分之几的比例分开:三七～|两队旗鼓相当,胜负对半～。⓮印刷上所用的纸

相当于整张纸的多少分之一，就叫多少开：八～纸|大32～|十六～本。⑮（液体）沸腾：水～了|凉～水。⑯用在动词或形容词后，表示分开、容得下、扩展、开始等：推～门|地方小，坐不～|消息传～了|一下雨天就冷～了。⑰〈文〉开导；启发：移风易俗之本，乃在～其心而正其精（精：精神）。⑱姓。

揩□ kāi 〈方〉擦；抹：～汗|～油（比喻占便宜）|～干净。

锎□（鐦） kāi 金属元素。符号Cf。

嗨 kāi 〈文〉多；大。

鍇 kāi 〈文〉大丝。

kǎi （ㄎㄞˇ）

岂□ kǎi 见qǐ“岂”（535页）。

剀□（剴） kǎi 〈文〉切实；中肯：～切（跟事理完全相合）|～到（切实周到）|～易（切实平易）。

凯□（凱） kǎi ❶军队得胜回来奏的乐曲：～歌|六军张～声如雷（张凯：奏凯）。❷通“恺（kǎi）”。和乐：是以万邦～乐。

垲□（塏） kǎi 〈文〉（地势）高而干燥：爽～。

闿□（闓） kǎi 〈文〉开门；开启：～导|贡贤之涂已～（涂：道路）。

恺□（愷） kǎi ❶〈文〉和乐：～悌（tì）（和乐平易）。❷〈文〉通“凯（kǎi）”。凯旋时奏的乐曲：奏～。

铠□（鎧） kǎi 古代作战时战士穿的用金属片缀成的护身服，也有用皮革等制成的：～胄|铁～|～甲不坚者伤乎体。

蒈□ kǎi 有机化合物。分子式$C_{10}H_{18}$，是莰的同分异构体。[英 carane]

慨□［❷△*嘅］ kǎi ❶愤激：愤～|～然投笔。❷叹息：～叹|望先帝之旧墟，～长思而怀古。❸豪爽；不吝啬：～允|～然相赠。

“嘅”另见gé（204页）。

楷□ ㊀ kǎi ❶法式；模范：～模|～式|今世行之，后世以为～。❷楷书，汉字字体的一种，由隶书演变而来，字体方正，结构匀称，笔画平直：～体|小～|正～。

㊁ jiē 楷树，即黄连木，落叶乔木。果实紫色，木材黄色，供建筑和制作器物用。种子可以榨油，树皮和叶子可以制栲胶，鲜叶可以提制芳香油。

輆 ㊀ kǎi 〈文〉碍；困。

㊁ kài 【輆沐】古国名。

暟 kǎi ❶〈文〉照。❷〈文〉美。

锴□（鍇） kǎi 〈文〉好铁：～铁（好铁）。多用于人名。蔡廷锴，1932年淞沪抗战中指挥十九路军抵抗日本侵略军的国民党著名将领。

鍇 kǎi 【爸（bà）鍇】〈文〉身材矮小。

劅 kǎi 〈文〉通“剀（kǎi）”。磨。

䯧 kǎi 〈方〉坐下歇息：跑家去还能～一～。

颽 kǎi 【颽风】〈文〉即凯风，指南风。

kài （ㄎㄞˋ）

忾□（愾） kài 〈文〉愤怒；恨：同仇敌～（怀着共同一致的对敌人的仇恨和愤怒）|愤三藩之诈谋，～西人之跋扈。

炌□ kài 〈文〉明火。

欬 kài 【謦（qǐng）欬】1.〈文〉咳嗽。2.〈文〉借指谈笑；谈吐：亲聆～。‖也作“欬謦”。

另见ké“咳”（358页）。

嘅 kài 【嘅诟】1. 古代传说中的大力士。2. 一说指善言力诤的人。

另见chī“吃”（80页）。

傀 kài 见xì“傀”（723页）。

K

愒　kài　见 qì "愒"(537 页)。

輆　kài　见 kǎi "輆"(352 页)。

禣　kài　〈文〉矛一类的兵器：稂(láng)～。

鞐　kài　〈文〉鼓名：～鼓。

鑎　kài　〈文〉愤怒；愤恨：民之敌～。通作"忾"。

轕　kài　【轩轕】〈文〉模拟车声或其他洪大的声音。

刊[*栞]　kān　❶古代指书版雕刻，今指排版印刷：～刻｜～印｜～行｜～本。❷刊物，登载文章、图片等的出版物；报纸定期出的专版：期～｜丛～｜专～。❸削除；修改：～误｜～谬补缺｜不～之论(不可更改或不可磨灭的言论)。

戡　kān　❶〈文〉同"戡"。杀；平定：西伯既～黎。❷〈文〉能忍受；经得起：王心弗～。

看　kān　见 kàn "看"(354 页)。

砍　kān　〈方〉岩洞。

勘　kān　❶校对；核对：～正｜校～｜～书｜春雨静。❷实地查看；探测：～探｜～测｜～验。❸〈文〉审讯：付执法者～之。

龛(龕)　kān　❶供奉佛像或神位的小阁子或石室：佛～｜神～｜壁～。❷〈文〉佛塔：绕～藤叶盖禅床。

堪　kān　❶可以；能够：～称佳作｜～当重任｜所向无空阔，真～托死生。❷能忍受；经得起：不～一击｜疲惫不～｜今京不度，非制也，君将不～。❸值得：他如此不听劝告，前途就～忧了。❹姓。

嵁　㊀ kān　【嵁岩】〈文〉高峻的山岩：大山～。
　㊁ zhàn　〈文〉悬崖峭壁。

戡　kān　(用武力)平定(叛乱)：～乱｜～定｜足下武足～难，文足表世。

領　kān　〈方〉丑。

瞁　kān　见 qià "瞁"(539 页)。

嗛　kān　啄。用于古白话：鹅～鹊啄。

凵　kǎn　见 qiǎn "凵"(543 页)。

叿　kǎn　〈方〉盖：～大布被。

坎[❸❹*埳]　kǎn　❶八卦之一，卦形是三，代表水。❷田野中高出地面像垄的部分：土～｜田～儿。❸〈文〉地面低洼的地方；坑：凿地为～。❹【坎坷(kě)】1. 道路坑坑洼洼，高低不平：夷～为平均。2. 比喻不顺利；不得志：历尽～｜崎岖～不得志。❺姓。

侃[❶*偘、偘]　kǎn　❶〈文〉刚直：～直｜每朝廷大事，～然正色。❷〈方〉闲聊；吹牛：～大山｜两人～到很晚才睡｜他这个人特别能～。❸【侃侃】从容不迫的样子：～而谈｜朝与下大夫言，～如也(如：形容词词尾)。

砍　kǎn　❶用刀、斧劈，使东西断开：～伐｜～柴火。❷削减；除掉：～价｜一些重复建设的项目给～掉了。❸〈方〉把东西用力扔出去：别拿石头乱～，看～着人！❹闲聊：～大山。用同"侃"。

衎　kǎn　见 kàn "衎"(354 页)。

茪　kǎn　有机化合物。分子式 $C_{10}H_{18}$，是莰的同分异构体，白色结晶，易挥发。常见的是含氧衍生物樟脑。[英 camphane]

崡　kǎn　〈文〉同"坎"。坑：～窨(窨：dàn，坑)。

惂　kǎn　〈文〉忧困。

墈　㊀ kǎn　〈文〉同"坎"。低洼地；坑：发～决唐(唐：堤)。
　㊁ jiǎn　〈文〉通"趼(jiǎn)"。手、脚上生的硬厚皮：脚～。

(三) xián　用于地名：～厂(在辽宁)。
另见 jiǎn "碱"(304 页)。

㰍 kǎn　〈文〉通"坎(kǎn)"。坑。

欿
(一) kǎn　❶〈文〉贪得；贪婪。❷〈文〉不自满：自视～然。❸〈文〉忧愁的样子。❹〈文〉同"坎"。坑；地面低洼的地方。
(二) qiàn　〈方〉心有所欲；想念。
(三) dàn　【坎欿】古地名。在今河南巩义东。

窞 kǎn　【窞窞(dàn)】〈文〉道路不平坦：路～难行。

虦 kǎn　〈文〉白虎的一种。

歁 kǎn　❶〈文〉没吃饱。❷〈文〉贪。❸〈文〉坑：～窦(窦:洞)。

槛 kǎn　见 jiàn "槛"(307 页)。

軠[輓] kǎn　【軠轞(lǎn)】1.〈文〉车行不平。2.〈文〉不得志：心～而鲜欢(鲜:xiǎn,少)。

墈 kǎn　【墈坷】〈文〉同"坎坷"。不平的样子。

顄 kǎn　【顄颔(hàn)】〈文〉因挨饿而面黄肌瘦的样子：举室常～(举室:全家)。

轗 kǎn　【轗轲(kě)】同"坎坷"。1.〈文〉道路不平：道～而未遇。2.〈文〉不得志：～长苦辛。

戆 kǎn　❶〈文〉边歌边舞。❷〈文〉乐器名。即箜篌。

kàn (ㄎㄢ)

㟪 kàn　〈方〉岩洞。

看
(一) kàn　❶使视线接触(人或事物)：～书|偷～|～比赛|醉把茱萸仔细～(把:持)。❷观察判断：～风使舵|问题切忌主观|这个人怎么样，还～不准。❸判断事物的发展具有某种趋势：～淡|行情跌|销路～好。❹访问；探望：～望|～病号|回老家～奶奶。❺对待：～待|刮目相～|不知天下士，犹作布衣～。❻诊治；治疗：～牙|医生～好了我的病。❼照料：～顾|照～。❽提防；注意(表示提醒)：让开点儿，～碰着|你别大意，～再感冒。❾认为(在陈述句中主语用第一人称，在疑问句中主语用第二人称)：我～他不会来了，你～呢?❿决定于；依据于：三年～头年|他会不会同意，要～资金是不是能足额到位。⓫用在动词或动词性短语后面，表示尝试一下：说说～|先做几天～|唱的水平如何，听一听～嘛!
(二) kān　❶守护；照管：～门|～自行车|退休后在家～孩子。❷监视；监押：～押|～守所|～住他，别让他跑了。

衎
(一) kàn　❶〈文〉快乐：～乐。❷〈文〉安定。❸〈文〉舒适自得。
(二) kǎn　〈文〉刚直的样子：其节～然。

崁 kàn　用于地名：赤～(在台湾)。

看 kàn　同"看"。用眼睛感受事物。用于古白话：晚夕就～烟火等你。

嵌 kàn　见 qiàn "嵌"(544 页)。

塪 kàn　❶〈方〉高的堤岸：上岭下～|垒石砌～。❷用于地名：～上(在江西乐平)。

嵌 kàn　❶〈文〉牲畜的血做成的血羹。❷〈文〉指凝结的羊血。

阚(闞)
(一) kàn　❶〈文〉俯视：俯～海湄(湄:岸边)。❷姓。
(二) hǎn　❶〈文〉虎怒发威；威猛：～如虓虎(虓:xiāo,虎叫)。❷〈文〉怒声；大声：～吼|～喝。

翰 kàn　〈文〉同"看"。望。

瞰 kàn　〈文〉日出的样子。

轞 kàn　【轞轲(kě)】〈文〉同"坎坷"。困顿不得志：时多困～。

磡 kàn　山崖。多用于地名：红～(在香港)|槐花～(在浙江长兴)。

瞰 [❷*矙] kàn　❶俯视，从高处向下看：俯～|鸟～。❷〈文〉窥视；暗中察看：～暇伺隙。

奲 kàn　〈方〉母亲给孩子断奶。

kāng（ㄎㄤ）

阬 kāng 【阬峎(lǎng)】同"嵻峎"。古山名：白云红树～东。

阆 **(閬)** ⊖ kāng 【阆阆(láng)】〈方〉建筑物内空廊的部分。
⊜ kàng ❶〈文〉门高大的样子：～门丰屋。❷〈文〉高大：台阁高～。

砊 kāng 【砊礚(kē)】〈文〉模拟雷声。

康 kāng ❶身体强健；没有病：～复│命如南山石，四体～且直。❷安宁；安乐：～宁│～乐│贻我子孙，百代足～。❸〈文〉丰盛；富裕：～年(丰年)│稼用不成，民用不～。❹〈文〉广大：～衢│～庄大道。❺姓。

壏 kāng 【盛壏】地名。在湖北谷城。

嵻 kāng 【嵻峎(lǎng)】古山名。在今甘肃临洮。也作"阬峎"。

漮 kāng 〈文〉空；虚。特指物体中失去水分。

慷 [忼] kāng 【慷慨】1.充满正气，情绪激昂：～激昂│～陈词。2.大方；不吝惜：～解囊│～相助。

㝩 [㝩] **(láng)** kāng ❶〈文〉空虚。❷〈文〉房屋空阔的样子。

楻 kāng ❶【楻梁】〈文〉虚空的样子。❷【楖(láng)楻】笨重，不灵便。用于古白话：我这口刀着实～，不遂我意。

歁 kāng ❶〈文〉腹中饥饿空虚。❷〈文〉谷物没有收成。

碪 kāng 【碪礚(kē)】〈文〉模拟雷声：击雷霆之～。

蟑 kāng 【蟑螂(yī)】〈文〉虫名。即蜻蜓。

糠 [*粇、*穅] kāng ❶稻、麦、谷子等作物籽实上脱下来的皮壳：米～│吃～咽菜│富人稻与粱，贫子食糠与～。❷(萝卜等)失去水分而内部发空，质地变松：～心儿│萝卜～了。
"粇"另见 jīng "粳"(328页)。

輼 ⊖ kāng ❶〈文〉车厢中空处。❷【輼车】古时送给死者的纸篓，以此作死者的资财。

⊜ liáng 同"辌"。古代的卧车。

鎌 kāng 化学元素"钪(kàng)"的旧称。

鱇 **(鱇)** kāng 【鮟(ān)鱇】鱼名。身体前半部扁平，圆盘形，尾部细小，体柔软无鳞。常潜伏在近海底层捕食，能发出像老人咳嗽一样的声音。俗称"老头儿鱼"。

káng（ㄎㄤ）

扛 [⊖*摃] ⊖ káng ❶用肩膀承担(物体)：～枪│～麻袋。❷承担；承当：这个任务你～得起│有什么责任，我～着。
⊜ gāng ❶〈文〉双手举(重物)：力能～鼎。❷〈方〉抬(东西)：众人只得把石板一齐～起。

kǎng（ㄎㄤ）

掅 kǎng 〈方〉盖上；罩住。

桄 kǎng 〈方〉盖住。

骯 kǎng 【骯髒(mǎng)】1.〈文〉盘曲：梗楠千岁姿，～空谷中。2.〈文〉体胖：～之马，无复千金之价。3.〈文〉高亢刚直的样子：～辞故园，昂藏入君门(昂藏：气度轩昂)。
另见 āng "骯"(7页)。

kàng（ㄎㄤ）

亢 ⊖ kàng ❶高：高～│～山名谷。❷高傲：不卑不～。❸过度；极：～奋│～进│连年～旱。❹星宿名。二十八宿之一，属东方苍龙。❺姓。
⊜ gāng ❶〈文〉颈的前部；喉咙：绝～而死。❷〈文〉比喻要害：批～捣虚(批：打击)。
⊜ háng 〈文〉同"吭(háng)"。

伉 kàng ❶〈文〉相对等；匹敌：～俪(夫妻)│世子～诸侯之礼而来朝。❷〈文〉强健：～健。❸〈文〉刚直；高尚：～直│～行。❹〈文〉通"抗(kàng)"。抵御；抵抗：带甲百万，非一勇所～。

邟 kàng【邟乡】古地名。在今河南汝州一带。

坑 kàng 见 kēng "坑"（361 页）。

抗 kàng ❶抵御；抵挡：～灾｜～日战争｜冰天雪地的，多穿点儿～冻。❷拒绝；不接受：～税｜违～｜～药性。❸对等；相当：～衡｜分庭～礼｜礼～万乘，名显天下（万乘指帝王）。❹〈文〉通"亢(kàng)"。高：边兵每得胜回，则连队～声凯歌。❺姓。

囥 kàng 〈方〉藏(cáng)；保存：～个地方，别人寻勿着。

狅 kàng ❶〈文〉健壮的狗。❷〈文〉健壮。

阬 kàng 见 kēng "阬"（355 页）。

炕 [❶*匟] kàng ❶北方一些地区用土坯或砖砌成的长方的台子，供睡觉用。内有烟道，烟道两端分别连接锅灶与烟囱，可以烧火做饭、取暖：～头｜～沿｜～上堆着被褥。❷〈方〉烤：在炉边上～点儿花生吃｜把湿衣裳在热炕上～一～。

钪 (鈧) kàng 金属元素。符号 Sc。

---
kāo（ㄎㄠ）

尻 kāo ❶〈文〉臀部。❷椎骨的末端：～骨。

脝 kāo 〈文〉同"尻"。臀部。

嶅 kāo【嶅嶅(áo)】古地名。

---
kǎo （ㄎㄠ）

万 kǎo 〈文〉气欲舒出的样子。

考 [❶-❹❼*攷] kǎo ❶提出问题让对方回答，以检测对方的知识或技能：～取｜～研｜～语文。❷考试：期～｜大～｜高～。❸观察调查；检查：～察｜～核｜王乃时巡，～制度于四岳。❹研究；探求：～古｜～证｜～思。❺〈文〉老；年岁大。寿：～（高寿；长寿）。❻〈文〉父亲；死去的父亲：～妣(死去的父亲和母亲)｜先～。❼〈文〉敲；击：陋者乃以斧斤～击而求之，自以为得其实。

拷 kǎo ❶打（多指用刑）：～打｜～问。❷拷贝（复制）：把文件～下来｜帮我～一张盘。[英 copy]

枑 ㊀ kǎo 〈文〉同"栲"。树木名。即野鸦椿，又名"山樗(chū)"。
㊁ jiū 〈文〉蔓椒。

洘 kǎo ❶〈文〉水干涸。❷用于地名：～溪(在广东)。

栳 kǎo【栲栳(lǎo)】同"栲栲"。用柳条或竹篾编成的圆形盛物器具：担得一～馒头。

栲 kǎo ❶栲树，常绿乔木。叶子长圆状，披针形，果实球形。木材坚硬，供建筑、制造车船等用。树皮含鞣酸，可以用来制栲胶和染料。❷【栲栳(lǎo)】用柳条或竹篾编成的圆形盛物器具，形状像斗：～金。也叫"笆斗"。

烤 kǎo ❶把东西放在靠近火的地方，使熟或变干燥：烘～｜把湿衣服脱下来在火上～～。❷靠近火或其他热源取暖：围炉～火｜围着炉子～手。❸烹饪方法。把薄肉片用调料拌好后放在铁板上，铁板下面加热，翻动肉片使熟：～肉。

祮 kǎo 〈文〉(天子诸侯将要出行时)禀告祖先的祭祀。

箬 kǎo【箬箬(lǎo)】同"栲栲"。用柳条或竹篾编成的容器。

粩 kǎo【粩跌蹓】傣族的一种糯米糕。

殐 kǎo 〈文〉干燥。

撟 kǎo 见 jiǎo "撟"（314 页）。

薧 kǎo 见 hāo "薧"（240 页）。

顄 kǎo【顄颒(ǎo)】〈文〉大头。

---
kào （ㄎㄠ）

铐 (銬) [鐐] kào ❶手铐，锁住手腕的刑具：～子｜镣

～。❷用手铐锁住:冰冷的手铐～住了他的双手。

炢 kào 见 kù"炢"(365页)。

犒 kào 用酒食或财物慰劳:～劳|～赏|公使展喜～师(公:鲁僖公。展喜:鲁国的臣)。

熇 kào 见 hè"熇"(247页)。

靠 [䨾] kào ❶(人或物)凭借别的人或物体支持着:背～|背站着～梯子～在墙边|大树刮倒了,～在山墙上。❷挨近:～拢|停～|～山吃山,～水吃水。❸依仗:依～|投～|这事儿全～你。❹信赖:可～|牢～|这个人净吹牛,～不住。❺引入凭借的对象:～劳动致富|～大哥挣钱养家。❻〈文〉背向:～月坐苍山。

鲓 kào 小型鱼类干制食品的总称:龙头～(腌制的龙头鱼干)。

鮚 kào 鱼名。即凤鲚(jì)。俗称"靠子鱼"。

燺 kào 〈文〉同"熇"。烘干;干燥。

爆 kào 烹饪方法。把原料煎炸后加进调料和汤汁,放在文火上煮,使汤汁进入原料。

kē(ㄎㄜ)

呥 kē【呥岔(lā)】〈方〉同"坷垃"。土块。

旮 kē 见 gé"旮"(203页)。

坷 ㊀ kē【坷垃(la)】〈方〉土块:土～|打～。
㊁ kě【坎(kǎn)坷】1. 道路坑坑洼洼,高低不平:夷～为平均。2. 比喻不顺利;不得志:历尽～|崎岖～不得志。

抲 kē 见 hē"抲"(243页)。

苛 ㊀ kē ❶过于严厉;刻薄:～求|～政猛于虎|吾善其政之不～,吏之不暴也。❷烦琐;繁细:～细|～杂|捐杂税。
㊁ hē 通"呵(hē)"。大声呵斥:夜过奉长亭,亭长～之(奉长亭:地名)。

匼 ㊀ kē ❶古代一种头巾。❷【匼匝(zā)】〈文〉同"卧匝"。环绕:花木～。❸【匼河】地名。在山西芮城。
㊁ ǎn 【阿(ē)匼】〈文〉阿谀迎合:谄谀。

呵 kē 见 hē"呵"(243页)。

珂 kē ❶〈文〉像玉的白色石头。❷〈文〉马笼头上的装饰物:乘马鸣玉。

柯 kē ❶〈文〉斧子的柄:斧～|伐～(伐木做斧柄)。❷〈文〉草木的枝茎:枝～|落花难上～。❸姓。

轲 (軻) ㊀ kē ❶〈文〉用两根木头接起来做车轴的车,泛指车:画～频移,绣衣渐远。❷用于人名。孟轲,战国时的哲学家。❸姓。
㊁ kě【轗(kǎn)轲】同"坎坷"。1.〈文〉道路不平。2.〈文〉不得志。

科 [䄷] kē ❶学术或业务等的分类:理～|牙～。❷行政机构中按工作性质分设的单位:～长|财务～|供销～。❸生物分类系统的第五级,在目之下,属之上:猫～|豆～。❹科举考试,也指科举考试的科目、等级、年份等:～第|开～取士|朕欲博求俊彦于～场中(俊彦:贤才)。❺古代戏曲剧本中,指示角色表演动作、表情的用语:笑～|叹～|饮酒～。❻旧时培养戏曲演员的教学组织:出～|坐～|～班出身。❼〈文〉法律条文:金～玉律|作奸犯～。❽〈文〉判处;判定:～刑|～断|大不敬,付廷尉～罪。❾〈文〉征税:～税|～征。

厒 ㊀ kē【厒匝(zā)】〈文〉环绕:～几重山。
㊁ wā 〈文〉同"凹"。低下:瑞云低～～。

涡 kē【牂(zāng)涡】古郡名。在今贵州。

砢 ㊀ kē ❶〈文〉同"珂"。像玉的石头。❷【砢碜(chen)】〈方〉义同"寒碜"。1. 丑陋;难看。2. 丢脸;不体面。3. 讥笑让人失去体面。
㊁ luǒ【磊砢】1.〈文〉众石累叠的样子。2.〈文〉高大突出的样子。

趷 kē ❶【趷落(là)】〈方〉苛刻,刻薄。❷【趷踏】模拟重物坠地声:～一声,踏了陷坑。

疴 [*痾] kē 〈文〉疾病:沉~(重病)|染~|养~。

莍 kē 【莍藤】〈文〉一种藤类植物。

棵 kē 量词。用于植物的个体:一~树|几~牡丹。

颏(頦) ㊀kē 下巴:石坛坡陀可坐卧,我手承~肘拄座。
㊁ké ❶【红点颏】即红喉歌鸲(qú),鸟名。❷【蓝点颏】即蓝喉歌鸲(qú),鸟名。

搕 kē 敲;碰:~烟袋锅子。

碦 kē 〈文〉同"颗"。颗粒:眼中泪出珠子~。

嗑 kē 见kè"嗑"(360页)。

犐 kē 〈文〉无角牛。

稞 kē 【青稞】裸大麦,大麦的变种。主要产于西藏、青海等地,是当地重要的粮食作物。可以用来做糌粑,也可以酿酒或做饲料。

婐 kē 〈文〉美好的样子。

鈳 kē 化学元素"铌(ní)"的旧称。

䫏 kē 同"颏"。下巴。用于古白话:下巴~子。

窠 kē ❶鸟兽昆虫的巢穴:鸟~|狗~|穴宅奇兽,~宿异禽。❷【窠臼】鸟窠和春曰。比喻现成的格式或老套子:不落~。

薖 kē ❶〈文〉草名。❷〈文〉宽大的样子:饭细经唇滑,茶新到腹~。

榼 kē ❶古代盛酒或贮水的器具:执~承饮。❷〈文〉泛指盒类容器:银粉一~。❸〈文〉鞘:刀~。

颗(顆) kē ❶小而圆的东西:~粒。❷量词。用于颗粒状的东西:一~种子|一~子弹|两~珠子。

嵙 kē 佛经译音用字。

骱 ㊀kē 〈文〉膝骨。
㊁qià 〈文〉同"髂"。腰以下、腹两侧的骨头。

磕 [磕] kē ❶碰撞在硬东西上:~破了头|碗~碎了|~~碰碰|脑袋~到了门框上。❷叩头:~头。

瞌 kē 【瞌睡】因困倦而想睡觉,不由自主地进入半睡眠或睡眠状态:打~|~得很|靠在墙边~了一会儿。

蝌 kē 【蝌蚪(dǒu)】蛙或蟾蜍等两栖动物的幼体。身体椭圆形,黑色,有鳃和尾。生活在水中。旧也作"科斗":~文(形状似蝌蚪的书体。古代用漆写字,下笔时漆多,收尾时漆少,笔画变细,似蝌蚪)。

箍 kē 〈文〉竹名。

輷 kē 【輷(pēng)輷】〈文〉模拟雷声、钟鼓声等巨大的响声。

髁 kē 骨头两端突起的部分。

礚 kē 〈文〉模拟两石相撞的声音。

粿 kē 见guǒ"粿"(232页)。

虆 kē 〈文〉青稞,大麦的一种:青~麦。用同"稞"。

ké (ㄎㄜˊ)

壳(殼)[殼] ㊀ké 坚硬的外皮:蛋~儿|贝~儿|子弹~儿。
㊁qiào 义同"壳(ké)",用于书面语词:甲~|地~|金蝉脱~。

咳 [㊀△*欬] ㊀ké 咳嗽,呼吸器官受到刺激时迅速吸气,随即猛烈呼气,声带振动发声:干~|百日~|~了好一会儿才止住。
㊁hāi ❶叹息:~声叹气。❷表示招呼或提醒:~,你也来啦?|~,这里可不能停车啊!❸表示惊异:~,这纸你扔掉了?我还有用呢!❹表示惋惜或后悔:~,我怎么这么糊涂!
㊂hái 〈文〉小儿笑:曾不可以告~婴之儿(咳婴:刚会笑的婴儿)。
"欬"另见kài(352页)。

搭 ㊀ké ❶〈方〉卡(qiǎ)住;夹住:抽屉~住了,拉不开|鞋小了~脚。❷〈方〉

刁难：～人。❸〈方〉暗中扣取：这家伙竟敢～我们的血汗钱。

㊁qiā 用力掐住；扼。用于古白话：～杀。

颏嗽

ké 见kē"颏"(358页)。

ké〈文〉同"咳"。咳嗽：未尝～唾。

kě （ㄎㄜˇ）

可 ㊀kě ❶同意；准许：许～｜认～｜小子鸣鼓而攻之～也。❷能够；可以：～行｜～靠｜不～分割。❸值得；应该：～爱｜～歌～泣｜这个节目还不错，～看。❹适合：～体｜～人意｜其味相反，而皆～于口。❺连词。表示转折：看着简单，做起来～不容易。❻副词。表示强调：刚才的雨～大了。❼〈文〉岂；哪：禽鱼出得池笼后，纵有人呼～更回？❽〈文〉大约：年～三十｜潭中鱼～百许头。❾〈文〉病愈：瘦得浑身削，百般医疗终难～。❿〈文〉正当；正在：一方明月～中庭。

㊁kè 【可汗(hán)】古代鲜卑、突厥、回纥、蒙古等族最高统治者的称号。

坷 kě 见kē"坷"(357页)。

岣 kě 【嶱(kě)岣】〈文〉山势高峻的样子。

岢 kě 【岢岚(lán)】地名。在山西忻州。

轲 kě 见kē"轲"(357页)。

炣 kě 〈文〉火。

骱[骳] kě 【骱手】〈文〉虞舜妹名。也作"骳(kě)首"。

嶱 ㊀kě ❶【嶱岣(kě)】〈文〉山势高峻的样子。❷【嶱(kě)嶱】〈文〉山石高峻的样子。

㊁jié 〈文〉同"碣"。圆顶的石碑。

渇[渇、渇] ㊀kě ❶口干想喝水：干～｜如饥似～｜饥者易为食，～者易为饮。❷比喻迫切：～望｜～求｜所～欲问者，别后安否？

㊁jié 〈文〉水干涸；尽：其冈童，其溪～（童：山无草木）。

嗑 kě 见hé"嗑"(245页)。

瘑 kě 〈文〉暑热病；中暑。

嶱 kě 【嶱岣(kě)】〈文〉山石高峻的样子。

漱 kě ❶〈文〉同"渇"。口干想喝水。❷〈文〉同"渇"。急切：～葬未有铭。

kè （ㄎㄜˋ）

可 kè 见kě"可"(359页)。

克（❷❹❺❻△剋）[❷❸❺❻＊尅] kè ❶〈文〉能：～勤～俭｜不～分身｜伐柯如何？匪斧不～（伐：砍。柯：斧柄。匪：通"非"）。❷战胜；攻取：～敌｜攻无不～｜以此攻城，何城不～？❸制伏；抑制：～服｜～己奉公｜以柔～刚。❹消化：～化｜～食。❺严格限定：～期｜～日完成。❻削减：～扣｜～减。❼质量或重量的法定计量单位。1 000毫克为1克，1 000克为1千克。❽〈文〉通"刻(kè)"。苛刻：然性俭～，少恩情。"剋"另见kēi(360页)。

唘 kè 〈文〉窟穴：～窟。

刻[剋] kè ❶用刀子或尖的东西在竹木、玉石或金属等上面雕：～字｜雕～｜～舟求剑。❷古代用漏壶计时，一昼夜分为100刻。1刻等于现在的14.4分钟。❸用钟表计时，15分钟为一刻：九点三～。❹短时间；时候：片～｜一～不容缓｜此时此～。❺冷酷；不宽厚：～薄｜～毒｜及～者为之，则无教化，去仁爱，专任刑法而欲以致治。❻程度深：～苦｜～深～。

勀 kè 〈文〉用力多而辛苦。

恪 ㊀kè 〈文〉谨慎；恭敬：～守｜～遵｜～尽职守。

㊁què 义同"恪(kè)"。谨慎；恭敬。多用于人名。陈寅恪，史学家。

K

作"刻丝"。

客 kè ❶被邀请受招待的人;来探访的人(跟"主"相对):～人|贵～|～随主便|有不速之～三人来。❷〈文〉寄居;旅居他乡的人:～居|久～江南|身～死于秦|少孤为～早。❸商业、服务行业对主顾的称呼:～满|顾～|房～。❹旅客:～车|～船|～店。❺从事某种活动的人:政～|掮(qián)～|侠～。❻独立于人类意识之外的:～体|～观。❼古代称寄食并服务于贵族豪门的人:门～|食～。❽〈文〉过去的:～岁(去年)|～冬。❾姓。

唠 kè ❶【唠哩】〈方〉模拟咀嚼的声音:你～～在嚼什么呀? ❷【啰唠】〈方〉啰唆:那个人～。

课(課) kè ❶教学的时间单位:上～|补～|一节～。❷教学的科目:～程|主～|这学期要选三门～。❸占卜的一种:起～|占了一～。❹〈文〉赋税:国～|完粮交～。❺〈文〉征收(赋税):～税。❻〈文〉教授;学习:～徒|～读。❼〈文〉检验;考核:成器不～不用,不试不藏(成器:已制成的兵器)。❽〈文〉督促:～家人负物百斤,环舍趋走。

堁 kè ❶〈文〉尘土:沙～。❷〈文〉土堆。

蚵 kè 见 hé "蚵"(245页)。

氪 kè 气体元素。符号 Kr。

悭 kè 见 jí "悭"(289页)。

騍(騍) kè 雌性的(专指马、骡):～马|～骡。

廅 kè ❶〈文〉山旁洞穴。❷〈文〉崩损;磕碰。

硞 kè 见 què "硞"(570页)。

磆 kè 〈文〉呕;吐:～血|～唾。

愘 kè 〈文〉同"恪"。恭敬:敬～。

缂(緙) kè 【缂丝】1.我国特有的丝织手工艺。织时先架好经线,再根据需要断续地织上纬线,构成图案。2.用这种工艺织成的衣料或其他物品。‖旧也作"刻丝"。

嗑 kè ㊀用牙咬(带壳的或硬的东西):～瓜子儿|柜子被老鼠～了。
㊁ kē [唠嗑儿]〈方〉闲谈。

锞(錁) kè 锞子,旧时用作货币的小块金锭或银锭:金～|银～。

溘 kè 〈文〉急促;突然:～逝|～然长逝|恐～死不得见乎阳春。

窢 kè 〈文〉同"恪"。谨慎;恭敬。

磕 kè 〈文〉撞击。

殒 kè 〈文〉死:前后生与～。

斱 kè 见 jiè "斱"(322页)。

裪 kè 【裪裆(dāng)】唐代的一种妇女袍服。

褔 kè ❶〈文〉薄。❷古国名。

礊[礊] kè 〈文〉坚硬。

觮 kè 见 qiā "觮"(538页)。

餩 kè 〈文〉皮衣的里子。

剋[*尅] kēi ❶〈方〉打;打架:这孩子不学好,气得他妈尽～他|话不投机,两人就动手～了起来。❷〈方〉责骂;训斥:挨～|领导狠～了他一顿。
另见 kè "克"(359页)。

肎 kěn 〈文〉岂:～数邺下黄须儿(邺下黄须儿:指曹操之子曹彰)。

肻 kěn 〈文〉同"肯"。愿意;乐意。

肯[*肎] kěn ❶同意;许可:～定|首～|经我一再劝说,他才～了。❷愿意;乐意:～干|～吃苦|今人主非

～用法术之士(非:不)。❸〈文〉附着在骨头上的肉:～綮(－qìng，筋骨结合处,比喻要害或关键部分)|中(zhòng)～(切中要害)。

肯 kěn 〈文〉同"肯"。愿意:楚众欲止,子玉不～(子玉:人名)。

垦(墾)[墾] kěn ❶翻耕:～地|田畴～而国邑实。❷开辟荒地:～荒|～殖|开～|屯～|戍边。

咽 kěn 啃;咬。用于古白话:～羊骨。

恳(懇)[懇] kěn ❶真诚:～求|辞甚～切。❷请求:敬～|哀～|专此奉～(书信用语)。

啃 kěn ❶把东西一点一点地咬下来:～骨头|老鼠把衣服～了个窟窿。❷比喻刻苦钻研、攻克难关:～书本|这道难题说什么也要～下来。

狠 ㊀ kěn ❶〈文〉啃;咬。❷〈文〉诚恳:恳切:～言。
㊁ kūn 〈文〉减损。

龈 kěn 见 yín "龈"(810 页)。

鎼 kěn 化学元素"钪(kàng)"的旧称。

齦 kěn 同"龈"。咬着吃。通作"啃"。

齦 kěn 同"啃"。咬。用于古白话:四个骡子守着个草帘子在那里～。

kèn (丂ㄣ)

揯 kèn ❶〈方〉按;压:～住牛脖子。❷〈方〉压制:刁难:勒(lēi)～。

硍 ㊀ kèn 〈文〉石上痕迹。
㊁ gǔn 〈文〉同"硍"。钟声不响亮。
㊂ yín 【硍朱】〈文〉即银朱。硫化汞的俗称。可做颜料,也可入药。

裉[褃] kèn 衣服腋下前后相连的部分:煞～(把裉缝上)|抬～(上衣从肩到腋下的尺寸)。

<hr>

kēng (丂ㄥ)

阬 kēng 见 gāng "阬"(199 页)。

坑[㊀❶-❹㊁❶△*阬] ㊀ kēng ❶洼下去的地方:水～|弹～|死日将至兮,与麋鹿同～。❷地洞;地道:～道|～木|矿～。❸陷害;设计使人受到损失:～害|～蒙拐骗|他被人～了。❹〈文〉活埋:～杀|焚书～儒。❺姓。
㊁ kàng 同"炕"。用土坯或砖砌成的睡觉的台:孩儿俫冷～。
"阬"另见 gāng(199 页)。

坈 kēng 见 rǒng "坈"(580 页)。

吭 kēng 见 háng "吭"(239 页)。

垙 kēng 同"坑"。洼下去的地方。用于古白话:望～而行。

摼 kēng 〈文〉同"铿"。模拟乐器,金石等发出的响亮声音:～尔,舍瑟而作。

硎(硜) kēng ❶〈文〉模拟敲击石头的声音:石声～～。❷【硎硎】〈文〉浅见而固执的样子:～然小人哉!

硻 ㊀ kēng 〈文〉山谷名。
㊁ xíng 〈文〉同"陉"。山脉中断的地方:云微微兮连绝～。

硻 kēng 〈文〉牛膝下的直骨,即牛胫骨。

铿(鏗) kēng ❶模拟乐器,金石等发出的响亮的声音:钟声～～|～～有声。❷【铿锵(qiāng)】(声音)响亮有节奏:～悦耳|～有力。

硻 kēng ❶〈文〉敲击石头的声音。❷〈文〉坚决;固执:岂可～～执小节。

摼 ㊀ kēng 〈文〉撞钟。
㊁ qiān ❶〈文〉同"牵"。拉;引领:象犀。❷〈文〉同"牵"。连:～缀。

誙 kēng 【誙誙】〈文〉盲目奔走竞争的样子。

鋞 kēng ❶〈文〉撞。❷〈文〉同"铿"。模拟乐器,金石等发出的响亮声音。

頵 kēng 〈文〉同"鏗"。车子坚实。

硻 kēng ❶〈文〉同"硬"。坚硬:器多坚～(器:铁器)。❷【硻硻】〈文〉形容固执。❸【硻訇(hōng)】〈文〉形容大的声响。

瞹 kēng 【瞹曚(méng)】〈文〉看不清楚。

輑
聲

kēng 【輑鈜(hóng)】〈文〉模拟车声。

㊀ **kēng** 〈文〉车子坚实。

㊁ **gǔ** 〈文〉同"毂"。车轮中心穿轴承辐的部分：车～击（形容车辆多而拥挤。击：碰撞）。

kōng （ㄎㄨㄥ）

乜

kōng 同"空"。空虚。用于古白话。

宆

kōng 同"空"。空虚。用于古白话。

空

㊀ **kōng** ❶里面没有东西：～巢｜～囊｜～如洗｜仓廪实而囹圄～（囹圄：牢狱）。❷没有实质内容；不切实际：～谈｜～话连篇｜皆～言无事实。❸天空：晴～｜～中楼阁｜孤帆远影碧～尽，惟见长江天际流。❹徒然地；没有效果地：～欢喜｜～忙活一场｜～长了这么高的身量。

㊁ **kòng** ❶使空(kōng)：～格｜～出两个名额。❷没有被利用的：～白｜～缺。❸尚未占用的地方或时间：闲～｜填～｜抽～儿来一趟。

倥

㊀ **kōng** 【倥侗(tóng)】〈文〉蒙昧无知：天降生民，～颛蒙（颛蒙：愚昧）。

㊁ **kǒng** 【倥偬(zǒng)】1.〈文〉事务繁多急迫：戎马～｜军务～。2.〈文〉穷困：～拮据。

崆

kōng ❶〈文〉供奉佛像或神像的龛子。❷用于地名：裴家～（在陕西）。

啌

kōng 见 qiāng "啌"(545页)。

崆

kōng 【崆峒(tóng)】1.山名。在甘肃平凉。也作"崆峒"。2.岛名。在山东烟台以东。

塂

kōng 【塂峒(tóng)】同"崆峒"。山名。在甘肃平凉。

涳

kōng ❶〈文〉水径直而流。❷【涳蒙(méng)】〈文〉烟雨迷茫的样子。

悾

kōng ❶〈文〉诚恳。❷〈文〉空虚。

椌

kōng 见 qiāng "椌"(545页)。

硿

㊀ **kōng** 〈文〉模拟水石或金石相击的声音：～然。

㊁ **kòng** 用于地名：～南(在广东)。

稒

kōng 〈文〉稻秆：(此蟹)食五谷之～秒(秒：禾谷的芒刺)。

箜

kōng 【箜篌(hóu)】古代拨弦乐器。分为竖式、卧式两种，弦数最少5根，最多25根。

鼚

kōng 〈文〉模拟鼓声或叩击中空物体的声音：叩之～然。

kǒng （ㄎㄨㄥˇ）

孔

kǒng ❶洞；窟窿：鼻～｜针～｜无～不入。❷指孔子，我国古代的思想家、教育家，儒家学派的创始人：～庙｜～孟之道。❸量词。用于洞窟或有孔道的建筑：一～窑洞｜三～地窖｜十七～桥。❹〈文〉通达：～道。❺〈文〉很；甚：我有嘉宾，德音～昭(德音：美誉。昭：昭著)。❻姓。

恐

kǒng ［恐、悡、悤］❶害怕：～惧｜有恃无～｜虽杀戮而奸人不～。❷使害怕：～吓｜李斯因说(shuì)秦王，请先取韩以～他国。❸表示担心或揣测，相当于"恐怕、也许"：～难胜任｜～有不测。

倥

kǒng 见 kōng "倥"(362页)。

kòng （ㄎㄨㄥˋ）

矼

kòng 见 gāng "矼"(199页)。

空

kòng 见 kōng "空"(362页)。

控

kòng ❶告发：～告｜指～。❷掌握；操纵：～制｜～股｜遥～。❸使身体或身体的一部分悬空或失去支撑：枕头掉了，～着头睡觉不舒服｜双腿垂在岸边，时间长了～得慌。❹容器口或人的头朝下，让里面的液体慢慢流出：把瓶子里的油～干净。❺〈文〉拉弓：矢不虚发，弓不再～。

硿

kòng 见 kōng "硿"(362页)。

鞚 kòng ❶〈文〉马笼头，也代指马：银鞍紫～照云日。❷〈文〉驾驭；控制。❸〈文〉乐器名。鼓的一种。

---

kōu（ㄎㄡ）

抠（摳） ㊀ kōu ❶用手指或尖细的东西挖、掏或刻：～鼻子|把别针从桌缝里～出来|门框上有～的花纹。❷向某一狭窄的方向深究（多指过分的、不必要的）：～字眼儿|死～书本|法律条文要～清楚。❸吝啬：～门儿|跟他借支笔都不肯，～到家了。❹〈文〉提起：～衣趋隅，必慎唯诺（提起衣裳走向席位的下角坐下，要谨慎地回答问话）。

㊁ ōu 〈文〉同"殴"。击打。

芤 kōu ❶〈文〉葱的别称。❷【芤脉】中医学脉象之一。脉搏重按时中间无两边有，好似手指按葱管的感觉。

驱（彄） kōu ❶〈文〉弓弩两端系弓弦的地方。❷〈文〉环状物：～环。

帩 kōu ❶〈文〉射箭时套在右手拇指上的扳指，用以钩弦。❷〈文〉器物上的环耳：两畔置～（畔：边）。

眍（瞘） kōu 眼珠深陷在眼眶里：～䁖（lou）|他几夜没睡，眼睛都～进去了。

剾 kōu 〈文〉挖；剜：嗟往事，痛如～。

矄 kōu 【眍（kōu）矄】〈文〉眼珠深陷的样子。

---

kǒu（ㄎㄡ）

口 kǒu ❶人和动物发声、进食的器官；嘴：～水|张～吃饭|闭～无言。❷人口；家庭成员：～粮|户～|拖家带～。❸容器等通外面的部位：瓶～|喇叭～。❹出入通过的地方：出～|门～|山有小～，仿佛若有光。❺特指长城的关口：～外（长城以北的地方，主要指张家口以北的河北北部和内蒙古中部）|西～|喜峰～。❻特指港口：进～|出～|转～。❼破裂的地方：伤～|裂～|衣服撕了个～儿。❽各人对食品味道的

爱好：～味|可～|众～难调。❾锋刃：刀～|刀还没有开～。❿行业；政府部门的管理系统：归～|文教～|外事～。⓫量词。用于人（多用于家庭、住户）：三～之家|上百～人的村庄。⓬量词。用于牲畜：一～猪。⓭量词。用于有口有边的器物：一～井|一～锅|两～缸。⓮量词。用于与口有关的动作：一～咬下来|喝了几～粥|深深地吸了一～气。⓯姓。

叩 kǒu 古乡名。在今陕西蓝田一带。

訽 kǒu 见 qǔ "訽"（566 页）。

---

kòu（ㄎㄡ）

叩 [❶*敏] kòu ❶敲打：～门|～齿|以杖～其胫（胫：小腿）。❷磕头：～首|～谢|～拜。❸〈文〉询问：～问|～询。❹〈文〉通"扣（kòu）"。拉住；牵住：伯夷叔齐～马而谏。

扣 [❸△*釦] kòu ❶用圈儿、环儿等套住或搭住：一环～一环|把门关好，再～上。❷绳子等打成的结：绳～儿|活～儿（容易解的绳结）|系了个死～儿。❸纽扣：衣～|风纪～|子母～。❹用强制手段把人或物留住不放：～留|～押|驾驶证被～了|～下他做人质。❺从原数中减去：～除|克～|考试错了两道题，～了十分。❻螺纹：套～|螺丝～|拧了一～（螺纹一圈叫作一扣）。❼〈文〉靠近；迫近：郡中父老，～河迎接。❽〈文〉牵马；牵住：太子与郭荣～马。❾〈文〉通"叩"。敲击：～剑清歌。

"釦"另见 kòu（363 页）。

怐 kòu 【怐愗（mào）】〈文〉昏聩愚昧。

訽 kòu ❶〈文〉同"叩"。询问。❷〈文〉笑。

釦 kòu 〈文〉用金、玉等缘饰器口：雕镂～器。

另见 kòu "扣"（363 页）。

寇 [*宼、*宼、寇、敌] kòu ❶入侵者；盗匪：外～|落草为～|大臣背叛，民为之～。

❷〈文〉侵略;劫取:~边|入~中原。❸姓。

筘 [篗] kòu 织布机上的主要机件。形状像梳子,用来确定经纱的密度,保持经纱的位置,并把纬纱推到织口。也叫"杼(zhù)"。

蔻 [蒄] kòu 【豆蔻】1. 多年生草本植物。外形似芭蕉,果实扁球形,种子像石榴子,有香味。2. 这种植物的果实或种子。

滱 kòu 古水名。大清河的上游,即唐河,流经今山西、河北。

瞉 [瞉] kòu 〈文〉没有烧过的砖瓦、陶器的坯。

馨 kòu 〈文〉同"鷇"。待哺食的幼鸟。

瞉 ⊖ kòu ❶〈文〉待哺食的幼鸟:鸟翼~卵。❷〈文〉幼雀和鸡雏。
⊜ gǔ 【布瞉】〈文〉布谷鸟。

鷇 kòu 〈文〉待哺食的幼鸟。

鷇 ⊖ kòu 〈文〉待哺食的幼鸟。
⊜ kū 〈文〉鸟卵。

---

kū（ㄎㄨ）

圣 kū 见 shèng "圣"(611页)。

抌 kū 〈文〉播扬。

砢 kū 【砢砢】〈文〉勤奋不懈的样子:孜孜~|劳筋骨,终日~。

刳 kū ❶〈文〉剖开:~人之腹。❷〈文〉挖空:~木为舟。

郲 kū 【郲首】古地名。在今山西临猗(yī)西南。

枯 kū ❶(植物等)失去水分:~萎|行冬令,则草木早~。❷(井、河等)没有水或水很少:~井|海~石烂|川渊~则龙鱼去之(去之:离开它)。❸(肌肉)干瘪,不滋润:~瘦如柴。❹没有趣味:~燥|~坐。

殂 kū 〈文〉枯干,损毁:奸佞骈生,能焅(xiāo)~仁惠。

胐 kū 见 fěi "胐"(174页)。

陼 kū ❶〈文〉大土山。❷【陼阜(fù)】古地名。在今陕西眉县。

桍 kū 〈文〉器具插柄的圆筒部分:下带铁~,以插木柄。

哭 [唥、哭、叺] kū ❶因悲痛或激动而流泪并发出声音:~泣|号啕大~|子于是日~则不歌(子:孔子)。❷叫;诉说:~穷。

窋 kū 见 zhú "窋"(892页)。

堀 ⊖ kū ❶〈文〉洞穴。后作"窟"。❷〈文〉扬起:~堁(kè)扬尘。
⊜ jué 〈文〉穿穴;挖掘:~地辨验土色。

棝 kū 〈文〉同"枯"。植物等失去水分:(草木)其死也~|~橳(橘)。

嵂 ⊖ kū 【嵂嵒(lěi)】〈文〉不平的样子。
⊜ jué 〈文〉同"崛"。高起;突出。

勖 kū 【勖勖】用力;勤谨。用于古白话:~念不起乱想。

揞 kū 见 hú "揞"(257页)。

跍 〈方〉kū 蹲:但见乌鸦~几堆。

唥 kū 【唥嗋(lüè)】同"圙圙"。指围起来的草场(多用于地名)。

圙 kū 【圙圙(lüè)】蒙古语围起来的草场(多用于地名)。也作"唥嗋"。也译作"库伦"。

頜 ⊖ kū 〈文〉秃:~秃。
⊜ yà 〈方〉行走不稳。

腒 kū 〈文〉臀部:~臀。

寏 kū 同"窟"。某一类人聚集的地方。用于古白话:魔~。

瞉 kū 〈文〉未烧的砖;砖坯。

頜 kū 〈文〉同"頜"。秃。

窟 [嵑] kū ❶洞穴:石~|狡兔三~。❷【窟窿(long)】1. 孔;洞:冰~。2. 亏空:拉~(负债)。❸某种人聚集或聚居的地方(多含贬义):匪~|魔~|贫民~。

骷 kū 【骷髅(lóu)】没有皮肉、毛发的尸体骨架,也指死人的头骨。

蝴 kū 〈文〉窟;洞穴。

kū

堀 kū 〈文〉同"窟"。洞穴。

嚕 kū 模拟蒸汽机车行进声：～！～！～！火车进站了。

溴 kū【溴(yù)溴】〈文〉水涌出的样子。

鮭 kū 〈文〉囚犯逃出；越狱。

鮚 kū ❶〈文〉鱼名。也叫"鱥鮪(jué zhǒu)"、"妾鱼"、"鳑鲏(pángpí)"。❷〈文〉鱼子。

鱛 kū ❶〈文〉大头；头骨大。❷〈文〉丑。❸〈文〉独处的样子：～羁旅而无友(羁旅：寄居他乡)。

毊 kū ❶〈文〉未经练治加工的麻缕。❷〈文〉生丝。

鼕 kū 〈文〉饼状的酒母。

鷜 kū 〈文〉同"鷜(kū)"。鸟卵：残林覆巢而全其遗～(全：保全)。

鸜 kū 见 kòu "鸜"(364页)。

kú（ㄎㄨˊ）

立 kú 〈方〉蹲：亮处不～～黑处。

kǔ（ㄎㄨˇ）

苦 kǔ ❶像胆汁或黄连的味道(跟"甘、甜"相对)：～胆|酸甜～辣|汤药太～了。❷难受：痛～|艰～|困～|病者不堪其～。❸使难受；使痛苦：良药～口|～其心志，劳其筋骨。❹为某种事(多指气候)所折磨；苦于：～夏|～旱。❺很有耐心地；竭尽全力地(可重叠)：～干|勤学～练|～～追求。❻〈文〉苦菜，即荼：采～采～，首阳之下(首阳：山名)。❼姓。

狜 kǔ【狜猔(zòng)】我国古代少数民族名。

筈 kǔ 〈文〉竹名。即苦竹，因其笋味苦而得名。

楛 kǔ 见 hù "楛"(260页)。

嘗 kǔ【大嘗】古山名。也作"大苦"。今名大熊山。在河南登封。

kù（ㄎㄨˋ）

库（庫） kù ❶〈文〉存放兵甲战车的地方：仓无积粟，府无储钱，～无甲兵。❷泛指贮存东西的房屋或地方：仓～|粮～|水～。❸量词。电量单位库仑的简称。电流强度为1安时，1秒钟内通过导体横截面的电量为1库。❹姓。

倍 kù 同"嚳"。传说中的上古帝王，五帝之一。

绔（絝） kù ❶〈文〉无裆的套裤。❷【纨(wán)绔】〈文〉细绢做的裤子，泛指富贵人家子弟的华丽衣着，借指富贵人家子弟：～习气。

秙 kù 〈文〉禾麦没有结籽实。

焅 ㊀ kù ❶〈文〉旱气；热气：六月～毒。❷〈文〉残酷：～虐。用同"酷"。
㊁ kào 〈文〉用文火慢煮，使食物汤汁变浓。通作"熇"。

稰 kù 〈文〉禾谷成熟。

礜（譽） kù ❶〈文〉非常急迫。❷传说中的上古帝王，五帝之一。

裤（褲）[△袴] kù 裤子，穿在腰部以下的衣服，有裤腰、裤裆和两条裤腿：西～|开裆～|牛仔～。"袴"另见 kuà(366页)。

嘷 kù【嘷哧】模拟笑声。用于古白话：憋不住～一声跑了出去了。

酷 kù ❶残酷：～刑|残～|刑罚暴～,轻绝人命(轻绝：轻率地杀害)。❷程度极深地；极端地：～暑|～似|～爱。❸〈文〉酒味浓；浓烈：～酒|蕊多劳蝶翅，香～坠蜂须。❹形容人外表英俊潇洒,表情冷峻坚毅,有个性。[英 cool]

蓲 kù 〈文〉腌韭菜；腌菜。

kuā（ㄎㄨㄚ）

夸（❶❷誇） kuā ❶说大话；言过其实：～口|～～其谈|淑喜

～,每为时人所嘲(淑:人名)。❷称赞;赞
扬:～奖|～赞|这孩子孝顺,村里没有一个
不～的。❸〈文〉奢侈;过度:贵而不为～。
❹姓。

侉 kuā ❶〈文〉歪斜;不方正:～邪。❷
〈文〉割裂;离析:离～。

姱 kuā ❶〈文〉美好:～容。❷〈文〉夸
饰;夸大:为～目录散黄金。

晇 kuā 用于人名。

絓 kuā 见 guà "絓"(220 页)。

髖 kuā 【髖骫(wá)】〈文〉骼(腰骨)上骨。

闞 kuā 见 wěi "闞"(699 页)。

kuǎ （ㄎㄨㄚˇ）

侉 kuǎ ❶〈文〉疲惫。❷〈方〉语音不纯
正;跟本地语音不同:他说话有点儿
～。❸〈方〉粗大;土气:～大个儿|打扮得～
极了。

垮 kuǎ ❶倒塌;坍塌:～塌|房子被大
水冲～了。❷崩溃;溃败:身体累～
了|敌人被打～了。

咵 kuǎ ❶语音不纯正;跟本地语音不同:
说话～得厉害。❷模拟脚步声:～～
地走进屋来。

楇 kuǎ 见 huò "楇"(281 页)。

銙 kuǎ ❶古代附于腰带上的扣板。也
作"銙"。❷〈文〉建茶的一种(建茶指福
建安溪一带产的名茶)。

銙 kuǎ ❶同"銙"。古代附于腰带上的扣
板。❷〈文〉建茶的一种(建茶指福建安
溪一带产的名茶)。

kuà （ㄎㄨㄚˋ）

冴 kuà 〈文〉同"跨"。跨步。

挎 kuà ❶弯着胳膊来挂住或钩住:～
着篮子|两个人～着胳膊。❷把东西
挂在肩上或腰间:斜～着书包。

胯 kuà ❶[髖]的部分:～骨|～下。❷〈文〉
通"跨"。骑:执剑拊枪～征鞍。

袴 kuà 〈文〉通"胯"。腰的两侧和大腿之
间的部分:众辱之曰:"信能死,刺我;不
能死,出我～下。"(信:人名)
另见 kù "裤"(365 页)。

跨 kuà ❶一腿提起向前
或向旁边迈(大步):～
栏|～进门|向前～一大步。❷骑;两腿分
在物体两边坐着或立着:～马|～着门槛。
❸建筑物悬空横架在河流、山谷、道路等上
面:～河大桥|离宫别馆,弥山～谷(弥:遍;
满)。❹越过一定的界限:～省|～年度|～
国公司。❺附在旁边:～间(附属于正屋的
较小的房间)|～院儿(正院旁边的院子)。

踤 kuà 〈文〉占有:终～列土之赏(列土:
分封土地)。

骻 kuà 同"胯"。腰的两侧和大腿之间的
部分。

蹒 kuà 〈文〉蹲。

kuǎi （ㄎㄨㄞˇ）

扐 (擓) kuǎi ❶〈方〉用指甲搔;轻抓:
～痒痒。❷〈方〉用胳膊挎着:
～着小篮子。❸〈方〉舀:～水|～了一勺汤。

蒯 kuǎi ❶〈文〉同"蒯"。草名。❷【菅蒯】
〈文〉微贱的人或物。也作"菅蒯"。

蒯 kuǎi ❶蒯草,多年生草本植物。花
褐色,丛生在水边或阴湿的地方,茎
可用来编席。❷姓。

kuài （ㄎㄨㄞˋ）

巜 kuài 〈文〉同"浍"。田间的水沟。

凷 kuài 〈文〉同"块"。土块:寝苫枕～。

圦 kuài 同"块"。量词。用于块状或片
状的东西:罩以大玻璃三～。

会 kuài 见 huì "会"(274 页)。

块 (塊) kuài ❶成疙瘩或成团的东
西:～根|糖～儿|煤～儿。❷量

词。用于块状或片状的东西：一～饼干｜一～肉｜两一～手表。❸量词。用于银币或纸币，相当于"圆"：一～钱｜两一～银元｜人民币三十～。❹〈文〉孤独的样子：～然独处｜～坐一室。❺〈文〉土块：乞食于野人，野人与之～。

快 [快] kuài ❶速度高；动作行为用的时间短（跟"慢"相对）：～速｜～车｜他写作业很～。❷从速；赶快（多用在祈使句中表示催促）：～走吧｜～拿来，让我也看看｜时间不早了，～睡吧。❸灵敏；敏捷：眼疾手～｜她脑子～，理解力很强。❹锋利（跟"钝"相对）：新刀子挺～｜焉得并州～剪刀，剪取吴松半江水。❺直爽；爽～｜～人～语｜心直口～。❻高兴；舒畅：意～畅～｜亲者痛，仇者～。❼马上；即将：天亮了｜春节一到了｜他都～三十岁了。

驶 kuài 见 jué "驶"（344 页）。

侩 (儈) kuài 旧时专为别人拉拢买卖从中取利的人：市～｜牙～。

郐 (鄶) kuài ❶周代诸侯国名。故地在今河南新密。❷姓。

邮 kuài ❶古乡名。也作"蒯(kuǎi)"。在今河南。❷姓。

唛 (噲) kuài ❶〈文〉鸟兽的嘴。❷〈文〉吞咽；咽下去。❸〈文〉通"快(kuài)"。高兴；舒畅：当此之时，～然得卧，则亲戚兄弟欢然而喜。

狯 (獪) kuài 〈文〉狡猾：黠(xiá)～｜性狡～好进，善事权贵（好进：喜欢往上爬）。

浍 (澮) ⊖ kuài 〈文〉田间的水沟：七八月之间雨集，沟～皆盈。
⊜ huì ❶浍河，水名。发源于河南，经安徽流至江苏。❷浍河，水名。在山西。

脍 (膾) kuài ❶〈文〉切得很细的鱼或肉：～炙人口｜食不厌精，～不厌细。❷〈文〉细细地切（鱼、肉）：今由组(zǔ)上肉，任人～截耳（由：通"犹"，如同）。

筷 kuài 筷子，用来夹饭菜等的细长棍儿，用竹木等制成：竹～｜牙～（象牙筷子）。

鲙 (鱠) kuài ❶鲙鱼，即鳓(lè)鱼。❷〈文〉通"脍(kuài)"。切得很细的鱼或肉；细切鱼肉：治鱼为～。

簻 kuài 〈文〉竹名。即箳(mèi)竹。

嶆 kuài 【嶆峹(duì)】〈文〉沟壑宽而相连的样子。也作"浍峹"。

廥 kuài ❶〈文〉贮存草料的房屋：十二年，邯郸～烧。❷〈文〉仓，多指粮仓：虚牢狱，实～仓。

愄 kuài 见 wèi "愄"（701 页）。

璯 kuài 见 huì "璯"（276 页）。

穑 [穢] kuài 〈文〉糠：无芒无～，米粒清净。

旝 kuài ❶古代用作指挥的一种军旗：～动而鼓（鼓：击鼓进军）。❷古代作战时用的一种发石击敌的器械：造云～三百具，以机发石。

髶 kuài ❶古人用来束发(fà)的骨器。❷〈文〉束发(fà)。

鬠 kuài 旧时交易场中的经纪人：市井驵～（驵：zǎng，经纪人）。用同"侩"。

kuān（ㄎㄨㄢ）

宽 (寬) [宽、宽] kuān ❶横的距离大（跟"窄"相对）：～广｜～阔｜河面很～。❷横的距离：长 5 米，～3 米｜两米多～。❸度量大；不严厉：～恕｜从～处理｜鄙贱之人不知将军之至此也。❹松弛；舒缓：～松｜～缓。❺放宽，使松缓：～心｜～限｜减戍漕，～徭役。❻富裕：～绰｜这些年手头～多了。❼姓。

臗 kuān ❶〈文〉同"髋"。臀部。❷〈文〉同"髋"。股骨。

髋 (髖) kuān 髋骨，人和哺乳动物骨盆的组成部分，由髂骨、耻骨和坐骨合成。通称"胯骨"。

kuǎn（ㄎㄨㄢˇ）

欯 [款] kuǎn 〈文〉归附：就～。通作"款"。

梡 kuǎn 见 hún "梡"（278 页）。

款 [*欵] kuǎn ❶钱；经费：～项｜现～｜筹～。❷法令、规章、条约等条文里分的项目：条～｜第一条第二～。❸格式；样式：～式｜新～。❹〈文〉至；到：北单于闻汉军出，遣使～居延塞。❺〈文〉钟鼎上铸刻的文字：～识(zhì)。❻书画上的题名：上～｜下～｜落～。❼诚恳：待｜～留｜诚～。❽〈文〉殷勤招待：～客｜设宴相～。❾〈文〉敲，叩：～门｜～关请见。❿〈文〉缓慢：～步｜点水蜻蜓～～飞。⓫〈文〉臣服；归附：权外讬事魏，而诚心不～(权：三国时吴主孙权)。

欵 kuǎn 〈文〉同"款"。诚恳：思念叙～曲。

薂 kuǎn 【薂冬】菊科。多年生草本植物。花蕾可入药。

窾 kuǎn ❶〈文〉空隙；孔穴：大～｜有蛟龙伏其～。❷〈文〉空虚，不实：言不听～。❸〈文〉挖空；掏空：～其下以通车马。

鐜 kuǎn 【鐜缝(fèng)】〈文〉文书纸缝上所作的标记。

kuāng （ㄎㄨㄤ）

匡 [匩] kuāng ❶古代盛饭器具：女承～。后作"筐"。❷〈文〉纠正：～正｜～谬｜善则赏之，过则～之。❸〈文〉帮助；救助：～救｜～振｜～困补乏。❹估算；粗略计算：～算｜～计。❺姓。

迋 kuāng 见 wàng "迋"(693页)。

郔 kuāng 古乡名。在今山西闻喜。

勷 kuāng 【勷勷(ráng)】〈文〉形容急迫不安的样子：新师不牢，～将遄(遄：bū，逃亡)。

佧 kuāng 见 wāng "佧"(692页)。

诳 (誆) kuāng 欺骗：～骗｜～人｜你不要再拿假话～我了。

崀 kuāng 〈文〉草名。

哐 kuāng 模拟物体撞击、震动的声音：铁门～的一声关上了。

狂 kuāng 见 guàng "狂"(225页)。

洭 kuāng 洭水，古水名。在广东。

恇 kuāng ❶〈文〉害怕；惊恐：～惧。❷〈文〉虚弱。❸料到。用于古白话：不～就打杀了。

敁 kuāng 〈文〉园圃的四周。

硄 kuāng 〈文〉模拟海浪冲击礁石的声音。

蛶 kuāng 〈文〉海中大虾。

筐 kuāng 用竹篾、柳条等编的盛东西的器具：编～｜箩～｜采采卷耳，不盈顷～(盈：充满。顷筐：斜口的筐)。

軭 kuāng 〈文〉车轮扭曲：轮虽敝不～。

距 kuāng 【距躟(ráng)】〈文〉急速行走的样子。

闛 kuāng 我国古代天文学仪器上的框形部件。

骹 kuāng 【骹臃(láng)】1.〈文〉股骨。2.〈文〉股肉。

驦 kuāng 〈文〉通"诳(kuāng)"。欺骗：～骗世人。

kuáng （ㄎㄨㄤ）

狂 kuáng ❶精神失常；疯癫：～人｜癫～｜子胥之关，乃披发佯～(子胥：人名)。❷声势大；急剧：～奔｜风大作｜障百川而东之，回～澜于既倒。❸极度自高自大：～妄｜口出～言｜你别～，有人管得了你。❹纵情地；无拘束地：～笑｜～欢｜～饮。❺〈文〉狗发疯：～犬｜犬多～死。

忹 kuáng 〈文〉同"狂"。疯狗。

诳 (誑)[誆] kuáng ❶谎话：～语。❷〈文〉欺骗；瞒哄：～惑百姓｜设诈～燕军。

狅 kuáng 〈文〉同"狂"。疯狗。

悇 kuáng 〈文〉同"狂"。疯狗。也指狗发疯。

軖[軠] kuáng ❶〈文〉缫丝车。❷〈文〉独轮的手推车。

鵟□(鵟) kuáng 鸟名。种类很多，外形像鹰而略大，食鼠类，是益鸟。

kuǎng (ㄎㄨㄤˇ)

夼□ kuǎng 〈方〉两山之间的大沟。多用于地名：大～(在山东莱阳)｜刘家～(在山东烟台牟平区)。

懬 kuǎng ❶【懬悢(lǎng)】〈文〉惆怅失意的样子：心～。❷〈文〉强悍：顽～。

爌 kuǎng 见 kuàng "爌"(369 页)。

kuàng (ㄎㄨㄤˋ)

丱 kuàng 见 guàn "丱"(222 页)。

邝□(鄺) kuàng 姓。

卝 kuàng 见 guàn "卝"(222 页)。

圹□(壙) kuàng ❶〈文〉墓穴：～穴｜打～。❷〈文〉原野：民之归仁也，犹水之就下，兽之走～也。❸〈文〉通"旷(kuàng)"。荒废：不失天时，毋～地利。

纩□(纊) kuàng 〈文〉丝绵：时天向寒，衾无～絮。

旷□(曠) kuàng ❶空阔：～野｜地～人稀｜土地平～。❷心境开阔：～达｜心～神怡。❸耽误；荒废：～课｜～废｜庭室芜～。❹经历长时间：～日持久｜皆～年历载，乃能克敌。❺〈文〉遥远：故乡一何～。❻〈文〉空缺：～安宅而弗居。❼姓。

况□[*况] kuàng ❶情形：近～｜盛～｜实～。❷比；比方：比～｜自～(自比)｜以古～今。❸〈文〉连词。表示递进，相当于"况且"：困兽犹斗，～国相乎？｜圣人尚难测，～常人乎？❹姓。

矿□(礦)[*鑛、丱] kuàng (旧读 gǒng) ❶地层中能开采利用的物质集合体：～产｜～床｜探～。❷矿石，含有有用矿物并有开采价值的岩石：～砂｜选～｜黄铁～。❸开采矿物的场所：露天～｜在～上工作好几年了。

贶□(貺) kuàng 〈文〉赠送；赐予：～赐｜厚～｜嘉～。

皇□ kuàng 见 huáng "皇"(269 页)。

貺 kuàng 〈文〉同"贶"。赐予；赠送。

框□ kuàng ❶嵌在墙上用来安装门窗的架子：门～｜窗～。❷镶在器物外围起支撑或保护作用的东西：镜～｜画～｜眼镜～。❸加在文字、图画周围的线条：表格的外～线要粗一点｜加了～的标题醒目多了。❹在文字、图画周围加上线条：把标题～起来。❺约束；限制：～得太死｜被旧观念～住了手脚。

眶□ kuàng 眼的四周；眼圈：眼～｜泪水夺～而出｜涣余涕之盈～(涣：泪水多)。

蚆 kuàng 【黄蚆】〈文〉虫名。

絖 kuàng 〈文〉同"纩"。丝绵：洴～(洴：pì，漂洗)。

眖 kuàng 〈文〉同"贶"。赐；赠。

爌 kuàng 【爌朗】〈文〉光明的样子。

壙 kuàng 〈文〉同"旷"。空阔：～～(明朗开阔)。

懭 kuàng ❶〈文〉宽；阔。❷〈文〉空虚：久～。

爌 ㊀ kuàng 【爌炾(huǎng)】〈文〉宽敞明亮的样子。

㊁ huǎng ❶〈文〉照明；照亮。❷〈文〉摇动；摆动：荡～。用同"晃(huàng)"。

㊂ kuǎng 〈文〉火光；灯火。

矌 kuàng 无眼珠；瞎。用于古白话：打这厮鼻凹眼～。

穬 kuàng ❶〈文〉稻、麦等有芒的谷物。❷〈文〉穬麦，裸大麦。

糷 kuàng 〈文〉同"穬"。稻、麦等有芒的谷物。

躈 kuàng 行动缓慢。用于古白话：脚～行迟。

K

䆀
䆁

䆀 kuàng ❶〈文〉同"䆀"。䆀麦,大麦的一种。❷〈文〉麦麸:糠~。
䆁 kuàng 〈文〉䆀麦,大麦的一种。

kuī (ㄎㄨㄟ)

亏(虧) kuī ❶损失;减损:~损|...本|做生意~了。❷短少;欠缺:血~|理~|功一篑。❸辜负;使受损失:~心|别~了人家|子自爱,不爱父,故~父而自利。❹幸而有;幸亏:~你还记着,我早就忘了|多~他,不然真干不完这点活儿。❺亏得(反说,表示责备、讥讽):这种话~你说得出口|什么馊主意?~他想得出来!❻损失;损害:扭~为盈|吃哑巴~。

芀 kuī　见 wěi "芀"(697页)。

刲 kuī ❶〈文〉刺;宰杀:~羊。❷〈文〉割取:~魏之东野。

岿(巋) kuī 〈文〉高峻屹立的样子:~巍|~然不动。

悝 ㊀ kuī ❶〈文〉嘲笑;诙谐。❷用于人名。孔悝,春秋时人;李悝,战国时人。
㊁ lǐ 〈文〉忧伤。

盔 kuī 保护头部的帽子,多用金属制成:~甲|钢~|~头。

揆 kuī 〈文〉同"刲"。割取。

睽 kuī 〈文〉通"窥(kuī)"。从小孔、缝隙或隐蔽处看:不~于墉。

窥(窺)[㊁△*闚、闚] ㊀ kuī ❶从小孔、缝隙或隐蔽处看:~探|管中~豹|(虎)蔽林间~之。❷观察:~镜|~察|~测|~敌观变。❸〈文〉伺机图谋:秦孝公据崤函之固,拥雍州之地,君臣固守,以~周室。
㊁ kuī 〈文〉通"跬(kuǐ)"。半步(指一举足);引申为到:足不~园。
"闚"另见 kuī(370页)。

聧 kuī 〈文〉极聋。

骷 kuī 〈文〉牲畜头部的骨骼。

厹 kuī 〈文〉盾牌上手握的地方。

阄(闚) kuī ❶古国名。❷姓。
另见 kuī "窥"(370页)。

鐀 kuī 〈文〉同"盔"。作战时用来保护头部的金属帽子:顶上金~红缨飘。

辟 kuī 〈文〉皮革收缩减损。

骫 kuī 〈文〉骭声。

虁 ㊀ kuī 〈文〉草名。即红草,一年生草本植物。植株高大,籽实与全草可以入药。
㊁ guī 〈文〉葵菜。
㊂ huì 用于人名。

夔 kuī 〈文〉注目凝视。

kuí (ㄎㄨㄟˊ)

厹 kuí 同"魁"。太平天国所造字。

夨 kuí 〈文〉弓箭或刀子手持的部位。

奎 kuí ❶星宿名。二十八宿之一,属西方白虎。❷〈文〉胯:腰的两侧和大腿之间的部分。❸姓。

逵 kuí ❶〈文〉四通八达的道路:通~。❷用于人名。李逵,小说《水浒传》里的人物。

傒 kuí 〈文〉左右两眼对视,俗称为"对眼"。

頯 kuí ❶〈文〉颧骨。❷〈文〉指脸部:喜怒见于~(见:xiàn,显露)。

馗 kuí ❶〈文〉同"逵"。四通八达的道路:士女满庄~(庄馗:四通八达的道路)。❷用于人名。钟馗,传说中能驱鬼的神。

隗 kuí 见 wěi "隗"(698页)。

郲 kuí 古地名。在今山西临汾。也作"葵"。

畫 kuí ❶〈文〉蝎子一类的毒虫。❷〈文〉同"奎"。星名,二十八宿之一。

K

揆 kuí ❶〈文〉度量;测度:~量|~测|~情度(duó)理|临渊~水。❷〈文〉道理;准则:先圣后圣,其~一也。❸〈文〉掌管;管理:总~百事。❹〈文〉宰相一类的职位:首~|阁~(内阁的首席长官)。❺〈文〉事务:纳于百~,百~时序(放在各种事务之中,各种事务俱有条理而妥帖)。

葵 kuí ❶指某些开大花的草本植物:锦~|蜀~|向日~。❷冬葵,我国古代重要的蔬菜:七月亨~及菽(亨:pēng,煮。菽:豆叶)。❸姓。

馗 kuí 〈文〉同"逵"。四通八达的道路。

喹 kuí【喹啉(lín)】有机化合物。分子式 C_9H_7N,无色液体,有特殊臭味。用来制药,也可制染料。[英 quinoline]

魁 kuí 〈文〉同"魁"。星名。

愧 kuí 〈文〉惊恐;害怕。

骙(駸) kuí【骙骙】〈文〉马健壮的样子:驾彼四牡,四牡~~。

樛 kuí ❶〈文〉树木名。❷〈文〉同"揆"。度量;测度:~四海。

暌 kuí 〈文〉隔开;分离:~离|~隔|~别。

魁 kuí ❶首领;居首位的人或事物:~首|夺~|罪~祸首。❷(身材)高大:~伟|闻张良之智勇,以为其貌~梧奇伟。❸勺子,舀羹、汤的食具:羹~。❹北斗七星第一星至第四星的总称:~星。❺姓。

縢 kuí【縢(quán)縢】〈文〉丑陋的样子。

戣 kuí 古代戟一类的兵器:执~。

睽 kuí ❶〈文〉违背;分离;不合:~异|~违愈十年。❷【睽睽】睁大眼睛注视的样子:众目~~。

蹞 kuí ❶〈文〉小腿肉。❷〈文〉跌倒。❸〈文〉跳跃。

蛫 kuí【蛫蛇】毒蛇的一种。背部灰褐色,腹部黑色,身体两侧有不规则的斑点。生活在森林或草地里。

頯 kuí ❶〈文〉颧骨。❷〈文〉质朴的样子:晦伯~然长者。❸〈文〉中央广两头尖。

壝 kuí 〈文〉同"逵"。四通八达的道路。

蘬 kuí【蘬姑】即王瓜,多年生攀援草本植物。果实球形或椭圆形。也叫土瓜。

槶 kuí ❶〈文〉羹匙。❷北斗星的第一星,或第一星至第四星的总称。

鶏[鵗] kuí【鶏鳩】〈文〉鸟名。小鸠。

夔[夒、夒、夒] kuí ❶传说中的怪兽,像龙,有一足。❷夔州,古地名。在今重庆奉节一带。❸姓。

嶵 kuí 见 náo"嶵"(479页)。

㸖 ⊖ kuí〈文〉即㸖牛,我国古代西南地区的一种高大野牛。
⊜ ráo〈文〉牛温顺驯良。

蹞 kuí【蹞跜(ní)】〈文〉兽类盘屈活动的样子。

夒 kuí 传说中的精怪的名字。

kuǐ (ㄎㄨㄟˇ)

頍(頍) kuǐ ❶〈文〉抬头。❷〈文〉束发(fà)固冠的发饰。

峞 kuǐ【峞(lěi)峞】〈文〉高峻的样子。

傀 ⊖ kuǐ【傀儡(lěi)】1. 木偶戏里的木头人。2. 比喻受人操纵而不能自主的人或组织:~总统|~政府。
⊜ guī ❶〈文〉怪异:~奇|~异。❷〈文〉高大:有少年游寺中,白服裙帽,望之~然。

跬[蹞、頍] kuǐ 〈文〉一只脚迈出去的距离:不积~步,无以至千里。

煃 kuǐ ❶〈文〉火燃烧的样子。❷用于人名。

窥 kuǐ 见 kuī"窥"(370页)。

硊 kuǐ 见 wěi"硊"(698页)。

蹞 kuǐ【蹞踽(jǔ)】〈文〉迈步行进:~盘桓。

K

頍 kuǐ【頍弁】〈文〉冠冕。

頠 kuǐ ❶〈文〉头不正。❷〈文〉大头。

kuì （ㄎㄨㄟˋ）

归 kuì 见 guī "归"(225页)。

尯 kuì 〈文〉倦。

叞 kuì 〈文〉同"喟"。叹息:～然叹曰。

殨 kuì 〈文〉病。

匮（匱） ⊖ kuì 〈文〉缺乏:～乏|～竭|民生在勤,勤则不～。
⊜ guì 〈文〉存放物品的家具:负～揭箧。后作"柜"。

蒉（蕢） kuì 〈文〉草编的筐子:有荷～而过孔氏之门者。

喟 kuì 〈文〉叹息:～叹|感～|～然长叹。

馈（饋）[△*餽] kuì ❶送东西给人吃,泛指赠送:～赠|～送|～以重金。❷传送;输送:反～|千里～粮。❸〈文〉吃饭:一～而十起(吃一次饭要起来十次,形容公务繁忙)。❹〈文〉通"匮(kuì)"。缺乏:四谷不收谓之～。
"餽"另见 kuì(372页)。

溃（潰） ⊖ kuì ❶大水冲破堤防:～决|～堤。❷〈文〉突破(包围):～破|与数十骑～围而出(坚:人名)。❸败逃;逃散:～败|崩～|～不成军。❹腐烂,特指肌肉组织腐烂:～烂|～疡(yáng)|杭有卖果者,善藏柑,涉寒暑不～。
⊜ huì〈文〉(疮)溃(kuì)烂:～脓。

愦（憒） kuì 〈文〉昏乱:～乱|昏～|天下～～亦非独我曹罪也(我曹:我辈;我等)。

愧[△*媿] kuì 羞惭:惭～|羞～|仰不～于天,俯不怍(zuò)于人。
"媿"另见 chǒu(90页)。

襘 kuì 〈文〉衣襟的开口。

聩（聵） kuì ❶〈文〉天生耳聋;耳聋:振聋发～|～聋不可使听。❷〈文〉糊涂;不明事理:近贤则聪,近愚则～。

瞆 ⊖ kuì 〈文〉耻辱:报惠王之～(报:洗雪。惠王:指战国时燕惠王)。
⊜ ěr 〈文〉通"饵(ěr)"。引诱;利诱:～敌。

嘳 kuì ❶〈文〉同"喟"。叹息:～然而叹。❷〈文〉哀怜。

蒉（蕢） kuì 〈文〉盛土的筐子:功亏一～(比喻做一件大事情只差最后一点而没有成功。含惋惜意)。

槶 ⊖ kuì 〈文〉树木名。也叫"灵寿木"。可以做手杖。
⊜ guì 〈文〉同"柜(櫃)"。柜子:～食。

殨 kuì 〈文〉溃烂。后作"溃"。

瞆 kuì 〈文〉同"馈"。赠送:得厚～(厚:丰厚,价值大)。

瞶 kuì 见 guì "瞶"(229页)。

餽 kuì ❶〈文〉祭祀鬼神。❷姓。
另见 kuì "馈"(372页)。

禬 kuì ❶〈方〉用绳子、带子拴成的结:死～儿|打个活～儿。❷〈方〉拴;系(jì):把牲口～上。

夔 kuì 〈文〉多估。

醧 kuì 〈文〉无味:淡而不～。

讟 kuì 见 huì "讟"(277页)。

髋 kuì 〈文〉膝盖骨。

鬉 kuì 〈文〉盘发为髻。

━━━ kūn（ㄎㄨㄣ）━━━

坤[△*堃] kūn ❶八卦之一,卦形是☷,代表地。❷代表女性:～车|～表|～驾|～六四母马驾车(用六四母马驾车)。
"堃"另见 kūn(373页)。

昆 [⁴＊崑、⁴＊崐] kūn ❶〈文〉哥哥：～仲（对别人的哥哥和弟弟的称呼）｜～季（幼为季）｜～弟（兄弟）。❷〈文〉子孙；后嗣：后～｜虞、魏之～，顾、陆之裔。❸〈文〉多；众：～虫。❹【昆仑】山名。西起帕米尔高原，横贯新疆、西藏交界处，东延至青海。❺姓。

凯 kūn【凯屯】〈文〉同"髡屯"。牛丑陋：～犁牛。

菎 kūn ❶〈文〉草名。❷〈文〉同"琨"。美玉。

夷 kūn 〈文〉同"坤"。八卦之一。

晜 kūn 〈文〉同"昆"。兄；哥哥：～弟。

猑 kūn【猑蹄】〈文〉良马名。蹄平正，善登高。

堃 □ kūn 用于人名。项堃，电影演员；常宝堃，相声演员。
另见 kūn "坤"（372 页）。

混 □ kūn 见 hùn "混"（279 页）。

焜 kūn（又读 gǔn）❶〈文〉乱。❷〈文〉昏迷。

裈 □（裩）[幝、裉] kūn 古代指有裆的裤子：何异夫虱之处～中乎？

媈 □ kūn 见 hùn "媈"（279 页）。

琨 [瑻] kūn 〈文〉美玉。

蚎 kūn 〈文〉昆虫类的总称：鸟兽～虫。

焜 □ kūn 〈文〉明亮：～耀。

髡 [髠] kūn ❶〈文〉剃去毛发：馥乃～髭发（馥：人名）。❷古代刑罚，剃去男子头发：接舆～首（接舆：人名）。❸〈文〉斩断：钟山树尽～。

狠 □ kūn 见 kěn "狠"（361 页）。

鹍 □（鶤）kūn ❶〈文〉鹍鸡。形状像鹤的大鸟：对庭～之双舞。❷〈文〉大鱼。用同"鲲"。

锟 kūn【锟铻(wú)】古书上说的山名。所产的铁可以铸成锋利的宝剑。也借指宝剑。

鲲 kūn 〈文〉同"蚎"。昆虫类的总称：～虫。

醌 □ kūn 有机化合物的一类。是芳香族母核的两个氢原子各由一个氧原子所代替而成的化合物，最常见的是苯醌。醌类结构是染料的母体，主要用于染料工业。[英 quinone]

雔 kūn 〈文〉同"鹍"。鹍鸡，古书上指一种形状像鹤的大鸟。

鲲 □（鯤）kūn 古代传说中的大鱼：～鹏｜北冥有鱼，其名为～（北冥：北海）。

翸 kūn 〈文〉哥哥。通作"昆"。

顆 kūn 〈文〉没有头发。

騉 kūn【騉骎(tú)】传说中的马，马身而牛蹄，善登山。

薫 kūn 〈文〉同"菎"。香草。

鶤 kūn【鶤鸡】1.〈文〉同"鹍鸡"。形状像鹤的大鸟：～飞八百里。2.〈文〉凤凰的别称。3.〈文〉一种大鸡。高三四尺。

鱢 [歠] kūn【鱢干】〈文〉不可知晓。

kǔn （ㄎㄨㄣˇ）

捆 □ [＊綑] kǔn ❶用绳子等把人或东西缠紧打结；绑：～绑｜～扎｜～行李。❷捆起来的东西：麦～｜行李～儿｜把书捆成～儿。❸量词。用于成捆的东西（可前加"大、小"）：一～稻草｜一大～电线｜一小～柴火。❹〈文〉编织时敲打编织起来的东西使之牢固：其徒数十人，皆衣褐，屡织席以为食（屡：jù，鞋）。

阃 □（閫）kǔn ❶〈文〉门槛：送迎不越～。❷〈文〉妇女居住的内室：～闱｜闺～｜内无出～之言，外无私溺之授（私溺：偏爱）。❸〈文〉借指妇女，特指妻子：～范（妇女的品德规范）｜令～（敬辞，称别人的妻子）。

K

悃□ kǔn 〈文〉至诚;诚心:~诚|~忱|~款款(忠诚的样子)|聊表谢~。

埨 kǔn 〈文〉捆。

壼（壼）□ kǔn ❶古代宫中的通道:宫~。❷〈文〉妇女住的内室:~阁。❸〈文〉广:~也者,广裕民人之谓也。

梱 ㊀kǔn ❶〈文〉门限;门槛。❷〈文〉叩;敲击。❸〈文〉至。
㊁kùn 〈文〉使齐平;弄齐。
㊂hún 〈文〉同"棞"。未劈开的大木头。

硱 kǔn 【硱磳(zēng)】〈文〉山石高耸的样子。

稇[稇] kǔn 〈文〉用绳捆扎:借书常~载。后作"捆"。

綑 kǔn 〈文〉同"稇"。用绳捆扎:~载(zài)。

踍 kǔn 〈文〉手脚因受寒冻而皲裂。

麕 kǔn 见 jūn "麕"(349页)。

kùn （ㄎㄨㄣˋ）

困□（⑤睏） kùn ❶陷入艰难痛苦中而无法摆脱:~在途中|为病所~|内外交~。❷使处于艰难痛苦而无法摆脱的境地:围~|敌人被~在孤城里。❸艰难;穷苦:~难|~苦|岁饥民~。❹疲乏:~乏|~顿|牛~人饥已日高。❺疲乏想睡觉:~倦|我~了|早晨两三点钟是最~的时候。

朱 kùn 〈文〉同"困"。陷在艰难痛苦里面。

梱 kùn 见 kǔn "梱"(374页)。

kuò （ㄎㄨㄛˋ）

扩□（擴） kuò 使范围、规模等增大;放大:~张|~充|凡有四端于我者,知皆~而充之矣(四端:指仁义礼智四种德行的萌芽)。

挄 ㊀kuò 同"扩"。扩充;张大。用于古白话:开~。
㊁guāng 哄骗。用于古白话:~嘴吃。

括[*挀] ㊀kuò ❶〈文〉扎;束:内狼于囊,遂~囊口,肩举驴上(内:通"纳"。收进)。❷包容;包含:包~|总~|囊~。❸给文字加上括号:把词语的出处~在释义后面。❹〈文〉到来;会合:日之夕矣,羊牛下~。

适□ kuò 见 shì "适"(617页)。

栝□ kuò 见 guā "栝"(219页)。

适 kuò 〈文〉迅疾。多用于人名。通作"适"。

栝 kuò ❶〈文〉矫正竹木弯曲的工具。通作"栝"。❷〈文〉箭末扣弦的地方。通作"栝"。

孤 kuò 【孤瓟(lóu)】即王瓜。多年生攀援草本植物。也叫"土瓜"。

菝 kuò 【菝(bá)菝】即薄荷。多年生芳香草本植物。茎、叶可入药。

薢 ㊀kuò 〈文〉植物名。即麋舌草。
㊁huó 【独薢】〈文〉伞形科药草名。指多年生草本植物毛当归的根。今作"独活"。

蛞□ ㊀kuò ❶【蛞蝓(yú)】软体动物。外形像蜗牛,没有壳,表面有黏液,爬行后留下银白色的条痕。生活在阴暗潮湿处。对瓜果、蔬菜等农作物有害。❷【蛞蝼】古书上指蝼蛄。

筶 kuò 〈文〉箭尾搭在弓弦上的部分:箭~。

阔□（闊）[*濶、阔] kuò ❶宽;宽广:辽~|海天空|星垂平野~,月涌大江流。❷距离大;时间长:~步|~别。❸不切实际:迂~|高谈~论。❹富裕;奢侈:~气|~绰|他这几年~起来了。

酷 kuò 〈文〉丰厚。

廓□ kuò ❶空旷:~落|寥~|闶~深远|~然有大志。❷〈文〉开拓;扩大:~张|狭隘褊小,则~之以广大。❸〈文〉清除:~清|~平。❹物体的外缘:耳~|轮~。

漷□ kuò 见 huǒ "漷"(281页)。

頢[頢] kuò 〈文〉短脸型。

髺 ㊀ kuò 〈文〉束发：～发。
㊁ yuè 〈文〉器物受损折足，形体歪斜。

硔 kuò 【礲(lǒu)硔】〈文〉石名。

髺 kuò 〈文〉同"髺"。束发。

鞟 kuò ❶〈文〉去了毛的兽皮：虎豹之～，犹犬羊之～(犹：如同)。❷〈文〉靴子：左手引～，未及陷足，忽有巨鼠过庭。

闊 kuò 【希闊】〈文〉长久。也作"希阔"。

鞹 kuò 〈文〉同"鞟"。去了毛的兽皮。

劀[劀] kuò 〈文〉分解；割裂：面血淋漓，一目已～。

霩 kuò ❶〈文〉雨止云散的样子。❷〈文〉同"廓"。空旷。

愝 kuò 〈文〉拒绝善言；自以为是。

韢 kuò 见 é "韢"(160 页)。

鞟[鞟] kuò 〈文〉同"鞟"。去了毛的兽皮。

鞹 kuò 〈文〉同"鞟"。去了毛的兽皮。

齕[齕] kuò 〈文〉咀嚼声。

瀃 kuò 古水名。现名南沙河。在今山东。通作"溵"。

鬠 kuò 〈文〉束发(fà)：～笄(jī)用桑(束发的簪子用桑木制成)。

L

l

lā（ㄌㄚ）

应 lā 〈文〉石头崩裂的声音。

垃 lā ❶【垃圾(jī)】1.脏土或被扔掉的破烂东西:～箱|清除～。2.比喻失去价值或有害的事物或人:～食品|～信息|社会～。❷【坷(kē)垃】〈方〉土块。

拉 ㊀ lā ❶牵引:～锯|～车|～起孩子就走。❷用车运:～货|出租车把我～到码头。❸牵引乐器或发声器的某一部分,使发出声音:～胡琴|～警报|～汽笛。❹握;牵:手～手。❺拖长;使加大距离:～长声音|跟前面的车～开点儿距离。❻拖欠:～亏空|～饥荒(欠账)|～下了一屁股债。❼带领,使跟自己走;组织(队伍、团伙):～队伍上山|～帮结派。❽帮助;扶养:他有难处,该～他一把|他从小跟着奶奶,是奶奶把他～大的。❾牵累;牵扯:他出了事也得～上你。❿施展手段使人靠拢自己;招揽:～关系|～交情|～生意。⓫〈文〉摧折:摧枯～朽|范雎～胁折齿于魏(胁:肋骨)。⓬排泄(大便):～屎。

㊁ lá 用刀刃或尖而硬的东西划;割:～块玻璃|～下了一块肉|书包～了个口子。旧也作"剌"。

㊂ lǎ 【半拉】半个:～苹果。

㊃ là 【拉拉蛄(gǔ)】同"蝲蝲蛄"。蝼蛄。

拗 lā 〈文〉折断。文献多作"㧅"。

垃 lā ❶〈文〉折木。❷〈文〉栅栏。

脑 ㊀ lā 【脑臢(sà)】〈文〉肉杂;小肉块。
㊁ qì 〈文〉肉羹。

啦 ㊀ lā ❶用于"呼啦、哗啦、哇啦、哩哩啦啦、叽里呱啦"等词语。❷【啦啦队】体育比赛时在现场给运动员呐喊助威的一组人。

㊁ la "了"和"啊"的合音词,用于句尾,表示新情况的出现,兼表感叹、惊异等语气:你们都已经知道～?|事到如今,已经来不及～!

毢 lā 【毢毢(tà)】〈文〉飞的样子:徐飞～。

喇 lā 见 lǎ "喇"(377页)。

㧅 lā 折断:～干(幹)而杀之(干:肋骨)。

砬 lā 化学元素"砹(ài)"的旧称。

㧈 lā 见 dá "㧈"(113页)。

磖 ㊀ lā 折断。用于古白话:那支枪～为两段。
㊁ lá 〈方〉同"砬"。砬子,岩石。

邋 ㊀ lā ❶【邋遢(ta)】不整洁;不利落:别看她打扮得时髦,家里可～了。❷【邋里邋遢】义同"邋遢",做定语必须带"的",做谓语一般都带"的":他是个～的人|他一贯～的,不修边幅。

騧 lā 【虎騧】良马名。用于古白话。

lá（ㄌㄚ）

吉 lá 【吉(gā)吉儿】〈方〉旮儿。

旯 lá 【旮(gā)旯儿】1.〈方〉角落。2.〈方〉偏僻的地方。

旮 lá 【眍(kē)旮】〈方〉同"坷垃"。土块。

拉 lá 见 lā "拉"(376页)。

剌 lá 见 là "剌"(377页)。

砬 lá 〈方〉砬子,山上耸立的大块岩石。多用于地名:红石～子(在吉林桦甸)。

捯 lá 【捯子(zi)】〈方〉玻璃瓶。

喇 lá 见 lǎ "喇"(377 页)。

碯 lá 见 lā "碯"(376 页)。

lǎ（ㄌㄚˇ）

拉 lǎ 见 lā "拉"(376 页)。

喇 ㊀ lǎ ❶【喇叭(ba)】1. 管乐器。多为铜制，口吹的一端细，另一端粗，并向四周张开，像牵牛花冠，用以扩大音量。2. 有扩音作用的像喇叭的器物：汽车～|广播～。❷【喇嘛(ma)】藏传佛教对高级僧侣的尊称，原义为"上人"。汉族常把蒙、藏传佛教的僧侣统称喇嘛。
㊁ lā ❶【呼喇】同"呼啦"。模拟某些响声：彩旗被吹得～～响|棚子一下倒了。❷【哇喇】同"哇啦"。模拟大的说话声：～～不停地说。
㊂ lá 【哈喇子】〈方〉口水。
㊃ là 【喇喇蛄(gǔ)】蝼蛄。

藞 [藞] lǎ 【藞苴(zhǎ)】1.〈文〉不整洁；不端庄：衣衫～|行步～。2.〈文〉衰减；将尽：春色～。

là（ㄌㄚˋ）

拉 là 见 lā "拉"(376 页)。

剌 ㊀ là 〈文〉怪僻；违背常情、事理：～戾(lì)|～谬|外戚亲属无乖～之心(乖：违背)。
㊁ lá 旧同"拉"。用刀刃或尖而硬的东西划；割。

瑹 là 用于人名。字儿只斤·和世瑹，元明宗。

砢 là 〈文〉不能举足。

落 là 见 luò "落"(436 页)。

帮 là 〈文〉拂拭。

喇 là 见 lǎ "喇"(377 页)。

俐 là 〈文〉同"蝲"。蝲蟽(dá)，虫名。

腊 (㊀臘)[㊀*膱] ㊀ là ❶古代农历十二月举行的合祭众神的祭祀。❷农历十二月：～月|～八。❸冬天(多在腊月)腌制后风干或熏干的：～肉|～肠|～味。
㊁ xī ❶〈文〉干肉：～肉。❷〈文〉制成干肉：～而卖之。

瑮 là 〈文〉玉名。

榝 là 〈文〉树木名。

瞓 là 〈文〉目不正。

蜡 (㊀蠟) ㊀ là ❶从动物、植物或矿物中提炼出来的油脂，常温下为固体。具有可塑性，能燃烧，易熔化，不溶于水。有蜂蜡、白蜡、石蜡等。❷蜡烛，用蜡或其他油脂制成的供照明用的东西，多为圆柱形，中心有捻子，可以点燃：点～。
㊁ zhà 同"䄍"。古代在年终举行的祭祀：～祭|子贡观于～(子贡：人名)。也作"䄍"。

瘌 là 【瘌痢(lì)】〈方〉黄癣，生在人头皮上的皮肤病。痊愈后留下疤痕，不长(zhǎng)头发。旧也作"癞痢"。

辣 [*辢] là ❶像姜、蒜、辣椒等有刺激性味道的：～酱|酸甜苦～|姜桂之性，到老愈～。❷辣味刺激(口、鼻、眼等)：烈性酒～嗓子|得他直吐舌头。❸狠毒：毒～|心狠手～。

蝲 là ❶【蝲蛄(gǔ)】一种甲壳动物，像龙虾而小，生活在淡水中。❷【蝲蝲蛄(gǔ)】蝼蛄。也作拉拉蛄。❸【蝲蟽(dá)】1.〈文〉虫名。2.〈文〉不干净。

鯻 (鯻) là 鱼名。身体侧扁，灰白色，有黑色纵条纹，口小。生活在近海中。

攋 là 见 liè "攋"(410 页)。

蝎 là 〈文〉同"蜡"。蜡烛：～烛。

L

癞 là　见 lài "癞"（379 页）。

鬎 là【鬎鬁(lì)】〈文〉黄癣。通常写作"瘌痢"。

攋 là〈文〉毁坏。

礚 ⊖ là　一种含铜的矿石：绿锡～|白锡～。

⊜ liè【礚硍(jié)】〈文〉山势连接的样子：滩岩～不可攀。

钑（鑞）là　锡和铅的合金。多用来焊接金属，也可制造器皿。通称"焊锡"，也叫"白钑、锡钑"。

龖 là〈文〉用牙齿分开骨头的声音。

驙 là【驙驙(tǎ)】1.〈文〉马徘徊的样子。2. 即邋遢(lāta)。不整洁；不利落。

齾 là【齾鬎(lì)】即瘌痢。黄癣：秃发(fà)～。

la（˙ㄌㄚ）

啦 la　见 lā "啦"（376 页）。

瘌 la【疤瘌】即疤痢。瘢痕：(虫子)把果子吃的～流星的。

鞡 [鞢] la【靰(wù)鞡】旧同"乌拉"。我国东北地区冬天穿的一种鞋。

嚹 la〈方〉助词。表示确定或祈使语气：有人客来～。

lái（ㄌㄞ）

来（來）⊖ lái ❶从别处到说话人这里(跟"去"相对)：～访|～北京|～远千里而。❷(情况、现象等)发生：任务～了，努力干吧|旧的矛盾刚解决，新的矛盾又～了。❸从过去某一时间到现在：从～|历～|臣闻汉兴以～，胡虏数入边地(数：shuò，屡次)。❹往后的(时日)；未来的：～年|～日方长|继往不～，不闵～(闵：忧虑)。❺做某个动作(代替意义具体的动词)：～盘棋(下盘棋)|唱得好，再～一个|别跟我～虚的(弄虚的)。❻用在动词

前面，表示要做某事：我～说说|你～炒菜|大伙儿～拿个主意。❼用在动词后面，表示来的目的：到北京开会～了|他找你算账～了。❽用在动词后面，表示动作朝着说话人这里：小船飞快地驶～|从那边跑～一个人|把今天的报纸拿～。❾用在数词或数量短语后面表示约数：十～天|一米～长|百十～人。❿〈文〉招致；使…来：将何以～远方之贤士。⓫〈文〉小麦：贻我～牟(牟：大麦)。后作"麳"。⓬〈文〉句尾语气词。略相当于"咧"：尝以语我～(且说给我听听)。⓭姓。

⊜ lài〈文〉慰劳；劝勉：力～农事，以丰年谷。

俫（倈）lái ❶元代称供使唤的小厮。也指元杂剧中扮演童仆的角色。用于古白话。❷〈文〉同"来"。来到：往者不可扳授令，～者不可与期。❸助词。用在句中或句末。用于古白话：常言道好人～不长寿。

莱（萊）lái ❶〈文〉即藜，一年生草本植物，嫩叶可以吃。也叫"灰菜"：南山有台，北山有～(台：莎草)。❷丛生的杂草：蒿～。❸古代指休耕的田地或荒地：辟草～(开垦荒地)。

郲 lái ❶古国名。姜姓，故地在今山东莱子城一带。❷古地名。春秋郑地，在今河南荥阳一带。

崃 lái【邛(qióng)崃】山名。在四川中部。也叫"崃山"。

徕（徠）⊖ lái〈文〉使～来：招～(招引)|今以茅草之地，～三晋之民(三晋：指战国时韩、赵、魏三国)。

⊜ lài〈文〉慰劳：劳～(慰勉)。

涞（淶）lái　涞水，古水名。即今拒马河，在河北。

梾（棶）lái　梾木，落叶乔木。叶子对生，花淡黄色，核果椭圆形。木质坚细致，种子可以榨油。也叫"灯台树"。

庲 lái〈文〉房舍。

铼（錸）lái　金属元素。符号 Re。

琜 lái【琜璸(dú)】〈文〉玉名。

秾 lái 〈文〉小麦。

策 lái 〈文〉竹名。

踩 lái 〈方〉把稻田里的杂草踩到泥里：头道～得好，二道没有草。

狨 lái 〈文〉狸(lí)的别名。狸,哺乳动物,又叫山猫。

鳌 lái 见 xǐ "鳌"(721页)。

䮝 lái 古称七尺以上的马。

鲞 lái 见 lí "鲞"(394页)。

鵜 ⊖ lái ❶【鵜鳩】〈文〉鹰的一种。❷【鵜鶋(ǎo)】即美洲鸵。形似鸵鸟而较小。尾羽已退化,足三趾,善奔跑。
⊜ chì 【鵜(xī)鵜】〈文〉同"鵜鵜(chì)"。水鸟名。

敤 lái 〈文〉小麦：～麰尽熟(麰:móu,大麦)。

鯠 lái 〈文〉鲥鱼。

鮱 lái 【鮱鳌(tái)】1.〈文〉非常黑。2.〈文〉不懂事。

lài (ㄌㄞˋ)

厉 lài 见 lì "厉"(396页)。

来 lài 见 lái "来"(378页)。

勑 lài 〈文〉慰劳;勉励(来归附的人)：劳之～之。
另见 chì "敕"(85页)。

徕 lài 见 lái "徕"(378页)。

赉(賚)[睐] lài 〈文〉赏赐;赠送：厚～|赏～|～绢三千遣之(遣:送走)。

睐(睞) lài ❶〈文〉瞳仁不正。❷〈文〉看;向旁边看：青～(用黑眼珠看,比喻对人或事物的喜爱或重视)|明眸善～。

赖(賴)[*頼] lài ❶依仗;依靠：仰～|依～|范增欲害沛公,～张良、樊哙得免。❷留在某处不肯离开：他没看够,～着不走|这孩子～在家里不出门。❸不承认以前有过的言行：～账|抵～|人赃俱在,～是～不掉的。❹硬说别人有错误：诬～|输了球,不能～裁判|人家不欠他的钱,他硬～人家。❺责怪;埋怨：事情没办好,不能～哪一个人。❻坏：收成不～|好～不分。❼〈文〉盈利;利益：相语以利,相示以～|劝督农桑,百姓蒙～。❽姓。

觍 lài 〈文〉内视(目不转睛,不视外物)。

誄 lài 见 chī "誄"(81页)。

濑(瀬)[瀬] lài ❶〈文〉急流：江～|石～兮浅浅。❷〈文〉水势急:湍～。

懒 lài 见 lǎn "懒"(381页)。

赖 lài 同"赖"。依靠:子孙有～。

鳌 lài 见 xǐ "鳌"(721页)。

嘖 lài ❶叹词。表示惊讶：啈～! 莫敢蒸死了? (莫敢:莫非)❷模拟小动物的叫声:(老鼠)～～哇哇的叫了两声。‖用于古白话。

濑 lài 〈文〉寒冷。

癞(癩) ⊖ lài ❶中医指麻风病。❷黄癣,生在头皮上的皮肤病,痊愈后留下疤痕,不长头发。❸像长了黄癣似的皮毛脱落或表面凹凸不平:～瓜(苦瓜)|～皮狗|～蛤蟆(蟾蜍)。
⊜ là 【癞痢】旧同"瘌痢"。黄癣,生在人头皮上的皮肤病。

蘱 lài ❶〈文〉植物名。即蘱蒿。也叫"牛尾蒿"。❷〈文〉荫庇。

籁(籟) lài ❶古代一种管乐器。像箫,用竹制成,有三个孔。❷孔穴里发出的声音,泛指声音:天～(自然界的声音)|万～俱寂(一点儿声音都没有)。

㰋 lài 〈文〉倾危。

襰 lài 〈文〉坍塌;毁坏:祠之~兮眇何年(眇:miǎo,远)。

礪 lài 同"厉"。春秋时国名。故地在今河南鹿邑。

襰 lài 〈文〉堕坏;毁坏:祠之~兮眇何年,木修修兮草鲜鲜。

齂 lài 〈方〉舔:~嘴唇。

鱱 lài 〈文〉鮠(wéi)鱼的别名。

唻 lai (·ㄌㄞ)

唻 lai ❶〈方〉表示呼唤、应答或肯定的语气:卖苹果~!|好~,我马上去|不错的~。❷〈方〉表示疑问语气:你们吵吵嚷嚷的干什么~?

兰 lán (ㄌㄢ)

兰(蘭) lán ❶【兰草】多年生草本植物。全草有香气。也叫"泽兰"。❷【兰花】多年生常绿草本植物。叶子丛生,花淡绿色,气味清香,供观赏,可以制香料。常见的有建兰、墨兰、惠兰等。❸〈文〉指木兰(落叶乔木):~桨。❹〈文〉通"栏(lán)"。栅栏:又置奴婢之市,与牛马同~。❺姓。

岚(嵐) lán 〈文〉山林间的雾气:~雾|山~|晓~。

拦(攔) lán ❶阻挡,不让通过:阻~|牵衣顿足~道哭。❷正对着(某个部位):~腰抱住|~头就是一棍。

栏(欄) lán ❶栏杆,用来拦挡的东西:石~|凭~远望|雕~玉砌。❷养家畜的圈(juàn):猪~|入人厩,取人马牛。❸书刊报章上用线条或空白分开的部分,也指报刊按内容、性质划分的版面:~目|专~|广告~。❹表格中区分项目的格子:备注~|履历~|通信地址~。❺专供张贴布告、报纸等的装置:报~|布告~|宣传~。❻栏架,放置在跑道上供跨越赛跑用的体育器材:跨~|高~。

㑣 lán 呆傻的样子。用于古白话:装呆~装~。

婪(△*惏) lán 贪:贪~(贪得无厌;不知满足)。
"惏"另见 lín (411 页)。

葻 lán 〈文〉风吹草动的样子。

阑(闌) lán ❶〈文〉门前的栅栏:门~。❷〈文〉同"栏"。栏杆:井~|独自莫凭|平山~槛倚晴空。❸〈文〉通"拦"。阻挡:潮退则以木~之。❹〈文〉将尽;晚:岁~|酒~人散|夜~人静。❺〈文〉擅自(出入):~入|~出。❻【阑珊】〈文〉将尽;衰落:春意~|灯火~。

蓝(藍) lán ❶蓼(liǎo)蓝,一年生草本植物。叶子含蓝色汁液,可以做蓝色染料:青出于~。❷颜色像晴天天空的:蔚~|湛~|~晶晶。❸佛寺,梵语伽蓝的简称:郡之左有天皇寺,乃名~也(名:著名的)。❹姓。

暕 lán 见 jiǎn "暕"(304 页)。

礛(礛) lán 用于地名:干~(在浙江)。

嘍 lán ❶痴呆:初出帐小哥~。❷胡乱喊叫:打你个蠢流民尽(jǐn)着(尽着:只管吵闹)。‖用于古白话。

谰(讕) lán ❶〈文〉诬赖:~言|诘其名实,观其离合,则是非之情不可以相~矣。❷〈文〉抵赖:抵~。

廅 lán 见 qiān "廅"(541 页)。

澜(瀾) lán 大波浪:波~|力挽狂~|观水有术,必观其~。

褴(襤) lán 【褴褛(lǚ)】衣服破烂:~不堪|衣衫~。也作"蓝缕"。

篮(籃) lán ❶篮子,用竹篾、柳条、藤条等编成的盛东西的器具,有提梁:花~|菜~|晚日提竹~,家童买春蔬。❷固定在篮板上供投球用的筐状物,由铁圈和球网组成,球网下面是敞口:~筐|投~|~球。❸篮球运动:~坛|女~。❹〈文〉竹制的轿子:乘~城外去,系马花前歇。

斓(斕) lán 【斑(bān)斓】灿烂多彩;色彩驳杂:~猛虎|色彩~。

幱 lán 〈文〉无边饰的短衣。

镧（鑭）lán　金属元素。符号La。

燣　lán　〈文〉热:其气不～。

襕（襴）lán　古代一种上衣和下裳（cháng）相连的服装,类似后来的长袍。

嬂　lán　见làn"嬂"(382页)。

毿　lán(又读rán)❶〈文〉破烂:～毯敝衣。❷【毿毵(sān)】〈文〉毛发、枝条等披拂下垂的样子:肤靫鬓～。

襜　lán【襜(dān)襜】我国古代北方少数民族名。

嚂　lán【嚂哗(láo)】〈文〉言语烦絮不可解。

幱　lán❶〈文〉同"襕"。古代一种上衣和下裳相连的服装。❷〈文〉通"阑(lán)"。栅栏;栏杆。

繿　lán❶【繿缕】〈文〉同"褴褛(lǚ)"。衣服破烂:敝衣～可怜(敝:破旧)。❷【繿縿(shān)】〈文〉散落;下垂:帘幕～不挂钩。

籣　lán　古代背在身上盛弩和箭的器具:抱弩负～。

灛　lán❶〈文〉淘米水。❷〈文〉同"澜"。大波浪。

鑻　lán　〈文〉毛发长或毛发多。

躝[躝]lán❶〈文〉越过:斜谷东～,威震河华之北。❷〈文〉践踏:穷途多藉～。

鹓　lán【鹓鹠(lǔ)】〈文〉鸟名。即鹁鸪(gǔzhōu)。一种小鸠。

闗　lán　〈文〉无凭证擅自出入宫廷门户。通作"阑"。

韊　lán❶〈文〉用皮革制成的箭筒。❷〈文〉包容。

lǎn （ㄌㄢˇ）

览（覽）lǎn❶观看:～胜|阅～|一～无余。❷〈文〉通"揽"。采摘;采纳:欲上青天～明月|大王～其说而不察其至实。

罱　lǎn❶〈文〉同"罱"。捕鱼、捞河泥等的工具。❷〈文〉同"罱"。用罱捞。

揽（攬）[擥]lǎn❶用胳膊围住;搂:～着她的腰|一把将孩子～在怀里。❷用绳子等把松散的东西捆起来:车上的柴火还得再～紧点儿。❸把人才、事情、责任等拉到自己方面或自己身上来:～买卖|推功～过|～天下英雄而驭之。❹握;把持:～持|登车～辔|大权独～。❺〈文〉采摘;摘取:夕～洲之宿莽(宿莽:一种香草)。❻〈文〉通"览(lǎn)"。看;观赏:后之～者,亦将有感于斯文。

缆（纜）lǎn❶系(xì)船用的绳索:～绳|解～|结～排鱼网(结:系)。❷多股拧成的像缆的东西:钢～|电～|光～。❸用绳索系船:～舟|木桩上～着一只小船。

榄（欖）lǎn【橄(gǎn)榄】木。花白色,果实绿色,长椭圆形,可吃,也可入药。2.这种植物的果实。有的地区叫"青果"。

罱　lǎn❶〈方〉捕鱼、捞河泥、捞水草的工具。在两根平行的竹竿中间张一个网,再装两根交叉的长竹柄。双手操作,用来捞取。❷〈方〉用罱捞:～河泥。

漤　lǎn❶用盐、糖等调味品腌或拌(生的蔬菜、鱼、肉等)。❷用热水或石灰水浸泡柿子以去掉柿子的涩味:～柿子。

酟　lǎn〈文〉同"漤"。用热水或石灰水浸泡柿子以去掉柿子的涩味:～柿。

箃　lǎn　捞水草、河泥的工具;用罱捞取:竹～|～泥乃第一要紧事。用同"罱"。

壈[壈、壙]lǎn【坎壈】1.〈文〉不平。2.〈文〉困顿,不得志:但看古来盛名下,终日～缠其身。

懒（懶）[*嬾、孄]㊀lǎn❶不爱劳动和工作;不勤快(跟"勤"相对):～惰|～汉|好吃～做。❷疲倦;没力气:～洋洋|伸～腰|我这两天身子发～。
　　㊁lài〈文〉嫌恶;嫌～。

懢　lǎn　见lǐn"懢"(412页)。

嵐　lǎn❶嵐山,山名。在山东。❷〈方〉石壁陡峭的山。

擥[擥、攬]　lǎn　❶〈文〉同"揽"。握;把持:～名责实。❷〈文〉同"揽"。采摘;摘取:～青桂兮为楫(楫:jí,船桨)。

轥　lǎn　【帕(kǎn)轥】1.〈文〉车行不平。2.〈文〉不得志:心～而鲜(xiǎn)欢。

憖　lǎn　同"懒"。疲倦。用于古白话:十分惫～。

懒　lǎn　〈文〉同"懒"。不勤快:愉～(愉tōu,通"偷")。

斓　lǎn　〈文〉同"懒"。疲倦:回首层楼归去～,早新月,挂梧桐。

醂　lǎn　【醂醂(chǎn)】〈文〉醋味:～之味。

玃　lǎn　史书对仡佬(gēlǎo)族一支的称呼。

颣　lǎn　【顑(kǎn)颣】〈文〉面黄肌瘦的样子。

làn （ㄌㄢˋ）

坴　làn　〈方〉泉水从平地涌出。

烂（爛）　làn　❶某些固体物质因组织破坏或水分增加而松软:～泥|嚼～了再咽|死之物,烹之辄～。❷有机体由于微生物滋生而变坏:腐～|臭鱼虾|朽骨～肉。❸破碎;残破:～纸|碎铜～铁|鞋都磨～了。❹头绪乱:～账|～摊子。❺副词。表示程度极深:喝得～醉|台词背得～熟。❻被火烧伤:焦头～额。❼〈文〉有光芒;明亮:明星有～。

彭　làn　❶〈文〉有文采。❷〈文〉鲜明;灿烂。

殏　làn　〈文〉同"烂"。败坏;腐烂。

滥（濫）　㈠làn　❶江河、湖泊的水溢出来:洪水横流,泛～于天下。❷过度;不加节制:～用职权|宁缺勿～|刑不欲～。❸浮泛不合实际:～套子|陈词～调|虚辞～说。❹多而质量低劣:粗制～造。

㈡jiàn　〈文〉通"鉴(jiàn)"。盛水的大盆:灵公有妻三人,同～而浴。

鱤　làn　见xiàn"鱤"(733页)。

嚂　làn　〈文〉贪;贪吃:刍豢黍粱,荆吴芬馨,以～其口。

嬹　㈠làn　〈文〉过度;无节制。

嬹　㈡lán　〈文〉宫女:彩～|宫娃。

爁　làn　❶〈文〉焚烧;延烧:将韩王殿忽然火～。❷烤炙。用于古白话:煎～。

瀺　làn　〈方〉面部浮肿:面～嘴肿。

瓓　làn　❶〈文〉玉的色彩。❷【瓓玕(gān)】〈文〉像玉的美石。

醂　làn　〈文〉一种未去渣滓的薄酒。

斓　làn　〈文〉同"烂"。腐烂:脓～。

礷　làn　【礷磳】〈文〉玉石有光彩的样子:磷磷～(磷磷:玉石明净的样子)。

爛　làn　〈文〉同"烂"。食物烂熟。

灠　làn　❶〈文〉水喷涌。❷〈文〉同"滥"。过度;无节制:诛伐不～(诛伐:讨伐)。

糷　làn　〈文〉煮得过熟的饭。

lāng （ㄌㄤ）

啷　lāng　❶【当啷】模拟摇铃或金属器物撞击的声音:铃铛～～|地响了起来|～一声,铁锤掉到了地上。❷【哐啷】模拟器物撞击的声音:～一声,门被撞开了。

láng （ㄌㄤˊ）

郎　㈠láng　❶对青少年男女的称呼:伴～|女～|～才女貌|小小儿～上学堂。❷女子对丈夫或情人的称呼:～君|情～|忆～～不至,仰首望飞鸿。❸对从事某种职业的人的称呼:货～|放牛～|卖油～。❹称对方的儿子:令～|云有第五～,娇逸未有婚。❺我国古代官名:侍～|尚书～|员外～。❻姓。

㈡làng　【屎壳(ke)郎】〈方〉蜣螂。

茛　láng　见làng"茛"(384页)。

狼　láng　❶哺乳动物。外形像狗,尾巴下垂,耳朵直立。性狡猾凶暴,昼伏

夜出,伤害人畜和野生动物。❷〈文〉凶狠:闽越王～戾不仁。❸【狼藉(jí)】凌乱不堪;人的名声极坏:杯盘～|声名～。❹姓。

阆 □ láng 见 làng "阆"(384 页)。

浪 □ láng 见 làng "浪"(384 页)。

㝗 □ láng 【康(kāng)㝗】〈文〉房屋空阔的样子。

琅 [㖊＊瑯] ⊖ láng ❶【琳(lín)琅】玉石名。比喻美好的东西:～满目。❷【琅琅】模拟金石相击声、响亮的读书声:书声～|～上口。❸【琅玡(yá)】1.山名。在山东东南部。2. 古郡名。在今山东诸城一带。❹【琅玕(gān)】像珠玉一样的美石:槐江之山,其上多～。
⊜ làng 〈文〉通"浪(làng)"。放纵:～汤(即浪荡)。

莨 láng 【䒂(dǒng)莨】〈文〉有谷壳无谷实的谷子。

桹 □ láng ❶〈渔人〉为了驱鱼入网,用来叩击船舷的长木棍:鸣～。❷【桹桹】〈文〉模拟木头相击的声音:～残夜木鱼响。❸〈文〉高的树木。

廊 □ láng ❶屋檐下的过道;有顶子的过道:走～|长～|大殿两～皆国朝名公笔迹。❷古代指厅堂周围的房舍;厢房:往往朱门内,房～相对空。

嫏 láng 【嫏嬛(huán)】神话中天帝藏书的地方。

榔 □ láng ❶〈文〉同"桹"。渔人用来敲击船舷以驱鱼入网的木棍:小艇鸣～初歇。❷【榔头(tou)】锤子。

硠 □ láng 【硠硠】1.〈文〉模拟石头旋转相击声。2.〈文〉坚强:～金公,傲若有余。

锒 (鋃) láng 【锒铛(dāng)】1.〈文〉锁囚犯的铁锁链:～入狱。2.〈文〉模拟金属相撞击的声音:铁索～。

稂 □ láng 古书上指狼尾草,对禾苗有害:～莠(比喻坏人)|不～不莠(比喻人没出息)|养～者伤禾稼。

猿 □ láng 〈文〉矛一类的兵器:～刺其咽(瘄:kài,一类的兵器)。

猰 **láng** 【猰毒】药草名。外用治各种疮毒。也作"狼毒"。

筤 ⊖ láng ❶古代车盖的竹骨架。❷〈文〉幼小的竹子,也指竹丛。
⊜ làng 古代车后面的伞盖。

䑀 láng ❶〈文〉海中大船:～艘(zōu)|骇鲸之～,飞龙之舫。❷〈文〉船舷。

瘊 láng 【瘊(háng)瘊】〈文〉病危时喉咙中痰涌发出的声音。

蝉 [＊螂] láng 用于虫名:螳～|蟑～|蜣～。

骲 láng 【骱(kuāng)骲】1.〈文〉股骨。2.〈文〉股肉。

鎯 láng 【鎯头】同"榔头"。锤子。

騟 láng 〈文〉白尾马。

鶬 láng 【鶷(gāo)鶬】〈文〉鸠的别名。

鮾 láng 【鮾鱛(hái)】〈文〉雄蟹。

羹 láng 见 gēng "羹"(208 页)。

lǎng (ㄌㄤ)

崀 lǎng 【嵝(kāng)崀】古山名。也作"杭崀"。

悢 □ lǎng 见 liàng "悢"(405 页)。

朗 [㮲、朤] lǎng ❶光线充足;明亮:晴～|明～|天～气清。❷声音响亮:～诵|～读|～声大笑。❸明快:开～|爽～|神情～达,常有世外之怀。

㮲 □ lǎng 〈文〉明亮;鲜明:～然可数|炳炳～～。

萠 □ lǎng 〈方〉指沼泽地或滩涂。多用于地名:南～(在广东中山)。

嘲 lǎng 〈方〉怎么:你～个呦?

塱 [塱] lǎng ❶〈方〉江、湖边的低洼地。❷用于地名:元～(在香港,今作"元朗")|河～(在广东阳春)。

㮾 □ lǎng 【㮾梨】地名。在湖南长沙。

L

làng （ㄌㄤˋ）

郎□ làng　见 láng "郎"（382 页）。

埌□ làng　〈文〉坟墓。

茛□ ㊀ làng　【茛菪（dàng）】多年生草本植物。根茎块状，花黄褐色。全株有黏性腺毛，有特殊臭味，有毒。根、茎、叶和种子可以入药。也作"蒗菪"。
㊁ liáng　❶【薯茛】多年生缠绕藤本植物。地下块茎也叫薯茛，含单宁，可以制染料。❷【茛纱】香云纱。
㊂ láng　同"稂"。古书上指狼尾草，对禾苗有害。

崀□ làng　用于地名：～山（在湖南）｜大～（在广东）。

阆□（閬）㊀ làng　❶〈文〉门高。泛指高大：～宫缥缈间，钩乐依稀闻。❷【阆中】地名。在四川南充。
㊁ láng　【阆（kāng）阆】〈方〉建筑物内空廓的部分。

浪□ ㊀ làng　❶江河湖海上的大波：～涛｜～波｜江暗雨欲来，～白风初起。❷像波浪那样起伏的东西：麦～｜气～｜声～。❸放纵；没有约束：～迹｜放～形骸之外。❹淫邪：～态｜～声～气。❺〈文〉徒然；白白地：～得虚名｜胡为～自苦，得酒且欢喜（胡为：为什么）。❻姓。
㊁ láng　❶〈文〉流逝：天上图书森似旧，人间岁月～如驰。❷【沧浪】〈文〉青绿（多指水色）。

琅□ làng　见 láng "琅"（383 页）。

眼□ làng　❶〈文〉晒；晒～。❷〈文〉把东西放在阴凉通风的地方使干燥：置阴处～之。

罾□ làng　【罾罾】〈文〉广大的样子：天网～。

蒗□ làng　【宁（níng）蒗】地名。在云南丽江。

筤□ làng　见 láng "筤"（383 页）。

趟□ làng　〈文〉浪，波浪。

諒□ làng　〈文〉戏谑：一时谑～皆文墨（谑：玩笑）。

魍□ làng　〈文〉江鬼，溺死者的鬼魂：江河边多～鬼。

蘭□ làng　【蘭蔼（dàng）】〈文〉同"茛菪（làngdàng）"。多年生草本植物。有特殊臭味，有毒。根、茎、叶和种子可入药。

闛□ làng　【闛苑（yuàn）】传说中神仙居住的地方。

láo （ㄌㄠ）

撈□（撈）　láo　❶把东西从液体中取出来：～鱼｜打～｜大海～针。❷取得（多指用不正当的手段）：～油水｜～外快｜趁机～一把。

捇□　láo　用同"捞"。获取。用于古白话：哪里～得着。

láo　（ㄌㄠ）

劳□（勞）　láo　❶劳动：不～而获｜按～分配。❷辛苦：辛～｜积～成疾｜耕之用力也～。❸使劳苦：～民伤财｜～师以袭远，非所闻也。❹功绩：功～｜勋～｜汗马之～。❺烦劳（敬辞，用于请托）：～驾｜有～｜～您去一趟。❻用言语或实物慰问：～军｜慰～｜以十二牛～秦师。❼姓。

牢□［牢］　láo　❶〈文〉关牲畜的圈（juàn）：亡羊补～｜豺狼在～，其羊不繁（繁：繁衍）。❷古代祭祀用的牲畜：太～（牛、羊、豕三牲具备）｜少～（只用羊、豕二牲）。❸监狱：监～｜画地为～。❹坚固；经久：～固｜～记｜～不可破｜我说的话你要记～。

塝□（塝）　láo　【圪（gē）塝】〈方〉角落。

唠□（嘮）　㊀ láo　【唠叨（dao）】啰啰唆唆，没完没了地说：别～了｜老太太又～开了。
㊁ lào　〈方〉闲聊：～嗑｜～家常｜俩人～了一晚上。

哰 láo 【哰哰】〈文〉模拟鸟鸣声或狗叫声：风帘窣窣燕～|野犬～。

崂□（嶗） láo 【崂山】山名，又地名。都在山东青岛东北。

涝□ láo 见lào“涝”（386页）。

浶 láo 【浶浪】〈文〉惊扰不安的样子：独行无侣心～。

铹□（鐒） láo 金属元素。符号Lr。

痨□（癆） láo 中医指结核病，一般指肺结核：肺～|骨～|干血～。

哪 láo 【哪嘈（cáo）】〈文〉形容大而嘈杂的声音。也作“嘮嘈”。

嘮［嵺］ láo 【嘮嘈（cáo）】〈文〉形容山谷幽深而险峻。

僗 láo 旧时骂人时对对方的称谓：馋～|呆～。

窂 láo 【嵃（hāo）窂】1.〈文〉山谷空深的样子。2.〈文〉深谷名。

硓 ㊀ láo 〈文〉石名。滑石。

㊁ luò 【硓确】〈文〉模拟山石相撞击的声音。

磟 láo 【磟嘈】〈文〉同“哪嘈”。形容声音繁杂。

憥 láo 同“劳”。慰劳。用于古白话：赏～。

簝［蟟、蟧］ láo 〈文〉一种野生豆类：采～豆生食之。

醪□ láo 〈文〉汁渣混合的酒，浊酒，泛指酒：浊～|醇～|甘～。

蟧 ㊀ láo 〈文〉生活在海边的一种寄居蟹，体形似蜘蛛。

㊁ liáo 〈文〉蚱蝉。

簩 láo 【簛（sī）簩竹】竹子的一种。竹节细长，皮薄，可编制家具。

鹲 láo 【鸐（zhái）鹲】〈文〉鸟名。羽毛呈彩色。

轑 ㊀ láo 〈文〉捞取；用勺刮：破灶无烟～空釜。

㊁ lǎo ❶〈文〉车篷骨架。❷〈文〉车辐。❸〈文〉通“橑（lǎo）”。屋椽。

㊂ liǎo 〈文〉通“燎（liǎo）”。烘烤；燃烧：鸣钟～烛。

譊 láo 〈文〉声音又多又大：～然兴歌（兴：起）。

lǎo （ㄌㄠˇ）

老□［耂、❶-❿𠍄］ lǎo ❶年岁大（跟“少、幼”相对）：～人|～少咸宜|发愤忘食，乐以忘忧，不知～之将至云尔。❷很久以前就存在的（跟“新”相对）：～字号|～朋友|～交情。❸富有经验的；成熟的：～练|～于世故|枚乘文章～（枚乘：人名）。❹陈旧：～脑筋|～机器。❺原来的：～毛病|他还住在～地方。❻蔬菜生长、食物烹调等超过适当的程度（跟“嫩”相对）：茄子～了|肉片炒得太～。❼衰弱：衰～|苍～|天若有情天亦～。❽副词。1. 表示动作情况（多是不如意的）一直如此，经常如此，相当于“总是”：近来他上课～迟到|别～愁眉苦脸的。2. 表示程度相当深：大～远的|这本书我～早就有了|这条街～长～长的。❾排行在最后的：～闺女|～儿子。❿前缀。1. 构成某些动植物名称：～鹰|～鼠|～玉米。2. 构成指人名词：～师|～板|～鸨。3. 附在单音节姓氏的前面，用于称呼：～张|～王。4. 放在“大、二、三…十”的前面，表示排行：～大|～二|～九。⓫姓。

佬□ lǎo 称某些成年男子（多含轻视、讥讽意味）：阔～|乡巴～。

挔 lǎo ❶〈方〉拿着；扛：提着鸟笼，～着钓竿|右肩头～一根梭镖。❷〈方〉顺手拿起：～起扁担打哥哥。

荖□ ㊀ lǎo ❶〈文〉植物名。也叫“蒌藤、浮留藤”。❷用于水名：～浓溪（在台湾）。

㊁ chā 〈文〉同“差”。不好：眼～视还遥。

咾 lǎo 〈方〉助词。表示肯定语气，相当于“啦”：那是顶好的法子～。

狫 lǎo 【犵（gē）狫】旧时对仡佬族的蔑称。

恅 lǎo 【慅（cǎo）恅】1.〈文〉寂静：君之情绪何～。2.〈文〉零乱：笑言仿佛，魂梦～。

姥□ ㊀ lǎo ❶【姥姥（lao）】1. 外祖母。2. 对年老妇女的尊称：刘～。❷【姥爷（ye）】外祖父。也作“老爷”。

㊀ mǔ ❶〈文〉年老的妇女：阿～|龙钟七十强。❷〈文〉丈夫的母亲：便可白公～，及时相遣归。

栳 □ lǎo 【栲(kǎo)栳】用柳条或竹篾编成的容器。也叫"笆斗"。

铑（鉐）lǎo　金属元素，符号 Rh。

筶 lǎo 【筶(kǎo)筶】〈文〉同"栲栳"。用柳条或竹篾编成的容器，形状像斗。

澪 □ lǎo　见 liáo"澪"（406 页）。

獠 □ lǎo　见 liáo"獠"（407 页）。

漻 □ lǎo　见 liáo"漻"（407 页）。

鹠 lǎo 〈文〉秃鹙(qiū)。

鷚 lǎo 【鷚(cí)鷚】水鸟名。即秃鹙(qiū)。

嘮 lǎo 【嘷(cǎo)嘮】〈文〉寂静。

蓼 lǎo 〈文〉干梅，泛指干果。

轑 lǎo　见 láo"轑"（385 页）。

獟 ㊀ lǎo　古代称西南少数民族。
㊁ liáo　〈文〉夜间打猎。通作"獠"。

lào （ㄌㄠˋ）

乐 □ lào　见 lè"乐"（387 页）。

络 □ lào　见 luò"络"（436 页）。

唠 □ lào　见 láo"唠"（384 页）。

烙 □ ㊀ lào　❶把生的面食放在铛(chēng)上或锅上加热使熟：～饼|～锅贴儿。❷用烧热的金属器物烫，使衣物平整或在物体上留下标记：～衣服|～印|鞭笞刻一伤天全，不如此图近自然。
㊁ luò 【炮(páo)烙】古代酷刑。在铜柱上涂油脂，下面用炭烧，令犯人在铜柱上行走，坠入炭火中烧死；桀纣为高台深池以尽

民力，为～以伤民性。

涝（澇）㊀ lào　❶水淹成灾（跟"旱"相对）：～灾|旱～保收|郡界下湿，患水～，百姓饥乏。❷田地里的积水：防旱排～。
㊁ láo　❶〈文〉大波：浴雨排风，吹～弄翻。❷水名。又名潦水，在陕西。

落 □ lào　见 luò"落"（436 页）。

耢（耮）lào　❶农具。用荆条或藤条编成，用来平整土地。也叫"耱(mò)"或"盖"。❷用耢平整土地：～地|地耙过后再一一遍，就更平整了。

酪 lào　❶用牛、羊等的乳汁做成的半凝固或凝固的食品：奶～|乳～|食肉而饮～。❷用果实做成的糊状食品：山楂～|杏仁～|核桃～。

嫪 □ lào　❶〈文〉留恋：江流背村落，偶往心已～。❷姓。

潦 □ lào　见 liáo"潦"（407 页）。

---
lē（ㄌㄜ）

肋 □ lē　见 lèi"肋"（390 页）。

嘞 □ lē　见 lei"嘞"（390 页）。

lè （ㄌㄜˋ）

仂 lè 〈文〉才力十倍于人。

仂 lè 〈文〉余数；零数。

防 lè　❶〈文〉地的脉理。❷〈文〉裂开：其石～然而转。❸〈文〉同"仂"。余数；零数。

扐 ㊀ lè　手指之间。古时用蓍草占卜吉凶，将草分为左右两簇，每数蓍草所剩奇零之数夹在左手指间，叫作"扐"。
㊁ lì　❶〈文〉捆绑；束缚。❷古侯国名；县名。在今山东。

芀 lè【萝(luó)芀】即罗勒，一年生草本植物。夏秋开白色或淡紫色花，茎和叶

可以做香料,也可以入药。

叻 □ lè 译音用字:石～(华侨称新加坡)|～埠(埠:bù,华侨称新加坡市)。

乐 (樂)[楽] ㊀ lè ❶愉快;高兴:欢～|极生悲|有朋自远方来,不亦～乎! ❷对做某事感到快乐:～此不疲|喜闻～见。❸〈文〉使快乐:窈窕淑女,钟鼓～之。❹笑:～呵呵|一句话把他逗～了。❺姓。
㊁ yuè ❶音乐:～曲|奏～|金石丝竹,～之器也。❷姓。
㊂ yào 〈文〉喜好;喜爱:智者～水,仁者～山。
㊃ lào 用于地名:～亭(在河北)。

玏 □ lè 【瑊(jiān)玏】〈文〉像玉的美石。

泐 □ lè ❶〈文〉石头顺着纹理裂开:石未剥～,文尚可读。❷〈文〉雕刻:～石。❸〈文〉书写:手～(亲手写,旧时书信用语)|～之成书|专此～布。❹〈文〉雕刻出的文字:残～。

笧 □ lè 〈文〉笧竹,一种有刺而坚韧的竹子。

勒 ㊀ lè ❶〈文〉带嚼子的笼头:白马嚼啮黄金～。❷收住缰绳不让骡马等前进:悬崖～马。❸强制:～令|～索|～派税款。❹〈文〉约束:羁～|教～子孙。❺〈文〉统率:亲～三军|～兵而夷之。❻〈文〉雕刻:～石|～碑|金石可～。❼姓。
㊁ lēi 用绳子等捆住,再用力拉紧:～死|～紧裤腰带|～几道绳子。

鷙 □ lè 〈文〉次于玉的美石。

簕 □ lè 一种竹子,叶子背面有稀疏的短毛。

礋 □ lè 【礋磸(zé)】农具名。像碌碡,外有齿。

鰳 (鰳) □ lè 鱼名。身体侧扁,头小,银白色,生活在海洋中。也叫"鲚鱼、白鳞鱼、曹白鱼"。

le (·ㄌㄜ)

了 □ le 见 liǎo "了"(408页)。

饹 (餎) ㊀ le 【饸(hé)饹】用和好的荞麦面、高粱面或玉米面等轧成的长条形食品,煮着吃,旧也作"合饹"。
㊁ gē 【饹馇(zha)】食品。用绿豆面做成饼状,切成块炸或炒着吃。

lēi (ㄌㄟ)

勒 □ lēi 见 lè "勒"(387页)。

léi (ㄌㄟ)

累 □ léi 见 lèi "累"(390页)。

畾 ㊀ léi 一种有机化合物名,也叫"卟吩"。
㊁ jí ❶〈文〉众口。❷〈文〉喧哗。

雷 [靁、䨻] □ léi ❶云层放电时发出的巨响:打～|～电交加|(仲春之月)日夜分,～乃发声。❷指某些爆炸性武器:地～|鱼～|扫～。❸〈文〉通"擂(léi)"。敲;击:官家出游～大鼓。❹姓。

壨 □ léi 〈文〉同"蔂"。装土的筐:一～土。

蔂 □ léi ❶〈文〉盛土的笼。❷通"樏(léi)"。古代登山的工具。

嶵 □ léi ❶【嵬(wēi)嶵】古山名:北登～坂,东望姑苏台(坂:bǎn,山坡)。❷【嶵(wěi)嶵】〈文〉高耸的样子。

傫 □ léi ❶〈文〉下垂的样子。❷〈文〉疲劳;懈怠。

嫘 □ léi 用于人名。嫘祖,传说中黄帝的妻子,发明了养蚕。

缧 (縲) □ léi 〈文〉捆绑犯人的绳索:～囚|～绁(xiè)。

樏 □ léi 见 lěi "樏"(389页)。

畾 □ léi ❶〈文〉同"雷"。云层放电时发出的巨响。❷〈文〉田间;田间地。❸古代盛土的器具。

甋 [甋] □ léi 〈文〉砖。

L

犡 léi 〈文〉公牛。

膢 léi ❶〈文〉干肉。❷【膢腫(chuái)】〈文〉形貌丑陋。

擂□ ㊀ léi ❶敲：～鼓｜向他身上～了几下。❷研磨：～钵(研磨药物等的罐状器皿)。

㊁ lèi 擂台，为比武而搭的台子：～主｜打～｜守～。

櫑 léi 〈文〉树的果实。

漯 léi 古湖泽名。在今山东菏泽至郓城之间。

檑□ léi 滚木，大块的圆柱形木头。古代作战时从高处推下来，阻挡敌人的进攻：～木｜具炮～，造器备。

勡 léi ❶〈文〉作战时从高处推下木石打击敌人。❷〈文〉推滚；推：朝朝只在尘中～(指蜣螂推滚粪团)。

攂 léi ❶〈文〉同"擂"。敲；击打。❷〈文〉同"擂"。研磨。

礌□ léi 礌石，大块的石头。古代作战时从高处推下来，阻挡敌人的进攻：滚木～石。

罍 léi 〈文〉一种鱼网。

镭□(鐳) léi 金属元素。符号 Ra。

瓃 ㊀ léi 〈文〉玉器。

㊁ lěi 〈文〉通"蕾(lěi)"。含苞待放的花朵：试寻红～。

櫑 ㊀ léi ❶同"罍"。古代一种盛酒的器具。❷古代一种盛食物的器具。

㊁ lěi 【櫑具】古剑名。因剑柄上雕饰有似蓓蕾的花纹而得名。

蠕 léi 一种海中软体动物。肉可食。也可人工饲养。

羸□ ㊀ léi ❶〈文〉瘦弱：～弱｜～瘦｜形～不能服药(形：指身体)。❷〈文〉疲惫：～惫｜～顿｜疲～。❸〈文〉缠绕：羝(dī)羊触藩，～其角(羝羊：公羊。藩：篱笆)。

㊁ lián 【羸陵(lóu)】古县名。汉代设置。在今越南境内。

轠 léi 古代的一种车：运柴必用～车。也作"轠(léi)"。

礧 ㊀ léi ❶〈文〉同"礌"。大块的石头，作战时从高处推下来打击敌人。❷〈文〉撞击；冲击：～击。

㊁ lěi 〈文〉堆砌。

罍□ léi ❶古代一种盛酒的器具，样子像壶。❷〈文〉盥洗的器皿。

嵽 léi 见 lǜ "嵽"(431 页)。

轠 léi ❶〈文〉碰击。❷〈文〉同"轠"。车。❸【轠轠】〈文〉模拟车马声。❹【轠轳(lú)】〈文〉接连不断的样子：～不绝。

瘣 léi 〈文〉膝病。

羸 léi 〈文〉同"羸"。瘦弱：～身归来。

穤 léi 见 lèi "穤"(390 页)。

儽 léi 〈文〉困乏不振作的样子：～然而殆，就床暂寐。

鑸 ㊀ léi ❶同"罍"。古代一种盛酒的器具。❷〈文〉剑首装饰。

㊁ lěi 【鍡(wěi)鑸】〈文〉高低不平的样子。

虆 léi ❶〈文〉缠绕：葛藟～于桂树。❷〈文〉装土的筐。

櫐 léi ❶同"樏"。古代的一种登山工具。❷古代捆绑囚犯的黑绳。

蘽 léi 〈文〉同"虆"。盛土的笼：～土(一笼土)。

鼺 léi 〈文〉鼯鼠的别名。

lěi (ㄌㄟˇ)

耒□ lěi ❶古代农具。形状像木叉：耕者必有一～一耜一铫(铫：yáo，大锄)。❷耒耜(古代翻土农具)上的曲木柄。

厽 lěi 〈文〉累土块为墙。

郲 lěi 【郲阳】旧县名。在今湖南东南部。也作"涞阳"，即今湖南耒阳。

诔□(誄) lěi ❶〈文〉叙述死者生前事迹以表示哀悼(多用于上对下)：～文｜～状｜生不能用，死而～之，非礼也。❷〈文〉叙述死者生前事迹以表示哀悼的文章：《芙蓉女儿～》。

沫 lěi【沫阳】同"耒阳"。

垒
(壘) ㊀ lěi ❶用砖、石等砌或筑:～墙|～猪圈|巷陌皆～石为之。❷军队防守用的围墙或工事:壁～|堡～|深沟高～。❸棒球、垒球运动的守方据点:跑～。
㊁ lù【郁垒】古代传说中的神名:守以～,神荼副焉(神荼:shēnshū,古代传说中的神名)。

累 lěi 见 lèi"累"(390 页)。

陒 lěi〈文〉同"磊"。堆叠。

絫 lěi ❶〈文〉同"累"。堆积:～金。❷古代重量单位。

傫 lěi ❶〈文〉颓丧不振作的样子:～～若丧家之狗。❷〈文〉捆缚;系～。

崼[崜] lěi ❶【崼嵂(zuì)】〈文〉险峻的样子。❷【崼崼】〈文〉曲折:～诘(jí)屈(诘屈:曲折)。

瘣 lěi 见 huì"瘣"(276 页)。

樏 ㊀ lěi 古代一种圆形食盒。
㊁ lěi ❶古代登山工具。❷〈文〉盛土的笼。

磊 lěi ❶〈文〉山石众多的样子:～然|～叠。❷【磊磊】〈文〉形容石头堆积的样子:怪石～|～涧中石。❸【磊落】1.心地光明坦白:光明～。2.〈文〉形容多而错杂:大石～。

蕾 lěi ❶花骨朵儿,含苞未放的花:花～|～蓓(bèi)～(没开的花)|一夜西风开瘦～。❷姓。

礌[礧] lěi ❶〈文〉山石众多的样子:砾～～而相摩。❷〈文〉堆;堆砌:以石～门。

礨 lěi 见 wěi"礨"(699 页)。

磥
嵔 lěi【嵔嵔】〈文〉山石众多的样子。

傀 lěi【傀(kuǐ)儡】木偶戏里的木头人。比喻受人操纵而不能自主的人或组织。

藟 lěi ❶【葛藟】〈文〉葡萄科落叶藤本植物名。果和根可入药。也叫"千岁藟"。❷〈文〉缠绕:萦～。

躨 lěi【躨硌(luò)】〈文〉同"礌硌"。壮大的样子。

巍[嵔、巍] lěi【巍嵬(wěi)】〈文〉高耸的样子:冰霜(xiāng)～山岳立。

貗 ㊀ lěi〈文〉兽名。似鼯(wú)鼠。前后肢之间有薄膜,能在树枝间滑翔:飞～。
㊁ wèi〈文〉同"蜼"。兽名。一种长尾猿。

讄 lěi〈文〉同"讄"。祈祷。积功德以求神降福:灵巫～今(灵巫:古代专门祈祷求神的人)。

瘣[瘣] lěi〈文〉皮肤上隆起的小肿块、小疙瘩。

澛 lěi【澴(wēi)澛】〈文〉水波涌起的样子。

瓃 lěi 见 léi"瓃"(388 页)。

櫑 lěi 见 léi"櫑"(388 页)。

藟 lěi〈文〉同"蘽"。一种藤本植物。

膗 lěi【膗脦(huǐ)】〈文〉肿的样子。

礧 lěi 见 léi"礧"(388 页)。

礨 lěi ❶〈文〉石头大的样子:～石。❷〈文〉地势陡然高起的样子。

壝 lěi【壏(wēi)壝】〈文〉高低不平的样子:山间～不为用之壤。

蠝 lěi〈文〉同"鼺"。兽名。像鼯(wú)鼠,前后肢之间有薄膜,能在树枝间滑翔:飞～。

嶰[嶰] lěi 见 lù"嶰"(431 页)。

灅 lěi 灅河,古水名。在今河北。

巙 lěi 巙山,即三累山。在今陕西韩城西。

藟 lěi〈文〉一种藤本植物。

L

躘 lěi 〈方〉圞转不停。

谲[讄] lěi ❶〈文〉祈祷。积功德以求神降福。❷〈文〉同"诔"。哀悼死者的文章:朝廷有～。

鑸 lěi 见 léi "鑸"(388页)。

灅 lěi 古水名。在今山西、河北。上游为今桑干河,中游为今永定河,下游为今海河。

鼺[鼺] lěi ❶古代传说中的怪鸟。❷〈文〉兽名。似鼯鼠,前后肢之间有薄膜,能在树枝间滑翔。

鑸 lěi 【鎘(wěi)鑸】〈文〉高低不平的样子。

lèi (ㄌㄟˋ)

肋 ⊖ lèi 胸腔两侧:～骨|软～。
⊜ lē 【肋赅(te,又de)】〈方〉不整洁;不利落:裤子本来就肥,又剐了个口子,就更显得～。

泪[△*淚] lèi ❶眼内泪腺分泌的无色透明液体:～水|声～俱下|～尽而继之以血。❷像眼泪的东西:烛～|蜡炬成灰～始干。
"淚"另见 lì(398页)。

茦 lèi 〈文〉草多;耕除繁多的杂草。

类(類)[类] lèi ❶种;许多相似或相同的事物的综合:～别|分门别～|物各从其～也。❷相似;好像:～似|～同|画虎不成反～犬。❸前缀。属于同类的;相似的:～星体|～病毒|～人猿。❹〈文〉大抵;大致:观古今文人,～不护细行(细行:小节)。

累(⊖⊜❶-❸纍) ⊖ lèi ❶辛劳;疲劳:劳～|～极了|形体～而寿命损。❷使疲劳:病刚好,别着]这孩子可～人了。❸操劳:你～了一天,该歇歇了。
⊜ léi ❶【累累】1.〈文〉憔悴颓丧的样子:～若丧家之狗。2.接连成串的样子:果实～。❷【累赘(zhui)】1.多余或麻烦:这几句话显得有点儿～|爬山时,棉衣成了～。2.使人感到多余或麻烦:我再想别的办法吧,不想～你们了。❸〈文〉同"缧"。捆绑犯人的绳索。
⊜ lěi ❶堆积:积～|家～千金|九层之台,起于～土。❷连续:长年～月|连篇～牍。❸屡次:～次|～建军功。❹牵连:带～|连～|相时而动,无～后人。

乑 lèi 〈文〉毛色斑驳。

魪 lèi 鱼名。形似箭而小,身薄,细骨满肋。

酹 lèi 〈文〉把酒浇在地上,表示祭奠:以酒～地|一樽还～江月。

頛 lèi 〈文〉头歪斜不正。

膪 lèi 〈文〉同"肋"。胸部的两侧:两～。

穎 lèi ❶〈文〉事物相似,难以区分。通作"类"。❷〈文〉鲜白的样子。❸〈文〉疾。

擂 lèi 见 léi "擂"(388页)。

稆 lèi ❶〈文〉稻名:香～。❷〈文〉麦名:～麦。

頛 ⊖ lèi ❶〈文〉丝上的小疙瘩,泛指疙瘩、颗粒。❷〈文〉瑕疵;毛病;缺点:明月之珠,不能无～。❸〈文〉花苞:花～|红桃破～|柳染梢。❹〈文〉不平坦:夷道若～(夷:平坦)。
⊜ lì 〈文〉通"戾(lì)"。怪僻:忿～。

藊 lèi ❶〈文〉植物名。蒲草。❷春秋时地名。

穲 ⊖ lèi 〈文〉稻名。
⊜ léi 〈文〉通"鑸(léi)"。剑首装饰。

襫 lèi 古代祭名,因特殊事故而祭祀天和天神,与定时的郊祭不同。

lei (·ㄌㄟ)

嘞 ⊖ lei 助词。"了"和"唉"的合音,表示提醒、催促、应答的语气:到时间～,该开会了|好～,就这么办吧!
⊜ lē 【嘞嘞(le)】〈方〉唠叨:少～两句吧|喝点儿酒就～个没完。

菠　léng【菠薐菜】〈方〉菠菜。

棱　□ lēng　见 léng "棱"（391 页）。

嶙　lēng　模拟纺车转动的声音:纺车～～转。

躻　léng　〈方〉身体瘦小:细～细～的身子不住发抖。

崚　léng　[夌] 【崚嶒(céng)】1.〈文〉山势高峻的样子:西岳～。2.〈文〉比喻节操崇高坚贞:侠骨～傲九州。3.〈文〉比喻很有气势:凡为文者,必有文章之骨,意象～。

塄　léng　〈方〉田地边上的坡:～坎|地～。

棱　[⊖*稜] ⊖ léng ❶物体上两个平面相连接的边:～角|三～镜|桌子～儿。❷物体表面上条状的突起部分:瓦～|眉～。❸〈文〉威严;威势:允性刚～疾恶(允:王允,人名)。

⊜ líng 【穆棱】地名。在黑龙江省牡丹江市。

⊜ lēng 【扑棱】1.模拟翅膀抖动的声音:～一声,小鸟飞走了。2.(－leng)抖动或张开、散开:小鸡～了几下,不动了。

⊜ lèng 〈文〉田中土垄,可以用作估计土地面积的单位:一～田|菜花满～蝶飞飞。

楞　⊖ léng　旧同"棱"。物体上两个平面相连接的边:～角。

⊜ lèng　旧同"愣"。发呆;失神:～神|发～。

砖　léng　【砖碐(zēng)】〈文〉石头不平整的样子。

睖　léng　〈方〉瞪:～起眼睛。

辌　⊖ léng　〈文〉模拟车声、雷声等:雷霆～輷。

⊜ líng 【辌轹(lì)】〈文〉践踏、欺压:～宗室,侵犯骨肉。

冷　□ lěng　❶温度低(程度比"凉"深。跟"热"相对):～水|不～不热|布衾多年～似铁。❷不热情;不温和:～淡|～言～语|他待人多少有点儿～。❸寂静;不热闹:～清|～落|散吏闲如客,贫州～似村。❹生僻;少见:～僻|身993偏好古,句～不求奇。❺不受欢迎的;没人过问或没人注意的:～货|～门。❻乘人不备的;突然:～箭|～枪|～不防。❼比喻灰心或失望:心灰意～|我一听这话心就～了半截。❽姓。

倰　lèng　【倰僜(dèng)】〈文〉模拟弦乐声:弦嘈～声。

埮　lèng　【长(cháng)埮】地名,在江西新建。

棱　lèng　见 léng "棱"（391 页）。

殩　lèng　见 líng "殩"（415 页）。

愣　□ lèng　❶发呆;失神:～神|发～|吓得他～住了。❷鲁莽;冒失:～干|～头～脑|稳着点儿,别那么～。❸〈方〉偏偏;偏要:不让他去,他～要去|这话明明是他说的,他～不承认。

楞　lèng　见 léng "楞"（391 页）。

睖　lèng　❶〈方〉瞪眼直视:～了他一眼。❷【睖睁(zheng)】两眼发直,神情发呆。也作"愣征"。

哩　□ ⊖ lī 【哩哩啦啦】零零散散或断断续续的样子:这雨～下了一天|来看展览的也有不少人。

⊜ li 〈方〉助词。表示持续的状态,用法接近于"呢":我在等你～。

⊜ lǐ 又读 yīnglǐ 旧表示英制长度单

位的字。今作"英里"。

lí（ㄌ一）

枆 ⊖ lí 篱笆:～落。后作"篱"。
⊜ zhì 〈文〉顺着木头的纹理劈开:析薪～矣。
⊜ yí 〈文〉椵树:～棺。
⊜ duò 〈文〉船舵:涉海之失～。通作"舵"。

丽 lí 见 lì "丽"（396 页）。

罗 lí 见 luó "罗"（434 页）。

梸 lí 见 yí "梸"（795 页）。

厘 [△*釐] lí ❶1.市制长度单位,10毫为1厘,10厘为1分。2.市制质量或重量单位,10毫为1厘,10厘为1分。3.市制地积单位,10厘为1分。4.利率单位,年利1厘为本金的1/100,月利1厘为本金的1/1 000。❷〈文〉整理;治理:～定|总～庶政。❸〈文〉改正;订正:～其风而正其失。
"釐"另见 xǐ（721 页）。

堇 lí 〈文〉羊蹄菜。多年生草本植物。根可入药。

狸 [△*貍] lí 【狸猫】豹猫。哺乳动物。外形像家猫,体肥而短。也叫"山猫"或"狸子"。
"貍"另见 mái（440 页）。

离 (離) lí ❶分开;分别:～别|分崩～析|悲欢～合|今当远～,临表涕零,不知所云。❷相距;相隔:学校～家不远|～毕业就半年了。❸背叛;不合:～心～德|～经叛道|貌合神～。❹缺少:～了发展教育,现代化就无从谈起。❺八卦之一,卦形是☰,代表火。❻通"罹(lí)"。遭受;遭遇:高祖数～困厄(数:shuò,屡次)。❼姓。

骊 (驪) lí ❶〈文〉纯黑色的马:有～有黄(黄:指黄中带赤的马)。❷〈文〉黑:～龙|～驹。

莉 lí 〈文〉众:～庶(shù)亡(wú)干戈之役(百姓没有兵役)。通作"黎"。

梸 lí 〈文〉同"梨"。梨树,落叶乔木。

梨 [*棃] lí ❶梨树,落叶乔木。叶子卵形,花白色,品种很多。果实也叫梨,是常见水果。❷【梨园】传说唐玄宗曾在梨园训练歌舞艺人,后遂以"梨园"为戏班、戏院或戏曲界的别称。

犁 [*犂] lí ❶耕地用的农具,多用牲畜或拖拉机牵引:扶～|一张～。❷用犁耕地:～地|古墓～为田,松柏摧为薪(薪:柴)。

鹂 (鸝) [鸝、鷅] lí 【黄鹂】鸟。羽毛黄色,眼边到头后部有黑色斑纹,吃林中害虫。叫声很好听:两个～鸣翠柳。也叫"黄莺"。

喱 lí 【咖(gā)喱】调味品。色黄,味香而辣。

㑦 lí 见 lì "㑦"（398 页）。

剺 [剓] lí 〈文〉割;用刀划开:亡命还愁～剑～面。

嫠 lí 〈文〉引。

蓠 (蘺) lí 【江蓠】1.红藻的一种。暗红色,生在海湾浅水中,可用来制琼脂或做工业原料。也叫"龙须菜"。2.古书上说的一种香草:扈～与辟芷兮(扈:披。辟芷:生于幽僻之地的白芷)。

蚕 ⊖ lí 〈文〉同"蠡"。瓢:(攻城之兵)头戴～帽。
⊜ lí 〈文〉鳢(lǐ)鱼。

蜊 lí 【蛤(gé)蜊】1.软体动物。壳卵圆形、三角形或长椭圆形,生活在浅海底,肉可以吃。2.文蛤的通称。软体动物。壳略呈三角形,生活在沿海泥沙中,肉可以吃。

嚌 lí 【味(zhū)嚌】〈文〉形容外族语言难懂。也作"侏离"。

箵 lí 【箵筽(pí)】1.〈文〉用竹、荆条等编织成的屏障物,类似篱笆。2.〈文〉捕鱼虾的竹制器具。

鲤 lí 【鵱(qí)鲤】〈文〉船。

漓 [❶❸灘] lí ❶〈文〉水往下渗:云霏霏而来迎兮,泽渗～而下

降。❷〈文〉浅薄：浇～|政缺雅乖，风～化改。❸漓江，水名。在广西东北部。

缡（縭）lí 古代女子系在身前的佩巾：结～（指女子出嫁）。

璃 [*琍、*瓈] lí ❶玻璃 1. 质地脆而硬的透明物体，多用作建筑、装饰材料。2. 指某些透明像玻璃的塑料。❷琉璃 用铝和钠的硅酸盐化合物配制成的釉料，涂在器皿坯体表面，经烧制而形成玻璃质表层。

嫠 [嫠、釐] lí 〈文〉寡妇：～妇。

犛 lí 【新犛】古代北方部族名。

樆 lí 〈文〉果树名。即山梨。

蜊 lí 〈文〉同"蛎"。蛤蜊。

盠 lí ❶古代的官职名称。❷【盠顶】清代皇宫内城大房东西厢的耳房。

犂 lí 【犂靬(qián)】汉代西域国名。又汉代张掖郡县名。在今甘肃永昌。也作"骊靬、丽靬"。
另见 máo "牦"（445 页）。

氂 lí 见 máo "氂"（446 页）。

斄 lí 〈文〉笔画细微的花纹。

慹 lí 〈文〉忧愁。

嫠 lí ❶【新嫠】同"新犛"。古代北方部族名。❷〈文〉通"黎(lí)"。众：～蒸(民众)。

磟 lí ❶用于地名：～门(汉水流经的河滩)。❷【磟(liú)磟】〈文〉同"琉璃"。一种用铝和钠的硅酸化合物烧成的釉料。

邌 [邌] lí 商代诸侯国名。在今山西黎城。

黎 [勑、勑] lí ❶众；众多：～民|～庶。❷〈文〉黑中带黄的颜色：黑色：～黑(现在写作"黧黑")|厥土青～(厥：那里的)。❸〈文〉等到；接近：～明(接近天明的时候)。❹姓。

稝 lí 【稝稝】〈文〉禾穗下垂的样子。

勑 lí 〈文〉同"黎"。众：～庶(黎民)。

鱺（鱺）lí 【鳗(mán)鱺】鱼名。身体长，表面多黏液。生活在淡水中，成熟后到海洋中产卵。简称"鳗"，也叫"白鳝"。

愭 lí 【愭他(xī)】〈文〉欺骗；欺谩。

褵 lí ❶同"缡"。古代女子出嫁时所用的佩巾：结～。❷【褵褷(shī)】〈文〉羽毛刚长出的样子：羽毛～。

䍦 lí 【巨䍦】〈文〉弓弩名：操～之硬弩(硬：qiāo，强劲)。

罹 lí ❶〈文〉遭受(灾难或疾病)：～难|～病|～祸。❷〈文〉忧患；苦难：我生之后，逢此百～。

䶅 lí 【䶅鼠】〈文〉鼢(fén)鼠。前爪发达，善掘洞，损害农作物和树木的根。

篱（籬）lí ❶篱笆，环绕在房屋、场地等周围的类似栅栏的遮拦物，用竹子、芦苇、树枝等编成：绿～|樊～|采菊东～下，悠然见南山。❷【笊篱(zhàoli)】用竹篾、铁丝等制成的有网眼的用具。

樆 lí ❶〈文〉义同"黐(chī；又读 lí)"。木胶，可粘捕鸟虫：病翼遭～粘(翼：鸟翅)。❷〈文〉粘：有猫头刺汁以～雀。

纚 lí 【系纚】〈文〉劣等丝绵。

醨 lí ❶〈文〉薄酒：得酒安问醇与～。❷〈文〉浅薄；不淳厚：其传者～，其继者浅。❸有机化合物"醛(quán)"的旧称。

嫠 lí 〈文〉通"嫠(lí)"。寡妇：～嫂(寒嫂)。

𥻈 lí 〈文〉同"离(離)"。距离；离开：死别与生～。

謧 lí 【謧詍(yì)】〈文〉多言。

藜 [²*藜] lí ❶一年生草本植物。嫩叶可吃，全草可以入药，老茎可做手杖：～杖|～藿之羹(藿：豆叶)。❷【蒺(jí)藜】1. 一年生草本植物。果皮有刺，种子可入药。2. 这种植物的果实。3. 像蒺藜的东西。

L

嚟　lí〈方〉来:带三十六个病猫～。

嶙　lí【嶙峨山】古山名。在今贵州。

鴮　lí【鴮鶘(hú)】水鸟名。即鹈(tí)鹕。

遳　lí〈文〉迟缓:～三年而来。

猍　lí〈文〉山势险怪的样子。

藜　⊖lí〈文〉硬而卷曲的毛。
⊖máo〈文〉通"牦(máo)"。牦牛。
⊜lái❶古邑名。传说为后稷的封地,在今陕西武功。❷古县名。在今陕西武功。

檖　lí〈文〉树木名。

麷　lí【麨(pí)麷】米、麦等炒熟后磨成的粉。

鴗　lí【鴗黄】〈文〉黄鹂的别名。

憝　lí❶〈文〉恨。❷〈文〉懈怠。

鮺　lí〈文〉鲥鱼。

鑗　lí【鑗(jí)鑗】古代交战时使用的障碍物。铁制,像蒺藜子:魔众所住处,沟坑布～。

犂　lí〈文〉同"犁"。用犁耕:深～之毋淜(深犁土地使不干涸)。

矘　lí【矘眽(shōu)】〈文〉正容;显现出庄重的神色:～而拜。

黧　lí〈文〉黑中带黄的颜色;黑:[黎]色:面目～黑。

騩　lí【騊(táo)騩】古代一种骏马名。也作"騊駼(lí)"。

篗　lí〈文〉竹名:策龙头～杖(策:拄着)。

蠡　lí见lǐ"蠡"(395页)。

欐　lí❶〈文〉同"篱"。篱笆:～舍。❷古代官府沿官道建的客栈:十里一官～。

鼺　lí用于人名。禽滑(gǔ)鼺,即禽滑釐,战国初人。

鯬　lí【鳗(mán)鯬】〈文〉同"鳗鲡(lí)"。鱼名。即白鳝。

麛　lí【麛廔(lóu)】〈文〉通明又雕饰有图案的窗户。

孋　⊖lí❶古国名。❷姓。
⊖lì❶〈文〉美:～景。❷〈文〉通"俪(lì)"。配偶。

羅　lí【幂(mì)羅】古代的一种面罩。

雞　lí【雞黄】〈文〉鸟名。黄鹂。

鼶　lí【鼶鼺(ài)】一种小鼠。传说行必成群,衔尾鱼贯而进。

鑗　lí❶〈文〉金属。❷〈文〉剥;裂。

襹　lí【襹襹(shī)】1.〈文〉羽毛初生的样子:羽毛～。2.〈文〉纱幔。‖也作"襹襹"。

劙　[釃]　lí❶〈文〉切割;破开:以刀斧～取其枝。❷〈文〉清楚:～然若画井,昭昭然若揭日月而行。

鏑　lí化学元素"铈(shì)"的旧称。

驪　lí❶【駣(táo)驪】同"駣驪"。古代一种骏马名。❷〈文〉黑色:面目～黑。也作"黧(lí)"。

蠰　lí【蜋(cháng)蠰】〈文〉蚰蜒。

纚　lí见xǐ"纚"(721页)。

lǐ　(ㄌㄧ)

礼(禮)　lǐ❶社会生活中由风俗习惯形成的行为准则,道德规范以及与之相应的仪式:～仪|典～|夫～者,所以定亲疏、决嫌疑、别同异、明是非也。❷表示尊敬的态度或动作:～节|敬～|彬彬有～。❸为表示庆贺、敬意或感谢而赠送的物品:～物|贺～|送了一份～。❹〈文〉以礼相待;尊敬:～遇|～贤下士。❺〈文〉敬神祭祖以求福:～山川丘陵于西门外。❻姓。

李　lǐ❶李子树,落叶乔木。花白色,果实也叫李子,黄色或紫红色,是常见水果:投我以桃,报之以～。❷姓。

里 (①-③裏)[①-③*裡] ľĭ

❶衣服、被褥等的内层;纺织品的反面(跟"面"相对):被～|衣服～儿|绿兮衣兮,绿衣黄～。❷内部;一定范围以内(跟"外"相对):～屋|城～|～应外合|从门外往～走。❸附在"这、那、哪"等后面表示地点:这～|那～|哪～|头～。❹市制长度单位,150 丈为 1 里。1市里合 500 米。❺民户聚居的地方;街坊:～巷|邻～。❻家乡:故～|乡～|～人有病,～人问之。❼古代的居民组织单位,五家为邻,五邻为里。❽姓。

焱 ľĭ

【焱尔】〈文〉稀疏明朗的样子。

峛 逦 俚

□ ㊀ľĭ【峛崺(yǐ)】1.〈文〉山势曲折连绵的样子:升东岳而知众山之～。2.〈文〉上下山道;登降～。

㊁liè 用于地名:～屿(在福建)。

□ ľĭ ❶粗俗,不文雅:～俗|文辞鄙～|辨而不华,质而不～(质:质朴)。❷通俗的;民间的:～歌|～曲|～谣。

逦 (邐) ľĭ

【逦(yǐ)迤】曲折而连绵不断:夫登东岳者,然后知众山之～也。

逦 ľĭ

【逦(yǐ)迤】〈文〉同"逦迤"。曲折而连绵不断:小山～一百里。

哩 ľĭ

见 lī"哩"(391 页)。

浬 ľĭ

又读 hǎilǐ 旧表示计量海洋上距离的长度单位的字。今作"海里"。

悝 ľĭ

见 kuī"悝"(370 页)。

娌 ľĭ

【妯(zhóu)娌】哥哥的妻子和弟弟的妻子的合称。

理 ľĭ

❶物质组织的条纹;纹路:木～|肌～|纹～。❷事物的规律,道理:合～|～屈词穷|依乎天～。❸理科,指自然科学,特指物理学:～疗(物理疗法)|数～化|姐姐是学文的,我是学～的。❹管;治办:～财|处～|食宿自～。❺修整:使整齐有序:～发(fà)|清～|当窗～云鬓,对镜贴花黄。❻对别人的言行做出反应,表示态度(多用于否定式):～睬|置之不～|他不讲理,甭～他。❼〈文〉加工玉石:～其璞而得宝(璞:含玉的石头)。❽姓。

锂 (鋰) ľĭ

金属元素。符号 Li。

瘅 ľĭ

〈文〉愁病。

蛮 ľĭ

见 lí"蛮"(392 页)。

豊

㊀ľĭ 古代祭祀时用的礼器。

㊁fēng 〈文〉同"豐(丰)"。充足;大:五谷～登|～年多黍。

粴 ľĭ

【粴羊】传说中的羊名。用于古白话。

鲤 (鯉) ľĭ

鱼名。身体侧扁,背部苍黑色,有两对须,尾巴稍红。是重要的淡水养殖鱼:岂其食鱼,必河之～?(岂其:难道)

魳 ľĭ

〈文〉鱼名:海宇～生(海宇:海内)。

澧 ľĭ

澧水,水名。在湖南西北部,流入洞庭湖。

豐 ľĭ

同"豊"。古代祭祀时用的礼器。

簋 ľĭ

〈文〉竹名。

醴 ľĭ

❶〈文〉甜酒:酌～|为酒为～。❷〈文〉甜美的泉水:～泉。

鳢 (鱧) ľĭ

【乌鳢】鱼名。身体近圆筒形,青褐色,有黑色斑块,头大,牙尖,性凶猛,吃其他鱼类,是淡水养鱼业的害鱼。也叫"黑鱼"。

禮 ľĭ

〈文〉敬神求福。通作"礼"。

蠡

㊀ľĭ ❶用于人名。范蠡,春秋时越国大夫。❷蠡县,地名。在河北保定。

㊁lí〈文〉瓢:管窥～测(从竹管里看天,用瓢量海,比喻眼光狭窄,见识短浅)。

㊂luó〈文〉螺;螺号:吹～为乐。

欚 ľĭ

见 lǐ"欚"(400 页)。

歠 ľĭ

❶〈文〉计数。❷〈文〉布。

檵 ľĭ

❶〈文〉船。❷〈文〉捕鸟兽的网。

纚 ľĭ

见 xǐ"纚"(721 页)。

L

艤
lí〈文〉同"艤"。船。

鱺
lí〈文〉鱼名。

lì（为）

力 lì ❶人或动物肌肉的效能:体力:～气|身强～壮|有～如虎。❷身体器官或其他事物的效能:脑～|药～|量～而行之。❸权势:权～|威～|要以理服人,不要以～服人。❹用很大力量;尽力:～作|～挽狂澜|军大捷,皆诸校尉～战之功也。❺物理学上指物质之间的相互作用,是改变物体形态或运动状态的外因。❻姓。

历(❶-❹❽歷、❺-❼❾曆)[❶-❹*歴、❺-❼△*厤] lì ❶经过:～时|～险|～尽甘苦|横～天下。❷亲身经历过的事:阅～|简～|学～。❸经过了的各个或各次:～次|～代|～届。❹一个一个地;逐一:～览|～数|记成败亡祸福古今之道(道:道理)。❺推算年、月、日和节气的方法:～法|公～|君子以治～明时。❻记录年、月、日和节气的书、表、册等:～书|日～|台～|万年～。❼〈文〉掌管、推算历法的人:文史星～,近乎卜祝之间。❽姓。
"厤"另见lì(398页)。

扐 lì 见lè"扐"(386页)。

厉(厲) ㊀lì ❶严格:～行节约|～禁赌博。❷严肃;猛烈:～声|严～雷～风行。❸〈文〉磨;使锋利:～兵秣马。后作"砺"。❹〈文〉通"励"。劝勉:赦过遗善,则民不～。❺姓。
㊁lài ❶春秋时国名。故地在今河南鹿邑。❷〈文〉通"癞(lài)"。黄癣。❸〈文〉丑陋:～与西施(丑陋的女人和美貌的西施)。

屴[岌] lì【屴崱(zè)屴】1.〈文〉山势险峻的样子。也作"屴崱"。2.〈文〉比喻参差不齐。

立 lì ❶站:～正|站～|～必方正。❷竖着;竖起来:～碑|横眉～目|犹～木而求其景之直也(枉木:曲木。景:影子)。

❸做出;成立:～项|～个户头|安家～业。❹建树:～功|～志|树～。❺存在;生存:～身独～|安身～命。❻指君主即位:～君新君已|庄襄王卒,子政～,是为秦始皇帝。❼确定某种名分:～嗣|～储|遂～奚齐为太子。❽情况马上发生,相当于"立即":～奏奇效|当机～断|～诛杀曹无伤(曹无伤:人名)。❾姓。

朸 lì〈文〉木的纹理。

吏 lì ❶古代对官员的通称:官～|贪官污～|天子使～治其国。❷特指小官或差役:狱～|刀笔～|暮投石壕村,有～夜捉人。❸姓。

坜(壢) lì 坑。多用于地名:中～(在台湾)。

荸(蘦) lì【葶(tíng)荸】一年生草本植物。花黄色,果实椭圆形,种子可入药。

丽(麗)[麗] ㊀lì ❶华美;漂亮:～人|～质|美～。❷〈文〉附着:附～|星辰～天|百谷草木～乎土(乎:于)。❸〈文〉成双的;成对的:～辞|～句。也作"俪"。
㊁lí ❶〈文〉通"罹(lí)"。遭遇:鱼～于罶(罶:liǔ,捕鱼的竹篓)。❷【丽水】地名。在浙江。❸【高丽】朝鲜历史上的王朝(918—1392)。

励(勵) lì ❶劝勉:鼓～|勉～|以义相～。❷振奋;振作:～精图治(振作精神,想办法把国家治理好)。❸姓。

呖(嚦) lì【呖呖】〈文〉模拟鸟类清脆的叫声:莺声～～。

岲(巁) lì【岲崌(jū)】山名。在江西景德镇东南。也作"嶀崌"。

利 lì ❶锋利;尖锐(跟"钝"相对):～刃|～锐～|坚甲～兵。❷顺当,做事没有或很少遇到困难、阻碍:顺～|吉～|无往不～。❸好处(跟"害、弊"相对):福～|急功近～|不图名,不图～。❹使得到好处:～国～民|爱人～人者,天必福之。❺利润,经营工商业等赚的钱:毛～|暴～|逐什一之～(逐:追求。什一:十分之一)。❻利息,由存款、放款所得到的本金以外的钱:～率

年～|高～|贷。❼姓。

沥（瀝）[瀝] lì ❶（液体）滴下;落下:滴～|呕心～血|以酒～口中。❷滤过的酒;渗出的汁液:余～|残～。

苙 ㊀lì ❶〈文〉牲畜的圈栏。❷药草名。即白芷。
㊁jí【白苙】〈文〉草名。即白及。

枥（櫪）lì ❶〈文〉马槽:老骥伏～,志在千里。❷通"栎"。树木名:时见松～皆十围。

岦 lì【屹(yì)岦】〈文〉形容山峰耸立:巅峰～～。

例 lì ❶用来帮助说明情况或证明某种说法的事物:～句|～证|举～说明。❷以前有过的可以做依据的事物:先～|惯～|史无前～。❸合于某种条件的事例:病～|～案。❹规则:～外|条～|凡～。❺按条例规定的;按惯例进行的:～会|～假|行公事。❻〈文〉类;列:不在此～|我若有权,此人在必杀之～。❼〈文〉类比;对照:溯古～今|以此～彼。❽〈文〉类似;像:进退不由,殆～送死(不由:不能自由。殆:几乎)。

疠（癘）lì ❶〈文〉瘟疫:～疫|瘴～|灾～。❷〈文〉恶疮:民多疥～。

渗[渗、灗] lì ❶〈文〉水流不畅。❷〈文〉阻挡水的高地。❸〈文〉气候反常及由此造成的危害:阴阳之气有～。❹〈文〉灾害:虽有水旱,亦不为～。

戾 lì ❶〈文〉罪过:罪～|获～|昊天不惠,降此大～。❷〈文〉违反:言行相～。❸〈文〉怪僻:乖～。❹〈文〉凶暴;猛烈:暴～|猛～。❺〈文〉至;到达:宛彼鸣鸠,翰飞～天(翰飞:高飞)。

隶（隸）[隸、隸、隸、隸、隸] lì ❶附属;属于:～属|直～中央|割此三郡,配～益州。❷被奴役的人:奴～|仆～。❸衙役;差役:～卒|忽闻扣门急,云是下乡～。❹隶书,汉字字体的一种,由篆书简化演变而成,把篆书圆转的线条变成方折的笔画:汉～|真草～篆。

琊（瓅）lì【玓(dì)琊】1.〈文〉明珠光泽闪耀。2.〈文〉照耀。

荔[*茘] lì ❶草名,即马蔺。叶长条形,坚韧,可以造纸。❷【荔枝】常绿乔木。绿白色,果实也叫荔枝,外壳紫红色,果肉白色,汁多味甜。

栎（櫟）㊀lì 落叶乔木。花黄褐色,坚果球形,叶子可饲柞蚕。木材坚硬,可制家具。也叫"橡"。通称"柞(zuò)树"。
㊁yuè【栎阳】古县名。在今陕西临潼。

郦（酈）lì ❶姓。郦食其(-yìjī),秦汉之际陈留人。

砅 lì ❶〈文〉踩着石头渡水。❷〈文〉涉水用的踏脚石。

劦 lì 〈文〉残余。

迾 lì 见 liè"迾"(409页)。

轹（轢）lì ❶〈文〉车轮碾轧;碾压:值轮被～(遇到车轮就被轧)|马卒(cù)然惊,妄～道中行人。❷〈文〉欺压:凌～|～刻～宗室,侵辱功臣。

俪（儷）lì ❶成对的;成双的;对偶的:～词|～句|骈(pián)～。❷配偶;夫妻:～影(夫妻的合影)|伉～。

俐 lì【伶(líng)俐】聪明,灵活。

疬（癧）lì ❶【瘰(luǒ)疬】中医指淋巴结结核。❷【疬痈(chuàn)】痰核,中医病症名。

飒 lì 见 sà"飒"(587页)。

璅 lì 〈文〉蚌蛤之类的动物。古人用其壳做刀剑鞘上的装饰品。

莉 lì【茉(mò)莉】常绿灌木,花白色,有香气。

莅[*涖、*蒞] lì ❶〈文〉到(含尊敬意):～临|～会|～任。❷〈文〉临视;掌管:～民|～政|～中国而抚四夷。

枥 lì 〈文〉树木名。

鬲 ㊀lì 古代炊具。形状像鼎,圆口,三足,足部中空。
㊁gé ❶【鬲津】水名。发源于河北,流入山东。❷用于人名。胶鬲,商周时人。

栗 [²*慄] lì ❶栗子树，落叶乔木。果实也叫栗子，包在多刺的壳斗内，可以吃。木材坚硬，树皮可供鞣皮革和染色用，叶子可用来饲养柞蚕。❷因害怕或寒冷而发抖：战～|股～|不寒而～。❸【栗冽】〈文〉同"凓冽"。寒冷。❹姓。

厤 lì 〈文〉磨刀石。通作"砺"。

砺 (礪) lì ❶〈文〉磨刀石：～石|砥～|金就～则利。❷〈文〉磨(刀等)：～剑|磨～。

砾 (礫)[磿] lì 小石块；碎石：石|～岩|飞沙走～,举目皆满。

唎 lì 〈方〉助词。表示语气：好～,等我寻来。

峍 lì 【嶂(huá)峍】古山名。在今江苏无锡。

秝 lì ❶〈文〉稀疏均匀的样子。❷〈文〉同"历"。历法：～算。

俿 lì ❶〈文〉怒。❷〈文〉同"戾"。乖戾：很～(很:凶暴)。

猞 lì 【猞(shē)猁】哺乳动物。外形像猫而较大，毛淡黄色，有黑斑，耳端有长毛。性凶猛，善爬树。也叫"林独(yì)"。

猁 ⊖ lì ❶〈文〉急流。❷猁江，水名。在广东和平县西北，也叫和平水。
⊜ liàn 【洴(píng)猁】地名。在江苏宜兴。

悧 lì 【伶(líng)悧】1.同"伶俐"。聪明；灵活。2.干净利落。用于古白话：不如只一刀哈喇了喇了，可不～。

莀 lì 莀草，即狼尾草，多年生草本植物。秆丛生，叶片线形，穗状圆锥花序形似狼尾。嫩株可做饲料。

蛎 (蠣) lì 【牡(mǔ)蛎】软体动物。有两片硬壳，一片小而平，一片大而隆起。肉可以吃，也可提制蚝(háo)油。也叫"蚝"。

蛼 lì 【螇(qī)蛼】〈文〉蝗的一种。也作"螇蟌"。

喽 lì 〈文〉鹤鸣，也泛指鸟鸣：风声鹤～|孤雁悲～。

笠 lì 用竹篾或草编成的帽子，圆形，宽檐，可以用来遮阳挡雨：竹～|～斗～。

脷 lì 〈方〉舌头：～苔|牛～。

猏 lì 传说中的兽名。

疠 lì 〈文〉同"疠"。瘟疫。

粝 (糲)[糳] lì ❶〈文〉粗糙的米：粗～|～饭菜羹。❷〈文〉粗糙：～米|豆麦虽～,亦能愈饥。

粒 lì ❶小的圆珠形或碎块形的固体：颗～|豆～|盐～儿。❷量词。用于小的粒状的东西：一～珠子|两～黄豆|春种一～粟,秋收万颗子。❸〈文〉谷粒；粮食：七日不尝～。

凓 lì 【凓凓】1.〈文〉劲疾的样子：风～而动柯(柯:树的枝干)。2.寒凉的样子：凄～。
另见 lèi "泪"(390 页)。

悷 lì 〈文〉悲伤的样子：心缭～而有哀。

髭 lì 【髭(zī)髭】胡须。用于古白话：腆着胸脯,撚着～。

楋 ⊖ lì 〈文〉机钮：机～。
⊜ liè 〈文〉扭转：放舟惟～柁(柁:同"舵")。用同"捩"。

厤 lì 〈文〉治理。
另见 lì "历"(396 页)。

霳 (靂)[霦] lì 【霹(pī)霳】强烈迅猛的雷，响声巨大。

躒 (躒) ⊖ lì 〈文〉跳跃；跨越：骐骥一～,不能千里。
⊜ luò 【卓躒】〈文〉卓越；超群：～冠群。后作"卓荦"。

詈 lì 〈文〉骂；责骂：～骂|～词|乃使勇士往～齐王。

傈 lì 【傈僳(sù)族】我国少数民族。主要分布在云南怒江和四川凉山。

儷 ⊖ lì 〈文〉同"俪"。成对；配偶。
⊜ lì 【伾(pī)儷】〈文〉离别：心魂伤～。

凓 lì 【凓冽】〈文〉寒冷：其令寒,其变～。也作"栗冽"。

猁 lì 猁疾，肠道传染病。症状是发热，腹痛、腹泻，粪便中带脓、血或黏液。

蒚 lì ❶〈文〉蒲草的中茎。❷〈文〉一种野生的小蒜。

L

鉝 lì ❶扶南国〈中南半岛上的古国名〉的一种食器。❷意大利货币单位"里拉"的旧译。

猍 lì 【猍猍(sù)】旧时西南地区少数民族名。今作"傈僳"。

麻 lì 〈文〉同"历〈歷〉"。统指过去的各个或各次：～世〈历代〉。

隸 lì 〈文〉同"莅"。到：守令诸官皆吉服～事。

溧 □ lì ❶古水名。1. 在今江苏溧阳。2.即今湖北随州的溧河。❷〈文〉寒冷：浏～以风冽。❸用于地名：～水〈在江苏〉|～阳〈在江苏〉。

瑮 lì 〈文〉形容玉的纹理整齐有序。

瓵 lì 〈文〉同"鬲"。古代炊具。

蜊 lì 传说中的一种神蛇。

緂 lì ❶【緂木】落叶灌木或小乔木。叶子椭圆形，花冠白色。❷〈文〉墨绿，形容织物用菉(lì)草染成的颜色。

麗 lì 〈文〉同"丽"。附着；依附：〈太阳〉～于中天。

荔 lì 〈文〉同"隶"。仆役：顽慢(bì)之～(顽慢：愚顽而任性)。

裆 lì ❶〈文〉察看：～雾(fēn)祲(jìn)于清旭(观察不祥的云气是否弥漫于清明的旭日)。❷〈文〉偷看。

踚 lì 〈文〉跛脚：～脚。

蟒 ㊀ lì 【蟓(qī)蟒】〈文〉同"蟓蚸"。蝗的一种。
㊁ xī 【蟒易】〈文〉同"蜥蜴"。爬行动物。

隷 lì 见 yì "隸"(805 页)。

飔 lì 〈文〉风急速的样子：其风如～。

鄜 lì 姓。

厯 lì 同"鬲"。古代炊具。

隸 lì 〈文〉同"隶"。附属；属于：久～军麾(军麾：指挥军队的人)。

篥 □ lì 【觱(bì)篥】古代竹制管乐器，有九个孔。

鮱 lì 某些鲷(diāo)科鱼的别称：红～|白～。

飀 lì 〈文〉风雨急剧而猛烈。

鴗 lì 鸟名。体小，尾短，喙长。羽毛青翠色，主食鱼虾。也叫"鱼狗、水狗、鱼虎"等。

弻 [鬵] lì 同"鬲"。古代炊具。像鼎，圆口，三足，足部中空。

緕 lì 【蒸緕】〈文〉彩色。也作"烝(zhēng)栗"。

鬎 lì 【鬎(là)鬁】〈文〉黄癣。通常写作"瘌痢"。

醨 lì 〈文〉滤酒。

曆 lì ❶〈文〉模拟石头撞击声。❷古代丧礼中写有执绋者名字的版。❸〈文〉战争中被俘者的名籍。❹〈文〉推算历象。❺〈文〉计算：数日，～月，计岁，以当日月之行。

飀 lì 【憭(liáo)飀】〈文〉同"憭栗"。凄凉：气～以飞霜。

灄 lì 〈文〉涉水过河，泛指渡水：櫂舟杭以横～。

璻 lì 〈文〉玉名。

櫔 lì 传说中的一种树木名。

蠣 lì 〈文〉牡蛎。后作"蛎"。

嶵 lì 【嶵崌(jū)】同"岠(lì)崌"。山名。在江西景德镇东南。

犞 lì 〈文〉白脊牛。

隸 lì 〈文〉附属。通作"隶(隸)"。

瘰 lì 〈文〉同"疬"。瘰(luǒ)疬，中医指淋巴结核。

樤 lì ❶〈文〉树木名。皮可造纸。❷〈文〉收丝筐的柄。

厱 ㊀ lì 〈文〉磨刀石。
㊁ chài 〈文〉同"虿"。蝎子一类的毒虫。

齫 lì 〈文〉模拟咀嚼声：～如五马啖其（啖:dàn,吃。其:豆秸）。

瞜 lì 〈方〉怒目视人。

螰 ㊀ lì 【螰螰】〈文〉洁白鲜明的样子：山下石|帛鱼～(帛:通"白")。
㊁ luò 〈文〉白色:丝～岂常皓(皓:洁白)。

螯[螯、螯] lì ❶〈文〉同"戾"。怪僻；凶暴。❷〈文〉绿色:金玺～绶。

鷅 lì 【鷅鶹(liú)】〈文〉鸟名。即黄鹂。

礔 lì 【礔(pī)礔】〈文〉同"霹雳"。强烈迅猛的雷。

巁 lì 〈文〉山高大的样子。

履 lì 【冪(mì)履】1.〈文〉烟升腾的样子:～野烟起。2.〈文〉覆盖:～横塘柳稻生。‖也作"冪(mì)历"。

麜 lì 〈文〉雌性的獐子。

颣 lì 见 lèi "颣"(390 页)。

檪 lì 〈文〉杂。

攊 ㊀ lì ❶〈文〉折断:～指。❷〈文〉击打。
㊁ shǎi ❶撒:～出两锭银子。❷甩动:～手。‖用于古白话。

趚 lì ❶〈文〉跑。❷〈文〉跳跃;跳动。

麗 lì 〈文〉附着(zhuó);附丽:百谷草木～于地。

鑠 ㊀ lì 〈文〉角锋。
㊁ lù 【鑠得】古县名。在今甘肃。

羺 lì 【羖(gǔ)羺】〈文〉一种凶悍勇猛的羊。

屧 lì 〈文〉鞋底。

孆 lì 见 lí "孆"(394 页)。

趣 lì 【趣趚(qì)】1.〈文〉行动敏捷:脚～。2.〈文〉高耸:～阆云螭(阆:阻隔。螭chī,传说中的一种龙)。

欐 ㊀ lì ❶〈文〉屋梁:余音绕梁～。❷〈文〉小船:独与老母,共乘一～。
㊁ lǐ 【欐佹(guǐ)】1.〈文〉支柱。2.〈文〉重叠。

轣 lì 【轣辘(lù)】1.〈文〉缫丝车。2.〈文〉欺骗:吴人～,欺我如此。3.〈文〉模拟车轮、辘轳或其他器物转动的声音:门前～～想君车。

纙 lì 觚(gū)。古代儿童学习写字用的木牍。

軉 lì 【軉(guó)軉】〈文〉裸体。

鱳 lì 【鱳鱳】〈文〉同"螰螰"。洁白鲜明的样子:帛鱼～(帛:通"白")。

搋 lì 〈文〉云气旋转的样子。

鑢 lì 同"鬲"。古代炊具。像鼎,足部中空。

癘 lì ❶〈文〉痈,皮肤或皮下组织化脓性炎症。❷〈文〉瘦黑。

髃 lì 【赤骨髃】赤条条,光着身子:法身～。也说"赤骨立、赤骨律"。

鱱 lì 〈方〉鳢(lǐ)鱼。

覼 lì 〈文〉探望;窥视:～海陵之仓,则红粟流衍。

鱲 lì 〈文〉瓢勺。

䰞[鱲] ㊀ lì 〈文〉鱼名。
㊁ lù 【鱲得】古县名。

鱳 lì 〈文〉鱼名。

li (·为l)

哩 li 见 lǐ "哩"(391 页)。

liǎ (为l丫)

俩(倆) ㊀ liǎ ❶两个:他～|姊妹～|吃了～包子。❷不多的几个:看球的才这么～人|挣～钱真不容易。
㊁ liǎng 【伎(jì)俩】1. 不正当的手段;花招:骗人的～。2.〈文〉技能;本领:邯郸

少年辈,个个有～。

緉 liǎ 同"俩"。两个:您兄弟～。

lián （ㄌㄧㄢ）

裣（奁）[*匳、*匲、*籢] lián ❶古代妇女梳妆用的镜匣:镜～。❷泛指精巧的匣子:印～|棋～|茶～。❸〈文〉嫁妆:～资|陪～|妆～。

连（連） lián ❶相接:接～|藕断丝～|～南～百越,北尽山河。❷连续不断:～年|～雨天|烽火～三月,家书抵万金。❸表示情况接连发生,一个接一个地(可重叠):～发三枪|～旱数年|～～叫好。❹介词。1.表示包括在内:葡萄～皮吃|～人带马掉入了陷坑里。2.表示强调,相当于"甚至"(与"也、都"呼应):～招呼也不打一个|～校长都同意了。❺军队的编制单位。在营之下,排之上。❻姓。

怜（憐） ㊀lián ❶同情:～悯|哀～|纵江东父老～而王(wàng)我,我何面目见之?❷爱;疼爱;爱～|世人皆欲杀,吾意独怜～才。
㊁líng【怜悧(lì)】1.〈文〉同"伶俐"。聪明;灵活。2.干净利落。用于古白话:不如只一刀哈喇了,可不～(哈喇:杀死)。

帘（❶❷簾） lián ❶用布、竹子、苇子等做成的起遮蔽作用的东西:门～|竹～|～外雨潺潺,春意阑珊。❷形状或作用像帘子的东西:雨～|眼～|水～洞。❸望子,旧时店铺高挂在门前的一种标志:酒～|白鸟窥鱼网,青～认酒家。

莲（蓮） lián 多年生草本植物。生在浅水中,地下茎叫藕,叶子叫荷叶,花叫荷花或莲花,种子包在花托内,叫莲子,与花托合称莲蓬。地下茎和种子可以吃,也可以入药:接天～叶无穷碧,映日荷花别样红。也叫"荷花、芙蓉、芙蕖、菡萏"等。

涟（漣） lián ❶〈文〉水的波纹:～漪(yī)|小江吹冻舞清～。❷【涟涟】〈文〉泪流不断的样子:泣水～|泣下～。

琏 lián 见liǎn"琏"(402页)。

梿（槤） lián【槤枷(jiā)】脱粒用的农具。用来拍打谷物,使子粒脱落。旧同"连枷"。

联（聯）[聨] lián ❶连接;结合在一起:～系|～络|蝉～。❷对联,律诗或骈文中相连而对仗的两句:春～|楹～|上～。

褳（褳） lián【褡(dā)褳】1.中间开口、两头装东西的长方形口袋。2.摔跤运动员训练、比赛时穿的上衣,用多层布制成。

嗹 lián ❶【嗹喽(lóu)】〈文〉说话啰唆且不清楚。❷助词。旧时歌曲中的衬字。❸丹麦王国的旧译名。

慊 lián ❶〈文〉布制的帘子:帷～。❷〈文〉细密的绢:～巾。

廉[*亷、*廉] lián ❶品行方正,不贪污、不受贿:～洁|清～|寡～鲜耻。❷(价格)低;便宜:价低～|物美价～。❸〈文〉察看;访查:访(察访)|～问(察访查问)。❹〈文〉堂的侧边;棱角:堂～|～棱。❺姓。

濂 ㊀lián ❶〈文〉水平静的样子:河～海清。❷〈文〉薄水;淡薄。❸〈文〉大水断小水流出。
㊁liǎn ❶【濂濂】〈文〉水刚凝结成冰的样子:水～以微凝。❷〈文〉浸;沤。
㊂nián 〈文〉同"黏"。黏着:虽有深泥,亦弗之～也。

婡 lián 〈文〉姻亲关系:图富贵,觅姻～。

覝 lián 〈文〉察看。

憅 lián 〈文〉哭泣流泪的样子。

爈 lián 〈文〉断裂;断开。

碄 ㊀lián ❶〈文〉赤色的磨刀石,也指有棱角的石块。❷〈文〉激励;磨炼:磨～。
㊁qiān 用于地名:大～(在贵州)。

瞵 lián 〈文〉目低垂:转～而为敬。

鲢 (鰱) lián 鱼名。身体侧扁,银白色,头大,鳞细。是重要的淡水养殖鱼。也叫"白鲢"。

劙 lián 〈文〉轻刺:~洗(古代治疗眼疾的小手术。用针锋微刺或用灯芯草轻刮,再用药水冲洗)。

瓡 [瓡] lián 〈文〉瓜子。

稴 lián 【稴枷(jiā)】脱粒用的农具。旧同"连枷"。

薕 lián 〈文〉没有抽穗的荻。

蓮 ⊖ lián 【蜷(quán)蓮】〈文〉盘曲的样子。也作"蓮蜷"。
⊜ liàn 【赤蓮】蛇名:一条小火~蛇。

蛛 lián 〈文〉海蛤类动物。

濂 lián ❶濂江,水名。在江西。❷濂溪,水名。一在江西,一在湖南。❸姓。

縺 lián ❶〈文〉丝线纠结不解:牵~。❷〈文〉一种渔网。

踺 lián 【踺蹇(jiǎn)】〈文〉口吃,说话不清楚的样子。

臁 lián 〈文〉小腿,也指小腿的两侧:~骨|~疮。

謰 lián 【謰语】〈文〉联绵词,双音节的单纯词。

聯 lián 同"联"。对联:编为数~。

霙 lián 〈文〉久雨。

镰 (鐮) [*鎌、*鎌] lián ❶镰刀,割庄稼、柴草的农具,刀头和木柄成直角:开~(开始收割庄稼)|挂~(庄稼收割完毕)。❷〈文〉一种有棱角的长兵器。

鰜 ⊖ lián ❶〈文〉稍微吃一点。❷〈文〉廉洁。
⊜ qiàn 〈文〉同"歉"。歉收。
⊜ xiàn 〈文〉同"馅"。包在面食里的肉、菜、糖等。

蠊 lián 【蜚(fěi)蠊】蟑螂。

獿 lián 【獿獌(chuān)】〈文〉兽类奔跑的样子:兔急且~。

鸁 lián 见 léi "鸁"(388 页)。

縑 lián 〈文〉一种薄而坚韧的丝织品,可用来写字、绘画:写以~素(素:绢帛)。

鬑 lián 【鬑鬑】1.〈文〉须发稀疏的样子:为人洁白皙,~颇有须。2.〈文〉须发长的样子:须~如久未剃。

灡 lián 古水名。源出今河南济源市王屋山。

霟 lián 【霟霦(shān)】细雨连绵不断的样子。用于古白话:雨儿~,风儿渐沥。

鎌 lián 〈文〉"鰜"的讹字。稍微吃一点。

麟 lián 【麟䴗(lǒu)】馓子,一种油炸面食。用于古白话。

鸁 lián 【鸁陵(lóu)】同"鸁(lián)陵"。古县名。在今越南境内。

籈 lián 杖鼓。古代一种细腰鼓,左面用手拍击,右面用杖敲击。

齹 lián 〈文〉牙齿外露的样子。

liǎn （ㄌㄧㄢˇ）

珇 (璉) ⊖ liǎn 古代宗庙里盛黍稷的礼器:瑚~。
⊜ lián 〈文〉通"连(lián)"。连接。

敛 (斂) [△*歛] liǎn ❶聚集;征收:~钱|横征暴~|薄赋~,广畜积。❷约束;节制:~足(收住脚步,不往前走)|~容(收起笑容,变得严肃)|~迹|收~。❸【敛衽(rèn)】1.〈文〉整整衣襟,表示恭敬:一国之众,见君莫不~而拜。2.〈文〉妇女行拜礼。也作"裣衽"。
"歛"另见 hān(235 页)。

脸 (臉) liǎn ❶头的前部,从额到下巴的部分:~庞|~颊|瓜子~。❷某些物体的前部:门~儿|鞋~儿。❸面子;情面:丢~|赏~|给~|不要~。❹脸上的表情;神色:笑~|翻~|愁眉苦

偄 lián 见 liàn "偄"(403 页)。

L

裣（襝）liǎn 【裣衽(rèn)】同"敛衽"。1.〈文〉整整衣襟,表示恭敬。2.〈文〉妇女行拜礼。

捷 ⊖ liǎn ❶〈文〉运;担:～水。❷〈文〉门闩。
⊜ liàn 〈文〉按压:～紧密。

溓 liǎn 见 lián "溓"(401页)。

荶（荶）liǎn 【白荶】多年生藤本植物。有卷须,掌状复叶,浆果球形。根可入药。

鄻 liǎn 古地名。为春秋周邑。

羷 liǎn 〈文〉角蜷曲了几个弯的羊。

繿 liǎn ❶〈文〉用来悬挂蚕箔横柱的纽儿。❷〈文〉绳索。

癗 liǎn 〈文〉婴儿湿疹:～疮始发头眉间。

liàn （ㄌㄧㄢˋ）

练（練）liàn ❶反复学习或操作:～习|～功夫|武欲胜其敌,必先～其兵。❷经验多,阅历广;纯熟:～达|老～|干～。❸简要:简～|精～|凝～。❹〈文〉白色的熟绢:澄江静如～。❺〈文〉把生丝放在沸水里煮,使柔软洁白:～丝。❻姓。

炼（煉）[△*鍊] liàn ❶用加热等方法使物质的纯度提高或变得坚韧:～油|提～|百～成钢。❷烧:真金不怕火～|女娲销～五色石以补苍天(销:销熔)。❸推敲,使文字精美简洁:～字|～句。❹通过实践活动,提高思想品质、工作能力、身体素质等;锻～|～就一身过硬本领。
"鍊"另见 jiàn(307页)。

挛 liàn 见 luán "挛"(431页)。

恋（戀）liàn ❶想念不忘;不忍分离:～旧|思～|这孩子不～家,愿意到外面去闯一闯。❷男女相爱:～人|热～|生死～～。

涟 liàn 见 lì "涟"(398页)。

殓（殮）[堿] liàn 把死者装入棺木:～葬|入～|杂木为棺,浣敛以～。

蔹 liàn ❶〈文〉白蔹。蔓生藤本植物。根可入药。❷【芊(qiān)蔹】〈文〉青葱茂盛的样子。

链（鏈）liàn 链子,用金属环连接而成的像绳索的东西:～条|铁～|项～儿。

健 ⊖ liàn 〈文〉小鸡。
⊜ liàn 〈文〉孪生。

涑 liàn 〈文〉练丝,把丝绢放在温水中煮,使其软而洁白:～丝染缕。

瑓 liàn ❶〈文〉玉名。❷用于人名。

挵 liàn 见 liǎn "捷"(403页)。

楝 liàn 落叶乔木。花淡紫色,果实椭圆形,熟时黄色,木质坚实,可用来制家具等,种子、树皮和根皮可入药。也叫"苦楝"。

瓥 liàn 〈文〉瓜瓢。

潋（瀲）[灠] liàn 【潋滟(yàn)】1.〈文〉水波荡漾的样子:水光～晴方好,山色空蒙雨亦奇。2.〈文〉水满溢出的样子:金杯～。

穅 liàn 见 xián "穅"(730页)。

覝 liàn 〈文〉瓜瓢。

蟘 liàn 见 lián "蟘"(402页)。

潄 liàn 〈文〉锻造金属。

滟 liàn ❶〈文〉浸渍:～洒。❷〈文〉清。

鰊（鰊）liàn 〈文〉鱼名。即鲱鱼。

臉 liàn 见 jiǎn "臉"(304页)。

鱄 liàn 见 zhuān "鱄"(897页)。

L

嚫 liàn 留恋。用于古白话:热～。

liáng (ㄌㄧㄤ)

良 □ liáng ❶美好;优秀:优～|吉日辰|～师益友|～农不为水旱不耕。❷善良;善良的人:忠～|贤～|除暴安～。❸〈文〉和悦;和善:其容～。❹〈文〉副词。1. 很;甚:沉思～久|用心～苦|上既闻廉颇李牧为人,～说(悦)。2. 的确:古人秉烛夜游,～有以也(以:原因)。

佷 □ liáng 〈文〉善;擅长。

茛 □ liáng 见 làng "茛"(384 页)。

凉 [*涼] □ liáng ❶温度低;微寒(程度比"冷"浅):～水|清～饮料|秋风萧瑟天气～。❷冷清;没有生机:悲～|荒～|苍～。❸比喻灰心或失望:她一走,我的心就～了。❹西晋末年,在西北地区建立的少数民族政权,有前凉、后凉、南凉、北凉、西凉。

□ liàng ❶〈文〉辅佐:～彼武王,肆伐大商。❷把热的东西放一会儿,使温度降低:粥太烫,～一～再喝|～一杯凉(liáng)开水。

谅 □ liáng 见 liàng "谅"(405 页)。

郲 □ liáng ❶古地名。❷姓。

梁 [❶-❹*樑] □ liáng ❶桥:桥～|津～|泽无舟～。❷架在墙上或柱子上支撑房顶的横木,泛指横向的长条形承重构件:房～|钢～|木自南山松,今为宫殿。❸器物上面便于手提的弓形的部分:提～儿|茶壶～儿。❹物体或人体某些部位中间高起成长条形的部分:山～|鼻～|脊～。❺周代诸侯国名。1. 故地在今陕西韩城南。2. 战国七雄中的魏。魏惠王于公元前 362 年迁都大梁(今河南开封),故称梁。❻朝代名。1. 公元 502—557 年,南朝之一,萧衍所建,建都建康(今江苏南京),国号梁,也称萧梁。2. 公元907—923 年,五代之一,朱温所建,建都汴(今河南开封),国号梁,史称后梁。❼姓。

绫 (綡) □ liáng ❶〈文〉用来系帽子的丝带。❷用于人名。

椋 □ liáng ❶古书上指一种树。也叫"椋子木"。❷【椋鸟】鸟名。性喜群飞,善于鸣叫,吃种子和昆虫等。种类较多,如八哥、欧椋鸟、灰椋鸟等。

辌 (輬) □ liáng 【辒(wēn)辌】古代一种可以躺卧的车,后来用作丧车。

量 □ ㊀ liáng ❶用作为标准的器具来测定东西的长短、轻重、大小、多少等:～布|～体温|车载斗(dǒu)～|为之斗斛以～之。❷估量:端～|酌～|思～。

㊁ liàng ❶古代指用来测定容积的器具,如斗、升等:度～衡。❷所能容纳或承受的限度:饭～|胆～|唯酒无～,不及乱。❸数的多少:数～|产～|保质保～。❹估计;衡量:～刑|～入为出|不自～力。❺〈文〉指度量;气量:雅～|志大而～小,才余而识不足。

惊 □ liáng 〈文〉毛色黑白相杂的牛。

粮 (糧) [糧] □ liáng ❶可吃的谷类、豆类和薯类等:～食|粗～|晋文公攻原,裹十日～,遂与大夫期十日。❷作为农业税的粮食;田赋:公～|完～|租曰夏税,曰秋～。

粱 [樑] □ liáng ❶〈文〉谷子的优良品种:黍稷稻～|黄鸟黄鸟,无集于桑,无啄我～(无:不要)。❷〈文〉精美的粮食;精美的饭食:～肉|膏～(肥肉和细粮)|～则无矣,粗则有之(粗:粗粮)。

墚 □ liáng 我国西北地区称呈条状延伸的黄土山岗。

踉 □ liáng 见 liàng "踉"(406 页)。

醨 □ liáng 古代的一种饮料。

飈 [颸] □ liáng 〈文〉北风。

糠 □ liáng 见 kāng "糠"(355 页)。

轋 □ liáng 〈文〉同"梁"。车上驾马的曲辕。

躒 □ liáng 【跳躒】〈文〉跳跃:欢喜～。也作"跳踉(liáng)、跳梁"。

liǎng （ㄌㄧㄤˇ）

两（兩）[両、両] ㊀ liǎng ❶一个加一个是两个。一般用于成双成对的事物、量词和"千、万、亿"等数目前：～块｜～扇门｜～万元｜断其一～足。❷表示不定的数目(十以内的)，相当于"几"：说～句话｜有一下子｜再玩～天。❸双方；两方面：～全其美｜败俱伤｜目不能～视而明，耳不能～听而聪。❹市制质量或重量单位，10钱为1两，10两为1斤。1两合50克。

㊁ liàng 〈文〉量词。用于车辆：车四千余～｜之子于归，百～御之。后作"辆"。

俩 liǎng 见 liǎ "俩"(400页)。

蒴（蒴）liǎng ❶〈方〉靠近水的平缓高地。❷用于地名：～塘(在广东)。

捔 liǎng ❶〈文〉整饰：～马(刷拭马毛)。❷【技捔】〈文〉同"伎俩"。本事；技能。

唡 liǎng 又读 yīngliǎng 旧表示英制质量单位的字。今作"英两"。

眿 liǎng 见 liàng "睍"(405页)。

脼 liǎng 〈文〉干肉。

裲 liǎng ❶【裲裆(dāng)】1. 古代一种类似于现在的背心的短衣。2. 古代作战时穿的戎服：齐着铁～。❷〈文〉量词。双：袜一～。

蜽 liǎng 【蜽(wǎng)蜽】同"魍魉"。传说中的山川精怪，现多比喻坏人。

緉[緉] liǎng ❶〈文〉量词。双，用于鞋：葛屦五～。❷〈文〉两股绳扭在一起。

魎（魎）liǎng 【魎(wǎng)魎】传说中的山川精怪，现多比喻坏人。

liàng （ㄌㄧㄤˋ）

两 liàng 见 liǎng "两"(405页)。

亮 liàng ❶有光；光线充足：明～｜～晶晶｜皎皎～月。❷发光：街上的灯还～着｜手电筒～了一下。❸声音响：洪～｜嘹～｜她的嗓音又脆又～。❹明朗；清楚：心明眼～｜睹农人之耘耔，～稼穑之艰难。❺显露；显示：～相｜～牌｜～出底儿来。❻〈文〉清白；忠直：高风～节。❼〈文〉通"谅(liàng)"。原谅：恕～｜情在可～。❽姓。

喨 liàng 【嗐(qiàng)喨】〈文〉因悲伤过度而痛哭失声。

倞 liàng 见 jìng "倞"(330页)。

涼 liàng 见 liáng "凉"(404页)。

悢 ㊀ liàng 〈文〉悲伤；惆怅：临书～然｜游子悲其故乡，心怆(chuàng)～以伤怀。

㊁ làng 【懭(kuǎng)悢】〈文〉惆怅失意的样子。

谅（諒）㊀ liàng ❶体察；宽恕：原～｜～解｜～察｜不～苦衷，横加辱骂。❷料想；想必：公函～已收到｜大宗师～不为怪。❸〈文〉诚信：友直，友～，友多闻。

㊁ liáng 古州名。在今越南。

辆（輛）liàng 量词。用于车(火车除外)：一～汽车｜几～自行车｜一～装甲车。

靓 liàng 见 jìng "靓"(330页)。

瞭 liàng 〈文〉对不好的事情表示鄙薄。

量 liàng 见 liáng "量"(404页)。

睍 ㊀ liàng 〈文〉眼睛斜视的病。㊁ liàng 〈文〉明。

晾 liàng ❶把东西放在阴凉通风的地方使干燥；晒(东西)：～干菜｜～衣服｜渔网～在沙滩上。❷比喻放在一边不理睬。用于口语：把客人～在那儿了。❸把热的东西放一会儿，使温度降低。旧同"凉"。

嘹 liàng 声音清亮高亢。用于古白话：嘹～｜清～。

湸 liàng 〈文〉通"亮(liàng)"。响亮：浏(liú)～鸟声遒(浏湸：响亮。遒：qiú，

有力)。

踉 ⊖ liàng【踉跄(qiàng)】走路不稳的样子:一个～,差点儿摔倒。
⊜ liáng【跳踉】〈文〉跳跃;比喻强横、跋扈:群丑～|有二狐～去。现在通常写作"跳梁"。

镜 liàng 〈文〉一种打击乐器:富者乘马鸣～。

---

liāo (ㄌㄧㄠ)

撩 ⊖ liāo ❶提;掀起:～门帘|～开面纱|～起长发。❷用手舀水由下往上洒出去:先～点水再扫地|留神,别～人一身水。
⊜ liáo ❶挑逗;招惹:～拨|春色～人。❷〈文〉摘取:凡人取果,宜待熟时,不～自落。❸〈文〉整理:梳头百～遍。
⊜ liǎo 〈文〉挖掘:常命士开～井泉,以济邦民之汲,庶无枯涸之忧。
⊗ liào 旧同"撂"。1. 放下。2. 抛弃;丢下。3. 弄倒。

蹽 liāo ❶〈方〉大步快走;跑:一口气～了好几里。❷〈方〉偷偷溜走;逃掉:盯住他,别让他～了。

---

liáo (ㄌㄧㄠ)

辽(遼) liáo ❶遥远:～阔|道里～远,山川阻深。❷辽宁的简称:～东半岛。❸朝代名。公元907—1125年,契丹族耶律阿保机所建,建都皇都(今内蒙古巴林左旗东南),国号契丹。公元938年(一说947年)改国号为辽。❹姓。

疗(療)[療] liáo ❶医治:～效|治～|～养。❷〈文〉止;解除(痛苦):～贫|～忧|～饥。

廖 liáo 战国时赵国地名。

窌 liáo 见jiào"窌"(315页)。

聊 liáo ❶依赖;依靠:百无～赖|民不～生|上下相愁,民无所～。❷闲谈:～天|闲～|咱哥儿俩好好～～。❸姑且;暂且:～备一格|～以自慰|我心伤悲兮,～与子同归兮。❹略微:～表谢忱|～胜于无|开春理常业,岁功～可观。❺姓。

寮 liáo 见liào"寮"(408页)。

聊 liáo 〈文〉同"聊"。姑且;暂且:～乘暇日,重定一编。

遼 liáo 〈文〉通"僚(liáo)"。官吏:百～(百官)。

嵺 ⊖ liáo 【嵺廓(kuò)】〈文〉空旷高远的样子:上～而无天。现作"寥廓"。
⊜ liù 【嵺嵝(qiù)】〈文〉山色萧条的样子。

嶚 ⊖ liáo 【嶚廓】〈文〉同"嵺廓"。空旷高远的样子:安得凭风翘～(翘;sù,通"遡"。向着)。
⊜ liù 【嶚嵝(qiù)】〈文〉萧条的样子:山谷～。

僚 ⊖ liáo ❶官吏:官～|臣～|内外群～,莫不哀之。❷旧时指在一起做官的人:～属|～佐|同～。
⊜ liǎo 〈文〉美好:月出皎兮,佼人～兮(佼人;美人)。

膋 liáo ❶肠子上的脂肪。❷泛指脂肪:血～。

潦 ⊖ liáo ❶〈文〉水清澈:～乎其清。❷〈文〉通"寥(liáo)"。空虚;空旷:寂～。❸〈文〉气盛的样子。❹〈文〉清静;平静。❺〈文〉悲伤。
⊜ liú 〈文〉变化的样子。
⊜ lǎo 〈文〉通"潦(lǎo)"。雨水大:～水。

憀 liáo ❶〈文〉悲恨:云晴山晚动情～。❷〈文〉依赖;寄托:无～。❸〈文〉明白。

寥 liáo ❶稀少:～落|～若晨星|～～无几。❷静寂:寂～。❸空虚;空旷:～廓|寂兮～兮,独立而不改。❹姓。

墝 liáo 〈文〉围墙。

撩 liáo 见liāo"撩"(406页)。

敹 liáo ❶〈文〉缝缀:～乃甲胄。❷〈文〉修理:～械。❸〈文〉选择。

嘹 liáo 【嘹亮】声音清脆响亮:歌声～～|～兮声满长空;参差兮景留古渡。

嵺[嶚] liáo 〈文〉山势高耸的样子。

獠 ㊀ liáo ❶〈文〉(面目)凶恶:～面。❷【獠牙】露在嘴外面的长牙:青面～。❸〈文〉夜间打猎,泛指打猎:相与～于蕙圃。㊁ lǎo 古代南方少数民族名:初蜀土无～,至此始从山而出。

熮 liáo 〈文〉火势猛烈。

潦 ㊀ liáo ❶古水名,即今辽河。❷【潦草】1.书写不工整:字迹～。2.做事不仔细、不认真:浮皮～。❸【潦倒(dǎo)】1.情绪低沉;不如意:穷困～。2.〈文〉散漫;不自约束:～粗疏。㊁ lǎo ❶〈文〉雨水大;雨后的大水:～雨|霖～。❷〈文〉雨后地面的积水:积～|天雨,廷中有～。㊂ lào 〈文〉通"涝"。水淹成灾:禹之时十年九～。

憭 liáo 见 liǎo "憭"(408页)。

寮 liáo ❶〈文〉僧舍:僧～。❷〈方〉小屋:茅～|茶～|几间～舍。❸〈文〉小窗:窗～。❹〈文〉通"僚(liáo)"。官吏:群～|～有级差。

窲 liáo 〈文〉"寥"的讹字。空寂;深广。

屪 liáo 〈文〉男性外生殖器。

嫽 ㊀ liáo ❶〈文〉烦扰。❷〈文〉聪慧。㊁ liǎo 〈文〉美好貌:～妙。

缭(繚) liáo ❶缠绕:～乱|～绕。❷缝纫方法。用针线斜着缝:～贴边|随便～几针就行了。

璙[璙] liáo ❶〈文〉玉名。❷〈文〉优质的白银。

橑 liáo 〈又读 lǎo〉❶〈文〉屋椽。❷古代车上伞盖的骨架。❸〈文〉柴薪。❹〈文〉树木名。❺用于地名:太平～(在福建)。

膋 liáo ❶〈文〉牛肠的脂肪。❷男性或雄性动物的生殖器。用于白话:马死单单剩马～。❸汉代侯国名。

燎[爒] ㊀ liáo ❶(旧读 liǎo)蔓延燃烧:～荒(烧掉干枯的荒草)|若火之～于原。❷烧伤或烫伤:～泡。❸〈文〉火炬:纵火大呼,城上举～应之。㊁ liǎo ❶烘烤:烟熏火～|光武对灶～衣(光武:汉光武帝)。❷烧焦:头发被火～了。

鹩(鷯) liáo 【鹪(jiāo)鹩】鸟名。也叫"巧妇鸟"。

簩 liáo 〈文〉竹名:～竹。

膠 liáo 〈文〉盛大。

潦 liáo ❶〈文〉同"潦"。水清澈。❷〈文〉通"寥(liáo)"。寂静:～寂。❸〈文〉通"憀(liáo)"。凄惨;悲伤:～慄(慄:lì,悲愁)。

窲[窲] liáo 〈文〉窗口。通作"寮"。

襻 liáo 【襻褡】〈文〉小套裤,裤长仅在膝盖之上。

撩 liáo 〈文〉向上挑起(指书法上的用笔)。

蓼 liáo 茶名用字:碧涧～|明月～。

蟟 liáo 【蛁(diāo)蟟】〈文〉一种小蝉。

蟧 liáo 见 láo "蟧"(385页)。

簝 liáo 古代宗庙祭祀时盛肉的竹器。

谬 liáo ❶〈文〉空旷的山谷:午景停虚～(景:日光)。❷〈文〉深。

膠 liáo 〈文〉空虚。通作"寥"。

潦 liáo 潦水,水名。在江西。

屪 liáo 男子外生殖器。

獠 liáo 见 lǎo "獠"(386页)。

髎 liáo 中医指骨节之间的空隙(多用于穴位名):八～。

飉 liáo 见 liù "飉"(420页)。

額 liáo 〈文〉大头高鼻梁深眼窝。

liǎo（ㄌㄧㄠˇ）

飗[飆]　liáo　〈文〉微风。

了（㊂③△瞭）　㊀ liǎo　❶完毕;结束:终~|不~~之|没完没~|~了(le)一桩心愿。❷〈文〉从范围上强化否定,相当于"全然"(用于否定词前):~无惧色|~不相涉。❸明白;懂得:~解|明~|虽神气不变,而心~其故。

㊁ le　助词❶用在句内动词、形容词后面,表示动作或变化已经完成或即将完成:买~不少东西|头发一下子白~许多|等他来~我再走。❷用在句子或分句后面,表示已经、即将或可能出现某种情况或发生某种变化:小张来信~|天快要亮~|你怎么又改主意~?|再晚一步就要出问题~。❸用于句末或句中停顿的地方,表示劝阻、催促或感叹等语气:好~,不要再说~|你再别去他家~|快吧,开演~|太好~!

"瞭"另见 liào（409 页）。

钌（釕）　㊀ liǎo　金属元素。符号 Ru。

㊁ liǎo　【钌铞(diào)儿】钌在门、窗、箱柜上面,可以把门、窗、箱柜扣住的金属钩。

祒　liǎo　【校(jiǎo)祒]1.〈文〉小套裤。2.〈文〉渔服。

舠　liǎo　〈文〉小船。

鄝　liǎo　春秋时国名。故地在今河南。

蓼　㊀ liǎo　一年生或多年生草本植物。单叶互生,茎节处常膨大,花白色或淡红色。种类很多,有水蓼、红蓼、辣蓼、马蓼等。

㊁ lù　〈文〉形容植物高大:~~者莪。

僚　liǎo　见 liáo "僚"(406 页)。

撩　liǎo　见 liáo "撩"(406 页)。

憭　㊀ liǎo　❶〈文〉明白;清楚:但太隐晦,已为一般读者所不~。❷〈文〉聪明。❸〈文〉病愈。❹〈文〉明快。

㊁ liáo　【憭栗】〈文〉凄凉的样子:~自伤。也作"憭慄"。

嫽　liǎo　见 liáo "嫽"(407 页)。

燎　liǎo　见 liáo "燎"(407 页)。

嘹　liǎo　【嘹髐(jiào)】〈文〉长(cháng)的样子。

轑　liǎo　见 láo "轑"(385 页)。

爒[爒]　liǎo　〈文〉用火烤肉。

醪　liǎo　【醪醪】〈文〉脸苍白无血色。

liào（ㄌㄧㄠˋ）

尥　㊀ liào　【尥蹶(juě)子】骡、马等牲畜跳起来用后腿向后蹬:离马远点,小心它~。

㊁ liào　见 liǎo "尥"(408 页)。

钌　liào　见 liǎo "钌"(408 页)。

斦　liào　〈文〉同"料"。料理:善~军事。

料　liào　❶预想;估计:~想|预~|君侯自~,能孰与蒙恬?(蒙恬:人名)❷管理;照看:~理|照~。❸有某种特定用途的东西:木~|原~|偷工减~。❹谷物,后专指喂养牲畜的饲料:~豆|草~|陈州亢旱三年,六~不收,黎民苦甚。❺用玻璃做原料加工而成的半透明物,可以用来制造器皿、工艺品等:~货|~器。❻量词。用于中药配制的丸药,规定剂量的全份为一料:配一一中药|这~药共有六味。❼〈文〉计算;统计:~民(清查户口)|~民富贫。

尞　㊀ liào　〈文〉柴祭天地。

㊁ liáo　❶〈文〉同"僚"。指在一起做官的人:~属。❷姓。

撂　liào　❶放下:~下饭碗就走|这件事不急,先~一~再说。❷抛弃;丢下:~挑子|别把孩子一个人~在家里不管。❸弄倒:~跤|一枪~倒一个敌人。‖旧也作"撩"。

塛□ liào　【圪塛】地名。在山西。

廖□ liào　姓。

撩□ liào　见 liāo "撩"(406 页)。

瞭□ liào　从高处向远处看:～望|站在楼顶上～着点儿。
另见 liǎo "了"(408 页)。

镣□(鐐)[鐐] liào　套在脚腕上的刑具,由铁链连着两个可以打开的铁箍做成:脚～|～铐|铁～。

鬸□ liào　【鬸齁(yào)】〈文〉鼻子上仰(形容傲慢):鼻～而刺天。

| liē (为一世) |

唎□ liē　见 liě "咧"(409 页)。

| liě (为一世ˇ) |

咧□〈一〉 liě　嘴角向两边伸展:～着嘴笑|龇牙～嘴|把嘴一～就哭开了。
〈二〉 liě　❶【咧咧】后缀。附着在某些双音语素的后边:大大～(随随便便,满不在意)|骂骂～(说话中夹杂着骂人的话)。❷【咧咧(lie)】1.〈方〉乱说:瞎～。2.〈文〉小孩哭:这孩子～起来没完了。
〈三〉 lie　〈方〉助词。"啦"的变体(多用于北方话),用法接近于"啦":先生,劳驾～|别喊了,来～|你不要走远～。

驰□ liě　佛经译音用字。

裂□ liě　见 liè "裂"(410 页)。

| liè (为一世ˋ) |

列□ liè　❶排开;摆放:～队|陈～|名～前茅。❷人或物排成的行;位次:队～|行(háng)～|既济,而未成～(已经过了河,还没有排成行列)。❸安排;归类到:～入计划|～为国家保护动物。❹类;范围:系～|不在考虑之～。❺量词。用于火车或

成列的事物:一～火车|一～队伍|一～店铺。❻众;各:～位|～国|～强。❼〈文〉分解:古者～地建国。❽姓。

劣□ liè　❶坏;不好(跟"优"相对):～等|低～|必能使行阵和睦,优～得所。❷弱:～株(生长不健壮的植株)|骨体强～。

屵□ liè　〈文〉水分流的样子。

歺□ liè　【歺歺】〈文〉水流动的样子。

冽□ liè　〈文〉寒冷;凛～|山高风～。

削□ liè　〈文〉通作"列"。分解;分开:～地分民(列地:分封土地)。后作"裂"。

劽□ liè　〈文〉同"列"。行列:日不逾辰,月宿其～。

巤□ liè　见 xié "巤"(742 页)。

苶□ liè　❶〈文〉苇花。❷〈文〉箬苤。古代祭祀用。❸〈文〉药草名。

迾□〈一〉 liè　❶〈文〉拦阻;阻止。❷〈文〉列队警戒。❸〈文〉同"列"。排列;行列:冀马～于淮南。
〈二〉 lì　〈文〉同"例"。规则:条～。

叕□ liè　〈文〉美。

峛□ liè　见 lǐ "峛"(395 页)。

叜□ liè　〈文〉撮取。

冽□ liè　❶〈文〉(水、酒等)清澈,不混浊:玄泉～清|下见小潭,水尤清～。❷〈文〉清醇:泉香而酒～。

埒□ liè　❶〈文〉等同;相等:富～天子|高与长安城～。❷〈文〉矮墙;场地的围墙:买地作～。❸〈文〉田埂:旧～新塍(塍chéng,田埂)。❹〈文〉界限;边际:游敖于无形～之野。

栵□[栵] liè　❶〈文〉丛生的小树:丛～。❷树木名。栵栗,即茅栗。

烈□[烮] liè　❶火势猛;强度大,气势猛:～火|～日|～性酒|夫火～,民望而畏之。❷刚直;严正:刚～|忠～|～性汉子。❸为正义事业而死难的人:属～|先～|英～。❹〈文〉功业:功～(功绩)|

L

先人余～。❺〈文〉光明;显赫:君有～名,臣无叛质。❻〈文〉烧:～山泽而焚之。

浖 liè 〈文〉同"埒"。界限;边际。

劂 liè ❶〈文〉扭转:～转|转～点(转折点)。❷〈文〉折断:凌风～桂花。

捩 liè 〈文〉割:～生幹,栽熟簧(幹:gǎn,小竹)。

枆 liè 〈文〉树木名。

鴷(**鴷**) liè 〈文〉啄木鸟。

甄 liè 〈文〉白脊牛。

枀 liè 〈文〉黍秆。

胟 [梨、㧫] ⊖ liè ❶〈文〉肋骨部分的肉。❷〈文〉肠之间的脂肪。
⊜ luán 〈文〉割:～割。

猎(**獵**)[**獦**] liè ❶打猎,捕捉禽兽:～手|狩～|不狩不～,胡瞻尔庭有县(xuán)貆兮。❷寻求;设法取得:～奇|～艳|～取功名。❸〈文〉通"躐(liè)"。践踏:不杀老弱,不～禾稼。

椒 liè 见 lì "椒"(398 页)。

甄 liè 【蠦(jīng)甄】〈文〉蟋蟀。

裂 ⊖ liè ❶破开;开了缝(fèng):～缝|～纹|衣裳绽～。❷分割;划分:～土|割～|～土田而瓜分之。❸〈文〉撕破:～其衣,断其带。
⊜ liě 东西的两部分向两边分开:敞胸～怀|提包装得太满,拉锁拉不上,只好～着。

畤 liè ❶〈文〉翻耕土地:种大小麦,先～。❷〈文〉同"埒"。田埂:畦～。

蛚 liè 【蜻(jīng)蛚】〈文〉虫名。即蟋蟀。

笢 liè 〈文〉竹丛;竹株的行列。

裂 liè 〈文〉缯帛剪裁的剩余。

趔 liè 【趔趄(qie)】身体歪斜、脚步不稳的样子:他～着走了过来|小心被撞了个～。

耺 liè 〈文〉头巾。

蛚 liè 〈文〉虫名。

獦 liè 见 gé "獦"(205 页)。

飍 liè 【飋飍】〈文〉寒风猛烈的样子:朔风鼓而～。

鼠 liè 〈文〉毛发。

鬣 liè ❶古代仪仗中的大掌扇,以羽毛为饰,可以遮蔽风尘。❷〈文〉通"鬣(liè)"。马颈上的长毛:黑～。

駚 liè ❶〈文〉马成行列有秩序地奔驰。❷〈文〉奔驰的样子。

䰛 liè 〈文〉鱼名。也叫"刀鱼、鲼(miè)刀"。

儠 liè 〈文〉高大而健壮。

劽 liè ❶〈文〉断。❷〈文〉削。

撠 ⊖ liè ❶拿着;把持。用于古白话:专一打点衙门,～唆结讼…排陷良善。❷〈文〉分理须发并握持。
⊜ là ❶〈文〉折:～得一枝还好在,可怜公子惜花心。❷〈文〉碾:～碎。❸【撠擂(zá)】〈方〉邋遢;脏乱。

爒 liè 〈文〉用火烧断。

瀄 liè 【泖(yā)瀄】〈文〉模拟流水声:山水～。

橪 liè ❶〈文〉柶的柄(柶:sì,像匙,一种礼器)。❷〈文〉紫藤。

躐 liè 〈文〉同"躐"。踩;践踏:～行。

犣 liè 〈文〉牦牛。

礰 liè 见 là "礰"(378 页)。

篥 liè 〈文〉竹编的篷席:编竹为～。

躐 liè ❶〈文〉超越:～等|～级|～升。❷〈文〉踩;践踏:凌余阵兮～余行(侵犯我们的阵地,践踏我们的行列)。

L

镴 liè【镴余聚】古村落名。在今山西平定。

镴（鱲）liè 鱼名。身体侧扁，雄鱼体色鲜艳，有蓝色垂直条纹。生活在淡水中，可食用。

辖 liè〈文〉马笼头上当额的金属饰物。

篱 ⊖ liè〈文〉竹缆：竹～。
⊜ niè〈文〉通"蹑(niè)"。织机上提综的踏板：女伴能来看新～。

飉 liè【飉飉】〈文〉模拟风声：建～之朱旗（建：树立）。

鬛［鬛、𩑺、鬣］liè 马、狮子等兽类颈上的长毛：～鬃|马～|狮～。

lie（·ㄌㄧㄝ）

咧 lie 见 liě "咧"（409 页）。

līn（ㄌㄧㄣ）

拎 līn 用手提(东西)：～来一桶水|一手抱孩子，一手～着篮子。

lín（ㄌㄧㄣ）

𠖌 lín〈文〉同"邻"。邻居：东～。

邻（鄰）［*隣、𨛨、隣、𨞹］lín ❶住处接近的人家：四～|近～|～人有吹笛者。❷接近；靠近：～近|～县|～于善，民之望也(接近于善，这是百姓的期望)。❸古代最小的居民组织单位，五家为邻，五邻为里。

阾 lín〈文〉通"邻(lín)"。邻居：东舍与西～。

玲 lín 见 jiān "玲"（300 页）。

林 lín ❶成片的树木或竹子：椰～|竹～|斧斤以时入山，材木不可胜用也。❷聚集在一起的同类或事物：武～|石～|艺～。❸指林业，培育和保护森林以取得木材和其他林产品的生产事业：农～牧副渔。❹〈文〉盛多的样子：百礼既至，有壬有~(有：通"又"。壬：大)。❺姓。

临（臨）lín ❶到达；来到：来～|身～其境|至老不改，～死不悔。❷靠近；挨着：～街|～濒|平原君家楼～民家。❸对着；面对：面～|～危不惧|生于高山之上，而～百仞之渊。❹从高处往下看：如～深渊|居高～下|登高～四野。❺将要(用在动词前面)：～别|～产|～走以前。❻照着字画模仿：～摹|～帖|～碑。❼姓。

㟰 lín〈方〉倒塌。

㗾 lín【喹(kuí)㗾】有机化合物。分子式$C_6H_4(CH)_3N$，无色液体，有特殊臭味。用来制药，也可制染料。

崂 lín【崂嵚(qīn)】〈文〉山石险峻的样子。

淋［⊖❷△*麻］⊖ lín ❶液体落在别的物体上：～浴|晒雨～|～露|秋桧鹤声清。❷使液体落在别的物体上：往花儿上～点水|给咸菜里～上几滴香油。
⊜ lìn ❶过滤：～盐|过～|把药渣子～出去。❷【淋病】性病的一种。
"麻"另见 lín（411 页）。

㵵 lín【㵵㥨(lì)】〈文〉寒冷的样子。
另见 lán "㵵"（380 页）。

琳 lín ❶〈文〉美玉：玫瑰碧～。❷【琳琅(láng)】玉石名。比喻美好的东西。

㻳 lín【㻳㻳】〈文〉渴望知道的样子：而知乃始昧昧～，皆欲离其童蒙之心。

綝 lín【佛綝】古国名。隋唐时指东罗马帝国及其所属西亚、地中海沿岸一带。也作"拂菻(lǐn)"。

碄 lín【碄碄】〈文〉幽深的样子。

麻 lín〈文〉疝(shàn)病。
另见 lín "淋"（411 页）。

䉂 lín ❶〈文〉竹名。其笋味美。❷【䉂箊(yū)】〈文〉竹名。也作"林箊"。

僯 lín【僯站】地名。在广西凌云。今作"伶站"。

邻 lín【邻邻】〈文〉水、石等明净的样子：～碧波|波光～|扬之水，白石～。

燊 lín 〈文〉磷火。俗称"鬼火"。

嶙 lín 【嶙峋(xún)】1.〈文〉山石高耸而重叠不平:怪石~。遂登天台望,众壑皆~。2.〈文〉瘦削:瘦骨~。3.〈文〉刚直有骨气:傲骨~|志节~。

獜 ㊀ lín 〈文〉犬健壮的样子。㊁ lìn 传说中的怪兽名。状如犬,爪有甲。

遴 □㊀ lín 〈文〉慎重选择:~派|~才|~选学术该博、通晓世务、骨鲠敢言者。㊁ lìn ❶〈文〉行走艰难,泛指艰难。❷〈文〉同"吝"。吝惜;吝啬:班赏亡~(班赏:行赏。亡:wú,通"无")。

潾 lín 【潾潾】1.〈文〉水清澈的样子。2.〈文〉波光闪动的样子:桂水~。

骥 □(驎) lín ❶〈文〉身有鳞状斑纹的马。❷【骐骥】〈文〉通作"麒麟"。

璘 □ lín 〈文〉玉的光彩。多用于人名。

霖 □ lín 连下几天不停的雨:~雨|甘~|夏多暴雨,秋~不止。

辚 □(辚)[轔] lín 【辚辚】〈文〉模拟车轮滚动的声音:车~,马萧萧。

瞵 lín 用于人名。刘瞵,汉代人。

鲮 lín 见 líng "鲮"(416页)。

橉 lín 【橉颣(cén)】〈文〉低头:~头不举。

磷 □[*燐、燐] lín 非金属元素,符号P。

瞵 □ lín 〈文〉瞪着眼睛看;注视:鹰~鹗视。

鳞 lín 见 lìn "鳞"(413页)。

鳞 (鳞) lín 化学名词。含磷有机化合物的总称。

翷 lín 〈文〉飞的样子。

豩 lín 【闻豩】传说中的一种兽。

壣 lín 〈文〉菜畦:芜菁秀出~(芜菁:wújīng,蔓菁。秀:结实)。

鳞 □(鳞)[鱗] lín ❶鱼类及某些爬行动物、哺乳动物身体表面长的骨质或角质薄片,对身体有保护作用。❷像鱼鳞的:~波|~茎|遍体~伤。❸〈文〉鱼的代称:沙鸥翔集,锦~游泳。

漐 lín ❶〈文〉山谷。❷〈文〉寒冷。

霢 lín 【霢霢】〈文〉下雨。

鳞 lín 〈文〉鱼名。

麟 □[*麐、麘、麐] lín 指麒麟:~凤龟龙|凤毛~角。

鹦 lín 〈文〉飞。

lǐn　(ㄌㄧㄣˇ)

琳 lín 〈文〉杀;打。

菻 lín ❶〈文〉蒿类植物。❷【拂菻】同"佛嵞(lín)"。我国古代称东罗马帝国。

捛 lín 〈文〉挺;拔:~白刃。

凛 □[亶、凛] lǐn ❶寒冷:~冽|~秋暑退。❷严肃;严厉:大义~然|~若冰霜|威风~~。❸〈文〉畏惧;害怕:~于夜行。

廪 □[亩、廩] lǐn ❶〈文〉粮仓,也泛指仓库:仓~|盐~|~虽满,不偷于农(偷:怠惰)。❷〈文〉粮食:唤取千夫食陈~。❸〈文〉由官府发给粮米:~膳|~生(由官府供给膳食的生员)。

罾 lǐn 〈文〉火蔓延燃烧的样子。

凛 □[凛] lǐn ❶〈文〉同"凛"。严肃;敬畏:英风~然。❷〈文〉同"凛"。寒冷。

懍 □[懔] ㊀ lǐn ❶〈文〉畏惧;害怕:心~~|~~以怀霜。❷〈文〉严肃;威

L

严。

㊁ lǎn 【坎懔】〈文〉同"坎壈"。不平。比喻困顿，不得志：行行无定止，～难归来。

檩□［檁］ lǐn 架在屋架或山墙上，用来托住椽子的横木：～子｜～条。也叫"桁(héng)"。

㶑 lǐn ❶〈文〉寒冷。通作"凛"。❷〈文〉寒病。

藁［藁］ lǐn 〈文〉植物名，即藁蒿。也叫"莪蒿"。

lìn (ㄌㄧㄣˋ)

厸 lìn 〈文〉同"吝"。吝啬：～于财。

吝□［*悋、吝、恡］ lìn ❶小气：～啬｜悭(qiān)～｜望性俭～而好聚敛(望：人名。俭：节省)。❷舍不得(多用于否定式)：～惜｜不～气力｜不～赐教。❸〈文〉耻辱：用后勋，雪前～。

赁□(賃) lìn ❶租出：出～｜把房子～给人家住。❷租入：租～｜五羖(gǔ)～车入秦(五羖：春秋时的百里奚)。❸〈文〉给人做雇工：穷困，～佣于齐(齐国)。❹姓。

淋□ lìn 见 lín "淋"(411 页)。

閃 lìn 〈文〉火的样子。

蔺□(藺) lìn ❶【马蔺】多年生草本植物。根茎粗，叶细长，花蓝色，叶子可用来捆东西，花和种子可入药。也叫"马莲"。❷姓。

獜 lìn 见 lín "獜"(412 页)。

遴□ lìn 见 lín "遴"(412 页)。

遾 lìn ❶〈文〉同"遴"。行走艰难。❷用于人名。勤遾，明代人。

橉 lìn ❶〈文〉树木名。❷〈文〉门槛：户～。

闍 lìn 〈文〉通"躏(lìn)"。踩；践踏。

膦□ lìn 有机化合物的一类。磷化氢(PH_3)分子中的氢原子部分或全部被烃基取代而成的化合物。

甐 lìn 〈文〉破损：虽敝而不～。

瞵［瞵］ ㊀ lìn 〈文〉车轮辗压田地。㊁ lín 〈文〉田垄。

螢 lìn 〈文〉萤火虫：秋～轻光。

蹸 lìn ❶〈文〉通"躏(lìn)"。踩；践踏：蹂～。❷〈文〉通"躏(lìn)"。车轮碾过。

驎［驎］ lìn 【鬒(zhěn)驎】1.〈文〉处事谨慎，不形于色。2.〈文〉惭愧。

躏□(躪)［蹸］ lìn ❶〈文〉车轮碾压；践踏：牛～人田。❷【蹂(róu)躏】践踏，比喻用暴力欺侮、摧残：～主权｜惨遭～｜大水至，百姓奔走相～。

轥［轥］ lìn ❶〈文〉车轮碾轧：为车马所～践。❷〈文〉超越；经过：～中庸之庭。❸〈文〉践踏；欺凌：蹂～。

躪 lìn 〈文〉蚊虫。

líng (ㄌㄧㄥˊ)

〇 líng 在用汉字数字书写数目时，表示数的空位：二～一五年｜三～二室。

令□ líng 见 lìng "令"(417 页)。

伶□ líng ❶古代乐官名：去年西京寺，众～集讲筵。❷旧时指戏曲演员：～人｜名～｜坤～。❷【伶仃(dīng)】孤独；没有依靠：孤苦～｜～无依｜斜阳孤影叹～。❸【伶俐(lì)】聪明；灵活：聪明～｜口齿～。❹姓。

灵□(靈)［霛、霊、靈、䨩、廬］ líng ❶敏捷；反应迅速：～敏｜～便｜腿脚不～了。❷聪明；机敏：机～｜心～手巧｜脑瓜儿真～。❸灵魂：幽～｜在天之～｜生而为英，死而为～。❹神仙；鬼怪：～怪｜神～｜精～。❺有效验；效力高：～丹妙药｜这个办法很～｜山不高则不～。❻灵柩或关于死人的：～车｜～位｜守～。❼人的精神意志：陶冶性～。❽〈文〉福祐：若蒙社稷之～，上

L

安国家,吾之愿也。

夌　líng　❶〈文〉超越。❷〈文〉侵犯;侵侮。

坽　líng　❶〈文〉陡峻的崖岸。❷用于地名:~头(在广东)。

苓　líng　【茯(fú)苓】真菌的一种。寄生在松树根上,形状像甘薯,外表黑褐色,里面白色或淡粉色。可以加工成食品,也可以入药。

囹　líng　❶〈文〉监牢:破械空~盗自消。❷【囹圄(yǔ)】〈文〉监牢:身陷~。旧也作"囹圉"。

岭　líng　见 líng "岭"(416 页)。

伶　líng　【伶仃(dīng)】〈文〉独自行走的样子。现作"伶仃"。

狑　líng　旧时对南方一些少数民族的蔑称。

泠　líng　❶〈文〉清凉:~风|清~。❷【泠泠】1.〈文〉声音清脆:音~而盈耳(盈:充满)。2.〈文〉清凉:清清~。❸姓。

怜　líng　见 lián "怜"(401 页)。

姈　líng　❶〈文〉女子聪明伶俐。❷用于女子的名字。

玲　líng　❶【玲珑(lóng)】1.(器物)精巧细致:~剔透|小巧~。2.(人)灵活敏捷:娇小~|八面~。❷【玲玲】模拟玉器碰撞的声音:~盈耳。

柃　líng　柃木,常绿灌木或小乔木。嫩枝有棱,叶子厚,椭圆形或披针形,花小,白色,浆果紫黑色。茎、叶、果实入药。

昤　líng　❶【昤昽】〈文〉日光。❷用于人名。

瓴　líng　古代盛水的陶瓶:高屋建~(在屋顶上用瓴往下倒水,形容居高临下的形势)。

胊　líng　【胊胧(lóng)】明亮。用于古白话:金甲~。

铃　(鈴)　líng　❶用金属制成的小型响器,多为半球形或球形:~铛|摇~|殿角皆垂~。❷形状像铃的东西:哑~|杠~|棉~(棉花的果实)。

秢　líng　❶〈文〉禾始熟。❷〈文〉同"龄"。年。

鸰　(鴒)　líng　【鹡(jí)鸰】鸟名。种类较多,我国常见的是白鹡鸰。俗称"张飞鸟"。

凌　líng　❶冰:冰~|~汛|涉江莫涉~。❷侵犯;欺压:~辱|盛气~人|终刚强令不可~。❸升高:高居其上:~云|会当~绝顶,一览众山小。❹逼近:~晨|江风~晓急。❺姓。

姈　líng　【姈娉(pīng)】同"伶俜"。1.〈文〉孤独无依的样子:春半客~。2.〈文〉行不正的样子:高步觉~。

陵　[陵]　líng　❶〈文〉大土山:深谷为~|如山如阜,如冈如~。❷坟墓,特指帝王、诸侯的坟墓,现也指领袖、烈士的坟墓:~墓|黄帝~|烈士~园。❸〈文〉侵侮;欺压:强~弱,众暴寡。❹〈文〉升;登:齐侯亲鼓,士~城(鼓:击鼓)。❺〈文〉乘,驾;凌驾:~惊风|楚强,~江汉间小国。

掕　líng　〈文〉勒马使停止。

聆　líng　〈文〉听;细听:~听|~教(用于书信)|扣而~之,南声函胡,北音清越。

菱　[*菠、蔆]　líng　一年生草本植物。生在池沼中,叶柄有气囊。果实也叫"菱",通称"菱角"。果实的硬壳大都有角,果肉可以吃,也可以制淀粉。

楞　(欞)　[△櫺]　líng　旧式窗户、栏杆上的格子:窗~。"櫺"另见 líng(416 页)。

唥　líng　古代少数民族人名译音用字。

蛉　líng　【白蛉】昆虫。像蚊子而较小,灰黄色,有长毛。雌虫吸食人畜的血液。

笭　líng　❶〈文〉车的围栏。❷古代船舱里堆放东西的架子。❸【笭箵(xǐng)】〈文〉打鱼时用的竹笼。

舲　líng　❶〈文〉有窗户的船,也泛指小船。❷〈文〉船窗。

翎　líng　❶鸟翅膀上或尾巴上的长而硬的羽毛:~羽|鸡~|雁~。❷翎子,清代官员礼帽上用以区别官阶的翎毛:顶

戴花～。

羚 [羚] líng ❶【羚羊】哺乳动物。外形略像山羊,角细圆有节。生活在草原和半荒漠地区,是我国国家重点保护动物。❷【羚牛】即扭角羚,哺乳动物。角粗短并向上向右向内弯转。主要分布在四川、甘肃等地。是我国国家重点保护动物。

凌 líng ❶古水名。源出今江苏。❷〈文〉通"凌(líng)"。逾越;超出:～百王而独高。❸〈文〉乘:～阳侯之泛滥。❹〈文〉奔驰。❺〈文〉衰落:中产之家,所以日即～替。

悛 líng ❶〈文〉哀怜:～惋。❷〈文〉惊恐:百禽以～遽。

陵 líng 〈文〉同"陵"。大土山:～谷迁移(山陵和深谷易位,比喻巨变)。

阸 líng 〈文〉同"陵"。大土山:山～。

绫(綾) líng 绫子,比缎子薄的丝织品,质地平滑有光泽:～罗绸缎|半匹红纱一丈～,系向牛头充炭直(直:价钱)。

欨 líng 〈文〉欺凌。

棱 líng 见 léng "棱"(391页)。

軨 líng ❶古代车厢前面和左右两面用木条制成的围栏。❷〈文〉车;小车。❸古代系在车轴上的装饰物。❹〈文〉车窗:推～相望。❺〈文〉同"龄"。年龄。

豵 líng 【猪豵】真菌的一种。也作"猪苓"。

殩 ㊀ líng 【殩殑(jīng)】〈文〉鬼魂出行的样子:魂鬼以行,中道～。
㊁ lèng ❶【殩鐙(dèng)】〈文〉病困的样子:～瘦骨。也说"殩殩(qíng)"。❷〈文〉同"愣"。发呆:失神:发～。

跉 líng 〈文〉偏邪:学徒羞说霸,佳士耻为～。

朕 [朕] líng 〈文〉冰。通作"凌"。

詅 líng 〈文〉叫卖:～羹于市。

祾 líng 〈文〉神灵的威福。

崚 líng 〈文〉离开。

零 líng ❶介于正数和负数之间的整数,也是最小的自然数:五减五等于～。❷在用汉字数字书写数目时,表示数的空位,现在多作"〇"。❸在两个数量中间,表示单位较高的量后面附有单位较低的量:九点～五分|一百元～八角|一年～十个月。❹某些量度的计算起点:～点|气温已降到～下。❺不够一定单位的零碎数量;不足整数的尾数:～数|挂～儿|年纪八十有～。❻分散的;细碎的;小数目的:～件|～钱|～敲碎打。❼(花叶等)因枯萎而落下:～落|凋～|微霜降而下沦兮,悼芳草之先。❽〈文〉(雨、泪等)落下:感激涕～|～雨其蒙(蒙:雨很细的样子)。❾前缀。附着在某些名物义成分、动作义成分的前面,意思是没有:～增长(没有增长)|～距离(没有距离)|～关税(没有关税,进出口货物不征关税)。❿姓。

龄(齡) líng ❶岁数:年～|高～|予生七～,乃梦彩云若锦。❷年数:工～|军～|教～。❸某些生物体生长发育过程中的不同阶段:秩～|一～虫|七叶～。

陵 【积陵】〈文〉山势重叠高耸:沄(yún)沄～(沄沄:水流汹涌)。

餕 líng 〈文〉糕饼。

魕 líng 传说中的鬼名。

駖 líng 【駖磕(kē)】1.〈文〉车马声。2.〈文〉声音多而响亮。

輘 líng 见 léng "輘"(391页)。

僊 líng 见 xiān "僊"(728页)。

薐 líng 【薐苓香】〈文〉木名。

餕 líng 〈文〉马吃谷过多,汗液四面流下。

鲮(鯪) líng ❶鱼名。身体侧扁,银灰色,口小,有须两对,吃藻类。是我国南方重要的淡水养殖鱼。❷【鲮鲤】穿山甲。哺乳动物。是我国国家重

点保护动物。

鲮 ⊖ líng ❶〈文〉水虫接连不断曲折游动的样子。❷〈文〉鱼名。
⊜ lín 〈方〉鱼鳍(qí)。

澪 líng ❶〈文〉水名。❷用于地名:澪～(在江苏)。

霝 ⊖ líng ❶〈文〉同"零"。(雨)落下:～雨大洒。❷〈文〉通"灵(líng)"。灵验:神得一以～。❸〈文〉中空。
⊜ lìng 〈文〉通"令(lìng)"。美好;善。

齢 líng 【齝(jiōng)齢】〈文〉斑鼠。

酃 líng ❶酃县,旧地名。今作炎陵县。在湖南株洲。❷湖名。在湖南。❸用于酒名:～酒。

蘦 líng ❶〈文〉药草名。❷〈文〉通"零(líng)"。零落:悼芳草之先～。

霛 líng 用于女子名字。

櫺 líng ❶〈文〉同"棂"。旧式窗户、栏杆上雕花的格子:窗～。❷〈文〉屋檐。❸〈文〉有屋的船。
另见 líng "棂"(414 页)。

闛 líng 【闛标岭】古山名。在今广西。

霛 líng 【霛府】即灵府。上古神话中苍帝之庙。

蠯 líng 【蝛(míng)蠯】〈文〉同"螟蛉"。稻螟蛉的幼虫,也指棉铃虫、菜粉蝶的幼虫。

鑢 líng 古代盛酒或水的容器,瓦制或青铜制。也作"瓴(líng)"。

艛 líng ❶〈文〉同"舲"。有窗户的船。❷〈文〉同"舲"。小船。

醽 [醽] líng 〈文〉美酒:倾缥瓷以酌～。

鸰 líng ❶〈文〉小天鹅。❷【鸰鸼(dīng)】〈文〉即鵁鶄(pìtī)。水鸟名。俗名"油鸭"。

霝 líng 【天霝骨】即天灵骨。人和某些动物头顶部分的骨头。

酃 líng ❶〈文〉用于酒名:绿～。❷用于地名:～洣(mǐ)。

顁 líng 【顁顁】〈文〉形容脸瘦削。

魖 líng 传说中的神名。

瓓 líng ❶【瓓珑】〈文〉即玲珑。精巧:～一片甘香。❷【珑瓓】即珑玲。1.〈文〉模拟玉石碰撞的声音:玉之～其声。2.〈文〉空明:～萧条。

鷜 [鷜] líng 〈文〉鸟名:白～。

羚 líng 〈文〉兽名。即羚羊。

艛 líng 〈文〉同"舲"。船:南国家家漾彩～(漾:飘浮)。

饢 líng 迷信称鬼求食。

霳 líng 〈文〉龙。

lǐng (ㄌㄧㄥˇ)

令 líng 见 lìng "令"(417 页)。

岭 (嶺)[顁] ⊖ líng ❶有路可通的山;山:山～|分水～|崇山峻～。❷高大的山脉;相连的山:秦～|南～|横看成～侧成峰。❸特指五岭(越城岭、都庞岭、萌渚岭、骑田岭、大庾岭):～南(五岭以南地区,包括广东、广西一带)。
⊜ líng 【岭嶒(yíng)】〈文〉山深邃的样子。

岺 líng 【罖(tīng)岺】〈文〉小网。

袊 líng ❶〈文〉衣领。❷〈文〉下裳(cháng);裙。

领 (領) lǐng ❶脖子:～巾|～带|引～而望(引领:伸长脖子)。❷领子,衣服上围绕脖子的部分:衣～|立～|愿在衣而为～,承华首之余芳。❸领口,指上衣的两肩之间围住脖子的孔:圆～|尖～儿。❹提纲;要点:纲～|要～|提纲挈～。❺拥有;统属:管辖:～有|～土|～海|占～。❻带;引导:～导|引～|各～万人,与备俱进(备:刘备)。❼接受:～教|～情|～客珍重意,顾我非公卿。❽取(多指发给的东西):～奖|～工资|失物招～。❾了解(意思):～略|心～神会|共～人间第一香。❿量词。

用于衣被类物品:三～竹席|几～长衫。

lìng （ㄌㄧㄥˋ）

另 □ lìng ❶指称相关范围之外的人或物:～一个人|～一回事。❷表示在前面所说的范围之外:～立门户|～想办法|全文～发。

令 □ ㊀ lìng ❶上级对下级发出指示:勒～责|～遵照执行|其身正,不～而行。❷上级对下级发出的指示:命～|军～|发号施～。❸使;让(后跟兼语):～人神往|利～智昏|五色～人目盲,五音～人耳聋。❹酒令,饮酒时所做的游戏,输家被罚喝酒:猜拳行～。❺时节;季节:时～|夏～|当(dāng)～。❻古代官名:县～|中书～|尚书～。❼较短的词调,曲调:如梦～|十六字～。❽〈文〉美好;善:～名|～德|～闻。❾敬辞。用于称对方的亲属:～尊|～兄|～爱。❿〈文〉如果:～我百岁后,皆鱼肉之矣。

㊁ líng 量词。用于纸张,原张的纸500张为一令:三十～新闻纸。

㊂ líng 【令狐】1. 地名。在山西临猗。2. 复姓。

吟 □ lìng 【嘌(piào)呤】有机化合物。分子式 $C_5H_4N_4$,无色晶体,在人体内嘌呤类化合物最终氧化成尿酸。

酴 □ lìng 〈文〉通"令(lìng)"。使。

霝 lìng 见 líng "霝"(416页)。

---

liū （ㄌㄧㄡ）

嚠 liū 【唭嚠哗喇】模拟器物碰撞的声音。

溜 □ ㊀ liū ❶滑行;滑动:～冰|从滑梯上～下来|佳人向晚新妆束,圆腻歌喉珠欲～。❷偷偷地走开或走进:～走|一个黑影～了进来。❸光滑;平滑:滑～(liu)|光～(liu)。❹顺;沿着:～边儿|～着墙根儿找。❺〈方〉粗粗地看:往门缝里～了一眼|她随便～一下就记得差不多了。❻〈方〉

很;非常:～平|～光|滚瓜～圆。❼【溜达(da)】闲走。旧也作"蹓跶"。❽烹饪方法。菜肴出锅前,加入调好味的淀粉汁急火翻炒。旧同"熘"。

㊁ liù ❶急速的水流:河里的～很大。❷顺房檐流下来的雨水:檐～。❸房檐下横向的排雨水用的沟槽:水～。❹量词。用于成排或成条的事物:一～烟儿|一～平房|排成一～。❺〈方〉迅速;敏捷:走得很～。❻〈方〉用石灰、水泥等抹(墙缝);堵、糊缝隙:用水泥～墙缝儿。

熘 liū 烹饪方法。菜肴出锅前,加入调好味的淀粉汁急火翻炒:～肉片|醋～白菜。旧也作"溜"。

瞜 liū 〈方〉看;斜着眼睛看:时不时往这边～一眼。

蹓 ㊀ liū 【蹓跶(da)】闲走。旧同"溜达"。

㊁ liù 同"遛"。散步;随便走走:～大街。

---

liú （ㄌㄧㄡˊ）

刘 □ (劉) liú ❶古代斧钺一类的兵器:执～。❷〈文〉杀;杀戮:重我民,无尽～。❸姓。

畱 liú 〈文〉同"留"。留下;停留:～守。

斿 ㊀ liú 〈文〉旌旗的飘带等饰物。

㊁ yóu 〈文〉同"游"。遨游:如鸟～之状。

浏 □ (瀏) liú ❶〈文〉水流清澈的样子:溱与洧,～其清矣(溱、洧:水名)。❷〈文〉风势疾速的样子:秋风～以萧萧(萧萧:风声)。

逻 liú ❶〈文〉同"游(liú)"。旌旗正幅下沿连缀的垂饰。❷用于人名。赵与逻,宋代人。

留 □ [*畱、*霤、*畄、*甾、*畄、*甾] ㊀ liú ❶停在某个地方或在某个地位上不动:～校|停～|可疾去矣,慎毋～。❷留学,一段时间居住在外国学习或研究(带单音节国名或地域名):～美|～日|～洋。❸使留下来不走:～客|挽～|项王即日因

沛公与饮。❹保存(已有的),不失去:保～|～底稿|寸草不～。❺保存下来,不带走:～言｜遗～｜～下宝贵经验｜城入赵而璧秦(璧:指和氏璧)。❻收下:送来的这点儿土产,您还是～下吧。❼注意力集中在某方面:～心｜～神｜～意。❽〈文〉扣留:楚王入秦,秦王～之。

㋁ liù 〈文〉停待;伺候:执弹而～之。

㋛ liù 〈文〉昴星的别名:北至于～。

流[沠、㳲、㴏] liú ❶液体移动:～血｜川～不息。引锥自刺其股,血～至足。❷移动不定:浪～沙｜七月～火,九月授衣。❸传下来;传播:～传｜～行｜～芳百世。❹向失去原有实质的方向变化;向不好的方面转变:～于形式｜～于庸俗｜放任自～。❺指江河溪涧的流水:河～｜洪～｜涓涓细～。❻特指江河溪涧离开源头的部分(跟"源"相对):干(gàn)～｜源远～长｜原清则～清,原浊则～浊(原:同"源")。❼像水流那样的东西:气～电｜～泥石～。❽派别;等级:派｜～派｜入～｜三教九～。❾指某类人(多含轻蔑意):女～｜引车卖浆者～。❿旧时的刑罚,把犯人放逐到边远的地方:～放｜乃～王于彘(彘:地名)。⓫〈文〉漂泊;流浪:关东～民二百万口。

琉[*瑠、*瓈、玻] liú 【琉璃(li)】用铝和钠的硅酸盐化合物配制成的釉料,涂在缸、盆、砖瓦的坯体表面,经烧制而形成玻璃质表层。

硫 liú 非金属元素。符号S。通称"硫黄"。

游 liú 见 yóu"游"(821页)。

梳 liú 〈文〉衣襟下垂飘动的样子。

陷 liú 【陷隍(huáng)】地名。在广东。

猺 liú 〈文〉同"鼺"。一种食竹根的鼠类。

遛 liú 见 liù"遛"(420页)。

馏(餾) ㋀ liú 用加热等方法使液体中的不同物质分离或分解:蒸～｜干～｜分～。

㋁ liù 把凉了的熟的面食再蒸热:把剩包子～一～再吃。

旒 liú ❶古代旗子上的飘带:旌旗垂～。❷古代帝王冠冕前后悬垂的玉串:冕～。

梳 liú 【稃(fú)梳】〈文〉徽子。

骝(騮)[駵、駠、騳] liú 〈文〉黑鬣黑尾的红马,也泛指良马。

榴[橊] liú 【石榴(liu)】落叶灌木或小乔木。叶子长圆形,花红色、白色或黄色。果实也叫石榴,球形,内有很多种子,多汁,可以吃。

飗(颼) liú 【飗飗】〈文〉微风吹动的样子。

漻 liú 见 liáo"漻"(406页)。

遛 liú 同"遛"。【逗遛】同"逗留"。暂时停留:～不进。

磂 liú ❶【磂黄】〈文〉同"硫黄"。❷【磂磢】〈文〉同"琉璃"。一种用铝和钠的硅酸化合物烧制成的釉料:一盏～海灯。

镏(鎦)[鎏] ㋀ liú 【镏金】我国特有的镀金方法。将溶解在水银里的金子涂在物体表面,晾干后,再烘烤、轧光,作为装饰。

㋁ liù 【镏子】〈方〉戒指:金～。

鎙 liú 〈文〉同"镠"。成色好的金子。

鹠(鶹) liú 【鸺(xiū)鹠】鸟名。身体羽毛暗褐色,有棕白色横斑,面部羽毛略呈放射状。捕食鼠、兔等。种类较多,都是我国国家重点保护动物。

瘤[*癅] liú 生物体某一部分组织的细胞由于不正常增生而成的赘生物:肉～｜肿～。

鎏 liú ❶同"旒"。古代帝王冠冕前后悬垂的玉串。❷〈文〉同"旒"。旗子上的下垂饰物。

蟉 liú 【蟉蛄(gū)】〈文〉昆虫名。蝼(lóu)蛄。

镠 liú ❶〈文〉火耕。即焚烧山地上的草木后再下种。❷〈文〉疏通沟渠灌田。

镠 （鏐） liú ❶〈文〉成色好的金子：千镠之～，历试不折。❷姓。

缪 liú 〈文〉绮的别名（绮：qǐ，有花纹图案的丝织品）。

蟉 liú 【蚴（yōu）蟉】〈文〉屈曲行动的样子。

蓼 liú ❶〈文〉草名。❷【蓼莅（lì）】〈文〉模拟风吹草木发出的声响。

艒 liú 【觩（qiú）艒】〈文〉像兽角那样弯曲的样子。

鎏 liú ❶〈文〉成色好的金子。❷〈文〉同"镏"。镏金，镀金方法。

瑬 ㊀ liú ❶【瑬栗】〈文〉忧伤：志怀逝兮～。❷〈文〉停留。
㊁ liǔ 〈文〉美好的样子：佼人～兮。

顟 liú 【顠（qiáo）顟】〈文〉动物名。

嚠 ㊀ liú 〈文〉绞杀。
㊁ jiǎo 〈文〉降低丧服的等级。

鰡 liú 〈文〉鲨鱼。

橮 liú ❶【扶橮】〈文〉藤本植物名。❷〈文〉檐沟。

鶹 liú 〈文〉通作"鹠"。【鹠鹠】即鹠鹠（lì）。鸟名。枭。

篍 liú 〈文〉竹声。

鼺 [鼬、鼬] liú 〈文〉一种食竹根的鼠类。也叫"竹鼠"。

飀 liú 〈文〉模拟风声。

鷚 liú 【鷚鷱（zhòng）】〈文〉鼸鼠。

liǔ （ㄌ1ㄡˇ）

瑬 liǔ 〈文〉有光的美石。

柳 [*桺、*栁、栁] liǔ ❶柳树，落叶乔木或灌木。枝条柔韧，种子上有白色毛状物，成熟后随风飞散，叫柳絮。种类很多，常见的有垂柳、旱柳等。枝条可用来编织篓、筐等：青青河畔草，郁郁园中～。❷星宿名。二十八宿之一，属南方朱雀。❸姓。

罶 liú 〈文〉同"罶"。捕鱼的竹篓。

留 liú 见 liú "留"（417 页）。

綹 （綹） liǔ 量词。用于线、麻、头发、胡须等细丝状的东西：一～丝线|三～长髯。

锍 （鋶） liú ❶有机四价硫阳离子，如氢氧化三甲锍 $(CH_3)_3S^+OH^-$。❷有色金属硫化物的互熔体。是铜、镍等有色金属冶炼过程中的中间产品。

飂 liú 【飂（yǒu）飂】〈文〉模拟风声。

罶 liú 〈文〉捕鱼的竹篓，颈小腹大，鱼进去就出不来：鱼丽（附着）于～。

檑 liú 〈文〉整套的棺饰。

瑬 liǔ 见 liú "瑬"（419 页）。

liù （ㄌ1ㄡˋ）

六 ㊀ liù ❶最小的大于五的整数：～艺指礼、乐、射、御、书、数。❷我国民族音乐音阶的一级，乐谱上用作记音符号，相当于简谱的"5"。
㊁ lù ❶用于地名：～安（在安徽中西部）|～合（在江苏南京）。❷姓。

囚 liù 有机化学中六元环的旧称。

陆 liù 见 lù "陆"（426 页）。

硫 liù 【硫属】硫属（包括硫、硒、碲三种元素）的旧称。

留 liù 见 liú "留"（417 页）。

窌 liù 见 jiào "窌"（315 页）。

翏 ㊀ liù 〈文〉羽翼丰满要飞翔的样子。
㊁ lù 【翏翏】〈文〉模拟自远而近的风声。

塯 liù ❶古代盛饭的陶器：土～。❷〈文〉急速的水流：始灌潮波～成卤。用同"溜（liù）"。

L

摺 liù 见 chōu "摺"(88 页)。

碌 liù 见 lù "碌"(427 页)。

遛 ㊀ liù ❶散步；随便走走：～弯儿｜～大街｜去早市上～～。❷牵着牲口、家畜或提着鸟笼慢慢走：～马｜～狗｜～鸟。
㊁ liú【逗遛】暂时停留。旧同"逗留"。

馏 liù 见 liú "馏"(418 页)。

廇 liù 古代指中庭，即堂屋的中央。

溜 liù 见 liū "溜"(417 页)。

嵺 liù 见 liáo "嵺"(406 页)。

嵺 liù 见 liáo "嵺"(406 页)。

褵[禂] liù【祝褵】〈文〉即祝由。用祷告治病。

镏 liù 见 liú "镏"(418 页)。

窗 liù〈文〉穴：中垂一～。

礌 liù 见 lù "礌"(428 页)。

碌 liù【碌(xiāo)碌】〈文〉形容山势险峻。另见 lù "碌"(427 页)。

鹨(鹨)[鹨] liù 鸟名。体小，喙细长，吃害虫，是益鸟。种类较多，常见的有田鹨、水鹨等。

蹓 liù 见 liū "蹓"(417 页)。

霤[霤、霤] liù ❶〈文〉檐沟，屋檐下面排雨水的槽形沟：水～。❷〈文〉房顶上流下的雨水：檐～｜承～。❸〈文〉下流的水：泰山之～穿石。❹〈文〉屋檐。❺〈方〉堂屋两柱之间。

鷚 liù ❶〈文〉鸟的大雏。❷〈文〉野鸡晚生的幼鸟。❸〈文〉幼小。

甋 liù 甋(zèng)，古代蒸饭的瓦器。

飂[飀] ㊀ liù ❶〈文〉西风。❷〈文〉模拟风声：万壑松涛～。
㊁ liáo【飂戾(lì)】1.〈文〉模拟风声：吐

清风之～。2.〈文〉(风势等)迅疾；很快。

甋[甋] liù〈文〉屋脊。

lo （·ㄌㄛ）

咯 lo 见 kǎ "咯"(351 页)。

婗 lo 见 lù "婗"(427 页)。

lōng（ㄌㄨㄥ）

隆 lōng 见 lóng "隆"(421 页)。

lóng （ㄌㄨㄥˊ）

龙(龍) lóng ❶我国古代传说中的神异动物。身体长，有鳞、爪，能兴云布雨：蛟～｜画～点睛｜麟、凤、龟、～，谓之四灵。❷封建时代作为皇权的象征：～颜｜～体｜真～天子。❸与皇帝有关的人或物：～床｜～袍｜～子｜～孙。❹形状像龙或饰有龙的图案的器物：～灯｜～旗｜～火～。❺古生物学上指某些巨大的爬行动物：恐～｜霸王～。❻姓。

茏(蘢) lóng ❶〈文〉即水荭(hóng)，一年生草本植物。❷〈文〉草丛或竹丛深处：玄猿啼深～，白鸟戏葱蒙。

咙(嚨)[嚨] lóng【喉咙】咽和喉的统称。

泷(瀧) ㊀ lóng ❶〈文〉急流的水；湍急的河流：涛～壮猛。❷用于地名：七里～(在浙江)。
㊁ shuāng ❶【泷水】水名。今作"双水"，在广东新会。❷【泷岗】山名。在江西永丰南。

珑(瓏) lóng ❶古人求雨时所用的玉，上面刻有龙纹。❷【玲珑】(器物)精巧细致；(人)灵活敏捷。

栊(櫳)[楄、櫳] lóng ❶〈文〉窗户：珠～｜～帘～。❷〈文〉养禽兽的栅栏：～槛。

晛（曨）　lóng　【瞳（tóng）晛】〈文〉太阳初升时由暗渐明的样子：晨曦正～。

岇[嵷]　lóng　❶【崆（kōng）岇】〈文〉山石高峻的样子。❷【岩岇】〈文〉高峻的山崖。

胧（朧）　lóng　【朦（méng）胧】月光不明；模糊。

砻（礱）　lóng　❶磨去稻壳的工具，形状略像磨，多用木制。❷用砻磨去稻壳：～谷。❸〈文〉研磨；磨：钝金必将待～厉然后利（金：金属。厉：磨。利：锋利）。

晛（曨）　lóng　【蒙晛】眼睛半开半闭，看东西模糊不清的样子。

竜　⊖ lóng　同"龙（龍）"。古代传说中的神异动物：～隐隆中，云蒸巴蜀。
⊜ néng　〈文〉同"能"。能够：况日不悛，其～久乎！

隆　lóng　同"隆"。用于人名。柳世隆，南朝刘宋时人。

聋（聾）　lóng　丧失听力或听力非常迟钝：～哑｜耳～眼花｜五色令人目盲，五音令人耳～。

笼（籠）[篭]　⊖ lóng　❶笼子，关鸟兽或装东西的器具：鸟～｜兔～｜竹～。❷古代囚禁犯人的刑具：囚～｜吾既～中之人，必无还理。❸用竹木、铁皮等制成的蒸食物的器具：～屉｜～蒸。❹〈方〉点燃：～火｜把火～旺。
⊜ lǒng　❶遮盖；罩住：～罩｜暮色～住了大地｜烟～寒水月～沙，夜泊秦淮近酒家（月：指月光）。❷较大的箱子：箱～。

瘩　lóng　〈文〉同"癃"。疲弱：老弱～病。

隆　⊖ lóng　❶盛大：～重。❷兴盛；使兴盛：～盛｜兴～｜克定天下，以～王室。❸深厚；程度深：～恩｜～冬季节｜帝王之于亲戚，爱虽～，必示之以威。❹凸出；高起：～起｜～准（高鼻梁）｜～胸。❺〈文〉升高；增高：夫齐，虽～薛之城到于天，犹之无益也（薛：地名。犹：还）。❻尊崇：君人者，～礼尊贤而王。❼姓
⊜ lōng　❶【轰隆】模拟雷声、爆炸声、机器声等：～一声巨响｜机器～～地响个不停。❷【黑咕隆咚】形容特别黑：天～的。

隆　lóng　〈文〉同"隆"。兴盛。

嗙　lóng　❶【嗙嗙】模拟雷声、爆炸声等：～的炮声。❷【呼嗙】模拟物体倒塌声：土墙～一声倒了下来。

嵷　lóng　〈文〉高耸的样子；隆起：～然｜地渐～起。

潨　lóng　用于地名：永～（今作"永隆"，在湖北京山）。

嵠　lóng　见hōng "嵠"（250页）。

癃[㿗]　lóng　❶〈文〉衰弱多病：～病｜疲～。❷癃闭，中医指小便不通的病。

窿　lóng　❶〈方〉煤矿坑道：清理废～。❷【窿穹】〈文〉中间隆起四周下垂的样子；隆起：霍山之～兮。

嶐　lóng　【硡（hóng）嶐】1.〈文〉石头坠落声；巨大的响声：火光所到雷～。2.〈文〉奇石：巧匠到处搜～。

霳　lóng　❶【丰霳】神话中的雷神；雷。❷模拟雷鸣声：不怕旱的宽，就怕雷～天。

龍[龓]　lóng　【龍嵸（zōng）】1.〈文〉山势高耸的样子：崇山～。2.〈文〉云气蒸腾的样子：山气～。3.〈文〉聚集的样子：车骑并狎，～逼迫。4.〈文〉错杂不齐的样子：古木～｜枝相樛（樛：jiū，树木向下弯曲）。

爧　lóng　〈方〉烧；点燃：劈柴～火。现在多作"笼"。

礲　lóng　❶〈文〉磨砺：～砺。通作"砻（lóng）"。❷〈文〉穿过石洞的急流：～有泷（泷：lóng，急流的水）。

穭　lóng　❶〈文〉收割后尚未收拢打捆的谷物。❷〈文〉禾谷的伤病：棉花不～。

龏　lóng　同"龙"。传说中的一种神异动物。

襱　lóng　〈文〉裤脚管。

氌　lóng　见lǒng "氆"（422页）。

蠪　lóng　【蠪蜻】〈文〉虫名：阳春有～。

艭　⊖ lóng　〈文〉有篷的小船。
⊜ lǒng　〈文〉收拢：做伸～伸开之体操。

蠪 lóng 〈文〉一种赤色而有斑纹的大蚂蚁。

轠 lóng 〈文〉车轴头。

躘 lóng 【躘蹱(zhòng)】1.〈文〉衰老行动不灵便的样子:卢子~(卢子:唐人卢仝全自称)。2.〈文〉行走要跌倒的样子:撞了一个~。‖也作"龙钟"。

龓 lóng 〈文〉长而大的山谷。

蘢 lóng 〈文〉巫师。

鑪 lóng 〈文〉同"礱"。磨砺:~墓石。

礱 lóng 【礱礱】〈文〉模拟鼓声:鼓~。

轠 lóng ❶【轠头】〈文〉套在骡、马等头上的东西,用来系缰绳。今作"笼头"。❷【牢轠】〈文〉关住鸟兽的东西。今作"牢笼"。

驨[驦] lóng 【驨驤(xiāng)】即龙驤,古代将军的名号。

驨 ⊖ lóng 〈文〉野马。⊜ zǎng 【駃(yǎng)驨】〈文〉指马的容貌形状。

鷑 lóng 〈文〉野鸭。

lǒng (ㄌㄨㄥˇ)

陇(隴) lǒng ❶陇山,山名。在陕西、甘肃交界的地方。❷甘肃的别称:~剧|~海铁路|得~望蜀(比喻贪得无厌)。❸〈文〉通"垄(lǒng)"。田间种植作物的土埂,也泛指农田:夜来南风起,小麦覆~黄。

拢(攏) lǒng ❶闭合:合~|笑得~不上嘴。❷聚在一起;收束使不松散:归~|收~|~住他的心。❸靠近;到达:~岸|靠~|围~。❹总合;总计:共~|一~账。❺梳理头发:~一~头发。❻〈文〉弹奏弦乐器的一种指法:轻~慢撚抹复挑。

垄(壟) lǒng ❶在耕地上培成的种植作物的土埂:~沟|~作|打~。❷用作田地分界的稍稍高起的田埂:田~|耰耕之~上(之:到)。❸形状像垄的东西:瓦~。❹〈文〉坟墓:丘~|~墓|先王之头,曾不若死士之~也。

笼 lǒng 见 lóng "笼"(421 页)。

簀(簀) lǒng ❶〈方〉竹编的箱笼。❷用于地名:织~(在广东阳西)。

塗[滰、塗] lǒng 〈文〉用泥涂抹。

陇 lǒng 〈文〉同"陇"。田埂:田无埂~。

儱 lǒng 【儱侗(tǒng)】1.〈文〉缺乏具体分析,不明确。今作"笼统"。2.〈文〉直的样子:瓠子曲弯弯,冬瓜直~。

壠 lǒng ❶同"垄"。土埂;田埂。❷用于地名:~坪(在湖南芷江)。

儱 lǒng 【儱侗(tǒng)】〈文〉直行。

懢 lǒng 【懢戾(lì)】〈文〉形容凶狠难以驯服:遂生龙驹,~难驭。

寵 lǒng 〈文〉孔;洞。

襱 ⊖ lǒng 〈文〉统有;包罗。⊜ lóng 〈文〉马笼头。

龓 lǒng 见 lóng "龓"(421 页)。

lòng (ㄌㄨㄥˋ)

弄 lòng 见 nòng "弄"(492 页)。

哢[咔] lòng 〈文〉鸟鸣:鸟~|佳禽~翠树。

羐 lòng 壮族称石山间的小片平地。

屛 lòng 〈方〉同"弄"。小巷:~堂花猫赶老鼠。

橦 lòng ❶〈文〉树木名。❷【橦栋】古县名。在今云南姚安。

衕 lòng 〈方〉同"弄"。小巷;小街。

lōu（ㄌㄡ）

搂 □ lōu 见 lǒu "搂"（424 页）。

嵝（瞜） lōu〈方〉看：让我～一眼。

lóu（ㄌㄡ）

刌 □ lóu ❶〈方〉堤坝下面过水的孔道：～口｜～眼｜～嘴。❷用于地名：～河镇（在湖北仙桃）。

娄（婁） ㊀ lóu ❶〈方〉（某些瓜类）过熟而变质：～瓜｜瓜～了。❷〈方〉（身体）虚弱：身子骨儿真～。❸星宿名。二十八宿之一，属西方白虎。❹姓。
㊁ lǚ〈文〉曳；牵拉：子有衣裳，弗曳弗～。
㊂ lǚ〈文〉拴系：牛马维～｜维（系）。
㊃ lǒu【附（póu）娄】〈文〉小土山：～无松柏。

偻（僂） ㊀ lóu ❶【佝（gōu）偻】脊背向前弯曲：～着身子。❷【偻儸（luó）】同"喽啰"。旧时称强盗头子的部下。
㊁ lǚ ❶〈文〉脊背弯曲：伛（yǔ）～｜田光～行见荆轲。❷〈文〉迅速；立即：不可～售（不能很快卖出去）。

塿（塿） lóu ❶〈文〉疏松的土壤。❷【培（póu）塿】〈文〉小土丘。

搂 □ lóu 见 lōu "搂"（424 页）。

蒌（蔞） lóu ❶【蒌蒿（hāo）】多年生草本植物。嫩茎可以吃，茎叶焚烧可以驱蚊，全草入药。也叫"水蒿"。❷【蒌叶】常绿攀缘藤本植物。果实有辣味，提取的芳香油叫"蒟（jǔ）酱油"，可做调料，茎、叶可入药。也叫"蒟（jǔ）酱"。

嘍（嘍） ㊀ lóu【喽啰】旧时称强盗头子的部下，现多指坏人的帮凶或爪牙。旧也作"偻儸"。
㊁ lou 助词。表示提醒注意的语气：客人来～｜这下可惨～｜天都亮～，快起来吧！

溇（漊） lóu 溇水，水名。在湖南西北部，是澧水的支流。

楼（樓）［桻］ lóu ❶两层或两层以上的房子：～房｜教学～｜西北有高～，上与浮云齐。❷某些建筑物上加盖的房子，用作瞭望、守卫等：城～｜箭～｜角～。❸楼房的一层：一～｜办公室在三～。❹用于某些店铺和娱乐场所的名称：酒～｜影～｜茶～。❺姓。

腢（髏）［䄻］ lóu 又读 lú 古代祭祀名。

陝（羸） lóu【羸（lián）陝】古县名。汉代设置。在今越南境内。

遱 lóu【连遱】〈文〉接连不断：～而出。

嵝（嵝） lóu【嵝筑（dōu）】〈文〉装喂马饲料的布袋。

廔 lóu〈文〉窗户明亮的样子。

僂 lóu【僂诚】〈文〉恭敬的样子。

寠 lóu 见 jù "寠"（341 页）。

耧（耬） lóu 开沟播种的农具。由牲畜牵引，后面用人扶。

蝼（螻） lóu【蝼蛄（gū）】昆虫。背褐色，有翅，前足铲状，能掘土，吃植物的根、嫩茎和幼苗，是害虫。也叫"蛞蝼"，通称"蝲蝲蛄"。

瓡 lóu【瓡（kuò）瓡】即王瓜。多年生攀援草本植物。也叫"土瓜"。

艛 lóu 古代一种多层大船：～船战舰，首尾数十里。

羺 lóu 古代指一种兽，似羊，有四角。

獿 lóu 古代指母猪。

髅（髏） lóu ❶【髑（dú）髅】死人的头骨。❷【骷（kū）髅】没有皮肉、毛发的尸体骨架，也指死人的头骨。

謱 lóu【謰（lián）謱】〈文〉言语混杂不清的样子。

蓏 lóu【蓏（guā）蓏】土瓜。多年生草本攀援植物，果皮和种子可以入药。

鞻　lóu【鞮(dī)鞻氏】周代乐官名。

鞻　lóu【鞮(dī)鞻氏】周代乐官名。也作"鞮鞻氏"。

骠　lóu〈文〉大骡子。

鱯　lóu〈文〉体形大的青鱼。

lǒu（ㄌㄡˇ）

娄　lǒu　见 lóu "娄"（423 页）。

㩵（搂）　㊀lǒu　❶两臂合抱；用胳膊拢着：～抱|把孩子～在怀里。❷量词。用于树木等，两臂伸直围拢的长度为一搂：两～粗的老槐树。

㊁lōu　❶用手或工具把东西向自己所在的方向聚拢：～柴火|～干草。❷（把衣服）用手拢着提起来；挽起：～着长裙下台阶|放下背包～起袖子就干活儿。❸搜刮；用手段谋取（财物）：～钱|他当了几年经理，自己～足了。❹向自己所在的方向拨：～扳机。

㊂lóu　〈文〉拉；牵引：逾东家墙而～其处子。

嶁（嶁）　lǒu【岣(gǒu)嶁】山名。衡山的主峰，也指衡山。在湖南。

㝻　lǒu　〈文〉山顶。通作"嶁(lǒu)"。

甊　lǒu【瓿(bù)甊】〈文〉一种小型圆口深腹的陶罐。

篓（篓）　lǒu　篓子，用竹篾、荆条等编成的盛东西的器具：背～|竹～|字纸～。

磟　lǒu【磟碡(kuò)】〈文〉石名。

虦　lǒu【虦䴊(lián)虦】饊子，一种油炸面食。用于古白话。

lòu（ㄌㄡˋ）

匬　lòu　❶〈文〉隐藏。❷〈文〉箕一类的器具。

陋　[陋]　lòu　❶难看；丑：丑；～|容貌甚～。❷不精致；粗劣：粗～|简～|衣裘器物，皆择其～者。❸（住处）狭小，不华美：～室|穷街～巷。❹不文明；不合理：～俗|～规|～习。❺见闻少；浅薄：浅～|愚～|孤～寡闻。❻〈文〉边远；偏僻：辟～之国。

屚　lòu　〈文〉同"漏"。屋下漏水：仓～歹禾粟(歹同"朽")。

镂（鏤）　lòu　雕刻：～刻|～花|锲而不舍，金石可～。

铴　lòu　化学元素"铑(lǎo)"的旧称。

瘘（瘻）[瘺]　lòu　瘘管，空腔脏器与体表或空腔脏器与空腔脏器之间不正常的通道：肛～|痔～。

漏　lòu　❶从孔洞或缝隙中滴落、透出或掉下：～水|～气|床头屋～无干处。❷泄露(lòu)：～题|走～风声|让他保密，他半个字也没～。❸逃脱：～网|～税。❹应该列入或提到的因疏忽而没有列入或提到：遗～|挂一～万|入选名单把他给～了。❺漏壶，古代的计时器，用来表示时间：～刻|～尽更残|五夜～声催晓箭。❻〈文〉指时刻：～鼓|～更|停骖待五～。

瞜　lòu【睺(hòu)瞜】〈文〉贪财的样子。

鎒　lòu【鎒楱(zòu)】1.〈文〉铁耙。2.〈文〉用这种铁耙耙地。

顟　lòu　〈文〉通"镂(lòu)"。雕刻。

露　lòu　见 lù "露"（429 页）。

lou（·ㄌㄡ）

喽　lou　见 lóu "喽"（423 页）。

嘹　lou　见 lù "嘹"（428 页）。

lū（ㄌㄨ）

撸（撸）　lū　❶〈方〉捋(luō)：～起袖子|～树叶子。❷〈方〉撤去

(职务):他的职务被～了。❸〈方〉训斥:被
～了一顿。

噜 (嚕) lū 【噜苏(su)】〈方〉啰唆。

lú　（ㄌㄨˊ）

卢 (盧) lú ❶〈文〉黑色:～弓|～箭|～犬。❷用于地名:～龙(在河北秦皇岛市)|～氏(在河南三门峡市)|～沟桥(在北京丰台)。❸姓。

芦 (蘆) ㊀ lú ❶芦苇,多年生草本植物。生长在浅水里,茎中空,茎秆可以编席、造纸;根状茎叫芦根,可以入药。也叫"苇子"。❷姓。
㊁ lǔ 【油葫芦】昆虫。像蟋蟀而稍大,是害虫。

庐 (廬) lú ❶简陋的房舍:～舍|茅～|众鸟欣有托,吾亦爱吾～。❷古代沿途迎接宾客的房舍:凡国野之道,十里有～,～有饮食。❸指庐州(旧府名,府治在今安徽合肥):～剧。❹姓。

垆 (壚)[坴] lú ❶〈文〉黑色坚实的土:～土。❷旧时酒店里放酒瓮的土台子。借指酒店:酒～|当～(坐在垆前卖酒)。❸〈文〉通"炉"。火炉:茶～。

炉 (爐)[*鑪] lú ❶炉子,供取暖、做饭、冶炼等用的器具或设备:～灶|火～|高～。❷焚香的器具:金～香尽漏声残。
"鑪"另见 lú "铲"(425 页)。

泸 (瀘) lú ❶泸水,古水名。1. 即今金沙江在四川宜宾以上至云南、四川交界处的一段。2. 即今怒江。❷【泸州】地名。在四川的东南部。

栌 (櫨) lú 【黄栌】落叶灌木。叶子秋天变成红色,可供观赏。木材黄色,可以制染料,枝叶可入药。

枦 lú 〈文〉树木名,即黄栌木。

轳 (轤)[軠] lú 【辘(lù)轳】井上绞动绳索汲水的工具;也指某些机械上的绞盘。

胪 (臚) ㊀ lú ❶〈文〉陈述:～情(陈述心情)|～陈。❷〈文〉陈列:～列|～举。
㊁ lǔ 〈文〉通"袒(lǔ)"。祭祀名:大夫～岱。

鸬 (鸕)[鸕] lú 【鸬鹚(cí)】水鸟。身体比鸭子狭长,羽毛黑色,喙长,上喙的尖端有钩。善于潜水捕鱼,我国南方多用来捕鱼。通称"鱼鹰"。

铲 (鑪) lú 金属元素。符号 Rf。"鑪"另见 lú "炉"(425 页)。

颅 (顱)[顱] lú 头盖骨,也指头:～骨|头～|褐帽裹僧～。

舻 (艫) lú 〈文〉船头,泛指船:舳(zhú)～(泛指船只)|乘～江中。

旅 lú ❶〈文〉(颜色)黑:～弓。❷〈文〉弓彤～。

鲈 (鱸) lú 即花鲈,鱼名。身体侧扁,银灰色,背部和背鳍上有黑斑,嘴大,鳞细。生活在近海,性凶猛,吃鱼、虾。

甪 lú ❶〈文〉盛酒的小口瓦器。❷〈文〉盛饭的器皿。

摅 lú ❶〈文〉执持;捕捉:～其男女而还。❷〈文〉张;引。❸〈文〉收敛。

嚧 lú 模拟唤猪声。

鑪 lú 古山名。即今江西庐山。

獹 lú 古代良犬名。

璷 lú 〈文〉碧玉。

瓟 lú 【瓠(hú)瓟】同"葫芦"。一年生草本植物。果实嫩时可以食用。也指用干葫芦制成的器具。

矑 lú 〈文〉瞳仁;黑眼珠:清～皓齿。

蠦 lú ❶【蠦蜰(féi)】〈文〉蟑螂。❷【蠦蟏(chán)】〈文〉壁虎。

罏 lú ❶古代一种盛酒的小口瓦器。❷〈文〉香炉,也指火炉。❸〈文〉同"垆"。酒店里放酒瓮的土台子。借指酒店。

簬 lú ❶〈文〉矛、戟等兵器的柄。❷〈文〉竹名。

纑 lú ❶〈文〉可以织布的麻缕。❷古书上指苎麻一类的植物。❸〈文〉通"垆(lú)"。黑色而坚实的土。

轆 lú 【轆(lù)轆】架在井上绞动绳索汲水的工具。

虦 lú ❶〈文〉头发上指的样子。❷〈文〉马鬃。

鱸 lú 〈文〉黑色:彤弓～矢。

lǔ (ㄌㄨˇ)

芦 lǔ 见 lú "芦"(425页)。

卤 (卤、❶-❹滷) lǔ ❶卤水,制盐时剩下的黑色液体,是氯化镁、硫酸镁和氯化钠等的混合物,味苦,有毒,可用于制豆腐。❷烹饪方法。用盐水加五香料煮或用酱油煮:～肉|～蛋|～味。❸用肉、蛋、菜等做成的浓汁,多浇在煮好的面条上吃:打～面。❹〈文〉不生长庄稼的盐碱地:～中草木白。❺卤素,即卤族元素,包括氟、氯、溴、碘、砹五种元素。❻〈文〉通"掳(lǔ)"。掠夺;抢劫:～马牛羊十万余头。

虏 (虜)[*虜] lǔ ❶俘获:～获|～楚将屈匄(gài)。❷打仗时捉住的敌人:优待俘～|取张辽、徐晃于亡～之内。❸古代指奴隶:严家无悍～,慈母有败子(严:严厉)。❹古代对敌方的蔑称:强～|胡～。

掳 (擄) lǔ ❶抢取;掠夺:～掠|劫～。❷〈文〉俘获:～妇女老弱者七八万口。

鲁 (魯) lǔ ❶愚钝;蠢笨:～钝|愚～|参也～(参指曾参,孔子的学生)。❷冒失;粗野:～莽|粗～。❸周代诸侯国名。在今山东曲阜一带。❹山东的别称:～菜。❺姓。

摛 lǔ 〈文〉抢劫;强取:禁～掠。

澛 (澛) lǔ 用于地名:～港(在安徽)。

橹 (櫓)[❷*橷、❶*樐❶*艣❶*艪] lǔ ❶拨水使船前进的工具,比桨长而大,安在船尾或船旁:摇～|大舶夹双～。❷〈文〉大盾牌:伏尸百万,流血漂～。

碯 lǔ 【碯砂】〈文〉即硇(náo)砂。矿物。天然产的氯化铵。

嘑 lǔ 【嘑嘑】模拟唤猪声。

虙 lǔ 〈文〉堂下周围的屋子。

镥 (鑥) lǔ 金属元素。符号Lu。

蕗[蔍] lǔ 〈文〉草名。可用来编织草鞋。

鏀 lǔ ❶古代熬胶的容器。❷化学元素"钚(bù)"的旧称。

氌 lǔ 【氆(pǔ)氌】同"氆氇(lǔ)"。我国藏族地区出产的一种毛织品,可以做毯子、衣服等:五色～。

鱸 lǔ 〈文〉鱼名。

lù (ㄌㄨˋ)

六 lù 见 liù "六"(419页)。

甪 lù ❶用于地名:～直(在江苏苏州)|～里(在江苏苏州)。❷【甪里】复姓。

谷 lù 见 gǔ "谷"(215页)。

陆 (陸) ㊀ lù ❶陆地,高出水面的土地,泛指地面:大～|内～|～有丘陵之险。❷旱路:水～交通|水～兼程|作车以行～,作舟以行水。❸姓。
㊁ liù 数字"六"的大写。

炃[炃] lù 【菌炃】〈文〉菌类植物。

坴 lù ❶〈文〉大土块。❷同"陆(陆)"。古地名用字。

录 (録) lù ❶抄写;记载:抄～|记～|手～唐李勉遗诫。❷用仪器记录(声音或图像):～音|～像|把他的发言

～下来。❸记载言行或事物的表册或文字:语～|通讯|昨暮同为人,今旦在鬼～。❹任用;考试选取:～取|量才～用|数进忠言,多见纳～|怀抱义者,无不甄～。❺〈文〉逮捕:王安期作东海郡,吏一犯夜人来(犯夜人:触犯夜行禁令的人)。

捛 lù 〈文〉摩;贴近:～身而过。

崅 lù ❶【崅屼(wù)】1.〈文〉山崖:岑崟～,或坳或平。2.〈文〉高耸:蜀山～参天。❷【崛(jué)崅】〈文〉形容山崖突起:巅崖～。

筆 lù 【筆崒(zú)】〈文〉山势高峻的样子:隆崇～(隆崇:高耸)。

辂(輅) lù ❶古代一种大车,多指帝王乘坐的车:大～|乘殷之～(坐殿朝的车子)。❷(又读hé)〈文〉绑在车辕上用来牵引车子的横木:娄敬脱挽～(娄敬放下拉车用的横木)。❸〈文〉牵引车子:负任担荷,服牛～马(役使牛马拉车)。

赂(賂) lù ❶〈文〉赠送财物:金币文绣,～之甚厚。❷〈文〉财物,特指赠送的财物:货～将甚厚。❸〈文〉用财物买通:赇～|朱公之子杀人囚楚,其家多持金钱～王左右。

菉 lù ❶〈文〉荩草。一年生草本植物:采～已盈筐。❷用于地名:梅～(在广东吴川)|～葭(jiā)浜(在江苏昆山,1966年改为"陆家镇")。
另见lù"绿"(431页)。

硉 lù ❶〈文〉冲击:～岩鼓而沫沸。❷【硉矹(wù)】1.〈文〉山石高耸突出的样子:巨石～。2.〈文〉豪放:狂教诗～。

崝 lù 壮族称土山间的小片平地。

鹿[麤、麁] lù ❶哺乳动物。四肢细长,尾巴短,毛黄褐色,有的有花斑或条纹。听觉、嗅觉灵敏,性情温顺。通常雄的有树枝状的角。鹿角和鹿茸都可入药:呦呦～鸣,食野之苹。❷比喻政权、帝位等争夺的对象:秦失其～,天下共逐之|逐～中原|～死谁手。❸姓。

渌 lù ❶渌水,水名。发源于江西,流入湖南。❷〈文〉清澈:～水荡漾。

逯 lù 姓。

婖 ㊀ lù 〈文〉随从。㊁ lo【諵(zhā)婖】〈方〉尖声:～着嗓子哭起来。

蓼 lù 见liù"蓼"(419页)。

骟(騄) lù 【骟駬(ěr)】古代骏马名。也作"骟耳"。

绿 lù 见lù"绿"(431页)。

球 lù ❶〈文〉一种玉。❷【球球】1.〈文〉形容珍贵稀少:～如玉。2.〈文〉玉石坚硬的样子。

禄 lù ❶古代官吏的薪俸:～位|俸～|天下吏人,素无常～。❷〈文〉福:福～日来|受～于天。❸姓。

碌[㊀△*磟] ㊀ lù ❶繁忙:忙～|劳～。❷平庸:庸～|～～无为。
㊁ liù【碌碡(zhou)】旧式农具。圆柱形,用石头做成,用来碾谷物或轧平场地。"磟"另见liù(420页)。

睩 lù ❶〈文〉眼珠转动。❷〈文〉注视:蛾眉曼～。

路 lù ❶供人、畜、车等通行的道:公～|水～|平原忽兮～超远。❷路程;路程的远近:～费|五里～|山高～远。❸途径;方法:正～|门～|陈陈志而无～。❹条理;纹理:思～|笔～。❺地区;方面:南～货|各～人马|眼观六～,耳听八方。❻种类;等次:这一～人|大～货。❼古代行政区划名。宋代的路相当于现在的省,元代的路相当于现在的地区。❽〈文〉通"辂(lù)"车:筚～蓝缕(驾着柴车,穿着破烂的衣衫,形容创业艰苦)。❾姓。

簍 lù【簍簌(sù)】〈文〉下垂的样子:春院繡帘垂～。也作"麗(lǜ)簌"。

稑 lù 〈文〉后种早熟,生长期较短的谷类。

僇 lù ❶〈文〉侮辱;羞辱:～辱|国残身死,为天下～。❷〈文〉通"戮"。杀:胥之父兄为～于楚,欲自报其仇耳(胥:伍子胥)。

盝 lù ❶〈文〉过滤;使水渗漏出去。❷〈文〉小匣子:漆~。❸〈文〉干涸。

勠 lù 并,合:~力同心。

摝 lù ❶〈文〉摇动:~铎(铎:duó,大铃)。❷〈文〉捞;打捞:捞~|河里失钱河里~。

麓 ㊀lù 鹿蹄草。多年生草本植物。㊁cū〈文〉同"粗"。粗糙;不精细:~衣淡斋(斋:jī,指饭食)。

蓼 lù 见liǎo"蓼"(408页)。

篆(籙) lù ❶古代帝王自称受命于天的神秘文书:高祖膺~受图,顺天行诛。❷〈文〉簿籍;名册:鬼~(死人名簿)。❸道教的秘文:符~。

庲 lù 〈文〉堆积谷物的方形粮仓。

庲 lù【磨庲】即辘轳,安在井上绞动绳索汲水的工具。

漉 lù ❶过滤:~油|~网。❷液体往下渗漏:渗~。❸〈文〉淘干;使干涸:~池而渔。

趢 lù ❶【趮(quán)趢】〈文〉走路时脊背弯曲的样子。❷【趢趗(cù)】1.〈文〉局促的样子:狭三王之~。2.〈文〉小步:胡马蹄~。❸【趢趗(chǒng)】〈文〉小儿行走的样子:~往来。

橘 lù 〈文〉橘木。落叶灌木,茎叶有毒,揉碎投入水中能使鱼麻醉,故也叫"醉鱼草"。

轣 lù【轣轣】〈文〉模拟车声:暮车走~。

醨 lù【醽(líng)醨】〈文〉美酒名。

轆(轆) lù ❶【轆轳(lu)】1.安在井上绞动绳索汲水的工具。2.某些机械上的绞盘。❷【轆轆】模拟车轮转动的声音:风车在大风中~地响。

踛 lù 〈文〉跳跃。

逯 lù 〈文〉开玩笑。

甋 lù 古代一种狭长的砖。

覶 lù 〈文〉嬉笑着看。

戮[❶△*剹] lù ❶杀:杀~|屠~|故子胥善谋而吴~之(子胥:人名)。❷〈文〉通"勠(lù)"。合;并:~力同心|共存亡,~心力。"剹"另见jiū(333页)。

蔍 lù【莐(kūn)蔍】〈文〉香草名。

藎 lù 〈文〉同"盝"。过滤;使水渗漏出去:水上有黑脂,人以草~取用。

礔 ㊀lù【礔砖】〈方〉砖:七万~三万瓦。㊁liù【礔磟(zhou)】同"碌碡"。用来碾谷物或轧平场地的农具。

嗠 ㊀lù 歌曲中的衬字。㊁lou〈方〉助词。相当于"了":伊看着~(伊:他)。

麗 lù ❶〈文〉用小网捕鱼。❷【麗麤(sù)】〈文〉同"罞麤"。下垂的样子。❸【罜(zhǔ)麗】〈文〉小渔网。

簬 lù 〈文〉同"路"。道路:巷(xiàng)~(山间小路)。

穋 ㊀lù 〈文〉同"穆"。后种早熟,生长期较短的谷类。㊁jiū〈文〉多年生草本植物,根供药用。

錴 lù 化学元素"铑(lǎo)"的旧称。

潞 lù ❶潞水,古水名。即今山西的浊漳河。❷潞江,水名。即怒江。❸潞河,水名。即北京通州以下的北运河。❹姓。

滭 lù 〈文〉同"盝"。过滤:~酒(滤酒,去掉酒糟)。

璐 lù 〈文〉美玉:被明月兮珮宝~(被:pī,通"披")。

韣 lù【胡韣】〈文〉同"胡簶"。箭袋。

楺 lù 古代指桐树。

蠦 lù【蟝(xī)蠦】〈文〉蝉的一种。也叫"蟪蛄"。

籚 lù 〈文〉用竹篾、柳条等编成的器具,用来盛东西,类似今之竹箱、箩筐或竹篓。

舻　lù　【艣(gōu)艣】古代的一种大型战船。

褛　lù　〈文〉同"禄"。禄位。

骡　lù　〈文〉健壮的良马。

鹭（鷺）[鵱]　lù　鸟名。体形瘦削,喙直而尖,翅膀大,尾巴短,颈和腿很长。生活在水边,吃小鱼、昆虫等。常见的有白鹭、苍鹭:两个黄鹂鸣翠柳,一行白~上青天。

踜　lù　❶【踸踜】〈文〉企求;冀望。❷溜达;散步。用于古白话:骑着每日一街道。

簶　lù　【胡簶】〈文〉盛箭的器具。也作"弧簶、胡簶、胡禄"。

鹭　lù　【鹭鹚(lú)】〈文〉鸟名。即大雁。

麓[麓]　lù　❶〈文〉生长在山脚的林木:林~。❷山脚:山~|永州实惟九疑之~(九疑:九嶷山)|泰山北~。

簬[簬]　lù　古代指一种竹子,可制箭。

镥　lù　【钜镥】古郡名、县名。秦代设置。治所在今河北。也作"巨鹿、钜鹿"。

鲈　lù　❶古代传说中的一种怪鱼。❷鱼名。体长,侧扁,生活在深海。

绿　lù　鱼名。身体小而侧扁,生活在近海岩礁间。

辘　lù　【辘轳(lú)】即辘轳。架在井上绞动绳索汲水的工具。

骕　lù　【骕骥(dú)】1.〈文〉野马。2.古代仪卫(仪仗、侍卫)中有骕骥图形的军旗。

露　㊀ lù　❶露水,空气中的水蒸气遇冷时凝结在地面或靠近地面物体上的小水珠:~珠|朝~|~从今夜白,月是故乡明。❷用花、叶、果子、药材等蒸馏,或在蒸馏液中加入药料、果汁等制成的饮料:果子~|枇杷~。❸显现出来:流~|披~|凶相毕~。❹没有遮蔽;在房屋外面:~天|~宿|太仓之粟陈陈相因,充溢~积于外。
㊁ lòu　义同"露"㊀❸,用于口语:~脸|~馅儿|衣服破得~肉了。

镥　lù　化学元素"镥(lǔ)"的旧称。

辘　lù　【辘轳(lú)】〈文〉即辘轳。机械上的绞动装置,也可装在井上汲水。

鱳　lù　见lì"鱳"(400 页)。

麛　lù　【天麛】古代传说中的神兽名。也作"天禄、天鹿"。

鱳　lù　见lì"鱳"(400 页)。

lu （·ㄌㄨ）

氇（氇）　lu　【氆(pǔ)氇】我国藏族地区出产的一种毛织品。

lú （ㄌㄨ）

驴（驢）　lú　哺乳动物。像马而较小,耳朵和脸部都较长,毛多为灰褐色。可用来驮物、乘骑或拉车:平明跨~出,未知适谁门(适:往;到…去)。

闾（閭）　lú　❶〈文〉里巷的门:倚~而望|过东匠之~,闻妇人之哭(东匠:里巷名)。❷〈文〉里巷;邻里:~里|~巷|乡~。❸古代的居民组织单位。二十五家为一闾。❹姓。

娄　lú　见lóu"娄"(423 页)。

榈（櫚）　lú　【棕(zōng)榈】常绿乔木。树干高而直,不分枝,外有棕毛,叶子大,呈掌状分裂,叶柄长,果实长圆形。

膢　lú　"膢(lóu)"的又读。

毼　㊀ lú　❶〈文〉毡类毛织品。❷【毼氊(hé)】古代一种较粗的毛织品。
㊁ dōu　【毼氊(dā)】蠢笨。用于古白话:只有~的男女们不晓得伤春。

薷　lú　❶【薷茹(rú)】〈文〉草名。根可入药。也叫"离娄"。❷【菴(ān)薷】〈文〉菊科蒿类植物。叶略似菊,种子可入药。

蘆　lú　【蘆(rú)蘆】〈文〉草名。即茜草。也作"茹蘆"。

鸬　㊀ lú　【鸬(lù)鸬】〈文〉鸟名。即大雁。㊁ lǔ　【鸥(lán)鸬】〈文〉鸟名。即鹕鸬(gǔzhōu)。

L

lǚ （ㄌㄩ）

吕 □ lǚ ❶我国古代乐律名。古乐分十二律,阴阳各六。六个阳律叫六律,六个阴律叫六吕:律～。❷〈文〉脊骨。❸姓。

寽 ㊀ lǚ 〈文〉同"捋"。用手顺着抹过去,使顺溜或干净。

㊁ lüè 同"锊"。古代重量单位。

邼 lǚ ❶古邑名。在今山西。❷古亭名。

侣 □ lǚ ❶同伴:伴～|情～|孤寂无～。❷〈文〉结为同伴:～鱼虾而友麋鹿。

胪 □ lǚ 见 lú "胪"(425 页)。

娄 □ lǚ 见 lóu "娄"(423 页)。

挦 □ lǚ 见 luō "挦"(434 页)。

梠 □ lǚ ❶〈文〉屋檐:梁～。❷〈文〉同"稆"。不种自生的谷物:采～拾橡。

胎 lǚ 〈文〉脊柱:背～筋痛。

旅 □ lǚ ❶出行;在外做客:～行|～游|羁～之臣。❷出行在外的人:商～|行～。❸军队的编制单位。在军或集团军之下,团或营之上。❹军队:军～|劲(jìng)～|班师振～。❺〈文〉共同:～进～退。❻〈文〉植物不种而生;野生的:野谷～生|宿草～前庭|中庭生～谷。

裯 lǚ 〈文〉祭名。祭祀山川。

铝（鋁）□ lǚ 金属元素。符号 Al。

稆 □[穭] lǚ ❶〈文〉野生的(谷物等):～葵|～高粱。❷〈文〉野生的谷物:群像饥乏,尚书郎以下自出采～(尚书郎:官名)。❸〈文〉植物脱粒自生:狱内～生桃树,蓬蒿亦满。

偻 □ lǚ 见 lóu "偻"(423 页)。

稆 lǚ 〈文〉植物不种而生:野谷～生。通作"旅"。

屡（屢）□ lǚ 表示情况一再发生;多次(可重叠):～试不爽(多次验

证都不错)|～教不改|汉房方未和,边城～翻覆。

缕（縷）□ lǚ ❶丝线;麻线:不绝如～|千丝万～|细针密～。❷详细地;一条一条地:～叙|～陈|条分～析。❸量词。用于细丝状的东西:一～麻|一～炊烟|一～阳光。

绺 lǚ 〈文〉缝衣。

膂 □[膐] lǚ ❶〈文〉脊椎骨:作股肱心～。❷【膂力】体力:～过人。

褛（褸）□ lǚ 【褴(lán)褛】衣服破烂。

履 □[履] lǚ ❶鞋;草～|削足适～|郑人有欲买～者。❷踩;走过:～险如夷(行险路如走平地)|如～薄冰。❸实行;实践:～行|～约|躬～其事。❹〈文〉到(职);登上(权位):～任|～新(就任新职)。❺脚步;步:步～。

簏 lǚ 〈文〉圆形竹筐,可盛食物。

儢 lǚ 【儢儢】〈文〉懒散、懈怠的样子:劳苦事业之中,则～然。

偻 lǚ 〈文〉同"偻"。脊背弯曲:背～。

蒌 lǚ 【蓡(sǎo)蒌】〈文〉鹅肠草。直立或平卧地面。全草可入药,也可做饲料。也叫"繁蒌"。

鸬 lǚ 见 lú "鸬"(429 页)。

lǜ （ㄌㄩ）

坴 □ lǜ ❶〈文〉土埂子。❷用于地名:段～(在河南)。

律 □ lǜ ❶法则;规章:法～|定～|纪～。❷约束:自～|严于～己。❸我国古代审定乐音高低的标准,按乐音的高低分为六律(阳律)和六吕(阴律),合称十二律:～吕|音～|乐～。❹近体诗的一种体裁:五～|七～|排～。❺姓。

狰 lǜ 【愂(hū)狰】鳄鱼。

坴 □ lǜ 见 lěi "坴"(389 页)。

虑（慮） lǜ ❶思考:思～|深谋远～|智者千～,必有一失。❷担忧;忧愁:忧～|顾～|但求椿寿永,莫～杞天崩(椿寿:高龄)。❸〈文〉心思:殚精竭～|志～忠纯|以小人之～度君子之心。

率 lǜ 见 shuài "率"(626 页)。

绿（绿）[一△*录] ㊀ lǜ ❶颜色像草和树叶茂盛时的:～叶|～地|～衣黄裳|青山～水。❷〈文〉乌黑色:中有～发翁,披云卧松雪。
㊁ lù 义同"绿"㊀,用于"绿林、绿营、鸭绿江"等。
"录"另见 lù (427 页)。

捸 lǜ 〈文〉去掉渣滓和汁液。

葎 lǜ【葎草】草本植物。茎蔓多,多短刺,叶子对生,花淡黄色。全草入药,茎纤维可造纸。

葎 lǜ【葎崒(zú)】〈文〉山势高峻的样子:其山…隆崒～。

氯 lǜ 气体元素。符号 Cl。

羚 lǜ【羭(jǔ)羚】〈文〉一种身小角尖的山羊。

滤（滤） lǜ 使液体或气体通过纱布、沙子、木炭等,除去其中的杂质:～纸|过～|把药渣子～干净。

萃 lǜ ❶〈文〉开始。❷〈文〉草刚长出。

氩 lǜ 化学元素"氯(lǜ)"的旧称。

篥 lǜ 〈文〉射鸟的竹管:～筒。

膟[膞] lǜ ❶古代祭鬼神时用的牲血。❷〈文〉肠间的脂肪。

勴[勴] lǜ 〈文〉赞助;勉励:未尝～于人。

縓[縡] lǜ 〈文〉粗绳索。

爉 lǜ 〈文〉烧山:爉(xī)～(焚烧野草)。

繂 lǜ 〈文〉未经加工的帛类丝品。

嶐 ㊀ lǜ【郁嶐】〈文〉山势高峻不平的样子:隐辚(lín)～(隐辚:险峻不平)。
㊁ léi 〈文〉用于山名。
㊂ lěi【嶐崼(kuǐ)】〈文〉高峻的样子。

鐧 lǜ 〈文〉同"鑢"。磋磨。

鑢 lǜ ❶〈文〉打磨:磨～。❷〈文〉打磨铜、铁、骨、角等物的工具。❸〈文〉修身反省:躬自～。

luán （ㄌㄨㄢˊ）

峦（巒） luán 〈文〉小而尖的山,泛指山:山～|重～叠嶂|层～耸翠,上出重霄。

孪（孿）[孿] luán （两个婴儿）同一胎出生:双生:～生|夫～子之相似者,其母常识之,知之审也。

娈（孌） luán 〈文〉相貌美好:姿容婉～|静女其～。

栾（欒） luán ❶栾树,落叶乔木。羽状复叶,花淡黄色,果实椭圆形。木材可制器具,种子可榨油。❷姓。

挛（攣） ㊀ luán 手脚蜷曲不能伸直:～缩|痉～。
㊁ liàn 〈文〉通"恋(liàn)"。依ム;眷恋:上所以～～顾念我者,乃以平生容貌也(上:皇上)。

胭 luán 见 liè "胭"(410 页)。

鸾（鸞） luán ❶传说中凤凰一类的鸟:～凤(比喻夫妻)|鸣女床之～鸟(女床:山名)。❷〈文〉同"銮"。一种车铃:八～锵锵。

脔（臠）[鱻] luán 〈文〉切成小块的肉:～割(切割,分割)|缕切为～|尝鼎一～。

滦（灤） luán ❶滦河,水名。在河北东北部,流入渤海。❷滦县,地名。在河北唐山。

銮（鑾） luán ❶古代一种车铃,常装饰在帝王的车驾上:～铃|～声。❷借指皇帝的车驾:～舆|迎～护驾。

臠 luán ❶〈文〉乱。❷〈文〉治理。❸〈文〉连续不断。

圞 [圝] luán 圆。用于古白话:团~。

欒 luán 〈文〉絷绊;捆绑。

巒 luán 〈文〉带子:~带。

臠 luán ❶〈文〉黄昏。❷〈方〉夜晚:大桥潮水日~流。

灓 luán ❶〈文〉渗水;漏水:~水羼其墓(羼:niè,侵蚀)。❷〈文〉浸渍。

亃 luán 〈文〉打哈欠的样子。

羉 luán 〈文〉捕捉野猪的网。

蕬 luán 〈文〉凫葵。即莼(chún)菜。

圝 luán ❶【团圞】1.〈文〉形容月圆:明月~。2.〈文〉团圆;团聚:合家~。❷〈方〉圆的;整个的:~桌|~蛋。

欒 luán 〈文〉即栱。建筑物立柱和横梁之间成弓形的承重结构:~栋(房屋的梁栋)。

躝 luán 【躝踡(quán)】〈文〉弯曲身体:~寝睡。

躝 luán 【躝跧(quán)】〈文〉(身体)弯曲;形容劳累:受此~。

luǎn (ㄌㄨㄢˇ)

佝 luǎn 见 yìn "佝"(811页)。

卵 [夗] luǎn ❶动植物的雌性生殖细胞,跟精子结合后产生第二代:~巢|排~。❷昆虫学上特指受精的卵,是昆虫生活周期的第一个发育阶段:虫~|蚕~。❸指某些动物的蛋:鸟~|杀鸡取~|覆巢之下无完~。

嬾 luǎn 〈文〉顺从。

luàn (ㄌㄨㄢˋ)

乱 (亂)[乿、乱、乿] luàn ❶无秩序;无条理:混~|紊~|楚军大~坏散|吾视其辙

~,望其旗靡,故逐之。❷社会动荡不安(跟"治"相对):~世|兵荒马~。❸社会动荡的局面;战争:战~|戡~|安史之~。❹使混乱;使紊乱:扰~|以假~真|小不忍则~大谋。❺(心绪)不宁;烦:烦~|心烦意~,不知所从。❻随便;任意:~吃|~讲|~罚无罪,杀无辜。❼指不正当的男女关系:淫~。❽古代指乐曲的最后一章,也指辞赋最后总括全篇要旨的一段。

亂 luàn 〈文〉治理。通作"乱"。

薍 luàn 见 wàn "薍"(691页)。

敵 luàn 〈文〉烦乱。

lüè (ㄌㄩㄝˋ)

孚 lüè 见 lǚ "孚"(430页)。

剠 lüè 见 qíng "剠"(556页)。

誩 lüè ❶〈文〉锋利。❷〈文〉模拟大的声音:~然一声。

掠 [掠] lüè ❶夺取;抢劫:~夺|掳~|~人之美。❷轻轻擦过;拂过:清风~面|蜻蜓~过水面|暮山层碧,~岸西风急。❸比喻出现后很快消失:脸上一过~一丝冷笑。❹〈文〉拷打:~笞|拷~。❺〈文〉砍伐:命虞人~林除薮(虞人:掌管山泽的官)。

略 [*畧] lüè ❶简单;不详细(跟"详"相对):~图|简~|详~得当。❷概要;简要的叙述:要~|传(zhuàn)~|愚者闇其~而不知其详(闇:ān,熟悉)。❸省去;简化:省~|从~|不重要的情节可以~去。❹稍微:~微|~知一二|~有改进。❺计谋;计划:策~|雄才大~|此所谓功无二于天下,而~不世出者也。❻掠夺;夺取:侵~|攻城~地。❼〈文〉全:自三峡七百里中,两岸连山,~无阙处(阙:同"缺")。

罯 lüè 【罯(yuē)罯】〈文〉渔网。

罯 lüè 〈文〉同"誩"。锋利。

锊（鋝）
lüè　古代重量单位。一锊约合六两。

嗧
lüè【嗧(kū)喻】同"圐圙"。指围起来的草场(多用于地名)。

圐
lüè【圐(kū)圙】蒙古语。指围起来的草场,泛指圈起来的一块地方(多用于地名)。也作"嗧喻"。也译作"库伦"。

蟍
lüè【蝱(qú)蟍】〈文〉蜉蝣的别名。也作"渠略"。

綟
lüè　〈文〉缝(féng)。

擽
㊀ **lüè**　❶〈文〉敲;击打。❷〈文〉冲击;冲撞:～阵。

㊁ **luò**　〈文〉坚硬的样子。

---

lūn（ㄌㄨㄣ）

抡（掄）
㊀ **lūn**　用力挥动:～刀｜～拳｜～起大锤。

㊁ **lún**　〈文〉选择;选拔:～材(选择材木)｜～魁(科举考试考中第一名)。

---

lún（ㄌㄨㄣˊ）

仑（侖）[❷*崘、❷*崙]
lún　❶〈文〉条理;次序。❷【昆仑】山名。西起帕米尔高原,东延至青海。

伦（倫）
lún　❶类;同类:不～不类｜精妙绝～｜绝类离～,优入圣域。❷人伦,封建礼教所规定的人与人之间的关系,特指尊卑长幼之间的关系:～常｜五～｜天～之乐。❸条理;次序:语无～次｜后先有～。❹〈文〉道理:今天下车同轨,书同文,行同～。❺姓。

论
lún　见lùn"论"(434页)。

抡
lún　见lūn"抡"(433页)。

图（圇）
lún　【囫(hú)囵】整个的;完整的。

沦（淪）
lún　❶沉没,坠落:～没｜沉～｜白日～西阿,素月出东岭。❷没落,陷入(不利的境地):～落｜～亡｜为乞丐｜中原～陷百年(且:将近)。❸

〈文〉水面的微波:河水清且～猗(猗:yī,语气词)。

纶（綸）
㊀ **lún**　❶〈文〉钓鱼用的丝线:垂～。❷〈文〉系印用的青丝带子:青～。❸合成纤维的商品名称用字。我国规定合成纤维一律称某纶,长丝则在末尾加一"丝"字:锦～｜腈(jīng)～｜涤～丝。

㊁ **guān**　【纶巾】古代男子戴的头巾,用青丝带做成(一说配有青丝带):羽扇～。

轮（輪）
lún　❶轮子,车辆或机械上能旋转的圆形部件:～胎｜齿～｜木直中(zhòng)绳,輮(róu)以为～,其曲中规。❷形状像轮子的东西:年～｜舵～｜未央前殿月～高。❸依次接替(做事):～流｜～番上阵｜下次该～到你了。❹轮船:～渡｜江～｜货～。❺量词。1.用于形状像轮子的东西:一～朝阳｜一～明月。2.用于循环的事物或动作:第一～谈判｜选拔赛要赛三～｜他比我大一～(十二岁为一轮)。❻〈文〉高大:美哉～焉。

铑（錀）
lún　一种放射性化学元素。符号Rg。

陯
lún　〈文〉山塌陷。

蕾
lún　古代一种树木名。

喻
lún　【哩喻啰】用在词曲中的衬字。

愉
lún　〈文〉想要知道某件事情的样子。

緰
lún　〈文〉同"纶"。青丝绶带。

榆
lún　〈文〉树木名。指一种小樟树。

焔
lún　有机化合物"苯(běn)"的旧称。

蜦
㊀ **lún**　❶传说中的神蛇,能兴云雨。❷〈文〉大蛤蟆。

㊁ **lǔn**　【蝹(yūn)蜦】〈文〉像蛇爬行的样子。

嗢
lún　【嗢(wà)嗢】整个儿吞下。用于古白话。

艛
lún　❶〈文〉船前横木。❷〈文〉船:～头漾漾知风起。

鯩 lún 传说中的一种怪鱼。

lǔn （ㄌㄨㄣˇ）

坽（埨） lǔn 〈文〉田地中的土垄。

惀 lǔn 〈方〉惀子,对肥胖者的戏称。

磆 lǔn 【磆硱(kǔn)】〈文〉形容石块坠落。

瞡 lǔn 见 gùn "瞡"(230 页)。

蜦 lǔn 见 lún "蜦"(433 页)。

lùn （ㄌㄨㄣˋ）

论（論） ㊀ lùn ❶分析和说明事理:~点|讨~|就事~事。❷分析和说明事理的谈话或文章:宏~|社~|长篇大~。❸学说,有系统的主张、观点:理~|进化~|无神~。❹看待:相提并~|不可一概而~。❺衡量;评定:~功行赏|~资排辈|故~功察罪,不可不审也。❻定罪;判罪:~斩|格杀勿~|使有罪不~,而过被刑,甚大逆也(被:遭受)。❼介词。1.表示以某种单位为准(多跟量词组合):斤卖|租金~小时算。2.表示就某个方面来说:~体力,他不如我|~能吃苦,谁也比不上他。❽姓。

㊁ lún 【论语】儒家的经典,内容主要记载孔子及其弟子的言行。

luō （ㄌㄨㄛ）

捋 ㊀ luō 用手握住条状的东西,顺着向一端滑动:~榆钱儿|~起袖子|采采芣苢,薄言~之(芣苢:fúyǐ,植物名。车前子)。

㊁ lǚ 用手顺着抹(mǒ)过去,使物体顺溜或干净:~麻绳|行者见罗敷,下担~髭须。

啰（囉） ㊀ luō 【啰唆(suo)】1.(说)话)絮叨;重复烦琐:他说话太~。2.(事情)烦杂;琐碎:一事儿办手续得跑好几个地方,真~。3.反复地说;絮絮叨叨地说:别跟他~了,他不会听的。‖旧也作"啰嗦"。

㊁ luó ❶【啰唣(zào)】吵闹寻事。用于古白话:休得~。❷【喽(lóu)啰】旧时称强盗头子的部下,现多指私人的帮凶或爪牙。

㊂ luo 助词。用在句末,表示肯定语气:在保证质量的前提下,当然是越快越好~。

luó （ㄌㄨㄛˊ）

罗（羅） ㊀ luó ❶捕鸟的网:~网|天~地网|门外可设雀~。❷〈文〉张网捕捉:门可~雀。❸搜集;招致:搜~|网~|~而致之幕下。❹包括:包~万象。❺陈列;散布:~列|星~棋布|榆柳荫后檐,桃李~堂前。❻筛细粉末或过滤流质用的筛子,把网固定在竹框或木框上做成:绢~|铜丝~|把面粉过过~。❼用罗筛:~面|药幽香散。❽质地稀疏而轻软的丝织品:~衣|~扇|绫~绸缎。❾量词。用于某些商品,十二打(144 件)为一罗。[英 gross] ❿姓。

㊁ lí 〈文〉通"罹(lí)"。遭遇:抵触县官,~丽刑法(丽:触犯)。

萝（蘿） luó ❶指某些能爬蔓的植物:藤~|茑(niǎo)~|松~。❷【萝卜(bo)】二年生草本植物。主根也叫萝卜,粗壮,肉质,是常见蔬菜。种子可入药。也叫"莱菔"。

啰 luó 见 luō "啰"(434 页)。

逻（邏） luó ❶巡察:巡~|~骑|宜远侦~。❷【逻辑(ji)】1.客观事物发展的规律性:生活的~|客观事物的~。2.思维的规律:他说话不合~。3.逻辑学,研究思维的形式和规律的学科。[英 logic]

腂（膔） luó 手指纹:~纹。俗作螺纹。

猡（玀）luó ❶【猪猡】〈方〉猪。❷【猡猡】旧时对彝族的称呼。

椤（欏）luó ❶【桫(suō)椤】蕨类植物。木本,叶子羽状分裂。是我国国家重点保护植物。❷【黄波椤】即黄檗(bò)。一种落叶乔木。

锣（鑼）luó 打击乐器。用铜制成,形状像盘子,用槌敲击发声:铜～|锣(tāng)～|敲～打鼓。

赢 luó 〈文〉家畜。

笀（籮）luó 用竹子或柳条编成的盛物器,多为方底圆口:～筐|筥(pǒ)～。

骡（騾）[*蠃、騳、驘] luó 骡子,哺乳动物。是驴和马交配所生的杂种,比驴大,毛多为黑褐色。力气大,不能生殖。多用作力畜。

穄 luó ❶〈文〉(禾)谷堆:谷～。❷〈文〉堆聚:堆～。

螺 luó ❶软体动物。体外有螺旋形的硬壳。种类很多,常见的有红螺、田螺、海螺、钉螺等。❷螺旋形的指纹。❸有螺旋形纹理的:～钉|～栓|～母。

蠃 luó 〈文〉同"蠡"。螺;螺号。

覶 luó 〈文〉目光和顺地看。

覶 luó 〈文〉繁:琐细:～琐|～举。

儸 luó 【偻(lóu)儸】旧同"喽啰"。旧时称强盗头子的部下。

蠃 luó 见 luǒ"蠃"(435 页)。

蠡 luó 见 lǐ"蠡"(395 页)。

蠡 luó 〈文〉菜名。生长在水旁。

巤 luó 【嵬(wěi)巤】〈文〉高的样子:阿阁～。

瀤 luó 【汨(mì)瀤】古水名。今名"汨罗江"。发源于江西,流入湖南。

璷 luó 【珂(kē)璷版】印刷上用的照相版。现通常写作"珂罗版"。

蠃 luó ❶〈文〉鸟名。即鹡鸰。也叫"须蠃"。❷【果蠃】〈文〉鸟名。即鶛鹒。

鑼[蠃] luó 【铧(cuò)鑼】古代一种小汤锅。

饆 luó 【餺(bì)饆】1. 古代一种饼类食品。2.〈文〉张罗安排。

鱲 luó 八带鱼,属章鱼一类。

luǒ（ㄌㄨㄛˇ）

砢 luǒ 见 kē"砢"(357 页)。

倮 luǒ 〈文〉同"裸"。赤裸:～足。

斫 luǒ 〈文〉砍击。

猓 luǒ 见 luò"猓"(436 页)。

猓 luǒ 见 guǒ"猓"(231 页)。

瓜 luǒ 〈文〉(搔痒)手指大动。

蓏 luǒ 〈文〉瓜类植物的果实:果～。

瓜 luǒ 〈文〉"瓜(luǒ)"的讹字。(搔痒)手指大动:～凯(手指动的样子)。

瘰 luǒ 同"瘰"。瘰疬,中医指淋巴结核。

裸 [*躶、△*蠃、蠃、倮、蠃] luǒ 光着;没有遮盖:～体|～露|～着身子|曹共公闻其骈胁,欲观其～(骈胁:肋骨紧密连在一起,是生理畸形)。
"蠃"另见 luó (435 页)。

瘰 luǒ 【瘰疬(lì)】中医指淋巴结核。多发生在颈部或腋部,先出现硬块,溃烂后经常流脓,不易愈合。也作"瘰疬"。

蠃 luǒ 【螺(guǒ)蠃】即螺蠃蜂,昆虫。在螟蛉等体内产卵,卵孵化成幼虫后,以它们为食物。

蠃 ⊖ luǒ ❶【果蠃】〈文〉多年生草本植物。也称"栝(kuò)楼"。❷〈文〉短毛兽。
⊜ luó 〈文〉通"骡(luó)"。骡子:乘六～。
另见 luǒ"裸"(435 页)。

L

攞 luǒ ❶撕;扯:～下窗户纸。❷提;用手往上捋:～袖揎拳。‖用于古白话。

懡 luǒ 【懡(mǒ)㦬】1.〈文〉羞惭的样子。2.〈文〉稀疏的样子。

癳 luǒ 【癳病】同"瘰病"。中医指淋巴结核。

𧤴 luǒ 【𧤴(mǒ)𧤴】1.〈文〉脸色发青的样子。2.〈文〉惭愧。

luò （ㄌㄨㄛˋ）

剠 luò 〈文〉剔去。

洛 luò 见 hè "洛"（247 页）。

泺（濼） ❶ luò ❶泺水,古水名。在今山东。❷【泺口】地名。在山东济南。
❷ pō 通"泊(pō)"。湖泊:梁山～水退,地甚广。

荦 luò 见 gé "荦"（203 页）。

莘（犖） luò ❶【莘莘】1.〈文〉明显;分明:此其～大者。2.〈文〉卓越;高超:惟阁下心事～,与俗辈不同。❷〈文〉杂色的牛:斯为朽关键,怒～抉以入(朽关键:腐朽的门闩。抉:撞破)。

咯 luò 见 kǎ "咯"（351 页）。

洛 luò ❶洛河,水名。1.发源于陕西,流入河南,是黄河的支流。也叫"南洛河"。古作"雒"。2.在陕西北部,是渭河的支流。也叫"北洛河"。❷姓。

骆（駱） luò ❶【骆驼(tuo)】哺乳动物。身体高大,毛褐色,头小,颈长,背上有一或两个驼峰,蹄底有肉垫。吃草和灌木,能反刍,耐饥渴高温,适于负重物在沙漠中远行。❷〈文〉白身黑鬃的马:乘白～。❸姓。

络（絡） ❶ luò ❶像网一样的东西:网～|橘～|丝瓜～。❷中医指人体内气血运行通路的分支:经～|脉～|视其血～。❸用网状物兜住或罩住:用发网～住盘起的长发。❹缠绕:～线|～纱。❺〈文〉

马笼头:五马如飞龙,青丝结金～。❻姓。
❷ lào 【络子(zi)】1.用线结成的网状小袋子。2.绕线、绕纱的器具,多用竹条或木条交叉制成。

珞 luò ❶【珞珞】〈文〉石头坚硬的样子:～如石。❷【璎(yīng)珞】古代用璎珠穿成的戴在颈项上的串状饰物。

烙 luò 见 lào "烙"（386 页）。

猓 ❶ luò 卷(juǎn)。用于古白话:揎拳～袖(揎:xuān,捋起衣袖露出胳膊)。
❷ luò 【𣏳(sī)猓】拉扯推搡。用于古白话:～的见官司(官司:官吏)。

硌 ❶ luò 〈文〉山上的大石:无草木而多～石。
❷ gè 触到凸起的硬东西感觉不舒服或受到损伤:～脚|牙让沙子～得生疼。

略 luò ❶〈文〉斜着眼睛看。❷〈文〉视。

落 ❶ luò ❶掉下来:～泪|陨～|季秋之月,草木黄～。❷降低;下降:回～|水～石出|太阳～山了。❸使降低;使下降:～幕|～帆|击～一架敌机。❹跌入;陷入:～水|～网|误～尘网中,一去三十年。❺掉在后面:～伍|～选|名～孙山。❻事物由盛而衰:衰～|沦～|家道中～。❼停留;留下:～脚|不～痕迹|山静风～,天高气凉。❽停留的地方:着(zhuó)～|下～不明。❾聚居的地方;所在范围:段～|村～|部～|千村万～生荆杞。❿归属:大权旁～|重担～到了我们的肩上。⓫得到;受到:～空|～得个身败名裂的下场。⓬用笔写:～笔|～款|～账。⓭姓。
❷ lào 义同"落(luò)",用于口语:价～|～汗|～色(shǎi)|～枕|树上～着一只喜鹊。
❸ là ❶遗漏:一字不～|把他的名字写上,别～了。❷把东西放在某处,忘记拿走:丢三～四|花镜～在家里了。❸跟不上而处在后面:快点儿跑,别让人家～下。

跦 luò 见 lì "跦"（398 页）。

蛒 luò 见 gé "蛒"（204 页）。

箈　luò　❶〈文〉竹编的装杯盘的用具。❷〈文〉竹笼,用于熏衣。❸〈文〉竹篓。❹〈文〉缠绕。

摞　luò　❶把东西重叠地往上放:～砖头|把书～成两堆。❷量词。用于重叠放置的东西:一～碗|几～旧衣服。

零　luò　〈文〉下雨。通作"落"。

雒　luò　❶〈文〉通"洛(luò)"。水名。黄河的支流。❷通"洛(luò)"。古邑名。即今河南洛阳。❸姓。

漯　□ ㊀ luò　【漯河】地名。在河南中部。
　　㊁ tà　古水名。在今山东。

絡　luò　〈文〉缠绕:不为禾叶所～。疑是"络"的讹字。

鉻　luò　〈文〉未经加工的生皮革。

箈　luò　【杯箈】〈文〉盛杯的竹笼。

督　luò　见 láo "督"(385 页)。

鮥　luò　古称体型较小的鲟类鱼。

鵅　luò　见 gé "鵅"(205 页)。

擽　luò　见 lüè "擽"(433 页)。

嵀　luò　【嵀黏(suò)】〈文〉小米粥;麦粥。

嬴　luò　〈文〉(身体某一部分)萎缩麻痹。

蠎　luò　见 lì "蠎"(400 页)。

轞　luò　❶〈文〉模拟车转动的声音。❷【轞轞】〈文〉车名:～车。

礦　luò　❶〈文〉牲畜的传染病。❷〈文〉病。

襱　luò　〈文〉妇女上衣:婢子百余人,皆绫罗绮(kù)～。

纙　luò　〈文〉钱贯,用来穿钱的丝:一～输尽。

繑　luò　〈文〉不均匀。

鵺　luò　传说中的鸟名。像雕。

luo （·ㄌㄨㄛ）

啰　□ luo　见 luō "啰"(434 页)。

L

M

m

姆□ m̄ 见 mǔ "姆"（470 页）。

m̀（ㄇ）

呒□ ḿ 见 fǔ "呒"（188 页）。

嘸□ ㊀ ḿ 叹词。表示疑问：～，我的笔放哪儿了？
　㊁ m̀ 叹词。表示答应、赞赏等：～，我知道了｜～，写得不错。

m̀（ㄇ）

噷□ m̀ 见 ḿ "嘸"（438 页）。

孖□ ㊀ mā 〈方〉相连成对的；成双成对的：～仔（双生子）｜～女（双生女）。
　㊁ zī ❶〈文〉双生子。❷〈文〉双：～生（双生）。

妈□（媽） mā ❶母亲。❷称长一辈或年长的妇女：舅～｜姑～｜大～。❸旧时称中老年女仆（跟姓连着称）：王～｜鲁～。

抹□ mā 见 mǒ "抹"（466 页）。

蚂□ mā 见 mǎ "蚂"（439 页）。

撒□ mā 同"抹"。擦拭；用手按着移动。

摩□ mā 见 mó "摩"（465 页）。

吗□ má 见 ma "吗"（440 页）。

麻□[❶-❸*蔴] má ❶麻类植物的统称，有大麻、黄麻、亚麻、苎麻等：养桑～，育六畜，则民富。❷麻类植物的茎皮纤维：～袋｜～布｜心乱如～。❸芝麻：～酱｜～油。❹表面粗糙；不光滑：这种纸一面光，一面～。❺表面带有细碎斑点的：～雀｜～蝇。❻感觉不灵或轻度丧失：～木｜腿坐～了｜花椒吃多了，舌头发～。❼姓。

痳□ má ❶同"麻"。感觉不灵或轻度丧失：两脚～了。❷同"麻"。表面粗糙；有细碎斑点：夏月发～疹。

嘛□ má 见 ma "嘛"（440 页）。

摩□ má 〈文〉大牛：狂～。

嫠□ 【嫠嘻（xī）】〈文〉闭口的样子。

蟆□[㊀*蟇、蟆] ㊀ má 【蛤蟆（há-ma）】青蛙和蟾蜍的统称。
　㊁ mò 〈文〉一种黑色的小蚊子。夜伏昼飞，咬人成疮。

蟆□ ㊀ má 【虾（há）蟆】即蛤蟆。青蛙和癞蛤蟆的统称：一箭杀一个癞～。
　㊁ mà 【蟆蚱】即蚂蚱。蝗虫的统称：扑～。

䗪□ málǔ 见 mǒ "䗪"（466 页）。

顢□ má 【顢顑（xiá）】〈文〉拗口；说起来别扭。

䵖□ má 谷物名。与黍同类，但不黏。也叫"糜（méi）子"。

䵈□ má 【鼍（mí）䵈】〈文〉一种龟类动物。

mǎ（ㄇㄚˇ）

马（馬）mǎ ❶哺乳动物。四肢强健，善奔跑。是重要的力畜：～车|赛～|主人下～客在船,举酒欲饮无管弦。❷大:～蜂|～勺。❸姓。

吗 mǎ 见ma "吗"(440页)。

犸（獁）mǎ【猛犸】古代哺乳动物。外形、大小跟现代的象相似，全身有棕色长毛,门齿向上弯曲。生存在欧亚大陆北部和北美洲北部更新世晚期的寒冷地区,现已灭绝。也叫"毛象"。[英mammoth]

玛（瑪）mǎ【玛瑙(nǎo)】一种玉石。主要成分是二氧化硅。颜色多样,有光泽,硬度大,可做仪表轴承、研钵和装饰品等。

杩 mǎ 见mà "杩"(439页)。

码（碼）mǎ ❶表示数目的符号:数～|号～|明～标价。❷表示数目的用具:筹～|砝～。❸堆叠;摞(luò)起:～放整齐|把砖～起来。❹量词。用于事情:毫不相干的两～事|咱俩说的不是一～事。❺量词。英美制长度单位,3英尺为1码。1码合0.914米。[英yard]

蚂（螞）㊀mǎ ❶【蚂蟥】蛭的通称。❷【蚂蚁】昆虫。体小而长,头大,黑色或红褐色。雌蚁、雄蚁有翅膀,工蚁没有。大多在地下筑巢,成群穴居。
　㊁mà【蚂蚱(zha)】〈方〉蝗虫。
　㊂mà【蚂螂(lang)】〈方〉蜻蜓。

鄢 mǎ【鄢(cún)鄢】古县名。在今四川宜宾。

傌 mǎ 见mà "傌"(439页)。

阞 mǎ 见mà "阞"(439页)。

鎷 mǎ 化学元素"镥(dé)"的旧称。

驡 mǎ〈方〉鸟名。黄雀:～鸟。

鰢 mǎ〈文〉海马(虾的一种)。

mà（ㄇㄚˋ）

杩（榪）㊀mà〈文〉床头横木。㊁mà【杩槎(chá)】〈方〉三角木架。也作"杩杈、杩叉"。

祃（禡）mà 古代军队在驻扎地举行的祭礼:～于所征之地。

蚂 mà 见mǎ "蚂"(439页)。

骂（罵）[△*傌、*詈] mà ❶用粗野的话侮辱人:～街|指桑～槐|～人不带脏字。❷用严厉的话斥责:斥～|责～|爷爷～我不知天高地厚。
　"傌"另见mà(439页)。

睰 mà 见bì "睰"(32页)。

傌 ㊀mà ❶汉代刑罚之一。❷姓。㊁mà 中国象棋棋子名。红方的"马"也作"傌"。
　另见mà "骂"(439页)。

阞 ㊀mà〈文〉增加;增添。㊁mà〈文〉号码;筹码。

傄 mà【傄傄(xiā)】1.〈文〉无所顾忌。2.〈文〉健壮。

廇 mà〈文〉庵;草屋。

瘬 mà ❶〈文〉眼病。❷〈文〉恶气附着(zhuó)在身而生病。❸〈文〉用药物腐蚀痈疮。

蟆 mà 见má "蟆"(438页)。

礘 mà【礘砎(jiè)】〈文〉坚硬。

髳 mà〈文〉绕在发髻上的头巾:朱～(朱:大红色)。

ma（·ㄇㄚ）

么 ma 见me "么"(447页)。

吗（嗎）㊀ ma 助词。用在句子的末尾。1. 表示疑问语气,用在是非问句的末尾:去过北京~?|你看清楚了~? 2. 表示反问语气:还要我来教你~?|难道还有更好的办法~?

㊁ mǎ 【吗啡】有机化合物。分子式 $C_{17}H_{19}NO_3$,白色结晶,味苦,有毒,用鸦片制成。医药上用作镇痛剂,连续使用易上瘾。[英 morphine]

㊂ má 〈方〉指代事物,相当于"什么":干~去?|有~说~。

吒 ma 同"嘛"。表示肯定,很明显。用于古白话:差也~,差也~。

嘛 ㊀ ma ❶助词。用在句子或分句末尾。1. 在陈述句的末尾,表示理所当然:他本来就是自己人~|问题是明摆着的~。2. 在祈使句的末尾,表示期望或劝阻:你快一点~!|不要太激动~! ❷助词。用在句内,表示停顿,引起对方注意:这个事~,让我再想想|科学研究~,就要讲求实事求是。

㊁ má ❶〈方〉同"吗"。指代事物,相当于"什么"。❷佛教译音用字。佛教"六字真言"(唵、嘛、呢、叭、咪、吽)之一。

mái （ㄇㄞˊ）

埋 ㊀ mái ❶(用土、雪等)盖住:~葬|掩~|既乃与巴姬~璧于大室之庭。❷隐藏;隐没:~伏|隐姓~名|把~在心底的话都说出来。

㊁ mán 【埋怨】抱怨;表示不满:落(lào)~|多检查自己,不要~别人。

貍 ㊀ mái 〈文〉通"埋(mái)"。放入坑中用土盖上:以相葬~。

㊁ yù 〈文〉通"郁(鬱)"。腐臭。
另见 lí "狸"(392页)。

慲 mái 【慲愯(xié)】〈文〉心不平;激怒。

蘿 ㊀ mái ❶〈文〉埋葬。后作"埋"。❷〈文〉填塞。

㊁ wō 〈文〉沾污:尘垢弗能~。

瞶 mái 〈文〉窥视;窃视:哭且~(一面哭泣一面偷窥)。

懸[懸] mái 〈文〉聪慧。

霾 mái ❶阴霾,大气中因悬浮着大量微粒等而形成的混浊现象:风~昼塞|天气预报说明天有~。❷通"埋(mái)"。盖住;埋没:~两轮兮絷四马(絷;zhí,绊住)。

mǎi （ㄇㄞˇ）

买（買）[买] mǎi ❶拿钱换取东西(跟"卖"相对):采~|招兵~马|郑人~其椟而还其珠。❷用钱财或其他手段拉拢、取得:~通|邀~人心。❸〈文〉雇;租:~舟南下。

荬（蕒） mǎi 【苣(qǔ)荬菜】多年生草本植物。野生,嫩苗可以吃。

嘪 mǎi 〈文〉羊叫声。

鷶 mǎi 【鷶鸽(guǐ)】〈文〉鸟名。即杜鹃。

mài （ㄇㄞˋ）

劢（勱） mài 〈文〉努力;勉力:其惟吉士,用~相我国家(相:辅助)。

迈（邁） mài ❶抬脚向前跨步:~步|~进|小河沟一~就过去了。❷年老;老:年~|老~|衰~|久风尘。❸〈文〉超过;超越:三王可~,五帝可越。❹英里(用于机动车行车时速,在中国也指公里)。[英 mile] ❺姓。

麦（麥） mài ❶麦类作物的统称。有小麦、大麦、燕麦和黑麦等,是重要的粮食作物:丘中有~。❷专指小麦。通称"麦子"。❸姓。

侎 mài 我国古代东部地区少数民族乐曲名。

卖（賣）[賣] mài ❶用东西换取钱(跟"买"相对):~菜|贩~|楚人有~其珠于郑者。❷为了自己的私利做出损害国家、民族或别人利益的事情:~国|~友求荣|微赵君,几为丞相所~。❸尽力使出(力气):~力|~劲儿。❹故意表现,显示自己:~乖|~弄|倚老~老。

M

脉 [*脈、⊖*峫、⊖*衇]　⊖ mài ❶血管：动～｜静～｜骨著～通，与体俱生。❷脉搏，动脉有规律跳动的现象：～象｜～号｜～诊。❸植物叶子、昆虫翅膀上像血管那样分布的组织：叶～｜翅～｜网状～。❹像血管那样连贯而成系统的东西：山～｜矿～｜一～相承。

　⊖ mò　【脉脉】眼神或行动深含感情的样子：～含情｜盈盈一水间，～不得语。

唛 (嘜)　mài　商标。[英 mark]

脈 mài　〈文〉血脉：碍其龙～。用同"脉"。

镂 (鿏)　mài　金属元素。符号 Mt。

霢 [霡]　mài　【霢霂(mù)】1.〈文〉小雨。2.〈文〉流汗的样子。

譀 　⊖ mài　〈文〉说话夸大。
　⊖ hài　【譀(xiàn)譀】〈文〉怒骂的样子：～而言。

---

mān (ㄇㄢ)

嫚 mān　见 màn "嫚"(443页)。

颟 (顢)　mān　【颟顸(hān)】〈方〉糊涂又马虎：这人太～，干什么都不让人放心。

---

mán (ㄇㄢˊ)

妠 mán　〈文〉老年妇女。

埋 mán　见 mái "埋"(440页)。

悗 　⊖ mán　❶〈文〉迷惑。❷〈文〉烦闷：烦～。
　⊖ mèn　〈文〉不在意的样子：～乎忘其言。

蛮 mán　❶〈文〉平匀。❷〈文〉平匀而严实地封盖住。

蛮 (蠻)　mán　❶粗野，不通情理：横(hèng)｜野～｜～不讲理。❷鲁莽；强悍：～干｜～劲儿。❸我国古代称南方的民族：～夷｜南～。❹〈方〉副词。表示有一定程度，相当于"挺、相当"：～像的｜味道～好｜这孩子～有礼貌。

漫 mán　见 màn "漫"(442页)。

蔓 mán　见 wàn "蔓"(691页)。

馒 (饅)　mán　【馒头(tou)】1. 面粉发酵后蒸成的食品，一般为半球形，没有馅儿。2.〈方〉包子：肉～。

懑 mán　〈文〉糊涂不懂事的样子。

樠 mán　❶〈文〉树木名。也叫"松心木"。❷〈文〉渗出的样子：液～。

瞒 (瞞)　⊖ mán　隐藏真实情况，不使人知道：隐～｜欺上～下｜我见～人汉，如篮盛水走。
　⊖ mén　〈文〉惭愧：子贡～然惭，俯而不对(对：回答)。

鞔 mán　❶把皮革蒙在鼓框上做成鼓面：～鼓。❷把布蒙在鞋帮上：～鞋。❸〈文〉鞋帮，也指鞋。

矊 mán　见 màn "矊"(443页)。

襔 mán　〈文〉少数民族穿的一种衣服。

耰 mán　〈文〉撒播式地下种。

簭 mán　〈文〉竹名。皮青内白，质地柔韧。

趨 mán　〈文〉迟缓。

饅 mán　【饅𩜁(qiú)】古亭名，故地在山西平定。

謾 mán　〈文〉同"谩"。欺骗：～澜(澜：虚妄之辞)。

鳗 (鰻)　mán　【鳗鲡(lí)】鱼名。身体长，表面多黏液。生活在淡水中，成熟后到海洋中产卵。简称"鳗"，也叫"白鳝"。

謾 mán　〈文〉同"谩"。诋毁。

鬘 mán　〈文〉头发长。引申指长长的样子。

M

鬘[鬠] mán ❶〈文〉形容头发美。❷〈文〉缨络之类的装饰品。印度风俗,男女多将花朵连贯成串,戴在头上或身上作为装饰:花～。

霙 mán 〈文〉雨露浓的样子。

mǎn　(ㄇㄢˇ)

屘 mǎn 〈方〉台湾地区称小儿子为"屘"。

嫚 mǎn 古地名。在今山西。

晚 mǎn ❶【晚眒(xiǎn)】〈文〉直视的样子。❷〈文〉视。

满(滿) ㊀ mǎn ❶全部充实;达到最大的容量:充～|斟～酒|屋子里坐～了人。❷使达到充满的状况:座|上这杯酒|猪～圈,粮～仓|金玉～堂,莫之能守(金玉堆满堂,谁能长守藏)。❸达到一定期限:届～|假期已～|不～三年。❹全:～口答应|笑容～面|～城尽带黄金甲。❺感到已经足够:～意|～足|踌躇～志。❻骄傲:自～|～招损,谦受益。❼副词。表示完全(多修饰否定格式):～不在乎|～可以去的|～不是那么回事。❽姓。
㊁ mèn 〈文〉通"懣(mèn)"。烦闷:忧～不食,道病死。

颟 mǎn 〈文〉涂面。

螨(蟎) mǎn 节肢动物。身体很小。多为圆形或椭圆形,头胸腹没有明显分界。种类较多,有的危害农作物,有的传播疾病。

篒 mǎn 【篒篹(huǎn)】〈文〉简牍。

鎇 mǎn ❶古代指金精。❷化学元素"镅(méi)"的旧称。

饇 mǎn 〈文〉同"满"。充盈:饱～。

䙓 mǎn ❶〈文〉视;观看。❷〈文〉美好的样子。❸〈文〉披;覆盖。

màn　(ㄇㄢˋ)

苘(蔄) màn ❶姓。❷用于地名:～山镇(在山东)。

曼 màn ❶柔美:～妙|～理皓齿(理:皮肤的纹理。皓:洁白)|轻歌～舞。❷长;远:～延|声吟哦|孔～且硕(孔:很。硕:大)。❸姓。

幕 màn 见mù"幕"(471页)。

鄤 màn 〈文〉同"曼"。长;远:～志(远大的志向)。

鄤 màn 春秋时代郑国地名。故地在今河南荥阳。

僈 màn ❶〈文〉轻视;轻慢。❷〈文〉怠惰。❸〈文〉通"漫(màn)"。污秽:污～。

谩(謾) ㊀ màn 通"慢(màn)"。轻慢;没有礼貌:～骂|轻～|～宰相。
㊁ mán ❶欺骗;蒙蔽:欺～(今作"欺瞒")|镇日～天昧地,不顾神明。❷诋毁:俏则～之。

墁 màn ❶用砖或石块等铺地面:方砖～地。❷〈文〉抹(mò)子,涂墙的工具。❸〈文〉抹(mò)墙:圬～屋宇(圬:wū,抹墙)。

蔓 màn 见wàn"蔓"(691页)。

幔 màn ❶悬挂起来起遮挡作用的布、绸、纱、丝绒等:窗～|布～|～幕帷盖,三军之用。❷〈文〉酒旗;酒店的招子:酒～高楼一百家。

獌[貓、貓] màn 〈文〉兽名。外形似狸:～狻。

漫 màn ❶水过满而向外流:～溢|春看湖水～。❷遍布;充满:弥～|～山遍野|黄沙～天。❸长远;广阔无边:～长|～无边际|长夜～～。❹随便;没有约束:～谈|散～|～不经心|～卷诗书喜欲狂。❺莫,不要:～道(不要说)|～说。❻〈文〉模糊:～漶(huàn)|～灭。

慢[嫚] màn ❶速度低;用的时间长(跟"快"相对):～车|缓～|表又～了。❷对人冷淡,不热情:～待|怠～|傲～|去郑之荆,荆成王～焉(荆:楚国)。❸〈文〉懈怠:君使民～,乱将作矣。❹〈文〉骄傲;傲慢:王素～无礼|陛下～而侮人。❺莫,不要:～说他不同意,就是我们几个也

M

不同意。❻唐宋杂曲的一种曲调，比较舒缓：声声～｜木兰花～。

嫚□ ㊀ màn 〈文〉轻视；侮辱：～侮｜骄～。

㊁ mān 〈方〉女孩子：～子。

缦□（縵）［縵］ màn ❶〈文〉没有花纹的丝织品：～帛为茵（茵：垫子）。❷〈文〉宽缓：廊腰～回。

槾 ㊀ màn ❶〈文〉抹（mǒ）子，抹（mò）墙用的工具。❷〈文〉屋檐。

㊁ wàn 〈文〉树木名。即荆。

熳 màn 〈文〉色彩鲜明美丽：绿窗桃李～。

蔄 màn 〈文〉同"蔓"。蔓生植物的枝茎。

睌 ㊀ màn ❶〈文〉目光流盼。❷〈文〉眼花缭乱。❸〈文〉细长。用同"曼"。

㊁ mán 〈文〉欺骗。用于古白话：造物～人。

㵘 màn 〈文〉水大：水～～。

镘□（鏝）［鏋］ màn ❶〈文〉抹（mǒ）子，抹（mò）墙用的工具。❷〈文〉金属钱币上没有铸币名的一面。铸有币名的一面叫"字"。

嫚 màn ❶〈文〉同"嫚"。轻侮；傲慢：亡于～易（嫚易：轻慢）。❷姓。

幔 màn 〈文〉四周有帷幕的车的布制顶盖。

獌 màn 〈文〉同"獌"。兽名。外形似狸。

㬅 màn 【㬅㬅】〈文〉同"漫漫"。无边无际：花雨洒～。

māng（ㄇㄤ）

牤□ māng 〈方〉牤牛，公牛。

奤 māng 〈方〉壮实；高大：这人长得真～。

餓 māng ❶〈方〉儿童称饭为餓餓：我家还在饿～～。❷【餓饭】〈文〉迷信的说法，阴曹地府里给有罪孽的鬼吃的饭：日食～一升。

máng（ㄇㄤˊ）

邙□ máng 【邙山】山名。在河南西北部：南临洛水，北据～。

芒□ máng ❶多年生草本植物。叶子条形，果实多毛，茎高而直，粗壮，可以做造纸的原料。❷某些禾本科植物籽实外壳上针状的尖毛：麦～｜稻～｜～刺在背。❸像芒的东西：光～｜锋～｜堤溃蚁穴，气泄针～。❹通"茫（máng）"。模糊不清：目～然无见。❺姓。

吂 máng 〈文〉表示不肯的应答声。

汒 ㊀ máng ❶〈文〉同"茫"。模糊；不清楚：～若于夫子之所言（对先生说的话感到茫然）。❷〈文〉匆遽。

㊁ mǎng 〈文〉同"漭"。水广阔无边：操楫而涉～洋（楫：jí，船桨）。

忙□ máng ❶事情多，不得空闲（跟"闲"相对）：～碌｜繁～｜田家少闲月，五月人倍～。❷急迫：慌～｜不慌不～。❸〈文〉通"茫（máng）"。茫然；失意的样子：子产～然无以应（子产：春秋时郑国人）。

杧□ máng 【杧果】常绿乔木，生长在热带。花黄色，果实也叫杧果，肾形，淡绿色或黄色，核大，果肉味甜多汁。也作"芒果"。［英 mango］

尨□ ㊀ máng ❶〈文〉杂色：～服。❷〈文〉多毛的狗。

㊁ méng 〈文〉杂乱蓬松的样子：狐裘～茸。

㊂ páng ❶〈文〉通"庞（páng）"。高大：～然大物。❷姓。

宋 máng 〈文〉房屋的大梁：大木为～。

砋 máng 【砋砀（dàng）】山名。在河南。也作"芒砀"。

盲□ máng ❶眼睛失明；瞎：～人｜夜～｜五色令人目～。❷比喻对某种事物分辨不清：色～｜文～｜法～。❸盲目地：～动｜～从。❹〈文〉昏暗：列星殒坠，旦暮晦～（晦：幽暗）。

氓□ ㊀ máng 【流氓】1. 原指无业游民，后来指不务正业、为非作歹的人。2.

M

指放刁、撒赖、施展下流手段等恶劣行为：耍～｜～成性。

㊁ méng　古代称百姓(多指从外地迁来的)：～黎｜群～｜天下之民皆悦,而愿为之～矣。

茫 máng　❶广阔无边,看不清楚：渺～｜大海～～。❷无所知；不明白：迷～｜～然不知所措｜问以经济策,～如坠烟雾。

厖 ㊀ máng　❶〈文〉大；厚重：敦～｜湛恩～鸿。❷〈文〉杂乱。❸〈文〉同"尨"。多毛的狗。❹姓。

㊁ páng　面孔；脸盘ㄦ。用于古白话：～ㄦ俊。

笀 máng　姓。

郍 máng　古地名。在今陕西。

恾 máng　惊慌失措。用于古白话：帝王惊叹,官庶～然。

嚨 máng　〈文〉言语杂乱,也泛指杂乱：言～｜～杂。

犹 ㊀ máng　〈文〉同"尨"。多毛的狗。

㊁ zhuó　〈文〉星宿名。即二十八宿中的尾星。

庬 ㊀ máng　❶〈文〉同"厖"。大；厚。❷〈文〉同"厖"。杂乱。

㊁ měng　【庬澒(hòng)】〈文〉元气混沌未分的状态。

浝 máng　〈文〉水名。

娏 máng　〈文〉女神名：唐妃领群～。

硭 máng　【硭硝】无机化合物。是含10个分子结晶水的硫酸钠,无色透明,味苦。可用来做工业原料,医药上用作泻药。现在一般写作"芒硝"。

牻 máng　❶〈文〉毛色黑白相间的牛。❷〈文〉泛指杂色不纯。

㡧 máng　见 huāng "㡧"(269页)。

疣 máng　❶〈文〉浮肿；肿大：面～然浮肿。❷〈文〉通"厖(máng)"。大：(白狐)九尾～～(尾长而大)。❸〈文〉通"厖(máng)"。杂乱：绚纷～(与纷乱的世事隔绝)。

蚌 ㊀ máng　【蚄蝼(lóu)】〈文〉蝼蛄的一种。

㊁ bàng　〈文〉同"蚌"。软体动物,生活在淡水中。

铓 máng　❶〈文〉刀剑等的尖端：剑～。❷铓锣,铜制打击乐器,流行于云南傣族和景颇族地区：敲锣打～。

胖 máng　佛经译音用字。

骙 máng　❶〈文〉身体深色、面额白色的马：有～有骍(骍：xí,前足全白的马)。❷〈文〉青色的马：匈奴骑,其西方尽白,东方尽～。❸〈文〉杂色：或醇或～(醇：纯一不杂)。❹古部族名。在今四川。

鲏 máng　鱼名。头体侧扁,长约三寸,产于我国云南澜沧江流域。

驦 máng　同"骙"。古代西南地区部族名。

蘉 máng　❶〈文〉勉力。❷〈文〉茫然：～然而莫辨。

黩 máng　〈文〉冥暗；阴私。

mǎng　(ㄇㄤˇ)

汇 mǎng　见 máng "汇"(443页)。

峗 mǎng　【嵣(dàng)峗】〈文〉山石广大的样子：岩岭～(岭：山谷)。

佲 mǎng　【佲傋(jiǎng)】〈文〉粗而不美。也作"傋佲"。

莽 mǎng　❶密生的草：丛～｜草～。❷草木茂密：～原。❸〈文〉大；辽阔：骋望千里,天与地～。❹粗鲁；轻率：～汉｜撞～鲁～。❺【莽莽】1.草木茂盛的样子：滔滔孟夏兮,草木～。2.无边无际的样子：～万重山,孤城山谷间。❻姓。

膵 mǎng　〈方〉粗壮：腰肢～似碌(liù)轴(碌轴：即碌碡。一种圆柱形的石制农具)。

艸 mǎng　❶〈文〉草多而密；草丛。通作"莽"。❷〈文〉众多：～然。通作"莽"。

𪕋 mǎng　人名用字。孙𪕋,三国时人。

漭 mǎng 〈文〉水广阔无边:~~沧沧|云昏水奔流,天水一相围。

漭 mǎng【漭(pǎng)漭】〈文〉清晰:竹篱~。

蟒 mǎng ❶蟒蛇,一种无毒的大蛇。体长可达6米多,头大,舌的尖端有分叉,背部黑褐色,有斑纹,腹白色。多生活在热带近水的森林里。❷指蟒袍,明清时的官服,上面绣有金色的蟒:披~腰玉(身披蟒袍,腰佩玉带)。

髒 mǎng【骯(kǎng)髒】1.〈文〉盘曲:梗楠千岁姿,~空谷中。2.〈文〉体胖:~之马,无复千金之价。3.〈文〉高亢刚直的样子:~辞故园,昂藏入君门(昂藏:气度轩昂)。

---

māo (ㄇㄠ)

猫 ㊀ māo 哺乳动物。脸略圆,耳朵小,眼睛大,瞳孔随光线强弱而缩小放大,脚有利爪,掌部有肉垫,动作敏捷,善于捕鼠。
㊁ máo 通"锚(máo)"。铁制的停船器具:铁~大者重数百斤。

---

máo (ㄇㄠ)

毛 máo ❶动植物的皮上所生的丝状物;鸟类的羽毛:羊~|桃~|皮之不存,~将安傅?(安:哪里。傅:附着)❷特指人的须发等:~发|眉~|嘴上没~,办事不牢。❸指地面生长或种植的植物:不~之地(不长庄稼的地方,也泛指贫瘠、荒凉的地方)。❹物体上长的丝状霉菌:屋里太潮,衣服都长~了。❺小;细小:~贼|~雨|~细血管。❻粗糙;没有加工的:~坯|~样|~边纸。❼惊慌:发~|心里有点儿~。❽货币单位,一圆钱的十分之一;角。❾〈文〉无:饥者~食,寒者裸跣(跣:xiǎn,光着脚)。❿姓。

矛 máo 古代兵器。长柄的顶端装有金属枪头:~头|长~|古者之兵,戈一弓矢而已(兵:兵器)。

茆 máo 见 mǎo "茆"(446页)。

茅 máo ❶白茅,多年生草本植物。花穗上密生白毛,根茎可入药。俗称"茅草"。❷姓。

牦 [△*犛、△*氂、犛、氂] máo【牦牛】牛的一种。身体矮而强健,全身有长毛,黑褐色、棕色或白色,耐寒。生活在高寒地区,是我国青藏高原地区的主要力畜。
 "犛"另见 lí(393页);"氂"另见 máo(446页)

耗 máo 见 hào "耗"(242页)。

罞 máo 〈文〉捕捉麋鹿的网。

旄 máo 古代用牦牛尾做装饰的旗子,军中用来指挥。也泛指旌旗:上将拥~西出征,平明吹笛大军行。

軞 máo 〈文〉即旄车。诸侯的兵车,上竖用牦牛尾装饰的旗子。

酕 máo【酕醄(táo)】〈文〉大醉的样子:~大醉。

嶆 máo 山名。即茅山,在江苏。

猫 máo 见 māo "猫"(445页)。

毣 máo ❶〈文〉同"氂"。兽的硬毛。❷〈文〉同"氂"。细小的物体:无芒~有以上报(芒毣:比喻微小的功劳)。

堥 ㊀ máo 〈文〉前高后低的土丘。㊁ móu ❶〈文〉小田垄。❷〈文〉瓦锅。㊂ wú 〈文〉瓦器,用泥土烧制的器皿。

橇 máo 〈文〉木名。冬桃。

锚 (錨)[錨] máo 铁制的停船器具。有钩爪,用铁链或绳索连在船上,抛到水底或岸边,可以使船停稳:~泊|起~|抛~。

髦 [髳、髳] máo ❶古代称儿童垂在前额的短发。❷〈文〉毛发中的长毫,比喻出类拔萃的人物:英~|俊~|时~(当代的俊杰,今形容新颖入时)。

鉾 máo 见 móu "鉾"(469页)。

緢 máo 见 miáo "緢"（459 页）。

氂 ㊀ máo ❶〈文〉牦牛尾：（长松）叶如～。❷〈文〉长毛：以～悬虿于橚。

㊁ lí〈文〉量词。后作"釐（厘）"。

另见 máo "牦"（445 页）。

髦 máo 古代一种少女的发式：珠～。

髳 ㊀ máo 古代西南少数民族名。

㊁ méng【髳茸】〈文〉草木青翠茂盛的样子：岩壑～翠未凋。

蝥 máo【斑蝥】昆虫。身体长 1—3 厘米左右，黑色，全身有绒毛，触角呈鞭状，腿细长。成虫危害农作物，干燥的全虫可入药。

蟊 máo【蟊蠜(wáng)】〈文〉蜻蛉。

蟱[蟊] máo〈文〉吃苗根的害虫：～贼（比喻危害社会的人）。

蔂 máo 见 lí "蔂"（394 页）。

鵡 máo【鵡鸱(chī)】〈文〉鸟名。即猫头鹰。

蠢 máo【蠢蜩(tiáo)】〈文〉一种小蝉。

mǎo （ㄇㄠˇ）

冃 mǎo〈文〉重复。

冇 mǎo〈方〉没有。

卯[*夘、夘] mǎo ❶地支的第四位：～时（旧式记时法，相当于五点到七点）。❷卯眼，器物部件利用凹凸方式相连接的凹进部分：～榫(sǔn)丨丁是丁，～是～。

菲 ㊀ mǎo〈文〉莼菜：薄采其～(薄：古汉语助词，无实义)。

㊁ mǎo ❶〈文〉通"茅(máo)"。白茅：～屋丨～堂。❷姓。

峁 mǎo 我国西北地区称顶部浑圆、斜坡陡峭的黄土丘陵：下了一道坡，上了一道～。

泖 ㊀ mǎo ❶〈文〉水面平静的小湖。❷用于地名：～港（在上海松江）。

㊁ mǎo 星宿名。二十八宿之一，属西方白虎。

茆 mǎo〈文〉同"莼"。莼菜。

铆(鉚) mǎo 铆接，用特制的钉子把金属构件连接固定在一起：～工丨～钉。

筘 mǎo〈文〉竹名。苞篱竹。

蓩 mǎo〈文〉茂盛。

mào （ㄇㄠˋ）

冃 mào〈文〉便帽。后作"帽"。

芼 mào〈文〉摘取；拔：参差荇(xìng)菜，左右～之。

茂 mào ❶(植物)生长得多而苗壮：～盛丨繁～丨草木畅～，禽兽繁殖。❷丰富而美好：声情并～丨图文并～。❸姓。

眊 mào ❶〈文〉眼睛昏花：昏～丨年耆目～(耆：qí，老)。❷〈文〉通"耄(mào)"。年老：年齿老～。

冒[㊀*冒] ㊀ mào ❶往外涌；透出：～泡丨～烟丨两眼～金星。❷顶着；不顾：～雨丨～风险丨～着敌人的炮火前进。❸鲁莽；轻率：～进丨～失丨～言天下之事。❹以假充真：假～丨～牌货丨～名顶替。❺〈文〉覆盖：上古穴居而野处，衣毛而～皮(衣：穿)。

㊁ mò【冒顿(dú)】汉代初年匈奴族一个君主的名字。

耗 mào 见 hào "耗"（242 页）。

贸(貿)[賈、賈] mào ❶交易；买卖：～易丨财～丨抱布～丝。❷冒失；轻率：～然从事。❸〈文〉混杂：是非相～，真伪舛杂(舛杂：错乱)。

耗 mào 见 hào "耗"（242 页）。

耄 mào〈文〉年老：～年丨～耋（八九十岁的年纪，也泛指老年）丨老夫～矣，

无能为也。

冒 mào 〈文〉抵触而前进。

眊 mào 【眊瞫(yú)】〈文〉嫉妒的目光。

紙 mào 〈文〉有毛刺的丝织品。

覒 mào ❶〈文〉选择。也作"芼"。❷〈文〉斜看。

袤 mào 〈文〉南北距离的长度(东西距离的长度叫"广"),也泛指长度:广～|延～万余里。

貿 mào 〈文〉同"贸"。变更:陵谷～迁(地势变迁。比喻世事变化)。

鄚 mào 【鄚州】地名。在河北任丘。

萺 mào 〈文〉草名。

莱 mào 〈文〉细草丛生。

帽 [*帽] mào ❶帽子,戴在头上用来保暖、防雨、遮阳或做防护、装饰等的用品:皮～|礼～|少年见罗敷,脱～著帩(qiào)头。❷作用或形状像帽子的东西:笔～|螺丝～|笔屉。

賀 mào ❶〈文〉同"贸"。交易;买卖:愿以潭上田～财以缓祸。❷〈文〉同"贸"。交错;杂乱:善恶～乱。

湄 mào 〈文〉水向上涌。

媢 mào 〈文〉嫉妒:有才者相～,有位者相轧。

瑁 mào 【玳(dài)瑁】爬行动物。外形像龟。生活在热带、亚热带沿海。也作"蝳蝐"。

楣 mào 〈文〉门框上端的横木。

楙 mào ❶〈文〉同"茂"。茂盛:～盛。❷〈文〉美好;兴盛。❸〈文〉果木名。即木瓜,落叶灌木或小乔木。果实酸涩,有香气,入药。❹〈文〉通"贸(mào)"。交易。

眊 mào 【眊氉(sào)】〈文〉同"瑁氉"。烦恼;烦躁不安。

瑁 mào 【瑁氉(sào)】〈文〉烦恼;郁闷:闲情～非关酒,倦骨支离不耐风。也作"眊氉"。

愁 mào 【恂(kòu)愁】〈文〉昏聩愚昧。

輆 mào 〈文〉捕鸟兽的工具。

瞤 mào ❶〈文〉低眼细看。❷〈文〉通"眊(mào)"。眼睛昏花:眩～。

貌 [皃、貎、頌] mào ❶面容;长(zhǎng)相:容～|相～|彼见吾～,必有惧心。❷外表的形象;样子:概～|全～|～合神离。❸表面上:北虽～敬,实则愤怒。

鄮 [鄸、鄳] mào 古地名。在今浙江宁波一带。

瞀 mào ❶〈文〉眼睛昏花:～眩|予适有～病(予:我)。❷〈文〉(心绪)烦乱:～乱|～惑。❸〈文〉愚昧:儒～(愚昧无知的儒生)。

薱 mào 〈文〉毒草。

蝐 mào 【蝳(dài)蝐】〈文〉同"玳瑁"。爬行动物。外形像龟。生活在热带、亚热带沿海。

蒜 mào 〈文〉草名。

懋 mào ❶〈文〉勤勉;努力:～力|～学。❷〈文〉勉励:～赏|躐升位等,以～尔功(躐:liè,超越)。❸〈文〉盛大:～功|～典|～绩。

鉬 mào 化学元素"钼(mù)"的旧称。

鵟 mào 【鶭(pán)鵟】〈文〉鹈鹕一类的鸟。

濁 mào 见 zhuó "濁"(905页)。

霿 mào 见 méng "霿"(452页)。

M

me （˙ㄇㄜ）

么 (△麼) ㊀ me 后缀。用于"这么、那么、什么、怎么、多么"等词。

㊀ ma ❶旧同"吗"。助词。用在句子末尾，表示疑问语气或反问语气。❷旧同"嘛"。助词。用在句子末尾，表示理由显而易见。

"麼"另见 mó(465 页)。

嚜 me 见 mèi "嚜"(450 页)。

méi (ㄇㄟˊ)

没 [没] ㊀ méi ❶没有；无(跟"有"相对)：～钱|～病～灾|去年～今年冷|这块肉～二斤重。❷不曾；未：大家都～学过|她的病还～全好|你拿到了吗? 还～呢。

㊁ mò ❶沉下去：沉～|～覆|～其子～于渊，得千金之珠。❷漫过；盖过：淹～|河水猛涨，～了桥|野草高得～过羊群。❸隐藏；消失：埋～|～隐～|出～无常。❹强制收归公有：～收|罚～。❺〈文〉一直到终了：～世(一辈子)|～齿不忘(终生不忘)。❻〈文〉死：尧舜既～，圣人之道衰。后来写作"殁"。

玫 méi 【玫瑰】1. 落叶灌木。花也叫玫瑰，可供观赏，也可用来制香料。2. 一种美玉：缀以珠玉，饰以～。

苺 méi 〈文〉同"莓"。植物名。

枚 méi ❶量词。多用于形体偏小的东西，相当于"个"：一～奖章|一～银元|一～邮票。❷古代行军时为防止喧哗，让士兵衔在口中的木片或竹片：衔～。❸〈文〉树干：伐其条～。❹姓。

栂 méi 〈文〉同"梅"。果木名。

眉 méi ❶眉毛，眼上额下的毛：浓～|～清目秀|须～交白。❷书页上端空白的地方：～批|书～。

莓 méi 灌木或多年生草本植物。果实很小，聚生在球形花托上：草～|蛇～。

脄 méi 〈文〉背脊肉。

姆 méi 见 mǔ "姆"(470 页)。

梅 [❶❷*楳、❶❷*槑] méi ❶落叶乔木。叶子卵形，花也叫梅，红色、粉色或白色，有香气。果实也叫梅，味酸，可以吃。❷古代指楠木：终南何有? 有条有～(终南：山名。条：树名)。❸姓。

脢 méi 〈方〉猪、牛等脊椎两旁的条状瘦肉，即里脊：～子肉。

烸 méi 见 huǐ "烸"(274 页)。

郿 méi 郿县，地名。今作"眉县"。在陕西宝鸡。

堳 méi 〈文〉坛四周的矮墙：～埒(埒:liè,矮墙)。

蒍 méi 【荎(chà)蒍】〈文〉黄芩。草本植物，可入药。

罞 méi ❶〈文〉捕鸟的网：张～(张网)。❷〈文〉捕取。

嵋 méi 【峨(é)嵋】同"峨眉"。山名，在四川；地名，在四川。

猸 méi 【猸子】即鼬獾，哺乳动物。像猫而小，毛棕灰色，脸部和头后部有白斑。生活在树林或岩石间，昼伏夜行，产于我国长江流域以南地区及印度、缅甸、尼泊尔和越南。也叫"白猸"。

湄 [瀼] méi 〈文〉水边；岸边：所谓伊人，在水之～(伊人：那个人)。

媒 méi ❶介绍婚姻的人：～妁(shuò)|做～|处女无～，老且不嫁。❷使双方发生联系的人或事物：～体|～介|传～。

瑂 méi ❶〈文〉似玉的美石。❷用于人名。

楣 méi 门框上边的横木：门～。

腜 méi ❶〈文〉妇人开始怀胎的征兆。❷【腜腜】〈文〉肥美的样子。

煤 méi ❶固体矿物。是古代植物被掩埋在地下，经漫长年代受地下高温高压而形成的黑色或黑褐色固体。可分为泥煤、褐煤、烟煤和无烟煤等。主要用作燃料和化工原料。❷〈文〉烟气所积的黑灰；墨：试扫其～以为墨。

禖 méi ❶古人求子的祭祀。❷〈文〉求子所祭的神。

M

酶 méi 有机化合物。是由生物体的细胞产生的具有催化能力的蛋白质，能加速或减缓生物体内的化学变化。广泛应用于农业和纺织、皮革、食品等工业及医药卫生方面。

镅（鎇）méi 金属元素。符号 Am。

塺 méi 〈文〉灰尘；尘土。

鹛（鶥）méi 鸟名。喙尖，尾巴长，羽毛多为棕褐色，生活在丛林中。鸣声婉转动听。常见的有画眉、红顶鹛等。

霉（⁰黴）méi ❶霉菌，真菌的一类。体呈丝状，丛生。有根霉、毛霉、曲霉、青霉等。❷东西因霉菌的作用而变质：～烂｜发～｜～豆腐。

鋂 méi 〈文〉猎犬脖颈上的环状饰品。

貘 méi 〈文〉兽名：白～。

徾 méi【徾徾】〈文〉相随的样子：狐狸兮～。

麋 méi 见 mí "麋"(454 页)。

麇 méi 见 mí "麇"(454 页)。

攗 méi【蕨(jué)攗】〈文〉菱角。

鶓 méi ❶〈文〉鸟媒。即用来诱捕鸟类的鸟。❷〈文〉做诱捕用的小动物。

穈 méi 穈(méi)子。一年生草本植物。与黍同类，但不黏：田高熟稻～。也叫"穄(jì)"。

měi（ㄇㄟˇ）

每 měi ❶指代全体中的任何一个或一组(强调个体的共同点)：～人一份｜～周见一次面｜子入太庙，～事问。❷副词。表示动作行为带有规律性地反复发生(可重叠)：～逢佳节倍思亲｜掌柜见了孔乙己，也～～这样问他。❸副词。表示一旦具备某种前提，就会出现相应的情况(跟"就、都、总"配合)：～看一篇，就写一则笔记｜～走一步，都要付出极大的代价。❹姓。

毐 měi 〈文〉草盛的样子：原田～～。通作"每"。

美 měi ❶漂亮；好看(跟"丑"相对)：～景｜～貌｜这里的风景真～。❷使漂亮：～容｜～发。❸令人满意的；好：～德｜物～价廉｜日子过得挺～。❹味道好：～食｜～味｜脍炙与羊枣孰～(羊枣：果木名。黑枣)。❺美好的事物；好事：～不胜收｜成人之～｜天公不作～。❻称赞：～称｜～赞｜今有～尧、舜、鲧、禹、汤、武之道于当今之世者，必为新圣笑矣。❼美洲的简称：南～｜欧～。❽美国的简称：～元｜～籍华人。

挴 měi ❶〈文〉贪；贪求。❷〈文〉惭愧。❸遮掩。用于古白话：用袖子～着脸。

羙 měi 见 gāo "羙"(200 页)。

浼 měi [浼] ❶〈文〉污染；玷污：～渎(亵渎)｜尔焉能～我哉(你怎么能玷污我呢)。❷〈文〉请求；请托：～人说情。

渼 měi【渼陂(bēi)】古湖名。在今陕西户县一带。

媄 měi 〈文〉容貌好；美好：语笑能娇～。

嬍[嬇] měi 〈文〉同"美"。美好；善：民殷俗～(殷：富足)。

镁（鎂）měi 金属元素。符号 Mg。

烸 měi 烂熟：熟食以火再煮曰～。

穖 měi ❶〈文〉同"黣"。败坏。❷〈文〉庄稼淋雨后生的黑斑：禾伤雨曰～。

黣 měi 〈文〉肤色黑：手足肝～(肝:gǎn，皮肤黑)。

mèi（ㄇㄟˋ）

炆 mèi 〈方〉潜水。

沬 mèi 见 huì "沬"(275 页)。

妹 mèi ❶同父母(或只同父、只同母)而年纪比自己小的女子：姐～｜兄～｜

M

小～。❷同辈亲戚中年纪比自己小的女子：表～｜堂～。❸年轻女子；女孩子：外来～｜打工～。

昧□ mèi ❶〈文〉昏暗：幽～｜明道若～，进道若退。❷糊涂；不明白：蒙～｜愚～｜素～平生（一向不认识）。❸隐藏：拾金不～。❹〈文〉冒犯：冒～｜臣～死愿望见大王。

昒 ㊀ mèi ❶〈文〉眯着眼向远处看。❷〈文〉天将明未明时：～爽（黎明）。

㊁ wù 〈文〉昏暗。

袂□ mèi 〈文〉衣袖：联～（联手；结伴）｜分～（分手；离别）｜奋～而起（一甩衣袖，立即行动）｜张～成阴，挥汗成雨。

袜 mèi 同"魅"。传说中的鬼怪：～其为物，人身黑首从（zòng）目（从目：竖着眼睛）。

眛 mèi ❶〈文〉眼睛不明。❷〈文〉不明事理。

㳮 měi 〈方〉不会。

谜□ mèi 见 mí "谜"（454 页）。

痗 mèi ❶〈文〉病：沉～。❷〈文〉忧伤：～然。

寐□［寐］ mèi 〈文〉睡着（zháo）：假～（不脱衣服打盹）｜归寝不～（回去睡觉没睡着）｜夜不能～。

媚□ mèi ❶讨好；巴结：～俗｜谄（chǎn）～｜～于权贵。❷美好；可爱：妩～｜娇～｜春光明～。

煝 mèi 〈方〉把粗糙易燃的纸搓成条儿，供引火用。也叫"纸媒儿"。

鞢□ mèi 见 mò "鞢"（468 页）。

魅□［鬽、魅］ mèi ❶传说中的鬼怪：鬼～｜魑（chī）～。❷诱惑；吸引：～惑｜～力｜景色～人。

韎 mèi 见 mò "韎"（468 页）。

蝞 mèi 〈文〉水生动物。似虾，寄居在龟壳中。

篃 mèi 〈文〉竹名：～竹宜为屋椽。

嚜 ㊀ mèi 【嚜杘（chì）】〈文〉狡猾；欺诈。

㊁ mò 〈文〉通"默（mò）"。沉默；不出声：～然。

㊂ me 助词。表示很明显，事理就是如此：我们本来就是一对小孩子～！ 用法同"嘛"。

镅 mèi 〈文〉竹名：汉中郡出～竹。

穤 mèi 〈文〉撒种：五六月～种。

mēn（ㄇㄣ）

闷□ mēn 见 mèn "闷"（451 页）。

mén（ㄇㄣˊ）

门□（門） mén ❶房屋或车、船、飞机等的出入口，也指装置在出入口、能开关的屏障物：房～｜车～｜防盗～｜园日涉以成趣，～虽设而常关。❷形状或作用像门的东西：球～｜闸～｜电～。❸做事的诀窍；解决问题的办法：窍～｜入～｜开广～路，宣招四方之士。❹家族；家庭：～风｜名～｜双喜临～｜汝勿妄语，灭吾～也。❺学术思想或宗教上的派别：儒～｜佛～｜左道旁～。❻特指老师或师傅的门庭：～生｜～徒｜同～弟子。❼种类：专～｜分～别类｜五花八～。❽生物分类系统的第二级，在界之下，纲之上：脊索动物～｜裸子植物～。❾量词。1. 用于学术、技术、功课的种类：一～学问｜一～专长｜两～技术。2. 用于家族或跟家族有关的事：一～亲戚｜一～亲事。3. 用于大炮或电话交换机：一～火箭炮｜三～迫击炮｜年内新增电话近百万～。❿姓。

们□ mén 见 men "们"（451 页）。

扪□（捫） mén 〈文〉按；摸：～心自问｜揩眼～髯。

汶□ mén 见 wèn "汶"（704 页）。

钔□（鍆） mén 金属元素。符号 Md。

璊（璊）　mén　〈文〉赤色的玉。

瞒□　mén　见 mán "瞒"（441 页）。

氋　mén　〈文〉一种毡类毛织品：束以～带。

縻[虋]　mén　〈文〉一种良种稻谷。初生时叶子赤色，后始变青。

顢　mén　〈文〉一种瘟病。昏迷无知觉。

亹□　mén　见 wěi "亹"（699 页）。

虋　mén　古书上指一种红色的优良谷种。

mèn （ㄇㄣˋ）

杧□　mèn　❶〈方〉水从地下冒出。❷用于地名：～塘（在广西）。

闷（悶）　㈠ mèn　❶不畅快；心烦：烦～｜～～不乐｜心里～得慌。❷密闭；不透气：窒～｜～葫芦｜～子车。
㈡ mēn　❶因气压低或空气不流通而感觉不舒服：～热｜屋子太～了。❷盖住，使不透气：茶～一会儿再喝。❸不吭声；不声张：～声不响｜～头干活儿。❹〈方〉声音低沉；不响亮：他说话～声～气的。❺老在一处待着不动：他整天～在家里看书。

悗□　mèn　见 mán "悗"（441 页）。

焖（燜）　mèn　烹饪方法。盖紧锅盖，用文火把食物煮熟或炖烂：～饭｜～扁豆｜黄～鸡块。

惛□　mèn　见 hūn "惛"（277 页）。

殙□　mèn　见 hūn "殙"（278 页）。

满□　mèn　见 mǎn "满"（442 页）。

闷　㈠ mèn　【闷闷】〈文〉懵懂，不明事理：我独～。
㈡ hūn　〈文〉同 "昏"。昏聩：我独若～。
㈢ mèn　用开水泡茶再把盖儿盖上：该些普洱茶喝。

懑（懣）[懑]　mèn　❶〈文〉烦闷：烦～｜忧～。❷〈文〉愤慨：目睹其事，犹怀愤～。

men （·ㄇㄣ）

们□（們）　㈠ men　后缀。附着在人称代词，指人的名词或名词短语后面，表示复数：我～｜他～｜工人～｜历史学家和考古学家～。
㈡ mén　用于地名：图～（在吉林延边）。

mēng （ㄇㄥ）

蒙□　mēng　见 méng "蒙"（451 页）。

méng （ㄇㄥˊ）

龙□　méng　见 máng "龙"（443 页）。

甿　méng　❶〈文〉种田的人；农民：～税。❷〈文〉泛指百姓：～心。❸〈文〉痴昧无知。

氓□　méng　见 máng "氓"（443 页）。

虻□[△*蝱、蛧、蝱]　méng　昆虫。像蝇而稍大，有刺吸式口器。种类较多，生活在田野的杂草中。雄的吸植物的汁液或花蜜，雌的吸人畜的血液。
"蝱"另见 méng（452 页）。

莔　méng　〈文〉药草名。即贝母。百合科多年生草本植物。

鄳□（鄳）　méng　古地名。在今河南罗山一带。

冡　méng　〈文〉覆盖；蒙住。后作 "蒙（méng）"。

萌　méng　❶草木发芽：～芽｜草木～动。❷开始发生：～生｜故态复～。❸同 "氓"。古代称百姓：施舍群～。❹姓。

蝱　méng　【蝱鸠】〈文〉鸟名。即鹪鹩：南方有鸟，名曰～。

蒙□（㈠❺濛、㈠❻懞、㈠❼❽⑫矇）　㈠ méng　❶覆盖；遮：～上一张纸｜～在鼓

里(比喻受欺骗,不知情)|头上～着纱巾。❷受:～难(nàn)|～受耻辱|海内～恩。❸愚昧无知:～昧|开～|启～。❹隐瞒;遮盖(真相):～哄(hǒng)|～蔽。❺〈文〉下着小雨的样子:零雨其～(零:下雨)|细雨～～。❻〈文〉朴实忠厚:～厚。❼[蒙眬]眼睛半开半闭,看东西模糊不清的样子。❽〈文〉眼睛失明;也指盲人:～叟。❾姓。

(二)měng ❶哄骗:～骗|～事|你说实话吧,别～我。❷乱猜:这道题我不会,答案是～的。❸糊涂;不清楚:台下准备得好好的,一上台就～了。❹昏迷;神志不清:一棍子把他打～了。

(三)měng ❶内蒙古的简称。❷蒙古族的简称:～文|～医。

霁 méng 见wù"霁"(712页)。

盟 [盟、盟、盟] méng ❶古代诸侯宣誓缔约的行为:会～|歃(shà)血为～|城下之～。❷发誓;宣誓:～誓|海誓山～。❸团体和团体、阶级和阶级、国家和国家之间结成的联合体:联～|同～。❹结拜的:～兄|～弟。❺内蒙古自治区的行政区划单位,相当于地区。

幪 méng ❶〈文〉覆盖物体的巾。❷〈文〉蒙;覆盖:～首。

薨 [瓾] méng 〈文〉屋脊:雕～|碧瓦朱～。

髳 méng 见máo"髳"(446页)。

茵 méng [茵茵]〈文〉存在;自在。也作"萌萌"。

暓 [瞢] (一)méng ❶〈文〉眼睛不明亮:目光～然。❷〈文〉昏暗无光:～暗。

(二)mèng 〈文〉通"梦(mèng)"。做梦:公～见二丈夫立而怒。

鄳 [鄳] méng 春秋时代曹国邑名,在今山东菏泽以北。

儚 [顜] méng 〈文〉同"懵"。昏昧;心迷乱。

儚 méng 〈文〉同"蒙"。蒙昧无知:～子临池(儚子:知识未开的儿童。临池:练习书法)。

鼀 méng ❶〈文〉同"茵"。草名。贝母:言采其～。❷传说中的怪鸟名。

另见méng"虻"(451页)。

夢 méng 〈文〉草萌芽。

嶸 méng ❶古山名。❷用于人名。

幪 méng [帡(píng)幪]1.古代指帐幕之类的覆盖物。2.覆盖;庇护。

儚 méng 见mèng"懵"(453页)。

㜑 [鬕] méng [㜑㜑(tóng)]〈文〉羽毛松散的样子:栖鹤～。也作"鬕㜑"。

檬 méng [柠(níng)檬]常绿小乔木。果实极酸,可用来制饮料,果皮可提取柠檬油。

酶 méng 〈文〉霉菌。

曚 méng 〈文〉昏暗不明:～弱。

朦 méng [朦胧(lóng)]1.月光不明:～的月光|梦魂吟后月～。2.不清楚;模糊:烟雾～|烟雾晓。

鲠 méng [鲠(gèng)鲠]〈文〉鱼名。鲟鳇类。也作"鲠鳕(gèngméng)"。

鹲 (鹲) [鹲] méng 鸟名。身体大,羽毛灰色或白色,尾羽长,色彩艳丽,喙直而侧扁,末端尖锐。种类较多,生活在热带海洋上,吃鱼类。也叫"热带鸟"。

礞 méng [礞石]某些变质岩的风化产物。块状或粒状,有青礞石和金礞石两种,可入药。

穈 méng 〈文〉果名。

瞢 méng [瞘(kēng)瞢]〈文〉看不清楚。

艨 méng [艨艟(chōng)]古代的一种战船。

䵮 méng ❶〈文〉酒曲。❷〈文〉米、麦的碎末。

霿 (一)méng 〈文〉天色昏暗:昏～。

(二)wù 〈文〉同"雾"。雾气:小雨作寒～。

㊂ mào 〈文〉昏昧;愚蒙。

饛 méng 〈文〉食物在器皿中装得满满的样子。

鬆 méng 【鬆松】〈文〉朦胧;模糊不清的样子:天色～。

驀[驀] méng 〈文〉驴驹,小驴:卖～以求牛。

醲 méng 〈文〉同"𪌦"。酒曲。

鳠 méng 【鳠松】〈文〉朦胧;模糊不清的样子。

鳠 méng 【鮔(gèng)鳠】〈文〉鱼名。鲟鳇类。

měng (ㄇㄥˇ)

黾 měng 见 mǐn "黾"(462页)。

庬 měng 见 máng "庬"(444页)。

勐 měng ❶〈文〉勇敢。❷小块的平地。多用于地名:～海(在云南西双版纳)|～腊(在云南西双版纳)。[傣]

猛 měng ❶凶暴:～兽|苛政～于虎故虎豹为～矣,然而君子剥而用之。❷气势大;力量大:～烈|勇～|攻势很～。❸迅速而剧烈;突然:一只狼狗就～扑上来|～一抬头,发现牌坊就在前面|股价一个劲地～涨。❹拼命地;尽情地:～打～冲|吃～喝～|侃了大半夜。❺〈文〉严厉:大叔为政,不忍～而宽(太叔执政,不忍心严厉而务行宽大)。❻姓。

蒙 měng 见 méng "蒙"(451页)。

锰(錳) měng 金属元素。符号 Mn。

蜢 měng 【蚱(zhà)蜢】昆虫。外形像蝗虫,是农业害虫。

艋 měng 【舴(zé)艋】〈文〉小船。

獴 měng 哺乳动物。生活在水边,吃蛇、蛙、鼠、鱼、蟹等。

懜 měng 见 mèng "懜"(453页)。

懵 měng 糊涂;不明事理:～懂|～然无知。

蠓 měng 昆虫。成虫身体很小,黑色或褐色,有刺吸式口器。种类很多,有的雌蠓吸食人畜血液,有的能传播疾病。

矙 měng ❶〈文〉冥暗;昏暗。❷【句(gōu)矙】春秋时代鲁国邑名。

mèng (ㄇㄥˋ)

孟[孟] mèng ❶农历每季的第一个月:～春(正月)|～冬(农历十月)。❷兄弟排行中的老大:～兄|～仲叔季。❸姓。

梦(夢)[夣、懜] mèng ❶睡眠时由于部分大脑皮质没有完全停止活动而引起的脑中的表象活动:做～|夜长～多|乃寝乃兴,乃占我～(兴:起来)。❷做梦:～见自己飞上了月宫。❸比喻幻想或愿望:～想|～幻。

嗼 mèng 译音用字:～雅喇(孟加拉的旧译)|～嘆(孟买的旧译)。

暜 mèng 见 méng "暜"(452页)。

懜 ㊀ mèng 〈文〉不明。
㊁ mèng 〈文〉惭愧。
㊂ mèng 〈文〉同"懵"。昏昧无知。

薨 mèng 【薨趩(xiòng)】〈文〉走路疲乏的样子。

夣 mèng 【夣夣(dèng)】刚睡醒还发困的样子。

鎇 mèng 【铧鎇】〈文〉锹类农具尖端所装的刃口。

鎊 mèng 〈文〉重(chóng)环。

mī (ㄇㄧ)

咪 ㊀ mī 【咪咪】模拟猫叫的声音:小猫～地叫着|～地学猫叫。
㊁ mī 【咪唑(zuò)】有机化合物。分子式 $C_3H_4N_2$,棱柱状结晶,可用于制药。[英 imidazole]

眯 mī 见 mí "眯"(454页)。

M

哞　mī　佛经译音用字。佛教六字真言(唵、嘛、呢、叭、哞、吽)之一。

瞇　mī　【瞇睽(qī)】眼皮微合的样子。用于古白话：用那双开不开、合不合、惯偷情、专卖俏、软～的俊眼仔细一觑。
　　另见 mí "眯"(454 页)。

mí (nī)

狋　mí　见 xiǎn "狋"(730 页)。

床　mí　即糜(méi)子，也叫"穄(jì)子"。与黍同类的一种谷物，籽实不黏，可供食用：黑黍黄～如土色。

冞　mí　见 shēn "冞"(606 页)。

籴　mí　❶〈文〉深入；冒进：～入其阻(阻：险阻之地)。❷〈文〉通"弥(mí)"。愈：壮岁分～切(分：fèn，情谊)。

弥 (彌、瀰)　mí　❶满；遍：～漫|～月|离官别馆，～山跨谷。❷补；填封：～补|～缝(féng)|～合。❸〈文〉更加：欲盖～彰|老而～坚。❹〈文〉长；久：～长|旷日～久。❺姓。

迷　mí　❶失去判断能力；分辨不清：～惑|～航|走～了路|～不知吾所如(如：往)。❷沉醉于某种事物：～恋|入～|老了老了他又～上了计算机。❸沉醉于某种事物的人：影～|歌～|球～。❹使分辨不清；使沉醉入迷：～魂阵|目～五色|景物～人。

祢 (禰)　⊖ mí　姓。
　　⊜ nǐ　〈文〉奉祀亡父的宗庙。

眯 [⊖⊜△*瞇]　⊖ mí　❶尘土等异物进入眼中，使眼睛一时不能睁开看东西：沙子～了眼|播穅(kāng)～目，则天地四方易位矣(簸穅进入眼睛，天地四方看来颠倒了)。❷〈文〉通"迷(mí)"。迷乱：世事纷纷～是非。
　　⊜ mī　❶眼皮微合：～缝|笑～了眼。❷短时间睡：时间还早，再～一会儿。
　　⊜ mì　〈文〉梦魇：脱扈之山有草焉，名曰植楮，食之不～。
　　"瞇"另见 mī(454 页)。

罙　mí　❶〈文〉网。❷〈文〉深：～入空界(空界：佛教指虚空范畴)。

猕 (獼)　mí　❶【猕猴】猴的一种。面部红色无毛，臀疣显著，颊有颊囊。❷【猕猴桃】落叶藤本植物。果实也叫猕猴桃，可以吃。

耂　mí　〈文〉溃烂的米。

谜 (謎)　⊖ mí　❶谜语，暗射事物或文字等供人猜测的隐语：灯～|猜～。❷比喻还没有弄明白的或难以理解的事物：她的身世至今还是个～。
　　⊜ mèi　【谜儿(mèir)】〈方〉谜语：猜～。

莍　mí　【莍蒾】〈文〉落叶灌木。核果为深红色，卵形，根、枝、叶均可入药。

睰　mí　〈文〉病人视物迷惘。

䁆 [覛]　mí　【䁆睞(xié)】〈文〉媚视：捧杯更著～(著：zhuó，加上)。

摵　mí　见 shè "摵"(605 页)。

䃺　mí　〈文〉同"靡"。分散：以逞博～(逞：显耀)。

麍　mí　〈文〉同"麋"。麋鹿。

醚　mí　有机化合物的一类。由一个氧原子跟两个一价烃基连接而成。如甲醚、乙醚(医疗上用作麻醉剂)等。

糜　⊖ mí　❶〈文〉稠粥；像粥的食物：肉～|豆～。❷烂；腐烂：～烂。❸浪费：～费|奢～。❹姓。
　　⊜ méi　糜子，一年生草本植物。与黍同类，但不黏。也叫"穄(jì)子"。

䵓　mí　❶〈文〉拴；捆：～系|羁～。❷〈文〉牛缰绳：叟揽～而对。

麋　⊖ mí　麋鹿，哺乳动物。全身毛淡褐色，雄的有角，尾长。性温顺，吃植物。原产我国。因角似鹿，头似马，身似驴，蹄似牛，故也叫"四不像"。
　　⊜ méi　〈文〉通"湄(méi)"。岸边水草相接处：彼何人斯，居河之～。

麊　mí　【麊泠(líng)】汉代县名，属交趾郡。

醿　mí　【醿(bú)醿】〈文〉酱，醋等败坏后长的白霉。

M

靡 ⊖ mí 浪费：～费|奢～|侈～|生之者甚少，而～之者甚多。
⊜ mǐ ❶〈文〉倒下：张目叱之，左右皆～|吾视其辙乱，望其旗～。❷〈文〉华丽；美好：～丽。❸〈文〉没有：～日不思|～不有初。❹〈文〉不：其详～得而记焉(那些详情不可能都记在这里)。

劘 mí〈文〉同"靡"。分；共有：我有好爵，吾与尔～之(我有美酒同你共享)。

蘪 mí【荼(tú)蘪】〈文〉落叶小灌木。即木香。

蘪 mí ❶【蘪芜】〈文〉即蘼芜。香草名。❷〈文〉野草丛生的样子。❸〈文〉水草名。

嘛 mí 佛经译音用字。

麛 mí〈文〉幼鹿，也泛指幼兽：花鹿生～。

嫛 mí〈文〉母亲。

㸚 mí〈文〉久远：～甥(远甥)|外甥之子。后作"弥"。

簚 mí〈文〉竹篾。

黿 mí【黿魔(má)】〈文〉一种龟类动物。

劘 mí 见mó"劘"(466页)。

彌 mí〈文〉放松弓弦。

攠 ⊖ mí〈文〉钟因受撞击而被磨亮的地方。
⊜ mó〈文〉灭；消灭。

蘪 mí【蘪芜(wú)】古书上指芎藭(xiōngqióng)的苗，叶有香气：上山采～，下山逢故夫。也作"蘪芜"。

籬 mí 竹篾、苇篾等：席～儿。也叫"籬子"。

麢[麐] mí ❶〈文〉碎烂。❷〈文〉细末；碎屑：琼～(琼：美玉)。

醾[酴、醿] mí【酴(tú)醾】1.〈文〉重(chóng)酿的酒。2.同"荼蘪"。落叶小灌木。花白色，有香气，供观赏。

鸊 mí〈文〉野鸭。也叫"沉凫"。

爢 mí〈文〉粉碎：蔑视～躯(不在乎粉身碎骨)。

鑗 mí〈文〉镰刀：～斧。

mǐ (ㄇㄧˇ)

米 mǐ ❶稻子去壳后的籽粒：机～|稻～|～之乡。❷泛指去掉皮或壳后的籽粒：小～|高粱～|花生～。❸颗粒小，像米的东西：～兰|海～。❹长度的法定计量单位。1米等于100厘米。❺姓。

芈 mǐ ❶模拟羊叫的声音。❷姓。

䒑 mǐ 有机化合物。分子式 C_9H_{12}，用于合成染料、合成树脂等。也叫"均三甲苯"。

咪 mǐ 见mī"咪"(453页)。

洣 mǐ 古水名。故道在湖南，入湘江。

弭 mǐ ❶〈文〉平息；消除：～患|～谤|消～。❷〈文〉安抚：治国家而～人民。❸姓。

脒 mǐ 有机化合物的一类。含有—$CNHNH_2$原子团的化合物。如：磺胺脒。

敉[侎] mǐ〈文〉安抚；使平定：～平。

蔝 mǐ ❶〈文〉多年生草本植物。根和根状茎可入药。也叫"白薇"。❷古代指一种用来毒鱼的草本植物。也叫"芒草"。

湃 mǐ ❶〈文〉饮。❷〈文〉清洗尸体。

怋 mǐ ❶〈文〉淬炼；磨砺。❷〈文〉同"弭"。停止。

絖 mǐ〈文〉像细米似的细密的绣文。也作"米"。

蔝 mǐ【蔝子】〈文〉菜名。

鉖 mǐ 化学元素"锇(é)"的旧称。

M

鮥 mǐ 〈文〉鱼卵;鱼子曰～。

灖 ㊀ mǐ(又读 mí)〈文〉水满。
㊁ nǐ【灖灖】〈文〉众多的样子:垂髶～(垂下的缰缨好多条)。

靡 mǐ 见 mí"靡"(455 页)。

巕[巕] mǐ【迤(yǐ)巕】〈文〉山势绵延的样子。

瀤 mǐ【濗(suī)瀤】〈文〉降雪结霜的样子。

孆 mǐ ❶【孆密】〈文〉舒缓。❷古代女子人名用字。

孋[寐] mǐ 〈文〉做噩梦。睡而未足。

mì (nì)

宀 mì 〈文〉覆盖。后作"幂"。

糸 mì ❶〈文〉细丝。❷〈文〉微小。❸〈文〉量词。5 忽为糸,10 忽为丝。

汨 mì【汨罗】水名。发源于江西,流入湖南;(屈原)遂自投～以死。

汩 ㊀ mì〈文〉潜藏:百年幽～。
㊁ wù ❶【汩穆】〈文〉深微:～无穷。❷〈文〉没(mò);终:～身不息。
㊂ hū〈文〉渺茫;不分明的样子:～洋(渺茫无涯)。

杳 mì〈文〉不见。

觅(覓)[*覔、覔] mì 找;寻求:～食|寻～|踏破铁鞋无～处,得来全不费功夫。

泌 ㊀ mì 分泌,从生物体内产生并排出某种物质:～尿|～乳。
㊁ bì【泌阳】地名。在河南驻马店。

宓 ㊀ mì〈文〉安静;安宁:静～。
㊁ fú 姓。

峚 mì〈文〉同"密"。事物间距离短,空隙小。

崟 mì 古山名。在今陕西商洛。

祕 mì 姓。
另见 mì "秘"(456 页)。

秘[△*祕] ㊀ mì ❶不公开的;不让人知道的:～密|神～|其计～,世莫得闻。❷不公开;不让人知道:～而不宣|～不示人。❸闭塞不通:～结|便～。❹稀有的;罕见的:～本|～籍|～宝。❺〈文〉奥妙:虽文体稍精,而此～未睹。
㊁ bì 用于译音:～鲁(南美洲国家)。
"祕"另见 mì(456 页)。

盨 mì′〈文〉盛水用来洗刷头发的器皿。

眯 mì 见 mí"眯"(454 页)。

密[密] mì ❶事物之间距离近;各部分之间空隙小(跟"稀、疏"相对):～集|紧～|～云不雨,自我西郊。❷关系近;感情深:～友|～切|于是情好日～。❸精致;细致:精～|细～|周～。❹隐蔽、不公开的:～码|～谈。❺隐蔽,不公开的事情:保～|泄～|告～。❻间隔的时间短:紧锣～鼓|这个月活动太～。❼姓。

塷 mì 地名用字。

魕 mì〈文〉白色母虎。

幂[*冪] mì ❶〈文〉覆盖东西的巾;帕。❷〈文〉覆盖;罩:～盖。❸数学上指一个数自乘若干次的形式。如 3 自乘 4 次,写作 3^4,叫作 3 的 4 次幂,3 是底数,4 是指数。

謐(謐) mì〈文〉安静;安宁:安～|静～|～诸夷恭顺,四边宁。

塓 mì〈文〉抹墙;涂刷。

蓂 ㊀ mì【菥(xī)蓂】一年生草本植物。种子可榨油,全草入药。也叫"遏蓝菜"。
㊁ míng【蓂荚(jiá)】传说中象征祥瑞的草。

幭 mì ❶〈文〉覆盖物体的巾。❷〈文〉用巾覆物;覆盖。

覕 mì ❶〈文〉斜视。❷〈文〉看;察看:顺时～土(按时令察看土地的情况)。❸〈文〉同"觅"。寻求;寻找:～其书甚难。

睯 mì〈文〉细看。

髍 mì 佛经译音用字。

蓄 mì 〈文〉荷的水下茎，即藕。

嚜 □ mì 【嘧啶(dìng)】有机化合物。分子式 $C_4H_4N_2$，可用来制化学药品。[英 pyrimidine]

熐[爅] mì 【熐蠡(lí)】古代指匈奴村落。

湎 mì 石名。产于甘肃陇西。可用于制砚：～石砚。

滵 mì 〈文〉水流得很急的样子。

蜜 □ mì ❶蜂蜜，蜜蜂用采集来的花的甜汁酿成的黏稠液体，味甜，主要成分是葡萄糖和果糖：酿～。❷像蜂蜜的东西：糖～。❸像蜂蜜那样甜的：～桃|～橘。❹甜美：～月|甜言～语|朝叶与～露共鲜，晚花与风俱落。

鼏 mì ❶〈文〉鼎盖。❷〈文〉覆盖酒樽的布巾。

樒 mì ❶〈文〉一种像槐的树木。❷用于人名。朱睦樒，明代人。

溟 mì 同"汨"。水名。发源于江西，流入湖南。

褉 mì 同"幭"。古代车前横木上用以遮蔽风尘的覆盖物。

瞲 mì 〈文〉邪视。

懬 mì 〈文〉通"密(mì)"。安宁；安静：(治民)～而牧之(牧：养)。

瀗 mì 〈文〉水浅：涓流～注(细水流入)。

幦 mì ❶〈文〉漆布。❷古代车前横木上用以遮蔽风尘的覆盖物：以～为席。

蜤 mì 【蝍(cì)蜤】〈文〉蟑螂。也叫蛃(xī)蟟。

醚 mì ❶〈文〉把酒喝干。❷〈文〉一种酱。

簚 mì 〈文〉车篷带。

簚 mì 古代指一种有瓢的小竹子。

幂 mì ❶〈文〉同"幂"。覆盖：祥烟～小松。❷〈文〉同"幂"。覆盖东西的巾帕。

❸【羃䍥(lí)】古代的一种面罩。

簚 mì 同"幭"。古代车前横木上用以遮蔽风尘的覆盖物。

蠠 mì ❶〈文〉同"蜜"。蜂蜜。❷〈文〉螟虫的卵。

mián (ㄇㄧㄢˊ)

宀 mián ❶〈文〉房屋。❷〈文〉覆盖。

芇 mián ❶〈文〉相当。❷〈文〉围棋不分胜负：围棋两无胜败曰～。

眠 □ mián ❶睡觉：睡～|失～|催～|春～不觉晓，处处闻啼鸟。❷某些动物的生理现象。在一段较长的时间内像睡觉那样不吃不动：冬～|蚕～。

绵(綿)[*緜] □ mián ❶丝绵，用蚕丝加工而成的絮状物：户出绵二匹，～二斤而已。❷柔软；单薄：～软|～薄|越人～力薄材，不能陆战(越人：越国人)。❸延续不断：～延|～长|连～。

棉 □ mián ❶棉花。一年生或多年生草本植物。有亚洲棉、草棉、陆地棉、海岛棉等品种，陆地棉在我国栽培最广。果实的形状像桃，叫棉桃，内有白色的纤维和黑色的种子。纤维是纺织工业的重要原料，种子可以榨油。❷棉桃里的纤维：～衣|～被|～手套。❸像棉花的絮状物：石～|腈纶～。❹棉衣：夏穿单，冬穿～。

婂 ㊀ mián 〈文〉形容眼睛美的样子：美目～只(只：句末语气词)。㊁ mián 〈文〉忌妒：妒～。

碅 mián 【碅砂】〈文〉红色染料。即印泥。

瞑 □ mián 见 míng "瞑"(464页)。

蝒[蚂] mián 〈文〉一种体形大的蝉。也叫马蜩(tiáo)、蚱蝉。

櫋 mián 〈文〉树木名。即杜仲。落叶乔木，树皮可入药。

寱[寢] mián ❶〈文〉一无所见。❷〈文〉室中无人。

榙[榙] mián 〈文〉屋檐板：～檐。

M

瞑　mián　❶〈文〉眼珠黑。❷〈文〉含情脉脉的样子。

瞙［矏］　mián　〈文〉密致。

矏　mián　〈文〉同"瞑(mián)"。眼珠黑。

矗　mián　见 mǐn "矗"(463页)。

額　mián　〈文〉双生。

鬈　mián　〈文〉头发的样子。

miǎn（ㄇㄧㄢˇ）

丏　miǎn　〈文〉遮蔽;看不见。

免　miǎn　❶除掉;取消:～费|～除|这些老礼儿都～了吧。❷免去职务:任～|罢～。❸避开;躲避:～疫|避～|谁也不了犯错误。❹不要;不可:～开尊口|闲人～进。❺〈文〉脱去;去掉:乃～胄而进(胄:头盔)。

沔［汅］　miǎn　❶沔水,水名。在陕西西南部,是汉水的上游。❷〈文〉水满的样子:～流水,朝宗于海。

黾　miǎn　见 mǐn "黾"(462页)。

晅　miǎn　"晅(miàn)"的又读。

俛　miǎn　❶〈文〉通"勉(miǎn)"。勤劳;勤勉:～焉以尽其力。❷[俛(mǐn)俛]1.〈文〉努力;勤奋:～王事,岂敢辞劳。也作"黾勉"。2.〈文〉时间短暂。3.〈文〉勉强。另见 fǔ"俯"(188页)。

勉　miǎn　❶努力;尽力:～力|勤～|愿子～为寡人治之。❷使努力;鼓励:～励|共～|有则改之,无则加～。❸力量不够或不情愿,还尽力去做:～强(qiǎng)|～为其难。❹姓。

挽　miǎn　〈文〉同"娩"。分娩,妇女生孩子。

娩　⊖ miǎn　生孩子:～出|分～。⊜ wǎn　〈文〉妩媚;柔顺:～媚|婉～。

綌　miǎn　见 miè "綌"(461页)。

勔　miǎn　〈文〉勤勉;勉力:～自强而不息。

冕　miǎn　❶古代帝王、诸侯、卿、大夫所戴的礼帽,后专指帝王的礼帽:加～|冠～。❷比喻竞赛中冠军的荣誉地位:卫～。❸形状像冕的东西:日～。

偭　miǎn　❶〈文〉面向。❷〈文〉背;违背:～规矩而改错(改错:改变正常做法)。

渑（澠）　⊖ miǎn　【渑池】地名。在河南三门峡市。旧也作"黾池"。⊜ shéng　渑水,古水名。在今山东淄博一带。

葂　miǎn　人名用字。将闾葂,见《庄子·天地》。

湎　miǎn　〈文〉沉迷于酒,也泛指沉迷:沉～|罔敢～于酒。

愐　miǎn　❶〈文〉勤勉。❷〈文〉惭愧。

婂　miǎn　见 mián "婂"(457页)。

嬔　miǎn　见 fàn "嬔"(170页)。

缅（緬）　miǎn　〈文〉遥远;久远:～怀(远怀;追想)|～想|年～远其难老。

腼　miǎn　【腼腆(tiǎn)】因害羞而神情不自然:她很～,不敢当众说话。

綄　⊖ miǎn　同"冕"。古代帝王、诸侯、卿大夫所戴的礼帽:乘轩戴～。⊜ wèn　❶〈文〉一种丧服。不戴帽,用布束发(fà)缠头。❷〈文〉送葬人所执的牵引棺柩的绳子。⊜ wàn　〈文〉牵引船的绳索。

鮸（鮸）　miǎn　鱼名。体侧扁,长0.5—1米,灰褐色,头较尖,口大,生活在近海中,是常见的食用鱼。古称"鳘(mǐn)"。

醶　miǎn　〈文〉同"湎"。沉迷于酒:沉～。

靦　miǎn　见 tiǎn "靦"(665页)。

M

崰 miǎn　古山名。崰山,在四川。

鞝 miǎn　〈文〉马勒上的柔软皮革。

miàn　（ㄇㄧㄢˋ）

宆 miàn　见 bīn "宆"（43 页）。

冾 miàn　〈文〉同"面"。脸:马上谁家白~郎。

画 miàn　〈文〉同"面"。脸:拂~杨花。

面 (⑪-⑭麵)[⑪-⑭*麪] miàn ❶脸;头的前部:~色|~具|~红耳赤。❷物体的表面或某些物体上部的一层:镜~|地~|水~。❸东西露在外面的一层或纺织品的正面(跟"里"相对):这块布的里儿和~儿不太好区分。❹方面;部位:正~|侧~|全~|~~俱到。❺见面;露面:谋~|~世。❻对着;向着:~壁|背山~水。❼当面(做):~谈|~呈|~授机宜。❽后缀。附着在表示方位的成分的后面:上~|前~|外~。❾几何学上指一条线移动所形成的轨迹,有长,有宽,没有厚:平~|~积。❿量词。1. 用于扁平的或能展开的物件:一~镜子|一~铜锣|一~旗子。2. 用于事物的一个方面:只看到一~|多了解几~|不能偏听一~之词。3. 用于会见的次数:一~之交|见过几~。⑪粮食磨成的粉,特指小麦磨成的粉:~粉|~包|玉米~。⑫粉末:药~儿|辣椒~儿。⑬面条:挂~|切~|方便~。⑭〈方〉(某些食物)纤维少或失去水分而口感绵软:这种瓜又~又甜|苹果放了一冬天,已经~了。

眄 miàn　又读 miǎn ❶〈文〉一只眼有病。❷〈文〉斜着眼睛看:~视。❸〈文〉望;看:俛~。

圎 miàn　〈文〉同"面"。脸。

湎 miàn　【滇(tián)湎】〈文〉水大的样子。

潐 miàn　见 miǎn "潐"（463 页）。

miāo　（ㄇㄧㄠ）

喵 miāo　模拟猫叫的声音:小孩儿~~地学猫叫。

miáo　（ㄇㄧㄠˊ）

苗 miáo　❶初生的植株:幼~|青~|拔~助长|彼黍离离,彼稷之~。❷某些蔬菜的嫩茎或嫩叶:蒜~|种豆南山下,草盛豆~稀。❸后代:~裔|这孩子是王家的独~。❹某些初生的饲养的动物:鱼~|猪~。❺事物刚刚显露出来的迹象或发展趋势:~头|矿~|祸~。❻形状像苗的东西:火~|笤帚~。❼〈文〉夏季打猎:春蒐(sōu)、夏~、秋狝(xiǎn)、冬狩。❽姓。

蚪 miáo　〈文〉初生的蚕:蚕~。

描 miáo　❶照着原样(多指用薄纸蒙在原样上)画或写:~图|~红模子|花儿样子。❷重复地涂抹:~眉|写毛笔字要一气呵成,最忌讳~。

媌 miáo　〈文〉漂亮;美丽:~娥(美女)。

鹋 miáo　【鸸(ér)鹋】鸟名。外形像鸵鸟而较小,生活在大洋洲森林中。[英 emu]

瞄 miáo　把视力集中在目标上;注意看:~准|举起枪朝环靶~了~|有人在暗中~着他。

緢 ㊀ miáo　❶〈文〉牦牛尾的细毛。❷〈文〉细微。
　㊁ máo　丝、线旋转打结。

鱙 miáo　【三鱙】古国名。也作"三苗"。

miǎo　（ㄇㄧㄠˇ）

秒 miǎo　见 chǎo "秒"（73 页）。

妙 miǎo　见 miào "妙"（460 页）。

杪 miǎo　❶〈文〉树梢:树~|林~|巴山一夜雨,树~百重泉。❷〈文〉(年、月

或季节的)末尾:岁～|月～|秋～。

胁　miǎo　中医指腹部两侧第十二肋软骨和髂骨之间的软组织部分。

眇[*眹]　miǎo　❶〈文〉原指一只眼睛失明,后也指双眼失明:目～耳聋|客或跂或～(跂:bǒ,瘸)。❷〈文〉细小:～末|微～|～然一粟。

秒　miǎo　❶〈文〉谷物种子壳上的芒:禾～。❷量词。1.时间单位,60秒为1分。2.角或弧的单位,60秒为1分,60分为1度。3.经度、纬度单位,60秒为1分,60分为1度。

訬　miǎo　见chāo"訬"(72页)。

猋　miǎo　〈文〉"渺"的俗字。1.水大而无边无际的样子。2.因遥远而模糊不清。3.微小。

淼　miǎo　❶用于地名:～泉(在江苏常熟)。❷用于人名。
另见miǎo"渺"(460页)。

渺[*淼、❶△淼]　miǎo　❶水大而无边无际的样子:浩～|波～～,柳依依。❷因遥远而模糊不清:～茫|～若烟云。❸微小:～小|～不足道|～沧海之一粟。
"淼"另见miǎo(460页)。

缈(緲)　miǎo　【缥(piāo)缈】隐隐约约,若有若无的样子。

篎　miǎo　古代一种小的管乐器。

穱　miǎo　见biāo"穱"(40页)。

藐　㊀miǎo　❶〈文〉幼小;小:～小|孤女～焉始孩。❷〈文〉轻视;小看:说(shuì)大人则～之(向诸侯游说就得轻视他)。
㊁mò　〈文〉紫草。根可做染料。

穮　miǎo　〈文〉"穱(miǎo)"的讹字。禾芒:寸生于～(寸的长度根据禾芒的长度来确定)。

邈[邈、邈]　miǎo　❶〈文〉(空间)遥远:～远|～不可见。❷〈文〉(时间)久远:～无其期|汤禹久远兮,～而不可慕。

鷈[鷈]　miǎo　【鷦(jiāo)鷈】〈文〉鸟名。即鹪鹩(jiāoliáo)。也叫"巧妇鸟"。

顤　㊀miǎo　❶〈文〉美:高阳～其超远兮(高阳:古帝王)。❷〈文〉超越:～名贤之高风(高风:高尚的操行)。
㊁mò　〈文〉描画:未～其形。

miào（ㄇㄧㄠˋ）

妙[㊀△*玅]　㊀miào　❶好;美好:～龄(指女子的青春时期)|绝～|～语连珠。❷神奇;奇巧:～计|神机～算|笔生花。❸精微:微～|天下～理至多。
㊁miǎo　❶〈文〉通"渺(miǎo)"。远:～远不测。❷〈文〉细微;少:所知者～矣。
"玅"另见yāo(785页)。

庙(廟)[庿]　miào　❶设有祖先牌位以供祭祀的处所:宗～|太～|天子至于士皆有～。❷祭祀神佛或圣哲先贤的处所:寺～|山神～|孔～。❸庙会,设在寺庙里面或寺庙附近的集市:赶～。❹〈文〉朝廷:～堂|～廊～。

玅　miào　〈文〉同"妙"。美妙:华～而不可测。

缪(繆)　㊀miào　姓。
㊁móu　【绸(chóu)缪】1.〈文〉缠绕;缠缚。2.〈文〉缠绵。
㊂miù　❶〈文〉欺诈;假装:～为恭敬。❷〈文〉通"谬(miù)"。错误:纰～。

乜　㊀miē　【乜斜(xie)】1.眯起眼睛斜着看(多表示看不起或不满意):你干吗～着眼,不服气怎么着？2.眼睛因困倦而眯成一条缝:醉眼～～|～着睡眼。
㊁niè　姓。

咩[*哶、*𠴨]　miē　模拟羊叫的声音:小羊～～叫。

孭　miē　〈方〉背负:～仔(背小孩)。

miè（ㄇㄧㄝ）

灭（滅） miè ❶火熄,停止燃烧或停止发光:火～了|炉子不添火就～了|灯还亮着呢,没～。❷使停止燃烧或停止发光:～火|走时别忘把灯～了。❸被水漫过;淹没:～顶之灾(比喻致命的灾祸)。❹消亡,不复存在:～亡|幻～|尔曹身与名俱～,不废江河万古流。❺使消亡:～蝇|歼～|杀人一～口。

威 miè 〈文〉熄灭;灭亡。后作"灭(滅)"。

眜 miè 见 mò "眜"(467页)。

絻 ⊖ miè 〈文〉细丝。⊜ miǎn 〈文〉同"缅"。遥远:～想|～然千里平。

粖 miè 〈文〉粥类。

莫 miè ❶〈文〉眼睛不明亮。❷〈文〉通"蔑(miè)"。纤细。

觅 ⊖ miè 〈文〉隐蔽而看不见。⊜ piē 〈文〉同"瞥"。看一眼:目之一～。

搣 miè 〈文〉拔;用手揪。

搣 miè 〈文〉按摩。

蔑（❸衊） miè ❶〈文〉微小:位一而义荣|视日月而知众星之也。❷轻视;侮慢:～视|轻～|～称|～其官而犯其令。❸造谣毁谤:诬～|污～。❹〈文〉无;没有:～以复加。

戳 miè 人名用字。

薎 miè ❶【薎蒙(měng)】〈文〉飞扬的样子。❷〈文〉同"蔑"。轻视:～王侯。

鶏 miè 〈文〉鸟名。晃柳莺的旧称。

攦 miè 〈文〉击。

幭 miè ❶〈文〉覆盖物体的巾,也特指车前横木上的覆盖物。❷〈文〉头巾。❸〈文〉单被。

篾 miè 竹子劈成的条形薄片,也指从高粱秆上劈下的茎皮:竹～|～席。

濊 miè 见 mò "濊"(468页)。

懱 miè ❶〈文〉轻侮;蔑视。❷〈文〉微小。

橄 miè 【橄楔(xiē)】1.〈文〉细小的样子。2.〈文〉木头不方正的样子。

瞲[薎] miè 〈文〉眼睛红肿的病。

穄 miè 〈文〉禾谷名。

蠛[蠛] miè 【蠛蠓(měng)】即蠓,蚊蚋一类的昆虫:～窗间乱。

鑖 miè 〈文〉铜铁矿石。

礩 miè 【礩尐(jié)】〈方〉晚生儿。

鱴 miè 〈文〉鱼名。即鮆(jì)鱼。

鬻[糜/彌] miè 〈文〉粥类。

mín（ㄇㄧㄣ）

民 mín ❶百姓,以劳动群众为主体的社会基本成员:～众|国泰～安|河内凶,则移其～于河东,移其粟于河内。❷民间:～谣|～俗|～歌。❸国内某个民族的人:汉～|回～|藏～。❹从事某种工作的人:农～|牧～|渔～。❺具有某种身份的人:灾～|侨～|股～。❻非军人;非军事:航～|～用。❼姓。

玟 ⊖ mín 〈文〉同"珉"。像玉的石头。⊜ wén 〈文〉玉的纹理。

芪 mín 庄稼生长期较长,成熟期较晚:～高粱|～玉米。

昒 mín 【昒昒】〈文〉和乐的样子:～睦睦。

旻 mín ❶〈文〉天空:～天|苍～|茫茫大块,悠悠高～(大块:大地)。❷〈文〉秋天:～云。

岷[峧、峗、嵍、嵍、嵍] mín ❶【岷

M

山] 山名。在四川、甘肃交界的地方。❷【岷江】水名。在四川中部，是长江的支流。❸【岷县】地名。在甘肃定西。

忞 ㊀ mín〈文〉自强；勉力。㊁ wěn【忞忞】〈文〉茫然无知的样子。

恨 mín〈文〉乱。

珉[砇、瑉、瑉、碈] mín〈文〉像玉的石头。

眠 mín【眠眠】〈文〉迷惘：～泯泯，若有求而不得(泯泯：昏乱)。

罠 mín ❶〈文〉钓鱼绳。❷〈文〉捕兽的网。

揾 mín ❶〈文〉抚；摩：～之而弗得(抚摸而不得)。❷〈文〉模仿。

朐 mín〈文〉本钱。

浸 mín 同"岷"。山名，在四川、甘肃交界的地方：江出～山。

揹 mín〈文〉同"揗"。抚；摹：～天之山。

暋 mín【暋暋】〈文〉众多的样子：人～而处乎中。

緤[輶] mín〈文〉车辋(wǎng)，车轮的外框。

緡(緡) mín ❶古代穿铜钱用的绳子：～钱。❷〈文〉量词。用于成串的铜钱，每串一千文：钱三十万～。❸〈文〉钓鱼的绳子：迎潮水而振～。

瞥 mín 见 mǐn"瞥"(463页)。

瘄[瘄] mín〈文〉精神恍惚的病；灾难：多我觏(gòu)～(觏瘄：遭遇灾难)。

攟 mín〈文〉同"揗"。抚摸。

鍣 mín〈文〉本钱。

鶠 ㊀ mín 同"鹛"。传说中的鸟名：(符禺之山)其鸟多～。㊁ wén【鶠母】〈文〉夜莺。

鹛 mín 传说中的鸟名。翠羽而赤喙。

mǐn (ㄇㄧㄣˇ)

皿 mǐn 器皿，日常使用的盛东西的用具，如碗、碟、杯、盘等。

闵(閔) mǐn ❶〈文〉哀怜；怜惜：武年老，子前坐事死，上～之(武：苏武)。后作"悯"。❷〈文〉忧虑；担心：宋人有～其苗之不长而揠之者(揠：yà，拔起)。❸姓。

刡 mǐn 同"捵"。用小刷子梳抹。用于古白话：～了～油头。

捵 mǐn ❶用小刷子蘸水或油等在头发上抹：～头发|对着镜子～了点发蜡。❷(嘴、翅膀等)稍稍合拢；收敛：～着嘴笑|小鸟一～翅膀，落到树梢上。❸嘴唇合拢，稍喝一点：～了口酒。

黾(黽) ㊀ mǐn【黾勉(miǎn)】〈文〉努力；勉力：～同心|～从事。㊁ miǎn【黾池】地名。在河南三门峡市。旧同"渑池"。㊂ měng〈文〉蛙的一种，蛙～鸣无谓，阁阁只乱人。

泯[*㳽] mǐn 消除；丧失：～灭|良心未～|相逢一笑～恩仇。

闽(閩) mǐn ❶闽江，水名。在福建北部，经过福州流入东海。❷福建的别称：～剧|～菜|～语。❸朝代名。公元909—945年，十国之一，王审知所建，建都长乐(今福建福州)。❹古民族名。聚居于今福建省境内。❺姓。

敯 mǐn〈文〉同"瞥"。强横。

悯(憫) mǐn ❶哀怜；同情：～恤(xù)|怜～|悲天～人。❷〈文〉忧愁：～然|厄穷而不～(厄穷：没有出路)。

筂 mǐn〈文〉竹子的表皮。

敏 mǐn ❶反应快；灵活：～捷|灵～|～于事而慎于言。❷聪明：～慧|聪～。❸〈文〉勤勉：～求|～而好学。❹姓。

溍 mǐn 见 hū"溍"(256页)。

惛
绳
潣 □ mǐn　见 hūn "惛"（277页）。

绳 □ mǐn　见 shéng "绳"（610页）。

潣 □ ⊖ mǐn　❶谥号用字，如春秋时期有宋潣公、鲁潣公等。❷〈文〉通"愍（mǐn）"。忧患；忧愁。
⊜ hūn　〈文〉纷乱，昏乱：～～之浊世。
⊜ miàn　〈文〉暗淡无光：气色～。

惽 mǐn　见 hūn "惽"（278页）。

瞥 □ ⊖ mǐn　❶〈文〉强横：～不畏死。❷〈文〉冒昧。
⊜ mín　〈文〉烦闷。

愍 □ [愍] mǐn　❶〈文〉悲伤；忧愁：～时忧世之心。❷〈文〉忧患；祸乱。❸〈文〉哀怜；怜悯：怜～。❹〈文〉抚爱；抚养。❺〈文〉勉强，强制。

犘 mǐn　传说中一种外形似牛的野兽。

愁 mǐn　❶〈文〉敏捷；聪明。❷〈文〉同"愍"。忧愁：叹～。

僶 mǐn　【僶俛（miǎn）】1.〈文〉努力；勤奋：～从事。也作"黾勉"。2.〈文〉时间短暂：～见荣枯（荣：草木茂盛）。3.〈文〉勉强：～从之。

潣 mǐn　〈文〉水流平缓的样子。

褑 mǐn　【褑免】〈文〉同"黾勉"。勤勉；努力。也作"褑俛"。

篃 mǐn　〈文〉竹名。可以制作席。

鳖 □ （鳖）[鱫] mǐn　❶"鮸（miǎn）"。❷鳕鱼。

蟁 □ ⊖ mǐn　【蟁没（mò）】〈文〉勉力；努力：～从事。
⊜ mián　〈文〉同"蝒"。蚱蝉的别名：蜩～获于善鸣（蜩：tiáo，蝉。获：被捉住）。

鸎 mǐn　〈文〉鸮（xiāo），猫头鹰一类的鸟。

轞 mǐn　〈文〉捆绑在车伏兔（古代车厢下钩住车轴的装置）下面的皮革。

míng　（ㄇㄧㄥˊ）

名 □ mǐng　❶名字；人或事物的名称：～单｜地～｜北冥有鱼，其～为鲲。❷取名；名字叫作：生穆公，～之曰兰｜来将姓关～羽字云长。❸〈文〉说出，称说：莫～其妙｜不可～状。❹名义，用来作为依据的名称或称号：～正言顺｜～存实亡｜师出无～。❺声誉：～誉｜英～｜身败～裂｜西门豹为邺令，～闻天下。❻有名的，出名的：～医｜～著｜～牌。❼〈文〉占有：不～一钱｜一文不～。❽量词。1. 用于人（常指具有某种身份或职业的人）：一～翻译｜一～演员｜工作人员若干～。2. 用于名次：第二～｜录用五～。❾姓。

明 □ [眀] míng　❶光线足；亮（跟"暗"相对，❸同）：～亮｜～光｜灯火通～｜在天者莫～于日月。❷明白；清楚：～确｜表～｜去向不～｜物有所不足，智有所不～。❸公开；显露在外：～沟｜～查暗访｜有话就～说。❹眼力好；目光敏锐：～察秋毫｜心～眼亮。❺视力：双目失～。❻亮丽：山～水秀｜柳暗花～。❼懂得；理解：深～大义｜知书～理。❽表明；显示：申～｜开宗～义｜赋诗～志。❾副词。表示显然如此或确实如此（下文多是转折）：～知故问。❿次于今年、今天的：～天｜～年｜今冬～春。⓫朝代名。公元1368—1644年，朱元璋所建，建都南京。1421年明成祖朱棣迁都北京。⓬姓。

鸣 □ （鳴） míng　❶（鸟兽或昆虫）叫：鸟～｜蝉～｜呦呦鹿～。❷发出声音：耳～｜雷～｜孤掌难～。❸使发出声音：～笛｜～锣开道｜小子～鼓而攻之，可也。❹表达；发表（意见、主张）：～谢｜～冤｜百家争～。❺姓。

茗 míng　茶树的嫩芽，也指茶：香～｜品～。

洺 míng　洺河，水名。在河北南部，是滏阳河的支流。

宾 míng　〈文〉同"冥"。深奥。

冥 □ [*冥、*宾、宾] míng　❶昏暗；幽～｜晦～｜大雾昼～。❷深奥；深沉：～想｜～思苦索。❸糊涂；愚昧：～昧｜～顽不化。❹迷信的人称人死后进入的世界；阴间：～府｜～寿｜含恨入～。❺〈文〉通"溟（míng）"。（深暗的）海：北～有鱼。

眳 míng 〈文〉指眉与睫毛之间的地方。

铭（銘） míng ❶铸在或刻在器物、碑碣等上面的文字，用来记述事实、颂扬功德，或用来自励自警：鼎～｜墓志～｜座右～。❷在器物上刻纪念文字，比喻永远记住：～刻｜～记｜刻骨～心。❸古代一种文体。如刘禹锡《陋室铭》。

溮 míng 同"明"。清代三合会专用字。

鄍 míng 古地名。春秋时代虞国地名，在今山西平陆东北。

蓂 míng 见 mì "蓂"（456 页）。

詺 míng 见 mìng "詺"（464 页）。

溟 míng 〈文〉海：沧～｜北～有巨鱼。

嫇 míng 【嫈(yīng)嫇】〈文〉小心的样子。

榠[榠] míng 【榠楂(zhā)】1. 木瓜的旧称，落叶灌木或小乔木。叶子长圆形，花淡红色或白色。果实味涩，有芳香，可以入药。2. 这种植物的果实。

暝 míng ❶〈文〉昏暗：日出而林霏开，云归而岩穴～。❷〈文〉天黑：日～｜天将～。❸〈文〉黄昏：～色｜薄～。

瞑 ⊖ míng ❶闭眼：通夜不～｜死不～目。❷眼睛昏花：耳聋目～。
⊜ mián 〈文〉同"眠"。睡：内怀殷忧，则达旦不～。后来写作"眠"。

螟[螟] míng ❶螟虫，螟蛾的幼虫，多生活在水稻、高粱、玉米等植物的茎秆中，危害作物的生长。❷【螟蛉(líng)】1. 稻螟蛉的幼虫，也指棉铃虫、菜粉蝶的幼虫。2. 义子的代称。

獌 míng 〈文〉小猪。

覭 míng ❶〈文〉依稀看见。❷〈文〉眉目之间：方颐庞～(颐：yí，下巴)。

鷯 míng 【鷦(jiāo)鷯】传说中的神鸟。

顝 míng 〈文〉眉目之间。

窅 mǐng 〈文〉自然的孔穴，可作为土屋。

酩 mǐng 【酩酊(dǐng)】大醉的样子：～大醉｜深夜归来长～。

命[*㝧、舍] mìng ❶生命；性命：～案｜救～｜一～呜呼。❷生存的年限：寿～｜长～｜～百岁。❸命运，人的遭遇或机遇：～好｜算～｜～中注定。❹发出指示；差遣：严～固守阵地｜～人前去了解灾情。❺上级对下级发出的指示：奉～｜遵～｜唯～是从。❻给予(名称等)：～名｜～题。❼〈文〉教导；告诉：耳提面～。

詺 ⊖ mìng 〈文〉辨别物名；命名：甘守诚能～药石(甘守诚：人名)。
⊜ míng 〈文〉铭记；镂刻：～辞。用同"铭"。

艵 mìng 【艵艵(qìng)】〈文〉(颜色)青黑。

鯩 mìng 鯩鱼，一种海鱼。

谬（謬） miù ❶错误的；荒唐：～论｜～奖(谦辞，过奖)｜荒～。❷差失：失之毫厘，～以千里。❸姓。

缪 miù 见 miào "缪"（460 页）。

摸 mō ❶用手接触：抚～｜盲人～象｜这布哪面是正面，一～就知道了。❷伸手探取(多指不用眼看)：～鱼｜顺藤～瓜｜从口袋里～出两块钱。❸试着了解：～底｜～情况｜～出点经验来。❹在黑暗中试探着行动：～黑儿｜～到桌边开了灯。

mó (ㄇㄛˊ)

无 □ mó 见 wú "无"(708页).

园 mó 〈文〉同"模".标准;法式:～范.

谟(謨)[*暮] mó 〈文〉计谋;谋略:宏～|良～|远～.

蓦 ㊀ mó【蓦母】同"嫫母".传说中的黄帝之妃.
㊁ mò 〈文〉静.

馍(饃)[*饝、饝、饝] mó ❶〈方〉馍头:蒸～|白面～.❷〈方〉饼类面食:肉夹～|羊肉泡～.

嫫[㜳] mó【嫫母】传说中的黄帝之妃,貌丑.后作为丑女的代称.也作"蓦母".

摹 mó ❶模仿;照着样子写或画,特指将薄纸蒙在要模仿的字画上写或画:～本|临～|描～.❷〈文〉效法:三代不足～,圣人未可师.

模 ㊀ mó ❶规范;标准:～式|～范|楷～.❷仿效:～仿|～拟.❸模范,值得学习的、作为榜样的人(古代用木做的模子叫模,用竹子做的叫范):劳～|评～.
㊁ mú ❶模子,用压制或浇灌的方法使材料成为一定形状的工具:～具|字～|铜～.❷形状;样子:～样|～装|～作样.

膜 mó ❶生物体内的薄皮状组织,通常有保护组织的作用:胸～|耳～|苇～.❷像膜的东西:橡皮～|塑料薄～.❸【膜拜】两手合掌上举至额头,双膝跪地叩拜,常见于佛教僧侣及某些少数民族.

麽 mó 幺(yāo)麽〈文〉微小:～小丑.另见 me "么"(447页).

麼 mó 〈文〉细小.通作"麽(mó)".

摩 □ ㊀ mó ❶物体和物体紧密接触后来回移动:～擦|～拳擦掌.❷抚摸:～弄|按～.❸接近;接触:～天大楼|～肩接踵.❹探求;切磋:揣(chuǎi)～|观～.

❺量词.物质的量的单位摩尔的简称.1摩的任何元素或物质,约含有 $6.022×10^{23}$ 个原子或分子.
㊁ mā【摩挲(sa)】〈口〉手掌轻轻按着一下一下移动:衣裳有点褶儿,～～就好了.

橅 mó ❶〈文〉同"模".规范;标准.❷〈文〉同"模".照样子写或画:所～多误,不足依据.❸〈文〉通"抚(fǔ)".抚摩:～玩.

磨 □ ㊀ mó ❶物体和物体紧密接触后来回移动:脚下～出了茧子|鞋底都快～穿了.❷原指用磨具摩擦加工玉石等,后指用磨料擦物体使锋利、光滑等:～刀|～墨|如切如磋,如琢如～.❸困难或挫折使受痛苦:～难(nàn)|好事多～|他被老病～得不成样子了.❹没完没了地纠缠:软～硬泡|这孩子可真～人.❺因时间久而逐渐消失:～灭|百世不～(形容流传久远).❻耗时间;拖延:～工夫|～洋工.
㊁ mò ❶用来碾碎粮食等的工具,通常由两个圆石盘叠在一起做成:石～|电～|推～.❷用磨碾碎粮食:～房|～面.

𥕥 mó 〈文〉杯:金～.

模 mó ❶【模糊】同"模糊".不清楚;不分明.用于古白话:我此时心里～.❷古代计微量的重量单位.

嬷[嬤] mó【嬷嬷(mo)】1.〈方〉对年老妇女的称呼.2.〈方〉奶妈;年老女仆:～妈|奶～.

摩 mó【萝(luó)摩】多年生草本植物叶子心形,花白色间淡紫色斑纹,籽实外附白色绒毛,茎蔓折断后有白色浆汁.全草可入药.也叫芄(wán)兰.

廊 mó ❶〈文〉商代国名.❷〈文〉通"磨(mó)".磨研;磨砺:用刀十九年,刃若新～研.

蘑 □ [蔴] mó【蘑菇(gu)】1.一些菌盖为半球状的食用菌的通称,如口蘑、双孢蘑菇等.2.故意纠缠:这件事我不能办,你～也没用.

譕 mó 〈文〉同"谟".谋划;谋虑:～巨者可与远举(谋虑远大的人可以与其共图大事).

M

髍 mó 〈文〉同"麿"。偏瘫，半身不遂。

麿 ㊀ mó 〈文〉偏瘫。即半身不遂。
㊁ mǒ 〈文〉微小。

魔 mó ❶宗教或神话传说中指迷惑人、害人性命的鬼怪，也比喻邪恶的人或势力：妖～|～鬼|病～|道高一尺，～高一丈。❷神奇；奇异：～力|～术|～法。[魔罗之省，梵 māra]

麿 mó 同"馍"。一种面食。

麿 mó 【独麿】徘徊。用于古白话：醉时节麦场上闲～。也作"突磨"。

蹒 ㊀ mó ❶〈文〉削；切：沙石刺足如刀～。❷〈文〉磨：砥石一厉（砥：磨刀石。厉：磨）。❸〈文〉规劝；直言劝谏：敢于～上。❹〈文〉迫近；逼近：城兵出～我垒（垒：这里指军营）。
㊁ mí 〈文〉分；分割。

攎 mó 见 mí "攎"（455 页）。

礳 mó 见 mò "礳"（469 页）。

mǒ （ㄇㄛˇ）

抹 ㊀ mǒ ❶涂；搽：～粉|涂～|～点胶水把信封粘好|阳光给大地一上一层金色。❷擦；擦拭：～眼泪|吃完了～～嘴就走。❸除去；勾掉：～杀|～零儿（尾数除去，不计在内）|～去一行字。❹量词。用于云霞、阳光等（数词限用"一"）：一～朝霞|一～夕阳。
㊁ mò ❶用工具把泥、灰涂在物体的表面并弄平：～墙|～石灰|在地面上～一层水泥。❷紧贴着绕过去：拐弯～角。❸〈文〉弦乐指法之一，食指向内回拨：轻拢慢撚～复挑，初为霓裳后六幺。
㊂ mā ❶擦拭：～布|～桌子|用凉水～了一把脸。❷用手按着移动（多指向下移动）：～下头巾|～下手镯|把头发～一～。

麿 mǒ ❶〈方〉母亲。❷〈方〉老年妇女。

麿 ㊀ mǒ 〈文〉细小。
㊁ málǚ 日本汉字，由麻、吕二字合

成。多见于日本人名。

懡 mǒ 【懡㦬(luǒ)】1.〈文〉羞惭的样子：～而退。2.〈文〉稀疏的样子：人烟～不成村。

矋 mǒ 【矋㦬(luǒ)】1.〈文〉脸色发青的样子。2.〈文〉惭愧。

麿 mǒ 见 mó "麿"（466 页）。

mò （ㄇㄛˋ）

万 mò ·见 wàn "万"（691 页）。

末 mò ❶树梢；尽头：～梢|秋毫之～|～大必折，尾大不掉。❷最后；终了：～代|周～|～班车。❸非根本的、次要的事物（跟"本"相对）：本～倒置|舍本逐～。❹细碎的东西；细粉：粉～儿|肉～儿|乃以五色丝作缲结之，烧为灰～。❺传统戏曲中扮演中年男子的角色，京剧并入老生行当：正～|副～。❻姓。

百 mò 见 bǎi "百"（15 页）。

圽 mò 〈文〉同"殁"。死：～葬西山一抔地。

旲 mò 〈文〉没入水中（有所觅取）。通作"没"。

伯 mò 见 bó "伯"（47 页）。

没 mò 见 méi "没"（448 页）。

玦 mò 〈文〉玉名。
[瑷、璇]

珠 mò 〈文〉尘土。

抺 mò 见 mǒ "抹"（466 页）。

茉 mò 【茉莉】常绿灌木。花也叫茉莉，有香气，可用来熏制茶叶，也可供观赏。

歾 ㊀ mò 〈文〉同"殁"。死亡。
㊁ wěn 〈文〉通"刎"。割（脖子）：～颈。

殁 ㊀ mò 〈文〉死：病～|父母既～，兄弟无有。

㈠ wěn 〈文〉通"刎(wěn)"。割(脖子):自～。

袜 ㈠ mò ❶古代的一种头巾:～首。❷〈文〉带子。
㈡ wà 〈文〉袜子:编革～。

帕 □ mò 见 pà "帕"(501页)。

沫 □ mò ❶液体形成的许多小泡:泡～|肥皂～|人莫鉴于流,而鉴于止水者,以其静也。❷唾液:唾～|相濡以～(比喻同处困境,相互救助)。❸沫水,古水名。即今四川的大渡河。

陌 □ mò ❶田间东西方向的小路,也泛指田间小路:阡～。❷〈文〉道路;街道:街～|巷～|朝发渭水桥,暮入长安～。

妹 mò 用于人名。妹喜,传说中夏桀的妃子。

林 mò 〈文〉木柱子。

眢 mò 〈文〉眼睛不正。

冒 □ mò 见 mào "冒"(446页)。

帞 [絈、綌] mò 【帞头】古代男子束发(fà)的头巾。

胅 mò 〈文〉肚子。

脉 □ mò 见 mài "脉"(441页)。

猵 mò 同"貘"。古书中说的一种野兽。

狢 mò 见 hé "狢"(244页)。

莫 □ ㈠ mò ❶〈文〉代词。没有谁;没有什么:～名其妙|～不欢欣鼓舞|过而能改,善～大焉。❷副词。1. 表示否定,相当于"不":爱～能助|概～能外|变幻～测。2. 表示劝阻与禁止,相当于"别":切～耽误|非请～入。3. 表示揣测或反问(用于否定式):～非我搞错了? |～不是他们另有安排? ❸〈文〉通"瘼(mò)"。病;疾苦:通观四方,求民之～。❹姓。
㈡ mù ❶〈文〉太阳落山的时候,傍晚:日～人倦。后作"暮"。❷(时间)临近终了;晚:岁～|～春。

眜 □ ㈠ mò ❶〈文〉目不明。❷〈文〉冒(危险):～险搜奇。
㈡ miè 春秋时地名。在今山东泗水东。

秣 □ mò ❶牲口的饲料:粮～|刍(chú)～。❷〈文〉喂牲口:～马厉兵(喂饱战马,磨利兵器,指做好战斗准备)。

mò 【師(pō)秣】〈文〉浅白色。

袜 □ mò 见 wà "袜"(687页)。

眿 [脉] mò ❶〈文〉斜视;视。❷【眿眿】〈文〉凝视的样子:目～兮寤终朝。

袙 mò 见 bó "袙"(48页)。

絉 mò 见 wà "絉"(687页)。

蛨 mò 【蚎(zhé)蛨】〈文〉虫名。即蚱蜢。

趉 mò 〈方〉紧贴着绕过;斜着穿过:转弯～角(今作"转弯抹角")。

蓦 mò 〈文〉寂寞;寂静。通作"寞"。

蔂 mò 见 mó "蔂"(465页)。

蘑 (驀) mò 突然:～然回首|～地站起来。

嘆 mò 〈文〉寂静:～然。

嵃 mò 【嵃岶(pò)】〈文〉稠密的样子。也作"漠泊"。

貊 □ [貃] mò 我国古代称居住在东北方的民族。

貃 mò 见 hé "貃"(245页)。

貉 □ mò 见 hé "貉"(245页)。

餏 mò 〈文〉同"秣"。喂养牲口:～马。

獏 mò 见 mú "獏"(470页)。

頮 [頋] mò 〈文〉头潜入水中:学海正在波,予头向中～。通作"没"。

M

漠 □ mò ❶沙漠,地面完全被沙所覆盖,干旱缺水,植物稀少的地区:荒～|～南(指蒙古高原大沙漠以南地区)|大～孤烟直,长河落日圆。❷冷淡;不经心:～视|冷～|～不关心|老子～然不应。❸〈文〉寂静无声:山萧条而无兽兮,野寂～其无人。

寞 mò 同"万"。万俟(qí),复姓。

寞 □ mò ❶寂静:寂～无声。❷冷落;冷清:落～|儒者～于空室,文吏哗于朝堂。

颍 mò 【颍顥(hé)】〈文〉健康。

靺 □ ㊀ mò ❶【靺鞨(hé)】我国古代少数民族,分布在长白山和松花江、牡丹江、黑龙江流域一带。周时称肃慎,北魏时称勿吉,隋唐时称靺鞨,是女真族的祖先。❷〈文〉宝石名。
㊁ mèi 〈文〉同"靺"。我国古代东方少数民族乐名。
㊂ wà 〈文〉同"袜(韈)"。袜子:绛～。

蓦 mò 〈文〉死而寂寞无声。

暯 mò 〈文〉傍晚;夜晚。

靺 □ ㊀ mò ❶〈文〉染皮革成赤黄色。❷〈文〉茜草,根可以做红色染料:～草染之,色如浅绛。❸【靺鞨(hé)】也作"靺鞨"。我国古代少数民族。又指靺鞨族地区所产的宝石。
㊁ mèi 我国古代东方少数民族乐名。
㊂ wà 〈文〉同"袜(韈)"。袜子:登殿不着(zhuó)～。

暯 mò 〈文〉视觉模糊不清。

嘿 □ mò 见 hēi "嘿"(248 页)。

墨 □ mò ❶用松烟或油烟等制成的黑色颜料,用来写字、绘画,多做成块状:徽～|一锭～|笔～纸砚。❷泛指写字、绘画或印刷用的颜料:～水|朱～|油～。❸木工用的墨线:绳～|矩～。❹借指书法、诗文、绘画等:～宝|文～|遗～。❺比喻知识、学问:粗通文～|胸无点～。❻黑的或近于黑的:～镜|～绿|～菊。❼〈文〉贪污:贪～|贪官～吏|贪以败官为～(贪婪而败坏职责就是墨)。❽古代刑罚,在犯人脸上或额上刺上标记并染黑:～刑|～面。也叫"黥(qíng)"。❾姓。

镆 □ (鏌) mò 【镆铘(yé)】古代宝剑名。也作"莫邪"。

鮛 mò 〈文〉鱼尾。

瘼 □ mò 〈文〉病痛;疾苦:民～(民众的疾苦)|能除疾～似良医。

嫫 mò 〈文〉因忌妒而发怒。

稿 mò 【稿鳴(pǐ)】〈文〉鸭的别名。

駬 mò 【駬(zhé)駬】骡类牲畜。

蘇 mò 〈文〉粮食磨成的粉:～糊(蘇粉做的粥)。

蟆 □ mò 见 má "蟆"(438 页)。

默 □ mò ❶不说话;不出声:～读|沉～|潜移～化|君子之道,或出或处,或～或语。❷凭记忆写出读过的文字:～书|～生字。❸姓。

鮇 mò 〈文〉似鲍鱼的一种海产动物。

磨 □ mò 见 mó "磨"(465 页)。

縸 mò 【络縸】〈文〉张开罗网覆盖的样子。

藐 □ mò 见 miǎo "藐"(460 页)。

貘 □ mò ❶古书中说的一种野兽,似熊而小。❷哺乳动物。略像犀而矮小,皮厚毛少,鼻子很长,能伸缩,尾短,前肢四趾,后肢三趾。生活在热带密林多水的地方,善于游水。有马来貘、美洲貘等。

瀎 □ ㊀ mò 〈文〉抹(mǒ)拭;涂掉:御笔破(瀎破:涂抹掉)。
㊁ miè 【瀎潏(yù)】〈文〉水流很急的样子。

鞨 mò 见 hé "鞨"(246 页)。

螺 mò 古代指一种毛虫。也叫"蚝蛴(zhānsī)"。

M

嚜 mò 见 mèi "嚜"(450 页)。

纆（纆）[纆] mò 〈文〉绳索:约束 不以～索。

藟 mò 〈文〉同"蓩"。紫草。

鷔 【騰鷔】〈文〉公马母驴交配所生的 牲畜。

薿 mò 见 miǎo "薿"(460 页)。

鷔 mò ❶〈文〉鸟惊疑地看:无见自～(无 见:没有看到东西)。❷〈文〉惊疑:心～ ～不敢久留。

糢 mò 〈文〉谷粒的粉末。

礳 mò 【礳石渠】地名。在山西。

螳 mò 【蚀(shì)螳】〈文〉蝙蝠。也叫"蟙 (zhí)螳"。

糖 mò 耢(lào)。

礳 ㊀ mò 〈文〉同"磨"。石磨。
㊁ mó ❶〈文〉同"磨"。研磨;摩擦:砥 砺～坚(砥砺:磨刀石。坚:指坚硬的金属 物)。❷〈文〉同"磨"。磨灭:功不～。

---

mōu (ㄇㄡ)

哞 mōu 模拟牛叫的声音:老牛～～ 叫。

---

móu (ㄇㄡˊ)

毋 móu 见 wú "毋"(708 页)。

牟 ㊀ móu ❶设法取得;求取(名利): ～取|非法～利|渔夺百姓,侵～万 民。❷姓。
㊁ mù ❶用于地名:～平(在山东烟台)| 中～(在河南郑州)。❷姓。

侔 móu 〈文〉相等;等同:相～|超五帝 ～三王。

恈 móu 【恈恈】〈文〉贪爱的样子:～然唯 饮食之见。

桙 móu 见 yú "桙"(826 页)。

眸 móu 瞳仁;眼珠:凝～|明～皓齿|回 ～一笑百媚生,六宫粉黛无颜色。

谋（謀） móu ❶考虑;策划:～算|预 ～|合|不～全局者,不足 一域。❷计策;主意:略|阴～|足智多～| 小不忍则乱大～。❸设法求得:～生|另 出路|君子～道不～食。❹商议:不～而合| 与虎～皮。❺姓。

蛑 móu 【蝤(yóu)蛑】梭子蟹。

堥 móu 见 máo "堥"(445 页)。

鉾 ㊀ móu 〈文〉剑端;剑锋。
㊁ máo 同"矛"。古代兵器,在长柄 的顶端装有金属枪头。

缪 móu 见 miào "缪"(460 页)。

蝥 móu 【蝤(yóu)蝥】〈文〉梭子蟹。一种 螃蟹,甲壳略呈梭形,生活在浅海中。 也作"蝤蛑(móu)"。

絴 móu 〈文〉绢。

鮂 móu ❶〈文〉同"鮴"。黄花鱼。❷ 〈方〉墨鱼。

麰 [䅘] móu ❶〈文〉大麦,也泛指麦类 谷物。❷〈文〉大麦曲。即酒母。

瞀 móu ❶【瞀娄】〈文〉悄悄看一下。❷ 〈文〉眉目美好的样子。

鴾 móu 〈文〉鸟名。一种鹌鹑类的小鸟。 也叫"鴾母"。

鍪 móu ❶古代炊具,形似锅。❷【兜 鍪】古代作战时戴的头盔:身被～铠 甲。

蟱 móu 【蛛(zhuō)蟱】〈文〉蜘蛛的一种。

鮴 móu 〈文〉黄花鱼。

鍪 móu 见 mù "鍪"(472 页)。

---

mǒu (ㄇㄡˇ)

厶 mǒu 见 sī "厶"(630 页)。

炃 mǒu 〈方〉义父。

M

某 □ mǒu ❶代词。指称不便说或不确定的人或事物:～一天|～种原因|永有～氏者(永:永州)。❷代词。用在姓的后面,代替名字。1. 用于别人(不很礼貌):其时邻居李～在边上起哄|请转告王～,我将奉陪到底。2. 用于自己(略显自负):纵有千难万险,我张～将一往无前|则～之所论,无一字不合于法。

mú（ㄇㄨˊ）

毪 □ mú 毪子,我国西藏地区出产的一种羊毛织品。

獏 ⊖ mú 〈文〉兽名。似熊。
⊜ mò 同"貘"。哺乳动物。外形略像犀牛而矮小,善游水。

模 □ mú 见 mó"模"(465 页)。

穈 mú ❶〈文〉一种有花纹的毛织物。也叫"毛缎"。❷〈文〉翻毛衫:～衫。

橅 mú 〈文〉规划墓地。

䅘 mú 【䅘醾(tú)】〈文〉榆子仁酱。

醾 mú 【酟(cú)醾】〈文〉味美的饮料。

鳘 mú 〈文〉鱼名。

mǔ（ㄇㄨˇ）

母 □ mǔ ❶母亲:～女|～慈|～手中线,游子身上衣。❷对家庭、亲戚中或有某种关系的长辈女性的称呼:祖～|岳～|师～。❸〈文〉老年妇女的通称:有一～见信饥,饭信(信:人名)。❹雌性的(跟"公"相对):～牛|～猪|那只小鸡是～的。❺指一凸一凹配套的两件东西里凹的一件:螺～|子～扣。❻最初的或能产生出其他事物的东西:字～|酒～|工作～机。❼姓。

坶 mǔ 〈文〉同"牡"。雄性的(鸟兽)。

牡 □ mǔ 雄性的(跟"牝"相对):～马|～牛|雄鸣求其～(雄:zhì,野鸡)。

畮 □（畮）[*畒、*畆、*畆、*畆、*畮、畆、畂、畞] mǔ ❶市制地积单位,10 分为1 亩,100 亩为 1 市顷。1 市亩约合 666.67 平方米。❷〈文〉田垄;农田:农夫居垄～之中。

拇 □ [踇] mǔ 拇指,手或脚的大指。

峔 mǔ 【屺(qǐ)峔】岬角名。在山东龙口。

姆 □ ⊖ mǔ ❶古代以妇道教人的女教师:克佩～师之训。❷保姆,受雇用负责照管小孩或料理家务的妇女。
⊜ m̄ 【姆妈】1.〈方〉母亲。2.〈方〉称年长的已婚妇女:王家～。

峔 mǔ 古山名。在安徽。

姥 □ mǔ 见 lǎo"姥"(385 页)。

碔 mǔ 【云碔】〈文〉即云母。一种矿物,主要成分是铝锂酸盐。是重要的电气绝缘材料,也可入药。

鍝 □（鍝） mǔ 【钴(gǔ)鍝】〈文〉熨斗。

姆 ⊖ mǔ 同"姆"。古代以妇道教人的女教师。
⊜ wǔ 〈文〉通"侮(wǔ)"。轻慢;欺侮:嫚～(嫚:màn,侮辱,怠慢)。
⊜ méi 用于人名。

鴾 mǔ 【鴾鴾】〈文〉马行进的样子。

踇 □ mǔ 〈文〉脚的拇指。

嘜 mǔ 又读 yīngmǔ 旧时表示英美制土地面积单位的字。今作"英亩"。

懞 mǔ 【懞懜(zhuàng)】〈文〉愚昧无知的样子。

踇 mǔ 【踇偶】传说中的山名。

鏤 mǔ 【钴(gǔ)鏤】1.〈文〉熨斗。2.〈文〉大口的釜。

mù（ㄇㄨˋ）

木 □ mù ❶树,木本植物的通称:乔～|果～|枯～逢春|缘～求鱼。❷木材;木头:～器|榆～|锲而舍之,朽～不折。❸棺材:棺～|寿～|行将就～。❹质朴;朴实:～讷(nè)。❺呆,反应慢:～头～脑|这人太～,反应慢极了。❻感觉不灵敏;失去知觉:麻～|脚冻～了|舌头辣得都～了。❼五行之一:金～水火土。❽古代八音之一,指木制的乐器,如柷(zhù)。❾姓。

目 □ mù ❶眼睛:～光|注～|耳聪～明。❷〈文〉看待;看:～为奇迹|一～了然|皆指～陈胜(都指着和看着陈胜)。❸〈文〉以目示意:范增数～项王(数:shuò,屡次)。❹网眼;孔眼:纲举～张。❺大项中再分的小项:项～|细～|条～。❻目录:书～|剧～|篇～。❼名称:题～|名～。❽生物分类系统的第四级,在纲之下,科之上:灵长～|鸡形～|蔷薇～。❾姓。

仫 □ mù 【仫佬(lǎo)族】我国少数民族。主要分布在广西北部。

牟 □ mù 见 móu "牟"(471页)。

狇 mù 【狇㺄(lǎo)】旧时对仫(mù)佬族的蔑称。

沐 □ mù ❶洗头发,泛指洗涤:～浴|栉(zhì)风～雨(形容奔波劳碌,不避风雨)|新～者必弹冠,新浴者必振衣。❷〈文〉蒙受:～恩(蒙受恩惠)。❸姓。

坶 mù 【坶野】古地名。即牧野,是周武王打败商纣王的地方。在今河南淇县。

苜 □ mù 【苜蓿(xu)】多年生草本植物。花蝶形,紫色,是重要的牧草和绿肥作物,也可以食用。

牧 □ [牫] mù ❶放养牲畜:～羊|放～|今有受人之牛羊而为之～者。❷〈文〉统治;治理:～万民|～臣下。❸古代州的长官:州～。

莫 □ mù 见 mò "莫"(467页)。

蛑 mù 【蜓(tíng)蛑】〈文〉蝉的一种,即螗蛈。

钼（鉬） □ mù 金属元素。符号 Mo。

毣 □ mù ❶〈文〉好。❷【毣毣】1.〈文〉思念的样子:～之思。2.〈文〉风吹动的样子:但觉风～而过。

苜 □ mù 【苜蓿(xu)】草名。即苜(mù)蓿。

蓼 □ mù 〈文〉精细的花纹。

募 □ mù 广泛征求(财物或兵员等):～捐|～集|招～|～民徙塞下。

霂 □ mù 〈文〉鸟类用嘴蘸尾脂腺分泌出的脂肪性物质润泽羽毛。

墓 □ mù 坟;埋葬死人的地方:～地|扫～|古～|犁为田,松柏摧为薪。

幕 □ [⊖*幙] ⊖ mù ❶悬空覆盖在上面的大块的布、绸、丝绒、毡子等:帐～|帷～。❷垂挂着的大块布、绸、丝绒等:帘～|开～|银～。❸形状或作用像幕的东西:天～|夜～|烟～。❹古代作战时将帅办公的营帐,后也指地方军政长官的衙署:～府|～僚|～友。❺剧本和戏剧演出中较完整的段落,每一幕又可分为若干场:序～|独～剧|五～六场歌舞剧。❻〈文〉覆盖:解朝服而～之(脱下朝服覆盖他)。

⊜ màn 〈文〉金属钱币的背面:以金银为钱,文为骑马,～为人面。

睦 □ mù ❶亲近;和好:～邻|和～|讲信修～。❷姓。

慔 □ mù 〈文〉勉力;尽力。

鞪 □ mù 〈文〉车辕上绑扎加固用的皮带,也作为装饰物。

慕 □ mù ❶钦佩;敬仰:仰～|羡～|不～虚名。❷思念;依恋:思～。❸姓。❹【慕容】复姓。

暮 □ mù ❶太阳落山的时候;傍晚:～色|～薄～|日西方～。❷(时间)临近终了;晚:～年|岁～|～春三月。❸姓。

慔 □ mù 〈文〉同"慕"。爱慕。

橅 □ mù 见 niǎo "橅"(487页)。

霢 □ mù 【霢(mài)霂】1.〈文〉小雨。2.〈文〉流汗的样子。

艒[舼、艒] mù 〈文〉小船：龙舟凤~。

穆[䅘] mù ❶〈文〉恭敬；严肃：肃~｜静~。❷〈文〉温和：~如清风。❸古代贵族宗庙排列的次序，始祖居中，以下父子依次为昭、穆，昭居左，穆居右。❹姓。

鍪 ㊀ mù 〈文〉同"鍒"。车辕上绑扎加固用的皮带，也作为装饰物。

㊁ móu 【鞮（dī）鍪】即兜鍪（móu）。古代打仗时戴的头盔。

N

n

ń（ㄋˊ）

嗯 ń "嗯(ńg)"的又读。

ǐ（ㄋˇ）

吽 ǐ 见 ǎg"吽"(481页)。

嗯 ǐ "嗯(ňg)"的又读。

ǹ（ㄋˋ）

嗯 ǹ "嗯(ǹg)"的又读。

nā（ㄋㄚ）

那 nā 见 nà "那"(474页)。

南 nā 见 nán "南"(476页)。

ná（ㄋㄚˊ）

 挐 ná 〈文〉牵引；连结：田田相～｜庐庐相距。

另见 ná "拿"(473页)。

拿 ná ❶用 [△*挐、*舒、△*挐] 手 握 或取：～起笔刷刷地写｜把稿子～来｜东西太多～不了｜林冲～着刀，立在檐前。❷捕捉；攻取：～获｜擒～｜一举将敌人的据点～

下。❸掌握；把握：～权｜～事｜～不准。❹提供，做出：～主意｜～方案｜～出兄长的样子来。❺刁难；要挟：～一把｜这活儿谁都能干，你～不住人。❻装出（某种姿态或腔调）：～大（自大；看不起人）｜～架子｜～腔捏调。❼领取；取得：～工资｜～名次｜～了一等奖。❽介词。1.引入对待的对象，相当于"把、对"：～他没办法｜根本没～他当回事儿。2.引出某个方面提出话题，相当于"以、用"：就～这件事来说，也是你俩的错｜如果～这个标准衡量，我还不够格。

"挐"另见 ná（473页）；"挐"另见 ná（473页）。

挐 ㊀ ná ❶〈文〉牵连；纠缠：祸～未解，兵连不息。❷〈文〉纷乱：～首（头发蓬乱）｜～繁（繁杂）。
㊁ ráo 〈文〉通"桡"(ráo)。船桨：杖～而引其船。
另见 ná "拿"(473页)。

袈 ná 〈文〉破旧的衣服。

詉 ná 见 náo "詉"(479页)。

詉 ná 〈文〉杂乱。

锘（錼）ná 金属元素。符号 Np。

説 ná 见 nì "説"(485页)。

nǎ（ㄋㄚˇ）

那 nǎ 见 nà "那"(474页)。

郍 nǎ 见 nà "郍"(474页)。

郍 nǎ 见 nuó "郍"(495页)。

娜 nǎ ❶〈方〉雌：鸡～｜牛～。❷〈方〉母体：(掘芋头)连仔带～一起要。

哪 ㊀ nǎ ❶代词。用于疑问，表示要求在同类事物中加以确指：1.后面跟量词或数词加量词：我们～天出发？｜～位还有不同意见？｜～把琴是你的？2.单用，后面不跟量词或数词加量词：～是你的

行李? |～是新来的老师? ❷代词。用于虚指,表示不确定的一个。后面跟量词或数词加量词:～天有空儿过来玩。❸代词。用于任指,表示任何一个。后面常有"都、也"呼应,或者用两个"哪"一前一后呼应。"哪"后面跟量词或数词加量词:～个都不想走|～件衣服也不合适|～壶不开提～壶。❹副词。用于反问,表示否定。用在动词前,相当于"哪儿":你瞎说,～有这样的事?|一病就是半年多,他～花得起这么多医药费?

㊁ né 【哪吒(zhā)】佛教神话中的人物。三头六臂,是佛教中的护法神。旧也作"那吒"。

㊂ na ❶助词。助词"啊"受前一字韵尾"n"的影响而产生的变体:大伙儿快点干～! |我的天～! 这怎么可能呢? ❷助词。用法接近于"呢",语气比"啊"略重:还没吃～? |刚才还在说你～|你当他好欺负～?

㊃ něi "哪(nǎ)"和"一"的合音,但指数量时不限于一:～些|～年|～个人。

nà（ㄋㄚˋ）

内 nà 见 nèi "内"(480 页)。

那 ㊀ nà ❶代词。指称较远的人或事物(跟"这"相对):～几天|～两间房子|青旗卖酒,山～畔别有人家。❷代词。代替距离比较远的人或事物。1.单独充当句法成分:～是谁家的小狗? |～是我送你的礼物|～有什么值得大惊小怪的? 2.复指上文的情况,兼有承接作用:既然来了,～就多待几天吧|你也想去啊,～再好不过了|考上名牌大学,～是我多年的心愿。❸连词。承接假设前句,相当于"那么":要去,～就快走|如果没有信心和恒心,～就什么事情也别想干成。

㊁ nǎ 代词。表示疑问。用于古白话:处分适兄意,～得自任专? 现作"哪"。

㊂ nā 姓。

㊃ nuó 〈文〉奈何:～作商人妇,愁水复愁风。

㊄ nèi "那(nà)"和"一"的合音,但指数

量时不限于一:～个|～些|～几年。

呐 ㊀ nà 【呐喊】大声呼喊:～助威|摇旗～。

㊁ nè 〈文〉同"讷"。说话迟钝;不善言谈:广～口少言(广:人名)。

郍 ㊀ nà 周代诸侯国名。故地在今湖北荆门东南。

㊁ nǎ 同"那"。表示疑问。用于古白话:世间反复～能知。现作"哪"。

妠 ㊀ nà 〈文〉娶。

㊁ nàn 用于人名。东汉顺烈梁皇后名妠。

纳（納） nà ❶收进来;放入:出～|闭门不～。❷接受:～谏|采～|权深～其策(权:人名)。❸献出;交付:～税|～贡|缴～学费|公如齐～币(币:用作礼物的玉、帛等)。❹藏入:藏污～垢|十月～禾稼。❺缝纫方法。在鞋底、袜底等上面用针线密密地缝:～鞋底|～鞋垫儿。❻姓。

郎 nà 见 nuó "郍"(495 页)。

肭 nà ❶【腽(wà)肭】肥胖的样子。❷【腽(wà)肭兽】即海狗,哺乳动物。生活在海中。

萘 ㊀ nà 用于地名:～拔林(在台湾)。

㊁ nuó 用于地名:～溪(在湖南)。

钠（鈉） nà 金属元素。符号 Na。

衲 nà ❶缝补;补缀:百～衣|戒衣皆自～(戒衣:僧尼穿的法衣)。❷和尚穿的袈裟,常用许多布片缝缀而成:破～芒鞋|颓唐一老僧,当窗缝破～。❸和尚的代称或自称:～子|老～供茶碗,斜阳送客舟。

娜 ㊀ nà 人名用字。用于女性。

㊁ nuó ❶【婀(ē)娜】1.体态柔美的样子:～多姿。2.〈文〉摇曳的样子:嘉穗～。❷【袅(niǎo)娜】1.草木柔软细长的样子:柳丝～。2.女子体态轻盈柔美的样子:舞姿～。

捺 nà ❶压抑;控制:～着性子|按～不住激动的心情。❷汉字的笔形,形状是"㇏"。

軜　nà　古代驷车两边马匹内侧的缰绳。

跥　nà　〈文〉足受伤：～折。

蚋　nà　❶〈文〉蝎子等有毒腺的虫子用毒刺刺人或牲畜。❷〈文〉疼痛。

豽　nà　❶〈文〉同"貀"。兽名。似狸。❷〈文〉兽名。猴类动物。

貀　nà　猪名：猫猴猪～。

貀　nà　❶〈文〉兽名。其形说法不一，有说似狗或似虎、似狸，有说似猩猩。❷〈文〉指海狗。

飿　nà　【飿飿】进食的样子。用于古白话：从头吃至尾，～无余肉。

靹　nà　〈文〉同"靹"。柔软的(土壤)。

葹　nà　〈文〉植物名。棕榈科槟榔属的一种。

靹　㈠nà　〈文〉柔软，特指柔软的土壤。
　　㈡dā　〈方〉垂头欲睡的样子。

魶　nà　❶〈文〉指大鲵，即娃娃鱼。❷〈文〉一种鳖。没有鳖裙，头足不缩。❸〈文〉指鲸。

鎃　nà　见 nài "鎃"(476 页)。

鱲　nà　古代指魟(hóng)鱼。

na (·ㄋㄚ)

哪　na　见 nǎ "哪"(473 页)。

nái (ㄋㄞˊ)

疓　nái　〈文〉大臀撅出。也指撅出的臀：猍猍臀～。

羺　nái　【羺羺(nóu)】〈文〉一种卷毛胡羊：世浊作～。

揱　nái　【揩揱】〈文〉摩拭。

薾　nái　〈方〉老年所生的幼子。

nǎi (ㄋㄞˇ)

乃　nǎi　[*廼、△*迺]　nǎi　❶〈文〉副词。表示判断，相当于"就是"：失败～成功之母|此～警世名言也。❷〈文〉连词。表示时间或事理上的顺承，相当于"于是"：翻越长岭，～稍事休整|～知大寒岁，农者尤苦辛。❸〈文〉副词。表示由于某种前提或原因，出现了相应的情况，相当于"才"：求之弥久，今～幸而得之|平日不自检点，～至今日之挫折。❹〈文〉代词。你；你的：～兄|～父|王师北定中原日，家祭无忘告～翁。
　　"迺"另见 nǎi(475 页)。

芿　nǎi　见 réng "芿"(578 页)。

奶　nǎi　[*妳、△*嬭、姟]　nǎi　❶乳房：～头。❷乳汁：牛～|酸～|喝～。❸用自己的乳汁喂孩子：～妈|～孩子|他是由婶婶给～大的。❹指婴幼儿时期的：～牙|～名(小名)。❺【奶奶】1. 祖母。2. 对老年妇女的尊称：邻居老～。
　　"妳"另见 nǐ "你"(483 页)；"嬭"另见 nǎi(475 页)。

氝　nǎi　气体元素。符号 Ne。

疒　nǎi　〈文〉病。

鹵　nǎi　见 réng "鹵"(578 页)。

廼　nǎi　❶用于地名：～子街村(在吉林永吉)。❷姓。
　　另见 nǎi "乃"(475 页)。

俫　nǎi　〈方〉代词。你。

釢　nǎi　❶金属元素"钕(nǚ)"的旧称。❷化学元素"镎(ná)"的旧称。

嫺　nǎi　〈文〉母亲。
　　另见 nǎi "奶"(475 页)。

nài（ㄋㄞˋ）

奈 □ nài ❶〈文〉如何;怎样:无～(不能怎么办;没有办法)|怎～(无奈)。❷【奈何】1.〈文〉对付;处置(多用于否定式):～不得|无可～|威吓～不了他。2.〈文〉代词。用反问的方式表示没有办法,相当于"怎么":民不畏死,～以死惧之? ❸〈文〉处置;对付:唯无形者可无～也。

佴 □ nài 见 èr "佴"(165 页)。

奈 nài 古书上指类似花红(也叫"沙果")的果树,也指这种树的果实。

耐 □ ⊖ nài 承受得起;经受得住:～久|忍～|俗不可～|罗衾不～五更寒。
⊜ néng 〈文〉通"能(néng)"。能够:人不～无乐(yuè)。

耏 □ ⊖ nài 古代的一种刑罚。剃除颊须:刑有髡(kūn)、钳、刖、剌(yì)、小罪～。
⊜ ér ❶〈文〉本作"而"。颊须;胡须。❷〈文〉兽多毛;兽毛:毛～复生。❸【耏然】〈文〉胡须多的样子:梦见一人,～青面。❹古水名。在今山东。❺姓。

郲 □ nài 古地名。

能 □ nài 见 néng "能"(481 页)。

萘 □ nài 有机化合物。分子式 $C_{10}H_8$,片状晶体,有特殊气味。可用来制染料、树脂、溶剂等。

淶 nài【淶河桥】同"奈河桥"。佛教传说恶人死后灵魂走过的桥。

漆 nài ❶〈文〉波浪起伏的样子。❷〈文〉流水声。

㮈 nài 〈文〉同"柰"。一种类似沙果的果树,也指这种树的果实。

鼐 nài 〈文〉大鼎(古代烹饪器):鼎～(烹饪器具,比喻宰辅的权位)。

齀 nài【埃齀】〈文〉浓云密布、日无光的样子:风云～。

襶 nài【襶䙥(dài)】1.〈文〉一种遮太阳的笠帽。用竹片做胎,蒙上布帛。2.〈文〉不懂事;无能:～子。3.〈文〉衣服厚重臃肿或宽大不合身:春衣～。

鎄 ⊖ nài 化学元素"锿(ná)"的旧称。
⊜ nà 同"捺"。汉字从上向右斜下的笔形。

蟹[熊、羆] nài 〈文〉小虮虫。

nān（ㄋㄢ）

囝 nān 见 jiǎn "囝"(303 页)。

因 □ nān 〈方〉小孩儿:小～|～～(对小孩儿的亲昵称呼)。

圞 nān 同"囝"。指某些幼小的动物。用于古白话:牛～。

nán（ㄋㄢˊ）

揯 nán 〈文〉兼持两物。

男 □[劥] nán ❶男性(跟"女"相对):～子|～声|～婚女嫁|～女衣着,悉如外人。❷儿子:长(zhǎng)～|生～育女|太仓公无～,有女五人。❸古代贵族五等爵位(公、侯、伯、子、男)的第五等:～爵。

南 □ ⊖ nán ❶四个主要方向之一,早晨面向太阳时右手的一边(跟"北"相对):～方|～来北往|～面君国(南面:面向南)。❷南部地区,在我国指长江流域及其以南的地区:～式|～货|～味。❸姓。❹【南宫】复姓。
⊜ nā【南无(mó)】佛教用语。意为归命、敬礼,表示对佛的恭敬和皈依:～阿(ē)弥陀佛。[梵 namas]

萳 nán【萳(yí)萳】〈文〉草名。即萱草。

畘 nán 古代地积单位。十亩为一畘。

难(難) □ ⊖ nán ❶做起来费事(跟"易"相对):～题|艰～|说时容易做时～|是故以天下与人易,为天下得人～。❷使感到困难:这事可把我～住了。❸表示效果不好:～看|～闻|～听。

㊀ nàn ❶不幸的遭遇：～民|灾～|大～临头|坚甲利兵以备～。❷质问：责～|非～|刁～。❸〈文〉反驳：(赵括)尝与其父言兵事，奢不能～(奢：赵奢，赵括的父亲)。

㊁ nuó ❶〈文〉茂盛的样子：其叶有～。❷古代驱除疫鬼的仪式。后作"傩"。

詽 nán 【詽詽】同"喃喃"。模拟连续不断的低语声。

萳 nán 草名：吃～草花中毒。

喃 nán 【喃喃】模拟连续不断的低语声：～自语。

萳 nán 【葱萳】药草名。藜芦的别称。也作"葱苒"。

楠 [*柟、△*枏] nán 楠木，常绿乔木。木材坚硬，是建筑、造船和制作家具的上等材料。
"枏"另见 rán (573 页)。

喃 nán 古国名。

勷 nán 清代三合会旗号专用字。

讍 nán 〈文〉同"喃"。模拟连续不断的低语声：其语～～。

鰑 nán 〈方〉鰑鱼，即大鳞白鲢，分布于海南南渡江。

鶪 [鸍、鶪] nán 〈文〉鸟名。又作"鸍"。

nǎn （ㄋㄢˇ）

赧 [赧] nǎn ❶〈文〉因羞愧而脸红：～颜|羞～|～然一笑。❷〈文〉忧惧。

暔 nǎn 〈文〉温湿。

揢 nǎn 〈文〉握;持。

赦 ㊀ nǎn 〈文〉同"赧"。因羞愧而脸红：惭～。
㊁ niǎn 【寋(chǎn)赦】〈文〉笛声舒缓的样子。

湳 nán ❶古水名。发源于今内蒙古，流入黄河。❷古代羌族部落名。

腍 nán 〈文〉肉羹。

腩 nán ❶【牛腩】牛肚子上松软的肉，也指用这种肉做成的菜肴。❷【鱼腩】鱼肚子上松软的肉，也用来比喻懦弱无能的人或集体：～粥|这支足球队非～。

愗 nǎn 〈文〉同"赧"。因羞愧而脸红：亏～。

蝻 nǎn 蝗虫的幼虫。

戁 nǎn ❶〈文〉恭敬。❷〈文〉恐惧：不～不竦。❸〈文〉摇动。

nàn （ㄋㄢˋ）

妠 nàn 见 nà "妠"(474 页)。

难 nàn 见 nán "难"(476 页)。

腩 nàn 【腩膻(tán)】〈文〉肥的样子。

婻 nàn ❶〈文〉容貌美丽。❷〈文〉微胖。

矗 nàn 【安矗】〈文〉温和;温存。

nāng （ㄋㄤ）

囊 nāng 见 náng "囊"(478 页)。

儾 nāng 见 nàng "儾"(478 页)。

曩 nāng 【曩曩(nang)】低声而不清楚地说话：要说就大点儿声，别坐在下面～。

náng （ㄋㄤ）

氼 náng 〈方〉弯曲的流水。

饢 náng 一种烤制的面饼。也作"馕"。

N

聤 náng 〈文〉耳鸣:听雷者～。

囊 ㊀ náng ❶口袋:锦～|香～|探取物|～空如洗。❷像袋子的东西:毛～|胆～|肾～。❸用袋子装:～括(全部包罗)|～萤映雪|策蹇驴,～图书(蹇:jiǎn,跛脚)。

㊁ nāng 【囊膪(chuài)】猪的胸腹部肥而松软的肉。旧也作"囊揣"。

髸 náng 〈文〉头发散乱的样子。

蠰 ㊀ náng 【蟷(dāng)蠰】〈文〉螳螂。
㊁ shàng 昆虫名。是桑树的蛀虫。也叫"啮桑"。
㊂ rǎng 【蠰豨(xī)】古书上指灰蚱蜢。

饢 náng 见 nǎng "饢"(478页)。

欀 náng 〈文〉盛物的器具:壶～。

臃 náng 【臃巴】懦弱无能。用于古白话:像你这样～。

nǎng (ㄋㄤˇ)

擃 nǎng 刺;撞:把脊梁骨～作两段。

曩 nǎng 〈文〉从前;以往;过去:～日|～昔|～与吾祖居者,今其室十无一焉。

攮 nǎng ❶(用刀)刺:一刀～在肚子上。❷【攮子(zi)】短的尖刀。

饢 (饢) ㊀ nǎng 〈方〉拼命地往嘴里塞食物。
㊁ náng 一种烤制的面饼,是维吾尔、哈萨克、柯尔克孜等族人的主食。

nàng (ㄋㄤˋ)

儾 ㊀ nàng ❶宽缓。用于古白话:看我面上再～他一～。❷同"齉"。鼻子不通气:(鼻子)捏～了。
㊁ nāng 软弱;窝囊。用于古白话:～软|～懦。

齉 nàng 鼻塞不通;发音不清:～鼻|鼻子发～。

náo (ㄋㄠ)

孬 nāo ❶〈方〉坏;不好:～地|～主意|他不挑食,好的～的都行。❷〈方〉怯懦;没有勇气:～种(软弱无能的人)。

náo (ㄋㄠˊ)

呶 ㊀ náo ❶〈文〉喧哗;叫嚷:喧～|～～不休(形容说话唠唠叨叨,无休无止)。❷叹词。表示提醒:～,都在这里了,你收好。
㊁ nǔ 凸出:～着嘴。用同"努"。

恼 náo ❶〈文〉喧闹;吵嚷:～～。❷〈文〉心乱:日暮失嗣内心孔～(孔:很)。

挠 (撓) náo ❶(用手指)轻轻地抓:～头|～痒痒|抓耳～腮。❷搅扰;阻止:阻～|～乱我同盟,倾覆我国家。❸通"桡(náo)"。弯曲,比喻屈服:不屈不～|百折不～。

硇 náo 同"硇"。硇砂,一种矿物。

桡 (橈) ㊀ náo ❶〈文〉弯曲;使弯曲:～木为耒(耒:古代一种农具)|钩不伸,竿不～(伸:伸直)。❷〈文〉屈服:持义而不～(持义:坚持正义)。
㊁ ráo ❶〈文〉船桨。❷〈文〉借指船:片片流云送画～。❸【桡骨】〈文〉人体前臂靠近大指一侧的骨头。

硇 náo 同"硇"。硇砂,矿物。天然产的氯化铵。

猱 [嶩] náo 古山名。在今山东淄博。

硇 náo ❶【硇砂】矿物。天然产的氯化铵。可用来制干电池、焊接金属,也可入药。❷【硇洲】岛名。在广东。

硇 náo 硇洲,今作"硇洲"。岛名。在广东。

铙 (鐃) náo 古代军中的打击乐器。用青铜制成,形状像铃,无舌,有柄。用槌敲击发声。战场上用以退军:鸣～且退。

蛲 (蟯) náo 【蛲虫】寄生虫。长约1厘米,白色。寄生在人的小肠

末端和大肠里，雌虫常爬出肛门产卵。

猱 □ náo 古书上说的一种猴，善于攀登。

訬 ⊖ náo〈文〉同"呶"。喧哗。
⊜ ná【譇(zhā)訬】〈文〉说的话不好懂。

碙 ⊖ náo 同"硇"。硇砂，矿物。天然产的氯化铵。
⊜ gāng〈文〉山冈；石岩：～崩崖溺。

蝚 náo 见 róu"蝚"(581 页)。

懊 náo【懊(ào)懊】1.〈文〉悔恨。2.〈文〉烦恼：～烦躁。

獿 ⊖ náo ❶〈文〉同"猱"。猿猴的一种：太行之～。❷獿人，古代善于涂刷墙壁的人。
⊜ rǎo〈文〉通"扰(擾)"。惊扰。

夒 náo 猿猴的一种。后作"猱"。

譊 náo ❶〈文〉吵闹：喧～。❷【譊譊】〈文〉模拟争辩或吵闹的声音：宁默默，勿～。❸〈文〉挑逗：怒而～之。

嶩 náo 同"猫"。用于人名。元代有书法家嶩嶩，字子山。

獶 ⊖ náo〈文〉同"獿"。猿猴的一种。
⊜ náo【獶獿(xiāo)】〈文〉犬因受惊而狂叫。

瓔 náo〈文〉玉名。

鵃 náo【鵃(zhāo)鵃】〈文〉黄鸟。

嶩 ⊖ náo 同"猫"。古山名。
⊜ kuí 用于人名。唐代有李昌嶩。

nǎo（ㄋㄠˇ）

垴 □ nǎo〈方〉小山岗。多用于地名：南～(在山西昔阳)。

恼（惱）[㛴、㥬、悩、𢚣、嫐] nǎo ❶愤怒；生气：～火｜羞成怒｜他脾气好，说他两句也不～。❷烦闷，苦闷：烦～｜苦～｜懊～。❸〈文〉惹；撩拨：春色～人眠不得，月移花影上栏干。

脑（腦）[𦚟、𦜼、𦝣、𦙾、腦、𦛗、腄] nǎo ❶人和脊椎动物中枢神经系统的主要部分，位于颅腔内。❷人的头部：摇头晃～｜头昏～涨。❸思考、记忆等能力：不光动手，还要动～。❹从物体中提炼出的精华部分：樟～｜薄荷～。

垴 nǎo〈方〉同"垴"。小山岗。

腛 nǎo〈文〉同"脑"。脑子。

瑙 [碯] nǎo【玛(mǎ)瑙】一种玉石。颜色多样，有光泽，硬度大，可做仪表轴承、研钵和装饰品等。

眺 nǎo【猒(ǎo)眺】〈文〉成长的样子；正在成长的东西：先王之法，不掩群而取～(不尽取兽群，不猎捕正在生长的禽兽)。

嫐 nǎo〈文〉戏弄。

獿 nǎo 见 xiāo"獿"(738 页)。

貃 [貚、貚] nǎo〈文〉兽名。雌貉。

獶 nǎo 见 náo"獶"(479 页)。

nào（ㄋㄠˋ）

闹（鬧）[*閙] nào ❶声音大而杂乱；不安静：～市｜喧～｜夜半眠未觉，鼓笛～嘈嘈。❷吵嚷；争吵：吵～｜又哭又～。❸搅扰；使不安宁：～事｜～公堂｜孙悟空大～天宫。❹发泄(愤怒或不满的感情)：～脾气｜～情绪。❺发生(疾病、灾害或其他不好的事)：～病｜～灾｜～了个笑话。❻开玩笑；戏耍：～洞房｜～着玩儿｜打打～～。❼从事某种活动；弄；搞：～罢工｜把事情～清楚再下结论。❽〈文〉繁盛：红杏枝头春意～。

淖 ⊖ nào ❶〈文〉烂泥；泥沼：泥～｜有～于前。❷〈文〉道路泥泞：泞～｜天雨～，不驾驷马车而骑至庙下。❸【淖尔】湖

泊(多用于湖泊名);达里～(在内蒙古,即达里泊)|库库～(在青海,即青海湖)|罗布～(在新疆,即罗布泊)。也作"诺尔"。❹〈文〉柔和:夫水,～弱以清。

㊁ chuò【淖约】〈文〉柔弱;柔美:～若处子(处子:未婚少女)。

臑 ㊀ nào ❶〈文〉牲畜的前肢。❷中医指自肩至肘前侧靠近腋部的隆起的肌肉。

㊁ ér 〈文〉通"腝(ér)"。煮熟:满案～鳖。

鬞 nào 【鬞腮】〈方〉胡须多。

né (ㄋㄜˊ)

哪 né 见 nǎ "哪"(473页)。

nè (ㄋㄜˋ)

疒 ㊀ nè ❶〈文〉疾病:～雁于忧。❷〈文〉手足麻痹。

㊁ jí 〈文〉疾速:～回守城。通作"疾(jí)"。

讷 (訥) nè 〈文〉说话迟钝;不善言谈:口～|木～|～于言而敏于行|大巧若拙,大辩若～。

抐 ㊀ nè ❶〈文〉按物于水中。❷纳入:将耳前的头发～到耳后去。

㊁ nì【挹(yì)抐】〈文〉曲调合于宫商。

呐 nè 见 nà "呐"(474页)。

肉 nè 〈文〉同"讷"。说话迟钝。

眲 nè 〈文〉轻视:衣冠不检,莫不～之。

耔 nè 〈文〉谷物脱粒后剩下的秸秆:谷～。

耔 nè ❶〈文〉樋谷具。❷〈文〉通"耔(nè)"。谷物脱粒后剩下的秸秆。

鬞 nè 〈方〉小孩食欲不振,饮食少:小儿懒～,不乐于食也。

ne (·ㄋㄜ)

呢 ne 见 ní "呢"(482页)。

néi (ㄋㄟˊ)

㜝 néi ❶〈文〉用巾擦拭漆过的地面。❷〈文〉粉刷;涂饰:垩～壁饰(垩:è,用白土涂抹)。

něi (ㄋㄟˇ)

哪 něi 见 nǎ "哪"(473页)。

餒 (餒) něi ❶〈文〉饥饿:冻～。❷丧失勇气:气～|自～|胜不骄,败不～。❸〈文〉(鱼)腐烂:鱼～而肉败,不食。

腇 něi 【脮(wěi)腇】〈文〉舒缓的样子。

餧 něi ❶〈文〉同"餒"。饥饿:穷困冻～。❷〈文〉同"餒"。(鱼)腐烂:(鱼)遂～于门侧。

另见 wèi "喂"(700页)。

鰝 [鰝] něi ❶〈文〉(鱼)腐烂:鱼～腥闻。❷〈文〉腐烂:腐～。

nèi (ㄋㄟˋ)

内 ㊀ nèi ❶里面;一定范围里(跟"外"相对):～衣|国～|四海之～皆兄弟也。❷妻子或妻子一方的亲属:～人|～弟|惧～。❸内脏或体内:～伤|～功|五～(五脏,中医指心、肝、脾、肺、肾)。❹内心:～疚|色厉～荏(外表强硬,内心虚弱)|见不贤而～自省也。❺皇宫:大～|～侍。❻〈文〉亲近:～君子而外小人。

㊁ nà ❶〈文〉接纳:却客而不～。❷〈文〉交纳:百姓～粟千石,拜爵一级(拜:授)。

那 nèi 见 nà "那"(474页)。

氖 nèi　化学元素"氛(nǎi)"的旧称。

鑲 ㊀ nèi　〈文〉歪侧。
㊁ zhuì　〈文〉器物名。

nèn（ㄋㄣˋ）

恁 □ ㊀ nèn　❶〈方〉代词。相当于"那、这"：～时,你还不懂事。❷〈方〉代词。相当于"那么、这么、这样"：这花咋开得～好看呢？｜这小伙子～不听劝,没办法。
㊁ nín　同"您"。"你"的尊称。用于古白话：～与我助威风,擂几声鼓。

媆 □ nèn　见 ruǎn "媆"(584 页)。

腝 nèn　见 ér "腝"(164 页)。

嫩 [*嫩] nèn　❶初生而柔弱(跟"老"相对,❸❺同)：～芽｜娇～｜萝短未中揽,葛～不任牵。❷〈文〉轻、微：小雨轻霜作～寒。❸(颜色)淡;浅：～绿｜～黄。❹幼稚;不老练：他很负责,就是处理问题还～点儿。❺指某些菜肴烹调时间短,熟而易嚼：肉片炒～点儿。

néng（ㄋㄥˊ）

耐 □ néng　见 nài "耐"(476 页)。

竜 néng　见 lóng "竜"(421 页)。

能 □ [骿] ㊀ néng　❶本领;才干：～力｜才～｜各尽所～｜(庞涓)自以为～不及孙膑。❷有本领、有才干的;有本领、有才干的人：～人｜～者多劳｜尊贤使～,俊杰在位。❸用在其他动词前,表示有能力或善于做某事：～说会道｜我～按时完成任务｜寡人已知将军～用兵矣。❹表示有某种用途;可以：橘子皮～入药｜莴笋叶子也～吃。❺表示有可能：只要下功夫,就～学会｜天地所以～长久者,以其不自生,故～长生。❻表示情理上或环境上许可;应该：遇事不～光考虑个人｜公共场所不～吸烟。❼物理学上指能量,即物质做功的能力：动～｜热～｜核～。

㊁ nài　〈文〉通"耐(nài)"。受得住：土地寒苦,汉马不～冬。

踂 néng　【踂踂】〈方〉站立不稳而身体摇晃：打～。

ńg（ㄫˊ）

唔 □ ńg　见 wú "唔"(709 页)。

嗯 □ ㊀ ńg　又读 ń　叹词。表示疑问：～,真的？｜她说得对吗？～？
㊁ ňg　又读 ň　叹词。表示出乎意料或不以为然：～,这怎么可能呢！｜～,是这样吗？
㊂ ǹg　又读 ǹ　叹词。表示答应：～,就这样！｜～,～,没问题。

ňg（ㄫˇ）

叽 □ ňg　同"嗯"。表示不以为然。用于古白话。

呭 ㊀ ňg　叹词。表示疑问、应答声等：～,怎么搞的？｜～,就这么办吧。
㊁ ň　〈方〉你。

嗯 □ ňg　见 ńg "嗯"(481 页)。

ǹg（ㄫˋ）

嗯 □ ǹg　见 ńg "嗯"(481 页)。

　　　nī（ㄋㄧ）

妮 □ nī　〈方〉女孩子：～子｜小～儿。

ní（ㄋㄧˊ）

尼 □ ㊀ ní　❶佛教指出家的女子;尼姑：老～｜僧～｜削发为～。❷姓。
㊁ nì　〈文〉阻止：御史自造谤诗,以～其来。

屔 ní　〈文〉同"尼"。用于"仲屔"(孔子的字)。

伲 ⊖ ní 姓。
⊜ nì 〈方〉代词。我,我们。

坭 ní ❶〈方〉同"泥"。土和水混合成的东西,半固体状:～团塑像。❷用于地名:～洞(在广西西林)|白～(在广东三水)|白～圩(在广东花都)。

抳 ní 见 nǐ "抳"(483 页)。

呢 ⊖ ní 呢子,一种厚而密的毛织品:～绒|花～|厚～大衣。
⊜ ne ❶助词。用在疑问句后,有深究的意味。1. 特指问:你想要什么～? |他到底找谁～? 2. 选择问:去上海～,还是去北京～? |那么你知道不知道～? ❷助词。用在反问句后,加强疑问:这怎么可能～? |这有什么可夸耀的～? ❸助词。用在陈述句后,带有夸张的语气:票多着～,别急|这才是真功夫～|早～,还有半年～。❹助词。用在句中,表示停顿:小张～,从来不喝酒|你要不信,我可以陪你去看。

兒 ní ❶同"郳"。周代诸侯国名。❷姓。
另见 ér "儿"(163 页)。

泥 ⊖ ní ❶土和水混合成的东西,半固体状:污～|～石流|蹭了一身～。❷像泥的东西:印～|枣～|土豆～。❸姓。
⊜ nì ❶用泥、灰等涂抹墙壁或器物,使严实:～炉子|王以赤石脂～壁(赤石脂:一种风化的红色陶土)。❷固执;呆板:拘～|执～|～古不化。

怩 ní 【忸(niǔ)怩】形容不大方或不好意思的样子:～作态|叫你唱就唱一个,别忸忸怩怩的。

軏 ní 同"輗"。大车车辕前端与横木衔接处穿孔中的插销。

秜 ní 同"呢"。呢子,一种厚而密的毛织品:～毯。

铌(鈮) ní 金属元素。符号 Nb。

秜 ní 〈文〉稻粒在田里落下而来年自生。

呢 ní 〈文〉四周高中间低,可以蓄水的山丘。

郳 ní ❶周代诸侯国名。故地在今山东滕州东南。❷姓。

倪 ní ❶〈文〉小孩:垂髫(tiáo)之～,皆知礼让。❷〈文〉边际;分际:端～(头绪)|天地之无～,阴阳之无穷。❸姓。

蚭 【蚭(nǔ)蚭】〈文〉虫名。即蚰蜒。

狻 [貌] ní 【狻(suān)狻】古书上指狮子。

浞 ní 〈文〉边际;分际:端～。

堲 ní 见 bàn "堲"(18 页)。

婗 ⊖ ní ❶〈文〉婴儿。❷〈文〉婴儿啼哭声。
⊜ nǐ 【嫛(tí)婗】1.〈文〉妩媚。2.〈文〉迟疑不决。

翳 ní 〈文〉同"霓"。虹的一种。

輗 ní 〈文〉同"柅"。塞在车轮下制动的木块;止住:解骖～朱轮(骖:cān,车前两侧的马)。

輗(輗) ⊖ ní 古代大车车辕前端与横木衔接处穿孔中的插销:大车无～。
⊜ yì 【輧(pì)輗】〈文〉支撑车盖的木杠。

跜 ní 【躨(kuí)跜】〈文〉兽类盘屈活动的样子。

蚊 【蚊(bǐ)蚊】1.〈文〉捣毁。2.〈文〉打击发出的声音。

貌 ní 〈文〉兽名。毛皮可制裘。

腏 ní 见 ér "腏"(164 页)。

裞 ní 〈文〉衣襟的装饰。

蜺 ní 〈文〉寒蝉(蝉的一种)。
另见 ní "霓"(482 页)。

舼 ní 〈文〉角弯曲不正。

霓 [△*蜺] ní 雨后天空中有时跟虹同时出现的彩色圆弧。颜色比较淡,内红外紫:民望之,若大旱之望云～也。也叫"副虹"。
"蜺"另见 ní(482 页)。

齯(齯) ní ❶〈文〉老人牙齿落尽后再生:眉龙齿～(龙:méng,杂乱

蓬松的样子)。❷〈文〉指长寿的人或老年人:～童相庆。

鲵(鯢) ní 大鲵、小鲵等的统称,两栖动物。生活在山溪中。大鲵长1米多,叫声像婴儿啼哭,俗称"娃娃鱼"。

鯢 ní【鯢鰍(qiū)】〈文〉即泥鳅。

麑 ní ❶〈文〉小鹿:～裘(用幼鹿皮制成的衣服)。❷【狻麑】同"狻猊"。狮子。

麛[膍] ní 〈文〉带骨的肉酱;肉酱:鹿～|肉～|～醢。

nǐ (ㄋㄧˇ)

拟(擬)[❸❹△*儗] nǐ ❶打算;准备:～于下周考试|～乘飞机前往|闻说双溪春尚好,也～泛轻舟。❷起草;设计:～稿|草～|订方案。❸相比较;比～|～于人君|管仲富～于公室。❹模仿;仿照:～古|～声|衡乃～班固《两都》,作《二京赋》(衡:张衡)。

"儗"另见 nǐ(483页)。

你[*妳、伱、儞] nǐ ❶代词。指代谈话的对方:～找谁呀?|请～等一会儿|共～论相杀事,何须作书语邪?❷代词。工厂、学校、机关等相互间称对方,后面的名词限单音节(只用于书面,口语用"你们"):～厂|～校可选派两支代表队。❸代词。泛指任何人,有时实际指说话人自己:这个人不爱说话,～问他十句,他才回一～句。❹代词。表示不定指(跟"我"或"他"对举):～一句,我一句,讨论得十分热烈|分～一把,分他一把,一会儿就分完了。

"妳"另见 nǎi "奶"(475页)。

扭 ⊖ nǐ 〈文〉遏止;制止:～众人之奸诡。⊜ nǐ 〈文〉研磨:(豉汁)勿以杓(sháo)～,～则羹浊。

苨 nǐ【薢(dǐ)苨】中药上指杏叶沙参。也叫"甜桔梗"。

狔 nǐ【猗(yǐ)狔】同"旖旎"。1.〈文〉旌旗随风飘动的样子:～从风。2.〈文〉轻柔美好:音调～,情文宛转。

柅 nǐ(又读 ní)❶〈文〉树木名。果实像梨。❷〈文〉塞在车轮下用来制动使其

停止的木块:制动也有～。❸〈文〉络丝的工具。❹〈文〉遏止;停止:～杜(遏止;杜绝)。

昵 nǐ 见 nì "昵"(484页)。

祢 nǐ 见 mí "祢"(454页)。

捉 nǐ 见 yì "捉"(803页)。

旎 nǐ【旖(yǐ)旎】1.〈文〉旌旗随风飘动的样子。2.〈文〉轻柔美好:风光～。

婗 nǐ 见 ní "婗"(482页)。

桅 ⊖ nǐ 〈文〉通"拟(nǐ)"。比拟:～拟(模拟;比拟)。⊜ niè【桅陧(wù)桅】〈文〉同"杌陧"。(局势、心情等)不安定。

睨 ní 〈文〉太阳西斜:日西～。

耆 ⊖ nǐ 〈文〉盛多的样子。⊜ yì 〈文〉众多的样子;聚集的样子:戢(jí)～(众多的样子;汇集)。⊜ nì 〈文〉聚集的样子:～合(聚集;汇集)。

僭 ⊖ nǐ 〈文〉僭越;超越本分:诸侯王僭～。⊜ yí 〈文〉同"疑"。疑惑。⊜ ài【儓(tài)儗】〈文〉痴呆。⒁ yì【佁(chì)儗】1.〈文〉停滞不前。2.〈文〉犹豫不果断。
另见 nǐ "拟"(483页)。

蘱 nǐ【蘱蘱】〈文〉茂盛的样子:黍稷～。

黐 ⊖ nǐ 〈方〉性疲缓。⊜ chī 树脂。树木分泌的汁液,有黏性。

灡 nǐ 见 mǐ "灡"(456页)。

欐 nǐ 古代络丝的工具。俗称"络子"。

儽 nǐ 同"你"。用于古白话。

罶 ⊖ nǐ 助词。相当于"呢、哩"。用于古白话:远(禅师)拈公案曰:"好～!"⊜ jiàn 〈文〉鬼死称罶(迷信的说法):鬼

之畏～,犹人之畏鬼也。

禰 ní ❶〈文〉同"祢"(禰)。奉祀亡父的宗庙。❷〈文〉同"祢"(禰)。父亲死去,神主入庙后称"祢"。

䘦 ní 见 niè"䘦"(489页)。

襯 ㊀ ní 〈文〉同"祢"。奉祀亡父的宗庙;亲庙。
㊁ xiǎn 〈文〉同"狝"。秋天打猎。

鬤 ní 〈文〉形容头发的样子。

闑 ní 〈文〉智慧少力量小。

nì (ㄋㄧ)

尼 □ nì 见 ní"尼"(481页)。

伱 ní ❶〈文〉沉溺,沉没:～水。后写作"溺"。❷姓。

屰 nì 〈文〉同"逆"。不顺。后写作"逆"。

抳 nì 见 nè"抳"(480页)。

伲 □ nì 见 ní"伲"(482页)。

泞 □ nì 见 nìng"泞"(491页)。

泥 □ nì 见 ní"泥"(482页)。

昵 □ [㊀❶△*暱] ㊀ nì ❶亲近;亲热:～称|～爱|亲～。❷〈文〉近:～道(近路)。❸〈文〉沉溺;贪恋:～于安逸。
㊁ nì 〈文〉通"祢(nǐ)"。奉祀亡父的宗庙:典祀无丰于～。
㊂ zhì 〈文〉黏;胶合:疏而不～。
"暱"另见 nì(485页)。

胒 nì ❶〈文〉杂骨肉酱。❷〈文〉肥;脂肪多:油～。

迡 nì ❶〈文〉同"逆"。方向相反:～顺。❷〈文〉同"逆"。不顺利:人生几～旅。

逆 □ nì ❶〈文〉迎接:～旅(旅舍)|目～而送之(目:目光)。❷方向相反(跟"顺"相对):～风|～流而上|当尧之时,水～行,泛滥于中国。❸抵触;不顺从:～反|忤～不孝|忠言～耳|政之所废在～民心。❹不顺利:～境。❺背叛;叛乱:叛～|～臣|～贼。❻背叛者:～产。❼预先;事先:～料|不可～知|凡事如是,难可～见。

匿 □ nì 隐藏;躲避:隐～|～名信|销声匿迹|禽兽逃～。

昵 nì 〈文〉同"昵"。亲热;亲近:教皇帝少见儒臣,多～女色。

阢 □ nì【埤(pì)阢】〈文〉同"埤堄"。城墙上呈凹凸形有孔的矮墙。

埤 nì【埤(pì)堄】〈文〉城墙上呈凹凸形有孔的矮墙。也叫"女墙"。也作"埤阢"。

塈 nì 见 bàn"塈"(18页)。

怒[态] nì ❶〈文〉忧伤:～焉如捣。❷〈文〉失意的样子。❸〈文〉痛哭失声。

嗯 nì【呕嗯】因气不顺而产生呕吐的感觉。用于古白话:～累日。

誽 nì ❶央求;软缠。用于古白话:情思～人何处去。❷〈文〉拘泥:意远而不～。

睨 □ [覞] nì 〈文〉斜着眼睛看:～视|睥(pì)～|相如持其璧～柱,欲以击柱。

膩 □(腻)[肑] nì ❶食物中油脂过多:油～|肥者～。❷食物油脂过多,使人不想吃:肥肉～人。❸因过多而厌烦:～烦|老那么几句话,都听～了。❹光润;细致:细～|滑～。❺〈文〉污垢:尘～|垢～|见爷背面啼,垢～脚不袜。

溺 □ ㊀ nì ❶淹没在水中:～死|～水|嫂～不援,是豺狼也。❷沉迷不悟;无节制:～爱|沉～|～于酒色|智勇多困于所～。
㊁ niào 〈文〉同"尿"。小便:～(zhòng)热,故～赤也。

懫 nì 〈文〉惭愧的样子。

惄 nì 〈文〉同"怒"。忧伤:久～兮忧忡忡(忡:chōng,心动不安的样子)。

嚞 nì 见 nǐ"嚞"(483页)。

嬺 nì 〈文〉同 nǐ"昵"。亲近;亲热:～称。

橣 nì【橣木】即八角枫,落叶灌木或小乔木。根、茎、叶可以入药。

暱 nì ❶〈文〉私:～嫌(私怨)。❷〈文〉病;祸害。
另见 nì"昵"(484页)。

暱 nì 〈文〉同"昵"。亲近;亲热:喜～|～爱。

詉 ㊀ nì 〈文〉窥伺;(用话语)刺探。
㊁ ná 〈文〉言不正。

繸 nì 古代佩玉的丝带。

蝺[蝺] nì 中医指虫咬的病:阴～|(主治)心腹～痛。

貎[貎] nì ❶〈文〉黏。❷〈文〉亲近:相～甚欢。

誽 nì【誽誽(pí)】〈文〉城上锯齿形的矮墙。

濔 nì【濔(jí)濔】1.〈文〉泉水涌出的样子。2.〈文〉水涌出的声音。

嶷 nì 见 yí"嶷"(797页)。

鯦 nì 鱼名。即逆鱼。喜群集逆水而游,故名。

---

niā (ㄋㄧㄚ)

噓 niā 〈方〉助词。用在句末,表示陈述或命令的语气:他是拐子,想要拐我马的～。

---

niǎ (ㄋㄧㄚˇ)

撶 niǎ 〈方〉讨好;巴结。

---

niān (ㄋㄧㄢ)

挐 niān ❶用手指夹或捏取(东西):～阄儿|信手～来|从果盘里～出两颗话梅。❷〈文〉拿;持:卸却朝衣,笑～拄杖,日在花阴竹径间。

蔫 niān ❶植物因失去水分而萎缩:～菱|枯～|新鲜蔬菜放了两天,叶子都～

能不～? ❷精神不振:～头耷脑|连着几天没睡,他整个人都～了。

稔 nián【积稔】不爽直;不痛快。用于古白话:你这么个爽快人,怎么又这样～起来?

---

nián (ㄋㄧㄢˊ)

年[＊秊] nián ❶时间单位。公历以地球绕太阳一周为一年,平年365日,闰年366日;农历平年以354或355日为一年,闰年以384或385日为一年:～终|今～|一～四季。❷岁数:～龄|忘～交|益寿延～。❸人的一生按岁数分成的阶段:老～|青～|终军以妙～使越(终军:人名)。❹时期;时代:近～|唐朝初～。❺一年一次的;每年的:～历|～鉴|～会。❻年节;有关年节的:～画|～货|过～。❼收成:～景|丰～|人寿～丰|～饥,用不足。❽科举考试同榜考中的:～兄|～谊。❾姓。

郹 nián 古地名。在今陕西。

乗 nián 〈文〉同"年"。唐朝武则天造的字。

姩 nián 女子人名用字。

秥 nián 〈文〉稻名。即糯稻。米粒有黏性。

粘 nián 见 zhān"粘"(859页)。

埝 nián 〈文〉同"年"。唐朝武则天造的字。

鮎 ㊀ nián 〈文〉拜见后请吃麦粥。
㊁ tiǎn 〈文〉取;诱取:士未可以言而言,是以言～之也(不可以同他谈论却去同他谈论,这是用言语来引诱他)。

鲇(鮎)[鯰] nián 鱼名。头扁平宽大,有须两对,尾圆而短。体表无鳞,多黏液,生活在淡水中。

濂 nián 见 lián"濂"(401页)。

黏 nián【青黏】〈文〉药草名。也叫"地节、黄芝"。

黏□ nián 像糨糊、胶水那样能把一种东西粘(zhān)在另一种东西上:～性|～米|泥|～雪滑,足力不堪。

鯰 nián 鱼名。

niǎn （ㄋㄧㄢˇ）

戁[戁] niǎn 〈文〉加工皮革使柔软。

涊 niǎn 〈文〉出汗的样子:～颜(羞愧)。

捻□ ㊀ niǎn ❶用手指搓或转动:～线|～麻绳|把油灯～亮一点儿。❷用纸、线等搓成的条状物:纸～儿|灯～儿|药～子。

　　㊁ niē 捏:恭坐～鼻顾眙。

報 niǎn ❶〈文〉碾压,特指用轮状物碾压:铁報～之。❷〈文〉轮状的碾压器具:铁～。

淰 ㊀ niǎn ❶〈文〉浊。❷〈文〉水不流动:～水。❸〈文〉用农具挖取水底的淤泥。

　　㊁ shěn ❶〈文〉鱼群惊散的样子。❷〈文〉跳跃:～跃。

辇 niǎn ❶古代用人力拉著走(辇)的车,秦汉以后专指帝王后妃乘坐的车:乘～|龙车凤～|老妇恃(shì)而行。❷古代轿子一类的代步工具,用人抬,不驾马:步～。

赧□ niǎn 见 nǎn“赧”(477 页)。

輾□ niǎn 见 zhǎn“輾”(860 页)。

撵□ (撵) niǎn ❶驱赶,使离开;赶走:～出家门|～走了围观看热闹的人。❷〈方〉追赶:人早跑远了,哪儿～得上? |狗～鸭子——呱呱叫。

撚 ㊀ niǎn ❶执;拿著。用于古白话:～一柄丈二长枪。❷同“捻”。揉搓;也指揉搓而成的卷儿:～个纸～。❸〈文〉通“蹍(niǎn)”。践踏:前后不相～。❹〈文〉弹琵琶的一种指法:轻拢慢～抹复挑。❺撵;驱逐:～他出门。

　　㊁ yān 【撚支】〈文〉同“燃支”。一种香草:采～于中洲。

碾□ [碾] niǎn ❶碾子,用来轧碎谷物或给谷物去皮的石制工具。主要由碾砣和碾盘组成。也泛指把东西轧碎或轧平的工具:石～|汽～|药～。❷轧碎或滚压:～米|～药|～场(在场上轧谷物)。❸打磨雕琢(玉石):～玉|这块玉上尖下圆,甚是不好,只好～一个南海观音。

嫸 niǎn 〈文〉志趣低下;贪婪。

灛 niǎn 【灵灛】一种布。

蹍 niǎn ㊀〈方〉踩;踩住并用力搓:这人啊,走路～不死个蚂蚁(指慢性子)。

　　㊁ zhǎn(旧读 niǎn)〈文〉踩;践踏:～市人之足|四蹄翩然不～地。

蹨 niǎn ❶〈方〉胡乱踩踏。❷〈方〉追赶:话是酒～的,兔是狗～的。

躃 niǎn 〈文〉阻止:为逻者所～(逻者:巡察的人)。

躃 niǎn 【点躃】〈文〉一种草书笔势:～旧无对,吟哦今与谁?

躃 niǎn 〈方〉同“撵”。追赶:手拿枪刀放马～。

niàn （ㄋㄧㄢˋ）

廿□ [廿] niàn 数目。二十:～岁|～四史|～三里镇(地名,在浙江义乌)。

沑 niàn 古水名。在今山西。

念□ [❹❺△*唸] niàn ❶惦记;常常想:～旧|思～|～～不忘。❷考虑:～其初犯,从轻处置|先生且休矣,吾将～之。❸心里的想法、打算:杂～|信～|一～之差|摅怀旧之蓄～,发思古之幽情(摅:同“抒”。抒发)。❹出声地读;诵读:～经|～报纸|～了几遍就会背(bèi)了。❺指上学:～过私塾|～完中学又～大学。❻“廿”(二十)的大写。
　　“唸”另见 diàn(136 页)。

埝□ niàn 用土筑成的防水小堤;田间挡水的土埂:土～|堤～。

唸 niàn 见 diàn“唸”(136 页)。

䉡 艌 殢

䉡 niàn 〈文〉拉船的竹索:竹篾～。

艌 niàn 〈文〉用麻絮油灰填塞船缝:～船。

殢 niàn 〈文〉草木黄萎或物不新鲜:甘露不降,百草～黄。

niáng （ㄋㄧㄤ）

娘[❶△*嬢] niáng ❶母亲。用于口语:～家|爹～|亲～。❷对长一辈或年长的已婚妇女的客气的称呼:婶～|师～|李大～。❸对妇女的通称:黄四～家花满蹊。❹特指年轻女子:渔～|娇～|伴～。

"嬢"另见 ráng(574 页)。

niàng （ㄋㄧㄤ）

酿(釀) niàng ❶酿造,利用发酵作用制造(酒、醋、酱油等):～制|得息钱十万,乃多～酒。❷逐渐形成:酝～|～成大祸。❸酒:佳～。❹蜜蜂做蜜:～蜜。❺烹饪方法。把肉馅儿等填入掏空的柿子椒、冬瓜等的里面,然后用油煎或者蒸。

糯 niàng 〈文〉杂米:茶则谷茶,饭则糯～。

醸 niàng ❶【醸菜(róu)】〈文〉香草名。即香薷(rú)。也叫"香菜"。❷【醸菹(zū)】〈文〉一种用麦曲加黍米淀粉酿制的腌菜。

niǎo （ㄋㄧㄠ）

鸟(鳥) ㊀ niǎo ❶脊椎动物的一纲。种类很多。体温恒定,卵生,全身有羽毛,前肢变成翅膀,一般会飞,后肢能行走:千山～飞绝,万径人踪灭。❷姓。

㊁ diǎo 同"屌"。男性生殖器的俗称(多见于旧小说、戏曲,用作骂人的话)。

茑(蔦) niǎo ❶古书上指槲(hú)寄生,桑寄生等植物。常绿小灌木,寄生在桑、榆等植物上。❷【茑萝】一年生草本植物。缠绕茎细长,花红色或白色。可供观赏。

袅(裊)[△*嫋、△*褭、*娜] niǎo ❶〈文〉缭绕:渔市孤烟～寒碧。❷【袅袅】1.烟气缭绕上升的样子:炊烟～。2.草木柔软细长的样子:垂柳～。3.女子体态轻盈柔美的样子:～婷婷|～素女。4.声音婉转悠扬不绝:余音～。5.微风吹拂的样子:秋风～。

"嫋"另见 niǎo(487 页);"褭"另见 niǎo(487 页)。

駃 niǎo 古代指沙地上行走时使用的一种交通工具:水用舟,沙用～。

嫋 niǎo 〈文〉纤弱的样子:姌(rǎn)～(柔弱)。

另见 niǎo "袅"(487 页)。

嬝 niǎo 【嬝嬝】摇曳的样子。用于古白话。

檞 ㊀ niǎo 同"茑"。树上的一种寄生植物。

㊁ mù ❶鸟名。一说是鸺鹠的别名。❷日本国宫舍门外悬榜用的木柱。

褭 niǎo 〈文〉用丝带系马。

另见 niǎo "袅"(487 页)。

鸐 niǎo ❶〈文〉戏弄:弟妹乘羊车,堂前走相～。❷〈文〉纠缠:穷则门庭冷落,无车尘马足之～。

嬢 niǎo 【嬢(yǎo)嬢】〈文〉纤细的样子:花枝～。

鷞 niǎo 同"鸟"。用于古白话:～笼。

niào （ㄋㄧㄠ）

尿 ㊀ niào ❶小便,人或动物由肾脏滤过,从尿道排出的液体:撒一泡～。❷排泄小便:～床|～了一地。

㊁ suī 义同"尿(niào)"。小便。多用于口语:～脬(一pāo,膀胱)|尿(niào)～。

脲 niào 尿素,有机化合物。分子式 $CO(NH_2)_2$,白色结晶,易溶于水,大量存在于人和哺乳动物的尿中。用作肥

料、饲料，也用来制造炸药、塑料等。

尿 niào　同"尿"。小便。用于古白话。

溺 □ niào　见 nì "溺"（484 页）。

---

niē（ㄋㄧㄝ）

捏 ［*揑］ niē　❶用拇指和其他手指夹：～鼻子|～死一只虫子|冻得手～不住笔。❷抓或握：～紧拳头|～一把汗。❸用手指把软的东西做成一定的形状：～饺子|～面人。❹使合在一起：～合|两人脾气不合，很难～到一块儿。❺虚构；假造：～造。

捻 niē　见 niǎn "捻"（486 页）。

---

nié（ㄋㄧㄝ）

苶 ［苶］ nié　❶〈方〉痴呆；精神不振：～呆呆的|发～。❷〈文〉疲倦；困顿：衰～|民力已～，民智已卑，民德已薄。

薾 nié　见 ěr "薾"（165 页）。

鵗 nié　【鵗头】〈方〉麦坚硬不破。

---

niè（ㄋㄧㄝ）

乜 □ niè　见 miē "乜"（460 页）。

囡 ［囚］ niè　〈文〉摄取。

丰 niè　〈文〉手灵巧。

坴 niè　❶〈文〉深。❷〈文〉空。

卒 ⊖ niè　古代的刑具。
⊖ xìng　〈文〉同"幸"。侥幸：～免。

陧 ［陧］ niè　【阢（wù）陧】〈文〉同"杌陧"。（局势、心情等）不安定。

聂 （聶） ⊖ niè　❶〈文〉附在耳边低声说话。后作"嗫"。❷姓。
⊖ zhé　〈文〉通"䐑（zhé）"。切肉成薄片：～而切之为脍（先切成薄片，再细切成脍）。

臬 □ niè　❶古代指箭靶。❷古代测日影用的标杆：陈圭置～。❸〈文〉法度；准则：奉为圭～。

鎳 niè　〈文〉织布机提综的踏板。

疜 niè　〈文〉疮痛；疮痕：疤～。

涅 ［*湼］ niè　❶〈文〉可做黑色染料的矾石：～石。❷〈文〉染成黑色：～而不缁（用黑色染料染也不会变黑，比喻不受坏环境的影响）。

抳 niè　见 yì "抳"（803 页）。

茋 niè　【地茋】多年生草本植物。全草入药。也叫"铺地锦、地石榴"。

啮 ［△*齧、*囓］ niè　❶〈文〉（鼠、兔、虫等）啃、咬：～齿目|虫咬鼠～|以～人，无御之者。❷〈文〉缺口：剑之折，必有～。
"齧"另见 niè（489 页）。

峛 niè　【嵽（dié）峛】〈文〉参差不齐的样子。

笧 niè　【笧簜（jǐn）】〈文〉一种白皮竹。

枘 niè　见 nǐ "枘"（483 页）。

敜 niè　〈文〉封闭；堵塞：～乃阱（用土堵塞陷阱）。

瘪 niè　❶〈文〉疾病。❷〈文〉疼痛。

蠚 niè　〈方〉声音停止。

嗫 （囁） niè　【嗫嚅（rú）】1.〈文〉窃窃私语：改前圣之法度兮，喜～而妄作。2.〈文〉想说话而不敢或不能说出的样子：口将言而～。

嵲 ［巢］ niè　❶【嵽（dié）嵲】〈文〉山势高峻的样子。也作"嵽嵲"。❷〈文〉山石突出：（山石）～如翅云斜劈。❸【嵲屼（wù）】〈文〉形容高下颠簸：（山路）行则～动摇。

闑 （闑） niè　❶〈文〉门橛，竖立在大门中间的短木；也指门槛：以头

击~。❷〈文〉(城郭的)门：~内(门内；借指内部)。

踂[踂、△跀] niè 〈文〉病名。两脚并连不能跨步。
"跀"另见 niè (489 页)。

槷 ⊖ niè 古代测日影用的标杆。后作"臬"。
⊜ xiē 〈文〉同"楔"。楔子。

摰 ⊖ niè 〈文〉不坚固：(毂)大而短则~。
⊜ chè 〈文〉通"掣(chè)"。拽；拉。

槷 niè 〈文〉同"蘖"。酒曲：曲(qū)~。

锘(鑈) niè ❶镊子，拔除毛、刺或夹取细物的器具，一般用金属制成。❷用镊子夹：白发太无情，朝朝~又生。

镍(鎳) niè 金属元素。符号 Ni。

颞(顳) niè ❶头颅两侧、耳朵上方的部分：~骨。❷【颞颥(rú)】头部两侧靠近耳朵上方的部位。

跀 niè【跀踂(yuè)】〈文〉同"踂踂"。轻步急行：(黄雀)~微行，欲啄螳螂(微行：暗中进行)。
另见 niè "踂"(489 页)。

嶭[嶭、巕] niè【巇(jié)嶭】1.古山名。在今陕西。2.〈文〉高峻的样子。

篁 niè 古代一种管乐器。

巕[镍] niè【巕脆(wù)】〈文〉动荡不安的样子：地方~。

錜 niè 小钗，古代妇女插在鬓边的一种首饰：华~。

錜 niè 见 rěn "錜"(577 页)。

駬 niè 〈文〉马跑得快。

踂(躎) niè ❶放轻(脚步)：~手~脚|~着脚溜进屋里。❷〈文〉踩；踏：~其踵|~足其间(指参加进去)|张良、陈平~汉王足。❸〈文〉追随；跟随：踪|使轻兵~之。

蘖[*蘖、蘖] niè ❶邪恶：妖~|除妖去~，实在修德。

❷灾祸，罪恶：~种|~根|下民之~，匪降自天。❸〈文〉不孝的；不忠的：~臣|~党|~子。❹宗法制度下指庶子(妾所生的儿子)：长少~等，宗~无别|韩王信者，故韩襄王~孙也。

纈 niè ❶〈文〉缠绕：~缚。❷〈文〉缝。

蘖[栵、栜、槷、櫱] niè 树木砍伐后重新生出的新芽，也泛指植物茎的基部长出的新枝：~芽|~枝|分~|茶之佳品，芽~细微，不可多得。

簜 niè ❶〈文〉竹制的镊子：不受刀~。❷〈文〉用镊子夹：~尽霜须。❸〈文〉通"蹑(niè)"。踏：~浮云。

甗 niè ❶〈文〉缺口：剑之折必有~。❷姓。
另见 niè "啮"(488 页)。

撣 niè 〈文〉同"撣"。用手指按压捻搓，特指演奏笙、笛等乐器的一种手法。

歓 niè【歓(yè)歓】〈文〉相及；接触。

蘖[糵] niè ❶〈文〉酒曲(qū)，用麦子、大豆等制成的含有大量微生物和酶类的块状物。❷〈文〉麦、豆等长出的芽。

齧 niè 〈文〉同"啮"。咬。

鑈 ⊖ niè 〈文〉同"镊"。镊子。
⊜ nǐ 〈文〉同"欐"。即络子。络丝工具：系于金~(系在铜制的络子上)。

蠥 niè ❶〈文〉邪恶：妖~。后作"孽"。❷〈文〉作祟；为害：~虫|~于其乡。❸〈文〉忧：离~(遭遇忧患)。

攝 niè ❶〈文〉持；拈：~翩以震幽簧(纤翩：乐管)。❷〈文〉用手指按压捻搓，特指演奏笙、笛等乐器的一种手法。

顳 ⊖ niè 同"啮"。咬。用于古白话：~~。
⊜ yá【顳齺(zá)】〈文〉物品残缺不齐的样子。

籋 niè 见 liè "篛"(411 页)。

纈 niè 古代计算丝线数量的单位，五丝为纈。

N

囁 niè 〈文〉多言的样子：~嗫(-jiá,多言妄语)。

轍 niè ❶〈文〉车载得很高的样子。❷〈文〉高的样子：飞檐~~。

驫 niè 〈文〉马跑得快：~骢(疾驰的骢马)。

钀 ㊀ niè 〈文〉镳，即马嚼子。
㊁ yǐ 〈文〉同"钀"。车衡上贯穿缰绳的大环。

nín （ㄋㄧㄣ）

恁 nín 见 nèn "恁"（481 页）。

您 nín 人称代词"你"的尊称：大妈，~好吗?|这是~要的绿茶|~几位楼上请。

níng （ㄋㄧㄥ）

宁 (㊀㊁寧)[㊀㊁*寍、㊀❶❷△甯]
㊀ níng ❶平安;安定：~静|安~|鸡犬不~|丧乱既平，既安且~。❷〈文〉使安定：~边|息事~人|除患~乱,克复旧都,在此行也。❸〈文〉(已经出嫁的女子)回家问安,探望父母：~亲|归~。❹江苏南京的别称(南京在隋代以后历为江宁县及江宁郡、江宁府治所)。❺宁夏的简称。
㊁ nìng ❶〈文〉副词。表示主观选择或意愿,相当于"宁可、宁愿"：~缺毋滥|~死不屈|~为玉碎,不为瓦全。❷〈文〉副词。表示反问,相当于"难道、岂"：人心之向背,~能视而不见? |事之可怪,~有逾此? |王侯将相~有种乎? ❸姓。
㊂ zhù ❶古代宫殿的门与屏之间,朝见帝王之处。❷〈文〉久立。后作"伫"(㣙)。❸〈文〉同"贮"。贮藏;积聚。
"甯"另见 nìng (491 页)。

拧 (擰) ㊀ níng ❶两手握住物体的两端,分别向相反的方向转动：~毛巾|把萝卜婴儿~下来|把洗好的衣服~干了晾上。❷用手指捏住皮肉转动：~耳朵|宝钗也忍不住,笑着把黛玉腮上一

~。
㊁ nǐng ❶控制住物体的一部分并用力向某个方向转动：~螺丝|~开瓶盖|把水龙头~紧。❷颠倒;因相反而错:话听~了|张姑娘才觉得这句话是说~了。❸别扭;意思相反:两人越说越~。
㊂ nìng 〈方〉倔强(jiàng);不驯服:种(倔强不知变通的人)|~劲儿|这孩子脾气挺~。

苧 (薴) níng ❶〈文〉凌乱;纷乱。❷有机化合物。分子式$C_{10}H_{16}$,无色液体,有香味,可用来制作香料。
另见 zhù "苎"(894 页)。

咛 (嚀) níng 【叮咛】反复地嘱咐。

狞 (獰)[獰] níng ❶(面目)凶恶:~恶|~视|~笑。❷变得凶恶:~起眼睛。

柠 (檸) níng 【柠檬(méng)】常绿小乔木。叶子长椭圆形,花带紫红色。果实也叫柠檬,长椭圆形或卵形,味酸,可制饮料。

聍 (聹) níng 【耵(dīng)聍】外耳道耵聍腺正常分泌的油脂性物质。通称"耳垢",俗称"耳屎"。

寍 níng 安宁。后作"宁(寧)"。

薴 níng 〈文〉草木纷乱;散乱:须发(fà)~悴(悴:憔悴)。

嶷 níng ❶〈文〉治理。❷【窒(zhì)嶷】〈文〉充塞。

凝 níng ❶凝结;结冰:~冻|幂中草檄(xí)砚水~(草檄:起草檄文)。❷集中;专注:~视|~神|~眸远眺|用志不分,乃~于神。

嫇 níng 女子人名用字。

氌 níng ❶〈文〉狗等动物多毛的样子:~狗。❷【氌氌】〈文〉污垢积得很厚的样子:子:四体。

薴 níng 【滰(zāng)薴】〈文〉草名。可制作牛缰绳和汲水用的绳子。

矃 ㊀ níng 同"聍"。耳垢。用于古白话:眼流眵泪,耳出结~。
㊁ chēng 〈文〉同"瞠"。瞪着眼睛看:~

目磋齿,形貌可恶。

譁 ㊀ níng 〈文〉小声说话:譥(yīng)～(小声)。
㊁ nìng 〈文〉谄媚;奉承:～言。

䜞 níng【䜞䭄(nóng)】〈方〉不能吃而勉强吃。

鬤 níng【鬤(zhēng)鬤】1.〈文〉头发蓬松散乱。2.〈文〉丑恶;凶恶:～怪异。

蠠 níng 〈文〉虫名。一说即蝼蛄。

鷞[鶀、鸋] níng ❶【鷞鴂(jué)】〈文〉鸟名。即鷞鴂。也叫"工雀"。❷〈文〉一种鹌鹑类鸟的雏鸟。

nǐng　（ㄋㄧㄥˇ）

拧 nǐng 见 níng "拧"(490 页)。

榗 nǐng 〈文〉树木名。

頧 nǐng 〈文〉头顶:顶～去天五尺。

nìng　（ㄋㄧㄥˋ）

宁 nìng 见 níng "宁"(490 页)。

佞[諁] nìng ❶〈文〉能说会道;口才好:雍也仁而不～(雍:人名)。❷〈文〉有才智:不～(没有才智,旧时用作"我"的谦称)。❸〈文〉善于用花言巧语谄媚奉承人:～人|～臣|奸～|何必为～以取富贵?

拧 nìng 见 níng "拧"(490 页)。

泞(濘) ㊀ nìng 〈文〉烂泥:泥～|有车陷于～。
㊁ nì 〈文〉陷入泥中:晋师溃,戎马～而止。

宁[甯] nìng 〈文〉表示主观选择或意愿。

甯 nìng ❶古地名。在今河南。❷姓。另见 níng "宁"(490 页)。

薴 nìng 【蓉(dǐng)薴】古书上说的一种毒草。

蟷 nìng 古书上指一种蝉,比寒蝉小。

譺 nìng 见 níng "譁"(491 页)。

niū　（ㄋㄧㄡ）

妞 niū 〈方〉女孩子:～子|小～儿。

niú　（ㄋㄧㄡˊ）

牛 niú ❶哺乳动物。身体大,头上有一对角,尾巴尖端有长毛。吃草,反刍。常见的有黄牛、水牛和牦牛等。力气大,可供役用:日之夕矣,羊～下来。❷比喻骄傲、固执、倔强:～气|～脾气。❸星宿名。二十八宿之一,属北方玄武。❹量词。力的单位牛顿的简称,使质量为 1 千克的物体获得 1 米/秒^2 的加速度所需的力为 1 牛。❺姓。

niǔ　（ㄋㄧㄡˇ）

邥 niǔ 古地名。

扭 niǔ ❶掉转(方向):～转|～过脸去|湘云红了脸,～过头去吃茶,一声也不答应。❷握住物体的一部分,转动另一部分;拧(nǐng):～断|强～的瓜不甜。❸因转动过猛而使筋骨受伤;拧伤:～了腰|脚腕子～了。❹身体左右摇摆:～胯|～秧歌|走起路来一～一～的。❺揪住不放:打～|两人～成一团|把小偷儿～送到公安机关。❻不正;歪:七～八歪|歪歪～～。

狃 niǔ ❶〈文〉习以为常而掉以轻心:将叔无～,戒其伤女(请大叔不要对打猎习以为常掉以轻心,当心野兽伤害你。女:rǔ,同"汝"。你)。❷〈文〉习惯;熟悉:使四体～于寒暑之变。❸〈文〉拘泥;因袭:～于习俗|～于成见。

沑 niǔ 见 nù "沑"(494 页)。

忸 niǔ 【忸怩(ní)】形容不大方或不好意思的样子:～作态|叫你唱就唱一个,别忸忸怩怩的。

纽（紐） niǔ ❶某些器物上可用来提起、系挂的部分:秤～|印～。❷扣襻:～子|～襻|衣～。❸比喻事物的关键和中心环节:枢～|～带。❹姓。

妞 niǔ 〈文〉印鼻。后作"钮"。

杻
狃 niǔ 见 chǒu "杻"(89 页)。

胴 niǔ 〈文〉吃肉。

钮（鈕） niǔ ❶器物上起开关、转动或调节作用的部件:按～|电～|旋～。❷旧同"纽"。扣襻:衣～。❸印鼻,印章上端的雕饰物,有孔,可以穿带子:龟～|虎～。❹姓。

狃 niǔ 〈文〉刺。

niù （ㄋㄧㄡˋ）

拗 niù 见 ào "拗"(9 页)。

馀 niù 〈文〉杂饭。

nóng （ㄋㄨㄥˊ）

农（農）[*辳、農、農] nóng ❶农业:务～|～产品|民不贱～,则国安不殆。❷农民,在农村主要从事农业生产的人:老～|菜～|贫～。❸〈文〉勤勉:小人～力以事其上(农力:努力)。❹姓。

侬（儂） nóng ❶代词。我(用于旧诗文):～今葬花人笑痴,他年葬～知是谁?❷〈方〉代词。你:～好|～勿要神经兮兮的。❸姓。

哝（噥） nóng ❶〈文〉味浓:甘而～,酸而不酷。❷【哝哝(nong)】小声说话:她俩凑在一起有好半天了,也不知说些什么。

浓（濃） nóng ❶液体或气体中所含的某种成分多(跟"淡"相对):～茶|～烟|菊寒花正合,杯香酒绝～。❷程度深:～妆|春意～|昨夜雨疏风骤,～睡不消残酒。❸繁密:～眉大眼|薄雾～云愁永昼。

脓（膿）[蕽] nóng 细菌侵入机体后,组织坏死分解,死亡的白细胞、细菌和脂肪等混合形成的黏液,黄白色或黄绿色:～肿|化～|及八日,则呕～死。

秾（穠） nóng 〈文〉草木茂盛:～艳|天桃～李|龙船争罢日平西,柳暗花～步步迷。

酦（醲） nóng ❶〈文〉醇酒:肥～甘脆。❷〈文〉酒味浓,泛指厚,浓厚:盛云～雾。❸〈文〉酝酿,陶冶:～化(用宽厚的德政教化黎民)。

蕽 nóng 【蓬蕽】〈文〉芦苇的花。可入药。

猱 nóng ❶〈文〉多毛狮犬。❷旧时对部分苗族人的蔑称:～苗|文山～。

襛 nóng ❶〈文〉隆重地祭祀;隆重:即其地～葬之。❷〈文〉同"秾"。花木茂盛:～华照朝阳之色。

襛 nóng ❶〈文〉形容衣服多、厚。❷〈文〉繁茂;浓艳:何彼～矣,唐棣之华。

襛 nóng ❶〈文〉盛多。❷〈方〉这;这么:你～早回来做什么?

震 nóng 【震震】〈文〉露水多的样子。

饢 nóng 【饟(níng)饢】〈方〉不能吃而勉强吃。

nǒng （ㄋㄨㄥˇ）

纆 nǒng 【纆纆】〈文〉多而杂乱;不善:～塞路,凶虐播流。

nòng （ㄋㄨㄥˋ）

弄 [⊖❶*挵、⊝△*衖] ⊖ nòng ❶拿着玩;摆弄:挥拳～棒|没事就爱～鸽子|低头～莲子,莲子清如水。❷做;干;搞:～饭|别把人

家的东西～坏了|你这一句话,～得大伙都不痛快。❸设法取得:～点儿水浇花|比赛很火,票都～不到。❹施展:要:～权|捉～|舞文～墨。❺〈文〉逗引;戏耍:含饴～孙。❻乐曲,也指乐曲的一段或演奏一遍:《梅花三～》。

㊀ lòng　〈方〉小巷;小街:～堂|里～。

"衖"另见 xiàng(736 页)。

挵 nòng　〈文〉同"弄"。拿着玩;摆弄。

齈 nòng　鼻塞;多鼻涕。用于古白话:他是个～鼻子。

nóu （ㄋㄡˊ）

頨 nóu　【頨(ōu)頨】〈方〉脸凹下。

譨 nóu　【譨譨】〈文〉指话很多:群喙(huì)～(群喙:众口)。

糯 [糯] nóu　❶胡羊。❷【豼(nái)糯】〈文〉一种卷毛胡羊。

獳 ㊀ nóu　〈文〉幼兔;兔:玉～抱杵。

㊁ wàn　姓。

魖 nóu　〈文〉幼兔。

nǒu （ㄋㄡˇ）

汭 ㊀ nǒu　古水名。

㊁ rǔ　〈文〉醇厚的酒。

nòu （ㄋㄡˋ）

耨 [槈、鎒] nòu　❶古代一种锄草的农具,类似锄头。❷〈文〉锄草:耕～。

獳 ㊀ nòu　❶〈文〉犬发怒的样子。❷姓。春秋时有獳羊肩。

㊁ rú　【朱獳】传说中一种像狐的兽。

橀 ㊀ nòu　❶〈文〉树木名。❷【檆(sǒu)橀】林木茂盛的样子。

㊁ ruǎn　〈文〉果木名,即黑枣。

鎒 ㊀ nòu　同"耨"。古代一种锄草的农具:草木怒生,铫～于是乎始修(铫yáo,大锄)。

㊀ hāo　〈文〉同"薅"。除草:～田。

譨 nòu　【誾(dòu)譨】〈文〉说话迟钝的样子。

nú （ㄋㄨˊ）

伮 nú　〈文〉同"奴"。多用于人名。

奴 nú　❶丧失人身自由,受主人剥削、压迫和役使的人:～隶|～婢(bì)|箕子为之～。❷仆人:～仆|富豪役千～,贫老无寸帛。❸古人用作"我"的谦称,后只用于女子:～家|～是薄福人,不愿入朱门。

傗 nú　〈文〉通"驽(nú)"。能力低下。

袽 nú　见 tǎng"袽"(655 页)。

孥 nú　❶〈文〉子女:妻～|～儿|～稚(儿童)。❷〈文〉妻子和子女的统称:刑不及～。

驽 (駑) nú　❶〈文〉劣马;跑不快的马:～马十驾,功在不舍。❷〈文〉比喻人愚钝无能:～才|～弱|～钝|此国之大事也,臣～下,恐不足任使。

笯 nú　〈文〉鸟笼:凤凰在～。

nǔ （ㄋㄨˇ）

努 nǔ　❶尽量使出(力气):～劲儿|少壮不～力,老大徒伤悲。❷凸出;鼓出来:～嘴|～着眼珠。❸〈方〉用力太过,使身体受伤:扛麻袋把腰～了。

挐 nǔ　❶凸出;鼓起:～一～嘴。❷移动;挪:命人～椅子与他坐。‖用于古白话。

呶 nǔ　见 náo"呶"(478 页)。

弩 nǔ　弩弓,利用机械力量发射的弓:万～齐发|强～之末|剑拔～张|良将劲～,守要害之地。

嗕 nǔ　凸出:～嘴|～着眼睛。通作"努"。

砮 nǔ　〈文〉可做箭头的石头;石制的箭头:～石|千钧之～。

督 nǔ 〈文〉瞪大(眼睛):～扬精(睛)。

蝥 nǔ 水蝥。传说中一种害人的动物。

臑 nǔ 臑肉,中医指眼球结膜增生突起的肉状物。

nù (ㄋㄨˋ)

怒 nù ❶生气;气愤:恼～|发～|～不可遏|～从心上起。❷形容气势盛大:～涛|鲜花～放|风～欲掀屋,雨来如决堤。

傉 nù 用于人名。东晋时南凉国君有秃发(fà)傉檀。

搙 ⊖ nù 〈文〉捻;揉:揉～。
⊜ nuò 〈文〉揾;拭。

nǔ (ㄋㄨˇ)

女 ⊖ nǔ ❶女性(跟"男"相对):～子|～声|有男～然后有夫妇。❷女儿:长(zhǎng)～|亲生～|生儿育～。❸星宿名。二十八宿之一,属北方玄武。
⊜ rǔ 〈文〉同"汝"。代词。你;你的:今～不求之于本,而索之于末。

釹 (鈳) nǔ 金属元素。符号Nd。

籹 nǔ 【粔(jù)籹】古代一种食品。以蜜和(huó)米面,经油炸而成。

nù (ㄋㄨˋ)

衄 ⊖ nù 〈文〉水纹。
⊜ niǔ 〈文〉湿。

恧 nù 〈文〉惭愧:～怩|惭～|～然自愧。

衄 nù 【衄蛦(ní)】〈文〉虫名。即蚰蜒。

衄 [*衂、*衄] nù ❶〈文〉鼻孔出血,也泛指出血:鼻～|齿～|血～。❷〈文〉溃败;损伤:战～|败～|遂以貔貅之师～于犬羊之众。

朒 nù ❶〈文〉农历每月初一月亮出现在东方。❷〈文〉退缩;不足:盈～。❸折

伤。用于古白话:有闪～腿的。

nǜ 见 ér "聏"(164 页)。

聏

穤 [穤] nǜ 〈文〉忧愁。

nuán (ㄋㄨㄢˊ)

妠 nuán 〈文〉争吵。

㳠 nuán 见 nuǎn "㳠"(494 页)。

nuǎn (ㄋㄨㄢˇ)

㳠 ⊖ nuǎn 〈文〉热水,特指洗浴过的热水。
⊜ nuán 古水名。即今河北滦河。

㶼 nuǎn "㳠"的古字。热水,特指洗浴过的热水。

愞 nuǎn 〈文〉同"暖"。使温度升高:杯酒～疮。

暖 [⊖*暔、*煖、⊖*煗] ⊖ nuǎn ❶(气候等)温和,使人感到舒适:～和|温～|五十非帛不～(五十:五十岁)。❷使变暖:～酒|春晖生草树,柳色～汀洲。
⊜ xuān ❶【暖姝(shū)】〈文〉自得的样子。❷【暖暖】〈文〉柔婉的样子:～宫云缀。

餪 ⊖ nuǎn ❶旧时女儿出嫁后三日,娘家馈送食物:～女。❷〈文〉在喜庆事前设宴:～生|～房。
⊜ nuàn 〈文〉婚后三日宴请:咸党闻之,皆～。

nuàn (ㄋㄨㄢˋ)

餪 nuàn 见 nuǎn "餪"(494 页)。

臛 [臛] nuàn ❶〈文〉幼鹿。❷〈方〉小孩。

nüè （ㄋㄩㄝ）

疟（瘧）[虐、虘、雪] ⊖ nüè 疟疾,急性传染病。由疟原虫经蚊子传播,症状是交替性发冷发热,发热后大量出汗。俗称"疟子(yàozi)"。

⊜ yào 【疟子(zi)】疟疾的俗称。

虐 nüè ❶残暴:～待｜暴～｜助纣为～｜除苛赋,止～刑。❷〈文〉灾害:大～｜乱～并生。

婎 nüè 见 àn "婎"(7 页)。

瘧 nüè 〈文〉同"疟"。疟疾:有损而后益智者,若～病之人于～也。

nún （ㄋㄨㄣ）

膺 nún 〈文〉香;馨香:温～。

nuó （ㄋㄨㄛ）

郍 nuó "那"的古字,后作"那(nuó)"。

那 nuó 见 nà "那"(474 页)。

傂 nuó 佛经译音用字。

郍 ⊖ nuó 〈文〉多:～解我意。通作"那(nuó)"。
⊜ nǎ 〈文〉同"那"。表示疑问:～堪。
⊜ nà 〈文〉同"那"。远指代词:～年｜～日。

挪 nuó 移动;转移:～动｜把椅子～开点儿。

莪 nuó 见 nà "莪"(474 页)。

㑋 nuó 故作姿态。用于古白话。

㭠 nuó 〈文〉用手搓东西让它转动起来。

娜 nuó 见 nà "娜"(474 页)。

难 nuó 见 nán "难"(476 页)。

膒 nuó 〈文〉西夷国名。后写作"那(nuó)"。

儺（儺） nuó ❶古代腊月驱逐疫鬼的仪式,后逐渐演变为一种民间舞蹈:～舞｜～戏｜乡人～(本乡本土的人迎神驱鬼)。❷〈文〉行步有节奏的样子:佩玉之～。

踀 nuó 同"挪"。挪动;移步:拄着棍脚也能～。

魖 nuó ❶〈文〉见鬼而发出的惊骇声。❷〈文〉惊驱疫疠之鬼。

難 nuó 〈文〉兽名。似鼠。

nuǒ （ㄋㄨㄛˇ）

妳 nuǒ 〈文〉微弱。

妸 nuǒ ❶【媒(wǒ)妸】〈文〉柔媚的样子。❷〈文〉弱小的样子。

橠 nuǒ 【橠(ě)橠】〈文〉树木茂盛的样子。

nuò （ㄋㄨㄛˋ）

诺（諾） nuò ❶答应的声音,表示同意:～～连声｜唯唯～～。❷答应;允许:～言｜承～｜一呼百～｜夫轻～必寡信(寡信:少信用)。❸姓。

捼 nuò ❶握持:手～铁棒。❷揉;捏:～搓。❸挑惹:～战(挑战)。‖用于古白话。

喏 nuò 见 rě "喏"(576 页)。

偄 ⊖ nuò 〈文〉同"懦"。软弱;懦弱:～弱。
⊜ rú ❶〈文〉同"儒"。读书人:学为宗(宗:宗师)。❷〈文〉同"儒"。儒家:～术(儒家的学说)。

觠 nuò 〈文〉对弓做调试。

搻 nuò 见 nù "搻"(494 页)。

搦 nuò ❶〈文〉持;握;拿着:～管(执笔)|紧～着铁棒。❷〈文〉挑动;惹;引兵～战。

锘(鍩) nuò 金属元素。符号 No。

榒 nuò 榒木,古书上说的一种树。可做药材。

拿 nuò ❶持;拿:～上三碗面来。❷量词。用于一只手能捧着的数量:一大～银子。‖用于古白话。

踙 nuò 〈文〉踏足:蹂～(践踏)。

儒 nuò 见 rú “儒”(582 页)。

懦[愞] nuò ❶软弱;胆小:～弱|～夫|怯～。❷〈文〉柔软:采～毛以为蓐。

愞 nuò 〈文〉同“懦”。软弱;胆小。

糯[*稬、*穤] nuò 黏性的(米谷):～稻|～米(江米)|～玉米。

O

o

坞（塸）
㊀ ōu 〈文〉同"瓯"。盆盂类的陶器。

㊁ qū 〈文〉量词。用于建筑物:有宅一～。通作"区"。

抠 ㊀ ōu 见 kōu "抠"(363页)。

呕 ㊀ ōu 见 ǒu "呕"(498页)。

沤 ㊀ ōu 见 òu "沤"(499页)。

枢 ㊀ ōu 见 shū "枢"(621页)。

瓯（甌）
ōu ❶〈文〉盆盂一类的陶器:金～(盛酒器)。❷小杯;小碗:～子｜茶～｜花满渚,酒满～。❸古代陶制打击乐器:击～。❹瓯江,水名。发源于浙江南部,流经温州入东海。❺浙江温州的别称。

欧（歐）
㊀ ōu ❶〈文〉通"殴(ōu)"。击打:良愕然,欲～之(良:张良)。❷〈文〉通"讴(ōu)"。歌颂:百姓～歌。❸指欧洲:～美｜～元。❹姓。❺【欧阳】复姓。

㊁ qū 〈文〉通"驱(qū)"。驱使:或导之以德政,或～之以法令。

殴（毆）
㊀ ōu 击打:～打｜聚众斗～｜～伤人命。

㊁ qū 〈文〉同"驱"。赶走;驱使:～民而归之农。

瓯 ōu 〈文〉小的盆或盂。

鸥（鷗）[鴎]
ōu 鸟名。翅膀尖长,善飞行,能游泳,生活在海洋和内陆河川。种类很多,常见的有海鸥、银鸥、燕鸥等:～汀｜～水相依｜争渡,争渡,惊起一滩～鹭。

蔤 ōu 见 qiū "蔤"(560页)。

瞘 ōu 〈文〉眸子不正的样子:眰(yá)～(眸子不正)。

窞 ōu【闇(àn)窞】〈文〉少数民族居住的一种土屋。

瓯 ōu 〈文〉同"殴"。殴打:～伤。另见 qū "驱"(562页)。

喔 ō 见 wō "喔"(705页)。

噢 ō 叹词。表示了解:～,原来是这么回事!

ó（ㄛˊ）

哦 ㊀ ó 叹词。1.表示惊叹:～! 是她! 2.表示将信将疑:～,是你自己画的吗? 3.表示哄劝:～,乖孩子,不哭,不哭。

㊁ ò 叹词。表示醒悟、领会:～! 说了半天,原来是她呀!｜～! 这下我算明白了。

㊂ é 〈文〉吟咏;低声念:吟～｜日～《招隐诗》,日诵《归田赋》。

ǒ（ㄛˇ）

嚄 ǒ 见 huō "嚄"(280页)。

ò（ㄛˋ）

哦 ò 见 ó "哦"(497页)。

区 ōu 见 qū "区"(562页)。

讴（謳）
ōu ❶歌唱;歌颂:～歌｜～诵｜～功颂德。❷〈文〉歌曲;

O

犅 ōu 〈文〉公牛。

腢 ōu ❶〈文〉存放已久的油脂。❷〈文〉用油脂浸渍皮革。

褕 ōu ❶〈文〉用未加工过的麻编织成的衣服。❷〈文〉小孩儿或少数民族的帽子。❸〈文〉小孩儿的围嘴儿。

篽 ōu 〈文〉养蚕的竹器。

櫙 ōu ❶〈文〉树木名。即刺榆。❷〈文〉树木枯死。

醧 ōu 见 yù "醧"（834 页）。

噢 ⊖ ōu ❶叹词。1. 表示醒悟、明白：～，我知道是怎么回事了！｜～，是你呀！2. 表示惊叹：～，太神奇了。3. 表示哄劝：～，宝宝睡觉啦！❷模拟哭的声音：她哭得～～的。
⊜ óu 叹词。表示惊讶：～，怎么是你？
⊜ ǒu 叹词。表示惊讶（语气较重）：～，你也不懂呀！
㉃ òu 叹词。表示醒悟：～，原来是这样。

鏂 ōu ❶古代容量单位：粟一～。❷古代盛酒器。❸【鏂鍭(hóu)】1.〈文〉门铺；门上的铜饰。2.〈文〉脖颈上的护甲。

顊 ōu 【顊顃(nóu)】〈方〉脸凹下。

篍 ōu 〈文〉供幼儿卧息用的竹器。

鐠 ōu 化学元素"铕(yǒu)"的旧称。

óu（ㄡˊ）

吽 ⊖ óu 【吽牙】〈文〉犬争斗声：群犬～。
⊜ hǒu 牛叫；吼叫：有数牛～～而来。
⊜ hōng 佛教六字真言"唵、嘛、呢、叭、咪、吽"之一。

噢 óu 见 ōu "噢"（498 页）。

齵 óu ❶〈文〉牙齿参差不齐：～齿而笑。❷〈文〉参差不齐。

ǒu（ㄡˇ）

叵 ǒu 用于山名：～山（在安徽）。

呕（嘔）⊖ ǒu 吐(tù)：～吐｜～心沥血｜令人作～。
⊜ ōu 〈文〉通"讴(ōu)"。歌唱：歌～道中。

烳（熰）⊖ ǒu ❶柴草等燃烧不充分而产生大量的烟：炉子不好烧，～了一屋子烟。❷燃烧艾草等使冒烟来驱赶蚊蝇：～蚊子。
⊜ ōu 〈文〉温暖。

牳 ǒu 见 hǒu "牳"（254 页）。

偶 ǒu ❶用木头、泥土等制成的人形：～像｜玩～｜土～。❷双；成对的（跟"奇(jī)"相对）：～数｜对～｜无独有～。❸配偶；夫妻或夫妻中的一方：佳～｜求～｜妙选良～。❹副词。表示临时发生的，非经常的：～发事件｜纯属～合｜近日～感风寒。❺姓。

㰰 ǒu 见 yǒu "㰰"（823 页）。

甌 ǒu 〈文〉瓦盆。

膒 ǒu 〈文〉肩头：右～。

耦 ǒu ❶古代的耕田方法，两人并肩耕作：～耕。❷〈文〉同"偶"。双数（跟"奇(jī)"相对）：阳数奇，阴数～。

耦 ǒu 同"耦"。古代两人并肩耕作的耕田方法。

調 ǒu 【谐調】〈文〉和睦同心：治生～。

䴢 ǒu 〈文〉兽名。

噢 ǒu 见 ōu "噢"（498 页）。

藕 ǒu ［蕅］❶莲的地下茎。长形，肥大有节，白色，中间有管状孔，可以吃，也可用来制淀粉。❷姓。

òu（ㄡˋ）

沤□（漚）㊀ òu 长时间地浸泡，使起
变化：～肥｜东门之池，可以～
麻。
　㊁ ōu 〈文〉水泡：浮～（水面上的水泡）。

怄□（慪）òu ❶〈方〉生闷气：～气。❷
〈方〉故意惹人着急生气：～
人。

炪□ òu　见 ōu "炪"（498 页）。

渥□ òu　见 wò "渥"（707 页）。

缇 òu　古代装殓死者时套在死者手上的
一种丧具。

蝹 òu　〈文〉蚕眠。

瀍 òu　〈文〉饮水。

噢 òu　见 ōu "噢"（498 页）。

雦 òu　〈文〉鸟叫的声音。

P

p

汃 pā 见 bīn "汃"（43页）。

矾 pā 〈文〉模拟石破裂的声音。

妣 pā 〈文〉少女梳成双髻的发式。

咱 pā 同"啪"。模拟掌声、物体的撞击声等。用于古白话：只听～的一声，王家的脸上早着了探春一巴掌。

炝 pā ❶〈方〉（食物等）烂熟；软和：柿子～了｜土豆炖～了。❷〈方〉软弱：这次他的口气比以前～多了。

趴 pā ❶胸腹朝下卧倒：～在地上｜母鸡在窝里～着不动。❷身体向前，靠在物体上：～在桌上写作业｜～在妈妈腿上听故事。

盼 pā 〈文〉分明的样子：纷纷～～，终而复始（纷纷：纷繁）。

钯 pā 〈文〉白色的草花，也泛指花。后作"葩"。

派 pā 见 pài "派"（502页）。

舭 pā ❶〈文〉一种船。❷用于地名：～艚（在浙江）。

襃 pā 【襃襃】〈文〉模拟车破的声音。

啪 pā 模拟枪声、掌声、物体的撞击声等：～～，窗外传来了枪声｜皮鞭一甩～～地响。

葩 pā ❶〈文〉花：奇～异草｜百卉含～。❷〈文〉华美；华丽：《诗》正而～（《诗经》义理正大文辞华美）。

扒 pá 见 bā "扒"（11页）。

杷 pá ❶〈文〉收麦用的农具。现在写作"耙"。❷【枇（pí）杷】常绿乔木。叶子长椭圆形，花白色。果实也叫"枇杷"，可以吃，叶子和果核可以入药。

爬 pá ❶昆虫或爬行动物等蠕动；人胸腹朝下，手脚并用向前移动：～行｜过一条毛毛虫来｜小宝宝在床上～来～去。❷抓着东西向上；攀登：～树｜～山。❸由倒卧而坐起，也特指起床：摔倒了，疼得～不起来｜天没亮就～起来上路了。❹用手摩挲；抓；挠：搔～｜栉（zhì）垢～痒，民获苏醒（栉垢：用梳子梳去头上的污垢，比喻革除弊政）。

钯 pá 见 bǎ "钯"（13页）。

耙 pá 见 bà "耙"（13页）。

跁 ㊀ pá ❶爬行：～起来。❷【跁跒（qiǎ）】1.〈文〉蹲伏：～松形矮。2.〈文〉曲折爬行：～力争崖石碍（指松的生长）。
　　㊁ bà 【跁跒（qiǎ）】〈文〉行走的样子：～行。

琶 pá 【琵（pí）琶】弦乐器。木制，体呈半梨形。

彭 pá 【彭手】小偷儿。现在写作"扒手"。

筢 pá 筢子，搂（lōu）柴草的工具。长柄，一端有一排用竹片或铁丝制成的弯钩。

潖 pá 潖江，水名。在广东，是北江的支流。

钯 pǎ 〈文〉低矮：矮～。

汃 pà 见 bīn "汃"（43页）。

帊 pà ❶〈文〉两幅宽的帛:以布～缠尸。❷〈文〉覆盖物品的巾:以黄纹～蔽之。❸〈文〉头巾:手帕:解～为赠。❹〈文〉一种类似裳裳的衣裳:被黄布～。

帕 □ ㊀ pà　擦手擦脸或包头用的纺织品,多为方形:手～｜丝～｜罗～。
㊁ mò　〈文〉裹头巾:绛～蒙头。

怕 □ ㊀ pà ❶遇到危险或困难等,感到胆怯不安:～事｜害～｜不愁寒无衣,不～饥无粮。❷禁受不住:老人身体弱,～感冒｜这种植物耐寒,也不～旱。❸表示疑虑;担心:别嫌我啰唆,我是～你忘了。❹副词。表示推测、估计,相当于"大概,也许":这鬼天气,～要下雨了｜那位先生～有四十多岁了吧? ❺副词。表示委婉的语气,相当于"恐怕":这一点钱,～不够用吧? ｜您的这个说法～不太合适。
㊁ bó　〈文〉同"泊"。淡泊:～乎无为。

袙 pà ❶〈文〉头巾:绛～。❷〈文〉用头巾包裹:～耳。

懼 pà 〈文〉同"怕"。畏惧。

pāi（ㄆㄞ）

拍 □［拍］pāi ❶用手掌打:～打｜～手｜～案而起｜举手～马鞍,嗟叹使心伤。❷拍打东西的用具:网球～儿｜苍蝇～子。❸〈文〉乐曲的段落:胡笳十八～。❹音乐的节拍:合～｜四二(²/₄)～。❺摄制:～照｜～摄｜～电影。❻发送(电报)等:～发｜～急电。❼拍卖:竞～｜这幅画～出了惊人的高价。❽奉承讨好:能吹会～。

槌 pāi【槌挞(tà)】〈文〉田垄被暴雨击打变平:覆土既深,虽暴雨不至～。

飽 pāi【飽(duī)飽】〈文〉蒸饼一类的食品。

畠 □ pāi 见 xiǎo "畠"(740 页)。

pái （ㄆㄞ）

俳 □ pái ❶古代指杂戏、滑稽戏,也指表演杂戏、滑稽戏的人:～优｜倡～。❷〈文〉诙谐;滑稽:～谐｜～调(调:tiáo,调笑)。

排 □ ㊀ pái ❶摆成行列:～列｜～名次｜松～山面千重翠,月点波心一颗珠。❷行列:后～｜并～｜前～就坐。❸把竹木并排扎捆在一起做成的水上交通工具,也指扎捆成排便于水上漂送的竹木:～筏｜木～放。❹军队的编制单位。在连之下,班之上。❺指排球运动或排球队:～坛｜男～｜女～。❻量词。用于成行列的人或物:一～战士｜一～房子｜几～灯笼。❼演员演出前,由导演指导练习:～戏｜～彩。❽排斥;排挤:诸儒内怀不服,相与～之。❾除掉;使离开:～除｜～雷｜把废气～出去。❿调解;消除:～难解纷。⓫〈文〉疏通:～淮泗,而注之江(淮、泗:水名)。
㊁ pǎi【排子(zi)车】〈方〉人拉的平板车,主要用来搬运货物。

徘 □ pái【徘徊(huái)】1. 在一个地方来回走:在门外～了很久｜殿门弗内(nà),～往来(弗内:不纳,不让进去)。2. 比喻犹疑不决:～观望｜心～以踌躇。

棑 pái ❶〈文〉同"排"。把竹木并排扎捆在一起做成的水上交通工具。❷〈文〉同"排"。扎捆成排便于水上漂送的竹木。❸〈文〉盾牌。

牌 □ pái ❶用木头或金属等做成的板状物,用来做标志或张贴广告、文告等:～匾｜门～｜路～｜行香挂～,先考了两场生员。❷凭证;执照:～照｜唐有银～,发驿遣使,则门下省给之。❸娱乐用品(也用作赌具):打～｜扑克～｜麻将～。❹词曲的调名:词～｜曲～。❺打仗或执行警戒任务时用来遮护身体的东西:盾～｜挡箭～。

箄 pái 见 bēi "箄"(24 页)。

榑 pái ❶〈文〉同"排"。把竹木并排扎捆在一起做成的水上交通工具。❷〈文〉同"排"。扎捆成排便于水上漂送的竹木。

簰 □［簿］pái ❶〈文〉同"排"。把竹木并排扎捆在一起做成的水上交通工具。❷〈文〉同"排"。扎捆成排便于水上漂送的竹木。

貏 pái 〈文〉矮小短腿的牛。

鲏 pái 〈文〉黑鲤。

P

pǎi （ㄆㄞˇ）

迫 □ pǎi 见 pò "迫"(524 页)。

排 □ pǎi 见 pái "排"(501 页)。

擝 pǎi 两臂朝左右两边伸开。用于古白话:(躺在床上)两只手～着。

pài （ㄆㄞˋ）

辰 pài 〈文〉水的支流。通作"派"。

派 ㊀ pài 〈文〉同"派"。江河的支流:流九～乎浔阳。
㊁ gǔ 古水名。流经今山西北部。

枽 pài 〈文〉麻的总称。

哌 □ pài 译音用字:～嗪(驱虫药)|～替啶(止痛药)。

派 □ ㊀ pài ❶系统内的分支:～系|～别|流～。❷属于同一系统的人;具有相同特点的人:党～|京～|学～。❸作风;风度:～头|气～|小伙子的言谈举止挺有～。❹分配;分摊:～活儿|～购|摊～。❺安排;差遣:～遣|特～记者|～人参加会议。❻量词。用于景色、语言等(数词限用"一"):一～新气象|一～大好春光|爱的是一～笙歌醉后听。❼〈文〉江河的支流:秦淮之水流入昇州城,别为两～。
㊁ pā 【派司(si)】1. 通行证、出入证等。2. 通过(关卡、检查、考试等)。[英 pass]

蒎 □ pài 【蒎烯(xī)】有机化合物。分子式 $C_{10}H_{16}$,无色液体。可用来制合成杀虫剂、樟脑、香料、合成树脂等。

哌 □ pài 译音用字。

湃 pài 【澎湃】波浪互相撞击的样子;形容浩大、雄伟。

紪 pài 〈文〉散丝。

潰 □ ㊀ pài 【濆(pēng)潰】〈文〉同"澎(péng)湃"。形容水势大。汹涌～。
㊁ bì 用于人名。

鏺 pài 化学元素"镤(pú)"的旧称。

潾 pài 古水名。

pān （ㄆㄢ）

双 pān 〈文〉同"攀"。攀爬。

扳 □ pān 见 bān "扳"(16 页)。

贩 pān 〈文〉多露白眼。

畨 ㊀ pān 同"番"。用于地名:～禺(同"番禺")。
㊁ fān 通"翻(fān)"。翻动;变动。用于古白话:无边海水～作浪。

番 □ pān 见 fān "番"(167 页)。

掰 pān 见 bān "掰"(16 页)。

潘 □ ㊀ pān ❶〈文〉淘米水:～沐(用淘米水洗头)。❷姓。
㊁ pán 〈文〉通"蟠(pán)"。弯曲;环绕。特指回旋的水流:流水之～为渊。

甋 pān【甋瓳(hú)】〈文〉大砖。贼用火药放进,火发即外击,～飞鸣,贼骑皆糜乱。

瘑 pān 〈文〉中医病名。

攀 □ [攚] pān ❶抓住别的东西往上爬:～登|～岩|乌鹊之巢可～援而窥。❷跟地位高的人拉关系或结亲戚:～附|高～|决不～权附贵,宁守淡薄清高。❸牵扯;设法接触;接近:～扯|～连|～谈。

灛 pān 〈文〉同"潘"。淘米水。

pán （ㄆㄢˊ）

爿 □ pán ❶〈方〉劈成片的木柴、竹子等:竹～|柴～。❷〈方〉量词。1. 用于田地,相当于"片":一～地|几～菜田。2. 用于商店或工厂:一～水果店|一～餐饮店。

胖□ pán 见 pàng "胖"（506页）。

洀 pán 〈文〉回旋：～桓。通作"盘"。

般□ pán 见 bān "般"（16页）。

盘（盤）pán ❶盘子，盛放菜肴、果品等的器皿，扁而浅，多为圆形：茶～儿｜杯～狼藉｜谁知～中餐，粒粒皆辛苦。❷形状或功用像盘子的东西：秤～｜棋～｜脸～儿。❸指证券或商品的行情：开～｜收～｜平～。❹环绕：～绕｜～根错节｜把头发～在脑后。❺垒；砌（炕、灶）：～炕｜～锅台。❻清点或查问：～点｜～查｜把账一～。❼量词。1.用于形状或功用像盘子的东西：一～磨｜一～香｜一～磁带。2.用于下棋或某些球类比赛：下一～棋｜赢了好几～｜第一～第二局。❽古代的一种水器，用于盥洗、沐浴：沐用瓦～。❾〈文〉游乐：文王不敢～于游田（田：通"畋"。打猎）。❿〈文〉逗留；歇息：是夜，行人皆野～。⓫姓。

朌 pán 〈文〉同"磐"。大石头。

槃 pán 〈文〉同"盘"。盘子。

幋 pán 〈文〉覆衣大巾。

媻 ㊀ pán ❶〈文〉张大。❷【媻姗（shān）】1.〈文〉同"蹒跚"。腿脚不灵便，走路迟缓、摇摆的样子：～三尺躯。2.〈文〉漂动的样子：～藻荇（藻荇：水生植物）。
㊁ pó 【媻娑（suō）】〈文〉同"婆娑"。盘旋起舞的样子。

槃□ pán ❶〈文〉同"盘"。盘子：少者奉～，长者奉水。❷〈文〉弯曲；盘绕：秀气～韶石（韶石：山岩名）。❸【涅（niè）槃】佛教用语。指幻想的超脱生死的最高精神境界。后来也指佛的逝世为涅槃，一般僧人逝世为圆寂。[梵 nirvāṇa]

攀 ㊀ pán 【攀攫（wò）】〈文〉手不正。
㊁ pó 〈文〉开辟；修治。

蹅 pán 〈文〉徒步涉水。
另见 pèng "碰"（512页）。

磐□ pán ❶〈文〉大石头：～石｜风雨如～（形容风雨极大）。❷〈文〉徘徊；盘桓：

室第相望，久～京邑。

督 pán 〈文〉转动眼睛看。

跫 pán ❶〈方〉徒步涉水：浅水靠深～。❷〈方〉渡过：日头～云障。❸〈方〉爬行：盘门路里一乌龟。

潘 pán 见 pān "潘"（502页）。

蟹 pán 见 bān "蟹"（16页）。

縏 pán 〈文〉小袋子。

磻 pán 见 bō "磻"（47页）。

蹒（蹣）pán 【蹒跚（shān）】腿脚不灵便，走路迟缓、摇摆的样子：步履～｜老翁垂八十，扪壁行～（扪：摸）。

蹣 pán 【蹣跚（shān）】〈文〉同"蹒跚"。腿脚不灵便，走路迟缓、摇摆的样子：吾～难以相随。

跧 pán 盘腿坐。用于古白话：～了膝。

鞶 pán 〈文〉同"鞶"。束衣的腰带：束～立朝。

踅 pán 〈方〉爬行：蜍（hǔ）蚁会～墙。也作"踅"。

蟠 pán 〈文〉弯曲；环绕：～木（弯曲的树）｜虎踞龙～。

鎜 pán 〈文〉同"盘"。托盘。

鞶 pán ❶古人佩玉的皮带；腰带：～带。❷〈文〉系在鞶带上用来盛手巾等小物件的小囊：自佩小～囊。❸〈文〉马腹部的大带。❹〈文〉车轴上系鞹的皮环。

鬌 pán 见 bān "鬌"（17页）。

磻 pán 〈文〉同"磐"。大石头。

鶿 pán 【鶿鶝（mào）】〈文〉俦鶝一类的鸟。

黳 pán 【黳姗】〈文〉下等的颜色。

pǎn （ㄆㄢˇ）

坢 pǎn 见 bàn "坢"（18页）。

P

pàn （ㄆㄢˋ）

泮 pàn 〈文〉同"判"。冰融化:冰～。

判 pàn ❶分开;辨别:～别|～断|故不战而强弱胜负已～矣。❷裁决;评定:裁～|评～|～卷子。❸法院对案件做出处理、决定:～案|～审|～了有期徒刑三年。❹明显(有区别):～然|～若两人。❺唐宋官制,高位兼任低职、京官出任州郡官叫判。

沜 pàn ❶〈文〉水边;岸边:湖～。❷〈文〉半月形的水池。用于地名。

拌 pàn 见bàn"拌"(18页)。

抃 ⊖pàn 〈方〉舍弃;豁出去:～命(拼命)。
⊜pīn(又读pàn) 舍弃;不顾惜:坐看流年轻度,～却鬒双华。
⊜biàn 〈文〉拍手;用手击。
⊜fèn 〈文〉通"坌"。扫除:～席不以鬣(鬣:liè,扫帚)。
⊜fān 〈文〉通"翻(fān)"。上下飞:～飞维鸟。

版 pàn 〈文〉肉:粥鱼茶～。

湴 pàn ❶〈文〉冰融化:迫冰未～(迫:趁着)。❷〈文〉分开:剖～。❸泮宫,古代的学宫:同年入～,交谊最笃。

盻 pàn 见xì"盻"(722页)。

盼 pàn ❶看:顾～|左顾右～。❷殷切地期望:～望|企～|～了好多年,愿望终于实现了。❸〈文〉眼睛黑白分明:巧笑倩兮,美目～兮。

牉 pàn ❶〈文〉分为两半;区分:背膺～以交痛兮(后背前胸从中裂开)。❷【牉合】两半相合,特指两性结合为夫妻:夫妻～合。

叛 pàn 背离(自己的一方):～变|背～|～众|～亲离。

挤 ⊖pàn 舍弃;不顾惜。用于古白话:先～一饮醉如泥。也作"抃"。
⊜biàn 〈文〉通"抃(biàn)"。拍手|~

掌欣舞。
⊜fān 〈文〉通"翻"。飞;上下飞:～然起之。

畔 pàn ❶田地的界限:田～。❷边;侧:河～|路～|(屈原)行吟泽～。❸〈文〉通"叛(pàn)"。背叛:寡助之至,亲戚～之。

裈 ⊖pàn ❶【袷(qiā)裈】维吾尔、塔吉克等民族穿的对襟长袍。❷同"襻"。扣襻。
⊜fán ❶〈文〉夏天穿的白色内衣。❷〈文〉气候闷热潮湿:～暑难耐。

頖 pàn 〈文〉官府设立的学宫:今先生在～者六年。也作"泮"。

鋬 pàn 〈文〉器物上可以用手提握的部分。

攌 pàn 同"拌"。舍弃;不顾惜:～一半与游人。

襻[鑻] pàn ❶用来扣住纽扣的环套:扣～|纽～。❷形状或功用像襻的东西:车～。❸用绳子、线等使分开的东西连在一起:拿根绳子～住|衣服破了,先～上几针吧。

pāng （ㄆㄤ）

乓 pāng 模拟打枪或物体碰撞、崩裂的声音:～～的枪声响了一夜|一不留神,～,头撞到树上了。

汸 pāng 见fāng"汸"(171页)。

䟓 pāng 〈方〉爬:～上墙头。

胮 pāng ❶〈文〉肿胀:～烂。❷〈文〉肥大:巨躯鼓～肚。

牉[牉] pāng 〈文〉肿胀:～烂。

雱[雯] pāng 〈文〉雨雪下得很大的样子:雨(yù)雪其～。

滂 ⊖pāng ❶〈文〉大水涌流的样子:醴泉～流。❷【滂沱(tuó)】1.〈文〉雨下得很大的样子:大雨～。2.〈文〉眼泪鼻涕流得很多:涕泗～。
⊜pēng 【滂濞(pài)】〈文〉同"澎(péng)湃"。形容水势大。

膀 □ pāng 见 bǎng "膀"(19页)。

斛 pāng 〈文〉谷物溢出量器。

觪 pāng 〈文〉模拟鼓声:社鼓～～。

霶 pāng ❶〈文〉同"霶"。雨雪下得很大的样子。❷【霶霈(tuó)】〈文〉滂沱。雨下得很大的样子。

páng （ㄆㄤˊ）

龙 □ páng 见 máng "龙"(443页)。

彷 □ ㊀ páng 【彷徨(huáng)】走来走去，犹疑不决:～不定|～歧途。
㊁ fǎng 旧同"仿佛"的"仿"。

庞 (龐)[厐] páng ❶(形体或数量等)大:～大|～然大物。❷多而杂乱:汴州水陆所凑,邑居～杂。❸脸盘儿:面～|脸～。❹姓。

夯 páng 〈文〉同"旁"。边;近侧。

厐 □ páng 见 máng "厐"(444页)。

逄 □ páng 姓。

逢 □ páng 见 féng "逢"(180页)。

旁 □ ㊀ páng ❶边;近侧:～边|若无人|马陵道狭,而～多阻隘,可伏兵(马陵:地名)。❷指某个范围之外的人或物,相当于"其他、另外":～人|责无～贷|～的事我不知道。❸〈文〉广泛;普遍:～征博引|触类～通。❹〈文〉邪;不正:～门左道。
㊁ bàng 〈文〉同"傍"。依傍;靠近:～池居住有渔家。

跰 páng 见 fàng "跰"(172页)。

傍 □ páng 见 bàng "傍"(19页)。

觪 páng 【觪艭(shuāng)】〈文〉船名。

郔 páng 古亭名。在今河南。

蒡 □ páng 见 bàng "蒡"(19页)。

徬 □ ㊀ páng 【徬徨(huáng)】〈文〉同"彷徨"。走来走去,犹豫不决:～平海外。
㊁ bàng 〈文〉靠在一边;在一旁。

慞 páng 【慞惶(huáng)】〈文〉恐惧的样子。

膀 □ páng 见 bǎng "膀"(19页)。

磅 □ páng 见 bàng "磅"(20页)。

霶 páng 【霶霈(pèi)】〈文〉雨雪大的样子:～大雪。

榜 páng 【榜程(huáng)】1.〈文〉谷(穀)名。2.〈文〉穄(jì)子,似黍而不黏。

螃 □ páng 【螃蟹(xiè)】节肢动物。全身有硬甲,有足五对,前面一对呈钳状,叫螯。横着爬行,生活在淡水或海水中。种类很多,常见的有毛蟹、青蟹、梭子蟹等。

篣 □ ㊀ páng 古代指一种有毒的竹子。也叫"百叶竹"。
㊁ péng 〈文〉同"搒"。拷打:无罪亦～掠。

蹁 páng 【跟(liáng)蹁】〈文〉行色匆匆的样子:苦弓鞋无任～(描写行路艰难)。

鳑 □ (鰟) páng 【鳑鲏(pí)】鱼名。外形像鲫鱼而较小,身体色彩鲜艳。生活在淡水中,吃水生植物,卵产在蚌壳里。

騯 páng(又读 péng) ❶〈文〉马行走的样子。❷【騯騯】〈文〉形容马健壮有力的样子:四牡～。

嚬 páng 声音杂乱。用于古白话:声沸～。

蠭 páng 【蠭门】古代传说中善射者后羿的弟子。也作"蠭蒙"。
另见 fēng "蜂"(180页)。

pǎng （ㄆㄤˇ）

嗙 □ pǎng 〈方〉自夸;吹牛:瞎～|胡吹乱～。

耪 □ pǎng 用锄松土:～地|把玉米～了一遍。

尨 pǎng 【尨尨(mǎng)】〈文〉清晰:竹篱～。

髈 pǎng 〈方〉大腿。另见 bǎng "膀"(19页)。

pàng (ㄆㄤ)

胖 pàng ❶〈文〉肿胀:遍身～胀。❷〈方〉臭味重。

胖 ㊀ pàng 脂肪多;肌肉多(跟"瘦"相对):肥～|～娃娃|～得弯不下腰。
㊁ pán 〈文〉安泰;舒适:心广体～。

pāo (ㄆㄠ)

抛 pāo ❶扔;投掷:～锚|～绣球|～砖引玉。❷舍弃;甩下:～弃|～家舍业|将烦恼～到脑后。❸低价出售:～售|把存货都～了出去。❹显露:～头露面(泛指出现在公共场合)。❺打磨:～光(用涂有细磨料的软轮打光金属表面)。

泡 pāo 见 pào "泡"(507页)。

胞 pāo 见 bāo "胞"(20页)。

脬 pāo ❶膀胱:尿(suī)～。❷量词。用于屎和尿:拉一～屎。现在通常写作"泡"。

橐 pāo ❶〈文〉口袋胀大的样子;也指口袋。❷〈文〉包;裹。

páo (ㄆㄠ)

刨 [㊀*鉋,㊀*鏤] ㊀ páo ❶挖掘:～地|～坑种树。❷减掉:～了皮净重45斤|～了我,只剩下他一个人了。
㊁ bào ❶刮平木料的手工工具,也指刮平金属材料的机器:～子|～床|牛头～。❷用刨子或刨床刮平(木料或金属材料):把这块板子～～|～光。

咆 páo ❶〈文〉(猛兽)嗥叫;怒吼:虎啸狼～|虎豹斗兮熊罴～。❷【咆哮】1.猛兽怒吼。2.比喻水流奔腾轰鸣或人暴怒叫喊:黄河在～|～如雷。

麅 [麃] páo 狍子,鹿的一种。夏季毛栗红色,冬季毛棕褐色,尾巴很短,雄的有角。生活在山坡树林中。

庖 páo ❶〈文〉厨房:～有肥肉,厩有肥马。❷〈文〉厨师:名～|～俎(zǔ)代～|良～岁更刀。

媱 páo ❶【媱娲(wā)】即女娲,传说中的神名。❷姓。

爮 páo 〈方〉搔;用指甲刮:～芋芳。

炰 ㊀ páo 〈文〉把带毛的肉用泥裹住放在火上烧烤:烹羊～羔。
㊁ fǒu 〈文〉蒸煮:～鳖。

炮 páo 见 pào "炮"(507页)。

颮 páo 见 bó "颮"(48页)。

袍 páo ❶本指棉袍,后泛指中式的长衣服:～子|皮～|旗～|长～马褂。❷〈文〉战袍:～甲(战袍和铠甲)|脱我战时～,著我旧时裳。

匏 páo ❶匏瓜。葫芦的一种。茎上有卷须,果实扁球形,对半剖开可做瓢,俗称"瓢葫芦"。❷古代八音之一,指笙、竽一类簧管乐器。

褒 páo 见 bào "褒"(22页)。

烰 páo 见 fú "烰"(186页)。

軳 páo ❶古代车厢底部四面的横木。❷【軫(zhěn)軳】〈文〉转动;扭曲。

跑 páo 见 pǎo "跑"(506页)。

鞄 ㊀ páo 〈文〉治革的工匠。㊁ fú 〈文〉通"枹(fú)"。鼓槌:鼓～。㊂ bāo 皮包:皮～。用同"包"。

麃 páo 见 biāo "麃"(40页)。

麠 páo "麃"的讹字。狍子,鹿的一种。

pǎo (ㄆㄠ)

跑 ㊀ pǎo ❶(人或动物)腿脚交互快速移动:～步|奔～|红缰～骏马,金

镞掔秋鹰。❷逃走；溜走：逃～｜～得了和尚～不了庙❸为某种目的而奔走：～买卖｜～码头｜刚从上海回来，又得往广州～。❹物体离开了本来的位置：～题｜～调儿头巾让风刮～了。❺泄漏；挥发：～气｜～电｜敞着盖儿，酒精都～光了。
㊁ páo　兽类用脚刨地：～槽｜是夜二虎～地作穴，泉水涌出，因号虎～泉(泉名，在浙江杭州)。

pào　(ㄆㄠˋ)

奅 pào　❶〈文〉大；虚大。❷〈方〉说大话骗人：～佬。❸同"砲"。古代用机械抛射石块的一种兵器。

泡 ㊀ pào　❶气体在液体内部使液体鼓起来形成的球状或半球状体：～沫｜水～儿｜冒～儿。❷形状像泡的东西：灯～儿｜血～｜脚底下磨了个～儿。❸浸在液体里：～饭｜～杯茶｜在浴池里多～一会儿。❹较长时间待在某处；故意消磨时间：～歌厅｜病号｜在网吧里～个没完。
㊁ pāo　❶松软而鼓起的东西：豆～儿｜金鱼大眼～儿。❷小湖(多用于地名)：月亮～(在吉林大安)。❸量词。用于屎、尿等：一～屎｜一～尿。

炮 [㊀△*砲、㊁△*礮] ㊀ pào　❶重型射击武器。口径在2厘米以上，能发射炮弹，有迫(pǎi)击炮、榴弹炮、高射炮等。❷爆竹：～仗(zhang)｜鞭～。
㊁ páo　❶〈文〉烧；烤：～烧。❷中药制法。把生药放在热铁锅里急炒，使焦黄爆裂：～姜｜～炼。
㊂ bāo　❶烹饪方法。把肉片等原料放在锅中，用旺火急炒：～羊肉｜～肚(dǔ)丝。❷烘；烤；把湿衣服搭在暖气片上，一会儿就～干了。
"砲"另见 pào (507页)；"礮"另见 pào (507页)。

砲 pào　同"礮"。古代用机械抛射石块的兵器。
另见 pào "炮"(507页)。

疱 [*皰] pào　皮肤上长的像水泡的小疙瘩：～疹。

窌 pào　见 jiào "窌"(315页)。

淖 pào　浸在液体里。用于古白话：温汤～饭。后作"泡"。

橎 [橎] pào　古代重量单位。

鮑 pào　❶〈文〉脸上的疮。❷〈文〉水泡：瓯中怨～起如沤(瓯：杯子)。

麭 pào　〈文〉用漆掺和骨灰涂饰器物，待干后磨平再上漆。

鉋 pào　同"鮑"。脸上的疮：瘥～大鼻(瘥：zhā，酒糟鼻子上的红斑)。

礮 pào　〈文〉同"礮(炮)"。重型射击武器：连珠～。

鮑 pào　〈文〉同"疱"。脸部长的像水泡的小疙瘩。

礮 pào　古代用机械抛射石块的兵器：～石。
另见 pào "炮"(507页)。

pēi　(ㄆㄟ)

呸 pēi　叹词。表示鄙夷、怒斥或唾弃：～！有什么了不起！｜～，俺只道那个郑大官人，却原来是杀猪的郑屠！

杯 pēi　见 bēi "杯"(23页)。

胚 [*肧] pēi　由受精卵发育而成的生物初期发育的幼体：～胎｜～芽。

浮 pēi　见 fóu "浮"(182页)。

䖝 ㊀ pēi　❶〈文〉黑紫色的瘀血：～血。❷〈文〉同"胚"。胚胎。
㊁ fǒu　【蚍(pí)䖝】〈文〉锦葵。一年生草本植物。

痞 pēi　❶痞瘟(lěi)，中医指荨麻疹。❷〈文〉衰弱：形衰气～。

髬 pēi　见 pī "髬"(513页)。

醅 pēi　〈文〉没有过滤的米酒：新～｜樽酒家贫只旧～。

péi　(ㄆㄟˊ)

阫 péi　〈文〉墙：日中穴～(穴：挖凿)。

坏 □ péi　见 huài "坏"(264 页)。

貟 [貟] □ péi　传说中的河神名。

陪 □ péi　❶伴随:～同|～床|恕不奉～。❷从旁协助(做某事):～审(非职业审判人到法院参加案件审理工作)。❸〈文〉增益:焉用亡郑以～邻?(郑:郑国)

培 □ péi　❶在植物根部或墙、堤等的根基部分堆土,起保护和加固作用:给小树～土|浇水|运土|～堤。❷教育和训练:～育|～训|栽～。❸〈文〉屋的后墙:凿～而遁之(凿开屋墙而逃走)。这个意义也写作"坏(péi)"。

赔 (賠) □ péi　❶补偿损失:～偿|～退|道歉或认错:～礼|～罪|～不是。❸做生意亏损(跟"赚"相对):～本儿|这笔买卖不仅没赚,还～了。

毰 péi　【毰毸(sāi)】1.〈文〉形容鸟的羽毛披散:翅～。2.〈文〉飞舞的样子:瑞凤舞～。

培 péi　〈文〉踏板。

碩 péi　〈文〉弯曲而略微向前的下巴。

郫 ○ péi　❶汉代侯国名。❷古乡名。一在今陕西,一在今安徽。
○ péng　古国名。故地在今内蒙古。

锫 (錇) □ péi　金属元素。符号 Bk。

裴 □ péi　姓。

裴 péi　也作"裴"。【裴回】〈文〉徘徊。

裴 péi　❶古地名。在今山西。❷姓。

pěi （ㄆㄟˇ）

琣 pěi　用于人名。循琣,唐代人。

pèi （ㄆㄟˋ）

郫 pèi　古郡名。

妃 □ pèi　见 fēi "妃"(173 页)。

沛 □ pèi　❶〈文〉盛大;旺盛:丰～|充～|滂～。❷〈文〉行动迅速的样子:～吾乘兮桂舟。❸姓。

浿 □ pèi　见 bèi "浿"(24 页)。

怖 pèi　【怖怖】〈文〉愤怒。

坺 pèi　见 bá "坺"(12 页)。

茇 pèi　见 bá "茇"(12 页)。

帔 □ pèi　古代披在肩背上的服饰:凤冠霞～(古代贵族的正妻和受朝廷诰封的命妇的装束)。

佩 □ pèi　❶(把徽章、装饰物、刀枪等)挂在身体的某个部位:～带|～刀|今太后崩,帝少,足下～赵王印。❷古代系在衣带上的装饰物:玉～|纫秋兰以为～(纫:联结)。❸敬重信服:～服|钦～|可敬可～。

肺 □ pèi　见 fèi "肺"(175 页)。

莜 pèi　见 fá "莜"(166 页)。

柭 pèi　见 bā "柭"(11 页)。

珮 pèi　❶同"佩"。古代系在衣带上的装饰物,特指玉佩:珠玉以为～。❷〈文〉同"佩"。佩带:围金～玉。

配 □ pèi　❶男女结合成婚:～偶|婚～|许～。❷配偶,多指妻子:择～|元～|岂意未几年,中路苦失～。❸雌雄动物交合;使雌雄动物交合:交～|～种|～马。❹按照标准或比例调和或拼合:～餐|～药|调(tiáo)～|搭～。❺分派;安排:～给(jǐ)|分～|割此三郡,～隶益州(隶:隶属)。❻把缺少的部分补足:～套|～零件|给自行车～把锁。❼陪衬;衬托:～角(jué)|乐诗朗诵|深色外衣～上浅色衬衣。❽够得上;有资格:这件衣服也只～他穿|这样的作品根本不～参加展出。❾〈文〉流放;充军:发～|刺～。

斾 [斾] □ pèi　❶古代旌旗边上下垂的像燕尾的装饰品:白～央

（yīng）央（央央：鲜明的样子）。❷〈文〉旌旗：旌～蔽野。

颒 pèi【米颒】〈文〉用来和羹的米粉。

嫈 pèi 见 yí "嫈"（797页）。

鐢（辔）［轡］ pèi 古代驾驭马用的缰绳：鞍～|并～而行|夫执～者为谁?

鞁 pèi 见 bì "鞁"（34页）。

跘 pèi 见 bèi "跘"（25页）。

霈 pèi ❶〈文〉雨多的样子：云浓雨～|油然作云，～然下雨。❷〈文〉大雨：～霖|甘～。❸〈文〉比喻恩泽：仁育为心，～泽无涯。

巙 pèi 〈文〉山崩声。

pēn（ㄆㄣ）

喷（噴）㊀ pēn ❶（液体、气体、粉末等）受压力而冲射出来：～射|～泉|井～|给花儿～点水。❷〈文〉吐气：骥于是俯而～，仰而鸣，声达于天。

㊁ pèn ❶（香味）浓：～香。❷〈方〉蔬菜、瓜果、鱼虾等上市的旺季：西瓜～儿|中秋前后，螃蟹正在～儿上。❸〈方〉量词。用于开花结实或收割的次数：头～棉花。

濆 pēn 见 fén "濆"（177页）。

歕 pēn ❶〈文〉同"喷"。吐气。❷〈文〉"喷"。（液体、气体、粉末等）受压力而冲射出来。

pén（ㄆㄣ）

瓫 pén ❶〈文〉同"盆"。盛放或洗涤东西用的器具。❷〈文〉同"溢"。水上涌：水滂～溢。

盆 pén ❶盛放或洗涤东西用的器具，一般口大，底小，有帮，多为圆形：铜～|花～|莫笑田家老瓦～，自从盛酒长儿孙。❷形状像盆的东西：～地|骨～。

葐 ㊀ pén【蕨（quē）葐】〈文〉植物名。即覆盆子。

㊁ fén【葐蒕（yūn）】〈文〉（香气）盛：郁～以翠微。

溢 ㊀ pén ❶〈文〉水上涌出：～涌|～溢。❷溢水，古水名。在今江西北部。❸古山名。在今江西。

㊁ pèn ❶【溢流】〈文〉水声很大的急流。❷〈文〉渍。

pěn（ㄆㄣ）

呠 pěn 气体等冲出：～地哭起来。

pèn（ㄆㄣ）

嗙 ㊀ pèn 模拟哭声：～的一声痛哭起来了。

㊁ bēn【打嗙儿】〈方〉说话或背诵突然停下来。

喷 pèn 见 pēn "喷"（509页）。

溢 pèn 见 pén "溢"（509页）。

pēng（ㄆㄥ）

匉 pēng【匉訇（hōng）】〈文〉形容大声：～作声。

亨 pēng 见 hēng "亨"（248页）。

抨 pēng ❶〈文〉弹射：～弓。❷〈文〉弹劾;用语言文字攻击（某人或某种言行）：～击|～弹（tán）。

泙 pēng 见 píng "泙"（522页）。

怦 pēng 模拟心跳的声音：～然心动|吓得心里～～直跳。

荓 pēng 见 píng "荓"（522页）。

枰 pēng 〈文〉牛的毛色斑驳如星。

胓 pēng 〈文〉腹胀。

péng （ㄆㄥ）

怦 pēng　❶〈文〉流露于容貌神色:仁发～以见(xiàn)容(仁:仁心)。❷〈文〉慷慨;心情激动:思比干之～～兮(比干:人名)。

抨 pēng【捶抨】〈方〉捶击:按倒使～。

砰 pēng　模拟物体撞击、爆裂或重物落地等的声音:～訇|～的一声枪响|～然闻之,若雷霆之声。

慈 pēng　〈文〉满:～腹脓痛。

桻 pēng　〈文〉木弩。

砎 ⊖ pēng　〈文〉同"砰"。模拟物体爆裂等的声音:～烈。
⊜ píng　同"瓶"。口小腹大的容器:水～。

烹 pēng　❶煮:～煮|～茶|兔死狗～。❷烹饪方法。把原料用热油略炒,再加入调料及少量汤汁,迅速翻炒出锅:～调(tiáo)|～制菜肴。❸古代酷刑。用鼎镬(huò)煮人:齐王～郦生。

弸 pēng　见péng"弸"(510页)。

輣 pēng　〈文〉模拟车马声、雷声、钟鼓声等。

軯 pēng　见píng"軯"(523页)。

闢 pēng　〈文〉同"砰"。关门声:室门～然而合。

澎 pēng　见pāng"澎"(504页)。

澎 pēng　〈文〉模拟水浪冲击声。

駍 pēng　〈文〉模拟车马声。

嗙 pēng　模拟物体撞击的声音:～～的敲门声把他从梦中惊醒。

磞 ⊖ pēng【磞硠(láng)】〈文〉模拟巨大的声响。
⊜ pèng　❶撞击:把头～破了。❷遇到:～见。‖用同"碰"。

péng （ㄆㄥ）

芃 péng　❶〈文〉(草木)茂盛:～～其麦。❷〈文〉兽毛蓬松的样子:有～者狐。❸〈文〉草名。

朋 péng　❶彼此有交情的人:～友|～辈|高～满座|有～自远方来,不亦乐乎? ❷〈文〉结党:～比为奸(结党营私,互相勾结干坏事)。❸〈文〉比拟;相比:硕大无～。❹上古贝币的计量单位,十个贝或二十个贝为一朋:锡我百～(锡:赐给)。

倗 ⊖ péng　〈文〉辅助。
⊜ péng　〈文〉不;不肯。

堋 ⊖ péng　我国古代修建都江堰时所筑的分水堤坝,相传为战国时人李冰所发明。
⊜ bèng　〈文〉把灵柩埋入土里:既～,复痛哭。

軵 péng　"輣"的讹字。古代一种战车。

澎 péng　❶【澎湃(pài)】〈文〉同"澎湃"。波浪互相撞击的样子;形容浩大,雄伟。❷用于地名:普～(在云南祥云)。

弸 ⊖ péng　❶〈文〉弓弦:箭在～。❷〈文〉充满:贤者道～于中。❸〈文〉弓有力。
⊜ pēng【弸彋(hóng)】〈文〉模拟风吹帷帐的声音。

彭 ⊖ péng　❶春秋时郑国地名。❷姓。
⊜ bāng【彭彭】1.〈文〉盛多的样子:行人～。2.〈文〉行进的样子:四牡～。

棚 péng　❶用来遮蔽日光、风雨或保温的小屋,用竹木、钢材等搭成架子,上面覆盖苫草、席、布等:草～|凉～|瓜～。❷具有某种功用的简易建筑物:牲口～|摄影～|防震～。❸指天花板:顶～|灰～。

搒 péng　见bàng"搒"(19页)。

蓬 péng　❶古书上说的一种植物,干枯后根株折断,随风飞扬:～门筚户|～生麻中,不扶自直。❷(头发、茅草、绒毛等)松散:～松|～头垢面|茅草乱～～。❸量

词。用于枝叶茂盛的花草:～～山茶花。❹用于地名:～莱(在山东烟台)|～溪(在四川遂宁)。

硼 □ péng 非金属元素。符号B。

稝 péng 〈文〉(禾苗)稠密。

偋 péng 见 bēng "偋"(28页)。

鵬 (鵬)[鵬] péng 传说中的大鸟:～程万里(比喻前程远大)。

漨 péng 见 féng "漨"(181页)。

榜 □ péng 见 bǎng "榜"(19页)。

熢 péng 见 fēng "熢"(180页)。

軯 péng ❶古代一种战车:作～车镞矢。❷〈文〉模拟水波相激声。

澎 □ péng 【澎湃(pài)】1. 波浪互相撞击的样子:海水～|汹涌～|心潮～。2. 形容浩大、雄伟:龙腾虎跃,气势～。

愊 péng ❶【愊憶(bì)】〈文〉涕泪横流的样子:孝子～。❷【愊愡(hēng)】〈文〉自强。

嚪 péng 模拟敲击声。用于古白话。

篷 □ [篷] péng ❶用来遮蔽日光、风雨等的设备,用竹木、苇席或帆布等制成,多用于车船上:乌～船|敞～汽车。❷船帆:～帆|风～|扯起～来。

筹 péng 见 páng "筹"(505页)。

膨 □ péng 胀大;体积变大:～胀|～大。

韸 péng 【韸韸】〈文〉模拟鼓声:戍鼓～。

髼 [髼] péng 【髼松】〈文〉头发散乱的样子:两鬓～。

瘒 péng 同"膨"。胀大:～胀。

髼 péng 【髼髼(sēng)】〈文〉头发散乱的样子,泛指散乱:白发～|白杨～～。

髼 ㊀ péng 【髼髼(ráng)】1.〈文〉毛发纷乱的样子。2.〈文〉纷乱的毛发:蓬髼(qí)怒～。

㊁ pèng 〈方〉同"碰"。碰见;遇到:～到。

蟛 □ [蟚] péng 【蟛蜞(qí)】螃蟹的一种。身体较小,头胸甲略呈方形,螯足无毛。生活在海边或江河沼泽的泥岸中,对农作物有害。

艂 péng 【艂仔(zǎi)】船名。

髼 [鼝、鼟] péng 【鼕鼕】〈文〉模拟鼓声:衙鼓趋～。

艂 péng 〈文〉船篷。

髼 péng 【醇(bó)髼】〈文〉香气浓烈:五云松柏飘～。

鼕 péng 【鼕鼕】模拟鼓声:～的铜鼓声。

pěng (ㄆㄥˇ)

佣 pěng 见【péng "佣"(510页)。

捧 □ pěng ❶双手托着:手～奖杯|～腹大笑|～住孩子的脸亲了又亲|此犹河滨之人～土以塞孟津,多见其不知量也。❷奉承;替人吹嘘:一场(chǎng)|吹～|几句话～得他晕乎乎的。❸量词。用于双手并拢能容纳的量:一～红枣|一～沙子。

胼 pěng 〈文〉浅白色:色～然白。

堋 pěng ❶〈文〉海蚌名。❷姓。

蒯 pěng 见 péi "蒯"(508页)。

pèng (ㄆㄥˋ)

椪 □ pèng 【椪柑(gān)】即芦柑。常绿小乔木。叶片小,椭圆形,花白色。果实也叫"椪柑",红色或橙黄色,汁多味甜。

碰 [*搄、△*踫]

pèng ❶物体跟物体突然接触;撞击:～撞｜～杯｜头～破了。❷偶然相遇;恰巧赶上:～面｜～上好机会｜～到困难,千万别泄气。❸试探:～运气｜～机会｜你去～～看,也许还有退票。

"踫"另见 pán(503 页)。

嘭

pèng 见 pēng "嘭"(510 页)。

磞

pèng〈方〉同"碰"。碰撞:～头。

髼

pèng 见 péng "髼"(511 页)。

鯞

pèng〈文〉鱼名。

---

pī (夊)

不

pī 见 bù "不"(52 页)。

丕

pī ❶〈文〉大:～业｜海内～变｜嘉乃～绩(嘉:赞赏。乃:你的。绩:功绩)。❷〈文〉乃;于是:先后～降与汝罪疾(先后:先王。汝:你们。罪疾:责罚)。

伓

pī 同"丕"。姓。

伾

㊀ pī〈文〉同"伾"。有力的样子。
㊁ bèi〈文〉通"背(bèi)"。背离;反义～宗。
㊂ bù 用于古白话:出来理人子～容。用同"不"。

坏

pī 见 huài "坏"(264 页)。

批

pī ❶对下级的文件写下意见;对别人的文章、作业等写出评语(多写在原件上):～复｜～改｜报告～下来了。❷批示的文字;评语:朱～｜眉～｜夹～。❸指出缺点错误,进行分析评论;评判:～评｜～判｜～驳。❹大宗;大量:～发｜～购｜～量。❺量词。用于同时行动的人或大宗物品:一～工人｜运来一～货｜收藏了一～古董。❻〈文〉用手背反击;击:遇仇牧于门,～而杀之(仇牧:人名)｜以手板～杀之。❼削;斜劈:遂害元衡,～颅骨持去(元衡:人名)。

邳

pī ❶古国名。❷【邳州】地名。在江苏徐州。

伾

pī【伾伾】〈文〉有力的样子。

妚

pī 同"邳"。古国名。

纰(紕)

pī ❶布帛、棉线等丝缕披散开:松散｜线～了｜怕只怕是那～锦旧,莺老花残。❷错误;疏忽:～缪(错误)｜～漏｜朝混乱而多制者,其政盖～。

坯

pī ❶用黏土、高岭土等为原料做成的、尚未烧制的砖、瓦、陶、瓷等的半成品:砖～｜瓦～。❷特指土坯:打～｜脱～｜用～砌的炕。❸泛指半成品:～布｜钢～｜毛～。

披

pī ❶覆盖或搭在肩背上:～挂上阵｜～麻戴孝｜展转不能寐,～衣起彷徨。❷分开;散开:～荆斩棘｜～头散发(fà)。❸打开:～阅｜～露｜～肝沥胆(比喻开诚相见)。❹裂开:指甲～了｜竹竿～成两半｜木实繁者～其枝(树的果实太多,树枝就会折裂)。

狉

pī【狉狉】〈文〉群兽奔走的样子:鹿豕～～。

狓

pī 见 pí "狓"(514 页)。

駓(駓)

pī ❶〈文〉毛色黄白相杂的马。❷〈文〉奔跑:逐人～～。

砒 [△砈]

pī ❶化学元素"砷(shēn)"的旧称。❷【砒霜】砷的氧化物(As_2O_3),有剧毒。多为白色粉末,可用来制造杀虫剂、除草剂等。

毣

pī 女性外生殖器的俗称。用于古白话。

鈹

pī 见 pí "鈹"(514 页)。

秠

pī ❶〈文〉一壳二米的黑黍。❷〈文〉谷皮。

剕

pī〈文〉削:更将明月～来薄。

粃

pī〈文〉同"纰"。错误;疏忽。另见 bǐ "粃"(30 页)。

悂

pī〈文〉错误;谬误。

被 □ pī 见 bèi "被"(25页)。

旇 pī〈文〉旌旗随风倒下。

狓 pī〈文〉披散:阴雾离~。

賮 pī 见 bèi "賮"(25页)。

鈚 ○pī〈文〉鈚箭,一种箭头阔而薄、箭杆较长的箭:~箭染血。
○bī〈文〉同"錍"。钗:金~。
○bǐ〈文〉同"匕"。取食的用具,像汤匙。

鈊 ○pī ❶〈文〉裁截;割裂:上有河汉,~天横流。❷〈文〉分析:~其大义。❸〈文〉剑身上显现的文采。
○zhāo〈文〉炼铜的初次生成物。

狉 pī〈文〉兽名。即狸猫。

搣 pī〈文〉反手击打。

嗷 pī〈文〉叹词。表示鄙弃或斥责:~!罢职即平民耳(撤职就是平民)。

鈺 pī ❶〈文〉同"鈹"。古代兵器。形状像刀,两面有刃:长~。❷〈文〉旌旗名。❸〈文〉熔铸金属:~金。

髬 ○pī【髬髵(ér)】〈文〉同"鬗髵"。野兽鬗毛或人的头发竖起的样子:巨鬗~。
○pēi【髬鬖(sāi)】〈文〉胡须多的样子:阔口~。

鈚 pī【灵姑鈚】古代一种旌旗名。

錍 pī ❶〈文〉破开;分析:~析。❷〈文〉解剖:~验。❸〈文〉剑锋:其~烂如列星之行。

鏎 pī【鬗髵(ér)】〈文〉野兽鬗毛或人的头发竖起的样子:毳(cuì)毛~。

劈 □ ○pī ❶用刀斧等纵向破开;砍:~开|~劈(pǐ)柴|~风斩浪。❷(竹木等)裂开:铺板~了|钢笔掉在地上,笔尖~了。❸正对着(人的头、脸、胸部):~头盖脸|~胸就是一拳。❹雷电击毁或击毙:天打雷~|炸雷~毁了老树。
○pǐ ❶分开;分:麻绳~成三股|赚了钱~你一半。❷使分离;撕扯下来:把白菜帮子~下来。❸腿或手指最大限度地叉开:~叉(chà)|把腿~开。

噼 □ pī【噼啪(pā)】模拟拍打、爆炸或物体撞击的声音:暴雨打得帐篷~作响。也作"劈啪"。

錍 pī 铍针,中医针灸用的长针。

鏎 pī 见 bēi "鏎"(24页)。

鮃 ○pī〈文〉鱼名。也叫"大鳙"。
○pí〈文〉鱼名。鲂(fáng)鱼的别名。

礔[礕] pī【礔礰(lì)】〈文〉同"霹雳"。强烈迅猛的雷:雷雨~。

鏓 pī 见 bī "鏓"(29页)。

頖 pī〈文〉须发短。

霹 pī【霹雳(lì)】强烈迅猛的雷,响声巨大:晴天~(比喻突然发生的意外事件)|雷霆空~,云雨竟虚无。

鶷 pī【鶷鵊(jiá)】〈文〉鸟名。属雀形目,俗称"黑卷尾"。

pí (夊)

皮 □ pí ❶人和动植物的表层组织:~肤|树~|~之不存,毛将安傅?(傅:附着)❷皮革,经过加工的熟制皮:~包|~鞋|~匠。❸包在或围在外面的东西:书~|封~。❹物体的表层:地~|奶~|水~儿。❺某些薄片状的东西:铁~|豆腐~儿。❻有韧性的,不酥脆:~糖|爆米花放久就~了。❼指某些橡胶制品:~筋|~胶|~橡。❽淘气:顽~|这孩子可~了,一天到晚不消停。❾〈文〉剥去皮:因自~面抉眼(因:于是。抉:挖掉)。❿姓。

伾 □ pí 见 pǐ "伾"(515页)。

阰 pí 古代楚国山名。

芘 pí 见 bì "芘"(31页)。

犰 pí ❶同"貔"。古书上说的一种猛兽。❷〈文〉白狐。

陂 pí 见 bēi "陂"(23 页)。

剈 pí 〈文〉割破:～面自刑。

枇 pí 【枇杷(pá)】常绿乔木。叶子长椭圆形,花白色。果实也叫"枇杷",淡黄色,可以吃。

毞 pí 古代西北、西南氐人用兽毛织的布。

岯 pí ❶【大岯】古山名。在今河南。❷古称山一重叫一岯。

肶 pí 见 bì "肶"(32 页)。

狓 ⊖ pí 【貜(huò)狓(jiā)狓】哺乳动物。像长颈鹿而较小,生活在非洲原始森林中。
⊜ pī ❶【狓猖】〈文〉嚣张;猖狂。❷【猖狓】1.〈文〉散乱不整的样子。2.〈文〉同"狓猖"。

毗 [＊毘] pí ❶〈文〉连接:～连|～邻。❷〈文〉辅助:～佐|～益(补益)。

蚍 [蠭] pí 【蚍蜉(fú)】〈文〉大蚂蚁:～撼树(比喻不自量力)。

罢 pí 见 bà "罢"(13 页)。

铍 (鈹) ⊖ pí 金属元素。符号 Be。
⊜ pī ❶中医用的医疗器具,下端两面有刃,用于刺破痈疽(yōngjū),以排除脓血。❷古代兵器。形状像刀,两面有刃。

笓 ⊖ pí 【箳(lí)笓】1.〈文〉用竹篾编的捕鱼虾器具。2.〈文〉用竹、柳或荆条编成的屏障物:～篱笆。
⊜ bì 【竹笓】〈文〉同"竹篦"。一种用竹片扎成的刑具。

郫 pí ❶郫县,地名。在四川成都。❷郫江,水名。在四川,是岷江的支流。

肶 pí 〈文〉人的肚脐。

疲 pí ❶(身体)劳累;困乏:～乏|精～力尽。❷货物销售不畅或行情低落等:～软|～滞|畅销不～。❸〈文〉瘦弱;衰

老:～马|～朽(老朽)。❹厌倦:我自乐此,不为～也。

陴 pí 〈文〉女墙,城墙上呈凹凸形的矮墙:守～者皆哭。

埤 ⊖ pí 〈文〉增加:削长～短。
⊜ pì 【埤堄(nì)】〈文〉城墙上呈凹凸形有孔的矮墙。也叫"女墙"。
⊜ bì 〈文〉低洼潮湿的地方:松柏不生～。
㊃ bēi 〈文〉低下:～车小马。

啤 pí 啤酒,用大麦芽和啤酒花制成的低度酒,有泡沫和特殊的香味:鲜～|扎～。[英 beer]

崥 pí 见 bǐ "崥"(30 页)。

躯 pí 【夸躯】〈文〉对人卑躬屈身以表示顺从:笑谢～子。也作"夸毗(pí)"。

舣 pí 【丐(gài)舣】地名。在越南。

猈 pí 见 bài "猈"(15 页)。

琵 pí 【琵琶(pa)】弦乐器。木制,体呈半梨形,上有长柄,有四根弦,戴假指甲弹奏。

蓖 ⊖ pí 〈文〉蒿类植物。
⊜ bì 【蓖麻】〈文〉同"蓖麻"。一年生或多年生草本植物。

椑 pí 见 bēi "椑"(24 页)。

甀 pí 古代盛水防火的瓦器。

脾 [脺] pí 人和脊椎动物的内脏之一。能够制造血细胞,储存血液,也是最大的淋巴器官。也叫"脾脏"。

鲅 (鮍) pí 【鳑(páng)鲅】鱼名。外形像鲫鱼而较小,生活在淡水中。

痺 ⊖ pí 〈文〉鸟名。即雌的鹌鹑:有鸟焉…其音如～。
⊜ bēi 通"卑(bēi)"。低下:～下|小马～牛。
另见 bì "痺"(33 页)。

裨 pí 见 bì "裨"(34 页)。

梐[梐] pí 〈文〉屋檐的前板。

蜱 pí 节肢动物。身体椭圆形，有四对足。种类很多，有的吸食植物的汁液，危害农作物，有的吸食人畜血液，能传播疾病。也叫"壁虱"。

羆(羆) pí 熊的一种。俗称"马熊"或"人熊"：如熊如～。

膍 pí ❶〈文〉牛胃，即牛百叶。❷〈文〉鸟胃。❸〈文〉厚赐：福禄～之。

蕃 pí 见 fán "蕃"(169页)。

麨 pí 【麨麷(lí)】〈文〉米、麦等炒熟后磨成的粉。

榫 pí 【榫椑(xī)】〈文〉向下生长的树枝。

魮 ㊀ pí ❶〈文〉能产珍珠的珠母贝。❷【鳑(páng)魮】鱼名。同"鳑鲏"。生活在淡水的小型鱼类。
㊁ bǐ 【鮄(bū)魮】古代指海鳐鱼。

鵧[鴄] pí 【欽鵧】传说中的神鸟。

鮍 pí 见 pī "鮍"(513页)。

鞞 pí 【鞞鯢(nì)】〈文〉城墙上锯齿形的矮墙。

鞞 pí 见 bǐng "鞞"(45页)。

韠 pí 用于人名。

貔 [貔、豼、貔] pí ❶古书上说的一种猛兽，外形像虎：如虎如～。❷【貔貅(xiū)】即貔。比喻勇猛的军队：统领～百万。

蠯[蠯] pí 〈文〉狭长的蚌。

鷅 pí 【鷅鶋(jí)】〈文〉鸟名。也叫"鶋鸠"。

䴽 pí 古代指小饼形的酒曲。

蠰 pí 【蠰蛸(xiāo)】〈文〉即螵(piāo)蛸，螳螂的卵块。

鼙 pí 古代军队中用的小鼓：万里扫尘烟，三边无鼓～。

pǐ (ㄆㄧˇ)

匹 [❶❸❹△*疋] pǐ ❶比得上；相当：～敌(彼此相当)|～配|举世无～。❷单独：单枪～马。❸量词。用于马、骡等：一～马|驴、马数十～。❹量词。用于成卷的布、绸、呢、绒等：一～布|三日断五～，大人故嫌迟。
"疋"另见 yǎ (771页)。

庀 pǐ ❶〈文〉具备；备办：～材|～工(具动工条件)。❷〈文〉治理：～政|～其家事。

圮 pǐ 〈文〉毁坏；倒塌：～毁|倾～|坍～|因地震城～。

朹 pǐ 〈文〉不顺；凶险：休～(止息厄运)。通作"否(pǐ)"。

仳 ㊀ pǐ 〈文〉分离：～别|～离(夫妻分离，特指妻子被丈夫遗弃)。
㊁ pí 【仳倠(huī)】1. 古丑女名。2.〈文〉容貌丑。

芘 pǐ 有机化合物。分子式 $C_{22}H_{14}$。存在于煤焦油中。

否 pǐ 见 fǒu "否"(182页)。

吡 pǐ 见 bǐ "吡"(30页)。

痞 pǐ ❶痞块，中医指腹腔里可以摸得到的硬块。也叫"痞积"。❷恶棍；无赖：～子|地～。

崥 pǐ 〈文〉崩塌。

鳴 pǐ 〈文〉鸭。又叫"鴄(mò)鳴"。

誹 pǐ 〈文〉诽谤。

劈 pǐ 见 pī "劈"(513页)。

擗 pǐ 〈文〉分开；裂开：垣墙皆顿～，荆棘上参天。

頯 pǐ 〈文〉头部偏斜：月映娥眉～面看。

癖 pǐ 对某种事物偏爱而形成的习性：～好(hào)|洁～|嗜酒成～|曰："卿有何～?"对曰："臣有《左传》～。"

P

嚭[嚭] pǐ 〈文〉大。多用于人名。

pì (ㄆㄧˋ)

屁 pì ❶从肛门排出的气体,有臭味:放~|~滚尿流。❷比喻没有用的,不值一提的事物:~话|~事。

埤 pì 见 pí "埤"(514 页)。

萆 pì 见 bì "萆"(32 页)。

副 pì 见 fù "副"(190 页)。

淠 pì 淠河,水名。在安徽中西部,是淮河的支流。

淠 pì 古地名。通作"淠"。

埤 pì ❶〈方〉土块:泥~。❷模拟动物用尾击地的声音:其声~然。

撆 pì ❶〈文〉击打。❷【撆拍】〈文〉模拟轰击声。

睥 [瞟] pì 【睥睨(nì)】〈文〉斜着眼睛看,表示高傲或厌恶:~人世|~一切|过者莫不左右~而掩鼻。

堛 pì ❶〈文〉剖分;破开。通作"副(pì)"。❷〈文〉薄版:~片。

辟 pì 见 bì "辟"(34 页)。

媲 pì 〈文〉匹配;比得上:~迹(并肩)|~美(比美)|险语破鬼胆,高词~皇坟(皇坟:传说三皇时代的典籍)。

撆 pì 〈文〉割破;剖开:~痤(痤:痤疮)。

潵 pì 见 piē "潵"(520 页)。

辌 pì 【辌輗(yì)】1.〈文〉支撑车盖的木杠。2.〈文〉车名。

廦 pì 〈文〉狭窄。

僻 pì ❶离城市或中心地区远:~静|穷乡~壤|~陋之国。❷性情古怪,不合群:孤~|乖~(乖张偏执)|为人性~耽佳句,语不惊人死不休。❸不常见的;很少用的(多指文字):生~|冷~|~典(不常见的典故)。

潷 pì 【潷(píng)潷】〈文〉漂洗(丝绵)。

畐 pì 〈文〉充满;拥塞:~塞。

嚊 ⊖ pì 〈文〉喘息声。
⊜ xiù 同"嗅"。闻:小狗用鼻子在他的足踝上~着。

甓 pì 〈文〉砖:古~|侃在州,无事,辄朝运百~于斋外,暮运于斋内(侃:西晋人陶侃)。

潷 pì 〈文〉水中的陆地。

畐 pì 〈文〉多;密:~然丘岳,破裂崖谷。

糪 pì 〈文〉同"屁"。放屁。

鷉 ⊖ pì 【鷉鷉】[鷉、鷉](tī)〈文〉鸟名。样子似鸭而小,羽毛黄褐色,栖息于河流湖泊中。
⊜ bì 【鷉鷉(gāo)】〈文〉鸟名。一种小鸠。

縪 pì 见 bó "縪"(50 页)。

甌 pì 〈文〉剖;破开:~瓜。

譬 pì ❶打比方:~如|~喻|~若。❷用作比方的事物:取~|设~。❸〈文〉了解;领会:言之者虽诚,而闻之未~。

癖[癖] pì 〈文〉满;气满。

<hr>

piān (ㄆㄧㄢ)

片 piān 见 piàn "片"(518 页)。

扁 piān 见 biǎn "扁"(37 页)。

偏 piān ❶不正;斜:~斜|~颇|箭射~了。❷辅助的;不占主要地位的:~将|~师|~房。❸单独注重一方面或不公正:~见|~听|~信|好恶(wù)无所~。❹向某方面或某方向倾斜:气温~低|太阳~西了。❺离中心远:~僻|~远地区|~国

寡臣幸甚。❻副词。表示偏离常情或故意不顾别人的愿望(可重叠):不叫我看,我～看|～～在节骨眼儿上出了问题。❼〈文〉特别;最:有庚桑楚者,～得老聃之道。

刷 piān 〔刷刀〕清代兵器的一种。

褊 piān 〈文〉同"偏"。不正;不占主要地位的:～安|～师。
另见 biàn "遍"(38页)。

媥 piān ❶〔媥姺(xiān)〕〈文〉衣服轻盈飘摆的样子。❷〈文〉身体轻盈的样子。

犏 piān 〔犏牛〕公黄牛和母牦牛交配所生的第一代杂种牛。比黄牛力气大,比牦牛驯顺。公犏牛没有生殖能力。

痯 piān 〈文〉偏瘫;半身不遂。

篇 piān ❶首尾完整的诗文;成部著作中可以分开的组成部分:～章|诗～|谋～布局。❷写有或印有文字等的单张纸:歌～儿|单～讲义。❸量词。用于文章、纸张、书页:一～论文|打开书没看两～就犯困了。

翩 piān ❶〈文〉飞动:蜂舞蝶～。❷〈文〉轻快;敏捷:～若惊鸿,婉若游龙(鸿:大雁)。❸〔翩翩〕1.〈文〉轻快地飞动、舞动:～疾飞|～起舞。2.〈文〉举止潇洒:～少年|～风度。❹〔翩跹(xiān)〕〈文〉形容轻快地跳舞:～起舞。

鶣 ㊀ piān 〔鶣鷝(piāo)〕〈文〉轻盈的样子。
㊁ biǎn 姓。

pián (ㄆㄧㄢˊ)

便 piān 见 biàn "便"(38页)。

骈(駢) pián ❶〈文〉并列:～列|～肩(肩挨着肩)|～驰翼驱。❷〈文〉对偶的:～文|～偶|～四俪六,锦心绣口。❸姓。

胼 pián 〔胼胝(zhī)〕〈文〉茧子:手足～,面目黧(lí)黑(黧黑:黑)。

谝 pián 见 piǎn "谝"(517页)。

媔 pián 〔媔娟〕1.〈文〉美好的样子:美人侍立态～。2.〈文〉苗条的样子:取竹于北阴,～高节。3.〈文〉回环曲折的样子:旋室～(旋室:回环的宫室)。4.〈文〉悠扬婉转:奏～之乐。

梗 pián 梗木,古书中指一种名贵树木,可做建筑材料。

楄 pián ❶〈文〉方木:～柎(垫尸体的木板)。❷〈文〉匾额。❸〈文〉(木屐)底板。❹〈文〉树木名。

跰 ㊀ pián 〔跰跰(zhī)〕即胼胝。老茧,手掌或脚底因长期摩擦而生的硬皮。
㊁ bèng 〔跰跰〕〈文〉奔走的样子。

瓟〔瓟〕 pián 〈文〉瓜名:白～|黄～。

褊 pián 见 biǎn "褊"(37页)。

蝙 pián 〔蝙蠉(xuán)〕〈文〉昆虫,沙虱的别名。吸食鼠或人的血,能传播恙虫病。

骿 pián ❶〔骿胁〕〈文〉肋骨连成一片。❷〔骿胝(zhī)〕〈文〉同"胼胝"。老茧,手掌或脚底因长期摩擦而生的硬皮。

緶 pián 见 biàn "緶"(39页)。

蹁 pián ❶〈文〉脚歪斜不正:立而跂,坐而～(跂:qǐ,踮起脚后跟)。❷〔蹁跹(xiān)〕〈文〉旋转舞动的样子:～飞舞。

闐 pián 〔闐闐(tián)〕〈文〉聚集;连属:车马～。

璚 pián 见 bīn "璚"(44页)。

齥 pián 〈文〉重牙;并齿:～齿。

piǎn (ㄆㄧㄢˇ)

谝(諞) ㊀ piǎn 〈方〉显示;夸耀:～能|～富。
㊁ pián 〈文〉花言巧语:～言。

塥 piǎn 〈方〉长条形的低平地。多用于地名:长河～(在重庆)。

piàn（ㄆㄧㄢˋ）

片 □ ㈠ piàn ❶扁平而薄的东西：名～|相～。❷整体中划分出的一部分；较大地区中划分出的较小地区：分～儿|这一～很繁华。❸切削成薄片：～烤鸭|肉片儿。❹不全的；零星的；简短的：～面|～刻|～言只字（简短的几句话）。❺电影拷贝；电影、电视剧等：影～|故事～|制～厂。❻量词。1. 用于扁平而薄的东西：一～树叶|三～花瓣|一～花飞减却春（减却：减去）。2. 用于较大范围的面积、空间（常指山林、田野、建筑物以及江河湖海的水面）：一～草地|一～麦田|一～蔚蓝色的湖水。3. 用于景色、气象、声音等（数词限用"一"）：一～新气象|一～春色|一～笑声。❼词的分段；阕。分两段的词，上段叫"上片"，下段叫"下片"。

㈡ piàn 义同"片"㈠❶❺，用于口语：～子|～酬|相～儿|故事～儿。

听 piàn〈方〉闲谈：闲～。

恍 piàn 同"片"。量词。用于古白话：一～心。

猵 piàn 见 biān "猵"（36 页）。

骗（騙）□ piàn ❶用谎言或诡计欺蒙，使人上当：～人|欺～|你别让他～了。❷用欺骗的手段得到：～钱|～贷|～吃～喝。❸跃上马，后泛指侧身抬起一条腿跨上：～马|～石（上马石）|一～腿儿上了自行车。

騗 piàn〈文〉同"骗"。跃上马：蜀马临阶～。

---

piāo（ㄆㄧㄠ）

骉 □ piāo 见 biāo "骉"（39 页）。

票 □ piāo 见 piào "票"（519 页）。

剽 □ [勡] piāo ❶抢劫；掠夺：～掠|～窃（抄袭窃取别人的文章、著作）|纵兵～行人。❷〈文〉〈动作〉敏捷：～疾|～悍。❸〈文〉削除：～甲兵，敦儒学（敦：推崇）。

彯 piāo ❶〈文〉轻捷；敏捷：～然|玉女之纷～。❷〈文〉通"飘（piāo）"。吹动：飘卷：白云～～|介士～长缨。❸〈文〉零落：仲秋风飞，平原～色。❹〈文〉抛弃：～节去函谷。

嘌 □ piāo 见 piào "嘌"（519 页）。

漂 □ ㈠ piāo ❶浮在液体表面；顺着液体流向或风向移动：～浮|～流|血流～杵（杵：通"槽"，大盾牌。形容战争中杀人极多）|河面上～着荷花灯。❷钓鱼用的浮子：鱼～儿|～儿一沉，赶快起竿。

㈡ piǎo ❶用水冲洗：～洗|信钓于城下，诸母～，有一母见信饥，饭信（信：韩信。饭信：给韩信饭吃）。❷漂白，用化学药剂使纤维或纺织品褪去原来的颜色而变白：～染|土布～了以后就白多了。

㈢ piào【漂亮】1. 美；好看：她长得～，穿得也～。2. 出色；特别好：事情办得～|说着一口～的英语。

缥 □ piāo 见 piǎo "缥"（519 页）。

飘（飄）[*飃、飄] piāo ❶随风摇摆或飞舞：～扬|～舞|天上～着白云。❷轻浮；不踏实：这个人怕吃苦，工作有点儿～。❸轻松得意；洒脱自然：～逸|轻～|～若浮云，矫若惊龙。❹形容两腿绵软无力，走路不稳：喝了几杯酒，迈起步来直发～。❺〈文〉旋风；大风：～风不终朝，骤雨不终日。

飃 piāo【飃水岩】地名，在江西。也作"飘水岩"。

飄 piāo〈文〉大风：～风（暴风）。通作"飘"。

瀌 piāo〈文〉同"漂"。浮在液体表面：夫水之性～～至于～石。

翲 piāo〈文〉轻：举之～然若挥虚焉。

螵 □ piāo【螵蛸（xiāo）】螳螂的卵块，干燥后可入药。

旚 piāo〈文〉旌旗飘扬的样子。后作"飘"：～摇。

趰 piāo 〈文〉脚步轻快:其行～捷。

奧 piāo 〈文〉火腾起。通作"票"。

犥 piāo 〈文〉黄白色的牛。

飃 piāo 〈文〉北斗星之一的名称。

鷚 piāo 〈文〉鸟飞翔的样子:锦帐佟(shū)鸿～。

piáo (ㄆㄧㄠˊ)

朴 piáo 见 pǔ "朴"(527页)。

嫖 [闝] piáo 男子玩弄妓女:～娼|吃喝～赌。

瓢 piáo 舀(yǎo)水或撮取米面等的用具,多用对半剖开的葫芦做成:水～|锅碗～盆|瓢(hù)剖之以为～。

薸 piáo 〈文〉浮萍。

piǎo (ㄆㄧㄠˇ)

荽 piǎo 〈文〉同"莩"。饿死的人。

莩 piǎo 见 fú "莩"(185页)。

殍 piǎo 〈文〉饿死的人:饿～遍野。也作"莩"。

漂 piǎo 见 piāo "漂"(518页)。

缥 (縹) ⊖ piǎo ❶〈文〉青白色的丝织品:翠～兮为裳。❷〈文〉淡青:～竹湘南美。
⊜ piāo 【缥缈(miǎo)】隐隐约约、若有若无的样子:云海～|忽闻海上有仙山,山在虚无～间。也作"飘渺"。

餢 piǎo 见 bǎo "餢"(22页)。

膘 piǎo 见 biāo "膘"(40页)。

廅 piǎo 见 biāo "廅"(40页)。

瞟 [覕] piǎo 斜着眼看(多指在短时间内):他站在一边～着我|姑娘偷偷地～了他一眼。

箈 piāo ❶〈文〉一种实心而强劲的竹子,削尖可做矛、矢等。也叫"筋竹"。❷〈文〉竹笋。

醥 piāo ❶〈文〉清酒:清～。❷〈文〉酒清醇。

顠 piāo 〈文〉头发斑白的样子:余发(fà)渐～。

皫 piāo ❶〈文〉(颜色)白。❷〈文〉禽鸟羽毛暗淡,失去光泽:鸟～色。

臕 piāo 〈文〉同"膘"。牲畜小腹两边的肉。

piào (ㄆㄧㄠˋ)

髟 piào 见 biāo "髟"(39页)。

票 ⊖ piào ❶用来作为凭证的纸片:～据|车～|选～。❷纸币:钞～|～面|零～儿。❸非职业性的戏曲表演:～友|玩儿～。❹指绑匪用来向事主勒索赎金的人质:肉～|绑～|撕～(杀死人质)。❺〈文〉轻捷;敏捷:～禽(轻捷的飞禽)|～武(敏捷勇猛)。
⊜ piāo 〈文〉轻身升起的样子:～然逝。

勡 piào 〈文〉抢劫;掠夺。

僄 ⊖ piào ❶〈文〉轻捷;敏捷:～勇轻悍。❷〈文〉轻薄;不稳重:轻～。
⊜ biāo 〈方〉身体轻盈,容貌美丽。

蔈 piào 见 biāo "蔈"(40页)。

嘌 ⊖ piào 【嘌呤(lìng)】有机化合物。分子式 $C_5H_4N_4$,无色晶体,在人体内嘌呤类化合物最终氧化成尿酸。[英 purine]
⊜ piāo ❶〈文〉疾速:匪风飘兮|匪车～兮(匪:通"彼",那)。❷〈文〉音节繁密的歌声:～唱。❸说(用于贬义):胡～。

獧 piào 〈文〉同"僄"。轻捷;敏捷:～狨(轻捷剽悍)。

漂 piào 见 piāo "漂"(518页)。

慓 piào 〈文〉快速;敏捷:～疾。

骠(驃)
㊀ piào ❶〈文〉马快跑的样子;跑得快的马:～骑|追风～。❷〈文〉勇猛:～勇|～悍。
㊁ biāo 毛淡黄栗色,鬃、尾等近于白色。全身毛黄栗色的叫"黄骠马"。

骉 piào 〈文〉听:～闻盛事。

驫 piào "骠(piào)"的俗字。用于古人名。

> **piē (ㄆㄧㄝ)**

氕 piē 氢的一种同位素,符号^{1}H。是氢的主要成分。

觍 piē 见 miè "觍"(461页)。

撇
㊀ piē ❶丢开;抛弃:～开|～弃|～不下工作。❷在液体表面上轻轻舀取:～油|把排骨汤上的泡沫～出来。❸〈文〉击:～波(击波破浪)|若隼－虎腾,飞捷非人力可到。
㊁ piě ❶平着扔出去:～瓦片|把手榴弹～出老远。❷向下或向外倾斜:～嘴|走路脚往外～。❸汉字的笔形,形状是"丿":八字还没一～(比喻事情还没有眉目)。❹量词。用于像撇的东西:两～儿胡子。

潎
㊀ piē 【潎洌(liè)】1.〈文〉水流轻疾的样子:水～西南流。2.〈文〉乐曲轻扬的样子。
㊁ pì ❶〈文〉在水中漂击丝絮。❷〈文〉鱼游水中的样子:～～鱼相逐。❸〈文〉水清。

擎 piē ❶〈文〉同"撇"。击。❷〈文〉拂去;挥去:～涕扙泪。通作"撇"。

瞥 piē 很快地看一下:～见|惊鸿一～|那人～了她一眼,什么也没说。

> **piě (ㄆㄧㄝ)**

丿 piě 汉字笔形的一种。

苤 piě 【苤蓝(lan)】甘蓝的一种,二年生草本植物。叶子有长柄,花黄白色。茎部膨大,扁球形,是常见蔬菜。

撇 piě 见 piē "撇"(520页)。

锹(鍬) piě 〈方〉烧盐用的敞口锅。多用于地名:潘家～(在江苏大丰)。

鉴 piě ❶〈文〉耑(chā,像锹的挖土工具)的刃口。❷〈方〉同"锹"。烧盐用的敞口锅。

> **piè (ㄆㄧㄝ)**

錖 piè 见 bié "錖"(42页)。

甏 piè 古代盛茶、酒的器皿:镀金～。

> **pīn (ㄆㄧㄣ)**

拚 pīn 见 pàn "拚"(504页)。

拼 pīn ❶接合或合在一起:～合|～凑|几张桌子～起来。❷不顾一切地做;豁出去:～命|～搏|跟敌人～到底。

砯
㊀ pīn ❶【砯磴(yīn)】〈文〉模拟石头相碰击的声音。❷【砯汃(pà)】〈文〉水波击荡的声音。
㊁ bīn 〈文〉石名:～石。

姘 pīn 非夫妻关系的男女发生性行为:～居|～夫|～头。

闘 pīn 见 bīn "闘"(44页)。

骉 pīn 【骉駍(pēng)】〈文〉声响多而盛。

> **pín (ㄆㄧㄣ)**

玭[蠙、螷] pín 〈文〉蚌珠。

贫(貧) pín ❶穷(跟"富"相对):～苦|～病交迫|天下多忌讳,而民弥～。❷缺少:～乏|～血。❸絮叨可厌:耍～嘴|别老翻来覆去地说,你～不～啊?

珲 ⊖ pín 〈文〉同"玭"。蚌珠。

⊜ bǐng 〈文〉刀鞘。

频（頻）pín ❶次数多：～仍｜～繁｜汝何去来之～。❷表示动作行为连续多次重复(可重叠)；屡次：捷报～传｜流言～起｜～～出击。❸指频率．1.单位时间内完成振动或振荡的次数或周数：～道｜高～｜调(tiáo)～。2.一定时间、范围内某事物重复出现的次数：字～｜词～。❹〈文〉皱眉：～蹙｜忧则～，喜则笑。后来写作"颦"。

嫔（嬪）pín 古代宫廷的女官；皇帝的妾：～妃。

蘋（蘋）[薲] pín 多年生蕨类植物。茎横卧在浅水的泥中，叶柄顶端生四片小叶浮在水面，像田字：于以采～？南涧之滨(南涧：南山之涧)。也叫"田字草"。

"蘋"另见 píng "苹"（522页）。

傾 pín【傾伽(jiā)】梵语"加罗傾伽"的省称。义为妙音鸟：大似～饷远空(饷响)。

隇 pín〈文〉通"颦(pín)"。皱眉：不语两含～。

矉 pín ❶〈文〉皱眉：效其～。通作"颦"。❷〈文〉恨而张目。❸〈文〉危急。

嚬 pín〈文〉同"颦"。皱眉：一～一笑。

橌 pín〈文〉果木名。即槟榔。

颦（顰）pín〈文〉皱眉头：～眉｜一～一笑｜东施效～。

矉 pín〈文〉配偶。

pǐn（ㄆㄧㄣˇ）

品 pǐn ❶物品；物件：食～｜商～｜半成～。❷等级：上～｜正～｜笔中佳～。❸事物的种类：～种｜～类｜盐之～至多。❹人在思想、行为等方面的素质；德行：～德｜～行｜学～兼优。❺我国古代官吏的等级：～级｜二～。❻评论优劣高下：～评｜～头论足｜以才～人。❼仔细体会；细辨(滋味)：～尝｜～茗｜这酒好不好，～一～就知道

了。❽〈文〉吹奏：～箫｜～竹弹丝。❾姓。

楆 pǐn 量词。用于屋架，一个屋架叫一楆：一～屋架。

pìn（ㄆㄧㄣˋ）

朰 pìn〈文〉剥取大麻的茎皮。

牝 pìn 雌性的(跟"牡"相对)：～牛｜～鸡司晨。

娉 pìn 见 pīng"娉"(521页)。

聘 [娉、甹] pìn ❶请人担任(职务)：～请｜～任｜招延俊秀，～求名士(延：请)。❷〈文〉指交换礼物，订立婚约：纳～｜下～。❸女子出嫁：出～｜～闺女。❹古代诸侯国之间或诸侯与天子之间派使者访问：～问｜使往来｜季文子初～于齐。

pīng（ㄆㄧㄥ）

乒 pīng ❶模拟物体撞击或打枪的声音：冰雹～～地砸在天窗上｜～的一声枪响。❷指乒乓球运动：～协｜～坛新秀。❸[乒乓]1.模拟连续的枪声、撞击声等(多叠用)：外面枪声～响成一片｜体育馆里非常热闹，乒乒乓乓的。2.指乒乓球：打～。

甹 pīng ❶〈文〉豪爽；轻财。❷〈文〉表示急疾义的词。

俜 pīng【伶(líng)俜】〈文〉孤独无依的样子：肥男有母送，瘦男独～。

砯 [砰] pīng〈文〉模拟水撞击山崖的声音：～崖转石万壑雷。

洴 pīng ❶〈文〉水流的样子。❷用于人名。

娉 ⊖ pīng【娉婷(tíng)】1.〈文〉(女子)姿态美好：～袅娜，玉质冰肌。2.〈文〉指美女。

⊜ pìn 古代的婚礼，男方派媒人向女方问名求婚。引申为嫁娶、婚配：子熙与弟子～王氏为妻。后通作"聘"。

竮 pīng【竛(líng)竮】〈文〉同"伶俜"。孤独无依的样子：倚竹～翠袖寒。

pīng

絣 pīng 〈文〉丝织品的青白色。

缾 pīng ❶〈文〉言。❷用于人名。赵崇缾,宋代人。

輧 pīng 【輘(líng)輧】同"伶俜"。1.〈文〉孤独无依的样子。2.〈文〉行不正的样子。

頩 ㊀ pīng 〈文〉面色光润的样子:~颜鹤发。
㊁ pīng 〈文〉发怒时脸色变青的样子:~然疑薄怒。

蹁 pīng 【蹁(líng)蹁】〈文〉同"伶俜"。孤独无依的样子:四顾~,傍(旁)无一人。

軿 pīng 〈文〉使。

píng （ㄆㄥˊ）

平 píng ❶表面没有高低、凹凸;不倾斜:~坦|~原|马路很~|无~不陂,无往不复。❷使平:填~|~了几亩地|吾与汝毕力~险。❸两相比较没有高低、先后、上下:~局|持~|~起~坐。❹均等;公正:~均|~分秋色|云行雨施,天下~也。❺安定:~静|太~|心~气和|海内清~。❻抑制;使安定:~民愤|把气~下去再说。❼用武力镇压:~定|~叛|~扫。❽经常的;普通的:~时|~淡|~民。❾平声,汉语声调的一种。古汉语的平声字在普通话里分为阴平和阳平两类。❿〈文〉评议;评论:~说|~画(评议谋划)。后来写作"评"。⓫姓。

冯 píng 见 féng "冯"(180页)。

评（評） píng ❶议论;判定(是非、优劣等):~判|~估|~先进|~头论足。❷评论的语言或文章:短~|书~|影~。❸姓。

坪 píng ❶山区或黄土高原的小块平地。多用于地名:大~|茨~(在江西井冈山)。❷泛指平坦的场地:草~|停机~|晒谷~。

苹（❶蘋） píng ❶【苹果】落叶乔木。果实也叫"苹果",是常见水果。❷〈文〉同"萍"。浮萍。❸〈文〉蘋蒿:呦呦鹿鸣,食野之~。
"蘋"另见 pín "蘋"(521页)。

呯 píng 模拟突发的声音:~然一声。

凭（憑）〔*慿、凴、凭〕 píng ❶〈身体〉倚着;靠着:~栏远眺|~几(jī)据杖。❷倚仗;依靠:~借|依~|这次成功全~了大家的共同努力。❸证据,可以作为证明的事实或材料:文~|真~实据|空口无~。❹介词。引入动作行为的凭借或依据:~票入场|~经验办事|~什么不让我进去? ❺〈文〉任凭;无论:古碣~人揭,闲诗任客吟。❻〈文〉烦劳;请求:~君莫射南来雁,恐有家书寄远人。

邴 píng 古地名。春秋纪国的地方,在今山东。

泙 ㊀ píng 〈文〉谷;河谷。
㊁ pēng 〈文〉形容水声或水势:水~~。

玶 píng 〈文〉一种玉石。

荓 ㊀ píng 〈文〉多年生草本植物。根茎可制扫帚或刷子。俗称"马帚、铁扫帚"。
㊁ pēng 〈文〉使:~云不逮(云:助词。逮:及)。

枰 píng ❶〈文〉树木名:华枫~栌。也叫"平仲木"。❷〈文〉棋局;棋盘:棋~|对~|推~认输。

帡 píng 【帡幪(méng)】1.古代指帐幕之类的覆盖物,在上的叫"幪",在旁的叫"帡"。2.〈文〉覆盖;庇护:民之疾苦,悉赖~。

洴 píng 【洴澼(pì)】〈文〉漂洗(丝绵):世世以~澼绗为事(绗:kuàng,丝绵絮)。

屏 ㊀ píng ❶遮挡;屏障:三镇国之~蔽,割之何以立国? ❷屏风,放在室内用来挡风或隔断视线的遮蔽物:画~|围~。❸成组的字画的条幅,通常以四幅或八幅为一组:~条|四扇~。❹〈文〉指影壁,对着门的小墙。
㊁ bǐng ❶抑制(呼吸):~住呼吸|气敛声|~息静听。❷排除;除去:~退|~除|~弃。❸〈文〉隐退:籍因以疾辞,~于田里

（籍:人名）。

㊂ bīng【屏营】〈文〉惶恐的样子:～彷徨于山林之中。

瓶[*缾] píng ❶瓶子。通常口小，颈细，腹大，多用玻璃、陶瓷等做成:花～|～颈(比喻事情进行中容易产生阻碍的关键环节)|～～罐罐。❷古代汲水用的瓦器:观～之居,居井之眉(眉:旁侧)。

萍 píng 浮萍，一年生草本植物。浮生在水面，茎扁平像叶子，花白色，须根在叶子下面。全草可做饲料、绿肥，也可入药。

頩 píng 见 pēng "頩"(510 页)。

蛢 píng 〈文〉米中的小黑虫。

馮 píng 〈文〉同"冯"。依靠:鸟之在空,由～六翮。

蓱 píng ❶〈文〉同"萍"。浮萍。❷〈文〉通"苹(píng)"。蓱蒿。❸传说中的雨神名。

蚲 píng 〈文〉虫名。即金龟子。

嶙 píng 〈文〉同"屏"。屏风。

軿 ㊀ píng ❶古代一种有帷幔的车，也专指妇女乘坐的车:翠～。❷接合:～接。

㊁ pēng【軿訇(hōng)】〈文〉声音很大的样子。

鮃(鲆) píng 鱼名。身体侧扁，不对称，成鱼两眼都在左侧。生活在温带和热带的浅海沙底。种类很多，常见的有牙鲆、斑鲆等。

鉼 píng 见 bǐng "鉼"(45 页)。

鯿 píng 古代用蒲草或竹篾编成的盛米器具。

簈 píng【簈簚(xīng)】1.古代车上用来防尘的竹席。2.〈文〉装有这种竹席的车。

瀺 píng【瀺瀺(bèi)】〈文〉水流汹涌激荡的样子。

檘 píng 〈文〉树名。通作"枰"。

貔 píng 哺乳动物。四肢短小，体长 10 厘米左右，尾毛蓬松。背部多呈红棕色，带黑斑。生活在草原或林区，对农林有害。

pǐng （ㄆㄧㄥˇ）

頩 pǐng 见 pīng "頩"(522 页)。

pō（ㄆㄛ）

朴 pō 见 pǔ "朴"(527 页)。

抪 ㊀ pō ❶〈文〉推击;扑打:(游水者)以手～(水)。❷〈文〉擦拭。

㊁ bá【抪搋(hù)】〈文〉同"跋扈"。专横霸道。

釙(钋) pō 金属元素。符号 Po。

陂 pō 见 bēi "陂"(23 页)。

坡 pō ❶地势倾斜的地方:山～|高～|上～|离离若缘～之竹。❷倾斜:～度|梯子～着点儿放，否则不稳。

岥 pō ❶同"坡"。地势倾斜的地方。❷【岥岮(tuó)】〈文〉倾斜的样子。

泊 pō 见 bó "泊"(48 页)。

泺 pō 见 luò "泺"(436 页)。

泼(潑) pō ❶用力使液体向外洒开:～洒|瓢～|大雨|水～了我一身。❷凶悍蛮横，不讲道理:～皮|撒～打滚|凤姐见人来了，便不似先前那般～了。❸(做事)勇猛，有魄力:～辣|那个女孩儿干活儿真～。

師 pō【師眜(mò)】〈文〉浅白色。

鏺(鏺) pō ❶古代一种镰刀。❷〈文〉割草;除去:春～草棘。❸〈文〉讨伐;铲除。

颇(頗) pō ❶〈文〉偏;不正:偏～|循绳墨而不～(循:遵循)。❷〈文〉副词。表示程度相当高,相当于"很、十分":收获～丰|山路～陡|～以为然。❸〈文〉副词。表示一定的程度,相当于"略微":二十尚不足,十五～有余|～读兵书,微有经略。

酸(醱) ㊀ pō 〈文〉酿(酒):～醅(醅:pēi,重新酿造没有过滤的酒)。
㊁ fā【酸酵(jiào)】发酵。现在写作"发酵"。

剺 pō ❶〈文〉收割:～麦。❷〈文〉挖掘。

pó (ㄆㄛˊ)

婆 pó ❶年老的妇女:老～～|老太～。❷丈夫的母亲:～媳|公～。❸〈方〉祖母,也指跟祖母同辈的女性亲属:外～|叔～|姑～。❹母亲:阿～不嫁女,那得孙儿抱。❺旧指从事某些职业的妇女:媒～|接生～。

蒪 pó 〈文〉同"擎"。开辟;修治。

婺 pó 见 pán "婺"(503 页)。

媻 pó 同"婆"。年老的妇女。

擎 pó 见 pán "擎"(503 页)。

鄱 pó【鄱阳】1. 鄱阳湖,湖名。在江西北部,现为我国最大的淡水湖。2. 地名。在江西上饶。

暜 pó(又读 bó)〈文〉痛极而喊叫:舍人不胜痛,呼～。

繁 pó 见 fán "繁"(169 页)。

皤 pó 〈文〉(须发)白:须鬓～然。

嶓 pó 佛教译音用字。

藮 pó 〈文〉白蒿。

pǒ (ㄆㄛˇ)

叵 pǒ ❶〈文〉不可:～测(不可推测,用于贬义)|～耐(不可容忍)。❷〈文〉遂;就:超欲因此～平诸国,乃上疏请兵(超:人名。平:平定)。

叵 pǒ 〈文〉同"叵"。不可:～耐(不可容忍;可恨)。

岮 pǒ【岮峨(é)】〈文〉摇动起伏的样子:～涌没。

钷(鉅) pǒ 金属元素。符号 Pm。

笸 pǒ【笸箩(luo)】用柳条或篾条等编成的盛(chéng)东西的器物,帮较浅,多为圆形。

簸 pǒ【簸箩】同"笸箩"。用柳条或篾条等编成的盛东西的器物。

駊 pǒ【駊騀(ě)】1.〈文〉马摇头的样子:庭空六马入,～扬旗旌。2.〈文〉比喻起伏不平:洞箫声～。3.〈文〉马奔腾:～镫脱足。4.〈文〉高大的样子:崇丘陵之～。

pò (ㄆㄛˋ)

籹 pò 〈文〉草木繁茂的样子。

朴 pò 见 pǔ "朴"(527 页)。

岶 pò【嵃(mò)岶】〈文〉稠密的样子。

迫[*廹] ㊀ pò ❶强逼;用压力促使:～使|强～|～不得已。❷逼近:～近|～在眉睫|～而察之。❸急促;紧急:～切|急～|从容不～|此～矣!臣请入,与之同命。❹〈文〉狭窄:地势局～。
㊁ pǎi【迫击炮】一种火炮。炮身短,由炮口装弹,弹道弯曲,适用于射击遮蔽物后的目标。

狛 pò 〈文〉兽名。外形像狼,善于驱赶羊群。

珀 pò【琥(hǔ)珀】古代松柏树脂在地下形成的化石,可以用来制造装饰品,也可入药。

岶
pò 〈文〉太阳刚出,光尚未盛明的样子:时～～兮旦旦。

敀
pò 〈文〉同"迫"。逼近。

胉
pò 〈文〉牲体从腋下到腰上的部分:两～。

洦
pò 〈文〉浅水的样子:～流。

袙
pò 〈文〉同"魄"。魂魄。

破
pò ❶完整的东西受到损伤:～损|～裂|把书皮儿撕～了。❷使分裂;劈开:～坏|～土动工|～巨石,裂大木。❸〈文〉耗损:儒者～家而葬。❹超出(规则、限制等):～除|～例|～纪录。❺打败;攻克:各个击～|攻～城池|大～曹公军。❻花费;耗费:～费|～财|～工夫。❼揭穿;使露出真相:～案|侦～|一语道～。❽残缺的;损坏的:～旧|～烂不堪|国～山河在,城春草木深。

哱
哱 ㊀ pò ❶〈文〉吹气声:～息(打喷嚏的声音)。❷【哱啰(luó)】古时军中的一种号角,用海螺壳做成:吹～。❸助词。相当于"吧":来吃山落红～! ❹【哱唗(xī)】叹词。表示斥责或唾弃。用于古白话。
㊁ bā【哱拜】古代鞑靼人的一支。
㊂ bō【呼哱哱】鸟名。戴胜的俗称。

烞
pò 模拟爆裂声:(那火)烨(bì)烨～～,一派红光。

酺
pò 〈文〉酒的颜色。

粨
pò 酿酒等剩下的废料;渣滓:豆～|糟～(比喻粗劣无用或有害的东西)。

趐
pò【趐涨】1.〈文〉越过宽阔的水域。2.〈文〉水势上涨。

酋
pò 〈文〉舂捣。

蕁
pò【蒚(jū)蕁】〈文〉多年生草本植物,花穗和嫩芽可做佐料,根可入药。也叫"蘘荷"。

猭
pò 见 bó"猭"(49页)。

魄
魄 pò ❶迷信的人指依附于人体的精神,人死后可以继续存在(能离开躯体的为魂,不能离开躯体的为魄):魂飞～散|惊心动～。❷表现在外的胆识、精力:～力|气～|体～。❸〈文〉通"粨(pò)"。糟粨:君之所读者,古人之糟～已夫!

蚆
pò 〈文〉同"魄"。魂魄。

髉
pò 见 bó"髉"(49页)。

擆
pò【擆擆(bó)】〈文〉模拟击中物体的声音:流镝～。

蘽
pò【蘽苴(jū)】〈文〉一种多年生草本植物。

霮
pò 〈文〉皮革因雨水沾湿而隆起。

頯
pò ❶〈文〉脸大。❷〈文〉涨大,鼓起。

髉
pò 见 bó"髉"(50页)。

轉
pò 〈文〉车轫上裹的皮子。

籓
pò 〈文〉竹名。

霸
pò 见 bà"霸"(14页)。

po（·ㄆ乛）

桲
po 见 bó"桲"(48页)。

剖
pōu ❶切开;破开:～开|解～|～之以为瓢。❷分辨;分析:～白|～析|簿案盈几(jī),～决如流。

婄
pōu 〈文〉不肖。

飍
pōu 〈文〉风吹动的样子:水积既深,大波其～。

póu（ㄆㄡ）

抔
póu ❶〈文〉用手捧东西:取案上酒果,～来供生。❷〈文〉量词。用于手捧的东西(数词限用"一",多用于水、土):一

～泉水|一～黄土。

附 póu　见 fù "附"(190 页)。

抙 póu　〈文〉引取;聚集:～多益寡(取多余以补不足)。

掊 ⊖ póu　❶〈文〉用手扒土;挖掘:见地如钩状,～视鼎甚。❷〈文〉搜刮;聚敛:～聚|～敛。❸〈文〉同"抔"。用手捧东西。

⊖ pǒu　〈文〉打击;击破:～击(抨击)|～其脑而死之。

裒 ⊖ póu　❶〈文〉聚集:～辑(辑录)|～敛无厌(敛:搜刮)|～兵守境。❷〈文〉引取:～多益寡(取有余以补不足)。

⊖ bāo　〈文〉衣襟宽大:～衣博带。

箁 póu　〈文〉笋的外皮。

髻 póu　〈文〉头发美。

攁 póu　〈文〉揽;牵引:～辔。

pǒu　(ㄆㄡˇ)

掊 pǒu　见 póu "掊"(526 页)。

嵝 pǒu　【嵧嵝(lǒu)】〈文〉小土丘。

棓 pǒu　见 bàng "棓"(19 页)。

攴 pū　〈文〉敲击:～更暸望。

仆 (⊖僕) ⊖ pū　向前倒,泛指倒下:～倒|前～后继|樊哙侧其盾以撞,卫士～地。

⊖ pú　❶仆人,旧时供人役使的佣工(跟"主"相对):～从|女～|僮。❷谦辞。古时男子称自己:～非敢如是也。❸〈文〉驾车的人:～夫|君车将驾,则～执策立于马前(策:马鞭)。❹姓。

扑 (撲) pū　❶向前冲,躯体迅速伏在物体上:～倒|饿虎～食|一头

～到床上号啕大哭。❷(气体等)直冲:香味｜鼻|春风～面。❸把全部心力集中到(某方面):一心～在工作上|精力全～到孩子身上了。❹击打;拍打:～打|～灭|脸上～了粉|轻罗小扇～流萤。❺扑粉的用具:粉～儿。

匍 pū　〈文〉一种像豆的铜器。通作"铺"。

剥 pū　见 bāo "剥"(20 页)。

铺 (鋪) [⊖*舖] ⊖ pū　❶把东西展开或摊平:～床单|～路架桥|把地图～在桌上。❷〈文〉陈设;安排:～筵席,陈尊俎。❸铺首。门上的衔环兽面,以金属制成。

⊖ pù　❶店铺,商店:～面|药～|杂货～。❷用板子搭的床,泛指床:～位|床～|地～。❸古时的驿站(现多用于地名):十里～,设卒以递公文。

痡 pū　❶〈文〉病;疲弱:士马～伤。❷〈文〉衰竭:财殚力～。❸〈文〉伤害:毒～四海。

貐 pū　见 fū "貐"(183 页)。

踣 pū　❶〈文〉马蹄的痕迹:～多尘乱飞。❷〈文〉涂;敷上:污泥～其中。

噗 pū　模拟水或气喷出来的声音:锅里的水开了,～～直冒泡儿|～的一声,吹熄了油灯。

潽 pū　液体因沸腾而溢出:看着点儿,别让锅～了。

撲 pū　〈文〉同"扑"。击打;拍打:追剿未靖,随～随炽(炽:旺)。

撲 pū　〈文〉同"扑"。击打。

皫 pū　【皫皫(pú)皫】〈文〉鼠名。俗称"土拨"。

鯆 [鱛] ⊖ pū　【鯆鮄(fū)】古代指江豚。

⊖ bū　【鯆鮖(bǐ)】古代指海鳐鱼。

鱛 pū　〈文〉江豚。

pú（ㄆㄨˊ）

仆□ pú 见 pū "仆"（526页）。

厂□ pú 【厂厂】〈文〉行走匆忙的样子。

匍□ pú 【匍匐(fú)】1. 爬行：～前进。2. 趴：西瓜蔓儿～在地面上|～在灵前失声痛哭。3.〈文〉尽力：凡民有丧,～救之。

莆□ ⊖ pú ❶【莆田】地名。在福建东南部。❷姓。
　⊜ fǔ 【蓬(shà)莆】传说中的一种瑞草。叶子很大,可以自己摇动扇凉。

菩□ pú 【菩萨】佛教用语。指修行到了很高程度、地位上仅次于佛的人。

脯□ pú 见 fǔ "脯"(189页)。

葡□ pú 【葡萄(táo)】多年生落叶藤本植物。叶子掌状分裂,花黄绿色。浆果也叫"葡萄",圆形或椭圆形,味酸甜,是常见水果。

羹 pú 〈文〉烦琐。

蒲□ pú 【蒱(chū)蒱】古代博戏名,类似后来的掷色子。也作"樗(chū)蒲"。

蒲□ pú ❶香蒲。多年生草本植物。生在浅水或池沼中,根状茎横生,叶子长而尖,雌雄花紧排在穗轴上,叫"蒲棒"。根状茎可提取淀粉,叶子供编织。通称"蒲草"。❷【菖(chāng)蒲】多年生草本植物。生在水边,地下有淡红色根茎。❸蒲柳,即水杨。这种植物一入秋就落叶,旧时用来谦称自己体质衰弱或地位低下：～之质。❹姓。

蒱 pú 〈文〉胸脯,家禽胸部的肉。

酺□ pú ❶〈文〉国有喜庆,朝廷特许的聚会饮酒：天下大～。❷〈文〉聚饮：聚饮食。❸〈文〉能给人、物带来灾害的神：祭～。

墣□ [圤] pú 〈文〉土块。

僕□ pú 〈文〉通"仆(pú)"。仆人。

獛 pú 古代对南方少数民族的蔑称。

璞□ [珆] pú ❶〈文〉含玉的石头；未经雕琢的玉：～玉浑金(未经雕琢的玉,未经冶炼的金。比喻未加修饰的天然美质)|王乃使玉人理其～而得宝焉(玉人：雕琢玉的人。理：雕琢)。❷〈文〉纯真；质朴：返～归真(指恢复到原来质朴、纯真的状态)。

鼾□ pú 【鼾鼾(hān)】〈方〉鼾：～声如雷。

镤□（鏷） pú 金属元素。符号 Pa。

穄□ pú ❶〈文〉谷类作物堆积。❷〈文〉禾或草等稠密。

簿 pú 〈文〉沉入水底捕鱼的竹席。

濮□ pú ❶古水名。是古黄河、济水的支流,今已湮灭。❷我国古代少数民族。分布在今湖南西北部。❸姓。

襆 pú 见 fú "襆"(187页)。

樸 pú 〈文〉指一种枣树及其果实。

僕 pú 〈文〉带有骨制箭头的箭。

讒□ pú 【讒鼨(pū)】〈文〉鼠名。俗称"土拨"。

pǔ（ㄆㄨˇ）

朴□（⊖樸）⊖ pǔ ❶未经雕琢修饰的：～实|～素|质～|古之民～以厚(以：而)。❷〈文〉未经加工的木材：匠斫其～(匠：木匠)。
　⊜ pò ❶朴树,落叶乔木。花黄色,果实圆形,黑色,木材可制作家具。❷【厚朴】落叶乔木。树皮厚,紫褐色,可入药。
　⊜ pō 【朴刀】古代兵器。刀身窄长,刀柄比大刀稍短。
　⊜ piáo 姓。

埔□ ⊖ pǔ 地名用字：黄～(在广东广州)。

㊁ bù　地名用字:大~(在广东梅州)。

圃 pǔ　❶种植果木瓜菜的园地:花~|苗~|园~。❷〈文〉种菜的人:老~。

浦 pǔ　❶水边或河水流入江海的地方。多用于地名:乍~(镇名,在浙江平湖)|~口(在江苏南京)。❷姓。

普 pǔ　❶全面;周遍:~遍|~查|~天之下,莫非王土。❷姓。

普 pǔ　"普"的旧字形。

溥 ㊀ pǔ　❶〈文〉广大;丰厚:~原|获利甚~。❷〈文〉普遍:~天之下。❸姓。
㊁ fū　〈文〉通"敷(fū)"。分布:夫孝,置之而塞乎天地,~之而横乎四海。

普 pǔ　〈文〉同"普"。全面;周遍。

谱(譜) pǔ　❶记载事物类别或系统的表册或书籍等:图~|年~|英雄~。❷作示范或供查阅的样本或图形:画~|棋~。❸乐谱,用符号记录下来的音乐作品:曲~|五线~。❹作曲;按歌词配曲:~曲|~写|他把这首词~成了歌曲。❺〈口〉把握;大致的依据:有~儿|没~儿。❻〈口〉显示出来的身份、派头等:摆~儿|官不大,~儿可不小。

嗜 pǔ　【嗜噜(lu)】同"氆氇"。我国藏族地区出产的一种毛织品。

谥 pǔ　〈文〉同"谱"。记载事物类别或系统的书籍等:~第。

氆 pǔ　[氆氇] pǔ　【氆氇(lu)】我国藏族地区出产的一种毛织品,可以做毯子、衣服等。

櫴 pǔ　【鲁櫴】〈文〉质朴;粗俗。也作"鲁朴"。

错(鐠) pǔ　金属元素。符号 Pr。

蹼 pǔ　❶蛙、龟、鸭、水獭等动物脚趾间的皮膜,用于划水。❷像蹼的用具:~泳|脚~。

pù （ㄆㄨ）

铺 pù　见 pū "铺"(526 页)。

堡 pù　见 bǎo "堡"(22 页)。

祔 pù　❶〈文〉谏。❷用于人名。赵士祔,宋代人。

暴 pù　见 bào "暴"(23 页)。

暴 ㊀ pù　〈文〉同"曝"。曝晒:日以~之。
㊁ bó　【暴烁(shuò)】〈文〉枝叶剥落稀疏的样子。

瀑 ㊀ pù　瀑布,从悬崖或河床突然降落的地方陡直而下的水流:飞~|悬~。
㊁ bào　瀑河,水名。一在河北东北部,一在河北中部。

曝 ㊀ pù　〈文〉晒:~晒|~麦于庭|一~十寒(比喻缺乏恒心)。
㊁ bào　【曝光】1.使照相胶片或感光纸在一定条件下受光的照射而起化学变化。2.比喻把隐秘的事情暴露出来:电视一~,老百姓对这种骗术就有了警惕性。

曝 pù　〈文〉同"曝"。晒。

Q

q

qī（ㄑＩ）

七 qī ❶最小的大于六的整数：～窍｜～律｜有子～人，母氏劳苦。❷旧俗人死后,每隔七天祭奠一次,直到四十九天为止,共分七个"七"。❸姓。

吃 qī 见 chī "吃"(80页)。

迉

泋 qī【迉泋(chí)】〈文〉游玩与休憩。

泋 ㊀ qī 用开水冲泡：～茶｜～碗糖水｜～得开～不开?
㊁ qiè 〈文〉波浪互相冲击：星错波～(像星星一样错落,像波浪一样冲击)。

妻 ㊀ qī ❶男子的配偶：夫～｜未婚～｜取～如之何? 必告父母(取：同"娶")。❷【妻子】1.(-zǐ)妻和儿女：爷娘～走相送。2.(-zi)妻：男子的配偶：她是我的～,我是她的丈夫。
㊁ qì 〈文〉把女子嫁给：以女～之。

脨 qī 〈文〉同"戚"。亲属：亲～。

柒 qī ❶数字"七"的大写。❷姓。

恓 qī 见 xī "恓"(715页)。

栖 [㊀*棲] ㊀ qī ❶鸟在树上或巢中停留、歇息：～息｜鸡～于埘(shí)｜霜黄碧梧白鹤～。❷居住;停留：～止｜～身｜越王勾践～于会稽之上(会稽：山名)。
㊁ xī【栖栖】〈文〉心里不安定的样子：～遑遑。

桤 (橙) qī【桤木】落叶乔木。叶子倒卵形,果穗椭圆形,木材质较软,嫩叶可以当茶叶用。

郪 qī 郪江,水名。在四川,流入涪(fú)江。

俱 qī 古代驱除疫鬼时扮神者所戴的面具。

觭 ㊀ qī 〈文〉倾斜不正的样子：柏偃松～。
㊁ guì 〈文〉很瘦：柳～花鞞(duǒ)。
㊂ guǐ 〈文〉重叠;累积。

敧 qī 〈文〉同"觭"。倾斜不正的样子。

凄 [❶❷△*凄、❸*悽] qī ❶寒冷：～冷｜风雨～～,鸡鸣喈喈。❷冷落萧条：～凉｜～清。❸悲伤：～切｜～怆｜～然泪下。
"凄"另见 qī(529页)。

捿 qī 〈文〉同"栖(棲)"。停留：重幕无温笔～冻。

萋 qī 〈文〉草木茂盛的样子：芳草～～｜卉木～～。

柒 [柒] qī ❶〈文〉漆树。树皮里有黏汁,可用来做涂料。❷〈文〉用漆树皮内黏汁做成的涂料。‖后多作"漆"。

戚 [❷*慼、❸*慽] qī ❶亲属：～友｜属～(亲戚朋友)｜遍封功臣同姓～者。❷忧愁;悲伤：悲～｜哀～｜休～相关。❸古代兵器,形状像斧：执干～舞(干：盾)。❹姓。

嘁 qī 见 cuì "嘁"(108页)。

凄 ㊀ qī 〈文〉云兴起的样子。
㊁ qiàn【凄洌(liàn)】〈文〉疾速的样子。
另见 qī "凄"(529页)。

媂 qī 〈文〉诋毁;丑化：诋～。

期 [❶*朞] ㊀ qī ❶预定的时间;限：如～完成｜君子于役,不知其～。❷一段时间：学～｜假～｜定存款。❸希望;等待：～望｜～待｜～盼。❹量词。用于分期的事物：第一～工程｜每～培训都满员｜本刊 2005 年第 3～。❺约会;约定时日：不～而遇｜～我乎桑中(桑中：地名)。
㊁ jī 〈文〉一周年;一整月：～年｜～月

多历年所,二百余～。

欺 qī ❶蒙骗;用虚假的言行使人上当:～哄|～诈|自～|～人|吾谁～乎?(谁欺:欺骗谁)❷欺负;凌辱;凌～|～辱|南村群童～我老无力。

敧 ⊖ qī ❶〈文〉歪;倾斜:～斜。❷〈文〉依;靠:～枕鸣蛙。
　⊜ jī 〈文〉拿筷子夹东西。

攲 qī ❶〈文〉同"敧"。歪;倾斜:梁～。❷〈文〉同"敧"。依;靠:～枕闲看知自适。

欹 qī 〈文〉同"敧"。歪;倾斜:虚则～,中则正。

殈 qī ❶〈文〉死亡:大～。❷〈文〉盈;满。

猗 qī 〈文〉犬齿。

敨 qī 〈文〉同"漆"。用漆涂:～身。

缉 qī 见jī"缉"(285页)。

郪 ⊖ qī 古地名。在今山东。
　⊜ xī 〈文〉同"膝"。膝盖:在兄～边坐。

偮 qī ❶〈文〉亲近:～则疏之。❷〈文〉肌肤的纹理。

毇 qī 见jī"毇"(286页)。

嘁 qī ❶【嘁嘁】模拟较轻的说话声:～低语。❷【嘁嘁喳喳(chāchā)】模拟细微杂乱的说话声:几位女士～地议论着。也作"嘁嘁嚓嚓"。❸【嘁哩喀喳】形容说话、做事干脆利落。也作"嘁哩喀嚓"。

崎 qī 见jǐ"崎"(294页)。

憅 qī ❶〈文〉同"戚"。悲伤:哀～。❷〈文〉同"戚"。亲属:贵～。

僛 qī 【僛僛】〈文〉酒醉起舞的样子:屡舞～。

漆 qī ❶漆树,落叶乔木。木质优良,果实可制蜡,种子可榨油。树皮里有黏汁,可用来做涂料:树之榛、栗,椅(yī)、桐、梓、～,爰伐琴瑟(树:种植。伐琴瑟:伐取木材制造琴瑟)。❷用漆树皮内黏汁或其他树脂制成的黏稠的涂料:～器|大～|如胶似～(多形容感情深厚,难分难舍)。❸用漆涂:把窗框～成绿色|～了三遍。❹黑色的;黑:～车(黑色的车)|～黑一团。❺〈文〉通"七(qī)"。数目字:昔者周公旦,朝读书百篇,夕见～十士。❻姓。

緀 qī 〈文〉丝帛上花纹交错的样子。

榛 qī 〈文〉同"漆"。漆树,落叶乔木。

頳 qī 【頳頜(shī)】1.〈文〉蟾蜍的别名。2.〈文〉伛偻病。‖也作"戚施"。

瞇 qī 【瞇(mī)瞇】眼皮微合的样子。用于古白话:眼～地佯(yáng)呆着(佯呆:假装痴傻)。

踦 ⊖ qī ❶〈文〉一只脚:一～腓,一～屦。❷〈文〉脚跛;行走不便:胫足跛～,不可以行。
　⊜ qí 【踦蹰(qū)】〈文〉同"崎岖"。形容山路高低不平。
　⊜ jī ❶〈文〉单独;孤独:～然独舞。❷〈文〉通"奇(jī)"。命运不好:数本～。
　⊜ yǐ 用力抵住:膝之所～。

嵠 qī 【嵠峡(guì)】〈文〉盛饭用的竹器,即筥箕。

諆 qī ❶〈文〉欺骗;胡说。❷〈文〉谋划:～议国事。

漆 qī ❶〈文〉同"漆"。油漆:朱～。❷〈文〉水名。

霋 qī 〈文〉雨后放晴:文圃宏开曙色～。

蜝 qī 见xī"蜝"(718页)。

顡 qī 〈文〉丑陋:～丑。

椘 qī 〈文〉树木名。可以做杖。

蹊 qī 见xī"蹊"(718页)。

蟣 qī 一群不同科、属的软体动物的总称。介壳上无螺旋纹,壳背隆起。生活在海边岩礁上。吃海水中的浮游生物和藻类等。

魌 qī 〈文〉同"顡"。丑陋。

暵 qī ❶东西湿了以后将干未干的状态:天一放晴,路面就~了。❷用沙土等吸收水分使干:地太湿,撒点灰~一~。

鶈 qī【鶈莺】古书上说的一种怪鸟。

鐖 qī 古代一种像斧的兵器。

鵸 qī〈文〉鸟名。

qí（くｌ́）

丌 ㊀qí ❶〈文〉同"其"。代词。❷姓。
㊁jī〈文〉器物的底座。

亓 qí ❶"其"的古字。❷姓。

阢 qí 古国名。故地在今山西。

夰 qí 同"齐"。一致;齐平。用于古白话:南山依旧与云~。

郂 qí ❶古地名。在今陕西。❷姓。

齐（齊）㊀qí ❶整齐,大小、长短、水平等相差不多:对~|参差(cēncī)不~|桌子摆~了。❷同样;一致:~名|等量~观|人心~,泰山移。❸全;完备:~全|~备|人都来~了。❹达到同样的高度:河水~了腰|他的个头儿跟哥哥~了。❺跟某一点或某一直线取齐:~根儿剪断|~边儿画一条线。❻表示动作行为一致,相当于"一齐":百花~放|万箭~发|落霞与孤鹜~飞。❼周代诸侯国名。故地在今山东北部和东部。❽朝代名。1.公元479—502年,南朝之一,萧道成所建,史称南齐。2.公元550—577年,北朝之一,高洋所建,史称北齐。❾姓。
㊁jì ❶古同"剂"。1.调剂:医者,~药也。2.调味品。3.药剂:精于方药,处~不过数种。❷(今多读qí)合金:锰镍铜~。
㊂zhāi〈文〉通"斋(zhāi)"。斋戒:~三日。
㊃zī ❶〈文〉长衣的下摆:摄~升堂(摄:提起)。❷〈文〉把丧服下部的边折转缝起来:同居,则服~衰(cuī)期(齐衰:丧服的一种,因缝边缝齐,故称。期:jī,一年)。

祁 qí ❶〈文〉盛;大:~寒(严寒)。❷指安徽祁门:~红(祁门产的红茶)。❸指湖南祁阳:~剧。❹姓。

圻 ㊀qí〈文〉京城四周千里的土地;方圆千里的土地。
㊁yín 古同"垠"。边际;边界:四达无境,通于无~。

芪 qí【黄芪】多年生草本植物。主根直,茎横卧在地面上,羽状复叶,花淡黄色,根可入药。

岐 qí ❶岐山,山名。在陕西岐山县东北。❷岐山,地名。在陕西宝鸡。❸〈文〉同"歧"。分支;分岔:鸾凤翔其巅,玄鹤巢其~。❹姓。

恓 qí ❶爱;喜爱。❷【恓慨(yí)】〈文〉不为事情而忧愁。

其 ㊀qí ❶他(她、它)的;他(她、它)们的:自圆~说|出~不意,攻~不备|人尽~才,物尽~用。❷他(她、它);他(她、它)们:教促~反省|余嘉~能行古道,作《师说》以贻之。❸指称较远的对象,相当于"那个、那样":正当~时|确有~事|有~父必有~子。❹其中的:~一能鸣,~一不能鸣|只知~一,不知~二。❺〈文〉助词。表示揣测、反问的语气:国无主,~能久乎?❻〈文〉助词。表示命令、劝勉的语气:尔~毋忘乃父之志!❼后缀。附着在某些语素的后边构成副词:尤~|极~。
㊁jī 用于人名。郦食(yì)其,西汉人。

茋 qí〈文〉寄生枝。

奇 ㊀qí ❶特殊;不平常:~事|~异|~形怪状。❷意料不到的:~遇|出~制胜|以正治国,以~用兵。❸惊异;感到奇怪:惊~|邑人~之(之:指仲永)|不足为~。❹非常;极:~效|粮食~缺。❺姓。
㊁jī ❶单的;不成对的(跟"偶"相对):~数|~偶。❷〈文〉零数:零~|长约八分有~。❸〈文〉命运不好:李广无功缘数~。

軝 qí 古代车毂两端用皮革做的(軝)的装饰物。

歧 qí ❶岔出的;由大路分出的:~路|误入~途。❷不一致;不一样:~义|~视|分~。❸〈文〉岔路:大道以多~亡羊(以:因)。

畁 qí 〈文〉举。

斨 qí 〈文〉恭敬。

祈 qí ❶向神请求:～福|～祷以～甘雨。❷请求;希望:～求|～盼|闻有异书,必往～借。❸姓。

衹 ㈠ qí 传说中的地神:天神地～|祷尔于上下神～(替你向天神地祇祈祷)。
㈡ zhī 〈文〉适;恰好:虽杀之无益,～益祸耳。
另见 zhǐ "只"(879 页)。

陒 qí 见 gài "陒"(195 页)。

屽 qí 〈文〉同"其"。那;那些。

茢 qí 见 jì "茢"(292 页)。

俟 qí 见 sì "俟"(633 页)。

伮 qí 参差;不合:～拍(不合节拍,弄错)|拍～怎下(节拍不合,怎么安排)。

痕 qí 〈文〉患病;忧郁生病:无思百忧,祇(zhǐ)自～今(不要思虑各种忧患,那只会忧郁生病)。

弜 qí 〈文〉同"奇"。特殊;不平常:何～有。

祇 qí【祇袄(zhī)】〈文〉僧尼的法衣。
另见 zhǐ "只"(879 页)。

耆 ㈠ qí 〈文〉年老(指六十岁以上):～年|～老(老年人)|～宿(在社会上有名望的老人)。
㈡ shì 〈文〉通"嗜(shì)"。喜好:～秦人之炙(炙:烤肉)。

薏 qí 〈文〉同"其"。豆秸。

蚑 qí ❶〈文〉动物行走:～行。❷〈文〉蚂蟥。❸传说中的怪兽。

蚚 qí 〈文〉米谷中的小黑虫。

蚔 qí 〈文〉蝎子一类的毒虫。

頎(頎) qí 〈文〉(身体)修长:～长|～秀|～硕人其～|硕人:美人)。

其:句中助词)。

脐(臍)[齌、齋] qí ❶肚脐,人和哺乳动物出生后脐带脱落的地方。❷螃蟹腹部的甲壳,雄的尖形,雌的圆形:尖～|团～。❸某些物体上形状像肚脐的部分:瓜～|磨(mò)～|锅～。

旂 qí 古代的一种旗,在帛上画两龙,竿头系铃。
另见 qí "旗"(533 页)。

陭 qí 见 yī "陭"(794 页)。

埼 qí 〈文〉弯曲的堤岸:触穹石,激堆～(穹:大)。

趌 qí ❶〈文〉攀缘大树。❷〈文〉麋鹿奔跑的样子。

耇 qí 〈文〉同"耆"。年老:～旧。

萁 qí 豆秸;也指油菜、棉花收获后剩下的茎:豆～|菜花～|煮豆燃～|种一顷豆,落而为～。

蓍 qí【蓍莱主山】山名。在台湾。

畦 qí 用土埂分成的排列整齐的小块田地,多为长方形:～田|～菜|～种了一～菜。

跂 ㈠ qí ❶〈文〉多长出的脚趾。❷〈文〉虫子爬行的样子:～行。
㈡ qí ❶〈文〉踮起脚后跟站立:～而望之。❷〈文〉不正。
㈢ qì 〈文〉垂足坐:～坐。
㈣ jī 〈文〉同"屐"。有齿的木底鞋。
㈤ zhī【蹉(zhī)跂】〈文〉用心力的样子。

崎 qí ❶〈文〉倾斜:倾～。❷【崎岖(qū)】1.形容山路高低不平:～的羊肠小道|倾依险阻,～不便。2.比喻处境困难:～坎坷不得志。

嵜 qí【嵚(qīn)嵜】〈文〉山石怪异的样子:树根两坐石,一平一～。

竫 qí 〈文〉婴儿早慧:生而～然。

淇 qí 淇水,水名。在河南北部。

騏(騏)[騹] qí 〈文〉有青黑色花纹的马:～骥(骏马)。

骑（騎）□ **qí** ❶两腿左右分开,臀部贴在马、牛等的背上;跨坐:～马|～驴三十载,旅食京华春。❷兼跨两边:～缝盖章。❸(旧读 jì)〈文〉骑的马(或其他牲畜):坐～|车千乘、～万匹。❹(旧读 jì)〈文〉骑兵,也泛指骑马的人:骁～|车|～皆舍马步走。❺(旧读 jì)〈文〉一人一马叫作一骑:翩翩两～来是谁?

琪□ **qí** ❶〈文〉美玉。❷美好;珍异:～树璀璨|～花瑶草。

琦□ **qí** ❶〈文〉美玉。❷〈文〉不平凡的;美好的:～行(高尚的品德)|～赂宝货(赂:财物)。

棋[*棊、*碁]□ **qí** ❶文体活动用品,由棋盘和棋子组成:象～|围～|～逢对手。❷指棋子:落～无悔|举～不定(比喻做事犹豫不决)|星罗～布。

蛴（蠐）[蠀]□ **qí** ❶【蛴螬(cáo)】金龟子的幼虫。身体圆柱状,白色,常弯曲呈马蹄形。生活在土壤中,吃农作物的地下部分,是农业害虫。❷【蝤(qiú)蛴】天牛的幼虫。

蝤□ **qí** 【蛴(yī)蝤】〈文〉蝎子。

钑□ **qí** 〈文〉锋利。

祺□ **qí** 〈文〉吉祥;福气(现在多用作书信结尾祝颂的话):～祥|时～|敬颂近～。

鞦□ **qí** 靴子。用于古白话:靴～。

碕□ ㊀ **qí** ❶〈文〉曲折的堤岸:探岩排～。❷〈文〉(山岭)绵长。❸〈文〉弯曲:俯临沱江,径路～厄。
㊁ **qǐ** 【碕礒(yǐ)】〈文〉山石错落不平的样子:山～兮隈曲(隈曲:曲岸)。

畸□ **qí** 见 jī"畸"(285 页)。

锜（錡）□ **qí** ❶古代烹煮器,底部有三足:～釜。❷古代一种凿木工具。

魌□ **qí** 见 jī"魌"(294 页)。

魌□ **qí** 古代星名:九～。

痦□ **qí** 【痦痐(lì)】〈文〉生在乳房旁或大腿根部的痈疽。又称"痦瘊痐"。

憏□ **qí** ❶〈文〉恭顺。❷〈文〉畏惧。

綦□ **qí** ❶〈文〉青黑色:缟衣～巾(缟:素色的绢)。❷〈文〉副词。表示程度极深,相当于"很、极":言之～详|家境～贫|希望～切。❸姓。

蜞□ **qí** 【蟛(péng)蜞】螃蟹的一种。身体较小,头胸甲略呈方形,螯足无毛。生活在海边或江河沼泽的泥岸中,对农作物有害。

稽□ **qí** 见 zhǐ"稽"(880 页)。

麒□ **qí** 【麒胆(lí)】〈文〉船。

旗[❶△*旂]□ **qí** ❶旗帜,用各种颜色的绸、布或纸等做成的标志:～手|国～|斩木为兵,揭竿为～(揭:举)。❷清代满族的军队组织和户口编制(根据所用旗帜颜色的不同,分为正黄、正白、正红、正蓝、镶黄、镶白、镶红、镶蓝八旗):汉军～。❸属于八旗的,特指属于满族的:～人|～袍。❹八旗兵驻屯的地方,现在地名沿用:西三～(在北京海淀区)|蓝～营(在北京海淀区)。❺内蒙古自治区的行政区划单位,相当于县。
"旂"另见 qí(532 页)。

綨□ **qí** ❶同"綦"。苍白色或青黑色。❷同"旗"。旗帜:～毒(毒:dào,同"纛",军中大旗)。

綼[繩]□ **qí** ❶〈文〉帛青黑色。❷〈文〉草鞋。

蕲（蘄）□ ㊀ **qí** ❶古代指一种草。❷指蕲州。旧州名,州治在今湖北蕲春南。❸〈文〉通"祈(qí)"。祈求:十步一啄,百步一饮,不～畜乎樊中(泽雉:生活在草泽中的野鸡。畜:养。樊:笼)。❹姓。
㊁ **jī** 古县名。在今安徽宿州南。也作"郪(jī)"。

踦□ **qí** 见 qī"踦"(530 页)。

嶔[嶔] qí【嶔(qīn)嶔】〈文〉同"嶔崟"。山石怪异的样子。

䲔 qí【鵯(pì)䲔】〈文〉鸡。

犄□ qí 见 jī"犄"(286页)。

祺 qí〈文〉同"祺"。吉祥;福气。

鴟 qí"䲔"的讹字。【鵯(pì)鴟】〈文〉鸡。

魕(鮨) qí【魕鮴(qiū)】鱼名。体长而侧扁,黑褐色,头高而大。成鱼额部隆起,口大,眼小,背鳍长,尾鳍分叉深。生活在海洋中。

郪 qí 古地名。

覷 qí ❶〈文〉侦察;观察。❷用于人名。赵伯覷,宋代人。

蘽 qí〈文〉一种蕨类植物。又称"月尔、紫蕨"。

鄿 qí 见 jī"鄿"(286页)。

魖 qí〈文〉同"魖"。小儿鬼。

鮨 ㊀ qí ❶〈文〉鱼酱。❷〈文〉细切的肉:牛～。
㊁ yì ❶传说中一种类似鲸的鱼。❷鮨科鱼。体细长,稍侧扁。

齎 qí ❶〈文〉人才整齐。❷〈文〉美好。

濝 qí 古水名。在今河南,注入黄河。

憤 ㊀ qí〈文〉愤怒:天之方～。
㊁ jì〈文〉忧愁。

璂[璂] qí 古代皮帽缝上的玉饰。

鬐 qí ❶〈文〉同"鬐"。马鬃毛。❷〈文〉鱼的背鳍,也借指鱼。

鬄 qí〈文〉同"鬐"。鱼的背鳍。

鳍(鳍)□ qí 鱼类或其他水生脊椎动物的运动器官,由刺状的硬骨或软骨支撑薄膜构成。分为胸鳍、背鳍、腹鳍、臀鳍、尾鳍等。

鵻 qí ❶古书上指一种鸟。即小雁。❷【鶺(jì)鵻】〈文〉猫头鹰。

麒 qí〈文〉一种饼类食物:人怀干～(怀:携带)。

鶀 qí【鶀鶛(yú)】传说中的一种怪鸟。

麒□ qí【麒麟(lín)】传说中的神兽。体形像鹿,头上有角,全身有鳞甲,尾像牛尾。古人用来象征祥瑞。

鬐 qí ❶〈文〉马鬃毛。❷〈文〉鱼的背鳍,也借指鱼:～甲|～介。❸〈文〉彩虹的拱部。

騎 qí〈文〉马颈上的长毛。

鑇 qí 见 jī"鑇"(287页)。

齎 qí 见 zī"齎"(907页)。

夔[夔] qí ❶〈文〉信鬼的风俗。❷〈文〉鬼:疑心生暗～。

覬 qí ❶〈文〉宴饮活动将结束时所奏的乐曲。❷〈文〉希望;想要:将～平治海内。

獅 qí〈文〉狗一胎生一子时,狗仔称獅。

齯 qí〈文〉相等。

廝 qí〈文〉同"祈"。祈求;请求。

麘 qí〈文〉兽名。也叫"麘狼"。

qǐ（くˇ）

乞□ ㊀ qǐ ❶向人讨;请求别人给予:～讨|行～于市|摇摇～怜。❷姓。
㊁ qì〈文〉给予:妻自经死,买臣～其夫钱(买臣:人名)。

邔 qí 古县名。在今湖北。

芑□ qǐ ❶古书上说的一种谷子。❷古书上说的一种苦菜:丰水有～。

屺□ qǐ〈文〉不长草木的山;光秃秃的山:陟彼～兮,瞻望母兮(陟:登)。

岂（豈）

（一）qǐ ❶副词。表示反问，相当于"难道"：～敢｜～有此理｜他这样自暴自弃，～不是自毁前程？｜子不我思，～无他人？ ❷副词。在感叹或陈述中表示否定：～敢！｜～敢！｜本来很顺利，～料对方临时变卦。 ❸〈文〉副词。表示揣度，相当于"是不是"：将军～愿见之乎？

（二）kǎi 〈文〉同"恺"。快乐；和乐：～乐饮酒。

企

qǐ ❶〈文〉踮起脚跟：～望｜～踵足而待。 ❷盼望；仰望：～求｜～图｜不可～及｜生平～仁义，所学皆孔周（孔周：孔子与周公）。

迟

qǐ 〈文〉同"起"。兴起：～于侧陋（从微贱起家）。

玘

qǐ 〈文〉玉名。多用于人名。

杞

qǐ ❶【枸（gǒu）杞】落叶灌木。浆果叫"枸杞子"，可入药：翩翩者鵻（zhuī），载飞载止，集于苞～。 ❷【杞柳】落叶灌木。生在水边。耐湿、耐碱，枝条可用来编筐、篮等：将（qiāng）仲子兮，无逾我里，无折我树～。 ❸周代诸侯国名。故地在今河南杞县一带：～人忧天。 ❹姓。

启（啓）[*啟、*啓、*唘]

qǐ ❶打开；张开：～封｜～门｜～而入。 ❷开导：～迪｜～示｜不愤不～，不悱不发。 ❸开始：～用｜～程｜～动。 ❹陈述；禀告：谨～（书信用语，用于书信末尾署名处）｜敬～者（书信用语，用于书信开端）｜府吏得闻之，堂上～阿母。 ❺旧时一种应用文体，较简短的书信：书｜小～｜谢～。 ❻姓。

莭

qǐ 〈文〉药草名。

起[起]

qǐ ❶由坐卧而站立；由躺而坐：～床｜～立｜楚子闻之，投袂而～（投袂：甩袖）。 ❷离开或使离开原来的位置：～身｜～锚｜～重机。 ❸由下而上升：～伏不平｜一～一落。 ❹发生；发动：～火｜～兵｜～义｜祸～萧墙。 ❺兴建；建立：重～炉灶｜白手～家｜高楼万丈平地～。 ❻拟写；拟定：～草｜～名｜～稿子。 ❼开始：～笔｜～爆｜明法度，定律令，皆以始皇～。 ❽弄出；拔出：～货｜～圈（juàn）｜～钉子。 ❾用在动词后，表示动作由下而上：端～盘子｜捡～一本书。 ❿用在动词后，表示动作开始：从何说～｜敲～锣打～鼓。 ⓫用在动词后，跟"得"或"不"连用，表示能或不能做某事：经得～诱惑｜拖不～时间。 ⓬用在动词后，表示动作涉及（某人或某事）：昨天还说～你｜提～一个新话题。 ⓭量词。用于案件、事故、事件等：几～案子｜三～事故｜那一～火灾。

桱

qǐ 见 sì "桱"（633 页）。

跂

qǐ 见 qí "跂"（532 页）。

舁

qǐ 同"启"（杞）。古国名。

启

qǐ 〈文〉同"启（啓）"。打开。

員

qǐ 见 jì "員"（293 页）。

婍

qǐ 〈文〉容貌美好。

绮（綺）[綺]

qǐ ❶〈文〉有花纹的丝织品：～罗｜～纨（wán）｜遍身罗～。 ❷〈文〉华丽；美好：～丽｜～思（华美的文思）｜～年（指美好的青少年时代）。 ❸〈文〉珍贵：雕盘～食会众客。

趫

qǐ 见 tuǒ "趫"（685 页）。

棨

qǐ ❶古代官吏出入关口时用的凭证，木制。 ❷古代官吏出行时用的仪仗，形状像戟，木制，外有缯帛做的套：～戟。

启

qǐ ❶〈文〉雨停日出，天色放晴。 ❷姓。

膅

qǐ ❶〈文〉小腿肚：无～之国在长股东，为人无～。 ❷〈文〉肉的连接处。

萱

qǐ 〈文〉菜名。

夥

qǐ ❶〈文〉妨碍：弓弩多匡～（弓弩扭曲滞碍）。 ❷〈文〉至。

碕

qǐ 见 qí "碕"（533 页）。

綮

qǐ 见 qìng "綮"（558 页）。

稽

qǐ 见 jī "稽"（286 页）。

稽[頴、稽、齨] qǐ 〈文〉叩头至地：再拜～首。后作"稽"。

譬 qǐ 见 jī "譬"(287页)。

qì (ㄑㄧˋ)

乞 qì 见 qǐ "乞"(534页)。

气(氣) qì ❶气体,没有固定的形状和体积,可以流动的物质：氧～|煤～|水蒸～。❷指空气：～压|寒～|开窗透～。❸自然界阴晴冷暖等现象：～象|天～|秋高～爽。❹呼吸时出入的气：～息|喘～|潜水时要憋住～。❺发怒：～冲冲|把他～坏了|太后盛～而胥之(胥：等待)。❻使生气；使发怒：成心～人|别再～他了。❼愤怒的情绪：动～|消消～|别拿孩子出～。❽鼻子可以闻到的味儿：～味|香～|～若幽兰。❾人的精神状态：～势|士～|～贯长虹|力拔山兮～盖世。❿人的作风、习性等：习～|官～|小家子～。⓫中医指人体内能使各种器官正常发挥机能的原动力：～虚|元～|～血两亏。⓬中医指某种病象：湿～|痰～|肝～。⓭古代哲学概念。指构成宇宙万物的最基本的物质,也指人的主观精神：天地合～,万物自生|吾善养吾浩然之～。

讫(訖) qì ❶(事情)完结；完毕：收～|付～|刘～则速耕(刘：yì,收割)。❷截止：起～。❸〈文〉通"迄(qì)"。到：～今不改。

扢 qì 见 gǔ "扢"(215页)。

攱 qì 见 xī "攱"(714页)。

攲 qì 〈文〉倾斜。

氕 qì 同"气"。用于古白话。

迄 qì ❶〈文〉到：～今|～孝武世(到汉武帝时)。❷〈文〉副词。表示从过去某个时间一直到现在,相当于"一直"：～无音信|～未见效。

肣 qì 〈文〉振动。

汔 qì ❶〈文〉水干涸：～渊。❷〈文〉差不多；几乎：虽无蓄积,～可无饥。

忔 (一) qì 模拟鸡叫声、心跳声等。用于古白话：～～的鸡叫。
(二) yì 〈文〉厌烦：病得之心忔,数～食饮。

茝 qì 【茝舆】〈文〉香草名。

迲 qì 〈文〉避开。

弃[*棄] qì ❶扔掉；舍去：～权|抛～|前功尽～|～之如敝屣(xǐ)。❷姓。

汽 qì ❶液体或某些固体受热变成的气体。❷特指水蒸气：～笛|～化|～船。

妻 qì 见 qī "妻"(529页)。

炁 qì 〈文〉同"气"。多指人的元气：地～元～|以神存～,以～存形。

肐 qì 姓。

迟 qì ❶〈文〉绕道而行。❷〈文〉弯曲：～曲。

欯 qì 见 jī "欯"(292页)。

泣 qì ❶无声或小声地哭：哭～|啜～|如～如诉|媪之送燕后也,持其踵为之～。❷〈文〉眼泪：饮～|～下如雨|慷慨伤怀,～数行下。

亟 qì 见 jí "亟"(288页)。

栔 qì 同"契"。投合。用于古白话：青山忽然～我怀。

契 (一) qì ❶〈文〉雕刻：～刻|遽～其舟(遽：立即)。❷〈文〉用刀刻的文字：书～|殷～(殷商时代刻在龟甲或兽骨上的文字)。❸证明买卖、租赁、借贷、抵押等关系的合同、文书、字据等：～约|地～。❹〈文〉兵符,古代调兵遣将的符节：符～。❺符合；情意相投：～合|～友|默～。
(二) xiè 古人名。传说中商朝的祖先,曾做过舜的臣。

砌 ⊖ qì ❶用和（huó）好的泥灰把砖石等黏合在一起：～墙｜～砖｜～锅台。❷堆积：～累（拼凑堆砌）｜堆～｜梨花落，～成银世界。❸〈文〉台阶：石～｜雕栏玉～｜苍苔依～上。
⊜ qiè 【砌末（mo）】旧时戏曲舞台上所用的布景和道具。后多作"切末"。

耵 qì 〈文〉附耳低语；进谗言：群奸～～。

脎 qì 见 lā "脎"（376 页）。

涑 ⊖ qì ❶古水名。在今甘肃。⊜ sè ❶〈文〉小雨落下的样子。❷【涑涑】〈文〉雨声。

眉 ⊖ qì 〈文〉臀部。⊜ jī 〈方〉男性外生殖器。

挈 qì 〈文〉同"契"。雕刻：～其文字。

唭 qì 【唭嚘（yì）】〈文〉说话含糊不清。

跂 qì 见 qí "跂"（532 页）。

袼 qì 【袼䙅】〈文〉裙子正中开衩的地方。

挈 qì 〈文〉同"契"。刻：～印。

揭 qì 见 jiē "揭"（317 页）。

堨 qì 【堨堨（zhí）】〈文〉树枝交错重叠的样子：～鳞接（鳞接：依次连接）。

葺 [䔯] qì ❶〈文〉用茅草覆盖房顶，泛指修理房屋：修～｜～其墙屋。❷〈文〉整理；治理：自入京邑以来，随见补～，略成七十卷｜两淮，理荆襄裹。

渣 qì ❶〈文〉肉羹汁。❷〈文〉潮湿。

滑 qì 〈文〉同"渣"。肉羹汁。

愒 qì 【愒（cǎo）愒】〈文〉忧思：心～。

愒 ⊖ qì 〈文〉休息：～息｜有一客姥居店卖食，帝过～之。⊜ kài ❶〈文〉贪；无所～欲。❷〈文〉荒废：～日（荒废光阴）。❸〈文〉急：自知失言，内～不得对。

⊜ hè 〈文〉恐吓：恐～。

屟 qì 【屟屧（zhé）】〈文〉层层叠积：小楼三楹，～满室。

趣 qì 〈文〉小步轻慢地走。

碛（磧） qì ❶〈文〉浅水中的沙石，也指由沙石堆积而成的浅滩：～砾。❷沙漠：沙～。

滊 qì 滊车，即汽车。见于清末文献：～车铁道，来往迅捷。

督 qì ❶〈文〉视；省视。❷姓。

褉 qì 〈文〉衣裳的边缘。

擦 qì 【擦鬼】宋代的民间风俗，祭祀完毕后当地百姓共食祭品。

碶 qì ❶〈方〉用石头砌的拦水闸：～闸｜截江筑～。❷用于地名：五乡～（在浙江鄞州）。

瓵 qì ❶〈文〉破瓦壶：罌～。❷〈文〉破裂：端砚藏久无不～者。

鮭 qì 〈文〉鱼名。

趨 qì 【趨（lì）趨】1.〈文〉行动敏捷：脚～。2.〈文〉高耸：～阆云螭（阆：阻隔）。

藒 ⊖ qì 【藒车】古书上说的一种香草。也作"藕（qiè）车、揭车"。⊜ è 古书上说的一种菜，似蕨，生水中。

槭 qì 槭树，落叶小乔木。枝干光滑，叶子对生，秋季变成红色或黄色。花黄绿色，结翅果。木材坚硬，可做器具。

闂 qì 〈文〉门。

婜 qì 〈文〉难。

碱 ⊖ qì ❶〈文〉一种像玉的美石。❷〈文〉台阶：阶～。⊜ zhú 〈文〉础石，柱底下的石墩：础～。

碛 qì ❶〈文〉台阶。❷用于地名：～头（在福建寿宁）｜～下（在江西黎川）。

睰 qì 〈文〉视；察看：瞽者无目，而耳不可以～，精于听也。

器 [噐、器] qì ❶各种用具的统称：～物｜武～｜瓷～｜工欲善其事，必先利其～。❷器官，生物体内

Q

具有某种独立生理机能的部分:脏(zàng)
～|消化～|生殖～。❸人的气量、才能等:
～量|～识|大～晚成。❹重视;看重(多指
上对下、长对幼):～重|朝廷～之。

憩[*憩、憇] qì〈文〉休息:小～|休
～|每公退,则～于道
场。

憇 qì〈文〉疲惫。

颓 qì ❶〈文〉侦察人们。❷〈文〉恐惧。

螯 qì【螯螽(zhōng)】古书上指蚱蜢。

罄 qì〈文〉尽;器中尽。

聱 qì〈文〉鼓声消失。

鳌 ㊀ qì 古代巡夜所击的鼓。
㊁ cào〈文〉击鼓巡夜:半在城外,专
司巡～,有急即上城协守。

怾 qiā〈文〉恐惧。

忞 qiā【忞怼(duì)】惊扰。用于古白话:
有何事将人～。

掐 qiā ❶用指甲按或截断;用拇指和
另一个手指使劲捏或弄断:～一～也
止痒|～掉韭菜叶上的黄尖儿。❷用手的虎
口卡住:～脖子|双手～腰。

袷 ㊀ qiā【袷袢(pàn)】维吾尔、塔吉克
等民族常穿的对襟长袍。
㊁ jié〈文〉相交于胸前的衣领:～二寸。
另见 jiā "夹"(296 页)。

搄 qiā 见 ké "搄"(358 页)。

菝 qiā【菝(bá)菝】落叶攀缘灌木。根
状茎可入药。俗称"金刚刺、金刚
藤"。

搯 qiā 见 tāo "搯"(656 页)。

撠 ㊀ qiā〈文〉撎刮。
㊁ jiā〈文〉折;斩断:～山草伐木,至
山顶观之。

㊂ yè〈文〉畚箕的伸出部分。

㊃ kā〈方〉用刀子等刮:～墙皮|～土豆
皮。

齫 ㊀ qiā〈文〉咬。
㊁ kè 用牙咬:～瓜子。用同"嗑"。

齆 qiā【齆虎】形容吓人的模样。用于古
白话:妆个～,吓得那些人…四散奔逃。

拤 qiá 双手用力掐(qiā)住:～腰站在
那儿。

孲 qiá ❶〈方〉跨:拉着妈妈往外～。❷
〈方〉鸡。

踮 qiá 见 xiá "踮"(725 页)。

卡 qiǎ 见 kǎ "卡"(351 页)。

跒 qiǎ【跁(pá)跒】1.〈文〉蹲伏。2.
〈文〉曲折爬行。

刔 qià〈文〉刻;刻画。

刮 qià 古代割去脸皮的一种酷刑。

帢[帙] qià 古代士人戴的一种帛制便
帽:裁缣帛以为～。

洽 qià ❶跟人联系,商量(事情):接～
商～|～谈业务。❷和睦;协调一致:
融～|和～|意见不～。❸〈文〉周遍;广博:
博识～闻|融才高博～,为世通儒(融:人
名)。❹〈文〉浸润;沾湿:～濡|好生之德,～
于民心。

恰 qià ❶合适;适当:～当|～切。❷正
好(既达到要求,又不过分):～如其
分|～到好处|～合时宜。❸〈文〉才;刚刚:
湘东二月春才到,～有山樱一树花。

舐 qià【瓟(luǒ)舐】〈文〉手指动的样子:
断臂仍～。

硈 qià ❶〈文〉石头坚固。❷〈文〉奔突。

帕 qià 同"帕"。古代士人戴的一种帛制便帽:乘轺(yáo)车,冠白~,鸣鼓而行。

袷 qià 【袯(bá)袷】1.〈文〉矮。2.〈方〉巴结。

袼 qià 落草,多年生草本植物。秆直立,叶片窄,可以做饲料。

刞 qià 刺入。用于古白话。

楬 qià 见 jié "楬"(319页)。

蘻 qià 【菝(bá)蘻】即菝葜。落叶攀援灌木。根状茎可入药。俗称"金刚刺、金刚藤"。

霒 qià 古代关名。在今四川。

臉 ⊖ qià 〈文〉眼睛枯陷;瞎眼。
⊖ kān 〈文〉视。

舸 qià 见 kē "舸"(358页)。

誢 qià ❶【誢诟(gòu)】古代传说中的大力士。❷〈文〉善于言谈的人。

髂 qià 【髂骨】腰以下,腹两侧的骨头。左右各一,略呈长方形,下缘与耻骨和坐骨相连形成髋骨。

骼 qià 〈文〉同"髂"。腰以下,腹两侧的骨头。

髲 qià 【髲髻(yà)】〈文〉秃。

---

qiān (ㄑㄧㄢ)

千 (❸韆) qiān ❶十个一百:~乘之国|海拔近~米。❷形容极多:一刻~金|气象万~|智者~虑,必有一失。❸【秋千】运动或玩耍的器具。❹姓。

仟 qiān 数字"千"的大写。

阡 qiān ❶〈文〉田间的小路(南北为"阡",东西为"陌"),泛指小路:~陌交通。❷野外;田野:驱牛向东~。❸〈文〉墓道;坟墓:共谁论昔事,几处有新~。

圲 qiān 用于地名:清~(在安徽)。

扦 qiān ❶用金属、竹木制成的,一端较尖像针的东西:竹~|蜡~儿。❷扦子,扎进麻袋取出粉末状或颗粒状样品的器具,中空,形状像山羊角:~手。❸〈方〉插:~门|~插|把花~到花瓶中。

芊 qiān 〈文〉草木茂盛的样子:~绵|郁郁~~。

迁 (遷)[遱、𨄮、遷、𨙙、𨗇、𨙻、𨗲] qiān ❶转移:~徙|~乔|~都|公司总部已~到上海。❷变动;改变:变~|时过境~|见异思~。❸〈文〉官职调动:升~|谪~|拜郎中,再~为太史令。❹〈文〉贬谪;放逐:顷襄王怒而之(之:指屈原)。❺〈文〉上升;向高处移动:出自幽谷,~于乔木。

辛 qiān 〈文〉罪过;犯法。

汘 qiān 〈文〉水名。

阠 qiān 〈文〉同"岍"。山名。

并 qiān 【秦并】〈文〉药草名。

杄 qiān 树木名。古书上指松科常绿乔木。种类较多,有青杄、白杄等。

庍 qiānwǎ 旧时表示电的功率单位的字。今作"千瓦"。

岍 qiān ❶岍山,古山名。在陕西陇县西南。今作"千山"。❷岍河,水名。发源于甘肃,流入陕西,是渭河的支流。今作"千河"。

佥 (僉)[亼] qiān ❶〈文〉副词。概括全体范围,相当于"都、全":贤愚~忘其身|朝廷~以为当,遂改法。❷〈文〉众人的:~望所归|~谋自定。❸〈文〉同"签"。签字画押。

汧 qiān 【汧阳】地名。今作"千阳"。在陕西宝鸡。

臤 ⊖ qiān 〈文〉坚固。
⊖ xián 〈文〉同"贤"。有才德的;有才德的人:优~(礼遇贤者)。

肝 qiān 【肝眄(míng)】〈文〉远望幽暗不明的样子。也作"芊眄"。

Q

钎（釺）qiān　钎子,一头尖或扁的钢棍,多用来在岩石上凿孔:钢～|打～|炮～。

伣　⊖ qiān 〈文〉含笑。
　⊜ xiān 〈文〉贪欲。

迁　qiān 〈文〉同"迁"。转移:～移。

栖　qiān 〈文〉同"迁"。转移:～先茔(先茔:祖坟)。

牵（牽）⊖ qiān ❶拉;引领向前:～引|顺手～羊|一发而动全身。❷连带;关联:～连|～涉|～累(lěi)。❸挂念;缠连:～挂|～念|魂～梦萦。❹〈文〉拘束;拘泥:学者～于所闻。❺姓。
　⊜ qiàn 〈文〉拉船用的绳索:渡河自撑篙,水急船断～。后作"纤"。

蚒　qiān ❶〈文〉百足虫。也叫"马陆、马蚿"。❷〈文〉萤火虫。

铅（鉛）[⊖*鈆]⊖ qiān ❶金属元素。符号 Pb。❷指用石墨等制成的笔芯:～笔|细～。
　⊜ yán 【铅山】地名。在江西上饶。

裕　qiān【裕裕】〈文〉草木茂盛、葱绿的样子。也作"芊芊"。

俖　qiān 〈文〉同"愆"。罪过;过失:今者何～?(何俖:什么罪过)

衅　qiān 〈文〉同"阡"。小路。

悭（慳）qiān ❶〈文〉吝啬(lìnsè);小气:～吝|～啬。❷〈文〉缺少;欠缺:缘～一面(缺少见一面的机会和缘分)|泽国气候晚,仲冬雪犹～。

娙　qiān 〈文〉美。

逇　qiān ❶〈文〉经过。❷〈文〉同"愆"。过失。

雃　qiān 〈文〉鸟名。即鹬鸧。

掔　⊖ qiān ❶〈文〉固;使牢固。❷〈文〉除去:～好恶。❸〈文〉同"牵"。牵引:～羊。❹〈文〉厚;坚实。
　⊜ wàn 〈文〉同"腕"。手腕:扼～。

悈　qiān【悈悈】〈文〉不安的样子:中夜～起视。

谦（謙）qiān 虚心;不自满:～虚|自～|～～君子|满招损,～受益。

嗛　qiān 见 qiǎn "嗛"(543 页)。

签（❶❷簽、❸-❻籤）qiān ❶写上姓名或画上记号,多用来表示负责:～字|～到|～署。❷用简短的文字写出(意见或要点):～呈|～注意见。❸细长的小竹片或小竹棍,上面刻着或写着符号或文字,用来占卜、赌博、比赛等:求～|抽～儿。❹有尖儿的小细棍,多用竹木削成,也有用金属制成的:竹～|牙～儿|毛衣～子。❺用作标志的小条儿:标～|书～|行李～。❻古代官府交给差役拘捕犯人的凭证:朱～|火～|票～。

愆[悆、僁、愆、*譽、愆]qiān ❶〈文〉罪过;过失:～尤|罪～|闭门思～。❷〈文〉错过;耽误:～期|途中被雨,日暮～程。

鸧（鶬）[鶬]qiān 喙尖的鸟类啄(东西):画眉～着谷粒吃得正欢|大公鸡把孩子的手～了。

骞（騫）qiān ❶〈文〉亏损;损坏:国赋多～|大厦之～。❷〈文〉高举;飞腾:～举|～腾。❸〈文〉通"搴(qiān)"。拔取:斩将～旗。❹〈文〉通"搴(qiān)"。提起;撩起(衣裳):～衣|～裳。❺姓。

搟　qiān 见 kēng "搟"(361 页)。

搴　⊖ qiān 同"牵"。拉。用于古白话:～船。
　⊜ qiàn 同"纤"。拉船用的绳子。用于古白话:～索。

鄟[鄟]qiān 古地名。

搴　qiān ❶〈文〉拔;拔取:斩将～旗。❷〈文〉通"搴(qiān)"。撩起:～裳|～帘。

撍　qiān 〈文〉同"扦"。插:～之使活。

揵　qiān 〈文〉同"搴"。拔取:～木茹皮,以御风霜(茹:围裹)。

礊　qiān　见 lián "礊"(401 页)。

厱　⊖qiān　〈文〉崖岸边的洞穴。⊜lán【厱诸(zhū)】〈文〉磨玉的砺石。

攐　qiān　〈文〉同"搴"。拔;拔取:攐德～性。

舆　qiān　〈文〉同"迁"。升高。

鏂　qiān　〈文〉孔,空隙:钻～。

寨　qiān　❶〈文〉提起;撩起(衣裳、帐幕等):～衣|～裳|珠帘高～。❷〈文〉套裤:振养矜寡,衣之～襦。

越　qiān　【越越】〈文〉跛脚行走一瘸一拐的样子。

撍　qiān　〈文〉同"搴"。拔;拔取:～巨旗(巨旗:大旗)。

塞　qiān　〈文〉奔跑的样子。

顅　qiān　❶〈文〉头上和两鬓毛发稀少。❷〈文〉脖子长:～胚(长脖子)。

攘　qiān　〈文〉撩起;提起(衣裳):江之始出于岷山也,可～裳而越也。

欞　qiān　【栴(jūn)欞】1.〈文〉果树名。2.〈文〉落叶乔木。即黑枣。

瞿　qiān　〈文〉同"迁"。转移:卫～于帝丘(卫:古国名)。

攓　qiān　❶〈文〉同"攘"。撩起;提起(衣裳)。❷〈文〉同"搴"。拔取:～取。❸〈文〉急慢:望我而笑,是～也。

孅　qiān　见 xiān "孅"(728 页)。

髯[髯、鬝]　qiān　❶〈文〉鬓发脱落的样子。❷〈文〉山上无草木。

巑　qiān　〈文〉凶狠地注视。

襏　qiān　〈文〉同"寨"。套裤。

攜　qiān　〈文〉同"攘"。撩起;提起(衣裳)。

鐵　qiān　见 jiān "鐵"(303 页)。

qián （ㄑㄧㄢˊ）

拎　⊖qián　〈文〉基业。⊜qín　同"擒"。捉拿。用于古白话:～尽妖邪。

岭　qián　【岭峨】〈文〉高下不齐的样子。

玪　qián　见 jiān "玪"(300 页)。

拑　qián　❶〈文〉夹住;约束:蚌合而～其喙。❷〈文〉横木于马口,使马不能食:～马而秣之。❸〈文〉闭:～口而不言。

荨(蕁)　⊖qián　【荨麻】多年生草本植物。茎和叶子都有细毛,皮肤接触时会引起刺痛。茎皮纤维也叫"荨麻",可以用作纺织原料。⊜xún　【荨麻疹】过敏性皮肤病。症状是皮肤上突然生出许多小疙瘩,红肿发痒,几小时后消失,但常常复发,病因复杂。也叫"风疹块、风疹疙瘩"或"鬼风疙瘩"。

铃(鈐)　qián　❶旧时低级官吏所用的印章,泛指图章:～记|接任事。❷〈文〉盖(图章):～印|～盖。❸〈文〉锁;关键:六艺之～键。❹〈文〉管束:～束|～辖|～压。

前　qián　❶(空间上)在正面的(跟"后"相对,❷❸同):～方|楼|～瞻之在～,忽焉在后。❷(时间上)已过去的;较早的:～天|先～|～事不忘,后事之师。❸(次序上)靠近头里的:～排|～三名|名列～茅。❹向前行进:勇往直～|停滞不～|孔子下车而～。❺以前的(区别于现在的、现已改名的或现已不存在的):～夫|～校长。❻指某事物产生之前:～科学|～资本主义。❼未来;将来:～程|～景|什么事都得往～看。❽姓。

歬　qián　〈文〉同"前"。前进;前面:王转战而～,大兵继之。

虔　qián　❶恭敬:～心|～诚|若职事～,亦乞重赐黜责。❷〈文〉杀戮:刘我边陲(刘:杀)。

钱(錢)[钱]　⊖qián　❶铜钱,用铜铸成的圆形货币,

中间有孔:制～儿|一文～。❷泛指货币、财物:～币|金～|文官不爱～,武官不惜死,天下平矣。❸费用;款项:饭～|房～|一笔～。❹形状像铜钱的东西:纸～|榆～儿。❺市制质量单位,10分为1钱,10钱为1两。1钱合5克。❻姓。
㊁jiǎn 古代一种农具,类似现在的铁铲。

钳(鉗)[箝] qián ❶钳子,用来夹住或夹断东西的金属工具:火～|台～|血管～。❷用钳子夹:～住工件。❸约束;限制:～束|～口结舌|执囚束系,～制于吏。❹古代一种刑罚,用铁圈束颈:楚人将～我于市。

钻 qián 见zuān "钻"(914页)。

偂 qián【偂客】替买卖双方做中介,从中收取佣金的人。也作"掮客"。

掮 qián ❶〈方〉用肩扛(东西):～木头|～着行李。❷【掮客】替买卖双方做中介,从中收取佣金的人。

揵 ㊀qián ❶〈文〉用肩扛。❷〈文〉举;扬起:～鳍掉尾。
㊁jiàn ❶〈文〉连接:东薄海,南～淮。❷通"楗(jiàn)"。1.〈文〉门闩。2.〈文〉闭:～户。3.〈文〉堵塞河堤决口时打下的桩柱。

乾 qián ❶八卦之一,卦形是三,代表天。❷代表男性(跟"坤"相对):～造(婚姻中称男方)|～宅(婚姻中称男家)|～道成男,坤道成女。❸〈文〉代表西北方:至武帝定郊祀之礼,祠太一于甘泉,就～位也。❹用于年号:～元(唐肃宗年号)|～道(宋孝宗年号)|～隆(清高宗年号)。❺姓。
另见gān "干"(195页)。

莶 qián 〈文〉通"箝(qián)"。夹住;约束:～键(钳制)。

轩 qián 见jiān "轩"(301页)。

郪 qián 古聚落名。在今山西闻喜。

犍 qián 见jiān "犍"(301页)。

詽 qián 〈文〉"钳"的讹字。挟持:无取～(不要用挟制人的人)。

嫲 qián【女嫲】〈文〉星名。

㧚 qián 〈文〉相救援。

黏 qián 见shǎn "黏"(597页)。

蚙 qián 见qín "蚙"(554页)。

垹 qián 〈方〉边侧;旁边。多用于地名:田～(在广东)|港～(在台湾)。

樤 qián 〈文〉砍木头时放在下面的垫板。

箝 qián 〈文〉造纸时漂纸浆用的竹帘。

蒛 qián【蒛麻】〈文〉荨(qián)麻,多年生草本植物。

羬 qián ❶古书上说的一种六尺长的大羊。❷神话传说中一种外形像羊,尾巴像马尾的怪兽。

潜[*潛、潜] qián ❶隐在水下;没(mò)于水中:～泳|～入海底|鱼～在渊。❷隐藏;不露在外:～在|～伏|～移默化。❸隐藏在内的;秘密的:～能|～逃|～以舟载兵入渭。

櫏 qián 量词。束。用于古白话:玉箫一～。

黔 qián ❶〈文〉黑:～首(平民百姓)|墙壁窗纸皆～。❷贵州的别称(贵州的东北部在秦时属黔中郡,唐时属黔中道):～剧|～驴技穷。

暕 qián 〈文〉忧虑。

黬 ㊀qián 〈文〉(颜色)浅黄带黑。
㊁jiān 古水名。在今四川。

鍼 qián ❶〈文〉约束:～口结舌。❷古地名。在今河南。❸姓。
另见zhēn "针"(869页)。

騚 qián ❶〈文〉黄脊的骝马(骝马:骏马名)。❷【騚騚】〈文〉健壮的样子:六龙～来亲巡。

騙 qián 〈文〉四蹄全白的马。俗称"踏雪马"。

薕 ㊀qián 〈文〉荨麻,多年生草本植物。
㊁xián 〈文〉菜名:～菜。

Q

鰜 qián 〈文〉鱼名。也叫"大鳒"。

灊[灊] qián ❶古水名。在今四川。❷古地名。在今安徽。

qiǎn（ㄑㄧㄢˇ）

凵 ㊀ qián 〈文〉张口：轻肆～语（轻率放言）。
㊁ kǎn 〈文〉同"坎"。地面低洼的地方。

欦 qiǎn 肋骨和胯骨之间的部分（多指兽类的）：～窝｜狐～（狐狸胸腹部和腋下的毛皮）。

浅（淺）[浅] ㊀ qiǎn ❶从上到下或从外到里的距离小（跟"深"相对，❷—❺同）：树坑挖得～了点儿｜屋子的进深比较～｜河汉清且～。❷简明，容易懂：～显｜深入～出｜喻深以～。❸浅薄，浮在表面：～陋｜肤～｜才疏学～。❹（感情）不深厚：交～言深｜他们的交情不～。❺（颜色）淡：～红｜～蓝｜底色太～。❻（时间）短：你来的日子还～，有些事不清楚｜享国之日～（享国：指君主在位）。❼略微：尝辄止｜～斟低唱。
㊁ jiān 【浅浅】〈文〉模拟流水的声音：流水～。

帘 qiǎn 【帘子】1.〈方〉窗。2.〈方〉村子：～里的姑娘。

唊 qiǎn 见 jiá "唊"（298页）。

攣 qiǎn 〈文〉牛不听使唤，不服牵引。

遣 ㊀ qiǎn ❶派出；打发：～送｜派～｜调兵～将｜乃～子贡之齐（子贡：孔子的学生端木赐）。❷排解；发泄：排～｜消～｜始知贤主人，赠此～愁寂。❸〈文〉贬谪；放逐：上免官，～归故郡。❹〈文〉使；令：抚恤其人，常～欢悦。
㊁ qiàn 古代指随葬的物品：书～于策。

嗛 ㊀ qiǎn 〈文〉猴类贮存食物的颊囊。
㊁ xián ❶〈文〉用嘴含：鸟～肉。❷〈文〉怀恨：心～之而未发。
㊂ qiàn 〈文〉歉收，不足：自视～然如弗及。

㊃ qiān 〈文〉谦虚：温良～退。
㊄ qiè 〈文〉满足；满意：少不～其意，而百计挠之。

嵰 qiǎn 〈文〉山险峻的样子：～岭。

橬 qiǎn ❶〈文〉单扇的门。❷〈文〉窗户两边的柱子。

蟼 qiǎn 【蟼蚕】〈文〉蚯蚓。

膁 qiǎn 〈文〉同"欦"。肋骨和胯骨之间的部分（多指兽类的）。

顅 qiǎn 【顅钵罗】同"颟（qiǎn）钵罗"。梵语音译词。意为羊毛。

譴（譴）qiǎn ❶责备；申斥：～责｜自～己过。❷〈文〉官吏获罪贬职：～谪（zhé）｜获～。❸〈文〉罪过：御史有～，当杀杀之，不可辱也。

墥 qiǎn 〈文〉土堆：列御座于～（御座：皇帝的座位）。

睿 qiǎn 【睿商】〈文〉小土块。

邌 qiǎn 〈文〉想要接近。

繾（繾）qiǎn 【繾绻（quǎn）】〈文〉情意绵绵，难分难舍：～柔情｜心～兮伤怀。

頗 qiǎn 见 yǎn "顤"（778页）。

qiàn（ㄑㄧㄢˋ）

欠 qiàn ❶困倦时张嘴吸气后缓缓呼出：哈～｜君子～伸，问日之早晏。❷身体稍稍向前或向上移动：向客人～了～身｜～起脚往外张望。❸不够；缺乏：～缺｜～妥｜万事俱备，只～东风。❹借了钱物等没有归还；应当给别人的没有给：～债｜赊～｜～了人家一份人情。

刉 qiàn 〈文〉切。

俔（俔）㊀ qiàn 〈文〉譬如；好比。
㊁ xiàn 〈文〉间谍。
㊂ huán 通"缳（huán）"。古代一种测风装置。

纤 (⊖縴、纖) ⊖ qiàn 拉船用的绳子:～绳|背(bēi)～|拉～(拉着纤使船前行)。

　　⊖ xiān 细小:～细|～小|善无微而不赏,恶无～而不贬。

芡 qiàn ❶一年生草本植物。生在池沼中。全株有刺,花紫色,花托形状像鸡头。种子叫"芡实"或"鸡头米",可以吃,也可入药。❷用芡实粉或淀粉调成的浓汁,用于烹饪:勾～|往汤里加点儿～。

茜 ⊖ qiàn ❶【茜草】多年生草本植物。根黄赤色,茎方形,有倒生刺,花黄色,根可做红色染料,也可入药。❷深红:～纱|～裙。

　　⊖ xī 人名用字。多用于翻译外国女性的名字。

牵 qiàn 见 qiān "牵"(540 页)。

倩 ⊖ qiàn ❶〈文〉微笑的样子:巧笑～兮,美目盼兮。❷〈文〉美好;美丽:～女|～影|～装。

　　⊖ qìng ❶〈文〉女婿:黄氏诸～。❷〈文〉借助;请求:邻人女奔随人亡,其家～吾兄行追之。

堑 (壍) qiàn ❶壕沟;坑:～壕|～沟～天～(天然形成的阻断交通的大沟,多指长江)。❷比喻挫折、困难:吃一～,长一智。❸〈文〉挖沟:环而～之,及泉。

欠 qiàn 〈方〉同"欠"。借了钱物等没有归还:～了人的钱。

凄 qiàn 见 qī "凄"(529 页)。

绨 (綪) ⊖ qiàn ❶〈文〉红色的丝织品。❷〈文〉大红色。

　　⊖ zhēng 〈文〉通"缯(zhēng)"。屈曲;曲折。

椠 (槧) qiàn ❶古代记事用的木板:断木为～。❷〈文〉书的刻本、版本:古～旧～|宋～。❸〈文〉书信;简札:密～|寄～。

嵌 ⊖ qiàn ❶把东西卡进空隙里:～银|镶～|～珍珠的耳环。❷〈文〉下陷:西崖自峰顶下～,深坠成峡。

　　⊖ kàn 〈文〉岸险峻。

傔 ⊖ qiàn ❶〈文〉侍从:～人|～从常清为仙芝～(常清、仙芝:人名)。❷〈文〉满足。

　　⊖ jiān 同"兼"。加倍。用于古白话:～奏(走)偷路而行。

歁 qiàn 见 kǎn "歁"(354 页)。

歆 qiàn 见 xīn "歆"(747 页)。

嵚 qiàn ❶〈文〉茂盛的样子:春荣冬～。❷〈文〉同"茜"。茜草,多年生草本植物。❸〈文〉大红:～袖|蒻唱牧牛儿,篱窥～裙女。❹姓。

遣 qiàn 见 qiǎn "遣"(543 页)。

嗛 qiàn 见 qiǎn "嗛"(543 页)。

晴 qiàn 〈文〉白色。

慊 ⊖ qiàn(旧读 qiǎn)〈文〉不满;遗憾:～然(不满足的样子)|～～于怀|有酒便醉吾何～?

　　⊖ qiè 〈文〉满足;满意:意犹未～|行有不～于心,则馁矣(做一件于心有愧的事,那种气就会败下来了)。

嘶 qiàn 〈文〉同"堑"。壕沟。

摼 qiàn 见 qiān "摼"(540 页)。

蒨 qiàn 〈文〉同"蒨"。茜草。

嫙 qiàn 美;漂亮。用于古白话:整扮村姑～。

歉 qiàn ❶收成不好:～收|～年|以丰补～。❷觉得对不住人:～疚|～意|～然。❸觉得对不住别人的心情:抱～|道～。❹〈文〉饿;吃不饱:腹～衣裳单。❺〈文〉缺少;不足:田土虽多～人力。

輤 qiàn ❶古代灵车上做装饰用的覆盖物。❷灵柩。

嵌 qiàn 同"嵌"。镶嵌。

箐 qiàn 古书上说的一种竹子。

銛 qiàn 见 xiàn "銛"(733 页)。

塹 qiàn ①〈文〉同"堑"。壕沟;坑:渠～。②〈文〉同"堑"。挖沟:急～城内(赶快在城内挖沟)。

嫓 qiàn 同"倩"。美;漂亮。用于古白话:掩镜羞看脸儿～。

鎌 qiàn 见 lián "鎌"(402 页)。

槧 qiàn 〈文〉谷物名。即糜子。

---

qiāng（ㄑㄧㄤ）

抢 qiāng 见 qiǎng "抢"(547 页)。

呛（嗆） ⊖ qiāng 水或食物进入气管而引起咳嗽或不适:喝水太急,～着了|慢慢吃,别吃～了。⊜ qiàng 有刺激性的气体进入呼吸器官而感觉不舒服:～鼻子|烟太大,把人都～跑了。

羌[*羌、羌] qiāng ①〈文〉助词。多用于句首,没有实在意义:～声色兮娱人。②我国古代民族。秦汉时主要分布在今甘肃、青海、四川一带,史称西羌。③羌族。我国少数民族。主要分布在四川阿坝等地。

珳（瑲） qiāng ①〈文〉模拟玉器等相碰撞的声音。②〈文〉乐声:管磬～～。

枪（槍）[①-③△*鎗] ⊖ qiāng ①旧时兵器。长柄的一端装有金属尖头:扎～|红缨～|刀～剑戟。②通常指口径在2厘米以下,利用火药气体压力发射弹头的武器:手～|冲锋～|～林弹雨。③形状或功能像枪的器械:水～|焊～|电子～。④考试时替别人做文章或答题:～替。⑤姓。⊜ chēng【檣(chán)枪】〈文〉彗星:天上～。"鎗"另见 qiāng(546 页)。

矼 qiāng 见 gāng "矼"(199 页)。

戗（戧） ⊖ qiāng ①逆;方向相反:～风|～水|吃顺不吃～。②争执;(言语)冲突:话没说几句,两人就～起来了。⊜ qiàng ①支撑;顶住:架子快要倒了,赶紧找根木头～住。②戗木,用来支撑使免于倾倒的木头。

戕 [戧] qiāng ①〈文〉残害:～害|～贼(伤害|损害)|自～(自杀)。②〈文〉毁坏:陈无宇济水而～舟发梁(陈无宇渡过河就毁坏了渡船撤去了桥梁)。

斨 qiāng 古代的一种斧子:既破我斧,又缺我～(缺:破损)。

将 qiāng 见 jiāng "将"(308 页)。

跄 qiāng 见 qiàng "跄"(547 页)。

哐 ⊖ qiāng 〈文〉同"呛"。水或食物进入气管而引起咳嗽或不适。⊜ kōng【哐哴】模拟物体撞击声。

窏 qiāng 古书上说的一种兽。

椌 ⊖ qiāng 古代一种打击乐器。外形像木桶,中空。也叫"柷(zhù)"。⊜ kōng 古代塔下宫室的名称。

腔 qiāng ①动物体内的空隙:胸～|腹～|鼻～。②器物中空的部分:锅子。③话;话语:开～|答～|帮～。④曲调:唱～|昆～|字正～圆。⑤说话的口气、语调等:官～|京～|南～北调(diào)。⑥量词。用于热血、心情、意志等:一～热血|～真情|满～怒火。

蜣 qiāng【蜣螂(láng)】昆虫。黑色,背有坚甲,会飞。吃动物的尸体和粪尿等,常把粪滚成球形。俗称"屎壳郎"。

锖（錆） qiāng【锖色】某些矿物表面因氧化作用而形成的薄膜呈现出的色彩,常与矿物固有的颜色不同。

搶 qiāng ①同"抢"。推:一～一～的只管插入喉去。②同"戗"。逆,反向动:～风。

嶈 qiāng【嶈嶈】1.〈文〉模拟水流冲击岩石的声音:扬波涛于硔石,激神岳之～。2.〈文〉高:观秦门之～。

锵（鏘）qiāng 模拟金属或玉石等撞击的声音：锣声～～｜玉佩～。

控 qiāng ❶〈文〉指掏空内脏的羊躯体。❷〈文〉量词。用于宰杀过的羊、牛等：一～羊。

戕 qiāng 〈文〉鸟兽求食的声音。

簰 ⊖ qiāng 〈文〉青竹。
⊜ cāng 〈文〉竹竿青色苍翠的样子。

蹡 qiāng 快步走：铜锣响，脚底痒，因要～，娘要扛(图：nān，小孩儿)。

酶 qiāng 〈方〉用青稞酿成的酒，是藏族人的日常饮料。

镪（鏹）⊖ qiāng 【镪水】浓硝酸、浓盐酸等的俗称，有强烈的腐蚀性。
⊜ qiǎng ❶〈文〉成串的钱，也指钱币：藏～巨万。❷〈文〉银子；银锭：白～｜累金积～。

蹌 ⊖ qiāng 行走。用于古白话：那些人东倒西歪，乱～乱跌。
⊜ qiàng 【跟(liàng)蹌】同"跟跄"。走路不稳的样子。用于古白话：～里正敲门来(里正：里长)。

鎗 ⊖ qiāng 〈文〉金属和钟发出的声音：～然击金。
⊜ chēng 〈文〉鼎类器具：母好食～底饭。
⊜ qiàng 〈文〉镙(xiū)漆工艺的一种：～金｜～银。
另见 qiāng "枪"(545页)。

蹡 qiāng 〈文〉行走；行走的样子。

qiáng （ㄑㄧㄤˊ）

峥 qiáng 〈文〉山高峻。

强［*強、⊖❶-❻⊜⊜△彊］⊖ qiáng ❶力量大；健壮(跟"弱"相对，⊜同)：～大｜～国｜富～｜身～体壮。❷使强壮；使强大：～身｜富国～兵｜～本而节用(本：指农业)。❸意志、态度等坚定、刚毅；要求达到的程度高：～硬｜坚～｜责任心～。❹好；优越(多用于比较)：他的英语笔译比口译～｜日子过得比过去～多了。❺用在整数，分数或小数后，表示比此数略多：二分之一～｜15%～｜窗外雪深三尺～。❻使用强力(做)：～制｜～渡｜～行通过。❼〈文〉米中小黑虫。❽姓。
⊜ qiǎng ❶硬要；迫使：～逼｜～迫人所难｜～词夺理。❷勉强：～求｜牵～｜～不知以为知。
⊜ jiàng 强硬不屈；固执：倔～｜脾气～。
"彊"另见 qiáng(546页)。

墙（墙）［*牆］qiáng 用砖石、土木等筑成的建筑物，用来支撑房顶或隔开内外：～壁｜城～｜天雨～坏。

蔷（薔）qiáng 【蔷薇(wēi)】落叶或常绿灌木。枝上有刺。花也叫"蔷薇"，色彩艳丽，有香气，供观赏，可制香料。果实可入药。

嫱（嬙）qiáng 古代宫廷中的女官，实即帝王侍妾：妃～｜嫔(pín)～。

蘠 qiáng ❶【蘠蘼(qiú)】〈文〉药草名，即百合。❷用于地名：黄～(在广东)。

樯（檣）［*艢、桔］qiáng 〈文〉帆船上挂风帆的桅杆：～橹｜帆～｜商旅不行，～倾楫摧。

廧 ⊖ qiáng ❶〈文〉同"墙"。用砖石、土木等筑成的建筑物：立邑置～(筑城砌墙)。❷〈文〉通"嫱(qiáng)"。女子人名用字。毛廧，春秋时期越国人。
⊜ sè 【廧夫】古代官名。

彊 ⊖ qiáng 〈文〉弓有力，硬弓：挽～射生。
⊜ jiāng ❶【彊彊】〈文〉鸟群相随而飞的样子：鹊之～。❷〈文〉通"僵"。僵硬，不灵活：舌～不能下。
另见 qiáng "强"(546页)。

艢 qiáng 同"墙"。用砖石、土木等筑成的建筑物。用于古白话。

蘠 qiáng 【蘠蘼(mí)】〈文〉蔷薇。

鱓　qiáng　鱼名。黄鱓。

蟗　qiáng　〈文〉米中小黑虫。

qiǎng （ㄑㄧㄤˇ）

抢（搶）　㊀qiǎng　❶用强力争夺:~夺|哄~|家眷行囊俱被乱民~去。❷争先;赶在前头:~答|~购|大伙儿~着干活儿。❸为避免出现不利的情况而抓紧(做某事):~救|~险|~收|~种。❹刮掉或擦掉物体表面的一层:~菜刀|~去旧墙皮再粉刷|骑车摔倒了,膝盖~破了皮。
　㊁qiāng　❶〈文〉碰;撞:以头~地|呼天~地。❷推:~出这厮去。用于古白话。❸逆:~风。

羟（羥）　qiǎng　【羟基】由氢和氧两种原子组成的一价原子团。也叫"氢氧基"或"氢氧根"。

硴　qiǎng　【硴碻(lì)】〈文〉小石。也作"礓(jiāng)砾"。

强　qiǎng　见 qiáng "强"(546页)。

勥　qiǎng　见 jiàng "勥"(310页)。

锵　qiǎng　见 qiāng "锵"(546页)。

襁　qiǎng　❶〈文〉背婴儿用的宽带子或布兜:四方之民~负其子而至矣(褓负:用布包着婴儿背在身上)。❷[襁褓(bǎo)]背婴儿用的宽带子和包裹婴儿用的被子:昌在~之中(昌:周文王姬昌)。

qiàng （ㄑㄧㄤˋ）

呛　qiàng　见 qiāng "呛"(545页)。

戗　qiàng　见 qiāng "戗"(545页)。

炝（熗）　qiàng　❶将菜肴放入沸水中略煮一下,捞出后再用作料拌:~黄瓜|~豆芽儿。❷油锅烧热后,先放入葱、姜、蒜等略炒一下,使出香味,再放入菜或加水煮:~锅。

唴　qiàng　❶〈文〉哭泣不止。❷〈文〉因哭泣过度而失声。

跄（蹌）　㊀qiàng　【踉(liàng)跄】走路不稳的样子。
　㊁qiāng　【跄跄】〈文〉行走有节奏的样子:~~济济(济济:jǐjǐ,有威仪的样子)。

嗴　qiàng　模拟小铜锣的声音:咚咚~。

蹡　qiàng　见 qiāng "蹡"(546页)。

鎗　qiàng　见 qiāng "鎗"(546页)。

qiāo （ㄑㄧㄠ）

虓　qiāo　见 xiāo "虓"(737页)。

悄　qiāo　见 qiǎo "悄"(549页)。

硗（磽）　qiāo　〈文〉(土地)坚硬而不肥沃:~确(土地贫瘠)|~薄(bó)|地之~者,虽有善种,不能生焉。

砳　qiāo　〈文〉模拟水激打石头的声音。

雀　qiāo　见 què "雀"(570页)。

鄡[鄛]　qiāo　古县名。

槝　qiāo　〈文〉饭勺之类的用具。

毳　qiāo　见 cuì "毳"(108页)。

帩　qiāo　同"幧"。古代男子束发的头巾。

鄗　qiāo　见 hào "鄗"(242页)。

蹺（蹺）[㊀△*蹻]　㊀qiāo　❶抬起(腿);竖起(手指):~着二郎腿|~起大拇指。❷脚后跟抬起,只用脚尖着地:~起脚向门里看|~一脚就能够着。❸指高跷:踩~(表演高跷)。
　㊁qiāo　向上仰起:两撇鼠须一根根都

~了起来。用同"翘"。

"蹻"另见 jiǎo(314 页)。

橾 qiāo 见 zào "橾"(851 页)。

鄡 qiāo ❶古县名。在今河北。❷古亭名。在今河南。❸姓。

斛 qiāo 见 tiāo "斛"(666 页)。

蹻 qiāo 〈文〉同"骹"。小腿:彩巾缠~。

锹(鍫)[*鍪] qiāo 铁锹,挖土或铲东西的工具。锹头用熟铁或钢打成片状,前端通常略呈圆形而稍尖,安有长柄。

劁 qiāo 阉割,割去牲畜的睾丸或卵巢:~猪|~刀。

獟 qiāo 见 xiāo "獟"(738 页)。

献 qiāo 〈文〉同"敲"。击;打:捶~。

敲 qiāo ❶击;打:~钟|鸟宿池边树,僧~月下门|夺之杖以~之。❷用威胁、欺诈等手段索取钱财:~诈|~竹杠|被人~了一笔。

毃 qiāo 〈文〉同"敲"。击;打:~其头。

墝 qiāo 〈文〉瘠薄的田地:相高下,视~肥。

磽 qiāo 见 áo "磽"(9 页)。

碻 qiāo 见 què "碻"(571 页)。

骹 ㊀ qiāo ❶〈文〉小腿;脚脖子处。引申指脚。❷〈文〉肋骨与胸骨胸椎下部相交的部位。❸〈文〉车轮辐的较细处与轮牙相接的部位。❹〈文〉矛的一部分,用来装矛柄。
㊁ xiāo 〈文〉响箭:鸣~。

毃 qiāo 〈文〉敲击。

墽 qiāo ❶〈文〉土地坚硬贫瘠:地~民险。❷〈文〉抛弃。

橇 qiāo ❶在冰雪上滑行的工具:冰~|雪~。❷古代在泥路上行走所乘的用具,形状像小船:水行乘船,泥行乘~。

幧 qiāo 古代男子束发的头巾。通称"幧头"。

鄡 qiāo 古亭名。

缲(缲) ㊀ qiāo 缝纫方法。做衣服边儿或带子时,把布边折进去,藏着针脚缝:~边儿|~带子。
㊁ sāo 旧同"缫"。把蚕茧浸在热水中抽出蚕丝。

橾 qiāo 见 shū "橾"(622 页)。

磽 qiāo 见 hé "磽"(246 页)。

繑 qiāo ❶〈文〉套裤上的带子。❷缝纫方法。做衣服边儿或带子时,把布边折进去,藏着针脚缝:~边儿。

趬 qiāo ❶〈文〉脚步轻捷。❷〈文〉抬脚。❸向上翘起。用于古白话:两片嘴唇阔又~。❹〈方〉跛。

顤 qiāo 〈文〉大头。

qiáo　(ㄑㄧㄠˊ)

乔(喬) qiáo ❶高:~木(高大的树木)|~迁(升迁)。❷假扮:~装(改变服饰或面貌以隐瞒自己的身份)。❸姓。

侨(僑) qiáo ❶侨居,寄居在国外(古代也指寄居在外乡):~民|~胞|我初辞家从军~。❷侨民,寄居在国外而保留本国国籍的居民:华~|外~。

荞(蕎)[△*荍、藕] qiáo【荞麦】一年生草本植物。茎紫红色,叶三角形,花白色。籽实也叫"荞麦",黑色,磨成粉可供食用。
"荍"另见 qiáo(548 页)。

荍 qiáo 〈文〉即锦葵,二年生草本植物:视尔如~,贻我握椒(贻:赠送。握:一把。椒:花椒)。
另见 qiáo "荞"(548 页)。

峤 qiáo 见 jiào "峤"(315 页)。

桥（橋） ㊀ qiáo ❶桥梁,架在水上或道路上以便通行的建筑物：铁~|天~|立交~|昭襄王五十年,初作河~。❷姓。

㊁ jiāo 〈文〉桔槔,井上提水的工具。

㊂ jiǎo 〈文〉在山上行走的工具：陆行载车…山行即~(即:乘)。

高 qiáo 同"乔(喬)"。高。用于古白话。

菬 qiáo 古书上说的一种草。

硚（礄） qiáo 用于地名：~口区(在湖北武汉)|~口镇(在湖南郴州)。

惟 qiáo 同"瞧"。看。

翘（翹） ㊀ qiáo ❶〈文〉抬起;举起：~首|~望|~企(翘首企足,形容殷切盼望)。❷〈文〉鸟尾上的长羽毛：摇~奋羽,驰风骋雨。❸〈文〉杰出：~材|~楚|凡此诸人,皆其~秀者。

㊁ qiào 物体的一头儿向上仰起：尾巴(比喻骄傲自大)|~舌音|他的胡子向上~|板凳的那一头一下子~了起来。

睄 qiáo 见 shào "睄"(603页)。

槗 qiáo 同"桥"。桥梁。用于古白话。

谯（譙） ㊀ qiáo ❶古代城门上的瞭望楼：~楼|~门|禁中钟鼓院在和宁门~上。❷姓。

㊁ qiào 〈文〉同"诮"。责备。

墧 qiáo 汉代水名。在今广西。

鞽（鞒） qiáo 马鞍前后拱起的部分：鞍~|前~|白马金鞍碧玉~。

蕉 qiáo 见 jiāo "蕉"(311页)。

嶕 qiáo 〈文〉同"峤"。尖而高的山。

潐 qiáo 见 jiào "潐"(316页)。

憔 qiáo 【憔悴】[*癄、*顦、醮] (cuì)1.(人)瘦弱,气色不好:面容~|颜色~,形容枯槁。

2.(花木)凋零;枯萎:花木~|朝为荣华,夕而~。3.困顿;劳苦:民生~|灾民~。

嫶 qiáo 【嫶妍(yán)】〈文〉因忧而消瘦的样子:~太息。

樵 [藮] qiáo ❶〈文〉薪柴:~薪|砍~采~。❷〈文〉打柴:~夫|渔~(捕鱼砍柴)|不入田,不~树。❸〈文〉打柴的人:~歌|~渔|~问答|~问|~不知,问牧牧不言(牧:放牧的人)。

鮂 qiáo 〈文〉鱼名。即鲃鱼。

燋 qiáo 见 jiāo "燋"(312页)。

瞧 qiáo ❶看:~病|~不见|是走是留,你自个儿~着办吧。❷〈文〉眼目昏花:睄文籍则目~。

盉 qiáo 古代碗一类的器皿。用于古白话:妙玉斟了一~与黛玉。

蟜 qiáo 见 jiāo "蟜"(314页)。

趫 ㊀ qiáo ❶〈文〉指行动敏捷:轻~。❷〈文〉矫健:~猛。❸〈文〉凶悍:~悍。❹〈文〉抬脚:~足。❺〈文〉高跷。

㊁ jiào 跑开。用于古白话:各各~之,我哪里寻之。

鐈 qiáo ❶〈文〉长足的鼎。❷〈文〉釜。❸〈文〉用铜子连合。

藄 qiáo 【连藄】〈文〉连翘,木樨科落叶灌木。果实可入药。

馨 qiáo(又读 xiāo) 古代乐器名。

qiǎo （ㄑㄧㄠˇ）

巧 qiǎo ❶技艺高超;灵巧:精~|能工~匠|心灵手~。❷恰好;正好:~遇|恰~|三军欢笑处,~中胜杨。❸虚浮不实;伪诈:~立名目|~取豪夺|花言~语。❹〈文〉技能;技艺:技~|羿者,天下之善射者也,无弓矢则无以见其~。

悄 ㊀ qiǎo ❶没有声音或声音很低:~寂|低声~语|笑语不闻声渐~,多情却被无情恼。❷〈文〉忧愁:~然落泪|忧心~~。

Q

⊝ qiǎo 【悄悄】1. 没有声音或声音很低;静~。2. 不声不响地:~地离开了|他~地拿出来两张票。

雀 □ qiǎo 见 què "雀"(570页)。

鈔 qiǎo ❶古代成色好的银子。❷〈文〉漂亮;俊俏。

愀 □ ⊝ qiǎo 【愀然】〈文〉形容脸色变得严肃,显出不愉快或忧伤:~作色|~不悦|~改容。
⊜ qiù 【嘐(liù)愀】〈文〉萧条的样子。

qiào （ㄑㄧㄠˋ）

壳 □ qiào 见 ké "壳"(358页)。

俏 □ qiào ❶样子好看;漂亮:~丽|俊~|芳颜二八,天然~。❷指货物的销路好:~货|紧~|近来市场上数字电视挺~。❸烹饪方法。烹饪时在菜肴里加进少量香菜、黄瓜、青蒜、木耳等,以增加色香味:熘肉片里一点儿青蒜。

诮（誚） □ qiào ❶〈文〉责备:~责|让|丈人归,酒醒而~其子。❷〈文〉讽刺;嘲讽:~讽|讥~。

峭[*陗] qiào ❶山势又高又陡:峻~|悬崖~壁。❷〈文〉比喻严峻;严厉:~直(刚直严峻)|冷~|~刑~法。

帩 qiào 【帩头】古代男子束发的头巾:少年见罗敷,脱帽著~。

窍（竅） □ qiào ❶孔洞;窟窿:孔~|七~(指人的两耳、两眼、两个鼻孔和口)|一~不通(原指心窍不通,后比喻一点儿都不懂)|凿石为~。❷比喻事情的关键:~门儿|诀~|开~。

俅 □ qiào 见 chǒu "俅"(90页)。

翘 □ qiào 见 qiáo "翘"(549页)。

蹺 □ qiào 见 qiāo "蹺"(547页)。

潐 □ qiào 【潐潐(tān)】〈文〉大波;巨浪。

魧 □ qiào 〈方〉翘起:嘴唇~。

谯 □ qiào 见 qiáo "谯"(549页)。

撬 □ qiào 把棍棒或刀、锥等插入缝中或孔中用力扳或压:~杠|~锁|把井盖儿~起来。

箾 □ qiào 见 shuò "箾"(630页)。

撽 □ qiào 〈文〉击打:~以马捶。

鞘 □ ⊝ qiào ❶装刀剑的套子:刀~|剑~。❷形状像鞘的东西:叶~|腱~。
⊜ shāo 鞭鞘,拴在鞭子顶端的细皮条。

嗺 qiào 见 jiào "嗺"(316页)。

毃 qiào 【毃毃(yào)】〈文〉不平;不安:~滑难行。

鞒 qiào 同"鞘"。装刀剑的套子。用于古白话:宝剑才拔长离~。

擎 qiào 〈文〉同"撽"。击打:大寒,有负炭而~者过门,家人欲呼之。

鑿 qiào 〈方〉黏物不熨帖。

蹻 qiào 〈文〉牲畜的肛门;骶(dǐ)骨。

鐈 qiào 耸起;翘起。用于古白话:鞋~尖红。

qiē （ㄑㄧㄝ）

切 □ ⊝ qiē ❶用刀把东西分开:~割|横~面|西戎献锟铻之剑…用之~玉如~泥焉。❷〈文〉磨,特指加工骨器:如~如磋,如琢如磨|此臣之日夜~齿腐心也(腐心:痛心)。
⊜ qiè ❶相合;符合:~合|~实|文不~题。❷贴近;接近:亲~|~身利益。❸急迫:急~|殷~|救人心~。❹千万;务必(可重叠):~勿擅离岗位|到达后~记立即来电|学习~~不可放松。❺中医指用手指按脉以诊断病情:~脉|望闻问~。❻指反切。我国传统的标音方法,即用两个字的音拼合出另一个字的音,原则是上字取声母,下字取韵母和声调,如"栋,多贡切"。❼〈文〉恳切;率直:事有可言,屏人恣言,极~(屏:bǐng,使退避。恣:尽情)。❽姓。

Q

娷脞

娷　㊀ qiē〈文〉轻薄。
　㊁ suō　女子人名用字。

脞　□ qiē　见 cuǒ "脞"（111 页）。

qié （ㄑㄧㄝˊ）

乪　□ ㊀ qié ❶宋代以后西北地区少数民族地名用字：～当｜哈剌帖～。❷姓。
　㊁ bié　用于地名：～藏（在甘肃）。

伽　□ ㊀ qié　译音用字：～蓝（佛教指僧众所住的园林，后泛指佛寺）｜～南香（即沉香，常绿乔木，木材有香气，可入药）。
　㊁ jiā　译音用字：～利略（意大利物理学家、天文学家）｜～倻琴（朝鲜族的弦乐器，形状像古筝）。
　㊂ gā　译音用字：～马（希腊字母 γ 的音译）。

茄　□ ㊀ qié【茄子】一年生草本植物。花紫色。果实也叫"茄子"，球形或长圆形，是常见的蔬菜。
　㊁ jiā　用于译音：雪～（用烟叶卷成的烟，比一般香烟粗而长，英 cigar）。

qiě （ㄑㄧㄝˇ）

且　□ ㊀ qiě ❶副词。表示某种情况的出现是暂时的，相当于"暂且、姑且"：得过～过｜你～慢走，我还有话要说。❷〈文〉副词。表示动作或情况即将出现，相当于"将要"：年关～近｜赵～伐燕。❸〈文〉副词。用在数词前，表示数目接近，相当于"将近"：率其党～万人降匈奴｜北山愚公者，年～九十。❹〈文〉连词。表示并列，相当于"而且"：贫～贱，富～贵｜湍流既深～急。❺〈文〉表示递进，相当于"况且"：曹操之众，远来疲弊｜～北方之人，不习水战。❻〈文〉表示让步，相当于"尚且"：臣死～不避，卮酒安足辞？❼【且…且…】表示两个动作同时进行，相当于"一边…一边…"：～战～退｜上～怒～喜。❽姓。
　㊁ jū ❶【蒱（pò）且】〈文〉襄荷。一种草本植物。❷文言助词。表示感叹语气，相当于"啊"：悠悠苍天，曰父母～！❸【趄（zī）且】同"趑趄"。徘徊不前的样子。

qiè （ㄑㄧㄝˋ）

切　□ qiè　见 qiē "切"（550 页）。

沏　□ qiè　见 qī "沏"（529 页）。

郄　□ qiè　见 xì "郄"（722 页）。

狤　□ qiè〈文〉同"怯"。害怕。

妾　□ qiè ❶旧时男子在正妻以外娶的女子：姬～｜纳～｜齐人有一妻一～而处室者。❷谦辞。古时女子称自己：夫是田中郎，～是田中女。❸〈文〉女奴隶：臣～逋逃（臣：男奴隶。逋：bū，逃）。

怯　□ qiè ❶胆小：～懦｜胆～｜勇者不得独进，～者不得独退。❷害怕；缺乏勇气：～场｜～阵。❸〈方〉不合时宜；俗气：红袄绿裤，搭配有点儿～。

匧　□ qiè ❶〈文〉同"箧"。小箱子。❷〈文〉出使官吏的陪行人员。

叀　□ qiè　见 jié "叀"（318 页）。

欱　□ qiè　见 hē "欱"（243 页）。

砌　□ qiè　见 qì "砌"（537 页）。

窃　□（竊）qiè ❶偷盗：盗～｜偷～｜彼～钩者诛，～国者为诸侯。❷比喻用不合理、不合法的手段占据；非分地享有：～位｜～名｜～国大盗。❸暗中；私自：～听｜～笑。❹〈文〉谦辞。表示个人意见，有"私自、私下"的意思：～以为｜久失闻问，～疑近况未必佳也。

挈　□ qiè ❶〈文〉提起；举起：提纲～领｜怀钱～壶瓮而往酤。❷〈文〉带领；率领：～眷｜扶老～幼｜～其妻子以奔曹（曹：春秋时期诸侯国名）。

娸　□ qiè ❶【娿（xiè）娸】〈文〉得志的样子。❷〈文〉呼吸急促。❸〈文〉气息微弱。

剓　□ qiè ❶〈文〉同"锲"。雕刻；用刀刻：～而舍之，朽木不折。❷〈文〉割：～生民之脂以自奉。

絜 qiè【活絜头】〈方〉丈夫还在而改嫁的女子。

悆 qiè 〈文〉思念的样子。

帹 ㊀ qiè 帩头,古代男子束发的头巾。㊁ shà【帹縰(shì)】古人用的面罩,用以遮挡风尘。

筨 qiè 〈文〉斜逆:潜鲸暗噏～海波(噏 xī,吸)。

湬 qiè 〈文〉水名。

惬(悏)[*愜] qiè ❶〈文〉(心里)满足;舒畅:～意|心|天下人民,未有～志(志:指心愿)。❷〈文〉恰当;合适:～当|词～事当。

趄 ㊀ qiè ❶倾斜;偏斜:～坡儿。❷【趔(liè)趄】身体歪斜、脚步不稳的样子。㊁ jū【趄(zī)趄】1.〈文〉难行。2.〈文〉徘徊不前的样子。

跙 qiè 见 jù "跙"(340页)。

蛣 qiè 见 jié "蛣"(319页)。

痃 qiè 〈文〉病人气息微弱。

嗛 qiè 见 qiǎn "嗛"(543页)。

筴 qiè 见 jiā "筴"(297页)。

慊 qiè 见 qiàn "慊"(544页)。

朅 ㊀ qiè ❶〈文〉去;离去:富贵弗就而贫贱弗～。❷〈文〉勇武的样子:庶士有～。❸〈文〉助词。用于句首:～来扬州,辅佐元侯。㊁ hé 〈文〉通"曷(hé)"。何:～徘徊而近游?

嗫 qiè 〈文〉小声细语:～～沈湘语。

鍥(鍥)[鐑] qiè ❶〈文〉雕刻;用刀刻:～刻|～而不舍|镂金～玉。❷〈文〉截断:尽借邑人之车,～其轴。

篋(箧) qiè 〈文〉小箱子:书～|倾箱倒～|玉屑满～(碎玉满箱)。

鮊 qiè 见 jì "鮊"(294页)。

緤[緝] qiè ❶〈文〉用细密针脚缝衣边。❷〈文〉衣边:锦～。

蹀 qiè【蹀蹀(dié)】〈文〉小步行走的样子:众～而日进。

藒 qiè 〈文〉即藒(qiè)车。香草名。也叫"艺(qì)舆"。

蕖 qiè【蕖车】古代指一种香草。

竊 qiè 同"窃"。暗中。用于古白话:踰垣～入门内。

諐 qiè 〈文〉正言。

鯜 qiè 〈文〉鱼名。

齛[齛、齰] qiè 〈文〉上下齿相摩切:～齿。

qīn（ㄑㄧㄣ）

钦(欽) qīn ❶敬重;敬佩:～敬|～佩|～仰。❷指皇帝亲自(做):～定|～赐|～差(chāi)大臣。

侵[侵] ㊀ qīn ❶(外来的敌人或有害事物)进犯:～犯|～权|病毒～入肌体。❷〈文〉渐近;接近:～晓|～晨|白发无情～老境。㊁ qīn 〈文〉相貌丑陋:蚡为人貌～(蚡:fén,田蚡,人名)。

亲(親) ㊀ qīn ❶有血缘关系的:～娘|～闺女|～哥俩。❷感情深厚;关系密切(跟"疏"相对):～密|～疏远近|母女俩特～。❸父母,也单指父或母:父～|双～|孩提之童,无不知爱其～者|夫至孝之行,安～为上。❹泛指有血缘或婚姻关系的人:近～|～姻|～朋好友。❺指婚姻:提～|成～。❻指新娘:娶～|迎～。❼接近;亲近:不～酒色|～贤臣,远小人。❽用嘴唇接触,表示喜爱、亲热:～嘴|～吻|抱起孩子～了～小脸蛋。❾亲自,表示动作行为是由自己直接发出的:～手|～征|武王～释其缚。㊁ qìng【亲家(jia)】两家儿女相婚配而结成的亲戚关系:儿女～。

嗒
㊀ qīn 〈方〉亲吻：～嘴。
㊁ qīn ❶同"吣"。猫狗等呕吐。❷同"吣"。胡说乱说：胡～。

衾 qīn ❶〈文〉被子：～枕｜生同～，死同穴。❷〈文〉尸体入殓后，用来遮盖尸体的单被：衣～｜棺椁。

骎（駸）qīn 【骎骎】1.〈文〉马跑得很快的样子：驾彼四骆，载骤～（四骆：四匹黑鬃的白马。骤：奔驰）。2.〈文〉疾速：～日上｜岁月～，如驹过隙。

嵚（嶔）[嶔] qīn 〈文〉山势高峻：～崟(yín)｜尔即死，必子殻之～岩。

廞 qīn 见xīn "廞"(747页)。

綅 ㊀ qīn 〈文〉线：～绳。
㊁ xiān 〈文〉以黑线为经、白线为纬的纺织物：～冠。

碱 qīn 【谽(xiā)碱】〈文〉山谷空旷的样子：或开如断裂，或吐似～。

礥 qīn 【礥礥(yín)】〈文〉山势险峻绵延的样子：～～。

鏩 ㊀ qīn 〈文〉点头；摇头(头微动)：注视首不～。
㊁ qìn 〈文〉通"頗(qìn)"。下巴上翘：～颐。

鳗 qīn 〈文〉鱼名。

窥 qīn 〈文〉同"亲"。亲近；亲密。

qín （ㄑㄧㄣˊ）

坅 qín ❶〈文〉土墙。❷用于地名。

拎 qín 见qián "拎"(541页)。

芹 qín ❶芹菜，一年生或二年生草本植物。羽状复叶，花白色。是常见蔬菜。❷〈文〉比喻微薄的(礼物、情意等)：～献(微薄的礼物)｜～意(微薄的情意)。

芩 qín ❶古书上指芦苇一类的植物：呦呦鹿鸣，食野之～。❷【黄芩】多年

生草本植物。根可入药。

仱 qín 古代人名用字。

肣 qín 见hán "肣"(235页)。

煪 qín 见zhěn "煪"(870页)。

疹 qín 〈文〉牛舌病。

矜 qín 见jīn "矜"(323页)。

秦 qín ❶周代诸侯国名。春秋五霸之一，也是战国七雄之一，故地在今甘肃、陕西一带。❷朝代名。公元前221—前206年，秦始皇嬴政所建，建都咸阳，是中国历史上第一个中央集权的封建王朝。❸陕西的别称(陕西大部分地区春秋战国时为秦国所辖，故称)：～腔。❹姓。

聇 qín 【聇隧(suì)】古地名。

莶 qín 〈文〉萎蒿。

嶜 qín 〈文〉石质土地。

蚙 qín 【蚙穷】〈文〉蚰蜓。

矜 ㊀ qín 〈文〉怜悯。
㊁ jīn 〈文〉矛柄。

揫 qín 〈文〉捕获；捉拿：被～｜～捕。后多作"擒"。

堇 ㊀ qín 〈文〉黄土；黏土：以～土为钱｜以～泥为饼食之。
㊁ jǐn 【堇菜】多年生草本植物。叶子边缘有锯齿，花瓣白色带紫色条纹。也叫"堇堇菜"。

菳 qín 【黄菳】〈文〉即黄芩。多年生草本植物。根可入药。

梣 qín "梣(chén)"的又读。

琴 [＊琹、珡] qín ❶弦乐器。用桐木等制成，琴身狭长，有五根弦，后增加七根，用拨子弹奏。也叫"古琴"：～瑟｜我有嘉宾，鼓瑟鼓～。❷某些乐器的统称：胡～｜钢～｜提～。

Q

覃 □ qín 见 tán "覃"(651页)。

䘒 □ qín 〈文〉以手持物。

禽 □ qín ❶鸟类:猛～|家～|飞～走兽。❷〈文〉鸟兽的统称:虎亦诸～之雄也。❸〈文〉捕捉:～魏将芒卯。后来写作"擒"。

雂[鴒] qín(又读 qián) 古书上说的一种鸟。

勤[❶❺-❼△*懃、勤] qín ❶做事尽力(跟"懒"相对):～奋|人～地不懒|业精于～荒于嬉|一～天下无难事。❷次数多;经常:～洗澡,～换衣服|不懂的要～问着点儿。❸在规定的时间内的工作或劳动:出～|考～|全～。❹勤务;工作:内～|后～|执～。❺〈文〉劳苦;辛苦:～苦|四体不～,五谷不分。❻为…尽力;帮助:～王(为王室尽力)|秦人～我矣。❼诚挚;殷勤:意气～～恳。"懃"另见 qín(554页)。

靲 □ qín ❶〈文〉皮制的鞋带。❷〈文〉竹篾。

嗪 □ qín 译音用字:哌(pài)～(驱肠虫药)。

溱 □ qín 见 zhēn "溱"(870页)。

斳 □ ㊀ qín 〈文〉竹篾。
㊁ qián【韬(tāo)斳】〈文〉"六韬"和"玉钤"的简称。指用兵的计谋。也作"韬钤"。

墐 □ qín 见 jìn "墐"(326页)。

榛 □ qín 〈文〉牛名。

塵 □ qín 见 jìn "廑"(324页)。

懂 □ ㊀ qín 〈文〉勇敢:立～于天下(立:彰显)。
㊁ jìn 〈文〉仅仅:～而免于死。

擒 □ qín 捕获;捉拿:～获|束手就～|射人先射马,～贼先～王。

蓁 qín 草本植物。"三棱"的别名。块茎可入药。

靳 □ qín 〈文〉同"芹"。芹菜。

噙 □ qín (嘴里或眼里)含着:嘴里～着一口水|直送有十里之遥,～泪而返。

鲹 □ ㊀ qín 〈文〉腌制的鱼:鱼～(腌鱼)。
㊁ shèn 〈文〉鱼名。

獤 □ qín 〈文〉同"禽"。鸟类:飞～。

撳 qín 捉,紧紧抓住。用于古白话:～住双脚。

檎 □ qín【林檎】即花红。落叶小乔木。叶子卵圆形或椭圆形,果实像苹果而小。也叫"沙果"。

蝏 qín 古代指一种绿色的小蝉:～蛾|～首蛾眉(额广而眉弯。形容女子貌美)。

篸 qín ❶古乐器名。似筝,有七弦。❷〈文〉小竹。

癏 qín 〈文〉劳累成疾。

懃 qín 〈文〉做事尽力。用同"勤"。

稦 qín 〈文〉同"矜"。古代指矛柄。

嗪 qín 〈文〉同"秦"。周代诸侯国名。

憅 qín ❶〈文〉愁苦:愁～。❷姓。另见 qín "勤"(554页)。

蕲 qín 〈文〉同"芹"。芹菜。

鬵[鬻、鬻] qín 古代炊具,大锅。

鰼 qín 〈文〉同"鲹"。腌制的鱼。

鐕 qín 见 zān "鐕"(847页)。

qǐn （ㄑㄧㄣˇ）

坅 □ qǐn ❶〈文〉挖坑。❷〈文〉坑;地洞。

侵 □ qǐn 见 qīn "侵"(552页)。

蕁 qǐn 〈文〉覆盖。

赾 qìn 〈文〉行走困难。

桾[棞] qìn 〈文〉树木名，即桂树。古书中指肉桂。

锓(鋟) qìn 〈文〉雕刻，特指雕刻书版：～木｜～版｜俾臣序之，将重～而传于世(俾:bǐ,使)。

寑 qìn 〈文〉相貌丑陋：生而貌～。

寝(寢)[*寑] qǐn ❶睡觉：～室｜～食不安｜废～忘食｜食不语，～不言。❷古代君王、后妃等居住的宫殿，也泛指卧室：～宫｜就～｜寿终正～。❸帝王陵墓的正殿：～殿｜～陵。❹〈文〉停止；平息：～兵(停止干戈)｜其议遂～。❺〈文〉(相貌)难看：～陋｜～貌。

寑 qǐn 见jìn"寝"(326页)。

趚 qìn 〈文〉行走缓慢的样子。

蟛 qìn 〈文〉蚯蚓。

簺 qìn 〈文〉小竹。

癏 qìn 〈文〉病卧。

qìn (ㄑㄧㄣˋ)

吢 qìn ❶猫狗等呕吐：～食。❷用脏话骂人，胡说乱说：胡～｜他整日不干别的，就会瞎～！

沁 qìn ❶(气味、液体等)渗入：～人心脾。❷透出：额头～出了汗珠。❸沁河，水名。在山西东南部，是黄河的支流。

兯 qìn ❶同"吢"。猫狗等呕吐：吐酒犹如猫狗～。❷同"吢"。用脏话骂人。

嗒 qìn 见qìn"嗒"(553页)。

蒇 qìn 〈文〉草本植物。青蒿。又称"蒿、香蒿"。

揿(撳)[*搇] qìn 〈方〉按；摁：门铃｜～按钮。

篍 qìn 墨线笔。用于古白话：墨～。

鋟 qìn 见qīn"鋟"(553页)。

藽 qìn 〈文〉木槿。一种落叶灌木或小乔木。

灈 qìn 古水名。在今河南。

頵 qìn 见yǎn"頵"(778页)。

qīng (ㄑㄧㄥ)

夘 qīng 〈文〉办事的规制。

青 qīng ❶蓝：～天｜～出于蓝。❷深绿：～苗｜～苔｜～山绿水。❸黑：～布｜～丝(指黑头发)｜玄～。❹青草或没有成熟的庄稼：踏～｜啃～｜～黄不接。❺黑眼珠：～睐｜垂～。❻比喻年纪轻：～年。❼指青年：～工｜老中～相结合。❽古代九州之一，约在今山东及辽宁辽河以东。❾青海的简称。❿姓。

顷 qīng 见qǐng"顷"(557页)。

轻(輕)[轻、輕] qīng ❶重量小；密度小(跟"重"相对)：身～如燕｜油比水～｜或重于泰山，或～于鸿毛。❷装备简单，不费力；负载小：～骑兵｜～装上阵｜～车简从。❸数量少；程度浅：～伤｜年纪～｜病得不～。❹不感到有负担；心情舒畅；放松：～闲｜～松｜无官一身～。❺不重要：责任～｜人微言～｜民为贵，社稷次之，君为～。❻用力不猛：～拿～放｜脚步很～｜～～地拍了一下儿。❼随随便便；不慎重：～率｜举妄动。❽不庄重；不严肃：～佻｜～薄｜秦师～而无礼，必败。❾不重视；不认真对待：～敌｜～蔑｜～财重义。

氢(氫) qīng 气体元素。符号H。

倾(傾) qīng ❶歪；斜：～斜｜～耳细听；身体前～。❷趋向；偏向：～向｜日既西～。❸倒塌：～覆｜大厦将～｜杞人无事忧天～。❹使器物歪斜或反转，将里面的东西倒(dào)出：～倒(dào)｜盆大雨｜～箱倒箧(qiè)。❺用尽；完全拿

Q

出:～力|～诉:农月无闲人，～家事南亩。❻〈文〉压倒;胜过:权～朝野。❼〈文〉排挤;倾轧:以利相～|～陷安石,甚于仇雠(安石:指王安石)。❽〈文〉钦佩:～慕|一坐尽～(一坐:满座的人)。

卿 □ ㊀ qīng ❶古代的一种高级官阶或爵位:～相|上～|三公九～。❷古代君主对大臣的称呼:爱～。❸古代对人的尊称:荀～(荀况)|卫人谓之庆～(卫:周代诸侯国名。之:指荆轲)。❹古代夫妻或朋友之间亲爱的称呼:我自不驱～,逼迫有阿母|我醉欲眠～且去。❺姓。
㊁ qìng 〈文〉通"庆(qìng)"。喜庆:～云烂兮,纠缦缦兮(卿云:五色彩云,古人视为祥瑞)。

圊 □ qīng 〈文〉厕所:～土|～肥|～粪。

清 □ qīng ❶(液体或气体)纯净,没有混杂的东西(跟"浊"相对):～澈|澄～|水至～则无鱼。❷纯洁;洁净:～白|～洁|举世皆浊我独～。❸清楚:～晰|说不～|旁观者～。❹单纯:～茶|～唱|～一色。❺使纯洁;使干净:～洗|坚壁～野|父母闻之,～宫除道,张乐设饮(宫:房间。除:修整)。❻一点儿不留;尽:还～债务|货款两～。❼查验;点验:～点|～库|年底一下账目。❽公正廉洁:～正|～廉|～官。❾寂静:～静|冷～。❿朝代名。公元1616—1911年。1616年女真族努尔哈赤建立后金政权,1636年皇太极改国号为清,1644年福临入关,建都北京。⓫姓。

鶄 □ qīng 见 jīng "鶄"(328页)。

陾 □ qīng 〈文〉同"倾"。倾斜。

揌 □ qīng 义和团时新造字。意为扶助清朝。

蜻 □ ㊀ qīng 【蜻蜓(tíng)】昆虫。身体细长,胸部有两对膜状的翅。生活在水边,捕食蚊子等,是益虫。
㊁ jīng 【蜻蛚(liè)】〈文〉蟋蟀。

鯖 (鯖) □ ㊀ qīng 鱼名。身体呈棱形而侧扁,鳞圆而细小,头尖,口大。种类很多。常见的有鲐(tái)鱼。
㊁ zhēng 〈文〉鱼和肉合在一起烹制的菜肴。

form □ qīng 化学元素"氢(qīng)"的旧称。

䠱 □ qīng 〈文〉一只脚跳着走路:一足～。

䠙 [鏗] □ qīng ❶〈文〉模拟金属撞击的声音。❷〈文〉同"䠱"。一只脚跳着走路:～而乘于他车以归。

qíng (ㄑㄧㄥˊ)

姓 □ qíng 〈文〉同"晴"。天空无云或少云:～空。

剠 □ ㊀ qíng 同"黥"。古代的刑罚。在犯人脸上刺上记号或文字并涂上墨。
㊁ lüè 〈文〉同"掠"。掠夺:劫～。

勍 □ qíng 〈文〉强大:～敌|国力不～|且今之～者,皆吾敌也。

殑 □ ㊀ qíng ❶〈文〉魂魄离体;快要死了:魂欲～。❷〈文〉寒冷:冷～～。
㊁ jīng 【㱄(líng)殑】〈文〉鬼魂出行的样子。
㊂ jìng 【殑伽(qié)】梵语译音词。我国古代指恒河(在印度)。

惉 □ qíng 〈文〉同"情"。感情:六～。

情 □ qíng ❶感情:～感|～不自禁|天若有～天亦老。❷爱情:～人|～窦初开|谈～说爱。❸情欲,对异性的欲望:发～|～色|～春。❹人们交往中产生的情感和面子:～面|求～|徇～枉法。❺事物呈现出的状况;实情:～况|军～|小大之狱,虽不能察,必以～。❻道理;常情:～理|人～世故|不～之请(不合情理的请求。提出请求时常用的客气话)。❼〈文〉事物的本性:夫物之不齐,物之～也。

䓉 □ qíng 见 jìng "䓉"(330页)。

晴 □ qíng 天空无云或少云(跟"阴"相对):～空|～朗|水光潋滟～方好。

氰 □ qíng 碳和氮的化合物。分子式$(CN)_2$,无色气体,有苦杏仁味,有剧毒。燃烧时火焰桃红色,边缘带蓝色。氰化物用于有机合成等。

暒 qíng 〈文〉同"晴"。天空无云或少云:天～地埌(埌:shuǎng,明朗)。

靖 qíng 碳和氮的化合物"氰(qíng)"的旧称。

劓 qíng 同"黥"。古代的刑罚。在犯人脸上刺上记号或文字并涂上墨:～面。

撒 ㊀ qíng 〈文〉矫正弓弩的器具;使矫正。
㊁ jǐng 〈文〉同"儆"。使人警醒。

礉 qíng ❶〈文〉矫正弓弩的器具。❷〈文〉纠正:～偏抗弊(偏:偏颇)。

殡 qíng【痠(lèng)殡】病困的样子:～瘦骨。

睛 qíng 见 jìng"睛"(331 页)。

棨 □ qíng ❶〈文〉灯架;烛台:灯～。❷〈文〉灯:～最是令人凄绝处,孤～长夜雨来时。❸〈文〉矫正弓弩的器具:弓待～而后能调。

擎 qíng 向上托;举:～天柱|高～火把|众～易举。

橇 qíng 〈文〉同"礉"。矫正弓弩的器具。

殈 qíng 〈文〉同"殡"。寒冷:冷～～。

霏 qíng 〈文〉同"晴"。天空无云或少云:天～。

鲸 qíng 〈文〉鱼名。

黥 □ qíng ❶墨刑,古代的刑罚。在犯人脸上刺上记号或文字并涂上墨:法及太子,～剠其傅(剠:yì,割鼻子。傅:太子的老师)。❷〈文〉在人体上刺上花纹、文字或图案,并涂上颜色:～面文身。❸姓。

qǐng （ㄑㄧㄥˇ）

苘 □ qǐng【苘麻】一年生草本植物。茎和叶子有柔毛,花黄色,茎皮纤维也叫"苘麻",可制绳索,种子可入药。通称"青麻"。

顷 □(頃) ㊀ qǐng ❶市制地积单位,100 亩为 1 顷。❷〈文〉极短的时间:～刻|有～|俄～。❸〈文〉不久之前;刚才:～闻噩耗|所牵念者,今悉置在目前。❹〈文〉左右(指时间):光绪十年～。
㊁ qǐng 〈文〉同"倾"。歪斜:采采卷耳,不盈～筐。

请 □(請) qǐng ❶求;要求:～求|申～|～自贬三等。❷邀请:～帖|～聘|乃置酒～之。❸招待:～客|宴～|我～过他。❹敬辞。用在动词前,表示希望对方做某事:～进|～指教|～勿吸烟。❺〈文〉敬辞。用在动词前,表示希望对方允许自己做某事:王好战,～以战喻|城不入,臣～完璧归赵。

顄 □(廎) qǐng 〈文〉小厅堂。

高 qǐng 〈文〉同"顄"。小厅堂。

鮝 qǐng 〈文〉从旁边流出的泉水。

礊 qǐng【礊欬(kài)】1.〈文〉轻轻咳嗽:忽闻牧者～声。2.〈文〉谈笑:如闻～精神振。

檾[檾] qǐng 〈文〉麻类植物:～麻。

qìng （ㄑㄧㄥˋ）

庆 □(慶) qìng ❶祝贺:～祝|欢～|普天同～。❷值得祝贺的事情或纪念日:国～|校～|九秩(九十周岁)大～。❸吉祥;幸福:吉～|喜～|积善之家,必有余～。❹〈文〉奖赏:封侯～赐,无不欣说(说:通"悦")。❺姓。

亲 □ qìng 见 qīn"亲"(552页)。

倩 □ qìng 见 qiàn"倩"(544页)。

卿 □ qìng 见 qīng"卿"(556页)。

清 qìng 〈文〉凉;冷:冬温而夏～。

磬 □ ㊀ qìng 古代打击乐器。通作"磬"。
㊁ shēng 〈文〉同"声"。声音:用力甚少,名～章明。

硘 qìng【硘硘】〈文〉山石高耸的样子:～石颠(石颠:石崖的顶)。

淘 qìng 见 hōng "淘"（250页）。

窒 qìng 〈文〉同"罄"。用尽；空。

硱 qìng ❶〈文〉石。❷用于地名：大金硱（在山东）。

艵 ㈠ qìng ❶〈文〉（颜色）青黑：色至于艵，味至于甘。❷〈文〉使颜色青黑：艵以绿蜡。
㈡ jìng ❶〈文〉同"靓"。艳丽：艵妆。❷〈文〉竹林或树林幽深：窈窕深艵，殆不可名。

箐 ㈠ qìng 〈方〉山间大竹林，也指树木丛生的山谷。多用于地名：杉木箐（在贵州）|梅子箐（在云南）。
㈡ jīng 〈文〉小笼：园中筑小屋，下悬一箐，令鸡宿上。

綮 ㈠ qìng 〈文〉筋与骨结合的地方：肯綮（比喻关键部位，要害所在）。
㈡ qǐ ❶同"棨"。古代官吏出入关口时用的凭证，木制。❷同"棨"。古代官吏出行时用的仪仗。

鑿 qìng 同"磬"。用于古白话：金鑿敲时断八邪。

磬 qìng ❶古代打击乐器。用石或玉制成，形状像曲尺，悬在架上，用木槌敲击发声。❷佛教的法器。用铜制成，形状像钵，可击打发声。

罄 qìng ❶〈文〉器皿空：瓶之罄矣。❷〈文〉用尽；用完：罄尽|罄其所有|南山之竹，书罪无穷。

灇 qìng 〈文〉寒冷。

qióng （ㄑㄩㄥ）

卭 qióng 〈文〉"邛"的讹字。

邛 qióng 【邛崃（lái）】山名。在四川中部。也叫"崃山"。

穷 (窮)[竆] qióng ❶贫困；没有钱（跟"富"相对）：苦|贫穷|家里穷得揭不开锅。❷〈文〉困窘；不得志：穷且益坚|则独善其身，达则兼善天下。❸穷尽：穷途末路|无穷|无尽理屈词穷。❹用尽：兵默武|欲穷千里目，更上一层楼。❺彻底（追究）：穷究|追猛打|追本穷源。❻极端；极：穷凶极恶|奢极侈。

煢 (㷀) qióng 〈文〉孤单；孤独：煢独|煢煢孑立（形容孤苦无靠）。

穹 qióng ❶〈文〉穹隆，中间高、四周下垂的样子：穹庐（古代北方民族住的圆顶毡帐）|穹顶。❷〈文〉天空：天穹|苍穹。❸〈文〉高：穹崖巨谷。❹〈文〉深：穹若洞谷。

枴 qióng 〈文〉树木名。

莮 (藭)[藭] qióng 【芎（xiōng）莮】即川芎。多年生草本植物。

赹 qióng 〈文〉独自行走。

嶇 [嵰] qióng 【嶇崇】隆起的样子。

筇 [笻] qióng ❶古书上说的一种竹子，可用来做手杖：竹之堪杖，莫尚于筇。❷〈文〉手杖：扶筇|一手携书一手杖筇。

艐 qióng 古代指一种小船。

琼 (瓊) qióng ❶〈文〉美玉：琼瑶（美玉）|投我以木瓜，报之以琼琚（琚：jū，一种佩玉）。❷美好的；精美的：琼浆（指美酒）|琼楼玉宇（瑰丽堂皇的建筑）。❸海南的别称（海南岛旧称琼崖）。

蛬 [蛩] qióng ❶〈文〉蟋蟀：蛬声|秋蛬挟户吟。❷〈文〉蝗虫：飞蛬满野。

蝏 qióng 〈文〉同"蛬"。蟋蟀。

傱 qióng 【傱侤（sōng）】〈方〉可憎；可恶（骂人的话）。

舼 qióng 〈文〉小船：舼舟。

煢 qióng ❶〈文〉同"煢"。孤单；孤独：煢独。❷〈文〉忧愁：煢煢相视。❸古代指骰子。

惸 [惸] qióng 〈文〉同"煢"。孤单；孤独：惸独|惸独老幼|夫亡子夭，惸然无归。

藭　qióng　〈文〉同"穷"。尽:其用不～。

婷　qióng　〈文〉孤独:哀彼妇之～～。

煢　qióng　〈文〉模拟脚步声:足音～然|小鱼折折石缝间,闻一则伏。

睘　㊀ qióng　❶〈文〉目惊视:目～。❷【睘睘】〈文〉孤独无依的样子。
㊁ huán　〈文〉通"还(huán)"。回转:三～(多次叫回转)。
㊂ xuān　〈文〉通"嬛(xuān)"。轻盈的样子。

鍈　qióng　〈文〉斧子上安柄的孔。

樏[艧]　qióng　〈文〉一种小船。

罻　qióng　❶〈文〉目惊视:目～绝系(绝系:经脉断绝)。❷【罻罻】〈文〉孤独无依的样子:独行～。

銵　qióng　【銵銵】〈文〉恭谨的样子。也作"嫇嫇"。

璚　㊀ qióng　〈文〉同"琼"。美玉:～楼。
㊁ jué　❶〈文〉同"玦"。有缺口的环形佩玉。❷〈文〉像玦的日晕:～者如带。

擏　qióng　〈文〉色(shǎi)子,一种赌博用具。

橬　qióng　〈文〉色(shǎi)子,一种赌博用具。

惸　qióng　〈文〉忧愁。

嬛[嬛]　qióng　见 xuān "嬛"(760 页)。

鶱　qióng　一些鸥鸟的旧称。

蘷[蘷]　qióng　【蘷茅】〈文〉草名。古人用来占卜。

蘽　qióng　〈文〉草缠绕的样子。

銎　qióng　【銎(qióng)銎】〈文〉恭敬谨慎的样子。

輂　qióng　〈文〉制作车轮外框的模具。

篧　qióng　【篧笼(lǒng)】古代指弓形的车篷架。

閮　qióng　〈文〉支鬲的足架(鬲:lì,似鼎的炊具)。

窮　qióng　夏代诸侯羿(yì)所封的国名。故地在今山东德州。

qiòng （ㄑㄩㄥˋ）

佡　qiòng　〈文〉小:俜(bǐ)门～役(俜役:小差役)。

qiū （ㄑㄧㄡ）

丘　[❶❸❺*坵、圤、𡊣]　qiū　❶小土山;土堆:土～|沙～|一～之貉。❷坟墓:～墓|～冢|坟～|～子。❸废墟:～墟|不知新都城,已为征战～。❹浮厝(cuò),把灵柩暂时停放在某处的地面上,周围用砖石等封闭起来,以待改葬:把棺材一～来。❺〈方〉量词。用于田地(水田中分隔成不同的块,一块叫一丘):两～田|一～稻子。❻姓。

邱　[邱、㘱]　qiū　❶旧同"丘"。1.小土山;土堆。2.坟墓。3.废墟。❷姓。

龟　qiū　见 guī "龟"(225 页)。

秋　(❻鞦)[❶❺❼*秌、❶❺*穐]　qiū　❶秋季,一年四季的第三季。我国指立秋到立冬之间为秋,也指农历的七月至九月:深～|～高气爽|春夏～冬。❷庄稼成熟的时节:大～|麦～。❸年;一年的时间:千～万代|一日不见,如三～兮。❹指某个时期(多指不好的):多事之～|危亡之～。❺秋天收获的庄稼:护～|收～。❻【秋千】运动或游戏的器具。在高架上悬挂两根长绳,下拴横板,人在板上前后用力,可以摆荡。❼姓。

眣　qiū　〈方〉盯:～住他。

筂　qiū　〈方〉箍:桶～。

蚯　qiū　【蚯蚓(yǐn)】环节动物。身体柔软,圆而长,环节上有刚毛。生活在土壤里,有疏松土壤的作用,有的可入药。

也叫"蛐蟮"。

萩□ qiū 古书上说的一种蒿类植物。

湫□ ㊀ qiū 〈文〉水池；水潭：小～｜山～。
㊁ jiǎo 〈文〉（地势）低洼：～隘（低洼狭小）。
㊂ jiū 〈文〉凉：～兮如风，凄兮如雨。

楸□ qiū ❶楸树，落叶乔木。树干直，花白色，蒴果细长，木材致密，可供建筑、造船、制造家具等用。❷指棋盘（古人多用楸木制作棋盘）：～枰｜～局。

脙 qiū 膝盖部分：胐（qū）～（膝关节）｜后～。

蓲 ㊀ qiū 【乌蓲】〈文〉即荻，初生的芦苇。
㊁ ōu 〈文〉同"櫙"。木名，即刺榆。
㊂ xū 〈文〉温暖：阳～万物。
㊃ fū 【蓲蔚（yù）】〈文〉花盛开的样子。

鹙□（鶖）[鶬、鵚] qiū 〈文〉秃鹙，水鸟名。头颈无毛，性凶残。

蝵 qiū 【蛓（cì）蝵】〈文〉蜘蛛。

篍 qiū 〈文〉告急用的可以吹响的竹管：小而缓者用铃～（小而缓者：不急的小事）。

趥 qiū 〈文〉徒步行走的样子。

蹭 ㊀ qiū 〈文〉践踏：～踏。
㊁ cù 〈文〉逼迫：倭～朝鲜，国王逃去。

橚 qiū 见 sù "橚"（639 页）。

�革 qiū 清代三合会旗号专用字。

鍬 qiū 【鍬刬（chǎn）子】宋代一种食品。

鳅□（鰍）[△*鰌、鰽] qiū 鱼名。体长而侧扁，口小，有 3—5 对须，鳞细小或退化。种类很多，如泥鳅、花鳅等。

"鰌"另见 qiú（562 页）。

鞧□ [緧] qiū ❶套车时拴在牲口臀部周围的皮带、帆布带等：后～｜坐～。❷〈方〉收缩；紧缩：～着眉头，满脸不高兴。

蠤 qiū 【次蠤】〈文〉蜘蛛。

橚 qiū 见 xiāo "橚"（739 页）。

鞧 qiū 见 sōu "鞧"（636 页）。

鰌 qiū 见 xiū "鰌"（753 页）。

蠿 qiū 【鼁（qù）蠿】〈文〉蟾蜍。

qiú（ㄑㄧㄡˊ）

仇□ qiú 见 chóu "仇"（88 页）。

厹 ㊀ qiú 【厹矛】古代一种三棱锋刃的矛。
㊁ róu ❶〈文〉野兽的足迹。❷〈文〉踩；践踏。

囚□ qiú ❶拘禁：～禁｜～犯｜帝纣乃～西伯于羑里。❷被拘禁的罪犯：～徒｜死～｜岂知阌（wén）乡狱，中有冻死～（阌乡：地名）。

叴 qiú 【叴叴】〈文〉傲气逼人的样子：四壁金刚如有气～。

犰□ qiú 【犰狳（yú）】哺乳动物。头、背、尾、四肢都有鳞片。腹部多毛，爪锐利，善掘土。昼伏夜出，吃昆虫、鸟卵等。产于南美等地。

朹 qiú 见 guǐ "朹"（227 页）。

肍 qiú 〈文〉熟肉酱。

汓 qiú 〈文〉同"泅"。游水。

求□ qiú ❶设法得到：～索｜追～｜虎～百兽而食之。❷恳请：～教｜请～｜赵氏～救于齐。❸要求；希望：希～｜精益～精｜思想～新，作风～实。❹需要：需～｜供～平衡｜供不应～。❺姓。

虬□ [*虯] qiú ❶虬龙，传说中有角的小龙：旁皆大松…立者如人，卧者如～。❷〈文〉盘曲：～髯｜～枝。

茵 qiú【茵芝】〈文〉菌类植物。

泅 qiú 游水;游泳:~水|人有滨河而居者,习于水,勇于～。

紈 qiú〈文〉幼小。

扴 qiú〈文〉通"仇(qiú)"。配偶;匹配:婴(pèi)～(婚配)。

邦 qiú 古地名。

俅 qiú ❶俅人,我国少数民族独龙族的旧称。❷【俅俅】〈文〉恭顺的样子:载弁～(戴着爵弁,恭顺有礼)。

訅 qiú【鰻(mán)訅】古亭名,故地在山西平定。

舳 qiú〈文〉兽角弯曲的样子:～角。

訄 qiú〈文〉逼迫;以言论逼迫人有所为。章炳麟著有政论集《訄书》。

訄 qiú〈文〉同"訄"。逼迫。

酋 qiú ❶酋长,部落的首领。❷首领;头目(含贬义):匪～|贼～|手歼虏～,名声远闻。

捄 qiú 见 jū"捄"(335页)。

莍 qiú〈文〉花椒、茱萸一类植物的果实,壳外有芒刺包裹。

逑 qiú〈文〉配偶:窈窕淑女,君子好(hǎo)～。

廼 qiú〈文〉急迫;迫近。

晒 qiú 用于人名。苦晒,汉代人。

鈙 qiú ❶〈文〉弩机上钩弦发箭的装置。❷用于人名。

狨 qiú 我国少数民族独龙族的旧称。

屜 qiú〈方〉男性外生殖器。

絿 qiú〈文〉蜀锦名。

球 [❸△*毬] qiú ❶数学上指以半圆的直径为轴,使半圆旋转一周而成的立体。由中心到表面各点距离都相等。❷球形或类似球形的东西:眼～|绣～|气～。❸指某些球形的体育用品:皮～|足～|橄榄～。❹指球类运动:～赛|～迷|看～。❺特指地球:全～|环～|北半～。❻泛指星体:星～|月～。❼〈文〉美玉:～玉|～琳(比喻俊美的人才)。
"毬"另见 qiú(561页)。

梂 qiú ❶〈文〉栎树的果实。❷〈文〉凿子的柄。❸〈文〉器物的底座。

耗 qiú 同"毬"。古代游戏用品。外包皮,中用毛填实。

賕(賕) qiú ❶〈文〉行贿:操舟者～诸吏。❷〈文〉贿赂的财物:受～枉法。❸〈文〉受贿:官暗而吏～。

毬 qiú 古代游戏用品。外包皮,中用毛填实:蹴～。
另见 qiú"球"(561页)。

崷[崷] qiú〈文〉山高峻的样子:山石～崒。

铼(銶) qiú〈文〉指凿子一类的工具。

慫 qiú 怨恨。

逎 qiú ❶〈文〉强健;有力:～劲|～健|鳞鳞夕云起,猎猎晚风～。❷〈文〉坚固:人心肃则国威～。

酒 qiú ❶〈文〉汁液。❷水名。在陕西。

洈 qiú〈文〉水源。

硫(瓾) qiú【巯基】由氢和硫两种原子组成的一价原子团。

裘[裘] qiú ❶〈文〉毛皮的衣服:～皮(毛皮)|轻～|集腋成～。❷〈文〉穿着皮衣:夏葛而冬～。❸姓。

蚯[蚯、蟗] qiú〈文〉昆虫名。一种小蜈蚣。也叫"蠼螋"。

绿 qiú〈文〉急躁:不竞不～。

摎 qiú 见 jiū"摎"(333页)。

觓 qiú ❶〈文〉同"觓"。兽角弯曲的样子:～角(上曲的角)。❷〈文〉弓弦松弛的样子:角弓其～(角弓:两头镶有牛角的弓)。

Q

璆 qiú ❶〈文〉美玉:握中有悬璧,本自中山～。❷〈文〉玉磬。

樛 qiú 见jiū"樛"(333页)。

蟉 qiú 见yóu"蟉"(822页)。

蕈 qiú 同"虬"。传说中有角的小龙。

魟 qiú ❶〈文〉因感冒鼻塞不通:鼻～不通。❷〈文〉颧骨:～骨。

鮂 qiú 〈文〉鱼名。即鲦(tiáo)。也叫"白鲦鱼"。

鯄 qiú 古代射鸟时箭上有绳,鯄是收回箭绳的角制器具。

鯦 qiú 〈文〉鱼名。

鰌 qiú ❶〈文〉践踏。❷〈文〉逼迫。
另见qiū"鰌"(560页)。

鱃 qiú 〈文〉鱼名。即鲔鱼。

qiǔ（ㄑㄧㄡˇ）

糗 qiǔ ❶〈文〉干粮;炒熟的米麦等谷物:～粮|～芳(芳香的干粮)。❷〈方〉饭或面食粘连成块状或糊状:面条一放就不好吃了。

饒 qiǔ ❶〈文〉同"糗"。干粮;饭～。❷〈文〉食物腐臭。

qiù（ㄑㄧㄡˋ）

嶘 qiù【嵺(liù)嶘】〈文〉山色萧条的样子。

愀 qiù 见qiǎo"愀"(550页)。

区 (區) ㊀ qū ❶分别;划分:～分|譬诸草木,～以别矣。❷(陆地、水面或空中的)一定范围:山～|禁渔～|经济开发～。❸行政区划单位,有自治区、市辖区、县辖区、特区等。
㊁ ōu ❶古代容量单位。四升为豆,四

豆为区。❷姓。

曲 (㊀❻麴)[㊀❻*麯] ㊀ qū ❶弯;不直(跟"直"相对):弯～|～线|～径通幽处,禅房花木深。❷使弯:～肱而枕|曲腰～背。❸弯曲的地方:河～|山～|春日潜行曲江～。❹〈文〉偏僻或隐秘的地方:乡～|心～。❺不公正;不合理:～解|歪～|是非～直。❻用曲霉和它的培养基(多为麦子、麸皮、大豆的混合物)制成的块状物,用来酿酒、制酱等:～酒|大～|酒～。❼〈文〉理亏:秦以城来璧,而赵不许,～在赵。❽姓。
㊁ qǔ ❶一种韵文形式,出现于南宋和金,盛行于元,体式较词灵活,接近口语:～牌|散～|元～。❷供人歌唱、演奏的作品:～调|歌～|其～弥高,其和弥寡(弥;越)。❸歌谱:作～|谱。
"麴"另见qū"麴"(564页)。

坵 qū 见ōu"坵"(497页)。

岖 (嶇) qū ❶【崎(qí)岖】形容山路高低不平。❷【岖嶔(qīn)】〈文〉山势高险的样子:前后相对,～参差。❸【岖崟】〈文〉山高不平的样子。

佉 qū 〈文〉同"祛"。去掉;除掉。

伹 ㊀ qū 〈文〉笨拙;笨拙的人。
㊁ zù 浅;淡。用于古白话:～青(淡青色)。

诎 (詘)[讍] ㊀ qū ❶〈文〉〈言语〉迟钝笨拙:辩于心而～于口。❷〈文〉通"屈(qū)"。屈服;使屈服:贤人而～于不肖者,则权轻位卑也。❸通"屈(qū)"。弯曲:～伸俯邱,皆不自由。
㊁ chù 〈文〉通"黜(chù)"。贬黜:罪亦不至～免。

陆 qū 〈文〉利用山谷的天然地形围猎禽兽:～兽网鱼。

驱 (驅)[*駈、△*敺、駆] qū ❶赶(牲口):～策(用鞭子赶)|扬鞭～马|子有车马,弗驰弗～(驰;赶)。❷奔驰;快跑:驰～|长～直入|并驾齐～。❸赶走;赶跑:～散|～逐|～鸡上树木,始闻叩柴荆。❹驾驶(车辆):～车前往。❺迫使;逼使:～使～

迊|饥来～我去,不知竟何之(何之:到哪里去)。

"畈"另见 ōu(497 页)。

拑 □ qū ❶〈文〉捕捉:～灵蟕(蟕:xī,大龟)。❷〈文〉驱赶:譬蚊虻螫人,～之而已。

坥 □ qū 〈文〉蚯蚓的粪便。

欧 □ qū 见 ōu "欧"(497 页)。

殴 □ qū 见 ōu "殴"(497 页)。

岖 qū 【崎(qí)岖】〈文〉同"崎岖"。形容山路高低不平。

迊 qū 〈文〉同"驱"。驱使:天下服听,因～韩、魏以代齐。

屈 □ ㊀ qū ❶弯曲(跟"伸"相对):～曲|～膝|能～能伸。❷服从;使服从:服|不～不挠|不战而～人之兵。❸冤枉;委屈:～才|～居亚军|鸣冤叫～。❹敬辞,委屈对方(做某事):～尊|～驾|～就。❺理亏:～心|理～|～词穷。❻姓。

㊁ jué 〈文〉竭;尽:生之有时而用之亡度,则物力必～(亡:同"无")。

苗 qū 〈文〉蚕箔,一种用竹篾或苇子编成的养蚕器具。

枮 □ qū 〈文〉安置在驴背上驮载东西的木板。

呿 □ qū 小声说话:我听有人背后～～。

岨 □ qū 用于地名:岨(zuò)～(在河南)。

胠 □ qū ❶〈文〉腋以下腰以上的部位:两～。❷〈文〉从旁边打开,撬开:～箧(qiè)探囊(指偷窃)。❸〈文〉军阵的右翼。❹〈文〉遮拦;搁浅:鱼～于沙。

祛 □ qū ❶去掉;除掉:～除|～病延年|扶正～邪。❷〈文〉开启:赞明圣祖之道,以～后学。

胠 qū 【胠腴(qiū)】〈文〉膝盖;膝关节。

祛 □ qū ❶〈文〉衣袖:逾垣而走,披斩其～(披:人名)。❷〈文〉撩起;举起;攘臂～衣。❸〈文〉同"祛"。去掉;除掉:用～其敝。

菹 □ ㊀ qū 有机化合物。一种多环芳烃,分子式 $C_{18}H_{12}$,白色或带银灰色晶体,在真空中易升华,易燃,有毒。在紫外线照射下有荧光。可用作非磁性金属表面探伤荧光剂等。

㊁ gǔ 〈文〉刷子。

蛆 [胆、蟵] qū 苍蝇的幼虫。体柔软,有环节,白色。多生活在不洁净的地方:～虫。

蛐 ㊀ qū 【蛄(jié)蛐】〈文〉同"蛄蛐"。昆虫名。木中蛀虫。

㊁ zhuō 【蛐蟱(móu)】〈文〉蜘蛛的一种。

豈 qū 〈文〉骨头弯曲。

筥 [凵、蒆] qū 〈文〉盛饭的器皿,用柳条编成。

躯 (軀)[躺] qū 身体:～体|身～|为国捐～。

胠 qū 〈文〉同"胠"。腋下。

焌 ㊀ qū ❶把燃烧物弄灭:把香头儿～了。❷微火烧烫:衣服后摆被烟头～了个洞。❸烹饪方法。把蔬菜放入热油锅内快速炒熟:～锅儿|～豆芽。

㊁ jùn 〈文〉用火烧:～契(用火灼龟甲)。

絉 ㊀ qū 〈文〉继续。

㊁ xì 〈文〉同"绤"。粗葛布。

趋 (趨) ㊀ qū ❶〈文〉快步走;小步快走:～前|亦步亦～|鲤～而过庭(鲤:人名)。❷倾向;归向:～势|大势所～|水之行避高而～下。❸〈文〉追求:～求|～利|见大利而不～。❹〈文〉迎合;依附:～奉|～炎附势|权门众所～。

㊁ cù 〈文〉同"促"。催促:使者驰传督～。

㊂ qù 〈文〉志趣;意趣:三子者不同道,其～一也。

蛐 □ qū ❶【蛐蛐儿(qur)】蟋蟀。❷【蛐蟮】蚯蚓。也作"曲蟮"。

笛 qū 〈文〉同"苗"。蚕箔,一种养蚕器具。

糗 qū 〈文〉酒曲。

趍 qū 见 chí "趍"(82 页)。

屈　qū　〈文〉无尾。一说短尾。通作"屈"。

陬　qū　【陭(qí)陬】〈文〉即崎岖。形容山路高低不平。

蜦　qū　见 jú "蜦"(337页)。

蝹　qū　【蛣(jié)蝹】昆虫名。木中蛀虫。

嶇　qū　〈文〉山丘:昆仑之～。

嶇　qū　【崎(qí)嶇】〈文〉同"崎岖"。形容山路高低不平。

麹（麴）　qū　姓。"麴"另见 qū "曲"(562页)。

趣　qū　见 qù "趣"(566页)。

覷　qū　见 qù "覷"(567页)。

謳　qū　〈文〉同"诎"。弯曲;屈曲:～寸而伸尺。

鋸　qū　❶古兵器名。似斧,即小钺。❷【鋸鋣(xū)】〈文〉门窗、箱柜等器物上的环钮、搭扣。今作"屈戌"。

魼　㊀ qū　〈文〉鱼名。即比目鱼。㊁ xié　〈文〉鱼的肋骨。

踚　qū　【踦(qí)踚】〈文〉同"崎岖"。形容山路高低不平。

趡　qū　〈文〉趋向:展转六～。

黢　qū　黑:～黑|黑～～。

鶰　qū　见 jué "鶰"(347页)。

嚁　qū　模拟吹口哨的声音、虫的鸣叫声等。

籧　qū　〈文〉同"曲(麴)"。酒曲:然不得佳～,酒多腥劣。

鰸　qū　〈文〉鱼名。

鱋　qū　〈文〉同"魼"。比目鱼。

Q

qú （ㄑㄩ）

佢　qú　〈方〉同"渠"。他:人家辛苦做一世,收到谷子～来量。

劬　qú　❶〈文〉劳累;劳苦:～劳|虽日夕而忘～。❷〈文〉慰劳。

朐　qú　❶〈文〉屈曲的干肉。❷用于地名:临～(在山东潍坊)。

斪　qú　古代农具。即锄头。

昫　qú　【昫町(tǐng)】古县名。在今云南境内。

鸲（鴝）[鸜]　qú　❶鸟的一类。体小,尾长,喙短而尖,羽毛美丽。种类较多,常见的有鹊鸲。❷【鸲鹆(yù)】鸟名。全身黑色,头和背部有绿色光泽,能模仿人的某些语音。也叫"八哥"。

軥　qú　同"軥"。古代车轭两边放置在马颈上的曲木。

蚼　qú　见 gǒu "蚼"(212页)。

翑　qú　❶〈文〉羽毛末端的弯曲部分。❷〈文〉后足为白色的马。

渠　㊀ qú　❶人工开凿的水道:～道|河～|水到～成|西门豹即发民凿十二～。❷他;它:女婿昨来,必是～所窃|问～那(nǎ)得清如许,为有源头活水来。❸〈文〉大:～魁|～帅(首领)。❹姓。㊁ jù　〈文〉通"讵(jù)"。岂:岂～得免夫累乎?(难道能免除忧患吗?)

絇　qú　❶〈文〉用布麻丝缕等搓成绳索。❷古代鞋头上的一种装饰,有孔,可以穿系鞋带。❸〈文〉量词。丝五两为絇:一～丝。

軥　㊀ qú　❶古代车轭两边放置在马颈上的曲木。❷〈文〉捕鸟兽的器具。㊁ jū　【軥录】〈文〉勤劳:～疾力。㊂ gōu　〈文〉軥心木。即车厢下面钩住车轴的木头。

虁　qú　同"蘧"。用于人名。几虁,古书上说的远古帝王名。

傈　qú　〈方〉同"渠"。他;它:我是银匠铺首饰由～打。

鉤　qú　【鉤町(dīng)】汉朝时我国西南一个地方政权名。旧治在今云南通海。另见 gōu "钩"(212页)。

蕖□ qú 【芙(fú)蕖】〈文〉荷花：迫而察之，灼若～出绿波(迫：近。灼：鲜明)。

璖 qú 〈文〉砗(chē)磲。

藘 qú 〈文〉菜名，即苦荬(mǎi)菜。也叫"苣(qǔ)"。

磲□ qú 【砗(chē)磲】软体动物。两扇贝壳很厚，略呈三角形，体长可达1米。生活在热带海底。

蠼[蟝] qú 【蠼螋(lüè)】〈文〉蛴螬的别名。也作"渠略"。

鼩 qú 【鼩掇(duō)】〈文〉虫名。

璩□ qú ❶〈文〉玉环：耳～。❷姓。

氍 qú ❶【氍毹(shū)】〈文〉同"氍毹"。毛织的地毯。❷用于人名。黄法氍，南朝陈人。

鸲 qú 〈文〉鸟名：～鸠。

氍 qú 【氍毹(shū)】〈文〉同"氍毹"。毛织的地毯。

瞿□ qú ❶〈文〉兵器名。戟类。❷〈文〉通"衢(qú)"。四通八达的道路。❸姓。

鼩□ qú 【鼩鼱(jīng)】哺乳动物。外形像老鼠，身体小。吻部尖细，毛栗褐色。多生活在山林中。

貗 qú 【貗貗(sōu)】〈文〉兽名。

蠷 ㊀ qú 〈文〉蛙类动物。

㊁ gōu 【蠷鼊(bì)】〈文〉龟类动物，外形像鳖。

蘧□ qú ❶蘧麦，多年生草本植物。花淡红色或白色，全草入药。也作"瞿麦"。❷〈文〉通"蕖(qú)"。荷花：～藕拔，蜃蛤剥。❸姓。

䁥 qú 〈文〉帅；首领。

㲘 qú 见 jú "擢"(337 页)。

䂂 qú 〈文〉同"躣"。行进的样子。

鐻 qú 见 jù "鐻"(341 页)。

灈□ qú 古水名。即今河南遂平石羊河。

欋 qú ❶古代一种四齿的耙子。❷〈文〉形容树根盘错：木大者根～。

戵 qú 古兵器名。属戟一类。

氍□[氀] qú 【氍毹(shū)】1.〈文〉毛织的地毯：请客北堂上，坐客毡～。2.〈文〉借指舞台(旧时演戏多把氍毹铺在舞台上)：～场中|千枝画烛照～。

籧 ㊀ qú 【籧篨(chú)】1.古代用竹篾编成的粗席：以～裹尸。2.〈文〉指患疾病而不能弯腰俯身的人：～不可使俯。3.〈文〉用花言巧语谄媚人。

㊁ jǔ 〈文〉同"筥"。圆形的竹筐：～筐。

鸜[鸜] qú 【鸜(yōng)鸜】水鸟名。外形像鸭，而脚像鸡。

臞 qú ❶〈文〉同"癯"。瘦：形容甚～。❷〈文〉消耗。

礭 qú 【磫(zōng)礭】〈文〉质地细腻的磨刀石。

矍 ㊀ qú ❶〈文〉通"癯(qú)"。瘦：貌清～。❷用于人名。

㊁ jù 〈文〉通"惧(jù)"。恐惧：以杀～之(矍之：使人恐惧)。

癯□ qú 〈文〉瘦：清～|～者既肥(既：已经)。

蠷 qú 〈文〉兽名。猿猴一类：赤猿～蝚。

衢□ qú 〈文〉四通八达的道路；大路：～路|康～|填街盈～。

趯 qú 〈文〉边跑边四处观望的样子。

躣 qú 〈文〉行进的样子。

蠼□ qú 【蠼螋(sōu)】昆虫。身体扁平而狭长，黑褐色，尾端有铗状的尾须。多生活在潮湿的地方。

鑺 qú 古兵器名。

䐗[䐗] qú 〈文〉鬼；鬼怪。

Q

鼳 qú 〈文〉鱼名。

霍 qú 【霍(kuò)霍】古驿站名。在今浙江。

qǔ （ㄑㄩˇ）

曲 qǔ 见 qū "曲"(562页)。

苣 qǔ 见 jù "苣"(339页)。

取 qǔ ❶获得;招致:～胜|获～|自～灭亡。❷拿:～钱|领～|～行李。❸挑选;采择:录～|去粗～精|一无可～。❹〈文〉提取:青～之于蓝而青于蓝。❺〈文〉攻下;夺取:蒙骜攻韩,～十三城(蒙骜:人名)。❻〈文〉娶妻:令壮者无～老妻,令老者无～壮妻。后作"娶"。

朐 ㊀ qǔ ❶〈文〉高大雄壮的样子:～然。❷〈文〉匠人。㊁ kǒu ❶〈文〉治。❷〈文〉巧。

娶 qǔ 把女子接过来成亲;男子结婚(跟"嫁"相对):～妻|～亲|舜不告而～,为无后也。

跔 qǔ 见 jū "跔"(336页)。

詓 qǔ 〈文〉模拟睡卧时的鼻息声:卧之～,起之呼吁。

姁 qǔ 【姁(yù)姁】1.〈文〉腰背向前弯曲的样子。2.〈文〉恭顺:～名势。

蝺 ㊀ qǔ 〈文〉美好的样子:视之～焉美。㊁ yǔ 〈文〉驼背:～偻(伛偻)。

齲 (龋)[齲] qǔ 牙齿被酸腐蚀形成空洞:～齿(蛀牙)。

qù （ㄑㄩˋ）

去 qù ❶从说话人所在的地方到别的地方(跟"来"相对):～向|从北京～广州。❷从说话人所在的地方派出或发出:～人修理|～辆车接客人|～了一封信。❸〈文〉离开:～世|～职|孟子～齐|逝将～女,适彼乐土(女:同"汝")。❹失掉:大势已～|孤儿～慈亲,远客丧主人。❺除掉;减掉:～暑|掐头～尾|裤腿～了一截|去民之患,如除腹心之疾。❻距离;相差:两地相～千里|～今五载|～门十里以为界。❼过去的(时间,多指过去的一年):～年|～冬今春。❽用在动词性词语前,表示要做某事:我们～商量一下|你～发信,他～买东西。❾用在动词性词语后,表示去的目的:咱们看电影～吧|到学校上课～了。❿用在动词性词语(或介词短语)与另一个动词性词语之间,表示前者是后者的方式,后者是前者的目的:骑车～郊游|从另一个角度～考虑问题。⓫用在另一个动词后。1. 表示人或事物随着动作离开原来的地方:叫～几个人|疾病夺～了他的生命|把多余的枝叶剪～。2. 表示动作的结果,含有失去的意思:一封信用～了几张纸|家务事占～他不少时间。⓬扮演(戏曲角色):在越剧《红楼梦》里她～宝玉。⓭去声,汉语声调的一种,普通话去声是降调:平上～入。

厺 qù 同"去"。用于古白话:走开～了。

呿 ㊀ qù 〈文〉口张开:口～而不合。㊁ kā 译音用字。

坎 qù 〈文〉张口出气:张口～～。

厹 qù 关;关闭。用于古白话:门儿～着。

粗 ㊀ qù 古地名。在今河南。㊁ chú 同"锄"。农具。

趋 qù 见 qū "趋"(563页)。

阒 (闃)[△闃、闃] qù 〈文〉寂静;没有一点儿声音:～寂|～静|窥其户,～其无人。

趣 qù 〈文〉同"趣"。志趣:行合～同,千里相从。

趣 ㊀ qù ❶兴味;使人感到愉快或有吸引力的特性:～味|妙～横生|园涉以成～(园日涉:天天到园子里走走)。❷使人感到愉快或有吸引力的:～事|～闻|～谈。❸意向;志向:志～异|旨～|(陶潜)少有高～。㊁ qū 〈文〉奔向;奔赴:兵法,百里而利者,蹶上将(蹶:jué,使挫折)。㊂ cù ❶〈文〉通"促(cù)"。催促;督促:使使者贺赵,～兵西入关。❷〈文〉通"促"

(cù)"。急速；赶快：令宋～降。

覰（覷） ㊀ qù ❶〈文〉窥探；偷看：～视|偷～|北寇～边。❷〈文〉看：小～|冷眼相～|面面相～。

㊁ qū 把眼睛眯成一条细缝(仔细看)：～起眼睛仔细端详。

闃 qù 〈文〉同"阒"。寂静：～然无声。

䴱 qù ❶〈文〉大麦粥。❷〈文〉米、麦等炒熟后制成的干粮。

闃 qù 〈文〉同"阒"。寂静：茅堂～静。

黿 qù【黿䴱(qiū)】〈文〉蟾蜍。

覷 qù ❶〈文〉窥视；偷看。❷〈文〉看：不如～文字，丹铅事点勘。

qu (·ㄑㄩ)

戌 qu 见 xū"戌"(754 页)。

弮 quān 〈文〉弩弓：空～只手，焉能搏斗？

恮 quān 〈文〉谨慎。

悛 ㊀ quān 〈文〉悔改：～改|怙(hù)恶(è)不～|过而不～，亡之本也(过：过错)。

㊁ xún 〈文〉同"恂"。【悛悛】诚谨忠厚的样子：余睹李将军，～如鄙人，口不能道辞(鄙人：居住在郊野的人)。

圈 ㊀ quān ❶环形，也指环形的东西：圆～|花～|画了个～儿。❷指一定的范围或领域：生活～|影视～|说话办事别出～儿。❸画圈做记号：～点|～阅|～出的字应该改正。❹围起来；在四周加上限制：事故现场被～起来了|摄政初入都，地分八旗。

㊁ juàn 饲养猪、羊等家畜的建筑，有棚有栏：～养|～肥|～猪。

㊂ juān ❶用笼子、栅栏等把家禽、家畜等关起来：～小鸡|育肥猪需要～起来养。

❷把人关起来(不让出去)：他在禁闭室～了好几天了。

棬 quān 古代指用曲木制成的杯、盂之类：子以杞柳为杯～。

腃 ㊀ quān 〈文〉身体蜷缩：身～项缩(项：脖子)。

㊁ quán 〈文〉嘴唇：口～。

綣 quān 见 juàn"綣"(343 页)。

騡 quān 〈文〉黑唇的白马。

酄 quān 用于地名：柳树～(在河北丰南)|蒙～(在天津蓟县)。

鑚 ㊀ quān 〈文〉门框上承受门枢的铁环。

㊁ zuān 〈文〉通"钻(zuān)"。打孔；钻凿：～山夷涂(夷涂：使道路变平坦)。

佺 quán 〈文〉纯玉。通作"全"。

权（權）[権、権] quán ❶权力，政治上的强制力量或职责范围内的支配力量：～限|掌～|独揽大～。❷权利，公民或法人依法享有的权力和利益：人～|公民～|被选举～。❸有利的形势：主动～|制空～。❹〈文〉秤锤：铜～。❺〈文〉测定重量；衡量：～衡其轻重|～，然后知轻重。❻变通；随机应变：～谋|通～达变|男女授受不亲，礼也；嫂溺援之以手者，～也(溺：nì，溺水)。❼副词。表示暂时只好如此，相当于"权且"：以摹本代替|～当一次演习。❽姓。

全 quán ❶齐备；完整不缺：齐～|智勇双～|一应俱～。❷使完整不缺；保全：成～|两～其美|凡用兵之法，～国为上，破国次之。❸整个：～程|～神贯注|三年之后，未尝见～牛也。❹副词。统括全体范围，相当于"都"：他们～是好学生|探险的队员～回来了|腊日常年暖尚遥，今年腊日冻～消。❺强调程度上的完足，相当于"完全"：大获～胜|～新的设计方案。❻〈文〉纯玉：天子用～。❼姓。

挷　quán　见 shàn "挷"(597页)。

佺　quán　【偓(wò)佺】传说中的仙人。

狋　quán　见 yí "狋"(795页)。

卷　quán　见 juǎn "卷"(342页)。

诠(詮)　quán　❶〈文〉解释;说明:～释|～注|～解。❷〈文〉事理;道理:真～|发必中～,言必合数。

荃　quán　❶古书上说的一种香草,即菖蒲:～蕙化而为茅(蕙:一种香草;茅:茅草)。❷〈文〉用竹、草编制的捕鱼器具:得鱼而忘～。又写作"筌"。

泉　quán　❶泉水,从地下涌出来的水:源～|泪如～涌。❷涌出泉水的孔穴:源～|阙地及～(阙:jué,挖掘)。❸称人死后所在的地方;阴间:～台|黄～|旧游零落半归～。❹钱币的古称:～币|～布。❺姓。

洤　quán　〈文〉同"泉"。泉水。

轮(輇)　quán　❶古代指没有辐条的木制小车轮。❷〈文〉小;浅薄:～才(浅薄的才能)。

牷　quán　古代用作祭祀的毛色纯一而完整的牲畜:牲～。

拳　quán　❶拳头,五指向内弯曲而紧握的手:握～|～打脚踢|摩～擦掌。❷(肢体)弯曲:～曲|～起腿来。❸拳术,徒手的武术:～师|打～|太极～。

卷　quán　【卷毛】唐太宗所乘六骏之一。

埢　quán　【埢垣】〈文〉弯曲的样子。

啳　㊀ quán　【啳睽(kuí)】〈文〉丑陋的样子。㊁ jué　〈方〉骂:背后～我。

铨(銓)　quán　❶〈文〉称重量的器具:考量以～。❷衡量轻重:～衡|～度(duó)。❸〈文〉量才任用;选拔:选|～叙(旧时称议定官员的等级)|未闻如此～授。

郌　quán　【仲郌郒】古泉名。在今山西。

痊　quán　〈文〉病好了;恢复健康:～愈|齐王之疾～。

惓　quán　见 juàn "惓"(343页)。

媇　㊀ quán　〈文〉美好的样子。㊁ juàn　〈文〉同"眷"。亲属:～属。

粆　quán　〈文〉耕。

夐[夐]　quán　〈文〉睁大眼睛看。

嵃　quán　【嵃嶅(wù)】同"巏嵍"。古山名。在今河北。

棬　quán　〈文〉一种黑蹄的牛。

筌　quán　〈文〉捕鱼用的竹器:得鱼忘～(比喻达到目的之后,忘了原来所依靠的东西)。

腃　quán　见 quān "腃"(567页)。

湶　quán　〈文〉同"泉"。泉水:波障源～。

绘(繪)　㊀ quán　❶〈文〉细布。❷〈文〉细丝或细麻。㊁ shuān　用绳子系上。用于古白话:～了牛驴。用同"拴"。

琼　quán　❶〈文〉一种玉。❷用于人名。

捲　quán　〈文〉同"拳"。拳头。

踡　quán　❶〈文〉踢;踹:决襄以～之。❷〈文〉蜷伏:僵卧如鼠～。❸曲膝盘足:～坐。❹屈伏。用于古白话:下有猛龙～铁锁。❺〈方〉弯腰:曲身若～～摺。

瘈　quán　❶〈文〉病名。手脚卷张不开的病:手足～缩。❷〈文〉卷曲;弯曲:～结。❸〈文〉困倦;疲:～～。

觠　quán　❶〈文〉兽角弯曲:～角。❷〈文〉弯曲。

匵　quán　【匵璇(xuán)】〈文〉博戏(古代的一种棋戏)的用具。

蜷　quán　(肢体)弯曲:～曲|～缩|冷得～成一团。

踡 ⊖ quán ❶同"蜷"。(肢体)弯曲:缩~。❷〈文〉亏损:外内不~。
⊜ juǎn 〈方〉踢:三脚将我~下寒桥。

弮 quán ❶〈文〉膝关节的后部。通作"卷"。❷〈文〉弯曲。通作"卷"。

醛 quán 有机化合物的一类。通式 R—CHO(R代表烃基),如甲醛、乙醛、糠醛等。甲醛是气体,其余是液体或固体。甲醛用于制酚醛塑料,乙醛可制乙酸。

縓 quán 〈文〉浅红。

鰁 (鳈) quán 鱼名。身体略侧扁,深棕色,有斑纹。生活在淡水水底。

鬈 [髻] quán ❶〈文〉头发美,泛指美好:其人美且~。❷(头发)弯曲:见二番僧…须发~如。

巏 quán 【巏嵍】古山名。在今河北。也作"巏务"。

巏 ⊖ quán 〈文〉弓曲。
⊜ guàn 〈文〉容器:铁~。后作"罐"。

巏 ⊖ quán 【巏朕(kuí)】〈文〉丑陋的样子。
⊜ huān 【巏疏】传说中的兽名。

齤 quán ❶〈文〉笑而露齿的样子:~然而笑。❷〈文〉缺齿。

鹯 quán 见 guàn "鹯"(223页)。

颧 (颧)[顴] quán 眼睛下面、两腮上面凸出的部分:~骨|~颊|目有精光,长颈高~。

蠸 quán 〈文〉昆虫名。有橙黄色硬壳,喜食瓜叶,是瓜类的主要害虫。俗称"守瓜"。

趢 quán 【趢趗(lù)】〈文〉走路时脊背弯曲的样子。

躝 quán ❶〈文〉同"蜷"。(肢体)弯曲:形且挛(luán)~(形:身体)。❷〈方〉围绕。

齤 quán 〈文〉缺齿。

quǎn　(ㄑㄩㄢˇ)

巜 quǎn 〈文〉同"畎"。田间小沟。

犬 quǎn 狗:猎~|丧家之~|鸡~之声相闻。

汱 ⊖ quǎn ❶〈文〉水落的样子。❷〈文〉汰除:除去:以水车~去两墙之间旧水。
⊜ fú 〈文〉同"浮"。洄流。

甽 ⊖ quǎn ❶〈文〉同"畎"。田间小沟;沟渠:画井而田,~达于沟。❷古代田制,一亩的三分之一:一亩三甽。
⊜ zhùn 〈文〉山脚小沟。

畎 [甽、畖] quǎn ❶〈文〉田间小沟:浚~浍,致之川(浍:kuài,田间水沟)。❷〈文〉田间;田野:舜于~亩之中。

綣 (綣) quǎn 屈服:兵横行天下而无所~,威服四方而无所诎。

綣 quǎn 见 juàn "綣"(343页)。

綣 quǎn ❶〈文〉粉。❷〈文〉捏聚成团。

蕎 quǎn 〈文〉芦苇、竹子一类植物的嫩芽。

齤 [齤] quǎn 传说中的猛兽。

quàn　(ㄑㄩㄢˋ)

劝 (勸)[勧] quàn ❶〈文〉勉励;鼓励:~勉|~学|惩恶~善|~务农桑。❷说服,讲明事理使人听从:~说|规~|~罪小者|,大者杖。

券 [⊖△*券] ⊖ quàn ❶票据或作为凭证的纸片等:奖~|债~|入场~。❷〈文〉契据。以竹木等制成,分为左右两半,双方各持其一,作为凭证:皆持取钱之~。
⊜ xuàn 拱券,门、窗、桥梁等建筑物上呈弧形的构件:发~|打~。
"券"另见 juàn(343页)。

拳 quàn 〈文〉穿在牛鼻上的环:解~。

弮 quàn 〈文〉穿在牛鼻上的环:鼻~。

Q

鞙 quàn　❶〈文〉中间截断后再半分的皮革;也指细皮条。❷〈文〉卷曲。

quē（ㄑㄩㄝ）

炔□ quē 【炔烃(tīng)】有机化合物的一类。是分子中含有一个或多个碳-碳叁键的碳氢化合物。如乙炔(HC≡CH)。

缺 [缼] quē ❶残破;不完整:～口|残～|完美无～。❷短少;不够:～少|～衣少食|南渡桂水～舟楫。❸不完善;不完美:～点|～憾|～陷。❹该到而没到:～席|～勤|～课。❺空的职位:肥～|候～|愿得补黑衣之～,以卫王宫(黑衣:指卫士)。❻〈文〉废弃;衰微:礼乐废,诗书～|厉、幽之后,王室～,侯伯强国兴焉(厉、幽:指周厉王、周幽王)。

觖 quē 〈文〉同"缺"。短少;残破:有碑～坏磨灭。

鈌 quē 见 jué "鈌"(346 页)。

趹 [趹] quē 指古代的城阙。形制未详。

蒛 quē 【蒛葐(pén)】〈文〉植物名。即覆盆子。

阙□ quē 见 què "阙"(571 页)。

qué（ㄑㄩㄝ）

瘸□ qué 腿脚有病,行走不稳:腿～了|一～一拐|～着腿走过来。

què（ㄑㄩㄝ）

青□ què 〈文〉帐子。

却□ [*卻、*卻] què ❶后退:退～|望而～步|敌不敢至,虽王必～。❷〈文〉使后退:～敌|北～匈奴,西逐诸羌。❸退还;推辞:推～|～之不恭,受之有愧。❹去掉(用在某些动词、形容词后,表示结果):忘～|抛～|医得眼前疮,剜～心头肉。❺副词。表示较轻微的转折:话虽简单,道理～很深刻|天街小雨

润如酥,草色遥看近～无。

郄□ què 见 xì "郄"(722 页)。

恪□ què 见 kè "恪"(359 页)。

㲀 ⊖ què ❶〈文〉从上击下:以马箠～其心。❷〈文〉坚硬的外皮:木叶干(gān)～(树叶和枯干的皮壳)。
⊜ hù 〈文〉呕吐:若见之,君将～之(你看见了要呕吐)。

埆 ⊖ què 〈文〉土地板实,不肥沃:～瘠。
⊜ jué 〈文〉核实;考校:～功考德。

嶕 què 【墝(qiāo)嶕】〈文〉土地瘠薄:土田～。

猤 què 战国时代宋国良犬名,后也泛指狗。

岩 [礐] ⊖ què ❶〈文〉坚硬;坚定:坚～。❷〈文〉模拟水冲击石头的声音。❸〈文〉多大石的山。
⊜ hú 〈文〉石名。

瑞 què 古代人名用字。

愨 (愨) [愨] què 〈文〉诚实;谨慎:～诚|法正则民～。

圌 què 〈文〉鞭声。

雀□ ⊖ què ❶鸟名。体小,喙圆锥状。种类很多,常见的有麻雀、黄雀等。❷特指麻雀。也叫"家雀儿(qiǎor)"。❸〈文〉赤黑:～斑|～弁(古代一种礼帽,赤黑色)。
⊜ qiāo 〈方〉义同"雀"。鸟名:黄～儿|家～儿|～盲眼(夜盲症)。
⊜ qiāo 【雀子(zi)】〈方〉雀(què)斑,面部出现的褐色小斑点,不痛不痒。

碏 ⊖ què ❶〈文〉坚固:石之～。❷【荦(luò)碏】〈文〉怪石嶙峋的样子。也作"荦埆(què)"、"荦岩(què)"。
⊜ kè 【岩(què)碏】〈文〉模拟水击打石头的声音。

确□ (❶-❸確) ⊖ què ❶符合事实的;真实:～实|～证|千真万～。❷副词。表示十分肯定,相当于"确

实"|~有其事|~无不妥|此人~系不可多得之人才。❸坚固;坚定:~立|~信。❹〈文〉土地不肥沃;僻处:~瘠。

㊁**jué**〈文〉较量:李广才气,天下无双,自负其能,数与虏~。

卻 **què** 见xì"卻"(723页)。

郤 **què** 〈文〉同"卻(却)"。撤退:~军。

阕(闋) **què** ❶〈文〉终止;完毕:官事小~,辄玩习书传。❷歌曲或乐曲每一次终止(即每一遍)为一阕:歌数~。❸词有两段称"上阕、下阕"。一首词也称一阕:收词百余~。

塙 **què** 〈文〉牢固;不可动摇。

搉 **què** 〈文〉敲击:~其眼。另见què"榷"(571页)。

鹊(鵲) **què** 鸟名。嘴尖,尾长,羽毛大部分黑色,肩和腹白色。民间以鹊叫为吉兆,所以也叫"喜鹊":维~有巢,维鸠居之。

散 **què** 〈文〉树皮粗糙而坼裂,也指皮肤皲裂。

碏 **què** ❶〈文〉杂色石。❷用于人名。石碏,春秋时卫国大夫。

碏 **què** 〈文〉惊恐的样子。

阙(闕)[闕、闕、闕] ㊀**què** ❶古代宫殿门前两侧的高建筑物,中间有道路:两宫遥相望,双~百余尺。❷帝王的住所:宫~|伏~(跪在宫门前)|汉城魏~。❸祠庙、陵墓前所立的石雕:陵~|石~。

㊁**quē** ❶〈文〉通"缺(quē)"。缺口;空缺:两岸连山,略无~处。❷〈文〉通"缺(quē)"。过失:~失|有弛慢之(弛慢:懈怠轻慢)。❸〈文〉通"缺(quē)"。缺少:去年米贵~军食,今年米贱大伤农。

㊂**jué**〈文〉挖掘:~地及泉。

湰 **què** 〈文〉浇灌;灌溉。

榷[❶❷△*搉、*榷] **què** ❶〈文〉专营;专卖:~茶|~盐|~税。❷商讨;研究:商~。❸〈文〉独木桥。

"搉"另见què(571页)。

闋 **què** 〈文〉空缺。

趄[趞] **què** ❶〈文〉行走轻捷的样子。❷〈文〉书法运笔轻健。

碻 ㊀**què** ❶〈文〉同"确"。坚固;坚定:~然其志。❷〈文〉真实;确实:~证|此论甚~。

㊁**qiāo**【碻磝(áo)】1.〈文〉多石不平的样子:田~。2.古城名。在今山东。

雀 **què** 〈文〉同"雀"。鸟名。

踏 **què** 见jí"踏"(290页)。

誰 **què** ❶〈文〉同"鹊"。喜鹊。❷〈文〉犬名:宋有骏犬曰~。

闃 **què** 同"阙"。古代宫殿门前两侧用于瞭望的楼台:过~入楼,含烟杂雾。

㲉 **què** 见hú"㲉"(258页)。

㲉 **què** ❶〈文〉卵:白龟生~。❷〈文〉卵壳,也指物体坚硬的外皮:维出~。

醨 **què** 〈文〉同"榷"。专营;专卖:商贾争来,~酤倍入。

爵 **què** 见jué"爵"(347页)。

攉 **què** 见huō"攉"(280页)。

榷 **què** 〈文〉同"榷"。专一:班输~巧于斧斤(榷巧:精)。

礭 **què** ❶〈文〉坚固不可动摇的样子:~不从命。❷〈文〉水冲击石头的样子:破~巨石,随波塞川而下。❸〈文〉敲打:以塵尾~床。

碏 **què**【碏确(què)】〈文〉水击打石头的声音。

qūn（ㄑㄩㄣ）

夋 **qūn**【夋夋】〈文〉行走缓慢的样子。

囷 **qūn** ❶古代圆形的粮仓。❷〈文〉样子像困仓的东西:百草木成~。❸〈文〉积聚。

崐[岩]　qūn　【崐嶙(lín)】〈文〉形容山相连的样子。

逡　qūn　〈文〉后退;退让:～巡(因顾虑而徘徊不前或后退)|有功者上,无功者下,则群臣～。

趚　qūn　〈文〉行走疾速的样子。

輑　qūn　见 yǐn "輑"(811 页)。

踆　㊀qūn　❶〈文〉行走的样子:～不敢企(企:直立)。❷〈文〉运行:吐气日月～。❸【踆踆】1.〈文〉形容行走的姿态:大雀～|世间可笑走～。2.〈文〉形容谦退:为人～谨退。❹〈文〉通"逡(qūn)"。后退;退让:千品万官,己事而～(百官礼毕逡巡而退)。
　　㊁cún　〈文〉踢:祁弥明逆而～之(祁弥明:人名。之:指狗)。
　　㊂dūn　〈文〉蹲坐;蹲伏:帅弟子而～于窾(kuǎn)水。

箘　qūn　见 jùn "箘"(350 页)。

qún　（ㄑㄩㄣ）

宭　㊀qún　❶〈文〉群居。❷〈文〉荟萃的地方:学～。

裙[＊帬、＊裠]　㊁jiǒng　〈文〉通"窘(jiǒng)"。困迫;难堪:事～于内而举～于外。

裙[＊帬、＊裠]　qún　❶裙子,围在腰部以下的服装,没有裤腿:长～|短～|有孙母未去,出入无完～。❷作用或形状像裙子的东西:墙～|围～|鳖～(鳖的背甲四周的肉质软边)。

群[＊羣]　qún　❶聚集在一起的人或事物:人～|建筑～|害～之马|吾离～而索居。❷聚集成群的;众多的:～岛|～山|博览～书。❸量词。用于成群的人或物:一～学生|一大～羊|几～珊瑚礁。❹〈文〉同类:人以～分,物以类聚。

瘽[瘒]　qún　〈文〉肢体麻痹:寒卧支体～。

麏　qún　见 jūn "麏"(349 页)。

敤　qún　〈文〉群行劫掠。

麏　qún　见 jūn "麏"(349 页)。

qǔn　（ㄑㄩㄣ）

趣　qǔn(又读 yǔn)〈文〉跑的样子。

R

r

rán（ㄖㄢˊ）

呥 rán 【呥呥】1.〈文〉安然自得的样子。2.〈文〉咀嚼东西的样子：～而嘫（嘫：jiào，嚼）。

呷 rán ❶〈文〉咀嚼东西的样子。❷〈文〉吐（舌）：～舌摇尾。

肰 rán ❶〈文〉狗肉。❷〈文〉…的样子：卓～绝出｜宛～身历。后作"然"。

枏 rán 〈文〉木名。即梅，果实即梅子。另见 nán "楠"（477 页）。

裑[裓] rán ❶〈文〉衣服的边缘。❷古代女子出嫁所穿的盛装。❸〈文〉系在衣服前面的围裙。

蚺[蚦] rán 【蚺蛇】蟒蛇：越人得～，以为上肴。

然 rán ❶〈文〉是；对；正确：大谬不～｜不以为～。❷〈文〉认为…是对的：沛公～其计，从之。❸〈文〉如此；这样；那样：不尽～｜知其～，不知其所以～。❹后缀。1. 构成副词或形容词：忽～｜偶～｜飘飘～。2. 构成连词：虽～｜既～。❺〈文〉连词。表示转折。常跟"虽"搭配，相当于"然而"：事情虽小，～影响深远｜周勃重厚少文，～安刘氏者必勃也。❻〈文〉应允：～诺。❼〈文〉燃烧：若火之始～。后作"燃"。❽姓。

髯[*髥、頿、頯、顂、髥、䫇]　rán 〈文〉两颊上的胡须，也泛指胡须：长～美须｜～白发苍。

嘫 rán 〈文〉模拟应答声，表示肯定。

㸢 rán 〈文〉猿猴类动物。也叫"猓（guǒ）然"。

燃 rán 姓。

燃 rán ❶烧起火焰：～烧｜死灰复～｜少孤贫，～薪读书，刻苦自励。❷点火使燃烧：～香｜～灯｜～放烟火。

氈 ㊀ rán 【氈毿（sān）】〈文〉同"毵毵"。毛长的样子；像长长的毛羽一样披散着。

㊁ gān 【氈毬（gà）】同"尴尬"。1. 处境困难，事情棘手：～人难免｜～事。2. 神态不自然：这个开酒店的汉子又～，也是鬼了。‖用于古白话。

繎 rán ❶〈文〉丝纠结难理。❷〈文〉深红色。

齻 rán 〈文〉龟甲的边。

齥[齤]　rán 〈文〉同"燃"。燃烧：～柴读书。

rǎn（ㄖㄢˇ）

冄[*冄]　rǎn ❶【冉冉】1. 缓慢地；渐渐地：太阳～升起｜老～其将至。2. 柔软下垂的样子：柳条～。❷姓。

苒[苒]　rǎn ❶【苒苒】1.〈文〉草茂盛的样子：～齐芳草。2.〈文〉枝叶轻柔的样子：新叶初～。❷【荏（rěn）苒】〈文〉（时间）渐渐过去：光阴～。

陒[郔]　rǎn 古亭名。

姌[姌]　rǎn 〈文〉细长柔弱的样子：妖媚～袅。

唺 rǎn 【咵（rěn）唺】〈文〉嘴动的样子。

染 rǎn ❶把纺织品等放在染料里使着色：～色｜印～｜～于苍则苍，～于黄则黄。❷沾上；传上（疾病或不良习惯）：～指｜感～｜一尘不～。❸〈文〉牵连；连累：牵～将相大臣百有余人。❹姓。

翢 rǎn 〈文〉禽鸟翅膀下的细毛。俗称"绒毛"。

燃 rǎn 〈文〉整理。

酓 rǎn 【酳(jiàn)酓】〈文〉味道不醇厚：恐滋味～。

rǎn 〈文〉意志脆弱。

騲[騲] rǎn 周代诸侯国名。

燫 rǎn 见 hàn "燫"(238 页)。

橪 ⊝ rǎn 〈文〉小酸枣。
⊜ yān 【橪支】古代指一种香草。

霑 rǎn 〈文〉沾湿。

---

rāng (ㄖㄤ)

嚷 rāng 见 rǎng "嚷"(575 页)。

---

ráng (ㄖㄤ)

鈈 ráng 见 róng "鈈"(580 页)。

儴 ⊝ ráng 〈文〉因循；遵从。
⊜ xiāng 【儴佯】〈文〉徘徊。

酅 ráng 古地名。在今河南。

勷 ⊝ ráng 【劻(kuāng)勷】〈文〉形容急迫不安的样子。
⊜ xiāng 〈文〉同"襄"。帮助；辅佐：赞～(赞：帮助)。

壤 ráng 见 rǎng "壤"(574 页)。

蘘 ráng ❶【蘘荷(hé)】多年生草本植物。根茎淡黄色，叶子椭圆状披针形，花白色或淡黄色。花穗和嫩茎可以吃，根可入药。❷〈文〉通"穣(ráng)"。秸秆：～草。

獽 ráng 我国古代西南地区的一个少数民族名。

瀼 ⊝ ráng 〈文〉露水很浓的样子：野有蔓草，零露～～(蔓：蔓延生长。零：落下)。
⊜ ràng 古代巴蜀地区称流入大江的涧水为瀼。

孃 ráng ❶〈文〉烦扰；烦乱。❷〈文〉肥大。
另见 niáng "娘"(487 页)。

禳 ráng 〈文〉向鬼神祈祷以除邪消灾：～解|祈福～灾|齐有彗星，齐侯使～之。

鑲 ráng 见 xiāng "鑲"(735 页)。

穣 ⊝ ráng ❶稻麦等植物脱粒后的茎秆：～草|豆～子。❷〈文〉丰收：～岁|丰～|世之有饥～，天之行也(行：规律)。❸〈文〉同"瓤"。瓜果等皮里包着的肉或瓣。
⊜ rǎng 〈文〉众多：人物稠～，军广粮多。
⊜ réng 〈文〉禾谷皮壳的碎屑：麦～。

瓤 ráng ❶瓜果等皮里包着的肉或瓣：瓜～儿|橘子～儿|沙～儿|西瓜～。❷泛指某些皮或壳里包着的东西：信～儿|枕头～儿。

褬 ráng ❶〈文〉衣服：文王梦天帝服玄～。❷脏；肮脏。用于古白话：衣服～了。

籦 ráng ❶〈文〉收藏物品的竹器。❷〈文〉漉米竹器。

躟 ráng 【躟(kuāng)躟】〈文〉急速行走的样子。

鬤 ráng 〈文〉头发散乱的样子。

---

rǎng (ㄖㄤ)

㨾 rǎng ❶〈文〉同"攘"。排斥。❷〈文〉同"攘"。侵犯。

攘 rǎng ❶〈文〉同"攘"。排斥。❷〈文〉同"攘"。侵犯。

壤 ⊝ rǎng ❶疏松适于植物生长的泥土：～土(细沙和黏土含量比较接近的土壤)|土～|红～。❷地；土地：霄～|天～之别(比喻相差悬殊)|有～千里。❸地域；地区：接～|穷乡僻～。
⊜ ráng 〈文〉通"穣(ráng)"。丰收：一年而给，二年而足，三年大～。

攘 ⊝ rǎng ❶排斥；排除：～除|～敌|～外(抵御外患)|桓公救中国而～夷狄。❷〈文〉抢夺；侵犯；窃取：～夺|～窃|其父～羊，而子证之(证：告发)。❸〈文〉

将(luō)起(衣袖):～臂|～袖。❹〈文〉扰乱:～天下,害百姓。❺【攘攘】〈文〉纷乱的样子:万物～|熙熙～～。
㊁ ràng 〈文〉通"让(ràng)"。避开;避让:左右～辟(辟:bì,躲避)。

嚷□ ㊀ rǎng ❶喊叫:吵～|大～大叫|小点儿声,别～。❷吵闹:没说几句,双方就～了起来。
㊁ rǎng 【嚷嚷(rang)】1.吵闹;喧哗:大声～。2.声张:这事～出去不好。

缰(繰)□ ㊀ rǎng ❶〈文〉将起袖子露出胳臂:～臂。❷〈文〉束衣袖的绳索。
㊁ xiāng ❶〈文〉马腹带。❷〈文〉佩带:佩～。

瀼 rǎng 〈文〉同"壤"。土地。

膿 rǎng ❶〈文〉肥胖:有瘠有～(瘠:瘦弱)。❷〈文〉植物长得壮。

戁 rǎng ❶〈文〉同"攘"。排斥。❷〈文〉同"攘"。侵犯。

穰 rǎng 见 ráng "穰"(574页)。

蠰 rǎng 见 náng "蠰"(478页)。

ràng (ㄖㄤˋ)

让(讓)□ ràng ❶把方便或好处给别人:～步|当仁不～|当姐姐的得(děi)～着点儿妹妹。❷转移某种权力或财物:～位|转～|铺面～出去了。❸请人接受招待:～茶|～酒|把来宾～进客厅。❹指使;容许;听任(必带兼语):你～他来一下|谁～你去的?❺躲避;避开:～路|避～。❻介词。引入动作行为的施事、工具、起因等,用于被动句,相当于"被":水果都～他俩吃光了|大衣～钉子剐破了|她～眼前的景色给迷住了。❼〈文〉责问;责备:责～|多有过失,屡为上所～(上:皇帝)。❽〈文〉推辞;拒绝:辞～|江海不～纤(xiān)流。

攘□ ràng 见 rǎng "攘"(574页)。

瀼□ ràng 见 ráng "瀼"(574页)。

懹 ràng 〈文〉畏惧;害怕:将士咸知～畏(咸:都)。

ráo (ㄖㄠˊ)

莪□(蕘) ráo ❶〈文〉柴草;薪～。❷〈文〉打柴:刍～(割草打柴)|行牧且～(一边放牧一边打柴)。❸〈文〉打柴的人:先民有言,询于刍～。

饶□(饒) ráo ❶富足;多:富～|有趣味:蜀地肥～,兵力精强。❷〈文〉安逸:劳苦之事则争先,～乐之事则能让。❸宽恕;免除责罚:～恕|不依不～|公道世间唯白发,贵人头上不曾～。❹姓。

娆□(嬈) ㊀ ráo 〈文〉美好;娇媚:娇～(美丽柔媚)|妖～(妖媚艳丽)。
㊁ rǎo 〈文〉烦扰:除苛解～|其魂不躁,其神不～。

桡□ ráo 见 náo "桡"(478页)。

挐 ráo 见 ná "挐"(473页)。

襓 ráo 〈文〉剑套;剑鞘。

饋 ráo 见 kuí "饋"(371页)。

rǎo (ㄖㄠˇ)

扰□(擾) rǎo ❶〈文〉纷乱;混乱:～攘|纷～|天下方～,诸侯异起。❷搅乱;让人不得安宁:～乱|干～|以役事～民。❸客套话。表示受人招待而搅扰了人家:叨～|在府上打～多日|～您亲自送来。❹〈文〉驯服:～化。

娆□ rǎo 见 ráo "娆"(575页)。

獿 rǎo 见 náo "獿"(479页)。

rào (ㄖㄠˋ)

绕□(繞)[❷❸*遶] rào ❶缠:缠～|～线圈|百尺游丝争～树。❷围着中心运动:环～|

R

~场一周|~树三匝,何枝可依。❸走弯曲、迂回的路通过:~道|~远儿|前方施工,车辆请~行。❹纠缠:一道题把我~糊涂了|往事总~在脑子里。

rě （ㄖㄜˇ）

若□ rě 见 ruò "若"(585 页)。

喏□ ⊖ rě 古人作揖时发出的表示敬意的声音(见于古白话):唱~|给人作揖,同时出声致敬|~毕平身,挺然而立。
⊜ nuò ❶叹词。提示所指的事物,以引起对方注意:~,这是你要的|~,这样就可以了。❷〈文〉同"诺"。应答声:~~连声。

惹□ rě ❶招引;招致:~祸|~火烧身|酒旗相伴~行人。❷触犯(人):~恼了他|脾气大得让人不敢。❸引起(人的反应):~人注意|一句话~得大伙都不高兴。

嘝□ rě 同"喏"。唱嘝(给人作揖,同时出声致敬)。

rè （ㄖㄜˋ）

热□（熱）rè ❶温度高(跟"冷"相对):~水|炎~|如水益深,如火益~。❷使温度升高;加热:~一~菜|把熬好的中药再~~。❸因生病而引起的高体温:发~|退~。❹情意深厚;炽烈:~爱|心肠~|打得火~。❺形容非常羡慕或急切想得到:~衷|眼~。❻受欢迎的;为人瞩目的:~销|~门儿|~点问题。❼(景象)繁华;不冷清:~闹|~潮|~火朝天。❽物理学上指物体内部分子、原子等不规则运动所产生的能量。物质燃烧都能产生热。❾后缀。构成名词,表示一时风行形成的热潮:足球~|彩票~。❿姓。

rén （ㄖㄣˊ）

人□ rén ❶能制造工具并使用工具进行劳动,能用语言进行思维和交际的高等动物:~类|男~|天地间,~为贵。❷指

某种人:工~|客~|媒体~。❸指成年人:长大成~。❹每个人;一般人:~所共知|~手一册。❺人的品质、性格或声誉:他~很好|丢~现眼|颂其诗,读其书,不知其~,可乎?❻别人;他人:~云亦云|助~为乐|先~后己。❼人手;人才:~浮于事|工厂正大量招~呢!❽人的身体:~在心不在|今天他~不舒服,在家休息。❾〈文〉通"仁(rén)"。仁爱:君子责人则以~,责己则以义(责:要求)。❿姓。

壬□ rén ❶天干的第九位,常用作顺序的第九。❷〈文〉奸邪:~人(奸佞的人)。❸〈文〉大;宏大:百礼既至,有~有林(至:周全。林:仪礼繁多)。❹姓。

仁□ rén ❶仁爱。古代一种道德观念,人与人相互亲爱:~心|~至义尽|樊迟问~,子曰:"爱人。"(樊迟:孔子的学生)❷敬辞。用于称对方:~兄|~伯。❸果核或果壳最里头的部分,大多可以吃:松~儿|果~儿|核桃~儿。❹像仁儿的东西:虾~儿。❺中医称痛痒相知,感觉灵敏为"仁",肢体麻木、痛痒不知叫"不仁":麻木不~。❻姓。

任□ rén 见 rèn "任"(577 页)。

魜 rén ❶古称"人鱼"。一种哺乳动物,形体像鱼。❷鲵(ní)鱼。古也称"人鱼"。俗称"娃娃鱼"。

鉹 ⊖ rén 【卷鉹】〈文〉刀剑卷刃。
⊜ rěn 【鍖(chěn)鉹】〈文〉声音舒缓的样子。

鸙 rén 鱼名。形似乌贼。

鴽 rén 〈文〉鸟名,即戴胜。头上有棕栗色羽冠,嘴细长而稍弯,吃昆虫。

rěn （ㄖㄣˇ）

羊 rěn 〈文〉刺。

忍□ rěn ❶抑制某种感觉或情绪,不使表现出来:~耐|~容|~辱负重|是可~,孰不可~!❷狠心,硬着心肠(做):心~|残~|惨不~睹|反慈为~|君王为人~。

荏□ rěn ❶白苏，一年生草本植物。嫩叶可以吃，种子可以榨油。❷〈文〉软弱：～弱｜色厉内～（外表强硬严厉，内心怯懦软弱）。❸【荏苒（rǎn）】〈文〉（时间）渐渐过去：光阴～。

啉 rěn 【啉嗱（rǎn）】〈文〉嘴动的样子。

荵 rěn 〈文〉植物名。即忍冬。多年生半常绿缠绕灌木。花和茎可入药。也叫“金银花”。

栣 rěn 〈文〉禁止；制止：天有阴阳禁，身有情欲～（情欲：恶念）。

棯 rěn 〈文〉柔弱。

棯 rěn 〈文〉果树名，枣树的一种。

腍 rěn 〈文〉煮熟。

稔□ rěn ❶〈文〉农作物成熟：～年｜丰～｜岁～。❷〈文〉年；一年：三～（指三年）。❸〈文〉熟悉（多指对人）：～知｜熟～｜素～（一向熟悉）。

銋 rěn 见 rén“銋”（576 页）。

餁 ㊀ rěn 同“饪（旧读 rěn）”。煮熟。
㊁ niè 【餁头】古代一种饼类食品。

rèn （ㄖㄣˋ）

刃□ rèn ❶刀口；刀、剑、剪刀等锋利的部位：锋～｜刨～儿｜兵不血～。❷指刀：～具｜利～。❸〈文〉用刀杀：自～（自杀）｜手～仇敌｜左右欲～相如（相如：人名）。

认□（認） rèn ❶识别；分辨：～识｜辨～｜～清是非。❷表示同意或肯定：～罪｜承～｜你～不～这个账？❸结识；跟人建立或确认某种关系：～老乡｜～干亲｜～贼作父。❹不情愿而勉强承受：～倒霉｜～吃亏。❺〈文〉认为；当作：梦回残月在，错～是天明（梦回：从梦中醒来）。

仞□ rèn ❶古代长度单位，七尺为一仞，一说八尺为一仞：万～高山｜为山九～，功亏一篑。❷〈文〉通“牣（rèn）”。满：益收狗马奇物，充～官室。❸〈文〉通“认（rèn）”。承认：非其事者勿～也。

讱□（訒） rèn 〈文〉言语迟缓；说话谨慎：～言｜～默｜仁者其言也～。

帆 rèn 〈文〉枕巾。

任□ ㊀ rèn ❶委派；使担当职务：～用｜委～｜～人唯贤。❷担当：～职｜～教｜力不胜～。❸担子；职务；责任：～重道远｜走马上～｜以天下为己～。❹放纵；听凭：～性｜放～｜听之～之。❺连词。表示无条件，相当于“不管”。1. 用在小句前：～我怎么解释，他就是不同意｜～你说得天花乱坠，我也不相信。2. 用在任指代词前：～谁也不准去｜～怎么样我也不答应。❻量词。用于担任官职的次数：第三～总统｜首～大使。❼〈文〉信任：王甚～之。❽〈文〉通“妊（rèn）”。怀孕：刘媪～高祖。
㊁ rén ❶用于地名：～丘（在河北沧州）｜～县（在河北邢台）。❷姓。

纫□（紉） rèn ❶引线穿过针孔：～针｜～上一根线。❷连缀；用针缝缀：缝～｜～秋兰以为佩（佩：佩带的装饰物）。❸〈文〉深深感谢（多用于书信）：～佩｜感～｜至～高谊。❹〈文〉通“韧（rèn）”。柔软而结实：蒲苇～如丝。

韧□（韌）［*靭、*韌、*韖］ rèn 柔软而结实，不易折断：～性｜柔～｜坚～。

杒 rèn 〈文〉树木名。

轫□（軔）［*軫］ rèn ❶〈文〉支住车轮不让转动的木头：发～（移开止住车轮的木头使车前进，比喻事业开始）。❷〈文〉止住车：陛下尝～车于赵。❸〈文〉通“仞（rèn）”。长度单位：掘井九～。

牣 rèn ❶〈文〉充满：～充｜～鱼跃（满池的鱼在跳跃）。❷〈文〉通“韧（rèn）”。柔软而结实：坚且～。

肕 rèn 〈文〉同“韧”。柔软而结实：筋～而骨强。

饪□（飪）［*餁］ rèn（旧读 rěn） 煮熟食物；做饭做菜：烹～｜失～，不食（失饪：烹调不当）。

妊□［*姙、*妊、*姙］ rèn 怀孕：～娠（shēn）｜传言黄

帝～二十月而生。

纴（紝）[紉]　**rèn** ❶〈文〉织布帛的纱缕;妇人力于织～。❷〈文〉纺织:～织|归至家,妻不下～,嫂不为炊,父母不与言。

帪　**rèn**　〈文〉同"衽"。坐卧用的席子:～席之间(帪席:宴席)。

衽[＊袵]　**rèn** ❶〈文〉衣襟:敛～(整理衣襟,表示恭敬)。❷〈文〉坐卧时用的席子:～席|振～扫席(振:抖动)。

葚　**rèn**　见 shèn "葚"(608 页)。

眹　**rèn**　见 chēn "眹"(75 页)。

---

rēng (ㄖㄥ)

扔　㊀ **rēng** ❶挥动手臂把手里的东西抛出去;投掷:把球～给我。❷丢弃;抛弃:旧家具别乱～|只写了三个字,～下笔就走了。

㊁ **rèng**　〈文〉牵引;拉:攘臂而～之(攘臂:捋袖露臂)。

réng (ㄖㄥ)

仍　**réng** ❶副词。表示情况继续不变,相当于"依旧":～无起色|战斗～在继续|半销宿酒头～重。❷〈文〉因袭;依照:～旧贯(贯:事)|一～其旧(完全照旧)|吉凶之相～。❸〈文〉频繁;延续不断:战乱频～|凤凰～集,麒麟并臻(臻:至)。

芿　㊀ **réng**　〈文〉旧草未割新草又生。引申为茂密的草:陂(bēi)～数百顷(陂芿:长满牧草的坡地)。

㊁ **rèng** ❶〈文〉同"礽"。割后再生的新草。❷〈文〉同"芿"。乱草,杂草:榛～谁翦薙(榛:茂密;薙:tì,除草)。

㊂ **nǎi** 【芋(yù)芿】芋。多年生草本植物。地下块茎椭圆形,可以吃。通称"芋头"。

呁　**réng**　〈文〉同"仍"。再:寡人之～攻宋。

枍　**réng**　树木名。

礽　**réng** ❶〈文〉福。❷用于人名。

呗　**réng** ❶【呗呗】嘟哝;唠叨:人前并地,更莫～(并地:背人处)。❷【呗嘣(bēng)】形容动作突然而迅速:他一声儿不言语,～骑上那头驴儿走了。‖用于古白话。

卤[鹵]　㊀ **réng** ❶〈文〉惊声。❷〈文〉往。

㊁ **nǎi**　〈文〉同"迺"。乃。

訆　**réng** ❶〈文〉加厚。❷用于人名。赵希訆,宋代人。

陾　**réng**　【陾陾】〈文〉形容众多。

穰　**réng**　见 ráng "穰"(574 页)。

rěng (ㄖㄥ)

樆　**rěng**　【樆桐】〈文〉树木名。

rèng (ㄖㄥ)

芿　**rèng**　见 réng "芿"(578 页)。

扔　**rèng**　见 rēng "扔"(578 页)。

芿　**rèng** ❶〈文〉割后再生的新草:园～初干(乾)小雨泥。❷〈文〉乱草;杂草。

rì (ㄖ)

日　**rì** ❶太阳:～光|烈～|杲杲出～。❷地球自转一周的时间,即一昼夜:今～|即～|一～不见,如三秋兮。❸特指某一天:节～|生～|纪念～。❹白天(跟"夜"相对):～班|～场|夜以继～。❺每天;一天天:～趋完善|～新月异|吾～三省吾身。❻泛指一段时间:近～|来～|假～。❼〈文〉往日;从前:～卫不睦,故取其地(卫:春秋时期诸侯国名)。

仺　**rì**　男性对女性的性行为。用于古白话。

驲（馹） rì 古代驿站专用的马车,后也指驿马:乘～|～骑。

氜 rì 见yáng"氜"(782页)。

袒 rì〈文〉贴身内衣:～服。

䤬 rì〈文〉到达。

鉬 rì❶化学元素"锗(zhě)"的旧称。❷化学元素"镭(léi)"的旧称。

róng （ㄖㄨㄥ）

戎 róng❶〈文〉兵器;武器:五～(指弓、殳、矛、戈、戟五种兵器)|兵～相见。❷〈文〉军队;军事:～装(军装)|投笔从～|万里赴～机。❸我国古代称西部民族:西和诸～,南抚夷越。❹姓。

肜 róng〈文〉殷商时代一种祭祀名。指正祭之后第二天又进行的祭祀:～祭太庙,有雉来。

茙 róng❶【茙葵】〈文〉植物名。即蜀葵,二年生草本植物。夏季开红、紫或白色的花,根和花可供药用。❷【茙菽(shū)】〈文〉植物名。即大豆。

茸 ㊀róng❶草初生时细小柔软的样子:绿～～的草地|新蒲含紫～。❷(毛、发等)细软而稠密:～毛|一头～～的黑发。❸指鹿茸(才生出的带有细毛的鹿角):参(shēn)～|(人参和鹿茸)。
㊁rǒng〈文〉推入:～以蚕室(蚕室:受腐刑后暂住的温室)。

荣（榮） róng❶草木茂盛:本固枝～|木欣欣以向～|本根不摇则枝叶茂。❷兴盛;繁～|～华富贵。❸被公认为值得尊重的;光彩:～誉|光～|衣食足则知～辱。❹〈文〉花;开花:无根无茎,无叶无～|诸裁则桃李冬实,朔漠则桃李夏～(朔漠:北方)。❺姓。

狨 róng〈文〉金丝猴:我后鬼长啸,我前～又啼。

绒（絨）[❶❷△*羢、❶❷*毧] róng❶柔软而细小的毛:～毛|羽～|驼～。❷上面有一层细毛的纺织品:丝～|长～|灯芯～。❸刺绣用的丝线:～绣|红绿～儿。❹〈文〉细布。
"羢"另见róng(579页)。

颂 róng 见sòng"颂"(635页)。

容 róng❶包含;盛(chéng):～纳|无地自～|这个影院能～五千人。❷体谅;宽恕:～忍|宽～|不能～人之过。❸允许;让:～许|刻不～缓|～我再考虑考虑。❹相貌;外表:～貌|～仪|年且百岁,犹有壮～。❺脸上的神情、气色:笑～|倦～|～光焕发。❻事物的外观或状态:市～|军～|阵～。❼〈文〉修饰;打扮:女为悦己者～。❽〈文〉副词。表示揣测和推断,相当于"或许、也许":～或有之|～有非常,宜亟遣还。❾姓。

烼 róng【烼烼】〈文〉火红色:星斗交罗,其光～(罗:罗列)。

挏 róng❶〈文〉推捣。❷〈文〉收。

靹 róng 见rǒng"靹"(580页)。

嵘（嶸） róng【峥(zhēng)嵘】1.高峻;突出的样子:山势～|怪石～。2.超越寻常;不平凡:～岁月|才气～。

筡 róng 筡竹,一种竹头有花纹的竹子。

傛 róng 见yǒng"傛"(818页)。

羢 róng〈文〉羊的细毛:～衫。
另见róng"绒"(579页)。

搑 róng〈文〉动;动摇。

毷 róng〈文〉同"毡"。毡类毛织品。

毸 ㊀róng〈文〉毛粘连成片:有衣毛结～着疮(着:zhuó,附着)。
㊁ruǎn〈文〉水苔。

蓉 róng❶用瓜果、豆类煮熟晒干后磨成粉做成的糕点馅儿:莲～|椰～|豆～。❷成都的别称。

溶 róng❶冰雪等化为水:冰～雪化。❷在液体中化开:～解|～液|盐能～于水。❸【溶溶】〈文〉水面宽广的样子:江水～。

R

瑢□ róng 【瑽（cōng）瑢】〈文〉模拟佩玉相碰击的声音。

榕□ róng ❶榕树，常绿乔木。树干分枝多，有气根。木材可制器具，叶子、气根、树皮可入药。❷福州的别称（福州多榕树，故称）。

穁 róng ❶〈文〉稻秆。❷〈文〉稻穗：抽～。

鎔 ㊀ róng 〈文〉同“镕”。熔铸器物的模型：～铜。

㊁ ráng 鎔盐，化学上指一种化合物。

熔□ róng 固体加热到一定温度变成液体：～化｜～炉｜～岩。

瓻 róng 〈文〉陶器名，盎、缶一类。

蝾□（蠑） róng 【蝾螈（yuán）】两栖动物。外形像蜥蜴，背黑色，腹红色。生活在水中。

镕□（鎔） róng ❶〈文〉熔铸器物的模型：犹金之在～，唯冶者之所铸。❷〈文〉指矛一类的兵器。❸〈文〉同“熔”。熔化；销熔：～钱｜金膏未～。

褣 róng 【褈（chōng）褣】古代一种宽大的直襟单衣。也叫“敞衣”。

髶 ㊀ róng 〈文〉头发多而散乱的样子。

㊁ èr 古代先驱骑兵披着头发的装束。

駥 róng ❶〈文〉身高八尺的马。❷〈文〉泛指骏马。

融□［*螎］ róng ❶冰雪等化为水：～化｜消～｜春雪易～。❷几种不同的事物合成一体；调和：～合｜～会贯通｜水乳交～。❸流通：金～（指货币的发行、流通等）｜～资｜云行雨施，品物咸～。❹〈文〉太阳升高：明而未～。❺升腾的烟气：惠风扬以送～。

醋 róng ❶〈文〉酒。❷〈文〉重（chóng）酿。

鞲［鞾］ róng 〈文〉覆盖在鞍上用作装饰的细毛毯：镂鞍采～。

嶸 ㊀ róng 【峥嶸】〈文〉同“峥嵘”。形容高峻：登～。

㊁ hōng 〈文〉形容巨响。

㊂ yíng 【岭（líng）嶸】〈文〉山深邃的样子：～嶙峋洞无崖兮。

瀜 róng ❶【沖（chōng）瀜】〈文〉水深广的样子。❷〈文〉融合：～结。

rǒng（ㄖㄨㄥˇ）

冗□［*宂］ rǒng ❶〈文〉闲散的；多余的：～余｜～员｜～词赘句｜从来天下之患，无过官～。❷〈文〉烦琐：～杂｜烦～｜～务缠身。❸〈文〉繁忙的事务：望能拨～赐教。

坈 ㊀ rǒng 〈文〉地名用字。

㊁ kēng 〈文〉同“坑”。凹陷的地方：死日将至兮，与麋鹿同～。

搑 rǒng 〈文〉推；推车。

茸□ rǒng 见 róng “茸”（579 页）。

軵 rǒng 〈文〉同“鞲”。推，推运。

鞲 ㊀ rǒng ❶〈文〉反向推车，使车有可以附着的地方。❷〈文〉推动。

㊁ róng 〈文〉挤：相戏以刃者，太祖～其肘（太祖：祖宗神灵）。

㊂ fù 〈文〉车厢外的立木：车之左～。

傇 rǒng ❶【傝（tà）傇】〈文〉卑劣；微贱。❷〈文〉繁冗。

㲝 rǒng ❶〈文〉柔软细密的毛。❷〈方〉细毛织成的绒布。

氄［毰、毧、毹、毪］ rǒng ❶〈文〉鸟兽的细而软的毛：鹅～。❷〈毛〉细而软：～毛。

鼧 rǒng 〈文〉水鼠名。

鼨 rǒng 〈文〉鼠类。

鄏 rǒng 【阘（tà）鄏】〈文〉庸劣；不肖。

鳈 rǒng 〈文〉鲐（tái）鱼。

róu（ㄖㄡˊ）

肉［厹］ róu 〈文〉野兽践踏地面。后作“蹂”。

厹　róu　见 qiú "厹"(560 页)。

柔　[柔]　róu　❶幼嫩：～枝嫩叶｜～桑｜采尽绿荫稀。❷柔软：～韧｜曾向章台舞细腰,行人几度折～条(柔条:垂柳的枝条)。❸温和(跟"刚"相对)：～情｜温～｜以～克刚｜父母有过,下气怡声以谏(怡色:和悦之色)。❹〈文〉安抚：～民｜～远｜怀～。❺姓。

脜　róu　〈文〉面色温和。

揉　róu　❶用手来回地擦或搓：洗毛衣得轻轻地～｜暖手～双目。❷团弄：～面｜把纸～成团儿。❸〈文〉把直的东西弄弯：～木为耒。❹〈文〉通"糅(róu)"。混合；混杂：皆粲然成章,不相～杂。

蕠　róu　【蘸(niàng)蕠】〈文〉香草名。也叫"香薷(rú)"。

渘　róu　〈文〉通"柔(róu)"。软；弱：守～抱德(守渘:坚守柔弱)。

瑈　róu　古代指一种玉。

輮　(鞣)　róu　❶古代车轮的木质外框。❷〈文〉通"煣(róu)"。用火烤木材使弯曲或伸直：木直中(zhòng)绳,～以为轮(轮:车轮的外框)。❸〈文〉通"蹂(róu)"。踩；践踏：践～。❹〈文〉通"柔"。柔软：～刚。

腬　róu　〈文〉肥美的肉。

煣　róu　(旧读 rǒu)〈文〉用火烤木材使弯曲或伸直：～木为耒。

瞘　róu　❶〈文〉熟田。❷春秋时郑国地名。在今河南。

蝚　㊀ róu　❶〈文〉蟒蚼一类的昆虫。❷【蛭(zhì)蝚】〈文〉水蛭。
㊁ náo　〈文〉同"猱"。猿猴的一种。

糅　[粗、绿]　róu　混合；混杂：～合｜杂～｜青黄杂～,文章烂兮(文章:文采。烂:灿烂)。

蹂　róu　❶〈文〉踩；践踏：～践｜～踏｜～躏。❷〈文〉通"揉(róu)"。用手揉搓：或簸或～。

鍒　róu　〈文〉熟铁。

鞣　róu　用栲胶、鱼油等使兽皮变柔软,制成皮革：～制｜～料｜～皮子。

騥　róu　〈文〉多鬣的青黑色马。

鰇　róu　〈文〉鱼名,即鱿鱼。

鶔　róu　【鸃(fú)鶔】〈文〉鸟名。

騥　róu　商代国名。

鑐　róu　见 xū "鑐"(756 页)。

rǒu　(ㄖㄡˇ)

徖　rǒu　〈文〉往来返复。

楺　rǒu　〈文〉同"煣(旧读 rǒu)"。用火烤木材使弯曲或伸直：～轮。

ròu　(ㄖㄡˋ)

肉　ròu　❶人和动物体内紧挨着皮的柔韧物质：肌～｜骨～｜七十者可以食～矣。❷某些瓜果内可以吃的部分：果～｜杏～｜桂圆～。❸〈方〉绵软;不脆：瓤儿西瓜。❹〈方〉性子慢,行动迟缓：～脾气｜他磨磨蹭蹭的,真～! ❺古代圆形有孔的钱币、玉器,周边的部分叫"肉",孔内的部分叫"好(hào)"。

宍　ròu　〈文〉同"肉"。人和动物的肉：逐～(宍:这里指野兽)。

宍　ròu　〈文〉同"肉"。人和动物的肉：骨～｜狗彘豚鸡,食其～。

rú　(ㄖㄨˊ)

妠　㊀ rú　古国名。
㊁ fù　〈文〉同"妇"：～人。

如　rú　❶适合;顺从：～意｜～愿以偿｜～期完工。❷好像：～此｜一见～故｜火～荼。❸比得上;赶得上(只用于否定式,表示比较)：禽兽不～｜自愧弗～｜百闻不～一见。❹表示举例：中国历史上有许多著名的思想家,～孔子、老子、庄子、荀子等。

R

⑤依照:~约前往。⑥连词。表示假设关系,相当于"如果":~处理不当,后果不堪设想|~有困难,请及时告知。⑦〈文〉到;往:~厕(上厕所)|公将~齐。⑧〈文〉后缀。构成形容词,表示状态:突~其来|空空~也|孔子三月无君,则皇皇~也。⑨姓。

伽
茹
茹 rú〈文〉均;若。

茹 rú【纷茹】〈文〉错杂的样子。也作"纷挐(rú)、纷如、烦挐"。

茹 rú ①〈文〉吃:~素|~毛饮血。②〈文〉包含;受:含辛~苦|~古涵今(通晓古今)。③〈文〉蔬菜的总称:菜~有畦。④姓。

味 rú 见zhòu "咮"(890页)。

帑 rú ①〈文〉大块的巾;手巾。②〈文〉破旧的巾。③〈文〉弓干(gàn)正中的衬。

笔 rú〈文〉多毛犬。

铷 (鉫) rú 金属元素。符号Rb。

偄 rú 见nuò "偄"(495页)。

袖 rú〈文〉破衣败絮:衣~。

絮 rú ①〈文〉扎捆乱麻或旧絮。②〈文〉旧絮。

笟 rú〈文〉刮取竹皮而成的竹絮:~可入药,功与淡竹叶同。

孺 rú〈文〉同"孺"。幼小:家贫、身老、子~。

摰 rú【蘮(jì)摰】〈文〉草名。似芹,可食用。

蘱 rú ①〈文〉麻絮。②【蘱蕠(lú)】〈文〉草名。即茜草。也作"茹蕠"。

溽 rú ①〈文〉同"濡"。沾湿:相~以沫。②〈文〉通"儒(rú)":儒家:~术之宗。

濡 ㊀rú〈文〉通"儒(rú)":儒~术。㊁ruán〈文〉通"堧(ruán)":城边或水边等处的空地:城池道~|城下水边空地。

劅 rú〈文〉柔滑的样子。

儒 ㊀rú ①儒家,先秦时期孔子创立的思想流派。提倡仁义,主张礼治:~学|~术|孔墨之后~分为八。②泛指读书人:~医|~将|谈笑有鸿~,往来无白丁。③姓。㊁nuò〈文〉通"懦(nuò)"。懦弱:性缓不断(断:果断)。

薷 rú【香薷】一年生草本植物。茎方形,紫色,叶子卵形,花粉红色,果实棕色。茎和叶可以提取芳香油,全草入药。

霈 rú【沾霈】1.〈文〉浸湿。2.〈文〉恩泽浸润:雨露~日月明。

嚅 rú【嗫(niè)嚅】1.〈文〉窃窃私语。2.〈文〉想说话而不敢或不能说出的样子。

獳 rú 见nòu "獳"(493页)。

濡 ㊀rú ①〈文〉沾湿:~毫(用毛笔蘸墨,指写作)|~湿|相~以沫。②〈文〉沾染:耳~目染。③〈文〉停留;迟滞:~迟|~迹|有~滞数月不得过者。㊁ruǎn〈文〉同"软"。柔软:击钟磬者必以~木。

孺 [孺] rú ①小孩子;幼儿:童~|~儿|妇~皆知|勿欺孺~。②〈文〉幼小:谦恭慈顺,在~而勤。

嫇 rú ①〈文〉柔弱的样子。②〈文〉妾。

缛 rú 见xū "缛"(756页)。

鴽 rú〈文〉鹌鹑一类的小鸟:鹌~。

鰳 rú 传说中的一种鱼。

曘 rú〈文〉昏暗:~昧。

襦 rú ①〈文〉短衣;短袄:布~|珠~|细绮为下裙,紫绮为上~。②〈文〉小孩儿的围嘴儿:绣~。

颥 (顬) rú【颞(niè)颥】头部两侧靠近耳朵上方的部位。

蠕 [*蝡、蠕] rú 像蚯蚓那样慢慢爬行:~动。

醹 rú〈文〉醇厚的酒:酒醴惟~(酒味是那么醇厚)。

鑐 rú 见xū "鑐"(756页)。

R

醽 rú 【醽醽】1.〈文〉迷信者形容鬼叫声。2.形容人的悲泣声。用于古白话:才走到院子里就～的哭起来了。

鱬 rú 传说中的鱼名。

rǔ (ㄖㄨˇ)

女 rǔ 见 nǚ"女"(494 页)。

汝 rǔ ❶〈文〉你;你的:～亦知射乎?|～心之固,固不可彻。❷汝水,古水名。上游即今河南北汝河。❸姓。

乳 rǔ ❶乳房,人和哺乳动物所特有的哺乳器官:～腺|双～|意告之后百余日,果为疽发～上(意:人名)。❷奶汁;哺～|母～|水～交融。❸像乳汁或奶酪的东西:～胶|豆～|～腐。❹〈文〉哺乳,喂奶;～养。❺像乳头的东西:钟～。❻初生的;幼小的:～牙|～猪|～瓜。❼〈文〉生殖;繁衍:孳～|元延二年怀子,其十一月～。

辱 rǔ ❶声誉上所受的损害:耻～|屈～|其境内之民争以为荣,莫以为～。❷使受耻辱;玷辱:～骂|侮～|丧权～国。❸〈文〉谦辞。表示承蒙:～临|～赐|～承指教。

浂 rǔ 见 nǒu"浂"(493 页)。

挼 rǔ 〈文〉同"擩"。染;沾染。

郦 rǔ 【郏(jiá)郦】古地名。在今河南洛阳。

敄 rǔ 〈文〉黏。

擩 rǔ ❶〈文〉染;沾染:目～耳染,不学以能。❷〈方〉塞:她偷偷～给孩子几十块钱|不知道把东西～到哪里去了。

躟 rǔ 〈文〉睡着。

䚮 rǔ 〈文〉黑垢。

rù (ㄖㄨˋ)

入 rù ❶从外面到里面(跟"出"相对):进～|深～|浅出|三过其门而不～。

❷参加(某种组织):～党|～会|～伍。❸合乎:～情～理|打扮～时。❹进项:收～|量～为出。❺入声,汉语声调的一种。普通话没有入声,许多方言有入声:平上去～。❻〈文〉交纳:～粟郡县(向郡县交纳粮食)。

洳 rù ❶洳河,水名。发源于北京密云,流入河北,在三河入泃河。❷〈文〉低洼潮湿的地方:沮(jù)～。

蓐 rù 〈文〉草席;草垫子:～席|临～(妇女临产)|坐～(产妇坐月子)|有重疾,卧～七年。

嗕 rù 我国古代部族名。羌族别种。

溽 rù ❶〈文〉湿;潮湿:～暑(潮湿而闷热)。❷〈文〉味道浓:其饮食不～。

㴚 rù 〈文〉同"洳"。低洼潮湿的地方。

縟 (縟) rù 〈文〉繁多;烦琐:～礼|繁～|～文~节。

褥 rù 褥子,坐卧用的垫子。多用布裹着棉絮做成,也有单用兽皮制成的:～单|被～|给帷帐床～。

ruá (ㄖㄨㄚˊ)

挼 ruá 见 ruó"挼"(585 页)。

ruán (ㄖㄨㄢˊ)

堧 [壖] ruán ❶〈文〉城边或水边等处空余的田地:～地。❷〈文〉宫殿的外墙:墙～。

陾 [陾] ruán ❶〈文〉城旁或水边的田地:城～。❷〈文〉空隙地带。❸〈文〉松软的土地。

濡 ruán 见 rú"濡"(582 页)。

ruǎn (ㄖㄨㄢˇ)

阮 ruǎn ❶商代诸侯国名。故地在今甘肃。❷古乐器阮咸的简称。拨弦乐器,像月琴。相传西晋阮咸创制并善于弹奏这种乐器:弹～。❸姓。

软（軟）[△*輭] **ruǎn** ❶物体内部的组织疏松，受外力作用后容易变形(跟"硬"相对，❹❺同)：～糖｜柔～｜面和(huó)～了。❷温和；柔弱：吴侬～语｜风～潮平夜将半。❸身体无力；软弱：酥～｜疲～｜比得～脚病，往往而剧。❹容易被感动或动摇：手～｜耳朵～｜心太～。❺能力弱；质量差：功夫～｜货色～。❻(方式、方法)温和；不强硬：～着陆｜～磨硬泡。

"輭"另见 ér (164 页)。

朊 **ruǎn** 蛋白质的旧称。

爇 **ruǎn** ❶〈文〉退缩。❷〈文〉柔弱：三春～柳，周青翠而垂条。

蒬 **ruǎn** 〈文〉木耳。

媆 ⊖ **ruǎn** 〈文〉柔美的样子。⊜ **nèn** 同"嫩"。柔嫩。

瑌 **ruǎn** 〈文〉像玉的美石。

莚 **ruǎn** 见 róng "莚"(579 页)。

楥 **ruǎn** 〈文〉果名。即软枣。

毻 **ruǎn** ❶〈文〉鞣制皮革。❷〈文〉柔软。

硬[礝] **ruǎn** 〈文〉似玉的美石。

緛 **ruǎn** ❶〈文〉缩短：大筋～短，小筋弛长(筋：筋脉)。❷〈文〉衣服褶皱；衣缝。

瞤 ⊖ **ruǎn** 〈文〉形状反常。⊜ **shà** 〈文〉通"煞(shà)"。程度深，相当于"很、极"：修行忒～。

濡 **ruǎn** 见 rú "濡"(582 页)。

瓀 **ruǎn** 〈文〉次于玉的美石。

檽 **ruǎn** 见 nòu "檽"(493 页)。

ruí（ㄖㄨㄟˊ）

楇 **ruí** 〈文〉植物名，即白桵。丛生灌木，有刺。

貀 **ruí** 【貀貀】〈文〉草木结实下垂的样子。

緌 **ruí** ❶古人帽带打结后的下垂部分：冠～。❷〈文〉下垂的装饰物：缨～｜垂～。

蕤 **ruí** 【蕤蕤】同"蕤蕤"。草木纷披下垂的样子：上～而防露兮，下泠泠而来风。

蕤[] **ruí** ❶〈文〉花；花蕊：芳～｜百花之～。❷【葳(wēi)蕤】1.〈文〉草木茂盛、枝叶下垂的样子：枝叶～。2.〈文〉华美；华丽。

飅 **ruí** 〈文〉风徐缓的样子。

ruǐ（ㄖㄨㄟˇ）

惢 **ruǐ** 见 suǒ "惢"(644 页)。

蕊[*蕋、△*橤、*蘂、藥] **ruǐ** ❶花蕊。种子植物的生殖器官，分为雄蕊和雌蕊：芹泥随燕嘴，～粉上蜂须(芹泥：燕子筑巢用的草泥)。❷〈文〉花苞；花骨朵儿：嫩～。

"橤"另见 ruǐ (584 页)。

橤 **ruǐ** 〈文〉下垂的样子：～～蜂房悬碧落(碧落：天空)。

另见 ruǐ "蕊"(584 页)。

縈 **ruǐ** ❶〈文〉下垂的样子：佩玉～兮。❷〈文〉同"蕊"。花蕊。

蘂 **ruǐ** ❶同"蕊"。花蕊。❷〈文〉攒聚。

ruì（ㄖㄨㄟˋ）

芮 **ruì** ❶【芮芮】〈文〉草短小柔细的样子：生于石上，其叶～短小。❷姓。

兑 **ruì** 见 duì "兑"(152 页)。

沠 **ruì** ❶〈文〉河流汇合的地方；也指河流向内弯曲的地方：东过洛～(洛沠：洛水流入黄河处)。❷〈文〉水边：昨发浦阳～，今宿浙江湄。

枘 **ruì** 〈文〉榫(sǔn)头，器物上利用凹凸方式相接处凸出的部分：方～圆凿

（比喻格格不入。凿:卯眼）。

蚋 ruì　昆虫。似蝇而较小,褐色或黑色,雌虫吸食人畜血液,传播疾病。

莛 ruì　〈文〉草初生的样子:枯而重～。

容 ruì　见 jùn "睿"（349 页）。

锐（銳）　ruì　❶尖而锋利(跟"钝"相对):～利｜尖～｜其锋甚～。❷感觉灵敏:敏～。❸勇往直前的气势:～气｜～不可当｜养精蓄～。❹急剧:～进｜～减｜其进～其退速。

瑞 ruì　❶古代玉制的信物:～信｜～典。❷〈文〉吉凶的征兆,特指吉兆:祥～｜尽道丰年～,丰年～若何? ❸吉祥:～雪｜～兽。❹姓。

蛡 ruì　〈文〉同"蚋"。蚊虫。

脊 ruì　〈文〉同"睿"。明智通达:～智神武。

睿[*叡]　ruì　〈文〉明智通达;看得深远:～智｜～哲｜视日明,听日聪,思日～。

rún （ㄖㄨㄣˊ）

𬴂 rún　❶〈文〉黄毛黑唇的牛。❷〈文〉身长七尺的大牛。

rùn （ㄖㄨㄣˋ）

闰（閏）[閠、閏]　rùn　❶历法术语。地球公转一周的时间为 365 日 5 时 48 分 46 秒。公历把每年定为 365 日,所余的时间约每四年积累成一日,叫闰日,加在二月里。农历把一年定为 354 日或 355 日,所余的时间约每三年积累成一个月,叫闰月,加在某一年里。有闰日或闰月的年份叫闰年。历法上把这种方法叫作闰。❷〈文〉非正统的;副(与"正"相对):又辑《纪年通谱》,区别正～,为十二卷。

润（潤）　rùn　❶潮湿:湿～｜土田肥～。❷滋润:～肤｜随风潜入夜,～物细无声。❸光滑细腻,有光泽:～泽｜滑～｜珠圆玉～。❹修饰,使有文采:～色｜～饰。❺利益;好处:利～｜分～｜沾～。

朒 rùn　❶【胸(chǔn)朒】〈文〉蚯蚓。❷〈文〉柔韧:人肉腥而且～。

ruó （ㄖㄨㄛˊ）

挼 ㊀ ruó　搓;揉搓:～搓｜瞻望北斗柄,两手自相～。
㊁ ruá　〈方〉皱:别把纸弄～了。

捼 ruó　〈文〉搓;揉搓:～手。

㨮 ruó　❶〈文〉同"捼"。两手相揉搓:浮垢自去,不待～拭(㨮拭:擦拭)。❷依顺;迁就:俺家里陪酒陪茶到～就(到㨮就;女方反倒迁就男方)。

ruò （ㄖㄨㄛˋ）

叒 ruò　❶〈文〉同"若"。顺。❷【叒木】同"若木"。即古代神话中的"扶桑",传说太阳拂其树梢升起。

若 ㊀ ruò　❶如同;像:～无其事｜口～悬河｜天涯～比邻。❷连词。1.〈文〉表示假设关系,相当于"假如":人～犯我,我必犯人｜天～有情天亦老｜～我往,晋必患我。2. 连词。表示选择关系,相当于"或":以万人～一郡降者,封万户。❸〈文〉顺从:奉～天道。❹〈文〉你;你的:～辈｜吾翁即～翁。❺〈文〉这;此:～人｜法～言,行～道。❻姓。
㊁ rě　【般(bō)若】智慧。也译作"波若"。[梵prajñā]

郚 ruò　古国名。被楚灭后成为楚邑。故地在今湖北宜城东南。

偌 ruò　这么;那么:～多｜～大年纪｜～大家产。

弱 ruò　❶力量小;势力差(跟"强"相对,❷❹同):～点｜软～｜秦强而赵～。❷差(多用于比较):他的英语口译比笔译～。❸年幼:幼～｜老～病残｜母老子～｜生而神灵,～而能言。❹用在分数或小数后,表示比此数略少:五分之三～。

䒌 ruò　〈文〉香草名,即杜若。通作"若"。

焫 ruò ❶〈文〉同"爇"。烧;焚烧:尽～丛竹。❷中医治病的方法,用火烧针(或砭石、艾绒)以刺激体表穴位;针石～灸之术。

㳶 ruò 水名。在湖北枝江东,入长江。

婼□ ruò 见 chuò"婼"(100 页)。

楉 ruò 【楉榴】〈文〉植物名,即石榴。

焫 ruò 〈文〉同"爇"。燃烧;焚烧:举炎火以～飞蓬。

蒻□ ruò ❶〈文〉嫩的香蒲:～笠(嫩香蒲草编成的斗笠)。❷【蒟(jǔ)蒻】即魔芋。多年生草本植物。块茎扁球形,掌状复叶,花紫褐色。块茎有毒,经处理后可吃,或制成淀粉,也可入药。

箬□ [*篛] ruò ❶箬竹,竹子的一种。叶宽大,可用来编制器物或包粽子等。❷箬竹的叶子:～笠(用箬竹叶编成的斗笠)。

腏□ ruò ❶〈文〉皮肉之间的薄膜。❷〈文〉脆软。

爇□ [爇、爇] ruò ❶〈文〉点燃;焚烧:～灯|～烧|遣人～其室。❷〈文〉烘烤:～衣。

鰙 ruò 〈文〉鱼名。比目鱼类。

鳒 ruò 〈文〉鱼名,即沙丁鱼。

鵺 ruò 雀科,金翅雀属某些鸟的别称。

R

S

s

---

sā（ㄙㄚ）

仁 □ sā　三个：～人｜一个顶～｜～瓜俩枣（比喻一星半点儿不起眼的小东西或小事情）。

毡 sā　【氉（tà）毡】〈文〉用鸟毛衬垫的鞋底。

叆 sā　同"仁"。三个。用于古白话。

撒 ㊀ sā　❶放开；张开：～手｜～网｜～腿就跑。❷排放；排泄：～尿｜气球～气了。❸尽量施展出或故意表现出：～野｜～娇｜～欢儿。
㊁ sǎ　❶散播；散布（颗粒或片状的东西）：～种｜～传单｜星如～沙出。❷分散落下（多指颗粒）：豆子～了一地。❸姓。

瞂 sā　用眼睛示意。用于古白话：那眼不住的～那路径。

鰤 sā　三个。用于古白话：咱～。

sǎ（ㄙㄚˇ）

洒（灑）[灑] ㊀ sǎ　❶使水或别的液体分散落下：～泪｜～扫庭除。❷散落：别把汤弄了｜茅飞渡江～江郊。
㊁ xǐ　❶〈文〉通"洗（xǐ）"。洗涤：夏时诣水中澡～手足（澡：洗）。❷〈文〉通"洗（xǐ）"。洗雪：愿以死者壹～之（比：替；代。壹：副词。都；全）。

靸 □ sǎ　❶古代小儿穿的无后帮的鞋子，泛指无后帮的鞋子。❷【靸鞋】布鞋的一种。鞋帮纳得很密，前脸较深，上面缝有皮梁。

撒 □ sǎ　见 sā"撒"（587 页）。

潵 □ sǎ　潵河，水名。在河北迁西。

纚 sǎ　见 xǐ"纚"（721 页）。

sà（ㄙㄚˋ）

卅 □ [卅] sà　三十：～载｜五～运动。

泧 ㊀ sà　【濊（mò）泧】〈文〉抹杀；去除。
㊁ xuè　【泧潏（huò）】〈文〉水势激荡汹涌的样子。

飒（㊀飋）[㊁*颯] ㊀ sà　❶〈文〉模拟风的声音：清风～然。❷〈文〉衰落；凋零：衰～｜知己犹未报，鬓毛～已苍（苍：灰白）。❸【飒爽】〈文〉豪迈而矫健的样子：英姿～。
㊁ lì　【飒飀（xí）】〈文〉大风。

脎 □ sà　有机化合物的一类。是含有相邻的两个羰基的化合物与二分子苯肼缩水而成的衍生物。由还原糖类和过量苯肼反应能生成结晶"糖脎"。常用来鉴别糖类。

萨（薩）□ sà　姓。

鈒 □ sà　❶古代一种铁把短矛。❷〈文〉戟：持～马上。❸〈文〉用金银在器物上嵌饰花纹：涂黄金～云龙于上。

駇 □ sà　❶〈文〉马奔跑迅速的样子：～而走。❷〈文〉马驰骋而进，一匹追上一匹。

掇 ㊀ sà　❶〈文〉侧手击：臂～。❷〈文〉抛散：抛～。❸〈文〉按揉：以手背～眼臀。❹〈文〉灭除：贼首～。
㊁ shā　【弊掇】〈文〉杂糅：不与物相～。

傝 [傝] sà　【傝（tà）傝】1. 出息；能耐（多用于否定式）。用于古白话：少～｜没～。2.〈方〉谨慎：没～。

檆 □ sà　❶【檆（xiè）檆】〈文〉放逐；被轻贱。❷〈文〉放出；排出：蛾～卵。

甊 sà　唐宋大曲中的乐段名。

毮 sà 〈文〉支垫器物,使平稳。

毸 sà 〈文〉众人行走的样子。

膪 sà 【胉(lā)膪】〈文〉肉杂;小肉块。

sa (·ㄙㄚ)

叆 sa 又读 san 〈方〉句末语气助词。相当于"啊":你慢些~!

挱 sa 见 suō "挱"(643页)。

sāi(ㄙㄞ)

思 sāi 见 sī "思"(630页)。

摁 sāi ❶振动;敲击:把锣~。❷同"塞"。填入:~在耳朵里面。

氆 sāi ❶〈文〉形容鸟的羽毛张开。❷〈文〉胡须;赤支~(红胡须)。

腮 sāi 两颊的下半部:~腺|抓耳挠~|尖嘴猴~。 [*颥]

塞 ⊖ sāi ❶填入(空隙);遮堵:箱子~满了衣服|穷室熏鼠,~向墐(jìn)户(穷室:完全堵住。向:北面的窗户。墐户:用泥涂门,用以防寒)。❷塞子,堵住容器口或填入空隙的东西:瓶~|耳~|软木~儿。

⊖ sè 义同"塞"。填入(空隙);遮堵。用于某些合成词:堵~|闭~|茅~顿开|敷衍~责。

⊜ sài 可以作为屏障的险要地方:关~|要~|~出~攻梁。

攂 sāi 同"塞"。堵住;填入(空隙)。用于古白话;用绢子包好,~在褥子底下。

噻 sāi 〈文〉闭口不言:熊公怒,抵其呈于地…衰~默而退(抵:掷;扔)。

嘶 sāi 同"腮"。两颊的下半部:颊怅~高。

鰓 sāi ❶〈文〉(牛羊等)角的内骨。❷〈文〉肉中的骨头。

鳃 (鰓) sāi 鱼类等水生动物的呼吸器官。

鬖 ⊖ sāi 【鬖(pēi)鬖】胡须多的样子:长八尺,~下垂。

⊖ shì 【鬖(bì)鬖】〈文〉胡须多的样子。

sǎi (ㄙㄞˇ)

簑 ⊖ sǎi 〈文〉竹名;竹:~房(竹房)。
⊜ xǐ 〈文〉竹篾。

嘬 sǎi ❶吃;啃嚼。用于古白话:~果子。❷〈方〉句末语气助词:帮我照个相~。

sài (ㄙㄞˋ)

塞 sài 见 sāi "塞"(588页)。

赛 (賽) sài ❶比较高低、强弱:~跑|比~|咱们~~谁画得好。❷比赛活动:预~|联~|篮球~。❸比得上;胜过:小伙子一个~一个|奇花瑞草,四时不谢~蓬瀛(蓬瀛:蓬莱和瀛洲)。❹旧时为酬神而举行祭祀:~神|~会|祭~。❺〈文〉完毕;了结:自~了儿婚女嫁,却归来林下。❻姓。

僿 sài ❶〈文〉不诚实:救~莫若以忠。❷〈文〉阻塞;闭塞:开其~。❸〈文〉质朴;粗鄙:朴~|属郡荒僻,士~民贫。

簺 sài ❶古代一种棋类游戏,因行棋时须设法阻塞对方棋路而得名。❷〈文〉用竹木编成的拦水捕鱼的工具。

sān(ㄙㄢ)

三 sān ❶最小的大于二的整数:~人行,必有我师焉。❷表示多数或多次:~思而行|举一反~|鲁仲连辞让者~(鲁仲连:人名)。

弍 sān 〈文〉同数字"三"。

叁 sān 数字"三"的大写。

参 sān 见 cān "参"(56页)。

册 sān 〈文〉脂肪。 [𣎴]

毵 (毵) [毿、毿] sān 【毵毵】〈文〉枝条或毛发等

细长物披散的样子:柳枝～|鬖毛～。

簛 sān 〈文〉竹子做的箱子。

糁 sān 〈文〉三岁的牛。

趣[趣] sān 【趣趣】〈文〉游动的样子:漫漫有鲨,其游～。

鬖 ⊖ sān ❶【鬖髿(suō)】1.〈文〉头发下垂的样子:绿鬖垂～。2.〈文〉头发蓬松杂乱的样子:发～。❷〈文〉头发美:插云～。
⊖ sàn 〈文〉毛长的样子:～马鬖。

sǎn （ㄙㄢˇ）

伞（傘）[*傘、❶❸*繖] sǎn ❶挡雨或遮阳的用具。在骨架上连缀油纸、绸布、塑料等制成,中间有柄,可张收:打～|雨～|旱～。❷像伞的东西:灯～|降落～。❸伞盖,古代一种仪仗:只见他大门口,今日是一把黄～的轿子来。

散 sǎn 见 sàn "散"(589页)。

糁 sǎn 〈文〉蜜渍瓜果。

偆 sǎn 【鋟(qīn)偆】〈文〉摇头的样子。

糂 sǎn 见 shēn "糂"(607页)。

幓 sǎn 〈文〉同"繖(伞)"。挡雨或遮阳的用具。

徽（馓）[馓] sǎn 【馓子(zi)】面食。细条相连,扭成各种花样油炸而成。

糂 sǎn 〈文〉把米掺在肉、菜做的羹里。今作"糁"。

瞚 sǎn 〈文〉看:髠发行～,黥面札腕,如一部鬼神(髠:kūn,剃)。

篸 sǎn 【簐(gé)篸】竹名,即桃枝竹。

鏒 sǎn 〈文〉把金泥涂抹在器物表面:更以黄金汁,宰～堵金身(堵波:梵语音译词,塔)。

鏾 sǎn 见 xiàn "鏾"(733页)。

sàn （ㄙㄢˋ）

俕 sàn 【儃(tàn)俕】〈文〉无知的样子。

幒 ⊖ sàn ❶〈文〉披肩。❷〈文〉一幅宽的巾。❸〈文〉兜肚。
⊖ jiǎn 〈文〉狭窄。
⊜ jiān 〈文〉小儿的垫布,也泛指垫席。

散[*散] ⊖ sàn ❶分开;由聚集而分离:～会|解～|云彩～了|古者天下～乱,莫之能一。❷四处分发:布|～播|天女～花|命南宫括～鹿台之财。❸排遣:～心|～闷|一酌～千愁。
⊖ sǎn ❶没有约束;松开:～漫|松～|柴火捆儿～了。❷零碎的;不成整体的:～页|～装|～记。❸粉末状的中成药:～剂|健胃～|丸～膏丹。❹〈文〉闲散:～官|～职|投闲置～(安置在闲散的位置上,指不受重用)。

楲 sàn 〈文〉分开;分离:众皆～走。通作"散"。

閷 sàn 〈文〉覆盖:～首。

散 sàn ❶〈文〉分开:天下～乱。通作"散"。❷〈文〉杂肉。

頽 sàn 【鋟(qīn)頽】〈文〉摇头的样子:～～为读书状。

歡[歡] sàn ❶〈文〉把射鸟的箭用丝线系着射出去。❷〈文〉群鸟飞散。

鬖 sàn 见 sān "鬖"(589页)。

---

sāng （ㄙㄤ）

住 sāng 【家住】〈方〉家什;用具,器物。

丧（喪）[喪、喪] ⊖ sāng ❶与人去世有关的事:～事|治～|三年之～。❷灵柩:公之～至自齐。
⊖ sàng ❶丢掉;失去:～失|沦～|～权辱国。❷死;失去生命:～命|偶如～考妣|程氏妹～于武昌。❸懊恼;情绪低落:～气|懊～|沮～|狂夫乐之,贤者～焉。❹

〈文〉灭亡;失败:～败|非吴～越,越必～吴。

桑 □[❶❷*桒] sāng ❶桑树,落叶乔木。叶子边缘锯齿状,花黄绿色。叶子可以喂蚕,果穗味甜,可以吃,木材可以制器具,枝条的皮可以造纸,叶、果、枝、茎皮均可入药:五亩之宅,树之以～,五十者可以衣帛矣。❷指桑叶:采～|柔～采尽绿阴稀。❸姓。

嫝 sāng 商代地名。在今河南。

醿 sāng 〈文〉酪的一种。

sǎng (ㄙㄤˇ)

搡 □ sǎng 用力推(人):推来～去|连推带～|让人～了一个跟头。

嗓 □ sǎng ❶喉咙:～音|～子眼儿。❷喉咙发出的声音;说话唱歌的声音:尖～儿|小～儿(京剧、昆曲等戏曲中青衣、小生演唱时的嗓音)|哑～儿。

嚷 sǎng 同"嗓"。用于古白话:～子。

膝 □ ⊖ sǎng 【膝磕(kē)】讥笑;讥讽。用于古白话:～老夫不识贤。
⊜ sào 同"臊"。害羞。用于古白话:不怕～了他。

磉 □ sǎng 〈文〉柱础(柱子底下的石礅):～礅|石～。

颡 □(顙) sǎng ❶〈文〉额头:其于人也,为寡发,为广～。❷〈文〉叩头:再拜～。

鞝 sǎng 古代指车毂中间用以插轴的圆孔。

鑅 sǎng 〈文〉鼓的框架。

鱡 sǎng 【黄鱡鱼】鱼名。生活在江湖底层。

鱶 sǎng 〈文〉鼓的框架。

sàng (ㄙㄤˋ)

丧 □ sàng 见 sāng "丧"(589 页)。

sāo (ㄙㄠ)

傮 sāo 〈文〉骄傲。

搔 □ ⊖ sāo 挠;用指甲轻刮:～头皮|～首弄姿(形容卖弄姿容)|隔靴～痒|白发～更短。
⊜ sào 〈文〉攫取:种园得果廑偿劳,不奈儿童鸟雀之(廑:jǐn,仅)。

溞 □ ⊖ sāo 【溞溞】〈文〉淘米声。
⊜ zǎo 浮游动物。体长 1—3 毫米,生活在淡水中,可做鱼类饵料。今多读 sāo。

慅 sāo 见 cǎo "慅"(59 页)。

骚 □(騷) sāo ❶动乱;扰乱:～扰|离～者,犹离忧也。❷〈文〉忧虑;忧愁:离～者,犹离忧也。❸战国时期楚国诗人屈原的作品《离骚》的简称,泛指《楚辞》体:～体|风～。❹〈文〉泛指诗文:～人|～客。❺(妇女)举止轻佻放荡:～货|卖弄风～。❻旧同"臊"。腥臭的气味;后主要指像尿或狐狸的气味。

榣 sāo 〈文〉同"搔"。抓;挠。

㹴 sāo 见 shān "㹴"(596 页)。

獡 sāo ❶传说中的山中怪物。❷〈文〉卑贱;粗鄙。❸〈文〉同"骚"。举止轻佻放荡。

缲 □(繅)[繰] sāo 把蚕茧浸在热水中抽出蚕丝:～丝|～车(缫丝所用的工具)|夫人蚕～,以为衣服。

懆 sāo 见 cǎo "懆"(59 页)。

缲 □ sāo 见 qiāo "缲"(548 页)。

臊 □ ⊖ sāo 腥臭的气味;后主要指像尿或狐狸的气味:尿～味|狐～|腥～恶臭|水居者腥,肉玃者臊(玃:jué,攫取)。
⊜ sào 害羞:没羞没～|～得满脸通红。

蘇 sāo 〈文〉细草。

飔
飔 sāo 【飔飔】〈文〉模拟风声：秋风～。

鰠
鰠 sāo 古书上的一种鱼。

飈
飈 sāo 【飈飈】〈文〉模拟风声：新林落日风～。

鰼
鰼 sāo 〈文〉腥味：食鱼无反，则恶其～也。

sǎo （ㄙㄠˇ）

扫（掃）
扫（掃）㊀ sǎo ❶用笤帚、扫帚等清除尘土、垃圾：～除｜～洒｜花径不曾缘客～，蓬门今始为君开。❷清除；消除：～雷｜～黄｜～荡。❸快速掠过：～射｜～描｜眼睛向台下一～。❹〈文〉全；所有的：～数归还｜不及半月，匈奴～降。❺〈文〉征讨；平定：秦王～六合，虎视何雄哉（六合：天地四方）。

㊁ sào 用笤帚、扫帚等清除尘土、垃圾：～帚（扫地工具。多用竹枝扎成，比笤帚大）。

娌
娌 sǎo 〈文〉同"嫂"。哥哥的妻子。

嫂［㛮］
嫂［㛮］ sǎo ❶哥哥的妻子：兄～｜姑～｜～溺，则援之以手乎? ❷称年纪不大的或跟自己年纪相仿的已婚妇女：李二～｜军～（尊称军人的妻子）。

薚［薞］
薚［薞］ sǎo 【薚缕（lǚ）】鹅肠草。直立或平卧地面。全草可入药，也可做饲料。也叫"繁缕"。

sào （ㄙㄠˋ）

扫
扫 sào 见 sǎo "扫"（591 页）。

揱
揱 sào 〈文〉攫取：攫～。通作"搔"。

埽
埽 sào ❶用树枝、芦苇、秫秸、石头等捆扎而成的圆柱形东西，用来堵塞河堤缺口或保护堤岸防水冲刷。❷用许多埽修成的堤坝或护堤：～岸｜坝～｜堤～。

梢
梢 sào 见 shāo "梢"（601 页）。

搔
搔 sào 见 sāo "搔"（590 页）。

悈
悈 sào 〈文〉快。

縿
縿 sào 见 sǎng "縿"（590 页）。

瘙
瘙 sào ❶〈文〉疥疮。❷【瘙痒】（皮肤）发痒：～难耐。

耗
耗 sào 【毷（mào）耗】〈文〉烦恼；烦躁不安。

毷
毷 sào 【氃（mào）毷】〈文〉烦恼；郁闷：闲情～非关酒，倦骨支离不耐风。也作"毷耗"。

臊
臊 sào 见 sāo "臊"（590 页）。

膟
膟 sào 见 sōu "膟"（636 页）。

瞜
瞜 sào 【眊（mào）瞜】〈文〉失意；烦恼：迁客不应常～（迁客：被放逐的人）。

僺
僺 sào 〈文〉性情粗放。

鏉
鏉 sào 〈文〉干燥。

sè （ㄙㄜˋ）

色
色 ㊀ sè ❶物体的光波通过视觉所产生的印象：～彩｜绿～｜五颜六～。❷脸上表现出的神气；脸色：气～｜神～｜察颜而观。❸情景；景象：景～｜夜～｜湖光山～。❹品种；种类：花～｜清一～｜各～各样。❺物品的质量：成～｜足～。❻女子的美貌：国～｜姿～｜汉皇重～思倾国。❼指情欲：～情｜好～之徒｜食～性也。

㊁ shǎi 义同"色"。物体的光波通过视觉所产生的印象。用于口语：上～｜掉～｜捎（shào）～。

涑
涑 sè 见 qì "涑"（537 页）。

楝
楝 sè ❶〈文〉树木名。指赤楝，即楝。❷〈文〉树枝上长。

涩（澀）［澁、△濇、沍］
涩（澀）［澁、△濇、沍］ sè ❶味道不爽滑，使舌头感到麻木的：苦～｜酸～｜柿子涩（lǎn）过后不～。❷不光滑；不滑润：

干~|枯~|轮轴发~。❸行文生硬不流
畅:生~|晦~|艰~。

"濇"另见 sè (592 页)。

啬 (嗇) sè ❶过分爱惜钱财,当用而
不用;小气:~刻|吝~|公仲
~于财。❷〈文〉节俭:治人事天莫若~。
❸〈文〉收获谷物,泛指农事。后作"穑"

霅 sè【霅霅】〈文〉模拟雨声:修修复~,黄
叶此时飞(修修:雨声)。

铯 (鉍) sè 金属元素。符号Cs。

瘶 sè 见 jí "瘷"(288 页)。

栅 sè 见 cè "栅"(60 页)。

龀 sè 〈文〉同"涩"。不顺畅:涂路~难。

瑟 sè ❶古代一种弦乐器。形状像琴,
通常有二十五根弦,也有十六根弦
的:琴~合鸣|我有嘉宾,鼓~吹笙。❷【瑟
瑟】1. 模拟风声或其他轻细的声音:~有
声|秋风~。2. 形容颤抖的样子:~发抖。
3.〈文〉碧绿:半江~半江红。4.〈文〉形容寒
凉的样子:枫叶荻花秋~~。

塞 sè 见 sāi "塞"(588 页)。

愬 ㊀ sè 〈文〉惊惧的样子:灵公望见赵
盾,~而再拜。
㊁ sù 〈文〉通"遡(sù)"。向着:~皓月
而长歌。
另见 sù "诉"(637 页)。

寨 sè ❶〈文〉充实;充满。❷〈文〉安定。

蹜 ㊀ sè 〈文〉同"涩(澀)"。不光滑;不滑
润。
㊁ shà 〈文〉同"翣"。出殡时棺木上的
羽饰。

勷 sè 〈文〉帮助。

濄 sè 〈文〉同"涑(sè)"。小雨落下的样
子。

穑 (穡) sè ❶〈文〉收获谷物,也泛指
农业劳作:~夫(农夫)|稼~|
良农能稼而不能为~|农服田力~。❷〈文〉
通"啬(sè)"。节省:大国省~而用之。

儵 sè ❶【儵嗒(tà)】1.〈文〉说话快:纷~
以流漫。2.〈文〉话多不止。❷〈文〉纷
扰。

廧 sè 见 qiáng "廧"(546 页)。

濇 sè 〈文〉不流利;不通畅:左手寸脉~
滞。
另见 sè "涩"(591 页)。

愬 sè 〈文〉恐惧;恐怖:~然毛竖。

瑟 sè 〈文〉玉色鲜洁的样子。

虩 sè 见 xì "虩"(723 页)。

寋 [寋] sè 〈文〉同"塞"。填塞。

轖 sè ❶古代车厢两旁的障蔽物。❷
〈文〉堵塞:邪气袭逆,中若结~。

譅 sè 〈文〉说话艰难;结巴:言语讷~。

飋 sè ❶〈文〉秋风:~萧条而清泠。❷
〈文〉模拟秋天的风声:微生~~风。

sēn (ㄙㄣ)

森 ㊀ sēn ❶形容树木多:~林|~木。❷
〈文〉繁密;众多:~列|~罗万象。❸
阴沉幽暗:阴~可怕|一径清~五月寒。❹
严肃,不可侵犯:~严。❺姓。
㊁ sēn 〈文〉树木高耸的样子。
㊂ shèn 〈文〉同"罧"。一种捕鱼方法。

椮 sēn 见 shān "椮"(596 页)。

sēng (ㄙㄥ)

僧 sēng ❶梵语音译词"僧伽"的省称。
出家修行的男性佛教徒;和尚:~人|
~尼|削发为~。❷姓。

鬅 sēng【鬅(péng)鬙】〈文〉头发散乱的
样子,也泛指散乱。

shā (ㄕㄚ)

杀 (殺) ㊀ shā ❶使人或动物失去
生命:~害|屠~|~人者死。

❷搏斗；战斗：搏～|厮～|～出一条血路。❸消除；削减；削弱：～毒|抹～|～～暑气。旧也作"煞"。❹损坏；败坏：折～|肃～|大～风景。旧也作"煞"。❺用在某些单音节动词、形容词后，表示程度很深：气～|急～|秋风秋雨愁～人。旧也作"煞"。❻旧同"煞"。结束；停止。

㊀shài ❶〈文〉减省：～食(减食)|～损(减省)。❷〈文〉衰微：是故地日削，子孙弥～(弥：更加)。

杉□ shā 见 shān"杉"(595 页)。

沙□ ㊀shā ❶微小的石粒：～漠|～尘暴|飞～走石。❷像沙的东西：豆～|蚕～。❸声音嘶哑，不清脆：～哑|～音|说话太多，声音有点儿发～。❹姓。

㊁shà〈方〉经过摇动把细碎东西里的杂物集中起来，便于清除：把大米里的沙(shā)子～一～。

纱□（紗）shā ❶棉、麻等纺成的细丝，可以捻成线或织成布：～线|棉～|谁怜越女颜如玉，贫贱江头自浣(浣:huàn，洗)。❷经纬稀疏的织品，质地轻薄而透明：～巾|～布|帷昼暖墨花春。❸像窗纱那样的制品：铁～|塑料～。❹某些轻而薄的纺织品的类名：泡泡～|乔其～。

刹□ shā 见 chà"刹"(64 页)。

砂□ shā ❶微小的石粒：～石|～岩|大风起，～砾击面。❷像砂的东西：糖～|矿～|钢～。❸指朱砂：丹～|吞金服～。

莎□ shā 见 suō"莎"(643 页)。

吵 shā ❶助词。用在句末，表示揣测、停顿或祈使的语气，相当于"吧(ba)"。用于古白话。❷模拟脚步声：～～的脚步。❸吹奏：春鞭打，笛儿～。

狵 shā 古代南方少数民族名。

塗 shā 〈文〉同"沙"。微小的石粒：～秒。

铩□（鎩）shā ❶古代一种长刃的矛：长鋏劲～。❷〈文〉摧折；伤害：～羽(羽毛摧落，比喻失败或失意)|飞鸟

～翼，走兽决蹄(决：断)。

牸 shā 〈文〉母牛。

毵[毿] shā ❶【毿(sān)毵】〈文〉下垂的样子：旗旄卫～。❷【毵(jiā)毵】〈文〉僧尼披在外面的法衣。

痧□ shā ❶中医指霍乱、中暑、肠炎等急性病：发～(中暑)|绞肠～。❷皮疹。

攴 shā 〈文〉同"杀"。杀害：为贼寇所～。

硰 shā 【硰石】古地名。在今山西。

搋 shā 见 sà"搋"(587 页)。

蔷 shā ❶【蔷藦(qiáng)】〈文〉植物名。❷〈文〉同"椴"。植物名。即茱萸。

煞 shā 见 shà"煞"(594 页)。

袈□ shā 【袈(jiā)裟】僧尼披在外面的法衣，用许多长方形小布块拼缀而成。[梵 kasāya]

椴 shā 〈文〉植物名。即茱萸，果实红色，味辛辣。

暚 shā 〈文〉明亮。

鈔 shā 【鈔锣】1.〈文〉锣的一种，形制较小。2.〈文〉铜制的盥洗用具，即水盆。

魦 shā ❶〈文〉同"鲨"。性凶猛，捕食其他鱼类，生活在海洋里。❷〈文〉吹沙小鱼。

鲨（鯊）[魦] shā 鱼名。身体多为纺锤形，胸腹鳍大，尾鳍发达，牙锋利。性凶猛，行动敏捷，生活在海洋中。常见的有虎鲨、星鲨、角鲨等。也叫"鲛"。

穮 ㊀shā 〈文〉杀害；杀死：攫～。
㊁shài ❶〈文〉削弱；减少：其浩荡之气犹未尽。❷〈文〉弓的角与榭相接处。

shá （ㄕㄚˊ）

偧 shá 〈方〉同"啥"：～都不怕。

啥 shá 〈方〉什么：你要～？|他～时候回来？|我有～说～。

偠　shá　同"啥"。用于古白话:鬼可怕他作～呀!

shǎ（ㄕㄚˇ）

儍　[傻]　shǎ　❶智力低下;糊涂:～子|呆～|～头～脑。❷死心眼儿;不灵活:卖～力气|要巧干,不要～干。

諏　shǎ　〈文〉言语强拗。

shà（ㄕㄚˋ）

沙　shà　见 shā"沙"(593页)。

肀　shà　姓。

蕍　shà　【蕍莆(pú)】传说中的一种瑞草。叶子很大,可以自己摇动扇凉。

荙　shà　见 jiē"荙"(317页)。

㗫　㊀ shà　❶〈文〉同"嗏"。鱼或水鸟吃食:惊飞带波起,行～拂萍开。❷〈文〉通"歃(shà)"。用嘴吸:～血。
　㊁ jié　〈文〉多言:一～重一弹(每出一言,则弹琵琶一声以相和)。
　另见 dié"喋"(139页)。

嗏　shà　❶〈文〉鱼或水鸟吃食:凫雁皆～夫梁藻(粱:粟。藻:水草)。❷【嗏喋(zhá)】1.〈文〉鱼或水鸟吃食:～菁藻(菁、藻:都是水草)。2.〈文〉模拟成群的鱼或水鸟吃食的声音:～争食。

幑　shà　见 qiè"幑"(552页)。

厦　[*廈]　㊀ shà　❶高大的房子:高楼大～|安得广～千万间,大庇天下寒士俱欢颜。❷房子的后廊;房屋伸出的后檐所遮蔽的地方:抱～|前廊后～。
　㊁ xià　【厦门】地名。在福建东南部。

唼　shà　〈文〉同"歃"。用嘴吸:～血。

嗄　㊀ shà　〈文〉嗓音嘶哑:～嘶|～哑|终日号而不～(号:大声哭)。
　㊁ á　旧同"啊"。表示追问或反问。现在写作"啊"。

歃　[歃]　shà　❶〈文〉用嘴吸:古人云此水,一～怀千金。❷【歃血】古代盟会时,宣读盟辞后杀牲,参加者将牲血微吸或涂在口旁,表示诚信:～之盟。

煞　㊀ shà　❶迷信指凶神:凶～|凶神恶～。❷表示程度很深,相当于"极、很":脸色～白|～是有趣|东汉诸儒～好。
　㊁ shā　❶结束;停止:～尾|～账|～笔旧也作"杀"。❷束紧;勒紧:～行李|一～腰带。❸〈文〉同"杀"。弄死:则令杖～之。

㞚　shà　❶〈文〉迅速;飞得快。❷〈文〉夹挟持。❸〈文〉减少:弱苗而～穗。

越　shà　〈文〉快速走的样子:超～(超:迅速)。

睒　shà　眨眼:～～眼睛。

箑　[箑、篓]　shà　〈文〉扇子:冬日之～,夏日之裘,无用于己。

篢　shà　【炙篢】〈文〉即炙箑。熏制腊肉的薄片。

譅　shà　见 sè"譅"(592页)。

嫠　shà　❶〈文〉扇子,特指古代仪仗中的长柄大掌扇。❷古代棺饰,形似扇,垂于棺的两旁。❸古代钟鼓架上的饰物。

艞　shà　〈文〉船。

霅　shà　❶片刻;一瞬间:～时|昨夜一～雨,天意苏群物。❷【霅霅】〈文〉模拟风雨声:窗寒～风|高林簇雨声。

睒　shà　见 ruǎn"睒"(584页)。

㬼　shà　见 shài"㬼"(595页)。

歠　shà　〈文〉同"嗄"。声音嘶哑:终日号而不～。

豻　shà　〈文〉母猪。

sha（·ㄕㄚ）

捼　sha　见 suō"捼"(643页)。

shāi（ㄕㄞ）

筛（篩）　shāi　❶筛子,用竹皮、铁丝等编成的底部有许多小孔的器具,可以把细碎的东西漏下去:过～。❷用筛子过东西:～选(比喻挑选)|～沙子|～土筑阿房之宫。❸〈方〉敲(锣):～锣。❹〈方〉把酒温热:把黄酒～一～再喝。❺〈方〉斟(酒):满满地～了一碗酒。❻〈文〉穿过孔隙:暗淡洲烟白,篱～日脚红。

酾　shāi　"酾(shī)"的又读。

簁　shāi　❶〈文〉筛子。今作"筛"。❷〈文〉筛选:细磨,下绢～。❸〈文〉过滤:～酒。

籭　shāi　〈文〉同"筛"。竹编的器具,用来筛取粗的,滤去细的。

shǎi（ㄕㄞ）

色　shǎi　见 sè "色"(591页)。

shài（ㄕㄞ）

杀　shài　见 shā "杀"(592页)。

晒（曬）　shài　❶阳光照射:日～雨淋|太阳～得人直流汗。❷在阳光下吸收光和热:～被子|～太阳|～药材。

粣　shài　见 shā "粣"(593页)。

矖　㊀shài　〈文〉同"晒"。阳光照射:日～。

㊁shà　❶同"煞"。1.〈文〉表示程度很深:所言～是。2.〈文〉虽然:这书房往日～曾来,不曾见这般物事。3.〈文〉是。与"可"连用,表示疑问:可～恶滋味? ❷助词。用在句末表语气。多见于古白话。

攦　shài　见 lì "攦"(400页)。

shān（ㄕㄢ）

山　㊀shān　❶地面上由土石构成的高耸部分:～峰|雪～|知者乐水,仁者乐～。❷形状像山的东西:冰～|刀树剑～。❸山墙,人字形屋顶的房屋两侧的墙壁:房～|屋～。❹蚕蔟,供蚕吐丝做茧的设备:蚕～|蚕上～了。❺形容声音大:～呼万岁|门敲得～响。❻姓。

㊀shān　〈文〉文饰;花纹。

㊁xiǎn　【乡姐】古羌族复姓。

乡　shān　【毛阳】古镇名。在今山东。

毛　shān　古地名。

邖　shān　❶〈文〉割草:～刈(yì)。❷〈文〉除去:～夷|～繁剪秽。

芟　㊀shān　❶常绿乔木。树干高而直,叶呈针状,果实球形。木材质轻,供建筑和制器具用。❷姓。

㊀shā　义同"杉"。一种常绿乔木。用于"杉木、杉篙(杉木杆子,用来撑船或搭脚手架)"。

杉　shān［*删、刪］中的某些部分):～除|～繁就简|～善～者,字去而意留。❷〈文〉节取:～取其要(要:要点)。

删　㊀shān　❶用草编成的盖东西或垫东西的用具:草～。❷古人居丧时睡的草垫子:寝～|枕块。❸姓。

㊁shàn　用席、布等遮盖:～盖|～布|要下雨了,快把水泥～上。

苫　㊀shān　金属元素。符号 Sm。

㊀shàn　❶长柄的大镰刀。❷大片地割;除去:～草|～麦。

钐（釤）　shān　〈文〉同"狦"。像狼的野兽。

狦　shān　❶单上衣:汗～|衬～|T恤～。❷泛指衣服:衣～|破衣烂～|江州司马青～湿。

衫　shān　❶【姗姗】走路缓慢从容的样子:～来迟(形容来得晚)|～远去。❷〈文〉同"讪"。讥笑:讥

姗［*姍］

讽:恐天下学士～己。

珊 [*珊] shān ❶【珊瑚(hú)】海洋中珊瑚虫(一种腔肠动物)分泌的石灰质的聚合体。形状有块状、树枝状等,有红、白、黑等颜色,鲜艳美观,可用来做装饰品。❷【珊珊】〈文〉模拟玉佩、钟、铃、风、雨等发出的声音:时闻杂佩声～|碧笼烟幂幂,珠洒雨～。

埏 □ shān　见 yán "埏"(775 页)。

挻 shān ❶〈文〉长(cháng):～枝。❷〈文〉拍击;揉和;揲(yè)～其土(把土坯锤压拍击)。❸〈文〉引发;延伸:～灾(招引祸灾)|子时石勒勇锐,～乱淮南(挻乱:引发祸乱)。❹〈文〉篡取;夺取:共起而～之。

栅 □ shān　见 zhà "栅"(857 页)。

毭 shān　〈文〉同"山":高～。

舢 shān　【舢板】一种用桨划水前进的小船。旧也作"舢舨"。

狦 shān ❶〈文〉凶猛健壮的犬。❷〈文〉像狼的野兽。

軕 shān　【軕子】〈方〉上面覆盖席子的代用驮轿(驮轿:驮在牲口背上的轿子)。

腤 shān　〈文〉同"腪"。生肉酱。

腪 shān　〈文〉生肉酱:得～酱而美之。

疝 shān ❶〈文〉疟疾;害疟疾。❷〈文〉病:莺～语怯。

烻 □ shān　见 yàn "烻"(779 页)。

扇 □ shān　见 shàn "扇"(598 页)。

笘 shān ❶〈文〉折断竹子做成的鞭子。❷古代儿童习字用的竹简。可以擦去再写。

䈹 shān　〈文〉车内用来遮风保温的帷幕。

跚 □ shān　【蹒(pán)跚】腿脚不灵便,走路迟缓、摇摆的样子:步履～。

獑 shān　见 chuān "獑"(94 页)。

搧 shān　摇动扇子或其他薄片,使空气加速流动生风;用手掌打。旧同"扇"。

墋 □ shān　见 cǎn "墋"(57 页)。

黏 □ shān　见 shǎn "黏"(597 页)。

䔉 shān　见 jiàn "䔉"(307 页)。

嘇 ㊀ shān　〈文〉东西在嘴里,含:嚼之无复～。
㊁ shěn ❶〈文〉打寒战:噤～山花冷。❷凄惨可怕。用于古白话:～可可。

慘 shān　〈文〉旌旗上的飘带。

獑 ㊀ shān ❶〈文〉狗从狭窄的地方钻过去。❷〈文〉残害。
㊁ sāo　【山獑】古代传说中一种矮小像人的怪物。

煽 □ shān ❶鼓动;挑拨:～动|～惑|～摇军众。❷〈文〉同"扇"。摇动扇子使生风:只顾在茶局里～风炉子,不出来问茶。❸〈文〉炽盛:利胜于名,则贪暴滋～(滋:更加)。

燅 shān　〈文〉同"埏"。用水和(huó)土:陶人～埴而为器(埴:黏土)。

蕧 shān　同"苫"。古人居丧时睡的草垫。

潸 [潜] shān ❶〈文〉流泪的样子:泪～～|～然泪下。❷〈文〉流泪:思贤泪自～。❸〈文〉眼泪:中原机会嗟屡失,明日茵席留余～。

襂 ㊀ shān　〈文〉同"衫"。单上衣。
㊁ sēn　【襂纚(lí)】〈文〉毛羽、衣裳、旌旗等下垂的样子:被羽翻之～。

樿 shān　〈文〉同"杉"。常绿乔木。

膻 [㊀*羴、㊁*羶] ㊀ shān ❶形容羊身上的臊(sāo)味:～气|腥～|蚁慕羊肉,羊肉～也。❷〈文〉气味:王之嫔御,～恶而不可亲。
㊁ dàn ❶〈文〉袒露。❷【膻中】中医指人体胸腹间的膈。

鰆 shān　〈文〉鱼酱,也泛指鱼类制品。

縿　㊀ shān　古代指旌旗的正幅,飘带附着之处。

㊁ xiāo　〈文〉生丝或生丝织品。

氊　shān　羊身上的臊味。用于古白话。

襳　㊀ shān　【襳襹(shī)】〈文〉(毛羽制成的衣服)毛羽丰盛的样子。

㊁ xiān　❶古代妇女上衣上用作装饰的长带。❷〈文〉小袄;短衫。

靐　shān　【靃(lián)靐】细雨连绵不断的样子。用于古白话:雨儿~,风儿淅沥。

shǎn　(ㄕㄢˇ)

闪□(閃)　shǎn　❶云团之间或云团与地面之间发生的放电现象:~电|打~。❷光亮突然显现或时隐时现:~烁|~金光|电~雷鸣。❸忽然出现:一念|山后~出一条小路。❹侧身躲避:~身|躲~|快~开,车来了。❺身体猛然晃动:路面太滑,~了他一个跟头。❻因动作过猛而扭伤筋肉:跳高把腰~了|夫人休~了手,且息怒停嗔,听红娘说。❼姓。

夾　shǎn　〈文〉偷东西藏在怀里。

陕□(陝)　shǎn　陕西的简称:~北|川~公路|~甘宁边区。

凵　shǎn　见 huò"凵"(281页)。

掺□　shǎn　见 chān"掺"(65页)。

晱　shǎn　眨眼;眼睛很快地开闭:那飞机真快,一~眼就不见了。

晱□　shǎn　❶〈文〉闪电。❷〈文〉晶莹的样子:~~吐晨旭。

嫼　shǎn　〈文〉走路忽进忽退,姿势不美。

捌　shǎn　〈文〉动作疾速的样子:~降(jiàng)。

晱　shǎn　❶〈文〉窥视:俄北晱,英西~(俄:俄国;英:英国)。❷〈文〉闪烁:时瞬~其如电。❸〈文〉闪电:南~火门开,北~雨淋来。❹【晱睗(shì)】〈文〉目疾视:而怒。

玷　㊀ shǎn　〈文〉同"闪"。闪烁:~灼。

　　㊁ qián　〈文〉煮肉。

　　㊂ shān　〈文〉木名。常绿乔木。后作"杉"。

潫　shǎn　〈文〉水流疾速的样子。

焖　shǎn　闪电:雷~俱作,走石飞沙。用于古白话。后作"闪"。

規　shǎn　〈文〉忽然出现。

頮　shǎn　〈文〉闪电:打~。

shàn　(ㄕㄢˋ)

讪□(訕)　shàn　❶〈文〉诽谤;诋毁:~毁|为人臣下者,有谏而无~。❷〈文〉讥笑;讽刺:~笑|与其妻~其良人(良人:丈夫)。❸羞惭;难为情:脸上发~|请先生休~,早寻个酒阑人散。

汕□　shàn　❶古代的一种渔网。❷〈文〉用汕捕鱼:鱼鳖可钓~。❸用于地名:~头(在广东东部)|~尾(在广东东南部)。

拻　㊀ shàn　同"擅"。用于古白话。

　　㊁ quán　〈方〉扯;拔取:鸭毛难~。

苫□　shàn　见 shān"苫"(595页)。

钐□　shàn　见 shān"钐"(595页)。

疝□　shàn　病名。指腹腔内的某个器官通过周围较薄弱的组织而鼓起来:气|股~|脐~。

单□　shàn　见 dān"单"(117页)。

趄□　shàn　❶离去;走开:坐时同坐,~后齐~。❷跳跃:马蹄儿泼剌剌旋风~。❸讥讽:~笑。用同"讪"。

砎　shàn　〈文〉同"墠"。供祭祀用的场地。

僤□　shàn　见 dàn"僤"(119页)。

剡□　shàn　见 yǎn"剡"(776页)。

扇 ⊖ shàn ❶扇子,生风取凉的用具:团~|折~。❷功能像扇的用具或装置:电~|吊~|排风~。❸指板状或片状的东西:门~|隔~。❹量词。用于门窗或类似门窗的东西:一~门|两~窗户|一~屏风。❺古代帝王仪仗中的长柄障扇:云移雉尾开宫~。
⊜ shān ❶摇动扇子或其他薄片,使空气加速流动生风:~扇(shàn)子。❷用手掌打:~了他一巴掌。‖旧也作"搧"。

单 shàn 〈文〉同"单"。姓。

埽(墠) shàn ❶〈文〉郊野经过除草整治出来的平地:东门之~。❷为祭祀或会盟而清整出来的场地:是故王立七庙,一坛一~。❸同"禅"。古代一种祭名。

掸 shàn 见 dǎn "掸"(119页)。

捵 ⊖ shàn ❶〈文〉发抒;舒展:~张。❷〈文〉同"赡"。丰富;充足:山不同而用~。❸〈文〉尽;竭精~髓。
⊜ yàn ❶〈文〉光照;摛(chī)藻~天庭(摛藻:铺陈辞藻)。❷〈文〉美艳:~丽。
⊜ yǎn 〈文〉通"剡(yǎn)"。削:~木为楫。

偏 shàn 〈文〉炽盛。

嗒 shàn 〈文〉同"澹(赡)"。满足;供给。

善 [譱、譱、善、譱] shàn ❶品质好或言行好,富于同情心:~事|慈~|人之初,性本~。❷善事;善行(跟"恶"相对):行~|改恶从~|与人为~。❸美好;良好:~策|改~|多多益~|虽有至道,弗学,不知其~也。❹友好;和睦:友~|亲~|齐楚之交~。❺〈方〉熟悉:面~。❻办好;做好:~始~终|工欲~其事,必先利其器。❼擅长;长于:勇猛~战|能歌~舞|用兵者,避其锐气。❽易于:~变|~忘|多愁~感。❾好好地:~自保重|~罢甘休|~待家人。

剐 shàn 〈文〉同"骟"。割掉牲畜的睾丸或卵巢。

禅 shàn 见 chán "禅"(66页)。

骟(騸) ⊖ shàn 割掉马、牛、猪等的睾丸或卵巢:~马|~羊。
⊜ huō 〈文〉同"䠀"。快速:~然而过。

偱 shàn 〈文〉做姿态。

鄯 shàn 【鄯善】1.地名。在新疆吐鲁番。2.古代西域国名,本名楼兰。故地在今新疆若羌。

墡 shàn ❶〈文〉白色黏土。❷用于人名。朱瞻墡,明代人。

僤 shàn 见 chán "僤"(67页)。

潬 ⊖ shàn 【宛潬】〈文〉水流绵延曲折的样子。
⊜ tān 〈文〉同"滩"。水边淤积的平地:海~。

缮(繕) shàn ❶修补;修整:修~|聚禾粟,~城郭。❷〈文〉整治;备办:~甲兵|~兵昭武。❸誊写;抄写:~写|~录|~清。

擅 shàn ❶长于;善于:~长|不~辞令|何人今~丹青艺?❷超越权限,自作主张:~自|离职守|不得~改。❸〈文〉独揽;专有:~权|专~|而~其利数世。❹〈文〉拥有;据有:昔者中山之地,方五百里,赵独~之(中山、赵:周代诸侯国名)。

樿 shàn 〈文〉树木名。也叫"白理木"。

蟮 shàn 〈文〉蝇类摇动翅膀。

嶦 shàn ❶山坡。❷用于人名。

膳 [*饍] shàn ❶饭食:~食|进~|丰~出中厨。❷〈文〉进献食物:~以十二牛。

鮏 shàn 〈文〉同"鳝"。"鮏"的讹字。

嬗 shàn ❶〈文〉更替;更换:~更|~易|五年之间,号令三~。❷〈文〉变迁;演变:~变。❸〈文〉同"禅"。禅让:尧以天下~。

赡(贍) shàn ❶供养;供给:~养|给(jǐ)|是以先帝建铁官以~农用(铁官:管理冶铁的机构)。❷〈文〉丰

富;充足:～博｜丰～｜力不足,财不～。

諞 shàn 〈文〉煽动;用言语蛊惑人。

癯 shàn 【癯贡头】疝病的一种,多发于小儿头部。也叫"癯拱头"。

襢 shàn 〈文〉同"禅"。禅让:舜禹受～。

贍 shàn 【淹贍】〈文〉深通;精研:～名理之学。

蟺 shàn 【蛐(qū)蟺】蚯蚓的俗称。

鐥 shàn ❶同"钐"。1.长柄的大镰刀。2.大片割地;除去。❷化学元素"铽(tè)"的旧称。

蟺 ㊀ shàn ❶[夗(wǎn)蟺]1.〈文〉屈曲盘旋:～相纠。2.〈文〉蚯蚓的别名。❷〈文〉鳝鱼。❸〈文〉蜕变:变化而～。
㊁ tuó 〈文〉鳄鱼的一种。

鐥 shàn ❶同"钐"。1.长柄的大镰刀。2.大片割地;除去。❷〈文〉一种兵器。形似大镰刀。

鳝 (鱔)[△*鱓、魻] shàn 鳝鱼。通常指黄鳝,外形像蛇,黄褐色,有黑斑。生活在池塘、稻田等处的泥中。
"鱓"另见 tuó(684 页)。

鱣 shàn 见 zhān"鱣"(860 页)。

騸 ㊀ shàn 〈文〉同"骟"。割掉牲畜的睾丸或卵巢。
㊁ huō 【騸刀】〈方〉大砍柴刀。

瀩 shàn 【蜿(wān)瀩】〈文〉水流回旋弯曲的样子。

---

shāng (ㄕㄤ)

场 shāng 见 cháng"场"(70 页)。

伤 (傷) shāng ❶人或物体受到的损害:～痕｜创～｜这辆汽车车身有块～。❷伤害;损害:～神｜～筋动骨｜～人者刑。❸妨碍;妨害:无～大体｜有～风化。❹因受到某种侵害而得病:～风｜～寒。❺因过度而不能继续:～食｜吃肥肉吃

～了。❻悲哀;忧愁:～心｜忧～｜物～其类｜多情自古～离别。

汤 shāng 见 tāng"汤"(653 页)。

殇 (殤) shāng ❶〈文〉人未成年而死:～子｜～折。❷〈文〉战死的人:国～(为国捐躯的人)。

商 shāng ❶讨论;交换意见:～量｜面～｜有事相～。❷以买卖方式使商品流通的经济活动:～业｜～机｜经～｜治产业,力工～。❸经商做买卖的人:～贩｜～客｜行(xíng)～坐贾(gǔ)｜庶人、工、～各守其业。❹〈文〉计量,计度:(王)景乃～度地势｜～财贿之有亡。❺除法运算中,被除数除以除数所得的数,如 6÷2＝3 中,3 是商。❻除法运算,用某数做商:六除以二～三。❼朝代名。公元前 1600—前 1046 年,汤所建,建都亳(bó,现在河南商丘),国号商。盘庚时迁都至殷(现在河南安阳小屯),故商也称殷或殷商。❽星宿名。即二十八宿中的心宿:人生不相见,动如参与～。❾我国古代五声音阶的第二音级,相当于简谱的"2"。❿姓。

觞 (觴)[醧] shāng ❶古代饮酒器,特指盛满酒的酒杯:称～(举杯祝酒)｜举～相庆｜操～酒而进之。❷〈文〉向人敬酒或自己饮酒:于是严遂乃具酒～聂政母前(严遂:聂政:人名)｜把酒不能～,有泪若儿女(把:拿着)。

惕 shāng 见 dàng"惕"(123 页)。

禓 shāng 见 yáng"禓"(783 页)。

墒 shāng 土壤的湿度:～情｜底～｜保～。

蔏 shāng 【蔏蒌(lóu)】〈文〉植物名。即水生白蒿。

嘀 shāng 同"商"。商议研讨。用于古白话:～议。

鍚 shāng 〈文〉箭伤。

滳 shāng 【滳滳】〈文〉流荡的样子。

惕
shāng 〈文〉忧伤。今作"伤"。

賓
㊀ shāng 〈文〉同"商"。做买卖:~谠。

㊁ shǎng 〈文〉同"赏"。赏赐:~毕土方五十里(毕:周代诸侯国国名)。

熵
shāng ❶热力学上表示物质系统有序或无序的物理量。系统的熵越大,反映了它的无序程度越大,所处的状态越稳定。物质系统自发的变化过程总是向熵增大的方向进行。❷信息论中的基本量,描写不肯定性的大小。熵越大,包含的信息的不肯定性就越大。

踢
shāng 见 táng "踢"(655 页)。

畼
shāng 〈文〉耕过的疏松土壤。

螪
shāng 【螪何】〈文〉虫名。

謫
shāng 〈文〉同"商"。商量:~议。

鸏
[觴] shāng 〈文〉烹煮;烹煮牲牢(祭祀用的牲畜)以祭祀天地鬼神。

鷫
shāng "觞"的讹字。古代饮酒器。

鷞
shāng ❶【鷞鶊(gēng)】〈文〉鸟名。即黄鹂。也叫"仓鶊"。❷【鷞鴹(yáng)】传说中的一种鸟。

shǎng （ㄕㄤ）

上
shǎng 见 shàng "上"(600 页)。

坰
shǎng 地积单位。各地不同,东北多数地区 1 坰合 15 市亩,西北地区合 3 市亩或 5 市亩。旧也作"晌"。

晌
shǎng ❶一天里的一段时间,也指一个白天:一~|半~|前半~|梦里不知身是客,一~贪欢。❷〈方〉正午或午时前后:~午|~饭|歇~。

垧
shǎng 见 chǎng "垧"(87 页)。

赏
（赏）shǎng ❶奖给;赐予:奖~|~罚分明|无功不~。❷奖给或赐予的东西:领~|悬~|邀功请~。❸

嘉许;赞扬:~识|赞~|善则~之,过则匡之。❹把玩;领略:~月|欣~|雅俗共~|传语风光共流转,暂时相~莫相违。❺敬辞。用于请对方接受邀请或要求:~光|~脸。❻姓。

賓
shǎng 见 shāng "賓"(600 页)。

餴
shǎng 〈文〉午饭。

shàng （ㄕㄤ）

上
㊀ shàng ❶高的位置(跟"下"相对,❷—❻❽同):~游|向~|攀登|~有天,下有地。❷次序或时间在前的:~册|~半年|承~启下。❸等级或质量较高的:~等|~宾|~品|凡用兵之法,全国为~,破国次之(全国:保全国家)。❹指皇帝或地位高的人:~谕|犯~作乱|~行下效|不合~意,~怒。❺由低处到高处:~山|扶摇直~|一拥而~。❻加入;进入:~场|~车。❼去;往:~街|~学校|去年骑鹤~扬州。❽呈递;奉上:~书|~供|宰夫~食。❾增加;添补:~货|~肥|给车轴~点儿油。❿安装:~刺刀|~门窗|~玻璃。⓫涂;抹:~药|~漆|~颜色。⓬登载;记载:~账|~光荣榜|这件事~了报纸。⓭拧紧(发条):~表|~弦。⓮按规定时间进行某种活动:~操|~课|~早班。⓯达到或超过(一定的程度或数量):~档次|~岁数|人均收入~万元。⓰进入(圈套):~当|~圈套。⓱向上:~诉|~浮|~报中央。⓲我国民族音乐音阶的一级,相当于简谱的"1"。⓳用在名词后,多读轻声。1. 表示在物体的表面:墙~|脸~|键盘~。2. 表示在某种事物的范围以内:书~|会~|世界~。3. 表示在某一方面:理论~|行动~|组织~。⓴用在表示年龄的词语后,等于"…的时候":王冕七岁~死了父亲|他十八岁~参的军。㉑用在动词后,有时读轻声。1. 表示人或事物随着动作由低到高:爬~楼顶|飞~蓝天|登~城楼。2. 表示动作的结果或目标:合~书|追~敌人。3. 表示动作开始并继续下去:干~一行爱一行|刚散会大家就议论~了。4. 表示动作达到一定数

量:到乡下住～几天|没说～几句话就吵开了。㉒〈文〉指天:～邪! 我欲与君相知,长命无绝衰(上邪:天哪)。㉓〈文〉通"尚(shàng)"。崇尚,尊崇:彼秦者,弃礼义而～首功之国也(首功:按斩得敌人头颅的数量计功)。㉔姓。㉕【上官】复姓。

㈡ shǎng　上声,汉语声调的一种,普通话上声是降升调。

尚□ shàng ❶推崇;注重:～武|崇～|礼～|～往来|君子～勇乎? ❷一定时期内社会上流行的风气和习惯:时～|风～|～俗~。❸〈文〉加在…上面;超过:好仁者无以～之|浩大之福,莫～于此。❹副词。表示程度不高,相当于"还(hái)、勉强":味道～可|疗效～好。❺副词。表示动作行为仍在继续,相当于"仍":～未可知|一息～存|莫道桑榆晚,为霞～满天。❻连词。表示递进关系,用于前一分句,相当于"尚且":专家对此～无良策,更何况你我|天地～不能久,而况于人乎? ❼〈文〉早先;久远:故乐(yuè)之所由来者～矣。❽姓。

绱□(緔) shàng　把鞋帮和鞋底缝合成鞋:～鞋。

鞴 shàng　同"绱"。把鞋帮和鞋底缝合成鞋。

蠰 shàng　见 náng "蠰"(478页)。

shang（·ㄕㄤ）

裳□ shang　见 cháng "裳"(70页)。

---

shāo（ㄕㄠ）

捎□ ㈠ shāo ❶顺便带东西或传话:～带|～脚|帮我给他～个口信儿。❷〈文〉割;芟除:拔剑～罗网,黄雀得飞飞。

㈡ shào ❶稍微向后倒退(多用于吆喝骡马等):把车～一～。❷(颜色)减退:～色(shǎi)。

菆 shāo　〈文〉乱草。

烧□(燒) shāo ❶使着火;点燃:～香|焚～|因～其券,民称万岁。

❷用火加热使物体发生变化:～水|～菜|～窑。❸物体因接触化学药品等而发生变化:火碱把手～了|裤子让硫酸～了个洞|小苗给化肥～黄了。❹烹饪方法。1. 用火烤:～鸡|叉～肉。2. 先用油炸或煸,再加汤汁炒或炖:～茄子|红～鱼。❺体温增高:发～|这孩子～得不轻。

弨 shāo　〈文〉弓的末梢,也指弓:轻云飘马足,明月动弓～。

娋 shāo　见 shào "娋"(603页)。

梢□ ㈠ shāo ❶树枝的末端:～头|树～|～柳。❷条状物较细的一头:眉～|鞭～|辫～。❸〈文〉一段时间的末尾:六月～时七月头。❹〈文〉船舵:与往来舟船执～,以求衣食(执梢:掌舵)。

㈡ sào　锥度,圆锥形物体大、小两个截面直径的差与两个截面间距离的比。

莦 shāo　见 xiāo "莦"(738页)。

稍□ ㈠ shāo ❶副词。表示轻微的程度(可重叠),相当于"略微":～有不慎就可能出事|局势～～好转了一些。❷副词。表示时间短暂或数量不多(可重叠),相当于"略微":请～等|～停一下|～～加了点儿糖。❸〈文〉副词。逐渐;慢慢地:其后秦～蚕食魏|项羽疑范增与汉有私,～夺其权。❹〈文〉禾的末端,泛指事物的末端:月上柳～头,人约黄昏后。❺姓。

㈡ shào　【稍息】军事或体操操口令,命令从立正姿势变为休息姿势。

裮 shāo　〈文〉衣襟。

蛸□ ㈠ shāo ❶软体动物,即章鱼。❷【蟏(xiāo)蛸】蜘蛛的一种。身体和腿脚细长,暗褐色,多在室内墙壁间结网。民间以为是喜庆的预兆。也叫"喜蛛、蟢子"。

㈡ xiāo　【螵(piāo)蛸】螳螂的卵块,干燥后可入药。

筲□ [❶△*箾] shāo ❶古代容器。竹制,容量较小,多用于盛粮或盛饭:家贫无斗～之储。❷木制或竹制的水桶:水～。

"箾"另见 shāo(602页)。

艄 shāo ❶船尾:船～。❷船舵:～公(掌舵的人,泛指船夫)|掌～。

旓 shāo 〈文〉旌旗下面悬垂的装饰物。

髾 shāo 〈文〉少女的发型。刘海ル长及眼睛,头顶长发束为偏髾。

鞘 shāo 见 qiào "鞘"(550 页)。

箵 shāo ❶〈文〉即饭帚。一种用竹丝制成的刷锅用具。❷〈文〉盛筷子的器具。另见 shāo "箵"(601 页)。

髿 shāo ❶〈文〉头发末梢:发(fà)～。❷〈文〉妇女衣服上的装饰。❸〈文〉旌旗上所垂的羽毛。

箱 shāo ❶〈文〉摇动:其应清风也,纤末奋～。❷〈文〉船舵尾。

籍 shāo 古代用来盛饭食的竹器。后作"箵"。

鮹 shāo 鱼名。尾有两鳍如鞭梢,故名。也叫"烟管鱼、马鞭鱼"。

sháo （ㄕㄠ）

勺 ㊀ sháo ❶用来舀东西的器具,有柄,多为半球形:汤～|马～|～饮不入口。❷市制容积单位,10 撮为 1 勺,10 勺为 1 合(gě)。1 市勺合 10 毫升。
㊁ zhuó ❶〈文〉通"酌(zhuó)"。舀取水、酒等液体:～椒浆(椒浆:用花椒浸制的酒浆)|置瓢一之。❷古代乐舞名:学乐,诵诗,舞《～》。

芍 sháo 【芍药】多年生草本植物。花也叫芍药,大而美丽,有紫红、粉红、白等颜色,是著名的观赏植物,根可入药。

枃 sháo 见 biāo "枃"(39 页)。

招 sháo 见 zhāo "招"(864 页)。

苕 sháo 见 tiáo "苕"(666 页)。

玿 sháo ❶〈文〉美玉。❷用于人名。

招 ㊀ sháo 〈文〉树摇动的样子。
㊁ shào 〈文〉浴床。

韶 sháo ❶古代乐曲名。相传是舜时的作品:子在齐闻《～》,三月不知肉味。❷〈文〉美;美好:～光|～华|暮春美景,风光～丽。❸姓。

磬 sháo 同"韶"。古代乐曲名。

shǎo （ㄕㄠˇ）

少 ㊀ shǎo ❶数量小(跟"多"相对):～数|稀～|邻国之民不加～,寡人之民不加多。❷缺;不够原有的或应有的数目:缺～|多退～补|遍插茱萸～一人。❸〈文〉稍微:～安勿躁|太后之色～解(解:和缓)。❹〈文〉不多时;一会ル:～则洋洋焉,攸然而逝(洋洋:舒展活跃的样子)|～焉,月出于东山之上。
㊁ shào ❶年幼(跟"老"相对):～妇|青春年～|陈涉～时,尝与人佣耕。❷年纪轻的人:～长(zhǎng)咸宜|男女老～。❸次序,排行在后的:吾闻二世～子也,不当立。❹姓。

邜 shǎo 古地名。在今山东。

shào （ㄕㄠˋ）

少 shào 见 shǎo "少"(602 页)。

召 shào 见 zhào "召"(865 页)。

卲 shào 〈文〉卜问。

邵 shào 〈文〉高尚;美好:年高德～。

邵 shào ❶古地名。在今河南济源西。❷〈文〉通"邵(shào)"。美好:年弥高而德弥～(弥:越)。❸姓。

劭 shào ❶〈文〉劝勉;鼓励:先帝～农,薄其租税。❷〈文〉通"邵(shào)"。美好;高尚:年高德～。

绍(紹) shào ❶〈文〉继承;接续:～世(继承世系)|～续|子孙～位,百代不绝。❷引荐;使双方认识或发生联系:介～|诸侯之交,～而相见。❸指浙

江绍兴:～酒|～剧。❹姓。

招□ shào 见 sháo"招"(602 页)。

郜□ shào 古代大(dà)夫在离王城三百里的地域所受封的土地。

捎□ shào 见 shāo"捎"(601 页)。

哨□ shào ❶侦察;巡逻:～探|～巡～。❷为了警戒、防守、侦察而设的岗位:～兵|～卡(qiǎ)|放～。❸古代军队编制单位,清代百人为一哨,五哨为一营。❹哨子,用金属或塑料等制成的器物,用嘴能吹出尖脆的声音:～声|吹～。❺量词。用于军队,相当于"支、队":一～人马。

袑 shào ❶〈文〉裤裆。❷〈文〉裤子。

娋 ⊖ shào 〈文〉侵食;蚕食。
⊜ shāo 〈文〉大姐。

脴 shào 〈文〉视力模糊。

睄□ ⊖ shào 〈方〉匆匆看一眼:～了一眼。
⊜ qiáo 瞧;看:莫非在床底下,待我开窗～～看。

稍□ shào 见 shāo"稍"(601 页)。

艄 shào 〈文〉像角尖尖锐向上的样子:(其苗)颇似苋叶而长且尖～。

潲□ shào ❶雨斜着落下来:～雨|刮南风,雨往北～。❷〈方〉洒水:先～点儿水再扫也|往菜上～水。❸〈方〉用泔水、米糠、野菜等煮成的饲料:～水|猪～。

矐 ⊖ shào 〈文〉顶端尖锐。
⊜ yào 〈文〉瘦瘠;瘦弱:清～。

---

shē（ㄕㄜ）

峷□（峷）shē ❶峷人,畲族的古称。❷用于地名:登～镇(在广东五华)。

奢□ shē ❶挥霍无度;享受过分:～侈|～靡|得之以～,失之以～|成由勤俭破由～。❷过分的:～望|～求。

賒□（赊）[賖] shē ❶买卖东西时,卖方延期收款或买方

延期付款:～欠|～销|少年来酤者,皆～与之(酤:买酒)。❷〈文〉遥远;长久:行之则至,无谓道～|长笛起谁家,秋凉夜漏～。❸稀少;欠缺:君到长安日,春色应未～。

猞□ shē 【猞猁(lì)】哺乳动物。像猫而较大,毛淡黄色,有黑斑,耳端有长毛。性凶猛,善爬树。也叫"林狸(yì)"。

畲□ shē 【畲族】我国少数民族。主要分布在福建、浙江、江西、广东的山区。

畬 ⊖ shē ❶〈文〉火耕,放火烧荒种田:～田|长刀短笠去烧～。❷同"畲"。我国南方少数民族名。
⊜ yú ❶〈文〉开垦过两三年的熟田。❷〈文〉翻耕土地使成熟田:茅茨已就治,新畴复应～(茅茨:简陋的居室)。

嗏 shē 佛经译音用字。

樜 shē 果树名。即杬果树。也指杬果:香～|番～。

---

shé（ㄕㄜ）

它□ shé 见 tā"它"(645 页)。

舌□ shé ❶舌头,人和动物口腔内辨别滋味、帮助咀嚼和协助发音的器官:～苔|～敝唇焦|摇唇鼓～,搬弄是非。❷形状像舌的东西:火～|帽～|鞋～。❸铃或铎中的锤。❹借指言语:～战|～耕(指以教书为业)|驷不及～(四匹马拉的车子也追不回已经说出的话)。

折□ shé 见 zhé"折"(866 页)。

佘□ shé 姓。

拺□ shé 见 yè"拺"(791 页)。

蚮□ ⊖ shé 〈文〉同"蛇"。爬行动物。
⊜ yán 【蜿(wān)蚮】〈文〉同"蜿蜒"。曲折延伸的样子:仅存一～。
⊜ yí 【委(wēi)蚮】〈文〉同"逶迤"。弯曲绵延的样子:云～而上布。

蛇□ [⊖*蚮] ⊖ shé 爬行动物。身体细长,有鳞,种类很多,有的有毒:永州之野产异～。

㊀ yí【委(wēi)蛇】同"逶迤"。(道路、山脉、河流等)弯曲绵延的样子。

阇 shé 见 dū "阇"(147页)。

撧
㊀ shé ❶〈文〉按照定数等分。古代多用于数蓍草占卜:~之以四(把蓍草四根一组分开)。❷〈文〉积累(国用)相~而赡(国家财用积蓄充裕)。❸〈文〉取:~水寨多凶少吉。
㊁ dié 折叠。用于古白话:~被铺床。
㊂ yè ❶〈文〉畚箕的舌:执箕膺~(膺:箕舌对着自己)。❷〈文〉椎物使薄:陶人为器也,~挻(shān)其土而不益厚(为:制作。撧挻其土:椎击揉和黏土)。

蛥 shé【蛥蚗(jué)】〈文〉虫名。蝉的一种。

詑 shé 见 yí "詑"(797页)。

撨 shé 同"撧"。古代用蓍草占卜时,用手数(shǔ)蓍草数目并分成若干等份。

闍 shé 同"阇"。【闍梨】高僧;僧人。

shě (ㄕㄜˇ)

舍 shě 见 shè "舍"(604页)。

shè (ㄕㄜˋ)

庫 shè ❶〈方〉村庄(多用于村庄名):北~(在江苏吴江)。❷姓。

设(設) shè ❶布置;安排:~置|陈~|子生,男子~弧于门左,女子~帨于门右(弧:弓。帨:shuì,佩巾)。❷建立;创办:~立|建~。❸筹划:~计|想方~法。❹假设:~想|~身处地。❺〈文〉假如:~百岁后,是属宁有可信者乎(假如皇帝死了,这些人难道还有靠得住的吗)? ❻〈文〉完备:宗族盛多,居处兵卫甚~。❼〈文〉施行:圣人以神道~教而天下服矣。

社 shè ❶某些集体性的组织:~团|诗~|集会结~。❷某些机构或服务性单位的名称:报~|旅~|通讯~。❸居住

在同一地区而互相联系起来的人群:~区|~保|~情民意。❹〈文〉土地神:后土为~,又加惠于诸王有功者,使得立~稷(稷:谷神。古代帝王祭社稷,后用社稷代指国家)。❺祭祀土地神:~戏|~日春~。❻祭祀土地神的地方:封土立~,示有土也。❼古代一种居民组织。二十五家为一社。

祏 shè 〈文〉同"社"。

舍(㊀捨) ㊀ shè ❶房屋;住所:宿~|旅~|田~。❷谦辞。用于对人称自己亲属中的晚辈或年纪比自己小的同辈:~侄|~妹|~亲。❸谦辞。对人称自己的家:~下|~间|寒~。❹饲养家禽、家畜的圈:鸡~|猪~。❺古代行军三十里为一舍:退避三~。❻〈文〉住宿:夫子出于山,~于故人之家。❼〈文〉休息;停留:逝者如斯夫,不~昼夜(逝去不返的像流水一样日夜不停)。
㊁ shě ❶放弃:~弃|割~|~本逐末|~生而取义。❷把财物送给出家人或穷人:~粥|~药|施~。❸〈文〉除去;离开:如欲平治天下,当今之世,~我其谁? ❹〈文〉赦免;释放:能改者,上罪三年而~,中罪二年而~。

泏 shè 见 zhú "泏"(892页)。

捬 shè 同"摄"。摄取;吸取。用于古白话:荡魂~魄。

拾 shè 见 shí "拾"(614页)。

射[㊀*躳] ㊀ shè ❶借助推力或弹力发出:~箭|~击|看准球门就~。❷借助压力使液体从小孔中迅速挤出:喷~|注~|从水枪中~出一股水。❸发出光、热、电波等:~线|照~|辐~。❹〈文〉猜;覆(古代一种猜物的游戏):我与汝等作谜,可共~之。❺〈文〉比赛;赌博:逐~千金|~者中,弈者胜。
㊁ yè ❶【仆(pú)射】古代官名。秦始置,唐宋时相当于宰相,元代废止。❷【射干】多年生草本植物。❸【射姑山】古地名。
㊂ yì ❶〈文〉厌烦;厌弃:好尔无~。❷【无射】古代音乐十二律之一。

涉 [㴇] shè ❶徒步渡水,泛指从水上经过:～水过河｜远～重(chóng)洋｜有老人～蓄而寒,出不能行(蓄:zī,水名)。❷经历:～世｜～险过关。❸牵连;关联:～外｜～嫌｜牵～。❹〈文〉进入;到:～足｜不虞君之～吾地也(不虞:不料)。❺〈文〉阅览;学习:～猎｜学～｜博～群书。

赦 [㪯] shè 减轻或免除刑罚:～免｜～罪｜十恶不～｜施赏不迁,行诛无～(施:施行。迁:变更)。

洺 shè 古水名。

猞 shè 〈文〉雌性牲畜。

鉩 shè 〈文〉"射"的讹字:～,倚焉则不正(射箭,用力偏倚就不会端正)。

摄 (攝) shè ❶吸取:～取｜～食｜碘不足。❷〈文〉吸引:磁石～铁,不～鸿毛。❸用照相机、摄影机等拍下人或物体的影像:～像｜～影｜这张照片～于南极。❹〈文〉兼理;代理:～理｜～政｜羊舌鲋～司马(羊舌鲋:人名)。❺〈文〉保养:～生｜调(tiáo)～｜珍～｜虚用损年,善～增寿。❻〈文〉拉;牵引:～车从之。❼〈文〉提起;整理:予乃～衣而上｜被创中额,～帻复战。❽〈文〉统辖:汉文帝总～纪纲。

溮 (灄) shè 水名。在湖北东北部。

慑 (懾) [*慴] shè 〈文〉恐惧;使害怕:～服｜震～｜感动天地,声～四海。

蔎 ⊖ shè 〈文〉草木凋落的样子:秦地草木,～然已黄。⊜ sù 〈文〉到。⊝ mí 〈文〉批;击:～碎。

蔎 shè ❶古代指一种香草。❷〈文〉茶的别名。

鄝 shè 古地名。在今安徽。

歙 ⊖ shè 歙县,在安徽黄山市。⊜ xī 〈文〉吸气。

騇 shè 〈文〉母马。

槷 shè 【宜槷】古书上说的神名。

韘 [韘] shè 扳指,古代射箭时戴在大拇指上用来钩弦的器具,用象牙、兽骨、玉石等制成。

儠 shè 见 chè "儠"(75 页)。

麝 [麑] shè ❶哺乳动物。像鹿而小,没有角。雄的脐下有腺囊,分泌的麝香可做香料或药材。也叫"香獐"。❷麝香的简称:兰～。

欇 shè ❶〈文〉植物名。即紫藤。❷〈文〉木名。即枫香树。❸〈文〉杖。

膼 shè 〈文〉同"摄"。收敛;收紧:～腹牵气。

shéi (ㄕㄟˊ)

谁 (誰) shéi 又读 shuí ❶表示疑问或反问,在特指问句中问人(可用于复数):刚才～来了?｜～能跟你比呀?｜夫执舆者为～? ❷表示虚指:现在有～能帮我一把就好了｜别管他们～是～非。❸表示任指(常跟"也、都"或"无论、不管"搭配):～说也没用｜不管是～,都不准进去｜若不是我们亲眼看见,告诉～,～也不相信。

shēn (ㄕㄣ)

厼 shēn 同"身"。身体。

申 shēn ❶表明;陈述:～明｜三令五～｜愿自～而不得。❷下级向上级报告｜～请｜具价～禀。❸上级对下级训诫:～斥｜～诫。❹〈文〉展开;延长:引～｜进退无主,屈～无常。❺地支的第九位:～时(旧式记时法,相当于十五点到十七点)。❻上海的别称(境内黄浦江简称申江,故称)。❼〈文〉重复;加上:～之以盟誓,重之以昏姻(昏:同"婚")。❽姓。❾【申屠】复姓。

抰 shēn ❶〈文〉从上面舀取或择取。❷〈文〉减;剥。

屾 shēn 〈文〉两座山。

伸 shēn ❶(肢体或其他物体)舒展或向一定方向扩展(跟"屈"相对):~手|~懒腰|能屈能~。❷〈文〉同"申"。表明;陈述:长者虽有问,役夫敢~恨? ❸〈文〉洗雪:怨声不得闻,则枉者不得~。❹姓。

身 ㊀ shēn ❶人或动物的躯体:~体|全~|半~不遂|首~离兮心不惩。❷物体的主干或主体:树~|河~|桥~。❸生命:丧~|以~殉职|~既没而名存。❹一生;一辈子:~后|终~。❺自己;自身:切~|~体力行|善禁者,先禁其~而后人。❻亲自:~临其境|感同~受|事不~历,则无真知。❼人的品德、修养、才能:修~养性|立~处世|士厉~立名者多。❽人的地位:~份|出~|~败名裂|心比天高,~为下贱。❾量词。用于衣服(指上衣和裤子或裙子一套):一~制服|两~西装。
㊁ yuān 【身毒】印度的古代音译词。也译作"天竺"。

呻 shēn ❶〈文〉诵读;吟诵:窥陈编,~糟粕(糟粕:内容陈腐的书)。❷【呻吟(yín)】1.人因痛苦而发出声音:无病~。2.〈文〉诵读,吟咏:刘子政玩弄《左氏》,童仆妻子皆~之(玩弄:研习。《左氏》:《左传》)。

侁 shēn 〈文〉"伸"的讹字。

侁 shēn ❶【侁侁】1.〈文〉行走的声音:往来~些(些:suò,句末助词)。2.〈文〉众多的样子:贤豪~,满盈江湖。❷〈文〉行走的样子。❸古国名。

诜(詵) shēn 【诜诜】〈文〉众多的样子:子~然。

罙 ㊀ shēn 〈文〉"深"的本字:~思远虑。通作"深"。
㊁ mí ❶"采(mí)"的讹字。义同"冒"。冒失;不顾险恶(而进):~入其阻(阻:险阻之地)。❷通"弥(mí)"。愈加:交情久而~笃(笃:厚)。

参 shēn 见 cān "参"(56页)。

绅(绅) shēn ❶古代士大夫束在腰间的大带子:缙~|子张书诸~(子张:把它写在衣带上)。❷绅士,旧时地方上有地位、有名望的人:乡~|豪~|土豪劣~。

珅 shēn 〈文〉一种玉。

抌 shēn 〈文〉同"扰"。从上面择取。

柛 shēn ❶〈文〉树木倒下枯死。❷〈文〉指枯死的树。

氠 shēn 化学元素"氙(xiān)"的旧称。

侲 shēn 见 zhèn "侲"(871页)。

侸 shēn ❶古书上说的神名。❷〈文〉有孕。

信 shēn 见 xìn "信"(748页)。

腎 shēn 见 shèn "腎"(608页)。

籸 shēn 粮食或油料等加工后余下的碎渣。

窢 shēn ❶〈文〉烟囱。❷姓。

神 shēn 见 shén "神"(607页)。

姺 ㊀ shēn ❶古氏族名。❷古国名。
㊁ xiān 【媥(piān)姺】〈文〉衣服轻盈飘摆的样子。

駪(駪) shēn 【駪駪】〈文〉众多的样子:万马肃~。

莘 ㊀ shēn ❶〈文〉长的样子:鱼在在藻,有~其尾(藻:水藻)。❷【莘莘】〈文〉众多的样子:~学子。❸古国名。❹姓。
㊁ xīn ❶多年生草本植物,也叫"细辛"。可入药。❷用于地名:~庄(在上海闵行)。

砷 shēn 非金属元素。符号 As。

眒 shēn ❶〈文〉疾速的样子:倏~。❷〈文〉张目。

崼 shēn 传说中的怪兽,形状像狗,有角。

甡 shēn 【甡甡】〈文〉众多的样子:瞻彼中林,~其鹿(中林:林中)。

狲 shēn 古国名。通作"莘"。

突 shēn ❶〈文〉同"深"。从上到下或从外到里的距离大：～于骨髓。❷〈文〉灶上的烟囱：孔子无黔～，墨子无暖席（黔突：熏黑的烟囱）。

娠 shēn 胎儿在母体内微动，泛指怀胎：妊～|有～。

傝 shēn 〈文〉治理。

深 [*滚、㴱] shēn ❶从上到下或从外到里的距离大（跟"浅"相对，❸-❻同）：～水区|～山老林|酒香不怕巷子～。❷深度，从上到下或从外到里的距离：井水有 5 米～|这间房子宽 3 米，～6 米|桃花潭水～千尺，不及汪伦送我情。❸不易懂：～奥|高～|博大精～|何以为辩？喻～以浅。❹深刻；透彻：～究|～谈|～谋远虑。❺（感情）浓厚；（关系）密切：～情厚谊|一往情～|两人的交情很～。❻（颜色）浓：～蓝|～色衣服。❼距离开始的时间久：～夜|～秋|夜～|忽梦少年事。❽副词。表示程度上超过一般标准，相当于"很"：～表同情|～有感触|～感力不从心。

綝 shēn 见 chēn "綝"（75 页）。

梣 shēn 又读 chēn 〈文〉枝条茂密纷垂的样子：云溶溶兮木～～。

眒 shēn 〈文〉同"眒"。迅疾的样子。

骏 shēn ❶〈文〉进。❷【骏骏】〈文〉众多的样子：野有鹿兮，其角～。

痒 shēn ❶〈文〉寒病。❷〈文〉打寒颤：～慄。

斧 shēn 〈文〉同"诜"。众多。

靷 shēn 〈文〉驾车马的革带。

藻 shēn 〈文〉嫩蒲草。

蓡 shēn ❶〈文〉人参。今作"参"。❷〈文〉林木高耸的样子。

糁 (糝) ⊖ shēn 谷物磨成的碎粒：玉米～儿。⊜ sǎn ❶〈方〉煮熟的米粒儿：饭～。❷〈文〉饭粒；散粒：甑中无～粒，袖里有珠玑。❸〈文〉把米掺到肉、菜做的羹里：无藜藿之～。

薓 shēn 〈文〉同"参"。人参、党参的统称，通常指人参。

鲹 (鯵) [鯵] shēn 鱼名。身体侧扁，呈卵圆形，鳞细。生活在海洋中。

燊 shēn 〈文〉炽盛。

曑 shēn 〈文〉星名。即参星。后作"参"。

灥 shēn 〈文〉众多。

shén（ㄕㄣˊ）

什 shén 见 shí "什"（613 页）。

甚 shén 见 shèn "甚"（608 页）。

神 shén 同"神"。神灵。

神 ⊖ shén ❶宗教指天地万物的创造者和主宰者；古代神话传说中指神仙或人死后的精灵：～灵|鬼～|求～拜佛|子不语怪、力、乱、～。❷不平凡的；极其高超的；不可思议的：～奇|～机妙算|他的魔术演得真～了。❸精神；注意力：～志|出～|形具而～生。❹表情；神气：～色|～情|眼睛大是大，就是没～。❺姓。
⊜ shén 【神荼（shū）】传说中能制伏恶鬼的海神。后世奉为门神，以驱鬼避邪。

钟 (鉮) shén 一类具有特定结构的含砷的有机化合物。

魋 shén 〈文〉神。

shěn（ㄕㄣˇ）

郔 shěn 【郔垂】古地名。春秋时周地，在今河南。

扰 shěn 见 dǎn "扰"（118 页）。

吲 shěn 见 yǐn "吲"（810 页）。

沈 (㊀①②瀋)

㊀ shěn ❶〈文〉汁液：具食饮汤～｜墨～淋漓。**❷**辽宁沈阳的简称。**❸**姓。

㊁ chén ❶〈文〉山岭上凹处的积水。引申指水田。**❷**旧同"沉"。1.〈文〉(在水里)向下落：～其二子。2.〈文〉坠落：斜月初～。3.〈文〉入迷：～酗于酒。4.〈文〉程度深：～疴去体。

弞

shěn 〈文〉笑；微笑：薄仪当俟妥便寄呈，勿～也(仪：礼物)。

审 (審)

shěn ❶详细；周密：～慎｜～视｜博学之，～问之。**❷**察看；考查：～阅｜～时度(duó)势｜稿子～过了｜～大小而图之。**❸**问讯：～讯｜～案｜公～。**❹**〈文〉知道；清楚：～悉｜当局者迷，旁观者～。**❺**〈文〉慎重：兵者，凶器也，不可不～用也。**❻**〈文〉副词。表示动作行为的确实性，相当于"果真"：～如其言｜君～知之乎?**❼**姓。

弽

shěn 〈文〉同"矧"。表示更进一层，相当于"况且"：山瘦今月小，天空今水光。…～无人今，雾封霜销。

哂

shěn ❶〈文〉微笑：～纳(笑纳)｜聊博一～｜夫子～之。**❷**〈文〉讥笑：～笑为世人所～。

矧

shěn ❶〈文〉齿龈：笑不至～。**❷**〈文〉连词。表示更进一层，相当于"况且"：死且不惮，～伊刑罚!

谂 (諗)

shěn ❶〈文〉忠告；规谏：昔辛伯～周桓公。**❷**〈文〉思念：是用作歌，将母来～。**❸**〈文〉通"审"。详细了解：～知｜～悉｜～其姓氏里居。

谂

shěn 见 niǎn "谂"(486页)。

婶 (嬸)

shěn ❶婶母，叔叔的妻子：～～｜～娘｜二～。**❷**称呼跟父亲同辈而年纪较小的男子的妻子：李～｜王大～。

嗼

shěn 见 shān "嗼"(596页)。

頤

shěn 〈文〉举目看人的样子。

魫

shěn 〈文〉鱼的脑骨。可做装饰品：～窗(以鱼脑骨为饰的窗)。

暽

shěn 〈文〉通"覃(tán)"。延及；悠长：货～神庐(货暽：读为"化覃"，指教育的所及。神庐：内心。货暽神庐：修养内心)。

瞫

shěn ❶〈文〉往深处看。**❷**[矙] 〈文〉往下看。

撢

shěn 【撢酒】即橬酒。用橬木的花叶汁酿制的酒。

橬

shěn 〈文〉木名。其花叶的汁可酿酒。

灛

shěn 【灛瀹(yuè)】〈文〉水流迅疾的样子。

譒

shěn 〈文〉通"审"。熟悉；知道：～悉｜～知。

shèn （ㄕㄣˋ）

肾 (腎)

shèn ❶人和高等脊椎动物的造尿器官。功能是吸收血液内的水分和废物，形成尿。也叫"肾脏"。**❷**中医指人的睾丸。也叫"外肾"。

甚

㊀ shèn ❶〈文〉过分：欺人太～｜～矣，汝之不惠。**❷**副词。表示程度高，相当于"很、极"：感情～笃｜见效～快｜其道～大，百物不废。**❸**〈文〉超过；胜过：日一～一日｜防民之口，～于防川。**❹**〈方〉什么：你有～事?｜有～说～｜这有～要紧的?

㊁ shén 同"什"。【甚么(me)】即什么。1.表示疑问。2.指不确定的或任何事物。3.表示惊讶。

胂

㊀ shèn 有机化合物的一类。砷化氢分子中的氢原子部分或全部被烃基代后的衍生物。

㊁ shēn 〈文〉夹脊肉。

脤

shèn 〈文〉同"慎"。谨慎：此饰说也，王～勿予!

脤 [祳]

shèn 古代帝王祭社稷用的生肉。

渗 (滲)

shèn ❶液体慢慢地透入或漏出：～漏｜～透｜热得鼻尖上～出了汗珠。**❷**〈文〉干涸：自淮入泗，泗水～，日栽行十里。

葚

㊀ shèn 【桑葚】桑树的果实。成熟时一般为黑紫色，味甜，可以吃。

㊁ rèn 【桑葚儿(rènr)】桑葚(shèn)。用于口语。

聊 shèn 【儵(shū)聊】〈文〉快速的样子。

椹 shèn 见 zhēn "椹"(870页)。

蜃[蜃] shèn ❶传说中指蛟龙一类的动物:～景|～气|海市～楼(比喻虚幻的事物)。❷〈文〉一种大蛤蜊:～蛤。

蜄 ㊀shèn ❶同"蜃"。传说中蛟龙一类的动物。❷〈文〉同"蜃"。大蛤蜊。㊁zhèn 〈文〉振:振动。

罧[罧] shèn 〈文〉一种捕鱼方法。将柴木沉于水中,使鱼藏身其间,然后围捕。

瘆(瘆) shèn 可怕;使人感到害怕:～人|晚上一个人在大山里走,真～得慌。

慎[❶*昚] shèn ❶小心;谨慎:～重(zhòng)|审～|敏于事而～于言。❷〈文〉千万;无论如何:即汉王欲挑战,～勿与战(即:如果)。❸姓。

窨 shèn 〈文〉肉瘤。

椮 shèn 见 sēn "椮"(592页)。

鋠 shèn ❶〈文〉圆铁。❷用于人名。弥鋠,明代人。

鲹 shèn 见 qín "鲹"(554页)。

黕 shèn 见 dǎn "黕"(119页)。

shēng (ㄕㄥ)

升[❶-❸△*昇、❶-❸△*阩] shēng ❶由低向高移动(跟"降"相对):～旗|～上|如月之恒,如日之～。❷(等级、层次)提高:～级|～迁|晋～|某因文著,以才～。❸登:～堂入室。❹量粮食的器具,容量是斗的十分之一。❺量词。容积的法定计量单位。1 000毫升为1升,1升合1/1 000米³。❻量词。市制容积单位,10合(gě)为1升,10升为1斗。
"昇"另见 shēng(609页);"阩"另见 shēng(610页)。

shēng(610页)。

生 shēng ❶生育;生长:～孩子|～根发芽|大米～虫了|〈文以五月五日～(文:人名)。❷发生;产生:～病|～锈|触景～情|敌不可纵,纵敌患～。❸使柴、煤等燃烧:～火|～炉子。❹活着(跟"死"相对):～还|永～|～死存亡|陷之死地然后～。❺生命:求～|丧～|起死回～|草木有～而无知。❻生计;生活:谋～|营～|以种田为。❼一辈子:今～|后半～|一～一世|海外徒闻更九州,他～未卜此～休。❽旧指读书人:书～|儒～。❾专指学生:考～|招～|研究～。❿传统戏曲中扮演男子的行当:老～|小～|武～。⓫具有生命力的:～物|～龙活虎。⓬果实没有成熟(跟"熟"相对,⓭-⓯同):柿子时年饥谷贵,人有～刈其稻者。⓭食物没有煮过或煮得不够:～肉|米饭半～不熟|项王曰:"赐之彘肩。"则与一～彘肩。⓮没有加工或锻炼的:～铁|～石膏|～皮子。⓯不熟悉;不熟练:～僻|～陌|刚学车,手还很～。⓰生硬;勉强:～造词语|～搬硬套|～拉硬拽。⓱副词。表示程度深(多用于感知、感觉类谓词前),相当于"非常":手被门缝挤得～疼|～怕吵醒了她。⓲后缀。构成某些副词:好～|偏～|怎～。⓳姓。

声(聲) shēng ❶声波通过听觉而产生的印象:～音|鸦雀无～|生而同～,长(zhǎng)而异俗。❷说出来使人知道;宣布:～言|～东击西|夫讨恶剪暴,必～其罪。❸音讯;消息:无～无息|销声匿迹。❹名誉:～誉|～望|名～|隐处穷巷,～施千里(施:yì,延伸)。❺声母,字音(音节)开头的辅音音素:～韵调|双～叠韵。❻声调,字音(音节)的高低升降:四～|平～。❼量词。用于声音:一～长叹|大叫一～|发出两一巨响。❽〈文〉音乐:恶(wù)郑～之乱雅乐也(憎恶郑国的音乐破坏了正的音乐)。❾姓。

阩 shēng 旧表示英美制容积单位的字,今作"加仑"。

昇 shēng ❶古州名。❷用于人名。毕昇,宋代人,首创活字印刷术。❸姓。
另见 shēng "升"(609页)。

狌
牿
牲
胜
陞
殸
笙

⊖ shēng 〈文〉同"鼪"。黄鼬。
⊜ xīng 〈文〉同"猩"。猩猩。

shēng 【牿氋(shū)】〈文〉毛竖起的样子：毛长尺余，短～。

牲 shēng ❶牛、马、猪、羊等家畜：～口｜～畜｜杀～。❷古代供祭祀、盟誓用的牛、羊、猪：三～｜献～。

胜 shēng 见 shèng "胜"(611页)。

陞 shēng ❶用于人名。❷姓。
另见 shēng "升"(609页)。

殸 shēng 见 qìng "殸"(557页)。

笙 shēng 管乐器名。用多根带簧片的竹管和一根吹气管装在锅形的座子上制成，吹奏发声：～歌｜芦～｜我有嘉宾，鼓瑟吹～。

甥
甥
湜
逻
鉎
鼪[鼲]

甥 shēng ❶姐姐或妹妹的子女（"舅、姨"的对称）：～女(外甥女)｜外～。❷〈文〉女婿：舜尚见帝，帝馆～于贰室（舜谒尧尧，尧让他的女婿舜住在副宫）。

甥 shēng 人名用字。

逻 shēng 【逻逻】旧时称卜卦算命的盲人。

鉎 shēng 〈文〉铁锈：铁～。

鼪[鼲] shēng 〈文〉黄鼬。俗称"黄鼠狼"。

shéng　（ㄕㄥˊ）

渑
绳（繩）

渑 shéng 见 miǎn "渑"(458页)。

绳（繩）⊖ shéng ❶绳子，用棉、麻的纤维或金属丝等拧成的条状物：～索｜麻～｜上古结～而治，后世圣人易之以书契。❷〈文〉木工用来定曲直的墨线：木直中(zhòng)～｜木从～则正。❸〈文〉标准；法则：～规｜遵礼蹈～，修身守节。❹〈文〉制裁；纠正：～正｜～束｜～之以法。❺〈文〉继承；继续：～其祖武(继承祖辈事业)。❻姓。
⊜ mǐn 【绳绳】1.〈文〉众多的样子：螽斯羽薨薨兮，宜尔子孙～兮。2.〈文〉小心谨

憴
绳
譝
鼆

慎的样子：故君子～乎慎其所先。

憴 shéng 【憴憴】〈文〉谨慎小心的样子：～救过(救过：纠正过失)。

绳 shéng 〈文〉"绳"的讹字。

譝 shéng 〈文〉赞誉：今王朝群臣而～之。

鼆 shéng 见 yìng "鼆"(816页)。

shěng　（ㄕㄥˇ）

省
⊖ shěng ❶节约；减少耗费（跟"费"相对）：节～｜～吃俭用｜走近道～时间。❷免去；减掉：～略｜～事｜～徭役，减征赋。❸简略：～称｜～写｜佛是佛陀之～。❹古代官署名称：尚书～｜中书～｜门下～。❺元代以后地方行政区划单位：～政府｜海南～｜西北五～区。❻〈文〉宫中的禁地：遣使者入～，夺得玺绶。❼姓。
⊜ xǐng ❶视察；检查（多指对自己的思想行为）：～察｜反躬自～｜吾日三～吾身。❷探望；问候（多指对尊长）：～亲｜归～(回家探亲)｜昏定晨～。❸觉悟；明白：猛～｜发人深～｜不～人事｜良为他人言，皆不～(良：汉代人张良。为:wèi,对)。

眚
渻
媘
楂
甋
瘠
蛵
觬

眚 shěng ❶〈文〉眼角膜上长白翳(yì)：目～眼花。❷〈文〉过失：不以一～掩大德。❸〈文〉疾苦；灾祸：勤恤民隐而除其～｜上天降威，灾～屡作。

渻 shěng 〈文〉同"省"。免去；减掉。

媘 shěng 〈文〉减少。

楂 shěng 〈文〉三根木头交叉而成的支架，用来支撑淘米用的竹器。

甋 shěng 【瓶(xìng)甋】〈文〉盎、缶一类瓦器。

瘠 shěng 〈文〉瘦：容貌癯(qú)～。

蛵 shěng 〈文〉虫名。

觬 shěng 〈方〉量词。三寸为一觬：十八～眠床。

shèng （ㄕㄥˋ）

圣（㊀聖）㊀ shèng ❶最崇高的：～地｜～火｜神～。❷通达事理；最有智慧的：～明｜～智｜绝～去智,民利百倍。❸指圣人,品格最高尚、智慧最高超的人：～贤｜先～｜百世而一～。❹封建社会尊称帝王：～旨｜～上｜～驾。❺称学识或技能有极高成就的人：棋～｜～手｜诗～推杜甫。❻宗教徒对教主和与教主有关的事物的尊称：～经｜～诞｜～母。
㊁ kū 〈文〉挖；掘：～野菜充饥。

耵 shèng 〈文〉同"圣(聖)"。圣人。

胜（㊀勝）㊀ shèng ❶赢；打败对方(跟"负、败"相对)：得～｜克敌制～｜能因敌变化而取～者,谓之神。❷超过；强过：优～｜事实～于雄辩｜日出江花红～火。❸(旧读 shēng)能承受；经得住：～任｜不～酒力｜高处不～寒。❹(旧读 shēng)尽：不可～数｜不～枚举｜不违农时,谷不可～食也。❺美好的；优美的(景物、境界等)：～地｜～境｜予观夫巴陵～状,在洞庭一湖。
㊁ shēng 有机化合物"肽(tài)"的旧称。
㊂ xīng 〈文〉同"腥"。气味像生鱼虾的：乃教民取火⋯以熟腥～。

朠 shèng 〈文〉同"圣"。圣贤。

晟 ㊀ shèng ❶〈文〉光明：昂头冠三山,俯瞰旭日～。❷〈文〉同"盛"。盛大。
㊁ chéng 姓。

乘 shèng 见 chéng "乘"(79 页)。

脭 shèng 〈文〉肥。

盛 ㊀ shèng ❶繁荣；兴旺：～世｜茂～｜有死生,有～衰。❷强烈；旺盛：炽～｜年轻气～。❸(规模、声势等方面)大；隆重：～大｜～况空前｜～名之下,其实难副｜自生民以来,未有～于孔子也。❹深厚：～意｜～情。❺普遍；广泛：～传｜～行。❻丰富；充足：～馔｜丰～。❼华美：～装。❽副词。表示程度深,相当于"极、非常"：～赞｜～夸。❾姓。
㊁ chéng ❶把东西放进容器：～酒｜～碗饭｜缸里～满了水。❷容纳：屋子不大,～不下那么多家具｜身以～心,心以～智。

胜 shèng 〈文〉财富。

剩[△*賸、剰] shèng ❶余下；留下：～余｜只～他一个｜公好施与,家无～财。❷〈文〉多：从此西湖休插柳,～栽桑树养吴蚕。❸〈文〉颇；更加：鲈鲙～堪忆,莼羹殊可餐。
"賸"另见 shèng (611 页)。

勅 shèng 用于人名。

嵊 shèng 用于地名：～州(在浙江绍兴)｜～泗(列岛名,在浙江东北部海中。又地名,在浙江舟山)｜～山(岛礁名,属嵊泗列岛)。

壈 shèng 〈文〉盛东西的器皿。

滕 shèng 〈文〉筘(kòu),织布机上的主要机件。形状像梳子,用来确定经纱的密度。

藤 shèng【苣(qǔ)藤】〈文〉植物名。即胡麻,种子榨油供食用。

踵 shèng 同"圣"。唐代女皇武则天所造字。

賸 shèng ❶〈文〉增加：～添桃李结亭台。❷〈文〉送：～春迎夏。
另见 shèng "剩"(611 页)。

贐 shèng 〈文〉同"剩(賸)"。剩余；多余。

---

shī （ㄕ）

尸[❶*屍] shī ❶尸体,人或动物死后的身体：～首｜死～｜伏～数万。❷古代祭祀时替代死者接受祭祀的活人：鼓钟送～。❸〈文〉空占着职位不做事：～禄｜～位素餐。

失 ㊀ shī ❶丢掉(跟"得"相对)：～宠｜～遗｜患得患～。❷找不到：～踪｜迷～｜～群之雁。❸没有把握住：～言｜～手｜

~于检点。❹改变(常态):~声|~神|大惊~色|今夫徒树者,~其阴阳之性,则莫不枯槁。❺没有达到目的:~望|~策|~算。❻违背;背离:~信|~礼|~职。❼过错:过~|~误|智者千虑,必有一~。❽〈文〉耽误;错过:机不可~|鸡豚狗彘之畜,无~其时,七十者可以食肉矣(无:通"毋")。

㊁ yì 〈文〉通"逸(yì)"。逃走:其马将~。

师(師)[阼] shī ❶老师,传授知识、技能的人:~傅|导~|三人行必有我~焉。❷指由师徒或师生关系所产生的称谓:~母|~叔|~兄。❸掌握某种专门知识、技术的人:技~|魔术~|工程~。❹对和尚、尼姑、道士的尊称:~太(老年尼姑)|法~|禅~。❺〈文〉学习;效法:~法|~古|~其意不~其辞。❻榜样;前事不忘,后事之~。❼古代军队编制单位,二千五百人为一师,泛指军队:出~|班~|正义之~。❽现代军队编制单位。在军之下,旅或团之上。❾姓。

蚔 shī 〈文〉施行。后作"施"。

邿

呞 shī ❶春秋时代古国名。故地在今山东。❷古山名。在今山东。

诗

鸤 shī 〈文〉牛反刍:牛~。

诗(詩) shī ❶一种文学体裁。通过精练而有节奏、有韵律的语言来反映社会生活或个人情感:~歌|律~|~言志。❷指《诗经》:~三百|子曰~云。❸姓。

鸤(鳲) shī 【鸤鸠】古书上指布谷鸟。

虱[*蝨、蝨、蟲] shī ❶虱子,昆虫。身体小,灰白色。寄生在人、畜身上,能吸食血液、传播疾病。❷某些吸食植物汁液的农业害虫。如稻飞虱、木虱、粉虱。

鸲(鶳) shī 鸟名。体小,脚爪强健,喙长而尖,能贴着树干自由上下。生活在森林中,主食林中害虫。

狮(獅) shī 哺乳动物。全身毛黄褐色,尾长,末端有毛丛,雄的头、颈有鬣。性凶猛,捕食羚羊、斑马等。

多产于非洲和亚洲西部。

施 ㊀ shī ❶实行;推行:~行|实~|软硬兼~|~仁政于民|法立,有犯而必~。❷给予:~恩|因材~教|~民所欲,去民所恶。❸加上;加给:~粉(搽粉)|~肥|己所不欲,勿~于人。❹施舍,把自己的财物送给穷人、僧尼或寺庙:~主|布~|乐善好~。❺〈文〉设置:秦昭王令工~钩梯而上华山。❻姓。

㊁ yì 〈文〉延伸;延续:修成淑德,~及子孙。

㊂ yí 〈文〉斜行:~从良人之所之(尾随丈夫行走)。

澌(澫) shī ❶澌河,水名。在河南南部,流入淮河。❷澌河,区名。在河南信阳。

筛 shī 钥匙:玉~金钥。

鉈 ㊀ shī 古代兵器名。短矛。

㊁ yí 〈文〉同"匜"。古代盛水盛酒的器具。

㊂ yě 化学元素"钇(yǐ)"的旧称。

絁 shī ❶〈文〉一种粗绸子。❷〈文〉绢的别名。

葹 shī 〈文〉苍耳。菊科,一年生草本植物,野生。籽实叫"苍耳子",可入药。

湿(△濕)[*溼、湿] shī 沾了水的;显出含水分多的(跟"干"相对):~润|潮~|水流~,火就燥。

"濕"另见 tà (647页)。

漇 shī 古水名。

饻 shī 〈文〉等候。

蓍 shī 蓍草,多年生草本植物。叶子互生,花白色,茎、叶可做香料,全草入药。古代用它的茎占卜。通称"一支蒿、蚰蜒草"或"锯齿草"。

薂 shī 〈文〉草名。莎草科。生在海边沙地,种子可食用。

鉇 ㊀ shī 〈文〉同"鏃"。短矛:铁~。

㊁ yí 同"匜"。古代盛水盛酒的器具。

釃(釃)[醨] shī 又读 shāi ❶〈文〉滤(酒),滤去酒

糟:击牛～酒,劳饩军士。❷〈文〉斟(酒、茶):～茶|～酒临江,横槊赋诗(槊:兵器名)。❸〈文〉疏导(河渠):乃～二渠以引其河。

嘘 shī 见xū"嘘"(755页)。

鰤(鰤) shī 鱼名。体呈纺锤形,背部蓝褐色,腹银白色,鳞片小,尾鳍分叉。生活在热带、亚热带海洋中。

頔 shī【頔(qī)頔】1.〈文〉蟾蜍的别名。2.〈文〉佝偻病。

蝔 shī【蛄(gū)蝔】〈文〉一种米中小黑虫。也叫"米象、强蜋、牛子"。

嗜 shī 〈文〉一种用口腔运气的方法。

鮖(鮋) shī 节肢动物。身体扁圆,略像臭虫,头部有吸盘,寄生在鱼类身体表面。

裭[裭] shī【裭襹(lí)】1.〈文〉羽毛初生的样子。2.〈文〉纱幔:视物隔～。

鏂 shī〈文〉短矛。

蟵 shī【方】同"虱"。虱子,昆虫。身体小,灰白色。寄生在人、畜身上,能吸食血液、传播疾病。

襹 shī【襹(shān)襹】〈文〉(毛羽制成的衣服)毛羽丰盛的样子。

竈 shī【竈(qiū)竈】〈文〉蟾蜍。

shí （ㄕˊ）

十 shí ❶最小的大于九的整数:闻一知～。❷表示完备、齐全、达到顶点:～分|～足|～全|～美。❸〈文〉表示十倍:故用兵之法,～则围之,五则攻之,倍则分之。

邿 shí【邿邡(fāng)】旧县名。后作"什邡"。在四川。

什 ㊀shí ❶古代户籍编制。十家为什。❷古代兵制。步兵五人为伍,十人为什:～伍。❸〈文〉《诗经》中雅、颂十篇为一组,如《鹿鸣之什》,后泛指诗歌:篇|歌其～,鬼神泣。❹〈文〉同"十"。多用于分数或倍数:～一(十分之一)|～百(十倍或百倍)|今察洛阳,浮末者～于农夫(浮末者:工商业者)。❺各种的;杂样的:～物|～锦|家～(shi)。❻姓。

㊁shén【什(me)么】1.指称事物或人。a.表示疑问:你想吃点～?|你们是～人? b.表示虚指:我也没有～好说的。c.表示任指(与"都、也"配合):我～也不想吃。2.表示惊讶(单用):～!我们的计划又泡汤了? 3.加强否定:这是～话,我还会骗你吗? 4.协助列举:～月季呀、海棠呀、郁金香呀,种了一院子。

辻 shí 日本汉字。十字路口,多见于日本人名。

石 ㊀shí ❶岩石,构成地壳的坚硬物质,由矿物集合而成:大理～|水落～出|它山之～,可以攻玉。❷石刻,刻有文字、图案等的碑碣等:金～。❸古代治病用的石针,也指中药里面的矿物类药物:砭～|药～|扁鹊怒而投其～。❹古代八音之一,指石制的乐器,如石磬。❺古代重量单位,一百二十斤为一石:数～之重,中人弗胜。❻古代容量单位,十斗为一石:每亩税收一～半。❼姓。

㊁dàn 量词。市制容积单位,10斗为1石。

石 shí 〈文〉同"石"。石头。

时(時)[㊀*峕] ㊀shí ❶时间;光阴:～空|～过境迁|天不再与,～不久留。❷比较长的一段时间:～代|古～|战～。❸时间单位。1.时辰,旧时计时单位,1个时辰是1天的1/12:子～|申～。 2.小时,法定的时间单位,1小时是1天的1/24:～速。❹季节;节令:～令|四～|八节|不误农～。❺规定的时间:定～|准～|按～上班。❻当前;现在:～下|～事|～价。❼一时的;应时的:～尚|～效|～装。❽机会:～机|失～|机不可失,～不再来。❾表示间断性地重复发生:～有所闻|～有高见|～来骚扰。❿〈文〉按时:学而～习之|秋水～至,百川灌河。⓫〈文〉此;这:～日曷丧(这个太阳什么时候消亡)? ⓬姓。

㊁sì〈文〉通"伺(sì)"。窥伺;等待:孔

S

子～其亡也而往拜之(其:指阳货。亡:外出)。

识（識）㊀ shí ❶懂得;知道:～趣|～羞|不～好歹。❷认得:能辨别:～货|～文断字|有眼不～泰山。❸所知道的道理;辨别是非的能力:见～|学～|远见卓～。❹〈文〉知己的朋友:异乡无旧～,车马到门稀。
㊁ zhì ❶〈文〉记住:博闻强～|默而～之,学而不厌,诲人不倦。❷〈文〉标记;记号:标～(表明特征的记号)|款～。

咶 shí 旧表示英制质量单位的字。今作"英石"。

实（實）[△*寔、宩、実] shí ❶果子;种子:菱～(鸡头米)|春华秋～|草木之～足食也。❷里面充满,没有空隙:夯～|～心球|仓廪～,府库充。❸真;真诚(跟"虚"相对):诚～|～心～意|耳听为虚,眼见为～。❹客观存在的情况:事～|务～|名不副～。❺的确:～不相瞒|～属难得。❻〈文〉富裕;充足:食足货通,然后国～民富。
"寔"另见 shí (614页)。

拾㊀ shí ❶捡;把地上的东西拿起来:捡～|俯～即是|众人～柴火焰高|期年之后,道不～遗。❷整理;修理:～掇|收～。❸数字"十"的大写。
㊁ shè 【拾级】〈文〉逐级登阶:生～而入。

仓 shí 〈文〉同"食"。食用。

食㊀ shí ❶吃;吃饭:～用|吞～|废寝忘～。❷吃的东西:主～|流～|丰衣足～。❸〈文〉粮食:足～足兵|～者,国之宝也。❹月球运行至地球和太阳之间遮蔽了太阳,或地球运行至太阳和月球之间遮蔽了月球时,地面上所看到的日月亏缺或完全看不到的现象:日～|月～|君子之过也,如日月之～焉。旧也作"蚀"。❺〈文〉接受;享用:不～其报(禄;俸禄)|民～其利。❻〈文〉俸禄:君子谋道不谋～。
㊁ sì ❶〈文〉供养;拿东西给人吃:饮～之,教之诲之|衣(yì)以其衣,～我以其食。❷〈文〉饲养(动物):谨～之,时而献焉(之:指蛇)。后写作"饲"。
㊂ yì 用于人名。郦～其(jī),西汉人。

蚀（蝕） shí ❶虫蛀:蛀～|楼板被白蚁～坏了。❷损伤:侵～|腐～。❸亏耗:～本。❹同"食"。指日食月食。

炻 shí 【炻器】介于陶器和瓷器之间的一种制品。质地致密坚硬。如砂锅、水缸等。

祏 shí 古代宗庙中供神主的石匣。

妭㊀ shí 〈文〉称呼妻子的母亲为母妭,称呼妻子的父亲为父妭。
㊁ tí 【妭妭】〈文〉同"媞媞"。形容貌美:～公主。

坿（塒） shí 古代在墙上凿洞做成的鸡窝:鸡栖于～。

莳 shí 见 shì "莳"(618页)。

祏 shí 古代重量单位。一百二十斤为祏。也作"石"。

仓 shí 〈文〉同"食"。食物:酒～。

硕 shí 见 shuò "硕"(630页)。

䛆 shí 同"识"。用于人名。

湜 shí 〈文〉清澈:～～(水清见底的样子)。

寔㊀ shí ❶〈文〉止。❷姓。
㊁ shì 〈文〉通"是(shì)"。此;这:～为成公。
㊂ zhì 〈文〉通"置(zhì)"。放置:～于丛棘。
另见 shí "实"(614页)。

鉇 shí 【鍮(tōu)鉇】即鍮石。古时称黄铜矿或自然铜。

榯 shí 〈文〉树木直立的样子:若松～。

篒 shí ❶〈文〉簧管乐器上的簧片。❷〈文〉钥匙:～短不及锁。

鰣（鰣） shí 鱼名。身体侧扁,背部黑绿色,腹部银白色。生活在海洋中,春季洄游到江河中产卵。是名贵的食用鱼。

碙 shí 【碙鸟】〈文〉鸟名。即鹪鹩。

餙　shí 〈文〉皮肉败坏而成疮。

鮖□ shí 古书上指鼫(wú)鼠一类的动物。

螄 shí 〈文〉鼠名。

藢 shí【苦藢】〈文〉苦参的别名。根黄色，味苦，可入药。

shǐ （ㄕ）

史□ shǐ ❶历史，自然界、人类社会或某种事物的发展进程或过程，也指个人的某种经历：~学|家~|断代~。❷史官，古代朝廷中掌管文书、典籍、卜筮、记事等的官吏：太~|内~|董狐，古之良~也。❸记载历史的书籍；史书：~稿|稗官野~|~以纪事者也。❹古代图书四部分类(经、史、子、集)的第二类，主要指历史著作和地理著作。❺姓。

矢□ shǐ ❶箭：弓~|流~|有的(dì)放~。❷〈文〉发誓：~忠(宣誓尽忠)|口否认|~志不渝。❸〈文〉正直：~言。❹〈文〉同"屎"。粪便：夫爱马者，以筐盛~。❺古时投壶用的筹码：主人奉~。

叟 shǐ 〈文〉同"史"。历史。

屎□ ㊀ shǐ 〈文〉同"豕"。猪。
㊁ diǎo 同"屌"。男性生殖器的俗称。

豕□ [豙] shǐ 〈文〉猪：~突狼奔|捞鱼虾，饲鸡~。

芺 shǐ 〈文〉菜名。

岺 shǐ 〈文〉同"使"。叫；让：~人定其心。

使□ [使] shǐ ❶差人做事；派遣：~唤|支~|怀王因~项羽为上将军。❷用：~用|这支笔借我~~|尚贤~能。❸令；叫；让：~人振奋|出师未捷身先死，长~英雄泪满巾。❹奉命代表国家出国办事：出~|~于四方，不辱君命。❺奉命代表国家出国办事的人：~馆|大~。❻〈文〉放纵；放任：灌夫为人刚直，~酒，不好(hào)面谀(灌夫：人名)。❼〈文〉假如：~

六国各爱其人，则足以拒秦。

屎 shǐ 〈文〉陈设；陈列。

始□ shǐ ❶开端；事物发生的最初阶段(跟"终"相对)：~末|原~|有~有终|~吾于人也，听其言而信其行。❷开始；起~|周而复~|千里之行，~于足下。❸最早的：~祖。❹副词。表示情况发生得迟，相当于"才"：千呼万唤~出来|寒暑易节，一反焉(反）同"返"。❺姓。

驶□(駛)[駛] shǐ ❶(车、马等)快跑：奔~|疾~|飞~而过。❷开动(车、船、飞机等)：驾~|行~|火车徐徐~入站台。❸〈文〉疾速：石壁直竖洞底，洞深流~。

屎□ shǐ ❶粪便：拉~|狗~|市门之外何多牛~？❷眼睛、耳朵等器官的分泌物：眼~|耳~。

豙 shǐ 用于人名。

狶 shǐ 见 xī "狶"(715页)。

痜□ ㊀ shǐ ❶〈文〉众多的样子。❷〈文〉自放纵。
㊁ tuō 〈文〉疲乏无力：~软。

菡 shǐ 〈文〉粪。后作"屎"：~尿。

闀 shǐ【闀水】古水名。

豉[豉] shǐ 〈文〉酒气浓烈。

shì （ㄕ）

士□ shì ❶对人的美称：烈~|女~|志~|仁人。❷称某些专业技术人员：护~|院~|助产~。❸军人：~兵|~气|矢交坠兮~争先。❹军衔名。在尉之下：~官|上~。❺古代指未婚的青年男子，后泛指成年男子：处女莫不愿得以为~(为士：做未婚夫)|燕赵古称多感慨悲歌之~。❻〈文〉读书人：~人|~林|~农工商。❼古代介于大夫和庶民之间的阶层：大夫食邑，~食田。❽〈文〉通"事(shì)"。事情：富而可求也，虽执鞭之~，吾亦为之。❾姓。

氏 ㊀ shì ❶姓:姓~|周~|兄弟。❷旧时加在已婚妇女的姓后(或姓前再加夫姓),作为称呼:刘~(娘家姓刘)|刘王~(夫家姓刘,娘家姓王)。❸加在远古传说中人物或国名后,作为称呼:神农~|伏羲~|夏后~(夏代)。❹对名人、专家的称呼:段~(段玉裁)《说文解字注》|摄~度|达尔文~。❺〈文〉加在自己的亲属尊长的称谓后,作为称呼:母~|舅~。

㊁ zhī ❶【月氏】古代西域国名。也作"月支"。❷【阏(yān)氏】汉代匈奴族称君主的正妻。

示 shì ❶给人看;使人知道:~意|指~|秘不~人|传以~美人及左右。❷〈文〉教导:国奢则~之以俭,国俭则~之以礼。

世 [丗、卋、丗] shì ❶古代称三十年为一世;父子相继为一世:如有王者,必~而后仁|孙权据有江东,已历三~。❷人的一辈子:没(mò)~不忘|人生一~|人生一~间,安能邑邑如此(邑邑:忧郁不快乐的样子)。❸有血统关系的人相承而形成的辈分:~系|第九~孙。❹一代又一代;世世代代:~交|~仇|~医。❺指有世交关系的:~谊|~伯|~兄。❻时代:当~|近~|躬逢盛~。❼世间;天下:举~闻名|~外桃源|~上英雄本无主。❽〈文〉朝代:殷鉴不远,在夏后之~|问今是何~,乃不知有汉,无论魏晋。❾〈文〉年;岁:~之有饥穰,天之行也(天:自然。行:xíng,规律)。

仕 shì ❶〈文〉做官:~途|出~|学而优则~。❷〈文〉通"事(shì)"。做事:武王岂不~? ❸姓。

市 shì ❶集中进行买卖货物的场所:~场|门庭若~|争名者于朝,争利者于~。❷〈文〉买卖货物;做交易:互~|千金~骨(花费千金,买千里马的骨头)|愿为~鞍马,从此替爷征。❸价格:行(háng)~。❹人口密集、工商业和文化发达的地方:~区|城~|门庭无~,关~无索。❺行政区划单位,有中央直辖市和省(或自治区)辖市等。❻属于市制的(度量衡单位):~尺|~斤|~亩。

式 shì ❶准则;规格:法~|程~|格~。❷样子:西~|新~|款~。❸仪式;典礼:开幕~|阅兵~|结业~。❹自然科学中表明某种关系或规律的一组符号:公~|分子~|方程~。❺〈文〉助词。用于句首:~微~微,胡不归?(微:衰落)❻〈文〉通"轼(shì)"。车前扶手的横木:国君抚~,大夫下之(下之:指下车向国君致敬)。

似 shì 见 sì "似"(632页)。

犹 shì 犹狼。传说中的兽名,白尾长耳。

忕 ㊀ shì 〈文〉习惯;惯于:忕~小利(忕:niǔ,习惯)。

㊁ tài 〈文〉同"忲"。奢侈:侈~。

阺 shì 〈文〉山旁突出快要坠落的石头。

阤 shì ❶〈文〉台阶两旁所砌的斜石条:金~|玉阶。❷〈文〉门槛:门~。❸〈文〉门轴。

势 (勢) shì ❶势力,在经济、政治或军事等方面的力量:权~|得~|~均力敌|无依~|作威。❷势头,事物力量表现出来的趋向:火~|攻~|~如破竹。❸自然界或物体的形貌:山~|地~。❹样子;姿态:手~|姿~|装腔作~。❺事物发展的状况或情势:局~|大~所趋|周不法商,夏不法虞,三代异~。❻雄性生殖器:去~。

事 shì ❶事情,人类生活中的一切活动和遇到的一切社会现象:公~|~必躬亲|天下难~必作于易,天下大~必作于细。❷事故,意外的损失或灾祸:肇~|平安无~|天下无~则已,有~,则洛阳必先受兵。❸职业;工作:做~|他们俩共过~|樊哙,沛人也,以屠狗为~。❹关系;责任:不妨~|这不关你的~。❺〈文〉做;从事:不~生产|无所~事。❻〈文〉侍奉:~奉|~父母|天下共立义帝,北面~之。❼〈文〉量词。件;样:安禄山自范阳入觐,献白玉箫管数百~。

侍 shì ❶在尊长身边陪着:陪~|遂即天子位,群臣以次~。❷侍候:服~|~奉|善~新姑嫜(姑嫜:丈夫的母亲和父亲)。

饰（飾）〔一〕shì ❶装饰,修整装点使美观:～物|修～|夫铅黛所以～容,文采所以～言。❷装饰品:头～|首～|衣～。❸遮掩:～词|掩～|文过～非。❹扮演（角色）:～演|在《白蛇传》中他～许仙。❺修饰（语言文字）:润～|藻～。

〔二〕chì 〈文〉通"饬（chì）"。整治:以～法设刑,而天下治。

浟 shì 见 yí "浟"（795 页）。

泽□ shì 见 zé "泽"（851 页）。

试（試）shì ❶试验,按照某种设想非正式地去做,以验证结果:～行|屡～不爽|这两种方案都～一下。❷检验;考查:～金石|好恶必察,毁誉必～。❸测验:～卷|考～|太史～学童,能讽书九千字以上,乃得为吏。❹〈文〉尝:食自外来者,不可不～也。❺〈文〉使用:兵革不～,五刑不用。

视（視）〔*眡、*眂〕shì ❶看:～觉|注～|～若无睹|目不能两～而明。❷考察;观察:～察|审～|～其所以,观其所由。❸看待;对待:重～|等闲～之|君之～臣如手足,则臣～君如腹心。❹〈文〉比照;比较:天子之卿受地～侯（侯:侯爵）|量（liáng）大小,～长短。

拭□ shì 擦;抹:擦～|～目以待|惊定还～泪。

棾□ shì 见 yè "棾"（791 页）。

赆（賮）shì ❶〈文〉赊欠;赊购:～酒|～账|县官无钱,从民～马。❷〈文〉出赁;出借:～器店（旧时出租婚丧喜庆用品的铺子）。❸〈文〉买:～烧酒饮四五杯乃行。❹〈文〉宽恕;赦免:～其罪。

柿□〔*柹、柿、枾〕shì 柿树,落叶乔木。叶子椭圆形,花黄白色,果实叫柿子,橙黄色或红色,可以吃,柿蒂可入药。

是□〔*昰〕shì ❶正确（跟"非"相对）:似～而非|一无～处|觉今～而昨非。❷〈文〉认为正确:～古非今|深～其言。❸表示答应:～,我明白|～,马上出发。❹〈文〉这;这个:如～|由～知之|～可忍,孰不可忍? ❺〈文〉用在动词与前置宾语之间:唯利～图|唯命～从。❻联系两种事物,表示等同、归类、说明、存在等:北京～中国的首都|我～学生|这本书～新书|房前～一片树林。❼联系两个相同的词语。1. 用于两组对举,表示二者不同,不可混为一谈:丁～丁,卯～卯|说～说,做～做,这可不行。2. 表示让步,有"虽然"的意思,常跟"可是、但是"等搭配:他俩吵～吵,可从来不动手|东西～好东西,但价钱也实在不便宜。❽用在句首,加重语气:～谁把东西拿走了? |～他们解决了这个难题。❾用在名词前,含有"凡是"的意思:～战士就得往前冲|～金子总会发光。❿用在名词前,含有"适合"的意思:你来的正～时候|车停的不～地方。

眡□〔昏〕shì 〈文〉同"视"。看。

咶□ shì 见 huài "咶"（265 页）。

崻□ shì 见 zhì "崻"（882 页）。

适（一〇三四適）〔一〕shì ❶切合;相合:～用|合～|削足～履|邂逅相遇,～我愿兮。❷舒服:舒～|安～|向晚意不～,驱车登古原。❸恰巧;恰好:～得其反|～逢其会|～可而止。❹刚刚;刚才:～才|～得府君书,明日来迎汝（府君:太守）。❺〈文〉去;往:～彼乐土|六月丁丑,余自济安舟行～临汝。❻〈文〉女子出嫁:～人|有女未～。

〔二〕kuò 〈文〉迅疾。多用于人名。洪适,宋代人;南宫适,周代人。

〔三〕dí ❶〈文〉通"嫡（dí）"。正妻:～妾将有争宠。❷〈文〉通"嫡（dí）"。正妻所生的儿子:杀～立庶（庶:非正妻之子）。

〔四〕zhé 〈文〉通"谪（zhé）"。流放或贬职:（贾）谊既以～去,意不自得（谊:人名）。

脿□ shì 一种有机化合物。溶于水,遇热不凝固,是食物蛋白和蛋白胨的中间产物。

猚□ shì 见 tà "猚"（646 页）。

恃 shì ❶凭借;依靠:仗~|~才傲物|~德者昌,~力者亡。❷〈文〉母亲的代称:怙~(代指父母)|失~(丧母)。

忕 shì ❶〈文〉凭借;依赖。❷〈文〉母亲的代称。

室 shì ❶房间;屋子:~内|卧~|升堂矣,未入于~也(堂:室前面的大厅)。❷妻子:妻~|继~|先~(指亡妻)。❸家;家族:王~|帝~之胄(胄:后代)|今其十无一焉。❹机关、团体、工厂、学校等内部的工作单位:教研~|会计~|传达~。❺星宿名。二十八宿之一,属北方玄武。

宦 shì 〈文〉软硬适中的饭。

逝 shì ❶(时间、水流等)过去:~水|消~|时光易~。❷〈文〉去;往:倏而来兮忽而~。❸婉辞。死去:~世|仙~|病~。❹〈文〉通"誓(shì)"。发誓:~将去女,适彼乐土(去:离开。女:rǔ,同"汝"。适:到…去)。

耆 shì 见 qí "耆"(532 页)。

莳(蒔) ㊀ shì 〈文〉种植;移植:~田|~花|~秧。
㊁ shí【莳萝】多年生草本植物。羽状复叶,花黄色,籽实可以提取芳香油,也可入药。

栻 shì 古代占卜时日的用具。也叫"星盘"。

轼(軾) shì ❶古代车厢前供立乘者做扶手的横木:扶~|(孔子)据~低头。❷俯身扶轼,表示敬意:魏文侯过其间而~之(间:巷门)。

铈(鈰) shì 金属元素。符号 Ce。

舐[舓、狋、舓] shì 〈文〉舔:~吮|老牛~犊(比喻父母疼爱子女)|~痔者得车五乘。

埶 shì 见 yì "埶"(803 页)。

跱 shì 〈文〉立;仁立。

諟(諟) shì 〈文〉订正:~正文字。

摅 shì 〈文〉把;把持:闲~网,拨剌锦鳞无数(拨剌:鱼尾拨水声。锦鳞:鱼)。

螦 shì【螦蟔(mò)】〈文〉蝙蝠。也作"蚳(zhí)蟔"。

偍 shì ❶〈文〉行走的样子。❷〈文〉用同"恃"。依仗:~势。❸〈文〉苗条的样子:~子。

弑 shì 〈文〉臣子杀死君主;子女杀死父母:~君|~父|项羽使人阴~义帝江南(阴:暗中)。

释(釋) ㊀ shì ❶解说;说明:~义|解~|注~。❷消除;消融:疑消~|涣然冰~。❸放开;放下:如~重负|手不~卷|因~其耒而守株。❹放走(被拘押的人或服刑的人):~放|开~|桀无道,囚汤,后~之。❺〈文〉解开;解除:亲其缚|为人排患、难解纷乱而无所取也。❻指佛教创始人释迦牟尼,也泛指佛教:~门|~教|~子(指和尚)。❼姓(僧人都以"释"为姓)。
㊁ yì 〈文〉通"怿(yì)"。喜悦;高兴:亢仓子闻之,色有不~。

寔 shì 见 shí "寔"(614 页)。

谥(謚)[*諡] shì ❶谥号,古代帝王、贵族、大臣等死后,根据其生前事迹所给予的称号(带有褒义或贬义)。如曹操谥"武",韩愈谥"文"。❷〈文〉给予谥号:~君为忠武侯。❸称为;叫作:身死无名,~为至愚。

媞 ㊀ shì ❶〈文〉审谛。❷〈文〉巧慧。❸〈文〉母亲。
㊁ tí【媞媞】1.〈文〉美好的样子:西施~。2.〈文〉安详的样子:~步东厢。

羺 shì 〈文〉两角直立的牛。

睗 shì ❶〈文〉很快地看:睒(shǎn)~。❷〈文〉赐;赏给:王~乘马。

嗜 shì 特别地爱好:~好(hào)|~酒|~书如命。

屟 shì【幧(shà)屟】古人用的面罩,用以遮挡风尘。

筮 shì 古代用蓍(shī)草占卜吉凶:卜~。

豽　shì〈文〉狸猫一类的动物。

誓□　shì❶表示决心按照所说的话去做：～言｜～不两立｜～不罢休。❷表示决心的话：立～｜起～｜信～旦旦。❸古代告诫将士的言辞。如《尚书》中的《汤誓》就是汤讨伐桀时告诫将士的言辞。

邌　shì见dì"邌"（133页）。

褆　shì见tí"褆"（661页）。

奭□　shì❶〈文〉盛；盛大。❷姓。

鍫　㊀shì❶〈文〉张弛松紧车幔之类的枢纽。❷〈文〉铜锈。　㊁zhì〈文〉器物系绳的地方。

釪　shì〈文〉装饰；装饰品：首～。

餝　shì〈文〉同"饰"。修饰；装饰：缋～｜女～。

餙　shì〈文〉同"饰"。修饰；装饰物：娇～｜首～。

適　shì〈文〉去往。通作"适（適）"。

噬□　shì❶〈文〉咬：～啮｜反～｜虎狼不搏，蝮蛇不～。❷〈文〉吃；吞～｜有犯罪者投于虎，不～，乃宥之。

邌　shì❶〈文〉达到；赶上。❷〈文〉远。

偑　shì〈文〉足；补满。通作"适（適）"。

滋　shì❶〈文〉大堤：华元决睢～（华元：春秋时人。睢：suī，水名）。❷〈文〉水边：海～。❸古水名。发源于今湖北。

螫□　shì〈文〉蜇（zhē），蜂、蝎等有毒腺的虫子用毒刺刺人或牲畜。

鍉　shì见dī"鍉"（128页）。

嫡　shì〈文〉女子出嫁：男有～，女有～。

鞁　shì〈文〉刀剑鞘。

簭　shì❶〈文〉同"筮"。用蓍草占卜吉凶。❷〈文〉同"噬"。咬。

鬵　shì见sāi"鬵"（588页）。

釋　shì〈文〉淘米。

醳　shì见yì"醳"（806页）。

齛　shì见xiè"齛"（746页）。

褯□　[襮]　shì【袯（bó）褯】古代指蓑衣之类。

shi（·ㄕ）

匙□　shi见chí"匙"（82页）。

殖□　shi见zhí"殖"（878页）。

shōu（ㄕㄡ）

收□　[収]　shōu❶藏；把散开的事物聚拢，放置妥当：～集｜把信～起来｜～天下之兵，聚之咸阳（兵：兵器）。❷把属于自己的东西取回来；招回：～复｜～归　国有｜责毕～，以何市而反？（责：zhài，同"债"。反：同"返"。）❸获得（利益）：～入｜～益｜坐～渔利。❹割取（农作物）：～割｜丰～｜春种一粒粟，秋～万颗子。❺接受；容纳：～留｜～容｜孤寡，补贫穷。❻控制；约束：～敛｜～住脚步｜把心～一～。❼〈文〉拘捕：～审｜～监｜此宜无罪，女反～之（女：同"汝"）。❽结束：～摊儿｜～工｜见好就～。

盷　shōu【朦（lí）盷】〈文〉正容；显现出庄重的神色：～而拜。

shóu（ㄕㄡˊ）

熟□　shóu见shú"熟"（623页）。

shǒu（ㄕㄡˇ）

手□　shǒu❶人体上肢腕以下能拿东西的部分：～掌｜握～｜～不释卷｜执子之～，与子偕老。❷〈文〉拿着：人～一册｜庄

公升坛,曹子～剑而从之。❸小巧的;便于手拿的:～册|～机|～炉。❹亲手写的:稿|～谕|～札。❺亲手:～订|～创|～自抄写。❻指做某种事情的人,擅长某种技能的人:歌～|多面～|拖拉机～。❼指本领、手段、技艺等:妙～回春|心狠～辣|心灵巧。❽用于技艺,本领等:露两～|留一～|一～绝活儿。❾用于经手的次数:二～货(指旧货)|第一～资料。

守□ shǒu ❶防卫;保卫(跟"攻"相对):～卫|把～|以攻为～。❷保持:～恒|保～|～口如瓶。❸遵循;遵照:～信|恪(kè)|遵纪～法。❹看护;守候:～护|看～|因释其耒而～株,冀复得兔。❺靠近;依傍:～着篝火唱歌跳舞|～着图书馆不愁没书看。❻〈文〉节操:操～|失其～者其辞屈。❼〈文〉掌管:地广,民众,万物多,故分五官而～之。❽〈文〉官吏的职责:职～|我无官～。❾古代官名:太～|吴起为西河～。❿姓。

百□ shǒu 〈文〉同"首"。头。

首□[𩠐] shǒu ❶头;脑袋:～饰|叩～|秦拔我四城,斩～四万。❷首领;领导人:～长(zhǎng)|元～|凡天子者,天下之～。❸开头;开端:篇～|岁～。❹最先:～创|～倡|陈涉～难,豪杰蜂起。❺第一的;最高的:～届|～要|～位。❻出面认罪或告发:自～|出～。❼〈文〉向;朝:狐死～丘|登昆仑而北～兮。❽后缀。附着在方位义成分的后面,相当于"边、面"等:上～|左～|后～。❾量词。用于诗、词、歌、赋等:一～诗|几～歌。

艏□ shǒu 船体的前端。

頔 shǒu 〈文〉长子。

shòu （ㄕㄡˋ）

寿□(壽)[夀、𡔜] shòu ❶活得长久;长命:福～|人～年丰|知(zhì)者乐,仁者～。❷年岁;生命:～命|～长|～比南山。❸生日(多用于中老年人):～辰|祝～|八秩大～。❹婉辞。生前为死后准备的:～衣|～材。❺〈文〉敬酒或献物,祝人长寿:以千金为鲁连～(鲁连:人名)。❻姓。

受□ shòu ❶接纳;得到:～益|接～|于斯万年,～天之佑。❷遭到(某种不幸或损失):～灾|蒙～|奸吏因其利,百姓～其敝。❸忍耐:忍～|～不了|这么冷真够～的。❹适合:～听(听着入耳)|～看(看着舒服)。❺〈文〉授予;传授:因能而～官(因能:根据才能)|师者,所以传道～业解惑也。后来写作"授"。

狩□ shòu ❶〈文〉打猎,特指冬天打猎:～猎|不～不猎|秋狝(xiǎn)冬～。❷〈文〉君王外出巡视:巡～。❸〈文〉婉指帝王逃亡或被俘:二圣北～。

授□ shòu ❶交给;交付(多用于正式或隆重的场合):～权|～勋|成王壮,～之以政。❷教:～课|～面～|机宜。

嗳 shòu ❶〈文〉口头接受:口～|心持。❷〈文〉同"𧮏"。口授:若孔、孟之亲～。

售□ shòu ❶卖;卖出:～票|出～|销～|货而不～(出卖但是没有卖出去)。❷〈文〉施展;实现(多指奸计):～奸|～谤(散布诽谤的话)|其计不～。❸〈文〉买:问其价,曰:"止四百。"余怜而～之。❹〈文〉指科举考试得中:才名冠一时,而试辄不～。

兽□(獸)[嘼] shòu ❶哺乳动物的通称。通常有四条腿并全身生毛:～类|猛～|焚林而田……后必无～。❷比喻野蛮;下流:～行|～性|～欲。

愸 shòu ❶〈文〉忧思。❷用于人名。刘愸,汉代人。

绶□(綬) shòu 旧时用来系官印、拴佩玉的丝带,不同的颜色标志不同的等级和身份:～带|印～|怀黄金之印,结紫～于要(要:yāo,腰)。

夎 shòu 〈文〉同"受"。接纳;得到。

腜 shòu 〈文〉同"瘦"。脂肪少;肌肉少:～马。

腠 shòu 〈文〉同"瘦"。脂肪少;肌肉少。

瘦□[痩] shòu ❶脂肪少;肌肉少(跟"肥、胖"相对):～弱|～消|～骨～如柴。❷特指食用的肉脂肪少(跟"肥"

相对,❸同):～肉|五花肉有肥有～。❸〈衣服、鞋袜等)窄小:～裤腿儿|鞋～了点儿,挤脚。❹(土地)瘠薄:～田|～瘠的荒山。❺〈文〉细小:地薄桑麻～,村贫屋舍低。❻〈文〉笔迹细而有力:书贵～硕|笔体微～。

謕 shòu 〈文〉口授:密号～诸军。

譹 shòu 见 chóu "譹"(89 页)。

鏉 shòu 见 sōu "鏉"(636 页)。

鰍 shòu 〈文〉鱼名。琵琶鱼。

醻 shòu 〈文〉通"寿(shòu)"。寿命:群臣上～。
另见 chóu "酬"(89 页)。

虪 shòu 同"寿"。清代三合会旗号专用字。

shū（ㄕㄨ）

殳 shū ❶古代兵器。用竹木等制成,顶端装有有棱无刃的金属头:伯也执～,为王前驱(伯:女子称丈夫)。❷姓。

书(書) shū ❶装订成册的著作:～籍|图～|买了不少～。❷信件:～信|情～|烽火连三月,家～抵万金。❸文件:文～|～证|～判决。❹文字:～契|苍颉作～,与事相连。❺汉字的字体:篆～|隶～|楷～。❻写;记载:～写|秉笔直～|罄竹难～(形容罪行多得写不完)。❼〈文〉特指《尚书》(书名):燔《诗》《～》而明法令(燔:fán,焚烧)。❽指某些曲艺形式:～场|评～|大鼓～。❾姓。

疋 shū 见 yǎ "疋"(771 页)。

术 shū 〈文〉同"秫"。豆类的总称。

抒 shū ❶表达;倾吐:～发|～情|各～己见。❷〈文〉通"纾(shū)"。解除;排除:有此四德者,难(nàn)必～矣。

纾(紓) shū ❶〈文〉宽缓;延缓:～缓|～宽民力。❷〈文〉解除;排除(困难、灾祸等):～祸|毁家～难(nàn)|欲～人之忧,先念忧之所自。❸〈文〉宽裕:岁丰人～。❹〈文〉通"抒(shū)"。表达;倾吐:懒不近笔砚,何以～幽情。

枢(樞) (一) shū ❶门的转轴:～轴|户～不蠹。❷中心的或关键的部分:～纽|中～|言行,君子之～机。
(二) ōu 〈文〉落叶乔木。即刺榆:山有～,隰有榆。

杸 shū 同"殳"。古代兵器。

杼 shū 见 zhù "杼"(894 页)。

叔 [村] shū ❶父亲的弟弟或父辈中年纪较小的男子("侄"的对称):二～|王大～|既无～伯,终鲜兄弟。❷丈夫的弟弟:～嫂|妻不以我为夫,嫂不以我为～。❸兄弟排行中的老三:伯仲～季。❹〈文〉拾取:九月～苴(苴:jū,麻子)。

陳 shū 姓。

徐 shū 见 xú "徐"(756 页)。

梴 shū 〈文〉同"疏"。通达;疏通。

姝 [姝] shū ❶〈文〉美丽;美好:～丽|～艳|静女其～。❷〈文〉美女:名～|使君遣使往,问是谁家～。

捈 shū 见 tú "捈"(676 页)。

荼 shū 见 tú "荼"(676 页)。

殊 shū ❶不同;有差异:～异|悬～|～途同归。❷特别;出众:～效|～勋|特～|坐中数千人,皆言夫婿～。❸〈文〉副词。表示程度很深(多用于感觉类动词前),相当于"很":～觉不便|～感欣慰|老臣今者～不欲食(今者:近来)。❹〈文〉死:士卒皆～死战|太子即自刭,不～。❺姓。

瓶 shū 〈文〉小瓶。

倏 [*倐、△*儵] shū 〈文〉表示速度很快,相当于"转眼间":～忽|边陲一别,～已三载。
"儵"另见 shū (622 页)。

郶 shū 古地名。

菽□ shū 〈文〉豆类的总称:～稷|～粟|中原有～,小民采之。

梳□ shū ❶梳子,整理头发的用具。也叫"拢子":木～。❷用梳子整理头发:～理|～妆|头蓬不暇～,饥不及餐。

悆□ shū 见 yù "悆"(831 页)。

鄃□ shū 古地名。在今山东。

紓 shū 〈文〉用同"舒":老臣贱息～旗最少(紓旗:人名)。

淑□ shū ❶美好:～女|贤～|～好之人。❷〈文〉善;善良:将军向宠,性行～均(淑均:善良公正)。

腧 shū 〈文〉裁裂缯帛的正幅。

倏□ shū 见 xiāo "倏"(738 页)。

S

綀 shū ❶〈文〉门上雕刻的窗格。❷〈文〉窗格稀疏的样子。

舒□ shū ❶伸展;展开:～展|～经活血|延颈而鸣,～翼而舞(延:伸长)。❷缓慢;迟缓:～缓|～徐|～迟。❸愉快;安适:～服|～畅|喜见淳朴俗,坦然心神～。❹〈文〉发泄;排遣:是仆终已不得～愤懑以晓左右。❺姓。

疏□［❶-❼*疎］ shū ❶清除阻塞使通畅:～导|～浚|禹～九河。❷事物之间距离远;各部分之间空隙大(跟"密"相对):稀～|～星点点|天网恢恢,～而不漏。❸关系远;不亲近(跟"亲"相对):～远|～离|夫礼者,所以定亲～。❹不熟悉;不熟练:人地两～|业务荒～。❺(学力、能力等)薄弱;空虚:志大才～|才～学浅。❻粗心大意:～漏|粗～|～于防范。❼分散;使从密变稀:～散|仗义～财。❽(旧读 shù)封建时代臣下向皇帝陈述事情的呈文:上～|奏～|《论贵粟～》。❾(旧读 shù)对古书的注文所做的解释:《十三经注～》。

摅□(攄) shū ❶〈文〉抒发;表达:略～己意|奋笔～怀|岂惟玩景物,亦欲～心愫。❷〈文〉腾跃:八乘～而超骧。

输□(輸) shū ❶运送;传送:～入|运～|秦于是乎～粟于晋。❷〈文〉捐献;缴纳:捐～|～诚结交|令人半～今年田租。❸负;失败(跟"赢"相对):～球|服～|～了这场官司。❹〈文〉不及;比不上:浮名浮利总～闲。

毹□［毺］ shū 【氍(qú)毹】1.〈文〉毛织的地毯。2.〈文〉借指舞台:～场中。

練 shū 古代一种织得较稀疏的麻布:～衣|～巾。

琭 shū 〈文〉笏,古代朝会时君臣所持的手板。

踈 shū ❶〈文〉同"疏"。事物之间距离远(跟"密"相对):～星三五|天网恢恢,～而不漏。❷〈文〉同"疏"。清除阻塞使通畅:服诸利汤,～利脏腑。❸〈文〉同"疏"。浅薄;疏陋:匪降自天,寔由顽～。❹〈文〉同"疏"。关系远;不亲近:义分绝～。

跦 shū 〈文〉同"疏"。疏远;稀疏:阳亲而阴～。

遶 shū ❶〈文〉急速。❷〈文〉长远。

蒣 shū 〈文〉菜名。

蔬□ shū 蔬菜,可以做菜吃的植物。如白菜、萝卜等:布衣～食|饭一盂,～一盘|欢言酌春酒,摘我园中～。

橾 ㊀ shū 〈文〉车毂中间用以插轴的圆孔。

㊁ qiāo 〈文〉同"锹"。铁锹。

遳 shū 〈文〉"疏"的讹字。距离大;不紧密。

鲉 shū 〈文〉形体较小的鲟类鱼。

儵 ㊀ shū ❶〈文〉青黑缯发(fā)白色。❷〈文〉黑色:林麓黝～。

㊁ tiáo 〈文〉通"鯈(tiáo)"。鲦鱼:游～。

另见 shū "倏"(621 页)。

鯈 shū ❶古书上指一种有毒的鱼。❷〈文〉同"鲉"。形体较小的鲟类鱼。

旣 shū 【牲(shēng)旣】〈文〉毛竖起的样子。

霨 shū 【霨昱(yù)】〈文〉迅疾的样子:～绝电。

shú（ㄕㄨˊ）

秫 □ shú ❶古代指有黏性的谷物：春～作美酒。❷后指有黏性的高粱，也泛指高粱：～米｜～秸。

孰 □ shú ❶〈文〉代词。相当于"谁"或"什么"：人非圣贤，～能无过？｜四体不勤，五谷不分，～为夫子？｜是可忍，～不可忍？❷〈文〉代词。表示选择，相当于"哪一个"：吾与徐公～美？｜～得～失，必有能辨之者。❸"熟"的古字。饭菜烹煮熟：～其毅。❹深透；仔细：唯大王与群臣～计议之。后作"熟"。

婌 □ shú ❶〈文〉宫廷女官名。❷用于女子的名字。

赎（贖）□ shú ❶用财物换回人身自由或抵押品：～身｜～买｜宋人以兵车百乘，文马百驷，以～华元于郑。❷抵消或弥补（罪过）：自～｜立功～罪｜弩后期当斩，～为庶人｜妾愿入为官婢，～父刑罪。

𥹤 shú 〈文〉同"秫"。有黏性的谷物。

塾 □ shú 旧时私人设立的教学机构：～师｜私～｜古之教者，家有～，党有庠（庠：xiáng，学校名）。

𥽘 shú 姓。

熟 □ ㊀ shú ❶植物的果实等完全长成（跟"生"相对，❷-❺同）：成～｜瓜～蒂落｜湖广～，天下足。❷（食物）加热到可以吃的程度：～肉｜～食｜君赐腥，必～而荐之（腥：生肉。荐：向祖先进奉）。❸加工制造或锻炼过的：～铁｜～皮子。❹因接触得多而知道得清楚：～悉｜～视无睹｜台词背得很～。❺因做得多而能顺利（去做）：～练｜～能生巧。❻程度深：～睡｜深思～虑。

㊁ shóu 义同"熟"㊀。用于口语。

𩟀 shú 〈文〉同"熟"。熟悉；熟练：取《大学衍义》《文献通考》…日课～二十页。

璹 shú 古代玉器名。

shǔ（ㄕㄨˇ）

晡 □ shǔ 〈文〉天亮。后作"曙"。

暑 □ shǔ ❶炎热（跟"寒"相对，❷同）：～气｜～天｜日月运行，一寒一～。❷炎热的季节：～假｜寒来～往。

貹 □ shǔ 〈文〉送财礼占卜问神。

黍 □ ［秗、乑］shǔ ❶黍子（zi），一年生草本植物。籽实也叫黍子，淡黄色，去皮后叫黄米，有黏性，是古代重要的粮食作物：杀鸡为～而食之。❷古人用黍粒作为衡量长度的标准，一百个纵排的黍粒连接起来算一尺，一黍相当于一分：舟首尾长约八分有奇（jī），高可二黍许（有奇：有零。可：大约）。

属（屬）□ ㊀ shǔ ❶种类；类别：金～｜有良田、美池、桑竹之～。❷有血统关系或婚姻关系的人：家～｜亲～｜军～。❸隶属；（区域、机构）受管辖：直～｜附～中学｜廊房～河北省。❹归属：胜利终～我们！｜项羽始为诸侯上将军，诸侯皆～焉。❺是：纯～捏造｜完全～实。❻用十二属相记生年：你～什么？——我～虎。❼〈文〉辈，同类的人：养游侠私剑之～（私剑：私人所养的武士）｜从其谋，吾～必死其手。

㊁ zhǔ ❶〈文〉连接；跟随：连～｜前后相～｜使者存问共给，相～于道。❷〈文〉撰写；连缀成文：～文｜屈平～草稿未定。❸〈文〉专注；（注意力）集中在一点上：～目｜～望｜～意。❹〈文〉委托；嘱托；请托：以兵～蒙恬｜予作文以记之｜使人～孟尝君，愿寄食门下。后来写作"嘱"。

署 □ shǔ（旧读 shù）❶办理公务的处所：公～｜官～｜海关总～｜学士入～，常视日影为候（候：时间）。❷〈文〉代理；暂任：～理｜暂～｜成祖即位，命～礼部事。❸布置：部～诸将。❹签（名）；题（字）：～名｜签～｜～其官爵姓名。

蜀 □ shǔ ❶古国名。在今四川成都一带：～犬吠日｜得陇望～。❷朝代名。

S

1. 公元221—263年,三国之一,即刘备所建的汉,史称蜀汉。2. 公元907—925年,十国之一,王建所建,建都成都,国号蜀,史称前蜀。3. 公元934—965年,十国之一,孟知祥所建,国号蜀,史称后蜀。❸四川的别称(四川在商周时为蜀国、三国为蜀汉地,故称)。

鼠 shǔ [鼡、䑕、鼡、鼠、偘] 哺乳动物。体小尾长,门齿发达,繁殖力强。常见的有家鼠,俗称"耗子"。

数 shǔ 见 shù "数"(625页)。

偊 shǔ 【偊偼(sù)】〈文〉(头)摇动:首～作态。

陼 shǔ 〈文〉同"曙"。天将亮:出山秋云～。

薯 shǔ [*藷] 甘薯、马铃薯等农作物的统称。

獦 shǔ 【獦狳(luó)】古地名。

曙 shǔ 〈文〉拂晓;天刚亮的时候:～光|～色|涕泣交而凄凄兮,思不眠以至～。

穇 shǔ 【穇秫(shú)】高粱。

瘔 shǔ ❶〈文〉忧郁症:～忧。❷古代指瘰疬。

襡 ㊀ shǔ ❶长襦,连腰衣:妓女之徒服桂(guī)～(桂襡:长袍)。❷衣袖。 ㊁ dú ❶〈文〉收藏:敛簟(diàn)而～之(把簟席卷起来收好)。❷〈文〉通"韣(dú)"。弓的套子:弓～。

蕱 shǔ 【蕱芌(yù)】〈文〉山药:乃以～杂米作粥糜。

籔 ㊀ shǔ 古代十六斗为一籔。 ㊁ sǒu 〈文〉淘米的竹器。

鸀 ㊀ shǔ 〈文〉鸟名。山乌。似乌而小,赤嘴。 ㊁ zhú 【鸀鳿(yù)】〈文〉水鸟名。外形似野鸭而大,羽毛呈紫绀色。

襩 shǔ 〈文〉连腰衣,一种上下相连的衣裳。

shù （ㄕㄨˋ）

术 (㊀術) ㊀ shù ❶途径;方法手段:权～|战～|定国之～|君无～则弊于上,臣无法则乱于下(弊:败坏)。❷技艺;技能:艺～|医～|剑～。❸学问:学～|不学无～|闻道有先后,～业有专攻。❹〈文〉(城邑中的)道路;街道:冠盖荫四～,朱轮竟长衢。 ㊁ zhú ❶【白术】多年生草本植物。叶子椭圆形,花红色,根状茎可入药。❷【苍术】多年生草本植物。花白色或淡红色,根可入药。❸【莪(é)术】多年生草本植物。叶子长椭圆形,花黄色,根状茎肉质,可入药。

戍 shù 军队防守:～边|～守|～卫|三男邺城～(三个儿子驻守在邺城)。

束 shù ❶捆绑;系(jì):～缚|～之高阁|士皆释甲～马而饮酒。❷限制;控制:约～|拘～|空名～壮士,薄俗弃高贤。❸聚集成一条或一捆的东西:光～|花～|电子～。❹量词。用于捆在一起的长条状的东西:一～鲜花|一～毛笔。❺姓。

芺 shù 〈文〉老人走路缓慢。

述 shù ❶称;叙说:～说|陈～|毋庸赘～|醉能同其乐,醒能～以文者,太守也。❷〈文〉遵循;传承:～而不作,信而好古|～遵前世。

沭 shù 沭河,水名。发源于山东,流入江苏。

柔 shù 〈文〉木名。

荗 shù 【蓬荗(é)】〈文〉即莪术。药草名。多年生宿根草本。

树 (樹) [树] shù ❶木本植物的通称:～木|柳～|前人栽～,后人乘凉。❷种植;培养:一年之计,莫如～谷|十年～木,百年～人。❸立;建立:～立|建～|独～一帜(比喻新奇独特,自成一家)。❹〈文〉量词。用于树木:玄都观里桃千～。

恋 shù 〈文〉细密。

竖

竖（豎）[＊竪] shù ❶立;使直立:～立|～起大拇指|乃令军士多伐松木,～栅列营。❷跟地面垂直的(跟"横"相对),❸同):～井|～琴。❸上下或前后方向的:～线|横七～八|横躺～卧。❹〈文〉年轻的仆人:童～|命～子杀雁而烹之|杨子之邻人亡羊…请杨子之～追之。❺〈文〉对人的蔑称:～儒|妖贼之兴,实由此～。❻汉字的笔形,形状是"丨"。❼姓。

侸

侸[侸] ㊀ shù 〈文〉同"树"。树立。
㊁ dōu【估(diān)侸】〈文〉轻薄。

俞

俞 shù 见 yú"俞"(826页)。

鈂

鈂（鈂） ㊀ shù ❶〈文〉长针。❷〈文〉刺:～其骨。
㊁ xù 〈文〉同"訹"。引诱:～余以往路。

疎

疎 shù 〈文〉狂跑。

恕

恕 shù ❶用自己的心推想别人;以仁爱之心待人:～心|～道|子贡问曰:"有一言而可以终身行之者乎?"子曰:"其～乎!己所不欲,勿施于人。"❷原谅;不追究:～免|～罪|宽～。❸客套话。请对方不要计较:～我冒昧|～不奉陪|～难从命。

遾

遾 shù ❶〈文〉草名。❷〈文〉某些植物的肥厚根茎。

庶

庶[＊庻] shù ❶多;众多:～务|富～|我事孔～。❷〈文〉平民;百姓:～人|黎～|三后之姓,于今为（三后:指虞、夏、商三代的君主)。❸宗法制度下指非正妻所生的儿子;家族的旁支(跟"嫡"相对):～出|～子|商君者,卫之诸～孽公子也(卫:卫国)。❹〈文〉副词。表示可能或希望,相当于"但愿、或许":～免于难|～不致误|～竭驽钝,攘除奸凶。

隃

隃 ㊀ shù【西隃】〈文〉也叫"雁门山"。在山西。
㊁ yú 〈文〉通"逾(踰)(yú)"。超越:～越。
㊂ yáo 〈文〉通"遥(yáo)"。遥远:～迖(远近)。

尌

尌 shù ❶〈文〉同"树(樹)"。立;建立:定风～信。❷姓。

術

術 shù 〈文〉同"术(術)"。学问:仁义道～。

裋

裋 shù 古代童仆所穿的粗布上衣,也泛指粗布衣服:～褐。

腧

腧 shù 腧穴,中医指穴位,也特指背部的背腧穴或四肢的五腧穴。

数

数（數） ㊀ shù ❶数目,表示事物多少的量:～量|人～|不计其～。❷几(不确定的数目):～年|～十公里|钟山只隔～重山。❸气数;命运:定～|在～难逃|吉凶由人,不在～也。❹数学上表示事物的量的基本概念,如整数、分数、小数、奇数、偶数等。❺〈文〉规律:存亡之～|凡此四者,自然之～也。❻〈文〉技艺;技术:今夫弈之为～,小～也(弈:下棋)。
㊁ shǔ ❶查点;计算(数目):～秒|如～家珍|杂而下者不可胜～。❷计算或比较起来最突出:西安的泡馍还得～老孙家的|他的功课在班里～一～二。❸一一列举加以责备:～落|～说|汉王～羽十罪(羽:项羽)。
㊂ shuò 〈文〉屡次;频～|～见不鲜(xiān)|扶苏以～谏故,上使外将兵(上:指秦始皇)。
㊃ cù 〈文〉密;细密:疏～|～罟不入洿(wū)池(罟:gǔ,渔网。洿池:深水池)。

尌

尌 shù 〈文〉同"树(樹)"。树木:霜呈锦～。

墅

墅 shù 别墅,住宅之外另建的供游玩、休息的园林房屋:于土山营～,楼馆林竹甚盛(营:建造)。

漱

漱[＊潄] shù ❶含水荡洗(口腔):～口|洗～|汲井～寒齿。❷〈文〉冲刷;洗涤:悬泉瀑布,飞～其间。

澍

澍 shù ❶〈文〉及时的雨:～雨|甘～|嘉～。❷〈文〉润泽:若春雨之灌万物也…无地不～,无物不生。

澹

澹 shù 〈文〉水聚积:渚水～涨。

輸

輸 shù 〈文〉刀鞘。

褕

褕 shù 〈文〉短袄。

澹

澹 shù 〈文〉水流迅疾的样子。

霱
黸

shù　〈文〉同"澍"。及时的雨：甘～。

shù　〈文〉黑虎。

shuā（ㄕㄨㄚ）

刷　㊀ shuā　❶刷子，清除污垢或涂抹灰浆、粉彩的用具，用成束的毛、棕、金属丝等制成：牙～｜鞋～子。❷清洗或涂抹：～洗｜～碗｜洗兵海岛，～马江洲。❸淘汰：第一轮比赛就被～下来了。❹模拟物体迅速擦过去的声音：风刮得树叶～～地响｜小鸟～地飞上了树梢。
　㊁ shuà　【刷白】颜色非常白或略青：～的墙｜吓得脸～。

敊　shuā　同"刷"。擦拭；洗刷。

唰　shuā　同"刷"。模拟物体迅速擦过去的声音。

shuǎ（ㄕㄨㄚˇ）

耍　shuǎ　❶玩；游戏：玩～｜一群猴子～了一会儿，却去那山涧中洗澡。❷玩弄；捉弄：～弄｜咱们让他～了。❸表演；舞弄：～猴｜～大刀｜～枪弄棒。❹施展；卖弄（多含贬义）：～心眼｜～威风｜～嘴皮子。

酸　shuǎ　〈文〉面丑。

shuà（ㄕㄨㄚˋ）

刷　shuà　见 shuā "刷"（626 页）。

shuāi（ㄕㄨㄞ）

衰　㊀ shuāi　❶由强变弱：～弱｜早～｜年老力～。❷〈文〉减少：日食饮得无～乎？（每天的饮食没有减少吧？）
　㊁ cuī　❶〈文〉等级；按等级递减：等～｜相地而～征（征：征税）。❷通"缞（cuī）"。古代用粗麻布制成的丧服：无～

麻之服。

摔　shuāi　❶用力往下扔：～盆儿｜气得他把笔～在地上。❷从高处落下：从树上～了下来。❸因落下而破损：杯子～了｜花盆～成了两半。❹跌倒：～跤｜～跟头｜小心别～着。

瘬　shuāi　❶〈文〉疾病减轻。❷〈文〉衰老：早～。

踤　shuāi　同"摔"。跌倒。

shuǎi（ㄕㄨㄞˇ）

甩　shuǎi　❶挥动；摆动：～手｜～袖子｜鞭子一～啪啪地响。❷挥动胳膊向外扔：～手榴弹。❸抛开；摆脱：～掉敌人｜他走不快，一会儿就被大家～在了后头。

shuài（ㄕㄨㄞˋ）

帅
（帥）

shuài　❶军队中最高的指挥官：～旗｜元～｜三军可夺～也，匹夫不可夺志也。❷英俊；漂亮：这小伙子很～｜字写得真～。❸〈文〉率领：命子封～车二百乘以伐京。❹姓。

率　㊀ shuài　❶带领：～领｜统一｜亮率众南征（亮：诸葛亮）。❷〈文〉顺着；遵循：～彼淮浦（沿着那淮水）｜～由旧章（一切按老规矩办）｜时～意独驾，不由径路。❸榜样；楷模：表～｜夫三公者，百寮之～，万民之表也。❹直爽；坦诚：～直｜～真｜坦～。❺轻易；不慎重：～尔｜草～｜轻～｜粗～。❻〈文〉大都（dū）；大概；大抵：大～｜～皆如此。❼〈文〉一律；一概：占小善者～以录，名一艺无不庸（占：具有。录、庸：任用）。❽古代捕鸟用的长柄网。引申指捕捉（禽兽）：悉～百禽。❾〈文〉通"帅（shuài）"。将领：将～不能则兵弱。❿姓。
　㊁ lǜ　❶比率，两个相关的数在一定条件下相比所得的值：利～｜增长～｜圆周～。❷〈文〉标准：有军功者，各以～受上爵。

剬　shuài　〈文〉割断。

遂 shuài ❶〈文〉先导；引导：～弟子。❷〈文〉遵循：～从。

洅 shuài 【洅州】古地名。在今湖北。

蟀 shuài 【蟋(xī)蟀】〈文〉即蟋蟀。

蟀 shuài 【蟋(xī)蟀】昆虫。身体黑褐色，触角长，后肢粗壮，善跳跃，尾部有一对须。雄的好斗，两翅摩擦能发声。也叫"蛐蛐儿"。

衛[衛] shuài 〈文〉率领；带领。通作"率"。

---

shuān (ㄕㄨㄢ)

闩 (閂)[捪、扅、擱、檴]
shuān ❶插在门后使门推不开的横木或铁棍：门～｜门上了～。❷把门闩上：上门｜把门～好。

拴 shuān 把绳子等缠绕在物体上，再打上结：～马桩｜别把晾衣绳～在树上。

栓 shuān ❶器物上可以开关的机件：枪～｜炮～｜消火～。❷塞子：瓶～。❸泛指形状或作用像塞子的东西：～剂｜血～。

絟 shuān 见 quán "絟"(568 页)。

shuàn (ㄕㄨㄢˋ)

涮 shuàn ❶略微洗洗；摇动着冲刷：洗～｜～毛巾｜把瓶子～干净。❷烹饪方法。把肉片等放在滚水里略烫一下就取出来蘸佐料吃：～羊肉｜～锅子。❸要弄；骗：别让人家给～了。

腨 shuàn 〈文〉腿肚子。

槫 shuàn 见 tuán "槫"(679 页)。

躇 shuàn 〈文〉同"腨"。腿肚子。

礴 shuàn 古代酒器。

簅 shuàn ❶〈文〉旋(鏇)车轴。❷〈文〉车轴。

shuāng (ㄕㄨㄤ)

双 (雙)[隻、霜、霜] shuāng ❶两个的；成对的(跟"单"相对，❸同)：～手｜～方｜～职工｜公膳日～鸡。❷加倍的：～料｜～幅｜～份儿工资。❸偶数的：～号｜～日｜～数。❹量词。用于成对的东西：一～手｜一～袜子｜一～竹筷。❺〈文〉匹敌：国士无～｜精妙世无～。

泷 shuāng 见 lóng "泷"(420 页)。

漴 shuāng 见 zhuàng "漴"(899 页)。

霜 shuāng ❶气温降到 0℃以下时，接近地面的水汽凝结在地面或物体表面的白色微细颗粒：～冻｜～降｜蒹葭苍苍，白露为～。❷像霜的东西：柿～｜杏仁～。❸〈文〉比喻高尚、纯洁：～操｜～节。❹〈文〉比喻白色：～刃｜～剑｜不愁书难寄，但恐鬓将～。❺〈文〉年：客舍并州已十～，归心日夜忆咸阳。

孀 shuāng ❶寡妇，死了丈夫的妇女：～妇｜遗～｜吊死问疾，以养孤～。❷守寡：～居｜童子不孤，妇人不～。

驦 (驦)[騻] shuāng 【骕(sù)驦】古代骏马名。

礵 shuāng 用于地名。多用于岛屿名：北～(在福建霞浦)。

鵨 ⊖ shuāng 【鵨(sù)鵨】同"鹔鹴"。古书上说的一种水鸟。
⊜ shuǎng 【鵨鸠(jiū)】〈文〉鸟名。鹰。

鷞 (鸘) shuāng 【鹔(sù)鹴】古书上指一种水鸟，形似大雁。

簅 shuāng 〈文〉船帆。

艭 shuāng 〈文〉小船：题诗多傍水边～。

躞 shuāng 【躞(xiáng)躞】〈文〉豇豆。

躑 shuāng 【躑(xiáng)躑】〈文〉行不进的样子。

S

shuǎng （ㄕㄨㄤˇ）

爽□[爽、爽] shuǎng ❶明朗;清亮:秋高气～|神清目～|茗茗岭岸高,照照寒洲～。❷使清爽:～口|～目。❸(性格)率直;痛快:～快|直～|温豪～有风概(温:人名。概:气概)。❹舒服;畅快:身体不～|人逢喜事精神～。❺违背;差失:～约|屡试不～|长短不～毫厘。

啊 shuǎng 〈文〉损伤;不辨滋味:五味使人之口～。通作"爽"。

塽 shuǎng 〈文〉地势高而明朗;明朗:～垲|天晴地～。

漺 shuǎng 见 chuǎng "漺"(96 页)。

樉[樉] shuǎng 〈文〉树木名。

瓻 shuǎng 见 chuǎng "瓻"(96 页)。

縔 shuǎng 〈文〉鞋底绳。

獉 shuǎng 〈文〉兽名。

鷞 shuǎng 见 shuāng "鷞"(627 页)。

shuàng （ㄕㄨㄤˋ）

截 shuàng 〈文〉使船舶固定的木桩:下～何劳急水。

shuí （ㄕㄨㄟˊ）

谁□ shuí "谁(shéi)"的又读。

脽 shuí ❶〈文〉臀部:～尻。❷〈文〉尾椎骨:腰～。❸古地名。在今山西。

shuǐ （ㄕㄨㄟˇ）

水□ shuǐ ❶无色、无味、无臭的液体。在标准大气压下,0℃时结冰,100℃时沸腾。❷河流:汉～|淮～|一～之隔。❸江、河、湖、海、洋的总称:～产|～陆交通|～

上人家。❹洪水;水灾:发～|～火无情|故尧禹有九年之～。❺泛指某些液体物质:口～|墨～|药～。❻游泳:～性|他会～|假舟楫者,非能～也(假:凭借)。❼量词。用于洗涤的次数:这衣服刚洗了一～就不能穿了。❽五行之一:金木～火土。❾姓。

shuì （ㄕㄨㄟˋ）

疢 shuì 〈文〉水肿病。

说 shuì 见 shuō "说"(629 页)。

挩 shuì 见 tuō "挩"(682 页)。

帨□ shuì ❶古代妇女用的一种佩巾:子生,男子设弧于门左,女子设～于门右(弧:弓)。❷〈文〉用巾擦(手):～手。❸〈文〉蒙;覆盖:～以文锦。

逸 shuì 〈文〉通"税(shuì)"。税收:人之饥也,以其取食～之多也(取食:索取吞食)。

浼 shuì ❶〈文〉澄清;过滤。❷〈文〉揩;拂拭:～手。❸〈文〉温水。

祱 shuì 〈文〉小祭。

税□ ⊖ shuì ❶政府向企业、集体或个人征收的货币或实物:～负|纳～|关～|收山泽之～。❷〈文〉征收或交纳赋税:岁饥不～。❸〈文〉租赁:对户旧有空地,一老妪及少女,～居其中。❹〈文〉释放:乃～马于华山,～牛于桃林。❺姓。
⊜ tuō 〈文〉通"脱(tuō)"。脱掉:不～冕而行。

祱 shuì ❶〈文〉向丧家赠送给死者的衣被。❷〈文〉指所赠的衣被。

睡□ shuì ❶睡觉,进入睡眠状态:午～|入～|自经丧乱少～眠。❷〈文〉坐着打瞌睡:童子莫对,垂头而～(莫对:不回答)。

唪 ⊖ shuì 〈文〉浅尝;小饮。
⊜ sū 模拟细小的声音:嘤嘤～～。

锐 ⊖ shuì 〈文〉祭祀时把酒浇在地上。
⊜ duì 【汤锐】〈文〉饼类食品。

S

靉 shuì〈文〉鹞鹰。鸟名。外形像鹰。

饎 shuì〈文〉同"说"。祭祀时把酒浇在地上。

shǔn（ㄕㄨㄣˇ）

吮☐ shǔn 用嘴吸：嗼：～吸｜～乳｜磨牙～血，杀人如麻。

楯☐ ⊖ shǔn〈文〉栏杆：～轩｜栏～｜玉～。

⊜ dùn（旧读 shǔn）〈文〉同"盾"。盾牌：左执～而导之。

楯 shǔn〈文〉同"楯"。栏杆。

shùn（ㄕㄨㄣˋ）

顺☐（顺）shùn ❶向着同一个方向（跟"逆"相对）：～风｜～流而下｜～着风扬场。❷使方向一致；使有次序有条理：把车～过来｜文字上还得一一～。❸通畅；如意：～畅｜～利｜文从字～。❹适合；不别扭：～眼｜话不～耳｜政之所兴在～民心。❺依从：～从｜归｜～之者昌，逆之者亡。❻沿着：～河边走｜～流而东。❼趁便：～手关门｜～路看看朋友。❽〈文〉合乎情理：名不正则言不～，言不～则事不成。❾〈文〉道理：孝悌，天下之大～也。❿姓。

眹 shùn〈文〉以目示意。

眴 ⊖ shùn ❶〈文〉看；眨眼。❷〈文〉以目示意。❸〈文〉眼神惊慌不定的样子。

⊜ xuàn 眼睛昏花：目～转而意迷。

舜 shùn ❶传说中的远古帝王名，号有虞氏，史称虞舜。❷〈文〉木槿：颜如～华。

薜［橓］shùn〈文〉木槿，落叶灌木。夏秋开淡紫、红或白色花。古称其花晨开晚谢：～荣不终朝，蜉蝣岂见夕。

睯 shùn 一种蔓生植物。通作"舜"。

瞚 shùn ❶〈文〉同"瞬"。目动；眨眼：终日视而目不～。❷〈文〉同"瞬"。比喻时间短暂：一～。

眴 shùn（又读 rún）❶〈文〉眼皮跳动：心动眼～。❷〈文〉肌肉颤抖：肌肉～酸。❸〈文〉眨眼：～息。

瞬☐ shùn ❶眨眼：～息｜转～｜尔先学不～，而后可言射矣（不瞬：不眨眼）。❷一眨眼的工夫，指极短的时间：～将结束｜已经一年｜观古今于须臾，抚四海于一～（须臾：一会儿）。❸视；注视：不暇他～。

鬊［鬊］shùn ❶〈文〉梳头时掉下来的头发。❷〈文〉散乱的头发。

shuō（ㄕㄨㄛ）

说☐（说）⊖ shuō ❶用言语表达；讲：～话｜～长道短｜公～公有理，婆～婆有理。❷解释；阐明：～明｜解～｜儒者～五经，多失其实。❸言论；主张：学～｜自圆其～｜世衰道微，邪～暴行。❹责怪；批评：又挨～了｜他太不注意身体，咱们得～～他。❺介绍；从中说合：～媒｜～婆家帮他～了一门亲。❻意思上指：这段文字～的是人贵有自知之明。

⊜ shuì〈文〉用话劝说，使对方听从自己的意见：游～｜商鞅三～秦孝公。

⊜ yuè〈文〉喜欢；高兴：学而时习之，不亦～乎｜士为知己者死，女为～己者容。后来写作"悦"。

shuò（ㄕㄨㄛˋ）

汋☐ shuò 见 zhuó "汋"（902 页）。

妁☐ shuò〈文〉媒人：父母之命，媒～之言。

烁☐（爍）shuò ❶光亮闪耀的样子：闪～｜光～如电｜群星～～。❷〈文〉通"铄（shuò）"。熔化金属：～金以为刃。

嗽 shuò〈文〉同"欶"。吮吸：～指。

铄☐（鑠）shuò ❶〈文〉熔化（金属）：众口～金｜～石流金｜割革而甲，～铁而为刃（甲：铠甲）。❷〈文〉消损；削弱：暗～｜潜销～秦先得齐，宋则韩氏～，韩氏～则楚孤而受兵也。❸〈文〉同"烁"。光亮

闪耀的样子:～亮。

朔 shuò ❶农历每月初一,月球运行到地球和太阳之间,在地球上见不到月光,这种月相叫朔。❷〈文〉指农历每月初一:月～|冬十月～,日有食之。❸〈文〉北;北方:～方|～风|～气传金柝,寒光照铁衣。❹〈文〉凌晨:朝菌不知晦～,惠蛄不知春秋(晦朔:早晚;旦夕)。

欶 ㊀ shuò 〈文〉吮吸;饮:酒醪(láo)欣共～。

㊁ sòu 〈文〉同"嗽"。咳嗽。

硕(碩) ㊀ shuò ❶大:～大|丰～|～果累累。❷博学:宏儒～生。❸姓。

㊁ shí 〈文〉通"石"。比喻坚固;牢固:忍绝王命,明弃～交(忍绝:忍心拒绝)。

稍[鉏] shuò 〈文〉同"槊"。长矛。

捌 shuò ❶扎;刺(多见于古白话):将棒一攨,却望后生怀里直～将来。❷同"槊"。古代兵器,长矛:人人都带雁翎刀,个个尽提鸦嘴。

蒴 shuò 【蒴果】由两个以上的心皮构成的果实。内含许多种子,成熟后自行开裂,如芝麻、凤仙花等的果实。

数 shuò 见 shù "数"(625 页)。

棚 shuò ❶栅栏:整～待援。❷同"稍"。长矛:乘悍马,手舞铁～。

槊 shuò ❶即长矛,古代兵器:横～赋诗。❷古代的一种博戏:棋～。

箾 ㊀ shuò ❶古代舞者所执的竿。❷〈文〉拿竹竿打人。

㊁ xiāo 〈文〉同"箫"。管乐器。

㊂ qiào 〈文〉同"鞘"。装刀剑的套子。

獟 ㊀ shuò 〈文〉惊恐的样子。

㊁ xī 古代传说中一种像熊的兽。

楾 shuò 【楾房(lǔ)】古县名。在今江苏。

嗽 shuò 吮吸。用于古白话:还令蛇～,毒气乃尽。

灍 shuò 见 yuè "灍"(841 页)。

嬸 shuò 【於(wū)嬸】〈文〉叹词。表示赞美:～我君,皇精蓝(yùn)良。

厶 ㊀ sī 〈文〉个人的;自己的:背～谓之公。通作"私"。

㊁ mǒu 〈文〉同"某"。指称不确定的事物:～年～月。

司 sī ❶主管;掌管:～法|～令|各～其职。❷〈文〉官员;官吏:训诸～以德。❸中央机关部的下一级行政部门:～长|外交部亚洲～。❹姓。❺【司空】【司马】【司徒】复姓。

丝(絲) sī ❶蚕丝,蚕吐出的像细线的东西,是织绸缎等的原料:～线|缫(sāo)～|二月卖新～,五月粜新谷。❷像蚕丝的东西:铁～|蛛～|马迹藕断～连。❸古代八音之一,指弦乐器,如琴、瑟。❹量词。1.市制长度单位,10 忽为 1 丝,10 丝为 1 毫。2.市制质量单位,10 忽为 1 丝,10 丝为 1 毫。❺量词。表示极其细微的量(数词限用"一"):～毫不差|一～笑容|一～风也没有。

玹 sī 〈文〉像玉的美石。

私[私] sī ❶属于个人的或为了个人的(跟"公"相对):～事|～生活|为政者不赏～劳,不罚～怨。❷只顾个人利益的;性质是利己的:～心|自～|无～奉献。❸秘密而不合法的:～货|～盐。❹非法的货物:走～|贩～|缉～。❺秘密地;背地里:～访|窃窃～语|项伯乃夜驰之沛公军,～见张良(之:到…去)。❻〈文〉偏爱:吾妻之美我者,～我也。❼〈文〉秘密的活动:项王乃疑范增与汉有～。

唑(嗞) sī 模拟炮弹、枪弹在空中飞过时发出的声音;物体燃烧或烧烤时发出的细碎的声音:导火线～～地响着,情势非常危急|羊肉在火上烤得～～作响。

峒 sī 用于地名:～嵋(在江苏)。

思[恖、恩] ㊀ sī ❶想;考虑:～考|深～|三～而行|吾尝终日而～矣,不如须臾之所学也|政如农功,日夜～之。❷想念;怀念:～念|乐不～

蜀|每逢佳节倍～亲。❸希望;打算:～归|穷则～变。❹想法:构～|文～|才～敏捷。❺(旧读 sì)心情;心绪:～绪|哀～|慨当以慷,忧～难忘。❻〈文〉助词。用于诗歌中,没有实在意义:今我来～,雨雪霏霏。❼姓。

㈡ sāi【于思】〈文〉形容胡须很多。

萁 □ sī〈文〉茅穗。

虒 □ sī ❶【虒亭】地名。在山西襄垣。❷传说中的兽名。像虎,有角,能行水中。

鸶(鷥) □ sī【鹭(lù)鸶】水鸟名,白鹭。羽毛白色,头顶有细长白羽。

偲 □ sī 见 cāi "偲"(54 页)。

斯 □ sī ❶〈文〉指代人、事物、处所等,相当于"这、此":～人|痛哉～言|生于～,长于～。❷〈文〉连词。表示承接,相当于"于是、就":我欲仁,～仁至矣。❸〈文〉劈开;分开:墓门有棘,斧以～之。❹〈文〉助词。用于句中或句末,没有实在意义:王赫～怒(赫:发怒的样子)|彼何人～。❺姓。

螄(螄) □ sī【螺(luó)螄】淡水螺的通称,一般较小。

匜 □ sī 见 tī "匜"(660 页)。

傂 □ sī 见 zhì "傂"(883 页)。

愢 □ sī【愢愢】〈文〉同"偲偲"。相互切磋;相互督促:四方有志之士,～然常恐天下之不久安。

緦(緦) □ sī〈文〉细麻布:～麻(丧服名,用细麻布制成。是五服中最轻的一种)。

楒 □ sī【相楒】相思树。蔓生豆科类灌木。叶片椭圆而小,花似蝶形。

銅 sī 化学元素"钪(kàng)"的旧称。

颸(颸) □ sī ❶〈文〉风;凉风:凉～|清～从东来,凉气袭我面。❷〈文〉疾风:～风|乘～举帆幢。

澌 sī 古水名。今称"百泉河",属滏阳河水系,源出河北。

禠 sī【禠禠】〈文〉不安的样子。

蜤 ㈠ sī【蜤螽(zhōng)】〈文〉虫名。即螽斯。

㈡ xī【蜤蜴】〈文〉同"蜥蜴"。爬行动物。

榹 □ sī ❶〈文〉承水的木盘。❷【榹桃】即山桃、毛桃。可用来嫁接桃树。

厮[*廝] □ sī ❶古代指从事杂役的男性仆人:～役|小～。❷对人的蔑称。用于古白话:这～|高俅那～。❸互相:～打|～杀|～守。

罳 sī【罘(fú)罳】1. 古代宫门外的屏风,汉代以后又叫"照壁"。2.〈文〉张在窗子上或屋檐下以阻挡鸟雀的网。3. 古代宫殿城墙四角上的小楼,用于守望。

鍶(鍶) □ sī 金属元素。符号 Sr。

獄 □ sī〈文〉狱官。

凘 □ sī〈文〉解冻后随水流动的冰块:流～。

禠 □ sī〈文〉福:祈～禳灾。

撕 □ sī 扯开;用手使东西裂开或脱离附着物:把信封～开|衣服～了个口子|～下墙上的小广告。

蘄 sī〈文〉草名。

蕬 sī〈文〉蕬草,江南水草,叶如蕩。

礗 □ sī【礗氏】汉代宫苑馆名。

嘶 □ sī ❶〈文〉大声叫(多指马):马～|牛～|狗吠|路长人困蹇驴～。❷(声音)沙哑:～哑|～声|力竭声～。❸〈文〉(鸟、虫)凄切地鸣叫:蝉～|长波乍急鹤声～。❹同"咝"。模拟炮弹、枪弹在空中飞过时发出的声音;物体燃烧或烧烤时发出的细碎的声音。

簛 sī【簛籗(láo)竹】竹子的一种。竹节细长,皮薄,可编制家具。

澌 □ sī ❶〈文〉尽;消失:～泯|～灭。❷【澌澌】模拟雨、雪落下声:隔树～雨,通池点点荷。

甀[斯瓦] sī〈文〉瓮一类瓦器。

螔 sī 见 yí "螔"(797 页)。

癍 sī 见 xī "㾟"(718页)。

褫 sī【㙛(lì)褫】古代城上四角的设防楼:城四面四隅,皆为高～。

蟴[蛳] sī【蚔(zhān)蟴】一种毛虫。也叫"杨瘌(là)子"。

霦 sī〈文〉小雨。

鐁 sī〈文〉平木器。

鑭 sī【鑭锣(luó)】〈文〉洗漱用具。

鼶 sī〈文〉大田鼠。

鯣 sī〈文〉鱼名。

霤 ㊀ sī〈文〉小雨才落下。
㊁ xiàn〈文〉同"霰"。小的雪粒。

sǐ（ㄙˇ）

死[歽、妃] sǐ ❶生物失去生命(跟"生、活"相对):～亡|战～|见其生,不忍见其～。❷比喻消失、消除、没有出路等:心还没～(指还想继续做)|这棋肯定～了。❸态度坚决;顽固(多修饰否定式):～不认错|～要面子|语不惊人～不休。❹不顾生命;用尽全力(只修饰单音节动词):～战|～守|～拼恶斗。❺不可调和的:～敌|～对头。❻死板;固定不变的:～心眼|～规矩|出发的时间要定～。❼不活动、不流通、不发展的:～火山|～胡同|一潭～水。❽达到极点,表示程度深(多做补语):天热～了|都笑～了|快想～你了。

sì（ㄙˋ）

巳 sì 地支的第六位:～时(旧式记时法,相当于九点到十一点)。

四 sì ❶最小的大于三的整数:～书五经。❷我国民族音乐音阶的一级,乐谱上用作记音符号,相当于简谱的"6"。❸姓。

寺 sì ❶古代官署名:～署|大理～|太仆～。❷佛教的庙宇:～院|少林～|

灵隐～。❸伊斯兰教礼拜、讲经的地方:清真～。❹近侍,古代宫中供役使的小臣;常指宦官:命仆～辈作乐。❺姓。

似[㊀*佀] ㊀ sì ❶好像;如同:相～|～近～|～是而非。❷副词。表示委婉的推断,相当于"似乎":～属可行|～无必要|无可奈何花落去,～曾相识燕归来。❸介词。用在某些单音的动词,形容词后,引入比较的对象,表示超过,相当于"于":今年衰～去年些(些:xiē,一点儿)|日子一天好～一天。
㊁ shì【似的(de)】用在词或短语后。1.用于比喻:珍珠～玉米粒|浑身上下淋得落汤鸡～。2.表示委婉语气:看上去很轻松～|这孩子好像哭得挺伤心～。

汜 sì 汜水,水名。在河南,是黄河的支流。

时 sì 见 shí "时"(613页)。

兕[㊀兇、兕] sì〈文〉雌犀牛:～甲(用兕皮制成的盔甲)|犀～|虎～出于柙(柙:xiá,关兽类的笼子)。

伺 ㊀ sì ❶侦察;窥探:～探|～察|窥～。❷守候;等候:～机|守株而～兔。
㊁ cì【伺候(hou)】供人使唤;服侍;照顾:～主人|～病人。

佀 sì 见 yǐ "佀"(798页)。

祀[*禩、禩] sì ❶祭祀,向祖先或神佛进献供品并举行仪式,表示崇敬并求得保佑:～天|奉～|国之大事,在～与戎(戎:战争)。❷〈文〉举行祭祀的地方:过墓则式,过～则下。❸〈文〉年:时更七代,数逾千～。

姒 sì ❶古代称姐姐。❷古代称兄妻:娣～(弟妻为娣)。❸姓。

梠 sì〈文〉俎,祭祀时放祭物的小矮桌。

饲 sì 见 cì "梠"(102页)。

饲(飼)[*飤、飤] sì ❶喂;喂养(多指动物):～养|～料|病者调药剂,起者～馈粥。❷饲料,喂养动物的食物:打草储～。

泗 sì ❶〈文〉鼻涕：悲～淋漓|涕～滂沱。❷泗河，水名。在山东，是淮河的支流。

洠 sì 〈文〉同"嗣"。继承；继承人：继～。

驷(駟) sì ❶古代指同驾一辆车的四匹马，也指四匹马拉的车：一言既出，～马难追|不乘～马高车，不过此桥。❷〈文〉马：今以君之下～与彼上～（与：对付）。❸〈文〉量词。四匹马为"驷"；齐景公有马千～（千驷：四千匹）。

耜 sì ❶同"耛"。古代锹一类的挖土农具。后作"耛"。❷〈文〉运土的工具。

枱 sì 古代礼器。形状像后来的羹匙，用来舀取食物。

梩 ⊖ sì 〈文〉同"耛"。耒的末端。
⊖ tái 同"台(檯)"。桌类器具：上不得～面。

牭 sì ❶〈文〉四岁的牛。❷〈文〉牛凶狠。

俟 [⊖❶*竢] ⊖ sì ❶〈文〉等待：～机|～时而动|静女其姝，～我于城隅（姝：shū，美丽）。❷姓。
⊖ qí 【万(mò)俟】复姓。

食 ⊖ sì 见 shí "食"（614页）。

祀 sì 〈文〉同"祀"。祭祀。

耛 sì 见 jù "耛"（340页）。

殔 [牌] sì ❶〈文〉棺柩暂时埋在土中，旧称浅葬。❷〈文〉浅葬的坑。

洍 sì 〈文〉通"汜(sì)"。古水名。

涘 sì 〈文〉水边：涯～|所谓伊人，在水之～。

耝 sì ❶古代农具，形状像现在的锹。❷古代农具耒的下端插入土的部分，类似犁上的铧：广五寸。

梩 ⊖ sì 〈文〉同"耛"。锹一类的农具。
⊖ qǐ 〈文〉同"杞"。枸杞，落叶灌木。

笥 sì 古代用竹或苇编成的方形器具，多用来盛(chéng)饭食或衣物：衣裳在～。

傗 sì 〈方〉喂食物给人吃。

鈶[鉰] sì 〈文〉箭头装入箭杆的部分。

欼 sì 见 zì "欼"（909页）。

觊 sì 〈文〉看；偷看：窥～。

肆 sì ❶任意去做，不顾一切：～虐|放～|～无忌惮|昔穆王欲～其心，周行天下。❷作坊；店铺：市～|茶～|百工居～以成其事。❸数字"四"的大写。❹〈文〉陈设；陈列：～筵设席（筵：竹制的垫席）。❺〈文〉延伸；扩展：（晋）又欲～其西封（晋国又想扩展西面的疆界）。

嗣 sì ❶〈文〉接续；继承：～位|～立|子产而死，谁其～之。❷〈文〉继承人；子孙：～息|后～|哲～。

鉰 ⊖ sì 〈文〉同"耛"。耒的末端。
⊖ tái 化学元素"铊(tā)"的旧称。

鐻 sì 古代悬挂乐器的单位。悬钟十六枚为一鐻：鼓钟一～。通作"肆"。

麀 sì 〈文〉两岁的鹿。

隶 sì ❶〈文〉同"肆"。陈列。❷〈文〉"肆"。忘记：平不～险，安不忘危。

猍 sì 〈文〉一说同"俟"。等待。

貄 sì 〈文〉狸猫。

[猍、猍] sì 〈文〉同"耛"。耒的末端。

痷 sì 〈文〉"麀"的讹字。两岁的鹿。

麘 sì ❶〈文〉宽舒的样子：～然。❷【赤薛】〈文〉同"赤蕶"。草名。

薛 sì 〈文〉尽：～其财。

猕 sì ❶〈文〉长毛兽。❷〈文〉通"肆(sì)"。遂；于是：～类于上帝（于是向上帝举行了类祭）。

毢 sì 见 ái "毢"（3页）。

傂 sì 〈文〉完；尽：敖庚之藏有时而～。

S

蕼　sì　【赤蕼】〈文〉草名。也作"赤蕼"。

蕹　sì　〈文〉草名。

灖　sì　〈文〉排水门:石~。

sōng（ㄙㄨㄥ）

忪　⊖ sōng　【惺(xīng)忪】刚睡醒时视觉模糊不清的样子:睡眼~。
　　⊜ zhōng　心跳;惊惧:食毕头眩心~。

松（②-⑦鬆）sōng　❶松树,常绿乔木。树皮多为鳞片状,叶子针形,球果卵圆形,木材和树脂都可利用。种类很多,有马尾松、油松等:新~恨不高千尺。❷放开;使不紧密(跟"紧"相对,④-⑥同):~绑|~手|~一~螺丝。❸使不紧张:~劲|~口气。❹结构不紧密;不坚实:~软|蓬~|鞋带~了。❺不紧张;不严格:~懈|轻~|管理不能太~。❻经济宽裕:今年手头~一些。❼用鱼、肉、虾等做成的绒状或碎末状的食品:肉~|鱼~。

枩　sōng　〈文〉同"松"。松树。

娀　sōng　有娀,古部族名。在今山西运城一带。

傱　sōng　〈方〉愚蠢;懦弱无能:不长进的~种。

凇　sōng　雾气、雨滴遇冷而凝聚在树枝等上面的白色松散冰晶。可分为雾凇、雨凇两种。通称"树挂、冰挂"。

菘　sōng　古代对白菜类蔬菜(如青菜、白菜)的统称:~菜|晚~。

崧　sōng　〈文〉同"嵩"。山大而高;引申为高:~高。

淞　sōng　【吴淞江】水名。发源于江苏,流经上海入黄浦江。

醙　sōng　❶〈文〉酒名。❷〈文〉一种农作物名。

嵩　sōng　❶嵩山,山名。五岳中的中岳,在河南。❷〈文〉山大而高;高:~峦|~岩|万仞之~。❸姓。

鬆　sōng　〈文〉同"松(鬆)"。头发散乱蓬松的样子:鬓薄云~。

蜙[蚣]　sōng　【蜙蝑(xū)】〈文〉虫名。即螽斯。

憁　sōng　见còng"憁"(104页)。

霚　sōng　【霚(wù)霚】〈文〉即雾凇。雾遇冷而凝聚在树枝等上面的白色松散冰晶。

憛　sōng　【惺(xīng)憛】清醒。用于古白话:见他不~,假朦胧。

樬　sōng　【桶樬】〈文〉小笼。

霿　sōng　【霿(wù)霿河】古水名。在今内蒙古。

鴢[鶶]　sōng　〈文〉鸟名。隼一类的猛禽,比鹰小,能捕雀。

鬆　sōng　见zōng"鬷"(910页)。

鯼　sōng　〈文〉鱼名。

sóng（ㄙㄨㄥˊ）

屗　sóng　❶精液。❷讥刺人懦弱无能:这人~得很|~包。

餗　sóng　〈方〉精液(多用于骂人的话)。

sǒng（ㄙㄨㄥˇ）

捒（攄）sǒng　❶〈文〉挺;耸起:~身。❷〈方〉推:你推我~,把他出了大门。

怂（慫）sǒng　❶〈文〉惊恐;惊惧:~兢(惊慌)。❷【怂恿(yǒng)】从旁鼓动使去做某事。

崬　sǒng　〈文〉同"竦"。耸立:高峰霞举,峻~层云。

耸（聳）[㢐]　sǒng　❶直立;高起:~立|高~入云|层峦~翠,上出重霄。❷惊惧;使人震惊:~惧|~人听闻|危言~听。❸(身体,多指肩膀、肌肉)往上抬;向上动:~身|~肩。❹〈文〉耳聋:子野听~(子野:人名)。

sǒng

悚 sǒng 〈文〉害怕;恐惧:～惧|毛骨～然|百官震～,无不失色。

竦 sǒng ❶〈文〉恭敬;肃敬:～然|～慕|观者皆～。❷〈文〉同"悚"。害怕;恐惧:明君无为于上,群臣～惧乎下。❸〈文〉同"耸"。直立,高起:山岛～峙。

楤 ⊖ sǒng 〈文〉落叶灌木或乔木。俗称"鹊不踏"。
⊜ cōng 〈方〉尖头担,用来挑柴草捆。

傱 sǒng【傱傱】1.〈文〉急速行走的样子。2.〈文〉众多的样子。

愯 sǒng 〈文〉同"悚"。害怕;恐惧:群盗环跪～听。

嵷 sǒng【嵱(yǒng)嵷】〈文〉山峰起伏连绵的样子。

潀 sǒng 见 cóng "潀"(104 页)。

樬 sǒng 〈文〉同"楤"。木名。

騒 sǒng 〈文〉牵动马嚼子让马快跑:～马。

嵷 sǒng 〈文〉山峰耸起的样子。

sòng （ㄙㄨㄥˋ）

讼（訟） sòng ❶〈文〉争辩;争论:争～聚～纷纭。❷打官司;在法庭上辩明是非:～事|棍诉～|听～,吾犹人也(审理诉讼,我和别人差不多)。

宋 sòng ❶周代诸侯国名。故地在今河南商丘一带。❷朝代名。1. 公元420—479 年,南朝之一,刘裕所建,建都建康(今江苏南京),史称刘宋。2. 公元960—1279 年,赵匡胤所建,建都汴京(今河南开封),史称北宋。1127 年为金所灭后,赵构重建宋朝,建都临安(今浙江杭州),史称南宋。❸量词。响度单位。1 宋等于1 000毫宋,1 毫宋约相当于人耳刚能听到的声音响度。❹姓。

送 sòng ❶陪着离去的人一起走(跟"迎"相对):～行|护～|～往迎来|耶(爷)娘妻子走相～,尘埃不见咸阳桥。❷把东西运去交给对方:～饭|运～|～货上门。❸赠给:～礼|奉～|乃令人买大笋～

之。❹无价值、无意义地付出;丧失:断～|葬～|白白～了命。

诵（誦） sòng ❶朗读;读出声音来:～诗|～读|朗～|吟～。❷凭记忆念出:记～|过目成～|所见篇牍,一览多能～记。❸述说;陈述:传～|称～|聊为足下～其所闻。

咮 sòng 旧表示响度单位的字。今作"宋"。

颂（頌） ⊖ sòng ❶赞美;赞扬:～扬|～赞|歌功～德。❷〈文〉祝愿(多用于书信):敬～大安|顺～教祺。❸周代祭祀用的舞曲,配曲的歌辞有的收集在《诗经》里:商～|周～|雅～各得其所。❹以颂扬为主要内容的诗文:黄河～|祖国～。❺姓。
⊜ róng ❶〈文〉仪容:鲁徐生善为～。通作"容"。❷〈文〉通"容(róng)"。宽容:～系(有罪入狱,宽容而不加刑具)。❸〈文〉公正;正直:～言而毋讳。

餸 sòng 〈方〉小菜;菜肴:白饭有了,～却没有。

鄋 [鄇] sōu【鄋瞞】古族名。长狄的一支。

搜 [❶△*蒐、搜、挍] sōu ❶寻求:～集|～罗|～寻|寻坠绪之茫茫,独旁～而远绍。❷搜索检查:～查|～身|～于国中三日三夜。
"蒐"另见 sōu(635 页)。

蒐 sōu ❶〈文〉草名。即茜草。❷〈文〉春天打猎。
另见 sōu "搜"(635 页)。

嗖 sōu 模拟物体迅速移动或通过的声音:～的一声,拔出了宝剑|子弹～～地从耳边飞过。

獀 sōu ❶古代称春季打猎:～狩。❷〈文〉通"搜(sōu)"。选择。

狻 sōu 〈文〉通作"搜"。【獿(nǎo)狻】犬名。

馊（餿） sōu ❶饭菜等因变质而发出酸臭味;身体或贴身衣物发出

汗臭味;饭～了|汗衫都～了,赶紧洗洗! ❷坏;不高明:～主意|～点子。

廋[廀] sōu〈文〉隐藏;隐匿:～辞 (隐语,谜语)|～语|人焉～ 哉?(这个人怎么能隐藏得住呢?)

溲[溞] sōu〈文〉排泄大小便,特指 排泄小便:～便|～尿|诸客冠 儒冠来者,沛公辄解其冠,～溺其中。

榱 sōu〈文〉同"艘"。船总名。

氀[毹] sōu【氍(qú)氀】〈文〉织有花纹 图案的毛毯。

飀(飀) sōu ❶模拟刮风或下雨的声 音:秋风～～地吹来|雨声～ ～催早寒。❷风吹(使变干或变冷):湿衣 服让风～干了。

鎪(鎪)[鎪、鎪] sōu ❶〈方〉刻; 雕刻:椅背上的 花是～出来的。❷〈文〉侵蚀:～啮|霜风～ 病骨。

蜦[蜦] sōu【螻(qú)蜦】昆虫。身体 扁平而狭长,黑褐色,尾端有 铗形的尾须。多生活在潮湿的地方。

艘[艘、艘、艘] sōu ❶〈文〉船:琼 ～瑶楫(用琼、瑶 等美玉做成的船和桨)。❷量词。用于船 只(多为较大的船只):一～货轮|三～军舰| 一～快艇。

醙 sōu〈文〉白酒。

貗 sōu【貗(qú)貗】〈文〉兽名。

潲 sōu 见sù "潲"(639页)。

餿 sōu 饭菜因变质而生异味:生苋菜铺 饭上,经宿不～。通作"馊"。

臅 ⊖ sōu〈文〉干鱼。 ⊜ sào【臅子】〈方〉同"臊"。肉末或 肉丁(多指做熟的):羊肉～。

騪 sōu【騪(zhōu)騪】〈文〉一种高大的 马。

鎪[鎪] ⊖ sōu ❶〈文〉镂刻;雕:～。❷ 〈文〉挖掘。 ⊜ shòu ❶〈文〉铁锈。❷〈文〉锋利。

鰌 ⊖ sōu 姓。 ⊜ qiū〈文〉套车时拴在驾辕牲口屁 股上的皮带。现在作"鞧"。

sǒu (ㄙㄡˇ)

叜[叜] sǒu〈文〉年老的男子:老～| 童～无欺|黄童白～。

傁[傻、俊] sǒu〈文〉同"叜"。年老 的男子。

谡 sǒu 见xiǎo "谡"(740页)。

椆 sǒu 见zōu "椆"(912页)。

嫂 sǒu【嫂崮(gù)】山名。在山东蒙阴 西南。

瞍[睃] sǒu ❶〈文〉眼睛没有瞳仁, 看不见东西。❷〈文〉盲人:矇 (tuó)鼓逢逢,矇～奏公(公:在公庭奏 乐)。

嗾 sǒu ❶〈文〉发出声音指使狗:公～ 夫獒焉(獒:áo,狗的一种)。❷教唆; 指使:～使。

籔 sǒu〈文〉同"籔"。淘米的竹器。

擞 sǒu 见sòu "擞"(636页)。

薮(藪) sǒu ❶〈文〉水浅草密的湖 泽:～泽。❷〈文〉人或物聚集 的地方:渊～|关西为豺狼之～。

檄 sǒu【檄檽(nòu)】〈文〉林木茂盛的样 子。

籔 sǒu 见shǔ "籔"(624页)。

sòu (ㄙㄡˋ)

欶 sòu 见shuò "欶"(630页)。

嗽[*嗽] sòu 咳嗽:干～|～～喉咙。

擞(擞) ⊖ sòu〈方〉用通条插到炉 子里抖动,使炉灰掉下去:～ 火|～炉子。 ⊜ sǒu【抖(dǒu)擞】振作:精神～|我劝

天公重～,不拘一格降人才。

瘶 sòu 〈文〉咳嗽。

苏 (❶-❼蘇、❽囌)[❷△*甦、❶-❼*蘇] sū ❶紫苏,一年生草本植物。茎、叶和花紫色,叶子可以吃,叶子和种子可以入药。❷苏醒,从昏迷中醒过来:复～|间,太子～。❸江苏的简称:～北|～剧。❹江苏苏州的简称:～绣|上有天堂,下有～杭。❺苏维埃的简称:～区。❻指苏联:当年他曾留～攻读力学。❼姓。❽【噜(lū)苏】〈方〉啰唆。

"甦"另见 sū(637 页)。

咟 sū【咟勿】〈文〉搔摩。

另见 xù "怴"(757 页)。

甦 sū 用于人名。

另见 sū "苏"(637 页)。

酥 sū ❶酥油,把牛奶或羊奶煮沸后提取出来的脂肪:～乳|天街小雨润如～。❷含油多而松脆的食品:桃～|芝麻～。❸松脆(多指食品):～脆|～糖|虾片炸得很～。❹(肢体)软弱无力:～软|走了一天,腿都～了。❺〈文〉比喻洁白柔软而滑腻:～胸红一手,黄滕酒,满城春色宫墙柳。

稣 (穌) sū 〈文〉同"苏"。苏醒,从昏迷中醒过来。

窣 sū【窸(xī)窣】模拟轻微细碎的声音:依稀听到隔壁～的响动。

嗉 sū 见 shuì "嗺"(628 页)。

魖 sū【魖魖(wú)】〈文〉鬼怪:屠的龙,诛的虎,灭的～。

蔴 [廪] sū【廪(tú)蔴】同"屠苏"。1.〈文〉草盖的小屋。2.〈文〉酒名。

俗 [俗、俗] sú ❶风尚;习惯:习～|移风易～|甘其食,美其服,安其居,乐其业。❷大众的;普遍

流行的:～语|通～|雅～共赏。❸不高雅;平庸:～气|庸～|有～儒者,有雅儒者。❹佛教指尘世间或不是出家的人:～家|还～|僧～。

玊 sù 〈文〉有瑕疵的玉。

夙 [姊] sù ❶〈文〉早晨:～夜|～兴夜寐(早起晚睡,形容勤劳)。❷〈文〉过去就有的;平素的:～敌|～愿|～志|昔传闻思一见。旧也作"宿"。

诉 (訴)[❶△*愬、訢、訴、謕、謕] sù ❶诉说:～说|～苦|如泣如～。❷告状;控告:～讼|控～|上～|诣州府～,不得理。❸〈文〉诽谤;进谗言:公伯寮～子路于季孙。❹〈文〉求;求助:～诸武力。

"愬"另见 sè (592 页)。

肃 (肅)[肅] sù ❶恭敬:～立|～然起敬。❷庄重;严正:～穆|～静|赏罚～而号令明。❸萎缩:～杀(凄凉萧条)|寒气时发,草木皆～。❹清除(坏人、坏事等):～清|～反|～贪。❺〈文〉恭敬地引进:主人～客而入。❻〈文〉揖拜:三～使者而退。

俶 sù【俶(shǔ)俶】〈文〉(头)摇动:首～作态。

溯 sù【溯溯】〈文〉雨声。

素 sù ❶古代指未染的生绢:尺～|新人工织缣,故人工织～(缣:jiān,双股丝织成的细绢)。❷本色;白色:～服|～绢|绿叶兮～华,芳菲菲兮袭予。❸颜色单纯;不艳丽:～净|～雅|她总穿很～的衣服。❹蔬菜、瓜果等食物(跟"荤"相对):～菜|吃～|两荤两～。❺本来的;原有的:～质|～材|朴。❻带有根本性的物质;构成某种物质的基本成分:元～|要～|维生～。❼平日;旧时:～日|平～|安之若～。❽副词。表示历来如此,相当于"向来":～不相识|以风景优美著称(吴广:人名)。❾〈文〉白;空:窃位～餐(素餐:不劳而食)。

⑩姓。

茜 ㊀ sù ❶古代用酒洒在茅束上，以祭祀鬼神。❷〈文〉滤酒去除酒糟。❸〈文〉酒器的塞子。

㊁ yóu 〈文〉水草名。即莸。

速□ sù ❶快：～寄｜快～｜欲～则不达。❷速度，运动物在某一方向上单位时间内所通过的距离，也泛指快慢的程度：风～｜高～｜全～前进。❸〈文〉邀请：不～之客｜以～远朋。❹〈文〉招致：～祸｜～怨。

悚（悚）［餗、鬻］ sù 〈文〉鼎中的食物，泛指美味佳肴。

涑□ sù 涑水河，水名。在山西，是黄河的支流。

楝□ sù 〈文〉短椽。

殐□ sù【殐（gǔ）殐】〈文〉死；死的样子。

宿□［*㝛］ ㊀ sù ❶过夜；夜里睡觉：～营｜住～｜旦辞爷娘去，暮～黄河边。❷〈文〉旧有的；一向就有的：～志｜～怨｜～疾。❸〈文〉年老；老成有经验：～根｜～学｜文坛～将。❹〈文〉有名望的人：名～｜耆～。❺〈文〉隔夜的：～酒｜～雨｜子路无～诺。❻姓。

㊁ xiǔ 从天黑到天亮的时间，相当于"夜"（一夜为一宿）：在山上住了一～｜干了两天一～才完成任务。

㊂ xiù 我国古代天文学上指某些星的集合体：星～｜二十八～。

骕（驌）□ sù【骕骦（shuāng）】古代骏马名。

粟□［粟、𥠊］ sù ❶谷物名。即谷子。籽实去皮后是小米：～米布帛生于地，长于时。❷〈文〉泛指粮食：地广者～多｜仓无积～。❸姓。

儵□ sù ❶〈文〉向着；循着：～关西而东。❷〈文〉平常；平素。❸〈文〉遵守：循其名，～其分（fèn）。

謖（謖）□ sù ❶〈文〉起立；起来：尸～（尸：古代祭祀时代死者受祭的人）。❷〈文〉肃敬的样子：～尔敛袂而兴（敛袂：收起袖子。兴：起）。

塐□ sù 〈文〉同"塑"。用泥土等材料做成人物等形象：～像。

嗉□ sù ❶嗉子，鸟类消化系统的一部分。在食道的下部，形状像袋子，用来储存食物。也叫嗉囊。❷嗉子，装酒的小壶。底大颈细，形状略像鸟的嗉子。

塑□ sù ❶用泥土或石膏等做成人、物等形象：～像｜可～性｜泥～木雕。❷塑料，以树脂等高分子化合物为主要成分的材料，具有可塑性：～胶｜～钢。

溯□［*泝、遡、溯］ sù ❶〈文〉逆流而上：～源｜～江而上。❷往上推求；回顾：回～｜追～｜穷源～流。

愫□ sù 〈文〉诚意；真情：一倾积～｜披心腹，见情～。

鹔（鹔）□ sù【鹔鹴（shuāng）】古书上指一种水鸟，形似大雁。

摵□ sù 见 shè"摵"（605 页）。

趡□ sù 〈文〉跑的样子：麀（yōu）鹿～～。

蔌□ sù 〈文〉蔬菜：菜～蔬｜山肴野～。

遬□ sù ❶〈文〉同"速"。快：水平而不流，无源则～竭。❷〈文〉局促；窘迫：见所尊者齐～。❸〈文〉密：疏～。

僳□ sù【僳（lì）僳族】我国少数民族。主要分布在云南怒江和四川凉山。

膆□ sù 同"嗉"。鸟类消化系统的一部分，在食管末端，袋状：填肠满～。

觫□［觳］ sù【觳（hú）觫】恐惧发抖的样子：吾不忍其～，若无罪而就死地（其：指牛）。

愬□ sù 见 sè"愬"（592 页）。

缩□ sù 见 suō"缩"（643 页）。

楸□［楸］ sù【朴（pǔ）楸】〈文〉小树，比喻凡庸之才：（臣）～散材，空过流年。

榝□ sù 〈文〉马槽。

鍊□ sù 〈文〉镯子。

玀　sù【玀㑩】㑩旧时西南地区少数民族名。今作"傈僳"。

摋　sù〈文〉打击：～夷凶族。

氋　sù【氋毲(róng)】〈文〉一种细毛毯。

欶[欶]　sù【麗(lù)欶】〈文〉下垂的样子。

潚　㊀sù ❶〈文〉水深而清。❷〈文〉迅疾的样子。
　　㊁sōu〈文〉同"溲"。淘米：以南烛枝叶煮汁以～米。

璛　sù〈文〉琢玉的工匠。

蓫　sù〈文〉白茅一类的植物。

薮　sù【薮薮】〈文〉简陋；粗劣：～清衾单。

橚　㊀sù〈文〉树木很高的样子：～矗｜～植。
　　㊁qiū〈文〉树木名。楸树的古称。
　　㊂xiāo【橚槮(sēn)】〈文〉阴晦不明的样子。

簌　sù ❶摇动：待月帘微～，迎风户半开。❷【簌簌】1. 模拟刮风或下雨声音：～秋风｜～地下起了小雨。2.流泪的样子：眼泪～地流下来｜～泪珠多少恨。3.肢体发抖的样子：～发抖。

傮　sù【傮伥(chāng)】古代西域国名。

艒　sù【艒(mù)艒】〈文〉小船。

礣　sù〈文〉黑色磨刀石。

踿　sù【踿踿】〈文〉小步快走的样子：足～如有循(如有循：好像沿着一条线在走)。

翙　sù ❶〈文〉鸟飞。❷〈文〉模拟鸟飞的声音。

鏽　sù〈文〉通"肃(sù)"。恭敬：～然。
　　另见 xiù"锈"(754 页)。

麤　sù〈文〉鹿的脚印。

飍　sù ❶〈文〉寒风。❷〈文〉模拟风声。

鱐　sù〈文〉干鱼。

suān（ㄙㄨㄢ）

狻　suān【狻猊(ní)】古书上指狮子。

痠　suān 酸痛：～懒｜腰～腿痛。现在通常写作"酸"。

酸　suān ❶气味或味道像醋的：～奶｜～菜｜葡萄有点儿～。❷悲痛；伤心：～楚(辛酸苦楚)｜辛～｜心～落泪｜睹物而增～。❸因生病或疲劳而感到微痛乏力：～痛｜～懒｜腰～腿疼。❹迂腐(多用来讥讽文人)：寒～｜～秀才｜豪气一洗儒生～。❺化学上指电离时生成的阳离子全都是氢离子的化合物，如硝酸、盐酸、硫酸、乙酸等。

霰　suān〈文〉小雨：～然落下。

suǎn （ㄙㄨㄢ）

匴　suǎn ❶古代淘米的器具。❷古代行冠礼时装帽子的竹器。

suàn （ㄙㄨㄢ）

祘　suàn〈文〉同"算"。核计；计数。

笇　suàn〈文〉同"算"。计数；计算。

蒜　suàn 大蒜，二年生草本植物。地下鳞茎也叫蒜，分瓣，有辣味，可以做调料，也可入药。叶子和花轴(即蒜薹)嫩时可以吃。

籫　suàn ❶〈文〉计算时所用的筹。❷〈文〉同"算"。计算：费用赏赐已不可～。

算[筭]　suàn ❶核计；计数：～账｜能写会～。❷计划；谋划：打～｜老谋深～｜使北贼得计，非～之上者也。❸推测；估计：估～｜能掐会～｜我～这个月的任务准能完成。❹计算进去：下次拔河我一个｜零头不～，只给个整数吧。❺认作；当作：质量还～不错｜这话就～我说说。

S

❻作罢;不再计较(后面跟"了"):～了,大家都别争了|吃了半碗粥,就～了。❼算数;承认有效力:说话～话|到底谁说了～|过去的安排都不～了。

嗦 suàn　同"算"。计算;计数。用于古白话:身往虚空～日月。

---

suī (ㄙㄨㄟ)

夊 suī【夊夊】〈文〉行走迟缓的样子:雄狐～。

尿 suī　见niào"尿"(487页)。

虽(雖)[虽] suī　❶连词。表示转折,相当于"虽然":礼～轻,情谊重|北～貌敬,实则愤怒(北:指元人)。❷连词。表示让步,相当于"即使":为祖国而死,～死犹荣|～我之死,有子存焉。

荽 suī【芫(yán)荽】草本植物。羽状复叶,茎和叶有特殊香气,可用来调味。通称"香菜"。

荾 suī　❶〈文〉花蕊;花穗。❷〈文〉同"荽"。芫荽,草本植物,通称"香菜"。

浽 suī【浽溦(wēi)】〈文〉小雨:田家桥外凉～。

奞 suī　〈文〉鸟张开羽毛振翅奋起。

眭 suī　见huī"眭"(272页)。

葰 suī　见jùn"葰"(349页)。

蓑 suī　见suō"蓑"(643页)。

睢 suī　❶用于地名:～县(在河南商丘)|～宁(在江苏徐州)。❷【恣(zì)睢】〈文〉放纵骄横的样子:暴戾～。❸姓。

滚 suī【滚灖(mǐ)】〈文〉降雪结霜的样子:雪霜～。

嗺 suī　见zuī"嗺"(915页)。

濉 suī　濉河,水名。发源于安徽,流入江苏,注入洪泽湖。

鞖 suī　〈文〉马鞍上做装饰的带子。

---

suí (ㄙㄨㄟ)

阤 suí　见duò"阤"(157页)。

绥(綏) suí　❶〈文〉安抚;安定:～靖(安抚)|～宁|惠此中国,以～四方。❷〈文〉安好;平安(多用于书信,表示祝愿):近～|顺颂时～。❸〈文〉登车时用来拉手的绳子:升车必正立,执～。

隋 ⊖ suí　❶周代诸侯国名。本作"随",故地在今湖北随州。❷朝代名。公元581—618年,杨坚所建,建都大兴(今陕西西安),国号隋。❸姓。
　　⊖ duò　❶〈文〉通"堕(duò)"。下垂:廷藩西有～星五。❷〈文〉通"惰(duò)"。怠慢;懈怠:尽力守职不怠,奉官从上不敢～。

随(隨) suí　❶跟从:～从|追～|如影～形|吾为子先行,子～我后。❷依从;顺从:～顺|～客→主便|入乡～俗。❸由着;任凭:～意挑选|～他怎么说,我就是不信。❹顺便:～手关门。❺〈方〉像;相似:他长得～他舅舅。❻照着办:萧规曹～(萧何订立规章制度,曹参照着办)。❼姓。

遂 suí　见suì"遂"(641页)。

---

suǐ (ㄙㄨㄟˇ)

儲 suǐ　〈文〉"饊"的讹字。用豆面和糖做成的食品,类似现在的豆沙。

饊 suǐ　〈文〉用豆面和糖做成的食品,类似现在的豆沙。

瀡 suǐ　❶古代做菜肴时使食物柔滑的佐料。❷〈文〉用瀡这种佐料烹调食物。

髓[䯏、髄、膸、骱、䯿] suǐ　❶骨髓,骨头空腔中像胶的物质:敲骨吸～。❷像骨髓的东西:脑～|玉～。❸植物茎的中心部分,由薄壁组织构成。❹比喻事物的精华部分:精～|神～。

靃 suǐ　见huò"靃"(283页)。

suì（ㄙㄨㄟˋ）

岁（歲）［*歲、嵗］ **suì** ❶年:～末|辞旧～,迎新春|待罪于斯,且半～矣。❷量词。计算年龄的单位:六十～生日|他比我大两～。❸〈文〉年景;收成:丰～|歉～|人寿年丰。❹〈文〉时间;光阴:日月逝矣,～不我与(与:等待)。❺岁星,即木星。

崈 suì 〈方〉同"岁"。年:～时。

崇 suì 〈文〉同"祟"。鬼神制造的灾祸:不加～于君子。

采 suì 〈文〉同"穗"。谷类簇生在茎顶端的花或果实。

叐 suì 〈文〉同"遂"。顺从。

谇（誶）suì ❶〈文〉责备;责骂:～诟|～骂|吴王还自伐齐,乃～申胥(申胥:人名)。❷〈文〉直言强谏;谏诤:睿朝～而夕替(睿:jiàn,助词。替:被废弃)。

祟 suì 迷信指鬼神给人制造的灾祸,借指不正当的行为:鬼～|作～|寡人不祥,被于宗庙之～(被:遭受)。

瑄 suì 见 cuì"瑄"(108 页)。

晬 suì 见 zuì"晬"(916 页)。

遂 ㊀ **suì** ❶如愿:～愿|顺～|称心～意。❷成就;完成:未～|功～身退|百事乃～。❸〈文〉连词。承接前句,相当于"于是":战事毕,～卸甲|由是感激,～许先帝以驱驰。❹〈文〉终于:寻向所志,～迷,不复得路。❺姓。
㊁ **suí** 如愿:半身不～(偏瘫,身体一侧丧失活动能力)。

愫 suì 〈文〉心思深邃。

斨 suì ❶古代祭祀名。❷〈文〉卜问吉凶。

椮 suì 〈文〉山梨(一种野生梨)。后作"檖"。

碎 suì ❶完整的东西破裂成零片、零块:破～|粉～|宁为玉～,不为瓦全。

❷使完整的东西破裂成零片、零块:～石机|尸万段|粉身～骨。❸零星的;不完整的:～纸|琐～|零七八～。❹(说话)唠叨;絮烦:闲言～语|她心太重,嘴太～。

晬 suì ❶〈文〉润泽的样子:常服～容,不加新饰。❷〈文〉颜色纯正:天光～清。❸〈文〉看;看见:～而能言。

桻 suì 〈文〉同"碎"。破碎;使碎:粉身～骨。

隧 ［䃖］ **suì** ❶隧道,在地下或山中开凿的通道:～洞|凿～而入井。❷〈文〉道路:山无蹊～,泽无舟梁(蹊:xī,小路。梁:桥)。❸〈文〉墓道:幽～。

璲 suì 〈文〉同"隧"。墓道。

晬 suì 〈文〉财产;资财:破家残～。

遫 suì 〈文〉田间的小水沟。

陵 suì 同"燧"。古代边境为报警点燃的烟火。

璲 suì 〈文〉佩带用的瑞玉。

樤 suì ❶〈文〉木名。即山梨,一种野生梨。❷〈文〉通"邃(suì)"。深邃。

辀（輴）suì 〈文〉车饰。

爒 suì 同"燧"。古代边境为报警点燃的烟火。

燧 suì ❶古代取火的器具:～木|金～(一种青铜凹面镜,在日下取火)|钻～取火。❷古代边境报警点燃的烟火。夜间举火告警叫燧,白天放烟告警叫烽:烽～。

檖 suì 古代的神名。

繀 suì 〈文〉卷丝为纬。

镂（鐩）［鐆］ suì ❶〈文〉阳燧。在日下取火的铜制凹镜。后作"燧"。❷用于人名。

穗 suì ❶谷类植物簇生在茎顶端的花或果实:麦～|高粱～|彼黍离离,彼稷之～。❷用丝线、绸布或纸条等扎起的下垂的装饰品:玉～儿|灯笼～儿|纱幔薄垂

金麦～。❸量词。用于穗状的农作物:一～玉米。❹广东广州的别称。❺姓。

穟 suì ❶〈文〉禾穗成熟饱满的样子。❷〈文〉指禾穗上的芒须:成败之机,间不容～。❸通"穗(suì)"。谷类簇生在茎顶端的花或果实。

邃 suì ❶〈文〉(时间、空间)深;深远:～古(远古)|幽～|深山～谷。❷〈文〉精深:～密|精～|语直意～。❸〈文〉精通:先生精于学,～于文|无所不通,而尤～律历。

襚 suì ❶古代丧礼中,给死者穿衣办理丧事等。❷〈文〉向死者赠衣被:～以一品礼服。❸〈文〉殓死者的衣被。❹〈文〉送给活人衣服。❺〈文〉量词。用于丝绸等。❻〈文〉用来穿佩玉的绶带。

繀 suì 〈文〉四川出产的一种白细布。

維 suì ❶〈文〉将丝收在纺车的收丝器上。❷〈文〉纺车上的收丝器具。

篴 suì 见 dí "篴"(130 页)。

旞 suì 〈文〉在帝王乘坐的大车上装载的旌旗,以五彩的羽毛做装饰。

䃺 suì 同"燧"。古代边境为报警点燃的烟火。

繐 suì ❶〈文〉细而疏的麻布。古代多用来做丧服:～衰(cuī)|～帷。❷用丝线、布条等扎成的像穗儿的装饰物:丝～子。

繸 suì ❶古人系佩玉的带子,泛指丝绸带子。❷覆盖尸体的衣被。

轊 suì ❶〈文〉捆口袋的带子。❷古时装敌人首级的口袋。

sūn (ㄙㄨㄣ)

孙 (孫) ㊀ sūn ❶儿子的儿子:长～|祖～三代|室中更无人,惟有乳下～。❷孙子以后的各代:曾～|玄～|九世～。❸跟孙子同辈的亲属:侄～|外～。❹再生或孳生的植物:～竹(竹根末端所生的嫩枝)|稻～。❺姓。
㊁ xùn 〈文〉同"逊"。谦让:王遇晋公子至厚,今重耳言不～,请杀之(重耳:人名)。

苼 (蓀) sūn 古书上说的一种香草。也叫"荃"。

狲 (猻) sūn 【猢(hú)狲】猴的俗称:树倒～散。

飧 sūn 见 cān "飧"(56 页)。

餐 sūn 见 cān "餐"(56 页)。

飧 [△*飧、餐] sūn ❶〈文〉晚饭:不～而寝|饔～不继(饔;yōng,早饭)。❷〈文〉泛指熟食;饭食:乃馈盘～。
"飧"另见 cān (56 页)。

搎 sūn 【扪(mén)搎】〈文〉摸;摸索:忽有人以手探被,反复～。

餕 sūn 见 jùn "餕"(350 页)。

蓀 sūn 【蓫芜】〈文〉多年生草本植物。嫩茎可食用,全草可入药。也叫"酸模"。

sǔn (ㄙㄨㄣ)

扻 sǔn 见 zhì "扻"(880 页)。

损 (損) sǔn ❶减少;失去(跟"益"相对):～失|减～|～有余而补不足。❷伤害;破坏:～害|毁～|满招～,谦受益。❸用尖刻的话挖苦人:说话不要总～人。❹刻薄;恶毒:这话也太～了|这一手可真够～的。❺〈文〉丧失:～命|以战必～其将(以战:用这样的人打仗)。

笋 [△*筍、笋] sǔn ❶竹笋,从土里的竹鞭上长出的竹子嫩芽,可以做菜:雨后春～。❷幼小的;鲜嫩的:～鸡|～鸭。
"筍"另见 yún (842 页)。

隼 sǔn 鸟名。外形略像鹰,翅窄而尖,飞得很快,是猛禽。种类很多。也叫"鹘(hú)"。

榫 sǔn 竹木等器物以凹凸方式相连时,凸出部分叫榫。也叫"榫子、榫头"。

敜 sǔn 〈文〉同"损"。减少。

腀 sǔn 〈文〉把切好的熟肉放到血中,拌和成肉羹。

愞 sǔn 【愞懦(nuò)】〈文〉软弱的样子。

䐿
㊀ sǔn 〈文〉把熟肉切了再煮。
㊁ zhuàn 〈文〉同"馔"。饭食；饭菜。

簨[簨] sǔn 古代悬挂钟磬架子的横杆。

suō（ㄙㄨㄛ）

伎 suō ❶〈文〉行走。❷舞貌。

莏 suō【挼(ruó)莏】〈文〉两手揉搓。

莎□ ㊀ suō【莎草】多年生草本植物。多生长在潮湿地区，茎三棱形，叶条形，花黄褐色，地下块根叫香附子，可入药。
㊁ shā ❶【莎鸡】虫名，即纺织娘：～鸣曲沚。❷【莎车】县名，在新疆喀什地区。

唆 suō 怂恿或指使(别人做坏事)：～使|教～|调(tiáo)～。

娑 suō【婆娑】1.盘旋起舞的样子：～起舞。2.枝叶纷披的样子：树影～。

傃 suō【傃题】古县名。在今河北。

娑 suō 见 qiē "娑"(551页)。

桫□ suō【桫椤(luó)】蕨类植物。木本，叶子羽状分裂。是我国国家重点保护植物。

梭□ suō 旧式织布机上用来引导纬线的工具。中间粗，两头尖，形状像枣核：穿～|光阴似箭，日月如～。

傞 suō ❶【傞傞】1.〈文〉形容醉舞的样子：屡舞～～。2.〈文〉参差不齐的样子：～～江柳欲章春。❷露出牙。用于古白话：～牙傮嘴。

揱□[*抄] ㊀ suō【摩(mó)揱】用手抚摩。
㊁ sa【摩(mā)揱】手掌轻轻按着一下一下移动：～衣裳。
㊂ sha【挓(zhā)揱】〈方〉(手、头发、树枝等)张开；伸开：～着手|吓得头发都～起来了。

睃□ suō 斜着眼睛看：冷冷地～了他一眼。

鎓 suō【鎓盘】〈文〉盘旋起舞的样子：主人起舞～～。

蓑[㊀*簑] ㊀ suō 蓑衣，用草或棕制成的、披在身上的雨具：～笠|～草|青箬(ruò)笠，绿～衣，斜风细雨不须归。
㊁ suī【蓑蓑】〈文〉下垂的样子：花叶何～。

莏 suō 〈文〉木名：～木。

嗦 suō ❶【哆(duō)嗦】身体不由自主地颤动：打～。❷【啰(luō)嗦】同"啰唆"。1.(说话)絮叨；重复烦琐。2.(事情)繁杂；琐碎。3.反复地说：絮絮叨叨地说。

嗍 suō 吮吸：快把冰棍儿～～，快要化了！

羧 suō【羧基】由羟(qiǎng)基和羰(tāng)基组成的一价原子团。

趖 suō ❶〈文〉走；疾走。❷日月星辰偏西下落。用于古白话：日头～西。

摍 suō 〈文〉抽；抽引。

缩(缩) ㊀ suō ❶收缩，由大变小或由长变短(跟"胀"相对)：压～|热胀冷～|这块布下水以后～了半尺。❷没伸开；不伸展：伸～|～手～脚|～着脖子|牛马毛寒～如蝟。❸向后退：退～|畏～。❹节省：节衣～食。
㊁ sù【缩砂密】多年生草本植物。种子叫砂仁，可入药。

膄 suō 〈文〉同"缩"。缩减；收缩：盈～|膃(nǜ)～(退缩)。

髿 suō(又读 shā)【鬖(sān)髿】1.〈文〉头发下垂的样子。2.〈文〉头发蓬松杂乱的样子。

潥 suō ❶〈文〉饮；喝。❷〈文〉吮吸。

鮻 suō ❶鱼名。即梭鱼。❷传说中的怪鱼，人面，鱼身。

suǒ （ㄙㄨㄛ）

所□ suǒ ❶地方：住～|场～|流离失～|譬如北辰，居其所而众星共之(北辰：北极星。共：gǒng，同"拱"。环绕)。❷某些机关或单位的名称：托儿～|研究～|招待～。❸量词。用于房屋等建筑物：一～房子|几～楼房。❹量词。用于学校、医院

等单位(包括建筑物):一～大学|三～幼儿园。❺助词。用在动词前,构成名词性短语:夺人～爱|倾其～有|此小人之～务,而君子～不为也。❻〈文〉用在数量词后面,表示大概的数目,相当于"许":父去里～,复还(里所:一里多)|从弟子女十人～(弟子女:女弟子)。❼姓。

索 □ suǒ ❶粗绳;大链子:一道～绳|铁～桥。❷寻找;搜寻:～求|搜～|按图～骥。❸探求;探讨:～秘|探赜(zé)隐|路漫漫其修远兮,吾将上下而求～。❹要;求取:～要|～取|勒～。❺〈文〉孤独;孤单:～处|离群～居|一怀愁绪,几年离～。❻〈文〉没有意思:兴致～然。❼姓。

贠 suǒ 用于地名:～乃亥(在青海泽库)。

唢(嗩) suǒ 【唢呐(nà)】簧管乐器。管口铜制,管身木制,形状像喇叭。通常管身正面有七孔,背面一孔。

琐(瑣)[*璅] suǒ ❶细碎;细小:～事|～碎|～闻|烦～。❷卑微:猥～|器用～薄,无他才术(器用:才干)。

筱 □ suǒ 见 jùn "筱"(349页)。

锁(鎖)[*鏁、鎍] suǒ ❶安在门、抽屉等上面使人不能随便打开的器具:门～|铁～|一把～。❷用锁关住:把柜子～好|江头宫殿～千门,细柳新蒲为谁绿。❸形状像旧式锁的东西:石～|长命～。❹链子:枷～|～镣|千寻铁～沉江底。❺缝纫方法。用于固定衣物边缘或扣眼,针脚很密,线斜交或钩连:～边儿|～扣眼。❻〈文〉封闭;禁锢:桐花半亩,静～一庭愁雨。❼〈文〉皱(眉):闲看世态眉常～。

惢 ㊀ suǒ 〈文〉疑心;疑虑:内有～,下有事。
㊁ ruǐ ❶〈文〉同"蕊"。花蕊。❷〈文〉沮丧的样子:神～形茹(指颓丧)。❸〈文〉祭祀名。

鄀 suǒ 古亭名。

挱 suǒ ❶〈文〉同"索"。求取;搜寻。❷〈文〉摸;摸索:摸～。

硰 suǒ 〈文〉碎石坠落的声音。

潥 □ suǒ 〈文〉水名。今称"索水",源出河南。

溑 suǒ 古水名。

索 suǒ ❶〈文〉入室搜索。❷〈文〉寻求。❸〈方〉索取。❹〈文〉孤独;寂寞。

榡 suǒ 〈文〉通"索(suǒ)"。索求。

璅 suǒ 见 zǎo "璅"(850页)。

筱 suǒ ❶〈文〉竹名。❷〈文〉席。

瘯 suǒ 〈文〉气脉跳动。

蛥 suǒ 【蛥蛪(qiè)】〈文〉一种海蚌。

繀 suǒ 〈文〉同"索"。粗绳;大链子:铁～。

趖 suǒ 〈文〉仆倒;倒下。

鎍 suǒ 〈文〉铁索;铁链。

鞹 suǒ 【鞹鞾(duó)】我国古代北方少数民族的一种靴子。

飀 suǒ 【飀飀】〈文〉模拟风声:～松声送风雨。

䴷 suǒ 〈文〉小麦的粗屑。

suò (ㄙㄨㄛˋ)

些 □ suò 见 xiē "些"(741页)。

迻 suò 【逤迻】唐代时吐蕃都城,即今西藏拉萨。

膆 suò 〈文〉脂肪肥厚。

撦 ㊀ suò 〈文〉拂;擦拭:师欲进语,子以拂子～师口。
㊁ cè 〈文〉击。

䴷 suò 【糤(luò)䴷】〈文〉小米粥;麦粥。

T

t

tā（ㄊㄚ）

他 □ tā ❶指代自己和对方以外的某个人（多指男性）：～是谁？｜如果不在，找～兄弟也行｜～自娃刁，那(nǎ)得韩卢后耶？（韩卢：人名。）❷表示不定指，用在平行的语句里，表示许多人共同：你也跳，～也跳，大伙儿都在跳。❸表示虚指：写～两笔｜三杯两盏淡酒，怎敌～晚来风急？❹〈文〉另外的：别无～求｜王顾左右而言～｜如此而已，岂有～哉！

它 □ [㊀❶❷*牠] (㊀) tā ❶指代人以外的动物、植物或事物：这匹马会尥蹶子，别碰｜玻璃柜太脏了，你把～擦一擦。❷〈文〉别的，其他的：～山之石，可以攻玉（攻：治）。❸姓。
(㊁) tuó【橐(tuó)它】〈文〉骆驼：驴骡～以万数。
(㊂) shé〈文〉蛇：四～卫之。后作"蛇"。

她 □ tā ❶指代自己和对方以外的某个女性：～是我姐姐｜妹妹睡了，别吵～｜大家都叫～祥林嫂；没问～姓什么。❷指代某种值得尊重和敬爱的事物（如国家、故乡、山河、国旗等）：五星红旗，～永远在我心中。

祂 □ tā 梵文译音用字。

趿
跋 □ tā【跋拉(la)】穿着没有后帮的鞋；穿鞋只套上脚的前半部，而把后帮踩在脚后跟下：～着鞋｜把鞋提上，干吗～着走？

铊 □ (鉈) (㊀) tā 金属元素。符号 Tl。
(㊁) tuó 旧同"砣"。秤砣，称东西时使秤平衡的金属锤。

塌 □ tā ❶倒下；沉陷：～方｜坍～｜忽忆雨时秋井～，古人白骨生青苔。❷凹下：～鼻梁｜瘦得两腮都～下去了。❸下垂；向下弯：帽檐～着｜庄稼晒得～了秧。❹安定；镇定：念书～不下心来不成。

遢 □ tā【邋(lā)遢】不整洁；不利落。

溻 □ tā 汗水湿透（衣服、被褥等）：汗水把内衣都～湿了。

踏 □ tā 见 tà "踏"（647 页）。

褟 □ tā ❶〈方〉贴身的单衫：汗～儿。❷〈方〉在衣物上缝缀（花边等）：～一道绦子。❸姓。

蹋 tā【蹋撒物】〈方〉不务正业的人；没有正经营生的人：眼看成了个～。

tǎ （ㄊㄚ）

碰 □ tǎ 见 dá "碰"（113 页）。

塔 □ [*墖] tǎ ❶佛教特有的建筑物，用来放置舍利（佛骨）和经卷等。塔身多为多边形，顶部尖形，通常有五层至十三层不等：宝～｜佛～｜老僧已死成新～。❷形状像塔的建筑物：水～｜灯～｜电视～。❸姓。

溚 □ tǎ 见 dá "溚"（113 页）。

嗒 (㊀) tǎ 〈文〉忘怀的样子：～焉忘言。
(㊁) dā【嗒嗒】1. 表示状态：羞～。2. 模拟赶马声：～嗒嗒地赶着马。

獭 (獺) [獭] tǎ 哺乳动物水獭、旱獭、海獭的统称。通常指水獭。水獭生活在水边，善游泳，是我国国家重点保护动物：为渊驱鱼者，～也。

闛 □ tǎ【闛(tāng)闛】〈文〉模拟钟鼓等发出的声音。

鳎 □ (鰨) tǎ 鱼名。身体侧扁，不对称，成鱼两眼在右侧。生活在浅海沙底。种类很多。通称"鳎目鱼"。

蹋 □ tǎ【蹋蹋(là)蹋】1.〈文〉马徘徊的样子。2. 即邋遢(lāta)。不整洁；不利落。

鰨　㊀ tǎ　【鰨鳗(mán)】〈文〉比目鱼的一种。

㊁ dá　【鲊(zhǎ)鰨】〈文〉某些兽类畜类肝胆间的结石,是名贵药物。也作"鲊荅"。

tà (ㄊㄚˋ)

少　tà　〈文〉踏。

拓　tà　见 tuò "拓"(685 页)。

沓　㊀ tà　❶〈文〉繁多;重复:杂～(杂乱)|复～|纷至～来。❷〈文〉轻慢;懈怠:其民怠～其君。❸姓。

㊁ dá　量词。用于重叠起来的纸张或其他薄片状的东西:一～钞票|一～儿照片。

挞(撻)　tà　〈文〉用鞭、棍等打:鞭～|～罚|怒而～之。

荅　tà　见 dá "荅"(113 页)。

猾　㊀ tà　❶〈文〉狗吃食物。❷〈文〉狗咬人。

㊁ shì　通"舐(shì)"。舔食:～糠及米。

闼(闥)　tà　〈文〉门;(宫中)小门:房～|出入禁～|排～直入(推开门就进去)。

嵲　tà　〈文〉高飞的样子。

鈶[鉔]　tà　〈文〉平底的陶制器皿。

搨　tà　❶〈文〉指套,多用皮革做成,用来保护手指。❷〈文〉护套。

蓍　tà　蓍菜,药草泽泻的别名。生在水中,大叶。

嗒　tà　【嗒嗒】〈文〉言语纷杂的样子:悯时叹～。

幨　tà　〈文〉帐子上的覆盖物:施帐并～。

渍　tà　〈文〉沸而溢出:华鼎振～。

嚃　tà　❶〈文〉俯伏。❷〈文〉悦服。

搭　tà　见 dā "搭"(112 页)。

楈　tà　〈文〉即枓(dǒu)。柱上支承大梁的方木。

嗒　㊀ tà　【嗒然】〈文〉失意、懊丧的样子:～若失。

㊁ dā　模拟马蹄声、机枪声、脚步声等(常叠用):～～的马蹄声|机枪～～～地扫射着。也作"哒"。

偪　tà　❶〈文〉埋;低着:闭户～首。❷【偪僷(sà)】1. 出息;能耐(多用于否定式)。用于古白话:少～|没～。2.〈方〉谨慎:没～。

憜　tà　【憜然】〈文〉失意、懊丧的样子。也作"嗒然"。

搨　tà　见 dá "搨"(113 页)。

碏　tà　❶〈文〉初次舂捣后再次舂捣。❷〈文〉用脚踏碓舂米(碓:duì,舂米的工具)。

遝　tà　❶〈文〉及;达到:矢之所～。❷〈文〉通"沓(tà)"。纷纭聚集:杂～(纷繁;杂乱)。

罯　tà　〈文〉网:张～。

猲　tà　〈文〉野兽奔跑的样子。

闒(闒)　tà　❶〈文〉楼上门户。❷【闒茸(róng)】1.〈文〉卑贱;卑微:～尊显兮,谗谀得志。2.〈文〉卑鄙:诸生～无行。❸〈文〉通"蹋(tà)"。踢:临淄甚富而实,其民无不斗鸡走狗,六博～鞠(六博:古代一种掷采下棋的比赛游戏)。

榻　tà　❶狭长而低矮的坐卧用具,也指床:竹～|下～(客人住宿)|移我琉璃～,出置前窗下。❷〈文〉几案:合～对饮。

樏[樏]　tà　【楈(dá)樏】〈文〉果树名。果实似李子。

毦[毲、毰、毲]　tà　【毦毲(dēng)】〈文〉有彩纹的细毛毲:象口吹香～暖。

蟽　tà　【蟖(gé)蟽】〈文〉蟓(yáng)。米谷里的小黑甲虫。

齰　tà　〈文〉喝。

齚　tà　〈文〉喝;大口吞食:河南人常笑河北人好食榆叶,故齐人号之为"～榆

贼"。

簹 tà〈文〉竹制的覆盖物:(苑中台殿)常用竹～以护风雨。

傝 tà【佻(tiāo)傝】〈文〉轻薄:心性～。

濻 tà 见luò"濼"(437页)。

褟 tà 姓。

瑹 tà【趿(lā)瑹】〈文〉飞的样子。

鞈[鞳] tà 见gé"鞈"(205页)。

踏 ㊀ tà ❶用脚踩:～步|践～|脚～实地|足～使坚平。❷到现场(察看):～访|～勘|～看。
㊁ tā【踏实(shi)】1.切实;不浮躁:干活儿～。2.(情绪)稳定:拿到车票,心里就～了。

磼 tà〈文〉饮:～筋(饮酒)。

諮 tà【諮諮】〈文〉话没完没了的样子:～然。

澾 tà〈文〉光滑;滑溜:滑～。

橕 tà〈文〉同"榻"。一种类似床的坐卧用具。

闒 tà〈文〉同"阘"。卑下。

蹹 tà ❶〈文〉趿拉着鞋。❷〈文〉跳;击鼓:～舞。

噎 tà〈文〉不细嚼而吞咽:～食。

翻 tà ❶〈文〉前后相随成群地飞。❷〈文〉多次;不断:狼弧～其斯弯(狼弧:弓)。

簜 tà〈文〉一种遮挡阳光的窗子,用竹篾编成:障日～。

鰧 tà〈文〉大船:龙舟凤～。

鍏 tà ❶〈文〉金属做的箍套:笔～。❷〈文〉用金属套裹:以铁～之。

鶋 ㊀ tà〈文〉鸟的羽毛。
㊁ bǎo〈文〉车盖:羽～(以鸟羽为饰的华盖)。

繶 tà〈文〉抛出绳索套取(猎物等):飞索以～。

鞜 tà〈文〉皮革制作的鞋。

蹋 tà ❶〈文〉踏;踩:～石过涧。❷〈文〉踢:～鞠(踢球)|足～开户。❸【糟蹋(ta)】浪费;损坏:不许～粮食|挺好的一件家具,就这样给～了。

磼 tà ❶〈文〉堆积;物上加物。❷【磼伯】1.〈文〉放纵豁达的人。晋人特指羊曼。2.〈文〉用人不辨好坏。唐人特指常衮。

濕 ㊀ tà ❶古水名。黄河下游主要支流之一,在今山东境内。也作"漯"。❷【濕阴】1.汉代侯国名。2.古地名。在今山东。
㊁ xí〈文〉同"隰"。低湿的地方;低下:卑～。
㊂ xiè 古人名用字。公子濕。
另见shī"湿"(612页)。

镕 tà〈文〉同"搨"。指套。缝纫时套在指上以防针刺。

鍵 tà〈文〉表皮凸起:～皮。

鞜 tà【鞜(tāng)鞜】〈文〉模拟钟鼓等的声音。也作"鞳鞜(tà)"。

艚 tà ❶〈文〉两船相并。❷〈文〉同"艚"。大船:板～。

鍚 tà 化学元素"铊(tā)"的旧称。

磬 tà〈文〉敲击鼙(pí)鼓的声音。

馨 tà〈文〉鼓声:铿锵铛～。

蹾 tà ❶〈文〉同"蹋"。践踏;踩:～杀。❷〈文〉同"蹋"。踢:～鞠。

濼 tà 古水名。古黄河支流,在山东。

闟 tà 见xī"闟"(719页)。

黕 tà〈文〉颓放:～伯(称颓纵不羁之人)。

諮
嚚
蟽
躂
謵
齱

諮 tà【諮諸(tà)】〈文〉语相反；连续不绝。

嚚 tà【僾(sè)嚚】1.〈文〉说话快。2.〈文〉话多不止。

蟽 tà〈文〉蝎子一类的虫。

躂 tà〈文〉同"躂"。踢：欲～大夫门。

謵 tà〈文〉多言。

齱 tà ❶〈文〉龙腾飞的样子。❷〈文〉两条龙：～之赫(形容二龙发怒)。

tāi（ㄊㄞ）

台 tāi 见 tái"台"(648 页)。

苔 tāi 见 tái"苔"(648 页)。

哈 tāi 见 hāi"哈"(233 页)。

胎 tāi ❶人或其他哺乳动物孕于母体内而未生的幼体：～儿｜胚～｜双胞～｜十月怀～。❷量词。用于怀孕或生育的次数：头～｜生过两～｜母猪一～生了十只小猪。❸器物的坯子：铜～｜脱～漆器｜铁为质而包以银，号铁～银。❹衣服、被褥等的衬里：棉～｜软～的帽子。❺事物的根源、起因：祸～｜福生有基，祸生有～。❻轮胎,安装在车轮外围的环形橡胶制品：车～｜内～｜外～。[英 tyre]

蛤 tāi〈文〉黑贝。

tái（ㄊㄞ）

台 (❶❷-❼❾❿⓫△臺、❷❿颱、❾檯)
㊀ tái ❶高而平的建筑物：～榭｜烽火～｜九层之～,起于累土。❷公共场所中高出地面的设备,用于表演或讲话等：舞～｜讲～｜上～领奖。❸形状像台的东西：井～｜窗～。❹某些器物的底座：锅～｜炮～｜灯～。❺古代官署名；现代某些单位、机构名：御史～｜天文～｜电视～。❻量词。1.用于机器、设备等：一～拖拉机｜一～收录

机。2.用于舞台上一次完整的演出：一～歌舞｜几～新戏。❼旧时对某些高级官员的尊称：抚～｜藩～｜道～。❽敬辞。用于称对方或跟对方有关的行为：～鉴｜～启｜某顿首,伏承～海。❾桌子或类似桌子的器物：柜～｜梳妆～｜乒乓球～。❿【台风】发生在太平洋西部和南海海面上的热带气旋。中心附近风力常在 12 级或 12 级以上,同时伴有暴雨。⓫台湾的简称：～胞｜～商｜港澳～地区。⓬姓。
㊁ tāi 用于地名：台州(在浙江东部)｜天～(又山名,在浙江台州)。
㊂ yí ❶〈文〉第一人称代词。我：非～小子,敢行称乱(不是我敢于发难)。❷〈文〉何;什么：夏罪其如～?(夏：指夏桀。如台：如何。)❸〈文〉通"怡(yí)"。愉快：唐尧逊位,虞舜不～。
"臺"另见 tái (649 页)。

邰 tái 姓。

垍 tái〈文〉同"台(臺)"。高而上平的建筑。

抬 tái ❶向上举：～手｜若立身于矮屋中,使人一～头不得。❷共同用手或肩膀搬运东西：～担架｜～轿子｜上令司御者～步辇召学士来。❸使(价格、身价)上升；提高：哄～｜～高身价｜不识～举。❹争辩：两个人一说话就～起来了。❺量词。用于人抬的东西：两～嫁妆。

苔 ㊀ tái 苔藓植物的一类。这类植物茎、叶的区别不明显,绿色,生长在潮湿的地方：百亩庭中半是～,桃花净尽菜花开。
㊁ tāi 舌苔,中医指舌头表面的一层滑腻物质,观察它的颜色可以帮助诊断病症。

骀 (駘) ㊀ tái ❶〈文〉劣马：驽～。❷〈文〉比喻庸才：伊余朽～(伊：助词。余：我)。❸〈文〉马嚼子脱落：马～其衔,四牡横奔。
㊁ dài ❶〈文〉懈怠；疲惫：率疲～之兵,当劲勇之卒。❷【骀荡】〈文〉舒缓；令人怡悦：春风～｜春色～。

枱 tái 见 sì"枱"(633 页)。

炱 [炲、燅] tái 烟气凝结成的黑灰：松～(松烟)｜煤～入

甄中。

苔 tái　青苔;玉阶～。后作"苔"。

跆 tái ❶〈文〉踩;踏:～藉(践踏)。❷【跆拳道】体育运动项目。以手脚并用的技术进行格斗。

墓 tái　同"台(臺)"。高而平的建筑物。

鲐 tái　见 sì "鉰"(633 页)。

鲐（鮐） ⊖ tái　鱼名。身体呈纺锤形,头尖口大,尾柄细,背部青色,有深蓝色波状条纹。生活在海中,是洄游性鱼类。也叫"鲭(qīng)"。
⊜ yí　【鮧(hóu)鲐】〈文〉河豚。

臺 tái　姓。
另见 tái "台"(648 页)。

箈 tái　〈文〉嫩笋:～菹(菹:zū,腌菜)。

藜 tái　见 chí "藜"(83 页)。

箈 tái　〈文〉嫩竹笋,春笋:～萌(萌芽,比喻事物的开端)。

儓 ⊖ tái　古代最底层的奴隶:～隶。
⊜ tài　【儓儗(ài)】〈文〉痴呆:～子。

擡 tái ❶〈文〉举;提高:～举|～望眼。❷两个以上的人共同提举:被～上一辆车。后通作"抬"。

薹 tái ❶薹草,多年生草本植物。茎丛生,扁三棱形,花穗浅绿褐色,生长在水田里,叶子可制蓑衣。❷蒜、韭菜、油菜等从中央部分长出的长茎,茎顶开花,嫩的可以吃:蒜～|油菜～。

孏 tái　〈文〉迟钝。

籉 tái　〈文〉一种竹笠(用于遮阳挡雨):～笠。

籉 tái　【黪(lái)籉】1.〈文〉非常黑。2.〈文〉不懂事。

呔 tǎi　（ㄊㄞˇ）

呔 tǎi　见 dāi "呔"(115 页)。

嚍 tǎi　【嚍唫(dài)】〈文〉言语不正;语无伦次。

tài　（ㄊㄞˋ）

大 tài　见 dà "大"(114 页)。

太 tài ❶高;大:～空|～仓之粟。❷最高的;最远的:～学|～初|～古尝无君矣。❸表示身份、辈分最高或更高的:～老师(老师的老师、老师的父亲或父亲的老师)|～夫人(尊称别人的母亲)|高祖五日一朝～公。❹副词。表示超出正常的程度(用于中性义形容词前):衣服～小了|文章～长了|其为(wèi)人～多,其自为(wèi)～少。❺副词。表示程度极高(用于褒贬义形容词前):～漂亮了|～差劲了|实在～有意思了。❻副词。跟"不"合用:1. "太"位于"不"后,减弱否定强度:不～合适|不～好意思|不～喜欢这种场合。2. "太"修饰否定结构,加强否定程度:～不像话了|～没有水平了|～不应该。

夳 tài ❶〈文〉同"泰"。滑。❷〈文〉极大;辈分最高的:～夫人。

忕 tài　见 shì "忕"(616 页)。

汏 tài ❶〈文〉清洗;洗涤:洗～。❷除去差的、不合要求的:裁～|淘～|优胜劣～|冗卒要精。❸〈文〉水波:齐吴榜以击～(齐:齐力并举。吴榜:大船桨)。❹〈文〉通"泰(tài)"。奢侈:后诸王骄～,轻构祸难。

忲 tài　〈文〉奢侈:人俗豪～。

态（態） tài ❶姿容;姿态:～度|仪～|神～|余不忍为此～也。❷形状;样子:状～|事～|故～复萌|备知万物情～。❸语法范畴。指动词所表示的动作跟主语所表示的事物之间的关系,如主动、被动等。

肽 tài　有机化合物。由一个氨基酸分子中的氨基(—NH$_2$)与另一个氨基酸分子中的羧(suō)基(—COOH)缩合脱水而成。因氨基酸分子数量不同而有二肽、三肽、多肽等。

钛（鈦） **tài** 金属元素。符号Ti。

泰 **tài** ❶平安;安宁:康～|国～民安|政教积德,必致安～之福。❷通"太(tài)"。最:～古|～西(旧指西洋,主要指欧洲)。❸极;最;过于:简略～甚|富贵～盛。❹〈文〉宽裕:舟炮用财,不得不～。❺〈文〉通畅:言者无罪闻者诚,下流上通上下～。❻泰山:季氏旅于～山(旅:祭祀)。

酞 **tài** 有机化合物的一类。如酚酞,由一个分子的邻苯二甲酸酐和两个分子的酚缩合而成。酞类化合物常用作染料和指示剂等。

茝 **tài** 【茝茵(bǐng)】古人名。即泰丙,周穆王的车右。

能 **tài** 〈文〉同"态"。形状:～状。

斄 **tài** 【斄裪(bǐng)】古人名。即泰丙,周穆王的车右。

儓 **tài** 见tái"儓"(649页)。

嶜 **tài** 【嶜裪(bǐng)】古人名。即泰丙,周穆王的车右。

醏 **tài** 有机化合物"酞(tài)"的旧称。

---

tān（ㄊㄢ）

坍 [坍] **tān** 倒塌:～塌|～陷|洪水冲～了堤坝。

贪（貪）[貪] **tān** ❶爱财;利用职权非法取得财物:～污|～赃枉法|近贪日益廉,近富日益❷过分追求;没有节制:～杯|～便宜|～多务得,细大不捐(捐:舍弃)。

惏 **tān** 〈方〉他(含尊敬意):女儿正侍候着～起床呢。

啴 **tān** 见chǎn"啴"(68页)。

舕 [舕] **tān** 【舕舕】〈文〉吐舌的样子:玄熊～。也说舕臁(tàn)"。

沺 **tān** 【沺(qiào)沺】〈文〉大波;巨浪。

摊（攤） **tān** ❶铺开;摆开:～场(cháng)|～牌|王戎～书满床(王戎:人名)。❷分担:～派|分～|才闻～税征渔户,又说抽丁报老爷。❸碰上;落到(多指不如意的事情):这种事～在谁身上也受不了。❹烹饪方法。把糊状食物放在锅或铛里铺成片状,煎烙使熟:～鸡蛋|～煎饼。❺设在路边、广场上没有铺面的售货处(多是临时性的):～位|地～儿|杂货～儿。❻量词。用于摊开的液体或糊状物:一～水|一～鲜血|一～稀泥。❼量词。用于摆在面前的一些事情(可加"大"):一～事情|一大～|～杂务要办。

滩（灘） **tān** ❶江、河、湖、海的近岸处淤积的平地,水涨淹没,水落露出:～涂|河～|此由黄河北岸生～,水趋南岸。❷江河中水浅石多,水流很急的地方:险～|江水又东经文阳～,～险难上。

潬 **tān** 水名,在四川东北部。

瘫（癱） **tān** 瘫痪,由于神经功能发生障碍,身体的一部分不能随意运动:偏～|截～|他～在床上有几年了。

潬 **tān** 见shàn"潬"(598页)。

镡 **tān** 【遄(tiān)镡】〈文〉语音不正的样子。

譠 **tān** 【譠谩(mán)】〈方〉欺弄。

驙 **tān** 见tuó"驙"(684页)。

---

tán（ㄊㄢ）

坛（❶-❺壇、❻罎）[❻*罈、❻*壜] **tán** ❶古代为举行祭祀、誓师、会盟等大典而筑的高台:祭～|天～|登～拜将|为～而盟。❷用土堆成的、用来种花的台:花～。❸指文艺界、体育界或其中的某个专业群体:文～|体～|棋～。❹发表言论的场所:讲～|论～。❺某些会道门拜神集会的场所或组织:～主|乩～。❻坛子,肚大口小的陶器:酒～|菜～。

垱 **tán** ❶同"坛(壇)"。高台:～台上弹打人。❷同"坛(罎)"。坛子:两～酒。‖用于古白话。

昙（曇）tán ❶〈文〉密布的云气：彩～|～～(乌云密布的样子)。❷译音用字，多见于佛经：～花(梵语音译词"优昙钵花"的简称，常绿灌木，花白色，多在夜间开放，开花时间极短)|～摩(达摩)。

倓 ㊀ tán 〈文〉安然不疑：～然见管仲之能足以托国也(托国：托付治国的责任)。
㊁ tàn 通"赕(tàn)"。古代南方某些少数民族称以财物赎罪：以～钱赎死。

郯 [郯、郯] tán ❶【郯城】地名。在山东临沂。❷姓。

谈（談）tán ❶说；对话：～论|洽～|高～阔论|遍国中无与立～者(国：国都)。❷所说的话；言论：海外奇～|传为美～|无稽之～。❸姓。

埮 ㊀ tán 〈文〉瓦坛。
㊁ tàn 【壏(làn)埮】〈文〉地平而宽阔。

惔 ㊀ tán 〈文〉火烧：忧心如～。
㊁ dàn 〈文〉通"憺(dàn)"。安静；淡泊：平易恬～。

弹 见 dàn "弹"(120页)。

覃 ㊀ tán ❶〈文〉深；深入：～思|～精。❷〈文〉悠长：实～实讦(哭声又长又大。实：助词。讦：大)。❸〈文〉延伸；蔓延：其心足以～于后昆(后昆：子孙后代)。❹姓。
㊁ qín 姓。

戡 tán ❶【戡戡】〈文〉宫室深邃的样子。❷【戡鋆(yín)】〈文〉室宇深邃高大的样子。

替 tán 〈方〉坑；水塘。多用于地名：～滨(在广东罗定)。

锬（鋑）㊀ tán 〈文〉长矛。㊁ xiān 〈文〉锋利：强弩在前，～戈在后。

痰 tán 肺泡、支气管和气管分泌出来的黏液。

郸 tán ❶古国名。故地在今山东。❷姓。

谭（譚）tán ❶〈文〉同"谈"。说；所说的话：～人祸福，无不奇中。❷姓。

壇 tán 〈文〉同"坛(罎)"。坛子。

墰 tán 〈文〉同"坛(罎)"。坛子。

嘾 tán 见 dàn "嘾"(120页)。

潭 ㊀ tán ❶深水池：深～|龙～虎穴|桃花～水深千尺。❷坑：烂泥～。❸姓。
㊁ xún 〈文〉通"浔(xún)"。水边：江～落日复西斜。

憛 tán ❶【憛憛】〈文〉贪婪的样子：性不～。❷〈文〉忧思。

橝 tán 见 diàn "橝"(136页)。

篿 tán ❶〈文〉洗刷马用的笼子。❷〈文〉去除污垢。

餤 ㊀ tán ❶〈文〉进食。❷〈文〉增加：乱是用～(乱子因此越来越多)。
㊁ dàn ❶〈文〉通"啖(dàn)"。吃：～尸以战。❷〈文〉通"啖(dàn)"。引诱：～以甘言。❸〈文〉饼类食物：饼～。

膭 tán 【腩(nàn)膭】〈文〉肥的样子。

澹 ㊀ tán 【澹台】复姓。
㊁ dàn ❶〈文〉安静：～乎若深渊之静。❷【澹澹】〈文〉水波起伏的样子：水何～，山岛竦峙(竦峙：耸立)。❸〈文〉通"淡(dàn)"。浅淡；淡薄：辛而不烈，～而不薄。

檀 tán ❶青檀，落叶乔木。木材坚硬，可用于建筑和制家具，树皮是制造宣纸的主要原料：坎坎伐～兮，置之河之干兮。❷【檀香】常绿乔木。木材坚硬，有香气，可用来制作器具和提制香料，也可入药。❸梵文译音用字，用于与佛教有关的事物：～越(施主)|～那(布施)。❹姓。

磹 ㊀ tán 地名用字：～口(在福建长泰)。
㊁ diàn 【礝(xiàn)磹】〈文〉闪电：～之交光。

镡 tán 见 xín "镡"(748页)。

潭 同"潭"。水池；坑。

薄 tán ❶〈文〉藻类植物。即水苔。❷〈文〉一种海藻。

礴 tán 同"坛(壇)"。古代为祭祀、会盟而筑的高台。

糫 tán 〈文〉把菜掺到羹里面。

趯 tán【趯趯】〈文〉争相驰逐的样子：～千骑居上头。

蕈 ⊖ tán 〈文〉药草知母的别名。
⊜ xún 〈文〉海藻的一种。

醰[醰] tán 〈文〉酒味醇厚，喻指(诗文等)隽永：～～有味。

籜 tán ❶〈文〉竹名：～竹。❷〈文〉纤绳：～缆。

貚 tán【貙(chū)貚】〈文〉虎一类的兽。

繵 tán 见 dàn "繵"(121页)。

甑 tán 〈文〉同"坛(罈)"。坛子。

醰 tán【醃(ān)醰】〈文〉浓郁的香气：～蒸鼻。

驔 tán 佛经译音用字。

tǎn （ㄊㄢˇ）

忐 tǎn【忐忑(tè)】心神不定；胆怯：～不安｜八戒闻言，心中～。

坦 tǎn ❶平；宽阔：～途｜平～｜其地～而平，其水淡而清。❷直率；没有隐瞒：～率｜～言｜～陈。❸胸怀宽广，心里安定：～然｜舒～｜君子～荡荡，小人常戚戚(戚戚:忧愁的样子)。

醓 tǎn 〈文〉多汁的肉酱。

肽 钽(鉭) tǎn 金属元素。符号 Ta。

袒[⊖△*襢] ⊖ tǎn ❶脱掉或敞开上衣，露出(身体的一部分)：～露｜左～(露出左臂)｜肉～负荆。❷无原则地维护一方：～护｜偏～。
⊜ zhàn 〈文〉衣缝裂开。通作"绽"。"襢"另见 zhàn(861页)。

荽[荽] tǎn 〈文〉初生的荻：毳(cuì)衣如～(毳衣:细毛织成的上衣)。

毯[毪] tǎn 毯子，用棉、毛、合成纤维等织成的织品。较厚实，有毛绒，用来铺垫、覆盖或装饰等：毛～｜地～｜挂～。

噡 tǎn 〈文〉模拟众人饮食的声音。

緂 tǎn 见 tián "緂"(664页)。

幝 tǎn 见 chán "幝"(67页)。

醓[醓] tǎn 〈文〉和血的肉酱：～醢(hǎi)。

餤 tǎn 见 chān "餤"(66页)。

憛 tǎn 〈文〉心里安适。今作"坦"。

緂 tǎn 〈文〉丝织品呈苍白色。

瓅 tǎn ❶〈文〉一种玉。❷用于人名。

躢 tǎn 〈文〉以脚踏地而歌：～地以为节。

黮 tǎn 〈文〉同"黕"。昏暗不明：日光布大明，夜光便黮～(黮:yǎn,深黑色)。

tàn （ㄊㄢˋ）

叹(嘆)[*歎] tàn ❶因悲哀或郁闷而呼出长气：感～｜仰天长～｜不闻机杼声，唯闻女～息。❷吟咏；继声和(hè)唱：咏～｜《清庙》之歌，一唱而三～也。❸赞许：～赏｜赞～｜～为观止。

炭 tàn ❶木炭，把木材与空气隔绝，加高热烧成的黑色燃料：～火｜雪中送～｜可怜身上衣正单，心忧～贱愿天寒。❷煤：挖～｜煤～｜～窑。❸像炭的东西：山楂～(中药)｜侧柏～(中药)。❹〈文〉炭火：生灵涂～(涂炭:烂泥和炭火，比喻灾难祸患)｜冰～不相容。

倓 tàn 见 tán "倓"(651页)。

浃 tàn【长浃】古山名。

埮 tàn 见 tán"埮"(651 页)。

探 □ tàn ❶伸出手去摸取:～取|囊取物。❷寻求;试图发现:～查|勘～|～本穷源|～渊者知千仞之深。❸暗中考察;侦察:刺～|打～|～～虚实。❹做侦察工作的人:密～|敌～|警～。❺看望;访问:～望|～访|青鸟殷勤为～看(青鸟:借指使者)。❻伸出(头或上身):～头～脑|从窗户～出身子张望。

赕 □(赕) ⊖ tàn 古代南方某些民族称以财物赎罪:～布(输纳布帛)。

⊜ dǎn 傣族称以财物等献佛,以求消灾赐福:～佛。

淡 tàn【淡漫】〈文〉大水无边无际的样子:泗水～。

僋 tàn【僋俕(sàn)】〈文〉无知的样子。

碳 tàn 非金属元素。符号 C。

談[蜙] tàn【舕(tiàn)談】〈文〉野兽吐舌的样子。

撢 ⊖ tàn〈文〉探求:窃以所识,择～群艺。

⊜ dǎn ❶同"掸"。用掸子抽或扫,以除去灰尘。❷在一块版面上刷色之后,再加一笔较浓的颜色,是木刻彩印中的特殊技巧。

氃 tàn【蹣(pán)氃】〈文〉不能行动:～不动。

黮 tàn 见 dǎn"黮"(119 页)。

齸 tàn 见 gàn"齸"(198 页)。

---

tāng(ㄊㄤ)

汤 □(湯) ⊖ tāng ❶食物煮后所得的汁液;以汁液为主的菜肴:鸡～|菠菜～|三日入厨下,洗手作羹～。❷热水;开水:扬～止沸|固若金～|冬日则饮～,夏日则饮水。❸中药用水煎服的方剂;

中药加水煎出的药液:～药|柴胡～|煎～服用。❹温泉。多用于地名:～口(在安徽黄山区)|小～山(在北京昌平)。❺商代第一个君主:～有七年之旱。❻姓。

⊜ shāng【汤汤(shāng)】〈文〉水势浩大:河水～|浩浩～。

⊝ yáng【汤谷】即旸谷。传说中太阳升起的地方:出自～,次于蒙汜。

锡 □(鍚) tāng 锡锣,小铜锣。

鐋 □ tāng 见 dàng"鐋"(123 页)。

蓎 ⊖ tāng【蓫(zhú)蓎】〈文〉植物名。即商陆。根有毒,可入药。

⊜ dàng【偒蓎】〈文〉行为不检束:陈～,不自收敛(陈汤:人名)。

耥 □ tāng ❶【耥耙(bà)】农具。形状像木屐,底下有许多短铁钉,上面有长柄。用于在稻田里平整土地、松土或除草。❷用耥耙平整土地、松土或除草:～地。

喤 □ tāng 模拟敲锣、撞钟等的声音:钟声～～|远处传来～～的敲锣声。

劏 tāng〈方〉宰杀鸡、鸭等。

蝪 tāng【蛈(tiě)蝪】〈文〉土蜘蛛。

羰 □ tāng【羰基】由碳和氧两种原子组成的二价原子团。

蘯 tāng【蓫(zhú)蘯】〈文〉马尾草。多年生草本植物,根可入药。

镗 □(鏜) ⊖ tāng ❶模拟击鼓、撞钟等的声音:击鼓其～,踊跃用兵。后来写作"嘡"。❷【镗鞳(tà)】模拟钟、鼓的响声:有窾坎～之声|旗帜精明,金鼓～～。

⊜ táng ❶用镗床对工件上的孔眼进行加工。❷【镗床】金属切削机床。用来加工扩大工件上已有的孔眼,并使其表面光滑和精确。

蹚 □[*蹚] ⊖ tāng ❶从有水、草等的地方走过去:他～着水过去了。❷用犁、锄等把土翻开,把草锄去:～地。

⊜ tàng 量词。同"趟"。次;回:白跑这一～。

闛
鞺
鼞[闛]

tāng 见 táng "闛"(655 页)。

tāng 【鞺鞳(tà)】〈文〉模拟钟鼓等的声音:百戏～。也作"鞺鞳(tà)"。

tāng 〈文〉鼓声:击鼓其～。

táng (ㄊㄤ)

饧
táng 见 xíng "饧"(750 页)。

唐
táng ❶〈文〉〈言谈〉虚夸:～大无验|荒～之言,无端崖之辞。❷朝代名。1. 公元618—907年,李渊所建,建都长安(今陕西西安),国号唐。2. 公元923—936年,五代之一,沙陀族李存勖(xù)所建,建都洛阳,国号唐,史称后唐。❸姓。

堂
táng ❶正厅;正房(古代宫室,前为堂,后为室):～屋|济济一～|由也升～矣,未入于室也(由:孔子的弟子)。❷〈文〉高出地面的四方形屋基:封之若～。❸旧时官府举行仪式、审理案件的地方:大～|当～|审明|对簿公～。❹专供从事某种活动使用的房屋:课～|礼～|食～。❺尊称对方的母亲:令～|尊～。❻同宗而非嫡亲的亲属关系:～兄|～姐妹。❼用于厅堂名称或商店牌号:三槐～|同仁～。❽用于成套的家具或餐具:一～家具|一～餐具。❾用于分节的课程:一～语文课|下～课不上了。❿用于审案的次数(旧时开庭审案一次叫一堂):过了两～|升～官司。⓫姓。

棠
táng ❶落叶乔木。有赤、白两种。白棠,即甘棠,也叫"棠梨"。❷姓。

逿
táng 见 dàng "逿"(123 页)。

郿
táng 【郿部(wú)】地名。在山东昌乐。

惕
táng 见 dàng "惕"(123 页)。

隚
táng ❶〈文〉同"塘"。堤岸;堤防:陂(bēi)～(堤防)。❷〈文〉庙中路;道路。

塘
táng ❶水池:池～|鱼～|半亩方～一鉴开。❷浴池:澡～|盆～。❸堤岸;堤坝:～堰|河～|被发行歌而游于～下

(被:pī,披散)。❹〈方〉室内地上生火取暖用的小坑:火～。

搪
táng ❶挡;抵挡:～风|～饥|他两手向上一～,把棍子打落在地上。❷敷衍;应付:～塞(sè)|～账|阎王好见,小鬼难～(指下面的人比上面的更难于对付)。❸把涂料或泥土均匀抹上或涂上:～瓷|～炉子。

蓎
㊀ **táng** 【蓎蒙】〈文〉菟丝。
㊁ **dàng** 【蒗(làng)蓎】〈文〉植物名,即莨菪。有毒草本,种子供药用。

鄧[鄌]
táng 古地名。在今江苏。

猻
táng 【猻猊(ní)】野兽名。古代用它的皮做铠甲:～铠。

溏
táng ❶〈文〉泥浆。❷糊状的;半流动的:～便(稀薄的粪便)|～黄|～心鸡蛋。

隚
táng 〈文〉高出地面的四方形土台;屋基。通作"堂"。

瑭
táng 〈文〉一种玉。多用于人名。五代有石敬瑭、史建瑭。

撐
táng(又读 chēng) ❶〈文〉撑住;顶着:冒雪～风。❷〈文〉撞:～跌|～突。

榶
táng ❶〈文〉树木名。也叫"榶棣"。❷〈文〉碗:鲁人以～,卫人用柯(盂)。

餹[餳]
táng 〈文〉牛名:～牛。

氀
táng 【氀毦(èr)】〈文〉一种有曲纹的毛毡类织品。

煻
táng ❶〈文〉热灰;带火的灰。可以烤热烘熟东西:～煨。❷〈文〉烘焙。

禟
táng 〈文〉福祐。用于人名。清康熙帝第九子名胤禟。

樘
㊀ **táng** ❶门框;窗框:门～|窗～。❷量词。用于门或窗(一副门扇和门框或一副窗扇和窗框叫一樘):一～黑漆大门|两～玻璃窗。
㊁ **chēng** ❶〈文〉支柱。❷〈文〉支撑。

橦
táng 【橦棣(dì)】〈文〉同"棠棣"。树木名:～花重发。

磄
táng 【磄(páng)磄】〈文〉广大的样子:～千仞。

膅
táng ❶胸腔;胸骨、胸椎和肋骨围成的空腔,其中有心、肺等脏器:胸

～|开～破肚。❷某些器物中空的部分：炉～|枪～|子弹上了～。

餹 táng 〈文〉精米：用～面煎作各式果叠。

蓎 táng 【蒧(diàn)蓎】〈文〉植物名。即大果榆。落叶乔木或灌木。幼果可食，种子可驱蛔虫。

踼 ㊀ táng ❶〈文〉跌；跌倒：～跋(跋：fú，伏地)。❷〈文〉抵拒。❸〈文〉驱驰的样子。

㊁ shāng 【矍(jué)踼】〈文〉惊动的样子：河灵～。

螗□ táng 古书上指一种较小的蝉。也叫"螗蜩(tiáo)"。

镗□ táng 见 tāng "镗"(653 页)。

篖 táng 【筕(háng)篖】〈文〉竹编的粗席。

艚 táng 【艚船】〈文〉船名：～塞港百余只。

糖□ [❶❷*餹] táng ❶食糖，从甘蔗、甜菜、米、麦等提取出来的有甜味的物质，包括白糖、红糖、冰糖、砂糖等。❷糖制的食品，其中多添加果汁、牛奶、香料等：～果|酥～|水果～。❸有机化合物的一类。是人体内产生热能的主要物质，如淀粉、葡萄糖等。也叫"碳水化合物"。旧也作"醣"。

赯 táng 红色(一般指人的脸色)：紫～脸。

醣 táng 旧同"糖"。有机化合物的一类。

蹚 táng 〈文〉同"踼"。跌倒：～跌(跌倒)。

螳□ táng 螳螂(láng)。昆虫。头呈三角形，前胸细长，前腿呈镰刀状。是农林益虫：～臂当车。

闛 táng 〈文〉高门。

篖 táng 〈文〉捕鱼的罩子。

鎕 táng 【鎕锑(tí)】〈文〉火齐(jì)珠，一种宝珠。

闛 ㊀ táng 【闛闛】〈文〉盛(shèng)。

㊁ tāng 【闛闟(tǎ)】〈文〉模拟钟鼓等发出的声音：铿锵～。

㊂ chāng 【闛阖(hé)】同"阊阖"。神话传说中的天门：西驰～。

鶶 táng 【鶶鷵(tú)】〈文〉鸟名。形似乌鸦，苍白色。也叫"鶩(jī)"。

鼪 táng 【鼥(bó)鼪】〈文〉鼠名。

tǎng （ㄊㄤˇ）

帑□ ㊀ tǎng ❶〈文〉收藏钱财的国库：州～|官～|赏赐过度，仓～为虚。❷〈文〉国库里的钱财：国～|公～|转运之费，空竭府～。

㊁ nú ❶〈文〉同"孥"。子女：妻～无苦力之劳。❷〈文〉同"孥"。妻子和子女：以其～适西山。

倘□ ㊀ tǎng ❶〈文〉连词。表示假设，类似"假使"：～或|～使|～有不测，势将不堪。❷〈文〉或许：楼屋倾颓，～能压人，故令修整。

㊁ cháng 【倘佯(yáng)】旧同"徜徉"。悠闲自在地漫步。

埫□ tǎng 见 chǒng "埫"(87 页)。

淌□ tǎng 流；往下流：～汗|流～|龙头坏了，水～了一地。

惝□ tǎng "惝(chǎng)"的又读。

傥□ (儻) tǎng ❶〈文〉精神恍惚的样子：文侯～然，终日不言(文侯：魏文侯)。❷〈文〉同"倘"。假使：乐毅～再生，于今亦奔亡。❸【倜(tì)傥】1.〈文〉洒脱；不拘束：风流～。2.〈文〉卓越。

榶□ tǎng 见 dǎng "榶"(122 页)。

镋□ (钂) tǎng 古代兵器。形状像叉。

儅 tǎng 见 dāng "儅"(121 页)。

躺□ tǎng 身体平卧；物体倒下：～椅|横～竖卧|水泥管子～在路边。

攩 tǎng 见 dǎng "攩"(122 页)。

瀇 tǎng 见 dǎng "瀇"(122 页)。

懠 tǎng 【懠怳】〈文〉失意的样子:神色～。

矘 tǎng 【矘朗】〈文〉阳光不明的样子:月无云而～。

臃 tǎng 【臃朜(huǎng)】〈文〉月光不明亮的样子。

爣 tǎng ❶【爣爣】〈文〉明亮的样子:～晈日。❷【爣阆(làng)】〈文〉宽敞而明亮。

矌 tǎng 【矌眄(miǎn)】〈文〉眼无神,茫然直视的样子。

tàng （ㄊㄤ）

烫(燙) tàng ❶皮肤因接触温度高的物体而感到疼痛或受伤:嘴|～伤|宝玉自己～了手,倒不觉的。❷利用温度高的物体使另一物体升温或改变状态:～酒|～发(fà)|～衣服。❸温度高:滚～|麻辣|水太～,兑上点儿凉的。

揚 tàng 推;划动。用于古白话:(将船)～入湖中。

潒 tàng 〈文〉烫伤。

趟 ⊖ tàng ❶行进中的队伍;行列:赶～|快点走! 有点跟不上～了。❷量词。用于成行的东西:这条被子要多缝几～。❸量词。用于往复走动或运行的次数:去了两～|搬了好几～。❹量词。用于成套的武术动作:打一～太极拳,又舞了一～剑。❺量词。用于运行的车辆(多指列车):一～专列|一～～班车。
⊜ zhēng 【趟(zhāo)趟】1.〈文〉腾跃;跳跃。2.〈文〉勇猛。

趤 tàng 〈方〉来回踱步。

蹚 tàng 见 tāng "蹚"(653 页)。

---

tāo （ㄊㄠ）

夲 tāo 〈文〉快速前进:(后之学者)莫得而～。

叨 ⊖ tāo ❶谦辞。表示自己受到(别人的好处):～光(受到好处)|～教(受到指教)|～扰(受到款待)。❷〈文〉同"饕"。贪:以贪～诛死|满口只图～酒肉,浑身惟爱着绫罗。
⊜ dāo ❶【叨唠(lao)】没完没了地说;翻来覆去地说:就为那点小事,她～起来没个完。❷【叨叨(dao)】叨唠。
⊜ dáo 【叨咕(gu)】小声地没完没了地说:她们俩坐在角落里～了半天。

岌 tāo 〈文〉轻佻。

弢[韜] tāo ❶〈文〉弓袋,袋子:锦～|琴～|～无弓,服无矢(服:通"箙"。盛刀、箭的袋子)。❷〈文〉通"韬(tāo)"。隐藏:～迹隐光。后多用于人名。

牷 tāo 〈文〉牛缓慢行走。

敪 tāo 〈文〉通"韬(tāo)"。隐藏:～晦。

涛(濤) tāo ❶大波浪:波～|惊～骇浪|更相触搏,飞沫起～。❷像大波浪涌动所发出的声音:松～|林～。

绦(縧)[＊縚、＊縚、縧] tāo 绦子,用丝线编织成的带子。多做衣服、枕套、窗帘等的镶边:愿随壮子斩蛟鼍,不愿腰间缠丝～。

焘 tāo 见 dào "焘"(124 页)。

掏[△＊搯] tāo ❶挖:在墙上～了个窟窿|闭竹门,十年不出,吏人尝呼为～河夫。❷伸进去取;往外拿:～耳朵|把身上的钱都～出来。
"搯"另见 tāo (656 页)。

搯 ⊖ tāo 〈文〉叩;击。
⊜ qiā 〈文〉通"揢(qiā)"。用手指捏。
另见 tāo "掏"(656 页)。

槄 tāo 〈文〉"掏"的讹字。伸进去取。

幍 tāo 〈文〉帽子:衣～|乌纱～。

滔[滔] tāo ❶(大水)弥漫:～天巨浪|罪恶～天|河水～陆。❷

〈文〉傲慢：士不滥，官不～。❸【滔滔】1. 大水滚滚的样子：江水～|～黄河。2. 比喻言语连续不断：～不绝|议论～。

慆 táo ❶〈文〉喜悦；使愉快：君子之近琴瑟，以仪节也，非以～心也。❷〈文〉消逝：日月其～。❸〈文〉怀疑：天命不～。❹〈文〉贪：～天之功。

瑫 táo 〈文〉一种美玉。

韜(韜)[韜、韜] táo ❶〈文〉弓或剑的套子：有～无弓。❷〈文〉隐藏：～晦|～声匿迹|～光养晦|卧于幽谷，以被～面。❸〈文〉用兵的计谋：～略|不劳孙子法，自得太公～(太公韜：古兵书《太公六韜》的省称)。

榹 táo 〈文〉树木名。也叫"山楸(qiū)"。

圕 táo 古器物。

筲 táo 〈文〉喂牛用的竹筐。

諂 táo ❶〈文〉可疑：其言也～。❷〈文〉超越本分。❸〈文〉隐瞒：不～过。

犉 táo 〈文〉牛羊不生子。

餡 ㊀ táo 〈文〉吃；给吃：拨火出芋以～之。

㊁ xiàn 同"馅"。包在面食内的菜、肉等。用于古白话：拿将来做顿馒头～。

騊 táo 〈文〉马缓慢前行的样子。

饕 táo ❶〈文〉贪婪；贪食：～贪|～老(指贪食的人)|不仁之人，决性命之情而～富贵(决：溃乱)。❷【饕餮(tiè)】1. 传说中贪吃的恶兽。2.〈文〉比喻贪婪、凶恶：贪昧～之人，残贼天下。3.〈文〉比喻凶恶、贪婪的人。4.〈文〉比喻贪吃的人。

táo （ㄊㄠˊ）

匋 ㊀ táo 〈文〉用黏土烧制的器物，质地次于瓷器。后作"陶"。

㊁ yáo 〈文〉烧砖瓦陶器的窑。

咷 táo 【号(háo)咷】同"号啕"。形容大声哭喊。

逃[逃、逃、趠] táo ❶迅速离开对自己不利的环境：～跑|～溃|卫君欲执孔子，孔子走，弟子皆～。❷躲避；避开：～避|在劫难～|有罪不～刑。

洮 táo 洮河，水名。在甘肃，是黄河上游的支流。

桃[桃] táo ❶桃树，落叶乔木。果实球形或扁球形，味甜，是常见水果，核仁可入药：～之夭夭，灼灼其华。❷桃树的果实：投～报李。❸形状像桃的东西：棉～|核～|寿～。❹桃花：～李何处开，此花非我春。

陶 ㊀ táo ❶用黏土烧制的器物，质地比瓷器松软：～器|彩～|～俑。❷制造陶器，比喻教育、培养：～冶|～铸|熏～。❸喜悦；快乐：～然|～醉|漾舟～嘉月。❹姓。

㊁ yáo 【皋(gāo)陶】上古人名。传说是舜的臣，掌管刑狱。

萄 táo 【葡(pú)萄】1. 多年生落叶藤本植物。2. 这种植物的果实。

梼(檮) ㊀ táo ❶【梼昧】〈文〉愚昧(多用作谦辞)：自惭～。❷【梼杌(wù)】1. 古代传说中的恶兽；借指恶人。2. 春秋时代楚国史书名。

㊁ dǎo 通"捣(dǎo)"。捣碎：～木兰以矫蕙兮。

嵪 táo 【号(háo)嵪】形容大声哭喊：～大哭。

桃 ㊀ táo 【桃黍(shǔ)】〈方〉高粱。

㊁ cháo 〈文〉再生稻。

淘 táo ❶用水冲洗，除去杂质：～米|沙里～金。【淘汰】去掉坏的留下好的；去掉不适合的留下适合的。❷冲刷：大浪～沙。❸清除淤积在深处的污水、泥沙、粪便等：～井|～茅房。❹耗费：～神。❺顽皮：～气|这个女孩儿比男孩儿还～。

騊(騊) táo 【騊駼(tú)】古代良马名。

绹（綯）　táo　〈文〉绳索:索～。

裪　táo　〈文〉福。

褕　táo　【褕褚(jué)】〈文〉衣袖。

蜪　táo　❶〈文〉蝗的幼虫。也叫"蝮蜪"。❷伙伴;同伴。用于古白话:独马单枪不有～。

醄　táo　【酕(máo)醄】〈文〉大醉的样子。

詢　táo　❶〈文〉往来传话。❷〈文〉小儿能学会正确说话。❸〈文〉祝祷。

駣　táo　〈文〉三岁的马。一说四岁的马:教～攻驹。

檮　táo　〈文〉通作"梼(檮)"。【檮杌(wù)】即梼杌。1.传说中的凶兽名。2.传说为远古恶人"四凶"之一。3.楚史书名。

錭　⊖ táo　〈文〉钝。
　　⊜ diāo　〈文〉通"雕(diāo)"。雕刻:～琢刻镂。

鉥　táo　〈文〉铸。

鮉　táo　鮉阴,古地名。在今山东。

鞱　táo　〈文〉鼓的木框。

鼗　táo　[鞀、韜、鞉、鼗、鞃]古代指拨浪鼓。有长柄,来回转动时,用短绳系在鼓两旁的小鼓槌击鼓发声。

飍　táo　〈文〉大风:秋～。

鷱　táo　【鷱河】〈文〉即鹈鹕。一种水鸟。

tǎo　（ㄊㄠˇ）

讨（討）　tǎo　❶征伐;出兵攻打:～伐|征～|～平叛乱|亡不越竟,反不～贼。❷公开谴责:声～|申～。❸研究;探索:～论|研～|虑世事之变,～正法之本。❹索取;请求:～饭|～债|～饶。❺娶:～亲|～老婆。❻招惹:～厌|～人嫌|自苦吃。❼〈文〉整治;治理:无日不～军实而申儆之(军实:军备。申儆:训诫)。

訅　tǎo　〈文〉同"讨(討)"。讨伐。

鼗　tǎo　【鼗黍(shǔ)】〈文〉高粱。

tào　（ㄊㄠˋ）

套　tào　❶罩在物体外面的东西:枕～|手～儿|两个荷包并扇～,～内有扇子。❷罩在物体外面:把笔帽～上|～上一件外衣。❸互相重叠或衔接:～种(zhòng)|亲上～亲|一环一～环。❹装在衣被里的棉絮:被～|棉花～。❺事物配合成的整体:～餐|配～|成～设备。❻量词。用于成套的事物:一～衣服|一整～办法|一～人马。❼模仿或沿袭:～用|～公式|生搬硬～。❽沿袭下来的固定模式:～语|客～|俗～。❾用绳子等挽成的环:活～。❿驾牲口用的绳具:牲口～|拉～。⓫用绳具拴系:～车|～牲口。⓬笼络;拉拢:～近乎|～交情。⓭用计引出(实情):～出实情|用话～他。⓮用不正当的手段购买:～购|～外汇。⓯河流或山势弯曲的地方(多用于地名):河～(也专指内蒙古、宁夏境内的黄河沿岸地区)|山～。

套　tào　同"套"。用于配套成组的事物。用于古白话:一～罗裳金缕。

溞　tào　❶水湾;(船)在城西南十五里船～停泊。❷用于地名:青菱～|荷叶～。

tè　（ㄊㄜˋ）

忑　tè　【忐(tǎn)忑】心神不定;胆怯:～不安|心中～。

忒　⊖ tè　❶〈文〉差错:差～|四时不～。❷〈文〉变更:推而下之,法度不～。
　　⊜ tuī　又读 tēi　❶〈方〉副词。表示程度很高:～好了|～不讲理|这个人～缺德了。❷〈方〉副词。表示超过了标准:箱子～大了|这菜～难吃|裤腿～瘦,根本穿不进去。

贷　tè　见 dài "贷"(116页)。

忒　tè　〈文〉失常。

貸 tè ❶〈文〉乞讨：行～而食。❷〈文〉借贷：家贫，未有以发丧，假～服具（服具：办丧事的用具）。❸〈文〉宽恕；多所厚～。❹〈文〉通"忒(tè)"。差错：四时之不～。

哎 tè 模拟着地的声音：扑～一声，我就跪下了。

特 tè ❶不平常的；超出一般的：～权｜奇～｜独～。❷特务：敌～｜匪～｜防～。❸专门地：～设｜～此通告｜～做如下规定。❹非常；特别：今天～冷｜人缘～好｜办事～认真。❺〈文〉一头牲：独～；遣使者以一牛祠中岳｜～立独行。❻〈文〉三岁或四岁的兽：不狩不猎，胡瞻尔庭有县～兮（县：xuán，同"悬"）。❼〈文〉只；但：不～此也｜此～匹夫之勇耳。❽姓。

铽 (鋱) tè 金属元素。符号Tb。

犆 tè 见zhí"犆"(878页)。

跮 tè 见zhì"跮"(883页)。

慝 [慝] tè ❶〈文〉奸邪；邪恶：凶～｜邪～｜隐～（别人不知道的罪恶）。❷〈文〉奸邪的人：大～｜众～｜如此，则国平民无～矣。❸〈文〉通"忒(tè)"。差错；变更：无有差～｜之死矢靡～（之：到。矢：通"誓"。靡：没有）。

螣 tè 见téng"螣"(659页)。

螠[虳、螠、螫、蟙] tè 〈文〉吃苗叶的害虫：螟～。

te (·ㄊㄜ)

腻 te 又读de【肋(lē)腻】(衣服)不整齐；不利落。

tēi (ㄊㄟ)

忒 tēi "忒(tuī)"的又读。

tēng (ㄊㄥ)

熥 tēng 把凉了的熟食再蒸热：～白薯｜把包子～热了再吃。

螣 ㊀tēng ❶〈文〉吃得过饱。❷〈文〉鸡鸭的胃。
　㊁tūn 〈文〉饮食过饱而欲吐；吃完后再吐出。

鼟 tēng 〈文〉模拟击鼓声：梦听鼓～～。

téng (ㄊㄥ)

疼 [瘔、瘭] téng ❶疾病、创伤等引起的难受的感觉；痛：～痛｜酸～｜骨～肉枯。❷喜爱；爱惜：～爱｜妈妈最～小儿子。

螣 téng ❶〈文〉袋子。❷〈文〉随身带的香囊。

腾 (騰)[驣] téng ❶奔跑；跳跃：～越｜奔～｜龙～虎跃｜虎～，伤广，广亦射杀之(广：人名)。❷上升：飞～｜蒸～｜～空而起。❸使空(kòng)出来：～房子｜把手～出来｜～不出时间。❹〈文〉乘；骑：～云驾雾｜～驴骡以驰逐。❺后缀。附着在某些动词性语素后(多读轻声)，表示动作连续反复：闹～｜折(zhē)～｜扑～。

誊 (謄) téng 照底稿或原稿抄写：～写｜～清｜稿子太乱，要～一遍。

縢 téng 见dèng"縢"(127页)。

滕 téng ❶周代诸侯国名。故地在今山东滕州西南。❷姓。

邆 téng 【邆睒(shǎn)】古地名。在今云南洱源邓川镇一带。

螣 ㊀téng 【螣蛇】古书上说的一种能飞的蛇。
　㊁tè 古书上指吃苗叶的害虫。

滕 téng ❶〈文〉封闭；缠束：缄～。❷〈文〉绳索：朱英绿～。❸〈文〉通"螣(téng)"。袋子：～囊。

藤 [*籐] téng ❶蔓生植物，有白藤、紫藤等多种：古～｜偶坐～树下，暮春下旬间。❷某些植物的匍匐茎或攀缘茎：瓜～｜葡萄～｜顺～摸瓜。

髓　téng〈方〉皮肉坚厚的部位：厚～～。

滕（滕）[鰧]　téng　鱼名。体粗壮，青灰色，有褐色网状斑纹，头大而阔，眼小，下颌突出，有一个或两个背鳍。种类较多。常生活在海底，捕食小鱼。

憕　téng【僜（měng）憕】〈文〉朦胧的样子：～蕉叶卷新雨。也作"懵腾"。

蹬　téng　见 dèng"蹬"（127 页）。

䲢　téng〈文〉黑虎。

---

tī（ㄊㄧ）

体　tī　见 tǐ"体"（662 页）。

剔　㊀tī　❶把肉从骨头上刮下来：把骨头上的肉～干净｜帐下人进鱼，每～去骨存肉。❷从缝隙里往外挑（tiǎo）：～指甲｜～牙缝儿｜～灯寒作伴。❸去掉其中不要的东西：～除｜把次品～出来。
㊁tì〈文〉通"剃（tì）"。用刀刮去毛发：～发素服｜夫婴儿不～首则腹痛。

梯　tī　❶梯子，供踩着一层一层从低处到高处或从高处到低处的用具或设备：木～｜扶～｜楼～。❷形状或作用像楼梯的：～田｜～队｜电～。❸〈文〉攀登：碧海真难涉，青云不可～。

睇　tī　锑化氢（SbH₃）的氢原子部分或全部被烃基取代的一类有机化合物。

匲　㊀tī【匾（biǎn）匲】〈文〉又扁又薄：鼻不～，亦不曲戾（曲戾：弯曲）。
㊁sī〈文〉通"榹（sī）"。盘子。

锑（錫）　㊀tī　金属元素。符号Sb。
㊁tí【鍚（táng）锑】〈文〉火齐（jì）珠，一种宝珠。

鹈　tī　见 tí"鹈"（661 页）。

揥　tī〈文〉同"剔"。剔除：攘之～之。

蹄　tī【蹼（pǔ）蹄蹄蹄】模拟拖着鞋走路的声音。用于古白话：～的，又走出两三个半老不老的妇人。

踢　㊀tī　抬腿用脚撞击：～球｜拳打脚～｜别让牲口～着。

鷉（鷉）　tī【鷉䴙（pì）鷉】鸟名。样子似鸭而小，羽毛黄褐色，栖息于河流湖泊中。

摕　tī　见 zhì"摕"（884 页）。

鬄　tī　见 dì"鬄"（133 页）。

鷉　tī【鵬䴙（pì）鷉】〈文〉同"鷉䴙"。鸟名。体形似鸭而小。

𩵋　tī【𩵋䴙（pì）𩵋】〈文〉同"鷉䴙"。鸟名。体形似鸭而小。

---

tí（ㄊㄧˊ）

茅　tí　见 dì"第"（131 页）。

黃　tí　见 yí"黃"（795 页）。

㡳　tí　❶【㡳奚】古县名。在今北京密云。❷【唐㡳】〈文〉一种石头。

姼　tí　见 shí"姼"（614 页）。

梯　tí　见 yí"梯"（796 页）。

啼　㊀tí〈文〉同"嗁"。号呼。
㊁tì　通"嚔（tì）"。喷嚏。用于古白话：打喷～｜忍不定连打～。

绨（綈）　㊀tí　光滑、厚实的丝织品：～锦｜～袍。
㊁tì　用丝做经、用棉线做纬织成的纺织品：线～。

稊　tí〈文〉同"稀"。稗类野草：～稗。

偍　tí〈文〉行动迟缓：难进曰～。

提　㊀tí　❶垂着手拿（有环、梁或绳套等的东西）：～桶水来｜～着网兜｜～刀而立。❷使人或事物的位置向高移：～拔｜～纲而众目张｜匪面命之，言～其耳（不但当面教训你，还提着耳朵叮嘱你）。❸把约定的时间向前移：～前｜～早｜会议～到下周召开。❹指出；举出；说起：～示｜～意见｜老话重～。❺取出；拿出：～炼｜～货｜记

事者必～其要。❻特指从关押处带出罪犯或犯罪嫌疑人：～审｜～讯｜～犯人。❼舀油、酒等液体的量具：酒～｜油～。❽带领、率领：～携｜～挈｜李陵～步卒不满五千。❾汉字的笔形，形状是"丿"。

㊀ **dī**【提防(fang)】小心防备。

酏 tí【酏醐(hú)】〈文〉同"醍醐"。从牛奶中提取出来的奶酪。

嗁 tí〈文〉同"啼"。出声地哭：子生孩～。

啼[*嗁] tí ❶出声地哭：～哭｜～笑皆非｜哭哭～～。❷(某些鸟兽)鸣叫：鸡～｜虎啸猿～｜月落乌～霜满天。

罤 tí〈文〉兔网，泛指捕鸟兽的网：～者所以在兔，得兔而忘～。

崹 tí【崥(pí)崹】〈文〉形容山势渐趋平缓。

鎴 tí 见 tī"鎴"(660页)。

稊 tí ❶〈文〉一种形状像稗的野草，籽实像小米：～稗。❷〈文〉杨柳新生的枝叶：枯杨生～。

猠 tí〈文〉犬名：灵～。

遆 tí 姓。

鸊(鸊)[鵗] ㊀ **tí**【鹈鹕(hú)】也简称"鹈"。鸟名。体大，喙直而阔，尖端弯曲。下颔下面有皮质的囊，能伸缩，可存放捕到的鱼。也叫"淘河鸟"：鱼不畏网，而畏～。

㊁ **tī**【鹏(pì)鹈】同"鹏鹈(tī)"：～飞起暮钟时。

渧 tí 见 dì"渧"(132页)。

惿 tí【惿㥋(xī)】〈文〉胆怯；害怕：～心怯。

媞 tí 见 shì"媞"(618页)。

媞 tí 见 dì"媞"(133页)。

騠(騠) tí【駃(jué)騠】1.〈文〉驴骡。即公马和母驴交配所生，外貌似驴。2.古书上的一种骏马。

緹(緹) tí〈文〉橘红色：～衣(古代武士的服装)｜缦｜张～绛帷。

瑅 tí〈文〉玉名。

蝭 tí【蝭(táng)蝭】〈文〉即蟧，一种形体较小的蝉。

幗 tí【幗(hè)幗】1.〈文〉红纸。2.〈文〉小张的薄纸。

飳 tí【飳酗(hú)】〈文〉同"醍醐"。从牛奶中提取出来的奶酪。

禔 ㊀ **tí** 安；福：中外～福(禔福：安福)｜上齐万寿，下～百福。

㊁ **zhī**〈文〉通"祇"。适；恰好：臣以三万人众不敌，～取辱耳。

禔 ㊀ **tí**〈文〉衣服厚的样子。

㊁ **shì** ❶〈文〉衣服端正的样子。❷〈文〉使(品行端正)：～身(安身)。

蕛 tí〈文〉稊类野草：～稊。后作"稊"。

題(题) tí ❶诗文或讲演内容的名目：命～｜标～｜臣尝私习此赋，请试他～。❷练习或考试时要求解答的问题：习～｜试～｜有两道～不会做。❸写上；签署：～名｜～字｜～词｜呼儿觅纸一～诗。❹〈文〉品评；评论：品～｜互相～拂(题拂：评论)。❺〈文〉额头：是黑牛也而白～。

蝭 ㊀ **tí**【蝭蟧(láo)】古书上说的一种蝉：～春鸣而秋止。

㊁ **chí**【蝭母】〈文〉即知母。草本植物，根状茎可入药。

徲 ㊀ **tí**〈文〉迟久。

㊁ **chí**【徲徲】〈文〉往来的样子。

趧 tí【趧娄】〈文〉各地少数民族歌舞的名称，各有自己的乐曲。

醍 tí【醍醐(hú)】〈文〉从牛奶中提取出来的奶酪，佛教比喻最高的佛法：如饮～｜～灌顶(比喻灌输智慧，使人彻悟)。

題 tí ❶〈文〉看得清楚；看得仔细。❷〈文〉同"题"。标志。

蹄[蹏、踶、*蹢] tí ❶马、牛、羊等动物趾端的角质物，也指有蹄的脚：～筋｜猪～｜兽～鸟迹之道，交于中国。❷〈文〉量词。用于计算马、牛、羊等动物的数量，四蹄为一只：陆地牧马二百～(二百蹄即五十匹)。❸(旧读 dì)〈文〉踢：驴不胜怒，～之。

鷤 ㊀ **tí**【鷤胡】〈文〉鸟名。也作"鹈鹕"。

㊁ **yí**【鷤鴂】〈文〉即鸥夷。皮制的袋子：盛以～。

鍗 tí ❶〈文〉同"鎴"。锅类器具。❷用于人名。朱弥鍗,明代人。

鍉 tí【鍉鰗(hú)】〈文〉同"醍醐"。从牛奶中提取出来的奶酪。

鯷
（鯷）tí 鱼名。身体小,眼和口都大,腹部圆柱形。生活在海中。幼鱼的干制品叫"海蜇"。

鮧 tí 见 yí "鮧"（798 页）。

諦 tí〈文〉同"啼"。号哭:亲老涕泣,孤子～号。

鎴 tí〈文〉锅类器具。

鯷 tí〈文〉鱼名。即鲇鱼。

鶙 tí【鶙鴃(jué)】〈文〉杜鹃鸟:～鸣而不芳。

鰃 tí ❶〈文〉娃娃鱼。❷〈文〉鲇(nián)鱼的别称。

鸈 tí【鸈鵅(guì)】〈文〉鸟名。即杜鹃鸟:常恐～鸣。

tǐ（ㄊㄧˇ）

体
（體）㊀ tǐ ❶人或动物的全身,有时也指其中的一部分:～重|身～|肢～|五～投地。❷事物的本身或整体:物～|浑然一～|官中府中,俱为一～。❸事物的形态或形状:气～|液～|正方～。❹事物的规格、形式:～制|～例|文～。❺亲身实践;设身处地为人着想:～察|～谅|身～力行|圣人以身～之。❻姓。
㊁ tī【体己(ji)】1. 亲近的:～话。2. 家庭成员个人积蓄的(钱财):～钱。

躰 tǐ〈文〉同"体"。人、动物的全身。

軆 tǐ 同"体"。人、动物的全身。用于古白话:身～困倦。

軆 tǐ 同"体"。身体。

tì（ㄊㄧˋ）

狄 tì 见 dí "狄"（128 页）。

弟 tì 见 dì "弟"（131 页）。

戾 tì〈文〉有帷盖的车子两旁的门。

屉
[屜] tì ❶桌子、柜子等家具中匣形的盛东西的部分,可抽出和推进:抽～|三～桌|暂设妆奁,还抽镜～。❷蒸食物用的笼屉:～帽|～布。❸安装在某些床架或椅架上供坐卧、可取下的部分:床～|棕～|藤～。

俤 tì 见 dì "俤"（132 页）。

剃
[△薙、*髻、*鬀] tì 用刀具刮去(毛发):～刀|～头|～发着僧衣。
"薙"另见 tì（663 页）。

洟 tì ❶鼻涕:有时～出。❷擤鼻涕;流鼻涕:不敢唾～|读之堕泪～(涕;流泪)。

剔 tì 见 tī "剔"（660 页）。

啼 tì 见 tí "啼"（660 页）。

笑 tì 古代车盖的竹骨架。

俶 tì 见 chù "俶"（93 页）。

倜 tì【倜傥(tǎng)】1.〈文〉洒脱;不拘束:～放荡|～不羁|风流～。2.〈文〉卓越:非～之才不能任也。‖也作"俶傥"。

逷
[逿] tì ❶〈文〉远;遥远:～远|～矣,西土之人。❷〈文〉使之远离:诛逐仁贤,离～骨肉。

涕 tì ❶眼泪:感激～零|痛哭流～|长太息以掩～兮,哀民生之多艰。❷〈文〉流泪;哭泣:～泣|破～为笑。❸鼻涕,鼻子里分泌的液体:～泪交流。

悌 tì〈文〉敬爱兄长:孝～|弟子入则孝,出则～。

绨 tì 见 tí "绨"（660 页）。

惕
[惖] tì 谨慎;小心:警～|朝乾夕～(终日努力、谨慎)|无日不～,岂敢忘职。

替 tì ❶代换:～换|代～|愿为市鞍马,从此～爷征。❷介词。引入动作行为的受益者,或关涉的对象,相当于"给、为":～别人着想|请她～我办一件事|我们

大家都～他着急。❸〈文〉废弃:十世不～|予惟小子,不敢～上帝命。❹〈文〉衰败;衰落:衰～|兴～|夫人伤其家～,独独叹息。

載 tì【有載氏】传说中的古国名。

掭 ㊀ tì〈文〉可用来篦发(fà)的头饰。
㊁ dì〈文〉除去;舍弃:意徘徊而不能～。

裼 tì 见 xī"裼"(717 页)。

䄟 tì ❶〈文〉滞留:～长安。❷〈文〉纠缠;沉湎:～酒困花。

䁅[睇] tì〈文〉失意地看:～焉失所。

暜 tì〈文〉废弃:不敢～上帝命(不敢废弃天命)。通作"替"。

薙 tì ❶〈文〉割去野草:～草开林。❷割下的杂草;草渣。
另见 tì"剃"(662 页)。

稊 tì〈文〉稀疏点播:～种(zhòng)。

藜 tì ❶〈文〉养蚕人更换蚕箔。❷【藜沙】〈文〉堆积在蚕箔上的蚕粪、蚕蜕、残叶、糠草等的混合物。可做肥料和家禽、家畜、鱼类的饲料。

稦 tì〈文〉种植:至春～种。

勣 tì〈文〉除;消除:阳气伤～。

嚏[嚏] tì【嚏喷(pen)】喷嚏。

鬺 tì〈文〉黄色的骨髓。古人认为人临死时骨髓变为鬺,黄汁流出。

禠[禘、褅] tì〈文〉包裹小儿的衣被。

璃 tì〈文〉玉上的斑点:寸之玉必有瑕～。

鬀 tì 见 dì"鬀"(133 页)。

箈 tì【箈箈】〈文〉竹竿细长的样子:～竹竿。

齳 tì〈文〉一种鼻子的疾病:齈～。

錣 tì 化学元素"钛(tài)"的旧称。

耀 ㊀ tì ❶〈文〉跳跃:～～狡兔。❷〈文〉踢:～倒葫芦。❸〈文〉汉字笔画的一种。今称"钩"。❹〈文〉惊惧。
㊁ yuè〈文〉跳跃。

tiān(ㄊㄧㄢ)

天 tiān ❶天空;高空:～边|苍～|～顶|～立地。❷架在空中的;位置在顶部的:～线|～桥|～窗。❸一昼夜的时间,有时专指白天:今～过了十～|一～一夜。❹一天中的某一段时间:三更～|晌午|～儿还早呢。❺季节:秋～|数九寒～。❻天气;气候:晴～|～很热|心忧炭贱愿～寒。❼泛指自然界:～灾|～行有常|人定胜～。❽信仰宗教的人指自然界的主宰者:～命|～机|死生有命,富贵在～。❾信仰宗教的人指神、佛、仙人居住的地方:～堂|～国|归～。❿〈文〉指赖以生存的事物:民以食为～。⓫自然的;自来就有的:～性|～险|～敌。⓬〈文〉头;刑:～与帝至此争神,帝断其首(刑天:一个被天帝砍头的神话英雄)。⓭姓。

兲 tiān 同"天"。唐代武则天所造字。

殀 tiān〈文〉同"天"。天空:～断旧域,地开新路。

妖 tiān 中国近代数学名词。微积分符号之一。

苂 tiān〈文〉同"天"。文献记载,明代正统十年进士登科的名录上"天"字都写作"苂"。

昦 tiān〈文〉渔具。

添 tiān ❶增加:增～|画蛇～足|往锅里～点儿水。❷指生小孩儿:～丁|～了个胖小子。❸姓。

姭 tiān 用于女子名。

酟 tiān〈文〉调和;调味:不～怡蜜。

踮 tiān【踮䶶(tān)】〈文〉语音不正的样子。

敁 tiān【敁鹿】鹿的一种。角的上部扁平或呈掌状,尾略长。

黇 tiān 〈文〉浅黄色:(狐之族七)短而～,曰沙狐。

黬 tiān 同"天"。上天:～赐兴,(黬赐旺)(黬:dì,地)。

tián （ㄊㄧㄢˊ）

田 tián ❶种植农作物的土地:～地|稻～|宋人有耕～者。❷蕴藏矿物可供开采的地带:煤～|油～|气～。❸〈文〉打猎:～猎|宣子～于首山。后作"畋"。❹〈文〉耕种:今力～疾作不得暖衣余食。后作"佃"。❺姓。

佃 tián 见 diàn "佃"(135 页)。

沺 tián 【沺沺】〈文〉水势浩大的样子。

昀 tián 〈文〉眼珠转动看东西的样子。

畋 tián ❶〈文〉打猎:～猎|～于云梦。❷〈文〉同"佃"。耕种土地:～尔田。

畑 tián 日本汉字,义为耕地。多见于日本人名。

恬 tián ❶〈文〉安静;心神安适:～静|～适|风～月朗。❷〈文〉坦然;满不在乎:～不知耻|～不为怪。❸〈文〉淡泊;淡漠:～淡|安贫乐道,～于进趣(进趣(进取))。

鈿 tián 见 diàn "鈿"(136 页)。

畠 tián 日本汉字,义为旱地。多见于日本人名。

菾 tián 【菾菜】甜菜。二年生草本植物。根可制糖。现在写作"甜菜"。

甜 tián ［甛、恬］❶像糖、蜜的味道(跟"苦"相对):～食|～滋滋|酸～滋味,百种千名。❷感觉舒适;愉快:睡得真～|笑得很～。❸乖巧:～言蜜语|她说话嘴～。

湉 tián 【湉湉】〈文〉水面平静的样子:微涟风定翠～～。

填 ㊀ tián ❶把凹陷的地方垫平;把空缺的地方塞满:装～|精卫～海|凶年饥岁,流者～道。❷补充:～补|～充|～空补缺。❸在空白表格、单据上按项目写上(文字或数字):～表|～写。

㊁ zhèn ❶〈文〉通"镇(zhèn)"。安定:～国家,抚百姓。❷〈文〉星名。填星,即木星。

搷 tián ❶〈文〉击;敲打:～鸣鼓些(些:语气词)。❷〈文〉播扬。

圓(圓) tián ❶盛大:云雨～～。❷形容声音巨大:怒涛泼地轰雷～|响奔雷而～～。❸〈文〉充满:喧～|宾客～门。❹【和圓】地名。今作"和田"。在新疆西南部。

滇 tián 见 diān "滇"(134 页)。

寘 tián 〈文〉通"窴(tián,填)"。填塞:～塞沟渠。
另见 zhì "置"(883 页)。

輱 tián 【輱輱】〈文〉欢喜的样子。

輴 tián 【輴輴】〈文〉模拟众多车辆行进的声音:轰轰～,驱车东西。

綖 ㊀ tián ❶〈文〉衣服色彩鲜明。❷〈文〉一种织物的名称。❸〈文〉搓;搓捻:～麻。
㊁ tǎn 〈文〉通"毯(tǎn)"。毯子:毛～。

磌 tián ❶〈文〉模拟石头落地的声音:闻其～然。❷〈文〉柱子下的础石:玉～。

寘 ㊀ tián ❶〈文〉填塞;满:～池沼,废台榭。后作"填"。❷〈文〉置放:～薪焉,乘风纵火。
㊁ diān 【寘軨(líng)】古地名。在今山西平陆东北。
㊂ chǎn 【寘赦(niǎn)】〈文〉笛声舒缓的样子。

鷆 tián 〈文〉鸟名。即夜鹰,捕食蚊虻。

tiǎn （ㄊㄧㄢˇ）

忝 tiǎn ❶〈文〉谦辞。表示有愧于:～任|～为人师|～列门墙(愧在师门)。❷〈文〉辱没:不～前人。

悿 tiǎn 〈文〉辱没:～帝位。

殄 tiǎn ❶〈文〉灭绝;糟蹋:～灭|子孙～绝|暴～天物(任意糟蹋东西)。❷〈文〉昏迷:人～不悟,则死矣(悟:醒)。

捵 tiǎn 见 chēn "捵"(75 页)。

添 tiǎn ❶〈文〉污浊：～浊。❷【添汩(gǔ)】〈文〉沉沦；埋没：～不传。

愐 tiǎn 〈文〉惭愧：～赧。

緂 tiǎn 见 zhěn "緂"(871 页)。

瑔 tiǎn 〈文〉玉名。

晪 tiǎn ❶〈文〉明亮。❷用于人名。

腆 tiǎn ❶〈文〉丰盛；丰厚：～赠|不～之仪(不丰厚的礼品)。❷〈文〉美好：辞无不～。❸〈文〉羞惭：～愧|～默而归。❹(胸部或腹部)凸起或挺起：～着胸脯|～着肚子。❺【腼(miǎn)腆】因害羞而神情不自然。

餂 tiǎn 见 nián "餂"(485 页)。

癜 ㊀ tiǎn 【癜痪(huàn)】〈文〉头发脱落的病：皮白～头上无发。
㊁ diǎn 〈文〉同"踮"。脚跟离地站立：因痘疗～起脚。

瞋 tiǎn ❶〈文〉同"觍"。惭愧。❷【瞋眩】〈文〉晕眩。

舕[㖞] tiǎn 用舌头接触或沾取(东西)：～嘴唇|把米粒～干净。

銛 tiǎn 见 xiān "銛"(727 页)。

餂 tiǎn ❶〈文〉诱骗：以言～之。❷〈文〉以舌取物：～膻腥。后作"舔"。

醓 tiǎn 〈文〉酒味厚重：不～之酒。

腆 tiǎn 〈文〉厚；重：～贶(kuàng，厚赐)。

踮 tiǎn ❶足病。❷【踮跣(xiǎn)】徘徊不前的样子：到这里有甚么～处？‖用于古白话。

覥 tiǎn 〈文〉羞愧的样子：～然|～颜向人，实非所乐。

靦 ㊀ tiǎn ❶〈文〉形容如人脸的样子：～然人面。❷〈文〉惭愧：～颜。
㊁ miǎn 【靦觍(tiǎn)】因害羞而神情不自然。用于古白话：未语人前先～。

錪 ㊀ tiǎn 〈文〉锅一类的炊具。
㊁ tǔn 〈文〉重；厚重：重～～。

tiàn (ㄊㄧㄢˋ)

舚 tiàn ❶〈文〉舔。用舌的样子。❷〈文〉竹子的青皮。❸〈文〉席子。

掭 tiàn ❶用毛笔蘸墨汁在砚台上弄均匀，理顺笔毛，以便书写：～笔|饱浓墨。❷轻微拨动：～灯芯|入石穴中，～以尖草，不出。

桗 tiàn ❶〈文〉拨火棍。❷〈文〉拨油灯的小木棍。❸古式板门上的柱形部件：立～|拨～。

瑱 ㊀ tiàn 〈文〉冠冕上的玉质装饰品，从两边下垂到耳旁，可以用来塞耳。
㊁ zhèn 〈文〉压东西的器物：玉～。今作"镇"。

晪 tiàn 〈文〉视；看：亲所～而弗识(视其子尚不认识)。

磹 tiàn 〈文〉吐舌头的样子(表示吃惊)：交惊舌互～。

tiāo (ㄊㄧㄠ)

佻 tiāo ❶轻薄；不庄重：～薄|轻～。❷〈文〉窃取：～天之功以为己力。

挑 ㊀ tiāo ❶用肩担：～水|～担子|一头轻一头重，不好。❷挑子，扁担和它两头所担的东西：挑～儿卖菜|剃头挑子。❸量词。用于成挑儿的东西：一～水|一～行李|一～柴火。❹拣选；选择：～选|～肥拣瘦|～几个年轻的。❺在细节上过分地要求指摘：～剔|～毛病|你敢～宝姐姐的短处。
㊁ tiǎo ❶用细长或带尖的东西拨开或弄出：把炉火～旺|用针～血泡|把刺～出来。❷用竿子等把东西支起来：～灯夜战|望见一座酒肆，望子～出在檐前。❸刺绣方法。用针挑起经线或纬线，把针上的线从底下穿过去：～花。❹引起；惹起(纠纷、情绪等)：～衅|～逗|她净传闲话，两边～。❺弹奏乐器的一种指法，即以指向外反拨：

轻挠慢捻抹复～，初为《霓裳》后《六幺》。❻汉字的笔形，即提，形状是"㇏"。

庞[厐] tiāo ❶〈文〉指凹下面不满的地方。❷〈文〉中凹的容器。

桃 ㊀ tiāo 〈文〉轻佻;轻薄:～轻|～躁。
㊁ yáo 〈文〉忧:人～莫知。

祧 tiāo ❶〈文〉供祭祀的远祖宗庙:先君之～。❷〈文〉把隔了几代的祖宗牌位迁入远祖的庙:不～之祖(在家庙中供奉,不迁入祧庙的本宗创业始祖。比喻有创业之功,永受尊崇的人)。❸〈文〉承继上代为后嗣:承～|兼～两姓(一人兼作两房的后代)。

誂 tiāo 见 tiǎo "誂"(667 页)。

斠[斠] ㊀ tiāo 古代制斛(hú)时,为保证斛的容量达到十斗(即一立方尺),斛的大小需超过一立方尺,超出的部分叫作"斠"。
㊁ qiāo 古代农具,即锹。

tiáo （ㄊㄧㄠ）

芀 tiáo 〈文〉芦苇的花穗。今作"苕"。

条(條) tiáo ❶树枝;枝条:柳～|荆～|攀～折其荣(荣:花)。❷泛指细长的东西:面～儿|布～儿|金～。❸细长形的:～纹|～幅|～案。❹项目;分条分项:～目|～例|～款|臣谨～陈所闻。❺事物的层次或次序:～理|有～不紊|井井有～。❻字据;凭证:收～|借～|欠～|便～儿。❼量词。用于细而长的东西:一～枪|一～黄瓜|一～大街。❽用于人或与人体有关的:两～腿|一～汉子|一～心。❾用于分项的事物:一～新闻|几～规定|好几～优点。❿姓。

苕 ㊀ tiáo ❶古书上指凌霄花:～之华,其叶青青(华:花)。❷〈文〉芦苇的花穗:系之苇～,风至～折(系:拴)。
㊁ sháo 〈方〉甘薯,一年生或多年生草本植物。蔓细长,匍匐于地面,块根可食用。也叫"红苕"。

峣[嶤] tiáo 【峣峣(yáo)】〈文〉山势高峻的样子。

迢 tiáo 远;遥远:～远|千里～～。

祒 tiáo 用于人名。《庄子》有巫咸祒。

调(調) ㊀ tiáo ❶和谐;配合得均匀合适:谐～|风～雨顺|琴瑟～～。❷使和谐;消除纠纷:～和|～解|～停。❸使配合均匀合适:～剂|烹～|～油漆。❹挑逗;戏弄:～侃|～戏|康僧渊目深而鼻高,王丞相每～之。❺挑拨:～唆|～嘴弄舌|～词架讼(挑拨别人打官司)。❻改变原来的情况,使符合实际或要求:～价|～弦|～工资。
㊁ diào ❶更动;安排:～度|～工作|兵遣将。❷察访:～查|～研|内查外～。❸乐曲中乐音的音高。以什么音做 do,就叫什么调:A～|C～。❹音乐上高低长短配合的成组的音。也叫"曲调、调子":二黄～|民间小～儿|未成曲～先有情。❺腔调;论调:南腔北～|陈词滥～。❻风格;情趣:格～|笔～|情～。

蓨 tiáo 【蓨遰(dì)】〈文〉高远的样子:仰视则～百寻(寻:长度单位)。

铫 tiáo 见 diào "铫"(138 页)。

筄 tiáo 【筄帚(zhou)】扫除尘土、垃圾等的用具,用去粒的高粱穗、黍子穗或棕等扎束而成。

鮛 tiáo 【鮛蛹(yóng)】传说中的动物。状如黄蛇,鱼翼,出入有光,见则大旱。

趒 tiáo ❶〈文〉跳跃;跳着前进:波静响鱼～。❷〈文〉逃遁:万像而不能～形。❸〈方〉高行阔步:七～八趒(趒:tòu,步高不稳)。

蓚 tiáo 见 diào "蓚"(138 页)。

蓚 ㊀ tiáo ❶古书上指一种多年生草本植物。根、茎、叶、汁液可以防治棉蚜等害虫。俗名"羊蹄草"。❷古地名。在今河北景县南。
㊁ xiū 〈文〉干枯。

齠(齠)[齠] tiáo 〈文〉儿童乳牙脱落,长出恒牙:～年

(童年)|～齓(chèn,指童年或儿童)|八岁而～齿。

嫋 tiáo【嬝(miáo)嫋】〈文〉同"苗条"。(妇女身材)细长柔美。用于古白话:觑风流样子,胜伴俏～。

蜩 tiáo 古书上指蝉:五月鸣～。

魈 tiáo【魈魕(líng)】〈文〉鬼怪:驱逐～护行旅。

髫 tiáo 古代儿童下垂的短发:～龄(童年)|～年(童年)|黄发垂～,并怡然自乐(黄发:指老人)。

鋚 tiáo 〈文〉马络头上的铜饰:～勒(马嚼子或缰绳上的装饰品)。

儵[僗、鋚] tiáo ❶同"鋚"。古代马辔上的铜饰。❷〈文〉马缰绳:～革(马络头的下垂装饰)。

鰷(鰷) tiáo【鰲(cān)鰷】鱼名。体小而侧扁,呈条状,银白色。我国淡水均产。也叫"鰲鱼、鰷鱼"。

儵 ⊖tiáo 〈文〉鱼名。儵鱼,即白鲦:轻～出水,白鸥娇翼。
⊜chóu ❶古代晋国、郑国边境地名。❷古庸国邑名。

髟 ⊖tiáo 〈文〉头发多。
⊜diāo 〈文〉小儿留的头发。

鬂 tiáo 见shū "鬂"(622页)。

鮡 tiáo 同"鰷"。白鲦,一种淡水鱼。

tiǎo (ㄊㄧㄠˇ)

挑 tiǎo 见tiāo "挑"(665页)。

窕 tiǎo 〈文〉轻佻放肆:故至人者…在大不～(在大:处于高位)。

朓 ⊖tiǎo ❶古称农历月末时月亮出现在西方。❷〈文〉盈;有余。
⊜tiào 〈文〉迁徙宗庙的祭祀。

窈 tiǎo【窈(yǎo)窕】1.〈文〉文静;美好(多指女子)。2.〈文〉深远;幽深。

姚 tiǎo 身材细高。

誂 ⊖tiǎo 〈文〉引诱;挑逗:楚人有两妻者,人～其长(zhǎng)者。后多作"挑"。
⊜tiāo 〈文〉通"佻(tiāo)"。轻佻,不庄重:(先生)寡～笑。
⊜diào 〈文〉仓促:～合刃于天下(猝然与天下争锋)。

撨 tiǎo 书法术语。写字的布局方法之一,使字的结构上下左右平稳相称。

斢 tiǎo 〈方〉调换:～品种|～土地。

窱 tiǎo ❶【窅(yǎo)窱】1.〈文〉深远;幽深:幽岫～。2.〈文〉婉转;优美:鼓歌～听疑梦。❷【窱窱】〈文〉形容歌声悠扬婉转:玉喉～。❸【窱褭】〈文〉细长柔美的样子:垂萝～。

孈 ⊖tiǎo ❶〈文〉身材挺秀美好;美好:～～公子。❷〈文〉妖娆。❸古代巴蜀一带的歌舞:～歌。
⊜diào【孈换】〈文〉即调换。彼此互换。

tiào (ㄊㄧㄠˋ)

朓 tiào 见tiǎo "朓"(667页)。

眺[△*覜、䁓] tiào ❶向远处看:～望|远～|登高～远。❷〈文〉目不正;邪视:邪～。"覜"另见tiào(668页)。

戻 tiào 〈文〉同"跳"。跳跃:～灶王(一种驱逐疫鬼的仪式,伴有舞蹈动作)。

粜(糶)[粜] tiào 卖出(粮食)(跟"籴"相对):～米|出～|二月卖新丝,五月～新谷。

頫 tiào 见fǔ "頫"(189页)。

絩 tiào 〈文〉量词。计算绮(有花纹图案的丝织品)、丝缕的单位。

跳 tiào ❶腿用力离地,使身体向上或向前跃:～跃|～高|一下子～出几米远。❷物体向上弹:皮球掉到地上～个不停。❸一起一伏地动:心～|眼～|灯焰一～一～地晃着。❹越过(本应经过的地方或阶段):～行(háng)|连～三级。

覜 tiào 古代诸侯每三年行聘问相见之礼叫作"覜"。

另见 tiào "眺"（667 页）。

趒 tiào 见 chuō "趒"（99 页）。

艞 tiào 见 yào "艞"（789 页）。

---

tiē （ㄊㄧㄝ）

帖 tiē 见 tiè "帖"（668 页）。

怗 ㊀ tiē ❶〈文〉平息；平定。❷〈文〉安宁；稳妥：～然｜安～。

㊁ zhān 【怗懘(chì)】〈文〉乐音不和谐。

贴（貼） tiē ❶把片状的东西粘在别的东西上：张～｜～窗花｜墙上～着一张画。❷紧挨；靠近：～身｜这寿张县～着梁山泊最近｜～着耳朵说悄悄话。❸补助；添补：～补｜倒～｜家里经常一些钱给他。❹贴补的费用：津～｜房～。❺量词。用于膏药：一～膏药。❻〈文〉典当：卖舍～田｜陛下起此寺，皆是百姓卖儿～妇钱。

萜 tiē 有机化合物的一类。多为有香味的液体，不溶于水，溶于乙醇。樟脑、薄荷油等都是萜类化合物。〔英 terpenes〕

聑 tiē 〈文〉安适；妥帖。

跕 ㊀ tiē ❶【跕躞(xǐ)】〈文〉拖着鞋子，足尖轻着地行走：女子弹弦～，游媚富贵。也作"跕屣(xǐ)"。❷〈文〉挨近：(鸢)～水飞。

㊁ dié ❶〈文〉坠落：仰视飞鸢～。❷〈文〉垂挂：蚩廉翅～不能奋。

㊂ zhàn ❶站立：小二哥走来～着呆看。❷同"站"：驿～｜粮～。‖用于古白话。

㊃ diǎn 同"踮"。抬起脚跟用脚前部站着：～着脚。

tiě （ㄊㄧㄝˇ）

帖 tiě 见 tiè "帖"（668 页）。

铁（鐵）〔鈇、鐡、銕〕 tiě ❶金属元素。符号 Fe：冶～｜煮盐。❷铁制的兵器、农具等：手无寸～｜许子以釜甑爨，以～耕乎?❸比喻强有力；牢固：～拳｜～腕｜铜墙～壁。❹比喻确定不移：～证｜～案如山｜刘琨誓，精贯霏霜(霏霜：飞霜)。❺比喻强暴或无情：～蹄｜～面无私｜～石心肠。❻姓。

蛈 tiě 【蛈蝪(tāng)】〈文〉土蜘蛛。

𦙝 tiě 见 dié "𦙝"（139 页）。

鍓 ㊀ tiě 〈文〉一种金属：铜～｜百斤～枪。通作"铁"。

㊁ yí 【嵎(yú)鍓】古地名。

驖〔驖、驖〕 tiě 〈文〉赤黑色的马：驷～孔阜(驾车的四匹赤黑马非常肥壮)。

tiè （ㄊㄧㄝˋ）

呫 ㊀ tiè 〈文〉尝；啜：唇上曾～。

㊁ chè ❶【呫嗫(niè)】〈文〉附耳低声絮语的样子：～耳语。❷【呫呫】〈文〉说话絮絮叨叨的样子：～不休。

㊂ chān 【呫哔(bì)】〈文〉诵读：～之徒｜穷年～。

帖 ㊀ tiè 学习写字或绘画时用作模仿的样本：字～｜碑～｜家藏古今～，墨色昭箱笥(jǔ)。

㊁ tiě ❶邀请客人的信函：文书：请～｜喜～｜府～｜昨夜下～，次选中男行。❷写有简短事项的信函：谢～｜回～｜字～儿(便条)。❸旧时写有生辰八字等内容的纸片：庚～｜换～。

㊂ tiē ❶服从；顺从：服～｜后遂～服，皆为用。❷妥当；安定：妥～｜安～｜谷麦不收，恐百姓之心不能如前日之宁～。❸〈文〉添；补：更～精兵，密营度计。❹姓。

鞊 ㊀ tiè 〈文〉马鞍下用来挡泥的装饰物：皮～。也叫"障泥"。

㊁ diē 【鞊鞢(xiè)】古代武官腰带上用来佩物的附件。

饕〔飻〕 tiè 【饕(tāo)餮】1. 传说中贪吃的恶兽。2.〈文〉比喻贪

婪、凶恶。3.〈文〉比喻凶恶、贪婪的人。4.〈文〉比喻贪吃的人。

tīng（ㄊㄧㄥ）

厅（廳）[厅、厛、厤、廳、廰]
tīng ❶待客、聚会、娱乐等用的大房间：客～｜餐～｜歌舞～。❷某些机关部门的名称：办公～｜公安～｜省财政～。❸古代官府办公的地方：升～理事｜～事。

艼
㊀ tīng【艼荧】〈文〉草名。
㊁ dǐng【茗艼】〈文〉同"酩酊"。大醉的样子：～无所知。

汀 tīng 〈文〉水边的平地；水中的小洲：绿～｜沙～｜～洲。

听（聽）[听、玌、聴、聼]
tīng ❶用耳朵接受声音：～力｜～故事｜洗耳恭～｜～其言而观其行。❷顺从；接受：～话｜言计从｜左右皆曰不可，勿～。❸(旧读 tìng)〈文〉治理；判断：～政(处理政务)｜～讼｜南面而～天下。❹(旧读 tìng)任凭；随：～任｜～其自然｜～民得互市以通有无。❺薄铁皮制成的筒子或罐子：～装啤酒。[英 tin] ❻〈文〉耳朵：闭耳塞～。

罒
tīng【罒罗(líng)】〈文〉小网：渔童小结～网。

烃（烴）
tīng 有机化合物的一类。由碳和氢两种元素组成。是有机合成工业的基本原料。

绖（綎）
tīng 古人系佩玉的丝带：缙～(即缙绅，指做官的人)。

桯
㊀ tīng ❶古代放置在床前的小桌子。❷〈文〉锥子等工具的杆：锥～子。
㊁ yíng 古代车盖柄下部较粗的一段。

骺
tīng 〈文〉胫骨。

鞓
tīng 同"鞓"。腰带；带子。用于古白话。

缇（綎）
tīng 〈文〉缓；舒缓。

鞓
tīng ❶皮腰带，也泛指带子：腰～｜白玉～。❷人或物体的杆状部分：腿～。‖用于古白话。

tíng（ㄊㄧㄥ）

邧
tíng ❶〈文〉乡名。❷〈文〉亭名。

廷
tíng ❶古代帝王接受朝见和处理政事的地方：宫～｜朝～｜～无忠臣，国家昏乱。❷〈文〉庭院；院子：满堂盈～，填塞巷路。后来写作"庭"。

罃
tíng 〈文〉歇息；安定。

莛
㊀ tíng 某些草本植物的茎：麦～。
㊁ tíng 〈文〉通"梃(tǐng)"。木棍：削木为～，以～叩钟，则铿然而鸣。

猩
tíng 〈文〉猿猴一类的兽：射猱～(猱náo,兽名)。

亭
tíng ❶亭子，一种有顶无墙的建筑物。多建在路旁或花园，供休息、观赏风景等：凉～｜八角～｜～台楼阁。❷像亭子的建筑物：岗～｜邮～｜电话～。❸秦汉时行政区划的基层单位，十里为一亭。❹古代设在路旁供旅客停宿的处所：何处是归程，长～更短～。❺〈文〉适中；均匀：～匀｜～午(正午；中午)。❻姓。

庭[逆、逎]
tíng ❶正房前的院子，也泛指院落：～院｜门～若市｜～中有奇树。❷厅堂：大～广众｜孔子哭子路于中～。❸法庭，审判案件的处所：～审｜开～｜知识产权～。

停
tíng ❶止住；中止：雨～了｜住脚步｜将进酒，君莫～。❷逗留；止宿：～留｜～滞｜路过杭州时～了两天。❸放置：～放｜～泊｜轮船～在码头。❹妥当：妥～｜～当｜～妥｜～调。❺把总数分成若干等份，其中的一份叫一停儿：把全部财产分成三～儿，三个人每人一～儿。

葶
㊀ tíng【葶苈(lì)】一年生草本植物。种子可入药。
㊁ dǐng【葶薴(nìng)】古书上说的一种毒草。

蜓
㊀ tíng【蜻(qīng)蜓】昆虫。生活在水边，捕食蚊子等，是益虫。
㊁ diàn【蝘(yǎn)蜓】〈文〉壁虎。也作"蟺蜓"。

嵉 tíng　古山名。在今山西大同东。

崉 tíng　【岧(tiáo)崉】〈文〉高耸的样子：峣嶷～（峣嶷：yáonì，山峰高峻）。也作"岧亭"。

筳 tíng　❶〈文〉络丝、纺纱或卷棉条的工具。一般用小竹筒或木棍制成。❷〈文〉小的竹枝、木片：以～撞钟。

渟 tíng　❶〈文〉水停阻不流通：决～水。❷〈文〉深邃：崇岳～海。

婷 tíng　【婷婷】〈文〉(人或花木)美好的样子：～袅袅｜冉冉梢头绿，～花下人。

珽 tíng　用于人名。张珽，明代人。

樗 tíng　〈文〉果树名。即山梨，也指它的果实。

膖 tíng　〈文〉干肉：鹅～。

霆 tíng　❶暴雷，迅急而猛烈的雷：雷～｜暴风疾～。❷〈文〉闪电：疾雷不及塞耳，疾～不暇掩目。

稄 tíng　小麦、高粱秆上长穗的那一节：麦子拔～穗粒圆。

聤 tíng　〈文〉耳朵出脓的病：～耳。

蜓 tíng　【蜓蚞(bìng)】〈文〉一种狭而长的蚌，外形似刀，故也叫"马刀"。

蝏 tíng　〈文〉虫名。形似蜘蛛，寄居在螺壳中。

蜒 tíng　古代无脊椎动物。外壳为石灰质，多呈纺锤形。也叫"纺锤虫"。

罏 tíng　佛经译音用字。

鼮 tíng　鼮鼠。古代指一种有豹纹的鼠类。

鯹 tíng　鱼名。即黄颡鱼。

tǐng（ㄊㄧㄥˇ）

圢 tǐng　❶〈文〉平坦。❷用于地名：上～坂(在山西)。

町 ㊀tǐng　❶〈文〉田界：～畦。❷〈文〉田亩；田地：嘉谷秀～。

㊁dīng　【畹(wǎn)町】地名。在云南瑞丽。

侹 tǐng　❶〈文〉挺直而长的样子：～～。❷〈文〉直挺地躺着。❸〈文〉代；顶替。

挺 tǐng　❶直；伸直：～立｜笔～｜直～。❷伸直或凸出(身体或身体的一部分)：～胸｜～着肚子｜～身而出。❸勉强支撑：他累得快～不住了｜虽然困难不少，但总算～过来了。❹〈文〉拔：～剑而起，秦王色挠。❺〈文〉杰出；突出：英才～出｜高明秀～。❻用于机枪等：一～机枪。❼副词。表示程度较高：～好｜～自在｜～有礼貌。

菦 tǐng　见 tíng "莛"(669 页)。

娗 tǐng　〈文〉妇科病名。

珽 tǐng　古代帝王临朝时手中所拿的玉笏(hù)。

梃 ㊀tǐng　❶〈文〉棍棒：～击｜杀人以～与刃，有以异乎？❷〈方〉花梗：花～儿｜把～儿碰折(shé)了。
㊁tìng　杀猪后，在猪腿上割开一个口子，用铁棍贴着腿皮往里捅(梃出沟后往里吹气，使猪皮绷紧，以便去毛除垢)：～猪。

珵 tǐng　〈文〉尽。

脡 tǐng　❶〈文〉条状的干肉：～脯。❷〈文〉直：～直。❸〈文〉牲畜脊梁的中间部分：～脊。

烴 tǐng　❶〈文〉火焰燃烧的样子。❷用于人名。

珵 tǐng　见 chéng "珵"(79 页)。

閧 tǐng　〈文〉门闩。

铤（鋌）㊀tǐng　〈文〉快跑的样子：兽～亡群(亡群：失群)｜～而走险(因无路可走或绝望而采取冒险行动)。
㊁dìng　〈文〉未经冶炼的铜铁矿石。

颋（頲）tǐng　〈文〉头部挺直的样子，比喻正直：神骨清～。

艇 tǐng　轻便的小船，也指小型军用船只：汽～｜炮～｜越舲蜀～，不能无水而浮(舲：líng，有窗的小船)。

跧　tǐng　【跧动】〈文〉震动:～崩五山之势。

詆　tǐng　〈文〉欺慢。

塯　tǐng　〈文〉同"町"。田界。

鮏　tǐng　〈文〉全鱼酱;腌全鱼。

tìng （ㄊㄧㄥˋ）

梃　tìng　见 tǐng "梃"(670 页)。

瀞　tìng　见 dǐng "瀞"(142 页)。

tōng （ㄊㄨㄥ）

烔　tōng　火盛的样子。用于古白话:头上火焰而～～。

恫　tōng　见 dòng "恫"(144 页)。

桐　tōng　见 tóng "桐"(672 页)。

通　㊀ tōng　❶可以穿过;能够到达:贯～|隧道打～了|京九铁路直～香港。❷连接;交往:～邮|沟～|互～有无|吾闻曹丘生非长者,勿与～。❸传达;使知道:～报|～气|靖郭君谓谒者曰:"毋为客～。"❹用工具疏通,使不堵塞:～炉子|～下水道。❺了解;懂得:～晓|精～|贾生年少,颇～诸子百家之书。❻熟知某方面的人:中国～|万事～。❼顺畅;运行无阻:～顺|想不～|水泄不～。❽通常的;共同的:～称|～病|普～。❾全;整个的:～盘|～宵。❿量词。用于文书告示等,相当于"份、件":一～文书|发布一～告示|发了三～电报。⓫〈文〉得志;显达(跟"穷"相对):～则一天下,穷则独立贵名(一:统一)|事业显而爵位～。⓬姓。

　㊁ tòng　量词。用于某些动作行为:敲了一～鼓|挨了一～打|发了一～牢骚。

痌　㊀ tōng　〈文〉病痛。
　㊁ tóng　〈文〉疮溃。

莥　tōng　【莥草】〈文〉小乔木。可造纸,其茎髓可入药。也作"通草"。

嗵　tōng　模拟物体撞击的声音;心跳的声音:～～～～一阵急促的敲门声。

樋　tōng　树木名。一说即木通科植物"木通"二字的合写。

箽　tōng　〈文〉竹名。即通竹,没有节的竹子。

tóng （ㄊㄨㄥˊ）

仝　tóng　姓。
　另见 tóng "同"(671 页)。

同　㊀ tóng　[㊀❶-❼△*仝、㊀*衕]　❶一样;没有差别:～等|相～|布帛长短～,则贾相若(贾:jià,售价)。❷跟(某事物)一样:～上|情～手足|人～此心,心～此理。❸一起;一齐(做或从事):～居|陪～|～甘苦,共患难。❹介词。引入同动作有关的另一方:～各种困难做斗争|领导～群众打成一片。❺介词。引入比较的对象:～原来的完全不一样|身材～你差不多。❻连词。表示并列(连接名词性成分):硬件～软件都是一流的。❼〈文〉齐一;统一:～度量,均衡石(衡石:衡器)|死去元知万事空,但悲不见九州。❽〈文〉随和;附和:君子和而不～,小人～而不和。❾姓。
　㊁ tóng　【胡同】巷子;窄小的街道。
　"仝"另见 tóng（671 页）。

佟　tóng　姓。

彤　tóng　❶〈文〉朱红色:～弓|～车|百朵～云,烂如朝霞。❷姓。

郹　tóng　古地名。

峒　tóng　【峒峪】地名。在北京海淀。

侗　tóng　见 dòng "侗"(144 页)。

庝　tóng　❶〈文〉深屋。❷〈文〉屋架。

佟　tóng　〈文〉忧愁:心～。

诇（詗）

⊖ tóng 〈文〉共同。后作"同"。

⊜ dòng ❶【謥（cóng）诇】〈文〉说话匆促而不谨慎。❷〈文〉通"詷（dòng）"。恐吓：～喝（hè）。

峒

tóng 见 dòng "峒"（144页）。

茼

tóng 【茼蒿（hāo）】一年生或二年生草本植物。嫩茎和叶有特殊香味，可以吃。有的地方叫"蓬蒿"。

峒

tóng 〈文〉胡言乱语：～疑（用妄言迷惑人）。

迵

tóng 见 dòng "迵"（144页）。

峒

tóng 见 dòng "峒"（144页）。

狪

⊖ tóng 同"狪"。传说中的一种像猪的怪兽。

⊜ dòng 旧时对侗族的蔑称。

洞

tóng 见 dòng "洞"（144页）。

桐

⊖ tóng ❶树木名。有梧桐、油桐、泡桐等。古书中的桐多指梧桐。❷姓。

⊜ tōng 〈文〉轻佻：毋～好逸，毋迲宵人（迲：近。宵人：小人）。

砼

tóng 混凝土。

嵞

tóng 〈文〉称非生育自己的父亲。

烔

tóng ❶【烔烔】〈文〉热气升腾的样子：热气～。❷【烔炀（yáng）】地名。在安徽巢湖。

硐

⊖ tóng 〈文〉石磨。

⊜ dòng ❶〈文〉洞窟：紫燕长巢～。❷〈文〉矿坑：矿～|五金所产之～。

眮

tóng ❶〈文〉瞋目，瞪大眼睛看：瞋目～视。❷〈文〉转目四面环顾：鼻磨目劳～。

铜（銅）

tóng ❶金属元素。符号 Cu。❷比喻坚强、坚固：～筋铁骨|～墙铁壁。

稦

tóng 〈文〉禾穗的总梗：得时之禾，长～长穗。

僮

tóng 〈文〉同"僮"。僮仆：骖白鹿兮从仙。

痌

tóng 见 tōng "痌"（671页）。

痜

tóng 〈文〉因跳动而痛。一说同"疼"。疼痛：寒热酸～。

瓲［瓲］

tóng 〈文〉圆筒形的覆瓦，多用于宫殿、庙宇：凡庭堂悉用～瓦。

舼

tóng 〈文〉一种木船：～船|海～。

童

tóng ❶小孩子：～谣|牧～|孩提之～，无不知爱其亲者。❷（牛、羊等）未长成的：～牛（没有生角的小牛）。❸未经历过性生活的：～男|～女|～贞。❹〈文〉秃：～山（没长草木的山）|头～齿豁。❺〈文〉未成年的奴仆：～仆|书～|家～|富至～八百人。后多作"僮"。❻〈文〉通"瞳（tóng）"。瞳孔：舜盖重～子，项羽又重～子。❼姓。

浵

tóng 见 dòng "浵"（145页）。

赨

⊖ tóng 〈文〉（颜色）赤：细苗，～茎。

⊜ xióng 〈文〉同"雄"。赨黄，同"雄黄"。

酮

tóng 有机化合物的一类。羰（tāng）基的两个单键分别与两个烃基连接而成，通式 $R—CO—R'$。

蚒

tóng 〈文〉赤色。

貁

tóng 传说中一种像猪的怪兽。

設

tóng 〈文〉敲击中空器物发出的声音。

魋

tóng 清代三合会旗号专用字。即同。

僮

⊖ tóng ❶旧时指未成年的仆人（多指男性）：～仆|书～|家～。❷儿童；少年：使～男～女七十人俱歌。后作"童"。

⊜ zhuàng 壮族的"壮"旧作"僮"。

鈅

⊖ tóng 古代一种大的犁。

⊜ zhuó "镯（鐲）"的俗字。手镯。用于古白话。

鮦（鮦）

tóng 鳢鱼。

鄗

tóng 古地名。又姓。

罿 tóng　见 chuāng "罿"（96 页）。

餇 tóng　〈方〉猪羊的腿骨：～子骨｜猪～骨。

潼 tóng　❶水名。1. 源出陕西华阴，流入黄河。2. 源出四川广汉，流入垫江。❷用于地名：临～（在陕西西安）｜～关（在陕西渭南）｜梓～（在四川绵阳）。

橦 tóng　古书上指木棉树。

曈 tóng　【曈昽（lóng）】〈文〉太阳初升时由暗渐明的样子：旭日～｜朝来帝命出～，晓听疎林远寺钟。

犝 tóng　〈文〉无角的小牛：～牛。

膧 tóng　【膧朦（méng）】1.〈文〉微明的样子：晓月～。2.〈文〉蒙昧：吉凶纷错，人用～。

甋 tóng　❶〈文〉井壁。❷〈文〉同 "瓶"。圆筒形的覆瓦：～瓦。

甀 tóng　【甀甀（méng）】〈文〉羽毛松散的样子：(鹤)～而不肯舞。也说 "甀甀"。

燑 tóng　【燑燑】1.〈文〉热气升腾的样子：气～然。2.〈文〉明亮的样子：目光～。

瞳 tóng　瞳孔，眼球虹膜中心的圆孔，可以随光线的强弱而缩小或放大。俗称 "瞳仁"：山际逢羽人，方～好容颜（羽人：道士。方瞳：方形的瞳孔。古人以为是长寿之相）。

鶔 tóng　【鶔渠】〈文〉鸟名。体黑色，脚红色，体形像山鸡。

罿 tóng　〈文〉一种设有机关的捕鸟兽的网：雉离于～(离：同 "罹"，遭遇)。

穜 ㊀ tóng　〈文〉早种晚熟的谷类。
　㊁ zhǒng　〈文〉生物赖以传代的物质。后作 "种(zhǒng)"。
　㊂ zhòng　〈文〉种植；播种。后作 "种(zhòng)"。

癃 tóng　见 zhǒng "癃"（887 页）。

翀 tóng　❶〈文〉飞翔的样子。❷用于人名。

羚[翂] tóng　〈文〉无角羊。

醷 tóng　〈文〉同 "酮"。用马奶制成的奶酪：～浆。

瓲 tóng　〈文〉龟名。

鶔 tóng　【鶔(méng)鶔】〈文〉水鸟名。又名越王鸟、鹤顶。

tǒng　（ㄊㄨㄥˇ）

侗 tǒng　见 dòng "侗"（144 页）。

徔 tǒng　见 tòng "徔"（674 页）。

统(統) tǒng　❶事物之间的连续关系：系～｜血～｜传～｜君子创业垂～，可为继也。❷总括；总起来：～筹｜～称｜准天地，～阴阳。❸总领；管辖：～率｜～兵｜冢宰掌邦治，～百官。❹〈文〉纲纪；准则：民以君为～，君政善，则民和治。❺旧同 "筒"。指衣物等的筒状部分。❻姓。

捅[捅] tǒng　❶戳；扎：～马蜂窝｜～了一刀｜窗户纸一～就破。❷碰；触动：怕他多嘴，赶紧～了他一下。❸戳穿；揭露：把内幕全～了出去｜这事千万不能往外～。

姛 tǒng　用于地名：黄～铺（在江西德安）。

桶 tǒng　盛水或盛其他东西的器具，用木、铁、塑料等制成，多为圆筒形：木～｜铁～｜吊～。

裥 tǒng　〈文〉短袖衣。

筒[㊀△*箇] ㊀ tǒng　❶粗大的竹管：竹～｜截竹为～。❷较粗的管状物：烟～（tong)｜气～｜手电～。❸衣服等的管状部分：袖～｜袜～｜长～靴。旧也作 "统"。
　㊁ dòng　〈文〉洞箫。后作 "洞"。
"箇"另见 yǒng（818 页）。

tòng　（ㄊㄨㄥˋ）

同 tòng　见 tóng "同"（671 页）。

詷 ㊀ tòng 〈文〉同"衕"。通街;巷道。
㊁ tǒng 【儱(lǒng)詷】衕〈文〉直行。
㊂ dòng 〈文〉通达无挂碍:～然。

恫（慟）tòng ❶〈文〉极度悲哀:悲～|～哭|颜渊死,子哭之～。❷〈文〉痛哭:公往临殡,一一几绝。

通 tòng 见 tōng "通"(671 页)。

痛 tòng ❶疾病、创伤等引起的难受的感觉:疼～|剧～|有娠六月,腹～不安。❷悲伤:悲～|～不欲生|夫人情至则乐生,～则思死。❸尽情地;彻底地:～骂|～饮|～改前非。❹〈文〉恨:～入骨髓|民神怨～,无所依怀。

懵 tòng 见 zhòng "懵"(887 页)。

---

tōu（ㄊㄡ）

偷[⁵△＊媮] tōu ❶盗窃:～盗|～钱包|东西被贼～了。❷盗贼:惯～|小～儿。❸趁人不备暗地里(做某事):～听|～渡|～着跑出去了。❹抽出(时间):～空(kòng)|忙里～闲。❺〈文〉苟且敷衍,得过且过:～安|～生|仓廪虽满,不～于农。❻〈文〉轻薄;不厚道:故旧不遗,则民不～|世风之～薄久矣。
"媮"另见 yú(827 页)。

逾 tōu 见 yú "逾"(827 页)。

愉 tōu 见 yú "愉"(827 页)。

媮 tōu 见 yú "媮"(827 页)。

鋀 ㊀ tōu 同"鍮"。一种黄色有光泽的矿石。
㊁ tù 化学元素"钍(tǔ)"的旧称。

鍮 tōu 鍮石,古时称黄铜矿或自然铜。

---

tóu （ㄊㄡ）

头（頭）㊀ tóu ❶脑袋,人体的最上部或动物体的最前部:～颅|胖～鱼|举～望明月。❷头发或头发的样式:披～散发|白～偕老|兴来不暇懒,今晨梳我。❸物体的顶端或末端:山～|枝～|中间粗,两～儿细。❹事物的起点或终点:开～|尽～|一年到～。❺某些物品的残余部分:布～儿|烟～儿|粉笔～儿。❻首领:～目|工～|土匪～儿。❼第一:～等|～版|～条。❽领头的;次序在最前的:～羊|～雁|～班车。❾用在数量词前,表示次序在前的:～一趟|～几个|～五年(前面的五年)。❿用在年、天等时间词前,表示刚过去的时间:～年(上一年)|～天(上一天)。⓫方面:分～寻找|心挂两～|他们两个是一～儿的。⓬用于牛、驴、骡、羊等家畜:～黄牛|两～骡子。⓭用于形状像头的东西等:一～蒜|一～洋葱。
㊁ tou 后缀。1. 附着在某些名物义成分的后面:舌～|木～|骨～。2. 附着在某些动作义成分的后面,一般要儿化:来～|想～|吃～。3. 附着在某些性状义成分的后面,一般要儿化:苦～|甜～。4. 附着在方位义成分的后面:上～|前～|里～。

投 tóu ❶朝一定的目标扔;掷:～篮|～标枪|取彼谮(zèn)人,～畀豺虎(谮人:进谗言的奸人)。❷跳进去(专指自杀行为):～河|～井|吾羞见之,因自～清泠之渊。❸放进去:～票|～资|～放。❹寄出去:～稿|～书|～递。❺映照;向…注视:影子～在墙上|目光～向老师。❻找上去;奔向:～宿|～亲靠友|弃暗～明。❼相合;迎合:～合|臭味相～|～其所好。❽置放;弃置:～鞭断流|～笔从戎|～之亡地然后存。❾漂(piǎo)洗:～毛巾|把衣服～干净。❿〈文〉赠给:投我以木桃,报之以琼瑶(琼瑶:佩玉名)。⓫〈文〉赌博用的色(shǎi)子。后来写作"骰"。⓬姓。

拔 tóu 【拔巘(bèng)】〈文〉山高峻的样子。

殴 tóu 〈文〉同"投"。投掷。

剅 tóu 〈文〉剺。

骰 tóu 【骰子(zi)】色(shǎi)子,赌具。用骨、木、塑料等制成的小立方体,六面分别刻有一至六个凹点。也作"投子"。

褕 □ tóu 见 yú "褕"(828 页)。

繇 ㊀ tóu 【繇緕(zī)】〈文〉一种上等细布。也作"繇赀(zī)"。
㊁ xū 〈文〉帛(丝织品的总称):蜘蛛之务,不如蚕之~。

鷈 tóu 〈文〉白麻。也叫"苘(qǐng)麻"。

鐜 tóu 化学元素"铽(tè)"的旧称。

tǒu （ㄊㄡˇ）

泏 tǒu 【泏乡】古地名。

妵 tǒu 用于女子名。华妵,春秋时人。

鈄 (鈄) tǒu 又读 dǒu ❶古代一种盛酒的器具:成山宫铜渠一重二斤。❷姓。鈄滔,五代人。

敨 tǒu ❶〈方〉把包着或卷着的东西展平;展开:把褶子~平。❷〈方〉抖搂(尘土等):~一~灰土。

餢 tǒu 【餢(bù)餢】〈文〉发面饼。

鍮 tǒu ❶〈文〉黄色。❷〈文〉塞(耳朵):~众耳以前闻。❸〈文〉增加:~益(增益)。

黈 tǒu 【黈(bù)黈】〈文〉油炸的饼类食物。

璹 tǒu 〈文〉水鸟名。黑色,体形似野鸭。

餶 tǒu 【餶(bù)餶】〈文〉发面饼。也作"餢餢(tǒu)"。

鮿 tǒu 〈文〉鱼名。

黈 tǒu 〈文〉美好的样子。

tòu （ㄊㄡˋ）

音[否]

透 □ tòu (旧又读 pǒu)〈文〉唾弃。

透 □ tòu ❶(液体、气体、光线等)通过;穿过:~水|~亮儿|~过现象看本质|风~衣衫寒不耐。❷泄露;暗地里说:~露|~底|有什么变动给我一个信儿。❸显露:脸上白里~红|小伙子~着很能干。❹深入而明白;彻底:~彻|道理讲得很~|摸不~他的脾气。❺达到充分的程度:一场~雨|西瓜熟~了|恨~了这些坏蛋。❻〈文〉跳:妃知不免,乃~井死。

埱 tòu 见 chù "埱"(93 页)。

趚 tòu ❶〈文〉向下跳;跳跃。❷〈文〉步高不稳。

趖 tòu 〈文〉跳跃:~舒(一种技艺)。

檖 tòu 古地名。在今陕西高陵。

tou （·ㄊㄡ）

头 □ tou 见 tóu "头"(674 页)。

tū （ㄊㄨ）

厾 tū 〈文〉反常背理而忽然出现。

凸 □ tū ❶周围低而中间高(跟"凹"相对):~出|~透镜|凹~不平。❷显现出来:~显|~现|挺胸~肚。

秃 tū ❶(人)没有头发;(鸟兽头或尾)没有毛:~顶|~鹫|~尾巴鹌鹑。❷(树木)没有枝叶;(山)没有草木:~树|石上不生五谷,~山不游麋鹿。❸物体失去尖端:~笔|铅笔尖~了。❹文章首尾结构不完整:收尾处显得有点儿~。

宊 ㊀ tū 〈文〉同"突"。突然出现。
㊁ jiā 〈文〉"家"的俗字。

怢 ㊀ tū 〈文〉忽略;忽视:习乱安危,~不自睹。
㊁ dié 【怢愉】〈文〉洒脱和悦:柔冶~。

突 [突] ㊀ tū ❶冲;冲撞:~围|冲~|狼奔豕~。❷凸;高:~起|~出|剑士皆蓬头~鬓垂冠。❸副词。表示动作或情况变化很快,出乎意料,相当于"突然":~发事件|风云~变|异军~起。❹古代炉灶旁凸起的出烟口:灶~|其灶直~,傍有积薪。

嘧 tū 叹词。表示呵斥。用于古白话：～！什么人？

宊 ㊀ tū ❶〈文〉同"突"。烟囱：灶无用～者。❷【宊厥】即突厥。古族名。

㊁ bá "肞"的讹字。古代传说中人类的祖先：～生海人。

埃 tū 〈文〉烟筒：灶～。通作"突"。

葖□ tū 【菁(gū)葖】花蕾。

唋 tū ❶同"突"。向前冲。用于古白话：铁嘴神鹰迎面～来。❷模拟机器的响声：拖拉机"～，～，～"地开过来。

崊 tū 【崊屼(wù)】1.〈文〉形容光秃高耸的山：石参差而岫～。2. 超群。用于古白话：手段高得～。

瘯 tū 〈文〉头上生疮脱发的病。今作"秃"。

剭［劚］ tū 〈文〉刺入的样子。

趃 tū 【趚(bū)趃】〈文〉匍匐，伏地而行。

嵞［嵺］ tū 古山名。在今浙江嵊州北。

裣 tū 古代指开裆裤。

瑹□ tū 【瑹琈(fú)】〈文〉玉名：(小华之山)其阳多～之玉。

銹 tū 化学元素"铥(diū)"的旧称。

鵚［鶟］ tū ❶【鵚鹫】〈文〉即秃鹫。一种猛禽。❷【鵚枭】〈文〉鸟名。

鵌 tū ❶〈文〉鼠名。体型较小，黄色，尾短。也叫"兀鼠"。❷〈文〉与鸟同穴而居的鼠。

tú （ㄊㄨˊ）

图□(圖)［啚］ tú ❶绘制出来的形状：～画｜按～索骥｜宋元君将画～，众史皆至。❷〈文〉画；描绘：绘影～形｜图工好(hào)画鬼魅而憎～狗马。❸谋划；谋求：～谋｜励精～治｜阙秦以利晋，唯君～之。❹谋取；想要得到：～快｜～省事｜唯利是～。❺谋略；计划：意～｜宏～｜雄～大略。❻〈文〉料想：吉凶难～｜不～虚有其表。

郐 tú 古地名。在今山东枣庄西南。

凃 tú 同"涂"。姓。

捈 ㊀ tú 〈文〉牵引。

㊁ shū 〈文〉抒发：～中心之所欲。

荼□ ㊀ tú ❶古书上说的一种苦菜：谁谓～苦，其甘如荠(荠：jì，荠菜)。❷〈文〉茅草、芦苇等所开的白花：如火如～。❸【荼蘼(mí)】落叶小灌木。花白色，有香气，供观赏。也作"酴醾"。

㊁ shū 【神(shēn)荼】传说中能制伏恶鬼的海神。后世奉为门神，以驱鬼避邪。

徒□［辻］ tú ❶步行：～步｜～涉(蹚水过河)｜舍车而～。❷空的；没有收获的：～手｜齐师～归。❸跟从师傅或老师学习的人：学～｜门～｜良师出高～。❹信仰某种宗教的人：信～｜教～｜基督～。❺指某种人(含贬义)：赌～｜叛～｜亡命～｜不法之～。❻副词。1. 表示动作行为没有取得效果，相当于"白白地"：～费口舌｜～劳往返｜少壮不努力，老大～伤悲。2. 表示除此以外没有别的，相当于"只、仅仅"：～有其表｜家～四壁｜非～无益，而且有害。❼〈文〉同一类或同一派别的人：～众｜～党｜鸡鸣而起，孳孳为善者，舜之～也。

途□ tú ❶道路：路～｜半～而废｜老马识～。❷〈文〉门路；方法：古之立国家者，开本末之～，通有无之用(本：指农业；末：指工商业)。❸姓。

庩 tú 〈文〉同"徒"。仅；只：厚糠多粃，～辟米(糠皮厚，仅有不饱满的谷粒)。

㾭 tú ❶〈文〉正屋旁边的偏房。❷【庯(bū)㾭】〈文〉屋势高低不平的样子。

涂□(❶-❻△塗) tú ❶〈文〉泥：～炭(烂泥和炭火，比喻极端困苦的处境)。❷把泥、油漆、脂粉、药物等抹在物体表面：～抹｜～料｜台榭不～。❸乱写乱画：～鸦｜墙壁被～脏了。❹抹去：～改｜写了又～，～了又写。❺海涂，海潮夹带的泥沙沉积成的浅海滩：～田｜滩～。❻〈文〉通"途(tú)"。道路：晏子出，遭之～(遭：遇)｜天下同归而殊～。❼姓。

"塗"另见 tú (677 页)。

悇 tú 【悇憛(tán)】〈文〉忧虑;忧惧;悲伤:心～而烦冤。

骀 (駼)[騊] tú 【騊(táo)駼】古代良马名。

珱 tú 〈文〉美玉。

莵 tú 见 tù "莵"(678页)。

梌 tú ❶〈文〉楸树。❷〈文〉枫树。

畧 tú 见 bǐ "畧"(30页)。

馀 tú 〈文〉有虎纹的黄牛。

徏 tú 〈文〉同"徒"。指某一类人:凶～。

屠 tú ❶宰杀(牲畜):～宰|～狗|～户。❷残杀(人):～戮|～杀|沛公归数日,羽引兵西～咸阳(羽:项羽)。❸〈文〉屠宰牲畜的人:淮阴一中少年有侮信者(信:韩信)。❹姓。

捈 tú 【搪(táng)捈】〈文〉即唐突。冲突;冒犯:(若入城市)人则识而避之,不相～。

稌 [稌] tú 〈文〉稻子,特指糯稻:丰年多黍多～。

蒤 tú ❶〈文〉草名。茎秆有红紫色斑点。根可入药。❷〈文〉杂草。

梌 tú ❶〈文〉木头块;树根兜子:煨～(煨:烧)。❷〈文〉关闭门户所用的立木。

筡 tú ❶〈文〉剖取竹篾。❷〈文〉竹篾;竹条。❸〈文〉中空的竹。

峹 [峹] tú 【峹山】古山名。即今浙江会稽山。一说在今安徽淮河东的当涂山。传说为夏禹娶涂山氏及大会诸侯处。也作"涂(塗)山"。

鉥 tú 钝;不锐利。用于古白话:吾有箇～斧子。

腯 tú ❶〈文〉猪肥:野豕～甚。❷〈文〉牲畜等肥壮:牲～酒馨。

瘏 tú 〈文〉生病;因疲累而致病:～悴。

塗 tú 姓。另见 tú "涂"(676页)。

郿 tú 古地名。在今陕西合阳。

槎 tú 见 chá "槎"(63页)。

酴 tú ❶〈文〉酿酒用的酒曲。❷【酴醾(mí)】1.〈文〉重酿的酒。2.同"荼蘼"。落叶小灌木。攀缘茎,羽状复叶,花白色,有香气,供观赏。

跿 tú 【跿跔(jū)】〈文〉光着脚:～赤手。

廜 [庩] tú 【廜廀(sū)】同"屠苏"。1.〈文〉草盖的小屋:土屋苫草成～。2.〈文〉酒名。一种用屠苏草泡的酒:正月一日…进～酒。

漵 tú 古山名。在湖北西南部。

鞈 tú 【鞈(bó)鞈】〈文〉鞋垫。

酴 tú 【酳(mú)酴】〈文〉榆子仁酱。

麀 tú 【於(wū)麀】同"於莵"。古代楚人称老虎。

㯕 tú 见 zhái "㯕"(858页)。

醾 tú 【醾醾(mí)】〈文〉同"酴醾(荼蘼)"。落叶小灌木。花白色,有香气:～花发。

敠 tú 见 yì "敠"(806页)。

鵌 [鵌] tú 〈文〉鸟名。一种与鼠同穴而居的鸟:～鵽(鵽:tū,与鵌同穴的鼠)。

鵌 tú 【鵌鶷(hú)】〈文〉鸟名。即白头翁。

鵌 tú 【鵌鸠】传说中一种吃蛇的怪鸟。

鵌 tú 【鵌(táng)鵌】〈文〉鸟名。形似乌鸦,苍白色。又名"鶭(jī)"。

tǔ (ㄊㄨˇ)

土 tǔ ❶地面上的泥、沙混合物:～堆|泥～|九层之台,起于累～。❷田地;国家的领地:～地|国～|寸～必争|分疆画界,各守～境。❸家乡;本地:乡～|～生～长|小人怀～。❹本地的;具有地方性的:

～著|～产|招收～军五十人。❺来自民间的:民间沿用的(跟"洋"相对):～布|～办法|土洋结合。❻不开通;不时兴:～气|～头～脑|这衣服样式太～。❼未经熬制的鸦片:烟～。❽五行之一:金木水火～。❾古代八音之一,指土制乐器,如埙(xūn)等。❿姓。

吐 □ ㊀ tǔ ❶使东西从嘴里出来:～痰|～瓜子皮|一饭三～哺(哺:嘴里含着的食物)。❷长出;露出:高粱～穗|棉花～絮|杨柳～出新芽。❸说出;发出:～露|谈～|慈乌失其母,哑哑～哀音。

㊁ tù ❶东西不由自主地从嘴里涌出:～血|呕～|上～下泻。❷被迫退出(非法所得):把赃款～出来。

钍 □ (釷) tǔ 金属元素。符号 Th。

tù (ㄊㄨˋ)

吐 □ tù 见 tǔ "吐"(678 页)。

兔 □ [*兎、*兔] tù 哺乳动物。耳长尾短,上唇中裂,后腿长,跑得很快。

堍 □ tù 桥两端靠近平地的地方:桥～。

菟 □ ㊀ tù 【菟丝子(zǐ)】一年生草本植物。茎细长,常缠绕在别的植物上。种子可入药。也叫"菟丝"。

㊁ tú 【於(wū)菟】古代老虎的别称:当年老使君,赤手降～。

錻 □ tù 见 tōu "錻"(674 页)。

騀 □ tù 【騀(fēi)騀】古代指飞奔如兔的骏马。也作"騀兔"。

鮱 □ tù 〈文〉鱼名。

鵵 □ tù 〈文〉鸟名。即老鵵,猫头鹰一类的鸟。

tuān (ㄊㄨㄢ)

猯 □ tuān ❶〈文〉同"貒"。猪獾。❷用于地名:～卧梁(在陕西)。

湍 □ tuān ❶〈文〉水流得急:～急|～流。❷〈文〉急流的水:急～|又有清流激～,映带左右。

煓 □ tuān 〈文〉火炽盛的样子。

猯 tuān ❶〈文〉猪。❷〈文〉猪獾。

貒 tuān 〈文〉猪獾:狐狸～貉。

貒 [貙] tuān ❶〈文〉黄黑色:(狐)身～～。❷〈文〉明亮:清朝日～(清朝:指清明的朝政)。

tuán (ㄊㄨㄢˊ)

团 □ (團、⑪糰) tuán ❶圆形的:～扇|～鱼(甲鱼)|桂皎月而常～。❷球形或圆形的东西:线～|蒲～|花～锦簇。❸把散碎的东西捏或揉成球形:～泥球|～药丸|～菜团子。也作"抟"。❹聚集;会合在一起:～聚|～圆|义兵以捍乡里。❺从事某种工作或活动的集体:剧～|旅游～|代表～。❻军队的编制单位。在师之下,营之上。❼青少年的政治性组织,在我国特指中国共产主义青年团:～员|入～。❽旧时某些地区乡一级的政权机构或武装组织:～防|～练|～民。❾量词。用于团状的物体:一～毛线|一～乱麻|一～黄泥。❿量词。用于某些抽象事物:一～糟|一～漆黑|一～和气。⑪米或面粉等做成的球形食品:饭～|汤～|菜～子。

抟 □ (摶)[敷] tuán ❶同"团"。捏聚成团:～弄。❷〈文〉盘旋;环绕:(大鹏)～扶摇而上者九万里(扶摇:旋风)。

剸 □ tuán 见 duān "剸"(150 页)。

剸 □ ㊀ tuán 〈文〉截断;刺杀:水断蛟龙,陆～犀革。

㊁ zhuān 〈文〉专擅;独断:(圣人)不～己,不预谋。

尃 □ tuán 〈文〉蒲丛;也指蒲穗。另见 chún "莼"(98 页)。

溥 □ tuán 〈文〉露水多的样子:零露～兮。

傅 tuán【傅傅】〈文〉忧劳不安的样子：劳心～兮。

媠 tuán　见 zhuān“媠”(897 页)。

槫 ㊀ tuán　❶〈文〉圆；圆形的：圆果～兮。❷〈文〉集聚：～三国之兵。❸〈文〉房檩。
㊁ shuàn　古代一种有耳盖的盛酒器皿。

蟪 tuán　同“鱄”。传说中的怪鱼。

嘓 tuán　〈文〉拼凑；糅合：略～万余言,讲论古今。

篿 ㊀ tuán　〈文〉圆形的竹器。
㊁ zhuān　古代一种占卜方法：筳～（筳:tíng,竹片）。

餻 tuán　❶〈文〉米或粉制成的球形食品:米～。❷育肥,使(猪)肥胖。用于古白话:冬里～猪五口。

鏄 tuán【鏄铫(yáo)】〈文〉铁锄,泛指农具:方城之金,十九为兵,一为～。

鶷 tuán【鶷(huān)鶷】传说中的一种鸟。形如鹊,短尾。一说即寒鸦。

鱄 tuán　见 zhuān“鱄”(897 页)。

鱉 tuán　〈文〉鸟名。即雕。

矗 tuán　〈文〉同“剸”。截断。

tuǎn （ㄊㄨㄢˇ）

疃 tuǎn　❶禽兽践踏的地方:姑苏麋鹿～。❷村庄:每十余里,有村～数家而已。❸多用于地名:王～(在河北景县)|柳～(在河北威县)|白家～(在北京海淀)。

tuàn （ㄊㄨㄢˋ）

彖 tuàn　❶〈文〉论断;判断:周公～凶吉,详明左丘辩。❷【彖辞】《易经》中论述卦义的文字。

褖 tuàn　❶古代王后侍候皇帝时或闲居时所穿的便服。❷〈文〉边沿有装饰的

衣服。为士的礼服或士妻的命服。

忒 tuī　见 tè“忒”(658 页)。

推 tuī　❶向外用力,使物体沿着用力的方向移动:～磨|长江后浪～前浪|苟有险,余必下～车。❷磨(粮食);碾(粮食):～点儿新麦子吃。❸用工具剪、铲:～头(理发)|用刨子把木板～平。❹使事情开展:～及|～广|～销|天子～恩,褒其三世。❺把约定的时间向后移:～迟|～延|再～几天。❻举荐;选举:～选|～举|～贤让能。❼尊崇;重视:～崇|～重|当时流辈咸～之。❽根据已知的判断未知的:～断|～理|星月之行,可以历～得也。❾辞让;借故拒绝:～辞|～卸|～病不出。

焞 tuī　见 tūn“焞”(681 页)。

萀 tuī　〈文〉药草名。即益母草。

屡 tuī　〈方〉粗麻鞋。

鞋 tuī【鞋鞋】〈文〉车队盛大的样子:大车～。

蕼 tuī　〈文〉草名。即牛蕼(tuí)。

讉 tuī　〈文〉欺诈。

tuí （ㄊㄨㄟˊ）

庨 tuí　〈文〉房屋倾倒。

隤（隤）tuí　❶〈文〉崩塌;坠落:～崖落石。❷〈文〉败坏:～其家声。❸〈文〉倒:倾～。❹〈文〉降临;降下:～祉(降福)|～祥(降赐祥瑞)。

盉 tuí　古代器物名:以金～二重藏之(之:这里指舍利)。

頽（頹）[*穨、頽、隤] tuí　❶〈文〉倒塌:～塌|～垣断壁|泰山其～乎? ❷〈文〉衰败:～势|吏治～败|一别相逢十七春,～颜

衰发互相询。❸消沉;委靡不振:～丧|～废|人讥其～放,因自号放翁。

償 tuí 见 tuǐ"償"(680 页)。

瘣 tuí 见 zhuì"瘣"(900 页)。

魋 tuí【魋(huī)魋】因疲劳而生病的样子:我马方～。

頺 tuí ❶〈文〉通"隤(tuí)"。坠下。❷〈文〉同"頹"。委靡不振:～顿不振。

魋 ⊖ tuí ❶〈文〉兽名。像小熊。❷〈文〉大而突出:～颜(额头突出)。❸通"頹(tuí)"。恶劣。用于古白话:伴着这～人物,便似冤魂般相缠。❹姓。
⊜ chuí 〈文〉通"椎(chuí)"。结成椎形的发髻:～结。

癏[癏] tuí 〈文〉生殖器官疾病。常指疝气。

虆 tuí【牛虆】〈文〉草名。也作"虆(tuí)"。

蹪 tuí 〈文〉跌倒:～陷(跌进)。

䮺 tuí 〈文〉风:清～|响珮琚。

讉 tuí 〈文〉喧闹。

tuǐ (ㄊㄨㄟˇ)

倠 tuǐ ❶〈文〉弱。❷春秋时鲁宣公名。

㥨 tuǐ【㥨(wěi)㥨】〈文〉中风。

㿉 tuǐ ❶【㿉(wěi)㿉】〈文〉肥胖。❷〈文〉通"腿(tuǐ)":棍伤臂膊两～。

腿[*骽] tuǐ ❶人和动物用来支撑躯体和行走的部分:大～|前～|铁佛㿥皱眉,石人战摇～。❷器物下部像腿那样起支撑作用的部分:桌子～|眼镜～儿。❸指火腿,腌制的猪腿:云～(云南火腿)|金～(金华火腿)。

償 ⊖ tuí 〈文〉娴雅。
⊜ tuǐ 〈文〉崩坏:颓败|～然而道尽。

瘣 tuǐ【瘣(huī)瘣】1.〈文〉中风的病:～不随,耳聋不闻。2.〈文〉呆坐不动的样子。

tuì (ㄊㄨㄟˋ)

倪 tuì 见 tuō"倪"(682 页)。

退[復、逯] tuì ❶向后移动(跟"进"相对):～缩|后～|师～,次于召陵(次:临时驻扎)。❷使向后移动:～兵|～敌|有能助寡人谋而～吴者,吾与之共知越国之政。❸离开;脱离:～场|～学|从领导岗位上～下来。❹交还(已收下或已买下的东西):～还|～稿|把货～了。❺下降;衰减:～潮|～烧|自叹才思转～。❻撤销(已定的事):～婚|～亲。❼〈文〉归;返回:鲤～而学《诗》(鲤:孔子的儿子)|临渊羡鱼,何为～而结网。

娧 tuì 〈文〉美好的样子。

悈 tuì ❶〈文〉放纵欲望。❷〈文〉忘记。❸〈文〉缓慢。

噴 tuì 叹词。表示呵斥。用于古白话:～! 这个村老子好无礼!

蛻 tuì ❶蛇、蝉等脱皮:～皮|蝉饱而不食,三十日而～。❷蛇、蝉等脱下的皮:蛇～|蝉～。❸鸟类换旧毛,长出新毛:小鸡开始～毛了。❹变化:～变|～化(腐化堕落)。

煺[煺] tuì 把宰杀后的鸡、鸭、猪等用滚水烫后去掉毛:～猪|～毛。

褪 tuì 见 tùn"褪"(682 页)。

駾 tuì ❶〈文〉马快跑。❷〈文〉受惊而奔突:混(kūn)夷～矣(混夷:西周时少数民族国名)。

tūn (ㄊㄨㄣ)

吞 tūn ❶不嚼就往下咽:～食|狼～虎咽|蛇把鸟蛋～了下去。❷侵占;兼并:～并|～侵|今秦王欲～天下,称帝而治。❸〈文〉包含;包容:衔远山,～长江。

涒 ⊖ tūn ❶〈文〉饮食过饱而欲吐。❷【涒滩】古代用来纪年的十二地支中

"申"的别称。

㈡ yūn 【涃邻】〈文〉水流回旋曲折的样子。

啍 ㈠ tūn 【啍啍】〈文〉沉重缓慢的样子：大车～。

㈡ zhūn 〈文〉说话多的样子：～～(形容说话多)。通作"谆"。

焞 ㈠ tūn 〈文〉明;光明:～耀。

㈡ tuī 【焞焞】〈文〉盛大的样子。

㈢ jùn 〈文〉灼烧龟壳的火。

㬈 tūn 〈文〉迟重;敦厚:性温～。

鐓 tūn 化学元素"钬(yǐ)"的旧称。

暾 tūn 〈文〉初升的太阳:朝～|～将出兮东方。

黗 tūn ❶〈文〉黄而混浊的黑色。❷〈文〉黑。

燉 tūn 见 tún "燉"(681 页)。

䁠 tūn 见 tēng "䁠"(659 页)。

㬆 tūn 【㬆蝓(yú)】青蚨(fú)。传说中的一种飞虫。

黗[𪐖] tūn ❶〈文〉黄色:得时之麦…薄翼而～色。❷用于人名。春秋时鲁哀公之子名黗。

tún (ㄊㄨㄣ)

屯 ㈠ tún ❶聚集;储存:～聚|～粮|鸟集兽～。❷(军队)驻扎:～驻|～兵|鲁肃以万人～巴丘御关羽。❸村庄。多用于地名:～落|小～(在河南安阳殷都区,是殷墟所在地)|皇姑～(在辽宁沈阳)。

㈡ zhūn ❶屯卦,六十四卦之一:～,刚柔始交而难生。❷艰难:五子作乱,冢嗣遘～(冢嗣:嫡长子,王位继承人。遘:遭受)。❸【屯邅(zhān)】同"迍邅"。处境困顿:英雄有～,由来自古昔。

匬 tún 工业机械设备中用来贮存水、油、气体等的大柜。

坉 ㈠ tún ❶〈文〉用草裹土筑城或堵水。❷〈文〉田垄。❸寨子。多用于地名:～脚镇(在贵州)。

芚 ㈠ tún 〈文〉草木初生的样子:春木之～兮。

㈡ chūn 〈文〉谨慎敦厚的样子:愚～。

㞉 ㈠ tún 同"坉"。寨子。多用于地名:～脚(在贵州)。

㈡ cūn 同"邨(村)"。用于地名:大小鬼～。

囤 tún 见 dùn "囤"(154 页)。

㹠 tún 〈文〉同"豚"。小猪:倚仗牧鸡～。

饨 (飩) tún 【馄(hún)饨】面食。用薄面片儿包上馅,煮熟后连汤吃。

庉 tún 见 dùn "庉"(154 页)。

忳 ㈠ tún 〈文〉忧郁;烦闷:目眢心～(眢:yuān,失明)。

㈡ zhūn 〈文〉通"谆(zhūn)"。恳切:～～|～诚|～厚。

㈢ dùn 〈文〉无知的样子:～～然犹醉也。

纯 tún 见 chún "纯"(98 页)。

肫 tún 见 zhūn "肫"(901 页)。

炖 tún 见 dùn "炖"(154 页)。

瓰 tún 【瓸(wēn)瓰】〈文〉瓜名。

轋 tún 古代一种兵车:～车。

㹠 tún 〈文〉同"豚"。小猪,也泛指猪:豭(jiā)～(小公猪)。

豘 tún 见 gǔ "豠"(216 页)。

豚 tún 〈文〉小猪,也泛指猪:鸡～狗彘(彘:zhì,猪)|阳货欲见孔子,孔子不见,归孔子～(归:kuì,赠送)。

魨 (鮪) tún 河豚。鱼名。肉味鲜美,内脏和血液有剧毒。

㲒 tún 【㲒耳】〈文〉草名,即马齿苋。也作"豚耳"。

燉 ㈠ tún 〈文〉火盛。

㈡ tūn ❶〈文〉火色:见火精赤～～。

❷〈文〉通"暾(tūn)"。温暖:温～。

㊂ dùn 同"炖"。慢火煮:～一只鸡吃吃。

㊃ dūn【燉煌】即敦煌。地名。在甘肃。

臀 [*臋、尻、臋] tún 人和某些哺乳动物身体背面腰部下方、腿上方的隆起部分;屁股:～部|～围|当答(chī)者答～。

簸 ㊀ tún 〈文〉揉制弓弩使其成形的工具。

㊁ diàn 〈文〉击。

tǔn （ㄊㄨㄣˇ）

氽 [澟] tǔn ❶〈方〉漂浮:木板在水上～。❷〈方〉用油炸:油～花米。

唗 tǔn 〈文〉痴呆的样子。用于古白话:休妆～。

鍉 tǔn 见 tiǎn "錪"(665 页)。

tùn （ㄊㄨㄣˋ）

褪 ㊀ tùn ❶收缩肢体的某部分,使套在上面的东西脱离:～套儿|裤腿～不下来。❷缩回去不外露:把手～到袖子里面。

㊁ tuì ❶羽毛脱落:小鸭～毛了。❷颜色变浅:油画～了色。

乇 tuō 见 zhé "乇"(866 页)。

饦 ㊀ tuō 〈文〉同"侂"。寄托;依托。

㊁ chà 〈文〉骄逸:欲以～鄙县,驱驰国中。

坨 tuō 用于地名:黎～(在湖南)。

托 [❹-❻*託] tuō ❶用手掌等承举(物体):～盘|双手～腮|用茶盘～着一杯茶。❷某些器物的座子或类似座子的东西:枪～|花～儿。❸陪衬;垫:衬～|烘～|首饰下面～着一块绸子。

❹寄托;依附:～生|依～|无处～身|长安君何以自～于赵? ❺假借(理由、言辞或名义):～词|～病不出|～名汉相,挟天子以征四方。❻请人代办:拜～|～运|～人办事|帝谓可~大事。❼帮助行骗者诱人上当的人:他给人当～儿。❽量词。压强的非法定计量单位。1 托等于 133.322 帕。

拖 ㊀ tuō 〈文〉同"拖"。牵引;拉着物体移动:～苍猯(猯:xī,野猪)。

㊁ chǐ 〈文〉顺着木材的纹理劈开:析薪～矣。

佗 tuō 见 tuó "佗"(683 页)。

拖 [*拕] tuō ❶牵引;拉着物体移动:～船|～人下水|～着十节车皮。❷耷拉着;下垂:身后～一条大辫子|纡青～紫(身佩印绶,形容地位尊贵)。❸拉长时间:～延|～工期|这事～得太久了。❹牵累;牵制:～累|～住敌人。

迱 tuō 〈文〉同"托(託)"。托付:可以～天下。

唗 tuō 〈方〉兽类将东西叼走:大猫瞠见,小猫来～(瞠:chēng,瞪着眼看)。

咃 [嚧] tuō 佛经译音用字。

侻 tuō 〈文〉请人代办;寄托:～生(寄托生命)。

沰 ㊀ tuō ❶〈文〉坠落。❷〈文〉赭色:颜如渥～(渥:wò,颜色深)。

㊁ duó 〈文〉滴:雨声滴～。

侻 ㊀ tuō ❶〈文〉简易;直率:～简～而不晓事(蒕:人名)|性疏～,好剧饮。❷〈文〉符合:～合于道。❸〈文〉通"脱(tuō)"。除去;脱离:～衣卧|鱼不可~于渊。

㊁ tuì 〈文〉恰好;相宜:～薄装。

挩 ㊀ tuō ❶〈文〉解脱;脱离:善抱者不～(抱:抱持)。后通作"脱(tuō)"。❷〈文〉通"脱(tuō)"。脱漏:～失。❸〈文〉捶打:～杀。

㊁ shuì 〈文〉擦拭:坐～手。

荴 tuō【活荴】〈文〉灌木或小乔木。茎髓即中药通草。

袘 tuō ❶〈文〉裙子正中开衩的地方。❷〈文〉开拓:开～神门。

袘 tuō 见 tuó"袘"(684 页)。

梲 □ tuō 见 zhuō"梲"(902 页)。

飥 tuō【餺(bó)飥】古代一种面食。

脱 □ tuō ❶(皮肤、毛发等)落下:~毛|~发|晒~了皮|木叶尽~。❷取下;去掉:~帽|~脂|~我战时袍,着我旧时裳。❸离开;摆脱:~产|~险|解~|~缰之马|鱼不可~于渊。❹(文字)缺漏:~漏|讹~|这篇短文~了几个字。❺〈文〉或许:事既未然,~可免祸。❻〈文〉倘若:~其不胜,取笑于诸侯,失权于天下矣。❼姓。

疼 tuō 见 shǐ"疼"(615 页)。

涶 ⊖ tuō 古黄河渡口名。
⊜ tuò 〈文〉同"唾"。唾沫;涎~。

税 □ tuō 见 shuì"税"(628 页)。

駝 ⊖ tuō【駝驼】〈文〉即骆驼:睹~言马肿背。
⊜ zhé【駝駹(mò)】〈文〉骒类牲畜。

魠 tuō 古代指某些口大的鱼。

馳 tuō 用同"拖(tuō)"。拉;牵引:横~竖拽。
另见 tuó"驼"(683 页)。

譎 tuō ❶〈文〉聪明。❷用于人名。赵与譎,宋代人。

驒[驒]tuō【驒驼】〈文〉即骆驼。

tuó (ㄊㄨㄛˊ)

它 □ tuó 见 tā"它"(645 页)。

陁 tuó 见 zhì"陁"(880 页)。

迤 tuó 见 yǐ"迤"(798 页)。

驮□(馱)[*駄] ⊖ tuó 用背部背(bēi)人或东西:~运|用毛驴~粮食|背(bèi)上~着孩子。
⊜ duò 驮子,牲畜背上驮(tuó)的货物:疲马欣解~|把~子卸下来。

佗 ⊖ tuó ❶〈文〉同"驮"。驮载:以一马自~负三十日食。❷用于人名。华佗,汉末名医。❸姓。
⊜ tuō ❶〈文〉别的;其他的:制,岩邑也,虢叔死焉,~邑唯命(岩:险要。虢叔:东虢国的国君)。❷姓。
⊜ tuò 〈文〉加给:舍彼有罪,予之~矣(放过真正有罪的人,把罪过加在我的身上)。

陑 tuó 见 zhì"陑"(881 页)。

陀 □ ⊖ tuó ❶〈文〉山坡:侧身复登~。❷【陂(pō)陀】〈文〉倾斜不平的样子:一路~屈曲,水皆行地中。
⊜ duò 〈文〉塌陷:城峭者必崩,岸崝者必~(崝:zhēng,高峻)。

坨 □ tuó ❶成块或成堆的东西:泥~|粉~儿。❷露天的盐堆:~盐。❸面食煮熟后黏结在一块儿:面条~了|饺子~了。❹用于地名:苏家~(在北京海淀)|黄沙~(在辽宁台安)。

岮 tuó ❶〈文〉山冈。今作"陀"。❷【岥(pō)岮】〈文〉倾斜的样子:登~之长阪。

池 ⊖ tuó 同"沱"。长江的支流。
⊜ duò【淡池】〈文〉水波荡漾,风光明媚的样子:春光~。

沱 □ tuó ❶〈文〉江水支流的通称:江有~。❷沱江,水名。在四川,是长江的支流。❸〈方〉可以停船的水湾。多用于地名:石盘~(在四川武胜)|牛角~(在重庆渝中)。

迱 tuó 见 yí"迱"(795 页)。

陁 tuó【沙陁】同"沙陀"。古部落名:(刘知远)其先~人也。

驼 □(駝)[△*馳] tuó ❶骆驼:~铃|~绒|愿借明~千里足,送儿还故乡。❷(人的脊背)弯曲:~背|他累得背都~了。
"馳"另见 tuō(683 页)。

柁 □ ⊖ tuó 木结构屋架中,架在前后两根柱子上的横梁:房~|上~。
⊜ duò 旧同"舵"。船、飞机等控制方向的装置。

铊 tuó 〈文〉无角牛。

陀 tuó ❶弯曲:腰～。❷成团成堆的东西:肉～子。‖用于古白话。

砣 tuó ❶秤锤,称东西时用来使秤平衡的金属锤。❷碾砣,碾子上的石磙子。❸砣子,打磨玉器的砂轮。❹用砣子打磨玉器:～一个玉杯。

铊 tuó 见 tā "铊"(645页)。

秅 tuó 〈文〉同"砣"。秤砣:其权以钱为之,每大钱一百六十文为一斤,谓之百六～。

鸵(鴕) tuó 【鸵鸟】鸟名。现代鸟类中最大的一种,头小,颈长,腿长善走。有翅膀,但不能飞。生活在非洲的草原和沙漠地带。

疟 tuó 〈文〉驼背:～子。

沲 tuó 见 duò "沲"(157页)。

沱 tuó 见 duò "沱"(157页)。

袉 ⊖ tuó 〈文〉衣服的大襟。⊜ tuō 通"拖(tuō)"。牵引:朝服～绅(袉绅:拖着大衣带)。

崈 tuó 〈文〉外形像碾轮的山:～下有塘。

羦 tuó ❶传说中一种像羊的兽,有四耳九尾。也叫"薄(bó)羦"。❷〈文〉无角羊。

訑 tuó 佛经译音用字。

絁 tuó 古代计量丝缕的单位。五丝为一絁:羔羊之皮,素丝五～。

堶 tuó 砖瓦碎片。宋代寒食节以此做抛掷游戏:抛～之戏。

軃 tuó 〈文〉兵车名。

䮆 tuó 〈文〉放在马背上的连囊:袋子:有花银路实盎～。

酏 tuó 见 yí "酏"(796页)。

酡 tuó 〈文〉喝酒后脸色发红:～然|颜|美人既醉,朱颜～些。

跎 tuó ❶【蹉跎】〈文〉同"蹉跎"。失足;虚度(光阴):持坚无术,末路～。❷〈文〉用背(bèi)驮运:马～行。❸行步不稳。用于古白话:一发慌急了,乱～乱跳。

跎 tuó 【蹉(cuō)跎】1.〈文〉失足:中坂～(坂:坡)。2.〈文〉虚度(光阴):～岁月。

駝 tuó 用背部背(bēi)人或东西。今作"驮"。

碢 tuó 石磙子。

鮀(鮀)[鮑] tuó ❶〈文〉一种小淡水鱼。似鲫,体圆有斑点,常张口吹沙。❷〈文〉一种爬行动物。即扬子鳄。

駄 tuó 同"驮"。用背部背(bēi)人或东西。用于古白话:着他化为白马一疋,随唐僧西天～经(疋:pǐ,匹)。

靯 tuó 〈文〉驾车时拴在牲口尾上的皮带。

鉥 tuó 化学元素"钕(nǚ)"的旧称。

橐[橐] tuó ❶〈文〉(没有底的)口袋;袋子:囊～|负书担～。❷〈文〉用口袋装:过天子之城,宜～甲束兵。❸【橐橐】模拟物体敲击的声音:木鱼声～地持续不断。

霃[霑] tuó 【霃霶(pāng)霃】〈文〉滂沱。雨下得很大的样子:时雨正～。

鸉 tuó 〈文〉鸉鸟,鸟名。也叫"楚鸡"。

駝 tuó 【駝騢(bá)】古书上称"旱獭",俗名"土拨鼠"。

罎 tuó 见 shàn "罎"(599页)。

鼍(鼉)[鼍] tuó 即扬子鳄,爬行动物。是我国特有的珍稀动物。也叫"鼍龙"。

驒 ⊖ tuó 〈文〉毛色呈鳞状斑纹的青马:有～有骆(骆:尾和鬃毛是黑色的白马)。⊜ diān 【驒騱(xí)】〈文〉野马名。也作"驒騱"。⊜ tān 【驒驒】〈文〉喘息的样子:王师～(形容军队远征劳顿)。也作"嘽嘽"。

蠹 tuó 【涉蠹】古籍中的神名。也叫"蠹(tuó)围"。也作"涉蠹"。

鱓 tuó 〈文〉同"鼍"。扬子鳄:剥～以为鼓(用鱓皮做鼓面)。另见 shàn "鳝"(599页)。

鼍 tuó 【鼍围】古籍中的神名。也叫"涉鼍"。

tuǒ （ㄊㄨㄛˇ）

妥 tuǒ ❶安定;稳定:北州以~|拥兵镇河、汴,千里初~贴。❷合适;适当:~善|~当|~为保管|不~之处。❸齐备;停当:事未办~|双方已经谈~。❹〈文〉落下:花~莺捎蝶(捎:掠取)。❺姓。

崤 tuǒ 〈文〉山长(cháng)的样子。

庹 tuǒ 成年人两臂平伸时两手之间的距离,约五市尺:这块帆布足有三~。

楕 (楕)[楕、隋] tuǒ 长圆形;~圆。

媠 tuǒ 见 duò "媠"(158页)。

撱 tuǒ 〈文〉椭圆形;使成为椭圆形:~之(使之成椭圆形)。也作"椭"。

㚃 tuǒ 【倭(wǒ)㚃髻(jì)】同"倭堕髻"。古代妇女梳的偏在一旁的发髻。

嫷 tuǒ 〈文〉同"媠"。美好:~被服。

楕 tuǒ 〈文〉狭长的器物。

鼆 tuǒ 见 duǒ "鼆"(157页)。

鯙 tuǒ(又读 duò)〈文〉刚孵化出来的鱼苗。

鬌 tuǒ 〈文〉同"鬌"。头发美:兰膏~鬌琼肌香。

tuò （ㄊㄨㄛˋ）

佗 tuò 见 tuó "佗"(683页)。

拓 [⊖△*搨] ⊖ tuò ❶开辟;扩充:~荒|开~|~地万里,威震八荒。❷〈文〉推;举:尽~溪楼窗与户|罢酒酣歌~金戟。❸【拓跋】复姓。

⊜ tà 在碑刻、铜器等器物上蒙一层薄纸,拍打后使凹凸分明,再涂以墨,显出文字、图像来:~片|~本|把碑文~下来。

⊜ zhí 〈文〉同"摭"。拾取;折取:~若华而踌躇(若华:若木的花。若木:神话中的树名)。

"搨"另见 dá(113页)。

柝 [梀、槖、槖] tuò 〈文〉巡夜打更用的梆子,多用竹木做成:~声|击~|朔气传金~,寒光照铁衣。

萚 (蘀) tuò ❶〈文〉草木上脱落的皮或叶:~兮~兮,风其吹女(汝)。❷传说中的一种草。可治眼病。

跅 tuò 【跅弛(chí)】〈文〉放荡不羁:以~使酒,至罹重法。

唾 tuò ❶唾沫:咳~落九天,随风生珠玉。❷吐(唾沫):~了他一脸|有复言令长安君为质者,老妇必~其面。❸吐唾沫表示轻视、鄙弃:~骂|~弃。

涶 tuò 见 tuō "涶"(683页)。

趓 ⊖ tuò 〈文〉同"拓"。开拓。

⊜ qǐ 〈文〉"起"的讹字。上升。

跅 [躃] tuò 【跅弛】〈文〉放荡不羁:~之士。

瑰 tuò 【落瑰】〈文〉同"落魄"。潦倒失意。

毤 [毻] tuò 〈文〉蜕;换:~毛(鸟兽换毛)。

籜 (箨) tuò 〈文〉竹笋外面的皮:食笋而去其~。

橐 tuò 〈文〉木叶落。

W

W

wā（ㄨㄚ）

凹 □ wā　见 āo "凹"（8 页）。

乞 wā　见 yà "乞"（771 页）。

圸 □ wā　见 guà "圸"（219 页）。

挖 □ wā　用手或工具向物体里面用力，取出其中的东西：～土｜～坑｜～空心思。

哇 □ 〇 wā ❶模拟呕吐、哭叫的声音：～地吐出鲜血｜～的一声哭了起来｜气得他～～直叫。❷〈文〉呕吐：出而～之。
〇 guī 〈文〉歌曲；歌声：长袂必留客，清～咸绕梁。
〇 wɑ　"啊"受前一字的韵母或韵尾 u、ɑo、ou 的影响而产生的变体：前边不远就是大路～！｜这儿的条件多好～！｜这一点点不够～！

host wā　见 kē "host"（357 页）。

洼（窪）〇 wā ❶水坑；低陷的地方：山～｜肃清山寨，扫尽水～。❷低陷：～地低｜～则盈，敝则新（低洼反能充盈，敝旧反能生新）。❸凹陷；下陷：～陷｜熬了两天两夜，眼眶都～进去了。
〇 guī　姓。

甀 □ wā　【甀底】地名。在山西闻喜。

宎 □ wā　低洼。现多用于地名：东～（在山西柳林）。

娲（媧）wā　【女娲】我国古代神话中的女神，传说曾炼五色石补天。

呝 wā　见 ér "呝"（164 页）。

喛 〇 wā　〈方〉用法同"啊"。语气较强。
〇 yè　中医指干呕。

窐 wā　见 guī "窐"（226 页）。

蛙 [〇*黽] 〇 wā　两栖动物。前肢短，后肢长，趾有蹼，没有尾巴，善于跳跃和游水。捕食昆虫，对农业有益。种类很多，常见的有青蛙：～声｜井底之～。
〇 jué 【蝭(tí)蛙】〈文〉杜鹃鸟。也作"鶙鳺(tíjué)"。

嗗 wā　见 gū "嗗"（215 页）。

歄 wā　〈文〉咽喉中气息不顺畅。

㳂 wā　【㳂瀤(wāi)】〈文〉水波起伏的样子。

窪 wā ❶〈文〉低陷：～者为池。❷〈文〉小水坑：（鼻血）流地上成～。❸〈文〉深：～池。也作"窪"。

鯕 wā　鸟名。

霳 wā ❶〈文〉牛马足迹坑中的水。❷〈文〉同"洼（窪）"。低陷的地方：霳。

瓲 wā ❶〈文〉同"黽（蛙）"。青蛙。❷〈文〉淫邪的乐曲：淫～。

wá（ㄨㄚˊ）

狚 wá　〈文〉黄色小狗。

娃 □ wá ❶〈方〉小孩子：～～｜男～｜放牛～。❷〈方〉某些幼小的动物：猪～｜鸡～｜狗～。❸〈文〉美女；少女：娇～｜吴～与越艳，窈窕夸铅红｜邻～尽着绣裆襦，独自捉筐采蚕叶。

骫 wá　【髃(kuā)骫】〈文〉胳（腰骨）上骨。

wǎ（ㄨㄚˇ）

瓦 □ 〇 wǎ ❶覆盖屋顶用的建筑材料，用黏土或水泥等制成：～房｜石棉～｜上无片～，下无立锥之地。❷用土烧制的

陶器;陶质的:～盆|～罐|～器。❸古代用泥土烧制的纺锤:弄～(古代风俗,让女孩玩弄纺锤,后用"弄瓦"指生女孩)。❹宋元时代都市中的游乐或交易场所:～子|～市。❺姓。

㊁ wà　盖(瓦);铺(瓦);房顶苫好后就～瓦(wǎ)|～刀(用来砌砖瓦、涂抹泥灰等的工具)。

厄 wǎ　〈文〉同"瓦"。建筑材料。

邖 wǎ　❶古地名。在今河南。❷抓:拋弹子,～么儿(邖么儿:抓子儿)。

佤 wǎ　【佤族】我国少数民族,旧称佧佤族。主要分布在云南沧源、西盟和澜沧。

扤 wǎ　〈方〉用瓢、勺等物舀:去坛子里～点米。

呱 wǎ　人名译音用字。

掝 wǎ　❶攀爬:从壑底～而上。❷舀:～米。

蹸 wǎ　挪蹭;慢步移动。用于古白话:～出门。

wà（ㄨㄚˋ）

瓦 wà　见 wǎ "瓦"(686 页)。

宛 wà　〈文〉同"瓦"。盖(瓦);铺(瓦):～瓦。

帓 wà　见 mò "帓"(467 页)。

窊 wà　〈文〉用瓦盖屋:～屋。

珆 wà　〈文〉耳朵掉落。

袜（襪）[㊀*韤,㊁*韈] ㊀ wà　❶袜子,穿在脚上的纺织品,也有用布缝制的:丝～|玉阶生白露,夜久侵罗～。❷〈文〉穿袜子:客初至时,不冠不～。

㊁ mò　〈文〉抹胸;兜肚:～小称腰身。

聎 wà　〈文〉因耳聋而听不到声音。

袺 wà　【袺羯(jié)】1.〈文〉羊的一种。也叫"胡羊"。2.〈文〉一种珠宝。

緤 ㊀ wà　〈文〉同"袜"。袜子。
㊁ mò　〈文〉腰巾,用以束衣:丝～。

喡 wà　❶[喡咽(yàn)]〈文〉吞咽:到口复～。❷〈文〉笑。

膃 wà　❶[膃肭(nà)]〈文〉肥胖的样子。❷[膃肭(nà)兽]即海狗。哺乳动物。身体圆长,四肢短,呈鳍状,趾有蹼。生活在海中,能在陆地上爬行。是我国国家重点保护动物。

靺 wà　见 mò "靺"(468 页)。

靼 wà　见 mò "靼"(468 页)。

鼾 wà　【鷙(niè)鼾】〈文〉不安。

聎 wà　见 wài "聎"(688 页)。

wa（·ㄨㄚ）

哇 wa　见 wā "哇"(686 页)。

wāi（ㄨㄞ）

歪 wāi　❶偏;斜(跟"正"相对):～斜|东倒西～|上梁不正下梁～。❷不正当;不正派:～理|～风|～门邪道。

喎 wāi　❶〈文〉嘴歪:口～。❷〈文〉偏斜;不正:醉戴野巾～。

喡 wāi　表示打招呼:～,喝口茶吧。

猚 wāi　歪;不正。

韢 wāi(旧读 huā)〈文〉同"歪"。不正。

瀤 wāi　见 huái "瀤"(264 页)。

wǎi（ㄨㄞˇ）

捼 wǎi　〈方〉舀:～水|～了一勺油。

崴
㊀ wǎi ❶〈文〉山路不平的样子。❷〈方〉崴子,山或水弯曲的地方。多用于地名:山～子|长～子(在吉林磐石)|海参～(在俄罗斯,即符拉迪沃斯托克)。❸(脚)扭伤:打球时～了脚。
㊁ wēi 【崴嵬(wéi)】〈文〉高峻不平的样子:群山～。

踠 wǎi (脚)扭伤:留点儿神,别～了脚。现在一般写作"崴"。

wài (ㄨㄞˋ)

外
wài ❶外边;某种界限或范围以外的(跟"内、里"相对):城～|内～|部|兵弱于～,政乱于内。❷不是本地或自己方面的:～地|～省|～单位。❸本国以外的国家:～侨|～企|古今中～。❹称母亲、姐妹、女儿方面的亲属:～婆|～孙|～甥。❺关系疏远的;别客气,咱们又不是～人。❻另外:～加|～带。❼非正式的;不正规的:～传(zhuàn)|～号|～快。❽传统戏曲里的一个行当,扮演老年男子。❾〈文〉排斥;疏远:人主则～贤而偏رب्,内臣争职而妒贤。

呱 wài 〈方〉表示打招呼:～,请让开一点!

頯 wài 【蔽(kuǎi)頯】〈文〉痴呆。

聉
㊀ wài 〈文〉聋得厉害。
㊁ wà 〈文〉耳朵掉落。

wān (ㄨㄢ)

丗 wān 见 guàn "丗"(222页)。

关 wān 见 guān "关"(220页)。

贯 wān 见 guàn "贯"(223页)。

弯
(彎) wān ❶曲折不直:～曲|路|这根筷子～了。❷使曲折不直:～腰|手～到背后|用铁丝～个钩子。❸曲折不直的地方:拐～儿|转～抹角|这条路上～儿多。❹〈文〉拉弓;拉满弓:盘马～弓。

剜 wān 用刀子等挖:～野菜|～肉补疮|刻目以广明,～耳以开聪。

帵 wān 【帵子(zi)】〈方〉剪裁衣服剩下的布料。

嫚
㊀ wān 〈文〉体态美好的样子。
㊁ guàn 〈文〉美好的样子。

堷(塆) wān 山沟里的小块平地(多用于地名)。

登 wān 〈文〉芽豆制成的糖。

湾
(灣) wān ❶水流弯曲的地方:河～|水～|马危千仞谷,舟险万重～。❷海洋伸入陆地的部分:海～|港～|胶州～。❸停泊:～泊|抛锚～船。

眢 wān 【眢眢】〈文〉眼睛深凹的样子:卿目～,正耐溺中。

蜿
㊀ wān 【蜿蜒(yán)】1.蛇类生物爬行的样子:蛇行～|～前进。2.(山脉、河流、道路等)曲折延伸的样子:小溪～流过|一条～的山路|～起伏的万里长城。
㊁ wǎn 【蜿蟺(shàn)】1.〈文〉蚯蚓的别名。2.〈文〉屈曲盘旋:长松～。

豌 wān 【豌豆】草本植物,花白色或紫色,种子和嫩茎、叶都可用作蔬菜。

圌 wān 【圌潾(lín)】〈文〉水势回旋的样子。

躽 wān 〈文〉身体弯曲:骨节不端正···或偻,或～。

濣 wān 【濣(yūn)濣】〈文〉水深广的样子。

霫
㊀ wān 用于人名。孙霫,三国时吴国孙休的长子。
㊁ dān 〈方〉海雾;飞沙如雾。

挎 wān 〈文〉同"弯"。曲折;不直:～拳。

嵣 wān 〈文〉同"湾"。河湾;水湾。

蹁 wān 【蹁跧(quán)】弯曲身体。用于古白话:～卧。

wán (ㄨㄢˊ)

丸 wán ❶球形的小东西:泥～|肉～|药～。❷丸药,中成药的丸形制剂:～散膏丹|牛黄上清～。❸量词。用于丸

形的东西：一～药|请以一～泥为大王东封函谷关。④〈文〉特指弹丸：金～落飞鸟。⑤姓。

刓 wán ①〈文〉削去棱角：～方以为圆。②〈文〉雕刻：～琢|～刻。③〈文〉损坏：血兵～刃。④古地名。在今陕西。

芄 wán 【芄兰】古书上指萝藦（多年生蔓草，夏天开白花）：～之支（支：枝）。

汍 wán 【汍澜（lán）】〈文〉流泪的样子：涕垂睫而～。

纨（紈） wán ①〈文〉白色的细绢：～素|～扇|织作冰～绮绣纯丽之物。②【纨绔（kù）】细绢做的裤子，借指富家子弟：～子弟。也作"纨袴"。

抏 wán ①〈文〉消耗，使受挫折：～精殚思。②〈文〉按摩：案～毒熨（毒熨：以药物熨帖患处）。③〈文〉通"玩（wán）"。玩要：游～。

岏 wán 【巑（cuán）岏】1.〈文〉山高而尖：～陉绝。2.〈文〉山峰耸列：群峰～。

忨 wán 〈文〉贪爱；苟安：今～日而激岁（激：kài，旷废）。

完 wán ①完整，没有残缺：～好|覆巢之下无～卵。②做成，结束：～稿|～婚|～工。③消耗尽，没有剩余：材料用了|东西卖～了。④缴纳（赋税）：～税|～粮。⑤〈文〉修缮，修筑：父母使舜～廪（廪：lǐn，仓库）。⑥〈文〉保全：子胥智而不能完吴（子胥：人名）。⑦姓。

玩 [④-⑦△*翫] wán ①游戏；玩要：游～|闹着～儿|到院子里～儿一会儿。②做某种文体活动：～儿球|～儿扑克|～儿电子游戏。③耍弄，使用（不正当的手段）：～花招|～阴谋。④观赏：把～|～赏|～物丧志|有宝剑良马于此，～之不厌。⑤供玩观赏的东西：古～|珍～。⑥仔细体会：～味|细～文义。⑦用不严肃的态度对待，轻慢：～忽职守|～世不恭。
"翫"另见wán（689页）。

顽（頑） wán ①愚昧无知：～钝|愚～|冥～不灵。②不易制伏的；不易治愈的：～敌|～疾|～癣。③不易变化或动摇：～固|～强|～抗。④淘气；

不听劝导的：～童|～皮。

捖 wán ①〈文〉刮：剜捖～摩。②〈文〉打，击：～其头唾其面。③【捖（tuán）捖】〈文〉调和：～刚柔。

蚖 wán 见yuán"蚖"（836页）。

贩 wán 〈文〉同"玩"。欣赏；把玩：永对～于书帷，长循环于纤手。

烷 wán 有机化合物的一类。是构成石油和天然气的主要成分，如甲烷、乙烷等。也叫"烷烃（tīng）"。

魂 wán 〈文〉兔子。

骫 wán 见wěi"骫"（698页）。

骫 wán 〈文〉髂（qià）骨，腰以下、腹两侧的骨头。

酕 wán 〈文〉相习已久而生懈怠；习惯而不再留心：渐染～习，各不自觉（酕习：成为习惯）。
另见wán"玩"（689页）。

wǎn （ㄨㄢˇ）

夗 wǎn 见yuàn"夗"（838页）。

妴 wǎn 〈文〉脑盖。

婠 wǎn ①【婠胡】〈文〉兽名：（尸胡之山）有兽焉，其状如麋而鱼目，名曰～。②〈文〉同"婉"。美好。

宛 ㊀ wǎn ①曲折，弯曲：～曲|～转|～幽～。②〈文〉仿佛，好像：～若游龙|音容～在|～在水中央。③姓。
㊁ yuān ①古地名。在今河南南阳。②【大宛】古代西域国名。故地在今中亚费尔干纳盆地。

挽 [③④*輓] wǎn ①拉：手～手|号当～强，用箭当用长（挽强：拉硬弓）。②设法扭转局面，使情况好转或恢复原样：～救|～留|力～狂澜。③牵引（车辆等）：～卒（纤夫）|～引|～车者皆衣韦袴。④哀悼死者：～联|～歌|～哀。⑤向上卷起：袖子|召还当有诏，～袖谢邻里。

莞 □ wǎn 见 guǎn "莞" (222页)。

俒 wǎn 〈文〉欢乐。

娩 □ wǎn 见 miǎn "娩" (458页)。

埦 wǎn 〈文〉同"碗"。盛饮食的器具:(魏武帝)以砟碡为酒~(砟碡:软体动物。这里指它的介壳,可器皿)。

捖 wǎn 见 wàn "捖" (691页)。

菀 □ (一) wǎn 【紫菀】多年生草本植物。茎直立,叶子椭圆形,花蓝紫色。根和根状茎可入药。
(二) yù 〈文〉茂盛:~柳|~枯盈虚(荣辱盛衰)。
(三) yùn 〈文〉通"蕴(yùn)"。聚积;郁结:大怒则形气绝而血~于上。

晚 □ wǎn ❶晚上,日落以后到深夜前的时间:~会|夜~|渔舟唱~。❷时间上靠后的(跟"早"相对,❸同):~秋|~稻|~清(清朝末年)。❸比规定的或合适的时间靠后:~婚|大器~成|见兔而顾犬,未为~也。❹后来的:~辈|~娘(继母)。❺旧时晚辈对长辈的自称(多用于书信):~某某敬上。❻人生的最后一段时间:~景|~节|孔子~而喜《易》。❼姓。

皖 wǎn 古县名。在今安徽。又作"晥"。

脘 □ wǎn 中医指胃腔:胃~。

蝘 wǎn 【蝘蟮(shàn)】1.〈文〉蚯蚓的别名。2.〈文〉屈曲盘旋的样子:~相纠。‖也作"蜿(wǎn)蟮"。

浣 □ wǎn 见 wò "浣" (706页)。

惋 □ wǎn ❶〈文〉怨恨:受欺于张仪,王必~之。❷〈文〉对不幸或不如意的事情表示怅恨或感慨:~伤|~惜|叹~。

婉 □ wǎn ❶(说话)温和含蓄而不失本意:~转|委~|~言相劝。❷〈文〉柔顺:~顺|人性~而从物,不竞不争(从物:顺从自然)。❸〈文〉美好:~丽|清~|有美一人,清扬~兮。

绾 □ (绾) wǎn ❶把长条形的东西盘绕起来打成结:~扣儿|~个同心结|把头发~在脑后。❷〈文〉管辖;控制:~摄|兼~水陆交通。❸〈文〉系结:绛侯~皇帝玺。

琬 □ wǎn 〈文〉美玉:~圭(上端浑圆而无棱角的圭)|~琰(美玉,比喻美好的品德或文章)。

椀 □ wǎn 【橡椀】橡树果实外部的碗状外壳,是提制植物鞣料的重要材料。
另见 wǎn "碗" (690页)。

晼 wǎn 【晼晚】〈文〉日暮,太阳将落。喻指人进入老年:日~而既没|时飘忽其不再,老~其将及。

皖 □ wǎn 安徽的别称(安徽境内有皖山,故称):~南。

窹 wǎn 见 yuān "窹" (835页)。

碗 □ [*盌、*盋、△*椀] wǎn ❶盛饮食等的器具:饭~|茶~|芙蓉玉一~,莲子金杯。❷形状像碗的东西:轴~儿|橡~子。
"椀"另见 wǎn (690页)。

畹 □ wǎn ❶古代地积单位。三十亩一畹,一说十二亩为一畹。❷〈文〉泛指园圃:合影只应天际月,分香多是~中兰。

褅 wǎn 〈文〉袖管。

婑 wǎn 〈文〉同"婉"。温顺;委婉。

靰 wǎn 古代一种厚底的粗鞋。

蜿 wǎn 见 wān "蜿" (688页)。

綩 □ wǎn 〈文〉网:~囊。

踠 □ (一) wǎn ❶〈文〉马的脚和蹄之间的弯曲处:~欲得细而促。❷〈文〉人体足胫相连的活动部位:其母病,掌~不能动作。❸〈文〉弯曲:~趾而不驰。❹〈文〉体屈:只少藤枝~地垂。
(二) wò 〈文〉(手足等)猛折而筋骨受伤:马~足,是以不得速。

髟冘 wǎn 古代传说中的人名。

魭 wǎn 见 yuán "魭"(837 页)。

錽 ⊖ wǎn 古代马额上的装饰。⊜ jiǎn 〈文〉在铜铁器物上凿刻阴文,捶入金银丝。

鋺 wǎn 〈文〉同"碗"。盛饮食的器具:铜~。

騟 wǎn 古代良马名。

鬒 wǎn 发髻:漆黑的头发挽着水~。

wàn (ㄨㄢˋ)

万 (⊖萬) ⊖ wàn ❶数字,十个一千。❷形容很多:~物|~水千山|~国咸宁。❸副词。加强否定(可重叠):1. 相当于"绝对、无论如何"(用于陈述句):~无一失|~~没料到会有今天的结局。2. 相当于"千万、务必"(用于祈使句):~~不可大意|有了一点成绩,~~不可骄傲自满。❹姓。
⊜ mò 【万俟(qí)】复姓。

卐 wàn 相传为佛教始祖释迦牟尼胸部的印迹,是佛教的吉祥标志。

卍 wàn 同"卐"。相传为佛教始祖释迦牟尼胸部的印迹,是佛教的吉祥标志。

沍 (滿) wàn ❶沍源,古水名。在今广西。❷用于地名:~尾(在广西)|白沙~(在广西)。

妧 wàn 见 yuán "妧"(836 页)。

捥 ⊖ wàn 〈文〉同"腕"。手腕:扼~。⊜ wǎn 〈文〉挖取:~菜。

脘 wàn 〈文〉光泽;美艳:~容。

䏂 wàn 用于人名。

㩻 wàn 见 qiān "㩻"(540 页)。

腕 [掔] wàn ❶人的手掌和前臂之间或脚和小腿之间相连接的部分,可以活动:手~|脚~|蝮蛇螫手,壮士解其~。❷某些低等动物口部附近的伸长物,用来捕食和运动:~足|口~。

掔 wàn ❶〈文〉同"腕"。手腕。❷〈文〉脚圈:述荡之~(述荡:兽名)。❸〈文〉握持。

綩 wàn 见 miǎn "綩"(458 页)。

蔓 ⊖ wàn 植物细长而不能直立的茎:瓜~儿|压~儿|爬~儿。
⊜ màn 义同"蔓(wàn)",植物细长而不能直立的茎,多用于合成词:~草|~延|不枝不~。
⊜ mán 【蔓菁(jing)】芜菁。二年生草本植物。块根,可供食用。

輐 wàn 【輐断】〈文〉圆转无棱角的样子:椎(chuí)拍~,与物宛转(顺随旋转,与物推移变化)。

瑅 wàn 〈文〉像玉的石头。

槾 wàn 见 màn "槾"(443 页)。

鄤 wàn 古乡名。

薍 ⊖ wàn 〈文〉植物名。即初生的荻。⊜ luàn 【薍子】〈文〉小蒜的根。

黀 wàn 〈文〉"鯇(wàn)"的讹字。姓。

蝬 wàn 【蝬蜒(yán)】传说中的巨兽。

骫 wàn 〈文〉同"腕"。手腕:左~。

賵 wàn ❶支付财货:年中算来,~过娘使用的却也不少。❷赚(钱):~得数十万。

贃 wàn 〈文〉财物;物资。

鯇 wàn 见 nóu "鯇"(493 页)。

黿 wàn 姓。

wāng (ㄨㄤ)

尢 ⊖ wāng 用于人名。⊜ yóu 〈文〉特异的。通作"尤"。

尢　wāng　〈文〉跛;瘸。

尪［尫、尩］　wāng　❶〈文〉胸、脊等部位骨骼弯曲的病症;也指有这种病症的人。❷〈文〉瘦弱:～弊|～羸(léi)|～弱。

旺　wāng　同"汪"。模拟狗的叫声:吠吠～～。

汪　wāng　❶〈文〉水深而广:有大溪～然。❷(液体)积聚:地上～了不少水|眼里～着热泪。❸池;水或其他液体积聚的地方:水～|投门外～中死。❹量词。用于液体:一～碧水|两～眼泪|一～鲜血。❺模拟狗叫的声音:小狗～～地叫着。❻姓。

尫　wāng　〈文〉同"尪"。瘦弱:～㦬。

佲　㊀wāng　〈文〉同"尪"。有残疾的人。㊁kuāng　【佲儴(ráng)】〈文〉同"劻勷"。形容急迫不安的样子。

浤　wāng　〈文〉同"汪"。量词。用于液体:一～水。

洭　wāng　〈文〉同"汪"。水深而广。

眶　wāng　【眶眶】〈文〉眼睛含泪的样子。

wáng （ㄨㄤˊ）

亾　wáng　〈文〉同"亡"。逃:～命。

亡［*亾］　㊀wáng　❶逃;逃跑:～命|逃～|文公出～。❷失去;丢失:～失|唇～齿寒|歧路～羊。❸死:伤～|父母双～|家破人～。❹灭;灭亡:～国|兴～|忘战必危,好战必～。❺〈文〉不在;不存在:孔子时其～也而往拜之(时;通"伺")|邪行～乎体,违言不存口。㊁wú　〈文〉同"无"。没有:贫者～立锥之地。

王　㊀wáng　❶君主;天子:～位|～朝|君～|国～。❷秦汉以后的最高爵位:～爵|～亲|～侯将相。❸首领;头目:山大(dài)～|占山为～|擒贼先擒～。❹同类中为首的、最大或最强的个体:～牌|蜂～|猴～。❺〈文〉诸侯或外族来朝见天子:四夷来～。❻姓。㊁wàng　〈文〉称王;做王统治天下:～天下|先破秦入咸阳者～之。

亼　wáng　〈文〉同"亡"。丢失:～其刀。

禾　wáng　〈文〉隶书"王"的楷化字。君主;天子:光辅～室。

坣　wáng　太平天国新造字。同"王"。君主;天子。

徍　wáng　〈文〉急行的样子:不～见。

薏　wáng　〈文〉即芒草,多年生草本植物。茎皮可制绳索,编鞋等。

虻　【虻孙】〈文〉昆虫名。即蟋蟀。

魠　wáng　〈方〉鱼名。即鮪(wěi)鱼。

wǎng （ㄨㄤˇ）

网（網）［罒、罓、冈］　wǎng　❶用绳、线等结成的捕鱼或捉鸟兽的工具:鱼～|张～|临渊羡鱼,不如退而结～。❷形状像网的东西:电～|蜘蛛～|铁丝～。❸像网那样纵横交错的组织或系统:～络|交通～|互联～。❹用网捕捉:～鱼|渔者～得大鼋。❺像网那样笼罩着:眼睛里～着红丝|空林～夕阳,寒鸟赴荒园。

宎　wǎng　"冈"的古文。

挓　wǎng　❶〈文〉同"枉"。弯曲:矫～过正。❷〈文〉同"枉"。冤枉:血流满市,～法陵母(陵:李陵)。

茾　wǎng　〈文〉同"茵"。稻田里的杂草。

枉　wǎng　❶〈文〉弯曲;歪斜:～木|矫～过正|直直木而求其景之～(景;yǐng,影子)。❷歪曲;违背:～断|贪赃～法。❸冤屈:～死|冤～。❹〈文〉敬辞。表示这样做使对方受到委屈:～顾|～驾|不远千里,～车骑而交臣。❺副词。表示动作行为毫无效益,相当于"白白地":～然|～费心机|我今～为一诗人,不能保国当愧死。❻姓。

冈 [*冈] wǎng ❶〈文〉通"惘(wǎng)"。失意的样子:~今不乐,怅然失志。❷〈文〉蒙蔽;蒙骗:欺~|欺君~上。❸〈文〉迷惑无知的样子:学而不思则~。❹〈文〉无;没有:药石~效|置若~闻。❺〈文〉副词。表示否定或禁止,相当于"不、不要":~知所措|~失法度。❻〈文〉同"网(網)"。捕猎鸟兽鱼类的用具:四面张~,焚林而猎。

往 [*徃、徍、徉、彺、遉、徉] wǎng ❶去;到(跟"来、返"相对):~返|勇~直前|虚而~,实而归。❷过去;从前:~事|既~不咎|继~开来。❸〈文〉以下;以后:长此以~|自今以~。❹向(某处去):明天飞~南京|救援物资已经运~灾区。

茵 wǎng 〈文〉植物名。莽草的俗称。

茵 wǎng ❶〈文〉稻田里的杂草。可作饲料。❷〈文〉一种毒草。

洼 wǎng 【洼陶】古县名。在今山西。

洼 wǎng 〈文〉同"往"。去;到:横江、湘以南~。

惘 wǎng 精神恍惚,若有所失的样子:怅~|迷~|~然若失。

敠 wǎng 〈文〉放逐。

辋 (輞) wǎng 车轮上同辐条相连的外框:车~。

詴 wǎng ❶〈文〉诬陷。❷用于人名。

蜽 [蜽] wǎng 【蜽蜽(liǎng)】同"魍魉"。传说中的山川精怪,后多比喻坏人。

詴 wǎng 〈文〉欺骗:饰虚功执空文以~主上。

魍 [魍] wǎng 【魍魉(liǎng)】传说中的山川精怪,后多比喻坏人:魍魉(chīmèi)~。

潢 wǎng 【潢漾(yǎng)】〈文〉水无边无际的样子:潦水不泄,~极望。

wàng (ㄨㄤ)

王 wàng 见 wáng "王"(692页)。

妄 [妄] wàng ❶荒谬不合理;不切合事实:~言|狂~|此言~矣。❷胡乱;胆大~为:姑~言之|倍道而~行(倍:违反)。

迋 ⊖ wàng ❶〈文〉前往:君使子展~劳于东门之外。❷〈文〉慰劳:(安禄山)入朝,杨国忠兄弟姊妹~之新丰(新丰:地名)。
⊜ guàng 〈文〉通"诳(kuáng)"。欺骗:孺子被欺~。
⊜ kuāng 〈文〉通"恇(kuāng)"。恐吓:子无我~(你不要恐吓我)。

忘 wàng 不记得;没有记住:~记|遗~|念念不~|前事之不~,后事之师。

庬 wàng 见 hù "庬"(259页)。

旺 wàng ❶火势炽烈:炉火正~。❷兴盛:~季|兴~|以众待寡,以~待衰。❸姓。

盳 wàng 【盳洋】〈文〉仰视的样子:观海~。也作"望洋"。

望 [*望] wàng ❶向远处看;观看:遥~|可~而不可即|举头~明月,低头思故乡。❷拜访;问候:看~|探~|拜~。❸盼;希图:希~|~子成龙|王如知此,则无~民之多于邻国也。❹名声;声誉:声~|威~|德高~重。❺〈文〉责怪;怨恨:怨~|无功受赏,则财匮而民~。❻视线、希望等所及的范围:胜利在~|远村晨入~,危槛不堪凭。❼农历每月十五日(小月)或十六日(大月),地球上看到的月亮呈圆形,这种月相叫望。也指月圆的这一天:八月之~。❽介词。引入动作行为的方向、对象:~北走|~图书馆跑|~靶子正中心打。

眶 wàng 〈文〉同"旺"。盛;兴盛:略观制义及排律诗各数首,…气甚清~。

醸 wàng 〈文〉酒;糟~。

謽 [謽] wàng 〈文〉责怪;怨恨。后通作"望"。

wēi (ㄨㄟ)

危 wēi ❶不安稳;不安全(跟"安"相对):~险|~难|安而不忘~|木石之

性,安则动。❷使危险;损害:～害|～及生命。❸指人快要死去:病～|垂～。❹〈文〉高;高耸:～岩|～冠|楼百尺。❺〈文〉端正;正直:正襟～坐|～言～行。❻星宿名。二十八宿之一,属北方玄武。❼姓。

委 □ wēi 见 wěi "委"(697页)。

威 □ wēi ❶强大的力量;使人畏惧的气势:～力|示～|～震四海|狐假虎～。❷凭借力量,气势震慑或逼迫:～吓(hè)|～胁|德以柔中国,刑以～四夷。❸姓。

呢 wēi【呢呀】叹词。表示焦急、痛苦等:～!天色看看便阴了下来,我们不能再拖延了。

敳 wēi(旧读 wéi)❶〈文〉微小。通作"微"。❷〈文〉伺察;暗中观察。

炷 wēi 古代一种可移动的炉灶:～灶近版壁,岁久燥而焚。

透 □ wēi【透迤(yí)】〈文〉(道路、山脉、河流等)弯曲绵延的样子:山路～|东城高且长,～自相属(属:zhǔ,连接)。旧也作"逶蛇、委蛇"。

偎 □ wēi 紧挨着;亲密地靠着:～依|脸～着脸|野船着岸,春草,水鸟带波飞夕阳。

餒 wēi〈文〉同"危"。恐惧;忧惧:岭(险)不至崩,～不至失。

隒 wēi【隒陕(yí)】〈文〉艰难险阻:四海诚茫茫,举足皆～。

隈 wēi〈文〉山、水等弯曲的地方:江～|城～|涉洞之滨,缘山之～。

城 wēi〈方〉掩盖;埋藏:～沙。

撖 wēi〈方〉把细长的东西弄弯或使弯曲的部分伸直:把钢筋～个弯儿。

壝 wēi【壝壨(lěi)】〈文〉高低不平的样子:山间～不为用之壤。

葳 wēi【葳蕤(ruí)】1.〈文〉草木茂盛、枝叶下垂的样子:兰叶春～,桂花秋皎洁。2.〈文〉华美;华丽:妾有绣腰襦(rú),～自生光(腰襦:一种下身齐腰的短袄)。

蕤 wēi【蕤芝】〈文〉树木名。高丈余,花小而白,次年结子。

矮 wēi〈文〉植物枯萎。

喊 wēi 模拟汽笛等的声音:火车～地叫了一声。

崴 □ wēi 见 wǎi "崴"(688页)。

嵬[巍] ⊖ wēi【嵬嶵(léi)】古山名。
⊜ wēi〈文〉山高不平的样子:乱石堆,高岭～。

渨 wēi ❶〈文〉水流弯曲处:青山洞,碧水～。❷〈文〉沉没。❸【渨湱(wō)】〈文〉污浊:荡～。

瀤 wēi 古水名。在今湖北。

楲 wēi〈文〉便桶。

棍 wēi 旧时承托门轴的门臼。

微 □ wēi ❶细小:～弱|细～|无～不至|天下事皆起于～。❷精深;奥妙:～妙|精～|昔仲尼没而～言绝。❸地位低下;卑贱:～贱|卑～|人～言轻。❹衰败:衰～|式～|幽厉之后,周室～(幽、厉:周幽王、周厉王)。❺副词。表示程度浅,相当于"稍、略":～笑|～红|～～有点儿喘。❻〈文〉隐藏;藏匿:～服|～行|白公奔山而缢,其徒～之。❼〈文〉如果不是;如果没有:～管仲,吾其被(pī)发左衽矣(如果没有管仲,我们就要披散着头发衣襟往左掩了)。

諉 wēi ❶〈文〉呼唤。❷用于人名。

煨 □ wēi ❶把生的食物埋在带火的灰里缓慢烤熟:～白薯|泥～鸡(叫花鸡)。❷烹饪方法。用微火长时间地煮:～牛肉|～鸡汤。

溦 □ wēi〈文〉小雨。

蟡 wēi【蟡蛇(yí)】〈文〉形容水流、歌声等曲折绵长的样子:～循流,东求大鱼。

巂 wēi【屖(zuī)巂】〈文〉山峰高峻的样子。

蝛 wēi【蛜(yī)蝛】〈文〉虫名。即鼠妇虫。外形椭圆,灰褐色,生活在阴暗潮湿处。也作"伊威、蛜威"。

覼 wēi ❶〈文〉用眼色引诱。❷〈文〉美好。

譀 wēi【譀舼(hū)】〈文〉独木船。

逶 wēi【逶迤(yí)】〈文〉同"逶迤"。弯曲绵延的样子。

緌 wēi 〈文〉用五彩丝制作的装饰物。

薇 □ wēi ❶古书上指巢菜,多年生草本植物。花紫色,结荚果,嫩苗可以吃,全草入药:隐于首阳山,采～而食之。❷花名。蔷薇:君脑浮冰,红～染露。

鮠 wēi 〈文〉角中部的弯曲处。

鰃 □（鰃）［觍］ wēi 鱼名。身体侧扁,多为红色,有银白色纵带,眼大,口大而斜。种类很多。生活在热带海洋中。

瘬 wēi【瘬瘬】叹词。呼喊声:忽然一日天破了,大家都叫"阿～"。

巍 wēi 〈文〉鹿肉。

巍 □ wēi 高大的样子:～峨|～～

［巍］ 高山|太山之高～然。

巋 wēi 〈文〉鱼名。

wéi（ㄨㄟˊ）

口 □ wéi 〈文〉围绕;周围。通作"围"。

韦 □（韋） wéi ❶〈文〉熟皮子,去毛加工鞣制过的兽皮:～革|～袴|～索。❷〈文〉皮带;皮绳:～布(韦带布衣,借指未仕者)|西门豹急,佩～以自缓。❸姓。

为 □（爲）［为］ ㊀ wéi ❶做;干(gàn):作～|大有可～|故王之不王,不～也,非不能也。❷叫作;算是:北冥有鱼,其名～鲲|若止印三二本,未～简易。❸充当;当作:～首|四海一～家|有诗～证。❹变成;成为:化～乌有|一分～二|积土而～山。❺〈文〉表示判断。相当于"是":言～心声|知之～知之,不知～不知,是知也。❻〈文〉表示某些动作行为,有治

理、制作、设置、研究等意义:～政|～舟|～坛|～学。❼介词。引入动作行为的施事(常跟"所"合用),相当于"被":～历史所证明|主辱军破,～天下笑。❽〈文〉助词。用于句末,表示疑问或感叹:匈奴未灭,何以家～?|今故告之,反怒～!❾后缀。1.附着在某些单音形容词后,构成表示程度、范围的副词:大～增色|广～传播|深～感动。2.附着在某些表示程度的单音副词后,加强语气:尤～重要|甚～便利|颇～得意。

㊁ wèi ❶介词。引入行为的受益者,相当于"替"或"给":～虎作伥(chāng)|～别人着想|庖丁～文惠君解牛。❷介词。引入行为的原因或目的,相当于"由于"或"为了":天行有常,不～尧存,不～桀亡(天行有常:自然界的变化是有规律的)|～安全起见,必须遵守交通规则。❸〈文〉介词。引入行为的对象,相当于"对":臣请～王言|不足～外人道。

圩 □ ㊀ wéi ❶低洼地区围绕房屋、田地等修筑的防水堤岸:～堤|～埂|筑～。❷有圩围着的地方:～田|盐～。

㊁ xū〈方〉村镇集市:～市|～场|赶～。

迕 wéi 〈文〉同"违"。违反:～法。

违 □（違） wéi ❶背离;不遵从:～反|～法|不～农时,谷不可胜食也。❷离开;分离:久～|暌(kuí)～(分离)|君子无终食之间～仁。❸〈文〉避开:～害就利|举族东迁,以～患难。

㧑 □ wéi 见 huī"㧑"(272 页)。

围 □（圍） wéi ❶在四周拦挡;环绕:～绕|包～|楚方急～汉王于荥阳。❷四周:外～|四～|周～。❸周长:腰～|胸～。❹围起来用作拦挡的东西:床～|墙～|堤～。❺量词。1.两手的拇指和食指合起来的长度:腰大十～。2.两臂合抱起来的长度:两～粗的柱子。

帏 □（幃） wéi ❶古人佩带的香囊。❷〈文〉同"帷"。帷帐:明月何皎皎,照我罗床～。

闱 □（闈）［闱］ wéi ❶古代宫室的旁门,泛指宫门:属徒

攻～与大门,皆弗胜。❷古代指后妃的住所,也指妇女的居室:房～|绣～。❸科举考试的考场:入～。❹科举考试:春～(会试)|秋～(乡试)。

沣（**澧**）wéi ❶沣水,源出陕西凤翔,东南流经岐山、扶风入渭水。❷【沣源口】地名。在湖北阳新。

沩（**潙**）wéi 沩水,水名。在湖南,是湘江的支流。

佳 wéi 见 zhuī "佳"(899 页)。

峗 ⊖ wéi 古山名。即三峗山,后作"三危山"。在今甘肃。
⊜ wěi 【峗巍(wēi)】〈文〉山势高峻的样子。

洈 ⊖ wéi 〈方〉指酒瓶。
⊜ wěi 【洈巍(wēi)】〈文〉同"峗巍"。山势高峻的样子。

洈 wéi 洈水,水名。在湖北。

恑 wéi 见 guǐ "恑"(227 页)。

桅 wéi 桅杆,船上挂帆或悬挂信号等的高杆:～灯|船～。

潿（**潿**）wéi ❶〈文〉污浊的积水。❷【潿洲】岛名。在广西北海市南部海域。

唯 wéi ❶副词。用于限定排他性范围,相当于"单、只":～一|～独|～利是图|方今～秦雄天下。❷(旧读 wěi)〈文〉模拟应答的声音:～～|～～诺诺。❸〈文〉助词。用于句首,表示希望:～君图之(图:考虑)|～大王与群臣孰计议之。

帷 wéi 围在四周用于遮挡的帐幕:～幕|罗～|～幄(军队里用的帐幕)。

惟 wéi ❶思考:深～而苦思|愿大王留意详～之。❷同"唯"。单;只:鬼神非人实亲,～德是依。❸〈文〉助词。1. 用于句首,表示希望或愿望:～先生速图!2. 用于年、月、日等时间词前:～十有三年春。

维（**維**）wéi ❶〈文〉系;连接:～系|～舟绿杨岸。❷保持;保全:～持|～护|～修。❸几何学和空间理论的基本概念。构成空间的每一个因素(如长、宽、高)叫一维,如直线是一维的,平面是二维的,普通空间是三维的。❹〈文〉系(jì)东西的大绳子:天柱折,地～绝。❺〈文〉起维系作用的重要因素;纲领、法度:纲绝而～弛|礼义廉耻,国之四～,四～不张,国乃灭亡。❻通"惟"(wéi)。思考:思～|～万世之安。

瑷 wéi 〈文〉像玉的石头。

嵬 wéi ❶〈文〉(山势)高大:～然。❷【崔(cuī)嵬】1.〈文〉有石的土山:陟彼～,我马虺陨(陟:登上。虺陨:huītuí,马疲劳生病的样子)。2.〈文〉高耸的样子:剑阁峥嵘而～。

巋 wéi 〈文〉山势高大。

舳 wéi 【舳艓(huò)】〈方〉帆船。

媁 wéi 〈文〉不高兴的样子。

戫 wéi ❶〈文〉同"违"。乖异。❷〈文〉同"违"。邪;不正。

薍 wéi 〈文〉菜名。像韭菜而黄。

蕲 wéi 〈文〉蓝、蓼类植物抽穗开花。

鄬[**郿**] wéi 古地名。春秋时代郑地,在今河南。

鮨（**鮠**）wéi 鱼名。身体前部扁平,后部侧扁,有四对须,无鳞。生活在淡水中。

潍 wéi 〈文〉同"潍"。水名。

潍（**濰**）wéi 潍河,水名。在山东东部。

隇 wéi 春秋时郑国坡地名。在今河南鲁山。

崛 wéi 【崛(jué)崛】古山名。在今山西。

敻[**甇**] wéi 〈文〉邪僻;不正。

襓 wéi 〈文〉重叠的衣服的样子。

豨　wéi　〈文〉阉割了的猪。

薇　wéi　〈文〉竹名。

轞　wéi　〈文〉捆束。

瞶　wéi　〈文〉窥视；探察。

豅　wéi　〈文〉鸟飞。

犩　wéi　古代西南山区一种大野牛。也叫"夔牛"。

鑫　wéi　〈文〉挂钩；悬物钩。

鱱　wéi　【冉鱱】古代神话传说中的鱼名。

wěi （ㄨㄟˇ）

广　wěi　❶〈文〉瞻仰。❷〈文〉安装在屋檐口的横木。

伟（偉）　wěi　❶崇高非凡，令人景仰：～人｜～业｜丰功～绩。❷高大：～岸（魁梧）｜魁～。❸〈文〉奇异：无～服，无奇行｜须眉皓白，衣冠甚～。

伪（僞）[偽]　wěi　❶虚假；不真实（跟"真"相对）：～装｜虚～｜去～存真｜情～相感而利害生（情：实情）。❷非法的；非正统的：～朝｜敌～｜～政权。❸〈文〉人为：人之性恶，其善者～也。

苇（葦）　wěi　芦苇：～塘｜～席。

芛（蔿）　㊀ wěi　❶〈文〉草名。❷〈文〉芟的茎。❸古地名。春秋时代楚国的城邑。
㊁ huā　〈文〉变化。
㊂ kuī　〈文〉狡猾。

莐　wěi　〈文〉初开的花。

沵　wěi　见 yǎn "沵"（776 页）。

尾　㊀ wěi　❶尾巴，某些动物身体末端突出的部分：牛～｜长～猴｜虎头蛇～。❷某些物体的末端：～灯｜船～｜汽车追～。❸江河的下游：我住江之头，君住江之～。❹主要部分以外的部分；尚未了结的事情：～数｜结～｜扫～工程。❺像尾巴一样跟在后面：～随｜～击。❻鸟兽虫鱼交配：交～｜鸟兽孳～（孳：繁殖）。❼星宿名。二十八宿之一，属东方苍龙。❽量词。用于活鱼：几～鲜鱼｜有鱼数百～。❾〈文〉边际；边界：叩石垦壤，箕畚运于渤海之～。❿姓。
㊁ yǐ　❶马尾（wěi）上的长毛：马～罗（用马尾做筛绢的筛子）。❷蟋蟀等尾（wěi）部的针状物：三～儿（雌蟋蟀）。

纬（緯）　wěi　❶织物上横向的纱或线（跟"经"相对）：～纱｜～线。❷地理学上假定的沿地球表面跟赤道平行的线。赤道以北的称北纬，以南的称南纬：～度。❸纬书，指汉代以神学迷信附会儒家经义的一类书：谶（chèn）～。❹〈文〉治理：～世｜经天～地（经：治理）。

玮（瑋）　wěi　❶〈文〉一种玉。❷〈文〉珍奇；贵重：～奇｜明珠～宝。❸〈文〉赞美；夸耀：楚人高其行义，～其文采。

晖（暐）　wěi　〈文〉光线很亮的样子。

委　㊀ wěi　❶托付，把事交给别人办：～托｜～派｜王年少，初即位，～国事大臣。❷舍弃；抛弃：～弃｜～之于地｜投戈～甲。❸推卸；推脱：～过｜～罪于人。❹颓丧；不振作：～顿。❺弯曲；曲折：～曲｜～婉。❻委员或委员会的简称：政～｜市～。❼〈文〉积聚：～积如山｜如土～地。❽〈文〉水流的下游，也比喻事物的末尾：原～｜穷原竟～｜胡人言黑水原下～高，水必逆流。❾〈文〉的确；确实：～实｜～系实情。❿姓。
㊁ wēi　【委蛇（yí）】同"逶迤"。（道路、山脉、河流等）弯曲绵延的样子：驾八龙之婉婉兮，载云旗之～～。

炜（煒）　wěi　〈文〉色彩鲜明而有光泽：彤管有～（彤：红）。

屃　wěi　同"尾"。尾巴。

峗　wěi　见 wéi "峗"（696 页）。

嵬　wěi　见 wéi "嵬"（696 页）。

W

洧 wěi ❶洧水，古水名。即今双洎（jì）河，在河南中部。❷[洧川]地名。在河南尉氏。

浼 wěi 【浼浼】〈文〉水势盛大的样子：清流自～。

诿 (諉) wěi 推卸；推脱：推～|争功～过|执事不～上。

娓 wěi 【娓娓】谈论不知疲倦的样子：～道来|～动听|执手论文，～竟日。

萎 wěi ❶(植物)干枯；凋落：～谢|枯～|无草不死，无木不～。❷衰退；衰落：气～|买卖～了。❸〈文〉病危；将死：哲人其～乎？（其：助词，表示推测。）

硊 wěi 见 huì“硊”（275页）。

喴 wěi 词曲中的衬字：哎哟～。

崣 [嶵] wěi 【㠑(zuǐ)崣】〈文〉高峻的样子。

骫 wěi ❶【骫法】〈文〉枉法：选举～，监督无力。也作“骩法”。❷【骫属】〈文〉左右相随。也作“骩属”。

痏 ㊀ wěi ❶〈文〉伤口；瘢痕：创～。❷〈文〉殴伤。❸〈文〉中医针刺术语。针刺孔：已发针，疾按其～，无令其血出。
㊁ yù 〈文〉病：无～于饥，无休于田。

陒 ㊀ wěi ❶〈文〉高峻的样子。❷〈文〉倒塌：有客乘之，～若山颓。❸周代诸侯国，在今湖北。❹姓。
㊁ kuí 姓。

慰 wěi 【慰愢(tuǐ)】〈文〉中风。

嶵 wěi 见 wēi“嵬”（694页）。

骩 wěi 〈文〉同“骫”。骨骼弯曲；枉曲。

骪 ㊀ wěi ❶〈文〉骨骼弯曲：积～难治。❷〈文〉委曲：尊则亏，直则～。❸〈文〉集聚：小人积非，祸所～也。❹〈文〉树木弯曲：林木茷～。
㊁ wán 【骪骳(bèi)】1.〈文〉腿骨弯曲；骨弯曲。2.〈文〉文笔纡曲：其文～，曲随其事。3.〈文〉曲意依从：不能一～事权要。

颎 (顈) wěi ❶〈文〉安静；安闲：闲～。❷〈文〉头俯仰自如。

猥 wěi ❶卑鄙；下流：～亵(xiè)|～琐|淫～|贪～。❷〈文〉多；杂：～多|～杂|所恃者寡，所取者～。❸〈文〉谦辞。表示自己谦卑或对方屈尊就卑：先帝不以臣卑鄙，～自枉屈，三顾臣于草庐之中（卑：卑贱。鄙：鄙陋）。

廆 ㊀ wěi 用于人名。慕容廆，西晋末年鲜卑族的首领。
㊁ guī 古山名。即廆山，今称谷口山，在河南。

愇 wěi ❶〈文〉同“韪”。是；对。❷〈文〉怨恨。

楎 ㊀ wěi 〈文〉树木名。可以把它弯曲起来做成杯盘。
㊁ huī 〈文〉钉在墙上做挂衣物用的木橛。

硊 wěi 【硊硊(wěi)】〈文〉高低不平的样子：是山丛丛～。

韪 (韙) wěi ❶〈文〉是；对(常跟“不”连用，指过失或谬误)：冒天下之大不～(不顾天下人反对，做罪恶极大的坏事)。❷〈文〉认为是；赞同：深～其说|其是而矫其非(矫：纠正)。

艉 wěi 船体的尾部。

腲 wěi ❶【腲腇(něi)】〈文〉舒缓的样子。❷【腲脮(tuǐ)】〈文〉肥胖：形裁～。

痿 wěi ❶中医指身体某一部分萎缩或失去功能的疾病：下～(下肢瘫痪)|阳～(阴茎不能勃起)。❷通“萎(wěi)”。枯萎：大冬严雪，百草～死。

碨 ㊀ wěi 【碨磊(lěi)】〈文〉山石不平的样子：～山垒。
㊁ wèi 〈方〉石磨。

磈 ㊀ wěi 【磈硊(wěi)】〈文〉山石高峻的样子。
㊁ kuǐ 【磈磊】〈文〉垒积不平的石头，比喻郁结在胸中的不平之气：书生不奈兴亡恨，斗酒聊浇～胸|暂在村中做个塾师，训诲蒙童，以消胸中～。

蜼 wěi 见 wèi“蜼”（701页）。

W

巍 wěi【巍巍】〈文〉山高峻的样子。

鮹(鮹) wěi ❶鱼名。身体纺锤形，背部蓝黑色，生活在温带和热带海洋中。❷古书上指鲟鱼和鳇鱼。

瘣 wěi 〈文〉萎弱。

羳 wěi 〈文〉羊相互挤在一起。

蓶 wěi 用于人名。

箽 wěi 〈文〉竹名。

羳 wěi ❶【羳羳】〈文〉羊相互追逐的样子：羊有相还之时，其类～然。❷〈文〉公羊。

寪 wěi ❶〈文〉房檐外伸的样子。❷姓。

薳 wěi ⊖wěi ❶〈文〉草名。❷姓。⊜yuǎn【薳志】〈文〉药草名。也作"远志"。

嶉 wěi 〈文〉青黄之间的颜色。

磈 ⊖wěi【磈(cuī)磈】〈文〉山势高峻的样子：游君山，甚为真。～砟硌，尔自为神(砟硌：zuóluò，岩石错落不齐的样子)。⊜lěi【磈磈】〈文〉山石众多的样子。

鍏 wěi【鍏鑸(lěi)】高低不平的样子。

鍏 wěi 古代农具名。即锹。

瘑 wěi 〈文〉口角歪斜。

壝 wěi ❶古代祭坛、行宫周围的矮墙：驾诣郊坛行礼，有三重～墙。❷〈文〉祭坛、祭祀场地的统称：设其社稷之～。❸〈文〉筑土围墙：封人～宫(封人：古官名)。

韡 wěi【韡韡】〈文〉同"韡韡"。明盛的样子。

飋[飖] wěi 〈文〉风大的样子。

澬 ⊖wěi【澬澬】〈文〉鱼游动时前后相随的样子。也作"唯唯"。⊜duì【澬渳(duò)】〈文〉沙石随水流动的样子：碧沙～而往来。

韡 wěi【韡韡】〈文〉同"韡韡"。明盛的样子。

韡 ⊖wěi 〈文〉光明盛大的样子：耀矣其光，～矣其荣｜煜煜～～，烂若龙烛。⊜xuē 〈文〉同"鞾(靴)"。靴子：短鞢～。

闈 ⊖wěi ❶〈文〉开(门)：～门。❷姓。⊜kuā 〈文〉门不正开：室处门常～。

鮠 wěi 〈文〉鱼名。

亹 wěi 〈文〉同"亹"。【亹亹】谈论动人，有吸引力。

亹 ⊖wěi【亹亹】1.〈文〉勤勉不倦的样子：～不舍昼夜。2.〈文〉流动、行进不息的样子：清流～。3.〈文〉委婉动听：余音～。4.〈文〉谈论动人，有吸引力：论诘～，听者忘疲。⊜mén ❶〈文〉峡中两岸对峙像门的地方：石～。❷【亹源】地名。在青海。今作"门源"。

靀 wěi【靀靀】〈文〉同"韡韡"。明盛的样子。

癏 wěi ❶〈文〉疮裂。❷〈文〉疾病。

亹 wěi 同"亹"。【斐亹】〈文〉文采绚丽的样子。

亹 wěi 〈文〉数量极多的样子：～～恒沙。

wèi (ㄨㄟˋ)

卫(衛) wèi ❶保护；守护：捍～｜守～｜存亡继绝，～弱禁暴。❷担任保护、守护任务的人：～兵｜后～｜门～｜文公之入也，无～。❸明代军队驻扎的地点，后沿用作地名：天津～(今天津市)｜威海～(今山东威海市)。❹周代诸侯国名。故地在今河北南部和河南北部一带。❺姓。

为 wèi 见wéi "为"(695页)。

未 wèi ❶地支的第八位：～时(相当于十三点到十五点)。❷副词。否定行为已经发生，相当于"没有"：～婚｜～雨绸缪｜～经允许，不得擅入。❸副词。表示否定，相当于"不"：～敢苟同｜前途～可限量｜亡羊

而补牢，～为迟也。❹〈文〉用于句末，表示疑问，相当于"否"：言出子口，入于吾耳，可以言～?(可以言未:可以说了吗?)

郓 wèi　古地名。

位 wèi　❶位置,所在的地方:坐～｜一步到～｜各就各～。❷人在某一社会领域中所处的位置:职～｜岗～｜贤者在～,能者在职。❸特指君主的地位:即～｜让～｜篡～。❹数位,数学上指一个数中每个数码所占的位置:个～｜十～。❺用于个体的人(含敬意):一～老人｜各～来宾。❻量词。用于算术上的数位:一～数｜五～数字｜他的存款达到了六～数。❼姓。

味 wèi　❶舌头尝东西所得到的感觉:～道｜～同嚼蜡｜子在齐闻《韶》,三月不知肉～。❷鼻子闻东西所得到的感觉:气～｜香～儿｜闻到一股～儿。❸指某种菜肴或食品:海～｜野～｜美～｜佳肴。❹情趣;意趣:趣～｜韵～｜都云作者痴,谁解其中～。❺体会;研究:回～｜体～｜玩～。❻量词。用于中药(药物一种叫一味):这个方子有九～药。❼辨别味道:非口不能～也。

饳 wèi　见 hài "饳"(234 页)。

畏 wèi　❶害怕;恐惧:～惧｜～难｜为国不可以生事,亦不可以～事｜民不～死,奈何以死惧之?❷敬佩;佩服:敬～｜严师～友｜后生可～。

胃 wèi　❶人和高等动物消化器官的一部分,人的胃上端与食管相连,下端与十二指肠相通,能分泌胃液,消化食物。❷星宿名。二十八宿之一,属西方白虎。

軎 wèi　〈文〉套在车轴末端的金属筒状物。

敱 wèi　太平天国新造字。同"魏"。

肴 wèi　见 yáo "肴"(786 页)。

菋 wèi　〈文〉五味子。落叶木质藤本植物。果实可入药。

硙(磑) ⊖ wèi　❶〈文〉石磨:碨～。❷〈文〉磨,使物粉碎:～茶。❸〈文〉摩擦:阴阳相～。
⊜ ái【硙硙】1.〈文〉高峻的样子。2.〈文〉堆积的样子:怪石～。3.〈文〉洁白光亮的样子:白刃～。4.〈文〉坚硬:万状石～。

谓(謂)[謂] wèi　❶〈文〉说;对…说:所～｜可～神速｜颜率至齐,～齐王曰…。❷称为;叫作:称～｜何～诚信?❸〈文〉说的是;指的是:太守～谁?庐陵欧阳修也。❹〈文〉认为;以为:家人～不可活,置之路旁。

尉 ⊖ wèi　❶古代官名:太～｜都～｜县～｜羊舌大夫为～。❷军衔名。在校之下,士之上:～官｜上～｜少～。❸姓。
⊜ yù　❶姓。❷【尉迟】复姓。❸【尉犁】地名。在新疆巴音郭楞。

尉 wèi　〈文〉熨烫。后作"熨(yùn)"。

菋 wèi　〈文〉草木茂盛美丽的样子。

遗 wèi　见 yí "遗"(797 页)。

喂[❶❷*餵、❶❷△*餧] wèi　❶给动物东西吃;饲养:～食｜～牛｜家里～着几头猪。❷把食物送进别人嘴里:～奶｜～饭｜～孩子。❸叹词。用于打招呼或提醒对方:～,屋里有人吗?｜～～,你能听见吗?
"餧"另见 něi(480 页)。

猬[*蝟、貒] wèi　刺猬,哺乳动物。身上生有短而密的硬刺,遇敌时全身缩成一团,用刺保护身体。

愄 wèi　【怖(bù)愄】〈文〉恐惧:生～心。也作"怖畏"。

渭 wèi　渭河,水名。发源于甘肃,流经陕西入黄河。

愲 wèi　【愲㤥(pēng)】〈文〉不得志的样子。

媦 wèi　❶〈文〉妹的别称。❷传说中的兽名。

腤 wèi　〈文〉同"胃"。消化器官:肠～。

熭 wèi　❶【熭熭】〈文〉光明的样子。❷〈文〉兴盛;旺盛:～然。

蔚 ⊖ wèi　❶〈文〉(草木)茂密:茂树荫～。❷〈文〉荟萃;繁盛:～成风气｜

为大观。❸〈文〉(云气)弥漫的样子:云蒸霞～。❹〈文〉华美;有文采:其文～炳(蔚炳:文采鲜明华美)。❺姓。

　⊜ yù ❶【蔚蔚】〈文〉忧愁的样子。❷蔚县,地名。在河北张家口。

碨 wèi 见 wěi "碨"(698 页)。

蜼 ⊖ wèi 〈文〉长尾猿。⊜ wěi 【蜼(hǔ)蜼】〈文〉蝾螈。

愢 wèi 〈文〉同"慰"。安慰:用以～忠魂于地下。

蟴[蟴、籄] wèi 〈文〉晒干;曝晒:日中必～,操刀必割。

蟫 wèi 【蛞(luò)蟫】〈文〉昆虫名。纺织娘。

潿 wèi 〈文〉乱的样子。

犚 wèi 〈文〉黑耳牛。

慰 wèi ❶使人心中安适:～劳|抚～|聊以自～。❷心中安适:宽～|欣～|生儿如此,足～人意。

繶 wèi ❶〈文〉一种丝织品。❷〈文〉丝絮。

璅 wèi(又读 zhì)〈文〉剑鞘旁的玉制附件。

薉 wèi 见 huì "薉"(276 页)。

跟 wèi 〈方〉人坐着扭动:莫把黄土～成坑。

屭 wèi ❶〈文〉小网,用以捕鸟。❷〈文〉渔网。

鐏(鐏) wèi 又读 huì ❶〈文〉鼎的一种。❷〈文〉小:～鼎(小鼎)。

衞 wèi 〈文〉同"衞(卫)"。守卫;担任守卫任务的人。

鮇 wèi 古代指嘉鱼。也叫"庲鱼"。

獩 wèi 【獩貃(mò)】古族名。约在今我国东北和朝鲜北部。

濊 wèi 见 huì "濊"(276 页)。

憒 ⊖ wèi 〈文〉嫌恶;憎恶。⊜ kuài 〈文〉同"快"。快速:～马。

褽 wèi 〈文〉卧席。通作"裵"。

嬒 wèi 〈文〉"妹"的别称。通作"媦"。

魏 wèi ❶周代诸侯国名。战国七雄之一,故地在今河南北部、陕西东部、山西西南部。魏惠王时迁都大梁(今河南开封),又称梁。❷朝代名。1. 公元 220—265 年,三国之一,曹丕所建,建都洛阳,国号魏,史称曹魏。2. 公元 386—534 年,北朝之一,鲜卑族拓跋珪所建,国号魏,史称北魏,又称后魏。后分裂为东魏(北朝之一,公元 534—550 年)、西魏(北朝之一,公元 535—556 年)。❸〈文〉宫门外两旁的高建筑物,又叫"魏阙、象魏":献功～阙。❹姓。

螱 wèi 〈文〉白蚁的别称。也叫"飞蚁"。

褽 wèi ❶〈文〉衬;垫:枕軶～芦。❷〈文〉卧席。❸〈文〉盛米的器物。

輠 ⊖ wèi ❶〈文〉同"轊"。套在车轴末端的筒状金属器件。❷〈文〉碾压;践踏:～白鹿。

　⊜ huì 〈文〉通"槥(huì)"。小棺:太后临其～车,哭之恸,辍朝五日。

猵 wèi 见 lěi "猵"(389 页)。

飅[飅] wèi 〈文〉大风。

騑 wèi 〈文〉驴的别称。

霨 wèi 〈文〉云起的样子。

鷻 wèi 一种小鸠。

鱩(鱩) wèi 鱼名。身体小,侧扁,没有鳞。生活在近海中。

犚 wèi 〈文〉牛践踏。

德 wèi 〈文〉梦话。

貃 wèi 【獩貃(mò)】古代东北地区少数民族名。

鲴 wèi 〈文〉鱼名。

𧑅 wèi ❶〈文〉米谷中的小黑虫，即蛘。❷〈文〉一种吸牛、马等牲畜血液的小虻虫。

𧒽 wèi 【肥𧒽】古代传说中的神蛇。

䉠［䉠］ wèi 〈文〉一种细竹。

䬑 wèi 〈文〉食物因放的时间长了而变臭。

䡺 wèi 〈文〉同"軎"。套在车轴末端的金属筒状物。

躗［躗］ wèi ❶〈文〉牛扬蹄后踢以自卫。❷〈文〉虚假；谬误：谰～（诬妄谬话的话）。

讆［讆］ wèi ❶〈文〉用虚妄的言辞赞誉不贤德的人。❷〈文〉虚妄：～词。

黵 wèi 〈文〉浅黑色。

虋 wèi 【阿虋】〈文〉药草名。也作"阿魏"。

𧲜 wèi 〈文〉小猪一类的动物。

wēn（ㄨㄣ）

昷 wēn 〈文〉同"温"。不冷不热。

温□ ㊀ wēn ❶暖；温暖：～带｜～水｜近水则寒，近火则～。❷加热，使不冷不热：把酒～一下。❸温度：～差｜体～｜气～。❹性情平和不躁：～柔｜～顺｜～文尔雅（态度温和，举止文雅）。❺复习：～课｜～故而知新｜足下方～经，猥不敢相烦。❻中医对急性热病的统称：春～｜～疾｜冬伤于寒，春必病～。❼姓。

㊁ yùn 通"蕴（yùn）"。蕴藏；蕴积：其流长矣，其～厚矣。

缊□ wēn 见 yùn "缊"（844 页）。

瑥 wēn 用于人名。翟瑥，晋代人。

榅□ ㊀ wēn 【榅桲（po）】落叶灌木或小乔木。花淡红色或白色。果实也叫榅桲，有香气，味酸，可制蜜饯，也可入药。

㊁ yūn 【轒（fén）榅】古代攻城的战车。

殟 wēn ❶〈文〉突然失去知觉。❷【殟殁（mò）】〈文〉舒缓的样子：纵弛～（纵弛：松懈；放松）。

辒□（轀） ㊀ wēn 【辒辌（liáng）】古代一种可以躺卧的车，后来用作丧车。

㊁ yūn 〈文〉车辒，用来堵塞道路的车轮。

昷 wēn 〈文〉日出而温暖：～凉既竟。

瓰 wēn 【瓰瓠（tún）】〈文〉瓜名。

瘟□ wēn ❶中医指人或动物的急性传染病：～疫｜～病｜鸡～。❷指表演沉闷乏味，没有生气：不～不火｜这戏演得太～了，毫无激情。

榅 wēn 见 yǔn "榅"（843 页）。

蕰□ wēn 蕰草，一种水生的杂草，可做肥料。

豱 wēn 〈文〉一种头短的猪。

鳁□（鰮） wēn ❶〈文〉沙丁鱼。❷【鳁鲸（jīng）】哺乳动物。鲸的一种。背部黑色，腹部白色。生活在海洋中。

鰛 wēn 【鰛䴜（huái）】古代某些少数民族对盐的称呼。

wén（ㄨㄣˊ）

文□ wén ❶文字，语言的书写符号：中～｜甲骨～｜识～断字。❷文章，成篇的文字：～集｜作～｜～不对题。❸文言，以古汉语为基础的书面语言：～白（白话）夹杂｜半～半白。❹文科，指社会科学：～理分科｜他是学～的，我是学工的。❺公文，机关部门用于处理事务的文字材料：～秘｜呈～｜发～。❻社会发展到较高阶段表现出来的状态：～化｜～明｜～物。❼旧指礼节、仪式等：虚～｜繁～缛节。❽自然界或人类社会的某些现象：天～｜水～｜人～。❾非军事的（跟"武"相对）：～官｜～职｜能～能武。❿柔和；不猛烈：～静｜～火｜温～尔雅。⓫〈文〉花纹；纹理：～车（古代刻或画

着花纹的车)|蝮蛇多～|仲子生而有～在其手。后作"纹"。⓬在身上或脸上刺花纹或字:～身|～了双颊。⓭〈文〉法律条文:深～周纳|舞～弄法。⓮〈文〉(旧读wèn)掩饰;遮掩:～饰|～过饰非|小人之过也必～。⓯量词。古代用于铜钱(铜钱的一面铸有文字):分～不收|一～不值。⓰〈文〉有文采(跟"质"相对):～质彬彬|君子质已矣,何以～为?⓱姓。

芠 wén ❶〈文〉草名。❷【芒芠】古代形容宇宙形成前的混沌状态。

彣[彣] wén ❶〈文〉错综驳杂的花纹或色彩:～彰。❷〈文〉文采;才华:有～。

驳(駮)[駁] wén 〈文〉赤鬣白身黄目的马。

纹(紋) ㊀wén ❶丝织品上的花纹:绫～|刺绣五～添弱线。❷泛指物体上的花纹或纹路:波～|斑～|皱～。㊁wèn 同"璺"。裂缝:一条大裂～,非常深,也非常阔。

玟 wén 见mín "玟"(461页)。

飠 wén 〈文〉同"闻"。听见:～风。

炆 wén 〈文〉烹饪方法。用微火炖食物或熬菜。

闻(聞) wén ❶听见:～讯|耳～目睹|以天下之耳听,则无不～也。❷听见的事;消息:奇～|新～|逸～|趣事。❸〈文〉见识:博～强记|友直,友谅,友多～(谅:诚信)。❹(旧读wèn)名声:令～(美好的名声)|秽～。❺〈文〉有名望:～人|默默无～。❻〈文〉传布;传达:名～遐迩|声～于天。❼〈文〉闻名;著称:以勇气～于诸侯|吾爱孟夫子,风流天下～。❽用鼻子嗅:难～|入芝兰之室,久而不～其香。❾姓。

蚊[*蟁、*螡、蚉、蚉、蟁] wén 昆虫。成虫身体细长,雄的吸食植物汁液,雌的吸食人畜的血液,能传播疾病。幼虫叫孑孓。

阌(閿)[閺、閿] wén 【阌乡】旧县名。在河南西部。1954年并入灵宝。

雯 wén ❶〈文〉有花纹的云彩:～华(云彩)|日云赤昙,月云素～。❷姓。

�閿 wén 〈文〉同"闻"。听见:名已～于丛林。

蚕 wén 〈文〉同"闻"。听见:～延北州县有寸土不耕者矣。

䎡 wén 〈文〉同"闻"。听见:～之于先王之法。

痪 wén ❶〈文〉失去知觉;痴呆:天大雪,士～仆。❷【痪瘃(zhú)】〈文〉皮肤受冻裂开和生冻疮:～冻裂。

鲛 wén 〈文〉鱼名。

鳲 wén 〈文〉雏鹑。

鸢 wén 古代传说中的怪鸟。

鸥 wén 见mín "鸥"(462页)。

鼣 wén 〈文〉斑鼠。

馥 ㊀wén 〈文〉嗅:～香。㊁fén【馥馧(yūn)】〈文〉香气弥漫的样子。

齅 wén 〈方〉同"闻"。用鼻子嗅:臊气难～。

wěn （ㄨㄣˇ）

刎 wěn 〈文〉割断,特指割脖子:自～|～颈之交(指同生死共患难的朋友)|抽刀而～其脚。

抆 wěn 〈文〉擦拭:～泪。

吻[*脗] wěn ❶嘴唇:唇～|接～|～合。❷用嘴唇接触,表示喜爱:～了一下孩子的脸蛋儿。❸动物的嘴:鹿～|饥鹰厉～。

刎 wěn 见hū "刎"(255页)。

歾 wěn 见mò "歾"(466页)。

歾 wěn 见 mò "歾"（466 页）。

呅 wěn 〈文〉同"吻"。嘴唇。

肳 wěn 〈文〉同"吻"。动物的嘴。

忞 wěn 见 mín "忞"（462 页）。

坆 wěn 〈方〉同"稳"。不晃动；不动摇。

紊 wěn（旧读 wèn）纷乱；杂乱：～乱｜有条不～。

愋 wěn 见 hūn "愋"（277 页）。

喗 ⊖ wěn 〈文〉同"吻"。嘴唇：口～。
⊜ hūn 【喗喗】〈文〉同"惛惛"。眼睛所看不见的：著古昔之～，传千里之忞（wěn）忞者,莫如书（忞忞:心里所不明白的）。

膗 wěn 〈文〉同"吻"。嘴唇：～合。

惛 wěn 见 hūn "惛"（278 页）。

稳（穩）[穩] wěn ❶不晃动：平～｜书柜没放～｜不如来饮酒,～卧醉陶陶。❷(情绪等)不波动;(态度等)不动摇：～定｜安～｜时局不～。❸使稳定：～住阵脚｜你先把他～在那里,我赶快报警。❹沉着;不轻浮：～重｜沉～｜～步前进。❺妥帖;有把握：～扎～打｜十拿九～｜赋诗新句,不觉自长吟。

闅 wěn 见 chuài "闅"（94 页）。

稳 wěn 【稳婆】〈文〉接生婆。也作"稳婆"。

wèn（ㄨㄣˋ）

问（問）wèn ❶提出问题让人解答：询～｜答非所～｜子张～仁于孔子。❷向人致意,表示关心：～候｜慰～｜吊死～生（吊唁死者,慰问生者）。❸审讯;追究：～案｜三推六～｜如有差池,唯你是～。❹管;干涉：过～｜不闻不～｜不～青红皂白。❺介词。引入动作的对象,相当于"跟、向"：

～他借一支笔｜从不～别人要东西。❻古代诸侯间互相访问：聘～｜齐王使使者～赵威后。

汶 ⊖ wèn ❶【大汶河】水名。在山东,是黄河的支流。也叫"汶水"。❷【东汶河】水名。在山东,是潍河的支流。❸【汶川】地名。在四川。
⊜ mén 【汶汶】〈文〉玷辱:安能以身之察察,受物之～者乎?（察察:洁白的样子。）

纹 wèn 见 wén "纹"（703 页）。

搵 wèn ❶〈文〉浸入；浸没：汗浸浸～湿香罗帕。❷〈文〉擦;揩拭：～泪｜长吁短叹,频～啼痕。

綩 wèn 见 miǎn "綩"（458 页）。

璺 [璺、釁] wèn 陶瓷、玻璃之类器物上的裂纹,泛指裂纹:盘子上有一道～｜打破砂锅～到底（"璺"跟"问"谐音,比喻对事情的原委追问到底）。

饐 wèn 【饐饐(èn)】1.〈文〉相见后用麦饭招待来客。2.〈文〉吃饱。

wēng（ㄨㄥ）

翁 wēng ❶〈文〉父亲;尊～｜王师北定中原日,家祭无忘告乃～。❷〈文〉丈夫的父亲或妻子的父亲：～姑（公公和婆婆）｜～婿（岳父和女婿）。❸年老的男子:老～｜渔～｜卖炭～。❹〈文〉鸟的颈毛:有鸟焉,其状如鹙,黑文而赤～。❺姓。

嗡 wēng 模拟昆虫振翅或机器运转等发出的声音（多叠用）:蜜蜂～～地飞来飞去｜纺车～～转,棉线节节长。

滃 ⊖ wēng 滃江,水名。在广东北部,是北江的支流。
⊜ wěng ❶〈文〉水势盛大的样子:～泱。❷〈文〉云气腾起的样子:～郁｜烟云～渤。

闅 wēng 〈文〉一种测量力气的锤。

磤 wēng 〈文〉模拟撞击岩洞山谷发出的声音:～然而钟,其下岩洞也。

wēng

鎓（鎓）wēng【鎓盐】含有氧、氮或硫的有机化合物在水溶液中解离出的有机阳离子叫鎓离子，由鎓离子构成的盐类叫鎓盐。

鹟（鶲）wēng 鸟名。身体小，嘴稍扁平。捕食飞虫，是益鸟。种类很多。

螉wēng【螉蜙(zōng)】〈文〉牛虻。

篘wēng〈文〉竹子茂盛的样子。

鞰[靿]wēng〈方〉靴靿，靴子的高筒：～靴。

頜wēng〈文〉鸟颈上的毛。通作"翁"。

鳑wēng 鱼名。身体侧扁，略呈长方形，色泽美丽。生活在热带海洋中。

wěng（ㄨㄥ）

黇wěng【黇子桥】古地名。在今江苏。

塕wěng〈文〉尘土：埃～。

蓊wěng〈文〉草木茂盛：～茂|～郁|妖姿艳丽，～若春华。

嵡wěng【嵡嵸(zōng)】〈文〉山峰众多的样子：～殊未已，峻嶒忽相向。

滃wěng 见 wēng"滃"(704 页)。

暡wěng【暡曚(méng)】〈文〉日光不明的样子：晨集侵～。

熷wěng〈文〉烟气升腾的样子：埃墙～以上薄兮，虞罗纷其四周(墙：ài，尘埃)。

鬖wěng〈文〉同"蓊"。草木茂盛的样子。

wèng（ㄨㄥ）

瓮[△*甕、*罋、甖]wèng 口小腹大的陶器，多用来盛水、酒等：水～|酒～|中捉鳖。
"甕"另见 wèng(705 页)。

薭wèng【薭菜】一年生草本植物。蔓生，茎中空，茎叶可作蔬菜。也叫"空心菜"。

罋wèng 姓。
另见 wèng"瓮"(705 页)。

齆wèng【齆丑】〈方〉食物封存在瓮中因腐败变质而产生的一种臭味。

齆[齆、齆、齆]wèng 鼻道阻塞：～鼻儿(因鼻道阻塞而发音不清)|～声～气。

齆wèng〈文〉汲水瓶。

wō（ㄨㄛ）

挝wō 见 zhuā"挝"(896 页)。

莴（萵）wō【莴苣(jù)】一年生或二年生草本植物。分叶用和茎用两种：叶用的植株矮小，通称"生菜"；茎用的茎肥大像笋，通称"莴笋"。

倭㊀wō 我国古代称日本：～国|～人|～寇。
㊁wǒ【倭堕(duò)髻(jì)】古代妇女偏在一旁的发髻：头上～，耳中明月珠。

涡（渦）㊀wō ❶旋涡，流体旋转时形成的螺旋形：～流|水～|～轮机。❷〈文〉酒窝，笑时脸颊上现出的小圆窝：～痕|笑～。
㊁guō 涡河，水名。发源于河南，流入安徽，是淮河的支流。

猧wō〈文〉小狗：眠～不吠，宿鸟无喧。

猥wō〈文〉小犬：～子(对别人谦称自己的儿子)。

膃wō〈文〉鸟猎食后吐出的废物。

湒wō ❶〈文〉浸泡。❷【湒(wēi)湒】〈文〉污浊。

喔㊀wō ❶模拟公鸡叫的声音：公鸡～～啼。❷叹词。赶牲口前进的吆喝声。
㊁ō 同"噢"。叹词。表示了解：～，原来是这么回事。

wō

煨 〈方〉烧;提水:~汤。

窝（窩）[窠] wō ❶鸟兽、昆虫的巢穴:鸡~|马蜂~|燕嘴芹泥补旧~。❷比喻人安身、聚集的地方:安乐~|土匪~|~里斗。❸〈方〉人、物体所占的位置:坐在那里不动~儿|把这个衣柜挪挪~儿。❹像窝的地方:~棚|被~儿。❺凹陷的地方:小坑:山~|眼~|腋~。❻藏匿:~藏|~赃|打劫的赃物都在他家里。❼蜷缩;待在某处不走动:~在沙发里看电视|别整天~在屋子里不出去。❽情绪郁积,不得发泄:~心|~气|~火。❾使弯曲或曲折:~腰|用铁条~个钩子。❿量词。用于一胎所生或一次孵出的动物:孵了几~小鸡|一~下了八头小猪。⓫量词。用于聚居在窝巢的动物:一~麻雀|一~老鼠。

蜗（蝸）wō 【蜗牛】软体动物。有扁圆的螺旋状硬壳,头部有两对触角。吃植物的叶、芽,是农林害虫。

濄 wō 见 guō"濄"(230页)。

緺 wō 见 guā"緺"(219页)。

踒 wō ❶〈文〉足部骨折:骨折:折臂~足|猿堕高木,不~手足。❷扭伤:手~了|脚脖子~了。

嘬 wō 【嘬咧】词曲中的衬字:十里横桥直西下,~,几人家篱落接平沙。

蘁 wō 见 mái"蘁"(440页)。

騧 wō 见 guā"騧"(219页)。

wǒ （ㄨㄛˇ）

我 wǒ ❶说话人自称:你听~说|昔~往矣,杨柳依依。❷说话人称自己的一方:~国|敌~双方|十年春,齐师伐~。❸泛指某人(跟"尔"或"你"对举):尔虞~诈|你一言,~一语|你中有~,~中有你。❹指自己:超越自~|~行~素|忘~地工作。

硪 wǒ 〈文〉同"我"。

倭 wǒ 见 wō"倭"(705页)。

媒 wǒ ❶【媒娓(nuǒ)】〈文〉柔媚的样子:珠佩~。❷〈文〉侍候:二女~。

媛 wǒ 【媛婧(tuǒ)】〈文〉柔美的样子。

髿 wǒ 【髿鬌(duǒ)】〈文〉同"鬌髿"。发髻美好的样子:妆成~欹不斜。

鬌 wǒ 〈文〉发髻美好的样子:~堕|~髻。

鬌 wǒ 【鬌髿(duǒ)】〈文〉发髻美好的样子:云鬓~娇无力。

wò （ㄨㄛˋ）

肟 wò 有机化合物的一类。由醛或酮的羰基和羟胺中的氨基缩合而成。[英 oxime]

炈 wò 把东西靠近因保温的地方使其暖。用于古白话:~得暖暖的。

沃 wò ❶(土地)肥:~土|肥~|~野千里。❷灌溉;浇:~灌|血~中原|如汤~雪(汤:热水)。❸〈文〉润泽的样子:桑之未落,其叶~若(桑:桑叶)。❹姓。

卧 [臥] wò ❶(人)躺下;躺着:~倒|~病|~薪尝胆。❷(动物)趴伏:~牛|藏龙~虎|猫~在炕头上。❸睡觉用的:~铺|~室|~榻。❹伏着休息:隐几而~。❺〈文〉横陈着;平放着:长桥~波。❻〈文〉比喻隐居:高~东山。

瓯 wò 〈文〉挖眼。

斜 wò 〈文〉用斗取物:斜水。

渂 wò 〈文〉同"沃"。灌溉。

捾 wò ❶〈文〉掏出;挖取。❷〈文〉援引。

偓 wò 【偓佺(quán)】传说中的仙人。

涴 ㊀ wò 〈文〉弄脏;污染:愿书岩上石,勿使泥尘~。

㊀ yuān 【浣市】地名。在湖北松滋。

㊁ wǎn 【浣演】〈文〉水流回曲的样子：洪澜～而云回。

握 wò ❶攥；手指弯曲合拢拿着：～拳｜～手｜妇人拾蚕，渔者～鳣，利之所在。❷拿住不放；控制：掌～｜把～｜一旦～权则为卿相，夕失势则为匹夫。

硪 ㊀ wò 砸实地基或打桩的工具。石制或铁制，形状像圆饼，周围系着几根绳索，供几个人同时拉起：石～｜打～。

㊁ é 〈文〉石崖。

幄 wò 〈文〉帐幕：～幕｜帷～。

渥 ㊀ wò ❶〈文〉沾湿；沾润：～润｜颜如～丹。❷〈文〉浓厚；优厚：～恩｜优～｜赏赐恩宠甚～。

㊁ wǔ 同"焐"。盖住不使透风：命他盖上被窝～汗。

㊂ òu 〈文〉同"沤"。浸泡：重五斤已于诸林木，～水中。

瑝 wò 握在死者手中的圆柱形玉器。

楃 wò 〈文〉木制的帐框。

腥 wò 〈文〉脂肪丰厚，泛指厚：～脂。

斡 ㊀ wò ❶〈文〉旋转：～流而迁｜大仪～运，天回地游。❷扭转：向来冰雪凝严地，力一春回竟是谁？｜使孔明～旋天地，补缀乾坤。

㊁ guǎn 〈文〉通"管（guǎn）"。主管；掌管：欲擅～山海之货。

瞀 wò 〈文〉眼眶短而眼珠深陷的样子。

玃 wò 【猳（jiā）玃】〈文〉一种猴类动物。

踠 wò 见 wǎn "踠"（690页）。

撋 ㊀ wò 〈文〉捕取：～獑（chán）猵（獑猵：像猿的兽）。

㊁ huò 〈文〉装有机关的捕兽木笼：驱而纳诸罟（gǔ）～陷阱之中（罟撋：捕取禽兽的工具）。

㊂ hù 【布撋】〈文〉遍布；布散。

瓁 wò 〈文〉璞玉，未经雕琢的玉。

齷 (齷) wò 【齷齪（chuò）】1. 脏；不洁净：衣衫～。2. 比喻人品卑劣：卑鄙～。3. 局促；狭小：心胸～。

腛 [腛] wò 〈文〉好肉。也用于人名。刘腛丘，西汉人。

腛 wò 〈文〉美好的朱砂；古人认为是上等的颜料；丹～｜～青。

榅 wò 见 yūn "榅"（842页）。

鳿 wò 〈文〉水鸟名。

鯭 wò 〈文〉鱼名。

䑏 wò 见 huò "䑏"（282页）。

霮 wò 〈文〉同"渥"。沾湿：～时雨。

韄 wò 〈文〉佩刀饰。一说缠在佩刀把上的皮绳。

鸑 wò 〈文〉马行走的样子。

乌 (烏) ㊀ wū ❶乌鸦，鸟名。喙大而直，全身羽毛黑色。多群居在树林中或田野间：爱屋及～｜月落～啼霜满天｜野死不葬～可食。❷〈文〉指太阳（古代传说太阳中有三足乌）：～飞兔走（谓光阴流逝）｜金～西坠。❸黑：～黑｜～烟瘴气｜～云压城城欲摧。❹〈文〉代词。表示疑问，相当于"何、哪里"（多用于反问）：～足道哉？❺姓。

㊁ wù ❶【乌拉（la）】我国东北地区冬天穿的一种鞋。用皮革制成，鞋里垫有乌拉草。也作"靰鞡"。❷【乌拉（la）草】多年生草本植物。茎叶纤维坚韧耐久，可用来制人造棉、纤维板等。产于我国东北地区。也作"靰鞡草"。

扝 wū 见 yū "扝"（824页）。

圬 [杇] wū ❶〈文〉抹（mǒ）子，用来抹（mò）灰泥的工具。❷〈文〉

抹(mò)(墙)；涂饰：粪土之墙，不可~也。

邬（鄔）　wū　❶用于地名：~桥(在上海奉贤)|~阳(在湖北鹤峰)。❷姓。

污〔*汚、*汙〕　wū　❶脏；不洁净：~秽|~泥浊水|清沟映~渠。❷不洁净的东西：血~|油~|藏~纳垢。❸不廉洁：贪官~吏。❹弄脏；使不洁净：~染|玷(diàn)~。❺侮辱，用无理的言行使对方的身心受到损害：~辱|奸~。❻〈文〉通"洿(wū)"。停积不流的水；低洼积水的地方：~池渊沼川泽。

杇　wū　见 yú"杇"(825页)。

巫　wū　❶装神弄鬼，以祈祷求神、消灾治病为名来骗取财物的人：~师|小~见大~|此人所以简~祝也(简：轻视。祝：祭祀时主管向神灵祷告的人)。❷姓。

呜（嗚）　wū　❶模拟风声、汽笛声、哭声等：~~的冷风|~的一声长鸣，轮船起航了|伏在桌子上~~地哭。❷【呜呼】1.〈文〉叹词，表示叹息：~哀哉。2.借指死亡：一命~。

於　wū　见 yú"於"(825页)。

钨（鎢）　wū　金属元素。符号 W。

洿　㊀ wū　❶〈文〉停积的水，也指低洼积水的地方：~池|决~而注之江。❷〈文〉挖掘：~其官。❸〈文〉同"污"。污染；污浊：司马相如~行无节。
㊁ hù　〈文〉深：川谷何~?

诬（誣）　wū　❶捏造事实冤枉或陷害别人：~告|~蔑|~良为盗。❷〈文〉言语不真实；欺骗：~罔|四海之众今观此书，信不~也。

屋　wū　❶房子；房间：~宇|~房|两个人住一~。❷〈文〉房顶：高~建瓴|叠床架~|八月秋高风怒号，卷我~上三重茅。

恶　wū　见 è"恶"(161页)。

郚　wū　〈文〉同"邬"。用于地名。

渨　wū　【盘渨】〈文〉水旋流：~激而成窟。

窏　wū　【窏洝(è)】〈文〉低下潮湿的样子。

剭　wū　〈文〉诛杀，特指贵族、大臣在室内受刑(区别于平民在市上受戮)：~刑。

剭　wū　修剪树枝：~树。

歍　㊀ wū　❶〈文〉恶心；呕吐：欧~(欧：同"呕")。❷〈文〉呵气。
㊁ yāng　【歍唈(yì)】〈文〉抽泣失声：~陈言，所感深焉。也作"呜唈"。

詴　wū　〈文〉同"诬"。诬陷；诬蔑：无由接而言见，~。

熓　wū　❶接触热的东西使凉的东西变暖：~不热。❷用文火焖煮：黄焖鸡，锅里~。

鈾　wū　化学元素"铀(yóu)"的旧称。

鸐　wū　【鸐鸅(zé)】〈文〉水鸟名。即鹈鹕。

鮂　wū　❶【鮂鲈(lú)】〈文〉鲈鱼。❷【鮂鰂(zéi)】〈文〉即乌贼。墨鱼。

wú（ㄨˊ）

亡　wú　见 wáng"亡"(692页)。

无（無）　㊀ wú　❶没有(跟"有"相对)：~能|~声~息|有则改之，~则加勉。❷不：~妨|~须|~动于衷。❸〈文〉同"毋"。不要：硕鼠硕鼠，~食我黍。❹不论：事~巨细，他都要亲自过问|且天之亡秦，~愚智皆知之。❺〈文〉助词。用于句末表示疑问，相当于"否"：妆罢低声问夫婿，画眉深浅入时~?
㊁ mó　【南(nā)无】佛教用语。表示对佛的恭敬和皈依。

毋　㊀ wú　❶〈文〉表示劝阻或禁止，相当于"不要、不可以"：~庸(无须；不要)|少安~躁|宁缺~滥|~妄言，族矣!❷〈文〉不：用臣之计，~战而略地。❸姓。
㊁ móu　【毋颜(duī)】夏代冠名。也作"毋追(duī)"。

芜（蕪）　wú　❶〈文〉田地荒废：~秽|荒~|田甚~，仓甚虚。❷丛

生的草：春色满平～|寝兴日已寒，白露生庭～。❸〈文〉杂乱；繁杂(多指文辞)：～杂|～辞|去～存菁。

吾 wú ❶说话人称自己或自己方面：～侪|～辈|～爱～师。❷姓。

吴 wú ❶周代诸侯国名。故地在今江苏南部、浙江一带。❷朝代名。1. 公元222—280年，三国之一，孙权所建，建都建业(今江苏南京)，国号吴，又称孙吴、东吴。2. 公元902—937年，十国之一，杨行密所建，建都广陵(今江苏扬州)。❸江苏南部和浙江北部一带(古代吴国的地方)：～歌|～语|～方言。❹姓。

吴 wú "吴"的旧字形。

郚 wú ❶古地名。春秋齐地，在今山东安丘西南。❷古地名。春秋鲁地，在今山东泗水东南。

莁 wú 【莁荑(yí)】〈文〉落叶小乔木或灌木。籽实味辛温，可药用。也作"芜荑"。

菩 wú 〈文〉草名。

唔 ㊀ wú 【唈(yī)唔】模拟读书声：～吟诵。
㊁ ńg 同"嗯"。表示疑问：～? 你不知道?

峿 ㊀ wú ❶峿山，山名。在山东安丘西南。❷【峒峿】〈文〉山高不平的样子。
㊁ yǔ 【龃(jǔ)峿】1.〈文〉形容山势交错不平。2.〈文〉抵触；不合：～而不安(不安：用词不妥帖)。

峿 ㊀ wú 〈文〉同"吾"。我。
㊁ hú 【峿峒(tòng)】〈文〉胡同。

猎 wú 〈文〉兽名。猿的一种：猩～所居，人迹罕至。

语 wú 语河，水名。在山东东部。

珸 wú 【琨(kūn)珸】〈文〉次于玉的美石。也作"昆吾"。

梧 wú ❶梧桐(tóng)，落叶乔木。木材质轻而坚韧，可用来制造乐器和器具，种子可榨油。❷姓。

鹀（鵐） wú 鸟的一类。外形像麻雀，善于鸣叫。吃植物种子和昆虫。常见的有白头鹀、灰头鹀、黄眉鹀等。

铻（鋙） ㊀ wú 【锟(kūn)铻】古书上说的山名。所产的铁可以铸成锋利的宝剑。也借指宝剑。
㊁ yǔ 【龃(jǔ)铻】〈文〉同"龃龉"。相互不合。

堥 wú 见máo "堥"(445页)。

蜈 wú 【蜈蚣(gōng)】节肢动物。躯干由许多环节构成，每节有足一对，第一对足呈钩状，有毒腺，能分泌毒液。吃昆虫等。可入药。

筶 wú 【蒤(yóu)筶】竹名。也作"柚梧、由梧"。

逜 wú 〈文〉同"吾"。说话人称自己或自己方面。

陓[陓] wú 古地名。在今河南。

鋙 wú 见huá "鋙"(262页)。

璑 wú 〈文〉质地较差的玉。

森 wú 〈文〉同"无"。没有：～垠。

糅 wú 见wǔ "糅"(711页)。

魖 wú 【魖(sū)魖】〈文〉鬼怪：(这剑)屠的龙，诛的虎，灭的～。

罞 wú 〈文〉网：罝～。

簛 wú 〈文〉黑皮竹。

鯃 wú 【鯃鮈(jū)】〈文〉鱼名。

鼯 wú 鼯鼠，哺乳动物。外形像松鼠，前后肢之间有薄膜，能在树间滑翔。吃果实、昆虫等。

鱤 wú 〈文〉鱼名。

wǔ (ㄨˇ)

五[ㄨˋ、ㄨˊ] wǔ ❶最小的大于四的整数：春秋～霸。❷

我国民族音乐音阶的一级,相当于简谱的"6"。

午 wǔ ❶中午,白天十二点的时候:~后|正~|锄禾日当~,汗滴禾下土。❷地支的第七位:~时(相当于十一点到十三点)。

务 wǔ 见wù"务"(711页)。

伍 wǔ ❶古代军队编制的最小单位,五人为伍,后泛指军队:行(háng)~|队~|全~为上。❷古代户籍编制单位,五家为伍:庐井有~。❸同类;同伙:羞与为~。❹数字"五"的大写。❺姓。

仵 wǔ ❶〈文〉违背:立名朝廷,数~权贵。❷【仵作】旧时官署中负责验尸、验伤的人。❸姓。

囵 wǔ 有机化学中五元环的旧称。

迕 wǔ ❶〈文〉遇见:王甫时出,与(陈)蕃相~。❷〈文〉通"忤(wǔ)"。违逆;不顺:~犯|违~|上下相反,好恶乖~。

侮 wǔ 〈文〉同"侮"。欺负;凌辱;慢~(轻慢侮辱)。

庑(廡)[庑] wǔ ❶堂下周围的廊屋:廊~|居~下,为人赁春。❷〈文〉泛指房屋:~舍|田舍庐~。

沕(㳽) wǔ 沕水,水名。发源于贵州,流入湖南,与沅江汇合。

怃(憮) wǔ 〈文〉怅然失意的样子:~然。

忤[*牾、啎] wǔ 违逆;不顺:~逆(对父母不孝顺)|与人无~|犯世卿,~权贵。

妩(嫵)[娬] wǔ 【妩媚(mèi)】(女子、花木等)姿态美好可爱:~多姿|~动人。

武 wǔ ❶有关军事、技击的活动、行为(跟"文"相对):~器|~术|文~双全。❷勇猛;猛烈:英~|威~|孔~有力。❸〈文〉足迹:踵~前贤(比喻效法前贤)|绳祖~(绳:继承。祖武:祖先的足迹)。❹古代长度单位。六尺为步,半步为武:行不数~。❺姓。

旿 wǔ ❶〈文〉光明。❷用于人名。

侮 wǔ ❶欺负;凌辱:~辱|欺~|抵御外~。❷〈文〉轻慢;怠慢:~大人,~圣人之言(狎:xiá,轻视)。

敄 wǔ 〈文〉通"侮(wǔ)"。欺负;凌辱:~鳏寡。

摀 wǔ ❶遮盖住或封闭起来:~鼻子|~着被子发汗。❷〈文〉抵触:抵~不合。

摀 wǔ 〈文〉同"捂"。逆;对面:~而听之。

姆 wǔ 见mǔ"姆"(470页)。

赶 wǔ 〈文〉同"牾"。抵触;违背:抵~。

牾 wǔ 〈文〉抵触;违背:~意(不顺从心意)|抵~|无敢~陛下言者。

珷 wǔ 【珷玞(fū)】〈文〉像玉的美石。

锥 wǔ 〈文〉同"午"。

渥 wǔ 见wò"渥"(707页)。

慔 wǔ 〈文〉抚爱。

鹉(鵡)[䳇] wǔ 【鹦(yīng)鹉】鸟名。头圆,上喙弯曲呈钩状。羽毛美丽,生活在热带丛林中。种类较多,有的经训练能模仿人说话的声音。也叫"鹦哥"。

摀 wǔ 〈方〉遮盖住或封闭起来:~住了嘴巴。现在多写作"捂"。

碔 wǔ 【碔砆(fū)】〈文〉同"珷玞"。像玉的美石。

瑂 wǔ 〈文〉像玉的美石。

舞[儛] wǔ ❶依一定节奏转动身体,挥手动足进行表演或自娱:手~足蹈|载歌载~|(王)长史酒酣起~。❷依一定节奏转动身体、挥手动足进行表演或自娱的艺术形式:独~|芭蕾~|交谊~。❸手持某种道具、器械跳舞或表演:~狮|~剑|~龙灯。❹挥动:挥~|手~

鲜花|张牙~爪。❺飘动:飘~|飞~。❻玩弄;要弄:~弊|~文弄墨。

鲈 wǔ 〈文〉鲈鱼的别种。

熓 wǔ 煨;用文火慢煮。用于古白话:~汤。

跗 wǔ 〈文〉足迹:接~。

遮 wǔ ❶〈文〉足迹。❷用于人名。

㮾 (一)wǔ 〈文〉同"芜"。丰茂;丰盛:岁则孰兮收者~。(二)wú 〈文〉同"无"。没有:故~魂构。

甀 wǔ 古代装酒的陶器。

儛 wǔ 〈文〉同"舞"。跳舞;舞蹈:鼓歌以~之。

膴 wǔ 见hū"膴"(256页)。

潕 wǔ 〈文〉同"沅"。水名。

趚 wǔ 〈文〉轻步行走的样子。

䅘 wǔ 〈文〉丰茂;丰盛。

舞 wǔ 〈文〉像网的窗棂。

wù（ㄨˋ）

兀 wù ❶〈文〉高耸的样子:~立|突~。❷〈文〉光秃:~鹫|蜀山~,阿房出。❸句首助词。用于古白话:~的不气杀我也。

勿 wù ❶副词。表示劝阻和禁止,相当于"不要、不可以"(用于祈使句):切~冒进|己所不欲,~施于人。❷副词。表示一般否定。不:姑且~论|曹参代之,守而~失。

乌 wù 见wū"乌"(707页)。

戊 wù 天干的第五位,常用作顺序的第五。

务 (務) (一)wù ❶事情:事~|公~|农,天下之本,~莫大焉。❷从事;致力于:~农|~实|民~稼穑,衣食滋殖。❸追求;谋求:不~虚名|贪多~得。❹表示强烈的意愿,相当于"必须、务必":除恶~尽|请莅临指导|~于黎明前赶到。❺古代管理贸易和税收的官府机构,现用于地名:河西~(在天津武清)|商酒~(在河南宝丰)。❻姓。(二)wǔ 〈文〉通"侮(wǔ)"。欺凌:兄弟阋(xì)于墙,外御其~。

阢 wù【阢陧(niè)】〈文〉同"杌陧"。(局势、心情等)不安定。

扤 wù ❶〈文〉动;摇动:扬翠叶,~紫茎。❷扼;掐住:自以手~其吭,气将尽(吭:háng,喉咙)。

屼[屼] wù ❶〈文〉山秃的样子。❷〈文〉高耸的样子:石峰~立。

兀 wù【屹(yì)兀】〈文〉山势峻拔的样子:山~兮水沦涟。

坞 (塢)[*隖] wù ❶四周高而中央凹的地方:山~|花~|村~。❷在水边建筑的用于停船或修造船只的处所:船~。❸〈文〉村子周围的土堡;防御用的小城堡:筑~|结~自守。

芴 (一)wù ❶蕙(xǐ)菜。一年生草本,嫩叶茎可以食用。❷一种有机化合物。(二)hū【芴芒】〈文〉恍惚。形容难以捉摸辨认。

杌 wù ❶小矮凳:小~|~凳。❷【杌陧(niè)】〈文〉(局势、心情等)不安定:~不安|邦国之~艰屯(zhūn)。也作"阢陧"。

拐 wù 见yuè"拐"(839页)。

岉 wù【崛(jué)岉】〈文〉高起的样子:楼台~。

迃 wù 〈文〉远。

汹 wù 见mì"汹"(456页)。

矹 wù【硉(lù)矹】1.〈文〉山石高耸突出的样子:梦中涉黄河,太行高~。2.

〈文〉豪放:狂教诗～,兴与酒陪鰓(陪鰓:精神奋发的样子。鰓:读xǐ)。

物 wù ❶东西:货|万～|～尽其用。❷自己以外的人或环境:超然～外|待人接～|不以～喜,不以己悲。❸事物的内容或实质:言之有～|空洞无～。❹〈文〉杂色牛:三十维～。❺姓。

刣 wù ❶〈文〉船行不平稳。❷〈文〉船。

昩 wù 〈文〉同"悟"。觉醒;明白:其主不～则社稷残。

脆 wù 【朒(niè)脆】〈文〉动荡不安的样子。

朐 wù 见mèi"朐"(450页)。

虮 wù 〈文〉一种像蟹的动物。

毷 wù 〈文〉毛多而密的样子:毛物～～。

俉 ⊖ wù ❶〈文〉迎;遇到:其人逢～。❷〈方〉你:～到哪里去? ⊜ yú 【俉俉】〈文〉疏远的样子。

痏 wù 〈方〉同"瘩"。瘩子,皮肤上隆起的红色或黑褐色的痣。

误(誤) wù ❶错:～解|错～|准确无～。❷耽搁:～事|延～|磨刀不～砍柴工。❸使受损害:贻～|～人子弟|空谈～国。❹非故意的:～伤|～入歧途。

敄 wù 〈文〉同"务"。致力于。

恶 wù 见è"恶"(161页)。

遻 wù 〈文〉抵触;违逆。

疨 wù 〈文〉病名。

悟 wù 明白;觉醒;领～|执迷不～|～已往之不谏,知来者之可追。

悮 wù 〈文〉同"误"。错误:莫学长生去,仙方～杀君。

粅 wù 〈文〉同"务"。从事;致力于:～兴胜福(致力兴办慈善事业)。

晤 wù 相遇;见面:～谈|会～|连日不～君颜,何期贵体不安。

焐 wù 接触热的东西来取暖或使凉的东西变暖:～酒|用热水袋～～手。

溫 wù ❶〈文〉污秽。❷〈文〉小池。

勢 wù 〈文〉同"务"。追求;谋求:切～披详。

靰 wù 【靰鞡(la)】同"乌拉"。我国东北地区冬天穿的一种鞋。用皮革制成,鞋里垫有乌拉草。

瘩 wù 瘩子,皮肤上隆起的红色或黑褐色的痣。

嵍 [嵍] wù ❶古山名。❷【巏(quán)嵍】古山名。在今河北。也作"巏务"。

嫯 wù 〈文〉漆布;油布。

婺 wù ❶用于地名:～源(在江西上饶)|～川(在贵州遵义。今作"务川")。❷指婺州(古地名。在今浙江金华一带):～剧。

骛(鶩)[骙] wù ❶〈文〉驰骋;奔驰:驰～。❷〈文〉追求;谋求:好高～远|无暇外～|厌卑近而～高远。

晤 wù 〈文〉同"晤"。聪明:聪～过人。

雾(霧) wù ❶空气中的水蒸气遇冷时凝结成的细微水珠:大～|云消～散。❷像雾的东西:～绡(像薄雾的轻纱)|喷～器。

霿 ⊖ wù 〈文〉同"雾"。雾气:云～。 ⊜ méng 〈文〉同"霿"。天色昏暗:连月～晦。

嵍 wù 【嵧(quán)嵍】同"巏嵍"。古山名。在今河北。

寤 [宷] wù ❶〈文〉睡醒:～寐难忘。❷〈文〉通"悟(wù)"。醒悟;明白:身死东城,尚不觉～。

鹜(鶩) wù ❶〈文〉家鸭;鸭子:趋之若～|宁与鸿鹄比翼乎,将与鸡～争食乎? ❷〈文〉野鸭:落霞与孤～齐飞,秋水共长天一色。

誙 wù ❶〈文〉说人坏话。❷〈文〉同"恶"。厌恶。

錴 wù ❶〈文〉白银、白铜一类的金属。❷〈文〉镀:～器|～金印。

搫
wù 〈文〉六个月的小羊。

蟛
wù 【蟛蛷(qiú)】〈文〉虫名。一种小蜈蚣。也叫"蟨螋"。

寤
wù 〈文〉同"寤"。睡醒:卧而～。

尠
wù 【跭(cháng)尠】〈文〉长跪:甘～而自卑。

霚
wù 〈文〉同"雾"。雾气。

臋
wù 〈文〉脂肪肥厚的样子。

觛
wù 〈文〉兽以鼻摇动。

霯
wù 【霯淞】〈文〉同"雾凇"。树挂。

鼿
wù 〈文〉"觛"的讹字。兽以鼻摇动。

蠱
wù 见 è "蠱"(162页)。

霚
wù 〈文〉同"雾"。雾气:见如今霜欺雪压,～锁云埋。

霚
wù 见 méng "霚"(452页)。

X

x

xī（ㄒㄧ）

夕 xī ❶日落的时候;傍晚:～阳|朝发～至|朝闻道,～死可矣。❷夜晚:前～|风雨之～|竟～不眠。❸姓。

兮[兮] xī〈文〉助词。用在句末或句中,表示感叹语气,相当于现代汉语的"啊":操吴戈～被犀甲|彼君子～,不素餐～。

扱 ⊖xī〈文〉敛取;收取:衽～囊括。
⊜chā ❶〈文〉插:～衽于带(领:交领)。❷〈文〉牵引:～纶错饵。
⊜qì〈文〉至:妇拜～地。

西 xī ❶四个主要方向之一,太阳落下的一边(跟"东"相对):～方|～风(从西方吹来的风)|日归于～。❷西洋,指欧美各国:～餐|～医|学贯中～。❸西天,佛教指佛祖所在的西方极乐世界:撒手～去|一命归～。❹〈文〉向西;往西:吴楚以梁为限,不敢过而～。❺姓。❻[西门]复姓。

吸 xī ❶生物体通过口、鼻等把液体或气体引入体内:～食|～烟|～氧。❷物体把外界的某些物质引到内部:～收|～尘器|～日月之精华。❸把别的东西引到自己这方面来:～引|～力|～铁石。❹〈文〉饮:待汝一口～尽西江水。

呼 xī【呼呼】〈文〉忧惧的样子。

汐 xī 夜间的海潮;潮～。

恓[恓] xī【㤧(lí)恓】〈文〉欺骗;欺谩。

扸 ⊖xī ❶〈文〉同"析"。分开:常变错故百事～(大意:自然变化错杂,百事析而

不一)。❷【扸扸】〈文〉爱惜。
⊜zhé〈文〉散脱:㒰之～。

唈 xī【唈(diàn)唈】〈文〉同"唉唈"。呻吟:民之方～。
另见yǐ"唈"(793页)。

希 xī ❶盼望:～望|～冀|犹缘木～鱼,却行求前(却:退)。❷〈文〉少;稀疏:～觏(gòu)|地广人～|在古已～,岂今宜有?后作"稀"。

咳 xī 见hāi"咳"(233页)。

昔[䜌、昔] xī ❶从前;往日:～日|往～|～我往矣,日月方奥(奥:yù,暖)。❷〈文〉通"夕(xī)"。夜晚:通～不寐|为一～之期,袭梁及霍(期:期限。梁、霍:地名)。

析[枂、㭊] xī ❶分开;散开:条分缕～|分崩离～。❷解释;辨别:分～|辨～|奇文共欣赏,疑义相与～。❸〈文〉劈开:～其柞薪(柞:zuò,栎树)。

矽 xī 化学元素"硅(guī)"的旧称。

肸 ⊖xī ❶【肸响】〈文〉散布;传播:众香发越,芬馥～。❷〈文〉振起或传播:顾雄姿之振～。❸用于人名。羊舌肸,春秋时人。
⊜bì 古地名。在今山东。

肨 xī【肨蠁(xiǎng)】1.〈文〉散布;弥漫:光色炫晃,芬馥～。2.〈文〉比喻灵感:通幽|郊禋元祀启,～九幽通。

窀 xī【窀(zhūn)窀】1.〈文〉墓穴:死者悲于～。2.〈文〉埋葬。

欷 xī〈文〉戏笑;嗤笑:嗤笑～|～鄙(嗤笑鄙薄)。

茜 xī 见qiàn"茜"(544页)。

俙 xī ❶〈文〉诉讼时当面对质。❷〈文〉感动:～然改容。

刿 xī 用于人名。曹刿时,汉代人(今本作"曹鄃时")。

郗 ⊖xī ❶春秋周邑名。在今河南沁阳。❷姓。
⊜chī 姓。

饻 (餏) xī 我国老解放区使用过的货币单位,一饻等于若干种实

物价格的总和。

恓 ㊀ xī【恓惶（huáng）】1.〈文〉忙碌不安的样子：～奔走。2.〈文〉悲伤烦恼的样子：两眼～泪。

㊁ qī 〈文〉同"凄（悽）"。悲伤；悲痛：～楚。

犀 xī 同"犀"。用于人名。犀武，战国时人。

茴 xī 人名用字。

莃 xī 〈文〉植物名。菟（tù）葵，也叫"野葵"。茎叶嫩时可吃。

栖 xī 见 qī "栖"（529 页）。

蚜 xī【蚜蜴】〈文〉蜥蜴。

唏 xī ❶〈文〉叹息：一～｜仰天而～。❷【唏嘘】1.〈文〉感叹；叹息：沉雄悲壮，感慨～。2.〈文〉抽泣：生为泣下，留之不可，两相～。

牺（犧）xī ❶〈文〉祭祀用的毛色纯一的牲畜：～牛｜～羊｜不慕太庙～。❷【牺牲】1.古代供祭祀用的毛色纯一的牲畜：～玉帛，弗敢加也，必以信。2. 为正义事业献出生命：为国～｜流血～。3. 为某种目的舍弃或损害一方的利益：她为照顾孤寡老人～了许多休息时间。

氥 xī 化学元素"氙（xiān）"的旧称。

息 xī ❶气息，呼吸时进出的气：喘～｜鼻～｜一～尚存｜中外气隔，～不得泄。❷〈文〉叹气：叹～｜长～。❸停止：怒～｜偃旗～鼓｜天行健，君子以自强不～。❹歇；休息：～肩｜安～｜日出而作，日落而～。❺繁殖；滋生：蕃～｜休养生～。❻〈文〉指子女，特指儿子：子～｜门衰祚薄，晚有儿～。❼利钱：利～｜无～贷款。❽音信：消～｜信～｜～声。

念 xī 〈文〉合。

奚 xī ❶古代指奴隶，后也泛指被役使的人：～奴｜～童｜～三百人。❷〈文〉代词。询问处所、事物或原因等，相当于"哪里、什么、为什么"：彼且～适也？｜此～疾哉？｜子～不为政（您为什么不去参与政

治）？❸姓。

猹 ㊀ xī 〈文〉同"豨"。（野）猪：封～（封大）。

㊁ shǐ【猹韦】传说中的远古帝王号。

浠 xī【浠水】1. 水名。在湖北，是长江的支流。2. 地名。在湖北黄冈，因浠水（水名）而得名。

悕 xī ❶〈文〉悲伤：鸣呼～哉！❷〈文〉意念；愿望：他物～。❸〈文〉罕；少：心者～遇。

犀 xī ❶【犀迟】〈文〉滞留不进的样子。也作"栖迟"。❷〈文〉同"犀"。犀牛：～弩（穿水犀甲的弓弩手）。

娭 xī 见 āi "娭"（2 页）。

瑹 xī 用于人名。刘瑹，五代时人。

犛 ㊀ xī 〈文〉裂开；裂纹。

㊁ chí 〈文〉治理。

薤 xī【薤蓂（mì）】一年生草本植物。叶子长椭圆形，花白色，角果倒卵形或近圆形。种子可榨油，全草入药。也叫"遏蓝菜"。

榸 xī 〈文〉勺子：～勺。

硒 xī 非金属元素。符号 Se。

晞 xī ❶〈文〉干；干燥：晨露未～。❷〈文〉破晓；天明：东方未～。

釸 xī 化学元素"硅（guī）"的旧称。

歑 xī 〈文〉叹息；抽泣：长～｜～叹之声。

悉［悉］ xī ❶详尽；详细：周～｜古之治天下，至纤至～也（纤，同"纤"）。❷尽其所有；全部使出：～力｜～心研究。❸（详细地）知道；了解：知～｜熟～｜来函敬～。❹全；都：～听尊便｜王命众～至于庭。

脥 xī 见 jiá "脥"（298 页）。

蒨 xī 见 yì "蒨"（803 页）。

烯 xī【烯烃（tīng）】有机化合物的一类。是分子中含有一个或几个碳一

碳双键的碳氢化合物。化学性质活泼。是合成塑料、纤维、橡胶等的主要原料。

淅 xī ❶〈文〉淘米:～米而储之。❷【淅沥】模拟细小的雨声、微风声等:细雨～|秋风～吹巫山。

惜 xī ❶爱护;重视:爱～|～寸阴|～墨如金|～春长怕花开早。❷舍不得;不忍舍弃:吝～|不～工本|在所不～。❸遗憾;哀伤:可～|痛～|～未成功|有识所～,儒士痛心。

㹭 xī 【㹭(bì)㹭】1.〈文〉极。2.〈文〉快要死的样子。

晰 [*皙] xī ❶清楚;明白:清～|明～|辨之甚～。❷〈文〉(皮肤)白:人间好少年,不必须白～。这个意义又写作"皙"。

睎 xī ❶〈文〉远望:引领遥相～。❷〈文〉斜视。❸〈文〉仰慕:风～三代(风:风气)。❹〈文〉希望:(葵藿)～见太阳。

稀 xī ❶出现得少:～少|～客|人生七十古来～。❷事物之间距离远;各部分之间空隙大(跟"密"相对):～疏|地广人～|月明星～,乌鹊南飞。❸含水多(跟"稠"相对):～泥|～饭|面和(huó)～了。❹指稀的东西:糖～|拉～|(腹泻)。❺表示程度深:～烂|～碎。

傒 ㊀ xī ❶〈文〉同"徯"。等待:～公之还。❷六朝时称九江、豫章一带人为傒:～音不正。❸〈文〉通"蹊(xī)"。小径。
㊁ xì 〈文〉通"系(繫 xì)"。拘禁:～人之子女。

郒 xī ❶西周古国名。故地在今河南息县一带。❷春秋时齐国地名。

舾 xī 【舾装】1.船舶上的装置和设备的总称,包括锚、舵、缆、桅樯、救生设备、航行仪器、管路、电路等。2.船体主要结构制造完成后,装配上述设备和刷油漆等工作。

翕 xī ❶〈文〉闭合;收敛:～张(一合一开)|～动(嘴唇等一张一合地动)|飞鸟闻之,～翼而不能去。❷〈文〉和顺;协调一致:～然|～服|兄弟既～,和乐且湛(湛 zhàn,深厚)。

腊 xī 见 là "腊"(377 页)。

膗 xī 【膗鞶(xiǎng)】〈文〉同"胮响"。散布;传播:～之盛。

粞 xī 〈文〉碎米:糠～。

犀 xī ❶哺乳动物。外形略像牛,皮粗而厚,毛稀少,鼻子上有一只或两只角。生活在亚洲、非洲的热带森林中。通称"犀牛":操吴戈兮被(pī)～甲。❷〈文〉坚固;锐利:～兵|～利|～舟劲楫。

屟 xī 〈文〉栖居:并石石～(累石而居)。

歆 xī 〈文〉猝然而喜。

蒠 xī 蒠菜,一年生草本植物。初夏开淡紫色花。也叫"菲、二月兰"。

皙 xī 肤色洁白:白～。

郗 xī 见 qī "郗"(530 页)。

虖 xī 古代一种像豆的陶器。

蜥 xī 【蜥蜴(mì)】1.〈文〉壁虎。2.〈文〉蟑螂。

螅 xī 古书中记载的一种毒虫。

噏 xī 【哱(pò)噏】叹词。表示斥责或唾弃。用于古白话:～!老畜生,倒吃你识破了! 也作"哱息"。

巂 xī 同"嶲"。【越巂】古地名。在今四川凉山。今作"越西"。

嶲 xī 〈文〉同"溪(谿)"。山中沟渠;山间水流。

锡 (錫) xī ❶金属元素。符号 Sn。❷〈文〉赐予:天～良缘|天乃～禹洪范九畴。

徯 xī ❶〈文〉等待:～志(待命)|～予后(待我君来)。❷〈文〉同"蹊"。小路:～径|～隧。

腊 xī 〈文〉干肉:獾脯豕～。通作"腊(xī)"。

猭 xī 我国古代北方部族名,泛指北方少数民族。也作"奚"。

溪 [△*谿] xī 山间的小河沟,泛指小河沟、小河:～流|山～|～边春色幽。

"豀"另见 xī（718 页）。

裼 □ ㊀ xī 〈文〉袒开或脱去外衣，露出内衣或身体的一部分：袒～｜徒～以趋敌（徒裼：赤足露体）。

㊁ tì 〈文〉包裹婴儿的被子：载衣之～。

遟 xī 见 chí "遟"（83 页）。

媂 xī 〈文〉女奴：老～。

熙 ［*熙、*熙］ xī ❶〈文〉光明：～天曜日。❷〈文〉和乐：～和｜～洽｜天下大安，万民～～。❸〈文〉兴盛；兴旺：～隆（兴隆）｜～朝（兴盛的朝代）｜庶绩咸～（庶：众。绩：事业，功绩）。

槵 xī 〈文〉树木名。

螅 xī 见 sī "螅"（631 页）。

樇 xī 【樇檆(xī)】〈文〉像檀的一种树。

醯 xī 〈文〉"醯"的讹字。醋：盛～置穴中。

狶 □ xī ❶〈文〉野猪：封～修蛇，皆为民害（封：大）。❷【狶莶(xiān)】一年生草本植物，茎上有灰白色的毛，花黄色，瘦果黑色。全草入药。

蜥 xī 【蜥蜴】〈文〉蜥蜴。

蜴 □ xī 【蜥蜴(yì)】爬行动物。身体表面有细鳞，有四肢，足末端有爪。有的尾巴细长，容易断，能再生。种类很多。多生活在草丛中，吃昆虫和小动物。俗称"四脚蛇"。

噏 xī 用于模拟各种细微的响声：～嗦｜～～。

嗋 xī 【嗋嗋】〈文〉因寒冷而吸气的声音：生～门外，不敢扣关（扣关：敲门求见）。

僖 □ xī 喜乐。古代用作帝王、诸侯的谥号：周～王｜鲁～公。

翕 xī 〈文〉同"翕"。收敛：将欲～之，必固张之（要收敛的，必先扩张）。

誒 □ xī ❶〈文〉可恶之辞。❷〈文〉应对之辞。❸〈文〉语气词。相当于"兮"：勤～厥生（其生活困苦）。❹【誒笑】〈文〉强笑。

熄 □ xī ❶火灭；使火灭：～灭｜～灯｜烛火～了。❷〈文〉消亡：王者之迹～而诗亡。

緆 xī ❶〈文〉细麻布：被阿～（阿：细缯）。❷〈文〉裳的下缘。

蓰 xī 〈文〉蓰萍，一种水草。可做鱼饲料。

磎 xī ❶〈文〉山谷：石～｜虎～。❷〈文〉小路。

嘻 ［*譆］ xī ❶〈文〉表示赞美或感叹等：噫～｜～，异哉！此非吾所谓道也。❷模拟笑的样子或声音：笑～～｜～～地笑。

蟢 xī 见 lì "蟢"（399 页）。

噏 xī ❶〈文〉同"吸"。吸入：～清云之流瑕。❷〈文〉收敛：～张。

寯 xī ❶用于地名：越～（今作"越西"。在四川凉山）。❷我国古代西南的少数民族名。

膝 □ ［*䣛、*膝、*膝］ xī 大腿和小腿交接部分的前部，内有连接股骨与胫骨的膝关节。通称"膝盖"：娇儿不离～，畏我复却去。

猀 xī 见 shuò "猀"（630 页）。

瘜 ［*膉］ xī 【瘜肉】黏膜表面形成的肉质突起，多发生在鼻腔和肠道内。现在作"息肉"。

瀙 xī 模拟水流得很急的声音。

憘 □ ㊀ xī 〈文〉叹息声：～！以乐(yuè)召我而有杀心，何也？

㊁ xǐ 〈文〉同"喜"。喜悦：～～（和乐的样子）。

憵 xī 【憵(tí)憵】〈文〉胆怯；害怕。

嬉 □ xī 〈文〉游戏；玩乐：～戏｜皮笑脸（形容嬉笑而不严肃的样子）｜业精于勤，荒于～。

饎 xī 〈文〉烤(肉)。通作"熹"。

熹 □ xī ❶〈文〉明亮；光明：星～。❷〈文〉发光；照耀：众宾会广座，明灯～炎光。

X

榍 □ xī 【榍(pí)榍】〈文〉向下生长的树枝。

楒 [楒] xī 【樨(xī)楒】〈文〉像檀的一种树。

槢 □ xī 【木槢】1. 桂花。2. 指去壳搅碎后经过烹调的鸡蛋:～汤|～肉。‖也作"木犀"。

晞 □ xī ❶〈文〉炽热。❷用于人名。

熺 ⊖ xī 〈文〉同"熹"。光明;发光。
⊜ chì 〈文〉通"饎(chì)"。炊;烹煮:湛～必洁(湛:jiān,浸泡)。

螅 □ xī 【水螅】腔肠动物。身体圆筒形,口端有小触手,用来捕食。附着在池沼的水草和石头上。

蟋 ⊖ xī 【蟋蟟(lù)】〈文〉蝉的一种。也叫"蟋蛄":繁鸣杂～。
⊜ qī 【蟋蚸(lì)】〈文〉蝗的一种。

歖 □ xī 见 shè "歙"(605 页)。

熙 xī 〈文〉同"熙"。兴起:庶绩咸～(众事皆兴)。

羲 [羲] xī 【伏羲】传说中的远古帝王。也叫"庖牺"。

熻 □ xī ❶〈文〉燃烧:～于火,不复其炽。❷〈文〉明亮:丹青～煜。

窸 □ xī 【窸窣(sū)】模拟轻微细碎的声音:依稀听到隔壁～的响动|河梁幸未坼(chè),枝撑声～。

醯 xī 同"醯"。醋。用于古白话。

豯 xī 〈文〉小猪,特指出生三个月的小猪。

瞦 xī 〈文〉眼睛瞳仁发光有神。

瞸 xī 〈文〉合;收敛:～眼(眨眼)。

嘻 xī 【嘻嘻】叹词。表示不以为然:上士闻之～。

蹊 □ ⊖ xī ❶〈文〉小路:～径|桃李不言,下自成～。❷〈文〉践踏:牵牛以～人之田。
⊜ qī 【蹊跷(qiāo)】奇怪;可疑:这件事有些～|仁者之过,只是理会事错了,无甚～。

蟋 □ xī 【蟋蟀(shuài)】昆虫。身体黑褐色,触角长,后肢粗壮,善跳跃,尾部有一对须。雄的好斗,两翅摩擦能发声。也叫"蛐蛐儿"。

豷 xī 〈文〉形容鼻息声:～齁(打鼾)。

磎 xī 〈文〉同"溪(谿)"。山中沟渠;山间水流。

豵 xī ❶〈文〉小猪。❷古泽名。在今山东莱阳一带。现已干涸。

谿 □ xī ❶〈文〉山谷:～壑|深～。❷我国古代南方少数民族名。也叫"五谿蛮"。❸姓。
另见 xī "溪"(716 页)。

㾨 ⊖ xī 〈文〉沙哑。
⊜ sī ❶〈文〉"厮"的讹字。男仆。❷〈文〉食物堵塞食道:～噎。

蝨 □ xī 见 xǐ "蝨"(721 页)。

蕛 xī 【牛蕛】〈文〉药草名。也作"牛膝"。

嘻 xī 【嘻霢(jí)】〈文〉许多声音急骤地发出:万壑～鸣,百川灌注入。

巇 [巇] xī 〈文〉同"巇"。险峻;险恶:崎岖险～。

巂 xī 见 guī "巂"(226 页)。

鶈 xī 〈文〉鸟名。即雉。俗称"野鸡":～雄(雉的一种)。

鶺 xī ❶〈文〉气息。❷〈文〉滋长。

餏 xī 同"熙"。用于人名。允餏,清代人。

熺 xī 〈文〉悲声。

醯 [醯] xī ❶〈文〉醋:～酸而蚋聚焉(蚋:ruì,蚊子一类的小虫)。❷酰(xiān)的旧称。

鎍 xī 化学元素"铯(sè)"的旧称。

譆 xī 〈文〉急言。

攕 xī 〈文〉击。

闟 ㊀ xī【闟然】1.〈文〉安定的样子：～更始。2.〈文〉忽然：～止。

㊁ tà ❶〈文〉模拟东西落地的声音：～然投镰于地。❷〈文〉通"榻(tà)"。床榻：石～。

曦 □ xī ❶阳光(多指清晨的)：～光｜晨～。❷〈文〉太阳：不见～月。

嚱 ㊀ xī〈文〉表示感叹：噫吁～。

㊁ xì ❶〈文〉形容叹息声：～然有叹息之音。❷〈文〉叹息：挥剑长～。

巇 [巇] □ xī ❶〈文〉险峻；险恶：险～。❷〈文〉间隙；可乘之机：小人司(伺)～。

酅 [酅] □ xī ❶春秋时纪国地名。故地在今山东临淄东。❷春秋时齐国地名。故地在今山东平阴西南。

爔 □ xī ❶〈文〉同"曦"。日光。❷【赫爔】1.〈文〉光明：照耀～。2.〈文〉显赫：～于世。

漇 xī 古水名。渭河支流，在今陕西西安临潼。

櫶 [櫶] □ xī 〈文〉瓢勺。

鼰 □ xī 鼰鼠，小家鼠。

蟢 [鼰] xī 【蟢龟】一种大海龟，体长可达1米，背面褐色，腹面淡黄色，头部有对称的鳞片，四肢呈浆状，尾短，吃鱼、虾等。

鸂 [灕] xī 【鸂鶒(chì)】〈文〉水鸟名。形似鸳鸯而稍大。也作"鸂鶒(chì)"。也叫"紫鸳鸯"。

觽 [觿、觽] xī 古代用骨头、玉等制成的解结的工具，形状像锥子；也用作随身的佩饰：佩～。

鑴 [鑴] xī(又读 huī) ❶〈文〉一种大盆。❷〈文〉大镬(huò)，无足的鼎。❸〈文〉日旁云气。❹〈文〉通"觽(xī)"。解结的工具。

---

xí（丁ｌˊ）

习（習） xí ❶反复地学，使熟练掌握：～字｜学～｜修文～武｜学而时～之,不亦说乎? ❷通晓；因多次接触而熟悉：熟～｜以～为常｜不～水性。❸经常；常常：～见｜～闻｜～用｜自是日抱就犬,～示之,使勿动。❹习惯,长期形成而难以改变的行为：～俗｜积～｜相沿成～。❺姓。

郋 xí 古地名。在今河南。

郒 xí ❶古乡名。在今四川邛崃。❷古时蜀中小国名。

席 [*蓆] xí ❶用芦苇、竹篾、蒲草等编成的片状物,一般为长方形,用来铺垫或搭棚子等：～棚｜草～｜一领～。❷座位：～位｜出～(到场)。❸特指议会中的席位,代指当选的人数。❹成桌的饭菜：酒～｜宴～｜摆了两桌～。❺量词。用于酒席、谈话等：一～酒｜一～话。❻姓。

柡 xí ❶〈文〉播种用的农具,即耧。❷〈文〉熬麦器。

觋（覡） xí 〈文〉巫师(多指男性)。

袭（襲） xí ❶照原样继续做：～用｜沿～｜因～陈规。❷继承：～位｜世～｜承～先业。❸趁对方不备而攻击,泛指攻击：～击｜空～｜秦师将～郑,过周北门。❹〈文〉侵逼；触及：寒气～人｜花香～人。❺〈文〉量词。相当于"套",多用于衣被等物：赐衣被一～。

恴 xí 姓。

隰 xí 〈文〉同"隰"。低洼而潮湿的地方。

隰 xí 〈文〉同"隰"。低洼而潮湿的地方。

薂 ㊀ xí 【菟(tù)薂】〈文〉即款冬,多年生草本植物。花、叶可入药。

㊁ xì 〈文〉鞋带：～断,以芒接之。

隙 xí 〈文〉同"隰"。低洼而潮湿的地方。

媳□［𡟰］ xí ❶儿子的妻子，也指弟弟或晚辈的妻子：儿～|弟～|侄～。❷已婚妇女的谦称：老～寻得一头亲，难得恁般凑巧。

𫘬□（騱） xí ❶【驒（diān）𫘬】〈文〉野马。❷〈文〉前足全白的马。

嶍□ xí 嶍山，山名。在云南峨山彝族自治县东北部，与峨山合称"嶍峨山"。

𡪙 xí 【新𡪙】地名。在云南。

廗 xí 见 dài "廗"（117 页）。

槢 xí ❶〈文〉树木名。❷〈文〉楔子，填充缝隙用以固定器物的木片。

隰□ xí ❶〈文〉低洼而潮湿的地方：山有榛，～有苓（榛：树名。苓：草名）。❷〈文〉新开垦的田地：千耦其耘，徂～徂畛（徂：cú，往。畛：zhěn，田间小路）。❸【隰县】地名。在山西临汾。❹姓。

檄□ xí ❶檄文，古代用于晓谕、征召或声讨的文书，今多指批判、声讨的文章：羽～（古代用于征兵的文书，上插羽毛）|不战而略地，传～而千里定。❷〈文〉用檄文晓谕、征召或声讨：～告天下|少知名，州～主簿（檄：征召为主簿）。

𦪇 xí 〈文〉战船：乘舸～于江中迎战。

謑 xí 见 xǐ "謑"（721 页）。

濕 xí 见 tà "濕"（647 页）。

鎴 xí 化学元素"锶（sī）"的旧称。

謵 xí ❶〈文〉用言语使畏服。❷〈文〉同"习"。反复学使熟练掌握。

𧟌 xí 〈文〉量词。同"袭"。相当于"套"，多用于衣被等物。

霫 xí ❶【霫霫】〈文〉形容下雨的样子：晚凉如有意，～到山家。❷古代东北少数民族名。

鳛□（鰼） xí ❶〈文〉泥鳅。❷【鳛水】地名。今作"习水"。在贵州遵义。

𧣴 xí 〈文〉装饰在杖头的角制品。

飁 xí 【飒（lì）飁】〈文〉大风：～寒山桂。

騽 xí ❶〈文〉膝和小腿间多长毛的马。❷〈文〉色黑而脊黄的马。

鼳 xí 见 jú "鼳"（338 页）。

𪄫 xí 【鸪（gū）𪄫】传说中的鸟名。

䵤 xí 〈文〉蛙。

驨 xí 古书中记载的一种兽。像马，有一角，角如鹿茸。

xǐ （ㄒㄧˇ）

洒□ xǐ 见 sǎ "洒"（587 页）。

洗□ ㊀ xǐ ❶用水、汽油等去掉物体上的污垢：～手|干～|得鱼已割鳞，采藕不～泥。❷清除；除掉：～雪|涤垢～瑕，以倡四海。❸像水洗一样杀光抢光：～城|～劫|血～山村。❹冲洗胶卷、照片：～印|～相片。❺指洗礼，基督教的入教仪式：领～|受～。❻掺和整理（扑克、麻将等）：～牌。

㊁ xiǎn 姓。

枲□ xǐ 枲麻，大麻的雄株，只开花，不结果，泛指麻：蓬生～中，不扶自直。

奊 xǐ 见 xié "奊"（742 页）。

玺□（璽） xǐ ❶官印，自秦代开始玺专指帝王的印：玉～|掌～大臣。❷姓。

郋 xǐ 汉代诸侯国名。

铣□ xǐ 见 xiǎn "铣"（731 页）。

徙□［辿］ xǐ ❶迁移：～居（搬家）|～其府库重宝|使民重死而不远～。❷〈文〉改变；变更：时已～矣，而法不～。❸〈文〉流放，把犯人放逐到边远地区服刑：～边。❹〈文〉调动（官职）：～齐王（韩）信为楚王。

喜□［憙］ xǐ ❶高兴；快乐：欣～|欢天～地|布又大～过望（布：人

名)。❷令人高兴的;可庆贺的:～事|～讯。
❸令人高兴的、可庆贺的事:报～|贺～|固
庆其～而吊其忧。❹特指妇女怀孕:有～。
❺爱好:～好|～新厌旧|好大～功。❻需
要或适宜于:～光植物|海带～荤,跟肉炖
在一起才好吃。

蒠 □ xǐ 〈文〉害怕;畏惧:畏～不前|慎而
无礼则～(谨慎而不符合礼就会畏缩
不前)。

蔁 xǐ ❶〈文〉同"枲"。枲麻,大麻的雄株。
❷[蔁耳]〈文〉即苍耳:～兮充房。

隽 xǐ 【隽诟】〈文〉同"奊诟"。无志气节
操:～无节。

猼 xǐ 〈文〉同"蒠"。害怕;畏惧:心～～而
发悸。

憙 xǐ ❶〈文〉喜悦。❷〈文〉喜好:陈侯～
猎。

屭 xǐ 〈文〉石头锐利;犀利。

鉨[鈢] xǐ 〈文〉印章:古～。通作"玺"。

葋 □ xǐ ❶〈文〉草名。❷〈文〉五倍:倍～
(数倍)。

硒 xǐ 硒鎓(xīwēng)离子的旧称。是硒
的四价化合物。

潥 xǐ 【潥潥】〈文〉毛色光润的样子。

屣 □ [鞋] xǐ 〈文〉鞋:敝～(破旧的鞋)|
负箧曳～。

騼 xǐ 〈文〉"諰"的讹字。恐惧:己惟为之,
知其～也(自己做错了事,但知道这是
可怕的)。

篢 xǐ 见 sǎi"篢"(588 页)。

憘 xǐ 见 xī"憘"(717 页)。

歖 xǐ 〈文〉同"喜"。快乐:予说予不孤,自～
得证。

憙 □ xǐ ❶〈文〉喜悦:秦人～。后作"喜"。
❷〈文〉喜好;爱好:陈侯～猎。❸〈文〉
指容易发生某种变化:(麻)有叶者～烂。

諰 xǐ 〈文〉恐惧;担心:～～然常恐天下
之久不安。

謏 xǐ 〈文〉同"諜"。辱骂。

禧 xǐ(旧读 xī) 幸福;吉祥:福～|年～|
恭贺新～|五福降兮民获～。

鐿(鐿) xǐ 金属元素。符号 Sg。

諜 ㊀ xǐ 【諜诟(gòu)】〈文〉辱骂:诼谣
～。
㊁ xǐ 【諜𪗋(kē)】〈文〉不正的样子。

縰 xǐ ❶【縰縰】〈文〉众多的样子:莘
(shēn)莘～(莘莘:众多的样子)。❷
同"纚"。古代用于束发(fà)的帛:戴～垂
缨。

釐 ㊀ xǐ(旧读 xī)〈文〉通"禧(xǐ)"。幸
福;吉祥:祝～。
㊁ xǐ ❶〈文〉通"僖(xī)"。喜乐。常用
作谥号。❷姓。
㊂ lái ❶〈文〉通"莱(lái)"。草名。❷
〈文〉通"莱(lái)"。古国名。故地在今山东
龙口东南。
㊃ lài 〈文〉通"赉(lài)"。赐;予:～尔圭
瓒。
另见 lí"厘"(392 页)。

蹝[躧] xǐ ❶〈文〉舞鞋。❷〈文〉草鞋。
❸〈文〉漫步的样子。

蟢 xǐ 【蟢子】蟏蛸(蜘蛛的一种)的通称。

鱚(鱚) xǐ 鱼名。身体呈圆筒形,长
10—20 厘米,银灰色,生活在
近海沙底。也叫"沙钻鱼"。

鯑 xǐ 〈文〉搌(xǐng)鼻涕:～鼻。

囍 xǐ 喜庆用字,俗称"双喜"。多用于婚
庆等场合。

矖 xǐ 〈文〉视;看:～目(极目远望)。

纚 ㊀ xǐ ❶古代用于束发(fà)的帛:缡
～(束发的黑缯)。❷〈文〉成群行走的
样子:～乎淫淫(淫淫:行进的样子)。
㊁ lí 〈文〉绳索,引申为系:舟～白马津。
㊂ lǐ 〈文〉连续;相连:～属(zhǔ)。
㊃ sǎ ❶〈文〉一种渔网;用网捕鱼。❷
〈文〉飞扬的样子:飘～。

躧 xǐ ❶〈文〉舞鞋。❷〈文〉草鞋;鞋:敝
～。❸〈文〉拖着(鞋)走:徐行:～履起
迎|～步。❹〈文〉踩;踏:看不见地下,～了
一条绊脚索(追捕)。

X

xì（ㄒㄧˋ）

匸 xì 〈文〉掩藏。

冊 xì 〈文〉四十：～日。

戏（戲）[＊戲] ㊀xì ❶玩耍：～耍｜游～｜弄儿床前～。❷嘲弄；开玩笑：～弄｜～谑｜前言之耳。❸古代指歌舞、杂技等表演，现多指戏剧：百～｜京～｜于宣武场观～。
㊁hū【於（wū）戏】〈文〉同"呜呼"。表示叹息：～后人，惟肃惟栗（栗：庄敬）。

卌 xì 〈文〉同"冊"。四十：～年。

饩（餼）xì ❶〈文〉赠送人的粮食，泛指粮食，饲料：～食｜马～｜公与之～。❷〈文〉赠送（粮食或饲料）：是岁，晋又饥，秦伯又～之粟。❸〈文〉活的牲畜；生肉：出牲～以劳师。

系 （㊀❹❺❻❽㊁係、㊀❹-❿緊）
㊀xì ❶系统，有联属关系的事物组成的整体：水～｜派～｜直～亲属。❷高等学校中按学科划分的教学行政单位：中文～｜数学～｜他俩同～不同专业。❸年代地层单位的第三级，在界之下，统之上，跟地质年代分期的"纪"对应：石炭～。❹关联；连接：关～｜维～｜成败～于此举。❺〈文〉拴绑：～马｜～缚（束缚）｜解铃还须～铃人。❻牵挂；挂念：～恋｜～念｜心～黑土地。❼用绳索等把人或东西拴好后往上提或向下送：把菜篮从窗口～上来。❽〈文〉系东西的带子：青丝为笼～。❾〈文〉拘押；监禁：拘～｜囚～｜汤～夏台，文王囚羑里。❿〈文〉连缀：以月～时，以时～年。⓫表示判断，相当于"是"：确～实情｜他的祖父～山东人。
㊁jì 打结；扣：～鞋带｜～衣扣。

屃 （屓）xì 【赑（bì）屃】1.〈文〉猛壮有力的样子。2.传说中一种像龟的动物。龙所生九子之一，力气大，能负重。

呬 xì ❶〈文〉喘息，嘘气：口中～暖气。❷道教吐纳术中六字诀（吹、呼、嘻、

煦、嘘、呬）之一，中医认为是治疗肺病的方法。

怠 xì ❶〈文〉痴呆的样子。❷〈文〉安静。

郄 ㊀xì ❶〈文〉空隙；缝隙：入～穴｜虽锢南山犹有～。❷姓。
㊁què 〈文〉通"郤（却）"。后退；使民而～之（役使百姓而延误农时）。
㊂qiè 姓。

恛 xì 〈文〉休息：～乎禅那（禅那：禅定）。

细（細）[縰] xì ❶条状物横剖面小（跟"粗"相对，❷-❻同）：～纱｜～竹竿｜楚灵王好～腰，而国中多饿人。❷长条形的两边距离近：画一根～线｜眉毛又～又弯。❸颗粒小：～沙｜末面磨得很～。❹音量小；声音轻微：嗓音～｜轻声～语。❺精致：江西～瓷｜精雕～刻｜食不厌精，脍不厌～。❻仔细；周密：～看｜胆大心～｜何时一樽酒，重与～论文。❼微小；不重要：～节｜枝末～节｜其～已甚，民弗堪也。❽〈方〉年龄小：～妹｜～伢子。❾做秘密侦察和间谍工作的人：～作｜奸～。

夐 xì ❶〈文〉肥大：肥～。❷〈文〉盛。

昐 ㊀xì ❶〈文〉愤怒地注视：瞋目～之。❷【昐昐】〈文〉勤苦不休息的样子：使民～然。
㊁pàn ❶〈文〉同"盼"。眼睛黑白分明的样子：美目～兮。❷〈文〉同"盼"。视；看：流～。

咥 ㊀xì 〈文〉大笑；笑（多指讥笑）：～～然低头而笑。
㊁dié 〈文〉咬，啮：开封县境有虎～人。

郤 xì ❶〈文〉同"隙"。空隙；间隙：人生天地之间，若白驹之过～，忽然而已。❷〈文〉同"隙"。嫌隙：今者有小人之言，令将军与臣有～。❸姓。

洫 xì 古水名，为颍河支流。

欨 xì 见 chù "欨"（93 页）。

欯 xì 〈文〉欢喜；欢笑。

㠌 xì 缝隙。后作"隙"。

绤(綌)[絺] xì〈文〉粗葛布:为绤为～,服之无斁(绤:chī,细葛布。斁:yì,厌)。

欶 xì【欶欶】〈文〉模拟笑声:笑～。

鈊 xì〈文〉为天子驾车的马,马头上的铁制马饰。

詉 xì 见 yǐ"詉"(799页)。

阋(鬩)[鬩] xì〈文〉争吵;争斗:～讼|兄弟～于墙(兄弟们在家庭内争吵,指内部发生争斗)。

紤 xì 见 qū"紤"(563页)。

摡 xì 见 gài"摡"(195页)。

葪 xì 见 jì"葪"(294页)。

舄 xì〈文〉一种加木底的鞋;鞋。通作"舄"。

欤 xì〈文〉流鼻涕;流眼泪。

舄 ㊀ xì ❶古代一种加木底的鞋,也泛指鞋:履～|赤芾(fú)金～(赤芾:红色蔽膝。金舄:金黄色的鞋)。❷〈文〉同"潟"。盐碱地:溉～卤之地四万余顷。这个意义后写作"潟"。
㊁ què〈文〉鸟名,后作"鹊"。

傒 ㊀ xì〈文〉叹息。通作"忥(慀)"。
㊁ kài〈文〉同"忥"。仇恨,愤恨:不拊命敌～,必为寇所殄。
㊂ yì〈文〉同"仡"。勇武强壮。

㑬 xì 见 xī"㑬"(716页)。

隙[隙、磶] xì ❶裂缝:缝～|～大而墙坏。❷地方或时间的空闲:空～|间～|农～(农闲)。❸漏洞;机会:伺～|乘～|突围|寻～|闹事。❹感情上的裂痕;隔阂:嫌～|仇～|(刘备)与操有～。

赩 xì〈文〉(颜色)大赤:～红(深红;火红)。

摌[摌] xì 改换。用于古白话:改～衣裳。

葪 xì 见 xí"葪"(719页)。

褉 xì 古代在春秋两季临水洗濯,举行祭祀,以祛除不祥。

戟 xì 见 jī"戟"(286页)。

稧 xì ❶〈文〉插秧。❷通"褉(xì)"。古代为祛除不祥在水边举行的祭祀:～堂(举行褉事的亭阁)。

傒 xì〈文〉等待。

熂 xì〈文〉焚烧野草:～山(烧山)。

蕮 xì〈文〉药草泽泻的别名。

觋 xì【觋觋】〈文〉惊恐的样子:～然惊。

潟 xì〈文〉盐碱地:～卤(含有过多盐碱成分的地)|海滨广～。

𪐝 xì【𪐝𪐝】〈文〉暗昧不明的样子。

篗 xì〈文〉小而高的笒筐,用来将米、谷倒入斛中:笒～。

歙 xì〈文〉悲意。

歔 xì ❶〈文〉将要吐痰清喉咙的声音。❷〈文〉小笑。

碏 xì〈文〉柱子下的基石:雕楹玉～。

虩 ㊀ xì ❶【虩虩】〈文〉恐惧的样子:履虎尾～(履:踩)。❷〈文〉蝇虎。形似蜘蛛。
㊁ sè〈文〉虎受惊的样子。

虩 ㊀ xì ❶〈文〉同"虩"。恐惧的样子:震～。❷〈文〉通"隙(xì)"。缝隙:山半古木,从石～出。

虩 xì〈文〉老虎发出的叫声:若震雷发地,歘～翕响。

嘁 xì 见 xī"嘁"(719页)。

嚱 xì【嚱嚱】模拟雷声。

灟 xì 【灟沭(shù)】〈文〉惊慌、恐惧的样子。

灟 xì 【㲱(yǐ)灟】1.〈文〉云的样子:不用杖策登,已入云～。2.〈文〉依稀;模糊不明的样子:～其形。

霼 xì 〈文〉遇雨(急行)而呼吸急促。

盡 xì 〈文〉赤黑色。

盡 xì 〈文〉悲伤;痛苦:夙夜疾心,～如焚灼。

xiā（ㄒㄧㄚ）

岈 ⊖ xiā ❶〈文〉山深邃的样子。❷【峆(hán)岈】〈文〉山谷空阔的样子。
⊜ yá 【嵯(chá)岈】山名。在河南遂平。

呷 ⊖ xiā ❶〈文〉吸饮:一～村浆与只鸡。❷【呷呷】1.形容众声嘈杂:喤喤～,尽奔突于场中。2.笑声:鼓掌～笑。❸〈方〉小口地喝:～茶|～了一口酒。
⊜ gā 【呷呷】同"嘎嘎"。模拟鸭子、大雁等的叫声。

砑 xiā 见 yà "砑"(771页)。

虾（蝦）⊖ xiā 节肢动物。身上有薄而透明的软壳,腹部由多数环节构成。生活在水中。种类很多,常见的有对虾、龙虾、米虾等。
⊜ há 【虾蟆(ma)】旧同"蛤蟆"。青蛙和蟾蜍的统称。

痄 xiā 见 yá "痄"(770页)。

疝 xiā 【疝落】〈方〉众佳而此独劣。

偦[偦] xiā 【僁(mà)偦】1.〈文〉无所顾忌。2.〈文〉健壮。

谺[谽] xiā 【谽(hān)谺】1.〈文〉山谷空阔的样子:当～之洞壑,临决咽之悲泉。2.〈文〉山石险峻的样子。3.〈文〉闪烁。

飂 xiā 【飂飂】1.〈文〉张口吐气的样子:虎豹～。2.〈文〉风声:悲风带雪吹～。

煆 xiā 〈文〉热;火气猛:讹火亚(qì)生～(讹火:野火)。

瞎 xiā ❶眼睛丧失视觉;失明;右眼～了|盲人骑～马,夜半临深池。❷发射出去的炮弹或引火后的爆破装置不爆炸:～炮|炮炮不～。❸农作物种子没有发芽出土或籽粒不饱满:～穗|谷子都～了。❹盲目地;胡乱地:～闹|～指挥。❺徒劳地;白白地:你别～操心|他说什么就什么,你～惹那些气有什么用?

嗐 xiā 见 hé "嗐"(246页)。

鰕 xiā 见 xiá "鰕"(725页)。

鰕 xiā ❶〈文〉鲼(fén)鱼。也叫"斑文鱼、斑鱼"。❷〈文〉大鲵,俗称"娃娃鱼"。❸鰕虎鱼,鱼类的一科。❹同"虾(蝦)"。节肢动物的一种:枯鱼杂干～。

xiá（ㄒㄧㄚˊ）

匣[柙] xiá 装东西的小器具,方形,有盖:木～|梳妆～|秦武阳奉地图～,以次进。

叕 xiá 〈文〉猪。

侠（俠）xiá ❶旧时指武艺高强,讲义气,能扶弱抑强、舍己助人的人:武～|女～|江湖大～。❷侠义,指讲义气,能舍己助人的品行:～骨|～肝义胆|行～仗义。❸〈文〉美好:春风澹荡～思多。

狎[伹] xiá ❶〈文〉轻慢:～敌|水懦弱,民～而玩之,则多死焉。❷不庄重地亲近;玩弄:～昵|～妓。

柙 xiá ❶〈文〉关野兽的木笼:虎兕出于～。❷〈文〉通"匣(xiá)"。匣子:珠～离玉体,珍宝见剽房。

峡（峽）xiá ❶两山夹水的地方。多用于地名:～谷|山～|长江三～(瞿塘峡、巫峡、西陵峡)。❷【海峡】两块陆地之间连接两个海域的狭窄水道:台湾～。

狭（狹）[△*陜] xiá ❶窄;不宽阔(跟"广"相对):～小|～窄|相逢～路间。❷〈文〉小;少:广种不如～收。
"陜"另见 xiá(725页)。

X

叚 xiá ❶通"瑕(xiá)"。玉面上的斑点。❷姓。
另见 jiǎ "假"(299页)。

陕 xiá ❶〈文〉窄;不宽阔:广|道～。通作"狭"。❷〈文〉同"峡"。两山夹水的地方:战于～中。

埉 xiá 〈文〉同"峡"。峡谷:高丘之下,必有大～。

袷 xiá 古代天子或诸侯在太庙中合祭祖先:～祭。

硖(硤) xiá ❶〈文〉同"峡"。两山夹水的地方:寒～不可度,我实衣裳单。❷【硖石】1.山名。a.在安徽凤台。b.在浙江海宁东。2.地名。a.在浙江海宁。b.在河南陕县。c.在陕西宝鸡。

翈 xiá 〈文〉羽瓣,羽干两侧羽毛的瓣状构造。

舺 xiá ❶〈文〉船。❷【艋(měng)舺】旧地名。在今台湾。

陿 xiá 〈文〉同"峡"。两山夹水的地方:山～。
另见 xiá "狭"(724页)。

暇 ㊀ xiá 【暇暇】模拟抽泣的声音。用于古白话。
㊁ ya 助词。同"呀(ya)"。表示感叹、祈求等语气。用于古白话:(米)原来是八升～!

徦 xiá 见 jiǎ "假"(299页)。

遐 xiá ❶远:～迩|～思|～迩闻名。❷长久:～龄(高龄)|～寿|君子万年,宜其～福。❸〈文〉荒远之地:若裁远征人,飘飘穷四～。

瑕 xiá 玉上的斑点,比喻缺点(跟"瑜"相对):～疵|～瑜互见|璧有～,请指示王。

揎 ㊀ xiá 〈文〉揩刮。
㊁ huá 【揎拳】旧同"划拳"。喝酒时赌输赢的一种游戏。用于古白话。

薯 xiá 〈文〉草名。即野苏。

暇 ㊀ xiá(旧读 xià) 空闲:闲～|目不～接|自顾不～。
㊁ jiǎ 〈文〉通"假(jiǎ)"。借助:登兹楼以四望兮,聊～日以销忧。

筪 xiá ❶〈文〉竹名。❷〈文〉同"匣"。收藏东西的器具:首饰～。

鞌 xiá 〈文〉同"辖"。穿在大车轴头上的销钉:车～。

靬 xiá 【靬鰈(zhá)】〈文〉花叶重叠盛多的样子:～无层数。

辖(轄) ㊀ xiá ❶〈文〉穿在大车轴头上的销钉,可以卡住车轮使不脱落:取客车～投井中。❷管理;管治:制|～区|管～。
㊁ hé 【輵(è)辖】〈文〉摇目吐舌的样子。

暇 xiá(旧读 xià) 〈文〉同"暇"。空闲。

瘕 xiá 见 jiǎ "瘕"(299页)。

靬 xiá 【靬鰈(zhá)】〈文〉花叶层次繁多的样子:红葩～(葩:pā,花)。

蕸 xiá 〈文〉荷叶。

碬 xiá 【碬(yà)碬】〈文〉猛兽震怒的样子。

𥹥 xiá ❶〈文〉(颜色)红。❷〈文〉通"霞(xiá)"。彩霞:晨～。

轄 xiá 同"辖"。穿在大车轴头上的销钉。用于古白话:三寸车～制车轮,得长何益,得短何嫌?

跒 ㊀ xiá 〈文〉鞋。
㊁ qiá 〈方〉跨步:只好装作没听见,几步～出三圣巷口。

鰕 ㊀ xiá 〈文〉鱼名:青～|黄～。
㊁ xiā 【鰕鰈(zhá)】〈文〉像鱼鳞重叠的样子:～参差。

瑕 xiá 〈文〉似玉的石头。

霞 xiá 日出或日落时,由于日光斜射而使天空和云层呈现黄、橙、红等彩色的自然现象。通常指彩云:～光|～彩|余～散成绮,澄江静如练。

鍜 xiá 【錏(yā)鍜】〈文〉颈甲,即保护脖子的铠甲。

黠 xiá 〈文〉聪明;狡猾:～慧|狡～|外痴内～。

鎋 xiá 〈文〉同"辖"。穿在大车轴头上的销钉:三寸之～。

頮 xiá 【顢(má)頮】〈文〉拗口;说起来别扭。

鞔 xiá 〈文〉鞋:麻～。

騢 xiá 〈文〉毛色赤白相杂的马:有騢有～(騛:yīn,杂毛)。

齠 xiá 〈文〉用牙齿啃咬坚硬食物的声音。

鶷 xiá ❶〈文〉鸟名。也叫"百舌"。❷【鶷鶡(yà)】〈文〉鸟名。即白头鸟。

蠚 xiá 〈文〉蝼蛄。

xiǎ（ㄒㄧˇ）

閕 xiǎ 〈文〉开裂:豁～。

閜 ⊖ xiǎ ❶〈文〉开裂;开阔:(龙门)劈立若双阙洞～状。❷〈文〉大杯。
⊜ ě 【閜砢(kē)】〈文〉相互扶持的样子。

xià（ㄒㄧˋ）

下 xià ❶低的位置(跟"上"相对,❷-❹❻❼⑰同):～游|山～|使贤者居上,不肖者居～。❷次序或时间在后的:～集|～旬|～不为例。❸等级或质量较低的:～等|～级|～策。❹指地位较低的人:上行～效|欺上瞒～。❺谦辞。称自己或自己一方:～官|在～|正中～怀。❻由高处到低处:～山|～楼|～视其辙。❼退出;离开:～岗|～车|轻伤不～火线。❽到……去:～乡|～基层|烟花三月～扬州。❾(雨、雪等)降落:～雨|～霜|雪～得真大。❿发布;投送:～命令|～批文|～帖子。⓫放进去:～网|～面条|～种子。⓬卸掉;除去:～货|～火|～了敌人的枪。⓭(动物母体)生出幼体:～崽|～蛋|～小狗。⓮进行(棋类活动):～象棋|每一个棋子都要想半天。⓯使用;开始使用:～力气|～毒手|对症～药。⓰做出(某种判断或结论):～定义|～结论。⓱到规定时间结束(日常工作或学习等):～操|～课|～工。⓲攻克:连～数城|久攻不～。⓳退让;相持不～。⓴低于;少于:这段路不～十里|听讲座的不

～百人。㉑向下:～达|～行。㉒用在名词性词语后,表示属于一定的范围、情况、条件等:部～|手～|在当时的情况～。㉓用在数目后,指几个方面或方位:他们两～都满意了|朝四～看了看。㉔用在动词后,有时读轻声。1. 表示动作由高到低的趋向:坐～|放～|传～命令。2. 表示动作完成或有结果:打～基础|拿～这个任务|准备～一桌饭菜。㉕量词。用于动作的次数。做补语:敲了三～|摆动了两～。

苄 xià 见 hù "苄"(259 页)。

吓(嚇) ⊖ xià 害怕;使害怕:～唬|～得他直哆嗦。
⊜ hè ❶威胁;吓唬:恐～|恫～|威～。❷叹词。1. 表示赞叹:～!一套一套的,都是没听过的新鲜话儿呀。2. 表示不满:～,你怎么才来呀?

夏 xià 同"夏"。见于古代墓道题字。

夏 xià ❶夏季,一年四季的第二季。我国指立夏到立秋之间为夏,也指农历的四月至六月:～天|初～|日之行,则有冬有～。❷指中国:华～。❸朝代名。1. 约公元前 2070—约前 1600 年,相传夏后氏部落联盟首领禹所建(一说禹之子启所建),建都安邑(今山西夏县北)。是我国历史上第一个奴隶制王朝。2.公元 407—431 年,十六国之一,匈奴族赫连勃勃所建,建都统万城(今陕西靖边东北),也叫大夏。3.1038—1227 年,党项族李元昊所建,建都兴庆(今宁夏银川),史称西夏。❹姓。❺【夏侯】复姓。

欯 xià 见 hè "欯"(247 页)。

唬 xià 见 hǔ "唬"(259 页)。

厦 xià 见 shà "厦"(594 页)。

諕 xià 见 háo "諕"(241 页)。

罅[磆] xià ❶〈文〉缝隙;裂缝:裂～|石～|山下皆石穴～。❷〈文〉比喻事情的漏洞:～漏|修弊补～。

鑧 xià 〈文〉通"罅(xià)"。裂缝:壁～。

鼿 xià 清代三合会旗号专用字。

---

xiān（ㄒㄧㄢ）

仙 [*僊、㐲、僲、儒] xiān ❶我国古代神话传说和宗教中指长生不老并有超凡能力的人:～人|～境|成～|得道。❷指具有某种特异才能、不同凡俗的人:诗～|剑～|天子呼来不上船,自称臣是酒中～。

㐲 xiān ❶〈文〉人在山上。❷〈文〉高起的样子:鸟～鱼跃。❸〈文〉同"仙"。神仙。

先 xiān ❶时间或顺序在前的(跟"后"相对):～前|事～|争～恐后。❷祖先;前辈:～人|不辱其～|蒙恬者,其～齐人也。❸尊称已经去世的:～父|～烈|～贤。❹时间在前;行动在前:你～走|让我～说几句。❺姓。

纤 xiān 见 qiàn "纤"(544 页)。

氙 xiān 气体元素。符号 Xe。

忺 xiān ❶高兴;适意:情绪不～。❷欲;愿意:不～妆扮。❸思念;牵挂:饮食不～。‖用于古白话。

妗 xiān 见 jìn "妗"(325 页)。

莶 xiān 〈文〉草名,可以编席:～席。

枚 xiān 〈文〉同"枚"。木锨,扬场用的工具:～簸(用枚撒扬)。后作"锨"。

敆 xiān 见 qiān "敆"(540 页)。

祆 xiān 【祆教】古波斯宗教。认为世界有光明和黑暗(善和恶)两种神,火是光明和善的象征,以礼拜圣火为主要仪式。公元 6 世纪传入我国。也叫"拜火教"。

柘 ㊀ xiān 〈文〉树木名。
㊁ zhēn 〈文〉同"椹"。砧板。

思 xiān 〈文〉巧捷便利的口才。

籼 [*秈、秜] xiān 籼稻,水稻的一种。茎秆较高而软,米粒细而长,黏性小,胀性大。稻谷碾出的米叫"籼米"。

姺 xiān 见 shēn "姺"(606 页)。

莶 (薟) xiān 【豨(xī)莶】一年生草本植物,茎上有灰白色的毛,花黄色,瘦果黑色。全草入药。

掀 xiān ❶揭起;打开:～锅盖|一～帘子走了出去|风怒欲～屋,雨来如决堤。❷翻腾;兴起:白浪一天尽日风|～起学科学的热潮。❸使翻倒:～桌子|～了他一个跟头。❹〈文〉举:乃～公以出于淖。

硟 xiān 〈文〉像玉的美石:(君于世人),如玉与～。

羴 xiān 【羴毦(zhī)】〈文〉细毡类毛织品。

枚 xiān ❶木锨。扬场用的工具,用木制成。后作"锨"。❷【嘲(zhāo)枚】不安静;哄闹。用于古白话。

酰 xiān 酰基,含氧酸的分子中失去羟基(－OH)后剩下的原子团。如磺基(－SO₃H)、乙酰基(CH₃CO－)等。

歁 xiān ❶〈文〉同"歁(xiān)"。笑。❷〈文〉同"歁(xiān)"。贪欲;贪求:刳(kū)隍～万寻(开掘城池,贪求无限制扩张)。

跹 (躚) [蹮] xiān 【蹁(pián)跹】〈文〉旋转舞动的样子。

锨 (鍁) xiān 铲东西或掘土的工具。头部板状,用钢铁或木板制成,有长柄:铁～|木～|平底～。

镹 xiān 见 tán "镹"(651 页)。

缐 xiān 见 qīn "缐"(553 页)。

嗎 xiān 〈文〉喜笑的样子:宜笑～只(只:助词)。

銛 ㊀ xiān ❶〈文〉农具名。❷〈文〉锋利:铅刀为～。❸〈文〉锐利的器具:棠溪之剑,天下之～。

㊀ tiǎn 〈文〉探入拨动；挑取：无钥，可令铜匠～开。

鲜 (鮮)[㊀❶-❻*䱼、㊁*尟、㊁*尠]

㊀ xiān ❶刚生产或刚收获的；没有变质的：～菜|～肉|干～果品。❷(花朵)刚开放的；没有枯萎的：～花。❸滋味好：～美|他煲的汤真～|村盘既罗列,鸡黍皆珍～。❹(颜色)明亮：～艳|～红|～亮。❺鲜美的食物：尝～|时～。❻古代指活鱼,后泛指新鲜的鱼虾等水产：海～|～鱼|治大国若烹小～。❼新鲜；新奇：屡见不～|数见不～。❽姓。❾【鲜于】复姓。

㊁ xiǎn 少：～见|～为人知|富而不骄者～。

暹 xiān ❶〈文〉太阳升起：卧送秋月没,起看朝日～。❷【暹罗】泰国的旧称。

僊 ㊀ xiān 〈文〉同"仙"。神仙。
㊁ líng 同"零"。用于古地名：～海。

骞 (騫) xiān 〈文〉振翅高飞的样子：凤影高～。

憸 xiān 〈文〉邪险不正：～人|心逆而～。

嬐 ㊀ xiān ❶〈文〉敏捷快速。❷〈文〉庄严恭敬。
㊁ yǐn 〈文〉仰；仰头。

缐 xiān 〈文〉同"縿"。以黑线为经、白线为纬的织品。

韱[韯] xiān ❶〈文〉植物名。即山韭,是上好的牧草。也叫"山葱"。❷〈文〉通"纤(纖 xiān)"。细小：微密～察。

爓 ㊀ xiān ❶〈文〉炽热。❷〈文〉味辛：～苦。
㊁ yàn 〈文〉同"焰"。火焰。无～者则无光。

襳 xiān 【襎(pián)襳】〈文〉衣服飘动的样子：文彩～。

攕 xiān 【攕攕】〈文〉女子手纤细的样子。

歔 xiān 〈文〉赤黄色。

馦 xiān 〈文〉香气充溢：碧桃花下瑶草～。

翾 xiān 〈文〉飞。

攕 ㊀ xiān ❶【攕攕】〈文〉女子手纤细的样子：～女手。❷〈文〉削：～竹为签。
㊁ jiān 〈文〉通"櫼(jiān)"。楔子。

譣 xiān 见 yàn "譣"(781 页)。

廯 xiān 〈文〉仓廪。

嬐 ㊀ xiān 〈文〉通"纤(纖 xiān)"。细小：至～至悉。
㊁ qiàn 〈文〉奸邪；谄媚：～人。

襳 xiān 见 shān "襳"(597 页)。

蹮 xiān 【跰(pián)蹮】〈文〉行走不稳的样子：霜凝磴而～(磴 dèng,石阶)。

矋 xiān 【矇(矇)矋】〈文〉憨直的目光。

xián (ㄒㄧㄢˊ)

伭 ㊀ xián 〈文〉凶狠。
㊁ xuán ❶〈文〉通"玄(xuán)"。黑中带红；黑。❷〈文〉幽远,引申指苍天：～贶(-kuàng,上苍的赐予)。❸〈文〉奥妙；引申指深沉静默：～默(清静无为)。

刻 xián 〈文〉自刎；自取灭亡。

闲 (閒)[❶-❹△*閑] xián ❶没有事情；有空儿(跟"忙"相对)：清～|～工夫|田家少～月,五月人倍忙。❷空闲的时间：农～|不得～|忙里偷～。❸没有使用的：～置|～房|别让机器～着。❹与正事无关的：～话|千万别生～气。❺〈文〉栅栏一类的遮拦物：舍则守王～。❻〈文〉范围；界限：大德不逾～,小德出入可也。

"閒"另见 jiàn(306 页)。

斦 xián 见 qiān "斦"(539 页)。

贤 (賢)[賢、臤] xián ❶才德出众的：～人|～

明｜～哉回也！(回：颜回，孔子的弟子)❷才德出众的人：圣～｜见～思齐｜任人唯～。❸好；善：～惠｜～德｜～淑｜～内助。❹〈文〉胜过；超过：窃以为媪之爱燕后❺敬辞。称自己的平辈或晚辈：～弟｜～侄。

弦 [❶❷△＊絃、纮、弶] xián ❶系在弓背两端之间的绳状物，用来弹(tán)射发箭：弓～｜箭在～上，不得不发。❷乐器上摩擦振动发声的丝线或金属线：～乐｜琴～｜六～琴。❸弹奏弦乐器发出的乐音：～歌｜～外之音｜巧似娇莺。❹钟表等上面的发条：表～｜忘了上～，闹钟停了。❺数学上指连接圆周上任意两点的线段。❻我国古代数学中指不等腰直角三角形中的斜边。❼弦月，半圆的月亮。形状像弓弦。农历每月初七、初八时月缺上半，叫上弦；每月二十二、二十三时月缺下半，叫下弦。❽中医脉象之一，指脉搏挺直如弦。

"絃"另见 xuàn (762 页)。

玹 xián 见 xuán "玹"(761 页)。

挦 (撏) xián ❶撕；拔(毛发)：～鸡毛｜捶胸～发(fà)。❷摘取；摘录：～字扯句｜～补成章。

咸 (❶鹹) xián ❶像盐那样的味道的(跟"淡"相对)：～鱼｜～淡合适｜菜太～了。❷〈文〉全部，相当于"都"：老少～宜｜内外～服｜少长～集。

唌 ㊀ xián ❶〈文〉言语中夹杂叹息声。❷〈文〉通"涎(xián)"。口水；唾液：喷浪飞～。

㊁ yán 【唌唌】〈文〉频繁地进谗言：咸先佞令～(佞：nìng，巧言迷惑)。

㊂ dàn 【啴(chǎn)唌】〈文〉声音舒缓的样子。

胘 xián 〈文〉牛的重(chóng)瓣胃，即牛百叶，泛指胃：牛～。

涎 [㊀＊次] ㊀ xián ❶口水；唾液：口～｜垂～三尺｜馋～欲滴。❷嬉笑的样子：～皮赖脸｜～着脸笑。

㊁ dàn 【涎涎】〈文〉光泽的样子：(燕)尾～。

娴 (嫻) [＊嫺] xián ❶〈文〉文雅：～雅｜～静｜～淑。❷〈文〉熟练；擅长：～熟｜～习｜明于治乱，～于辞令。

菣 xián 〈文〉草名。

蚿 xián 〈文〉马蚿，即马陆，一种多足节肢动物。也叫"百足"。

帤 xián ❶〈文〉布名。❷古县名。在今山东东口西南。

衔 (啣) [❶-❹＊唧、＊銜] xián ❶用嘴含；用嘴叼着：燕子～泥｜精卫～微木，将以填沧海。❷怀着；藏在心里：～恨｜～冤。❸〈文〉奉；接受：～命｜～令。❹互相连接：～接｜前后相～｜门～周道，墙荫行桑。❺等级或称号：军～｜学～｜授～。❻〈文〉马嚼子，放在马嘴内，用来勒马的小铁链：御者无～，见马且奔，无以制也。

舷 xián 船、飞机等两侧的边沿，也指左右两侧：～窗｜船～｜咏采菱以叩～。

诚 (誠) ㊀ xián ❶〈文〉和洽；和谐：～民(使百姓和谐)。❷〈文〉诚；诚意：至～感神。

㊁ jiān 〈文〉通"缄(jiān)"。闭：～口(闭口不言)。

娹 xián 〈文〉寡妇守节。

娍 xián 见 kǎn "娍"(353 页)。

蚬 xián 〈文〉同"蚿"。马陆，一种多足节肢动物。

痫 (癇) xián 【癫(diān)痫】病名。指突然发作的暂时性大脑功能紊乱。俗称"羊角风"或"羊痫风"。

鹇 (鷴) [鷳] xián 鸟名。雄的头上有羽冠，背部呈白、灰色，有黑纹，腹部黑蓝色。雌的身体红褐色或绿色。产于我国南方。有白鹇、黑鹇、蓝鹇等，都是我国国家级重点保护动物。

慈 [憸] xián ❶〈文〉性急。❷用于古地名。慈亭，在今河南。

啣 xián ❶同"衔"。用嘴含。❷同"衔"。马嚼子：辔～。

嗛 xián 见 qiàn "嗛"(543页)。

嫌 xián ❶嫌疑，被怀疑有做某事的可能性：～犯｜避～｜两小无～猜。❷怨恨；仇怨：～隙｜～怨｜尽释前～。❸不喜欢；不满意：～弃｜讨人～｜～贫爱富｜久～官府劳，初喜罢秩闲。

啣 xián ❶〈文〉同"衔"。用嘴含。❷〈文〉同"衔"。等级或称号。

稴 xián 〈文〉无黏性的稻，即籼稻。

趢 xián 〈文〉急跑。

蜆 xián 海中蚌类：有～渊泥下。

稴 ⊖ xián 〈文〉无黏性的稻，即籼稻。
　⊜ jiān 〈文〉青稻白米。
　⊜ liàn 【稴䅘(shān)】〈文〉禾穗空而不实：～不成穗。

諴 xián 〈文〉急迫：谋稽乎～(谋略生于急迫)。

瀗 xián 〈文〉空旷无垠；潣(hùn)～(浑然无边的样子)。

憪 ⊖ xián 〈文〉愉悦；闲适：自～。
　⊜ xiàn 【憪然】1.〈文〉不安的样子：～不自安。2.〈文〉骄横的样子：～自负。3.〈文〉愤激的样子：～谓天下无人。

憪 xián 〈文〉同"慊"。疑惑；嫌疑。

醎 ⊖ xián 〈文〉同"咸(鹹)"。像盐的味道：～酸(泛指各种味道)。
　⊜ jiǎn 〈文〉同"䃪"。卤水。

睍 xián 姓。

嗛 xián 〈文〉同"衔"。用嘴含：～人头诣阙下。

瞯 ⊖ xián ❶〈文〉一种眼病。眼珠上翻现出眼白。❷姓。汉代有瞯氏。
　⊜ jiàn 〈文〉窥视：王使人～夫子。

嗛 xián ❶同"衔"。用嘴含。❷同"衔"。怀着：～冤。

贙 xián ❶〈文〉坚固。❷〈文〉铡草时剩余的碎茎：争食莸与～(莸：hé，麦糠里的粗屑)。

糎 xián 姓。

騴 xián 【騴驩(huān)】古县名，在今越南境内。也作"咸驩"。

幭 xián 〈文〉巾。

薽 xián 见 qián "薽"(542页)。

攣 xián 〈文〉同"挦"。撕；拔(毛发)：偷～白发。

礥 ⊖ xián ❶〈文〉艰险；艰难：深拱以违～(无为而治以避艰险)。❷【礥礥】〈文〉艰难的样子。
　⊜ xín 〈文〉刚；坚硬：～闲如石。

麤 ⊖ xián 〈文〉大山羊：～羊。
　⊜ yán 〈文〉力气极大的熊虎一类的兽。

驖 xián 〈文〉马的一只眼睛有病发白。

鱻 xián 鱼名。身体小，无鳞，头部扁平，多生活在热带及温带近海底层。

xiǎn （ㄒㄧㄢˇ）

乡 xiǎn 见 shān "乡"(595页)。

狝 (獮)[玃] ⊖ xiǎn 〈文〉秋天打猎：～场｜秋～。
　⊜ mí 〈文〉狝猴，即猕猴。

洗 xiǎn 姓。

显 (顯)[显、顕] xiǎn ❶露在外面容易看出来的：明～｜浅～｜～而易见。❷表现；露出：～示｜各～其能｜他～着很高。❸显耀；传扬：～姓扬名｜名～天下。❹有声望有权势地位的：～达｜～赫｜～要。❺〈文〉旧时子孙对先人的美称：～考(称亡父)｜～妣(称亡母)。

洗 xiǎn 见 xǐ "洗"(720页)。

险 (險) xiǎn ❶〈文〉地势不平坦：苟有～，余必下推车。❷艰险；地势险恶不易通过：天～｜无～可守｜蜀军分据～地。❸遭遇到不幸和灾难的可能：冒～｜遇～｜探～。❹狠毒：～恶｜奸～。

❺几乎发生；差一点儿：～些|～遭不幸。

桃 xiǎn 〈文〉一种结大枣的枣树。

蚬(蜆) xiǎn 软体动物。两扇贝壳呈心脏形，表面有轮状纹。生活在淡水中。

崄(嶮) ㊀xiǎn ❶〈文〉同"险"。险要；险阻：～塞|关～。❷〈文〉同"险"。险恶：路近而水～。❸〈文〉同"险"。危险：冒～。❹〈文〉同"险"。乖僻：小人愚～|游词～语。
㊁yǎn 〈文〉高峻的样子。

毨[毨] xiǎn ❶〈文〉选取、选择（鸟兽毛）。❷〈文〉形容鸟兽新生的毛羽齐整：鸟兽毛～。❸〈文〉鸟兽换毛阶段：毛落而～。

猃(獫) xiǎn ❶〈文〉嘴部较长的猎狗。❷【猃狁(yǔn)】我国古代北方的民族。是匈奴的祖先。

筅 xiǎn 〈方〉筅帚，刷洗锅、碗等的用具，一般用竹丝制成。

揤 xiǎn 〈文〉同"撍"。攻诘；指向：麈城～邑。

跣 xiǎn 〈文〉光着脚：～足|～步|～行。

褖 xiǎn 〈文〉祭余之肉。

縣 xiǎn ❶〈文〉明显；显著。后作"显"。❷〈文〉丝结。❸〈文〉口急不能畅言。

铣(銑) ㊀xiǎn 〈文〉有光泽的金属：惟金有～。
㊁xǐ 在机床上用旋转的多刃刀具切削加工金属的平面、曲面和各种凹槽：～床|车钳～刨。

鲜 xiǎn 见xiān"鲜"(728页)。

筅 xiǎn 〈文〉洗釜甑用的炊帚。

嵼 xiǎn ❶〈文〉同"崄(嶮)"。险要；险阻。❷用于地名：周家～（在陕西）。

摵 xiǎn 用嘴含。用于古白话：荡的一棍，把一个打倒在地，嘴唇～土，再不做声。

薛(薛) xiǎn 苔藓类植物的总称。茎和叶子很小，没有根，生长在阴湿的地方。

鉖 xiǎn 同"铣"。用于人名。窦维鉖，唐代人。

燹 xiǎn 〈文〉火，特指战火：烽～|兵～（因战乱造成的焚烧破坏，比喻战祸）。

撍 xiǎn ❶〈文〉以手束物。❷〈文〉攻诘。

幰 xiǎn ❶〈文〉车的帷幔；帷帐：车～|翠～。❷〈文〉有帘幕的车子：路狭～难回。

櫶 xiǎn 常绿乔木。木材坚实细密，是珍贵的用材树种。

灦 xiǎn 古水名。

蠴 xiǎn 【蟓(hán)蠴】〈文〉蚯蚓。也作"寒蠴"。

獫 xiǎn 通作"猃(獫)"。【獫狁】同"猃狁"。我国古代北方民族名。

禰 xiǎn 见nǐ"禰"(484页)。

鞙[鞙] xiǎn 〈文〉驾车时套在牛马背上的皮带。

灦 xiǎn 【灦涣】〈文〉水深而清澈的样子。

xiàn （ㄒㄧㄢˋ）

见 xiàn 见jiàn"见"(305页)。

倪 xiàn 见qiàn"倪"(543页)。

苋(莧) xiàn 【苋菜】一年生草本植物。叶子椭圆形，花绿色白色，茎叶可以吃，是常见蔬菜。

县(縣) ㊀xiàn 行政区划单位。隶属于省、自治区、直辖市或自治州、省辖市。
㊁xuán ❶〈文〉挂；吊挂：不狩不猎，胡瞻尔庭有～狟兮。后作"悬"。❷〈文〉距离远；悬殊：君子小人之所以相～者，在此耳。

岘(峴) xiàn ❶〈文〉小而高的山岭：迢递陟～（陉：xíng，山谷）。❷用于地名：～口（在浙江富阳）|～沽（在山东莱西）|～山（在湖南衡阳）|～塬（在甘肃

永靖)。

现（現）xiàn ❶显露;露出:显〜|昙花一〜|今真形舍利复〜于世。❷此刻;目前:〜状|〜任|〜受恶名,后得苦报。❸立刻就有的;立刻就可拿出来的:〜货|〜金|〜钱。❹现款:兑〜|贴〜。❺副词。当时;当场:没有库存的,只好〜做|〜烘制的鲜肉月饼最受欢迎。

晛 （晛）xiàn ❶〈文〉太阳出现:日光雪见〜而自消。❷〈文〉明亮:天气自佳日色〜。

臽 xiàn ❶〈文〉小的陷阱;坑:地〜。❷〈文〉同"陷"。陷入;进入:〜铁之矛(可以刺进铁的矛)。

限 xiàn ❶事物或时间的分界;一定的范围:界〜|期〜|以三年为〜。❷限制;规定范围:〜定|〜量|来稿字数不一。❸〈文〉门槛:夜使锯断城门〜。❹〈文〉险阻:南有巫山黔中之〜。

线（綫）[*線、綖]xiàn ❶用丝、棉、麻、毛或金属等制成的细长的东西:〜毯|毛〜|向月穿针易,临风整〜难。❷细长像线的东西:〜香|光〜|射〜。❸交通路线:航〜|单行〜|京广〜。❹工作岗位所处的位置:生产第一〜|退居二〜。❺埋伏下来作为内应的人:眼〜|内〜。❻边缘交界的地方:前〜|防〜|警戒〜。❼比喻所接近的某种状况的边缘:生命〜|贫困〜|录取分数〜。❽线索:案件侦破断了〜。❾几何学上指一个点任意移动所构成的图形,有长,没有宽和厚。可分为直线和曲线两种。❿量词。用于抽象事物,表示极少或微弱(数词限用"一"):一〜希望|一〜光明|一〜生机。
"線"另见 xiàn "线"(732页)。

景 xiàn 〈文〉同"县"。地方一级行政区划单位。

睍（睍）xiàn ❶〈文〉眼睛突出的样子。❷【睍睆(huǎn)】〈文〉形容禽鸟美丽或鸣声动听:〜黄鸟。❸〈文〉视;看:〜之美而艳。

宪（憲）xiàn ❶〈文〉法令:〜令|行〜|〜布|〜于国。❷宪法,国家的根本大法:〜章|立〜|违〜。❸〈文〉榜样:文武吉甫,万邦为〜|〈文武〉能文能武。

吉甫:尹吉甫,周宣王的大臣)。

袨 ㊀ xiàn 用于人名。李袨,唐代人。
㊁ zhī 〈文〉同"祇"。恭敬:〜惧(敬畏)。

綖 xiàn 见 yán "綖"(775页)。

垷 xiàn 〈文〉(在墙上)涂泥。

哯 xiàn 〈文〉不作呕而吐,泛指呕吐:〜乳(吐奶)。

敤 xiàn 〈文〉琴声散逸;不集中。

涀 xiàn ❶古水名。在今河南。❷〈文〉称山上有水。

陷 [陥、陷]xiàn ❶掉进;沉下:下〜|〜塌|车毂〜泥泽。❷〈文〉陷阱;也用于比喻:虎可使之入〜|犯而诛之,是为民设〜也。❸设计害人;使坠入:〜害|诬〜|〜人于罪。❹凹进:凹〜|两眼都〜进去了。❺刺入:吾楯之坚,物莫能〜也(楯:通"盾")。❻攻破;被占领:攻〜|沦〜|冲锋〜阵。❼不足之处;缺点:缺〜。

馅（餡）[醎]xiàn 包在面食内的肉、菜、豆沙、糖等:〜儿饼|肉〜儿|饺子〜儿。

夓 xiàn 〈文〉健壮的样子。

胘 xiàn 〈文〉吃肉不满足。

羡 ㊀ xiàn ❶因为喜爱而希望得到:〜慕|惊〜|临渊〜鱼。❷〈文〉多余:〜余|〜财|以〜补不足。❸〈文〉超过:德隆乎三皇,功〜于五帝。
㊁ yán ❶〈文〉延请:乃〜公侯卿士登自东除(除:台阶)。❷通"埏(yán)"。墓道。
㊂ yí【沙羡】古县名。在今湖北武昌西南。

线（線）xiàn 姓。
"線"另见 xiàn "线"(732页)。

献（獻）xiàn ❶恭敬地送上:〜花|贡〜|宋之鄙人得璞玉而〜之子罕。❷表现出来给人看:〜艺|〜媚|

殷勤。❸〈文〉祭供;奉祀:～祭|四之日其蚤,～羔祭韭(蚤:通"早"。早朝)。

腎 xiàn 〈文〉大眼睛。

腺 xiàn 生物体内具有分泌功能的上皮细胞群,存在于器官里,有的独立构成一个器官:汗～|胰～|甲状～。

獫 xiàn ❶〈文〉犬吠不止。❷〈文〉两犬相争。

羡 ㊀ xiàn "羡"的旧字形。
㊁ yí "羡"的旧字形。

規 xiàn 〈文〉米的碎屑:麦～。

垷 xiàn 〈文〉同"壋"。坚硬板结的土:廪焉如～(廪:积聚;郁结)。

誾 xiàn 〈文〉门限;门槛。

個 xiàn 〈文〉同"偘"。宽大;宽阔。

偘 ㊀ xiàn ❶〈文〉勇武威严的样子:瑟兮～兮(瑟:庄严的样子)。❷〈文〉宽大;胸襟开阔:随者俄且～也。❸〈文〉狂妄;自大:～然自得。
㊁ jiàn 〈文〉通"瞷(jiàn)"。窥伺:奸人～之。

撊 xiàn ❶【撊然】1.〈文〉凶猛的样子:～然授兵(授兵:颁发武器)。2.〈文〉倨傲的样子。❷〈文〉禁止;防止。❸〈文〉突然:～焉永徂(徂:cú,死亡)。

鄏 xiàn 见 huán "鄏"(266 页)。

鋧 xiàn 【铣(xiǎn)鋧】古兵器名。一种短小的矛:遥掷～。

憪 xiàn 〈文〉同"憪"。不安:～然念外人之有非。

憪 xiàn 见 xián "憪"(730 页)。

薰 xiàn 见 jiǎn "薰"(304 页)。

橌 xiàn 〈文〉树木高大的样子。

銘 ㊀ xiàn 〈文〉通"陷(xiàn)"。沉下:(大鱼)牵巨钩～没而下。
㊁ qiàn 用金银丝装饰铁器。

壋 ㊀ xiàn 〈文〉坚硬板结的土:廪焉如～(廪:聚结)。
㊁ làn 【壋埮(tàn)】〈文〉地平而开阔。

嗛 xiàn 豆馅儿。用于古白话:沙～。

碐 xiàn 〈方〉钻石:～石|～笔(划割玻璃的刀具)。

鍌 xiàn 用于传热导电的金属线。

騾 xiàn 见 jiàn "騾"(307 页)。

覢 xiàn 〈文〉麦屑:～粥。

臩 xiàn 〈文〉通"壋(xiàn)"。坚硬板结的土。

甗 [齈] xiàn 〈文〉大瓮。

餡 xiàn 见 tāo "餡"(657 页)。

嗛 xiàn 见 lián "嗛"(402 页)。

譣 xiàn 见 hàn "譣"(238 页)。

臁 xiàn 【臁臁】〈文〉肥;脂肪多。

鮨 xiàn 〈文〉鱼名。即鱤(gǎn)鱼。

澬 xiàn 古水名。

霰 [霓] xiàn 当温度下降时,空气中水蒸气凝结成的白色小冰粒。多在下雪前或下雪时自空中降落。

鐉 ㊀ xiàn 〈方〉阉割雄鸡的睾丸:～鸡。
㊁ sǎn 一种妇女首饰。用于古白话:银～子。

礥 xiàn 【礥磹(diàn)】〈文〉闪电:～之交光。

趡 xiàn 〈文〉奔跑的样子。

轞 xiàn 〈文〉车轿上的帷幔:车～|轿～。

鼸 [纁] xiàn 〈文〉鼠名。田鼠的一种。也叫"香鼠"。

霠 xiàn 见 sī "霠"(632 页)。

xiāng（ㄒㄧㄤ）

乡（鄉）　㊀ xiāng ❶农村（跟"城"相对）：～村｜山～｜穷～僻壤｜鱼米之～。❷自己家庭世代居住和本人生长的地方：家～｜同～｜背井离～。❸行政区划单位，隶属于县一级行政单位。❹〈文〉地方组织单位。相传周代以一万二千五百家为乡。

㊁ xiàng ❶〈文〉通"向（嚮 xiàng）"。面对；朝着：守西河而秦兵不敢东～。❷〈文〉通"向（xiàng）"。从前；过去：非及～时之士也（非及：比不上）。

芗（薌）　xiāng ❶古书上指用来调味的香草。❷〈文〉芳香：～泽（香气）｜芬～。

皂　㊀ xiāng 〈文〉谷物香气。
㊁ bī 〈文〉一粒；粒：豆～。

相　㊀ xiāng ❶看（是否合乎心意）：看～亲｜～女婿｜这件毛衣她没有看中。❷表示动作、情况是双方对等地：～亲～爱｜～安无事｜双方始终～持不下。❸表示动作、情况是一方对另一方地：援手～救｜实不～瞒｜好言～劝。❹〈文〉质地：所谓金～玉质，百世无匹者也。❺姓。

㊁ xiàng ❶模样；容貌：～貌｜照～｜岂吾～不当侯邪？且固命也？❷姿态：吃～睡～｜站有站～，坐有坐～。❸相片，照片：肖～｜照～｜上～。❹事物的外观：月～｜金～。❺观察事物的外表或态势，做出判断：～马｜～面｜～机行事｜人不可貌～。❻〈文〉辅助；帮助：吉人自有天～｜舜～尧二十有八载。❼古代辅佐帝王的最高官员：宰～｜丞～｜王侯将～。❽某些国家中央政府的官名：外～（相当于外交部长）｜首～（相当于总理）。❾旧时指协助主人接待宾客的人：傧～。❿姓。

香　[萫、香、香]　xiāng ❶气味好闻（跟"臭"相对）：～水｜鸟语花～｜稻花～里说丰年。❷食物味道好：～醇｜～甜可口｜酿泉为酒，泉～酒冽。❸吃东西胃口好；睡得很舒服：这几天吃什么都不～｜吃得好，睡得～。❹受欢迎；受重视：吃～｜这种产品在农村很～。❺能发出好闻气味的物品：檀～｜沉～｜麝～。❻木屑加香料或药物做成的细条状的物品：～案｜～烛｜焚～｜玉女跪，雾里仙人来。❼旧时指女子：～闺｜～魂｜怜～惜玉。

鄉　xiāng 〈文〉同"乡（鄉）"。乡村；家乡。

厢　[*廂]　xiāng ❶正房前面左右两侧的房屋：西～｜下雕辇于东～。❷类似房子间的地方：车～｜包～。❸靠近城的地区：城～｜关～。❹边；方面：这～｜那～｜两～｜一～情愿。

鄉　xiāng 〈文〉同"乡（鄉）"。乡村；家乡。

葙　xiāng【青葙】一年生草本植物。花淡红色，果实卵形。种子叫青葙子，中医入药。

湘　xiāng ❶湘江，水名。发源于广西，流入湖南，汇进洞庭湖。❷湖南的别称（因湘江是湖南最大的河流，故称）：～剧｜～绣｜～语。

緗（緗）　xiāng ❶〈文〉浅黄色的帛：～素｜～帙（浅黄色的书套；书卷）。❷浅黄：～黄｜～烟。

香　xiāng 〈文〉"香"的讹字。

箱　xiāng ❶收藏衣物的器具，多为长方体，上面有盖：皮～｜木～｜翻～倒柜。❷像箱子的东西：信～｜风～｜冰～。

臁　xiāng 〈文〉牛肉羹。

襄　[衰、襄]　xiāng ❶〈文〉完成：共～盛举｜不克～事。❷〈文〉帮助完成；协助：～助｜～办｜～理｜共～朝政。❸〈文〉升到高处；向上举：荡荡怀山～陵（怀：包围。襄陵：大水漫到山上）｜～首奋翼。

儴　xiāng 见 ráng "儴"（574 页）。

勷　xiāng 见 ráng "勷"（574 页）。

鸘　xiāng 〈文〉鸟名。

饟　xiāng【饟徉（yáng）】〈文〉徘徊；聊逍遥以～。也作"相羊"。

骧（驤）□ xiāng ❶〈文〉奔驰;腾跃:龙～虎啸|骏骒齐～。❷〈文〉昂首;上举:～首|高～。

缰 □ xiāng 见 rǎng "缰"（575 页）。

瓖 □ xiāng ❶〈文〉马带上的玉饰:玉～。❷〈文〉同"镶"。镶嵌。

欀 □ xiāng ❶〈文〉树木名。树皮中含有淀粉,可食用。❷〈文〉木器的里衬:勿以桑木为～。❸〈文〉支撑屋架的部件:～崩梁坏。

镶（鑲）⊝ xiāng 把东西嵌入物体内,或在物体的外围加边:～嵌|～牙|～宝石。
⊜ ráng 〈文〉铸造铜铁器所用模型的瓤子。

xiáng （Tl尤）

夅 □ xiáng 〈文〉降服。后作"降"。

羊 □ xiáng 见 yáng "羊"（782 页）。

瓨[瓨] □ xiáng 〈文〉一种长颈的瓦器,像罂:醢～(xī)酱干。

详（詳）□ xiáng ❶周密;完备(跟"略"相对):～细|周～|博学而～说之。❷说明;细说:内～|余音再～。❸清楚地知道:病因未～|先生不知何许人也,亦不～其姓字。❹〈文〉稳重:安～|威仪端～。

降 □ xiáng 见 jiàng "降"（310 页）。

庠 □ xiáng 古代的乡学,泛指学校:～序|～生|～邑。

桴 □ xiáng【桴双】〈文〉用箦席做的船帆。

猭 □ xiáng 〈文〉女鬼,女未嫁而死的叫猭。

祥 □ xiáng ❶吉利:～瑞|～和|鸣呼哀哉,逢时不～。❷和善;善良:～顺|慈～。❸〈文〉征兆,特指好的征兆:是何～也,吉凶焉在?

箨 □ xiáng 见 gòng "箨"（211 页）。

翔[翔] □ xiáng ❶张开翅膀回旋地飞:飞～|翱～|滑～。❷悠闲自在地行走:柴门何萧条,狐兔～我宇。❸〈文〉通"祥(xiáng)"。吉利;吉祥:～风起,甘露降。

踀 □ xiáng【踀踥(shuāng)】〈文〉豇豆。

踥 □ xiáng【踀踥(shuāng)】〈文〉行不进的样子:众峰矗立疑～。

羫 □ xiáng 见 yáng "羫"（783 页）。

xiǎng （Tl尤）

亨 □ xiǎng 见 hēng "亨"（248 页）。

享[*亯] □ xiǎng ❶〈文〉奉献,特指向祖先或神明奉献祭品:～祀|宗庙不～|人为立祠,岁时～之。❷〈鬼神〉享用祭品;受用:～受|乐|百神～之|大臣～其禄。❸〈文〉同"飨"。用酒食款待人:郑伯～赵孟于垂陇。

响（響）[韽] □ xiǎng ❶回声:～者|～之应声。❷泛指声音:声～|音～|不同凡～|听不见～儿了。❸发出声音:门铃～了|一声不～|蝉吟鹤唳,水～猿啼。❹声音大:～亮|锣声真～|众岭猿啸重,空江人语～。

饷（餉）[*餦、飱] □ xiǎng ❶军粮;薪金(旧时多指军警等的薪金):～银|薪～|丁壮苦军旅,老弱罢转～(罢:pí,通"疲"。疲劳。转饷:运输军粮)。❷〈文〉送食物给人;用食物款待:饥岁之春,幼弟不～。❸〈文〉赠送:以两婢～之。

蚼 □ xiǎng 〈方〉蚼虫,指浮尘子等水稻害虫。

飨（饗）□ xiǎng ❶〈文〉用酒食款待人,泛指请人享用或享受:～客|以～读者|劳～军士。❷〈文〉享受;享有:～国六十余载。

想 □ xiǎng ❶思考:联～|～方设法|苦思冥～|赶紧～个主意。❷推测;认为:料～|臆～|～君小时,必当了了(了:

敏悟)。❸希望;打算:他～买一台电脑|你不～考大学啦? ❹怀念;记挂:～家|朝思暮～|览物～故国,十年别荒村。❺回忆:回～|东西放在哪ル,他怎么也～不起来了。❻记住:你可～着别忘了|到了学校～着给家里打电话|你要～着常回来看看。❼〈文〉好像;如同:云～衣裳花～容。

亯 ㊀ xiǎng ❶〈文〉同"享"。受用。❷〈文〉同"享"。用酒款待人。

㊁ gāo 〈文〉同"高"。高尚:德冠母仪,事～嫔则(嫔则:为妇的准则)。

鲞□(鮝)[鯗、鱶] xiǎng 剖开后晾干的鱼:～鱼|鳗～|白～。

蠁 xiǎng ❶〈文〉昆虫名。即土蛹。也叫"地蛹、知声虫"。❷〈文〉蠛蠓(miè-měng)。酒醋上的小飞虫:酒～。

xiàng (ㄒㄧㄤˋ)

乡□ xiàng 见 xiāng "乡"(734 页)。

向□(❶-❻嚮)[❺*曏] xiàng ❶面对;朝着(跟"背"相对):～隅而泣|面～主席台|水～天边流。❷方向:风～|志～|不知去～|晕头转～。❸〈文〉临近;接近:～晚|～晓|～夕长风起,寒云没西山。❹偏袒:偏～|你不能总～着他。❺〈文〉不久以前;往日:今之所经,皆王师～所用武处。❻副词。从来:～负盛名|～有研究|臣～蒙国恩,刻思图报。❼介词。表示动作的方向:～右看齐|～下望去|走～胜利|奔～远方。❽介词。引入动作的对象:～行家请教|～他们学习。❾〈文〉朝北的窗户:塞～墐户(墐:jìn,用泥涂塞)。❿姓。

项□(項) xiàng ❶脖子的后部;脖子:～链|～圈|颈～。❷〈文〉大;肥大:驾彼四牡,四牡～领(四牡:四匹公马。项领:马颈粗壮)。❸事物的种类或条目:～目|事～|弱～|分条逐～。❹经费:款～|用～|进～|欠～。❺量词。用于分项目的事物:一～任务|十～全能。❻姓。

巷□ ㊀ xiàng ❶狭窄的街道:小～|狗吠深～中,鸡鸣桑树颠。❷姓。

㊁ hàng 【巷道】采矿或探矿时在地下挖掘的坑道,用于运输、通风和排水等。

相□ xiàng 见 xiāng "相"(734 页)。

珦□ xiàng 〈文〉玉名。

象□ xiàng ❶哺乳动物。是现存在陆地上最大的动物,耳朵大,鼻子长圆筒形,能蜷曲,雄象有一对象牙伸出口外。产于印度、非洲和我国南部等热带地方。❷象牙的省称:～床。❸形状;样子:形～|天～|现～|万～更新。❹模拟;仿效:～形|～声。

嶑 xiàng 〈文〉嶑路,山间小路。也作"巷"。

缿 xiàng ❶古代储钱器,类似后来的扑满:钱～。❷古代官府所设投受告密文书的器物,入口小,可入不可出:投～。

衖 xiàng 〈文〉同"巷"。狭窄的街道。另见 nòng "弄"(492 页)。

潒 xiàng 同"象"。大象。

像□ xiàng ❶〈文〉相貌:又自画其～|奇服旷世,骨～应图。❷在形象上相同或相似;有某些共同点:她长得～妈妈|小河～一条玉带绕着村庄流过。❸比照人或物制成的形象:塑～|雕～|铜～。❹比如;如同:～这样的事情,以后应该引起注意。❺副词。似乎;好像:天～要下雨了|听声音机器～出毛病了。❻〈文〉榜样:望三五以为～(三五:三皇五帝)。

勨 xiàng 〈文〉徭役宽缓。

閧 xiàng 〈文〉同"巷"。胡同:一～之市。另见 hōng "哄"(250 页)。

郒 xiàng ❶〈文〉巷道。❷〈文〉邻邑。

鍦 xiàng 见 hóu "鍭"(253 页)。

瓂 xiàng 【瓂瓡(gū)】即象觚(gū)。古代一种饰有象骨或象形花纹的饮酒器。

橡□ xiàng ❶橡胶树,常绿乔木。枝细长,花白色,有香味,蒴果球形,树内乳汁可以制橡胶,原产巴西。❷橡树,栎树

的通称：～实(栎树的果实)。

闄 xiàng 见 hòng "闄"(253 页)。

闤 xiàng 见 hòng "闤"(253 页)。

褉 xiàng 〈文〉装饰；盛装：～饰｜珠帽～服。

蠰 ⊖ xiāng 〈文〉蚕。
⊜ yǎng 【蚼(qú)蠰】〈文〉大蚂蚁。

鬩 xiàng ❶〈文〉门朝向的地方，两阶之间：阶～。❷〈文〉窗户。

鱌 xiàng 鱼名。

xiāo (ㄒㄧㄠ)

灱 xiāo 〈方〉干；干枯：谷种仔细晒，唔～会生虫(唔：不)。

肖 xiāo 见 xiào "肖"(740 页)。

哮 ⊖ xiāo 〈文〉大而中空的样子：～然虚其中。
⊜ háo 〈文〉吼；呼啸。多形容风声：风～穴怒。

枭 (梟) xiāo ❶猫头鹰一类的鸟：～鸣松桂树。❷〈文〉悬挂(砍下的人头)：～示｜～首示众｜幸而破绍，～其二子(绍：袁绍)。❸〈文〉强悍；勇猛：～将｜～骑。❹魁首；首领：毒～。❺旧时指违犯禁令贩运私盐的人：盐～｜私～。

枵 xiāo 〈文〉空；空虚：～腹从公(饿着肚子办公家的事)｜～肠辘辘｜室中～然，一榻而已。

削 ⊖ xiāo ❶用刀稍斜着除去物体的表层或部分：切～｜～苹果｜～铅笔。❷乒乓球的一种打法，用球拍平而稍斜地击球，使球旋转弹出：～球。
⊜ xuē ❶义同"削"，用刀稍斜着除去物体的表层或部分。用于合成词和成语：剥～｜～足适履｜公输子～竹木以为鹊(鹊)。❷删除；删改：删～｜～笔(指增添及改动)｜～繁就简。❸减少；减弱：～减｜～价｜～弱。❹免除；消灭：～职为民｜～平叛乱。❺陡峭：～壁｜其面～，不受足。

晓 (曉) xiāo 【哓哓】1.〈文〉模拟争辩、吵嚷的声音：～不休。2.〈文〉模拟鸟类因惊恐而发出的鸣叫声：风雨所漂摇，予维音～(予：指鸮鸟)。

骁 (驍) xiāo ❶〈文〉良马；好马：～腾有如此，万里可横行。❷〈文〉勇猛；矫健：～将｜～悍｜～勇善战。

虓 xiāo 〈文〉同"虓"：虎怒吼。

逍 xiāo 【逍遥】无拘无束；自由自在：～自在｜～法外｜去终古之所居兮，今～而来东。

鸮 (鴞) xiāo 【鸱(chī)鸮】鸟类的一科。常见的有猫头鹰、角鸮、雕鸮、耳鸮等。也作"鸱枭"。

峭 xiāo 【峭嶢(liáo)】〈文〉闪光的样子：玄甲～(玄甲：铁甲)。

烋 xiāo 见 xiū "烋"(753 页)。

虓 ⊖ xiāo ❶〈文〉虎怒吼；兽吼声：虎～。❷〈文〉巨大的声响：风呼～。❸〈文〉凶猛；勇敢：～勇｜～将。❹〈文〉猛将或暴徒：雄～｜诛～禁乱。
⊜ qiāo 〈文〉通"敲(qiāo)"。击；打：以椹～其头。

猇 xiāo 〈文〉通"魈(xiāo)"。山猇，即山魈。狒狒一类的兽。

摩 xiāo 【摩豁(huò)】〈文〉高峻深邃的样子。

屌 xiāo 〈文〉"痟(xiāo)"的讹字。头痛的病；消渴病：～瘚(即痟疢，疫病)。

消 xiāo ❶逐渐减少以至不复存在：～退｜～失｜～云｜～雾散。❷使不存在：～灭｜～毒｜上疏陈《洪范》～灾之术。❸排遣；把时间度过去：～遣｜～夏｜～闲。❹耗费；用去：～耗｜～费｜～花～。❺享用；受用：～受。❻〈文〉经受：更能～几番风雨。❼姓。

宵 xiāo ❶〈文〉夜：～禁(夜间戒严禁止通行)｜良～｜通～达旦。❷〈文〉小：～人｜～小(旧时称盗贼，后泛指坏人)。

绡 (綃) xiāo ❶〈文〉生丝。❷〈文〉生丝织品；轻而薄的丝织品：～巾｜～帐｜一曲红～不知数。

萧 (蕭) xiāo ❶蒿类植物名：～艾。❷冷落，没有生机的样子：～

然|～索|～寂|～飒。❸〈文〉稀疏:～疏|愁
万种,醉乡中两鬓～。❹姓。

哨 xiāo 〈文〉同"宵"。夜。

猇 xiāo ❶〈文〉虎吼声。❷【猇亭】地
名。在湖北宜昌。

鴵 xiāo 见 jiāo"鴵"(311 页)。

焇 xiāo ❶〈文〉干;干燥。❷〈文〉同"销"。
销熔:～殆(销尽。殆:kū,干枯)。

蔲 ㊀ xiāo 【蔲葠(shēn)】〈文〉树木花叶
落尽,萧疏竦立的样子。
㊁ shāo 〈文〉同"梢"。树梢。

暴 xiāo 见 ào"暴"(9 页)。

磟 xiāo 【磟磭(liù)】〈文〉形容山势险峻:
～上争险。

硝 xiāo ❶硝石、芒硝等矿物盐的统
称。❷用芒硝加黄米面等处理毛皮,
使皮板柔软:～皮子。

睄 xiāo 【睄睧】眼睛干涩不明。用于古
白话:眼目～。

销 (銷) xiāo ❶〈文〉熔化金属:～
熔|～金|收天下兵,聚之咸
阳,～以为钟镶、金人十二(兵:武器。镶:
jù,钟鼓的架子)。❷去掉;解除:～账|撤
～|勾～。❸卖掉;售出:～售|推～|一天
了几十个手机。❹花费;支出:花～|开～。
❺消失:～声匿迹。❻销子,插在器物中的
形状像钉子的金属棍,起连接或固定作用。
也叫"销钉"。❼插上销子:把门窗～牢。

翛 ㊀ xiāo ❶【翛然】1.〈文〉无拘无束;
自由自在:～而往。2.〈文〉萧条冷落
的样子:林木～。❷【翛翛】1.〈文〉羽毛零落
的样子:予尾～。2.〈文〉模拟风雨声:风
～。3.〈文〉高、长(cháng)的样子:～两龙
骨。4.〈文〉错杂的样子:五色～。
㊁ shū 〈文〉同"倏"。极快:～忽。

瘯 xiāo 〈文〉病名,即哮喘病。

痟 xiāo ❶〈文〉头痛的病:春时有～首
疾。❷〈文〉消渴病,即糖尿病:发～。
❸〈文〉衰微。

宯 xiāo ❶〈文〉气向上蒸腾:台(tāi)桑
莽莽云气～(台桑:地名)。❷〈文〉开阔

的样子:山沟～豁。

撨 xiāo ❶〈文〉形容手臂细长漂亮。❷
〈文〉细长:～纤。

蛸 xiāo 见 shāo"蛸"(601 页)。

㖗 xiāo 【鵭(páo)㖗】〈文〉怒吼;叫嚣:～
于中国(中国:国中)。通作"咆哮"。

嗃 xiāo 见 hè"嗃"(247 页)。

踃 xiāo 〈文〉跳跃;跳动:跳～(跳动的样
子)。

嘐 ㊀ xiāo 〈文〉虚夸;自大:其志～～。
㊁ jiāo 【嘐嘐】〈文〉模拟禽鸟叫声:山
鸟～。

箫 (簫) xiāo 管乐器。古代的箫由
若干长短不等的竹管编排而
成,也叫"排箫"。现代的箫通常由一根竹
管制成,直吹,也叫"洞箫"。

猇 xiāo 〈文〉同"枭"。勇猛:～悍。

獟 ㊀ xiāo 【玃(nǎo)獟】〈文〉犬因受惊而
狂叫。
㊁ nǎo 〈文〉扰乱;纷扰。
㊂ qiāo ❶〈文〉狡狯;无赖。❷〈文〉无
赖的人。

敨 xiāo 【敨阳】汉代地名。

歊 xiāo ❶〈文〉云气或烟雾等气上升:兴
云～雾。❷〈文〉热气:残～。❸〈文〉炽
热;炎热:～暑。

熇 xiāo 见 hè"熇"(247 页)。

潇 (瀟) [潚] xiāo ❶〈文〉水深而
清。❷潇水,水名。
在湖南南部,是湘江的支流。❸【潇洒(sǎ)】
举止神态等自然大方,不拘束:风度～。❹
【潇潇】1.风雨急骤的样子:风雨～。2.小
雨飘落的样子:～细雨。

霄 xiāo ❶〈文〉云;云气:清～|赤～。
❷天空:～壤|重～|九～|云外。

骹 xiāo 见 qiāo"骹"(548 页)。

箾 xiāo 见 shuò"箾"(630 页)。

鸮 xiāo 〈文〉同"枭"。猫头鹰一类的鸟。

猇 xiāo 见 yào "猇"（789页）。

獢 xiāo ❶【獩(xiē)獢】〈文〉短嘴猎狗。❷勇猛；矫健。用于古白话：为人凶悍～勇。用同"骁"。

憢 xiāo ❶【憢憢】〈文〉恐惧：惴惴～。❷〈文〉勇猛：～悍。

魈 xiāo 【山魈】1. 传说中山里的独脚鬼怪。2. 猴的一种。头大，尾短，面部皮肤蓝色，鼻子深红色，体毛黑褐色，腹部灰白色，臀部鲜红色。多群居，性凶猛，产于非洲西部。

膮 xiāo 〈文〉猪肉羹。

脾 xiāo 【膮(biāo)脾】〈文〉红肿将溃烂。

飍 xiāo 【飍飍】〈文〉风声：宴息短榻风～（宴息：休息）。

獟 xiāo 【山獟】同"山魈"。传说中山里的独脚鬼怪。

彇 xiāo 〈文〉弓末端弯曲的部分。

蔋 xiāo 见 hào "蔋"（243页）。

橚 xiāo 见 sù "橚"（639页）。

蟏（蠨）[蠨] xiāo 【蟏蛸(shāo)】蜘蛛的一种。身体和腿脚细长，暗褐色，多在室内墙壁间结网。民间以为是喜庆的预兆。也叫"喜蛛、蟢子"。

蠨 xiāo 〈文〉水獭(tǎ)一类的动物，能危害鱼类。

縿 xiāo 见 shān "縿"（597页）。

翛 xiāo 〈文〉盐。

鰽 xiāo 〈文〉撤除(祭品)：公祠未～(公室祭祀尚未完毕)。

器（嚻）[嚻] ㊀ xiāo ❶喧哗；吵嚷：喧～|叫～|甚尘上。❷〈文〉轻浮；浮躁：人心～|浮轻巧。

❸【嚣张】放肆；猖狂(指邪恶势力)；气焰～|～一时。

㊁ áo ❶〈文〉山中凹地：积雪在～间。❷古地名。在今河南。

髇[骹] xiāo 〈文〉响箭：飞～|鸣～。

飉 xiāo 【飉飉】〈文〉风吹拂的样子：日落风～。

橚 ㊀ xiāo 【橚椮(sēn)】1.〈文〉花叶凋落，露出茎干的样子。2.〈文〉草木茂盛的样子。

㊁ qiū 〈文〉树木名。即楸树。

爔 xiāo ❶〈文〉焚烧。❷〈文〉焕发：神采～然。

蠤 xiāo 【紫蠤】〈文〉甲壳类动物。石蛣(jié)的别名。

髐 xiāo ❶【髐然】〈文〉枯骨暴露的样子。❷〈文〉同"髇"。响箭：～箭。❸〈文〉胫骨：屈两～。

蘦[藘] xiāo 〈文〉香草名。即白芷。

飀 xiāo 【飀飉】刮风的样子。用于古白话：怎禁那～飀(sè)飉风，点点滴滴雨。

驍 xiāo 【驍驕(yáo)】马名。用于古白话：玉面～。也作"逍遥"。

罻 xiāo 〈文〉烧饭时蒸气冒出的样子。

xiáo（ㄒㄧㄠ）

校 xiáo 〈文〉搁架蚕箔的立柱。

肴 xiáo 见 yáo "肴"（786页）。

洨 xiáo 洨河，水名，在河北。是滏阳河的支流。

郋 xiáo 〈文〉通"崤(xiáo)"。郋山，山名。在河南西部。

崤 xiáo 崤山，山名。在河南西部。也叫"嵚崟山"。

淆 [△*殽] xiáo 混杂;混乱:～杂|～乱|混～不清。
"殽"另见 xiáo(740 页)。

崤 xiáo【崤桃】〈文〉栀(zhī)子。

殽 xiáo 同"崤"。山名。在今河南西部。另见 xiáo "淆"(740 页)。

酵 xiáo 〈文〉买酒。

xiǎo （ㄒㄧㄠˇ）

小 xiǎo ❶在体积、面积、容量、力量、声音等方面不及一般或不如比较对象(跟"大"相对):～山|细～|有形之类,大必起于～。❷年纪小的人:一家大～|两～无猜|上有老,下有～。❸以为小;轻视:～看|登泰山而～天下。❹小学的简称:高～|附～。❺旧指妾:讨|～做。❻谦辞。用于称自己或跟自己有关的人或事物:～女|～文。❼排行最末的:我有仨儿子,他是～儿子。❽副词。1. 稍微:牛刀～试|～有成就|其为人也～有才。2. 略微少于;将近:你也是～四十的人了|他参加工作～二十年了。3. 短时间地:～住|～坐|～睡。❾前缀。1. 附着在姓氏前,用来称呼年轻人:～张|～李。2. 附着在人名前,用来称呼小孩:～华|～莉。❿姓。

晓 (曉)[暁、晓、晓] xiǎo ❶天刚亮时:～雾|拂～|鸡鸣报～。❷知道;懂得:～得|知～|家喻户～。❸告知;使人知道:揭～|～以利害|～之以理。

谀 (諛) ⊖ xiǎo 〈文〉小:～才|～闻(小有名声)|臣实～才。
⊜ sǒu【谀詇(xù)】〈文〉诱惑;相～。

筱 xiǎo ❶〈文〉小竹子。❷同"小"。多用于人名。❸姓。

碻 xiǎo 〈文〉小石。

鮂 xiǎo 〈文〉细小的鱼。

晶 ⊖ xiǎo ❶〈文〉明亮:天～无云。❷〈文〉洁白:～如积雪之释。

⊜ pāi 〈文〉通"拍(pāi)"。拍;打:～貙(chū)氓(貙氓:部族名)。

筿 ⊖ xiǎo ❶〈文〉小竹子:翠～|～丛。❷〈文〉盛谷物种子的竹器。
⊜ diào 〈文〉除草的农具:荷(hè)～。用同"莜(diào)"。

皛 xiǎo 〈文〉太阳明亮。

镣 xiǎo 〈文〉铁的纹理。

xiào （ㄒㄧㄠˋ）

孝 xiào ❶尽心奉养父母,顺从父母的意愿:～顺|尽～心|弟子,入则～,出则弟(tì)。❷旧时礼俗,在尊长去世后的一定时期内晚辈穿孝服,不娱乐应酬,以示哀悼:守～。❸孝服,守孝期间穿的白色衣服,用棉布或麻布制成:穿～|披麻戴～。❹姓。

肖 ⊖ xiào ❶像;相似:酷～|惟妙惟～|神情毕～。❷〈文〉仿效:今昭陵前～其形立石马云。
⊜ xiāo ❶〈文〉衰微:申吕～矣,尚父侧微(尚父:即吕尚,他的祖先封于申。侧微:卑贱)。❷姓。

佼 xiào 见 jiǎo "佼"(313 页)。

校 ⊖ xiào ❶学校:～园|～庆|郑人游于乡～,以说执政。❷军衔名。在将之下,尉之上:～官|上～。❸姓。
⊜ jiào ❶核对;订正:～对|～勘|～稿子|～了三遍了。❷比较;较量:～场(旧时比武或操演的场地)|～其强弱之势。❸〈文〉计数;查点:京师之钱累巨万,贯朽而不可～。

哮 xiào ❶吼叫:咆～|虎～猿啼。❷〈文〉气喘,呼吸道的一种疾病:治～良方。

笑 [*咲、关、笑、唉、唉] xiào ❶露出愉快的表情,或同时发出欢乐的声音(跟"哭"相对):微～|谈～风生|但见新人～,那闻旧人哭。❷讥讽;嘲弄:讥～|嘲～|以五十步～百步,则何如?

效□[❶＊傚、❸＊効] xiào ❶模仿:～法|仿～|～天地变化,圣人～之。❷功用;成果:～果|有～|此富强两成之～也。❸交出;献出:～力|劳|异日朝王纳地～玺。

洨□ xiáo ❶古水名。在今河南。❷【洨泉】泉名。在湖南道县。

啸 (嘯)[歗] xiào ❶(人)撮口发出长而清越的声音:打口哨:仰天长～。❷(禽兽)拉长声音叫:猿～|虎～猿啼。❸(自然界)发出某种大的声音:海～|北风呼～。❹飞机、子弹飞过时发出声音:飞机尖～着冲向高空|子弹尖～着飞过头顶。❺〈文〉呼唤;召集:～合|～聚|霜禽各～侣,吾亦爱吾曹。

敩 (敩)[斆] ㊀ xiào 〈文〉教导;使觉悟:盘庚～于民(盘庚:商代国王)。
　㊁ xué 〈文〉学;效法。后作"学"。

嘐
誟 xiào ❶〈文〉呼叫:(鸟)其鸣自～(自鼓:呼叫自己)。❷[誟誟]形容说大话:～尽言。❸〈文〉模拟博弈中落子声:～然有声。

潚 xiào 用于地名:五～(在上海)。

劋 xiào 〈文〉拌有姜桂的肉末:鸭～。

滰 xiào 见 xué "滰"(764 页)。

譑 xiào 见 hè "譑"(247 页)。

薂 xiào 〈文〉草根。也作"荄"。

罞 ㊀ xiào 〈文〉误。
　㊁ hào 古地名。

滵 xiào 【滵潚】〈文〉形容水流长而远:长江～。也作"潇潚"。

潚 xiào 【潚捎】〈文〉水声(一说风吹竹木声)。

擤 xiào 传说中獬廌(xièzhì)一类的神兽。

鷕 xiào 见 yǎo "鷕"(788 页)。

些□ ㊀ xiē ❶量词。1. 表示不定的数量:～许|这～|某～|有～人。2. 表示微小的程度(用在形容词或部分动词后):多～|险～|注意～。❷〈文〉少许;一点:东风寒似夜来～。
　㊁ suò 〈文〉助词。用于句末(多见于《楚辞》):魂兮归来,南方不可以止～。

虦 xiē 〈文〉同"些"。少许。

欨 xiē【欨(hè)欨】〈文〉气逆;喘息。

訾 ㊀ xiē 〈文〉些许;少:恰得尝～香甜底。
　㊁ jiē 元顺帝时宫中私室名。也作"皆"。

揳 xiē 把楔子、钉子等捶打进物体里面:在墙上～个钉子|把木橛子～进地里。

猲 ㊀ xiē【猲獢(xiāo)】〈文〉短嘴猎狗。
　㊁ hè 〈文〉通"喝(hè)"。吓唬;威胁:恐～良民。
　㊂ gé【猲狙(dàn)】传说中像狼的一种兽。

楔□ xiē ❶经捶打插入木器榫缝中的木片或竹片,可使接榫处牢固:桌子腿活动了,加上一个～。❷钉在墙上的木钉或竹钉,用来悬挂东西。❸通"揳(xiē)"。把楔子、钉子等捶打进物体里面。

歇□ xiē ❶休息,特指睡觉:～乏|安～|牛困人饥日已高,市南门外泥中～。❷停止:～业|～工|怒发冲冠凭栏处,潇潇雨～。❸〈方〉短暂的一段时间;一会儿:一上午歇了两～儿。

暬 xiē 〈文〉笑的样子:～嘘(开口而笑)。

鑷 xiē 见 niè "鑷"(489 页)。

蝎□[㊀＊蠍] ㊀ xiē 节肢动物。卵胎生,身体多为黄褐色,口部两侧有一对像螯的附肢,尾部末端有尾刺,内有毒腺,用来御敌或捕食。可以入药。通称"蝎子"。

獬 ㊀hé 〈文〉木中蠹虫:桂有蠹,桑有～。
㊁xiē 见gé"獬"(205页)。

鐝 xiē 化学元素"锆(gào)"的旧称。

獥 xiē【獥猲(xiāo)】〈文〉即獬猲。短嘴猎狗。

鳖 xiē 〈文〉同"蝎"。蝎子:全～焙一枚。

xié　(ㄒㄧㄝˊ)

叶 xié 见yè"叶"(791页)。

协(協)[叶] xié ❶会同;共同合作:～作|～商|齐心～力。❷帮助;辅助:～助|～理|～办。❸调和;调整:～调|～和|与豫州～规同力(规:谋划)。❹〈文〉和谐;融洽:君臣不～|声律相～而八音生。

邪[㊀*衺] ㊀xié ❶不正当;不正派:～僻|～念|此一行所以起,刑罚之所以多也。❷奇怪;不正常:～门|～劲|一肚子～火儿|这事有点儿～。❸迷信的人指鬼怪给予的灾祸:中(zhòng)～|避～|其父为人不信妖～。❹中医指引起疾病的各种环境因素:风～|寒～|扶正祛～。❺〈文〉偏斜;歪斜:子适知径之速,不虑失道之迷。这个意义后来写作"斜"。
㊁yé ❶【莫邪】同"镆铘"。古代宝剑名。❷〈文〉同"耶"。用在句末表示疑问或反问,相当于"吗"或"呢":子知子之所不知～?|天下方有急,王孙宁可让～?(王孙:人名。宁:岂。)
㊂yá【琅邪】同"琅玡"。1.山名。在山东胶南南部。2.古郡名。在今山东诸城一带。

劦 xié 〈文〉合力;同力:其风若～(大风如同并力而起)。通作"协"。

胁(脅)[*脇] xié ❶〈文〉从腋下到腰上的部分:两～。❷逼迫;强迫:～迫|～从|全忠～帝东迁(全忠:人名)。❸收敛:～肩谄笑(耸起肩膀,装出笑脸。形容极端谄媚的样子)。

夒 ㊀xié【夒𡷹(wěi)夒】〈文〉头不正的样子。也指骨关节膨大不正。
㊁liè【夒嫘(qiè)】1.〈文〉头斜的样子。2.〈文〉捧物不敬的样子。
㊂xǐ【夒诟(gòu)】〈文〉无志气节操:～无节(节:节操)。

挟(挾) ㊀xié ❶〈文〉用胳膊夹住:～泰山以超北海(比喻做根本办不到的事)。❷心里藏着(怨恨、不满等):～嫌|～仇陷害|今匈奴～不信之心,怀不测之诈。❸用威力或抓住对方弱点,迫使服从:～持|～要(yāo)|～天子以令诸侯。❹〈文〉倚仗;仗恃:～势弄权|不～长(zhǎng),不～贵。❺〈文〉携同;携带:～飞仙以遨游|翩翩飞鸟,～子巢栖。
㊁jiā 〈文〉通"浃(jiā)"。周全:制度以陈,政令以～(以:已)。

皆 xié 见jiē"皆"(316页)。

盵 xié ❶〈文〉遮住人的视线。❷〈文〉直视。

恊 xié 〈文〉同心;和谐:(李文靖)与张齐贤稍不～(张齐贤:人名)。通作"协(協)"。

桔 xié 见jié"桔"(318页)。

唭 xié 见yé"唭"(790页)。

嵐 xié 姓。

偕 xié(旧读jiē)❶〈文〉在一起:寡君是以不得与蔡侯～。❷一同;共同:～同|相～|出游|修我甲兵,与子～行。

斜 xié(旧读xiá)❶跟平面或直线既不平行也不垂直的:～坡|倾～|青箬笠,绿蓑衣,～风细雨不须归。❷倾斜:～着身子坐下。❸斜着眼看:鼻子哼了一声,～了他一眼。

谐(諧) xié ❶配合得适当:～调|～音|和～。❷〈文〉商量好;办妥:事～之后,即可动身。❸说话有趣;引人发笑:～谑|诙～|亦庄亦～。

絜 ㊀xié ❶〈文〉量度物体周围的长度:见栎社树,其大蔽数千牛,～之百围。❷〈文〉泛指量度:～(duó)长～大。

(二) jié 用于人名。
另见 jié "洁"(318 页)。

颉 □ xié 见 jié "颉"(319 页)。

罨 xié 姓。

愶 xié〈文〉怨恨。

瑎 xié〈文〉似玉的黑石。

携 □ [*攜、*携、*㩗、*擕] xié ❶带着;带领:~带|~眷|于是夫负妻戴,~子以入于海。❷拉着(手):~手|扶老~幼。❸〈文〉分离;背离:~贰|~散|近而不逼,远而不~。

嗋 xié ❶〈文〉闭合:口张而不能~。❷【嗋呷(xiā)】〈文〉呼吸:~气甚危。

蠋 xié 姓。

愒 xié【懀(mái)愒】〈文〉心不平;激怒。

憛 xié ❶〈文〉威胁;迫~。❷【憛憛】形容胆怯:(老马)~不敢嘶。

緤 xié ❶古代覆在冠冕上的装饰。❷【紾(zhēng)緤】天子车和马的装饰物。

薢 xié〈文〉茅草、稻麦等植物的穗:麦~。

跲 xié【跲跌(diē)】复姓。跲跌思泰,唐代人。

垥 xié【麦垥】地名。在江西新干。

膎 xié ❶〈文〉干肉。❷〈文〉加工或煮熟的肉食:~味。

鲑 xié 见 guī "鲑"(226 页)。

熁 xié〈文〉熏烤;熏蒸:~之以火。

歇 xié〈文〉屏气;憋住气不出声:~气。

擖 (⊖) xié〈文〉束缚:系~众猪口。
(⊜) jié【擖榡(gāo)】即桔槔。一种汲水用具。

撷 (擷) xié〈文〉采摘;摘取:~英|取|篱边野外多众芳,采~细

瑣升中堂。

鞋 □ [*鞵] xié 穿在脚上,走路着地时对脚起保护作用的东西,没有高筒:皮~|拖~|高跟~。

頓 xié【胕(xǐ)頓】古西域国名。即月氏(zhī)。

縻 xié〈文〉带子:履穿系之以~(履穿:鞋破)。

褉 xié 袖子。用于古白话:衫~。

勰 □ [勰] xié ❶〈文〉和谐,协调:先随意为长短句,后~以律。❷多用于人名。刘勰,南北朝梁代文学理论批评家。贾思勰,北魏农学家。

缬 (纈) xié ❶〈文〉有花纹的丝织品:紫~|锦纨绮~。❷〈文〉眼花:花鬖醉眼|神迷耳热眼生~。

纈 xié 见 xǔ "纈"(757 页)。

靾 xié〈文〉用绳子系住牛的小腿使止步。

鮭 xié 见 qū "鮭"(564 页)。

鍱 xié 见 yè "鍱"(792 页)。

薣 xié〈文〉荭(hóng)草的别名。

獝 xié 传说中的兽名。

騱 xié〈文〉马性情和善。

褋 xié〈文〉用衣襟兜东西:采~。

懈 xié〈文〉有异心:~贰(有二心)。

嬒 xié 见 huì "嬒"(277 页)。

颙 xié〈文〉银鼠。

繲 xié〈文〉通"撷(xié)"。摘取。

纚 xié【㲋(dī)纚】〈文〉提携;因脚跛被人牵引而行。

讗 xié ❶〈文〉疾言。❷〈文〉屡屡发怒。

齰 xié 〈文〉音乐和谐:～宫商。通作"谐"。

xiě （ㄒㄧㄝˇ）

写（寫） ⊖ xiě ❶书写:～标语｜口问手～｜这个字写不好～。❷模仿;照着样子画:～生｜～真｜雷震之声,可以钟鼓～也。❸写作:～诗｜撰～｜新～了一首歌。❹描写;描绘:～实｜～景｜余作赋以～其状,因以自励云。

⊜ xiè 〈文〉排泄;排泻:以浍～水(浍:田间水沟)。后作"泻"。

血 xiě 见 xuè "血"(764页)。

蕮 xiě 【泽蕮】〈文〉即泽泻。多年生草本植物。根入药,茎叶可做饲料。

檺 xiě 〈文〉案(一种矮脚托盘)的别称。

鑝 xiě 〈文〉用模子浇铸金属器物:铸～器物。

xiè （ㄒㄧㄝˋ）

写 xiè 见 xiě "写"(744页)。

炧[炨] xiè ❶〈文〉灯烛的灰烬,泛指余烬:～垂一尺。❷〈文〉灯;烛:～烛。❸〈文〉熄灭:更残灯～。

忥 xiè 〈文〉忽略;遗忘。

炿 xiè 〈文〉同"炧"。灯烛的灰烬。

泄[*洩] xiè ❶液体、气体等排出:～洪｜排～｜～水｜～不通｜～了气的轮胎。❷漏出;透露:～露｜～底｜事以密成,语以～败。❸尽量发出(情绪、欲望等):～恨｜～愤｜一肚子牢骚无处发～。❹失去(劲头、信心等):～劲儿｜遇到挫折别～气。

泻（瀉） xiè ❶急速地流出:流～｜倾～｜江水滔滔,一～千里。❷拉肚子;拉稀:～肚｜止～｜上吐下～。❸〈文〉抒发;宣泄:吟诗欲～百重愁。后作"泄"。

绁（紲）[⊖△*緤] ⊖ xiè ❶〈文〉绳索:羁～｜缧(léi)～。❷〈文〉拴;捆绑:～马｜～子婴于轵(zhǐ)涂(轵涂:亭名)。

⊜ yì 〈文〉通"跇(yì)"。超越。

"緤"另见 yì(804页)。

契 xiè 见 qì "契"(536页)。

枻 xiè 见 yì "枻"(802页)。

砒 xiè 〈文〉瞪大眼睛怒视。

卸[卸] xiè ❶把装载的东西搬下来:～车｜～货｜～载。❷把加在上面的东西取下来:～装｜～鞍子。❸把机械零件拆下来:拆～｜～螺丝。❹解除;推脱:～任｜交～｜推～责任。❺〈文〉凋谢:鸿雁不来黄菊～。❻〈文〉倒塌:楼阁已倾～,下有室与堂。

眉 xiè 〈文〉打鼾声。

娎 xiè ❶【娎娸(qiè)】〈文〉得志的样子。❷〈文〉喜悦。

敤 xiè 〈文〉使。

冎[嵩] xiè 用于人名。万俟(mòqí)冎,宋代人。

僁 xiè 〈文〉同"傈"。降低;损抑:～卑(被迫降低身份)。

瘕 xiè 〈文〉痢疾。

屑[屑] xiè ❶碎末;碎片:铁～｜纸～｜面包～。❷琐碎;细小:～琐～｜～～小事。❸认为值得(用于否定式):不～做｜不～一顾。

械 xiè ❶有专门用途或构造较精密的器具:～具｜器～｜机～。❷武器:军～｜缴～｜～斗(用刀、枪、棍棒等打斗)。❸〈文〉枷、镣铐一类的刑具:～梏｜～索｜解～。❹〈文〉用枷、镣铐等拘禁:苟入狱,不问罪之有无,必～手足。

离 xiè ❶"禼"的古体。人名,殷人始祖也作"契、偰"。❷〈文〉虫名。

偰 xiè 〈文〉同"契"。殷代始祖名。

傺 ⊖ xiè【傺卑】〈文〉身份低下卑微。
⊜ yè〈文〉容貌美好的样子。

徥 xiè 行动轻捷的样子。用于古白话：身材矫~。

渫 ⊖ xiè〈文〉同"澥"。消散：士怒未~。
⊜ yì〈文〉蒸葱：~葱。

齘（齘）xiè ❶〈文〉上下牙齿相磨：~齿(咬紧牙齿，一种病态；又形容愤恨)。❷〈文〉小怒：发~。

閛 xiè〈文〉门扇。

褻（褻）xiè ❶不庄重地亲近：~宠|~昵|~狎。❷轻慢；不庄重：~慢。❸淫秽：~语|淫~|猥~。❹〈文〉内衣，贴身的衣服：~衣|~服。

澥 ⊖ xiè ❶〈文〉除去(污泥或污秽)：井~不食(淘净污泥的井水却不让人饮用)。❷〈文〉疏通：百川潜~。❸〈文〉分散开；散发：粟有所~。❹姓。
⊜ dié ❶【渫渫】〈文〉水流不止的样子：泪下~。❷【渮(yā)渫】〈文〉波浪层层相连的样子。

谢 xiè〈文〉凋谢。通作"谢"。

谢（謝）xiè ❶表示感激：~恩|道~|多~你的帮助。❷辞去；拒绝：~职|~客|召黯拜为淮阳太守，黯伏不受印绶(黯：人名)。❸认错；道歉：~罪|~过|杀国贼以~天下。❹凋落；脱落；凋~|萎~|花儿~了|他已经~顶了。❺〈文〉辞别；离开：~世|永~尘缘|往昔初阳岁，家来贵门。❻〈文〉告诉：多~后世人，戒之慎勿忘。❼姓。

屧 xiè〈文〉同"屧"。鞋的木底。

媟 xiè ❶〈文〉轻慢；不恭敬：反恭为~。❷〈文〉亲昵而不庄重：~狎。❸〈文〉污秽：淫言~语。

絬 xiè〈丝〉坚韧；牢固。

堨 xiè〈方〉猪圈、羊圈等里面所积的粪肥：猪~|羊~|鸡~。

楔 xiè〈文〉门限。

殈 xiè ❶〈文〉同"薤"。菜名，即薤(jiào)头。❷姓。殈敬宾，汉代人。

睞 xiè〈文〉闭目：张目视钱，~眼讨贼。

偰 xiè〈文〉模拟细小的声音：不闻声~屑。

徶 xiè【徶(bié)徶】〈文〉衣服飘舞的样子。

觟 xiè 见huà"觟"(263页)。

解 xiè 见jiě"解"(320页)。

谢 xiè 古水名。在河南。

榭 ［廗、榭］xiè 建在高台上的敞屋(多用于游观)：水~|舞~歌台。

榍 xiè ❶【榍子】楔子；木楔：阮小七便去拔了~，叫一声："船漏了!"❷【榍石】矿物。楔状、板状或粒状晶体，多呈褐色或绿色，有光泽，可用作提炼钛的原料。

瞸 xiè〈文〉闭目。

幯 ⊖ xiè ❶〈文〉残破的帛。❷〈文〉剩余。
⊜ xuě【幯缕(lǚ)】〈文〉将缯(zēng)剪裁成花：~作翠柳。

綕 ⊖ xiè〈文〉同"绁"。绳索；捆缚：羁~。
⊜ dié〈文〉西域布名：~布。

暬 xiè〈文〉同"亵"(褻)。狎近；轻慢：~御(近侍)。

嘒 xiè〈文〉话多且声音高。

蝑 xiè 见xū"蝑"(756页)。

屧 xiè ❶〈文〉鞋的木底。也作"屧"。❷〈文〉木屐；鞋：木~。❸〈文〉行走；步~。

屧 xiè〈文〉同"屧"。步行。

緤 xiè ❶〈文〉同"绁"。绳索：执~。❷〈文〉拴；捆绑：~马。❸〈文〉端绪。❹〈文〉通"澥(xiè)"。消除：万虑一时顿~。

X

薤 xiè ❶多年生草本植物。地下有鳞茎，叶子细长中空，花紫色，鳞茎可以吃。❷这种植物的鳞茎。‖也叫"藠头"(jiàotou)。

薢 xiè 【薢茩(gòu)】1.〈文〉菱的别称。2.〈文〉草决明。

薹 xiè ❶〈文〉褊狭：～果(心地狭窄而行为果敢)。❷姓。薹章，东汉人。

嶰 xiè 〈文〉山涧：幽～。

崿 xiè 【崿(yà)崿】〈文〉众山森列争高的样子。

獬 ㊀ xiè 【獬豸(zhì)】传说中的独角异兽，能辨别是非曲直，见人争斗就用角顶理亏的一方。也作"獬廌"。
㊁ jiě 【獬(zhǎi)獬】〈文〉强横的样子。

邂 xiè 【邂逅(hòu)】〈文〉偶然遇到；没有相约而遇到：～相遇，适我愿兮(适：切合)。

廨 xiè 〈文〉官署；官吏办公的地方：～署|官～|公～。

糏 xiè 〈文〉米、麦等碾压而成的碎末：麦～。

澥 xiè ❶(糊状物或胶状物)由稠变稀，有的失去黏性：粥～了|糨糊～了|鸡蛋～黄了。❷稀释，加水使糊状物或胶状物由稠变稀：芝麻酱太稠，加点水～一～。❸〈文〉海湾，也指海：渤～(渤海)。

懈 [懥] xiè ❶松弛；不紧张：～怠|松～|夙夜匪～(日夜辛劳，勤奋不懈)。❷〈文〉疲困：心疲体～。

鞢 ㊀ xiè 〈文〉同"鞢(xiè)"。【鞢(diē)鞢】鞍具。
㊁ zhá 〈文〉同"鞢(zhá)"。【鞢(xiá)鞢】花叶重叠盛多的样子。

瀗 xiè 【瀗獙(sà)】〈文〉放逐；被轻贱：遭人～。

爕 [*燮] xiè 〈文〉调和：～和|～理阴阳。

濕 xiè 见tà"濕"(647页)。

鞢 ㊀ xiè ❶【鞢(diē)鞢】1.〈文〉鞍具。2.古代武官腰带上用来佩物的附件。❷〈文〉马缰：羁～。
㊁ zhá 〈文〉【鞢(xiá)鞢】花叶重叠盛多的样子。

の样子。
㊁ dié 【鞢鞢(xiè)】古代胡服腰带上的附件，用来佩系弓箭等。

躞 ㊀ xiè 【躞蹀(dié)】同"蹀躞"。1.〈文〉小步行走。2.〈文〉形容舞步：连手～舞春心。
㊁ dié 〈文〉垫在物件下面的东西：机席绨(qī)～(几席下面都缝有底垫)。

劦 xiè 〈文〉割断。

篢 xiè 古代写字用的一种竹简。

傒 xiè 〈文〉狭隘。

蠏 [*蠏、蟹] xiè 螃蟹：～黄(螃蟹的卵黄)|海～|虾兵～将。

瀣 xiè 〈文〉夜间的水汽：客居斯土，饮～餐霞，足怡贞性。

齛 ㊀ xiè 〈文〉羊反刍。
㊁ shì 〈文〉同"噬"。咬：犬～啮人。

瓁 xiè 〈文〉似玉的石头。

瀰 [齝] xiè ❶〈文〉米麦碾成的粉。❷〈文〉粉末：墨～(做墨的烟粉末)。

齝 xiè 〈文〉羊反刍。

鞢 xiè 〈文〉牛车上缚轭(è)的皮带。

隇 xiè ❶〈文〉睡卧时的鼻息。❷〈文〉止息；歇息。

蘻 [*蹩] xiè 【蹩(bié)蘻】1.〈文〉用心尽力的样子：～为仁。2.〈文〉盘旋起舞的样子：～蹁跹。3.〈文〉跛行的样子：～疲骡。4.〈文〉奔走；奔波：～于风尘。

齸 xiè ❶〈文〉菜名，即藠(jiào)头：(丹熏之山)其草多韭～。后作"薤"。❷〈文〉狭隘：文肆而质～(文辞放逸而性情猾狭)。

躞 xiè ❶〈文〉【躞蹀(dié)】〈文〉同"蹀躞"。小步快走：～御沟上，沟水东西流。❷〈文〉书卷、画卷的轴：白玉为～。

鞢 xiè【鞢(dié)鞢】古代胡服腰带上的附件,用来佩系弓箭等。

---

xīn（ㄒㄧㄣ）

心 □ xīn ❶心脏,人和脊椎动物推动血液循环的肌性器官。人的心脏在胸腔中部略偏左,形状略像桃,大小相当于本人的拳头。❷古人认为心是思维的器官,代指脑:～得|～算|用～|～之官则思。❸思想;感情:～情|谈～|无贪利之～。❹中央的部位;重要的部分:掌～|江～|核～。❺星宿名。二十八宿之一,属东方苍龙。❻姓。

䜣 □(*訢) xīn ❶通"欣(xīn)"。喜悦;快乐:终身～然,乐而忘天下。❷姓。
"訢"另见 xīn "欣"(747页)。

芯 □ ⊖ xīn ❶灯芯,灯心草茎的髓,可放在油中做捻子,点燃照明,泛指油灯上用来点火的灯草或纱线。❷物体的中心部分:笔～|岩～|表～。
⊜ xìn【芯子(zi)】1.装在器物中心的有点燃或引发作用的东西,如蜡烛的捻子、爆竹的引信等。2.蛇、蜥蜴等动物的舌头。也作"信子"。

辛 □[辛] xīn ❶辣;辣味:～辣|含～茹苦。❷劳苦:～劳|艰～|视民如子,～苦同之。❸悲伤;痛苦:～楚|～酸|万古共悲～。❹天干的第八位,常用作顺序的第八。❺姓。

忻 □ xīn ❶〈文〉同"欣"。喜悦;快乐:心～然悦。❷姓。

昕 □ xīn ❶〈文〉黎明,太阳要升起的时候:晨未～而即野。❷〈文〉鲜明;明亮:四骊孔～(骊:yuán,赤毛白腹的马。孔:很;甚)。

欣 □[*訢] xīn 喜悦;快乐:～喜|～慰|胜固可喜,败亦～然。
"訢"另见 xīn "䜣"(747页)。

炘 □ ⊖ xīn ❶【炘炘】〈文〉火焰炽盛的样子:景炎之～(景炎:光焰)。❷〈文〉用同"欣"。喜悦:～然。
⊜ xìn 〈文〉同"焮"。烧;灼:内尽～烂。

莘 □ xīn 见 shēn "莘"(606页)。

哖 xīn【咕哖】一种杂环有机化合物。

伈 □ xīn 〈文〉同"欣"。喜悦:～余志之精锐。

锌 □(鋅) xīn 金属元素。符号 Zn。

廞 □(廞) ⊖ xīn ❶〈文〉陈设:～五兵(兵:兵器)。❷〈文〉淤塞:往年黄河～淤。❸〈文〉兴起:诸废～举。❹〈文〉送死者的冥器:～衣。
⊜ qiàn 〈文〉通"嵌(qiàn)"。凹陷:～目(眼窝凹下)。
⊜ qīn 〈文〉通"嵚(qīn)"。险峻:～岩(岩:陡崖)。

新 □[新] xīn ❶刚出现的或刚经验到的(跟"旧、老"相对):～闻|～潮|温故而知～。❷性质上变得更好的(跟"旧"相对,④同):～文化|～社会|～中国。❸使变新:面目一～|改过自～|一～耳目。❹没有用过的;刚用不久的:～书包|～教材|衣不如～,人不如故。❺结婚时的或刚结婚不久的:～娘|～郎|～婚。❻指新的人或事物:尝～|推陈出～|送旧迎～。❼副词。新近;刚:他是～毕业的|人有～取妇者(取:娶)。❽朝代名。公元8—23年,王莽代汉称帝,国号新。❾新疆的简称:兰～铁路。

歆 □ xīn ❶〈文〉羡慕;喜爱:～羡|～慕。❷〈文〉祭祀时神灵来享用祭品的香气:～享|其香始升,上帝居～(居歆:安然享受祭品)。

鑫 □ ⊖ xīn 〈文〉饮食:～饪之邪。
⊜ gǔ 〈文〉同"谷(穀)"。谷物:五～丰登。

薪 □ xīn ❶柴;柴草:伐～|～尽火传|杯水车～。❷工资:～金|～俸|年～。

噷 □ ⊖ xīn ❶动嘴;开口。用于古白话:他捏这眼,奈烦也天。咱～这口,待酬言(酬言:对方应答的话)。❷〈文〉亲吻:紧抱着～那孩儿不动。
⊜ hm (h跟单纯的双唇鼻音拼合的音)叹词。表示申斥、禁止或不满意:～,你还闹哇!|～,别得了便宜还卖乖。

馨 xīn ❶〈文〉香气,特指散布很远的香气:清～|芳～|如兰之～。❷〈文〉比喻美好的德行或声誉:垂～千祀|斯是陋室,惟吾德～。❸〈文〉相当于"…一般"、"…的样子":冷如鬼手～,强来捉人臂。

鑫 xīn 财富多,财源兴旺(多用于商店字号和人名)。

xín（ㄒㄧㄣˊ）

镡（鐔）㊀ xín ❶〈文〉剑鼻,剑柄末端与剑身连接处向两旁突出的部分。❷古代兵器。像剑而小。
㊁ tán 姓。
㊂ chán 姓。

礥 xín 见 xián "礥"(730 页)。

xǐn（ㄒㄧㄣˇ）

伈〖伈伈〗〈文〉恐惧的样子:～下气。

xìn（ㄒㄧㄣˋ）

囟〔顖、顀、頤〕 xìn 囟门,婴儿头正中顶骨未闭合的缝隙。

芯 xìn 见 xīn "芯"(747 页)。

炘 xìn 见 xīn "炘"(747 页)。

信 ㊀ xìn ❶真实可靠;确实:～史|～而有征|言不美,美言不～。❷信用,能履行诺言而取得的信任:～誉|守～|言而有～。❸相信,认为可靠而不怀疑:～任|～赖|半～半疑|始吾于人也,听其言而～其行。❹崇奉:～仰|～奉|善男～女。❺可以证明真实的凭据:～物|印～。❻书信:写～|介绍～|家里来～了。❼消息:～息|音～|口～儿|通风报～。❽信石,即砒霜:红～|白～。❾介词。听凭,随意:～步走来|～口开河|～手拈来。❿〈文〉副词。确实;的确:～命不可疑。⓫姓。
㊁ shēn ❶〈文〉通"伸(shēn)"。伸展:

今有无名之指,屈而不～。❷〈文〉通"伸(shēn)"。伸张:令廉白守道者得～其操。

衅（釁） xìn ❶嫌隙,争端:～端|寻～|挑～。❷古代祭祀的礼仪,用牲畜的鲜血涂抹器物的缝隙:～钟|缚之,杀以～鼓。❸〈文〉缝隙;裂痕:按兵不动,以观其～。❹〈文〉征兆;端由:臣每远惟战国存亡之符,近览刘氏倾覆之～。

膟 xìn 〈文〉伤口愈合时的新肉略微凸起。

焮 xìn ❶〈文〉烧;灼:焚～。❷〈文〉晒;暴晒:赤日～逵道(逵道:大道)。❸〈文〉炽盛:乱离方～。❹〈文〉皮肤发炎肿痛:头～如斗。

脪 ㊀ xìn 〈文〉同"囟"。囟门。
㊁ zǐ 〈文〉一种带骨的肉酱。

愸 xìn 见 yìn "愸"(812 页)。

䁲 xìn 〈文〉狐臭:～臭。

釁 xìn ❶〈文〉同"衅"。血祭:～鼓。❷〈文〉用香料或牲血涂身以除灾:三～三浴。❸〈文〉裂缝:一遭纤微～,垢莫磨拭。❹〈文〉嫌隙:～隙。❺〈文〉罪过:负罪婴～(婴:承受)。

罊 xìn 〈文〉瓦器破裂:破～。

xīng（ㄒㄧㄥ）

兴（興）〔兴〕 ㊀ xīng ❶举办;发动:～办|～建|孙坚～义兵,讨董卓。❷旺盛;昌盛:～盛|复～|天下～亡,匹夫有责。❸出现;流行:～起|时～|雪霜时降,疠疫不～。❹使兴盛;使盛行:多难～邦|大～廉政爱民之风。❺〈文〉起;起来:晨～|夙～夜寐|从者病,莫能～。❻〈方〉准许;允许(多用于否定式):不～胡说。❼副词。或;或许:～许|野性惯疏闲,晨趋～暮还。
㊁ xìng 对事物喜爱的情趣:～趣|雅～|乘～而来,～尽而返。

狌 xīng 见 shēng "狌"(610 页)。

星 □ xīng ❶宇宙间能发射光或反射光的天体，分为恒星、行星、卫星、彗星、流星等。通常指太阳、地球、月球之外的夜间天空中发光的天体：～罗棋布｜月明～稀。❷形状像星星的东西，常表示等级：五角～｜五～上将｜四～级宾馆。❸零碎的或细小的东西：火～｜油～儿｜炉火照天地，红～乱紫烟。❹秤杆上标志重量单位的小点子：秤～｜定盘～。❺某些领域有名的人：明～｜球～｜歌～。❻星宿名。二十八宿之一，属南方朱雀。❼姓。

胜 xīng 见 shèng "胜"（611 页）。

骍（騂）[騂] xīng ❶〈文〉赤色的马，也指赤色的牛。❷〈文〉赤色的：～裳｜～弓｜～红。

猩 xīng【猩猩】哺乳动物。外形略像人，全身有赤褐色长毛，前肢长，没有尾巴。有筑巢习性。现产于马来群岛。

惺 xīng ❶〈文〉聪明；机警：一半～～一半愚。❷〈文〉清醒：～悟｜一声寒雁叫，唤起未～人。❸〈文〉领会：要将心法常～，模范昭昭如镜。❹【惺忪（sōng）】刚睡醒时视觉模糊不清的样子：睡眼～。

瑆 □ xīng ❶〈文〉玉的光彩。❷用于人名。

塎 xīng 〈文〉赤色坚硬的泥土：～土顽石。

蛵 xīng【虰（dīng）蛵】〈文〉蜻蜓。也作"丁蛵"。

腥 □[胜] xīng ❶鱼类、肉类等食物：荤～｜他忌口，不吃～。❷气味像生鱼虾的：～气｜～臭｜血雨～风。❸〈文〉生肉：君赐～，必熟而荐之。

煋 □ xīng 〈文〉光芒四射：～白眼（眼睛放光）。

烆 xīng 〈文〉赤。

箵 xīng【箵（píng）箵】1. 古代车上用来防尘的竹席。2. 装有这种竹席的车。

繰 xīng 〈文〉麻织品：细～二线。也叫"麻繰"。

鮏 xīng 〈文〉鱼腥气：(鱼)洗净血～。

曐 xīng 星星。通作"星"。

觪 xīng【觪觪】〈文〉弓调和的样子：～角弓。也作"骍骍"。

xíng （ㄒㄧㄥˊ）

刂 xíng 同"行"。行走。用于古白话：路上～。

刑 □ xíng ❶〈文〉杀；割：～人之父子。❷国家依据法律对罪犯施行的制裁：～罚｜判～｜道之以政，齐之以～，民免而无耻（道：同"导"，引导。齐：使整齐）。❸特指对犯人的体罚：～讯｜用～｜受～｜严～拷打。❹〈文〉铸造器物的模子，引申为法式、典范。后作"型"：～范正，金锡美｜虽无老成人，尚有典～。❺〈文〉法；法律：国斯无～｜郑人铸～书。❻姓。

荆 xíng 〈文〉惩罚罪过。通作"刑"。

邢 □ xíng ❶周代诸侯国名。故地在今河北邢台。❷姓。

行 □ ㊀ xíng ❶走：～进｜日～千里｜三人～，必有我师焉。❷特指外出：～程｜～旅｜不虚此～。❸〈文〉路程：千里之～，始于足下。❹流通；推广：～销｜发～｜言之无文，～而不远。❺运行；运动：天～有常｜不塞不流，不止不～。❻流动的；临时的：～署｜～营｜～宫。❼做；从事：～礼｜多～不义必自毙。❽举止；表现：品～｜德～｜言～一致。❾可以：不学好外语不～｜～，就按你说的办吧！❿〈文〉兼代官职：太祖～奋武将军。⓫〈文〉将要：～将就木（寿命将尽）。⓬行书，汉字字体的一种，形体和笔势比草书工整易识，比楷书流畅易写。⓭古诗的一种体裁：《长歌～》《琵琶～》《从军～》。⓮姓。

㊁ háng ❶〈文〉道路：女执懿筐，遵彼微～(遵：沿着)。❷人或物排列的直排或横排：～列｜字里～间｜垂柳成～。❸兄弟姐妹按长幼排列的顺序：您～几？｜我在家三。❹职业：～业｜同～｜改～｜隔～如隔山。❺某些营业机构：商～｜银～｜车～｜电器料～。❻古代军队编制，二十五人为一行。❼量词。用于成行的：两～队伍｜几～松

柏｜一～～的字。

㊂ hàng 【树行子(zi)】排列成行的树木；小树林。

㊃ héng 【道行(heng)】僧道修行的功夫，比喻技能本领：～深｜这小伙子～真不小。

饧（餳） ㊀ xíng ❶糖稀，含水分较多的麦芽糖：～糖｜～渣。❷糖块、面团儿等变软：糖～了。❸眼皮半开半合，精神不振的样子：眼睛发～。

㊁ táng 〈文〉同"糖"：(孙)亮使黄门…取交州所献甘蔗～。

形 xíng ❶形体；身体：无～｜～影不离｜～销骨立。❷形状；样子：方～｜地～奇｜～怪状｜兵无常势，水无常～。❸容貌；外表：～貌｜～如槁木｜自惭～秽。❹方式；方法：～式｜卑身以事强，小国之～也。❺〈文〉地势：山川～胜。❻〈文〉局势；趋势：～格势禁｜鼎足之～。❼显露；表现：～诸笔墨｜喜怒不～于色｜情动于中而～于言。❽对照；比较：长短相～｜前后相～。❾姓。

陉（陘） xíng ❶〈文〉山脉中断的地方；山口。多用于地名：井～(在河北石家庄)。❷古地名。1. 春秋楚地，在今河南郾城。2. 战国韩地，在今山西曲沃。3. 春秋周地，在今河南沁阳。

俐 xíng 〈文〉形体；定形之物：～者成也(生就的形体一成而不可变)。

姁（姃） xíng ❶〈文〉女子身材修长美丽：媌～(媌：miáo，眉目美好)。❷〈文〉婢女。❸【姁娥】汉代宫廷女官名。

型 xíng ❶铸造器物用的模子：模～｜砂～｜～砂｜～典。❷类别；种类：～号｜类～｜流线～。❸法式，典范：典～｜在凤昔(凤昔：从前)。

荥（滎） ㊀ xíng ❶〈文〉(水)小：～泽之水无吞舟之鱼｜～水不能生鱼鳖者，小也。❷用于地名：～阳(在河南郑州)。

㊁ yíng 用于地名：～经(在四川雅安)。

钘（鈃） xíng 古代盛酒的器皿，似钟而颈长。

崟 xíng 见 kēng "崟"(361 页)。

硎 xíng ❶〈文〉磨刀石：刀刃若新发于～。❷〈文〉磨：～铓(铓：刀剑的尖端)。

铏（鉶）[鉶] xíng ❶古代一种盛羹的礼器，常用于祭祀：～四十有二。❷〈文〉通"硎(xíng)"。磨刀石：新出于～。

诮 xíng 【诮笑】嘲笑。用于古白话：若行一善，众共～。也作"形笑"。

铿 xíng ❶〈文〉温器。❷〈文〉同"钘"。酒器。

榮 xíng 〈文〉小瓜。

鍚 xíng 〈文〉同"饧"。饴糖和糯米粉熬成的糖。

xǐng （ㄒㄧㄥˇ）

省 xǐng 见 shěng "省"(610 页)。

筬 xǐng 【筜(líng)筬】〈文〉打鱼时用的竹笼。

醒[酲] xǐng ❶从酒醉、麻醉或昏迷中恢复神志：苏～｜酒～了｜昏迷不～。❷结束睡眠状态或尚未入睡：天没亮就～了｜一直醒着睡不着。❸觉悟；认识由模糊而清楚：～悟｜觉～｜举世皆浊我独清，众人皆醉我独～。❹清楚；明显：～目｜～豁｜头脑清～。

擤[揩] xǐng 捏住鼻孔用力出气，使鼻涕排出：～鼻涕。

xìng （ㄒㄧㄥˋ）

兴 xìng 见 xīng "兴"(748 页)。

杏 xìng ❶杏树，落叶乔木。花白色或淡红色，果实金黄色，味酸甜，可以吃。核仁叫杏仁，可以食用或入药。❷这种植物的果实。❸姓。

幸[❹❺*倖] xìng ❶称心如意：～福｜荣～｜三生有～。❷认为称心如意而高兴：庆～｜～欣～｜～灾乐祸。❸〈文〉希望：～勿推却。❹由于偶然因素而得到好处或免去灾难：～亏｜～存｜～免。❺〈文〉宠幸：～臣｜得～。❻指帝王

到达某地:巡～|行～甘泉宫。

夲 xìng 见 niè"夲"(488 页)。

牫 xìng 〈文〉同"姓"。族号,用来表明家族系统:百～(百姓)。

性□ xìng ❶人性;人的本性:～情|个～|江山易改,本～难移|～相近也,习相远也。❷事物固有的性质或特点:～能|药～|木石之～,安则静,危则动。❸性别,男女或雌雄两性的区别:女～|雄～|异～。❹情欲的本能;有关生殖或两性行为的事物:～欲|～爱|～生活。❺语法范畴。表示名词、代词、形容词的类别,如俄语名词有阳、阴、中三性。❻后缀。构成名词,表示事物的某种性质、性能、范围等:普遍～|先进～|综合～。

姓□ xìng ❶表明家族系统的称号:～氏|指名道～|隐～埋名。❷以…为姓:你～什么? 我～吕。❸姓。

荇[荐] xìng 【荇菜】多年生草本植物。叶子浮在水面,花黄色,蒴果椭圆形,根状茎可以吃。

疜 xìng 〈方〉发生影响:那是～起的。若是天上没有云,不会这们(么)红。

妐 xìng 〈文〉吉祥而免去灾祸。通作"幸"。

涬 xìng 〈文〉寒冷:漤(jìn)～|～冷。

悻 xìng 〈文〉同"悻"。恼恨。

涬 xìng ❶涬溟(míng)1.〈文〉混沌的元气:大同乎～。2.〈文〉大水茫茫:四海～。❷〈文〉引;引发:毋绵牵以～己(不要受世俗牵制而给自己引来忧患)。

悻 xìng 【悻悻】1.〈文〉恼怒、怨恨的样子:～然|～而去。2.〈文〉固执而傲慢的样子:安石为人,～自信(安石:人名)。

婞 xìng 〈文〉倔强;刚直:～直|性～刚洁。

瓶 xìng 【瓶甋(shěng)】〈文〉盎、缶一类瓦器。

綍 xìng 〈文〉丝直。

虩 xìng 〈文〉道教称说北斗七星之一的名称。

詍 xìng 【詍切】〈文〉直言切谏。

嬹 xìng 〈文〉喜爱;喜欢:不～其艺,不能乐学。通作"兴"。

臖 xìng 〈文〉肿痛;肿胀:～肿。

---

xiōng（ㄒㄩㄥ）

凶□ [❸-❻△*兇、凶、兇] xiōng ❶不幸的;不吉利的(跟"吉"相对):～兆|～信|～多吉少。❷〈文〉年成很坏:～年|～岁|岁～,年谷不登。❸残暴:～恶|～狠|穷～极恶。❹厉害;过分:洪水来势很～|你们闹得也太～了。❺杀害或伤害人的行为:～手|行～|逞～。❻行凶作恶的人:元～|帮～。"兇"另见 xiōng(751 页)。

兄 xiōng ❶哥哥;亲戚中同辈而年纪比自己大的男子:～嫂|表～|家～。❷对男性朋友的尊称:～台|仁～|云夫吾～有狂气(云夫:人名)。

芎 [营] xiōng 【川芎】多年生草本植物。羽状复叶,花白色,全草有香气,根状茎可入药。也叫芎䓖。

兇 xiōng 〈文〉恐惧;喧扰声:曹人～惧。另见 xiōng"凶"(751 页)。

匈 xiōng ❶〈文〉同"胸":伏弩射中汉王,汉王伤～。❷〈文〉匈奴的简称:又～虏一败,或当惧而修德。

讻(訩) xiōng ❶〈文〉争讼;争辩:不告于～(不争功)。❷【讻讻】〈文〉形容众人喧哗纷扰:～不可胜听。❸〈文〉惊恐不安:～惧。❹〈文〉灾祸;祸乱:祸～。

呞 xiōng ❶【呞呞】〈文〉同"讻讻"。形容众人喧哗争吵。❷【呞咬(náo)】〈文〉喧哗声。

洶 [*汹、潀] xiōng ❶水波翻腾的样子:～涌|大江动我前,～若溟渤宽。❷【洶洶】1.〈文〉形容声音喧闹:波声～。2.〈文〉形容纷争的样子:议论～。3.形容声势很盛的样子(多含贬义):来势～～。

殈 xiōng 〈文〉同"凶"。不幸的；不吉利的：～气(鬼祟邪气)。

哅 xiōng【哅哅】〈文〉形容喧闹。

恆[恆] xiōng ❶〈文〉惊骇；恐惧：～骇|～惧。❷【恆恆】〈文〉喧扰的样子：天下～。

胸[*胷、肎、脑、育] xiōng ❶躯干的前部，在颈部和腹部之间：～膛|前～|袒～露臂。❷指内心(跟思想、见识、气量等有关)：～襟|心～|成竹在～|～中正，则眸子瞭焉(瞭：明亮)。

詷[詷] xiōng【詷詷】〈文〉同"讻讻"。形容众人喧哗纷扰：外闻～如此。

鱅 xiōng【鱅魂】〈文〉鸮(xiāo)的别名。

xióng （ㄒㄩㄥˊ）

雄[雄] xióng ❶公(鸟)；公的(跟"雌"相对)：～性|～蕊|～鸡|但闻悲鸟号古木，～飞雌从绕林间。❷有气魄的：～伟|～心壮志|行色军旗动，军声鼓角。❸强有力的：～壮|～健|事实胜于～辩。❹强有力的人或国家：英～|枭～|战国七～。❺称雄：心～万夫|方今唯秦～天下。

䳎 xióng 见 tóng "䳎"(672页)。

熊 xióng ❶哺乳动物。头大，尾短，四肢短粗。能游水，会爬树，也可以直立。种类很多，有棕熊、白熊、黑熊等。❷姓。

daug xióng 迷信说法中的鬼名。

xiǒng （ㄒㄩㄥˇ）

昫 xiǒng 见 xù "昫"(757页)。

xiòng （ㄒㄩㄥˋ）

诇[詗][詗] xiòng ❶〈文〉刺探；探察：～察民间事。

❷〈文〉探求：～诸史乘(shèng)。❸〈文〉明了；了悟：儇～(儇：xuān，聪明)。

夐 xiòng 见 xuàn "夐"(763页)。

敻 xiòng 〈文〉同"夐"。远；距离大。

趌 xiòng ❶〈文〉行。❷【蕙(mèng)趌】〈文〉走路疲乏的样子。

踓 xiòng 〈文〉同"趌"。行走。

休[休] xiū ❶休息：～假|行者～于树|景公猎，～，坐地而食。❷停止：～学|无尽无～|令下而人皆疾习射，日夜不～(疾：快。习射：练习射箭)。❸旧时指辞官，现指离开工作岗位：退～|离～|名邑文章著，官应老病～。❹旧时指丈夫把妻子赶回娘家，断绝夫妻关系：～妻|～书。❺〈文〉吉利；美好；喜悦：～咎(吉凶)|～戚相关|～明之盛世。❻副词。表示警示性劝阻，相当于"不、不要"：～得无理|闲话～提|～要血口喷人。❼〈文〉健壮：～健。❽姓。

仯 xiū 〈文〉健壮：～健。通作"休"。

茠 xiū 见 hāo "茠"(240页)。

咻[咻] xiū ❶〈文〉喧嚷；喧扰：一齐人傅之，众楚人～之。❷【咻咻】1.〈文〉模拟喘气的声音：～地喘个不停|听到～的鼻息声。2.〈文〉模拟某些动物的鸣叫声：大雁～地叫着。

修[*脩] xiū ❶改进；使完美：～饰|装～|不～边幅|随侯惧而～政，楚不敢伐。❷使恢复原状：～理|～车|此屋不～且坏。❸兴建；建造：～建|～渠|万重～岳阳楼。❹写；撰写：～史|～志|掌～国史。❺(在学问、品行等方面)学习提高：～业|～养|进～。❻宗教徒学习教义，并遵照教义立身处世：～行|～来的福分。❼削或剪：～脚|～铅笔|～剪树枝。❽长(cháng)；远：～长|茂林～竹|关山阻～|令行路难。❾姓。
"脩"另见 xiū(753页)。

麻 xiū ❶〈文〉树荫。❷〈文〉荫庇;保护:～庇|～荫|子孙蒙～。

烋 ㊀ xiū【烋烋】〈文〉呼吸粗重:气息～。
㊁ xiāo【烋(尮(páo))然】〈文〉同"咆哮"。暴怒喊叫,气焰嚣张。

脩 [脩] xiū〈文〉干肉:束～(一束干肉)。古代入学的敬师礼物,借指薪俸)|凡肉之～颁赐,皆掌之。
另见 xiū"修"(752页)。

羞 xiū ❶耻辱:～耻|遮～布|不恒其德,或承之～。❷感到耻辱;丢人:～与为伍|～花闭月。❸难为情;害臊:～涩|害～|～答答|你不怕～啊?❹使难为情;使感到害臊:～辱|用手指～他。❺〈文〉通作"馐"。精美的食物:膳～|玉盘珍～直万钱。

鸺 (鸺)[鵂] xiū【鸺鹠(liú)】鸟名。身体羽毛暗褐色,有棕白色横斑,面部羽毛略呈放射状,头部没有角状的羽毛。捕食鼠、兔等。种类较多,都是我国国家级重点保护动物。

脙 xiū(又读 qiú)〈文〉瘦:～橢(枯瘦)。

麻 xiū【痳瘬(xiè)痢】〈方〉痢疾的一类。时发时止,久而不愈,故称。也叫"休息痢"。

蓨 xiū 见 tiáo"蓨"(666页)。

㺹 [㺹] xiū【貔(pí)㺹】古书上说的一种猛兽,比喻勇猛的军队:命～之士,鸣橄前驱。

饈 (饈) xiū〈文〉美味;精美的食物:珍～|调鼎和～。

楢 xiū〈文〉树木名。

鬏 [髹、髤、鬖] xiū ❶〈文〉赤黑色的漆:丹～。❷〈文〉把漆涂在器物上:～漆。

儵 xiū〈文〉骏马名。

餴 [餴] xiū〈文〉蒸饭。

蟏 xiū 竹节虫。身体细长,绿色或褐色,像竹节,头小,无翅。

鏅 xiū〈文〉未加工成器的铜、铁。

鳡 ㊀ xiū〈文〉松鱼。即海鲇。
㊁ qiū ❶传说中的鱼名。❷〈文〉泥鳅。

鱻 xiū〈文〉惊慌奔走的样子:惊～。

xiǔ　(ㄒㄧㄡˇ)

朽 xiǔ ❶腐烂:腐～|摧枯拉～|锲而舍之,～木不折。❷衰老:～迈|老～|年～齿落。❸磨灭;消散(多用于否定式):永垂不～|沉冤难～。

杇 xiǔ〈文〉同"朽"。腐烂。

殕 ㊀ xiǔ〈文〉腐烂:腐～。后作"朽"。
㊁ guǎ〈文〉同"剐"。剔肉:～其肉而弃之。

疛 xiǔ 见 jiǎo"疛"(313页)。

宿 xiǔ 见 sù"宿"(638页)。

滫 xiǔ〈文〉拌和:～瀡(古时调和食物的一种方法。"瀡"音 suǐ)。也作"潃"。

潃 xiǔ〈文〉淘米水;污水:兰槐之根是为芷,其渐之～,君子不近,庶人不服(渐:jiān,浸入)。

緕 xiǔ〈文〉连缀铠甲片的带子:以麝皮为～。

糔 xiǔ【糔溲(sōu)】〈文〉用水调和粉面:～之以为酏(酏:yǐ,稀粥)。

xiù　(ㄒㄧㄡˋ)

秀 xiù ❶谷类抽穗开花:～穗|苗而不～|六月六,看谷～。❷〈文〉草木的花:兰有～兮菊有芳。❸〈文〉树木茂盛:佳木～而繁阴。❹美丽而不俗:～丽|俊～|千岩竞～,万壑争流。❺聪明:内～|心～。❻特别优异的:优～。❼特别优异的人才:新～|后起之～。❽表演;展示:作～|时装～|模仿～。[英 show]❾姓。

岫 [宙] xiù ❶〈文〉山洞:白云出～。❷〈文〉峰峦:重峦叠～|晨光

映远～。

琇 xiù 〈文〉有瑕疵的玉。

臭 xiù 见 chòu "臭"(90 页)。

袖 [褏] xiù ❶衣服套在胳膊上的筒状部分:～口|衣～|长～善舞。❷藏在衣袖里:～着手|～手旁观。

绣 (綉) [*繡、䋽] xiù ❶用彩色丝线在绸、布上面做花纹、图案、文字:～花|刺～|翡翠黄金缕,～成歌舞衣。❷有彩色花纹的丝织品:苏～|锦～|原野如～。❸〈文〉华美;华丽:～楼|～阁|朱帘～户。

琇 xiù 〈文〉像玉的美石。

宿 xiù 见 sù "宿"(638 页)。

锈 (銹) [⊖△*鏽] ⊖ xiù ❶金属在潮湿空气中被氧化而在其表面所生成的物质:铁～|铜～。❷附着在物体表面像锈的东西:茶～|水～。❸生锈:～蚀|不～钢|锁～住了,打不开。❹锈病,由真菌引起的植物茎叶出现铁锈色斑点的病害。
⊜ yòu 〈文〉通"釉(yòu)"。釉子:凡诸陶器精者中外皆过～。
"鏽"另见 sù(639 页)。

嗅 [齅、嗽] xiù 闻,用鼻子辨别气味:～觉|树橘柚者,食之则甘,～之则香。

傃 xiù 〈文〉同"袖"。用于人名。郑傃,战国时人。

溴 xiù 非金属元素。符号 Br。

璓 xiù 〈文〉次于玉的美石。

襃 ⊖ xiù 〈文〉同"袖"。衣袖:奋～低昂。
⊜ yòu ❶〈文〉服饰华美的样子:～然有尊盛之服。❷〈文〉苗、芽等渐长的样子:～然三五寸。❸〈文〉出众的样子:俊骨英才气～然。

蟉 xiù 【虬(qiú)蟉】〈文〉龙伸颈高低起伏的样子。也作"赳(jiū)蟉"。

嚊 xiù 见 pì "嚊"(516 页)。

鎀 xiù 同"锈"。生锈。

xū(ㄒㄩ)

讦 (訏) ⊖ xū ❶〈文〉大:我罪实～。❷〈文〉虚夸;诡诈:～则诬人(诬:欺骗)。❸〈文〉同"吁"。叹词。
⊜ xǔ 【讦讦】〈文〉广大的样子:川泽～。

圩 xū 见 wéi "圩"(695 页)。

戌 ⊖ xū 地支的第十一位:～时(相当于十九点到二十一点)。
⊜ qu 【屈戌儿】铜制或铁制的带两个脚的小环儿,钉在门窗或箱柜上面,用来挂锁或钉锔。

吁 (⊖籲) ⊖ xū ❶叹息;叹气:长～短叹|～了一口气。❷〈文〉叹词。表示惊异:～! 是何言欤!|～! 君何见之晚也!
⊜ yù 为某种要求而呼喊:呼～|～请|～求。
⊜ yū 叹词。让牲口停止前进的吆喝声:周大钟～了一声,大红马停在地头上。

吇 xū 〈文〉同"吁"。叹词。表示惊异或奇怪。

忏 xū 〈文〉忧伤。

旴 xū ❶〈文〉形容太阳刚刚升起:～日始旦。❷古地名。在今江西旴江(抚河)流域一带。

盱 xū 〈文〉同"吁"。叹词。

盱 xū ❶〈文〉张目而视:扬眉～目。❷【盱眙(yí)】地名。在江苏淮安。

胥 xū 〈文〉同"胥"。【胥余】同"胥余"。村落的角隅。

呼 xū 见 hū "呼"(255 页)。

敊 xū 〈文〉等待:臣为王之楚,～臣之友而行。通作"胥"。

姁 xū 见 xǔ "姁"(756 页)。

砉 ⊖ xū〈文〉模拟皮骨相离的声音：庖丁为文惠君解牛…～然响然，奏刀騞(huō)然。
⊜ huā　模拟迅速动作发出的声音：树上的乌鸦～的一声飞走了。

须 (❶❹须、❷❸鬚) xū ❶必须或应当：无～｜务～｜白日放歌—纵酒。❷下巴上长的胡子，也泛指胡子：～眉｜胡｜～发皆白。❸像胡须的东西：～根｜触～｜玉米～。❹〈文〉等待：吴起～故人而食(故人：老朋友)。

欨 xū ❶〈文〉呵气使温暖。❷【欨愉】〈文〉喜悦的样子：～怿。

胥 xū ❶〈文〉小官吏：～吏｜里～(一里之长)｜钞～(负责誊写文书的小官吏)。❷〈文〉观察；察看：于～斯原，既庶既繁。❸〈文〉总括全体范围，相当于"都"：万事～备。❹〈文〉通"须(xū)"。等待：韩且坐而～亡乎？❺姓。

顼 (頊) xū ❶【顼顼】〈文〉若有所失的样子：～然不自得。❷【颛(zhuān)顼】传说中的上古帝王名。

烆 xū【烆烆】〈文〉光彩艳丽的样子：(容)颜～以流光。

薢 xū 一年生草本植物。即蛇床子，果实可入药。

雩 xū 见 yú "雩"(826页)。

虚 [虚] xū ❶〈文〉大土山：升彼～矣，以望楚矣(楚：地名)。后作"墟"。❷〈文〉废墟；亡国之～。后作"墟"。❸〈文〉集市：走逾四十里之～所卖之。后作"墟"。❹空(kōng)；没有实际内容的(跟"实"相对)：空～｜乘～而入。❺不真实的；假的：～伪｜弄～作假｜名冠诸侯，不～耳。❻空(kòng)着；空出来：～位以待。❼不自满：～心｜谦～。❽胆怯；勇气不足：做贼心～｜初次上台，心里发～。❾体质弱：～弱｜气～｜病刚好，身子还～。❿星宿名。二十八宿之一，属北方玄武。⓫副词。1.表示动作行为的实施没有根据；凭空地：～张声势｜名不～传。2.表示动作行为实施后没有效果；徒劳地：～度年华｜弹无～发。

谞 (諝) xū ❶〈文〉才智；谋无遗～。❷〈文〉计谋；设诈～。

揟 xū ❶〈文〉滤去水中的渣滓。❷【揟次】古县名。在今甘肃。

湑 xù〈文〉等待。通作"需"。

媭 (嬃) xū ❶古代楚国称姐为媭：女～(屈原的姐姐)。❷用于女子名。

欻 xū 见 chuā "欻"(93页)。

惛 xū〈文〉同"谞"。才智。

楈 xū【楈枒】〈文〉树木名。即椰子树。

墟 xū ❶原来有人聚居，后已荒废了的地方：废～｜殷～(商代后期都城的遗址，在今河南安阳殷都区)。❷〈文〉村庄；村落：～落｜暧暧远人村，依依～里烟。❸〈文〉大土山：丘～。❹〈方〉同"圩"。村镇集市：每日一～，自卯至午即罢。

蕮 xū 见 qiū "蕮"(560页)。

需 xū ❶应该有；一定要有：～要｜急～｜国之～贤，譬车之恃轮。❷应该有或一定要有的东西：军～｜不时之～。

嘘 ⊖ xū ❶慢慢地呼气：～气｜南郭子綦(qí)隐机而坐，仰天而～(南郭子綦：人名。隐机：靠着几案)。❷叹气：唏～｜魂梦天涯无暂歇，枕上长～。❸火或热气熏烫：小心蒸汽～了手｜把凉馒头放锅里～一～再吃。❹叹词。表示制止或驱逐等：～！小声点｜～！出去！❺发出"嘘"的声音制止或驱逐：大家把他～下台了。
⊜ shī　叹词。表示制止或驱逐等：～！别吵了｜～，快走开！

魆 xū ❶【黑魆魆】形容黑暗；没有光线的样子：山洞里～的。❷【魆黑】很黑：满屋～｜～的夜色里。

鋘 ⊖ xū【鋸(qū)鋘】〈文〉门窗、箱柜等器物上的环钮、搭扣。今作"屈戌"。
⊜ huì【鋘鋘】〈文〉同"哕哕"。车铃声：鸾声～～。

橚 xū 铧锹一类的农具。

歔 xū ❶〈文〉叹息；抽泣：～泣。❷〈文〉呵气；出气：或～或吹。

X

蝑 ㊀ xū 【蜙(sōng)蝑】〈文〉虫名。即螽斯。

㊁ xiè 〈文〉蟹酱:蟹～。

䙒 xū 〈文〉束发(fà)的带子:青䙓白～。

緰 xū 见 tóu "緰"(675 页)。

縃 xū 【縃縻(mí)】〈文〉拘缚;系缚。也作"胥靡"。

瞲 xū 〈方〉眯缝着眼:～起眼睛。

欻 xū 〈文〉同"歘"。突然;迅急:～有羊角风起,随行十余里。

歔 xū 【欷(xī)歔】〈文〉同"欷歔"。叹息:～流涕。

須 xū 〈文〉等待:(涓勛)下车立,～过,乃就车(須过:等人过去之后)。通作"须"。

繻□(繻) ㊀ xū ❶〈文〉彩色的丝织品:绮～。❷古代一种用帛制成的出入关卡的凭证,供出入时验合:合～。

㊁ rú ❶〈文〉通"襦(rú)"。短袄:～衣|绣～。❷〈文〉通"濡(rú)"。沾湿。

謣 xū 见 yú "謣"(828 页)。

𦃇[顈] xū 〈文〉用绳索绊住兽的两只前足:羁～。

𩭹 xū 〈文〉同"须(鬚)"。胡须。

魖 xū 〈文〉使人虚耗钱财的鬼:白昼野～号。

䱛 xū 〈文〉鱼名。

驉 xū 【駏(jù)驉】古代指一种与骡相似的动物,可供乘骑。也作"距虚"。

𨰋 ㊀ xū 〈文〉锁簧:无～锁子。

㊁ rú 〈文〉"襦(rú)"的讹字。短衣;短袄:铠～(穿在铠甲内的内衣)。

㊂ róu 〈文〉同"鍒"。熟铁:～铁。

xú (ㄒㄩˊ)

俆 ㊀ xú 〈文〉缓慢。

㊁ shū 古地名。在今山东。

徐□ xú ❶缓慢:～缓|清风～来|于是天子乃按辔～行至营。❷周代诸侯国名。故地在今安徽泗县。❸姓。

鉏 xú 见 jǔ "鉏"(338 页)。

xǔ (ㄒㄩˇ)

讦□ xǔ 见 xū "讦"(754 页)。

许□(許) ㊀ xǔ ❶应允;认可:～可|允～|弗听,～晋使。❷答应给予:～愿|～诺|以身～国。❸家长为女子做主,与人订婚:～配|～婚|姑娘已～了人了。❹称赞:称～|赞～|～为佳作。❺副词。1. 表示对情况、数量的猜测或估测,相当于"也许、或许":他～是走了|这箱子～有一百多斤。2. 表示委婉或商讨的口气:这样做～是最好的选择了|这个车站的设施～是全国最先进的。❻〈文〉表示约数,相当于"左右、上下":百～人|年三十～|离城二里～。❼周代诸侯国名。故地在今河南许昌东。❽姓。

㊁ hǔ 【许许】〈文〉模拟共同用力时发出的呼声:伐木～。

呴 xǔ 【呴喻】〈文〉同"呴俞(yù)"。化育爱抚:～笃致(笃致:深厚真挚)。

㖅 xǔ 〈文〉分离。

响 ㊀ xǔ 〈文〉呼气;哈气:吹～呼吸。

㊁ hǒu 〈文〉同"吼"。吼叫:～嗥。

㊂ gòu 〈文〉同"雊"。雄性野鸡鸣叫:郊雉皆～。

㊃ gōu 【响犁湖】汉代匈奴单于名。

诩□(詡) xǔ ❶〈文〉夸耀;说大话:夸～|自～。❷〈文〉普及;遍及:德发扬,～万物。

姁 ㊀ xǔ ❶〈文〉老妇人。❷【姁姁】〈文〉安乐的样子:～焉相乐。

㊁ xū 【姁媮(yú)】〈文〉和悦美好的样子:姣服极丽;～致态。

浒□ xǔ 见 hǔ "浒"(259 页)。

珝□ xǔ 〈文〉玉名。

栩□ xǔ ❶〈文〉栎树。❷【栩栩】〈文〉生动活泼的样子:～如生|～欲活。

昫 xǔ 殷代的一种帽子：殷人～而葬。

偦 xǔ 古时掌管捕捉盗贼的小官吏：宿～(夜间捕盗)。

蚼 xǔ 见 yì"蚼"(803 页)。

煦 ㊀ xǔ 〈文〉同"昫"。吹气；吐出：相～以沫。
㊁ xù 〈文〉同"煦"。温暖；引申为抚育：～之如子。

嶱 xǔ 【岳(嶽)嶱山】古山名。

淢 xǔ 见 xù"淢"(758 页)。

翾 xǔ 〈文〉轻快：～车霆发。

褅 xǔ 〈文〉祭神的精米：怀椒～而要之(椒褅：祭神的食物。要：yāo，邀请)。通作"糈"。

鄦 xǔ ❶周代诸侯国名。故地在今河南许昌以东。后作"许"。❷姓。

稰 xǔ ❶〈文〉晚熟的稻谷。❷〈文〉同"糈"。祭神用的精米：费椒～以要神(椒稰：祭神的食物。要：yāo，邀)。

醐 xǔ 〈文〉同"醑"。美酒：玉～。

糈 xǔ ❶〈文〉粮食：饷～(军粮)。❷〈文〉祭神用的精米：椒～(祭神的食物)。

縃 ㊀ xǔ 〈文〉同"繻"。用绳索绊住兽的两只前足。
㊁ xié 〈文〉蜀锦名。

醑 xǔ ❶〈文〉美酒：清～。❷醑剂，挥发性药物的乙醇溶液，用于医药：樟脑～|氯仿～。

諝 xǔ 〈文〉智谋。

盨 xǔ 古代青铜制造的食器。有盖和两耳。

饛 xǔ 〈文〉同"糈"。粮食；粮饷：军～。

xù (ㄒㄩˋ)

旭 xù ❶〈文〉太阳初出：～日|东方～以既晨。❷〈文〉初出的太阳：朝～|

初～。❸〈文〉明亮：～月霁野。❹姓。

芧 xù 见 zhù"芧"(894 页)。

序 xù ❶次第，事物排列的先后：顺～|秩～|井然有～。❷〈文〉排列次第：～次|～齿(按年龄大小排列)|～有功，尊有德。❸序文，说明著作宗旨、写作经过或评介作品的文字，一般排在正文之前：短～|代～|请人写了一篇～。❹开头的；在正式内容之前的：～曲|～幕。❺古代指正房两侧的厢房：东～|西～。❻古代的学校：庠～。❼赠序，古代用于临别赠言的一种文体：《送李愿归盘谷～》(唐代韩愈作)。

侐 xù 〈文〉肃静；清静：神官有～(有：助词)。

怵 xù 见 chù"怵"(92 页)。

忦 xù 〈文〉狂。

予[矛] xù 【堪予】古代传说中的鱼名。

昫 ㊀ xù 〈文〉温暖：～伏(温暖孵化)。
㊁ xiōng 【发(fā)昫】〈文〉军旅天明待发。

叙[*敍、敘] xù ❶述说；交谈：～旧|～家常|畅叙幽情|请来寒舍一～。❷记述：～述|～事|记～。❸〈文〉评议等级次第：～功|～奖|铨～。❹〈文〉同"序"。1. 次第。2. 排列次第。3. 序文。

洫 xù 〈文〉水流淌的样子：～～(水势汹涌的样子)。

洫 xù ❶〈文〉田间的沟渠：沟～|子～为田～(子驷：人名)。❷〈文〉护城河：城～。

恤 xù 〈文〉"恤(xù)"的讹字。发疯。

恤[△*卹、*衈、*賉] xù ❶怜悯；同情：怜～|体～|怜～贫～老。❷救济：抚～|赈～|～金。❸〈文〉顾虑；忧虑：不～人言|勤～民隐|心苟无瑕，何～乎无家？
"卹"另见 sū(637 页)。

殳[殳] xù 〈文〉矛一类的兵器：长～短殳。

玻 xù 〈文〉玉名。

坫 xù 〈文〉反坫(diàn)。周代诸侯宴会时放酒杯的土台。

殈 xù ❶〈文〉禽鸟的卵未孵化成而破裂:卵~。❷〈文〉夭折:夭~。

铢 xù 见shù "铢"(625页)。

畜 ㊀xù ❶饲养(禽兽):~养|~牧|不~鸡犬。❷〈文〉抚养;养育:仰足以事父母,俯足以~妻子。❸〈文〉同"蓄"。积聚;储存:~财积谷。
㊁chù 禽兽,多指家畜:~类|牲~|六~(马、牛、羊、鸡、狗、猪)。

酗 [酶、酌] xù 无节制地喝酒;喝醉后撒酒疯:~酒|好(hào)酒而~。

勖 [*勗] xù 〈文〉勉励:~勉|~励|~以大义。

减 xù 见yù "减"(832页)。

觚 xù 〈文〉飞的样子:凤以为畜而鸟不~(凤被畜养众鸟就不会受惊而飞走)。

绪(绪) xù ❶〈文〉丝的头:丝多~乱。❷比喻事情的开端:论端~|千头万~。❸〈文〉余留的:~余|~风|先人~业。❹〈文〉(前人未完成的)事业:续未竟之~。❺心情、思想等:思~|离情别~|一怀愁~,几年离索(离索:离散)。

续(續)[続] xù ❶连接;接连不断:连~|继~|陆~。❷接在后面或下面:~编|狗尾~貂|断长~短,损有余益不足。❸添;加:~水|~茶|炉子里~点煤。❹妻死再娶:~弦|~一房媳妇。❺姓。

煦 xù 见xǔ "煦"(757页)。

詘 xù ❶〈文〉引诱:不为利~。❷恫吓;威迫:~其左右。❸〈文〉恐惧;慑服:~惧。

溆 [溆] xù ❶〈文〉水边:舟人渔子入浦~。❷溆水,水名。在湖南西南部,是沅江的支流。❸用于地名:~浦(在湖南怀化)。

滑 ㊀xù 滑水,水名。在陕西。
㊁xǔ ❶〈文〉茂盛:裳裳奢华,其叶~矣(裳裳:鲜明美盛的样子。华:花)。❷〈文〉酒滤去渣滓:尔酒既~。

絮 xù ❶古代指粗的丝绵、麻缕:丝~。❷棉花的纤维:棉~(也指用棉花纤维做成的被褥的胎)|被~。❸像棉花纤维的东西:柳~|芦~。❹在被褥、衣服的内层铺衬棉花、丝绵等:~被子|~棉袄|明朝驿使发,一夜~征袍。❺(言语)啰唆;重复:~叨|~烦。

婿 [*壻、壻、壻、智] xù ❶丈夫:妹~|东方千余骑,夫~居上头。❷女儿的丈夫:女~|~翁|(丈人和女婿)|乘龙快~。

猢 xù 〈文〉飞走:翻~奔腾(翻:yù,飞的样子)。

裔 xù 见yù "裔"(832页)。

蓄 xù ❶积聚;储存:~水|养精~锐|国无九年之~曰不足。❷保留而不去掉:~发(fà)|~须。❸(心里)存着;意:~志|~谋已久。

煦 xù 〈文〉温暖:~暖|春风拂~|~和的阳光。

瘶 xù 〈文〉头痛。

燸 xù 〈文〉用热灰烧熟。

溢 xù 见chù "溢"(93页)。

愲 ㊀xù ❶〈文〉扶持。❷〈文〉喜好;喜欢:不我能~(不喜欢我)。❸〈文〉积聚;郁结:愤~|~痛。
㊁chù 〈文〉抽动而痛:一二指~。

寱 xù 【寱然】〈文〉风迅速吹过的样子:其风~然。

嬹 xù ❶〈文〉讨好;取悦。❷〈文〉嫉妒。

蓿 xù 〈文〉同"蓄"。努力种田所得的积蓄。

瞁 xù 〈文〉惊视:~然失色。

盯 xù 【盯町(tǐng)】古山名。在今云南陆良东南。

欨　xù【呴(hē)欨】〈文〉昏暗不明的样子。

稸　xù〈文〉同"蓄"。积聚：物贱而豫～之。今作"蓄"。

颰　xù〈文〉小风。

猲　xù❶〈文〉狂，狂放：狂～。❷〈文〉惊飞：鸟不～。

騦　xù〈文〉众马奔跑的样子。

蓣　㊀xù〈文〉形容美好：醹(shī)酒有～(醹酒：斟酒)。
㊁yù【藷(shǔ)蓣】〈文〉即山药。块茎可食用，也可入药。也作"薯蓣、薯蓣"。

驫　xù见 hū"驫"(256页)。

藇　xù泽泻。多年生草本植物。根茎可入药，茎叶可做饮料。

轐　xù❶古邑名。❷革制的马的耳饰：～耳。

髊[髊]　xù〈文〉骷髅。

鷏　xù〈文〉小鸟名。

鱮　xù〈文〉鲢鱼：素～(白鲢)。

鱐　xù【泥鱐】〈文〉鱼名。也叫"涂(塗)鮀(tuō)"。也作"泥续"。

xu（·ㄒㄩ）

蓿□　xu【苜(mù)蓿】多年生草本植物。是重要的牧草和绿肥，也可以食用。

xuān（ㄒㄩㄢ）

亘□　xuān见 gèn"亘"(207页)。

呧　xuān〈文〉惊呼；喧哗。通作"喧"。

轩（軒）　xuān❶高：～昂｜～敞。❷古代一种四周有帷幕、前顶较高的车，供大夫以上乘坐，泛指车：朱～｜卫懿公好鹤，鹤有乘～者。❸有窗的长廊或小屋(旧时多用作书斋、茶馆、饭馆的名号)：

临湖～(在北京大学)｜来今雨～(在北京中山公园)。❹〈文〉窗户；门：～窗｜开～纳微凉。❺〈文〉栏杆：月上～而飞光(飞光：光芒四射)。

咺□　xuān见 xuǎn"咺"(762页)。

宣□　xuān❶〈文〉大，宽大：方喙～口。❷传扬；公开说出：～布｜～扬｜秘而不～。❸疏通；疏导：～泄｜为川者决之使导，为民者～之使言。❹〈文〉召唤：～召。❺指宣纸，一种高级书画用纸，因产于宣州(今安徽宣城、泾县一带)而得名：生～｜虎皮～。❻姓。

烜□　xuān"烜(xuǎn)"的又读。

弝
柖　xuān❶〈文〉镶角的弓。❷〈文〉弩弓。

xuān❶〈文〉碗一类的器皿。❷〈文〉即圌(chuán)，竹或草编的圆形盛谷器。

谖（諼）　xuān❶〈文〉欺诈；欺骗：～言｜诈～。❷〈文〉忘；忘记：永矢弗～(发誓永记不忘。矢：发誓)。

埙　xuān〈方〉同"暄"。松软；松散：～土｜馒头又大又～。

揎　xuān❶将(luō)起衣袖露出胳膊：～拳捋袖。❷〈方〉击；打：脊被～破｜他气恼了，～了一掌。

萱[*萲、*蕿、*蘐、*蕙]　xuān❶萱草，多年生草本植物。叶子狭长，花红黄色，供观赏，花可做菜，通称"黄花菜"或"金针菜"，根可入药。古人认为可以使人忘忧：合欢蠲忿，～草忘忧(蠲：juān，消除)。❷〈文〉萱堂，指母亲的住处，也指母亲：椿～(父母)。

喧[㊀△*誼]　㊀xuān大声说话；发出大而杂乱的声音：～哗｜～闹｜～嚣｜结庐在人境，而无车马～。
㊁xuǎn〈文〉同"咺"。哀泣不止：～不可止。
"誼"另见 xuān(760页)。

鍢（鍢）　㊀xuān❶〈文〉小盆。❷〈文〉一种盆形有环的温器。❸〈文〉模拟玉器的响声：～玉(击玉发声)。

㊀ juān 【锔人】〈文〉同"涓人"。宫廷中担任洒扫清洁的人；内侍之臣：王行遇其故～。

愩 ㊀ xuān 〈文〉才智。
㊁ yuán 〈文〉帮助：～立圣主（扶立君主）。用同"援（yuán）"。

悝 xuān ❶〈文〉心广体胖（pán）的样子。❷〈文〉快意。❸〈文〉通"谖（xuān）"。忘；忘记：永矢不～（矢：通"誓"）。

瑄 xuān 古代祭天用的大璧。

薂 xuān 【薂于】〈文〉菸草。一种水草，有臭味。

暖 xuān 见 nuǎn"暖"（494 页）。

暅 xuān ❶（阳光、气候等）温暖；暖和：寒～｜露凄～风息，气澈天象明。❷〈方〉松软；松散：～腾｜新出锅的馒头真～｜沙土地～，走起来费劲。

蹍 xuān 〈文〉急速：～驰。

睘 xuān 见 qióng"睘"（559 页）。

觛 xuān 〈文〉用兽角做的取食用的匙。

煊 xuān 【煊赫】〈文〉名声大；气势盛：～一时｜权势～。

暖 xuān 〈文〉（眼睛）大：目～。

銷 xuān 〈文〉同"锔"。一种盆形有环的温器。

撋 xuān 〈文〉同"揎"。挽起或捋起衣袖露出手臂：～衣出其臂胫。

蝖 xuān ❶〈文〉昆虫飞动的样子：～飞蠕动。❷【蝖螪(hú)】〈文〉金龟子的幼虫。

儇 xuān ❶〈文〉轻浮；滑巧：～薄｜～浅。❷〈文〉轻捷。

翾 xuān 〈文〉飞：～彼鶗(tí)鸠。

褍 xuān 姓。

谖(諼)[譞] xuān ❶〈文〉聪慧。❷【谖谖】〈文〉多言。

撋 xuān 见 huàn"撋"（268 页）。

轋 xuān 见 hūn"轋"（278 页）。

猭 ㊀ xuān ❶〈文〉通"儇（xuān）"。聪明；狡黠：～慧｜～黠。❷〈文〉通"儇（xuān）"。轻薄：～薄。
㊁ juàn 〈文〉行动敏捷：～捷。
另见 juàn"猭"（343 页）。

諠 xuān ❶〈文〉通"谖（xuān）"。忘记：终不可～。❷〈文〉通"谖（xuān）"。欺诈：弄～（骗人）。
另见 xuān"喧"（759 页）。

懁 xuān 〈文〉性情急躁：～急。

嬛[嬛] ㊀ xuān ❶〈文〉体态轻丽的样子：便（pián）～绰约。❷〈文〉材质坚致。
㊁ huán 【嫏(láng)嬛】神话中天帝藏书的地方。
㊂ qióng 【嬛嬛】〈文〉孤独无依的样子：一～女子。

駽[駽、騂] xuān 〈文〉青黑色的马，即铁青马：乘(shèng)～（四匹駽马）。

饂 xuān 〈方〉吃：～五碗有零。

矊 xuān 见 biǎn"矊"（37 页）。

蠉 xuān ❶〈文〉昆虫爬行或飞翔的样子：～飞蠕动。❷〈文〉即蜎(yuān)。孑孓，蚊的幼虫。

翾 xuān ❶〈文〉轻快地飞翔：～翔｜～翻。❷〈文〉借指飞鸟：～走（飞禽走兽）。❸〈文〉疾速：～鸟举而鱼跃。❹〈文〉通"儇(xuān)"。轻薄；轻佻：（小人）喜则轻而～。

鶱 xuān 【鶱鹕(é)】〈文〉马名。也作"鶱额"。

趤 xuān ❶〈文〉疾速。❷〈文〉急跑的样子：～～狡兔。

矎 ㊀ xuān 〈文〉眼睛直视。
㊁ xuàn 【矎矎】1.〈文〉眼花缭乱的样子：目～而丧睛。2.〈文〉目光有神的样子：目～而有光。

蠉
蠉
灙 xuān 〈文〉昆虫爬行或飞翔的样子。通作"蠉"。

xuān 〈文〉头圆。

xuān ❶〈文〉角摇动的样子。❷古亭名。在今河南柘城北。

xuán （ㄒㄩㄢˊ）

彡
玄 xuán ❶〈文〉同"玄"。赤黑色；黑色：～羽｜～冠。❷姓。

□ xuán ❶〈文〉黑中带红，泛指黑色：～青｜其血～黄｜衣黑衣，服～玉。❷〈文〉深；远：～渊｜～古。❸深奥：～妙｜机｜～奥｜～之又，众妙之门。❹不真实；靠不住：～想(幻想)｜故弄～虚｜他说得太～了。❺指道家的学说：～教｜～坛｜～论。❻姓。

还 □ xuán 见 huán "还"(265 页)。

匦
县
伭 □ xuán 〈文〉筲箕(shāojī)，淘米的竹器。

□ xuán 见 xiàn "县"(731 页)。

□ xuán 见 xián "伭"(728 页)。

驮 □ xuán ❶〈文〉黑色的马。❷(駇)用于人名。

玹 □ ㊀ xuán ❶〈文〉次于玉的美石。❷〈文〉玉的颜色。❸用于人名。
㊁ xián 姓。

羿 xuán 用于人名。三国时吴王孙休次子名𩖎(gōng)，字羿。

圎 xuán ❶〈文〉圆规。❷〈文〉法度；规范：学艺之范～。

痃 □ xuán ❶中医指腹中的痞块。❷横痃，由下疳引起的腹股沟淋巴结肿胀、发炎的症状。

兹 xuán ❶〈文〉(颜色)黑：何故使吾水～。❷姓。春秋时有兹无还。

淀 xuán 〈文〉同"漩"。回旋的泉流。

悬 □ (懸) xuán ❶挂；吊挂：～挂｜～灯结彩｜民之悦之，犹解倒～也(倒悬：比喻困苦)。❷悬空，不着地或没有

支撑：～浮｜～腕｜～肘。❸没有着落；没有结果：～案｜～而未决｜那件事还～着呢。❹挂念；牵挂：～念｜～望｜心～两处。❺凭空设想：～想｜～拟｜遥想山中店，～知春酒浓。❻公开揭示；公布：～赏。❼距离远；差别大：～隔｜～殊｜天～地隔。❽〈方〉危险：真～，差一点把车撞坏了。

旋 (㊀❷-❹鏇) ㊀ xuán ❶回环转动：～绕｜天～地转｜列星随～，日月递照。❷返回；回来：凯～｜桃李与楼齐，我行尚未～。❸圈子：老鹰在空中打～。❹毛发呈旋涡状的地方：他头上有个～儿。❺〈文〉时间很短地；很快地：～即～亦悔之。
㊁ xuàn ❶转着圈的：～风。❷用车床切削或用刀子转着圈地削：～一根车轴｜把苹果皮～掉再吃。❸旋子，一种用来温酒的金属器具：酒～。❹温酒。用于古白话：那庄客～了一壶酒。

蜿 xuán 【蜿蜗(wō)】〈文〉小螺：鹦螺～。

滋 xuán 〈文〉(颜色)黑；污浊。

漩 xuán ❶回旋的水流；水流回旋形成的圆窝：～涡。❷〈文〉水流旋转：龙归窟穴深潭～。

嫙 xuán 〈文〉美好。

璇 □ (❶❷*璿、琁) xuán ❶〈文〉美玉：～玉瑶珠。❷〈文〉像玉的美石：白～珠。❸星名，北斗七星的第二颗星。❹【璇玑(jī)】1. 古代称北斗星的第一颗至第四颗星。2. 古代测天象的仪器。

暶 □ xuán ❶〈文〉明亮。❷用于人名。

嫙 xuán 【嫙嫙】〈文〉美好的样子：(阴阳和平之人)其状～然。

襛 xuán 古代的一种男子便服：冠巾袍～。

襛 □ (襛) xuán 古代一种盛食物的托盘。圆形，有足。

蟩 xuán 【蟩(pián)蟩】〈文〉昆虫名。沙虱的别名。吸食鼠或人的血，能传播恙虫病。

儇 xuán 〈文〉同"悬"。系挂。

櫶 xuán 【櫶味】〈文〉结的枣味道不好的枣树。

xuǎn （ㄒㄩㄢˇ）

咺 ㊀ xuǎn 〈文〉小孩不停地哭泣：～然啼号。
㊁ xuān 〈文〉(威仪)显赫的样子：赫兮～兮。

选（選）[匹] xuǎn ❶挑拣；择取：～择|挑～|～其客之有智能者。❷推举：～民|推～|竞～|～他当工会主席。❸被选中的人或物：最佳人～|上～|～药材。❹挑选出来编在一起的作品：诗～|民歌～|《昭明文～》(南朝梁萧统编)。

烜 xuǎn 〈文〉晒干：日以～之。

烜 ㊀ xuǎn 又读 xuān ❶〈文〉曝晒；晒干：雨以润之，日以～之。❷〈文〉明亮；显著：华镫(灯)～于永夜。
㊁ huǐ 〈文〉火。

喧 xuǎn 见 xuān "喧"(759 页)。

撰 xuǎn 见 zhuàn "撰"(898 页)。

膖 xuǎn 〈文〉短小。

翼 xuǎn 〈文〉缠挂兽足以捕兽的网。

癣（癬）[疕、瘒、癣] xuǎn 由真菌感染而引起的皮肤病，患处常发痒。有头癣、脚癣、手癣等。

篹 xuǎn 〈文〉一种竹器。

xuàn （ㄒㄩㄢˋ）

旬 xuàn 〈文〉眼珠转动。

券 xuàn 见 quàn "券"(569 页)。

泫 xuàn ❶〈文〉水珠下滴：岩下云方合，花上露犹～。❷〈文〉流泪：～然流涕。

昡 xuàn ❶〈文〉日光。❷【昡曜(yào)】〈文〉光彩夺目。

炫 xuàn ❶〈文〉(强烈的光线)照耀：光彩～目。❷〈文〉显示；夸耀：～耀|巧斗妍|自～其能。

绚（絢）xuàn 色彩华丽：～丽|～烂。

眩 xuàn ❶眼睛昏花：～晕|头晕目～。❷〈文〉迷惑；迷乱：～惑|～于名利。❸通"炫(xuàn)"。照耀：宜加敬重，以～远近|舱前点着石油汽灯，光亮～人眼目。

鋗 xuàn 古代横贯鼎耳，用来举鼎的器具。

袨 xuàn ❶〈文〉黑色礼服。❷〈文〉华贵的盛装：靓装～服。

珼 xuàn ❶〈文〉佩玉。❷【珼珼】〈文〉佩戴玉饰的样子：佩璲～璲(璲：suì，瑞玉)。

眗 xuàn 见 shùn "眗"(629 页)。

衒 [衕] xuàn ❶〈文〉沿街叫卖，泛指卖：～鬻(yù)家财。❷〈文〉女子不经媒妁而与男子交往：舍媒而自～。❸〈文〉炫耀；自夸：自～|～能。❹〈文〉迷惑；惑乱：～惑。

旋 xuàn 见 xuán "旋"(761 页)。

絃 xuàn 〈文〉绳索：水声繁，～声浅(絃：指辖轳的绳索)。
另见 xián "弦"(729 页)。

渲 xuàn ❶中国画的技法。先把墨或颜料涂在纸上，再用笔蘸水涂抹使色彩浓淡适宜。❷【渲染】1. 义同"渲"。中国画的一种技法。2. 比喻夸大地形容或描述：一件小事，何必这么～?

楦 [△*楥] xuàn ❶楦子，做鞋、帽时用的模型，多为木制：鞋～|帽～。❷用楦子把鞋、帽的中空部分填满或撑大：刚做好的新鞋要～一～。
"楥"另见 yuán(837 页)。

煇 xuàn 见 hún "煇"(278 页)。

碹□[碠] xuàn ❶桥梁、涵洞等建筑工程的拱形部分:拱～。❷用砖、石等筑成拱形:～拱|～窑|～涵洞。

夐□[夐] ㊀ xuàn〈文〉营求:～求。
㊁ xiòng〈文〉(空间)远;(时间)久:～远|～古。

鞙 xuàn ❶〈文〉牛车上缚车轭(è)的皮带。❷〈文〉悬挂:～佩。❸【鞙鞙】〈文〉佩玉下垂的样子。

縼 xuàn ❶〈文〉用长绳牵引牛马放牧。❷〈文〉持绳索牵系;拘系的绳子。

鞙 xuàn〈文〉"鞙(xuàn)"的讹字。牛车上缚车轭(è)的皮带。

鞙 xuàn〈文〉同"楦"。做鞋帽时用的模型。

籑 xuàn〈文〉未满周岁的小羊。

繟 xuàn ❶〈文〉悬持蚕箔柱的绳索。❷〈文〉蜀锦名:～衣。

矎 xuàn 见 xuān "矎"(760页)。

飅 xuàn〈文〉风旋转:～风(回旋的风)。

鶢 xuàn〈文〉黑色的瞳仁。

譞[譞] xuàn ❶〈文〉流言。❷〈文〉营求;追求:～求。

繸 xuàn〈文〉同"繟"。悬持蚕箔柱的绳索。

趰 xuàn 见 xún "趰"(767页)。

儹 xuàn ❶〈文〉分别:蒹葭～(不同的草分列于园内)。❷〈文〉兽名。外形似狗:～啸。

<hr>
xuē (ㄒㄩㄝ)

削□ xuē 见 xiāo "削"(737页)。

瑹 ㊀ xuē〈文〉珗,射箭时钩弦的工具。
㊁ dié【瑹瑝(xiè)】模拟金属的相碰声。用于古白话:玉玎珰(dīngdāng),金～(头上的金玉首饰叮当作响)。

<hr>

靴□[*鞾、鞾] xuē 靴子,鞋帮为筒状的鞋:皮～|雨～|隔～搔痒。

薛□ xuē ❶周代诸侯国名。故地在今山东滕州一带。❷姓。

辥 xuē ❶〈文〉罪孽;罪过。❷【辥越】〈文〉散乱的样子。❸同"薛"。古国名。

薛 xuē〈文〉草名。通作"薛"。

韡 xuē 见 wěi "韡"(699页)。

<hr>
xué (ㄒㄩㄝ)

穴□[岤] xué ❶洞;窟窿:洞～|～居野处|空～来风。❷动物的窝;巢:～巢|龙潭虎～|千丈之堤以蝼蚁之溃。❸比喻敌人或坏人盘踞、藏匿的地方:匪～|～房。❹墓坑;墓穴:墓～|寿～|土～。❺中医指人体上可以进行针灸的部位:～位|点～|涌泉～。

荬□ xué ❶荬子,用竹篾、苇篾等编制成的狭长的粗席,可围起来囤粮食。❷把荬子围起来囤粮食。

峃□(嶨) xué ❶〈文〉山多大石的样子。❷用于地名:～口(在浙江文成)。

学□(學)[斈、斈] xué ❶学习,通过阅读、听讲、研究、实践等获得知识和技能:～医|勤～苦练|～而时习之,不亦说乎(说:同"悦")? ❷模仿:～猫叫|鹦鹉～舌|～师傅的样子操作。❸学问;知识:～识|治～|～有专长。❹学科,分门别类的有系统的知识:哲～|数～|市场营销～。❺学校:上～|转～。❻述说:些儿心事谁能～|孩子回家把老师的话～了一遍。

絋 xué〈文〉线缕一根。

薂 xué ❶干枯:～的你那眼睛不见。❷【薂刮】剥刮。‖用于古白话。

教 xué 见 xiào "教"(741页)。

趐□ xué ❶盘旋;来回走:狂风乱～|～来～去。❷折返,中途返回:他刚走

不远就～回来了。

噱 □ xué 见 jué "噱"(347 页)。

潏（流）
㊀ xué ❶〈文〉夏天有水冬季干涸的山泽和山溪。❷水名。渭水分出的支流。
㊁ xiào ❶【潏潏(zhuó)】〈文〉波涛激荡的声音。❷【潏滆(xiāo)】〈文〉交错的样子。

鮂 xué 【鮂(gōng)鮂】〈文〉螃蟹的一种。

蚼 xué 〈文〉草名。也叫"鼠姑"。

觼 xué 〈文〉对兽角进行加工。

鷽 [鸴] xué 古时指山鹊,鸟名。外形像鹊而有文采,尾长。羽毛以蓝色为主,喙足都是红色,性凶悍。也叫"长尾蓝鹊"。

xuě （ㄒㄩㄝˇ）

雪 □ [雪] xuě ❶天空中降落的白色晶体,多为六角形,是空气中的水蒸气在温度降到0℃以下凝结而成的:～花|冰天～地|北风卷地白草折,胡天八月即飞～。❷洗除(耻辱、仇恨、冤枉):～耻|昭～|一～沉冤。

㬊 xuě 见 xiè "㬊"(745 页)。

鳕（鳕）xuě 鱼名。身体稍侧扁,头大,尾小,下颌有一根须,鳞细,肉色雪白。生活在海洋中。也叫"大头鱼"。

xuè （ㄒㄩㄝˋ）

血 □ ㊀ xuè ❶血液,流动在心脏和血管内的红色液体。主要成分为血浆、血细胞和血小板,内含各种营养成分、无机盐类、氧、代谢产物、激素、酶和抗体等,有输送养分、调节器官活动和防御有害物质的作用:～型|鲜～|～肉相连。❷〈文〉使流血;杀伤:兵不～刃,远迩来服(迩:ér,近)。❸同一祖先的:～统|～亲|～缘。❹比喻刚强热烈的气质:～性|～气方刚。❺中医指月经:来～。
㊁ xiě 义同"血"㊀❶,血液。多用于口语,或单用:吐(tù)～|一针见～|流了很多～。

咴 ㊀ xuè 〈文〉模拟以口吹物发出的细小的声音:～然作声。
㊁ jué 〈方〉骂:挨～。

狘 xuè 〈文〉野兽受惊奔跑:鸟兽不～。

泧 xuè 见 sà "泧"(587 页)。

沀 xuè 见 jué "沀"(345 页)。

莔 xuè 〈文〉草名。

残 [㱚] xuè 〈文〉尽。

昡 xuè 〈文〉抬眼示意支使别人。

眏 xuè 见 jué "眏"(345 页)。

柍 xuè 〈文〉树木名。也叫"赤水木"。

眣 ㊀ xuè 〈文〉惊视。
㊁ jué 〈文〉幽深阴暗的样子。

祱 xuè 〈文〉衣服开孔。

谑 □ (谑) xuè 〈文〉戏弄;开玩笑:戏～|谐～|嗜酒善～。

狨 xuè 〈文〉飞翔:鸟～而去之。

詨 xuè 〈文〉愤怒呵斥。

翻 ㊀ xuè 〈文〉飞;群飞:群鸟万数,挟舟～焉。
㊁ chì ❶〈文〉同"翅"。鸟翼:凤～。❷〈文〉通"啻(chì)"。只;仅:不～万计。

颭 xuè 〈文〉小风。

飍 xuè 〈文〉小风:～飑(微风吹拂的样子)。

瞲 xuè 〈文〉惊视:～然视之。

濊 xuè 【濊濊】〈文〉水腾涌的样子:～喷沫。

窳 xuè 〈文〉孔穴的样子。

毂[磬] xuè 〈文〉紧箍。

醶 ⊖ xuè 〈文〉醋。
⊜ hù 〈文〉同"喋"。味道过分浓烈而有刺激性。

xūn （ㄒㄩㄣ）

荤 xūn 见 hūn"荤"（277 页）。

勋（勛）[＊勳] xūn ❶功勋；特殊的功劳：～劳｜功～｜屡建殊～。❷勋章，国家授给有特殊贡献的人的荣誉奖章：授～。

姁 xūn 见 jūn"姁"（348 页）。

埙（塤）[＊壎] xūn 古代吹奏乐器。多用陶土烧制而成，也有用石、骨、象牙等制成的。形状略像鹅蛋，上端有一个吹孔，前后通常有三至五个音孔。现代的埙可以有五六个音孔。

焄 xūn 见 hūn"焄"（277 页）。

煇 xūn 见 hún"煇"（278 页）。

熏[⊖❶-❸＊燻] ⊖ xūn ❶(气味、烟气等)接触物体，使变颜色或染上气味：～肉｜煤烟把墙～黑了｜用茉莉花～茶叶。❷(气味、烟气等)刺激：～蚊子｜臭气～天。❸因长期接触而受影响：～染｜～陶｜利欲～心。❹〈文〉暖和，温暖：～风(南风或东南风)｜南风之～兮，可以解吾民之愠兮(愠：郁结)。❺〈文〉通"曛(xūn)"。黄昏：至～夕，极欢而去。
⊜ xùn (有毒气体)使人中毒甚至窒息：烧炉子要注意通风，别让煤气～着。

窨 xūn 见 yìn"窨"（812 页）。

黨 xūn 〈文〉火烟向上冒出。通作"熏"。

薰 xūn ❶〈文〉一种香草，也泛指花草的香气。❷〈文〉(花草)香：闺中风暖，

陌上草～。❸熏；烤：因焚穬(kuàng)火～之(穬：一种谷物)。旧通"熏"。

獯 xūn【獯鬻(yù)】我国古代北方的民族，后称"猃狁"，是匈奴的祖先之一。也作"荤粥"。

纁（纁） xūn ❶〈文〉(颜色)浅赤色：～帛。❷〈文〉通"曛(xūn)"。落日的余光：～黄(黄昏)。

曛 xūn ❶〈文〉黄昏；傍晚：一枕高眠到日～。❷〈文〉日落时的余晖：夕～斜～。❸〈文〉昏暗：天地～黑｜踌躇日将～。

臐 xūn 〈文〉羊肉羹。

窢 xūn 〈文〉同"纁"。浅绛色：～玄(玄：黑中带红)。

醺 xūn ❶酒醉：微～｜半～｜醉～～。❷〈文〉浸染；熏染：国恩当报敢不勤，但愿不为世所～。

xún （ㄒㄩㄣˊ）

旬 xún ❶十天为一旬，一个月分上、中、下三旬：～刊｜兼～(二十天)｜数～未见。❷十岁为一旬(指年龄)：八～老母｜年过六～。

寻（尋）[＊尋] xún ❶找：～找｜搜～｜自～烦恼。❷探究：探～｜耐人～味｜下揆三泉，上～九天。❸〈文〉副词。不久，随即：再迁为渔阳太守，～转郡太守。❹量词。古代长度单位。八尺为一寻。

纠（紃） ⊖ xún ❶〈文〉用彩线编织的圆形饰带：～绣｜青～。❷〈文〉通"循(xún)"。遵循：～察。
⊜ xùn 〈文〉通"训(xùn)"。法则：以道为～，有待而然。

巡[＊廵、迿] xún ❶往来查看：～视｜～逻｜～哨。❷〈文〉量词。为全座敬酒一遍叫一巡：敬酒三～｜酒过三～。

郇 ⊖ xún ❶周代诸侯国名。故地在今山西临猗。❷姓。
⊜ huán 姓。

询（詢） xún ❶问；征求意见：～问｜咨～｜征～。❷〈文〉查考：～

究|～察|～事考言。

郇（鄟）□ xún ❶古地名。在今河南巩义西南。❷古国名。故地在今山东潍坊一带。

荀□ xún ❶传说中的一种香草。❷姓。

荨□ xún 见 qián "荨"(541 页)。

峋□ xún 【嶙(lín)峋】1.〈文〉山石高耸而重叠不平。2.〈文〉瘦削。3.〈文〉刚直有骨气。

絇□ xún 〈文〉衣领。

洵□ xún ❶〈文〉副词。相当于"确实、实在"：～属可贵|～非偶然。❷〈文〉疏远、远离：于嗟～兮，不我信兮。

浔（潯）□ xún ❶〈文〉水边：江～。❷江西九江的别称。❸【浔阳】古江名。指长江流经浔阳县的一段，在今江西九江市北：～江头夜送客。

恂□ xún ❶〈文〉相信：且～士师之言可也(士师：主管狱讼的官)。❷〈文〉畅通：思虑～达，耳目聪明。

珣□ xún 【珣玗(yú)琪】古代一种玉。

珬□ xún 〈文〉一种次于玉的美石。

枸□ xún 【枸子(zi)木】落叶或常绿灌木。叶子卵形，花白色或粉红色，果实球形，红色，可供观赏。

軥□ xún 见 chūn "軥"(98 页)。

焅（燅）□ xún ❶〈文〉备办祭祀用肉时把肉放在滚开的水中使半熟。泛指煮肉：祭礼有腥、～、熟三献。❷〈文〉把宰杀的猪、鸡等用热水脱毛：沃汤～毛。❸〈文〉同"燂"。烤熟：～鹅。

悛□ xún 见 quān "悛"(567 页)。

袀□ xún 汉代地名。

砏□ xún 【磷(lín)砏】〈文〉巨石突兀重叠的样子：坐盘石之～。

袀□ xún 〈文〉冠缨，帽带：白缟(gǎo)之冠，丹缋(huì)之～(白绢的帽子，红色

的帽缨)。

揗□ xún ❶〈文〉抚摩。❷〈文〉顺从：虎狼为猛可～，昆弟相居，不能相顺。

莫□ xún 用于人名。韩莫，三国时人。

循□ xún ❶〈文〉沿着；顺着：～山而东|～墙而走。❷依照；遵守：～例|因～|～规蹈矩。❸〈文〉(顺着)抚摩：自～其发(fà)。❹〈文〉通"巡(xún)"。巡视：遣大中大夫强等十二人～行天下。

樳□ xún 〈文〉可做锄柄的大树。

鲟（鱘）[鱏]□ xún 鱼名。身体略呈圆筒形，口小，吻尖，有硬鳞，背灰黄色。生活在淡水中，有的入海越冬。种类较多，如中华鲟、达氏鲟、白鲟等。

剥□ xún 拔毛。用于古白话：挑筋剥肉，开剥推～。

噚□ xún 又读 yīngxún 旧表示英制长度单位的字。今作"英寻"。

潯□ xún 〈文〉抽出丝的头绪加以治理。又为长度单位(八尺)。通作"寻(尋)"。

礏□ xún 〈文〉开垦田地：伐山而～。

礏□ xún 见 tán "潭"(651 页)。

潶□ xún 〈文〉汗流出的样子。

緭□ xún 〈文〉衣背中缝。

毵□ xún 古代祭祀用肉时把肉放在滚水中使半熟。通作"焅(燅)"。

樿□ xún 传说中像槐的大树。

趚□ xún 〈文〉长：～枝。

燂□ xún ❶〈文〉烧热：～汤请浴(汤：热水)。❷〈文〉烤熟：～鸡。

褍□ xún 〈文〉衣服宽大。

蟫□ xún 见 yín "蟫"(810 页)。

xún

蟳 xún 〈文〉一种海蟹。即蝤蛑,俗名"梭子蟹"。

簨 xún 传说中高千丈的大竹。

蕁 xún 见 tán "蕁"(652 页)。

爡 xún 见 yàn "爡"(781 页)。

趨 xún ❶〈文〉跑的样子。❷〈方〉跳。

趣 ⊖ xún 〈文〉同"趨"。跑的样子。
⊖ xuàn 〈文〉奔跑:骑猪向南～。

蠹 xún 〈文〉泉水众多。

xùn (ㄒㄩㄣˋ)

卂 xùn 〈文〉迅疾。通作"迅"。

训 (訓)[誩] xùn ❶教导;斥责:～话 | 教 | 他脾气大,爱～人。❷教导、训诫的话:校～ | 遗～ | 无乃废先王之～。❸典范;准则:不足为～。❹训练:培～ | 集～ | 短～班。❺解释词义:～释 | ～诂。

讯 (訊) xùn ❶〈文〉询问:问～ | 召彼故老,～之占梦。❷审问:审～ | 提～ | 传～。❸消息;信息:音～ | 通～ | 有客山中至,言传故人～。

汛 [汛] xùn ❶江河每年季节性涨水的现象:～情 | 春～ | 桃花～。❷某些鱼类在一定时期成群出现在一定水域的现象:鱼～ | 黄鱼～。❸〈文〉军队驻防地段:速速回～,听候调遣。

迅 xùn (速度)快:～速 | ～猛 | ～雷不及掩耳。

孙 xùn 见 sūn "孙"(642 页)。

驯 (馴) xùn ❶顺服的;顺从的:～服 | 温～ | 桀骜不～。❷使顺服,听从人指使:～养 | ～兽 | 将为太子～骐骥之马。❸〈文〉善良:～善 | ～行 | ～朴。

纐 xùn 见 xún "纐"(765 页)。

徇 xùn 〈文〉同"徇"。巡行示众:斩以～。

徇 xùn ❶〈文〉疾速。❷〈文〉通"殉(xùn)"。为某种目的而牺牲生命:以身～物。

徇 [*狥] xùn ❶依从;曲从:～情枉法 | ～私舞弊。❷〈文〉巡视;巡行:王乃～师以誓。❸〈文〉巡行示众:斩之以～。❹〈文〉通"殉(xùn)"。为了达到某种目的而牺牲生命:常思奋不顾身,以～国家之急。

迿 xùn 〈文〉争先:朋友相卫而不相～(卫:卫护)。

巺 xùn 〈文〉同"巽"。怯懦;卑顺。

逊 (遜) xùn ❶〈文〉退避;让出:～位(让出帝王的位子)。❷谦让;恭顺:～顺 | 谦～ | 出言不～。❸〈文〉有差距;比不上:～色 | 稍～一筹。

殉 xùn ❶古代用人或器物随葬:～葬 | 以其二女～而葬之。❷为了达到某种目的而牺牲生命:～国 | ～难(nàn) | 以～～职。❸〈文〉贪图;追求:岂～利而轻命,将感爱而投身。

浚 xùn 见 jùn "浚"(349 页)。

詧 xùn 用于人名。赵与詧、赵孟詧,宋代人。

筍 xùn 见 yún "筍"(842 页)。

巽 xùn ❶八卦之一,卦形是☴,代表风。❷〈文〉通"逊(xùn)"。谦让;恭顺:位望益尊,谦～滋甚。

熏 xùn 见 xūn "熏"(765 页)。

餇 [餇] xùn 【青餇】道家的一种饭食。用南烛(乌饭树)枝叶的汁浸米蒸饭,蒸后晒干,饭粒青色。后佛教也用以供佛。也叫"乌饭、青精饭"。

愻 xùn 〈文〉恭顺:～顺。后作"逊"。

蕈 xùn 真菌的一类。地上部分呈伞状,包括菌盖和菌柄两部分,地下部

分叫菌丝,生长在树林里或草地上。种类很多,有的可以吃,如香菇;有的有毒,如毒蝇蕈。

噀 □[潠、潠] xùn 〈文〉把含在口中的液体喷出:～水丨又饮酒西南～之。

潠 xùn ❶〈文〉同"噀"。将水从口中喷出:含酒三～。❷〈文〉水涌出。

噀 xùn 〈文〉西周时期称俘虏:执～五十。通作"讯"。

鱏 xùn 〈文〉鱼名。

巺 xùn 〈文〉八卦之一。通作"巽"。

鶽[鷷] xùn 【鶽鶹】〈文〉鸟名。俗鶹鶹,即猫头鹰。

y

yā（丨丫）

丫 [❶△＊**杈**、❶△＊**椏**] yā ❶树木分杈|树~枝~。❷〈方〉女孩子:小~。❸〈文〉丫形的发髻:顾影为发笑,山童双髻~。
"杈"另见 yē（789 页）;"椏"另见 yā"丫"（769 页）。

压（壓）⊖ yā ❶从上向下加重力:~榨|泰山~顶|黑云~城城欲摧。❷用强力制服:~制|以势~人|邪不~正。❸抑制;使平稳:~惊|强~怒火|~不住阵脚。❹超过;胜过:技~群芳|才~当世|诗篇~孟浩然。❺逼近;迫近:大军~境|楚晨~晋军而陈(陈:zhèn,同"阵",布阵)。❻搁置不动:积~|~箱底|这批货都~在仓库里了。❼压力:加~|给基层干部减~。❽电压、气压、血压等:高~|低~|变~器。
⊜ yà【压根儿】〈方〉从来;根本(多用于否定式):问题~没解决|我~就不知道这件事。

厌 yā 见 yàn"厌"（779 页）。

朳 yā【朳杈】树枝的分叉。也作"丫杈"。

呀 ⊖ yā ❶叹词。表示惊异或赞叹:~!怎么这么快就回来了?|~!真个下雪了。❷模拟门窗开关时发出的声音:~的一声,门开了。
⊜ ya 助词。"啊"受前一字韵母或韵尾 a、o、ê、e、i、ü 的影响而产生的变体:你快进来~|你叫我怎么写~?|可大门是关着的~。

押 ⊟ yā ❶抵押,把财物交给对方做担保:~金|典~|把老太太查不着的金银家伙,…暂~千数两银子。❷在公文、契约、合同上签字或画符号作为凭信:~署|~尾|必先书~而后报行。❸作为凭信而在公文、契约、合同上所签的字或所画的符号:签~|画~|花~。❹拘留;扣留:关~|扣~|把犯人一~起来。❺途中跟随负责照料或看管(人或财物):~车|~送|~着俘虏到后方。❻赌博时在某一门下注:~宝。❼在韵文的句末,使用韵相同或相近的字,使音调和谐优美:~韵。

枒 yā 见 yē"枒"（789 页）。

庘 yā〈文〉房屋损坏:坏室谓之~。

泏 yā ❶〈文〉两山之间水的通道。❷【泏渫(dié)】〈文〉波浪层层相连的样子:其水~而扬波。

垭（埡）[**啞**、**崠**] yā(又读 yà)〈方〉山口;两山之间可以通行的狭窄地方。多用于地名:凉风~(在贵州桐梓)|黄桷(jué)~(在重庆南岸区)。

鸦（鴉）[＊**鴉**] yā 鸟名。全身羽毛多为黑色,喙和足强壮,翅膀长,一般在高树上筑巢。种类较多,常见的有乌鸦、寒鸦等:枯藤老树昏~。

哑 yā 见 yǎ"哑"（771 页）。

刿[**撎**] yā〈文〉用刀割颈:明心欲自~。

桠（椏）yā ❶【五桠果】常绿或落叶乔木。果实球形,可以吃。生长在亚洲的热带地区。❷用于地名:~溪镇(在江苏高淳)。
"椏"另见 yā"丫"（769 页）。

鸭（鴨）yā 鸟名。喙扁腿短,趾间有蹼,善游水。有家鸭和野鸭两种,通常指家鸭:春江水暖~先知。

窫 yā ❶〈文〉用针刺穴位。❷〈文〉窄小而突起的样子:(牛)脊骨欲得~。

窫 yā【窫窊(chá)】〈文〉故作娇媚的样子。也作"窫㩉(qiā)"。

砑 yā【砑犽(yá)】〈文〉幼儿:～三岁。

欧 yā〈文〉极;到头。

雅 yā 见 yǎ "雅"(771页)。

猰 yā 见 yàn "猰"(780页)。

髽 yā【髽头】即丫头。1.女孩子:苦命的～。2.婢女:四个～家内定计谋。‖用于古白话。

砎 yā【碨(wěi)砎】〈文〉地势不平的样子。

墌 yā ❶〈文〉同"压"。压制;压服:弹～诸侯。❷〈文〉同"压"。崩坏:老屋三间…若将一焉。

铔 ⊖ yā【铔鍜(xiá)】〈文〉颈甲,即保护脖子的铠甲。
⊜ yà 无机化合物"铵(ǎn)"的旧称。

骸 yā〈文〉同"压"。从上往下加重力:霜橙～香橘|春风～城紫燕飞。

鬕 yā【鬕鬟】即丫鬟。婢女。用于古白话:众一簇捧着个老婆娘。

鰃 ⊖ yā【鰃鲏(pí)】〈方〉小咸鱼。
⊜ è 鱼名。似蛇。

yá (ㄧㄚˊ)

牙 yá ❶牙齿;槽牙:～龈|镶～|咬～切齿|皮革齿～。❷特指象牙:～雕|～筷|～章。❸形状像牙齿的东西:～轮(齿轮)|廊腰缦回,檐～高啄(檐牙:檐际翘出像牙的部分。高啄:高耸似禽鸟仰首啄物)。❹牙子,旧时指介绍买卖从中取得佣金的人:～行(háng)|～商|～婆。❺古代官署:～门(后作"衙门")|南北～群臣。❻姓。

邪 yá 见 xié "邪"(742页)。

伢 yá〈方〉小孩子:～子|细～。

芽 yá ❶植物的幼体,可以发育成茎叶和花:发～|嫩～|食桃种桃核,一年核生～。❷形状像芽的东西:肉～儿(伤口愈合后多长出的肉)。

犽 yá〈方〉小孩子:～儿。后作"伢"。

岈 yá 见 xiā "岈"(724页)。

庌 yá 见 yǎ "庌"(771页)。

玡 yá【琅(láng)玡】1.山名。在山东东南部。2.古郡名。在今山东诸城一带。

厓 yá ❶〈文〉山陡立的侧边:～谷|万丈悬～。后作"崖"。❷〈文〉同"涯"。水边:水～。❸〈文〉边际:无～。

疨 ⊖ yá【疟(zhà)疨】〈文〉伤口不愈合,比喻不合:兼与世事多～。
⊜ xiā〈文〉呼吸困难的病。

琊 yá 用于地名:～川(在贵州)。

蚜 yá 蚜虫,昆虫。身体卵圆形,生活在植物的茎叶上,吸食植物汁液,是农业害虫。种类很多,常见的有棉蚜、烟蚜、麦蚜、桃蚜等。

埡 yá 用于地名:洛河～(在山东沂水)。

崖[崕] yá(旧读 yái 或 ái)❶山或高地陡立的侧面:悬～|云～(高耸入云的山)|高山有～。❷〈文〉边际:天无～兮地无边。

雅 yá ❶〈文〉鸟名。❷古水名。

涯 yá ❶〈文〉岸;水边:～岸|～津。❷边际;极限:～际|天～海角|吾生也有～,而知也无～。

鈝 yá 见 yé "鈝"(790页)。

睚 yá【睚眦(zì)】1.〈文〉瞪眼怒视:万目～。2.〈文〉借指极小的怨恨:～必报(形容心胸极其狭窄)|一饭之德必偿,～之怨必报。

衙 ⊖ yá ❶衙门,旧时指官署:～署|～役|官～|县～。❷〈文〉属员在衙门排班参见官长:病卧四更后,愁闻报早～。❸姓。
⊜ yú【衙衙】〈文〉行走的样子:属雷师之阗阗兮,通飞廉之(飞廉:风神)。

遳
㊀ yá ❶〈文〉远的样子。❷用于人名。赵孟遳,宋代人。

颜
□ yá 见 yán "颜"（775页）。

齖
yá 同"牙"。牙齿。用于古白话:爪~。

齱
yá【齹(cī)齱】〈文〉牙齿参差不齐;排列不齐。

顩
yá 见 niè "顩"（489页）。

yǎ （丨ㄚˇ）

疋
㊀ yǎ 〈文〉同"雅"。正统的;合乎标准的:新曲,非~乐也。
㊁ shū 〈文〉脚。
另见 pǐ "匹"（515页）。

厊
㊀ yǎ【厏(zhǎ)厊】〈文〉不相合。

庌
㊀ yǎ ❶〈文〉马匹歇凉的廊屋。❷〈文〉厅堂。❸〈文〉供过往宾客歇宿的房舍:~舍。❹〈文〉屋檐。
㊁ yá【厏(zhǎ)庌】〈文〉不相合;不齐:况今一病已到骨,兼与世事多~。

哑 （啞）
㊀ yǎ ❶因生理缺陷或疾病而不能说话:~巴|聋~|（豫让）又吞炭为~,变其音。❷不说出声的;无声的:~剧|~谜|~口无言。❸嗓子干涩发不出声音或发音低而不清楚:沙~|嘶~|嗓子都喊~了。❹因发生故障,炮弹、子弹等打不响:~炮|~火。❺(旧读 è)模拟笑声:~然失笑。
㊁ yā 旧同"呀"。❶叹词。表示惊异或赞叹:~! 将军有令,那敢不从! ❷【哑哑】模拟乌鸦叫声或小儿学语声。

雅
㊀ yǎ ❶〈文〉纯正的;合乎规范的:~言|文辞~正|使夷俗邪音不敢乱~。❷高尚的;不俗的:高~|温文尔~|无伤大~。❸西周朝廷上的乐歌,《诗经》中诗篇的一大类:大~|小~|风~颂。❹敬辞。称对方的行为或情意等:~教|~意|~量|敬请~正。❺〈文〉交情:无一日之~。❻〈文〉表示程度很高,相当于"极":~以为善|~称道之。❼姓。

㊁ yā 〈文〉通作"鸦":千点万点老树昏~。

yà （丨ㄚˋ）

乚 [乚]
yà (又读 yǐ)〈文〉燕子:道佛两殊,非鬼则~。

圠
yà ❶〈文〉山曲。❷【块(yǎng)圠】1.〈文〉弥漫充盈的样子:~无垠。2.〈文〉高低不平。

叿
yà【叿叿】〈文〉模拟鸟鸣声:~作声。

轧 （軋）
㊀ yà ❶碾;磙压:~路机|~棉花|车轮把脚~伤了。❷排挤:倾~|挤~|常恐天下之一合而~己也。❸【轧轧】模拟织布声、摇桨声、车声:~摇桨声|大车小车声~。
㊁ zhá 把钢坯压成一定形状的钢材:钢~|~辊|冷~。
㊂ gá ❶〈方〉挤:人~人。❷〈方〉结交:~朋友。❸〈方〉核算;核对:~账。

亚 （亞）
yà ❶较差的;次一等的:~军|~圣(指孟子)|~热带|~健康|他的水平并不~于你。❷〈文〉低垂:一树红桃~拂池,竹遮松荫晚开时。❸亚洲的简称:~运会|东南~|欧~大陆。

压
□ yà 见 yā "压"（769页）。

丏
yà 〈文〉覆盖;包裹。

窊
㊀ yà ❶〈文〉空。❷〈文〉深。
㊁ wā 旧同"挖":~开了楼窗,跳墙走了。

讶 （訝）
□ yà ❶〈文〉诧异;惊奇:惊~|~然失色|寄语采芳伴,~今春日短。❷〈文〉通"迓(yà)"。迎接:厥明,~宾于馆。

迓
□ yà 〈文〉迎接:迎~|恭~|~晋侯于新楚(新楚:地名)。

㠩
yà ❶㠩庄,地名,在安徽涡阳。❷姓。

砑
□ ㊀ yà 用卵形或弧形的石具碾压或摩擦皮革、布匹等,使密实而光亮:~光|~皮子。

⊖ xiā【硈(hán)砑】〈文〉同"岈硑"。山谷空阔的样子。

陷　yà【陷隡(cā)】〈文〉山崖峻狭：幽崖～。

娅（婭）　yà〈文〉连襟，姊妹的丈夫之间的互称：～婿(连襟)|子颜之～张虚仪。

氩（氬）　yà　气体元素。符号Ar。

偛　yà〈文〉倚；靠：～息|～卧。

挜　yà〈方〉硬把东西送给或卖给对方。

逜　yà❶〈文〉同"亚"。次一等的。❷用于人名。赵孟逜，宋代人。

哑　yà❶【哑哑】模拟机器开动时发出的声音：推土机声～。❷【咿哑】模拟禽鸟叫声、工具运作声：～雁声起|晚风～桔橰声(桔橰：jiégāo，汲水的工具)。

峬　yà【峬岬(jiā)】〈文〉群山森列高峻的样子。

挜　yà〈文〉拔：宋人有闵其苗之不长而～之者。

喦　yà　骆驼叫声：驼僵满地鞭不起，但闻～声鸣何悲。

逜　yà❶〈文〉义同"迎"。❷用于人名。希逜，宋代人。

頜　yà　见kū "頜"(364页)。

御　yà　见yù "御"(832页)。

魟　yà【魟(yāng)魟】〈文〉鱼名。即黄颡鱼。

貖[貗]　yà【貖貐(yǔ)】传说中一种吃人的野兽。

窫　yà　关闭。用于古白话：深沉院宇朱扉～(扉：门扇)。

匼　yà【匼窊(wā)】〈文〉形容乐声低回。也作"宎匼、窫(yǔ)匼"。

碣　yà　见jié "碣"(320页)。

短　yà【耀(bà)短】〈文〉身量矮。

稞　yà【稬(bà)稞】1.〈文〉稻子。2.〈文〉稻子摇动的样子。

窫　yà【窫窳(yǔ)】1. 古代传说中一种吃人的怪兽。2.〈文〉比喻残害：～生灵。

辐　yà　见è "辐"(162页)。

鋣　yà　见yā "鋣"(770页)。

貖[貗]　yà【貖貐(yǔ)】传说中一种吃人的野兽。也作"猰貐(yàyǔ)"。

阓　yà〈文〉模拟门开关的声音。

鬅　yà❶【鬅鬀(lì)】〈方〉瘌痢；黄癣。❷【鬆(qià)鬅】〈文〉秃。

鑘　yà〈文〉缺损：器～。

鸊　yà【鸊(xiá)鸊】〈文〉鸟名。即白头鸟。

齾　yà❶〈文〉缺齿。❷〈文〉器物损缺：好刀不～。

ya (·丨丫)

呀　ya　见yā "呀"(769页)。

煆　ya　见xiá "煆"(725页)。

厌　yān　见yàn "厌"(779页)。

奄　yān　见yǎn "奄"(776页)。

匽　yān　见yǎn "匽"(776页)。

咽[⊖*嚥]　⊖ yān　咽头，呼吸道和消化道的共同通道，位于鼻腔、口腔和喉腔的后方：～喉|～炎|(华)陀尝行道，见有病～塞者。

⊖ yàn❶使嘴里的食物等通过咽头进入食管：吞～|～唾沫|三～，然后耳有闻目有见。❷憋住；忍住：话到嘴边又～了回去|他怎么也～不下这口气。

㊂ yè 声音受阻而低沉:呜~(低声哭泣)|箫声~,秦娥梦断秦楼月。

恹（懕）〔恹恹〕yān〈文〉因患病而精神不振的样子:病~|~欲睡。

珚 yān〈文〉玉名:~玉。

牰 yān〈文〉黑色牛:赤~牛。

殷 yān 见 yīn "殷"(808页)。

胭[*臙] yān 胭脂,一种红色颜料。多做化妆用品,也做国画颜料:~粉|~红。

烟[㊀❹△"菸、㊀*煙] ㊀ yān ❶物质燃烧时产生的含有微小颗粒的气体:浓~|冒~|里无曲突~,路无行轮声(曲突:烟囱)。❷像烟的东西:~雾|~霞。❸烟气凝结成的物质:油~子|墨取庐山松~。❹烟草,一年生草本植物。叶子可制烟丝、香烟等:~叶|~农|种了两亩~。❺烟草制品:香~|卷~|吸~有害健康。❻指鸦片:~土|大~。

㊁ yīn〔烟煴(yūn)〕〈文〉同"氤氲"。烟云弥漫的样子。

"菸"另见 yū(825页)。

焉 yān ❶〈文〉指人、事物或处所,相当于"于此":心不在~|罪莫大~|三人行,必有我师~。❷〈文〉表示疑问,相当于"哪里、怎么"(多用于反问):杀鸡~用牛刀?|不入虎穴,~得虎子|皮之不存,毛将~附?❸〈文〉用于句末,补足某种语气:于我心有戚戚~|寒暑易节,始一反~。❹〈文〉后缀。构成形容词,表示状态,相当于"样子":欣欣~|乃出图书,空囊橐,徐徐实狼其中。❺姓。

崦 yān ❶〈文〉山,也指山弯曲的地方:山~|孤村。❷〔崦嵫(zī)〕1. 山名。在甘肃天水西。2. 古代传说中日落的地方:吾令羲和弭节兮,望~而勿迫(羲和:神话中为驾御日车的神。弭节:停车不进)。

卷 yān〈文〉同"崦"。山;山曲:~花(山花)。

阉（閹） yān ❶割去睪丸或卵巢,使失去生殖能力:~割|~猪|~鸡乃出,自~以求进(义:人名)。❷〈文〉被阉割的人,特指宦官:~宦|~党|~逆|~防伺甚严。

阏（閼） ㊀ yān〔阏氏(zhī)〕汉代匈奴族称君主的正妻。

㊁ è ❶〈文〉遏止;阻塞:~止|~塞|~河以灌通灵陂。❷〈文〉挡水的闸板:提(堤)~。

淹 yān ❶浸没;漫过:~没|大水~了庄稼|在河里游泳差一点儿~死。❷汗液浸渍皮肤:胳肢窝让汗~得难受。❸〈文〉深广:~通|~贯群书|学问~博。❹〈文〉迟延;停留:~留|~滞|日月忽其不~兮,春与秋其代序。

俺 yān〈文〉爱:忱~(忱:wǔ,哀怜)。

圐 yān〈文〉同"烟"。烟火;烟雾。

崦 yān〔崦嵫(zī)山〕古代传说中日落的地方。也作"崦嵫山"。

腌[㊀△"醃] ㊀ yān 用盐、糖、酱油等浸渍(鱼、肉、蔬菜等):~菜|~鸭蛋。

㊁ ā〔腌臢(za)〕1.〈方〉脏;不干净:这个地方真~。2.〈方〉别扭;不顺心:心里极了|受了一肚子~气。3.〈方〉使难堪:别~人了。

"醃"另见 ā(1页)。

湮 ㊀ yān ❶〈文〉沉没;埋没:~没|~灭|漂民庐,~田稼。❷〈文〉淤塞;堵塞:河道久~。

㊁ yīn 同"洇"。液体落在纸、布等上面向四外散开或浸湿、渗透。

渰 yān 见 yǎn "渰"(777页)。

鄢 yān ❶周代诸侯国名。故地在今河南鄢陵西北。❷用于地名:~陵(在河南许昌)|~岗(在河南商城)。❸姓。

傿 yān 见 yàn "傿"(780页)。

隁 yān 见 yàn "隁"(780页)。

塬 ㊀ yān 用于地名:梁家~(在山西)。

㊁ yàn〈文〉同"堰"。堵(水);挡(水)。

Y

滤 yān ❶古水名。在今山西西部。❷用于地名：~城(在四川)。

媽 yān ❶〈文〉颜色娇艳：姹紫~红|日斜柳暗花~，醉卧谁家少年。❷〈文〉(容貌)美好：~然一笑。

撚 yān 见 niǎn "撚"(486页)。

牷 yān ❶〈文〉羊的疫病。❷〈文〉黑羊。

焉 yān 精神不振。用于古白话：孙行者筋力俱~。

腜 yān 【腜赦(zhī)】〈文〉即胭脂。一种红色化妆品。

燕 yān 见 yàn "燕"(780页)。

橪 yān 见 rǎn "橪"(574页)。

慶 yān 〈文〉(安详)美好。

螞 yān 【螞渊】传说中的地名。

篶 yān 〈文〉黑竹：~竹。

醃 ⊖ yān 〈文〉同"醃(腌)"。醃制。
⊜ yǎn 〈文〉同"掩"。掩盖：以大蒜捣烂~蒂上,则满室香。

慶 ⊖ yān 〈文〉安详;安闲：~~夜饮。
⊜ yàn ❶〈文〉同"厌"。满足。❷〈文〉同"厌"。厌恶。

黶 yān 〈文〉黑的样子：~然黑色甚明。

顩 yān 〈文〉同"黶"。黑：道心常自愧,柔发难久~。

yán (ㄧㄢˊ)

延 [迁、延、延] yán ❶引长;伸展：~长|蔓~|~年益寿|曹公军吏士皆~颈观望。❷推迟：~迟|~期|妇人生产,有~月者,有少月者,不足为怪。❸〈文〉引进;邀请：~请|~师|余人各复~至其家,皆出酒食。

闫 (閆) yán 姓。

焱 yán 〈文〉同"炎"。火焰升腾。

芫 yán 见 yuán "芫"(836页)。

严 (嚴) yán ❶紧密;没有空隙：~紧|~密|门没关~。❷认真;不放松：~厉|~禁|法家~而少恩。❸严肃;庄重：~正|~庄|~义正词。❹程度深;厉害：~寒|~重|~刑拷打。❺〈文〉指父亲：~命|~家。❻姓。

言 yán ❶说：~说|不~而喻|夫人不~,~必有中(夫:文言助词)。❷说出的话：发~|留~|听其~而观其行。❸汉语的一个字或一句话：五~诗|万~书|一~以蔽之。❹姓。

阽 yán "阽(diàn)"的又读。

妍 yán 〈文〉美丽;美好(跟"媸(chī)"相对)：娇~|不辨~媸|百花争~。

岩 [△*嵒、*巖、*巌] yán ❶岩石,构成地壳的石头：~层|沉积~|花岗~。❷岩石突起形成的山峰：七星~(在广东肇庆)|千~万转路不定,迷花倚石忽已暝。❸洞穴;石窟：七星~(在广西桂林)|中空成~。❹〈文〉崖岸;山或高地的边：断~|~底藏蛟龙。❺〈文〉险要;险峻：~邑|~阻。
"嵒"另见 yán (775页)。

郔 yán 古地名。1.春秋时郑地,在今河南郑州一带。2.春秋时楚地,在今河南项城。

铤 yán 通"延(yán)"。拖延;延宕。用于古白话：俄~(流连拖延)。

炎 ⊖ yán ❶极热：~热|~夏|~暑。❷炎症,机体对有害刺激所产生的反应,出现红、肿、热、痛和功能障碍等症状,体温升高,白细胞增多:发~|消~|肺~。❸比喻权势:趋~附势。❹炎帝,即神农氏,传说中的上古帝王:~黄(炎帝和黄帝,中华民族的祖先)。❺〈文〉火焰升腾。❻〈文〉焚烧:火~昆冈,玉石俱焚。
⊜ yàn 〈文〉同"焰"。火苗,烟。

沿 [㳂、沿] yán ❶按照以往的方法、规矩、式样等继续做:~袭|~用|自秦并天下,罢侯置守,汉氏

因之,有～有革。❷顺着:～街乞讨|～着长江航行|～着正确的方向前进。❸边缘:边～|前～|炕～儿。❹给衣物镶边:～鞋口|～个边儿。❺〈文〉顺流而下:～波讨源|至夏水襄陵,～溯阻绝。

埏 ㊀ yán ❶〈文〉边际;边远的地方:八～(八方)。❷〈文〉墓道。

㊁ shān ❶〈文〉制陶器的模子:昔者尧之治天下也,犹埴之在～也,唯陶之所以为(埴:zhí,制作陶器的黏土)。❷〈文〉用水和(huó)土:陶人～埴而为器。

莚 yán【莚蔓(màn)】〈文〉牵缠蔓延,连属不断。也作"蔓莚"。

研 ㊀ yán ❶细磨:～磨|～墨|～成粉末。❷深入探求;仔细考虑:～究|～修|沉思～求,昼夜不倦。❸研究生的简称:考～|读～。

㊁ yàn 〈文〉通"砚(yàn)"。砚台:(大丈夫)安能久笔～间乎?

昡 yán 〈文〉太阳运行。

㹈 yán 见 xián "㹈"(729页)。

綖 yán 〈文〉兽名。

绖(綖) ㊀ yán ❶〈文〉覆盖在冠冕上的装饰。❷〈文〉延缓:(百官)莫敢输(tōu)～。

㊁ xiàn 同"线"。线绖:彩～。

盐(鹽) ㊀ yán ❶食盐:精～|海～|煮海为～,采山铸钱。❷酸分子中的氢原子,被金属原子(包括铵)部分或全部取代而成的化合物。无机盐是构成地壳的主要成分,在工农业中应用广泛。

㊁ yàn ❶〈文〉用盐腌:屑桂与姜,以洒诸上而～之。❷〈文〉通"艳(yàn)"。乐曲的引子,泛指乐曲。

梴 yán 见 chān "梴"(65页)。

铅 yán 见 qiān "铅"(540页)。

研 yán "研"的旧字形。

跈 yán【越跈】〈文〉锦一类的织品。

蚖 yán 见 shé "蚖"(603页)。

訮 yán 〈文〉易怒而好与人争论。

閆(閆) yán ❶〈文〉里巷的门,也指里巷:闾～|穷～漏屋。❷姓。

蜒 yán ❶【蚰(yóu)蜒】节肢动物。外形像蜈蚣而小,灰白色或黄褐色,触角和足都很细。生活在阴湿的地方。❷【蜿(wān)蜒】1.蛇类爬行的样子:蛇行～|～前进。2.(山脉、河流、道路等)曲折延伸的样子:小溪～流过|一条～的山路。

啮[啮] yán 春秋时宋国地名。另见 yán "岩"(774页)。

嵒 ㊀ yán 〈文〉同"岩"。山崖:～冈。

㊁ ái 肿瘤。用同"癌"。

筵 yán ❶古人席地而坐时铺的竹席。❷酒宴:～席|胜地不常,盛～难再。

羨 yán 见 xiàn "羨"(732页)。

拏 yán ❶〈文〉同"研"。研磨。❷〈文〉同"研"。探求。

筦 yán 古乐器名。大排箫,有二十三管。

鼌 yán 〈文〉同"岩(嵒)"。石山:峰炎～而蔽日。

嵓 yán【嶄(chán)嵓】〈文〉山石高峻的样子。

颜(顏) ㊀ yán ❶色彩:～料|～色|五～六色。❷面容;脸上的表情:容～|和～悦色|安得广厦千万间,大庇天下寒士俱欢～。❸脸面;情面:厚～无耻|无～见江东父老。❹〈文〉前额;额头:高祖为人,隆准而龙～(准:鼻子)。❺姓。

㊁ yá 〈文〉山边。用同"崖"。

虤 yán 〈文〉老虎发怒。

檐[㊀*簷] ㊀ yán ❶屋顶向外伸出的边沿部分:房～|重(chóng)～|飞～走壁。❷某些器物像檐的部分:帽～儿。

㊁ dàn 〈文〉肩舆之类供乘坐的工具:疾病许乘～。

闉[闉] yán 〈文〉同"闫"。里巷的门;里巷:闾～涸敝。

Y

嵒 yán 〈文〉同"岩"。山崖。

髋[髖] yán 【髋髖】1. 形容强力谏诤：当时～劝谏。2. 形容强力坚忍：陵军～向前催(陵：汉军李陵)。

塪 yán ❶【步塪】〈文〉走廊：曲屋～。❷〈文〉里巷的内门。

頛 yán ❶〈文〉头狭脸长的样子。❷〈文〉面颊。

潿 yán 古代渤海、泰山之间称相污染为"潿"。

楣 yán ❶〈文〉同"檐"。屋檐：～露滴为珠。❷〈文〉檐下的走廊：～庑|周～连楼。

廲 yán 见 xián "廲"(730 页)。

闆 yán 〈文〉宗庙门的檐。也指宗庙门：大夫向～而立。也作"檐"。

噞 yán 【噞噞】〈文〉争斗的样子：其斗～。

瓝 ⊖ yán 〈文〉黑色。 ⊜ yǎn 〈文〉同"黶"。黑痣。

塽 yán 〈文〉同"岩"。山崖。

囖 yán 〈文〉呻吟。

礛 ⊖ yán 〈文〉石山。 ⊜ yǎn 【礛(chán)礛】〈文〉山石险峻的样子：巨石～。

巁 yán(又读 yàn)〈文〉牙齿参差不齐。

簸 yán 〈文〉缴射飞鸟时用来隐蔽射者的物体(缴：zhuó，系在箭上的生丝绳)。

醶 yán 有机化合物"酯(zhǐ)"的旧称。

yǎn (|ㄢˇ)

广 yǎn 见 guǎng "广"(224 页)。

兯 yǎn 〈文〉山间泥沼地。

仴 yǎn 〈文〉旌旗飘扬的样子。

扲 yǎn 〈文〉摇动：朦胧中，觉有人揣而～之。

沇 ⊖ yǎn 古水名。古济水的别名。故道经河南、山东。 ⊜ wěi 【沇溶】〈文〉盛多的样子。

奄 ⊖ yǎn ❶〈文〉覆盖；包：～有四方|～有其他|万物为众，而知不足以～之。❷忽然：～忽|～至|～然而终。❸〈文〉气息微弱的样子：～～一息|日薄西山，气息～～。 ⊜ yān 〈文〉通"阉(yān)"。宦官；太监。

兖[兖] yǎn 【兖州】地名。在山东济宁。

匽 ⊖ yǎn ❶〈文〉隐藏。❷〈文〉同"偃"。止息：～武(停息战争)。 ⊜ yàn ❶〈文〉厕所：～溲(厕所)。❷【匽猪】〈文〉排污水的阴沟。 ⊜ yān 〈文〉通"燕(yān)"。古国名。

夒 yǎn 五代时南汉主刘夒为自己名字造的字。

伭(儼) yǎn ❶〈文〉庄重：有美一人，硕大且～。❷〈文〉很像；宛如：～如白昼|相看～然。❸【伭然】1.〈文〉庄重的样子：望之～。2.〈文〉整齐的样子：土地平旷，屋舍～。3.〈文〉很像；仿佛：见浮图于海中，光明照耀，～如新。

衍 yǎn ❶〈文〉广布；扩展：～于四海|仁风～而外流。❷〈文〉多余；多出来(指字句)：～文|第二行中间～两字。❸〈文〉低而平坦的土地：平～|广～沃野。❹〈文〉沼泽：曲～。❺〈文〉满而溢出：～溢|酒有～。❻〈文〉丰饶；富实：圣王财～以明辨异。❼姓。

夽 yǎn ❶〈文〉覆盖；遮蔽：～盖|～其迹。❷〈文〉狭窄，特指狭道：～陋(浅薄)|行及～中，将舍。

郔 yǎn 古国名。故地在今山东曲阜一带。

嵃 yǎn 见 xiǎn "嵃"(731 页)。

剡 ⊖ yǎn ❶〈文〉削：～木为矢。❷〈文〉锐利。 ⊜ shàn ❶剡溪，水名。在浙江，即曹娥江上游。❷剡县，古县名。在今浙江。后

改为嵊县,现在称嵊州市。

掩□ **yǎn** ❶遮盖;遮蔽:～盖|～护|迅雷不及～耳|且吾不以一眚(shěng)～大德。❷合上;关闭:～卷叹息|席门常～,三径裁通(裁:仅)。❸〈文〉趁人不备(袭击或捕捉):～袭|～杀|于是上使使～梁王。

捒□ **yǎn** 见 shàn "捒"(598 页)。

菴□ **yǎn** 见 ān "菴"(5 页)。

菸
莌[莌] **yǎn** 〈文〉草名。又名"雀弁"。

郾□ **yǎn** 【郾城】地名。在河南漯河。

酓□ **yǎn** 〈文〉酒。

厣□(厴) **yǎn** ❶螺类介壳口处圆片状的软盖。❷螃蟹腹下的薄壳,蟹脐。

眼□ **yǎn** ❶眼睛,人或动物的视觉器官,由眼球和眼副器组成:眨～|有～无珠|比干剖心,子胥抉～(眼):眼球)。❷孔洞;小窟窿:泉～|针～儿|古来相传是海～。❸事物的关键所在;文章的精要处:诗～|文～|节骨～儿。❹围棋术语。由白子或黑子围住的,对方不能在其中下子的空位:做～|假～|有两个～就是活棋。❺戏曲中的节拍:快三～|一板三～。❻量词。用于泉水、井、窑洞等:一～清泉|打两～井|一～旧窑洞。

偃□ **yǎn** ❶〈文〉仰卧:～卧|息～在床。❷〈文〉仰面倒下;倒下:～仆|与一人俱毙,～|草上之风,必～。❸〈文〉停止;停息:～武修文|干戈未～息。❹古地名。在今山东。

酓 ㊀ **yǎn** ❶〈文〉酒味苦。❷〈文〉通"檿(yǎn)"。树木名。山桑。
㊁ **yǐn** ❶〈文〉同"饮"。喝。❷〈文〉密闭;窖藏。

狹□ **yǎn** 神话中的人名。

庵□ **yǎn** 见 ān "庵"(5 页)。

琰□ **yǎn** 〈文〉一种美玉:雕～。

揜□ **yǎn** ❶〈文〉捕取:曳文狐,～狡兔。❷〈文〉覆盖:备～雉之网罗。❸〈文〉同"掩"。遮蔽;掩藏:瑕不～瑜|其织不强者,无以～形。❹〈文〉困迫:君子慎以避祸,笃以不～。

搟□ **yǎn** 果木名。即奈(nài),海棠果。

棪□ **yǎn** 〈文〉一种果实像奈(nài)的树。

断□ **yǎn** 见 yín "断"(809 页)。

晻□ **yǎn** 见 ǎn "晻"(6 页)。

嵃□ **yǎn** 〈文〉险峻的样子。

衎[蜒] **yǎn** 【蝘(yǐn)衎】〈文〉即蚰蜒。也作"蝘衍"。

詽□ **yǎn** ❶〈文〉笑的样子。❷用于人名。赵希詽,宋代人。

潕□ ㊀ **yǎn** 〈文〉云兴起的样子:～然有云兴。
㊁ **yān** 〈文〉通"淹(yān)"。浸没;漫过:～没|为水所～。

渰□ **yǎn** ❶同"沇"。古济水的别名。❷古水名。在今福建明溪。

庼□ **yǎn** 【庼庡(yí)】〈文〉门闩:自掩柴门～上～。

陠□ **yǎn** ❶〈文〉层叠的山崖:冈～。❷〈文〉旁边:边～。

罨□[罨] **yǎn** ❶〈文〉捕捉鸟或鱼的网。❷〈文〉覆盖;掩盖:～岸春涛打船尾。

稴□ **yǎn** 〈文〉禾不结实。

酓□ **yǎn** 〈文〉覆盖东西使其品质改变:生红柿欲易熟者,用水梨子～之。

搟□ **yǎn** 见 ān "搟"(5 页)。

鷃□(鷃) **yǎn** ❶〈文〉风的别名。❷〈文〉通"鴳(yàn)"。小鸟:篙～何曾识凤凰。

篧□ **yǎn** ❶〈文〉盛物器。篧篓:枣子两～|柑子一～。❷【篧篧】〈文〉龌龊;不干净。

煔 yǎn 〈文〉火光。

演 yǎn ❶发展变化：～化|～进|～变。❷根据事理推衍发挥：～义|～绎|盖西伯拘而～《周易》。❸根据程式练习或计算：～习|操～|～兵场。❹表演，把技艺当众表现出来：～唱|排～|他～过《群英会》中的蒋干。❺〈文〉水长流：东～析木，西薄青徐(析木：古代幽燕地域的代称。薄：近)。

褗 yǎn 〈文〉衣领。

嬮 ⊖ yǎn ❶〈文〉美。❷〈文〉通"儼(yǎn)"。庄重：有美一人，硕大且～。
⊜ ǎn ❶〈文〉含怒的样子。❷〈文〉难知。

缐(縯) ⊖ yǎn 〈文〉延长。
⊜ yǐn 〈文〉引。用于人名。

魇(魘) yǎn ❶梦中感觉身体被重物压住无法动弹而惊叫；做噩梦：梦～|～住了|犹疑在波涛，怵惕梦成～。❷〈方〉说梦话。

跧 yǎn 〈文〉快走：予步之～～。

螼 yǎn ❶〈文〉蝉一类的昆虫。❷【螼蜓】〈文〉壁虎。也作"蠕蜓"。❸〈文〉通"鼹(yǎn)"。鼹鼠。

戭 yǎn ❶〈文〉长枪。❷〈文〉长戈。

霒 yǎn 〈文〉云浓密的样子：山村～难识。

噞[嚪] yǎn ❶〈文〉鱼在水面上一开一合吞吐的样子：水浊则鱼～。❷〈文〉吞入；品尝：～之则知其味薄。

㟮(巘)[巚、巚] yǎn ❶〈文〉形状如甗的山：重～。❷〈文〉高山；山峰：绝～危崖。

躽 yǎn ❶〈文〉身体向前弯曲。❷【躽气】中医指气虚下陷，致小腹睾丸下坠疼痛。

闆 yǎn 见 àn "闇"(7页)。

蹎 yǎn 【蹎斯】〈文〉指善于表演蹎鞠戏的杂技艺人。

鋞 yǎn 〈文〉器物的边沿：宽～大锅|窄～小锅。

蠚 yǎn 〈文〉蠚画溪，即罨画溪。水名。在浙江长兴。

樇 yǎn 【篕(hé)樇】〈文〉粗竹席。

醶 yǎn 见 yān "醶"(774页)。

麣(黶) yǎn ❶〈文〉黑色的痣：背上有一～记。❷〈文〉黑；形色粗～。

㯕[樿] yǎn 〈文〉山桑。落叶乔木。木质坚硬，可制弓和车辕等。

齴 yǎn 〈文〉牙齿外露。

黪 yǎn 〈文〉乌云昏暗的样子。

鰋 yǎn 〈文〉同"鰋"。鮎(nián)鱼。

穪 yǎn 〈文〉祈祷神灵降灾祸于人：～祭(辽金时出征前祈求神灵降灾于敌方的祭祀)。

㾔 ⊖ yǎn 〈方〉疮痂：六月里天光，弗怕掀个冻疮～。
⊜ yè 〈方〉鱼鳞。

穮 yǎn 〈文〉农作物不结籽实。

齴 yǎn 〈文〉牙齿外露的样子。

甗 yǎn ❶古代用于蒸、煮的陶制或青铜制炊具，中部有带孔的箅子间隔。❷〈文〉同"㟮"。山：马升～。

黰 yǎn 〈文〉深黑；乌云阴暗：玄云～以凝结(玄：黑)。

鰋 yǎn ❶〈文〉鱼名。即鮎(nián)鱼。❷〈文〉鱼名。即白鱼。

蠹 yǎn 同"螼"。【蠹蜓】壁虎。

黬 yǎn 见 yán "黬"(776页)。

黰 yǎn ❶〈文〉果实腐败呈黑色。❷〈文〉深黑；壁色～幽如积铁。❸〈文〉昏昧；昏暗：～浅(昏昧浅薄)。

蠕 yǎn 【蠕蜓(diàn)】〈文〉壁虎。也作"螼蜓"。

顩 ⊖ yǎn 〈文〉牙齿暴露不整齐。
⊜ qìn ❶〈文〉下巴向上翘起的样子：

～颐。❷〈方〉脸。

㊁ qiǎn 【頗钵罗】梵语音译词。意为羊毛。也作"顑(qiǎn)钵罗"。

曤 yǎn ❶〈文〉太阳运行。❷〈文〉太阳运行的轨迹。

皦 ㊀ yǎn 〈文〉皦人健忘而又喜卧息。㊁ àn 〈文〉同"黯"。深黑色:～黑|～处。

鼹 [*鼹] yǎn 鼹鼠,哺乳动物,外形像老鼠。善掘土,昼伏夜出。

籪 yǎn 〈文〉通"俨(yǎn)"。庄重:有美一人,硕大且～。

礛 yǎn 见 yán "礛"(776 页)。

巘 yǎn ❶〈文〉牙齿外露的样子。❷〈文〉高峻的样子。

yàn (|ㄢ)

厌 (厭) ㊀ yàn ❶满足:贪得无～|学而不～|夫秦何～之有哉?❷因过多而不喜欢:～烦|～倦|看～了。❸憎恶;嫌弃:～恶(wù)|～弃|会高祖苦军事。
㊁ yān 〈文〉安定:天下～然犹一也。
㊂ yā ❶〈文〉压;压住:地震陇西,～四百余家。后作"压(壓)"。❷〈文〉压制;抑制:东～诸侯之权,西远羌胡之难。后作"压(壓)"。

晏 yàn 〈文〉安:以～父母。

眼 (睍) yàn 睍口,地名。在浙江富阳。

狦 yàn ❶〈文〉逐兽的猎犬。❷〈文〉勇猛的犬。

咽 yàn 〈文〉同"咽"。吞咽:逢冰莫使～人喉。

炎 yàn 见 yán "炎"(774 页)。

匽 yàn 见 yǎn "匽"(776 页)。

研 yàn 见 yán "研"(775 页)。

砚 (硯) yàn ❶砚台,写毛笔字时研墨用的文具:笔～|端～。❷旧时比喻同学关系(因同学常共用笔砚):～兄|～友|同～(同学)。

咽 yàn 见 yān "咽"(772 页)。

彦 yàn ❶〈文〉指才学、品德出众的人:～士|硕～|名儒彼其之子,邦之～兮。❷姓。

艳 (艶) [*豔、*豓] yàn ❶色彩鲜明:～丽|～阳天|碧荷生幽泉,朝日～而鲜。❷关于情爱方面的:～情|～史|～香。❸〈文〉文辞华美:～词|浮～|信言不～。❹〈文〉羡慕:～羡。

盐 yàn 见 yán "盐"(775 页)。

晏 yàn ❶〈文〉迟;晚:～起|～退|及年岁之未～。❷〈文〉安然;平静:～安|～居|海内～如|河清海～。❸〈文〉晴朗:天清日～。❹姓。

唁 yàn 对遭遇丧事者表示慰问:～电|吊～|遭母丧,帝遣中贵人～劳。

烻 ㊀ yàn 〈文〉光很亮的样子:～光盛起。
㊁ shān 〈文〉闪光的样子。

宴 [❶-❸*醼、❶-❸△*讌] yàn ❶用酒席招待客人:～请|～客|今日良～会,欢乐难具陈。❷聚在一起吃酒席:会～|欢～。❸酒席:设～|赴～|盛～|国～。❹安乐;闲适:～乐|～安|新婚～尔。
"讌"另见 yàn(781 页)。

验 (驗) [*騐] yàn ❶检查;查考:～收|～试|必揆之以地,谋之以天,～之以物,参之以人。❷有效;产生预期的效果:应～|灵～|屡试屡～。❸预期的效果:效～。❹〈文〉证据;凭据:何以为～?

掞 yàn 见 shàn "掞"(598 页)。

豜 yàn 见 jiān "豜"(301 页)。

谚 (諺) yàn 谚语,民间流传的通俗、简练、表述某种经验或道理的

固定语句:古~|农~。

隁 yàn ❶〈文〉同"堰"。较低的堤坝。❷【隁月阵】〈文〉半月形的军阵。

堰 yàn ❶较低的堤坝。主要用于提高上游水位,以利于灌溉和航运:围~|修堤筑~。❷〈文〉堵(水)、挡(水):峡南~水为塘。❸古代灌溉工程名:都江~(在四川)|山河~(在陕西)。

雁 [*鴈、鳫] yàn 大雁。鸟名。多指鸿雁,外形略像鹅。羽毛淡紫褐色,善于游水和飞行。是候鸟:沉鱼落~|天子射上林中,得~。

揜 yàn 见 yè "揜"(792 页)。

猒 ⊖ yàn ❶〈文〉吃饱:~食。通作"厌"。❷〈文〉满足:贪聚无~。通作"厌"。
⊖ yā 〈文〉通"压(yā)"。用强力制服。

唁 yàn ❶〈文〉同"唁"。吊唁。❷〈文〉通"谚(yàn)"。谚语。❸〈文〉粗鲁:鲁莽:由也~(由:人名)。

焰 [*燄] yàn ❶火苗:火~|烈~|风吹巨~作,河汉腾烟柱。❷比喻威风、气势:凶~|气~嚣张。

焱 ⊖ yàn ❶〈文〉火焰:火花。❷姓。

愝 yàn 〈文〉痛快:~意。

暥 yàn 〈文〉通"匽(yàn)"。排水的阴沟:~猪(阴沟)。

僞 ⊖ yàn 〈文〉抬高价格。
⊖ yān ❶神仙名:纳~禄于江淮(禄:神仙名)。❷同"鄢"。古地名。在今河南。❸姓。

灩 (灔) [灩、灧] yàn ❶【灩灩】〈文〉水波摇荡的样子:~随波千万里。❷【灩滪(yù)堆】长江瞿塘峡口的巨石。1958 年整治航道时被炸平。

宴 yàn 〈文〉同"宴"。宴席;宴客。

隒 ⊖ yàn 〈文〉同"堰"。较低的堤坝。塘~。
⊖ yān ❶古地名。春秋时郑地,在今河南鄢陵县。❷古县名。在今河南柘城北。

鳱 yàn 见 gān "鳱"(196 页)。

墕 yàn 见 yān "墕"(773 页)。

酽 (釅) yàn ❶(汁液或味道)浓厚:~茶|村酒亦自醇~。❷(颜色)深:浅红~紫|红~海棠明似雪。

魝 yàn 〈文〉同"艳"。色彩亮丽。

暥 yàn 〈文〉安定:~然行乡里间(暥然:心安的样子)。

釾 yàn 〈文〉同"雁"。大雁:雍雍鸣~(雍雍:雁叫的声音)。

醶 yàn 〈文〉同"酽"。(汁液或味道)浓厚。用于古白话文:酒~。

饜 (饜) [饜] yàn ❶〈文〉吃饱:良人出,则必~酒肉而后反(返)。❷〈文〉满足:~足|诛求无~|非尽天下之地,臣海内之王者,其意不~。

瞁 yàn ❶〈文〉用目光挑逗。❷〈文〉视。

讞 (讞) yàn ❶〈文〉审判定罪:定~。❷〈文〉案件:定国食酒至数石不乱,冬月请治~,饮酒益精明(定国:人名)。

燕 [⊖*鷰] ⊖ yàn ❶鸟名。身体小,翅膀长,尾巴分叉呈剪刀状,背部黑色,腹部白色。种类较多,常见的有家燕、金腰燕等:旧时王谢堂前~,飞入寻常百姓家。❷〈文〉通"宴(yàn)"。用酒饭招待客人:帝与齐王~饮。
⊖ yān ❶周代诸侯国名。战国七雄之一,故地在今河北北部、辽宁西部一带。❷十六国时朝代名。有前燕、后燕、南燕、北燕。❸指河北北部一带:~赵大地。❹姓。

赝 (贋) [*贗] yàn 〈文〉假的;伪造的:~品|真~|~本(指伪造的名人书画、碑帖等)。

熣 [熣] yàn 〈文〉火的颜色。

鬳 yàn 〈文〉鬲一类的炊具:食不充~(充:满)。

囂 yàn 〈文〉大的样子。

遬　yàn　〈文〉遮拦;阻止。

嘳　yàn　见 yè "嘳"(792页)。

魘　yàn　【魘魘(zā)】〈文〉腌臜;不洁。

餲　yàn　〈文〉饴糖。

燅　yàn　见 xiān "燅"(728页)。

鴳　㊀ yàn　小鸟名。鴳雀,鹑的一种。也作"鷃"。
㊁ è　【幽鴳】古代传说中的怪兽名。

鄔　yàn　古地名。

懕　yàn　见 yān "懕"(774页)。

閻　yàn　〈文〉同"晏"。安乐;闲适:~然而住。

鋄　yàn　化学元素"铟(yīn)"的旧称。

燄　yàn　〈文〉同"焰"。刚燃起的火:~~弗灭,炎炎奈何(炎炎:火势猛烈)。

嬿　yàn　❶〈文〉美好;和美:~婉新婚。❷〈文〉安乐:曲房之~(曲房:内室)。❸女子人名用字。

騴　yàn　〈文〉尾根白色的马。

醶　㊀ yàn　〈文〉醋。㊁ jiǎn　〈文〉卤水:~可去茶迹。

曕[簪]　yàn　〈文〉晴朗无云。

諴　㊀ yàn　〈文〉验问;证验:识字之法,以经为~。㊁ xiān　〈文〉通"憸(xiān)"。奸邪:勿用~人。

爓　㊀ yàn　〈文〉同"焰"。火焰:洪~千尺|烟~张天。㊁ xún　❶〈文〉同"焊"。祭祀时用热水烫肉使半熟。也指烫过的肉:三献~(三献之礼用半熟的肉)。❷〈文〉同"焊"。宰杀禽畜时用热水烫而去毛:活~鸡豚鹅❸〈文〉同"焊"。烧:~汤(汤:热水)。

鷃　yàn　〈文〉一种小鸟,蕃篱之~。也作"鴳"。

燄　yàn　〈文〉同"焰"。火焰:朱~|绿烟。

嚛　yàn　见 zá "嚛"(845页)。

鷰　yàn　〈文〉同"燕"。鸟名。

諴　yàn　〈文〉相聚叙谈。另见 yàn "宴"(779页)。

灚　yàn　〈文〉同"谳"。议罪:~狱(评议诉讼案件)。

驠　yàn　〈文〉臀部毛白的马。

鷰　yàn　〈文〉同"燕"。燕子:~雀|~巢于殿|飞~。

yāng（ㄧㄤ）

央　yāng　❶中心;正中:中~。❷恳求:~求|~告|~人作媒。❸〈文〉尽;完结:夜未~|长乐无~|虽胜之,其后患未~。

肮　yāng　【肮瞳】〈文〉阴险狠毒的目光。

映　㊀ yāng　❶〈文〉应答声。❷用于人名。
㊁ yǎng　【映咽(yè)】〈文〉水流阻滞的样子:泉流迸集而~。

泱　yāng　【泱泱】1.〈文〉水面广阔:湖水~|瞻彼洛矣,维水~。2.〈文〉气势宏大:~大国|~乎,大风也哉!

姎　yāng　〈文〉用于自称,男女皆可:老~(女)|~徒。

殃　yāng　❶灾祸;祸害:灾~|祸~|积善积恶,庆殃各以其类至。❷〈文〉使受祸害:~害|祸国~民|城门失火,~及池鱼。

胦　yāng　【脖胦】穴位名。即气海穴。在脐下一寸五分。

鸯(鴦)　yāng　【鸳(yuān)鸯】鸟名。外形像野鸭而略小。雄的羽毛美丽。雌的较小,背部苍褐色。善游水,飞行力很强。雌雄常成对生活在一起,文学作品中用来比喻情侣或夫妻。

秧　yāng　❶植物的幼苗:树~|茄子~。❷特指水稻的幼苗:~田|稻~|溪水堪垂钓,江田耐插~。❸某些植物的茎:豆

~|白薯~。❹某些饲养的幼小动物:鱼
~|猪~。❺姓。

霙 yāng 〈文〉雪花:飞~。

鉠 yāng【鉠鉠】〈文〉模拟铃声:和铃~。

鞅 □ ⊖ yāng(旧读 yǎng)❶古代车具,
套在马脖子上的皮带:大子抽剑断
~。❷〈文〉羁绊:纷纷何屑屑,未能脱尘~。
⊜ yàng【牛鞅】牛拉车或拉犁时架在脖
子上的器具,用短粗的曲木制成。

歕 yāng 见 wū "歕"(708页)。

鮧 yāng 鱼名。身体小,无鳞,有四对须,
鳃大。生活在溪涧中。

鼥 yāng 〈文〉龟类动物。

yáng　（尢）

扬 □（揚）[❶-❺*敭、❶-❺*颺]
yáng ❶高举;向上升:~手|~帆|~鞭策
马。❷向上抛撒:~场(cháng)|晒干
净|簸~之,糠秕在前。❸在空中飘动:
飘~|飞~。❹传布;传播出去:~名|传~|
君子崇人之德,~人之美。❺容貌好;漂
亮:其貌不~。❻〈文〉振作:妇人在军中,兵
气恐不~。❼指江苏扬州:~剧。
"颺"另见 yáng"飏"(782页)。

羊 □ ⊖ yáng ❶哺乳动物。一般头上有
角,能反刍。种类很多,有山羊、绵
羊、羚羊、黄羊等:日之夕矣,牛~下来。❷
姓。
⊜ xiáng 〈文〉通"祥(xiáng)"。吉祥:
大吉~,宜用。

汤 □ yáng 见 tāng "汤"(653页)。

阳（陽）yáng ❶太阳:~光|朝
(zhāo)~|向~|匪~不晞
(匪:非。晞:xī,晒干)。❷山的南面;水的
北面(跟"阴"相对):泰山之~|灌水之~有
溪焉。❸露在外面的;假装的:~沟|~奉
阴违|是以箕子~狂,接舆避世。❹凸起

的:~文。❺迷信的人指属于活人或人间
的:~世|~间|~宅|~寿。❻我国古代哲
学概念,指存在于一切事物中的两大对立
面之一:一阴一~谓之道。❼男性生殖器:
~具|~痿|~壮~。❽带正电的:~电|~极|
~离子。❾姓。

阫 yáng 〈文〉同"阳":阫~进退于此,取
代刑焉(阫:"阴"俗字)。

场 □ yáng 见 chàng "场"(71页)。

杨（楊）yáng ❶杨树,落叶乔木。叶
子卵形,柔荑花序,种类很多:
东门之~,其叶牂牂(牂牂:zāngzāng,茂
盛的样子)。❷姓。

旸（暘）yáng ❶〈文〉太阳升起:仰皇
天而太息,悲白日之不~。❷
〈文〉晴:~久自雨,雨久自~。

飏（颺）yáng 用于人名。
"颺"另见 yáng "扬"(782
页)。

炀（煬）⊖ yáng 〈文〉熔化(金属):
金~则液,水冻则坚。
⊜ yàng ❶〈文〉烘烤;烤火:乃密布字
印,满铁范为一板,持就火~之。❷〈文〉焚
烧:《诗》《书》~而为烟。

钖（鍚）yáng ❶〈文〉马额上的金属
饰物,走动时发出声响:镂~。
❷〈文〉盾背上的金属饰物:~盾。

氜 ⊖ yáng 〈文〉同"阳":氜~升降(氜:
yīn,同"阴")。
⊜ rì 化学元素"氦(hài)"的旧称。

佯 yáng 〈文〉伪装:~攻|~狂|~作不
知。

疡（瘍）yáng ❶(皮肤或黏膜)溃烂:
溃~。❷〈文〉疮:脓~|身有
~则浴。

垟 □ yáng 〈方〉田地。多用于地名:~
溪(在浙江泰顺)|翁~(在浙江乐
清)。

昜 yáng 〈文〉同"阳(陽)"。光明。

徉 □ yáng【徜(cháng)徉】悠闲自在地
漫步:~山水之间。

猚 yáng ❶【猚獚(huáng)】古代对西南地区一些少数民族的蔑称。❷〈文〉通"佯(yáng)"。假装:～狂行乞。

洋 yáng ❶地球表面上比海更大的水域:海～｜太平～｜大～彼岸。❷外国:西～｜东～｜留～。❸外国的或外国来的:～人｜～货｜～酒。❹现代化的(跟"土"相对):～办法｜土～结合。❺旧时称银圆。一种银币,价值相当于七钱二分白银:～钱｜大～｜现～。❻〈文〉盛大;丰富:～溢｜德～恩普｜河水～～。❼姓。

烊 ㊀ yáng 〈方〉熔化;溶化:～锡｜糖～了。
㊁ yàng 【打烊】〈方〉商店晚上关门,停止营业。

痒 yáng 见 yǎng"痒"(784 页)。

蛘 ㊀ yáng 〈方〉昆虫。生在米谷里的小黑甲虫。也叫"蛘子"。
㊁ yǎng 〈文〉皮肤受刺激引起的需要抓挠的感觉:～不敢搔。现作"痒"。

崵 ㊀ yáng ❶首崵山,同"首阳山"。山名。有多处:一在河北,今名阳山;一在河南;一在山西,又名首山。❷山谷名。
㊁ dàng 芒崵山,即芒砀山。山名。在河南。

婸 yáng 见 dàng"婸"(123 页)。

蛘 yáng 〈文〉米谷中小黑甲虫。幼虫乳白色,是吃粮食的害虫。

潒 yáng 同"洋"。义和团时新造字,意思是水火交攻。

禓 ㊀ yáng 〈文〉路途上的祭祀。
㊁ shāng 古代指遭意外灾祸而死的鬼魂,也指驱除这种鬼的祭祀。

暢 yáng 【暢轃(suì)】〈文〉古代的一种车。也叫"画轮车"。通作"阳遂"。

諹 yáng ❶〈文〉名誉。❷用于人名。赵希諹,宋代人。

鴹 ㊀ yáng 【鸛(shāng)鴹】传说中的一种鸟。
㊁ xiáng 〈文〉同"翔"。飞翔:凤鸟～。

檨 yáng 〈文〉杯。

鍚 yáng 〈文〉同"钖(鍚)"。马额上的金属饰物,走动时发出声响。

鰑 yáng 〈文〉鱼名。赤鱲。

鸉 yáng 〈文〉鸟名。即白鹢子。

yǎng (ㄧㄤˇ)

卬 ㊀ yǎng ❶〈文〉仰仗;依仗:～给(赖以供给)。❷〈文〉抬头向上:～视天。
㊁ áng ❶〈文〉抬起:抬高:～其首负之。❷〈文〉高,升高:万物～贵｜意慷慨而自～。❸〈文〉人称代词。我:人涉～否(涉:过河)。

仰 ㊀ yǎng ❶抬头,脸向上(跟"俯"相对):～望｜～泳｜～以观于天文,俯以察于地理。❷敬慕;佩服:～慕｜～敬｜久～大名｜人所共～。❸依赖;依靠:～赖｜～人鼻息｜随身衣食,悉～于官。❹旧时公文用语。下级对上级行文表示恭敬,上级对下级行文表示命令:～请｜～恳｜～即遵行。❺姓。
㊁ yǎng 〈文〉同"仰"。抬头:偃～(俯仰顺从别人)。

佒 yǎng 〈文〉尘埃:尘～。❷【坱圠(yà)】1.〈文〉弥漫充盈的样子:～无垠。2.〈文〉高低不平。

坱 yǎng 〈文〉尘埃:尘～。❷【坱圠(yà)】1.〈文〉弥漫充盈的样子:～无垠。2.〈文〉高低不平。

抰 yǎng(又读 yāng) ❶〈文〉用车鞅(套在牛马颈上的皮带)击打。❷〈文〉击:打:～势(扑打的架势)。

眏 yǎng 见 yāng"眏"(781 页)。

崬 yǎng ❶【崬崥(bǐ)】〈文〉山脚:崔嵬不崩,赖彼～(崔嵬:指高山)。❷【幽崬】〈文〉深邃:山林～。

柍 ㊀ yǎng ❶〈文〉树木名,柍梅。也指梅花。❷〈文〉屋宇中央。
㊁ yàng 〈文〉连枷一类。打谷脱粒的器具。

养(養)[養] yǎng ❶供给人生活所需的钱物:～育｜抚～｜矜(guān)寡孤独废疾者皆有所～。❷饲养(动物);培植(花草):～鱼｜驯～｜沙漠里～不出牡丹来。❸生育;繁殖:她～了个

胖小子|天地～万物。❹非亲生的;有抚养关系的:～父|～子|～女。❺长期地教育和熏染:培～|娇生惯～|良好的生活习惯是从小～成的。❻品德、学识等方面的良好积累:教～|素～|修～。❼使身心得到休息和滋补:～病|休～|心莫善于寡欲。❽保护;维修:～路|保～设备。❾扶植;扶助:以副～农|以书～书。❿蓄;保持:头发再～～就能梳辫子了。⓫(旧读 yàng)晚辈供养长辈:赡(shàn)～|奉～|至老不嫁,以～父母。

氧 □ yǎng　气体元素。符号 O。

敹 yǎng　〈文〉同"养"。供养。

痒(癢) ㊀ yǎng　❶皮肤或黏膜受到轻微刺激时引起的想抓挠的感觉:搔～|无关痛～|夏时有～疥疾。❷比喻外界因素引起的想做某事的强烈愿望:技～|一看人家打球他就手～。
㊁ yáng　〈文〉病:哀我小心,瘝(shǔ)忧以～(瘝忧以痒:忧思成病)。

絠 yǎng　〈文〉系帽的带子环绕于颈部。

鞅 yǎng　【鞅轧(yà)】1.〈文〉广大的样子。2.〈文〉众多的样子。

蛘 □ yǎng　见 yáng "蛘"(783 页)。

氱 yǎng　化学元素"氧(yǎng)"的旧称。

駚 yǎng　【駚鬃(zǎng)】〈文〉指马的容貌形状。

養 yǎng　见 juàn "養"(344 页)。

蟓 yǎng　见 xiàng "蟓"(737 页)。

瀁 yǎng　见 yàng "瀁"(785 页)。

懩 yǎng　〈文〉跃跃欲试,极想参与:技～。

蟲 yǎng　〈文〉同"蛘"。皮肤瘙痒。通作"痒"。

蟻 yǎng　〈文〉同"蛘"。皮肤瘙痒。

---

yàng　(I尢)

煬 □ yàng　见 yáng "炀"(782 页)。

怏 □ yàng　〈文〉不满意或不高兴的样子:～然不悦|～～不乐。

柍 yàng　见 yàng "柍"(783 页)。

样(樣) □ yàng　❶物体的形状:～式|花～|近时冯绍正,能画鹫鸟～。❷人的相貌或神情:模～儿|脏得没个人|你看他美的那～儿。❸作为标准或代表的人或事物:～品|～本|榜～。❹趋势;发展变化的情形:看～儿要起风了|照这个～儿,厂子会越办越好。❺量词。用于事物的种类:两～小菜|几～儿点心|他吹拉弹唱～～都行。

皺 yàng　〈文〉面色青黑:髦身朱发～狠。

恙 □ yàng　❶〈文〉疾病:小～|偶染微～|别来无～(问候语)。❷〈文〉灾祸;祸患:岁亦无～耶? 民亦无～耶? 王亦无～耶? ❸〈文〉忧愁:君不幸罹霜露之疾,何～不已。

烊 □ yàng　见 yáng "烊"(783 页)。

羕 □ yàng　〈文〉水流长长的样子:江之～矣。

窐 yàng　〈文〉冲荡:～石成窟。

詇 yàng　❶〈文〉早知;预知。❷〈文〉央求。

餦 yàng　❶〈文〉饱;满。❷〈方〉涌,溢:喝完,他连连打嗝,水要往上～。现作"漾"。

猏 yàng　传说中的猛兽。外形像狮子,能吃人。

様 yàng　❶同"样"。样式(用于事物的种类):各～细糖。❷搁置;舍弃:～下。

鞅 □ yàng　见 yāng "鞅"(782 页)。

煬 yàng　〈文〉通"炀(yàng)"。烘干;曝晒。

漾 yàng ❶水面轻微动荡:荡～|碧波微～|镜湖流水～清波。❷液体溢出:～奶|碗里的汤都～出来了。❸〈文〉飘动;泛(舟):～舟。

瀁 ㊀ yàng【滉瀁】〈文〉水深广的样子:洪流～。

㊁ yǎng【瀁瀁】〈文〉广大无边的样子:飘飘晓云驶,～旦潮平。

饟 yàng 〈文〉糕饼。

鍚 yàng 〈文〉红黑色。

---

yāo（ㄧㄠ）

幺 yāo ❶说数字时用来代表"1":呼～喝六|询问天气预报请打电话～～七|洞～(01),洞～(01),我是洞两(02),听到了没有? ❷〈文〉细小;幼小:～小|幸得壮大,则缚取～弱者。❸〈方〉排行最末的:～叔|～妹。❹姓。

夭 [㊀*殀] ㊀ yāo ❶早亡,未成年而死:～折|～亡|寿～贫富,安危治乱。❷〈文〉(草木)茂盛:桃秾李|桃之～～。

㊁ ǎo 〈文〉幼小的鸟兽草木等:毋覆巢,杀胎～|泽不伐～。

麦 yāo 〈文〉同"夭"。早亡:未秋截霜,稼苗～残。

吆 [吙] yāo 大声喊叫:～喝(he)|～五喝(hè)六。

囵 [图] yāo【灶囵】影神(迷信称人影有神灵主导)的名字。

约 yāo 见 yuē"约"(839 页)。

抚 yāo 〈方〉量;称:～糖来,～糖(旧时北京小贩叫卖糖瓜的吆喝声)。

妖 yāo ❶妖怪,神话、传说或童话中称形状奇怪可怕、有魔法的害人精灵:～精|蛇～|照～镜。❷古时称一切反常怪异的东西或现象:天反时为灾,地反物为～。❸邪恶而迷惑人的:～术|～风|～言惑众。❹不正派;不端庄(多指女性):～艳|～冶|～里～气。❺〈文〉艳丽;妩媚;娆:～妍|美女～且闲,采桑歧路间。

枖 yāo 〈文〉同"夭"。树木年轻而茂盛的样子:桃之～～。

祅 yāo ❶〈文〉称反常怪异的现象:～怪。通作"妖"。❷〈文〉邪恶而迷惑人的:～言。通作"妖"。

要 yāo 见 yào"要"(788 页)。

纱 yāo 〈文〉急戾。另见 miǎo"妙"(460 页)。

娭 yāo ❶〈文〉妖冶;艳丽。通作"妖"。❷〈文〉女子笑的样子。❸〈文〉通"枖(yāo)"。茂盛:南国桃～。

訞 yāo ❶〈文〉巧言惑乱人心:～言。❷〈文〉通"妖(yāo)"。妖邪;怪异:～怪狡猾之人。

祅 yāo 〈文〉同"祆"。反常;灾异:介虫为～。也作"妖"。

墝 yāo 用于地名:打石～(在山西永和)。

葽 ㊀ yāo ❶〈文〉草名:四月秀～(秀:抽穗开花)。❷〈文〉狗尾草。一种田间杂草。❸〈文〉草茂盛的样子:丰草～。

㊁ yǎo【葽绕】〈文〉药草。即远志。

嘤 yāo【嘤嘤】〈文〉模拟虫叫的声音:～草虫。

楆 yāo 〈文〉枣名。

魋 yāo【魋魋】〈文〉妖怪。

腰 [䚢] yāo ❶胸腹之间的部分,在身体的中部,通常指腹后壁:～椎|弯～|安能摧眉折～事权贵。❷腰子,肾脏的俗称:羊～|猪～|炒～花。❸裤子、裙子等围在腰上的部分:裤～|这条裙子～有点肥。❹衣兜:～里没带钱|把电影票揣在～里。❺事物的中间部分:山～|半中～|大树拦～折断。❻〈文〉带在腰间:～镰刈葵藿,倚杖牧鸡豚。

褄 yāo ❶〈文〉衣裳的腰身。❷〈文〉系衣腰的带子:厌(yā)～|押～(系束腰带)。

貋 yāo【青貋】〈文〉小兽名。

邀 [邀] yāo ❶约请:～请|～集|故人具鸡黍,～我至田家。❷

〈文〉求得;取得:~取|~功|不私徇人情以~名望。❸〈文〉拦截;阻留:~击|~截。

徼
□ yāo 见 jiǎo "徼"(314 页)。

鷕
yāo 传说中的鸟名。也叫"鸽鷕"。

yáo (丨ㄠ)

交
□ yáo(旧读 xiáo)组成《易》卦的长短横道。"—"为阳爻,"--"为阴爻。三个爻组成一卦,阴爻阳爻组合,可得八卦。如"☰"(乾)、"☲"(离)。两卦相重,可得六十四卦。如"䷄"(需)、"䷅"(讼)。

尧（堯）
□ yáo ❶传说中的我国上古帝王名,即陶唐氏。❷〈文〉高;崇高。

尭
yáo 同"尧"。传说中的上古帝王名。

佼
□ yáo 见 jiǎo "佼"(313 页)。

肴[*餚]
□㊀ yáo(旧读 xiáo)用鸡、鸭、鱼、肉做成的荤菜:~馔|酒~|虽有佳~,弗食,不知其旨也(旨:味美)。
㊁ xiáo 〈文〉通"淆"(xiáo)。纷乱:~乱。

匋
yáo 见 táo "匋"(657 页)。

陶
yáo 【皋陶】同"皋陶"。传说舜时的司法官。

垚
□ yáo 〈文〉高。多用于人名。后作"尧"。

砳
yáo 艰难;困难。用于古白话:欲胜那僧人~上~。

辂（轺）
□ yáo 轺车,古代一种小而轻便的马车。

嶤（嶢）
□ yáo 〈文〉高峻:高冈~~。

桃
yáo 见 tiāo "桃"(666 页)。

姚[姚]
□ yáo ❶〈文〉漂亮;美好:美丽~冶。❷〈文〉通"遥(yáo)"。远;长:其流长矣,其温厚矣,其功盛~远矣。❸姓。

珧
□ yáo 蚌、蛤的甲壳,古代用来装饰刀、弓等器物。

俏
□㊀ yáo 〈文〉击刺。
㊁ wèi 〈文〉模拟因痛而呼叫的声音。

姚
yáo 〈文〉明亮。

陶
□ yáo 见 táo "陶"(657 页)。

铫
□ yáo 见 diào "铫"(138 页)。

䀅
□ yáo 〈文〉不用乐器伴奏的歌唱。通作"谣"。

窑[*窰、*窯、堖、窐、窑]
❶烧制砖、瓦、陶瓷等的建筑物:砖~|瓷~|石灰~。❷为采矿而开掘的洞;用土法采掘的煤矿:煤~。❸在土坡上挖成的供人居住的洞:~洞|寒~。❹陶瓷器的代称:定~有光素,凸花两种。

隃
□ yáo 见 shù "隃"(625 页)。

傜
□ yáo ❶〈文〉通"徭(yáo)"。劳役:~赋(赋:田地税)。❷瑶族,我国少数民族名。古作"傜"。

谣（謡）
□ yáo ❶民间流行的,可以随口唱出、不用乐器伴奏的韵语:歌~|民~|观政听~,访贤举滞。❷凭空捏造的、没有事实根据的传言:~言|~传|造~。❸〈文〉不用乐器伴奏而歌唱:心之忧矣,我歌且~。

摇
□ yáo ❶使来回摆动:~手|~旗呐喊|四顾何茫茫,东风~百草。❷动:摇:本根一~,忧患永浅。

䔄
yáo 传说中的草名。

嗂
yáo 〈文〉喜乐。

嶕
yáo 〈文〉山崖名:钟山之东曰~崖。

傛
□ yáo ❶〈文〉喜悦。❷〈文〉同"徭"。劳役。

徭
□ yáo 〈文〉劳役:轻~薄赋|~役并起,农桑失业。

遥[遙]
□ yáo ❶距离远:~望|~控|~遥知马力。❷时间久:

想|～～无期|～夜何漫漫。

猺 yáo ❶【黄猺】即黄喉貂，哺乳动物。体长50厘米左右，四肢短，尾长。喉及前胸黄色，后背和四肢黑褐色。栖息在树林中，主要以鼠类、鸟类、蜂蜜为食。❷【青猺】即果子狸，哺乳动物。

愮 ㊀ yáo ❶〈文〉忧惧。❷〈文〉悖乱；惑乱。
㊁ yào 〈文〉医治。

嫽 yáo ❶〈文〉一边晃动两肩一边行走的样子。❷〈文〉美艳动人：妖～。❸〈文〉嬉戏游乐。

瑤 yáo ❶〈文〉美玉：～琴|～佩|投我以木桃，报之以琼～。❷〈文〉美好；珍贵：～浆（美酒）|～函（对别人书信的美称）|奇花～草。

撚 yáo "摇"的讹字。动摇：推其～～（加剧其摇摇欲坠的形势）。

撚 yáo 〈文〉同"摇"。使来回摆动：夹而～之|附耳～动。

榣 yáo ❶〈文〉（树木）摇动。❷传说中的一种树木。

欨 yáo【欨欨】〈文〉形容气出的样子。

磘 yáo 地名用字。灰磘，在台湾。

嶤 yáo【嶕（jiāo）嶤】〈文〉山势高峻的样子。也作"嶕峣"。

蹎 yáo 〈文〉通"遥（yáo）"。远：～望。另见 yú "逾"（827页）。

蟶 yáo 〈文〉蚌一类的甲壳软体动物。

緐[俏] yáo 梢瓜。也叫"菜瓜"。

蕬 yáo【蕬芅（yì）】〈文〉植物名。即阳桃。也作"铫芅"。

軺 yáo ❶〈文〉同"轺"。小车。❷人名用字。赵与軺，宋代人。

繇 yáo 见 yóu "繇"（822页）。

鰩(鳐) yáo 鱼名。身体扁平，略呈圆形或菱形，尾细长，口在腹部，牙细小而多。生活在海中。

飖 yáo 〈文〉随风摇动：香袖风～轻举。

骦 yáo【骦（xiāo）骦】同"逍遥"。马名。用于古白话：玉面～，跨上征鞍八尺高。

顤 yáo 〈文〉头部大而长的样子。

蕘 yáo 〈文〉草长得茂盛的样子：厥草惟～（那里草长得茂盛）。

yǎo （l幺）

皀 yǎo 〈文〉远望浑然合一的样子。

宎 ㊀ yǎo 〈文〉风吹入孔窍发出的声响。
㊁ yào 〈文〉房屋的东南角。

抲 yǎo 〈文〉把舂的米从臼中取出来；或舂或～。通作"窅"。

杳 yǎo ❶〈文〉深远；远得不见尽头或踪影：～渺|～无音信|欲为万里赠，～～山水隔。❷〈文〉幽暗；昏暗：～冥|杲乎如登于天，～乎如入于渊（杲：gāo，明亮）。

狕 yǎo 〈文〉兽名。像豹。

咬 [*齩] ㊀ yǎo ❶上下牙对着用力，夹住或弄碎东西：～牙切齿|虫蛀鼠～|狗～枯骨头，虚自舐唇齿。❷用钳子等夹住或用螺丝、齿轮等卡住：拿钳子～住铁棍|螺钉勘（yì）扣了，螺帽～不紧。❸比喻紧跟不放：场上比分一直～得很紧|紧紧～住逃跑的敌机。❹受责难或受审讯时牵扯别人（多指不相关的）：反～一口|乱～好人。❺正确念出或唱出字音；过分计较字句的意义：～字清楚|一～字眼儿，还真觉得有点儿毛病。❻（狗）叫：鸡鸣狗～|狗～了大半夜。
㊁ jiāo【咬咬】模拟鸟鸣声：黄鸟飞相追，～弄音声。

宧 yǎo ❶〈文〉同"窔"。开门的声音。❷〈文〉同"窔"。房屋的东南角。

窔 yǎo ❶〈文〉房屋的东南角。❷〈文〉幽暗；奥秘：～奥。

窅 yǎo ❶〈文〉幽静；清思～冥。❷〈文〉同"窅"。眼睛深陷：～目。

窅 yǎo 同"窅"。用瓢、勺等取东西。用于古白话：急唤茶汤，无人来～。

窅 yǎo 用瓢、勺等取（东西）：～水|汤|～两碗米。

窅 yǎo ❶〈文〉眼睛深陷的样子:双目微～。❷〈文〉深远:～然|～不可测|～乎冥冥,莫知其情。

窔 yǎo 【窔窱(tiǎo)】1.〈文〉深远:松溪～入。2.〈文〉婉转;优美:鼓歌～听疑梦。

窈 [窈] yǎo ❶〈文〉深远:～若深山|有穴～然。❷〈文〉昏暗:天～～而昼阴。❸【窈窕(tiǎo)】1.〈文〉文静;美好(多指女子):～淑女|～世无双。2.〈文〉深远;幽深:幽岫～|黄河从西来,～入远山。

偠 yǎo 【偠绍】〈文〉姿态优美的样子。

窔 yǎo 〈文〉幽深。

蔘 yǎo 见 yāo "蔘"(785页)。

窔 yǎo 【窔窱(tiǎo)】〈文〉同"窔窱"。婉转;优美。

嫇 yǎo 【嬷嬷(niǎo)】〈文〉纤细的样子:花枝～。

嗂 yǎo 〈文〉"腰(yāo)"的讹字。远视:～红鹭。

溔 yǎo 〈文〉水广大无边的样子。

腰 yǎo ❶〈文〉远视。❷【腰眇(miǎo)】〈文〉烟焰飞腾的样子。

骱 yǎo ❶〈文〉肩骨。❷〈文〉同"骱"。腰部左右虚肉处。

眑 yǎo 【眑(miǎo)眑】〈文〉看的样子。

麌 yǎo 〈文〉幼小的麋鹿。

旟 yǎo 〈文〉旗帜一类的物品。

骱 yǎo 〈文〉腰部左右虚肉处:右～。

烑 yǎo ❶〈文〉兽名。❷〈文〉牛马腾跃。

鴢 [鴢] yǎo 鸟名。即鱼鵁。

闄 yǎo 〈文〉遮拦;阻隔:心以有意而为形之所～(形;形体)。

騕 yǎo 【騕褭(niǎo)】古代良马名:驰光如～,一去不可追。

鴢 yǎo 〈文〉同"鷕"。野鸡的叫声。

鷕 ⊖ yǎo ❶〈文〉模拟野鸡的叫声:有～雉鸣。❷〈文〉鸟鸣声。
⊜ xiào 〈文〉野鸡。

齩 yǎo 〈文〉同"咬"。上下牙对着用力,夹住或弄碎东西:厨廥空虚鼠亦饥,终宵～啮到秋帷。

yào (l幺)

乐 yào 见 lè "乐"(387页)。

寙 yào 见 yǎo "寙"(787页)。

疟 yào 见 nüè "疟"(495页)。

药 (藥) yào ❶药物,能够防病、治病的物质:西～|采～|臣侍汤～,未曾废离。❷某些人工配制的有化学作用的物品:炸～|农～。❸〈文〉用药治病:不可救～。❹用药等毒死:～老鼠|砒霜能～死人。❺芍药:念桥边红～,知为谁生?❻姓。

要 ⊖ yào ❶重要,值得重视的:～事|～点|主～|紧～。❷重大的值得重视的内容:纲～|提～|事在四方,～在中央。❸希望得到或保持:我～苹果,不～梨|旧家具都处理掉,不～了。❹索取:～账|别向人家～东西|足下前～文章古书,极不忘。❺希望;请求:孩子～出去玩儿|他～我帮忙办件小事。❻需要:干这活儿～十天|修路～一笔资金。❼应该;必须:生了病马上治|～保持谦虚谨慎的工作作风。❽表示做某事的意志:我～坚持锻炼身体。❾将;将要:天～黑了|刀不磨～生锈|人生～死,何为苦心? ❿表示估计(多用于比较):哈尔滨比天津～冷多了|生活一天比一天强。⓫表示假设,相当于"要是":路上～不好走就找个地方住下|你～不信,可以再去问问。⓬表示选择,相当于"要么"(后跟"就",对用):～就打球,～就游泳,你挑一样吧!
⊜ yāo ❶求:～求。❷强求;胁迫:挟～以所能～其君。❸〈文〉同"邀"。邀请:

Y

便～还家,设酒杀鸡作食。❹"腰"的古字:楚灵王好士细～。❺姓。

旭[旭]　yào　〈文〉走路歪歪斜斜。

钥　yào　见 yuè "钥"(840页)。

突　yào　❶〈文〉室中东南角:弃之～间。❷〈文〉幽深隐暗的地方。

祒　yào　〈文〉袜筒,也指袜子:锦～一只。

窔　yào　❶〈文〉幽深:～辽。❷〈文〉室中东南角:奥～之间(奥:西南角)。❸〈文〉喻指深奥的境界。

葯　yào(旧读 yuè)　白芷的叶;又指白芷:～芷|芳～。

嶢　yào　❶[嶢崄(xiǎn)]〈方〉两山之间像马鞍子的地方。❷用于地名:～乡(在陕西)。

筄　yào　〈文〉铺在椽上瓦下的苇席或篾席。

嗂　yào　[嗂呱(gū)]〈文〉欢笑声。

慲　yào　见 yáo "慲"(787页)。

靮[靮]　yào　靴筒;袜筒:高～靴子|这双袜子的～儿太短。

覸　yào　〈文〉两人相对而视。

虓　yào　[虓(qiào)虓]〈文〉不平;不安。

鼽　yào　〈文〉仰起鼻子。形容傲慢:鼻而刺天。

鹞(鷂)　yào　❶鸟名。外形像鹰,雌禽)的和雄的羽毛颜色不同,是猛禽,捕食昆虫和鸟、鼠类等。❷风筝:纸～。

猺　㊀yào　〈文〉一种猛犬。
㊁xiāo　〈文〉骁勇凶悍:～悍。

曜　yào　❶〈文〉阳光,也泛指光芒:日星隐～|日出有～。❷〈文〉照耀:～野蔽泽|明月～夜。❸〈文〉指太阳、月亮和星辰。太阳、月亮和火、水、木、金、土五星合称七曜,旧时依次代表一个星期的七天。从星期日到星期六是:日曜日、月曜日、火曜日、水曜日、木曜日、金曜日、土曜日。

艞　㊀yào　〈文〉大船。
㊁tiào　[艞板]〈文〉供人上下船的长板。今作"跳板"。

燿　yào　见 shào "燿"(603页)。

耀[*燿]　yào　❶照射:照～|闪～|东烛沧海,西～流沙。❷光芒;光辉:光～|草萤有～。❸显示;显扬:炫～|夸～|先王～德不观兵。❹光荣;荣～。❺使荣耀:炳～千古|光宗～祖。

鬶　yào　道教专用字。指自己口中的唾液。

纅　yào　〈文〉丝的色彩鲜明。

覨　yào　〈文〉视物昏花错乱。

---

yē (ㄧㄝ)

吔　yē　见 yě "吔"(790页)。

耶　yē　见 yé "耶"(790页)。

枒　㊀yē　〈文〉椰子树。
㊁yā　[枒枒]〈文〉树枝纵横交叉的样子。
另见 yā "丫"(769页)。

徆　yē　[徆(ào)徆]传说中的兽名。也作"嶅嶅"。

猭　yē　[猭(áo)猭]传说中的兽名。似牛,身体白色,有四只角。

倻　yē　[伽倻琴]朝鲜族的弦乐器,形状像我国的古筝。

掖　yē　见 yè "掖"(791页)。

椰[枒]　yē　❶椰子,常绿乔木。羽状复叶,肉穗花序。核果圆形,果肉可以吃,也可榨油,果汁可做饮料,果皮纤维可制刷子、缆绳等。❷这种植物的果实:～油|～蓉。

喝　yē　❶〈文〉中暑:得～疾。❷〈文〉热:炎～。

噎　yē　❶食物堵住食道:因～废食|行迈靡靡,中心如～。❷因迎风等而造成呼吸困难:风太大,～得人喘不上气来。❸用话顶撞人,使受窘而说不出话来:说话

别老～人。

餲[餲] yē ❶〈文〉同"噎"。食物等堵塞喉咙：鲠～无奈。❷〈文〉气逆作声。

饐 yè 见 yì"饐"(806页)。

蠮 yē 【蠮螉(wēng)】〈文〉细腰蜂。

yé (|せ)

邪 yé 见 xié"邪"(742页)。

爷(爺) yé ❶祖父；跟祖父同辈的男性亲友：～～(ye)｜姥～｜舅～。❷〈文〉父亲：～娘军书十二卷，卷卷有～名。❸对长一辈或年长男子的尊称：老大～｜常四～。❹旧时对主人或对官僚、财主等的称呼：老～｜少～｜县太～。❺对神佛的称呼：佛～｜老天～。

耶 ⊖ yé ❶〈文〉用在句末，表示疑问或反问语气，相当于"吗"或"呢"：是～，非～？｜与我争三江五湖之利者，非吴～？❷〈文〉同"爷"。父亲：～娘妻子走相送。
　⊜ yē 用于译音：～稣(即基督，基督教徒所信奉的救世主)｜～路撒冷(地名，在亚洲西部)。

莪 yé 〈文〉草名。

揶[揶] yé 【揶揄(yú)】〈文〉嘲弄；耍笑：受人～｜屡遭～。

㖞 ⊖ yé 叹词。表示怀疑不相信的口气：～，还想争冠军！
　⊜ xié 佛经译音字。

帪 ⊖ yé 古代男子束发用的巾。
　⊜ ān 【帪筬(dōu)】〈文〉喂马用的口袋。

铘(鎁)[鎁] yé 【镆(mò)铘】古代宝剑名。也作"莫邪"。

鎁 ⊖ yé 【镆(mò)鎁】〈文〉即镆铘。宝剑名。常指宝剑。
　⊜ yá 化学元素"镱(āi)"的旧称。

箷[箷] yé 〈文〉竹名：～笋无味。

歈 yé(又读 yí)【歈㩪(yú)】〈文〉即揶揄。嘲笑；戏弄：年衰只怕～鬼。

㩪 yé 【㩪歈(yú)】〈文〉同"揶揄"。嘲弄；耍笑：～官人不识字。

鯂 yé 〈文〉形状像蛇的鱼。

yě (|せ)

也 yě ❶表示类同。可以单用、并用，前项也可以隐含不出现：风停了，雨～住了｜他多才多艺，～会唱京戏，～会画国画｜昨天我～去了。❷表示关联。用在后一分句，表示类同性承接：不但精力不够，时间～不够｜宁可自己苦一点，～不能叫孩子受委屈。❸表示语气。1. 在一些格式中表示强调：连校长的话～不听了｜站在那儿一动～不动。2. 表示委婉的容忍或责备：～只好这样了｜你～该替你父母想一想。❹〈文〉助词。用于句末，表示肯定确认的语气：陈胜者，阳城人～。❺〈文〉助词。用于句中，表示停顿：其险～如此！❻〈文〉助词。用于疑问句末尾，表示疑问或反问：十世可知～？❼姓。

芐[芐] yě 〈文〉同"也"。助词。用于句末，表示肯定确认的语气。

吔 ⊖ yě 佛经译音用字。
　⊜ yē ❶叹词。表示惊异或怀疑：～！昨天刚吵完，今天又好了。❷语气词。表示感叹、惊讶等语气：我的妈～！这可怎么办呀！

冶 yě ❶熔炼(金属)：～金｜～炼｜～铸。❷〈文〉造就；培养：陶～｜～天下之士。❸〈文〉装饰艳丽：～艳｜～容｜妖～。❹姓。

埜 yě 姓。
另见 yě "野"(790页)。

野 [△*埜、*壄] yě ❶野外，离居民点较远的地方：～地｜郊～｜永州之～产异蛇。❷界限；范围：视～｜分～。❸指不当政的地位(跟"朝(cháo)"相对)：下～｜在～。❹非官方的；民间的：～史｜朝(cháo)～清晏，国富兵强(清晏：安定)。❺非正式的；不合法的：～合｜～种｜～汉子。❻不是人工饲养或培植的；没有主人的：～兔｜～菜｜朱雀桥边～草

花。❼蛮横;粗鲁:～蛮|粗～|撒～。❽不受约束的;随心所欲的:～性|～心勃勃|放了个长假,心都玩～了。

"壄"另见yě(790页)。

鉔 yě 见shī "鉔"(612页)。

嘢 yě 〈方〉表示疑问等语气:何不唱几支～?

壄 yě "壄"的讹字。同"野"。野外:处农必就田～。

yè (丗)

业□(業) yè ❶职业,所从事的主要工作:～余|就～|安居乐～|不务正～。❷行业,职业类别:工～|农～|各行各～。❸学业,学习的内容或过程:毕～|受～|～精于勤,荒于嬉。❹事业,有一定目标、规模、系统和影响的社会活动:创～|～绩|盛德大～,至矣哉!❺财产:产～|家大～大|学黄老之术,家～千金。❻佛教徒称人的一切行为、言语、思想,通常指缘分或罪孽:身～|～缘|～障。❼已经:～经宣布|～已准备就绪。

叶□(㊀葉) ㊀yè ❶叶子,植物的营养器官。通常由叶片和叶柄组成:树～|根深～茂|秋兰兮青青,绿～兮紫茎。❷像叶子的东西:肺～|百～窗。❸〈文〉同"页"。书页:鼠翻书～响,虫进烛花飞。❹较长历史时期的分段:唐代末～|20世纪中～。❺(旧读shè)古邑名(在今河南):此～公之好龙也(叶是封地)。❻姓。
㊁xié 〈文〉同"协"。谐调;相合:～韵。

页□(頁) yè ❶篇;张(指书、画、纸等):扉～|册～|活～|文选。❷网页:～面|主～。❸量词。用于书籍、报刊的印刷纸张,原指一张纸的两面,现指一张纸的一面:一～纸|一～稿子。

曳□ yè ❶拖;拉;牵引:拖～|～光弹|弃甲～兵。❷〈文〉困顿:年虽疲～,犹庶几名贤之风。

郫□(鄴) yè 古邑名。在今河南安阳北。

夊 yè 〈文〉同"掖"。宫殿正门两旁的门。

拽 ㊀yè 〈文〉同"曳"。拖;拉;牵引:五人相助,大呼～蛇。
㊁shé 〈文〉数(shǔ)。计算。
㊂yì 〈文〉通"栧(yì)"。短桨:接人则以～(接:接引登船)。

夜□[*亱] yè 从天黑到天亮的一段时间(跟"日、昼"相对):～晚|深～|～以继日。

枼 ㊀yè 〈文〉薄木片;木简的薄片,册页。后作"叶(葉)"。
㊁shì 〈文〉通"世(shì)"。世代:三～之后。

拽□ yè 见zhuài "拽"(896页)。

咽□ yè 见yān "咽"(772页)。

棄 yè 〈文〉同"枼"。薄片。

菨 yè 〈文〉同"叶(葉)"。叶子,植物的营养器官。

晔(曄)[曅] yè ❶〈文〉明亮有光彩:～如晴天散彩虹。❷〈文〉盛美;华美:～如春葩。

射□ yè 见shè "射"(604页)。

郙 yè 古地名。故地在山东。用同"夜"。

烨(燁)[*爆] yè 〈文〉明亮;灿烂:～烁|～～之文采|膏之沃者其光～(膏:油)。

掖□ ㊀yè ❶用手搀扶着别人的胳膊,比喻扶助或提拔:扶～|提～|奖～后进。❷旁:～门(宫殿正门两旁的边门)|指挥两～兵冲出,直撞入魏阵中。❸宫掖的简称。
㊁yē 把东西塞进(衣袋或缝隙里):～藏|把钱～在怀里|门缝～着一张纸条。

萘 yè 〈文〉同"叶(葉)"。草木的叶子。

唲 yè 〈文〉(鸟)夜鸣。

唲 yè 见 wā "唲"(686 页)。

傑 yè 见 xiè "傑"(745 页)。

焆 yè 见 juān "焆"(342 页)。

液 yè ❶液体,有一定体积而没有固定形状,可以流动的物质:~态|~汁|血~。❷〈文〉浸泡:凡为弓,冬析干而春~角(凡造弓,冬天剖治弓干,春天浸泡兽角)。

谒 yè ❶〈文〉禀告;陈述(多用于尊长):臣请~王之过|吾欲有~于主君。❷〈文〉请求;请托:为文百卷,~予为序|不敢~以私。❸〈文〉进见:见|策杖~天子。

揲 yè 见 shé "揲"(604 页)。

堨 yè 见 ài "堨"(3 页)。

敜 yè【敜敽(niè)】〈文〉相及;接触。

殗 ㊀ yè ❶【殗殜(dié)】〈文〉病情不重的样子:~成疾。❷〈文〉重叠:~叶。㊁ yàn〈文〉污浊:~秽。

哯 yè〈文〉噎。食物堵住食道:有木焉,…服者不~。

喝 yè 见 hē "喝"(243 页)。

腋 yè ❶腋窝,人的上肢和肩膀连接处靠底下呈窝状的部分:~下|~毛。❷特指狐狸腋下的毛皮:集~成裘|吾闻千羊之皮,不如一狐之~。❸其他生物体上跟腋类似的部分:~芽(叶和茎相连处长出来的侧芽)。

庽 yè〈文〉房屋狭窄。

揲 yè〈文〉箕舌,簸箕底伸展向前的比较宽的部分。通作"揲"。

楪 yè 见 dié "楪"(140 页)。

晻 yè ❶【晻蔽】〈文〉掩盖。❷【晻薆(ài)】〈文〉香气浓盛。❸【晻郁】〈文〉抑郁。

蛶 yè【姑蛶】古山名:昔~有神人。也作"姑射"。

饁 (饁)[饁] yè〈文〉给在田间耕作的人送饭:同我妇子,~彼南亩。

煠 ㊀ yè〈文〉用火加热;用沸水煮。㊁ zhá〈文〉把食物放入沸油锅里使熟。现作"炸"。

袚 yè〈文〉衣袖缝;衣袖。

蝴 yè【蝴蝶】〈文〉蝴蝶。

傑 yè ❶〈文〉容貌美好的样子。❷〈文〉弯曲;曲折。

揭 yè 见 qiā "揭"(538 页)。

厴 (壓)[黶] yè〈文〉酒窝:两~|酒~|绣衫遮笑~。

劓 yè〈文〉接续:五岁成《群经平议》,以~《述闻》。

箂 yè ❶〈文〉儿童习字的竹片。❷〈文〉书册的单张。也作"葉"。通作"页"。

曄 yè〈文〉草木开的白花。

暚 yè【暚暚】〈文〉即晔晔。光盛的样子:~家道路,灿灿我衣服。

嵥 yè【嵥(jié)嵥】〈文〉高峻的样子:嵳嵥。

簗 yè〈文〉山势高耸的样子:~然摩天(摩:接触)。

蜇 yè〈文〉虫名。

鎑 yè〈文〉同"鑷"。金属薄片:银~。

饁 ㊀ yè【饁哒(dā)】中亚古族名;西域古国名。㊁ yàn〈文〉同"咽"。吞咽。

鑷 ㊀ yè ❶〈文〉金属薄片:铁~。❷〈文〉用金属薄片包裹:~之以铁。㊁ xié〈文〉铜铁矿石。

擪[擫、擛、撒] yè ❶〈文〉用手指按:~笛鸣蝉声。❷〈文〉压抑:亭亭自抬举,鼎鼎难藏~。❸〈文〉书法执笔法之一。以大拇指紧按笔管的左内侧。

礏 yè【礏(zá)礏】〈文〉山势高峻的样子。

鮑 yè〈文〉盐渍鱼。

䊮 yè〈文〉粽子一类的食物。

屭 yè 见 yǎn "屭"（778 页）。

鶂 yè 传说中的鸟名。

闑 yè〈方〉紧靠着物体躲闪：倚墙～壁。

齃 yè 见 yuè "齃"（841 页）。

鸏 yè〈文〉色变坏；褪色。

鰈 yè〈文〉鱼名。

---

yī（丨）

一 yī ❶最小的正整数：闻～以知三。❷相同：～视同仁｜说法不一｜所行则异，所归则～。❸全；满：～生｜～屋子人｜～国之人皆若狂。❹专一：～心～意｜蚓无爪牙之利、筋骨之强，上食埃土，下饮黄泉，用心～也。❺某：有～年｜～天中午。❻另一个；另一种：莲花～名荷花。❼副词。都；一概：～代何为汉相国，举事无所变更，遵萧何约束（参）曹参）。❽表示动作或情况一下子发生：两手～摊｜不由得～愣。❾表示发生了某种情况，继而产生了相应的结果：～见钟情｜～闪而过｜～扫而光。❿跟"就"配合，重复并持续某个动作，一直达到某种程度：～住就住了好几年｜～买就买了一大摞。⓫〈文〉统一；一致：法莫如～而固，使民知之。⓬我国民族音乐音阶的一级，相当于简谱的"7"。

弌 yī〈文〉同"一"。数目字。

伊 yī ❶〈文〉助词。用在主语或谓语前，加强语气或感情色彩：一日三雨，～谁之力｜王业初基，百度～始。❷〈文〉此；那：所谓～人，在水一方。❸人称代词。他或她（五四运动前后有的文学作品中专指女性）：江家我顾～，庾家～顾我。❹姓。

衣 ㊀ yī ❶衣服，穿在身上遮蔽身体的服装：上～｜～冠楚楚｜丰～足食。❷包在某些物体外面的东西：糖～｜笋～｜炮～。❸包裹胎儿的胎盘和胎膜：胎～｜胞～。❹〈文〉上衣：绿～黄裳｜东方未明，颠倒～裳。❺姓。
㊁ yì ❶〈文〉穿（衣服）：～锦夜行｜耕而食，织而～。❷〈文〉给别人穿（衣服）：解衣（yī）～我｜非能耕而食之，织而～之也。

医（醫）[毉] yī ❶医生，掌握医药卫生知识，进行疾病防治工作的专业人员：军～｜名～｜～不三世，不服其药。❷医学，研究人类生命过程以及同疾病做斗争的科学：中～｜西～｜他们夫妇都是学～的。❸治病：～疗｜～治｜善～者不视人之肥瘠。

依 yī ❶靠着；紧挨着：～傍｜～偎｜白日～山尽，黄河入海流。❷倚仗；依赖：～靠｜～附｜相～为命｜孤独无～。❸顺从；听从：～从｜～顺｜死活不～｜事事都～着她。❹原谅；宽恕：不～不饶｜这件事办不好，我决不～你。❺依据某种标准或准则，相当于"按照"：～法惩处｜～样画葫芦｜愿～彭咸之遗则（彭咸：古代的贤人）。❻姓。

祎（禕）yī〈文〉美好。多用于人名。费祎，三国时蜀人。

咿 [△*吚] yī ❶【咿唔（wú）】模拟读书声：～吟诵。❷【咿呀】模拟婴儿学语声、桨声等：～学语｜桨声～。"吚"另见 xī（714 页）。

咪 yī ❶叹词：念几声弥陀，～！恨一声媒婆。❷助词。做唱词里的衬字：头昏眼瞎脚底下拌了蒜，哩嚠莲花呀～呀朵梅花。

哝 yī ❶助词。做衬字：倘欲进文明，须自治了，～嘟噜～嘟噜呦。❷叹词。表惊讶：～，真的还有一个吴金妹！

沶 yī【沶水】1. 水名。在湖南。2. 古水名。即今伊河。在河南。

婯 yī 女子人名用字。

柅 yī【柅（yí）柅】常绿乔木。叶子椭圆形或卵状披针形，花白色，果实卵形。果实、叶子和树皮可以入药。

蛜　yī ❶【蛜蚗(jué)】〈文〉蝉一类的昆虫。❷【蛜威】〈文〉虫名。也叫"鼠妇虫"。外形椭圆,灰褐色,生活在阴暗潮湿处。也作"蛜蝛、伊威"。

陭　㊀ yī ❶〈文〉偏于一边;不正:本不正者末必~。❷陭氏,汉代县名。在今山西。
㊁ qí 通"崎(qí)"。【陭隑】〈文〉即崎岖。形容山路高低不平。

揖　yī 〈文〉同"揖"。拱手行礼。

铱(銥)　yī 金属元素。符号Ir。

猗　㊀ yī ❶〈文〉表示感叹语气,相当于"啊":河水清且涟~。❷〈文〉叹词。表示赞美:~欤盛哉!
㊁ ē【猗傩(nuó)】〈文〉同"婀娜"。轻盈柔美的样子:隰有苌(cháng)楚,~其枝(隰:xí,低湿的地方。苌楚:羊桃)。
㊂ yǐ【猗狔(nǐ)】同"旖旎"。1.〈文〉旌旗随风飘动的样子:~从风。2.〈文〉轻柔美好:音response~,情文宛转。

郼　yī 殷代国名。

揖　㊀ yī 〈文〉拱手行礼:作~|长~不拜|献公~而进之。
㊁ jī 〈文〉聚集:~其民力。

壹　㊀ yī ❶数字"一"的大写。❷〈文〉专一:故好书者众矣,而仓颉独专者,~也。
㊁ yīn【壹壹(yūn)】〈文〉同"氤氲"。古人形容天地未分时元气混沌凝聚的样子。

椅　yī 见yǐ"椅"(799页)。

蛜　yī 〈文〉同"蛜"。【蛜蝛(wēi)】虫名。即鼠妇虫。外形椭圆,灰褐色,生活在阴暗潮湿处:破灶~盈。

㤤　yī 〈文〉哀痛声:闻公讣,设位哭而~。

瑿　yī 〈文〉尘埃。

婗　yī ❶【婴婗(ní)】〈文〉婴儿:~始发声。❷〈文〉婴儿啼哭声。

漪　㊀ yī 〈文〉水面的波纹:~澜|清~|碧~荡漾。

槷　yī 〈文〉树木名。色黑。俗称"槸(wū)木"。

瓥　yī ❶〈文〉黑玉。❷〈文〉黑红色的琥珀。

磤　yī 〈文〉黑色美石:率人发掘,乃一坑~石。

噫　㊀ yī ❶叹词。表示惊讶:~,这是谁送来的? ❷叹词。〈文〉表示悲叹感伤:~,天丧予,天丧予!
㊁ ài 〈文〉呼气;吹气:夫大块~气,其名为风(大块:大自然;大地)。

壴　yī 〈文〉同"壹"。一致;统一:法度量则不~。

繄　yī 〈文〉助词。用于句首或句中,强调所述事实:尔有母遗(wèi),~我独无|君王之于越也,~起死人而肉白骨也。

瞖　yī 〈文〉应答之声。

黟　yī ❶〈文〉黑;黑色。❷【黟县】地名。在安徽黄山市。因境内有黟山而得名。

箷　yī 〈文〉杓。

嚏　yī【嚏嘘】1.〈文〉叹息:天为之~。2.〈文〉形容风势猛烈:风发而~飍(飍:héngchéng,模拟风声)。

鬒　yī 〈文〉头发黑色:白鬓如~。

鷖　㊀ yī 〈文〉鸥鸟:秋~。
㊁ yì ❶传说中凤凰一类的鸟:乘~。❷〈文〉青黑色的缯。

黳　yī ❶〈文〉小黑痣。❷〈文〉颜色黑:~发。❸〈文〉黑色的美石。

譩　yī 〈文〉同"噫"。叹词。表示悲叹感伤:~,蔽也久矣,世不省学为何事!

yí（í）

迻　yí 〈文〉移动。

匜　yí ❶古代盥洗时注水的器具:奉~沃盥。❷古代盛酒的器具。

饴 **yí** ❶古代对居住在广东一带的瑶族人的称呼。❷用于人名。拓跋猗饴，后魏君主。

仪（儀） **yí** ❶人的容貌、举止：～容｜～表｜～态万方。❷礼节；典礼的程式：～式｜礼～｜行礼如～。❸礼物：贺～｜莫～｜谢～。❹仪器：光谱～｜地动～。❺〈文〉倾心；向往：心～已久｜公卿议更立皇后，皆心～霍将军女。

㠪 **yí** "夷"的古字。诛杀：诛～。

台 **yí** 见 tái "台"(648 页)。

坨 **yí** 〈文〉桥：良尝闲从容步游下邳～上(良：张良)。

夷 [夸] **yí** ❶〈文〉平坦，道近路～｜道有～险，履之者知。❷〈文〉平安；安定：境内清～｜～然自若。❸〈文〉铲平；削平：芟～｜～为平地｜塞井～灶。❹消灭；杀尽：～灭｜诛～｜～三族。❺我国古代称东方的各民族，也泛称四方的少数民族：～狄｜东～｜四～。❻旧时指外国或外国人：～情｜～务｜华～杂处。

迆 **yí** 见 yǐ "迆"(798 页)。

臣 **yí** 〈文〉下巴。通作"颐"。

杝 **yí** 见 lí "杝"(392 页)。

沂 **yí** ❶沂河，水名。发源于山东，流入江苏。也叫"沂水"。❷姓。

诒（詒） ⊖ **yí** ❶〈文〉同"贻"。遗留：先王违世，犹～之法(违世：去世)。❷〈文〉同"贻"。赠给：叔向使人～子产书。
⊜ **dài** 〈文〉欺骗：骨肉相～，朋友相诈，此大乱之道也。

迤 **yí** 见 yǐ "迤"(799 页)。

俦 **yí** 〈文〉安放：奉尸～于堂(尸：尸体)。

伲 **yí** 〈文〉同"怡"。【偈(tí)伲】同"偈怡"。游乐休息。

狋 ⊖ **yí** ❶〈文〉犬发怒的样子。❷【狋狋】〈文〉怒目而视的样子。
⊜ **quán** 【狋氏】汉代县名。在今山西浑源东。
⊜ **chí** 【狋㟴(yí)】〈文〉险峻的样子。

饴（飴）[粠] **yí** 用米和麦芽熬成的糖浆，泛指某些质软的糖果：高粱～｜甘之如～。

㳧 ⊖ **yí** 古水名。在今湖北。
⊜ **chí** 〈文〉同"坻"。水中的小块高地：京～(水中高地)。
⊜ **shì** 【㳧乡】古县名。在今湖北。

怡 **yí** ❶〈文〉快乐；愉快：～乐｜～然自得｜心旷神～。❷姓。

宜 [宐、宐、宜] **yí** ❶合适；适当：合～｜适～｜事已布告诸侯，诸侯皆以为～。❷事；适宜的事或办法：事～｜机～｜因地制～。❸适合于：景色～人｜此地最～休息调养。❹应该；应当：事不～迟｜早不～晚｜～付有司论其刑赏。

迱 ⊖ **yí** ❶【逶(wēi)迱】〈文〉从容自得的样子：去步～。❷〈文〉移：风流幸未～。
⊜ **tuó** 【迱逗】引逗；撩拨。用于古白话：～我许多时。

陔 **yí** 【陂(wēi)陔】〈文〉艰难险阻。

拸 **yí** 见 chǐ "拸"(83 页)。

荑 ⊖ **yí** 〈文〉割除：荑～。
⊜ **tí** ❶〈文〉植物刚生出的嫩芽、嫩叶：新～。❷〈文〉指稗子一类的野草：～稗。

柂 ⊖ **yí** 〈文〉椴(duàn)木。树像白杨。
⊜ **duò** ❶〈文〉船舵：挺身登舟，手自持～。❷〈文〉导引：～以漕渠(船顺漕渠而行)。
⊜ **zhì** 〈文〉分开：髭发～分白。
⊜ **lí** 〈文〉通"杝(lí)"。篱笆：～落不完(篱笆破损)。

厑 **yí** 〈文〉饮。

咦 **yí** 叹词。表示惊异：～，怎么转眼就不见了？｜～，她怎么也在这里？

贻（贻）yí ❶〈文〉赠给：～赠｜馈～｜静女其娈，～我彤管。❷〈文〉遗留：～害｜～患｜～人口实(给人留下话柄)｜传之子孙，以～后世。

徥 yí ❶〈文〉同"夷"。平坦：大道甚～。❷(徲tí徥)〈文〉游乐休息：余暇～，弹琴击磬。

毑 yí 〈文〉不确定。通作"疑"。

猗 yí 同"夷"。古时对少数民族的蔑称：老聃至西戎而效～言。

狋 yí 【狋即】传说中的一种兽。

施 yí 见 shī "施"(612页)。

恑 yí 〈文〉喜悦;高兴:意～然。

姨 yí ❶称母亲的姐妹：～妈｜～夫｜二～。❷妻子的姐妹：大～子｜小～子。❸称呼跟自己母亲年纪差不多无亲属关系的妇女：赵～｜张～。❹旧时女子称庶母；仆人称主人的妾：～娘｜～太太。

瓵 yí 〈文〉盆盂瓮缶一类的陶器。

㶴 yí ❶〈文〉宽下巴。❷〈文〉成长;壮大。❸〈文〉通"婴(yí)"。喜悦;和乐:众人～～。

梯 ⊖yí 〈文〉即赤楝(sè)，壳斗科常绿乔木。籽实俗名"苦槠(zhū)子"。
⊜tí 【梯桑】〈文〉初生的嫩条。

貤 yí 见 yì "貤"(802页)。

眙 ⊖yí 【盱(xū)眙】地名。在江苏淮安。
⊜chì ❶〈文〉目不转睛地看：目～不禁。❷〈文〉吃惊地看：见者尽～。

胰 [脴] yí 胰腺，人和脊椎动物的消化腺。人的胰在胃的后下方，形状像牛舌。所分泌的胰液能帮助消化，分泌的胰岛素和胰高血糖素等可调节体内的糖、脂肪和蛋白质的新陈代谢：～液｜～腺炎。

訑 ⊖yí 【訑訑】〈文〉傲慢自得的样子：～之声音颜色(颜色:神色)。
⊜dàn 〈文〉同"诞"。放纵;虚妄夸大:～言。

煻 yí 〈文〉烧炼:红炉任百～，真金自坚。

宧 yí ❶〈文〉房屋内的东北角。❷〈文〉隐奥:～奥。❸〈文〉保养;育养。

郖 yí 古地名。

栘 yí ❶〈文〉树木名，即唐棣。❷【栘栘(yī)】常绿乔木。叶子椭圆形或卵状披针形，花白色，果实卵形。果实、叶和树皮可以入药。

庴 yí 【庪(yǎn)庴】〈文〉门闩。

袘 yí 见 yì "袘"(803页)。

珆 yí 〈文〉像玉的石头。

萱 yí 【萱蓂(nán)】〈文〉草名。即萱草。

柂 yí 〈文〉船上舀水的器具。

蚘 yí 见 shé "蚘"(603页)。

蛇 yí 见 shé "蛇"(603页)。

移 [⊖*逘] ⊖yí ❶挪动，变动位置：～动｜迁～｜河内凶，则～其民于河东。❷改变;变更：～情别恋｜～风易俗｜威武不能屈，贫贱不能～。❸〈文〉传递文书:因～书太常博士。❹〈文〉禾谷柔弱的样子。❺姓。
⊜chǐ ❶〈文〉通"侈(chǐ)"。多;多余:饮食～～味。❷〈文〉通"侈(chǐ)"。大:～袂。
⊜yì 〈文〉欣羡:意甚不～。

鉈 yí 见 shī "鉈"(612页)。

痍 yí 〈文〉伤;创伤:伤～｜满目疮～。

桋 yí 【桋梧】1.地名，在台湾。2.树木名。常绿大灌木，原产于福建、台湾。

酏 ⊖yí ❶〈文〉同"酏"。稀粥:枣～。❷〈文〉同"酏"。酒:琼～。

⊜ tuó 〈文〉同"酡"。酒后脸红：玉颜半~。

遗（遺） ⊖ yí ❶丢失：～落|齐桓公饮酒醉，～其冠。❷疏漏：漏掉：～忘|刑过不避大臣，赏善不～匹夫。❸丢失或疏漏的东西：补～|路不拾～。❹抛弃：～弃|～世独立。❺留下，特指死者留下：～憾|～体|～腹子。❻排泄(屎尿、精液等，多指不自主的)：～尿|～精|～梦。
⊜ wèi 〈文〉赠予；送给：～之千金。

姨 yí【蛦(biē)姨】1.〈文〉蛙类。2.〈文〉鸟名。即山鸡。

詒 ⊖ yí【詒詒】〈文〉同"訑訑"。傲慢自得的样子。
⊜ shé【詒荡】〈文〉浅薄放荡。

羠 yí 〈文〉阉割过的羊。

羡 yí 见xiàn"羡"(732页)。

颐（頤）[顄] yí ❶〈文〉下巴；腮：解～(脸上现出笑容)|君～始生须|中夜涕泗交~。❷〈文〉保养；休养：～神|～养天年。

媐 ⊖ yí(又读xī)〈文〉喜悦：相从～游。
⊜ pèi 〈文〉通"妃(pèi)"。婚配；配合。

橠 yí ❶〈文〉衣架：～无完衣(完：完好)。❷〈文〉床前的几(jī)案。

暆 yí ❶【暆暆】〈文〉太阳徐徐运行的样子。❷〈文〉太阳西斜：坐待日～。

跠 yí 箕踞,古时臀部着地,两足前伸的坐姿。

鈶 yí 见shī"鈶"(612页)。

鮨 yí 见tái"鮨"(649页)。

詍 yí 见chí"詍"(82页)。

羡 yí 见xiàn"羡"(733页)。

澄 ⊖ yí【澄澄】1.〈文〉洁白的样子：浩浩～。2.〈文〉露水浓的样子：零露～(零：滴落)。
⊜ ái【灌(cuī)澄】〈文〉霜雪积聚的样子。

慄 yí【怾(qí)慄】〈文〉不为事情而忧愁。

頤 ⊖ yí 〈文〉同"颐"。下巴；腮：凤延颈兮涕交～。
⊜ chēng 用于人名。

蒋 yí【蔘蒋】〈文〉草动的样子。

啲 yí 译音用字。

嶵 yí【娄(wěi)嶵】〈文〉连绵曲折。

鎕 yí 见tiě"鎕"(668页)。

疑 ⊖ yí ❶猜忌；不相信：～虑|猜～|半信半~。❷无法确定的；难以解决的：～问|～案|～难问题|～义相与析。❸疑难问题：答～|释～|存～。❹〈文〉使人迷惑的：～兵|～阵|～冢。❺〈文〉好；似：山穷水复～无路,柳暗花明又一村。

顑 yí 〈文〉同"颐"。下巴；腮。

籭 yí 〈文〉同"橠"。衣架。

鄅 yí 古地名。在今安徽。

蚭 ⊖ yí【蚭蝓(yú)】〈文〉蜗牛。
⊜ sī【蚭蝚(hóu)】〈文〉壁虎一类的爬行动物。

顊 yí 同"颐"。下巴；腮。

儗 yí 见nǐ"儗"(483页)。

餏 yí 〈文〉同"饴"。饴糖,用米、麦芽熬成的糖浆。

霋 yí ❶〈文〉雷。❷〈文〉同"颐"。下巴；腮。

鶈 yí 见tí"鶈"(661页)。

嶷 ⊖ yí【九嶷】山名。在湖南宁远南。也叫"苍梧山"。
⊜ nì ❶〈文〉年幼聪慧：幼而明～。❷〈文〉高峻：～乎兹山。

簃 yí 〈文〉楼阁旁边的小屋(多用作书斋名)：妆就慵来坐矮～|双剑～(当代古文字学家于省吾的书斋名)。

Y

鮧 ㊀ yí 鮧鱼。一种小型鱼类。
㊁ tí 〈文〉同“鳀”。鲇鱼。

鮧 yí 古书中记载的一种毒鱼。

鮔 yí 【鯸(hóu)鮔】〈文〉鱼名。即河豚。

誃 ㊀ yí ❶古代城门名。❷古台名。
㊁ chí 〈文〉同“誃”。离开；分离。

竩 yí 用于人名。沈竩，唐代人。

㡫 yí 〈文〉同“彝”。法度；常规：～典。

彝□［彜］ yí ❶古代盛酒的器具，也泛指青铜礼器：～器｜鼎～。❷〈文〉常道；法度；常规：～宪｜～训｜天下之物，大小有～，先后有伦。❸彝族：～语。

觺 yí 【觺觺】1.〈文〉兽角锐利的样子：蛟龙～黄沙卧。2.〈文〉尖锐；突出：头角～。

譺 yí 见 ài “譺”(4 页)。

檥 yí 〈文〉树木名。

䝘 yí 〈文〉通“夷(yí)”。旧时称中原以外各族：～戎宾服。

齝 yí 〈文〉牙齿露出来的样子。

鸃［鵕］ yí 【鵔(jùn)鸃】〈文〉锦鸡。

鱃 yí 〈文〉鱼卵。

yǐ (ㄧˇ)

乙□ yǐ ❶天干的第二位，常用作顺序的第二：～等｜～级。❷我国民族音乐音阶的一级，相当于简谱的“7”。❸姓。

已□ yǐ ❶〈文〉停止：争论不～｜学不可以～｜鞠躬尽瘁，死而后～。❷已经：～婚｜局势～明朗｜道之不行，～知之矣。❸〈文〉副词。太，过分：不为～甚。❹〈文〉随后；不久：～而悔之。

吖 yǐ 模拟摇船声：我～吠～吠，摇船也摇过十来年。

以□［*吅、*目］ yǐ ❶引入动作行为赖以实现的工具、手段、材料等：～毒攻毒｜～子之矛陷子之楯(dùn)，何如？(楯：盾)❷引入动作行为依据的方式、标准等：～貌取人｜～高标准要求自己。❸引入相关的原因等：～盛产瓷器而著称｜孙膑～此名显天下。❹引入空间或时间的位置：长江～南｜赏～春夏，刑～秋冬。❺把直接宾语介绍给间接宾语：给敌人～致命的一击。❻用；拿：～一当十｜晓之～理，动之～情。❼〈文〉原因：宋人执而问其～。❽表示目的，相当于“以便”：养精蓄锐，～利再战｜增产节约，～支援前线。❾〈文〉表示并列(连接谓词)，相当于“而”：城郭高～厚｜众星粲～繁。❿〈文〉在(时间)：～秦昭王四十八年正月生于邯郸。

阤 yǐ 见 zhì “阤”(880 页)。

钇□(釔) yǐ 金属元素。符号 Y。

地 ㊀ yǐ 〈文〉(地势)斜着延伸：大河右～。
㊁ yǐ 【逶(wēi)地】〈文〉同“逶迤”。曲折绵延的样子：蛇山～东去。
㊂ tuó 【地逗】挑逗；引诱。用于古白话。

苡□ yǐ 【薏(yì)苡】多年生草本植物。颖果椭圆形，种仁叫薏米，可以吃，种仁、根、叶都可以入药。

佁□ ㊀ yǐ ❶〈文〉痴呆的样子。❷〈文〉静止的样子：～然不动。
㊁ sì 〈文〉深思的样子。
㊂ chì 【佁儗(yì)】1.〈文〉停滞不前。2.〈文〉犹豫不果断。

尾□ yǐ 见 wěi “尾”(697 页)。

攺 yǐ 【毅(gāi)攺】古代用玉或金属制成的佩饰物，用以驱鬼避邪。

阤 yǐ 见 zhì “阤”(881 页)。

矣□ yǐ ❶〈文〉助词。表示陈述语气，相当于语气助词“了”。1. 强调既成事实：余病～。2. 强调将成事实：吾将仕～｜毋妄言，族～！❷〈文〉助词。表示感叹或疑问语气：甚～，汝之不惠！｜谁与乐此～？

苢 yǐ 【茮(fú)苢】古书上指车前子。多年生草本植物。花淡绿色，叶子和种子可入药。

莣 yǐ 【莣蘼(mí)】〈文〉即迆蘼。连绵不断：春原尽花，～不少。

迆 ⊖ yǐ ❶往；向：小桥～西｜天安门～东。❷〈文〉(地势)斜着延伸。❸【迆逦(lǐ)】〈文〉曲折而连绵不断：沿着山路～而行。
⊜ yí 【逶(wēi)迆】〈文〉(道路、山脉、河流等)弯曲绵延的样子：山路～。旧也作"逶蛇、委蛇"。

觤 yǐ 〈文〉同"以"。相当于"而"：尊贤养老，躬忠恕～及人。

蚁(蟻) yǐ ❶蚂蚁：～穴｜白～｜～蝼。❷〈文〉酒上的浮沫：春醪(láo)生浮～，何时更能尝?

舣(艤)[檥、樣] yǐ 〈文〉使船靠岸：～舟。

迤 yǐ 〈文〉"迆"的讹字。【迤逦】同"迆逦"。曲折而连绵不断：～登途(途:上路)。

庡 yǐ 〈文〉隐蔽：～地｜～处。

醷 yǐ(又读 yì) ❶酏剂，含有糖和挥发油或另含有主要药物的酒精溶剂的制剂：芳香～。❷〈文〉薄粥。❸古代一种用黍米酿的酒。

倚[俺] yǐ ❶靠着：～门而望｜～马千言(形容文章写得快而好)｜～树而吟。❷依仗；依靠：～仗｜～势欺人｜～老卖老。❸〈文〉歪；偏斜：不偏不～。

扆 yǐ ❶古代宫室和门之间的地方。转指置于门窗之间的屏风：负～南面坐。❷〈文〉倚靠；背靠：京师～山带海。❸〈文〉隐藏。❹姓。

迻 yǐ ❶〈文〉进。❷用于人名。赵希迻，宋代人。

傂 yǐ 〈文〉哭泣的余声曲折悠长：童子哭不～。

猗 yǐ 见 yǐ "猗"(794页)。

詍 ⊖ yǐ 〈文〉应答声。
⊜ xì 〈文〉戏谑。

椅 ⊖ yǐ 椅子，有靠背的坐具：藤～｜躺～｜转(zhuàn)～。
⊜ yī 即山桐子，一种落叶乔木。木材可以制器具，种子可以榨油：树之榛栗，～桐梓漆。

崺 yǐ 【崵(lǐ)崺】1.〈文〉山势曲折绵绵的样子。2.〈文〉上下山道。

顗(顗) yǐ ❶〈文〉恭谨庄重的样子。❷〈文〉安静。

鳦 yǐ 〈文〉燕子：絮语来新～。

釾 yǐ 化学元素"钷(pǒ)"的旧称。

蛾 yǐ 见 é "蛾"(160页)。

饐 yǐ 〈文〉用油和稻米粉制成的粥状食品；粥：啜稀～。

瓗 yǐ 见 ài "瓗"(4页)。

鼛 yǐ ❶〈文〉大口的三足釜。❷〈文〉淘米的器具。

旖 yǐ 【旖旎(nǐ)】〈文〉轻柔美好：风光～｜览兹树之丰茂，纷～以修长。

輢 yǐ ❶〈文〉车厢两旁可以凭倚的木板，兵车可用来插兵器：车～。❷〈文〉凭倚。

踦 yǐ 见 qī "踦"(530页)。

齮(齮) yǐ ❶〈文〉咬；嚼：～龁(hé)。❷〈文〉侵犯：～我海疆。

螘 yǐ 〈文〉大蚂蚁；蚂蚁。通作"蚁"。

巇 yǐ ❶【巇巇】〈文〉山势高峻。比喻人的神情端庄严峻：冠带立朝，正色～。❷【崎巇】1.〈文〉山势高而险：苍梧之山郁～。2.〈文〉比喻人骨瘦如柴：形枯槁以～。

巘 yǐ 【嵮(xiǎn)巘】〈文〉形容高峻。

礒 yǐ 【碕(qǐ)礒】〈文〉山石错落不平的样子。

轙 yǐ ❶〈文〉车衡上贯穿缰绳的大环。❷〈文〉整车待发：～辀(zhōu)整旅(辀:车)。❸〈文〉车：龙～。

醾 yǐ 【酴(lù)醾】1.〈文〉酒面上浮起的绿色浮沫。2.〈文〉代指酒：酒斝～共分饮。

轛 yǐ 〈文〉同"轙"。车衡上贯穿缰绳的大环：遗(wèi)人车而税(tuō)其～(送

人车子却折掉辕）。

鑶 yǐ 见 niè "鑶"（490页）。

yì（ì）

厂 □ yì〈文〉牵引。

义 □ yì ❶〈文〉治理：保国～民。❷〈文〉安定：海内～安｜今三方鼎峙,生民未

弌 □ yì ❶古代带绳子的箭,用来射鸟：鸟高飞以避矰（zēng）～之害。❷〈文〉用弌箭射（鸟）：～获｜强弩～高鸟,走犬逐狡兔。❸用于地名：～阳（在江西上饶）。❹姓。

亿 （億）yì ❶一万万。❷古代数目,指十万。❸〈文〉安宁：故和声入于耳而藏于心,心～则乐。❹〈文〉通"臆（yì）"。揣测：赐不受命而货殖焉,～则屡中（孔子的学生端木赐,经商揣度行情常常猜中）。

义 （義）yì ❶意思：意～｜歧～｜辞浅而～深。❷正义,公正合宜的道理或举动：道～｜～不容辞｜多行不～必自毙。❸情谊,合乎伦理道德的人际关系或感情联系：～气｜无情无～｜忘恩负～。❹公正合宜的;合乎道德规范的：～举｜～勇｜～师。❺个人不获取报酬,所得收入用于公益事业的：～演｜～卖｜～诊。❻因抚养或拜认而成为亲属关系的：～父｜～母｜～子。❼人工制造的（人体的某部分）：～肢｜～齿。

艺 （藝）yì ❶技能;技术：工～｜技～｜多才多～。❷艺术：文～｜曲～｜～苑新葩。❸〈文〉准则;限度：用人无～｜贪欲无～。❹〈文〉种植：树～五谷｜～茶畦稻。

刘 ［㓞］yì ❶〈文〉割（草或谷类）：～草｜～麦｜铲～秽草。❷〈文〉杀戮;斩断：斩将～旗｜及后世贪者之用兵也,以～百姓。

忆 （憶）yì ❶思念：问女何所思,问女何所～？❷回想：回～｜追～｜～昔开元全盛日。❸记住;记得：记～｜阅

所卖书,一见辄能诵～。

艾 □ yì 见 ài "艾"（3页）。

夳 □ yì〈文〉"腋"的本字。通作"亦"。

失 □ yì 见 shī "失"（611页）。

仡 □ yì 见 gē "仡"（202页）。

议 （議）yì ❶讨论;商量：～论｜商～｜上与公卿诸生～封禅。❷评论;批评：评～｜公～｜免遭物～｜天下有道,则庶人不～。❸意见;言论：提～｜建～｜始皇可其～。❹文体的一种,是上给皇帝议论得失的奏表：奏～。❺议会,某些国家的最高立法机关或权力机关：～员｜～席。

阣 yì〈文〉高耸直立的样子：～地勒住战骓（战骓：战马）

圪 □ yì 见 gē "圪"（202页）。

芅 yì【桃（yáo）芅】〈文〉植物名。即羊桃。叶似桃,花白色,籽实如小麦。

屹 □ ㊀ yì〈文〉（山峰）高耸的样子：～立｜～然不动。
㊁ gē【屹嶝（da）】1.同"疙瘩"。皮肤或肌肉上突起的小硬块;小球状或块状的东西。2.小土丘。

役 yì〈文〉同"役"。役使,驱使：天下苦其～而反之。

刉 yì〈文〉同"刈"。斩断：刉（chǎn）～（斩断）。

忎 yì〈文〉惩治;鉴诫：惩～。

亦 □ yì ❶〈文〉也（表示同样）;也是：人云～云｜～步～趋｜乐民之乐者,民～乐其乐｜鱼,我所欲也;熊掌,～我所欲也。❷〈文〉不过;只是。表示委婉：王～不好士也,何患无士？❸姓。

衣 □ yì 见 yī "衣"（793页）。

忔 □ yì 见 qì "忔"（536页）。

异 □ ［❶-❺*異、异］yì ❶不相同：～议｜差～｜曲同工｜世～则事～。❷奇异的;特别的：～香｜

优～|奇花～草|太守闻其有～才。❸惊奇;奇怪:惊～|诧～|渔人甚～之。❹另外的;别的:～族|～日|～国他乡。❺分开;离～|分居～爨(cuàn)。❻〈文〉举。

妷 yì ❶古代宫廷女官名。❷姓。

忍 yì 〈文〉发怒。

弐 yì 同"羿"。用于人名。传说是夏有穷氏的国君,善射。

圪 yì 〈文〉同"圪"。墙高的样子:崇墉～～(崇国的城墙多么高大)。

抑 [归] yì ❶向下按;压制:～制|压～～|强扶弱|高者～之,下者举之。❷〈文〉低下;低:～扬|昔仲父之霸如何? 晏子～首而不对。❸表示选择,相当于"还是":敢问天道也,～人故也?

垼 yì 〈文〉砖瓦窑的烟囱。

耴 【聱(áo)耴】1.〈文〉众多的声音:鱼鸟～。2.〈文〉鱼鸟成群相处的状态:参差～。

茐 yì 〈文〉同"刈"。

杙 yì ❶〈文〉树木名。果实像梨,味酸甜。❷〈文〉木桩:钉一桃～。❸〈文〉系在木桩上:～船遂登岸。

呭 (嗌)[讛] yì 梦话:梦～|～语。

邑 yì ❶〈文〉城镇:城～|通都大～。❷〈文〉县的别称:～境|～宰(县令)|秦有天下,裂地会而为之郡～。❸〈文〉封地;君主分封给诸侯,或诸侯分封给大臣的土地:食～|采(cài)|公之～六十。

勮 yì 〈文〉同"逸"。安乐。

伿 yì 〈文〉急惰;不敬。

佚 yì ❶散失;失去:～书|～名|散～。❷安闲:～乐|舍～而为劳。❸放纵:～游|淫。❹〈文〉隐遁:隐士不显,～民不举。

役 yì ❶出劳力的事:劳～|徭～|苦～。❷兵役:现～|退～|预备～。❸战事:战～|平型关之～|毕其功于一～。❹

使唤;差遣:～使|～奴|富豪～千奴,贫老无寸帛。❺供使唤、差遣的人:仆～|杂～|衙～。

译 (譯) yì ❶翻译,把一种语言文字转换成另一种语言文字;把代表语言文字的符号或数码转换成语言文字:笔～|破～密电码|言语同异,重～乃通。❷担任翻译的人员:大宛以为然,为发～道,抵康居(发:派遣。道:向导)。

扡 yì 见 yè "扡"(791 页)。

枍 yì 【枍栺(yì)】1.〈文〉树木名。2.〈文〉用枍栺木建成的宫殿,泛指宫殿。

呭 yì 【呭呭】〈文〉多言;多嘴。

易 yì ❶做起来不费事(跟"难"相对):容～|轻～|～如反掌|饥者～为食,渴者～为饮。❷平和:平～近人。❸交换;贸～|交～|寡人欲以五百里之地～安陵。❹改变;变换:变～|移风～俗|夏有霜雪,然而寒暑之势不～。❺姓。

呋 yì 〈文〉疾速的样子。

峄 (嶧) yì 用于地名:～山镇(在山东邹城)|～庄(在山东滕州)。

钬 (釴) yì 〈文〉沿外有附耳的鼎:鼎～。

迭 yì 见 dié "迭"(139 页)。

秎 yì 〈文〉同"艺"。种植:～而不实,植而罕茂。

佾 yì 古代乐舞的行列:八～舞于庭|天子八～,诸公六～,诸侯四～。

佁 yì 【佁儗(xiè)佁】〈文〉中医病症名。

泆 yì ❶〈文〉水动荡奔突而出:决～|奔～。❷〈文〉放荡;淫乱:骄奢淫～。

怿 (懌) yì 〈文〉欢喜;高兴:悦～|于是秦王不～,为一击缶。

诣 (詣) yì ❶〈文〉到某处去;到某处去看某人(多指尊长):乘传～长安(传:zhuàn,驿车)|及郡下,～太守。❷〈文〉(学问、技艺等)所达到的程度:造～精～|苦心孤～(孤诣:独自达到的境地)。

Y

姨 yì 〈文〉放荡:淫~。

峉 yì 见zhí"佭"(877页)。

希 yì ❶〈文〉长毛兽。❷〈文〉猪的别名。

驿(驛) yì ❶驿站,古代传送公文的人或来往的官员途中换马休息或暂住的地方:风紧~亭深闭。❷〈文〉供传递文书的马:驰~|驰命走~,不绝于时月。❸现多用于地名:桥~镇(在湖南望城)|龙泉~(在四川成都)。

继 yì 见xiè"继"(744页)。

绎(繹) yì ❶〈文〉抽丝;比喻理出头绪或线索:抽~|寻~。❷〈文〉连续不断;络~不绝。❸〈文〉陈述:各~己之志也。

枻 ㊀yì ❶〈文〉船舷,泛指船:舟行月随~。❷〈文〉船桨:鼓~而去(鼓:划动)。
㊁xiè 〈文〉矫正弓弩的器具。

轶(軼) yì ❶散失;失传:~文|博采~事。❷超过:~群(比一般的强)|~伦越等。

眣 yì 见dié"眣"(139页)。

倻 yì【倻倻】〈文〉努力耕作的样子:但欲求田~耕(但:只)。

食 yì 见shí"食"(614页)。

独 yì 〈文〉狸子。

弈 yì ❶〈文〉围棋;棋:~局|~林(棋艺界或棋手聚集的地方)|博~。❷〈文〉下棋:~棋|对~|使弈秋海二人~。

奕 yì ❶〈文〉光明:赫~章灼,若日之丽天。❷【奕奕】1.〈文〉高大盛美的样子:~梁山|新庙~。2.〈文〉精神焕发的样子:神采~。3.〈文〉忧愁的样子:未见君子,忧心~。❸姓。

帟 yì ❶〈文〉张设在帐幄中座位之上的小幕布,用来遮挡尘土。❷〈文〉帐幕:~幕。

疫 yì 瘟疫,流行性急性传染病:~病|检~|会暑湿,士卒大~。

施 yì 见shī"施"(612页)。

肄 yì 〈文〉反复地学,使熟练掌握。

羿 yì ❶传说中夏代有穷国的君主,善于射箭。也叫"后羿"。❷姓。

瑻 yì 〈文〉像玉的石头。

乿 yì 〈文〉"乿"的讹字。贪婪而吝啬。

挹 yì ❶〈文〉舀取:~取|维北有斗,不可以~酒浆。❷〈文〉牵引;拉:左~浮丘袖(浮丘:人名)。

莒 yì【莜(yū)莒】〈文〉形容草木枯萎:叶~而无色。也作"莜邑、莒莜"。

莜 yì 〈文〉植物名。即芡。种子称"芡实",可食用,也可入药。也叫"鸡头"。

楷 yì【枍(yì)楷】1.〈文〉树木名。2.〈文〉用枍楷木建成的宫殿,泛指宫殿。

酏 yì 〈文〉酒的颜色。

槐 yì 〈文〉同"枻"。船桨。

屃 yì 〈文〉土地瘠薄多石。

貤 ㊀yì ❶〈文〉重叠物的次第:~然。❷〈文〉重复:~缪(重复谬误)。❸〈文〉延展;延续:~及子孙。
㊁yí 〈文〉转移:~赠。

喅 yì ❶【喅傻(ài)】〈文〉抑郁不舒畅的样子。❷〈文〉呜咽;悲~。

欥 yì 〈文〉气逆而呼吸不顺畅。

帠 yì 〈文〉办法:汝又何~以治天下感予之心为?

傷 yì ❶〈文〉轻视;轻慢。❷〈文〉交换;贸~。❸〈文〉平:道~|车利。

射 yì 见shè"射"(604页)。

堨 yì 〈文〉土块垒成的炉灶:~灶。

益 yì ❶好处(跟"害"相对,❷同):利~|权~|满招损,谦受~。❷有好处的:~处|~鸟|~虫|良师~友。❸增加;增长(跟"损"相对):增~|损~|学所以~才也|五年而秦不~一尺之地。❹更加:精~求精|日~壮大|相得~彰。❺姓。

浥 yì 〈文〉沾湿;润湿:渭城朝雨～轻尘。

悒 yì 〈文〉愁闷;忧郁不安:～闷|忧～|是以独郁～而谁与语。

袘[褋] yì 〈文〉衣袖。

袘[袘] ⊖ yì 〈文〉裳裙的下缘:缁～(缁:zī,黑色)。
⊜ yí 〈文〉衣袖。

谊(誼) yì ❶交情;情分:友～|深情厚～|与足下情～,宁须言而后自明耶? ❷〈文〉合乎正义的:陷于不～以灭国。

羿 yì ❶〈文〉鸟乘风盘旋而上。通作"翼"。❷后羿。传说是夏代有穷国的君主,善射。

場 yì ❶〈文〉田界:中田有庐,疆～有瓜。❷〈文〉边境:边～|疆～之事,慎守其一。

挬 ⊖ yì 〈文〉拳曲:终日握而手不～。
⊜ nǐ 〈文〉比拟;模拟:～拟。
⊜ niè ❶〈文〉编造;捏造:编～|虚～。❷姓。挬大伦,明代人。

執 ⊖ yì 〈文〉种植。通作"艺"。
⊜ shì 〈文〉同"势"。势力:权～。

勩(勚) yì ❶器物磨损失去棱角、锋芒等:螺丝～了扣|石磨用～了。❷〈文〉劳苦;辛劳:莫知我～(没有谁知道我的劳苦)。

薿 yì 〈文〉种植。通作"艺(藝)"。

殹 yì ❶〈文〉模拟呻吟的声音。❷〈文〉覆盖。❸〈文〉助词。用在句尾,相当于"也":法者引得失以绳,而明曲直者～。

殈 yì 〈文〉猪。

䃜 yì 〈文〉用带绳子的箭射鸟。也作"弋"。

移 yì 见 yí "移"(796页)。

逸[逸] yì ❶安闲;安乐:～乐|安～|闲情～致|知安不知危,能～不能劳。❷奔跑;逃跑:奔～|逃～|隋师败绩,隋侯～。❸隐遁;隐居:～民|隐～。❹散失;失传:～文|～事|采求阙文,补缀漏

翊 yì ❶〈文〉辅佐;帮助:～戴(辅佐拥戴)|～赞(辅助)|～卫(辅佐保卫)。❷通"翌(yì)"。次于今日的:～日,遣人取至。

羛 ⊖ yì 〈文〉同"义"。道义。
⊜ xī 【羛阳】古地名。在今河南内黄一带。

溗 yì 见 xiè "溗"(745页)。

翌 yì 〈文〉(时间)次于今日、今年的:～日|～年|～晨(第二天早晨)。

砎 yì 古地名:逃乱在～。

殔 yì 〈文〉埋葬棺枢:威公薨～,九月不得葬。

輗 yì 见 ní "輗"(482页)。

陁 yì ❶〈文〉同"迤"。重叠物的次第;重叠。❷〈文〉同"迤"。延展。

暆 yì 〈文〉太阳在云中忽隐忽现。

敋 yì ❶〈文〉轻慢。❷〈文〉转变。

趰 yì 〈文〉超越:～万里。

蜴 ⊖ yì ❶〈文〉蜂房。❷【蜴蜴】〈文〉虫行的样子:蝀其～(蝀:dài,蜂子)。
⊜ xǔ 〈文〉虫飞;龙飞:龙飞:雨走～龙青天上。

俋 yì 【白俋】传说中的骏马名。

帠 yì 〈文〉狸子。

傂 yì 见 xì "傂"(723页)。

鈠 yì 〈文〉小矛:以～斫之(斫:砍)。

释 yì 见 shì "释"(618页)。

誼 yì 〈文〉多言:无然～～(不要这么喋喋不休)。

音 yì ❶〈文〉快意;高兴。❷通"亿(億)"。古代指十万:～载扬声。

鄓 yì 地名。

熤 yì 〈文〉火光：～耀(照耀)。

溢 ㊀ yì 〈文〉水流很急的样子。㊁ jí 用于地名：～滩(在河南)。

瀄 yì 〔瀙(yóu)瀄〕〈文〉水奔流的样子：～㴭洮，浮天无岸。

寲 ㊀ yì 〈文〉安静。㊁ yà 〔寲貐(yǔ)〕同"猰㺄、貐㺄"。传说中的怪兽名。

緆 yì 〈文〉通"袣(yì)"。衣袖。另见 xiè"缢"(744页)。

虇 yì 〈文〉贪婪而畜畜。

匽 yì 〈文〉农具。

嗌 yì 见 ài"嗌"(4页)。

皋 ㊀ yì 〈文〉伺视；侦伺。㊁ zé ❶〈文〉通"泽(zé)"。〔皋芷〕香草名。即泽兰。❷〈文〉通"泽(zé)"。水边：江～。㊂ gāo ❶〈文〉同"皋"。皋丸：男属于～。❷〈文〉通"櫜(gāo)"。盛放衣甲弓箭的袋：甲不出～。❸〈文〉通"鼛(gāo)"。〔皋鼓〕即鼛鼓，一种大鼓。❹〈文〉通"皋(gāo)"。〔皋然〕高的样子：～而土埤。㊃ hào 〈文〉通"皞(hào)"。广大：～～广广。

黓 yì 〈文〉深黑色。

僾 yì 〈文〉"亿(億)"的讹字。安：～然(心安理得的样子)。

膉 yì 〈文〉胸部。

肄 yì ❶学习：～习｜～业(指尚未毕业或离校时未完成规定学业)｜～射御。❷〈文〉树木砍伐后再生的嫩枝：遵彼汝坟，伐其条～(遵：沿着。汝坟：汝水的河堤)。

襃 ㊀ yì ❶〈文〉书套。❷〈文〉缠绕。❸〈文〉香气熏染：麝～战袍香。❹〈文〉通"浥(yì)"。沾湿：渭城朝雨～轻尘。

瘗 yì 〈文〉疯病。

裔 [襃] yì ❶〈文〉后代：后～｜苗～｜华～。❷〈文〉衣服的边沿，也泛指边沿：游于江浔海～(浔：xún，水边)。❸〈文〉边远的地方：四～。

意 yì ❶意思，文字语言等所表达的意义：本～｜含～｜书不尽言，言不尽～。❷心愿；愿望：～愿｜民～｜心满～足｜囊括四海之～，并吞八荒之心。❸感情：情～｜盛～｜～雅｜～投～合。❹情趣：～趣｜～味｜诗情画～｜登山则情满于山，观海则～溢于海。❺推测；料想：～料｜～外｜出其不～。❻姓。

溢 yì ❶水满而流出来：漫～｜～洪道｜月满则亏，水满则～。❷充满：充～｜～盈｜沛然德教～乎四海。❸过分；过度：～誉｜～美之词。❹〈文〉通"镒(yì)"。二十两为一镒(一说二十四两)：白璧百双，黄金万～。

肄 yì 〈文〉学习。通作"肄"。

暜 yì 见 nǐ"暜"(483页)。

缢 (縊) yì 〈文〉吊死或勒死：～杀｜自～｜～莫敖～于荒谷(莫敖：人名)。

藙 yì ❶〈文〉同"艺(藝)"。种植：～麻。❷〈文〉同"艺(藝)"。才能；技艺：多才多～。

靾 yì ❶古时灵车上陈设的马缰。❷古时灵车上陈设的马鞍。

蒙 yì ❶〈文〉大麻雌株。❷〈文〉连翘，一种草本植物，可入药。

敊 yì 〈文〉碎麦壳；稻谷壳：麦～｜稻谷～。

蜴 yì 〔蜥(xī)蜴〕爬行动物。身体表面有细鳞，有四肢，足末端有爪。有的尾巴细长，容易断，能再生。种类很多。多生活在草丛中，吃昆虫和小动物。俗称"四脚蛇"。

膉 yì 〈文〉颈部肌肉：左～。

廙 yì ❶〈文〉深邃。❷〈文〉通"翳(yì)"。隐蔽。

廙 yì 〔廙廙〕〈文〉恭敬的样子。

瘗（瘞）yì〈文〉掩埋；埋葬：～埋｜～玉埋香｜亲加棺殓，～之路侧。

豙 yì ❶〈文〉猪发怒，毛竖起。❷〈文〉剟除。

竭 yì〈文〉做事不成而气急败坏。

溰 yì【清溰河】水名。在河南。

袘 yì〈文〉同"袘"。裳裙的下缘。

嬟 yì〈文〉和善娴静：～静。

鱦 yì【鱦子】传说中的湖泊名。

墲 yì〈文〉天色昏暗而灰尘扬起：～～其阴。

擅 yì 古代一种行礼的方式，拱手下拜行礼。

駃 yì〈文〉马疾速奔跑的样子。

樲 yì〈文〉树枝相磨。

鷁（鷁）yì〈文〉鸟名。也叫"吐绶鸟"。

黓 yì〈文〉颜色黑。

镒（鎰）yì 古代重量单位。一镒合二十两（一说二十四两）：黄金千～。

肄 ⊖ yì ❶〈文〉同"肄"。学习：习常～旧。❷〈文〉同"肄"。砍伐后复生的新芽嫩枝。
⊖ lì 同"隶"。奴隶。

毅［毅］yì 坚定而不动摇；坚决：～力｜～然｜刚～｜～士不可以不弘～，任重而道远。

鹢（鷁）yì ❶〈文〉水鸟名。外形似鹭而大，羽毛苍白色，善飞翔：六～退飞。❷〈文〉船头画鹢鸟图形的船，泛指船：～舟千里。

熠 yì〈文〉光彩鲜明：～耀｜～煜｜～～生辉。

煜 yì 用于人名。张煜，后魏人。

潟 yì 见 gé "潟"（205页）。

壁 yì〈文〉同"乂"。治理：有能俾～？（有能使洪水得到治理的吗？）

墿 yì〈文〉同"驿"。道路。

薏［蓖］yì【薏苡（yì）】多年生草本植物。颖果椭圆形，种仁叫薏米，可以吃，种仁、根、叶都可入药。

殪 yì ❶〈文〉死：左骖～兮右刃伤。❷〈文〉杀死：遂举手助先生操刃，共～狼。❸〈文〉倒下：射之车上，中心，折脊，～车中，伏弢而死（弢：弓袋）。

暟 yì ❶〈文〉天色阴暗而有风：雾雨天昏～。❷〈文〉晦暗不明：道～不行（道：主张）。❸〈文〉遮蔽：尘沙～日。

螠 yì 无脊椎动物。雌雄异体，身体呈圆柱形，不分节，有少数刚毛。生活在海底泥沙中。

嶧 ⊖ yì〈文〉同"绎"。连续不断。
⊖ zé〈文〉同"择"。挑选：～吉日。

圛 yì ❶〈文〉回环而行。❷〈文〉云气稀疏。

儗 yì 见 nǐ "儗"（483页）。

劓［劓］yì ❶古代酷刑。割掉鼻子。❷〈文〉铲除：屠～忠良。

艗［艗］yì ❶〈文〉船：画～。❷〈文〉特指船首画有鷁鸟的船。

膉 yì〈文〉同"饐"。食物腐臭。

癔 yì ❶〈文〉安静；娴静：婉～。❷〈文〉深邃。

薏 yì ❶〈文〉满。❷〈文〉同"亿（億）"。数词。古指十万：光乎～年。

襃 yì〈文〉同"裔"。边远的地方：或驱出国，或放荒～。

燚 yì〈文〉形容火势猛烈的样子。常用于人名。

騼 yì 古代骏马名。相传为周穆王八骏之一。

潩 yì〈文〉松枝燃烧时流出的汁液：香～。

澺 yì ❶【溶澺】〈文〉水波涌荡的样子。❷〈文〉同"裔"。边缘：兴礼乐于浙～。

Y

澺 yì 古水名。汝河支流，即今河南境内上蔡县的洪河。

襼 yì 〈文〉衣袖。

繶（繶）yì ❶〈文〉装饰鞋子的圆丝带。❷【繶爵】〈文〉口足之间饰有篆文的饮酒器。

檍[檍] yì 〈文〉树木名。木质坚实，可制车、弓等。俗称"万年木"。

翳[❷*瑿、𩭓] yì ❶〈文〉遮蔽；遮盖：～蔽|～障|于时天月明净，都无纤～。❷眼睛角膜发生病变后长出的白斑，障蔽视线：白～。

賹 yì 同"镒"。古代重量单位。一賹合二十两（一说二十四两）。

曎 yì ❶〈文〉光明。❷姓。

蠗 yì 【蠗蟥(yuè)】〈文〉萤火虫：斗耀同～(斗：争斗)。

嶷 yì ❶〈文〉小儿懂事的样子。❷【嶷(qí)嶷】〈文〉说话含糊不清。

斁 ㊀ yì ❶〈文〉厌倦；嫌恶：徒御无～(步行和驾车的军士都不厌倦懈怠)。❷〈文〉终止：卷之无～。❸〈文〉形容盛大：庸鼓有～(钟鼓十分响亮)。❹〈文〉分解。
㊁ dù 〈文〉通"斁(dù)"。败坏：纲常～坏。
㊂ tú 〈文〉涂饰：饰以丹漆，～以明光(明光：指丹漆光亮)。

歝 yì 〈文〉同"斁"。厌恶；终止。

臆[肊] yì ❶胸：胸～|抚～论心。❷推想：～测|～度(duó)|事不目见耳闻，而～断其有无，可乎?

鮨 yì 见qí"鮨"(534页)。

燡 yì 〈文〉光明的样子。

㝱 yì 〈文〉同"呓"。梦话：寐中～言。

翼[翼、𦏵、翂、㠯、𩙪] yì ❶翅膀：鸟～|蝉～|举首奋～。❷飞机等由机身伸出的像翅膀的部分：机～|尾～。❸左右两侧中的一侧：侧～|左～|李牧多为奇陈(zhèn)，张左右～击之。❹〈文〉帮助；辅佐：～辅|～助|以～天子。❺〈文〉同"翌"。次日。❻星宿名。二十八宿之一，属南方朱雀。

藙[藙] yì 藙草，多年生草本植物。叶子扁平，秆粗壮。嫩时可做饲料，秆可用来编织物品或造纸。

薿 yì 〈文〉食茱萸，芸香科乔木。果实味辛辣。

镱（镱）yì 金属元素。符号Yb。

億 yì 〈文〉安。通作"亿(億)"。

鷾 yì 【鷾鸸】〈文〉一种小鸠。也叫"荆鸠"。

鮥 yì 〈文〉鱼名。

癔 yì 【癔症】精神病的一种。发作时大叫大闹，哭笑无常，言语错乱，或伴有痉挛、麻痹、失明、失语等现象。也叫"歇斯底里"。

襗 yì 见zé"襗"(852页)。

㺷[㺷] yì ❶〈文〉猪喘息。❷人名，夏代寒浞之子。

奰 yì 用于人名。荀奰，三国时人。

鷊[鶂] yì ❶〈文〉水鸟名。像鹬鹚，善高飞；六～退飞，过宋都(鹢～夜鸣秋色深)。❷【鷊鷊】〈文〉鹅叫声；借指鹅：鹅之～|～之肉。

鯣 yì 【鯣鲡(lí)】〈文〉鱼名。也作"鲡鯣"。

薏 yì ❶〈文〉草木茂盛的样子：翠～。❷〈文〉遮蔽：～于榛薄(被丛杂的草木遮蔽)。

醳 ㊀ yì ❶古代的一种酒，有新有旧。❷〈文〉醇酒：肴～。❸〈文〉赏赐酒食。
㊁ shì 〈文〉通"释(shì)"。释放；舍弃：农夫～耒。

醷 ㊀ yì ❶〈文〉杨梅煮的饮料。❷〈文〉酪的一种。
㊁ ài 【暗(yīn)醷】〈文〉气聚结的样子。

饐 ㊀ yì ❶〈文〉食物因湿热腐败变臭：粟米～热生蛊。❷古代一种糕点。

㈢ yē ❶〈文〉通"噎(yē)"。食物等堵塞喉咙:～死。❷〈文〉通"咽(yè)"。呜咽;哽咽。

頟[頟] yì 〈文〉痴呆;不聪明:痴～。

瀷 yì ❶〈文〉水名。颍水支流。❷〈文〉疾流的雨水:泽受～而无源。

邋 yì ❶〈文〉急趋;快走。❷用于人名。赵希邋,宋代人。

燡 yì 〈文〉灾害;焚烧:炎～圣经,何能永世(指秦时焚书)。

饐 yì ❶〈文〉祭名。周代称正祭之次日又祭。❷〈文〉饭腐坏。❸〈文〉糕饼。

懿[懿、燬] yì ❶〈文〉美好(多指德行):～范|～德|嘉言～行。❷〈文〉深:女执～筐。

薏 yì 古称"绶草"。植物名。

鷖 yì 见 yī"鷖"(794 页)。

鶄[鶰] yì 〈文〉鸟名。即鸀鳿。

鼢 yì 〈文〉鼠一类的动物。

襹 yì 〈文〉衣袖:奋～大呼。

趨 yì【趨如】〈文〉快步前行两臂张开如鸟展翅的样子。

鶰 yì【鶰鴯(ér)】〈文〉鸟名。即燕子:～恋庭宇。

齸 yì ❶〈文〉麋鹿反刍。❷〈文〉泛指反刍类动物。

---

yīn（ㄧㄣ）

因□[1-6*㘙] yīn ❶原因,造成某种结果或促使事情发生的条件(跟"果"相对):～由|内～|前～后果|故无～而至前,虽出随珠和璧,犹结怨而不见德。❷〈文〉沿袭;照老样子做:～袭|～循守旧|殷～于夏礼。❸依据;顺应:～势利导|～地制宜|变者～时而化。❹引人相关的原因:～故缺席|～公牺牲。❺表示原因,相当于"因为":～抢救及时,方侥幸脱险。❻〈文〉副词。于是;就:秦军解,～大破之(解:xiè,通"懈")。❼姓。

阺 yīn ❶〈文〉同"阴"。中国古代哲学概念(与"阳"相对)。❷〈文〉同"阴"。阴间:～籍(在阴间的名籍)。

阴□(陰)[*陰] yīn ❶太阴,即月亮:～历。❷天空80%以上被云遮住(跟"晴"相对):～转晴|连～雨|习习谷风,以～以雨。❸不见阳光或偶见阳光的:两间屋,一间在～面,一间在阳面。❹不见阳光的地方:背～儿。❺山的北面;水的南面(跟"阳"相对,❼❾-❸同):华～(地名,在陕西华山的北面)|泰山之阳则鲁,其～则齐。❻背面:碑～。❼不露在外面的;隐蔽的:～沟|～私|西伯归}}}},乃～修德行善。❽阴险;不光明正大:～谋|～毒|～性～密,忍诛杀,不见喜怒。❾凹进的:～文。❿迷信指属于死人或鬼神的:～间|～魂不散。⓫我国古代哲学概念,指存在于一切事物中的两大对立面之一:～阳二气。⓬生殖器,有时特指女性生殖器:～部|外～。⓭带负电的:～电|～极|～离子。⓮姓。

狋 yīn 古代少数民族名。

胢 yīn 〈文〉同"阴"。用于建筑名:右曰～灵轩。

氜 yīn 〈文〉同"阴"。阴天:黔中则多～多雨。

佥 yīn 〈文〉"阴"的古字。

捆 yīn 〈文〉凭借。

茵□ yīn 古代车上的垫子,泛指垫子,垫褥:～席|～褥|绿草如～。

荫□ yīn 见 yìn"荫"(811 页)。

堙□ yīn 〈文〉堵塞;填塞:鲧～洪水。后作"堙(yīn)"。

音□ yīn ❶声响:声～|口～|映阶碧草自春色,隔叶黄鹂空好～。❷消息:信佳～|福～。❸特指音节,语音的单位:单～词|复～词|一字一～。❹〈文〉音乐:寡人窃闻赵王好～,请奏瑟。❺姓。

洇 yīn 液体落在纸、布等物体上向四外散开或浸湿、渗透:雨水把墙一湿了|这种纸写字容易~。

姻 [*婣、㛤] yīn ❶婚姻,男女结婚的事:~缘|~联|良有五女并贤,每有求~,辄便许嫁(良:人名)。❷由婚姻而结成的亲属关系:~亲|~伯(弟兄的岳父、姐妹的公公)。❸〈文〉亲家之间,女方的父亲叫"婚",男方的父亲叫"姻":荀寅,范吉射之~也。

骃 (駰) yīn 〈文〉浅黑和白色毛间杂的马:我马维~。

缊 (緼) yīn ❶【缊缊(yūn)】1.〈文〉天地阴阳二气交互作用的状态:天地~,万物化醇。2.〈文〉云烟弥漫的样子:香焰~。❷〈文〉通"茵(yīn)"。褥垫:~席。

氤 yīn 【氤氲(yūn)】〈文〉烟云弥漫的样子:云烟~。

殷 [⊖❸△*慇] ⊖ yīn ❶〈文〉丰盛;富足:~实|富~|家~人足。❷深厚:~切|~挚|期望甚~。❸【殷勤】热情周到:萧娘劝我金卮,~更唱新词。❹〈文〉众多:民以~盛,国以富强。❺古地名。在今河南安阳:~墟。❻朝代名。公元前14世纪商王盘庚迁都于殷,后商代也称"殷"。❼姓。
　　⊜ yān 〈文〉暗红色:~红|左轮朱~。
　　⊜ yǐn 〈文〉模拟雷声:~其雷。
　　"慇"另见 yīn(808页)。

烟 yīn 见 yān "烟"(773页)。

祵 yīn 同"禋"。古代祭名。烧柴升烟祭天。

铟 (銦) yīn 金属元素。符号 In。

䜣 (諲) yīn 〈文〉恭敬。

袡 yīn ❶〈文〉夹衣。❷〈文〉通"茵(yīn)"。垫子;褥子:芳草绿如~。

堙 [*陻] yīn ❶〈文〉堵塞;填塞:夷灶~井|堑山~谷(挖山填谷)。❷〈文〉埋没;泯灭:~没|~灭|金玉本光莹,浮沙岂能~?❸〈文〉为攻城而堆起的土山或土台:乘~而降宋城(乘:登)。

壹 yī 见 yī "壹"(794页)。

茵 yīn 【茵蔯(chén)】〈文〉药草名。即茵陈蒿。也作"茵陈"。

蝹 yīn 【蝹蝇(yōng)】一种细腰寄生蜂。俗称"土蜂"。

喑 [⊖*瘖] ⊖ yīn ❶〈文〉嗓子哑,不能出声:~哑|~不能言。❷〈文〉沉默,不说话:~默|万马齐~。
　　⊜ yìn 〈文〉声音互相应和:清琴试一挥,白鹤叫相~。

殷 yīn 〈文〉同"殷"。殷代(商代后期)。

阴 yīn 〈文〉同"阴"。幽暗:重(chóng)~(地下)。

闉 (闉) yīn ❶〈文〉瓮城(古代围在城门外的小城)的门。❷〈文〉瓮城;城:分手东城~。❸〈文〉通"堙(yīn)"。战争中堆筑的土山:乘~(乘:登上)。❹〈文〉屈曲:~扼(马曲颈脱轭)。

湮 yīn 见 yān "湮"(773页)。

愔 yīn 【愔愔】1.〈文〉安闲和悦的样子:~琴德,不可测兮。2.〈文〉安静无声:~坊陌人家。

蒑 yīn 〈文〉草色青:采英怀中,飘摇其~。

欮 yīn ❶〈文〉淤塞;凝滞。❷用于人名。九方欮,春秋时秦国善相马的人。

潵 yīn 【潵溜(liù)】地名。在天津蓟县。

憖 yīn 〈文〉同"慇"。忧伤:愤然~痛。

禋 yīn ❶古代祭名。烧柴升烟祭天:以~祀祀昊天上帝。❷〈文〉祭祀:不~于神。

硍 yīn 用于地名。

愍 yīn 〈文〉忧伤:忧心~~。
另见 yīn "殷"(808页)。

鞇 yīn 〈文〉同"茵"。车中的垫子;垫褥:齐君重~而坐。

磤 yīn 见 yǐn "磤"(811页)。

綆 yīn【綆冤】〈文〉摇动的样子。

露[霒、霒、雲] yīn〈文〉云遮住了阳光:溪云水上～。后通作"阴(陰)"。

嚕 yīn〈文〉同"喑"。沉默;不说话:～气吞声。

闉 yīn〈文〉同"闉"。瓮城的门;瓮城或城。

灘 yīn 古水名。河南登封颍水三源的中源。

yín (lㄣ)

尤 ⊖yín〈文〉行走的样子:～然而行。⊜yóu【尤豫】〈文〉即犹豫。迟疑不决:～不决。

伭 yín〈文〉众人并立。

圻 yín 见 qí "圻"(531页)。

吟[△*唫] ⊖yín ❶声调抑扬地诵读(诗文):～咏|～诗|歌～|屈原至于江滨,被发(fà)行～泽畔(被:同"披")。❷鸣,叫:～鸣|蝉～|参差谷鸟～,不见游子还。❸〈文〉呻吟;叹息:～叹|昼～宵哭。❹古代诗歌的一种体裁:《秦妇～》|《白头～》。
⊜jìn〈文〉通"噤(jìn)"。闭口不作声:虽有舜禹之智,～而不言,不如瘖聋之指麾也。
"唫"另见 jìn(326页)。

犾 yín〈文〉同"狺"。狗叫声。

狀 yín〈文〉两犬撕咬。

所 ⊖yín〈文〉两把斧头。⊜zhì 古时腰斩人用的砧板。后作"锧"。

狁 yín〈文〉行走的样子。

圣 yín〈文〉过分贪求;妄取。

垠[堲] yín〈文〉边际;界限:～际|一望无～。

釿 yín 见 jīn "釿"(323页)。

浪 yín 古水名。故道经今广西境内。

琅 yín〈文〉像玉的石头。

薽 yín〈文〉草多的样子。

圁 yín 古水名。流经今内蒙古和陕西。

訔 yín【訔訔】1.〈文〉争辩的样子。2.〈文〉和悦的样子。

獋 yín【獋獋】〈文〉模拟狗叫的声音:～狂吠|猛犬～。

誾(誾) yín ❶〈文〉说话和悦而持正直言:与上大夫言,～～如也。❷〈文〉谦和而恭敬的样子。

浾 yín【浾沦】〈文〉水流回旋的样子。

硍 yín 见 kèn "硍"(361页)。

唫 yín 见 jìn "唫"(326页)。

崟[嵃] yín【岑崟】〈文〉山石高峻奇特的样子。

银(銀)[鈗] yín ❶金属元素。符号 Ag。❷货币:～钱|～行|～号。❸颜色像银子的:～灰|～幕|满头～发。

訡 yín〈文〉同"吟"。吟咏;吟诵。

淫[③*婬、*滛] yín ❶过度;过甚:～威|～雨|刑以遏,谁能无罪?❷放纵:荒～|骄奢逸|民朴而不～。❸不正当的男女关系:～秽|～乱|诲～诲盗。❹〈文〉惑乱:威武不能屈,富贵不能～。

寅[寅] yín ❶地支的第三位:～时(相当于夜间三点到五点)。❸〈文〉对同僚的敬称:～兄|同～。

齗(齗) ⊖yín ❶〈文〉同"龈"。牙床。❷【齗齗】1.〈文〉露出牙齿的样子。2.〈文〉争辩的样子:～争辞。⊜yín〈文〉犬争斗。⊜yǎn〈文〉笑的样子:醉歌喜～～。

乚乄尹引弘肎吲饮朌釿蚓

㠗　yín　〈文〉虎声。

鄞　yín　❶鄞州，地名。在浙江宁波。❷姓。

碒　yín　【碒礏(qīn)碒】〈文〉山势险峻绵延的样子。

厱　yín　【厱釡(yín)】〈文〉山崖险峻的样子。也作"釡厱"。

䶦　yín　〈文〉咏叹。

黄　yín　〈文〉一种瓜类植物。

霪　yín　【霪雨】〈文〉即淫雨。久雨。

龈　(龂)　㊀yín　牙龈，包住牙颈的黏膜组织。也叫"齿龈、牙床"。
　　㊁kěn　〈文〉同"啃"。咬；吃。

黅　❶〈文〉敬重；恭敬：～畏。❷〈文〉攀附：～缘(比喻拉拢关系，巴结权贵)。❸【黅夜】〈文〉深夜：～击鼓求见。

殥　yín　〈文〉偏远的地方：九州之外，乃有八～。

膴　yín　〈文〉脊骨两旁的肉。

愁　yín　见 yìn"憖"(812 页)。

槝　yín　〈文〉树木名。即银杏。

蟫　㊀yín　〈文〉一种蛀蚀衣服、书籍的小虫。也叫"衣鱼、蠹鱼"。
　　㊁xún　【蟫蟫】1.〈文〉相随而行的样子。2.〈文〉蠕动的样子。

嚚　❶〈文〉愚蠢而顽固：～昧｜父顽母～。❷〈文〉奸诈：口不道忠信之言为～。

麠　yín　传说中的兽名。像貊。

霪　[霝]　yín　〈文〉下个不停、下得过量的雨：若夫～雨霏霏，连月不开。

齳　yín　〈文〉两虎相争时发出的声音。

鷣　yín　〈文〉鸟名。即鹞。善捕雀。也叫"雀鹰"。

yǐn　（丨ㄣˇ）

乚　yǐn　〈文〉同"隐"。藏匿。

乄　yǐn　〈文〉走长路。

尹　❶〈文〉治理：周公相王室以～天下。❷古代官名：令～｜府～｜京兆～。❸姓。

引　❶拉开弓；牵引：～弓｜～而不发｜～车卖浆。❷伸长；延伸：～颈(伸脖子)｜～吭高歌。❸带领：～导｜～航｜～兵欲攻燕。❹招来；导致：～火烧身｜抛砖～玉｜～起一场火灾。❺推荐：～荐｜推～｜奖～后进，如恐不及。❻用来做证据、凭借或理由：～用｜～书｜～经据典｜～以为荣。❼离开；退避：～退｜秦军～而去。❽古代的一种乐曲体裁：《箜篌～》《思归～》。❾姓。

弘　yǐn　〈文〉同"引"。选拔：～授廷尉。

肎　yǐn　〈文〉归依。

吲　㊀yǐn　【吲哚(duǒ)】有机化合物。分子式 C_8H_7N，无色或淡黄色片状结晶。可用来制香料、染料和药物。[英 indole]
　　㊁shěn　〈文〉同"哂"。笑；讥笑：千秋一言致相，匈奴～之(千秋：人名)。

饮　(飲)[*歆]　㊀yǐn　❶喝：～茶｜～水思源｜水浊不可～。❷特指喝酒：对～｜豪～｜开怀畅～。❸可以喝的东西：冷～｜热～｜一箪食，一瓢～。❹饮子，宜于凉着喝的汤药：香苏～｜门冬～。❺心里含着；忍着：～冤｜～恨终生。
　　㊁yìn　给水喝，特指给牲畜水喝：～牲口｜～余马于咸池兮。

朌　yǐn　见 zhèn"朌"(871 页)。

釿　yǐn　见 jīn"釿"(323 页)。

蚓　yǐn　蚯蚓：夫～，上食槁壤，下饮黄泉。

殷　□yǐn　见 yīn "殷"（808 页）。

畲　yǐn　见 yǎn "畲"（777 页）。

隐　（隱）[隱]　yǐn　❶藏起来不外露：～藏|～蔽|～而未见,行而未成。❷隐瞒,不让人知道：～讳|～姓埋名|董狐,古之良史也,书法不～。❸深藏的;潜伏的：～情|～患|～疾。❹〈文〉深奥;精微：～奥|探赜索～。❺〈文〉隐秘的事:难言之～。❻〈文〉哀怜;同情:今边境数惊,士卒伤死,此仁人之所～也。

断　□yǐn　见 yín "断"（809 页）。

釾　yǐn　〈文〉锡的别名。

靷　yǐn　❶〈文〉一端拴在车轴上,一端套在牲口胸部,引车前进的皮带：两～将绝。❷〈文〉牛鼻绳:一手捉牛～。

輑　⊖yǐn　❶〈文〉车前横木。
⊖qūn　❶〈文〉车轴。❷〈文〉相连的样子:堤塍相～。

楝　[楝、軥]　yǐn　〈文〉一种小鼓。奏乐时先击楝,再击大鼓:鼓～（鼓:敲击）。

懚　yǐn　〈文〉谨慎。

缢　□yǐn　见 yǎn "缢"（778 页）。

趍　yǐn　〈文〉低头快跑。

磤　⊖yǐn　〈文〉雷声。
⊖yīn　【砏（pīn）磤】〈文〉模拟石头相碰击的声音。

傿　yǐn　见 jìn "傿"（326 页）。

歆　yǐn　〈文〉同"饮"。喝:清馨冻～（美酒宜冷饮）。

癊　□（癮）　yǐn　特别深的嗜好;浓厚的兴趣:烟～|毒～|下棋成～。

嬿　yǐn　见 xiān "嬿"（728 页）。

螾　yǐn　❶〈文〉同"蚓"。蚯蚓:～无爪牙之利（锐利）。❷〈文〉蠕动的样子:万物始生～然。

嶾　yǐn　【嶾嶙（lín）】〈文〉山势高峻的样子。

濥　yǐn　〈文〉水系潜流在地下。

檼　yǐn　见 yìn "檼"（812 页）。

蕰　yǐn　【蕰苊】〈文〉菜名。也作"忍蕰"。

碤　yǐn　〈文〉模拟鼓声或雷声:～～春雷。

癊　yǐn　【癊疹】〈文〉荨麻疹。也作"瘾疹"。

755　[755]　yǐn　【755栝（kuò）】1.〈文〉矫正弯曲竹木的器具。2.〈文〉剪裁改写文章或著作。‖ 也作"隐括"。

縕　yǐn　〈方〉绗（háng）:～棉袄|在被子中间再～一行。

轒　yǐn　〈文〉行车声。

鱚　yǐn　〈文〉牙齿长齐整:童子未～。

yìn（ㄧㄣˋ）

印　□yìn　❶图章,特指官印:～章|钢～|相国、丞相皆秦官,金～紫绶。❷痕迹:烙～|脚～|鞭子抽了一道～儿。❸留下痕迹:墙上～上个手印儿|应怜屐齿～苍苔。❹特指印刷,使文字、图画等留在纸、布或器物上:～染|复～|自冯瀛王始～五经。❺验证;符合:～证|心心相～。❻姓。

抎　yìn　〈方〉用水或流质肥料浇灌庄稼或花木。

枊　⊖yìn　〈文〉同"印"。图章:～玺。
⊖luǎn　"卵"的讹字。

饮　□yìn　见 yǐn "饮"（810 页）。

茚　yìn　有机化合物。分子式 C_9H_8,无色液体,不溶于水,溶于乙醇或乙醚。化学性质活泼,容易产生聚合反应。是制造合成树脂和油漆溶剂的原料。

荫　（蔭）[⊖❷-❹*廕]　⊖yìn　❶不见阳光,又凉又潮:～凉|这地下室太～,不能住人。❷〈文〉遮盖:～覆|榆柳～后檐。❸〈文〉庇护:

~庇|~佑|公族者国之枝叶,枝叶落则本根无所庇~。❹封建时代因父祖有功,子孙得到任官或入学的特权等:封妻~子|少以父~,为太子亲卫。

㊁ yīn ❶树荫:绿树成~|树成~而众鸟息焉。❷〈文〉日影:赵孟视一日:"朝夕不相及,谁能待五?"(谁能待五:谁能等待五年)

胤 [肐、𦙍] yìn ❶〈文〉后代;后嗣:夫许,大岳之~也。❷〈文〉接续;继续:~嗣(后嗣,继承人)|殷周之失业(失业:亡失的典章制度)。

垽 yìn 〈文〉沉淀物;渣滓:澄(dèng)去~浊。

酳 yìn 〈文〉少喝一点。

培 yìn 〈文〉同"窨"。地室;墓穴:瘗(yì)~(埋葬)。

猌 yìn 〈文〉狗发怒露出牙齿。

喑 yìn 见 yīn"喑"(808页)。

鮣(鮣) yìn 鱼名。体细长,呈圆柱形。黑褐色,头和体前端的背部扁平,上有一长椭圆形吸盘,常吸附在其他大鱼身上或船底。

撍 yìn ❶〈方〉用容器量物:~米。❷〈方〉浇(水、肥):麦子普遍薅(hāo)、一次。

酳 yìn 〈文〉同"酳"。进餐后用酒漱口:酳酒,乃~尸(尸:祭祀时替代死者受祭的活人)。

酳 [醶、醶] yìn 〈文〉进餐完毕用酒漱口,是古代宴会上的一种礼节:执爵而~。

窨 ㊀ yìn ❶地窖;地下室:地~子。❷藏到地窖里:~藏。
㊁ xūn 同"熏"。用于窨茶叶中,把茉莉花等放在茶叶中,使茶叶染上花的香味:珠兰~片。

懿(懿) ㊀ yìn ❶〈文〉愿意;宁愿:吾~置之。❷〈文〉损伤:两君之士皆未~也,明日请相见也。❸【懿懿】〈文〉小心谨慎的样子:~然。
㊁ yín 【厥懿】古地名。

㊂ xīn 〈文〉笑的样子。

癊 yìn ❶中医病名。心病:消食去~。❷〈文〉血痕:凡自缢者血~直入发(fà)际。

醷 yìn 〈文〉用密闭发酵的方法酿制食品:稻~|初熟鹅儿色。

蟫 yìn 〈方〉牵扯不断。

檼 ㊀ yìn 〈文〉房屋的脊檩。
㊁ yìn 【檼栝(kuò)】〈文〉同"檃栝"。矫正曲木的工具。

yīng (l∠)

应(應) ㊀ yīng ❶出声回答:喊了两声,屋里没人~。❷允许;承诺(做):~许|几个条件他都~了|下的工作必须按时完成。❸该当:~该|~当|这是~尽的义务。❹本期的(只用于毕业生):~届。❺用于地名:~城(在湖北孝感)。❻姓。
㊁ yìng ❶做出反响:~答|~响|同声相~,同气相求。❷接受:~邀|~聘|有求必~。❸顺应;适合:~景|~时|得心~手。❹证实;印证:比赛结果正~了他的预测。❺对付;处理:~急|接不暇|随机~变。❻用于地名:~县(在山西朔州)。

英 yīng ❶才能出众的:~明|真~物也|得天下~才而教育之。❷才能出众的人:~豪|~雄|精~|群~会。❸〈文〉花:残~|~落~缤纷。❹姓。

郹 yīng 古地名。

莺(鶯)[*鸎、鸎] yīng 鸟名。身体小,羽毛多为褐色或暗绿色。喙短而尖,叫声清脆,吃昆虫,种类很多,是益鸟:草长~飞|千里~啼绿映红。

瑛 yīng 〈文〉同"瑛"。光泽;光华。

罂(罌) yīng 〈文〉长颈的瓶子。

嘤 yīng 译音用字。旧指英国。

婴(嬰) yīng ❶初生的小孩:男～|溺～|如～儿之未孩(孩:小儿笑)。❷〈文〉环绕;缠绕:～疾(得病)|～城固守|杂务～身。❸〈文〉通"攖(yīng)"。接触;触犯:兵劲城固,敌国不敢～也。

猥 yīng 用于山名。罗猥山,在湖北。

媖 yīng 对女子的美称。用于古白话:一个能文的女～。

瑛 yīng ❶〈文〉玉的光彩。❷〈文〉像玉的美石。

熨 yīng 〈文〉明亮。

煐 yīng 用于人名。

锳(鍈) yīng ❶〈文〉模拟铃声。❷用于人名。

嫈 ㊀yīng ❶〈文〉小心的样子。❷〈文〉好。㊁yíng 【缥嫈】汉代侯国名。

攖(攖) yīng ❶〈文〉接触;触犯:～其锋|虎负嵎,莫之敢～。❷〈文〉纠缠;扰乱:勿挠勿～|不以人物利害相～。

赟 yīng 〈文〉(以小贝串联起来的)颈部的饰物。

蝧 yīng 【蟿(jì)蝧】〈文〉虫名。

嚶(嚶) yīng ❶【嚶嚶】1. 模拟低微的哭泣声或说话声:～啜泣|腽语。2.〈文〉模拟鸟叫的声音:鸟鸣～。❷〈文〉通"莺(yīng)"。黄莺:开花已匝树,流～复满枝。

罂(罌)[❶*甖] yīng ❶古代一种口小腹大的容器:瓦～。❷【罂粟(sù)】二年生草本植物。未成熟的果实含有乳汁,可制成阿片,制药用。作为毒品时叫鸦片。果壳可入药。

缨(纓) yīng ❶用丝、线等制成的穗状装饰物:帽～|红～枪。❷像缨的东西:萝卜～儿|茶菜～儿。❸古代帽子上的带子,系在领下:沧浪之水清兮,可以濯我～。❹〈文〉带子;绳索:请～(指请战)|愿受长～,必羁南越王而致之阙下。

瓔(瓔) yīng ❶〈文〉像玉的石头。❷【瓔珞(luò)】古代用珠玉穿成的戴在颈项上的串状装饰物:其王者着法服,加～,如佛像之饰。

樱(櫻) yīng ❶樱桃,落叶乔木。叶子卵形,花白色或淡红色。果实红色,味甜,可以吃。木材坚硬,可制器具。也指这种植物的果实:～唇。❷樱花,落叶乔木。叶子卵形,花白色或粉红色,果实球形,黑色,供观赏。也指这种植物的花。

碤 yīng ❶山谷名。❷用于人名。赵孟碤,宋代人。

霙 yīng ❶〈文〉雪花:晚雨纤纤变玉～。❷〈文〉霰,小的雪粒:珠～。

鹦(鸚) yīng 【鹦鹉(wǔ)】鸟名。头圆,上喙弯曲,呈钩状,羽毛美丽。生活在热带丛林中。种类较多,有的经训练能模仿人说话的声音。也叫"鹦哥"。

䄢 yīng 古代小殓(给死者穿衣覆衾)时在死者脸上覆盖的布巾。

膺[䧹] yīng ❶〈文〉胸:服～(内心佩服)|抚～长叹|义愤填～。❷〈文〉接受;承受:～选(应选)|身～重任。❸〈文〉讨伐;打击:～惩。

䕒 yīng 古乐曲名。

鹰(鷹)[鴈] yīng 鸟名。上喙弯曲,呈钩状,爪锐利。是猛禽,捕食小兽和小鸟。种类较多,常见的有苍鹰、雀鹰等。

䁝 yīng 〈文〉修剪(枝条):以刀微～梨枝。

鹥 yīng 〈文〉鸟名。即继鹥。

郢 yīng 古地名。

蘡 yīng 【蘡薁(yù)】落叶藤本植物。枝条细长有棱角,叶子掌状阔卵形,浆果黑紫色,可酿酒,茎的纤维可做绳索,茎藤可入药。也叫"山葡萄、野葡萄"。

孆 yīng 【孆如】古代神话传说中的异兽。

瓔 yīng 同"嬰"。嬰兒。

謍 yīng 【謍謍】〈文〉同"嚶嚶"。模拟鸟叫声:玉鸾之～。

罌 yīng 〈文〉即钫(fāng)。壶类容器,方口大腹。

蠳 yīng 【蠳龟】传说中一种能吃蛇的龟。

蟷 yīng 〈文〉寒蝉,一种较小的蝉。也叫"寒蜩(tiáo)"。

yíng（ㄧㄥˊ）

咮 yíng 见 huá "咮"(262 页)。

迎 yíng ❶前去接来(跟"送"相对):～接|欢～|箪食壶浆,以～王师。❷迎合,有意使自己的言行合乎别人的心意:逢～|～意承旨。❸面对着:～面|～风|～刃而解|～之不见其首,随之不见其后。

塋(塋) yíng 〈文〉坟墓;坟地:～地|祖～|赐～杜东(杜东:杜陵之东)。

泂 yíng 见 jiǒng "泂"(331 页)。

荥 yíng 见 xíng "荥"(750 页)。

荧(熒) yíng ❶〈文〉光微弱:～烛|～～一灯～然。❷〈文〉眩惑,眼光迷乱:～惑(迷惑)|勿～民听。❸〈文〉通"萤(yíng)"。萤火虫:夜步逐～光,行数十里。

盈 yíng ❶满;充满:充～|喜～～门|对酒不觉暝,落花～我衣。❷多余;多出:～余|～利。❸〈文〉旺盛;饱满:彼竭我～,故克之。❹〈文〉增长:进退～缩,与时变化。❺姓。

莹(瑩) yíng ❶〈文〉像玉一样光洁的石头。❷〈文〉光洁透明:～洁|晶～|澄～。❸〈文〉磨治玉石:夫良玉未剖,与瓦石相类,及其剖而～之,玉石始分。

涅 ⊖ yíng 【涅儒】〈文〉盈缩。
⊜ chéng 〈文〉通"澄(chéng)"。清:(做人)清正:更过如包待制～(包待制:包公)。

萤(螢) yíng 昆虫。身体黄褐色,腹部末端有发光器,能发出绿色的光。通称"萤火虫"。

营(營)[營] yíng ❶谋求:～生|～救|卖炭得钱何所～? ❷筹划并管理:～建|～业|国～。❸军营,军队驻扎的地方:～地|宿～|于是天子乃按辔徐行至～。❹军队的编制单位。在团之下,连之上:～长|一～三连。❺像军营那样的聚众场所:集中|难民～。

萦(縈) yíng ❶〈文〉环绕;缠绕:～绕|牵～|百步九折～岩峦(岩峦:高峻的山峰)。❷〈文〉牵挂:～怀(挂心)|～系(xì)|投冠旋旧墟,不为好爵～。

桯 yíng 见 tīng "桯"(669 页)。

郢 yíng 姓。

嶸 yíng 〈文〉山。用于山名:广胁～(广胁山)。

猨 yíng 〈文〉兽名。像狐,色黄。也指黄狐。

溁(濴) yíng ❶用于地名:～湾(在湖南长沙)。❷〈文〉通"濴(yíng)"。水流回旋:遥望水～洄如带。

鎣(鎣) yíng 【华鎣】1. 山名。在四川东部和重庆交界处。2. 地名。在四川广安。

楹[欞] yíng ❶堂屋前部的柱子,泛指柱子:～柱|～联|桓官之～。❷〈文〉用于房屋,一间为一楹(一说一列为一楹):太学置八十斋,斋各五～。

嫈 yíng 见 yīng "嫈"(813 页)。

滢(瀅) yíng 【汀(tīng)滢】〈文〉清澈。

蝇(蠅) yíng 昆虫。种类很多,有舍蝇、家蝇、金蝇、绿蝇、麻蝇等。通常指苍蝇:蚊～|狗苟～营|营营青～,止于樊(樊:篱笆)。

瀯(瀠) yíng 〈文〉水流回旋:～洄|～绕。

鎣 yíng ❶〈文〉冶金。❷用于人名。朱慎鎣,明代人。

訡　㊀ yíng 〈文〉迷惑;惑乱:～于目。
㊁ yíng【訡目】〈文〉目光明净。

贏 [㠯] yíng ❶〈文〉背;担:邓公～粮徒步。❷姓。

贏（赢） yíng ❶〈文〉获利:～利。❷获胜(跟"输"相对):～钱|官司～了|不信君看弈棋者,输一须待局终头。❸获得:了却君王天下事,～得生前身后名。

觺 yíng 〈文〉同"訡"。迷惑;惑乱。

濙 yíng【瀞(tìng)濙】〈文〉同"瀞濙"。涓涓细流的样子。

淡 yíng【瀞(tìng)淡】〈文〉涓涓细流。

訾 ㊀ yíng 〈文〉小声。
㊁ hōng 〈文〉大声:～厉(至)天。

噯 yíng【哱(zhēng)噯】〈文〉模拟哀婉的蝉鸣声:吐～之哀声。

璒 yíng 用于人名。

攍 yíng 〈文〉用肩挑担:～粮而赴之。

嶸 yíng 见 róng "嶸"(580 页)。

瀛 yíng 〈文〉大海:～洲(传说东海中的神山)|东～(东海,常借指日本)|九州之外,更有～海(瀛海:大海)。

澄 yíng 〈文〉水流回旋的样子:～～之声。

嫇 yíng 〈文〉美好。

嬴 yíng 〈文〉同"赢"。姓。

㵥 yíng 〈文〉水极远的样子:～溟。

瀅 yíng 〈文〉同"訡"。迷惑;惑乱。

謤 yíng 〈文〉(情绪)炽烈:还归二年,～然乃作《大唐之歌》。

蟷 yíng【蟷虹(dīng)】〈文〉肠中虫。

籯 [籝、籝] yíng ❶〈文〉箱笼一类的竹器:黄金满～。❷〈文〉盛放筷子的竹笼子。

yǐng（ㄧˇ）

泂 yǐng 见 jiǒng "泂"(331 页)。

郢 yǐng 春秋战国时楚国的都城。在今湖北江陵。

朠 yǐng 〈文〉同"景(影)"。影子:其～孔庶。

樗 yǐng 〈文〉果树名。其果实即黑枣。

景 yǐng 见 jǐng "景"(329 页)。

颍（潁） yǐng ❶颍河,水名。发源于河南,流入安徽,是淮河的支流。❷用于地名:～上(在安徽阜阳)|临～(在河南漯河)。

颖（穎）[*穎] yǐng ❶〈文〉禾穗的末端;禾穗:嘉禾重(chóng)～(重颖:一禾多穗)。❷〈文〉某些小而细长物体的尖端:锋～|短～羊毫(一种毛笔)|脱～而出。❸〈文〉聪明;才智出众:～悟|～慧|聪～。

撱 yǐng 〈文〉击中。

弆 yǐng 〈文〉深水池。

影 yǐng ❶光线被人或物体挡住后映出的形象:人～|树～|举杯邀明月,对～成三人。❷人或物体在镜中、水面等反射映出的形象:倒～|杯弓蛇～|湖光塔～。❸模糊的形象或印象:那件事早忘得没～儿了。❹照片;图像:～集|摄～|剪～。❺指电影:～院|～迷|～视。❻旧时特指祖先的画像:拜～。❼描摹,仿照着底样写或画:仿～|～写|～本。❽〈文〉光;灯～照无睡,心清闻妙香。❾姓。

訡 yǐng 见 yíng "訡"(815 页)。

瘿（瘿） yǐng ❶中医指长在脖子上的囊状肿物,主要指甲状腺肿大一类病症。❷树木受病原刺激后,局部细胞畸形增生形成的囊状赘生物。

檽 yǐng 〈文〉树木名。

嵘[嫈] yǐng 【嵘冥(míng)】〈文〉云雾迷蒙的样子。

鐛 yǐng 〈文〉饱;满。

廮 yǐng ❶〈文〉安定止息。❷用于地名。汉有廮陶县,在今河北。

顜 yǐng ❶【多顜】古国名:南抚~。❷〈文〉同"瘿"。颈瘤:山居之人多~疾。

yìng（ㄧㄥˋ）

应 yìng 见 yīng "应"(812页)。

映[❶❷*暎] yìng ❶照射:~照|浮阳~翠林|夕阳把河水~得通红。❷因光线照射而显出:白塔倒~在湖面上|修竹~池,高松植槭。❸放映电影或播放电视节目:上~|~播~|首~式。

硬 yìng ❶物体内部的组织紧密,受外力作用后不易变形(跟"软"相对,❸❹同):~木|坚~|山原川泽,土有~软。❷不可改变的:~指标|~任务。❸意志坚定;态度坚决:强~|~汉子|~心肠。❹能力强;质量好:~手|功夫~|货色~。❺不灵活:僵~|生~。❻用过急或过猛的方式进行:~着陆|强拿~要|两家一夺,中间必有伤。❼勉强:生搬~套|~撑着局面|有病~挺着也不行。

靮 yìng 见 áng "靮"(7页)。

媵[侅、俴、娄] yìng ❶〈文〉随嫁,陪送出嫁:卫人来~共姬(卫国人送女子作为共姬的陪嫁)。❷〈文〉诸侯嫁女时陪嫁的人:从衣文之~七十人(从:随从。衣文:穿着带花纹的衣服)。❸〈文〉妾:婢~。

鞕 ⊖ yìng 〈文〉同"硬"。坚硬:其根坚~。
⊜ gěng 〈文〉通"鲠(gěng)"。哽塞:气~。
⊜ biān 〈文〉同"鞭"。鞭子:受~杖。

畻 yìng 【畻畻】〈文〉光润的样子:黍禾~~。

瀴 yìng ❶〈文〉同"应"。相应:钱~时即具。❷〈文〉同"应"。回应;应对:~举。

嚶 yìng ❶〈文〉同"应"。回答;应对:休胡芦提二四~(不要胡乱应对)。❷〈文〉叹词。表示惊叹:~!百忙里一步一撒。

譍 yìng 〈文〉同"应"。做出反响;答话:倦童呼唤~复眠。

瀿 yìng 〈文〉同"应"。回应;应对。

襮 yìng 〈文〉彩色相映:~以兰红。

鼆 yìng 〈文〉同"鲤"。小鱼。

鱦 ⊖ yìng 〈文〉小鱼:~鲋(fù)之属。
⊜ shéng 〈文〉鱼子。

鼆 yìng ❶〈文〉脸上的黑斑:面~。❷〈文〉黑。

yō（ㄧㄛ）

育 yō 见 yù "育"(831页)。

哟(哟) ⊖ yō 叹词。表示赞叹或惊讶:~,几年不见,都长这么高了!|~,你不要啊!
⊜ yo 助词。用在句末,表示祈使、赞叹等语气:弟兄们加把劲~!|姑娘们干得多欢~!

唷 yō 叹词。表示赞叹或惊讶:~,真棒!|~,怎么啦?

yo（·ㄧㄛ）

哟 yo 见 yō "哟"(816页)。

嚛 yo 见 hù "嚛"(261页)。

yōng（ㄩㄥ）

佣(⊖傭) ⊖ yōng ❶〈文〉受雇为人干活:~工|陈涉少时,尝与人~耕。❷雇用:雇~。❸受人雇用的仆人:女~|身为~隶,妻为仆妾。❹〈文〉通"庸(yōng)"。平常;平庸:卿所谓铁中铮铮,~中佼佼者也。
⊜ yòng 佣金,买卖成交后付给中间人

的报酬。

拥(擁)[攤]　yōng　❶抱;持:～抱|余与四人～火以入。❷围;围着:前呼后～|炽炭～炉危坐(危坐:端坐)。❸(人群)挤着走:～挤|蜂～而上|夹道都人～。❹拥护,表示赞成并全力支持:～戴|～政爱民|～军优属。❺〈文〉领有;具有:～有|～兵百万|～雍州之地。

痈(癰)[瘫、瘫、癕]　yōng　皮肤或皮下组织化脓性炎症。疼痛剧烈,并伴有畏寒、发热等症状:～疽(毒疮)|养～遗患|吮～舐痔(形容卑屈媚上)。

邕　yōng　❶邕江,水名。在广西南部。❷广西南宁的别称:～剧。❸〈文〉堵塞:长平馆西岸崩,～泾水不流。

庸　yōng　❶平凡;平常:平～|凡～|～言必信之,～行必慎之。❷不高明;没有作为:～才|～～碌碌|始以先生为人,吾乃今日而知先生为天下之士也。❸〈文〉用;需要(用于否定式):毋～讳言(不必隐讳)|毋～置疑|王其无～战。❹〈文〉功劳;功:～绩|君多～矣。❺姓。

撋　yōng　〈文〉同"拥"。挤;拥挤前行:要知人马有多少,可看大路往西～。

噰[嚅、噰]　yōng　[噰噰]〈文〉模拟鸟鸣声:听鸣凤之～。

廧　yōng　❶〈文〉通"塳(yōng)"。城墙:宋城旧～及桑林之门而守之(城:修缮)。❷周代诸侯国名。故地在今河南新乡西南。

雍[❶△*雔]　yōng　❶〈文〉和谐:～和|～～睦睦(和睦)|父母之欢兮,兄弟以～。❷雍州,古代九州之一。约在今陕西、甘肃、青海一带。❸〈文〉通"壅(yōng)"。阻塞:隔以山谷,～以沙幕(沙幕:沙漠)。
"雔"另见 yōng (817 页)。

滃　yōng　❶〈文〉黄河决出形成的支流。❷湖名。在湖南岳阳南。

塳　yōng　❶〈文〉城墙:登城北～。❷〈文〉墙壁:谁谓鼠无牙,何以穿我～?

廱　yōng　〈文〉同"雝"。和乐:庶人悦～。

澭　yōng　[澭澭]古水名。在今河南。

慵　yōng　〈文〉困倦;懒散:～困|～惰|小来习性懒,晚节～转剧(剧:厉害)。

橗　yōng　〈文〉树木名。即榕树。

犏　yōng　〈文〉野牛。一说单峰驼。也叫"犎(fēng)牛"。

亯　yōng　〈文〉享用。

鏞(鏞)　yōng　大钟,古代打击乐器:笙～以间。

雔　yōng　〈文〉动作迟缓;不轻快。

壅[壅、壅、廱、壂]　yōng　❶堵塞;阻挡:～塞|～蔽|川～为泽。❷聚积;堆积:～积。❸把土或肥料培在植物的根上:～土|～肥|斋前种一株松,恒自手～治之。

灉　yōng　古水名。在今山东。

臃[癕]　yōng　〈文〉肿。

貜[獝]　yōng　〈文〉一种野牛。

雔[鸝、鶲]　yōng　【雔鶋(qú)】〈文〉鸟名。鹡鸰。
另见 yōng "雍"(817 页)。

鳙(鱅)　yōng　鱼名。身体侧扁,头大,背暗黑色,有小黑斑,鳞细而密。生活在淡水中。也叫"花鲢、胖头鱼"。

罋[蟰]　yōng　❶〈文〉虫名。❷【蝺(yīn)罋】〈文〉一种细腰寄生蜂。俗称"土蜂"。

饔　yōng　〈文〉同"饔"。烹调。

鰫　yōng　❶〈文〉花鲢。❷〈文〉海鳙。

廱　yōng　❶【辟(bì)廱】同"辟雍"。古代天子所设太学。❷〈文〉和乐:雁～～而南游。❸〈文〉通"壅(yōng)"。堵塞;阻挡。

灉　yōng　灉水,古水名。故道在山东菏泽一带。

韄　yōng　靴筒,也指袜筒。用于古白话:白布袜,短～。

鳙 yōng 【鳙鶏(qú)】〈文〉水鸟名。外形像鸭,脚像鸡。也叫"章渠"。也作"鶅鶏、鶅鸏、庸渠"。

鶅 yōng 【鶅鶏】〈文〉同"鳙鶏"。水鸟名。

饔□［饔］ yōng ❶〈文〉熟食:~膳。❷〈文〉早饭:朝~夕飧(sūn,晚饭)。

雝 yōng 〈文〉玉器:宝鼎、神钟、神~。

yóng （ㄩㄥˊ）

喁□ ㊀ yóng ❶〈文〉鱼嘴向上,露出水面呼动:水浊则鱼~,令苛则民乱。❷【喁喁】1.〈文〉鱼嘴露出水面翕(xī)动的样子:~鱼闯萍。2.〈文〉比喻众人景仰期待的样子:天下~,莫不向慕。

㊁ yú ❶〈文〉模拟应和的声音:前者唱于而随者唱~。❷【喁喁】1.〈文〉随声附和:公之等~者也。2.〈文〉模拟低语声:~絮语。

颙□（顒） yóng ❶〈文〉大:其大有~。❷〈文〉景仰;仰慕:苍生~然,莫不欣戴。

蝙 yóng 【鲦(tiáo)蝙】传说中的动物。状如黄蛇,鱼翼,出入有光,见则大旱。

yǒng （ㄩㄥˇ）

永□ yǒng ❶长久;久远:~久|~恒|~志不忘。❷〈文〉水流长:江之~矣。❸〈文〉长:出门临~路|~夜角声悲自语。❹姓。

甬□ yǒng ❶甬江,水名。在浙江东北部。❷浙江宁波的别称。❸古乐器钟的柄。

咏□［*詠］ yǒng ❶抑扬顿挫地诵读;歌唱:~叹|吟~|歌~。❷用诗词等赞颂或叙述:~雪|~怀|~史|歌以~志。

泳□ yǒng 在水里游:游~|仰~|汉之广矣,不可~思(汉:汉水。思:助词)。

栐□ yǒng ❶〈文〉树木名。❷用于人名。王栐,宋代人。

俑□ yǒng 古代殉葬用的偶人,多为木制或陶制:陶~|女~|兵马~|始作~者,其无后乎(始作俑者:最早用俑来殉葬的人。比喻首开恶例的人)!

勇□［勈］ yǒng ❶不怕危险和困难;有胆量:~敢|见义~为|知(智)者不惑,~者不惧。❷〈文〉兵,清代特指战时临时招募的兵:乡~|散兵游~|带甲百万,非一~所抗。

埇□ yǒng 用于地名:~桥(在安徽宿州)。

涌□［㊀△*湧］ ㊀ yǒng ❶水向上冒;云气升腾:风起云~|地下~出一股清泉。❷从水或云气中冒出;像水冒出、云气升腾那样:~现|~动|多少往事~上心头。❸〈文〉波涛翻腾:江间波浪兼天~。

㊁ chōng 〈方〉河汊。多用于地名:霞~(在广东惠阳)。

"湧"另见 yǒng (818 页)。

悀 yǒng ❶〈文〉满;溢出。❷〈文〉欢喜:欢~。

恿□［*慂、*慫］ yǒng 【怂(sǒng)恿】从旁鼓动使去做某事(多含贬义)。

傛 ㊀ yǒng 〈文〉不安稳。

㊁ róng 【傛华】汉代宫廷中的女官名。

湧 yǒng 姓。

另见 yǒng "涌"(818 页)。

塎 yǒng 【埫(chǒng)塎】〈文〉不安定的样子。

蛹□ yǒng 完全变态的昆虫从幼虫发育为成虫的过渡形态。多为枣核形,不吃也不动,如蚕蛹、蝇蛹。

嗈 yǒng 【喠(zhǒng)嗈】〈文〉想吐:强啖汤粥,则~欲吐。

㟣 yǒng 【㟣嵷(sǒng)】〈文〉山峰起伏连绵的样子:西北诸峰复~起。

㺢 yǒng 用于人名。孙㺢,三国时吴人。

筩 yǒng 〈文〉装箭的器具:援矢于~。

另见 tǒng "筒"(673 页)。

踊 yǒng 〈文〉哀伤至极而顿足。通作"踊"。

踊（踴） yǒng ❶向上跳:～身而上。❷〈文〉物价上涨:时春夏大旱,粮谷～贵。❸古代受刖刑的人穿的鞋子:屦贱～贵。

鲬（鯒） yǒng 鱼名。身体长形,扁而平,黄褐色,没有鳔。生活在海中。

祭 yǒng 古代一种祈求消灾免祸的祭祀。

鮲 yǒng 〈文〉鱼名。比鲫大,味美。

踊 yǒng 〈文〉(牛角)向上直竖。

yòng（ㄩㄥˋ）

用 yòng ❶使用,使人、物发挥功能:～力|采～|古为今～|虽楚有材,晋实～之。❷功能;功效:功～|效～|礼之～,和为贵。❸花费的钱财:～项|家～|国～可足,民财不匮。❹需要(多用于否定或反问):不～担心|这还～说吗? ❺敬辞。请享用茶饭等:～茶|我吃好了,您慢～。❻引人动作的工具、方式等:～计取胜|～凉水洗澡|～平常心对待胜负。❼姓。

岫 yòng 〈文〉山冲;山间平地:溪壑间,高田满～。

佣 yòng 见 yōng "佣"(816页)。

烔 yòng 工质的一个热力学状态参数。

酳 yòng 〈文〉酳酒以致失去理性:酳～。

yōu（丨ㄡ）

优（優）"劣"相对):～美|～秀|～异|～胜劣汰。❷充足;富裕:～裕|～厚|故鱼鳖～而百姓有余用也。❸给以优待:～抚|千秋年老,上～之(千秋:人名)。❹旧时指演戏的人:～伶|名～|～俳。❺柔弱;少决断:～柔|人君惟～与不敏为不可。

丝 yōu 〈文〉微细:胐～～(胐:fěi,新月开始发光)。

茲 zī 〈文〉同"兹"。代词。这。

攸 yōu ❶〈文〉助词。用在动词前,构成名词性短语,相当于"所":性命～关|责有～归|万邦～望。❷〈文〉乃;于是:风雨～除,鸟鼠～去(除:除掉。去:赶跑)。❸姓。

忧（憂）[惪、惪] 愁:～愁|～伤|～心忡忡。❷担心:～虑|～国|～民|杞人～天。❸使人愁闷、担心的事:～患|高枕无～|人无远虑,必有近～。❹〈文〉指父母的丧事:丁～(遭到父母的丧事)。

呦 yōu ❶叹词。表示惊讶:～! 池塘都结冰了! ❷【呦呦】〈文〉模拟鹿鸣声音:～鹿鸣,食野之草。

泑 ⊖ yōu ❶【泑泽】古代湖泽名。即今新疆的罗布泊。❷古代神话传说中的山名。⊜ yòu 釉子:～色。用同"釉(yòu)"。⊜ āo 古水名。

怮 yōu 〈文〉忧愁的样子:长使我心～。

幽 yōu ❶深暗;僻静:～夜|～静|曲径通～|出自～谷,迁于乔木。❷隐蔽的;不公开的:～居|～会|～期。❸深沉;不外露的:～思|～怨。❹拘禁;囚禁:～禁|囚深～图圄之中。❺阴间:～灵|～冥|～府。❻幽州,古代九州之一,在今河北北部和辽宁南部。❼姓。

悠 yōu ❶久;远:～久|～长|闻道遗踪在,登山往事～。❷闲适:～闲|～然自得|浮名看过薄,谪宦转～然。❸摆动:～荡|站在秋千上来回～。❹〈文〉思虑:～哉～哉,辗转反侧。

逌 yōu 〈文〉同"攸"。助词。所:君子～乐。

嚘 yōu 【嚘嚘】〈文〉模拟虫鸣声。

麀 yōu ❶〈文〉母鹿:～鹿。❷〈文〉雌性兽类。

巯 yōu 有机化学中的官能团(—COSH)的旧称。

蟉　yōu【蟉蟉(liú)】〈文〉屈曲行动的样子：～蜒蜒。

灄　yōu〈文〉同"幽"。幽深。

酅　yōu 古地名。在今湖北襄樊北。

嚘　yōu〈文〉气逆而不顺畅。

瀀　yōu ❶〈文〉润泽；浸润。❷〈文〉壅积。

慢　yōu 见 yǒu "慢"（823 页）。

憂　yōu【憂憂】〈文〉同"悠悠"。飘动的样子：旗旆～（旆：pèi，旌旗）。

穤　yōu 古代禾稼的计量单位。四十把为穤。

檴　[檴] yōu ❶古代农具。形状像木槌，用来击碎土块，平整土地。❷〈文〉播种后用檴平土，覆盖种子：～而不耰。

纋　yōu 古代簪子中间狭长的部分，便于固定头发。

鏐　yōu 化学元素"铕(yǒu)"的旧称。

鰽　yōu〈文〉鱼名。

yóu（ㄧㄡˊ）

尢　yóu 见 wāng "尢"（691 页）。

尤　yóu ❶特异的；突出的：～物|择～|无耻之～|～花异木。❷〈文〉程度十分突出，更深一层，相当于"尤其"：～甚|～妙|其西南诸峰，林壑～美。❸过失；过错：罪～|效～（仿效错误的行为）|言寡～，行寡悔。❹怨恨；责怪：怨天～人。❺姓。

尣　yóu 见 yín "尣"（809 页）。

由　yóu ❶经过：经～|言不～衷|谁能出不～户？❷听凭；顺从：身不～己|听天～命|信不信～你。❸引入动作、变化的起点或来源：～东向西|～浅入深|～尧舜至于汤，五百有余岁。❹引入动作的施事：这件事～我牵头。❺引入凭借、依据的对象：～此可见|代表～选举产生。❻引入相关的原因：咎～自取|减产是～多种因素造成的。❼原因：缘～|事～|王导、温峤俱见明帝，帝问温前世所以得天下之～。❽〈文〉遵循；遵照：率～旧章|小大～之。❾姓。

扰　yóu 见 dǎn "扰"（118 页）。

迶　yóu ❶〈文〉经过。❷用于人名。赵与迶，宋代人。

邮（郵）[郵] yóu ❶由邮局递送：～信|付～|～去一笔钱。❷有关邮寄业务的：～局|～票。❸特指邮票：集～|～市|～展。❹〈文〉传递文书的驿站：道途绝无～置。❺〈文〉送信的人：殷洪乔不为致书～（殷洪乔：人名）。

曳　yóu〈文〉树木生出新枝。

犹（猶）yóu ❶〈文〉如同；好像：～过～不及|虽死～生|人之患也，～鱼之有渊。❷〈文〉表示情况尚未改变，相当于"仍然"：言～在耳|记忆～新|困兽～斗。❸【犹犹】〈文〉乱动的样子。

沈　yóu【沈沈】〈文〉乱动的样子。

枊　yóu〈文〉树木名。樟木类，可制作船、床等。

㱠　yóu【㱠云殢(tì)雨】即殢云尤雨。比喻男女间缠绵欢爱。用于古白话：你将着黄金，要买人～。

郵　yóu〈文〉同"邮"。驿站：～亭。

油　yóu ❶动植物体内的脂肪，也指碳氢化合物的混合物：煤～|汽～|焚膏～以继晷。❷用桐油、油漆等涂料涂抹：～饰|～门窗|家具刚～过一遍。❸被油弄脏：袖子～了一大块。❹圆滑；不诚恳：～滑|～头滑脑。❺姓。

怞　yóu 见 chóu "怞"（88 页）。

柚　㊀ yóu【柚木】落叶乔木。叶子大，背面有绒毛，花白色，核果球形。木材坚硬，可用来制造船、车、家具等。㊁ yòu ❶常绿乔木。花白色，果实圆形，是普通水果。❷这种植物的果实。‖

通称"柚子"。也叫"文旦"。

㊂ zhóu（旧读 zhú）〈文〉通"轴（zhóu）"。古代织布机上的机轴：小东大东，杼（zhù）~其空（小东大东：东方的大小诸侯国）。

疣[肬] yóu 病毒感染性皮肤病。症状是皮肤上出现黄褐色的小疙瘩，不痛不痒。通称"瘊子"：赘~（多余而无用的东西）。

斿 yóu 见 liú"斿"（417 页）。

茜 yóu 见 sù"茜"（638 页）。

莜 yóu【莜麦】一年生草本植物。花绿色，种子成熟后容易与外壳脱离，籽实磨成粉可供食用。又指这种植物的籽实。也作"油麦"。

莸（蕕）yóu ❶多年生草本植物。叶子卵形或披针形，花淡蓝色或淡紫色，供观赏，全草可入药。❷古书上说的一种有臭味的草，比喻坏人：薰~不同器（薰：香草。比喻好人坏人不能共处）。

遒[逌、卣、遚] yóu ❶〈文〉舒适自得的样子：终身~然。❷〈文〉相当于"所"：九州~同。❸〈文〉通"由（yóu）"。从：国非士无~安强。

蚘 yóu【蚩（chī）蚘】同"蚩尤"。神话中东方九黎族首领。
另见 huí"蛔"（274 页）。

被 yóu【被被】古代神话传说中的兽名。

铀（鈾）yóu 金属元素。符号 U。

釉 yóu【釉釉】〈文〉谷物生长茂盛的样子：其生如何兮~。

峈 yóu〈文〉瓦器。

峹 yóu〈文〉"峹（yóu）"的旧字形。

廇 yóu 见 yǒu"廇"（822 页）。

浟 yóu ㊀ yóu【浟浟】〈文〉水流的样子：湘水之~。
㊁ dí【浟浟】〈文〉贪利的样子：其欲~。

遊 yóu〈文〉同"游（遊）"。遨游；游览：画舸南~。

蚰 yóu【蚰蜒（yán）】节肢动物。外形像蜈蚣而小，灰白色或黄褐色，触角和足都很细。生活在阴湿的地方。

訧 yóu ❶〈文〉罪过；过失：以言为~。通作"尤"。❷〈文〉指责；怪罪：予日弗仕，兄弟~予。通作"尤"。

揂 yóu 见 jiū"揂"（332 页）。

魷（鱿）yóu【魷鱼】枪乌贼的俗称。软体动物。头像乌贼，尾端呈菱形。生活在海洋中。

痏 yóu〈文〉有腐臭气味的病。

游[㊀❸-❺*遊] yóu ㊀ yóu ❶在水上漂浮；在水里行动：泳|浮~|鱼~釜中|就其浅矣，泳之~之（泳：潜水）。❷河流的一段：上~|中~。❸流动；不固定：~动|~牧|~资|散兵~勇。❹游玩，各处从容行走观看：~历|周~世界|一生好入名山~。❺与人来往：交~|故君子居必择乡，~必就士。❻虚浮不实：~辞巧饰|~谈无根。❼姓。
㊁ liú〈文〉旌旗正幅下沿连缀的垂饰。

蘅 yóu〈文〉同"莸"。草名。

楢 yóu〈文〉树木名。古代用作制车的材料。

輶（輶）yóu ❶古代一种轻便的车：~车。❷〈文〉轻：~仪（薄礼）。

鮋（鲉）yóu 鱼名。身体侧扁，头有许多棘状突起。生活在海洋中。

旈 yóu 古代旗帜正幅下沿的垂饰。

猷 yóu ❶〈文〉谋略；计划：鸿~（宏伟的计划）|谋~|新~|嘉猷嘉~（治国的好的谋略）。❷〈文〉道术；方法：秩秩大~（秩秩：宏伟的样子）。

瘊 yóu〈文〉有恶臭的病。

滺 yóu【滺滺】〈文〉水流的样子：淇水~。

蝣 □ yóu 【蜉（fú）蝣】昆虫。体细长纤弱，有长尾。幼虫生活在水里，成虫在水面飞行。生存期极短，交尾产卵后即死。

蝤 □ ⊖ yóu 【蝤蛑（móu）】梭子蟹。头胸部的甲略呈梭形，螯长而大。生活在海边泥沙中。
　⊜ qiú 【蝤蛴（qí）】天牛的幼虫。身体长，白色，无足。是林木害虫。

螱 yóu 【夷螱】〈文〉鼯鼠。

飍 yóu 【飘飍】〈文〉凛冽：哀北风之～。

覷 yóu 〈文〉向下看幽深的地方。

瀏 □ ⊖ yóu ❶〈文〉通"由（yóu）"。经由：赏罚之行，非～王室。❷〈文〉同"由"。自；从：祸自怨起，而福～德兴。
　⊜ yáo ❶〈文〉通"徭（yáo）"。劳役：民无一日之～，官有无数钱之费。❷〈文〉通"谣（yáo）"。歌谣：揆山川变动，参人民～俗。❸〈文〉通"摇（yáo）"。摇动：怒气未竭，羽盖～起。❹姓。
　⊜ zhòu 〈文〉占卜的文辞：～文｜～辞。

猶 yóu 【猶箸（wú）】〈文〉竹名。也作"柚梧、由梧"。

繇 yóu 〈文〉同"瀏"。随从；跟从。

儵 yóu 用于人名。应儵，南宋时人。

圌 yóu 【圌子（zi）】捕鸟时用来把同类鸟引诱过来的鸟。

邎 yóu ❶〈文〉疾行。❷用于人名。赵希邎，宋代人。

鰇 yóu 〈文〉鱼名。

欍 ⊖ yóu 古书中指昆仑山下黄河边上一种高大的树。
　⊜ yòu 〈文〉同"柚"。常绿乔木。花白色，果实圆形，是普通水果。

yǒu （ㄧㄡˇ）

友 □ [㕛] yǒu ❶关系密切、有交情的人：朋～｜战～｜良师益～。❷关系好；亲近：～爱｜～善。❸〈文〉结交；与…交朋友：无～不如己者。

有 □ ⊖ yǒu ❶表示领有或具有（跟"无、没"相对）：～钱｜～热情｜心中～数｜人无远虑，必～近忧。❷表示存在（跟"没"相对）：门前～一条河｜三人行，必～我师｜东～启明，西～长庚。❸表示估计或比较：他身高差不多～一米八｜预计今年的收入～去年那么多吧。❹表示发生或出现：她～病了｜情况～变化｜科技事业～了长足的发展。❺表示数量大、时间久：～经验｜人缘｜他去了～工夫了。❻表示不定指，相当于"某"：～一年夏天｜～个早晨他突然来了。❼用在"人、时候、地方"前，表示一部分，相当于"有的"：～人支持，～人反对｜～时候情况好一些。❽用在某些动词前，组成表示客气的套语：～请｜～劳｜～赖您的帮助。❾〈文〉前缀。附着在某些名词、形容词的前面：豺虎不食，投彼～北｜桃之夭夭，～蕡其实。❿姓。
　⊜ yòu 〈文〉表示整数之外再加零数：两年～一个半月｜吾十～五而志于学。

酉 □ yǒu 地支的第十位：～时（相当于十七点到十九点）。

卣 yǒu 〈文〉尊一类的酒器。通作"酉"。

卤 □ yǒu 古代的盛酒器。口小腹大，有盖和提梁。

羑 □ yǒu 【羑里】古地名。在今河南汤阴北，相传周文王曾被商纣王囚禁于此。也作"牖里"。

忧 yǒu 〈文〉忧愁的样子。

莠 □ [稂] yǒu ❶一年生草本植物。一种有害于农作物的杂草。也叫"狗尾草"：若苗之有～，若粟之有秕。❷〈文〉坏；不好的：～民｜好言自口，～言自口。❸〈文〉比喻品质不好的人：不分良～｜良不齐。

栯 ⊖ yǒu 传说中的树木名。
　⊜ yù 【栯李】〈文〉果木名。也作"郁李"。

郁 yǒu 古地名。

庮 ⊖ yǒu ❶〈文〉旧屋的朽木。❷〈文〉朽木的臭味。

㊀ yóu 〈文〉屋檐。

蚰 yǒu 【蚰蚰】〈文〉幽静;深远:清思～。

栯 yǒu 〈文〉树木名。

铕（銪） yǒu 金属元素。符号 Eu。

欰 ㊀ yǒu 〈文〉悲泣时鼻子急促吸气。
㊁ ǒu 〈文〉同"呕"。呕吐。

蟒 yǒu 【朝(zhāo)蟒】传说中的虫名,朝生暮死。

歐 yǒu 〈文〉有话要说的意思。

颼 yǒu 【颼浏(liú)】〈文〉模拟风声。

楢 yǒu ❶〈文〉聚积(木柴以备燃烧);烧柴祭天:薪之～之(薪:砍柴)。❷〈文〉木柴:薪～。❸烧;熏:被火烟～黑。

牖 yǒu ❶〈文〉窗;户～|窥头于～|伯牛有疾,子问之,自～执其手。❷〈文〉开凿窗户:～其前以通明。

醩 yǒu 〈文〉酒名。

鮋 yǒu 〈文〉鱼名。

鶮 yǒu 〈文〉鸟名。白鶮,雉一类的鸟。

黝 yǒu ❶黑:～黑|～暗|阴祀用～牲。❷〈文〉涂黑:天子诸侯～垩(黝垩:把地涂黑,把地涂白)。

鰇 yǒu 〈文〉同"鳀"。鱼名。像鲈鱼。

懮 ㊀ yǒu 【懮受】〈文〉形容体态轻盈优美。
㊁ yōu 同"忧"。忧愁:伤余心之～～。

鐼 yǒu (又读 yóu)古代丧事中送给死者的玉。

鳘 yǒu 见 ào "鳘"(10页)。

yòu (㐅)

又 yòu ❶表示重复或继续:刚去了一趟,～要去了|文章改了一遍,～誊了一遍|野火烧不尽,春风吹～生。❷表示并

存:～白～胖|西瓜大～甜|子谓《韶》,尽美矣,～尽善也。❸表示反问语气:这点困难～算得了什么?|臣实不才,～谁敢怨?❹表示较强的否定语气:还客气什么,我～不是外人。❺表示申辩语气:我～不是小孩子,这点还不懂。❻表示转折或递进关系:心里有许多话,～不愿当面说出来|非徒无益,而～害之。❼表示整数之外再加小数或零数:四～三分之一|两个小时～四分。❽〈文〉右手。通作"右"。

右 yòu ❶面向南时靠西的一边(跟"左"相对,❷-❹同):～手|向～转|左邻～舍。❷古代指西边(以面向南为准):江～|山～(太行山以西,后特指山西)。❸〈文〉较高的位置或等级(古人以右为尊):无出其～|以相如功大,拜为上卿,位在廉颇之～。❹保守的或反动的:～倾|～翼|～社团。❺〈文〉崇尚;重视:～贤尚功|～文兴化(右文:崇尚文治)。❻〈文〉同"佑"。帮助;赞助:王～伯舆(伯舆:人名)。❼姓。

幼 yòu 〈文〉"幼"的讹字。幼小:～者形不蔽,老者体无温。

幼 [𢆴] yòu ❶年纪小;初生的:～儿|～芽|年～无知。❷小孩儿:妇～|扶老携～|男女老～。❸〈文〉慈爱;爱护(幼童):～吾幼以及人之幼。

有 yòu 见 yǒu "有"(822页)。

佑 yòu ❶帮助;保护:～护|～助|保～。❷〈文〉福:斯诚国家福～。❸姓。

疢 yòu 〈文〉头部颤动的病。

迶 yòu ❶〈文〉佑助。❷用于人名。

侑 yòu ❶〈文〉筵席上从旁助兴,劝人饮酒进食:～饮|～觞(劝人饮酒)|以乐(yuè)～食。❷〈文〉报答;酬谢:～以重币。

狖 yòu 同"狖"。鼬鼠:黄～(黄鼠狼)。

狋 yòu ❶〈文〉黑色的长尾猿:猿～鸣。❷〈文〉像狸的兽。

泑 yòu 见 yōu "泑"(819页)。

柚 □ yòu 见 yóu "柚"（820 页）。

迶 yòu ❶〈文〉行走的样子。❷用于人名。赵希迶，宋代人。

唖 yòu ❶〈文〉呕吐。❷〈文〉模拟呻吟的声音:便闻呻吟之声曰:"～,～,宜死。"

囿 □[蘛] yòu ❶〈文〉畜养禽兽的园子,四周有围墙:～苑|鹿～|文王之～方七十里。❷〈文〉局限;拘泥:于见闻|不为陈规陋习所～。❸〈文〉(文献典籍等)荟萃的地方:历观文～,泛览辞林。

軸 yòu 〈文〉黑眼眶的牛。

宥 □ yòu ❶〈文〉宽恕;饶恕:宽～|原～|赦过～罪|尚希见～。❷〈文〉通"祐(yòu)"。保佑:神若～之,传世无疆。

祐 yòu ❶〈文〉保佑,迷信的人指神灵帮助:自天～之。❷〈文〉辅助;帮助:周公～王。❸〈文〉福:善吏知奉公之～。❹姓。

诱 (誘)[羑] yòu ❶引导;劝导:～导|劝～|循循善～。❷用某种手段使上当或中计:～惑|引～|～敌深入|夫吴太宰嚭贪,可～以利。❸引发(某种后果);为…所引起:～发|～因|其余杂律诗,或～于一时一物,或发于一笑一吟,率然成章。

婗 yòu 〈文〉相助。

唀 yòu 〈文〉劝导;劝诱。

盉 yòu ❶〈文〉小盆。❷〈文〉舀水的器具:水～。

蚴 □ yòu 某些寄生蠕虫(如绦虫、血吸虫等)的幼体:毛～|尾～。

蕾 yòu 〈文〉草名。

锈 □ yòu 见 xiù "锈"(754 页)。

釉 □[䂊、砙] yòu 釉子,附着在陶瓷表面的薄层物质。将含石英、长石等的粉末的釉浆涂在半成品表面后烧成。有玻璃光泽,能增加陶瓷制品的光洁度、机械强度和绝缘性能。

貁 yòu ❶〈文〉鼬(yòu)鼠之类的动物。❷〈文〉同"狖"。一种黑色的长尾猿。

趙 yòu 〈文〉跑的样子。

醢 ⊖ yòu 〈文〉报答:报～。
⊜ hǎi 〈文〉通"醢(hǎi)"。肉酱:腐其骨肉,投之苦～。

頨[顑] yòu ❶〈文〉头部颤动的病。❷〈文〉颤动。

褏 见 xiù "褏"(754 页)。

誘 yòu ❶〈文〉同"诱"。引导;劝导。❷用于人名。赵与誘,宋代人。

鼬 □[鼩] yòu 哺乳动物。身体小而细长,毛有黄褐、棕、灰棕等颜色。四肢短小,尾巴较粗。吃鼠类等小动物。种类很多,如黄鼬(黄鼠狼)、香鼬、艾鼬(艾虎)等。

獈 yòu 〈文〉同"狖"。黑色的长尾猴。

檽 yòu 见 yóu "檽"(822 页)。

蘛 yòu 〈文〉草名。后作"蒏"。

---

yū (ㄩ)

迂 □[迃] yū ❶曲折;绕远:～回|～曲|惩山北之塞,出入之～也。❷过于拘泥,不切实际:～论|～腐|～阔|有是哉,子之～也!

扜 ⊖ yū ❶〈文〉拉(弓):～弓而射之。❷〈文〉指挥。
⊜ wū【扜零】汉代西域小宛国地名。

尳 yū 〈文〉大腿弯曲。

吁 □ yū 见 xū "吁"(754 页)。

纡 (紆) yū ❶〈文〉弯曲;曲折:～行|萦～|水潺潺而盘～。❷〈文〉系;结:～金佩紫(指地位显贵)。

於 □ yū 见 yú "於"(825 页)。

陓[洿、隖] yū【杨陓】古湖泽名。

Y

虶 yū 【蚨(fú)虶】〈文〉蚰蜒的别名。

紆 yū 〈文〉同"纡"。弯曲;曲折。

菸 yū 〈文〉枯萎:(瓜秧)~败。
另见 yān "烟"(773页)。

淤 [垽] yū ❶泥沙在水底沉积:~积|~了很多泥|河床快~平了。❷水底沉积的泥沙:河|清|少水时也,故使河流迟,贮~而稍浅。❸同"瘀"。血液凝滞;不流通:~滞|河道~塞。❹堵塞;不流通:~滞|河道~塞。

瘀 yū ❶血液凝滞的病:活血化~。❷郁积;积滞:~血|~气。

簒 yū 【篒(lín)簒】〈文〉竹名。也作"林簒"。

yú (ㄩˊ)

于 yú ❶介词。用在动词或形容词的后面。1.引入时间、处所或来源、起点等:生~清朝末年|毕业~山村小学|千里之行,始~足下。2.引入动作行为关涉的对象、方面等:嫁祸~人|求助~专家|献身~科学研究。3.引入原因、目的、目标等:安~现状|集中精力~生产建设。4.引入比较的对象:苛政猛~虎|霜叶红~二月花。5.引入动作行为的施事:受制~人|见笑~大方之家|臣诚恐见欺~王而负赵。❷介词。用在动词前面。1.表示时间,相当于"在":来函已~昨天收到。2.表示对象,相当于"对":形势~我们有利。3.表示范围,相当于"在":~不经意中发现一些重要线索。❸后缀。1.附着在动作义成分的后面:归~|属~|居~前列。2.附着在性状义成分的后面:急~|勇~|易~掌握。❹姓。

亏 yú 〈文〉介词。同"于"。在:秦项兵起,避地~此。

与 yú 见 yǔ "与"(828页)。

予 ㊀ yú 〈文〉我:~取~求(任意索取)|人莫~毒(没有人能伤害我)。
㊁ yǔ ❶给与;赐~|授~|~以协助|免~处分。❷赞许:怀恶而讨不义,君子不~也。

邘 yú ❶周代诸侯国名。故地在今河南沁阳西北。❷古邑名。在今山东。

伃 yú 【婕(jié)伃】同"婕妤"。汉代宫中女官名。

玗 yú 〈文〉像玉的美石。

玙 (璵) yú 〈文〉美玉。

扜 yú 〈文〉介词。同"於"。相当于"在":闻~前朝。

杅 ㊀ yú ❶〈文〉盛汤浆或食物的器具:盘~。❷〈文〉浴盆。
㊁ wū 【扜杅】〈文〉牵制;控制。

欤 (歟) yú 〈文〉助词。表示疑问或反问语气:公是何言~?|子非三闾大夫~?

余 (❶-❺❼△餘) yú ❶〈文〉剩下;多出来:~下|多~|富~人员|扣除各项支出,还~三千元。❷剩下的;残留的:~粮|~毒|~音绕梁|农有~粟,女有~布。❸多出来的部分:游刃有~|年年有~。❹某一事情或情况以外或以后的时间:业~|课~|工作之~。❺表示整数之外有零头,相当于"多":三十~人|一百~吨。❻〈文〉我:定心广志,余何所畏惧兮。❼〈文〉其余;此外:与父老约,法三章耳,杀人者死,伤人及盗抵罪。~悉除去秦法。❽姓。
"餘"另见 yú (828页)。

妤 yú 【婕(jié)妤】古代宫中女官名。

盂 yú 盛液体或饭食的敞口器具:痰~|钵~(古代僧人用的饭碗)|食朝夕饭一~、蔬一盘。

臾 [臾] yú 【须臾】〈文〉片刻;一会儿。

鱼 (魚)[鱼] yú 脊椎动物的一纲。种类非常多,身体通常侧扁,生活在水中,用鳃呼吸,用鳍游水,体温随外界温度变化而变化:~米之乡。

於 ㊀ yú ❶〈文〉在:君子无终食之间违仁,造次必~是,颠沛必~是(违:离开)。❷用于地名:~陵(古地名,在今山东...

邹平东南)|～潜(旧县名,在今浙江临安)。
❸旧同"于"。1. 用在动词或形容词的后面,引入时间、处所等;引入动作行为关涉的对象;引入原因、目的;引入比较的对象;引入动作行为的施事。2. 用在动词前面,表示时间、对象、范围等。

　　㊀ yū 姓。

　　㊁ wū ❶〈文〉叹词。表示感叹:～!慎其身修。❷【於戏(hū)】〈文〉同"呜呼"。表示叹息:～! 前王不忘。

衧[衧、袤]　yú 【诸衧】古代妇女穿的大袖外衣。

禺□ yú ❶古书上说的一种猴:(招摇之山)有兽焉,其状如～而白耳。❷用于地名:番(pān)～(在广东广州)。❸姓。

竽□ yú 古代管乐器。像笙而稍大,管数也较多:吹～鼓瑟|滥～充数。

俉　yú 见 wù"俉"(712 页)。

舁□ yú ❶〈文〉共举;抬(东西):～置其家。❷〈文〉装载;携带:呼妻子～金归之。❸〈文〉通"舆(yú)"。轿子:～人(轿夫)。

俞□ ㊀ yú ❶〈文〉答应;允许:上犹谦让而未～也。❷姓。

　　㊁ shù 〈文〉同"腧"。中医指穴位。

迂□ yú ❶〈文〉窗。❷用于人名。赵与迂,宋代人。

桙□ ㊀ yú 〈文〉同"杅"。盛汤浆或食物的器皿。

　　㊁ móu 用同"模(mú)"。形状;样子。用于古白话:此时一样,算来似天月。

輠□ yú 〈文〉同"舆"。车。用于人名。赵有輠,宋代人。

酑□ yú 〈文〉小饮。

猶□ yú 【犰(qiú)狳】哺乳动物。头、背、尾、四肢都有鳞片,腹部多毛,爪锐利,善掘土。昼伏夜出,吃昆虫、鸟卵等。产于南美等地。

誜□ (諛)　yú 〈文〉用言语奉承:～辞|阿(ē)～|谄(chǎn)～|灌夫为人刚直使酒,不好面～(使酒:发酒疯)。

娛□ yú ❶欢乐;快乐:～悦|欢～|耳目之～。❷〈文〉使快乐:～神|自～|以～

～嘉宾。

萸□ yú 【茱萸】落叶小乔木。香气辛烈,可入药。有山茱萸、吴茱萸、食茱萸三种:遥知兄弟登高处,遍插～少一人。

雩□ yú 同"雩"。古代祭神求雨的祭祀。

雩□ ㊀ yú ❶古代祭神求雨的祭祀:～祭|始元六年夏旱,大～。❷【雩都】旧地名。今作"于都"。在江西赣州。

　　㊁ yù 〈文〉虹的别名。

　　㊂ xū 【雩娄】古县名。故地在河南商城。

釪□ yú ❶【錞(chún)釪】〈文〉同"錞于"。一种古乐器,像钟。❷〈文〉同"盂"。钵盂,僧人盛饭食的器具。

渔□ (漁)[敔、澞、潒、戯]　yú ❶捕鱼:～业|～猎|竭泽而～|作结绳而为罔罟,以佃以～。❷谋取(不应得的东西):～利。❸〈文〉侵取;掠夺:侵～|隐下而～百姓(隐:蒙骗)。

隅□ yú ❶角落:城～|向～而泣|日出东南～,照我秦氏楼。❷靠近边沿的地方:海～。

𣸣□ yú 见 shù"㵹"(625 页)。

堣□ yú ❶【堣夷】1. 古地名。2. 后指日本:～不庭(不庭:不朝觐)。也作"嵎夷"。❷〈文〉同"隅"。角落:西北～。

㧪□ yú 〈文〉同"舁"。抬;举起:(看禾庐)两人可～。

堬□ yú 〈文〉坟:少昊之～。

揄□ yú ❶〈文〉引;挥动:～刀而剟美人|被发～袄(挥动衣袖)。❷〈文〉提出:使言之而非也,虽在卿相人君,～策于庙堂之上,未必可用。❸【揄扬】1.〈文〉赞扬;极口～。2.〈文〉宣扬:～大义。

軩□ yú 〈文〉輨(guǎn,车毂上的金属套)内环绕的柔软皮革。

楰□ yú 〈文〉树木名。即苦楸。也叫"鼠梓":北山有～。

喁□ yú 见 yóng"喁"(818 页)。

峿 yú ❶〈文〉山势弯曲险峻的地方：野有众逐虎，虎负～，莫之敢撄（撄：触犯）。❷〈文〉通"隅(yú)"。角落：惝怳回灵翰,息肩栖南～。

崳 yú ❶崳山，山名。一在湖南零陵，一在福建福鼎南部的海中。❷【昆崳】山名。在山东东部。

骬 yú【骬(hé)骬】〈文〉胸骨。

畬 yú 见 shē"畬"(603页)。

逾[㊀❶△*踰] ㊀ yú ❶超过；越过：～越|～期|辞寄清婉,有～平日。❷〈文〉更加；越发：～甚|～远|江碧鸟～白。
㊁ tōu 〈文〉通"偷(tōu)"。苟且：民乃～处(逾处:苟且偷安)。
"踰"另见 yáo(787页)。

腴[腴] yú ❶肥胖；丰满：丰～|色充肤～,不类囚徒。❷肥沃：沃～|膏～之地。

猶 yú【猶狁(róng)王】古代神话中的妖怪名。

渨 yú 渨水，水名。在河北南部，属滏阳河水系。也叫"沙河"。

渝 yú ❶改变(多指感情或态度)：始终不～|忠贞不～|俭约朴素,始终勿～。❷〈文〉违背：夏人～初盟。❸重庆的别称:成～铁路。

惆 yú ❶【惆惆】〈文〉恍惚的样子。❷〈文〉欢乐。

愉 ㊀ yú 快意；舒畅：～快|～悦|欢～|李公不～,吾何以居?
㊁ tōu 〈文〉通"偷(tōu)"。苟且;马虎:以俗教安,则民不～(用传统的习俗教人民安居,人民就不会苟且)。

婾 ㊀ yú 〈文〉通"愉(yú)"。安乐:内欣欣而自美兮,聊～娱以自乐。
㊁ tōu 〈文〉通"偷(tōu)"。苟且:烈士多悲心,小人～自闲。
另见 tōu"偷"(674页)。

瑜 yú ❶〈文〉美玉:怀瑾握～。❷〈文〉玉的光彩,比喻优点(跟"瑕"相对):瑕～互见|瑕不掩～。❸【瑜伽】印度的一种传统健身法。

榆 yú 榆树，落叶乔木。花有短梗,翅果倒卵形,叫"榆钱"。木材坚韧,可供建筑或制器具用:山有枢,隰(xí)有～。

虞 yú ❶〈文〉预料;猜测:不～之祸|～君之涉吾地也。❷忧虑;担心:衣食无～|无冻馁之～|今天下无～,百姓乐安。❸欺骗;欺诈:尔～我诈。❹〈文〉准备:以～待不～者胜。❺传说中上古朝代名。舜所建。❻周代诸侯国名。故地在今山西平陆东北。❼姓。

瞯 yú 用于人名。周瞯,汉代人。

愚 yú ❶傻;笨:～昧|大智若～|臣虽～,愿尽其忠。❷蒙蔽;玩弄:～弄|～民政策|于是废先王之道,燔百家之言,以～黔首(黔首:百姓)。❸谦辞。用于称自己或跟自己有关的事物:～兄|～见|～以为不可。❹姓。

输 yú 〈文〉黑牛。

腧 yú 〈文〉筑墙时用于两端的木板。

衒 yú 见 yá"衒"(770页)。

艅 yú【艅艎(huáng)】古代的一种大木船。也作"艅艎"。

甀 yú 〈文〉陶制的长颈瓶。

覦(覦) yú 〈文〉非分地希望或企图:民无～心|群凶觊(jì)～,分裂诸夏。

歈 yú 〈文〉歌;歌谣:日日歌吴～。

煴 yú 〈文〉暖:～岁(古代北京的习俗。于农历除夕、元旦燃柏枝等除秽取暖)。

蒚 yú 〈文〉药草名。即荏(rěn)。也叫"白苏"。

碙 yú 〈文〉像玉的美石:～石。

瞯 yú【瞯瞯】〈文〉形容谄媚讨好的眼神。

輿(舆) yú ❶众多;众人的:～论|～情|晋侯听～人之诵。❷地;疆域:～地(指大地)|～图。❸〈文〉车厢;

车:～马 | 出则乘～ | 舍～登舟。❹〈文〉轿子:肩～ | 彩～。

窬　□ yú　❶〈文〉门旁小户:筚门圭～。❷〈文〉通"逾(yú)"。翻越:穿～之盗(钻洞和跳墙偷窃的贼)。

褕　□ ⊖ yú　❶【褕翟】〈文〉一种画有雉尾的王后祭服;礼服。也作"褕狄"。❷〈文〉衣服华美:～衣甘食。
⊖ tóu　【裋(hóu)褕】〈文〉一种贴身穿的小袖衫。

蕍　yú　❶〈文〉药草。即泽泻。❷〈文〉花盛开的样子。

𦫫　yú　〈文〉丧车的装饰。

蝓　yú　【蝓(tūn)蝓】青蚨(fú)。传说中的一种飞虫。

蝓　□ yú　【蛞(kuò)蝓】软体动物。外形像蜗牛,没有壳,表面有黏液,爬行后留下银白色的条痕。生活在阴暗潮湿处。对瓜果、蔬菜等农作物有害。

餘　yú　姓。
另见 yú "余"(825 页)。

鮽　yú　鱼名。身体长,呈亚圆筒形,黄褐色。口大,吻尖,牙尖利,性凶猛,吃其他鱼类等水生动物。

羭　yú　❶〈文〉母羊。一说黑毛羊。❷〈文〉美好:攘～(掠美)。

趣　yú　❶〈文〉同"逾"。越进:超～(舞势如鸟的越进)。

䀪　yú　❶〈文〉双目皆白的劣马。❷〈文〉鱼:赤～白肚。

噢　yú　【嘘噢】〈文〉人力牵引重物时的号子声:牵石拖舟,则歌～。

廞　yú　【邪(yé)廞】〈文〉嘲笑;戏弄:众鬼来～。现作"揶揄"。

濾　yú　〈文〉丘陵之间的溪水。

闑　yú　〈文〉窥视:内怀窥(kuī)～(有所图谋)。

鍝　yú　〈文〉锯子。

螸　□ yú　〈文〉蜂类、螳虫等腹部肥腴下垂的样子:～然垂腴。

髃　□ yú　〈文〉肩前骨;肩头。

鶀　yú　【鶀(qí)鶀】传说中的一种怪鸟。

鯲　yú　〈文〉鱼名。

颰　yú　【颰(àn)颰】〈文〉飓风。

謣　⊖ yú　〈文〉虚夸;妄言:～言。
⊖ xū　【舆謣】〈文〉劳动号子:前呼～,后亦应之。

騟　yú　❶〈文〉紫色的马。❷〈文〉马名。

籅　yú　〈文〉喂牛用的圆筐。

旟　yú　❶古代的一种军旗,上面绘有鸟隼(sǔn)图案:旐～。❷〈文〉扬起;翘起:发则有～(头发自然扬起)。

趣　yú　〈文〉缓步行进的样子。

鷉　yú　传说中的怪鸟名。

轝　yú　❶〈文〉同"舆"。车子:邻有敝～。❷〈文〉对举;抬:二十人～之。

鯛　yú　〈文〉鱼名。即斑鱼。

騟　yú　〈文〉两眼毛色白的马。

轝　yú　❶〈文〉两人共举。❷〈文〉轿子。

鮺　yú　〈文〉二鱼。

騶　yú　【驺(zōu)騶】即驺虞。传说中的一种仁兽。

鱌　yú　【鱌鱌】〈文〉马行走的样子:驷牡～。

鷁　yú　【鸧鷁】传说中的九头怪鸟。

轝　yú　〈文〉同"舆"。车:(武王)入殷,未下～。

---

yǔ （ㄩˇ）

与　□（與）⊖ yǔ　❶表示并列或选择(连接词或短语):母～子 | 战争～和平 | 知可以战～不可以战者胜。❷引入动作行为有关的另一方:～民同乐 | 事

~愿违|执子之手,~子偕老。❸给予:人方便|~之璧,使行。❹〈文〉交往;亲近:~国(友邦)|可者~之,不可者拒之。❺〈文〉赞许;赞助:~人为善|天道无亲,常~善人。❻〈文〉等待:日月逝矣,岁不我~。

㈡ yù 参加:~会|参~|蹇(jiǎn)叔之子~师。

㈢ yú 〈文〉同"欤"。句末助词,表示疑问或不肯定:管仲非仁者~?

予 yǔ 见 yú "予"(825 页)。

屿(嶼) yǔ (旧读 xù)小岛:岛~|鼓浪~(在福建厦门)|悠悠清江水,水落沙~出。

伛(傴) yǔ ❶〈文〉背部弯曲:~偻(lǚ)(驼背)|其身短而~。❷弯(腰):~下腰|一命而偻(lǚ),再命而~,三命而俯。

宇 yǔ ❶屋檐,泛指房屋:屋~|楼~|列宅紫官里,飞~若云浮。❷〈文〉四方上下,总称空间:精微乎毫毛,而大盈乎大~(大宇:天地之间)。❸四境之内;天下:~内|寰~|振长策而御~内(御:控制)。❹仪容;风度:神~|眉~不凡|器~轩昂。❺姓。❻〖宇文〗复姓。

羽 yǔ ❶鸟类身上长的毛:~毛|~扇。❷鸟类的翅膀,也指昆虫的翅膀:~翼|振~|铩~(失意;失败)|鸿雁于飞,肃肃其~。❸〈文〉箭羽,也借指箭:平明寻白~,没在石棱中。❹量词。用于鸟,多指鸽子:一~信鸽。❺我国古代五声音阶的第五音级,相当于简谱的"6"。❻姓。

俞 yǔ 〈文〉"禹"的古字。

妪 yǔ 见 yù "妪"(831 页)。

雨 ㈠ yǔ 从云层中落向地面的水:暴~|风~交加|风~如晦,鸡鸣不已。

㈡ yù 〈文〉下;降落(雨、雪等):~雪霏霏|我公田,遂及我私。

㝢 yǔ 〈文〉同"宇"。屋檐;房屋:造作堂~。

邘 yǔ 汉代亭名。在今河南泌阳。

俣 yǔ ❶〈文〉大:弱龄而志~。❷〖俣俣〗〈文〉身材高大魁伟:硕人~。

禹 yǔ ❶夏朝的第一个君主。传说治理洪水有功。❷姓。

语(語) ㈠ yǔ ❶话:~言|汉~|口~|~执手相看泪眼,竟无~凝噎。❷说:低~|耳~|食不~,寝不言。❸〈文〉指谚语、俗语或成语等:~云:"少壮不努力,老大徒伤悲。"❹代替语言表达意思的动作或信号:手~|旗~|哑~。❺指诗、文或言语中的字词或句子:引~|~病|一~道破|语不惊人死不休。❻〈文〉比喻禽兽、昆虫等鸣叫:鸟~花香|壁下秋虫~。

㈡ yù 〈文〉告诉:不以~人|公~之故,且告之悔。

圄 yǔ 〖图(líng)圄〗〈文〉监牢:安国富民,使~空虚。

峿 yǔ 见 wú "峿"(709 页)。

俣 yǔ 〈文〉同"窳"。粗劣:器械苦~。

觚 yǔ 〈文〉瓜实多而根蔓弱;瓜实多。

裞 yǔ 〖袥(duì)裞〗汉代县名。在今陕西耀州一带。

㪉 yǔ 〈文〉击打。

敔 yǔ ❶〈文〉禁止。❷古代一种打击乐器。奏乐将结束时,击敔使停止:乐止则击~。

匬 yǔ 〖瓯(ōu)匬〗古代容器,可容十六斗。

圉 yǔ ❶〈文〉养马:~马于成(成:地名)。❷〈文〉养马的人:马有~,牛有牧(牧:养牛的人)。❸〈文〉边境:聊以固吾~。❹姓。

俼 yǔ 〖俼俼〗〈文〉独自行走的样子:~而独步。

郚 yǔ 周代诸侯国名。故地在今山东临沂。

庾 yǔ ❶〈文〉露天的堆谷处;谷仓:仓~。❷古代容量单位。一庾为十六斗。❸姓。

㒄 ㈠ yǔ 〈文〉草名。

㈡ jǔ ❶〈文〉通"矩(jǔ)"。曲尺。❷

姓。

铻 □ yǔ　见 wú "铻"（709 页）。

斞[斔] □ yǔ　❶古代量器名。❷〈文〉量度单位:漆三～。

貐 □ yǔ　【猰(yà)貐】传说中一种吃人的野兽。

庽 □ yǔ　〈文〉同"宇"。四方上下;空间的总称:大～。

瑀 □ yǔ　〈文〉像玉的石头:进退有度,琚(jū)～锵鸣。

楀 □ yǔ(又读 jǔ)　❶〈文〉树木名。❷姓。

偶 □ yǔ　【偶偶】〈文〉勇而无礼。

瘐 □ yǔ　〈文〉指因犯在监狱里因受刑、患病或冻饿而死:～毙|～死狱中。

瘐 □ yǔ　〈文〉懒惰:戒～惰。

霱 ㊀ yǔ　〈文〉同"羽"。羽毛:～翼。
㊁ yǔ　〈文〉模拟流水声。

殈 □ yǔ　〈文〉禽类以身体孵卵:羽生病于不～(羽:禽类动物)。

齬 □ yǔ　【龃(jǔ)齬】上下牙齿对不上,比喻抵触不合:又不通时事,而与世多～。

蝺 □ yǔ　见 qǔ "蝺"(566 页)。

窳 □ yǔ　❶〈文〉(器物质量)粗劣:～劣|～陋|东夷之陶者苦～,舜往陶焉,期(jī)年而器牢。❷〈文〉坏;败坏:～败|～敝。❸〈文〉懒惰:～惰|～怠。

頨 □ yǔ　❶〈文〉头形美好。❷〈文〉头顶中间低,四周高:～顶。

貆 □ yǔ　【貆(huán)貆】〈文〉豪猪的别名。

嘘 □ yǔ　【嘘嘘】〈文〉群兽相聚的样子:狐兔～。

齬 □ yǔ　【龃(jǔ)齬】〈文〉同"龃齬"。比喻抵触不合:倔强其骨髓,～著心胸。

貐 □ yǔ　【猰(yà)貐】传说中的野兽。像貙(chū),虎爪。

霱 □ yǔ　〈文〉下雨的样子。

愗[懙] □ yǔ　【愗愗】〈文〉快步走而安详的样子。

麌 □ yǔ　❶〈文〉雄性獐子。❷【麌麌】〈文〉兽群聚的样子:鹿之～。

鴅 □ yǔ　传说中的鸟名。即商羊:鹬飞则霜,～飞则雨。

藇 □ yǔ　古代一种捕鸟的设备。

鎃 □ yǔ　【鉏(jǔ)鎃】1.〈文〉同"鉏铻"。不相配合:圆凿而方枘兮,吾固知其～而难入。2.〈文〉同"鉏铻"。不安的样子。3.〈文〉同"鉏铻"。机具名。

yù （ㄩˋ）

与 □ yù　见 yǔ "与"(828 页)。

玉 □ yù　❶一类美石。质地坚韧、细腻,有光泽,不透明或半透明。可用来制装饰品或做雕刻材料:～器|～雕|美～|他山之石,可以攻～。❷比喻洁白、美丽:亭亭～立|琼楼～宇。❸比喻珍贵:金～良言。❹敬辞。用于称对方的身体、仪容、行动或其他有关的事物:～体|～照|～音。❺姓。

驭(馭) □ yù　❶驾驶车马;驾:～车|～马|王良、造父者,善服～者也。❷〈文〉控制;统率:～下无方|以简～繁|治国～民,调(tiáo)壹上下(调壹:统一;协调)。

芋 □ yù　❶多年生草本植物。叶子大,雄花黄色,雌花绿色,地下块茎椭圆形,可以吃。❷这种植物的块茎。‖通称"芋头"。也叫"芋艿"。❸泛指马铃薯、甘薯等植物:洋～|山～。

吁 □ yù　见 xū "吁"(754 页)。

聿 □ yù　❶〈文〉助词。用在句首或句中:～劳我心|岁～其莫。❷〈文〉笔。

昷 □ yù　〈文〉同"汩"。水流。

谷 □ yù　见 gǔ "谷"(215 页)。

饫 □ (飫)[飯、餗] yù ❶〈文〉饱食;饱:醉醺酕而～肥鲜|三年以来,未尝如此～饱。❷古代家族的私宴:饮酒之～。

汩 □ yù 见 gǔ "汩"(215页)。

忬 yù 迟疑不决。用于古白话:由由～～(犹犹豫豫)。

妪 (嫗) ⊖ yù ❶〈文〉年老的妇女:老～|～翁|即使更卒共抱大巫～投之河中。❷〈文〉泛指妇女:少～。
⊜ yù 〈文〉养育;抚育:～育。

弅 yù 〈文〉两手捧物。

抎 yù 〈文〉挖:先～其目。

雨 □ yù 见 yǔ "雨"(829页)。

郁 (❷-❹鬱)[欝、❷-❹*欎] yù ❶香气浓烈:～烈|浓～|馥～。❷(草木)茂盛;繁密:葱～|苍～|～彼北林。❸忧愁烦闷而不得发泄:～结|忧～|～舒~解闷|～～寡欢。❹香草名,即郁金香。❺[郁夷]古地名。在今陕西。❻姓。

欥 yù 〈文〉助词。用于句首。

育 ⊖ yù ❶生(孩子):～龄|生～|妇孕不～|生儿～女。❷养活;抚养:婴~保~|养～|～之恩|载生载～(载):助词)。❸饲养;培植:～雏(chú)|～种(zhǒng)|～秧|封山～林。❹教育;培养:教书～人|尊贤～才,以彰有德。❺指教育活动;培养人的工作:德～|智～|体～|美～。❻姓。
⊜ yō [杭育]模拟集体劳动唱号子时发出的呼喊声。

藋 yù 〈文〉一年生草本植物。也叫"藜、灰菜"。

昱 yù 〈文〉光明;明亮:焕焕～～,而夺人目精。

御 yù 〈文〉同"御"。治理:～九州。

狱 □ (獄) yù ❶监狱,监禁罪犯的地方:牢～|～出～|铟铛入～。❷诉讼;案件:～讼|断～|文字～|大小之～,虽不能察,必以情。

语 □ yù 见 yǔ "语"(829页)。

迠 yù ❶〈文〉行走的样子。❷用于人名。赵与迠,宋代人。

栯 yù 见 yǒu "栯"(822页)。

彧 yù ❶〈文〉有文采:其文～然。❷[彧彧]〈文〉茂盛的样子:黍稷～～。

砓 yù 〈石〉平齐的样子。

峪 [硲] yù 山谷。多用于地名:～口(在北京平谷)|马兰～(在河北遵化)|嘉～关市(在甘肃)。

钰 □ (鈺) yù 〈文〉珍宝。

狱 yù [独狱]传说中的兽名。

浴 □ yù 洗身;洗澡:沐～|洗～|蒸汽～|新沐者必弹冠,新～者必振衣。

预 □ (預) yù ❶事先:～兆|～备|～谋|早晚下三巴,～将书报家。❷〈文〉同"与"。参加:偶兹精庐近,数～名僧会。

域 □ [罭] yù ❶疆界,一定范围内的较大的地方:～外|疆～|夫兕虎有～,动静有时。❷泛指某种范围:音～|境～。

堉 □ yù 〈文〉肥沃的土地。

菁 yù 〈文〉草名。

菀 yù 见 wǎn "菀"(690页)。

鋡 yù 〈文〉同"域"。疆域。

雽 yù 见 yú "雽"(826页)。

嘟 yù [嗖(yāo)嘟]形容声音含糊不清。用于古白话:京城贩儿推货车行,叫卖～不可辨。

惥 □ ⊖ yù ❶〈文〉喜悦:悦～。❷〈文〉舒适,安宁:安～。❸〈文〉贪欲。
⊜ shū 〈文〉同"纾"。缓解:～疾。

欲 [❶*慾] yù ❶欲望，想得到某种东西或达到某种目的的要求：～念｜～情｜求知～｜利～熏心。❷想要；希望：～擒故纵｜～速则不达｜己所不～，勿施于人。❸〈文〉需要：胆～大而心～细。❹将要（表示动作就要开始）：东方～晓｜摇摇～坠｜山雨～来风满楼。

疿 yù 见 wěi "疿"（698 页）。

道 yù ❶〈文〉行走。❷用于人名。赵子道，宋代人。

衰 yù 〈文〉"衮（裕）"的讹字。增多：蕃～（蕃衍）。

阈（閾）yù ❶〈文〉门槛：门～｜立不中门，行不履～（履：踩）。❷界限；范围：界～｜视～｜听～｜痛～。

减 ⊖ yù ❶〈文〉急流。❷〈文〉同"恄"。悲伤的样子。❸【瀄减（zè）减】〈文〉水波动荡的样子。
　⊜ xù 〈文〉同"洫"。沟渠；护城河：沟～。

渹 yù 渹水，古水名。即今河南白河。发源于河南，流入湖北。

恄 yù 〈文〉痛心：恻～。

愉 yù 【愉儲（zhù）】〈文〉不高兴：违意则～怀嗔（嗔：生气）。

谕（諭）yù ❶告知（一般用于上级对下级或长辈对晚辈）；使了解：～知｜劝～｜～以大义。❷旧时指上级对下级的文告，指示：手～｜面～。❸〈文〉理解；明白：寡人～矣｜低头独长叹，此叹无人～。❹〈文〉特指皇帝的诏令：上～｜圣～｜～旨。

尉 yù 见 wèi "尉"（700 页）。

域 yù 用于人名。公孙域，东汉人。

棫 yù 〈文〉一种灌木。通称"白桵（ruí）"。

梄 yù 古代盛放酒樽和祭品的木盘。长方形，无足，大小不一。

歈 yù 〈文〉吹气。

遇 [遌] yù ❶相逢；不期而会：～难｜遭～｜相～｜公等～雨，皆已失期。❷对待：冷～｜礼～｜汉王～我甚厚。❸机会：机～｜～际｜凡治乱存亡，安危强弱，必有其～，然后可成。❹〈文〉得到信任和赏识：世以混浊莫能用，是以仲尼干七十余君无所～（干：求取）。

喅 yù 【喅喅】〈文〉声音繁杂。

喻 yù ❶明白；知晓：家～户晓｜不言而～｜君子～于义，小人～于利。❷同"喻"。告知；使了解：～以圣德｜今将～子五篇之诗。❸比方：比～｜暗～｜王好战，请以战～。❹姓。

奥 yù 见 ào "奥"（10 页）。

御 [❶禦] ⊖ yù ❶抵挡；抵抗：～敌｜防～｜毛可以～风寒。❷〈文〉同"驭"。驾驭（车马）：桓公田于泽，管仲～（田：打猎）。❸〈文〉掌控；治理：～下｜～众｜百官～事｜庸主安能以～一国之民？❹古代指与帝王有关的：～旨｜～赐｜～医｜～驾亲征。
　⊜ yà 〈文〉通"迓（yà）"。迎：之子于归，百两～之（百两：即百辆。形容车辆很多）。

鹆 （鵒）yù 鸲（qú）鹆，即八哥：孔子谓子夏曰："群～至，非中国之禽也。"

煜 yù 〈文〉同"煜"。照耀；明亮。

寓 [*庽] yù ❶寄居；居住：～居｜～所｜寄～｜黎侯～于卫。❷居住的处所：客～｜公～｜余欣然返～。❸寄托；隐含：～意｜～言｜～教于乐。

窬 yù 〈文〉同"愈"。越；更加。

裕 yù ❶丰饶；宽绰：富～｜宽～｜优～｜禽兽草木广～。❷〈文〉使富足：足国之道，节用～民。❸〈文〉宽宏：治边御众，威～兼行。❹姓。

粥 yù 见 zhōu "粥"（888 页）。

矞 ⊖ yù ❶〈文〉以锥穿物。❷〈文〉彩云：～云（象征祥瑞）。
　⊜ jué 〈文〉同"谲"。诡诈：～宇（怪异而变化无常）。
　⊜ xù 〈文〉惊惧的样子。

緈 yù〈文〉长的样子:～索(长索)。

萮 yù〈文〉山中长的野韭菜。

蕷(蕷) yù【薯(shǔ)蕷】多年生草本植物。茎蔓生,花白色,块茎圆柱形,可以吃,也可入药。俗称"山药"。

幂 yù【羃(shì)幂】1.〈文〉雨衣。2.〈文〉面衣,覆盖头面的巾帕。

罭 yù〈文〉捕小鱼的细孔网:网～。

愈 [瘉❶△*、*癒] yù ❶(病或伤口)治好;病～|痊～|昔日疾,今日～。❷〈文〉越;更加:～加|～战～勇|夫有功者必赏,则爵禄厚而～劝。❸〈文〉超过;胜过:彼～于此|以其己而信之。"瘉"另见 yù(833页)。

飓 yù ❶〈文〉大风。❷〈文〉风浪大:江海波涛～。

煜 yù ❶〈文〉照耀;明亮:日以～乎昼,月以～乎夜|团团出天外,～～上层峰(指太阳)。❷〈文〉火焰;火光。

灏(灏) yù【滟(yàn)灏堆】长江瞿塘峡口的巨石。1958年整治航道时被炸平。

誉(譽)[䜞] yù ❶好名声:名～|声～|信～|名不徒生,～不自长。❷称赞;表扬:赞～|过～|好面～人者,亦好背而毁之。

蔚 yù 见 wèi"蔚"(700页)。

遹 yù〈文〉同"御(禦)"。息止;禁止。

霸 yù 见 yǔ"霸"(830页)。

蜮 [蜮] yù 传说中的藏在水里能暗中含沙射人的动物:鬼～(比喻阴险的人)|水涉愁～射,林行忧虎猛。

蜻 yù ❶【蜻蚳(chí)】〈文〉蚰蜓的别名。❷【蝮蜻】〈文〉蝉的幼虫或蝉蜕。

蔚 yù【蔚㠥(lǜ)岭】海岛名。即广东湛江东南的东海岛。

鋮 yù〈文〉陶器。

毓 yù ❶〈文〉生养;养育:钟灵～秀|以蕃鸟兽,以～草木。❷〈文〉孕育;产生:黜则生怨,怨乱～灾。❸姓。

郁 yù 姓。

僪 yù 见 jú"僪"(337页)。

衙 yù〈文〉同"御(禦)"。抵抗:～侮。

貍 yù 见 mái"貍"(440页)。

瘉 yù〈文〉病;灾难:交相为～。另见 yù"愈"(833页)。

隩 yù 见 ào"隩"(10页)。

緎 yù ❶〈文〉羔裘的接缝;衣缝:裤～为裂。❷〈文〉量词。丝二十缕为緎。

绡 yù ❶〈文〉用青色经线和青白色纬线织成的帛。❷〈文〉育阳(在今河南)一带染织的丝织品。

瑀 yù【鸀(zhú)瑀】〈文〉水鸟名。外形似野鸭而大,羽毛呈紫绀色。

賣(賣) yù ❶〈文〉卖;贩贱～贵。也作"鬻"。❷〈文〉炫耀。

蔒 yù 见 ào"蔒"(10页)。

薊 yù【薊儿】古地名。在今浙江嘉兴。

噊 yù〈文〉诡诈。

儥 yù〈文〉同"愈(癒)"。病好:复饮药,…立～矣。

壆 ㊀ yù 水边。用于地名:马蹄～(在浙江)。㊁ ào 壆门,即澳门。

禦 yù〈文〉同"御(禦)"。抵挡;抵抗:～晋人,胜之。

鏅 yù ❶〈文〉用来钩举鼎耳和钩出炉炭的器具。❷〈文〉铜屑。❸〈文〉磨损;磨光。

餕 yù 古代家族的私宴:饮酒之～。通作"饫"。

湭 ㊀ yù〈文〉水涌出的样子:荡～。㊁ jué 湭水,古水名。

Y

熨 □ yù　见 yùn "熨"（844 页）。

遹 □ yù　❶〈文〉邪行；邪僻：偏颇回～。❷〈文〉遵循：～追先志。

豫 □ yù　❶〈文〉喜悦；快乐：面有不～之色｜夫子若有不～色然。❷〈文〉安乐；安逸：逸～可以亡身。❸〈文〉同"预"。预先；事先：宜令吏人～为其备。❹河南的别称：～剧。

蓣 yù　见 xù "蓣"（759 页）。

瞜 yù　〈文〉疾速的样子。

歍［鴥］ yù　〈文〉鸟疾飞的样子：～彼晨风（晨风：鸟名）。

銪 yù　【钨銪】〈文〉温器。俗称"汤罐"。

燠［噢］ □ yù　❶〈文〉温暖；热：～暑｜江南～热凉～得宜，时候无爽。❷〈文〉使温暖；使热：布帛～我。

焴 □ yù　〈文〉火光（多用于人名）。

鹹 yù　〈文〉有文采。通作"彧"。

儥 ㊀ yù　❶〈文〉卖：～慝（慝：tè，指劣质物品）。❷〈文〉买：卖～之事。
㊁ dí　〈文〉通"觌（dí）"。见；相见。

魆［覛］ yù　〈文〉鬼名。

鹬（鷸）yù　鸟名。喙和腿都很长，趾间无蹼。生活在水边，吃小鱼、昆虫和贝类等。种类较多，常见的有丘鹬、细嘴滨鹬：～蚌相争，渔人得利。

醧 ㊀ yù　❶〈文〉因尽私恩而请喝酒。❷〈文〉美酒。
㊁ ōu　〈文〉酒甘美。

蝹 yù　【蝹蟥】〈文〉金龟子。

黦 yù　〈文〉色黑。

稶 yù　【稶稶】〈文〉黍稷美好的样子。

籅 yù　〈文〉淘米的竹器。

礜 yù　❶【礜石】〈文〉一种性热含毒的矿石。也叫"毒砂"。❷【礜石汤】〈文〉温泉。

翻 yù　〈文〉飞的样子。

繘 yù　❶〈文〉汲取井水的绳子；绳索。❷〈文〉汲水：如渴～泉。

趏 yù　〈文〉狂奔。

橡 yù　〈文〉树木名。即枕（chén）木，与樟树相似而略小。

鄾 yù　〈文〉同"郁"。香气浓烈：馥～。

廥 yù　〈文〉兽名。似鹿而大。

駿 yù　〈文〉同"驭"。驾驭：迋～孔庶（迋：tú，步行者。孔庶：众多）。

蘛 yù　【蓲（fū）蘛】〈文〉花盛开的样子。

霱 yù　〈文〉瑞云（预示吉祥的彩云）。

黻 yù　〈文〉同"绒"。羔裘的接缝。

驪 yù　〈文〉疾风：～～（风急的样子）。

驕 yù　〈文〉股间或腿脚为白色的黑马。

鬻 □ ㊀ yù　〈文〉卖：～画｜卖儿～女｜卖官～爵。
㊁ zhōu　〈文〉同"粥"。稀饭：饭～糊口。

欝 yù　〈文〉同"郁（鬱）"。茂盛：眉～翠如青山之两崇。

籞［籄］ yù　❶〈文〉帝王的禁苑：台观池～。❷〈文〉在禁苑中畜养禽兽：～兽。❸〈文〉遮蔽。

鱊 yù　〈文〉鱼名。一种生活在淡水中的小型鱼类。

欝 yù　〈文〉同"郁（鬱）"。浓烈：早时～雾最芬芳。

鸒［鷠］ yù　【鸒斯】〈文〉鸟名。即寒鸦：～萬下飞。

廘 yù　〈文〉兽名。似鹿而大。

矕 yù　〈文〉郁金香草。通作"郁（鬱）"。

瀹 yù 〈文〉道家指精气凝结。

鬱 yù ❶〈文〉郁金香草。❷古郡名。在今广西桂平西。

虋 yù 〈文〉粥。

灪 yù 〈文〉形容水大浪高。

yuān（ㄩㄢ）

歾 yuān 见 yuàn "歾"（838页）。

夗 yuān ❶〈文〉孑孓（蚊子的幼虫）;小虫。后作"蜎"。❷〈文〉空。

囦 yuān 〈文〉同"渊"。深水潭。

身 □ yuān 见 shēn "身"（606页）。

鳶(鳶) yuān 老鹰:～飞戾天（戾:lì;至）。

帎 yuān ❶〈文〉头巾。❷【繙(fán)帎】〈文〉纷乱的样子。

宛 □ yuān 见 wǎn "宛"（689页）。

削 yuān ❶〈文〉挑取;剜。❷〈文〉甀或盆、瓮下面的孔。

智 □ yuān ❶〈文〉眼睛枯陷失明:目～血裂。❷〈文〉井枯无水:一井已～。

鴛(鴛) yuān 【鸳鸯(yāng)】鸟名。外形像野鸭而略小。雄的羽毛华丽。雌的较小,背部苍褐色。善游水,飞行能力很强。雌雄常成对生活在一起,文学作品中用来比喻情侣或夫妻。

悁 ⊖ yuān ❶〈文〉气愤:忿～。❷〈文〉忧郁:悲～。
⊜ juàn 〈文〉急躁:～急。

冤 [*寃、寃] yuān ❶受屈枉的事;被诬陷的罪名:～案|～狱|～白之。❷仇恨:～仇|～孽|往者不可悔,孤魂抱深～。❸上当;不合算:白去了一趟,真～!❹〈方〉欺骗:不许～人!

渊(淵) yuān ❶深水潭:深～|临～羡鱼|积水成～。❷深:～深|～博|人乎～泉而不濡（濡:沾湿）。❸〈文〉打漩的水:流水之审为～（审:pán,通"蟠"。盘曲）。❹姓。

涴 □ yuān 见 wò "涴"（706页）。

遄 yuān ❶〈文〉行走的样子。❷用于人名。由遄,宋代人。

痝 yuān ❶〈文〉疲劳。❷〈文〉(骨节等)酸痛。❸〈文〉忧郁:心～体烦。

窓 ⊖ yuān 〈文〉同"冤"。受屈枉的事。
⊜ wǎn 〈文〉孔小的样子:视其钻孔而～（钻孔:铠甲上穿线的孔）。

彌 yuān 〈文〉弓背的弯曲处。

菀 yuān 【棘(jí)菀】〈文〉药草。即远志。

蜎 □ yuān ❶〈文〉孑孓(jiéjué),蚊子的幼虫。❷【蜎蜎】〈文〉虫类爬行的样子:～者蠋,烝在桑野（蠋:zhú,野蚕。烝:助词）。

裷 ⊖ yuān 〈文〉巾帕:鸟至,因先以其～麾之（麾:huī,挥动）。
⊜ gǔn 〈文〉通"衮(gǔn)"。帝王、王公穿的绘有卷龙图案的礼服。

筤 □ yuān 【筤箕(jī)】〈方〉用竹篾等编成的盛东西的器具。也叫"筤筤"。

輓 ⊖ yuān 〈文〉大车的后压重物,以维护车的平衡。
⊜ yǔn 【輴(fén)輓】〈文〉攻城的兵车。

蝝 yuān 【蝝蜎(yuān)】〈文〉曲折深广的样子。

鳿 yuān 〈文〉同"鸢"。老鹰:云梯飞～。

戴 yuān 〈文〉同"鸢"。鸟名。俗称"鹞鹰"。

嫚 yuān 【嫚嫚】〈文〉柔美的样子。

鵷 yuān ❶【鵷鶵(chú)】传说中一种像凤凰的鸟。❷〈文〉同"鸳"。鸳鸯:并头湖上白莲,双飞花下红～。

鷾 yuān 同"鵷"。传说中凤凰一类的鸟。

齉 [齽、齾、齉] yuān 【齉齉】〈文〉模拟鼓声:~振云霄。

yuán (ㄩㄢˊ)

元 yuán ❶开头:~旦|~始|武创~基,文集大命。❷为首的;居第一位的:~首|~帅|~勋|~恶不待教而诛。❸主要的;基本的:~素(要素)|~气(指生命力)|~音。❹本原;要素:一~论|多~论。❺构成整体的一部分:单~|~件。❻〈文〉大:灼为暴虐,而~龟不占。❼〈文〉本来:死去~知万事空。❽〈文〉头:陨首丧~,必无二志。❾朝代名。1206—1368年,蒙古族孛儿只斤·铁木真(成吉思汗)建蒙古汗国,1271年其孙忽必烈定国号为元,1279年灭南宋。建都大都(今北京)。❿姓。

円 yuán ❶〈文〉同"圆"。圆形:(小船)底~弦平。❷日本货币单位。

祁 yuán 古地名。春秋时秦邑,在今陕西澄城。

芫 ㈠ yuán 【芫花】落叶灌木。花淡紫色,核果白色。供观赏,花蕾可入药。
㈡ yán 【芫荽(sui)】草本植物。羽状复叶,茎和叶有特殊香气,花白色,果实圆形。茎和叶用来调味,果实可做香料,也可入药。通称"香菜"。也叫"胡荽"。

园 (園)[菌] yuán ❶种植蔬菜、花草、树木的地方:菜~|花~|田~|~风光|入人~圃,窃其桃李。❷供人游览、娱乐的场所:公~|戏~|动物~|游乐~。❸墓地:陵~。

员 (員) ㈠ yuán ❶后缀。构成名词,指从事某种工作或学习的人;担任某种职务的人:演~|学~|指挥~|公务~。❷后缀。构成名词,指某个团体或组织中的成员:党~|会~|议~。❸〈文〉人员;名额:吏~自古史至丞相,十二万二百八十五人。❹周围;幅~(指领土面积)。❺量词。用于武将:一~大将|三~女将。❻〈文〉通"圆(yuán)"。圆形:不以规矩不能成方~。
㈡ yún ❶〈文〉句末助词:缟衣綦巾,聊乐我~。❷用于人名。伍员,即伍子胥,春秋时人。

沅 yuán 沅江,水名。发源于贵州,流入洞庭湖。

妧 ㈠ yuán 用于女子的名字。
㈡ wàn 〈文〉形容女子美好。

杬 ㈠ yuán ❶〈文〉树木名。❷〈文〉同"芫"。即芫花,一种落叶灌木。
㈡ yuàn 〈文〉砸东西时用的垫板。

垣 yuán ❶〈文〉矮墙,泛指墙:城~|颓~|残~断壁。❷星空区域名。古代天文学家将星空分为太微、紫微、天市三垣。❸〈文〉城池:省~(省城)。

爰 yuán ❶〈文〉承接前文,相当于"于是、就":弓矢斯张,干戈戚扬,~方启行。❷〈文〉表示疑问,相当于"哪里":~居~处? ❸〈文〉于此:乐土乐土,~得我所。❹〈文〉通"猿(yuán)"。猿猴:为人长~臂,其善射亦天性。❺姓。

袁 yuán 姓。

原 yuán ❶最初的;开始的:~始|~人|~生动物。❷本来的;没有改变的:~地|~价|~班人马|官复~职。❸未加工的:~油|~棉|~料|~稿。❹本来的样子:复~|还~。❺本来:~有两人,新增一人|我~打算周末去旅游。❻谅解;宽恕:~谅|情有可~。❼宽广而平坦的地方:~野|平~|草~|星火燎~。❽〈文〉水源:犹衣服之有冠冕,木水之有本~。后作"源"。❾〈文〉追究根源:~本穷末。❿姓。

蚖 ㈠ yuán ❶〈文〉蝾螈和蜥蜴类动物。❷〈文〉树木名。
㈡ wán 〈文〉毒蛇:~蛇。

圆 (圓) yuán ❶圆形,同一平面上从中心点到周边任何一点的距离完全相等的图形:~心|~周|花好月~|百工为方以矩,为~以规。❷形状像球的:滚~|滴溜儿~|乒乓球瘪了,不~了。❸圆满;周全:话说得不~|首尾~合,条贯统序。❹使圆满;成全:~场|~谎|~了老一代人的梦。❺(声音)婉转圆润:字正腔~。❻〈文〉天的代称:戴~履方(履:踩;踏。方:指地)。❼我国的本位货币单位。一圆等于十角。也作"元"。

笎 yuán ❶〈文〉竹名。❷篮子。用于古白话:菜～儿。

傆 yuán 〈文〉同"援"。一种攻城的器具。

鼋□(黿)[黿] yuán 鼋鱼,爬行动物。吻突很短,头部有小疣,体形较大,一般50—80厘米,生活在水中。是我国国家重点保护动物。也叫"癞头鼋"。

援□ yuán ❶〈文〉拉;用手牵引:攀～|～之以手|攀藤～枝,然后得上。❷帮助;救助:～助|救～|孤立无～。❸〈文〉拿过来;拿起来:～笔疾书|～枹(fú)而鼓(枹:鼓槌)。❹引用;引证:～引|～用|～古证今|有例可～。

郾 yuán 〈文〉同"原"。周诸侯国名,姬姓。初在今山西,后东迁至今河南。

喛 yuán 见huàn"喛"(268页)。

魭 yuán 〈文〉圆形糕点。

湲□ yuán 【潺(chán)湲】〈文〉水缓慢流动的样子:溪水～。

褑 yuán 见xuān"褑"(760页)。

媛□ yuán 见yuàn"媛"(838页)。

缘□(緣) yuán ❶原因:～由|～故|无～无故。❷缘分,人与人之间发生联系的可能性:姻～|有～|投～|下官奉使命,言谈大有～。❸衣服的边饰;边:边～|外～|周～|～广寸半。❹〈文〉攀缘:～壁攀崖|～木求鱼。❺〈文〉表示经过的路线,相当于"顺着":～溪行,忘路之远近。❻〈文〉表示原因,相当于"因为":～何出此下策?|不识庐山真面目,只～身在此山中。

塬□ yuán 我国西北黄土高原的一种地貌。周围因流水冲刷而形成沟壑,边缘陡峭,顶上平坦。

趄 yuán 【趄田】古时的一种田制。每年换田耕作。

蒝 yuán 〈文〉草木茎叶披散的样子。

楥 yuán ❶〈文〉树木名。即榉柳。❷〈文〉栅栏;篱笆:编竹成～。
另见xuàn"楦"(762页)。

猿□[*猨、*蝯、猭、猒、蝯] yuán 哺乳动物。外形像猴而大,没有颊囊和尾巴。生活在森林中。种类很多,有大猩猩、黑猩猩、猩猩和长臂猿等:～猴|虎啸～啼。

源□[驫] yuán ❶水源,水流开始流出的地方:发～|饮水思～|～远流长。❷来源,事物所从来的地方:货～|财～|兵～|能～。

嫄□ yuán 用于人名。姜嫄,传说是周朝祖先后稷的母亲。

騵□(騵) yuán 〈文〉赤毛白腹的马。

榬 yuán ❶古代绕丝的工具。❷〈文〉悬挂钟磬的架子。

榞 yuán 〈文〉树木名。

辕□(轅) yuán ❶车前驾牲口的直木。最初为一根曲木,在车前中间;后为两根直木,在车前两侧:～马|车～|驾～。❷〈文〉车:南～北辙|王病之,告令尹,改乘～而北之。

禐 yuán 见yuàn"禐"(838页)。

蝝 yuán ❶〈文〉未生翅的蝗虫幼虫:～蝗。❷〈文〉蚁卵;白蚁。

鼎 yuán 〈文〉同"员"。表示物的数量。

魭 ㊀ yuán ❶〈文〉鱼名。❷〈文〉通"鼋(yuán)"。鼋鱼。
㊁ wǎn 【魭断】〈文〉处世无棱角的样子。

褤 yuán 〈文〉长衣;衣衫:衫～。

橼□(櫞) yuán 【枸(jǔ)橼】常绿乔木。有短刺,花白色,果实长圆形,有香味,味酸,果皮可入药。也叫"香橼"。

螈□ yuán 【蝾(róng)螈】两栖动物。外形像蜥蜴,背黑色,腹红色。生活在水中,卵生。

圜□ yuán 见huán"圜"(266页)。

Y

羱 [羱] yuán 即北山羊，一种生活在高山地区的野羊。身体比家养山羊大，雌雄都有角，雄羊角大，向后弯曲。是我国国家重点保护动物。

諲 yuán 〈文〉缓慢平和地说话。

擽 yuán 〈文〉同"橼"。果名：枸～花。

鋺 yuán 用于人名。朱蕴鋺，明代人。

邍 yuán 〈文〉高而平坦的地形：高下～隰（隰：xí，低湿的地方）。通作"原"。

鶢 yuán 【鶢鶋(jū)】传说中的一种海鸟。也作"爰居"。

鯍 yuán 〈文〉鱼名。

鶰 yuán 〈文〉鸟名。长尾山雀类各种鸟的旧称，也专指银喉长尾山雀。

蠠 yuán 〈文〉原蚕，一年中孵化两次的蚕。也叫"晚蚕"：～蚕。

yuǎn （ㄩㄢˇ）

远 (遠) yuǎn ❶空间或时间的距离长（跟"近"相对）：～方｜～古｜遥～｜使民重死而不～徙｜且兵之所自来者～矣。❷血统关系不接近的；不亲近的：亲｜疏～｜～房叔叔。❸差别的程度大：差得～｜相去甚～｜古之圣人，其出人也～矣。❹不接近：敬而～之。❺〈文〉深奥：言近旨～。❻姓。

昄 yuǎn ❶〈文〉视；看。❷〈文〉形状乖劣。

詉 yuǎn 〈文〉安慰：以～我心。

蕿 yuǎn 见 wěi "蕿"（699页）。

鞔 yuǎn ❶〈文〉量物器具。❷〈文〉淘井取泥的器具。

yuàn （ㄩㄢˋ）

夗 ㊀ yuàn 〈文〉身体侧卧弯曲的样子。
㊁ yuàn 〈文〉同"鸳鸯"的"鸳"。
㊂ wǎn 【夗专】古代一种赌博游戏。

苑 yuàn ❶〈文〉畜养禽兽的园林：～囿｜御～｜鹿～。❷〈文〉(学术、文艺)荟萃的地方：文～｜翱翔乎艺～。❸姓。

杬 yuàn 见 yuán "杬"（836页）。

怨 yuàn ❶仇恨：～恨｜积～｜～声载道｜以德报～。❷不满；责怪：埋～｜～天尤人｜任劳任～｜～天者无识。

院 yuàn ❶院子，房屋周围用墙或栅栏等围起来的空地：～落｜庭～｜～里长着一棵梨树。❷某些机关、学校和公共场所的名称：法～｜学～｜医～｜科学～。❸古代某些官署名：都察～｜枢密～｜翰林～。❹姓。

垸 yuàn 〈方〉沿江沿湖地带修建的防水堤圩(wéi)：～子｜～堤。

衒 [衒] yuàn 【衒(háng)衒】1.金元时指妓院。2.妓女。3.〈文〉各种营生，也指从事各种营生的人。4.金元时指杂剧艺人的住所，也指杂剧艺人。‖也作"行院"。

掾 yuàn 古代官署属员的通称：～吏｜～属｜～狱（掌管监狱的属官）。

傆 yuàn 〈文〉狡黠。

媛 ㊀ yuàn 〈文〉美女：名～｜淑女。
㊁ yuán 【婵(chán)媛】1.〈文〉(姿态)美好。2.〈文〉牵连；相连：垂条～。3.〈文〉眷恋不舍：心～而伤怀。

瑗 yuàn 〈文〉孔大边小的璧：问士以璧，召人以～。

愿 (❶-❹願) yuàn ❶希望将来能达到的目的：～望｜心～｜夙～｜邂逅相遇，适我～兮（适：适合）。❷乐意，因符合自己的心思而同意：～意｜情～｜甘～｜自觉自～｜～为市鞍马，从此替爷征。❸愿心，祈求神佛时许下的酬谢：还～｜烧香许～。❹〈文〉仰慕；希望：～大王图之｜～上无与楚人争锋。❺〈文〉老实；谨慎：谨～｜诚～｜山民～朴。

褑 ㊀ yuàn 〈文〉衣襟上系佩物的带子。
㊁ yuán 〈文〉长衣：衫～。

篗 yuàn 见 huǎn "篗"（267页）。

餶 yuàn 〈文〉饱;厌腻:食而不～。

噮 yuàn 〈文〉过分甘甜:甘而不～。

飖 yuàn 【飖子】第二次簸扬出来的谷子。

衏 yuàn 用于地名:何～店(在浙江)。

顚[顚、顚] yuàn ❶〈文〉头顶。❷〈文〉通"愿(yuàn)"。意欲。

yuē(ㄩㄝ)

曰□ yuē ❶〈文〉说:其谁～不然|子～:"三人行,必有我师焉。"❷〈文〉称为;叫作:水注川～谿。❸〈文〉助词。用于句首、句中,没有实在意义:～归～归,岁亦莫止|嗟我妇子,～为改岁,入此室处。❹姓。

约□(約) ㊀ yuē ❶事先提出或商量(必须共同遵守的事):～定|预～|不～而同|怀王与诸将～曰:"先破秦入咸阳者王(wàng)之。"❷事先说定的事;共同订立的条款:条～|契～|失～|相如度秦王虽斋,决负～不偿城(相如:人名)。❸邀请:～请|邀～|特～代表|～他来中国考察。❹缠束;束缚:～束|制～|博我以文,～我以礼|皓腕～金环。❺节俭;俭省:节～|俭～。❻简单;简要:简～|由博返～|此言～而明。❼〈文〉穷困:不仁者不可以久处～,不可以长处乐。❽表示对数量或情况的大体估计:～计|大～|全长～2 000 米。

㊁ yāo 用秤称重量:～点ㄦ饼干|～一～体重。

篗 yuē 【篗䍐(lüè)】〈文〉渔网。

晵 yuē 〈文〉眼睛深陷的样子。

箹 yuē 古代一种小的管乐器。

篗 yuē 〈文〉尺度;标准:矩～(矩:规矩)。

彟□(彠) yuē(又读 huò)〈文〉尺度;标准:～矩(法则)。

yuě(ㄩㄝˇ)

哕□(噦) ㊀ yuě ❶呕吐:刚吃下的药又都～出来了。❷模拟呕吐时嘴里发出的声音:～的一声,吐了一地。

㊁ huì 【哕哕】1.〈文〉模拟有节奏的铃声:銮声～。2.〈文〉模拟鸟叫的声音:安得相从游,终日鸣～。

yuè(ㄩㄝˋ)

月□ yuè ❶月亮;月球:～光|～明星稀。❷〈文〉月色;月光:落～满屋梁|晨兴理荒秽,带～荷锄归。❸时间单位。一年分为十二个月(农历有的年有闰月,一年为十三个月):元～|腊～|阳春三～|这项工程用了十个～。❹按月的:～刊|～薪|～产量。❺姓。

戉 yuè 古代兵器。形状像大斧。后作"钺"。

乐□ yuè 见 lè "乐"(387 页)。

岀 yuè 〈文〉崖岸上耸的样子。

刖□ yuè 古代酷刑。把脚砍掉:昔卞和献宝,楚王～之。

汋□ yuè 见 zhuó "汋"(902 页)。

抈 ㊀ yuè 〈文〉折断:车轴折,其衡～。

㊁ wù 〈文〉通"扤(wù)"。动摇:撼之不～。

軏□(軏)[軏] yuè 古代车辕前端与横木连接处的销钉:车～。

礿[禴] yuè 〈文〉宗庙祭祀名。夏商两代称春祭为礿,周代称夏祭为礿:～祭。

妜 yuè 〈文〉眉目传情的样子。

玥□ yuè 传说中的神珠。

越 yuè 〈文〉逾越:杂而不～(虽然繁杂但各有界限)。通作"越"。

岳 □[①②*嶽] yuè ❶高大的山：山～|三山五～。❷特指五岳，即东岳泰山、西岳华山、南岳衡山、北岳恒山、中岳嵩山。❸称妻子的父母：～父|～母|～家(妻子的娘家)。❹姓。

栎 □ yuè 见 lì "栎"(397 页)。

钥 □(鑰)㊀yuè ❶〈文〉锁：门～|启～|一日案行府署，见一室局(jiōng)～甚固。❷〈文〉钥匙：锁～(锁和钥匙，比喻军事要地)|军械库～。
㊁yào [钥匙(shi)]开锁的用具。

说 □ yuè 见 shuō "说"(629 页)。

蚎 yuè [彭蚎]〈文〉一种小蟹。也作"蟛蚎"。

蚎 yuè [蟛(péng)蚎]〈文〉一种小蟹。也叫"蚎"。

哾 yuè [铜哾]〈文〉鱼名。

钺 □(鉞) yuè 古代兵器。形状像大斧：王左杖黄～(黄钺)|用黄金做装饰的钺。

阅 □(閲) yuè ❶看(文字)：～读|～卷(juàn)|～览室|可以调素琴，～金经。❷检阅，视察队伍：～兵|秋八月壬午大～。❸经历；经过：～历|～尽沧桑。❹姓。

悦 □ yuè ❶愉快；喜～|愉～|心～诚服|美于谈论，见者皆爱～之。❷使愉快：～耳|赏心～目。❸姓。

閲 yuè 〈文〉儿女。

跃 □(躍) yuè 跳：跳～|一～而过|鱼～于渊。

趹 [趹] yuè 同"刖"。古代酷刑，把脚砍掉：～人足。

鈌 yuè 〈文〉同"越"。超越。

絨 yuè ❶〈文〉有花纹可以做缘饰的织物。❷〈文〉车马饰。一名车马裙。

越 □ yuè ❶跨过；跳过：跨～|超～|翻山～岭。❷经过：～冬|穿～|攘(ráng)侯～韩魏而东攻齐。❸不按一般的次序；超出(范围)：～级|～权|僭(jiàn)～|～职逾法，以取名誉。❹昂扬：群情激～|其声清～长。❺〈文〉抢夺；劫取：杀人～货。❻〈文〉助词。用在句首，无实在意义：昔成王幼小，～在襁保。❼更加：宜覃宜笑～精神。❽周代诸侯国名。故地在今浙江东部，后扩展到今江苏、江西、安徽、山东一带。❾指浙江东部：～剧。❿姓。

趹 □ yuè ❶〈文〉单脚跳行。❷〈文〉快跑的样子。

粤 □ yuè ❶广东的别称：～剧|～菜|～语。❷古代民族名：使与百～杂处。❸〈文〉助词。用于句首、句中，无实义：～以戊辰之年。

窚 yuè 〈文〉深穿；穿透。

礿 yuè 〈文〉洁白的绢。

㸬 yuè 〈文〉白色牛。

雘 yuè 〈文〉围棋术语。棋心并四面各据中一子叫"势子"，称"五雘"。也作"岳"。

鹙 □(鸑) yuè [鹙鷟(zhuó)]1.〈文〉凤一类的鸟：～鸣于岐山。2.〈文〉一种水鸟。外形像鸭而大。

噦 yuè 呕吐。用于古白话：～了一床。

閲 yuè 见 fǔ "閲"(189 页)。

髻 yuè 见 kuò "髻"(375 页)。

樾 □ yuè 〈文〉树木枝叶遮住阳光所形成的阴影：林～|和风入～|三更歌吹罢，人影乱清～。

鹆 yuè 〈文〉鸟名：鹆(yù)～飞鸣。

蹍 yuè [蹡(niè)蹍]〈文〉同"跐蹍"。轻步急行。

曤 yuè 〈文〉勇武的样子：～哉是翁也。

頥 yuè [頥頥]〈文〉看相术语。也作"岳岳"。

龠 □ yuè ❶古代管乐器。用竹管编排制成，有三孔、六孔不等。❷古代容量单位。两龠等于一合(gě)。

蘥 yuè 菜名。叶像竹,生水旁。

蚎 yuè〈文〉一种小蟹。

鸑 yuè〈文〉水鸟名。

爍 yuè〈文〉美好:棠棠忠惠,令德孔～(孔:很)。

蘛 yuè〈文〉雀麦。一年生草本植物。可用作牧草,谷粒可作饲料。

甐 ⊖ yuè ❶〈文〉黑色而有斑纹。❷〈文〉黄黑色:画梁尘～。❸〈文〉出现污迹;玷污:泪沾红袖～。
   ⊜ yè〈文〉色泽变坏:耐久而不～。

逾 yuè ❶〈文〉远。❷用于人名。赵与逾,宋代人。

瀹[瀹] yuè ❶〈文〉烹煮:～茗(煮茶)。❷〈文〉疏通(河道):疏～|禹疏九河,～济、漯(tà)而注诸海(济、漯:水名)。

趨 yuè 见 tì "趨"(663 页)。

爚 yuè ❶〈文〉火光。❷〈文〉用火加热,也指用沸水煮:～汤。❸〈文〉有光彩;照耀:珠光～海。

藻 ⊖ yuè ❶古水名。在今河南泌阳。❷【湛藻】〈文〉水波翻动的样子。
   ⊜ shuò【勺藻】〈文〉形容热。

甐 yuè〈文〉同"甐"。黑色而有斑纹。

蟥 yuè【蜦(yì)蟥】〈文〉萤火虫:逐蟥甚蚔蜉,斗耀同～。

籥 yuè ❶古代儿童习字用的竹片。❷古代一种管乐器:左手执～。❸〈文〉鼓风吹火用的管子。❹〈文〉通"钥(yuè)"。锁钥:上～。

瀟 yuè ❶〈文〉同"瀹"。浸渍:～韭。❷〈文〉同"瀹"。洗濯:疏～而心(而:你)。

趫 yuè【趫(zhuō)趫】〈文〉行走的样子。

蹦 yuè ❶【跛蹦】〈文〉艰难地行走。❷〈文〉登。❸〈文〉踏。

黦 yuè 形容黑暗:黑～～的暗夜。

闠 yuè 古代门的直闩,穿过上面的横闩再插入地下的直木:关～。

簆[筬、篗、籆] yuè〈文〉纺织时缠绕丝的工具。

躦 yuè【躦讟(dú)】〈文〉怨谤:百姓～。

鸙 yuè【天鸙】〈文〉鸟名。即云雀。

鸑 yuè 把肉和菜放在沸水中稍煮即取出。

yūn（ㄩㄣ）

晕 yūn 见 yùn "晕"(843 页)。

涒 yūn 见 tūn "涒"(680 页)。

壹[壼] yūn【壹(yīn)壹】同"氤氲"。古人形容天地未分时元气混沌凝聚的样子:天地～。

蒀 yūn ❶〈文〉植物名。即万年青。❷〈文〉通"辒(yūn)"。车辒,用来堵塞道路的车轮。

缊 yūn 见 yùn "缊"(844 页)。

榅 yūn 见 wēn "榅"(702 页)。

辒 yūn 见 wēn "辒"(702 页)。

氲 yūn【氤(yīn)氲】〈文〉烟云弥漫的样子:云烟～。旧也作"烟煴"。

煴 ⊖ yūn ❶〈文〉微火;有烟无焰的火:～火。❷〈文〉温暖;暖和:狐貉虽～,不能热无气之人。❸【烟(yīn)煴】〈文〉同"氤氲"。烟云弥漫的样子。
   ⊜ yùn〈文〉同"熨"。用烙铁、熨斗等把衣物或布烫平。

頵(頵) yūn〈文〉头大的样子。

齋 yūn〈文〉水深广的样子;深广:～～如渊。

蝹 yūn 见 ǎo "蝹"(9 页)。

赟(赟) yūn〈文〉美好(多用于人名)。

Y

醞　⊖ yūn【醞醾(nún)】〈文〉香。
　　⊜ wò【醞醳(bó)】〈文〉香气浓郁：名香自～。

轀　yūn〈文〉同"輼"。作为填压堵塞用的车轮。

yún (ㄩㄣˊ)

云 (❶❹❺雲) yún ❶由细微水珠、冰晶聚集形成的在空中飘浮的物体：白～|～消雾散|～从龙,风从虎。❷〈文〉说：子曰诗～|人～亦～|不知所～。❸〈文〉助词。无实义：岁～暮矣|～谁之思,西方美人|盖大苏泛赤壁。❹比喻众多：仆从如～。❺云南的简称：～烟|～贵高原。❻姓。

匀 yún ❶均匀,分布在各部分的数量相同或大小、粗细、间隔等相等：～称(chèn)|颜色涂得不～|浓态意远淑且真,肌理细腻骨肉～。❷使均匀：这一份多,那一份少,得(děi)～一～。❸抽出;转让：出些时间辅导孩子|你要不用,就～给我吧。

邧 yún 周代诸侯国名。故地在今湖北安陆。

伝 yún 【伝伝】〈文〉形容不停地运行：魂犹～也,行不休于外也。

芸 (❷蕓) yún ❶【芸香】多年生草本植物。茎直立,叶子羽状分裂,花黄色,结蒴果。全草有香气,可入药。❷【芸薹(tái)】即油菜,一年生或二年生草本植物。茎直立,花黄色,结角果,种子可以榨油。❸【芸芸】众多的样子：万物～|～众生。❹通"耘(yún)"。除草：植其杖而～。

员 yún 见 yuán "员"(836页)。

園 yún 〈文〉回环旋转。

沄 (❷澐) yún ❶〈文〉水流汹涌回旋(常叠用)：流水兮～～。❷〈文〉江水的大波涛：涨涛涌～。

妘 yún 姓。

纭 (紜) yún 【纭纭】多而杂乱:纷纷～|机梭声札札,牛驴走～。

昀 yún 〈文〉日光。多用于人名。纪昀,清代人。

氪 yún 英国天文学家哈斯根设想存在于气体星云中的一种元素。

祍 yún 【祍祍】〈文〉同"芸芸"。众多的样子:夫物～,各复归于其根。

眃 ⊖ yún 【眃眃】〈文〉看不清楚的样子。
　　⊜ hùn 【眃眃】〈文〉疾速;疾视。

畇 yún ❶〈文〉开垦。❷【畇畇】1.〈文〉土地开垦的样子:～原隰(xí)。2.〈文〉平坦的样子:疆场～。

郧 yún 同"鄖"。古国名。

鄖 (郧) yún ❶周代诸侯国名。故地在今湖北安陆,一说在今湖北郧县。❷用于地名:～县|～西(都在湖北十堰)。

耘 [秐] yún 除去田地里的杂草:～田|耕～|今适南亩,或～或籽(适:往。籽:zǐ,给禾苗培土)。

珝 yún 〈文〉钟鼓声:琴瑟不锲,钟鼓不～。

涢 (涢) yún 涢水,水名。在湖北,是汉水的支流。

䢵 yún 同"鄖"。古国名。故地在今湖北。

筼 ⊖ yún 〈文〉竹子的青皮:蒲褥～席。后作"篔"。
　　⊜ xùn 〈文〉竹轿:～舆(舆:轿子)。
　　另见 sǔn "笋"(642页)。

篔 ⊖ yún ❶〈文〉竹子的青皮:其在人也,如竹箭之有～也。❷〈文〉竹子的别称:～筲|绿～|偏爱新～数十竿。
　　⊜ jūn 用于地名:～连(在四川宜宾)|～阳(在江西高安)|～山乡(在湖北阳新)。

簤 (簹) yún 【簤筜(dāng)】〈文〉生长在水边的大竹子,泛指竹子。

惲 yún 〈文〉忧愁的样子。

賱 yún 〈文〉多而乱的样子:纷～(即纷纭)。

煩 yún 〈文〉形容色黄:～黄。

Y

鋆□ yún 〈文〉金子(多用于人名,在人名中又读 jūn)。

緷□ yún 〈文〉射侯(古代行射礼用的靶子)上的纽襻,系射侯的绳子从中穿过。

yǔn (ㄩㄣˇ)

允□ yǔn ❶答应;许可:～许|～诺|应～|不～。❷公平;得当:公～|平～|赏罚～当(dàng)。❸〈文〉诚实;诚信:恭克让。❹姓。

阭□ yǔn【阭然】〈文〉高峻的样子。

扟□ yǔn ❶〈文〉丧失:失～。❷〈文〉敲击:钟鼓不～。❸〈文〉通"陨(yǔn)"。坠落:～坠。

峜□ yǔn ❶〈文〉大。❷【峜然】〈文〉高的样子。

犹□ yǔn【猃(xiǎn)犹】我国古代北方少数民族名。

陨□(隕)[磒] yǔn ❶坠落:～落|～石|星～如雨。❷〈文〉倒塌;毁坏:雷电下击,景公台～。

蒷□ yǔn 〈文〉草根。

蚖□ yǔn 〈文〉蚕卵。

殒□(殞) yǔn ❶〈文〉死亡:～身|～命。❷〈文〉通"陨(yǔn)"。坠落:列星～坠。

喗□ yǔn 〈文〉口大牙齿丑陋。

鈗□ yǔn 〈文〉侍臣手执的矛类兵器:执～。

愠□ yǔn 见 yùn "愠"(844 页)。

鞙□ yǔn 〈文〉前进;上进。

頯□ yǔn 〈文〉面目歪斜。

褞□ ㊀ yǔn 〈文〉用乱麻旧絮做填充物的袍子。
㊁ wēn【褞褐】〈文〉破旧的粗衣。

輼□ yǔn 见 yuān "輼"(835 页)。

霣□ yǔn ❶〈文〉通"陨(yǔn)"。坠落:星～如雨。❷〈文〉下垂:硕果～林梢。❸〈文〉下降;丧失:家声弗～。❹〈文〉通"殒(yǔn)"。死亡;灭亡:殷是以～,周是以兴。❺〈文〉雷雨。

齫□ yǔn 〈文〉同"齳"。没有牙齿的样子:～然而齿堕。

齳□ yǔn 〈文〉没有牙齿的样子:～然而齿堕。

yùn (ㄩㄣˋ)

孕□ yùn ❶怀胎:～育|～妇十月生子。❷胎;胎儿:身～|怀～|有～。❸包含;包裹:包～|～大含深。

运□(運) yùn ❶转动;运动:～行|～转|日月～行,一寒一暑。❷把物资或人从一个地方转移到另一个地方:～输|搬～|把砖瓦～走。❸使用:～用|～笔|～筹帷幄。❹运气,人的生死、福祸、贫富等遭遇:～道|命～|时来～转。

均□ yùn 见 jūn "均"(348 页)。

员□ yùn 见 yuán "员"(836 页)。

郓□(鄆) yùn 用于地名:～城(在山东菏泽)|～陈(在山东梁山)。

恽□(惲) yùn ❶〈文〉敦厚。❷姓。

晕□(暈) ㊀ yùn ❶日光或月光通过云层中的冰晶时因折射而形成的光圈:日～|月～。❷光影或色彩周围模糊的部分:墨～|红～|梦觉灯生～,宵残雨送凉。❸头发昏,周围物体好像在旋转,人有要跌倒的感觉:～车|～船|眩～。
㊁ yūn ❶头脑不清:头～|～头转向。❷昏迷,失去知觉:～厥|～倒在地|气得～了过去。

尉□ yùn 〈文〉同"熨(熨)"。用烙铁、熨斗等把衣物或布烫平。

菀□ yùn 见 wǎn "菀"(690 页)。

酝□(醞) yùn ❶〈文〉酿酒:～酒|春～夏成。❷〈文〉酒:良～|～陈～。

温 □ yùn 见 wēn "温"(702 页)。

愠 □ 〇 yùn 〈文〉恼怒;怨恨:～怒|面有～色|人不知而不～。

〇 yǔn 〈文〉郁结:南风之薰兮,可以解吾民之～兮。

缊（縕） □ 〇 yùn ❶〈文〉乱麻;旧丝絮:～袍|不衣帛,服麻～而已。❷〈文〉乱:齐桓之时～。❸〈文〉通"蕴(yùn)"。积聚;包藏:～畜。❹〈文〉通"蕴(yùn)"。深奥:～奥。

〇 yūn 【絪(yīn)缊】1.〈文〉天地阴阳二气交互作用的状态。2.〈文〉云烟弥漫的样子。

〇 wēn 〈文〉赤黄色。

韫（韞） □ yùn 〈文〉包含;藏:石～玉而山辉。

腪 □ yùn 〈文〉生长两个月的胚胎。

韵 □ [＊韻] yùn ❶和谐悦耳的声音:清～|雅～|琴～悠扬|松声竹～。❷诗文的押韵;押韵的字:～文|双声叠～|同声相应谓之～。❸情趣;意味:～味|少无适俗～。❹风度;气派:～致|风～。

煴 □ yùn 见 yūn "煴"(841 页)。

辉 □ yùn 见 hún "辉"(278 页)。

鸀 yùn 〈文〉鸤的别名:～自鸣。

蕴（蘊） □ yùn ❶〈文〉包含;蓄积:～含|～藏|～蓄。❷〈文〉事理深奥的地方:底～|精～。

瘨 yùn 〈文〉头晕眩病。

熨 □ 〇 yùn 用烙铁、熨斗等把衣物或布烫平:～烫|～衣服。

〇 yù 【熨帖(tiē)】1.贴切;恰当:他的文章,遣词用字无一不～。2.(心情)平静;安适:一番话说得他心里十分～。3.〈方〉(身体)舒服:劳累了一天,她感到身上不～。

緷 yùn 见 gǔn "緷"(229 页)。

媼 yùn 〈文〉同"孕"。怀孕。

覞 yùn ❶〈文〉外物广博众多,使人看上去眼花缭乱。❷姓。

餫 □ 〇 yùn ❶〈文〉运粮赠人:粮～不继。❷〈文〉运输:～夫。

〇 hún 【餫饨】即馄饨。一种面食。

臒 yùn 〈文〉同"孕"。怀孕:～三年,生子六人。

韗 [韝] yùn 古代制革造鼓的工匠。

Z

Z

扎□ zā 见 zhā "扎"(854 页)。

zā（ㄗㄚ）

扎□ zā 见 zhā "扎"(854 页)。

匝[*帀、帀] zā ❶〈文〉周；圈儿：绕树三～,何枝可依? ❷〈文〉环绕：长雾～高林|清渠～庭堂。❸〈文〉满；遍：～月(满一个月)|花开已～树|不～旬而得异石者二。

迊 zā 〈文〉同"帀"。遍；环绕：～岸水居皆有酒。

咂 zā ❶用嘴吸；吮：端起酒杯～了一口。❷舌尖抵住上腭发声：～嘴。❸仔细辨别(滋味、意思等)：～摸(mo)|～滋味。

拶[梭] ㊀ zā 〈文〉压紧；逼迫：遍|排～|～得一家无去处,跨溪结屋更清奇。
㊁ zǎn ❶拶指,旧时的酷刑,用拶子夹手指。❷拶子,旧时刑具,用绳子把五根小木棍穿在一起。行刑时,用它来夹住拇指以外的四个手指,然后收紧。

鉔[鉔] zā 〈文〉熏香用的金属器具。多为球形,中空,内置燃香：金～熏香。

噆 zā 见 cǎn "噆"(57 页)。

臘 zā 【腌(ā)臘】同"腌臢"。脏；不干净。用于古白话。

臢□ zā ❶【腌(ā)臢】1.〈方〉脏；不干净：这个地方真～。2.〈方〉别扭；不顺心：心里～极了|受了一肚子～气。3.〈方〉使难堪：别～人了。❷【腤(ān)臢】〈文〉肮脏；引人厌恶。

醋 zā 见 cáng "醋"(58 页)。

醶 zā 【腌(ā)醶】比喻所受的窝囊气。用于古白话：荆公晓得东坡受了些～,终惜其才。

魘 zā 【魘(yàn)魘】〈文〉腌臢；不洁。

zá（ㄗㄚˊ）

杂□(雜)[*襍、桼、雜、襍、藜] zá ❶多种多样的；不纯一：～技|复～|忽逢桃花林,夹岸数百步,中无～树。❷紊乱；纷乱：～乱|芜～|心～了念不进书去。❸正项以外的；正式的以外的：～项|～粮|苛捐～税。❹混合在一起：～凑|夹～|州间之会,男女～坐。

咱□ zá 见 zán "咱"(847 页)。

溠□ zá 溅；迸射。用于古白话：今山形自高而下,便以～出来模样。

砸□ zá ❶有力地撞击；重物落在物体上：～夯(hāng)|～核桃|冰雹～坏了庄稼。❷打破；捣毁：～烂|水缸～了|店铺被人～了。❸事情失败或失误：把事情弄～了|戏演～了|这次考试又～了。

擸 zá 【攦(là)擸】〈方〉邋遢；脏乱：～衫。

碟 zá 【碟碟(yè)】〈文〉山势高峻的样子：嵯峨～～。

嚌 zá 【嚌喋(zhá)】〈文〉水鸟或鱼类争食的样子。比喻费心贪求。

攤 zá 砸。用于古白话：把秃驴头～了还～。

薚 zá 〈文〉草帘：窗静常悬～。

嘈□ ㊀ zá 〈文〉多言；声音繁杂：声嘈～。㊁ zàn 〈文〉同"赞"。称颂；夸奖：～声好。

嗽□ ㊀ zá 【嘈(cáo)嗽】〈文〉声音杂乱喧闹：～晨鼓挝(挝zhuā,敲打)。㊁ yàn 【嗽哒(dā)】古国名。即嚈哒,故地在今新疆于田西。

Z

儸
趲 zá ❶〈文〉群鸟。❷〈文〉聚集:～集。

趲 zá【䫒(yá)趲】〈文〉物品残缺不齐的样子。

zǎ （ㄗㄚˇ）

咋 ㊀ zǎ 〈方〉怎么:这可～办? | 该～办就～办 | 不知是～回事。

㊁ zhā【咋呼(hu)】1.〈方〉吆喝;大声叫嚷:人都睡了,你～什么? 2.〈方〉吹嘘;张扬:刚有点儿成绩就到处～。

㊂ zé ❶〈文〉咬住,啃:～舌(形容惊讶、害怕,说不出话或不敢说话)|犬㹞～其骨。❷〈文〉大声呼叫:喧～。

嗻 zǎ 〈方〉同"咋"。怎么:～办 |～不去呢?

囃 zǎ 见 cǎ "囃"(54 页)。

zāi （ㄗㄞ）

扗 zāi 〈文〉伤害。

灾 [*災、*烖、△*菑、灾、燬]
zāi ❶(较大的)火灾;泛指严重的祸害:～难 | 天～人祸 | 大者曰～,小者曰火。❷不幸的遭遇:招～惹祸 | 没病没～ | 缘木求鱼,虽不得鱼,无后～。
"菑"另见 zī(906 页)。

扗 [衬] zāi 〈文〉同"灾"。灾害;灾难:此～乃生。

甾 zāi 见 zī "甾"(905 页)。

哉 zāi ❶〈文〉表示感叹语气,相当于"啊":壮～中华! | 呜呼哀～! | 大～,尧之为君! ❷〈文〉语气词,表示疑问或反问,相当于"吗、呢":何足道～? | 如此而已,岂有他～!

栽 [揂、械] zāi ❶种植;移植:～树 | 移～ | 山坡上～满了小树。❷硬给安上;强加:～赃 | 诬～ | 给他～了一个罪名。❸供移植的植物幼苗:花～ | 稻～ | 树～子。❹跌倒,也比喻受挫:

跟头 |～了一跤 | 这回他可～了。

渽 zāi 古水名。即今大渡河。

zǎi （ㄗㄞˇ）

仔 zǎi 见 zǐ "仔"(907 页)。

卟 zǎi 〈方〉量词。每一袋称一卟。

載 zǎi 见 zài "载"(847 页)。

宰 zǎi ❶主管;主持:主～ |～制万物。❷古代官名:～相 | 太～ | 桓公自莒反于齐,使鲍叔为～。❸杀(牲畜、家禽等):～杀 |～烹羊～牛。❹索取高价坑害(顾客):～客 |～人 | 你不砍价非换～不可。❺姓。

崽 zǎi ❶〈方〉儿子;小孩子:爷做工,～享福。❷〈方〉幼小的动物:狗～儿 | 猪～儿 | 一窝下了七个～儿。

欸 zǎi "崽"的俗字。用于人名。

臻 zǎi 〈文〉半聋。

zài （ㄗㄞ）

再 [*冄、*再]
zài ❶表示动作的重复或连续:学习,学习,～学习 | 我～通知一遍。❷表示追加或补充:桌上放着一张纸,一支笔,～就是一本词典 | 唱一首歌,～跳一个舞。❸表示次序:下了课～来 | 今天我没空,明天～讲 | 先调查清楚～下结论。❹表示假设、让步等:～拖下去就麻烦了 | 你～不小心一点儿,非出错儿不可 |～大的困难,也能克服。❺构成固定格式。1."再也不…"和"再也没(有)…",加强否定:～也不想见他了 |～也没有机会了。2."一…再…",表示重复或继续:一拖～拖 | 一换～换 | 一推～推。❻〈文〉两次;第二次:三年～旱 | 一鼓作气,～而衰,三而竭。

在 zài ❶生存;存在:～世 | 健～ | 父观其志,父没观其行。❷(人或事物)处于某个位置:～场 |～职 | 关关雎鸠,～河

之洲。❸属于(某个群体):～党|～旗|～教。❹取决于;决定于:贵～坚持|成败～此一举|山不～高,有仙则名;水不～深,有龙则灵。❺表示动作、行为或状态处在进行中或持续中:他～看书|时代～进步,社会～发展|这些年来,我一直～考虑这个问题。❻介词。引入跟动作行为有关的时间、处所。1. 用在动词前:会议～12 月中旬召开|子～齐闻《韶》。2. 用在动词后:站～大门口|发生～很久以前。❼介词。引入与相关行为有关的范围或条件:～工作中遇到了困难|～全体同人的努力下,终于取得了成功。❽介词。引入行为的主体:～我看来,这很正常|这点损失,～他真算不了什么。

载(載) ㊀ zài ❶用运输工具装:装～车～斗量|以～牛车,有棺无椁。❷〈文〉盛放:清酒既～|～肉于俎。❸〈文〉乘坐:使君谢罗敷,宁可共～不?(不,同"否")❹〈文〉负载;承受:水则～舟|君子以厚德～物。❺〈文〉充满(道路):荆棘～途|怨声～道。
㊁ zǎi ❶记录;刊登:记～|刊～|～入史册|本文～于杂志的创刊号。❷年:千～难逢|一年半～|京城一别,于今已有七～。

截[截] zài ❶〈文〉醋。❷〈文〉一种略带酸味的酒。

哉 zài 古国名。故地在今河南民权一带。

儎 zài ❶〈文〉车、船等运载的货物:卸～。现在写作"载"。❷〈方〉一只船载运的货物叫一儎。

廲[廲] zài 〈文〉同"载"。唐代武则天所造字。

縡 zài 〈文〉事情:上天之～。

zān (ㄗㄢ)

糌 zān 【糌粑(ba)】青稞麦炒熟后磨成的面粉。用酥油茶或青稞酒拌和,捏成小团吃。是藏族的主食。

臘 zān 〈文〉烹煮(鱼、肉等)。

簪 zān 见 cǎn "簪"(57 页)。

簪[*簪、先、篹] zān ❶簪子,用来别住发髻使不散乱的条形首饰:金～|玉～|白头搔更短,浑欲不胜～。❷插或戴在头发上:～金戴玉|头上～了朵绒花。

鐕 ㊀ zān 〈文〉钉子:牛骨～。 ㊁ qín 〈文〉通"鬵(qín)"。釜一类的炊具:铁～。

zán (ㄗㄢˊ)

咱[△*偺、*喒、*偺、*喒] ㊀ zán ❶总称说话人和听话人双方,相当于"咱们":～一起走|为～学校争光。❷〈方〉说话人称自己,相当于"我":你的话～听不明白。
㊁ zá【咱家】我。用于古白话:～,高力士。
㊂ zan 〈方〉"早晚"的合音,用在"这咱、那咱、多咱"里。
"偺"另见 jiù(334 页)。

zǎn (ㄗㄢˇ)

拶 zǎn 见 zā "拶"(845 页)。

朁 zǎn ❶我;我们。相当于"咱"。用于古白话。❷姓。

寁 zǎn 又读 jié 〈文〉迅速;快捷。

揝 ㊀ zǎn 〈文〉积聚:莫～眉头债。用同"攒"。
㊁ zuàn 同"攥"。紧握。用于古白话:～着拳头。

撍 zǎn 〈文〉插:～之以毛。用同"簪"。

攅(攒) ㊀ zǎn 积聚;积蓄:～钱|积～。
㊁ cuán ❶凑集;聚拢:～集|人头～动|几家人～了一笔钱。❷用现成的零件拼合组装:～自行车|这台电脑是自己～的。❸〈文〉停棺待葬:遗命择地～殡,俟军事宁,归葬陵园。

儹

儹 zǎn ❶聚集;积蓄:怨气心中~|~得黄金盛。❷赶快;急忙:勤耘稻,~栽秧。❸催促:擂鼓~工,不许懈怠。‖用于古白话。

趱

趱 (趲)[趲] zǎn ❶赶路;加快走:~路|星夜~行。❷催促;催逼:长江后浪催前浪,一辈新人~旧人。

zàn (ㄗㄢˋ)

暂

暂 (暫)[△*蹔] zàn ❶时间短:~时|短~|久~|昼长夜~。❷表示短时间内(多修饰单音节动词),相当于"暂时":~停|~缓执行|冰泉冷涩弦凝绝,凝绝不通声~歇。❸〈文〉突然;一下子:今夜闻君琵琶语,如听仙乐耳~明。
"蹔"另见 cán(57页)。

劖

劖 zàn 割。用于古白话:将他~头斩首。

嘶

嘶 zàn 〈文〉讥诮;调笑。

擎

擎 zàn 见 cán"擎"(56页)。

礸

礸 zàn 〈文〉弓弦;弦~。

鏨

鏨 (鏨) zàn ❶在金属或砖石上凿刻:~金|~花|殿有石函,长三丈,其上~鸟兽花草。❷凿刻金属或砖石的手工工具:~子|~刀。

赞

赞 (贊)[*賛、❷❸*讚] zàn ❶帮助;支持:~助|~成其行|欲引贤参~大业。❷称颂;夸奖:~扬|称~|王公每发言,众人竞~之。❸旧时一种文体,内容多为称颂:像~|《三国名臣序~》。❹〈文〉告诉:公子引侯生坐上坐,偏~宾客。

酂

酂 zàn ❶同"酇"。周代郊外地方组织单位,百家为酂。❷同"酇"。古县名。今湖北。

歃

歃 zàn 见 chù"歃"(93页)。

屒

屒 zàn ❶〈文〉用动物脂肪和稻米粉制成的粥状食品。❷〈方〉蘸;沾。

趏

趏 zàn 〈文〉前进。

趣

趣 zàn 见 jiàn"趣"(307页)。

嘈

嘈 zàn 【撒(sǎ)嘈】宋代小贩在酒楼向顾客兜售货物的一种方法。先向顾客逐一分送货品,然后收钱。也作"撒暂"。

鄼

鄼 (酇) ⊖ zàn ❶周代郊外地方组织单位,百家为酇。❷古代表演乐舞时舞者行位的标记:立表~以识之(识:zhì,做标记)。❸古县名。在今湖北。❹姓。
⊜ cuó 又读 cuán 【酇城】地名。在河南永城。

鏟

鏟 zàn 见 jiàn"鏟"(307页)。

瓒

瓒 (瓚) zàn ❶古代祭祀时用来舀酒的勺子,用玉做柄:玉~。❷〈文〉质地不纯的玉。

藗

藗 zàn 〈文〉切断的菖蒲根。可食用,也可入药。也作"歃(zàn)"。

囋

囋 zàn 见 zá"囋"(845页)。

讃

讃 zàn 〈文〉同"赞(讚)"。称颂;夸奖。

灒

灒 zàn 〈方〉溅:~了一身泥。

孅

孅 zàn 〈文〉皮肤白皙美好。

鬢

鬢 ⊖ zàn 〈文〉头发好而有光泽。
⊜ zuǎn 妇女梳在头后的发髻。用于古白话。

饡

饡 [饡] zàn ❶〈文〉以羹浇饭:~饭。❷〈方〉蘸。

zan (·ㄗㄢ)

咱

咱 zan 见 zán"咱"(847页)。

zāng (ㄗㄤ)

牂

牂 zāng 〈文〉木桩,特指系船的大木桩。

赃（臧）[賍、賍] zāng ❶贪污、受贿或盗窃等所得的财物:～款|栽～|贪～|～枉法。❷受贿:以～获罪。

牂 zāng 〈文〉同"牂"。母羊。

脏（⊖髒、臟）⊖ zāng 有尘土、汗渍、污垢等;不干净:～土|～衣服|屋里又～又乱。
⊜ zàng 内脏,体内器官的总称:～器|肾～|五～六腑。

牂 zāng ❶〈文〉母羊。❷【牂牂】〈文〉草木茂盛的样子:其叶～～。

湤 zāng 同"脏"。弄脏。用于古白话:～了手。

臧 ⊖ zāng ❶〈文〉善;好:何用不～?❷【臧否(pǐ)】1.〈文〉善恶;好坏:毁誉。2.〈文〉褒贬;评论:～人物。❸姓。
⊜ zàng 〈文〉内脏:吸新吐故以练～(练:锻炼)。后作"脏"。
⊜ cáng 〈文〉收藏;隐藏:天子～珠玉,诸侯～金石。后作"藏"。

壐 zāng 〈文〉善;好。用于人名。后作"臧"。

嚛 zāng 模拟狗叫声。用于古白话:把个狗端得～～~~成一团儿。

髒 zāng 〈文〉同"脏"。不干净。

zǎng （ㄗㄤˇ）

駔（駔）zǎng ❶〈文〉好马;壮马。❷〈文〉马匹交易的经纪人,也泛指经纪人:段干木,晋国之大～也,而为文侯师。

驡 zǎng 见 lóng "驡"(422 页)。

zàng （ㄗㄤˋ）

脏 zàng 见 zāng "脏"(849 页)。

牪 zàng 〈文〉同"奘"。壮大。多用于人名。玄牪,即玄奘。唐代高僧。

奘 zàng 见 zhuǎng "奘"(899 页)。

奘 zàng 〈文〉疯狂凶猛的狗。

葬[*塟、*塟、埋] zàng 掩埋死人,也指用其他方式处理尸体:～礼|埋～|火～|死者破家而～。

臧 zàng 见 zāng "臧"(849 页)。

藏 zàng 见 cáng "藏"(58 页)。

蠻 zàng 【蠻崔】〈文〉高而险的样子。

zāo （ㄗㄠ）

蹧 zāo ❶〈文〉同"糟"。酿酒剩下的渣子:～魄(即糟粕)。❷〈文〉未过滤的酒;酒:清～(清:过滤的酒)。

儥 ⊖ zāo 〈文〉同"遭"。终结;完结。
⊜ cáo 〈文〉通"嘈(cáo)"。杂乱:～响起(各种声音响起)。

墏 zāo 【埃(āi)墏】〈方〉扫除脏东西。

遭[遭] zāo ❶遇到;遭受:～遇|～灾|～先生于道|醉灯骑马归,颇～官长骂。❷量词。1.用于动作、行为的次数:走一～儿|头一～儿演讲。2.用于绕圈的次数:缠了三～儿|虚绕千万～。

熻 zāo ❶〈文〉烧焦的木头;木炭。❷〈文〉烧坏;损坏。

糟[⁵*蹧] zāo ❶酿酒剩下的渣子:～糠|～粕(pò)|酒～。❷用酒或酒糟腌制食物:～肉|～鱼|～豆腐。❸腐朽:～木头|布～了。❹糟糕;指事情或情况坏:～了,钥匙不见了|考试成绩很～|身体越来越～。

醩 zāo ❶〈文〉带滓的酒。通作"糟"。❷〈文〉酿酒剩下的渣子。通作"糟"。

齰 zāo 【齼(áo)齰】肮脏。用于古白话:如何容得这等～的在此住?

záo （ㄗㄠˊ）

凿（鑿）[鑿、鑿] záo ❶凿子,手工工具,长条形,

Z

前端有刃，锤击后端木柄用来挖槽或打孔：扁～｜斧～｜～，所以入木者，槌叩之也。❷打孔：～眼儿｜二之日～冰冲冲。❸挖掘：～井｜开～运河｜疏三江，～五湖。❹（旧读zuò）〈文〉卯眼，器物用凸凹方式相接处的凹进部分：方枘（ruì）圆～（榫头是方的，卯眼是圆的，两方面不相合，比喻格格不入）。❺（旧读 zuò）〈文〉明确；真实：确～｜言之～～。

鑿 záo 〈文〉同"凿"。打孔；挖：磴（dèng）本一片石，人～而磴之。

鏨 záo "凿"的讹字。开凿：～其山。

鑿 záo "鑿"的讹字。义同"凿"。打孔；挖掘。

zǎo （ㄗㄠˇ）

早□ zǎo ❶清晨；早晨：～饭｜清～｜明～相迎，书不尽怀。❷时间上靠前的：～期｜～稻｜天不～了，我该回去了。❸比一定的时间靠前：～婚｜～熟｜你来得比我～。❹强调事情的发生离现在已有一段时间：我们～知道了｜～就把饭做好了。❺姓。

枣□（棗） zǎo ❶枣树，落叶乔木。枝上有刺，花黄绿色。核果暗红色，味甜，可以吃。木材坚硬，可用来制车船、器具等。❷这种植物的果实：八月剥～（剥：pū，同"扑"。打）。

郢 zǎo 古地名。在今湖北。

蚤□［蚤、蟗］ zǎo ❶跳蚤，昆虫。黑褐色，没有翅膀，善于跳跃。吸食人畜血液，能传播疾病。❷通"早（zǎo）"。1.〈文〉早晨：王公大人～朝晏退。2.〈文〉时间上靠前的：旦日不可不～自来谢项王。

蚤 zǎo "蚤"的旧字形。

澡□ zǎo 见 sāo"澡"（590 页）。

璪 ㊀ zǎo 〈文〉像玉的石头。
㊁ suǒ 〈文〉通"锁（suǒ）"：铁～。

澡□ zǎo 〈文〉洗手，泛指洗：洗～｜～盆｜日三～漱，然后饮食｜以清水～之。

璪□ zǎo ❶古代刻有水藻花纹的玉制饰物。❷古代帝王冠冕前穿珠玉的五彩丝绳。

繅 zǎo 〈文〉车上的彩饰（一说青色车饰）。

藻□［藻］ zǎo ❶隐花植物的一大类。由单细胞或多细胞组成，绝大多数是水生的。主要有红藻、褐藻、绿藻、蓝藻等几种。❷文采；华丽的文辞：辞～｜华～繁缛｜不尚～饰。

鱢 zǎo 传说中的鱼名。

zào （ㄗㄠˋ）

皁 zào 〈文〉皁斗，即栎实，壳可以煮汁染黑色。后作"皂"。
另见 zào "皂"（850 页）。

皂□［△*皁］ zào ❶黑：～鞋｜不问青红～白｜执事者冠长冠，衣～单衣。❷古代奴隶的一个等级，后特指衙门里的差役：～隶。❸肥皂：香～｜浴～。
"皁"另见 zào（850 页）。

灶□（竈）［竃、竈］ zào ❶烧火做饭的设备，用砖、土坯等砌成。现在也指用金属等制成的灶具：炉～｜煤气～｜塞井夷～。❷借指厨房：～间｜下～。❸指灶神（灶王爷）：祭～｜送～｜与其媚于奥，宁媚于～（与其巴结房子西南角的奥神，宁可巴结灶神）。

草□ zào 见 cǎo "草"（59 页）。

埠 zào 〈方〉山坳。

唣□［*唕］ zào 【啰（luó）唣】吵闹寻事。用于古白话。

造□ zào ❶做；制作：～船｜仿～｜作大航，～河桥。❷编制；制订：～预算｜～花名册。❸虚构：～谣｜捏～。❹〈文〉前往；到：～访｜～门谢恩｜南～于山。❺达到（某种程度）：～诣（yì）。❻培养：深～｜～就。❼相对的两方面的人，特指诉讼双方：两～｜甲～。❽〈文〉始：万物所出，～于太

一,化于阴阳。❾姓。

枭 ㊀ zào 〈文〉鸟群鸣叫。通作"噪"。
㊁ qiāo 〈文〉同"锹"。挖土或铲东西的工具。

艁 zào 〈文〉制造:手～(亲手制造)。通作"造"。

愶 □ zào ❶〈文〉仓促;急忙:越王～然避位。❷[愶愶]〈文〉忠厚诚实的样子:～笃实之君子。

撡 zào 〈文〉搅拌:以手～饭。

燤 zào 〈文〉同"燥"。干燥:干～。

噪 [❷*譟] zào ❶虫鸟鸣叫:蝉～|鹊～|柴门鸟雀～,归客千里至。❷(许多人)大声叫嚷;喧哗吵闹:鼓～|聒～|呼～。❸(名声)广为传扬:名一时|声名大～。

篖 □ zào ❶〈文〉副:附属的:～室(指妾)。❷〈文〉汇集:英充～朝,贤武满世。

燥 [燥] zào 缺少水分或水分很少:干～|唇焦舌～|水流湿,火就～。

碏 zào 用于地名:～头、～口(都在江西)。

譜 zào 〈文〉(声音)嘈杂。

譖 zào 见 càn "譖"(57 页)。

趮 zào ❶〈文〉迅速:～疾。❷〈文〉急躁;躁动:～者不静。后作"躁"。

躁 □ zào 性急;不冷静:急～|动～|暴～|戒骄戒～|言未及之而言谓之～(不该说话却先说了叫作"躁")。

zé (ㄗㄜˊ)

则 □ (則) zé ❶规范;榜样:准～|以身作～。❷法度;规章:规～|法～|有典有～,贻厥子孙(贻:yí,留给)。❸〈文〉效法;学习:是～是效|～先贤之言行。❹量词。1. 用于内容完整的文字的条数:一～短评|两～新闻|几～日记。2. 用于事物细分的条目:总纲第一～|第一条共三～|这～有三款。❺〈文〉连词。1. 表示承接:

每当鼓乐齐奏,～翩翩而起舞|逢年过节,～游人如织。2. 表示转折:主意好～好,就是无法办到|黔无驴,有好事者船载以入。至～无可用,放之山下。3. 表示对比:有～改之,无～加勉|白天忙于杂务,晚上～埋头写作。4. 表示因果或事理上的联系:欲速～不达|兼听～明,偏信～暗|气体热～膨胀,冷～收缩。❻助词。用在"一、二(再)、三"等后面,表示列举原因或理由:这项工程必须延缓开工,一～技术论证不够充分,二～启动资金没有到位。❼〈文〉乃;就是:此～岳阳楼之大观也。

责 □ (責) ㊀ zé ❶分内有义务去做的事:～任|负～|崇高之位,忧重～深也。❷要求:(做成某件事或达到一定标准):～成|求全～备|己严,～人宽。❸质问;诘问:～问|～难|吾请为君～而之。❹批评;惩罚:～备|斥～|重～三十大板。
㊁ zhài 〈文〉欠别人的钱财:于是有卖田宅鬻(yù)子孙以偿～者矣。后作"债"。

择 □ (擇) ㊀ zé ❶挑选:～友|选～|～其善者而从之。❷〈文〉区别:此亦妄人也已矣,如此,则与禽兽奚～哉?
㊁ zhái 义同"择(zé)"。挑选。用于口语:～菜|～席(换个地方睡就睡不安稳)|～不开(分解不开;摆脱不开)。

咋 □ zé 见 zǎ "咋"(846 页)。

迮 □ zé ❶〈文〉狭窄:山道～狭。❷〈文〉逼迫:邻舍比里,共相压～。❸〈文〉阻塞:于是分兵～贼路,督诸将倍道进,遂援之。❹〈文〉压;榨:～取汁,如饴饧(táng)。❺姓。

臭 □ zé 见 gǎo "臭"(201 页)。

洐 zé 古水名。在今陕西。

泽 □ (澤) ㊀ zé ❶低洼有积水的地方:沼～|竭～而渔|深山大～,实生龙蛇。❷湿润:润～。❸〈文〉雨露;雨时至。❹恩惠:恩～|福～|被天下。❺金属、珠玉的光:光～|色～。❻〈文〉汗液;汗水:津～|手～(比喻先人的手迹或遗物)。
㊁ shì 〈文〉通"释(shì)"。分解;散开:

Z

冰有时以凝,有时以～。

柞□ zé 见zuò"柞"(918页)。

啧(嘖) zé ❶模拟咂嘴的声音:～～赞叹。❷〈文〉争着说:～有烦言(议论纷纷,抱怨责备)。

唶 zé 见jiè"唶"(322页)。

帻(幘) zé 古代包发(fà)的头巾:冠赤～,服绛衣。

崪 zé 古山名。在今山东济南一带。

筜□ zé 见zuó"筜"(917页)。

舴 zé【舴艋(měng)】〈文〉小船:只恐双溪～舟,载不动许多愁(双溪:水名)。

賾 zé〈文〉同"责"。要求;索求:不～自毕(毕:完成纳税)。

罜 zé 见yì"罜"(804页)。

筰 zé 见zuó"筰"(917页)。

鈼 zé 见zuò"鈼"(918页)。

濹 zé 见háo"濹"(241页)。

猎 zé 见cè"猎"(60页)。

簀(簀) zé〈文〉床席,用竹篾、芦苇等编成:睢详死,即卷以～,置厕中(睢:jū,范睢,人名。详:yáng,通"佯",假装)。

憤 zé〈文〉同"责"。责备:自～。

嬪 zé ❶〈文〉整齐。❷〈文〉美好。

賾(賾) zé〈文〉深奥;精微:探～索隐(探求深奥的道理,揭示隐秘的东西)。

骴[骴] zé〈文〉偏转:～耳。

譄 ㊀zé〈文〉大声。
㊁zhū〈文〉"诸"的讹字。相当于"之于":诘～外道(向外道之人辩难)。

罜 zé 见yì"罜"(805页)。

蹟 zé ❶〈文〉贫瘠。❷【蹟蹟】〈文〉洁净的样子:～之如雪。

獜 zé【白獜】传说中的神兽名。

蟰 zé〈文〉小而狭长的贝。

礰 zé【礰(lì)礰】〈文〉农具名。一种有齿的碾压农具。

讀 zé ❶〈文〉怒。❷〈文〉同"责"。责备。

襗 ㊀zé ❶〈文〉套裤。❷〈文〉贴身的内衣:内着～,次着袍。❸〈文〉衣服:寒不施～。
㊁yì〈文〉长袄。

蟰 zé【蝟(huá)蟰】〈文〉海边寄居的一种虫。形似蜘蛛,入空螺壳中,戴壳而游。

譄 zé〈文〉同"譄"。大声。

齚 zé〈文〉同"齰"。咬:饿犬～枯骨。

齰 ㊀zé〈文〉咬:～断其舌。
㊁zuò〈文〉通"凿(zuò)"。确实:贫富寿夭,～然在天。

鷃 zé ❶【鷃鹕(yú)】〈文〉鸟名。即护田鸟。❷【鷃鸸(fú)】〈文〉蝙蝠。

齸 zé ❶〈文〉上下牙齿整齐相对。❷〈文〉咬;啃:～舌。

zè　(ㄗㄜˋ)

矢 zè〈文〉倾侧着头。

仄[庂] zè ❶〈文〉偏斜;歪斜:～目|每旦视朝,日～乃罢。❷〈文〉狭窄:～狭|逼～|步～径,临清池。❸心里不安:歉～|愧～。❹仄声,古汉语四声中上、去、入三声的总称:～韵|平～。

沴 zè【潷(bì)沴】〈文〉水汹涌激荡的样子。

昃[昗、厢] zè〈文〉太阳西斜:日中则～,月盈则食(亏缺)。

侧 zè 见 cè "侧"（60页）。

崱[峋] zè【崱屴(lì)】1.〈文〉山势险峻的样子：超～（跨过险峻的高山）。2.〈文〉比喻参差不齐：豪鹰毛～。

溭 zè【溭淢(yù)】〈文〉水波动荡的样子。

zéi（ㄗㄟˊ）

贼（賊） zéi ❶偷东西的人：窃～｜做～心虚｜抓住了一个～。❷危害人民和国家的坏人：工～｜奸～｜独夫民～。❸邪恶的;不正派的：～心｜～眉鼠眼｜～头～脑。❹狡猾：老鼠真～｜这家伙～得很,要提防着点儿。❺〈文〉伤害：戕～｜是～天下之人者也。❻〈文〉杀人者;强盗：～二人得我,我幸皆杀之矣(幸:幸亏)。❼〈方〉很;十分：那儿的灯～亮｜这件衣服～贵。

贼 zéi ❶〈文〉毁坏。通作"贼"。❷〈文〉伤害。通作"贼"。❸〈文〉危害国家的人;害人的人。通作"贼"。

鲗（鰂）[鱡] zéi【乌鲗】即乌贼。软体动物,体囊内有墨汁,用来防敌。也叫"墨鱼、墨斗鱼"。

螷[蝛] zéi 〈文〉一种食苗节的害虫。通作"贼"。

zěn（ㄗㄣˇ）

瑝 zěn 〈文〉像玉的石头。

zěn（ㄗㄣˇ）

怎 zěn 代词。表示疑问,相当于"怎么"：你～这样瞿呢?｜三杯两盏淡酒,～敌他,晚来风急?

zèn（ㄗㄣˋ）

谮（譖） zèn 〈文〉诬陷;中伤：～毁｜～言(谗言)｜或～孔子于卫灵公(或:有人)。

谮 zèn "谮"的讹字。也用于人名。赵不谮,宋代人。

zēng（ㄗㄥ）

曾 ㊀ zēng ❶亲属关系相隔两代的：～祖｜～孙。❷〈文〉通"增(zēng)"。增加;增益：所以动心忍性,～益其所不能。❸姓。
㊁ céng ❶副词。表示行为或情况在过去发生,相当于"曾经"：他～学过俄语｜孟尝君～待客夜食。❷〈文〉副词。加强语气,相当于"竟然"：～不若孀妻弱子。

鄫 zēng ❶周代国名。姒姓。故地在今山东苍山。❷古地名。春秋郑地。在今河南睢县。❸古州名。隋代设置。在今山东枣庄。

增 ㊀ zēng ❶添加;加多：～加｜递～｜～重赋敛,刻剥百姓(刻剥:侵夺剥削)。❷姓。
㊁ céng 〈文〉通"层(céng)"。多层：～城九重,其高几里?

憎 zēng 痛恨;厌恶(wù)(跟"爱"相对)：～恨｜爱～分明｜爱而知其恶,～而知其善。

缯（繒） ㊀ zēng 〈文〉丝织品的统称：灌婴,睢阳贩～者也。
㊁ zèng 〈方〉捆;绑;扎：拿条绳子把麻袋口～上。

橧 ㊀ zēng 〈文〉用柴枝搭成的简陋住处：～巢。
㊁ céng 〈文〉猪睡的垫草;猪圈。

罾[燸] zēng 〈文〉把鱼放在竹筒里烘烤。

磳 zēng ❶〈文〉山崖。❷【磈(léng)磳】〈文〉石头不平整的样子。

罾 zēng ❶〈文〉用竹、木做支架的方形渔网：～何为兮木上?(木:树)❷〈文〉用罾捕捉：渔者～江湖之鱼。

矰 zēng ❶〈文〉一种系有丝绳的箭,用来射鸟：～矢且鸟高飞,以避～弋之害。❷〈文〉短箭:白羽之～。

翻 zēng 〈文〉高飞。

Z

譜 zēng 〈文〉言辞夸大。

zěng （ㄗㄥˇ）

赠 zěng 〈文〉水田。

zèng （ㄗㄥˋ）

综▢ zèng 见 zōng"综"(909页)。

锃（鋥）▢ zèng （器物经擦拭或打磨后）闪光耀眼：～亮｜～光瓦亮。

缯 zèng 见 zēng"缯"(853页)。

赠（贈）zèng ❶无偿地送给：～送｜捐～｜知子之来之，杂佩以之〈杂佩：连缀在一起的各种佩玉〉。❷古代指死后追封某种爵位：～太子太保。

甑 [䰝]▢ zèng ❶古代炊具。底部有许多小孔，放在鬲(lì)上蒸食物。古为陶制，商周时有青铜制。今指蒸饭用的木制桶状物：饭～｜陶人为～于大～中爆蒸。❷做蒸馏等用的器皿：曲颈～。

䰝 zèng 〈文〉大釜之类的炊具。

贈 zèng 【奸(gǎn)贈】〈文〉面部发黑的病。也作"黚(gǎn)贈"。

---

zhā （ㄓㄚ）

扎 ▢ [㊀❸㊂*紥、㊀❸㊂*紮] ㊀ zhā ❶刺：～针｜～花(刺绣)｜手让针～了一下。❷钻(进去)：～根｜～猛子｜兔子～进草丛里不见了。❸驻扎，军队在某地住下：～营｜安营～寨。

㊁ zhá 【扎挣(zheng)】〈方〉勉强支撑：摔得不轻，他～着从地上爬起来。

㊂ zā ❶捆；束：～辫子｜～稻草｜家家门前～起灯棚。❷〈方〉量词。用于捆在一起的东西：一～小葱｜两～韭菜｜一～绳子。

吒 ▢ zhā ❶用于神话传说中的人名，如金吒、木吒、哪(né)吒。❷用于地名：～祖村(在广西)。
另见 zhà"咤"(857页)。

呱 zhā 【呱(guā)呱】模拟鸟叫声。用于古白话：黄莺儿柳梢上日～。

挓 zhā 〈文〉取；夺：～格(格：扣押)。

咋 ▢ zhā 见 zǎ"咋"(846页)。

挓 ▢ zhā 【挓挲(sha)】〈方〉(手、头发、树枝等)张开；伸开：～着手｜吓得头发都～起来了。

查 ▢ zhā 见 chá"查"(63页)。

柤 ㊀ zhā ❶〈文〉木栅栏。❷〈文〉通"楂(zhā)"。山楂。❸〈文〉渣滓：泥沙污～。
㊁ zǔ 通"俎(zǔ)"。古代的祭器。
㊂ zū 春秋时地名。在今江苏。

夛 ▢ ㊀ zhā 用于地名：～山镇(在湖北武汉)。
㊁ zhà ❶〈方〉张开：～着头发｜衣服的下摆向外～着。❷〈方〉壮起(胆子)；勉强鼓起(勇气，精神)：～着胆子。
㊂ chǐ 〈文〉通"侈(chǐ)"。奢侈；放纵：攒珍宝之玩好，纷瑰丽以～靡。

喳 zhā 【嘲(zhāo)喳】声音杂乱细碎：秋蛩(qióng)寒蝉，吟噪～(蛩：蟋蟀)。

侤 zhā 〈方〉张开：～开一张包满饭颗的阔嘴。

揸 ▢ zhā ❶用手抓取：我也曾一鼓旗，抓将挟人。❷把手指伸张开：智深用手隔过，～开五指去那门子脸上只一掌。‖用于古白话。

喳 ▢ ㊀ zhā ❶【喳喳】模拟鸟雀叫的声音：麻雀～叫个不停。❷旧时仆役对主人的应诺声。❸姓。
㊁ chā 【喳喳】模拟低声说话的声音：哦哦～的谈话声马上静了下来。

渣 ▢ zhā ❶物品被提取精华后剩下的东西：～滓｜药～｜豆腐～。❷碎屑：面包～儿｜点心～子。❸姓。

楂 ⊖ zhā 【山楂】落叶乔木。叶子近卵形，花白色。果实球形，深红色，有小斑点，味酸，可以吃，也可入药。也指这种植物的果实：～梨橘柚，各有其美。
⊜ chá 旧同"茬"。庄稼收割后留在地里的茎和根：麦～儿。

揸 zhā 〈文〉用手从上向下抓取。

摣 zhā ❶〈文〉抓取；捕捉。❷同"揸"。把手指伸开张开：～开五指。

皻 zhā ❶同"齇"。痤疮(通称粉刺)：～刺。❷同"齇"。鼻子上长的小红斑。

蹩 zhā 〈文〉厚嘴唇。

劄 zhā 见 zhá"劄"(856页)。

瘥 zhā 酒糟鼻上的红斑：酒～鼻。

樝 zhā 〈文〉同"楂"。山楂。

戯 zhā 〈文〉量词。拇指与中指(或食指)伸展开的长度：阔只三～(阔：宽)。

觰 [觰] zhā ❶【觰拿】〈文〉兽名。❷〈文〉角的根部大，泛指大。❸〈文〉角向上张开；张开：～开。

戫 ⊖ zhā ❶〈文〉痤疮。通称粉刺。❷〈文〉同"齇"。鼻子上长的小红斑。
⊜ cū 〈文〉皮肤粗糙(cūn)裂。

諙 zhā ❶【諙拿】〈文〉言语不可解。❷【諙諯】〈文〉争吵怒骂：闻～声。

讁 zhā 见 jiē"讁"(317页)。

譇 zhā 【譇诇(ná)】〈文〉说的话不好懂：语言～。也作"諙(zhā)诇"。

鬈 zhā 【鬈鬖(suō)】〈文〉鬈发散乱的样子：短发～。

鑯 zhā 〈文〉嚼。

嚓 zhā 见 cà"嚓"(54页)。

齟 zhā 〈文〉同"齇"。牙齿不整齐。

齇 [齇、麤] zhā 鼻子上长的小红斑：～鼻(也叫"酒糟鼻")。

齬 ⊖ zhā 〈文〉牙齿不整齐。
⊜ jǔ 【齬齬(yǔ)】〈文〉同"龃龉"。上下牙齿对不齐。
⊜ chǔ 【齬齬】〈文〉多彩鲜明的样子。

齇 zhā 〈文〉通"摣(zhā)"。抓取；捕捉：豺狼竞来～挚。

zhá　(ㄓㄚˊ)

扎 zhá 见 zhā"扎"(854页)。

札 [❷❸△*劄、❷❸*剳] zhá ❶古代写字用的小木片：木～|上令尚书给笔～。❷书信；信件：书～|手～|遥怀具短～(怀：怀念。具：写)。❸札子，旧时的一种公文。❹〈文〉瘟疫；因瘟疫而死：土气和，亡(wú)～厉(厉：疠，疫病)。
"劄"另见 zhá(856页)。

轧 zhá 见 yà"轧"(771页)。

汛 zhá 【汛汛】〈文〉模拟水流声：～活(guō)活，水乃疾行。

闸 (閘)[*牐] zhá ❶控制水流的建筑，像门，可以开启或关闭：水～|船～|新导之河，必设诸～。❷用闸或其他东西把水截住：水沟里～着木板|水流得太急，怎么也～不住。❸制动器，使运输工具、机械等减速或停止运行的装置：车～|刹～|～不灵了，赶紧修。❹电闸，较大型的电源开关：合～|拉～|断～电。

炸 zhá 见 zhà"炸"(857页)。

剳 zhá 见 zhé"剳"(867页)。

蚻 zhá 〈文〉一种小蝉。

铡 (鍘)[鑕] zhá ❶铡刀，一种切草或切其他东西的器具：掌～|铜～|虎头～。❷用铡刀切：～草|～了点儿药材。

喋 zhá 见 dié"喋"(139页)。

活 zhá 〈文〉把食物放到沸水中煮一下即捞出。

Z

閘　zhá【閘閘(zhèng)】挣扎；勉强支持。用于古白话：李瓶儿还～着梳头洗脸。

牐　zhá〈文〉同"闸"。控制水流的建筑：堰～。

煤　zhá　见yè"煤"（792页）。

劄　㊀zhá【目劄】中医学名词。指儿童不停地眨眼的病。
㊁zhā　❶〈文〉刺：一个针～着便痛。❷驻扎：围绕～寨。
另见zhá"札"（855页）。

偺　zhá〈文〉因遇障碍而受阻：～即止。

趃　zhá〈文〉疾行：～来～去。

鶖　zhá〈文〉对部分杂色羽毛的潜水鸟或涉水鸟的别称：水～｜红腿～。

劗　zhá　❶〈文〉切断；铡断：今日～三人。❷铡刀。用于古白话：铜～。

鞈　zhá　见xiè"鞈"（746页）。

鰈　zhá　见dié"鰈"（140页）。

鞨　zhá【鞈(xiá)鞨】〈文〉花叶重叠、盛多的样子。也作"鞈鞨"。

鞈　zhá　见xiè"鞨"（746页）。

諮　zhá【諮諮(zhì)】〈文〉言语无条理：幸自非言，何须～。

zhǎ（ㄓㄚˇ）

厏　㊀zhǎ【厏厊(yǎ)】〈文〉不相合：与世事多～。
㊁zhǎi〈文〉同"窄"。狭窄。

苴　㊁zhǎ　见jū"苴"（334页）。

拃　zhǎ　❶张开大拇指和中指（或小指）量长度：用手～了～布面。❷张开手掌，大拇指和中指（或小指）两端之间的距离：这块缎子至少有三～宽。

苲　zhǎ【苲草】指金鱼藻、眼子菜等水生植物。

厏　㊀zhǎ【厏厊(yá)】〈文〉同"厏厊"。不相合：况今一病已到骨，兼与世事多～。

炸　㊀chá　榫头。

眨　zhǎ　眼皮很快地一合一开：～眼｜他眼睛一～不一～地看着窗外。

砟　㊀zhǎ　砟子，某些小而坚硬的块状物：焦～｜煤～｜道～（铁路路基上铺的石子）。
㊁zuò【砟硞(luò)】〈文〉山石不齐的样子：游君山，甚为真，磋魂～，尔自为神。

羡　zhǎ〈文〉束炭。

睞　zhǎ　见jié"睞"（319页）。

鮺　zhǎ（鮺）　❶腌制的鱼类食品：鱼～。❷茄子、扁豆等切碎后加米粉、面粉等，用盐和其他作料成的菜：茄子～｜扁豆～。

攃　zhǎ　见jié"攃"（319页）。

碴　zhǎ　见chá"碴"（63页）。

磛　㊀zhǎ　小而坚硬的块状物：～炭。用同"砟"。
㊁zhà　用于地名：大水～（在甘肃景泰）。

鮺　zhǎ（鮺）　❶同"鮺"。腌制的鱼类食品。❷用于地名：～草滩（在四川乐山五通桥区）。

翟　zhǎ　眨（眼）；眼睛很快地一开一闭。用于古白话：把眼～～。

鮺　zhǎ　"鮺"的讹字。腌鱼。

鲝[鮺、鮺]　zhǎ〈文〉同"鮺"。腌制的鱼类食品。

zhà（ㄓㄚˋ）

乍　zhà　❶刚刚；起初：初来～到｜一～看，像个男孩似的｜～暖还寒时候，最难将息。❷突然；忽然：山风～起｜今人乍见孺子将入于井。❸〈文〉有时：军～利～不利。❹颤动；战抖。用于古白话：直被你唬得人心慌胆～。❺姓。

炸　zhà【爆(bì)炸】模拟带壳的果实受热后发出的声音。

诈（詐）zhà ❶假装：～死｜～败｜～降｜将军纪信乃乘王驾，～为汉王,诳楚。❷欺骗：～骗｜欺～｜秦～我而又强要我以地。❸用假话试探,诱使对方说出真情:拿话～他｜一下子就把实话～出来了。

柞 zhà 见 zuò"柞"(918 页)。

栅 [*柵] ㊀ zhà ❶栅栏,用竹竿、木条、铁条等做成的类似篱笆的阻拦物:木～｜铁～｜乃遣千人于西县结木为～,广二十步,长四十里遮之。❷〈文〉营寨:高祖尽命众军分部甲卒…攻其水南二｜。
㊁ shān【栅极】多极电子管中位于阴极和阳极之间的一个电极,有控制极板电流强度、改变电子管性能等作用。通常采用细金属丝绕成栅状,所以叫"栅极"。

夆 zhà 见 zhā"夆"(854 页)。

咤 [△*吒] zhà【叱(chì)咤】怒喝:～风云(形容声势、威力很大)。
"吒"另见 zhā(854 页)。

炸 ㊀ zhà ❶(物体)突然破裂并常伴有响声:爆～｜暖水瓶～了｜玻璃板～开一道裂纹。❷用炸药、炸弹爆破:～毁｜～轰～｜把旧楼～掉装新的。❸突然激怒,大发脾气:把他气～了｜大伙儿一下子就～了。❹因受到惊扰而四处逃散:～营｜～窝｜马～群了。
㊁ zhá ❶烹饪方法。把食物放在沸油里使熟:～麻花｜把鱼～一下。❷〈方〉焯(chāo),把蔬菜放在沸水里略煮一下:把菠菜～一下再拌调料。

痄 zhà【痄腮】流行性腮腺炎。由腮腺炎病毒引起的呼吸道传染病,症状是腮腺肿胀、疼痛,同时伴有发热、头痛。

蚱 zhà【蚂(mà)蚱】同"蚂蚱"。蝗虫,用于古白话。

蚱 zhà ❶【蚱蜢(měng)】昆虫名。外形像蝗虫,后肢长,善于跳跃。吃稻叶,是农业害虫。❷【蚱蝉】昆虫名。体形最大的一种蝉,翅膀基部黑褐色。雄性腹部有发音器,声音尖锐。蝉蜕可入药。俗称"知了"。

窀 zhà【窀(zhú)窀】〈文〉物从孔穴中突出的样子。

蛇 zhà 〈文〉海蜇。

溠 zhà 溠水,水名。在湖北。

褯 zhà 〈文〉年终祭祀名。也作"蜡(zhà)"。

榨 [❶*搾] zhà ❶挤压出物体中的汁液:～油｜～甘蔗｜～花生。❷挤压出物体中汁液的器具:糖～｜酒酿新出～,鱼活旋离钩。

磜 zhà 见 zhǎ"磜"(856 页)。

蜡 zhà 见 là"蜡"(377 页)。

詐 zhà ❶〈文〉同"诈"。欺骗:谋～。❷〈文〉惭愧的言语。

雩 zhà ❶【雩雩】〈文〉雷鸣电闪的样子:～前溪白,苍苍后岭巍。❷雩溪,水名。在浙江北部。现在叫东苕溪。

醶 zhà ❶〈文〉榨酒:酒新今晚～。❷〈文〉榨酒的器具。

鲝 zhà 〈文〉水母。腔肠动物,多数外形像伞。

zha（·ㄓㄚ）

馇 zha 见 chā"馇"(62 页)。

zhāi（ㄓㄞ）

齐 zhāi 见 qí"齐"(531 页)。

侧 zhāi 见 cè"侧"(60 页)。

捼 zhāi ❶〈方〉用手掌托起;提:～只讨饭碗｜苗篮～水一场空。❷浸入沾上。用于古白话:～些盐。

斋（齋）[*亝、斎、斋、㪺、㸦] zhāi ❶在举行祭祀或典礼前沐浴更衣,戒除嗜欲(如不喝酒、不吃荤等),以表示虔诚和恭敬:～戒｜～禁｜初入太

庙，～七日。❷信仰佛教、道教的人所吃的素食：～饭|化～|吃～。❸向僧人、道人施舍饭食：行香之后，～僧一百人。❹房舍，特指书房、商店或学校宿舍：书|荣宝～|太学置八十～|宣帝诏将作造大～。

剺 zhāi　见 dì "剺"（132 页）。

摘 zhāi　〈文〉弦乐的一种弹奏指法。通作"摘"。

摘 zhāi　❶采；用手取下（植物的花、果、叶或戴着、挂着的东西）：～桃儿|～朵花儿|欢言酌春酒，～我园中蔬。❷选取：～要|～抄|寻章～句。❸临时借：东～西借。

椔 zhāi　〈文〉枯树根。

擿 zhāi　见 zhì "擿"（884 页）。

襬 zhāi　〈文〉同"斋"。斋戒：～絜（jié）沈祭（襬絜：斋戒）。

齋 zhāi　〈文〉咀嚼；啃咬：秋果正熟猴猿～。

zhái　（ㄓㄞˊ）

庀 ⊖ zhái　同"宅"。住所。
　　⊜ duó　同"度"。推测；估计；测～。

宅 zhái　❶住所：住～|家～|景公欲更晏子之～。❷〈文〉居住：～是镐京。❸〈文〉葬地：大夫卜～与葬日（卜：bǔ，选择）。

择 zhái　见 zé "择"（851 页）。

翟 zhái　见 dí "翟"（129 页）。

樺 ⊖ zhái　【樺棘（jí）】〈文〉树木名。木理细密。
　　⊜ tú　【於（wū）樺】同"於菟（tú）"。古代楚人称虎。

鸐 zhái　【鸐鶒（láo）】〈文〉鸟名。羽毛呈彩色。

轙 zhái　〈文〉刀把上的饰物。

zhǎi　（ㄓㄞˇ）

厏 zhǎi　见 zhǎ "厏"（856 页）。

窄 zhǎi　❶横的距离小（跟"宽"相对）：～小|狭～|院～难栽竹，墙高不见山。❷（心胸）不开阔；度量小：心眼儿～，老想不开。❸（生活）窘迫；不宽裕：～巴|人口多收入少，日子过得挺～。❹姓。

撑 zhǎi　【撑靸（sǎ）鞬（wēng）鞋】一种长筒皮靴。用于古白话。

铡 zhǎi　〈方〉指器皿或水果上的残缺损伤的痕迹：碗上有块～儿|这个苹果没～儿。

傄 zhǎi　【傰（jiě）傄】〈文〉强横的样子。

儑 zhǎi　【儑傰（jiě）】〈文〉同"牻獬（jiě）"。强横的样子。

牻 zhǎi　【牻獬（jiě）】〈文〉强横的样子。

zhài　（ㄓㄞˋ）

豸 zhài　见 zhì "豸"（880 页）。

责 zhài　见 zé "责"（851 页）。

柴 zhài　见 chái "柴"（65 页）。

债（債） zhài　欠别人的钱财：举～|～台高筑|孟尝君忧之，问左右："何人可使收～于薛者？"

砦 zhài　姓。
另见 zhài "寨"（858 页）。

祭 zhài　见 jì "祭"（293 页）。

郔 zhài　春秋时国名。故地在今河南郑州东北。

寨[△*砦] zhài　❶防守用的栅栏、障碍物等：木～|筑石～土堡于要隘。❷旧时驻兵的地方，营垒：营～|水～|时巴山陈定亦拥兵立～。❸旧时强盗聚居的地方：～主|压～夫人|明日叫小喽啰山～里扛一桶好油来与他点。❹寨子，四周有栅栏或围墙的村子：村～|苗～|边～。
"砦"另见 zhài（858 页）。

瘵 zhài　❶〈文〉病，多指肺结核：半截后，病～ji，夜嗽不能寝。❷〈文〉凋敝；

困顿:大军载草草,洞～满膏肓(草草:忧愁苦闷的样子)。

攃 zhài 〈方〉缝纫方法。把附加的东西缝到衣服上:～纽扣。

zhān（ㄓㄢ）

占 [⊖△*佔] ⊖ zhān ❶用龟甲、蓍(shī)草、铜钱、牙牌等预测吉凶:～卜|～课|命灵氛为余～之。❷姓。

⊖ zhàn ❶用强力或其他手段取得:～据|强～|～便宜。❷拥有;使用:公园～地一千多亩|开发新产品～了许多资金。❸处于;居于:～优势|～上风|没来的～半数。

"佔"另见 chān(65 页)。

沾 [*霑] zhān ❶打湿;浸湿:～润|汗出～背|天雨血～衣。❷浸染;因接触而被附着上:～染|伤口别～水|～了一身泥。❸稍微碰上或挨上:～边儿|脚不～地|头～枕头就睡着了。❹因有关系而得到(好处):～光|利益均～。

怗 zhān 见 tiē "怗"(668 页)。

毡 (氈) [*氊] zhān ❶毡子,用羊毛等压制而成的片状物,跟厚呢子或粗毯子相似:～垫|～帽|如坐针～。❷像毡子的建筑材料:油～(油毛毡)。

栴 [桪] zhān 【栴檀】〈文〉檀香,香木名:植～于江湄(湄:水边)。

旃 zhān ❶〈文〉一种曲柄的旗子,泛指旌旗:曲～。❷〈文〉"之焉"的合音。"之"是代词,"焉"是语气词:愿勉～,毋多谈。❸〈文〉同"毡"。用羊毛等压制而成的片状物:衣其皮革,被～裘。

蚺 zhān 【蚺蟖(sī)】〈文〉一种毛虫。也叫"杨瘌(là)子"。

飦 ⊖ zhān 〈文〉同"饘"。稠粥:～粥之食。

⊖ gān 〈文〉干饭:马不食府粟,狗不食～肉。

旝 zhān 〈文〉同"旃"。一种曲柄的旗子,泛指旌旗。

粘 ⊖ zhān ❶黏的东西互相连接或附着在别的物体上:～连|～了一手油漆|仰烽～落絮,行蚁上枯梨。❷用黏的东西把纸或其他东西连接起来:～贴|用糨糊把信封～上|鞋开胶了,～～还能穿。

⊖ nián ❶旧同"黏"。有黏性:秫性～而可酿酒。❷姓。

趈 zhān ❶〈文〉坐立不动的样子。❷〈文〉马疾行:～漫漫,路日远。

詀 zhān 见 chè "詀"(74 页)。

恀 zhān 【恀懘(chì)】1.〈文〉乐音不和谐:五音不乱,则无～之音矣。2.〈文〉破败的样子。3.〈文〉烦乱:～之情。

詹 zhān ❶【詹詹】〈文〉话多而琐碎的样子:小言～。❷姓。

谵 (譫) zhān 〈文〉说胡话,特指病中神志不清说胡话:～语|～呓|腹满身热,不欲食,～言。

蒼 zhān 【蒼棘(jí)】传说的一种植物。

嘡 zhān 〈文〉多言;争辩:～～(哓哓不休)。

袒 zhān 走;离开。用于古白话:湩沱河～了府判,柳花亭留下大姐。

饘 (饘) zhān ❶〈文〉稠粥,泛指稀饭:～粥之食。❷〈文〉用饭:野僧早饥不能～。

邅 zhān ❶〈文〉转(zhuǎn);改变方向:驾飞龙兮北征,～吾道兮洞庭。❷【迍(zhūn)邅】1.〈文〉形容走路艰难不进的样子:～途次。2.〈文〉处境困顿:～坎坷。‖也作"屯邅"。

饎 zhān 〈文〉同"饘"。稠粥。

瞻 zhān ❶向上看或向前看:～仰|高～远瞩|～彼日月,悠悠我思。❷姓。

餮 zhān 〈文〉同"饘"。稠粥。

鸇 (鸇) zhān 〈文〉一种猛禽,像鹞鹰:饥～。

瞻 zhān 见 dān "瞻"(118 页)。

氊 zhān 〈文〉一种纯赤色曲柄的旗。通作"旃(zhān)"。

糰 zhān 〈文〉同"饘"。稠粥。

邅 zhān 【趁邅】〈文〉行进艰难的样子。

鱣 zhān 〈文〉同"鹯"。一种猛禽。

鳣□(鱣) ㊀ zhān 〈文〉鲟鳇鱼。㊁ shàn 〈文〉同"鳝"。鳝鱼。

鸇 zhān 〈文〉同"鹯"。一种猛禽。

驙 ㊀ zhān ❶〈文〉马负重行难：乘马～如。❷〈文〉黑脊的白马。

㊁ zhàn 〈文〉同"驏"。马卧地上打滚。

䩞 zhān ❶〈文〉鬼名。❷旧时迷信活动中的符箓用字，以辟邪。

鬻 zhān 〈文〉同"饘"。稠粥。

鸇 zhān 〈文〉一种猛禽。

譫 zhān 〈文〉病中或梦中说胡话：～语｜～妄。

齻 zhān 【齻齺(zōu)】〈文〉有门牙无槽牙。

zhǎn (ㄓㄢˇ)

斩□(斬) zhǎn ❶砍；砍断：～首｜快刀～乱麻｜～木为兵，揭竿为旗。❷〈文〉断绝：君子之泽，五世而～(泽：遗风；影响)。

飐□(颭) zhǎn ❶〈文〉风吹物使颤动：惊风乱～芙蓉水。❷〈文〉摇动：自率数十人～大旂招之。

盏□(盞)[❶*琖、△*醆、盏] zhǎn ❶小杯子：酒～｜把～｜客喜而笑，洗～更酌。❷量词。用于灯、茶等：一～灯｜自采仙茗一～。

"醆"另见 zhǎn(860 页)。

展□ zhǎn ❶张开：～开｜伸～｜盗跖大怒，两～其足，案剑瞋目。❷扩大：扩～｜拓～｜尽是陛下开疆～土之臣。❸〈文〉放宽(期限)；(时间)推迟：～缓｜～限｜～期。❹展览，陈列出来供人观看：～出｜～销｜预～。❺展览的活动：书～｜画～｜菊花～。❻施展；发挥(能力等)：大～宏图｜一筹莫～｜各～所长。❼〈文〉诚实；确实：～矣君子，实劳我心(劳：牵念)。❽姓。

崭□(嶄)[*嶃] zhǎn ❶〈文〉高峻；突出：～然｜～露头角。❷表示程度深，相当于"很、非常"：～新。

㞡 zhǎn 〈文〉仔细察视：～察。通作"展"。

搌□ zhǎn (用松软、干燥的东西)轻轻擦拭或按压湿处，以吸去液体：～布(抹布)｜～了～眼角｜用药棉花～一～。

䍅 zhǎn 见 jiān "䍅"(301 页)。

榐 ㊀ zhǎn 〈文〉同"盏"。杯盏。㊁ zhèn 〈文〉树木名。

辗□(輾) ㊀ zhǎn 【辗转(zhuǎn)】1.(身体躺着)翻来覆去：～反侧｜～不眠。2. 经过许多人或很多地方：～相告｜～流传｜～各地。

㊁ niǎn 〈文〉同"碾"。轧；滚压：夜来城外一尺雪，晓驾炭车～冰辙。

䍉 zhǎn 【䍉䍉】1.〈文〉鸟迅猛搏击的样子：鹰隼～。2.〈文〉鸟急飞的样子：奋皓翅之～。

醆 zhǎn 〈文〉微清的浊酒：～酒｜醴～。另见 zhǎn "盏"(860 页)。

䞀 zhǎn 〈文〉浅而小的酒杯：饮酒尽百～。通作"盏"。

嫸 zhǎn ❶〈文〉插话。❷〈文〉嘲弄；耻笑。

榗 zhǎn 〈文〉树瘤；枯木。

䁪 zhǎn 〈方〉眨眼；眼皮开合。

蹍 zhǎn 见 niǎn "蹍"(486 页)。

嶃 zhǎn 〈文〉同"崭"。高峻：高～～。

䀹 zhǎn(旧读 niǎn)〈文〉同"蹍"。踏；踩住用力搓：足～地而为迹。

瞻 zhǎn 〈文〉视而不止。

䍥 zhǎn ❶旧时油灯的灯盘。❷炭挝(旧时一种用六棱形的铁棒做的器物)

Z

上的饰物。

黢 zhǎn　见 zhāo "黢"（864页）。

醶 zhǎn　〈文〉苦酒。

屡 zhǎn　〈文〉转动。通作"展"。

躔 zhǎn　【躳(guó)躔】〈文〉裸体：二童子忽～戏阶下。

鐣 zhǎn　〈文〉伐击。

鳡 zhǎn　〈文〉鱼名。

顩 zhǎn　〈文〉傲视别人。

黵 zhǎn　见 dǎn "黵"（119页）。

麕 zhǎn　〈文〉虫名。

zhàn （ㄓㄢˋ）

占 zhàn　见 zhān "占"（859页）。

栈（棧） zhàn　❶住宿旅客或储存货物的房屋：～房｜客～｜粮～。❷在悬崖峭壁上凿孔架木桩，铺上木板而成的路：～道千里，通于蜀汉。❸〈文〉养牲畜的竹木棚：马～。

战（戰） zhàn　❶战争：开～｜休～｜忘～必危，好～必亡。❷打仗：～斗｜征～｜以此众～，谁能御之？❸泛指激烈争斗、比赛：笔～｜论～｜舌～｜群儒｜棋手易地再～。❹发抖；哆嗦：～抖｜～栗｜羊质虎皮，见草而说，见豺而〔羊质虎皮〕羊披着虎皮。说：通"悦"。喜悦〕。❺姓。

站 zhàn　❶两脚着地，身体直立：～立｜～岗｜从座位上～起来。❷停下；等车～稳了再下。❸交通线上设置的停车地点：汽车～｜列车缓缓地进了～。❹为某种业务而设立的工作点：加油～｜气象～｜空间～。❹姓。

祖 zhàn　见 tǎn "祖"（652页）。

煁 zhàn　❶〈文〉齐整。❷用于人名。

绽（綻） zhàn　❶开裂：～开｜～放｜春色方盈野，枝枝～翠英。❷衣缝开裂：衣裳～裂。

組 zhàn　〈文〉缝补。后作"绽"。

跕 zhàn　见 tiē "跕"（668页）。

嵁 zhàn　见 kān "嵁"（353页）。

湛 (一)zhàn　❶深：深～｜精～｜～蓝的海水。❷清澈：清～｜澄～｜水木～华。❸姓。
(二)chén　〈文〉通"沉(chén)"。沉没：仄闻屈原兮，自～汨罗。
(三)dān　〈文〉通"耽(dān)"。喜乐；沉迷：夫卫灵公饮酒～乐，不听国家之政(听：过问；处理)。

綻 zhàn　❶〈文〉缝补：补～。❷〈文〉同"绽"。裂开：～漏。

蟴 zhàn　❶〈文〉马蟴，一种节肢动物。❷〈文〉一种蝉。

轏 zhàn　❶〈文〉一种卧车。❷〈文〉载灵柩的车。

榐 zhàn　〈文〉特别高的山：绝～岌岌。

虦[虦] zhàn　〈文〉毛不厚的虎。也叫"虦猫"。

靻 zhàn　【靻靻】〈文〉战栗恐惧。

襢 zhàn　〈文〉红色的细纱衣服。

襢 zhàn　〈文〉没有文彩；素雅：～衣。另见 tǎn "祖"（652页）。

鞯 zhàn　栈车，一种用竹木条编成的轻便车子：寝于～中。

鰬[鰬] zhàn　〈文〉鱼名。

颤 zhàn　见 chàn "颤"（69页）。

骥[骥] zhàn　〈文〉马卧地上打滚；动物打滚：犬有～草之恩。

蘸 zhàn　把东西放在液体、粉末或糊状物里沾一下：用毛巾～点儿水擦擦｜软

炸肉～花椒盐。

鏨 zhàn 〈文〉同"蝅"。一种蝉:鸣～。

黵 zhàn 见 zhān "黵"(860页)。

齴 zhàn ❶【齴骿(pián)】〈文〉牙齿长得不好。❷【齴齵(yǎn)】〈文〉牙齿不正,参差外露。

躜 zhàn 〈文〉行走;奔跑:手搏～兽。

鞲 zhàn 〈文〉衬在马鞍下的垫子:雕鞍花～驴子。

---

zhāng（坐尢）

张（張）⊖ zhāng ❶把弦安在弓上:既～我弓,既挟我矢。❷拉开弓:挟矢不敢～。❸打开,展开:～开|～大嘴|纲举目～。❹扩大;夸大:扩～|夸～|臣欲～公室也。❺紧:文武之道,一～一弛。❻陈设;铺排:～挂|～贴|～乐设饮,郊迎三十里。❼看;望:～望|～东～西望。❽(商店等)开始营业:开～|新～志喜。❾星宿名。二十八宿之一,属南方朱雀。❿量词。用于可以张开、闭拢或卷起的东西:一～嘴|一～纸。⓫量词。用于人脸或有平面的物体:一～笑脸|一～八仙桌。⓬量词。用于某些农具或乐器:一～犁|一～古筝。⓭姓。

⊜ zhàng 〈文〉通"胀(zhàng)"。身体内因充塞而难受:将食,～,如厕,陷而卒(陷:跌入粪坑)。

章 zhāng ❶诗文、乐曲的段落,也泛指诗文:篇～|乐(yuè)～|王乃为歌诗四～,令乐人歌之。❷条目;条款:约法三～。❸条理:杂乱无～|顺理成～。❹章程,规则或条例:规～|宪～|有～可循。❺戳记:印～|图～|签名盖～。❻佩戴在身上的标志物:徽～|勋～|领～。❼古代臣子向帝王进言的文书:奏～|本～|运筹画策,自具于～表。❽〈文〉花纹:舆服有～|永州之野产异蛇,黑质而白～。❾〈文〉明显;显著:或欲盖而名～。这个意义后来写作"彰"。❿姓。

傽 zhāng 【傽遑(huáng)】〈文〉惊慌失措的样子:败走～。

倰 zhāng 【侏(zhū)倰】〈文〉同"侏张"。强横跋扈;放肆:在诸菩萨凶坚自用,分别经典～匿功。

鄣 zhāng 周代诸侯国名。故地在今山东东平。

葦 zhāng 〈文〉草名。

獐 [*麞] zhāng 獐子,即河麂(jǐ)哺乳动物。身体像鹿而小,头小而尖,没有角。雄的有獠牙露在嘴外。行动敏捷,善跳跃。是我国国家重点保护动物。

彰 zhāng ❶明显;显著:～明|欲盖弥～|相得益～。❷表扬;宣扬:表～|不～其功,不扬其声|尊贤育才,以～有德。❸姓。

遧 zhāng 〈文〉同"彰"。明显;分明。

糚 zhāng ❶〈文〉米粮:寡老无残～(残:剩余)。❷〈文〉嗉囊,鸟类食管下储存食物的地方:鸟～。

漳 zhāng ❶漳河,水名。1. 发源于山西,流入河北,是卫河的支流。2. 在安徽,是长江的支流。3. 在湖北中部。❷漳江,水名。在福建南部。❸用于地名:～州(在福建南部)。❹姓。

憪 zhāng 【憪惶(huáng)】〈文〉慌张;疑惧。

嫜 zhāng 〈文〉丈夫的父亲:姑～(婆婆和公公)。

璋 zhāng 古代玉器,长条形,顶端有斜角,像半个圭:圭～|弄～。

樟 zhāng 樟树,常绿乔木。花黄绿色,核果紫色,全株有香气,可提取樟脑,木材坚硬,是制造家具和手工艺品的优良用材。也叫"香樟"。

暲 zhāng ❶〈文〉明亮。❷用于人名。

諎 zhāng 〈文〉欺诳:～语。

餦 zhāng 【餦餭(huáng)】1.〈文〉饴糖。2.〈文〉馓(sǎn)子之类的面食。

蟑 zhāng 【蟑螂】昆虫。身体扁平，黑褐色，有光泽，能分泌臭味。常咬坏衣物，并能传染疾病。也叫"蜚蠊"。

蹥 zhāng 〈方〉脚跟：脚～。

鱆 zhāng 〈文〉章鱼。

鷛 zhāng 〈方〉鸟名。水鸡。

zhǎng （ㄓㄤˇ）

刟 zhǎng 〈文〉同"掌"。手掌。

长 zhǎng 见 cháng "长"（70 页）。

仉 zhǎng 姓。

伔 zhǎng ❶〈方〉绱，把鞋底鞋帮缝成鞋：～底。❷〈方〉鞋掌：脱了～儿转来缝。

涨（漲） ㊀ zhǎng ❶水位升高：～潮｜河水暴～｜君问归期未有期，巴山夜雨～秋池。❷价格提高：～价｜～幅｜～停板｜行情看～。

㊁ zhàng ❶因水浸泡而体积增大：豆子一泡就～。❷头部充血：头昏脑～｜一害羞脸就～得通红。❸多出；超出（原来的数目）：手一松，钱花～了｜～出了半尺布料。❹〈文〉弥漫；充满：烟尘～天。

涱 zhǎng 〈文〉同"涨"。水位上升：雨息～静。

掌 zhǎng ❶手掌，手在握拳时指尖接触的一面：鼓～｜～上明珠｜摩拳擦～。❷用手掌打：～嘴｜～脸｜见其言貌粗率，大怒，～其颊。❸把握；主管：～舵｜执～｜舜使益～火（益：人名，舜的臣）。❹人脚接触地面的部分；某些动物的脚：脚～｜熊～｜鸭～。❺钉或缝在鞋底的皮子等：前～儿｜给鞋钉个～儿。❻马蹄铁，钉在骡马等蹄子底下的 U 形铁：给马挂个～。

墇 zhǎng 用于地名：五股～（在陕西）。

礃 zhǎng 【礃子】矿井里采矿或隧道工程中掘进的工作面。也作"掌子"。

鬤 zhǎng 〈文〉头发：垂～。

zhàng （ㄓㄤˋ）

丈 zhàng ❶市制长度单位，10 尺为 1 丈，150 丈为 1 市里。1 市丈约合3.3333米：千～之堤，以蝼蚁之穴溃。❷测量（土地的）长度、面积：～量｜～地｜清～。❸丈夫（用于某些亲戚的尊称）：姑～｜姐～。❹古时对老年男子的尊称：老～。

仗 zhàng ❶古代兵器的总称：兵～｜明火执～（点着火把，拿着兵器，公开干坏事）｜其以～自防。❷拿着（兵器）：持刀～剑。❸倚靠；依赖：～势欺人｜狗～人势｜曹公虽弱，～义而起。❹战争或战斗：胜～｜开～｜打了一～。

杖 zhàng ❶走路时拄的棍子：拐～｜手～｜扶～而行。❷棍棒：禅～｜擀面～｜舞刀弄～。❸古代刑罚。用棍棒打人：～责｜脊～二十，刺配远恶军州。❹〈文〉拄着拐杖走路：～藜而来（藜：一种野生植物，茎可做杖）。❺〈文〉持；握：王左～黄钺（yuè），右秉白旄以麾。

帐（帳） zhàng ❶用布、纱或绸子等做成的用来遮蔽的东西，多挂在床上或支在地上：～幕｜～幔｜～帷｜～不得文绣，以示敦朴。❷旧同"账"。记载财物出入的本子：凡是军人，可悉属州县，垦田籍～，一与民同。这个意义后来写作"账"。

张 zhàng 见 zhāng "张"（862 页）。

账（賬） zhàng ❶关于财物出入的记载：～目｜记～｜结～。❷账簿，记载财物出入的本子：一本～。❸债：借～｜还～｜赖～。

胀（脹） zhàng ❶膨大（跟"缩"相对）：膨～｜热～冷缩｜斯须之间，见囊火～如吹。❷身体内充塞难受：腹～｜肿～｜胃脉实则～。

涨 zhàng 见 zhǎng "涨"（863 页）。

痕 zhàng ❶〈文〉四肢难以屈伸的病。❷〈文〉同"胀"。腹胀满。

障 zhàng ❶阻隔;遮蔽:～碍│一叶～目,不见泰山│～百川而东之,回狂澜于既倒。❷用来阻隔、遮蔽的东西:路～│屏～│风～。❸〈文〉堤防:决水潦,通沟渎,修～防,安水藏。❹古时边塞上的城堡:戍卒四方,守亭～者参列。

墇 zhàng 〈文〉同"障"。阻隔:～洪水。

嶂 zhàng 像屏障一样的山峰:层峦叠～。

幛 zhàng 幛子,上面题有词句的整幅绸布,用作祝贺或吊唁的礼物:帷～│寿～│挽～。

廧 zhàng 〈文〉同"障"。阻隔;遮蔽。

瘴 [癄] zhàng 瘴气,指我国南方热带或亚热带山林间湿热致病的空气,从前曾认为是瘴疠(恶性疟疾等传染病)的病源:江上秋已分,林中～犹剧。

---

zhāo （ㄓㄠ）

钊（釗） zhāo 〈文〉勉励:俯下士,无不～。

佋 zhāo 古代贵族宗庙或宗族内神主排列的次序。始祖居中,以下按父子的辈分列为昭穆,昭居左,穆居右。通作"昭"。

招 ㊀ zhāo ❶举手挥动(叫人来或向人致意):～手│登高而～│～之即来。❷用公开的方式使人来:～聘│～标│～商引资│上～贤良。❸引来:～惹│树大～风│满～损,谦受益。❹触动对方,引起厌恶或喜爱的反应:～人嫌│～人喜欢。❺承认罪行:～供│不打自～│他把干过的坏事全～了。❻武术动作的路数:～数│一～一式。❼手段或计策:高～儿│绝～儿│花～儿│这一～儿真厉害。❽〈文〉箭靶;目标:万人操弓,共射其一～,～无不中。❾姓。

㊁ sháo 通"韶(sháo)"。上古乐曲名:于是禹乃兴《九～》之乐。

昭 zhāo ❶明显;显著:～示│～然若揭│以其昏昏,使人～～。❷〈文〉表明;显示:～雪(洗清冤屈)│以～信守│～令德以示子孙。❸古代贵族宗庙排列的次序。始祖居中,以下按父子的辈分排列为

昭穆,昭居左,穆居右:曹,文之～也。晋之穆也(曹国的第一代国君是文王子,居昭位。晋国的第一代国君是武王子,居穆位)。❹姓。

炤 zhāo 〈文〉同"昭"。明显;显著:～明│～察(明察)。
另见 zhào "照"(865 页)。

鼂 zhāo ❶一种烧水和烹煮用的器皿。也作"吊子、铫(diào)子"。❷烹煮。

铞（鉊） zhāo 〈文〉镰刀:操～。

佋 zhāo 用于人名。

啁 zhāo 见 zhōu "啁"(888 页)。

着 zhāo 见 zhuó "着"(903 页)。

朝 zhāo 见 cháo "朝"(72 页)。

鉊 zhāo 见 pī "鉊"(513 页)。

鼂 zhāo 见 cháo "鼂"(73 页)。

鈲 zhāo 见 gū "鈲"(215 页)。

鵃 zhāo 见 diāo "鵃"(137 页)。

鼂 zhāo 〈文〉同"朝"。早晨。

趙 zhāo 【趙趙(zhēng)】1.〈文〉腾跃;跳跃:漆身披发形怪狞,猿狙(jū)杂队工～。2.〈文〉勇猛:百男～。

嘲 zhāo 见 cháo "嘲"(73 页)。

瞜 zhāo 〈文〉噪音扰乱听觉:～～。

皽 ㊀ zhāo 〈文〉皮肉上的薄膜:去其～(去:除掉)。
㊁ zhǎn 〈文〉分离。

---

zháo （ㄓㄠ）

着 zháo 见 zhuó "着"(903 页)。

Z

zhǎo （ㄓㄠˇ）

爪 □ ⊖ zhǎo ❶某些动物的脚趾,也指趾甲:鹰～|一鳞半～|雪泥鸿～(比喻往事留下的痕迹)|虎无所措其～。❷〈文〉抓:～其肤,以验其生枯(肤:树皮)。
　⊜ zhuǎ ❶〈口〉某些动物的脚趾:鸡～子|猫～子|猪～儿。❷某些器物下端像爪的部分:这个锅有三个～儿。

叉 zhǎo 〈文〉同"爪"。某些动物的脚趾,也指趾甲。

找 □ zhǎo ❶寻求(想要得到或见到的):寻～|～工作|～对象|书～不着了。❷退回(多收的部分);补足(不足的部分):～零钱|垫点儿土,把路面～平。

沼 □ zhǎo 水池:池～|湖～|王立于～上。

瑶 zhǎo 古代车盖弓端伸出的部分,形状如爪,一般以金玉为饰:金～。

zhào （ㄓㄠˋ）

召 □ ⊖ zhào ❶呼唤;叫人来:～唤|～集|感～|楚王急～太子。❷寺庙,现多用于地名:乌审～(在内蒙古乌审旗)。❸〈文〉导致;引来:言有～祸。❹姓。
　⊜ shào ❶古邑名。周初召公奭(shì)的采邑。在今陕西岐山县西南。❷姓。

兆 □ [珋、㐫] zhào ❶古代占卜吉凶时烧灼龟甲、兽骨所现出的裂纹:卜～|卜之龟,卦～得大横(大横:一种卦兆的名称)。❷事前显露的迹象:征～|先～|不祥之～。❸预示:瑞雪～丰年。❹数词。古代以"百万"或"万亿"为兆,常用来表示极多:～民知义,将士思奋(兆民:众百姓)。

诏 □ (詔) zhào ❶〈文〉告诉;告诫(多指上对下):～示|～诲。❷皇帝发布的命令或文告:～书|下～|于是罢丞相兵。

赵 □ (趙) zhào ❶周代诸侯国名。1.故地在今山西赵城一带。2.战国七雄之一,故地在今河北南部,山西中部和北部。❷姓。

垗 zhào ❶〈文〉祭坛四周的边界。❷〈文〉坟场。

狣 zhào 〈文〉体格壮壮,力气极大的狗。

笊 zhào 【笊篱(li)】用竹篾、铁丝等制成的有网眼的用具,有长柄,用来在汤水中捞取东西。

庫 zhào ❶〈文〉刚开门。❷〈文〉开始。通作"肇"。❸姓。

隇 zhào ❶〈文〉用锹翻出黑色的硬土。❷〈文〉耕种轮休的田。❸〈文〉田埂;田界。

啅 zhào 见 zhuó "啅"(903 页)。

棹 [⊖△*櫂] ⊖ zhào ❶〈文〉船桨:櫂～|桂～|兮兰桨。❷〈文〉船:归～。❸〈文〉划(船):～孤舟而远行。
　⊜ zhuō ❶〈文〉木名。❷〈文〉同"桌"。桌子:长～。
　"櫂"另见 dí(130 页)。

旐 zhào ❶〈文〉一种上面画有龟蛇的旗子:黄～。❷〈文〉出丧时在棺柩前引路的旗幡。俗称"魂幡":绛～前引。

挑 zhào ❶〈文〉未满一岁的羊。❷〈文〉重百斤的羊。

照 [△*炤] zhào ❶光线射向物体:～射|阳光普～大地|日月所～,舟舆所载。❷阳光:夕～|残～|远岸秋沙白,连山晚～红。❸对着镜子等看影像;镜子等反射影像:～镜子|水面～出宝塔的倒影。❹拍摄:～相|拍～|这张相片～得很自然。❺相片:小～|玉～|近～。❻主管机关颁发的凭证:护～|驾～|牌～。❼察看;对比:比～|参～|对～。❽看护;看管:～顾|～料|～管。❾告知;通知:～会|关～。❿知道;明白:心～不宣|明能～远奸而见隐微。⓫介词。按着;依着:～章办事|～葫芦画瓢|～他的主意做。⓬介词。对着;朝着:～胸口拍了两下|～正前方向冲过去。⓭表示按某种标准(做):～搬|～办|～抄。
　"炤"另见 zhāo(864 页)。

罩 □ [罩、罿] zhào ❶覆盖;套在外面:笼(lǒng)～|毛衣外

面～了件工作服。❷罩子，覆盖在物体外面的东西:灯～|口～|玻璃～。❸特指套在其他衣服外面的单衣:～衣|外～|袄～。❹养家禽用的竹笼子:鸡～。❺捕鱼用的圆筒形竹器,上口较小,下口较大。鱼进去后无法游出来:持～入深水,金鳞大如手。

罩 zhào 〈文〉罩住禽鸟使不能飞走。后作"罩"。

劁 zhào 〈文〉大。

艃 zhào ❶〈文〉同"棹"。船桨。❷〈文〉同"棹"。划(船)。

鮡（鮡） zhào 鱼名。身体长10厘米左右,无鳞,头部扁平,有的胸部前方有吸盘。生活在山涧和溪流中。

肇 zhào ❶〈文〉同"肇"。始;开始:～有四海。❷〈文〉敏捷。

肇 zhào ❶引发;发生:～事|～祸。❷〈文〉创始;开始:～始|～端|～锡余以嘉名。❸姓。

罌[罌] zhào 同"照"。唐时武则天为自己名字造的字:太后自名～。

鮡 zhào 见 zhuó "鮡"(904页)。

zhē（ㄓㄜ）

折 zhē 见 zhé "折"(866页)。

奢 zhē ❶古代吴越(在今江浙)称父亲;引申为对尊贵者的称呼。❷〈文〉称乳母丈夫:阿～。

蜇 zhē 见 zhé "蜇"(867页)。

嗻 zhē 见 zhé "嗻"(868页)。

遮 zhē ❶挡住,使不显露;拦住:～蔽|～挡|陈王出,～道而呼涉(涉:陈涉)。❷掩盖;掩饰:～掩|～羞|～人耳目。

嚰 zhē 【吱嚰】急行喘息的样子。用于古白话:美娇娃走得～。

矗 zhē 【矗矗(zhé)】显赫;有仪表。用于古白话:这人来得～,俺们偏坐着不动。

zhé（ㄓㄜ）

乇 ㊀ zhé 〈文〉草叶。
㊁ tuō 用于译音。旧时表示压强单位。今作"托"(压强的非法定计量单位)。

拆 zhé 见 xī "拆"(714页)。

折（㊀❾❿△摺） ㊀ zhé ❶断;弄断:～断|骨～|兔走触株,～颈而死。❷损失;挫败:～寿|损兵～将|百～不挠。❸弯曲;使弯曲:曲～|一波三～|不为五斗米～腰。❹改变方向;回转:～射|转～|刚出门又～了回来。❺信服:～服|令人心～。❻汉字的笔形,形状是"乛、乀、乚"等。❼折扣,按原价减到十分之几叫几折:九～|打对～。❽折合;抵换:～算|将功～罪|一只鸡～十块钱。❾叠;折叠:～尺|～扇|～纸。❿用纸折叠而成的册子:奏～|存～儿。⓫元代杂剧的段落,每剧分为四折,一折相当于现代戏曲的一场。

㊁ shé ❶断(用于口语):竹竿～了|树枝被大雪压～了。❷亏损;损耗:～秤|～耗|做生意～了本儿。

㊂ zhē ❶翻转:～跟头|把抽屉～了个过儿。❷倒腾(dǎoteng);倒过来倒过去:把几盆剩菜～到一块儿|用两个杯子把热水～一～就凉了。

"摺"另见 zhé(867页)。

耴 zhé 〈文〉耳朵下垂。

屜 zhé 【屆(qì)屜】〈文〉层层叠积:小楼三楹,～满室,丛残不复厘理,皆异册也。

砥 zhé 〈文〉车裂肢体,古代一种酷刑:～死。通作"磔"。

虴 zhé 【虴蜢】〈文〉虫名。即蚱蜢。也叫"虴蛨(mò)"。

适 zhé 见 shì "适"(617页)。

糤 zhé 〈文〉用软熟而黏的米饭做成的食品。

捵 zhé 〈文〉以手指取物。

奭 zhé 用于人名。

哲 [△*喆] zhé ❶智;有智慧:知人则~(了解他人,自己也就聪慧了)|既明且~,以保其身。❷智慧高的人:先~|圣~|舍本逐末,贤~所非。
"喆"另见 zhé(867 页)。

聂 zhé 见 niè"聂"(488 页)。

柣 zhé 〈文〉架在蚕箔上的横木。

幁 zhé 〈文〉衣领端。

晢 [晣、晣] zhé 〈文〉明亮:明星~。

惁 zhé ❶〈文〉敬重;尊敬:鲁侯召而~之。❷〈文〉同"哲"。明白事理;有智慧:知人则~。

剭 ㊀ zhé 〈文〉薄切肉片。
㊁ zhá 〈文〉铡草。

辄 (輙)[*輒] zhé ❶〈文〉表示在某种情况下行为总是如此,相当于"总":得赏赐,~分其麾下。❷〈文〉表示后一行为紧跟着前一行为而发生,相当于"就":动~得咎|浅尝~止|火炮一发,~毙二十余人。❸〈文〉专擅;独行:夫姬氏爵大于诸侯,而~行征伐。

猠 zhé 〈文〉狗张开耳朵的样子。

喆 zhé 用于人名。
另见 zhé"哲"(867 页)。

蛰 (蟄) zhé 动物在冬天潜伏起来,不食不动:~伏|惊~|龙蛇之~,以存身也。

椡 ㊀ zhé 〈文〉同"柣"。架在蚕箔上的横木。
㊁ dé 〈文〉通"得(dé)"。获得:~其事迹。

奲 (奲) zhé 〈文〉害怕;恐惧:~惧|~服(慑服)。

跅 zhé 见 tuō"跅"(683 页)。

蜇 ㊀ zhé【海蜇】腔肠动物。身体形状像张开的伞,半透明,种类很多。生活在海中。
㊁ zhē ❶蜂、蝎子等用尾部的毒刺刺人或动物:马蜂~人|手被蝎子~了一下。❷某些物质刺激皮肤或黏膜使感觉不适,产生微痛:伤口让碘酒~得生疼|切洋葱可得小心~眼睛。

箬 zhé〈方〉箬子,粗的竹席。

脄 zhé〈文〉切成的薄肉片。

谪 (讁)[*讁] zhé ❶〈文〉谴责;责备:众口交~|外见讥于世人,内见~于妻子。❷〈文〉官吏因获罪被降职或流放到边远地区:~戍|居~|滕子京~守巴陵郡。❸〈文〉灾祸:王孙满观之,言于王曰:"秦师必有~。"

摺 zhé ❶〈文〉毁坏。❷同"折"。折叠;用纸折叠而成的册子。"摺"简化为"折",但在二字意义可能混淆时,仍用"摺"。另见 zhé"折"(866 页)。

慹 zhé 见 zhí"慹"(878 页)。

磔 zhé ❶古代祭祀时分割牲畜肢体以祭神:九门~禳(ráng),以毕春气。❷即车裂,古代分裂肢体的酷刑:恨不得~裂奸贼于都市。❸汉字的笔形,即捺(nà)。

嘲 zhé【嘲(zhāo)哳】〈文〉即啁哳。声音杂乱细碎。

铡 zhé〈文〉钳子,火夹一类的东西。

脼 zhé〈文〉切成薄片的肉。

辙 (轍) zhé ❶车轮碾轧出的痕迹:车~|如出一~|重蹈覆~。❷行车的路线方向:上~|车别跄(qiāng)着~走|改~登高冈。❸戏曲、曲艺唱词所押的韵:~口|十三~|合~押韵。❹〈方〉办法;主意:想~|找~|办这种事,我一点~都没有。

蝷 zhé〈文〉土蝷,虫名。俗称"蚱蜢"。

箬 zhé 见 chè"箬"(74 页)。

嚞 zhé ❶〈文〉同"哲"。明智。❷用于人名。徐嚞,宋代人。

Z

蜇[蜇]

㊀ zhé ❶〈文〉同"柿"。蚕箔支架上的横档。❷〈文〉橱架;书橱:书～。

㊁ zhì 通"摘(zhì)"。弃置:～玉毁珠。

樀

zhé 【蟙蛛】〈文〉虫名。

蠚

zhé 〈文〉干鱼;腌鱼。

鮿

zhé 〈文〉同"辙"。车轮碾过的痕迹。

蹍

zhé 【騙騣(méng)】〈文〉牲畜名。

騙

zhé 〈文〉风吹树叶摇动的样子。

櫜

zhé 古代梁州对猪的别称。

貏

zhé 【蟙(zhē)鱢】显赫;有仪表。用于古白话。

鱢

zhě （ㄓㄜˇ）

者□ zhě ❶代词。1. 附着在动作义成分、性状义成分的后面,表示从事这一动作或具有某种属性的人或物:患～|先行～|高～抑之,下～举之。2. 附着在名物义成分的后面,表示从事某项工作、具有某种信仰或倾向的人:教育工作～|唯物主义～|自由主义～。3. 附着在数量义成分、方位义成分的后面,指代上文:此三～缺一不可|后～的重要性不如前～。❷助词。用在词、短语、分句后表停顿:陈胜～,阳城人也,字涉|岁寒三友～,松、竹、梅也。❸姓。

啫□ zhě 【啫喱(lí)】从天然海藻或某些动物皮、骨中提取制作的胶性物质,可以作为某些食品和某些化妆品的原料。

锗（锗）□ zhě 金属元素。符号Ge。

赭□ zhě ❶红褐色:～衣(古代的囚衣)|～石(一种矿石,多呈暗棕色,可做颜料)。❷〈文〉红土:上有～者下有铁。

褶□ ㊀ zhě ❶衣服、布、纸张等经折叠而形成的痕迹:衣～|百～裙|纸上有一道～儿。❷脸上等部位的皱纹:一脸～子|看你胖得,脖颈子都起～了。

騳

㊀ dié 〈文〉夹衣:帛为～。

zhě 〈文〉马名。

襵

zhě ❶〈文〉(衣裙等)的褶皱:裙～。❷〈文〉折叠:～叠。

zhè （ㄓㄜˋ）

这（這）□

㊀ zhè ❶指称距离较近的人、事物等(跟"那"相对):～孩子很有礼貌|～地方很幽静。❷代替距离比较近的人或事物。1. 单独充当句法成分:～是你们的语文老师|我问～干什么?2. 复指前文,兼有承接作用:晚报未经本人同意就把她的个人生活照公开发表了,～无疑侵犯了她的隐私权和肖像权。3. 指代当前时间:我～就去|～都几点了,还磨磨蹭蹭的。

㊁ zhèi "这(zhè)一"的合音,相当于"这(zhè)"。用于口语:～个|～几件事|～算不了什么。

柘[樜]□ zhè 柘树,落叶灌木或小乔木。有刺,花小,果实红色,叶子可以喂蚕,木材坚硬,根皮可入药。

浙[*淛]□ zhè ❶江名。即钱塘江。❷浙江的简称:江～。

蔗[蔗、蓆]□ zhè 甘蔗,多年生草本植物。茎圆柱形,有节,含糖分多,是主要的制糖原料。

嗻□

㊀ zhè ❶〈文〉用言语阻止别人说话。❷旧时仆役的应诺声,表示"是"的意思:两三个家人答应了一声"～"。

㊁ zhē 【嗻(chē)嗻】1. 显赫。2. 厉害;程度深。3. 有本事;出众。4. 突然。‖用于古白话。

鷓（鷓）□ zhè 【鷓鸪(gū)】鸟名。外形像母鸡,羽毛大多黑白相杂,有眼状白斑。头顶棕色,脚黄色。吃植物种子、昆虫等。种类较多:江晚正愁余,山深闻～。

蟅□ zhè ❶【蟅蟒】〈文〉蚱蜢。❷同"蟅"。虫名,多生活在墙根湿土内。也叫"土鳖、地鳖"。

蟅□ zhè 虫名,多生活在墙根湿土内。也叫"土鳖、地鳖"。

辙 zhè【石辙】〈文〉药草名。

zhe（·ㄓㄜ）

着□ zhe 见 zhù "着"(895 页)。

着□ zhe 见 zhuó "着"(903 页)。

zhèi（ㄓㄟˋ）

这□ zhèi 见 zhè "这"(868 页)。

zhēn（ㄓㄣ）

贞□（貞）zhēn（旧读 zhēng）❶〈信仰、操守〉坚定不移：忠～|坚～不屈。❷旧时指女子不失身、不改嫁等的道德观念：～节|～操|～女。❸〈文〉占卜;问卦:～卜|以～来岁之媺恶(来岁:第二年。媺:měi,美;善)。

针□（針）[△*鍼] zhēn ❶缝制或编织衣物时引线用的工具:～尖|毛衣|月下穿|～觉最难。❷细长像针的东西:松～|时～|避雷～。❸中医用来刺穴位治病的金属针:行～|～刺麻醉。❹中医用金属针刺穴位治病:～灸。❺西医注射液体药物用的针形器具:～头|～管。❻针剂,注射用的液体药物:打～|防疫～。"鍼"另见 qián(542 页)。

侦□（偵）[*遉] zhēn 暗中调查;秘密探听:～查|～探外令兄弟求其纣绖,内使御者一伺得失。

珍□[*珎、珒] zhēn ❶珠玉等宝物,泛指宝贵的东西:～珠|～宝|如数家～|远方莫不致其(致:送给)。❷精美的食品:～馐(xiū)|八～|山～海味。❸宝贵的;贵重的:～本|～品|～禽异兽。❹重视;看重:～视|敝帚自～|自从建安来,绮(qǐ)丽不足～。

枯□ zhēn 见 xiān "枯"(727 页)。

圁 zhēn 宋代科举取士编号用字。

帧□（幀）zhēn ❶〈文〉画幅:偶成一诗,暗藏春色,题于～首之上。❷量词。用于字画、照片等:一～山水|几～墨宝|三～照片。

帧 zhēn 〈文〉同"帧"。画幅:画～。

侲 zhēn 见 zhèn "侲"(871 页)。

脧 zhēn 见 zhěn "脧"(871 页)。

浈（湞）zhēn 浈水,水名。在广东北部。

真□ zhēn ❶真实;真诚(跟"假、伪"相对):～事|这幅齐白石的画是～的|使～伪毋相乱。❷表示对情况或事物的确认,相当于"的确":这儿风景～美|这孩子～有办法|牙齿欲落～可惜。❸清楚;确实:～切|听得～|字太小,看不～。❹指真书,即楷书:～草隶篆。❺人的肖像;事物的本样:写～|传～|失～。❻〈文〉本性;本原:返璞归～|谨守而勿失,是谓反其～。❼姓。

桢□（楨）zhēn ❶女贞,常绿灌木或乔木。果实叫"女贞子",可以入药。也叫"冬青"。❷古代筑墙时设置在两端的木柱叫"桢",两边用的木板叫"干":峙乃～干(备好你们的桢干)。后以"桢干"比喻支柱、骨干。

砧□[△*碪] zhēn 捶、砸或切东西时垫在底下的器具:～石(捣衣石)|～板|铁～。"碪"另见 ǎn(6 页)。

砂[砏] zhēn【砂砂】〈文〉艰难费力的样子。

眞 zhēn "真"的旧字形。

祯□（禎）zhēn(旧读 zhēng)〈文〉吉祥:国家将兴,必有～祥。

桭 zhēn 〈文〉屋檐。

亲 zhēn 〈文〉同"榛"。树木名。

蒇□ zhēn ❶〈文〉即马蓝,多年生草本植物。叶可制蓝靛(diàn),根茎可入

Z

药。❷〈文〉茄科多年生草本植物。果实、根等可入药。也叫"酸浆草"。

榛 zhēn【榛榛】1.〈文〉聚集的样子。2.〈文〉模拟琴瑟声:其声俱~然。

蓁 zhēn ❶〈文〉通"榛(zhēn)"。丛生的荆棘:众狙见之,恂然弃而走,逃于深~(狙:jū,猕猴)。❷【蓁蓁】〈文〉草木茂盛的样子:百谷~|桃之夭夭,其叶~。

斟[酙] zhēn ❶舀(酒)而(瓢)重如坚石,则不可以刳~也。❷往碗、杯子等容器里倒(酒、茶等):~茶|自~自饮|置酒仍独~。❸【斟酌】考虑;推敲:~损益|~字句。

椹 ㊀ zhēn 〈文〉砧板;垫板:~板。㊁ shèn ❶〈文〉同"葚"。桑葚:取其~可食。❷〈文〉树木砍倒后树的阴湿处生出的菌:湿杨生细~。

甄 zhēn ❶〈文〉审查;鉴别:~别|选|山涛作冀州,~拔三十余人(山涛:人名)。❷〈文〉昭显;表彰:故王者赏人必酬其功,爵人必~其德。❸〈文〉制作陶器:犹泥之在钧,唯~者之所为。❹姓。

嵾 zhēn 用于地名:~屿(在福建)。

猻 zhēn【猻狉(pī)】〈文〉文化未开的原始状态:~之俗。也作"榛狉"。

溱 ㊀ zhēn ❶溱水,古水名。在今河南。❷〈文〉通"臻(zhēn)"。至;到:极临北海,西~月氏、匈奴、西域。㊁ qín 用于地名:~潼(在江苏姜堰)|~东(在江苏东台)。

瑧 zhēn ❶〈文〉一种玉。❷用于人名。

趂 zhēn ❶〈文〉传递情报。❷〈文〉同"侦"。暗中察看。

榛[榉] zhēn ❶落叶灌木或小乔木。雄花黄褐色,雌花红色,结坚果,果仁可以吃,也可榨油。❷这种植物的果实。‖通称"榛子"。❸〈文〉丛生的树木:见童子数人皆青衣,于~中捣药。

禛 zhēn 〈文〉用真诚感动神灵而得福。

箴 zhēn ❶〈文〉规劝;告诫:~规|~诫|子其听我言,当可~。❷古代一种文体,内容以规劝、告诫为主。❸〈文〉同"针"。缝衣或针灸用的针:衣裳绽裂,纫~请补缀|度~石汤火施。

潧 zhēn 同"溱"。古水名。在今河南。

蕺 zhēn 〈文〉豕首草,可入药。

臻[瑧] zhēn 〈文〉到;到达(某种境界):舟车所~|渐~佳境|书画特~其妙。

篸 zhēn 〈文〉竹名。箭竹的一种。

鑫 zhēn 同"珍"。多用于人名。王鑫,清代人。

辌 zhēn ❶〈文〉大车上的竹木坐垫。❷〈文〉通"臻(zhēn)"。到;到达。

鍖 zhēn 见 chěn "鍖"(77 页)。

籈 zhēn 〈文〉敲击敔的木棒(敔:yǔ,古乐器)。

䰵 zhēn【䰵鹚(cí)】〈文〉水鸟名。一说即鸬鹚。

鱵 zhēn 鱼名。身体圆柱形,下颌特长,呈针状。生活在近海中,有的可进入内陆淡水。种类很多。也叫"针鱼"。

zhěn （ㄓㄣˇ）

凫 zhěn 〈文〉小鸟羽毛新生学飞的样子。

诊(诊)[訆、謓] zhěn ❶医生检查患者的病情:~脉|~断|~其疾。❷〈文〉省视;察看:群臣怪而~之,乃吴将军首也。

抮 zhěn 〈文〉扭转;旋转:千变万~。

枕 zhěn ❶枕头,躺着时垫在头下使头部舒适的东西:~席|高~无忧|瘠瘵无为,辗转伏~。❷躺着时把头放在枕头或其他东西上:~戈待旦|曲肱而~之。❸〈文〉临近;靠近:会稽(kuàijī)东接于海,南近诸越,北~大江。

殸 ㊀ zhěn 〈文〉击打。㊁ qín 〈文〉禁止。

轸(軫) zhěn ❶古代车厢后部的横木,也指车厢底部四面的横

木:车～四尺。❷〈文〉车:往车虽折,而来～方道(道:急)。❸〈文〉沉痛:～悼|～恤|出国门而～怀。❹星宿名。二十八宿之一,属南方朱雀。

眕 zhěn ❶〈文〉明亮。❷用于人名。

胗 ㊀ zhěn 〈文〉嘴唇溃疡:生病造热,中唇为～。
㊁ zhēn 鸟类的胃:鸡～|鸭～。

眕 zhěn ❶〈文〉自我克制:憾而能～(憾:怨恨)。❷〈文〉看;视:召女巫～之。

畛 zhěn ❶〈文〉田间小路:～陌|田邑千～。❷〈文〉界限:～域|请言其～。❸〈文〉告;致意:临诸侯,～于鬼神。

疹 [㾐] zhěn 皮肤上出现的小疙瘩,通常为红色,小的像针尖,大的如豆粒:丘～|麻～|疱～。

袗 zhěn ❶〈文〉单衣。❷〈文〉穿衣:～却寒之裘。

晨 zhěn ❶〈文〉俯伏的样子。❷〈文〉屋宇。

紾 ㊀ zhěn 〈文〉转;扭动:～兄之臂。❷〈文〉变化:千变万～。❸〈文〉单衣:～绤避暑(绤:chī,细葛布做的衣服)。
㊁ tiǎn 〈文〉纹理粗糙:老牛之角～而昔(昔:cuò,交错)。

輴 zhěn 〈文〉同"轸"。星宿名。二十八宿之一,属南方朱雀。

跈 zhěn 见 jiàn "跈"(306 页)。

裖 zhěn 〈文〉重叠堆积的样子。

敐 zhěn(又读 zhēn)〈文〉击打:有细鳞(xià)必～之。

煩 zhěn 〈文〉枕骨。

缜 (縝) zhěn ❶〈文〉周密;细致:累居显职,性～密,未尝言禁中事(禁中:宫里)。❷〈文〉通"鬒(zhěn)",头发稠而黑:有情知望乡,谁能～不变。

槙 zhěn 见 diān "槙"(134 页)。

貙 zhěn ❶【貙驎(lìn)】〈文〉处事谨慎,不形于色。❷〈文〉惭愧。

驙 zhěn 【驙驙(zhān)】〈文〉马负重难行的样子。

稹 zhěn ❶〈文〉种植稠密,泛指草木丛生。❷〈文〉细密:～理而坚(木质细密坚硬)。

瞋 zhěn 〈文〉大笑的样子:～然而笑。

鬒 [参] zhěn 〈文〉形容头发又密又黑:～发如云。

黰 zhěn 〈文〉粮食、衣物等发霉所生的黑斑:衣裳～坏。

黰 zhěn ❶〈文〉发黑而美:～黑而甚美。❷〈文〉黑:～漆。

zhèn （ㄓㄣˋ）

圳 zhèn 田间水沟。多用于地名:深～(在广东南部)|～口(在江西宜黄)。

阵 (陣)[阵] zhèn ❶古代交战时布置的战斗队列或队列组合方式,现也指作战时的兵力部署:～容|布～|凌余～兮躐余行。❷战场:～地上～杀敌|卒散于～,民奔于邑。❸指一段时间:这～子|那～儿。❹量词。用于延续一段时间的动作或变化:锣声响了几～|等了好一～子。❺量词。用于延续一段时间的事物或现象:一～清香|一～笑声|昨夜三更雨,临明一～寒。

陈 zhèn 见 chén "陈"(76 页)。

纼 (紖)[綖] zhèn ❶〈文〉穿在牛鼻上的绳子,泛指牵或拴牲口的绳子:牛则执～。❷〈文〉牵引灵车的大绳:葬～之行。

朕 ㊀ zhèn ❶〈文〉伤痕。❷〈文〉急遽。
㊁ yǐn 〈文〉背脊肌肉。

抾 zhèn ❶〈文〉救济。❷〈文〉揩拭;擦干:～用巾。❸〈文〉缠束。

侲 ㊀ zhèn 〈文〉童子,特指用以驱逐疫鬼的童男童女:宫中～子乱驱妖。
㊁ zhèn 〈文〉养马人。
㊂ shēn 〈文〉通"娠(shēn)"。怀孕:后缗(mín)方～(后缗:人名)。

鸩 (鴆)[❷❸△*酖] zhèn ❶古代传说中的一种

鸟,羽毛有毒,用它泡的酒能毒死人。❷用鸩的羽毛泡成的毒酒:饮～止渴。❸〈文〉用毒酒害人:弑君～母|莽～杀孝平帝(莽:王莽)。

"酖"另见 dān(118页)。

酖 zhèn〈文〉登升。

振 zhèn❶抖动;挥动:～翅|～臂高呼|新浴者必～衣。❷振作;奋起:～奋|军心大～|东风解冻,蛰虫始～。❸振动,物理学上指物体通过一个中心位置不断地往复运动:～幅|共～|～谐。❹〈文〉救济:散家粮以～穷饿。后作"赈"。❺姓。

栚 zhèn〈文〉支架蚕箔的横木。

朕 zhèn❶〈文〉我。自秦始皇起专用作皇帝的自称:天下治乱,在～一人。❷〈文〉预兆;征兆:～兆|凡物有～,唯道无～。

栚 zhèn〈文〉同"椹"。树木名。

眹 zhèn❶〈文〉眼珠:生无目～。❷〈文〉征兆;迹象:不得其～。

赈 zhèn❶用钱、粮食和衣物等救助:～济|～灾|悉分奉禄以～乡里。❷〈文〉富裕:郊甸之内,乡邑殷～。

揕 zhèn❶〈文〉用刀、剑等刺:右手持匕首～之。❷〈文〉击:奋拳～其顶。

眕 zhèn见 chēn "眕"(75页)。

填 zhèn见 tián "填"(664页)。

蜄 zhèn见 shèn "蜄"(609页)。

鈂 zhèn〈文〉同"镇"。压:上复以侧石～压之。

瑱 zhèn见 tiàn "瑱"(665页)。

椹 zhèn见 zhǎn "椹"(860页)。

辴 zhèn〈文〉同"震"。震恐:～小变(害怕小的变革)。

踸 zhèn〈文〉震动。

諹 zhèn〈文〉同"震"。动;震动:不～不止(既不震动也不止息)。

陙 zhèn见 chén "陙"(76页)。

震 zhèn❶剧烈地颤动:～动|耳欲聋|火车～得窗户直响。❷特指地震:～源|～级|幽王二年,西周三川皆～。❸〈文〉惊恐:城中～怖。❹情绪过分激动:～惊|～怒|城中～怖。❺八卦之一,卦形是☳,代表雷。❻〈文〉疾雷:大雨～电。❼〈文〉雷击:己卯晦,～伯夷之庙。❽姓。

镇(鎮) zhèn❶压;抑制:～压|～痛止咳|杏然粹而精,可以～浮躁。❷安定;用武力维持安定:～定|～守边疆|～国家,抚百姓。❸镇守的地方:军事重～。❹较大的集市:城～|乡～|飞进军朱仙～(飞:岳飞)。❺行政区划单位,隶属于县。❻用冰把食物、饮料等冰凉。用于口语:冰～西瓜|把汽水～一～。❼〈文〉震慑:威～凶暴,功勋显然。❽时常;经常:十年～相随。

黕 zhèn〈文〉因霉发黑:黄梅～。

謓 zhèn见 chēn "謓"(75页)。

鷙 zhèn【鷙鸂(lù)】〈文〉鸟名。即白鹭。

---

zhēng (ㄓㄥ)

丁 zhēng见 dīng "丁"(141页)。

正 zhēng见 zhèng "正"(874页)。

争 zhēng❶力求获得或达到:～夺|与世无～|～肥饶之地。❷各持己见,不肯相让:～执|～吵|不要为一点儿小事争个没完。❸怎;怎么:～奈|～知城中桃李,须臾尽,～似垂杨无限时。

征 zhēng【征伀(zhōng)】〈文〉惊恐的样子:百姓～。

证 zhēng〈文〉同"征"。远行。

延

征(❸-❼△徵) zhēng❶远行:～途|～尘|昭王南～而不复

Z

（复：返）｜～帆去棹残阳里。❷出兵讨伐：～
讨｜出～｜振旅抚师，以～不服（振旅：整顿队
伍）。❸政府召集公民服役：～兵｜～召｜应
～入伍。❹（政府）收取：～粮｜～税｜州计户
～租。❺寻求；访求：～文｜～婚｜～求｜
订。❻证验；证明：信而有～｜有文献可～。
❼迹象；现象：～候｜～兆｜兵未战先见败～。
"徵"另见 zhǐ（880 页）。

爭　zhēng　"争"的旧字形。

怔□㊀ zhēng　❶【怔忡（chōng）】1.
〈文〉惶恐不安的样子：伏纸～。2.
〈文〉中医指心悸。❷【怔忪（zhōng）】〈文〉
惊惧；惊恐：～如前｜百姓～，无所措其手足。
㊁ zhèng〈方〉发愣；发呆：意外的情况
使他～住了｜宝玉～了半天，方想过来。

诤□ zhēng　见 zhèng "诤"（875 页）。

政□ zhēng　见 zhèng "政"（875 页）。

埩　zhēng〈文〉耕治：～野。

挣□ zhēng　见 zhèng "挣"（875 页）。

荮　zhēng【荮薴（níng）】〈文〉草乱的样
子。

蒸　zhēng〈文〉去皮的麻秆。通作"蒸"。

哼　zhēng【哼噜（yíng）】〈文〉模拟哀婉的
蝉鸣声：吐～之哀声。

峥□ zhēng　❶〈文〉高峻；高耸：上～山，
逾深豁。❷【峥嵘（róng）】1. 高峻；突
出的样子：山势～｜剑阁～而崔嵬。2. 超越
寻常；不平凡：～岁月｜豪气～老不除。

脡[鯖]　zhēng〈文〉煎煮鱼肉。

狰□ zhēng　❶古代传说中的怪兽名。❷
【狰狞】（面目）凶恶可怕：～可畏｜面目
～。

眐　zhēng【眐眐】〈文〉独行的样子。

钲（鉦）□㊀ zhēng　古代打击乐器，行
军时用来节止步伐。上部跟
钟相似而略狭长，下有长柄，用铜制成。
㊁ zhèng　化学元素"锫（fèi）"的旧称。

胑　zhēng〈文〉同"脀"。熟。

症□ zhēng　见 zhèng "症"（875 页）。

脀　zhēng　见 chéng "脀"（79 页）。

烝□ zhēng　❶〈文〉众多：天生～民。❷
古代冬祭名：～尝（秋祭叫尝）。❸
〈文〉指与母辈通奸：卫宣公～于夷姜。

耴　zhēng【耴耴】〈文〉独行：魂～以寄独。

薚　zhēng〈文〉蒸腾；熏蒸。通作"蒸"。

郎　zhēng　古地名。

睁□ zhēng　张开（眼睛）：～眼｜怒目圆～｜
只见张飞圆～环眼，倒竖虎须。

崝　zhēng〈文〉高；峻峭：岸～。通作
"峥"。

铮（錚）□㊀ zhēng【铮铮】1. 模拟金
属等撞击的声音：～有声。2.
比喻坚贞刚强或刚劲有力：～铁汉｜～数
语。
㊁ zhèng〈方〉（器物表面）光亮耀眼：镜
子擦得～亮。

陼□ zhēng　古丘名。

绬□ zhēng　见 qiàn "绬"（544 页）。

紸　zhēng【紸綌（xié）】〈文〉天子车和马
的装饰物。

揁　zhēng〈文〉牵引；扯动：鬼掣红光劈划
～。

筝□ zhēng　❶弦乐器。木制长形，原有
十三根弦，现发展为二十五根弦。也
叫"古筝"。❷【风筝（zheng）】玩具的一种，
牵线在空中飘飞。

绲　zhēng　❶〈文〉未盘绕好的绳子。❷
〈文〉屈曲；曲折。❸〈文〉模拟急弦之
声。

蒸□ zhēng　❶蒸发，液体受热转化为气
体上升：～气｜～腾｜阳气俱~。❷利
用水蒸气的热力使食物变熟、变热或消毒：
清～｜熏～｜～谷为饭，酿饭为酒。❸〈文〉细
小的木材：冬伐薪～（薪：大木柴）。

踭 zhēng ❶用力，使足劲。用于古白话：～上树去。❷〈方〉脚跟：脚～。

䲲 zhēng 〈文〉䲲饼，一种黏糕。

徴 zhēng ❶〈文〉同"征（徵）"。召集。❷〈文〉同"征（徵）"。寻求；访求：考～生民之利害。

趡 zhēng 见 tàng "趡"（656页）。

嶒 zhēng 见 céng "嶒"（61页）。

颸 zhēng 【风颸】即风筝。一种玩具，牵线在空中飘飞。

鬇 zhēng 【鬇鬡（níng）】1.〈文〉头发蓬松散乱：蓬垢～。2.〈文〉丑恶；凶恶：～怪异。

鯖 zhēng 见 qīng "鯖"（556页）。

䱢 zhēng 〈文〉鱼名。竹丁鱼。

zhěng （ㄓㄥˇ）

承 zhěng ❶古水名。源出今山东。❷古县名。在今山东。

丞 zhěng 见 chéng "丞"（79页）。

抍 zhěng ❶〈文〉举起；拔出：～旄（máo）倪乎隈阱（旄倪：老人和小孩）。❷〈文〉救助：～救。❸取；收。

紅 zhěng ❶〈文〉丝绳绷紧的样子。❷〈文〉曲折环绕：萦～曲折｜盘径～曲。

拯 zhěng ❶援救；救助：～救｜～民于水火之中。❷〈文〉上举；上提：至其溺也，则捽其发而～（捽：zuó，抓；揪）。

輕 zhěng 用于人名。赵与輕，宋代人。

晸 zhěng ❶〈文〉日出的样子。❷用于人名。曹全晸，唐代人。

踅 zhěng 〈文〉足：～踏。

輂 zhěng 〈文〉小车从后登上。

憼 zhěng 〈文〉同"整"。整齐；整理：风仪峻～｜～里衣服（憼里：整理）。

撜 zhěng 见 chéng "撜"（80页）。

整 [整] zhěng ❶全部在内，没有剩余或残缺：一体｜完～｜古书叙乐府，唯《宋书》最详。❷有秩序；有条理：～齐｜工～｜阡陌甚～。❸整理；整顿：～治｜调～｜爱～其旅（爱：乃。旅：军队）。❹修理：～修｜～枝｜～旧如新。❺使吃苦头：～人｜他干活老出错，净挨～。❻〈方〉搞；弄：玩具～坏了｜你去～俩菜｜我～了辆车，咱们出去玩玩。

僜 zhěng 〈方〉勇悍：一时青～怕无赖。

zhèng （ㄓㄥˋ）

正 ⊖ zhèng ❶垂直或符合标准方向，不歪斜（跟"歪"相对）：～北｜～前方｜桌子摆得不～。❷位置在中间的：～房｜～殿｜～院儿。❸时间在中心点的：～午。❹片状物露在外面的或主要使用的（跟"反"相对）：这块布～反都挺光滑。❺正直；公正坦率：～派｜义～辞严｜晋文公谲而不～。❻合理合法的；合乎标准或规范的：～路｜～楷｜改邪归～。❼纯；不杂：～黄｜颜色～｜这道菜的味儿不～。❽基本的；主要的：～文｜～餐｜不务～业。❾认真；严肃：～式｜告～严。❿摆正，使不歪斜：～一～帽子｜席不～不坐。⓫使端正：～本清源｜～人先～己。⓬改正；纠正：～音｜～误｜～矫。⓭图形的各个边长和角都相等的：～方形｜三角形｜～六边形。⓮数学上指大于零的（跟"负"相对，⓯同）：～数｜～号｜负乘负得～。⓯物理学上指失去电子的：～电｜～极。⓰副词。1.表示动作或状态在持续中：这几天我～忙着呢｜对方～等着你回话呢。2.表示动作在进行中，突然另一种情况出现了：大家～聊得起劲，王老师进来了｜我～要打招呼，忽然发现认错人了。⓱副词。表示恰好：长短～合适｜那天～逢集市，街上的人很多。⓲副词。加强肯定的语气：问题～在这里｜～因为事前采取了防范措施，所以没出什么问题。⓳姓。

⊜ zhēng ❶正月，农历一年的第一个月：新～。❷〈文〉箭靶的中心：终日射侯，不

出～兮(侯:箭靶)。

证（❶❷證）zhèng ❶证明,用可靠的凭据来表明或判定:～实|查～|当面对～。❷有证明作用的凭据:～据|凭～|以此为～。❸〈文〉告发:吾党有直躬者,其父攘羊,而子～之(党:乡里。直躬者:以直道立身的人。攘:偷)。❹〈文〉通"症(zhèng)"。病症:对～之药。

郑（鄭）zhèng ❶周代诸侯国名。故地在今河南新郑一带。❷姓。

怔 zhèng 见 zhēng "怔"(873 页)。

诤（諍）㊀ zhèng 〈文〉直言劝告:～谏|～言|～友(能以直言规劝的朋友)。

㊁ zhèng ❶〈文〉通"争(zhēng)"。争夺:今两虎～人而斗,小者必死,大者必伤。❷〈文〉通"争(zhēng)"。争论:虚馆绝～讼,空庭来鸟雀(虚馆:寂静的馆舍。讼:争论是非)。

政 ㊀ zhèng ❶政治,政府、政党、社会团体和个人在国家生活和国际关系方面的活动:～事|～见|～之所兴,在顺民心。❷政权,政治上的统治权力,即国家权力:执～|当～|天下有道,则～不在大夫。❸政府部门主管的业务:财～|民～|市～。❹家庭或社会团体的事务:家～|校～。❺〈文〉政策;法令:举先王之～,以兴利除弊。❻旧指主持某方面事务的人:盐～|学～。❼〈文〉通"正(zhèng)"。正直;公正:故群臣公～而无私。❽姓。

㊁ zhèng ❶〈文〉通"征(zhēng)"。征伐;征讨:诸侯力～,不朝于天子。❷〈文〉征收赋税:急～暴赋,赋敛不时。

挣 ㊀ zhèng ❶用力摆脱束缚:～脱|～断锁链|那呆子左一～,右一～,～不得脱手。❷用劳动或换取物质:～钱|下一份产业。

㊁ zhèng 【挣扎(zhá)】尽力支撑:拼命～|他～着从病床上坐起来。

铮 zhèng 见 zhēng "铮"(873 页)。

症（㊁癥）㊀ zhèng 疾病的表现情状,也指疾病:～状|～候|对

～下药。

㊁ zhèng 【症结】中医指腹腔内结硬块的病,也用来比喻事情弄坏或难以解决的关键。

铮 zhèng 见 zhēng "铮"(873 页)。

证 zhèng ❶〈文〉直言规劝:～谏|士尉以～靖郭君,靖郭君不听。❷通"證(证)"。证据;验证。

睁 zhèng 用劳动换取报酬:～钱容易积钱难。现作"挣"。

闯 zhèng ❶〈文〉挣;挣扎:～身子不起。❷【闯闯(chuài)】1. 挣扎:～到家。2. 谋取:～一个状元回来。3. 振作:男子为人须～。‖用于古白话。

鸱 zhèng 〈文〉鸟名。鹰类猛禽。

---

zhī（业）

之[业] zhī ❶代词。1. 代替人或事:取而代～|言～有理|学而时习～。2.〈文〉表指示,相当于"这,那"(用在名词前):～子于归|～二虫又何知? 3. 指代作用虚化,不代替什么:久而久～|总～。❷助词。1. 用在修饰语和中心语之间:光荣～家|三分～二|董狐,古～良史也。2. 用在主谓短语之间,使它变成偏正短语:影响～广泛|规模～大|小人～过也必文。❸〈文〉往;到:不知所～|吾欲～南海。

支 zhī ❶撑起;架起:～架|～点|把帐篷～起来。❷维持:～应|体力不～|皆知其资财不足以～长久也。❸援助:援～|～边|～农。❹伸出;竖起:～着耳朵听|累得他头都～不起来了。❺从总体分出的部分:～流|～脉|率其～属徙居野王(野王:地名)。❻分出;分散:～离|～解。❼指使;分派:～使|～配|想法把闲人都～开。❽付出或领取(款项):～出|收～平衡|先从柜上～一笔钱。❾地支:干～|纪年。❿量词。1. 用于队伍:一～轻骑兵|一～仪仗队。2. 用于歌曲或乐曲:一～歌|一～小夜曲。3. 用于某些杆状的物品:一～笔|两～枪|几～香烟。⓫〈文〉人的四肢:正位居体,美在其中,而畅于四～。后作"肢"。⓬〈文〉枝

条:芃(wán)兰之～(芃兰:植物名)。后作"枝"。❸姓。

氏□ zhī 见 shì "氏"(616 页)。

只□ zhī 见 zhǐ "只"(879 页)。

厄[*卮]□ zhī 古代盛酒的器皿:乃左手持～,右手画蛇。

汁□ zhī ❶含有某物质的液体:～水|墨～|甜酒如蜜。❷〈文〉雨夹雪:(仲冬之月)行秋令,则天时雨～。

芝□ ㊀ zhī ❶灵芝,一种菌类植物:甘泉宫中产～。❷姓。
㊁ zhī 通"芷(zhǐ)"。白芷,香草名:～兰生于深林。

吱□ ㊀ zhī 某些尖细的声音:门～的一声开了|知了在树上～～地叫得烦人。
㊁ zī 模拟老鼠等小动物的叫声:小老鼠在阁楼上～～地叫。

泜□ zhī 〈文〉水积聚。

芪□ zhī 【芪箕】〈文〉草名。

枝□ zhī ❶从树木或其他植物主干上分出来的细茎:～干|柳～|一树春风千万～。❷量词。用于带花或带叶的枝条:一～桃花|一～野百合花。❸量词。用于杆状的东西:一～步枪|一～铅笔。❹从主体分出来的部分,分支:姨太太和三叔那两～。❺姓。

毨□ zhī 【毨(xiān)毨】〈文〉细毡类毛织品。

呮□ zhī 【呮查(zhā)】模拟鸟叫的声音。用于古白话:孤雁～叫。

知□ ㊀ zhī ❶晓得;了解:～道|人贵有自～之明|～己～彼,百战不殆。❷使知道:～照|～会|告～。❸知识;学问:无～|求～欲|真～灼见。❹知己,相互了解并情谊深厚的人:他乡遇故～|悲歌辞旧爱,衔泪觅新～。❺〈文〉主持;掌管:～府|～事|子产其将～政矣(子产:人名)。
㊁ zhì ❶〈文〉聪明,智慧:好学近乎～。后作"智"。❷姓。

肢[䏃]□ zhī 人的胳膊和腿,也指某些动物的腿:上～|假～|劳其四～,伤其五脏。

衹□ zhī 见 qí "衹"(532 页)。

泜□ zhī 泜河,水名。在河北南部。

织(織)□ ㊀ zhī ❶使经纱和纬纱交叉穿过,制成绸、布等:～布|纺～|唧唧复唧唧,木兰当户～。❷用针使线类互相套住,制成织物:编～|～毛衣|～渔网。
㊁ zhì 通"帜(zhì)"。旗帜;标识:治楼船,高十余丈,旗～加其上,甚壮。

枳□ zhī 见 zhǐ "枳"(879 页)。

栀[*梔]□ zhī 【栀子(zi)】常绿灌木。叶子长椭圆形,花白色,有香气,果实倒卵形,赤黄色。供观赏,果实可做黄色染料,也可入药。又指这种植物的果实。

秖□ zhī 〈文〉适;恰好:功必不成,～为乱阶(乱阶:祸根)。
另见 zhǐ "只"(879 页)。

胝[胘]□ zhī 【胼(pián)胝】跰(jiǎn)子:手足～以养其亲。

袛□ zhī 【袛(qí)袟】〈文〉僧尼的法衣。

秖□ zhī 【细秖】详细。

袛[褆]□ zhī 〈文〉恭敬:～仰|～候回音|父不慈,子不～。

袟□ zhī 见 xiàn "袟"(732 页)。

脂□ zhī ❶动植物所含的油性物质:～肪|油～|勾践载稻与～于舟以行。❷〈文〉用油脂涂车轴,使其滑润:～我名车,策我名骥。❸胭脂,一种红色的化妆品:～粉。

敊□ zhī 〈文〉多:清酤(gū)～(清酤:美酒)。

赦□ zhī 【醴(yān)赦】〈文〉即胭脂。一种红色化妆品。

茹□ zhī 【茹母】〈文〉药草名。即知母。

Z

蒝 zhī 〈文〉腌菜。

跂 zhī 见 qí "跂"（532页）。

隻 zhī 同"只（隻）"。用于某些成对东西中的一个。用于古白话：两～手。

zhī 用于地名：槟～（在越南）。

枳 zhī ❶〈文〉鸟名。❷〈文〉规划；计算。

雉 ㊀ zhī 【跰（pián）跜】即胼胝。老茧，手掌或脚底因长期摩擦而生的硬皮。
㊁ dì 〈文〉踏。

絼 zhī ❶汉代乐浪郡刻契约法令中的"织"字。❷〈文〉量词。二十丝为絼。

搘 zhī 同"支"。撑起；架起。用于古白话：～撑｜一柱力难～。

稙 zhī 〈方〉种得较早或熟得较早的谷物：～谷子｜白玉米～。

媞 zhī 见 tí "媞"（661页）。

駊 zhī 〈文〉马强健，泛指强健。

楮 zhī ❶〈文〉柱脚，柱下的木础或石础。❷〈文〉支撑：（两座青石）～一条白玉梁。

蜘 ［蟹、䵹、䵺］ zhī 【蜘蛛】节肢动物。身体圆形或长圆形，分头胸部和腹部，有四对脚。腹部尖端的突起能分泌黏液，黏液在空气中凝成细丝，用来结网捕虫。

鸤 zhī 【鸤鹎】1.〈文〉鸦科鸟名。也叫"松鸦"。2.〈文〉一种怪鸟名。3.汉代宫观名。在今陕西西安。4.南朝楼阁名。在今江苏南京。

鷉 zhī ❶〈文〉刚孵出的幼鸟。❷【鸊鷉】〈文〉鸟名。

䁤 zhī 〈文〉酒。

zhí （㞢）

执 （執） zhī ❶拿着；握着：～鞭｜～笔｜上车～辔。❷主持；掌管：～掌｜～政｜圣人～要，四方来效（效）｜～法力）。❸施行：～行｜～法｜惠王郊迎，～宾主之礼。

❹坚持：～迷不悟｜各～己见｜～意退回礼金。❺〈文〉捉；捕：当场被～｜遂袭虞，灭之，～虞公（虞：周代诸侯国名）。❻凭单：一～｜回～｜存～。❼〈文〉挚友；至交：父～（父亲的挚友）。

拓 zhī 见 tuò "拓"（685页）。

直 zhī ❶不弯曲；不斜（跟"曲"相对）：～线｜笔～｜木受绳则～。❷跟地面垂直的；从上到下的；从前到后的（跟"横"相对）：～升机｜房子～里有4米，横里有5米｜这本书有～排本，也有横排本。❸使直；挺直：～不起腰来｜蓬生麻中，不扶而～。❹公正；合理：正～｜刚～｜理～气壮。❺爽快；坦率：耿～｜～性子｜心～口快。❻汉字的笔形，即竖。❼表示动作行为不断地发生；一个劲儿地：疼得～叫唤｜站在边上～摇头。❽表示行为、状态在一定时间内持续发生或存在，相当于"一直"：对着镜子～流了一天的泪｜～到解放前夕，才又回到村里。❾表示达到或接近某种程度，相当于"简直"：脑袋疼得～像要炸开了似的。❿〈文〉价值：象床之～千金。这个意义后来写作"值"。⓫姓。

直 zhī "直"的旧字形。

侄 ［△*姪、*姪］ zhī 称弟兄的儿子；也称其他同辈男性亲朋的儿子：表～｜叔～｜～幼～初学步，牵衣欢我前。
"姪"另见 yì（802页）；"姪"另见 zhí（877页）。

姪 zhī 〈文〉女子称兄弟的子女为姪。晋以后男子也称兄弟的子女为姪。
另见 zhí "侄"（877页）。

值 zhī ❶价值：币～｜贬～｜升～。❷物品和价值相当：价～连城｜一钱不～｜春宵一刻～千金。❸值得，有价值或有意义：不～一提｜这件工艺品买得很～。❹数值，用数字表示的量或按数学式运算所得的结果：比～｜圆周率的近似～是3.1416。❺遇到；碰上：适～中秋佳节｜徽之从桓冲行，～暴雨。❻轮到；承担一定时间内轮流负责的工作：～班｜～勤｜当～。❼介词。当；在：～此新春到来之际，谨祝合家欢乐，

万事如意!

埴 zhí 〈文〉黏土。

职(職)[戠、識] zhí ❶分内应做的工作;执行一定职务所处的地位:~务|尽~|立足本~|此臣所以报先帝而忠陛下之一分也。❷作为主要经济来源的工作:~业|求~|贤者在位,能者在~。❸旧时下属对上司的自称:卑~|~等奉命前往。❹掌管;负责管理:~掌|~典。❺〈文〉仅;只:~此而已。

坫 zhí 〈文〉同"埴"。黏土。用于人名。

渣 zhí 见 chì "渣"(85 页)。

截 zhí 见 dié "截"(139 页)。

絷(縶) zhí ❶〈文〉用绳索拴住或绊住马脚:霍两轮兮~四马(霍:同"埋")。❷〈文〉用来拴住马脚的绳子;绊马索:韩厥执~马前。❸〈文〉捆缚;拘禁:幽~|南冠而~者谁也?(南冠:戴着南方的帽子。)

植 zhí ❶栽种:种~|密~|耕~不足自给。❷特指把机体器官或组织的一部分补在另一有缺损的部分上,使有缺损的部分逐渐长好,恢复正常功能:~皮|断指再~。❸培养;树立:培~|扶~|抑强~弱。❹植物:~被|~株|~保。❺〈文〉立;竖立:有一木杖~其门侧。❻通"殖(zhí)"。繁殖;生长:甘雨时降,五谷蕃~。❼姓。

朄 zhí 〈文〉捕捉。通作"执(執)"。

殖 ㊀ zhí ❶生育;孳生:生~|同性不婚,恶(wù)不~也。❷〈文〉增多;财用蕃~。❸〈文〉经商获利:子贡~于卫(子贡:孔子的学生端木赐)。
㊁ shi 【骨殖】尸骨。

跖[*蹠] zhí ❶脚面接近脚趾的部分:~骨。❷〈文〉脚掌:必食鸡~而后快。❸〈文〉踩;踏:上无凌虚之巢,下无~实之蹊。

犆 ㊀ zhí 〈文〉缘饰;镶边。
㊁ tè 〈文〉同"特"。单一;单独:吊(单另吊丧)。

腊 zhí 〈文〉黏结:~腻(黏糊)。

瓡 ㊀ zhí 古侯国名。故地在今山东北部。
㊁ hú ❶【瓡譋(niè)】古县名。在今山西。❷姓。

罼 zhí ❶〈文〉绊住马脚。后通作"絷"。❷〈文〉泛指束缚:~缚。

墌 zhí 〈文〉地基:荒~|基~犹存。

摭 zhí 〈文〉拾取;摘取:~拾|采~|拾遗于涂,~弃于野(涂:通"途")。路)。

漐 zhí 〈文〉汗浸出的样子:遍身~~,微似有汗。

慹 ㊀ zhí 〈文〉恐惧;畏服:豪强~服。
㊁ zhé 〈文〉不动的样子:~然似非人。

跶 zhí 〈文〉同"跖"。脚掌。

踯(躑) zhí 【踯躅(zhú)】〈文〉徘徊不进:~不前|中夜不能寐,抚剑起~。也作"蹢躅"。

樴 zhí 〈文〉小木桩;桩子。

膱 zhí ❶〈文〉干肉条:荐脯五~(进上五条干肉)。❷〈文〉油肉腐败:~脂垢腻。

塸 zhí ❶〈文〉低洼地。❷【塸(qì)塸】〈文〉树枝交错重叠的样子。

箷 zhí 〈文〉一种竹子。

蹢 zhí 见 dí "蹢"(130 页)。

蛢 zhí ❶【蛢蝒(mò)】〈文〉蝙蝠的别名。❷〈文〉蟹的一种。今指高脚蟹。

蟄 zhí 〈文〉咬;咀嚼。

藢 zhí 〈文〉一种茄科植物。

虉 zhí 【羊虉虉(zhú)】〈文〉落叶灌木。花有剧毒,羊误食后往往踯躅而死,故也作"羊踯躅"。

麷 zhí 〈文〉麸(fū)与面的混合物,相当于今之全麦面。

zhǐ （止）

夂 □ zhǐ 〈文〉从后至。

止 □ zhǐ ❶停住不动；不再进行：～步｜适可而～｜行者行，止者～。❷拦阻；使停住：～血｜制～｜～诈伪莫如刑。❸截止，到一定期限停止：报名日期至3月5日～。❹仅；只：我读了不～一遍｜可以一宿，而不可久处。❺〈文〉停息；居住：望门投～。❻〈文〉脚：当斩左～者，笞五百。❼姓。

只 （⊖△祇、隻）[⊖△*祇、⊖△*秖]

⊖ zhǐ ❶限定范围，表示除此以外没有别的：～会空想，不肯实干｜～此一家，别无分店。❷〈文〉助词。用于句末，表示感叹：母也天～，不谅人～！

⊜ zhī ❶单独的；少量的：～身一人｜～言片语｜形单影～。❷量词。用于飞禽及某些兽类和昆虫：一～鸟｜一～老虎｜几～飞蛾。❸量词。用于某些成对东西中的一个：两～眼睛｜两～手｜一～布鞋。❹量词。用于某些日用器物：一～箱子｜一～手表。❺量词。用于船只：一～小船｜几～汽艇。

"祇"另见 qí（532页）；"祇"另见 qí（532页）；"秖"另见 zhī（876页）。

芝 □ zhǐ 见 zhī "芝"（876页）。

盲 □ zhǐ 〈文〉同"旨"。味道美：～酒。

旨 [㫖] zhǐ ❶意义；用意：～趣｜主～｜言近～远｜其～远，其辞文。❷意旨，特指帝王的命令：圣～｜懿～（皇后或皇太后的命令）｜奉～进京｜陛下降恩。❸〈文〉味道美：～酒｜虽有佳肴，弗食，不知其～也。❹〈文〉味道美的食物：食～不甘｜饥之于食，不待甘～。

址 [*阯] zhǐ ❶〈文〉地基：楚国兹故都，兰台有余～。❷建筑物的位置、地点：地～｜遗～｜官阙府寺金复故～（金：全都。复：恢复）。

坁 zhǐ 〈文〉有所附着而止。

抵 □ zhǐ ❶〈文〉拍；击：～掌而谈（形容谈话谈得投合、高兴）。❷〈文〉投掷；抛：藏金于山，～璧于谷。

芷 □ zhǐ 白芷。多年生草本植物。根圆锥形，有香气，花白色，果实长椭圆形，根可入药：沅有～兮澧有兰，思公子兮未敢言。

厔 zhǐ 【厔阳】传说中的山名。

沚 □ zhǐ 〈文〉水中的小块陆地：洲～｜溯游从之，宛在水中～。

泜 zhǐ 〈文〉有所附着（zhuó）而停止。

纸 （紙）[*帋] zhǐ ❶供写字、绘画、印刷、包装等用的片状物，多用植物纤维制成：稿～｜图～｜～上谈兵。❷量词。用于书信、文件的张数：一～家书｜一～禁令。

枳 zhǐ 〈文〉打开；放开：～水（放水）。

沢 zhǐ 古水名。

祉 □ zhǐ 〈文〉福：福～｜既受帝～，施于孙子（施：yì，延续）。

指 □ zhǐ ❶手指头，人手前端的分支：～纹｜屈～可数｜今有无名之～，屈而不信（信：shēn，同"伸"）。❷用手指或物体尖端对着：～鹿为马｜时针正～六点。❸（头发）直立：令人发（fà）～。❹指点；点明：～示｜～明｜把问题～出来。❺意思上针对：你这句话是～谁？❻〈文〉指责：千人所～，无病而死。❼仰仗；依靠：～望｜～靠｜这事全～着你啦。❽量词。用于计量深浅、宽窄等（一个手指的宽度叫一指）：下了四～深的雨｜肝大二～｜墙面裂缝有一～宽。

枳 □ ⊖ zhǐ 落叶灌木或小乔木。茎上有刺，叶为复叶，花白色，浆果球形，味酸苦，幼果和近成熟的果实制成的药材分别叫"枳实"和"枳壳"。也叫"枸（gōu）橘"。

⊜ zhī【枳首蛇】古书上说的一种蛇。

砥 zhǐ ❶〈文〉捣缯帛的石砧：～石。❷〈文〉磨刀石。

轵 （軹） zhǐ ❶〈文〉车毂外端穿车轴的小孔。❷〈文〉车轴的末端。

Z

洔 zhǐ ❶〈文〉水不增不减。❷〈文〉同"沚"。水中的小块陆地。

恀 zhǐ 〈文〉意旨;意图:此文无关宏～。通作"旨"。

恖 zhǐ 古代长度单位。周制八寸为恖,合市制6.22寸(约20.7厘米)。

莔 zhǐ 见chǎi"莔"(65页)。

疻 zhǐ 〈文〉殴伤后皮肤青肿而没有创痕:瘢～。

绐 zhǐ 见chī"绐"(81页)。

趾 zhǐ ❶〈文〉脚:～高气扬|三之日于耜,四之日举～。❷脚趾头:～骨|甲|鸭子的～间有蹼|右～病疡。

訨 zhǐ ❶〈文〉揭发他人阴私。❷用于人名。赵孟訨,宋代人。

萗 zhǐ 【针萗】缝纫、刺绣一类的针线活儿:莺莺年十九岁,～女工,诗词书算,无不能者。

笓 zhǐ 〈文〉兽毛多。

鈚 zhǐ 化学元素"锗(zhě)"的旧称。

䜒 zhǐ 〈文〉指责别人的过失;揭发别人的阴私:～诘。

酯 zhǐ 有机化合物的一类。酸分子中氢原子被烃基取代而成,通式$R—COO—R′$(R、$R′$代表烃基)。碳数低的酯通常为液体,有香味,可用作溶剂或香料;碳数高的脂肪酯为不溶于水的液体或固体,是动植物油脂的主要成分。

稸 ⊖ zhǐ【稸稽(jǔ)】1.〈文〉草木屈曲不伸展的样子,泛指受到阻碍,屈曲不伸。2.〈文〉树木名。俗称"拐枣、金钩子"。⊜ qí〈文〉同"歧"。分叉。

鼓 zhǐ〈文〉刺。

徵 zhǐ 我国古代五声音阶的第四音级,相当于简谱的"5"。另见zhēng"征"(872页)。

騺 zhǐ【騺䴈(tú)】传说中的鸟名。

諯 zhǐ ❶〈文〉言;说。❷用于人名。赵与諯,宋代人。

褆 zhǐ ❶〈文〉缝纫;刺绣。❷【褆冕】古时帝王及三公祭祀时穿的一种有刺绣的冕服。

鶒 zhǐ【鶒黜(zhǔ)】〈文〉草书的笔势。

zhì （止）

阤 ⊖ zhì ❶〈文〉倒塌;毁坏:垣墙～坏。❷〈文〉岸;坡:登～(牛车上坡)。⊜ yǐ【阤靡】〈文〉山势倾斜绵延的样子。⊜ tuó【陂(pō)阤】〈文〉险阻:～之长坂。

至 zhì ❶到;到达:～今|秦师又～|不知老之将～云尔。❷极点;极顶:冬～(节气名,这一天北半球白天最短)|夏～(节气名,这一天北半球白天最长)。❸达到极点;最好最高:～交|～亲|～理名言|物～则反。❹极;最:～多|～迟|罪～重而刑～轻。

扻 ⊖ zhì〈文〉同"栉"。梳头。⊜ sǔn〈文〉同"损"。减少。

志 [❷-❺*誌] zhì ❶心意;意向:愿～|意～|诗言～,歌永言。❷记住:永～不忘|博闻强～。❸记述;记载:杂～|～怪小说|《聊斋～异》。❹记事的文字或文章:墓～|地方～|《汉书·艺文～》。❺标记;记号:标～|襄阳土俗,邻居种桑树于界上为～。❻〈方〉称(轻重);量(长短、多少):用秤～～|拿尺子～一～。❼〈文〉通"帜(zhì)"。旗帜:设兵张旗～。

杝 zhì 见lí"杝"(392页)。

迡 zhì ❶〈文〉近。❷用于人名。赵伯迡,宋代人。

豸 ⊖ zhì ❶〈文〉长脊兽。如虎、猫之类。❷〈文〉没有脚的虫子,如蚯蚓之类:虫～。❸〈文〉解决:官民之病,从何而乎? ⊜ zhài 用于地名:冠～山(山名,在福建连城)。

遰 zhì〈文〉向前倒下。

忮 zhì ❶〈文〉嫉妒;忌恨:～心|～忌|不～不求(不忌恨不贪求)。❷〈文〉

刚愎;狠戾:能宽裕纯厚而不苛~,则民人附。

识▢ zhì 见 shí"识"(614页)。

迟▢ zhì 见 chí"迟"(82页)。

陁 ㊀ zhì 〈文〉同"陀"。倒塌;崩落:~崩。

㊁ yǐ 〈文〉绵延的样子:山崖峻削,其南渐~。

㊂ tuó 〈文〉通"驮(tuó)"。背负:以白马~经。

埘 zhì 古代城墙长三丈高一丈为一埘。通作"雉"。

进 zhì 见 chì"进"(84页)。

屋 zhì【盩(zhōu)屋】地名。在陕西西安。今作"周至"。

郅▢ zhì ❶〈文〉极;最:文王改制,爰周~隆(隆:昌盛)。❷姓。

帜 (幟) zhì ❶旗子:旗~|独树一~|拔旗易~。❷〈文〉标记:标~。

帙 [*袟、*袠、袠] zhì ❶〈文〉书籍或画册外面包着的布套,也指卷册:卷~浩繁|披~散书,屡睹遗文。❷〈文〉成套的线装书,一函称一帙:前三年,元微之为予编次文集而叙之,凡五~,每~十卷。

制 (❶製) zhì ❶〈文〉剪裁:子有美锦,不使人学~焉。❷做;造:~版|研~|时高祖新营洛邑,多所造~。❸制定;规定:编~|因地~宜|因事而~礼。❹制度;准则:法~|所有~|皇帝临位,作明法~。❺管束;限定:~止|管~|限~。

知▢ zhì 见 zhī"知"(876页)。

质 (質)[质] zhì ❶客观存在的实体;构成事物的材料:物~|杂~|铁~|器械。❷事物的根本特性:~变|~性|人之所以异木~者,以其有知耳。❸产品或工作的优劣程度:优~|品~|保~保量。❹朴实;单纯:~朴|~直|君子~而已矣,何以文为? ❺询问;责问:~问|~疑|对~。❻〈文〉抵押:典~|以~

~钱。❼〈文〉抵押品:人~|必以长安君为~,兵乃出。❽〈文〉箭靶:是故~的张而弓矢至焉(的:箭靶的中心)。❾〈文〉质地;底子:永州之野产异蛇,黑~而白章(章:花纹)。

所▢ zhì 见 yín"所"(809页)。

炙▢ [炙] zhì ❶烤:~烤|~手可热|饮醇酒,~肥牛。❷〈文〉烤熟的肉:脍~人口|残羹冷~|羽割~引酒,言笑自若(羽:关羽。引酒:饮酒)。❸中药制法。把药材与液汁辅料放在一起炒,使辅料渗入药材:炮(páo)~|酒~|甘草~。❹〈文〉比喻受熏陶;受影响:亲~(直接得到某人的教诲或传授)。

治▢ [治] zhì ❶处理;管理:~家|自~|~国有道|克求能~水者。❷社会安定太平(跟"乱"相对):~世|长~久安|立善法于天下,则天下~。❸旧称地方政府所在地:县~|省~|府~。❹诊疗:病不~之症|这个伤不难~。❺消灭(害虫):~虫|~蝗。❻处理;惩办:~罪|惩~|以其人之道,还~其人之身。❼从事研究:~史|~学。❽〈文〉营造;建造:萧何~未央官|~楼船,高十余丈。

织▢ zhì 见 zhī"织"(876页)。

挃 zhì ❶【挃挃】〈文〉模拟割禾谷的声音:获之~(获:收割)。❷〈文〉撞击;捣:以手~其背。❸〈文〉刺:~头头知。❹〈文〉约束:厚于福者~其手。

茞 zhì 〈文〉用草填补空缺的地方。

栉 (櫛) zhì ❶〈文〉梳子、篦子等梳理头发的用具:木~|鳞次~比|妻执巾~(巾:手巾)。❷〈文〉梳理(头发):~发(fà)|~风沐雨(形容风里来,雨里去,奔波劳碌)|晨起方~,敌四万众坌(bèn)集(坌集:聚集)。

柣 ㊀ zhì ❶〈文〉门槛:卧~长二尺。❷〈文〉用木击打:尝兵执鸢~(鸢:人名)。

㊁ dié 【桔(xié)柣】春秋时郑国远郊城门名。

桋 zhì 见 yí"桋"(795页)。

Z

致 zhì 〈文〉同"致"。送去;送到。

昵 zhì 见 nì "昵"(484 页)。

峙 ㊀ zhì 〈文〉耸立;直立:～立|耸～|双峰对～。
㊁ shì 【繁峙】地名。在山西忻州。

庤 zhì 〈文〉储备;储存:仓～盈羡(羡:富余)。

庢 zhì 〈文〉阻碍;遏止:～杳(受阻碍而涌起)。

洷 zhì 古水名。

袟 zhì 〈文〉祭礼的次序,也泛指次第、顺序。

陟 [陟] zhì ❶〈文〉登高;上升:～山|～彼高冈,我马玄黄(玄黄:马生病)。❷〈文〉晋升;提拔:黜～|～罚臧否,不宜异同(臧:好。否:pǐ,坏)。

贽 (贄) zhì 〈文〉初次拜见尊长时所送的礼物:～礼|～敬(拜师所送的礼)|～见(带着礼物求见)。

挚 (摯) zhì ❶〈文〉诚恳;恳切:～友|～爱|于师友之际,尤缠绵笃～。❷〈文〉通"至(zhì)"。到;到来:霜雪大～,首种不入。❸〈文〉通"鸷(zhì)"。凶猛:猛兽～鸟。

莚 zhì 【蒬(yuān)莚】〈文〉药草名。也作"远志"。

桎 zhì ❶〈文〉脚镣:～梏(一gù,脚镣和手铐,比喻束缚的东西)。❷〈文〉给犯人的脚带上刑具:其邻～其后足。

轾 (輕) [轙] zhì ❶〈文〉车顶前倾,前低后高:戎车既安,如～如轩(轩:车前高后低)。❷【轩(xuān)轾】〈文〉比喻高低优劣:难分～。

致 (❼緻) zhì ❶送给:～函|～信|曹人～饩,礼也(饩:xì,赠送人的粮食)。❷传达;表达(情意等):～敬|～谢|～意。❸引起;达到:～癌|招～|学以～用。❹(力量、意志等)集中于某个方面:专心～志|毕生～力于教育事业。❺〈文〉获得;取得:罗～|家贫,无从～书以观。❻意态;情趣:兴～|闲情逸～|错落有～。❼细密;精细:细～|精～|案其狱,皆文～不可得

反。❽连词。表示结果,相当于"以致":马虎大意,～将数字写错。

峙 zhì 见 chí "峙"(82 页)。

晊 zhì 〈文〉大。

袟 zhì ❶〈文〉次序:～序|贱者咸得～进(咸:都。秩进:依次进用)。❷〈文〉官吏的俸禄;也指官吏的品级:官人益～|贬～一等。❸〈文〉十年(多用于老年人的年纪):年逾六～|八～寿辰。❹姓。

狾 zhì 〈文〉狗疯狂:～犬。

揰 zhì 〈文〉持;拿着:～而盈之(拿得满满的)。

鸷 (鷙) zhì ❶〈文〉凶猛的鸟,如鹰、雕等:养～。❷〈文〉凶猛;勇猛:～鸟|～勇|龙豹熊罴,～而无敌。

掷 (擲) zhì ❶扔;投;抛:投～|弃～|孤注一～。❷〈文〉跳跃:～出一虎吼～而去。

樴 zhì 【樴木山】地名。在湖南邵阳。

栉 ㊀ zhì ❶〈文〉同"栉"。梳篦的总称。❷〈文〉梳头。❸〈文〉治木的工匠。
㊁ jí 【栉栗】1.〈文〉树木名,可做手杖。2.〈文〉手杖;杖:横担～万山归。

硟 zhì 硟石,一种矿物质。

畤 ㊀ zhì ❶秦汉时祭祀天地和五帝(白帝、青帝、黄帝、赤帝、黑帝)的祭坛。❷田际;田界。
㊁ chóu 〈文〉同"畴"。田地:方外清溪寺,人间好～田。

剬 zhì 见 duān "剬"(150 页)。

铚 (銍) zhì ❶〈文〉短镰刀。❷〈文〉收割(禾穗):～刈(yì)。

翄 zhì 〈文〉黑色:～衣。

稑 zhì 〈文〉禾穗:～秸。

偫 [偫] zhì ❶〈文〉储备:储～|～粮。❷〈文〉具备;完备:君子义休(君子之义美好完备)。

偓 zhì 〈文〉闭塞不通：俭而好～。

猘 zhì ❶〈文〉疯狗：为～犬所伤。❷〈文〉凶猛：凶～。

觗 zhì ❶〈文〉同"觯"。一种酒器。❷〈文〉合；符合。

誌 zhì ❶〈文〉快。❷用于人名。赵崇誌，宋代人。

痔□ zhì 痔疮，肛门疾病。因肛管和直肠末端的静脉丛瘀血、曲张而造成。症状是发痒、疼痛、大便带血等。

峙 zhì 〈文〉同"跱"。立：～法幢为幡。

窒□ zhì 阻塞：～塞（sè）|～息|穹～熏鼠（穹窒：把缝隙堵上）。

袟 zhì 〈文〉衣裙上的褶纹或褶痕。

豒 zhì 【豒豒】〈文〉鸟飞舒展缓慢的样子。一说飞不高的样子。

紩 zhì 〈文〉缝；补缀：缝～|补～。

瓆 zhì 【瓆采】〈文〉玉名。

挃 zhì 〈文〉节制：是故为人主者，时～三乐。

槓□（櫍） zhì ❶〈文〉钟鼓架子或其他器物的腿部。❷〈文〉砧板；垫木。

蛭□ zhì 环节动物。身体通常长而扁平，没有刚毛，前后各有一个吸盘，有些吸食人畜血液。生活在淡水中或潮湿的地方。如水蛭、湖蛭、鱼蛭、山蛭等。通称"蚂蟥"。

智□［㓻］ zhì ❶认识、理解事物及解决问题的能力；见识：～商|才～|凡人之～，能见已然，不能见将然。❷有智慧；有见识：机～|睿～|～者千虑，必有一失。❸姓。

儨 zhì 〈文〉积聚；汇集：民财～。

傂 ㊀ zhì 【傑（cī）傂】〈文〉参差不齐。
㊁ sī ❶〈文〉车轮。❷【傂祁】古地名。

痣□ zhì 皮肤上黑色、棕色、青色、红色的斑痕或小疙瘩，大小不一，多数高出皮面，表面光滑或有毛，没有感觉。

粡 zhì ❶用米汤浆衣：浣衣出帛，得用米～不？❷储藏；储存：～储。

滞□（滯） zhì ❶停留；不畅通：～留|凝～|流而不～。❷呆板；不灵活：呆～|～涩。

寔 zhì 见 shí"寔"（614 页）。

骘□（騭）［隲］ zhì ❶〈文〉公马。❷〈文〉定；安定：阴～下民（默默地使下民安定。"阴骘"后转指阴德）。❸评论；评定：余平生爱看人诗而不喜评～。

彘□ zhì 〈文〉猪：～肩（猪肘）|鸡豚狗～之畜，无失其时。

摰 zhì ❶〈文〉刺。❷〈文〉至；到：（高台）～北极。❸〈文〉密集：～云。

跱□ ㊀ zhì ❶〈文〉停止：～雒（luò）阳城外。❷〈文〉伫立：鹤～而不食。❸〈文〉具备：储～（储备）。
㊁ tè 〈文〉通"特（tè）"。特别出众：英～（才智超群）。

蛁 zhì 【解（xiè）蛁】即獬豸。传说中的异兽名。

置□［❶△*寘］ zhì ❶安放；搁：安～|～之不理|项王则受璧，～之坐上。❷设立；建立：设～|装～|～法而不变，使民安其法也。❸购买；备办：～办|购～|郑人有且～履者，先自度其足（度：duó，量）。

"寘"另见 tián（664 页）。

锧□（鑕） zhì 〈文〉砧板；古代腰斩犯人用的垫板：坐法当斩，解衣伏～。

雉□［鴙］ zhì ❶鸟名。种类很多，雄性的羽毛华丽，雌性的羽毛淡黄褐色，尾较短，不能远飞。羽毛可用来制装饰品。通称"野鸡"。❷古代城墙长三丈高一丈为一雉。

稚□［*穉、*稺、稺］ zhì ❶幼小：～嫩|～气|有二子，长曰奚齐，～曰卓子。❷孩子；儿童：山深苦多风，落日童～饥。

廌 zhì ❶【解（xiè）廌】同"獬豸"。传说中的独角异兽，能辨别是非曲直，见人争斗就用角顶理亏的一方。❷〈文〉法令；

Z

法律。

滍 zhì 滍水，古水名。即今河南境内的沙河。

埶 zhì 〈文〉行礼时所执的巾帛。

墊 zhì ❶〈文〉至。❷〈文〉通"贄(zhì)"。初见尊长时所送的礼品。

疐 ㊀ zhì ❶〈文〉遇阻碍不能行进：黏～。❷〈文〉绊倒；跌倒：伤股而～。❸〈文〉发怒：忿～。
㊁ dì 〈文〉瓜蒂，去掉瓜果的蒂。

戠 zhì 〈文〉大：～～大猷(远大明智的谋略)。

餩 zhì 古地名。在今安徽。

瘈 zhì 见 chì "瘈"(85页)。

嫡 zhì 【蒂(dì)嫡】娇；刁。用于古白话：迟轻狂撒～。

抳 zhì 〈文〉相当。

銍 zhì 见 shì "銍"(619页)。

鞊 zhì 〈文〉围束在车盖杠柄上使车盖不前倾的皮绳。

蹇 zhì 〈文〉同"疐"。绊倒；跌倒。

遳 zhì 〈文〉近。

躓(躓) zhì ❶〈文〉被绊倒；跌倒：颠～|～仆(pū)不能起|马～不前，卓心怪欲止(卓，董卓)。❷〈文〉失败；遭受挫折：屡试屡～|中年遭～。

膣 zhì 〈文〉女性阴道的旧称。

觟 zhì 【觟(xiè)觟】即獬豸。传说中的独角异兽，能辨别是非曲直，见人争斗就用角顶理亏的一方。

觯(觯)[觝] zhì 古代酒器。青铜制，圆腹广口，圈足，有的有盖。尊者举～，卑者举角。

駤 zhì ❶〈文〉马负重停止不前。❷〈文〉蛮横凶暴：～戾。

踶 zhì 见 dì "踶"(133页)。

嚍 zhì 【咇(bì)嚍】〈文〉发声的样子。

癉 zhì ❶〈文〉痸疾。❷〈文〉牛头疮。

瀄 zhì 【瀄汩(yù)】1.〈文〉水波冲击的样子：～河水黄。2.〈文〉疾行的样子。

擿 ㊀ zhì ❶〈文〉挠；抓搔：指～无痏(xiāo)痒(痟痒：痛痒)。❷〈文〉搔头，古代妇女的一种首饰：簪以玳瑁为～。❸〈文〉投掷。后作"掷"：～玉毁珠。
㊁ tī ❶〈文〉挑(tiāo)；拨：～巢探卵。❷〈文〉揭露：～发其奸。
㊂ zhāi 〈文〉同"摘"。摘取：～我园中蔬。

賝 zhì 〈文〉同"质"。抵押：以身～物。

螲 zhì 见 dié "螲"(140页)。

觥 zhì 〈文〉角倾斜的样子。

憤[憒] zhì 〈文〉愤恨；愤怒：忿～。

鷙 zhì 〈文〉车前低后高；低：轩～(高低)。

樴 zhì 见 zhé "樴"(868页)。

闀 zhì 〈文〉致密。

躓 zhì 见 dài "躓"(117页)。

嚍 zhì 〈文〉乡野人说的话。

篫 zhì 〈文〉竹子葱茏茂密的样子：木森森兮竹～～。

鮷 zhì 〈文〉鱼名。

諮 zhì 【諮(zhá)諮】〈文〉言语无条理。

濽 zhì 〈文〉水渗进土里。

憒 zhì ❶〈文〉多怒而违理。❷〈文〉阻止；阻塞。

鸷 zhì 〈文〉羊鞭的末端有金属针状物。

騺 zhì 〈文〉鱼名。

篴 zhì 〈文〉幼竹。

趱[趱] zhì 〈文〉跑。

磩 zhì ①〈文〉柱子下的石础。②〈文〉同"窒"。闭塞:~滞(阻塞不通)。

艴 zhì 〈文〉摆放礼器的顺序。通作"秩"。

鷙 zhì 〈文〉马负重难行的样子:马~不行。

跮 zhì 〈文〉咬嚼坚硬的东西。

踬 zhì 〈文〉同"踬"。绊倒;跌倒。

鯯 zhì 〈文〉鱼名。

騺 zhì 传说中的鱼名。

賮 zhì 〈文〉同"质"。抵押:以身~物。

躓 zhì 〈文〉同"踬"。绊倒;跌倒。

鱯 zhì 〈文〉鱼名。

---

zhōng (ㄓㄨㄥ)

中 ㊀ zhōng ①跟四周、上下距离相等的部位:~心|居~|洛阳处天下之~。②范围以内;内部:城~|水~|山~相送罢,日暮掩柴扉。③位置在两端之间:~年|~途|~道而反(反:返回)。④性质、等级在两端之间:~等|~档|~级。⑤用在动词或动词性短语后,表示动作的持续状态:发展~国家|方案在研究~|谈判在紧张进行~。⑥中人,为双方介绍买卖、调解纠纷并做见证的人:请人做~|士~而见,女无媒不嫁,君子不行也。⑦不偏不倚:~立|~庸|适~|折~。⑧适于;合于:~用|~看|~听。⑨〈方〉可以;行;成:这办法~|你看~不~? ⑩中国:~文|医|古今~外|洋为~用。⑪姓。

㊁ zhòng ①正对上;恰好相合:一语~的(dì)|圆者~规,方者~矩|养由基,楚之善射者也…百发百~。②受到;遭受:~毒|~计|~了圈套。

伀 zhōng ①〈文〉志向顾及众人。②〈文〉称呼丈夫的父亲。也用来称呼丈夫的兄长。③【征(zhēng)伀】〈文〉惊恐的样子。

汷 zhōng 古水名。在今湖北。

茽 zhōng 〈文〉草名。

伀 zhōng 【征(zhēng)伀】〈文〉同"征忪"。惊恐:百姓~。

妐 zhōng 见 sōng "忪"(634页)。

妐 zhōng ①〈文〉丈夫的父亲。②〈文〉丈夫的兄长。

忠 zhōng ①真诚无私;尽心尽力:~诚|~效|为人谋而不~乎? ②特指对君主的忠诚:~臣|精~报国|食禄而避难,非~也。③姓。

终 (終)[冬] zhōng ①最后;末了(跟"始"相对):~点|~年|~而复始,日月是也。②结束;完了:告~|剧~|曲~人散|以~天年。③人死亡:临~|送~|今君虽~,言犹在耳。④从开始到末了的:~日|~年|受地于先王,愿~守之。⑤〈文〉表示经过一段时间出现了一定的结果,相当于"终于":~获成功|~有一天真相会大白|为蛇足者,~亡其酒(亡:失掉)。⑥表示对事物性质和特点的确认,相当于"终究":事实~是事实|玩笑~不过是玩笑而已。

柊 zhōng ①常绿灌木或小乔木。花白色,有香气。②【柊叶】多年生草本植物,产于广东。根茎块状,叶子长圆形,可用来包粽子。根茎和叶也可入药。

歪 zhōng 〈文〉终止;死亡。

盅 zhōng 没有把儿的小杯子(多用于饮酒或喝茶):酒~儿|茶~儿。

钟 (①-③鐘、④-⑨鍾) zhōng ①打击乐器。中空,用铜或铁制成。用于音乐演奏,也用来

报时、报警、发出召集信号等:铜~|警~|鼓齐鸣|窈窕淑女,~鼓乐之。❷计时的器具,多摆放在桌上或挂在墙上:~表|座~|石英~。❸指时间或时刻:~点|十分|三秒~。❹古代量器。六石四斗为一钟。❺古代盛酒器:旨酒万~。❻(情感等)集中;专注:~爱|~情|情之所~,正在我辈。❼〈文〉同"盅"。没有把儿的小杯子(多用于饮酒或喝茶):掌中琥珀,行酒双逶迤。❽姓。❾【钟离】复姓。

"鍾"另见 zhōng "锺"(886 页)。

松 [枀] zhōng 〈文〉合裆的内裤。

笿 zhōng 〈文〉长节竹。

舂 zhōng 〈文〉同"终"。最后:其~存乎千代之后,必有人与相食者矣。

舯 zhōng 船体长度的中点,也指船体的中部。

衷 ㊀ zhōng ❶内心:~心|初~|言不由~。❷〈文〉贴身内衣;穿在里面:楚人~甲(楚国人在外衣里面穿上皮甲)。❸姓。
㊁ zhòng 〈文〉适当;恰当:服之不~,身之灾也(服:衣服)。

浺 zhōng 古泉名。

惚 zhōng ❶〈文〉满裆裤。❷〈文〉书套。

蔠 zhōng 【蔠葵】〈文〉即落葵,一年生藤蔓草本植物。嫩叶可以食用。也叫"蘩露"。

锺 (鍾) zhōng 用于姓氏人名。"鍾"另见 zhōng "钟"(885页)。

蟅 zhōng 见 chóng "蟅"(87页)。

锺 zhōng 同"钟(鍾)"。古代量器:~斛。

螽 [蚣、蝩] zhōng 虫名。旧说是蝗类的总名。有不同种类,有的属于蝗虫科,有的属于螽斯科。

䯮 zhōng 〈文〉一种斑纹似豹的小鼠。

躟 ㊀ zhōng 【躟(lóng)躟】1. 老人行走的样子。2. 行立不稳的样子:八戒正行,忽然打个~。‖用于古白话。
㊁ chòng ❶上下颠动的样子。用于古白话:骑一步,~一~,几番要攧下来。❷行走不稳的样子:跌跌~~走过去。
㊂ dòng 〈文〉通"动(dòng)"。行动:~善时(行动最合时宜)。

靋 ㊀ zhōng 【靋靋】〈文〉中医指气的往来运行:阴阳~。
㊁ chòng 【靋靋】〈方〉无心而行:四民~。

霼 zhōng 〈文〉久雨。

籦 zhōng 【籦笼】〈文〉一种竹子,可以制笛。

zhǒng (ㄓㄨㄥˇ)

肿 (腫) zhǒng ❶皮肤、黏膜、肌肉等组织因局部循环障碍或发炎、化脓、内出血等而胀起:~胀|红~|脚~|~了。❷〈文〉毒疮:体生疮~。

种 (㊀㊁種) ㊀ zhǒng ❶生物赖以繁殖传代的物质:稻~|播~|~杂者,禾则早晚不均。❷具有共同遗传特征的人群:~族|人~|夷有九~。❸事物的类别:工~|剧~|语~。❹物种,生物分类系统的基本单位。在属之下:变~|黄山松是松属的一个~。❺〈文〉血统;后代:女无谋而嫁者,非吾~也。❻量词。用于具体的事物(强调事物的区别性):两~颜色|三~动物|几~家具。
㊁ zhòng 种植,把种子或幼苗等埋入土里使生长:~树|刀耕火~|今其民皆~麦。
㊂ chóng 姓。

冢 [*塚] zhǒng 坟墓:古~|荒~|项羽烧宫室,掘始皇帝~。

尰 [尰] zhǒng 〈文〉同"瘇"。脚肿病:治~扶轻杖。

喠 ㊀ zhǒng 〈文〉不能言。
㊁ chuáng 同"噇"。吃。用于古白话:昨日~了几杯寡酒。

徸 zhǒng 〈文〉前后足迹相继。也作"踵"。

踵 zhǒng 〈文〉同"踵"。脚后跟。

瘇 zhǒng 〈文〉脚肿病。

踵 ㊀ zhǒng ❶〈文〉脚后跟：旋～（把脚后跟转过来，比喻极短的时间）|接～而至|延颈举～。❷〈文〉到：～谢|自楚至滕，～门而告文公。❸〈文〉跟随：～至（跟在后面来到）|～其后。❹〈文〉沿袭；继承：事增华（继续以前的事业并更加发展）|～其成法|～秦而置材官于郡国（材官：预备兵）。
㊁ zhòng 【踵（lóng）踵】1.〈文〉衰老行动不灵便的样子。2.〈文〉行走要跌倒的样子。‖也作"龙钟"。

穜 □ zhǒng 见 tóng "穜"（673页）。

瘇 ㊀ zhǒng 〈文〉脚肿。
㊁ tóng 〈文〉同"痈"。疮溃。

zhòng（ㄓㄨㄥˋ）

中 □ zhòng 见 zhōng "中"（885页）。

仲 □ zhòng ❶居中的位次：～裁（由双方同意的第三者对争执事项做出裁决）。❷农历每季的第二个月：～夏|～秋|方～春而东迁。❸兄弟排行中的老二：～兄|伯～叔季。❹姓。

众（眾）[*眾] zhòng ❶许多人：群～|观～|乌合之～。❷多；许多（跟"寡"相对）：～多|人兵强|树成荫而～鸟息焉。❸〈文〉一般；普通：为～师且不致，况为吾子师乎?

狆 zhòng 旧时西南地区少数民族之一。也作"仲"，称"仲家"。即今布依族。

莇 □ zhòng ❶〈文〉花草丛生的样子。❷用于人名。

种 □ zhòng 见 zhǒng "种"（886页）。

重 □ ㊀ zhòng ❶分量：净～|体～|金人十二，各～千石。❷分量大；比重大（跟"轻"相对）：笨～|沉～|夫时化则刑～，时乱则刑轻。❸程度深：～伤|情义～|创敌军|伤败很。❹重要：责任～|军事～地|北方～镇。❺不轻率；庄重：稳～|郑～|老成持～。❻重视：器～|～男轻女|尊贤而～士。❼姓。
㊁ chóng ❶（相同的事物）又一次出现：～叠|～申|两人～名～姓|这本教材发～了。❷表示动作行为再次进行，相当于"重新、再"：～做一遍|故地～游|乃～修岳阳楼。❸量词。层：万～山|～～困难|汉军及诸侯兵围之数～。

神 zhòng 【神襌（dàn）】〈文〉淡薄无味：～其辞。也作"神澹"。

衶 zhòng 〈文〉虫咬：(晚年）齿皆～龋（qǔ）。

衷 □ zhòng 见 zhōng "衷"（886页）。

憧 ㊀ zhòng 〈文〉迟重；迟缓。
㊁ tòng 〈文〉通"恸（tòng）"。极悲痛：悲～。

氭 zhòng 化学元素"氙（xiān）"的旧称。

鷚 zhòng 【鹨（liú）鷚】〈文〉鼯鼠。

踵 □ zhòng 见 zhǒng "踵"（887页）。

穜 □ zhòng 见 tóng "穜"（673页）。

謹 zhòng 用于人名。李周謹，唐代人。

鱅 zhòng 〈文〉鱅鱼。也叫"乌鳢"。

zhōu（ㄓㄡ）

舟 □ zhōu ❶船：小～|龙～|泛彼柏～，亦泛其流（柏舟：柏木船）。❷〈文〉用船渡；用船运：商人～米以来。❸姓。

州 □ zhōu ❶古代行政区划单位，今保留在地名中，如扬州、苏州。❷自治州，少数民族地区的行政区划单位，隶属于省或自治区，在自治县之上。❸姓。

侜 □ zhōu 见 zhòu "侜"（889页）。

诌（謅） zhōu 随口编造（言辞）：胡～|瞎～。

侜 zhōu ❶〈文〉蒙蔽:谁～予美(予美:我所爱的人)。❷【侜张】〈文〉欺诳:～变怪之言。

周 [❶-❻*週] zhōu ❶圈子;环绕着中心的外沿:～围|四～|运动员绕场一～。❷环绕;绕行一圈:～旋|～转(zhuǎn)|逐之,三～华不注(华不注:山名)。❸全;普遍:～遍|～身|亲巡天下,～览远方。❹完备:～密|～详|计划不～。❺时间的一轮:～年|～岁|～期。❻星期:～刊|上～|度～末|休息两～。❼接济;救济:～急|～恤|～济。这个意义后来写作"赒"。❽朝代名。1.约公元前1046—前256年,周武王姬发所建,分西周、东周。至公元前771年周幽王被杀,建都镐京(今陕西西安),史称西周。公元前770年周平王迁都洛邑(今河南洛阳西),史称东周。东周分春秋(前770—前476)、战国(前475—前221)两个时期。2.公元557—581年,北朝之一,宇文觉所建,建都长安(今陕西西安),国号周,史称北周。3.公元690—705年,唐武则天称帝,国号周。4.公元951—960年,五代之一,郭威所建,建都汴(今河南开封),国号周,史称后周。❾姓。

舟 zhōu 〈文〉周遍;遍及。后作"周"。

洲 zhōu ❶江河中由泥沙淤积而成的陆地:～渚|绿～|长江三角～|关关雎鸠,在河之～。❷面积广大的陆地及其附近岛屿的总称。地球上有七大洲,即亚洲、欧洲、非洲、北美洲、南美洲、大洋洲和南极洲。❸用于地名:株～(在湖南)|溙～(在广东)。❹姓。

輈 (輈) zhōu ❶〈文〉独木车辕。❷〈文〉泛指车:驾龙～兮乘雷,载云旗兮委蛇(yí)。

郮 zhōu 古国名。故地在今陕西。

搊 zhōu 〈方〉从一侧或一端托起、掀起(重物):把石板～起来|把桌子～翻了。

啁 ⊖ zhōu 【啁啾(jiū)】模拟鸟鸣的声音:乳雀～春意浓。
⊜ zhāo 【啁哳(zhā)】〈文〉声音杂乱细碎:秋蛩寒蝉,吟噪～。也作"嘲哳"。

鵃 (鵃) zhōu 【鹘(gǔ)鵃】古书上说的一种鸟:～春鸣。

凋 ⊖ zhōu 〈文〉水回旋:水触石盘,～面狭底。
⊜ diāo 〈文〉凋谢:～枯。用同"凋"。

婤 zhōu 女子人名用字。

咮 ⊖ zhōu 【咮咮】〈文〉模拟唤鸡的声音:～鸡上笼。
⊜ zhòu 〈文〉同"咒"。巫师、术士驱妖或降祸的密语:～物|～法。

赒 (赒) zhōu 〈文〉周济;救济:～济|～人之急。后又作"周"。

粥 ⊖ zhōu 用粮食等煮成的半流质食物:喝～|小米～|崇为客作豆～(崇:人名)。
⊜ yù ❶〈文〉同"鬻"。卖:君子虽贫,不～祭器。❷〈文〉通"育(yù)"。生育;养育:孕而不～。

嘧 ⊖ zhōu ❶同"诌"。随口编造。用于古白话:片口张舌～出来的。
⊜ zhòu 通"㑇(zhòu)"。乖巧;俊俏。用于古白话:我是个村疃(tuǎn)多年老狐(村疃:村庄)。

誯 zhōu ❶〈文〉多言。❷用于人名。赵汝誯,宋代人。

翢 zhōu 见 dào "翢"(125页)。

輖 zhōu ❶〈文〉车重,泛指物的轻重:(矢)轩～中(矢前后轻重均衡)。❷〈文〉低。❸〈文〉早晨:～饥(早上饥饿思食;渴慕)。

踀 zhōu 〈方〉踢倒:他把椅子给～了。

騆 zhōu 【騆騪(sōu)】〈文〉一种高大的马。

鼄 ⊖ zhōu 〈文〉同"盩"。山水弯曲。
⊜ chōu 〈文〉通"抽(chōu)"。引:～肝(残杀)。

鼄 zhōu ❶〈文〉牵引而又击打。❷【鼄厔(zhì)】1.山水盘曲的样子。2.地名。在陕西西安。今作"周至"。

騆 zhōu 〈文〉神马：神～。

譸 ⊖ zhōu ❶【譸张】1.〈文〉欺诳：～幻惑(幻惑：使人迷乱)。2.〈文〉嚣张：何敢～。也作"侜(zhōu)张"。❷〈文〉诅咒。
⊜ chóu 〈文〉通"筹(chóu)"。忖度；推测。

鬻 □ zhōu 见 yù "鬻"(834 页)。

zhóu (ㄓㄡˊ)

妯 □ ⊖ zhóu 【妯娌(li)】哥哥的妻子和弟弟的妻子的合称：～之间。
⊜ chōu 〈文〉悲悼；伤痛：淮有三洲，忧心且～(淮：淮河)。

柚 □ zhóu 见 yóu "柚"(820 页)。

軸 □ (軸) ⊖ zhóu(旧读 zhú)❶车轴，也泛指圆柱形的机械零件，轮子和其他转动的机件绕着或随着它转动：～承│轮～│多～自动车床。❷圆柱形的用来往上绕或卷东西的器物：升棺～│转～│拨弦三两声，未成曲调先有情。❸量词。1.用于卷在轴子上的字画：一～儿山水画│两～儿条幅。2.用于缠在轴子上的线：一～白纱│一～毛线。❹把平面或立体分成对称部分的直线：中～线。
⊜ zhòu 一台戏曲演出中排在最后的剧目：大～(最末一个剧目)│压～(倒数第二个剧目)。

碡 □ zhóu 【碌(liù)碡】旧式农具。圆柱形，用石头做成，用来碾谷物或轧平场地。

zhǒu (ㄓㄡˇ)

肘 □ zhǒu ❶人的上臂与前臂交接，可以弯曲的部位：～窝│捉襟见～│矢贯余手及～。❷肘子，做食物吃的猪腿的最上部分：后～。❸〈文〉拉住别人的肘部(表示牵制或迟难)：高声索果果，欲起时被～。❹〈文〉用肘碰：魏宣子～韩康子。

疛 □ zhǒu 〈文〉腹病。即腹水。

帚 □ [*箒、菷] zhōu 笤帚：扫～│敝～自珍│家贫无供给，客位但箒～。

抽 zhōu 弹奏；表演。用于古白话：～戏。

痏 zhōu 见 cáo "痏"(58 页)。

瞩 zhōu 【瞩瞩】〈文〉深邃的样子。

貁 zhōu 传说中的兽名。

鰡 zhōu 【鱖(jué)鰡】〈文〉鱼名。即鳡鲅。

zhòu (ㄓㄡˋ)

纣 □ (紂) zhòu ❶〈文〉后鞧(qiū)，拴在驾辕牲口屁股周围的皮带：～棍(系在马、驴等牲口尾巴下的横木)。❷商朝末代君主，相传是暴君：助～为虐(比喻帮助坏人做坏事)。

伷 zhòu 同"胄"。古代帝王或贵族的后代子孙。

㑇 □ (㑇) ⊖ zhòu ❶凶狠；固执：性情～。❷乖巧；俊俏：打扮的体态又～。‖用于古白话。
⊜ zhōu 同"诌"。编排；编造(言辞)。用于古白话：有许多文来～(文：虚文礼节)。

咒 □ [*呪、誩] zhòu ❶〈文〉祷告：～祝│～延(祷告延年益寿)。❷某些宗教或巫术认为可以除灾或降祸的密语：～语│符～│紧箍～。❸说希望别人遭厄运的话：～骂│诅～│～人死。❹誓言，发誓的话：赌～发誓。

恘 □ (憪) zhòu 〈方〉固执：～脾气│性情太～。

宙 □ zhòu ❶古往今来，时间的总称：往古来今谓之～。❷地质年代分期的最高一级，在代之上，跟年代地层单位的"宇"对应：太古～│元古～│显生～。❸〈文〉天空：霜凝碧～，水莹丹霄。❹姓。

郮 □ zhòu 见 zōu "郮"(911 页)。

骎 □ zhòu 见 zōu "骎"(911 页)。

Z

绉（縐）
zhòu 织有皱纹的丝织品，常用来做衣服、被面等：～纱｜～绸｜真丝双面～。

莜（蓧）
zhòu ❶〈方〉用草包裹。❷〈方〉碗、碟等用草绳绑扎成一捆叫一莜。

轴
zhòu 见 zhóu "轴"（889 页）。

胄
zhòu 古代战士所戴的头盔。通作"冑"。

冑
zhòu ❶古代作战时戴的头盔：甲～｜将吏被介～而睡（被：pī，通"披"。介：甲）。❷古代帝王或贵族的后代子孙：帝～｜贵～｜晋人杀怀公，无～。

咮
⊖ zhòu ❶〈文〉鸟喙：不濡其～（濡：沾湿）。❷星名。柳星（二十八宿之一）的别名。
⊜ zhù 〈文〉鸟鸣声。
⊜ zhū 【咮咮】〈文〉声音繁杂。
㈣ rú 【咮嚅】〈文〉难言；欲言又止。

祝
zhòu 见 zhù "祝"（895 页）。

昼（晝）
zhòu 白天（跟"夜"相对）：白～｜夏季～长夜短，冬季～短夜长｜伍子胥囊载而出昭关，夜行而～伏。

酎
zhòu 〈文〉经多次酿造而成的醇酒：是月也，天子饮～。

皱（皺）
zhòu ❶皮肤因松弛而出现的较深的纹路；物体表面因收缩或揉弄形成的凹凸相间的条纹：～纹｜～褶｜衣服起～了｜～面黄须。❷起皱纹：～眉头｜风乍起，吹～一池春水。

啄
zhòu 见 zhuó "啄"（903 页）。

冑
zhòu 见 zhōu "冑"（888 页）。

訕
zhòu 〈文〉同"咒"。诅咒。

嘲
zhòu 见 zhōu "嘲"（888 页）。

瓽
zhòu ❶〈文〉砖砌的井壁：井泉添碧～。❷〈文〉井：百尺寒泉古～清。❸〈文〉用砖石垒砌：～井｜不～不筑，全其自然。

訕
⊖ zhòu 〈文〉同"咒"。祷告。
⊜ chóu 〈文〉计算：取细毫中黍，积次～定。用同"筹"。
另见 chóu "酬"（89 页）。

嬋
zhòu 见 chú "嬋"（91 页）。

輈
zhòu 〈文〉同"冑"。作战时戴的头盔：冠～。

腸
zhòu 见 zhù "腸"（896 页）。

瘚
zhòu 〈文〉收缩：蚌当雷声则～。

騆
zhòu 〈文〉赛马：善～者不贪最先，不恐独后。

筹
zhòu 〈文〉竹子枯死。

愗
zhòu 【僝(chán)愗】1. 烦恼；忧愁：从来清瘦，更被春～。2. 折磨。3. 埋怨；责骂。‖用于古白话。

嘲
⊖ zhòu ❶〈文〉鸟喙：碧爪丹～。❷〈文〉星名。柳星（二十八宿之一）的别名。
⊜ zhuó 〈文〉同"啄"。鸟啄食：俯～白粒。
⊜ dú 〈文〉星名。毕星（二十八宿之一）的别名。

懤
zhòu 【懤(chán)懤】同"僝愗"。1. 愁苦；烦恼。2. 折磨。‖用于古白话。

鋈
zhòu 见 còu "鋈"（105 页）。

鼬
zhòu 见 yóu "鼬"（822 页）。

骤（驟）
zhòu ❶〈文〉马快跑；奔驰：驰～｜或翩若船游，或决若马～。❷急速：急～｜暴风～雨。❸突然；忽然：～然｜狂风～起｜脸色～变。❹〈文〉屡次；多次：～战而～胜，国家之福也。

鞧
zhòu 〈文〉同"纣"。套车时拴在牲口尾部横木上的皮带。

籀
zhòu ❶籀文，汉字字体的一种，即大篆。兴起于西周末年，春秋、战国时通行于秦国。❷〈文〉阅读并领会文义：～读｜讽～。

鸐
zhòu 〈文〉水鸟名。

zhū (ㄓㄨ)

朱 (②硃) zhū ❶大红:～红|近～者赤|～门酒肉臭,路有冻死骨。❷朱砂,矿物。化学成分是硫化汞,大红色,无毒。是炼汞的重要原料,也可做颜料、药材。也叫"辰砂、丹砂"。❸〈文〉胭脂:弄粉调～,贴翠拈花。❹姓。

邾 zhū ❶周代诸侯国名。故地在今山东邹城一带。后改称"邹"。❷姓。

侏 zhū ❶〈文〉矮小:安得侏～之人乎?(侏:驼背)❷【侏儒(rú)】身材特别矮小的人:优游(zhān)者,秦倡～也(优游:名叫游的演员)。

诛 (誅) zhū ❶〈文〉杀死;处死(有罪的人):～杀|伏～|害民者～。❷〈文〉惩罚;讨伐:～必行于有罪|伐无道,～暴秦。❸〈文〉谴责;责问:～心之论|口笔伐|至有～斥诘辱之累。❹〈文〉索求:～求无已|贪财～利。

茱 zhū 【茱萸】落叶小乔木。香气辛烈,可入药。我国古代有重阳节佩茱萸以避恶祛邪的风俗:遥知兄弟登高处,遍插～少一人。

咮 zhū 见 zhòu "咮"(890 页)。

洙 zhū 洙水,古水名。源出今山东新泰市东北。故道久已湮没。

珠 zhū ❶珍珠:～宝|～光宝气|金生沙砾,～出蚌泥。❷小的圆粒形的东西:水～儿|泪～儿|算盘～儿。❸姓。

株 zhū ❶树木露在地面上的根;树桩:宋人有耕者,田中有～,兔走触～,折颈而死,因释其耒而守之,冀复得兔。❷植株:～距|幼～。❸量词。用于树木花卉的棵数:两～柳树|几～梅花|成都有桑八百～。

栽 zhū 〈文〉杀;碎剐之～。通作"诛"。

诸 (諸) zhū ❶表示全体或全体中的个体,相当于"众、各":～位|～君|身率～军祝可山(亮:诸葛亮)。❷多;许多:～多|～子百家。❸〈文〉代词"之"和介词"于"的合音:藏～名山|付～法律|投～渤海之尾。❹〈文〉代词"之"和语气助词"乎"的合音:有～?|求善贾而沽～?(贾:同"价"。)❺〈文〉他;她;它:告～往而知来者。❻姓。❼【诸葛】复姓。

槠 zhū 〈文〉树枯死。

铢 (銖) zhū ❶古代重量单位。二十四铢为一两。❷〈文〉钝:其兵戈～而无刃(刃:刀锋)。

猪 [*豬、瀦] zhū ❶哺乳动物。头大,鼻、吻都长,眼小,耳大,腿短,身体肥。肉可以吃,皮可以用来制革,鬃、骨等可作工业原料。❷〈文〉通"潴(zhū)"。水积聚:大野既～,东原底平(大野:泽名)。

袾 zhū 〈文〉通"姝(shū)"。美丽;美好。

蛛 [蝫] zhū 蜘蛛:～网|～丝马迹。

箊 zhū 〈文〉篾席做的船帆。

腉 ⊖ zhū 〈文〉同"猪":牛畜～羱。
⊜ dǔ 同"肚"。动物的胃。用于古白话:我思量些羊～儿汤吃。

絑 zhū 〈文〉(颜色)纯赤。

跦 ⊖ zhū 【跦跦】〈文〉跳行的样子:鸲鹆～(鸲鹆:qúyù,八哥)。
⊜ chú 【踟(chí)跦】〈文〉即踟蹰。徘徊不前:～步趾。

楮 (櫧) zhū 常绿乔木。叶子革质,花黄绿色,果实球形,褐色。木材坚硬,可做器具:又东南二百里,曰前山,其木多～,多柏。

蝑 zhū 【蝑(jū)蝑】〈文〉一种水生动物。

潴 [瀦] zhū ❶〈文〉(水)积聚:～积|～留|停～。❷〈文〉水积聚的地方:～漅|以～畜水。

櫫 zhū 〈文〉同"楮"。一种常绿乔木。

橥 [橥] zhū ❶〈文〉小木桩。❷【橛(jié)橥】〈文〉标志;揭示:～其姓名。

Z

譜　zhū　见 zé "譜"(852 页)。

跦　zhū〈文〉大红色:～騣白马。

鴸　zhū　传说中的一种怪鸟。

鮢　zhū【鮢鱬(rú)】〈文〉鱼名。似虾无足。

蠢　zhū【楸(sù)蠢】传说中的山名。

鮈　zhū ❶【鮈(zhuī)鮈】〈文〉江豚的别名。❷【鋸(jū)鮈】〈文〉虫名。

磝　zhū【磝(jiān)磝】〈文〉治玉用的磨石。

蠩　⊖ zhū【蜛(jū)蠩】〈文〉一种水生动物。
⊜ chú【蟾(chán)蠩】〈文〉即蟾蜍。

zhú（ㄓㄨˊ）

术　⊖ zhú　见 shù "术"(624 页)。

朮　zhú　同"术"。多年生草本植物。有白朮、苍朮等数种。根茎可入药。

竹　⊖ zhú ❶竹子,多年生常绿植物。茎圆柱形,有节,中空。茎可供建筑和制器具用:胸有成～|势如破～|茂林修～。❷古代八音之一,指竹制乐器,如管、笛等。❸姓。

茉　zhú〈文〉草名。

竺　⊖ zhú ❶【天竺】我国古代称印度。❷姓。
⊜ zhú〈文〉水、乳汁等流出的样子:母乳～。
⊜ shè ❶〈文〉同"涉"。进入。❷〈文〉同"涉"。行走:～宇内而求友。

筑［蝑］　zhú【蓋(biān)筑】〈文〉一年生草本植物。也叫"扁竹"。

竺　zhú〈文〉同"竺"。指天竺:闲吟～仙偈。

逐［遾］　⊖ zhú ❶追;追赶:～鹿|如蝇～臭|随波～流|一兔走,百人～之。❷驱赶;赶走:驱～|放～|～出家门。

❸竞争:竞～|角(jué)～|上古竞于道德,中世～于智谋。❹一一挨着(次序):～步|～年|挨门～户。

笁　zhú〈方〉手脚因猛烈触物而扭伤:我的脚～倒了。

烛（燭）　⊖ zhú ❶古代照明用的火把:从车二乘,执～前马(让随从在前面拿着火把照路)。❷蜡烛:～影|～光|红～|半条残焰短。❸〈文〉照亮;照见:～照|火光～天|天无私覆也,地无私载也,日月无私～也,四时无私行也。❹〈文〉明察:洞～其奸(看透对方的阴谋诡计)。

窋　⊖ zhú〈文〉物体在洞穴中欲出的样子。
⊜ kū〈文〉同"窟"。洞穴;土室:～室。

舳　⊖ zhú〈文〉船尾:～舻(泛指船只)。

逫　zhú【逫律】〈文〉气出迟缓的样子。

埑　⊖ zhú　塞;堵住:～著帝释鼻孔(帝释:佛教神名)。
⊜ zhù　捣土使坚实:将鐽头～地三下。用同"筑"。

蓫　zhú　见 chù "蓫"(93 页)。

瘃　⊖ zhú　中医指冻疮:冻～|将军士寒,手足皲(jūn)～。

鄐　zhú　古地名。在今山东。

碱　zhú　见 qì "碱"(537 页)。

蜐　zhú【马蜐】〈文〉即马陆。节肢动物名。

鮢　zhú〈文〉鱼名。

蠋　⊖ zhú〈文〉蝴蝶、蛾等的幼虫:蜎(yuān)蜎者～(蜎蜎:蚕类蠕动的样子)。

趢　zhú〈文〉行走的样子。

躅　⊖ zhú【躅(zhí)躅】徘徊不进:～不前|(大鸟兽)过故乡,则必徘徊焉,鸣号焉,～焉。
⊜ zhuó ❶〈文〉足迹:偶寻野水寺,仰慕

贤者～。❷〈文〉人的行为、功业:遗～。

鱁 zhú 〈文〉"鱀(jì)"的别名。白鱀豚。也叫"白鳍豚"。

蠋 zhú【羊蠋(zhí)蠋】〈文〉落叶灌木。花有剧毒,羊误食后往往踯躅而死,故名。也作"羊踯躅"。

鸀 zhú 见 shǔ "鸀"(624 页)。

潴 zhú ❶〈文〉灌注:水潦(lǎo)～焉(水潦:停积的雨水)。❷姓。

媰 zhú 〈文〉谨慎。

欘 zhú ❶〈文〉同"斸"。镢、锄一类的农具。❷〈文〉计算角度的单位。❸〈文〉树枝弯曲。

矚 zhú 〈文〉同"烛"。照:当日而～之。

爥 zhú 〈文〉同"烛"。照明用的火把;照亮。

斸[劚] zhú ❶〈文〉镢、锄一类的农具:斤～。❷〈文〉挖;掘:～地。❸〈文〉砍;削:～得一片木。

蠾 zhú【蠾蝓(yú)】〈文〉蜘蛛的别名。

繘 zhú 〈文〉衣襟上用作装饰的带子:～带。

躅 zhú 〈文〉同"躅"。【蹢(zhí)躅】同"踯躅"。徘徊不进。

钃 zhú ❶〈文〉同"斸"。大锄。❷〈文〉同"斸"。掘;斫:～绝(砍断)。

鸀 zhú 同"鸀"。【鸀鳿(yù)】〈文〉水鸟名。外形似野鸭而大,羽毛呈紫绀色。

zhǔ (ㄓㄨˇ)

丶 zhǔ 古人读书时断句的符号。

主 zhǔ ❶邀请并接待宾客的人(跟"宾、客"相对):宾～|东道～|喧宾夺～。❷拥有财物或权力的人:业～|盟～|物归原～。❸旧时占有奴隶或使用仆役的人(跟"奴、仆"相对):～仆|奴隶～。❹〈文〉国君:故国治而地广,兵强而～尊。❺当事人,跟事物或事件有直接关系的人:～顾|事～|债～。❻负责处理;主要责任:～事|～办|太尉绛侯周勃不得入军中～兵。❼主张;决定:～战|～和|婚姻自～。❽主见,对事情的确定意见:～意|六神无～|先入为～。❾最重要的;最基本的:～要|分清～次|叙事之工者,以简要为～。❿自身的;出于自身的:～观|～动。⓫预示(吉凶祸福或自然变化等):～吉|～凶|早霞～雨,晚霞～晴。⓬死人的牌位:神～|丁丑,作僖公～。⓭基督教徒对上帝、伊斯兰教徒对真主的称呼:救世～。⓮姓。

讑(訏) zhǔ ❶〈文〉智慧;知识。❷用于人名。赵孟讑,宋代人。

拄 zhǔ 用手臂、手杖或棍棒等支持身体:双手～在床头上|手～青竹杖,足踏白石滩。

枓 ㊀ zhǔ 〈文〉勺子,舀水用具:使厨人操铜～以食代王及从者。
㊁ dǒu【枓栱(gǒng)】我国传统建筑的承重结构。加在立柱顶端和横梁交接处的一层层探出成弓形的结构叫栱,垫在栱与栱之间的方形木块叫枓,合称"枓栱"。今作"斗拱"。

庲 zhǔ 〈文〉同"属"。连接;连续:断竹～木(指制作弹弓)。

宝 zhǔ 古代宗庙中藏神主的石函。

屟 zhǔ 〈文〉同"属"。恰逢;适值:～岁非大有(大有:丰收)。

柱 zhǔ 见 zhù "柱"(895 页)。

罜 zhǔ【罜麗(lù)】〈文〉小渔网:设～。

陼 ㊀ zhǔ ❶〈文〉同"渚"。水中的小块陆地:有潭如～(潭:tán,水中沙滩)。❷〈文〉水边。
㊁ dǔ 〈文〉同"堵"。阻塞:东无～水。

渚 zhǔ ❶〈文〉水中的小块陆地:江有～|花满～,酒满瓯。❷〈文〉水边:滕王高阁临江～。

煮[*煑、鬻] zhǔ 把食物或其他东西放在有水的锅等器具里加热,使熟或消毒:～饭|豆燃其～|焚琴～鹤。

属 zhǔ 见 shǔ "属"(623 页)。

Z

褚□ zhǔ 见 chǔ "褚"（92 页）。

貯□ zhǔ 古代贮米的器物。

嘱□（囑） zhǔ ❶告诫；托付：～咐｜～托｜征人去日殷勤～,归雁来时数附书。❷告诫或托付的内容：遗～｜医～遵～。

麈□ zhǔ ❶古书上指一种鹿类动物,尾巴可以做拂尘（掸尘土或驱除蚊蝇的用具）。❷〈文〉麈尾做的拂尘,也泛指拂尘：～拂｜抱琴不暇抚,挥～无由停。

瞩□（矚） zhǔ 注视；看：～望｜高瞻远～｜惊心骇～（看到后感到震惊）。

黜□ zhǔ ❶同"、"。古人读书时断句的符号。❷〈文〉指书法上的点顿。

纻 □ zhǔ 〈文〉同"褚"。用丝绵絮衣服。□ zhǔ 〈文〉粗麻布：缊～（以乱麻为絮的袍子）。

zhù （ㄓㄨˋ）

宁□ zhù 见 níng "宁"（490 页）。

伫□ ［*佇、*竚、竚］ zhù ❶〈文〉长时间地站立；等待：～立｜老先生倚门～望｜待～梦寐～归舟。❷〈文〉

苎□（△苧） zhù 【苎麻】多年生草本植物。叶子卵圆形,花绿色,茎皮纤维拉力强,是纺织工业的重要原料。又指这种植物的茎皮纤维。"苧"另见 níng（490 页）。

芧 □ zhù 〈文〉草名。也叫"三棱草"。茎可造纸。□ xù 〈文〉栎树；栎树的果实：先生居山林,食～栗（芧栗：栎实）。也叫"橡实"。

助□ zhù ❶从旁给以支持：～威｜～人为乐｜得道者多～,失道者寡～。❷增添；增加：寒月凉露～人悲思。

住□ zhù ❶长期居住或暂时留宿：居～｜家～北京｜在山上～了七天｜这间房～不下三个人。❷停止；使停止：～口｜风停雨～｜两岸猿声啼不～,轻舟已过万重

山。❸用在动词后。1. 表示停顿或静止：愣～了｜火车刹～了｜总也闲不～。2. 表示牢固或稳当：你可要拿～了｜动画片把孩子吸引～了。3. 跟"得"或"不"连用,表示可能或不可能：禁得～｜靠不～｜招架得～｜忍耐不～。❹〈文〉停留；留下：见者呼之曰"蓟先生小～。"❺〈文〉通"驻（zhù）"。军队驻扎：请得精兵三万人,进～夏口。❻姓。

纻□（紵） zhù ❶〈文〉苎麻：东门之池,可以沤～。❷〈文〉用苎麻纤维织成的粗布：～衣。

杼□ □ zhù ❶织布机上形状像梳子的机件,即筘（kòu）。经线从筘齿间通过,它的作用是把纬线推到织口。❷〈文〉织布机上的梭子：鸣～｜不闻机～声。□ shū 〈文〉通"抒（shū）"。抒发：～其义旨,损益其文句。

贮□（貯）［貯、诸］ zhù 储存；积存：～存｜～藏｜元和初,宪宗遵圣祖故事,视有宰相器者～之内庭。

狂□ zhù 〈文〉黑头黄狗。

迮□ zhù ❶〈文〉行止。❷用于人名。赵与迮,宋代人。

注□［❺-❼*註］ zhù ❶使液体灌进去；倾泻：～射｜～水｜禹疏九河,瀹济漯（tà）而～诸海（瀹：yuè,疏通）。❷（精神、目光等）集中：～意｜～视｜专～｜全神贯～。❸赌博时所投的钱或物：赌～｜下～｜孤～一掷。❹用于赌注、钱财或交易等：一百元为一～｜两～买卖｜十来～交易。❺用文字解释字句：～解｜校～｜有的字句～了又～,不厌其详。❻解释字句的文字：～疏｜脚～｜给生僻字加个～。❼记载；登记：～册｜～销｜国不置史,～记无官。

佇□ zhù 〈文〉聪明。

驻□（駐） zhù ❶〈文〉车马暂时停立：乃～马呼琮（琮：人名）。❷〈文〉停留；留住：～足｜～颜有术（袁绍）与先主相见,～月余日。❸（军队等）住在执行公务的地方；（机关）设在某地：～扎｜～守｜率诸军北～汉中。

壴 zhù 〈文〉陈列鼓类乐器。一说是"鼓"的初文。

柷 ㈠ zhù 〈文〉一种打击乐器，木制，形似方斗。演奏开始时击打：乐作，先击～。

㈡ chù 用于人名。李柷，唐哀帝。

柱 ㈠ zhù ❶柱子，建筑物中直立的起支撑作用的构件：支～|顶梁～|腐木不可以为～。❷形状像柱子的东西：脊～|中流砥～。❸姓。

㈡ zhǔ 〈文〉支撑：内人共举机以～门。

眛 zhù 见 zhòu "眛"（890页）。

胜 zhù 〈文〉身体挺直的样子。

玧 zhù 〈文〉投掷，特指下赌注。

炷 zhù ❶〈文〉灯芯；灯～。❷〈文〉点燃：清夜～炉香，袅袅起孤云。❸量词。用于点燃的香：一～香。

祝 ㈠ zhù ❶向人表示美好愿望：～愿|～庆|～您健康。❷古代祭祀时主持祭礼的人；男巫：巫～。❸〈文〉祷告：向神灵祈祷求福：～告|～祷|王为群臣～请|～圣人，使圣人寿。❹〈文〉剪断，断绝：～发（fà）文身。❺姓。

㈡ zhòu 〈文〉通"咒（zhòu）"。诅咒：南郡极热之地，其人～树树枯，唾鸟鸟坠。

砫 zhù 用于地名：石～（在重庆，今作"石柱"）。

眝 zhù ❶〈文〉长久直视：视：众宾凝～。❷〈文〉睁大眼睛：～目观之。

痄 zhù 【痄夏】中医指发生在夏令的季节性疾病。多由排汗机能发生障碍而引起，患者多为小儿。主要症状是发热，食欲不振，消瘦。

袾 zhù ❶〈文〉诅咒。❷【袾子】〈文〉即祝史。掌管祭祀的人。

著 ㈠ zhù ❶显明；明显：显～|见微知～|好恶～则贤不肖别矣。❷显露；显示：～名|～称|颇～成效。❸写作：～者编|不能道说，而著～书。❹著作，写出的文章或书：新～|论～|皇皇巨～。

㈡ zhuó 同"着"。附着；穿戴：春晨花上露，芳气～人衣|～我旧时裳。

㈢ zhe 旧同"着（zhe）"。

啷 zhù 见 jì "啷"（293页）。

蛀 zhù ❶蛀虫，咬食树木、衣物、粮食、书籍等的小虫，如天牛、衣鱼、米象等。比喻侵吞公共财物的人：然而采伐不时，则有～虫之害焉。❷（蛀虫）咬：～蚀|虫～鼠咬|衣服被虫～了个洞。

釰 zhù 〈文〉同"铸"。铸造：～为彝壶。

羜 zhù ❶〈文〉出生五个月的羊羔。❷〈文〉小羊：肥～。

絑 zhù 〈文〉安放：～纩（古人在临终者鼻前放丝绵测试其有无气息）。

跓 zhù 见 jù "跓"（340页）。

跓 zhù 〈文〉伫立；停足：～俟（停足等待）。

铸（鑄） zhù ❶把熔化的金属倒进砂型或模子里，制成器物：～造|熔～|美金以～剑戟（美金：质地好的金属。在先秦一般指青铜）。❷〈文〉造就；培养：陶～|孔子～颜渊矣。

筑（❶築） zhù ❶〈文〉捣土或夯土使坚实：～之登登（登登：用力筑墙声）。❷建造：～路|～巢|建～|～室于兹。❸（旧读 zhú）古代弦乐器。形状像筝，有十三根弦，用竹尺击弦发声：高渐离击～，荆轲和而歌（高渐离：人名）。❹（旧读 zhú）贵阳的别称。

堼 zhù 见 zhú "堼"（892页）。

駓 zhù 〈文〉后左足白色的马；膝以上毛色皆白的马。

鉒 zhù ❶〈文〉矿；矿石。❷〈文〉通"注（zhù）"。赌注。

翥 [翥] zhù 〈文〉鸟往高处飞，也泛指飞：龙翔凤～|魂随南～鸟，泪尽北枝花。

箸 [㈠❶*筯] ㈠ zhù ❶〈文〉筷子：举～|动～|～为象～而箕子怖（象箸：象牙筷子）。❷明显：～仁义后作"著"。❸写作：～书。后作"著"。

㈡ zhuó ❶〈文〉同"著（着）"。穿戴：～新衣。❷〈文〉同"著（着）"。附着。

Z

朘
　㊀ zhù 〈文〉皴缩:肉朘～(朓:皮肉粗厚)。
　㊁ zhòu 〈文〉皴缩的干肉。

箸
　zhù 〈文〉竹名。

霍
　zhù ❶〈文〉及时雨:获兹嘉～。❷〈文〉雨水灌注:甘雨大～。

鮎
　zhù 〈文〉鱼名。

麤
　㊀ zhù 〈文〉幼獐。
　㊁ cū 〈文〉通"粗(麤)"。粗大;大略:规模～备。

繕
　zhù 见 zhǔ"繕"(894 页)。

樿
　zhù 见 zhuó"樿"(904 页)。

惴
　zhù【惀(yù)惴】不高兴。用于古白话:违意则～怀嗔。

齭
　zhù 〈文〉畚;筐。

玀
　zhù ❶〈文〉母猪。❷〈文〉小猪。

遱
　zhù 〈文〉不行走。

齺[宯]
　zhù 〈文〉器物。

抓
　zhuā ❶用手或爪紧握:～一把米|老鹰～小鸡。❷搔;挠:～痒痒|～耳挠腮|手被猫～了一道印。❸捕捉:～逃犯|毒犯给～进去了。❹掌握;把握:～时间|～住机遇。❺特别重视,着重办理:～重点|～教育|把工作～上去。❻吸引(人注意):这出戏挺～人|电影一开始就～住了观众。

挝
　㊀ zhuā ❶〈文〉击;敲打:以节～杀数人。❷古代兵器名:狡兔起前,上举～击毙之。
　㊁ wō【老挝】国名。位于中南半岛北部。

檛
　zhuā ❶〈文〉赶马的木杖:马～。❷〈文〉兵器的一种:独舞铁～。❸〈文〉打;敲击:～破从者头。

鬏
　[鬈] zhuā ❶古代妇女的丧髻,用麻线或布条束发:～发。❷〈文〉梳在头两旁或脑后的发髻:～髻|～角。

籱
　zhuā ❶〈文〉用于鞭马的杖:马～。❷〈文〉乐管。

爪
　zhuǎ 见 zhǎo"爪"(865 页)。

搋
　zhuāi 见 zhuài"搋"(896 页)。

转
　zhuǎi 见 zhuǎn"转"(897 页)。

踹
　zhuǎi 〈方〉人肥胖不灵活,走路像鸭子似的摇摆。

拽
　㊀ zhuài 拉;拖:生拉硬～|把绳子～紧点儿|刚进门就被人～走了。
　㊁ zhuāi ❶〈方〉扔;抛:衣服放好了,别乱～|捡起一块石头～过去|怎么把客人～在那儿不管? ❷〈方〉手臂有毛病,活动不灵便:胳膊～了。
　㊂ yè 旧同"曳(yè)"。拖;拉;牵引:长绳百尺～碑倒。

撯
　zhuài 〈方〉用力拉。通常作"拽"。

专
　(專)[△*耑] zhuān ❶集中在某一件事或某一方面的:～业|～心致志|愿君之志～于攻齐,而无他虑也。❷独占;独享:～权|有蒋氏者,……专其利三世矣。❸精通某种学术、技能;有特长:～长|一～多能。❹副词。特别;唯独:这种药～治皮肤病|他～爱跟我

开玩笑。❺〈文〉独断专行：～断｜任重而不敢～。

"耑"另见 duān（150 页）。

叀 zhuān ❶纺砖，古代收丝用的器具。❷〈文〉悬挂。

腙□（膞） zhuān 〈文〉鸟类的胃：鸡～。

砖□（磚）[*塼、*甎] zhuān ❶用黏土等制坯，放在窑里烧制而成的建筑材料，多为方形或长方形：～瓦｜砌～｜抛～引玉。❷形状像砖的东西：金～｜茶～｜冰～。

剸 zhuān 见 tuán "剸"（678 页）。

鄟 zhuān 古国名。春秋时鲁国的附庸国。故地在今山东郯（tán）城一带。

塼 ㊀ zhuān 〈文〉专一；专门：～为一书。㊁ tuán【塼挽（wán）】〈文〉调和。

瑼 zhuān 〈文〉玉名。

颛（顓） zhuān ❶〈文〉愚昧无知：～蒙｜～愚。❷〈文〉通"专（zhuān）"。专擅：至元始中，王莽～政。❸【颛顼（xū）】传说中的上古帝王名。

耑 zhuān 〈文〉责备：互相～诿。

簄 zhuān 见 tuán "簄"（679 页）。

蟤 zhuān 【蜿（wān）蟤】〈文〉屈曲不伸展的样子：龙屈兮～。

鱄 ㊀ zhuān 〈文〉一种味道鲜美的鱼，产自洞庭湖。㊁ tuán 传说中的怪鱼。㊂ liàn 人名用字。

zhuǎn　（ㄓㄨㄢˇ）

转□（轉） ㊀ zhuǎn ❶改变（方向、位置、情势等）：向右～｜～过身来｜～危为安。❷（把物品、信息等）经一方传到另一方：～达｜～交。❸转动；移动：～移｜星移斗～｜江流石不～，遗恨失吞吴。❹〈文〉官职调动：以军功稍迁太尉从事中郎，～咨议参军。㊁ zhuàn ❶旋转，绕着中心运动：～动｜

车轮飞～｜地球每昼夜自～一圈。❷闲逛：上街～一～。❸量词。用于绕圈儿的动作，绕一圈叫一转：轮子转了几～就停了。㊂ zhuǎi 〈方〉说话时故意卖弄辞藻，以显示自己的学问：～文｜别乱～了，有话直说。

孨 zhuǎn 〈文〉弱小；引申指懦弱，谨小慎微。

竱 zhuǎn 〈文〉小盛酒器。

竱 zhuǎn 〈文〉均等；齐等：～本肇末（使根本等齐，使末梢平正）。

闑 zhuǎn ❶〈文〉开闭门户自由灵活。❷古代丝缕的计数单位。八十缕为一总，十总为一闑。

zhuàn　（ㄓㄨㄢˋ）

卭 zhuàn 〈文〉全；都。

传□ zhuàn 见 chuán "传"（94 页）。

沌□ zhuàn 见 dùn "沌"（154 页）。

转□ zhuàn 见 zhuǎn "转"（897 页）。

嗹□（囀） zhuàn 〈文〉鸟婉转地叫；婉转地发声：莺～｜莺啼鸟～｜新年鸟声千种～。

倕 zhuàn 〈文〉具备。

隊 zhuàn 〈文〉路边矮墙。

塼 zhuàn 〈文〉田上的土垄。

娟 zhuàn 见 fàn "娟"（170 页）。

璿□ zhuàn ❶〈文〉玉器上凸起的花纹雕饰；雕～复朴（质朴）。❷〈文〉在玉器上雕饰花纹：～刻。

腞 zhuàn 〈文〉有画饰的运棺车。

賺□（賺） ㊀ zhuàn ❶获得利润（跟"赔"相对）：～钱｜这笔生意不赔也不～。❷做买卖得的利：～头儿｜小本

经营也有～儿。❸挣(钱):干一天活儿～不了几个钱。

㊁ zuàn 〈方〉诓骗:你怎么～得他呢?|他～我白跑了一趟。

僎 zhuàn 见 chán "僎"(66 页)。

僎 ㊀ zhuàn 〈文〉具备;完善。

㊁ zūn 〈文〉典礼时辅佐主人执行仪节的人。也作"遵"。

撰 [㊀❶-❸△*譔] ㊀ zhuàn ❶写作:～文|～稿|杜～。❷〈文〉编集:顷～其遗文,都为一集(都:汇集)。❸〈文〉具备:司农～播殖之器。❹〈文〉持:～杖观涛。

㊁ xuǎn 〈文〉通"选(xuǎn)"。选择:～取。

"譔"另见 zhuàn (898 页)。

篆 ❶ zhuàn ❶汉字字体的一种,包括大篆(籀文)、小篆。小篆通行于秦统一以后。线条匀圆,结构整齐:～体|真草隶～。❷〈文〉写篆书:～额(在碑额上写篆字)。❸〈文〉印章(因印章上多用篆文)。

饌 (饌)[*籑、餤] zhuàn ❶〈文〉饭食;饭菜:酒～|肴～|盛(shèng)～。❷〈文〉饮用;食用:有酒食,先生～。❸〈文〉安排饭食:遣人向市赊香粳,唤妇出房亲自～。

媊 zhuàn 〈文〉通"饌(zhuàn)"。饮食;供给饮食。

賺 zhuàn 〈方〉同"赚"。得利:～钱。

賺 zhuàn 见 sǔn "膊"(643 页)。

襈 zhuàn 〈文〉衣裳的边饰:裳皆有～。

縳 zhuàn 见 juàn "缚"(344 页)。

頖 zhuàn 〈文〉选择而供置。

譔 zhuàn 〈文〉专心教导。另见 zhuàn "撰"(898 页)。

籑 zhuàn ❶〈文〉同"饌"。备办饭食;饭食。❷〈文〉同"撰"。著述;编纂。

鱒 zhuàn 〈文〉鱼名。

zhuāng (ㄓㄨㄤ)

妆 (妝)[*粧、糚] zhuāng ❶修饰;打扮:梳～|浓～艳抹|～罢低声问夫婿,画眉深浅入时无。❷女子身上的装饰:化～|卸～|阿姊闻妹来,对镜理红～。❸女子出嫁时陪送的财物:～奁(lián)|嫁～|送～(运送嫁妆)。

庄 (莊)[*㽘] zhuāng ❶村落;田舍:村～|农～|赵家～。❷封建时代君主、贵族等占有的大片土地:～园|皇～|避暑山～。❸规模较大或做批发生意的商店:布～|饭～|钱～。❹庄家,打牌或赌博时一局的主持人:做～|轮流坐～|这一局是西家的～。❺(言语、举止等)不随便;不轻浮:～重|端～|亦～亦谐(既端庄,又诙谐)。❻〈文〉四通八达的道路:康～大道|四会五达之～。❼姓。

桩 (樁) zhuāng ❶桩子,一端或全部埋入地里的柱形物:打～|界～|野翁归醉晚,水没系船～。❷量词。1. 用于事情:一～心事|一～婚事|一～纠纷。2. 用于案件:一～案子|一～悬案。

桩 zhuāng 〈文〉梳妆:小女～成坐。用同"妆"。

痆 zhuāng 〈文〉同"装"。衣服:衣～。

装 (裝)[*襄] zhuāng ❶衣服:时～|奇～异服|天热了,该换～了。❷行囊:行～|轻～上阵|于是约车治～,载券契而行。❸修饰;打扮:～饰|～点|千金～马鞍,百金～刀头。❹假扮;伪装:他们～成夫妻|～神弄鬼|不懂千万别～懂。❺演员准备上场时穿戴涂抹的东西:化～|上～|卸～。❻把东西放到器物里或运输工具上:～粮食|车已经～好了|遇陆机赴洛,船～甚盛。❼把零部件配成整体;安上:～配|～订|新～了一部电话。❽产品的包装;书刊的装帧:精～|简～|散～。

鸼 zhuāng 【青鸼】〈文〉水鸟名。长喙,足长,秃尾。

Z

鹴 zhuāng【青鹴】〈文〉鸟名。即苍鹭。

zhuǎng （ㄓㄨㄤˇ）

奘 □ ⊖ zhuǎng 〈方〉粗大：这棵树很～|身高腰～|这小伙子可够～的。
⊜ zàng ❶〈文〉壮大。多用于人名。玄奘,唐代僧人。❷〈方〉言语粗鲁,态度生硬:那个人说话忒(tuī)～。

zhuàng （ㄓㄨㄤˋ）

壮（壯）zhuàng ❶结实;有力:～实|强～|年轻力～|他～得像头牛。❷雄伟;大:～观|～志|起灵光殿,甚～丽。❸使壮大;加强:～胆子|～门面|气～山河。❹〈文〉成年(古人称三十岁为壮):年～|成王～,授之以政|～而好学,如日中之光。❺壮族:～乡|～锦。

状（狀）zhuàng ❶形态;样子:～态|形～|有双石高竦,其～若门。❷情况,事情表现出来的情形:～况|现～|症～。❸描述;形容:摹～|不可名～|至初潭最奇丽,殆不可～。❹陈述事件或记载事迹的文书:供～|行(xíng)～|(为死者写的传略)。❺有关诉讼的文书:诉～。❻褒奖、委任等的证书:奖～|委任～|军令～。

挓 zhuàng 同"撞"。碰撞。用于古白话:一个娇滴滴红莫着捧(棒)儿。

跰 zhuàng 同"撞"。碰撞;撞击。用于古白话:将脚尖～。

僮 □ zhuàng 见 tóng "僮"(672页)。

灇 □ ⊖ zhuàng 〈文〉水冲击:长河～石壁。
⊜ chuáng 〈文〉雨疾下:雨～山口。
⊜ chóng ❶【灇灇】〈文〉水声。❷水名。在今安徽。
⊜ shuāng 用于地名:～缺(在上海)。

撞 □ zhuàng ❶运动着的物体跟别的物体猛然相碰:～击|碰～|走路不小心～到树上。❷击打:～钟|亚父受玉斗,置之地,拔剑而破之。❸试探着做(没把握的事):～运气|机会少也～一～,万一～上

了呢。❹鲁莽行事;猛冲:莽～|横冲直～。

幢 □ zhuàng 见 chuáng "幢"(96页)。

獞 zhuàng 旧时对壮族的蔑称。后改作"僮"。今作"壮"。

戆 zhuàng 〈文〉同"戆"。憨厚而刚直:愚～顿首。

戆（戆）□ ⊖ zhuàng 〈文〉憨朴而刚直;直性子:与君皆直～。
⊜ gàng 〈方〉呆傻;鲁莽:～头～脑。

zhuī （ㄓㄨㄟ）

佳 □ ⊖ zhuī 〈文〉短尾鸟。
⊜ cuī【畏佳】〈文〉高大:山林之～。
⊜ wéi 〈文〉同"惟"。助词。用于句首或句中。

追 □ ⊖ zhuī ❶跟在后面赶:～赶|～奔逐北|一言既出,驷马难～。❷探求;查问:～根问底|这事一定要～个水落石出。❸回溯过去:～思|～悼|盖～先帝之殊遇,欲报之于陛下也。❹追求,努力达到某种目的:～名逐利|他一直在～那位姑娘。❺〈文〉补救:往者不可谏,来者犹可～。
⊜ duī ❶〈文〉钟钮。❷〈文〉雕刻:～琢。

崔 □ zhuī 见 huán "崔"(266页)。

骓（騅）zhuī 〈文〉毛色青白相间的马。

揣 □ zhuī 见 chuǎi "揣"(94页)。

椎 □ ⊖ zhuī 椎骨,构成人和脊椎动物脊柱的短骨:腰～|颈～|尾～。
⊜ chuí ❶捶击的器具:为铁～重百二十斤。后作"槌"。❷捶击;击打:朱亥袖四十斤铁椎,～杀晋鄙(朱亥、晋鄙:人名)。

锥（錐）zhuī ❶锥子,一端有尖,用来扎眼儿的工具:无立～之地|(苏秦)读书欲睡,引～自刺其股。❷形状像锥子的东西:冰～|棱～|圆～体。❸用锥子或锥形的工具刺:～一个眼儿|或以利锥～其两耳。

掇 zhuī 〈文〉同"揣"。捶击:～而锐之,不可长保(捶击使它尖锐,锐势难保久)。

髄 zhuī 〈文〉颈椎骨。后作"椎"。

鶴 zhuī 〈文〉同"鵻"。一种小鸠,即鹁鸠。

雛 zhuī ❶〈文〉鸟名。一种小鸠:翩翩者～。❷〈文〉草名。即益母草。

鯠 zhuī 〈文〉鱼名。即河豚。

麈 zhuī 〈文〉一岁的鹿。

雦 zhuī 〈文〉老鼠。

zhuǐ （ㄓㄨㄟˇ）

朲 ㊀ zhuǐ 〈文〉二水。
㊁ zǐ ❶〈文〉滩碛(qì)会聚的地方。❷用于地名。

髻 zhuǐ【髻头】〈文〉假发髻。

zhuì （ㄓㄨㄟˋ）

队 zhuì 见 duì "队"(152页)。

坠 (墜)[磸、磁] zhuì ❶落;掉下来:～落|～毁|朝饮木兰之～露兮,夕餐秋菊之落英。❷(重物)往下垂;垂在下面:沉甸甸的谷穗～下头去|耳朵上～着一副耳环。❸垂在下面的东西,多用作装饰:扇～儿|耳～儿。❹〈文〉丧失:殷既～厥命,我有周既受。

笍 zhuì 〈文〉一种顶端有铁针的马鞭。

娷 zhuì 〈文〉推诿。

缀 (綴) zhuì ❶用针线把东西连起来;缝合:～网|补～|～甲厉兵,效胜于战场。❷连结;组合文字:～合|～辑|～字成文。❸装饰:点～|薰以桂椒,～以珠玉。

棳 zhuì 见 zhuō "棳"(902页)。

甀 zhuì ❶〈文〉一种口小腹大的陶制容器:抱～而汲。❷古乡名。在今安徽。

腄 zhuì 见 chuí "腄"(97页)。

腏 zhuì 见 chuò "腏"(100页)。

惴 zhuì 〈文〉担忧害怕的样子:～恐|～～不安|郡中～恐,莫敢自保。

缒 (縋) zhuì ❶用绳子拴住人或物从上往下送:～城而出|从楼上把空桶～下来。❷〈文〉拴人或物的绳子:登者六十人,～绝(绝:断)。

硾 zhuì ❶〈文〉同"缒"。系上重物使下坠:～之水中。❷〈文〉捣;捶击:第一池纸匀～之。❸〈文〉垂挂。

畷 zhuì ❶〈文〉两陌(田间小道)间的道路:田间道路:其四野则畛(zhěn,田间小道)～无数。❷〈文〉通"缀(zhuì)"。联结。

腿 zhuì 〈文〉脚肿:重～之疾(脚肿病)。

赘 (贅) zhuì ❶多余而无用的:～疣(yóu)|累～|毋庸～言。❷男子到女子家结婚并成为女方的家庭成员:～婿|入～|家贫子壮则出～。❸〈文〉抵押:数年岁比不登,民待卖爵～子以接衣食。❹〈文〉会聚:梁王～其群臣而议其过。

磓 zhuì 见 duī "磓"(152页)。

瘡 ㊀ zhuì 〈文〉同"腿"。脚肿:重～生疾。
㊁ tuí 〈文〉同"㿗"。生殖器官疾病:热血阴～。

醊 zhuì ❶〈文〉把酒洒在地上表示祭奠:欲～棺前。❷〈文〉连续祭祀。

譞 zhuì【譞诿(wěi)】1.〈文〉嘱托:～如前。2.〈文〉烦重(zhòng)。

錣 zhuì 见 nèi "錣"(481页)。

錣 ㊀ zhuì 〈文〉杖上端用来刺马的铁针:～上贯颐(贯:刺穿)。
㊁ chuò 〈文〉计数的筹码。

餟 ㊀ zhuì 〈文〉洒酒在地的祭祀:～醊(祭奠)。
㊁ chuò 〈文〉通"啜(chuò)"。饮,喝:～著数碗。

赘

轛 zhuì 〈文〉同"赘"。得到：所欲必～。

zhuì 〈文〉车轼下面横直交接的栏木。

屯 zhūn 见 tún "屯"（681 页）。

迍[迍] zhūn【迍邅（zhān）】1.〈文〉形容走路艰难不进的样子：～途次。2.〈文〉处境困顿：～坎坷。‖也作"屯邅"。

忳 zhūn 见 tún "忳"（681 页）。

肫 〇 zhūn ❶鸟类的胃：鸡～｜鸭～。❷〈文〉恳切；真挚：～笃｜～挚｜～～其仁。
〇 chún 〈文〉通"纯（chún）"。整体：腊一，～（腊肉一份，完整的）。
〇 tún 〈文〉通"豚（tún）"。小猪：及将葬，食一豚～，饮酒二升。

窀 [窀] zhūn【窀穸（xī）】1.〈文〉墓穴：死者悲于～。2.〈文〉埋葬：～东麓。

谆（諄） zhūn 〈文〉恳切：～嘱｜～诲｜～～教导｜言者～～，听者藐藐（说的人很恳切，听的人却不放在心上）。

啍 zhūn 见 tūn "啍"（681 页）。

詜 zhūn 见 zhùn "詜"（901 页）。

淳 zhūn 见 chún "淳"（99 页）。

幨 zhūn 〈文〉盛米的布袋。

瞕[瞕] zhūn 〈文〉目光迟钝。

衠 zhūn ❶〈方〉纯真；纯正：手执一钢爷。❷全；都：～一味虚肚肠。‖用于古白话。

纯 zhǔn 见 chún "纯"（98 页）。

准 [准]（❷-❾準）[❷-❾準] zhǔn ❶允许；许可：～许｜批～｜会议室里不～吸烟。❷标准，衡量事物的法则：～则｜基～｜以此为～。❸依据；按照：～此办理。❹正确无误：～确｜瞄～｜推而放诸东海而～。❺确定的把握：心里有～儿｜事情能不能办成还没～儿呢。❻表示肯定的推测，相当于"保准"：这样练下去，～行｜人家～以为她们是姐妹俩。❼前缀。附着在名物义成分前，指虽不完全合乎标准，但也可以作为某种事物对待：～平原｜～军事组织。❽〈文〉等同：《易》与天地，故能弥纶天地之道。❾〈文〉鼻子：隆～（高鼻子）。

埻 〇 zhǔn ❶〈文〉箭靶的中心。❷〈文〉标准；准则：此皆有成书，可以为～。
〇 guó【埻端】传说中的古国名。

缚（繛） zhǔn 〈文〉同"准"。标准；准则：～制（标准度量）。

錞 zhǔn 见 duì "錞"（153 页）。

稕 zhǔn 见 zhùn "稕"（901 页）。

臺 zhǔn 见 chún "臺"（99 页）。

壥 zhǔn 〈文〉同"埻"。箭靶的中心。

㘉 zhùn 见 quǎn "㘉"（569 页）。

詜 〇 zhùn【詜詜】〈文〉杂乱的样子。
〇 zhūn【詜詜】〈文〉即谆谆。教诲不倦的样子：其意～。

稕 〇 zhùn 〈文〉捆成把的禾秆：以泥涂草～上。
〇 zhùn【草稕】古时挑在酒店门口的一种标志。

拙 zhuō ❶笨；不灵巧：～劣｜笨～｜大巧若～。❷谦辞。用于称自己或跟自己有关的人或事物：～作｜～荆（自己的

妻子）。

灿 zhuō 〈文〉火光。

捉 zhuō ❶握;拿:~笔|~襟见肘|帝自~刀立床头。❷抓捕;逮:~拿|瓮中~鳖|暮投石壕村,有吏夜~人。

桌 [*棹] zhuō ❶桌子,一种家具。用支柱支起一个平面,可以在上面放东西或做事情:书~|办公~|~椅板凳。❷量词。用于酒宴、饭菜(可加"大"):三~酒席|客人坐满了两大~。

倬 zhuō 〈文〉高大;显著:~彼云汉,昭回于天(云汉:天河。昭:明亮。回:运转)。

娺 zhuō 见 chuò "娺"(100页)。

梲 ㊀ zhuō 〈文〉房梁上的短柱:山节藻~(刻着山状的斗拱,画着藻草的短柱)。
　㊁ tuō ❶〈文〉小木棒:执弹而招鸟,挥~而呼狗。❷〈文〉通"脱(tuō)"。疏略:凡礼始乎~,成乎文。

蚰 zhuō 见 qū "蚰"(563页)。

涿 zhuō 用于地名:~州(在河北保定)|~鹿(在河北张家口)。

棹 zhuō 见 zhào "棹"(865页)。

棳 ㊀ zhuō ❶〈文〉树木名。❷〈文〉同"梲"。房梁上的短柱。
　㊁ zhuì 通"缀(zhuì)"。连接。用于古白话:罪人乱接肩相~。

稡 zhuō 〈文〉再生稻。

焯 ㊀ zhuō 〈文〉显明;明白:~乎列于其前。
　㊁ chāo 烹饪方法。把蔬菜放在开水里略微煮或烫一下就取出来:~菠菜。

𤆥 zhuō 〈文〉矮;短:短~~。

蹶 zhuō 见 dì "蹶"(133页)。

頔 zhuō 〈文〉颧骨:齿痛~肿。

趠 zhuō 见 chuō "趠"(99页)。

镯（鐯） zhuō ❶〈文〉大锄。❷〈方〉用镐刨:~玉米。

篧 zhuō(又读 zhuó)〈文〉捕鱼用的笼子。

穛 zhuō ❶〈文〉早熟的谷物。❷〈文〉物缩小。

飑 zhuō 【飑(bó)飑】〈文〉夏季强劲的东南风。

糕 zhuō ❶〈文〉早收的谷物。❷〈文〉小的谷物。

蕉 zhuō 〈文〉药草名。即附子。

稻 zhuō ❶〈文〉早熟的谷物:香~。❷〈文〉选择。

籗 zhuō 〈文〉同"篧"。捕鱼用的笼子。

zhuó （ㄓㄨㄛˊ）

勺 zhuó 见 sháo "勺"(602页)。

彴 ㊀ zhuó ❶〈文〉独木桥:孤~|长~压河心。❷〈文〉溪流中的踏脚石。
　㊁ bó 【彴约】〈文〉流星。

狗 zhuó 〈文〉兽名。

汋 ㊀ zhuó ❶〈文〉水自然涌出:水之于~也,无为而才自然矣。❷〈文〉通"酌"。求取;探取:邦~(刺探国家机密)。❸古乐名。❹〈文〉激水声。
　㊁ yuè ❶〈文〉煮:新菜可~。❷古地名。
　㊂ chuò 【汋约】〈文〉同"绰约"。姿态柔美的样子。
　㊃ shuò 【陕汋】同"闪烁"。用于古白话:满眼风波多~。

怍 zhuó ❶〈文〉惊恐:战~。❷〈文〉悲痛。

灼 zhuó ❶烧;烤;火烫:烧~|~热|若火~人。❷明亮:~然可见|目光~~。❸〈文〉花开鲜明的样子:桃之夭夭,~~其华(华:花)。

茁 zhuó ❶〈文〉草长出地面的样子：～芽｜岂如吾蜀富冬蔬，霜叶露芽更～。❷〈文〉生长：～壮(生长旺盛)｜公先我～，我先公薨。

卓 zhuó ❶高：～立｜～如日月。❷高出一般的；不平凡的：～越｜～著｜见～｜先祖之言行～～。❸〈文〉立；直立：城上～旌旗，楼中望烽燧。❹姓。

阜 zhuó 〈文〉同"卓"。高。

叕 zhuó ❶〈文〉联缀。❷〈文〉短；不足：愚人之思～。

斫 [❶❷*斲、❶❷*斮、❶❷*斵] zhuó ❶〈文〉用刀、斧等砍；击：～伐｜轮老手(比喻经验丰富、技艺高超的人)｜却月中桂，清光应更多。❷〈文〉攻击：宁为前部督，受敕出～敌前营(宁：人名)。

朏 zhuó 见 fěi "朏"(174 页)。

浊(濁) zhuó ❶水、空气不清；不干净(跟"清"相对)：～流｜浑～｜沧浪之水～兮，可以濯我足。❷(声音)低沉粗重：～音｜～声｜～气｜耳不聪则不能别清～之声。❸混乱：～世。

捔 zhuó 见 jué "捔"(345 页)。

酌 zhuó ❶斟(酒)；饮(酒)：对～独～｜自斟自～。❷〈文〉酒；酒饭：菲～｜便～聊备小～。❸考虑；取舍：～办｜商～｜子为大政，将～于民者也。

莘 zhuó 〈文〉丛生的草。

狨 zhuó 见 máng "狨"(444 页)。

焯 zhuó【焯烁(shuò)】〈文〉明亮旺盛的样子：～有灵。

浞 zhuó 〈方〉淋；淋湿：别站在雨地里～着｜遇上了大雨，衣服全～湿了。

诼(諑) zhuó 〈文〉诽谤中伤：谣～｜直道败邪径，拙谋伤巧～。

捔 ⊖ zhuó 〈文〉挑拨：于是～崔杼之心。
⊜ zú 〈文〉凿；雕刻：～之为轴。

著 zhuó 见 zhù "著"(895 页)。

莗 zhuó 化学上指环庚三烯正离子。如溴化莗，分子式 C_7H_7Br。

啄 ⊖ zhuó 鸟类用喙取食：～食｜～木鸟｜黄鸟黄鸟，无集于穀，无～我粟(穀：gǔ,楮树)。
⊜ zhòu 〈文〉通"咮(zhòu)"。鸟嘴：尻益高者，鹤俯～也(尻：kāo,臀部)。

啅 ⊖ zhuó 同"啄"。鸟用嘴叩击或吃食：其鸟先～眼睛。
⊜ zhào 〈文〉鸟声嘈杂：疏枝雀～。

着 ⊖ zhuó ❶穿(衣)：穿～｜～装｜脱我战时袍，～我旧时裳。❷接触；挨上不离开：附～｜飞机～陆｜烟雨横江水～天，不曾夏涝似今年。❸使接触；使附着：～色｜～墨。❹把力量或注意力集中在某一方面：～力｜～意｜大处～眼，小处～手。❺来源；下落：衣食无～｜遍查无～。❻派遣：～人前往｜～专人负责此事。❼公文用语，表示命令的语气：～即照办。
⊜ zháo ❶接触：上不～天，下不～地。❷受到；处在(某种状态)：～凉｜～风｜～慌。❸用在动词后，表示达到目的或有了结果：打～了｜火点～。❹入睡：头一挨枕头就～了。❺燃烧；(灯)发光：火～得很旺｜路灯怎么不～了？
⊜ zhāo ❶下棋时将棋子挪动一次叫一着：支～儿｜走错了一～儿。❷计策；手段：高～儿｜绝～儿｜三十六～，走为上计。现在多写作"招"。❸放；搁：往粥里～点儿糖。❹表示同意：～，就照你说的办。
⊜ zhe ❶表示动作的持续：一直跟～他｜雨不停地下～。❷表示状态的持续：门开～住～两家人。❸表示命令或嘱咐：仔细听～｜注意～点儿。

𦟤 zhuó 〈文〉角长的样子。

缀 zhuó ❶〈文〉敏捷而勇猛。❷〈文〉怒。

琢 ⊖ zhuó ❶雕刻玉石，加工成器物：精雕细～｜玉不～，不成器｜如切如磋，如～如磨。❷〈文〉比喻修饰、推敲文辞：刻章～句｜良工存旧笔，老叟～新诗。
⊜ zuó【琢磨(mo)】思索；考虑：这句话很值得～｜他的心思我～不透。

琸 zhuó 用于人名。刘琸，宋代人。

椓 □ zhuó ❶〈文〉敲击；捶击：～去其齿。❷〈文〉毁坏；伤害：自～国本。❸〈文〉攻讦。❹古代割去男子生殖器的酷刑。也叫"宫刑"。

豖 zhuó ❶〈文〉敲击。❷〈文〉投掷而击。

晫 zhuó 〈文〉明亮的样子。

勠 zhuó 〈文〉斗星名。

豚 zhuó 〈文〉臀。

硺 zhuó 〈文〉同"琢"。雕刻；凿：大璞不～。

睭 zhuó 〈文〉明；目明。

罬 zhuó 〈文〉一种装有机关的捕鸟兽的网。也叫"覆车网"。

窡 zhuó ❶〈文〉物在穴中欲出的样子。❷〈文〉榰脐，系榰的孔洞，泛指孔洞：榰～|穴～。

箸 □ zhuó 见 zhù "箸"（895页）。

鈟 zhuó 见 tóng "鈡"（672页）。

禚 zhuó ❶古地名。在今山东长清。❷姓。

蹹 zhuó ❶〈文〉跳；跳行：～冰跻岸（跻：jī，登）。❷〈文〉跌倒；跌落：～踬（踬：zhì，绊倒）。

秺 zhuó 〈文〉禾秆的皮。

錜 zhuó ❶〈文〉拘锁足部；拘锁足部的器具：黄鹤足仍～。❷〈文〉脚镯，套在脚腕上的装饰品：金～。

諑 zhuó 用于人名。韩諑，晋代人。

嘀 zhuó 见 zhòu "嘀"（890页）。

鴥 ⊖ zhuó 〈文〉鼠名。也叫"风鼠"。
⊜ jué 〈文〉鼮（shí）鼠。

鷟（鸑） zhuó 【鸑（yuè）鷟】1.〈文〉凤一类的鸟：～鸣于岐山。2.〈文〉一种水鸟。外形像鸭而大。

燋 □ zhuó 见 jiāo "燋"（312页）。

窨 zhuó 〈文〉口里塞满食物。

斲 zhuó 〈文〉同"斫"。用刀、斧等砍、击。

缴 □ zhuó 见 jiāo "缴"（314页）。

擢 □ zhuó ❶〈文〉抽；拔出：～发（fà）难数（比喻罪行多如头发，难以数清）。❷〈文〉提拔；选拔：～升|～用|～之乎宾客之中，而立之乎群臣之上。❸〈文〉引；伸出；摆动：纤纤～素手，札札弄机杼。

鞩 zhuó 〈文〉车具。

斀 zhuó 古刑法名。即宫刑。

秺 zhuó ❶〈文〉卓然特立。❷〈文〉树木名。

矍 zhuó 【矍如】传说中的兽名。

濯 zhuó 〈文〉洗：～足|洗～|沧浪之水清兮，可以～我缨（缨：帽带子）。

楢 ⊖ zhuó 〈文〉锄头、斧头之类砍削的工具。
⊜ zhù 〈文〉同"箸"。筷子。

镯（鐲） zhuó ❶镯子，戴在手腕或脚腕上的环形装饰物：手～|脚～|玉～。❷古代军中用的乐器，形如小钟：鼓行，鸣～，车徒皆行（击鼓，鸣镯，战车和步卒都按节拍行进）。

燋 zhuó 〈文〉同"缴"。系在箭上的生丝线。

斀 zhuó 见 chuō "斀"（99页）。

礀 zhuó 〈文〉锄、镬一类的工具。

鷳 zhuó 〈文〉鸟名。即白鹇（xián）。

繳 zhuó 〈文〉同"缴"。系在箭上的生丝绳；也指系着生丝绳的箭。

鱡 ⊖ zhuó 〈文〉鱼名。
⊜ zhào 〈文〉同"罩"。捕鱼器。

Z

躅 zhuó 见 zhú "躅"(892 页)。

蠾 zhuó 〈文〉猕猴类兽名。

瀸 ㊀ zhuó 〈文〉模拟水声、雨声:～～有声。
㊁ jiào 〈文〉涂漆:良辀(zhōu)环～(制作精良的车辕要涂漆)。
㊂ mào 〈文〉通"眊(mào)"。视物昏蒙:食之不～(之,一种鸟)。

斀 zhuó ❶〈文〉衣长到地。❷〈文〉修补。

斀 zhuó 〈文〉同"斫"。砍:～其指。

斀 zhuó 见 chuā "斀"(93 页)。

斀 zhuó【斀蝥(máo)】〈文〉蜘蛛的别名。也作"蝃(zhuō)蝥"。

籗 zhuó 〈文〉捕鱼的器具。

---

zī (ㄗ)

仔 zī 见 zǐ "仔"(907 页)。

齐 zī 见 qí "齐"(531 页)。

孖 zī 见 mā "孖"(438 页)。

丝 zī 见 yōu "丝"(819 页)。

吱 zī 见 zhǐ "吱"(876 页)。

孜 zī【孜孜】勤奋,不懈怠:～以求|～倦|此士之所以日夜～,修学行道,不敢止也。

甾 ㊀ zī ❶水名。在今山东。后作"淄"。❷〈文〉雉的一种。
㊁ zāi ❶灾害:～害绝息。❷有机化合物的一类。在医药上有广泛应用。

帯 zī 〈文〉有连环图案的细布:～布。

斀 zī 〈文〉形状奇丑。

娿 zī 〈文〉妇女柔弱的样子。

呲 zī 见 cī "呲"(100 页)。

咨 zī ❶商议;征求意见:～商|～询|事无大小,悉以～之。❷〈文〉叹词。表示赞叹:帝曰:～,四岳(帝:指尧。四岳:四方诸侯之长)。❸〈文〉叹息:侧身西望长～嗟。

逫 zī【逫趄(jū)】〈文〉同"趑趄"。徘徊不前的样子。

姿 zī ❶容貌:～容|丰～|～色端丽。❷身体呈现的样子;体态:～势|英～焕发|搔首弄～。❸〈文〉姿质;才能:虽乏谏诤～,恐君有遗失。

兹 [兹] ㊀ zī ❶〈文〉这,这个;这里:～日|～事体大(这是件大事情)|念～在～(念念不忘这件事)|宅于～,居于～。❷〈文〉现在;此时:～不赘述|～订于本月二十日举行开工典礼。❸〈文〉年;今～|来～。
㊁ cí【龟(qiū)兹】汉代西域国名。故地在今新疆库车一带。

紂 zī 〈文〉同"缁"。黑:～衣。

赀(貲) zī 〈文〉计算(多用于否定式):所费不～(所耗费的钱财不计其数)|累年接送知州,实为频数,用度不～(数:shuò,屡次)。
"貲"另见 zī "资"(905 页)。

欼 zī 〈文〉呕吐。

资(資) [❶*貲] zī ❶钱财;物品;费用:～产|物～|招商引～。❷用财物帮助:～助|～敌|～之以币帛。❸〈文〉提供:可～借鉴|以～鼓励。❹人的素质:～质|天～。❺资格,从事某种工作或活动应具备的身份、条件、经历等:～历|年～|～深编辑。❻材料;素材:～料|谈～。❼〈文〉凭借;依靠:四海之内,南～舟而北～车|昔仲尼～大圣之才,怀帝王之器。❽〈文〉积蓄:贾人夏则～皮,冬则～绤(绤:chī,细葛布)。❾姓。

"貲"另见 zī "赀"(905 页)。

鄑 zī　古地名。在今山东。

菑[菑、菑、菑] zī　❶〈文〉初耕一年的田;田亩:蒸蓁炊黍饷东～。❷〈文〉除草;开荒:～榛秽。

另见 zāi "灾"(846 页)。

跰 zī　【跰且(jū)】〈文〉同"赼趄"。徘徊不前的样子。

崽[嶵] zī　【崽嶷(yí)】〈文〉高峻而参差不齐的样子。

淄 zī　淄河,水名。在山东中部。

缁(緇) zī　❶〈文〉黑色:衣～衣而反(返)。(衣缁衣:穿黑色衣服。反:返)。❷〈文〉指黑色僧衣,也借指僧人:～徒|～郎(僧人)|削发(fà)披～。

鄒[鄒] zī　❶古邑名。在今山东昌邑一带。❷古地名。春秋时鲁地,在今山东汶上一带。

楌[楌] zī　〈文〉枯死而未倒的树。

辎(輜) zī　❶古代一种有帷盖的车:居～车中,坐为计谋。❷【辎重】行军时携带的军械、粮草、被服等物资:从间道绝其～(绝:截断)。

蚩 zī　同"鸃"。传说中的一种怪鸟。

噆 zī　模拟水喷射或遇热时汽化的声音;火药引线燃烧的声音:水珠掉在炭火上,～～响|导火索～～作响。

嵫 zī　【崦(yān)嵫】山名。在今甘肃天水西,古代传说是日落的地方:吾令羲和弭(mǐ)节兮,望～而勿迫(義和:给太阳驾车的神。弭节:停车不进)。

粢 ㊀ zī　古代对谷类的总称,特指供祭祀用的谷物:亲率耕,以给宗庙～盛。
㊁ cí　【粢饭】〈方〉用糯米饭或粳米饭裹上油条等捏成的饭团。

孳 zī　滋生;繁殖:～生|～乳|年壮未～。

滋 zī　❶生长;繁殖:～长|～蔓|蚊蝇～生。❷产生;引起:～扰(滋事搅扰)|

～生事端|酗酒～事。❸增益;加多:～益|～补|今国之疚,民之病,有～而无损焉。❹喷射:用水枪～水|电线往外～火。❺〈文〉培植:余既～兰之九畹(畹:三十亩为一畹)。❻味道:～味|含甘吮～。❼〈文〉益;更加:而贪取～甚。

赼[赼] zī　【赼趄(jū)】1.〈文〉难行:一人荷载,万夫～。2.〈文〉徘徊不前的样子:～不前|足将进而～。

觜 zī　见 zuǐ "觜"(915 页)。

訾 zī　见 zǐ "訾"(908 页)。

锱(錙)[錙] zī　古代重量单位。一两的四分之一:～铢必较(对锱和铢这样轻微的量都要计较。形容非常认真或非常小气)。

龇(齜) zī　张嘴露出(牙齿):～着牙|～牙咧嘴(形容凶狠或疼痛难忍的样子)。

鉴 zī　【鉴錍(bēi)】〈文〉短斧。

暗 zī　见 jìn "暗"(326 页)。

镃(鎡) zī　【镃錤(jī)】〈文〉大的锄头:虽有～,不如待时。也作"镃基"。

鲋 zī　❶〈文〉鲻鱼。❷〈文〉鱼名。凤尾鲹的别名。

鼒 zī　古代一种上部收敛而口小的鼎。

髭[髭、髭] zī　嘴唇上边的胡子:短～|行者见罗敷,下担捋～须。

赞 zī　见 cí "赞"(102 页)。

饡 zī　【饡腪(chuài)】〈文〉肉粥之类的食物。

鲻(鯔)[鱛] zī　鱼名。身体侧扁,银灰色,有暗色条纹,鳞片圆形,没有侧线。生活在浅海或河口咸水和淡水交汇的地方。

諮 zī　〈文〉同"咨"。商议;询问:商以～或(或:yù,人名)。

濱 zī ❶〈文〉久雨的积水。❷水名。即资水,在湖南。

憤 zī〈文〉同"资"。人的素质:天～。

鎡 zī【鎡錤】〈文〉浅铁钵,僧侣用的餐具。

溩 zī 水名。即资水。

霣 zī〈文〉雨声。

穧 zī〈文〉积聚收割下来的禾稼。

鶿 zī〈文〉动物名。像鸡,毛像鼠,大如麻雀。也作"蜤(zī)"。

盠 zī ❶古代盛谷物的祭器:玉～。❷〈文〉祭祀的谷物盛在祭器之内。❸〈文〉同"粢"。谷物的总称。❹〈文〉通"资(zī)"。钱财:～财。

齍 zī〈文〉稷,即谷子。

鶅 zī〈文〉野鸡名。

鰦 zī〈文〉鱼名。背黑,也叫"黑鰦"。

齋 zī ❶〈文〉下衣的锁边。❷〈文〉丧服名(缉边缝齐)。❸〈文〉长衣的下摆:摄～登堂(摄:提起)。

繬 zī【繬缞(cuī)】同"齐衰(zīcuī)"。古丧服名,五服之一。用粗麻布制成。

黬[黬] zī〈文〉(颜色)深黑。

齎 ㊀ zī ❶〈文〉通"资(zī)"。钱财;费用:财～。❷〈文〉通"资(zī)"。材料;物资:～用|～材。❸〈文〉通"资(zī)"。凭借:文字～秦本。

㊁ qí ❶〈文〉通"齐(脐)"。肚脐。❷〈文〉通"齐(脐)"。漩涡。

㊂ jì〈文〉通"齑(jì)"。盛:～怒(盛怒)。

另见 jī"赍"(285页)。

zǐ（ㄗ）

子 ㊀ zǐ ❶〈文〉儿子和女儿:～又生孙,孙又生～|生三～,一男二女。❷人的通称:男～|女～|渔～～与舟人,撑折万张篙。❸古代对男子的尊称,特指有学问的人:夫～|孔～|诸～百家。❹古代对女子的称呼:处～|之～于归,宜其室家。❺古代对对方的尊称,相当于现在的"您":以～之矛,攻～之盾|吾不能早用～,今急而求～,是寡人之过也。❻古代图书四部分类(经、史、子、集)的第三类,主要指诸子百家的著作:～部|～集。❼动物的幼崽:不入虎穴,焉得虎～。❽动物的卵:鱼～|蚕～|鸡～儿。❾植物的果实、种子:莲～|瓜～|松～|春种一粒粟,秋收万颗～。❿块状或粒状小而坚硬的东西:石～儿|枪～儿|算盘～儿。⓫特指棋子:落～无悔|投～认输。⓬物质的基本粒子:电～|中～|质～。⓭幼小的;小的;嫩的:～鸡|～猪|～姜。⓮派生的;附属的:～目|～公司。⓯铜钱;铜圆:大～儿|一个～儿也没有(指一点儿钱都没有)。⓰〈文〉利息:其俗以男女质钱,约不时赎,～本相侔,则没为奴婢(侔:相等)。⓱古代贵族五等爵位(公、侯、伯、子、男)的第四等:～爵。⓲地支的第一位:～时(相当于二十三点到次日一点)。⓳姓。

㊁ zi ❶后缀。附着在某些名物义成分、性状义成分、动作义成分的后面,构成名词:鼻～|胖～|剪～。❷后缀。附着在某些数量义成分的后面:响了一阵～|来了一帮～人|你还真有两下～。

朱 zǐ〈文〉制止。

仔 ㊀ zǐ 幼小的(家畜、家禽等):～畜|～猪|～鸡。现在多作"子"。

㊁ zǐ【仔肩】〈文〉责任;负担。

㊂ zǎi ❶〈方〉儿子:乖～|大不由娘。❷〈方〉指从事某种职业或具有某种特征的年轻男子:打工～|肥～。

芓 zǐ 见 zì"芓"(908页)。

杍 zǐ ❶〈文〉同"梓"。树木名。❷〈文〉同"梓"。加工木材:～匠(木工)。

姊[*姊、姉] zǐ〈文〉姐姐:～妹|阿～闻妹来,当户理红妆。

枡 zǐ 见 zhuǐ"枡"(900页)。

Z

耔　zǐ　〈文〉给禾苗根部培土:耘～(耘:除草)。

胏　⊖ zǐ　❶〈文〉剩余的食物。❷〈文〉干肉。
⊜ fèi　〈文〉同"肺":～疾发。

耔　□ zǐ　〈文〉培土:今适南亩,或耘或～。

抵　zǐ　〈文〉用手击取。

呲　□ zǐ　见 cí"呲"(101页)。

吇　⊖ zǐ　❶〈文〉同"訾"。诋毁;诽谤:～五霸于稷下。❷〈文〉通"啙(zǐ)"。弱;劣。
⊜ cī　〈文〉通"疵(cī)"。病:～灾。

好　□ zǐ　【好蚄(fāng)】〈方〉黏虫。是粮食作物的害虫:～能害稼,不能害人。

秭　[秭]　zǐ　❶古代指一万亿。❷【秭归】地名。在湖北宜昌。

疿　[痹]　zǐ　❶〈文〉瑕疵。❷〈文〉病。

籽　zǐ　某些植物的种子:菜～|棉～|花～。

第　zǐ　〈文〉用竹篾编的床垫子,也借指床:床～。

梓　zǐ　❶梓树,落叶乔木。花黄白色,木材轻软耐朽,可用来做器具。❷雕版,把木板刻成印书的版:～行|付～(刊印)。❸〈文〉故乡:桑～|其孙某甲,回～条扫坟墓。❹姓。

釨　zǐ　❶〈文〉同"胏"。剩余的食物。❷〈文〉同"胏"。干肉。

啙　⊖ zǐ　〈文〉弱;劣:～窳(苟且也惰)。
⊜ cī　〈文〉通"疵(cī)"。病。

紫　□ zǐ　❶像茄子的颜色:～砂|绛～|恶(wù)紫之夺朱也(朱:大红色)。❷〈文〉紫色的衣冠或饰物:怀金垂～|齐桓公好服～。❸姓。

荶　zǐ　〈文〉用菜做羹。

訿　⊖ zǐ　〈文〉说人坏话;诽谤:～毁|～议|不苟～,不苟笑。
⊜ zǐ　❶〈文〉通"赀(zī)"。计算:～粟而税。❷姓。

訾　zǐ　〈文〉同"啙"。诋毁:～玉璧兮为石。

滓　□ zǐ　❶渣子,沉淀的杂质:渣～|若蔬食菜羹,则肠胃清虚,无～无秽,是可以养神也。❷污浊:～浊|～秽|夫智者睹危思变,贤者泥而不～(泥:niè,染黑)。

膌　zǐ　见 xìn"膌"(748页)。

zì (ㄗ)

茡　⊖ zì　〈文〉大麻的雌株,泛指麻。
⊜ zǐ　〈文〉给禾苗根部培土:或芸或～。

自　□ zì　❶指本人,相当于"自己":～学成才|～成一家|知人者知,～知者明。❷表示时间或处所的起点,相当于"从":～古以来|～上而下|有朋～远方来。❸表示事情的发生符合情理,相当于"自然":～有公论|～不待言|桃李不言,下～成蹊。❹〈文〉虽然;即使:我～持斋,却不曾断酒|今律令烦多而不约,～典文者不能分明。❺〈文〉原来;本来:使君～有妇,罗敷～有夫。❻姓。

字　□ zì　❶文字,记录语言的符号:汉～|常用～|分文析～。❷字体,特指汉字的不同形体,也指书法的流派:篆～|草～|柳～(唐代书法家柳公权所写的字体)。❸指书法作品:～画|墙上挂了一幅～。❹字的读音:咬～儿|～正腔圆|吐～清楚。❺语词:用～恰当|字从～顺|他不敢说半个不～。❻字据,指收据、借条、合同等书面凭证:立～为凭。❼姓名:签～|盖章。❽人的别名,一般与人名用字的意义相关:苏轼～子瞻|诸葛亮,～孔明。❾〈文〉许配,女子许婚:未～|待～闺中。❿〈文〉生子;养育:妇人疏～者子活(疏字:孩子生得少)|养老者,～幼者,藏死者,可不知所自耶? ⓫姓。

孳　zì　〈文〉大麻的雌株。

劗　zì　〈文〉刺入;插入:拔小佩刀欲～之。

Z

胔 zì 〈文〉同"骴"。腐烂的尸骨;尸体:埋～掩骼。

掔 zì 〈文〉聚积。

牸 zì 雌性的牲畜(多用于牛):臣故畜～牛,生子而大,卖之而买驹。

傳 zì ❶〈文〉树立;建立。❷〈文〉同"剚"。刺入;插入:～刃公之腹中。

恣 zì ❶放纵;不受拘束:～肆|暴戾(lì)～睢(suī)|吏敬法令莫敢～。❷〈文〉任凭:～君之所使之。

眦 [*眥、睚] zì 眼角,上下眼睑的接合处:内～|外～|目～尽裂(形容怒不可遏的样子)。

渍 (漬) zì ❶浸;沤:～麻|浸～|净淘种子,～经三宿。❷〈文〉沾染:沾～|渐(jiān)～|(浸润)|心为物～,故不能有见,惟学乃可明耳。❸地面的积水:～涝|内～|防洪排～。❹油泥、污垢等积存在物体上难以除去:机器上～了很多油泥|水壶里～了一层水垢。❺积存在物体上的脏东西:油～|血～|茶～。

戠 zì ❶〈文〉切成大块的肉食:～在豆(豆:盛食物的器具)。❷〈文〉肉食:酒～。❸〈文〉切肉成块:～其肉。

㹤 ㊀ zì 〈文〉复苏;复活:民困～活。㊁ sì 〈文〉病。

嗭 ㊀ zì ❶〈文〉带有腐肉的尸骨;尸体:掩骼埋～。❷〈文〉肉;肉食:～酒淋漓。㊁ jí 〈文〉同"瘠"。瘦:羸～|老弱(羸léi,瘦)。

羍 zì 〈文〉母羊。

訾 zì ❶〈文〉名字。❷用于人名。赵与訾,宋代人。

殨 [殨] zì ❶〈文〉野兽死亡。❷〈文〉病。

觠 zì 〈文〉羊群挤在一起。

藉 zì ❶〈文〉积聚:大～薪油,烧取其骨。❷〈文〉堆积的柴草。

zi（·ㄗ）

子 zi 见 zǐ"子"(907页)。

枞 zōng 见 cōng"枞"(103页)。

宗 zōng ❶宗庙;祖先:列祖列～|正月朔旦,受命于神～(神宗:尧的宗庙)。❷家族;同一家族的人:～亲|同～|车裂以徇,夷其～。❸派别:～派|正～|禅(chán)～。❹宗旨;主旨:开～明义|万变不离其～。❺尊崇;效法:～仰|他的唱法～的是梅派。❻被尊崇和效法的人:～师|～匠|一代文～。❼量词。用于事物、货物、钱款等:一～案卷|两～货物|大～款项。❽〈文〉归向:江、汉朝～于海。❾姓。

夎 zōng ❶〈文〉鸟飞时收敛腿爪。❷〈文〉聚。❸古国名。

倧 zōng 传说中的上古神人。

踪 zōng 模拟表针移动的声音:手腕的表～、～、～地响着。

综 (綜) ㊀ zōng 总合;聚在一起:～合|～述|～观全局|～其事,旁贯五经。
㊁ zèng(旧读 zòng)织布机上使经线交错着上下分开以便梭子通过的装置。

塕 zōng ❶〈文〉栽种。❷〈文〉一物容纳于另一物中。

蔠 zōng ❶〈文〉树木的细枝:弱～|柳～。❷〈文〉细小。

棕 [*椶] zōng ❶【棕榈(lǘ)】常绿乔木。树干高而直,不分枝,外有棕毛,叶子大,呈掌状分裂,叶柄长,果实长圆形。木材可用来制器具。❷棕毛,棕榈树叶鞘的纤维,可用来制蓑衣、绳索、刷子等:～刷|～帚|～毯。❸颜色像棕毛的:～壤|～熊。

嵕 [嵏、嵸] zōng ❶〈文〉数峰相对峙的山。❷【九嵕山】古山名。在今陕西。

腙 zōng 有机化合物的一类。是醛或酮的羰基和肼的缩合物。通式 $RR'C=N-NH_2$(RR'代表烃基)。

㼝 zōng 【困㼝】〈文〉壅塞不通。

Z

嵏 zōng 同"嵕"。古国名。

腙 zōng 〈文〉拘禁：叔向为之奴而～（叔向被拘系为奴）。

㙡 zōng 【鸡㙡】蕈（xùn）的一种，菌盖圆锥形，表面黑褐色或微黄色，可以吃。多产于我国西南地区和台湾。

䁓 ㊀ zōng 〈文〉视；小视。

㊁ zǒng 〈文〉偷看：～视。

嵸 zōng 【巃（lóng）嵸】1.〈文〉山势高耸的样子。2.〈文〉云气蒸腾的样子。3.〈文〉聚集的样子。4.〈文〉错杂不齐的样子。

稯 ㊀ zōng ❶〈文〉量词。四十把禾为一稯。❷〈文〉量词。用于计算布匹经线的密度。八十根经线为一稯。也作"緵（zōng）"。

㊁ zǒng 【稯稯】〈文〉群聚的样子。

艐 zōng ❶〈文〉作战的船队：或百或五十联为一～。❷〈文〉战船：大～。

猣 ㊀ zōng ❶〈文〉猪生三子，泛指兽类。❷〈文〉狗生三子。

㊁ cóng 【猣猣】传说中的怪兽。

縱 zōng ❶〈文〉有彩纹的装饰品。❷〈文〉车马的装饰物。

蹤[蹤] zōng 〈文〉车轮的痕迹；踪迹：寻求～迹。

踪□［*蹤］ zōng ❶走过后留下的脚印；行动留下的痕迹：～迹｜行～｜千山鸟飞绝，万径人～灭。❷〈文〉追随：劢矣庚生，勉～前贤（劢：mài，努力。庚生：姓庚的读书人）。

蝬 zōng 【三蝬】〈文〉蛤一类的软体动物。

㲣 zōng 【㲣氍（qú）】〈文〉即氍毹（qúshū）。毛织的毯子。

潨 zōng 见 cóng "潨"（104 页）。

䎫 zōng 〈文〉鸟拍打翅膀上下飞：玉轴绫装鸾鹊～。

緵 ㊀ zōng ❶〈文〉量词。古代布帛在二尺二寸的幅宽内以八十根经线为一緵：七～布（极粗的布）。❷〈文〉同"稯"。量词。四十把禾为一稯。

㊁ zòng 〈文〉一种网眼细密的渔网。

磫 zōng 【磫磫（qú）】〈文〉质地细腻的磨刀石。

蹤 zōng 【螉（wēng）蹤】〈文〉牛虻。

鍐[鍐] zōng 〈文〉马头上的装饰物：金～。

鬃□［*鬉、*騌、*騣、毧、踪、騌、㲯、鬷］ zōng 马、猪等颈上的长毛：～毛｜马～｜猪～。

豵 zōng ❶〈文〉小猪，泛指小兽：言私其～（私：归猎者私人所有）。❷〈文〉一胎生三子的猪。

鬆 ㊀ zōng 〈文〉马鬣。

㊁ zǒng 〈文〉同"总"。束发：～角（束发为髻）。

㊂ sōng 〈文〉头发松乱：～慢（头发松散）。

鬷□ ㊀ zōng ❶〈文〉锅一类的器具。❷〈文〉聚；汇集：～六校之飞将。❸〈文〉姓。

㊁ zǒng 【轨鬷】〈文〉草名。

鯮 zōng 〈文〉鱼名。也作"鯼"。

鯼 zōng ❶〈文〉鱼名。即石首鱼。❷〈文〉鯮鱼。

鬆 ㊀ zōng 〈文〉同"鬆"。马鬣。

㊁ zǒng 〈文〉同"鬆"。束发：～角（束发为髻）。

騣 zōng ❶同"鬃"。马鬃。❷马。

鬷 zōng ❶〈文〉同"鬷"。釜的一种。❷同"鬷"。姓。

zǒng （ㄗㄨㄥˇ）

总□（總）［総］ zǒng ❶聚束；聚合：汇～｜～结｜～天下之要｜垂髫（tiáo）～发（fà）。❷全部的；全面的：～账｜～评｜～产量。❸概括全部的；统领全面的：～纲｜～店｜～经理。❹一直；经常：有事没事，～想跟他聊聊｜面对困难，他～那么沉着、冷静。❺一定；无论如何：黑暗～会过去｜问题～要解决的｜试验～有一天会成功的。❻〈文〉全；都：欲把西湖比西

子,淡妆浓抹～相宜。

捴 zǒng ❶〈文〉同"总"。统领。❷〈文〉同"总"。都;皆:村落人家～入诗。

偬[*傯] zǒng 【倥(kǒng)偬】1.〈文〉事务繁多;急迫:戎马～,不废讲咏。2.〈文〉穷困:诚所谓将隆大位,必先～之也。

揔 zǒng ❶〈文〉同"总"。聚;束:～角(儿童束发形状如角)。❷〈文〉同"总"。统领:～百官。❸〈文〉同"总"。总合:～四万五千五百余言。❹〈文〉同"总"。皆;都:绿葵紫蓼～开颜。❺〈文〉同"总"。握持:～贤圣之纪纲。

摠 zǒng 同"总"。毕竟;无论如何。用于古白话:尔终久～难释其前过。

惚 zǒng 同"总"。概括全部:～名。

摠 zǒng 〈文〉同"总(總)"。汇集;总括:专立一使以～其任。

揔 zǒng 〈文〉同"总"。统领。

瞛 zǒng 见 zōng "瞛"(910页)。

稯 zǒng 见 zōng "稯"(910页)。

熜 ㊀ zǒng 〈文〉用麻秸扎成的火炬。
㊁ cōng ❶〈文〉烟囱:～无烟。❷用于人名。朱厚熜,明代嘉靖皇帝名。

轃[轃] zǒng 〈文〉车轮。

鬷 zǒng 〈文〉同"总"。束发:～角(束发为髻)。

鬷 zǒng 见 zōng "鬷"(910页)。

鬷 zǒng 见 zōng "鬷"(910页)。

鬷 zǒng 见 zōng "鬷"(910页)。

<hr>

zòng（ㄗㄨㄥˋ）

从 zòng 见 cóng "从"(103页)。

纵(縱)[縦、縦] zòng ❶地理上南北方向的(跟"横"相对,❷❸同):京九铁路～贯大江南北。❷从前到后的:～深|排成两路～队。❸跟物体的长的一边平行的:～剖面。❹〈文〉合纵:惠王用张仪之计～遂散六国之～,使之西面事秦。❺放走:欲擒故～|每日就市买活鱼,～之江中。❻放任;不约束:～容|放～|一日～敌,数世之患也。❼全身猛力向上或向前:～身上马|将身一～,径跳入瀑布泉中。❽〈文〉发;放:莫敢～兵。❾纵然;即使:～有天大的本事,这件事也办不到。

疭(瘲) zòng 【瘛(chì)疭】中医指手脚痉挛的病症;抽风病。

猔 zòng 【猲(kǔ)猔】我国古代少数民族名。

粽[*糭] zòng 粽子。用竹叶、柊叶或苇叶把糯米包成三角锥形或其他形状的食品,煮熟后吃。端午节(农历五月初五日)民间有吃粽子的习俗。

豵 zòng 〈文〉小猪。

緵 zòng 见 zōng "緵"(910页)。

<hr>

zōu（ㄗㄡ）

邹(鄒)[郰] zōu ❶周代诸侯国名。原称邾(zhū),故地在今山东邹城一带。❷姓。

郰 ㊀ zōu 同"邹"。地名。
㊁ zhòu 同"皱"。起皱纹。用于古白话:～却两眉。

驺(騶) ㊀ zōu ❶古代养马驾车的人:与车前三～对饮。❷姓。
㊁ zhòu 〈文〉通"骤(zhòu)"。疾行:车驱而～,至于大门。

郰 zōu 古地名。春秋时鲁国邑名。在今山东曲阜东南。

諏(諏) zōu 〈文〉商量;咨询:～吉(商订吉日)|～访|咨～善道,察纳雅言。

陬 zōu ❶〈文〉角落:城之～|主婢伏于暗～。❷〈文〉山脚:海岭之～。

掫 zōu ❶〈文〉巡夜打更;巡夜:(赵)昶(chǎng)夜～师。❷〈文〉聚积:～聚多

人。❸〈文〉同"廕"。麻秆。❹古地名。在今陕西西安。

菆　㊀ zōu　❶〈文〉麻秆,泛指草本植物的茎。❷〈文〉利箭:射以～。❸〈文〉草席。

㊁ cuán　❶〈文〉丛聚,特指用木材堆叠在灵柩周围。❷〈文〉灵柩:寄～(寄存的棺材)。❸〈文〉停放灵柩:欲～诸境内僧舍中。

㊂ chù　〈文〉鸟巢。

㊃ cóng　〈文〉同"丛"。丛生。

椒　㊀ zōu　❶〈文〉木柴。❷〈文〉通"菆(zōu)"。麻秆。

㊁ sǒu　〈文〉同"薮"。草泽;郊～。

郰　zōu　见 jù"郹"(341页)。

緅　zōu　〈文〉(颜色)黑中带红。

穛　zōu　见 chú "穛"(91页)。

鄹　□ zōu　❶同"邹"。周代诸侯国名。故地在今山东邹城一带。❷春秋时鲁地。孔子的家乡。在今山东曲阜东南:孰谓～人之子知礼乎?

艑　zōu　【艑(láng)艑】〈文〉同"艒"。海船。

鯫　(鲰)　□ zōu　❶〈文〉小鱼:～千石,鲍千钧。❷〈文〉小:～生(小人,对人的蔑称,也用作谦辞)。

諏　zōu　〈文〉同"诹"。商量;咨询:不咨不～。

廏　zōu　〈文〉麻秆。

齺　㊀ zōu　❶〈文〉牙齿不正:～齵(óu)(牙齿不正)。

㊁ chuò　【醒(wò)齺】〈文〉同"醒龊"。器量局促狭小。

齱[齮]　zōu　❶〈文〉牙齿折断。❷〈文〉咬。❸〈文〉牙齿咬东西上下相交切磨的样子;比喻往来交错:车毂～。❹【齱然】〈文〉牙齿上下相对。

zǒu　(ㄗㄡˇ)

走□[走,㞵,㞫]　zǒu　❶〈文〉跑:～马观花|奔～|相

告|弃甲曳兵而～。❷步行:～路|行～|行不上一二里,早是脚疼～不动。❸(车、船等)行驶;(物体)移动:汽车比船～得快|钟～得不准了。❹离开;去:我马上就要～|用车把东西运～。❺婉辞。指人死:爷爷～了一年多了|他～得很安详。❻(亲戚、朋友)往来;交往:～动|亲戚|两家离得不近,但～得很勤。❼经过:～旁门进来|去上海～水路|多～了一道手续。❽泄漏;漏出:～气|～了消息|说～了嘴。❾偏离了原来的样子:～调儿|鞋穿得～了形|落实规划不～样。❿往;趋向:民之归仁也,犹水之就下,兽之～圹也(圹:kuàng,原野)。

㞵　zǒu　见 chōu "㞵"(88页)。

zòu　(ㄗㄡˋ)

丩　zòu　〈文〉能相合的两半符节中的一半。

奏□　zòu　❶依照曲调吹或弹(乐器):～乐|演～|城上胡笳～。❷取得(功效);建立(功绩):～效|～捷|屡～奇功。❸〈文〉臣子向君主进言或上书:～折|启|书～天子,天子怜悲其意。❹〈文〉进献;呈献:相如奉璧～秦王。❺〈文〉进:～刀騞(huō)然,莫不中音(中:zhòng,符合。音:音律)。❻姓。

揍□　zòu　❶打(人):～人|挨～。❷〈方〉打碎:茶碗～了|小心～了玻璃。

楱　zòu　见 còu "楱"(105页)。

zū (ㄗㄨ)

租　zū　见 zhā "租"(854页)。

砠　zū　见 jū "砠"(335页)。

租□　zū　❶付钱在约定期内使用:～用|～车|～别人的房子住。❷收费让人暂时使用:出～|招～|把房子～给别人住。❸租用所交付或出租所收取的钱或实物:房～|欠～|交月～。❹旧时指田赋;赋税:～税|县官急索～|官～未了私～逼。❺姓。

菹 ㊀ zū ❶〈文〉腌菜:青韭淹～欲堕涎。❷〈文〉肉酱:麋鹿为～(麋鹿做成肉酱)。❸古代酷刑,把犯人剁成肉酱:子路欲杀卫君而事不成,身～于卫东门之上。
㊁ jù〈文〉水草茂盛的沼泽地:禹掘地而注之海,驱蛇龙而放之～。

葅 zū ❶〈文〉同"菹"。腌菜:冬～酸且绿。❷〈文〉同"菹"。肉酱。❸同"菹"。古代酷刑,把人剁成肉酱。

菹 ㊀ zū ❶〈文〉草席;草垫:茅～。❷〈文〉草名。鱼腥草:～圃。
㊁ jù〈文〉通"菹(jù)"。多草的沼泽地。

籯 zū〈文〉同"菹"。肉酱。

zú (ㄗㄨˊ)

卆 zú〈文〉同"卒"。死:～于洛阳宫。

足[足] zú ❶脚:～迹|削～适履|～可以遍行天下。❷某些器物的支撑部分:势分三～鼎。❸指足球或足球运动:～坛|女～。❹充裕;完备:富～|丰衣～食|学然后而知不～。❺表示完全可以;够得上:～以胜任|微不～道。❻表示充分达到某种数量或程度:春节放假～玩了三天|这项工程六个月～可以完成。

卒[㊀*卆] ㊀ zú ❶步兵;士兵:士～|马前～|一兵一～|车驰～奔。❷差役:走～|狱～。❸〈文〉完毕;结束:～岁|～业语未及,公子立变色。❹死亡:病～|暴～|生～年月。❺〈文〉副词。表示最终出现了某种结果,相当于"最终":～底于成(底:达到)|～并六国而成帝业。
㊁ cù〈文〉通"猝(cù)"。突然;忽然:～有惊事,中军疾击鼓者三。

唨 zú ❶【唨訾(zǐ)】〈文〉阿谀奉承。❷叹词。表示斥责。用于古白话:～! 花子!我每还未受用,你便来讨喫哩!

倅 zú 见 cuì "倅"(108页)。

拯 zú 见 zhuó "拯"(903页)。

崪 zú〈文〉同"崒"。山势险峻:～若断岸。

崒 ㊀ zú〈文〉山势险峻:～乎泰山不足为高。

㊁ cuì〈文〉通"萃(cuì)"。聚集:番商～此。

狱 zú〈文〉通"镞(zú)"。箭头;箭。

族 zú ❶家族,以血缘关系为基础形成的群体:宗～|同～|官之奇以其～行(官之奇:人名)。❷种族;民族:～群|汉|斯拉夫～。❸指具有某种共性的事物或人:水～馆|芳香～|工薪～|追星～。❹〈文〉灭族,古代酷刑。一人有罪而把整个家族的人都杀死:以古非今者～。❺〈文〉聚结:云气不待～而雨。

瘁 zú ❶古代称大夫死,泛指死亡。通作"卒"。❷〈文〉绝。

摗 zú ❶〈文〉执;持:～管。❷〈文〉收敛:～锋(收敛的笔锋)。

踤 ㊀ zú〈文〉冲撞:冲～而断筋骨。
㊁ cuì〈文〉通"萃(cuì)"。聚集:鹭～于林(鹭:xiāo,野鸡)。

跧 zú ❶蹴:～脚。❷退:向后～。

镞(鏃)[磸] zú〈文〉箭头:矢～|学如弓弩,才如箭～。

蠚 zú〈文〉虾虫。

蝍 zú【蠚(jí)蝍】〈文〉尺蠖虫。

鲊 zú〈文〉鱼名。

歈 zú【歈(wū)歈】〈文〉嘴跟嘴凑近,挨着。

齚 zú ❶〈文〉鱼名。❷〈方〉鱼鲊(zhǎ),腌制的鱼。

齰 zú〈文〉咬;咀嚼。

zǔ (ㄗㄨˇ)

诅(詛) zǔ ❶〈文〉祈祷鬼神加祸于人,泛指咒骂:～咒|一人祝之,一国～之,一祝不胜万～,国亡不亦宜乎? ❷〈文〉盟誓:解仇交～盟～。

阻 zǔ ❶拦挡,使不能行进或行动:～挡|～拦|剑门犹～北人来。❷〈文〉地势险:路难走:～隘|畅通无～|道路～且长。❸〈文〉倚仗:～兵擅权,矜威纵虐。

Z

岨 zǔ 见 jū "岨"(335 页)。

恖 zǔ 见 jù "恖"(339 页)。

组（组） zǔ ❶结合;构成:～合|～建|改～。❷由若干人员结合成的较小的集体:小～|教研～|全班分成三个～。❸具有某种联系、合成一组的(文艺作品):～诗|～歌|～曲。❹量词。用于按一定规则结成的较小的集体:一～男生|一～孩子|分为三～。❺量词。用于成组配套的物件:一～电池|一～卧具|一～智力拼版。❻〈文〉丝带:～绶|使其妻织～。❼〈文〉华丽:乱世之征:其服～,其容妇,其俗淫(妇:柔美娴雅)。

珇 zǔ ❶〈文〉琮玉上的浮雕花纹。❷〈文〉美好:～丽。

柤 zǔ 见 zhā "柤"(854 页)。

俎［俎］ zǔ ❶古代祭祀或宴会时盛放祭品或食品的器具:～豆|铺筵席,陈尊～|八珍盈～雕。❷〈文〉切肉用的砧板:～上肉|如今人方为刀～,我为鱼肉。

祖 zǔ ❶父母亲的上一辈:～父|外～母|吾～死于是,吾父死于是。❷家族中较早的前辈:～宗|数典忘～|故先基之,子孙成之(基之:给它打下基础)。❸事业或派别的创始人:佛～|鼻～|～师爷。❹〈文〉宗庙:左～右社。❺〈文〉开始;起初:万物之～。❻〈文〉效法;沿袭:～述尧舜。❼〈文〉饯行;送别:杜预之荆州,顿七里桥,朝士悉～(顿:住宿)。❽姓。

祖 zǔ 见 jù "祖"(340 页)。

菹 zǔ 〈文〉截菜,即鱼腥草。

襨 zǔ ❶〈文〉同"诅"。祈祷鬼神加祸于人。❷〈文〉同"祖"。祖先。

讋 zǔ 见 jiē "讋"(317 页)。

---

zù（ㄗㄨ）

伹 zù 见 qū "伹"(562 页)。

魖 zù【魖鬼】〈文〉鬼怪名。

趲 zù 〈文〉姑且前往。

---

zuān（ㄗㄨㄢ）

耒 zuān 〈方〉水入土。

钻（鑽）[⊖＊鑚] ⊖ zuān ❶打眼,用尖的物体在另一物体上转动穿孔:～孔|在墙上～个眼儿|～穴隙相窥。❷穿透;进入:火车～山洞|一个猛子～到水里。❸深入研究:～研|～书本|～坚研微,有弗及之勤。❹为谋利而设法找门路:～营|商鞅挟三术以～孝公。

⊖ zuàn ❶用来穿孔的工具:～头|电～|手摇～。❷指钻石:～戒。❸钟表中使用的宝石的俗称:19～的手表。

⊜ chān ❶〈文〉铁钳;火夹。❷古代给车毂膏(gào)油的工具。

㈣ qián ❶古刑具。❷〈文〉楔子。❸〈文〉同"钳"。夹取。

閿 zuān 〈方〉同"钻"。进入;穿过:耗子～牛角,越～越紧。

鑹 zuān 见 quān "鑹"(567 页)。

劗 zuān 〈文〉去掉头发;剪除:～发。

躜（躜） ⊖ zuān ❶向上或向前冲:～动|一跳一～。❷钻;穿:母狼～篱笆。

⊖ cuó 〈文〉踏:腊马～,春牛吼。

---

zuǎn（ㄗㄨㄢˇ）

纉 zuǎn 〈文〉同"纂"。编缀。

熶 zuǎn 一种烹调方法,类似煎煮。用于古白话:一尾鲜～鲤鱼。

缵（纘） zuǎn 〈文〉继续;继承:～述|～武功(载:助词。武功:指田猎)。

Z

纂□［❶*篹］ zuǎn ❶编辑：～辑｜编～｜藏书数万卷，尤好～述。❷〈文〉聚集：～论公察而民不疑（纂论公察：集中众议而不凭私见）。

穳 zuǎn（又读 zuàn）〈文〉一种像戟的小矛。

鬙 zuǎn 见 zàn "鬙"（848 页）。

篹 zuǎn ❶〈文〉盛筷、勺的竹笼。❷〈文〉丛生。

鑻 zuǎn 〈文〉刀、矛、杖等下面的铜、铁等饰物。

鬢 zuǎn 同"鬙"。妇女梳在头后的发髻。用于古白话：(那丫头)挽着个～儿。

zuàn （ㄗㄨㄢˋ）

钻□ zuàn 见 zuān "钻"（914 页）。

揝 zuàn 见 zǎn "揝"（847 页）。

赚□ zuàn 见 zhuàn "赚"（897 页）。

攥□ zuàn 握：～拳头｜手里～着根棍子｜把白菜馅儿～得干一点儿。

欑 zuàn 见 cuán "欑"（107 页）。

zuī（ㄗㄨㄟ）

厜 zuī【厜㕒（wēi）】〈文〉山峰高峻的样子：～之颠（颠：山顶）。

朘 ㊀ zuī 〈文〉男孩的生殖器：未知牝牡之合而～作，精之至也（作：勃起）。

㊁ juān ❶〈文〉削减；减少：～损用度｜日削月～。❷〈文〉剥削；侵害：～削｜～人之财。

桊 zuī 见 zuǐ "桊"（915 页）。

峻 zuī 〈文〉同"朘"。男孩的生殖器。

嗺 ㊀ zuī 〈文〉嗟叹。

㊁ suī ❶〈文〉劝人饮酒：～酒。❷古代大曲（qǔ）的一解（大曲：古代歌曲的一种。解：文章、诗歌、乐曲的章节）。

㊂ jiáo（又读 jué）〈文〉"噍（嚼）"的讹字。咀嚼：～筋。

樶 zuī 〈文〉一种乘具，用来在险路上行走。

騩 zuī 〈文〉马小的样子。

蟕 zuī【蟕蠵（xī）】〈文〉蠵龟，一种大龟。

纗 zuī ❶〈文〉纲的大绳；居中的绳：绝其～。❷〈文〉系；结：～幽兰之秋华。

zuǐ （ㄗㄨㄟˇ）

咀□ zuǐ 见 jǔ "咀"（338 页）。

唃 zuǐ 见 gǔ "唃"（216 页）。

桊 ㊀ zuǐ ❶〈文〉记下。❷〈文〉藏。❸〈文〉鸟喙；口。

㊁ zuī 〈文〉石针。

觜□ ㊀ zuǐ 〈文〉鸟嘴：啄木～距长，凤凰毛羽短。

㊁ zī 星宿名。二十八宿之一，属西方白虎。

摧 zuǐ ❶〈文〉山林崇积的样子。❷【摧嶉（cuī）】〈文〉山势高峻的样子。

嶉 zuǐ 见 cuī "嶉"（107 页）。

嗺 zuǐ 〈文〉鸟嘴：以～啄雌鸽。通作"觜"。

嘴□ zuǐ ❶人和动物吃东西、发音的器官；口：～角｜张～｜驴唇不对马～。❷形状或作用像嘴（多为尖状）的东西：瓶～｜茶壶～｜踯躅花开红照水，鹧鸪飞绕青山～。❸指说出来的话语：～甜｜多～｜顶～。

zuì （ㄗㄨㄟˋ）

最□［△*冣、*冣］ zuì ❶副词。表示程度达到顶点，超过所有同类：～漂亮｜～负盛名｜故农之用力～苦。❷〈文〉聚合：冬，收五藏，～万物（收五藏：收藏好五谷）。❸〈文〉合计；总计：～大将军青凡七出击匈奴（青：卫青，西汉的名将）。

"取"另见 jù（340 页）。

晬　㊀ zuì　❶〈文〉满一周期。❷〈文〉周年,特指婴儿周岁或满月、百日:～而能言。
㊁ suì　〈文〉通"晬(suì)"。温和润泽的样子:一瞻～容。

罪 [❶-❺*辠]　zuì　❶作恶或犯法的行为:犯～|认～|无功不赏,无～不罚。❷〈文〉犯罪者:诛～安民。❸过失;错误:谢～|请～|此天之亡我,非战之～也。❹〈文〉谴责;把过失归到某人身上:～己|不知者不～|王无～岁,斯天下之民至矣。❺苦难;痛苦:受～|遭～。❻〈文〉捕鱼竹网。

稡　㊀ zuì　〈文〉聚集;汇～。
㊁ cuì　同"粹"。纯粹。

窽　zuì　〈文〉同"最"。表示程度超过同类,达到顶点:兄弟三人,君一长。

檇 [檇]　zuì　【檇李】李子的一种。果实鲜红,汁多,味甜。

蕞 [蕞]　zuì　【蕞尔】〈文〉小的样子(多指地区):～小国。

醉 [酔]　zuì　❶因饮酒过量而神志不清:～态|醺醺|众人皆～我独醒。❷沉迷;酷爱:沉～|陶～|目断南浦云,心～东郊柳。❸用酒泡制的:～枣|～虾。

嶉 [辠]　zuì　【嶉嵬(wéi)】〈文〉山势高峻不平的样子。也作"嶉巍"。

嶵　zuì　【嶵隗(wěi)】〈文〉同"嶉嵬"。山高峻不平的样子。

辬　zuì　〈文〉汇集有五彩的缯帛。

zūn （ㄗㄨㄣ）

後　zūn　〈文〉通"遵(zūn)"。遵循:～俭隆约(遵循节俭崇尚简约)。

尊　zūn　❶地位或辈分高:～贵|～长(zhǎng)|至～无上|位～而无功。❷敬重;推崇:～重|自～|君子～贤而容众。❸敬辞。用于称对方或跟对方有关的人或事物:～意|～府|～姓大名。❹量词。用于塑像、酒器、大炮等:一～菩萨|何时一～酒,重与细论文?❺古代酒器,泛指饮酒器:出其～彝|有酒有酒香满～。后也作"樽"。❻姓。

鷷　zūn　古代盛酒的礼器。通作"尊"。

僎　zūn　见 zhuàn"僎"(898 页)。

嶟　zūn　〈文〉山石高峻尖削的样子:石～岑危立。

遵　zūn　❶〈文〉顺着;沿着:～江夏以流亡。❷依从:～循|～纪守法|举事无所更改,一一萧何约束。❸姓。

樽 [*罇]　zūn　古代盛酒的器具:移～就教|人生得意须尽欢,莫使金～空对月。也作"尊"。

遵　zūn　❶〈文〉同"遵"。遵循。❷用于人名。赵与遵,宋代人。

鐏 (鐏)　zūn　❶〈文〉安装在戈或矛戟柄下端的圆锥形金属套。❷〈文〉盛酒器:狼藉盘与～。

繜　zūn　❶古代有的少数部族妇女穿的像套裤的小衣。❷【繜绌(chù)】〈文〉节制;谦虚退让。

鱒 (鳟)　zūn　鱼名。常见的淡水食用鱼。

鷷　zūn　〈文〉一种野鸡:～雉。

zǔn　（ㄗㄨㄣˇ）

僔　zǔn　❶〈文〉聚集。❷〈文〉众。❸〈文〉谦逊:恭敬而～。

劃　zǔn　❶〈文〉同"撙"。减少;抑制:富者亦当～节(节:节制)。❷〈文〉断。

撙　zǔn　〈文〉节制;节省:～节|～省|节饮食～衣服,则财用足。

蕇　zǔn　❶〈文〉草木丛生:～莽。❷〈文〉攒聚。

噂 [譐]　zǔn　〈文〉聚在一起议论纷纷:～～所言。

zùn　（ㄗㄨㄣˋ）

捘　zùn　❶〈文〉推:～卫侯之手。❷〈文〉捏;按:～其腕。

灂 zùn 见 jiàn "灂"(307 页)。

zuō（ㄗㄨㄛ）

作 zuō 见 zuò "作"(917 页)。

嗍 ⊖ zuō 吮吸,聚缩嘴唇吸:～奶|～柿子|～手指头。 ⊜ chuài ❶〈文〉大口吞食:～食|～炙。❷〈文〉叮,咬:狐狸食之,蝇蚋(ruì)姑～之(姑:吸食)。

𪍙 zuō【𪍙锅】〈文〉锅的一种。

zuó（ㄗㄨㄛˊ）

昨 zuó ❶昨天,今天的前一天:～夜|～已抵京|周～来,有中道而呼者(周:人名)。❷〈文〉泛指过去:觉今是而～非。

怍 zuó 〈文〉山牛名。

莋 zuó 西南地区部族莋都夷的简称。在今四川汉源东北。

秨 zuó 〈文〉禾苗摇摆的样子。

捽 zuó 揪;抓:～住她的衣服|王子庆忌～之,投之于江。

筰 ⊖ zuó 用竹篾拧成的绳索:～桥(竹索桥)|竹～。 ⊜ zé 〈文〉压:蝼蚁行于地,人举足而涉之,足所履,蝼蚁～死。

絀 zuó ❶〈文〉粗大的绳索;绳索:芙蓉作船丝作絀。❷〈文〉一种丝织品:青丝～。

琢 zuó 见 zhuó "琢"(903 页)。

筰 ⊖ zuó ❶〈文〉用竹篾拧成的绳索:浮桥交万～。❷〈文〉竹名。❸古部族名。主要分布在今四川汉源一带。 ⊜ zé ❶〈文〉通"筰(zé)"。(声音)迫促。❷〈文〉通"筰(zé)"。压榨:～马粪汁饮之。

zuǒ（ㄗㄨㄛˇ）

𠂇 zuǒ 〈文〉左手。通作"左"。

左 zuǒ ❶左边(跟"右"相对):～手|向～转|往～拐就上了大街|～轮朱殿。❷古代指东边:江～(江东)|山～(太行山以东的地方,过去也专指山东)。❸〈文〉地位低(古代多以右为上,左为下):～迁(降职)|右贤～戚,先民后己。❹偏邪;不正:～子|～道旁门。❺错;不协调:想～了|意见相～。❻革命的;进步的:～倾|～派|～翼作家。❼近旁,附近:～邻|～近。❽姓。

佐 zuǒ(旧读 zuò) ❶辅助;帮助:～理|～助|周公旦～相天子。❷〈文〉处于辅助地位的人或官员:僚～。

庒[㢀] zuǒ【庒㢀】〈文〉行不正。

唑 zuǒ ❶叹词。劳动号子声:加把劲哟,嘿～! ❷〈方〉助词。相当于"了":唔见～。

祚 zuǒ 〈文〉同"佐"。辅助治理:匡～内外。

撮 zuǒ 见 cuō "撮"(110 页)。

縋 zuǒ ❶〈文〉丝织品。❷〈文〉病名。

zuò（ㄗㄨㄛˋ）

作 ⊖ zuò ❶起来:如日出时,眠者皆～。❷兴起;发生:兴风～浪|山川郁雾毒,瘴疠(lì)春冬～。❸劳动;工作:劳～|操～|深耕细～。❹进行某种活动:～弊|合～|为非～歹。❺写作;创作:～诗|～画|述而不～。❻作品:杰～|诗～|处女～。❼当作;作为:～罢|认贼～父|安得五彩虹,架天～长桥。❽故意装出(某种样子):做～|忸怩～态|装模～样。❾造;制作:～舟以行水。❿〈文〉开始:天下大事,必～于细。 ⊜ zuō 作坊,手工业制造或加工的工场:石～|油漆～|五行八～。

坐 [𡊳] ⊖ zuò ❶把臀部放在物体上以支持身体:静～|席地而～|正

襟危～。❷搭乘(交通工具等):～汽车|～飞机。❸(房屋)背对着某一方向:正房～北朝南。❹把锅、壶等放在炉火上加热:上一壶水|把油锅～在火上。❺物体向后或向下施压力:这种机枪的～力很大|塔身往下～了半尺。❻狱案;定罪:连～|反～|群臣～陷王于恶不道,皆诛死者二百余人。❼瓜果等结出果实:～了个大瓜|这棵枣树从没～过果儿。❽形成:～胎|～下了腰疼的病根儿。❾〈文〉表示无缘无故:凄风为我凉,百籁～自吟。❿〈文〉因为:停车～爱枫林晚。⓫〈文〉座位:公子引侯生坐上～。这个意义今作"座"。

阼 zuò ❶古代指大堂前东面的台阶,是主人迎接宾客的地方:～阶(东阶)|礼于～。❷〈文〉帝位:皇帝即～。

坐 zuò "坐"的俗字。用于古白话:独对彦～(彦:人名)。

岞 zuò 用于地名:～山(在山东昌邑)。

崒 zuò【崒嵂(è)】1.〈文〉山石高峻的样子:石林之～。2.古山名。在今江苏苏州西南。

作 [愆] zuò ❶〈文〉惭愧:惭～|愧～|仰不愧于天,俯不～于人。❷〈文〉脸色改变:是故孝子临尸而不～。

柞 ㊀ zuò ❶柞木,常绿灌木或小乔木。生棘刺,花黄白色,浆果小球形,黑色,树皮可入药。❷柞树,落叶乔木。木质坚硬,可用来造船和做枕木等,叶子可用来饲养柞蚕。也叫"柞栎"。
㊁ zé 〈文〉砍伐树木:载芟载～(芟:shān,除草)。
㊂ zhà【柞水】地名。在陕西商洛。

垤 zuò ❶〈文〉同"坐"。❷〈文〉同"座"。座位:神～。

伵 zuò(又读 cuò)❶〈文〉安坐。❷〈文〉挫辱;伤败:～廉。

胙 zuò ❶古代祭祀时供的肉。祭后分给有关的人:四时致宗庙之～(致:送给)。❷〈文〉赏赐:～之以土(土:土地)。

祚 zuò ❶〈文〉福:门衰～薄,晚有儿息。❷〈文〉帝位:国统|～践|运移汉～终难复。

砟 zuò 见 zhǎ "砟"(856 页)。

唑 zuò 译音用字:咪～|噻～。

座 zuò ❶供人坐的地方:～位|让～|陈茵席而设～。❷器物的基部或底下垫着的东西:碑～|钟～|底～。❸星座,天文学上把星空分成的若干区域:天琴～|仙后～。❹〈文〉指在座的人:一～皆惊|中泣下谁最多,江州司马青衫湿。❺旧时对某些官长的敬称:军～|局～|处～。❻量词。1.用于山峦、岛屿:一～青山|一～孤峰|一～小岛。2.用于建筑物:几～大楼|一～水库|一～白塔|一～城市。

袏 zuò〈文〉有前襟的单衣。

做 zuò ❶从事某种工作或活动;干:～工|～事情|～一番事业。❷制造:～饭|～家具|用甘蔗～糖。❸写作:～作文|～了一首诗。❹举办;举行:～寿|～满月|～礼拜。❺充当;担任:～厨师|～班干部。❻结成(某种关系):～街坊|～朋友|～亲家。❼用作;用这笔钱～资本|这部著作可以～教材。❽假装出(某种样子):～样子|～鬼脸。

葃 zuò【葃菇】〈文〉即慈姑。一种水生草本植物。

蒩 zuò ❶【蒩菇】〈文〉草名。也叫"蒩实、慈姑"。❷〈文〉衬垫;凭借:～之枕之。

酢 ㊀ zuò 〈文〉客人用酒回敬主人:酬～。
㊁ cù ❶〈文〉同"醋":取富人倒县(xuán),以～注鼻。❷〈文〉酸味:木瓜味～,善疗转筋。

跘 zuò 见 fù "跘"(191 页)。

饌 ㊀ zuò 〈文〉楚地人相见后请吃麦粥;麦粥:楚～。
㊁ zé 〈文〉蒸熟。

醋 zuò 见 cù "醋"(106 页)。

齰 zuò 见 zé "齰"(852 页)。

齺 [齫] zuò ❶〈文〉舂过的精米:精～。❷〈文〉舂:～申椒以为粮(申椒:花椒)。❸〈文〉小。

笔画检字表

说　明

1. 本检字表收入本字典的全部单字,按笔画数的多少排列,同笔画数的按起笔的一、丨、丿、丶、一依次排列,起笔相同的再按第二笔的一、丨、丿、丶、一依次排列,其余的依次类推。

2. 本字典的繁体字、异体字全部列出,繁体字用"（　）"标出,异体字用"[　]"标出。

3. 字右边的号码指这个字在字典正文中的页码。

1画			51	乃	475	大	114		866	亠	692
一	793	门	331	为	605		115	乞	534	亡	692
	229	【丿】		又	823	丈	863		536		708
丿	344	川	749	厶	469	尢	691		649	门	450
	520	厂	800		630		820	川	94	丫	769
	893	八	11	[屮]	563	尣	692	亿	800	义	800
丶	184	人	576	乄	810	兀	711	彳	84	宀	457
	794	入	583	马	237	与	825	彡	595	之	875
乀	810	乂	800	巜	366		828		730	【一】	
乁	344	[乂]	709	也	460		830	[几]	168	彐	291
乚	569	九	333		488		691	亼	287	丮	767
[乚]	771	勹	20			弌	675	个	198	尸	611
乙	798	儿	163	**3画**		弋	800		205	己	291
乙	771	匕	29	【一】		矢	852		206	已	798
〇	413	七	262	三	588	歹	115		691	巳	632
2画		几	284	干	195	【丨】		[凵]	692	弓	209
【一】			290		198	上	600	凶	692	卫	699
二	165	【丶】		于	92		600	屮	912	子	907
十	613	亠	456	亏	825	少	646	夕	714		909
丁	141	【一】		亏	370	小	740	么	439	孑	317
	872	刁	136	亐	825	口	363		447	丬	59
厂	4	了	387	工	208	口	695	夂	879		74
	71	乛	137	土	677	曰	446	夊	640	孓	344
丆	917	卩	317	士	615	山	595	久	333	卩	317
匚	171	山	353	[廾]	486	巾	322	凡	168	也	790
匸	722		543	才	54	【丿】		勺	602	女	494
七	529	丩	332	下	726	千	539		902		583
丂	356	阝	189	寸	110	毛	682	丸	688	刕	863
【丨】		刀	123	开	284			及	287	刃	577
卜	51	力	396		531			【丶】		飞	173
				廾	210			广	4	习	719
									224		
									776		

识	614	改	798	屽	426	[㚼]	621	纶	221		541
	881	张	862	阽	411	妨	171		433	玢	43
诇	752		863	阺	130	奻	225	纷	176		176
诈	857	荆	184	陶	756	妒	149	纸	879	玱	545
诉	637	郏	31	[陑]	612	[妱]	118	叕	724	玥	839
罕	236		175	陀	157	妶	839	驮	703	表	40
诊	870	攺	233		683	妞	491	纹	703	玟	466
诋	130		714	陨	3	妑	500		704	珏	38
诒	887	弣	608		160	姒	632	纺	172	玫	461
[立]	795	忌	292	陕	337	好	825	纼	894		703
刬	30	[㠯]	88	岐	612	努	493	驴	429	玦	345
邜	31	弤	13	陂	23	奋	417	纨	118	珥	492
邖	31	[→丨]			514	卧	602	驶	344	玭	116
	38	际	292		523	卲	602		367	盂	825
岢	555	陆	419	陉	750	邵	602	纠	871	枎	97
词	101		426	[→丿]		劭	602	纽	492	扶	17
诎	92	敃	242	娃	179	剧	514	纾	621		246
	562	陕	562	姌	329	忍	576	糺	333	忝	664
诏	865	㞎	202	妍	774	[→、]		[糸]	332	香	228
诐	31	阿	1	妧	691	到	329	[灾]	846	规	225
译	801		1		836	劲	325				228
诒	115		159	妩	710		329	**8画**		态	664
	795	(壮)	899	妘	842	劲	329	[一一]		远	692
[→一]		孜	905	[姊]	907	邧	38	郎	368	瓯	227
君	348	戕	848	妓	292	甬	818	劻	368	[一丨]	
灵	413	(妆)	898	妪	512	邰	648	[耓]	11	坱	466
即	288	陇	422	妪	829	矣	798	邦	388	抹	438
层	61	[阼]	871		831	癹	571	奉	181		466
屁	84	陈	76	娌	495	鸡	284	玤	19		466
屁	516		871	妲	339	[→→丶]		[玨]	345	(長)	70
屃	722	㠱	318	妱	30	纬	697	玖	182	刲	370
尿	487	[孜]	757	妙	459	纭	842	玩	689	卦	219
	640	坒	269		460	驱	562	玮	697	邦	225
尾	697	陆	135	[姌]	573	纰	251	环	266	拔	563
	798		774	妠	474	纯	98	玡	770	坩	196
屄	866	阻	913		477		681	玭	520	拑	541
迟	82	邮	90	妊	577		901	武	710	抴	603
	881	[坒]	269	妖	785	纰	512	青	555		791
屁	13	阼	918	姣	234	纱	593	责	851		801
局	336	随	683	姈	325	驲	579		858	郝	612
[邧]	446		798		727	纳	474	现	732	坷	357
驱	363		881	妢	177	纲	199	玫	448	柯	359
刡	462	附	190	婳	166	纴	578	玲	321	柯	243
迡	131		526	妳	885	驳	47	玲	300		357
改	194	坠	900	姊	907	纵	911		411	抦	45

坯	512	[坿]	190		491	刵	165	茵	561		666
拓	646	拊	188	抗	831	其	284	芙	139	茎	327
	685	者	868	坨	683		531	芫	615	苔	648
	877	拍	501	抗	787	耶	789	苲	856		648
垳	52	顶	141	[抲]	682		790	苊	799	茅	445
㧒	12	坼	74	[挖]	160	取	566	茌	82	莓	448
	51	拆	64	垗	361	茉	466	苻	184	莃	502
	52	㧑	624	拯	31	苷	196	茐	727	枉	692
拢	422	孤	219		42	苦	365	苣	48	枡	284
坡	12		686	[坢]	337	苯	27	苞	645	枖	184
	508	抓	218	坥	482	茉	892	苂	214	杭	836
拔	12	坴	426	㧗	482	昔	714		218		838
坪	522	㧏	831		483	苟	243	茶	488	林	411
抨	509	垺	255	㧖	462		357	苓	414	柿	175
拣	303	抮	870	垪	182	芏	62	茚	811	枝	876
㧔	538	麦	414	拂	31	赤	246	芪	130	杯	23
坫	135	岭	414		184	茎	520	[茶]	488	枢	497
拈	485	拎	411	拙	901	若	576	荀	212		621
迕	872	拥	817	㧘	493		585	茆	445	枥	397
垆	425	坻	82	招	602	郉	209		446	枕	820
抶	318		130		864	茏	420	芩	143	[栀]	161
坦	652	抵	130	坡	523	茂	446	茑	487	柜	228
坥	563	拘	334	披	512	荗	12	苑	838		338
担	117	㧒	339	拨	46		508	苞	20	枒	769
	119	势	616	择	851	苹	522	苙	288		789
担	854	抱	22		858	迣	84		397	[枒]	769
坤	372	拄	893	弄	338		881	范	170	[柯]	259
押	769	垃	376	[垶]	178	花	24	茡	490	[杶]	98
抻	75	拉	376	㧙	38		24	(苧)	894	枇	514
抽	87		376		167	苫	595	芡	763	桓	259
刮	538		377		178		597	茎	814	杜	632
块	783		377		504	[茶]	220	蕊	31	杪	459
抾	879	垷	650		520	苜	471	茛	558	杳	787
挟	783	拡	568	坮	648	苴	20	直	877	[枏]	477
劼	318		597	抬	648		334	[苇]	127	枘	584
拐	220	拦	380	[刦]	318		856	苊	483	枫	199
坰	331	幸	750	(亞)	771	苗	459	茛	461	枧	303
[坍]	650	垰	18	㙔	471	苗	128	苐	131	杵	92
垌	9		503	㧚	470	苩	876		660	枦	89
坎	881	拌	18	坳	9	英	812	莆	184	枒	194
扶	84		504	抝	9	克	271	苰	251	杴	785
拃	856	尧	786		9	苢	799	苗	903	枚	448
拖	682	扛	366		492	莕	573	茄	296	枨	79
[垍]	559	拧	490	刊	196	[茊]	479		551	[枒]	714
坿	184		491	耵	141	尚	557	苕	602	枇	263

侍	616	側	60	[肝]	238	彼	30		55	肭	474
佶	288		853	臭	201	径	329	籴	129	胀	863
岳	840		857		851	[径]	329	觅	456	胏	532
佬	385	侏	891	郎	719	所	643	㞹	809	服	504
[延]	774	侁	606	帛	48	[肛]	205	受	620	胖	32
偅	165	凭	522	卑	23	削	712	争	873		714
	476	㹴	670		30	肝	408	乳	583	肣	714
供	209	恬	280	㑏	495	那	473	会	807	胗	235
	211	侨	548	的	126		474	贪	650		553
使	615	徎	774		128		495	欻	540	[脑]	752
佰	15	侐	757		129	刵	123		727	胮	16
侑	823	倜	102		131	㓚	48	[肙]	752		177
㤚	109	侜	888	迫	502	【ノ丶】		瓮	509	朋	510
	325	佺	568		524	舍	604	贫	520	胝	83
佯	366	佮	367	佷	248		604	牟	178	肺	175
例	397	恰	203		249	金	323	㹀	177		908
侠	724	佻	665	阜	190	剑	228	敆	16	肠	704
臾	825	佾	801	凯	799	郐	367	忩	178	肷	543
兒	482	佩	508	昌	190	[㝹]	127	瓮	705	股	216
(儿)	163	倠	225	咢	669	㑒	594	[忩]	103	肮	7
倢	795		227	[兒]	163	拿	703	饯	545	肪	171
[戔]	545	徇	767	卬	637	刹	64		547	胇	652
侥	313	货	281	[卬]	757		593	【ノ一】		胅	345
	786	佫	247	[邨]	757	(侖)	433	胖	506	朋	810
[斦]	714	侈	83	廻	331	命	464	肼	329		871
版	17	佳	107	伽	582	郐	244	肤	182	胛	492
侄	877		696	保	21	看	739	肌	584	肥	174
坌	116		899	侔	469		786	胜	897	服	185
岱	116	㑽	801	【ノノ】		[剏]	345	肺	175		190
[俗]	116	侘	682	质	881	[㓞]	570		508	胁	742
郔	774	侪	65	所	809	郄	551	肢	876	周	888
[侠]	254	佼	310		881		570	[胚]	507	牟	754
佌	102		313	欣	747		722	肽	649	剎	157
侦	869	㳱	102	屙	254	[㧇]	865	狀	573	郮	227
优	224		632	征	872	飠	59	[胀]	821	昏	277
俊	606	依	793	沾	809	㤰	744	肱	209	涎	130
㤥	559	佽	193	徂	105	㦮	300	腄	98	迄	164
侣	430	佯	782	㳰	129	斧	188		681	阜	903
侗	144	[併]	46	[徃]	693	㸈	395		901	郇	266
	671	[侠]	816	術	239	丛	634	胐	32		765
	673	[㑭]	455	徐	414	爸	13		514	鱼	825
侃	353	侘	64	往	693	[㢊]	692	[胘]	876	兔	678
[㑨]	353	侒	5	爬	500	[㑎]	193	肸	460	迵	563
個	264		6	泥	795	[拿]	113	肿	886	狋	82
	273	依	492	[佛]	181	采	55				568

姓	751	矛	757	纴	874	珋	419		115	[垹]	166
妖	802	[刍]	857	紃	561	玲	143	挞	646		775
[妖]	877	叕	903	(纠)	332	玹	729	城	79	挺	596
[妌]	475	【→→】		綕	152		761	挟	296	[䎃]	78
姈	414	线	732	[灾]	846	珌	32		742	郝	241
[妳]	475	绀	198	甾	846	[珕]	345	[挪]	790	垍	292
	483	继	744		905	珉	462	挠	478	垧	600
姁	754		802	削	409	[珒]	19	垤	139	垢	213
	756	驱	512	剡	409	珈	296	挃	881	振	51
姗	595	绂	185	**9画**		珝	602	挢	493	耇	212
炮	506	驵	849	【一一】		玻	46	批	908	拴	627
妊	675	组	914	春	261	毒	148	政	873	拾	604
姘	18	绅	606		755	匦	526		875		614
妼	32	细	722		908	型	750	赴	190	垗	865
妮	481	驶	615	籽	536	医	551	赵	865	挑	665
娗	750	织	876	挈	536	鞁	185	赳	332		667
始	615		881	契	744	【一丨】		[柬]	590	垛	156
帤	493	驷	331		165	埩	18	贡	26		157
	655	绚	331	贰	318	拭	617		32	捸	156
弩	493	驸	633	挈	912	捄	580	垅	224		157
孥	493	驸	190	奏	98	刬	373	挑	224	垝	227
驽	493	帬	802	春	18	垚	786		374		228
姆	438	驹	335	帮	345	挂	219	垱	122	[㲧]	210
	470	终	885	珏	167	封	179	挡	122	指	879
虱	612	驺	889	珐	6	持	82		122	垫	135
[兔]	678		911	玷	357	奂	409	捜	791	㙈	200
迦	296	绍	890	珑	420		720		896	垎	247
迢	666	驻	894	玶	522		742		896	挌	203
袈	159	驸	761	玷	135	拮	318	珁	211		247
驾	299	绊	18	珇	914	拷	356	垂	251	垮	83
奸	197	驼	683	珅	606	挓	385	垌	144	挓	83
【→、】		绯	185	[珙]	418	[栽]	846		672		795
迳	330	绌	92	[珊]	596	挥	604	捅	144	埩	873
叁	588	绍	602	[珍]	869	拱	210	捆	807	挣	873
叅	178	驿	802	玳	116	垭	769	㙋	895		875
佘	56	绎	802	珀	524	挝	705	哉	846	挤	291
参	56	经	327	顸	235		896	垌	273	垎	202
	60		330	珍	869	垣	836	垲	352	挍	315
	588	驵	116	玲	414	拒	871	抷	606	塷	479
	606		648	[戒]	321	捂	540	挺	670	垓	194
那	829	给	116	珠	397	[拓]	501	括	374	核	234
[鱼]	640	贯	223	[珎]	869	项	736	[耆]	212		700
追	116		688	珣	212	垮	366	挊	240	抗	87
艰	300	驰	320	珊	596	垯	112	者	134	垟	782
柔	624							垙	185		

拉	376	郓	146	砌	537	鸥	497	惫	32	眈	838
栏	380	甄	807		551	[旭]	789	致	882	盷	279
样	18	要	785	砒	879	[旭]	274	[蚩]	659		842
柠	490		788	砂	593	旭	272	(到)	329	喔	368
柁	157	[速]	293	砳	397		274	(劲)	325	昧	450
	683	鸫	612	泵	28	癸	776	《丨一》		昂	732
柲	32	叜	207	砚	779	虺	712	韭	333	昒	458
林	818	酊	141	砜	478	虓	372	[邨]	621		459
柯	101		142	[厗]	669	残	56	背	23	昊	337
柷	483	酒	475	斫	903	玷	364		25	呕	363
枫	332	[酒]	475	砼	321	戕	764	崇	641	哩	18
	356	郫	397	砝	786	剐	397	首	467	盹	154
柿	185	柬	303	砏	43	迵	397	苟	293	晸	310
柚	157	[悝]	479		520		409	咢	100	[昰]	617
柖	602	《一丿》		砭	36	裂	409		908	是	617
	603	郒	76	砜	180	姐	105	帯	905	郢	815
枷	296	(厍)	604	砍	353	映	781	岁	741	旻	764
柀	30	甫	183	砑	419	殇	599	癹	905	眇	460
柽	77	咸	729	[砍]	462	珍	664	娄	905	[昞]	45
树	624	厖	444	硫	355	[㼝]	849	虱	196	冒	45
枸	633		505	砆	345	[癸]	885	(贞)	869	睨	732
	648	威	694	面	459	殄	277	战	861	眠	446
栂	448	匜	138	耐	476	殆	116	战	133	贩	502
恋	624	歪	687		481	昶	789	郵	367	盼	504
孰	561	[盂]	23	彤	164	《一→》		叔	372		722
邽	561	歪	885		476	轱	214	觇	65	(则)	851
郝	48	甬	28	耍	626	轲	357	点	134	[昇]	242
勃	48	砰	19	奎	370		359	[卤]	578	[肌]	12
(轨)	227		27	[奔]	26	铲	425	虐	495	[助]	508
轨	482	研	775	牵	112	轴	889	[虐]	495	盼	504
郜	188		779	查	266		890	《丨丨》		眨	856
郫	208	(頁)	791	庈	660	阿	159	临	411	眠	617
匼	772	砅	183	㟃	744	帜	879	览	381	眴	450
	776	夏	726	剌	102	轶	802	竖	625		712
	779	面	459	(郏)	298	胝	58	《丨丿》		易	782
刺	376	砖	897	奢	722	轷	255	籴	193	晚	421
	377	厘	392	夅	83	轸	870	省	610	昀	664
[勒]	85	[砇]	250		854	轹	397		750	眨	462
歌	243	迶	824		857	轺	786	《丨丶》		昉	172
	551	砗	73	厌	795	轻	555	削	737	眈	117
晋	712	厚	254	[盇]	245	鸦	769		763	映	345
畐	32	研	724	牵	113	瓠	681	郲	603		764
	185		771	[耆]	609	蚤	65	尝	70	[甽]	90
部	709	砘	154	牵	540	皆	316	《丨→》		眍	706
刬	423	砒	512		544		742	盻	742	哇	225

钘 750
铁 183
188
钙 195
钚 52
钛 650
钝 154
钜 339
钞 72
钟 885
钡 25
钠 474
钢 199
200
钣 71
钅斤 323
809
810
钣 17
轮 433
铃 541
钥 789
840
钦 552
钧 348
钨 708
钩 212
钪 356
钫 171
钬 281
钭 146
675
钮 492
钯 13
500
卸 744
牦 610
[乘] 79
垂 97
缸 199
拜 15
15
看 353
354
矩 338
矧 608
毧 712
毡 859
氡 606
[毡] 754
氡 143
毭 482
氟 185
毯 512
氢 555
牯 216
牲 509
怎 853
牰 824
郜 202
牺 633
牲 610
牪 917
[牴] 130
牬 254
选 762
牤 683
牮 656
适 129
374
617
866
[秕] 618
[迤] 657
舌 62
[秝] 207
秬 340
秕 30
秒 460
香 734
种 87
886
887
秏 242
446
[秔] 244
[秌] 357
函 62
秎 178
秖 876
[秪] 879
秫 908
[秔] 328
[秔] 328
秋 559
科 357
秅 13
重 87
887
复 190
[竽] 26
竿 196
竽 826
笠 892
笈 60
笈 288
笆 444
[笣] 83
笃 149
毎 275
〖丿丨〗
俦 88
段 151
偝 84
俨 776
俅 561
怂 183
俘 48
俥 73
335
俌 188
便 38
517
俫 637
俉 712
826
[使] 615
俹 145
625
俩 400
405
俪 397
俲 606
869
871
(侠) 724
侂 444
俫 378
[导] 37
舁 826
帱 802
叟 636
俊 166
贷 116
658
垈 305
胖 504
岱 658
俓 330
顺 629
修 752
[侯] 254
俏 550
俣 829
(倪) 543
俚 395
保 21
[俾] 30
俜 521
促 105
俋 802
俈 365
[娄] 577
俄 159
俬 495
俐 397
侮 710
俜 606
俆 621
756
俙 714
俭 303
俳 918
俗 637
[俗] 637
俘 185
俀 680
[俉] 280
俛 458
[俛] 188
侹 225
368
(係) 722
[俧] 319
信 606
748
俛 680
682
[佯] 816
俤 132
662
俢 643
俒 279
俫 589
俍 404
皇 269
369
帥 523
[臬] 327
毗 30
皇 185
(皇) 184
泉 568
敀 525
皈 225
盼 500
[卽] 288
鬼 227
侵 552
554
皅 500
禹 829
侯 253
254
[侷] 336
皀 190
(帥) 626
追 151
899
[屻] 494
[逈] 331
偬 650
俑 818
俟 532
633
俊 349
〖丿丿〗
盾 154
垕 254
逅 254
衎 353
354
御 831
[徃] 693
待 115
116
徇 132
徕 796
侗 144
673
674
徆 789
徊 264
273
徇 767
徭 203
徉 782
瓟 506
衍 776
律 430
很 248
(後) 254
须 755
舡 95
舢 596
彤 75
舣 799
[舣] 62
〖丿丶〗
郐 676
叙 757
(釓) 193
(釔) 798
俞 625
826
弇 776
侖 614
迨 244
[剏] 345
剎 714

		10画		珮	508	捫	48		342	换	268
绔	365			珣	766	埔	52	捐	341	挽	689
骁	737	【一一】		珞	436		527	埙	765	埖	345
绕	575	敃	368	珽	77	捕	52	埚	230		570
经	139	耕	207	珓	315	埂	208	损	642	捅	345
骃	808	耘	842	玹	86	捂	710	欵	722		903
细	808	耜	340	班	16	挕	146	袁	836	锋	180
驼	606		633	珲	272		150	殻	260	挲	180
绖	669	秒	73		278	(馬)	439		570	瓷	210
骄	311	耗	242	珒	323	振	872		802	赟	882
继	775		445	珥	766	埡	725	[恚]	362	孳	210
骅	262		446	珢	809	(挟)	742	奚	318	挚	882
绗	239	耙	13	[班]	16	载	846		551	热	576
绘	275		500	敖	8		847		802	恐	362
给	206	铬	204		9	埗	52	捌	11	搞	124
	291	艳	779	瑢	397	赶	197	[埛]	331	捭	510
绚	762	栔	537	翔	756	赵	54	捂	313	抹	899
象	679	挈	551	素	637	赾	597	[挿]	62	垮	758
绛	310	恝	298	鞯	212	起	288	[奎]	139	挤	38
骆	436	契	298		213	起	535		449		167
络	386	泰	650	匭	484	赶	345	梅	361		504
	436	秦	553	祢	639	棄	791	捣	850	垅	152
绝	345	[琹]	553	襾	872	奉	255	块	145	挠	628
绞	313	珪	225	[栞]	353	盐	775	都	147		682
骇	234	珥	164	蚕	56		779		867	[栽]	846
统	673	琪	210	顽	689	捎	601		867	[抄]	643
骈	517	珹	758	[舜]	710		603		618	垸	838
骎	39	珺	754	盏	860	埒	7	契	744	捖	689
	518	项	755	【一丨】			237	哲	532	摔	384
(纾)	824	城	79	匦	174	捍	237	逝	618		384
纩	825	珴	770	[捞]	492	埕	79	婺	446	垠	574
(红)	251	玼	100	彭	39	捏	488	者	91	壶	257
纨	905		102		519	埘	614		621	捃	349
(纣)	889	珖	224	瓵	226	(貢)	211		676	埫	323
纯	98	珰	121	挵	281	(坝)	13	毡	303	抑	288
(绖)	244	瑰	802	恚	275	摅	710	堓	111	搞	335
(细)	765	珚	773	抓	866	埙	732	捈	409	捄	22
(约)	839	珃	225	[毒]	257	埋	440		430	捉	293
(纳)	689	勋	293	埅	384		441		434	埇	818
(级)	287	珠	891	捞	384	捱	857	浮	182	捅	673
[纫]	729	珢	22	栽	846	[壹]	257		185	盍	245
(纪)	292	班	670	捄	335	[押]	15		507	埃	2
(纫)	577	珣	736		561	捉	902	捊	526	挨	2
绒	822	珩	249	[球]	334	捆	373	授	583		2
遴	417	珧	786	埖	48	埍	341		585	[埈]	349
[智]	714							[揢]	374		

徎	80	(殺)	592	颂	579	脑	479	狺	398	清	557
[復]	680	[仺]	113		635	胲	194	徐	826	(許)	318
徐	756	拿	473	[㳂]	685		234	猂	615	(訏)	754
[徍]	637	[舒]	473	翁	704	胖	517		715	(訌)	252
[徎]	693	敆	245	【丿→】		朕	872	猃	731	(討)	658
徬	180	[剑]	305	胕	18	脒	455	狳	831	訕	363
堲	802	欲	243	胘	252	胺	7	猁	345	(訕)	597
衕	239	忿	715	脯	164	脓	492	猖	809	(訖)	536
從	104	[傘]	539	胯	366	胚	873	逖	662	[託]	682
昬	787	龛	614	脥	448	[脅]	742	猕	593	(訓)	767
後	916	郁	739	胜	611	[挈]	691	狼	382	訠	138
浡	606	銈	488	胰	796	[脳]	479	[脋]	752	(這)	868
殷	773	瓶	138	脛	81	剐	137	猙	235	(訊)	767
	808	弆	343	腿	596	郞	888	[舡]	199	(記)	292
	811	看	354	胱	224	匎	147	舨	288	訑	119
舭	30	釜	188	[胦]	827	餕	227	舣	65		796
舯	886	笿	634	胐	563		228	卿	556	(訒)	577
舰	306	釭	251	胴	145		529		557	訝	62
舨	17	釜	188	胆	430	敛	529	猫	478	[兜]	522
[舩]	95	翁	672	胭	773	逎	374	狌	368	凌	414
舱	58	釬	540	胸	494	趹	139	狻	639	凑	751
般	16	[釱]	345	脡	670	鸥	81	逢	180	淞	634
	47	釩	345	胉	219	虓	547		505	(凍)	144
	503	爹	138	脡	596		737	訇	250	凄	529
航	239	[亂]	432	胐	441	玺	720	桀	318	[衰]	742
舫	172	谣	821	脐	249	真	869	眢	447	栾	431
舥	500	昝	787	[脈]	441	[臬]	825	备	45	挛	403
[服]	185	爱	3	脍	367	剎	123	敊	876		431
舽	139	豜	7	脒	587	鸲	564	[禽]	881	恋	403
觚	829	豺	65	脁	667	[逸]	803	嵒	821	桨	309
胞	48	豹	22		667	逛	225	鸵	684	浆	308
	506	奚	715	欨	367	狮	882	留	417		310
【丿、】		匎	71	脆	108	狯	561		419	衰	107
郜	621	(倉)	57	胸	99	猡	709		419		626
[舍]	677	钉	142	脂	876	(狭)	724	袅	487	(猷)	470
途	676	[卧]	632	胸	752	猺	444	智	835	涸	218
(針)	869	[臥]	632	脭	504		903	[盔]	690	剞	432
(釘)	141	(飢)	284	胳	193	猭	265	鸳	835		556
(剑)	864	衾	553		203	狴	32	皱	890	勍	556
(鈈)	523	鸽	414		204	猞	737	铈	47	衷	886
鈇	561	颂	16	[脆]	108	[猂]	237	铼	638		887
(釘)	408		177	脏	849	(狠)	24	(羟)	91	高	200
釾	475	釜	177		849	狸	392	饿	161	亳	48
釗	123	釜	178	脐	532	猩	570	馁	480	郭	230
釛	450	[翁]	177	胶	311	猷	343	【丶一】		袤	41

陵 414	姬 285	[庖] 507	骏 677	[絲] 221	琇 754
陬 911	婞 591	鄈 404	绨 81	[营] 620	[琔] 761
㥯 460	婡 100	(脅) 742	880	鄑 906	瑎 466
(陳) 76	娠 607	【一丶】	绤 723	邕 817	琗 677
[嬰] 159	娔 525	畚 27	绥 640	[誉] 767	琋 715
勠 453	娕 551	堲 269	缘 656	鸳 631	珜 186
羿 849	娾 444	羿 803	骅 749	**11画**	玲 236
奘 849	(娙) 750	[靾] 84	继 293		㻏 183
899	娋 601	[靵] 251	绤 660	【一一】	琉 418
陭 532	603	[靬] 806	662	彗 275	瑰 570
794	娱 826	翀 86	绫 266	割 279	琗 132
㲹 119	娌 395	翌 471	268	粗 91	琅 383
羋 849	娉 521	翂 177	骎 553	566	384
[隃] 824	521	翠 108	骏 349	耜 633	珺 349
[隋] 824	娖 100	瓬 84	鄉 734	耡 297	琟 196
㺌 458	902	通 671	(紜) 842	耇 432	瑬 82
(孫) 642	娟 342	674	綗 458	剭 551	715
[陵] 284	娲 686	能 476	461	鄭 293	(甌) 227
陵 306	挐 473	481	紊 182	鿉 124	棄 303
陫 174	575	盉 234	(紘) 251	656	(規) 225
175	[挐] 473	[甬] 235	统 561	[趐] 18	【一丨】
[陛] 146	笔 582	迻 799	(純) 98	春 86	棒 19
蚩 81	恕 625	道 334	(紕) 512	[盏] 860	捧 511
崶 81	娥 159	难 476	绌 105	琎 326	[捼] 41
崇 641	娒 448	477	紃 84	琊 796	掭 665
陲 97	470	495	(紗) 593	球 561	瓺 70
阮 484	710	逑 572	(納) 474	珲 74	趹 9
陮 152	娙 551	畨 850	纻 447	珠 377	振 79
陴 514	643	预 831	绖 257	珸 709	[掛] 219
圇 433	婚 262	祢 712	(紙) 578	琏 401	堵 149
(陰) 807	娩 458	羚 323	斬 333	402	猪 74
悆 643	690	553	紛 293	球 53	堎 391
陶 657	娴 729	(務) 711	318	琐 644	掕 414
786	娧 680	单 598	绤 323	理 79	(埡) 769
陷 732	娣 132	[牟] 299	326	670	控 772
隆 421	娘 487	桑 590	(紛) 176	(責) 851	挪 790
陪 508	媿 698	剹 155	(紙) 879	(現) 732	撒 911
陧 342	婀 159	【丿一丿】	(紋) 703	理 395	措 111
陉 128	峉 493	绠 208	[统] 208	琛 22	搐 495
陛 865	督 494	骊 392	(紡) 172	彭 330	描 459
脊 79	俑 673	豪 84	(统) 118	珽 93	堍 812
873	娱 2	绡 737	(紃) 871	珥 762	埕 878
烝 873	715	骋 80	[纽] 492	[瑛] 466	掎 882
【一丿】	哥 205	绢 343	(紓) 621	珪 22	琳 412
娸 785	297	绣 754		[珂] 393	域 831

莨	373	庶	131	蒇	873		601	梡	266	勇	183
菖	69	萃	108	菰	214	[桿]	196		268	郾	777
萌	451	菱	777	菡	237	程	669		278	戚	281
黄	135	菩	527	萨	587		814		367	匮	228
菌	218	萎	317	菇	214	桹	25	根	383		372
[胄]	537		594	莲	666	(梘)	303	裙	349	曹	58
菇	668	菻	825	蓄	906	梩	535	槟	414	敕	85
萝	434	[菻]	773	[蓄]	846		633	梭	555	欷	630
菌	349	萒	791	夷	373	桦	815	柳	288		636
	349	菁	831	梼	124	梱	278		882	副	190
蓍	646	蓉	342		657		374	桐	337		516
蒿	199	葵	652	桥	422		374	榥	293	(区)	562
蒟	693	荷	245	械	744	桷	759	枇	898	[醉]	710
(蒿)	705	萍	523	枝	882	梣	76	蛰	855	敢	829
茹	876	茳	340	柜	796	梣	553	桶	673	(坚)	300
葽	97		913	垫	790	棼	177	梭	643	婴	540
茷	471	蒎	877	[垫]	790	梏	218	[紮]	854	豉	84
荔	392	蒎	549	梵	75	梸	392	耗	561	豉	84
蓏	803	菠	47	彬	43	梅	448	救	334	跐	146
萎	698	落	649	梦	453	[栀]	43	啬	592	斳	145
[荇]	47	莛	142	梵	170	[栀]	876	敎	25		146
黄	826	砦	122	[梵]	92	枨	719		48		146
萑	266	萱	796	婆	380	桫	677	轩	369	毁	674
	899	菅	301	棋	561	觋	719	轩	285	斜	146
革	24	菀	690	梓	48	楉	872	[轩]	839	票	518
	32		831		525	稀	715	(轭)	161		519
	516		843	棹	364	检	303	轮	681	郫	343
菂	132	郆	383	[梗]	724	棃	529	或	139	[栗]	638
荃	553	莫	398	梗	208	樏	110	戛	500	[鄂]	208
蕎	433	菁	301	楝	638	(麦)	440	軵	475	酝	843
[蒯]	855	萤	814	梧	709	将	410	耗	445	酣	525
菜	55	营	814	栖	823	桴	186	(斩)	860	酤	650
蒸	488	崟	812	[桓]	266	樱	584	皈	170	酗	99
菉	177	紫	814	桭	869	梧	374	较	189	酘	445
荙	103	皇	878	[柳]	419	楸	129	较	346	酴	777
萉	174	乾	542	梧	24	桶	346	(觚)	531	酬	758
	175	(乾)	195	[梧]	23	桻	180	軔	510	酚	177
	186	萧	737	(梜)	296		181	(软)	584	[醉]	916
藤	186	菉	427	椓	891	椁	510	鈞	250	酌	812
菀	677	[菉]	431	棶	378	梓	908	鈞	564	酘	146
	678	[幂]	889	椎	401	梳	622	[轳]	425	[酥]	870
萄	657	茵	216	楹	32	桅	683	靶	12	酖	118
蒈	119		563	樫	330		902	報	486	[酖]	871
蓉	201	辜	214	梢	591	梯	660	[裏]	250	【丿】	
菊	337	菣	729			杪	643	(专)	896	殿	803

宭	5	校	313	詑	684	陕	578	嫡	263	袈	297
案	7	祝	86	敢	197	淲	903	婍	535	颇	524
【丶→】		裈	373	尉	700	(将)	308	婕	319	鄋	814
谋	469	根	361		832	蛋	120	婔	173	【→丶】	
谌	76	柚	582	殿	700	(阶)	316	娴	623	颈	208
谍	139	祷	124	屠	677	陨	873	婥	100		329
谎	271	祴	194	扁	424	[隄]	128	媒	706	[頍]	824
(郸)	843	祺	785	屎	147	(阳)	782	婫	279	毵	587
富	191	[祳]	608	剧	708	隅	826		373	斐	186
谭	808	(视)	617	扉	175	限	694	娟	69	戢	764
谏	306	祸	281	[雁]	662	隤	679	姻	260	狨	883
诫	301	祮	356	(张)	862	陈	415	婵	7	(习)	719
	729	[裿]	280	彙	293	巢	667		495	蓼	419
啓	535	祝	628		535	[隝]	97	媸	442		427
刷	517	禝	326	[蛊]	703	陆	54	婚	646	觝	758
[啟]	535	谋	618	艴	48	湫	313	(娲)	686	匏	22
扈	260	谒	792		186	[陉]	488	婼	900	翌	803
(启)	535	谓	700	弸	510	隍	270	矮	706	豝	376
鞍	349	谔	161		510	隗	370	妮	482	敓	513
谐	742	谡	636	彁	310		698		483	[骶]	481
谑	764		740	弴	137	[隂]	807	姓	272	郎	842
袿	226	谕	832	[弡]	729	隃	625	婢	33	瓬	672
祜	319	谖	759	弹	120		786	[娃]	809	[酕]	580
裸	537	谗	66		651		826	娴	888	惠	818
裙	48	谙	5	[毁]	89	[隌]	732	婚	278	欨	2
	467	谚	779	弓	88	隆	420	娩	170		3
袴	306	谛	132	[强]	546		421		191		163
袴	366	谜	450	【→丨】		隐	811		343		163
[裤]	365		454	娿	770	陪	7		568		163
裎	883	谝	517	陋	725	[隣]	411	婵	66		163
裆	121		517	[陙]	724	(队)	152	婶	608	郏	370
[裖]	803	谓	755	陵	415	队	897	婠	223	势	712
裀	673	【→一】		郭	794	【→丿】			688	[毵]	757
袾	808	(昼)	890	隓	780	[娍]	710	婉	690	贫	447
袾	891	昼	326	陘	76	婧	330	娜	383	[纟]	56
袱	186	昼	263	[陲]	808	婒	41	娽	420	(参)	56
裇	596	[肃]	637	奘	849	娇	663		427	叁	155
[袛]	578	逮	115	隋	157	婷	751	(妇)	190	逯	892
袷	319		116		640	(婳)	772	婼	729	【→→】	
	538	逯	427	[牐]	310	娸	529	蚕	494	绩	544
[袼]	296	[彀]	197	陙	694	婒	335	脔	494		873
袩	766	焘	277	堕	157	婼	100	袅	473	绩	294
裈	310		765		272		586	嫒	903	绪	758
袼	203	逴	226	鄘	448	猫	459	絮	582	绫	415
袶	84	敔	191	随	640	媄	813	蛋	297	骐	532

緕	75	紝	873		168		521	（堯）	786	摸	583
	607	紸	563	（給）	116	［琛］	103	埶	249	揰	370
续	758		723	绵	221	［琱］	137	［帮］	18	［塩］	4
骑	533	（紺）	198	巢	72	［琤］	462	畫	370	［堨］	316
绮	535	（継）	744			［琸］	411	掣	537	揩	352
骓	173	紶	214	**12 画**		琼	558	堪	353	晉	38
绯	173	紼	33	〖一一〗		斑	16	揕	872	载	139
绰	72	（綾）	185	珪	226	琟	108	揞	579		668
	100	絨	840	𤧛	568		641	揮	204		878
缙	601	組	861	粐	279	琣	508	堁	309	［揢］	23
骒	360	（組）	914	（貳）	165	琰	777	塸	139	损	873
绳	229	（紳）	606	蛩	482	［珸］	167	揲	139	蔂	136
绳	463	（細）	722	絮	432	琮	104		604	赾	74
	610	紬	88	絜	319	琔	136		792	趄	535
维	696		88		742	琯	222	搭	63		685
骓	899	［紬］	88	［絜］	318	琬	690	塔	645	越	48
绵	457	紩	784	琫	28	［琊］	383	搭	112	越	840
绶	620	細	433	［琹］	553	琛	75		646	趄	859
绷	27	（綱）	331	琵	514	琏	306	塸	269	趄	335
	28	鉄	883	斌	710	球	427	揲	60		552
	28	紲	917	琴	553	琚	335	揥	477	趄	525
绸	88	絁	612	琶	500	瑝	346	揸	854	赽	74
绹	658	紻	183	琊	161	埶	240	堰	780		74
驹	657	［鉑］	467	琪	533	區	161	揠	772	趁	77
剡	94	紒	74	瑛	813	瑰	883	㓕	377	越	128
缁	419	絃	665	琳	411	剷	328	堛	516	［趙］	77
综	404		871	琫	143	［婪］	393	揊	516	［赳］	657
绰	901	紙	128	域	832	雁	540	埋	808	趋	106
绻	569	絢	564	琦	533	猋	460	墺	785		563
综	854	（終）	885	琢	903	華	486	（揀）	303		566
	909	紸	895		917	替	662	［畢］	267	趚	346
绽	861	絃	762	［瑳］	860	奯	705	馱	12	超	72
绾	690	［絃］	729	琲	25	鼋	837	鄂	439	［揵］	319
骟	638	（絆）	18	琡	93	媿	689	（馭）	830	（賁）	32
绿	427	（絎）	894	琸	904	〖一丨〗		堉	684	揽	381
	431	紒	763	琥	259	揳	741	城	303	［揩］	750
騄	427	紽	684	琨	373	揍	912		353	堤	128
骖	56	絧	101	靓	330	堵	98		729		131
缀	900	（緋）	185		405	款	368	［城］	304	提	128
缁	906	紪	252	瑛	665	趺	139	城	694		660
（貫）	223	（紬）	92	瑶	349	［馱］	9	搣	694	［剒］	210
鄉	734	（紹）	602	瑐	245	髟	445	揑	687	塸	60
（鄉）	734	緅	33	瑭	696	［髟］	373	（項）	736	（場）	70
紾	467		47	（頂）	235	髣	398	堭	230	（揚）	782
	687	絑	38	琕	45	玨	860	堧	583	［喜］	720

葰	349	[蓓]	323	棋	533	(椆)	199	椪	511	軡	415
	640	萱	759	椰	789	楇	281	楼	777	軝	131
	644	[营]	751	椒	636		366	棕	909	軥	212
葎	431	葵	676		912	椥	877	[椗]	142		336
莽	5	蔻	221	楮	260	棰	97	椬	796	軥	564
葅	913	(葷)	277		365	[楝]	45	棺	221	鞄	506
[蔆]	759	[蓙]	563	楉	111	楲	826	棶	362	鉈	684
蔆	909	蒿	36	楂	586	梡	483		545	[鉈]	161
葢	177		37	椔	168		488	棯	355	軶	482
	509	菇	914		170	椎	97	椀	690	軛	462
葄	918	[乾]	195	植	878		899	[椀]	690	軵	33
葡	527	[悫]	126	森	592	棉	457	椰	383	(䩒)	786
賁	25	韩	236	[楚]	92	椑	24	椴	398	[軽]	555
	191	戟	291	椴	589		514		410	惠	275
	513	朝	72	(楝)	378	楯	501	[柳]	419	敕	76
莫	766		864	琴	75	[晢]	716	椮	66	[耋]	189
敬	330	蒍	294		607	楯	883	楗	306	鹋	52
葹	458		723	棽	177	楸	727	棣	132	甤	637
萳	380	葭	297	棼	177	榆	433	椐	335	[甤]	637
葱	103	(喪)	589	[梺]	177	楕	740	椭	685	戢	186
蒳	322	辜	214	(楝)	144	鵃	709	(極)	287	歇	832
蕙	289	葝	455	械	832	楙	168	逦	297	惑	281
蒋	309	蕈	462	楼	148	楸	812	椴	900	犇	377
葶	142	(葦)	697	椅	794	[桦]	489		902	鸵	684
	669	菖	448		799	採	55	榴	906	[晋]	325
[莐]	777	蒅	91	掩	777	贲	285	[椆]	409	逼	29
蒂	132	葬	301	椓	904	棯	577	厬	349	[喪]	589
葹	612	蕤	301	楗	319	棚	510	甹	700	(胥)	608
葚	110	葉	721	[楼]	529	楜	88	鹑	49	犀	543
蓬	454	葵	371	(棧)	861	椙	278	(軲)	214	掔	540
萎	423	菜	581	棑	501	榕	256	(轲)	357		691
萹	303	菽	447	椒	311	楲	337	载	12	罣	743
	306	(莅)	251	棹	865	[槒]	334	軯	510	[逤]	539
鄑	906	(蔚)	890		902	椋	404	(軸)	889	[罨]	539
蓁	252	葯	789	楈	126	椁	231	軮	784	覃	554
萿	280	棒	19		867	梓	108	(軦)	879		651
	374	椾	665	棋	338	梂	311	軝	369	粟	638
蒎	502	(根)	79	棵	358	槂	19	(軦)	802	覎	100
落	539	楮	92	棍	230	楄	19	軵	191	棘	289
落	377	棱	391		279		25		579	(棗)	850
	386		391	棉	7		526		580	惷	88
	436		391		8	楱	317	瓠	214	酣	235
葖	523		415	梱	218	楼	319	軨	871	酤	215
萍	301	(椏)	769	椤	435	槭	832	(軒)	255	酤	663
萱	323	[椏]	769	楷	646	棬	567	(軫)	870	酊	105

筭	579	傔	638		738	逞	270	街	317	鈜	252
策	60	傋	213	[絛]	656	[剭]	805	惩	80	(鉅)	339
筎	410		309	傥	655	臮	90	衕	736	[鉅]	339
筬	79	傌	439	堡	22	[皐]	29	[衕]	492	鈃	770
[筜]	790		439		52	躰	662	徕	377		790
筆	33	[傌]	439		528	臮	294	徥	618	(鈍)	154
筛	595	傑	558	偑	646	毇	808	衖	777	钱	230
笿	121	(備)	25	傖	352	舳	118	[衚]	671	鈚	29
笛	563	傤	803		723	[躯]	604	御	772		30
筒	145	[備]	25		803	[舡]	563		832		513
	673	傎	133	[傻]	349	舵	684	徸	886	釷	880
筥	338	健	402	傹	631	舳	605	(復)	190	鈹	554
篲	60		403		883	[皁]	200	徨	270	(鈔)	72
筞	891	傂	116	傕	786	郾	716	循	766	鈤	579
筅	731	傅	183	傗	33	邊	36	衙	571	(鈉)	474
筵	670		191	傻	716	觑	799	術	625	鈮	159
箁	374	傫	398		723	[兜]	145	徧	517	(釿)	323
筏	166	傝	494	(傖)	57	皔	238	[徧]	38	釽	513
筵	775	傶	838	[傑]	318	皓	242	徦	299		864
符	239	[僧]	724	(傷)	889	瓶	514		725	(鈑)	17
筌	568	鳲	723	集	289	皸	30	衔	343	(鈴)	541
答	112	斛	830	[隽]	343	魁	371	徠	581	鉂	36
	113	[愍]	818	焦	311	魯	696	(須)	755	[鉱]	540
筑	789	賏	482	集	721	[彭]	450	嫛	755	鈰	533
筋	323	欨	723	傯	167	魃	904	[壄]	97	(欽)	552
筒	767	帚	803	傄	242	皖	690	麒	558	(鈎)	348
	842	烏	571	傁	289	[侵]	552	舾	716	(鈎)	212
[筍]	642		723	[傚]	741	劊	708	胴	672	毀	803
筝	211	臬	334	傿	392	(鄋)	708	艇	670	(鈗)	356
	735	膜	148		398	皇	191	舿	240	(鈁)	171
筈	437	[牋]	301	悠	794	岷	165	舲	696	(欵)	281
爹	294	牌	501	傍	19	(衆)	887	艀	505	(鈄)	675
筝	873	[脮]	96		505	[岷]	441	[颷]	787	鈗	76
筊	313	傲	883	倍	25	峈	360	【ノ丶】		鈌	346
	315	腧	18	傊	93	艇	622	舒	622		570
[箈]	83	焙	508	傔	301	勧	41	畬	603	釗	811
(筆)	30	(貸)	116		544	能	650	畬	603	(鈕)	492
筘	582	蜑	120	(傢)	297	粤	840		827	(鈀)	13
領	364	傑	101	傧	43	奥	10	鉼	329	鈥	799
	772	[僤]	667	俗	579		832	(鉼)	750	鈗	843
頏	156	(順)	629		818	傕	495	(鉄)	183	弑	618
瑰	685	遄	835	储	92	【ノノ】		(鈣)	195	逾	674
【ノ丨】		䏬	88	偏	598	虓	810	[鈰]	845		827
傣	115	傜	666	催	346	遁	155	(釸)	52	頜	204
傲	10	傗	622	皐	90	欨	354	(鈦)	650		245

[廁]	59	滄	58	阕	571	曾	61		118	[湣]	359
[寓]	832	[廈]	636	〔丶丿〕			853		861	渴	319
厲	792	郎	654	善	598	㷡	98	港	200		359
厫	544	赓	207	戕	579	焸	586	渫	139	湨	694
	553	[廄]	334	[戭]	579	煐	813		745	渭	700
	747	[廏]	334	羟	285	掩	162	滞	883	溃	276
廋	636	[廍]	297	羬	797	焯	72	浴	113	湨	372
廆	226	旒	430	羒	431		902		645	湤	252
	698	箸	598	[翔]	673	煤	274	溁	814	湓	86
斌	43	盎	103	翀	865	焜	373	湖	257	湍	678
瘁	738	[瓷]	101	羏	909	焗	71	滴	477	渶	653
痣	883	粢	101	翔	735	煬	804	漆	476	溅	301
痨	385		906	羡	732	矮	706	湘	734		306
痛	526	[棗]	79		775	㷇	748	渣	854	溢	223
瘖	712	敫	530		797	焰	433	渤	49	滑	216
痘	146	裒	84	艴	522	焰	780	湅	227		262
瘤	821	焣	593	蝥	343	焞	350	湢	33	湃	502
痞	515	[靬]	747	絭	343		679	湮	773	湢	855
痰	552	竦	635		567		681		808	湫	313
瘫	444	童	672		569	焠	108	涷	403		332
(痙)	330	韵	21	普	528	焙	25	[减]	303		560
疿	53	瓹	53	尫	19	焇	832	涵	458	湩	145
痲	738	鸿	521	犇	883	煒	68	澳	494		672
痊	488	鼓	675	粺	356		119		494	[湼]	488
瘟	395	竜	803	眷	703	[耗]	652	湝	317	溲	636
痟	835	竧	330	羹	179	欻	93	滲	31	(渊)	835
痹	95	[竢]	633	粞	716		755	(滇)	869	渗	753
痢	398	竣	349	粙	563	焱	780	淑	265	湟	270
瘆	676	童	85	飙	509	凳	558	忝	859	潦	568
瘄	450	遆	661	[舜]	412	(勞)	384	砼	593	湤	694
瘁	63	郲	505	[粓]	898	焿	142	渻	610	[浸]	326
痤	110	旗	865	葥	301	[焥]	846	溢	643	淑	758
痪	268	[遊]	821	尊	916	鹅	660	洒	459	渝	827
痒	607	旌	172	鼻	916		661	淇	337	湞	773
痛	729	頮	358	奠	136	〔丶丶〕		湜	614		777
庽	808		359	道	561	渚	281	渺	460	湲	837
疮	156	[棄]	536	敧	106	[湊]	105	(测)	60	[滔]	656
痫	41	涵	236	道	125	凑	278	(汤)	653	[沧]	56
痧	593	都	93	邸	804	塝	181	浲	289	溢	509
寢	555	〔丶丨〕		遂	640	渍	177	湿	612		509
[痾]	358	鹑	729		641		179	湄	447	(沤)	179
痛	674	闉	808	[薰]	300		509	涡	827	[盗]	124
痰	639	阑	380	酋	525	溅	846	温	702	洵	250
瓶	60	闈	566	掔	906	湁	85		844		558
瓻	272	阔	374	皴	100	湛	76	湮	610	沧	289

字	页	字	页	字	页	字	页	字	页	字	页
	66	隋	654	[娹]	190	婺	712	緪	208	絿	455
[弼]	33	隘	4	婷	559	鹜	712		266	綍	833
弼	33		162	媸	170	粮	383	絚	301	[綹]	806
[覝]	454	陳	777		458	粂	56	[絅]	732	(丝)	630
强	310	[乭]	324		897	敤	155	緷	208	(几)	290
	546	隳	140	娘	2	甦	156	[缟]	467	鄟	644
	547	〖→丿〗		婷	670	絭	389	绪	194	[萬]	175
彌	835	媒	448	嫡	5	〖→一〗		(绮)	365		
(费)	175	媅	118	媂	133	骁	279	(经)	139	**13 画**	
慈	729	嬋	203		661	缂	360	絏	369	〖→一〗	
粥	832	媟	745	媄	449	缃	734	缆	804	耢	386
	888	嫋	113	[嫝]	816	缄	301	[缢]	744	耡	91
巽	767	媔	477	嫡	542	缅	458	绍	430	[耡]	91
[弲]	33	嬡	788	[媉]	106	毚	883	绸	145	鞒	618
〖→丨〗		婿	158	[媽]	225	缆	381	(纲)	808	[耆]	99
敝	8		685	燦	573	骎	661	细	257	辆	401
[疎]	622	婰	457	[媵]	591	缇	661	絑	891	瑃	98
隓	439		458	媥	517	纱	460	(綎)	669	瑟	592
	439	媛	481	[婚]	278	缉	285	絬	745	[瑋]	116
疏	622		584	媁	696		289	絿	187	瑍	140
軒	301	媎	610	媚	450		530	綖	732		763
(達)	695	媞	618	婿	758	缊	702	(綖)	775	瑭	113
[敍]	577		661	[媰]	479		841	[纸]	578	瑚	257
(軔)	577	婦	123	(贺)	247		844	[纲]	722	瑐	377
隔	204		783	〖→丶〗		缌	631	(绗)	239	瑓	403
陸	272	媢	447	疏	561	缎	151	纸	502	瑊	301
孱	582	媼	9	軬	170	线	732	绘	568	(项)	755
潺	308	媚	700	舂	170	猴	212		627	瑛	584
[漿]	309	[姐]	81	毻	588	缒	900	(给)	206	瑂	743
婆	597	絮	758	掰	758	缓	267	[绤]	723	鹉	710
亞	225	婼	62	挺	670	缔	133	姚	667	瑅	661
隆	719	嫘	517	羣	273	缕	430	绿	156	(勋)	293
鷺	883	嫂	591	辝	101	骗	518	(绚)	762	[勋]	294
隙	723	[嫄]	808	登	126	编	36	(绛)	310	(场)	71
隖	719	嫉	22	(發)	166	缙	462	(络)	436	瑁	447
(隕)	843	媓	270	皱	109	骒	371	绅	873	瑥	702
歡	641	媿	90	稍	630	骚	590	(绝)	345	瑆	749
(隤)	195	[媿]	372	喬	346	缘	837	(绞)	313	鹊	328
鞅	843	嫣	566		758	飨	735	欽	103		556
陝	389	媮	674		832	(绑)	18	綂	269	瑞	585
[陽]	711		827	埜	445	缎	877	絯	194	瑕	151
[陷]	732	[媮]	674		469	(绒)	579		234	瑝	270
巤	564	婷	5		709	絓	220	(统)	673	璂	568
㒹	444	媛	837	帑	712		366	絣	28	瑰	226
隖	418		838	嵍	712	(结)	318		44	瑀	830

瑅 152
瑜 827
瑗 838
［瑽］ 103
瑅 133
瑳 110
瑄 760
（琿） 278
瑦 43
瑕 725
瑆 707
［瑁］ 462
（瑋） 697
瑂 448
［嗸］ 8
嗸 8
遨 8
嫯 10
鶩 10
瑤 865
瑈 581
瑑 897
葯 840
瑙 479
遘 213
敨 226
楸 846
嵍 392
嵏 392
［惡］ 552
飈 187
（頑） 689
輼 844
［寬］ 278
魂 278
〖一丨〗
搸 870
搠 16
502
搛 638
［墄］ 309
搆 212
［搆］ 213
趀 487
趚 167
髡 373
髴 80
髩 770
髢 129
跳 479
肆 633
搴 180
搫 18
搡 792
［搼］ 15
［損］ 355
規 370
掿 877
［塭］ 4
搕 358
摄 605
摔 262
埬 210
［搹］ 111
摸 464
搢 326
填 664
872
搷 664
搩 644
搟 731
搥 403
403
（載） 847
搏 49
塥 204
搹 162
截 847
馯 236
238
彝 895
（馱） 683
馲 683
867
（馴） 767
馰 129
駁 587
［馹］ 22
（馳） 82
搙 494
495
搣 461
搞 314
塬 837
摋 883
鄢 773
［趌］ 371
趌 289
319
趄 837
趚 537
趙 467
趞 824
趆 310
趔 410
越 102
趎 91
趒 666
趍 157
趁 82
563
趑 311
趑 906
趙 28
［趍］ 157
翅 85
764
搲 542
搋 622
（塒） 614
［搃］ 271
搁 597
搣 660
塌 645
搨 113
646
［搨］ 685
［壺］ 257
（塤） 765
（損） 642
（遠） 838
摁 163
搵 278
鼓 216
趌 444
鼓 217
歁 716
壹 721
截 847
（塏） 352
揩 233
摞 39
堸 199
摆 199
摆 15
［堺］ 80
赪 78
赧 672
752
赩 723
［赧］ 477
携 743
塝 745
（搗） 124
都 150
（塢） 711
搗 710
搋 513
蜇 866
867
裝 294
絜 41
搋 94
［撖］ 16
搬 16
（勢） 616
搬 587
593
［搖］ 786
摇 786
搯 538
656
［搯］ 656
搓 723
（搶） 547
［搶］ 555
塕 705
搚 817
搤 181
聋 210
［塜］ 320
搮 319
856
跫 559
［聱］ 38
塯 419
搯 88
420
搊 88
912
塙 571
搞 201
［墉］ 67
塝 289
摛 81
塘 654
搪 654
塝 19
搒 19
510
搖 93
墶 749
瓡 257
878
搼 568
［搵］ 160
搛 301
搠 630
搖 262
725
搌 44
［搾］ 857
搋 687
塔 818
搭 579
穀 365
［堋］ 383
（壺） 374
殼 260
戩 804
［搌］ 627
［塚］ 886
搧 596
毂 213
毂 213
毂 215
217
塓 456
［搷］ 456
摧 571
［摧］ 571
［墁］ 323
搌 860
［墀］ 83
搧 496
搎 642
揞 81
擤 376
堎 415
摅 354
［摵］ 673
摊 650
塥 31
搡 590
［堅］ 161
聒 712
聊 406
聅 410
（聖） 611
聘 521
聃 609
［朞］ 533
蓁 870
戡 353
戡 871
［勘］ 728
勘 354
斟 870
戡 651
［聒］ 230
薂 8
蒜 639
基 649
蒲 527
蓍 612
（蓋） 195
蓢 477
蒐 579
蓖 579
584

[頔]	573	喀	203	[睶]	797	跧	568	蜈	709	[嘆]	740
睥	516	嗪	643	羀	618	跲	298	(蜆)	731	嗽	738
[暎]	494	[閗]	585	睴	208	跳	667	蜎	835	嗃	124
(賊)	853	嗹	401	[甀]	208	踩	158	蜗	706		311
睮	230	閊	160	暄	760	喋	65	[蜊]	274		315
	434		726	(暉)	272	跪	228	蛾	160	嗅	789
(賄)	275	罴	447	(暈)	843	踍	735		799	嗅	754
賊	853	(旸)	782	逭	610	路	427	蜊	392	嗥	240
[賉]	757	閛	510	暇	299	跢	82	蛴	823	噁	716
睆	369	閜	66		725		158	蜓	761	(鳴)	708
[脆]	229	嗕	49	(暐)	697	睁	874	蛘	91	嗹	513
(賂)	427	閏	119	(號)	241	跕	899	蜣	716	[嚇]	661
睁	875	(閘)	855	照	865	[跡]	293	蝼	410	嗲	133
(賅)	194	睸	827	遏	645	跻	285	蜉	187	嗂	786
眿	55	眍	702	暌	371	跤	311	蚸	883	[嗂]	119
[睆]	894	睺	557	暈	33	跰	28	蜘	136	嗳	2
睭	889	関	221	[賧]	831		517	蜂	180		3
[敫]	782	閒	856	畸	285	跢	62	蜕	545		4
睤	256	暍	789		533	鄇	495	蜕	680	(噲)	545
睟	901	[閖]	479	距	368	跟	207	蛛	41	嗡	704
睟	641	闋	33	跬	371	蹂	874	蜮	661	嘬	417
睮	314	開	38	跱	659	踃	760	[蜋]	383	嘖	888
睞	745		221		883	(圜)	836	蜿	690		890
[睰]	343	(罝)	462	[跴]	55	遣	543	蚲	289	噈	470
睒	597	嗝	204	跙	49		544	蛹	818	嘀	247
睖	142	甋	498	跨	109	蛂	672	圖	772		738
睕	688	愚	827	[跨]	366	蚰	346	暖	900		741
睫	307	髥	442	跨	366	蚴	319	豐	180	嗹	365
	319	鄡	442	踔	366	蝉	783		395	嘀	392
睩	427	戠	127	跶	115	蛾	585	(農)	492	[噇]	420
睪	691	嗕	583	跠	797	蚨	561	(嗔)	644	嗙	505
鹃	373	嘎	1	跷	547	蝀	74	(嘩)	32	嗷	359
(吗)	440		594		550	蜳	189	猷	148	[嗬]	754
(喷)	211	睺	253	跸	33	蝀	716	嗣	633	嗑	4
啷	147	帾	833	跬	85	蜄	609	桌	548		804
嗜	618	暖	494		140		872		851	嗛	540
嗑	358		760	跳	101	(蛺)	298	[遟]	161		543
	360	曼	267		102	蝌	273	嗯	473		544
嗳	488	盟	452	踐	896	蟣	19		473		552
(哗)	262	煦	758	跦	91		444		473		730
嘆	467	毻	112		891	蛀	33		481	嗰	643
嗝	243		245	跰	731	蛏	749		481	嗨	233
噁	162		359	踪	671	蛸	601		481		248
嗔	75	歆	741	跰	727				481	嗉	234
鄙	31	暗	7	趹	49		738	[唉]	740	嗉	297

喀	818	蜀	743	靶	14	雉	883	稗	15	筰	852
嘲	383	蜀	623	【丿一】		脾	29	稔	577		917
喇	47	暴	427	锖	545	媥	346	[稷]	294	箊	677
嘡	81	[孱]	214	锗	868	[毵]	646	棚	511	签	540
脾	24	叠	904	锘	286	颔	364	稠	89	筜	183
嘈	743	幌	271	错	111	氩	784	频	679	箹	49
嗵	671	嵊	611	锘	496	鼪	447	稕	901	箭	589
嗓	590	崖	152	锚	445	氲	841		901	[筆]	511
噎	817	夔	716	铗	813	毹	588	稡	109	管	775
嵏	870	[巢]	488	锛	26	氲	887		916	简	304
墩	8	峱	488	锜	533	[毹]	622	稽	19	笏	21
巇	8	幌	29	锝	126	氩	177	鰲	890	筷	367
嶹	213	巁	661	锞	360	[毯]	636	擎	333	筅	222
幪	212	峈	786	锟	373	愄	337	[擘]	332	[筅]	222
嶂	262	帽	656	锡	716	愒	301	愁	89	[築]	60
嵲	467	嵚	716	铜	218	愲	217	稓	362	簋	383
[嵽]	471	翁	705	锣	435	料	358	穆	57		384
[嵺]	134	删	511	锤	97	憯	157		596	箐	350
[嵗]	641	鄏	508	锥	899	愉	827	[褮]	264	(節)	317
歃	95		511	锦	324	[愇]	661	筹	89	箫	818
	95	嵼	319	锧	883	编	517	筭	639	[箫]	673
崔	152	嶠	356	铁	727	煆	297	[笑]	639	觫	168
崼	515	嵩	634	锶	279	辞	101	箐	422	【丿丨】	
(崒)	603	崝	289	镎	99	舿	867	鞘	867	(與)	828
斝	220	嶂	123		153	筠	349	筜	349	(債)	858
尌	200	嗛	543		158		842		842	傔	773
署	623	嗛	401		901	笆	500	笆	500		780
睪	201	嵝	299	锫	508	筐	286	笝	286	(僅)	324
	242	嶰	818	锩	342	筮	618	笽	618	僕	238
	804	壕	452	锬	651	箇	725	箮	725	横	224
	852	幁	456		727	箕	200	箅	200	(傳)	94
置	883	(圓)	836	铍	47	筶	877	箸	709	傍	191
罙	609	陵	415	锭	142	香	734	笑	297	傷	58
罭	833	嶗	712	键	307	秾	379		552		849
景	266	赗	181	锯	336	稐	777	[笑]	60	(傴)	829
	559	[盥]	452		340	得	480	[筒]	642	僄	39
	760	[窨]	6	锰	453	稘	341	筲	601		519
罨	777	黒	804	镏	906	稞	358	箪	196	傶	530
罪	916	骯	689	靖	557	纷	177	(箟)	303	傮	594
罩	865	[舭]	101	颌	9	稠	218	[節]	895	毁	274
罱	343	骱	322	[镎]	364	稠	374	箦	842	[晨]	76
遐	646	歆	686	[勧]	569	燚	818	箚	42	[晛]	334
睯	646	骰	674	短	772	稬	158	箬	202	舅	334
剽	167	骯	355	[榘]	338	稞	45	箌	392	毸	636
瞿	866	(骯)	7	矮	3	稚	883	筱	740	鼠	624

腭 162	鲈 425	[獂] 515	(詩) 612	(翃) 756	瘦 135
腨 627	鲉 821	猺 787	(詰) 318	[凫] 522	665
脝 716	鲊 856	猭 716	谏 103	[裒] 561	瘤 218
腙 856	穌 637	猺 58	莆 694	(奬) 309	廓 374
脒 560	鲋 191	猵 418	諵 473	酱 310	瘐 230
(腫) 886	鲌 14	猹 654	(誇) 365	(裏) 395	瘌 85
腹 191	49	颰 631	(詃) 272	[敨] 153	痴 81
腶 151	卿 812	猻 784	(誠) 79	亶 201	遬 289
腴 620	鲄 336	獂 733	訛 908	736	瘔 220
腺 733	鲍 23	颮 636	(調) 672	鹑 99	瘳 294
脘 274	鲏 684	雊 263	調 693	裒 804	瘘 698
[腡] 339	皱 514	745	(誅) 891	灌 107	瘦 830
朕 253	鲐 649	軲 760	(詵) 606	禀 45	痹 24
腽 900	797	舣 210	誔 671	亶 119	514
腯 677	剑 319	触 93	(話) 263	120	[瘅] 33
腧 625	鱾 576	觚 227	(誕) 119	[稟] 45	痫 28
[腳] 313	魻 263	觡 204	詒 276	廒 8	[瘖] 462
腏 910	劬 390	[觧] 320	(詬) 213	鹰 439	瘩 334
鵬 511	(剮) 123	解 320	詷 888	庐 162	瘁 109
脖 670	雏 213	322	(詮) 568	敫 150	痦 507
腤 5	勍 736	745	詥 246	[厨] 91	瘵 825
塍 80	猱 870	(孫) 642	誂 138	[厦] 594	瘵 568
勝 659	猷 8	膈 265	666	麻 399	瘅 118
腠 816	肆 804	[龟] 105	[說] 752	[厮] 745	119
騰 659	(獁) 439	奱 187	誑 271	斛 548	120
腿 454	猿 837	奲 607	(詭) 227	666	痰 651
勝 423	獏 467	郰 858	(詢) 765	廇 420	痻 222
429	470	登 126	(詣) 801	痕 863	瘭 383
胳 358	颖 815	[謺] 63	詢 752	瘏 677	瘆 609
胺 620	猜 49	遢 418	詻 464	疸 378	[奎] 286
腪 844	525	420	464	瘨 533	廉 401
[腒] 652	猱 399		詻 162	瘠 106	编 16
腿 680	[獂] 267	煞 593	诊 82	[襄] 734	廊 817
腥 707	鸽 540	594	797	瘲 438	鹇 208
膜 371	[鳩] 332	雒 91	(靜) 875	麻 411	(颔) 239
腬 581	(鸠) 332	镒 792	詨 741	[麻] 411	[觍] 291
腞 897	猲 646	馍 465	(該) 193	瘑 758	廊 183
(腦) 479	[颮] 187	馏 418	(詳) 735	瘁 5	廑 819
詹 859	颮 724	420	詶 89	瘃 892	麂 291
雎 81	颰 833	颏 467	890	痱 174	廒 883
[臮] 100	[猂] 837	馐 753	[詶] 89	176	[麽] 811
臬 346	[猭] 181	【丶一】	(詑) 64	瘆 495	(资) 905
魬 14	[夒] 181	(诓) 368	諤 909	瘭 435	窑 319
魾 523	[猈] 240	(诔) 388	(誏) 248	瘘 804	裔 804
鮎 485	[獅] 612	(试) 617		瘅 33	靖 330

谙	571		797	煜	833	漠	468	澍	745	㳠	686
新	747	登	343	煨	694	潜	326	漳	241	溶	579
鄯	862	桼	268	煾	700	瀅	814		852	滓	908
龄	810	脊	568	端	678	滇	134	(澥)	612	滇	464
歆	747	誉	659	煅	151		664	㵋	631	淮	571
韵	844	[養]	783	煌	270	潦	644	潋	808	溜	315
意	804	普	528	[煅]	680	(漣)	401	塗	677	[漫]	326
戥	85	梗	328	[煖]	494	溥	183	(塗)	676	溇	849
睥	14	粳	733	烧	281		528	滢	189	溺	484
剽	68	[粽]	677	[煵]	301	婆	524	滔	656		488
[剽]	68	籽	187	黏	542	溏	203	溪	716	潆	884
[廉]	401	[籽]	183		596	漏	204	(滄)	57	潭	583
淳	153	梳	418		597	溧	399	瀚	704	嶅	47
[琮]	910	粷	589	(塋)	814	溻	583		705	梁	404
逮	399	粮	404	(鎣)	558	[溷]	99	[溳]	751	涵	236
剽	187	粹	641	婆	813	(滅)	461	逢	181	滩	650
剽	858	[粃]	898		814	[滙]	274		511	滪	833
[勧]	129	数	106	煊	760	源	837	溧	319	澠	817
[襄]	898		624	煇	278	溙	658	[溁]	809	慨	10
赢	435		625		762	塋	422	溜	417	愫	638
旃	602		630		765	[塋]	422		420	愠	484
旒	821	煎	301		844	[淫]	612	滦	431	慎	210
旒	418	猷	821	[煇]	272	滤	431	滚	640		211
赍	194	塑	638	煸	37	溢	307	滈	242	愦	533
雍	817	[遡]	638	煺	680		382	滖	281	[愷]	362
遒	93	[甀]	101	(煒)	697	裛	593		281	慑	605
剩	626	[甍]	101	煝	450	溃	644		374	憐	470
【丶丨】		慈	101	煣	581	滓	33	㳒	741	慔	471
阖	246	煤	448	燎	758	[溼]	612	漓	392	[慏]	25
阗	664	煁	76	【丶丶】		滉	272	滚	229	慎	609
阘	646	煠	792	滟	780	泗	597	溏	654	[博]	48
阚	488		856	溙	554	潟	645	滂	504	[慄]	398
阙	346	煳	257		870	溲	853		510	慌	271
	570	[燉]	48	激	8	㳕	550	滴	93		272
	571	煸	33	(溝)	211	(潩)	842		758	愼	842
【丶丿】		[煙]	773	[瀧]	422	涠	279	滋	761	(愷)	352
辇	65	(煉)	403	流	269	澄	3	渐	783	(愳)	352
[善]	598	(煩)	168	渚	83		797	潖	788	慅	851
(睜)	547	[煥]	494	溢	360	潋	694	溢	804	慺	635
豣	395	焌	371	[渺]	460	㵕	537	濂	401	慷	797
巟	819	(煬)	782	潑	605	滢	34		403	懴	808
豞	266	煏	827	潵	605	(滌)	129		485	揺	787
羧	643	煴	841	满	442	潲	753	溯	638		789
(義)	800		844		451	(準)	901	滨	43	愔	657
羨	733	煋	749	淊	445	漠	754	[滨]	607	愯	743

[檨]	555	[塈]	693	厰	71	[碌]	900	霴	437	庸	425
榐	860	敳	799	碤	537	[碰]	159	靆	92	【丨丨丨】	
	872	瓾	399	磚	889	磁	101	霂	294	遧	850
桐	745	[斠]	230	賕	871	碹	763	霂	830	(對)	152
橢	496	蝥	543	[㥈]	819	碻	252		833	【丨丶】	
楝	76	𦣻	609	[厴]	67	碥	37	【一→】		舱	780
楡	27	(緊)	324	碪	6	[磻]	462	辕	837	(嘗)	70
	171	巠	329	[碪]	869	[磁]	479	懸	659	夢	855
樋	671	㠯	518	碟	140	魿	507	辖	246	裳	70
寰	133	酁	540	碀	360	愿	838		725		601
	884	鄾	651	[硫]	269	[曆]	111	辗	486	【丨→】	
(輄)	867	屨	49	碴	62	(盒)	401		860	暳	99
(輔)	189	㮛	49		63	戠	884	[𤿈]	445	嘖	276
賑	872	墊	103		856	(爾)	164	[氄]	445	瞄	485
(輕)	555	酵	315	(厭)	779	劂	346	劋	848	[瞇]	484
彀	286	酽	780	硬	808	劚	346	(鳶)	835	瞫	745
	530	醐	527	碱	304	(奪)	155	[戩]	304	[瞇]	269
	723	醯	595	(碩)	630	廳	294	(甂)	561	暖	780
[輇]	369		612	硬	584	臧	58	【丨一】		睭	377
輋	664	酌	812	磋	856		849	蜚	173	暖	788
輓	447	醒	80		857		849		174	膩	353
(輊)	544	醋	342	[磕]	358	飌	681	裴	508		539
嫠	544	酷	365	厴	228	猵	183	翡	174	瞗	665
䡖	664	醢	449	[碏]	316		526	[閨]	145	睡	273
[輄]	689	酴	677	磽	380	豩	147	裵	147	鶏	337
[毄]	286	酹	390	(碭)	122	豖	43	[劁]	479	暴	337
輐	691	醇	187	碣	320		265	雌	101	(嘖)	852
遾	401	醶	234		772	豨	717	齜	906	(嘩)	791
輯	572	酿	487	碾	698	豷	360	齦	361	[暈]	791
	811	醖	717		701	劙	85		810	歠	34
[斁]	183	酸	639	碍	162	(殞)	843	鏨	906	嘆	468
鷗	777	酺	812	碳	653	殢	3	螫	102	暗	326
[蝕]	833	[柛]	811	碏	215	殨	90		294		906
(匱)	372	瓨	403	破	151	殤	356	菁	585	顆	358
歌	203	【一丿】		碻	740	殯	44	鼎	142	夥	281
遭	849	墍	794	魂	371	【一丶】		歐	823	(夥)	280
[整]	809	醫	741		698	[斳]	874	叡	195	[裹]	231
遨	85	嬰	794	磾	152	匲	568	㝈	247	瞑	758
遫	638	[厨]	91	磓	900	[霝]	413	睿	585	睼	665
[幹]	377	斯	631	碢	827	需	755	[叡]	247	熭	332
匰	118	(厲)	396	(砜)	180	[雷]	387	彰	39	[愳]	340
避	709	[歷]	396	碕	250	霆	670	遯	334	暓	447
遴	833	靥	106	碲	133	霂	810	虘	256	瞓	497
(監)	300	遭	133	磑	110	雭	539	魖	672	瞞	162
[擎]	382		619	磋	308	霓	138	舓	246	瞤	391

睡	594	(閥)	166	踌	89	蜞	813	蜷	568		311
揪	90	閣	205	踺	677	蜥	717	蝗	46		315
瞍	636	(閤)	243	踒	85	蜥	717	蝉	66	(鳴)	463
睽	253	[閣]	204	踌	548	蜙	634	[蛟]	653	[嘷]	240
(賕)	561	閔	93	脚	314	(楝)	143	蜿	688	噂	125
睮	827	(閣)	204	踽	489	蟻	833		690		126
睗	53	閾	875	踌	49	蜩	405	螂	383		126
(賑)	872	(閫)	245	踊	526	蜞	294	蛟	399	嗾	104
睚	80	[関]	220	踈	622		530	蜛	336	嗬	730
賏	813	閨	733	踉	872	蜮	792	蝈	564	曼	316
(賒)	603	嘈	58	跌	743	蜨	140	蜢	453	喩	433
[賖]	603	[嗽]	636	[踁]	330	[蜨]	140	蜗	236	噗	717
暖	760	嗽	636	跨	53	蟤	861	[蜖]	612	噴	652
睰	910	(嘔)	498	踮	738	蜚	174	蝦	133	恩	279
	911	遘	423	跟	25	蜣	259		902	嘯	258
覞	789	嚶	302		509	蜾	231	嘘	613	噭	552
睦	63	曈	352	跠	106	蜫	373		755	噴	866
睟	454	嘌	518	跨	61	蝈	230	嘹	260		868
[睟]	454		519	踇	470	蜴	804	[嘷]	255	嘛	438
睃	423	瓟	702	踵	111	蝇	814	嘘	346		440
[睃]	636	齶	736	[踣]	124	蜩	350	睬	581	嘀	128
暉	230	喊	530	踩	371	蝣	646	嗤	653		129
睱	725	嘎	193	[踠]	366	蝸	693	眍	842	嘀	599
睽	371		193	踈	622	(蝸)	706	敳	642	嗹	636
瞀	707		193	蹄	660	睉	111	鶚	162	啐	628
塈	625	暤	242	跟	404	[睦]	80	嘜	791		637
嗎	727	嗜	603		406	蜘	877	(團)	678	嘧	457
楝	811	暖	593	跼	337	蟜	694	[槑]	448	噉	237
唧	385	嗖	590	[跼]	336	蜺	482	(嘍)	423	[噉]	119
(嘆)	652	暖	4	踉	294	[蜺]	482	畾	775	嚨	421
嘞	386	嗡	705	踊	819	蟖	17	(鄆)	118	嗒	717
	390	鶡	246	踆	109	雎	698	曇	775	嘐	311
(暢)	71		322		153		701	嘱	230		738
嘍	380		242		572	蜱	515	踮	315	嗲	596
(嗲)	441	暠	201	暘	71	蜦	433	噠	3		608
閨	368	[暠]	242	是	106		434	嚏	312	[顙]	573
闞	571	嘟	281	蜂	19	蜙	189		640	(幀)	852
(閏)	225	嘮	256	蜻	328	蜩	667		915	崔	915
(閡)	703	暝	464		556	蜘	658	嘴	433	嵀	142
閞	736	暲	282	蜋	70	蛞	238	嘣	28	唧	385
[関]	250	鼪	646	蜍	891	蜦	337	嚶	813	[崥]	385
嘶	848	熬	731	蜞	533		564	嗰	230	[嶄]	860
圍	140	(顛)	129	蜡	377	蜳	154	嗲	797	嶈	860
(閪)	462	暞	583		857	[蜳]	451	呦	145	嶈	58
(閆)	429	盬	758	[蜡]	243	蜻	833	噪	124	(嶇)	562

	638	煒	258		627	潩	677	搴	540	裸	140
[愍]	637	燴	743		899	漏	424	塞	592	裕	112
鷁	101	熩	659	過	230	(漲)	863	甄	136	褪	778
弊	34	〖丶丶〗			706	滏	421	(寬)	367	福	191
[獘]	34	(漬)	909	潒	656	滲	386	稟	219	禔	785
(幣)	31	馮	774	潋	821		406	(賓)	43	禍	158
(弊)	42	潩	142	澡	311		418	富	497	褙	26
嫳	42	潐	316	潫	721	[澭]	818	寡	219	禔	619
	520	(漢)	237	潨	104	(滲)	608	寋	341		661
鄸	853	潢	270		635	潍	696		423	禔	702
爀	214	(滿)	442	[潊]	758	澡	72	窠	772		843
煩	210	漐	814	曽	198	憤	852	察	91	褐	247
(燁)	791	滗	197	潡	403	懂	326	窬	828	褍	150
煿	49	潚	738	混	457		554	甑	580	(複)	190
煇	34	漊	381	潩	650	憍	441	[窗]	96	裸	22
煸	271	漆	530	(漁)	826	(慚)	56	窨	765	褥	253
烟	597	(漸)	306	潒	123	博	679		812	褕	675
煩	842	溥	678	潴	891	憎	58	婆	341		828
燦	723	漕	58	漪	794		104	(窪)	686	褆	837
熄	717	[漱]	625		294	(慪)	499	[寐]	450		838
鳿	711	漱	625	潹	259	(慳)	540	頷	613		805
(熗)	547	(漚)	499	[滾]	229	標	520	察	63	[褅]	663
燨	705	漂	518	潕	355	[憾]	529	康	355	褛	430
燵	180		519	潽	817	惶	78	寤	326	褹	676
	511		519	瀧	428	樓	423	蜜	457	(褝)	373
熘	417	湣	99	漳	862	[惕]	442	[窒]	491	褊	37
爝	73	(滯)	883	滰	310	慢	442	(寧)	490		517
熇	247	潒	96	(溎)	68	惟	107	寢	712	褪	680
	357		628	滴	128	傷	600	賨	43		682
	738	(滷)	426	滴	599	(慟)	674	窟	256	(褘)	272
塘	654	濾	336	潹	761	憁	104	(寢)	555	褛	372
烨	749	漙	256	[渊]	418		634	寥	406	褖	679
嫌	401	潝	40	滓	627	憭	85	(實)	614	(褐)	439
黏	778	(渡)	423	漾	785	慷	355	〖丶一〗		禛	870
燊	412	漫	442	潚	516	慵	817	槊	383	褔	647
[鄴]	651	漢	805		520	愫	862	(輓)	349	褵	294
犇	815	潔	437	潍	696	憿	41	速	276	褫	631
(榮)	579		647	滾	364	憛	701	譚	651	褶	420
臂	406	(灄)	231	演	778	[憹]	158	肇	866	禰	81
(鎣)	750	澧	268	潡	294	[愊]	605	瓾	517	褚	654
(擧)	436	灉	107	漥	686	憀	406	肇	866	襐	904
(熒)	814		108	滋	457	(慘)	57	綮	535	[禔]	326
熔	580	潲	510	(滬)	259	(慣)	223		558	霈	457
煽	596	澝	87	潡	197	寨	858	潛	853	譙	549
煩	457		96		238	賽	588	褓	147		550

（蕆）	68	蕃	47	蘥	346	樦	896	［樫］	790	（甌）	497
蕨	346		167	蕬	631	［樺］	567	槮	592	甌	497
薗	294		169	蕭	906	槻	302		609	［甌］	562
蕐	261		515	槸	276	橋	471	槵	223	（歐）	497
	262	（蔦）	697	（椿）	898		487	槥	72	（毆）	497
蕹	584	薛	629	槻	226	［棹］	201		72	頤	608
（蕓）	842	薐	611	槸	805	樬	635		314	［緊］	324
遍	418	薆	557	槿	324	（樅）	103	憲	884	鵑	805
［蕗］	584	（猶）	821	横	249	勮	592	輯	544	［豎］	625
蕞	916	董	144		249	樊	169	輚	391	（賢）	728
勒	34	［蕾］	805	槲	441	（賚）	379		415	諧	65
蕋	221	蕁	916	［農］	492	親	379	［輙］	867	睥	29
蕭	142	麗	399	棒	530	（敤）	183	（輀）	405		37
蔌	289	薪	286	檣	546	［敹］	459	輢	799	豌	688
［蕳］	302		533	槫	627	敳	623	輚	861	飄	518
［蕳］	302	薄	148		679	敱	515	輠	232	（遷）	539
蕳	302	（蕩）	122	槽	59	敓	73		263	霤	518
蕳	452	［溝］	498	［橄］	638	敤	489	（輥）	229	［還］	539
（邁）	440	薀	702	楸	638	嫢	633	（輞）	693	（鴉）	612
（賣）	372	蘺	4	（樞）	621	（賫）	285	（輗）	482	醅	148
革	135	蕱	828	樫	302	橡	736	輮	679	醋	106
［蕁］	161	蒲	304	（標）	39	槲	258	輧	516		918
（賫）	440	蔞	236	櫃	823	樭	160	（槳）	544	酬	381
蕁	250	薈	191	槭	537	［樻］	868	（暫）	848	醃	1
薔	452	蒲	491	槝	117	椑	515	摯	56	［醃］	773
	453	蔿	490	楓	263	棟	355		848	醆	860
鄸	452	蕊	584	槤	628	楠	817	［懟］	56	［醆］	860
（蕪）	708	（蕁）	541	橋	90	槤	428	（輪）	433	醌	373
［蕘］	393	翰	354	楠	426	樟	862	摰	76	醚	665
蕘	393	薦	725	槚	855	槎	68	輙	910	醋	757
蕕	661	頣	852	槥	263	楠	129	輣	511	醗	780
（蕎）	548	靡	717	楔	78	（樣）	784	輞	888	醄	658
傳	183	薖	546		654	［樑］	404	輅	354	醇	404
蔿	723	蔬	622	楴	654	椅	286	（輬）	404	醇	99
蕘	290	蓮	699	（樓）	423	［檳］	464	輻	222	醉	916
蕉	311	藪	60	槾	443	槢	638	輚	835	醋	507
	549	［隋］	119		691	［欉］	571		843	酸	120
剗	280	［薈］	324	［撰］	207	橁	457	棘	755	酥	428
蕍	221	薬	582	槤	387	槍	260	（輆）	100	醸	900
蕧	596	薐	591		389	橄	197	輋	428	［醖］	812
蕢	10	［薐］	591	楢	228	（櫹）	685	（輜）	906	鶏	877
	833	薏	126		231	［橚］	309	［輌］	897		
蔺	833	蕎	337	槵	268	榴	720	［敳］	678	【一丿】	
覆	191	萎	447	櫻	813	樛	333	敷	183	槃	794
蕗	622	蕴	844	櫃	344		562	敀	59	觌	3
										厝	792

魇	778	熠	167	辘	428	【丨、】		眤	336		840
魇	780	頸	329	(鴉)	769	煩	224	矃	181	閣	537
[感]	529	[匲]	401	劇	341	(輝)	272	瞄	417	(闇)	809
憝	133	厲	694	遷	884	(賞)	600	瞰	282	(閲)	840
碼	182	甒	96	鴎	686	劖	653	矇	81	闚	222
磴	9		628	[鸡]	81	懲	71	賺	401	(闈)	384
	548	(遼)	406	【丨一】		【丨→】		瞎	724	闟	160
(碼)	439	齋	841	叇	399	瞍	76	暗	839	(鄺)	451
碩	210	劈	516	緢	399	瞇	485	瞙	457	甄	424
磕	358	[雁]	813	(輦)	25	瞘	358		464	甗	145
磌	664	應	680	瞿	508	(瞞)	441	瞳	282		429
碣	246	鳳	847	[瞽]	357	瞞	441	鼾	197	(數)	625
磊	389	[豬]	891	(闇)	479		451	[瞳]	81	顪	818
(憂)	819	猕	911	颒	530	膜	468	(曉)	737	嘽	120
[碛]	843	貊	302	(劇)	228	瞋	75	嘶	840		651
(磴)	700	殯	909	(齒)	83	[瞳]	319	(噴)	509	嘚	145
[碰]	512	殤	487	語	830	瞕	337	喵	867	暹	728
硯	631	蓳	326	齯	100	[睬]	909	嘻	717	暉	242
磅	808	殭	830	嶲	828	題	661	嘭	510	[嘎]	193
	811	殢	663	齹	101	瞙	238	(嚓)	112	嘰	344
磘	787	(殤)	599	[嶹]	91	瞠	272	噎	789	嘹	406
磔	717	遮	752	[橐]	638	暴	23	(噫)	161	影	815
磝	704	鴉	217	龄	323		528		162	暲	862
磔	867	殨	557	航	200	界	341	嘶	631	曈	761
磂	418	殯	810	敕	406	暖	780	嘥	576	曃	117
碼	548	餐	56	(劇)	340	瞵	663	嘆	745	瞰	354
	571	鳾	515	劢	341	[瞵]	663	噶	193	嘈	57
碏	290	顤	80	[戲]	722	(賦)	191	嘲	73		845
磠	393	【一、】		覤	564	腈	331		864	暈	256
磙	229	懟	748		567		557	虢	241	[暴]	736
磄	654		810	歐	755	嘻	57	闞	280	趺	711
磅	20		812	航	789	(賬)	863	[闠]	737	踉	71
	505	[霊]	413	蔵	855	(賭)	149	墼	770	踛	428
碾	401	震	872	(膚)	182	[睐]	379	闔	615	踑	286
	541	霄	738	(慮)	431	(賤)	305	[聞]	566	[踘]	489
碻	725	[霓]	733	歔	256	(賜)	103	聞	567	踏	290
(確)	570	霉	449	覯	723	賟	665	闛	67		571
刷	47	雪	857	魑	477	(賙)	888	(闇)	373	踔	496
碾	486	霖	471	魗	49	瞞	641	胃	278	踦	286
磉	590	需	509	【丨丨】		(賠)	508	闊	278		530
[厴]	396	霙	634	剢	792	瞍	788		451		533
[鴈]	780	霧	505	(鄲)	791	(賧)	653	閾	914		799
厫	380	[霓]	76	【丨丿】		暖	530	闥	94	踈	379
	541	霓	76	[截]	319	[睬]	104		704	踺	320
顾	543	【一→】		鸢	571	[睬]	75	閲	189	(踐)	306

镥	342	穇	91	篓	636	僇	415	躺	655	(婆)	755
镍	489		912	筐	270		728	[髁]	435	㝷	766
锗	473	稿	202	褑	555	[賓]	228	鞠	337	鲽	140
镏	705	稿	393	篌	253	[覡]	484	踠	688	鹹	695
镏	418	穄	505	篗	644	[聰]	96	臬	739	䏲	472
	420	稽	759	箺	431	牖	823	骶	534	艑	594
镐	201	糙	904	篗	267	僕	527	[猷]	347	艘	636
	242	勠	393		838	鋬	667	臬	691	艎	270
镑	20	耩	302	[箕]	643	儵	667	(骽)	2	艘	322
镒	805		403	筋	324	儅	121	[縣]	457		360
镓	297		730	箅	588		123	臲	242	[飆]	167
镔	43	蝥	560		721		655	皛	501	磐	503
镕	580	稼	300	管	149	僵	463		740	瞥	503
撫	711	[稈]	883	箷	797	(儻)	492	[魁]	693	(盤)	503
[蹅]	63	覤	695	筌	101	[罾]	540	舭	751	艖	62
[歛]	265	(篋)	552		110	儇	760	[稿]	242	艠	127
犒	314	[篁]	847		424	儋	624	雈	246		659
瑶	451	筱	544	箭	307	儌	350	(樂)	387	艒	620
氚	431	篥	792	簇	252	懘	890	僻	516	[艘]	636
[摿]	588	箚	258	篲	183	[儞]	624	頭	152	艑	39
牰	498	箳	381	筽	731	傲	314	蜇	627	[鎌]	402
[悭]	654	箱	734	落	437		316	[頣]	748	【丿丶】	
靬	357	筵	896	筷	228	[儌]	313	塾	10	[鋪]	526
懆	388	(範)	170	篇	517	(儉)	303		833	鉻	681
犕	817	簹	21	[簸]	297	(儈)	367	鷔	10	録	210
犝	68	篔	324	算	523	愈	833	鬧	242	鉌	85
牖	129	篪	870	篳	699	優	4	【丿丿】		鋰	867
牆	157	箴	367	簹	450	[傻]	594	雎	370	鎒	261
(頲)	670	箸	750	簨	91	儃	118	(質)	881	(釙)	150
憯	589	箭	550	[簓]	815	[鴜]	753	獀	833	(録)	561
[憨]	538		630	慫	649	儞	321	[衖]	257	鋅	49
牒	647		738	篆	898		331	德	126	鋪	526
頡	374	篁	614	紵	890	僮	67	鷉	660	鍊	638
積	871	筋	460	篽	839		120	徵	880	(鋯)	709
[稱]	493	篿	123	挐	463		598	(徵)	872	鉏	674
稽	286	箽	290	慫	463		652	(衝)	86		678
	535	篁	749	【丿丨】		僞	858	瓷	104	鋴	609
稷	294	篤	205	僮	587	(億)	800	氂	910	鉥	418
[勒]	393	簀	372	儢	847	(儀)	795	(懲)	634	銛	182
敹	583	箎	631	儦	452	僮	588	(徹)	74	(鋏)	298
[勑]	485	篇	95	儚	452	觔	272	[蜑]	777	(鋨)	659
稻	125	筊	560	僔	326	鼽	687	徥	83	鏗	750
魯	393	箳	358		811	皸	792		661	(銷)	738
黎	393	箽	144	僵	308	凱	789	帬	756	銲	238
穄	320	箯	37	(價)	299	旇	1	帬	756	[銲]	237

諸 647
諷 693
諣 263
諈 900
（諉） 698
（諛） 826
說 473
485
（誰） 605
諀 515
（論） 434
諓 621
（諗） 608
（調） 666
謟 658
（諂） 68
（諒） 405
（諄） 901
詁 134
（誶） 641
［謪］ 19
［諼］ 491
諫 140
諩 528
（談） 651
（誼） 803
諚 39
諑 428
諞 564
諮 730
澿 326
澅 308
畜 817
稾 202
202
［稾］ 202
［鏨］ 154
熟 619
623
澤 156
勱 118
麼 743
［廚］ 91
［廝］ 631
（廟） 460
摩 438
摩 438
465
麾 273
磿 454
褒 21
（廠） 71
廛 67
褢 264
（廡） 710
廎 189
（廞） 747
瘅 85
瘪 85
［瘢］ 17
瘍 439
瘼 468
瘨 75
134
瘯 644
（瘞） 805
瘝 65
瘅 34
瘨 844
瘵 221
瘩 633
瘪 42
43
瘜 717
瘢 16
（瘡） 96
瘤 418
瘙 626
瘠 290
瘚 347
瘭 572
瘉 812
瘫 650
劆 402
［廉］ 401
畜 286
鴥 703
鳶 703
皺 438
鶄 290
［夒］ 696
离 650
歁 355
（賡） 207
甂 428
廦 302
廩 454
廜 633
廮 788
［廩］ 412
麃 40
506
519
麀 506
（慶） 557
鴻 240
［甆］ 101
（廢） 175
凛 412
［澟］ 412
［凜］ 412
𨐨 505
颜 771
775
毅 805
𥩟 663
［敵］ 129
甋 129
（敵） 129
適 619
褹 805
賨 600
600
甒 452
［甒］ 451
旟 788
蝨 613
（頪） 358
〖丶丿〗
羥 774
羬 542
［羶］ 749
羯 320
羰 653
羭 828
𦏵 297
𦏷 699
鄰 797
［羮］ 208
頩 522
523
養 344
784
羮 570
𨒫 503
糂 589
糊 256
258
260
䊬 63
［糒］ 33
頪 390
糖 655
耦 498
糇 253
［糙］ 152
［糭］ 911
遴 412
413
糌 847
糍 101
糈 757
糔 753
糅 581
翦 304
遵 916
（導） 124
鹢 805
瓢 402
鹕 302
［獘］ 32
嫳 520
撆 520
憋 42
𤏸 774
熯 238
574
熿 270
271
［熥］ 49
熷 849
（熰） 498
熛 40
熳 443
熣 108
熜 103
911
［熼］ 268
熝 8
熵 600
覢 597
遴 413
（瑩） 814
禜 819
䃕 385
437
䁝 815
815
㽯 766
𤬓 750
熄 708
熠 805
熮 407
熤 805
熸 851
〖丶丶〗
（潔） 318
潖 500
潜 542
（澆） 311
澒 210
252
（濆） 177
澍 625
澎 511
澾 647
潳 230
澌 631
潵 587
（澫） 691
澫 205
805
潮 73
潹 67
［澘］ 596
潸 596
潓 276
潟 582
潭 651
766
濡 582
583
潏 347
潻 530
潦 386
386
407
（澐） 842
［濳］ 542
［澁］ 591
［澣］ 301
鲨 593
㙟 123
濎 142
671
濈 290
（潤） 585
澖 730
（澗） 306
［澗］ 306
潣 463
澗 451
澋 252
（潰） 372
潿 701
潬 598
650
澈 80
［澂］ 80
潩 457
潶 248
（潿） 696
澩 820
（潕） 710
潲 603
鋈 712
潚 592
（潷） 34
潟 723
潗 290

瀌	316	嘶	717	翮	760	褐	645	(層)	61	(駕)	299
	549	[懽]	265	戭	778	褫	84	[彌]	33	總	743
[淖]	241	懂	144	寮	407	褋	743	豷	848	【→、】	
濛	295	憶	634	(寫)	744	[襀]	107	(彈)	120	頮	830
[澢]	242	憓	276	寯	350	褙	322	(敽)	89	還	85
濚	104	憚	651	寱	21	(褲)	365	(選)	762	酖	689
	910	憧	158	寶	211	褵	393	【→丨】		[酖]	689
澳	10	憭	407	寶	68	裕	580	[鶀]	582	瞵	253
澓	187		408		134	褆	457	翰	205	戮	428
潏	766	憪	57		664	褃	476	[槼]	685	靉	910
瀹	717	憼	71	(審)	608	椹	534	羵	444	瞵	254
潘	502	憪	733	寮	667	褾	41	(樂)	309	(輩)	273
	503	憪	730	(窮)	558	褅	914	獎	309	澄	659
(潙)	696		733	窳	830	[裸]	632	(漿)	308	巍	350
漁	426	(憫)	462	[窨]	786	褟	760	[醬]	310	[螽]	850
潼	673	[憫]	451	窗	420	遣	543	(醬)	310	逼	834
澈	74	憬	329	[窯]	786	還	760	醤	624	螫	446
塗	418	(憒)	372	窊	73	鶴	247	嵐	765	摯	713
瀾	380	(憚)	120	寫	699	諂	859	[醽]	273	縶	469
潒	688	[懓]	162	[寢]	326	(鳩)	871	(險)	730	穭	353
潛	526	慣	440	寶	43	【→一】		獒	641	豫	834
潾	412	憛	393	[劊]	676	盡	324	【→丿】		(麰)	588
溥	110	(憮)	710	幝	580	劇	741	(嬈)	575	颣	347
澻	641	憍	312	額	160	親	428	嬉	717	【→→】	
潧	870	憬	60	瘵	235	頭	493	嫜	215	繡	743
(潒)	386	憔	549	瘕	109	憨	235	嬋	486	繚	407
溱	236	懊	10	窜	6	[蝨]	612	嬈	407	繕	598
[淰]	591	憣	168	[窜]	5	舉	701		408	驎	412
(潯)	766	憖	106	頌	7	熨	834	(嫻)	729	繒	853
澅	263	憨	153		162		844	[嫻]	729		854
滬	217		155	寮	407	慰	701	(嬋)	66	驌	68
潺	67	憧	86	【、→】		屪	407	嫘	468	紺	28
潰	34	(憐)	401	[冪]	456	(遲)	82	(嫵)	710	(緯)	360
	502	憬	730	謉	780	劈	805	(嬌)	311	繰	745
濽	768	憎	853	翧	517	劈	513	嫶	549	縧	112
澄	80	懂	263	鳸	260		515	婐	242	(緗)	734
	127		282	褠	212	犘	745	(嫿)	225	緶	809
(潑)	523	憡	67	褵	837	履	430	嫡	432	(練)	403
滴	347	憐	642	禯	360	[履]	430	嫐	171	(緘)	301
	833	憕	80	(褌)	401	屢	341	燃	573	頹	743
憢	739		127	褊	49	屧	745	[嫡]	129		757
(憤)	179	憍	347	褔	360	戾	136	嬉	860	(緬)	458
憘	717	憭	57	褥	583		142	(嬅)	263	緥	584
	721	寨	728	褴	380	鳩	226	嬎	898	緇	352
憰	511	寶	104	[褸]	423		347	(駕)	493	(緹)	661

靫	298	蕿	461	(蕭)	737	[蠡]	150	橿	263	婐	537
鞘	550	薙	663	薑	428	樺	598	檘	718	(輭)	581
	602	[薙]	662	罎	162	橖	95	[橹]	870	[墼]	286
鞓	669	蕟	391	(頤)	797	橆	465	橢	658	棘	59
靦	743	藇	759	[繁]	324	橇	548	橫	176	[鳴]	203
[靶]	248		834	薀	217	(橋)	549	[蔚]	347	賴	379
鞘	763	[舊]	333	蕨	136	橋	98	鴬	856	整	874
䩰	677	薛	763	(鵠)	214	[樑]	845	橙	80	(賴)	379
鞔	441	薇	695	薛	34	[橋]	916	橃	167	橐	684
靱	153	(蔠)	727	[蔽]	8	樵	549	檓	675	融	580
鞚	387	(薈)	275	(薩)	587	[橄]	745	壄	791	翮	246
鞲	571	鶏	4	薸	240	[樟]	201	橘	337	豎	302
(薑)	308	薆	4	(蕺)	833	楯	629	橡	388		307
燕	774	蕰	432	椷	165	檜	647	橼	837	(頭)	674
	780		691	[樏]	319	麭	507	(機)	284	瓢	519
黇	663	薈	58	(橈)	478	橎	169	[頜]	48	耗	639
䵟	675	薵	525	樴	840	[樊]	177	(輚)	105	賈	785
薊	40	蒼	859	橫	178	(懋)	812	[轄]	354		118
劐	518	(薊)	294	(樹)	624	穌	468	(輻)	187	醏	580
薣	870	檠	557	橌	718	麩	567	轗	354	醛	569
顛	441	擎	557	[椎]	567	黏	485	頓	164	翻	258
[歔]	265	懃	329	[櫃]	418	麨	675	[頓]	584	醎	304
黐	445	薛	746	權	144	麬	262	頓	361		730
薤	746	薨	240	橄	557	橀	554	暢	783	醠	458
蕩	653		356	樬	634	[樲]	629	(輯)	289	醒	661
蕨	642	廉	402	樺	215	櫓	426	(輻)	702	(醠)	843
蕾	389	(薦)	305	轂	104	燃	574	暢	162	醒	750
薴	415	資	102	鏊	344		774		205	醯	234
薉	276		906	散	589	檳	419	輲	772	醙	636
	701	薪	747	穗	276	樑	495	輲	95	(醜)	89
蕛	521	薏	805	樿	136	橦	673	輚	187	醯	677
蘪	565	薙	705		651	機	878		191	[醯]	718
[蠹]	438	義	160	[樑]	289	[檑]	806	暫	67	醯	812
蕳	247	薮	636	橱	91	[橹]	129	輴	98	[醒]	812
蕇	562	薲	169	橛	347	楹	718	(輸)	622	醋	99
蓦	443	[薆]	759	橑	407	檍	860	轇	911	醨	812
鄭	691	薄	21	橢	542	樣	603	[總]	911	醛	111
氈	410		49	樲	291	橉	413	輶	250	醚	454
蕗	428		51	(樸)	527	樽	916	輓	156	醋	823
[菌]	836	蒲	243	欅	78	樾	641	(輲)	821	醯	652
薎	492	薄	607	橕	915	檜	61	轄	725	醋	757
蕇	262	顛	134	[橛]	289		853	輯	278	親	403
薯	624	[韓]	72	欄	733	橃	559	辂	290	遶	766
戭	461	翰	238	樻	229	檔	491	辂	760	【一丿】	
薨	250	翰	238		372	樗	766	墼	286	豎	794

(籭)	595		582	雗	108	(鋃)	71	(錀)	433	甋	502
篦	35	嬰	274	螆	66	(鐯)	868	錜	489	遧	115
簯	83	毇	274		652	銼	428	翱	29	瓹	553
篏	16	黔	347	鴝	15	鎈	770	鋼	137	覾	267
筦	657		904	魖	189		772		658	[雜]	129
箸	58	倒	153	魈	709	(鎮)	286	鐇	462	慼	264
	546	[篷]	667	魈	405	[鄒]	790	鎬	658	種	145
簘	705	餐	753	魈	739	(錯)	111	銘	545	[豿]	772
篷	511	儠	6	邀	785	(鍺)	496		733	貘	772
篝	88		7	[盤]	228	(錨)	445	(鍃)	279	貐	830
[襄]	643	儜	711	歸	226	(鋏)	813	憨	559	[貜]	700
蒿	201	儥	175	艤	748	(鍊)	378	鎯	336	貓	678
篙	393	儤	4	儳	592	鉔	193	鐈	406	貗	636
簷	655		483	【丿丿】		鏚	541	(錞)	153	貐	830
[篭]	421		797	鴖	85	鈒	475	(錇)	508	[猨]	837
節	53		805	耑	897		476	鍬	708	貚	279
簿	505	[儓]	483	衡	901	(鋒)	26	鍊	792	(墾)	361
	511	儱	89	徵	314	(錡)	533	鎖	834	[遷]	460
簇	430	儨	619		316	鍐	304	(鐂)	342	貏	297
簕	651	(儕)	65		786		691	(鋑)	651	貔	449
篟	489	(償)	43	衡	249	(錢)	541	(鍍)	47	貂	479
筪	902	蕢	852	觯	321	錜	513	(錠)	142	敵	432
[篽]	586	儳	489	禮	859	鍋	361	錧	222	陝	615
簹	206	鄶	548	儞	858	鎚	742	鐌	691	[睛]	873
遙	671	劋	805	衛	701	(鍔)	126	鄉	383	餳	862
鴰	684	鼽	527	[頵]	573	(錁)	360	(鍵)	307	儲	640
【丿丨】		鼿	562	構	212	(錕)	373	(録)	426	餕	415
(舉)	338	[懸]	538	[橾]	559	錩	69	(鋸)	340	[餙]	177
(興)	748	蜇	792	褹	263	(鉚)	450	鏍	564	(餞)	305
盥	223	堰	778	緺	647	(錫)	716	(錳)	453	[餬]	735
舉	541	[鸮]	521	艑	75	鉷	665	錏	236	餫	341
壂	49	翱	9	(艙)	58		682	鏺	100	(餜)	231
(臼)	763	殺	233	艟	912	(錮)	218		900	(餛)	278
(學)	763	駧	203	螯	16	鋙	647	(鎦)	906	餳	750
儢	649	[駈]	515		503	(鋼)	199	網	593	餰	258
	650	駁	50	縶	503	(鍋)	230		595	餧	480
[鴟]	81	馼	880	糖	655	(錘)	97	槳	587	[餒]	700
(儔)	88	馱	140	舫	20	鉋	246	(鯢)	827	雉	797
[憔]	33	瓴	534	艖	805	錂	481	遚	543	[餚]	786
(儵)	25	駒	565	[艘]	636		900	[劍]	305	餘	615
儞	753	馱	834	【丿丶】		(錐)	899	甋	587	餞	162
僞	184	(馲)	684	[舘]	222	錦	324	[毹]	646	餤	489
傴	874	[馴]	203	鑫	870	鉾	24	歆	605		577
[儞]	483	(儘)	325	(錆)	545		513		718	鉤	790
儒	496	[甦]	472	(錶)	40	(鍬)	727	逾	276	鉤	658

(餡)	732	膪	94	(鮃)	523	獮	742	(譀)	271		155
辭	109	膳	598	[鮠]	208	飍	739	謅	477		901
餚	53	臘	659	(鮎)	485	[颶]	340	(譚)	808	壴	230
餞	342		659	鉏	598	颲	399	(諫)	306	鼥	202
餤	120	縢	659	[鉏]	599	飈	822	(誠)	729	挚	154
	651	滕	413	鮃	724	獟	492	(諧)	742	慭	153
[餀]	47	腖	309		725	燥	739	(譴)	764	親	485
錠	143	膜	643	(鮋)	821	擇	852	(諟)	618	[雔]	99
(館)	222		898	鮏	782	獧	344	錫	783	犉	515
餟	100	腟	659	鮙	562		760	諽	757	犉	157
	900		681	鮭	749	[獲]	343	調	498	劅	267
餶	286	縢	286	(鮓)	856	(獨)	148	(譪)	792	裒	264
餾	906	雕	137	(穌)	637	猌	624	(謂)	700	亶	859
盫	6	[鎍]	489	[鮑]	684	獥	316	諰	721	亳	696
(頷)	238	[頤]	374	(鮒)	191	(獩)	731	(諤)	161	廝	324
(鴿)	414	(鷗)	81	(鮊)	49	(獪)	367	端	897	[劇]	375
[贏]	815	[餾]	536	鮃	256	孻	177	(謏)	740	(廓)	369
【丿→】		鯖	556	鮶	412	獬	321	諿	270	鷹	868
(膩)	484		874		416		746	譆	824	磨	197
臘	845	鲮	415	(鄉)	812	獩	858	(諭)	832	磨	465
膮	739	鯕	534	(鮈)	336	艓	74	[謚]	618		468
膹	179	鲰	912	鮟	143	鰓	588	(諼)	759	糜	451
膨	511	鯡	173	(鲍)	23	艒	290	(諷)	181	廎	546
膴	805	鯤	373	鮏	399	鰓	695	[諗]	105		592
斲	588	鯧	69	鮌	230	艑	150	[諮]	637	盦	465
[斳]	588	鯛	218	鮟	896	艖	562	諸	906	廙	426
[鰧]	377	鯢	483	(鮀)	684	邂	746	(喑)	5	廎	466
膵	651	鯛	137	鮚	395	[逢]	180	(諺)	779	廒	828
滕	40	鯨	328	鮍	35	駕	320	(諦)	132	膺	367
膫	407	鯛	613	絉	819	殿	151	(謎)	454	廨	746
曆	847	鯵	607	鮄	187	翹	817	諽	760	赟	841
[臉]	479	鯔	906	鮦	297	頿	371	[誼]	759	瘫	554
[鵬]	511	鮇	701	[鮎]	137	絲	787	(譚)	279	癀	270
[頴]	815	鮇	468	(皱)	514	鴬	143	(論)	517	瘭	637
臁	256	鮎	564	(鮊)	649	(駕)	835	(諱)	275	瘵	40
	711		743	鱘	469	饘	859	(譜)	755	瘆	4
魋	109	鉗	235	幼	823	【丶一】		潒	523	癉	884
騰	342	鮒	549	(鴲)	564	誤	539	裒	487	瘈	805
臔	312	鮊	892	(獲)	281	誎	912	[裒]	487	(瘦)	424
膘	739	鮒	206	獴	453	譓	721	(憑)	522	瘰	435
腜	10		246	(頴)	815	(謀)	469	塙	675	廩	412
膰	169	鮒	45	獭	645	(諶)	76	熙	718	盧	119
[鵬]	383	魾	513	芻	336	譁	205	懃	623	[廪]	412
瞳	673		515	獴	701	誇	262	辜	99	瘿	815
臟	878	(鮁)	14	[銕]	780	(諜)	139		154	[瘫]	762

壕	241	盅	238	遷	133	蔡	559	橪	761	歜	723
撼	241	臺	649	蕩	123	蘞	639	[檞]	646	憨	538
(壙)	369	薺	89	蘭	165	藻	519	(櫛)	881	鰷	590
(擴)	374		125		488	[藩]	850	橛	274	[壽]	620
擿	660	菓	534	鵁	210	搴	304	檛	371	(覬)	834
	858	薻	104	藏	58	[賚]	521	橄	720	(遭)	849
	884	蘇	198		849	蔡	63	(檢)	303	橐	506
(擠)	291	蒟	50	薷	582	(蘴)	490	(檜)	228	饜	480
盩	888	勳	554	對	153	甕	452	歚	723	(臨)	411
(摯)	867	[勲]	554	[嚳]	465	韓	198	[欉]	168	[鑒]	307
褹	140	蘍	286	蕓	350	(韓)	236	頰	379	韍	189
墊	327	(艱)	300	藤	371	(盡)	325	(麵)	562	緅	331
(縶)	878	韡	28	蕳	429	[賣]	285	餅	45	蹕	29
(擲)	882	[韔]	71	蕩	71	藺	679	桦	469	蹋	645
擦	859	[韝]	891	鄲	286	藿	130	棚	258	嗛	733
撏	541	鞍	378		534		138	檜	121	翻	518
(擯)	44	[鞴]	405	堇	223	(隸)	397		775	醸	470
擦	54	鞠	286		267	[縶]	397	槲	321	醁	677
(擰)	490	鞦	162	[薇]	461	(檉)	77	横	211	醯	215
縠	261	[韉]	302	薹	453	欋	337		341	酺	399
(縠)	217	鞠	601	蕅	552	樓	264	檩	413	醢	234
縠	50	韝	647	藕	37		282	檀	651	醳	35
	261	鞭	24	薰	765	檬	452	[櫟]	413	醯	8
縠	258		35	蘇	169	檸	198	檍	806	[酳]	732
	571		45	(舊)	333	檄	327	[檥]	799	醞	546
縠	571		515	[蕍]	261	檦	327	橺	304	醨	393
醤	258	鞫	658	藙	787	槺	412	樹	596	醣	655
壼	794	鞠	336	甕	440	(檣)	546	櫹	560	醡	718
[橐]	201	斡	375		706	檞	530		639	醨	304
鴷	559	韇	28	藐	460	[樂]	628		739	醅	857
(聲)	609	鞣	746		468	橿	309	檘	523	酸	452
罄	558		856	蘚	731	橺	41	戀	447	醨	571
擢	904	鞄	222	夐	559	(櫃)	299	褮	50	醯	457
藥	554	鞓	363	蘿	483	檳	290	橑	870	醸	590
聰	520	鞬	302	藥	202	檑	388	(轅)	837	穎	226
藉	290		307	蕨	243	樞	235	輴	358	〔一〕	
	322	綠	428		739	[橾]	340	槙	362	黟	806
(藉)	322	輪	347	[薳]	868	[橯]	426	輻	205	繄	794
[曋]	652	輇	290	[蘑]	465	樸	528	輻	787	[縶]	106
(聰)	103	鞁	904	藨	276	(檔)	122	(轄)	725	匵	37
顪	530	鞋	264	蘆	76	橯	428	耗	565	鹼	834
瞳	131	蕭	699	[邁]	129	橾	548	斛	336	[賺]	226
(聯)	401	嚞	664	(齊)	292		622	(輾)	860	[壟]	36
聯	864	遨	639	靖	328	檡	677	檕	295	(磽)	547
巔	86	(藍)	380	薢	35		858	(擊)	284	磴	512

字	页	字	页	字	页	字	页	字	页	字	页
趙	711	[聽]	669	郵	781	(賾)	852		884	醶	454
趁	56	[鼕]	701	[賕]	67	(蘊)	844	檳	287	醋	849
(攄)	622	藕	498	歟	728	蘊	590	(檳)	43	醖	498
蕘	178	(聹)	372	藠	806	(檴)	648	檫	63		834
撡	50	[蟄]	632	贅	730	[檬]	685	(檸)	490	醇	519
矗	867	(職)	878	轟	377	(橋)	657	樻	685	顏	252
[蘇]	226	聯	402	[豬]	91	橄	605	權	130	[蕩]	599
(撒)	636	鞣	856	膚	184	檻	498	[權]	865	醯	774
壙	699	藘	634	蘆	429	檼	461	[橌]	127		778
撫	388	藚	743	截	320	(櫃)	228	梯	457	[醨]	612
[操]	58	賣	759	蕙	634	(檻)	307	檻	295	醪	385
瞽	217	(藝)	800	藺	841	橱	399	[廑]	847	酨	77
(瞾)	143	[葵]	586	藺	384	[櫥]	778	鵝	565	【一丿】	
[螫]	511	燕	586	(藪)	636	櫚	483	(鴻)	49	[豎]	793
遺	148	薪	554	(薑)	65	橋	493	轑	276	(醫)	793
(擺)	15	(觀)	326	[蕿]	371		584		701	譽	794
[攜]	743	[鞗]	18	藟	389	槨	630	轍	850	虙	354
擦	433	鞯	580	虆	453	檻	783	(轉)	897	厴	778
	437	鞿	302	龎	24	(欄)	429	轤	443	蹙	106
黿	106	鞻	140	(繭)	303	[標]	98	墊	307	甕	85
撼	231		746	薂	741	檣	896		848		117
(擼)	424		856	藜	393		904	甕	57	頣	898
[壚]	67	鞜	647	鵜	9	橙	302	[甕]	848	磕	358
憮	526	[鞠]	378	藞	316	樟	501	[縱]	910	礅	387
鞏	884	顊	525	(藥)	788	橒	778	糠	355	礦	452
(贄)	882	鞞	459	藤	718	樸	527		404	(礎)	92
墊	140	鞳	353	藤	659	[檣]	457	(轆)	428	壓	778
瞀	868	鞿	128	薈	426	橛	810	轢	404	壓	792
擳	304	鞧	763	螯	329	(鴉)	709	毿	565	壓	774
撩	407	鞨	246	[薑]	559	嫠	50	磬	360		781
播	608		468	劖	419	[鮴]	183	轇	312	礓	309
鼛	364	(鞦)	559	[藷]	624	[鰍]	746	轋	73	磈	197
敿	89	鞭	37	藦	465	覿	733	(鶺)	52		238
穀	89	輸	625	薫	40	[覵]	342	棗	230	礌	388
(燾)	124	幹	163	藙	806	斄	437	晝	560	磔	792
聲	217	鞠	336	[蔽]	129	[斄]	183	皕	516	礤	851
	362	鞱	375	薄	652	斂	268	盬	217	礓	852
馨	282	鞳	560	[瀟]	304		279	欒	733	礉	246
聲	557	鞱	763	藩	168	檔	811	覽	733		287
撑	273	鞀	619		169		812	寧	382		548
黿	567	[韡]	844	蓼	407	橞	67	甋	381	礭	652
擻	838	韓	699	鶿	744	擬	4	[覻]	519	礠	799
撅	377	鞴	80	(薺)	558	橫	225	覆	192	礎	102
	410	鞣	581	鷁	452		271	蠡	103	礴	639
(聶)	488	鞠	890	龝	238	槒	868	醼	693	礕	513

郾	813	蹶	347	[璘]	413	幰	731	[蕷]	679	儵	591
騙	229		348	蟾	67	[蠤]	310	[簿]	212	爨	337
(贈)	854	蹽	406	[蟰]	746	[薜]	489	簙	50	儳	822
瞻	760	璞	528	氈	599	齁	444	簎	890	儊	67
	763	顛	521		684	黝	449	簸	50		69
曠	369	躝	652	蠊	402	駿	564		51	鶊	701
矏	521	蹻	680	蟙	101	骿	445	[簽]	841	鶴	900
曚	78	蹺	314		290	髃	50	辥	197	鑯	104
	490		344	[蠣]	817		525	籍	429	儢	574
(鵰)	373	[蹻]	547	(蟻)	799	[髀]	35	籬	379		734
矊	458	蹫	647	[蝴]	739	髇	739	籭	870	[鮒]	235
[矁]	772	蹯	169	蟞	35	骹	506	簾	339	舩	243
闚	370	蹤	486	嚧	425	骸	19	簀	340	鮈	253
[闗]	370	蹴	106	顙	279	髖	367	(簹)	121	鮑	507
曝	23		334	[嚪]	119	骹	44	簵	429	皺	15
	528	蹬	154	(嚴)	774	【丿一】		簠	395	皸	157
鬪	146	蹱	87	顟	871	鐰	63	簰	885		685
	147		145	[羆]	118	[鼍]	891	箕	828	[䲀]	878
鬮	809		886	(獸)	620	鼗	885	薇	697	[鯖]	328
闍	604	[蹭]	130	嚩	267	鏘	118	鉤	212	[鯢]	806
[闔]	775	蹾	868	嚛	250	鼜	340	(簽)	540	雛	900
闒	69	蹸	413	嚵	77	覬	295	簽	4	[鼻]	99
	654	蹲	110	(嚨)	420	[鼇]	125	[簷]	775	(鴨)	24
	655		154	嚼	524	(鼗)	429	箟	652	鼉	35
曟	76	蹭	61	[巘]	489	(犢)	148	(簾)	401	魈	81
[闛]	519	蹿	107	巓	134	爆	50	篱	307	[魅]	196
[曡]	140	蹬	126	(顚)	799	羆	501	簿	53	繁	904
圕	246		127	飆	352	(贊)	848	簽	588	醈	565
[闚]	370	蹳	47	(嶧)	396	犡	519	(簫)	738	[顙]	748
(闞)	354	曥	389	幰	179	獵	410	[簹]	320	【丿丿】	
闟	737	(蟬)	78	罻	287	礛	665	簸	136	(懲)	80
(關)	220	蠖	282	[翱]	9	穧	461		682	龓	422
(壓)	396	蠓	453	翾	760	穭	778	鱉	463	額	513
鵬	464	蟺	613	舞	711	[穤]	496	【丿丨】		艭	282
蟹	742	[蟵]	231	羵	291	[黧]	394	卷	541		707
曘	282	蟯	309	爐	425	鄤	834	開	559	艨	452
覷	145	蟵	388	(羆)	515	鎌	728	燠	40	[艘]	546
(疇)	88	蠕	915	(羅)	434	(穩)	704	[鹽]	492	[艒]	426
[曙]	583	蟷	121	幮	247	[穧]	679	儢	290	醋	121
(曉)	547	(蠅)	814	[壁]	361	黎	394	鵃	806	艖	511
踦	91	[蠍]	741	龍	421	鷔	394	蔚	615	鏊	503
(躐)	115	蟫	852	[巘]	718	愁	394	䴗	331	(艤)	799
躃	410	蠳	760	嶷	250	煭	394	䏲	670	【丿丶】	
[躍]	727	蠋	892		580	穬	369	骼	246	(錯)	701
蹯	92	蟲	320		815	穧	295	(牘)	148	鏵	287

[噈]	778	【丿一】		(敩)	741	鏐	320	鑅	567	鱔	599
嚼	312	镳	40	儹	75	錯	663		914	鱗	412
	316	镴	378		605	鐩	368	(鐙)	127	鱒	916
	347	爠	14	儩	483	(鐃)	478	(鐵)	523	鮾	160
嘍	67	(犧)	715	齬	709	鎮	26	(鐯)	347	(鱚)	98
嚷	574	積	107	[齱]	419		178	鐵	287	(鰈)	140
	575	穄	820	[齵]	610	(鐠)	721		534	鰌	114
嚥	816	䅺	117	[齫]	331	(鏈)	113	麤	675		646
嚍	588	穤	390	骏	350	鐁	632	逾	841	鰯	258
嚔	305	穧	14	偆	22	鐵	589	(釋)	618	鰤	477
嚫	455	犨	181	[儓]	23		733	雞	838	鰋	778
巇	58	犛	31	犨	88	[鐒]	418	遯	822	(鯏)	377
巊	569	[稶]	430	[鶊]	270	鐿	206	頹	460	(鰛)	29
巇	719	爩	394	鮭	370	鐽	277		469	(鰊)	403
嶸	816	櫘	40	艇	663	(鐔)	748	獄	701	鯖	685
[嶼]	816	[檾]	560	舼	243	(鐴)	347	(饒)	575	鹹	302
㠾	381	(鷙)	560	疆	309	(鐐)	409	饁	177	[鹹]	695
巍	695	(鷔)	560	軆	662	鐕	554	饆	86	(鯤)	662
巎	719	[䥽]	695	軇	861		847	饃	115	(鯛)	853
幟	302	籍	290	橾	789	(鏷)	527	饇	790	鍚	783
[幟]	320	簉	649	舲	460	鐺	78		806	鯛	828
嵬	67	(籌)	89	蟲	515	鏽	142	(徹)	589	(鰮)	702
嶃	305	[檽]	212	䗖	400	(鋼)	352	[餗]	638	鰼	162
圖	822	(籃)	380		437	(鋼)	306	[餯]	78		234
崍	379	籣	489	艱	495	鋼	308	馩	78	(鰥)	695
觳	834	纂	915	𩗺	519	鐨	229	馪	816	鯛	701
黢	148	籐	525	魖	756	(鏢)	248	(饋)	372	(鰓)	588
甗	778	籝	241	艫	519	鐈	549	[饉]	598	(鰐)	162
黯	647	簹	150	鰲	720	鏶	290	(饌)	898	鯖	262
踘	880	籚	555	警	316	鐯	342	鐙	127	(鰍)	560
黪	324	簹	158	鵪	254	鐰	312	[鐵]	50	鰮	887
黥	557	籦	663	[鮨]	344	鏺	830	(饑)	284	鰒	192
黬	652	[籑]	594	(嶼)	461	(鐇)	169	餚	6	[鯁]	37
甗	793	【丿丨】		[顤]	748	(鐓)	152	【丿→】		鰍	560
	841	睪	828	【丿丿】		(鐘)	885	[臁]	773		636
黲	57	(譽)	833	鷓	98	鐥	599	臑	50	(鰉)	271
髒	849	暓	751	禳	734	(鐕)	528	臎	283	(鯨)	569
[髂]	640	塦	704	甕	701	(鱗)	412	(臚)	425	鮠	699
(髏)	423	豐	748	惷	701	(鐏)	916	臢	845	鯠	254
[惆]	231	[農]	492	緣	365	鎮	136	(朧)	421	[鰻]	268
(鶻)	258	[劓]	518	顧	24	(鐩)	641	(騰)	659	鰻	910
嬪	466	(覺)	345	(艦)	306	(鐒)	385	鶩	469	鱘	670
髏	759	(譽)	365	籚	241	(錫)	653	鰭	721	鯺	7
髎	407	羼	764	【丿丶】		(鐋)	546	鱖	229	鯽	662
鷗	8	[敫]	741			(鐪)	176		347	鯴	822